NEGOCIATIONS

SECRETES

DE MUNSTER

ET

D'OSNABRUG.

TOME QUATRIEME.

NEGOCIATIONS
SECRETES
TOUCHANT LA PAIX
DE MUNSTER
ET D'OSNABRUG;
OU RECUEIL GENERAL

DES PRELIMINAIRES, INSTRUCTIONS, LETTRES,
Mémoires &c. concernant ces Négociations, depuis leur commencement en 1642.
jusqu'à leur conclusion en 1648. Avec les Depêches de Mr. de VAUTORTE,
& autres Piéces au sujet du même Traité jusqu'en 1654. inclusivement.

LE TOUT TIRE' DES MANUSCRITS LES PLUS AUTHENTIQUES.

Ouvrage absolument nécessaire à tous ceux qui se pourvoiront du

CORPS DIPLOMATIQUE OU GRAND RECUEIL DES TRAITEZ DE PAIX,
& d'autant plus utile aux Politiques & Négociateurs qu'il renferme le Fondement du Droit Public.

TOME QUATRIEME.

Où l'on trouve la Négociation d'Osnabrug en 1647. par Mr. le Comte D'AVAUX *Médiateur entre l'Empereur, l'Empire, & le Roi de Suéde. Les Lettres, Mémoires &
Négociations Secrétes des Plénipotentiaires de France envoyées à la Cour pendant
l'année 1647. Différentes piéces au sujet desdites Négociations écrites en 1647. 1648.
& 1649. Et un Extrait de divers Ecrits concernant la Rébellion des Portugais
unis dans le Brezil avec la Hollande.*

D. Coster inv. et f.

A LA HAYE,
CHEZ JEAN NEAULME.
MDCCXXVI.

TABLE

DES

PIECES

CONTENUES

Dans ce Tome IV.

TOM. IV. * M 2-

Pour

DES PIECES.

TABLE DES PIECES.

NEGOCIATIONS SECRETES
TOUCHANT LA PAIX
DE MUNSTER ET D'OSNABRUG,
CONTENANT
LES LETTRES ET MEMOIRES
DE LA
COUR DE FRANCE
ET DE SES
PLENIPOTENTIAIRES
A MUNSTER

Et tout ce qui s'est passé en Allemagne après le Traité de Paix depuis l'année 1647. jusqu'en 1654. inclusivement.

NEGOCIATION D'OSNABRUG

Par Monsieur le Comte d'Avaux Plénipotentiaire de France pour la Paix générale ; & Médiateur pour terminer les différends entre l'Empereur, le Roi de Suéde, les Electeurs & Princes de l'Empire. Depuis Janvier jusqu'en Avril 1647.

1647.

L E T T R E
De Monsieur
D' A V A U X
A Monsieur le
C A R D I N A L
M A Z A R I N.

Il n'approuve pas qu'on laisse toute la Pomeranie à la Suéde. L'Electeur de Brandebourg & le Duc de Meckelbourg s'y opposeront, & l'Empereur les assistera. Les Espagnols veulent retenir Piombino & Portolongone. On se flate qu'ils se relâcheront. Entretien de Monsieur de Longueville avec les Ambassadeurs de Hollande sur ce sujet. *Les Espagnols forment des desseins contre nos Places d'Italie. Touchant la Négociation avec l'Espagne.*

1647.

MONSEIGNEUR,

L A Depêche dont il vous a plû m'honorer le 21. a été retardée trois jours en Flandres avec le paquet du Roi, je remercie très-humblement votre Eminence du bon avertissement touchant Ridolphi, & la maniére d'agir qu'il faut prendre avec ces gens-là. Je m'en prevaudrai quand lui ou autres curieux, & speculatifs viendront me visiter.

Il est bien rude que la trop grande amitié de nos Alliez nous rembarque dans une nouvelle Guerre, ou dans un manquement de foi ; les Suédois ont trouvé trop de facilité parmi nous à retenir toute la Pomeranie, & tout Wismar, avec les Bailliages qui en sont proche ; il auroit bien mieux vallu laisser la Lettre que j'avois écrite

Il n'approuve pas qu'on laisse toute la Pomeranie à la Suéde.

Tom. IV.

A

1647.

écrite à la Reine de Suéde, & tenir ferme à ce qu'elle se contentât de la Conseigneurie de Wismar, & de la Pomeranie anterieure, de l'Isle de Rughen, do l'Archevêché de Breme, & de l'Evêché de Werden, avec le consentement des Princes interessez; c'étoit un partage si grand & si avantageux pour les Suédois, qu'il auroit encore passé celui de la France, sans compter l'argent que nous en donnerons, & je sai qu'ils l'auroient accepté, Monsieur Salvius n'en faisoit nul doute, & nous avons consulté les raisons dont il se falloit servir pour donner moyen à la Reine de Suéde, de vaincre l'opposition de ceux qui ne veulent point de Paix ou qui ne veulent pas qu'elle soit de durée. Cependant comme ils ont vu qu'on n'osoit seulement en écrire en Suéde, ni leur donner un conseil que le Roi a pris pour lui-même, ils ont formé le dessein d'avoir tout, & de dépouiller hardiment l'Electeur de Brandebourg, & le Duc de Meckelbourg, puis que la France y adhere, & qu'elle s'obligera à la Garantie: cela est certain, Monseigneur, notre conduite nous a jettés dans cet inconvenient, qui est à mon sens d'une facheuse conséquence, l'on ne pourroit quasi pécher davantage contre l'ordre que votre Eminence nous a fait donner tant de fois, de pourvoir sagement à la sureté de la Paix, car ces deux Princes n'en demeureront pas là; ils ont de grandes Alliances, & de puissans voisins interessez avec eux en cette affaire, & l'Empereur même les assistera, il ne faut que voir le contentement de Monsieur de Trautmansdorff, quand on lui parle de la Pomeranie entiere aux Suédois, il l'offre de fort bon cœur, & craint bien de n'être pas pris au mot: c'est un moyen infaillible pour rentrer en Guerre quand la Maison d'Autriche y trouvera son compte, & cependant il ne lui coûtera rien pour recompenser Brandebourg; enfin à ce marché là les avantages de l'Empereur & de Suéde, sont aussi visibles que les desavantages de la France. Je ne sai si en ce cas on ne devroit point restraindre la garantie au terme de dix ans après la Paix, selon qu'il est porté par le Traité d'Alliance, ou si l'on y pourroit trouver quelque autre expedient, comme il semble que votre Eminence y vouloit penser: ni les bonnes intentions de Monsieur Salvius pour la Paix, ni l'amitié qu'il a pour moi ne sont pas capables de lui faire éluder un ordre exprès de la Couronne qu'il sert, laquelle se sentant appuyée du consentement & même du conseil des Plénipotentiaires de France, a pris volontiers la resolution de garder toute la Pomeranie, car il est vrai que plusieurs fois on leur a persuadé ici d'accepter le tout, si les interessez ne consentoient à leurs demandes. Le temps est passé de la bonne volonté dudit Sieur Salvius sur ce sujet, il me l'avoit assez temoignée, & m'avoit fourni lui-même des armes pour les combattre. Maintenant que les choses ont changé de face pour n'avoir pas tenu le chemin qu'il nous avoit montré, je ne vois pas, Monseigneur, ce que je puis desirer de lui en ce fait particulier, je n'obmettrai pourtant aucune diligence pour faire ensorte, s'il est possible, que l'autre parti ait lieu, mais desormais il y a fort peu d'apparence.

L'Electeur de Brandebourg & le Duc de Mecklebourg s'y opposeront, & l'Empereur les assistera.

Les Espagnols veulent retenir Piombino & Portolongone.

La difficulté que les Espagnols font de ceder Piombino & Portolongone, soit qu'elle vienne du succès qu'ils ont eu en Catalogne, soit de l'esperance que le Viceroi de Naples leur donne de reprendre leurs Places, soit enfin de la confiance qu'ils ont aux promesses, & engagemens de quelques-uns de Messieurs les Ambassadeurs de Messieurs les Etats, n'est pas si grande qu'il ne soit aisé de connoître qu'ils s'en relâcheront. Le Comte de Trautmansdorff demeura hier tout à fait convaincu des reparties que Monsieur le Duc de Longueville lui fit très-à-propos sur cette matiere: Monsieur Contarini étoit present qui y donna aussi les mains, & passa entierement à notre avis; de là nous fumes visiter les Ambassadeurs de Hollande, où cette question fut aussi mise sur le tapis & toujours si bien traitée par mondit Sieur le Duc, & avec des raisons si concluantes, qu'après plusieurs objections de Monsieur Paw & de quelques autres, ils demeurerent tous d'accord que les Espagnols n'ont pas droit d'excepter aucune partie des Conquêtes que le Roi a faites sur eux. Mais une chose, Monseigneur, que j'observai, est qu'en parlant de cela, Paw & Knuit dirent toujours qu'il falloit que chacun demeurât en possession de ce qu'il occuperoit alors que la Paix sera conclue, & que jusques à ce jour, si de part & d'autre l'on prend quelques Places, il n'en sera plus fait de mention: ils apuyerent si fort là-dessus que je vois clairement que c'est une suggestion des Plénipotentiaires d'Espagne, à qui on aura écrit de Bruxelles & d'ailleurs qu'il y a apparence, & peut-être même déja des desseins formez contre nos Places. Tout le monde sait avec quel soin & quelle prevoyance votre Eminence travaille à les conserver, mais certainement ceux qui en sont Gouverneurs ont plus sujet que jamais d'être sur leurs gardes.

1647.

On se flate qu'ils se relâcheront.

Entretien de Monsieur de Longueville avec les Ambassadeurs de Hollande sur ce sujet.

Les Espagnols forment des desseins contre nos Places d'Italie.

Quand j'aurai vu la Déclaration que le Roi de Pologne a fait donner par le Sieur Roucali, je m'employerai comme je dois en une affaire dont vous me commandez de prendre soin.

Touchant la Négociation avec l'Espagne.

Les dix jours de délai que les Ambassadeurs de Messieurs les Etats nous ont accordés, dont néanmoins nous ne sommes pas demeurez entierement satisfaits, comme il est porté par notre Dépêche commune, il y en a déja trois ou quatre de passés, sans que notre Négociation soit plus avancée en rien, ni que les Espagnols nous fassent dire aucune chose, ni que nos Entremetteurs s'en mettent en peine: ce fut le motif de la visite que nous leur fimes hier au soir pour reveiller un peu le devoir de leurs charges. Cependant, Monseigneur, j'avouë que le silence des uns, & la cessation des autres m'est suspecte; je considere que nous avons arraché par force ladite surseance des Hollandois, je sai pour certain que le Comte de Peñeranda leur en a fait faire d'étranges plaintes jusques à les menacer de la rupture du Traité, & partant j'apprehende qu'ils ne veuillent attendre la fin des dix jours pour signer leur article, & ainsi éluder tout l'effort que nous avons fait; mais comme nous n'avons pas acquiescé à un terme si court, nous ne manquerons point de fortes raisons pour les induire à ne rien innover, jusques à ce qu'ils ayent reçu ordre de Messieurs les Etats sur l'instance ou remontrance de Monsieur de Servien. Je vous souhaite en tout temps, Monseigneur, toutes sortes de prosperitez & suis avec des sentimens très-respectueux & une fidelité immuable &c.

1647.

LETTRE

De Monfieur

D'AVAUX

à Monfieur le

CARDINAL

MAZARIN.

A Munfter le 14. Janvier 1647.

Les Efpagnols avec les Hollandois s'accordent de quelques articles pour les faire inférer à la Paix de Munfter. On en témoigne du reffentiment aux Hollandois, qui promettent de travailler pour avancer nos affaires. Il part pour Ofnabrug pour convenir de la fatisfaction pour la Suéde, & des Griefs de la Religion. Trautmansdorff part de Munfter malgré les efforts de Peñaranda. Nouvelle prétention des Suédois. Projet du Traité avec l'Efpagne en état d'être donné aux Hollandois. On ne fignera rien avec les Efpagnols, que le Traité de Garantie ne foit conclu à la Haye. Il eft foupçonné de retarder la Paix. Il n'a pu encore découvrir les fentimens du Nonce. Le Secretaire de Mantoüe de retour à Munfter. Il traite en fecret du Mariage de fon Maitre avec Mademoifelle de Longueville. La Duchefe de Mantoüe difpofée à fe mettre fous la protection du Roi, & qu'on pourroit donner la Princeffe de Mantoüe au Prince de Conti. Complimens pour le Cardinal.

MONSEIGNEUR;

JE n'ai rien à ajouter à la Depêche commune, finon que chacun des quatre papiers qui ont
TOM. IV.

été fignez par les Ambaffadeurs de Hollande, en datte, des 15. 18. 24. & 27. Decembre porte en tête cette infcription, *Articles provifionnellement accordés entre les Plénipotentiaires du Roi d'Efpagne, & ceux des Etats Généraux des Provinces-Unies, pour être inferez au Traité qui fe fera à Munfter.* Je crois que votre Eminence n'aura pas desagreable que nous ayons fait connoître à ces Meffieurs, que leur manquement fera confideré plus ou moins felon le fuccès de l'affaire qui fe traite prefentement à la Haye, & felon la maniere dont ils agiront ici avec les Efpagnols dans les interêts de la France qui reftent à démêler. Paw m'a fait dire avec foin qu'on fera content de lui, & qu'il va travailler pour l'avancement de notre Traité comme il a fait pour le leur; mais il n'y a nulle apparence en fes promeffes. Je parts demain pour Ofnabrug; fi l'on y peut convenir de la fatisfaction de la Suéde, & des Griefs de la Religion, ce fera un coup mortel pour les Efpagnols, & pour les Hollandois mêmes, car outre que les uns & les autres ont toujours été en grande apprehenfion que la Paix de l'Empire ne fe concluë auparavant celle d'Efpagne, Paw & Knuit & leurs Adhérans fentent bien qu'ils ne feroient plus les Maîtres & les arbitres de toute la Négociation, & que leur infidelité, s'ils la vouloient faire, ne feroit pas fi redoutable. Peñaranda s'eft fervi de tous les moyens pour empêcher ou differer le voyage du Comte de Trautmanfdorff qui partit Mecredi dernier; mais ce qu'il n'a fu obtenir ni par autorité, ni par prieres, ni par artifices, je crains bien que l'humeur des Suédois ne le faffe, ils ne fe contentent pas maintenant de la Pomeranie entiere ni de la garantie de l'Empereur ni de l'Empire, ils prétendent qu'aux depens de l'Empire on leur doit entretenir un Corps d'armée en cette Province-là, & parlent encore d'y ajouter deux ou trois Evêchez Catholiques: tout cela a fort furpris Trautmanfdorff qui avoit conçu de conclure la Paix en trois jours.

Nous avons mis le projet de notre Traité avec l'Efpagne en état d'être donné aux Hollandois, quand Monfieur le Duc de Longueville le jugera à propos, c'eft ce qui a un peu retardé mon voyage d'Ofnabrug, car il a fallu toucher à la plûpart des Articles, & y en ajouter de très-importans qui avoient été obmis, comme la ceffion de l'Alface, la reftitution de trois Places qui appartiennent aux Liegeois, par où nous engagerons Meffieurs les Etats à tenir ferme pour les Places de Tofcane, puis qu'autrement l'on ne fe relâcheroit point de cette demande qui eft comprife dans les interêts du Pais-Bas, & quelques autres Articles pour la fureté de la Catalogne.

Je fuis ravi que votre Eminence ait approuvé la réfolution de ne rien figner avec les Efpagnols, jufques à ce que nous voyions celle qu'on prendra à la Haye fur la Garantie. Il y a déja quelques mois qu'il s'eft élevé un bruit dans cette Affemblée que je retarde la Paix, & perfonne ne m'a épargné; les Hollandois font ceux qui en parlent le plus haut; mais je veux bien foutenir cette envie pour fervir la France & fuivre nos ordres, vu même qu'à mon fens ils ne peuvent être plus juftes ni plus moderés dans la grande profperité de l'Etat.

Je ne faurois encore, Monfeigneur, vous éciaircir du Nonce touchant l'avis que vous en aviez eu, quoi que je l'aye vifité depuis que j'ai reçu la Lettre dont il vous a plu m'honorer le quatre de ce mois: il me donna fi peu
d'oc-

A 2

d'occasion d'entrer en cette matiere qu'il y auroit eu de l'affectation si j'en eusse ouvert le propos à contre-temps, mais j'espere d'y revenir, & d'en apprendre aussi quelque chose par le moien de Monsieur de Contarini, d'autant qu'ils ne sont pas toujours bien d'accord ensemble, quoi que cela demeure caché; je ne manquerai de rendre compte à votre Eminence de ce que j'en pourrai decouvrir.

Le Secretaire de Mantouë de retour à Munster. Il traite en secret du Mariage de son Maître avec Mademoiselle de Longueville.

Le Secretaire de l'Ambassadeur de Mantouë est de retour depuis vingt-quatre heures, il n'a été à Mantouë que deux jours, son Maître m'a fait dire confidemment par Monsieur Contarini, qu'il a ordre & pouvoir de conclure le Mariage du Duc de Mantouë avec Mademoiselle de Longueville, mais qu'il n'en veut pas seulement ouvrir la bouche sans avoir parole d'être accepté. J'en fis rapport à Monsieur le Duc de Longueville qui me parut ouïr cette proposition assez volontiers, mais en se remettant néanmoins à votre Eminence, & disant toujours que ses sentimens dépendent des vôtres. J'avois déja preparé Longmeni à cette réponse qui la trouva juste; mais il demanda que l'on écrive donc ce que dessus à votre Eminence, afin que Madame la Duchesse de Mantouë ne demeure pas en incertitude. Elle se laisse entendre que si cette proposition n'étoit pas reçuë après avoir eu déja l'exclusion de Mademoiselle, elle ne pourroit plus marier son fils en France. Il pourroit être, Monseigneur, que la Maison de Longueville trouveroit plus d'avantage dans un autre parti, mais l'interêt du service du Roi me feroit opiner sans aucun doute au Mariage de Mantouë.

La Duchesse de Mantouë disposée à se mettre sous la protection du Roi, & qu'on pourroit donner la Princesse de Mantouë au Prince de Conti.

Ledit Ambassadeur m'a fait dire par une autre voye que Madame la Duchesse de Mantouë est fort disposée à se mettre tout à fait en la protection du Roi, & que ce Mariage se faisant l'on pourroit bien donner la Princesse de Mantouë à Monsieur le Prince de Conti. Il a stipulé que Monsieur Contarini, ne sache rien de cette pensée, d'autant, dit-il, qu'il la traverseroit infailliblement pour les conséquences de ce second Mariage: jusques là il n'y a personne qui ne jugeât que l'Ambassadeur de Mantouë, de l'âge qu'il a & de la condition dont il est, ne fait pas cette avance sans charge; je vous dois dire toutefois, Monseigneur, que l'ayant sondé de plus près, pour vous en écrire avec fondement, il a dit n'avoir aucun ordre ni avis de la part de Madame de Mantouë, & que cette pensée vient purement de lui & d'un de ses amis qui lui a mandé quelque chose en particulier; il a ajouté que même il ne croit pas que Madame de Mantouë veuille marier sa fille que dans un an ou deux après le mariage de son fils. Je rapporte à votre Eminence toutes ces particularitez afin que par sa clairvoyance elle penetre le fond de cette affaire: voila tout ce que j'en sai, & que l'Ambassadeur est en soin si je serai longtemps à Osnabrug, témoignant un grand desir de me parler à mon retour & ayant déja proposé que nous nous trouverions dans quelque Eglise.

Complimens pour le Cardinal.

Je vous ai des obligations infinies, Monseigneur, & qui me donnent une si parfaite confiance en votre bonté & en la force de votre esprit, que je ne crains nullement les suggestions de ceux qui me veulent mal & ne prens aucun soin de m'en défendre: un temps fut que ceux qui gouvernoient la France, se laissoient un peu gouverner, mais aujourd'hui rien ne manque à la felicité de ce Regne, je suis très-assuré que mes affaires vont bien puisque vous me faites l'honneur de me le dire & qu'au fond

j'ai le cœur plein de respect, de zéle & de fidelité en tout ce qui regarde votre Eminence, elle m'a quelquefois fait la grace de m'en témoigner de la satisfaction; je la suplie très-humblement de me conserver un bien qui m'est si cher, & de croire que je serai le reste de mes jours avec reconnoissance & soumission, &c.

Suivent les Lettres d'Osnabrug.

LETTRE

De Monsieur

D'AVAUX

à Monsieur le Duc de

LONGUEVILLE.

A Osnabrug le 17. Janvier 1647.

Touchant les prétentions des Suédois. Pleinpouvoir donné au Comte de Witgenstein.

MONSEIGNEUR,

LEs Ambassadeurs de Messieurs les Etats me vinrent trouver hier aussitôt que je fus arrivé, ceux de Suéde m'ont vu ce matin, & ceux de Brandebourg après midi, avec quelques autres Députez. Le Comte de Witgenstein arriva hier au soir fort à propos pour remedier aux affaires de son Maître, s'il y a lieu au rémede, il vient de sortir de ceans, je lui ai déja rendu un si bon office qu'incontinent après diné Monsieur Salvius a été chez Monsieur Wolmar, & lui a parlé d'une autre sorte que Monsieur Oxenstiern n'avoit fait aux Hollandois qui en étoient bien fortifiez. Ces Messieurs de Suéde leur avoient répondu qu'il n'étoit plus temps de traiter avec l'Electeur de Brandebourg, & que leurs ordres les obligeoient absolument à retenir toute la Pomeranie sans son consentement. Ils m'ont fait aussi ce matin la même réponse durant deux heures, mais en se levant pour sortir ils se sont un peu relâchez, & ensuite ils ont témoigné aux Impériaux que la France inclinant plutôt au premier parti qu'au second, ils pourroient bien revenir à ce qu'ils ont proposé touchant la Pomeranie Anterieure avec Stettin, Gartz, Dam, & Wollin si l'Electeur y consent.

Touchant les prétentions des Suédois.

Les Impériaux l'ont fait savoir aussitôt au Comte de Witgenstein de qui je le sais, & il m'a

1647.
m'a dit qu'il alloit rendre compte à son Maître par un exprès, d'autant que jusques ici l'affaire étoit tenuë comme desesperée, & l'on traitoit même les conditions de la garantie que l'Empereur & l'Empire promettoient en ce cas : je crois, Monseigneur, que cela est bon à mander à Monsieur de Servien, afin que Madame la Princesse d'Orange connoissant comme nous agissons dans ses intérêts, il puisse en tirer quelque secours dans sa Négociation. Je manderai plus amplement toutes ces choses à votre Altesse lorsque j'y verrai un peu plus d'assurance & serai toujours, &c.

ADDITION.

Pleinpouvoir donné au Comte de Witgenstein.

J'oubliois de dire à votre Altesse que le Comte de Witgenstein a raporté de Cleves un Pouvoir absolu de traiter & conclure tant avec les Hollandois qu'avec les Impériaux, tellement que l'affaire semble prendre un bon chemin : je la presserai comme il faut.

A MONSIEUR

le Duc de

LONGUEVILLE.

Le 18. de Janvier 1647.

Prétentions des Suédois sur toute la Pomeranie. Les Députez de Brandebourg proposent des conditions aux Suédois.

MONSEIGNEUR,

LEs affaires ne sont point au point que le Comte de Witgenstein s'étoit promis, Messieurs de Suéde persistent à retenir toute la Pomeranie, & à dire que l'Electeur de Brandebourg n'est pas recevable à leur accorder ce qu'ils ont demandé. C'est une Jurisprudence qui m'est inconnuë, puis que l'option n'a point été donnée à la charge d'opter dans un certain *Pretentions des Suédois sur toute la Pomeranie.* temps, & que la chose dont il s'agit est encore entiere. Monsieur Salvius explique ensorte ce qu'il dit hier à Monsieur Wolmar sur ce sujet, qu'il le reduit à rien, & qui pis est, il m'a avoué tantôt à une visite particuliere que c'est un pretexte pour avoir deux Provinces au lieu d'une, & que la Suéde est toute tournée de ce côté-*Les Députez de Brandebourg proposent des conditions aux Suédois.* là ; d'ailleurs les Députez de Brandebourg ne consentent pas entiérement à la premiere partie de l'alternative, & témoignent avoir ordre exprès de reserver Wollin, joint que pour ceder le reste ils proposent beaucoup de conditions à la Suéde, & prétendent de grandes recompenses de l'Empereur. Les uns & les autres me prient de les accommoder, & Monsieur Oxenstiern m'en a requis aujourd'hui en termes fort exprès, & c'est ce que j'y voi de

1647.
mieux, n'étant pas croyable que s'ils vouloient tout à fait exclure ce Prince, ils eussent besoin de Médiateur pour ne rien faire. Je suis &c.

AU MEME.

Le 20. Janvier 1647.

Il fait consentir les Brandebourgeois aux desirs des Suédois. Nouvelle prétention des Suédois. Dispute sur ce sujet avec Oxenstiern. Recompense que demandent les Brandebourgeois.

MONSEIGNEUR,

JE tirai hier des Ambassadeurs de Brandebourg un consentement entier de ce que la Suéde *Il fait consentir les Brandebourgeois aux desirs des Suédois.* a desiré de leur Maître, ce ne fut qu'après beaucoup d'allées & venuës, & après beaucoup de contestations, car ils vouloient absolument me charger d'un écrit par lequel ils reservoient Usedom & Wollin : je leur remontrai que ce seroit fournir un prétexte à qui ne cherchoit qu'un refus pour avoir toute la Pomeranie, enfin ils se rendirent, mais comme des gens à qui on fait violence. J'allai sur le champ trouver Messieurs Oxenstiern & Salvius, & leur porter la Pomeranie anterieure avec Stettin, Gartz & Wollin, c'est à dire que les voila Maîtres de toute la Riviere. Ils écouterent cela froidement de leur grace, & ne firent aucun scrupule de me dire & de maintenir que c'est avec raison qu'ils veulent à cette heure l'une & l'autre Pomeranie du consentement de l'E-*Nouvelle prétention des Suédois.* lecteur: Je crois que votre Altesse, qui à leur instance s'est entremis de l'affaire & a porté une parole de leur part, trouvera bien étrange qu'ils y veuillent aporter du changement : je parle ainsi, Monseigneur, parce qu'aujourd'hui Monsieur Oxenstiern, m'étant venu voir seul & me trouvant aussi ferme que les jours précedens, il s'est un peu moderé, ne demandant plus la Pomeranie entiere, mais il ne veut aussi en façon quelconque se tenir à l'offre qu'ils ont faite, sur quoi nous sommes entrés en grande dispute; *Dispute sur ce sujet avec Oxenstiern.* je ne saurois juger qui a eu du bon, chacun ayant fait mine de ne point acquiescer aux raisons de l'autre, néanmoins il y a grande apparence qu'il est venu pour me tâter le poux, il me semble qu'ils déliberent & que le peu de succès de cette visite les aidera à prendre une bonne résolution. Ceux de Brandebourg dé-*Recompense que demandent les Brandebourgeois.* mandent pour récompense douze cens mille Risdalles, Halberstadt, Magdebourg quand il sera vacant, Minden, la Comté de Charembourg & quelques autres terres. En attendant la vacance de Magdebourg, ils avoient pretendu l'Evêché d'Osnabrug & il faisoit un article de leurs demandes, mais je les obligeai hier à le rayer en presence des Hollandois mêmes qui ne purent s'en défendre, je leur voulus aussi ôter l'esperance de pouvoir obtenir Minden. Je suis &c.

MEMOIRE

De Monsieur

D'AVAUX

Arrivé à Osnabrug le 16. Janvier 1647.

Les Hollandois émus de la réponse des Suédois qui veulent la Pomeranie entiere. Il leur promet ses offices en tout ce qui ne choquera point les Alliez. Trautmansdorff le prie d'accommoder cette affaire. Il approuve les prétentions des Suédois. Touchant le Traité d'Espagne avec la Hollande. Les Suédois le prenent d'un ton fort haut au sujet de la Pomeranie. Il cherche à les radoucir. Les Suédois souhaitent qu'il reste à Osnabrug & qu'il soit le Médiateur. Arrivée du Plénipotentiaire de Brandebourg, chez Monsieur d'Avaux, il le prie de s'entremettre entre eux & les Suédois. Les Suédois desaprouvent le procédé des Hollandois envers la France. Les Suédois paroissent s'adoucir. Il en donne connoissance à Monsieur Servien à la Haye. Inconstance des Suédois. Les Députez de Hollande le prient de faire cet accommodement. Il leur reproche leur Traité avec l'Espagne. Nouvelle instance des Hollandois. Le Comte de Witgenstein lui envoye par écrit les dernieres intentions de l'Electeur. Il les communique aux Hollandois & ses difficultez. Conference entre les Plénipotentiaires de Hollande, de Brandebourg & de France sur les prétentions des Suédois. Ils acceptent la premiere partie de la proposition de la Suéde avec grand' peine. Il assure les Suédois de l'une des Pomeranies. Les Suédois les veulent toutes deux. Ses soins pour les faire venir à la rai-

son. Monsieur de la Cour a servi très-utilement dans cette affaire. Contestations avec Oxenstiern. Il ne demande plus la Pomeranie entiere. Il poursuit vivement la satisfaction de la Landgrave.

Les Hollandois émus de la réponse des Suédois qui veulent la Pomeranie entiere.

CE jour-là même les Ambassadeurs de Messieurs les Etats me visiterent; ils me témoignerent être en grande perplexité de la réponse des Suédois, qui leur ont dit qu'ils viennent trop tard, & que la résolution est prise d'avoir la Pomeranie entiere sans le consentement de l'Electeur. Quand ils dirent que la proposition de Suéde est alternative, les Suédois repliquerent que l'Electeur a declaré au Baron de Plettemberg que jamais il ne quitteroit Stettin, & partant que c'est un refus, sur lequel ils traitent à present de la seconde partie de l'alternative sans pouvoir plus revenir à la premiere, & que leurs ordres sont tels. Les Ambassadeurs de Messieurs les Etats trouverent à qui parler, & après plusieurs contestations fort inutiles, ils se retirerent un peu humiliez, car outre ce refus sec & absolu, Messieurs Oxenstiern & Salvius ne les épargnerent pas sur le sujet du Traité qu'ils ont conclu avec l'Espagne. Ils me firent de grandes prieres de porter Messieurs de Suéde, à donner un délai de dix jours pendant lesquels le Sieur de Tronhortz iroit à Cleves en diligence, & en rapporteroit la derniere resolution & déclaration de l'Electeur.

Ils ne me parurent en soin que d'avoir un peu de temps, car pour le fond de l'affaire ils avouerent tout ouvertement que l'Electeur doit se contenter que la Riviere serve de borne & de limite, ils voudroient seulement lui sauver Wolin, mais à toute extremité il me sembla que leur avis étoit qu'on n'y insistât pas & qu'ils aprehendent que ce Prince ne soit plus reçu à accepter la premiere partie de la proposition des Suédois.

Il leur promet ses offices en tout ce qui ne choquera point les Alliez.

Je promis mes offices à tout ce qui ne choqueroit point nos Alliez, qui est notre premiere & principale obligation, je remontrai la longueur & le peu de resolution de l'Electeur de Brandebourg, je dis qu'il n'avoit pas été bien conseillé, & ils en demeurent d'accord, je dis néanmoins que s'ils parloient encore aujourd'huï avec charge, ou que les Députez offrissent son consentement à la demande des Suédois, cela donneroit moyen de les servir, & que je ne m'y épargnerois pas, mais de reculer toujours & ne rien dire après tant d'avertissemens & de solicitations de toute l'Assemblée, il n'y avoit guere d'esperance de succès.

Là-dessus ils reïtererent vivement leurs instances, & s'engagerent à faire avoir une réponse précise dans dix jours.

Au sortir de cette audience le Sieur de Tromblotz me vint voir; il me tint à peu près le même langage, & me fit la même priere, disant qu'il s'en alloit le lendemain vers son Maître & qu'assurément il en rapporteroit une resolution nette & expresse. Il penchoit aussi à l'acceptation de la premiere partie de la proposition Suédoise, s'ils ne peuvent en excepter Wollin & ainsi les Suédois savent traiter leurs affaires si avantageusement, qu'on tient en faveur d'être reçu en leur accordant tout ce qu'ils ont desiré.

Ce qui m'en fait juger de la sorte, c'est que
ledit

1647.

ledit Sieur Tromblotz & les Hollandois me convierent separement d'assister l'Electeur à lui faire avoir une juste recompense, & proportionnée à ce qu'il sera obligé de laisser aux Suédois. A cela je promis l'agrément de le servir de tout mon possible.

Trautmansdorff le prie d'accommoder cette affaire.

Le Comte de Trautmansdorff me fit dire après les civilitez ordinaires qu'il croyoit que je pourrois disposer les Députez de Brandebourg, à accepter la proposition que Monsieur de Saint Romain porta derniérement à l'Electeur, & qu'il me conjuroit d'y travailler, qu'il savoit bien que Tromblotz me communiqueroit toute leur instruction, & qu'en tout cas d'une façon ou d'autre il me prioit de mettre une fin à cette affaire.

Il approuve les prétentions des Suédois.

Il aprouva pourtant que les Plénipotentiaires de Suède continuassent à insister à toute la Pomeranie, & à ne vouloir plus traiter sur la premiere partie de leur demande, d'autant, disoit-il, que Brandebourg en prendra plus promptement la resolution convenable.

Touchant le Traité d'Espagne avec la Hollande.

Je demandai aux Hollandois quelles nouvelles ils avoient de leurs Collegues, je leur dis que Peñaranda disoit qu'ils lui avoient donné un avantage en traitant sans la France, duquel il sauroit bien se prevaloir. Monsieur Knuit répondit avec chaleur qu'il ne les tromperoit pas, qu'ils en demeureront là où ils en sont sans y toucher le moins du monde, jusques à ce que tout le Traité de France soit conclu, enfin il s'en mocqua avec beaucoup de hauteur. Je repliquai que cet avantage que les Espagnols prennent de leur signature ne nous fera pas relâcher de quoi que ce soit, que nous n'ajouterons rien à nos demandes, mais que d'en rien retrancher & affoiblir après ce qui s'est passé, c'est ce que nous ne pouvons ni ne devons faire aucunement. Il ne faut aussi en devenir plus difficiles, repliqua Knuitz, & là-dessus je repetai ce que j'avois dit & l'appuyai de sorte qu'ils en parurent persuadez, n'y apportant aucune contradiction.

Les Suédois le prennent d'un ton fort haut su sujet de la Pomeranie.

Le dix-sept au matin Messieurs les Ambassadeurs de Suède me vinrent visiter, & d'abord ils prirent un ton fort haut, tenans tels discours qu'on jugeroit qu'ils ne veulent point de Paix: après les complimens ordinaires ils me dirent, qu'ils sont en Traité avec le Comte de Trautmansdorff pour avoir toute la Pomeranie malgré l'Electeur de Brandebourg, que les Ambassadeurs de Hollande leur avoient fait quelques remontrances là-dessus, & ceux de Brandebourg aussi, que mêmes ils croyoient que l'Electeur ne seroit pas éloigné de donner les mains à l'alienation de la Pomeranie anterieure, avec Stettin, Gartz & Wollin, mais qu'il n'étoit plus temps d'y penser, ce qu'ils repeterent tant de fois & si absolument, nonobstant tout ce qu'on put leur representer, qu'enfin ne trouvans plus moyen de se défendre par raison, il leur fallut recourir à l'autorité, & alleguer leurs ordres, encore passerent-ils bien plus avant, en ce qu'au lieu d'agréer le consentement de l'Electeur à tout ce qu'ils ont demandé, parce qu'il ne l'a pas donné assez tôt, ou d'assez bonne grace, ils pretendirent qu'il doit céder toute la Pomeranie moyennant une recompense que l'Empereur lui donnera, parce, disoient-ils, que cette Province ne se peut partager commodément. Je dis qu'il seroit à souhaiter que toute la Pomeranie demeurât à la Couronne de Suède du consentement de la Maison de Brandebourg, & que j'y contribuerois très-volontiers si cela se peut en aucune façon, mais que ce Prince n'ayant pu encore être persuadé à quit-

ter Stettin avec une des deux Provinces, je ne voyois pas comme on le pouvoit induire à céder toutes les deux. Ils y insisterent néanmoins comme s'ils s'y attendoient, & qu'ils ne fussent pas hâtez de conclure l'accommodement. Je remontrai que cela seroit pris pour de nouvelles demandes, & qui vont toujours en augmentant, que nous avions cru pour certain qu'ils se tiendroient à l'alternative qu'ils nous ont proposée par écrit, & prié de proposer de leur part aux Impériaux & à l'Electeur même comme nous avons fait, que l'Electeur a bien fait quelques difficultez d'y consentir, mais qu'il ne l'a pas refusé entiérement, ayant renvoyé Monsieur de Saint Romain avec cette réponse qu'il donneroit ordre & Pleinpouvoir à ses Ambassadeurs pour en traiter; que s'il avoit tardé quinze jours à prendre resolution, la chose lui étoit assez importante pour ne le pas trouver mauvais, vu même que leur proposition ne l'obligeoit pas de se déclarer dans un certain temps, que le refus qu'ils alleguoient n'a pas été fait à eux, ni à nous, que depuis un mois que l'Electeur a fait cette réponse au Comte de Plettemberg, ils ne peuvent avoir reçu de nouveaux ordres de Suède, que les choses sont encore entieres, & qu'enfin s'étant servis des Ambassadeurs de France pour porter une parole à ce Prince, je ne voyois pas qu'il y eût aucun dedommagement à esperer ni pour eux ni pour nous. Tout cela ne fit guere d'impression sur leurs esprits, ils persisterent en leur premiere réponse sans nous laisser esperer mieux, sinon qu'en se levant pour sortir ils dirent qu'on les sollicite assez, mais que l'Electeur ne parle point. Je repartis que le Comte de Witgenstein venoit d'arriver très-à propos comme il étoit veritable, & qu'il avoit un Pleinpouvoir pour terminer ce differend. Monsieur Oxenstiern aprenant cette nouvelle s'adoucit un peu, & ensuite il me demanda si je ne m'arrêterois pas quelque temps en ce lieu, témoignant clairement qu'ils le desireroient. Je dis que s'ils me donnoient moyen de les servir, je demeurerois à Osnabrug, autant qu'il seroit nécessaire, mais qu'en l'humeur où je le voyois, mon service leur seroit fort inutile. En les conduisant au Carosse Monsieur Oxenstiern me tira à part, & voulut avoir assurance que j'entreprendrois la Médiation, me faisant connoître que les Hollandois leur sont fort suspects, mais je ne leur donnai cette assurance que sur la condition susdite, & alors il me serra la main & repeta ses complimens.

Il cherche à les radoucir.

Les Suédois souhaitent qu'il reste à Osnabrug & qu'il soit le Médiateur.

Ces Messieurs ne furent pas sitôt partis que le Comte de Witgenstein arriva. Il n'avoit encore vû personne ni les Imperiaux même. Je n'eus quasi point de peine avec lui, c'est un Cavalier fort sincere & qui a très-grand respect pour la France ; il se laissa disposer à prendre un parti qui est avantageux au Prince qu'il sert s'il veut considerer l'état présent des affaires ; il en excepta seulement les Isles d'Usfedom & de Wollin, me faisant voir sur la Carte que l'Electeur ne peut s'en passer. Il me pria de m'entremettre conjointement avec les Ambassadeurs de Messieurs les Etats & me dit avoir ordre exprès de ne rien faire que par l'interposition & l'avis des Plénipotentiaires de France. Je lui dis que ceux de Suede desaprouvoient fort la conduite que les Hollandois ont tenuë avec nous, qu'ils ne leur ont pas dissimulé auparavant même que je fusse en cette Ville, & que Monsieur Oxenstiern les avoit mis en necessité de justifier leur action, mais qu'il n'en étoit pas demeuré satisfait, que cela deconcerte toutes choses & ôte le moyen d'assister si puissamment les amis communs: j'ai
obmis

Arrivée du Plénipotentiaire de Brandebourg, chez Monsieur d'Avaux, il le prie de s'entremettre entre eux & les Suédois.

Les Suédois desaprouvent le procedé des Hollandois envers la France.

1647.

omis de dire ci-dessus que je remerciai particulierement ledit Sr. Oxenstiern & son Collegue de ce qu'ils en avoient dit aux Hollandois, & les priai de rebattre la même chose quand l'occasion s'en offrira.

Les Suédois paroissent s'adoucir.

Le Comte de Witgenstein revint sur le soir me donner avis que Monsieur Salvius étoit allé chez Monsieur Wolmar à trois heures après midi, & lui avoit temoigné que la France inclinoit au premier parti afin que les choses se fassent de gré à gré, ils pourroient bien à peu près revenir à l'alternative qu'ils ont proposée si l'Electeur se resout promptement : les Imperiaux le firent savoir à l'heure même audit Sieur de Witgenstein, & il me dit qu'après m'avoir remercié de ce bon office, il alloit en rendre compte à l'Electeur de Brandebourg par un Exprès; d'autant que jusques ici l'affaire avoit été desesperée, & que même l'on traitoit des conditions ausquelles l'Empereur & l'Empire seroient obligez pour garentir toute la Pomeranie. Cela fut mandé en même tems à Monsieur de Servien, afin que Monsieur & Madame la Princesse d'Orange connoissans comme nous agissons dans un interêt qui leur est si cher, il puisse tirer quelque secours dans sa Négociation.

Il en donne connoissance à Monsieur Servien à la Haye.

Inconstance des Suédois.

Le dix-huitiéme je ne trouvai pas les affaires au point que Monsieur le Comte de Witgenstein s'étoit promis sur le rapport de Wolmar. Les Suedois persisterent à pretendre tout, & à soutenir que l'Electeur n'est plus recevable à leur accorder ce qu'ils ont demandé : je leur dis que c'étoit une Jurisprudence qui m'est inconnuë; puisque l'option n'a point été donnée à la charge d'un certain tems, & que la chose dont il s'agit est encore entiere. Monsieur Salvius expliqua ensorte ce qu'il avoit dit à Wolmar sur ce sujet qu'il se reduisit à rien, & qui pis est, il m'avoua dans une visite particuliere que je lui fis, que c'est un prétexte pour avoir les deux Pomeranies, & que la Suede est toute tournée de ce côté. D'ailleurs les Deputez de Brandebourg ne consentirent pas entierement à la première partie de l'alternative; & declarerent ne pouvoir jamais ceder Wollin, joint que pour renoncer au surplus ils proposerent beaucoup de conditions à la Suede, & pretendent de grandes recompenses de l'Empereur. Les uns & les autres me prierent de nouveau de les accommoder, & les Suedois encore plus instamment que ceux de Brandebourg.

Les Députez de Hollande le prient de faire cet accommodement.

J'en fus aussi fort sollicité des Ambassadeurs de Messieurs les Etats qui me firent assez entendre qu'ils n'avoient guéres de credit auprès de ceux de Suede, & que tout dependoit de la France, surquoi ils me firent beaucoup de caresses. Je fus très-aise de les voir un peu mortifiez, & leur dis que je remarquois que Messieurs de Suède, comme aussi les autres Alliez & amis de la France, & de leur Etat, sont étonnez de ce qu'ils ont fait avec l'Espagne, & que je savois qu'ils leur en avoient touché quelque chose avant que j'arrivasse ici. Ils reitererent sur cela leurs protestations accoutumées, disans qu'à leur retour à Munster ils agiront si vigoureusement auprès du Comte de Peñeranda que le Traité de la France sera conclu en peu de jours à notre satisfaction.

Il leur reproche leur Traité avec l'Espagne.

Nouvelle instance des Hollandois.

Le lendemain matin ils revinrent me demander avec beaucoup de soin si je n'avois rien obtenu des Suédois, contre lesquels ils murmuroient toûjours, & me dirent qu'ils desiroient au moins avoir une résolution, afin que deux d'entr'eux s'en allassent promptement à la Haye en donner compte à Messieurs les Etats.

Je leur representai que ceux de Brandebourg & eux aussi ne me donnoient pas moyen d'agir efficacement auprès des Plénipotentiaires de Suede, puisqu'ils vouloient retrancher quelque chose de la proposition qui leur a été faite. J'en dis les raisons qui furent approuvées principalement de Monsieur Knuit, ensuite de quoi les trois autres passerent aussi à mon avis, & ainsi il fut resolu que nous irions après diner chez Monsieur le Comte de Witgenstein pour essayer de lui faire prendre & à ses Collegues, la resolution necessaire.

Le Comte de Witgenstein lui envoye par écrit les dernieres intentions de l'Electeur.

Il les communique aux Hollandois & ses difficultez.

Au sortir de cette Conférence & pendant que j'avois envoyé demander l'heure au Comte de Witgenstein, je reçus un papier de sa part, où il pretendoit avoir mis toutes les dernieres intentions de l'Electeur. Cela me donna sujet d'aller sur le champ trouver les Ambassadeurs de Hollande, pour leur communiquer cet écrit & leur dire que j'y trouvois deux Articles qui rendoient inutile l'entremise de qui que ce fût; le premier étoit que dans le consentement de l'Electeur on reservoit l'Isle de Wollin, que dans la récompense l'on demandoit l'Evêché d'Osnabrug, que je ne doutois pas que suivant ce conseil, ils n'incitassent à faire donner le consentement pur & simple, auquel cas je travaillerois comme il faut du côté des Plénipotentiaires de Suéde, & que pour Osnabrug cette prétention exciteroit le Duc de Baviere & tout le parti Catholique contre les intérêts de Brandebourg, & les rendroit favorables à la demande que les Suédois font de toute la Pomeranie, que je n'y pourrois aussi consentir, les Traitez de la France avec la Couronne de Suéde, & les Princes de l'Empire y étant contraires, mais que si l'on vouloit demander le Marquisat de Jagendorff ou quelqu'autre terre en Silesie appartenant à l'Empereur, cela seroit bien plus juste, & que j'en appuyerai l'instance. Ils demeurerent d'accord du premier point, & quant au second ils le remirent à la Conférance qu'on alloit tenir chez le Comte de Witgenstein.

Conférence entre les Plénipotentiaires de Hollande, de Brandebourg & de France sur les prétentions des Suédois.

Là se trouverent lesdits Sieurs Plénipotentiaires de Hollande au nombre de quatre, avec quatre autres de l'Electeur de Brandebourg, Monsieur de la Cour & moi. Je fis rapport de ce qui s'étoit passé en la Négociation jusques alors, des difficultez qui s'y rencontroient, & des expediens qui pourroient être propres pour les surmonter, ajoutant les raisons qui les devoient obliger à ôter du moins deux paroles de leur écrit, s'ils vouloient que je le portasse aux Ambassadeurs de Suéde, & à ceux de l'Empereur avec quelque esperance de succès. Les Brandebourgeois se retirerent premierement à part, & au bout d'un quart d'heure ils y appellerent les Hollandois. Cette seconde déliberation dura longtemps, & il étoit aisé de connoître qu'il y avoit entr'eux divers avis. Enfin après beaucoup d'allées & venuës & après leur avoir remonté que s'ils ne donnoient tout ce qu'on a desiré, ce seroit fournir un prétexte à qui ne cherchoit qu'un refus pour avoir la Pomeranie entiere, ils acceptent sans aucune reserve la premiere partie de la proposition de Suéde, mais comme des gens à qui on fait la derniere violence, & pour ce qui touche l'Evêché d'Osnabrug, ils s'en desisterent, disant que c'étoit pour le respect de leurs Majestez, & pour ne s'attirer pas de nouveaux Ennemis sur les bras comme il leur avoit été representé.

Ils acceptent la premiere partie de la proposition de la Suéde avec grand' peine.

Nous sortimes fort satisfaits de ces Messieurs-là, lesquels incontinent après me renvoyerent leur écrit reformé en ce qui con-

1647.

concerne les deux points portez ci-dessus.

Dès qu'il me fut mis entre les mains à condition pourtant de ne le pas faire voir aux Suédois, nous leur allâmes dire qu'ils étoient Maîtres de la Pomeranie Anterieure, de l'Isle de Rugen & de Stettin, Gartz & Wollin & de toute la Riviere de l'Oder, & ce du consentement de l'Electeur de Brandebourg. Ils écouterent cela froidement de leur grace, & ne firent aucun scrupule de nous répondre que c'est avec raison qu'ils veulent à cette heure l'une & l'autre Pomeranie. Je les priai de se souvenir qu'à leur requisition, que nous avons par écrit, les Plénipotentiaires de France ont porté une parole de leur part, & je disois être bien assuré qu'ils ne la voudroient pas revoquer, vu même que c'est encore à leur instance que j'avois pressé tous ces jours-ci les Députez de Brandebourg de se déclarer. Comme je m'aperçus que cette consideration ne les touchoir pas beaucoup, après avoir exageré les inconveniens qu'il en faut craindre tant du côté d'Allemagne que de l'Italie & des Païs-Bas où la Paix s'en va faite, comme aussi l'intérêt que Messieurs les Etats prennent en cette affaire, je dis avoir observé que Monsieur Oxenstiern, en parlant de la garentie de l'Empereur & de l'Empire pour toute la Pomeranie, avoit aussi presuposé que la France entreroit en part en cette obligation, mais que je ne savois pas si la Couronne de Suède, pouvant maintenant obtenir avec sureté tout ce qu'elle a desiré pour la satisfaction de leurs Majestez, qui ont fait tant de choses de leur part pour bien établir le repos public, elles ne seroient pas conseillées de l'exposer pour les intérêts d'autrui à une revolution presque certaine dont elles n'ont pas voulu subir le hazard pour les propres intérêts de la France, ayant mieux aimé donner beaucoup d'argent, payer beaucoup de dettes & rendre des Païs & Places très-importantes, que de ne pas pourvoir suffisamment à la durée de la Paix. Ils repliquerent qu'on avoit été d'avis à Munster qu'ils demandassent toute la Pomeranie sans le consentement de l'Electeur, & que c'étoit sur notre conseil que l'on a pris la résolution en Suéde. Je les fis souvenir que cela ne fut jamais proposé sans condition, mais bien d'en demander la moitié avec le consentement des interessez, ou le total malgré eux, qu'ils n'ont suivi cet avis en aucune de ses parties, d'autant qu'ils ont demandé beaucoup davantage en cas de consentement, & qu'à present qu'ils l'ont obtenu, ils veulent insister à ce qui n'a été mis en avant que comme un moyen pour y parvenir : il fut tenu plusieurs tels discours dont le recit seroit trop long. Il me semble qu'il ne fut rien omis de nôtre part, specialement par Monsieur de la Court, qui a servi fort utilement en cette rencontre & dans les autres Conférences. La conclusion fut qu'ils consulteroient ensemble sur le Mémoire qu'ils prirent des conditions que l'Electeur demande tant de la Suéde que de l'Empereur.

Hier au lieu de m'aporter réponse Monsieur Oxenstiern desira me visiter à part, & après m'avoir fait beaucoup d'amitiez qui furent aussi mêlées de quelques contestations sur l'affaire dont il s'agit, m'ayant trouvé dans la même fermeté que les jours précedens, il se modera un peu & ne demanda plus la Pomeranie entiere, mais il ne voulut aussi en façon quelconque se tenir à l'offre, ou à la demande qu'ils ont faite, sur quoi nous rentrâmes dans une grande dispute. Je ne saurois juger qui a eu du

TOM. IV.

bon, chacun de nous ayant fait mine de ne point acquiescer aux raisons de l'autre ; néanmoins comme il y a grande apparence qu'il vint pour me tâter le poux, je presupose qu'ils déliberent, & que le peu de succès de sa visite les aidera à prendre une bonne resolution. Tout ce jourd'hui s'est passé sans que j'aye eu de leurs nouvelles, cette longueur me deplaît & m'est suspecte. La France a deux Alliez qui nous donnent bien de la peine en ce Traité, les uns par une précipitation, les autres par une froideur invincible, & par un mépris de tout ce qui en peut arriver. Je ne manquerai pas d'avertir ledit Sieur Oxenstiern, & même de lui faire lire dans un extrait de la derniere Dépêche de la Cour qui m'a été envoyée de Munster, que les Espagnols employent toute leur industrie pour engager Messieurs les Etats à la défense de l'Electeur de Brandebourg.

Je rendrai compte une autre fois de ce qui s'est traité entre les Impériaux & nous, sur cette affaire de Brandebourg, sur la satisfaction de Hesse que je poursuis vivement, & sur les propres intérêts de la France : le temps est trop court pour rien ajouter à ce Mémoire qui doit être demain matin à Munster, à l'ouverture de la porte. Fait à Osnabrug le 21. Janvier 1647.

D'AVAUX.

A MONSIEUR

le Duc de

LONGUEVILLE.

Le 23. Janvier 1647.

Les Suédois prétendent la Pomeranie entiere. Soins pour les moderer dans leurs prétentions. Les Suédois sont inflexibles. Il confere avec les Suédois, & a quelque esperance. Il parle aux Impériaux pour les intérêts de la Landgrave. Il demande conseil sur les prétentions des Suédois.

MONSEIGNEUR,

LE Memoire ci-joint ne fut achevé d'écrire qu'à grand' peine pour le faire arriver à Munster, avant le partement de l'Ordinaire de France. J'avois dessein de l'envoyer à votre Altesse & de le faire passer à la Cour après que vous l'auriez vu, mais le Messager d'ici doutoit si fort de pouvoir être hier à Munster, à huit heures du matin, que je fus obligé d'adresser le paquet tout droit à la Poste.

Hier les Ambassadeurs de Suède me donnerent pour réponse au consentement que je leur

B   avois

1647.
Pomeranie entiere.

avois porté de la part de l'Electeur de Brande-bourg, qu'ils ne peuvent rien restituer de la Po-meranie, & prétendent même que moyennant une raisonnable satisfaction qu'ils lui procure-ront il doit agréer qu'elle demeure toute entiere à la Couronne de Suéde.

Je leur protestai qu'il n'y a point d'office ni de persuasion, comme il est très-veritable, que je n'aye employé en diverses Conférences, pour porter tantôt le Comte de Witgenstein, tantôt le Sieur Tromblotz à céder le reste de la Po-meranie, & qu'en ce faisant les deux Couron-nes aideroient Monsieur l'Electeur à en tirer recompense aux dépens de l'Empereur en Si-lesie ou ailleurs, mais que je n'y avois trouvé aucune disposition imaginable, & partant qu'il falloit se tenir à ce qui se peut faire, & à quoi lesdits Sieurs Plénipotentiaires de Suéde se sont engagez si solemnellement par écrit, ou qu'à toute extremité il falloit garder toute la Pome-ranie sans le consentement de l'Electeur.

Monsieur Oxenstiern repliqua que je ne de-vois pas me rebuter sur les premieres difficultez que j'y avois rencontré, que ce Prince avoit bien declaré ci-devant qu'il ne céderoit point Stettin, que depuis il avoit refusé Wollin avec la même fermeté, & qu'ainsi il ira bien encore au delà: que s'il veut bien considerer ce qui lui demeu-reroit de la Pomeranie, après ce qu'il en offre, il trouvera que le plus fort est fait & qu'il a peu d'intérêt au reste.

Soins pour les moderer dans leurs prétentions.

Je les fis souvenir qu'ils ne nous ont pas parlé de la sorte de ce qu'ils offroient de rendre à l'Electeur, quand il a été question d'avoir son consentement & que de lui dire à present qu'on lui a deja fait faire une faute ce seroit un mauvais moyen pour l'induire à une au-tre.

J'ajoutai plusieurs considerations qui ne ser-virent de rien; je dis entr'autres choses que les grandes instances & remontrances des Provin-ces-Unies meritent bien qu'on y fit reflexion, mêmement après avoir signé soixante-dix-huit articles de Paix avec le Roi d'Espagne, & que si j'étois Ambassadeur de Suéde, je profiterois de cette occasion pour acquerir à mon Pais tous les Ports de la Pomeranie excepté Colberg seul & toute la Riviere de l'Oder, avec le gré non seulement de l'Electeur de Brandebourg, mais aussi de Messieurs les Etats, puis que le Traité s'en feroit en presence & à la poursuite de leurs Plénipotentiaires; que cela serviroit un jour contr'eux s'ils y vouloient prendre intérêt.

Les Suédois sont inflexi-bles.

Les Ambassadeurs de Suéde ne se laisserent point fléchir & partirent bien resolus de forcer l'Electeur à la cession de toute la Pomeranie.

Ils font encore aujourd'hui attachez à ce dessein dont le succès ne leur paroît nullement impossible. J'ai tenté beaucoup de choses pour les servir selon que votre Altesse m'ordonne, quoi qu'à mon avis elle n'a pas imaginé cette nouvelle pretention, mais du côté de Brande-bourg mes soins ont été très-inutiles.

Les Plénipotentiaires de Hollande me dirent hier au soir que ceux de Suéde persistent vive-ment à faire consentir l'Electeur à toute la Po-meranie, & que pour en venir à bout ils ont proposé aux Hollandois de faire donner à ce Prince les Evêchez de Minden, d'Osnabrug, & de Munster, outre Halberstad, & la sur-vivance de Magdebourg. Le Deputé de Mec-kelbourg dit par toute l'Assemblée que les Suédois offrent à son Maître l'Evêché d'Osna-brug, s'il veut donner son consentement à l'al-lienation de Wismar; c'est ainsi qu'ils distri-buent les biens de l'Eglise Catholique en Alle-magne.

1647.
Il confere avec les Sué-dois, & a quelque espe-rance.

Ces Messieurs m'ont envoyé tantôt le Sieur Melonius pour savoir si je n'avois rien avancé avec les Députez de Brandebourg. Cela m'a donné lieu de le catechiser tant plus soigneu-sement, qu'il me sembloit en parlant que je faisois quelque impression sur son esprit; il est de mes anciens amis, je l'ai vu à Stockholm, chez Monsieur le Général de la Gardie & il s'y tient toujours, tellement qu'en nous separant il me laissa voir un peu de jour à ce que je de-sire. Monsieur Salvius le suivit d'assez près, & alors je fus tout rempli de lumiere, & de con-solation, mais sous la foi du silence, lequel j'ose aussi recommander pour m'acquiter de ce que je lui ai promis. Il me restoit néanmoins une crainte qu'il n'en fut pas le Maître, comme il est arrivé d'autres fois, & que la Reine de Sué-de, & lui le perdent contre le Chancelier de Suéde & son fils; tant y a qu'il me dit que les choses reviendroient à l'alternative, & se concluroient bientôt de gré à gré, sinon il faudra prendre patience, & laisser dire Monsieur Contarini; mais avec toute sa force de Médiateur il se trouveroit empêché avec des gens qui ne se tiennent pas obligez à ce qu'ils proposent par écrit, qui prient néanmoins, & qui pressent qu'on demeure ici pour les mettre d'accord, qui témoignent quelque disposition à l'accom-modement pourvû que l'Electeur parle, & a-près qu'il a parlé prennent avantage de son con-sentement pour en prétendre encore un autre dont l'on n'avoit pas seulement fait mention jusques à cette heure.

D'ailleurs quand il m'impute la cause de ce qu'on est rentré sur le premier parti, il ne considere pas qu'en arrivant ici j'ai trouvé cette Négociation sur le tapis, que les Plénipoten-tiaires de Messieurs les Etats l'ont commencée, & poursuivie continuellement jusques aujour-d'hui midi qu'ils en ont fait nouvelle instance à ceux de Suéde, & que les Suédois mêmes y ont adhéré & ont recherché l'entremise de la France pour obtenir ce qu'ils desiroient de l'E-lecteur de Brandebourg, & l'engager plus aisé-ment à céder toute la Pomeranie quand il en auroit cédé la plus belle partie.

Il parle aux Impériaux pour les inté-rêts de la Landgrave.

J'ai parlé si resolument aux Impériaux pour les intérêts de Madame la Landgrave dès le lendemain de mon arrivée, & les en ai pressez de telle sorte en leur rendant la visite, que s'ils ont dessein de la contentér sans que ce soit par notre moyen, ils ne doivent pas avoir grande esperance d'y réussir. Le Comte de Trautmans-dorff après quelques remises que je ne voulus pas accepter, demeura d'accord de traiter de la satisfaction de Hesse dès à present, & aujour-d'hui Monsieur Wolmar m'a dit que le Deputé de Darmstadt fera au premier jour une propo-sition & une offre considerable; je l'avois man-dé hier & lui avois ôté toute esperance de de-lai: enfin, Monseigneur, j'ai plutôt agi en cette affaire avec trop de rigueur & d'empresse-ment que de facilité & de patience, j'ai tout communiqué aux Députez de Madame la Landgrave.

Il demande conseil sur les préten-tions des Suédois.

Si les Ambassadeurs de Suéde persistoient à vouloir la Pomeranie entiere & le consente-ment de Brandebourg, je supplie votre Altesse me faire l'honneur de m'écrire ce qu'elle juge que je puisse faire, il semble qu'en ce cas je pourrois m'en retourner à Munster, si ce n'est qu'enfin après les avoir attendus cinq mois en-tiers, on leur declare nettement que le Roi veut la Paix. Je suis &c.

A MON-

A MONSIEUR
CHANUT.

Le 28. Janvier 1647.

Il lui donne connoissance de l'état de la Négociation entre les Suédois & les Brandebourgeois. Les Suédois font de nouvelles demandes. Complaisance de ceux de Brandebourg doit être recompensée. Les Suédois veulent revoquer une chose accordée. Il travaillera à terminer les difficultez.

MONSIEUR,

Il lui donne connoissance de l'état de la Négociation entre les Suédois & les Brandebourgeois.

OUtre le Memoire ci-joint qui vous informera du commencement de la Négociation entre Suéde & Brandebourg, je vous dirai que la huitaine qui s'est passée depuis la date dudit Memoire, bien que j'aye été continuellement avec les uns ou les autres, n'a rien produit de bon pour la Paix : ce n'est pas que les Députez de Brandebourg ne se soient enfin soumis à tout ce que Messieurs les Plénipotentiaires de Suéde, ont demandé par deux Actes authentiques, l'un donné aux Ambassadeurs de l'Empereur, l'autre à ceux de France, avec priere de le rendre public comme une absolue déclaration de la Couronne de Suéde ; mais *Les Suédois font de nouvelles demandes.* c'est que Messieurs Oxenstiern & Salvius font de nouvelles demandes au lieu de moderer les premieres, comme il a toujours été pratiqué en semblables Traitez, & néanmoins ce n'est pas assez, ils veulent un certain Bourg nommé Golnow dont il n'a jamais été parlé. Je vous prie de representer à la Reine quel bruit & quel scandale ce sera dans l'une & l'autre Assemblée, que la Paix de la Chrétienté soit retardée pour un pouce de terre, où il n'y a aucune fortification, ni passage d'importance, & qui est une demande toute nouvelle sur le point de conclure le Traité ; que cela ne seroit pas de la dignité de la Couronne de Suéde, & iroit aussi contre la reputation de la France, si après avoir agi à leur instance comme nous avons fait avec soin, & après avoir porté l'affaire au point qu'ils ont desiré, ils venoient à se retracter. Ils me disoient hier au soir pour excuse, qu'ils ne nous ont pas conviés de signifier leur resolution à l'Electeur. Comment, repondis-je, étoit-ce quelque chose de moins, de nous avoir engagés à porter cette parole aux Plénipotentiaires de l'Empereur ? Enfin je les reduisis à ne pouvoir défendre ni seulement aprouver leurs ordres en ce qui touche Golnow ; mais ils demandent du temps pour en écrire à Stokholm, & en avoir réponse : c'est à quoi je m'opposai avec de telles raisons fondées sur le propre intérêt de la Suéde, qu'en ne les écoutant pas, ils font con-

noître clairement qu'ils cherchent des delais, & n'ont aucune inclination à finir la Guerre. Là-dessus je leur ai jetté à dessein quelques doutes dans l'esprit, si la France voudra, & si elle pourra assister toujours leur humeur belliqueuse, & attendre encore un an toutes leurs commoditez, ou plutôt leur fantaisie comme elle fait depuis cinq mois, avec une fidelité, patience & déference inouïe ; je leur ai dit que s'ils veulent considerer la conduite de la Hollande, comme nous, ils auront grand sujet de se louer de l'exuberance de notre bonne foi qui est allée jusques à ruiner un Prince, qui n'a jamais été ni grand Ennemi de la France ni veritable ami de la Maison d'Autriche, à perdre un avantage signalé qui auroit mis les Espagnols à la raison, & tenu Messieurs les Etats en mesure, & à depenser plusieurs Millions pour avoir un village de plus à la Couronne de Suéde, à qui l'on offre il y a longtemps trois Principautez dans l'Empire.

Complaisance de ceux de Brandebourg doit être recompensée. Les Députez de Brandebourg ont eu bien de la peine à se resoudre à céder Dam & la simultanée Investiture, qui est un point très-important pour la Suéde, & où il m'a fallu faire une espece de violence pour l'arracher de leurs mains. Il seroit raisonnable de leur accorder aussi quelque chose, ou au moins de ne prétendre pas davantage : leur Maître a temoigné en toute cette Négociation beaucoup de respect pour la Reine de Suéde, il a consenti à toutes ses demandes, il est son proche parent & il ne cherche que sa bienveillance. Je vous recommande l'affaire afin que les Plénipotentiaires de Suéde ayent ordre une fois pour toutes de travailler à la Paix avec plus d'aplication & de facilité qu'ils n'y en ont encore aporté jusques à present.

Les Suédois veulent revoquer une chose accordée. Ils veulent aussi revoquer une chose accordée par la Lettre qu'ils nous ont écrite, elle porte en termes exprès qu'ils offrent de laisser à l'Electeur telle & telle partie de la Pomeranie, *una cum Episcopatu Camini*, & maintenant ils en veulent excepter un droit de conferer la moitié des Prebendes, parce que ci-devant il apartenoit au Duc de la Pomeranie, laquelle ils ont declaré vouloir retenir toute entiere. Mais ceux de Brandebourg répondent que la specialité deroge à la generalité, joint que la Lettre qui offre l'Evêché absolument, étant posterieure à la proposition par laquelle ils ont demandé toute ladite Pomeranie qui a quelque droit sur l'Evêché, cela met l'affaire hors de doute. Ces Messieurs s'expliquent, & se sauvent comme ils peuvent, mais au fond ils avouent facilement que c'est reculer, & que sans l'ordre de Suéde ils ne le feroient pas. *Il travaillera à terminer les difficultez.* Je n'obmettrai aucune chose pour terminer ces deux difficultez avec quelques autres qui restent, & qui sont beaucoup moins à cœur aux Parties. Je suis votre &c.

D'AVAUX.

MEMOIRE

De Monsieur

D'AVAUX.

Le 28. Janvier 1647.

Etat de la Négociation entre la Suéde & le Brandebourg. Les Suédois offrent satisfaction à Brandebourg pour la Pomeranie. Les Suédois declarent par écrit qu'ils se contentent de la Pomeranie anterieure, de quelque Place de l'ulterieure & d'un million d'or.

Etat de la Négociation entre la Suéde & le Brandebourg.

LEs Ecrits ci-joints feront voir ce qui s'est passé depuis huit jours en la Négociation d'entre les Plénipotentiaires de Suéde & ceux de Brandebourg, je suis continuellement avec les uns & les autres & ne leur donne point de relâche, mais Monsieur de la Court ni moi ne pouvons convertir les Suédois, & sentons bien la difficulté qu'il y a de traiter avec des gens qui ne se tiennent pas obligez à ce qu'ils ont proposé par écrit, qui ont temoigné inclination à l'accommodement pourvû que l'Electeur parlât, & après qu'il a parlé prennent avantage à son consentement, & disent qu'il peut bien céder toute la Pomeranie puis qu'il en a cedé la plus belle partie: le pis est qu'ils ne sont touchez que mediocrement du desir de la Paix, & que leur armée remporte encore tous les jours de nouveaux avantages.

Les Suédois offrent satisfaction à Brandebourg pour la Pomeranie.

Je donnai compte Lundi dernier de ce qui s'étoit fait jusques là; ces Messieurs me declarerent le lendemain pour réponse au consentement que je leur avois porté de la part de l'Electeur, qu'on ne pouvoit rien restituer de la Pomeranie, pretendant que moyennant une raisonnable satisfaction, il devoit agréer qu'elle demeurât toute entiere à la Couronne de Suéde.

Je leur protestai qu'il n'y a point d'office, &c. (*lisez le reste dans la Lettre de Monsieur de Longueville du vingt-trois jusques à ces mots* forcer l'Electeur à la cession de toute la Pomeranie.)

Les jours suivans ils furent encore attachez à ce dessein dont le succès ne leur paroissoit nullement impossible, j'ai tenté tous les moyens pour les y servir, mais le Comte de Witgenstein & ses Collegues n'y ont voulu entendre en sorte quelconque.

Les Plénipotentiaires de Hollande me dirent en partant d'ici pour retourner à Munster, que ceux de Suéde les avoient pressez de faire consentir l'Electeur à ceder toute la Pomeranie, & qu'en ce faisant ils lui feroient avoir les Evê-

chez de Minden, d'Osnabrug & de Munster, outre Halberstadt & la survivance de Magdebourg.

Jeudi dernier Monsieur Oxenstiern m'envoya le Sieur Melonius, Secretaire de l'Ambassadeur, pour savoir si je n'avois rien avancé avec les Députez de Brandebourg, touchant cette totalle renonciation, cela me donna lieu de le catechiser, &c. (*le reste est pris de la Lettre à Monsieur de Longueville jusques à ces mots* de gré à gré.)

Cet avertissement me sert beaucoup pour soutenir un nouvel effort qu'ils firent tous deux ensemble le soir du même jour, me declarans plus resolument que jamais qu'ils avoient ordre de conserver toute la Pomeranie, & ce du consentement de Brandebourg.

Les Suédois declarent par écrit qu'ils se contentent de la Pomeranie anterieure, de quelque Place de l'ulterieure & d'un million d'or.

Enfin ils m'ont aporté l'Ecrit par lequel ils se contentent de la Pomeranie anterieure avec les Villes & Places de l'ulterieure qu'ils avoient demandées, mais ils y en ont ajouté trois autres avec un million d'or qu'ils pretendent de l'Electeur.

Après plusieurs Conférences tant publiques que particulieres nous les avons obligez à se relâcher de deux Places, & de la somme d'argent, pourvû (disent ils) qu'ils le reçoivent de l'Empereur, mais ils veulent opiniâtrement un certain Bourg nommé Golnow dont il n'a jamais été parlé.

Les Députez de l'Electeur alleguent qu'ils n'ont point d'ordre, & qu'ils ne peuvent en avoir eu de ceder plus qu'on ne lui demandoit. J'ai remontré à ceux de Suede quel bruit & quel scandale ce sera, &c. (*le reste est pris dans la Lettre à Monsieur Chanut du 28. Janvier 1647.*) Fait à Osnabrug le 28. Janvier 1647.

A MONSIEUR

le Duc de

LONGUEVILLE.

à Osnabrug le 29. Janvier 1647.

Oxenstiern n'écoute rien. Salvius se contente de témoigner de bonnes intentions. Discours entre Mrs. Oxenstiern & d'Avaux sur la Négociation. Il fait valoir les offices de la France pour Brandebourg. Il a recommandé les intérêts des Cantons Suisses. Trautmansdorff embarrassé de la déclaration qu'il lui fait qu'il ne conclura point le Traité à moins que l'Empereur ne s'engage à ne pas assister les Espagnols.

MON-

1647.

MONSEIGNEUR.

L'On travaille à Osnabrug, l'on va & vient à toutes les heures du jour & bien avant dans la nuit, ce ne sont que Conferences publiques ou particulieres, billets, messages & assignations, mais au fond peu d'avancement en notre Traité. Votre Altesse verra par le Memoire ci-joint ce que j'ai pû obtenir jusques à cette heure, & ce qui manque à la conclusion de l'affaire. J'ai fait lecture à Monsieur Oxenstiern, de l'article de votre Dépêche qui le regarde afin d'autoriser davantage le conseil que vous lui donnez, y employant vos propres paroles; mais en verité, Monseigneur, il n'écoute rien, son esprit est comme son corps tout d'une piece, & cette machine ne se remuë que par des ressorts qu'on ne veut pas faire jouer; les remontrances, la raison, la bienveillance n'y servent de rien; d'autre côté Monsieur Salvius se contente de témoigner de bonnes intentions, quoique je ne perde aucunes occasions de lui inspirer des conseils dignes de sa probité & de sa faveur presente.

Monsieur Oxenstiern m'a repeté ces jours-ci vingt fois que l'Electeur de Brandebourg peut bien remercier la France, & que sans notre interposition il n'auroit rien des Suedois en Pomeranie ni des Imperiaux dans l'Empire. Il me vouloit sonder & soliciter de nouveau qu'on les laissât faire, mais comme j'ai vû par les Lettres de votre Altesse, qu'elle & Monsieur Servien sont d'un autre avis, qui est aussi entierement le mien, je le pressai de ne point quitter une Negociation déja bien avancée & à laquelle je travaille à leur instance il y a quinze jours, pour en entamer une autre toute nouvelle; je dis que ce changement seroit mal interpreté de tout le monde, les Députez de Brandebourg savent fort bien cette grande inclination des Suedois à retenir toute la Pomeranie, & que les Imperiaux y trouvent aussi leur compte, ils reconnoissent que leur Maître en aura toute l'obligation à leurs Majestez, & ainsi mondit Sieur de Servien peut s'en prevaloir bien utilement auprès de Monsieur & Madame la Princesse d'Orange, déja même j'ai obligé le Comte de Witgenstein de representer de ma part à l'Electeur qu'après de tels offices qu'il reçoit de la France qui seule aujourd'hui soutient ses intérêts, je ne doutois point qu'il n'agit en sorte auprès de Monsieur son Beau-Pere & Madame sa Belle-Mere que la Négociation de la Haye réussisse au contentement de leurs Majestez, & que Monsieur de Servien connoisse l'effet des soins & de l'entremise dudit Sieur Electeur: ils lui en ont écrit de bonne sorte, & témoigné ouvertement que ce Prince y est très-obligé, n'ignorant-pas que non seulement l'Empereur & la Couronne de Suéde s'accorderoient volontiers à ses depens, mais que les Etats de l'Empire le souhaiteroient aussi pour sauver Magdebourg & Halberstad qui demeureroit en ce cas aux Lutheriens.

J'ai recommandé soigneusement l'affaire de Messieurs les Cantons à plusieurs Députez, & leur ai fait entendre que le Roi y prend intérêt; ce que je continuerai en toutes occasions.

Depuis tout le tems que nous avons traité de Paix avec le Comte de Trautmansdorff, je ne l'ai point vu si embarrassé que dernierement lors qu'après avoir parlé des intérêts de Brandebourg, de Hesse, du Palatin, & des Protestans, je lui dis, en présence de ses trois Collegues & de Monsieur de la Court, que nous ne

pouvons conclure le Traité de l'Empire, & que même nous ne serions pas bien conseillez de l'avancer comme nous faisons, avec tant de soin, si nous n'étions pas assurés que l'Empereur ne donnera aucune assistance aux Espagnols. Il demeura surpris & fut longuement la vuë baissée sans rien dire; puis il répondit entre ses dents qu'en qualité d'Empereur il y auroit quelque chose à prétendre, mais comme Archiduc d'Autriche il lui étoit permis d'assister les Princes de sa Maison; il ajouta qu'il falloit faire la Paix par tout. Je repartis qu'il ne tient pas à nous, mais que si les Espagnols ne veulent se mettre à la raison, & que lui Trautmansdorff desire la Paix en Allemagne, nous n'avons pas pouvoir d'en convenir qu'à la condition ci-dessus declarée. Je le presserai là-dessus une autre fois, & en parlerai aussi aux Ambassadeurs de Suéde; mais tout cela ne me contente pas, il en faut un article exprès dans notre Traité, & Monsieur de Trautmansdorff remettra cette affaire à son retour de Munster : je suplie très-humblement votre Altesse de regler ma conduite Je suis &c.

A MONSIEUR

le Duc de

LONGUEVILLE.

Le 31. Janvier 1647.

Bon état de la Négociation des Suédois & de Brandebourg.

MONSEIGNEUR;

J'Ecris ce mot à la hâte pour donner avis à votre Altesse que Dieu merci les principales difficultez de l'affaire de Brandebourg sont terminées, & qu'aparemment on ne peut pas rompre sur celles qui restent. Monsieur Salvius vient de sortir de ceans, où il m'a communiqué le projet du Traité écrit de sa main : il me semble qu'il y aura encore un peu à travailler pour faire convenir les Parties; c'est à quoi je destine la journée de demain, & si l'on peut conclure, Monsieur Courtin partira pour vous porter les articles aussitôt qu'ils seront signez. Je suis &c.

AU MÊME.

A Osnabrug le 2. Fevrier 1647.

Il se plaint de la rudesse des Suédois. Qui forment de nouvel-

B 3 *les*

1647.

les prétentions. Les Suédois veu-lent être d'accord avec les Impé-riaux avant que de conclure avec Brandebourg. Il ne se rebute pas. Il avancera les affaires de la France du côté des Impériaux.

MONSEIGNEUR,

Il se plaint de la rudesse des Suédois.

IL n'y a point de patience à l'épreuve de la tu-desse & rusticité de nos amis ni des varia-tions qui leur sont familieres ; l'on devoit hier signer les Articles, mais il se trouva que les Am-bassadeurs de Suéde y avoient ajouté deux pré-tentions nouvelles, & une troisieme dont ils *Qui for-ment de nou-velles préten-tions.* s'étoient relâchez auparavant en termes exprès. J'ai couru tout aujourd'hui pour rétablir les cho-ses selon que les Parties en étoient demeurées d'accord, mais au lieu de cela Monsieur Oxens-tiern m'a dit qu'il n'est pas d'avis de signer lesdits Articles, quand même les Députez de Brandebourg y consentiroient en la forme qu'ils sont conçus. Je lui ai demandé pourquoi donc le dernier Article de ce projet qui me fut aporté hier par leur ordre pour le communiquer aux Députez de Brandebourg porte ces mots : *Hæc vigore mutuarum Plenipotentiarum ad mo-dum supra scriptum conclusa esse effectumque suum habitura cum pace generali manibus sigillisque nostris testamur. Actum Osnabrugis die Januarii anno 1647.* il n'y a sû que repondre, mais il n'en a pas moins opiniâtré son premier avis, & Monsieur Salvius l'a fort bien secondé, telle-ment que je n'y entens plus rien. J'ai proposé qu'au moins l'on fit une Conference entr'eux, les Députez de Brandebourg, & nous, pour ar-rêter chaque point, & en laisser un Ecrit non signé entre mes mains comme il a été dit à Munster lorsque nous sommes convenus de la satisfaction de la France par l'entremise des Mé-diateurs. Cet expedient n'a pas été reçu ; ils di-sent qu'ils veulent être d'accord avec les Impé-riaux de tout le reste de la satisfaction de Suéde *Les Suédois veulent être d'accord avec les Impériaux avant que de conclure avec Brande-bourg.* avant que de conclure avec Brandebourg, & qu'ils me donneront demain leurs dèmandes par écrit avec priere d'en vouloir traiter avec le Comte de Trautmansdorff. Je leur ai promis toutes sortes de soins & de services, mais ç'a été en me plaignant un peu qu'après m'être em-ployé dans l'affaire de Pomeranie à leur réquisi-tion, ils la vouloient laisser imparfaite lorsqu'on étoit sur le point de la terminer. J'ai passé à d'autres considerations plus importantes qui fe-roient douter du fonds de leur cœur sur le sujet de la Paix, & néanmoins ils sont demeurez fer-mes : il me semble qu'ils cherchent à laisser tou-tes choses dans l'incertitude pour s'en prevaloir auprès des Imperiaux & tirer d'eux la somme de douze cens mille Risdalles qui devoit être fournie à celui qui n'auroit point Stetin, car au-jourd'hui avec cette Ville-là ils ont encore Gartz Dam, Wollin & Golnow, ils veulent aussi l'argent & se persuadent de l'avoir plus facile-ment s'ils ne sont engagez à rien ; c'est la meil-*Il ne se re-bute pas.* leure interpretation que je puisse donner à un procedé si rude & si inconstant que le leur. Nonobstant toutes ces difficultez & mortifica-tions je ne me rens pas, je les solliciterai en-core à toute heure, & essayerai, Monseigneur, de faire ensorte qu'en attendant le succès de cette nouvelle Négociation, dont ils veulent me charger, nous achevions la premiere au moins de bouche, & que pour soulager ma

1647.

Mémoire je fasse lecture aux Parties de ce que j'aurai mis par écrit. Je ne perdrai point d'occa-sion d'avancer aussi & d'asurer nos intérêts du *Il avancera les affaires de la France du côté des Im-périaux.* côté des Impériaux, votre Altesse remarque très prudemment que le tems y est propre, mais pour les cessions, j'aprends qu'elles sont à Muns-ter entre les mains de Messieurs les Médiateurs. Je suis &c.

A MONSIEUR
CHANUT.

A Osnabrug le 4. Fevrier 1647.

Il a beaucoup à souffrir avec les Sué-dois. Propositions des Suédois. Sa réponse. Nouvelles préten-tions des Suédois. Il se plaint des variations des Suédois. Mrs. Salvius & Rosenhan lui font des excuses. Les Suédois prétendent tirer douze cens mille Ris-dalles des Impériaux. Il propose la chose à Trautmansdorff. Les Suédois lui envoyent une Copie des Articles avec le Brandebourg : il les trouve adoucis & espere.

MONSIEUR,

Il a beau-coup à souf-frir avec les Suédois

LEs trois jours qui ont suivi immédiatement celui auquel je vous écrivis ma derniere Let-tre se sont passés en contestations & variations qui m'ont bien donné de la peine & de l'exer-cice. Messieurs Oxenstiern & Salvius avoient enfin consenti sur la nouvelle demande de Gol-now, que cette Place demeurât à l'Electeur de Brandebourg, sous le bon plaisir de la Reine de Suéde ; & le Comte de Witgenstein avoit ac-cepté cette condition, ensorte que Sa Majesté en decideroit, & que sans attendre sa résolution l'on acheveroit le Traité. Le lendemain ces Messieurs ayans reçû leurs Dépêches de Stok-holm dirent qu'ils connoissoient assez l'intention de leur Reine, & ne pouvoient plus laisser Golnow à l'Electeur, ce fut à recommencer.

Incontinent après Monsieur Oxenstiern pres-sé de plusieurs raisons & exemples que je lui a-portois, & encore plus du desir d'avoir Gol-now, comme aussi le droit de conferer quel-ques Prebendes de l'Evêché de Camin s'a-*Propositions des Suédois.* vança à me dire que si je lui procurois satis-faction en ces deux points il se relâcheroit tou-chant les donations que la Couronne de Suéde a fait à divers Particuliers de tous les Bailliages de la Pomeranie ulterieure, les uns à vie, les autres pour dix, douze ou quinze ans ; car jus-ques alors il avoit toûjours prétendu que l'Elec-teur ne jouiroit des terres qui lui seroient resti-tuées qu'après la mort des Donataires ou quand le tems de leurs Donations seroit expiré. Cela pa-

1647.

Sa réponse.

paroissoit si rude à ses Députez qu'ils m'avoient ôté toute esperance de conclure rien avec eux si les Suédois persistoient. Je pris donc soin à plusieurs reprises de faire connoître à Monsieur Oxenstiern que c'étoit rendre & retenir, que nous n'en avons pas ainsi usé avec les Ennemis Heréditaires de la France, & que tout ce qu'on restitue à la Maison d'Austriche dans le Brisgow & ailleurs est déchargé de toutes donations & confiscations precédentes ; surquoi il me répondit enfin ce que dessus. Mais après que j'eus disposé avec beaucoup de peine les Plénipotentiaires de Brandebourg à ceder Golnow, & la collation de cette partie des Prebendes qui étoit contentieuse, nous trouvâmes Monsieur de la Court & moi Monsieur Oxenstiern en aussi mauvaise humeur que jamais touchant les donations; je lui fis plainte de ce procedé en présence de Messieurs Salvius, Rosenhan & Melonius qui ne voulurent pas abandonner le Chef de leur Ambassade, mais au sortir de la Conference ils lui témoignerent tous trois ouvertement qu'il avoit tort, & en la forme & au fond, & peu après l'obligerent à se desister de cette demande, ensuite de quoi nous avons terminé cinq ou six points de moindre importance qui étoient demeurez indecis : mais quand on est venu à mettre les Articles par écrit ainsi qu'il avoit été resolu du commun consentement, il s'est trouvé encore des prétentions nouvelles de la part des Ambassadeurs de Suéde, lesquels non contens de la cession de Golnow dont il n'avoit jamais été fait aucune demande, & de la collation des Prébendes de Camin, quoi qu'ils eussent declaré en termes exprès qu'ils laissoient l'Evêché de Camin à l'Electeur de Brandebourg, ont demandé les terres adjacentes depuis Gartz & Griffonhaghen jusques dans la mer Baltique, & voulut maintenir avoir part aux autres droits dudit Evêché aussi bien qu'à celui de conferer les Prebendes, comme vous verrez par le premier & 3. Articles du projet ci-joint.

Nouvelles prétentions des Suédois.

Pendant la dispute touchant lesdites Prebendes, à quoi les Ministres de Brandebourg ne pouvoient se resoudre, Messieurs Oxenstiern & Salvius m'avoient dit en plusieurs conferences qu'ils ne revoquoient point la concession de l'Evêché, mais que pour le droit de conferer la moitié des Prebendes ils ne pouvoient s'en departir en façon du monde, ils avouèrent la même chose à Monsieur Volmar. Néanmoins après l'avoir dit de leur part aux Députez de Brandebourg, & m'en être servi comme d'un moyen pour tirer le consentement qu'ils desiroient, ils soutiennent pouvoir demander le reste & vinrent hier jusques à ce point de me dire, que ni la proposition qu'ils ont donnée aux Impériaux, ni la Lettre qu'ils ont écrite aux Ambassadeurs de France, ni ce qu'ils me disent dans cette Négociation ne les oblige point jusques à ce que le Traité général de la Paix soit signé. Vous jugerez s'il vous plaît, quelle patience il faut avoir pour ouïr tout cela sans replique : je me plaignis de tant de variations

Il se plaint des variations des Suédois.

sans leur donner pourtant le nom-là, & leur remontrai que si on changeoit ainsi du soir au matin, au préjudice d'une parole qu'on m'avoit donnée, c'étoit me rendre inutile & faire tort à un Ambassadeur de France qu'ils ont prié de s'employer en cette affaire, mais que je leur donnois volontiers mon intérêt comme étant peu de chose, & que je n'étois en peine que du retardement que cela aporte à la Paix ; sur quoi je marquai en passant les causes qui la rendent desormais necessaire, & dis qu'y ayant tantôt six mois qu'on ne travaille qu'aux affai-

1647.

res de Suéde, l'on douteroit de leur intention, s'ils n'y aportoient enfin un peu plus de diligence & de facilité qu'ils n'ont fait jusques à présent. Je crus que ce discours étoit nécessaire pour reveiller un peu leur lenteur, & pour leur faire comprendre, sans le dire, qu'il n'est pas raisonnable que pour un Village qui n'a point encore été prétendu, & quelques droits d'un Evêché qui a été cedé, le Roi continue la Guerre, & que la France soit chargée du blâme & des maledictions de toute la Chrétienté affligée, comme elle est. Qui peut croire que nous voulions la Paix pendant que nos Alliez la refusent pour des vetilles ? Cependant comme Monsieur de la Court ajoutoit quelque chose à ce que j'avois dit, quoi que son raisonnement fût fort juste & ses paroles mesurées, Monsieur Salvius s'échauffa contre lui ; & sur ce que je pris la parole pour ledit Sieur de la Court, Monsieur Salvius ne m'épargna pas aussi : Monsieur Oxenstiern, & lui se trouverent d'accord en cette colere qui n'est pas dangereuse, car quoi que sur l'heure elle soit fâcheuse à qui la reçoit, il en arrive d'ordinaire quelque bien. Avec ces Messieurs-là il faut harceller de fois à autre pour en avoir raison, & c'est chose très-assurée que si on ne les traîne à la Paix ils ne s'y laisseront point conduire.

Au sortir de la Chambre de Monsieur Oxenstiern qui garde le lit à cause d'une indisposition, Monsieur Salvius s'aprocha de Monsieur de la Court & lui dit que l'on avoit bien crié là-dedans, comme les Avocats font l'un à l'autre quand ils font au Barreau, mais qu'après ils vont boire ensemble : il me repeta la même chose en me conduisant & prit à temoin Monsieur de Rosenhan qui a épousé la Cousine Germaine de Monsieur Oxenstiern, s'ils ne faisoient pas eux deux tout leur possible pour aprivoiser cet homme & pour avancer le Traité, mais que s'ils en tiroient une bonne parole & un consentement à quelque chose, il changeoit d'avis le lendemain, que n'étant que deux Plénipotentiaires il n'y avoit point de remede que la patience, & qu'il lui en faisoit prendre plus que je ne croyois ; que je devois considerer que ledit Sieur Oxenstiern est le Premier des deux, qu'il est Senateur du Royaume & qui pis est, ce furent ses propres termes, fils du Chancelier : Monsieur de Rosenhan plioit les épaules à tous ces discours, & témoignoit l'approuver entierement. J'ai oublié une autre variation dudit Sieur Oxenstiern bien importante, c'est qu'il étoit demeuré d'accord de signer les Articles avec les Députez de Brandebourg, lorsque tous leurs differens seroient composez, & de plus le projet ci-joint m'a été aporté de sa part, & de celle de Monsieur Salvius pour le communiquer aux Députez de Brandebourg. Je leur demandai pourquoi donc le dernier Article de ce projet dressé par eux-mêmes porte ces mots : *Hæc vigore mutuarum Plenipotentiarum ad modum supra scriptum conclusa esse effectumque suum habitura cum pace generali manibus sigillisque nostris testamur ?* Monsieur Oxenstiern ne sut que répondre, mais il n'en opiniâtra pas moins son avis, parce, dit-il, qu'ils ont ordre de ne point faire de Traité avec l'Electeur de Brandebourg. Je repartis qu'il eut été donc beaucoup meilleur de ne s'y point engager de parole & par écrit, & que d'ailleurs ce n'étoit pas un Traité formel; je proposai qu'au moins l'on fit une Conference entr'eux, les Députez de Brandebourg & nous pour arrêter chaque point & en laisser un Ecrit non signé entre mes mains, comme il a été fait à Munster entre les mains de Messieurs les

Mrs. Salvius & Rosenhan lui font des excuses.

Mé-

Médiateurs, lors que nous avons convenu des prétentions de la France. Cet expedient ne fut pas reçu, ils dirent qu'ils vouloient être d'accord avec les Imperiaux de tout le reste de la satisfaction de Suéde ; avant que de conclure avec Brandebourg, & qu'ils me donneroient leurs demandes par écrit avec priere d'en vouloir traiter avec le Comte de Trautmansdorff. Je leur promis toutes sortes de soins & de services, mais ce fut en me plaignant un peu qu'après avoir travaillé trois semaines en l'affaire de Pomeranie à leur requisition, ils la vouloient laisser imparfaite ; lorsqu'il ne falloit plus qu'une Conference pour la terminer de tout point. Il me semble qu'ils cherchent à laisser toutes choses dans l'incertitude pour s'en prevaloir auprès des Imperiaux & tirer d'eux la somme de douze cens mille Risdalles qui devoit être fournie à celui qui n'auroit point Stetin, car aujourd'hui avec cette Ville-là ils ont encore Gartz, Dam Wollin & Golnow, ils veulent aussi l'argent & se persuadent de l'avoir plus facilement si le Traité de Brandebourg n'est pas fait : c'est la meilleure interpretation que je puisse donner à un procedé si rude & si inconstant que le leur.

Les Suédois prétendent tirer douze cens mille Risdalles des Impériaux,

Nonobstant toutes ces difficultez & mortifications, je ne me rens pas, je les ai solicitez encore aujourd'hui & continuerai sans relâche, afin que s'il est possible en attendant le succès de cette nouvelle Négociation dont ils veulent me charger & dont j'ai déja fait ouverture à Monsieur de Trautmansdorff, nous achevions la premiere, au moins par un Ecrit non signé duquel je demeurerai le depositaire. Je suis &c.

Il propose la chose à Trautmansdorff.

ADDITION.

Depuis ceci écrit je viens de recevoir une Lettre de Monsieur Salvius avec un Exemplaire des Articles dont il s'agit entre les Plénipotentiaires de Suéde & ceux de Brandebourg; j'y trouve beaucoup d'amendement & ne doute pas que demain notre affaire ne soit toute achevée : le tems ne me permet pas de copier ledit Exemplaire avec les Apostilles qui sont en marge, mais voici copie de la Lettre qui fait voir qu'une juste fermeté est quelquefois utile auprès des Suédois ; vous verrez aussi comme ils stipulent que je leur fasse maintenant de bons offices auprès des Impériaux touchant le reste de la satisfaction de Suéde , & c'est à quoi j'ai déja commencé de les servir avec esperance de quelque succès; je m'en vais bien presser la conclusion.

Les Suédois lui envoyent une Copie des Articles avec le Brandebourg: il les trouve adoucis & espere.

[Le Memoire de même date qui doit suivre cette Dépêche du quatre n'est autre chose que la même Dépêche mot à mot.]

A MONSIEUR

De

BEAUREGARD.

Le 6. Fevrier 1647.

Touchant l'affaire de Pomeranie. Bonnes esperances pour la Paix d'Allemagne. Il s'employe pour les intérêts de Madame la Landgrave. Touchant les Ecclesiastiques de Wetzlar. Il a recommandé qu'on envoyât une grosse somme pour les apointemens des Envoyez.

MONSIEUR,

J'Ai reçu il y a cinq ou six jours votre Lettre du vingtieme de l'autre mois dont je vous remercie bien humblement. Vous avez fort bien jugé du sentiment des Suédois sur l'affaire de Pomeranie & de l'offre qu'ils ont faite à l'Electeur de Brandebourg, que vous avez crû pour serieuse. Il y a trois semaines qu'ils me tiennent sur ce chapitre; ne pouvans se resoudre de rien laisser à l'Electeur de toute la Pomeranie, & Monsieur Oxenstiern pressé par moi de satisfaire à cette offre qu'il avoit faite par l'entremise des Ambassadeurs de France, m'a repondu qu'elle avoit été faite, *Pro forma*, ils ont enfin acquiescé, mais ils me repetent tous les jours que c'est pour le seul, respect de la France, & le disent hautement par tout. Je replique que c'est une obligation qu'ils ont à la France, puisque sans le consentement de Brandebourg la Paix ne pouvoit être sure, ni de durée , & cela est très-veritable; j'ai eu fort à faire, car les Impériaux étoient bien contens & alloient au devant de Messieurs les Plénipotentiaires de Suéde pour leur accorder la Pomeranie entiere avec la garentie de l'Empereur, & des Etats de l'Empire, ils y trouvoient leur compte d'autant que par ce moyen ils étoient quites de la recompense destinée à l'Electeur & laissoient une porte ouverte pour recommencer la Guerre sous le nom d'autrui quand les affaires y seroient disposées.

Touchant l'affaire de Pomeranie.

Il y a aussi eu bien des difficultez & contentions facheuses avant qu'on ait pu convenir des conditions; les uns voulans toujours traiter sur le pied de ladite offre,& les autres ne se croyans pas obligez de s'y tenir si precisement. Messieurs Oxenstiern & Salvius ne cessent de dire avec quelque sentiment que si je ne fusse point venu à Osnabrug, ils auroient eu toute la Pomeranie & l'Evêché de Camin. J'espere, Mr., que la conclusion de cette affaire qui donne grand joye dans cette Assemblée, & qui promet bientôt la Paix d'Allemagne, sera encore plus par-

Bonnes esperances pour la Paix d'Allemagne.

1647.

1647.

particulierement agréable à Madame la Landgrave pour les intérêts qu'elle a avec ledit Sieur Electeur. Quant aux siens particuliers je m'y suis employé de telle sorte dès le lendemain de mon arrivée en ce lieu que ses Ministres en sont demeurez bien contents; je viens encore presentement d'en faire une vive recharge au Comte de Trautmansdorff, me plaignant de ce qu'on va mettre sur le tapis toutes les autres affaires de l'Empereur, & qu'on laisse cela en arriere. Il a voulu me remettre à l'accommodement qui pourroit se faire par les Deputez de Weymar & d'Altembourg; mais après avoir reparti que nous ne pouvons plus nous laisser amuser de cette vaine esperance, ayant sû ce matin de Monsieur Scheffer que ladite Négociation n'est pas seulement commencée, il m'a dit que lui & moi la terminerions en peu de jours, & m'a même prié de m'en entremettre : un peu après il a passé outre & m'a proposé la restitution du tiers de ce que la Maison de Hesse-Cassel a perdu par la Sentence dont elle se plaint, & comme j'ai rejetté, il m'a pressé de la vouloir faire aux Deputez de Madame la Landgrave donnant à entendre que c'étoit pour entrer en matiere. Je n'ai rien oublié des droits de son Altesse pour lui faire voir qu'il faut rétablir les choses au point qu'elles étoient avant la Sentence dont elle se plaint & qu'il faut aussi pourvoir à son dedommagement pour tant de pertes & ruines que son pays a souffert pendant cette guerre. Il me semble qu'il ne s'éloigneroit pas de lui accorder non seulement la possession de l'Abbaye de Herschfeldt qu'elle a déja, mais d'en assurer & investir la Maison de Hesse-Cassel pour toûjours; ôtant au Chapitre la faculté qu'ils ont encore d'élire un Abbé lorsque le Siége est vacant. Il ne m'a touché ce dernier point qu'en passant & à demi mot comme s'il aprehendoit que cela se fût avant qu'on fût d'accord.

Je n'ai pas laissé de lui représenter que ce ne seroit qu'ajouter un titre à ce que Madame la Landgrave possede déja, & il a repliqué : C'est beaucoup de legitimer une acquisition, & de la rendre sure. Il vous plaira, Monsieur, communiquer tout ce que dessus à Madame la Landgrave, s'il lui plait vous en dire ses veritables sentimens, & jusques où elle peut faire relâcher en l'un & l'autre point de sa satisfaction : j'aurai moyen de la servir plus utilement & tiendrai à grand honneur & à grand contentement de pouvoir ménager au delà de ses ordres. Le tems est court & precieux & il faut craindre que si on perd cette occasion de conclure pendant qu'il y a d'autres difficultez sur le tapis, l'on ne trouve ensuite beaucoup de desavantage à traiter cette affaire en dernier lieu, lors que chacun sera content, & qu'on ne songera plus qu'à s'en retourner à la maison avec un bon Traité de Paix.

Je n'ai point vû la Lettre que vous m'avez écrite touchant les Ecclesiastiques de Werzlar, je vous prie de me mander encore une fois ce que vous jugerez qu'on puisse faire pour eux en cas que cette Place demeure à Monsieur le Landgrave. Je vous demande aussi votre sentiment sur toute la satisfaction de son Altesse, parce qu'à la verité j'ai une forte passion de la lui procurer très-ample en tout ce que la reputation & la conscience de leurs Majestez & la mienne propre le pourront permettre : Je laisse à votre discretion de limiter ainsi l'offre de mes services, ou de ne pas repeter une condition qui est bien connue à Madame la Landgrave, & qui en effet sera la regle de ma conduite en cette Négociation, & en toutes les autres : je vous suT O M. IV.

Il s'employe pour les intérêts de Madame la Landgrave.

Touchant les Ecclesiastiques de Wetzlar.

plie donc de m'aider à servir cette Princesse & de croire que je suis &c.

J'ai, par un petit mot d'addition separé de la Lettre, recommandé bien particulierement à Monsieur d'Hemeri d'envoyer une somme considerable à Hambourg pour vos apointemens & ceux de Messieurs d'Avaugour & de Meules, j'ai même chargé mon Neveu de l'en faire souvenir de fois à autre, & donnerai encore le même ordre à Monsieur Pepin par ma premiere Lettre.

Il a recommandé qu'on envoyât une grosse somme pour les apointements des Envoyez.

A MONSIEUR

le Duc de

LONGUEVILLE.

A Osnabrug le 8. Fevrier 1647.

Nouvelles difficultez des Suédois pour le Traité de Brandebourg. Il travaille aux affaires du Roi & de la Landgrave. Trautmansdorff demande le Traité de Paris pour la Lorraine. Il approuve les notes sur la recapitulation des Ministres de Hollande.

MONSEIGNEUR,

J'Esperois faire réponse aux Lettres de votre Altesse & de lui mander aussi la conclusion du Traité de Brandebourg, mais il s'y trouve tous les jours de nouvelles difficultez, & en verité les Suédois ne peuvent finir ni se deprendre entierement de l'esperance d'avoir toute la Pomeranie : la Dépêche qu'ils reçûrent de Stokholm Lundi dernier leur a renouvellé cette pensée & Monsieur Oxenstiern se sentant pressé de mes instances m'a bien avoué qu'ils n'ont pas un ordre absolu de retenir toute la Pomeranie entiere, mais il n'a pas fait scrupule de me dire qu'ils ont charge d'y disposer les affaires de tout leur possible, & que pour lui les desirs de la Reine sont des commandemens. Monsieur Salvius n'appuye pas tant sur ce parti d'extremité, mais il ne pointille pas moins que son Collegue sur les conditions de l'autre, & comme c'est lui qui a mis les Articles par écrit, il s'est crû obligé d'y chercher toutes sortes d'avantages.

Pendant que je poursuis la conclusion de cette affaire je ne laisse pas celles du Roi ni de Madame la Landgrave, & je travaille aussi auprès des Etats de l'Empire pour terminer les Griefs, mais ce n'est que par bons offices & remontrances envers les uns & les autres, sans y oublier quelques considerations importantes qui doivent un peu moderer les prétentions des Protestans. J'ai declaré à Monsieur de Trautmansdorff & fait valoir l'intention de leurs Majestez tou-

Nouvelles difficultez des Suédois pour le Traité avec Brandebourg.

Il travaille aux affaires du Roi & de la Landgrave.

C

touchant le Duc Charles, il en a temoigné quelque contentement, ayant fort loué la generosité de leurs Majeftez, & leur maniere de traiter, beaucoup plus douce, & plus raifonnable que celle des Suédois dont il eſt fort rebuté. Ce n'eſt pas à moi feul qu'il a tenu ce difcours, il ne voit quaſi perſonne ſans faire comparaiſon & ſans l'exagerer; je lui répondis pourtant quelque choſe à la décharge de nos Alliez, qu'il reçût aſſez bien & il me ſemble qu'il a deſſein de les contenter en tout ce qui lui ſera poſſible. Mais au fait de la Lorraine il voudroit le Traité de Paris, & en fit inſtance; je lui déclarai en un mot qu'il n'échet pas ſeulement d'y penſer, & alors blâmant la conduite du Duc Charles avec moi, il propoſa que ſi leurs Majeſtez ne lui vouloient pas accorder l'execution dudit Traité, elles euſſent agréables de faire cette grace à ſon frere, lequel demeureroit à la Cour pour plus grande marque de ſa ſoumiſſion, ou qu'il y envoyeroit ſon fils aîné. Je ne le laiſſai guere parler ſur ce ſujet, l'aſſurant une fois pour toutes que ſi le Duc Charles & ceux de ſa Maiſon ne reçoivent l'ordre ci-deſſus avec reſpect & acquieſcement il ſuffira à leurs Majeſtez d'avoir fait voir à tout le monde combien elles aportent de moderation & de facilité en cette affaire; auquel cas l'Empereur & le Roi d'Eſpagne ne pourront refuſer non ſeulement de conclure la Paix ſans lui, mais de s'obliger à lui faire quitter les armes. Il n'a au plus que cinq mille hommes, repliqua Trautmansdorff, & que peut-il faire avec cela contre la France, n'étant point aſſiſté de la Maiſon d'Autriche? il dit tout de ſuite qu'il ſeroit à propos que votre Alteſſe fît ſavoir ce que deſſus aux Eſpagnols d'autant que le Duc Charles eſt à leur ſervice. Je dis que je rendrois compte de cette Conference en laquelle je remarquai deux choſes, l'une, que Monſieur de Trautmansdorff fut bien aiſe de ce que l'on offre, quoi qu'il deſire davantage, l'autre que par ce moyen, il croit ſon Maître à couvert s'il eſt obligé d'abandonner le Duc Charles, & de promettre qu'il ne lui donnera aucune aſſiſtance. Cette déclaration touchant ledit Duc, joint à la dureté des Suédois qui ſe fait ſentir à un chacun & les ſoins qu'il voit prendre ici par les Miniſtres de Sa Majeſté pour hâter effectivement le Traité, donnent de grands ſentimens de reſpect envers la Reine & d'eſtime de la France: il eſt tout-à-fait perſuadé que Monſieur le Cardinal travaille ſincerement pour la Paix, & parle de ſon Adminiſtration en termes très-honorables, lui qui eſt d'ailleurs fort retenu & réſervé en matiere de Complimens.

Je ne voi rien, Monſeigneur, qui ſe puiſſe ajouter à l'Article que vous avez fait dreſſer touchant le Duc Charles, ni à celui que vous voulez mettre à la fin des autres qui concernent les particuliers: mais pour l'Article qui oblige le Roi d'Eſpagne à ne point aſſiſter l'Empereur, peut-être ſeroit-il bon d'attendre quel ſuccès aura la Négociation d'Eſpagne ſur tous les points importans, de peur que Peſiaranda ne prenne ce prétexte pour reculer, & pour vouloir contraindre les Impériaux de rendre le même office au Roi ſon Maître. Ce ſera un nouvel embaras pour le Comte de Trautmanſdorff & pour nous, qui avons aſſez de peine à conclure ſeparément la Paix d'Allemagne ſans qu'il y ſoit encore aporté une difficulté de notre part, & puis comme l'aſſiſtance d'Eſpagne conſiſte principalement en argent, l'on ne ſauroit empêcher ni quaſi apercevoir la contravention à une telle promeſſe. Je ne parle pourtant que d'en remettre la propoſition à une au-

tre conjoncture, ſi votre Alteſſe ne juge neceſſaire d'en uſer autrement pour de meilleures raiſons.

J'ai vû auſſi les notes ſur la recapitulation du Sieur Paw, & les ai trouvées ſi bonnes & ſi utiles pour juſtifier notre conduite, que je ne ferois aucun doute de les donner par écrit aux Ambaſſadeurs de Meſſieurs les Etats, & d'en envoyer copie à Monſieur de Servien: j'y ai ſeulement ajouté ou transpoſé quelques paroles, plus pour obeïr à votre Alteſſe que pour beſoin qu'il fût. Je ſuis &c.

❃❃❃❃❃❃❃❃❃❃❃❃❃

A MONSIEUR

de

SAINT ROMAIN.

A Oſnabrug le dixieme de Fevrier 1647.

La Négociation avance de plus en plus. Il a été Médiateur entre l'Empereur & la Suéde.

MONSIEUR,

CE mot n'eſt que pour vous donner le bon jour & pour vous mander que les affaires croiſſent, Dieu merci, & prennent bon train; je n'ai pas le tems de vous dire toutes les particularitez, mais ſeulement que la France ſe rend ici néceſſaire à tout l'Empire, ſans en excepter l'Empereur, ni la Couronne de Suéde, & que Meſſieurs Oxenſtiern & Salvius viennent preſentement de me faire de grands remercimens, & diſent que je témoignai bien hier que j'avois part en l'eſprit du Comte de Trautmanſdorff & beaucoup d'affection pour la Suéde. Enfin ce fut hier mon jour d'honneur, comme les Allemands appellent celui de leurs Nôces, j'étois Médiateur entre les Ambaſſadeurs de l'Empereur & de Suéde préſens & non aſſis en un même lieu; je tins le rang qui eſt dû à la France & il plut à Dieu m'inſpirer des moyens d'accommodement qui furent agréables aux Parties, *quid plura?* Je travaillai auſſi pour l'intérêt du Roi, & j'ai peine à contenir ma joye, mais comme toute cette Conference en requiert encore une autre pour reſoudre ce qui n'eſt que projeté, & qu'en telles matieres il arrive ſouvent du changement, je ſuplie *gaudere in ſinu*, & attendre ma premiere. Je ſuis &c.

ME

MEMOIRE

De Monsieur

D'AVAUX.

A Osnabrug du onziéme de Fevrier 1647.

Nouvelle difficulté touchant la Pomeranie. Il espere de réussir pour la satisfaction de Brandebourg. Soins pour Madame la Landgrave. Prétentions de ceux de Brandebourg. Le Duc de Wirtemberg veut chasser les Moines de trente Monasteres. Affaires de Religion. La France & la Suéde donnent la Loi à Osnabrug. Le Roi veut accorder quelque chose au Duc Charles de Lorraine.

Nouvelle difficulté touchant la Pomeranie.

LA Lettre de Monsieur Salvius dont j'envoyai Copie par le dernier Ordinaire, & sa bonne volonté n'ont encore pû faire conclure le Traité avec Brandebourg, il s'y est formé une difficulté nouvelle touchant l'Evêché de Camin, dont les Suédois veulent conserver la possession au Duc de Croi sa vie durant. Monsieur Oxenstiern en fait une condition si necéssaire que depuis quelques jours, il m'a souvent mis le marché à la main, me priant même avec affection de les aider à le rompre. Les Députez de Brandebourg remontrent que depuis quatre semaines que cette Négociation est commencée l'on n'en a fait aucune instance, que les Articles ont été dressez par Messieurs les Ambassadeurs de Suéde, que l'on y a touché plusieurs fois sans parler d'une telle précaution, & que ce seul differend pour cet Evêché étoit entre la Couronne de Suéde & leur Maître, que le Duc de Croi est plus jeune que lui, que le Duc Auguste de Saxe est de même âge & qu'ainsi Camin & Magdebourg seroient des recompenses imaginaires dont il ne jouïroit jamais. En verité les Suédois ne peuvent finir ní se deprendre entierement de l'espérance d'avoir toute la Pomeranie; la Depêche qu'ils reçûrent de Stokholm Mardi dernier leur renouvelle ce dessein: Comme je m'y oposois en une visite particuliere que je fis le lendemain à Monsieur Oxenstiern, il m'avoua qu'ils n'avoient pas un ordre absolu de retenir la Pomeranie entiere, mais il ne fit pas aussi scrupule de me dire qu'ils avoient charge d'y disposer les affaires de tout leur possible, & que pour lui les desirs de ses Superieurs sont des commandemens.

Monsieur Salvius que j'allai trouver au sortir de là n'apuya pas tant sur ce parti d'extremité, mais il ne pointille pas moins que son Collegue sur les conditions de l'autre, & comme c'est lui qui a mis les Articles par écrit, il s'est

peut-être crû obligé d'y chercher toute sorte d'avantages : j'espere néanmoins que nous en sortirons bientôt, & avec satisfaction des Ambassadeurs de Brandebourg, comme ayans certainement la raison de leur côté, & d'ailleurs ceux de Suéde nous font maintenant la Cour, m'ayans convié d'agir auprès du Comte de Trautmansdorff pour leurs affaires; ce que j'ai déja fait avec un succès qui leur est trèsa-gréable, & ils en écrivent aujourd'hui en Suéde avec ressentiment d'obligation envers la France; & m'ont prié de continuer.

Il espere de réussir pour la satisfaction de Brandebourg.

En cette bonne humeur où ils font nous essayerons de faire conclure & achever de tout point le Traité de la Pomeranie : cependant nous ne laissons pas en arriere les intérêts de Madame la Landgrave, quoique Monsieur Oxenstiern en ait temoigné de la jalousie aux Sieurs Scheffer & Vultejus; mais le Comte de Trautmansdorff m'ayant dit, comme je lui en parlois l'autre jour, que lui & moi vuiderions cette affaire en peu de tems, & m'ayant aussitôt proposé des moyens assez considerables, je ne pus pas refuser une si bonne occasion de servir la Maison de Hesse-Cassel & entrai en matiere avec lui. J'en donnai avis ausdits Sieurs Scheffer & Vultejus, & en écrivis amplement à Monsieur de Beauregard. Ce matin, comme les Impériaux étoient ceans pour les affaires de la Couronne de Suéde, & que j'ai pressé de nouveau pour celles de Hesse, nous avons encore amelioré en quelque chose les conditions qu'ils veulent offrir à Madame la Landgrave, & je prétends bien de les conduire plus loin.

Soins pour Madame la Landgrave.

Les Députez de Brandebourg m'ont aussi prié de traiter de la recompense que leur Maître doit recevoir de l'Empereur pour ce qu'il cede la Pomeranie. J'ai commencé cette entremise par une déclaration, que je ne pouvois les assister en la demande qu'ils font de l'Evêché de Minden, & après beaucoup de difficultez, je les ai reduits à s'en desister, comme j'avois fait auparavant de l'Evêché d'Osnabrug, qu'ils ont aussi pretendu. Mais les Protestans assistez des Suédois demandent l'un & l'autre, & il semble que l'Eglise Catholique soit au pillage: car outre ce que Madame la Landgrave prétend d'un autre côté sur les Archévêchez de Cologne, de Mayence & Paderborn, & l'Abbaye de Fukle, le Duc de Wirtemberg veut chasser les Religieux ou Religieuses de trente Monasteres tant d'hommes que de filles, & tout cela leur réussira si l'autorité de leurs Majestez, apuyée de l'obligation des Traitez, n'y intervient serieusement : en ce cas on pourroit sauver quelque chose & particulierement deux Evêchez de grande conséquence.

Prétentions de ceux de Brandebourg.

Le Duc de Wirtemberg veut chasser les Moines de trente Monasteres.

L'alliance en termes exprès porte que si les armes de Suéde occupent les Places & Villes Catholiques, où il y ait exercice de la Religion Catholique, toutes choses y doivent demeurer au même état. Minden & Osnabrug avoient un Evêque Catholique, lorsqu'elles ont été prises par les Suédois, & partant ils les doivent laisser & restituer entierement au même Prelat. Je ne rends compte que des principales affaires dont nous sommes chargez Monsieur de la Court & moi: on nous sollicite vivement de toutes celles qui font sur le tapis, comme l'on fait aussi les Ambassadeurs de Suéde, & à la verité il est remarquable que dans une Assemblée de l'Empire, où le premier Ministre de l'Empereur assiste, avec les Députez des Electeurs, des Princes, & des Villes, deux Couronnes Etrangeres y donnent la Loi. Mais toujours il y

Affaires de Religion.

La France & la Suéde donnent la Loi à Osnabrug.

Le Roi veut accorder quelque chose au Duc Charles de Lorraine.

a cette difference qui vient de la grandeur de la France, de la moderation que leurs Majestez ont fait paroître en traitant de leurs intérêts, & de la ferme creance qu'on a ici que leur intention est entierement portée à la Paix, que les Princes amis, les neutres, & ceux mêmes du parti contraire recherchent la mediation de leurs Majestez, & s'en louënt. Monsieur le Duc de Longueville a fait entendre aux Hollandois ce qu'il plait au Roi d'accorder au Duc Charles, j'ai dit la même chose au Comte de Trautmansdorff en lui faisant considerer combien leurs Majestez font en cela pour un Prince qui l'a si peu merité ; il en a témoigné quelque contentement, ayant fort loué la generosité de leurs Majestez, & leur maniere de traiter beaucoup plus douce & plus raisonnable que celle des Suédois, dont il est fort rebuté, ce n'est pas &c. (*Voyez le reste en la Lettre à Monsieur le Duc de Longueville du huitieme Fevrier jusques à ces mots* en matiere de compliment.)

Depuis tout le tems &c. *ce qui suit est pris de la Lettre à Monsieur le Duc à Longueville du 29. Janvier jusques à ces mots* (ci-dessus declarée) je les pressai là-dessus une autre fois, & en ai parlé aux Ambassadeurs de Suéde, comme aussi à beaucoup de Députez des Princes de l'Empire, specialement à celui de Baviere qui m'a dit avoir ordre exprès de son Maître de presser vivement les Impériaux sur ce sujet : je me prevaudrai bien de cette assistance. Fait à Osnabrug le 11. Fevrier 1647.

A MONSIEUR

le Cardinal

MAZARIN.

Du 11. Fevrier 1647.

Entretien avec Trautmansdorff qui se rend facile à la Paix. Nouvelles pretentions des Suédois. Les Ambassadeurs de Brandebourg peu exercez dans les Négociations.

MONSEIGNEUR;

Entretien avec Trautmansdorff, qui se rend facile à la Paix.

LEs occupations que j'ai soir & matin me privent de l'honneur d'écrire plus souvent à votre Eminence, & me forcent même d'obmettre beaucoup de choses dans le Mémoire que j'envoye à Monsieur de Brienne. J'ai néanmoins à vous rendre compte d'un long entretien que j'ai eu avec Monsieur de Trautmansdorff, qui se loûe tout à fait de votre Eminence, & se rend facile aux conditions de la Paix, sur l'assurance qu'il a pris que vous la voulez effectivement : mais le peu de temps qui reste pour faire tenir mon paquet à Munster avant le

partement de l'Ordinaire me contraint de remettre cela à une autre fois.

Je vous remercie très-humblement, Monseigneur, de la Lettre dont il vous a plu m'honorer le premier de ce mois. Vous avez judicieusement prevû que la facilité d'obtenir donneroit de nouvelles prétentions aux Ambassadeurs de Suéde, & ils n'y ont pas manqué, comme votre Eminence aura vu par mes Depêches. J'aurois sans doute mieux fait de ne venir que par degré au consentement que je leur portai ; mais comme il y a ici quatre Ambassadeurs de Brandebourg qui sont tous Allemands, & fort peu exercez dans les Négociations, ceux de Suéde ont toujours su leurs resolutions aussitôt que moi, & c'est une des plus grandes incommoditez que j'aie rencontré en cette affaire. Je me promets, Monseigneur, que nous y mettrons bientôt la derniere main, & après avoir rendu très-humbles graces à votre Eminence de la favorable réponse qu'il lui a plu faire à mon neveu, je demeure avec obligation vôtre &c.

Nouvelles pretentions des Suédois.

Les Ambassadeurs de Brandebourg peu exercez dans les Négociations.

A MONSIEUR

CHANUT.

Le onziéme Fevrier 1647.

Les Suédois après avoir un peu murmuré le caressent, afin qu'il agisse auprès des Impériaux en leur faveur. Négociation pour decharger les Suédois des contributions de l'Empire. Il conserve son rang chez Trautmansdorff.

MONSIEUR;

LA Lettre de Monsieur Salvius dont je vous ai envoyé copie &c. *la suite est tirée du Mémoire de même date jusques à ces mots* (obligé d'y chercher toutes sortes d'avantages) enfin nous en sommes sortis, comme vous verrez par la copie de la Convention qui sera cijointe.

Messieurs les Ambassadeurs de Suéde ont un peu murmuré contre moi pendant la Négociation, parce que je n'approuvai pas la rigueur qu'ils ont tenuë à ceux de Brandebourg, & encore moins les variations, mais à present ils me caressent & m'ont prié d'agir auprès du Comte de Trautmansdorff pour la satisfaction de la Couronne de Suéde. Je les ai déja servis à leur gré & dans une Conférence où j'étois avant-hier avec les quatre Plénipotentiaires de l'Empereur, & chez eux Monsieur Salvius y étant survenu comme par rencontre, mais c'étoit de concert, nous examinâmes les demandes des uns, & les réponses des autres : quelques points furent ajoutez sur l'heure même, quelques-uns remis au lendemain avec de très-bonnes dispositions, & le plus delicat

Les Suédois après avoir un peu murmuré le caressent, afin qu'il agisse auprès des Impériaux en leurfaveur.

1647.

licat de tous ayant été touché adroitement par Monsieur Salvius, je fis ensorte que le Comte de Trautmansdorff ne s'en rebuta pas d'abord comme de coutume, & qu'après plusieurs consultations tantôt avec moi, tantôt avec ses Collegues, il proposa enfin d'exempter à l'avenir la Couronne de Suéde des charges & contributions de l'Empire, à raison des États qu'elle y possedera jusques à cent mille Risdalles. La pauvreté de son Maître, & son impuissance lui fournissoit une assez legitime excuse de ne pas accorder une plus grande somme, ni plus presente; je le pressai néanmoins de passer outre, & d'autant que Monsieur Salvius avoit dit plusieurs fois tout haut en s'adressant à moi, qu'un Surintendant des Finances trouveroit aisément les moyens de terminer cette affaire, Monsieur de Trautmansdorff me tira encore à part, & me dit que si je voulois faire avancer deux cens mille Risdalles à l'Archiduc d'Inspruck sur ce qui lui sera dû à la Saint Jean, il ajouteroit cet argent comptant à son offre. Je lui representai que je n'avois point de charge, qu'il faudra en son temps payer l'Archiduc de ce qu'on lui a promis, & non à autre, que ce terme fut mis en Septembre, lors qu'on tenoit la Paix faite dans la fin du mois, & que si par malheur elle se differoit encore quelque temps nous ne serions pas obligez de fournir un millions de livres auparavant qu'elle fût faite, ou le lendemain sous ombre que la Saint Jean seroit passée : cependant pour l'engager à faire offre à Monsieur Salvius, je lui dis qu'il se trouveroit quelqu'autre moyen qui ne couteroit rien à l'Empereur. Il écouta volontiers ce dernier mot, & revint audit Sieur Salvius, en lui declarant que les douze cens mille Risdalles demandées, quoi que sans aucun fondement, puisque Stettin leur demeure avec tant d'autres Places, ils en auroient la moitié en la maniere ci-dessus exprimée : Monsieur Salvius vint hier céans m'en faire de grands remercimens, & il a dit à Monsieur Oxenstiern que j'avois bien fait voir l'affection que j'ai pour la Suéde, & le respect que Monsieur de Trautmansdorff a pour la France, & de vrai vos Depêches nous ayant apris que cette nouvelle pretention d'argent n'empêcheroit pas la Paix, Messieurs Oxenstiern & Salvius, à qui je l'ai dit il y a longtemps en nommant mon auteur, mais non pas le votre, ont reçu en cette occasion une preuve assurée de la part que nous prenons dans tous les intérêts de la Suéde.

Reste à dire pour vous seul que cette Négociation s'étant faite chez le Comte de Trautmansdorff, où il a paru que le hazard nous avoit assemblez, nous demeurâmes tous debout, mais que je tins le rang qui est dû à la France. Je suis &c.

Négociation pour décharger les Suédois des contributions de l'Empire.

Il conserve son rang chez Trautmansdorff.

A MONSIEUR

le Duc de

LONGUEVILLE.

à Osnabrug du 12. Fevrier 1647.

Traité de Suéde & de Brandebourg terminé. Les Suédois en sont satisfaits. La France déclarée Arbitre. Les Peages plus moderez accordez à la Suéde. Oxenstiern chicane. La France doit fournir deux cens mille Risdalles. Trautmansdorff destine un fonds pour payer cette somme; les Suédois conseillent de demander Bensfeld.

MONSEIGNEUR,

TOute notre sollicitation n'a pas empêché que la conclusion du Traité avec Brandebourg n'ait été traînée jusques hier. Il s'y étoit formé une difficulté toute nouvelle touchant l'Evêché de Camin, dont les Suédois vouloient conserver la possession au Duc de Croi sa vie durant, & Monsieur Oxenstiern en faisoit une condition si necessaire que &c. *lisez le reste dans le Memoire du onziéme jusques à ces mots* (dont il ne jouïroit jamais) enfin cela s'est terminé au contentement des Ambassadeurs de Brandebourg, comme aussi faut-il avouer que la raison étoit de leur côté. Voici une Copie de la Convention que j'envoye à votre Altesse.

Messieurs les Ambassadeurs de Suéde &c. *lisez la suite dans la Depêche à Monsieur Chanut du XI. jusques à ces mots ci-dessus exprimez.*

Monsieur Salvius vint ceans le lendemain m'en faire de grands remercimens, & me dit à Monsieur Oxenstiern que j'avois bien fait voir l'affection que j'ai pour la Suéde, & le respect que Monsieur de Trautmansdorff a pour la France : & de vrai, Monseigneur, les Dépêches de Monsieur Chanut nous ayant apris que cette nouvelle pretention n'empêcheroit pas la Paix, Messieurs Oxenstiern & Salvius, à qui je l'ai dit il y a long temps, en nommant mon auteur, ont reçu en cette occasion une preuve assurée de la part que nous prenons dans tous les intérêts de la Suéde.

Reste à dire à votre Altesse que cette Négociation s'étant faite chez le Comte de Trautmansdorff, où il parut que le hazard nous avoit assemblez, nous demeurâmes debout, mais que je tins toujours le rang qui est dû à la France, quoi qu'il me fallût plusieurs fois parler separement aux Parties,

Traité de Suéde & de Brandebourg terminé.

Les Suédois en sont satisfaits.

C 3   J'aidai

J'aidai aussi à faire accorder d'autres choses à la Couronne de Suéde, mais comme Monsieur Salvius pressoit encore pour faire continuër les Impôts & Peages, qui ont été établis en Pomeranie, à Wismar, & sur le Wézer depuis cette guerre, le Comte de Trautmansdorff s'ennuyant de tant de demandes qu'on peut dire veritablement nouvelles, dit qu'il m'en feroit bien le Juge nonobstant l'Alliance des deux Couronnes. Monsieur Salvius repliqua que je n'agissois pas là comme Allié, mais comme Médiateur, & qu'ainsi les Parties m'en pourroient bien croire: il n'est pas seulement notre Médiateur, dit Trautmansdorff, il l'est encore de tout l'Empire, c'est une marque du respect que tous les Princes d'Allemagne portent au Roi très-Chrétien & à la Reine sa *La France déclarée Arbitre.* Mere, & de la confiance qu'on a prise en leurs bonnes intentions pour la Paix. Ensuite de cet arbitrage qui fut deferé à la France avec des termes si obligeans, je fus d'avis que pour la consideration de Messieurs les Etats, & pour l'intérêt du commerce, les nouveaux Peages fussent taxez plus moderement, & *Les Peages plus moderez accordez à la Suéde.* qu'en ce cas l'Empereur les accordât à la Couronne de Suéde pour quelques années: cela fut accepté de part & d'autre avec agrément. Je vous promets, Monseigneur, que tous les autres differens auroient été vuidez sans partir de la chambre, si Monsieur Salvius en eût eu le pouvoir ou qu'il ne se fût souvenu de la mauvaise humeur de son Collegue, mais il prenoit d'une main & ne donnoit rien de l'autre que les promesses d'en faire bon rapport à *Oxenstiern chicane.* Monsieur Oxenstiern, & celui-ci desaprouve maintenant une partie de ce qui s'y est traité, & chicane sur l'autre.

La France doit fournir deux cens mille Risdalles. Monsieur Salvius fit quelque mention de Bensfeld pour les deux cens mille Risdalles que la France fourniroit, & alors que le Comte de Trautmansdorff ne sembloit pas éloigné de laisser cette Place au Roi en engagement. Mais depuis comme nous avons souvent conferé avec les Impériaux & Suédois, il ne s'en est plus rien dit, & j'ai apris de bon lieu que *Trautmansdorff destine un fonds pour payer cette somme; les Suédois conseillent de demander Bensfeld.* ledit Sieur de Trautmansdorff destine un autre fonds au payement de cette somme, je ne sai même si Bensfeld importe autant que deux cens mille Risdalles, & suplie votre Altesse me faire l'honneur de m'en mander son sentiment, qui me servira d'ordre en cas que l'on revînt à cette proposition, ce que je ne crois pas: Monsieur Salvius dit que nous ne devons pas perdre l'occasion d'avoir ladite Place si cela se peut, & la met à bien plus haut prix.

Je ne laisse pas en arriere les intérêts de Madame la Landgrave &c. *le reste est pris du Mémoire du onziéme jusques à ces mots* (il semble que l'Eglise Catholique soit au pillage.) Je suis &c.

A MONSIEUR

le Duc de

LONGUEVILLE.

A Osnabrug le 20. Fevrier 1647.

Il envoyera un exprès à la Cour. Traité fait avec les Impériaux pour la satisfaction de la Suéde. Il travaille pour la satisfaction de Madame la Landgrave, & pour soutenir la Religion Romaine. Prétentions des Suédois sur deux Evêchez. On va travailler à l'affaire du Palatin. Touchant les affaires du Portugal. Des Places d'Italie. Quelle réponse il faut faire au Roi de Dannemarck touchant le Duc Frédéric son fils.

MONSEIGNEUR,

PUis que vous m'avez fait l'honneur d'agréer *Il envoyera un exprès à la Cour.* que le Sieur de Prefontaine aille rendre compte à la Cour de ce qui s'est passé ici, je le dépêcherai dans deux jours, avec ordre d'aller premiérement rendre ce devoir à votre Altesse; cependant je ne laisserai pas, Monseigneur, de vous mander encore une bonne nouvelle, qui est que le Traité de la Suéde avec Brandebourg a déja été suivi de celui qui *Traité fait avec les Impériaux pour la satisfaction de la Suéde.* étoit à faire entre les Impériaux touchant la satisfaction de la Couronne de Suéde. C'est un grand acheminement à la Paix, dont toute l'Assemblée défére l'honneur à la France, les Etats de l'Empire Catholiques & Protestans m'en ont fait civilité par deux fois par deux célébres Députations, & témoigné grand sentiment d'obligation envers leurs Majestez.

Je suis accablé de visites & d'affaires, & n'ai pas le temps pour faire ma Depêche en France. *Il travaille pour la satisfaction de Madame la Landgrave, & pour soutenir la Religion Romaine.* Ma principale occupation maintenant est d'avancer le Traité de la satisfaction de Madame la Landgrave, & d'empêcher la derniére ruine de la Religion Catholique qui est attaquée trop confidemment par nos Alliez, sous la faveur des armes du Roi & de tant d'assistances qu'ils en ont reçues : cela donnera un beau moyen aux Espagnols de calomnier la France à Rome & dans la France même.

Je vous demande secours, Monseigneur, & que si Monsieur de Rosenhan ne vous parle point, il plaise à votre Altesse le mander, & lui dire un peu ferme, ce qu'il vous semble de *Prétentions des Suédois sur deux Evêchez.* la prétention des deux Evêchez, spécialement de celui d'Osnabrug. Comme à la vérité elle est vêchez.

est tout à fait exorbitante & offensante, les Suédois ne nous comptent pour rien, & néanmoins il n'y a rien si facile que de les tenir en mesure, si l'on veut, & ce sans aucun péril, j'en ai plusieurs expériences.

On va travailler à l'affaire du Palatin.

Nous allons aussi travailler à l'affaire Palatine, où les Suédois & les Protestans ne font pas moins les mauvais qu'aux affaires de Religion. Si on les laisse ordonner ainsi de toutes choses, & là où chacun sait que la France est dans des sentimens contraires, ce sera perdre tout crédit en Allemagne, tant auprès de ceux qui seront venus à bout de leurs desseins contre notre desir, que des autres que nous n'avons pu protéger entre lesquels un Duc de Baviére est de considération.

Touchant les affaires du Portugal.

Votre Altesse a répondu très-prudemment aux Sieurs Paw & Donia sur l'article de Portugal, c'est un des plus nécessaires du Traité, & qui n'en peut être séparé que l'on ne soit bien d'accord sur le reste. Il vous plaira, Monseigneur, de vous souvenir que lors même que nous avons donné notre intention aux Ambassadeurs de Messieurs les Etats, de ne pas arrêter la Paix de la Chrétienté pour ce seul sujet; nous leur avons toujours dit qu'il seroit pourtant besoin d'une cession d'hostilitez durant six mois, à quoi ledit Sieur Paw a consenti plusieurs fois, au moins du geste & de la tête, lui qui en autres choses ne manquoit pas de nous représenter les difficultez qu'il y trouvoit: d'ailleurs les ordres de la Cour nous pressent d'obtenir un an, s'il est possible; & ainsi, Monseigneur, lors qu'il en sera temps, c'est à dire lors que tout le Traité sera conclu à cela près, je croi qu'il sera bon d'insister pour une année, & de ne se point relâcher qu'à six mois, autrement le Roi de Portugal sera oprimé auparavant qu'il puisse recevoir secours d'aucun endroit. Il me semble que les ordres du Roi nous obligent aussi à mettre un article dans le Traité, par lequel il soit dit que Sa Majesté pourra assister le Portugal sans contrevenir à la Paix.

Des Places d'Italie.

Quant à l'article où il est parlé des Places d'Italie, l'addition de Monsieur de Saint Maurice y seroit superfluë, & donneroit un prétexte aux Espagnols de chicaner sur la restitution de Verceil, comme n'étant pas réciproque ni relative à ce que le Roi feroit en vertu d'un autre Traité que celui de la Paix ; je remarque cela pour appuyer la considération beaucoup plus importante que vous y avez faite, afin que comme elle doit être secrete, il y ait quelque autre chose à dire audit Sieur Ambassadeur.

Quelle réponse il faut faire au Roi de Dannemarck touchant le Duc Frédéric son fils.

Je voudrois bien savoir à peu près l'intention de votre Altesse touchant la réponse qu'il faut faire au Roi de Dannemarck, car je me trouve empêché à lui mander quelque chose qui le contente sans choquer nos Alliez. Mon opinion seroit d'en parler au Comte de Trautmansdorff, afin de pouvoir lui écrire que nous avons sollicité les Impériaux pour la satisfaction du Duc Frédéric son fils. Je suis très aise, Monseigneur, pour votre service, d'avoir vu les Lettres que le Roi de Pologne & le Roi de Dannemarck écrivent à votre Altesse; c'est un glorieux témoignage de ce qui vous est dû par des Ambassadeurs, puisque des Têtes couronnées vous déférent. Je suis &c.

MEMOIRE

De l'Ambassadeur de

FRANCE

qui est

A OSNABRUG.

Le Traité signé entre les Suédois & Brandebourg. Ceux-ci sont d'accord avec les Impériaux pour l'équivalent. Convention entre les Suédois & les Impériaux touchant la satisfaction de la Suéde, conclue & signée. Satisfaction de Madame la Landgrave sur le tapis. On délibére aussi sur les affaires de plusieurs Princes de l'Empire. Griefs de Religion la plûpart composez du consentement des Parties. Touchant une suspension d'armes. La France a grande part à la Négociation. Les Protestans de l'Empire la remercient. Les Catholiques aussi. Les Espagnols employent Isola pour traverser la Négociation; mais inutilement. Le differend sur l'Evêché de Camin terminé en faveur de Brandebourg. Les Impériaux offrent toute la Poméranie à la Suéde. Avantages pour la France dans ce Traité. Les Suédois ont témoigné du mécontentement au commencement de la Négociation; ensuite ils m'ont caressé, afin de les servir auprès des Impériaux. On accorde à la Suéde six cens mille Risdalles. Les Suédois le remercient. La France a la premiere place à la Conference. Ils le regardent comme Médiateur. On accorde par son moyen aux Suedois les Peages, mais plus moderez pour quelques années. Touchant Bensfeld. Les Suédois & les Impériaux s'accordent par l'entremise de la Fran-

France. Les Impériaux préviennent les Suédois & viennent les premiers le remercier. Les Suédois sont venus deux jours après sous un mechant prétexte. Le Traité entre la Suéde & les Impériaux, n'aura d'effet qu'après que les autres affaires seront finies. Il demande sureté afin que les Impériaux & l'Empire n'attaquent la France. Plainte des Impériaux touchant sa demande. Les Impériaux s'accordent. Il veut former de nouvelles prétentions à cause des avantages qu'on dit que Monsieur de Turenne a remportez. Les Suédois après avoir signé, reçoivent ordre de ne rien céder de la Poméranie. Difficultez sur la satisfaction de Madame la Landgrave. Les Hessois souhaitent que les Suédois s'entremettent de la Négociation. Trautmansdorff témoigne beaucoup de respect pour la France. Il reste six Griefs des Protestans les plus difficiles. La Suéde les favorise. La France s'y doit opposer & soutenir la Religion; ce qu'il fait. Touchant la suspension d'armes. Il demande qu'on lui donne avis de la maniére dont il doit se gouverner sur trois points; le premier, s'il faut que la France avance quelqu'argent, quelle sureté elle peut demander. Le second concerne la sureté de la Paix. Le troisieme est pour les Griefs de la Religion. Animosité des Protestans contre Baviere. Les Protestans se donnent beaucoup de mouvemens pour l'affaire du Palatinat.

[Marge: Le Traité signé entre les Suédois & Brandebourg; ceux-ci sont d'accord avec les Impériaux pour l'équivalent. Convention entre les Suédois & les Impériaux touchant la satisfaction de la Suéde, conclue & signée. Satisfaction de Madame la Landgrave sur le tapis. On délibére]

LE Traité est fait & signé entre les Plénipotentiaires de Suéde & de Brandebourg.

Ceux-ci sont d'accord avec les Impériaux sur l'équivalent que l'Electeur leur Maître a prétendu pour ce qu'il céde de la Poméranie.

La Convention touchant le point de la satisfaction de la Couronne de Suéde est aussi conclue entre les Ambassadeurs de l'Empereur, & de ladite Couronne, & signée par les Secretaires de l'une & l'autre Ambassade.

La satisfaction de Madame la Landgrave est sur le tapis, elle se traite entre Monsieur de Trautmansdorff & moi qui ne manque pas de communiquer le tout aux Ambassadeurs de Suéde.

Les affaires de la Maison Palatine, de celle de Bade, du Duc de Wirtemberg, & de quelques Comtes, commencent aussi à se mettre en délibération.

Des Griefs de la Religion qui sont au nombre de cinquante-quatre, il y en a quarante-huit de composez du consentement des Parties & l'on travaille à terminer ce qui reste.

Les Ambassadeurs de Suéde ne sont plus si éloignez d'une suspension d'armes générale par tout l'Empire, & ils nous ont promis d'en écrire de bonne ancre au Maréchal Wrangel.

[Marge: aussi sur les affaires de plusieurs Princes de l'Empire. Griefs de Religion la plûpart composez du consentement des Parties. Touchant une suspension d'armes. La France a grande part à la Négociation.]

En tout cela la France y a eu très-grande part, les affaires ayant passé par les mains de ceux qui ont l'honneur de servir leurs Majestez en cette Assemblée; & certainement on attribuë à la Reine toute la gloire du progrès que l'on voit au Traité de Paix.

Les Etats de l'Empire Protestans nous en ont remercié solemnellement, & témoigné qu'ils en avoient grande obligation à Sa Majesté, & les Catholiques y sont venus aussi en corps par une grande députation du Collége Electoral, de celui des Princes & des Villes: les uns & les autres disent ouvertement qu'à moins de l'autorité de la France, ils ne pouvoient espérer ce qu'ils voyent, & qu'auparavant un mois il n'y avoit rien de si froid ni de si languissant que le Traité de la Paix.

[Marge: Les Protestans de l'Empire la remercient. Les Catholiques aussi.]

Il est vrai qu'il fait bon voir à présent comme chacun se remuë pour son intérêt, comme les heures sont chéres, & comme toute la Ville est pleine de monde. Nous avons avis que Monsieur Brun s'y rendra aussi au premier jour; mais il viendra tard, & je veillerai de près pour empêcher de tout mon possible qu'il ne nous brouille en ce qui reste à faire.

Cependant les Espagnols se sont servis du Sieur Isola qui s'est rencontré ici à propos pour nous traverser sur le sujet d'une clause que nous avons pourtant enfin fait insérer au Traité de la satisfaction de Suéde; mais cette difficulté l'a tenu deux jours en surséance: il ne fut pas sitôt signé que ledit Sieur Isola vint me dire qu'il l'alloit porter à Vienne, & qu'il iroit auparavant à Munster pour le communiquer à Peñaranda; il me fonda fort sur Piombino & Portolongone, & après avoir bien compris que ces Places nous doivent demeurer de la même sorte que toutes les autres conquêtes, il me témoigna ouvertement qu'il en parleroit comme il faut à Peñaranda, & il me parut en avoir charge du Comte de Trautmansdorff. Je puis assurer qu'au moins il va lui annoncer la conclusion du Traité, l'avancement de tout le reste des affaires & la vive instance que nous faisons ici de tous côtez, à ce que, si l'on veut une bonne Paix, l'Empereur & les Princes de l'Empire s'obligent que ni d'aucun Etat d'Allemagne, ni des terres héréditaires de la Maison d'Autriche, il ne sera envoyé aucune assistance aux Espagnols. Bref tout l'entretien du Sieur Isola, & la pente que prennent les affaires de cette Assemblée, me persuadent que si les Plénipotentiaires d'Espagne se promettent d'ailleurs de très-grands avantages, qu'ils ne tarderont plus guére de se mettre à la raison.

[Marge: Les Espagnols employent Isola pour traverser la Négociation; mais inutilement.]

Mais pour rendre compte de ce qui s'est passé en toutes les Négociations susdites, je dirai premiérement que le différend pour l'Evêché de Camin s'est trouvé au contentement des Ambassadeurs de Brandebourg, comme aussi faut-il avouër que la raison étoit de leur côté; il y aura ci-jointe une copie du Traité.

[Marge: Le différend sur l'Evêché de Camin terminé en faveur de Brandebourg.]

Ils ne savent pas moins de gré à la France de ce qu'ils ont obtenu des Impériaux pour la récomcompense de leur Maître, s'étant vu en termes de ne rien avoir, ni de la Suéde, ni de l'Empereur. Cet accommodement auquel je me suis employé à leur priére a reçu beaucoup de difficultez, par l'opposition des Maisons de Saxe, & de Brunswick, qui prétendent quelque droit à l'Archevéché de Magdebourg, & il ne fut achevé que le jour d'hier.

Il est à remarquer que les Impériaux ayans fu que j'allois chez Monsieur Oxenstiern pour mettre la derniére main au Traité avec Brandebourg; Monsieur Wolmar me prévint d'une heure, & fut lui dire qu'il étoit bien aise de savoir les choses si avancées, mais que s'il s'y rencontroit encore quelque difficulté, ou que la Suéde aimât mieux toute la Poméranie sans le consentement de l'Electeur, cela seroit fait le même jour : Monsieur Oxenstiern nous le rapporta de la sorte, & comme ayant regret de n'avoir pas pris cette voye; mais il avoua pourtant que le consentement de ce Prince & de toute sa Maison vaut bien ce qu'on lui laisse.

Pour moi j'y trouve plusieurs avantages considérables : premiérement cela rend la Paix plus juste & plus assurée; en second lieu le Roi est dégagé d'une fâcheuse obligation de rentrer en guerre dans peu de temps pour garentir une violence, & d'ailleurs l'Electeur de Brandebourg a reçu visiblement par ce moyen un signalé bienfait de leurs Majestés, dans le temps que sa nouvelle Alliance lui donne lieu d'en témoigner son ressentiment, ce que je n'ai pas manqué de stipuler bien expressément à ses Députez qui sont ravis que leur Maître ait occasion de servir la France, dont Monsieur de Servien a été averti. Mais une utilité non moins considérable que toutes les autres, est qu'en retenant la Poméranie entiére malgré le propriétaire, la Couronne de Suéde n'auroit pu avec le temps se passer de l'assistance de la Maison d'Autriche, & tomboit dans une nécessité de s'unir & allier étroitement avec l'Empereur pour se maintenir en la possession d'un Etat si éloigné de la France, hors toute communication de la Suéde pendant huit mois de l'année & environné des plus grands ennemis de ladite Couronne, qui sont Pologne, Danemarc, Meckelbourg, & Brandebourg, si l'on n'eût contenté celui-ci : sans compter ce que Messieurs les Etats en auroient pu faire pour leur propre intérêt; car il est aisé de comprendre qu'à moins d'entrer dans le parti de l'Empereur, comme a fait le Duc de Saxe, les Suédois n'auroient tiré de lui en cas de besoin que de très-foibles & très-inutiles secours, en vertu d'une clause de garentie qui avoit été insérée dans le Traité général de la Paix. En effet les Impériaux ont toujours appuyé & favorisé jusques au bout la prétention des Suédois sur toute la Poméranie, non seulement afin d'être quittes de la récompense destinée à l'Electeur de Brandebourg, mais aussi pour se rendre nécessaires à la Couronne de Suéde après lui avoir fait si maltraiter ce Prince.

Messieurs les Ambassadeurs de Suéde ont un peu murmuré contre moi pendant la première Négociation, parce que je n'appuyois pas toûjours toute la rigueur qu'ils ont tenue à ceux de Brandebourg, & encore moins leurs variations; mais m'ont caressé extraordinairement & ont désiré que je m'entremisse de leurs affaires auprès des Impériaux. Je les servis d'abord à leur gré, car étant chez le Comte de Trautmansdorff avec le Comte de Lamberg, Wolmar & Crane, Monsieur Salvius y survint comme par rencontre, quoi que ce fût de concert, &

Tom. IV.

là nous examinames les demandes des uns, & les reponses des autres. Quelques points furent ajustez sur l'heure, quelques-uns remis au lendemain avec de très-bonnes dispositions, & le plus délicat de tous qui concernoit une nouvelle prétention de douze cens mille Risdalles, ayant été touché adroitement par Monsieur Salvius, je fis ensorte, que le Comte de Trautmansdorff ne s'en rebuta pas d'abord, comme il avoit fait d'autres fois, & qu'après plusieurs consultations tantôt avec moi, tantôt avec ses Collégues, il proposa enfin d'exempter à l'avenir la Couronne de Suéde des charges & contributions de l'Empire à raison des Etats qu'elle y possédera, jusques à quatre cens mille Risdalles. La pauvreté de son Maître & son impuissance qui est bien connuë lui fournirent une assez légitime excuse de ne pas accorder une plus grande somme ni plus présente ; je le pressai néanmoins de passer outre, & d'autant que Monsieur Salvius avoit dit plusieurs fois tout haut en s'adressant à moi, qu'un Sur-Intendant des Finances trouveroit aisément les moyens de terminer cette affaire, Monsieur de Trautmansdorff me tira encore à part, & me dit que si je voulois faire avancer deux cens mille Risdalles à l'Archiduc d'Inspruck sur ce qui lui sera dû à la St. Jean, il ajouteroit cet argent comptant à son offre. Je lui représentai que je n'avois point de charge, qu'il faudra en son temps payer à l'Archiduc ce qu'on lui a promis, & non à autres, & que ce terme fut mis en Septembre lors qu'on tenoit la Paix faite dans la fin du mois, & que si par malheur elle se différoit encore quelque temps, nous serions obligez de fournir un million de livres auparavant qu'elle fût faite, ou le lendemain sous ombre que la St. Jean seroit passée; cependant pour l'engager à faire cette offre à Monsieur Salvius, je lui dis qu'il se trouveroit quelqu'autre moyen qui ne couteroit rien à l'Empereur. Il écouta volontiers ce dernier mot, & revint audit Sieur Salvius en lui déclarant que des douze cens mille Risdalles demandées, quoique sans aucun fondement, puisque Stettin leur demeure avec tant d'autres Places; ils en auroient la moitié en la maniére ci-dessus exprimée, savoir quatre cens mille Risdalles en dettes, & deux cens mille comptant.

Monsieur Salvius vint céans le lendemain me faire de grands remerciemens, & il dit à Monsieur Oxenstiern que j'avois bien fait voir l'affection que j'avois pour la Suéde, & le respect que Monsieur de Trautmansdorff a pour la France; & de vrai les Dépêches de Monsieur Chanut nous ayant apris que cette demande d'argent n'empêcheroit point la Paix, Messieurs Oxenstiern & Salvius à qui je l'avois dit auparavant, en nommant mon Auteur, ont reçu en cette occasion une preuve assurée de la part que nous prenons dans tous les intérêts de Suéde.

Reste à dire que cette Conférence s'étant tenue chez le Comte de Trautmansdorff, où il parut que le hazard nous avoit assemblez, nous demeurames debout, mais que je tins toujours le rang qui est dû à la France, quoi qu'il fallût plusieurs fois changer de places pour parler séparément aux Parties; car autant de fois qu'on venoit à se rejoindre, chacun me déféroit le premier lieu sans que Monsieur Salvius fît semblant de le voir.

J'aidai aussi à faire accorder d'autres choses à la Couronne de Suéde, mais comme ledit Sieur Salvius pressoit pour faire continuer les impôts & Péages qui ont été établis en Poméranie à Wismar & sur le Wezer depuis cette guerre,

D

guerre, le Comte de Trautmansdorff s'ennu-yant de tant de demandes, dit avec un peu de chaleur qu'il m'en feroit bien le Juge nonobstant l'Alliance des deux Couronnes; Monsieur Sal-vius repliqua que je n'agissois pas là comme Al-lié, mais comme Médiateur, & qu'ainsi les Par-ties m'en pourroient bien croire: il n'est pas seulement notre Médiateur, dit Trautmansdorff, il l'est encore de tout l'Empire, c'est une mar-que du respect que tous les Princes d'Allemagne portent au Roi très-Chrétien & à la Reine sa mére, & de la confiance que l'on a prise en leurs bonnes intentions pour la Paix. Ensuite de cet arbitrage qui fut déféré à la France a-vec des termes si obligeans, je fus d'avis que pour la considération de Messieurs les Etats & pour l'intérêt du commerce, les nouveaux Péages soient taxez plus modérément, & qu'en cet état l'Empereur les accorde à la Couronne de Suéde pour quelques années; cela fut ac-cepté de part & d'autre avec agrément. J'ose dire que tous les autres différends auroient été vuidez sans partir de la Chambre, si Monsieur Salvius eût eu seul le pouvoir, ou qu'il ne se fût souvenu de l'humeur de son Collégue; mais celui-ci desaprouva une partie de ce qui s'y é-toit traité, & fit des difficultez sur l'autre.

Monsieur Salvius que j'avois averti fit men-tion de Benfeld pour les deux cens mille Ris-dalles, en cas que la France les voulût four-nir, & le Comte de Trautmansdorff ne sem-bloit pas éloigné de laisser cette Place au Roi en engagement; mais après avoir parlé à part à ses Collégues, il dit qu'il sauroit bien faire payer cette somme à Hambourg au temps qu'il con-viendroit, & depuis il ne s'est plus parlé de Ben-feld.

Nous avons été toute la semaine passée, Mon-sieur de la Court & moi, chez ledit Sr. Wolmar, & chez Monsieur Salvius séparément, & quelquefois avec les deux, pour aider à sor-tir d'affaires, ainsi qu'ils avoient désiré; mais il nous a fallu user bien sobrement de cette en-tremise à l'égard des Suédois, & prendre un long tour quand il a été question de les faire re-lâcher en quelque chose. Les six cens mille Risdalles, dont il est parlé ci-dessus, ont servi à leur faire suporter le peu de contradictions & de remontrances que nous avons osé leur faire sur quelques autres points, ce qui a réussi de telle sorte que par la grace de Dieu ils tombérent d'accord avant hier sur tout ce qui regarde les intérêts particuliers de la Suéde, à des conditions très-avantageuses pour ladite Cou-ronne & que les Impériaux sont tout à fait contens de nous, & parfaitement détrompez de l'opinion que les Ministres d'Espagne essa-yérent de leur donner, que la France ne veut point de Paix.

Ils ont été plus civils que les Suédois; aussitôt que la convention a été signée, ils m'ont en-voyé remercier du soin que j'ai pris en cette af-faire, & les Ambassadeurs de Suéde se sont contentez de le faire deux jours après par les mains du Secretaire Melonius.

Je compris que ne leur ayant ci-devant donné que la lecture des Articles arrêtez entre les Impériaux & nous, ils ont crû fort im-portant à la réputation de la Suéde de n'en pas user d'une autre sorte, quoi que la raison qui nous y obligea pour lors ne se rencontre pas à présent; mais comme en traitant de cet-te affaire, j'ai toujours eu les papiers entre mes mains, avec les apostilles, & corrections que chacun y faisoit de sa part jusqu'à la veille de la signature, je suis assuré qu'il ne s'en faut pas

deux lignes que la copie ci-jointe ne soit toute conforme à l'original; & quant au dernier Ar-ticle il y est ainsi mot à mot.

Le Sieur Melonius me faisant en son parti-culier quelque compliment sur l'heureuse con-clusion dudit Traité, ajouta comme en con-fiance que c'étoit un effet de l'autorité du Roi, & que si l'on n'avoit pressé vivement de la part de Sa Majesté, cela ne se feroit pas fait de quelques mois. J'entens bien, dis-je, nous au-rions vu encore une campagne; il sourit sans rien dire; je continuai le propos pour le faire parler, mais je n'en tirai que des sentimens muets.

Ce discours me fait souvenir qu'il y a quel-que temps que Monsieur Oxenstiern me de-mandoit de fois à autre, si je serois encore long-tems ici, & qu'il a répété ce compliment de telle sorte que l'on connoissoit un peu trop son intention, nous bâtions toutes choses plus qu'il ne vouloit.

L'on verra par la fin du Traité, qu'il n'au-ra point d'effet qu'après que les affaires de l'Em-pire, celle des Alliez & sur tout de la France comme aussi de Mantouë & la Landgrave de Hesse ne soient achevées. Ce dernier mot don-noit grand ombrage à Monsieur de Traut-mansdorff, comme si nous voulions faire ajou-ter quelque chose à la satisfaction du Roi, & il prétendoit que ce seroit assez de dire que le Traité de Suéde ne sera point exécuté, si celui qui a été fait ci-devant avec la France ne l'est aussi; mais je dis que la confirmation, ou rati-fication des Traitez n'apartient qu'au Maître, que j'avois accompli toute ma fonction en demeu-rant d'accord avec Messieurs ses Collégues de celui dont il s'agit, que je ne songeois point à le revoquer en doute, mais seulement à réserver d'autres intérêts non moins importans à la Fran-ce, que ceux dont l'on est convenu à Munster. Je m'expliquai de celui qui touche la sureté de la Paix, & dis que nous prétendons avec rai-son que comme le Roi ne pourra ni par ses pro-pres forces ni par celles d'autrui, directement ni indirectement attaquer l'Empire ni les Terres Héréditaires de l'Empereur, ainsi il est bien juste que Sa Majesté ne puisse recevoir aucune hostilité desdites Terres non plus que de l'Empire, & que nous soyons en Paix avec l'Archiduc d'Austriche, aussi bien qu'avec l'Empereur; qu'autrement ce seroit traiter avec une inégalité manifeste, si la Paix liant les mains au Roi, il en restoit une libre à l'Empereur pour envoyer des Troupes en Italie, ou ailleurs, contre celles de Sa Majesté. Sur cette difficulté les Ambassadeurs Impériaux nous vinrent trouver, & se plaigni-rent qu'après s'être tellement confiez à l'inten-tion que je témoigne pour l'établissement du repos public, que d'un Ministre de Prince en-nemi & confédéré de leurs ennemis, ils en a-voient fait leur médiateur, & que la chose étant sur le point de se conclure, ils s'étonnoient que je voulusse gâter mon propre ouvrage pour une clause non nécessaire. Ils se laissèrent entendre que leur Maître sera bientôt beaupére du Roi d'Espagne comme aussi de l'Infante, & que c'est contre le droit des Gens & de la Nature de vouloir qu'un Pére s'oblige de n'assister point ses enfans. Nous repliquames que c'est contre le sens commun de prétendre qu'un Traité de Paix soit observé entièrement d'une part & que de l'autre il ne le soit qu'à demi, & que le Roi quitte les grands avantages qu'il a aujourd'hui en Allemagne avec ses Alliez pour avoir seul sur les bras les forces de l'Empire, & de l'Empereur, sous un autre nom: nous les fimes souvenir de la réponse qu'on fit à Vienne quand l'Electeur

---

Notes marginales (colonne de gauche):

Ils le regardent comme Médiateur.

On accorde par son moyen aux Suédois les Peages, mais plus moderez pour quelques années.

Touchant Benfeld.

Les Suédois & les Impériaux s'accordent par l'entremise de la France.

Les Impériaux préviennent les Suédois & viennent les premiers les remercier.

Les Suédois sont venus deux jours après sous un mechant prétexte.

Notes marginales (colonne de droite):

Le Traité entre la Suéde & les Impériaux, n'aura d'effet qu'après que les autres affaires seront finies.

Il demande sûreté afin que les Impériaux & l'Empire n'attaquent la France.

Plainte des Impériaux touchant sa demande.

1647.

teur Palatin & ses enfans prétendirent n'avoir point fait guerre à l'Empereur, mais au Roi de Bohême, la Cour Impériale déclara alors ces deux qualitez indivisibles & a fait condamner l'Electeur pour crime de leze Majesté: mais ici l'on veut distinguer l'Empereur d'avec le Roi de Bohême, & en faire deux personnes & deux intérêts séparez.

Les Impériaux s'accordent.

Le Comte de Lamberg & ses Collégues trouverent leurs mesures un peu courtes pour nous satisfaire là-dessus, & dirent qu'ils en seroient rapport à Mr. le Comte de Trautmansdorff.

Le lendemain ils passèrent l'Article comme il est après avoir fait un nouvel effort auprès des Ambassadeurs de Suéde pour l'exclure ou pour le faire coucher en d'autres termes, & ce qui est considérable, c'est qu'en cette rencontre les Suédois ne nous ont guere moins donné de peine que les Impériaux mêmes, bien que nous leur eussions montré l'exemple, ayant mis en texte de notre convention qu'elle ne seroit point tenuë pour valable qu'en satisfaisant pleinement à la Couronne de Suéde & à la Maison de Hesse-Cassel.

Il peut former de nouvelles prétentions à cause des avantages qu'on dit que Monsieur de Turenne a remportez.

Tant y a que pour cet Article les affaires du Roi étant jointes à celles de l'Empire, & de Madame la Landgrave qui sont encore imparfaites; & étant dit clairement qu'il y faudra mettre fin, si le bruit est véritable que Monsieur de Turenne ait surpris Werlinghen ou fait d'autres progrès, nous serons en liberté de prétendre qu'il en faut traiter. Ce n'est pas que ce fût mon sentiment particulier si la chose n'étoit de grande conséquence, mais j'ai cru ne devoir pas fermer le chemin aux Supérieurs & à Messieurs mes Collégues d'en disposer ainsi qu'ils jugeront pour le mieux; en tout cas il étoit, ce me semble, nécessaire de garder cette Place pour les autres prétentions de la France qui n'ont pas été terminées à Munster.

Les Suédois après avoir signé, reçoivent ordre de ne rien céder de la Poméranie.

C'est une chose assez remarquable que cette convention fut signée Lundi dernier à cinq heures du soir, & envoyée en Suéde par l'Ordinaire qui partit la même nuit, selon qu'il est accoutumé, & que le Mardi matin Monsieur Oxenstiern & Monsieur Salvius reçurent leurs Dépéches de Stockholm, qui portent un ordre absolu de ne pas rendre un pouce de terre de la Poméranie, & que cette résolution avoit été signifiée à Mr. Chanut, c'est de leur propre bouche que je l'ai sçúe qui me fait juger que le Chancelier Oxenstiern conduit enfin les affaires en cela à son point quoi que plus tard qu'il ne voudroit.

Difficultez sur la satisfaction de Madame la Landgrave.

Quant aux intérêts de Madame la Landgrave, j'en ai pressé plusieurs fois le Comte de Trautmansdorff, & je vois bien que nous n'en sortirons pas sans qu'il gronde encore contre moi; car il craint, ou il aime l'Electeur de Saxe qui est Beau-Pére de celui qu'il faut condamner en l'affaire de Marpurg. Je l'ai enfin obligé de venir au point, comme l'on verra par l'écrit ci-enclos qui me fut aporté hier par le Secretaire de l'Ambassade Impériale. Cette-première offre ne contente pas encore les Députez de Hesse, mais ils sont très-aises de voir les affaires en si bon train, & m'en ont bien remercié; car outre ce qui est écrit j'ai eu pouvoir dudit Comte de leur offrir deux cens mille Risdalles. Ils sçavoient bien que le même Secretaire étoit venu me trouver pour ce sujet dès avant hier, & étoient fort en peine de ce que je ne leur en avois rien fait sçavoir; mais je leur en ai déclaré la cause ce matin, qui est que le premier Ecrit avoit une Préface un peu trop justifiée, & laquelle infailliblement les auroit obligez à une replique plus capable d'aigrir

Tom. IV.

les Parties que de les accorder; joint qu'avant hier il ne parloit que de cent mille Risdalles dont je me formalisai tellement qu'il a doublé son offre. Parmi les remerciemens des Hessiens, j'ai aperçu quelque desir que cette Négociation se fît aussi par l'entremise des Ambassadeurs de Suéde; ce que le Sieur Scheffer m'avoit déja témoigné une autre fois.

1647.
Les Hessois souhaitent que les Suédois s'entremettent de la Négociation.

Le Secretaire de l'Empereur est venu un peu après & m'a dit entr'autres choses qu'il avoit ordre de porter le même Ecrit à Monsieur Oxenstiern, si je le jugeois à propos. J'ai répondu que je croyois qu'il l'eût fait dès hier au sortir de céans & aussitôt il est allé chez ledit Sr. Oxenstiern. En cette occasion & en toutes les autres nous voyons que le Comte de Trautmansdorff respecte la France & ne change rien en l'ordre qui se doit observer.

Trautmansdorff témoigne beaucoup de respect pour la France.

Pour les Griefs des Protestans il n'en reste à la vérité que six, mais ce sont les plus difficiles, & qui vont plus directement à la ruine de la Religion Catholique en Allemagne.

Il reste six Griefs des Protestans les plus difficiles.

Ils prétendent liberté de conscience dans toutes les terres de l'Empereur, quoiqu'il n'y ait pas le moindre Prince d'Allemagne entre les Calvinistes & Lutheriens qui souffrent aucun exercice de Religion aux Catholiques.

Ils demandent que la Chambre de Spire soit mi-partie & transférée ailleurs.

Ils veulent que dans la Ville d'Ausbourg la plus grande part des Eglises & des Charges publiques soient mises entre leurs mains.

Ils veulent que le Duc de Wirtemberg unisse à son Domaine les Maisons & revenus de trente Chapitres ou Monastéres encore même que quelques uns soient situez hors de ses Etats.

Je ne me souviens pas de la cinquiéme prétention, & pour la sixiéme ils demandent les Evêchez de Minden, & d'Osnabrug, qui est à dire deux grandes Principautez dont ils veulent chasser les Catholiques.

Et d'autant qu'en tout cela ils sont portez hautement, même animez par les Ambassadeurs de Suéde qui en font une affaire d'Etat, aussi bien que celle de Religion, je me suis trouvé obligé de les faire souvenir de l'Alliance, & de ce que Monsieur le Duc de Longueville & Monsieur de Servien leur ont souvent déclaré par ordre du Roi sur cette matiére. En effet tous les Articles si soigneusement mis pour la conservation de la Religion Catholique & des Biens de l'Eglise, autant de fois que l'on a contracté ou renouvellé l'Alliance, comme ils ont servi de décharge à la conscience du feu Roi, ils obligent aussi celle de son Successeur à les maintenir; il y va aussi extrêmement de la réputation de la France de ne permettre pas que les Suédois se rendent les seuls Maîtres des affaires d'Allemagne, & qu'il n'y ait d'autre régle que leur volonté, & la profession qu'ils font à cette heure ouvertement d'avoir pris les armes pour leur Religion; car après que les deux Couronnes sont convenues, de commun consentement avec l'Empereur & les Etats de l'Empire tant Catholiques que Protestans, que toutes choses soient rétablies tant au Temporel qu'au Spirituel en l'état qu'elles étoient l'an 1624. c'est une prétention bien injuste & qui va au mépris de la France, de vouloir non seulement éteindre trente Chapitres ou Monastéres du Wirtemberg, parce que les Ecclesiastiques & les Religieux en ont été chassez, en 1623 comme aussi l'Evêché de Minden sous prétexte qu'en 1624 il y avoit un Administrateur Luthérien, mais aussi celui d'Osnabrug quoi qu'en ladite année il y eût un Evêque Ca-

La Suéde les favorise.

La France s'y doit opposer & soutenir la Religion; ce qu'il fait.

D 3
tho-

tholique; enfin jamais l'intention de la France n'a été de porter ses armes en Allemagne pour y détruire la Religion Catholique, & en chasser les Evêques & Prêtres: cela est arrivé néanmoins en plusieurs endroits & se peut aucunement excuser sur la licence & les desordres de la guerre. Mais que par un Traité de Paix où la France a tant de part, on voye passer tant de Bénéfices, & d'Eglises Catholiques en la main des Luthériens, & des Calvinistes, comme on verra bientôt dans la Ville d'Ausbourg, dans celle d'Aix-la-Chapelle, dans tout le Wirtemberg, dans tout le bas Palatinat, dans l'Abbaye de Fulde, dans les Terres que les Hessiens veulent démembrer des Evêchez de Cologne, de Mayence & de Paderborn, dans l'Evêché d'Alberstadt, dans l'Archevêché de Bremen, & l'Evêché de Verden, où il y a plusieurs Abbayes & une Eglise Collégiale toute Catholique, & que cela se soit fait par les armes & la puissance du Roi qui a incomparablement plus contribué que la Suéde, est à la vérité une chose extrêmement fâcheuse, & dont il faut détourner la vue pour n'en être pas touché, & pour se tromper soi-même. Que si ce n'est pas encore assez pour ceux qui veulent malgré nous que cette Guerre ait été une Guerre de Religion, & que le seul bien qui doit demeurer aux Catholiques pour ce qu'on a pris, leur soit encore disputé, il ne faut que recevoir la loi de nos Alliez, puis que les Alliances ni l'autorité publique d'une convention toute nouvellement faite avec eux & qui est à leur avantage en tous les autres points, ne peuvent pas être observez en ce qui regarde la Religion dont leurs Majestez font profession.

Cette demande de l'Evêché d'Osnabrug est si exorbitante qu'elle ne mérite pas une plus longue réponse.

Quant à Minden ce prétendu Administrateur qui y étoit en 1624. n'y avoit été reçu que sous promesse qu'il donna par écrit de se faire Catholique dans un an; & de vrai il n'a pas gouverné en son nom, mais au nom du Chapitre, les Sujets ne lui ont point fait serment de fidélité & véritablement il n'a été ni Evêque ni Administrateur.

La même question pour l'un & l'autre Evêché a été agitée & décidée à Munster entre Monsieur Oxenstiern & nous, en présence des Secretaires des deux Ambassadeurs; après beaucoup de contestations pendant trois heures, il fut résolu que Minden & Osnabrug ne seroient point partie de la demande touchant la satisfaction de la Couronne de Suéde; moyennant quoi nous consentimes aussi de notre part qu'ils pussent prétendre Bremen & Verden. La différence fut fondée sur ce que l'Archevêché de Bremen & l'Evêché de Verden étoient tenus par des Luthériens, lors que les armes de Suéde les ont occupez, & qu'à Minden & Osnabrug il y avoit un Evêque Catholique quand les Suédois s'en sont rendus les Maîtres. Monsieur Salvius a bien de la peine à se démêler de cette raison qui fait entièrement pour nous, vû même que les Protocoles en sont chargez de part & d'autre; il dit seulement qu'ils ne demandent pas les deux Evêchez pour satisfaction de la Couronne de Suéde, mais pour les Protestans; & je réplique que si nous n'avons pu forcer notre conscience jusques à ce point en faveur d'une Couronne si étroitement unie avec la France, nous le serons bien moins en faveur de ceux qui ont été simples spectateurs de ses travaux & depenses infinies, ou qui se séparez de la cause commune pour faire leur Traité à part.

J'ai aussi représenté à ces Messieurs que par ordre exprès de la Reine de Suéde, Monsieur Chanut nous a recommandé depuis cinq ou six semaines qu'en rendant l'Evêché d'Osnabrug, on eût égard à l'intérêt du Comte Gustave pour lui faire accorder quatre mois de contributions de ce Diocése, & que ledit Sieur Gustave nous en avoit aussi écrit.

Je pourrois ajouter qu'il n'y a que huit jours que Monsieur Salvius me dit céans, que sans la France, ils auroient Osnabrug aussi bien que Minden; tellement qu'il paroît bien par tout ce que dessus que ni à Stockolm ni ici on n'a pas cette pensée, comme étant trop déraisonnable, & que ce nouveau dessein n'est formé que pour éprouver si l'on n'est point capable d'être ébranlez, & en tout cas pour avoir meilleur marché de nous au fait de Minden: c'est pourquoi je ne leur laisse aucune espérance que l'on puisse se départir de la résolution ci-devant prise avec Monsieur Oxenstiern; mais à présent il s'en moque & dit pour lui qu'il n'y aura point de Paix si les deux Evêchez ne sont donnez aux Protestans.

Quant à la suspension d'armes Monsieur Salvius y est entièrement disposé, Monsieur Oxenstiern beaucoup moins; il commence pourtant à écouter nos raisons, & ne peut pas nier que si on sépare les troupes en vertu d'une courte Trêve, il sera périleux d'énoncer tout à coup à une armée comme la leur, qui n'est point payée; Monsieur Torstenson les en avertit lui-même auparavant que retourner en Suéde, & avec tout cela ils y vont lentement. Nous avons fait ensorte, Monsieur de la Court & moi, qu'enfin ils ont écrit au Maréchal Wrangel, qu'il est temps de convenir d'une suspension de deux mois; s'il n'y est pas porté, comme l'on mande, il fera naître des difficultez sur les conditions.

Jusques là j'ai rendu compte des affaires de cette Assemblée, & de ce que j'ai pu remarquer des sentimens de ceux qui en ont la conduite: maintenant je demande très-humblement qu'il ait agréable de régler la mienne sur trois points qui résultent de toute cette relation.

Le premier est s'il se présentoit quelque autre occasion de bailler de l'argent pour l'Empereur ou pour l'Empire, quelle estime il faudroit faire de Benfeld, comme aussi des dix Villes Impériales qui sont dans l'Alsace, & choses semblables; car pour les Villes Forestiéres & tout ce qui appartient à la Maison d'Autriche, il n'y a pas lieu d'y penser. Monsieur Wolmar me disoit derniérement que l'Archiduc son Maître connoît bien l'avantage qu'il récevra d'être voisin de la France, & qu'il en sera desormais en bien plus grande considération auprès de l'Empereur; il laissa même échaper quelque parole de mécontentement de ce côté-là, & déja une autre fois il m'avoit dit que ce Prince essayera de mériter les bonnes graces & la protection du Roi.

Le second concerne la sureté de la Paix, & s'il faut insister absolument à ce que l'Empereur s'oblige à ne pas envoyer des troupes aux Espagnols en quelque qualité que ce soit, ni les assister de son Patrimoine non plus que des forces de l'Empire; où bien si à toute extrêmité il suffira qu'il promette en termes généraux de ne prendre aucune part directement ni indirectement aux guerres d'entre la France & l'Espagne, en ce cas il seroit besoin que tous les Etats de l'Empire entrassent dans la même obligation, afin qu'ils eussent un titre & une exception

ception légitime pour refuser les levées des gens de Guerre, & le passage que l'Empereur pourroit demander par leurs terres. Les Députez des Princes à qui j'en ai parlé déclarent bien que la Paix d'Allemagne ne doit pas être retardée pour les différends de la France & d'Espagne, & que l'Empereur ni l'Empire ne s'en doivent plus mêler, qui est à la vérité tout ce que nous avons demandé jusques à présent; mais ils ne passent pas outre & disent même que ce que pourroit faire l'Archiduc d'Autriche est bien peu de chose. Nous avons cru cependant, Monsieur de la Court & moi, qu'il n'étoit que bon de prétendre davantage, tant pour essayer si dans la décadence de l'Empire nous le pourrions obtenir, que pour imposer une plus grande nécessité aux Plénipotentiaires d'Espagne de mettre fin à leurs irrésolutions & au Traité qui se traine depuis longtemps entre eux & nous.

Le troisième est pour les Griefs de la Religion.

Pour le troisième point, c'est au sujet des Griefs de la Religion, s'il faut laisser faire les Alliez sans aucun respect du Roi, ni de l'Alliance, & y opposer nos remontrances comme nous avons fait jusques à cette heure très-inutilement; ou bien s'il est temps d'empêcher la dernière ruine de la Religion Catholique qui est attaquée si considérément à la faveur des armes de France & de tant d'autres assistances dont on veut abuser aujourd'hui contre l'intention de nos Rois expressément déclarée par tous les Traitez.

Ce dernier parti est si bon de quelque côté qu'on le regarde, qu'après avoir bien fait réflexion sur tout ce que nous voyons ici, nous ne trouvons pas seulement de causes de douter. Il est certain qu'outre la sûreté de la conscience, il s'y trouvera encore un intérêt fort considérable non seulement en ce que si l'on n'apaise un peu cette conjuration contre la Catholicité, elle donnera moyen à beaucoup de gens de calomnier la France à Rome & dans la France même, mais aussi que les Protestans ne nous en sauront point de gré, & rapporteront toute leur bonne fortune à la Couronne de Suéde. Il ne faut pas s'y tromper, nous ne sommes plus au temps de Henri second, & de ses Successeurs qui ont pu assister les Protestans de l'Empire sans détruire la Religion Catholique; ils n'avoient alors que cette protection, & se tenoient heureux de la mériter avec les réserves que l'on y apportoit, il n'étoit pas seulement besoin de stipuler la conservation : eux-mêmes déclarèrent par le Traité de Chambort qu'ils ne demandoient pas secours au Roi au fait de leur Religion; mais aujourd'hui que la Couronne de Suéde leur promet tout sans aucun scrupule, qu'elle est puissamment établie en Allemagne, & intéressée avec eux à la propagation du Lutheranisme, il nous reste bien peu de part & de créance dans leurs esprits. D'ailleurs les Suédois ne nous comptent pour rien, & néanmoins il est encore facile pour quelque temps de les tenir en mesure si l'on veut, & ce sera sans aucun péril: j'en ai plusieurs expériences.

Lors que par le moyen des Evêchez de Minden & d'Osnabrug, les Suédois & les Protestans seront quasi Maîtres de la Westphalie, comme ils le sont entièrement de la haute & Basse Saxe, qui sont les trois grands Cercles de l'Empire qui ne valent guère moins que tous les autres ensemble, où les Protestans ont encore quelques Etats, & quantité de Villes, & de Places, ils n'auront plus aucun besoin de la France. Quand ils seront si puissans & si proches de leurs frères qui sont parmi nous, sans

compter les Anglois & les Hollandois, ils peuvent faire beaucoup de mal.

Animosité des Protestans contre Baviere.
Les Protestans se donnent beaucoup de mouvemens pour l'affaire du Palatinat.

L'on seroit étonné à la Cour d'entendre les choses qui se disent ici contre la France à cause du Duc de Baviere, & les machinations qui se préparent contre lui : les Suédois & les Protestans ne font pas moins de mouvement en l'affaire Palatine qu'en celle de la Religion: si on les laisse ordonner de toutes choses, & là où chacun croit que la France est dans des sentimens contraires, ce sera perdre tout crédit en Allemagne, tant auprès de ceux qu'on n'aura pu protéger, entre lesquels la Maison de Baviere est de considération.

L'expédient de laisser démêler les Griefs entre les Plénipotentiaires de l'Empereur & ceux de Suéde ne réussit pas; l'on y perd de tous côtez, les Impériaux & les Princes Catholiques rejettent sur la France le blâme de ce qu'ils sont contraints d'accorder au préjudice de la Religion, & interpretent fort mal notre indifférence, & les autres se plaignant de n'être pas assistez mettent toute leur affection & confiance en la Couronne de Suéde.

Il semble que le reméde seroit de faire sentir aux Protestans que la France veut toujours défendre la liberté Germanique, leur dignité, leurs droits & priviléges, mais qu'elle ne peut passer outre ni expressément ni tacitement; & aux Suédois qu'il n'est pas raisonnable que dans la Société où ils sont entrez avec un si grand Royaume, & dont ils ont reçu tant de biens, ils agissent en Maîtres, que la satisfaction de la Couronne de Suéde étant maintenant accordée & à un si haut point, le Roi ne peut continuer la guerre pour un Evêché, ou deux ou trois Monastéres, ni pour les intérêts de Religion pour lesquels on n'a point pris les Armes.

Qu'enfin la seule obligation de l'Alliance qui ne permet pas à l'une des deux Couronnes de faire la Paix, en cas que l'Empereur n'eût pas satisfait à l'autre, l'article y est formel, & porte en termes exprès que la France ne pourra conclure Paix ni Trêves, *donec Suecia satisfactum sit*, & que la Suéde ne pourra aussi faire ni Paix ni Trêves si l'on n'est convenu de la satisfaction de la France; tout cela est fait à présent, & ainsi il ne reste que de s'en expliquer nettement de la part du Roi à ses Alliez, pourvû qu'en même temps Monsieur le Maréchal de Turenne retire son armée, sur le sujet de quelque nécessité, & que l'on ne remette plus d'argent à Hambourg : en ce cas l'on aura incontinent la Paix, & l'on conservera en ces quartiers-ci la Religion Catholique avec grande réputation de leurs Majestez qui sont en effet la plus parfaite idée qu'on se puisse former de la piété & de l'innocence. Fait à Osnabrug le 22. Fevrier 1647.

CONTINUATION
de la
NEGOCIATION D'OSNABRUG
par Monsieur
D' A V A U X.
1647.

LETTRE

De Monsieur

D'AVAUX

à Monsieur

L'ELECTEUR

De

BRANDEBOURG.

Le 24. Fevrier 1647.

Il lui rend compte des services qu'il lui a rendus au sujet du Traité. Eloge de Monsieur Tromholtz.

MONSIEUR,

1647.
Il lui rend compte des services qu'il lui a rendus au sujet du Traité.

JE me suis contenté jusques à présent de servir votre Altesse Electorale dans les grands intérêts qu'elle a eus à démêler en cette Assemblée, & de témoigner à ses Ambassadeurs la joye que j'ai eue d'en voir le succès: maintenant que l'un d'entr'eux va trouver votre Altesse, c'est une trop favorable occasion de lui rendre mes devoirs pour la laisser échaper. Je loue Dieu, Monsieur, de ce qu'il lui a plu tellement protéger votre cause que nous en sommes sortis heureusement au travers de tant de difficultez, & dans une grande nécessité de pacifier le monde qu'elle auroit pu couvrir assez justement quelque transgression des Loix & de la Justice ordinaire, votre Altesse y a été puissamment & uniquement assistée du Roi, & c'est par l'aveu même des Plénipotentiaires de l'Empereur, de ceux de la Couronne de Suéde, & des Etats de l'Empire que je le dis; ils trouvoient tous leur compte en l'omission de ce qui a été fait, & sans les soins continuels de Monsieur le Comte de Witgenstein & de ses Collégues appuyez de l'autorité de la France, il est certain qu'au lieu des beaux Etats, & Principautez, qu'ils ont conservez à la Maison Electorale de votre Altesse il ne lui seroit demeuré qu'un droit & une prétension bien nuë, après un Traité si solemnel comme sera celui-ci; joint qu'il se seroit encore trouvé beaucoup de difficultez à retirer les Places & Forteresses du Païs de Brandebourg, des mains de ceux qui auroient peut-être voulu en ce cas-là se munir contre les desseins d'un Prince offensé.

Quatre Ambassadeurs de Messieurs les Etats des Provinces-Unies ont été témoins de ce que dessus, & après un long séjour en cette Ville, 1647. ils laissérent l'affaire en mauvais termes, me priant très-instamment de la porter au point que j'ai fait. Je ne marquerois pas toutes ces circonstances n'étoit que j'apprens qu'il y a des personnes si peu informées de la disposition où sont ici les esprits & les affaires, & en un mot qui savent si peu le cours du monde, qu'ils se forment de loin une autre idée, sur laquelle ils font voir à votre Altesse de belles choses, qui ne se laissérent pas si facilement réduire en acte parmi des contradictions, comme il est aisé de les concevoir quand on est tout seul.

Monsieur de Tromholtz en rendra compte particuliérement à votre Altesse Electorale, il Eloge de Monsieur Tromholtz, le peut mieux faire que personne ayant toujours agi par-tout & porté la principale peine du travail; je n'ai jamais vu de Ministre qui aime davantage le service de son Maître, ni qui sache plus accortement & adroitement que lui s'acquerir la créance & l'affection de ceux avec lesquels il a à traiter : je dois ce témoignage à sa vertu, & ne serai pas moins soigneux, Monsieur, de vous rendre les très humbles services dont je vous suis redevable autant de fois que l'occasion s'en offrira, ou que vous aurez agréablé de m'employer en quelque chose. Je suis &c.

MEMOIRE
De Monsieur
D'AVAUX.
A Osnabrug le 25. Fevrier 1647.

Il envoye une Copie du Traité qui regarde la satisfaction des Suédois. Touchant la satisfaction de Madame la Landgrave. Les Suédois veulent faire donner Minden à l'Electeur de Brandebourg. On travaille à l'affaire du Palatin. Il faut ménager les intérêts du Duc de Baviére. On doit favoriser l'Empereur, pour le décharger de la dette de Baviére.

IL n'y a que trois jours que le Sieur de Il envoye une Copie du Traité qui regarde la Préfontaine est parti avec une ample relation de toutes choses: ce que je puis ajouter est qu'il y y aura ci-jointe une copie plus correcte que la première du Traité concernant la satisfaction de la Couronne de Suéde, Monsieur Salvius qui me l'a envoyée m'a fait faire excuse du retardement.

Le Comte de Trautmansdorff m'est venu visiter aujourd'hui pour sa première sortie; il a essayé de me persuader que l'offre qu'il a faite aux Hessiens de vingt mille florins de rente en terres souveraines, qui font le tiers de la Succession dont il s'agit, les devoit contenter: mais ayant bientôt reconnu qu'il ne persuadoit pas, il m'a témoigné enfin qu'il passeroit jusques à trente mille florins qui font près de 60000 livres & qu'ainsi c'étoit partager un bien très-légitimement acquis au Landgrave de Darmstadt. J'ai contredit par bonnes raisons la prétendue justice de cette cause, & quoi qu'il ait persisté en sa pensée, il me semble néanmoins qu'il est capable d'accorder encore davantage, si l'affaire est bien conduite, à quoi je m'emploierai soigneusement; mais les Suédois ont quelque égard à la Maison de Darmstadt qui est Luthérienne, & m'ont avoué qu'ils apréhendent que Madame la Landgrave n'introduisît le Calvinisme dans Marpurg s'il lui étoit rendu: il n'est pas croyable comme ils sont zélez pour leur Secte, sans considérer ce qui les oblige à la Maison de Cassel, & avec quelle confiance ils prétendent en même temps que le Roi leur doive abandonner les Eglises, & biens Ecclésiastiques. Les Députez de Hesse connoissent le desavantage qu'ils en reçoivent dans cette Négociation, & voudroient à présent qu'elle fût toute entre mes mains, ils seront bien aises de savoir que j'ai profité de la visite dudit Sr. de Trautmansdorff.

J'ai apris aussi de lui en cette conférence que les Ambassadeurs de Suéde après avoir été toujours très-contraires à la prétension de Brandebourg sur Minden, & lui avoir remontré cent fois que cet Evêché devoit servir de récompense au Duc de Mecklebourg & à la Maison de Brunswick pour y succéder alternativement, ils s'avoient tout à coup demandé pour ledit Electeur, & avec telle instance que sans cela ils ne concluroient point le Traité de leur satisfaction. Le Comte de Trautmansdorff a consenti que si Minden passe entre les mains des Protestans, en ce cas l'Electeur de Brandebourg en soit pourvu; il a peine à comprendre le mystère qui a produit un changement si soudain, & croit que lesdits Ambassadeurs destinent maintenant l'Evêché d'Osnabrug aux deux Maisons dont il est parlé ci-dessus; mais comme il ne veut point l'accorder, & qu'il se sent trop foible pour résister seul pendant que les armes des deux Couronnes appuyent le trafic qu'on fait ici des Evêchez Catholiques pour quelques intérêts particuliers, il employe le secours de la France & met sur son compte tout le bien & le mal qui en réussira.

Il dit qu'on peut encore sauver Minden puis qu'il n'est accordé que sous une condition qui dépend de nous, & pour Osnabrug que c'est une pure violence qui n'est pas appuyée du moindre prétexte; & à la vérité tous les Etats Protestans demeurent d'accord qu'ils n'ont aucun fondement pour prétendre cet Evêché; c'est pourquoi il n'y auroit nul péril de résister ouvertement aux Suédois, & peut-être aux seuls Ambassadeurs de Suéde, afin qu'au moins après avoir fermé les yeux comme a fait la France à tant de préjudices que la Religion reçoit par ce Traité, l'on ne vienne pas à de telles extrémitez qu'on veuille blesser mortellement son honneur

& la conscience de tous ceux qui sont dans les affaires.

Nous avons travaillé ces jours-ci, Monsieur de la Court & moi avec les Impériaux, & les Suédois, pour l'accommodement de l'affaire Palatine: ceux-ci nous donnent bien de la peine & veulent changer tout le projet lequel on a traité jusques à cette heure; ils proposent que le Duc de Saxe ait deux voix dans le Collége Electoral, parce qu'il n'est pas raisonnable que les Catholiques prévalent; ils demandent que l'un & l'autre Palatinat soit remis entre les mains du Prince Palatin; & font beaucoup d'autres instances qui romproient certainement le Traité de la Paix s'ils y persistoient, car le Comte de Trautmansdorff est invulnérable de ce côté-là. Nous fumes hier quatre heures en conférence sur ce sujet chez Monsieur Oxenstiern qui garde toujours le lit, & n'en est pas de meilleure humeur; mais il nous arriva de le gouverner assez paisiblement, ensorte que nous en raportames beaucoup plus de satisfaction que de coutume; & Monsieur Salvius nous dit en riant au sortir de sa chambre, que nous avions bien trouvé la méthode de traiter ce malade. Toutes les difficultez furent remuées, & d'autant que ces Messieurs nous dirent de fois à autre que la France a trop d'affection pour le Duc de Baviere, on leur représenta que l'intérêt des deux Couronnes, spécialement de celle de Suéde qui est aujourd'hui un Etat de l'Empire, ne permet pas que l'on mécontente un des principaux Membres du même Corps, & qu'on le force de se tenir bien uni avec le Chef, qu'on ne sauroit mieux arriver à la fin qu'on s'est proposée en cette guerre, qui a été d'affoiblir la trop grande puissance de la Maison d'Autriche, qu'en obligeant celle de Baviere à considérer les Couronnes & à ne pas souffrir que l'Empereur reprenne avec le temps une autorité absolue dans l'Empire, qu'à tout cela les dispositions y sont déja grandes, les forces y sont proportionnées, & qu'il ne reste qu'à nous aider nous-mêmes. Monsieur Oxenstiern gouta cette raison, & ne fit pas aussi beaucoup de résistance à une autre dont nous nous servîmes pour lui faire voir que, si on veut la Paix, il faut aussi que l'Empereur y trouve son compte, qu'autrement il n'accorderoit pas tant de choses aux Couronnes, sur tout à celle de Suéde, qui est partagée si avantageusement, s'il n'y avoit au moins cette douceur pour lui, qu'il se déchargera de la dette du Duc de Baviere qui n'est pas un créancier fort commode.

Enfin nous eumes le bonheur, en contrariant Monsieur Oxenstiern, de ne lui pas déplaire, & de le conduire lentement à la connoissance du besoin qu'on a de la Paix, & du peu de raison qu'il y auroit à présent de la retarder pour ce qui reste. L'abondance de ses sentimens, ou de ceux de son père lui fit dire qu'il s'étonnoit que la France veuille arrêter le cours de ses victoires, & nous répliquames que c'est grande prudence d'assurer tant d'avantages par une Paix, & qu'il est bien glorieux de prendre ce conseil au milieu des prospéritez; que si le feu Empereur en avoit su faire autant lorsqu'il étoit Maître de toute l'Allemagne, les Couronnes n'y seroient pas aujourd'hui au point qu'elles y sont.

Pour conclusion il demanda un jour ou deux pour délibérer plus amplement avec son Collégue qui étoit présent, & dit néanmoins par avance que s'il falloit se relâcher en quelque chose,

1647.
chofe, comme il voyoit bien qu'on ne s'en pourroit point défendre, il feroit bon que cela fe fît enforte que les Etats de l'Empire nous priaffent de ne point empêcher la Paix pour cet intérêt afin que par ce moyen les Couronnes n'en ayent pas le blâme.

Je m'en retournerai à Munfter s'il m'eft commandé, mais en cette conjonéture où toutes les deux Affemblées ont les yeux fur ce qui fe paffe ici, & fe louent hautement des foins de la France pour la conclufion de la Paix, je ne fais, comme on expliqueroit ma retraite d'un lieu où je fuis chargé de beaucoup d'affaires & qui s'avancent tous les jours; joint que ce feroit comme perdre une occafion préfente d'obliger Madame la Landgrave, comme aufli Monfieur le Duc de Baviére dans leurs plus fenfibles intérêts, & laiffer aufli aux Ambaffadeurs de Suéde toute l'autorité dans les affaires de l'Empire. Fait à Ofnabrug le vingt-cinquiéme Fevrier mil fix cens quarante-fept.

LETTRE

De Monfieur

D'AVAUX

à Monfieur

CHANUT.

A Ofnabrug le 25. de Fevrier 1647.

Il lui envoye copie du Traité fait pour la fatisfaction de la Suéde. Il voudroit une autre fufpenfion d'armes qu'il faut folliciter à la Cour de Suéde. Il travaille à la fatisfaction de Madame la Landgrave, & à l'affaire du Palatin. Il lui recommande les intérêts de la Religion Romaine.

MONSIEUR,

JE vous rends mille graces du foin qu'il vous a plu prendre de faire mon Compliment à la Reine de Suéde; Sa Majefté l'a fi bien reçu qu'il m'eft aifé de comprendre de quelle forte il a été préfenté. Vous m'obligerez, Monfieur, de retrancher un mot de vos Lettres qui n'a été introduit que pour les étrangers, & s'il eft quelquefois en ufage parmi ceux qui fervent un même Maître, il faut que ce foit pour établir entr'eux une poffeffion douteufe, & la faire paffer plus facilement hors de la Maifon. Nous pouvons laiffer ces petits foins aux Miniftres de Venife & de Savoye, & nous contenter du

ftile de nos Péres, comme à la vérité je l'ai encore vu obferver depuis vingt ans, & à Rome & par tout ailleurs, où il y a des Ambaffadeurs de France.

Monfieur Benet Schut ne pouvoit fe fouvenir de perfonne qui eftimât plus cette faveur que je fais, fon mérite m'eft bien connu, & j'ai honoré particuliérement feu Monfieur fon Pére. Le choix que la Nobleffe a fait de lui dans les Etats du Royaume, & le beau commencement qu'il a donné à cette Charge font des marques d'honneur dont je me réjouis avec lui, & avec vous-même puifque vous êtes amis.

Il lui envoye copie du Traité fait pour la fatisfaction de la Suéde.

Je vous envoye le Traité concernant la fatisfaction de la Couronne de Suéde, je l'ai eu d'ailleurs que des Ambaffadeurs Suédois, lesquels fe font contentez de me le faire voir par les mains du Sieur Melonius, ayant jugé fort important à la grandeur de ladite Couronne s'ils faifoient quelque chofe que les Plénipotentiaires de France n'ayent point fait; quoi que la raifon qui nous oblige de ne laiffer pas copier les articles de notre convention avec les Impériaux, ne fe rencontre pas à préfent: mais comme en traitant de cette affaire j'ai toujours eu les papiers entre mes mains avec les Apoftilles & corrections que chacun y faifoit de fa part jufques à la veille de la fignature, je n'ai pas laiffé d'en envoyer une copie à la Cour qui différe fort peu de l'original, que j'ai depuis reçu de Monfieur Salvius, fur lequel j'ai fait prendre la copie ci-jointe.

Il voudroit une autre fufpenfion d'armes qu'il faut folliciter à la Cour de Suéde.

A préfent que les deux Couronnes font affurées de leur fatisfaction, & que les affaires des Griefs & autres de l'Empire font fi avancées que tout pourroit être conclu dans peu de jours, j'ai preffé Meffieurs les Ambaffadeurs de Suéde pour une autre fufpenfion d'armes, Monfieur Salvius y eft entiérement difpofé, Monfieur Oxenftiern beaucoup moins, & fur les conditions j'eftime qu'il feroit à propos de folliciter par delà qu'il lui en foit envoyé un ordre exprès, & de faire entendre affez clairement que la Paix eft deformais néceffaire à tout le monde.

Il travaille à la fatisfaction de Madame la Landgrave, & à l'affaire du Palatin.

Nous avons travaillé ces jours-ci à la fatisfaction de Madame la Landgrave & à l'affaire Palatine; nous convenons entiérement fur le premier point avec les Ambaffadeurs de Suéde; mais fi l'on vous dit fur le fecond que la France a trop d'affection pour le Duc de Baviére, vous faurez bien repréfenter que l'intérêt des deux Couronnes, fpécialement de celle de Suéde qui eft aujourd'hui un Etat de l'Empire, ne permet pas que l'on dégoute un des principaux Membres du même Corps, & qu'on le force de fe bien réunir avec le Chef; l'on ne fauroit mieux arriver à la fin qu'on s'eft propofée en cette guerre, favoir eft d'affoiblir la trop grande puiffance de la Maifon d'Autriche, qu'en obligeant celle de Baviére à confidérer les Couronnes, & à ne pas fouffrir que l'Empereur reprenne avec le temps une autorité abfolue dans l'Empire. A tout cela les difpofitions y font déja grandes, les forces y font proportionnées, car il ne refte plus qu'à nous aider nous-mêmes. Monfieur Oxenftiern faifoit hier tant de fois réflexion fur une parole que les Impériaux lui ont dite que l'Ambaffade de France a confenti à ce qu'ils prétendent en cette affaire, qu'enfin je lui repréfentai comme nous en avons toujours la décifion autant que nous en avons communiqué avec les Ambaffadeurs de Suéde, mais qu'à la vérité nous avions fait connoître que la France

1647. y étoit bien difposée, & que nous avions la même opinion de la Suéde, puifque le premier Plénipotentiaire, après plufieurs Conférences tenues avec nous fur ce fujet, étoit demeuré d'accord de laiffer la Dignité Electorale avec la moitié du haut Palatinat, fi les Etats de l'Empire en étoient d'accord : par là je lui fis voir que l'Ambaffade de France n'a point donné de réfolution précife, & que fi elle a donné quelques efpérances c'eft fur le confentement des Alliez qu'elle l'a fondée. Cet éclairciffement fut bien reçu, mais la chofe même lui donna peine, *& quia mutare fententiam grave erat, interpretatione lenivit.* J'ajoutai que comme alors nous infiftâmes tous trois à ce que tout le haut Palatinat demeure à l'Electeur de Baviére, j'avois charge de faire encore la même chofe & touchai les raifons dont la déduction feroit un peu longue : je dis entr'autres que fi on veut avoir la Paix, il faut que l'Empereur y trouve auffi fon compte, qu'autrement il n'accorderoit pas tant de chofes aux Couronnes, & fur tout à celle de Suéde, qui eft partagée fi avantageufement, s'il n'y avoit au moins cette douceur pour lui qu'il fe déchargera de la dette du Duc de Baviére qui n'eft pas un créancier fort commode.

Il lui recommande les intérêts de la Religion Romaine.

Je vous recommande toujours l'intérêt de la Religion Catholique & de la réputation de la France; afin qu'après avoir fermé les yeux comme elle a fait, voire même contribué & coopéré à tant d'avantages que les Proteftans reçoivent par ce Traité, l'on ne vienne pas encore à de telles extrêmitez qu'on veuille bleffer mortellement fon honneur & la confcience de tous ceux qui font dans les affaires. Je fuis &c.

A MONSIEUR

le Duc de

LONGUEVILLE.

A Ofnabrug le 2. Mars 1647.

Les Suédois voudroient faire la Campagne, ce qu'il faut empêcher. Le Duc de Baviere s'employe pour la Paix. On doit ménager le Duc de Baviére. Conférence avec Trautmansdorff fur les affaires d'Efpagne. Touchant le Portugal. Il fe plaint de la lenteur des Suédois.

MONSEIGNEUR,

Les Suédois voudroient faire la Campagne; ce

APrès avoir reçu Monfieur Salvius & m'être entretenu avec lui fur le voyage du Commiffaire Brant, j'ai trouvé que Wrangel n'eft guere porté ni à la Paix ni à la Trêve, & que

TOM. IV.

Monfieur l'Ambaffadeur Oxenftiern & plufieurs en Suéde font dans le même fentiment. En vérité, Monfeigneur, il eft befoin d'y prendre garde, le temps preffe & ledit Sieur *Salvius* même ne nie pas en fecret que l'on cherche à reculer les affaires & à engager la Campagne; il y aura après demain quinze jours que la fatisfaction de Suéde eft ajuftée, fans que l'on puiffe rien conclure fur les autres points avec Monfieur Oxenftiern. S'il ne vient des ordres du Roi & à l'armée qui faffent voir que les Alliez du Roi étant fatisfaits, & les Etats de l'Empire ayant obtenu la plus grande partie de tout ce qu'ils ont demandé, la France n'entend pas demeurer en guerre pour contenter la derniere paffion de ceux qui n'ont jamais rien contribué, elle qui s'eft privée volontairement de trèsgrands avantages pour procurer le repos public, il n'y aura point de Paix en Allemagne, & il fera impoffible de faire comprendre au monde que nous l'avons defiré tout de bon.

qu'il faut empêcher.

Quant à la fufpenfion, j'eftimerois très-à propos de cultiver les bonnes difpofitions que le Duc de Baviére y témoigne, & entretenir foigneufement ce Traité, vû même que les Suédois y confentent. Mais la Paix en Allemagne étant avancée au point qu'elle eft, il n'y a pas apparence que ledit Duc veuille abandonner les Impériaux aux armes victorieufes des deux Couronnes, & fe foumettre lui-même à être le dernier. Ce ne font pas feulement mes conjectures, c'eft auffi à peu près ce que j'ai pu remarquer de Monfieur Krebs; il me difoit l'autre jour que la Paix générale vaut bien mieux qu'un accommodement particulier, mais que fi elle ne fe fait point, ou qu'elle tarde trop à fe conclure, fon Maître eft réfolu de traiter à part avec la France, ou avec les deux Couronnes : il a déclaré la même chofe au Comte de Trautmanfdorff, & l'a preffé au dernier point, en forte qu'ils en font venus l'un & l'autre aux paroles rudes & aux menaces, comme il eft porté ci-deffus. Cela me fait juger que le Duc de Baviére a introduit cette Négociation pour hâter la Paix, pour imprimer fortement aux Impériaux la crainte de les perdre, & pour les fortifier contre les tentations d'Efpagne; car enfin il veut pacifier l'Empire, voilà fon but & fon intérêt, & comme il connoît que l'intérêt d'Efpagne pourroit y faire obftacle, maintenant que le double mariage eft réfolu & que l'Archiduc va gouverner la Flandre, il peut y apporter une puiffante confidération qui eft la fienne, fachant bien qu'il eft néceffaire aux Impériaux & il fait voir en même temps qu'il eft prêt de leur échaper.

Le Duc de Baviére s'employe pour la Paix.

C'eft toujours un grand ufage que nous en tirons, & partant il feroit bon de l'écouter favorablement, de le careffer, & lui rendre toute affiftance dans fon affaire qui fe traite ici, afin que fi l'Empereur ne veut pas fuivre le falutaire confeil qu'il lui donne, & que la jufte jaloufie qu'il y mêle ne produife pas tout fon effet, il exécute alors la réfolution qu'il forme à préfent. Que fi contre ma croyance il vouloit dès cette heure conclure une fufpenfion d'armes avec les deux Couronnes ou avec la France feule, je le laifferois faire & croirois bien à propos que Meffieurs de Traci & de Marcilli euffent ordre d'en convenir avec bonnes conditions; car il me femble voir ici qu'en ce cas il accordera quelques Places au Roi : cette fufpenfion donneroit lieu à Sa Majefté d'employer l'armée de Monfieur de Turenne contre les Efpagnols, & de réparer le préjudice qu'on reçoit

On doit ménager le Duc de Baviére.

E

reçoit de la conduite de Messieurs les E-
tats.

Conférence avec Traut-mansdorff sur les affaires d'Espagne.

Je fus avant-hier deux heures avec Monsieur
le Comte de Trautmansdorff seul, ce que j'en
ai raporté de plus considérable est qu'à juger de
son humeur que je commence à connoître, &
de sa contenance, comme aussi de quelques
questions qu'il me fit, les Espagnols céderont
Piombino & Portolongone, pourvû qu'ils
soient assurez que nous en demeurerons là, &
que nous ne ferons aucune mention du Portugal. Sur ce dernier point je l'étonnai un peu
d'abord, & lui fis faire une exclamation pour
ce que je disois que nous avons ordre absolu
d'en parler; mais après m'être expliqué que c'é-
toit pour réserver au Roi la faculté d'assister le

Touchant le Portugal.

Portugal déja accordée par les Espagnols, &
qu'il est nécessaire que cette clause soit insérée
dans le Traité, comme aussi pour convenir au
moins d'une cessation d'hostilitez pendant un
an, il répondit que nous serions bien aises de
l'avoir pour six mois seulement, & ne fit aucune difficulté sur ladite réserve que je deman-
dois par écrit, car même pour le faire parler
j'ajoutai qu'autrement ce seroit laisser un prétexte de rentrer en guerre, s'il n'est dit expressément par le Traité que la France sera en
liberté de secourir le Roi de Portugal sans que
la Paix s'entende rompuë. *Le Roi de Portugal !*
dit-il en branlant la tête, voulant témoigner
que ce titre seroit capable d'empêcher toute la
Négociation : quant à la chose même il y consentit tacitement. Je ne sai si la crainte qu'il
avoit conçuë de mon premier discours le rendit
plus traitable, lors qu'il vit que les Espagnols en
seroient quittes à meilleur compte, mais il me
parut goûter mes raisons & ne desapprouver ni
l'une ni l'autre demande.

Il se plaint de la len-teur des Sué-dois.

Il m'a fallu laisser cette Dépêche imparfaite
pour aller chez Monsieur Oxenstiern, & chez
Monsieur Salvius avec Monsieur de la Court,
duquel je tire effectivement beaucoup d'assistance dans les affaires ; mais quoi que nous
ayons pu dire, nous en voilà revenus à huit
heures du soir aussi mal édifiez qu'il est possible : le Naturel des Suédois est fort lent, le
peu de desir & de besoin qu'ils ont de la Paix,
les rend encore plus paresseux & plus incommodes en cette Négociation, & enfin si la
Cour ne retranche ces longueurs affectées par
une déclaration suivie de quelque effet, la cause Palatine & le reste des Griefs ne seront pas
terminez d'un an, pendant lequel temps il
peut survenir beaucoup d'accidens qui remettroient toutes choses dans une grande confusion. Je suis &c.

MEMOIRE
De Monsieur
D'AVAUX.

A Osnabrug le quatriéme Mars 1647.

*Il ne peut tirer aucune résolution
des Suédois sur les affaires de
Hesse & du Palatin. Le Duc
de Baviére témoigne vouloir faire une suspension d'armes particuliere. L'intention des Suédois
est d'avancer le Lutheranisme.
Les Suedois voudroient faire la
Campagne. Il souhaite des ordres de la Cour pour l'Armée, qui
fassent voir que les Alliez étant
satisfaits, le Roi ne veut plus
de guerre. Il est fâché d'avoir
été trop facile sur les affaires
du Portugal. Il reçoit ordre de
faire entendre aux Espagnols que
s'ils n'acceptent bientôt les conditions, on s'engageroit avec le
Portugal de ne point traiter
sans lui. Les Suédois fort lents
sur ce qui regarde le Palatin.
Haine des Suedois contre le Duc
de Baviere, & leur jalousie contre la France. Les Suedois par
leur conduite engagent Baviere
à promettre de nouveau à l'Empereur toute fidelité. Brun vient
à Osnabrug pour arrêter le Traité avec les Imperiaux.*

CEtte huitaine nous a un peu reculé; nous
avons été plusieurs fois avec les Ambassadeurs de Suéde, & Monsieur de la Court a encore visité à part Monsieur Oxenstiern; comme j'ai entretenu aussi Monsieur Salvius sans
que nous ayons pu tirer une résolution sur les
affaires de Hesse, & encore moins sur celles de
la Maison Palatine. En la premiére Conférence qui s'est tenuë sur ce sujet depuis que
j'ai rendu compte, Monsieur Oxenstiern se mit
à discourir des causes de la guerre, raporta &
répéta plusieurs choses du temps passé, dit cent
fois que la Suéde n'aime point le Duc de Baviére, qu'il faut lui faire rendre le haut & bas
Palatinat, & que c'est assez s'il est Electeur

Il ne peut tirer aucune résolution des Suédois sur les affai-res de Hesse & du Palatin.

pour

pour le reste de ses jours; il ne voulut pas se souvenir de ce qu'il a lui-même aprouvé ci-devant à Munster, où cette affaire fut concertée entre lui & nous, ni de ce qu'il en disoit encore il y a huit jours, & à l'extrémité il explique le tout ensorte qu'à son dire ce n'est rien.

Nous nous trouvâmes obligez d'attendre une occasion plus favorable pour les amener avec douceur, & je fus le lendemain faire ma cour à Monsieur Salvius afin qu'il le préparât le mieux qu'il pourroit.

Je n'apuyai que sur la Dignité Electorale laissant aux Impériaux à démêler ce qui touche le haut Palatinat, & la dette de treize millions; quoi que l'engagement, où nous sommes entrez plusieurs fois sur ce point, tant avec les Ministres de Baviére qu'avec ceux de l'Empereur & les Médiateurs, me donne peu de moyen de prendre tout à coup une autre conduite.

Le Duc de Baviére témoigne vouloir faire une suspension d'armes particuliére.

Je me suis servi auprès des Suédois des bonnes intentions que le Duc de Baviére témoigne de faire une suspension particuliére avec les Couronnes; car ils en avoient avis à l'armée, & le Comte de Trautmansdorff le sait aussi fort bien; il en a témoigné du ressentiment à Monsieur Krebs, jusqu'à le menacer que s'il partoit d'ici pour aller faire ce Traité particulier à Munster conjointement avec son Collégue, lui Trautmansdorff concluroit dès le lendemain avec les Ambassadeurs de Suéde à toutes les conditions qu'ils voudroient sans exception.

L'intention des Suédois est d'avancer le Lutheranisme.

Cette proposition dudit Duc n'a adouci en rien l'esprit irrité de Monsieur Oxenstiern, ni l'horreur qu'il a de faire quelque chose pour un Prince Catholique. On peut se tenir pour dit, que le dessein des Suédois va à planter la foi de Luther où il n'est pas encore reçu pour un grand Apôtre; cela se voit ici clairement en toute leur conduite, & je suis bien trompé si la premiére Guerre d'Allemagne ne sera une Guerre de Religion à visage découvert & alors tous les Etats voisins y seront envelopez.

Pour le présent les Suédois & les Protestans travaillent à profiter de la cause Palatine, si on les laisse faire, à vendre chérement pour l'Eglise Catholique ce qu'ils seront enfin obligez de consentir en faveur du Duc de Baviére, qui ne sera même, s'ils peuvent, qu'une partie de ce qu'il prétend. Ils font leur compte aux dépens des Evêchez & de la Religion, & si le Traité de la Paix traine encore un an, comme les Suédois en ont grand desir, ils seront alors en état de ne plus considérer la France à laquelle ils ont encore un peu d'égard, & de lever tout à fait le masque avec les Protestans de l'Empire; & je ne sai si dans une telle révolution on seroit bien maître de l'armée Weymarienne, la prospérité des affaires de la Couronne de Suéde étant aujourd'hui bien plus solidement établie; & il y a beaucoup plus de réflexions à y faire depuis les pratiques de trois années, & les liaisons qui se sont faites ici plus étroites avec tout le Corps des Princes & Etats Protestans, qu'il n'y en avoit de sujet auparavant la mort du Roi Gustave, & néanmoins on commençoit déja en France à penser aux moyens de modérer son ambition.

J'ai revu ces jours-ci Monsieur Salvius sur le sujet du voyage du Commissaire Brant qui est arrivé ici depuis peu; il a épousé une sienne parente & est logé chez lui. Je trouve que le Maréchal Wrangel n'est guere porté ni à la Paix ni à la Trêve, & que Monsieur Oxenstiern est dans ce même sentiment; Monsieur Salvius même ne me nie pas en secret que l'on

Tom. IV.

cherche à reculer les affaires & à engager la Campagne: en effet il y a aujourd'hui quinze jours que la satisfaction de Suéde est ajustée, sans que l'on puisse rien conclure sur aucun des points qui restent indécis. S'il ne vient des ordres ici & à l'armée qui fassent voir que les Alliez du Roi étant satisfaits, & les Etats de l'Empire ayant obtenu la plus grande partie de tout ce qu'ils ont demandé, la France n'entend pas demeurer en guerre pour contenter la passion de ceux qui n'y ont jamais rien contribué, elle qui s'est privée volontairement de très-grands avantages pour procurer le repos public, il n'y aura point de Paix en Allemagne, & il sera impossible de faire comprendre au monde que nous l'avons desirée tout de bon.

1647.

Les Suédois voudroient faire la Campagne.

Il souhaite des ordres de la Cour pour l'Armée, qui fassent voir que les Alliez étant satisfaits, le Roi ne veut plus de guerre.

Quant à la suspension &c. (*voyez pour ce qui suit la Dépêche à Monsieur de Longueville jusques à ces mots*, & ne desaprouver l'une ni l'autre demande.)

Etant de retour au logis, & faisant réflexion sur tout ce qui s'étoit passé en cette Conférence, il me sembla que j'avois été trop facile en l'affaire de Portugal, & que l'on pourroit mieux profiter de l'apréhension que les Espagnols ont pour ce regard. Pendant que je méditois comment réparer cette faute, je fus secouru en ma nécessité & parfaitement instruit par une Lettre que Monsieur le Cardinal m'a fait écrire; elle porte qu'il faut faire comprendre adroitement aux Espagnols que s'ils n'acceptent bientôt les conditions de la Paix, conformément aux articles qui leur ont été donnez à Munster depuis que je suis parti, l'on pourroit s'engager tellement avec le Roi de Portugal que la France ne traiteroit point sans lui, & qu'au lieu d'une Trêve en Catalogne, on la voudroit convertir en une Paix, à l'exemple de Mrs. les Etats. Cette conduite me parut incontinent si propre & si efficace pour la fin qu'on se propose, & de vrai j'en espére un si bon effet, que j'attends avec impatience l'occasion de la mettre eu pratique, & tâcherai de le faire à propos; cela remplira par même moyen ce que je laissai d'imparfait en ma derniére entrevue avec Monsieur de Trautmansdorff.

Il est fâché d'avoir été trop facile sur les affaires du Portugal.

Il reçoit ordre de faire entendre aux Espagnols que s'ils n'acceptent bientôt les conditions, on s'engageroit avec le Portugal de ne point traiter sans lui.

Cependant nous retournâmes hier chez Monsieur Oxenstiern pour ce qu'il est toujours au lit & Monsieur Salvius s'y trouva. Je ne saurois assez représenter combien fortement & judicieusement, Monsieur de la Court répondit aux difficultez qu'ils faisoient dans la cause Palatine, & en toutes celles qui restent à vuider: car ils ne se traitent non plus d'un côté que d'autre. Mais quoi que nous ayons pû dire, nous nous en revinmes à huit heures du soir aussi mal édifiez qu'il est possible; le Naturel des Suédois est fort lent, le peu de desir & de besoin qu'ils ont de la Paix les rend encore plus paresseux & plus incommodes à cette Négociation, & enfin si la Cour ne retranche ces longueurs par une déclaration suivie de quelque effet, la cause Palatine & le reste des Griefs ne seront pas terminez d'un an, pendant lequel il peut survenir beaucoup d'accidens qui remettroient toutes choses dans une grande confusion. Une des plus douces paroles de Monsieur Oxenstiern fut qu'il faudroit donc donner le premier rang au Duc de Saxe parmi les Electeurs séculiers, & le pénultiéme au Duc de Baviére, puis que le dernier étoit destiné au Prince Palatin.

Les Suédois fort lents sur ce qui regarde le Palatin.

Outre la haine que les Suédois ne peuvent cacher contre le Duc de Baviére à cause de la Religion, il s'y rencontre un autre intérêt qui n'est pas moins puissant sur leur esprit, c'est de la jalousie qu'ils ont de la grandeur & de l'au-

Haine des Suédois contre le Duc de Bavière, & leur jalousie contre la France.

E 2   torité

torité du Roi en Allemagne, & je les ai toujours vu y prendre garde de fort près jusques à nous faire de mauvais offices en diverses occasions. Toute leur politique tend à s'acquerir le respect des Etats de l'Empire, afin de se rendre nécessaires à la France, & se pouvoir passer d'elle : or comme ils voyent qu'il sera dificile de faire réussir ce dessein, si d'un côté une seule Maison mêmement Catholique devient si considérable dans l'Empire, & que d'ailleurs elle soit attachée d'affection, d'obligation, & de voisinage, à la France, ils ne pardonnent à rien pour l'empêcher. Je ne m'étonne pas qu'ils ayent pris soin de nous représenter à Monsieur de la Court & à moi, le peu d'assurance que l'on peut prendre aux promesses du Duc de Bavière, qu'il ne se degagera jamais des intérêts de l'Empereur, & qu'il nous trompera, & choses semblables, à quoi ils ajoutent la caducité de son âge & qu'il laissera de jeunes Enfans sous la tutele de l'Empereur; mais il est un peu étrange qu'en même temps ils ne perdent point d'occasion de persuader le contraire aux Impériaux, & de leur faire craindre cette grande union qu'ils disent se former entre la Couronne de France & la Maison de Baviére; ils en parlent même comme savans, pour leur jetter mieux la défiance dans l'esprit, & se laissent entendre que l'intérêt commun leur donnant part dans nos conseils, ils connoissent le péril, & qu'en tout cas s'il faut souffrir qu'il y ait un Prince si puissant en Allemagne, ils aiment mieux que ce soit l'Empereur. Ce der-

nier sentiment échapa l'autre jour à Monsieur Oxenstiern en parlant à nous-mêmes, comme il dit quelquefois d'autres choses sans les considérer beaucoup, quand il ne songe qu'à vaincre une opposition qui est présente : tant y a qu'ils ont tenu depuis peu de tels discours au Comte de Lamberg & aux Sieurs Wolmar & Crane, & qu'ensuite le Comte de Trautmansdorff en a eu un grand éclaircissement avec Monsieur Krebs, qui s'est trouvé engagé à promettre de nouveau de la part de son Maître une constante fidélité à l'Empereur. Ce n'est pas tout, le Sieur Melonius portant hier un papier au Comte de Trautmansdorff l'avertit encore de la part des Ambassadeurs de Suéde, que l'intelligence étoit parfaite entre Monsieur le Cardinal & le Duc de Baviére, & lui proposa comme ils avoient fait à nous, de transférer la première place du Collége Electoral & les autres prééminences de la Maison Palatine à celle de Saxe, laquelle étant affectionnée & comme dépendante de l'Empereur, cet expédient seroit bien avantageux à Sa Majesté Imperiale comme aussi à la Couronne de Suéde.

Monsieur Brun a été ici vingt-quatre heures pour communiquer au Comte de Trautmansdorff ce qu'il avoit fait en Flandres, & les ordres qu'ils ont pour le Traité de Paix. Je sai de bonne part que ç'a été aussi pour le disposer à n'avancer pas davantage la Négociation de l'Empire, que la leur s'avancéra avec nous; & Trautmansdorff même me l'a laissé entendre sans le dire, mais je connois bien aussi que cela lui fait peine & qu'il a pressé Brun de finir donc aussi avec la France.

Un Député de cette Assemblée, ami dudit Brun, m'a donné pour certain que les Espagnols accorderont tout au Roi, même Portolongone & Piombino, & ne feront autre difficulté que pour le Portugal. Fait à Osnabrug le quatriéme jour de Mars 1647.

LETTRE

De Monsieur

D'AVAUX

à Monsieur le

CARDINAL

MAZARIN,

A Osnabrug du 4. Mars 1647.

Il le remercie de ses instructions. Son entretien avec Trautmansdorff. Touchant le mariage du Roi d'Espagne. Il fera ses efforts pour conserver quelques Monastéres, en faveur de l'Eglise Romaine.

MONSEIGNEUR,

APrès de très-humbles remercimens à la Lettre dont il a plu à votre Eminence m'honorer le vingt-deuxiéme de Fevrier, & les choses excellentes qu'elle m'a fait écrire par mon neveu, je lui dirai qu'il ne se parle ici que des grands préparatifs qui se font en France pour la Campagne prochaine, & que c'est un très-bon effet de votre vigilance accoutumée, puisque sans doute il produira la Paix, ou détournera les malheurs de la Guerre sur ceux qui auront voulu la continuer.

Le Sieur de Prefontaine aura rendu compte à votre Eminence de l'entretien que j'avois eu avec le Comte de Trautmansdorff, & de ce qu'il lui donna charge de vous dire lors qu'il fut recevoir ses commandemens avant de partir. Je ne manquerai pas, Monseigneur, de l'assurer d'une parfaite correspondance de votre part aux termes que vous m'ordonnez, ils ne sauroient être meilleurs ni plus persuasifs, il me croit assez facilement en beaucoup de choses, mais encore plus en cette matiere parce qu'elle lui plaît.

Lors que je le vis il y a deux jours il étoit en fort bonne humeur, il me parla du mariage de la fille de l'Empereur comme ne l'approuvant pas, il me conta même en riant que le Marquis de Castel Rodrigo avoit dit qu'au lieu d'une fille si jeune pour le Roi d'Espagne, il lui falloit mener une qui fût déja grosse; ensuite il me demanda quel âge a le Roi, & puis il dit ouvertement que cette Alliance auroit été bien plus convenable, mais c'est, dit-il, la fortune de la France qui a présidé encore aujourd'hui au Conseil d'Espagne en cette occasion. Je compris par là qu'il n'espere pas grand fruit de ce mariage, il l'attribue en bonne partie aux femmes de la feue Impératrice & à leurs Maris & parens qui sont en Espagne, disant que les uns & les autres s'en sont promis de grands avantages.

Il m'assura que Paix ou non il s'en retournera vers la mi-Avril, mais il espere que ce sera avec la Paix; il dit qu'il n'attendra point ici les ratifications.

Il revint une autre fois sur le propos du mariage, & dit avec quelque complaisance qu'après la mort du Prince d'Espagne, il écrivit librement que ce malheur n'étoit pas reparable par la flaterie. Il crut que je l'entendois, mais, à n'en point mentir, je n'en decouvre point le mystere, si ce n'est que le Roi d'Espagne ayant déja de l'âge, encore plus d'infirmité, il se laisse peut-être flatter de l'esperance d'une grande lignée.

Je ferai tout devoir possible pour conserver quelques Maisons de Religieuses de celles qu'on veut apliquer à l'usage des Lutheriens dans le Wirtemberg; je suis ravi d'en avoir reçu le commandement de votre Eminence. Il est bien vrai, Monseigneur, que je n'ai pas besoin d'être exhorté sur de tels sujets, & que non seulement le mouvement de ma conscience, mais aussi l'intérêt de l'Etat & la reputation de leurs Majestez, me fait desirer de tout mon cœur qu'il vous plaise soustraire les forces & l'autorité de la France aux injustes poursuites qu'on fait ici ouvertement contre la Religion Catholique. Je sai de science certaine que tant que nous y aporterons de la discretion, nos Alliez n'en auront aucune: & de vrai ils vont au delà de toute mesure, parce qu'ils sont persuadez que nous ne leur resistons que par honneur, mais s'ils voyent que votre Eminence veut absolument se tenir aux Traitez d'Alliance, & aux choses dont l'on est convenu en cette Assemblée même au grand avantage des Protestans, sans permettre que par une violence inouïe on y ajoute encore des Evêchez, & des Principautez Catholiques, ils se mettront tous dans les termes de la raison, & je veux bien perdre la vie, s'il en arrive le moindre inconvenient, au contraire la France en sera plus respectée des uns & des autres.

Il y aura ci-joints deux extraits de ce qui est accordé aux Protestans; votre Eminence verra à quel point les voilà élevez, & combien ils doivent à la France. Je suis &c.

MEMOIRE

De Monsieur

D'AVAUX.

A Osnabrug le onze Mars 1647.

Les Suédois portent hautement les intérêts du Palatin & des Pro-

---

testans. Les Suédois voudroient faire ériger en Electorat les Principautez qu'ils tiennent dans l'Empire pour avoir ensuite un Empereur Lutherien. Les Suédois demandent l'Evêché d'Hildesheim & autres prétentions auxquelles il se faut opposer. Conférence avec Salvius. Les Suédois froids sur le sujet de la suspension d'armes. Les Suédois veulent justifier les difficultez qu'ils font. Propositions touchant le haut Palatinat. Conférence avec Oxenstiern & Salvius. Les Suédois peu enclins à la Paix. La France s'est déclarée pour l'Electorat en faveur de Baviere. Les Impériaux offrent trois cens mille Risdalles pour dedommager le Palatin du Haut Palatinat. Touchant la Négociation d'Ulm pour la suspension d'armes. Les Suédois consentent que les François traitent à part avec Baviere pour une suspension d'armes. Fruits que la France peut tirer de cette Négociation. Touchant le projet de Paix donné par les Espagnols. La France prétend en Italie Portolongone & Piombino. Pour le Portugal elle prétend que les hostilitez cessent pendant un an. Il faut un Article exprès dans le Traité avec l'Espagne, qui comprenne la cessation & la réserve de pouvoir secourir le Portugal. Projet Espagnol entierement defectueux. On menace l'Espagne de s'engager avec le Portugal qu'on ne fera point de Paix sans l'y comprendre. Trautmansdorff voudroit renvoyer l'affaire de Portugal après la Paix. Il n'y veut pas consentir. On a soin des intérêts de Madame la Landgrave. Il est mal secondé des Suédois. Oxenstiern donne audience à l'Envoyé de Baviére.

LE travail de cette semaine n'a pas été plus vîte que celui de la precedente, les Ambassadeurs de Suéde portent si hautement toutes les prétentions de la Maison Palatine, & toutes celles des Protestans, que ceux-ci sentant un tel apui ont augmenté leurs demandes depuis trois jours, & les accompagnent de menaces

naces s'il n'y est entierement satisfait. Le Comte de Trautmansdorff se trouve étonné de ce dernier coup qui recule & empire les affaires; & à la verité il va au delà de son pouvoir, & de celui même de l'Empereur pour achever; mais je doute si les Suédois ont pareille intention, l'on peut se souvenir qu'une de leurs principales maximes dans la Négociation de la Paix a été, qu'il ne falloit pas rompre sur l'intérêt des Couronnes, mais sur celui des Etats de l'Empire. Monsieur Oxenstiern nous a souvent ennuyez de ce prétexte, quoi que raisonnable en un sens, d'autant qu'il ne sembloit n'être en peine que de bien choisir la cause, ou le pretexte d'une rupture. Quand je le considere aujourd'hui si animé pour lesdits Etats, & pour ceux même qu'il n'aime ni estime comme le Prince Palatin, & dont la Religion ne le choque pas moins que la Catholique, j'aprehende qu'il ne veuille faire à présent ce qu'il disoit alors, & la chose est digne de réflexion; je sai même que leur plus secrete ambition est de faire ériger en Electorat les Principautez qu'ils tiennent de l'Empire, & les Protestans & trouvent leur compte, puis que par ce moyen ils auront quatre voix dans le College Electoral: Monsieur Oxenstiern m'a sondé de loin sur ce sujet, il faut s'attendre après cela sans aucun doute qu'ils voudront un Empereur Lutherien, & je suis bien averti que c'est encore une de leurs pensées pour l'avenir; mais quant à l'Electorat, c'est un dessein present & pour lequel il ne tiendra pas à eux que les affaires ne se brouillent, afin que dans la suite de la guerre ils contraignent l'Empereur à ajouter cet article à leur satisfaction. Cependant ils demandent l'Eveché d'Hildesheim qui n'a jamais été que Catholique depuis sa fondation, c'est une des nouveautez du Mémoire que Monsieur Salvius porta l'autre jour aux Impériaux; il y a grand bruit en cette Ville qu'ils demanderont bientôt Munster pour le Fils du Roi de Dannemarck, qui étoit Archevêque de Bremen. Si l'on attend en France à s'oposer à une si grande contravention des Traitez, quand ils pretendront Mayence ou Tréves, comme ils font maintenant Uberlinghen & Offembourg, il y a danger que ce ne soit trop tard.

Nous avons avis de Monsieur de Croissi que les Députez du Maréchal Wrangel demandent Memminghen, & ces deux Places au Duc de Baviére. Mais comme ils ont toujours Benfeld & que de leur grace ils ont toujours évité d'en accommoder la France, j'avoué que ce voisinage me seroit suspect, & que selon mon foible jugement le Sieur de Croissi ne doit pas permettre qu'ils ayent Offembourg. Après avoir vu ses Lettres & Relations, j'ai cru à propos d'en communiquer avec les Ambassadeurs de Suéde. La maladie du premier qui s'augmente m'a donné lieu de commencer par Monsieur Salvius; je l'ai trouvé froid & irresolu touchant la suspension d'armes, soit génerale dans tout l'Empire, soit particuliere entre les Couronnes & Baviére. Ce n'est pas qu'il ne demeure d'accord que la Paix doit être precedée d'une suspension de quelques jours, mais il croit que c'est assez d'y preparer les affaires, ensorte qu'un peu auparavant la signature du Traité de la Paix on dépêche un Courier à l'armée pour conclure alors ladite suspension, & separer les troupes dans les quartiers dont l'on devra être convenu par avance avec les Ennemis.

Voilà la pensée qu'il dit avoir écrite au Maréchal Wrangel, afin qu'il s'assure des conditions, & tienne le Traité de la suspension en

état d'être signé, aussitôt qu'il aura avis que celui de la Paix est aux mêmes termes. Je lui ai repondu que toutes choses ne se laissent pas ainsi ajuster à notre point, & qu'à mon avis il prenoit ses mesures bien courtes pour pourvoir à une affaire de cette importance. Il me l'a avoüé, disant que cela vient de l'humeur de leur Nation qui est soupçonneuse, & qu'ils ne peuvent croire la Paix qu'ils n'en voyent le Traité signé, ou au moins à la veille de l'être. J'ai reparti qu'ils savent possible eux-mêmes que la conclusion n'en est pas encore si proche, & qu'en ce cas ils font sagement d'éloigner aussi la suspension d'armes. Il s'est pris à rire, m'assurant néanmoins que hors du Chancelier Oxenstiern, & ceux de sa Caballe qui sont peu, le Senat de Suéde est tout pacifique: je m'aperçois, dis-je, que si cette Caballe-là est petite en nombre, elle est bien puissante en effet, puisque nous travaillons ici fort inutilement pour la Paix, il y a trois semaines que la satisfaction de Suéde est reglée, vous aviez toujours témoigné que cela fait, le surplus n'arrêteroit gueres, & cependant nous ne pouvons sortir ni des Griefs, ni de l'affaire Palatine, ni de celle de Baden, ni avancer en quoi que ce soit. Monsieur Salvius voulut justifier les difficultez qu'ils aportent en ce que dessus, car au fonds c'est de leur part qu'elles viennent toutes, & ils excitent même les Protestans, les Députez du Prince Palatin, & ceux du Marquis de Dourlach, à tenir ferme dans leurs prétentions. Le recit de toute notre Conférence seroit trop long, il me servir de remarquer qu'elle servit à rendre Monsieur Salvius capable de raison, sur ce qui concerne le Duc de Baviére : il dit par deux fois qu'il falloit se relâcher pour le respect de la France, mais qu'aussi si la Dignité Electorale demeure dans sa Maison avec toutes les prééminences que celle de Heidelberg a eues, il étoit raisonnable qu'il rendît une partie du haut Palatinat. Je témoignai que la France n'empêchoit point cela, mais que certainement l'Empereur n'y consentiroit pas, parce qu'il est obligé à la garentie. Nous l'en déchargerons, dit-il, le Duc de Baviére sera bien payé de sa detre avec la moitié du Palatinat superieur. Je repliquai que la France ne prendroit pas le parti de l'Empereur contre lui, mêmement en une cause si juste & si claire comme est celle dudit Duc, & que ce seroit aussi contre toute raison d'Etat, que les Suédois ôtassent quelque chose à la Maison de Baviere pour le donner à celle d'Autriche, dont la puissance est si grande & si établie qu'avec toutes les victoires des deux Couronnes, elle gagne plus par ce Traité qu'elle ne perd.

J'ai depuis eu audience de Messieurs Oxenstiern & Salvius où Monsieur de la Court s'est trouvé; nous les avons premierement sollicitez de mettre fin aux affaires qui restent à décider, & avons mis leur avons fait entendre en quel état se trouve le Traité d'Ulm, les conviant d'en hâter la conclusion en attendant la Paix.

Sur la premiere partie de notre discours ils se sont déclarez comme de coutume avec ambiguité, irresolution, & beaucoup de difficultez; ils trouvent chaque point de grande conséquence qui requiert du temps pour deliberer, & sur tout ils estiment que la reputation de la Couronne de Suéde recevroit prejudice, si après avoir transigé pour ses intérêts particuliers, ils venoient aussitôt à terminer ceux des Princes d'Allemagne.

C'est de quoi ils veulent maintenant couvrir le peu d'inclination qu'ils ont à la Paix; mais nous

1647.

nous leur dîmes qu'il y a deux ans que l'on traite à Munster, & à Osnabrug, touchant les affaires de l'Empire, que nous les avons proposées, avant celles des Couronnes & poursuivies sans intermission; qu'en effet l'on a retabli la Dignité & les Droits des Princes, & Érats de l'Empire, que l'on a obtenu de grandes choses à l'avantage des Protestans, & qu'ainsi il ne faut pas compter du jour qu'on est convenu de la satisfaction de la Suéde, mais de l'ouverture des Assemblées, puisque dès lors les Plénipotentiaires de France & de Suéde, ont agi vigoureusement, & de bouche, & par écrit pour l'intérêt public de l'Allemagne; que la reputation de la Couronne de Suéde seroit bien plus exposée au blâme, si pour vouloir mettre un Prince particulier un peu plus à son aise ou gagner un Benefice de plus, pour ceux de leur Religion, ils abandonnoient toute la Chrétienté aux invasions du Turc.

Il fut dit plusieurs autres choses de part & d'autre sans aucun fruit, sinon qu'en la cause Palatine, ou plutôt au fait de l'Electorat Monsieur Oxenstiern témoigne faire cas d'une raison dont nous nous étions servis, c'est à savoir que le feu Roi en avoit approuvé la translation à la Maison de Baviere, lui en avoit fait donner le titre par tous ses Ambassadeurs, & refusé au Comte Palatin, & qu'en un mot la France y étoit engagée auparavant que d'avoir traité d'aucune Alliance avec le feu Roi de Suéde. Il écouta aussi assez favorablement la relation que je lui fis des instances avec lesquelles j'avois pressé le jour precedent Monsieur de Trautmansdorff de faire rendre une partie du haut Palatinat au Prince Palatin, en satisfaisant d'ailleurs le Duc de Baviere; & qu'enfin ledit Sr. de Trautmansdorff au lieu de cette portion de terre qu'il soutient ne pouvoir être separée,

m'avoit offert trois cens mille Risdalles pour les Cadets de ce Prince, lequel par ce moyen sera dechargé de l'appanage qu'il leur doit.

Cette premiere ouverture donne esperance que l'on pourra bien obtenir jusques à quatre ou cinq cens mille Risdalles, & ne fut pas mal reçuë par les Ambassadeurs de Suéde, qui se garderent bien toutefois de dire nettement qu'ils en étoient contens, ou qu'ils le seroient si on y ajoutoit telle ou telle chose : car il ne faut rien précipiter & la Paix sera aussi bonne dans sept ou huit mois qu'à cette heure.

Quant à la Négociation d'Ulm ces Messieurs nous firent à peu près la même reponse que l'un d'eux m'avoit fait à part; mais comme nous pressions pour avoir une resolution nette & certaine, remontrant que depuis un an nous leur avons proposé plusieurs fois une suspension d'armes sans qu'ils y ayent voulu entendre sinon en apparence, & qu'il seroit plus à propos de ne s'embarquer pas dans un Traité, si l'on a dessein de le conclure, ils avouerent que les ordres de Suede y ont toûjours été contraires, & que c'est un bonheur que les Députez Impériaux qui sont à Ulm ayent manqué de pouvoir ou d'intention d'en convenir, parce qu'en effet ceux de Suéde y étoient allez avec une instruction bien differente de celle de Monsieur de Croissi. Il fallut les remercier de cette confidence plutôt que de se plaindre qu'ils nous l'eussent si longtemps celée; nous dîmes ensuite que leur Reine ne s'opposant qu'à une suspension génerale dans l'Empire, Messieurs les Maréchaux pourroient en faire une particuliere avec Baviere, vû même que l'avantage de la Couronne de Suéde s'y rencontre en ce que les armées confederées n'auroient plus que celle de

l'Empereur à combattre : ils demeurerent d'accord que Wrangel n'a pas les mains liées pour une suspension d'armes avec Baviere, mais ils dirent qu'il n'en a aussi aucun ordre, & que le plus sûr est de n'en point faire.

On leur représenta que la France ayant souvent desiré & jugé utile au bien commun d'entrer en un Traité de cette sorte, elle avoit pourtant deferé à l'opinion de ses Alliez; on leur marqua divers endroits de cette conduite, où il fut dit doucement que sans se blesser ils pourroient aussi donner quelque chose au sentiment de leurs amis. Alors Monsieur Oxenstiern comme vaincu de courtoisie s'étendit davantage qu'il n'avoit encore fait sur la veritable explication de leurs ordres & de leurs pensées; il nous declara ouvertement qu'il ne peut comprendre pourquoi le Maréchal Wrangel a deputé les Sieurs Mortaigne & Douglas pour traiter avec le Duc de Baviere, qu'il sait bien que ledit Maréchal n'en a point le pouvoir de Suéde, qu'ils ont toûjours eu charge de ne pas consentir à une suspension, & de ne nous en dissuader; mais que si la France continuoit en ce dessein, & qu'à l'exemple du Traité fait avec le Duc de Saxe elle voulût en faire un pareil avec le Duc de Baviere, ils avoient ordre de nous remontrer la difference qu'il y a entre les deux Princes, dont l'un est beaucoup plus puissant que l'autre, & de faire instance qu'en tous cas nous traitions en sorte avec Baviere qu'il n'en puisse arriver aucun dommage à l'armée de Suéde.

Ce consentement est de telle importance que n'étant donné que par l'un des Plénipotentiaires de Suéde, quoi qu'en presence de l'autre, je dis en me levant qu'ils voudroient peut-être y penser encore, & que nous nous reverrions une autre fois. Sur cela Monsieur Salvius s'aprochant du lit, ils parlerent un peu de temps ensemble, & puis nous ayant convié de reprendre nos places, Monsieur Oxenstiern répeta tout ce que dessus, & dit qu'il n'étoit pas besoin d'en deliberer plus longuement entr'eux, puisque les ordres de Suéde étoient tels. Surquoi Monsieur Salvius nous recommanda de bien obliger le Duc de Baviére à ce qu'il promettoit. Je lui demandai quelles precautions on pourroit prendre; il dit que s'il desarme il faut avoir grand soin de faire passer ses troupes au service du Roi, afin que les Ennemis n'en profitent pas, & que ledit Duc doit aussi mettre quelque bonne Place entre les mains de Sa Majesté. Nous repliquames que les Suédois ne voulant point de suspension avec lui, il n'y avoit guere d'aparence qu'il desarmât. Ils en tomberent d'accord sans insister plus sur cette sureté que sur une autre, nous exhortant seulement de prendre garde, autant qu'il sera possible, que l'Empereur n'en reçoive point d'avantage.

Tant y a que ce soit qu'on fasse le Traité ou non, les choses sont disposées ici en sorte que l'on en peut tirer profit pour le service du Roi. Si la suspension d'armes entre Sa Majesté & l'Electeur de Baviere ne se conclut point, il y aura lieu de faire valoir auprès des Suédois ce nouvel acquiescement de la France à leurs desirs, & à leurs intérêts, & si elle se conclut ce sera de leur consentement, & moyennant des Places importantes, lesquelles je ne voudrois pas appeller Places de sureté, moins encore obliger Sa Majesté de les rendre après la Paix, si ce n'est pour engager les Suédois à la même restitution de celles qui leur seront données en cas que les Sieurs de Mortagne & Douglas concluent le Traité commencé ; mais on y pourroit

roit remedier par un autre Article à part fondé sur la protection que ce Prince demande particulierement au Roi.

Le Projet de Paix donné par les Espagnols est une pure illusion, je ne trouve point de difference entre cette Piece & les Notes ou Extraits de la Négociation qui ont été ci-devant faits de part & d'autre, encore ceux-ci ont-ils quelque chose de plus particulier & mieux éclairci.

L'omission des Places de Toscane & de Portugal est le défaut le plus apparent, nous ne pouvons pas le dissimuler en même sorte, ni traiter sur un tel projet sans beaucoup affoiblir ce que la France prétend fort justement en l'un & l'autre point; car Portolongone & Piombino doivent être cedez comme le reste des conquêtes, & la resolution n'en est pas seulement prise en France, les Espagnols y sont aussi disposez, & quant au Portugal s'il faut les laisser en guerre, c'est-à-dire attirer là une bonne partie des forces de la Chrétienté, qui seroient bien plus Chrétiennement employées ailleurs; & peut-être même plus utilement pour le Roi d'Espagne, dont les Etats vont être desormais les premiers exposez aux progrès du Turc, il est au moins très-nécessaire d'y faire cesser les hostilitez pour un an, pendant lequel il se pourra trouver quelques moyens d'accommoder l'affaire au principal qu'il ne paroisse pas à présent que le Roi de Portugal est encore rempli de grandes esperances. Que si ce bon dessein ne réussit pas dans ledit temps, la liberté que le Roi se reserve, & que les Espagnols ont accordée, ne seroit nullement sûre, & quasi pas pratiquable sans encourir le blâme de toutes les Nations, comme aussi elle fourniroit un prétexte au Roi d'Espagne pour rompre la Paix, lorsqu'il en jugera l'occasion favorable, s'il n'y a un Article exprès dans le Traité qui comprenne nettement ladite cessation, & ladite reserve : c'est à mon sens la moindre chose & la derniere extrêmité où l'on se peut porter à une affaire de si grand éclat & de si grande consequence, autrement le Roi de Portugal se plaindroit d'avoir été non seulement abandonné par la France, mais livré à ses Ennemis, qui l'oprimeront tout à coup, s'il n'y a quelque intervalle entre son exclusion d'un Traité où il se promet d'avoir place, & la chute de toutes les forces Espagnoles sur les bras, vû même que sans cela la faculté qu'on stipule de l'arrêter lui seroit inútile, ou engageroit le Roi au triple de ce qu'il veut faire afin de reparer le premier desordre.

Cette faculté dont nos Parties sont tombées d'accord, si elle n'étoit que verbale se trouveroit détruite clairement par le premier Article de leur projet, où ils disent que les deux Rois ne feront ni attenteront jamais rien directement ni indirectement au préjudice l'un de l'autre, & que les occasions de mauvaise intelligence seront entierement levées pour toujours sans qu'il demeure aucune aparence d'inimitié entr'eux.

Bref ceux qui consentent à quelque chose sans dessein de se retracter ne font pas difficulté qu'il en apparoisse, & ce consentement peut être declaré avec des termes qui ne blessent point le Roi d'Espagne : car au fond toute la terre sait qu'il est en guerre avec le Portugal, & au contraire il lui sera honorable de l'y faire cesser pendant que la Chrétienté sera occupée contre le Turc, ou au moins pendant un an.

Pour le surplus du Projet Espagnol il faudroit un volume entier pour y repondre, la Preface est offensante, & les Articles cou-

chez en termes si généraux & obscurs, & si captieux, que jamais rien ne ressembla moins à un Traité, quand il ne seroit question que de la vingtiéme partie de ce qui se decide en celui-ci : enfin c'est une Piece toute defectueuse & en la matiere & en la forme; on en auroit bien plutôt fait un autre tout entier, que de r'habiller celui-là. Que si les Espagnols pressent, je ne sai point de meilleure reponse à leur projet que le nôtre, je lui opposerois Article par Article, & ajouterois ceux qu'ils ont omis, sans nous laisser engager en sorte quelconque à traiter sur d'autres propositions; nous écouterons ce qu'il leur plaira, nous l'examinerons, pourvû qu'ils sachent qu'il en faudra toûjours revenir aux conditions qui leur ont été offertes, & ne s'éloigner ni du sens ni des paroles, si ce n'est que par raison ils nous fissent voir que l'on y dût ajouter, ou diminuer : surquoi nous esperons éclaircir en sorte Messieurs le Médiateurs que l'on en demeurera satisfait.

Tous nos Articles du Commerce, qui est une des plus principales parties de cette Négociation & qui recommandera davantage à la posterité la glorieuse Regence de la Reine, y sont reduits en quatre lignes inserées à la fin d'un Article. Il seroit plus suportable qu'ils eussent prétendu la restitution d'Arras ou de Dunkerque que de refuser à nos Marchands le même traitement qu'ils font aux Anglois & aux Hollandois.

Touchant les conquêtes ce Projet parle encore plus mal, il nous veut renfermer dans les Places & Lieux où l'on occupe effectivement sans dire aussi le pays, il n'y a pas un mot des apartenances & dependances, non plus que des Bailliages & Châtellenies &c. Il ne cede pas même absolument lesdites Places & Châteaux en toute proprieté & souveraineté, mais il cede la proprieté & possession des droits qui y peuvent apartenir au Roi d'Espagne; il conclut que pour témoigner la sincerité, afin que Messieurs les Etats ayent lieu d'exercer Jurisdiction sur les deux Rois, tout cela paroît plus digne de risée que de réponse, il ne faut que voir en quels termes & avec quelles expressions & repetitions ils nous ont autrefois obligez de quitter, de laisser, renoncer, ceder, & transporter, telles & telles choses, le tout par le menu : il ne faut que voir les Traitez qui viennent d'être faits entre Suéde & Brandebourg, entre l'Empereur, & la Suéde, & entre l'Empereur & Brandebourg, ou bien plutôt entre le même Roi d'Espagne & les mêmes Etats, qui n'y ont rien laissé d'indecis à l'arbitrage d'un tiers. Il semble aussi très-important de persister à la cession du Comté d'Artois, à la réserve des trois Places, car outre que nous avons la principale Ville & Capitale, *a majori parte fit denominatio*, & il n'y a nul doute que le Roi ne soit Maître du Comté excepté deux Villes.

La Trêve de Catalogne, la Ligue d'Italie, le point de Cazal, la liberté de Dom Edouard, tout cela n'est point recevable en la forme qu'il est presenté, & la meilleure reponse, la plus juste, & la plus sûre est d'insister aux conditions & explications sans lesquelles cette Trêve de Catalogne feroit une confusion qui se convertiroit bientôt en une nouvelle guerre. Il paroît en plusieurs endroits de ce projet que les Espagnols ne veulent que plâtrer, & n'ont pas intention d'être longtemps en Paix : c'est pourquoi sans lutter davantage contre les subtilitez de Brun, il seroit peut-être bon de dire une fois pour toutes aux Médiateurs,

&

On menace l'Espagne de s'engager avec le Portugal, qu'un ne fera point de Paix fans l'y comprendre.

& aux Hollandois, que c'eſt aſſez diſputé, & que toutes les matieres ont été debattuës pendant cinq mois, & qu'il eſt grand temps de ſe reſoudre à accepter purement & ſimplement, ou refuſer un projet qu'ils nous ont demandé avec tant d'inſtances, & où ſont les dernieres intentions de la France, qui ne ſe relâchera plus en rien, mais qu'au contraire s'ils tardent davantage on s'engagera de ſorte avec le Roi de Portugal qu'il ne ſe fera point de Paix ſans l'y comprendre, & l'on n'acceptera plus la Trêve en Catalogne, à l'exemple de Meſſieurs les Etats qui, après avoir negocié longtemps & convenu des Articles d'une Trêve, l'ont changée en un Traité de Paix, vû même que nous n'avions entendu à cette Trêve de Catalogne, que pour nous conformer à celle deſdits Sieurs. Etats. Je l'ai declaré auſſi cette ſemaine à

Trautmanſdorff voudroit renvoyer l'affaire de Portugal après la Paix.

Monſieur le Comte de Trautmanſdorff, il y a fait reflexion, ſachant les grands preparatifs qui ſe font en France & le choix du Géneral qui va commander l'armée du Roi en Catalogne; il craint les ſuites de cette reſolution, & témoigne certainement plus d'amour pour les Eſpagnols qu'ils n'ont merité de lui. Il m'a répondu avec anxieté qu'il ne tenoit qu'à nous de prévenir la Campagne & de conſiderer que l'évenement pourroit être autre que l'on eſpere en France; & ſur ce que j'ai repeté de la ceſſation d'armes en Portugal, & de la liberté d'y envoyer des ſecours quand elle ſeroit finie, il a dit que cela ſe menageroit mieux après la concluſion de la Paix, & puis il a voulu me faire croire comme par crainte d'avoir trop parlé, que c'eſt ſon ſentiment particulier, ſans avoir communiqué avec Monſieur Brun cette explication non demandée, & la maniere dont il la donna me fait juger avec certitude qu'il s'eſt hâté de me découvrir un expedient que les Eſpagnols méditent pour nous ſatisfaire, en gardant cette hauteur qu'il ne ſoit fait aucune

Il n'y veut pas conſentir.

mention du Portugal dans le Traité. Mais je n'y ai adheré en aucune façon, ſoutenant toûjours, comme en effet je le croi, qu'il n'y a ni ſureté ni reputation pour la France ſi cet Article n'eſt inſeré parmi les autres, & que le Roi d'Eſpagne ne ſe fera aucun préjudice d'y conſentir pourvû que leurs Majeſtez trouvent bon de ſe contenter de l'effet & que le Roi de Portugal ne ſoit pas nommé.

On a ſoin des intérêts de Madame la Landgrave. Il eſt mal ſecondé des Suédois.

Je continue de pourſuivre les affaires de Madame la Landgrave & en ce ſeul point les Ambaſſadeurs de Suede agiſſent un peu foiblement; je veux croire que c'eſt par zele de religion, comme il eſt vrai que Monſieur Oxenſtiern a dit ces jours paſſez au Comte de Witgenſtein, comme ils s'animoient l'un l'autre à maintenir la Maiſon Palatine, que l'on ne peut rien attendre de celle de Heſſe d'autant qu'elle eſt trop attachée à la France.

J'ai omis de dire que dans notre derniere Conference avec les Ambaſſadeurs de Suéde, m'étant aperçu que Monſieur Oxenſtiern a quelque jalouſie de l'obligation que le Roi acquiert ſur la Maiſon de Baviere, je repréſentai ſur un autre propos que ledit Duc travaille pour la ſatisfaction de la Couronne de Suede, & qu'il ſe diſpoſe à lui rendre encore ci-après de bons offices, & de bonnes aſſiſtances, dont elle pourra avoir beſoin; puis je lui demandai s'il auroit agreable d'entendre Monſieur Krebs, ce qu'il n'a pas voulu faire depuis trois ans, parce qu'il refuſe le titre d'Electeur à ſon Maître. Il fut longtemps à diſputer cette queſtion, & à ſe faire tenir, mais enfin il ſe modera, remettant néanmoins à un

Tom. IV.

autre jour à me donner réponſe, & ce matin il m'a mandé que le Plénipotentiaire de ſon Alteſſe Electorale de Baviere ſeroit le bien venu. Cela a bien rejoüi Monſieur Krebs qui m'en eſt venu remercier ſur le champ; il eſt à preſent chez ledit Sieur Oxenſtiern.

Fait à Oſnabrug le onziéme Mars 1647.

A MONSIEUR

de

BRIENNE.

Le onziéme Mars 1647.

Touchant les affaires de la Religion. Il a diſpoſé les Suédois à tout ce qui ſe peut obtenir de la Négociation d'Ulm. Pour la liberté de Dom Edouard.

MONSIEUR,

VOus preſupoſez que les biens de l'Egliſe ne ſont debattus aux Suédois, & aux Proteſtans, que par ceux qui ſouhaitent leur bien, & je vous puis aſſurer que les Imperiaux & tous les Etats Catholiques de l'Empire y reſiſtent de tout leur pouvoir; mais comme leur reſiſtance eſt inutile, tant que les armes & les finances de la France appuyent la prétention des autres, ils attribuent ce que l'on peut dire ici à une ceremonie & aparence exterieure, puis qu'en même temps Monſieur de Turenne & l'argent qu'on met à Hambourg & à Caſſel font un effet tout contraire. Vous m'obligerez bien, Monſieur, de me munir de bonnes raiſons pour refuſer ce que le Comte de Trautmanſdorff demande & ce que l'Evêque d'Oſnabrug, qui a d'ailleurs porté hautement les intérêts de la France dans l'Aſſemblée de Munſter, & tous les Députez Catholiques m'objectent en cette rencontre. Je voudrois de bon cœur donner la moitié de ce que j'ai au monde, & pouvoir être auſſi bien perſuadé de notre juſtification que vous le paroisſez; mais je ne puis pas comprendre comment l'Empereur ſera le ſeul coupable comme vous prononcez, s'il abandonne ceux qu'il ne ſauroit plus proteger contre la puiſſance des deux Couronnes.

Je ſuis d'accord avec vous, Monſieur, que c'eſt ce qu'on peut deſirer de la France qu'elle ne faſſe aucune diligence pour l'y diſpoſer & qu'au contraire elle s'y oppoſe. J'ai voulu auſſi quelquefois nous couvrir de cette défenſe, mais on la ruine incontinent par une demonſtration fâcheuſe, que ſi la France n'en ſollicite pas l'Empereur au Traité de la Paix, elle l'y force à la Campagne, & qu'il n'y a point de difference entre faire un mal ou aſſiſter ceux qui le font.

F   Nous

*Il a difpo-
fé les Suédois
à tout ce qui
fe peut obte-
nir de la Né-
gociation
d'Ulm.*

Nous avons difpofé les Suédois à tout ce qui s'en peut obtenir touchant la Négociation d'Ulm, comme vous verrez par le Memoire ci-joint, c'eft pourquoi fi vous renvoyez cette affaire en ces quartiers, il y aura plutôt à perdre qu'à gagner. Monfieur Oxenftiern a écrit au Maréchal Wrangel par le Courier qui s'en eft retourné, je ne doute point qu'il ne lui ait donné avis de ce que nous avons refolu enfemble fur ce fujet.

*Pour la li-
berté de Dom
Edouard.*

Lorfque la fatisfaction de Suéde étoit fur le point d'être reglée, je fis grande inftance à Monfieur Salvius à ce qu'il demandât la liberté de Dom Edouard, ou au moins fa tranflation en Allemagne. Il me repondit que c'é-toit *Negotium heterogeneum*, & remit la cho-fe à un autre temps. Je l'ai conté à l'Am-baffadeur de Portugal qui eft en cette Ville, fur ce qu'il affuroit qu'il ne tenoit qu'à la France, & que les Suédois lui avoient tout promis. Mais depuis nous les avons portez, Monfieur de la Court & moi, à fe refoudre à faire un effort conjointement avec nous pour obtenir ce que deffus, & ledit Ambaffadeur en temoigna beaucoup de joye. Je l'affifte encore auprès des Députez de Mayence pour fai-re propofer fon affaire aux Etats de l'Empire, & en ai parlé auffi à quelques-uns de mes amis. C'eft la reponfe que je ferai à la Lettre qu'il vous a plu m'écrire le premier de ce mois, en vous fupliant de me croire toûjours &c.

A MONSIEUR

CHANUT.

Du 11. Mars 1647

Il fe plaint des Suédois qui portent hautement les intérêts des Pro-teftans. Il le prie de faire envoyer de la Cour de Suéde des ordres plus pacifiques. De la Conférence d'Ulm. Les Sué-dois froids & irréfolus tou-chant la fufpenfion d'armes. Les Suédois ne veulent accorder que la moitié du haut Palatinat au Duc de Baviere. Conference avec les Suédois. Suédois ir-réfolus. Ils ont peu d'inclination pour la Paix. La France a ap-prouvé la tranflation de l'Electorat dans la Maifon de Baviere. Trautmanfdorff offre pour une par-tie du haut Palatinat trois cens mille écus. Les Suédois ont or-dre de ne rien conclure à Ulm. Il propofe une fufpenfion d'armes particuliere avec Baviere. Le Général Suédois n'a point d'ordre pour une fufpenfion d'armes par-ticuliere. Les Suédois confentent que la France traite à part avec le Duc de Baviere. Avantage de la France de quelque côté que l'af-faire tourne.

MONSIEUR,

LE travail de cette femaine n'a pas été plus utile que celui de la précedente Les Ambaffadeurs de Suéde portent fi hautement toutes les prétentions de la Maifon Palatine, & toutes celles des Proteftans, que ceux-ci fentant un tel apui ont augmenté leurs deman-des depuis trois jours, & les accompagnent de menaces, s'il n'y eft entierement fatisfait. Le Comte de Trautmanfdorff fe trouve étonné de ce dernier coup, qui recule & empire les affaires, & à la verité il va au delà de fon pouvoir & de celui même de l'Empereur pour achever : mais je doute fi les Suédois ont pareille intention, ils demandent l'Evêché de Hildesheim qui n'a jamais été que Catholique depuis fa fondation ; c'eft une des nouveautez du Memoire que Monfieur Salvius porta l'au-tre jour aux Imperiaux. Je vous fuplie, Mon-fieur, de faire envoyer par deça (s'il eft pof-fible) des ordres plus pacifiques & plus con-formes à l'Alliance, car enfin ils n'ont plus d'é-gard à quoi que ce foit.

*Il fe plaint
des Suédois
qui portent
hautement les
intérêts des
Proteftans.*

*Il le prie
de faire en-
voyer de la
Cour de Sué-
de des ordres
plus pacifi-
ques.*

*De la Con-
ference
d'Ulm.*

Nous avons eu ces jours-ci un Courier de Monfieur de Marcilli, avec la relation de ce qui fe traitoit à Ulm entre les Députez des Couronnes & ceux du Duc de Baviere. Je n'ai pas voulu manquer de communiquer auffitôt le tout aux Ambaffadeurs de Suéde, la maladie du premier qui s'augmente m'a donné lieu de commencer par Monfieur Salvius ; je l'ai trouvé froid & irréfolu touchant la fufpenfion d'armes foit generale dans tout l'Empire, foit particuliere avec les Couronnes & Baviere : Ce n'eft pas qu'il ne demeure d'accord que la Paix doit être precedée d'une fufpenfion de quelques jours, mais il croit que c'eft affez d'y preparer les affaires enforte qu'un peu aupara-vant la fignature du Traité de la Paix, l'on dé-pêche un Courier à l'armée pour conclure alors ladite fufpenfion & feparer les troupes dans les quartiers, dont l'on devra être convenu par avance avec les Ennemis. Voilà fa penfée qu'il dit avoir écrite au Maréchal Wrangel afin qu'il s'affure des conditions, & tienne le Traité de la fufpenfion en état d'être figné auffi tôt qu'il aura avis que celui de la Paix eft aux mêmes termes. Je lui ai repondu que toutes les chofes ne fe laiffent pas ainfi ajufter à notre point, & qu'à mon avis il prenoit fes mefures bien courtes, pour pourvoir à une affaire de cette importance ; il me l'avoüa, difant que cela vient de l'humeur de leur Nation qui eft foup-çonneufe, & qu'ils ne peuvent croire la Paix qu'ils n'en voyent le Traité figné ou à la veille de l'être. J'ai reparti qu'ils favent peut-être eux-mêmes que la conclufion n'en eft pas encore fi proche, & qu'en ce cas ils font fa-gement d'éloigner auffi la fufpenfion d'armes. Il s'eft pris à rire, m'affurant néanmoins que hors le Chancelier Oxenftiern, & ceux de fa Caballe qui font peu, le Senat de Suéde eft tout pacifique ; je m'aperçoi, dis-je, que fi

*Les Suédois
frbids & ir-
réfolus tou-
chant la fuf-
penfion d'ar-
mes.*

cette

1647.

cette Cabale est petite en nombre, elle est bien puissante en effet, puisque nous travaillons ici fort inutilement pour la Paix. Il y a trois semaines que la satisfaction de Suéde est reglée, vous aviez toujours témoigné que cela fait, le surplus n'arrêteroit guére, & cependant nous ne pouvons sortir ni des Griefs ni de l'affaire Palatine, ni de celle de Baden, ni avancer en quoi que ce soit. Monsieur Salvius voulut justifier les difficultez qu'ils aportent en ce que dessus, car au fond c'est de leur part qu'elles viennent toutes, & ils excitent même les Protestans, les Députez du Prince Palatin, & ceux du Marquis de Dourlach, à tenir ferme dans leurs prétentions. Le recit de notre Conférence seroit trop long, il me suffira de remarquer qu'elle servit à rendre Monsieur Salvius capable de raison, sur ce qui concerne le Duc de Baviere; il dit par deux fois qu'il falloit se relâcher pour le respect de la France; mais qu'aussi la Dignité Electorale demeurant dans sa Maison avec toutes les prééminences que celle de Heidelberg a eües, il étoit raisonnable qu'il rendît une partie du haut Palatinat. Je témoignai que la France n'empêchoit pas cela, mais que certainement l'Empereur n'y consentiroit pas, parce qu'il est obligé à la garentie. Nous l'en déchargerons, dit-il, le Duc de Baviére sera bien payé de sa dette avec la moitié du Palatinat superieur.

Les Suédois ne veulent accorder que la moitié du haut Palatinat au Duc de Baviere.

Je repliquai que la France ne prendroit pas le parti de l'Empereur contre lui, mêmement en une cause si juste & si claire comme est celle dudit Duc, & que ce seroit aussi contre toute raison d'Etat que les Suédois ôtassent quelque chose à la Maison de Baviére pour le donner à celle d'Autriche, dont la puissance est si grande & si établie qu'avec toutes les victoires des deux Couronnes elle gagne plus par ce Traité qu'elle ne perd.

Conférence avec les Suédois.

J'ai depuis eu audience de Messieurs Oxenstiern & Salvius où Monsieur de la Court s'est trouvé. Nous les avons premierement sollicitez de mettre fin aux affaires qui restent à decider & ensuite nous leur avons fait entendre en quel état se trouve le Traité d'Ulm, les conviant d'en hâter la conclusion en attendant la Paix.

Suédois irrésolus;

Sur la premiere partie de notre discours ils se sont déclarez comme de coûtume, avec ambiguité, irrésolution, & beaucoup de difficultez; ils trouvent chaque point de grande conséquence qui requiert du temps pour deliberer, & sur tout ils estiment que la reputation de la Couronne de Suéde recevroit prejudice, si après avoir transigé pour ses intérêts particuliers, ils venoient aussitôt à terminer ceux des Princes d'Allemagne; c'est dequoi ils veulent maintenant couvrir le peu d'inclination qu'ils ont à la Paix. Mais nous leur dîmes qu'il y a deux ans que l'on traine à Munster & à Osnabrug touchant les affaires de l'Empire, que nous les avons proposées avant celles des Couronnes, & poursuivies sans intermission, qu'en effet on a rétabli la dignité & les droits des Princes, & Etats de l'Empire, & que l'on a obtenu de grandes choses à l'avantage des Protestans, & qu'ainsi il ne faut pas compter du jour qu'on est convenu de la satisfaction de Suéde, mais de l'ouverture des Assemblées, puisque dès lors les Plénipotentiaires de France & de Suéde ont agi vigoureusement, de bouche & par écrit, pour l'intérêt public de l'Allemagne, & que la reputation de la Couronne de Suéde seroit bien plus exposée au blâme, si pour vouloir mettre un Prince particulier un peu plus à son aise, ou gagner un Benefice de plus pour ceux de leur

Tom. IV.

Religion, ils abandonnoient toute la Chrétienté aux invasions du Turc.

1647.

Il fut dit plusieurs autres choses de part & d'autre sans aucun fruit, sinon qu'en la cause Palatine ou plûtôt au fait de l'Electorat, Monsieur Oxenstiern témoigna faire cas d'une raison dont nous nous étions servis, c'est que le feu Roi avoit approuvé la translation en la Maison de Baviére, lui en avoit fait donner le titre par tous ses Ambassadeurs & refuser au Comte Palatin, & qu'en un mot la France y étoit engagée auparavant que d'avoir traité d'aucune Alliance avec le feu Roi de Suéde. Il écouta aussi assez favorablement la relation que je lui fis des instances avec lesquelles j'avois pressé le jour precedent Monsieur de Trautmansdorff, de faire rendre une partie du haut Palatinat au Prince Palatin, en satisfaisant d'ailleurs le Duc de Baviére, & qu'enfin ledit Sieur de Trautmansdorff, au lieu de cette portion de terre qu'il soutient ne pouvoir être separée, m'auroit offert trois cens mille Risdalles pour les Cadets de ce Prince, lequel par ce moyen sera dechargé de l'apannage qu'il leur doit.

Les Suédois ont peu d'inclination pour la Paix.

La France a approuvé la translation de l'Electorat dans la Maison de Baviére.

Trautmansdorff offre pour une partie du haut Palatinat trois cens mille écus.

Cette premiere ouverture donne esperance que l'on pourra bien obtenir jusques à quatre ou cinq cens mille Risdalles, & ne fut pas mal reçuë par les Ambassadeurs de Suéde, qui se garderent bien toutefois de dire nettement qu'ils en étoient contens, ou qu'ils le seroient si l'on y ajoutoit telle ou telle chose, car il ne faut rien précipiter, & la Paix sera aussi bonne dans sept ou huit mois qu'à cette heure.

Quant à la Négociation d'Ulm, ces Messieurs nous firent à peu près la même réponse que l'un d'eux m'avoit faite à part; mais comme nous pressions pour avoir une résolution nette & certaine, remontrans que depuis un an nous leur avions proposé plusieurs fois une suspension d'armes, sans qu'ils ayent voulu y entendre sinon en apparence, & qu'il seroit plus à propos de ne s'embarquer pas dans un Traité, si l'on n'a pas dessein de le conclure, ils avouerent que les ordres de Suéde y ont toujours été contraires, & que c'est un bonheur que les Députez Impériaux qui sont à Ulm ayent manqué de pouvoir ou d'intention d'en convenir : parce qu'en effet ceux de Suéde y étoient allez avec une instruction bien différente de celle de Monsieur de Croissi. Il fallut les remercier de cette confiance plûtôt que de se plaindre qu'ils nous l'ayent si longtems celée.

Les Suédois ont ordre de ne rien conclure à Ulm.

Nous dîmes ensuite que leur Reine ne s'opposant qu'à une suspension générale dans l'Empire, Messieurs les Maréchaux pourroient en faire une particuliere avec Baviére, vû même que les armées confédérées n'auront plus que celles de l'Empereur à combattre. Ils demeurérent d'accord que Wrangel n'a pas les mains liées pour une suspension d'armes avec Baviére; mais ils dirent qu'il n'en a aussi aucun ordre, & que le mieux est de n'en point faire. On leur repeta que la France ayant desiré & jugé utile au bien commun d'entrer en un Traité de cette sorte, elle avoit pourtant déféré à l'opinion de ses Alliez; on leur marqua divers endroits de cette conduite, où il a bien paru que nous avons l'esprit de société, & il fut dit doucement que sans le blesser ils pourroient aussi donner quelque chose au sentiment de leurs amis. Alors Monsieur Oxenstiern comme vaincu de courtoisie s'étendit davantage qu'il n'avoit encore fait sur la véritable explication de leurs ordres, & de leurs pensées; il nous déclara ouvertement qu'il ne peut comprendre pourquoi

Il propose une suspension d'armes particuliere avec Baviére.

Le Général Suédois n'a point d'ordre pour une suspension d'armes particuliere.

le

le Maréchal Wrangel a député les Sieurs Mortagne, & Douglas pour traiter avec le Duc de Baviére, qu'il fait bien que ledit Maréchal n'en a point le pouvoir de Suéde, qu'ils ont toujours eu charge de ne pas consentir à une suspension & de nous en dissuader ; mais que si la France continuoit à ce dessein & qu'à l'exemple du Traité fait avec le Duc de Saxe, elle voulût en faire un pareil avec celui de Baviére, ils avoient ordre de nous remontrer la difference qu'il y a entre ces deux Princes, dont l'un est beaucoup plus puissant que l'autre, & de faire instance qu'en tout cas nous traitions ensorte avec Baviére, qu'il n'en puisse arriver aucun dommage à l'armée de Suéde.

Les Suédois consentent que la France traite à part avec le Duc de Baviére.

Ce consentement est de telle importance que n'étant donné que par l'un des Ambassadeurs de Suéde quoi qu'en présence de l'autre, je dis en me levant qu'ils voudroient peut-être y penser encore, & que nous nous reverrions une autre fois. Sur cela Monsieur Salvius s'aprochant du lit, ils parlerent un peu de tems ensemble, & puis nous ayant conviez de reprendre nos places, Monsieur Oxenstiern repeta tout ce que dessus, & dit qu'il n'étoit pas besoin d'en déliberer plus longuement entr'eux, puis que les ordres de Suéde étoient tels : sur quoi Monsieur Salvius nous recommanda de bien obliger l'Electeur de Baviére à ce qu'il promettoit. Je lui demandai quelles précautions l'on pourroit prendre. Il dit que s'il desarme, il faut avoir grand soin de faire passer ses troupes au service du Roi, afin que les Ennemis n'en profitent pas & que ledit Duc doit aussi mettre quelque bonne Place entre les mains de Sa Majesté. Nous repliquâmes que les Suédois ne voulans point de suspension avec lui, il n'y avoit guére d'apparence qu'il desarmât. Ils en tomberent d'accord sans insister plus sur cette sureté que sur une autre, nous exhortans seulement de prendre garde, autant qu'il sera possible, que l'Empereur n'en reçoive point d'avantage.

Avantage de la France de quelque côté que l'affaire tourne.

Tant y a que soit qu'on fasse le Traité ou non, les choses sont disposées ici ensorte que l'on en peut tirer profit pour le service du Roi. Si la suspension d'armes entre Sa Majesté & l'Electeur de Baviére ne se conclut point ; il y aura lieu de faire valoir auprès des Suédois ce nouvel acquiescement de la France à leurs desirs & à leurs intérêts : & si elle se conclut ce sera de leur consentement & moyennant des Places importantes, lesquelles je ne voudrois pas appeller Places de sureté, moins encore obliger Sa Majesté de les rendre après la Paix, si ce n'est pour engager les Suédois à la même restitution de celles qui leur seront données, en cas que les Sieurs Mortagne & Douglas concluent le Traité commencé : mais si l'on y pourroit remedier par un article à part, fondé sur la protection que demande ce Prince particuliérement du Roi. Je suis &c.

A MONSIEUR

le Duc de

LONGUEVILLE.

Le onziéme Mars 1647.

Il lui demande quelques gratifications pour diverses personnes. On ne doit envoyer personne auprès du Duc de Baviére que le Traité ne soit conclu.

MONSEIGNEUR,

CE Courier demande payement de son voyage, & je crois que votre Altesse le trouvera juste. Monsieur d'Avaugour demande le remboursement de cent Ducats qu'il a donnez à diverses rencontres à la Chancelerie du Maréchal Wrangel : il semble aussi que c'est chose due. Et quant à cet Ecclésiastique qu'il nous recommande, si votre Altesse trouvoit bon de lui faire donner cent Ducats, je tiendrois cette petite somme très-bien employée : mais pour les apointemens dudit Sieur d'Avaugour, nous ne pouvons autre chose que d'en écrire efficacement à la Cour ; & à la vérité il importe à l'honneur du service du Roi qu'on ne voye pas plusieurs des Ministres de Sa Majesté en Allemagne qui vivent d'emprunt. Monsieur d'Hemeri m'a fait savoir par le dernier Ordinaire que les cinquante mille Livres seront bientôt à Amsterdam.

Il lui demande quelques gratifications pour diverses personnes.

Monsieur de Croissi a raison de vous supplier, Monseigneur, que dans la Dépêche qu'il vous plaira lui faire, il y ait une mention honorable des Sieurs Kytner & Scheffer avec un ordre de les assurer que leurs soins & leurs affections seront reconnus.

Pour ce qui est de tenir quelqu'un de la part du Roi auprès de l'Electeur de Baviére, je ne serois pas encore de cet avis ; mais si l'on conclut quelque Traité avec lui, il sera tems alors d'y penser. Je suis &c.

On ne doit envoyer personne auprès du Duc de Baviére que le Traité ne soit conclu.

A MONSIEUR
De
CROISSI.

Le 12. Mars 1647.

Il le renvoye à ce qu'on lui écrira de Munster. Il s'étonne de ce que le Général Suédois est employé pour amuser le monde, il l'en avertit afin d'en faire son profit. Il a donné avis à la Cour de la manière de posséder l'Alsace. On attend l'argent après quoi il lui rendra service. Il a fait à Osnabrug le Traité de Suéde & de Brandebourg : de Brandebourg & de l'Empereur ; & celui de l'Empereur avec la Suéde. Il ne peut avancer les autres differends. La France seule s'intéresse pour Baviére. Grandes difficultez sur l'affaire du Palatin.

MONSIEUR,

VOus trouverez ci-jointe une copie de la Dépêche que je fais à Monsieur le Duc de Longueville sur le sujet de la vôtre du 26. Fevrier ; ce n'est pas pour vous informer de ce que j'ai fait avec Messieurs les Ambassadeurs de Suéde, touchant le Traité dont vous nous consultez, & pour vous découvrir mon premier sentiment auquel vous ne vous arrêterez, s'il vous plaît, en aucune façon, mais seulement à ce qui vous sera écrit de Munster. Je suis d'accord avec vous que si le Maréchal Wrangel veut entendre tout de bon à la suspension d'armes avec Baviére, moyennant des conditions qui ne soient point suspectes ni trop onéreuses, il faut conclure, & qu'il en reviendra beaucoup d'avantage aux Couronnes : mais que si Wrangel ne veut que tenir l'affaire en état selon l'avis de Monsieur Salvius, je n'ai osé décider seul, & ensuite du consentement des Ambassadeurs de Suéde on vous doit envoyer ordre de faire la suspension entre la France & Baviére ; ou s'il en faut écrire à la Cour. J'aurois parlé à Munster plus confidemment : & j'éprouve tous les jours que c'est une chose incommode d'opiner par écrit sans voir ni ouïr ceux qui vous demandent votre avis.

Il le renvoye à ce qu'on lui écrira de Munster.

Puis que Monsieur de Mortagne juge que le Maréchal Wrangel se doit contenter d'avoir Memminghein, & de mettre Uberlinghen en neutralité, vous pourrez agir à même fin avec

Il s'étonne de ce que le Général Suédois est employé pour

espérance de succès. Je m'étonne un peu qu'un si haut Officier & de telle reputation soit employé pour amuser le monde ; & néanmoins c'est le sentiment des Ambassadeurs de Suéde. La connoissance que vous en avez étant bien ménagée, peut vous servir pour tirer de ce Cavalier le véritable sens de sa Commission, vû même que d'ailleurs il a toujours eu grand respect pour la France, & beaucoup d'amitié pour moi. Cela vous importe pour régler votre conduite.

amuser le monde, il l'en avertit afin d'en faire son profit.

Il me semble qu'il n'est pas encore saison d'envoyer quelqu'un de la part du Roi auprès de l'Electeur de Baviére, mais après le Traité fait, on ne peut pas donner cet emploi à autre qu'à vous. Je suis bien de votre avis que ce ne devroit pas être pour longtems ; quand je serai de retour à Munster, je me conformerai en cela aux sentimens que vous me témoignez.

Je ne suis point homme de Cabale, & même je ne cherche pas à vaincre : il s'est présenté quelques occasions depuis que je suis à Osnabrug pour faire bien valoir mon avis, touchant la forme de posséder l'Alsace ; & je les ai negligées : il me suffit d'en avoir écrit à la Cour selon ma conscience, & selon le peu d'expérience que j'ai aux affaires d'Allemagne.

Il a donné avis à la Cour de la maniére de posséder l'Alsace.

Monsieur le Duc de Longueville ne m'a rien fait savoir de ce que vous lui proposez touchant vos apointemens, & de plus je sais qu'il n'y a point de fonds : nous attendons depuis six mois un remplacement de cinquante mille Livres, il faut que cet argent soit entre nos mains, & que je sois auprès de Monsieur le Duc pour vous servir à propos, & je le ferai de tout mon cœur. Je suis bien aise que vous ayez à traiter avec Monsieur Kitner, c'est une personne de grand mérite & qui a toujours eu bonne part en la confiance de son Maître : il y a longtems que je le connois de reputation, vous le pouvez assurer que j'aurai soin particulier de faire considerer à la Cour combien il travaille utilement à cette affaire, & comme il vit avec vous en bonne correspondance.

On attend l'argent après quoi il lui rendra service.

Il y aura demain huit semaines que je suis ici, les quatre premieres ont produit l'accommodement de la Suéde avec Brandebourg, celui de Brandebourg avec l'Empereur, & celui de l'Empereur avec la Couronne de Suéde touchant le point de satisfaction. Depuis ce tems-là nous n'avons pu convenir d'aucune chose ni en l'affaire Palatine, ni en celle de Bade, ni pour la satisfaction de Hesse, & moins encore au fait des Griefs : je n'ai pas faute d'exercice ni de mauvaises heures de tous côtez ; mais je tiens bon pourtant & tiendrai jusques au bout, *omnia possum in eo qui me confortat quique erit merces mea magna nimis.*

Il a fait à Osnabrug le Traité de Suéde, & de Brandebourg ; de Brandebourg & de l'Empereur ; & celui de l'Empereur avec la Suéde.

Il ne peut avancer les autres differends.

Monsieur l'Electeur de Baviére est obligé au Roi, c'est la seule protection qu'il a dans cette Assemblée, car les Impériaux mêmes commencent à écouter les Ambassadeurs de Suéde, qui ont offert par écrit de faire décharger l'Empereur de la dette de treize millions, moyennant une partie du haut Palatinat qui demeurera audit Electeur, & le surplus rendu au Prince Palatin. Vous verrez par l'extrait ci-joint comme j'ai parlé là-dessus aux Suédois ; j'ai depuis déclaré nettement la même chose à Monsieur Wolmar, le priant d'en rendre compte à Monsieur le Comte de Trauttmansdorff, lequel m'en a fait faire des plaintes. J'ai répondu que la justice de la cause se rencontrant avec l'intérêt d'Etat, il ne doit pas douter que la France n'apuye ouvertement en cette occasion la Maison de Baviére contre celle d'Autriche.

La France seule s'intéresse pour Baviére.

La

La cause Palatine est aujourd'hui celle qui nous brouille le plus avec les Protestans & avec tous nos Alliez ; ils voient très-mal l'affection de la France envers Baviere, & en font une affaire d'Etat & de Religion tout ensemble : mais pour les mêmes respects, je ne me laisse point ébranler. Je suis &c.

APOSTILLES

Faites par Monsieur

D'AVAUX,

Sur le

MEMOIRE

de Monsieur de

CROISSI.

Du 26. Fevrier 1647.

Difficultez qui retiennent la conclusion de la Paix, ou d'une Trêve. Si les Suédois obtiennent des Places dans la Suabe, cela nous fera tort pour les contributions. On ne voudroit point les Suédois pour voisins. Les Suédois ont formé en leur faveur un puissant parti en Allemagne. Baviére demande le haut & bas Palatinat. Les Suédois demandent que le Duc de Wirtemberg soit remis en possession de ses Places. Cela se peut faire. Le Duc de Baviére demande quelques quartiers en Suabe & Franconie jusqu'à la ratification. On les lui peut accorder. Nouvelles prétentions des Suédois. On ne doit point accorder Offembourg aux Suédois, il faut tâcher de l'avoir. Les Suédois consentent que la France traite seule avec l'Electeur de Baviere. Il a ordre de suivre les avis des Plenipotentiaires de Munster. Monsieur d'Avaux est d'avis que Monsieur de Croissi conclue un Traité particulier avec Baviere, pourvû que le General Wrangel y intervienne. Si la France traite seule, Mr. d'Avaux souscrit à la resolution des autres Plenipotentiaires.

Touchant la suspension d'armes entre les Couronnes & Baviere.

MEMOIRE.

QUatre difficultez suspendent encore la conclusion du Traité.

La premiere est touchant l'échange qui se doit faire des Places que les Suédois tiennent de Monsieur le Duc de Baviére avec d'autres dont ils pourront le recompenser.

Ils se sont déja relâchez d'Augsbourg qu'ils avoient prétendu, & sont demeurez d'accord qu'il seroit mis en neutralité : ils demandent maintenant Memminghem & Uberlinghen ; les Bavarois leur en offrent l'une des deux, & de mettre aussi l'autre en neutralité. L'on a écrit à Monsieur le Duc de Baviére & à Monsieur Wrangel pour avoir leurs derniers sentimens.

APOSTILLE.

Cela a été dit à Messieurs les Ambassadeurs de Suéde ; ils ne témoignent pas faire difficulté sur l'offre des Bavarois, mais sur la suspension même ; tellement que si Monsieur Wrangel a ordre de la faire & qu'il le juge à propos, il semble qu'il se contentera de Memminghen & qu'Uberlinghen sera mis en neutralité.

MEMOIRE.

Si les Suédois les obtiennent, nous entrerons en une nouvelle contestation avec eux, touchant la récompense des contributions que nous pretendons dans les hautes Suabes où ces deux Places sont situées. Ils demeurent d'accord de nous en recompenser du côté de la Franconie ; mais comme ils nous offriront peut-être trop peu & qu'il me semble que Monsieur le Maréchal de Turenne leur veut demander beaucoup, il est à craindre que la conclusion de ce Traité ne soit retardée.

APOSTILLE.

Il faut espérer que Messieurs les Généraux s'accorderont sur ce point.

MEMOIRE.

Il est certain qu'il seroit à souhaiter qu'une si grande puissance qu'est celle de Suéde ne s'établît point si proche de nous, & qu'il vaudroit bien mieux voir l'une de ces Places en neutralité qu'entre les mains des Suédois : mais il est assez difficile de l'empêcher, étant fondez en quelque sorte de raisons de les demander pour les recompenser de Donawert, de Rain, & des autres Places qu'ils rendent, qui leur ouvrent le passage de Baviére & la mettent sous leurs

leurs contributions jusques à la Riviere de l'Iser. Ils nous repréfentent que nous ne rendons rien à Monfieur le Duc de Baviére, & que cependant il nous veut donner Heilbron, & qu'ils voyent bien qu'il remettra toutes les autres Villes de la Suabe entre nos mains ; que tirant tant d'avantage de cet accommodement nous ne devons leur envier la jufte recompenfe de ce qu'ils donnent, & que nous devons plutôt fouhaiter qu'ils les ayent que de les mettre entre les mains d'un Prince qui ne fait que commencer à fe reconcilier avec nous.

APOSTILLE.

Cette confidération a toujours été importante, & l'eft à préfent plus que jamais pour les grandes factions que les Suédois ont formées ici depuis trois ans avec les Proteftans de l'Empire: elles commencent à éclater au préjudice même de la France, à caufe que leurs Majeftez ne laiffent pas périr le Duc de Baviére. Que fi on l'abandonne aujourd'hui à leur haine, il y faudra facrifier demain deux ou trois Evêchez Catholiques, chaffer le Marquis de Baden de fes Etats, introduire l'exercice du Lutheranifme en Bohême, Moravie, Autriche, & autres terres héréditaires de l'Empereur, & les laiffer croître à tel point, que fi enfin on eft obligé de mettre une barre entr'eux & la France ; il y aura lors beaucoup plus de péril à leur refifter fur ce point, qu'il ne s'en trouveroit pas maintenant.

MEMOIRE.

La feconde eft fur la demande que les Députez Bavarois font que leur Maître foit confervé pendant une Trêve en la poffeffion du haut & bas Palatinat. Quelqu'un fait difficulté de l'accorder, de peur d'affoiblir la prétention de la Maifon Palatine mais il femble qu'on ne doit pas s'y arrêter, d'autant qu'on peut ajouter que c'eft fans préjudice des droits qui lui peuvent apartenir & du reglement qui interviendra en l'Affemblée de Munfter & d'Ofnabrug.

APOSTILLE.

Les Ambaffadeurs de Suéde font demeurez d'accord que cette réferve fauve tout.

MEMOIRE.

La troifiéme eft fur celle que les Suédois font que les Places que les Bavarois tiennent dans le Wirtemberg foient remifes entre les mains de ce Prince. Il femble qu'il eft plus difficile de convenir de la forme de le rétablir que de fon rétabliffement même ; elles ne font d'aucune confequence, & il nous en reftera toujours affez, & dans le voifinage de fon Duché & dans fes Etats mêmes pour l'obliger à quelque dépendance envers cette Couronne: Scawendorff que nous tenons, Tubinghen que nôtre armée emportera bientôt, & Hailbron que les Bavarois nous céderont, affureront affez nos contributions & tous les autres avantages que nous pouvons tirer de lui.

APOSTILLE.

Cet Article fe doit juger par le précédent ; & il doit auffi être remis à la decifion de l'Affemblée.

MEMOIRE.

L'on pourroit donc convenir de cette difficulté en la remettant au Roi, & donnant cependant affurance que Sa Majefté qui confidere fa grandeur & fait la Guerre pour la liberté des Princes d'Allemagne, fera bien aife de trouver cette occafion de donner à celui-ci des marques affurées de fon affection.

APOSTILLE.

Cet expédient eft bon, fi l'on ne peut faire mieux.

MEMOIRE.

La quatriéme eft pour quelques quartiers que le Duc de Baviére, demande en Suabe & Franconie pour avoir moyen de faire fubfifter fon armée, jufques à ce qu'ils ayent reçu la ratification du Roi, & de la Reine de Suéde, & qu'il en puiffe licencier partie, ou en notre faveur ou en celle des Venitiens. Ce n'eft qu'un intérêt d'argent qui ne doit pas empêcher nos Généraux de conclure une affaire de telle confequence.

APOSTILLE.

Il femble que cette petite commodité ne doit pas être refufée au Duc de Baviére.

MEMOIRE.

J'avois efpéré que fi l'on étoit convenu de ces quatre points l'on concluroit affurement la fufpenfion d'armes avec Monfieur le Duc de Baviére ; cependant après avoir écrit à votre Alteffe & à vos Excellences ce que deffus, je m'en fuis allé voir Monfieur de Mortagne, il m'a dit que le Maréchal Wrangel leur avoit fait favoir qu'il prétendoit que ce Prince remît en faveur des Couronnes toutes les Places qu'il a en Suabe, outre Memminghen & Uberlinghen qu'il prétend pour fa récompenfe de celles qu'il donne : les principales font Rotweil, Offembourg & Fribourg. Je lui ai demandé fi ledit Maréchal en vouloit garder quelqu'une ; il m'a répondu qu'il vouloit Offembourg pour faire fubfifter la Garnifon de Bensfeld : je n'ai pas manqué de rejetter bien loin une demande fi injufte. Il nous importe de ne laiffer point établir une puiffance fi confidérable au milieu de nos quartiers & fi proche du Rhin & de Brifac.

APOSTILLE.

Cette nouvelle demande du Maréchal Wrangel donne lieu de croire qu'il n'a pas ordre ni intention de conclure ainfi que les Ambaffadeurs de Suéde l'ont declaré nettement.

Monfieur de Croiffi a très-bien fait de rejetter la demande d'Offembourg, elle n'eft recevable en forte quelconque, & cette Place eft fi forte & à la bienfeance des Places & quartiers du Roi, qu'il eft étrange de prétendre qu'elle foit en neutralité, fi mondit Sieur de Croiffi peut l'obtenir.

ME-

MEMOIRE.

Peut-être aussi qu'il ne le fait faire que pour en obtenir les contributions, & nous obliger de permettre à Monsieur le Duc de Baviére de la mettre avec toutes les autres en neutralité, ce que j'ai cru devoir proposer à votre Altesse & à vos Excellences, afin d'avoir leurs ordres. Les Bavarois pourront bien empêcher cette contestation entre nous, en refusant absolument lesdites Places; car si les Suédois prennent tant de précautions & leur demandent tant d'assurances de leur parole, ils peuvent par la même raison refuser de se dépouiller pour ne pas entierement se mettre à leur merci.

Si la Tréve ne se conclud avec ce Prince, les Suédois ont bien sujet de se louer de ce que pour leur considération nous avons méprisé tous les avantages que nous pourrions obtenir : car si nous voulions entrer seuls en Négociation, nous aurions ce que nous saurions desirer.

APOSTILLE.

'Les Suédois consentent que la France traite seule avec l'Electeur de Baviére.

Les Plénipotentiaires de Suède consentent que la France traite seule avec l'Electeur, en prenant soin autant qu'il se pourra que ce Traité ne tourne au desavantage de la Suède.

MEMOIRE.

Il a ordre de suivre les avis des Plénipotentiaires de Munster.

Les ordres que Monseigneur le Cardinal & Monsieur le Comte de Brienne me donnent de ne suivre que les vôtres, m'obligent de suplier très-humblement votre Altesse & vos Excellences de me les envoyer. Ils ont eu grande raison de m'adresser à vous, puisque cette affaire est une dépendance de votre Négociation, & que comme vous avez le principal intérêt de la faire réussir, ils presument que vous y avez aussi plus d'affection.

APOSTILLE.

Monsieur d'Avaux est d'avis que Monsieur de Croissi conclue un Traité particulier avec Baviére, pourvû que le Général Wrangel y intervienne. Si la France traite seule, Mr. d'Avaux souscrit à la résolution des autres Plénipotentiaires.

Si le Maréchal Wrangel ne traite la suspension particuliére comme il a fait la générale par l'aveu même des Ambassadeurs de Suéde, & que l'on puisse s'accorder pour les conditions, d'Avaux estime, sous le bon plaisir de Monsieur de Longueville & de Monsieur Servien, que Monsieur de Croissi doit conclure.

Et en l'autre cas touchant le Traité de la France seule avec Baviére, il souscrit dès à présent à la resolution que son Altesse prendra, soit d'envoyer ordre à Ulm pour le conclure avec toutes les précautions qui seront possibles pour le contentement des Suédois & Hessiens, soit de remettre l'affaire à la Cour : & quant aux Apostilles ci-dessus, ce n'est que son opinion particuliére qu'il soumet aux plus judicieux sentimens de son Altesse & de son Excellence.

A MONSIEUR

le Duc de

LONGUEVILLE.

A Osnabrug le 15. Mars 1647.

Touchant les affaires de l'Empire. Les affaires d'Espagne. Prétentions sur les Espagnols. Touchant le Portugal, il faut que les hostilitez y cessent pour un an. Il faut que ce soit un des Articles du Traité, avec la faculté d'y envoyer du secours. Il consent qu'on reçoive les Articles du projet de l'Espagne qui ne sont point contre le sens des nôtres. Remarques sur les Articles du projet d'Espagne.

MONSEIGNEUR,

LA Dépêche de votre Altesse du 13. ne me fut rendue qu'hier à sept heures du soir, au retour d'une longue Conférence avec les Ambassadeurs de Suéde, où les quatre Députez de Hesse furent appellez : j'ai dit ce qui se passa à Monsieur Courtin, pour vous en rendre compte. *(Touchant les affaires de l'Empire.)*

Ce matin Monsieur Wolmar m'a entretenu deux heures; il est à présent chez les Suédois pour les affaires de l'Empire qui restent à vuider : c'est la derniére résolution des Impériaux, ainsi qu'ils le déclarent hautement, & que si elle est encore refusée le Comte de Trautmansdorff s'en retournera à Munster. J'ai communiqué aussi à Monsieur Courtin ce que j'ai pu retenir d'une longue écriture qui m'a été lue par ledit Sieur Wolmar.

Les réponses que votre Altesse a fait préparer sur le projet des Espagnols, me semblent fort bonnes & fort justes; mais comme l'on travailloit encore la veille de mon partement aux Articles du nôtre, je n'en ai point de copie, & ne puis voir exactement les differences qu'il y a entre l'un & l'autre. *(Les affaires d'Espagne.)*

Ma premiére pensée seroit, Monseigneur, de leur faire savoir, comme je vous disois l'autre jour, que nous ne saurions entrer en Négociation sur un sujet qui exclut une partie des conquêtes, qu'il y a longtemps que la même chose leur a été déclarée, que depuis ils ont reçu plusieurs Couriers d'Espagne, & qu'il est tems à la fin de Mars de se laisser entendre, s'ils veulent traiter de Paix, ou s'ils veulent céder les Places de Toscane ou non. *(Prétentions sur les Espagnols.)*

Je voudrois me plaindre aussi de ce qu'ils n'ont fait aucune mention du Portugal, & déclaror *(Touchant le Portugal, il faut que les)*

clarer nettement aux Médiateurs, & interposi-
taires, que la dernière extrêmité où la France
peut se porter podr le bien de la Chrétienté, &
pour la considération de Messieurs les Etats,
quand l'on parlera à leurs Plénipotentiaires, est
que les hostilitez y cessent au moins pour un
an; & que cette cessation avec la faculté d'y
envoyer du secours déja accordée fasse un des
Articles du Traité : bien entendu que la France pourra s'engager plus avant avec le Roi de
Portugal, & ne se tient pas obligée à ce que
dessus, s'il n'est accepté auparavant que les armées ayent ouvert la Campagne.

Votre Altesse remarque très à propos qu'il est
bon d'accepter les Articles du projet d'Espagne qui ne sont point contre le sens des notres,
ou qui n'en different pas en chose importante;
afin de témoigner par là que l'on traite avec un
esprit de Paix éloigné de toute hauteur & formalité.

En l'Article IV. on pourroit se passer de ces
mots, *Ensorte que telles années seront comptées
pour nulles*, cela est dit trop généralement &
n'est pas nécessaire à l'intention de l'Article.

Au VIII. les trois ou quatre premiéres lignes sont superfluës, il suffira de convenir d'u-
ne Préface & puis mettre simplement les conditions comme aux Traitez précédens.

Au XII. La marque que votre Altesse a faite sur ce qui touche Pignerol est très-juste &
étoit nécessaire.

Au XIII. ces mots, *Et le sacré Empire Romain*, ne sont pas recevables; car la France n'a
point de guerre contre l'Empire : mais il n'est
pas besoin de toucher cela, puisque votre Altesse remet cet Article au XXII. des notres.

Au XXI. Ils ont encore coulé les mêmes
termes; & est à noter qu'en même tems que
les Espagnols nous veulent faire passer pour Ennemis de l'Empire, ils s'en déclarent les protecteurs.

Au XXVI. c'est contre l'usage observé de
tout tems, & contre raison de vouloir que la
clause des Pouvoirs qui portent aprobation dès
à présent comme dès lors passe pour la ratification du Traité, & qu'il soit dit qu'on en fera
encore venir d'autres dans deux mois : ladite
clause a été insérée à tous les Pouvoirs & Procurations qui ont été ci-devant données pour
traiter de Paix, & néanmoins il ne se trouvera
en aucun Traité un Article aux termes de celui-ci. Je ne dis telles choses qu'en passant,
puis qu'en effet la réponse de votre Altesse y
suffit.

Outre ce que dessus j'ai ôté & ajouté quelques
lignes aux notes qu'il vous a plu me communiquer, & vous les renvoyer. Reste à répondre,
Monseigneur, à la question que vous faites s'il
est à propos d'y faire une mention plus expresse
du Portugal. Mais je ne trouve pas qu'il y
en ait aucun mot dans lesdites notes, si ce n'est
en des termes fort généraux qui ne se peuvent comprendre qu'en lisant le projet de la
France.

Or puisque les Espagnols continuent de stipuler la satisfaction du Duc Charles, il semble
qu'à plus forte raison la France peut insister
nommément que le Roi de Portugal soit compris dans le Traité de Tréves, vû même qu'au
fond & au pis aller l'on est résolu de ne l'en pas
exclure entièrement. Votre Altesse se sou-
viendra aussi, s'il lui plaît, de relever les autres omissions comme il a été fait sur l'Article XII. specialement celles des Places qui
appartiennent à Liege, & ce en termes généraux ou expressément, ainsi que vous jugerez

Tom. IV.

convenable pourvû que les Espagnols ne puissent se prévaloir de notre silence.

Si votre Altesse fait mention du Portugal il
est à propos que ce soit au même lieu qu'il en
a été parlé dans notre projet, & de ne le pas
mettre en parallele avec Lorraine. Je suis
&c.

A MONSIEUR

le Cardinal

MAZARIN.

Le 18. Mars 1647.

*Les Espagnols ont ordre de céder
à la France Portolongone &
Piombino. Cependant ils en demandent la restitution. Il lui envoye le Memoire qui lui fera connoître que la Convention entre
Suéde & Brandebourg a été signée
à tems, qu'il craint qu'elle ne
soit pas de durée. Il faut presser
les Suédois.*

MONSEIGNEUR,

DEpuis la réception du paquet de la Cour,
je n'ai eu qu'à peine le tems de faire déchiffrer la Lettre de votre Eminence du 8.
& de lire ce qui n'est point chiffré dans le Mémoire du Roi. C'est à vous seul, Monseigneur, & à la bonté que vous avez pour moi
que je raporte les louanges & l'aprobation dont
mon peu de travail est honoré, & je mettrai cette grace parmi beaucoup d'autres dont
je suis très-redevable à votre Eminence.

Tout ce que je vois ici du côté des Impériaux
me confirme l'avis que votre Eminence a reçu
de plusieurs endroits touchant Piombino, &
Portolongone, & Monsieur de Trautmansdorff
me l'a quasi dit ouvertement. Son Secretaire
que je gouverne un peu m'assure que les Espagnols ont ordre de ceder ces Places, &
néanmoins les derniéres Lettres de Munster
m'aprennent que par un Ecrit qu'ils ont donné
depuis péu ils en demandent la restitution. Il
me paroît que cela ne vient pas du conseil de
Trautmansdorff; je ne laisse pas pourtant d'agir
auprès de lui pour son propre intérêt, & pour
hâter la Paix de l'Empire, qu'il presse les Plénipotentiaires d'Espagne de se mettre à la raison, & il en comprend bien la conséquence.

Le Memoire ci-joint donnera encore à
connoître à votre Eminence que la Convention
des Suédois & de Brandebourg fut signée à
tems, & qu'avec tout cela on aura peine à la
maintenir. C'est à vous, Monseigneur, par
qui tant de biens arrivent à la France, de faire
réfle-

G

Marginalia (left column):
1647. hostilitez y cessent pour un an.

Il faut que ce soit un des Articles du Traité, avec la faculté d'y envoyer du secours.

Il consent qu'on reçoive les Articles du projet de l'Espagne qui ne sont point contre le sens des nôtres.

Remarques sur les Articles du projet d'Espagne.

Marginalia (right column):
1647.

Les Espagnols ont ordre de céder à la France Portolongone & Piombino.

Cependant ils en demandent la restitution.

Il lui envoye le Memoire qui lui fera connoître que la Convention entre Suéde

1647.
& Brandebourg a été signée à tems, qu'il craint qu'elle ne soit pas de durée. Il faut presser les Suédois.

réflexion sur ce qui se passe en Suéde & Osnabrug, & de pourvoir à tout avec cette prudence & fermeté dont vous savez tempérer votre conduite avec tant de justesse.

Pour la suspension votre Eminence a très-grande raison de dire qu'il n'y auroit rien si utile que de conclure bientôt : mais je ne puis rien ajouter à ce que j'en mandai par le dernier Ordinaire, & à ce que j'y ajoute par celui-ci, sinon qu'à moins de hâter les Suédois, on n'aura ni Paix, ni Trêve, ni suspension d'armes. Je suis &c.

MEMOIRE

De Monsieur

D'AVAUX.

A Osnabrug du dixhuitiéme Mars 1647.

La Suéde n'approuve pas l'accord fait avec Brandebourg. Les Ambassadeurs de Suéde ont ordre de faire cinq nouvelles demandes. Le Chancelier Oxenstiern veut la guerre pour plusieurs raisons. La Reine de Suéde souhaite la Paix. Salvius le presse pour engager ceux de Brandebourg à se relâcher un peu des termes du Traité. Louange de la Reine de France. Il promet de s'employer pour les Suédois autant qu'il le pourra honnêtement. Touchant l'affaire du Palatin. Les deux Couronnes ont relevé les Droits des Etats de l'Empire. Avantages pour les Protestans. Les Suédois très-zelez pour la Religion. Derniére résolution de l'Empereur touchant les Griefs. Trautmansdorff menace de quiter Osnabrug. Il a sollicité les affaires de Madame la Landgrave. Les Impériaux se sont relâchez en beaucoup de choses. Les Protestans prétendent encore davantage. La cause Palatine proposée aux Etats de l'Empire. Erection d'un huitiéme Electorat approuvée à Osnabrug. Touchant la suspension d'armes.

1647.
La Suéde n'approuve pas l'accord fait avec Brandebourg.

L'On n'avance pas plus ici que de coutume, & l'on recule à Stockholm : il est venu delà une grande Dépêche pleine de censures du Traité que Messieurs Oxenstiern & Salvius ont fait avec Brandebourg. La Reine de Suéde a bien empêché qu'on ne passât jusques à un désaveu formel, ainsi que plusieurs du Sénat y avoient opiné, & les Lettres de Monsieur Chanut en font foi. Mais elle a été obligée de consentir à tant de corrections & de changemens que l'on y desire & à quoi les Ambassadeurs ont ordre d'insister, que cela differe peu de la rupture du Traité.

Après beaucoup d'étonnement que cette Lettre contient de ce qu'ils sont revenus à l'alternative par eux proposée aux Impériaux, aux François & à l'Electeur de Brandebourg, puis que le premier refus de celui-ci leur donnoit lieu de s'en retracter, on leur enjoint précisément de faire cinq nouvelles conditions.

Les Ambassadeurs de Suéde ont ordre de faire cinq nouvelles demandes.

I. Qu'ils ne se contentent pas de l'un & l'autre rivage de l'Oder, comme il a été convenu ; mais qu'il faut avoir quatre lieües dans le pays qui demeure à l'Electeur & ainsi enfermer des Terres & des Places qui sont de son partage.

II. Que pour éviter dispute & confusion, ces Places & Terres qui se trouvent dans ladite étenduë doivent appartenir à la Couronne de Suéde.

III. Que les donations faites par ladite Couronne à divers particuliers dans la Poméranie anterieure qui est laissée à l'Electeur, ayent encore lieu après la Paix, & que si cela ne se peut obtenir pour toûjours, ils en jouïssent au moins pour tout le tems de l'octroi.

IV. Qu'encore que la séance des Ducs de Poméranie, de ceux de Meckelbourg & autres Princes soit reglée, ensorte qu'ils précédent tour à tour dans les Diettes de l'Empereur, néanmoins il faut que desormais le Député de la Poméranie supérieure précéde toûjours celui de l'antérieure.

V. Qu'outre l'investiture de la Poméranie antérieure & de l'Evêché de Camin à deffaut d'hoirs mâles dans la Maison de Brandebourg, la Couronne de Suéde doit aussi avoir l'investiture de la nouvelle Marche, du pays de Sternberg, & d'autant que lesdits Pais & Etats faisoient autrefois partie de la Poméranie & en furent separez l'an 1224. & qu'ainsi il faut faire revivre ce droit de 433 ans.

Monsieur Salvius fut hier quatre heures avec moi pour se consoler là-dessus ; mais j'étois mal propre à lui rendre cet office, me trouvant moi-même fort surpris de tels ordres. Il me fit lecture de toute la Dépêche qu'ils ont reçuë, & me dit que le Chancelier Oxenstiern *Le Chancelier Oxenstiern veut la guerre pour plusieurs raisons.* n'avoit pas épargné son fils, ayant plus de passion pour la guerre qu'il n'en a pour ses propres enfans, qu'il veut empêcher que leur Reine ne se marie, rendre le Royaume électif, donner toute l'autorité à la Noblesse, & faire d'autres choses dont il ne sauroit venir à bout que dans le trouble : qu'au contraire la Reine desire ardemment la Paix pour le bien de la Chrétienté qui en a tant de besoin, & pour son propre intérêt. Il me montra une Lettre écrite par laquelle elle lui recommande avec affection l'avancement du Traité : vous verrez, *La Reine de Suéde souhaite la Paix.* dit elle, par la Dépêche commune ce qui vous est mandé, & l'exécuterez le mieux qu'il vous sera possible, n'oubliant rien de ce qui se pourra obtenir pour les avantages de cette Couronne ; mais les choses sont disposées ici de telle sorte que si vous concluez la Paix en quelque façon

1647.

façon que ce soit, j'aurai bien sujet de rendre grace à Dieu & d'avoir soin de votre fortune.

Cette Lettre particuliére de la Reine de Suéde, ce qui s'étoit passé auparavant dans le Sénat, & les ordres que l'on a envoyez ici, marquent si clairement la diversité d'avis touchant la Paix, qu'il n'y faut point de commentaire; & Monsieur Salvius croit que si on la desire effectivement de notre part, il est temps d'agir en Suéde & à Osnabrug par des ordres qui viennent immédiatement du Roi & avec Lettres de créance à ceux qui seront chargez d'expliquer les intentions de Sa Majesté. Il m'a proposé cependant d'écrire en particulier à la Reine de Suéde; mais comme ce n'est pas elle qui cause les retardemens & les variations dont il se plaint, je lui ai remontré qu'une telle Lettre seroit inutile.

Salvius le presse pour engager ceux de Brandebourg à se relâcher un peu des termes du Traité.

Il m'a conjuré par toute notre ancienne amitié de faire ensorte auprès des Députez de Brandebourg qu'ils se relâchent un peu des termes du Traité: il avoue que cela étoit extrêmement difficile, fâcheux, & malséant; il fait bon l'ouïr sur la suffisance des Ordonnateurs qui disposent ainsi des Etats & Principautez de l'Empire & qui revoquent un ordre quand il est exécuté. Son déplaisir m'a fait considerer avec plus de respect ce que j'ai souvent remarqué de la bonté de la Reine, & de la forcé de son Conseil, Sa Majesté ne s'étant pas contentée de faire éclaircir abondamment notre conduite de toutes sortes d'avis, d'expédiens, & d'instructions continuelles, mais nous ayant toûjours donné des ordres si uniformes, apuyez d'un raisonnement si puissant, & si ajustez au besoin de chaque occurrence, que je n'ai pu m'empêcher de dire à Monsieur Salvius, qu'on nous a plutôt persuadé que commandé ce qu'il y avoit à faire en toute cette grande Négociation de la Paix. Je lui ai promis assistance autant que je pourrai m'employer honnêtement pour eux & pour moi dans une affaire faite; mais je n'ai pas laissé de le presser d'écrire à Stockholm avec son Collégue que cet ordre est venu à tard, & que si l'on y persiste, il sera pris de tout le monde pour une preuve certaine que la Couronne de Suéde ne veut point de Paix.

Louange de la Reine de France.

Il promet de s'employer pour les Suédois autant qu'il le pourra honnêtement.

Cette occasion m'a servi à le disposer un peu mieux qu'il n'avoit été jusques à présent en ce qui touche les griefs de la cause Palatine: je lui fis avouer que l'Alliance n'oblige précisément qu'à ne faire Paix ni Trêve sans qu'il y ait été pourvû à la Satisfaction particuliére des Couronnes: qu'il paroît bien que parmi cela on a eu dessein de rétablir les affaires d'Allemagne en meilleur état qu'elles n'étoient, mais que l'on n'en a pas fait une condition nécessaire qui oblige à continuer la guerre tant qu'il reste quelque chose à démêler de ce côté-là, & qu'au fond les deux Couronnes relèvent notamment par ce Traité les droits des Princes de l'Empire, qu'elles obligent l'Empereur à consentir que deformais ni lui ni ses Successeurs n'y puissent faire Guerre, ni Paix, lever des contributions, changer des Loix, ou y déroger, ni priver l'un d'entr'eux de sa dignité, ou de ses biens, sans que la chose ait été resolue par eux tous dans une Diette générale; qu'elles font restituer les uns dans leurs dignitez & dans la plus grande partie de leurs Etats; qu'elles font casser en faveur des autres, & annuller des Sentences données par l'Empereur, & tout le Collége Electoral; qu'au lieu de l'Edit de 1629 touchant la restitution des biens de l'Eglise occupez par les Protestans depuis le Traité de Pas-

Touchant l'affaire du Palatin.

Les deux Couronnes ont relevé les droits des Etats de l'Empire.

Tom. IV.

sau, & au lieu de la Paix de Prague qui ne leur en laissoit plus la jouissance que pour trente ans, les en voilà possesseurs à perpétuité; voilà l'Evêché de Minden, que l'on y a encore ajouté depuis deux jours, avec beaucoup d'Abbayes, & tant d'autres avantages inespérez, que sans mentir il étoit tems de mettre des bornes à leurs demandes, & rendre aussi quelque respect à ceux par qui ils se sont faits si grands. Monsieur Salvius reçut tout cela fort bien; & sur ce que je disois (à dessein de le convaincre entierement & de mettre la France à couvert) que s'il pouvoit encore obtenir davantage l'on ne s'y opposeroit pas; que je ne parle point de Minden, puisque les Impériaux consentent qu'il soit tenu alternativement par un Evêque Catholique, & par un Protestant, mais que s'ils en demeurent là comme, ils le déclarent bien haut, je n'estimerois pas que la France ni même la Suéde voulût que la Guerre continuât pour ce sujet. Il me repondit nettement que ce n'est pas l'intention de la Couronne de Suéde, mais qu'ayant charge d'avancer leur possible, ils poussent ici jusques à l'extremité pour le salut des ames: c'étoit ces paroles qu'il accompagna d'un souris, témoignant que pour lui il n'avoit pas ce scrupule, & qu'il tenoit que l'on se peut sauver en l'une & l'autre Religion. La connoissance qu'il m'a donnée de leurs ordres, qui ne sont pas absolus sur cette matiere, me fait esperer qu'en ce qui reste du Naufrage, l'on en préservera la plus grande partie, & verifie ce que j'ai écrit cidevant, qu'il n'y a point de péril à résister en cela aux Suédois, puisqu'il ne s'agit que du zéle des Ambassadeurs & non pas d'une volonté déterminée de la Couronne.

Avantages pour les Protestans.

Les Suédois très-zelez pour la Religion.

Jeudi matin Monsieur Wolmar m'aporta la derniére résolution de l'Empereur touchant les Griefs; il me fit voir comme elle contient plusieurs concessions en faveur des Protestans, & me déclara de la part du Comte de Trautmansdorff que si cela arrêtoit davantage le Traité, il s'en retournera à Munster, où il espère que l'Assemblée ne lui sera pas si contraire; mais que s'il ne pouvoit sortir dans Paques, il partira certainement après les Fêtes pour s'en aller à Vienne.

Derniére résolution de l'Empereur touchant les Griefs.

Trautmansdorff menace de quiter Osnabrug.

Après avoir examiné ensemble tous les points dont est question, je me plaignis à lui de leur silence au fait de Madame la Landgrave, & representai vivement combien il étoit inutile de travailler avec tant de soin aux Griefs, & à l'affaire Palatine si on ne vouloit terminer aussi celle de Hesse. Je lui dis que sans cela il ne faut compter pour rien la satisfaction des Couronnes; & rejettai si fort les premiéres réponses qu'il me fit, qu'il se trouva obligé de reconnoître que cette Princesse doit être satisfaite, & protesta que c'est leur intention: mais voyant encore l'événement de leur Traité si douteux par les exorbitantes prétentions des Suédois au fait des Griefs de la Maison Palatine, le Comte de Trautmansdorff se garderoit bien de desobliger l'Electeur de Saxe & le Landgrave de Darmstadt au hazard de perdre l'un ou l'autre, ou tous les deux & de n'avoir pas la Paix. J'insistai néanmoins, & il promit que l'on auroit bientôt quelque résolution sur la Replique des Hessiens; mais je crois qu'elle ne sera pas définitive & que Monsieur Wolmar m'a dit le fonds de leur pensée.

Il a sollicité les affaires de Madame la Landgrave.

L'Ecrit qu'il me donna sera ci-joint: il est véritable que les Impériaux s'y sont encore beaucoup relâchez, & qu'ils font de grandes avances pour parvenir à la Paix. Deux Députez d'entre les Protestans du premier ordre, m'étant

Les Impériaux se sont relâchez en beaucoup de choses.

G 2   venu

Les Protestans prétendent encore davantage.

venu voir , m'ont avoué librement qu'il y a de quoi se contenter ; mais qu'on leur donne encore espérance d'aller au delà : je leur ai remarqué une chose que j'ai aprise autrefois en Italie de gens consommez au maniment des affaires, *Il meglio gusta il bene* , & néanmoins je me suis aperçu qu'ils en croiront plutôt les Suédois que les plus sages Politiques du monde.

Le même jour après midi ledit Sieur Wolmar fit visite aux Ambassadeurs de Suéde , & leur mit en main une copie du même Écrit, sur la lecture & discussion duquel ils contesterent un peu de part & d'autre. Il leur signifia comme à moi qu'il n'y avoit plus rien à attendre , & que si tant de biens & d'autorité , que l'Empereur donne aux Protestans , ne faisoient qu'irriter leur appetit pour convoiter toujours davantage, le Comte de Trautmansdorff étoit résolu de s'en aller à Munster dès le lendemain qu'ils auroient refusé d'accepter des offres si liberales , & de là à Vienne dans fort peu de tems.

La cause Palatine proposée aux Etats de l'Empire.

La cause Palatine a été proposée aux Etats de l'Empire ; ce n'est pas à mauvaise fin , & j'ai aidé à y porter le Comte de Trautmansdorff par d'autres motifs , mais en effet ç'a été pour décharger les Couronnes Alliées , & me conformer en ce point au sentiment de Monsieur Oxenstiern qui l'a desiré avec raison. Nous ne savons pas encore quelle résolution a prise le Collége Electoral , d'autant qu'il s'assemble à Munster ; mais elle ne sauroit être que bonne :

Erection d'un huitiéme Electorat approuvée à Osnabrug.

& cependant on a ici aprouvé au Collége des Princes ou en celui des Villes , l'érection d'un huitiéme Electorat pour terminer ce différend, lequel pour le surplus ils ont remis aux trois Couronnes. C'est le terme dont ils se font servis pour dénoter l'Empereur , la France , & la Suéde.

Comme nous sommes souvent avec Messieurs Oxenstiern & Salvius , ils ne peuvent pas s'empêcher de dire un jour , ce qu'ils ont quelquefois dissimulé une semaine. Ils demeurent bien dans la pensée qu'il n'est pas encore tems de faire aucune suspension d'armes , & c'est particuliérement Monsieur Oxenstiern qui appuye là-dessus : mais il s'en est plus ouvert en la derniére Conférence qu'il n'avoit fait auparavant ; il desaprouva un peu confidemment la conduite du Maréchal Wrangel en ce qu'il fait négocier sans ordre sur une proposition de cette nature :

Touchant la suspension d'armes.

c'est bien mal à propos , dit-il , que le Général de l'Armée de Suéde veuille traiter de Trêve ou suspension d'armes avec un Prince aux intérêts duquel les Ambassadeurs de la même Couronne s'oposent de tout leur pouvoir. Je ne sais pas comme il se défendra d'un procédé si contraire au nôtre, & puis il en demeura là. Nous lui demandames si pour obvier à cet inconvénient , & pour hâter la conclusion de la Paix, il ne vaudroit pas mieux favoriser le Duc de Baviére & en faire un ami des deux Couronnes. Il ne répondit rien ; il en vouloit alors à Monsieur Wrangel avec lequel il est pourtant d'ailleurs en très-bonne intelligence. Quelque tems après il revint de lui-même sur le propos de la suspension , disant qu'ils ont mandé à Wrangel qu'il ne la doit point faire , & qu'il doit empêcher , s'il est possible , qu'il ne s'en fasse point aussi entre la France & Baviére ; mais qu'enfin il peut y consentir en prenant les suretez nécessaires pour l'armée qu'il commande. Je suis &c.

A MONSIEUR

le Cardinal

MAZARIN.

A Osnabrug le premier Avril 1647.

Il loue le Cardinal. Artifices des Espagnols. Les Impériaux demandent l'assistance de la France pour la Paix. Les Affaires d'Espagne demeurent là. Il doit retourner à Munster. Il veut renouer avec Mr. Brun. Il passe pour trop difficile. Il faut tenir les Suédois en régle pour les engager à faire la Paix. Trautmansdorff jaloux du Bavarois.

MONSEIGNEUR,

LA Lettre que votre Eminence m'a fait l'honneur de m'écrire le 22. du passé me fut rendue Jeudi , & deux jours après j'ai reçu celle du 15. par la voye de Cologne , qui est bien la plus longue & moins assurée.

Ce m'est beaucoup de joye , Monseigneur , quand mon opinion se trouve conforme aux sentimens que vous avez dans les affaires qui se présentent ; non parce que c'est à vous d'en juger souverainement , mais parce que vous en jugez toujours fort bien , & qu'on voit ici à cette heure de grands effets de votre prudence, sans y avoir quasi pu remarquer votre autorité en aucune chose.

Il loue le Cardinal.

J'ai laissé Monsieur de Trautmansdorff en cette même disposition à l'égard de votre Eminence , dont le Sr. de Préfontaine vous a rendu compte : des choses qui lui font plus estimer ce qu'on lui dit de votre part , c'est qu'il voit cela accompagné de véritables soins pour avancer la Paix, après laquelle il soupire nuit & jour, & si impuissamment depuis sa maladie que les Suédois en abusent , & en abuseront s'il ne se reléve un peu par quelque résolution courageuse. Mais les Espagnols ne cessent de le persuader qu'on le trompe , & ont suposé depuis peu de tems une Lettre prétendue écrite par votre Eminence à Monsieur le Maréchal de Turenne , par laquelle ils disent qu'il a ordre de préparer toutes choses pour passer en Italie avec de grandes forces , & continuer la guerre plus que jamais : ils ajoutent qu'ils ont trouvé moyen, par l'entremise de quelques femmes dévotes , de faire voir à la Reine cette Lettre en original , que Sa Majesté en a été fort surprise & vous en a fait de grandes plaintes , & que votre Eminence les a éludées en disant que la Lettre a été écrite à dessein de la faire tomber entre les mains

Artifices des Espagnols.

des

1647.

des Ennemis, & de leur imprimer vivement l'apprehension de nouveaux maux, s'ils ne con-sentent à tout ce que nous desirons.

Je ne doute point, Monseigneur, que ce ne soit une fable, & il me semble d'en voir toutes les marques : mais l'on en fait une Histoire à Osnabrug, & j'aprends que le bon homme y a porté de la crédulité.

Les Impé-riaux deman-dent l'assistan-ce de la Fran-ce pour la Paix.

Les Impériaux demandent encore une fois très-expressément l'assistance du Roi pour faire conclure la Paix, sans préjudicier davantage à la Religion : les Médiateurs nous en pressent avec chaleur, & l'Ambassadeur de Venise ne s'y intéresse pas moins que le Nonce du Pape : les Ministres de Baviére font la même instan-ce, & promettent sincerement qu'ils ne joue-ront point à la fausse compagnie ; ils nous con-jurent que l'un de nous intervienne à la decision de l'affaire Palatine : les Députez de Hesse en de-mandent autant pour les intérêts de Madame la Landgrave ; & avec tout cela il ne se traite rien dans les affaires d'Espagne. *Les affaires d'Espagne de-meurent là.* Ce sont les cau-ses qui m'obligent de retourner à Munster par l'avis de Monsieur le Duc de Longueville ; *Il doit re-tourner à Munster.* j'y agirai, Monseigneur, suivant la teneur des deux derniers Mémoires de la Cour, & j'espére de n'y point tomber en erreur étant soutenu d'une main si sûre que la vôtre, & conduit par un œil si clairvoyant, puisque je ne m'écarterai pas du chemin qu'il vous a plu me montrer : Mon-*Il veut re-nouer avec Mr. Brun.* sieur Brun m'a visité autrefois & moi lui ; il me sera bien facile de recommencer, & je crois avec votre Eminence qu'il en peut réussir de l'utilité : je prendrai quelque occasion de re-nouer commerce, après vous avoir dit franche-ment, Monseigneur, (quoiqu'à mon desavan-tage) que le Comte de Peñaranda & ses Col-legues n'ont point de créance en moi : les *Il passe pour trop difficile.* Hollandois leur ont donné de tems en tems cet-te opinion, que je faisois des dificultez à tout, & le Sr. Paw a dit encore ces jours passez à Monsieur Contarini que depuis mon retour d'Osnabrug, la Négociation avoit reculé au lieu d'avancer.

Il est vrai que Monsieur Salvius nous fait plus de mal & plus dangereusement que son Colle-gne ; votre Eminence marque cette difference par une comparaison si propre au sujet, & qui fait si naïvement la peinture de ces Messieurs-là, que je n'ai pu la voir sans sourire & avouer en moi-même que vous leur avez donné un coup de pinceau qui seroit capable tout seul de les fai-re connoître.

Je suis ravi que votre Eminence prononce hardiment & judicieusement contre toutes les apparences qu'on en voit, que si les Suédois, ne nous peuvent mener où ils veulent, ils ne voudront pas s'exposer au hazard de perdre l'amitié & l'assistance de la France, c'est un Oracle sorti de votre bouche, c'est la Vérité même, dont, à mon sens, il n'y a pas seule-ment lieu de douter pourvû que la suite de la Guerre n'acroisse pas leurs prospéritez, & ne *Il faut te-nir les Sué-dois en régle pour les en-gager à faire la Paix.* les mette pas en état de n'avoir plus besoin de nous. Aussi ai-je mandé ci-devant, Monsei-gneur, que l'on peut encore pour quelque tems les tenir en mesure, & qu'il n'y a nul péril à les obliger de conclure la Paix, ni à dire & faire tout ce qu'il conviendra pour y parvenir : toute la Chrétienté aprouvera cette sainte vio-lence ; la Reine de Suéde & la plus grande partie du Sénat en seront ravis, Monsieur Sal-vius la conseille quand on peut le rencontrer dans une conjoncture favorable, & il n'y aura plus que quelques esprits turbulents qui puissent y trouver à redire.

1647. Trautmans-dorff jaloux du Bavarois.

Ce que votre Eminence m'ordonne de di-re au Comte de Trautmansdorff touchant l'E-lecteur de Baviére, lui sera bien agréable & pourra produire de bons effets ; car il entre en grande jalousie de ce côté-là, & on lui fait apré-hender que ce Prince ne mette quatre Cercles de l'Empire entre les mains du Roi.

Je viens d'apprendre de lieu fort assuré que l'Archevêque de Cambrai s'en ira bientôt en Hollande, & que les Conférences entre Paw & les Espagnols sont plus longues & plus fré-quentes que jamais. Je suis &c.

A MONSIEUR de BRIENNE.

Le 8. d'Avril 1647.

Il lui rend compte de sa conduite avec le Sr. de la Court.

MONSIEUR,

VOici un Mémoire par lequel je rends compte de ce qui s'est fait depuis mon retour. J'ai communiqué à Monsieur de la Court tous ceux qu'il vous a plu m'envoyer, & suis ravi d'être autorisé pour une chose que *Il lui rend compte de sa conduite avec le Sr. de la Court.* je souhaite, & qui est nécessaire au service du Roi. Je n'avois pas laissé de lui dire le contenu de vos précédentes Dépêches, & même de lui faire voir les Lettres de Monseigneur le Cardinal. Enfin nous vivons ensemble com-me deux fréres, & qui plus est, nous som-mes toujours d'un même sentiment dans les affaires. Vous aurez vu, Monsieur, par les Dépêches de Munster où j'ai eu part, com-me je m'y suis conduit à l'égard du Sieur Paw ; c'est ce que je puis répondre à la hâ-te sur ce qu'il vous a plu m'en écrire par votre derniére du dix-neuviéme Mars, vous suppliant &c.

A MONSIEUR

le Cardinal

MAZARIN.

Le 8 Avril 1647.

Trautmanfdorff veut fervir pour faire le Traité avec l'Efpagne. Bon fuccès de l'affaire du haut Palatinat, & de l'Electorat.

MONSEIGNEUR.

Trautmansdorff veut fervir pour faire le Traité avec l'Efpagne.

JE ne puis qu'ajóuter au Memoire ci-joint, finon qu'en fortant avant-hier de la chambre du Comte de Trautmanfdorff, il me dit avec un vifage riant qu'il viendroit faire fes Pâques à Munfter, & qu'il ferviroit volontiers à la conclufion de notre Traité avec les Efpagnols. Je ne le manquai pas en ce paffage, & répondis que s'ils marchandent plus longtems à confentir au peu que nous demandons maintenant pour le Portugal, ils feront furpris tout à coup d'une nouvelle prétention fur ce point-là, & fur celui de la Catalogne. Oh, dit-il, fi on ne veut point de Paix, en voilà le chemin : & comme il vit que je perfiftois à croire que fi on la veut aux conditions que nous avons propofées il faut fe hâter, il s'aprocha de moi pour dire qu'il en avoit bonne efpérance. Il vous baife très-humblement les mains, Monfeigneur, & dit que fi vous faites la Paix, vous lui ferez gagner un grand procès qu'il a contre les Miniftres d'Efpagne. Je lui demandai fi c'étoit à Vienne qu'il a ce procès. Il repliqua, à Vienne & ici.

Bon fuccès de l'affaire du haut Palatinat & de l'Electorat.

J'ofe me rejouïr avec votre Eminence du fuccès de l'affaire Palatine ; parce qu'outre la décifion de ce fameux differend qui trouble l'Allemagne depuis vingt-neuf ans, c'eft un notable avantage pour la Religion, d'avoir affuré le premier Electorat Seculier & tout le haut Palatinat à des Princes Catholiques, & que cela eft dû abfolument aux foins de votre Eminence, & aux inftructions qu'elle nous a fait envoyer de tems en tems dès le commencement de l'Affemblée, lors même que nous ne pouvions envifager le Duc de Baviére que comme un ennemi. Je fuis &c.

MEMOIRE

De Monfieur

D'AVAUX.

A Ofnabrug le 8. Avril 1647.

Les Suédois changent de procédé. Conférence avec Oxenftiern. La Suéde confent que la Dignité Electorale demeure au Duc de Baviere fous condition. La Baviere a fait fa Trêve avec les deux Couronnes. Les Suédois accordent à Baviere l'Electorat, à condition que l'on en crée un huitieme pour le Prince Palatin & qu'on lui donne le bas Palatinat. Salvius fait le difficile. Touchant les Griefs. Eclairciffement fur les bruits que les Efpagnols répandent pour brouiller les Couronnes. Les deux Couronnes déclarent aux Impériaux & aux Bavarois leur réfolution fur l'affaire Palatine. Les Imperiaux font furpris de cette déclaration. Touchant les cinq nouvelles demandes de la Suéde. Bon état de la Négociation. Il informe de tout Monfieur Chanut, afin qu'il difpofe la Reine de Suéde à ce qu'on defire. Ils font perfuadez de la fincérité de Trautmanfdorff. L'Empereur & les Catholiques Romains preffent le Duc de Baviere de fe joindre à eux pour maintenir la Religion,

C'A été par un folide & fort raifonnement, qu'au milieu des obftacles qui fe rencontroient ici, & en Suéde, à la conclufion des affaires d'Allemagne, & qui en donnoient de mauvaifes opinions à ceux mêmes qui font fur les lieux, il a été jugé par le Mémoire de la Cour du quinziéme Mars, & par les fubféquens, qu'avec toute la mauvaife humeur de Monfieur Oxenftiern, & peut-être même les deffeins de fon Pére, quand les Suédois auroient enfin reconnu de ne pouvoir porter la France à ce qu'ils veulent, ils changeront leur procedé, pour ne plus courir le hazard de perdre les avantages qu'ils viennent d'affurer à leur pays

Les Suédois changent de procédé.

pour

1647.

pour d'autres intérêts étrangers. Cela a déja réussi en une affaire de grande importance, comme l'on avoit prevu, nonobstant les apparences qui y étoient fort contraires. Je ne fus pas sitôt arrivé à Osnabrug que Monsieur Oxenstiern vint me visiter, mais ce fut pour me faire une fâcheuse relation de ce qui s'étoit passé ici durant mon absence. A l'ouïr parler, il n'y avoit rien de si éloigné que la Paix des Impériaux, & eux étoient en termes de rupture sur le sujet des Griefs; il en rejetta le blâme sur les Impériaux, dit qu'à la vérité il avoit convié Monsieur de Trautmansdorff de ne pas partir sitôt pour Munster, & témoigna que les affaires se pourroient conclure en quatre jours, mais qu'aussi seroient-elles conclues, si Monsieur Wolmar avoit consenti à leurs demandes, dont ils ne peuvent se relâcher en aucune façon & manière: il ajouta même à cette dureté quelques railleries sur la conduite du Sieur de Trautmansdorff, & sur les recherches & les prières qu'il lui faisoit faire tous les jours pour l'avancement de la Paix. Je fus si fort édifié de tous les discours qu'il nous tint, & il témoigna si peu de disposition à sortir d'affaire que j'eus regret en mon ame d'être revenu ici. Je ne voulus pas d'abord contester avec lui, en l'humeur où il étoit, & après lui avoir un peu remontré, que si les Impériaux se mettent tant en devoir d'obtenir la Paix, la prudence veut qu'on ne les rebute pas à la vue & dans le besoin pressant de toute la Chrétienté, je ne vins point au détail des affaires: je crus aussi à propos de voir auparavant Monsieur Salvius, qui est obligé de garder le lit à cause de la goute.

Le lendemain je rendis la visite à Monsieur Oxenstiern, où je fus d'abord bien mortifié de le trouver aussi entier, & aussi peu traitable que le jour précédent. Son premier entretien m'ôtoit toute espérance de pouvoir rien obtenir, & deux heures se passèrent de cette sorte sans qu'il me laissât voir la moindre disposition à la Paix.

Enfin je lui dis sans aucune plainte, que je n'avois donc qu'à m'en retourner à Munster, puis que les affaires étoient si desespérées, mais que je le priois de considérer que les Impériaux ayans accordé la satisfaction des Couronnes, & tant de choses en faveur des Protestans & même l'Evêché de Minden, quoi que nommément excepté par la Convention faite sur ce sujet entre lui & nous; & le Comte de Trautmansdorff ne pouvant être induit à passer outre, il ne seroit pas juste de continuer la Guerre pour de si petits intérêts que ceux qui restent. Je lui dis aussi que la France ayant pleinement accompli l'Alliance qui laisse les Couronnes en toute liberté de faire la Paix, pourvû que leur satisfaction soit ajustée, & ayant même procuré aux Etats de l'Empire beaucoup plus de sûreté, de Dignité, & de biens, qu'ils n'eussent osé espérer; elle n'est pas en état de faire durer la Guerre pour le plus ou le moins, en des choses qui ne regardent pas la liberté Germanique, & qui ne sont pas purement de Religion, vû même que ce point est réservé très-expressément par tous les Traitez.

Je n'omis pas une seule raison ni remontrance de celles qui sont contenues dans les derniers Mémoires de la Cour, que j'avois fort étudiez, comme ne se pouvant rien dire & imaginer de mieux par ceux qui n'ont que cette affaire sur les bras.

Il reçut bien tout mon discours, fit réflexion sur plusieurs choses; & comme je vins à repeter que je m'en retournerois le lendemain à

Munster, il me retint alors par quelque adoucissement.

A un quart d'heure delà il dit qu'il vouloit parler en toute confiance, & me donner de véritables témoignages d'amitié, & qu'il n'y avoit point d'autres moyens pour terminer la cause Palatine qu'en rendant la Dignité Electorale alternative; qu'il lui sembloit que c'étoit assez pour le Duc de Bavière, & que c'étoit traiter un ennemi bien honnêtement; qu'il ne voyoit point d'autre issue ni moyen pour en sortir, & que c'étoit le sentiment de tout le Sénat de Suède.

Nous entrâmes si avant en matière, qu'après de nouvelles caresses & protestations d'amitié qu'il me fit, il témoigna que pour le respect de leurs Majestez, & pour ne pas rétarder la Paix, puis qu'il voyoit que nous la desirions absolument, il ne me vouloit rien cacher de ce qu'il avoit de plus secret sur cette affaire, qu'il m'en parleroit comme à son Collégue, & que je ne pourrois plus en douter: que la Couronne de Suède consentiroit que la Dignité Electorale demeurât au Duc de Bavière & à sa Maison, mais que cette ligne venant à manquer à faute de Mâles, elle passera à la Maison Palatine, & que la race du Duc Albert auroit alors le huitième Electorat; que c'est tout ce qui se pourroit faire, & que c'étoit le sentiment de Monsieur le Chancelier son Pére qu'il savoit que j'estimois beaucoup. Je lui demandai en quelle forte passion il croyoit que fussent les Impériaux, & s'ils seroient pour se relâcher; il dit qu'il y avoit lieu d'espérer qu'ils se contenteroient de cette offre, à present que le Duc de Bavière avoit donné grand sujet de mécontentement à l'Empereur par la Trêve qu'il a faite avec les Couronnes, & qu'il savoit que cela diminuoit déja l'affection & le soin que les Impériaux avoient toujours eu de ses intérêts: c'est par cette raison, dis-je, que les Couronnes lui doivent être plus favorables, & lui en savoir plus de gré. Il y acquiesça avec beaucoup de douceur & de condescendance, & se laissa conduire peu à peu à tout ce que je pouvois souhaiter, promettant enfin que la Couronne de Suède consentiroit que la Dignité Electorale fût conservée en la Maison de Bavière, & à la ligne de Guillaume à perpétuité & sans réserve ni condition quelconque. Je me réjouïssois en moi-même de cette déclaration, sans oser presque parler du haut Palatinat, mais il en ouvrit le propos, & n'eut pas besoin d'être plus pressé sur ce point que sur l'autre: ensorte que je me trouvai obligé de l'arrêter un peu, & de faire le difficile pour ménager quelque somme d'argent aux Cadets de la Maison Palatine: encore ne témoigna-t-il pas s'en soucier beaucoup. Il ajouta donc à la Dignité Electorale le haut Palatinat tout entier, à condition que l'on donneroit le huitième Electorat au Prince Palatin & tout le bas Palatinat: il parla aussi d'une charge dans l'Empire, comme les autres Electeurs en ont, qu'il lui en falloit une, qu'il n'en coutera rien à personne & qu'il s'en pourroit trouver comme celle de Grand-Veneur ou autre de telle sorte.

Il me dit ensuite que c'étoit en grande confidence qu'il s'étoit ouvert si avant à moi, qu'il ne s'en étoit laissé entendre à personne, & m'obligeoit au secret; il me fit deux questions avec prière d'en délibérer à loisir & de lui en donner mon avis une autre fois.

La première étoit s'il falloit faire cette déclaration tout d'un coup, ou plutôt par degrez; & la seconde à qui elle devoit être faite, aux Impériaux, ou aux Bavarois; que pour

lui

1647.

Notes marginales :

Conférence avec Oxenstiern.

La Suéde consent que la Dignité Electorale demeure au Duc de Baviére sous condition.

La Baviére a fait sa Trêve avec les deux Couronnes.

Les Suédois accordent à Baviére l'Electorat, à condition que l'on en crée un huitième pour le Prince Palatin & qu'on lui donne le bas Palatinat.

1647.
lui il estimoit qu'il n'y falloit venir que par degrez, d'autant qu'ainsi, ou les Couronnes obtiendroient quelque chose de plus pour la Maison Palatine, & que s'il étoit impossible on le feroit mieux valoir au Duc de Baviére, & on l'obligeroit davantage à s'employer pour la satisfaction des Protestans.

Je représentai que si on se déclaroit tout à la fois de ce qu'on étoit résolu de faire pour le Duc de Baviére, j'estimerois que ce Prince étant assuré de sa satisfaction, il auroit plus de hâte pour la conclusion du Traité où il trouveroit son compte, & feroit une partie de ce qu'on desire de lui : que c'étoit aussi la voye la plus courte pour conclure la Paix, & que je savois bien que ses Plénipotentiaires n'avoient ordre d'entendre à aucun expédient, qu'en conservant la Dignité Electorale & le haut Palatinat; qu'il se passeroit bien du tems à dépêcher en Baviére & avoir réponse, néanmoins que je m'en remettois à sa prudence.

Il ne me donna pas le tems d'opiner sur l'autre question, & parce qu'au sortir de son logis j'allois visiter Monsieur Salvius, je lui demandai si je pouvois lui parler de ce qu'il venoit de me dire. Il n'en fit aucune difficulté & nous nous séparames avec grands témoignages de satisfaction l'un de l'autre.

Salvius fait le difficile.

Je passai donc chez Monsieur Salvius, & je ne lui témoignai rien d'abord de ce que je venois d'apprendre de Monsieur Oxenstiern ; je trouvai qu'il jouoit le personnage de son Collégue, faisant des difficultez sur tous les points qui restent à terminer, & je n'eus de lui que de la froideur contre son ordinaire : j'en fus aussi surpris que de la facilité de Monsieur Oxenstiern. Enfin je fus contraint de lui dire que je ne prenois pas bien mon tems pour lui parler d'affaires, que je reviendrai une autre fois, & parce qu'il me demanda ce que j'avois fait si longtems avec Monsieur Oxenstiern, je lui fis raport de ce qui s'étoit passé entre nous touchant l'affaire Palatine.

Il répondit comme s'il avoit peine à me croire, mais se voyant pressé par l'assurance que je lui en donnois, il se contenta de faire connoître à demi qu'il ne l'improuvoit pas : c'est tout ce que je pus tirer de lui pour cette fois.

Le jour suivant Monsieur Oxenstiern me fit demander audience ; mais parce qu'il fut jusques à sept heures du soir avec Monsieur Wolmar, il m'envoya faire ses excuses avec toutes les civilitez imaginables.

Le lendemain il me vint confirmer tout ce qu'il avoit dit, & me demanda de nouveau mon avis sur les deux questions qu'il m'avoit faites. Je les ai déja proposées à Monsieur de la Court qui étoit présent à cette Conférence, & nous répondimes que desormais il n'est plus tems de négocier avec des réserves ; que puis qu'il avoit pris une si bonne résolution, il n'en falloit point faire à deux fois, mais la déclarer nettement aux Impériaux, & en dresser l'Article comme il doit être mis dans le Traité de la Paix : il fut résolu de concert qu'il en seroit usé de cette sorte, & que l'on insisteroit au moins à quatre cens mille Risdalles pour les quatre Cadets de la Maison Palatine.

Touchant les Griefs.

Monsieur Oxenstiern toucha ensuite le point des Griefs, mais assez légérement & avec un esprit de paix; il dit même qu'il falloit se voir sur cette affaire, pour y prendre une dernière résolution, & les temperamens qui seront jugez convenables.

Je ne vis jamais un meilleur homme, ni qui ait à présent de meilleurs sentimens pour la

---

1647.
France; il me fit hier un grand éclaircissement sur les derniers bruits qui se répandent par les Espagnols à dessein de brouiller, & d'ébranler l'union des deux Couronnes, acquiesça de tout point aux assurances que je lui donnai de notre fermeté, & m'en donna de pareilles de leur part avec tant de franchise & d'ouverture de cœur, que je ne crains point de dire que ce sont ses véritables intentions. Nous ne saurions voir, dit-il, pourquoi la France se lasseroit de notre amitié, ni nous de la sienne, nous voyons bien que vous voulez la Paix d'Allemagne, & que vous avez sujet de la vouloir à cause des Hollandois, & nous déférons à votre desir. Vous voyez ce que j'ai fait en la cause Palatine, & faciliterai encore le reste des affaires, pour signer bientôt le Traité. Il m'a dit plusieurs fois avec quelque confiance que les Hollandois ont tout gâté, qu'on pouvoit bien faire d'autres progrès dans l'Empire & ailleurs ; mais puisque Messieurs les Etats ont pris une résolution qu'il ne loûera jamais, il faut se contenter, & qu'en son particulier il y trouvera aussi son compte m'ayant laissé entendre qu'on parle de le marier avantageusement pour sa fortune.

Eclaircissement sur les bruits que les Espagnols répandent pour brouiller les Couronnes.

Tant-y-a que l'intelligence est parfaite entre nous, & que nous avons déclaré de concert aux Impériaux & aux Bavarois la résolution des deux Couronnes en l'affaire Palatine. Le Sieur Krebs en est ravi de joye, & en raporte sensiblement tout le gré & tout le merite à leurs Majestez, avec protestation que Monsieur l'Electeur de Baviére ni ses Enfans ne perdront jamais le souvenir d'un si grand bienfait : ledit Sieur Krebs lui a mandé qu'il doit tout à la France. Les Impériaux ne sont pas si contens de cette déclaration, non que pour moi je m'en sois aperçu ; mais Monsieur Oxenstiern a remarqué qu'ils en furent surpris, & dit que Wolmar n'a su depuis en celer son déplaisir & sa jalousie : c'est aussi le bruit de l'Assemblée.

Les deux Couronnes déclarent aux Impériaux & aux Bavarois leur résolution sur l'affaire Palatine.

Les Impériaux sont surpris de cette déclaration.

Les cinq nouvelles demandes de la Suéde au préjudice du Traité fait avec l'Electeur de Brandebourg, qui sont réduites à deux, mais fort mal aisées à obtenir, l'une de quelques Bailliages & terres qu'elle veut avoir, dans ce qui a été laissé à ce Prince, l'autre est pour les donations faites aux Officiers de l'armée, lesquels ont desiré avoir lieu encore après la Paix. Toutes deux se trouvent décidées dans ledit Traité, & toutefois la Reine de Suéde me les a fait recommander soigneusement par Monsieur Chanut : je verrai ce qui se pourra faire suivant l'expédient proposé par le Mémoire de la Cour du vingt-neuviéme Mars, qui est la seule voye d'en venir à bout, s'il y en a quelqu'une, & d'en tirer même profit en autres choses, pour l'avancement de la Paix. Je suis tout plein de cette pensée qui m'a saisi pour en parler comme il faut, & ne laisserai perdre les occasions de m'en prevaloir.

Touchant les cinq nouvelles demandes de la Suéde.

Le bon état auquel est présentement le Traité de Paix dans l'Empire, & la bonne disposition où je vois les Plénipotentiaires de Suéde, m'a fait différer l'exécution de ce qui m'est ordonné en cas de besoin : je n'ai pas aussi trouvé Monsieur Salvius bien préparé pour une telle confiance, & il m'a paru même à ce voyage (mais encore un peu confusément) qu'il voudroit porter les affaires en longueur. Cependant je n'ai pas laissé d'informer amplement Monsieur Chanut des choses que j'ai dites à Monsieur Oxenstiern le lendemain de mon arrivée en cette Ville, & d'une partie de ce qui est contenu aux Mémoires des quinze, &

Bon état de la Négociation.

Il informe de tout Monsieur Chanut afin qu'il dispose la Reine

vingt

de Suéde à ce qu'on deſire.

vingt-deux, afin qu'il ſoit prêt à tout événement, & qu'il ait le loiſir de diſpoſer la Reine de Suéde à ce qu'on deſire, en conformité de ces ſentimens & de ſes intérêts : mais je l'ai prié de n'en pas faire d'inſtance au Sénat, ni aux principaux Miniſtres, juſques à ce que je lui écrive la ſemaine prochaine quel train aura pris cette Négociation. Si la Paix ſe peut faire par les moyens ordinaires, & ſans effort, ni autorité, ce ſera le meilleur, ſinon nous employerons les armes que l'on nous met en main qui ne peuvent être en telle occaſion ni plus juſtes ni mieux juſtifiées; & je perſévére en ma croyance que ce ſera auſſi ſans aucun péril, vû même que la Reine de Suéde a avoué à Monſieur Chanut que la demande des Evêchez de Minden & Oſnabrug, & autres choſes ſemblables ſe fait par ſes Ambaſſadeurs ſans qu'ils en ayent ordre précis, & qu'elle n'entend pas continuer la Guerre pour ce ſujet.

Ils ſont perſuadez de la ſincérité de Trautmansdorff.

Monſieur de la Court & moi ſommes tout à fait perſuadez que le Comte de Trautmansdorff nous a parlé ſincérement ſur les affaires qui reſtent avec les Suédois & Proteſtans. Nous avons commencé par une ſollicitation en leur faveur, l'exhortant pour le bien de la Paix de leur accorder tout ce qui lui ſeroit poſſible ſans charge de Conſcience, & que ſi après cela il refuſoit hautement & conſtamment ce qu'il croit ne pouvoir accorder en ces matieres de Religion, nous declarerions enſuite aux Plénipotentiaires de Suéde que la France ne fera pas la guerre à l'Empereur pour telle choſe, mais qu'auparavant que nous engager à cette déclaration, je deſirois qu'il me donnât formellement ſa parole, qu'il ne ſe ſervira pas contre nous d'une aſſiſtance qu'il a recherchée avec tant de ſoin, & qu'il tiendra ferme dans la réſolution qu'il aura une fois priſe.

Après un grand remerciment de cette offre, il a dit ſans héſiter qu'il nous engageoit ſa foi & ſon honneur qu'il n'en abuſeroit pas, & qu'il n'y auroit perſonne au monde qui fût capable de lui faire commettre un tel manquement; mais que pour la fermeté il ne s'y obligeoit qu'autant que les forces de l'Empereur le pourroient ſoutenir, qu'autrement ce ſeroit imprudence & témérité; que le Traité fait à Ulm les ruine entiérement, & leur ôte plus de troupes que le Roi n'en a en Allemagne, & qu'ainſi quand Sa Majeſté les retireroit, les Impériaux ſeroient encore beaucoup plus foibles que les Suédois.

L'Empereur & les Catholiques Romains preſſent le Duc de Baviére de ſe joindre à eux pour maintenir la Religion.

Il ajoûta en grand ſecret que l'Empereur & tous les Princes Catholiques dépêchent au Duc de Baviére, pour le preſſer de ſe joindre à eux pour la défenſe de la Religion qui s'en va périr en Allemagne ſi la Guerre dure; que s'il le fait ledit Sieur de Trautmansdorff ne cédera plus rien de l'Egliſe, ſinon il ſera forcé d'abandonner tout; que cependant il feroit bonne mine de vouloir conſerver & nous conjuroit trèsaffectueuſement de le ſeconder.

Il promit en outre de nous avertir de bonne heure ſi la néceſſité des affaires l'obligeoit à ſe relâcher; afin de pouvoir régler notre conduite ſur la connoiſſance que nous en aurons avant qui que ce ſoit.

Fait à Oſnabrug le huitiéme Avril 1647.

A MONSIEUR

CHANUT.

Le huit Avril 1647.

Il le loue de ſon adreſſe à négocier. Il loue la Reine de Suéde. Difficulté de changer le Traité conclu avec Brandebourg. Il fera ce qu'il pourra pour donner quelque contentement aux Officiers de l'Armée de Suéde. Il s'employera pour les intérêts du Landgrave Frédéric. Les Suédois travaillent pour faire avoir l'Evêché d'Oſnabrug, aux Proteſtans. Ses ſcrupules pour l'aliénation des Egliſes & des Bénéfices. Il doit voir premiérement la Reine & tâcher de s'aſſurer d'elle. La France a pleinement accompli le Traité d'Alliance avec la Suéde. Elle a procuré pluſieurs avantages aux Etats de l'Empire. Elle ne veut pas faire la Guerre pour ce qui regarde la Religion en faveur des Proteſtans. Elle veut proteger la Religion Romaine. Il doit lui repréſenter l'état de la France qui aura doresnavant l'Eſpagne ſur les bras. Les Hollandois veulent la Paix. Il a reproché aux Suédois qu'ils ne tiennent pas leur parole après leur ſatisfaction. Bonnes intentions de la France pour les Etats de l'Empire. Il vaudroit mieux pour la Couronne de Suéde que le Traité de l'Empire prévînt celui d'Eſpagne. La ſatisfaction de Madame la Landgrave ſera bientôt réglée. Il s'employera pour le payement de l'Armée de Suéde; il peut en aſſurer la Reine.

MONSIEUR,

LE voyage que j'ai fait à Munſter m'a obligé d'interrompre la correſpondance particuliére que j'avois eue avec vous, n'y ayant que ce lieu qui la puiſſe autoriſer. A préſent que

1647.

me voici de retour, je prends très-volontiers la plume pour m'entretenir un commerce qui m'est devenu nécessaire, tant vos Lettres me donnent de clarté pour conduire les choses à la Paix, & de force pour repousser les violences que l'on me fait contre la Religion. Je vous remercie, Monsieur, du secours que je reçois si abondamment de votre adresse à négocier, & à découvrir les sentimens de delà, de votre assiduité à m'écrire, & de la créance que vous vous êtes acquise auprès de la Reine de Suéde.

Il le loue de son adresse à négocier.

Plût à Dieu que les Ambassadeurs voulussent régler leur Traité par cette droite raison dont elle fait si bien l'usage; car sans flatterie elle juge nettement de toutes choses; & ce que je regarde avec plus de respect, c'est qu'en un âge qui permet tout aux esprits les mieux réglez, dans le merite de sa personne qui seroit capable de ratifier d'une volonté absolue, & dans cette élévation de naissance & de fortune, qui peut tromper les plus sages têtes, elle prend soin d'ajuster ses desirs à la raison, & à la possibilité. Enfin je suis prêt de servir en tout ce qu'il lui plaira me commander; & s'il s'y rencontre des difficultez, au moins il n'y a point d'injustice, ni de contravention à l'Alliance.

Il loue la Reine de Suéde.

Il sera sans doute bien mal aisé de faire changer les conditions d'un accommodement conclu, signé, & déposé entre les mains d'un tiers, &, qui plus est, confirmé par le Traité de la satisfaction de Suéde duquel il fait partie : mais je ne laisserai pas auprès des Ministres de Brandebourg & ailleurs, de chercher les moyens de donner quelque contentement aux Officiers de l'Armée; car pour les terres que le Sénat desire, je ne vois pas lieu de les obtenir, & s'il vous plaît de jetter les yeux sur la Carte, vous verrez qu'avec Damgrif, Saniaghe, & Golnow, les Suédois ont plus qu'il ne faut pour la sure & entiére possession de toute la Riviére, & de tout le rivage de la Mer.

Difficulté de changer le Traité conclu avec Brandebourg.

Il fera ce qu'il pourra pour donner quelque contentement aux Officiers de l'Armée de Suéde.

Quant à l'intérêt du Landgrave Frédéric, quoi que sa donation cesse par la Paix, il faudra essayer de satisfaire au desir de la Reine; & je vous suplie d'assurer Sa Majesté que je ne m'y épargnerai pas : j'en ai déja entretenu Monsieur Salvius afin de concerter ensemble par quelle voye nous devons terminer cette affaire, mais je n'en ai pas tiré grande assistance non plus que sur les deux autres.

Il s'employera pour les intérêts du Landgrave Frédéric.

Cependant vous jugez bien qu'en telles demandes qui paroissent nouvelles & qui n'ont rien de commun avec les intérêts de la France, ce n'est pas à nous à parler les premiers. Toute son aplication présente & tous les soins de son esprit tendant à faire avoir l'Evêché d'Osnabrug aux Protestans, aussi bien que celui de Minden : je lui ai montré confidemment ce que vous m'en écriviez par deux Dépêches consécutives, & je me suis privé jusques à cette heure d'une si bonne défense envers son Collegue, pour le respect que je dois à la Reine de Suéde, & à la part qu'elle vous donne en sa confiance. Mais cette communication n'a pas changé le dessein de Monsieur Salvius, il voit que la France & la Raison s'y opposent, & que la Suéde n'en a point donné d'ordre prefix; que la Reine sa bonne Maitresse vous l'a ainsi déclaré; & toutefois il s'y attache opiniâtrément, & avec plus de passion que pour aucune autre affaire. Il ne compte pour rien le tacite consentement de la France, & l'aliénation perpétuelle de l'Evêché de Bremen, & de l'Evêché de Verden, & la suppression des dix Canonicats Catholiques en l'un & l'autre Chapitre, d'une Eglise Collégiale qui est toute Catholique, & de quatre Abbayes, dont la meilleure lui a déja été donnée par la Reine : & il ne songe plus qu'à en chasser les Moines & les Prêtres avec une piéce de pain pour le reste de leurs jours.

Les Suédois travaillent pour faire avoir l'Evêché d'Osnabrug aux Protestans.

1647.

Ses scrupules pour l'aliénation des Eglises & des Bénéfices.

Je souhaite de tout mon cœur qu'il plaise aussi à Dieu ne mettre pas cela sur nos comptes, ou en faire le châtiment à la mesure du gré & de l'avantage que nous en recevons : ces Messieurs n'estiment pas plus d'avoir enfin obtenu par notre connivence que l'on va convertir à l'usage des Protestans les Eglises, & les biens de trente Chapitres ou Monastéres Catholiques dedans le Wirtemberg sans en avoir excepté un seul; ils ne considérent pas de quel éclat & de quel préjudice sera pour de si bons Alliez, qu'on voye bannir tout à coup tant de personnes Religieuses, & tant de Communautez Ecclésiastiques en vertu d'un Traité fait avec la France, & que ce soit le fruit de ses victoires. Vous diriez que l'on n'a pris les armes & fourni tant de millions que pour planter leur Secte où elle n'est pas reçue. Quand il faudroit remettre toutes choses en l'état de mil six cens dix huit, ce qui est absurde, puisque du consentement des deux Assemblées on se doit régler sur le pied de mil six cens vingt-quatre, leur prétention d'Osnabrug se trouveroit sans aucun fondement, car alors & toujours le Chapitre a eu droit d'élire l'Evêque, & ainsi par leur propre aveu, il ne pourroit être contraint de faire élection d'un Lutherien. Je vous exhorte en cette nécessité de l'Eglise, & vous prie de remontrer efficacement par delà, que les Impériaux ayans accordé la satisfaction des Couronnes, & tant de choses en faveur des Protestans, & même l'Evêché de Minden, quoi que nommément excepté par la Convention faite sur ce sujet entre les Plénipotentiaires de France & de Suéde, & le Comte de Trautmansdorff déclarant hautement qu'il ne passera pas outre, il ne seroit pas juste de continuer la Guerre pour un si petit intérêt. Je crois que vous trouverez à propos de voir premiérement la Reine & vous assurer de ce côté-là, afin que nos Conseils étans conformes aux siens en ce qui touche la Paix, elle ne permette pas qu'une si sainte intention & si nécessaire à l'affermissement de son autorité soit éludée de cette sorte : vous pouvez dire que c'est sur ce fondement que Sa Majesté veut la Paix, & vous a témoigné ci-devant quelque desir d'y être assistée.

Il doit voir premiérement la Reine & tâcher de s'assurer d'elle.

L'on vous a donné ordre de la Cour de faire entendre à ses principaux Ministres, & au Sénat même, si elle le juge à propos, que la France ayant pleinement accompli l'Alliance qui ne contient aucune obligation de ne pas faire la Paix, sinon en cas que la Couronne de Suéde ne fût pas satisfaite, & ayant même procuré aux Etats de l'Empire plus de sureté, de Dignité & d'autres avantages, qu'ils n'eussent osé espérer, elle n'est plus en état de continuer la Guerre pour le plus ou le moins, en des choses qui ne regardent pas la liberté Germanique, & qui sont purement de Religion; vû même que ce point est réservé très-expressément par tous les Traitez; que nous pretendons les observer ponctuellement, & que comme nous étions tenus de ne rien conclure que la satisfaction de Suéde ne fût ajustée à son contentement; sur quoi plutôt que d'y manquer l'on auroit tout hazardé, & engagé en France pour continuer la Guerre plus vivement que jamais : aussi maintenant que ladite satisfaction est arrêtée avec de si notables avantages, & que la Suéde a pu reconnoître avec quelle passion & franchise, quelle fermeté & quelle efficace,

La France a pleinement accompli le Traité d'Alliance avec la Suéde.

Elle a procuré plusieurs avantages aux Etats de l'Empire.

Elle ne veut pas faire la Guerre pour ce qui regarde la Religion en faveur des Protestans.

nous

1647.

nous avons contribué à la leur faire obtenir telle ; il ne seroit pas juste qu'elle prétendît engager la France à continuer la Guerre dans l'Empire pour d'autres intérêts particuliers, d'autant plus que les Protestans se voulans mettre à la raison, nos Parties relâchent déja assez pour nous donner lieu & moyen de les contenter : que les Ambassadeurs de Suéde doivent d'autant moins nous presser avec l'ardeur qu'ils font sur ces matiéres, qu'ils savent fort bien que nous n'y sommes pas obligez ; & qu'au contraire en ce qui concerne la Religion nous avons toujours expressément stipulé en tous les Traitez, comme il a été dit ci-dessus, que nous agirons en faveur de la Catholique, &

Elle veut proteger la Religion Romaine.

pour la conserver en tous les lieux de conquêtes, au même état qu'elle s'y trouveroit, & avec les mêmes avantages & prérogatives. En outre que la France n'est plus en état de soutenir la dépense excessive qu'elle a faites jusqu'à cette heure, non seulement pour conserver notre armée en Allemagne, mais pour l'augmenter, afin qu'elle se maintînt continuellement en état d'agir & de faciliter les progrès des armes de Suéde : ce qui est si vrai que tant de frais que nous avons faits & tous les travaux, fatigues, & périls de notre armée dans la Campagne passée, où il nous fallut surmonter tant d'obstacles pour faire la jonction, & depuis dans cet hiver, n'ont eu d'autre effet que de procurer à la Couronne de Suéde une satisfaction à son contentement ; puisque leurs Majestez ont bien voulu que tous les bons succès que ses armes ont eus, ayans occupé plusieurs Places importantes, & des Païs de grande étenduë, servissent à faire avoir à leurs Alliez une plus ample satisfaction, mais non pas à prendre rien pour la France au delà de ce qui avoit été accordé par les Impériaux au commencement de la Campagne. De plus que la

Il doit lui représenter l'état de la France qui aura doresnavant l'Espagne sur les bras.

Couronne manquant de moyens de faire la Guerre aussi puissamment qu'elle a fait jusques ici, & étant obligée néanmoins d'accroître plutôt ses armées & de faire de plus grands efforts que par le passé contre l'Espagne, qui n'est qu'avec trop de fondement persuadée de pouvoir nous jetter de l'embaras sur les bras outre les forces ordinaires, & celles qu'elle avoit accoutumé d'opposer à l'armée de Messieurs les Etats ; nous devons songer à nous prévaloir des troupes que nous avons en Allemagne & de l'argent qu'il nous falloit pour les Alliez & pour le payement de ladite armée, afin de pouvoir mieux résister à un Ennemi si puissant que le Roi d'Espagne, dont les affaires se trouvent en meilleur état qu'elles n'ont été depuis quelques années, à cause du Traité que ses Ministres & les Députez de Hollande ont signé, qui produira tout au moins que Messieurs les Etats ne mettront point cette année en campagne. Davantage l'acheminement de l'Archiduc Léopold en Flandre avec des troupes, & la marche du Duc Charles vers l'Archevêché de Trêves & le Rhin, où nous avons tant de postes sur lesquels il peut avoir dessein, nous forceront de rappeler à la hâte Monsieur le Maréchal de Turenne pour remédier à l'un & à l'autre de ces inconvéniens, dont nous sommes menacez : & à la vérité ce seroit une condition bien rude que la nôtre, si la Couronne de Suéde, non pas pour se défendre, mais pour faire des progrès à profiter d'une bonne conjoncture, a pu ci-devant & sans nous en dire un seul mot abandonner la Guerre contre l'Empereur pour en commencer une nouvelle contre le Roi de Dannemarck, qu'elle a con-

Tom. IV.

tinuée jusques à ce qu'elle en a raporté par la médiation de la France même tout ce qu'elle a su desirer ; nous laissant cependant exposez à soutenir seuls les efforts de toutes les armes de l'Empire ; & qu'à nous il ne fût pas permis après avoir effectivement fait accorder par l'Empereur tout ce que la Reine a pu prétendre pour sa satisfaction, qui est le principal point de la Paix en Allemagne, il ne nous fût, dis-je, pas loisible de prendre aucun parti, ni de songer à nous servir pour notre défense des forces que nous avons en Allemagne, & qui n'y sont pas nécessaires, la Trêve étant arrêtée entre les deux Couronnes & Baviére.

En effet les ayant mis en état par cette Trêve non seulement de résister seuls pendant quelque temps aux forces de l'Empereur, mais de lui pouvoir donner la loi, ils ne doivent pas trouver mauvais que nous prenions cette occasion pour remédier ailleurs à des inconvéniens trèsgrands qui nous menacent.

Il leur sera aussi beaucoup plus avantageux que nous soutenions par cette voye les affaires du Roi contre l'Espagne, que si par complaisance & pour adhérer à l'ardeur demesurée qu'ont Messieurs les Etats de faire promptement la Paix à quelque condition que ce soit, nous sortions d'affaire désavantageusement avec le Roi Catholique, qui par ce moyen seroit en état de relever celles de l'Empereur avec de puissans secours qu'il lui pourroit envoyer des Païs-Bas & d'Italie, il pourroit même engager plusieurs autres Princes par le prétexte de la Religion qu'on leur représenteroit opprimée par les armes Suédoises, qui aujourd'hui n'oseroient prendre ce parti à cause de la division qui est entre les deux Couronnes.

Les Hollandois veulent la Paix.

Il vous plaira parler de ce que dessus non comme d'une affaire à mettre en délibération, mais comme d'une résolution bien juste que vous avez ordre de communiquer pour entretenir la bonne correspondance.

J'ai reproché à Messieurs Oxenstiern & Salvius ce qu'ils nous ont souvent protesté, que la satisfaction des Couronnes étant une fois ajustée, les autres affaires n'arrêteroient pas la conclusion de la Paix : vous pouvez ajouter que Sa Majesté s'est plainte vivement à nous que nous l'en eussions assurée si positivement par plusieurs de nos Dépêches, & qu'à présent on voye que lesdits Ambassadeurs tiennent un procédé tout contraire.

Il a reproché aux Suédois qu'ils ne tiennent pas leur parole après leur satisfaction.

J'ai témoigné ici par ordre du Roi comme il est bien véritable que nous serions ravis de procurer encore de plus grands avantages aux Princes de l'Empire, mais que le desir & le soin absolu que nous avons de la Paix d'Allemagne, pour les raisons qui ont été touchées, ne nous permettent pas de contester plus long-tems sur des points de si peu de conséquence, au respect du repos public de l'Empire, qui vrai-semblablement sera suivi de celui de toute la Chrétienté. Il est à considérer qu'entre le peu d'importance de ce qui reste à vuider, la France ne s'y est jamais obligée par aucune clause des Traitez : la plus favorable aux Protestans, quoi qu'en effet ce n'est qu'une marque de notre bonne volonté, qui n'est accompagnée d'aucun terme obligatoire, est celle du Traité de Wismar, par laquelle il est dit que *scopus publicus Belli*, doit être le rétablissement des choses en l'état qu'elles étoient dans l'Empire l'an 1618. Ces trois mots Latins sont assez signifians, ce me semble, & dignes de la prudence de Monsieur le Chancelier Oxenstiern qui a couché cet Article : mais donnons-leur le sens, & toute l'é-

Bonnes intentions de la France pour les Etats de l'Empire.

H 2   tenduë

1647.

tenduë qu'on veut leur donner aujourd'hui, toujours seront-ils bornez aux terres & intérêts des Etats de l'Empire, & ne nous obligent pas de donner la loi à l'Empereur jusques dans ses Païs héréditaires; cependant c'est un des points qui retardent la Paix, l'on veut avoir l'exercice de la Religion Luthérienne dans l'Autriche, en Bohême, & Moravie, & c'est en quoi le feu Roi ni aucun de ses Ministres ne songea jamais, quand l'Alliance fut faite, non plus qu'à employer les forces & finances de son Royaume pour chasser à perpétuité l'Evêque & les Catholiques de ce Diocèse.

Si Messieurs de Suéde disent qu'ils veulent donner cette assistance à ceux de leur Religion, outre qu'ils ne peuvent pas nous y engager, contre la teneur des Traitez, ils doivent beaucoup considérer davantage l'intérêt d'un grand Roi & puissant Allié qui leur représente confidemment qu'il a besoin de ces troupes d'Allemagne, maintenant que leur satisfaction est accordée, pour être en état de s'opposer aux grands préparatifs que les Espagnols font de tous côtez pour tomber sur nos bras avec toutes leurs forces, dans l'assurance qu'ils croyent avoir que Messieurs les Etats ne mettront point en Campagne cette année, comme il n'y a que trop de sujet de l'apréhender; la Province de Hollande qui est la plus puissante ayant déclaré aux autres qu'elle ne le peut ni ne le veut.

Monsieur Oxenstiern est demeuré d'accord avec moi de cette nécessité de retirer l'armée de Monsieur le Maréchal de Turenne, & il a bien compris aussi que l'on ne pouvoit plus faire remettre de grandes sommes d'argent en Allemagne, quoi que j'en aye dit peu de chose, pour leur épargner le dégout qu'ils en auroient reçu infailliblement. Il ne sera donc pas besoin d'apuyer beaucoup là-dessus, mais bien faire grande instance qu'ils ayent ordre de conclure la Paix sans plus de délai si elle n'est concluë avant que je reçoive votre réponse.

Deux grandes raisons les y obligent s'ils ne veulent exposer le prix de tant de sang & de travaux à un péril assez considérable : la premiére est que n'étant revenu à Osnabrug, que sur le refus que les Plénipotentiaires d'Espagne, ont fait d'accorder une cessation d'hostilitez pour un an dans le Portugal, qui est la seule difficulté qui reste entr'eux & nous, je viens présentement de recevoir une Lettre de Monsieur le Duc de Longueville datée de ce matin, par laquelle il me prie & me presse de retourner à Munster pour achever le Traité avec les Espagnols; puisque Messieurs les Médiateurs lui ont fait connoître que le Comte de Peñaranda est résolu de passer outre. Cette Paix une fois concluë, les Impériaux reprendront vigueur, & il est bien assuré qu'il vaudroit mieux pour la Couronne de Suéde que le Traité de l'Empire prévint celui d'Espagne.

Il vaudroit mieux pour la Couronne de Suéde que le Traité de l'Empire prévint celui d'Espagne.

L'autre raison est qu'outre la satisfaction des Couronnes, & les notables avantages qu'on a remportez pour le parti Protestant, nous avons terminé ces jours-ci la cause Palatine, ensorte que l'Electorat avec toutes ses prééminences, & le haut Palatinat entier, demeurera à la Maison de Baviére & à la ligne de Guillaume, moyennant quoi le bas Palatinat sera restitué au Prince Palatin avec la huitiéme & derniére place dans le College Electoral : & de plus il lui sera fourni quatre cens milles Risdalles pour une partie de l'appannage qu'il doit à ses quatre fréres puinez.

La satisfaction de Madame la

La satisfaction de Madame la Landgrave ne peut manquer, nous avons déja parole de la plus grande partie de ce qu'elle prétend de la succession litigieuse, & de six cens mille Risdalles pour les frais de la Guerre : il ne reste donc plus que le payement de l'armée de Suéde; c'est là où il s'agit du véritable intérêt & de la réputation même de Sa Majesté; il la faut servir comme nous ferions le Roi notre Maître, je vous prie de l'en bien assurer.

1647.
Landgrave sera bientôt réglée.
Il s'emploiera pour le payement de l'Armée de Suéde; il peut en assûter la Reine.

Tout ce que dessus est conforme aux ordres de la Cour, & tiré en partie des derniers Mémoires que j'en ai reçus : mais voyant les affaires si avancées & ne pouvant me persuader que Messieurs les Ambassadeurs de Suéde s'opiniâtrent à la demande de l'Evêché d'Osnabrug, & à l'exercice de la Religion Protestante en Autriche, il seroit peut-être à propos de n'en pas faire encore grand bruit, jusques à ce que vous sachiez par le prochain Ordinaire comment les choses se feront passées. Vous pourrez toujours, s'il vous plaît, disposer l'esprit de la Reine en lui faisant connoître que l'on adhére en France à ses sentimens & à ses intérêts. Que si vous jugez qu'il n'y ait point de péril à passer outre & à déclarer le contenu en cette Dépêche, sans aucune plainte ni même chaleur, je le laisse à votre prudence qui peut suffire à un discernement plus difficile & résoudre de plus grands doutes. Je suis &c.

A MONSIEUR

le Duc de

LONGUEVILLE,

A Osnabrug le 9. Avril 1647.

Il seroit déja parti pour Munster selon ses ordres si les Suédois & les Protestans n'avoient changé de conduite.

MONSEIGNEUR,

LA Lettre dont il a plû à votre Altesse m'honorer le huit, m'a donné une grande joye. Je partirai le plus promptement qu'il me sera possible; je dirois dès demain, si le bruit de cette nouvelle qui a été écrite ici par plusieurs personnes, n'avoit déja fait remarquer du changement en la conduite des Suédois & des Protestans. Chacun me prie par deçà de ne pas quitter l'Assemblée dans une conjoncture si favorable; c'est à vous, Monseigneur, de m'ordonner ce que vous jugerez plus nécessaire. Je n'ai rien écrit en France sur ce sujet, attendant vos ordres, je demeure &c.

Il seroit déja parti pour Munster selon ses ordres si les Suédois & les Protestans n'avoient changé de conduite.

A MON-

A MONSIEUR
CHANUT.

A Ofnabrug le 15. Avril 1647.

Inconstance d'Oxenstiern. Il tàche de le mettre à la raison. Les Suédois & les Protestans travaillent pour avoir un Empereur Luthérien. Il refuse de payer le subside à la Suede parce qu'il ne tient qu'à eux de conclure la Paix. Sa conduite pour les réduire à la raison. Il dit aux Protestans qu'il ne s'oppose point à leurs prétentions ; qu'il seroit bien aise qu'ils réussissent, mais qu'il avoit ordre de s'opposer à ce qui retarde la Paix. Il declare que la France ne peut plus envoyer de troupes ni d'argent en Allemagne en ayant affaire ailleurs. Les Protestans lui demandent encore deux ou trois jours pour agir auprès des Impériaux; il y consent. Trautmansdorff refuse. Il attendra leur résolution jusques au lendemain, après quoi il partira pour Munster aussi bien que Trautmansdorff. Il espére d'y conclure le Traité avec l'Espagne.

MONSIEUR,

Inconstance d'Oxenstiern.

Monsieur Oxenstiern n'est pas celui de la semaine passée, il trouve à dire à tout, il s'atache plus que jamais non seulement aux Griefs des Protestans, mais à tous ceux qu'on lui présente : vous diriez qu'il est assis sur le trône pour juger les douze Tribus d'Israël, il veut faire revenir le temps d'Auguste, ou tout au moins celui de Rudolphe & de Matthias. Voilà son dessein présent, la satisfaction de Suéde n'est pas ajustée s'il l'en faut croire, il y manque beaucoup de choses sans dire quoi, & le lendemain Monsieur Salvius explique l'oracle; c'est qu'il faut faire céder à Brandebourg quatre Bailliages de ceux qu'on lui a laissez, maintenir les donataires en la possession de tout ce que la Couronne de Suéde leur a donné dans la Poméranie, qui doit demeurer à l'Electeur, faire contenter la Maison de Brunswick & de Meckelbourg, le Duc de Holstein, l'Archevêque de Bremen, les Bourgeois d'Osnabrug, & cent Particuliers qui ont autrefois perdu quelques procès justement ou injustement, il suffit d'être Luthérien devant le Tribunal de Monsieur Oxenstiern pour avoir raison. Je crois bien qu'enfin ces choses là n'empêcheront point la Paix, mais je puis assurer qu'elle en sera beaucoup retardée, & que la neutralité de Baviére a rendu cette Négociation ici très-difficile ; les Ambassadeurs de Suéde n'en font point la petite bouche. Quand je leur remontre l'excès de leurs demandes ou l'incompétence de ces deux Assemblées en certain cas, ou les miséres de la Chrétienté qui soupire après cette Paix, voire même si j'allégue le besoin que le Roi en a; ils opposent à toutes ces considérations la foiblesse de l'Empire, maintenant qu'il est privé de l'assistance du Duc de Baviére. Monsieur

Il tàche de le mettre à la raison.

Oxenstiern faisoit derniérement son compte en cette sorte; l'Electeur de Saxe est neutre, ceux de Baviére & de Cologne font neutres, le Duc de Neubourg est neutre, les autres Provinces ou Etats Catholiques ne font pas armez, l'Empereur seul n'est pas bastant contre nous, & contre les Hessiens : qui nous résistera donc ? Qui nous empêchera d'avoir encore l'Evêché d'Osnabrug, ou tout ce que nous voudrons en choses si importantes à la réputation & à la Religion de notre Reine ? Je répondis que la raison & l'Alliance leur résistent, & que luimême l'avoit si bien reconnu, qu'il étoit demeuré d'accord avec tous les Plénipotentiaires de France de ne demander ni Minden ni Osnabrug. Vous m'alleguez toujours cela, repondit-il, c'est une parole qui fut bien dite autrefois, mais elle n'est plus de saison, les choses font changées. Je le priai de considérer d'où vient ce bon état des affaires d'Allemagne, & si la France y ayant tout contribué par une si pénible marche & une si longue jonction de son armée pour les seuls intérêts de la Suéde, il seroit raisonnable de se prévaloir du succès contre nous-mêmes, & de revoquer une promesse qu'il nous a faite en conformité des Traitez. Cela ne le toucha guére au prix de la facilité qu'il voit à tout entreprendre, & à tout oser; il passa même jusqu'à dire, que le Roi n'ayant point voulu être Protecteur de l'Empire, comme est aujourd'hui la Reine de Suéde, il n'a point d'intérêt en ce qui s'y passe, & que si les Protestans demandoient des Evêchez de France, c'est alors que nous pourrions parler. Je lui remontrai qu'il ne prenoit pas garde qu'il faisoit le procès à la Mémoire du feu Roi son Maître, & qu'il condamnoit toute la conduite de Suéde, & l'Alliance qu'elle a avec la France; parce qu'il importe extrêmement aux Princes & Royaumes voisins de maintenir la liberté Germanique, & que cette liberté ne comprend pas moins les Etats Catholiques, que les Protestans; que pour rendre ce soin & cet intérêt légitimes, il n'est besoin d'être Vassal de l'Empire; & qu'en outre par les Traitez faits avec la Couronne de Suéde, nous avons droit de prétendre que la Religion Catholique, & les biens & revenus des Eglises soient conservez, qu'autrement ils pourroient aussi demander l'Archevêché de Mayence, ou celui de Trêves. Pourquoi non, repliqua Monsieur Oxenstiern, il n'y a rien qui ne se puisse faire avec le tems, & si la Guerre continue, l'Empereur sera bien contraint de les accorder. Monsieur Salvius ne fut pas moins surpris de cette audace que moimême, & interrompit deux fois son Collegue pour dire que la France avoit raison de presser la conclusion du Traité de Paix, & que c'étoit

aussi

auſſi le ſentiment de la Suéde : cependant on voit l'eſprit de ces Meſſieurs; car il n'y a autre différence entr'eux en matière de Religion, ſinon que les uns diſent ce que les autres penſent. Je crus néanmoins qu'il ne falloit laiſſer Monſieur Oxenſtiern dans une ſi vaine penſée, & lui dis en riant que lorſque les Proteſtans ſeront Maîtres de ces deux Archevêchez & Electorats, le Roi n'aura plus qu'à choiſir entre la Confeſſion d'Auſbourg ou l'Inſtitution de Calvin.

J'ai mandé ci-devant à la Cour, que les Suédois & Proteſtans travailloient par avance à diſpoſer toutes choſes enſorte que la Couronne Impériale puiſſe tomber ſur une Tête Luthérienne; je le confirme à préſent & avec plus de certitude, car il s'eſt tenu un Conſeil fort ſecret entre les Ambaſſadeurs de Suéde & les Principaux de cette Aſſemblée, où après ſerment de ne rien révéler, il a été délibéré des moyens pour faire enſorte, que celui qui épouſera la Reine de Suéde, ou qui ſuccédera au Royaume étant deſormais un des Princes de l'Empire, ſoit élu Empereur ou Roi des Romains. L'avis eſt très-aſſuré, mais je n'en ai pu ſavoir davantage, ni quelles voyes l'on a réſolu de tenir pour arriver à ce beau deſſein.

Tant de longueurs & de difficultez que les Ambaſſadeurs de Suéde aportent au Traité de Paix, m'ont obligé enfin de leur dire par ordre du Roi ce que je vous écrivis la ſemaine paſſée, & j'eſtime, Monſieur, que vous faſſiez la même déclaration, & les mêmes inſtances. Monſieur Oxenſtiern voulut blâmer la réſolution de Sa Majeſté, & l'imputer à des intérêts particuliers; il témoigna grande jalouſie de ce qu'on veut faire la guerre aux Eſpagnols, où la France ſeule peut profiter, & qu'on hâte la Paix d'Allemagne où les Suédois ont beau jeu : il ne dit pas cela ſi ouvertement, mais il le fit fort bien entendre. Nous l'embaraſſames pourtant au dernier point, quand nous nous ſervimes de la Guerre de Dannemarck & de leur propre exemple pour lui faire voir l'injuſtice de ces plaintes; auſſi fut-il abandonné de ſon Collegue qui ne trouva rien à redire à la réſolution que l'on a priſe, & avoua que Sa Majeſté ne peut quaſi faire autrement, à cauſe de la conduite des Provinces-Unies. Il m'interrogea ſeulement avec un peu de ſoin, ſi l'on ne payera pas le ſubſide, au moins encore un terme. Je dis que non ſans héſiter, & qu'il ſe pouvoit ſouvenir qu'il nous avoit fait la même inſtance il y a ſix mois, enſuite de laquelle l'argent fut remis à Hambourg ſur ce que la ſatisfaction de Suéde n'étoit pas encore accordée : mais qu'à préſent il ne tenoit qu'à eux de conclure entiérement la Paix.

Avant que de leur parler nettement de cette ſorte, j'ai attendu qu'ils euſſent employé tous leurs ſoins pour obtenir ce qu'ils déſirent; je me ſuis contenté de leur remontrer de fois à autre depuis neuf ſemaines, qui eſt la datte du Traité concernant la ſatisfaction de Suéde, que ce point-là étant vuidé il y a longtems, la France n'eſt plus obligée à continuer la guerre pour d'autres petits intérêts, & que ſes affaires n'y ſont pas diſpoſées. J'ai dit auſſi aux Députez Proteſtans qui me ſont venus trouver en grand nombre, que je ne m'oppoſois point à telle ou telle prétention qu'ils pouvoient avoir, & qu'au contraire l'on ſeroit bien aiſe en France qu'après leur avoir procuré beaucoup d'avantages ils en reçuſſent encore de plus grands; mais que j'avois ordre de m'opoſer à ce qui retarde la Paix : ils m'ont remercié de cette réponſe & demandé du tems pour en pourſuivre l'effet; j'en

ſuis demeuré d'accord. Ils ont fait auſſitôt une Députation vers le Comte de Trautmansdorff, lui ont déclaré que l'Ambaſſadeur de France ne s'oppoſe point à leurs deſirs; mais ils ont jugé à propos de taire l'autre partie de ma réponſe. Le Comte leur a refuſé abſolument ce qu'ils prétendent touchant Oſnabrug, & l'exercice de la Religion aux pays héréditaires; & comme il eſt homme à une parole, ainſi que toute l'Aſſemblée ſait, & que déja pluſieurs fois il les avoit renvoyez avec le même refus. Je les ſouvenir le lendemain de ce que je leur avois dit, & que j'avois ordre de m'oppoſer à ce qui retarde davantage la Paix. Je leur dis qu'étans grands Juriſconſultes (car ce ſont tous Docteurs) ils ſavoient mieux que moi qu'il n'eſt pas permis de diviſer une confeſſion ou déclaration dans une affaire civile; mais que j'eſtimois que c'étoit par oubliance qu'ils n'avoient raporté qu'une partie de la mienne au Comte de Trautmansdorff, c'eſt pourquoi je me trouvois obligé de la répéter, & de leur dire que puiſqu'ils ne pouvoient obtenir tout ce qu'ils ont demandé, il n'étoit pas juſte de différer la tranquilité publique, pour le peu qui leur manque; que s'ils veulent conſidérer la modération dont le Roi a uſé en ce qui touche ſes intérêts, ils verront que Sa Majeſté qui a ſoutenu quaſi tous les frais de la Guerre a beaucoup plus donné & bien moins reçu qu'il n'avoit droit de prétendre; que l'état de ſes affaires eſt tel, comme ils peuvent bien juger, qu'après avoir pleinement ſatisfait à toutes les cauſes obligatoires envers ſes Alliez, & remporté de grands avantages pour ſes amis, il ne peut plus envoyer de troupes ni d'argent en Allemagne à cauſe du beſoin extraordinaire qu'il en a ailleurs.

Ces Meſſieurs témoignérent que cette réponſe les attriſtoit extrêmement & les mettoit en grande perplexité, d'autant qu'ils demandent la Paix avec paſſion, & ne deſirent pas moins d'avoir tout leur compte; qu'ils me prioient de les laiſſer encore agir deux ou trois jours pour faire un dernier effort ſur les Impériaux. J'y ai conſenti, ce tems-là s'eſt paſſé en continuelles ſollicitations, Monſieur Oxenſtiern eſt venu fulminer céans comme il eſt porté ci-deſſus, il eſt allé menacer les Bavarois de rompre l'accord touchant la cauſe Palatine, les plus zélez d'entre les Proteſtans ont fait auſſi leurs brigues, & après tout cela, étant allez ce matin chez Monſieur de Trautmansdorff pour le prier de faire ici quelque ſejour, il leur a déclaré de nouveau très expreſſément qu'il partira demain pour Munſter, s'ils ne ſe déſiſtent des ſuſdites demandes, parce qu'il ne peut jamais les accorder.

Quatre d'entr'eux ſont revenus me trouver après midi, ils m'ont encore prêché l'Evangile, mais ſans aucun fruit; enfin ils m'ont laiſſé entendre qu'il ſe pouvoit trouver des expédiens. J'ai répondu qu'ils les devoient propoſer au Comte de Trautmansdorff, & que s'il les reçoit, l'affaire eſt faite; mais que s'il faut encore trois mois pour le perſuader ou pour y forcer l'Empereur, nous ne ſommes pas en état ni en obligation de les attendre pour ce deſſein.

L'on verra ce qu'ils réſoudront entre ci & demain, autrement Monſieur de Trautmansdorff partira Mercredi, & moi auſſi, avec grande eſpérance de conclure le Traité d'Eſpagne : & déja Monſieur le Duc de Longueville m'a mandé par deux diverſes Lettres, c'eſt ce qui réveille ces Meſſieurs les Ambaſſadeurs & Députez, & qui leur fait preſſer impatiemment le Traité du Comte de Trautmansdorff. Je me trou-

1647.

trouve bien en peine de n'avoir point eu de vos Lettres par le dernier Ordinaire, vû même que Monsieur de la Court m'aprend que vous m'avez écrit. Je vous prie de ménager ce que je vous mande de Monsieur Oxenstiern parce que Monsieur le Chancelier & lui pourroient nuire aux affaires. Je suis &c.

A MONSIEUR

le Duc de

LONGUEVILLE.

A Osnabrug le 18. Avril 1647.

Il reste encore pour les intérêts de Madame la Landgrave.

MONSEIGNEUR,

Il reste encore pour les intérêts de Madame la Landgrave.

J'Avois disposé toutes choses à partir ce matin pour être aujourd'hui à Munster; mais hier au soir au retour de chez les Impériaux, & Suédois, desquels j'étois allé prendre congé, j'ai trouvé céans les Srs. Scheffer, Croifick, & Vultejus, qui me firent de semblables plaintes de ce que dans le projet de Paix porté ce jour-là même par le Sieur Cran aux Ambassadeurs de Suéde, il n'y est fait aucune mention des intérêts de Madame la Landgrave ni touchant la succession de Marpurg, ni touchant la satisfaction qu'elle prétend. Ce silence les offense si fort, & leur donne de si grands soupçons dont même ils ne déchargent pas entiérement les Couronnes, que je me trouvai obligé de leur promettre l'assistance qu'ils me demandoient, & de renvoyer querir des chevaux que j'avois envoyez à Lengerick. Ainsi au lieu de partir, j'ai mandé le Secretaire de l'Empire auquel j'ai rendu fidellement les plaintes que je reçus hier, & les ai apuyées de raison & d'autorité. Il a voulu excuser cette omission sur divers prétextes, & enfin il m'a fait espérer qu'elle seroit reparée. Nous avons aussi conféré & disputé ensemble des conditions de l'accommodement, & il me semble l'avoir laissé aucunement persuadé qu'il faut ajouter quelque chose à l'offre qu'ils ont faite.

A présent qu'il est six heures du soir ledit Secretaire vient de m'aporter le papier ci-joint dont il m'a expliqué la première partie; ensorte que si les Plénipotentiaires des Couronnes persistent en la dernière proposition qu'ils ont faite pour le différend de Marpurg, ceux de l'Empereur y consentiront. Cette proposition fut faite l'autre jour de concert avec les Hessiens, & porte que sans avoir égard à la Sentence, Transaction, & tout ce qui en est ensuivi, la Maison de Hesse-Cassel soit rétablie en la possession du Bailliage & de la Ville de Smalcalde, de toute la Comté de Catzenelleboghen, & de tout ce qui lui appartient, en vertu du Testa-

ment du Landgrave Louis, hormis que dans le quart de la succession, qui a ci-devant été litigieux entre la Ligne de Cassel & celle de Darmstat, Madame la Landgrave aura la moitié, & l'autre moitié demeurera au Landgrave George, pourvû qu'il donne son consentement à tout ce que dessus; sinon Madame la Landgrave sera mise en possession du total, & y sera maintenue par l'Empereur, & tous les Etats de l'Empire aussi bien que par les Couronnes alliées.

Voilà, Monseigneur, ce qui m'arrête ici, non sans quelque espérance de sortir de cette affaire dans peu de jours; ce qui est à mon avis fort important dans la résolution qu'on a prise à la Cour de retirer l'armée d'Allemagne qui est sous le commandement de Monsieur le Maréchal de Turenne. Je présupose toujours que Monsieur de Servien est informé des affaires dont je rends compte à votre Altesse. Je suis &c.

MEMOIRE

De Monsieur

D'AVAUX.

A Osnabrug le 22. Avril 1647.

Il s'arrête pour les affaires de Madame la Landgrave. Les Hessois ne voudroient point la Paix, ni les Suédois; on ne peut à cause de cela leur en faire agréer les conditions. Trautmansdorff lassé des demandes des Suédois. Les Etats de l'Empire témoignent être satisfaits pour la plûpart. Les Catholiques Romains gemissent. Oxenstiern est toujours opiniâtre. Les Suédois ont ordre de tirer ces affaires en longueur. Trautmansdorff retourne à Munster. Touchant le Traité avec l'Espagne. Baviere envoye une Ambassade en France. Il loue le Sieur Krebs un des Ambassadeurs.

Il s'arrête pour les affaires de Madame la Landgrave.

J'Avois fait état de partir l'autre semaine pour retourner à Munster, mais après avoir pris congé des Impériaux & Suédois, je trouvai céans les Sieurs Scheffer, Croisick & Vultejus qui me firent de sensibles plaintes de ce que dans le Traité de Paix porté ce jour-là même par le Sieur Kran aux Ambassadeurs de Suéde, il n'y étoit fait aucune mention des intérêts de Madame la Landgrave, ni touchant la succession de Marpurg, ni touchant la satisfaction qu'elle qu'elle prétend. Ce silence les offense si fort & leur donne de si grands soupçons que je me trouvai obligé de leur promettre l'assistance qu'ils me demandoient, & de renvoyer querir des chevaux que j'avois envoyez à la moitié du chemin.

Le lendemain matin je mandai le Sécretaire de l'Empire, auquel je rendis fidellement les plaintes comme je les avois reçues, & les apuiai de raison, & d'autorité. Il voulut excuser l'omission sur divers prétextes, & enfin il me fit espérer qu'elle seroit réparée. Nous conférames aussi & disputames ensemble du fond de l'affaire, & il s'en alla aucunement persuadé, qu'il falloit ajouter à l'offre qu'ils ont faite de six cens mille Risdalles outre la succession de Marpurg.

Il revint me trouver le soir avec un papier à la main dont la copie sera ci-jointe; ils n'ont pas encore augmenté la somme, mais ils consentent que Madame la Landgrave demeure en possession de deux Places jusques à l'entier payement : c'est une des choses qui donne plus d'inquiétude à ses Députez, parce qu'ils ne se trouvoient pas suffisamment assurez par les ôtages qu'on offroit.

Quant à l'autre point, le Secretaire m'expliqua le premier Article dudit Ecrit, ensorte que si les Plénipotentiaires des Couronnes persistent en la proposition qu'ils ont faite touchant l'affaire de Marpurg, qui est tout ce que les Hessiens prétendent, le Comte de Trautmansdorff y consentira, c'est-à-dire que sans avoir égard à la Sentence, Transaction, & tout ce qui s'en est ensuivi, la Maison de Hesse-Cassel sera rétablie en la possession & Souveraineté de la Ville & du Bailliage de Smalkalde, de toute la Comté de Catzenelleboghen, & de tout ce qui lui fut laissé par le Testament du Landgrave Louïs, hormis que dans le quart de la succession lequel a ci-devant été litigieux entre ceux de Cassel & de Darmstadt, Madame la Landgrave aura la moitié, & que l'autre moitié demeurera au Landgrave de Darmstadt, pourvû qu'il donne consentement à ce que dessus; sinon ladite Dame sera mise en possession du total & y sera maintenuë par l'Empereur & tous les Etats de l'Empire, aussi bien que par les Couronnes alliées.

Quoique les Députez de Hesse ne desirent rien davantage pour ce regard, & que pour le surplus ils ayent maintenant bonne caution, ils ne sont nullement contens & ne le seront jamais tant que la chose soit réglée. Il y a grand raport entre leur humeur & celle des Suédois; mais la plus grande incommodité est qu'ils ne voudroient point la Paix ni les uns ni les autres, tellement qu'il est comme impossible de leur en faire agréer les conditions.

Les Hessois ne voudroient point la Paix ni les Suédois, on ne peut à cause de cela leur en faire agréer les conditions.

Il est même à remarquer que Monsieur Oxenstiern ne trouve point à redire que l'armée du Roi repasse le Rhin; il dit seulement qu'il présupose qu'elle n'ira pas plus loin que la Franche-Comté, ou le Luxembourg. Monsieur Salvius ne parle plus aussi de subside, non par mécontentement, dont ils ne donnent aucun témoignage, mais ils se croyent au dessus de tout à cause de la neutralité de Bavière.

Le Comte de Trautmansdorff, qui est le plus accommodant de tous les hommes, s'est enfin lassé de leur hauteur & des demandes continuelles qu'ils font : ils ont prétendu ces jours-ci que l'Evêché & la Principauté de Minden doit être pour la Couronne de Suéde; mais il a rejetté cela si loin qu'ils ont changé de batterie; ils sollicitent aujourd'hui pour les Protes-

Trautmansdorff lassé des demandes des Suédois.

tans, ausquels Monsieur de Trautmansdorff a encore accordé plusieurs choses depuis vintquatre heures, mais à telle condition que ceux qui les accepteront y seront maintenus par l'Empereur, & que pour les autres il ne veut pas demeurer obligé. C'est un moyen de les diviser, & en effet les Ambassadeurs de Saxe, ceux de Brandebourg, les Députez d'Altembourg, de Weymar, du Duc de Wirtemberg, & de toutes les Villes témoignent d'être satisfaits, & murmurent de la continuation de la Guerre, après que l'Empereur s'est si fort mis à la raison : cependant tous les Princes & Etats Catholiques gémissent sous le faix, il ne s'y passe quasi point de jour qu'on ne leur ôte beaucoup, ils se veulent mettre sous la protection de la France, & disent assez librement qu'ils attendent secours du même lieu, d'où ils ont reçu le coup; ils prient & pressent extraordinairement que l'on sauve au moins l'Evêché d'Osnabrug, vû même que les Protestans n'y contestent plus, & ont déclaré au Comte de Trautmansdorff qu'ils s'en remettent à tout ce qu'il en resoudra avec les Ambassadeurs de Suéde.

Les Etats de l'Empire témoignent être satisfaits pour la plûpart.

Les Catholiques Romains gémissent.

Ils disent par tout que cela ne mérite pas de retarder la Paix & se laissent entendre qu'ils s'en seroient déja désistez, n'étoit qu'ils m'ont voulu déférer la résolution & la parole ausdits Ambassadeurs.

Cela n'empêche pas que Monsieur Oxenstiern ne veuille donner plus d'assistance aux Protestans qu'ils n'en demandent, & aller au delà de ce que la Reine sa Maitresse lui ordonne : il considérera néanmoins, ce que nous lui dîmes hier, que si après avoir convenu de la satisfaction de la Couronne de Suéde, & en avoir signé le Traité qui régle toutes choses, tant pour le dédommagement de Brandebourg que pour celui de Meckelbourg, ils ont besoin de l'Evêché de Minden pour bien assurer, comme ils disent, ladite satisfaction, & qu'après l'avoir obtenu, ils veulent encore l'Evêché d'Osnabrug pour le même effet, l'on seroit aussi bien fondé à ne point restituer les Villes forestiéres, ni le Brisgaw, & à prétendre que l'Empereur ou l'Empire doivent en donner récompense aux Archiducs d'Inspruck, vû même qu'ils n'ont pas fait plus de Guerre aux Couronnes alliées que l'Electeur de Brandebourg, & en ont fait beaucoup moins que son pére. Que si l'on allegue les Articles avec nous pour la satisfaction de la France, je dis que les leurs les obligent également, puisque l'une & l'autre Convention est pure & simple & termine l'affaire de tout point.

Oxenstiern est toujours opiniâtre.

Au fonds si le dessein des Suédois est de déchirer l'Empire, il semble qu'il n'y auroit pas de raison, ni de sureté à les laisser faire sans y prendre part.

Monsieur Salvius m'a dit en confiance qu'ils ont ordre de trainer les affaires, en attendant que le Sr. Eschken soit venu ici, & à l'armée pour régler la satisfaction & le licenciement des troupes : en voilà pour longtems, car je vois par la derniére Lettre de Monsieur Chanut que l'Instruction de cet Envoyé ne seroit pas encore sitôt prête, & il a fort bien jugé par les discours de la Reine de Suéde, que l'intention de son Conseil n'est pas de conclure promtement le Traité de Paix.

Les Suédois ont ordre de tirer ces affaires en longueur.

Le Comte de Trautmansdorff, qui reconnoît la même chose par leur conduite, s'est résolu enfin de retourner à Munster, & vient de sortir de céans, où il nous a dit adieu. Il a eu soin par deux diverses fois de s'assurer

que

Trautmansdorff retourne à Munster.

que je serai à Munster aussitôt que lui, comme s'il avoit dessein de s'entremettre dans ce qui reste à décider entre les Espagnols & nous. Il m'a averti que les Médiateurs crient publiquement contre moi que je retarde ce Traité-là, sur ce que Peñaranda leur a fait voir une Lettre du Comte de Trautmansdorff laquelle porte que j'étois prêt d'aller à Munster, mais bien résolu de ne relâcher point d'une suspension d'armes en Portugal. Je lui ai confirmé que les ordres du Roi nous y obligent, & que rien ne m'en peut démouvoir; il n'a pas trouvé cela si rude comme les Espagnols en font semblant, Monsieur de la Court l'a remarqué comme moi.

Touchant le Traité avec l'Espagne.

Le Sr. Krebs a reçu ordre de l'Electeur de Baviére d'aller le plutôt qu'il pourra à Strasbourg, où il doit trouver ses Instructions, & de là passer à la Cour avec deux autres Ministres de ce Prince, tous trois en qualité d'Ambassadeurs. C'est un homme de mérite fort intelligent aux affaires d'Allemagne & qui parle bien François; il a quelques pensées de servir le Roi en Alsace, & nous avons toujours cru qu'il y seroit très-propre, mais il lui importe que ce dessein n'éclate pas: il croit que le Comte de Gronsfeld Gouverneur d'Ingolstadt sera Chef de l'Ambassade, on ne lui en écrit néanmoins que par conjecture; son opinion est qu'ils ne vont point en France pour y faire seulement des remercimens & des complimens. Fait à Osnabrug le vingt-deuxième Avril mil six cens quarante-sept.

Baviére envoye une Ambassade en France.

Il loue le Sr. Krebs un des Ambassadeurs.

A MONSIEUR

CHANUT.

À Osnabrug le 22. Avril 1647.

Oxenstiern veut faire avoir Minden & Osnabrug aux Protestans, & prétend que le Comte Gustave jouisse d'Osnabrug pendant sa vie. Les Protestans se remettent à Trautmansdorff & aux Suédois au sujet d'Osnabrug. Les Suédois veulent toujours Osnabrug. Trautmansdorff propose l'alternative pour Osnabrug, qu'un Luthérien succéde à un Catholique, & le Romain au Luthérien. Les Suedois deviennent suspects aux Protestans. Raisons pour engager les Suedois à ne plus prétendre Osnabrug. Projet de Paix donné par les Imperiaux; autre très-different dressé par les Suedois. On se plaint que son sejour à

TOM. IV.

MONSIEUR,

J'Ai reçu en deux jours vos Lettres du 23. & du 30. du passé, je ne sais où la première peut avoir été retardée.

Vous aurez vu ci-devant comme j'ai ménagé ici ce qui vous avoit été dit touchant Minden & Osnabrug; j'en ai depuis usé de la sorte, ayant communiqué la chose à Monsieur Salvius seul, puis qu'il dépend entièrement de la Reine de Suéde, & m'étant contenté de dire à son Collégue, qui s'échauffe un peu sur la protection du Comte Gustave, que vous lui aviez répondu que la Couronne de Suéde ne continueroit pas la guerre pour le faire Evêque d'Osnabrug. Il me demanda curieusement si la Reine vous l'avoit dit. Je lui repliquai que vous m'en aviez écrit comme d'un sentiment général de tout le Sénat, sans l'attribuer plus à quelques personnes qu'à d'autres. Ce sont donc de simples discours, dit-il, que l'on aura faits à Monsieur Chanut pour ne lui pas ôter toute espérance, mais nous avons nos ordres qui nous obligent précisément de faire avoir Minden & Osnabrug aux Protestans après que le Comte Gustave aura joui de ce dernier Evêché pendant sa vie; la Reine a signé ces ordres-là, je m'étonne bien qu'elle puisse parler au contraire. Il prononçoit ces paroles avec une mine de censeur, & si cette jeune Reine avoit encore sa Gouvernante, je craindrois pour elle. Je répondis là-dessus à Monsieur Oxenstiern que vous ne me nommez pas vos Auteurs, & que je n'en ai pas besoin; qu'au surplus quand tout le Sénat & la Reine même seroient dans le sentiment qu'il me témoigne, je n'y aporterois pas moins de résistance parce qu'il est contraire à nos Traitez & à la Convention expresse que nous avons faite avec lui sur le même sujet.

Oxenstiern veut faire avoir Minden & Osnabrug aux Protestans, & prétend que le Comte Gustave jouisse d'Osnabrug pendant sa vie.

Il m'a même prié & recherché ces jours-ci ouvertement en faveur de Gustave, d'autant que nous sommes en bien plus forts termes, & qu'à présent nous le battons en ruine. Il a souvent expliqué sa promesse, ensorte qu'il veut bien être demeuré d'accord à Munster que la Couronne de Suéde ne demanderoit point des Evêchez; mais que la demande se faisant par les Protestans, il n'étoit obligé à rien; or depuis quatre ou cinq jours les Protestans ne font plus aucune instance pour Osnabrug, & ont déclaré au Comte de Trautmansdorff qu'ils s'en remettent à tout ce qu'il en résoudra avec les Ambassadeurs de Suéde; partant voilà Monsieur Oxenstiern dans les termes de sa parole & même de l'explication qu'il y a donnée.

Les Protestans se remettent à Trautmansdorff & aux Suédois au sujet d'Osnabrug.

Dans toutes les Conférences publiques & particulieres, les Protestans disent hautement que cela ne mérite pas de retarder la Paix, & se laissent entendre qu'ils s'en seroient déja désistés, n'étoit qu'ils en ont voulu déférer la resolution ausdits Sieurs Ambassadeurs.

Les principaux Députez d'entr'eux nous disoient l'autre jour à Monsieur de la Court & à moi, qu'étans allez en bon ordre chez Monsieur Oxenstiern pour lui témoigner qu'ils ne voudroient pas que la prétention d'Osnabrug arrêtât la conclusion du Traité, il les avoit interrompus dès le premier mot en déclarant si absolument que c'étoit une condition *sine qua non*,

Les Suédois veulent toujours Osnabrug.

I

non, qu'ils furent contraints de changer de propos.

Tout cela me donnant lieu de combattre son opiniâtreté, il me pria enfin hier de me relâcher à quelque tempérament, comme seroit l'alternative de cet Evêché, afin qu'un Luthérien y succéde à un Catholique & ainsi à perpétuité. Je répondis qu'il y a longtems que cette proposition a été faite, & ne peut jamais être acceptée après qu'ils n'ont pas voulu la même alternative pour Minden. Alors il me dit qu'il en écrira aujourd'hui en Suéde, qu'il représentera toutes les difficultez qui en pourroient faire naitre d'autres plus grandes, & qu'il sera bien aise si on lui envoye ordre ou pouvoir de contenter la France en ce point. Il parut disposé à se rendre, mais lentement & par degrez, voulant vendre bien cher ce qu'il nous doit. Vous êtes heureux, Monsieur, de traiter comme vous faites avec un esprit si équitable & si généreux.

Il sera bon, s'il vous plaît, que vous remontriez ce que dessus avec plaintes de ceux qui veulent donner plus d'assistance aux Protestans qu'ils n'en demandent, & qui en sont suspects aux Protestans mêmes, comme s'ils s'attachoient à tout ce qui peut éloigner la Paix. Il faut espérer qu'elle sera conclue auparavant votre réponse : mais je vous suplie de n'en presser pas moins l'envoi des ordres que Monsieur Oxenstiern témoigne desirer, reconnoissant qu'il est dèsormais nécessaire, & de vouloir même faire connoître à la Reine jusques où nous sommes engagez dans une chose si juste, & si conforme à l'Alliance. Cela autorisera davantage les soins que je prends & les instances que je ferai en son temps pour les choses que Sa Majesté m'a mandées.

Si l'on vous objectoit que l'Evêché d'Osnabrug importe aucunement à la satisfaction de la Couronne de Suéde pour récompenser les Ducs de Meckelbourg & de Brunswick, vous pourrez dire que Monsieur Oxenstiern & moi trouvâmes hier dequoi les satisfaire pleinement dans l'Evêché de Minden, & que ledit Sieur Oxenstiern m'en fit lui-même l'ouverture ; m'avouant que l'intérêt de la Suéde ne permet pas que l'Electeur de Brandebourg, qui prétend ledit Evêché, & qui a d'ailleurs une très-suffisante récompense, s'accroisse à tel point qu'il puisse donner de l'ombrage à ses voisins, spécialement en Poméranie : en tout cas il jugea que l'on pourroit donner l'Evêché aux deux Maisons de Brandebourg & de Brunswick pour y succéder alternativement, & en distraire deux Bailliages pour Meckelbourg. Je ne faisois que sonder & aider de quelque expédient cette intention de Monsieur Oxenstiern, qui y est tout porté; & c'est une des choses qui me fait tenir pour certain qu'il connoît la nécessité de se relâcher d'Osnabrug, puis qu'il cherche si soigneusement ailleurs à dèsintéresser la Couronne de Suéde.

Parmi les difficultez que je lui faisois hier en cette affaire, il en considéra une qui me sembla fort raisonnable; car si après avoir convenu de la satisfaction de la Couronne de Suéde, & en avoir signé le Traité qui régle toutes choses, tant pour le dédommagement de Brandebourg, que pour celui de Meckelbourg, ils ont besoin de l'Evêché de Minden pour bien assurer, comme ils disent, ladite satisfaction, & qu'après l'avoir obtenu, ils veulent encore l'Evêché d'Osnabrug pour le même effet, nous sommes aussi bien fondez à ne point restituer les Villes forestiéres, ni le Brisgaw, & à prétendre que

l'Empereur ou l'Empire en doivent donner récompense aux Archiducs d'Inspruck; vû même qu'ils n'ont pas fait plus de Guerre aux Couronnes Alliées, que l'Electeur de Brandebourg & en ont fait beaucoup moins que son Pére. Que si on allégue les Articles de la satisfaction de la France, je dis que les leurs les obligent également, puisque l'une & l'autre Convention est pure & simple, & en termes si clairs & qui terminent l'affaire de tout point. Au fonds si les Suédois veulent ainsi déchirer l'Empire, il faut que chacun en ait sa part, & cela n'est pas proprement faire la Paix.

Votre réponse au Sieur de Rosenhan est fort civile & néanmoins très-ferme ; le Comte Gustave n'aura qu'à choisir ce qui sera de son goût. *Pro captu lectoris habet sua facta Libellus:* „ L'Ecrit s'accommode à la capacité du Lecteur.

L'on ne pouvoit écrire plus judicieusement ni avec plus de dignité, je n'en ai rien dit aux Ambassadeurs de Suéde.

Mercredi dernier les Impériaux leur donnérent un projet du Traité de Paix; ceux-ci en dressérent un autre bien différent, à ce qu'ils disent. Nous ne sommes pas au bout, je vois bien qu'à Stockholm & ici les Suédois se persuadent que toutes choses se feront à point nommé, comme ils le desirent, & que toute la terre les attendra.

Cependant le plus patient de tous les hommes, qui est le Comte de Trautmansdorff, s'est enfin lassé de leurs demandes, il s'en retournera après demain à Munster, & je suis obligé de partir le même jour, y ayant déja quelque tems que Monsieur le Duc de Longueville me mande, & que les Médiateurs crient publiquement contre moi que je retarde la Paix d'Espagne.

Monsieur de Trautmansdorff vient de partir de céans, où il m'est venu dire adieu; il a eu soin de s'assurer par deux diverses fois que je serai à Munster aussitôt que lui, comme s'il avoit intention de s'entremettre dans le seul différend qui reste à décider entre les Espagnols & nous: & je pense que le Comte de Peñaranda le presse d'y aller à cette fin. Si cela s'achéve, comme mondit Sieur le Duc y est tout à fait porté, nous serons en état de faire considérer nos avis en Allemagne.

Ce différend touche la suspension d'armes en Portugal à laquelle nous insistons tout au moins pour un an. Je suis &c.

✣✣✣✣✣✣✣✣✣✣✣✣✣

A MONSIEUR

le Duc de

LONGUEVILLE.

A Osnabrug le 23. Avril 1647.

Les Suédois sont allarmez du départ de Trautmansdorff. Ils cherchent à arrêter Trautmansdorff.

dorff. Il fait prier Traut-
mansdorff de rester encore deux
jours pour achever ce qui reste
indécis. Il trouve toujours les
Suédois peu traitables. Touchant
le Portugal. Trautmansdorff
bien disposé pour faire la Paix
avec l'Espagne.

MONSEIGNEUR,

Les Suédois sont allarmez du départ de Trautmans-dorff.

JE crois que Monsieur de Saint Romain aura fait savoir ce matin à votre Altesse avec combien de bruit & de plaintes les Ambassadeurs de Suéde ont vu le Comte de Trautmansdorff se préparer au voyage de Munster. Je ne sais s'il en a été averti, mais il n'a pas laissé aujourd'hui de leur dire adieu, & aussi de recevoir leur visite.

Au sortir de chez lui ils sont venus céans, où étoit Monsieur Krebs qui s'est retiré, pendant que j'allois à leur rencontre. Leur premier entretien a été fort triste, ne pouvant celer le mécontentement qu'ils avoient de la rétraite de Monsieur de Trautmansdorff; & sur cela Monsieur Oxenstiern a demandé où étoit donc Monsieur Krebs dont il avoit vu le Carosse dans la cour du Logis volontiers, comme une personne fort propre à retenir ici pour quelques jours le Comte de Trautmansdorff. J'ai envoyé voir s'il étoit loin, il est revenu; Monsieur Oxenstiern lui a fait caresse, & a dit que nous pouvions bien être tous ensemble, & me conviant de lui faire donner une chaise & à son Collégue: nous voilà tous assis; Monsieur Oxenstiern a fait rapport de ce qui s'étoit passé en la visite qu'il venoit de rendre au Comte de Trautmansdorff, non sans marquer la précipitation de ce voyage lors que le projet de la Paix est sur le tapis. Monsieur Krebs a entendu à demi mot, s'est offert d'aller sur l'heure même chez ledit Comte, si les Ambassadeurs de Suéde le jugeoient à propos, pour le convier de ne point partir si promptement, & a dit en habile homme qu'il ne croyoit pas d'être refusé, pourvû qu'il lui pût porter parole de la part de ces Messieurs que son séjour ne sera pas sans fruit.

Les Suédois cherchent à arrêter Trautmans-dorff.

Ils m'ont tiré à part pour me faire entendre qu'ils ne pouvoient pas prier Monsieur de Trautmansdorff de demeurer. J'ai répondu que je ferois volontiers cet office, à condition néanmoins que lui & moi étans si fort pressez d'aller à Munster, si nous retardons encore de deux jours notre partement, ce seroit pour conclure au moins les points principaux: ils y ont témoigné une disposition toute entiére.

Lors j'ai prié Monsieur Krebs d'aller trouver le Comte de Trautmansdorff, le convier de ma part de demeurer ici encore deux jours, & lui dire au nom de Messieurs les Ambassadeurs de Suéde que dès demain ils sont prêts de conférer avec lui de tout ce qui reste indécis, & avec intention de se relâcher de quelque chose, comme ils espérent qu'il fera aussi de son côté.

Cela ayant été confirmé par Messieurs Oxenstiern & Salvius, les Bavarois sont partis, & au bout d'une demie heure ils nous ont rapporté que sur cette assurance Monsieur de Trautmansdorff sera ici demain tout le jour, & peut-être encore jeudi; que si les Ambassadeurs de Suéde vouloient lui envoyer le projet de la Paix comme ils l'ont dressé, il le verroit ce soir, & que dès demain à huit heures du matin, il viendroit céans, ou iroit chez Monsieur Oxenstiern, afin que nous examinions ensemble chaque Article & que nous y prenions une finale résolution. Cela a été accepté par ces Messieurs avec offre de se trouver céans; mais comme ils y étoient déja, & qu'en effet ils n'avoient pas dessein d'y revenir, j'ai répondu que c'est à moi à les visiter: ils se sont excusez de pouvoir envoyer ledit projet au Comte de Trautmansdorff plutôt que demain à bonne heure, & ainsi ils présuposent que la Conférence sera remise après diner: Dieu veuille qu'elle soit utile pour la Paix; mais les Suédois me paroissent encore tout d'une pièce: la neutralité de Bavière dont ils ne vouloient point ouïr parler, a ruiné tous les moyens de les rendre traitables.

Il trouve toujours les Suédois peu traitables.

La Lettre que votre Altesse m'a fait l'honneur de m'écrire m'a été apportée tantôt; je ne saurois rien dire de mon retour avec certitude, sinon que je ne pense pas que Monsieur de Trautmansdorff s'arrête ici plus de deux ou trois jours. Je le suivrai de bien près.

Je lui ai dit ce qu'il a mandé à Peñaranda touchant le Portugal & je l'ai fait exprès pour les hâter l'un & l'autre de nous prendre au mot.

Touchant le Portugal.

Quant à lui il y est tout à fait disposé, & je suis certain qu'il agira comme il faut auprès des Espagnols; mais la plus sure voye & la plus courte seroit de ne leur laisser aucune espérance qu'ils en puissent être quittes à moins d'une suspension d'un an, & de répéter souvent qu'au contraire le temps empirera les conditions.

Trautmansdorff bien disposé pour faire la Paix avec l'Espagne.

Le bruit que font courir les Médiateurs ne m'étonne pas; il y a beaucoup de Lettres qui portent qu'ils rejettent sur moi le retardement de la Paix: je prie Dieu qu'il leur donne de la patience, & de la lumière aux Espagnols, à ce qu'ils sachent enfin se prévaloir de la bonne volonté de votre Altesse, & de la promptitude avec laquelle je suis prêt de faire tout ce qui est dans l'étendue du pouvoir & des ordres que j'ai reçus. Je suis &c.

LETTRES
MEMOIRES,
ET
NEGOCIATIONS
SECRETES DES
PLENIPOTENTIAIRES
DE FRANCE
ENVOYE'ES A LA COUR
Pendant toute l'Année 1647.

MEMOIRE

De Messieurs les

PLENIPOTENTIAIRES,

ENVOYE' EN COUR,

Le troisiéme jour de Janvier 1647.

On signe les Articles entre les Espagnols, & les Hollandois. On se plaint des Hollandois. Ils s'intéressent pour l'Espagne. Mort du Prince de Condé. Offre de Monsieur d'Avaux aux Hollandois. Entretien des Députés Hollandois avec le Duc de Longueville. Efforts des Plenipotentiaires François pour faire surseoir ceux de Hollande à signer les Articles avec l'Espagne. Un des Députés de Hollande s'excuse de signer les Articles. Les Espagnols déclarent dans un Article la nullité des autres, si la France n'étoit d'accord avec l'Espagne. Eloge de Monsieur de Niderhorst Député de Hollande. Il faut dissimuler quelque chose pour conserver l'interposition des Etats Généraux, & leur garantie. Touchant la satisfaction de la Suéde. Et d'une Ligue en Italie. Leurs soupçons contre Monsieur Paw Député de Hollande. Avantages de la France en Catalogne. On songera à ceux des Catalans dans le Traité. La France veut tenir le Traité de Querasque, par raport à Casal &c. On cherchera les avantages pour le Prince Palatin Edouärd. Affaire de la Landgrave. Et du Prince de Monaco. Touchant les intentions des Suédois. Jugement au sujet du voyage de Monsieur Servien à la Haye. On lui envoye les avis necessaires de ce qui s'est passé avec les Ambassadeurs Hollandois à Munster. Sentiment du Médiateur Contarini touchant la Trêve en Portugal.

Nous avons été si fort occupés pendant ces derniers jours, pour essayer d'empêcher la signature des Articles accordés entre les Plénipo-

On signe les Articles entre les Espagnols & les Hollandois.

1647.

hipotentiaires d'Espagne, & ceux de Messieurs les Etats, qu'il ne nous reste aucun tems sinon pour écrire à Monsieur Servien, ayant jugé nécessaire de l'avertir, souvent & exactement de toutes choses. Lesdits Articles furent signés le soir du Mardi huitiéme de ce mois, quoique nous ayons pû dire & remontrer au contraire, la copie des deux Ecrits que nous avons délivrés aux Ambassadeurs des Provinces-Unies en fera voir une partie, & nous ajouterons ici la déduction du fait, afin que leurs Majestés voyant comme tout s'est passé puissent commander sur cela ce qu'elles jugeront être de leur service.

Nous avons déja donné avis comme non obstant l'instance faite aux Plénipotentiaires de Messieurs les Etats, de ne passer pas outre en leur Traité, que le nôtre ne fût également avancé, ils étoient dès le lendemain convenus de toutes choses, comme si notre demande les avoit plûtôt portés à se hâter qu'à retarder leur Négociation; de laquelle nous ayant donné part, nous leur dîmes après quelques plaintes, qu'ils devoient au moins surseoir la signature des Articles; nous ne repeterons pas les contestations qu'il y eût sur cela, puisqu'il en a déja été rendu compte.

Ils promirent d'arrêter pendant dix jours, & nous acceptâmes la surseance jusques au tems que Monsieur Servien ayant conféré de cette affaire avec Messieurs les Etats, eux & nous en puissions avoir réponse, ce qui leur ayant été expressément demandé, & repeté s'ils ne le promettoient pas, la plus grande partie d'entr'eux repondit affirmativement, & le reste n'y contredit point.

Ils nous avoient donné esperance d'avancer cependant nos affaires avec les Espagnols, mais il ne s'est vû autre effet de leurs soins, sinon que nous étant venus voir une fois, ils ont comme récapitulé tout ce qui s'est passé par leur entremise entre les Espagnols & nous, ayant fait un Ecrit, où ils ont mis nos demandes & les réponses desdits Espagnols, mais le tout dressé artificieusement par Paw, & à l'avantage de l'Espagne, pour rejetter le blâme du retardement du Traité sur nos demandes qu'il fait paroître nouvelles, quoiqu'elles ne le soient pas, ce qui se connoîtra aisément en considerant ledit Ecrit.

Ils nous priérent ensuite que laissant à part le point des Places de Toscane, attendant les ordres que les Espagnols disent qu'ils doivent bientôt recevoir de leur Maître, nous donnassions tous les Articles du Traité afin qu'on pût gagner du tems, & avancer les affaires. Nous repondîmes que nous avions déja donné plusieurs Articles, auxquels les Espagnols n'avoient fait aucune réponse; que quand ils en seroient convenus, nous leur mettrions en main tous les autres points du Traité, mais que nous ne pouvions en façon du monde laisser indécis celui des conquêtes, comme étant le fondement, sur lequel nous sommes entrés en Négociation, ni moins relâcher aucune chose de ce qui a été occupé sur le Roi d'Espagne, ils ne contesterent pas de ce que nous leur disions, & nous presserent, desorte que nous leur promîmes de leur donner une resolution dans deux jours.

Pendant ce tems-là, nous fûmes avertis que lesdits Sieurs Ambassadeurs se repentoient fort d'avoir sursis la signature de leurs Articles, & s'entr'accusoient d'avoir fait une grande faute en cela, qu'ils disoient ne nous avoir promis de retarder que durant dix jours, & se preparoient aussitôt qu'ils seroient écoulés de signer sans at-

tendre le tems que Monsieur de Servien pourroit nous avoir donné de ses nouvelles.

1647.

Cet avis nous ayant été donné en même tems que l'on reçut ici celui de la mort de Monseigneur le Prince, il fut resolu, que moi d'Avaux les irois voir, où après leur avoir fait savoir le sujet qui m'obligeoit de venir seul, j'offris de leur mettre en main tout le projet du Traité d'entre la France & l'Espagne, pourvû qu'ils tirassent parole des Espagnols d'y répondre dans un certain tems, & non pas d'en user comme ils ont fait des Articles que nous leur avons ci-devant donnés, & les priai en même tems d'avancer nos affaires, en attendant que l'on pût avoir nouvelle de Monsieur Servien, & de leurs Seigneurs. Ils dirent alors ouvertement, que leur instruction & leurs ordres les obligeants de signer tout ce dont il seroit convenu entre les Espagnols & eux; c'étoit bien assés de surseoir l'execution de cet ordre pendant dix jours, & qu'après ce delai expiré, ils signeroient leurs Articles, non pas tout ensemble, ni redigés en forme de Traité, mais separément, & avec des dattes différentes, selon le tems auquel les choses avoient été accordées. Je leur repliquai que si leur Instruction porte qu'ils ayent à traiter par écrit & avec les Espagnols, elle les oblige aussi à l'observation des Traités faits avec la France, & qu'eux-mêmes nous en ont souvent assuré, & qu'ainsi cet ordre étant clair & certain, & l'autre devant être raisonnablement entendu pour le tems auquel ils pourroient traiter avec les Espagnols sans contrevenir à nos Traités, s'ils ne demeuroient pas d'accord de cette explication, le moins qu'ils dussent faire d'en attendre la décision de leurs Superieurs. J'ajoutai que ce ne seroit pas satisfaire à ce qu'ils avoient promis. Que Monsieur le Duc de Longueville avoit stipulé d'eux expressément, qu'ils attendroient que Monsieur Servien eût negocié avec leurs Superieurs, & que nous en eussions eû réponse; que ce seroit une précipitation très-grande de prévenir ce tems-là; & que je n'estimois pas qu'aucun d'eux se voulût rendre auteur d'un tel manquement, ni subir le hazard d'en répondre envers Messieurs les Etats. Qu'il étoit bien étrange, que nous étant demeurés des années entières à Munster, sans avoir écouté aucune proposition en leur absence, & lorsque le Roi d'Espagne fit mine de se vouloir soumettre à l'arbitrage de la Reine, leur ayant promis au premier mot qu'ils nous en diroient, de surseoir toutes les fois qu'ils voudroient, ils fissent aujourd'hui difficulté d'arrêter pour si peu de tems que nous leur demandions, & que s'ils ne l'accordoient, nous serions contraints de faire nos propositions & protestations, & de les leur donner par écrit; mais n'ayant pû tirer aucune parole d'eux comme ils disoient souvent qu'ils verroient le lendemain Monsieur le Duc de Longueville, je leur dis pour leur donner sujet de prendre un meilleur conseil, que je voyois bien, que c'étoit à lui à qui ils vouloient donner le contentement, & lui aporter l'assurance de surseoir que nous desirions d'eux. Ils vin-

rent ensuite visiter tous ensemble moi Duc de Longueville, où après un compliment, je leur dis, que sur ce qui leur avoit été représenté le jour précédent par Monsieur d'Avaux, je croyois qu'ils nous venoient reïterer les assurances qu'ils avoient déja données avant le départ de Monsieur Servien, de différer la signature de leurs Articles avec les Espagnols, du moins, jusques à ce que mondit Sieur de Servien ayant conféré sur cela avec Messieurs les Etats, ils

eussent

 euſſent reçu leurs ordres; ils repondirent qu'ils n'étoient venus que pour ſe condouloir avec moi ſur un accident Domeſtique. Je leur repartis que ce qui me touchoit en particulier cederoit toûjours aux obligations que j'avois de ſervir le Roi, & que je les priois en laiſſant à Paw les civilités de déclarer nettement leurs intentions, & ſur cela j'apellai Monſieur d'Avaux qui étoit dans un Cabinet proche du lieu où je leur donnois audience. Ils perſiſtérent à dire qu'ils n'étoient pas venus pour traiter d'affaires, qu'il manquoit à leur Compagnie deux de leurs Collégues, avec leſquels ils étoient obligés de conférer, avant que de former aucune reſolution. On leur demanda qu'ils donnaſſent au moins parole de ne pas ſigner les Articles, juſques à ce qu'ils euſſent fait leur réponſe ; ce qu'on ne pût jamais obtenir d'eux, quoiqu'on leur pût remontrer. Ce qui nous fit reſoudre de leur porter le jour ſuivant l'Ecrit qui avoit été concerté avec Monſieur Servien, & auquel nous avions ajouté ce qui s'étoit paſſé du depuis. Quand cet Ecrit fut préſenté ils ſe trouverent en peine, & me priérent inſtamment, moi d'Avaux, qui leur avois porté, de ne le point délivrer, aſſurant qu'ils avoient de très-bonnes intentions ; qu'ils ne manqueroient jamais à leurs Alliances, & promettant d'accepter ledit Ecrit, en cas qu'après nous avoir vû le jour ſuivant, nous ne fuſſions pas contents de la réponſe qu'ils nous feroient.

Ledit jour qui fut le ſeptiéme de ce mois, ils nous dirent que leur forme avoit été dès le commencement de traiter par écrit, & de ſigner en même tems; qu'ils ne pouvoient s'en déſiſter pour deux raiſons, l'une que leur Inſtruction, ſur laquelle ils avoient prêté le ſerment, les y obligeoit, & l'autre qu'ils en avoient un ordre particulier, & reïtéré par leurs Superieurs. Nous ne fûmes pas moins de quatre Efforts des Plénipotentiaires de France pour faire ſurſeoir ceux de Hollande à ſigner les Articles avec l'Eſpagne. heures avec eux, & il ne fut rien omis pour leur repréſenter le tort qu'ils avoient de nous refuſer ſi peu de choſe; nous leur diſions que leur Inſtruction ne portoit pas, qu'ils dûſſent paſſer outre, nonobſtant les inſtances que nous leur pourrions faire de ſurſeoir, mais qu'elle les obligeoit de ſatisfaire aux Traités, de l'obſervation deſquels rien ne les pouvoit diſpenſer.

Que Meſſieurs les Etats ne leur avoient ordonné de ſigner, ſinon en préſuppoſant, que le Traité de la France ſera également avancé, & que, ſans manquer à l'Alliance, leſdits Sieurs Etats ne pouvoient faire autrement ; que ce que nous deſirons d'eux ne leur pouvoit aporter aucun préjudice, ne s'agiſſant que de quatre ou cinq jours de ſurſéance, & que nous reïtererons ce que nous avions déja dit que nous ne ferions jamais avec l'Eſpagne, que tout ce qui leur avoit été accordé ne fût executé. On leur repréſenta de plus que le refus qu'ils faiſoient n'avançoit pas la Paix, mais qu'il la retardoit ou rompoit entierement.

D'autant qu'ayant ſigné avant qu'il y eût rien d'aſſuré avec nous, les Eſpagnols ſe rendroient difficiles, & ne voudroient pas ſe mettre à la raiſon, & qu'ainſi il arriveroit que Meſſieurs les Etats acheveroient leur Traité ſans nous, ce que nous ne voulions pas croire, ou que demeurans fermes dans leurs obligations, il faudroit continuer la Guerre. Il ne ſe peut rien imaginer que nous ne leur ayons dit pour les détourner de cette ſignature. Mais tout cela n'ayant pas eû d'effet, nous leur délivrames l'Ecrit qu'ils reçurent très-mal, & après que la lecture en eut été faite tout

haut, & qu'ils eurent déliberé longtems enſemble.

Cet Ecrit joint aux vives inſtances, que nous leur avions faites, ébranla quelques-uns d'entr'eux. Nous fumes avertis que les Sieurs de Niderhorſt, Donia, Riperda, & Klant avoient reſolu de ne point ſigner les Articles arrêtés avec les Eſpagnols : Que Monſieur de Matheneſſe avoit auſſi été touché de nos raiſons; & n'étoit pas en volonté de ſigner, qu'il ne fût mis au moins en l'un des Articles, où les Articles feroient écrits; que rien ne ſe feroit, que les affaires de la France ne fuſſent concluës & arrêtées; mais le Sieur Brun ayant vû leſdits Sieurs Ambaſſadeurs le ſoir du même jour, & étant demeuré avec eux juſques à onze heures du ſoir, leur déclara que ſi l'on faiſoit mention des François, il étoit prêt de rompre & déchirer les Articles. Deſorte qu'il n'y eût que Monſieur de Niderhorſt qui perſiſta ſeul dans la premiere reſolution, & les autres qui n'ont point de mauvaiſe volonté, ſe laiſſerent entrainer par les plus corrompus d'entr'eux.

Cela nous donna ſujet de faire encore le deuxiéme Ecrit, qui eſt daté du ſixiéme, pour eſſayer ſi nous pourrions par-là gagner le tems de recevoir des nouvelles de Monſieur Servien, ou au moins pour donner lieu à quelque diverſité d'avis parmi eux qui les empêchât de ſigner tous, & en tout cas pour les mettre tellement dans leur tort, par les facilités que nous aporterions en cette affaire, que leur action ne pût être ſoutenuë par qui que ce ſoit, & que l'on eût plus de moyen de tirer de Meſſieurs les Etats, ſinon un deſaveu, qui ſeroit très-juſte, au moins quelque ſatisfaction & un ordre ſi précis, & ſi clair pour l'avenir, qu'ils n'oſent plus en façon quelconque manquer à leurs obligations. D'ailleurs Monſieur de Niderhorſt nous avoit conſeillé & preſſé de tenter ce dernier moyen, voyant la diſpoſition de ſes Collegues. Cet Ecrit leur fut donné par moi d'Avaux, après avoir fait de nouveau toutes les offres imaginables pour faire concevoir l'horreur d'un tel manquement à ceux d'entr'eux qui ne péchent que par foibleſſe.

La ſeule raiſon dont ils s'excuſent, qui peut avoir quelque couleur, eſt que les Eſpagnols refuſoient abſolument de ſouſcrire à la manutention de l'Alliance du Roi avec Meſſieurs les Etats, & diſoient que c'eſt auxdits Etats à l'obſerver, ſi bon leur ſemble, mais non pas à exiger du Roi d'Eſpagne qu'il la ratifie, & qu'il l'aprouve. Je leur repondis que le Traité Préliminaire a déja établi la liaiſon de ſes deux intérêts, par l'ayeu du Roi d'Eſpagne, qui l'a agréé & aprouvé; qu'on s'eſt aſſemblé en ce lieu de Munſter, pour traiter de la Paix générale, & non autrement, & que les Eſpagnols y ſont venus ſous cette condition; que dans le même acte, par lequel nous ſommes convenus des intérêts particuliers de la France avec les Plénipotentiaires de l'Empereur, ſans néanmoins ſigner aucune choſe, ils ſont demeurés d'accord, qu'il y eût un Article exprès, par lequel il eſt dit que la Convention n'aura aucun effet, & ne portera aucune obligation, que quand on aura ſatisfait pleinement Madame la Landgrave de Heſſe, & qu'outre tout cela les Eſpagnols mêmes lorſque nous leur avons ci-devant déclaré l'obligation de notre Alliance avec Meſſieurs les Etats, ils y ont donné leur conſentement par écrit, ſi bien que l'on ne voit pas comment ils pourroient faire difficulté de la même choſe aux Ambaſſadeurs de Meſſieurs les Etats, ſi ceux-ci avoient la même affection

&

& fermeté pour nous, que nous avons eû pour eux, & autres Alliés de la France.

Nonobstant ces raisons, ayant apris qu'ils étoient tous allés signer les Articles chez les Espagnols, horsmis Monsieur Niderhorst, qui refusa de s'y trouver, nous dépêchames promptement un exprès à Monsieur Servien, pour l'informer de tout ce que dessus, & lui mander nos sentimens sur cette affaire, remettant à lui qui est sur les lieux, & qui verra de quelle façon cette nouvelle y sera reçuë, d'agir ensuite, comme il jugera à propos pour le service du Roi, lui mandant seulement que nous estimions, que si la disposition est telle, qu'en faisant du bruit & de l'éclat du manquement de leurs Plénipotentiaires, c'est à dire Menezwich, Paw, & Knut, l'on pouvoit faire revoquer ces gens-là, ou leur faire faire une reprimande févére, il faudroit poüsser l'affaire. Que si la joye de voir leurs Articles accordés avec plus d'avantages qu'ils n'avoient espéré, est capable de leur faire aprouver dans l'ame tout ce que leurs Ambassadeurs ont fait pour y parvenir, il nous sembloit qu'on se pourroit contenter de faire loüer & aprouver la conduite de Monsieur de Niderhorst, & qu'il leur fût fait très-expresses défenses de passer outre à la moindre Ecriture, signature & formalité avec les Espagnols, jusques à ce que le Traité de la France soit en même état qu'est le leur.

Pour continuer le recit de la conduite desdits Sieurs Ambassadeurs, ils partirent tous de leurs logis avec intention d'aller signer les Articles avec les Espagnols, excepté le Sieur de Niderhorst seul qui s'en excusa, & dit qu'il en rendroit bon compte à Messieurs les Etats, & à sa Province. Ils allerent chez l'Archevêque de Cambrai, où étoit Brun, & ne furent pas plutôt arrivés, que l'Archevêque demanda où étoit Monsieur de Niderhorst. Après quelques legéres excuses qu'ils voulurent donner de son absence, comme on ne s'en payoit pas, ils furent contraints d'avouer qu'il faisoit difficulté de signer, pour le respect de la France, dont il n'étoit point parlé dans les Articles, & sur cela il fut un peu disputé de part & d'autre. Les Sieurs Donia, Riperda & Klant ayant aussi fait quelque bruit, & témoigné qu'ils ne signeroient pas, si les intérêts de la France n'étoient reservés expressément par le même acte, Brun travaillant fort au contraire, & protestant qu'il falloit donc rendre les papiers de part & d'autre, pendant que les Sieurs Paw & Knut ne disoient mot, & que Menezwich étoit sorti de la Conférence, pour aller chercher un papier, qu'ils avoit laissé au logis. Comme la chose étoit fort douteuse, Monsieur de Mathenesse prit la parole & seconda les trois autres, ensorte que l'Archevêque de Cambrai & Brun, craignants que cette difficulté n'empêchât la signature, à quoi tout étoit préparé, ils demanderent du tems pour en aller faire leur raport à Peñaranda, lequel revint avec eux au bout d'un quart-d'heure, & dit sans marchander, qu'il consentoit que dans le même papier ensuite des Articles, & de la signature des Plénipotentiaires de part & d'autre, il fût mis un Article par ceux des Provinces-Unies, qui declarât de leur part nul & de nul effet tout ce qui seroit signé, si la France n'étoit d'accord avec l'Espagne; il fit de plus un grand signe de croix sur la Table, & jura *Por Sancta Cruz*, qu'il vouloit aussi traiter de bonne foi, & conclure la Paix avec nous. Ainsi les 78. Articles furent signés de part & d'autre, en quatre papiers, & dans le premier, qui contient le plus d'Articles, & parti-

culierement celui de la Souveraineté, & indépendance de Messieurs les Etats; après la signature des Espagnols, & des Hollandois, qui occupe toute la page, l'Article de la France a été écrit & signé par les Plénipotentiaires desdits Sieurs Etats seulement, & c'est en la page suivante, qui fait partie de la premiere feuille, faisant partie de la Souveraineté, & d'autant que leur Traité se fait en deux langues, ils ont mis la même chose en deux Cahiers, qui sont en Flamand, qui est *celui où l'Article des Indes est couché*, & ont laissé place à Monsieur de Nidershorst pour signer. Nous ne saurions assez loüer la probité & la constance de ce Gentilhomme ni assez témoigner combien l'affection qu'il a pour la France est réglée par l'honneur & par la raison, c'est ce qui le fait mériter d'être bien fort soutenu par le Roi, au cas que Messieurs les Etats y trouvassent à redire. Il nous a témoigné que l'on dissimule tout-à-fait le manquement de ses Collegues; il craint qu'étant déja mal comme il est avec la Princesse d'Orange, ses Ennemis n'achevent de le ruïner, & qui plus est, que ces gens-ci n'achevent l'infidélité de tout point: tant y a que c'est à lui que l'on doit le redressement de cette affaire, quoiqu'il ne soit pas tel, que l'on n'ait encore grand sujet de mécontentement de quelques-uns desdits Sieurs Ambassadeurs; néanmoins dans l'extremité où nous l'avons vû, plus proche d'une rupture, que de la confiance que l'on doit avoir en des gens qui se mêlent de nous accorder avec les Plénipotentiaires d'Espagne, nous sommes très-aises de ce peu qui a été fait, tant pour les tenir toujours attachés par un filet, & éviter le sujet d'une rupture, que nous ne voudrions pas ni faire ni conseiller, que pour avoir pretexte de laisser notre Négociation entre leurs mains, parce que si elle passoit entre celles des Médiateurs, ce seroit, peut-être, à recommencer.

D'ailleurs ils en doivent être plus soigneux de nous rendre leur interposition utile, l'on peut encore en tirer un avantage, en ce qui touche la garantie, y ayant apparence qu'à moins d'avoir un dessein formé de se separer de nous, Messieurs les Etats, connoissants la transgression que leurs Ambassadeurs ont faite, seront plus retenus à donner un second soupçon, & mécontentement à la France. Ils nous sont venus voir le lendemain, pour essayer à nous faire agréer ce qu'ils ont fait, & le faire passer pour un grand témoignage de leur fermeté & fidelité. Mais quoique l'on ait été bien aise de cette déclaration, nous ne leur avons pas témoigné d'en être satisfaits, pour laisser à leurs Majestez l'entiere liberté de prendre la resolution qu'il leur plaira, & de porter l'affaire plus ou moins hautement, ainsi qu'il sera jugé convenable. Nous leur avons nettement dit que leur procédé est tel, qu'il ne peut être justifié que par le succès, & que cela dépendra de ce qui se fera là, sur le sujet de la garantie, & du train que prendra ici notre Négociation avec les Espagnols. Ils nous avoient prié de leur faire office à la Cour, à ce que leur action ne fût pas mal interprêtée, & c'est sur cela que nous leur avons répondu ce que dessus, en y ajoutant, que tout ce que nous pourrions écrire seroit bien inutile, si en même tems que leur Traité est achevé, celui de la France se recule, non seulement par la conduite de deux autres Plénipotentiaires d'Espagne, s'ils ne font que difficultez sans conclure. Ils nous ont promis & déclaré fort expressément qu'ils ne passeront pas outre à la moindre chose que ce soit, & ne

tou-

1647.

toucheront plus aux Articles, ni au Traité, que les affaires de la France ne soient au même état, & ils n'ont rien omis pour nous appaiser; mais à n'en point mentir, comme on est venu à parler particulierement des différents qui restent à vuider entre les deux Couronnes, nous n'avons pas trouvé le fond de leurs intentions tel, qu'il y ait sujet d'en être content, l'on ne voit point que pour couvrir leur manquement qu'ils ont fait, ils voudroient servir en quelque chose; mais nous craignons que ce ne soit pas tout ce qu'on en devroit justement attendre.

Ils nous ont donné copie de l'Article ajouté au bas des leurs, qui sera avec la présente, & ont promis de communiquer le surplus, aussi tôt qu'il sera mis au net.

Il reste maintenant à repondre aux Mémoires du Roi du 21. & 28. de l'autre mois. Le premier point est celui de la satisfaction de la Couronne de Suéde. Un de nous s'en va à Osnabrug, pour y servir, & essayer qu'elle se puisse ajuster avec le consentement de l'Electeur de Brandebourg, dont le Comte de Trautmansdorff venant dire adieu, pour aller audit lieu, nous avoit laissé quelque esperance, mais depuis il nous a fait savoir, que toutes choses étoient disposées entre les Imperiaux & les Suédois de sorte qu'on n'auroit peut-être pas le tems d'attendre des nouvelles dudit Electeur, les uns & les autres se persuadans, que c'étoit assés d'avoir député vers lui solemnellement de la part de toute l'Assemblée, comme l'on fit l'autre jour.

Il a été fort bien remarqué par lesdits Mémoires que l'Ecrit des Ambassadeurs de Messieurs les Etats, touchant la ligue d'Italie est un nouveau Titre que nous avons pour prétendre, que les Princes d'Italie s'engagent à la manutention du Traité general entre les deux Couronnes, & nous estimons bien de nous en prévaloir; mais le Sieur Paw veillant continuellement, comme il fait, à procurer les avantages des Espagnols, s'est avisé en cette recapitulation de ce qu'il a negocié entr'eux & nous, dont il a été parlé ci-dessus, d'alterer le sens & les paroles de cette premiere reponse, reduisant ladite Ligue à la manutention de la Paix, en ce qui regarde l'Italie seulement. Nous avons été si occupés à leur faire des remontrances de bouche & par écrit, & à chercher remede à un mal pressant, qu'il a été jugé à propos de dissimuler cette autre faute pour un peu de tems: mais nous faisons à présent état de leur en parler comme il faut, & de prier Monsieur Paw, quand

il voudra faire quelque chose d'office sans en être requis par les Parties, qu'il prenne garde de demeurer précisément dans les termes dont l'on est convenu, & après lui avoir montré la difference de ce dernier papier aux autres, nous lui ferons connoître qu'il doit agir conformement à ce qui en a été arrêté ci-devant par son propre ministére. Nous y avons remarqué un autre préjudice, en ce qu'il a aussi changé le titre, & qu'au lieu de mettre *Point plus important* de ce qui est à traiter avec les Plénipotentiaires de France, & d'Espagne, qui sont les termes du premier Ecrit, que nous lui donnames à Osnabrug, il a mis purement & simplement, *Demandes de la France*, afin de taxer de nouveauté les autres points, dont nous avons depuis fait instance, tant par l'ordre de la Cour, que par la rencontre des affaires. En effet on verra qu'en plusieurs endroits de cette piece il a omis, ajouté, jusques là qu'il a employé le même mot en des choses, dont nous nous sommes relâchés.

Nous voyons les bonnes suites de la prevoyance qu'on a eû pour la Catalogne qui a donné moyen à Monsieur le Comte de Harcourt de reprendre les postes que les Ennemis avoient occupés dans les Plaines d'Urgel, dont nous avons été fort en peine par deça, & nous avons aussi remarqué l'ordre qui est donné de fortifier les lieux, qui peuvent étendre les limites de ce qui demeurera au Roi en cette Principauté. Nous essayerons de menager ici les choses qui seront possibles à l'avantage des Catalans, dont nous avons exactement consideré le Mémoire, & même dressé de nouveaux Articles, plus raisonnables, & nous n'avons pas omis d'inserer expressément dans ledit Article, la faculté de fortifier de part & d'autre, dans les lieux dont on demeurera en possession par la Trêve.

Nous avons ôté aux Ministres de Mantoüe qui sont ici toute esperance de rien faire sur la lésion qu'ils prétendent, ni de changer directement ou indirectement le Traité de Querasque en aucune de ses parties. S'ils font quelque proposition, où chacun puisse trouver son compte, comme porte le Mémoire, nous en donnerons avis.

Nous travaillerons avec grand soin à trouver les moyens de faire donner quelque appannage au Prince Edouard Palatin, & celui de nous qui va à Osnabrug prendra garde aux occasions qui s'en pourront offrir.

Nous ne voyons pas encore les choses en terme d'accommodement, particulierement entre Madame la Landgrave, & le Landgrave de Darmstad, & nous regarderons de profiter de l'avis qui nous est donné sur ce fait, pour empêcher, autant qu'il dépendra de nous, ce qui pourra aller contre le service du Roi.

L'Article touchant le Prince de Monaco a été dressé, suivant qu'il a été mandé par ledit Mémoire & l'on n'a pas oublié d'y demander la restitution, & libre jouïssance de ses biens, qui sont dans les Etats du Roi d'Espagne.

Ensuite de l'avis qui nous est donné touchant les Sieurs Oxenstiern & Salvius, nous en avons écrit à Monsieur Chanut, ensorte que nous en esperons quelque fruit: mais à ce que nous voyons par les deux dernieres Dépêches qu'il nous a faites, & par la conduite que tiennent à présent lesdits Ambassadeurs à Osnabrug, il semble qu'il ne sera plus gueres besoin de nouveaux offices de ce côté-là, & qu'on y a pris la resolution d'avoir la Pomeranie entiére sans se mettre en peine du consentement des intéressés.

Nous avons tenu à point nommé la conduite qui a été ordonnée lorsque Monsieur de Servien est parti pour la Haye; & depuis son départ, nous voyons, que cela produit l'effet qu'on s'est promis, n'y ayant à présent gueres de personnes en cette Assemblée, qui ne juge bien que ce voyage est dirigé à la Paix, & qui ne croye aussi, que sans la garantie, l'on pourroit prendre d'autres conseils. Nous avons pris soin particulierement de donner l'une & l'autre impression à Monsieur Contarini parce que la République de Venise a grand intérêt que la Paix se fasse entre la France & l'Espagne, sans quoi elle ne tireroit pas grand secours d'aucun Traité de Paix qui se fît.

Nous avons envoyé à Monsieur de Servien une copie de l'Article du Mémoire touchant la garantie, & l'avons informé de quelques discours, qui nous en ont été tenus par Monsieur de Riperda, & depuis par Monsieur de Niderhorst; C'est ce que l'un & l'autre nous ont dit

1647.

dit feparément qu'ils croyent que Meffieurs les Etats fe pourroient difpofer à toute la garantie du Royaume de France avec ce qui a été nouvellement conquis, & qui doit demeurer par la Paix, tant au Rouffillon que dans le Païs-Bas, & Comté de Bourgogne, ajoûtant même qu'on y pourroit auffi comprendre Pignerol ; moyennant quoi, la France garantiroit toutes leurs Provinces, & Places du Païs-Bas, & pour la Catalogne les Places de Tofcane & Cazal ; comme auffi refpectivement pour ce que Meffieurs les Etats tiennent aux Indes, il feroit convenu d'une affiftance mutuelle qu'ils font entendre de leur part pouvoir être d'un bon nombre de vaiffeaux de Guerre, le tout en cas que l'aggreffion vienne de la part du Roi d'Efpagne ; ce ne font que les fentimens de ceux qui nous ont parlé, fur quoi l'on ne peut fûrement fe fonder, quoi qu'ils nous ayent dit d'en avoir conferé avec Monfieur de Mathenieffe, & de l'avoir trouvé dans cette même opinion.

Monfieur Contarini eft affés perfuadé de lui-même, de l'avantage que les Venitiens recevroient d'une Trêve en Portugal, & nous favons qu'il a été autrefois brouillé avec Peñaranda fur ce fait ; nous agirons auprès de lui, & de Monfieur le Nonce pour tenter encore les moyens poffibles ; mais les Hollandois ruinent cette affaire tous les jours de plus en plus, par l'avidité qu'ils ont d'en profiter.

Nous avons apris avec beaucoup de douleur la nouvelle de la mort de Monfeigneur le Prince, on ne doit pas douter que leurs Majeftés n'y ayent fait une grande perte ; elles en parlent avec de tels fentimens d'eftime & d'affection, qu'on voit bien qu'elles connoiffent parfaitement ceux qu'elles employent dans les affaires de l'Etat, attribuant à ce Prince les grandes qualités dont elles honorent fa Mémoire, & il ne nous refte rien à dire après une fi glorieufe aprobation de la bouche du Maître,

REPONSE

Au

MEMOIRE

du 4. Janvier 1647.

ENVOYE'E EN COUR

le 14. du même Mois.

1647.

DEpuis quelque tems les Ambaffadeurs de Meffieurs les Etats nous preffent de leur mettre en main le projet entier du Traité, & fans le différent que nous avons eû ces jours paffés avec eux nous leur aurions déja délivré, ainfi qu'il a été refolu entre nous, avant que Monfieur de Servien fût parti de Munfter.

Quand nous leur propofames, qu'en faifant arrêter l'Article de la retention des Conquêtes, nous fouffririons la fignature des leurs, nous comprenions dans ledit Article les Conventions pour la Trêve de Catalogne ; ce qui leur fut ainfi expreffément accordé : deforte que c'eft avec verité que l'on aura pû dire aux Catalans, que tout a été fait en même tems, pour leur donner le contentement entier. Le premier Ecrit qui fera délivré, fera celui qui touche le fait de ladite Province, fi ce n'eft que l'on donne le tout enfemble, comme on fera s'il y a apparence que les Efpagnols veulent terminer le Traité.

Nous avons été obligés de concevoir cet Article de la retention des Conquêtes, en des termes qui font veritablement un peu forts, parce que n'ayant pas une connoiffance affés exacte des lieux occupés par les armés du Roi dans les Païs-Bas, nous craignons de faire quelque préjudice à Sa Majefté. Il fera mal aifé que les Efpagnols le paffent, comme ils font, & qu'on ne foit obligé de fe relâcher en quelque chofe, principalement en la maniere de s'exprimer.

Jamais rien ne fe put faire fi à propos, que d'avoir donné ordre aux preparatifs de la Campagne prochaine, on effayera de le faire valoir ici aux amis & aux ennemis ; & il eft bien certain que dans le manquement que les Hollandois ont fait, rien n'eft capable de foutenir les affaires, & empêcher que les Efpagnols ne prennent de nouvelles mefures que lorfqu'ils nous verront être en état de les reduire par force où la raifon ne les peut amener. On doit efpérer qu'une fi prudente conduite reparera le mal que nous peut caufer le mauvais procedé de nos Alliez, & forcer nos Parties de demeurer dans les termes où nous étions avec eux.

Les avis contenus audit Mémoire de l'intelligence de quelques-uns des Deputez de Hollande avec les Miniftres d'Efpagne font fi veritables qu'on aura vû qu'au même tems qu'on nous écrivoit de la Cour nous en faifions ici des plaintes. Ce qui s'eft paffé en la fignature des Articles, & les menaces que nous avons mandé avoir été faites par les Efpagnols en font foi, l'état de leurs affaires ne leur permettant pas de parler fi hardiment, s'ils n'euffent fu le pouvoir faire fans peril ; mais ils ont été avertis à propos, & ont tenu la conduite qu'il falloit pour faire ceder ceux d'entre lefdits Députez, qui ne péchent que par foibleffe defquels ils ont emporté la voix & le confentement par les artifices de Paw & de Knuyt, & la violence de Meinderzwick.

Quand on a parlé la premiére fois à Monfieur

K le

1647.

le Nonce de l'affaire de Portolongone & de Piombino, on le trouva dans les sentimens tels qu'on les pouvoit desirer, approuvant fort que la France retînt ses Places pour la sureté de toute l'Italie. On prit garde qu'il changea de langage quelque tems après, & nous croyons veritablement que lui & Monsieur Contarini y peuvent avoir traversé notre dessein; mais ils ont connu en nous une telle fermeté sur ce point, & ont perdu si fort l'esperance que le Traité se pût achever, si ces lieux-là ne demeuroient à la France, comme tout le reste des Conquêtes. Ce qui s'en est pû voir depuis a été qu'ils ont travaillé avec le Comte de Trautmansdorff, pour porter les Espagnols à y consentir; Monsieur Contarini sans doute a fait office à cette fin, & l'affaire a été portée jusques au point que les Espagnols même ont donné toutes les apparences de vouloir ceder, & n'attendre qu'un ordre pour cet effet; & hors des paroles formelles. Ils s'en sont assez laissez entendre aux Hollandois, ayant dit que le Roi leur Maître avoit bien donné pouvoir d'abandonner toutes les Conquêtes, mais que c'étoit en un tems que Portolongone & Piombino n'étoient pas au pouvoir des François.

Ils ont dit depuis que le voyage de Brun étoit, pour conferer avec le Marquis de Castel Rodrigo, & avoir son consentement sur la cession desdites Places, avec lequel ils avoient resolu de passer outre quand ils n'auroient pas d'autres ordres d'Espagne, & l'on peut assurer que sans le manquement des Hollandois, il n'y avoit pas lieu de douter en cette affaire. En parlant au Nonce ainsi qu'il est prescrit on évitera de lui faire connoître que nous croyons qu'il y ait difficulté en cela, parce que de la façon que les Espagnols en ont parlé aux Médiateurs, & aux Hollandois, & qu'eux nous en ont fait le raport, ils ne pourroient avec justice rejetter sur nous la rupture du Traité, si elle arrivoit pour raison desdites Places.

L'ordre qui a été donné de se prévaloir des Troupes qui se doivent licentier en Pologne, & d'empêcher par ce moyen que les Ennemis n'en profitent, est un effet de la prévoyance, qui fait prospérer toutes les affaires du Roi. Quant à l'assistance qui se peut donner au Roi de Pologne, c'est une pensée qui veritablement est sainte, & genereuse, mais il semble que l'on peut différer de s'en découvrir, jusques au tems que les affaires seront ici finies, ce qui paroit ne pouvoir gueres plus tarder, soit d'une façon ou d'autre.

On ne fait point encore ici de quelle façon l'action des Plénipotentiaires de Messieurs les Etats aura été reçuë à la Haye, mais quoique nous ne nous soyons pas plaints dans l'Assemblée bien ouvertement, & que nous ayons dit à ceux, qui nous en ont mis en propos, qu'ils avoient déclaré, que rien ne se feroit, si l'on ne tomboit aussi d'accord avec la France; plusieurs neanmoins témoignent d'être indignés contr'eux, & les blâment fort. Nous ne rabatons rien de notre fermeté ni de nos prétentions avec les Espagnols, quand on nous en parle, étant bien resolus de les porter plus haut que jamais, de ne faire paroître aucune crainte, & ne diminuer rien de nos demandes.

Lesdits Sieurs Plénipotentiaires nous ont vû une fois depuis, pour nous faire savoir, que quatre d'entr'eux alloient à Osnabrug, & pour nous prier en même tems de contribuer de nos offices envers les Suédois, pour les porter à changer la déclaration qu'ils ont faite de vouloir retenir toute la Poméranie, & faire ensorte

que l'Electeur de Brandebourg ne soit pas dépouillé. Ils nous ont aussi représenté quelques intérêts de Monsieur le Prince d'Orange en certaines Seigneuries, que les Suédois, à ce qu'ils disoient, veulent comprendre dans leur satisfaction.

Il leur fut répondu qu'ayant signé leurs Articles avec les Espagnols, ils obligeroient en quelque façon la Couronne de Suéde à terminer promptement son Traité, & à se contenter de ce qui lui étoit offert par l'Empereur d'autant que le Roi d'Espagne étant libre de son côté pourroit envoyer de grandes forces dans l'Allemagne, & nous au contraire n'y pourrions assister si puissamment le bon parti, & qu'ainsi ni la France, ni la Suéde ne seroient pas en état de ménager pour les amis communs tous les avantages que l'on eût pû faire, s'ils n'eussent pas précipité leur accommodement. Qu'ils devoient considérer ce que nous avions fait, depuis que nos intérêts particuliers étoient ajustez avec les Impériaux, n'ayant pas laissé de continuer la guerre vigoureusement, & de porter nos armes contre le Duc de Baviére, & plus avant dans l'Empire que nous n'avions point encore fait ci-devant.

Quant au surplus nous avons souvent donné conseil aux Ministres de Brandebourg de n'attendre pas l'extrêmité, où ils se sont laissés reduire, mais de traiter de bonne heure avec les Suédois, auprès desquels nous ne laisserons pas d'agir tant pour la consideration dudit Sieur Electeur de Brandebourg, que pour celle de Messieurs les Etats, & de favoriser ses intérêts, autant qu'il en sera possible.

<hr>

MESSIEURS

Les

PLENIPOTENTIAIRES

à Monsieur le Comte de

BRIENNE

Du 14. Janvier 1647.

Monsieur Servien est à la Haye, Voyage de Monsieur d'Avaux à Osnabrug.

MONSIEUR,

QUoique la Dépêche que nous avons faite par le Courier soit fort ample, nous n'avons pas voulu laisser passer cet Ordinaire, sans repondre au Mémoire du Roi du quatriéme de ce mois, qui a été aporté ici pendant cette semaine; nous avons aussi reçu votre Lettre du même jour, laquelle ne contenant que les

même

mêmes points, ce qui eft dit fur ce Memoire y fervira, s'il vous plait, de réponfe. Nous n'avons point encore ici de nouvelles de Monfieur Servien, depuis fon arrivée à la Haye. Je pars demain moi d'Avaux pour aller à Ofnabrug; nous verrons par la conduite des Plénipotentiaires de Suéde, fi le foupçon qu'on a eû eft veritable, que l'effet des bonnes intentions de leur Reine étoit détourné par des ordres particuliers, qui régloient la conduite de Monfieur Oxenftiern. La Reine en eft elle-même en doute, & nous en a fait avertir par Monfieur Chanut. Nous effayerons d'en découvrir la verité, qui ne peut être longtems inconnuë, puifque l'on eft en termes, ou de conclure bientôt, ou de témoigner nettement que l'on ne veut point la Paix. Nous fommes &c.

A Munfter le quatorziéme Janvier 1647.

REPONSE

de Monfieur de

LONGUEVILLE

AU MEMOIRE

DU ROI

Du vingt cinquiém: Janvier 1647.

ENVOYE'E EN COUR.

Le quatriéme Fevrier audit An.

Leur fermeté envers les Efpagnols. Affaires pour Portugal. Meffieurs Paw & Knuyt foutiennent le parti de l'Efpagne. Ils font les entremetteurs des deux Couronnes. Précaution pour l'Article de Portugal. Touchant le deffein de fecourir les Venitiens. Réponfe à un Ecrit des Catalans. On parlera différemment de la fignature des Hollandois. On blâmera les Ecrits des Efpagnols. Et leur conduite. On écrira à Mr. d'Avaux, de travailler à la réunion des Miniftres Suédois à Ofnabrug. Etat de l'affaire des prétentions Suédoifes. Ceffions des Brande-

bourgeois, *& leurs prétentions. Les Imperiaux font bon marché des biens de l'Eglife.*

ENcore que celle-ci foit fort ample, il ne fe peut quafi faire autre réponfe, finon que je m'y conformerai entierement, en l'abfence de Meffieurs mes Collegues. Toutes chofes y font fi particulierement deduites, & les intentions de leurs Majeftez fi clairement expliquées, qu'il n'y a rien à défirer, & il ne faut que fuivre ce qui eft prefcrit.

J'ai un extrême contentement de connoître que leurs Majeftés ont agréable ce qui s'eft fait, pour effayer d'empêcher la fignature des Hollandois. Les dernieres Dépêches auront apris, qu'on ne s'eft en rien relâché depuis, & fans mentir le procedé que l'on a tenu a fort rabattu l'oftentation des Efpagnols, foit parmi les Médiateurs, foit dans le refte de l'Affemblée, où cette action n'a pas eû le mauvais effet contre nous, que nos Parties s'étoient imaginé. La façon, dont nos Articles font conçus, & ce que j'ai dit aux Hollandois en les leur délivrant, ne leur fera point prendre d'opinion, que nous foyons pour diminuer aucune chofe de nos demandes; j'ofe dire au contraire, que leur plus grand foin eft, que nous ne les augmentions pas; auffi leur ai-je déclaré expreffément, que fi Meffieurs les Etats faifoient difficulté de s'obliger à la garantie mutuelle de ce qui devoit être accordé dans le Traité, nous voulions prendre d'autres précautions, & convenir des nouvelles difficultez, au defaut defquelles nous les chercherions dans nos propres forces, & dans les moyens que Dieu nous a mis en main, pour pouffer à bout nos Ennemis, à quoi nous nous preparerions avec d'autant plus de diligence, que le fecours de ceux que nous avons crû jufques ici nos veritables amis, nous manqueroit en ce cas.

J'ai fû que l'Article du Portugal, fur tous les autres, a donné mal en tête aux Miniftres d'Efpagne. La faculté d'affifter ce Roi y eft bien expreffe, mais on ne peut encore faire jugement du deffein des Efpagnols, ni connoître avec certitude s'ils rentreront en Traité, tout de bon & avec deffein de conclure, ou s'ils ne dilayeront point encore felon leur humeur lente: peut-être qu'ils attendent le retour du Sieur Brun, que l'on croit devoir être bientôt à Munfter, il pourra aporter les ordres avec lui, ou du moins les fentimens du Marquis de Caftel Rodrigo. Et puis il eft le feul d'entr'eux qui peut repondre à nos Articles, & mettre la main à la plume. Ils pourront d'ailleurs reculer ou avancer, felon le fuccès qu'aura la Négociation d'Ofnabrug.

J'ai déja rendu compte, comme j'avois marqué au Sieur Paw tout ce que nous trouvons à redire en fon Ecrit, qu'il appelle *Récapitulation*. Je le reduifis à un point qu'il ne pût repondre, finon que s'il y avoit quelque chofe qui nous déplût, il le faudroit changer. Il eft bien vrai que les propres Miniftres d'Efpagne ne peuvent aller plus à leurs fins, ni avoir plus de paffion à leurs intérêts préfens, que Paw & Knuyt en ont témoigné; mais avec tout cela je ne puis croire, qu'il ne nous aît été fort avantageux de les avoir eûs pour entremetteurs, & il faut avouër, que nous avons plus obtenu avec eux fur ce fujet que nous n'euffions, peut-être, jamais fait fi les Médiateurs s'en

s'en fuſſent mêlés; j'eſtime même que leur entremiſe en ce qui reſte , ne nous ſera pas inutile , pour les raiſons qui ont été ci-devant
mandées , que le plus grand mal qu'ils pouvoient faire eſt fait , & qu'il y va de quelque
intérêt & reputation pour eux; de ne laiſſer pas
imparfait ce qui eſt ſi avancé, & de regagner
le credit, & la reputation qu'ils ont perduë,
non pas envers la France ſeulement , mais envers les gens d'honneur de leur Etat. En
tout cas, on ne s'y arrêtera pas plus que de raiſon. J'ai réſolu de donner à Meſſieurs les Médiateurs autant de nos Articles , afin que l'intérêt preſſant de Monſieur de Contarini, & le
deſir qu'ils doivent avoir tous deux de finir les
affaires, & d'y contribuer les porte à nous y
rendre de bons offices : ainſi de quelque côté
que le bien nous vienne nous le prendrons,
& reconnoîtrons pour amis ceux qui nous
procureront de l'avantage.

Précaution
pour l'Article
de Portugal.

Outre ce qui eſt porté dans l'Article de Portugal, de la liberté que leurs Majeſtés ſe réſer-
vent d'aſſiſter ce Royaume, je l'ai encore publié
& fait ſavoir en divers lieux, & quand j'ai
parlé aux Ambaſſadeurs de Meſſieurs les E-
tatsje leur ai dit ſouvent, que leur ſeule conſideration avoit fait condeſcendre leurs Majeſtés de
ne point comprendre le Roi de Portugal dans
le Traité, & que nous reconnoiſſions bien que
la facilité que le Roi d'Eſpagne aura de venir
à bout des Portugais, quelque aſſiſtance que
nous leur donnions; c'étoit remettre un Royaume entre ſes mains, & le rétablir dans ce
qu'il avoit perdu de plus important dans cette
Guerre. Que leurs Majeſtés en ayant donné la
parole, ne la changeroient pas, ſi la Négociation préſente s'achevoit, mais ſi on ne la con-
cluoit bientôt, ou que Meſſieurs les Etats
refuſaſſent d'entrer en garantie du Traité,elles
ne feroient pour rien du monde la Paix, que
les Portugais n'y fuſſent expreſſément compris.

La pieté, & le genereux deſſein de leurs
Majeſtés, pour ſecourir la République de Veniſe contre le Turc, ne peuvent être aſſez
loués. Je le ferai valoir auprès de Monſieur
Contarini autant qu'il me ſera poſſible, ſans rien
engager pourtant & m'y conduirai en la même ſorte, qu'il eſt preſcrit par le Memoire.

Touchant
le deſſein de
ſecourir les
Venitiens.

Quand on a mis le Comte de Trautmansdorff en diſcours de ce que les Princes Chrétiens
pourroient faire contre cet Ennemi commun, il
a dit nettement , que ſon Maître auroit peur
de s'embarquer en une Guerre ſi perilleu-
ſe.

J'ai vû avec beaucoup de ſatisfaction la re-
ponſe faite aux Catalans, dans la Lettre écrite à
Monſieur de Servien. Il ne ſe peut rien dire
de plus à propos, ni qui convienne mieux aux
affaires préſentes. J'eſſayerai de régler ici ma
conduite ſur l'un & l'autre de ces Ecrits.

Réponſe à
un Ecrit des
Catalans.

Je parlerai de la ſignature des Hollandois, ſelon ceux avec qui je traiterai. C'eſt-à-dire autrement avec les Imperiaux, & les Députez
des Princes d'Allemagne & d'Italie & autrement
avec ceux de Suéde & de Portugal. Je n'ou-
blierai pas auſſi de faire remarquer aux Médiateurs la baſſeſſe & l'indigne procedé des Ministres d'Eſpagne, en permettant l'impreſſion de
ce qui ſe met dans leurs Gazettes, dans un tems
où l'on doit ſe reconcilier. Pour l'affaire de
Philippe Roi, je l'ai fort décriée, en parlant aux
Hollandois, qui m'ont dit que Peñaranda, &
l'Archevêque de Cambrai blâmoient fort le voyage que cet homme avoit fait à la Haye, &

On parlera
différemment
de la ſignatu-
re des Hol-
landois.

On blâme-
ra les Ecrits
des Eſpa-
gnols.
Et leur
conduite.

deſaprouvoient ce qui s'eſt paſſé; mais c'eſt
leur coutume après avoir tenté les moyens qui
ne ſont pas honnêtes de s'en démêler par un des-
aveu rejettant ſur autrui la faute, dont ils ſont
coupables.

J'écrirai à Monſieur d'Avaux, qui eſt toûjours à Oſnabrug, qu'il eſſaye de mettre l'union
entre les Plénipotentiaires de Suéde ainſi qu'il
avoit été très prudemment reſolu à la Cour,que
l'on devoit faire. Je crois néanmoins que ſon
entremiſe ne ſera pas à préſent néceſſaire, ou
qu'il y trouvera de la facilité; puiſque l'on croit
que le point de la Pometanie eſt ajuſté avec le
Marquis de Brandebourg : ce n'a pas été ſans
très-grande peine, & ſans que leſdits Sieurs
Plénipotentiaires ayent ſouvent changé leurs
propoſitions comme ledit Sieur d'Avaux le ſera
particulierement ſavoir; mais enfin le dernier
avis qu'il m'en a donné porte qu'il ne reſte plus
pour l'accommodement de cette affaire, que
des difficultés, qui apparemment ne peuvent la
rompre. Comme chacun loüe déja leurs Majeſtés des ſoins extraordinaires qu'elles ont de
pacifier la Chrétienté, celui qu'elles prennent
encore de remettre bien enſemble les Plénipotentiaires de Suéde, ſera très-bien reçu par tout,
& ne peut que produire un bon effet, ſoit en
l'Aſſemblée, ſoit en Suéde où leur Maîtreſſe aura grand ſujet de ſatisfaction de tout ce que la
France aura fait pour ſes avantages. Il ne ſera
plus beſoin auſſi de penſer aux Lettres que cette
Reine avoit elle-même déſirées; ce qui à la vérité étoit une affaire delicate, & un coup duquel il ſemble qu'on ne ſe doit ſervir qu'à l'extremité. Toutefois l'habileté du Sieur Chanut
m'y eût plutôt fait donner les mains croyant
qu'il ne ſe fût point déſaiſi deſdites Lettres,
que quand elles auroient pû être utiles, & produire l'effet qu'on en déſiroit.

On écrira
à Mr. d'A-
vaux de tra-
vailler à la
réunion des
Miniſtres
Suédois à
Oſnabrug.

Etat de
l'affaire des
prétentions
Suédoiſes.

Ceux de Brandebourg cedent Garts, Stetin,
Wollin & Dam, outre l'anterieure Pomeranie;
mais ils prétendent pour recompenſe l'Evêché
d'Alberſtadt; l'expectative de Magdebourg,
l'Evêché de Minden, avec le Comté de Schaun-
burg, & quelque autre choſe. L'Evêque
d'Oſnabrug, qui eſt de la Maiſon de Baviere,
& Député en cette Aſſemblée de l'Electeur de
Cologne,eſt allé en diligence à Oſnabrug, pour
s'oppoſer & empêcher, s'il ſe peut, qu'on ne
leur donne l'Evêché de Minden, dont il eſt
pourvu & veritablement les Impériaux font bon
marché du bien de l'Egliſe, & pourvû que l'on
ne touche point aux biens Hereditaires de la
Maiſon d'Autriche, ils n'ont pas grand ſoin de
ceux de St. Pierre. Tous les Catholiques dans
l'Empire connoiſſent cette verité plus clairement qu'ils n'avoient jamais fait, & cette conſideration pourra porter un jour les Electeurs &
Princes Catholiques à ſe lier plus étroitement
avec la France, ſe voyant abandonnés de l'Empereur qui couche facilement de l'intérêt de l'E-
gliſe, quand il s'agit de conſerver le ſien.

Ceſſions des
Brandebour-
geois & leurs
prétentions.

Les Impé-
riaux font
bon marché
des biens de
l'Egliſe.

MON-

MONSIEUR

de

LONGUEVILLE,

à Monsieur de

BRIENNE.

Du 4. Fevrier 1647.

Les Suedois refusent de signer les conditions arrêtées avec les Brandebourgeois.

MONSIEUR,

Les Suédois refusent de signer les conditions arrêtées avec les Députez de Brandebourg.

DEpuis le Mémoire que j'envoyai pour répondre au Mémoire du Roi du vingt-cinquiéme du mois passé, j'ai reçu une Lettre de Monsieur d'Avaux, qui me mande que les Plénipotentiaires de Suéde n'ont pas voulu signer les conditions arrêtées avec les Députez de Brandebourg, & en ont ajouté de nouvelles. J'envoye copie de la Lettre même dudit Sieur d'Avaux, afin que l'on voye mieux comme tout se passe, & les difficultés qui se trouvent dans la Négociation. Elles sont souvent plus grandes avec nos Alliés qu'avec les Parties, mêmes ; cependant vous jugez bien, que dans l'esperance que l'on a de terminer les affaires, il seroit dangereux de faire la Lettre, dont la Reine de Suéde avoit fait l'ouverture au Sieur Chanut, & vous pourrez remarquer qu'encore que ses Ministres soient difficiles au dernier point, ils ont néanmoins recours à l'entremise de la France pour quelques-unes de leurs affaires, tant avec les Princes de l'Empire, qu'avec l'Empereur même. Je mets le surplus au Mémoire, & vous supplierai seulement, Monsieur, de vouloir faire expedier un Passeport selon le billet qui sera ci joint, pour le Baron d'Armolai, & sa famille, pour aller de Bruxelles en la Franche-Comté, & retourner : c'est un Gentilhomme, qui m'a accompagné sur les Terres de l'obéissance du Roi d'Espagne, quand je suis venu à Munster, & qui d'ailleurs merite bien cette grace. Je vous supplie de me continuer celle de votre bienveillance, & de croire que je suis, &c.

A Munster le 4. Fevrier 1647.

MEMOIRE

de Monsieur de

LONGUEVILLE,

ENVOYÉ EN COUR.

Le 11. Fevrier 1647.

Sa Conférence avec les Ambassadeurs Hollandois. Il leur livre quelques notes sur un Ecrit publié en Hollande par les Espagnols. Sa précaution sur une Ligue en Italie. Prétentions des François touchant le Commerce. Il attaque la conduite des Espagnols. Son jugement touchant l'inclination des Hollandois pour la France. La France cherche de donner le tort aux Espagnols du retardement de la Paix. L'Empereur & le Duc de Baviere ne souhaitent que la Paix. Les Suédois au contraire. Ses intentions pour l'avantage de la France. Ses jugemens sont que la plûpart des Députez des Etats Généraux sont gagnez par l'Espagne. On donne aux Médiateurs les dernieres intentions de la France à l'égard de la garantie des Hollandois.

Sa Conférence avec les Ambassadeurs Hollandois.

J'Ai eu ces jours passés une Conférence avec les Ambassadeurs de Messieurs les Etats, dont je ferai le recit en premier lieu & puis je répondrai au Mémoire du Roi du premier de ce mois.

Lesdits Sieurs Ambassadeurs me vinrent trouver pour me dire qu'ils avoient eû ordre de leurs Supérieurs, d'aller rendre compte de ce qui s'est passé dans la Négociation, tant entre l'Espagne & eux qu'entre la France & l'Espagne par leur entremise ; ils me dirent, que quatre d'entr'eux partiroient le lendemain, qui sont les Sieurs Mathenesse, Knuyt, Ripperda & Klant ; qu'ils m'avoient ci-devant promis de me communiquer ce qu'ils manderoient à Messieurs les Etats, touchant l'Ecrit de Philippe Roi, mais qu'étant à présent tems de faire leur raport verbalement, ils ne pouvoient m'en délivrer aucune chose, me priant de ne le point trouver mauvais, & de leur faire savoir ce que j'avois à désirer d'eux.

Je répondis, qu'ils devoient se souvenir de la plainte, que nous leur avions faite de ce qui est en l'Ecrit, qui sert comme de recapitula-

K 3　　　　　　　　　　　　　tula-

tulation de nos affaires; & pour ne les pas engager à foutenir le contenu en cet Ecrit; je dis feulement qu'y ayant plufieurs paroles auxquelles les Efpagnols devoient donner une mauvaife interprétation, je les priois d'être exacts dans le raport qu'ils feroient, afin qu'il n'y eût rien de contraire à la vérité, & qui pût nous caufer quelque préjudice.

Je leur repetai enfuite ce dont nous nous plaignions, & afin qu'ils ne puffent s'excufer fur le défaut de mémoire, ou que s'ils parlent en la maniere, & dans les termes que cette Recapitulation eft conçuë, on puiffe mieux convaincre leur mauvaife foi.

Il leur livre quelques notes fur un Ecrit publié en Hollande par les Efpagnols.

Je fis mettre par écrit quelques notes fommaires, que j'envoyai au Sieur de Mathenefle avant qu'il partît, lefquelles ayant toutes luës n'y trouva rien à redire & me remercia du foin que j'avois eû en cela, difant qu'ils feroient voir à leurs Superieurs les Ecrits mêmes, qui leur avoient été mis en main de part & d'autre, fans y ajouter aucune chofe du leur. J'ai donné l'avis de ce que deffus à Monfieur de Servien, & lui ai envoyé copie des mêmes notes, qui pourront faire voir à Meffieurs les Etats que l'information qu'ils ont euë ci-devant de leurs Plénipotentiaires eft captieufe & dreffée felon l'intention des Miniftres d'Efpagne.

Sa précaution fur une Ligue en Italie.

J'ai fait mettre autant defdites notes avec ce Mémoire ; l'on pourra remarquer, en ce qui touche la Ligue d'Italie, que je ne leur ai pas fait de reproche de ce qu'ils n'ont parlé de ladite Ligue, que pour les affaires d'Italie feulement, parce qu'encore que dans deux de leurs Ecrits, ils euffent fait mention de tout le Traité, la verité eft néanmoins que dans le papier qui leur fut donné à Ofnabrug la Ligue n'eft demandée que pour les feules affaires de cette Province : d'autant que nous n'avions pas reçu alors les ordres que nous avons eû depuis fur ce fait. Ainfi je me contenterai d'y faire voir les bonnes intentions de leurs Majeftés, en pourfuivant ladite Ligue, & d'infinuer qu'elle doit être pour garantir tout le Traité, fans m'arrêter d'ailleurs trop ponctuellement fur ces paroles.

Je m'etendis auffi à montrer la mauvaife procedure des Efpagnols dans l'envoi de Philippe Roi à la Haye. Je leur dis que cette action fi contraire à la fincerité qui fe doit pratiquer dans les Traités les offenfoit eux en particulier, comme nous, qui fommes alliés, une femblable information eût pû être loifible, & nous euffions néanmoins cru bleffer notre reputation d'être convenus de tenir fecret ce qui fe paffoit & nous l'euffions rendu public, mais que les Efpagnols ne pouvoient avoir autre deffein en ce faifant que de jetter parmi nous la divifion, qui n'eft pas moins dangereufe à leur Etat qu'au nôtre. Peñaranda defavouant lui-même cette procedure quoiqu'on n'aît rien fait fans fon confentement, montroit bien qu'il la jugeoit honteufe & blâmable, & d'autant que ledit Sieur Paw repartit, que pour eux ils n'avoient point eû de part en cela, & qu'ils ne leur pouvoient pas empêcher; je dis que je ne leur repréfentois ces chofes que pour l'intérêt qu'ils avoient d'en faire connoître le mauvais deffein à Meffieurs les Etats, & non pour les accufer d'y avoir eû part. Je pris enfuite occafion de dire, que puifqu'ils alloient vers leurs Superieurs, il fembloit bien néceffaire à eux & à nous de favoir au vrai ce qu'on doit attendre des Efpagnols, afin que chacun prît fes refolutions & leur demandai ce qui s'étoit fait depuis qu'ils avoient les Articles en main, puis qu'eux-mêmes avoient dit à Monfieur

Contarini, avant que je les leur donnaffe, que quand je les aurois délivrez, toutes chofes feroient incontinent après terminées.

Ils s'affemblerent, & après avoir conferé entr'eux, leur réponfe fut que dès le lendemain qu'ils avoient eû nos Articles, ils les avoient communiqués au Comte de Peñaranda, & qu'ils lui avoient délivré par extrait les vingt premiers, fur lefquels ils leur avoient dit depuis qu'ayant été pourvu au Commerce entre les deux Royaumes par les Traités précédents, il fe falloit arrêter à ce qui avoit été une fois réfolu & demeurer dans les mêmes termes. Je repliquai que les anciens Traités n'ayant pas été affés clairs fur le fait du Commerce, il s'en étoit enfuivi plufieurs inconveniens ; que l'on avoit ufé de grande rigueur contre les Marchands François, & que pour éviter de pareils accidents, qui peuvent quelquefois être caufe de grands maux, il étoit néceffaire de s'expliquer ; que les Efpagnols témoigneroient n'avoir aucune difpofition à la Paix s'ils faifoient difficulté d'accorder aux Sujets du Roi les mêmes chofes dont on eft convenu pour les Marchands d'Angleterre, & du Païs-Bas. Ils dirent que Peñaranda ne pouvoit demeurer d'accord qu'il fût permis aux François, qui vendent du blé en Efpagne, d'en tranfporter l'or & l'argent, qui eft une chofe défenduë fort exactement, & comme une des principales Loix du Royaume. Je répondis que l'Efpagne tiroit du blé de la France qu'elle ne pouvoit payer par d'autres Marchandifes; & que pour un fujet fi néceffaire, & fi privilégié le tranfport de l'or & de l'argent devoit être permis. Il paroît qu'il y aura de la peine à obtenir ce dernier point, & peut-être fera-t-il jugé raifonnable d'y prendre quelque expedient comme de ftipuler la permiffion de retirer en or & en argent la moitié du payement, ou même que l'on fera obligé d'en ufer comme l'on a fait par le paffé; mais pour les autres conditions, fi les Marchands François n'avoient les mêmes libertés que ceux d'Angleterre, & de Meffieurs les Etats, tout le trafic d'Efpagne, qui eft celui qui aporte le plus d'utilité à la France, s'anéantiroit, & pafferoit aux Anglois & Hollandois. Ce qui cauferoit un trop grand préjudice, & il femble que l'on doit infifter fortement fur ce point, & ne s'en point départir.

Prétentions des François touchant le Commerce.

Mais après avoir remontré ces chofes auxdits Ambaffadeurs, & les avoir preffés un peu legerement, je leur dis, que chicaner fur des conditions qui font reciproques, & qui font déja accordées à d'autres dont l'avantage retourne auffi bien au profit de l'Efpagne, qu'à celui de la France, c'étoit, à dire la verité, fe moquer d'eux & de nous. Que les Efpagnols ne cherchoient qu'à éloigner la conclufion des affaires dans le deffein obftiné qu'ils ont de jetter de la divifion parmi les Alliez. Que je les conjurois de prendre garde à quoi pouvoit tendre une telle conduite, & de la faire bien obferver à Meffieurs les Etats; que c'étoit l'effet vifible de ce que nous leur avons toûjours predit, que les Miniftres d'Efpagne les ayant une fois portés à figner leurs Articles, étoient en efpérance de pouffer le manquement plus avant, & qu'ils ne cefferoient jamais, tant qu'il y auroit la moindre aparence de defunion. Je leur montrai fur cela un Imprimé d'Anvers, qui porte que la Paix eft faite entre l'Efpagne & Meffieurs les Etats, & qu'elle fe publiera bientôt malgré les François fi eux-mêmes ne s'accordent. Je leur dis que c'étoit par ces moyens qu'ils entretenoient leurs peuples, qu'ils leur faifoient contribuer, & efperoient

Il attaque la conduite des Efpagnols.

peroient

1647.

peroient d'avoir moyen de continuer la Guerre; qu'il falloit les détromper une fois en se déclarant nettement sur la garantie du Traité, & se préparant à la Campagne, à laquelle on ne viendroit pas sans doute si l'on témoignoit seulement aux Ennemis qu'on y est disposé.

Lesdits Sieurs Ambassadeurs repartirent que les Plénipotentiaires d'Espagne, témoignoient toujours vouloir conclure, & qu'ils persistoient à nous accorder toutes les Conquêtes, à la reserve des Postes de Toscane, sur lesquels ils assuroient n'avoir aucun ordre. Cela même est un pur artifice, leur dis-je alors, puisque chez les Impériaux, où Monsieur Contarini se trouva présent avec nous, il a été dit à haute voix, que les Ministres d'Espagne confessoient avoir eu pouvoir de leurs Maîtres de céder toutes les conquêtes; mais que c'étoit en un tems que Portolongone, & Piombino n'étoient pas encore occupés par les armes de France; sur quoi chacun étoit demeuré d'accord que l'ordre étoit général, ces Places y comprises, s'ils n'avoient une défense expresse au contraire par les Lettres qu'ils recevroient après qu'on en auroit su la perte en Espagne; d'où je concluois, qu'étant certain que le Comte de Peñaranda avoit reçu depuis des nouvelles, tout ce qu'il peut alleguer n'est qu'un pretexte pour gagner le tems, puisqu'en effet il se seroit bien gardé de rentrer en Négociation, s'il n'avoit le pouvoir de céder lesdites Places; après que je lui ai fait déclarer si expressément, que sans cela on ne feroit jamais la Paix, & que nous ne traitions que sur ce fondement, desorte que le délai qu'il prend, n'est que dans l'esperance de vous porter, s'il peut, à un second manquement. Il y eut sur cela contestation entre lesdits Ambassadeurs & moi, disants, qu'ils n'avoient pas manqué à leurs Traités, & moi leur soutenant, qu'encore que je ne crûsse pas que l'intention de leur Etat fût d'y contrevenir, il ne se peut nier, que la signature des Articles n'ait donné lieu aux vaines esperances des Espagnols, & causé le retardement du Traité.

Comme ils étoient pressés de cette derniere réponse, ils avouèrent qu'ils avoient été plus retenus à porter les Espagnols à se déclarer, attendu les protestations si expresses, que je leur avois faites d'augmenter nos demandes, & de prendre d'autres précautions, si la garantie n'étoit accordée, à quoi ils ajouterent, que les Traités que nous avons ensemble étoient assez formels, & avoient suffisamment pourvu à ladite garantie, sans qu'il fût nécessaire d'entrer en de nouvelles obligations.

Je répondis qu'à la verité, si on n'eût point formé des doutes & mis en question devant nos Parties mêmes, jusques où l'on pouvoit restraindre lesdites obligations, on eût pû se contenter de ce qui est déja accordé; mais qu'après ce qui s'étoit passé, nous desirions d'être éclaircis, & savoir précisément à quoi l'on doit se regler & s'attendre; qu'autrement l'Alliance, que les Provinces avoient tant souhaité de faire avec le Roi, se trouveroit comme anéantie, chacun étant libre de son côté d'y donner telle interpretation que bon lui semblera, & que c'étoit à eux de voir si ce parti leur étoit utile, ou s'ils n'avoient pas besoin, pour se conserver, de la même puissance, qui avoit tant aidé à leur établissement. Que plus leur Traité étoit avantageux, plus ils avoient intérêt de l'assurer & affermir. Que pour nous, nous avions assez témoigné, que nous ne souhaitions rien plus, que de demeurer unis avec eux; mais que si les suretés, que nous avions crû trouver dans leur Alliance nous manquoient, nous ne ferions jamais aucun Traité, que le Portugal n'y fût compris, & chercherions d'autres moyens de nous assurer, que nous avions assez de force & de resolution, pour nous faire accorder toutes nos demandes, & que nous augmenterions, au lieu de diminuer nos prétentions. Je dis aussi, qu'il étoit aisé de voir, que les Espagnols n'ont d'autre visée que de continuer la Guerre, en separant les Alliez, ou qu'étant obligez de faire un Traité, ils conservoient la pensée de rebrouiller à la premiere occasion; que nous voulions éviter l'un & l'autre, & que c'étoit à Messieurs les Etats de juger de leur intérêt, & à se resoudre de ce qu'ils veulent faire pour conclusion, & que je les conjurois de représenter toutes ces choses de notre part à leurs Superieurs en la même façon qu'elles leur étoient dites, & sur tout de leur faire voir ce qui se connoît évidemment dans l'Assemblée, que de la resolution de la garantie mutuelle dépend aujourd'hui la Paix.

J'ai reconnu que d'avoir donné nos Articles a fait un bon effet parmi ceux des Plénipotentiaires qui n'ont point de mauvaise volonté; mais Paw est fâché, qu'on ait ôté par là le moyen de faire entendre à ses Superieurs, que nous ne voulons pas la Paix. Monsieur Servien m'écrit par sa derniere Lettre, qu'ils n'avoient point encore fait savoir cette nouvelle à la Haye, ce qui me confirme dans l'opinion, qu'elle ne favorise pas leur dessein, & ma raison est que la France ayant mis ès mains des Hollandois ses derniers sentimens, il n'y a plus aucun artifice, qui puisse persuader à qui que ce soit, que le retardement provienne d'ailleurs, que des Espagnols, par leur obstination, ou des Hollandois, faute de convenir de la garantie.

Pour répondre à cette heure au Mémoire du premier de ce mois, il paroît que l'Empereur, & le Duc de Baviere sont resolus à faire la Paix, & elle seroit déja faite, ou bien avancée dans l'Empire, si nous n'eussions travaillé pour conduire les choses dans le parti auquel l'Electeur de Brandebourg peut donner son consentement.

Les Suédois seuls se rendent extrémement difficiles, & quand on leur a accordé tout ce qu'il leur a plû de demander de la Pomeranie, jusques à y ménager un village & un bois, ils prétendent à l'heure même autre chose. Monsieur d'Avaux donnant avis de toutes ces particularités, je ne les mettrai point dans ce Mémoire. Je lui ai écrit, que mon sentiment étoit dans les grandes difficultés, qui se trouvent en Allemagne, à faire une somme un peu notable; il se doit souvenir de ne perdre pas l'occasion d'acquerir, s'il se peut, à la France pour quelque peu d'argent, les Villes frontieres ou parties d'icelles ou Bensfeld, avec les cessions des Villes Impériales de la basse Alsace.

Il y a dans l'Assemblée un Bourguemaître de la Ville de Bade, qui est Député de Messieurs les Cantons, auquel nous avons donné toute assistance, & pris soin de le contenter en ce que nous avons pû, afin de rendre ses Superieurs d'autant plus favorables aux armées confederées. J'ai eu grand' joye d'aprendre que l'état, où elles sont, ne soit pas non seulement utile aux affaires d'Allemagne, mais encore à celles d'Italie, & qu'elles ayent retardé le dessein des Espagnols, d'entreprendre sur les Places nouvellement conquises. Il est certain qu'ils se porteront malaisément à faire la Paix, s'ils croyent pouvoir recouvrer ces Places, & que s'ils en perdent une fois l'esperance le Traité s'achevera plutôt. J'ai déja écrit que le Voyage

de

de Brum avoit été concerté avec quelques-uns des Plénipotentiaires des Etats, & Paw, & Knut ont sans doute été ses Directeurs: j'estime que le dessein du dernier est de faire parler, s'il peut, à Madame la Princesse d'Orange pour la rendre toujours plus favorable aux pratiques d'Espagne, & pour l'engager aussi de plus en plus à maintenir ce que ledit Knut a fait en leur faveur.

Le jugement, que nous avons tous trois fait unanimement desdits Plénipotentiaires, est que lesdits Paw & Knuyt sont tout à fait gagnez & corrompus, Meinderswick peut avoir été gagné, & qu'il est de plus piqué des affronts qu'il a reçus dans la Province, qu'il croit lui avoir été suscités par nous; on a reconnu beaucoup de foiblesse en Donia & Klant, mais plutôt une bonne qu'une mauvaise intention; Ripperda est d'un esprit assez leger, auquel les caresses qu'on lui a faites peuvent avoir accru l'inclination qu'il a pour la France; le Sieur de Nederhorst ne se peut assez louër; ce qu'il a fait pour nous est par un vrai principe d'honneur, parce qu'il croit que cela se doit faire, & que c'est le bien & l'avantage de son Païs; pour Mathenesse il a suivi le mouvement de sa Province, & d'ailleurs il a été adroitement persuadé par Paw, qui est le plus fin & le plus dangereux de tous. Il est à cette heure quasi comme constant que les douze mille Risdalles, dont je donnai avis l'autre jour, ont été distribuées par les Espagnols à quelques femmes desdits Plénipotentiaires, qui sont ici, ce qui se dit par quantité de personnes, & sert de conte à présent dans Munster.

Il est vrai que les Espagnols font entendre aux Peuples de Flandres, qu'ils n'ont plus de Guerre contre les Hollandois, que j'ai sû qu'en plusieurs Forts, qu'ils ont aux Frontieres de Messieurs les Etats, ils ont retiré leur Canon dans les Magazins pour faire croire qu'il n'y a plus rien à craindre de ce côté-là.

J'ai donné le Traité au Médiateur Contarini, & lui ai délivré l'intention de leurs Majestez touchant la Garantie des Hollandois. Quand il eût ouï la lecture de tous nos Articles, il forma bien quelques difficultés sur certains points, il dit & repeta plusieurs fois qu'il ne voyoit point d'empêchement à la Paix, que la seule garantie, que nous prétendions de Hollande, sans laquelle nous ne voulions pas conclure, & dit qu'il craignoit fort que Messieurs les Etats ne voulussent pas se déclarer sur cela, & que leur dessein fût de continuer la Guerre entre les Couronnes, pour achever ensuite leur Traité conjointement ou separément de la France, selon le succès des armes, & ce qu'ils feroient pendant la Campagne prochaine. Je repliquai audit Sieur Contarini, que les Provinces-Unies a-voient grand intérêt, que la Guerre finît par un Traité, qui obligeoit les deux Couronnes à les rechercher également & qui les garantissoit de la jalousie qu'elles pouvoient avoir de l'une & de l'autre. Ce que je m'étudiai de lui faire connoître, parce qu'étant intéressé à la prompte conclusion du Traité, il a plusieurs correspondances aux Païs-Bas, auxquelles il peut par ses Lettres, qu'il écrit avec beaucoup de liberté, donner ces mêmes impressions.

<hr>

MONSIEUR

de

LONGUEVILLE,

à Monsieur de

BRIENNE,

Du 11. Fevrier 1647.

*Il s'intéresse fort pour Dom E-
douard de Bragance. Prétentions
de l'Ambassadeur de Savoye.
Messieurs d'Avaux & Servien
restent, le premier à Osnabrug,
& le second à la Haye.*

MONSIEUR,

J'Ajouterai ce mot au Mémoire que j'ai fait aujourd'hui, pour faire savoir, qu'ayant eû depuis nouvel avis, que Dom Édouard, Prisonnier au Château de Milan, est en danger de sa vie, par le mauvais traitement, qu'il reçoit des Espagnols, qui lui ont fait son procès, & l'ont même condamné à mourir à ce que l'on croit, ayant envoyé un Secrétaire à Madrid, avec la Sentence, pour avoir l'ordre & la volonté du Roi d'Espagne. J'en ai fait grande plainte à Messieurs les Médiateurs, & aux Hollandois, ayant prié & les uns & les autres de représen-ter au Comte de Peñaranda, que si, au prejudice de ce qui a été accordé pour la liberté de ce Prince, on venoit à user d'une si grande cruauté envers lui, cela rendroit les choses irre-conciliables, & causeroit de grands malheurs. J'ai prié Messieurs les Médiateurs d'en écrire aussi à leurs Collégues, qui sont à Madrid, pour empêcher que cela n'arrive.

L'Ambassadeur de Savoye m'a fort prié de ne faire pas mention du Traité de la reservation des Droits du Roi sur la Savoye, Piémont & autres Etats apartenans à la Maison de Savoye, disant qu'il s'est fait plusieurs Traités, dans lesquels on n'a point reservé lesdits Droits; mais je ne lui ai pas voulu accorder, parce que nous en avons reçu ici l'ordre exprès. Je crains bien que les longueurs que les Suédois aportent au Traité de l'Empire ne retiennent Monsieur d'Avaux, encore quelque tems à Osnabrug, & que Monsieur Servien ne soit aussi obligé à un plus long séjour à la Haye. Je vous supplie de me continuer vos soins en leur absence, avec l'honneur de votre bienveillance, & de faire é-tat que je suis, &c.

A Munster le 11. *Fevrier* 1647.

1647.

RÉPONSE

au

MÉMOIRE

DU ROI,

Du 8. Fevrier 1647.

ENVOYE'E EN COUR,

Le 18. dudit Mois.

La France prétendra conserver ses Conquêtes. On retirera leur parole, si les Espagnols ne consentent pas au Traité dans le terme qui leur est donné. On aura soin des affaires du Portugal, & de la Catalogne. Les Espagnols s'efforcent à rompre le Traité de l'Empire. On ménage les Hollandois. On doute de la satisfaction des Médiateurs. Monsieur Servien est fort content. Affaire pour la Ligue des Italiens. La Suede & le Brandebourg consentent à la médiation de la France. Trautmansdorff se loüe de la France. Bavière pourroit faire un Traité particulier, si l'Empereur ne fait la Paix sans l'Espagne.

La France prétendra conserver ses Conquêtes. ON ne manquera pas de déclarer, & de mettre même par écrit si l'occasion s'en présente, ainsi qu'on l'a déja dit plusieurs fois, qu'en cas que les armes du Roi fassent de nouvelles Conquêtes, on les prétendra toutes, sans que pour cela on puisse dire, que les demandes soient nouvelles; la France n'ayant traité que sur ce fondement qu'elle ne rendra aucune chose, de ce qui sera occupé sur le Roi d'Espagne, puisqu'il ne veut pas faire raison au Roi, de la Navarre, & des usurpations faites ci-devant sur ses Prédecesseurs.

On retirera leur parole, si les Espagnols ne consentent. On a parlé aux Médiateurs & aux Hollandois, selon la pensée qu'il plaît à leurs Majestez de mettre en consideration dans le Mémoire, que si dans quelque tems les Ministres d'Espagne ne donnent réponse sur nos dernieres propositions, nous serons quites de tout ce que

nous leur aurons offert, on a même marqué le tems, comme dans la fin de ce mois; il est vrai qu'ils ont répondu, que s'il dépendoit purement des Espagnols de conclure, l'on jugeroit raisonnable qu'il y eût un tems limité pour cela, puisque nous déclarons que si Messieurs les Etats n'entrent en la garantie du Traité, nous augmenterons nos demandes, & prétendrons d'autres suretés & conditions; qu'il falloit que ce point fût auparavant ajusté, & comme il ne le peut être si promptement, que les resolutions des Ministres d'Espagne ne peuvent être sitôt prises, j'ai repliqué, que quand ils auroient fait ce qui dépend d'eux, & demeuré d'accord de nos prétentions, on conviendroit bientôt de la garantie; mais qu'il n'étoit pas raisonnable qu'ils fussent libres, & que nous demeurassions engagés; & que si la France étoit obligée de faire les preparatifs de la Campagne prochaine, elle en voudroit retirer les avantages, qu'elle peut raisonnablement esperer.

1647. sentent pas au Traité, dans le terme qui leur est donné.

Quant à ce qu'il plaît à leurs Majestez d'ordonner, que nous fassions insinuer dans l'Assemblée, que la principale raison, pour laquelle la France se veut dégager, est dans l'esperance que le Traité de l'Empire se conclura cependant, & qu'alors les Espagnols pourront bien n'avoir pas si bon marché de leur accommodement, en ce qui regarde la Catalogne, & le Portugal; on tâchera d'y satisfaire, ce sera pourtant avec un peu de retenuë, d'autant que les Espagnols qui apliquent tous leurs soins pour empêcher la conclusion du Traité de l'Empire, pourroient bien se servir envers les Impériaux de notre propre declaration, & leur faire connoître le préjudice qu'ils feroient à leurs affaires, en terminant promptement celles d'Allemagne.

On aura soin des affaires du Portugal, & de la Catalogne.

On tient que Brun doit aller bientôt à Osnabrug, pour s'opposer autant qu'il pourra au Traité, & il a déja envoyé Isola vers le Comte de Trautmansdorff pour cet effet, que s'il y a quelque ressource aux affaires de l'Empereur, qui puisse lui donner moyen de contenter en cela le desir des Espagnols, il est à craindre, qu'il ne s'y laisse entrainer, vû les Mariages qui lui sont proposez de son fils avec l'Infante, & du Roi d'Espagne avec la fille.

Les Espagnols s'efforcent à rompre le Traité de l'Empire.

Je n'ai pas délivré le Traité aux Hollandois pour avoir crû, qu'ils nous fussent affectionnés, mais parce qu'il a été mandé de la Cour qu'on ne devoit pas entrer en rupture avec eux, ce qui eût été sans doute, & eût donné grande joye aux Espagnols, avec le moyen de pousser l'affaire plus avant, si ensuite de la signature on eût exclus lesdits Ambassadeurs de la connoissance de nos affaires.

On ménage les Hollandois.

D'ailleurs nous avons à nous plaindre desdits Ambassadeurs en ce qu'ils ont fait avec les Ministres d'Espagne malgré nos instances, mais nous n'avons reçu que bien & avantage de leur interposition au Traité. Et comme il a été mandé ci-devant nous avons plus profité dans une seule Conférence avec eux, que nous n'aurions, peut-être, fait jusques ici, si l'on eût traité par une autre voye.

Il y a eû encore plusieurs raisons, qui m'ont porté à leur délivrer nos Articles, desquelles je me suis déja tant expliqué, que je craindrois en les repetant d'en être ennuyeux, mais il y en a une qui m'a toujours semblé de grande consideration. Que comme la Ligue des Princes d'Italie ne peut être sitôt concluë; soit par le défaut du Pouvoir des Ministres qui sont ici, soit pour la difficulté que nous avons à y desirer; il importe au service du Roi de garder cependant les Places, que Sa Majesté tient pre-

1647.

presentement en Italie, & cela ne peut être si utilement menagé par une autre entremise, que celle des Hollandois, étant certain que les Médiateurs eussent été Parties en ce fait, & du tout contraires aux intérêts de la France; & parce qu'il falloit aussi avoir égard à la Négociation qui se conduit à la Haye; j'ai crû que s'il y avoit quelque chose qui rendît favorable la poursuite de la garantie auprès de Messieurs les Etats, c'étoit d'avoir mis nos Articles ès mains de leurs Ambassadeurs, parce que le principal fondement dont les Espagnols & leurs partisans se servent contre nous dans les Provinces-Unies est, quand ils font courir le bruit, que la France ne veut pas la Paix; & que si l'on avoit accordé tout ce qu'elle demande, elle prétendroit choses nouvelles. Cette créance que l'on essayoit d'imprimer dans les esprits avec beaucoup d'artifices, ne peut plus être reçuë parmi ces peuples, à présent que les Articles sont delivrés à leurs propres Députés & comme chacun connoît parmi eux, qu'il n'y a plus que le seul point de garantie, qui empêche la conclusion du Traité cela leur en doit sans doute faire hâter la resolution.

On doute de la satisfaction des Médiateurs.
Quant à Messieurs les Médiateurs, on ne sait pas s'ils ont eû quelque déplaisir de n'avoir pas la principale direction de cette affaire, mais eux-mêmes m'ont poursuivi de donner les Articles aux Hollandois, & quand je leur ai délivré depuis, ils n'ont témoigné aucune satisfaction mauvaise, & ont promis de s'employer, pour avancer autant qu'ils pourroient le Traité. Je leur ai fait les mêmes déclarations, que j'avois fait aux autres, & je crois qu'il est du service du Roi de prendre le bien d'où il viendra, & de recevoir ce qui sera accordé, de quelque main qu'il nous puisse être offert.

Monsieur de Servien est fort content.
Monsieur de Servien a toujours été promptement averti de tout ce qui s'est ici passé, & les Lettres, qu'il a reçuës de moi font voir que j'ai prévû ce qu'il en a désiré, & que je lui ai mandé souvent avant que d'avoir vû ce qu'il m'écrivoit, que j'avois tenu le même langage & fait les choses qu'il jugeoit utiles à sa Négociation.

Affaire pour la Ligue des Italiens.
Dans l'Article qui regarde la Ligue des Princes d'Italie, il n'avoit été fait mention expresse, que du Pape & de la République de Venise, parce qu'il avoit été ci-devant mandé de la Cour, qu'il étoit plus à propos d'en user ainsi pour éviter la jalousie des Princes. J'avois eû la pensée, qu'il importoit au service du Roi de donner quelque satisfaction à Monsieur le Grand Duc dans l'état present des affaires d'Italie, mais ayant vû l'intention de leurs Majestez par le Mémoire, & qu'aussi bien à la fin du Traité, il eût fallu nommer les Princes, & n'étant point engagé avec le Resident de Florence, j'ai fait concevoir l'Article en cette sorte, comme l'on verra par l'extrait ci-joint, que je crois que Monsieur le Grand Duc n'aura pas sujet d'en être mal satisfait.

La Suéde & le Brandebourg consentent à la médiation de la France.
La Reine aura vû par les Dépêches de Monsieur d'Avaux, comme les Suédois, & les Brandeburgiens sont à cette heure d'accord; les derniers témoignent avoir grande obligation à leurs Majestez, & ont prié Monsieur d'Avaux de continuer son interposition, pour la recompense qu'ils ont à prétendre de l'Empereur, à quoi il travaille presentement. Les Plénipotentiaires de Suéde lui ont fait la même priere, pour ce qui reste à ajuster en leur satisfaction; ce qu'on espere aussi de terminer bientôt, encore que nos Alliez se rendent toujours difficiles; ce qui est le plus fâcheux est qu'ils apuyent les Protestants dans leurs prétentions, au fait de la Religion, & dans celle qu'ils ont de retenir les Evêchés d'Osnabrug & de Minden; ils ne feignent pas de dire que sans la France les Impériaux y donneroient les mains; nous essayerons d'éviter ce mal, & ferons toutes les diligences possibles pour conclure les affaires à la fin tant désirée.

Trautmansdorff se loüe de la France.
Le Comte de Trautmansdorff a dit hautement, que toute l'Allemagne étoit obligée de reconnoître les bonnes intentions de leurs Majestez pour la Paix; je ne puis encore juger si les Plénipotentiaires d'Espagne voudront s'ouvrir entierement, avant qu'ils voyent le succès qu'aura la Négociation d'Osnabrug, & celle de la Haye; elles sont toutes deux conduites, par de si bonnes mains, qu'il y a grand sujet d'être en repos, & d'en bien esperer, puis qu'on peut dire avec vérité, que ce qui ne se fera point par le ministére de ceux qui y sont employés, sera impossible à tous autres.

Baviere pourroit faire un Traité particulier, si l'Empereur ne fait la Paix sans l'Espagne.
L'on aura eû nouvelles à la Cour de ce qui s'est passé à Ulm entre les Députés, pour le fait de la suspension. Il y a apparence que si le Traité ne s'acheve dans l'Empire, & que les Espagnols puissent gagner ce point sur l'Empereur, le Duc de Baviére seroit pour entendre à un Traité particulier, ce qui seroit un très-grand avantage, si la Guerre avoit à continuer; j'essayerai d'y preparer ses Ministres, & leur parlerai conformément à ce qui est porté dans le Mémoire.

MONSIEUR

de

LONGUEVILLE,

à Monsieur le Comte de

BRIENNE,

A Munster le 18. Fevrier 1647.

Ses raisons pour donner aux Hollandois les Articles, produisent un bon effet. Son intention pour l'affaire de la Ligue en Italie. Raison de son silence pour le Portugal.

MONSIEUR,

VOus verrez par la copie que j'en ai faite au Mémoire du Roi du dixhuitiéme de ce mois, ce qui m'a porté principalement à mettre les Articles ès mains des Hollandois; ce que je puis dire avoir produit un très-bon effet dans l'Assemblée où l'on ne croit plus ce que les Espa-

1647.

Ses raisons pour donner aux Hollandois les Articles produisent un bon effet.

au langage du Traité. Il demande de l'argent.

1647.

Espagnols ont toujours publié, pour donner une mauvaise opinion de notre conduite, que nous ne voulions pas la Paix; & qu'encore que nos demandes fussent accordées, nous en ferions d'autres. Cette fausse persuasion est ce qui a de plus mis en allarme les Provinces-Unies, & qui donnoit moyen aux mal-intentionnés de surprendre & animer contre nous ceux qui d'ailleurs n'ont aucune mauvaise volonté, & j'estime que s'il y a quelque chose, qui puisse favoriser la poursuite qui se fait présentement à la Haye, c'est la délivrance desdits Articles, ès mains de leurs Députés.

Son intention pour l'affaire de la Ligue en Italie.

Vous verrez aussi, Monsieur, qu'en ne nommant, que le Pape & Venise, pour la Ligue des Princes d'Italie, nous avons suivi ce qui nous a été mandé de la Cour; mais j'ai eû le bonheur, qu'ayant prevu ce qui est arrivé il s'est trouvé un moyen de contenter l'Ambassadeur de Savoye, & peut-être de ne-mécontenter pas l'Ambassadeur de Florence.

Raison de son silence pour le Portugal.

Pour l'Article de Portugal, si nous eussions fait une demande aux Espagnols, les Ministres du Roi de Portugal auroient raison de se plaindre, que nous ne l'eussions pas nommé; mais ayant à dresser les Articles en la forme même que nous pretendons, qu'ils doivent être inserés au Traité, il eût été visible à tout le monde, que ce n'eût été qu'une feinte, & une apparence, puisque dans un Acte, qui doit être signé par le Roi d'Espagne, chacun sait que ces termes ne pouvoient être reçus, & quand ses Ambassadeurs m'en ont ici parlé, ils n'ont rien eû à repliquer, lorsque je leur ai fait cette réponse. C'est celle que j'ai cru devoir faire à votre Lettre, & vous supplier de me croire.

MONSIEUR

de

LONGUEVILLE,

à Monsieur le Comte de

BRIENNE.

A Munster le 4. Mars 1647.

Il répond aux instances des Ministres Portugais à Paris. Les Hollandois s'intéressent pour Dom Édouard de Bragance. Les Ministres de Baviere sont autorisés pour traiter avec la France & la Suéde. Les Suédois voudroient la ruine de Baviere. Crainte des Impériaux. Pretentions des Espagnols par raport

Tom. IV.

MONSIEUR,

JE vous rends graces bien humbles de toutes vos nouvelles, & de ce qu'il vous a plû me faire savoir des propositions du Marquis de Nizza, Ambassadeur Extraordinaire du Roi de Portugal. J'ai déja mandé, que j'avois dit ici à ses Ministres les raisons qui nous ont obligés à coucher l'Article de Portugal en la sorte qu'il est, dequoi ils ont temoigné être satisfaits. Cet Article a bien fait du bruit, comme vous l'avez pû voir par ma précedente Dépêche; mais je n'ai pas laissé pour cela de parler toujours de cette affaire, & d'essayer de procurer une Trève ou cessation d'armes à ce Roi, au moins pendant que la Guerre du Turc durera.

Il répond aux instances des Ministres Portugais dont ils sont satisfaits.

Dans toutes les Conférences que j'ai eû avec les Médiateurs, je n'ai eû rien tant en recommandation, que de leur ramentevoir la liberté que le Roi se reserve d'assister celui de Portugal, soutenant toujours, qu'il faut qu'il y en aît un Article exprès, quoiqu'à la verité je ne croye pas qu'on le puisse faire inserer dans le Traité.

Pour Dom Edouard, j'en ai fait depuis peu de si vives instances, que les Hollandois dirent nettement à Peñaranda, que la France rompoit tout commerce si ce Prince étoit si maltraité; dequoi Peñaranda se plaignit aux Médiateurs, & dit que sur son honneur l'avis, que l'on avoit fait le procès audit Dom Edouard ne se trouveroit veritable, & qu'il en alloit écrire au Gouverneur de Milan; vous verrez au surplus dans leurs Articles celui qu'ils ont ajouté comme secret pour ce qui concerne ce Prince.

Les Hollandois s'intéressent pour Dom Édouard de Bragance.

J'ai fait savoir comme les Députés de Monsieur le Duc de Baviére avoient un pouvoir pour traiter avec nous, & avec les Suédois aussi, & qu'un Courrier exprès leur avoit aporté des Lettres de leur Maître à la Reine, & à Monsieur le Cardinal Mazarin. Le Baron d'Azelan m'a donné lesdites Lettres, que je vous envoye avec celle-ci; leur adresse étant à Monsieur le Nonce Bagny, nous avons resolu lui & moi, qu'il écriroit à Monsieur l'Electeur de faire un Traité particulier, & provisionel, qui aura lieu, au cas que le général de l'Empire ne s'acheve. Cela me semble être plus à propos, que de traiter ici, d'autant que les Plénipotentiaires de Suéde ont une aversion merveilleuse contre ce Prince, & quoi qu'ils reconnoissent un grand avantage à le détacher d'avec l'Empereur, ils voudroient sa ruine, plutôt que de s'accommoder avec lui, & le haïssent à cause de la Religion Catholique qu'ils voudroient détruire, & être seuls considérés dans l'Allemagne.

Les Ministres de Baviere sont autorisés pour traiter avec la France & la Suéde.

Les Suédois voudroient la ruine de Baviere.

D'ailleurs les Impériaux sont fort bien avertis du dessein que ledit Duc a de faire un Traité particulier. Le Comte de Trautmansdorff en a parlé à Monsieur Krebs, qui est à Osnabrug de la part de ce Prince, & l'a menacé que s'il traitoit avec nous il conclueroit dès le lendemain avec les Ambassadeurs de Suéde, à toutes les conditions qu'ils voudroient sans rien excepter, desorte qu'il me semble meilleur de traiter cette affaire à Ulm qu'à Munster. J'attends néanmoins l'avis de Monsieur d'Avaux, auquel j'en ai écrit pour y prendre une derniere resolution, avant que de faire

Crainte des Impériaux.

partir

1647.

partir un exprès, que j'envoyerai à Ulm aux Sieurs de Traci & de Croissi.

En parlant aux Médiateurs ils ont dit que Mont-Caffel, dont nous demandons la cession dans les Articles est occupé par les Espagnols, & qu'ils y ont Garnison, & néanmoins il étoit dans le Mémoire qui nous a été envoyé, il est necessaire que nous sachions au vrai l'état de cette Place.

Prétension des Espagnols par report au langage du Traité.

Les Ambassadeurs de Hollande m'ont dit que Peñaranda pretend faire un Traité en Espagnol aussi bien qu'en François; j'ai répondu que nous ne voulions prendre aucun avantage sur eux en cela, mais qu'il ne falloit aussi rien changer en ce qui est accoutumé, que les Traités précedents se sont faits en François seulement, & que les Espagnols en ont fait depuis peu imprimer à Anvers un volume entier, qui est tout en notre Langue. Ils disent qu'il n'y a que le seul Traité de Vervins qui n'a été dressé qu'en François, parce que le Roi d'Espagne ne traitoit pas, mais l'Archiduc sur sa procuration. Je vous supplie, Monsieur, de me faire savoir ce qui a été fait ci-devant en semblable occasion, & de me faire donner ordre sur ce qui sera à faire sur cette difficulté ci présente.

Il demande de l'argent.

Il me fâche de vous écrire si souvent, que l'on n'en a donné aucun, pour remplacer ce que nous avons si utilement diverti du fonds destiné pour la dépense extraordinaire de cette Ambassade. Si le service du Roi n'en recevoit du préjudice, je ne vous supplierois pas d'en faire souvenir, & d'y faire donner un ordre qui soit executé, & sur ce je demeurerai.

MONSIEUR

de

LONGUEVILLE,

à Monsieur le Comte de

BRIENNE.

Du 8. Avril 1647.

Touchant la conduite de Monsieur Paw, Plenipotentiaire des Hollandois. Et la façon d'agir des Hollandois. Et les intérêts du Portugal. Et la suspension des armes. Il donne part des instances du Député Bavarois. Et de celle de Monsieur Hughens. Il se fie sur Monsieur d'Avaux

MONSIEUR,

Touchant la conduite de Monsieur Paw Plénipotentiaire des Hollandois.

LE Mémoire du Roi du vingt-neuviéme du passé ne contenant autre chose que certaines particularités de la conduite de Paw, dont l'on a sujet de se plaindre, je ne puis y faire d'autre réponse, que ce que j'ai mandé par le dernier Ordinaire, que j'ai rompu le commerce avec ledit Paw. Je dis au Sécretaire de leur Ambassade, qui m'étoit venu demander audience, les mêmes choses qui sont audit Mémoire, lesquelles j'ai pris soin de faire savoir à plusieurs personnes, afin que le sujet que l'on a eû d'en juger ainsi, ne fût pas inconnu dans l'Assemblée. Je n'ai pas ouï parler depuis de cette affaire, sinon que trois ou quatre jours après ledit Paw m'a renvoyé le même Sécretaire, pour m'assurer qu'il ne manqueroit jamais au respect qu'il doit à leurs Majestez, & qu'il feroit voir, (quelque mauvaise opinion qu'on eût de lui) qu'il avoit toujours eû bonne intention; à quoi je répondis qu'il auroit eû grande raison d'en donner des preuves essentielles, & que ce n'étoit pas peu de chose d'attirer sur soi & sa famille l'indignation d'une Couronne alliée de son Etat, & puissante comme la France.

Et la façon d'agir des Hollandois.

Je n'ai rien entendu aussi de la part des Espagnols, & tout est demeuré ici fort calme, sinon que depuis deux jours Messieurs les Médiateurs, m'ont dit qu'ayant sû qu'il ne se traitoit plus rien par l'entremise des Hollandois entre la France & l'Espagne, ils s'étoient offerts au Comte de Peñaranda pour achever ce qui étoit commencé, & qu'il leur avoit temoigné qu'il étoit toujours disposé & prêt à conclure, & moi je leur ai fait la même déclaration de notre part, y ajoûtant seulement que si les Ministres d'Espagne avoient la bonne volonté, qu'ils voudroient que l'on crût, ils seroient déja sortis d'affaires, ayant depuis tant de tems nos Articles en main, dans lesquels il n'y avoit rien qui ne fût raisonnable. Que puisqu'ils se mettoient si peu en devoir, & que le tems de la Campagne aprochoit si fort, ils faisoient assez connoitre qu'ils en vouloient attendre le succès, ce qui ne nous déplaît qu'à cause des maux que la Chrêtienté souffre; puisque la France esperoit d'y trouver d'ailleurs ses avantages particuliers, & avoit assez justifié qu'il ne tient pas à elle, qu'il ne se fasse une bonne & durable Paix. Que nous avons toujours tenu un même langage, dans lequel nous persistions, qui étoit de ne restituer jamais aucunes des Conquêtes, que les armes de leurs Majestez pourroient faire jusques à la conclusion du Traité, puisque l'Espagne ne veut point faire raison des usurpations qu'elle a ci-devant faites de tant de grands Etats, qu'elle retient à la France.

Et les intérêts du Portugal.

Lesdits Sieurs Médiateurs me presserent sur le point de Portugal, disant qu'il étoit tout-à-fait impossible de faire la Paix, tant que l'on prétendroit qu'il en fût fait mention expresse dans le Traité. Que le Comte de Peñaranda n'a jamais témoigné en aucune façon d'y consentir, ni changer de propos sur cette affaire, & qu'il leur paroissoit qu'en tous les autres points principaux nous y pourrions avoir du contentement. Ils m'exhorterent fort d'entrer en expedient sur celui-là, & dirent que pour la faculté d'assister ce Royaume, il suffisoit qu'elle

fût

1647.
fût conçuë en termes généraux, c'est à dire, qu'il fût loisible aux deux Rois d'assister leurs Amis & Alliez, quand ils seroiënt attaquez, sans que pour cela le Traité fût rompu entr'eux; ils ajoûterent que vouloir exiger davantage du Roi d'Espagne, & faire nommer le Portugal, étoit le toucher dans l'honneur, puisque ce seroit le forcer à reconnoître par son aveu, que l'on pouvoit justement défendre ceux qu'il prétend être ses rebelles, & comme je leur proposois de mettre cela hors du Traité, & dans un Ecrit qui seroit mis ès mains desdits Sieurs Médiateurs & des Hollandois, ils repliquerent que cela ne se pourroit obtenir, & néanmoins il leur sembloit moins avantageux pour la France, d'autant que ce qui est dans le Corps d'un Traité, & fait en une Assemblée célebre, comme celle de Munster, étoit beaucoup plus fort & plus valable, que ce qui en est separé, & qu'encore que le mot de Portugal n'y fût pas exprimé, il s'entendroit assez que cette clause, qui n'est point ordinaire dans les autres Traités, n'avoit été mise en celui-ci qu'à l'égard dudit Royaume.

Ils me remontrerent ensuite que nous ne pouvions honnêtement refuser cet expedient, pour tirer la Chrétienté du pitoyable état, où elle est reduite, & obvier aux maux dont elle est menacée par l'Ennemi commun; & comme je leur disois que les Espagnols étoient autant obligez que nous à prendre ces considerations, & plus exposez au peril, ils repliquerent que la France acquereroit plus de gloire, quand on connoîtroit que pour le seul bien du public, elle auroit eû quelque condescendance, encore qu'elle n'y fût pas obligée, & qu'elle fût dans ses plus hautes prosperitez.

Et la suspension des armes.

Pour la cessation d'hostilités pendant un an ils disoient que les Espagnols offrants de fournir contre le Turc le double des forces que la France y contribueroit, & même d'entrer en Ligue avec les autres Princes Chrétiens & de s'y obliger dès à présent par un Article secret, c'étoit accorder en effet plus que nous ne demandions, parce que le Roi d'Espagne étant une fois engagé dans la Guerre du Turc, il se passera un longtems avant qu'il puisse faire quelqu'entreprise sur le Portugal, ou bien qu'elle seroit si foible que ce Royaume se maintiendroit aisément, pour peu qu'il reçût du secours de la France. Monsieur Contarini finit en disant que la France étoit en liberté de faire sur cela ce qu'elle jugeroit à propos, & qu'il feroit raport aux Ministres d'Espagne de tout ce dont il seroit chargé, mais que pour lui voyant ce que la République, & toute la Chrétienté peut recevoir de cette offre, il ne pouvoit que l'aprouver bien fort & la juger très-grande & très-raisonnable. Je répondis que nos ordres étoient fort précis, mais quand j'ai bien examiné le tout, il me semble que ce qui est proposé n'est pas éloigné, & ainsi par là une sûreté suffisante, & telle qu'on la désire à la Cour, pour empêcher le Roi d'Espagne de rompre sur l'assistance qu'on donnera au Portugal. Et il semble, qu'en faisant valoir les bonnes intentions de leurs Majestés pour la Paix, on peut se satisfaire de ce qui a été avancé par lesdits Sieurs Médiateurs, pourvû que les Ministres d'Espagne en tombent d'accord.

C'est en somme tout ce qui s'est passé; je crois avoir écrit plus d'une fois, que je ne traiterois point sur le projet délivré par nos particuliers; les notes que j'y ai fait faire, n'ayant été que pour en marquer les defectuosités, & faire voir que le nôtre est plus éclairci & plus équi-

1647.
table; aussi aura-t-on vû, que les Espagnols ont repliqué & consenti à plusieurs de nos Articles.

Il donne part des instances du Député Bavarois.

L'Ambassadeur de Baviere qui est à Munster, demande la réponse aux Lettres de son Maître, que je vous ai envoyées, avec la Dépêche du jour de Mars dernier. Je crois que l'on aura adressé ladite réponse par une autre voye; mais je vous supplie, Monsieur, de me faire savoir ce que je pourrai dire audit Ambassadeur, quand il me parlera ci-après de ses Lettres.

Et de celui de Monsieur Hughens.

L'on m'a fait encore instance depuis peu de jours pour les intérêts du Sieur Hughens, duquel je vous ai ci-devant envoyé le Mémoire; s'il se peut faire quelque chose pour lui, le tems y seroit propre, parce qu'il est du Corps de Messieurs les Etats, & peut, à ce que j'aprends, aider par son crédit à Monsieur Servien, auquel en ce cas on adresseroit ce que leurs Majestés auront agreable de faire pour ledit Hughens.

Il prie Monsieur d'Avaux de revenir d'Osnabrug pour les affaires d'Espagne.

Si les affaires d'Espagne se renouvelloient, je prierai Monsieur d'Avaux de revenir promptement à Munster; encore qu'il soit fort utile où il est. Je remets à ses soins de donner les avis de ce qui se fait présentement, & de faire savoir comme l'affaire Palatine est arrêtée, qui est un point très-important, & de grande consequence, pour la reputation & autorité de leurs Majestés dans l'Allemagne. Ce qui donne plus d'esperance d'un bon succès, est qu'il mande que Monsieur Oxenstiern se rend plus facile, qu'il ne faisoit ci-devant, à quoi il y a aparence qu'il est porté par le conseil du Chancelier son Pére, sur ce qu'il voit que l'inclination de toute la Suéde est portée à la Paix.

Le Sieur de Promontorio m'a prié de faire mettre dans le pacquet une Lettre qu'il écrit à Monsieur le Cardinal Mazarini; il témoigne de l'affection pour la France, & nous recevons de lui souvent de bons avis, & qui se sont toujours trouvez très-véritables. Sur cela je vous supplierai de croire que je suis &c.

MONSIEUR

de

LONGUEVILLE,

à Monsieur le Comte de

BRIENNE.

A Munster le 22. Avril 1647.

Il accuse la reception des Dépêches de la Cour. Trautmansdorff & d'Avaux cherchent à avancer les affaires à Osnabrug. Il prie

L 3   les

les Médiateurs d'agir envers les Espagnols pour une Trêve pour le Portugal. On assure qu'un Ministre Bavarois sera bien reçu en France. Artifice de l'Ambassadeur d'Espagne aux Grisons.

MONSIEUR,

Il accuse la réception des Dépêches de la Cour,

J'Ai reçu votre Lettre du douziéme de ce mois, avec le Mémoire du Roi du même jour, & encore un autre du septiéme. J'ai lû & observé soigneusement le contenu auxdits Mémoires, pour en tirer les lumieres, & les connoissances qui nous y sont données pour notre conduite, & pour suivre ponctuellement tout ce qui nous y est prescrit & ordonné. Je me dispenserai au surplus d'y repondre en particulier, & d'y faire une longue Dépêche à cause des jours de dévotion auxquels il ne s'est quasi rien passé, dont j'aye à rendre compte.

Trautmansdorff & d'Avaux cherchent à avancer les affaires à Osnabrug.

Monsieur d'Avaux est tousjours à Osnabrug, & le Comte de Trautmansdorff aussi. J'estime qu'ils voyent lieu d'avancer les affaires, puis qu'ils différent leur retour en cette Ville, dequoi je me remets à ce que ledit Sieur d'Avaux en mande.

Il prie les Médiateurs d'agir envers les Espagnols pour une Trêve pour le Portugal.

Je n'ai vû qu'une fois les Médiateurs pendant cette semaine. Je les ai pressés extraordinairement d'agir envers les Espagnols & les porter à consentir à un an de Trêve pour le Portugal, ou du moins de convenir de la clause proposée, que pour le bien de la Chrétienté les deux Rois s'abstiendront pendant un an de toute Guerre offensive.

Il n'y a rien que je n'aye représenté pour faire voir les raisons que nous avons de désirer cette obligation, & au contraire le blâme que nos Parties recevroient de s'opiniâtrer. Mais lesdits Sieurs Médiateurs ont assuré que tous les efforts qu'ils ont faits sur ce point envers les Ministres d'Espagne n'ont été qu'inutiles. Monsieur Contarini dit, que le même jour, il en avoit longtems entretenu le Brun, & qu'il ne voyoit aucune apparence de faire autre chose, que ce que j'ai déja écrit, savoir que le Roi d'Espagne s'obligera par Articles exprès dans le Traité de fournir une fois autant de forces contre le Turc, que leurs Majestés en voudront employer au secours de la République. Que si l'on n'est satisfait de cet engagement, il ne voit pas qu'il y ait aucun moyen de traiter avec les Espagnols, quoi qu'en tous les autres points, qui sont en différend, il lui paroisse qu'il y a lieu d'accommodement, pourvû, dit-il, que de la part de la France on n'insiste pas sur certaines choses, où raisonnablement on ne doit pas demeurer comme au fait des Villes de Luger, celui de Sabionnette, & autres semblables.

Ledit Sieur Contarini ajoute qu'il pécheroit contre soi-même, & contre les intérêts de sa République s'il avoit quelque espérance de gagner ce point-là, de n'y faire pas toutes sortes d'efforts, & que les Ministres d'Espagne seroient dignes de punition, si ayant pouvoir de s'en relâcher, ils différoient pour ce sujet la conclusion d'une Paix si nécessaire à leur Maître, & à leur Patrie.

Pour tous ces discours, je n'ai pas laissé de persister dans ma demande, & Messieurs les Médiateurs m'ont dit, que l'on connoissoit à cela, que nous ne voulions pas la Paix, & que si l'on ne s'en relâche, il n'y a qu'à rompre l'Assemblée, c'est tout ce qui s'est passé entre nous.

J'ai dit au Baron d'Azenlang, que si Monsieur le Duc de Baviere envoyoit quelqu'un vers leurs Majestés, elles le recevroient avec tout le bon accueil qu'il peut souhaiter.

On assure qu'un Ministre Bavarois sera bien reçu en France.

Je crois que Monsieur de Caumartin vous aura écrit comme à nous, que l'Ambassadeur d'Espagne, qui est aux Grisons, se sert pour leur donner aversion de la France, de la demande que l'on a faite de la confirmation du Traité de Mouzon, qu'ils ne voudroient accepter pour rien du monde. Je vous supplie, Monsieur, de nous faire envoyer sur cela les ordres de la Cour, afin que nous ne fassions rien qui puisse causer du préjudice, & de me continuer l'honneur de votre bienveillance, puisque je suis &c.

Artifice de l'Ambassadeur d'Espagne aux Grisons.

LETTRE

de Monsieur

SERVIEN

PLENIPOTENTIAIRE

de

FRANCE.

Du 24. Avril 1647.

Ecrite de la Haye à chacune des Provinces-Unies du Païs-Bas séparement, excepté à celle de Hollande.

MESSIEURS,

JE ne doute pas que Messieurs vos Députez n'aient fait de tems en tems un fidéle raport à vos Seigneuries, de toutes les ouvertures que j'ai faites à Messieurs les Etats Généraux, ou à Messieurs leurs Commissaires, qui ont traité avec moi, pour avancer la conclusion d'une Paix sûre & honorable, tant pour cet Etat que pour la France. Cette croiance m'empêchera de vous en faire une redite, qui ne pourroit être qu'importune : & je me contenterai de vous représenter, Messieurs, qu'après m'être accommodé autant qu'il m'a été possible à la constitution de cette République, qui ne resout d'ordinaire les affaires qu'avec un peu de longueur, j'ai eu toute la patience imaginable

ginable depuis près de quatre mois que je fuis ici, pour attendre une refolution telle que je la dois efperer. Je n'ai jamais pû douter qu'elle ne fût très-favorable, n'aiant rien propofé qu'enfuite de l'Alliance, & des intérêts communs, qui obligent la France & cét Etat de finir conjointement une guerre qu'ils ont fi heureufement faite enfemble contre un même ennemi; afin de lui ôter l'efperance des avantages qu'il cherche dans les divifions & jaloufies, qu'il tâche de jetter entre nous. Mais, Meffieurs, je me trouve extrêmement furpris, après tant de demonftrations de confiance dont Sa Majefté a ufé envers Meffieurs les Etats Généraux, tant de proteftations reiterées que je leur ai faites de fa part d'une parfaite & très-fincere amitié, & tant de preuves qu'ils ont reçuës d'une fidelle correfpondance, entierement conforme à ce qui eft prefcrit par les Traitez, de voir qu'on n'ait pas encore pris la peine de répondre à divers Mémoires que j'ai prefentez, encore qu'ils foient remplis de plufieurs propofitions importantes au bien & avantage de cet Etat. Je vois au lieu de cela que les bonnes intentions de Sa Majefté, font non feulement peu confiderées, mais mal interpretées de quelques efprits paffionnez, qui, par un procedé qui eût été en horreur en vos Devanciers, prêchent hardiment parmi vous l'affection & la fincerité de vôtre Ennemi, & travaillent ouvertement à rendre fufpecte la conduite & la foi inviolable de vos plus affurez amis, afin de rompre, par des confeils violens & précipitez, une Confederation fi faintement cultivée de la part de la France, & qui a été la principale caufe des profperitez qui accompagnent aujourd'hui vos affaires & les nôtres. Je me promets, Meffieurs, que confiderans les dangereux progrès que l'Ennemi a déja faits par cet artifice, pour vous féparer de la France, & caufer de la defunion parmi vous, & faifans reflexion fur le nombre des Partifans qu'il a déja acquis dans vôtre Païs, avant même que la Guerre foit finie, vous ferez revivre cette ancienne prudence de vos Peres, qui ont toûjours trouvé la plus grande fûreté de cét Etat, dans un jufte reffentiment des injures qu'il a reçuës des Efpagnols, & dans une fage défiance de toutes leurs actions & de tous leurs deffeins. L'on ne peut pas apprendre fans étonnement, que ceux qui pour favorifer les intentions de l'ennemi, voudroient rompre la conftante union qui a duré fi long-temps entre votre Nation & la nôtre, aient déja oublié qu'il n'y a prefque point de lieu dans ces Provinces, où les Efpagnols aient fait fentir leur cruauté, qui n'ait auffi été rougi du fang que les François y ont répandu pour vôtre fervice. S'ils croient qu'il vous refte encore quelque fouvenir des chofes paffées, je ne fai comme ils ofent fe rendre auteurs d'une nouveauté fi étrange & fi perilleufe, & comme ils n'apprehendent point que les inconveniens qui peuvent naître d'un fi notable changement qu'ils propofent, n'obligent quelque jour la pofterité de leur demander raifon d'une conduite fi mal fondée, qui tend à faire ceffer l'averfion hereditaire contre les Efpagnols, que vos Prédeceffeurs ont laiffée comme en partage à leurs enfans; & à vous rendre fufpecte une amitié qu'ils ont crû le plus fûr appui de cet Etat. Ce qui paroit de plus extraordinaire dans le deffein de nos ennemis, eft que pour rendre les impoftures (qu'ils ont forgées de concert avec les Miniftres d'Efpagne) plus efficaces, & pour leur donner moien de faire plus d'impreffion dans les efprits, ils

ont exigé par ferment qu'elles demeureroient fecretes, afin qu'on n'en puiffe pas faire voir la fauffeté, & que le venin ait fon effet, avant qu'on ait loifir d'y apporter du remede; comme fi l'accufation d'un ennemi raportée par un de fes Partifans, étoit fuffifante pour faire condamner ou foupçonner un ancien Allié: & comme fi la juftice, autant que la prudence, n'obligeoit pas d'examiner foigneufement des chofes de cette importance, & d'ouïr les raifons des Intereffez, avant que d'y ajoûter foi, pour ne pas tomber dans les maux qui naiffent ordinairement d'une refolution prife avec précipitation, & fur de fauffes préfuppofitions. Mon devoir m'oblige, Meffieurs, d'avertir vos Seigneuries de bien ouvrir les yeux en cette rencontre, qui peut avoir beaucoup de fuites dangereufes; & de vous prier très-inftamment, de ne prendre point de conclufion fur ce qu'on pourroit vous donner à entendre, jufqu'à ce que j'aie eu communication de la part de l'Etat, felon la raifon & la coûtume, de tout ce qui a été avancé, où le fervice de Sa Majefté peut être intereffé, & des confiderations qui y ont été faites. J'ofe bien promettre qu'après cela je donnerai un entier éclairciffement fur tous les doutes qu'on peut avoir pris, & que je ferai paroître à découvert la fauffeté des calomnies que nos ennemis ont eu l'audace de debiter en préfence de vos Seigneuries.

Quand je voi qu'on effaie de perfuader que les Miniftres du Roi s'oppofent aux avantages des Etats Proteftans dans l'Allemagne, que Sa Majefté empêche la Paix, & ne fouhaite que la continuation de la guerre, qu'elle fait des Traitez fecrets avec l'Efpagne, à l'infû de fes Alliez, & que pour aigrir les peuples de ce Païs, on fuppofe que ceux de leur Religion font traitez rigoureufement en France, & aux autres endroits de la domination du Roi; je ne m'étonne pas que ceux qui fuient la lumiere de la verité, tombent dans de fi grands aveuglemens. Il me femble que la France ayant entrepris une perilleufe Guerre dans l'Allemagne, pour rétablir les Princes Proteftans, anciens Alliez de la Couronne, lors que leurs affaires étoient entierement ruïnées; & l'ayant fi conftamment foutenuë avec une perte d'hommes & une dépenfe incroiable, merite une autre reconnoiffance que des reproches. Après avoir obtenu par les armes, conjointement avec la Couronne de Suede, le rétabliffement de tous les opprimez; fi elle confeille aux Proteftans, pour faciliter la conclufion de la Paix, de ne porter pas les chofes dans l'extremité, & d'être fages aux dépens de l'Ennemi, qui a ruïné ci-devant fes affaires, pour n'avoir pas ufé moderement de la victoire; fi elle témoigne franchement qu'on n'a jamais entendu de faire une Guerre de Religion dans l'Allemagne, & qu'ayant pris les armes pour la défenfe de tous les Princes de l'Empire également, ce feroit travailler contre la fin qu'on s'eft propofée; fi ceux qui font reftituez dans leurs biens & dignitez, n'en étant pas contens, vouloient opprimer les autres, & que ce feroit éternifer la Guerre au lieu de la finir: chacun avouëra que c'eft un confeil plus digne de loüange que de blâme, & qu'au moins il ne devroit pas être cenfuré par ceux qui fouhaitent fi ardemment le repos. Ils ne prennent pas garde aux contradictions où ils tombent, puis que fi on tient ferme pour l'interêt de quelque Allié, ils inferent de là qu'on ne veut point de Paix; & que fi on perfuade de prendre quelque temperament en faveur de la Paix, ils fe plaignent fans raifon qu'on abandonne les Alliez. Il en arrive prefque de même

1647.

me dans la Négociation avec l'Espagne ; l'on soûtient aveuglément que la France veut la continuation de la Guerre, & en même tems on dit qu'elle fait la Paix secretement avec l'Ennemi. Il y a quatre mois que j'offre de faire voir à tous ceux qui voudroient entrer en Conférence avec moi , qu'en tous les Articles du Traité nous nous sommes portez dans tous les temperamens qu'on peut desirer avec raison , supposé que les ennemis executent de bonne foi quatre ou cinq des principaux points, dont nous croyons être d'accord avec eux ; savoir, celui de ne rien rendre de part ni d'autre entre la France & l'Espagne , & que chacun demeure en possession de ce qu'il tient, avec les dépendances & annexes , si ce n'est qu'on entre en restitution des anciennes conquêtes, aussi bien que des nouvelles : celui qui concerne la sûreté de Casal , pour empêcher qu'il ne puisse jamais tomber entre les mains des ennemis , lors qu'il aura été rendu à Monsieur de Mantouë, étant la moindre recompense qu'on puisse prétendre de trois Batailles , & de dix millions d'or, qui ont été dépensez pour lui conserver cette importante Place : celui de la Catalogne, pour prévenir les pratiques qui pourroient être faites d'un côté ou d'autre, capables d'interrompre la Paix , & dont les Espagnols ont promis de convenir par l'entremise de vos Plenipotentiaires: & celui de la sûreté du Traité par le moien des Ligues & garanties reciproques qui doivent être accordées ; supposé, dis-je, que les ennemis executent de bonne foi tout ce qui a déja été concerté sur lesdits points , le Roi a tant de confiance en l'affection & bonne justice de Messieurs les Etats Généraux , que Sa Majesté ne refusera pas de se conformer, pour le reste des differens qui sont encore indécis , à ce qu'ils jugeront raisonnable. Mais au lieu de travailler sur une proposition si juste , qui auroit pû produire la Paix il y a deux mois, ceux qui pour des intérêts particuliers que chacun peut connoître, & que le temps découvrira plus clairement , veulent causer des divisions entre la France & cet Etat, aiment mieux persister dans une fausse opinion, que de consentir qu'on fasse la moindre diligence pour s'éclaircir d'une verité de si grande conséquence. Cependant comme si on vouloit fermer la porte d'un lieu où l'on a envie d'entrer , on fait des déclarations , tantôt de ne pouvoir point mettre en campagne , tantôt d'avoir droit de traiter séparément , sans vouloir prendre garde que ce sont autant d'obstacles , qui empêchent l'ennemi de venir à la raison , pour voir si les inclinations ou considerations seront changées en resolutions, & si les menaces seront suivies des effets. Quant aux prétendus Traitez de Mariage ou d'Echanges , c'est une fourbe si grossiere, qu'il n'y a point de personne intelligente dans les affaires, qui ne connoisse qu'il y auroit autant d'imprudence que d'infidelité, d'entendre présentement à de semblables propositions. Aussi n'a-t-on osé produire d'autres preuves de cette supposition, que des Lettres qu'on dit avoir été écrites par le Roi d'Espagne , & par ses Ministres, & celui qui les a presentées a été contraint de confesser publiquement , qu'il n'avoit rien vû qui vînt du côté de la France. Encore qu'il n'y ait pas lieu de douter pour cela des assûrances qui ont été ci-devant données par les Ministres de Sa Majesté ; je proteste de nouveau à vos Seigneuries sur ma vie , & sur mon honneur, que ce sont des faussetez malicieusement inventées par les ennemis : & je me soûmets à perdre l'un & l'autre, si on peut montrer que de la part de la France on y ait jamais le moins du monde prêté l'oreille, ni qu'on soit entré en aucune Négociation sur ce sujet. Mais certes il seroit bien juste que l'imposture étant découverte, on fit punir exemplairement ceux qui en sont les auteurs, & qui ont l'audace d'attaquer par ces calomnies la foi & la reputation d'un grand Roi, ami de cette République. Je ne répondrai rien sur le mauvais traitement qu'on dit que reçoivent ceux de votre Religion dans les Païs de l'obéïssance de Sa Majesté. Il y en a qui agissent si glorieusement à votre vûë dans le commandement des armées, & tous ceux du Royaume jouïssent aujourd'hui de l'exercice de leur Religion , dans une si heureuse tranquilité, que je m'étonne comme on ose dire le contraire, en deguisant une verité si publique. Il paroît bien que les auteurs de ces fausses nouvelles ont dessein de rendre le gouvernement de la France odieux à vos peuples, pour commencer à leur rendre agréable celui d'Espagne , quoi qu'elle persecute en tous lieux ceux de votre creance par les rigoureuses poursuites de l'Inquisition, & par des cruautez dont il y a peu de familles parmi vous qui se soient exemptées, avant que vos armes & l'assistance de vos amis vous eussent affranchis de la tyrannie. Toutes ces choses & beaucoup d'autres que j'y pourrois ajoûter, seroient beaucoup mieux éclaircies dans des Conferences, que dans une Lettre , si l'on avoit de toutes parts autant de dessein de bien connoître la verité par la bouche des amis , qu'on est facile à écouter le mensonge de celle des ennemis. En attendant qu'il plaise à Messieurs les Etats Généraux de prendre sur ce sujet la resolution que l'on doit attendre de leur grande prudence , je supplie vos Seigneuries de faire une serieuse reflexion sur ce que la brieveté du temps me permet de leur représenter à la hâte , qui ne tend qu'à prévenir les mauvais offices de ceux qui ne craignent pas de faire du mal à leur Patrie , pourvû qu'ils nous en fassent , & à détourner les fâcheuses déliberations qu'on voudroit nous faire prendre sur des présuppositions très-fausses. Ma pensée est bien éloignée du dessein d'exciter, ou de fomenter aucune sorte de division dans cet Etat. Le Roi en a toûjours desiré la grandeur & la prosperité , que Sa Majesté connoît très-bien dépendre, principalement de l'étroite union des Provinces, & de la bonne intelligence qu'elles entretiendront avec leurs anciens amis. J'emploierai de bon cœur , suivant les ordres de Sa Majesté, tous mes soins, pour conserver & affermir celle qui doit être entre la France & cet Etat, afin de faire connoître par mes actions mieux que par mes paroles, que je suis veritablement,

MESSIEURS,

Votre très-affectionné Serviteur,

SERVIEN.

RE-

REPONSE

Aux

MEMOIRES

DU ROI,

Des sixiéme, douziéme & dix-neuviéme Avril

ENVOYE' EN COUR,

Le vingt-neuviéme dudit Mois.

Touchant la Négociation avec l'Espagne. Il fera son possible pour retenir Mont-Cassel. Et touchant la restitution des biens de l'Abbaye de Corbie. Et les affaires du Portugal. Ses reflexions sur cet Article. Son entretien avec le Médiateur Contarini sur le même sujet. Ses reflexions sur la conduite dudit Médiateur. La France sollicite la Ligue des Italiens. Et d'avancer les affaires en Catalogne. Elle propose une échange à l'Espagne pour la Catalogne. Mr. d'Avaux est de retour, & lui & Mr. de Longueville tiennent divers discours avec les Médiateurs touchant la Négociation avec l'Espagne. Etat de celles à Osnabrug.

Touchant la Négociation avec l'Espagne.

C'Est avec une très-grande instance qu'on nous ordonne par le Memoire du....... de ce mois de remettre à l'arbitrage de Messieurs les Etats, les points desquels on ne peut se relâcher, ce moyen étant fort propre à prévenir l'artifice des Espagnols, dans l'apparente déference qu'ils veulent rendre auxdits Sieurs Etats: mais afin de nous en servir selon l'intention de leurs Majestés, & d'en tirer le profit & l'avantage qu'il se peut, nous attendrons de faire cette ouverture, dans le tems, où elle ne pourra produire qu'un bon effet, c'est-à-dire quand on sera convenu de la plus grande partie des points & des plus importants, & que l'on sera aussi d'accord de la maniere qu'ils doivent être expliqués & couchés dans le Traité, d'autant que si les Plénipotentiaires d'Espagne connoissoient que nous eussions ce dessein, ils disputeroient

TOM. IV.

sur tous les Articles, afin de laisser indécis ce qui est à leur desavantage, ou pour le moins ils n'oseroient contester la substance des choses déja accordées, pour n'attirer pas sur eux un blame entier; ils formeroient des débats sur la façon de les exprimer esperant que dans la quantité des differends remis à l'arbitrage de Messieurs les Etats, ou ils auroient la decision à leur profit, & gagneroient toûjours autant, ou que si nous refusions de nous accorder aux temperaments, que lesdits Sieurs Etats pourroient proposer, nous les desobligerions, & il leur seroit d'autant plus facile de parvenir à cette fin, qu'ils y seroient secondés par les Médiateurs, qui ne cherchant qu'à presser & à diligenter les affaires rejetteroient bien volontiers tout ce qui apportera quelque difficulté à l'arbitrage susdit. Mais quand nous aurons ici reglé les points principaux, & qu'il n'en restera que d'autres de moindre conséquence, alors remettant le tout aux Provinces-Unies, il n'y a nul doute que l'on ôtera aux Espagnols le moyen par lequel ils nous prétendoient nuire & qu'on évitera en même tems le hazard des resolutions qui se pourroient prendre dans les Provinces, contre ce qu'elles doivent à leur Alliance, quand elles verront qu'il ne tiendra qu'à elles que les affaires ne se terminent de tout point, étant à croire que si la garantie n'est ajustée plutôt elles s'y porteront alors d'autant plus volontiers, que ce sera la seule chose qui restera, pour empêcher la conclusion finale du Traité.

Tous les avis qu'on a ici de Flandres se raportent à ceux que leurs Majestés ont eûs; l'on mande que les Ministres d'Espagne, qui sont à Bruxelles ont temoigné de la jalousie de la joye que les Flamands ont fait paroître à l'arrivée de l'Archiduc Leopold.

Il sera fort possible pour retenir Mont-Cassel.

La Dépêche du.......... de ce mois sert de réponse à ce qui est dans le Memoire du douze touchant le Mont-Cassel, le tems qui doit passer entre la signature des Articles, & de la délivrance des ratifications donnera moyen d'acquerir, & de conserver cette Place à la France.

Touchant la restitution des biens de l'Abbaye de Corbie.

Nous avons fait dresser la demande de la restitution des biens alienés de l'Abbaye de Corbie sur le Memoire qui nous a été envoyé. Les Médiateurs ont promis de s'y employer avec affection; mais il seroit bien à propos de specifier les choses un peu plus qu'elles ne le font dans ledit Mémoire.

Les affaires du Portugal.

Nous esperons que par le premier Ordinaire nous aurons reponse à ce que moi Duc de Longueville ai mandé touchant le point de Portugal, & la façon dont on peut convenir qu'il soit exprimé au Traité; l'on aura vû de quelle sorte les Médiateurs l'ont couché, & ce que j'y ai remarqué, pour aprocher davantage du sens & de l'intention de leurs Majestés. Je ne me suis lié, ni obligé à rien, ayant remis à resoudre l'Article, quand j'aurai conferé avec mes Collegues.

Ses reflexions sur cet Article.

Nous voyons trois inconvenients à éviter qui sont très-prudemment observés dans ladite Dépêche du douzieme. Le premier est que par le mot d'*Atagice* on ne puisse entendre l'entreprise d'une nouvelle Guerre, & non pas la continuation de celle qui se fait à present contre le Portugal.

Le deuxieme, que l'on ne puisse reduire l'assistance que la France donnera au Portugal, à une simple défense, ensorte que si avec les armes de Sa Majesté l'on entreprenoit sur les Païs & Places du Roi Catholique, on peut de là inferer une infraction du Traité.

M

Le

1647.

Le troisieme, que ce qui sera convenu pour l'assistance du Portugal en termes ainsi generaux ne puisse être interprêté, pour donner la liberté au Roi d'Espagne de donner les mêmes assistances au Duc Charles contre nous.

Pour remedier au premier inconvenient il nous est mandé très à propos, d'ajouter aux mots d'*Amis* ou d'*Alliés*, *qui seront attaqués par ceux-ci, ou qui continueront à l'être.* Si cela se peut obtenir, il n'y aura plus aucun doute, cette clause ne pouvant être expliquée que du Portugal. Mais c'est pour la même raison, que nous craignons d'y trouver oposition de la part des Ministres d'Espagne qui se sont toûjours declarés de ne pouvoir admettre au Traité, ni le mot de *Portugal*, ni une expression équivalente, qui ne puisse être adaptée à un autre Royaume ou Etat. Nous essayerons de faire, s'il se peut, que les mots susdits soient ajoûtés; mais pour dire le vrai, il n'y a gueres d'aparence de le pouvoir obtenir, & comme il a été souvent mandé, il ne paroit pas que ce point puisse être surmonté; aussi ne nous semble-t-il pas, que par ces mots d'*Amis* ou d'*Alliés qui seront attaqués*, le Portugal ne soit suffisamment désigné; étant certain que les Médiateurs, & toute l'Assemblée, & toute l'Europe sait que cette clause de pouvoir assister les Alliés attaqués, n'a été inserée dans l'Article second, qui parle du rétablissement de la Paix, que que pour reserver à la France la liberté de secourir les Portugais, sans contrevenir au Traité.

J'ai fait changer les mots, que les Médiateurs avoient mis, *en cas de leur défense seulement*, en ces autres, *quand ils seront attaqués*, pour obvier au deuxiéme inconvenient. Et afin que les Troupes auxiliaires, que l'on envoyera au Roi de Portugal, puissent être employées, non seulement en ce Royaume mais en Espagne, quand on sera obligé d'y transporter la Guerre, qui est un droit commun & une pratique qui n'a jamais été mise en doute, puisque sans avoir recours aux exemples plus anciens, dans le secours que la France a donné si longtems à Messieurs les Etats, les Regimens François n'ont pas seulement été employés en la défense de leurs Places, mais encore aux siéges, & à la prise de celles que lesdits Sieurs Etats ont occupées sur l'Espagne, & que la même chose s'est faite dans l'Italie & dans l'Allemagne, avant la rupture entre les deux Couronnes. Ainsi il semble qu'autant que l'on peut pourvoir aux choses dans des termes generaux, il y est pourvû par cette façon de parler.

Pour le troisiéme, qui regarde le Duc Charles, nous n'avons pas estimé, qu'il fallût prendre garde de bien près en cet Article second, puisqu'il y en doit avoir un formel & particulier par lequel le Roi d'Espagne s'obligera de ne donner aucune assistance à ce Prince.

Ce que dessus est en reponse des deux premiers Mémoires; après avoir reçu celui du dixneuviéme j'ai crû devoir renouveller mes instances envers les Médiateurs pour les convier à nous donner un Certificat, que la clause qui permet d'assister les Alliés a été mise en consideration du Portugal. Monsieur le Nonce étant indisposé, j'ai vû Monsieur Contarini seul, auquel j'ai représenté toutes les raisons trèsfortes & judicieuses, qui sont dans ledit Mémoire, lui faisant voir que ce que nous demandons, importe à son Etat, & à tous les Princes amateurs de la Paix, autant & plus qu'à la France, qui ne cherche en cela que les moyens d'assurer le repos de la Chrétienté; mais je n'ai eû d'autre reponse, sinon que les Ministres d'Espagne n'y consentiront jamais, & que sans leur consentement les Médiateurs ne peuvent nous délivrer aucun écrit. Je n'ai pas manqué de lui dire que la prémiere proposition venoit du Sieur Paw, & que vrai-semblablement il avoit vû les Espagnols disposés à y consentir. Il a repliqué, qu'il n'a point reconnu en eux aucune semblable disposition, que lorsque Paw l'a mis en avant, on ne parloit pas de mettre aucune clause dans le Traité, comme ils ont accordé depuis, qui est, dit-il, une sûreté plus grande, & qui même à son avis seroit affoiblie plutôt que confirmée par ladite certification, laquelle étant hors du Traité, & en l'absence de l'une des Parties, ne peut jamais être si valable qu'un Article concerté, & resolu d'un commun accord, le Certificat ne produisant autre effet que de montrer, qu'il y auroit eû du doute à l'explication d'icelui.

À quoi ledit Sieur Contarini ajoute, que la liberté que la France se reserve, d'assister le Portugal, étant notoire comme elle est, les Espagnols peuvent avec autant de fondement & de justice, manquer à tous les autres points du Traité, comme ils peuvent mettre celui-là en doute, n'y ayant rien d'assuré contre ceux qui veulent manquer à leur promesse, & à la foi publique.

Pour l'autre point, qui concerne la cessation des hostilités, encore que leurs Majestés, pour le grand désir qu'elles ont de la Paix, nous ayent bien voulu donner le pouvoir de nous en départir, nous ne le ferons qu'à toute extrêmité, & pour essayer d'en tirer d'autres avantages.

Je n'ai pas oublié aussi de représenter audit Sieur Contarini les raisons contenuës audit Memoire, touchant la proposition faite par les Espagnols de fournir une fois autant de forces contre le Turc, qu'il plaira à leurs Majestés d'y contribuer de leur part. Je lui ai fait voir qu'envoyant au loin les forces maritimes, c'étoit se priver du moyen, que l'on a de secourir le Portugal, lequel pourroit être facilement attaqué par le Roi d'Espagne du côté de la Terre, encore que ledit Roi eût envoyé ses forces & ses vaisseaux de mer contre le Turc.

Il a repliqué que cette raison auroit lieu, si l'on prétendoit obliger la France à se dégarnir entierement de ses forces sur la mer; mais qu'on laissoit à l'entiere liberté de leurs Majestés de déterminer quel secours il leur plairoit envoyer à cette entreprise non seulement pour la qualité, mais encore pour la maniere d'agir, & de la qualité des Troupes, soit que leurs Majestés voulussent avoir part ouvertement dans l'entreprise, ou que ce qu'elles auroient agréable d'y contribuer fût sous le nom & sous la banniere de la République de Venise. Que de cette sorte l'on pourra se reserver autant de vaisseaux que l'on jugera necessaires, au dessein que l'on a de secourir le Portugal, & d'y transporter des Troupes, à quoi le Roi de Portugal, qui est puissant sur la mer, donnera de la facilité de sa part; & que si l'on veut entendre à cette proposition, l'on peut, dit-il, si bien lier le Roi d'Espagne entre ci & le tems qui doit s'écouler, jusques à ce que les ratifications soient délivrées, qu'il ne pourra faire aucune entreprise, ni manquer à ce qu'il a promis, & qu'en cela les Médiateurs nous aideront, avec d'autant plus de soin, qu'ils reconnoissent que l'intérêt de leurs Maîtres y est du tout entier.

Nous

Nous croyons bien que ledit Sieur Contarini fait ce difcours adroitement, pour parvenir à fes fins & procurer en toutes façons du fecours à fa République; mais que s'il ne laiffe pas de remettre cette propofition fur le tapis, comme il y paroit fort affectionné, nous ferons bien aifes de favoir quelle réponfe on lui devra faire ; cependant nous dirons, que c'eft une affaire qui n'a rien de commun avec le Traité, & que la France fera toûjours en cela plus qu'elle ne promet.

Nous avons parcouru, lefdits Sieurs Médiateurs & moi Duc de Longueville, tous les Articles du Projet, depuis le vingtiéme jufques à la fin. Il paroit toûjours à leurs difcours que l'on en pourra convenir, pourvû qu'on fe contente au fait du Portugal de la faculté de l'affifter, ainfi qu'elle eft couchée dans l'Article deuxieme que j'ai envoyé. J'ai déclaré aux Médiateurs, & les ai priés d'ajouter à l'Article vingt & uniéme, qui eft celui des conquêtes, que nous prétendions retenir, non feulement les lieux préfentement occupez par les armes du Roi, mais encore tous ceux qui feront poffedez lors de la délivrance des ratifications ou ceffation des hoftilités, en quelques endroits qu'ils puiffent être fitués.

Il a été parlé enfuite de la Ligüe des Princes d'Italie, & comme ils ont déclaré que quant à eux ils n'avoient aucun pouvoir d'en convenir, & que l'inftance s'en devoit faire de la part de leurs Majeftés à Rome & à Venife; j'ai dit que nous defirions que le Roi d'Efpagne s'obligeât par Traité de la procurer comme nous, & de là j'ai fait tomber le propos fur ce ce que les Miniftres d'Efpagne nous avoient fait dire par les Hollandois, que jufques à ce que ladite Ligue fût refoluë, ils entendoient demeurer en poffeffion de Vercell & des autres Places qu'ils tiennent, ce que lefdits Sieurs Médiateurs ont dit avoir fû, & jugé en même tems que la France, pour avoir fujet d'en faire autant de celles qu'elle occupe, n'y aporteroit pas grande oppofition. Je leur ai fait favoir qu'en ce cas nous entendions que les Princes, à qui les Places apartiennent, feroient remis dès à préfent, en la jouïffance de tous leurs droits & revenus, & que l'on limiteroit un tems, dans lequel on pourroit tomber d'accord des conditions de ladite Ligue, pour faire enfuite la reftitution des Places. Ce difcours s'eft paffé affés doucement entre nous, & il m'a paru, que les fentimens defdits Sieurs Médiateurs font, que fi les Princes d'Italie ont à fe plaindre du retardement de ladite Ligue, pour faire enfuite la reftitution defdites Places, le blâme en doit être imputé à l'Efpagne, qui en a fait la propofition, & non à la France.

Nous fommes en après venus aux conditions de la Trêve de Catalogne. J'ai crû que c'étoit le tems propre à leur faire les declarations, dont nous avons ci-devant eû les ordres de la Cour, eftimant qu'elles fe pourront faire fans aucun préjudice, & qu'on en peut tirer de l'avantage, tant envers les Catalans, qu'envers les Hollandois, & encore vers les Princes d'Italie.

Pour éviter les difficultés de regler les Limites de ce qui doit demeurer à chacun pendant la Trêve, j'ai propofé l'échange de Tarragone & d'Urgel avec St. Filin & Miraut. J'ai encore fait une autre propofition pour la feparation des Limites, fi on ne peut convenir de l'échange, le tout en conformité du Mémoire du Sieur Marca.

Et en troifiéme lieu, j'ai offert de donner au Roi d'Efpagne, pour ce qui lui refte dans la

Principauté de Catalogne, les Places de Tofcane, & encore d'autres aux Païs-Bas. J'ai prié Meffieurs les Médiateurs de faire lefdites ouvertures par dégrés & leur ai laiffé un Ecrit femblable à celui dont la copie fera ci-jointe, non pour le communiquer aux Efpagnols, mais pour leur fervir de Mémoire feulement. Ils ont bien temoigné en le recevant, que nous nous engagions à bon marché, étant bien affurés que le parti que nous offrions ne fera pas reçu. Je leur ai de plus donné l'Article du Duc Charles, & ayant lu avec eux tous les Articles, je n'ai pas vû qu'ils y ayent fait des difficultés qui ne fe puiffent accommoder, fi ce n'eft fur ceux où nous avons pouvoir de nous relâcher.

C'eft tout ce qui s'eft paffé cette femaine, finon que depuis le retour de moi d'Avaux d'Ofnabrug, lefdits Sieurs Médiateurs nous ont vu, après avoir été le matin en conference avec les Miniftres d'Efpagne. Ils ont continué à dire encore plus fortement que jamais, que fi nous perfiftions à vouloir une fufpenfion pour le Portugal il n'y avoit aucun moyen d'entrer en Traité. Et quand nous leur avons demandé, fi en nous contentant de ce qui eft dans l'Article fecond pour la faculté d'affifter ce Royaume, ils ne nous donneroient pas un Certificat comme cette claufe-là s'entend du Portugal ; ils ont repondu que, fans le confentement des Miniftres d'Efpagne, ils ne le pouvoient faire, & qu'à leur opinion jamais ils n'y confentiront.

Ils ont ajouté que le Comte de Peñaranda preffoit la refolution fur ces deux points, & faifoit paroître quelque deffein de fe retirer de l'Affemblée, & Monfieur Contarini a dit que le bruit étoit que le Marquis de Caftel Rodrigo avoit écrit audit Peñaranda, qu'il devoit retourner à Bruxelles, & qu'il prenoit fur foi de le faire trouver bon au Roi leur Maître, attendu tous les devoirs, où il s'étoit mis pour fortir d'affaire. A quoi nous avons reparti, que ce feroit un bonheur pour la France, fi elle étoit obligée de pouffer fes avantages, & de fe fervir de la plus belle occafion qui fe préfentera jamais d'étendre fes Frontieres, aux dépens d'une Maifon qui a ufurpé tant d'Etats fur elle.

Quant aux affaires d'Ofnabrug celui de nous qui en eft de retour, n'y a demeuré que trois jours, après avoir écrit ce qui fe paffoit par le Mémoire du vingt-deuxiéme. Pendant ce peu de tems, il a remarqué des mouvemens bien différents en la conduite des Ambaffadeurs de Suéde. Ils traitoient avec hauteur & lenteur en toutes chofes, que le Comte de Trautmansdorff prit refolution de venir ici. A ce bruit les voilà bien reveillés, ils fe mettent en peine de l'arrêter, & ne le peuvent faire. Ils fe laiffent aller à des plaintes, & à des emportements étranges ; comme fi après un fejour de quatre mois, qu'il avoit fait à Ofnabrug, ils prenoient fon départ pour une rupture. Il ne laiffe pas de leur dire adieu, enfuite dequoi ils lui rendent la vifite fans parler d'affaires, du même pas ils viennent chés Monfieur de la Court où ils furent très-aifes de voir à la porte le Caroffe de Monfieur Krebs, comme une perfonne propre à leur deffein, qui étoit encore de faire demeurer Trautmansdorff, fans qu'il parût que ce fût à leur inftance. Krebs s'étant retiré, pendant que nous allions recevoir ces Meffieurs, ils demandent avec foin pourquoi il s'en va ? & difent que nous pouvions bien être tous enfemble. Il revint, Monfieur Oxenftiern le careffe, & puis fait raport de ce qui

 s'étoit

s'étoit passé ce jour-là chés lui, & chés le Comte de Trautmanſdorff, non ſans marquer la précipitation de ce voyage, lorſque le projet de la Paix eſt ſur le tapis. Krebs entend à demi mot, offre d'aller ſur l'heure le convier de ne pas partir ſi promptement, & dit même qu'il ne croyoit pas d'être refuſé, pourvû qu'il lui pût porter la parole, de la part des Ambaſſadeurs de Suéde, que ſon ſejour ne ſeroit pas ſans fruit. Alors ils nous tirent à part Monſieur de la Court & moi d'Avaux, pour nous faire entendre qu'ils ne pouvoient pas prier Monſieur de Trautmanſdorff de demeurer. Nous repondîmes que nous ferions volontiers cet office, à condition néanmoins qu'étant preſſé d'aller à Munſter, ſi je retardois encore mon depart de deux ou trois jours, ce ſeroit pour conclure au moins les points principaux. Ils y témoignent une diſpoſition toute entiere, & la confirment à Monſieur Krebs, qui va auſſitôt chés le Comte de Trautmanſdorff, le diſpoſe à demeurer, & l'aſſure que le lendemain il auroit le projet de la Paix, comme les Suédois l'ont dreſſé. Le Comte dit que cela étant il ſeroit à propos de nous voir tous enſemble dès l'après diné au logis dudit Sieur de la Court, ou de Monſieur Oxenſtiern, afin que l'on examinât chaque Article, & que l'on y prît une reſolution finale. Après quelques civilités entre les Suédois & nous, ils ne voulurent pas ſe donner la peine de revenir encore une fois au même lieu. La Conference eſt arrêtée pour deux heures après midi chés Monſieur Oxenſtiern; mais le Comte de Trautmanſdorff ayant depuis reçu leur projet, en fut tellement rebuté, qu'il ne voulût plus de conference, & leur manda par le Sieur Krane, que ſi tout le Conſeil de l'Empereur, & toute ſon armée étoient priſonniers à Stockholm, l'on ne pourroit pas propoſer d'autres conditions. Il me fit faire les mêmes plaintes, & partit deux heures après, pour venir coucher à mi-chemin. Cette promptitude ſurprit de nouveau ces Meſſieurs, & certainement ils en furent plus traitables, non ſeulement avec les Imperiaux, qui reſterent à Oſnabrug, mais auſſi avec nous. Ils ne feignirent pas d'avoüer, que ce projet étoit dreſſé pour être vû; qu'il leur importoit de faire paroître qu'ils y ont mis toutes choſes à l'avantage de leurs Alliés & Adherans; mais que ce n'étoit pas leur intention d'en demeurer là. Bref ils firent des excuſes, & ne purent celer le déplaiſir qu'ils avoient de l'abſence de Monſieur de Trautmanſdorff. En effet ils tomberent d'accord avec les Impériaux de la Préface, & des trois ou quatre premiers Articles du Traité, & témoignoient qu'ils aporteroient de la facilité au reſte. Mais nous craignons qu'ils ne reviennent à leur naturel & attendons curieuſement ce que Monſieur de la Court nous en mandera; toûjours avons-nous profité de cette premiere émotion, où les mit la retraite dudit Comte, car nous ayant ſervi pour les convaincre qu'ils rebutoient les plus patiens, ils dirent que la Couronne de Suéde conſent, que par la Paix Monſieur d'Oſnabrug rentre en la poſſeſſion de ſon Evêché, pourvû que ſon Succeſſeur ſoit un Prince de Meckelbourg, & qu'à ce Prince ſuccede un Catholique, & ainſi à perpetuité. Nous remontrames les inconveniens de ce partage, ou de cette alternative, & que cela ſeroit tout contraire à l'Alliance auſſi bien qu'à la reputation des Couronnes, puiſqu'après avoir toûjours déclaré d'avoir pris les armes pour la Liberté Germanique, elles l'auroient opprimée en ce que le Chapitre d'Oſna-

brug, à qui apartient le droit d'élire les Evêques, & qui en a joüi de tout tems, ſans aucune interruption, ſeroit forcé de recevoir ceux que l'on propoſe. Nous dîmes auſſi que l'Evêché de Lubeck, qui eſt déja entre les mains des Proteſtans, eſt plus proche & plus commode au Duc de Meckelbourg & qu'au fonds les deux Electeurs Proteſtans, pluſieurs autres Princes de la même Religion, & toutes les Villes Imperiales, acquieſcent à la reſolution des Impériaux touchant les Griefs, & ſe tiennent pour contents. De vrai quand je ſuis parti d'Oſnabrug, il ſe formoit un ſchiſme entre eux; d'un côté étoit Saxe, Brandebourg, Altembourg, Weymar, Kulmbach, Anſpach, Wirtemberg, Darmſtad, Holſtein, tous les Comtés, & toutes les Villes; & de l'autre étoit Magdebourg, Lunebourg, Meckelbourg, & Durlach. Les Heſſiens ſe ſont tenus neutres; cette diviſion avoit paſſé juſques dans les Ambaſſadeurs de Suéde, Monſieur Oxenſtiern s'étant déclaré ouvertement en faveur de ceux qui ſe ſont ſeparés du plus grand nombre, & Monſieur Salvius ayant pris l'autre parti. Nous ne ſavons ce qui eſt arrivé depuis.

La veille de mon départ, les Impériaux, Suédois, & Heſſiens s'aſſemblerent chés Monſieur de la Court, nous y arrêtames beaucoup de choſes, au contentement de Madame la Landgrave, & même en l'affaire de Marpurg; mais l'on ne pût convenir touchant les Terres, & la ſomme d'argent qu'elle demande. Car à préſent ſes Députés demandent l'un & l'autre; cela fut remis à une autre déliberation dans l'accommodement de la cauſe Palatine. Il ne fut rien omis pour obtenir quelques Bailliages du haut Palatinat au Prince Edouard; mais tout le monde y a été contraire, & en cela les Suédois & Bavarois ſe ſont trouvés bien d'accord; Monſieur Oxenſtiern me dit nettement qu'il ne pouvoit permettre qu'on fît la condition d'un cadet & Catholique, meilleure que de ſes freres; & Monſieur Salvius me conſeilla de laiſſer une propoſition, qui ſeroit à leur honte. Ainſi ne pouvant mieux, je ſtipulai avec Monſieur Krebs, que le Prince Edouard auroit une penſion de dix mille Riſdalles par an, qui ſeroient ſi bien aſſignées, que le payement en fût certain.

Quand ledit Sieur Krebs ſera en France avec les autres Ambaſſadeurs de Baviere, il ne ſera pas mal aiſé de faire convertir ce revenu en fonds de terre, pourvû que Monſieur de Croiſſi ait ordre de pourſuivre la même choſe en même tems.

Ce que j'ai mandé de l'humeur de Monſieur Oxenſtiern, & du changement que l'on a vû d'une ſemaine à l'autre, ne regarde que ſa maniere de traiter, & les difficultés qu'il fait volontiers à toutes choſes; car pour l'union des deux Couronnes, il eſt conſtant de ce côté-là, & cela ne lui déplait, que pour ne pouvoir pas toûjours donner la Loi aux Alliés auſſi bien qu'aux ennemis.

Lorſque l'on traitera de la ſatisfaction de la Milice, nous ne perdrons pas l'occaſion d'acquerir ce qui ſeroit à la bienſéance de l'Alſace ou de Briſac ſi elle ſe preſente; mais la penſée eſt, de diſtribuer les Regimens en divers quartiers d'Allemagne avec obligation de chaque Cercle de ſatisfaire les Troupes qu'on leur envoyera, ſur le pied dont on ſera convenu.

MES-

MESSIEURS

Les

PLENIPOTENTIAIRES,

à Monsieur le Comte de

BRIENNE.

A Munster le 29. Avril 1647.

Elle regarde les affaires de Bavière.

MONSIEUR,

NOus ne pouvons rien ajoûter au Mémoire que nous avons fait, sinon les assurances de notre affection à vous rendre service, & le remerciement bien humble de toutes les faveurs que nous recevons de vous.

Nous avons délivré à l'Ambassadeur de Monsieur le Duc de Bavière la Lettre de la Reine, & celle de Monsieur le Cardinal Mazarin; le Sieur de Croissi n'est pas retourné à Munster. Il nous a écrit d'Ulm, qu'il alloit passer les Fêtes à Wurtzbourg, nous lui manderons qu'il attende en ce lieu-là même, ou en quelqu'autre bonne Ville les Lettres de Creance, & les ordres de la Cour, pour se rendre auprès de mondit Sieur le Duc de Bavière, estimant que leurs Majestés ne pouvoient faire un meilleur choix, pour envoyer quelqu'un à ce Prince, que ledit Sieur de Croissi, qui a toutes les bonnes qualités necessaires à cet effet, & principalement en cette rencontre, où il s'agit de l'execution d'une chose, qui a été negociée par lui. Il vous fera savoir lui-même le lieu, où il séjournera, & où il vous plaira, Monsieur, lui faire adresser sa Dépêche, parce qu'il n'y a pas moins de difficulté de faire tenir des Lettres d'ici à la haute Allemagne, que peut-être il y en a de les envoyer de Paris. Nous venons d'aprendre que le Sieur de Meynerswyck doit arriver ce soir en cette Ville. Sur ce nous vous supplierons de croire que nous sommes &c.

Ils louent le choix qui a été fait de Monsieur de Croissi pour l'envoyer en Bavière.

RÉPONSE,

En forme d'Avis, à la Lettre de Monsieur SERVIEN, à chacune des sept Provinces-Unies, excepté celle de Hollande:

Ecrite par un de ses Amis & Confidens, & datée de Zutphen le 4. Mai 1647.

MONSIEUR,

JE rends très-humbles graces à V. E. de la communication, qu'il lui a plû me donner de la Lettre qu'elle envoioit à chacune des Provinces, pour effacer les impressions que les Députez de Hollande y auroient pû faire contre les desseins de V. E. & le succès de sa Négociation. Mais à ne rien dissimuler en un sujet si important, il faut que je confesse que cette communication eût été de plus de confiance pour moi, & de plus d'utilité pour V. E. si elle eût précedé l'envoi de sa Lettre ausdites Provinces, me donnant le temps & le moien de pénétrer & de prévenir les sentimens des principaux Conseillers de l'Etat, & d'en reservir après V. E. afin que sous ma conduite, elle eût marché à pas plus assûrez en un chemin si difficile : la sortie de ce labirinthe, (où vous vous êtes engagé un peu trop à la hâte, & avant que d'en reconnoître les détours) ne se pouvant rencontrer qu'avec un nouveau fil d'Ariadne. Car en verité, Monsieur, il y a une grande difference entre ces Païs & ceux où V. E. a ci-devant porté fort haut les intérêts de son parti, comme on l'a vû aux Traitez de Quierasque, où elle a donné souverainement la loi aux Ducs de Savoye & de Mantouë, jusques à les faire dépouiller reciproquement, & par leurs propres mains, de ce qu'ils avoient de plus precieux pour en revêtir la France, les contraignant de signer l'arrêt de leur condamnation sous le titre d'un accommodement. Ce jeu-là, ni aucun autre, où il y entre quelque mélange de violence & d'autorité, n'est pas celui sur lequel on puisse compter avec nous. V. E. sait, & même elle represente avec beaucoup de vehemence dans sa Lettre, le tort qu'eurent les Espagnols de nous traiter il y a plus de 80. ans, avec rudesse, & d'attenter sur les constitutions & privileges de notre Nation, & toutefois elle n'évite pas l'écueil qu'elle découvre, mais y tire tant qu'elle peut à voiles & à rames ; étant le premier de tous les Ambassadeurs que nous ayons jamais vû qui ait osé s'adresser à une Province en particulier, & qui pis est, s'y plaindre du procedé des Etats Généraux ; auprès desquels seuls les Ministres des Princes étrangers ont leur residence, & peuvent exercer les fonctions de leur Ministere: autrement on rendroit monstrueux le Corps de cet Etat, lui formant sept têtes au lieu d'une, & en confondant l'usage de tous ses Membres. Je suis obligé d'en parler ainsi franchement à V. E. afin qu'elle prenne garde ci-après en d'au-

M 3   tres

tres rencontres, à ne tomber pas en de semblables accidents, qui feront pris pour des attentats, faits contre les Loix fondamentales de cette République. Avec cette même confideration d'éloigner V. E. des précipices à venir, je vai lui marquer ceux où l'on croit qu'elle eft tombée en cette Lettre, & qu'elle s'eft creufée elle-même.

Encore que l'on admire le bien dire de V. E. & la cadence nombreufe de fes periodes, on trouve néanmoins qu'avec une grande diverfité de beaux termes, elle dit de laides chofes, & repete inceffamment ce que fes précedens Ecrits ont déja tant de fois rechanté, favoir : *Que la France veut la Paix : qu'elle defire d'en avancer une conclufion fûre & honorable, tant pour elle que pour cet Etat : qu'ils font obligez de finir conjointement une Guerre, qu'ils ont heureufement faite enfemble, contre un même ennemi : qu'il lui faut ôter l'efperance des avantages qu'il cherche dans les divifions & jaloufies, qu'il tâche de jetter entre nous : que l'amitié de la France eft très-parfaite & fincere en notre endroit : que V. E. en a déja fait des proteftations réiterées : que Sa Majefté a ufé envers Meffieurs les Etats Généraux de toutes fortes de demonftrations de confiance : qu'il ne tient qu'à l'Efpagne d'achever, en confervant à l'une & l'autre des Couronnes, ce qu'elles poffedent préfentement.* Sur quoi non feulement nos Miniftres, mais encore nos peuples reprenans chacun de ces points l'un après l'autre, difent briévement & naïvement : ,, Si la ,, France veut la Paix, que ne la fait-elle ? puis ,, que chacun fait qu'elle n'eft arrêtée que par ,, les intérêts des Portugais, qui ne font pas les ,, nôtres, ni ceux de la France non plus. *Si,* ,, *elle defire d'en avancer la conclufion,* que tar- ,, dent fes Plénipotentiaires d'en figner les ,, Traitez ? puis que ceux de cet Etat leur ont ,, offert vingt fois en qualité d'Entremetteurs, ,, & de la part des Efpagnols, qu'ils fuivroient ,, entierement les propofitions qu'il leur a- ,, voient faites de la part de la France, def- ,, quelles le Portugal étoit exclus par promes- ,, fes, & conventions folemnelles. *Pour ren-* ,, *dre ladite Paix fûre & honorable ;* que faut-il ,, davantage, que d'acquerir par fon moien, ,, plus que jamais aucun Prince Chrétien n'a ,, acquis par aucune forte de Conquêtes ? *Si la* ,, *France & cet Etat font obligez de finir cette* ,, *guerre conjointement ;* Pourquoi donc la Fran- ,, ce n'imite-t-elle pas cet Etat, qui en a déja ,, figné les Articles & Capitulations ? Pourquoi ,, fe déjoint-elle de lui en une œuvre fi jufte, fi ,, pieufe, & defirée de toutes les autres Na- ,, tions Chrétiennes ? *S'il faut ôter à l'Efpagnol* ,, *les efperances de divifions & jaloufies,* qu'il ,, *tâche de jetter entre nous ;* quel meilleur moien ,, y en a-t-il, que de nous accorder à faire la ,, Paix, comme nous nous fommes accordez à ,, faire la guerre, & d'achever en un même ,, jour les Traitez, dont nous n'avons depuis fi ,, long-temps fufpendu la ratification, qu'afin ,, que la France y concourût avec nous ? Et fi ,, l'Efpagnol nous vouloit divifer d'avec la Fran- ,, ce, quelle fimplicité feroit-ce à lui d'avoir ,, remis à notre arbitrage toutes les plus grandes ,, difficultez qui fe rencontrent entre les deux ,, Couronnes ? *Si l'amitié de la France eft très-* ,, *parfaite & fincere en nôtre endroit ;* d'où peut ,, provenir cette averfion qu'elle a de notre re- ,, pos, & cette oppofition qu'elle apporte aux ,, avantages que nous devons recueillir de nos ,, Traitez avec l'Efpagne ? *Si Sa Majefté très-* ,, *Chrétienne a tant de confiance en nous ;* pour ,, quel fujet fe défie-t-elle de notre conduite ,, dans les chofes mêmes qui nous touchent ,, immédiatement ? Nous prend-elle pour des ,, pupilles rangez fous fa tutelle, lors qu'elle- ,, même eft fous la direction d'autrui, & gou- ,, vernée par des perfonnes qui ne peuvent pas ,, être ni plus foigneufes, ni plus intelligentes ,, du bien de fon Royaume, que nous le fom- ,, mes de celui de notre commune Patrie ? ,, *Quant aux proteftations réiterées, que V. E.* ,, *dit avoir faites des bonnes intentions du Roi fon* ,, *Maitre ;* ils les trouvent toutes femblables à ,, celles qu'elle faifoit, de ne vouloir jamais par- ,, ler directement ni indirectement des Portu- ,, gais ; & quoi qu'elle affûre au même endroit ,, de n'avoir rien oublié pour rétablir les Pro- ,, teftans en Allemagne, ils ne font néanmoins ,, aucun compte de fes proteftations ; affûrant ,, qu'elles repugnent à tous les actes & effets, ,, dont ils alleguent trente exemples d'une fuite ,, en ce que V. E. en de mêmes fujets, & ,, prefque en même temps, a promis & revo- ,, qué, affûré & nié, dit & dédit, fait & dé- ,, fait, tant à Munfter, qu'en ce Païs. Pour ,, la derniere affertion : *Qu'il ne tient qu'aux* ,, *Efpagnols d'achever, s'il refte aux deux Cou-* ,, *ronnes, ce qu'elles poffedent à préfent ;* on ré- ,, pond, que la France ne poffede pas le Por- ,, tugal, & cependant elle veut, qu'il demeure ,, comme il eft ; que l'Efpagne poffede une ,, partie du Piemont, & du Montferrat, & ,, toutefois la France ne veut pas qu'elle en ,, jouiffe.

On peut donc dire que les Articles de votre Inftrument de Paix font couchez en forte, qu'il faut ou les defavoüer, ou le contenu en cette Lettre de V. E. & il y a cent perfonnes folvables parmi nous, qui veulent cautionner pour les Efpagnols qu'ils feront contents de vous prendre au mot, & de fe tenir précifément à ce que vous expofez à cet égard. Voiez donc, Monfieur, fi cette propofition que vous avancez, eft à bon efcient, & bien autorifée ; car en cas qu'elle foit telle, vous pouvez épargner votre colere, & appaifer ces fureurs & agitations, dont vous vous laiffez tranfporter contre l'Efpagne, parce que nous tenons la Paix pour faite ; mais fi votre propofition n'eft pas fincere, V. E. ne doit pas trouver étrange, fi elle acheve de perdre toute créance parmi ce monde ici, qui fans fubtilifer s'attache à ce qu'il touche, faifant plus d'état d'une verité maffive & groffiere, que du plus delié & délicat menfonge qu'on pourroit controuver. Il n'y a que naïveté en fes actions & en fes difcours, ainfi qu'on peut bien le connoître par fes reparties fi naturelles & fi foudanes, qu'on lui voit fortir en même temps du cœur & de la bouche, fur les affertions dont je viens de parler, contenuës en la Lettre de V. E.

J'ai bien voulu les lui remettre devant les yeux, afin qu'elle balance les unes & les autres à loifir, & qu'elle juge enfuite, à fens repofé & de fang froid, fi elle ne feroit pas mieux de s'abftenir deformais de tant de proteftations, que de les débagouler en foule, fans en pouvoir maintenir une feule ; fuppliant très-inftamment V. E. qu'elle veuille perdre l'opinion dont elle s'eft peut-être flatée jufques à cette heure, qu'elle puiffe à force de mots choifis, & de phrafes relevées, impofer au moindre Batelier de toutes ces Provinces, en aucune chofe qui concernera leur falut & profit. Ils louëront la diction, & condamneront la penfée, & au fond, fi par le charme des paroles, ils fe trouvent affoupis pour quelque temps ; retournant après de cette illufion, & ne trouvant en leurs mains
que

1647.

que des feuilles pour des pistóles, ils auront la tromperie d'autant plus en horreur qu'elle aura été déguisée avec plus d'artifice. Mais pour vous montrer, Monsieur, que votre éloquence, toute merveilleuse qu'elle est, ne les a pas surpris, il faut que je vous raporte encore quelques gloses, & remarques qu'ils ont faites sur cette Lettre. „ Bien que ce ne soit qu'une repe-
„ tition (disoit l'un) de ses autres Ecrits, il
„ assûre néanmoins dès l'entrée, qu'il ne veut
„ point user de redites; encore qu'il proteste
„ de ne vouloir que la Paix, il ne nous prêche
„ néanmoins que la Guerre, en tâchant de nous
„ inspirer une inimitié immortelle, & une haine
„ implacable contre les Espagnols. Il assûre que
„ *c'est le meilleur partage, que nos Predecesseurs*
„ *nous ayent laissé*; bien contraire à celui que
„ J. C. laissa à ses Disciples, ne se conformant
„ pas en venant chez nous au Texte de l'Evan-
„ gile : *In quancumque domum instraveritis, di-*
„ *cite primùm, Pax huic domui*; mais nous nous
„ conformerons au Pseaume, en lui disant: *Vi-*
„ *ri sanguinum declinate à nobis.* Il maintient,
„ *que la plus grande sûreté de cet Etat consiste au*
„ *ressentiment des injures qu'il a reçûës des Espa-*
„ *gnols*; qui est le même que s'il disoit qu'il ne
„ nous faut jamais accommoder avec eux : en
„ quoi il montre assez le vrai but de sa Négo-
„ ciation & de toutes ses pratiques parmi nous,
„ souscrivant par-là à tout ce que les Espagnols
„ ont pû dire, & diront ci-après, du desir
„ qu'a la France de nous tenir en guerre per-
„ petuelle avec eux. Mais outre que cette
„ doctrine n'est pas Chrétienne, de transmet-
„ tre des ressentimens de vengeance de généra-
„ tion en génération, comme par un fideicom-
„ mis réel, graduel, & perpetuel; elle n'est
„ pas politique non plus, ni charitable pour
„ cet Etat, qui ne sauroit plus se vetiger que
„ contre soi-même, en aidant davantage la
„ France à s'agrandir, au préjudice de l'Espa-
„ gne; principalement dans les parties qui nous
„ sont les plus voisines. Et si nos Predeces-
„ seurs eussent eu quelque répugnance à cette
„ reconciliation, ils n'auroient pas fait les Trê-
„ ves de l'an 1609. ils n'en auroient pas de-
„ mandé la continuation, ils n'auroient pas de-
„ siré de les changer en une Paix perpetuelle.
„ Si la France eût été aussi de la même opinion
„ que son Ambassadeur d'à présent, elle ne nous
„ auroit pas persuadé un tel accommodement.
„ Il ajoûte (disoit un autre) *qu'il nous faut a-*
„ *voir une défiance de toutes les actions & desseins*
„ *des Espagnols*; qui est une autre ligne qui tire
„ & aboutit droitement à l'exclusion de la Paix:
„ car comment la peut-on traiter, concerter,
„ & conclure avec ceux dont nous devons nous
„ défier en tout & par tout? Si leur foi nous
„ est suspecte à l'avenir, sur quoi pourra repo-
„ ser la sûreté & la subsistence des Traitez? Et si
„ elle l'a dû être auparavant, pourquoi la Fran-
„ ce nous a-t-elle sollicitez d'envoier nos Plé-
„ nipotentiaires à Munster, qui nous ont ra-
„ porté uniformement, n'avoir jamais vû au-
„ cune alteration ni le moindre changement en
„ tout ce que les Espagnols ont une fois pro-
„ mis ou déclaré? *Quant aux prétendus Traitez*
„ *de mariage, ou d'échanges*, il s'en démele en
„ gros, au lieu que les objections, ausquelles
„ il devoit répondre, sont en détail. Il pré-
„ suppose que les lumieres nous en viennent
„ d'Espagne, au lieu que c'est là qu'on les a le
„ plus cachées, & que les plus versez aux in-
„ trigues de la France sont ceux qui nous en
„ ont le plus découvert; n'étant pas besoin d'é-
„ taler ici les fondemens de nos soupçons sur ce

„ sujet, pour ne nuire pas à nos Amis & Con-
„ fidents, attachez avec nous par les intérêts
„ de la Religion, & autres particuliers. Feu
„ S. A. le Prince d'Orange a bien sû la pre-
„ miere source de ces ombrages; & ne nous l'a
„ point celée. Mais quand nos craintes ne se-
„ roient fondées que sur la convenance même
„ de la chose en soi, & sur la maxime de la
„ France, de s'agrandir à quelque prix, & par
„ quelque voie que ce puisse être, en préferant
„ l'avancement de ses hauts desseins, à toutes
„ autres considerations, n'y auroit-il pas bien
„ de quoi en être en peine? Si le Roi Henri
„ IV. autant religieux en sa parole & en ses
„ Alliances, que ceux qui gouvernent la Fran-
„ ce aujourd'hui, nous abandonna pour le re-
„ couvrement de quelques Places en Picardie,
„ que ne feroient pas ceux-ci pour des avanta-
„ ges bien plus grands? Si toutes les promesses
„ tant de fois renouvellées à la Maison Palati-
„ ne, viennent de se convertir à son dommra-
„ ge, en faveur de celle de Baviére, par cette
„ même maxime de l'agrandissement de la
„ France, pouvons-nous encore douter, qu'il
„ ne tiendra jamais à elle de pousser plus outre,
„ même en nous ruinant, s'il est besoin, de
„ fonds en comble? Or que la France ne pré-
„ tende à la domination universelle, & de con-
„ tinuer pour cet effet la Guerre jusques à la fin
„ de son dessein, il n'en faut autre témoignage
„ que la paraphrase nouvelle sur les paroles de
„ l'Ecriture sainte: *Respicite lilia agri, quomodo*
„ *crescunt*; & le Sonnet que le Grand Directeur
„ de la Monarchie Françoise fit présenter il y a
„ quelque temps à la Reine:

Anne desires-tu qu'à l'ombre des lauriers
Nous soions pour jamais à couvert des tempêtes?
Demeure encor armée & pousse tes Guerriers,
A faire tous les jours de nouvelles Conquêtes.

Le retour de la Paix doit être differé
Tant que nos Ennemis auront de l'esperance,
Et pour donner au monde un repos assûre;
Il faut ranger l'Espagne au giron de la France.

Quelques lâches prudents, qui tremblent dans
*   le port,*
Disent secrettement, que tes armes ont tort
D'affliger le Païs où le Ciel te fit naître,

Sans penser que l'Amour peut être fils de
*   Mars,*
Et que pour éviter la suite des hazards,
L'Espagnol & François peuvent n'avoir qu'un
*   Maître.*

Le reste de la Lettre ne contenoit, au jugement de quelques Critiques, rien que des injures contre les Etats Généraux, ou contre ceux de Hollande, que V. E. traite par tout cet Ecrit, d'Ennemis de la France, & des siens particuliers; ces épithetes ne se pouvant attribuer à d'autres, puis que ce sont eux qui ont envoyé des Députez à chaque Province. Je crains, que n'étant pas accoûtumez à se voir ainsi-mal mener, ils ne tournent tête: auquel cas, V. E. n'auroit pas du meilleur, & si Dieu permet par sa misericorde, qu'elle échappe encor cette rechute de fiévre, qu'elle s'est causée par excès, je la supplie très-instamment d'être plus moderée à l'avenir: car je sai bien ce que j'entends dire, & que ni mes Amis ni moi ne ferons pas assez forts pour détourner l'orage, V. E. détruisant plus en un jour, que nous ne saurions bâtir en un an. Elle se plaint du secret
que

que les Etats Généraux ont juré, à ce qu'elle dit, de garder sur les choses, qu'elle combat par sa Lettre, en demandant communication pour en pouvoir découvrir la fausseté; & en même temps elle raporte par ordre tous les points de ce secret mystere, elle les divulgue & met au jour, se contredisant si souvent & si ouvertement en bien peu de lignes, qu'elle semble parler le langage d'un homme qui songe, & ne penser à rien moins qu'à ce qu'elle écrit. Je ne prendrois point la hardiesse d'en avertir V. E. si je ne voiois les mauvaises conséquences qu'on en tire, en se formalisant des efforts & cabales qu'elle fait, pour pénétrer les secrets de l'Etat, ce qu'ils croient ne pouvoir arriver, que par des moiens illicites; & jugent de là, que leur liberté & autorité, dont ils sont si jaloux, n'ont rien de reservé ni d'assûré contre les entreprises de V. E., en laquelle ils condamnent encore l'omission d'un point principal & tout public, qu'elle laisse en arriere, lors qu'elle s'étend avec tant de superfluitez, à leur dire, sur d'autres moins importants, & qui ne lui ont pas été communiquez. Ce point, Monsieur, est celui des cruautez exercées tout nouvellement dans la Ville de Nantes sur nos pauvres Compatriotes, déchirez, assommez, & noiez, par la fureur d'un peuple effrené, & écumant de haine & de rage contre notre Nation, qui a reçû cette indignité en France, en même temps que V. E. lui prêchoit de sa part les droits sacrez de l'Alliance, lors qu'elle ne savoit pas garder ceux de l'hospitalité seulement. ,, C'est à cela, s'écrient-,, ils, que Monsieur l'Ambassadeur devroit ré-,, pondre, & non pas rechercher hors de pro-,, pos & à contre-tems d'autres exemples d'in-,, humanité dans le siécle passé, & à nos enne-,, mis qui après tout ne passérent jamais jusques ,, à l'extrêmité d'un massacre général de leurs ,, Sujets de notre Religion, comme il se fit en ,, France à la S. Barthelemi, où l'on ne s'est ,, pas contenté d'aller avec le fer & le feu con-,, tre l'établissement de notre Religion, mais ,, après qu'elle y a été reçue, affermie, & as-,, surée par les Edits Royaux, par les Traitez ,, publics, & par les Arrêts des Parlemens, ,, tout à coup & lorsqu'on y pensoit le moins ,, elle y a été persécutée de même qu'en sa ,, naissance. Le carnage a recommencé, ,, comme à son avénement, & duré plusieurs ,, années, jusques après l'avoir réduite à non ,, plus, non seulement en lui ôtant toutes les ,, Places de sureté qu'on lui avoit promises & ,, consignées, mais en réduisant en cendres ,, plusieurs autres, & faisant mourir ou par les ,, flammes ou par la faim une infinité de per-,, sonnes de tout âge & de tout sexe; & à pré-,, sent ceux qui restent sont en état (lorsqu'il en ,, prendra envie à quelque Favori) de servir de ,, curée & de proye à une bande de séditieux, ,, satellites, & coupe-jarrets, à quoi les Maré-,, chaux de Turenne & de Gaffion dont Mon-,, sieur l'Ambassadeur entend parler sous la fi-,, gure de ceux *qui agissent glorieusement à notre* ,, *vue dans les commandemens des armées*, n'y ,, apporteront pas plus de reméde que les Ma-,, réchaux de Lesdiguiere, & de la Force, les ,, Ducs de Bouillon, de Sulli, de Rohan, & ,, de Soubise y en ont apporté sous le regne de ,, Louis XIII. & le Roi de Navarre, le Prince ,, de Condé, l'Amiral de Chatillon, les Ducs ,, de la Trimouille, & d'Albret, le Marquis ,, de Montbrun, Montgomeri & autres de cet-,, te condition sous les Rois Henri II. François ,, II. Charles IX. & Henri III. & beaucoup ,, moins lorsque la France ayant étendu sa

,, puissance & ses limites jusques au point ,, qu'elle s'est proposé, nous aura ôté tous les ,, moyens d'assister nos frères de la même cré-,, ance & nos anciens amis en leur oppression, ,, pour l'avancement de laquelle la France non ,, contente de ses forces a souvent imploré & ,, attiré celles d'Espagne, à qui toutefois Mon-,, sieur l'Ambassadeur reproche des persécutions ,, de même nature, & nous veut faire croire ,, *qu'il n'y a coin ni pied de terre en toutes nos* ,, *Provinces, qui n'ait été rougi du sang que les* ,, *François y ont répandu pour notre défense*: qui ,, est une hyperbole exorbitante, puisque cha-,, cun sait qu'à peine l'Espagnol y a attaqué une ,, seule Place sinon au commencement des ,, troubles, lorsque la France étoit assez occu-,, pée chez elle, & non moins animée que ,, l'Espagne à y renverser les fondemens, & ,, perdre les Auteurs de notre sainte Reli-,, gion.

Ce sont là, Monsieur, les discours que votre Lettre a produits, & les jugemens qu'elle a causez parmi ceux du plus haut & du plus bas rang de cet Etat, qui s'accordent tous (à mon grand regret) à la condamner & détester d'une voix commune; ce que V. E. pouvoit bien pénétrer d'elle-même, voyant *qu'on n'a pas pris seulement la peine de répondre à divers Mémoires qu'elle a présentez quoique fort importans* (comme elle dit au commencement de la seconde page de sadite Lettre) par où l'on déclare en se taisant, que la personne de V. E. est odieuse, & que l'on ne veut pas la légitimer aux fonctions qu'elle veut exercer. On dit même que Messieurs ses Collégues improuvent sa procédure; desorte que je ne puis lui conseiller autre chose sinon que pour bien faire ci-après, elle fasse tout le contraire de ce qu'elle a fait jusques à maintenant; sauf en ce qui est de me conserver l'affection qu'elle m'a témoignée, comme je ferai aussi la qualité,

MONSIEUR,

de votre très-humble Serviteur,

J. D. P.

MES-

MESSIEURS

Les

PLENIPOTENTIAIRES

à Monſieur de

BRIENNE.

A Munſter le 6. Mai 1647.

*On prendra ſoin pour la ſatisfac-
tion du Duc de Modene.*

MONSIEUR,

*On prendra
ſoin pour la
ſatisfaction
du Duc de
Modene.*

VOus verrez par le Mémoire que nous avons dreſſé, comme nous avons executé ponctuellement les ordres qui nous ont été envoyés par ceux des vingt-deuxiéme & vingt-ſixiéme Avril, & ce qui s'eſt enſuite paſſé, dont nous rendons compte. Nous ne manquerons pas de faire toute la meilleure reception, que nous pourrons à celui qui doit venir en cette Aſſemblée de la part de Monſieur le Duc de Modene, & de procurer la ſatisfaction de ſon Maître, en tout ce qui dépendra de nous, ainſi qu'il nous eſt mandé de faire; & ſur ce, Monſieur, après nos humbles recommandations à l'honneur de vos bonnes graces nous demeurons &c.

MEMOIRE

De Meſſieurs les

PLENIPOTENTIAIRES,

ENVOYE' EN COUR,

Le 6. Mai 1647.

On aura ſoin pour l'affaire du Portugal. Leur entretien avec les Médiateurs ſur les affaires d'Eſpagne. Mauvais état des affaires de l'Empereur. Inégalité de

---

Monſieur d'Oxenſtiern. L'Evêque d'Oſnabrug a de la reconnoiſſance pour ce que la France s'intéreſſe en ſa faveur. Avis qu'il leur donne. Ce qu'eux en croyent. Et on en donne connoiſſance aux Médiateurs. Réponſe des Médiateurs. On envoye une autre fois vers les Médiateurs. Réponſe de ceux-ci.

L'On aura vû par notre derniere Dépêche, qu'encore que le deſir de la Paix eût porté leurs Majeſtés à nous donner pouvoir de nous departir de l'inſtance touchant la ſuſpenſion d'armes en Portugal, nous n'y viendrions qu'à l'extrêmité. Nous en avons uſé de la ſorte, tant pour atrendre les Dépêches de la Cour en réponſe des vingt premiers Articles, qu'on y avoit envoyé, que pour témoigner plus de fermeté aux Eſpagnols dans le tems qu'ils publioient par tout que la Hollande avoit attiré la plûpart des autres Provinces dans ſon ſentiment; nous avons été bien aiſes de ne nous être engagés à rien, puis que nous voyons par le Mémoire du vingt-ſixiéme Avril, que Sa Majeſté nous ordonne de tenir ferme, ſur les deux points du Portugal.

On aura ſoin pour l'affaire du Portugal.

Nous avons auſſi reçu par le même Ordinaire les Lettres de Monſieur de Servien, qui nous apprennent que les choſes ſont en meilleur état, que les Ennemis veulent faire croire. Ainſi après avoir longtems differé de faire réponſe aux Médiateurs, nous les allames voir il y a trois jours, & leur repréſentames bien ponctuellement toutes les raiſons contenuës dans le Mémoire, dont la concluſion fut qu'il étoit abſolument neceſſaire, qu'eux & les Plénipotentiaires de Hollande, comme auſſi les Impériaux, déclarent nettement par un Ecrit à part, que l'Article du Traité touchant l'aſſiſtance, qu'on pourra donner aux Amis ou Alliés comprend auſſi le Portugal, & que les Portugais entrans dans l'Andalouſie, ou dans la Grenade, ou autres Etats voiſins avec les armes auxiliaires de la France, toutes les fois qu'il ſera beſoin pour la conſervation dudit Royaume, cela ne pourra être pris pour une infraction de Paix. Nous avons pareillement inſiſté à ce que les Plénipotentiaires d'Eſpagne, conviennent d'une ceſſation d'hoſtilités pour un an dans le Portugal, ou qu'au moins les deux Rois s'obligent de ne faire d'un an aucune Guerre offenſive, ſi ce n'eſt d'un commun conſentement. Les Médiateurs ne ſe mirent pas en ſi grand ſoin, que de coutume, de combattre cette reſolution, ni les raiſons, dont nous l'avions appuyée. Ils ſe contenterent de dire qu'ils en feroient raport aux Plénipotentiaires d'Eſpagne, & qu'ils croyoient même qu'ils ne ſeroient pas chargés de nous venir revoir ſur ce ſujet, qu'ils étoient peu heureux de n'avoir pû faire convenir les Parties, & que les Eſpagnols jugeoient ſans doute, que puiſqu'on leur demande des choſes qui excedent les ordres & le pouvoir qu'ils ont, le Roi leur Maître ne doit plus ſonger qu'à la Campagne.

Leur entretien avec les Médiateurs ſur les affaires d'Eſpagne.

Nous repliquames que cette inſtance n'eſt pas nouvelle; que ſi le Comte de Peñaranda avoit eû beſoin d'ordres ſur cela, il auroit eû le tems de les recevoir : Que les intentions de leurs Majeſtés pour la Paix paroiſſent évidem-

N

ment

ment en ce que nonobstant tous les preparatifs de la Campagne, nous avons déclaré de leur part, qu'elles sacrifieroient volontiers ces depenses-là, & leurs espérances au bien de la Chrétienté, & qu'en effet nous demeurerions encore dans les mêmes termes de notre projet, qui a été donné, il y a plus de trois mois, sans y rien ajoûter, mais que si les Espagnols tardoient trop à convenir des conditions proposées, nous croyions recevoir bientôt ordre de demander pour le Portugal une Trêve d'égale durée à celle de Catalogne, & le changement de Trêve en Paix pour la Catalogne, à l'exemple du Traité de Messieurs les Etats.

Ce discours nous donna lieu de leur faire à propos la deduction des avantages, que l'état présent des affaires nous donne aujourd'hui de tous côtés; nous n'oubliames rien de ce qui est contenu dans le Mémoire sur ce sujet, & par là nous fimes voir combien leurs Majestés désirent le repos public, puisqu'elles ne cherchent pas à profiter, comme elles pourroient faire, d'une si favorable conjoncture. Pour preuve de quoi nous leur dimes, que nous étions prêts de conclure le Traité, suivant les Articles que nous avons donnés.

Mauvais état des affaires de l'Empereur. L'avis de Vienne, dont leurs Majestés ont eû agreable que nous ayons eû communication, nous paroît vraisemblable, puis qu'outre la solidité des autres, qui sont venus du même lieu, il est certain que les affaires de l'Empereur sont en si mauvais état, qu'il ne peut avoir d'espérance, ni de ressource que par une prompte conclusion de la Paix. Nous nous sommes bien prévalus de cet avis auprès du Comte de Trautmansdorff, sans pourtant lui en rien témoigner. Il nous paroît qu'il a fait quelques efforts vers les Espagnols sur ce qui touche le Portugal; mais il est aisé de voir qu'il n'a pû rien obtenir. Il nous disoit en la derniere Conférence, qu'il a vû les ordres de Peñaranda, qui l'empêchent de lui en pouvoir plus parler. Il s'est aussi excusé formellement de pouvoir signer aucun Ecrit, où il soit fait mention du Portugal, attendu que son Maître étant Prince de la Maison d'Autriche, intéressé en toutes choses avec le Roi d'Espagne, ne peut parler d'une autre maniere que lui, mêmement en une matiere si sensible audit Roi, qu'il aime mieux mettre au hazard le reste de ses Etats, que d'entrer en aucun Traité pour ce regard.

Inégalité de Monsieur d'Oxenstiern. Nous avons bien consideré ce qui est très-prudemment remarqué dans le Mémoire sur les paroles, & la façon d'agir de Monsieur Oxenstiern, & parce qu'il lui arrive souvent de tomber en des propos facheux, & d'user de termes rudes & peu suportables, nous encore tout fraichement le Sieur de la Court nous mande, qu'il lui a dit en parlant des Evêchés, que la Suéde romproit plutôt avec la France, que de n'obtenir pas ce qu'elle prétend en cela. Nous ferons savoir audit Sieur de la Court les sentimens & les ordres de leurs Majestés, afin qu'avec la prudence qui lui est ordinaire, il accompagne sa conduite de la vigueur, & de la résolution qu'on désire.

Touchant la Pologne Messieurs les Plénipotentiaires de Suéde en parlent avec grande hauteur. Ils font état en faisant la Paix de retenir la Livonie, & de ne restituer aucune chose au Roi de Pologne pour la renonciation, qu'ils prétendent avoir de ses droits au Royaume de Suéde, estimant qu'il sera encore assez heureux d'avoir la Paix à ces conditions. C'est de la façon qu'ils en ont parlé jusques ici; nous essayerons de connoître au vrai, s'il

se peut, leurs pensées & leurs sentimens.

L'Evêque d'Osnabrug a de la reconnoissance de ce que la France s'interesse en sa faveur. Avis qu'il leur donne. Monsieur d'Osnabrug, qui témoigne de l'affection pour la France, a de la reconnoissance des soins qu'on prend, pour conserver au moins l'un des Evêchés aux Catholiques, nous vint donner au soir un avis que le bruit étoit grand en l'Assemblée, que non seulement, nous persistions aux deux points ci-devant demandés touchant le Portugal, c'est à dire en la liberté expresse d'assister ce Royaume, & à une suspension d'armes pour un an; mais que nous avions ajoûté encore, que la Guerre du Portugal continuant, il seroit loisible à Sa Majesté, pour faire diversion, d'attaquer les Etats du Roi d'Espagne, en quelqu'endroit que ce fût. Il dit que le Comte de Trautmansdorff l'avoit ainsi donné à entendre à plusieurs Députés, qui avoient condamné cette proposition, laquelle commençoit à se divulguer par tout, & étoit fort mal reçuë.

Ce qu'eux en croyent. Nous jugeames incontinent, que c'étoit une malice de nos Parties, qui faisoient courir ce faux bruit, pour justifier leur obstination à ne pas vouloir accorder ce que leurs Majestés ne demandent que pour la sûreté de la Paix, & qu'ils prétendoient par là nous rendre odieux principalement dans les Provinces-Unies, pour essayer de les porter à quelque manquement contre leur Alliance. Pour ne pas negliger ledit avis nous envoyames en même tems le Sieur le Boulanger, Secretaire de cette Ambassade, Et on endoit ne connoissance aux Médiateurs. vers l'un & l'autre de Messieurs les Médiateurs, pour leur faire plainte du bruit qui couroit, & les supplier de vouloir expliquer au Comte de Trautmansdorff, & aux Ministres d'Espagne ce que nous leur avons voulu faire savoir de l'intention de leurs Majestés, qui étoit qu'outre la clause mise dans l'Article second, pour l'assistance des Amis & Alliez, on desiroit avoir un Ecrit à part, tant desdits Sieurs Médiateurs, que de Messieurs les Ambassadeurs de Hollande, & encore de ceux de l'Empire, comme ladite clause comprenoit aussi le Portugal, & que le secours que nous donnerions aux Portugais ne pourroit être interprété, pour une infraction de Paix, encore qu'avec les Troupes Auxiliaires de la France l'on fît quelque entreprise sur les Païs voisins du Portugal, que cette demande étoit juste & raisonnable, & que Messieurs les Médiateurs mêmes ne l'avoient pas improuvée, mais avoient dit seulement qu'elle leur sembloit superflue, puisque l'on sait bien, que quiconque est attaqué ne demeure pas toûjours dans les termes d'une simple défense, & qu'il est quelquefois en état de transporter la Guerre dans le Païs de celui qui fait l'aggression, qu'on ne distingue point en ce cas de quelles troupes il se doit servir, & que cela s'est toûjours ainsi pratiqué dans de semblables occasions, & notamment aux secours, qui ont été envoyés de la part de la France à Messieurs les Etats: mais que l'on n'entendoit pas qu'il nous fût loisible, la Paix étant faite entre les Couronnes, de faire diversion dans les Etats du Roi d'Espagne, où bon sembleroit; que cette demande seroit à bon droit rejettée; qu'aussi nous n'avions point eû ordre de le faire, & que nous croyons nous en être assez clairement expliqués.

Réponse des Médiateurs. Lesdits Sieurs Médiateurs repondirent tous deux qu'ils comprenoient assez quelle étoit notre intention, laquelle ils avoient fidellement raportée aux Espagnols, & au Comte de Trautmansdorff, qu'ils avoüoient néanmoins, qu'entre ennemis qui ont tous du soupçon l'un de l'autre, il y avoit lieu d'entrer en doute, & de craindre que sous ces mots de diversion & d'entred'entreprise, l'on ne pût en effet continuer une Guerre offensive contre le Roi d'Espagne, sous prétexte de secourir le Portugal, encore que le Roi fût de sa part lié, & ne pût rien entreprendre contre la France. Toutefois qu'ils étoient bien aises d'être encore mieux éclaircis de nos sentimens, & qu'ils les feroient savoir aux Espagnols, & au Comte de Trautmansdorff, mais que pour mieux se donner à entendre en une affaire de si grande importance, il leur sembloit, que le meilleur étoit de mettre par écrit ce que l'on prétend.

Ledit Sieur Boulanger nous ayant fait raport de ce que dessus, nous avons estimé à propos de dresser un mot, tel que l'on verra par la copie ci-jointe, que nous avons envoyée auxdits Sieurs Médiateurs que lui-même, afin que chacun connût que notre demande ne tend qu'à rendre la Paix sûre, & à ôter aux Espagnols le moyen de brouiller parmi les Provinces-Unies, en changeant & deguisant le sens de notre proposition.

Réponse de ceux ci. Comme il paroit auxdits Sieurs Médiateurs, ils lui dirent, qu'ayant fait savoir aux Plénipotentiaires d'Espagne, la derniere intention de leurs Majestés touchant les deux points du Portugal, ils avoient consulté ensemble, & puis ensuite répondu, que puisque les Plénipotentiaires de France disoient avoir des ordres, par lesquels ils ne pouvoient se départir de l'instance faite touchant lesdits deux points, eux aussi avoient ordre de n'en point demeurer d'accord, ce qu'ils estimoient être fondé en raison, & s'être mis en toutes sortes de devoirs, pour avoir la Paix, que les choses étant en ces termes, ils voyoient bien qu'il ne falloit pas l'esperer, & remercierent Messieurs les Médiateurs de tous les soins & de toutes les peines qu'ils avoient prises à cette occasion.

MONSIEUR

de

LONGUEVILLE,

à Monsieur le Comte de

BRIENNE.

A Munster le 11. Mai 1647.

Touchant le projet du Traité communiqué aux Hollandois. Il a suivi en tout les ordres de la Cour. Ses réflexions sur les nouveaux ordres. Tous seront persuadés que le retardement de la Paix ne vient pas du côté de la France. Touchant les affaires d'Espagne en Savoye. Et

Tom. IV.

de la retention des Places occupées en Italie. Et du Duc de Mantouë.

MONSIEUR,

Touchant le projet du Traité communiqué aux Hollandois.

J'Ai eu de la peine à comprendre ce qui m'a été mandé par la Dépêche du premier de ce mois, & ne puis connoître de quelle façon je dois regler ma conduite sur ce qui m'est écrit. Votre Lettre porte qu'on eût désiré que j'eusse envoyé le projet du Traité à Messieurs les Etats. Si l'on entend que je leur eusse seulement donné connoissance de ce qui se passoit ici, je crois que Monsieur Servien, à qui j'en ai donné les avis, n'aura pas manqué de le faire, & que s'il l'a jugé à propos il aura communiqué nos Articles, puisqu'ils étoient dressés & resolus quand il est parti de Munster, & qu'il en a porté la copie avec lui. Si cela veut aussi dire que je devois remettre la médiation à Messieurs les Etats, & la tirer des mains de leurs Ambassadeurs, je ne vois pas que de moi-même, sans en avoir reçu aucun ordre de la Cour, j'aye du entreprendre de faire un changement si notable, cela eût offensé de tout point les Médiateurs, & changé l'ordre de l'Assemblée, qui ne dépend pas de la France seule.

Pour introduire cette forme de traiter, le consentement de nos Parties étoit necessaire, & pour cet effet il eût fallu, que j'eusse fait dire aux Plénipotentiaires d'Espagne, que les Ambassadeurs de Messieurs les Etats étant suspects à la France, je ne pouvois user de leur entremise, pour achever la Négociation, mais que j'allois envoyer nos Articles à la Haye à leurs Superieurs, afin qu'eux-mêmes en prissent connoissance ou qu'ils députassent d'autres personnes sur lesquelles il ne pût tomber aucun soupçon; desorte que j'estime que j'eusse fait plaisir aux Espagnols, qui eussent été bien aises d'avoir occasion d'envoyer un de leurs Plénipotentiaires à la Haye, pour y conduire leurs pratiques, & leurs menées. Je vois que c'étoit là leur but, & leur desir, ainsi qu'il a paru au passage de Brun par la Hollande; mais comme on s'est alors opposé à son dessein avec beaucoup de prudence, je n'estime pas aussi qu'il y eût été du bon service de leurs Majestés, de se soûmettre au jugement de Messieurs les Etats, de les rendre neutres entre la France & l'Espagne, qui est ce à quoi le Conseil d'Espagne travaille, & employe tous ses soins.

Il a suivi en tout les ordres de la Cour.

Je vous supplie aussi, Monsieur, de vous souvenir de ce qui est dans la Dépêche de la Cour des dix-huitiéme & vingt cinquiéme Janvier, & de tant de bonnes & solides raisons, qui y sont très-prudemment déduites. Je m'assure que vous avouërez, que dans la conduite que j'ai tenuë ici, j'ai essayé de m'y conformer entierement, & de les suivre.

Ses réflexions sur les nouveaux ordres.

Vous me mandez, qu'il y a deux extrêmes points à fuir, l'un de retirer la médiation d'entre les mains de Messieurs les Etats, l'autre de la laisser en celles des personnes suspectes, & que cela se peut accommoder en prenant une voye qui pourvoye aux deux inconveniens, laissant la médiation aux Etats, & en excluant Paw & Knuyt.

Je ne vois pas que cela se puisse executer à cette heure, qu'il n'y a que Paw seul qui soit ici, puisque si l'on l'exclud, c'est en effet ôter la médiation entiere à Messieurs les Etats.

Je

1647.

Je n'ai point du tout bonne opinion de Paw, & nous devons, sans doute, être sur nos gardes contre lui, & contre Knuyt. Je les tiens pour gagnés, & corrompus tous deux; s'ils étoient nos Juges je tiendrois notre cause perduë devant eux. Je ne les considere que comme nos Parties, & ne parle à eux qu'avec la même précaution; mais ils ne peuvent nous contraindre à accorder que ce qu'il nous plaira, & je juge que Paw, parce qu'il est ami des Espagnols, peut mieux qu'aucun autre, faire convenir le peu dont il reste à convenir au Traité, parce qu'ils ont confiance en lui, & qu'ils se déclareront plus facilement sur son entremise, qu'il est lui-même intéressé en quelque façon à faire la Paix, & à ne laisser pas imparfait l'ouvrage qu'il a commencé, qu'il s'efforcera d'achever, non en notre considération, mais pour la sienne, & celle des Espagnols mêmes, auxquels il ne peut rendre un meilleur office, qu'en concluant le Traité, faire cesser les maux dont ils sont menacés. Que si l'effet n'est pas si prompt qu'il seroit à souhaiter, il semble que les difficultés, qui se trouvent encore dans le Traité de l'Empire & celles de la garantie, empêchent les Espagnols de s'ouvrir de leurs dernieres intentions.

Cependant ce qui s'est fait donne à connoître à tout le monde, que le retardement de la Paix ne vient pas de nous, & rien, à mon avis, ne peut être plus utile dans les Provinces, puisque les Espagnols sont en demeure, & que la prolongation d'un bien tant désiré leur doit être justement imputée: au reste, je ne suis engagé à chose aucune, & voyant ce qui est envoyé au Mémoire de Monsieur Servien, j'attends de savoir ce qu'il aura fait à la Haye. Je me tiendrai aussi en état de pouvoir executer tout ce qui me sera mandé de la Cour; ce que j'ai à désirer est que les ordres en soient bien clairs, & bien précis, afin que je ne puisse tomber en faute, & que je suive exactement ce qui me sera ordonné, qui est ma seule passion. J'ai encore été surpris de voir que l'on demande l'explication de deux Articles, que votre Lettre dit sembler avoir été dressés de concert entre les Ministres d'Espagne & de Savoye. Je vous

ai fait savoir par le Mémoire du dix-huitiéme du passé, que les affaires de Savoye avoient été laissées en blanc, parce que l'Ambassadeur ne m'avoit pas encore mis en main de quoi les remplir; il avoit été mandé, que l'on essayât de contenter le Marquis de Saint Maurice, auquel l'on a confiance; ce qui fit que n'ayant rien voulu avancer, que de concert avec lui, il m'envoya les Articles tous dressés, me priant de les faire inférer parmi les nôtres, en la forme qu'il les avoit lui-même proposés. J'y fis néanmoins retrancher beaucoup de choses, & y laissai pour sa satisfaction ce que je crus, qui ne blessoit en rien les droits du Roi, desquels j'ai fait une reserve si expresse, que ledit Ambassadeur s'en plaint, ainsi que je l'ai déja fait savoir.

Et quant à la restitution des Places, cet Article-là avoit été concerté entre Messieurs mes Collegues, & moi; on a toûjours été d'avis, que l'on restitueroit de part & d'autre, ce que les armes des deux Rois occupent dans le Piémont, & le Montferrat, les Espagnols ont fait de grandes plaintes, de ce qu'on mettoit cela en égalité, disant qu'ils ont occupé ce qu'ils tiennent sur leur Ennemi, & qu'il étoit bien rude de les obliger à rendre leurs Conquêtes à nos Alliez, puisque nous prétendions retenir toutes celles que nous avions faites sur eux.

1647.

Que ce que la France occupe apartient à des Maisons qui lui sont Alliées, & amies, & que nous faisons sonner bien haut une restitution à laquelle nous sommes obligés. Il fut jugé à propos la premiere fois qu'on dressa les Articles de ne point faire mention particuliere des Places; mais de dire seulement que l'on rendroit de part & d'autre tout ce qui avoit été occupé; on changea depuis & on crut qu'il étoit meilleur de les nommer pour faire voir que nous rendions béaucoup & l'Espagne peu. Nous faisions valoir cela aux Interpositeurs, en leur représentant qu'encore que ces Places fussent à nos Alliez, nous les avions conquises quasi toutes sur les Ennemis, & conservées avec tant & de si excessives dépenses, que nous ne pouvions avec justice nous priver de la facilité, que ces Places nous donnent d'entreprendre sur les Etats du Roi d'Espagne en Italie. Il y eut encore une autre considération, qui nous porta à nommer ces Places, parce qu'en les désignant toutes en particulier nous pouvions omettre Chivas, à cause du dessein que l'on a d'en traiter. En les nommant il n'a pas oublié de dire que les unes étoient tenuës en dépôt, & les autres reconquises sur l'Ennemi par les armes de Sa Majesté. Ce sont les raisons que nous avons euës de concevoir ainsi cet Article; si elles sont improuvées, en nous ordonnant ce qui doit être fait, il sera assez facile d'y remedier.

Les Ambassadeurs de Mantouë m'ont dit que ceux qui sont de la part de ce Prince à Paris, leur ont mandé, que j'avois eû ordre de leurs Majestés d'entendre ce qu'ils veulent proposer sur la cession qu'ils prétendent leur avoir été faite par le Traité de Querasque. Je leur ai répondu, que je n'avois point reçu cet ordre, & que nous en avions toûjours eu de contraires, & leur ai ôté toute esperance que l'on admît aucun expedient. Ils n'ont pas ordre de s'opposer au Traité de Querasque, mais ils n'en ont point de l'aprouver ainsi, & disent que Madame la Duchesse de Mantouë étant Tutrice ne peut y donner son consentement.

Je vous rends graces très-humbles des nouvelles dont il vous plaît me faire part, & attends celles que vous me faites esperer, vous suppliant de croire que je suis &c.

M E S.

MESSIEURS

les

PLENIPOTENTIAIRES,

A Monsieur le Comte de

BRIENNE.

A Munster le 13. Mai 1647.

Touchant l'affaire des Grisons. Et de la Religion. Monsieur Croissi est arrivé à Munster. L'Argent leur manque.

MONSIEUR,

NOus nous remettons au Mémoire, pour vous faire savoir ce qui se passe ici, & ce mot ne sera que pour vous rendre graces bien humbles, à notre ordinaire, de la continuation de vos soins. Nous avons bien remarqué ce qui est en votre Lettre du troisiéme touchant les Grisons, dont nous essayerons de nous servir; & ne manquerons pas de faire ce qui sera en notre puissance pour les Chartreux de Christ-Garten, que vous nous recommandez. La Religion Catholique reçoit de grands préjudices en divers endroits de l'Allemagne par l'âpreté des Suédois à établir la Lutherienne, & le peu de resistance que les Imperiaux y font. Le Sieur Croissi est de retour en cette Ville, sans avoir reçu la Dépêche, que nous lui avons envoyée par un exprès, pour lui donner avis de ce qui nous avoit été mandé touchant son emploi auprès de l'Electeur de Baviere. Son desir seroit de retourner en France, pour traiter d'une charge de Maître des Requêtes, & passer par les mêmes degrés, que ceux de son mérite & de sa condition ont accoutumé de suivre, & quand il plairoit à leurs Majestés de l'envoyer promptement en Baviere, il suplieroit que ce fût pour peu de tems. D'ailleurs il y a sept mois qu'il est à la Campagne obligé à faire de la dépense, de laquelle nous ayant demandé le remboursement, nous ne pouvons lui donner que des esperances, n'ayant pas dequoi y satisfaire, ni à quantité d'autres engagemens où nous sommes, que nous vous avons fait savoir si souvent, & depuis tant de tems, que nous estimons n'en devoir plus parler, & ce, Monsieur, après vous avoir supplié de nous conserver l'honneur de vos bonnes graces, nous demeurons &c.

Touchant l'affaire des Grisons.

Et de la Religion.

Mr. Croissi est arrivé à Munster.

L'argent leur manque.

MEMOIRE

de Messieurs les

PLENIPOTENTIAIRES,

ENVOYE' EN COUR.

Le treiziéme Mai 1647.

Réponse des Espagnols au sujet du Portugal. Discours des Médiateurs sur les affaires de l'Empire. Réponse des Plénipotentiaires de France. Replique des Médiateurs. Contre-replique des François. Sur l'affaire du Portugal. Leurs sentimens pour le Duc de Baviere. Et leurs soins à l'égard des Ministres du Portugal. Bruits d'une Ligue entre l'Espagne, la Hollande & le Brandebourg. Soins des Médiateurs, & de Trautmansdorff pour l'Assemblée d'Osnabrug. La France fera son possible pour retarder la conclusion du Traité avec l'Empire. Affaires touchant le Portugal. Leur soin pour découvrir les sentimens des Médiateurs sur la Trêve du Portugal.

ON aura vû par la derniere Dépêche la réponse des Espagnols sur le fait du Portugal, après laquelle toutes choses sont demeurées ici en silence, pendant quelques jours, sans que nous ayons vû les Médiateurs, & sans que les offices du Comte de Trautmansdorff auprès des Ministres d'Espagne ayent rien pû gagner sur eux, soit qu'il ait peu de credit, ainsi que chacun est persuadé, soit qu'en effet le Comte de Peñaranda ait les mains liées sur ce point-là.

Un jour après la reception de la Dépêche du troisiéme de ce mois, Messieurs les Médiateurs nous ont vû pour les affaires de l'Empire. Ils nous firent une grande remontrance sur les prétentions exorbitantes des Suédois, encore même que la plûpart des Protestans n'y adherent pas, & dirent que le Comte de Trautmansdorff demandoit le secours de la France, comme il avoit fait ci-devant, puisqu'il se pouvoit dire, que ce n'étoit pas une Guerre d'Etat, mais de Religion.

Qu'il étoit besoin de parler plus ferme que l'on n'avoit fait jusques à présent, & que

Réponse des Espagnols au sujet du Portugal.

Discours des Médiateurs sur les affaires de l'Empire.

les

les choses sont à telle extrêmité, qu'il faut que les Suédois soient les Maîtres en Allemagne, & que l'on leur accorde tout, ou que la France leur fasse dire, que la satisfaction des deux Couronnes étant réglée, & celle des Alliés aussi, & les Protestans ayant reçu du contentement par leur aveu, il est tems de conclure conjointement la Paix avec l'Empereur, & que la France ne peut plus tarder. Ils ont passé jusques à dire que cela seroit encore inutile, si l'on n'y ajoûte de la part de leurs Majestés, qu'à faute d'y vouloir entendre par les Suédois, la France étoit justifiée en faisant seule la Paix.

Ils representerent de plus si on laisse établir les Suédois de cette sorte dans l'Empire, & y acquerir tant d'amis & de partisans; la France se trouveroit notablement interessée: que dans la prosperité où ils sont, la suspension faite avec Baviere leur donne de si grands avantages, & qu'ils en usent si hautement, qu'ils forment toûjours de nouveaux desseins de s'agrandir, & que l'Empereur est forcé d'y donner les mains & d'abandonner la Religion, & toutes choses, s'il n'est soutenu de la part du Roi.

Notre réponse fut que les Lettres d'Osnabrug nous font mieux juger de la moderation de nos Alliés, & nous donnent plus d'esperance de la Paix, qu'il y a même ici des avis dudit lieu, qui portent que les Suédois se sont relâchés sur le point de *Castomonie*, & ont aussi proposé pour Osnabrug une alternative plus avantageuse que la premiere, c'est à savoir qu'il faut deux Princes & Evêques Catholiques de suite, & puis un Protestant, & ainsi à perpetuité; qu'encore que cela ne soit pas recevable, l'experience ayant fait voir, que par tout où les Protestans ont mis le pied en Allemagne, ils se sont rendus les Maîtres; c'est néanmoins une marque de la bonne disposition qu'ils ont à la Paix, & une aparence qu'avec un peu de patience ils feront le reste.

Les Médiateurs nous presserent de faire réflexion sur ce qu'ils nous avoient dit de la part du Comte de Trautmansdorff, disans que les affaires étoient dans une extremité qui ne reçoit pas de délais, & qu'il n'y avoit qu'à considerer si la France veut adhérer à toutes les passions des Suédois, ou les obliger à faire la Paix conjointement, ou se resoudre à la conclure separement avec l'Empereur.

Nous dimes nettement que pour ce dernier point nous n'y pouvions entendre, & n'avions nul ordre, ni dessein de faire cela. Ils repliquerent tous que les Suédois ne parlent pas de la sorte, & que non seulement ils écoutent, mais qu'ils proposent hardiment, & sans faire aucune mention de la France, qu'on leur accorde telle & telle chose, & qu'ils feront la Paix.

Nous témoignames grande sureté en leur correspondance & union avec nous, mais que s'ils se rendoient trop difficiles en la conclusion du Traité, le Comte de Trautmansdorff pouvoit mander le Sieur Wolmar, qui est encore à Osnabrug, pour lui venir rendre compte de tout ce qui s'y est passé, & que comme alors sans doute il viendroit aussi en cette Ville un des Plénipotentiaires de Suéde, nous pourrions voir avec eux en quoi consistent les difficultés qui restent, & contribuer tous nos offices pour les faire cesser & y trouver quelque temperament. Que si nos Conferences ne produisent l'effet désiré, nous informerons alors la Cour du détail, ne doutant point que leurs Majestés ne nous envoyent des ordres necessaires pour parler fortement aux Ambassadeurs de Suéde, & les obliger à faire la Paix.

Nous avons pris ces deux voyes successivement l'une après l'autre, pour avoir le tems de voir ce que l'on pourra faire avec les Plenipotentiaires d'Espagne, & de faire ensorte, autant qu'il sera possible, que les deux Traités aillent ensemble, selon que le Mémoire du Roi remarque très-prudemment les raisons, qui le doivent faire désirer ainsi, quoiqu'à la verité de l'humeur que sont ses Alliés, tant d'un côté que d'autre, il sera malaisé de les ajuster à notre point, dans un même tems.

Les Médiateurs eussent bien voulu, que nous leur eussions dit quelque chose de plus précis, mais enfin ils se chargerent de porter notre réponse au Comte de Trautmansdorff, & aprouverent l'ouverture même que nous avions faite de la Conference qui se pouvoit faire ici, après le retour du Sieur Wolmar, & la venüe de Monsieur Salvius, ou de son Collégue.

Ces Messieurs ne manquerent pas de remettre sur le Tapis l'affaire de Portugal; & nous ayant trouvé dans notre fermeté ordinaire, Monsieur Contarini tira de sa pochette une longue Lettre de Monsieur Nani, dont il fit la lecture; elle portoit en substance les bonnes intentions de la Reine, & de Monsieur le Cardinal Mazarin, pour l'avancement de la Paix, & qu'il n'avoit pas trouvé beaucoup de resistance pour la Trêve de Portugal, ce qui étoit écrit en termes plus forts. Nous ne laissames pas de demeurer encore en notre premiere resolution, & d'insister en ce que les deux Rois s'obligent à ne faire d'un an aucune Guerre offensive, si ce n'est d'un commun consentement. En quoi nous voulumes intéresser la République de Venise, remontrans audit Sieur Contarini, que s'il ne se faisoit aucune Trêve, elle ne recevroit que peu ou point d'assistance de la France, d'Espagne, ni du Portugal, sans compter d'autres Princes & Republiques qui peuvent prendre part en cette Guerre & s'y engager. Il en demeura d'accord avec nous, mais il dit, qu'ayant reconnu absolument que cela ne se peut obtenir, ce seroit toûjours un grand avantage, & un soulagement pour eux de voir la Paix entre les deux Couronnes, & un juste sujet au Turc d'entendre à des conditions de Paix plus raisonnables. Il fut dit beaucoup de choses de part & d'autre sans rien conclure, d'autant que nous avions jugé à propos de faire encore cet effort, & d'attendre ce qu'ils nous pourroient raporter de chés le Comte de Trautmansdorff, avant que de venir à l'expedient porté par le Mémoire.

Nous disputames longtems avec eux sur la déclaration qu'on leur demande touchant la liberté d'assister le Portugal, & en ce fait, ils firent encore beaucoup de difficultés, quoique non sur tant de resistance que sur l'autre, s'étant enfin laissé entendre, qu'ils pouvoient parler de ce point-là aux Espagnols, mais declaré nettement ne se pouvoir charger de l'autre en aucune façon.

Monsieur Contarini ne parle pas ici des deux points touchés au Mémoire, savoir de la liberté de Dom Edouard, & de la facilité sur tous les autres points, quand celui de la Trêve de Portugal sera ajusté, comme le Sieur Nani a dit à Monsieur le Cardinal Mazarin; sa Lettre audit Sieur Contarini, quoique fort longue, n'en fait aucune mention. Nous avons jugé à propos d'en donner avis, estimans que peut-être on l'obligera, pour faire voir la verité

de

de ce qu'il a dit, d'écrire à fon Collegue, enforte que nous trouverons moins de difficultés en traitant.

Leurs fentimens pour le Duc de Baviere. Nous fommes tout à fait dans le fentiment, que Monfieur le Duc de Baviere ne doit point defarmer entierement. Quand on en a parlé au Sieur Krebs, il dit que ce n'étoit pas l'intention de ce Prince, & qu'il a feulement reformé quelques Regimens, fe refervant le même nombre d'hommes avec moins d'Officiers pour diminuer la dépenfe.

Et leurs foins à l'égard des Miniftres de Portugal. On n'a rien oublié pour careffer les Miniftres de Portugal, & leur temoigner bonne volonté, dont ils paroiffent fort contens; mais la fermeté qu'on a euë fur ce qui les concerne, a fait tant d'éclat en l'Affemblée, & tant excité de plaintes contre nous, que cela les a bien plus fatisfaits, que tout ce qui eft venu directement de nous à eux.

Nous avons eû de la joye d'aprendre la belle action du Chevalier Pol, qui fait bien efperer de la Campagne, & fera que les Efpagnols n'auront pas fi bonne opinion, comme ils l'avoient conçuë de leur armement naval duquel ils fe font beaucoup vantés à leur accoutumée.

Bruits d'une Ligue entre l'Efpagne, la Hollande & le Brandebourg. On aura l'œil à la Ligue, que l'on a eu avis, qui fe formoit entre l'Efpagne, Meffieurs les Etats, & l'Electeur de Brandebourg. Les Miniftres de ce Prince s'en défendent hautement & témoignent toûjours de l'affection & gratitude pour la France; reconnoiffans que leur Maître lui a toute l'obligation de ce qu'il a confervé de la Pomeranie, & de la recompenfe qu'il a pour la partie qu'il en cede.

Soins des Médiateurs & de Trautmanfdorff, pour l'Affemblée d'Ofnabrug. Lefdits Sieurs Médiateurs nous étant depuis venus voir ont dit que le Comte de Trautmansdorff attend des nouvelles d'Ofnabrug, & qu'il eft bien d'avis que le Sieur Wolmar vienne ici, comme fera fans doute un des Plénipotentiaires de Suéde, afin que nous concertions enfemble de ce qu'il fe pourra faire fur les points dont ils n'ont pû convenir. Qu'au furplus il efperoit toûjours du Roi l'affiftance qu'il a demandée avec tant de foins dans les intérêts de la Religion.

La France fera fon poffible pour retarder la conclufion du Traité avec l'Empire. Nous l'avons reconnu en ce difcours bien lmoins échauffé, qu'en celui de l'autre jour, que les Impériaux fe promettent de voir bientôt conclure le Traité de l'Empire. Nous effayerons néanmoins de faire enforte qu'on n'y aille pas fi vite, pendant que la Paix d'Efpagne eft fi peu affurée, étant bien certain que pour empêcher l'Empereur de fecourir le Roi d'Efpagne l'on ne fauroit mettre ni condition, ni Article, dans le Traité, qui puiffe avoir l'effet & la fureté qu'aura la continuation de la Guerre en Allemagne, & même qu'aujourd'hui felon toutes les apparences l'on n'y peut pas craindre un mauvais fuccès.

Affaires touchant le Portugal. Des affaires de l'Empire on eft retombé fur la Trêve du Portugal, les Médiateurs difans, que depuis leur derniere vifite, ils avoient été chés les Comtes de Trautmanfdorff & de Peñaranda, fans avoir feulement ofé toucher un mot à ce dernier, ainfi qu'ils nous avoient dit ne le pouvoir faire : mais qu'après en avoir longtems entretenu ledit Comte de Trautmanfdorff, jusques à l'ennuyer de leurs pourfuites, ils y avoient encore reconnu une impoffibilité d'en venir à bout.

Quant à la faculté d'affifter le Portugal, & la déclaration que l'on en défire des Médiateurs, des Hollandois, & des Impériaux, ils nous difoient confidemment, que le Comte de Trautmanfdorff leur avoit témoigné ne pouvoir donner un tel Ecrit s'il ne defaprouvoit pas

qu'eux, & les Hollandois le donnaffent. Que cela leur avoit donné lieu d'y infifter plus fortement auprès de Peñaranda, qui a répondu ne pouvoir entrer en Négociation-là-deffus, ni fur aucun Article du Traité, s'ils ne lui aportoient notre défiftement pour la preuve. Nous leur avons demandé s'ils avoient vû une difpofition en l'efprit de Peñaranda, au contentement que l'on défire. Que les Médiateurs expliquent nettement par écrit la liberté d'affifter le Portugal. Au lieu de repondre, ils nous ont auffi interrogé fur la Trêve, & enfin ils ont fait connoître, qu'en nous accommodant un peu pour les termes, & pour la maniere d'exprimer, on pourroit avoir du contentement; mais qu'il étoit impoffible d'y travailler, s'ils n'avoient parole du premier point. Tout cela joint à plufieurs avis, que nous avons eûs d'ailleurs de cette opiniâtreté des Efpagnols, & à ceux, que Monfieur de la Court nous donne, que le Traité de l'Empire s'avance à vûe d'œil, nous a fait croire que nous manquerions de différer davantage de nous ouvrir de l'expedient porté par le Mémoire de la Cour, afin qu'après cela l'on puiffe voir au vrai fi l'intention des Efpagnols eft de conclure maintenant la Paix, où d'attendre la fin de la Campagne, comme quelques-uns en ont opinion, & que par ce moyen leurs Majeftés ayant lieu de prendre leurs mefures, & de refoudre entierement comme il faudra agir avec les Suédois, pour continuer la Guerre en Allemagne, fi l'obftination des Efpagnols la rend néceffaire.

Cela fervira auffi pour ôter un fujet de plainte à Meffieurs les Etats, qui pourroient dire que cette prétenfion de la Trêve, eft une nouveauté, au préjudice de ce qui a été fouvent arrêté par l'entremife de leurs Plénipotentiaires, & encore pour ôter aux Efpagnols le prétexte de rejetter la rupture du Traité fur le point de Portugal, & juftifier en quelque façon la refolution, que les Hollandois pourroient prendre de fe féparer de nous, puifque ce feroit pour un fujet qui leur feroit defagreable, pour lequel ils croyent n'être pas engagés avec la France comme Monfieur Servien a prudemment remarqué par la derniere Lettre qu'il nous a écrite. Ainfi nous avons refolu de faire connoître aux Médiateurs que cette Trêve d'un an n'arrêtera point la Paix, à condition néanmoins, que nous y pourrons revenir, & même prétendre beaucoup plus, fi l'on ne nous contente fur les autres points.

Mais avant que d'en venir là, nous avons crû à propos d'offrir de remettre l'affaire au jugement de Meffieurs les Etats, fuivant qu'il nous eft mandé, vû même que Peñaranda s'eft fervi de la déclaration portée dans la Lettre de Monfieur Servien aux Provinces, pour éluder les inftances que nous faifons de ladite Trêve & pour nous accufer de quelque diverfité en notre conduite, puifqu'à la Haye on offre à la réferve de quatre ou cinq points de remettre le refte des différents à l'arbitrage defdits Sieurs, & que l'on infifte ici fur le tout, fans parler d'en croire perfonne.

Par là nous nous trouvons comme engagés à laiffer l'avantage aux Efpagnols, qui puiffent faire valoir à Meffieurs les Etats la deference qu'ils leur ont renduë, & que ce qui a été fait de femblable par les Plénipotentiaires de France n'eft pas fuivi par les deux autres, ou de nous conformer à ce qui eft porté par la Lettre de Monfieur Servien.

Cela étant autorifé & un peu plus étendu par le Mémoire de la Cour du troifiéme Mai, nous

1647.

nous sommes en pensée de faire dire aux Espagnols que bien loin de vouloir retarder les affaires, comme ils supposent, par des propositions differentes, & faites en divers lieux, nous sommes prêts de remettre à l'arbitrage de Messieurs les Etats, tout ce qui n'est point déja accordé entre nous, & dont on ne pourra convenir, pourvû que le point des Conquêtes, & autres specifiés par ledit Mémoire soient auparavant arrêtés & conclus.

Nous avons passé une bonne partie de l'aprèsdinée avec les Médiateurs, pour essayer de découvrir leur sentiment sur le discours des Espagnols, dont il est fait mention ci-dessus; ils estiment que Peñaranda ne voudra pas mettre en compromis la Trêve de Portugal. Mais soit qu'il accepte notre offre, ou qu'il la refuse, nous esperons d'en tirer de l'utilité pour le service du Roi, parce qu'au premier cas nous avons assuré tous les principaux Articles du Traité avec grande apparence de gagner encore quelque chose sur les autres, pour les raisons qui en sont si bien déduites par les Dépêches de la Cour, joint que tout le monde connoîtra clairement la sincerité des intentions de la Reine pour la Paix, & que s'il y arrive du retardement ce sera par la faute de ceux qui en ont témoigné jusques à present un si grand desir. Que si l'offre n'est pas acceptée l'on pourra s'en prévaloir aisément à la Haye, comme nous ferons ici auprès du Sieur Meynerswyck, & autres de ses Collegues, qui y sont attendus dans peu de jours. Il est si tard, qu'il ne nous est pas possible d'ajouter sur ce point tout ce qui se présente à notre esprit, ni les précautions que nous avons à prendre pour pourvoir à ce que Messieurs les Etats ne puissent pas entrer en la discussion des différens qui leur sont remis, qu'après être convenus de la Ligue & garantie, que l'on prétend si justement de la part du Roi.

MEMOIRE

de Messieurs les

PLENIPOTENTIAIRES,

ENVOYE' A LA COUR

Le 16. Mai 1647.

Les Espagnols remettront aux Hollandois la conclusion du Traité avec la France horsmis l'Article touchant le Portugal. Les Ministres Suédois se plaignent des Impériaux. Les François témoignent qu'ils ne peuvent pas aprouver que les Suédois se rendent à Munster. Sujet des plain-

---

1647.

tes des Suédois. Jugement des Plénipotentiaires François là-dessus. Et des Médiateurs. Réponse des François aux Médiateurs. Touchant la Trêve avec le Portugal. La fermeté des François met les Espagnols au desespoir. Touchant les Places du Liegeois. Touchant le Prince Dom Edouard de Portugal. Affaires militaires.

LA Dépêche du vingtiéme aura fait voir ce qui s'est passé en dernier lieu dans la Négociation. La semaine suivante n'a rien produit de nouveau, sinon que le Sieur de Meynerswyck nous est venu trouver pour nous donner avis, qu'ayant déclaré au Comte de Peñaranda, comme à nous, qu'il ne se pouvoit plus entremettre de nos différens, Peñaranda lui-même dit qu'il étoit prêt de remettre tout le Traité au jugement de Messieurs les Etats horsmis ce qui touche la Trêve de Portugal, & les Places de Liége.

Le vingt-cinquiéme le Resident de Suéde nous a vû de la part des Plénipotentiaires de cette Couronne, disant qu'ils avoient fait le dessein tous deux de venir en cette Ville, pour y travailler avec nous aux affaires de l'Empire. Mais qu'ils avoient trouvé les Impériaux si durs & si difficiles en ce qui reste à accommoder, qu'ils ne jugeoient pas qu'il s'y pût rien faire, & qu'ainsi ayant été obligés de demeurer à Osnabrug, il viendroit ici l'un d'eux seulement, pour s'acquiter de la visite qu'eux & nous avons accoûtumé de nous rendre de tems en tems.

Nous répondimes audit Resident, que nous ne nous arrêtions pas aux Complimens & aux ceremonies, ainsi qu'il l'avoit pû remarquer par notre conduite passée, & que si ces Messieurs croyent ne pouvoir rien faire présentement à Munster, il seroit meilleur de différer plutôt leur venuë de quelques jours, pour la rendre plus utile.

Nous demandames audit Sieur Rosenham en quoi les Impériaux se sont trouvés difficiles. Il nous dit que c'étoit principalement sur le libre exercice de la Religion Lutherienne dans les Provinces Héreditaires. Il nous mit en main la proposition qui a été faite pour cela, dont la copie sera ci-jointe. Nous lui dimes, que ceux de la Maison d'Autriche avoient bien quelque raison de vouloir conserver dans leur Pais le même pouvoir que les Princes d'Allemagne ont sur leurs Sujets. Il repliqua qu'on ne s'arrêtoit pas toûjours aux premieres demandes, que l'on faisoit, & que s'il y avoit des choses dans cet Ecrit, dont les Impériaux eussent trop de repugnance, l'on y pourroit trouver quelque temperament, nous priant même, de la part des Plénipotentiaires de Suéde, de nous entremettre pour faire entrer sur cela les Impériaux en Négociation, à quoi nous lui promimes de travailler avec soin.

Nous avons consideré, que dans la disposition, où les Parties sont de s'accommoder, il étoit à propos que nous y prissions part, tant pour avoir le gré des uns & des autres, si le different se termine, que pour l'avancer plus ou moins, selon l'état des affaires du Roi, & les
sûre-

Ils voyent là-dessus les Médiateurs.

sûretez que nous pourrons trouver au Traité de l'Empire.

Dans cette pensée nous fûmes voir les Médiateurs, & entrames en discours avec eux sur ce que nous avoit dit le Sieur Rosenhan. Ils témoignerent que le Comte de Trautmansdorff ne peut rien accommoder sur le point de l'*Astomonie* dans les Provinces Héréditaires, au delà de ce qu'il a fait, & qu'il n'y avoit qu'une heure qu'il leur étoit venu déclarer, qu'après avoir été ici dix-huit mois, avoir accordé à la Couronne de Suéde tout ce qu'elle a pû désirer pour sa satisfaction, & de très-grands avantages pour le Parti Protestant, puis qu'avec tout cela les Suédois ne veulent point de Paix, il se trouve obligé dans quelques jours de quiter l'Assemblée, non par impatience, & moins encore par bravade, ni avec le dessein de rompre le Traité, mais par le peu d'apparence, qu'il voit de le conclure. Qu'il laissoit ici Monsieur le Comte de Nassau, & le Docteur Wolmar, & à Osnabrug le Comte de Lamberg, & le Docteur Cranse tous Plénipotentiaires de l'Empereur, que tant qu'il a espéré de le pouvoir faire, il s'est resolu de patienter, quoique sa santé & le service de son Maître l'appellassent ailleurs. Mais qu'aujourd'hui il voit les choses plus éloignées que jamais, les Plénipotentiaires de Suéde persistans en des demandes, qui ne sont aucunement raisonnables, & qui vont à la ruine & subversion totale de la Religion Catholique en Allemagne : que quant à lui il avoit épuisé tous ses ordres & ses pouvoirs, & accordé aux Couronnes tout ce qu'il a pû pour pacifier l'Empire. Que voyant que celle de Suéde ne se satisfait de rien, il ne peut autre chose, que de recommander l'affaire à Dieu, & en laisser le soin à ses Collegues, qui ont autorité de conclure toutes les fois que l'occasion se présentera.

Reponse des François aux Médiateurs.

Nous dimes aux Médiateurs, que nous avions déja assés temoigné, que nous n'aprouvions pas les demandes de nos Alliés qui vont au préjudice de la Religion Catholique, & que nous leut avions déclaré que la France ne continueroit pas la Guerre sur ce sujet, sans compter tous les soins que nous avons pris pour moderer telles prétentions. Que nous estimions qu'il se pourroit trouver des moyens & expedients pour contenter les Plénipotentiaires de Suéde, mais qu'avant de nous y employer nous desirions savoir ce que l'Empereur veut faire à notre égard que nous avons toûjours demandé, que la Paix ne se faisant point avec le Roi d'Espagne, l'Empereur s'obligeât de ne lui donner aucun secours contre la France. Que nous avions prétendu la même chose pour le Duc Charles de Lorraine, & que nous ne pouvions traiter en aucune manière, si l'on ne convient avec nous clairement & nettement sur ces deux points. Que nous ne pouvions plus recevoir la distinction qu'on veut faire entre l'Empereur & l'Archiduc d'Autriche, ni permettre qu'il soit envoyé du secours aux Espagnols.

Les Médiateurs se sont chargez de voir le Comte de Trautmansdorff, & de faire un dernier effort pour essayer de terminer les affaires avant qu'il quite l'Assemblée, ce que nous avons fait savoir au même tems au Resident de Suéde.

Touchant la Trêve avec le Portugal.

Ces Messieurs ne manquerent pas de nous rejetter sur le Traité avec l'Espagne, & de nous exhorter à nous départir de la demande d'une courte Trêve en Portugal, disant qu'il seroit honteux qu'une suspension d'armes pour

Tom. IV.

si peu de tems fût préferée au repos de toute la Chrétienté.

Nous ne fûmes pas marris de voir remettre cette affaire sur le tapis, vû que ce qui nous est mandé par le dernier Mémoire, que l'intention de leurs Majestés est, que le point de la cessation d'hostilités au Portugal n'arrête pas la Paix pour peu de tems que ce soit. Il nous semble qu'après avoir tiré cet avantage, que les Plénipotentiaires d'Espagne ont refusé l'arbitrage de Messieurs les Etats, & avoir laissé passer assés de tems, pour nous en prévaloir à la Haye, où nous le fîmes savoir aussitôt, la conjoncture étoit propre pour nous laisser entendre aux Médiateurs, que si les autres Articles se terminoient à notre contentement, celui-là n'arrêteroit pas la Paix, rien ne nous a empêché d'en user ainsi, la durée du siége d'Armentieres ayant beaucoup rabattu les esperances que les Espagnols concevoient, & la crainte qu'ils ont du siege de Lerida, nous donnant lieu de faire valoir cette facilité.

Nous représentames premierement aux Médiateurs que les Espagnols n'avoient aucune volonté de faire la Paix, puisqu'ils en rejettoient tous les moyens & toutes les ouvertures qui leur étoient faites pour y parvenir.

Que la France ne consent pas seulement de remettre les points que nous leur avions marqués ci-devant à l'arbitrage de Messieurs les Etats, mais qu'elle est disposée de plus à faire sur cela ce que lesdits Sieurs Etats lui conseilleront.

Les Médiateurs répondirent que le Comte de Peñaranda leur avoit dit nettement que quand il seroit certain du jugement de Messieurs les Etats, pour rien du monde, il ne voudroit y avoir soumis le point de la Trêve du Portugal, ne pouvant ni traiter, ni compromettre, ni se laisser entendre en aucune façon sur icelui, parce qu'encore qu'il fût assuré d'obtenir tout ce qu'il desireroit il ne pouvoit, sans contrevenir à ses ordres & se rendre criminel envers son Maître, entrer en aucun parti.

Voyant que cette affaire n'étoit non plus reçuë que la premiere, nous dimes que l'esperance que les Espagnols avoient de la desunion de nos Alliés les remplit tellement, qu'ils ne sont pas capables d'autres pensées.

La fermeté des François met les Espagnols au desespoir.

Monsieur Contarini repliqua, que c'étoit notre trop grande fermeté, qui les mettoit au desespoir, que nous voulions emporter une chose sur la quelle ils ont toûjours constamment déclaré qu'ils n'avoient aucun pouvoir de traiter, ajoutant qu'au nom de Dieu, nous voulussions pour le bien public de la Chrétienté ceder ce point, qui ne pouvoit porter aucun préjudice à la France, & qui tourneroit à grande loüange à leurs Majestés, quand toute l'Europe sauroit que dans l'état florissant de leurs affaires, elles ont bien voulu donner ce temoignage au public de la bonne disposition qu'elles ont à la Paix.

Nous nous retirames à part pour leur faire juger que nous étions venus là, sans aucun dessein de traiter des affaires d'Espagne, & que si nous nous relâchions, c'étoit à leur consideration; afin de pouvoir stipuler plus expressément comme nous fimes, qu'ils nous revaudroient cela en d'autres choses. Nous considerames ce qui a souvent été remarqué qu'il seroit dangereux auprès de Messieurs les Etats qu'il parût que la rupture vînt sur le fait du Portugal, & ainsi nous rentrames au lieu où étoient Messieurs les Médiateurs, & leur dimes que nous

O

trou-

1647. trouvions un peu étrange, qu'étant venus au vingt & uniéme Article du Projet, les Espagnols ne veulent pas examiner ensuite, & prétendent une entiere resolution sur le quarante & uniéme, où il est parlé de la cessation d'hostilités en Portugal. Mais que pour le bien de la Paix, & pour le respect de la Médiation, nous étions contens de changer l'ordre. Il étoit raisonnable, qu'au moins l'on terminât tout ensemble les trois points du Traité, qui regardent le Portugal, & qu'ainsi, pourvû que les Plénipotentiaires d'Espagne consentent à l'éclaircissement que nous avons demandé, touchant la faculté d'assister ce Royaume & à la pure & simple liberté du Prince Edouard, la Paix se faisant nous demeurerions d'accord, que lesdits Sieurs Médiateurs leur pussent faire connoître, que la Trève du Portugal n'arrêteroit pas la conclusion du Traité, à condition que cela ne sera pas tenu pour dit, ni pour accordé, que l'on ne soit convenu sur tous les autres Articles, & qu'il n'en sera parlé au Comte de Peñaranda, ni à aucun autre; qu'ensorte que l'on puisse toujours dire aux Ministres du Roi de Portugal, à la Cour & à Munster, que cette affaire n'est point encore décidée.

Touchant les Places du Liégeois.
Nous ajoutames que pour les Places de Liege, nous voulions que les Espagnols entrassent en Négociation avec nous sur cet Article, qui viendra en son rang comme tous les autres, & que s'ils persistoient à le vouloir exclure, ce seroit rompre le Traité, & ne donnions pas en cela la liberté aux Médiateurs de s'expliquer de notre intention sur la Trève de Portugal. Ils n'ont pas mal pris cette derniere déclaration, nous ayant néanmoins bien fait connoître qu'il n'y a rien à esperer de ce côté-là, aussi n'y avons nous insisté que pour essayer d'en profiter en quelqu'autre point, & pour tenir toujours engagez Messieurs les Etats, puisque ces Places sont situées dans les lieux où ils reconnoissent être joints d'intérêt avec la France.

Touchant le Prince Dom Edouard de Portugal.
Quant à ce qui touche Dom Edouard, les Médiateurs firent grande difficulté de pouvoir obtenir qu'il en soit parlé présentement, vû que c'est le dernier Article du Projet, & qui même doit être secret. Mais quelques instances qu'ils nous ayent fait, nous y sommes demeurés fermes, sans disconvenir pourtant, que cela soit couché dans un Article secret, comme on l'a entendu jusques à cette heure. Si nous le pouvons emporter de cette sorte, cela servira à faire considerer aux Ministres de Portugal, quand la chose leur sera connuë, qu'ayant enfin été obligés de ne plus insister à quelque suspension d'armes, on n'a pas voulu néanmoins en venir là, sans assurer au même tems les deux autres points qui les concernent.

Lesdits Sieurs Médiateurs doivent voir sur tout ce que dessus, les Comtes de Trautmansdorff & Peñaranda: nous en manderons le succès au premier jour.

Affaires militaires.
Discourans avec lesdits Sieurs Médiateurs, ils nous firent bien connoître que les Espagnols n'étoient plus dans l'opinion de remporter les avantages qu'ils s'étoient promis du siège d'Armentieres, & qu'ils aprehendoient beaucoup plus celui de Lerida. Les nouvelles de Flandres qui arriverent hier en cette Ville font, que ceux d'Armentieres se défendent parfaitement bien, & que si l'Archiduc Leopold eût crû la chose si difficile, il ne s'y seroit pas embarqué.

Les plus sages de l'Assemblée ont jugé que cette entreprise pourroit plutôt nuire que profiter aux Ennemis.

Et quant à nous, l'on peut s'assurer, que le procedé que nous avons tenu, depuis qu'on en a eû ici la nouvelle, a été entierement conforme à l'intention de leurs Majestés. 1647.

MEMOIRE

De Monsieur

SERVIEN

à Messieurs les

ETATS GENERAUX

Des

PROVINCES-UNIES

Des

PAIS-BAS,

Contenant 19. Articles,

Présenté le 22. de Mai 1647.

Avec les Remarques, qui y ont été faites le 1. de Juin de la même année, ainsi qu'elles sont mises immédiatement après chaque Article, pour en faciliter l'intelligence.

Article Premier.

ON peut voir les differens qui restent entre la France & l'Espagne dans le Projet remis depuis quatre mois à Messieurs les Plénipotentiaires de cet Etat, par Monsieur le Duc de Longueville. On ne peut pas desavouër que tous les Articles, que contient ledit Projet, ne soient très-raisonnables. Si les Espagnols en étoient demeurez d'accord, la Paix seroit faite il y a long-temps; il y a apparence, que l'état de leurs affaires, ne leur permettroit pas de s'arrêter aux difficultez qu'ils font à Munster, si les déliberations, qui se font ici, & les Libelles, qu'on publie impunément contre la France, accompagnez des promesses qui leur sont faites secretement par leurs Partisans contre l'intention de l'Etat, ne leur donnoient esperance d'une prochaine division entre la France & cet Etat.

Re-

Remarque sur le I. Article.

On dit que le Projet de Traité, présenté par Monsieur le Duc de Longueville, fut par lui consigné à Monsieur Paw, l'entremise duquel la France veut en un même sujet accepter, & rejetter tout ensemble. Tant s'en faut que tous les Articles contenus audit Projet, soient très-raisonnables, que plusieurs se trouvent ou contraires, ou ajoûtez à ce qui avoit été promis, & convenu par l'interposition des Ambassadeurs de Messieurs les Etats; & la Paix n'auroit pû être faite il y a long-temps, sur lesdits Articles, puis qu'ils sont remplis de nouveautez inoüies auparavant, & au revers de la part d'Espagne on a donné un autre Projet du tout conforme aux Actes de la Négociation, & interposition de Messieurs les Etats, qui a été généralement aprouvé de tous ceux qui en ont eû la connoissance, & part en l'accommodement des deux Couronnes. Le surplus dudit premier Article est une continuation de plaintes mal-fondées, & peu séantes, qu'on a déja formé diverses fois sans preuves, conjectures, ni vrai-semblances, sur lesquelles on auroit assez d'occasion, & de matiere pour recriminer, n'étoit l'attention que l'on apporte à éviter toute sorte d'aigreur, trouvant plus à propos de combattre par raisons, que par injures.

Article II.

Les principaux & plus importans differens qui se rencontrent dans ledit Projet, semblent déja être terminez, si les Espagnols demeurent de bonne foi dans l'execution de ce qu'ils ont ci-devant eux-mêmes accordé, par l'entremise de Messieurs les Plénipotentiaires de cet Etat.

Rem. sur le II.

On ne doit point douter que les Espagnols n'executent de bonne foi ce qu'ils ont ci-devant accordé, soit par Messieurs les Médiateurs, soit par Messieurs les Entremetteurs. Les uns & les autres sont obligez de rendre ce témoignage à la verité, qu'ils n'ont jamais vû aucune revocation ni alteration en ce qui a été une fois promis de la part de l'Espagne; de-sorte que tous les differens pourroient bien être terminez dès maintenant, si du côté de la France on vouloit s'obliger à la même observation, & remettre à la foi & conscience desdits Entremetteurs, de regler semblables differens, en conformité des promesses, & assûrances données par l'une & l'autre des Parties, sur tous les points qui se sont agitez par devant eux.

Article III.

Le point fondamental de tout le Traité, & sans lequel on a toûjours déclaré, que la France ne peut faire la Paix avec l'Espagne, est que chacun demeure en possession de ce qu'il tiendra, lors que les ratifications seront délivrées de part & d'autre, en quelque lieu que se trouvent situez les Etats, ou Places conquises sur les Espagnols, si ce n'est qu'ils rendent à la Couronne de France tout ce qu'ils ont conquis sur elle aux Guerres précedentes, auquel cas on entrera de bon cœur en restitution de ce qui a été présentement repris sur eux.

Tom. IV.

Rem. sur le III.

Messieurs les Etats sont priez de se souvenir, que c'est bien la sixiéme fois, que par divers Écrits, que Monsieur Servien leur a donnez, il a fait la même offre & assertion, que la Paix se feroit, si les deux Couronnes demeuroient en possession de ce qu'elles tiendront lors de la ratification du Traité, sans y avoir jusques à présent apporté aucune reserve; mais comme il a vû, que l'on inferoit de sa position, que Verceil, Sanzio, Ponzone, & Aqui, demeureroient donc à l'Espagne, il s'avise maintenant d'y apporter une distinction au regard de ce qu'on possede sur les Alliez, dont il sera parlé en l'Article suivant. La fin dudit Article troisiéme, qui parle des Conquêtes faites autrefois par l'Espagne sur la France, a déja été suffisamment refuté ailleurs, & l'on a demontré évidemment, que si les deux Couronnes entroient en juste compte là-dessus, en renonçant aux Traitez qu'elles ont fait, il ne resteroit pas à la France la moitié de ce qu'elle possede présentement.

Article IV.

Cette déclaration ayant été faite par les Ministres de France, dès l'ouverture de la Négociation, on soûtient que les Espagnols y ont consenti, & qu'ils ne peuvent chicaner sur les Places, qui ont été prises par eux en Italie, ou ailleurs, sans agir contre la bonne foi, puis qu'on n'est entré en Traité, que sur ce fondement, de retenir tout de part & d'autre, avec les dépendances, & annexes de ce qui sera possedé; ce qui toutefois s'entend seulement des Places, & Païs qui ont ci-devant appartenu à la France, ou à l'Espagne, ou qui ont été occupez par les armes de l'une, ou de l'autre Couronne, sans y comprendre les Etats, ou Places des Maisons de Savoye, & de Mantoüe, qui seront restituées, comme il a été convenu. Messieurs les Plénipotentiaires de cet Etat se souviendront, que non seulement les Espagnols sont demeurez d'accord de tout cela; mais qu'ils ont promis par leur entremise d'en fournir toutes les cessions, & renonciations en la meilleure forme qu'on desirera, comme il a été fait par la France dans les Traitez précedens.

Rem. sur le IV.

Puis qu'il plaît à Monsieur Servien d'employer ce mauvais terme de *Chicaner*, qui convient mal au sujet, & aux personnes dont il parle, on répond que s'il y a eu de la Chicane, elle est toute de son côté; passant d'une proposition générale, & souvent réiterée, à une particuliere; apportant des restrictions & distinctions en ce qu'il avoit simplement & uniformement déclaré; & qui pis est, se coupant, & contredisant lui-même dans toutes ces distinctions & restrictions. En effet, si dans les possessions que les deux Couronnes retiendront, on ne doit pas comprendre les Maisons de Savoye, & de Mantoüe, comment est-ce que la France retiendra Pignerol, & Cazal? S'il n'est pas permis à l'Espagne de conserver Verceil, Sanzio, Ponzone, & Aqui, parce qu'ils n'appartenoient pas à la France, pourquoi lui sera-t-il loisible à elle de retenir tous les Etats du Duc de Lorraine, Piombino, & Monaco, qui n'appartenoient pas à l'Espagne? Les Plénipotenten-

O 2

tentiaires de Messieurs les Etats ne se souviendront jamais d'autre chose, sinon que sur la présupposition tenuë pour inviolable, de ne faire jamais mention, directement ou indirectement, du Portugal dans les Traitez, les Espagnols promirent de céder tout ce que la France occupe aux Païs-Bas, & Comté de Bourgogne, avec le Roussillon, & d'admettre une Trêve de 30. ans en Catalogne, à quoi l'on a depuis ajoûté la Cession des Ports & Villes de Roses, & Cadaquez. Voilà ce qui a été promis, & accordé par leur entremise, & sur la parole que la France leur avoit donnée, de conclure la Paix en 24. heures, moiennant ce que dessus, & avant même d'y comprendre Roses & Cadaquez. Ainsi fut-il accordé, & stipulé le 17. Septembre de l'an passé 1646. en la Maison de Monsieur le Comte de Peñaranda, entre les Plénipotentiaires d'Espagne d'une part, & ceux de Messieurs les Etats de l'autre, comme ayans charge & pouvoir des Plénipotentiaires de France. Sur quoi on laisse à juger à Messieurs les Etats, qui sont ceux qui dès lors ont agi contre la bonne foi, pour se servir des mêmes paroles de Monsieur Servien dans ledit Article IV.

Article V.

Le second point important, sans lequel on a aussi toûjours déclaré ne pouvoir traiter, est la sûreté de Cazal, aux conditions proposées il y a long-temps, par les Plénipotentiaires de France, qui ne tendent qu'à empêcher, que cette importante Place, (de laquelle dépend le repos de toute l'Italie, pour laquelle la France a consommé des Tresors immenses, & donné trois Batailles, & de laquelle on a trouvé dans les Papiers du Marquis de Leganès, qui furent pris à la levée du dernier Siége, que Madame de Mantouë avoit traité avec le Roi d'Espagne) ne puisse jamais tomber entre les mains d'aucun Prince de la Maison d'Autriche, ainsi qu'il est expliqué plus au long dans l'Article qui en a été dressé.

Rem. sur le V.

Si le repos de toute l'Italie dépend de Casal, comme le porte cet Article, d'autant plus de raison y a-t-il de le tirer des mains de la France, & le restituer à un Prince Italien, tel qu'est le Duc de Mantouë, auquel il appartient légitimement. D'ailleurs, supposé que la France ait donné trois Batailles, & consommé des tresors immenses, (dont on doute fort) néanmoins puisque le principal but étoit de nuire à l'Espagne, & de se tenir les portes d'Italie ouvertes, il ne seroit pas raisonnable qu'on les gardât, principalement après avoir publié par tout qu'on assistoit le Duc de Mantouë gratuitement; que les armes & les secours de la France n'étoient pas mercenaires, & que d'ailleurs ses troupes ont été entretenues aux dépens du Montferrat. D'un autre côté, la France s'est assez bien recompensée d'elle-même à cet égard par les Traitez de Quierasque : & l'Espagne, qui n'a pas moins consommé de troupes & d'argent pour Verceil, est bien prête à le restituer au Duc de Savoye, ainsi qu'elle a déja fait autrefois au Duc Charles Emanuel son aïeul, avec d'autres Membres principaux du Piémont, & au feu Duc de Parme la meilleure partie de ses Etats, sans prétendre le remboursement de ce qu'elle avoit dépensé en l'acquisition, bien que sur des Ennemis déclarez, & en repoussant leurs

attaques & leurs attentats. Au contraire de ce qui est exprimé à l'entrée dudit Article V. que la France ait toujours déclaré, de ne pouvoir traiter sans les conditions qu'elle propose à cette heure, touchant Casal ; Messieurs les Entremetteurs savent qu'elle n'allegua lesdites conditions que le 5. de Novembre de l'an 1646. par un Ecrit à part contenant trois feuillets, qui fut trouvé fort étrange, puis que jusques alors, de toutes les restitutions à faire dans l'Italie, elle ne s'étoit reservé que Pignerol, comme il en conste par dix ou douze Actes, dont les minutes sont entre les mains desdits Seigneurs Entremetteurs, à qui par conséquent on ne persuadera pas autre chose, que ce qu'ils savent, & peuvent verifier à tous momens. Enfin l'Espagne ayant offert, & offrant encore de se remettre, sur le fait de Cazal, à l'arbitrage de Messieurs les Etats, il n'y a pas dequoi contester davantage sur ce sujet.

Article VI.

On a sû de bon lieu que les Plénipotentiaires d'Espagne ont déclaré à ceux de cet Etat, qu'ils feroient tout ce qu'on voudroit sur cet Article ; ils ont fait la même déclaration aux Ministres de Mantouë ; on ne peut pas comprendre pourquoi ils font à présent difficulté d'en convenir en la forme qui leur a été proposée, & c'est une marque évidente qu'ils cherchent des prétextes, pour tirer en longueur les affaires, afin de voir si leurs desseins reüssirout par deçà.

Rem. sur le VI.

On ne croit pas que les Ministres de Mantouë veuillent, ni puissent rien dire de semblable à ce dont on se rapporte à eux par cet Article, ni les Entremetteurs, si ce n'est au sens, qui vient d'être expliqué ; savoir, que les Plénipotentiaires d'Espagne feront ce que voudront Messieurs les Etats, en acquiesçant à leur jugement, que la France ne peut éviter, ni refuser, sans se mettre dans le tort.

Article VII.

Le 3. point important est celui de Catalogne ; la France ne pouvoit pas donner une preuve plus claire de sa bonne disposition à la Paix, que de se contenter d'une Trêve de 30. ans. Comme elle n'avoit pris cette resolution, que pour s'accommoder à celle de Messieurs les Etats, qui ne vouloient alors faire aussi qu'une Trêve, elle auroit eu droit & intérêt de la changer lors que Messieurs les Etats l'ont tournée en Paix : néanmoins elle a persisté à se contenter d'une Trêve de 30. ans, pourvû qu'on convienne des précautions, qui seront jugées necessaires, tant pour l'entiere sureté de ladite Trêve, que pour empêcher qu'on ne puisse faire de la part d'Espagne, tandis qu'elle durera, aucunes pratiques dans le Païs. Cette clause, comme très-innocente & raisonnable, a été accordée par les Espagnols, comme il se justifie par les Ecrits donnez par les Plénipotentiaires de cet Etat ; & néanmoins lors qu'on a voulu inserer dans le Traité lesdites précautions, qu'on a voulu differer pour quelque temps le commerce & frequentation entre les Castillans, & les autres Peuples voisins, à cause de la grande animosité, qui est encore entre eux ; qu'on a voulu défendre l'entrée, & séjour du Païs aux personnes suspectes & passionnées, qui pourroient

roient y exciter quelques troubles; qu'on y a voulu ftipuler, que chacun pouvoit fortifier, comme bon lui femblera, les Poftes qui lui demeureront, les Efpagnols, au préjudice de leur confentement précedent, ont fait difficulté fur tout. Ce qui eft d'autant plus à remarquer & à craindre, qu'ils font paroître évidemment par cette difficulté un deffein fecret de brouiller, & de n'obferver pas de bonne foi le Traité, qui doit être fait.

Rem. fur le VII.

Touchant la Catalogne, on dit que ce n'eft pas la France, mais bien l'Efpagne, qui s'eft contentée d'une Trêve de 30. ans, au lieu de 4. que Meffieurs les Entremetteurs avoient propofé au mois de Juillet de l'an 1646. & la France n'auroit pû fe mouler en ce qui touche la Catalogne, fur l'exemple de Meffieurs les Etats au fait de leurs Provinces, fans les offenfer, la comparaifon étant trop inégale, pour ne pas dire odieufe. Il eft vrai qu'en termes généraux on avoit infinué que l'on pourroit convenir des formes de maintenir ladite Trêve, à quoi l'Efpagne n'a jamais repugné, mais elle nie que lefdites formes que la France a depuis fpecifiées, foient pour maintenir la Trêve, au contraire, elle croit qu'elles font pour la détruire. Car de vouloir fortifier des Places, pendant qu'elle dure, c'eft contrevenir à fa nature, & pourvoir à des moiens d'entreprifes & de guerre, ou de confervation perpetuelle des Places comprifes en ladite Trêve ; (chofe qu'on n'a jamais vûë, ni pratiquée) comme auffi de vouloir ôter le commerce, & la converfation entre ceux d'un même Païs, & en défendre l'entrée aux perfonnes qui ont obligation & befoin d'y aller, ce qui eft plutôt un concert d'hoftilité que de tranquillité. Meffieurs les Etats qui en l'an 1609. en firent une de 12. ans avec l'Efpagne, n'y apportérent pas de femblables précautions, & ne s'en font pas mal-trouvez. Si on devoit foupçonner quelque fecret deffein de brouiller, & de ne pas obferver de bonne foi les Traitez, ainfi que la conclufion de cet Article VII. le donne à entendre; à qui pourroit-on l'appliquer juftement, finon à la Partie qui cherche des nouveautez, & veut fortir des regles prefcrites, & pratiquées par toutes les Nations du monde, en quelques Trêves qui fe foient jamais faites entre les plus cruels Ennemis ? Mais pour retrancher tous prétextes de contentions & retardemens, l'Efpagne a déclaré qu'elle remettroit encore ce point à l'arbitrage de Meffieurs les Etats, & fe conformeroit à leurs fentimens au regard de la forme, & établiffement defdites Trêves.

Article VIII.

Le 4. point important, que les Efpagnols ont auffi accordé ci-devant, eft, que l'on pourvoira fuffifamment à la fureté du Traité, fans quoi il feroit inutile de quitter préfentement les armes, fi on laiffoit des fujets capables de les faire reprendre dans peu de temps.

Rem. fur le VIII.

Pour pourvoir à la fureté du Traité, les moiens en font affez faciles par les formulaires des autres précedens, aucun defquels n'a jamais été rompu par l'Efpagne : & fi fous cette claufe générale, la France a des referves particulieres, elle devroit les avoir alleguées dès que fes Plé-

nipotentiaires à Munfter font entrez en Négociation de la Paix avec ceux d'Efpagne.

Article. IX.

Cette fureté confifte en trois principales conditions; la première eft la Ligue garantie, & générale, qui fera faite entre la France & Meffieurs les Etats.

Rem. fur le IX.

Dans tous les Projets de Paix, & Ecrits donnez de la part de la France aux Miniftres d'Efpagne, jamais il n'y a été parlé de cette Ligue garantie, mentionnée au préfent Article; & fi Meffieurs les Etats ont fait quelque Convention à ce fujet, ils la fauront bien obferver avec la fincerité & bonne foi qu'ils profeffent, fans qu'il foit befoin de retarder la Paix par aucune défiance contraire.

Article X.

La feconde eft la Ligue des Princes d'Italie, qui feront obligez de fe déclarer, & prendre les armes contre celui des deux Rois qui rompra le premier ce Traité, qui fera préfentement fait, en quelque lieu qu'arrive ladite rupture, parce qu'elle ne peut arriver en un lieu, qu'elle ne devienne générale en tous les autres endroits.

Rem. fur le X.

Cet Article feul fuffit, pour ne laiffer plus de doute que la France ne veut point de Paix, puis qu'elle fait affez, que non feulement la Ligue des Princes d'Italie ne dépend pas des Parties qui contractent : mais que de plus aucun Prince d'Italie ne veut entrer en des obligations d'une garantie univerfelle, dont il n'eft chargé ni par Traitez, ni par intérêt, ni par convenance; & la France auffi fe départ de ce qu'elle en avoit propofé précedemment, étendant aujourd'hui ladite garantie hors des limites de l'Italie, où elle la refferroit auparavant.

Article XI.

La troifiéme eft la liberté claire, & bien expliquée par écrit, de pouvoir affifter le Portugal, en la forme que les Troupes auxiliaires ont accoûtumé d'agir, fans que pour cela le Traité de Paix s'entende rompu entre la France & l'Efpagne.

Article XII.

Ce quatriéme point étant clairement accordé en la forme qu'on a intérêt de le defirer, on pourra convenir de l'expedient qui a été, ci-devant propofé, & dont les Efpagnols étoient demeurez d'accord, en cas qu'on ne puiffe pas préfentement arrêter la Ligue d'Italie, afin de ne retarder pas la conclufion de la Paix.

Article XIII.

En fecond lieu, touchant la courte Trêve, demandée en Portugal pour un an ou deux, on fe remettra à ce que Meffieurs les Etats jugeront raifonnable, eu égard au befoin de la Chrétienté.

Rem. sur les XI. XII. & XIII.

On ne fait pas comment Monfieur Servien ofe faire entrer en jeu les intérêts du Portugal auprès de Meffieurs les Etats, après avoir tant de fois déclaré à Meffieurs leurs Ambaffadeurs, qu'il ne s'en parleroit jamais, & avoir même donné aux Portugais, qui font à Munfter, la refolution de la France conformément à cela. Depuis, les Efpagnols n'ont propofé aucun expedient contraire aux promeffes qui leur ont été folemnellement faites fur ce fujet, mais ont paffé aux conceffions déja rapportées. Et comme ç'a été la bafe & le fondement de la Négociation, & une condition fans laquelle on n'auroit pas procedé outre, on ne la peut retirer contre la foi donnée, fans violer le Droit public, bleffer l'honneur des Entremetteurs, & renverfer tout l'édifice qui a été élevé fur ce fondement; d'autant plus que lesdites premieres promeffes ont été encore renouvellées & fortifiées, lors que les Efpagnols ont remis à Meffieurs les Etats le different de Portolongone & Piombino, pour y arbitrer & apporter quelque temperament raifonnable, n'y ayant pas un des Ambaffadeurs de Meffieurs les Etats, qui n'ait affûré, qu'en ce cas la France viendroit indubitablement à la conclufion du Traité. La même chofe a été dite par Meffieurs les Ambaffadeurs de France à Meffieurs les Médiateurs, qui l'ayant rapportée en Conférence publique à ceux d'Efpagne, ont enfuite ajufté avec eux les 20. premiers Articles du Traité, concernant le Commerce, au gré & fatisfaction de la France. Après quoi, & au préjudice de l'engagement de tant de perfonnes d'honneur & d'autorité, il eft infuportable de voir tout à coup produire lesdits intérêts du Portugal, & encore en une forme qui ne tend à rien moins qu'à tranfporter le fiége & fardeau de la Guerre dans les entrailles de la Caftille, par un Traité même de pacification; la France ne fe contentant pas d'affifter défenfivement le Portugal; mais voulant encore l'aider à faire des entreprifes, attaques, & Conquêtes par toute l'étenduë de l'Efpagne, fans limitation de troupes ni de lieux.

Article XIV.

On fe raportera auffi au jugement de Meffieurs les Etats, pour tout le refte qui eft encore indecis dans le Projet de ce qui a été ci-devant deliberé, du different qui concerne les Grifons, de la reftitution de Sabionette, de celle de Marienbourg, Philippeville, Charlemont, & de tous les autres points, defquels on n'eft pû tomber d'accord, fous l'affûrance qu'on a, que la qualité d'Arbitres ne leur fera pas quitter celle de vrais Amis & fideles Alliez, de lui procurer une jufte fatisfaction dans la Paix, & de foûtenir fes intérêts, comme les leurs propres; n'étant pas poffible que les Efpagnols les ayent confiderez en autre qualité, quand ils ont offert d'en paffer par leur jugement.

Rem. fur le XIV.

Il n'y a rien à arbitrer fur Marienbourg, Philippeville, & Charlemont, non plus que fur Madrid ou Paris: & cette pofition eft contraire à celle du 3. Article, contenant que l'une & l'autre des Couronnes gardera ce qu'elle poffede, comme fait l'Efpagne lesdites trois

Villes à bon & jufte titre, & depuis plus de cent ans. Le même eft dit au regard de Sabionette, qui ne dépend du Roi d'Efpagne en aucune façon; & à parler ingenûment, c'eft fe moquer de Meffieurs les Etats, que de leur remettre le feul Arbitrage de prétentions imaginaires, & qui ne touchent ni de près ni de loin à la Partie qui les intenfe, en même temps qu'on leur denie celui de ce qui eft réel, exiftant & litigieux. C'eft auffi peu honorablement préfumer de leur probité & vertu, que de leur vouloir faire foutenir le perfonnage de Juges, & Parties en même temps, felon que la conclufion de cet Article 14. leur ordonne plutôt qu'elle ne leur perfuade, ou pour le moins le leur prefcrit, pour une condition inféparable dudit Arbitrage: au lieu que les Efpagnols s'y font confiez fans referve ni limitation; croiant bien que Meffieurs les Etats auroient plus d'inclination aux avantages de la France qu'aux leurs: mais que l'équité & la raifon ne leur permettroient pas d'en ufer avec excès au préjudice de ceux, qui nonobftant cette confideration, fe mettoient entre leurs mains, tant ils s'affûroient de la juftice de leur caufe & preud'hommie de leurs juges.

Article XV.

Bien entendu auffi que les Efpagnols ne pourront pas remettre de nouveau fur le tapis, ni revoquer en doute les autres points, qui ont déja été accordez par l'entremife des Plénipotentiaires de cet Etat, comme celui de ne pouvoir affifter directement ni indirectement le Duc Charles, & celui de l'entiere liberté du Prince Edouard, autrement la Négociation ne pourroit jamais avoir de fin, puis que ce feroit une rufe plus malicieufe, que propre à fortir d'affaires, s'il étoit permis de faire examiner de nouveau par les Arbitres les queftions qui ont déja été décidées.

Rem. fur le XV.

On revoque ce que porte le précedent, par lequel ayant laiffé au jugement de Meffieurs les Etats tout le refte de ce qui étoit indécis dans le Projet de Paix, on en retranche maintenant les points concernans S. A. de Lorraine, & la liberté de Dom Edouard de Bragance; avec une fuppofition très-erronée, & abufive: favoir, que l'on eût déja accordé par l'entremife des Plénipotentiaires de Meffieurs les Etats, de ne pouvoir affifter directement ni indirectement fadite A. & que l'on remettroit en entiere liberté Dom Edouard: chofe qui ne paffa jamais ni par la bouche, ni par la plume, ni par l'imagination des Miniftres d'Efpagne; & au contraire, on peut voir par les moiens d'accommodement entre les deux Couronnes, propofez par les Plénipotentiaires de Meffieurs les Etats le 9. Decembre 1646. & par les Actes des Conférences du 26. & 27. Septembre, 15. 18. 27. Octobre, 5. 7. 17. Novembre, & 3. Decembre, que la France avoit propofé de laiffer des Terres & Domaines dans fon Royaume, ou de donner des penfions à fadite A. de Lorraine; à quoi l'Efpagne n'auroit pas voulu entendre, & fe feroit remife à l'attente des volontez du Duc; & la France replique qu'elle en attendroit la refolution avant la conclufion du Traité. Et pour Dom Edouard, Meffieurs les Entremetteurs avoient déclaré par lesdits moiens d'accommodement du 9. Decembre qu'il feroit remis aux mains de l'Empereur, fous promeffe de n'affifter directement ni indirectement fon Frere, ni les Portugais. A quoi les Plénipotentiaires de France confentirent par leur Réplique, à condition que fa remife entre les mains de l'Empereur fe feroit avant la Paix.

Article XVI.

En ce cas il femble que trois chofes font abfolument neceffaires, tant pour éviter les longueurs dans cette Négociation, que pour y conferver le fecret: l'une, que le jugement foit donné par l'Affemblée de Meffieurs les Etats Généraux, fans renvoyer l'affaire aux Provinces, puis qu'il ne s'agit pas de l'intérêt de cet Etat, mais feulement des differens qui fe rencontrent entre la France & l'Efpagne.

Article XVII.

La deuxiéme, que ladite Affemblée foit compofée du moindre nombre de perfonnes que faire fe pourra, & principalement de celles qui ont toûjours fait paroître plus d'affection, tant pour le bien public que pour l'entretien de l'union, & bonne intelligence de cet Etat avec la France.

Rem. fur les XVI. & XVII.

Touchant la forme que Meffieurs les Etats auroient à obferver, pour déeider les difficultez que les deux Couronnes remettroient à leur arbitrage, on ne leur veut rien prefcrire, ni regler de la part d'Efpagne, ne doutant pas qu'ils y procederont de bonne forte, & équitablement. Les formes fecretes que Monfieur Servien leur établit en ces deux Articles, ne correfpondent pas à celles que Meffieurs les Etats gardent ordinairement, qui feront toûjours les plus droites & les plus legitimes.

Article XVIII.

La troifiéme, que Meffieurs Paw & Knuyt ne puiffent avoir aucune connoiffance de tout ce qui fera traité entre la France & l'Efpagne; Sa Majefté ne pouvant confentir, qu'ils fe mélent directement de fes affaires.

Rem. fur le XVIII.

Comme de la part d'Efpagne on ne refufe aucun Miniftre desdits Sieurs Etats, les eftimans tous dignes du rang qu'ils tiennent, & du choix que la République a fait de leurs perfonnes; auffi croit-on que le même doit être de la part de la France, & qu'il n'appartient ni à l'une ni à l'autre des Couronnes de faire dépendre l'établiffement d'un tel Confeil, de fon confentement, ou diffentiment; les deux Rois n'ufant pas, même dans les Païs de leur domination, de cette autorité abfoluë & fuprême, mais laiffant proceder leurs Confeils ou Parlemens, felon les Conftitutions publiques, & regler les Juges à leur façon, voire même aux caufes fifcales, & du Domaine Roial.

Article XIX.

Mais d'autant que cette voye peut être longue, tant à caufe des difficultez qui fe peuvent rencontrer fur la validité des Pouvoirs, pour convenir d'Arbitres, qu'à caufe des obftacles qui peuvent naître fur le choix, nombre, & qualité desdits Arbitres; il femble qu'il feroit plus prompt & plus fûr de regler ici par un bon concert, tous les Articles dudit Projet, ainfi qu'on le jugera raifonnable; & après qu'ils auront été ajuftez d'un commun confentement, que les Plénipotentiaires de France & ceux de cet Etat s'en aillent à Munfter préfenter la Paix aux Efpagnols, comme le Traité en aura été dreffé, fans qu'ils y puiffent ajoûter ni diminuer: & en cas qu'ils refufent de la figner, tant pour la France que pour cet Etat, comme elle aura été ici refoluë, donner ordre aux Plénipotentiaires de leur déclarer que la France & cet Etat leur continuëront conjointement la Guerre, & qu'après leur refus on ne fera plus obligé à fe contenter des mêmes Articles qui auront été accordez ici.

Rem. fur le XIX.

Il y a bien dequoi s'étonner, que Monfieur Servien fe repente déja de la petite offre, (quoi que fort limitée, & conditionnée) qu'il fort de faire à Meffieurs les Etats par l'Article immédiatement anterieur, difant à l'entrée de celui-ci, qu'il y aura de trop grandes *difficultez fur la validité des Pouvoirs pour convenir d'Arbitres,* comme fi on ne devoit pas laiffer l'autorité à Meffieurs les Etats toute entiere, tant pour les acceffoires, que pour le principal: & *parce,* encore, dit-il, *que plufieurs obftacles pourroient naître fur le choix, nombre, & qualité des Arbitres;* comme s'il pouvoit s'y en rencontrer quelqu'un incapable de la fonction qui lui feroit commife, & confiée par fes Superieurs, & comme fi le Confeil ordinaire, repréfentant le Corps de l'Etat, n'étoit pas déja tout formé, & fuffifant pour y rendre fon jugement. Mais (ajoûte Monfieur Servien) il vaudroit bien mieux *regler tous les Articles dudit Projet* (il entend celui qui a été donné par Monfieur le Duc de Longueville) *& après aller à Munfter le préfenter aux Efpagnols, comme il auroit été dreffé, fans qu'ils y puiffent ajoûter ni diminuer; & en cas qu'ils refufent de le figner, leur déclarer que la France & les Etats leur vont continuer la Guerre conjointement.* Il n'y a pas fans doute un plus court moien, ni plus extraordinaire, ni plus affûré, pour achever les Traitez, que celui de les rompre, & en même temps toute l'harmonie & concert de la Juftice, & encore de la civilité, qui fe doit garder en telles occurrences, ne s'étant jamais vû inftruire le moindre procès fans le concours des Parties, ni rendre un jugement fans les ouïr. Que feroit-ce donc de laiffer dreffer toute la procedure par l'Acteur, & ne prononcer que fur fes pieces, fermant la porte au Défendeur, & lui ôtant tous les moiens de fournir fes preuves, & de faire connoître fon droit? Ce qui feroit encore plus étrange & barbare dans le cas préfent, puis que les Miniftres d'Efpagne (à qui on voudroit ôter tout accès auprès de leurs Juges) font ceux qui les ont non feulement reconnus, mais établis pour tels, avec tant de déference, qu'ils ne les ont jufques à préfent dédits en aucune chofe. On ne croira jamais que Meffieurs les Etats en viennent, ni qu'ils penfent à une Action fi difforme, comme celle qui leur eft fuggerée, & confeillée par ledit Article XIX. Que s'ils veulent accepter l'arbitrage que l'Efpagne leur a offert, & offre encore de nouveau fur tous les points compris aux Actes des Conférences tenuës à Munfter, entre Meffieurs leurs Plénipotentiaires & ceux du Roi Catholique, (où rien n'eft entré qui touchât le Portugal, ni auffi la ceffion de Philippeville, Charlemont, & Marienbourg) on

de-

demeure d'accord, qu'il foit promptement procedé au jugement, & qu'à cet effet il foit permis à quelque Miniftre de Sa Majefté Catholique, de fe rendre auprès de Meffieurs les Etats avec tous les Papiers, Documens, & Inftructions neceffaires pour les informer, efperant que par ce moïen la Verité fera connuë, la Juftice adminiftrée, & la Paix, qui eft fa fœur, établie enfuite, à la confolation de toute la Chrétienté, & grande reputation de Meffieurs les Etats.

MESSIEURS

Les

PLENIPOTENTIAIRES,

à Monfieur le Comte de

BRIENNE.

A Munfter le 27. Mai 1647.

On donne Paffeport à Trautmansdorff & à fa fuite pour aller à Vienne. Sujet de ce voyage. Divers avis que leur donne l'Ambaffadeur de Baviére. Ils affurent l'Ambaffadeur de la bonne correfpondance de la France avec fon Maître.

MONSIEUR,

NOus avons reçu votre Lettre du dix-huitiéme, & le Mémoire du Roi du dix-neuviéme de ce mois par la voye de Cologne, qui retarde de deux jours celle de l'Ordinaire. On a été ici toute la femaine fans faire aucune chofe; mais hier nous eûmes une Conférence avec les Médiateurs, de laquelle nous ne favons pas encore ce qui réuffira. Le Comte de Trautmanfdorff nous a demandé un Paffeport pour lui, & pour fa fuite, que nous lui avons fait expedier. Il dit que ne voyant aucune fin aux prétenfions des Suédois, il eft obligé d'aller trouver l'Empereur, laiffant néanmoins fes Collegues, qui ont pouvoir de conclure fi les affaires s'y difpofent.

L'Ambaffadeur de Baviére nous eft venu dire que l'Empereur n'ayant pû détourner fon Maître de la refolution, qu'il a prife de s'unir avec la France, fait folliciter tous les Officiers de l'armée dudit Duc de le quiter, prétendant qu'ils ont le ferment à l'Empire, mais que l'Electeur de Baviére y a donné fi bon ordre, qu'il eft affuré non feulement des Officiers, mais encore des Soldats.

Il nous a dit auffi qu'on leur vouloit faire a-

On donne un Paffeport à Trautmansdorff & à fa fuite pour aller à Vienne.

Sujet de ce voyage.

Divers avis que leur donne l'Ambaffadeur de Baviére.

prehender les levées qui fe font par le Prince Robert, comme s'il vouloit s'en fervir pour l'avantage de la Maifon Palatine, & que Monfieur de Bellievre avoit fait inftance au Parlement d'Angleterre, de donner dix-mille hommes au Prince Palatin, pour le rétablir en tous fes Etats & Dignités; mais que Monfieur le Duc de Baviére n'en avoit rien crû, & jugeoit bien que c'étoit de l'invention de ceux qui font fâchés de le voir s'attacher à la France, à laquelle il étoit refolu plus que jamais de s'unir plus étroitement, nous priant d'affurer, que non feulement il obfervoit ce dont il étoit convenu à Ulm, mais encore tout ce qu'il feroit propofer par ceux qu'il envoyeroit à leurs Majeftés.

Nous avons dit audit Ambaffadeur, que Monfieur l'Electeur y procedant de la forte, trouveroit une bonne correfpondance de la part de leurs Majeftés defquelles il recevroit tout apui, & protection, & que nous donnerions avis à la Cour de ce qu'il nous difoit prefentement. C'eft, Monfieur, ce que nous vous pouvons mander, avec les affurances du defir que nous avons d'être continués en l'honneur de vos bonnes graces, & que vous nous faffiez la faveur de croire que nous fommes &c.

Ils affurent l'Ambaffadeur de la bonne correfpondance de la France avec fon Maitre.

MESSIEURS

Les

PLENIPOTENTIAIRES,

à Monfieur le Comte de

BRIENNE.

A Munfter le 3. Juin 1647.

Touchant le Traité avec l'Efpagne. Demandes du Prince de Tranfilvanie.

MONSIEUR,

NOus n'avons reçu aucune Dépêche de la Cour par l'Ordinaire dernier. Vous verrez par le Mémoire que les chofes font ici en bon état, qu'il n'y a pas apparence qu'il fe faffe rien de longtems dans le Traité d'Efpagne. Il y a préfentement à Munfter un Envoyé du Prince de Tranfilvanie, qui nous a demandé deux chofes, l'une, que fon Maître foit compris dans le Traité qui fe fera avec l'Empereur, l'autre eft le payement de ce qu'il prétend lui être dû pour le fubfide. Nous lui avons promis que dans le Traité de l'Empire le Prince de Tranfilvanie fera nommé de la part de Sa Majefté parmi les autres Princes, Amis & Alliés de la France. Sur le fecond point nous lui avons fait voir, que fon Maître ayant été empêché

par

Touchant le Traité avec l'Efpagne.

Demandes du Prince de Tranfilvanie.

1647.
par fait voir , que son Maître ayant été empêché par les ordres de la Porte de satisfaire à ce dont il étoit convenu avec les Couronnes, il ne lui étoit rien dû. Il a dit avoir commandement de s'en adresser à leurs Majestés , dequoi nous avons essayé de le détourner, mais il persiste & l'on n'a pû l'en empêcher. Les Plénipotentiaires de Suéde l'ont fort caressé à Osnabrug, où il a passé, quoiqu'il n'aît pas été envoyé vers eux.

Il y en a un qui est allé à Stokholm , cela pourra servir de quelque chose dans la conjoncture présente des affaires , pour tenir les Impériaux en crainte de quelque nouvelle confederation.

Le Sieur de Croissi , qui sait parfaitement tout ce qui s'est fait avec ledit Prince de Transilvanie,a été chargé de vous faire savoir les raisons que l'on a de se defendre contre sa pretention , afin que quand ce sien Envoyé ira à la Cour, l'on ait en main dequoi lui répondre. Sur ce, Monsieur,après nous être recommandés à l'honneur de vos bonnes graces , nous vous supplions de croire que nous sommes &c.

MEMOIRE

de Messieurs les

PLENIPOTENTIAIRES,

ENVOYE' EN COUR,

Le troisiéme Juin 1647.

Ce qui se passa dans la premiere Conference avec les Médiateurs, au sujet du Traité avec l'Espagne. Les Médiateurs s'adressent aux Comtes de Peñaranda & Trautmansdorff. Seconde Conference des Ministres François avec les Médiateurs, & son sujet pour le Traité avec l'Espagne; touchant les Articles qui regardent le Portugal. Conduite des Impériaux envers le Parti Protestant. Les Plénipotentiaires Suédois se rendront à Munster. Les François communiquent leur entretien avec les Médiateurs aux Députés Hollandois.

LE dernier Ordinaire n'a point aporté ici de Dépêche , ainsi nous n'avons qu'à rendre compte de ce qui s'est fait depuis la notre du vingt-huitiéme du passé en deux Conferences , que nous avons euës avec les Médiateurs.

ᴛ. ᴛoᴍ. IV.

En la premiere ils nous dirent qu'ayant trouvé les Plénipotentiaires d'Espagne en bonne disposition de faire la Paix , ils leur avoient representé qu'afin d'éviter ce qui pourroit arrêter la Négociation, que l'on feroit la discution des Articles. Il falloit en premier lieu tomber d'accord de tout ce qui concerne le Portugal, & que si lesdits Plénipotentiaires étoient convenus de la liberté qui doit demeurer au Roi d'assister le Royaume de Portugal, & de la certification des Médiateurs Impériaux & Hollandois, & même de la liberté pure & simple du Prince Edouard; il leur sembloit avoir connu , que les Plénipotentiaires de France se pourroient désister de l'instance que jusques ici ils avoient faite sur la Trêve de Portugal. Qu'ensuite de ce discours ils avoient fait voir au Comte de Peñaranda l'Article qui concerne la liberté reciproque des deux Rois d'assister leurs amis & Alliés, avec la Declaration que nous désirons pour l'éclaircissement d'icelui en la maniere que l'on verra par la Copie de l'un & de l'autre écrit ci-jointe. Le Comte de Peñaranda prit du tems pour voir & examiner lesdits Écrits , & faire ensuite la reponse, & cependant les ayant lûs devant les Médiateurs, ils nous dirent qu'ils y avoient fait les difficultés dont ils venoient nous faire raport.

La premiere étoit sur la clause de l'Article de l'assistance , où il est dit, qu'il ne sera jamais permis à l'un des deux Rois d'assister aucun Prince , qui vint à attaquer l'autre , ou le troubler dans la jouïssance de ce qu'il possedera pendant la signature du Traité. A quoi il disoit ne pouvoir consentir , parce que cette clause designe avec trop d'évidence l'abandonnement du Duc Charles de Lorraine , lequel étant aujourd'hui en action avec eux & ses Troupes faisant partie de leur armée de Flandres, il leur seroit d'un trop grand préjudice de se déclarer ainsi ouvertement sur ce point.

Nous repondimes, que cette clause est reciproque , & ne peut être rejettée avec raison de part & d'autre, n'étant mise que pour assurer la durée de la Paix , & pour servir de precaution contre ce qui la pourroit rompre. Qu'elle étoit generale, & qu'elle regardoit tous les Princes & Alliés des deux Rois , aussi bien que le Duc Charles, & que néanmoins nous consentirons que l'on différât de coucher par écrit cette partie dudit Article , jusques à ce que l'on eût arrêté par un autre exprès & particulier, que le Roi Catholique ne pourra assister directement ni indirectement ledit Duc, sans quoi nous avons toûjours déclaré , que la Paix ne pouvoit être faite.

Une autre difficulté des Plénipotentiaires d'Espagne , étoit qu'ils ne pouvoient permettre, que dans la ratification , qui nous doit être délivrée, il fût dit qu'elle se donnoit de leur consentement , qui sera toûjours retomber dans le préjudice qu'ils ont voulu éviter de reconnoître le Portugal. En quoi ils pécheroient contre leurs ordres , & contre ce qu'ils ont si souvent déclaré ne pouvoir faire, & pour fortifier ce refus ils disoient, que dans la déclaration donnée par les Ambassadeurs de France & d'Angleterre,du tems de la Trêve faite entre le Roi d'Espagne & Messieurs les Etats en 1609. il n'est point porté que ce fût du consentement des Ministres du Roi, & qu'il n'étoit pas raisonnable d'exiger d'eux aujourd'hui ce qui n'a pas été fait alors.

Notre réponse fut que nous ne recherchions en ladite déclaration que la sûreté de la Paix , pour laquelle établir, & dresser un acte qui fût

P

1647.
Ce qui se passa dans la première Conference avec les Médiateurs au sujet du Traité avec l'Espagne.

valable, leur consentement étoit necessaire
d'autant plus que Messieurs les Médiateurs a-
voient dit nettement qu'ils ne délivreroient aucun Ecrit sans le consentement des Parties, qu'au
surplus la Trêve fût arrêtée entre l'Espagne &
les Provinces-Unies. Les deux Rois Médiateurs s'obligerent de garantir à Messieurs les Etats
le contenu en la déclaration de leurs Ambassadeurs, que si le Pape, l'Empereur & la Republique de Venise, & les Provinces-Unies
vouloient entrer en une pareille obligation, l'on
demeureroit aisément d'accord que le consentement des Plénipotentiaires d'Espagne n'y fut
si expressément déclaré.

La troisiéme difficulté, & la plus importante
étoit sur ce que nous prétendons qu'il soit mis
dans l'Ecrit des Médiateurs, que si les Portugais se servent des Troupes auxiliaires de France, pour entrer & exécuter quelqu'entreprise
dans les Païs du Roi Catholique, cela ne pourra être pris pour une contravention au Traité
de Paix. Peñaranda dit que par le moyen de
cette clause, & sous prétexte du secours de
Portugal, le Roi peut continuer la guerre à son
Maître, qui demeurera lié de son côté, sans
pouvoir rien entreprendre contre la France.

- Il fut répondu à cela que l'on y avoit pourvû
quand le même Ecrit portoit, qu'à l'occasion de
la Guerre de Portugal, le Roi très-Chrétien ne
pouvoit directement ni indirectement entreprendre sur aucun des Païs, ou Places du Roi
Catholique.

Les Ministres d'Espagne avoient aussi continué leur refus sur la liberté pure & simple du
Prince Edouard, disans ne pouvoir consentir à
autre chose, sinon que la Paix se faisant, il
seroit au choix du Roi leur Maître de remettre
ledit Prince ès mains de l'Empereur, ou de la
Reine, à condition, qu'il promettroit par serment
de ne point porter les armes contre le Roi Catholique.

Sur quoi nous avons insisté, qu'il doit être
remis en sa pleine & entiere liberté, sans aucune condition.

Les Médiateurs furent le lendemain de cette
Conference chés le Comte de Peñaranda. Au
sortir ils allérent chés le Comte de Trautmansdorff, où ils furent fort longtems, & après
avoir quité ce dernier ils allerent aussitôt chés
Peñaranda.

Nous sûmes que le jour d'après il y avoit eu
plusieurs allées & venuës des uns aux autres, ce
qui nous fit juger, que les Médiateurs ayant
cherché du secours, & ayant différé de nous revoir, n'avoient pas trouvé le Comte de Peñaranda bien disposé.

De fait, quand ils nous ont vû une seconde
fois, notre pensée s'est trouvée véritable. Car
au lieu de nous parler des affaires dont ils étoient
chargés, ils ont formé un nouvel incident de
la part des Espagnols, & ont dit que Brun leur
avoit fait voir un Ecrit de Monsieur Servien du
vingt-deuxieme du passé, qui les empêchoit
de pouvoir sûrement traiter avec nous, puisqu'au même tems qu'on veut ici arrêter les Articles, l'on propose à la Haye de les remettre à
l'arbitrage de Messieurs les Etats, & de convenir avec eux sur tous les points pour ensuite déclarer conjointement aux Ministres d'Espagne,
que s'ils n'en demeuroient d'accord l'on continueroit la guerre.

Nous nous sommes moqués de cette plainte,
& avons fait voir aux Médiateurs, que tant que
la Paix ne sera point concluë, nous férions auprès de nos Alliés tous les offices qui nous peuvent garantir du mal que nos Parties essayent

de nous procurer, & de la desunion qu'ils
veulent jetter parmi nous. Que nous avons
aussi offert de remettre la plûpart des Articles
à l'arbitrage de Messieurs les Etats. Mais puisque les Plénipotentiaires d'Espagne ne l'ont pas
eû agreable, rien n'empêchoit, que l'on ne traitât ici les affaires avec nous. Que ces Messieurs se faisant eux-mêmes des chiméres, pour
les combattre au lieu d'entrer serieusement en
traité, faisoient voir clairement qu'ils ne cherchoient que des prétextes pour amuset le tapis
& s'éloigner de la conclusion.

Les Médiateurs voyant que nous faisions si
peu de compte de cette prétenduë difficulté,
ont été contraints d'avouer, qu'il y en avoit
une plus grande, & là-dessus ont dit, que le
Comte de Peñaranda ne pouvoit consentir,
que dans la déclaration, que nous demandons
des Médiateurs, il fût porté que s'il arrive que
les Portugais se servent des Troupes auxiliaires
de France, pour entrer & exécuter quelque entreprise dans le Païs du Roi Catholique, l'on
est demeuré d'accord que cela ne pourra être
pris pour une contravention au Traité de Paix.
Sa raison est que par ce moyen le Roi peut continuer à son Maître une Guerre offensive, sans
que le Roi Catholique s'en puisse ressentir. Que
l'on peut envoyer de France quarante mille hommes en Portugal, avec lesquels sous le nom
& la banniere de ce Roi-là l'on peut aller
jusques à Madrid, & attirer dans le milieu de
l'Espagne le feu, qui ne brûle aujourd'hui que
les Provinces les plus éloignées. Qu'il faudroit
donc convenir que les François ne pourroient
attaquer les Places du Roi Catholique, ni être
mis en garnison dans celles qui sont déja occupées par les Portugais hors leur Royaume,
ou dont ils se pourroient emparer à l'avenir. Les
Médiateurs ajouterent que le Comte de Peñaranda demande qu'il lui soit donné un exemple,
que jamais en aucun Traité il soit mis une clause semblable à celle que nous prétendons. Que
la faculté d'assister les Alliés, quand ils seront
attaqués est suffisante sans y ajouter des termes, qui donnent un juste soupçon, que sous
prétexte de secourir le Portugal on vient envahir
l'Espagne, & qu'il faut laisser l'explication de
l'assistance au Droit commun, & à ce qui s'est
toûjours pratiqué dans un cas semblable, mais
que de prétendre d'entrer & d'exécuter des entreprises dans les Païs du Roi Catholique, & stipuler que cela ne pourra être pris pour une contravention au Traité; c'étoit une chose inouïe
& sans exemple, à laquelle le Comte de Peñaranda ne pouvoit consentir, aimant mieux
subir le hazard que les Etats d'Espagne se perdent, une Ville après l'autre, comme ils font
aujourd'hui, que d'avoir introduit la Guerre dans
le cœur d'Espagne par un Traité, dont il n'y
a point de Memoire qui s'en soit jamais fait un
semblable.

Nous avons répondu aux Médiateurs, que
le même Ecrit duquel les Ministres d'Espagne se
plaignent, pourvoit à tous leurs soupçons, déclarant qu'à l'occasion de la Guerre de Portugal, le Roi ne pourra directement ni indirectement entreprendre sur aucun des Etats du
Roi Catholique: que ce que nous demandons
ne tend à autre fin, que pour assurer la Paix,
& empêcher qu'une chose, dont nos Parties
demeurent d'accord, ne puisse être revoquée
en doute, pour servir de prétexte à une nouvelle Guerre. Que nous convenions eux
& nous en la substance, & que l'on ne
disputoit que sur l'éclaircissement. Qu'il é-
toit aisé de juger lequel étoit dans la bonne

foi,

foi, ou celui qui sous de termes géneraux ou ambigus veut laisser une semence de querelle à l'avenir, ou celui, qui veut expliquer les choses avec le plus de clarté ou de netteté qu'il est possible, pour éviter le trouble & l'équivoque, que la difficulté que les Espagnols font de coucher nettement par écrit un point sur l'essence duquel ils ne contestent pas, fait voir leur mauvais dessein, & nous oblige d'être d'autant plus soigneux à prendre nos precautions, que nous ne sommes point cause de la guerre de Portugal, & que si le Roi d'Espagne s'en veut desister nous tomberons facilement d'accord de toutes les conditions reciproques, touchant la sureté du Traité; mais que ne voulant faire ni Paix ni Trêve pour ce Royaume-là, & ne voulant pas seulement permettre que le nom en soit exprimé par le Traité, il ne falloit pas trouver étrange, si ceux qui ont résolu de le secourir & qui en ont le consentement d'Espagne, désirent d'en justifier & éclaircir la liberté. Qu'il ne falloit pas chercher des exemples de la sureté que nous demandions, puisqu'il ne s'en trouveroit pas d'une opiniâtreté pareille à celle de nos Parties.

Il seroit trop long de raporter tout ce qui a été représenté de part & d'autre à la Conference, ayant été longue & échauffée; mais parce que les Médiateurs se disoient être persuadés des raisons de Peñaranda, & qu'il falloit venir à quelque temperament, nous avons été obligez de leur dire, qu'ils étoient loüables de la peine que veritablement ils prennent pour la Paix, & que nous les remerciions de tous leurs soins, & de la patience que nous savons qu'ils exercent quelquefois auprès du Comte de Peñaranda; mais que nous étions surpris de voir qu'en une clause, où il s'agit de leur propre honneur, qui consiste en la durée de la Paix, ils nous pressoient contre toute raison, & même contre leur sentiment, ainsi que nous n'en doutions pas.

Nous leur avons de plus fait des plaintes, qu'après avoir tiré de nous un acquiescement touchant la Trêve en Portugal, ils nous fissent cette nouvelle instance, puisqu'ils nous avoient dit si souvent qu'il y auroit de la facilité sur les autres points, & que celui de l'assistance passoit pour accordé, leurs Collegues ayant aussi fait entendre la même chose à la Cour: mais qu'aujourd'hui ils traitent le point de l'assistance comme ils avoient fait ci-devant celui de la Trêve, n'ayant pas manqué de nous dire de nouveau, que cela étant arrêté il y auroit de la facilité au reste.

C'est ce qui s'est passé entre les Médiateurs & nous, en quoi il est à noter, que bien qu'ils nous ayent fort pressé de convenir de quelques autres termes, & d'admettre du temperament dans notre Ecrit, comme de regler & reduire le secours à quatre ou cinq, & jusques à six mille hommes; ils ne nous ont aporté nul relâchement sur aucun autre point, non pas même sur celui de la liberté du Prince Edouard. Ce n'est pas que, quand ils eussent parlé autrement, nous eussions rien quité en une chose si importante, & qui nous a été si souvent ordonnée de la Cour; mais nous remarquons ceci pour faire connoître la disposition présente des Espagnols, qui ne témoignent aucune bonne volonté à la Paix, étant certain que s'ils s'étoient relâchés en la moindre chose, les Médiateurs, pour nous porter mieux à leur fin, n'auroient pas manqué d'en faire l'ouverture: desorte que ce qui nous paroît maintenant est que les Ministres d'Espagne, soit par l'esperance de la desunion de nos Alliés, soit

par quelque autre consideration, sont fort éloignés des pensées de la Paix.

Il se voit aussi par la conduite des Impériaux que leur dessein est de contenter les Suédois, & les Protestans de l'Empire, & de les animer, s'ils peuvent contre la France & le Duc de Baviere; à quoi sans doute ils sont poussez & pressés par les Espagnols; de tous les points prétendus par les Protestants il n'y a plus que celui seul de l'*Astomonie* dans les Provinces Héreditaires, sur lequel le Comte de Trautmansdorff ne se soit relâché, ayant depuis consenti que l'Evêché d'Osnabrug soit donné alternativement à un Catholique, & puis à un Lutherien, de la Maison de Brunswick.

Les Plénipotentiaires de Suéde doivent venir ici cette semaine, ou tous deux, ou Monsieur Salvius seul. Nous prévoyons beaucoup de difficulté à faire obliger l'Empereur de n'assister point le Roi d'Espagne, non seulement de la part des Impériaux; mais aussi de celle des Suédois, leur Resident à Munster ayant paru fort instruit sur ce point, quand nous lui en avons parlé. Il a dit qu'il n'y avoit pas d'apparence que l'Empereur promît de n'assister pas le Roi d'Espagne des forces de ses Païs Héreditaires, & que les affaires de l'Empire étant terminées, il ne seroit pas raisonnable, que le Traité fût arrêté pour les intérêts de la France & de l'Espagne. Nous n'avons pas laissé sans reparties, & sans lui faire voir qu'il ne s'agit pas de la sureté de la Paix de l'Empire, n'étant pas juste que nous faisions la Paix avec l'Empereur, & après avoir une partie de ses forces sur nos bras. Nous verrons quand les Plénipotentiaires seront ici, quelle sera leur conduite envers nous.

Aussitôt après la prémiere Conférence, que nous avons euë avec les Médiateurs, nous en avons donné avis au Sieur de Meynerswyck, afin qu'il ne mandât rien à ses Superieurs qui ne fût veritable. Il nous a dit que les Ambassadeurs d'Espagne lui avoient déja fait savoir leur difficulté au même tems qu'ils s'en étoient déclarés aux Médiateurs, & que le Comte de Peñaranda lui avoit fait dire que si ses Collegues ne revenoient bientôt à Munster, ils seroient bientôt obligés de l'attendre, comme lui les avoit ci-devant attendus, ne pouvant differer le voyage de Spa pour sa santé, dequoi & de tout ce que dessus nous avons aussi donné avis à Monsieur de Servien.

MEMOIRE

de Messieurs les

PLENIPOTENTIAIRES,

en Réponse des

MEMOIRES

DU ROI,

Des 25. Mai & 1. Juin 1647.

Envoyé le 10. dudit Mois.

Affaires de la Religion. On accorde la satisfaction de la Suéde. La Négociation pour l'Empire est presque terminée. On y trouvera néanmoins quèlque difficulté. On sondera les intentions des Suédois. Modération de la France au Traité de l'Empire. Les Espagnols ne montrent aucune disposition pour la Paix. La Suéde veut retenir Bensfeld. Les armes amoliront les Espagnols. Réponse de Peñaranda aux Médiateurs. Sur la prétension de l'Alsace. Les Impériaux & les Espagnols sollicitent Baviere à rompre la neutralité. Touchant la Trève du Portugal. Le jugement touchant l'assistance du même Royaume. Ils sont peu satisfaits des Médiateurs. Oxenstiern arrive à Munster, pour presser la Paix de l'Empire. Causes qui la retardent. Emotion dans Casal.

L'On peut croire maintenant, que les Lettres expresses que la Reine de Suéde a écrites à ses Ministres ont eû effet, puis qu'après avoir longtems différé leur voyage à Munster, ils y sont enfin venus depuis deux jours.

Affaires de la Religion. L'état présent des affaires de l'Empire est que les Griefs de la Religion sont entierement terminés à la reserve du seul point de l'*Astonomie*, ou exercice libre de la Lutherienne dans les Païs Héréditaires de la Maison d'Autriche. Car pour les autres Etats Catholiques dans l'Empire, on est déja convenu dudit exercice à certaines conditions. Les Suédois & Protestans ont obtenu en ce point-là, & en tous les autres ce qu'ils ont prétendu, jusques là que le Comte de Trautmansdorff a consenti, que l'Evêché d'Osnabrug soit conferé à un Catholique, & puis à un Lutherien de la Maison de Brunswick alternativement. Tout ce qui regarde la satisfaction de Suéde est d'accord entierement. Celle de Madame la Landgrave n'est pas tout à fait achevée, mais fort avancée.

On accorde la satisfaction de la Suéde.

La plûpart des Articles touchant les Princes d'Allemagne sont arrêtés, & il n'en reste que quelques-uns de moindre importance avec celui de la cause Palatine, que les Plénipotentiaires de Suéde ont exprès remis à cette entrevuë, afin que, comme nous estimons, s'y formant quelques difficultés, ils obtiennent plus aisément de nous le consentement aux choses, dont nous pourrions avoir repugnance; enfin il ne reste plus que le seul point de la satisfaction de la Milice de Suéde, qui puisse donner de la peine, encore estime-t-on qu'en celui-là Trautmansdorff s'y rendra facile, attendu que le payement ne s'y fera point aux dépens de son Maître, mais des Villes & Etats d'Allemagne.

La Négociation pour l'Empire est presque terminée.

Toutes ces choses font craindre que l'on ne trouve pas la facilité qui paroissoit devoir être à faire différer le Traité de l'Empire, & qu'il ne soit plus mal aisé à présent de retenir les Suédois de faire la Paix, que de les porter à continuer la Guerre, & quand ils auroient la même disposition pour cela qu'ils ont euë ci-devant, il est certain que voyant l'état de notre Traité avec l'Espagne, & venans à connoître, que nous ne désirons pas la prompte conclusion de celui de l'Empire. Ils la presseront d'autant plus, & feront apparemment toutes choses pour l'avancer, afin de rejetter sur la France la haine de la continuation de la guerre, l'obliger à leur fournir toûjours le subside s'ils n'en veulent l'augmentation, & à laisser l'armée du Roi en Allemagne.

On y trouveroit néanmoins quelques difficultés.

Ce n'est pas néanmoins qu'on ne puisse présentement se servir de celle que commande Monsieur de Turenne, pour l'employer dans la Flandres ou ailleurs dans les Etats du Roi d'Espagne, puisque la necessité des affaires le requiert; mais nous n'estimons pas que les Suédois soient jamais assés commodes pour permettre qu'elle soit éloignée pour longtems, & pour se resoudre d'agir en Allemagne sans subside, ni sans le secours des armes de la France.

Et quand il arriveroit contre notre opinion que les Suédois se rendissent plus traitables, il nous semble bien malaisé, que les choses puissent demeurer dans un état, que l'un ou l'autre des partis ne vînt à prendre de notables avantages: ce qui seroit également dangereux, comme il est très-prudemment remarqué au *Mémoire*. Si l'Empereur avoit du bon, il est vraisemblable que la France en recevroit le premier dommage, & qu'elle courroit fortune de perdre ce qu'elle tient en Allemagne en tout ou en partie; si les prosperités des Suédois y continuoient, & que fortifiés par l'union des Protestans ils vinssent à bout de leur dessein, outre la ruine de la Religion Catholique, qui seroit infaillible, celle de l'autorité du Roi s'ensuivroit tôt après, & les Suédois ne seroient pas moins contens de la voir diminuer, que nos propres Parties, pour regner ensuite seuls dans l'Empire, & donner la Loi à leur aise.

En

1647.

En somme il se voit de grands inconvéniens de tous côtés, nous essayerons de reconnoître encore mieux les intentions des Ministres de Suède, pour en donner promptement avis à la Cour, & cependant en nous conformant aux sentimens de leurs Majestés, nous conduirons ici les affaires à leurs fins, autant qu'il nous sera possible. Que si les Suédois nous emportent, comme peut-être il arrivera, nous tâcherons de faire que ce soit avec le moins de préjudice, & d'aporter toutes les précautions que l'état présent des affaires nous permettra de prendre.

Pour la réponse que Sa Majesté nous ordonne de faire sur ce qu'elle désire, savoir si nous estimons que pour le bien de la Paix, elle puisse aporter quelque facilité plus grande qu'elle ne fait : la moderation de leurs Majestés au Traité de l'Empire a été si universellement loüée, & aprouvée, qu'il ne semble pas qu'il y ait rien à changer en ce qu'elles ont eû agréable de resoudre ci-devant à cet égard.

Quant au Traité d'Espagne nos dernieres Dépêches auront fait voir que les Espagnols ne montrent aucune disposition à la conclure présentement ; ce qui nous fait juger qu'il seroit non seulement inutile de se relâcher en aucune maniere, mais que cela produiroit un effet contraire au desir que leurs Majestés ont d'avancer la Paix : ainsi la conduite qui nous semble aujourd'hui la meilleure avec eux, est de ne rien faire du tout. C'est celle aussi que nous tenons, étant demeurés sans action depuis quelques jours, & n'ayant pas seulement parlé aux Médiateurs, sinon une fois qu'ils nous ont vû pour les affaires de l'Empire. Que si les bons succès que nous esperions bientôt des armes du Roi font perdre aux Ministres d'Espagne les vaines esperances dont ils s'entretiennent, & qu'ils se remettent d'eux-mêmes dans le bon chemin, nous ne manquerons pas alors de faire savoir à leurs Majestés nos sentimens sur les differends qui se pourront présenter, puisqu'il leur plaît de nous l'ordonner.

L'ouverture faite par Monsieur le Cardinal Mazarin au Comte de la Garde nous paroît très-judicieuse, & puisque nous savons à présent le vrai motif de la Reine de Suéde en demandant Bensfeld, nous essayerons d'agir en cela conformément à l'intention de leurs Majestés. Ce qui nous y semble fort difficile est, qu'il est besoin d'en cacher le dessein au Comte Oxenstiern, qui étant d'une Maison, qui ne demande pas l'avancement du Comte de la Garde s'y opposeroit sans doute, & en empêcheroit l'effet, s'il venoit à le connoître.

C'est pourquoi il sembleroit bien à propos que la Reine de Suéde en donnât des ordres bien exprès à Monsieur Salvius, pour s'assurer de la retention de la Place, & du prix que leurs Majestés en devront donner, qui sera sans doute très-grand, si l'on n'en convient de bonne heure.

Nous avons appris avec joye les ordres qui ont été donnés avec tant de jugement & de promptitude pour fortifier l'armée du Roi dans la Flandres, ce qui nous fait esperer de voir bientôt changer les vanités des Espagnols en de nouvelles plaintes de leurs malheurs, & qu'ils auront sujet de se repentir de l'entreprise d'Armentieres, qui n'a pas relevé beaucoup leur reputation dans cette Assemblée.

Ce que nous avons apris de l'intention de Peñaranda, quand il a fait réponse aux Médiateurs sur l'offre que nous lui avions faite de ce que nous voulions laisser au jugement de Messieurs les Etats, est qu'il demeuroit d'accord d'y remettre tous les points du Traité, horsmis ce qui touche la suspension d'armes pour le Portugal & les Places de Liege, consentant néanmoins de ne rien changer aux choses qui sont deja accordées, & de convenir ici, s'il se peut, de tous les autres, sauf à remettre ce dont on ne seroit pas tombé d'accord au jugement desdits Sieurs Etats, exceptant toûjours, les deux points ci-dessus, sur lesquels il a déclaré ne pouvoir ni traiter, ni compromettre.

Il n'y a pas eû de la peine à temoigner, que l'armée commandée par Monsieur le Maréchal de Turenne, ne doit pas repasser le Rhin, chacun en étant persuadé dans l'Assemblée. Il n'y a pas de doute, que les Suédois feront grand bruit, quand ils aprendront sa marche.

Sur ce que Sa Majesté désire savoir touchant l'Alsace, si en cas qu'elle prît la resolution de la retenir, comme Landgrave relevant de l'Empire, on peut, sans manquer à ce qui a été promis, la faire agréer à l'Empereur & aux Etats de l'Empire.

Nous estimons que l'Empereur y repugneroit entierement, & s'efforceroit de faire passer cela pour une nouvelle prétention, & un éloignement de la Paix, que les Etats de l'Empire le souhaiteroient comme la plûpart d'entr'eux nous l'ont témoigné, mais les Suédois semblent avoir été considérés en cette rencontre autant ou plus que les autres. Il a été un tems qu'ils nous sollicitoient de prendre cette resolution, mais ils ont cessé de le faire depuis ; ce qui nous fait douter qu'ils le désirent encore : aussi est-il vrai, qu'outre qu'ils ont obtenu trois voix dans l'Empire, savoir celle de l'Archévêché de Bremen, de l'Evêché de Werden, & du Duché de Pomeranie. Ils ont depuis fait resoudre que leur seance seroit autre que celle qui apartient auxdites Principautés. Ils veulent bien ceder aux Electeurs ; mais prétendent avoir le rang & la seance immédiatement après, & de précéder tout le reste des Princes, même ceux des Maisons Electorales, dont les Ducs de Brunswick, & autres, qui avoient accoutumé de précéder les Ducs de Pomeranie ou qui étoient en égalité avec eux, sont déja d'accord, mais le Duc de Baviere s'y oppose vivement pour son intérêt. Ainsi il pourroit arriver que la France seroit obligée à se contenter du rang de Landgrave, qui est beaucoup inferieur à celui que la Couronne de Suéde doit avoir, ou si elle se vouloit faire donner une autre seance, elle y trouveroit de l'opposition. Et quand on en seroit venu à bout, ce qui se pourroit obtenir de mieux seroit une alternative entre la France & la Suéde, à raison des Etats, que chacune de ces Couronnes tiendra dans l'Empire. C'est ce que nous avons crû devoir représenter à Sa Majesté pour y former telle resolution qu'elle jugera être du bien de son service.

Ce que porte le Mémoire du premier de ce mois est très-véritable, que les Impériaux & les Espagnols n'oublieront rien pour convier le Duc de Baviere à rompre la neutralité. Nous savons que l'Empereur y employe ses Ministres les plus confidens ; d'ailleurs le Baron de Hazeland ne nous a pas celé que son Maître est très-mal satisfait de la Couronne de Suéde, le rang qu'elle tient au College des Princes au dessus du sien, lui est insupportable, ne l'ayant jamais voulu quiter, ni à la Maison d'Autriche, ni à la Maison d'Espagne, quelques instances qui en ayent été faites, & quoi qu'il ait été souvent brouillé

avec

1647.

avec eux pour ce fujet. Quant à nous, nous ne nous mêlons point de ces difficultés qui concernent le rang, mais nous tenons fermes pour les autres intérêts dudit Sieur Electeur, & y perfifterons jufques au bout; ce que fon Ambaffadeur connoît bien, & affure que fon Maître en a une grande reconnoiffance, & paffion de s'attacher entierement à la France.

Touchant la Trêve du Portugal.

Nous fommes bien aifes que notre conduite au fait de la Trêve ait été conforme à l'intention de leurs Majeftés, qu'il leur a plû nous donner à connoître par les Dépêches précedentes, & encore par la derniere, puis qu'après avoir eû l'impoffibilité de faire accepter au Comte de Peñaranda l'arbitrage de Meffieurs les Etats, & avoir vû l'arbitrage qu'il a refufé, nous avons parlé fur ce point aux Médiateurs de la forte, qu'on aura vû par nos dernieres rélations; dequoi nous avons en même tems donné avis à Monfieur de Servien pour s'en fervir où il eft. Nous n'avons témoigné aucun relâchement fur les Places de Liége que nous refervons pour la même fin, que la demande en a été faite, favoir pour tenir parlà Meffieurs les Etats obligés, puifque par l'aveu de ceux mêmes les plus mal intentionnez parmi eux, fur leur obligation aux intérêts de la France, s'entend en ces lieux-là; c'eft pourquoi nous nous fommes bien gardés de nous en déclarer en aucune façon, eftimans ne le devoir pas faire, que lorfque l'on viendra à traiter de l'Article, qui parle de la reftitution defdites Places.

La caufe veritable de la conduite préfente des Miniftres d'Efpagne, & de la froideur qu'ils témoignent dans l'avancement du Traité a été très-bien remarquée dans le Mémoire, elle n'eft autre que l'affurance qu'ils croyent avoir que Meffieurs les Etats ne mettront point en Campagne, & qu'ils efperent qu'elle leur pourra être favorable. Ce qui nous fait juger que fi on fe relâchoit aujourd'hui à la moindre chofe, non feulement ils ne conclueroient pas pour cela, mais ils en deviendroient toûjours plus difficiles, & qu'il importe tant qu'ils paroîtront être toujours dans la bonne opinion qu'ils ont conçuë de leurs affaires, de tenir plus ferme qu'auparavant.

Leür jugement touchant l'affiftance du même Royaume,

Et pour le point particulier de l'affiftance du Portugal, puifque Sa Majefté a eû agréable de nous commander d'en dire notre fentiment, il femble qu'ayant été obligés par les ordres précedens d'infifter fur l'éclairciffement qu'on en a défiré avoir par l'Ecrit des Médiateurs, il y auroit du préjudice à fe contenter des moyens après la conteftation formée fur ce qui eft fû par tout; d'autant qu'après le refus fait par nos Parties, fi les Troupes de fecours, qui feront envoyées en Portugal, entroient dans le Païs du Roi d'Efpagne, la rupture qu'ils pourroient faire enfuite feroit juftifiée: la feule chofe, qui nous eft tombée dans l'efprit, feroit que l'on pourroit limiter le nombre des hommes, & la qualité du fecours. Et encore aujourd'hui, fi l'on entroit dans cet expedient les Efpagnols fans doute le voudroient reduire à peu.

Que fi leurs Majeftés trouvoient à propos de prendre fur cela quelque temperament, il importeroit au dernier point, qu'il fût tenu fecret parce que les Miniftres étrangers en étant avertis, il s'y trouveroit de nouvelles difficultés, que l'on auroit peine à furmonter.

L'avis qu'on donne de Monfieur le Nonce, fera que nous y prendrons garde foigneufement. Nous ne pouvons pas dire avoir rien connu de particulier en lui, mais il eft vrai que nous fom-

1647.

mes peu fatisfaits des Médiateurs, de ce qu'après les facilités apportées de notre part, ils témoignerent être perfuadés des Miniftres d'Efpagne plutôt que des nôtres.

Monfieur Oxenftiern arriva ici le huitiéme au matin, & nous le vifitames incontinent.

Oxenftiern arrive à Munfter, pour preffer la Paix de l'Empire.

Le Comte de Trautmanfdorff accompagné du Docteur Wolmar le fut voir auffi, & demeura longtems avec lui. Dela ledit Comte de Trautmanfdorff alla chés Meffieurs les Médiateurs, qui nous vinrent voir bientôt après & Monfieur Oxenftiern y vint, quand ils furent fortis, puis retourna de notre Logis à celui du Comte de Trautmanfdorff. Toutes ces diligences ont été faites de concert entre les fusnommés, pour nous preffer de conclure la Paix de l'Empire, & il eft à noter, que les Médiateurs, qui avoient differé jufques à préfent de nous faire réponfe touchant le point de la fureté, & qui ne nous en parloient point encore ce jour-là, fi nous ne les euffions follicités, dirent tout net, que le Comte de Trautmanfdorff a déclaré, ne pouvoir confentir que l'Empereur, en qualité d'Archiduc d'Autriche, s'oblige à ne point affifter le Roi d'Efpagne. Monfieur Oxenftiern d'ailleurs nous a parlé froidement fur ce fujet, nous montrant n'être pas éloigné en cela du fentiment des Impériaux. Nous n'avons pas manqué de faire connoître aux uns & aux autres la juftice de notre demande, & de plus nous y avons voulu intéreffer Monfieur Oxenftiern par l'obligation de l'Alliance. Il a répondu qu'elle ne s'étend pas aux affaires d'Efpagne, & il lui a été repliqué que c'eft auffi un des principaux Articles du Traité de l'Empire, puifqu'il s'agit de la fûreté de la Paix, que nous l'avons prétendu ouvertement dès le commencement de la Négociation, & de concert avec les Ambaffadeurs de Suéde.

Caufes qui la retardent.

Les Miniftres de Mantouë nous ont parlé d'une émotion faite dans la Citadelle de Cazal par les Soldats François, qui avoient deffein de fe faifir des portes de la Ville, non fans foupçon de quelque intelligence au dehors. Ils nous ont même fait voir des Lettres par lefquelles on mandoit d'Italie, longtems avant cet accident, que les Efpagnols avoient formé le deffein fur cette Place. Ils nous ont prié de la part de Madame la Ducheffe de vouloir écrire à la Cour, & recommander le foin de cette Place, ajoutant, que fi leurs Majeftés, qui l'ont fi glorieufement confervée, la vouloient remettre aux mains de Monfieur le Duc de Mantouë, ou en tout, ou en partie, il la garderoit avec fûreté pour leur fervice, & y contribueroit volontiers en ce qu'on jugeroit qu'il dût faire: à quoi nous avons répondu que leurs Majeftés auroient fans doute déja pourvû à ce dont ils nous donnoient avis. Que nous en écrirons encore & que nous favions qu'elles continueroient les mêmes foins, qu'elles ont pris ci-devant pour la confervation d'une Place fi importante à leur Maître & au repos de l'Italie.

Emotion de Cazal.

MES.

1647.

MESSIEURS

les

PLENIPOTENTIAIRES,

à Monsieur le Comte de

BRIENNE.

Du 10. Juin 1647.

Siége de Lerida.

MONSIEUR,

LE pacquet du Roi du vingt-cinquiéme du mois passé ne nous a été rendu que le quatriéme du présent & celui du premier Juin est arrivé deux jours plus tard que les Lettres des Particuliers ; ce qui se fait à cause du detour qu'il prend par Cologne. Nous vous rendons graces, Monsieur, de la peine que vous avez prise de nous écrire par l'une & l'autre voye, & de ce que vous avez fait ordonner à Messieurs des Finances ; de quoi néanmoins nous ne voyons aucun effet. Pourvû que l'on donne au Sieur de Lumbre le moyen d'exécuter à tems ce qui a été résolu pour Liége, il s'en acquittera avec fidelité & prudence. Pour le Sieur de Croissi nous ne vous en écrirons point en particulier, croyant que lui-même vous fera savoir l'état où il est.

Nous vous remercions aussi de toutes les nouvelles, dont vous avez eû agréable de nous faire part , & de celles que vous nous faites esperer de ce qui se passera au siège de Lerida, dont le succès nous semble aujourd'hui être d'une derniére consequence. Nous ne vous mandons point par cette Lettre ce qui se passe dans l'Assemblée, notre Mémoire qui est assés ample, vous en pourra donner une assés ample connoissance.

Le Deputé de Transilvanie part de Munster, & va en France par la Hollande. Nous sommes &c.

Siége de Lerida.

1647.

MESSIEURS

les

PLENIPOTENTIAIRES,

à Monsieur le Comte de

BRIENNE.

Du 17. Juin 1647.

On se plaint du rétardement des Lettres. Prétentions des Suedois. Silence des Espagnols. Il n'y a aucun Ministre Hollandois à Munster.

MONSIEUR,

NOus avons déja donné avis , que les pacquets du Roi, depuis que Sa Majesté est à Amiens , arrivent ici deux jours au moins plus tard que l'ordinaire, & que ceux des particuliers. Si la Cour avoit à faire du séjour en Picardie , il importeroit bien d'y donner quelque ordre, & qu'il vous plût commander, qu'on prît soin de ne point faire passer les Lettres à Cologne , ce qui cause ce retardement.

On se plaint du retardement des Lettres.

Les Plénipotentiaires de Suéde prétendent toûjours devoir préceder les Princes d'Allemagne, & avoir leurs seances aux Diettes immédiatement après les Electeurs; mais nous n'estimons pas qu'ils veuillent persister jusques à ce point d'arrêter la Paix pour cela; quand ils feront réflexion sur ce que le Duc de Baviere n'a jamais voulu ceder , ni à leur Roi , ni aux Archiducs , ni aux Rois d'Espagne & de Dannemarck , nous croyons qu'ils se pourront désister de le prétendre. Nous leur avons parlé sur ce point avec moins de chaleur , ne voulans pas qu'ils croyent que nous soyons bien aises de tous leurs avantages : mais pour les autres intérêts de Monsieur le Duc de Baviere, nous leur avons représenté vivement le grand préjudice qu'eux & nous pourrions recevoir si l'on venoit à mettre en dispute à ce Prince la Dignité de premier Electeur , & la retention du haut Palatinat , pour le payement de ce qui lui est dû par l'Empereur. Nous continuerons à soutenir les mêmes choses avec vigueur.

Prétention des Suédois.

Les Ministres d'Espagne ne nous font rien dire du tout. S'ils ne reçoivent quelques nouvelles, qui les touchent & qui les y obligent, il n'y a pas d'apparence qu'ils soient prêts à conclure le Traité pendant cette Campagne.

Silence des Espagnols.

Mon-

1647.

Il n'y a aucun Ministre Hollandois à Munster.

Monsieur de Meynerswyck s'en va en sa Maison, pour ses affaires, & il ne reste plus ici personne de la Legation de Messieurs les Etats, pas même le Secretaire. Il est vrai que ledit Sieur de Meynerswyck, nous dit en prenant congé de nous, que bientôt les Sieurs Dania, de Riperda & Klant retourneroient.

C'est ce que nous pouvons vous dire, Monsieur, après nous être recommandés à l'honneur de vos bonnes graces, & vous supplier de croire que nous sommes &c.

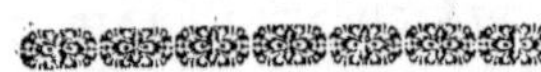

MEMOIRE

de Messieurs les

PLENIPOTENTIAIRES,

En Réponse de celui

DU ROI,

Du 8. Juin 1647.

ENVOYE' EN COUR

Le 17. dudit mois.

Jugement sur l'arbitrage des Hollandois pour la Paix avec l'Espagne. On leur remet le projet du Traité de l'Empire. Les Suédois sont contraires au Duc de Bavière. On pressera pour la satisfaction de la Landgrave. Les Suédois souhaitent la Paix. Les Médiateurs ne se pressent pas pour les affaires d'Espagne.

Jugement sur l'arbitrage des Hollandois pour la Paix avec l'Espagne.

IL est certain que si Messieurs les Etats étoient tels qu'ils devroient être, on leur pourroit faire comprendre que les Plénipotentiaires d'Espagne ne remettent à leur jugement que ce qu'ils veulent bien perdre, & ce qui le fait voir clairement est que les points que les Espagnols ne veulent pas accorder ont été par eux exceptés de l'arbitrage. Car encore qu'ils puissent dire pour la Trêve de Portugal, que la conséquence de cette demande les a empêchés de se soumettre à la décision de qui que ce soit; d'autant que ce seroit comme reconnoître le Roi de Portugal. En ce qui touche les Places de Liége, il ne peut y avoir autre cause d'exclusion que de n'en vouloir pas accorder la restitution, & de se tenir pour condamnés en ce qui seroit remis au jugement des Alliés de France.

1647.

Il est encore vrai que puisque sous certaines précautions, nous nous sommes relâchés de l'un des deux points reservez par l'Espagne, & que l'on en fera autant de l'autre en tems & lieu, on ne devroit pas trouver de difficulté à la conclusion de la Paix.

Mais ni la conduite de Messieurs les Etats ne donne lieu de croire autre chose, sinon qu'en ce qui sera remis à leur jugement, ils y mettront l'explication la plus favorable qu'ils pourront pour les Espagnols, ni ceux-ci ne procedent pas avec sincerité, & avec volonté de conclure. Ils ont mis depuis quelque tems un Ecrit entre les mains de Monsieur de Meynerswyck pour être envoyé à Messieurs les Etats, en réponse d'une proposition à eux faite par Monsieur de Servien, par lequel Ecrit, qui nous a été communiqué par le dit Sieur de Meynerswyck, & dont la copie sera ci-jointe, l'on verra que non seulement en la difficulté présente de l'assistance du Portugal, mais aussi que dans les Articles, ils aportent de notables changemens aux choses dont on est convenu. Et ce qui nous semble plus à remarquer, est, qu'en ce faisant, les Ministres d'Espagne ayent bien osé témoigner ouvertement leur peu d'inclination à la Paix, au lieu même, où jusques ici ils ont affecté & se sont efforcés par tous moyens de faire connoître, qu'ils y aportoient de la facilité. Comme leurs raisons, quoique foibles, sont couchées avec beaucoup d'artifice, nous avons donné avis, & envoyé copie dudit Ecrit à Monsieur de Servien.

Nos Dépêches, qui ont suivi celles du vingt-septiéme Mai, auront assez fait voir, que l'on est bien éloigné d'une Conclusion, & qu'il y aura du tems assez pour faire savoir, avant que le Traité s'achêve, ce qui se peut esperer de la garantie de Messieurs les Etats. Nous continuons à tenir la même correspondance avec Monsieur Servien, que nous avons faite jusques ici, lui écrivant souvent, & lui donnant part de tout ce qui se fait en l'Assemblée, comme lui de son côté est fort soigneux de nous informer de ce qui se passe au lieu, où il est.

On leur remet le Projet du Traité de l'Empire.

Les Impériaux nous ont fait aporter par les Médiateurs le projet du Traité de l'Empire. Ils l'ont fait double, ayant omis en celui qu'ils ont mis ès mains de Monsieur le Nonce, les affaires des Protestans, qui sont dans un Mémoire donné à Monsieur Contarini, & comme tous les deux sont fort longs, on n'a pas eû le tems d'en faire les copies, qui seront envoyées par l'Ordinaire prochain. Il y a quantité de choses à reformer en ce projet, mais comme celui qu'ils ont ci-devant donné aux Suédois, étoit rempli de pareilles défectuosités, nous y changerons ce que nous estimerons devoir faire, & leur rendrons cet Ecrit corrigé. Desorte que l'on pourra voir nettement après le fonds de leurs intentions. Et comme ce que nous leur marquerons ne contiendra aucune demande nouvelle, selon qu'il nous est ordonné par le Mémoire du Roi, ce sera une preuve exposée à la vuë d'un chacun, que ce que Peñaranda s'efforce de persuader au Comte de Trautmansdorff, que la France veut mettre de nouvelles prétentions sur le tapis, n'est pas veritable.

Toutefois, comme les Impériaux ont couché plusieurs choses par écrit, dont l'on n'étoit pas convenu, ayant coulé & ajoûté avec artifice quelque Article fait à leur avantage, nous essayerons aussi d'étendre les droits & l'autorité du Roi avec un peu plus de liberté, que nous n'eussions osé faire autrement, sauf à se relâcher ci-après, si nous ne pouvons obtenir, que

les

les chofes foient exprimées en la maniere, que nous les avons couchées.

Le Baron d'Azenlang a donné ici les mêmes affurances, & fait les mêmes proteftations que fon Maître, par la Lettre qu'il a écrite à Monfieur le Cardinal Mazarini. A la verité la conduite des Suédois envers cet Electeur nous donne de la peine, & leurs propres intérêts les doivent convier de fe rendre moins contraires aux fiens qu'ils ne font. Quand on viendra à terminer ici les affaires, nous agirons le plus efficacement qu'il nous fera poffible, pour faire qu'il ne nous foit rien changé ni diminué, en tout ce qui a été convenu pour fes avantages, ainfi qu'il nous eft ordonné. Ce Prince témoignant tant de refpect, & de défir de s'attacher à la France, qu'il merite les graces & la protection de leurs Majeftés; & puis il eft d'ailleurs fi confidérable dans l'Empire, que fon amitié ne peut être que fort utile.

Si les affaires viennent au point que l'on puiffe refoudre le tems de la ceffation des hoftilités, & ce qui doit demeurer à chacun, nous ne fouffrirons pas qu'il foit rien changé en ce qui a été propofé, & comme arrêté fur ce point entre les Miniftres d'Efpagne & nous.

Nous vimes hier les Ambaffadeurs de Suéde, & ayans parlé enfemble des affaires de Madame la Landgrave de Heffe, nous fimes refoudre, que la premiere chofe, dont on traitera avec les Impériaux, fera touchant ce qui regarde fa fatisfaction. En quoi on lui procurera tout le contentement & l'avantage poffible, felon le defir de leurs Majeftés.

Les Miniftres de Suéde paroiffent toujours être dans les mêmes fentimens, que nous avons mandé par notre précedente Dépêche, c'eft à dire défireux de la conclufion. Ils difent que Monfieur le Maréchal de Turenne s'éloignant du Rhin, ils ne pourront pas longtems foutenir feuls les affaires. Que l'Empereur a déja une puiffante armée; fon nouveau Général Melander ayant aporté beaucoup d'ordre parmi les gens de Guerre Impériaux, & fait de bons réglemens, qui ont notablement renforcé fes Troupes. Que le Duc de Baviére fait toujours de nouvelles levées, qui leur donnent ombrage. Que le Roi d'Efpagne n'ayant plus rien à craindre de Meffieurs les Etats peut faire paffer du fecours en Allemagne. Ils inférent delà, que fi l'on différe longtems de faire la Paix, il s'y verra de grands changemens. Nous témoignons de n'avoir pas moins de volonté de conclure qu'eux, pourvû que l'Empereur & les Princes de la Maifon d'Autriche s'abftiennent de faire la Guerre au Roi, fous prétexte d'affifter le Roi d'Efpagne; que fans cela nous ferions mal confeillés de reftituer tant de Païs, que nous occupons dans l'Empire, & de donner aux Archiducs d'Infpruck de notables fommes d'argent, fi on le doit employer contre nous.

Monfieur Salvius a bien fait paroître, que la retention du fubfide le touchoit au vif, c'eft pourquoi nous fupplions très-humblement Sa Majefté de nous ordonner de quelle façon, nous en devrons parler aux Plénipotentiaires de Suéde, d'autant que c'eft un moyen pour les porter à ce que nous pourrons défirer, & fans lequel il eft à craindre, qu'ils ne nous confiderent que fort peu. Quand nous entrerons en matiere avec eux, nous verrons encore avec plus de certitude quelle eft leur veritable intention, que ces Meffieurs nous cachent fouvent ou nous déguifent autant qu'ils peuvent.

Quand les Médiateurs nous ont aporté le pro-

jet du Traité de l'Empire, qui eft la feule fois que nous les avons vû cette femaine, ils n'ont parlé des affaires d'Efpagne que fort legerement, par occafion & avec froideur. Ce qui nous a obligé d'y demeurer auffi de notre part.

MESSIEURS

les

PLENIPOTENTIAIRES,

A Monfieur le Comte de

BRIENNE.

A Munfter le 24. Juin 1647.

Touchant le Portugal. Ceffions des trois Evêchés & de l'Alface. On cherche de detourner un Député Tranfilvain d'aller à Paris. Prétentions fur la Comté de Ferrette. Affaires d'Allemagne. Et d'Italie. Suite du fiege de Lerida. L'armée de Turenne s'avance vers Flandres.

MONSIEUR,

NOus avons un grand reffentiment de l'honneur de la confiance qu'il plaît à Sa Majefté de prendre en nous; mais nous avons peine à nous fervir de la facilité qu'elle a eû agréable d'aporter au different de l'affiftance du Portugal, ainfi que vous verrez dans notre Mémoire. Et pour ce qui regarde la liberté de Dom Edouard, il n'a été omis jufques à préfent aucun foin pour la lui procurer; nous y ferons à l'avenir toutes fortes d'efforts.

Nous avons envoyé à Monfieur de Servien copie des ceffions, & renonciations, que les Impériaux prétendent faire au Roi, tant des trois Evêchés que de l'Alface, afin d'avoir fon avis fur ce qui eft à défirer. Ils ont ajoûté en celle des Evêchés au mot *Diftrictus*, celui de *temporales*, comme ils avoient fait ci-devant, lorfque tous trois enfemble, nous arrêtames avec eux la fatisfaction de la France. Nous fimes alors retrancher ce mot, ainfi qu'il eft remarqué dans les Apoftilles, qui font aux marges de l'Ecrit, que nous envoyames en ce tems-là.

Nous crûmes avoir beaucoup fait, & il plût à leurs Majeftés d'agréer le fervice que nous leur avions rendu en cela. Il feroit à fouhaiter fans doute que l'on pût faire encore davantage; mais il n'eft pas facile de changer les chofes une fois arrêtées, principalement en cette conjoncture: & comme nous fommes bien refolus de

faire

faire tout ce qui nous sera possible pour obtenir le mieux, aussi est il bien vrai, que nous ne nous relâcherons point de ce qui a été accordé au Roi, & que pour le moins l'on demeurera aux termes, dont on a été ci-devant convenu.

On cherche de détourner un Député Transilvain d'aller à Paris.

Nous avons essayé d'empêcher le Député du Prince de Transilvanie d'aller à la Cour, & quand nous l'y avons vû resolu, nous avons fait ce qui s'est pû, pour retarder au moins son voyage, esperant qu'il arriveroit quelque chose qui l'en détourneroit tout à fait; mais il a dit avoir ordre de son Maître, & une Lettre de créance. Nous sommes obligés de vous marquer, que nous ne lui avons pas promis de comprendre son Maître au Traité comme Allié de la France; ce qui sembleroit emporter quelque obligation, mais seulement de le mettre parmi les autres Princes, qui seront nommés comme amis, de la part de Sa Majesté.

Prétensions sur la Comté de Ferrette.

Monsieur de Caumartin a eû raison de s'opposer à ce que les droits de la Comté de Ferrette ne soient diminués, que ladite Comté est enclavée dans ce qui doit demeurer au Roi pour sa satisfaction, & fait partie du Suntgaw.

Ce que ledit Sieur de Caumartin a écrit touchant le fait des Grisons est aussi fort à propos, & nous nous y conformerons, s'il se peut, quand on sera en termes de traiter sur ce point.

Affaires d'Allemagne.

Pour la plainte de ceux de Biberac, & de quelques Villes Impériales, de ce qu'on met dans leur Magistrature la moitié de Luthériens, elle est juste & bien fondée, mais l'Empereur y ayant donné son consentement, si de la part de la France on vènoit à agiter cette question, on ne gagneroit rien pour les Catholiques, & on aideroit les Protestans.

Et d'Italie.

En parlant aux Ministres de Mantouë nous essayerons de découvrir, quel est le dessein de leur Maitresse, dans les levées qu'elle a faites à l'insçu de leurs Majestés.

Le Sieur de Lumbre ayant ménagé les choses au point qu'on les pouvoit desirer dans Liége pour l'Election prochaine du Magistrat qui se fait à la Saint Jaques, a besoin d'aller faire un tour en France pour ses affaires Domestiques. Nous vous supplions de lui vouloir procurer les avantages que méritent ses bons services, & qui le peuvent obliger à les continuer à l'avenir.

Suite du siége de Lérida.

L'armée de Turenne s'avance vers Flandres.

Nous vous rendons graces très-humbles des nouvelles dont il vous plaît nous donner part, & notamment de celles du siége de Lerida, & de l'aproche de l'armée que commande Monsieur le Maréchal de Turenne, esperant de voir bientôt du changement dans les affaires, & les Espagnols autant humiliés, qu'ils paroissent à cette heure pleins d'esperance. Nous sommes &c.

MEMOIRE

De Messieurs les

PLENIPOTENTIAIRES

ENVOYE' EN COUR,

Le vingt-quatriéme Juin 1647.

Affaires du Portugal. Elles retardent la Paix avec l'Espagne. Tous souhaitent la Paix de l'Empire. Bonne inclination de la Reine Christine pour la France. Et de plusieurs Princes d'Italie qui s'attachent à la France. Les Plénipotentiaires François cherchent à reformer le Projet des Impériaux. Touchant la satisfaction de la Landgrave. Leurs soins en faveur du Palatin. Et des autres Princes Allemands. Comme aussi des Protestans. Mais sur tout pour la satisfaction de la France. Affaires de Baviere. Bonne intelligence entre les Impériaux, & les Suédois. Les Suédois prétendent le payement des Subsides.

L'On aura vû par notre Dépêche du dixiéme de ce mois, comme celle de la Cour du vingt-cinquiéme du mois passé nous a été renduë cinq jours plus tard que l'Ordinaire n'arrive à Munster. Ce qui s'est fait à cause du tour qu'elle a pris par Cologne, d'où nous viennent tous les pacquets que nous recevons de Sa Majesté, depuis qu'elle est à Amiens, qui ne nous sont rendus que deux jours après ceux de l'Ordinaire, & celui du vingt-cinquiéme Mai tarda encore plus que les autres.

Affaires de Portugal.

Les raisons, que l'on a eûs de la Cour d'insister que l'Article de l'assistance du Portugal fût bien & clairement expliqué, sont fort importantes, & il n'a aussi rien été oublié de notre part pour emporter cela sur les Espagnols, connoissans bien que la Paix en seroit plus assurée, & que même l'on en pourroit tirer à l'avenir d'autres avantages; mais ils en font une affaire si dangereuse pour eux, qu'ils l'estiment de plus grande conséquence, que l'autre prétension touchant la Trêve, & ainsi nous ne voyons présentement aucune apparence de pouvoir gagner ce point-là. D'autre côté nous sommes bien empêchés à juger le tems qui sera propre pour faciliter cette affaire, suivant les ordres

1647.

ordres & le pouvoir qu'il a plû à leurs Majestés de nous en donner. Nous remarquons que Peñaranda s'est contenté ci-devant de refuser absolument la Trêve de Portugal, & qu'aujourd'hui il en fait autant de l'explication de l'assistance, sans proposer aucun moyen, ni temperament, sinon de mettre l'Article en termes généraux; ce qui s'est dit de limiter le secours, étant venu des Médiateurs. Avec cela il continuë dans le dessein d'aller à Spa; & Monsieur Contarini nous parlant ces jours passés des autres Articles du Traité, & disant, qu'il croit que les Espagnols se porteroient à y consentir, a témoigné, qu'il trouvoit du changement en eux sur le fait du Duc Charles, mais qu'il esperoit, que s'en étant déclarés aux Ambassadeurs de Messieurs les Etats, on trouveroit moyen de les y faire revenir.

Elles retardent la Paix avec l'Espagne.

Ce dernier point est de si grande conséquence, que d'y vouloir maintenant aporter de la difficulté, c'est faire voir évidemment qu'ils n'ont point de disposition à la Paix, au moins s'ils y persistent; pouvant bien être que durant la Campagne, ils se veulent tenir plus reservés sur ce sujet, comme il est dit par le Mémoire du Roi, & qu'à la verité il n'y a nulle apparence, que ceux qui sont contraints de céder leurs propres Etats pour avoir la Paix, voulussent insister jusques au bout pour ceux d'autrui, si ce n'est avec dessein de s'en servir pour prétexte de rompre la Négociation.

Quoiqu'il en soit, la saison ne paroît guéres favorable pour nous ouvrir de ce qui nous est mandé. Si la condition que nous demandons à l'Empereur de n'assister pas le Roi d'Espagne, ou quelque succés des armes du Roi, dont nous voyons, Dieu merci, une esperance prochaine, font un peu changer la conduite des Espagnols, nous ne perdrons pas ici l'occasion de faire considérer les bonnes intentions de leurs Majestés, en facilitant la conclusion de la Paix, autant qu'il nous sera possible, & nous pouvons dire qu'il ne peut rien arriver de plus agreable aux deux Assemblées, où toutes choses conspirent à l'établissement du repos public, & ce avec beaucoup d'impatience, ensorte qu'il n'y a point d'Ambassadeur ni de Député qui ne s'informe curieusement des causes qui retardent la Paix d'entre la France & l'Espagne, chacun disant, qu'il n'y en peut avoir une assurée dans l'Empire, si les deux Couronnes demeurent en Guerre. Cette opinion fait, qu'autant de personnes qui ont à faire à nous, pour l'intérêt de divers Princes d'Allemagne, sur ce qu'ils savent que nous travaillons au Projet du Traité, autant il y en a qui essayent de s'entremettre de nos differents avec l'Espagne. Nous avons cette consolation, que pas un d'eux n'aprouve la nécessité, que Peñaranda veut imposer aux Troupes Auxiliaires de France, de ne sortir point de Portugal: mais à la verité ils jugent tous que si la liberté d'y envoyer du secours est indéfinie, les Espagnols ont sujet d'aprehender que le Roi y fasse passer de si grandes forces, que toute la Guerre ne fût transportée dans le cœur de l'Espagne.

Tous souhaitent la Paix de l'Empire.

Bonne inclination de la Reine Christine pour la France.

Nous voyons par toutes les Lettres du Sieur Chanut la bonne inclination, que la Reine témoigne avoir pour la France; mais il faut avouer, que ni au fait de l'Evêché d'Osnabrug, ni aux autres choses, qui se sont ici passées, nous n'avons pas connu, que ses Ministres ayent tous eû l'égard qu'ils devoient à ses ordres. Ce qui ne s'est pas remarqué en Monsieur Oxenstiern seulement, mais en Monsieur Salvius même. Nous estimons néanmoins qu'il

Tom. IV.

est très-avantageux de conserver la bonne volonté de cette Reine, qui, quoiqu'elle ne paroisse pas avoir tout le pouvoir qui seroit à désirer, peut empêcher au moins les resolutions; qui se pourroient prendre en Suéde au préjudice de la France.

L'on ne manquera pas à la premiere occasion, qui se presentera de faire connoître aux Médiateurs, que nos Parties s'éloignans des moyens d'un prompt accommodement, il pourra bientôt arriver que la France augmentera ses prétentions, particulierement dans les affaires de Catalogne, & de Portugal.

Et de plusieurs Princes d'Italie, qui s'attachent à la France.

Nous avons eû beaucoup de joye d'aprendre que plusieurs Princes en Italie s'attachent de nouveau aux intérêts de la France. Ce qui ne peut produire que de très-bons effets, soit dans la continuation de la Guerre, ou même dans le Traité de la Paix.

Les Plénipotentiaires François cherchent à reformer le Projet des Impériaux.

Nous entrons souvent en Conférence avec les Ambassadeurs de Suéde, afin de reformer le Projet qui nous a été donné par les Impériaux, & d'ajuster toutes choses ensemble pour rendre nôtre Traité & le leur conformes, autant qu'il se pourra.

Touchant la satisfaction de la Landgrave.

Nous ne laissons pas cependant d'agir pour nos Alliés, ayant fait depuis peu une vive instance aux Impériaux pour la satisfaction de Madame la Landgrave. Nous demandons qu'elle ait la Succession du Landgrave Louïs, qui est depuis longtems contentieuse entre les Maisons de Hesse-Cassel, & Darmstad; à la reserve d'une partie qui demeurera à ce dernier, s'il veut consentir; sinon elle sera mise & maintenuë en sa possession par l'Empereur, & les Etats de l'Empire, outre qu'elle doit avoir quatre Bailliages dans la Comté de Schomberg, & de plus un million de Risdalles. Les Impériaux ont dit que pour le fait de la Succession, ils en parleroient au Député du Landgrave de Darmstad, & sur ce point-là il y a lieu d'esperer, qu'il pourra être arrêté du consentement de Madame la Landgrave. Mais ils prétendent qu'elle se doit contenter d'ailleurs des quatre Bailliages de la Comté de Schomberg, qu'ils font valoir beaucoup, & de six cens mil Risdales qu'on lui accorde, en lui laissant des Terres engagées, jusques à l'entier payement.

Lettres joint en faveur du Palatin.

Nous avons aussi fort travaillé pour la cause Palatine, & quoique les Plénipotentiaires de Suéde ne se puissent empêcher de témoigner de l'aversion, & une mauvaise volonté contre l'Electeur de Baviére, nous esperons pourtant que les choses demeureront aux termes qu'elles ont été arrêtées à Osnabrug.

Et des autres Princes Allemands.

Les affaires du Marquis de Bade, & celles du Duc de Wirtemberg nous ont aussi occupé.

Comme aussi des Protestans.

Nous envoyons la copie de deux Projets, qui nous ont été délivrés par les Médiateurs, de la part des Impériaux. On y trouvera de la différence; parce que l'un a été donné par Monsieur le Nonce, & dans celui-là, il n'est point parlé des affaires des Protestans, & il y a même des choses couchées & énoncées autrement qu'elles ne doivent être. Et l'autre a été délivré par Monsieur Contarini. Il y a beaucoup à changer, & à reformer en tous les deux, à quoi nous travaillons presentement, & ferons ensorte, qu'en l'un & l'autre il n'y aura ni diversité, ni contrarieté, mais seulement quelques choses omises en celui qui passera par les mains du Ministre du Pape, avec clause néanmoins que lesdites omissions ne pourront nuire. Les Suédois qui avoient été en peine de cette diversité, sont demeurés satisfaits, quand nous leur avons dit, que nous en userions

ainsi,

1647.

ainfi, & les Princes & Etats de l'Empire, qui avoient eû la même peine, ont témoigné l'agréer.

Quand on aura fait les obfervations néceffaires fur lefdits Projets, & que le tout aura été mis en meilleure forme, nous en envoyerons des copies, & fur tout nous aurons l'œil à ce qui regarde la fatisfaction de la France, où nos Parties ayant aporté quelque changement, cela nous rendra d'autant plus hardis à nous expliquer, & effayer d'étendre, s'il fe peut, les droits du Roi, en ce qui lui doit demeurer. En tout cas il eft bien affuré, que nous ne fouffrirons pas qu'il foit rien diminué de ce dont on eft convenu, & qui a été redigé par écrit dès le mois de Septembre dernier.

Le Duc de Baviére ayant été averti par fes Ambaffadeurs, que les Plénipotentiaires de Suéde prétendoient avoir la premiere place dans le Collège des Princes de l'Empire, & qu'ils revoquoient en doute tant la confirmation de l'Electorat en fa Maifon, que la retention du haut Palatinat, leur a envoyé ordre de préfenter aux Etats de l'Empire un certain Ecrit, duquel les Plénipotentiaires de Suéde s'étant piqués, nous en ont fait grande plainte. Nous nous fommes employés vers les uns & les autres, pour pacifier ce différend, faifans connoître aux Suédois, que le Duc de Baviére étant en fufpenfion avec les Couronnes, elles devoient porter fes intérêts, & que ne le faifant pas, c'étoit agir felon l'intention des Impériaux, qui font animés contre ledit Electeur, que d'ailleurs ils menacent de le folliciter de rentrer dans leur parti, à quoi le mauvais traitement, qu'il recevroit des Couronnes le pourroit engager de nouveau. Nous avons dit auffi à l'Ambaffadeur de Baviére, qu'il ne devoit pas avoir préfenté cet Ecrit, fans nous en donner avis, & que nous euffions effayé de procurer à fon Maître tout contentement auprès de nos Alliés. Il s'eft excufé fur l'ordre précis, qu'il en avoit reçu, & a témoigné vouloir vivre avec refpect, & toute bonne correfpondance envers la Suéde, pourvû que fon Maître en reçût tous les bons offices, qu'il en devoit raifonnablement attendre; deforte que l'affaire eft aujourd'hui en meilleur état, & nous efperons faire enforte que les Suédois appuyent plutôt les intérêts dudit Duc, que ceux de l'Empereur, quoique nous aurons de la peine à gagner cela fur eux.

Mais nous ne devons pas manquer de donner avis que le Baron d'Azenlang nous a dit en confidence, priant de ne le point nommer, & de tenir la chofe fecrete, que le Comte de Trautmanfdorff lui avoit dit, que les Plénipotentiaires de Suéde s'étoient offerts de faire une fufpenfion particuliere avec l'Empereur, & de rompre celle qu'ils ont avec Baviére. Nous témoignâmes audit Ambaffadeur, que c'étoit une invention de nos Parties pour nous brouiller enfemble; que nous étions affurés de la fidélité des Suédois, & qu'il devoit croire, que la France avoit en telle recommandation les intérêts de Monfieur le Duc de Baviére, qu'elle ne fouffriroit jamais qu'on lui fît aucun tort.

Encore que nous n'ajoutions pas une entiere creance à ce difcours, il ne laiffe pas pourtant de nous donner de la peine, vû même qu'il paroit un concert entre les Impériaux & les Suédois, en ce que ceux-ci nous ont déclaré qu'ils fe contenteroient pour la fatisfaction de leur Milice, de mettre un Article au Traité, par lequel il feroit reconnu qu'elle eft due, & que pour le payement ils en conviendroient après entr'eux, ce qui donneroit lieu à l'Empereur de demeurer armé tant que la Milice Suédoife fera fur pied. Quelqu'un d'ailleurs nous a raporté que le Comte de Trautmanfdorff avoit dit que la Paix fe feroit dans l'Empire malgré ceux qui ne la défiroient pas. Nous effayerons de tirer le plus de lumiere que nous pourrons fur cela, & cependant nous n'avons pas jugé devoir différer d'en donner avis à leurs Majeftés.

Monfieur Salvius nous a parlé fouvent du fubfide, & de plus Monfieur Oxenftiern l'a fecondé, & tous les deux nous ont voulu engager à leur donner parole, qu'il leur feroit payé; ce que nous n'avons pas fait, leur ayant feulement dit que nous en avons écrit.

MESSIEURS

Les

PLENIPOTENTIAIRES

à Monfieur le Comte de

BRIENNE.

A Munfter le 30. Juin 1647.

Retardement des Dépêches. On les preffe pour finir le Traité de l'Empire. Affaires de Mantouë. Et de Baviére.

MONSIEUR;

NOus vous avons déja donné avis que les Dépêches nous arrivent plus tard de deux jours, depuis que leurs Majeftés font à Amiens, que celles que les particuliers reçoivent du même lieu par l'Ordinaire. Si la Cour ne changeoit bientôt de demeure, nous vous fupplierons de commander qu'on leur donnât une autre adreffe qu'à Cologne, d'où elles nous viennent ici.

Le Traité d'Efpagne ne nous donne aucune occupation, mais celui de l'Empire eft fort preffé par les Suédois, & par les Princes & Etats de l'Empire, qui concourent tous en cela avec les Miniftres de l'Empereur, & nous accufent comme fi nous étions caufe du retardement de la Paix en Allemagne. Nous difons que leurs Majeftés ont affez fait connoître le grand defir qu'elles avoient de l'y établir par toutes les facilités, qu'elles y ont aportées; mais qu'il n'eft pas raifonnable d'exiger de nous, que nous procurions la Paix à ceux qui declarent en même tems, qu'ils nous veulent continuer la Guerre, quoique fous un autre nom, & que ce ne feroit pas un effet de prudence de fe défaifir de tant de Païs & de Places que nous occupons, & de fournir de grandes fommes aux

Archi-

1647.

Archiducs d'Infpruck, pour nous faire la Guerre, puis qu'eux n'étant pas moins de la Maifon d'Autriche que l'Empereur, auroient le même droit d'affifter le Roi d'Efpagne contre nous. Comme ces raifons font puiffantes on a de la peine à ne les pas confiderer, mais en un lieu où la Paix eft fi ardemment défirée; tout ce qui femble la retarder déplait. Nous faifions voir qu'elle ne peut être affurée, fans la condition que nous demandons, & que l'Empire ne fera jamais en repos, tant que l'Empereur prêtera fon nom, fon autorité & fes forces aux deffeins ambitieux de la Maifon d'Efpagne, c'eft ce qui s'agite le plus à préfent dans cette Affemblée.

Affaires de Mantouë. Les Miniftres de Mantouë ont dit avoir eû charge de leur Maitreffe, de nous donner part de l'armement qu'elle fe difpofoit de faire, à caufe du différent qu'elle a avec le Duc de Parme, & s'accufent eux d'avoir été trop negligens à nous en parler, difans préfentement qu'ils ne font pas affurés fi cet armement continuera. Ce qui les a rendus moins foigneux, eft que l'abfence de la Cour aura été caufe que leurs Collegues, qui font en France auront fait la même chofe.

Et de Baviére. Le différend de Monfieur l'Electeur de Baviére avec les Plénipotentiaires de Suéde, pour la feance, eft terminé. Nous lui avons rendu de bons offices; & fans entrer en aucune conteftation avec lesdits Plénipotentiaires, nous avons fait enforte qu'ils ont déclaré qu'ils fe contenteroient de la cinquiéme place, foit au Banc des Ecclefiaftiques, ou des Princes Seculiers, dont ils n'ont pas encore fait élection. Nous porterons en tout autres rencontres les intérêts dudit Electeur, comme il nous eft ordonné.

Il refte, Monfieur, à vous rendre de trèshumbles graces des nouvelles dont vous nous faites part, & à vous fupplier de nous continuer la même faveur, & de croire que nous fommes. &c.

M E M O I R E

De Meffieurs les

PLENIPOTENTIAIRES,

ENVOYE' EN COUR

Le 30. Juin 1647.

Les Suédois preffent pour la Paix de l'Empire. Les François au contraire, à moins que le Traité avec l'Efpagne ne foit conclû. Soupçons contre les Suédois. Mouvement des armées de Suéde. Sur l'affaire des fubfides. Les Efpagnols gardent le filence. E-

tat de l'affaire de Bensfeld. *1647.* Bon état des armées de France. L'Empereur veut fe referver d'affifter l'Efpagne. Affaire de Baviere touchant la feance.

IL eft vrai que les points qui font encore indécis peuvent faire différer longtems la conclufion du Traité de l'Empire. Mais il eft vrai, que les Plénipotentiaires de Suéde nous preffent extrémement, & témoignent avoir grand defir, & grande hâte de le finir. Le Sieur Efcken les a vus à Ofnabrug, avant qu'ils en foient partis pour venir en cette Ville. Ils l'ont auffitôt renvoyé à Monfieur Koningsmarck, & delà à Monfieur Wrangel. Pour Bensfeld, il ne fe voit aucune difpofition à ces Meffieurs de le demander, quoique nous en ayons parlé fouvent en particulier à Monfieur Salvius, & fans doute cela n'arrêtera pas les affaires. Quant à la fatisfaction de la Milice Suédoife, c'eft avec beaucoup de raifon, que l'on juge que ce point étant fi difficile à ajufter, & plus encore à trouver les moyens de l'execution, il ne devroit pas être fitôt terminé. Nous avons vû même, par les dernieres Lettres du Sieur Chanut, que la Reine de Suéde & fon Confeil à Stockholm, entendent qu'il foit refolu & arrêté de tout point avant que de conclure la Paix, & que leur prétention eft telle, que nous n'eftimons pas que l'on y pût jamais fatisfaire, ayant été parlé de dix Monftres. Mais lesdits Sieurs Ambaffadeurs nous ont déclaré plufieurs fois, qu'ils fe contenteront de convenir, que la fatisfaction foit donnée en la maniere, qu'il eft porté par un Article fort court, dont la copie fera mife en la marge, & qu'ils s'accorderont après avec les Impériaux *de quantitate & modo.* Ce font leurs paroles. Enfin ils difent que cela n'empêchera pas la fignature du Traité, foit qu'ils faffent cette déclaration, pour nous preffer encore davantage, & pour reconnoître, fi nous avons la volonté d'achever promptement, foit qu'en effet il y eût fur cela quelque concert entr'eux & les Impériaux.

L'on a jugé très-prudemment à la Cour, que l'on doit fur tout éviter, qu'il paroiffe que l'intention de leurs Majeftés foit de faire marcher les deux Traités d'un même pas, & que les difficultés ne doivent pas venir de la part de la France, mais naître dans les chofes mêmes, fans qu'elles paroiffent recherchées. Nous effayons de regler ici toute notre conduite felon ce deffein, témoignans aux Suédois, que nous n'avons pas moins de volonté, qu'eux de finir promptement. Et puifque la Reine nous a fait l'honneur de favoir nos fentimens, ils feroient bien de continuer la Guerre en Allemagne, fi le Traité d'Efpagne ne fe fait point, eftimans que la crainte de la ruine entiere de l'Empereur, feroit un puiffant motif au Roi d'Efpagne, pour le porter à faire la Paix, & à nous accorder les conditions qu'on défire de lui. Nous ne voyons aucun moyen plus efficace, pour y porter les Suédois, que la continuation du fubfide, & de tenir toujours une armée deça le Rhin; mais comme il eft incertain en l'état où font les affaires, s'ils voudroient s'accommoder à nos deffeins, & qu'il peut arriver que nous ferions obligés de les fuivre, & de nous laiffer conduire par eux, notre opinion eft en ce cas, qu'il vaut bien mieux conclure le Traité prefentement avec eux, s'il

Q 3

en

en faut venir là, que de courir le hazard de leur laisser prendre une déliberation semblable à celle des Hollandois. En quoi nous sommes d'autant plus confirmés, que nous voyons, qu'on juge par delà, que la Paix d'Allemagne ne mettroit pas les Espagnols en état de souhaiter la continuation de la Guerre avec la France, quand même l'on auroit pû convenir avec l'Empereur qu'il ne les assisteroit pas.

Soupçons contre les Suédois.

Toutes les considerations, qui sont au Mémoire, toute cette obligation qu'on désire de l'Empereur, nous semblent très-bien fondées, & nous avons resolu de persister sur ce point jusques au bout, n'y ayant pas d'apparence, que les Plénipotentiaires de Suéde voyant la Reine si bien intentionnée envers la France, se portent jamais à aucun manquement. Toutefois, pour ne rien dissimuler aussi de la verité, quand nous faisons réflexion sur leur conduite passée, & sur ce qu'ils ont déclaré depuis deux jours aux Députés de Madame la Landgrave, qu'ils vouloient sortir d'affaires, lorsque sa satisfaction sera arrêtée, nous avons quelque sujet d'être sur nos gardes.

Ce qui accroît cette jalousie, c'est un discours ordinaire en la bouche de Monsieur Oxenstiern, qui se plaint & dit que l'Alliance est finie, puis qu'on ne se tient plus obligé au subside, & que l'on a retiré l'armée de l'Allemagne.

On lui répond que la France a été si ferme dans les intérêts de la Couronne de Suéde, qu'elle a fait la Guerre pendant dix mois conjointement avec elle, jusques à ce qu'ils ayent été entierement arrêtés; que l'on l'a même continuée, en un tems où il ne s'agissoit que de certaines choses, auxquelles on n'étoit nullement obligé, & de plus choquoient en quelque façon l'honneur & la reputation de la France; que l'on n'a jamais cessé, que le Duc de Baviére n'ait été enfin reduit de traiter avec eux; que par ce moyen on a rendu inutiles à l'Empereur les seules forces, contre lesquelles on a toujours désiré que nous fussions opposés. Que nous n'avons jamais voulu achever nos affaires, sans qu'ils eussent eû un entier contentement, quelque sollicitation qui nous ait été faite. Ce qui fait voir la fidelité & constance, que l'on a euë pour la Suéde, même au delà des obligations, & qu'enfin Monsieur Oxenstiern n'a pas ci-devant desaprouvé, que l'armée du Roi, repassât le Rhin; ayant même dit, qu'il croyoit qu'elle ne s'éloigneroit pas beaucoup de l'Allemagne. Quand il entend ces raisons, il semble, qu'il en soit persuadé, & ne peut repliquer, mais l'inégalité de son esprit, & les instances d'achever le Traité, qui lui sont faites par les Impériaux, & les Protestans même nous donnent de la peine. L'on peut joindre à cela ce qui nous a été dit par les Députez de Madame la Landgrave, que depuis peu il a reçu des Lettres de Monsieur le Chancelier son Pere, qui le portent à presser l'accommodement sur ce qu'ayant été soupçonné en Suéde de ne vouloir pas la Paix, il veut faire voir le contraire.

Mouvement des armées de Suéde.

L'on tient ici l'armée de l'Empereur en assez bon état; les Plénipotentiaires de Suéde veulent qu'on la croye puissante, & font sonner haut les forces qui s'assemblent contr'eux, mais cela n'a pas empêché Monsieur Wrangel de marcher vers la Bohême, & Koningsmarck s'arrête à prendre les Places de l'Evêque d'Osnabrug, quoiqu'il soit dit par les Préliminaires, qu'on n'entreprendra rien dans ledit Evêché. Ce qui fait voir que les Suédois ne sont pas fort pressés, & que Monsieur Wrangel croit avoir assez de forces, pour s'opposer aux Impériaux.

Quant au subside, il est bien vrai, que s'il n'y a quelque accommodement à prendre, on aura plus d'avantage d'en traiter avec la Reine de Suéde, qu'avec ses Ministres; mais il est à craindre d'un autre côté que Monsieur Salvius, qui en a toujours eû la direction, & qui y trouve, peut-être, quelque utilité, ne croye que tout ce que l'on lui dira ici, n'est qu'une défaite, & qu'il ne s'y rende plus difficile, & moins favorable à ce que nous désirons. Pour l'affaire en soi, il sembleroit que si la Paix se doit faire promptement, il n'y auroit aucune nécessité de payer le subside, si ce n'étoit que l'on en retirât d'ailleurs quelque notable avantage; mais si l'intérêt de la France retarde la conclusion du Traité, il sera bien malaisé de ne l'accorder pas pour le terme échû, & pour autant de tems que la Guerre continuera.

Sur l'affaire des subsides.

Nous avons été bien aises d'avoir suivi les sentimens de la Cour, en ne faisant point d'ouverture, & ne nous relachant d'aucunes nouvelles choses envers les Espagnols. Ils s'en fussent sans doute enorgueillis; au lieu de se mettre à la raison, ils continuent dans leur silence, & nous dans la pensée, que les armes du Roi emportans bientôt quelque avantage sur eux, ils deviendront plus traitables. Le changement arrivé depuis en Angleterre produira aussi peut-être un bon effet, tant envers eux, que Messieurs les Etats.

Les Espagnols gardent le silence.

Nous avons apris avec joye que ce que l'on avoit ici de Cazal est peu de chose, & que le Marquis Mercurien a donné en cette rencontre de nouvelles preuves de sa probité. Nous ne manquerons pas de parler aux Ministres de Mantouë conformément à ce qui nous est ordonné.

Nous avons déja marqué ci-dessus, que les Ambassadeurs de Suéde ne se témoignent pas fort échauffés de la proposition de Bensfeld. Monsieur Salvius même semble n'y trouver pas les dispositions convenables, & s'il ne vient des ordres de Stockholm, qui soient bien exprès, il y a peu d'aparence que cette affaire reüssisse. Nous en avertissons le Sieur Chanut, afin qu'il reveille le Comte de la Garde sur une chose où il a le principal intérêt.

Etat de l'affaire de Bensfeld.

Le bon état où est présentement l'armée du Roi nous rejoüit, & soulage la crainte, que nous donneroit autrement la nouvelle, qui est venue ici depuis peu, & dont nous ne savons pas encore le détail, que l'armée d'Allemagne a repassé le Rhin.

Les Ministres de Baviére, qui sont ici nous parlent du point de l'assistance de l'Empereur au Roi d'Espagne, en la sorte que font leurs Collegues à la Cour, mais ils ne sont pas secondés, & il est vrai, que quasi tous les Députez des Princes & Etats de l'Empire tiennent un autre langage. Tous ceux qui pour avancer la Paix disoient, il y a quelque tems, que les affaires de l'Empire n'avoient rien de commun avec celles d'Espagne, favorisent à cette heure le refus que fait l'Empereur, croyant que notre demande retarde la conclusion du Traité.

L'Empereur veut se réserver d'assister l'Espagne.

L'Electeur de Baviére n'a plus rien à démêler au fait de la seance avec la Couronne de Suéde.

Les Plénipotentiaires nous ont dit qu'ils se contenteroient de la cinquiéme place, soit dans le Banc des Ecclesiastiques, qui étoit celui de l'Archevêché de Bremen, qui fait partie de leur satisfaction, soit dans celui des Princes Seculiers.

Ii

1647.

Il peut bien être que le Sieur de Rosenhan ait tenu le discours au Comte de Trautmansdorff dont l'on a reçu avis, puisque les Plénipotentiaires de Suéde croyent la même chose & s'en laissent entendre aisément. Nous ne laisserons pas d'en faire quelque plainte audit Sieur de Rosenhan, & de l'obliger à prendre garde plus soigneusement à ses paroles.

MESSIEURS

Les

PLENIPOTENTIAIRES

à Monsieur le Comte de

BRIENNE.

A Munster le 7. Juillet 1647.

Differend qu'a eu le Ministre de France à Cassel.

MONSIEUR;

Differend qu'a eu le Ministre de France à Cassel.

LA derniere Dépêche de la Cour ne nous a été renduë qu'aujourd'hui, desorte que nous n'avons pas eû le tems de la considérer, & d'y faire réponse par cet Ordinaire, nous étant contentés de rendre compte par le Mémoire de ce qui s'est fait en l'Assemblée pendant la semaine.

Le Sieur de Beauregard est en cette Ville depuis quelques jours. Il vous écrit le différend qu'il a eû à Cassel pour son logement, & ce qui est arrivé ensuite. Nous nous sommes étonnés de ce que les Ministres de Madame la Landgrave ne nous ont rien dit de cette affaire, ni fait aucune justification ou excuse; nous n'avons pas crû leur en devoir parler les premiers, & il n'eut pas été de la dignité du Roi, de renvoyer ledit Sieur de Beauregard à Cassel, sans qu'on lui ait fait satisfaction, vû même, que nous ne voyons aucun inconvenient, quand il n'y aura cependant aucun Ministre de la part de Sa Majesté, auprès de Madame la Landgrave. Ledit Sieur de Beauregard est une personne, dont la prudence & la moderation est connuë par les longs services, qu'il a rendus en Allemagne. Il attend ici le commandement de la Reine.

Nous vous supplions, Monsieur, de faire prendre sur cela une prompte resolution, & qu'il puisse être assuré de ce qu'il aura à faire; nous vous rendons graces au surplus de tous les soins que vous avez agreable de prendre pour nous, & nous sommes &c.

1647.

✦✦✦✦✦✦✦✦✦✦✦✦

MEMOIRE

De Messieurs les

PLENIPOTENTIAIRES,

ENVOYE' EN COUR

Le septiéme Juillet 1647.

Ils donneront le Projet pour avancer la Paix. Les Suédois insistent pour la satisfaction de la Landgrave. Affaires du Palatin. Sentiment des Suédois par raport aux assistances de l'Empereur pour l'Espagne.

NOus faisions état de mettre la semaine passée notre Projet entre les mains des Médiateurs, pour leur faire voir, & particulierement aux Suédois, que nous n'avons pas moins de volonté d'avancer la Paix, qu'ils en témoignent par tout. Mais eux-mêmes nous ont requis de surseoir, jusques à ce que la satisfaction de Madame la Landgrave fût terminée de tout point. Sur quoi nous voyons de perpetuelles inégalités dans l'esprit de Monsieur Oxenstiern, qui avoit déclaré dernierement aux Députez de Hesse, que les offres des Impériaux pour ladite satisfaction lui sembloient raisonnables, & qu'il étoit resolu de conclure la Paix, sans insister davantage sur les autres prétensions. Maintenant il nous propose de tenir ferme sur tout, à quoi nous les avons les premiers exhortés, & de plus il dit, que jusques-là, il ne faut point donner le projet. Cette proposition étant jointe aux pressantes instances desdits Députez, nous nous y sommes conformés, & avons fait savoir à Messieurs les Médiateurs, que nous ne voulions pas délivrer le Projet, qu'après qu'on auroit conclu les affaires qui regardent Madame la Landgrave. Monsieur Contarini nous fit hier réponse, que les Impériaux appellent cela un retardement affecté, lequel ils ont mal reçu, ne se plaignans pas moins des Plénipotentiaires de Suéde, que de nous: ainsi nous continuons en toutes rencontres, la conduite, qui nous a été ordonnée, puisqu'au lieu de faire paroître, que nous avons dessein de retarder la conclusion du Traité de l'Empire, il n'a tenu qu'à nos Alliez, que nous n'ayons mis en main aux Impériaux, dequoi sortir promptement de tout le reste des affaires. Mais comme cette piéce est attenduë avec grand désir de toute l'Assemblée, si nous voyons qu'un plus long délai pût aporter du préjudice, ou que les Suédois changeassent encore d'avis, comme ils pourront bien faire, nous la donnerons aux Médiateurs.

La surseance que Monsieur Oxenstiern nous a demandée en faveur des Hessiens, n'est pas la

seule

Ils donneront le Projet pour avancer la Paix.

Les Suédois insistent pour la satisfaction de la Landgrave.

1647.

feule marque de quelque variation en fa conduite, nous avons vû qu'il étoit difpofé de retourner à Ofnabrug, nonobftant les plaintes que le Comte de Trautmanfdorff en faifoit, & toutes les remontrances des Proteftans. Il vint même nous dire adieu, il y a quatre ou cinq jours, & dit qu'il laifferoit ici Monfieur Salvius. Mais comme il arrêta vingt & quatre heures pour tenir une Conférence avec nous, les Proteftans ont depuis gagné fur lui, qu'il demeurera encore ici pour quelque tems.

Affaire du Palatin.

Cependant il a été pris une refolution avec lefdits Ambaffadeurs touchant l'affaire Palatine, qui eft tout à fait conforme au défir de Monfieur le Duc de Baviére; car non feulement la premiere Dignité Electorale entre les Seculiers, demeure à fa Maifon, & à celle de fon frere, tant qu'il y aura des mâles, mais auffi tout le haut Palatinat, fans qu'il foit chargé du Doüaire de la Mere, ni de la Dot des Sœurs, ni de l'appanage des Freres de Monfieur le Prince Palatin.

Et de plus nous avons fait enforte que l'on a rayé l'Article, par lequel on vouloit obliger à y laiffer l'exercice de la Religion Luthérienne en l'état qu'il étoit en 1624. La Maifon Palatine doit renoncer pofitivement à leurs prétenfions au contraire : les améliorations dans le haut Palatinat font refervées aux heritiers des filles de la Maifon de Baviére, au défaut d'hoirs mâles, & enfin tout ce que les Miniftres de ce Prince ont fouhaité, le voilà conclu & mis par écrit du confentement des deux Couronnes : mais ils comprennent fort bien, que leur Maître en a toute l'obligation à la France, & promettent auffi toute fermeté, & bonne correfpondance de fa part dans les intérêts du Roi. La feule chofe qui refte à ajufter en cette affaire, eft que les Plénipotentiaires de Suéde y concourent, & nous effayerons de rejetter fur l'Empereur une partie des charges, dont il eft parlé ci-deffus. Ils ne veulent porter que ce qui regarde les Cadets du Prince Palatin, pour lefquels il doit fournir quatre cens mil Rifdalles. Mais comme le droit eft auffi acquis à la Doüairiere, & aux filles fur l'un & l'autre Palatinat, nous difons qu'à raifon de celui qui demeure au Duc de Baviére, il eft jufte que l'Empereur fe charge de la moitié du Doüaire, & de la Dot, puifqu'il s'acquite par ce moyen de treize millions. Il y a auffi quelque difference entre les termes dont les Suédois, & nous voulons ufer pour laiffer l'exercice de la Religion Catholique dans le bas Palatinat; mais cela fe paffe fans mécontentement de part ni d'autre, & nous efperons d'en convenir à la premiere vuë.

Sentiment des Suédois par raport aux affiftances de l'Empereur pour l'Efpagne.

Quand nous avons parlé avec eux fur le point de la liberté que l'Empereur fe veut referver d'affifter comme Archiduc le Roi d'Efpagne, entre autres difficultés, qu'ils y ont faites, ils ont dit que la fatisfaction de la France étant reglée depuis un longtems, elle n'avoit à défirer autre chofe en particulier, que ce dont on étoit convenu.

On leur a répondu, que le point de la fûreté avoit été remis comme étant un Article commun, & auquel l'intérêt des deux Couronnes ne fe peut divifer; que cela eft fi veritable, que lorfque la fatisfaction de Suéde a été arrêtée à Ofnabrug, il a été mis une claufe expreffe à notre requifition, que leur convention n'auroit lieu, qu'après que tous les intérêts de la France feront ajuftés, & fur ce on les a fait fouvenir qu'eux-mêmes ayant demandé alors quels pouvoient être ces intérêts on leur avoit dit nom-

1647.

mément l'obligation en laquelle l'Empereur doit entrer, fi le Traité d'Efpagne ne fe fait point, de n'affifter pas le Roi Catholique, & que la même chofe ne leur avoit pas été dite feulement en cette occafion, mais fort fouvent repetée, à quoi ils n'ont pû repliquer autrement, finon que l'on avoit bonne mémoire.

Comme cette difficulté eft l'entretien le plus ordinaire de toute l'Affemblée, & que nous avons effayé de détromper ceux qui n'en étoient pas bien inftruits, les Suédois & les Etats de l'Empire fe mettent à préfent en devoir de chercher les moyens de l'accommoder. Les uns difent qu'il faudroit limiter le fecours; d'autres ont propofé que l'Empereur pourroit s'obliger de ne donner aucune affiftance au Roi d'Efpagne, pourvû que le Roi promît de ne fe fervir point des Troupes de fes Alliés. Il a été dit auffi, que puis que le Roi fe veut conferver la liberté d'affifter celui de Portugal, il ne feroit pas jufte d'empêcher l'Empereur d'affifter le Roi Catholique contre le même Roi de Portugal.

Quoique de telles ouvertures ne fe faffent pas de la part des Impériaux, elles viennent néanmoins de ceux qui les voyent ordinairement; c'eft pourquoi nous avons eftimé en devoir donner avis, & que la voix commune eft contraire à nôtre prétenfion, chacun eftimant que la France doit accepter en cela quelque temperament. Quant à nous, nous avons dit par tout jufques ici que la Paix ne fe peut faire fans cette condition, & n'avons oublié aucunes des raifons que nous avons pû imaginer pour en faire connoître la juftice. Nous fupplions trèshumblement la Reine de nous faire favoir fa volonté, fi lorfqu'on viendra à la difcuffion de cet Article-là, nous devons demeurer fimplement dans les termes, où jufques à préfent nous avons perfifté, ou fi l'on pourra fe laiffer entendre fur quelques unes des ouvertures qui feront faites, vû principalement que nos Alliez, quoique mieux perfuadés de notre droit qu'ils ne le paroiffoient être il y a quelque tems, ne font pas affez affermis dans le fentiment qui feroit à défirer; qu'ils ne nous tiennent d'autre langage, finon qu'il faut faire la Paix, & qu'ils y font obligés, qu'ils ont dit & aux Impériaux & à d'autres que c'eft nous qui la retardons, & qu'il pourroit arriver telle chofe, qu'ils feroient prêts à prendre une refolution à notre préjudice.

Le Mémoire du Roi du vingt-neuviéme du mois paffé, a été fur les chemins plus longtems encore que les autres, & ne vient que d'être achevé de dechiffrer. Ce qui nous oblige d'en differer la réponfe au premier Ordinaire.

1647.

MESSIEURS

Les

PLENIPOTENTIAIRES,

à Monsieur le Comte de

BRIENNE.

Du 15. Juillet 1647.

*Les Espagnols ne se pressent pas
à faire la Paix depuis la levée
du Siége de Lerida. Mutins
dans l'armée de Baviere.*

MONSIEUR,

LA Dépêche de la Cour du sixiéme de ce mois ne nous a été renduë que le quatorziéme bien tard ; ce qui nous a empêché d'y faire réponse : le Sieur de Croissi est parti de cette Ville. Il a avec lui un Député que Messieurs les Evêques de Bamberg & de Wirtzbourg envoyent à leurs Majestés. Les Espagnols se montrent bien éloignés des pensées de Paix, & font grand bruit de la levée du siége de Lerida, & de l'état où est celui de Landreci, se promettant merveilles cette Campagne, & mêlans plusieurs nouvelles parmi celles qu'ils ont euës ici à leur avantage pendant cette semaine. Celle de la revolte des Troupes de Monsieur le Duc de Baviere donne beaucoup à penser, & tient nos Alliés en grande méfiance. C'est, Monsieur, ce que nous vous pouvons dire après un Mémoire si ample, qui vous aprendra ce qui se passe ici présentement. Nous vous supplions de croire que nous sommes &c.

MEMOIRE

de Messieurs les

PLENIPOTENTIAIRES,

ENVOYE' EN COUR,

Le 15. Juillet 1647.

*On ne donnera pas le Projet pour
la Paix jusques à ce que la satisfaction de la Landgrave
soit réglée. Ils donnent néanmoins
aux Médiateurs ce qui regarde la satisfaction particuliere,
& ils se reservent de le leur donner tout entier. Jugement des
Médiateurs.   Et du Comte de
Trautmansdorff. Comme aussi des
autres Ministres au Congrès. Trautmansdorff veut quiter Munster.
On croit que c'est par les persuasions des Espagnols.   Avantages
que la France peut retirer de ce
départ. Troubles dans l'armée Bavaroise.   Avis des Plénipotentiaires François.   Ils communiquent cette nouvelle aux Suédois.
Sentiment des François.   Les
Suédois insistent pour la continuation des subsides.   On souhaite
que les deux Traités de l'Empire & de l'Espagne se terminent
en même tems.   On se méfie des
Suedois.   Précautions qu'on peut
y prendre.   Touchant le Traité
avec la Baviere.   Leurs entretiens avec les Suedois au sujet du
départ de Trautmansdorff.   Desertion des Troupes de Baviere.   Les Impériaux hâtent leur
Traité avec les Suedois.   Ils
pressent le retour des Députez
Hollandois à Munster.*

NOus avons fait savoir , comme il a été resolu entre les Plénipotentiaires de Suéde & nous, que notre Projet ne seroit point délivré aux Impériaux , que la satisfaction de Madame la Landgrave ne fut ajustée de tout point,

point, & que nous n'avons pas été fâchés d'être requis de surseoir par nos Alliés mêmes pour avoir moyen de retarder d'autant, sans qu'il leur parût que nous en eussions le dessein; mais parce que les Impériaux s'en plaignoient fort, & que tout ce qui sembloit éloigner la conclusion des affaires, est mal reçu dans l'Assemblée, où chacun a grande passion de les voir bientôt finir, nous resolumes de mettre ès

Ils le donnent néanmoins aux Médiateurs en partie. mains des Médiateurs ce qui regarde la satisfaction particuliere afin d'assurer qu'il est des intérêts de la France, d'y faire mettre la derniere main, & de faire voir, que nous n'étions pas en demeure, & pour lever aussi l'opinion, que plusieurs avoient conçuë que l'on se preparoit à faire quantité de nouvelles demandes.

Et ils se reservent de le leur donner tout entier. En délivrant cette piéce aux Médiateurs, nous leur dimes, que le Projet entier du Traité étoit dressé, & que nous le donnerions aussitôt, que la satisfaction de la France, & de Madame la Landgrave seroit arrêtée, que si les Impériaux avoient toute la bonne volonté de conclure qu'ils publioient, il étoit en leur pouvoir de le faire en vingt-quatre heures, puisque nous n'avions rien ajouté à ce dont nous étions convenus avec eux depuis un si longtems, que les grandes dépenses, que leurs Majestés avoient été obligées de faire, jointes aux conquêtes & nouveaux avantages qu'ils avoient emportés, donnoient lieu d'augmenter avec justice leurs demandes; mais qu'elles continuoient dans leur moderation, & ne vouloient autre chose que ce qui leur avoit été accordé ci-devant.

Que les Impériaux avoient mis dans l'Article de ladite satisfaction plusieurs choses contre ce qui avoit été arrêté, & qui en avoient été retranchées, après de longues contestations, qu'ils avoient aussi ajouté quelques clauses, auxquelles nous consentions en partie; & pour celles où ils avoient formé de la difficulté, que nous les avions un peu étenduës pour les expliquer seulement.

Jugement des Médiateurs. Lesdits Sieurs Médiateurs examinerent avec nous tous les Articles, & parce qu'ils avoient été imbus d'opinion, que nous avons de grandes prétentions à mettre sur le tapis, ils furent satisfaits, quand ils surent le contraire, & dirent que si les Impériaux eussent mis ce point dans les mêmes termes où il avoit été couché, ils auroient crû raisonnable, qu'il n'y eût rien de changé aussi de notre part; mais puisqu'ils s'étoient donnez les premiers la liberté d'y faire du changement, l'on ne pouvoit blâmer, que nous y eussions voulu aporter des explications à l'avantage de la France, toutefois qu'ils estimoient que les uns & les autres en devoient demeurer precisément à ce qui avoit été une fois resolu.

La plus grande difficulté fut sur l'obligation que l'on demande de l'Empereur, de n'assister point le Roi d'Espagne; sur quoi ils dirent que le Comte de Trautmansdorff leur avoit fait voir une Lettre de l'Empereur, par laquelle il lui mandoit, qu'il n'y avoit aucun parti à prendre en ce point-là, & qu'il se devoit tenir simplement sur la negative.

Pour faire court, l'Article de la satisfaction a été délivré, & nous avons sû que le Comte de Trautmansdorff l'ayant fait lire, s'arrêta sur quelques points, qu'il dit ne pouvoir être accordés, comme celui de Landgrave d'Alsace, qu'il soutient que l'Empereur peut retenir. Item sur ce que l'on prétend, qu'il se trouve enclavé dans les Dioceses de Metz, Toul, & Verdun, il doit être sujet du Roi; mais quand on vient

à l'assistance, il dit hautement, que cela ne s'accorderoit jamais. Cependant la délivrance de cette piéce a été bien reçuë dans l'Assemblée où les bruits que nos Parties avoient semés se sont trouvez faux, & de fait nous avons eû depuis *Comme aussi des autres Ministres au Congrés.* une deputation solemnelle des Princes & Etats de l'Empire, tant Catholiques, que Protestans pour nous convier à l'avancement du Traité, & à moderer les demandes de Madame la Landgrave, auxquels ayant fait connoître, que nous attendions la reponse sur notre satisfaction, en laquelle il n'y avoit aucune nouveauté, ils louërent la moderation de leurs Majestés, & témoignérent assés qu'on leur avoit voulu persuader le contraire. Quant aux affaires de Madame la Landgrave, nous leur repondimes, que nous étions obligés d'appuyer ses prétentions, & que la France avoit d'autant plus de droit de demander par autrui, que ni pour la recompense de sa Milice, ni pour les intérêts, qui la concernent en particulier, elle n'avoit prétendu autre chose, qui fût à la charge des Etats de l'Empire.

Trautmansdorff veut quitter Munster. Le Comte de Trautmansdorff persiste dans la resolution de partir de Munster, il nous vint dire à Dieu, il y a quelques jours, assurant que le service & les commandemens de son Maître, sa santé & ses affaires particulieres ne lui permettoient pas faire ici un plus long séjour, que ses Collegues avoient le même pouvoir que lui, & qu'il souhaitoit que les affaires qui étoient si bien acheminées puissent être bientôt conduites à leur fin.

Nous lui dimes, que sa présence pouvoit beaucoup aider à la conclusion, & il répondit, enforte qu'il paroissoit qu'il dût demeurer encore ici quelque tems. Les Plénipotentiaires de Suéde, auxquels il avoit fait le même compliment, le jugeoient ainsi avec nous: mais soit que le désir de retourner auprès de son Maître ait prévalu sur les autres considerations, ou qu'il ait jugé, que la difficulté d'obliger l'Empereur à n'assister point le Roi d'Espagne, ne puisse être surmontée, soit que les nouvelles qui sont arrivées cette semaine l'ayent fortifié dans le dessein qu'il avoit, il est sur le point de partir de cette Ville, laissant l'Assemblée. Si l'Empereur a la même volonté d'achever le Traité qu'il avoit euë ci-devant, ou si l'action de Jean de Wert, & l'état présent des choses, lui a fait prendre d'autres conseils, le temps nous l'apprendra.

On croit que c'est ont les persuasions des Espagnols. Plusieurs croyent que le Comte de Peñaranda a fort aidé à cette resolution, & qu'il la pressoit depuis longtems, n'étant pas peut-être bien aise de voir tant avancer le Traité de l'Empire. On ajoûte que Peñaranda doit avoir dorenavant la direction dudit Traité, d'autant que le Comte de Lamberg, qui est le premier en la Députation d'Osnabrug, est tout à fait dans les intérêts d'Espagne, & que le Docteur Wolmar, qui est le plus intelligent, qui soit parmi les Plénipotentiaires de l'Empereur, est aussi à sa devotion.

Avantage que la France peut tirer de ce départ. Pour nous, il a semblé que ce départ favorise en quelque chose nos intentions, lesquelles devant être suivant l'ordre de leurs Majestés, de faire marcher les deux Traités d'un même pas s'il se peut, l'éloignement du principal Ministre de l'Empereur nous en fournit quelque moyen.

D'ailleurs nous aurons peut-être, un peu d'autorité sur nos Alliés, qui se rendront par là traitables, étant vrai, qu'ils nous ont pressé extraordinairement, & dit souvent, que s'il leur arrivoit du desavantage à la Campagne, ils ne

pour-

pourroient pas repondre de ce qu'ils feroient o-
bligés de faire, se voyans seuls contre toutes
les forces de l'Empereur, jointes au renfort
qu'il a eû par le moyen de Jean de Wert, &
l'incertitude de ce que fera le Duc de Baviere
de ce qui lui reste de Troupes.

L'on aura sû à la Cour, avant que cette Dépêche y arrive, ce qui s'est passé daus l'armée
dudit Duc; le Baron d'Azenlang, qui nous
en est venu donner la nouvelle, nous ayant
dit que son Maître a envoyé en même tems un
Courrier à ses Ministres, qui sont auprès de
leurs Majestés. Il nous a assuré que l'on a fait
toutes les diligences possibles, pour empêcher
que le mal ne soit allé plus avant; que toute
l'Infanterie est demeurée dans le devoir, & encore une partie de la Cavalerie. Il proteste au
surplus que Monsieur l'Electeur a un déplaisir
sensible de cet accident; qu'il a fait déclarer
traître Jean de Wert, & même le Comte de
Saluces, qui a mis leurs Têtes à prix; qu'il
veut demeurer ferme dans son Traité, & qu'il
fera voir dans ses déportemens la sincerité; &
l'attachement entier; qu'il veut avoir avec la
France.

Nous lui dimes que cet accident seroit mal
interprété de ceux qui se méfient depuis longtems dudit Electeur, & que pour faire voir une
fidelité entiere, & se vanger de l'Empereur, il
devoit joindre ses forces à celles des Couronnes.
Il repondit que lesdites Troupes avoient déclaré, qu'elles demeureroient dans l'obeissance
de Monsieur de Baviere, mais qu'elles ne serviroient point contre l'Empereur, & que dans le
mouvement où étoit aujourd'hui toute l'armée,
ce seroit s'exposer à un trop grand peril, de la
vouloir employer contre lui, qu'il n'étoit pas
encore bien averti de toutes choses, étant le
premier avis qu'il en venoit de recevoir; que
l'on avoit mandé en diligence le Comte de
Groensfeld pour commander l'armée; que l'on
ne savoit pas encore à qui se fier, ni ce qu'il seroit expedient de faire; mais qu'il les assuroit
suivant l'ordre bien exprès qu'il en avoit de son
Maître, de sa fidelité inviolable envers leurs
Majestés, desquelles il imploroit en cette rencontre le secours & la protection.

Nous fumes aussitôt annoncer cette nouvelle
à Messieurs Oxenstiern & Salvius, ainsi que
ledit Baron d'Azenlang nous en avoit prié, &
de les assurer que son Maître n'avoit d'autre intention, que d'entretenir exactement le Traité
d'Ulm; qu'aussitôt qu'il avoit sû la trahison qui
lui a été faite, il en avoit donné avis à Monsieur
Wrangel par une personne expresse, & confi-
dente, qui a fait avertir celui qui commande
dans Meminguen de la part de la Couronne de
Suéde, de se tenir sur ses gardes; qu'il demandoit aux Couronnes leur assistance & protection contre ceux qui lui ont fait un si lâche tour,
lequel il dit lui avoir été procuré par l'Empereur, & que même, il y avoit ordre de s'assurer de sa personne, & d'emmener vifs ou morts
le Comte de Curtz, son Chambellan, son
Chancelier, & le Président de la Chambre, qui
sont ses principaux Officiers.

Il est fort difficile d'imaginer dans quelle humeur nous trouvânes les Plénipotentiaires de
Suéde, qui ne manquerent pas de dire, qu'ils
n'avoient eû aucune bonne opinion de la fidelité de ce Prince, qu'il y avoit grand sujet
de croire, que le tout s'étoit fait de son consentement, & qu'il nous tromperoit.

Nous ne pûmes repliquer aucune chose, sinon qu'il falloit juger de cette action par la suite;
que s'il se trouve que le Duc de Baviere n'y

Tom. IV.

ait point de part on pourra tirer de l'avantage,
en ce que ce Prince demeurera ennemi irreconciliable de la Maison d'Auriche, & qu'en ce
cas il meritera non seulement l'amitié des deux
Couronnes, mais aussi tout secours & protection.

Mais que s'il avoit consenti à la retraite de
Jean de Wert, il ne pouvoit être assés blâmé,
& qu'il falloit changer entierement de procedé
pour ce qui le regarde; ce qui remit un peu ces
Messieurs; & les fit resoudre avec nous de
surseoir leur jugement, & de ne faire aucune
demonstration de méfiance contre ledit Duc;
seulement il fût arrêté que nous ne presserions
pas la conclusion de l'affaire Palatine.

Ils prirent de là occasion de dire que nous
devions écrire à la Cour, pour faire retourner
l'armée en Allemagne, & qu'il leur sembloit,
que quand elle seroit jointe avec Monsieur Wrangel, on pourroit marcher ensemble vers la Baviere, pour assurer le Duc contre les Impériaux
s'il étoit innocent; ou pour se vanger de lui, au
cas qu'il se trouvât coupable.

Ils n'oublierent pas aussi de parler du subside,
& de se plaindre, que l'on s'étoit trop hâté de
retirer l'armée & l'assistance d'argent : nous
leur dimes que le Sieur Chanut avoit ordre de
traiter à Stockholm de cette affaire avec la
Reine. Ils témoignerent beaucoup de mécontentement de cette réponse, & d'être renvoyés
à Stockholm, lorsqu'ils attendent ici une résolution précise.

Il reste de satisfaire à l'ordre, qui nous a
été donnée par le Mémoire du vingt-neuviéme
du mois passé, de mander nos sentimens sur la
continuation de la guerre en Allemagne.

Il seroit sans doute à souhaiter, que les deux
Traités se fissent en même tems, & que si cela
ne peut être, que celui d'Espagne fût le prémier arrêté, mais si l'on ne peut y parvenir,
notre avis seroit, que l'Empereur promettant de
n'assister pas le Roi d'Espagne, la France peut
faire la Paix avec lui.

La raison est qu'ayant obtenu en ce cas tout
ce que nous aurions demandé, si l'on voyoit
encore quelque dilayement, il seroit impossible
d'ôter l'opinion, que nos Parties s'efforcent
de donner à tout le monde, que la France ne
veut point la Paix, ce qui animeroit contre elle
tous les Etats de l'Empire; & selon ce qui paroit maintenant de l'intention des Suédois, ils
n'hesiteront pas à faire leur Traité, sous prétexte d'y être entrainés par lesdits Etats, & d'avoir
aussi accompli toute l'Alliance.

Aussi ce point ne semble-t-il pas être le plus
difficile, mais l'autre cas marqué dans le Mémoire merite plus de réflexion.

Si l'on étoit entierement assuré des Suédois,
le Traité d'Espagne ne se faisant point, nous estimerions très-utile de continuer la guerre conjointement avec eux en Allemagne, il y auroit lieu d'esperer de reduire enfin l'Empereur en
un point, ou que la Maison d'Autriche en seroit à jamais affoiblie, ou que l'Espagne pour
sauver la ruine de l'Empereur seroit obligée aux
conditions que nous avons proposées.

En ce cas il faudroit faire agir de deçà le Rhin
l'armée de Monsieur de Turenne, & payer
entierement les subsides, outre qu'il y a bien
apparence que nos Alliés vendroient encore
plus cher une assistance, qu'ils reconnoîtroient
nous être nécessaire : mais s'il leur reste quelque disposition à continuer la guerre, ils la
tiennent exactement cachée, & tout ce qu'ils
font à présent y est entierement contraire :
conseillans eux-mêmes non seulement les Hes-

fiens de fe relâcher fur le point de leur fatisfaction, mais auffi les Proteftans de quiter quelque chofe de ce qui leur a été accordé à l'avantage de leur Religion : jufques là, qu'après nous
avoir toûjours vûs en penfée de faire rendre certains Bailliages au Palatin, faute à l'Electeur de
Mayence de les retirer en payant le prix de l'engagement : ils ont confenti, fans nous en parler, de
les laiffer en la poffeffion dudit Electeur, pourvû
qu'il paye dans un certain tems la fomme pour
laquelle ils furent hypothéquez, il y a plus de
deux cens ans à la Maifon Palatine. C'eft une
chofe, dont nous ne pouvons être que bien
contens, puifqu'elle tourne à l'avantage de l'E-
glife ; mais il eft affés remarquable, que le defir de conclure la Paix fait prendre ce parti aux
Ambaffadeurs de Suéde, en faveur des Catholiques. Nous les trouvons auffi faciles en tout
le refte des affaires, & ne pouvons juger autre
chofe, finon qu'ils ont refolu à conclure leur
Traité, repetant fouvent qu'ils n'ont plus rien à
efperer dans l'Empire, & qu'ils y ont beaucoup
à craindre, & fe laiffant entendre affés librement que s'il arrivoit quelque difgrace à leur armée, ils prendroient confeil de la néceffité. En
quoi il eft certain qu'ils feroient non feulement avoués, mais exhortés, & preffés par
tout l'Empire.

Toutes ces chofes nous donnent de la peine
à nous déterminer, & nous font pancher, qu'il
vaudroit encore mieux faire la Paix en tirant de
l'Empereur la plus grande fureté que l'on pourroit, que de pouffer plus avant la guerre, avec
tant de peril d'une défection de nos Alliés. Il
eft bien vrai, qu'il feroit néceffaire, de traiter avec eux, d'affermir de nouveau l'Alliance,
& les obligations mutuelles, & s'affurer tout à
fait, & des uns & des autres. C'eft à leurs
Majeftés à nous commander là-deffus ce qui
leur plaira, & cependant il nous femble fort
important d'ôter aux Suédois l'excufe qu'ils préparent, & dont ils fe fervent déja par avance,
quand ils fe plaignent d'être feuls en Allemagne,
& de n'y être plus affiftés ni des forces du Roi,
ni de fon argent.

Pour le Traité que l'on propofe avec Monfieur le Duc de Baviére, nous l'avons examiné
enfemble, & le renvoyons avec quelques obfervations en la marge, qui nous empêche d'y rien
ajouter.

Depuis le Mémoire achevé, celui de la Cour
du fixiéme de ce mois eft arrivé trois jours
après que l'Ordinaire a aporté ici les Lettres des
particuliers. Tout ce que nous avons pû faire a
été de le lire une fois feulement à la hâte, ayant
été fort occupés pendant ces derniers jours.

Les Plénipotentiaires de Suéde vinrent hier conferer avec nous fur le départ du Comte de Trautmanfdorff, qui donne de la peine aux Etats de
l'Empire, craignant que fon abfence ne retarde de beaucoup la conclufion des affaires. Lefdits Sieurs Etats étoient affemblés extraordinairement, & furent plus de huit heures à déliberer, tant ils apréhendent que le Traité ne fe
rompe, & que l'on prenne quelques nouvelles
refolutions. Meffieurs Oxenftiern, & Salvius
jugerent à propos, que pour leur témoigner le
defir, que les Couronnes ont de la Paix, nous
fiffions encore une vifite au Comte de Trautmanfdorff, pour le convier à demeurer autant
de tems, qu'il en eft néceffaire pour achever le
Traité. A quoi ayant confenti nous fumes voir
les premiers ledit Sieur Comte, que nous trouvames refolu à partir, s'excufant fur l'ordre de
fon Maître, & difant que fes Collegues avoient
tout pouvoir en ce qui reftoit à faire. Les Am-

baffadeurs de Suéde qui vinrent après nous,
n'eurent pas une autre réponfe.

Il nous fit voir les Lettres, par lefquelles on
lui mandoit, que huit Regimens de Cavalerie,
ont quité Monfieur le Duc de Baviere, & trois
d'Infanterie. Si cela eft vrai les Impériaux pourroient bien changer de procedures, comme
les Efpagnols ont fait.

Les Inftances faites au Comte de Trautmansdorff ne l'ayant pû refoudre à faire un plus long
fejour dans l'Affemblée, nous venons d'aprendre
en fermant ce pacquet, que les Impériaux ont
eû une longue Conference avec les Suédois, &
qu'ils les doivent voir encore aujourd'hui pour
les preffer à achever leur Traité. Les avantages qu'ils y ont, & les Proteftans auffi, la
crainte de quelque mauvais fuccès en leur armée, engagée affés legerement au fiége d'Egre
& la paffion extrême des Proteftans de conclure le Traité, font de puiffans motifs envers les
Plénipotentiaires de Suéde ; d'ailleurs nous ne
pouvons leur donner que l'efperance du payement du fubfide, & il n'y a point d'armée
Françoife en état d'agir en Allemagne ; ce qui
fait craindre que Meffieurs Oxenftiern & Salvius ne veulent affurer leurs affaires, comme
nous l'avons déja mandé ci-devant. Nous allons
les voir de ce pas, pour faire tous les efforts poffibles pour les tenir dans le devoir ;
mais toutes les confiderations fufdites nous donnent de l'inquietude. Joint à cela, que le Duc
de Baviére n'eft plus en état de fe faire confiderer, ni que l'on puiffe craindre la jonction
de fes forces avec celles de la France. Nous
donnerons avis de ce qui fe fera enfuite, & cependant nous avons crû à propos d'ajouter ce
mot à la Dépêche.

Nous avons mandé à Monfieur de Servien,
que nous le prions de venir au plutôt ici, &
de difpofer les chofes, à ce que les Ambaffadeurs
de Meffieurs les Etats s'y rendiffent promptement ; nous lui en faifons une recharge, parce que nous avons eû avis de très-bon lieu,
que les Efpagnols craignent le retour defdits
Ambaffadeurs, & le retardent autant qu'ils
peuvent, fe preparans à changer les conditions
accordées, & apréhendant que Meffieurs les
Etats ne les obligent à fe tenir dans les termes
dont l'on eft convenu par l'entremife de leurs
Ambaffadeurs.

MES

MESSIEURS

les

PLÉNIPOTENTIAIRES,

à Monsieur le Comte de

BRIENNE.

Du 19. Juillet 1647.

Le Comte de Trautmansdorff quite l'Assemblée.

MONSIEUR;

QUand nous avons fait notre derniere Dépêche à la Cour, les affaires étoient ici en un tel penchant, que nous aprehendions quasi la même chose des Plénipotentiaires de Suéde dans l'Empire, que ce que les Ambassadeurs de Messieurs les Etats ont fait à notre égard dans le Traité d'Espagne. C'est pourquoi le Comte de Trautmansdorff étant parti de l'Assemblée avant que de conclure, & la nouvelle du bon état de l'armée de Baviére, étant arrivée vingt-quatre heures après, nous avons crû devoir faire savoir promptement à leurs Majestés le changement que cela fait ici dans la Négociation. Nous envoyons pour cet effet le Sieur Bailli, qui n'a besoin d'aucune recommandation, puisque vous-même, Monsieur, nous l'avez recommandé. Il pourra vous témoigner la joye, que les nouvelles qui sont aujourd'hui venues de Flandres nous ont donné & nous vous supplions de croire que nous sommes &c.

Le Comte de Trautmansdorff quite l'Assemblée.

MEMOIRE

de Messieurs les

PLÉNIPOTENTIAIRES,

ENVOYE' EN COUR

Le 19. Juillet 1647.

Les Troupes Bavaroises se remettent dans leur devoir. Nouvelles propositions & instance de Trautmansdorff aux Suédois. Des François touchant la sureté du Traité. Froideur des Suédois envers la France. Divers mouvemens à l'égard du départ de Trautmansdorff. Les Espagnols le pressent à partir, les François le souhaitent. Trautmansdorff se retire de l'Assemblée. Etonnement des Suédois. Et des Protestans. Ils rejettent tout sur la France. On cherche à les rassurer entierement. Ils laissent au jugement de la Cour, de renvoyer l'armée en Allemagne, & de payer le subside à la Suéde. On donne aux Médiateurs le projet dans son entier. Avantages de l'armée de France aux Païs-Bas.

CEtte Dépêche n'est pas pour faire savoir de bonnes nouvelles de Baviére, dont nous croyons bien, que l'on aura reçu l'avis à la Cour par quelque voye plus prompte que celle-ci : mais ce qui s'est fait dans l'Assemblée depuis le Postscript ajouté à notre Mémoire du quinziéme, nous a semblé en meriter un extraordinaire afin de tirer leurs Majestés de la peine où elles peuvent être sur ce que nous leur avons écrit en dernier lieu.

Les soins & la diligence de Monsieur le Duc de Baviére ont eû un si heureux effet, qu'ayant envoyé des personnes confidentes après les Regimens que Jean de Wert a voulu débaucher de son service, le Collonel Walpoth, qui n'étoit pas de la conspiration fit entendre aux Troupes qu'il y avoit de la trahison en la marche qu'on leur faisoit faire, & se mit à crier *vive l'Electeur.* Les Reistres le secondèrent, & dirent tous qu'ils ne vouloient point servir d'autre Maître; l'emotion fut telle parmi eux, que Jean de Wert & le Collonel Sporck ne

Les Troupes Bavaroises se remettent dans leur devoir.

1647.

purent prendre d'autre parti, que de passer une riviere, & de se sauver à la hâte, n'étant suivis que de leurs Valets au nombre de dix ou douze. Toute la Cavalerie est demeurée dans le devoir, & retournée en Baviére, & le Comte de Salm, principal Auteur de cette menée a été fait Prisonnier.

C'est ce qui nous a été dit par le Baron d'Azenlang, à quoi nous avons estimé devoir ajoûter de quelle façon cette nouvelle a été reçuë par nos Alliez, & quelle étoit la disposition de l'Assemblée, quand l'avis en a été aporté.

Nouvelles propositions & instance de Trautmansdorff aux Suédois.

Le sixiéme de ce mois nous fûmes voir les Plénipotentiaires de Suéde dès les sept heures du matin, nous y trouvames le Secretaire de l'Ambassade Impériale, ce qui leur donna sujet de nous dire, sans en avoir peut-être beaucoup d'envie, que le Comte de Trautmansdorff leur mandoit qu'il demeureroit encore ici tout ce jour-là, qu'ils pourroient se voir, si l'on vouloit conclure, & qu'il ne restoit que deux points en différend, l'un étoit sur la satisfaction de Madame la Landgrave, qui demande, outre les autres choses qui lui sont accordées, huit cens mil Risdalles, & on lui en offre six cens mille; l'autre regarde le Magistrat de la Ville d'Augsbourg, que l'on prétend devoir être moitié de Lutheriens contre l'ordre ancien. Les Protestans se relâchoient sur ce dernier point, comme ils avoient déja fait sur la liberté entiere de leur Religion, *l'Astronomie*. Et sur le premier les Députez de Hesse nous avoient fait connoître eux-mêmes qu'ils s'en departiroient, si le leur étoit consideré par les Ministres des deux Couronnes.

Des Francois touchant la sûreté du Traité.

Nous demandames que deviendroit la satisfaction de la France, specialement au fait de la sûreté, dont nous voyons que l'on ne parloit point, & sur laquelle les Impériaux font tant de difficulté. La réponse ne fut autre, sinon qu'il étoit tems de conclure, que ladite satisfaction avoit été arrêtée, il y avoit presque un an. Que les Etats de l'Empire nous blâmoient de pretendre que l'Empereur demeurât obligé à n'assister point le Roi d'Espagne, qu'il falloit s'accommoder au tems, & considerer l'extrême peril où étoit l'armée Suédoise; que l'on se moquoit de notre fermeté, & que les Impériaux disoient qu'ils s'étonnoient que l'on différât tant, vû que le Roi n'a aucunes forces dans l'Empire.

Nous repliquames, que l'année derniere, avant que Monsieur de Turenne eût passé le Rhin, les Impériaux parloient encore plus hautement: que nous ayant pressé de traiter sans les Suédois, ils nous trouverent inébranlables; que les affaires sont en meilleur état, sans comparaison, qu'elles n'étoient alors, qu'ayant été souvent perduës, la France les avoit puissamment rétablies; que nous attendions en cette occasion la fermeté, qu'on leur avoit témoignée en tant d'autres, mais quoi qui pût arriver, la France avoit assez de cœur, de forces & d'amis, pour se garantir des mauvais desseins de l'Empereur, & que s'il faisoit la Paix sans nous contenter, ce seroit une seconde Paix de Prague, & qui auroit encore moins de durée; que nous avions fait marcher nos Troupes delà le Rhin avec leur connoissance & participation, & même avec quelque consentement, après avoir fait une suspension d'armes avec le Duc de Baviére, contre lequel seul elles avoient toujours été opposées, que nous n'estimions pas que ce Prince dût manquer de foi; mais quand cela arriveroit que les Couronnes n'auroient à soutenir que les mêmes ennemis, qui ont été si

souvent battus; que l'armée du Roi n'avoit quité l'Allemagne que pour un peu de tems, & qu'elle y reviendroit plus forte qu'elle n'étoit sortie.

1647.

Ce discours les ayant un peu rassurés, nous leur fimes enfin promettre, quoiqu'avec peine, & entre leurs dents, qu'ils déclareroient aux Impériaux, qu'il falloit contenter la France, & que sans elle, ils ne pouvoient passer outre à la Conclusion.

Divers mouvemens à l'égard du départ de Trautmansdorff.

Cependant diverses allées & venuës se faisoient chez le Comte de Trautmansdorff, les unes pour le porter à demeurer, les autres à partir; les Protestans faisoient tous leurs efforts pour le retenir. Ils ont leur compte & craignent un changement. Il leur sembloit que la presence de Trautmansdorff acheveroit le Traité en un moment, & à n'en pas mentir la consternation des Suédois nous le faisoit aprehender.

Les Espagnols le pressent à partir.

Il est assez étrange, que les Ministres d'Espagne & nous ayons un même dessein dans cette rencontre, mais que nous ne pouvons faire paroître, de crainte d'offenser nos Alliez, les Espagnols le faisans ouvertement. Une partie de la nuit du quinziéme au seiziéme fut employée par le Sieur Brun, pour persuader au Comte de Trautmansdorff de quiter l'Assemblée.

Peñaranda l'avoit vû auparavant, & lui en avoit fait de fortes instances; enfin la chose vint jusqu'au point, que ledit Sieur Peñaranda protesta contre lui, s'il manquoit à satisfaire à l'ordre qu'il avoit de partir, que tout le mal qui arriveroit à la Maison d'Autriche lui seroit imputé. Ce qui fut cause que le Mardi seiziéme, sur le soir, Trautmansdorff sortit de Munster malgré lui, à ce que les Suédois mêmes nous en ont assuré.

Trautmansdorff se retire de l'Assemblée.

On ne sauroit croire combien ceux-ci furent touchés de son départ. Ils étoient tristes, & abbatus, comme si on leur eût annoncé la défaite de leur armée: ils ne parloient pas moins que d'une journée de Nortlinguen, & s'étonnoient de ce que nous paroissions resolus, nous reprochant que n'ayant point de forces, ni d'argent dans l'Allemagne, nous y voulions donner la Loi néanmoins.

Etonnement des Suédois.

Les Protestans qui avoient député vers nous, pour nous presser de conclure, parloient hautement contre nos demandes, quoique nous leur en eussions fait connoître la justice. Ils étoient tellement persuadés, que les Suédois acheveroient leur Traité sans nous, que la plûpart d'entr'eux, comme aussi toute l'Assemblée, a publié que sans la Conférence, que nous eûmes Mardi dernier avec Messieurs Oxenstiern & Salvius, ils s'étoient engagés à conclure, à l'exclusion des François, si nous ne voulions accepter ce qu'on nous offre. Ici le même bruit veut que cette matinée ait coûté cent mil écus au Roi, tant l'on a crû la chose resoluë; mais il n'en a coûté que des paroles; & il nous semble que leurs esprits sont un peu raffermis. Dans une visite, que moi seul Duc de Longueville ai faite au Comte d'Oxenstiern, il m'a déclaré nettement, qu'on leur a voulu faire croire, que la France étoit d'intelligence avec le Duc de Baviére, & tous les Catholiques, & qu'il y avoit un dessein formé contre la Suéde & les Protestans. Il m'a été facile de lui faire voir le peu d'apparence qu'il y a en cette supposition, lui représentant que si la France eût eû cette pensée, elle n'auroit pas fait la Guerre avec eux dix mois après sa satisfaction arrêtée: je lui fis avoüer, que nous avons été si constans dans le parti, que souvent nous avions

Et des Protestans.

Ils rejettent tout sur la France.

On cherche à les rasseurer.

péché

péché contre les intérêts de notre Religion pour appuyer ceux de la Protestante. Je me plaignis qu'ils n'en avoient pas fait de même envers nous, & qu'ils avoient quelquefois pris plaisir de nous decréditer envers les Catholiques & Protestans, & s'étoient opposés à ce que nous désirions en faveur de nos amis. Je l'asssurai au surplus de notre fidelité inviolable, & lui fis esperer comme chose certaine, que si l'Empereur ne se mettoit à la raison, ni le subside ordinaire ne manqueroit point, ni une armée dans l'Empire. Il me semble l'avoir laissé tout autrement disposé, que je ne l'avois trouvé, & il me protesta que les intérêts de la France ne lui seroient pas desormais moins considerables, que ceux de Suéde.

L'état de l'armée Bavaroise les rassure entierement.

Deux heures après cet entretien, est arrivée la nouvelle de Baviére, nous leur en avons donné part aussitôt, & l'un de nous s'en est allé réjouir avec eux. Ils n'ont pû dissimuler la joye extraordinaire qu'ils en ont ressentie, & ont témoigné avoir plus de désir que jamais de se tenir étroitement unis avec la France. Ils ont même dit qu'ils serviroient ci-après ledit Duc de Baviére, & appuyeroient fortement toutes ses prétentions.

C'est un changement si notable & si avantageux aux affaires du Roi, que ceux qui ont vû ici le commencement de cette semaine, peuvent croire à peine ce qu'ils voyent maintenant. Ce n'est pas que la même ardeur de la Paix ne tienne les Suédois & les Etats de l'Empire, & que les uns & les autres ne se relâchent encore aujourd'hui dans les difficultez qui restent à terminer. Mais à ce que je vois, les voilà tous un peu rassurés de la frayeur qu'ils avoient prise de quelque revolution, & qu'ils sont aussi fort affermis dans l'amitié, & l'union qu'ils doivent à la France.

Ils laissent au jugement de la Cour de renvoyer l'armée en Allemagne, & de payer le subside à la Suéde.

Leurs Majestez jugeront, s'il leur plaît, si leurs affaires le permettans, il ne sera point nécessaire de renvoyer leur armée en Allemagne, & de faire payer aux Suédois le terme du subside, qui est échû.

On donne aux Médiateurs le Projet dans son entier.

Cependant nous avons pris cette bonne conjoncture, pour donner aux Médiateurs le Projet entier de la Paix. Ce qui a été reçu très-agreablement des Etats de l'Empire, & fait voir à un chacun, que si nous avons agi avec fermeté, pendant les mauvaises nouvelles, nous sommes prompts à conclure la Paix, lorsque les succès sont plus favorables.

Avantages de l'armée de France aux Païs-Bas.

Car nous ne devons pas omettre, qu'il est arrivé, Dieu merci, en même tems des Lettres de Flandres, qui ont fait savoir ici la prise de Dixmude, le siège de la Bassée, & la bonne résistance qu'on fait à Landréci.

MESSIEURS

Les

PLENIPOTENTIAIRES,

à Monsieur le Comte de

BRIENNE,

A Munster le 22. Juillet 1647.

Bonne disposition des Alliez. Ce qui arrête la Conclusion du Traité avec l'Empire. Les Suédois & les Etats de l'Empire souhaitent la Paix.

MONSIEUR,

Bonne disposition des Alliez.

LA Dépêche que le Sieur Bailli a aporté vous aura fait voir, que nos Alliez avoient pris ici de meilleures resolutions que celles qu'ils faisoient paroître avant le départ du Comte de Trautmansdorff de l'Assemblée, & avant que l'on eût reçu la nouvelle que l'entreprise de Jean de Wert contre le Duc de Baviére n'avoit pas réussi. Mais les Protestans ont pressé depuis Messieurs Oxenstiern, & Salvius, ensorte qu'ils ne sont pas moins échauffés qu'auparavant à conclure le Traité; nous le souhaitons comme eux, & disons que nous y sommes tous disposés, pourvû que l'on arrête entierement la satisfaction de la France, & qu'elle puisse avoir sureté en traitant, de n'avoir pas sur les bras les mêmes forces, qu'elle a présentement à combattre. Ces Messieurs avouent bien qu'il est raisonnable, que nous soyons satisfaits, & que la sureté y soit entiere : mais quand on vient au particulier des choses qui restent à ajûster, ils ne parlent plus avec la fermeté de véritables Alliez.

Ce qui arrête la conclusion du Traité avec l'Empire.

Il y a trois points, sur lesquels les Impériaux font principalement de la difficulté.

L'un est, qu'ils ne veulent pas quitter le titre de Landgrave d'Alsace, quoiqu'ils cédent la proprieté Souveraine, & tout ce que la Maison d'Autriche a jamais prétendu sur cette Province.

Le second est, que dans la cession des Evêchés de Metz, Toul, & Verdun ils ne veulent pas comprendre les Princes, Comtes & Barons, & Fiefs qui se trouvent enclavés dans leurs Diocèses, disans que par ce moyen ils céderoient la Lorraine, le Luxembourg, & quantité d'autres Païs, où le District desdits Evêchés s'étend.

Le troisiéme, & le plus considerable est de ne vouloir pas promettre, que l'Empereur n'assistera pas le Roi d'Espagne, comme Archiduc

&

1647.

& Prince de sa Maison ; c'est ce qui nous donne de la peine maintenant , & afin que l'on puisse mieux connoître sur quoi les Impériaux se rendent difficiles , vous aurez ci-jointe la copie des notes qu'ils ont faites sur le Projet de la satisfaction de la France que l'on nous a déja envoyée.

Le désir de la Paix est si grand , & si violent dans l'esprit des Ambassadeurs de Suéde , & de tous les Députez des Princes & Etats de l'Empire , que tout ce qui la semble retarder tant soit peu , passe ici pour injuste. Ce qui nous fait craindre une resolution pareille à celle qui a été prise par les Ambassadeurs de Messieurs les Etats.

C'est ce que nous vous pouvons dire , Monsieur , après le Mémoire qui est assez ample , & vous remercier à l'ordinaire de tous les soins , que vous voulez bien prendre de nous informer des occurrences du tems. Nous avons reçu le Passeport & la Sauvegarde dont nous vous avions supplié. Le Mémoire du Roi & votre Lettre du troisiéme Juillet nous viennent d'être rendus. Il n'est pas possible d'y faire réponse. Sur ce nous demeurons &c.

MEMOIRE

de Messieurs les

PLENIPOTENTIAIRES,

ENVOYE' EN COUR

Le vingt-deuxiéme Juillet 1647.

Les Protestans pressent les Suédois de terminer le Traité. Entretien des Suédois avec les François. Ceux-ci envoyent en Cour la copie du Projet corrigé. Remarques sur les deux Projets. Altercation touchant le rang. Bonnes intentions du Duc de Baviére en faveur de la France. On ne peut pas découvrir si les Suédois ont proposé aux Impériaux une suspension d'armes. On aprehende l'intelligence des Ministres d'Espagne, & de Suéde en Angleterre. Ils cherchent à donner quelque soulagement à l'Electeur de Cologne. Touchant l'Alsace. Soins de la France pour la continuation de la Guerre. Raisons pour dissimuler que

---

l'Empereur comprenne l'Espagne dans son Traité.   1647.

1647.

APrès le départ du Comte de Trautmansdorff , & après la nouvelle de ce qui s'est passé en Baviére , nous estimions , que les Plénipotentiaires de Suéde itoient à Osnabrug , & en étions bien aises dans l'esperance , que cela nous donneroit du tems , pour faire marcher s'il se peut les deux Traités d'un même pas , suivant le désir de leurs Majestés , mais les Protestans ont fait depuis une Députation vers Messieurs Oxenstiern , & Salvius , pour les prier de demeurer ici , & de conclure les affaires , ce qu'ils leur ont accordé , & ne nous pressent pas moins qu'auparavant. Ils disent pour prétexte , que Messieurs les Etats de l'Empire menacent de s'accorder entr'eux , si les Couronnes n'achevent leur Traité , & pour satisfaire à la grande passion d'assurer leurs affaires , ils font bon marché de nos intérêts.

Dans une derniere Conférence , que nous avons euë avec eux , ils ont essayé de nous ébranler par un long discours , sur le sujet de l'obligation que l'on désire de l'Empereur , de n'assister point le Roi d'Espagne.

Disans qu'il suffit qu'il ait les mains liées , pour ne se pouvoir point servir des forces de l'Empire , mais qu'il seroit injuste de le vouloir obliger comme Archiduc.

Ils veulent sur cela élever la puissance de la Monarchie Françoise , & diminuer celle des Archiducs , concluants qu'il ne seroit pas de la Dignité de la France de témoigner de craindre une puissance si inégale à la sienne. En un mot ils se montrent peu favorables à notre prétention , & parlent en cela plus à l'avantage de nos Parties que ne font les Médiateurs.

On a loué la bonne intention qu'ils ont de faire la Paix , & nous les avons assurés , que nous avions ordre de l'avancer autant qu'il nous seroit possible ; qu'ils savoient bien que nous les y avions toûjours poussés , & que la volonté de leurs Majestés n'étoit aucunement changée , qu'elles en avoient encore donné des preuves depuis peu , puisqu'au point de leur satisfaction , elles n'avoient pas voulu qu'il fût rien ajoûté à ce qui a été convenu au mois de Septembre dernier , quelques nouveaux avantages que l'on eût eus , qui en donnoient un juste sujet : mais qu'elles ne se resoudroient jamais de traiter avec l'Empereur , pour avoir ses forces sur les bras. Sur quoi nous leur avons parlé avec une telle fermeté , qu'ayant désir de faire la Paix , comme ils le font paroître par toutes leurs Actions , nous esperons qu'ils feront un grand effort auprès des Impériaux ; mais à la verité , s'ils ne peuvent rien obtenir , il y a lieu de craindre , qu'ils ne tombent dans leurs premieres pensées , & qu'ils ne soient capables de songer à conclure separément leurs affaires.

La copie du Projet du Traité , qui sera ci-jointe , fera voir ce que nous y avons changé & en la forme & en la matiere. Il seroit trop long de rendre compte de tout en particulier ; nous marquerons seulement ici avec briéveté , ce qui nous semble le meriter davantage.

L'on a été obligé de donner une double copie dudit Projet , comme il avoit été délivré de la part des Impériaux. L'un est pour les Médiateurs , qui sont nommés dans la Preface , & est tout semblable à l'autre en ce qu'il contient , mais il y a plusieurs omissions , à cause de Monsieur le Nonce , qui ne prend pas connoissance , de de ce qui touche les Proteſtans. La maniere dont les Impériaux l'avoient dreſſé étoit toûjours captieuſe, & détruiſoit indirectement les choſes les plus eſſentielles de l'autre Projet, comme entr'autres ce qui regarde la Ligue & la garantie reciproque du Traité.

La Comparaiſon des deux Projets fera mieux voir cela avec pluſieurs autres differences, que les Impériaux y avoient inſerées au préjudice de ce qui eſt convenu. L'on remarque ſeulement que n'ayant pû obtenir des Couronnes qu'elles ſe contentaſſent d'un titre inférieur à celui de l'Empereur, & étant tombés d'accord après pluſieurs conteſtations que l'on employât les mêmes termes pour eux & pour nous, ce qui a été fait, ils ont voulu reprendre de l'avantage dans le Projet donné aux Médiateurs. Il y ont auſſi fait mention de l'entremiſe du Pape avec beaucoup de loüanges, ſans avoir preſque nommé le défunt. Ce que nous avons changé comme le reſte. Ils ſe ſont encore mepris à l'égard de Monſieur Contarini, & de la République de Veniſe, ayant paſſé ſous ſilence cette Médiation dans le Traité, auquel l'intérêt des Proteſtans eſt compris, comme ſi la Républiſque faiſoit ſcrupule de ſe mêler de leurs affaires, ou d'être nommée avec eux; on n'en a pas uſé de la ſorte dans notre Projet, dont nous ſavons que ledit Sieur Contarini eſt demeuré très-ſatisfait, & a fait reproche aux Impériaux de leur omiſſion, diſant même que ſi elle avoit été ſuivie par les Ambaſſadeurs de France, la République de Veniſe en auroit reçu un grand préjudice. Enfin il en a fait une affaire d'Etat, & nous eſperons qu'il s'en ſouviendra dans la ſuite de la Négociation.

Le ſecond eſt plus ample, & contient toutes les affaires du Général de l'Empire, & les intérêts mêmes de pluſieurs particuliers, dans celui qui s'étoit dreſſé à Oſnabrug entre les Impériaux & les Suédois, dans la Preface, & en d'autres endroits, où les Couronnes étoient nommées immediatement l'une après l'autre; celle de Suéde eſt nommée avant la France, qui a pû être diſſimulée dans les Traitez qui ont été ci-devant faits entre les deux Couronnes; mais en celui-ci où l'Empereur parle, où les Electeurs, Princes, & Etats de l'Empire interviennent, & qui doit être imprimé & publié, pour ſervir par tout comme d'une Pragmatique Sanction dans l'Empire; nous avons jugé qu'il y eût eû du préjudice pour la France, & avons trouvé moyen que de concert avec les Miniſtres de Suéde, & ſans bleſſer en rien la bonne intelligence, la façon de parler a été changée, deſorte néanmoins que l'on n'affoiblit point la connexion des intérêts, & que les deux Couronnes ſont nommées dans chaque Traité, ſans que l'on entre pour cela en conteſtation.

Ledit Projet eſt communiqué tout entier aux Ambaſſadeurs de Suéde, & l'on a conféré diverſes fois avec eux touchant tout ce qui y eſt contenu. Ils ſont demeurés ſatisfaits de la maniere dont les choſes y ſont couchées, & exprimées, quoique l'on ait eû autant d'égard que la neceſſité des affaires l'a pû permettre, à ce qui regarde la Religion Catholique.

L'on n'y a point inſeré les Griefs, & ce qui concerne l'alienation des biens d'Egliſe; mais on y a mis un Article qui confirme la Tranſaction, faite ſur cela entre les Etats de l'Empire avec la même force & vertu, que ſi elle étoit inſerée de mot à mot. Il y a quantité d'autres endroits, où l'on a évité de parler des choſes auxquelles la Religion Catholique reçoit quelque

Tom. IV.

préjudice, & cela a été fait du conſentement même des Suédois & des Proteſtans; comme auſſi nous nous ſommes relâchés ſur quelques expreſſions, qu'ils ont plus particulierement déſirées.

Nous avons auſſi pris ſoin de contenter les Princes amis & alliez, & il a fallu ajuſter avec eux les intérêts, & les mettre dans les termes, qui les pouvoient le plus obliger.

Ce qui s'eſt fait deſorte que juſques aux Comtes, Barons, & Particuliers, chacun paroit content de la France; ſur tout les Ambaſſadeurs de Trêves & de Baviére témoignent beaucoup d'agrément de ce qui a été fait pour les intérêts de leurs Maîtres. Ceux de Savoye & de Mantoüe ont eû la même ſatisfaction.

L'Article du deſarmement des Troupes s'eſt trouvé bien difficile à concevoir. Les Impériaux & Suédois ſont convenus entr'eux, que chacun retiendroit autant de troupes qu'il jugeroit néceſſaire pour ſa ſureté. Cette clauſe donne le moyen à l'Empereur de tenir ſur pié ſon armée entiere, ce qui ſeroit dangereux à la France, principalement ſi la Guerre continuë avec l'Eſpagne. Nous avons fait comprendre à Meſſieurs Oxenſtiern & Salvius, que nous ne pouvions paſſer ce point, & n'avons pas omis de repreſenter aux Députés des Princes & Etats, qu'il y auroit peu de ſureté pour eux, ſi l'Empereur demeure armé ſous quelque prétexte que ce fût, étant certain, que le premier & le plus aſſuré effet de la Paix eſt de deſarmer; ainſi nous prétendons, que l'Empereur doit reduire ſes Troupes au nombre, qu'il a beſoin pour garnir ſes Places, comme elles ont accoutumé de l'être en tems de Paix. Mais la plus grande difficulté a été de fonder en raiſon la difference que nous voulions mettre en cet Article, en ce que le Roi ſe reſerve la liberté de mettre un plus grand nombre des Troupes dans Briſach, dans Philipsbourg, & dans les nouvelles Conquêtes, que l'on avoit accoutumé ci-devant; d'autant que les Archiducs & Evêques de Spire n'avoient pas la même jalouſie, que Sa Majeſté peut raiſonnablement avoir dans des Places nouvellement acquiſes.

Quant à la nomination des Rois, Princes & Républiques, ce point étant délicat pour les diverſes prétenſions de rang, & étant un Article qui reſte d'ordinaire en blanc, juſques à la ſignature; nous avons eſtimé devoir propoſer nos doutes au Conſeil, pour en recevoir les ordres & reſolutions, qui ſeront jugées convenables. Le Duc de Savoye & Meſſieurs les Etats conteſtent le rang avec grande chaleur, & il leur eſt diſputé à tous deux par le Député des treize Cantons, qui eſt ici. Le Reſident de Florence demande incontinent que le Grand Duc ſoit nommé après la République de Veniſe, préſupoſant que Monſieur le Duc de Savoye ſera parmi les Princes d'Italie; comme il a été dit au Projet des Impériaux. Mais Monſieur le Marquis de Saint Maurice, après avoir longtems heſité ſur le choix, a demandé que ſon Maître ſoit nommé parmi les Princes d'Italie; avec cela les Electeurs de l'Empire & Meſſieurs les Etats ne conviennent en aucune façon. Nous avons dreſſé cet Article en deux manieres, dont nous envoyons la copie pour nous ſervir de celle qui agréera à leurs Majeſtez, ou y changer comme elles nous ordonneront de faire.

Nous avons vû ce que les Miniſtres de Baviére, qui ſont à la Cour, ont dit touchant l'aſſiſtance de l'Empereur au Roi d'Eſpagne. Le Baron d'Azenlang nous promet bien ici, de la

S

part

1647.

part de son Maître, d'y rendre tous les bons offices qui dépendent de lui, & même de donner son vœu en notre faveur, si la chose se met en déliberation entre les Etats de l'Empire; mais il n'est secondé d'aucun de ceux, qui sont en consideration dans l'Assemblée, & il y voit lui-même de grandes difficultés. Personne n'a parlé jusques ici des expediens marqués dans le Mémoire du sixiéme Juillet, dont lesdits Ministres ont fait les ouvertures par delà; mais soit qu'on se trouve obligé d'accepter ceux-là ou d'autres, il importe extrémement que le Comte de Groensfeld, & le Sieur Krebs soient toûjours persuadés qu'on n'en accepte aucun; d'autant que cette opinion-là fera agir plus puissamment Monsieur l'Electeur de Baviere, pour nous faire obtenir ce qu'on désire, si on est contraint de conclure ici auparavant.

L'on n'a pas pû savoir s'il est vrai, que les Suédois ayent proposé aux Impériaux une suspension d'armes, quoique nous ayons pris peine à le découvrir. Quelques Protestans, auxquels ils se déclarent plûtôt qu'à nous, & que nous avons d'ailleurs sujet de croire, assurent le contraire, mais il ne se peut nier, comme il est très-bien dit par le Mémoire, que s'ils n'ont proposé ils n'ayent écouté, soit sur ce point-là, ou sur d'autres; on aura vû par la Dépêche portée par le Sieur Bailly les justes sujets de mefiance, que nous avons d'eux. Il est certain qu'ils ont parlé, desorte que les Impériaux, & quasi toute l'Assemblée, ont crû qu'ils vouloient conclure avec nous, si nous nous contentions de ce qui nous est offert, sinon de passer outre, & de suivre l'exemple de Messieurs les Etats. La chose n'est pas encore si assûrée, que nous n'ayons les yeux ouverts sur ce qui se passe, vû même que depuis que le Comte de Trautmansdorff est parti, Monsieur Salvius confere souvent avec Wolmar, & quelquefois même en lieu tiers. Ce qui augmente notre crainte est qu'on sait qu'il se fait de grands présens de tous côtés, qui sont des raisons plus puissantes & plus persuasives qu'aucune autre, dont on se puisse servir. Il eût été bien à considérer qu'en une telle conjoncture, nous eussions eû moyen de gagner quelques-uns de ceux qui ont pouvoir, & il eût été très-utile de s'assûrer des Plénipotentiaires de Suéde. Le Secretaire de leur Ambassade est fort honnête homme, & paroît bien intentionné. Nous lui avons fait esperer une gratification considerable.

L'avis que l'on a du Sieur de Rozenhan pourroit bien être fondé, parce qu'en effet, il ne témoigne pas nous être affectionné, & ne peut s'empêcher même en notre présence d'improuver nos raisons, & d'y déferer moins que les Plénipotentiaires de Suéde. Il est vrai pour dire tout, que nous doutons de la cause veritable de sa conduite, & s'il a l'intention mauvaise, ou si ce n'est point qu'il est moins adroit, & qu'il se découvre plus qu'eux. Car nous avons sû par les Sieurs Croissi & Wetus, qu'il a parlé assez fortement au Comte de Trautmansdorff pour les intérêts du Roi, & ceux de Madame la Landgrave.

Nous avons bien observé les avis importans qui nous sont donnez par ledit Mémoire, & essayerons d'en profiter, pour le service de leurs Majestés.

Le chemin que l'on a pris d'écrire à Monsieur Chanut, de ce qui s'est passé entre les Ambassadeurs d'Espagne & d'Angleterre, & le Resident de Suéde, est sans doute le meilleur pour s'opposer au mal, & à la source, & y remedier

1647.

de bonne heure. Nous craindrions qu'en l'état présent des affaires il ne fût pas à propos d'en parler ici aux Ambassadeurs, qui étant recherchés de tous côtés deviendroient encore plus hardis avec nous, & auroient de nouvelles forces pour nous presser; toutefois s'il se présente quelque occasion, nous tâcherons de leur couler quelque mot, qui ne puisse nous porter du préjudice.

Nous avons reçu le Mémoire du Député de Monsieur l'Electeur de Cologne, auquel l'on pourra faire considerer, que nous n'avons pas peu fait pour son Maître, puisque tout fraichement les Hessiens ont diminué la demande qu'ils faisoient d'un million à huit cens mille Risdalles, & qu'ils se sont desistés de prétendre pour le payement d'avoir à perpetuité les Terres par eux demandées sur les Evêchés qui apartiennent audit Sieur Electeur, se contentans de les tenir par engagement.

Quand on a reçu l'ordre de Sa Majesté de faire ensorte de relever le Landgraviat d'Alsace de l'Empire, on n'a pas pû l'executer, d'autant que l'Article de la satisfaction de la France étoit délivré aux Impériaux, & dans l'état où étoient les choses, si nous eussions changé en un moment nos demandes, nous eussions excité un étrange bruit contre nous, capable de produire un mauvais effet, & de persuader à l'Assemblée que nous ne cherchons, par le changement des propositions, que d'éloigner ou de rompre la Conclusion du Traité. Il seroit même à craindre, que si les Impériaux étoient obligés par les Etats de l'Empire d'entendre à ce Parti, ils ne prétendissent ce qui seroit plausible aux mêmes Etats : Que les trois Evêchés doivent être tenus avec la même dépendance, y ayant égalité de raison à l'un & l'autre. Néanmoins, s'il se présente quelque occasion de faire revenir les choses à ce point, sans toucher aux trois Evêchés, qui doivent à notre avis être unis & incorporés à la Couronne, nous nous en prevaudrons, & essayerons de menager les choses du mieux qu'il sera possible.

Nous rendons de très-humbles graces à leurs Majestez de la communication, qu'elles ont eû agreable qui nous fût donnée de l'état présent des affaires. On ne peut assez loüer les soins que l'on a eûs de pourvoir promptement aux choses nécessaires à la continuation de la Guerre, puisqu'il semble que les Ennemis ont fait élection de ce parti. Les bonnes & sincérés intentions de leurs Majestez attireront du Ciel de nouvelles benedictions, qui paroissent déja dans les succès arrivés aux affaires de Flandres pour nos Parties. Il se voit clairement que la moindre apparence de bonheur, leur ôte la pensée de la Paix, puis qu'à la verité, dans une Assemblée convoquée à cette seule fin, ils ne se sont pas pû empêcher de persecuter ceux qui y ont témoigné de l'inclination, & de les forcer d'en sortir, comme il s'est fait en la personne du Comte de Trautmansdorff.

Nous avons oublié de remarquer que les Impériaux ayans compris le Roi d'Espagne, dans le premier Article de leur Projet qui parle du rétablissement de la Paix, & en ayant encore fait mention, sur la fin parmi les Princes, qui sont nommez de leur part dans le Traité; nous avons crû laisser les mêmes mots dans ledit premier Article de notre Projet, afin de ne pas donner sujet à quelqu'un de dire, que la France ne veut point faire la Paix avec l'Espagne, & pour faire voir que l'intention de leurs Majestez est de traiter aussi avec le Roi Catholique; mais nous avons déclaré aux Médiateurs, que

1647.

s'il ne se fait rien avec l'Espagne, avant que le Traité de l'Empire se concluë, nous prétendions que le Roi Catholique ne fût, ni compris, ni nommé.

MESSIEURS

Les

PLENIPOTENTIAIRES

à Monsieur le Comte de

BRIENNE.

A Munster le 29. Juillet 1647.

Prise de la Bassée. Leurs soins pour empêcher un Traité particulier avec l'Empire, à l'exclusion de la France. Monsieur Servien est encore à la Haye.

MONSIEUR,

LA Dépêche du dix-neuviéme de ce mois, n'a pas été aportée avec plus de diligence que les précedentes; elle vient d'être déchiffrée seulement, & nous n'avons pas encore eû le tems de la confiderer, ni de faire réponse, ce qui sera remis au premier Ordinaire.

Prise de la Bassée. Nous avons eû beaucoup de joye de la prise de la Bassée, & de celle de Dixmude; elle a été augmentée en ce que l'on a trouvé faux les bruits que les Espagnols ont fait courir, qu'après la reddition de la Bassée leur armée l'avoit aussi-tôt investie, & pris de l'avantage sur la nôtre. Eux & leurs partisans font un peu humiliés quand ils voyent, que nonobstant toutes leurs vanteries, les choses font en état, que jusques ici ils ont pour le moins autant perdu que gagné.

Leurs soins pour empêcher un Traité particulier avec l'Empire à l'exclusion de la France. La crainte que nous avons eû, & de laquelle nous ne sommes pas encore délivrés, que le Traité de l'Empire ne se concluë sans nous, nous a fait resoudre de prendre chez un Marchand trois mil Risdalles, qui est ce que l'on a pû trouver en cette Ville, sans faire du bruit, nous les avons fait donner aux Députez de Brandebourg qui ayant crédit parmi les Protestans, qui pressent plus que tous les autres la conclusion du Traité, nous avons crû que cette somme seroit très-bien employée pour moderer un peu la chaleur, avec laquelle ils portoient les choses à l'accommodement.

Vous savez, Monsieur, qu'il y a plus d'un an que nous avons fait une autre avance de cinquante mil Livres, & d'ailleurs il seroit extrémement utile dans cette conjoncture de distribuer de l'argent parmi les autres Députez des

TOM. IV.

Princes & Etats de l'Empire; étant certain que l'on peut par ce moyen plus efficacement, que par aucun autre, détourner le mal, & ménager ici les affaires pour les conclure au point que leurs Majestez désirent. Nous payons d'esperance plusieurs d'entr'eux, mais cela n'a pas la même force, qu'un don present & effectif, & même aliene les bonnes volontés quand on vient à y manquer. L'état où font les choses merite que l'on y pourvoye promptement, & que l'on nous mette en main de quoi rendre utiles au Roi, les avances, selon qu'il sera jugé à propos, soit enfin pour terminer, & sortir avec bienseance de cette Assemblée.

Monsieur Servien est encore à la Haye. Monsieur de Servien est toûjours à la Haye, mais il nous écrit qu'il en doit partir cette semaine, après avoir arrêté de tous points, & signé le Traité de Garantie avec Messieurs les Etats. Sur ce, après nos humbles recommandations à l'honneur de vos bonnes graces, nous demeurons &c.

MEMOIRE

De Messieurs les

PLENIPOTENTIAIRES,

ENVOYE' EN COUR

Le vingt-neuviéme Juillet 1647.

Ils pressent pour la satisfaction de la France. Les Suédois déclarent aux Impériaux qu'ils ne feront rien sans la France. Mais les François s'en méfient. Leur sentiment touchant la jonction des armées de France & de Suede. Touchant les subsides pour la Suede. Facilité des Suédois par raport à la satisfaction des Troupes. Et sa satisfaction. Ils soutiendront les interêts de Baviere.

Ils pressent pour la satisfaction de la France. L'On s'est servi ici de toutes les raisons touchées par les derniers Mémoires, pour faire voir la justice de la demande de la France, & l'intérêt que les Etats de l'Empire ont à ce que l'Empereur ne s'engage point dans la Guerre d'Espagne. Les Ambassadeurs de Suéde, que nous avons vû assidument, tantôt à part, tantôt ensemble, ont été les premiers à les considerer. Ensuite dequoi les Députez des Princes & Etats Protestans s'en font rendus plus capables qu'ils n'avoient été. Il est vrai que les uns & les autres ont pris à cœur le retour des Troupes de Baviére, au service de l'Electeur, & de

S 2

la reddition de la Ville d'Egger, du bon état des affaires du Roi en Flandres, & de l'esperance du subside que nous avons donné aux Suédois, joint qu'en l'absence du Comte de Trautmansdorff les autres Plénipotentiaires de l'Empereur n'ont pas assez d'autorité d'accorder promptement à ceux de Suéde ce qui les pourroit tenter de conclure. Nous avons aussi fait quelques gratifications aux Députez de Brandebourg, qui se sont rendus comme Médiateurs & confidens entre les Impériaux & Suédois, & depuis ce tems-là ils ont pris soin de s'instruire de nos raisons, & de ne pas presser, comme ils faisoient, l'ajustement des autres affaires.

La rencontre de toutes ces causes a fait que Messieurs Oxenstiern & Salvius ont parlé nettement aux Impériaux, & déclaré qu'ils ne peuvent rien faire sans la France, tellement qu'après avoir encore conféré deux fois avec les Plénipotentiaires de l'Empereur sur les intérêts de Madame la Landgrave, & du Marquis de Bade, qui ne sont pas néanmoins terminés, Monsieur Salvius a pris la resolution de retourner à Osnabrug, laissant ici Monsieur Oxenstiern. Mais comme l'execution & interpretation de cette parole dépend d'eux-mêmes, & qu'en effet la satisfaction de la Couronne de Suéde étant achevée de tout point, il ne reste rien à faire, qui leur soit veritablement à cœur; il y a toûjours grand sujet d'être sur ses gardes avec des gens qui ont déja délibéré une fois, & qui après deux mois de sejour en cette Ville, ce qui est fort contraire à leur fierté naturelle ne pouvans se resoudre d'en partir, nous jugeons que cela ne peut être, que pour attendre les ordres, qui seront envoyés ici, lorsque le Comte de Trautmansdorff sera arrivé auprès de l'Empereur, d'autant que le Sieur Wolmar est celui qui est dans cette confidence, pour traiter avec eux, & qui est le seul qui a toutes les affaires en main, & ledit Wolmar ne pourroit pas aller à Osnabrug, traitant au même tems de nos affaires, sans faire éclat & montrer évidemment, que ce seroit un Traité particulier.

Il est aussi à craindre, que dans l'humeur hazardeuse de Monsieur Wrangel, qui veut aller droit aux Ennemis, s'il lui arrivoit un mauvais succès, ces Messieurs ne crussent avoir une legitime excuse de conclure aussitôt leur accommodement, sans attendre qui que ce soit. C'est le bien & le mal que nous pouvons connoître en la disposition presente des affaires, & selon que l'un & l'autre augmentera, nous entrerons plus ou moins dans les expedients, qui nous sont si prudemment suggerez par lesdits Mémoires.

Nos sentimens se raportent à ce qui est contenu dans celui du troisiéme de ce mois touchant la jonction de l'armée du Roi avec la Suédoise, comme aussi à essayer de faire trouver bon aux Plénipotentiaires, qu'en leur accordant le subside, ladite armée puisse être employée présentement, où Sa Majesté en aura besoin. Nous y avons déja travaillé avec quelque succès, pouvant dire au moins que l'esperance, que nous avons donné du payement du terme qui est échu, fait cesser les plaintes de l'éloignement de l'armée. Nous n'omettrons aucun soin pour les tenir en cette disposition, & y faire ajoûter un consentement formel de leur part, ce qui ne se peut faire sans qu'ils sachent pour certain, que l'ordre est donné pour les remises de l'argent, autrement ils auront dequoi couvrir le manquement qu'ils voudroient faire, en disant, comme ils ont déja

dit plusieurs fois, que la retraite de l'armée du Roi, & la cessation du subside, sont la premiere contravention.

Toutes les esperances, que nous avons données pour ledit subside, ne peuvent empêcher en aucune façon l'effet de la Négociation, que le Sieur Chanut avoit fait sur ce sujet à Stockholm, ayant plusieurs fois témoigné aux Plénipotentiaires de Suéde, qu'il étoit chargé de cette affaire. Mais parce que nous croyons ne pouvoir plus guéres différer de leur promettre le payement du terme échû, si nous n'avons point de nouvelles du Sieur Chanut, avant que Monsieur Salvius revienne ici, nous leur en donnerons parole, avec la relation de ce qui aura été traité en Suéde.

C'est avec grande raison que l'intention des Suédois a été suspecte à la Cour, en ce que les Impériaux & eux trouvent tant de facilité à laisser indécis le point de la satisfaction de la milice. Nous sommes entrés dans le même soupçon, non à la verité pour croire qu'ils fussent capables de se lier ensemble après la Paix, au préjudice de la France, comme nous voyons aussi par le Mémoire que l'on a bien jugé que les choses n'alloient pas si avant. Mais il y a grande apparence, que c'est pour demeurer armés, soit pour les raisons judicieusement marquées par ledit Mémoire, soit pour avoir un pretexte de ne nous pas assister de leurs Troupes contre les Espagnols, joint qu'ils nous ont dit plusieurs fois, qu'ils vouloient retenir toute leur Infanterie, partie en Allemagne & partie en Suéde.

Il ne se peut rien ajoûter à la conclusion, que l'on a tiré à la Cour de ce que dessus, qu'il est plus important que jamais, que la Couronne de Suéde soit satisfaite de la France; c'est à quoi nous aporterons ce qui dépend de nous, comme à une chose que nous tenons entierement nécessaire au bien du service du Roi, & il semble que cela ait assez bien réussi ces jours passés. Mais nous avons affaire à des gens que l'on ne peut pas tenir longtemps avec de bonnes paroles, ni avec des soins qu'on y peut aporter.

Nous avons reçu les Mémoires donnés par Monsieur Krebs pour les intérêts de Monsieur le Duc de Baviére, & nous en aurions déja parlé aux Suédois, si le Baron d'Azenlang lui-même n'avoit pas jugé à propos de faire vuider ici de tout point l'affaire Palatine, & de la faire signer, s'il se peut, avant que d'en mettre sur le tapis aucune autre.

Les Lettres que ledit Sieur Electeur nous a écrites nous recommandent la même chose; aussi en avons-nous pressé les Plénipotentiaires de Suéde, dans une Conférence, que nous avons eu sur ce sujet avec eux. Deux points nous ont arrêté, l'un est que le Baron d'Azenlang dit avoir ordre de faire ajoûter à la cession qui doit être faite de tout le Palatinat ces mots: *Avec la Comté de Cham qui apartient sans cela au Duc de Baviére.* Nous avons remontré à Messieurs Oxenstiern & Salvius, que pour contenter ce Prince, nous devions faire mettre cette clause dans l'Article, d'autant que ou ladite Comté de Cham dépend du Duché de Baviére, & en ce cas on ne donne rien, ou si elle fait partie du haut Palatinat, puisque l'Electeur de Baviére en doit retenir la totalité, il n'y a aucun inconvenient d'exprimer ce qui n'en est qu'une portion. Néanmoins comme toutes les choses qui regardent les intérêts de ce Prince sont difficiles avec ces Messieurs, ils n'y ont pas voulu consentir, & le Baron d'Azenlang

lang dit ne pouvoir paſſer outre, qu'il n'ait reçu l'ordre de ſon Maître ſur cela.

L'autre difficulté plus importante, qui a été formée par les Plénipotentiaires de Suéde, eſt qu'ils veulent retrancher une clauſe, qui eſt dans notre Projet : que l'exercice de la Religion Catholique demeurera libre dans le bas Palatinat.

A quoi nous avons ajoûté, pour y trouver moins d'oppoſitions, que ceux de la Confeſſion d'Ausbourg auroient la même liberté : mais les Suédois diſent que l'Empereur ne voulant admettre l'exercice de la Lutherienne dans les Païs Héréditaires, ni le Duc de Baviére dans le haut Palatinat, il n'eſt pas raiſonnable qu'au préjudice du droit de reformation, dont tous les Princes de l'Empire jouïſſent, les Palatins reſtent obligés à cette condition. Nous leur avons demandé s'ils avoient conſenti à ce que l'Empereur & l'Electeur de Baviére déſirent & ſur ce qu'ils ont dit que non, il leur a été repliqué pourquoi donc il ne ſeroit pas permis au Roi de faire cette demande pour un Païs dont il reſtituë la plus grande partie. Ils ont été empêchés de répondre ſur cela, mais le mal eſt que les Impériaux, qui vendent la Religion à bon marché, quand leur intérêt n'y eſt pas joint, ou qu'ils croyent nous nuire, au lieu de demeurer d'accord avec nous de la ſuſdite clauſe, alleguent le refus que les Suédois font d'y conſentir. Nous n'avons pas manqué de faire remarquer à Monſieur le Nonce leur mauvaiſe intention, & l'étrange procedé qu'ils tiennent avec nous dans un point de cette nature. Nous eſtimons pourtant qu'il faudra ſe contenter de ſtipuler cette liberté dans notre Traité, ſans qu'il en ſoit fait mention en celui qui ſera fait avec la Couronne de Suéde, ſi ce n'eſt que leurs Majeſtés nous ordonnent d'inſiſter plus avant, ou que pour éviter toute conteſtation avec nos Alliés, elles jugent à propos de tirer ſéparément une promeſſe des Princes Palatins, de laiſſer au bas Palatinat le libre exercice de la Religion Catholique.

Pour les Places du Wirtemberg, & les quartiers de l'armée Bavaroiſe on y fera toutes choſes poſſibles ; mais nous n'eſperons pas d'avancer beaucoup avec des perſonnes difficiles en tout, & peu affectionnées à cet Electeur. Ils diront ſans doute, que ce n'eſt point à eux de convenir de ces choſes-là ; auſſi nous ſembleroit-il plus à propos d'en faire traiter par le Sieur d'Avaugour près le Maréchal Wrangel, qui connoiſſant mieux que les Plénipotentiaires, combien il importe aux Couronnes de ne les deſobliger pas, Monſieur le Duc de Baviére ſe rendra peut-être plus facile qu'eux à lui accorder ce qu'il déſire. Au ſurplus quand nous parlerons de ce fait auxdits Plénipotentiaires, nous croyons qu'il ſera encore meilleur de faire la demande au nom de Monſieur le Duc de Baviére, qu'en celui de leurs Majeſtés, parce que de cette ſorte elle ſera mieux reçuë, & donnera moins de défiance à ces Meſſieurs, qui tiennent pour ſuſpect tout ce qui peut être avantageux à la France.

MESSIEURS

les

PLENIPOTENTIAIRES,

à Monſieur le Comte de

BRIENNE.

Du 5. Août 1647.

Notes & conteſtations des Impériaux au ſujet du Projet donné par les François. Ils recommandent l'Evêque d'Epheſe.

MONSIEUR,

Nous vous envoyons copie des notes que les Impériaux ont faites ſur le Projet qui leur a été donné de notre part, duquel vous aurez reçu un imprimé avec la Dépêche précedente. L'on verra par leſdites notes, que leſdits Plénipotentiaires de l'Empereur n'ont pas manqué de diſputer & faire naître des difficultés par tout où ils ont pû, juſques là que n'oſans contredire la demande faite pour le libre exercice de la Religion Catholique dans le bas Palatinat, au lieu d'y conſentir purement & ſimplement, ils ont répondu qu'ils le déſiroient comme nous ; mais que les Suédois y étoient contraires : & quand ils ont été obligés d'accorder ce que nous avons mis audit Projet, en faveur de quelques Communautés ou particuliers, ils ont remis le tout à ce qui en avoit été convenu avec les Plénipotentiaires de Suéde, ne voulans pas qu'il parût que la France ait aucun credit ou autorité dans les affaires de l'Empire. Sur ce que nous avons déſiré pour expliquer le point de la ſatisfaction, ils ont toujours refuſé, & il paroit en ſomme que leſdites notes ont été dreſſées par un eſprit tout éloigné du déſir d'accommodement avec la France : ils ont encore fait davantage, pour nous brouiller parmi les Etats de l'Empire, ayant excité les dix Villes Impériales de la baſſe Alſace à préſenter un Ecrit auxdits Sieurs Etats, par lequel ils s'éforcent de montrer, que les droits que la Maiſon d'Autriche exerçoit n'étoient pas Héreditaires, mais ſeulement par commiſſion de l'Empereur & de l'Empire, afin de reduire à rien, ou à fort peu de choſe ce qui eſt tranſporté à leurs Majeſtés, ſur la baſſe Alſace & leſdites Villes.

Cela fait voir clairement la mauvaiſe volonté de nos Parties, qui ſe ſouviennent fort peu de tant de bons offices, qu'on leur a rendus, &

Notes & conteſtations des Impériaux au ſujet du Projet donné par les François.

S 3

qui

qui ne se mettront jamais à la raison, que par la force & la nécessité : aussi esperons-nous que le bon état des affaires du Roi fera bientôt changer de langage, non seulement aux Allemands, mais encore aux Espagnols, & que les soulévemens de Naples & de Sicile, & le bonheur des armes du Roi dans la Flandres, feront perdre les esperances, qu'ils avoient legerement prises.

Ils recommandent l'Evêque d'Ephese.

Monsieur le Nonce nous a dit que le Sieur Jaques de la Torre, natif de la Haye, Archevêque d'Ephese, & Coadjuteur du Vicaire Apostolique des Provinces-Unies, a été fait depuis quelques années Aumonier de la Reine, & que s'il plaisoit à Sa Majesté de lui donner quelque Benefice en France, il s'en tiendroit grandement honoré. Monsieur Contarini nous en a fait aussi grande instance, nous assurant de ce que nous savions déja, que ledit Sieur de la Torre est d'une vie exemplaire, & fait un très-grand fruit parmi les Catholiques du Païs-Bas : nous croirions, que Sa Majesté lui donnant une Abbaye, ou quelqu'autre Benefice de mediocre valeur, feroit une œuvre non seulement digne de sa grande piété & bonté, mais encore très-utile à la France, pour conserver la bonne volonté des Catholiques dudit Païs, & les detromper d'une fausse opinion, dont la plûpart d'entr'eux sont imbus, qu'en France on ne considere pas assés la Religion. Nous vous supplions Monsieur, de faire cet office auprès de Sa Majesté, & nous croyons, que s'il lui plaît accorder cette grace, elle en recevra beaucoup de gloire, & que cela servira à la reputation, au bien & à l'avantage de son service.

Nous remettons le reste au Mémoire, & nous vous supplions de nous conserver l'honneur de vos bonnes graces, & de croire que nous sommes &c.

MEMOIRE

de Messieurs les

PLENIPOTENTIAIRES,

ENVOYE' EN COUR

Le 5. Jour d'Août 1647.

Les Impériaux ne veulent pas promettre qu'ils n'assisteront pas l'Espagne. La France persevere dans ce point. Indifférence d'Oxenstiern. Et ses raisons pour soutenir celles des Impériaux. Leurs sentimens là-dessus. Ils envoyent à la Cour la réponse des Impériaux. Ils s'en plaignent aux Médiateurs. Propositions des Médiateurs. Réponse des Minis-

tres de France. Ils se plaignent des Etats Catholiques d'Allemagne. Oxenstiern blâme les Impériaux. Ils font une déclaration aux Impériaux par le moyen des Médiateurs. Oxenstiern hazarde la rupture du Congrès. Raisons qu'il allegue. Leur conduite envers lui. Et leur avis à la Cour. Mais ils se méfient de la sienne. Leur avis touchant la conclusion du Traité de l'Empire. Touchant la Paix avec l'Espagne. Les Hollandois signent le Traité pour la Garantie. Affaires de Baviére.

Les Impériaux ne veulent pas promettre qu'ils n'assisteront pas l'Espagne.

DE plusieurs discours tenus tant par les Médiateurs, que par les Ambassadeurs de Suéde, il se voit, que les Impériaux persistent absolument à ne vouloir pas promettre qu'ils n'assisteront pas le Roi d'Espagne contre la France & de n'accepter en cela aucune condition qui ne soit reciproque, comme d'obliger l'Empereur & l'Empire à ne donner aucune assistance aux Espagnols, en quelque qualité que ce soit, pourvû que le Roi ne puisse tirer aucun secours, ni de la Reine de Suéde, ni de Madame la Landgrave, ni de tout l'Empire pendant cette Guerre présente, ou qu'il soit permis à un chacun d'assister de ce qu'il voudra. Lesdits Médiateurs, & Monsieur Oxenstiern beaucoup plus qu'eux maintient que cela est juste, & qu'on ne peut avoir raison de prétendre quelque chose d'inegal avec l'Empereur ; que ce lui seroit une trop grande honte, & qu'à moins d'être tout à fait subjugué, il n'y peut consentir.

On lui a premierement demandé, s'il trouvoit que les conditions dont il est convenu avec les Impériaux soient fort égales & que ce que la Couronne de Suéde rend à l'Empereur pour trois Principautés qu'il lui cede, contribue au payement de l'armée Impériale, comme les Impériaux feront pour la sienne : si elle donne de l'argent & des secours à l'Empereur comme a fait la France, ou si elle en reçoit ; sur quoi nous ayant payé d'un souris, nous lui avons representé, que si l'Empereur étoit en guerre avec les Princes de Transsilvanie, ou avec les Rois de Pologne, de Danemarck ou autres, l'on ne refuseroit pas d'entrer dans la même obligation, que celle qu'on lui demande, & de promettre que pendant cette Guerre le Roi ne pourroit assister contre lui aucun desdits Princes ; que c'est là le seul cas, où l'Empereur auroit sujet de prétendre de nous une obligation reciproque, qu'autrement il faudroit faire un nouveau Traité, & que personne ne pourroit trouver raisonnable, que leurs Majestés rendissent des Terres, payassent des dettes, & donnassent de grandes sommes d'argent, pour être le lendemain employées contre elle même ; que cela a été reconnu si juste par le Comte de Trautmansdorff, que lorsqu'on traita de la satisfaction de la France, il en demeura comme d'accord, & sur ce fondement les Articles furent arrêtés, nous ayant été dit alors plusieurs fois, qu'il ne pouvoit pas s'expliquer sur ce sujet, ni sur celui du Duc Charles, jusques à ce qu'on soit sûr le point de conclure la Paix : qu'on n'a rien changé de cet-

1647. cette resolution, sinon la mort du Prince d'Espagne; dont il n'y a personne dans l'Assemblée qui ne soit bien informé; mais que cet accident ne détruit pas la raison que nous avons euë de le demander & qu'elle est encore aujourd'hui la même qu'elle étoit en ce tems-là.

Nous y avons ajouté plusieurs fortes considerations portées par le Mémoire de la Cour, mais le tout en vain. *Indifférente d'Oxenstiern.* Monsieur Oxenstiern n'en veut pas être persuadé, & il semble qu'il en use ainsi, sous prétexte d'achever leurs affaires sans nous, si quelque disgrace arrivoit à leur armée, ou au moins pour nous contraindre à nous départir de cette prétension, & vendre notre relâchement aux Impériaux, comme ils font en toutes rencontres. Son dessein est aussi en la desaprouvant si fort, de nous faire valoir cherement la continuation de la guerre, laquelle nous voyons qu'ils désirent pour leur propre intérêt.

Il ne se contente pas de nous condamner sur cet Article, il nous conseille & dit, qu'il vaut mieux consentir, que le Roi & la Reine d'Espagne puissent tirer du secours de leurs Alliés & adherans, que non pas de se priver de l'assistance que la France peut recevoir de la Suéde & des Etats de l'Empire. Sa raison est qu'on ne sauroit empêcher ni trouver mauvais que l'Empereur envoye des gens de guerre de ses Païs Héréditaires en Espagne contre le Portugal, & qu'ainsi ce lui seroit un moyen de fortifier toûjours le parti Espagnol. *Leurs sentimens là-dessus.* Mais outre que nous ne pouvons avoir pis, que ce que ledit Sieur Oxenstiern propose, & qu'il y auroit plus d'avantage à prendre quelques-uns des expediens, qui nous ont été mandés de la Cour, nous estimerions en cas de besoin, que pour faire cette égalité de condition à laquelle les Impériaux sont si attachés; l'on se pourroit contenter pendant la présente Guerre entre les deux Couronnes, que l'Espagne ne pût être assistée de l'Empereur, ni la France de la Couronne de Suéde, sans ôter la liberté qui est naturelle aux Princes & Etats de l'Empire, de favoriser l'un ou l'autre parti. On pourra par ce moyen croire que la France disposera d'une partie des Troupes de Madame la Landgrave; qu'elle a aussi plus de part que les Espagnols dans celles de Bavière, & que parmi les autres Etats de l'Empire, elle aura autant de crédit qu'eux. L'on y auroit encore cet avantage que l'Empereur donnant du secours au Roi d'Espagne, comme pour ses propres affaires, on n'y épargneroit rien pour renforcer les Troupes par celles des Alliez & les faire subsister, au lieu que l'on ne pourroit rien avoir de la Couronne de Suéde, qui ne coûtât beaucoup, & de plus nous doutons qu'on s'en puisse servir cette année, à cause que le payement de la Milice ne peut être fait de longtems, & que les Troupes ne partiront point qu'elles ne soient tout à fait contentes.

Que si nous ne pouvons obtenir ce que dessus, & que nous fussions forcez d'exclure aussi Madame la Landgrave avec la Couronne de Suéde, leurs Majestés jugeront, s'il ne seroit pas plus utile de se passer généralement de toute l'assistance des Princes & Etats de l'Empire, puisqu'en ce cas elles auroient toûjours la faculté de lever des Troupes Allemandes, dans l'Alsace sans violer ladite condition.

Ils envoyent à la Cour la réponse des Impériaux. Voici la réponse que les Plénipotentiaires de l'Empereur ont faite à notre Projet de Traité; elle ne sauroit être plus desobligeante, ni marquer davantage le peu d'égard qu'ils ont pour la France, nonobstant la moderation, dont leurs Majestés ont usé en ce qui regarde les intérêts particuliers de la Couronne. Les Suédois qui les

1647. ont traités tout d'une autre sorte, & fait ajouter beaucoup à leurs demandes, au lieu d'en rien rabattre, sont ceux qu'ils caressent & qu'ils recherchent particulierement; mais il n'y a pas sujet de s'en étonner, car outre que c'est à dessein de souftraire au Roi ses principaux Alliez, comme les Espagnols ont tenu la même conduite avec Messieurs les Etats, & que la Maison d'Autriche trouve moins de desavantage à ceder des Provinces aux Suédois & aux Hollandois, que de souffrir que la France s'accroisse d'une Ville. Nous considerons bien que la Couronne de Suéde a de grandes forces en Allemagne, qu'elle y occupe beaucoup de Païs, & que c'est elle seule aujourd'hui qui se fait sentir à l'Empereur. C'est un si grand avantage que les Suédois s'en meconnoissent, & qu'en nous avertissant que les Ennemis ne regardent plus la France avec soin, ils tombent insensiblement eux-mêmes dans cette négligence.

Ils s'en plaignent aux Médiateurs. Nous nous sommes plaints à Messieurs les Médiateurs de ce que les Impériaux ont refusé généralement tout ce qui concerne la satisfaction du Roi, quelque moderée qu'elle soit; les intérêts de Monsieur l'Electeur de Trêves, de celui de Bavière, au sujet d'une Terre qui est du Wirtemberg, de Monsieur le Duc de Savoye, & de Mantouë, jusques là même qu'ils ne veulent pas que l'Ordre de Malte soit rétabli dans l'état auquel il a été avant la Guerre, & qu'enfin de peur de nous accorder quelque chose, ils ont mieux aimé chercher des excuses, pour ne pas consentir que l'exercice de la Religion Catholique soit libre au bas Palatinat. Les Médiateurs n'ont pû défendre ces deux derniers refus & ils ont enfin avoué que toute la reponse des Impériaux est fort absurde: Monsieur Contarini a ajouté qu'il le leur a dit aussi avec ressentiment, & nous n'en doutons pas; ils ne laissent pas de nous convier à prendre des temperamens, en ce qui reste indécis, & nous ont proposé:

Propositions des Médiateurs. Que l'Empereur & les Archiducs ne puissent pas se qualifier Comtes de Ferrette, ni Landgraves d'Alsace, en traitant avec le Roi, mais que ce dernier titre leur reste en tous les autres Contrats, Lettres ou Ecritures.

Que l'on rende reciproque l'obligation que nous demandons à l'Empereur, de ne point assister les Espagnols.

Et que pour le fait du Duc Charles cela soit proposé aux Etats de l'Empire, qui ne seront pas d'avis de soutenir plus longuement les miseres de la Guerre, pour un intérêt étranger.

Réponse des Ministres de France. Nous leur avons représenté sur le premier point, que ce seroit perdre notre cause, & ce qui a été acquis au Roi par les Articles arrêtés au mois de Septembre dernier. Ils nous pressent donc d'en demeurer aux termes de ladite Convention; mais nous repliquons que dès lors, les Impériaux vouloient excepter les Fiefs des Ducs, Princes, Comtes, & Gentilshommes enclavés dans les Evêchés, & qu'après plusieurs allées & venuës, cette exception fût rayée de leur consentement, & que nous en rendimes compte à leurs Majestés, comme d'une chose resoluë, que nous serions encore demeurés en cette bonne foi, sans changer une syllabe de l'Article, si les Impériaux n'y avoient mis la susdite exception; que cela nous aprend qu'avec eux ce n'est pas assés de faire ôter une clause, puis qu'après y avoir consenti, ils ne laissent pas d'en conserver toûjours la prétention. Et qu'ainsi afin d'éviter un troisième procès sur une question déja terminée, & qui pourroit

avec

avec le tems faire naître de nouveaux troubles dans l'Empire ; Nous avons été forcez par la mauvaise intention de nos Parties d'expliquer clairement les chofes, & de comprendre les fiefs qu'ils ont voulu referver, fans l'avoir pû obtenir : nous avons fait voir aux Médiateurs par notre Minute comment l'exclufion defdits Fiefs a été rayée, mais jamais l'inclination ; car comme ils n'infiftoient que fur une chofe concluë, il n'y falloit plus retoucher.

Sur le fecond point nous avons dit, que l'exemple du Comte de Habsbourg, dont l'Empereur retient le titre, quoiqu'il apartienne aux Suiffes, ne peut fervir à cette affaire, d'autant qu'il ne leur a pas été cedé formellement, & bien moins vendu par un Traité, comme eft aujourd'hui l'Alface ; & que fi la Maifon d'Autriche veut garder fon titre, nous garderons notre argent ; ils nous ont comme donné les mains.

Nous avons employé fur le troifiéme ce qui eft écrit ci-deffus.

Nous foutinmes fur le quatriéme, que c'eft une chofe accordée dès le mois de Septembre, fans quoi nous avons toûjours déclaré ne pouvoir convenir avec l'Empereur, que s'il veut le Confeil des Etats de l'Empire, pour y appuyer la réfolution qu'il prendra à l'égard du Duc Charles, nous ne l'empêcherons pas.

Nous infiftâmes avec la même fermeté à ce qui touche le jufte contentement de l'Electeur de Trêves, & des autres Princes, Amis ou Alliés de la France.

Il eft à remarquer dans la réponfe des Impériaux, que la feule chofe qu'ils accordent en faveur des Suiffes, & fpecialement du Canton de Bâle, ils l'accordent aux Ambaffadeurs de Suéde, qui n'en ont fait aucune mention dans leur Projet, & qu'ils n'en ont Traité avec eux que depuis qu'ils ont vû cet Article dans le notre : le Député des Cantons ici s'en eft moqué avec nous, & il a vû le foin, que nous avons pris de cette affaire depuis quatre mois.

Ils fe' plaignent des Etats Catholiques d'Allemagne.

L'on peut auffi faire quelque reflexion fur le refpect & la ponctuelle correfpondance de nos Parties envers lefdits Sieurs Ambaffadeurs aux-quels ils porterent une copie de leur réponfe à notre projet, immediatement après que l'autre fût mife ès mains des Médiateurs, qui s'en font offenfés, vû même que les Impériaux les avoient prié de la tenir fecrette. Nous n'avons pas manqué de faire obferver à Monfieur le Nonce, que ces bons Catholiques fe pouvoient contenter de nous avoir refufé de pouvoir dire la Meffe dans le bas Palatinat fans faire voir leur refus aux Suédois, & briguer leur bienveillance aux dépens de la Religion Catholique auffi bien qu'aux autres. Cette remarque obligea ledit Sieur Nonce de blâmer tout à fait leur conduite & même de parler au defavantage de celui d'entr'eux qui tient le timon.

Oxenftiern blâme les Impériaux.

Tant y a que Monfieur Oxenftiern vint nous trouver avec cette réponfe, & qu'après nous avoir demandé en riant, s'il manquoit encore quelque chofe à notre fatisfaction, il fe plaignit auffi de la dureté des Impériaux, tant en l'affaifaire de Heffe, qu'en celle de Bade, & autres où ils ne mettent pas encore la derniere main. Il dit qu'il étoit las d'être ici, depuis plus de deux mois, fans y rien avancer, qu'il s'en retourneroit à Ofnabrug ; mais qu'auparavant il déclareroit aux Plénipotentiaires de l'Empereur, que le Comte de Trautmanfdorff ayant quité l'Affemblée fans conclure le Traité, & eux continuant à faire difficulté fur les points qui reftent à vuider, il n'eft pas raifonnable

que pendant qu'ils prennent leurs mefures, & cherchent leurs avantages, la Couronne de Suéde demeurât toûjours expofée aux perils & engagée aux dépenfes de la guerre, fans avoir la liberté de propofer de nouvelles conditions felon l'état des affaires.

Il nous convia de déclarer la même chofe ; & comme nous vîmes qu'il nous ouvroit un chemin pour conduire d'un pas égal le Traité d'Allemagne avec celui d'Efpagne, nous demeurâmes d'accord, mais avec cette modification, que pour juftifier davantage les Couronnes, nous fûmes d'avis de faire dire aux Impériaux, que s'ils ne vouloient bientôt fortir d'affaires, l'on ne prétendoit pas toûjours demeurer aux chofes accordées, il y a déja affés longtems.

Ils font une déclaration aux Impériaux par le moyen des Médiateurs.

C'eft ce que nous déclarâmes le lendemain, aux Médiateurs, & en même tems Monfieur d'Oxenftiern en faifoit autant chés les Impériaux, mais fans leur donner aucun délai, pour prendre une réfolution convenable : en quoi il alla plus vite que nous, nonobftant ce qui avoit été concerté, & l'on voit qu'il défire engager les chofes à la rupture.

Oxenftiern hazarde la rupture du Congrès.

Il ajoûta néanmoins, comme nous fimes auffi que le Traité ne fe romproit pas pour cela, & qu'on continueroit à négocier, en cas que les Impériaux le trouvent bon.

Raifons qu'il allegue.

Il nous eft depuis venu vifiter, & a dit qu'il n'étoit plus tems de penfer à la Paix, que pour eux ils tournent à préfent tous leurs foins à faire plus puiffamment la guerre à l'Empereur.

Qu'il avoit toûjours tenu Koningfmarck en incertitude fur quelques Levées de Regimens, dont il avoit demandé confeil ; mais qu'il lui écrivit hier de faire le plus de Troupes qu'il pourra ; que le Maréchal Wrangel avoit rapellé Koningfmarck, qui fe fervoit auffi du fecours qui eft venu de Suéde, & qu'avec toutes fes forces il entreroit dans les Païs Héréditaires ; que jufques ici l'Empereur n'a payé que du bien d'autrui, que ç'a été le principal but des Confedérés d'affoiblir fa trop grande puiffance, & que c'eft ce que l'on a moins fait par ce Traité. Qu'il falloit étraindre plus fortement l'union des deux Couronnes, & qu'il étoit bien jufte, que du côté de la France on pourvût promptement aux chofes néceffaires, c'eft à dire à mettre l'Armée en état d'agir, & à faire payer le fubfide, puifque c'eft principalement pour nos intérêts que la Paix ne fe conclud pas.

Que la plûpart des Troupes Weimariennes font revoltées, qu'il n'en faut plus attendre de fervice, & qu'il eft très-néceffaire, fi l'on veut cooperer avec les Alliés, & maintenir le refpect qu'on doit à la France, qu'elle ait une armée en Allemagne.

Il demanda curieufement fi les nouvelles de Naples étoient veritables, & eut de la joye d'en aprendre de nous la confirmation.

Enfin il fit connoître tout à découvert, & avec une confiance qui ne lui eft pas ordinaire, que la Négociation de la Paix n'étoit plus de faifon.

Il s'avança même jufques à dire, qu'il feroit dangereux de donner encore un nouveau délai aux Impériaux, parce que fans doute, s'ils dépêchoient un Courrier à l'Empereur, pour lui faire favoir la Déclaration des Couronnes en même tems qu'il verra le fiége de la Guerre dans fon Païs, il ne manqueroit pas d'accorder ce qui refte indécis, & de nous ôter par ce confentement la plus favorable occafion qu'on aît encore eû de profiter.

Monfieur Oxenftiern ne s'apperçut pas que
ço

1647.

ce diſcours détruiſoit l'oppinion qu'il nous a-voit voulu donner peu auparavant, que la guer-re d'Allemagne continuë pour le ſeul intérêt du Roi; on l'épargna néanmoins ſur cette contra-diction, de crainte d'interrompre la bonne hu-meur qui le faiſoit parler plus librement que de coûtume.

Nous eſſayâmes deux fois à le faire expli-quer de ce qu'il pourroit encore prétendre pour la Couronne de Suéde, & il marchanda deux fois à le dire, répondant toûjours comme par modeſtie en termes géneraux; mais le deſir que nous avions d'être bien éclaircis de ſon intention, (qui eſt celle du Chancelier Oxenſtiern, & peut être de tout le Senat de Suéde) nous ayant porté à faire mention de la Pomeranie ulterieu-re, pour l'aider à produire ſa penſée; il témoi-gna que c'étoit bien quelque choſe, & qu'il ſuffiroit pour la recompenſe de l'Electeur de Brandebourg, qu'on lui donnât des à préſent l'Archevêché de Magdebourg; mais il ne ſei-gnit point d'ajoûter, que la Couronne de Sué-de devoit obtenir auſſi toute la Sileſie moyen-nant quoi il nous adjugeroit de ſa grace les Villes Foreſtieres.

Nous répondîmes, comme il avoit fait d'a-bord, avec des termes généraux, ſans deſaprou-ver ce deſſein, ni y adherer entierement de peur qu'on ne lui donnât prétexte de conclure promp-tement avec les Impériaux, dont nous ne pou-vons encore nous aſſurer qu'il aît perdu la vo-lonté, & que l'autre ne nous engageât au de-là de ce que leurs Majeſtés déſirent.

A la verité, ſi l'on venoit à faire de nouvel-les demandes ſi hautes & ſi vaſtes de la part des Suédois, comme il ſeroit juſte, que la Fran-ce prétendît quelque choſe d'équivalent, il eſt aiſé de juger, qu'au lieu de conclure la Paix, ce ſeroit un deſſein de guerre pour dix ans, & qui ne pourroit être que très mal reçu dans l'Empire, & dans les Etats voiſins. Ce ſeroit bien aſſés à notre avis, & un grand avantage pour la Couronne de Suéde, ſi leurs Majeſ-tés tâchoient à lui faire avoir la Pomeranie entiere, pourvû quelle ne tombe pas ſur l'E-gliſe Catholique, ladite Couronne s'obligeant de nous faire obtenir les Villes Foreſtieres le Briſgaw, & l'Ortenau, qui ſont des Terres de la Maiſon d'Autriche de moindre valeur & con-ſequence, que la Pomeranie Ulterieure; quoi-qu'à dire vrai, & pour deux raiſons, non moins politiques que Chrétiennes, la Paix ſeroit pre-ferable à tout cela, mais il ne ſeroit pas ſûr de le témoigner, tandis que l'Empereur nous re-fuſe tout, & qu'il eſt prêt de tout accorder aux Suédois, & pendant que la guerre continuë avec l'Eſpagne.

Cette conſideration jointe aux ordres reïté-rez de la Cour, de faire marcher enſemble, s'il ſe peut, les deux Traités, nous ayant obligé d'écouter favorablement ledit Sieur Oxenſtiern, il s'ouvrit toûjours davantage, qu'il ſeroit à pro-pos de convenir entre nous des conditions & obligations mutuelles pour ce nouveau deſſein, qu'il eſperoit de paſſer bientôt en Suéde, & qu'il ſeroit bien aiſé d'y porter la choſe reſoluë, ou au moins toute préparée; que les ennemis ſe ſont imaginés de la deſunion entre les deux Couronnes, qu'il les en faut détromper, & af-fermir l'Alliance deſorte que l'on ſoit bien aſſu-ré, auſſi bien des uns que des autres. On ne peut guerre avoir une confeſſion plus claire du peril où nous avons été pendant les derniers jours, qui ont précédé le départ du Comte de Trautmanſdorff; nous ne l'eſtimons guerres moindre juſques à ce que cette reünion ſoit fai-

Tom. IV.

te, ou la Paix d'Eſpagne concluë: & il eſt évident que l'on ne ſauroit être en conſideration auprès des Ennemis, ni en ſûreté avec les Al-liés, que par le moyen du Subſide & d'une ar-mée: nous avons comme promis le premier, mais Monſieur Oxenſtiern inſiſte auſſi pour l'au-tre, & ſans doute ce ſera auſſi une des condi-tions du Traité qu'il propoſe.

Ce qui nous tient toûjours en défiance de ſa conduite, c'eſt qu'outre les raiſons de douter ci-deſſus touchées, l'ayant été viſiter le lendemain de cette ouverture qu'il nous avoit faite avec tant d'aplication & de correſpondance, nous trouvâmes un autre homme. Ce ne furent que froideurs & plaintes, tantôt que l'on ne void aucune aſſignation ni remiſe pour le terme qui eſt échu; puis il reçut mal toutes nos excuſes ou juſtifications, & dit pluſieurs fois entre ſes dents, que c'étoit à eux à prendre leurs meſu-res, qu'il n'y a nulle raiſon de donner encore du tems aux Impériaux pour ſe reſoudre: & quant à l'affaire Palatine, qu'il ne la pouvoit arrêter ſans ſes Collegues. Bref nous n'en eû-mes pas une bonne parole pendant deux heures: mais en nous levant pour ſortir, je le tirai un peu à part moi Duc de Longueville comme je fis Monſieur de Roſenhan moi d'Avaux, & nous les laiſſames mieux diſpoſés: ledit Sieur Oxenſtiern nous ayant prié de faire hâter le payement du ſubſide, de remontrer à la Cour l'importance de remettre l'Armée en état de ſe-conder celle de Suéde, & de faire reflexion ſur ce qu'il nous avoit propoſé, afin que, s'il eſt poſſible, l'on fût à peu près d'accord enſemble avant ſon voyage de Suéde.

Dans le peu de tems qui reſte pour examiner une affaire de telle conſequence, nous nous contenterons de toucher quelques points princi-paux; le premier eſt de repeter que la con-cluſion du Traité de l'Empire, aux conditions qu'on a démandées, ſeroit ſans doute le meil-leur parti, pourvû que celui d'Eſpagne ſe puiſſe conclure en même tems, & qu'il y a du danger que ce rangagement ne rompe ou n'éloi-gne l'une & l'autre Paix.

II. Que ſi l'on y eſt entrainé par la dure-té des Impériaux, & Eſpagnols à notre égard, & pour tenir les Suédois en foi, il eſt raiſonna-ble de ſtipuler préciſément que l'on ne touche-ra plus aux griefs de la Religion, & aux biens Eccleſiaſtiques.

III. Que l'affaire Palatine ſera décidée com-me elle eſt en toutes ſes parties.

Par ce moyen l'Electeur de Baviére & les au-tres Princes Catholiques, n'ayant point d'intérêt en la continuation de la guerre, & les Proteſ-tans étans ſatisfaits, comme ils le témoignent, l'Empereur ſe trouvera abandonné de tous les Etats de l'Empire.

IV. Que le dédommagement de l'Electeur de Brandebourg, & des Archiducs d'Inſpruck ſe prendra ſur la Sileſie, ou autres Terres de l'Empereur, qui ſera obligé de fournir le con-ſentement deſdits Princes, puiſque c'eſt lui à qui on fait la guerre, & que la moirié de ce qu'il poſſede dans l'Empire, eſt une pure uſupa-tion.

V. Que l'on conſidére, que le Roi joi-gnant un corps d'armée à celle de Suéde, pour agir dans la Bohême ou Moravie, ou dans l'Au-triche, les Suédois doivent donner Sewenfort aux Troupes de Sa Majeſté pour un lieu de re-traite & la ligne de communication libre juſ-ques aux Places où Sa Majeſté tient garni-ſon.

VI. Qu'il eſt beſoin de s'accorder du partage

T

des

1647.

des quartiers, & que l'armée de Sa Majesté ne pourroit pas se passer de la Franconie. Que si les Suédois font difficulté de nous la céder toute entiere, l'on pourroit en excepter la partie de cette Province, qui est entre le Mein & le bois de Turinge, pour ce qu'elle est comme nécessaire à la subsistance d'Erfort.

VII. Que si l'on ne fait une Paix générale, les Suédois ne pourront conclure celle de l'Empire, sans que l'Empereur s'oblige de ne donner aucune assistance au Roi d'Espagne, ni au Duc Charles.

Nous avons bien observé tout ce qui est dans les Mémoires du Roi des dix-neuviéme & vingt-septiéme Juillet, que nous suivrons ponctuellement; mais nous avons jugé plus à propos de rendre compte de ce qui s'est passé entre Monsieur Oxenstiern & nous, que de répondre sur chaque Article desdits Mémoires, estimans que ce qui est dit ci-dessus y peut aussi servir de réponse.

Touchant la Paix avec l'Espagne. Nous avons sur tout pris garde à la proposition contenuë en celui du dix-neuviéme, de conclure la Paix avec l'Espagne, pour ce qui regarde les Pais-Bas seulement : cette pensée nous paroit très-solide, & bien imaginée, pour en esperer de bons effets, soit que l'offre soit *Les Hollandois signent le Traité pour la Garantie.* acceptée, ou non; mais nous attendrons d'en mander nos sentimens, après le retour de Monsieur de Servien, qui ne tardera plus guéres, puisque le Traité de garantie est signé; vû même que la disposition présente des Provinces-Unies, dont il est pleinement informé, est ce qui doit être principalement mis en consideration, tant pour la maniere de procéder en faisant cette ouverture, que pour le tems propre à s'en déclarer.

Affaires de Baviére. Les affaires de Monsieur le Duc de Baviére sont bien resoluës de concert avec les Plénipotentiaires de Suéde : mais quand nous leur avons parlé à diverses fois de les faire signer au moins par les Secretaires des Ambassades, comme il a été fait en la satisfaction de la Couronne de Suéde, en la recompense de l'Electeur de Brandebourg, & en d'autres points aussi, ils y ont toûjours aporté de la longueur. Nous avons depuis peu pressé vivement Monsieur Oxenstiern, lui remontrant qu'il est à craindre, que cet Electeur ne voyant ses affaires assurées, ayant sujet de douter de la bonne volonté des Couronnes en son endroit, & ne pouvant d'ailleurs faire longtems subsister ses Troupes dans son Païs, ne prenne quelque resolution qui nuise à la cause Commune, & qu'il ne prête l'oreille aux sollicitations, qui lui sont faites par les Impériaux : il a reconnu que ces raisons étoient bien fondées; mais il a pourtant dit qu'il vouloit conférer avec Monsieur Salvius, avant que de signer & arrêter de tout point l'affaire Palatine, & quelques instances que nous lui avons faites, l'on n'a pû gagner autre chose sur lui. Ce qui nous met en peine, & qui nous fait juger qu'il est d'autant plus nécessaire d'assurer les Ministres de ce Prince, qui sont à la Cour, de la protection de leurs Majestez, & de l'amitié, & étroite union qu'elles desirent de contracter avec lui; le Baron d'Azenlang ayant lui-même été d'avis, qu'il falloit arrêter ce point avec les Suédois, avant que de leur parler d'aucun autre intérêt de son Maître, ainsi que nous l'avons mandé, l'on jugera bien que nous n'avons pû faire les ouvertures, dont il est parlé dans les Mémoires touchant les Places du Wirtemberg, & les autres affaires qui concernent en particulier ledit Duc. Mais nous avons écrit au Baron d'Avaugour de seconder

1647.

auprès de Monsieur Wrangel toutes les instances, qui lui seront faites de la part de Monsieur le Duc de Baviére, estimans qu'il y consentira plus facilement que les Plénipotentiaires de Suéde, & qu'il connoît mieux qu'eux combien il est important de ne point mecontenter ce Prince, au lieu que ceux-ci ne peuvent s'empêcher de témoigner en toutes choses leur aversion & haine contre lui.

MESSIEURS

les

PLENIPOTENTIAIRES,

A Monsieur le Comte de

BRIENNE.

A Munster le 12. Août 1647.

Oxenstiern part de Munster. Ils le pressent pour un Ecclaircissement sur les affaires de Baviére. Les Suédois insistent pour le subside. Il y a de l'esperance pour la conclusion du Traité de l'Empire. Incertitude des intentions du Conseil de Suéde. Les Suisses demandent des Passeports pour trafiquer sur le Rhin. Affaires du Palatin.

MONSIEUR,

VOtre Lettre du deuxiéme de ce mois, nous donnant seulement avis de la reception du Mémoire du vingt-deuxiéme du passé, & ne s'étant rien fait ici pendant la semaine, cet Ordinaire ne vous portera pas une longue Dépêche, puisque par le précedent nous vous avons fait savoir la disposition présente des Plénipotentiaires de Suéde, & mandé amplement tout ce qui nous a été dit par Monsieur Oxenstiern.

Oxenstiern part de Munster. Nous n'avons eû aucunes nouvelles de lui, depuis qu'il est parti de Munster, ni sur les affaires generales, ni sur celles qui regardent en particulier les intérêts de Monsieur le Duc de Baviére, quoiqu'il eût promis de prendre sur ce point une resolution, & de nous en écrire, après qu'il auroit conferé avec son Collegue.

Ils le pressent pour un éclaircissement sur les affaires de Baviére. Ce silence nous a obligé d'envoyer exprès à Osnabrug, pour le presser de nouveau, étans nous mêmes fort pressés par le Baron d'Azenlang, qui se plaint, non sans quelque raison, de la conduite des Ministres de Suéde, & demande que nous arrêtions & signions avec les Impériaux

périaux ce qui regarde l'affaire Palatine, même sans les Suédois.

Les Suédois insistent pour le subside. Depuis que Monsieur Salvius est à Osnabrug, il nous a écrit afin de nous obliger à lui promettre expressément & par écrit le subside: nous avons différé de lui répondre jusques à ce que nous ayons eû des nouvelles du Sieur Chanut, lequel nous a mandé, qu'il est convenu avec la Reine, que la moitié du terme échû seroit payée, à quoi néanmoins elle a consenti, desorte qu'elle ne désire pas que ses Ministres en sachent rien, de crainte qu'ils ne prennent occasion de déclamer ouvertement contre la France, outré qu'elle a dû esperer qu'on lui feroit justice du surplus.

Cette réponse nous a donné de la peine à former celle que nous avons à faire à Monsieur Salvius: après y avoir bien pensé, nous lui avons écrit en termes généraux, que voyant par les Lettres venues de Stockholm, qu'il faut mettre la main à la bourse, nous allions écrire à la Cour, pour solliciter les remises & les diligenter autant qu'il se pourroit: c'est à quoi nous croyons qu'il est necessaire de pourvoir promptement, & même d'accorder la totalité, ne voyant pas sur quelle raison on pourroit fonder le refus. *Il y a de l'esperance pour la Conclusion du Traité de l'Empire.* Quant à la Conclusion des affaires de l'Empire, si elle paroissoit être fort proche, nous n'eussions pas conseillé cette dépense, qui eût été pour lors inutile: mais les choses étant retardées, & les intérêts de la France n'étants pas encore réglés, il semble qu'il n'y a plus aucun moyen de s'exempter du payement, au moins du terme qui est échû: si leurs Majestés l'agréent, elles pourront donner ordre au Sieur Chanut de le déclarer de leur part à la Reine de Suéde, & à nous de le dire ensuite à ses Plénipotentiaires. Car quand même ladite Reine auroit volonté toute entiere de quiter une partie du subside, pour le respect de leurs Majestez, nous jugerions dangereux de l'accepter, & tirer de ménage en cette conjoncture de crainte d'aigrir les esprits de ceux du Conseil de Suéde, & même d'animer contre nous l'armée Suédoise, au lieu de rendre les uns & les autres plus favorables aux intérêts de la France.

Incertitude des intentions du Conseil de Suéde. Le Sieur Chanut nous a aussi donné avis de toutes les bonnes dispositions où est la Reine de Suéde; mais à n'en point mentir, cela ne nous assure point, tant que ce qui nous a été dit par Monsieur Oxenstiern ait reüssi, ayant vû déja plusieurs fois, que les ordres, qui sont envoyés par cette Reine à ses Plénipotentiaires sont expliqués par eux, comme il leur plaît, & que souvent ils n'ont pas laissé d'agir d'une maniere toute differente à celle que l'on eût dû attendre, si lesdits ordres eussent été suivis.

Les Suisses demandent des Passeports pour trafiquer sur le Rhin. Le Député de Suisse, qui est en cette Assemblée, demande un Passeport général pour ceux de sa nation, & principalement pour ceux du Canton de Bâle, qui trafiquent sur le Rhin, & dans les lieux où l'autorité du Roi est reconnuë en Allemagne: nous vous suplions de leur faire accorder le plus ample qu'il se pourra, selon le Mémoire qu'il nous a donné, qui sera ci-joint.

Nous n'avons pas encore eû le tems de conferer ensemble à loisir, nous verrons tous trois le Mémoire du dix-neuviéme de Juillet, & après l'avoir exactement consideré, nous manderons nos sentimens sur la proposition qui y est touchée, puisque la Reine nous fait l'honneur de le vouloir aussi.

Affaires du Palatin. Celui que nous avons envoyé à Brandebourg vient de retourner, qui a aporté l'Article de

l'affaire Palatine, signé par le Secretaire de l'Ambassade de Suède; nous en ferons autant avec les Impériaux, & Monsieur l'Electeur de Baviére aura grand sujet de reconnoître, que l'autorité seule de leurs Majestez a pû faire achever cette affaire, & tirer ce consentement des Suédois. Et sur ce après nos humbles recommandations à l'honneur de vos bonnes graces, nous demeurons.

MESSIEURS

Les

PLENIPOTENTIAIRES

à Monsieur le Comte de

BRIENNE.

A Munster le 19. Août 1647.

La Cour de retour à Paris.

MONSIEUR,

La Cour de retour à Paris. NOus avons reçu votre Lettre du neuviéme de ce mois, & vû comme leurs Majestez étoient arrivées à Paris ce jour là même, sans que l'on eût pû voir nos Dépêches, à cause du voyage; nous n'avons pas laissé de faire un Mémoire en réponse d'une Lettre que Monsieur le Cardinal Mazarini a écrite en particulier à moi Duc de Longueville: il ne se passe rien ici presentement, qui nous donne sujet de nous étendre, & il ne reste qu'à vous supplier, Monsieur, de nous continuer l'honneur de vos bonnes graces, & de vous assurer que nous sommes.

M E M O I R E

De Messieurs les

PLENIPOTENTIAIRES,

ENVOYE' EN COUR

Le dix-neuviéme Août 1647.

Ils suivront les avis du Cardinal Mazarin. A l'égard des Suédois. Et de la conservation des Troupes de Baviere. Promesses de Trautmansdorff à Peñaranda. Plusieurs Députés souhaitent de conclure le Traité avec la Suede. On se plaindra de Peñaranda aux Mediateurs. Il faut continuer l'Alliance avec la Suede. On arrête l'affaire du Palatin. On en donne connoissance à Monsieur l'Electeur de Baviere. L'Envoyé sera chargé d'en avertir Monsieur de Turenne. Troupes Françoises qui offrent leur service aux Suédois.

Ils suivront les avis du Cardinal Mazarin. NOus n'avons rien reçu par les deux derniers Ordinaires, qui oblige à y faire réponse, sinon une Lettre de Monsieur le Cardinal Mazarini, à moi Duc de Longueville, sur laquelle nous prendrons le sujet de ce Mémoire, la Négociation ne nous en fournissant point d'ailleurs.

A l'égard des Suédois. Nous suivrons le prudent avis de son Eminence, d'essayer de porter adroitement les Ministres de Suéde à désirer pour leurs intérêts, & à nous conseiller eux-mêmes de faire un Traité particulier avec le Duc de Baviére.

C'est à quoi nous travaillerons autant qu'il nous sera possible : s'il y a lieu d'esperer de rendre ces Messieurs capables de raison en cela, c'est dans la conjoncture présente, où ils sont dans quelque crainte, l'armée de l'Empereur s'étant fortifiée, desorte qu'étant proche de la Suédoise, l'on est en peine de l'événement.

Et de la conservation des Troupes de Baviére. Et pour ce qui regarde la conservation des Troupes dudit Sieur Duc, nous nous servirons de la raison solide portée dans ladite Lettre, étant certain que s'il vient à les licentier, faute de quartiers elles passeront au service de l'Empereur; mais pour dire notre veritable sentiment les Plénipotentiaires de Suéde nous écouteront, tant qu'ils seront en crainte du succès de la Campagne; mais aussitôt qu'ils seront un

peu rassurés, ils ne voudront ouïr parler de favoriser en aucune maniere le Duc de Baviére. Ils souhaitent à la verité l'abaissement de la Maison d'Autriche; mais leur plus forte passion est la diminution du parti Catholique, & la ruine dudit Electeur : cette pensée va si avant dans leur esprit, que non seulement il leur déplaît de voir ledit Duc armé, & en état de se faire considerer; mais nous estimons que s'ils croyoient se pouvoir passer du secours de la France; leur désir seroit qu'elle n'eût aucunes forces dans l'Allemagne, qu'elle fût tellement occupée avec l'Espagne, qu'ils pussent seuls dominer dans l'Empire, y donner absolument la Loi, & établir de tout point leur Religion.

Promesses de Trautmansdorff à Peñaranda. L'avis que l'on a eû de Bruxelles, que le Comte de Trautmansdorff avoit promis à Peñaranda, qu'achevant son Traité avec les Suédois, les armées de l'Empereur pourroient agir côntre la France, & que celles de Suéde se conduiroient de la même sorte avec l'Espagne, que les Hollandois ont fait depuis la signature de leurs Articles, a un raport entier de ce que nous avons vû se ménager ici, avant & depuis le depart dudit Trautmansdorff.

Plusieurs Députez souhaitent de conclure le Traité avec la Suéde. Le sentiment de plusieurs Députés de l'Assemblée, & même de quelques uns, qui ne paroissent pas d'ailleurs mal affectionnés envers la France, étoit de conclure, & de signer le Traité avec les Suédois, à la charge qu'il n'auroit pas d'effet, que la France n'eût achevé le sien, en faisant cependant une suspension : Les Députés de Brandebourg nous ont fait à nous mêmes cette ouverture, & on ne sait pas si les Suédois n'y eûssent point adheré, si la trahison de Jean de Wert eût reüssi, & si nous ne leur eûssions donné esperance du subside, & agi en la sorte, dont nous avons ci-devant rendu compte.

On se plaindra de Peñaranda aux Médiateurs. Nous ferons remarquer aux Médiateurs combien Monsieur Peñaranda s'est mécompté dans les belles imaginations, qu'il a eûes, que le Roi son Maître vouloit attaquer Perpignan, en même tems que l'Archiduc avanceroit vers Paris, & que le Duc d'Arcos, & le Connêtable de Castille feroient le siége de Cazal, pendant que le Vice-Roi de Naples attaqueroit Portolongone, & Piombino : nous n'avons pas de peine de persuader à l'Assemblée, que les moindres raisons d'esperances éloignent les Espagols des pensées de la Paix, les Médiateurs le croiront facilement, mais pour le Comte de Peñaranda, il ne paroît encore en lui aucune disposition à traiter, soit qu'il ne soit pas revenu de ses agreables idées, qu'il s'étoit formé dans l'esprit, soit qu'il attende les Ambassadeurs de Messieurs les Etats, pour essayer de les porter à de nouveaux manquemens, ou pour les obliger, en témoignant de ne pas consentir aux choses, qu'il faut qu'il accorde, que par leur consideration, ou soit qu'en effet il n'aye pas les ordres de son Maître, qui ne lui peuvent arriver que long-tems après le succès de la Campagne, à cause de la distance des lieux.

Il faut continuer l'Alliance avec la Suéde. Son Eminence a grande raison de croire, qu'il est plus necessaire que jamais de s'unir étroitement à la Couronne de Suéde, & de juger que la Guerre continuant en Allemagne, il est important à leurs Majestez d'y avoir une armée, sans cela l'on ne peut y conserver le respect qui leur est dû, & quand les Ennemis seront obligés de céder quelque chose, nos Alliez seuls en tireront avantage, & auront tout l'honneur, la grace, & le principal profit d'une si longue Guerre; aussi peut on voir de quelle façon la Couronne de Suéde se conduit en cela,

puis-

1647.

puisqu'encore que son armée soit assez forte pour s'opposer à celle de l'Empereur, on envoye présentement de Suéde un grand secours, & qu'outre le Corps de reserve de Koningsmarck, qui grossit tous les jours, on lui a depuis peu délivré de l'argent, & la commission pour faire de nouvelles levées.

On arrête l'affaire du Palatin.

L'Article de l'affaire Palatine ayant enfin été signé du consentement des Plénipotentiaires de Suéde, ainsi qu'il avoit été concerté entr'eux & nous, nous avons resolu de prendre cette occasion d'envoyer visiter Monsieur le Duc de Baviére, vers lequel nous dépêchons exprès le Sieur d'Erbigny, pour nous rejouïr avec lui du bon succès de cette affaire.

On en donne connoissance à Monsieur l'Electeur de Baviére.

On lui representera par le même moyen comment les Espagnols se sont rendus ici Maîtres de la conduite des Députez Impériaux, & que par toutes sortes d'artifices ils retardent la conclusion du Traité : on lui fera savoir les difficultés qu'on fait sur la satisfaction de la France, & on le conjurera de redoubler ses offices auprès de de l'Empereur pour les surmonter : sur tout il sera supplié comme Prince d'une si grande prudence de nous dire & suggerer les moyens, qu'il estime les plus convenables pour conclure & assurer la Paix.

L'Envoyé sera chargé d'en avertir Monsieur de Turenne.

Le dit Sieur d'Erbigny, a ordre de passer auprès de Monsieur le Maréchal de Turenne, & de lui faire savoir le sujet pour lequel il est envoyé vers ledit Duc, de lui demander avis comment il se doit conduire, & suivre ce que ledit Sieur Maréchal prescrira.

Il lui fera recit de ce qui s'est passé en dernier lieu dans la Négociation, & lui dira les grandes instances que font les Plénipotentiaires de Suéde, de joindre les forces qu'il commande aux leurs, pour le quel effet nous nous remettons à ce que lui-même saura mieux juger, étant sur les Lieux, selon les ordres qu'il aura de leurs Majestez, l'assurant néanmoins que s'il voit qu'il ne peut rien faire de mieux, ladite jonction ne sera pas inutile à ce qui se traite présentement.

Troupes Françoises qui offrent leur service aux Suédois.

Comme l'on achevoit ce Mémoire le Sieur Koningsmarck, qui n'est qu'à une journée d'ici a écrit à moi Duc de Longueville, me donnant avis, que les Cavaliers débandés de l'armée de Monsieur de Turenne, que l'on dit être de deux mil Chevaux, lui ont offert de servir la Couronne de Suéde, & ont demandé des Officiers, auxquels ils sont prêts d'obeïr. Ledit Sieur Koningsmarck désire de savoir comme il s'y doit conduire, & se plaint que lesdites Troupes mangent les quartiers qui lui ont été assignés pour la subsistance des siennes, & qu'ils menacent de prendre parti auprès de l'Ennemi, s'il ne les reçoit à son service. J'envoye un Gentilhomme audit Sieur Koningsmarck, pour le remercier de son avis, & le prier d'en faire part à Monsieur de Turenne, qui commande les armées du Roi; que j'espere de lui qu'il fera ce que doit un bon allié en cette occasion, & engagera ses Soldats à se remettre dans l'obeïssance. Cependant j'ai donné ordre au Gentilhomme qui sait la Langue, & qui est allemand de passer vers ces Cavaliers, & de voir si l'on pourroit gagner quelque chose sur leur esprit, encore qu'il y aye peu d'aparence, m'ayant été dit par un Député de Madame la Landgrave, que cette Princesse leur ayant offert son interposition envers leurs Majestez, avec promesse de s'obliger elle même à tout ce qui seroit necessaire pour leur garantie, ils n'y ont point voulu entendre, parce, disent ils, que Madame la Landgrave est trop attachée & dépendante de la France.

MESSIEURS

les

PLENIPOTENTIAIRES,

à Monsieur le Comte de

BRIENNE.

A Munster le 16. Août 1647.

Ils insistent pour avoir des remises. Départ d'un Envoyé à l'Electeur de Baviére. Il doit voir en passant le Maréchal de Turenne.

MONSIEUR,

QUoique dans le Mémoire du Roi du seiziéme de ce mois, l'on nous mande que leurs Majestez se sont fâchées, quand elles ont apris, qu'on n'avoit pas envoyé dans le tems qu'elles avoient ordonné, la somme d'argent, qu'on nous a depuis fait tenir, & qu'elles ont donné ordre à Messieurs des Finances de pourvoir dès à present à un nouveau fonds, nous avons crû vous devoir donner avis, que nous n'avons encore rien touché, ni reçu aucune Lettre de change pour cette somme. Nous n'en parlerions pas du tout, si le service du Roi n'en recevoit du préjudice : mais nous sommes obligés de vous dire, Monsieur, & nous vous supplions de le représenter, que ladite somme est un remplacement d'une dépense faite, il y a quinse mois, tant pour les levées d'Allemagne, (ce qui fut la principale cause du bon état où l'armée se trouva l'année derniere) que pour distribuer à Trêves, lors qu'on desiroit avoir le consentement pour la possession de Philipsbourg accordée au Roi, par lequel effet seul l'on avoit pouvoir d'employer jusques à cinquante mil Risdalles, & encore pour le retablissement des refugiez de Liége. En toutes lesquelles choses, il fut debourse vingt-quatre mil Risdalles seulement.

Ils insistent pour avoir des remises.

Puisque nous sommes sur cette matiere, nous vous supplions encore de faire savoir, que nous n'oserions offrir aucune chose présentement à Messieurs les Plénipotentiaires de Suéde, d'autant qu'il y a deux ans que nous leur fimes les mêmes offres, que l'on nous donne pouvoir de faire. Ce qui n'ayant pas été executé, il n'y aura point de grace de leur rien promettre à cette heure, & il semble qu'il faut attendre, ou à la Conclusion de la Paix, si elle se fait, ou quand on renouvellera le Traité, si le malheur veut, que pour continuer la Guerre l'on

T 3

y soit

y foit obligé, ou du moins que l'on aye en main de quoi executer la promeffe pendant que l'on fera l'offre.

Le Sieur d'Erbigny part aujourd'hui pour aller vers Monfieur le Duc de Baviére, fi Monfieur le Maréchal de Turenne n'a point encore paffé il a charge de le voir de nôtre part, finon il ira droit à Munick : nous croyons ce voyage à propos, pour maintenir ce Prince dans la bonne volonté qu'il témoigne, & voir en quelle difpofition il eft, depuis que fon frere s'eft engagé de nouveau dans le parti de l'Empereur.

Nous remettons le furplus au Mémoire & après nos très-humbles recommandations à l'honneur de vos bonnes graces, nous demeurons.

MEMOIRE

De Meffieurs les

PLENIPOTENTIAIRES

ENVOYE' EN COUR,

Le vingt-fixiéme Août 1647.

Ils fuivront exactement les ordres de la Cour. Les Efpagnols gouvernent le Confeil de l'Empereur. Prétentions exorbitantes des Alliés de la France. L'Electeur de Cologne reprend le parti de l'Empereur. Ils demandent l'avis de la Cour pour le Traité de l'Empire. Ils prétendent que l'Empereur ne prenne pas le titre de Landgrave d'Alface. Touchant l'Alliance de la France & de la Suéde. Et de faire la Paix aux Pais-Bas. Ils executeront les ordres de la Cour, à l'égard de quelques Députés Hollandois. Touchant le fubfide à la Suéde. Découverte d'un trouble contre la France. Entretien de Monfieur de Longueville avec les Médiateurs touchant le Traité avec l'Efpagne, comme auffi avec un Député Hollandois.

LE Mémoire du feiziéme de ce mois eft fait avec tant de prudence, & l'on a fi bien prevû à tout ce qui peut tomber en queftion dans les Traitez, que nous n'avons quafi d'autre réponfe à faire, finon que nous fuivrons exactement tout ce qui nous y eft prefcrit: nous nous fervirons avec retenuë du pouvoir que la Reine a eû agréable de nous donner, & nous ne le mettrons feulement en ufage, que lorfqu'il y aura apparence d'en tirer le fruit que Sa Majefté défire, c'eft à dire la prompte conclufion de la Paix: fi l'on fe déclaroit trop tôt, comme il a été fort judicieufement remarqué dans ledit Mémoire, l'on feroit un effet contraire à une fi fainte action. Le Confeil d'Efpagne s'eft aujourd'hui rendu Maître des Impériaux, & il fe voit clairement, que ni les uns, ni les autres ne fe porteront à la Paix que par une derniere néceffité. C'eft pourquoi nous eftimons, que le veritable & le plus court moyen de parvenir à ce bien tant défiré, eft de les y forcer : il eft befoin que la France fe mette en état de fe faire raifon, & que l'on connoiffe que fi on ne lui accorde fes juftes pretentions, elle pourra les augmenter, & pouffer bientôt la Paix, il femble que l'on doit fe préparer à la Guerre, & fur toutes chofes travailler promptement à rétablir l'armée d'Allemagne.

Nous ajoûterons à cela, que nos Alliez nous peuvent entrainer; que la demande qu'ils font de vingt millions de Rifdalles, pour la fatisfaction de leur milice, furprend les Impériaux. Les Suédois publient qu'ils exempteront de cette grande & infuportable charge les Etats Proteftans; & quoi que leur deffein foit plutôt de fe payer en Terres qu'en argent, connoiffans bien l'impoffibilité de tirer une fi grande fomme de l'Allemagne, fi eft ce que cela donne une telle allarme à tous les Catholiques, que l'on parle d'une rançon, & de remettre fur pié la ligue, qu'ils avoient ci-devant faite.

L'Electeur de Cologne a déja repris le parti de l'Empereur, voulant faire croire, qu'il y a été obligé par le mauvais traitement qu'il a reçu depuis le Traité d'Ulm : à la verité nous voyons bien que les Suédois & les Heffiens ne font pas fâchez, qu'il ait pris cette refolution, pour avoir plus de moyen de lui faire du mal. Nous en fommes en peine ne fachant pas quelle fuite cela pourra avoir auprès de Monfieur le Duc de Baviére, & cela même a été caufe que nous avons differé jufques ici l'envoi du Sieur d'Erbigny, pour nous éclaircir davantage de ce que feroit l'Electeur de Cologne, afin de lui donner ordre d'en parler, & de connoître, autant que faire fe pourra, le veritable fentiment dudit Sieur Duc. Cependant nous eftimons qu'on doit fe plaindre à lui de la refolution que fon frere a fi promptement prife, fans nous avoir dit les fujets qu'il en peut avoir, & fans nous avoir donné le tems d'y remedier, en cas qu'ils foient raifonnables. Ce qui nous fait croire qu'il a mieux aimé profiter de l'occafion d'une rupture, que la faire ceffer.

Nous ne pouvons conclure de tout ce que deffus autre chofe, finon, que foit que l'on ait égard à l'animofité de nos parties, ou aux deffeins de nos Alliez, il eft neceffaire pour tenir les uns & les autres en confideration, que la France foit puiffamment armée, ce qui fera également utile à faire la Paix, ou à continuer la Guerre.

Quand nous avons fupplié leurs Majeftez de nous ordonner ce qui feroit à faire, en cas que l'Empereur s'obligeant à n'affifter pas le Roi d'Efpagne, on voulût exiger de nous que la France ne tireroit aucun fecours de la Suéde, ni des Princes de l'Empire; l'on a prétendu que cette obligation s'étendroit aux Archiducs d'Aud'Autriche, sans quoi, comme l'on a très-bien jugé, l'assistance de l'Empereur ne seroit pas moindre sous un nom que sous les deux: aussi n'y auroit il point eû de différend, si l'on avoit voulu accepter la promesse sous le nom de l'Empereur seulement, laquelle ses Ministres n'ont jamais refusé de la sorte.

Ils préten-dent que l'Empereur ne prenne pas le Titre de Landgrave d'Alsace.

Nous avons encore manqué à nous expliquer assez clairement, lorsque rendant compte de ce qui s'est dit touchant le Landgraviat d'Alsace, l'on a écrit que les Médiateurs avoient comme donné les mains sur ce que nous avions déclaré, que si l'on retenoit le Titre nous garderions l'argent. Cela ne veut pas dire, que les Impériaux aiment mieux conserver cette qualité, que de ne recevoir pas le payement de ce qui leur a été promis; mais nous avons seulement voulu dire que les Médiateurs ont acquiescé à notre raison, & témoigné l'aprouver: aussi estimons nous que les Impériaux cesseront de former cette difficulté, Wolmar ayant dit à quelqu'un qu'il seroit assez tems de quiter ledit Titre, quand la Maison d'Inspruck auroit été satisfaite de ce qui lui est promis, pour céder cette Province.

Touchant l'Alliance de la France & de la Suéde.

Ce seroit perdre son tems, que de repliquer sur ce qui est dans le Mémoire touchant la proposition de Monsieur Oxenstiern d'estraindre la liaison des deux Couronnes; comme toutes choses y sont si judicieusement pesées & balancées, que nous en sommes entierement persuadés, nous y obeïrons ponctuellement, notre opinion étant que l'on doit témoigner aux Suédois le désir de s'attacher à eux plus que jamais, & de rentrer en de nouveaux Traitez, sans néanmoins en venir à l'effet, si ce n'étoit qu'on vît qu'il n'y eût plus aucune esperance de Paix, ou qu'ils fussent en termes de conclure avec les Impériaux, sans la France.

Et de faire la Paix aux Pais-Bas.

Depuis que nous avons été tous trois ensemble, nous avons examiné à diverses fois l'expédient proposé, de faire la Paix, pour le Pais-Bas seulement, la pensée nous en paroît excellente, & qui se peut très-utilement réduire en pratique en tems & lieu: néanmoins nous supplions très-humblement Sa Majesté de ne trouver pas mauvais, si nous différons encore à lui mander plus au long nos sentimens, ne pouvans nous resoudre sur la maniere & le tems propre à faire cette ouverture, que nous n'ayons vû auparavant les Ambassadeurs de Messieurs les Etats, & reconnu quelle sera leur conduite, & à quoi ils inclineront le plus.

Ils execute-ront les or-dres de la Cour, à l'é-gard de quel-ques Députez Hollandois. Touchant le subside à la Suéde.

Il sera satisfait à l'ordre qui nous a été donné à l'égard de Paw & Knut, & nous essayerons de ménager toutes choses avec le plus d'avantage qu'il nous sera possible, pour le service de leurs Majestez.

La generosité de la Reine, en accordant le payement entier du terme échu du subside, ne peut produire qu'un bon effet à Stockholm, où l'on verra comment Sa Majesté fait reconnoître la déference qui lui est renduë. Le Sieur de la Cour a eû charge de nous, d'assurer les Plénipotentiaires de Suéde de ce payement, ayant jugé que l'on ne pouvoit tirer plus d'avantage, que de leur faire au plutôt savoir une si agreable nouvelle, du retardement de laquelle, s'il eût duré, ils commençoient à se piquer. Il plaira donc à leurs Majestés de commander que cette somme soit remise au premier jour à Hambourg, comme nous leur avons fait dire qu'elle le seroit.

Découverte d'un trouble contre la France.

Nous estimons que ce que l'on a découvert de ceux qui ont été arrêtés à Hailbron, & à Peronne donnera grande lumière du dessein des

Ennemis, & des esperances qu'ils pouvoient avoir conçuës au commencement de la Campagne.

Il reste à rendre compte à leurs Majestez de ce qui s'est passé ici pendant la derniere semaine, nous y avons beaucoup travaillé, & si nos parties agissent de bonne foi, ce ne sera pas sans quelque effet.

Entretien de Monsieur de Longueville avec les Médiateurs touchant le Traité avec l'Espagne, comme aussi avec un Député Hollandois.

Le voyage que moi Duc de Longueville ai resolu de faire en France, suivant la permission de leurs Majestez y a donné sujet. Car ayant pris congé de Messieurs les Médiateurs, & leur ayant dit que je partirois de Munster le vingt-quatriéme, ils m'ont fait prier de demeurer ici quatre ou cinq jours, esperans que dans ce tems-là ils pourroient porter les Espagnols à rentrer en Traité, en leur remontrant qu'il étoit honteux, que le retour des Ambassadeurs de Messieurs les Etats y obligeât les Ministres de deux si grandes Couronnes. Je fis réponse, que je n'avois en pensée d'aller en France, que parce qu'il ne se fait rien ici présentement, que s'il y avoit lieu d'avancer les affaires, je demeurerois bien volontiers, & qu'encore que je n'y visse aucune disposition aux Espagnols, j'accordois auxdits Sieurs Médiateurs le tems qu'il leur plaisoit me demander.

Ils ont ensuite parlé d'arrêter le point de l'assistance de Portugal, comme celui auquel ils prévoyent la plus grande difficulté. Nous avons consideré outre l'obstination de Peñaranda à ne rien faire que ce point là ne soit vuidé, que les Ambassadeurs de Messieurs les Etats y seroient tout à fait contraires. Le Sieur de Nidershorst, qui est déja arrivé, nous a dit nettement que nous devions faire état d'avoir ses Collegues, plus animés contre nous sur cet Article que les Espagnols mêmes: cette consideration & le désir de voir s'il se pourroit faire quelque chose avant que lesdits Ambassadeurs soient à l'Assemblée, nous a obligé de dire aux Médiateurs, que nous consentions que l'on traitât en même tems du point de Portugal, & des autres aussi. Il est certain que l'arrivée des Hollandois nous peut causer du préjudice; les Ministres d'Espagne s'étudieront à les détacher entierement d'avec nous, & ne manqueront pas de prendre de nouvelles esperances d'une totale desunion. D'ailleurs lesdits Hollandois, dont la conduite n'est pas sincere, en se mélant des intérêts de la France se feront accorder ce qu'ils veulent encore extorquer de l'Espagne, & quand ils auront leur compte, ils se soucieront fort peu du nôtre, & concluront peut être sans nous. C'est ce qui nous a fait resoudre à écouter les Médiateurs, qui travaillent avec grand zéle, & avec beaucoup de peine auprès du Comte de Peñaranda. Il est bien vrai que celui-ci se tient aux Champs à deux heures de Munster, soit que par une façon assez ordinaire à ceux de sa Nation, il veut que l'on croye qu'il n'est pas pressé de conclure, soit qu'il attende les ordres du Roi son Maître, ensuite des derniers succès que l'on a eûs en Flandres, & des revoltes de Naples & de Sicile, ce que nous croyons plus vrai semblable; mais en toutes façons l'on verra bien clair dans ses intentions, & nous esperons pouvoir faire savoir par l'Ordinaire prochain, ce que nous en aurons reconnu.

MESSIEURS

Les

PLENIPOTENTIAIRES,

à Monsieur le Comte de

BRIÈNNE.

A Munſter le 2. Septembre 1647.

Une partie des Plénipotentiaires Hollandois arrive à Munſter.

MONSIEUR;

Une partie des Plénipotentiaires Hollandois arrive à Munſter.

LE Mémoire vous aprendra à quoi notre ſemaine a été employée. Il eſt arrivé du jour d'hier quatre Plénipotentiaires de Meſſieurs les Etats, & deux qui y étoient déja, & ainſi il n'en manque que deux qui ſont Knuyt & Klant, pour faire le nombre entier. Nous leur avons fait aujourd'hui la première viſite.

On nous a dit que notre Dépêche du douziéme avoit été portée à Cleves, par erreur, au lieu de prendre le chemin ordinaire, nous eſtimons quelle vous depuis été renduë; mais en tout cas nous vous en envoyons le duplicata, & après vous avoir ſupplié de nous conſerver l'honneur de votre bienveillance, nous demeurons.

MEMOIRE

de Meſſieurs les

PLENIPOTENTIAIRES,

ENVOYE' EN COUR

Le 2. Septembre 1647.

Cauſe du ſilence des Eſpagnols. Leur ſentiment là-deſſus. Affaires de Naples. De la Catalogne & de l'armée de Suéde. Touchant le ſubſide pour la Suéde. Bruits contre le Duc de Baviere. Ils rentrent en Négociation avec les Eſpagnols. On louë la conduite des Médiateurs. On en donne connoiſſance aux Ambaſſadeurs de Hollande. Artifice des Eſpagnols. Leur entretien avec deux Députés des Etats Geneneraux. Peñaranda veut avoir un certificat de tout ce qui ſe paſſe à l'Aſſemblée. Les Médiateurs le lui refuſent. Peñaranda leur demande d'entretenir pendant peu de jours la Négociation. Raiſon de cette demande. Et diſcours des Plénipotentiaires François. La France veut abſolument être en liberté d'aſſiſter le Portugal.

NOus rendons de très humbles graces à leurs Majeſtés, de la part qu'elles ont eû agréable qui nous fût donnée de toutes les nouvelles contenuës au Mémoire du vingt troiſiéme du mois paſſé : ce que le Secretaire de Monſieur le Duc de Vendôme a dit, & ce qui a été découvert par celui de Dom Miguel de Salamanca, fait voir une partie des raiſons, qui ont rendu les Miniſtres d'Eſpagne ſi lents & ſi peu ſoigneux d'avancer le Traité : il eſt aſſés étrange, que des perſonnes qu'on doit préſupoſer être ſages & bien aviſées faſſent, fonds ſur des choſes ſi légeres & ſi abſurdes. *Cauſe du ſilence des Eſpagnols.*

Pour ce qui regarde le Secretaire de Salamanca, puiſque la Reine ordonne d'en mander nos ſentimens; il nous ſembleroit qu'il doit être gardé pour s'en ſervir à diverſes fins, juſques à ce que l'on ait vû quel train prendront les affai- *Leur ſentiment là deſſus.*
res

res: si le malheur veut que la Paix ne se concluë point, sa disposition fera connoître la mauvaise procedure de nos parties. On ne croira jamais qu'ils ayent eû de bonnes intentions, puisqu'ils ont formé de si malheureux desseins, au même tems qu'on parle de se reconcilier.

D'ailleurs il se peut faire, qu'en gardant cet homme on tirera encore de lui quelque lumiere plus grande, & que l'on aprendra qui est cet imposteur, qui a donné sujet à son voyage, avec lequel il pourroit être confronté, au lieu que si l'on le renvoye promptement, l'impunité peut donner audace à d'autres de s'engager à de semblables entreprises.

Au surplus en usant du pouvoir qu'il a plû à Sa Majesté de nous donner, nous avons conté cette Histoire aux Médiateurs, qui ne manqueront pas de le dire aux Plénipotentiaires d'Espagne; ce qui suffit pour les detourner de leurs vaines pensées si toutes fois il y a quelque chose qui puisse guerir leur aveuglement.

Les soins & la bonne conduite de Monsieur le Marquis de Fontenai, en l'affaire de Naples sont extrêmement loüables, & il ne se peut rien de plus judicieux, que la resolution qu'on a prise, & le conseil de Monsieur le Cardinal Grimaldi. Le Peuple de Naples est Maître dans la Ville, & y donne la Loi, si l'on envoyoit des Troupes étrangéres dans le Royaume, peut être cela donneroit il sujet aux habitans de se reünir entr'eux, & de former de nouvelles pensées. Ce dont on les peut aider davantage est de conseil, en leur faisant connoître que pour assurer leur liberté ils se doivent rendre Maîtres des Places fortes; que si pour l'execution il est besoin de secours, il semble qu'il ne doit pas tant coûter en Troupes qu'en leur faisant fournir du Canon, des armes, s'ils en ont besoin, & toutes les munitions qui leur seront nécessaires. Nous croirions sur tout qu'il ne leur doit pas paroître que l'on ait aucun besoin de profiter dans ce trouble, & qu'il vaut mieux les laisser agir eux mêmes, que si en s'entremettant trop tôt de leur differend on leur faisoit naître l'envie de retourner à leur premier Gouvernement. C'est ce qui nous est tombé présentement dans l'esprit: encore qu'à la verité il soit mal aisé de donner un bon conseil dans des choses si éloignées, & dans une occasion où l'on doit faire la guerre à l'œil, & prendre ses resolutions sur le champ, selon l'état des affaires, qui peuvent changer de jour à autre.

Nous avons vû avec joye la grande prévoyance que l'on a eüe en fortifiant les postes que l'on tient dans la Catalogne, & que Monseigneur le Prince ait resolu de rester là, jusques à ce que les Ennemis soient hors d'état d'y entreprendre. Il seroit mal aisé d'obtenir en faisant Trêve, qu'il fût permis de fortifier tel lieu que l'on voudroit. Celui de nous qui vient de la Haye, dit que l'on y condamne hautement cette demande, & que l'opinion commune est, que dans une Trêve l'on ne doit point exiger de nouveaux forts dans les Lieux qui restent à chacune des parties; mais qu'il est seulement permis d'achever ceux qui sont commencés; c'est pourquoi il est très nécessaire & très utile d'en construire quelques uns vers Tarragone, & contre Lerida. Cela fait voir aux Catalans le soin que l'on a de leur conservation, & perdre aux Espagnols l'esperance de recouvrer cette Principauté, outre l'avantage que l'on tirera en traitant, d'accroître par ce moyen le Territoire des Places dont la France est en possession: on doit seulement prendre garde par notre avis, que les Peuples de ce Païs la ne s'i-

maginent, que les forts qu'on y bâtit soient plûtôt à dessein de les tenir en bride, que de les defendre contre les Ennemis. Ceux qui sont de la part du Roi sur les lieux, leur peuvent faire adroitement comprendre l'utilité, & la nécessité des choses que l'on fait, afin qu'ils n'en prennent point d'ombrage.

Le Gentilhomme qu'on a envoyé vers Monsieur Koningsmarck n'est pas encore de retour. Le Sieur d'Avaugour à qui nous avions écrit pour travailler auprès de Monsieur Wrangel, afin qu'il aidât la France à conserver les troupes mutinées, nous mande que ledit Sieur Wrangel est plein de bonne volonté: mais quelque chose qu'on nous dise de ce côté là, nous estimons que Monsieur Wrangel a dessein de joindre ces Troupes au Corps qu'il commande, & de se les approprier. Quand nous lui en avons écrit, ce n'a pas été tant en esperance de l'empêcher de s'en servir, comme pour reserver un moyen de les pouvoir un jour retirer, ou pour le moins de recevoir quelque avantage des Suédois, qui pût valoir autant. Nous travaillerons auprès des Plénipotentiaires, pour avoir d'eux, s'il se peut quelque assistance dans les Païs-Bas, en consentant, que ces Cavalliers débandés servent dans leur armée; mais outre que le nombre en est fort diminué, & qu'il n'y a pas plus de douze cens Reistres à ce que l'on tient, ces Messieurs sont fort attachés à leurs propres intérêts: leur dessein dans lequel Madame la Landgrave n'a pas moins de passion qu'eux, est de se rendre Maîtres du Cercle de Westphalie. Ils croyent se mettre par là en état de n'avoir presque plus besoin du secours de la France; le changement de l'Electeur de Cologne leur donnera plus d'exercice, qu'ils n'en eussent eû, s'il eût persisté dans la neutralité, & l'on dit, que le Général Lamboi commandera bientôt un Corps considerable, pour s'opposer là eux: ainsi nous prévoyons grande difficulté d'en tirer de l'assistance, quoique nous soyons resolus de le tenter & d'y faire effort: & pour cet effet l'un de nous s'en va présentement traiter avec Messieurs les Suédois.

On aura vû par la Dépêche du Sieur Chanut, combien il a été à propos de faire pourvoir aux remises pour le subside. Nous envoyerons au Sieur Meulles les Lettres de change, que nous avons reçuës, afin qu'il puisse recouvrer les derniers, & faire le payement: cependant l'on a grand sujet de se louër de l'affection, que la Reine de Suéde a témoigné aux intérêts de la France, en donnant avis au Sieur Chanut de la disposition du senat, & s'y gouvernant d'une maniere si obligeante, qu'elle a même hazardé son autorité, pour empêcher que l'on ne prît quelque resolution contraire à la France.

Le Baron d'Azenlang est parti de l'assemblée, où le bruit est fort grand, que Monsieur le Duc de Baviere veut quiter la neutralité. Quand son Ambassadeur nous a dit Adieu, il a bien assuré de la constance de son Maître, dans respect, fidelité, & affection envers leurs Majestés; mais lorsque nous lui avons parlé des bruits qui courrent, il ne nous a pas entierement satisfaits. Nous avons retrouvé une Lettre en Allemand dudit Sieur Electeur à Monsieur Wrangel, dont nous avons fait mettre la copie de la Traduction avec ce Mémoire. Il se plaint fort que l'on n'aye pas vecu avec l'Electeur de Cologne, son frere, comme il avoit été promis à Ulm. Nous ne savons pas à quoi aboutiront ses plaintes, & sommes en peine de ce qui en reüssira, d'autant plus à la verité, que nos Alliez donnent, par leur conduite, un pré-

1647.

Ils rentrent en Négociation avec les Espagnols,

prétexte plausible aux Princes Catholiques de se liguer de nouveau, pour empêcher la ruine de la Religion en Allemagne.

Nous avons fait savoir par le dernier ordinaire, que nous étions rentrés en quelque Négociation avec les Ministres d'Espagne, & avions rendu compte en même tems des raisons qui nous avoient fait désirer, que le point de l'assistance du Portugal fût ajusté avant la venuë des Ambassadeurs de Messieurs les Etats : dans ce dessein il fut jugé à propos de nous relâcher sur l'écrit des Médiateurs, qui doit expliquer l'Article troisiéme, dans lequel nous avons mis en des termes plus doux ce qui blessoit les Ministres d'Espagne en la susdite Déclaration. Après diverses allées & venuës, l'Article a été arrêté du consentement des deux Ambassades, en la forme que l'on verra par la copie ci-jointe, & quant à la Déclaration, Messieurs les Médiateurs l'ont eux mêmes dressée en des termes si simples, si courts, & si éloignés de toute partialité, que quiconque la considerera, jugera sans doute que s'il y avoit lieu de contestation, elle ne pouvoit venir que de notre part, ayant peut être sujet de désirer un plus grand éclaircissement. Néanmoins quand elle a été présentée aux Ministres d'Espagne, ils y ont trouvé à redire, & comme s'ils se repentoient d'avoir consenti à l'Article troisiéme, ils ont renouvellé la question & ajouté ces mots. *Refusants toûjours ceux d'Espagne d'admettre que les Troupes auxiliaires de France puissent entrer en aucune maniere dans le Royaume de Portugal.*

Quand on a représenté l'écrit avec cette clause, nous avons dit que c'étoit recommencer la difficulté, que si les Espagnols ajoûtoient quelque chose à ce que les Médiateurs avoient pris la peine de dresser, nous en ferions autant, & persisterions à ce que nous avons ci-devant mandé, & que de cette sorte l'on ne sortiroit jamais d'affaires : que pour témoigner le désir que leurs Majestés ont de la Paix, nous offririons d'en rester aux termes, que lesdits Sieurs Médiateurs avoient jugé raisonnables, ou bien de passer outre aux autres points, attendant que par le conseil de nos amis l'on pût convenir de la susdite déclaration. Le Comte de Peñaranda, au lieu d'accepter l'un ou l'autre des partis si équitables a formé une nouvelle proposition, de laquelle il n'avoit point été parlé jusques ici. Il a consenti à l'Article, comme il est conçû, & à la déclaration telle que les Médiateurs l'avoient donnée, pourvû que les mêmes Médiateurs lui donnent un écrit, aussi bien qu'à nous, par lequel ils certifient, que l'intention des Plénipotentiaires d'Espagne n'a jamais été d'accorder, qu'il fût loisible aux Troupes Françoises, qui passeront en Portugal, d'attaquer ce qui apartient au Roi Catholique, pour quelque prétexte que ce fût.

On loüe la conduite des Médiateurs.

Monsieur le Nonce, & Monsieur Contarini, des soins & de la conduite desquels nous avons beaucoup de sujet de nous louer dans cette rencontre, n'ont point voulu prendre par écrit cette derniere demande des Espagnols, jugeant, que si on mettoit la main à la plume, cela donneroit esperance au Comte de Peñaranda, qu'on y pourroit entendre. Quand cette proposition nous a été faite, nous avons répondu que le peu de volonté, que les Espagnols ont de faire la Paix, est toute évidente : que nous étions justifiés devant Dieu, & les hommes de nous être portés à toutes conditions raisonnables: & parce que nos parties voudroient peut être à leur coutume, déguiser les choses, leur dessein n'ayant jamais été autre, que de brouiller la

1647

France avec ses Alliez, nous avons prié Monsieur Contarini de vouloir dire nettement aux Ambassadeurs de Messieurs les Etats les choses, comme elles s'étoient passées.

On entre de connoissance aux Ambassadeurs de Hollande.

Il l'a promis ainsi, & il y a déja satisfait comme on verra ensuite, mais il ne put s'empêcher de dire devant nous à l'heure même, que non seulement l'assemblée, & les Alliez de la France sauroient la verité de toute la procedure, mais que le Roi d'Espagne en seroit lui même averti : qu'il estimoit que ce Roi étoit mal servi de ses Ministres, & qu'ils avoient plutôt égard à ce qui les regarde en particulier, qu'au public ; que cette derniere Négociation justifioit entierement la France : que Peñaranda avoit toûjours dit qu'il accorderoit la déclaration des Médiateurs, pourvû qu'elle fût en termes generaux, & qu'il fût porté seulement, que le Portugal s'entendoit être compris dans le troisiéme Article.

Artifice des Espagnols.

Nous fimes remarquer aux dits Sieurs Médiateurs que depuis quelque tems les Emissaires d'Espagne avoient eux mêmes publié dans l'assemblée, que la France témoignoit être plus disposée à faire la Paix, que ci-devant, & que ce bruit n'avoit d'autre visée, que pour s'en servir auprès des Hollandois, & leur faire croire que nous craignons leurs interpositions, & aimons mieux traiter par celle des Médiateurs.

Mais nous ajoûtames, que ce n'est pas merveille si du côté d'Espagne, l'on s'éloigne si fort du bon chemin, que l'on s'est imaginé une guerre civile en France, & sur cela nous contâmes le voyage du Secretaire de Salamanca: ce qui fit dire aux Médiateurs en se regardant l'un l'autre, qu'ils ne s'étonnoient plus tant de la froideur des Espagnols; qu'ils esperoient qu'étant détrompés ils prendroient de meilleurs conseils, & defereroient peut être à l'entremise des Hollandois, ce qu'ils n'ont pas voulu accorder à leur instance: qu'ils le souhaitoient avec affection, & que la Paix entre les deux Couronnes leur seroit toûjours très agréable, de quelle maniere qu'elle pût être ménagée.

Comme toute la conduite des Espagnols tend à jetter la division entre la France & les Provinces-Unies, & qu'ils font savoir à la Haye avec beaucoup d'artifice, & souvent contre la verité les choses qui se passent à Munster, nous jugeames qu'il étoit à propos de communiquer promptement tout ce que dessus à ceux qui sont ici de la part de Messieurs les Etats, estimans que le raport des Sieurs de Niderhorst & Doria seroit plus sincere, que si nous attendions que les autres Ambassadeurs fussent arrivés.

Leur entretien avec deux Députés des Etats Généraux.

Nous les allâmes donc voir, & leur en fimes le recit. Ils nous dirent, que Monsieur Contarini venoit de les quiter, & leur avoit dit les mêmes choses, qu'il donnoit ouvertement le tort aux Ministres d'Espagne, & leur imputoit le retardement du Traité, jusques là qu'il leur avoit dit, que considerant l'état présent des affaires d'Espagne, il ne pouvoit comprendre quelle étoit la cause de la froideur du Comte de Peñaranda; qu'il avoit toûjours consenti à la déclaration demandée par lesdits Plénipotentiaires de France, pourvû qu'elle fût en termes generaux, & qu'il fût dit seulement, que ce qui étoit en l'Article troisiéme s'entendoit aussi du Portugal : qu'on lui offroit aujourd'hui ce qu'il avoit désiré, & que c'étoit contre toute raison qu'il demandoit que les Médiateurs fissent aussi une déclaration pour l'Espagne, étant chose nouvelle, & ne s'étant parlé de dresser un écrit séparé du Traité, que pour suppléer au défaut de l'expression de Portugal,

dont

dont les Espagnols n'avoient jamais voulu permettre qu'il fût fait mention.

Nous dimes auxdits Sieurs de Niderhorst & Doria, que non seulement les Plénipotentiaires d'Espagne avoient retardé la Conclusion des affaires, par tous les moyens, qu'ils s'étoient pû imaginer; mais que nous savions qu'ils avoient fort travaillé, pour empêcher le retour des Ambassadeurs de Messieurs les Etats, comme apréhendans, qu'ils ne les dussent presser de conclure : ledit Sieur de Niderhorst fut bien aise d'avoir occasion de nous repliquer là-dessus que Monsieur Contarini leur avoit dit là même chose, & qu'il étoit vrai en effet, que les Espagnols avoient differé le retour de leurs Collegues : ce qu'il ne diroit pas s'il ne voyoit que cela étoit connu dans l'assemblée. Nous primes garde que son Collegue n'aprouvoit pas qu'il se fût ouvert si avant avec nous. Le procedé dudit Sieur de Niderhorst nous obligea, après en avoir conferé ensemble, de leur dire le contenu en la déposition l'Espagnol qui est arrêté à Peronne.

Ils témoignerent être surpris de cette nouvelle, & plus encore de ce que des Ministres, qui avoient le maniement de si grandes affaires, s'appuyoient sur de si foibles fondemens, & prenoient pour regle de leur conduite des chimeres & des illusions.

Depuis le Mémoire achevé, les Médiateurs nous ont demandé audience, & ont dit que le Comte de Peñaranda, qui pendant ces derniers jours, n'étoit point sorti de sa Maison des Champs, où il prend des eaux pour sa santé, étoit hier venu à la Ville, & les ayant vûs s'étoit plaint, de ce qu'ils refusoient de donner le certificat par lui demandé, disant que comme dépositaires de tout ce qui se traite en l'assemblée, ils étoient obligés de rendre les témoignages qu'on désiroit d'eux. A quoi les Médiateurs répondirent, que lorsqu'il s'agissoit de l'intérêt d'un tiers, ils ne pouvoient contenter une partie sans le consentement de l'autre, & que nous empêchions formellement que l'écrit qu'ils prétendoient leur fût délivré : sur quoi Peñaranda repliqua, qu'ils lui délivrassent donc un tel écrit; qu'il leur plairoit qu'il ne contînt autre chose que la simple verité de ce qui s'étoit passé. Il fut reparti qu'ils le feroient très volontiers, si nous en étions tombés d'accord ; mais qu'ils ne pouvoient rien en cela qu'avec notre agrément ; comme aussi sans le leur ils ne nous mettroient jamais ès mains celui que nous demandions : & les Médiateurs ont dit qu'ils ont pris de là occasion de remontrer aux Plénipotentiaires d'Espagne le tort qu'ils avoient de refuser ce qui leur étoit offert, puisqu'ils avoient souvent déclaré, qu'ils ne désiroient autre chose que pour leur décharge, ils feroient savoir comment le tout s'étoit passé, non seulement au Pape & à la République de Venise; mais encore à leurs Collegues qui sont à Madrid.

Il se tint sur cela entr'eux plusieurs discours, dont la conclusion fut, que Peñaranda pria Messieurs les Médiateurs de tenir la Négociation en état jusques à jeudi prochain, auquel jour il devoit recevoir des Lettres, qui lui donneroient plus de moyen de se déclarer.

Lesdits Sieurs Médiateurs nous ont dit comme en confiance, & nous prians de ne le pas publier qu'il attendoit quelque reponse de l'Archiduc, ajoûtant qu'ils nous étoient venus trouver promptement, afin qu'achevans nos Dépêches, nous puissions donner avis de ce que dessus à la Cour, & qu'à leur opinion les Es-

pagnols accepteront l'un ou l'autre des partis par nous offerts, c'est à dire qu'ils consentiront que la déclaration soit donnée, en la forme que les Médiateurs l'ont dressée, ou que l'on passe aux autres points, en remettant à la fin du Traité de convenir des termes de ladite certification.

Après avoir remercié ces Messieurs de toutes les peines qu'ils prennent, & dit que nous attendions le tems, que les Plénipotentiaires d'Espagne ont dit pour répondre, nous avons fait remarquer aux Médiateurs, que pour leur ôter les affaires des mains, on les avoit prolongées jusques au retour des Ambassadeurs de Messieurs les Etats. Nous les avons ensuite suppliés de rendre par tout le témoignage qu'ils doivent à la verité, & à toutes les facilités que nous avions aportées : à quoi Monsieur Contarini a répondu avec sa liberté ordinaire, & en riant qu'ils le feroient ainsi, & qu'ils y étoient obligés, puisqu'ils avoient assés souvent mandé que les Espagnols ne vouloient point de Paix. Il nous a promis de faire un fidelle raport aux Députés de Hollande arrivés depuis, de tout ce qui s'est passé, & nous avons connu à sa contenance, qu'il leur donnera de bons conseils, pour la conduite qu'ils doivent tenir, & sur tout qu'il leur fera bien connoître, que s'ils faisoient un Traité particulier avec l'Espagne, ce seroit un moyen d'éloigner plutôt la Paix Générale, que de l'avancer.

Nous n'avons pas manqué de faire bien comprendre à ces Messieurs, tant cette derniere fois, que les autres, que nous avons Traité avec eux, que l'intention de leurs Majestés est de conserver leur entiere liberté d'assister le Portugal, sans que cette assistance, ni ce qui sera fait par les Troupes auxiliaires puisse être pris pour une contravention au Traité de Paix, & que pour ce sujet on puisse revenir aux armes entre les deux Couronnes : que si nous estimions que nos parties eussent une opinion ou intention contraire, nous ne pourrions convenir avec elles d'aucun expedient, ni mettre tant soit peu en compromis ladite liberté d'assister le Portugal, puisque c'est une condition, sans laquelle nous n'eussions jamais pû consentir à un Traité, dans lequel ledit Portugal n'eût pas été compris.

MESSIEURS

Les

PLENIPOTENTIAIRES,

à Monſieur le Comte de

BRIENNE.

A Munſter le 9. Septembre 1647.

Leur incertitude touchant la Né-
gociation avec l'Eſpagne. Ils
croyent qu'un Traité entre la
France, & les Evêques de Bam-
berg & de Wurtzbourg ſera très
utile à la Couronne.

MONSIEUR,

Leur incer-
titude tou-
chant la Né-
gociation avec
l'Eſpagne.

VOus vêrrez par notre Memoire, en quel
état eſt la Négociation avec les Eſpagnols : s'ils procedent de bonne foi, elle
peut être bien avancée en peu de tems; mais
nous ne ſaurions encore faire un jugement certain de leur intention ni de celle des Ambaſſadeurs de Meſſieurs les Etats, qui ſont ici préſentement. Les occupations que nous avons

Ils croyent
qu'un Traité
entre la Fran-
ce & les Evê-
ques de Bam-
berg & de
Wurtsbourg
ſera très utile
à la Couron-
ne.

eûës depuis notre Lettre du trentiéme Août Ré-
çuë, nous ont empêché d'examiner à fonds
les propoſitions faites par les Députés de Mes-
ſieurs les Evêques de Bamberg & Wirtzbourg;
ce qui nous paroit juſques ici, n'étant qu'un
Traité avec eux, ne peut être qu'utile, & que
l'on peut éviter ces mots *contre tous*, en y
mettant quelqu'autre façon de parler, qui aura
la même force, & qui néanmoins ne pourra
être mal interprêtée : ſur quoi, Monſieur,
nous vous dirons plus au long nos ſentimiens
par le premier ordinaire, & cependant après
voir avoir ſupplié de nous continuer l'honneur de
vos bonnes graces nous demeurons.

MEMOIRE

de Meſſieurs les

PLENIPOTENTIAIRES,

ENVOYE' EN COUR,

Le 9. Septembre 1647.

Les Heſſiens ne témoignent pas
une grande diſpoſition à la Paix.
Le remede ſeroit de faire la Paix
de l'Empire ſuivant le ſentiment
de Sa Majeſté très Chrétienne.
Mais les Impériaux ne la pres-
ſent en aucune maniere. Dan-
gers à craindre du côté des Sué-
dois, ſi la guerre continuë. Et
les utilités qui en pourroient re-
venir. Il a été fort à propos
d'augmenter l'armée de France.
Etonnement des étrangers. Crain-
te des Eſpagnols. Propoſition
de Penaranda aux Médiateurs.
Remarques des François. Soins
des Médiateurs pour avancer la
Paix. Meſures à prendre avec
les Hollandois touchant leur me-
diation. Koningſmarck arrête
au ſervice de Suéde quelques
Troupes, & ſous quelles condi-
tions. Les Suédois ſont en pei-
ne pour leur armée. Leurs dis-
cours avec Monſieur d'Avaux
Ils ſe juſtifient d'avoir donné re-
traite aux mutinés François.
Les Suédois aprehendent le Duc
de Baviére. On ſe prévaut de
leur aprehenſion. Oxenſtiern par-
le avec ardeur pour la Paix.

UNe bonne partie du Memoire du trentiéme Août, étant ſur la Négociation qui
étoit à faire avec les Plénipotentiaires de Suéde, le recit des conférences, que l'un de nous
a eûës avec eux à Oſnabrug, où il les a vûs
depuis peu y ſervira de réponſe, ainſi il reſte
peu de choſes à dire, & à rendre cómpte ſeulement de ce qui s'eſt paſſé ici, depuis notre
derniere réponſe.

Le diſcours entre Monſieur Oxenſtiern &
le Sieur de Croiſſi, dont l'on a eû avis à la
Cour,

Cour, paroît fort vrai-semblable. Il est selon l'humeur de l'un & de l'autre, & à la verité les Hessiens n'ont jamais fait voir une grande disposition à conclure la Paix. Il est vrai aussi, qu'au tems que ces propos ont été mis en avant, ils ne nous ont pas été inutiles, & la crainte que nous avions avec raison, que le Traité des Suédois ne s'achevât sans nous, nous a dû faire souhaiter, que nos Alliez s'entretinssent alors dans de semblables pensées : ainsi on peut dire en faveur des Hessiens, que pour donner du cœur aux Suédois, ils leur ont tenu ce langage, ou peut être aussi que ç'a été selon leurs sentimens, dont on verroit les effets, s'ils avoient autant de forces, comme ils ont d'animosité contre la Religion.

Quant aux effets qui pourroient suivre d'un engagement nouveau avec la Suéde, le meilleur & le plus assuré remede, pour les prévenir, est de faire la Paix dans l'Empire. C'est pourquoi Sa Majesté nous a très-prudemment donné des ordres si amples pour la conclure, que véritablement il n'y a rien à désirer au delà : nous essayerons de faire valoir cette bonne œuvre :

mais à cette heure les Impériaux ne disent pas un seul mot, soit que quelques legers avantages, qu'ils ont eûs sur l'armée Suédoise, en soient la cause, ou qu'ils esperent de rejoindre avec eux plusieurs Princes de l'Empire, ou soit que nous estimions plutôt, que les Ministres d'Espagne les obligent à cette conduite. Il est vrai aussi, qu'ils n'ont pas eû le tems de recevoir des ordres de l'Empereur, depuis que le Comte de Trautmansdorff est arrivé auprès de lui, lesquels ordres on dit qu'ils attendent de jour à autre.

Quoique ce soit, si la Guerre avoit à continuer de ce côté là, les Suédois s'étant donné la liberté d'interpréter les choses comme il leur a plû dans les Traitez précedens, & n'y ayans pas toujours eû l'égard, qu'il eût été à désirer, si l'on agissoit dans quelque nouvelle paction, tout l'avantage des armes iroit à eux, & il semble que la France & la Religion en recevroient les mêmes préjudices, que l'on veut éviter.

Mais on pourroit en traitant de nouveau, faire expliquer beaucoup de choses, qui rendroient la Guerre plus utile & honnorable à la France, comme de les obliger à ne prétendre point leur satisfaction sur les Biens d'Eglise : mais sur ceux de la Maison d'Autriche seulement, & de prendre dans d'autres choses les précautions que l'on jugeroit nécessaires. Ce qui s'entend que dans une necessité toute entiere, la Paix en Allemagne étant sans doute meilleure que tout autre parti, vû même que dans les divers accidens, qui peuvent arriver en continuant la Guerre, l'aversion des Impériaux paroit telle contre la France, que nous ne doutons aucunement que s'ils prenoient un avantage considerable sur les Suédois, ils ne leur accordassent volontiers ce dont ils sont convenus, pourvu que ce fût à notre exclusion, & qu'ils pussent avoir moyen de se servir de toutes leurs forces contre la France seule.

Les grands soins que leurs Majestez ont eûs de fortifier l'armée de France, viennent extrémement à propos, sur le point où on est de rentrer en Négociation avec les Espagnols. A n'en point mentir rien ne donne tant d'étonnement aux étrangers, & ne fait plus connoître les forces de la France, qu'après la défection de Messieurs les Etats, & le malheur arrivé dans l'armée d'Allemage, (qui sont deux cas qui ne tombent pas sous la prévoyance humaine :) l'on voit néanmoins les affaires se soutenir

avec une telle vigueur, que l'Espagnol est aujourd'hui obligé de changer ses esperances en crainte, & peut être de céder à la France seule ce que jusques ici il n'a pas accordé, quoiqu'il eût en tête d'autres ennemis.

Le Comte de Peñaranda, qui continue son sejour à la Campagne, n'a pas fait réponse aux Médiateurs au jour préfix qu'il avoit arrêté, aussi a t'il dit en leur parlant, qu'il n'avoit pas encore reçu les Lettres qu'il attendoit; mais il s'est enfin déclaré, qu'il passeroit l'Article troisiéme en la forme qu'il est; qu'il consentoit que les Médiateurs donnassent une déclaration sur ledit Article; mais que pour la forme & les termes de ladite déclaration, il acceptoit le parti par nous offert, de remettre à en convenir sur la fin du Traité, & passer cependant outre aux autres points.

Nous avons fait remarquer auxdits Sieurs Médiateurs, que la déclaration que nous avons désirée, n'est que pour suppléer au défaut de l'expression du Portugal en l'Article troisiéme; que c'est un accommodement auquel nous nous sommes portés, parce que les Ministres d'Espagne n'ont pas voulu que ce Royaume là fût nommé par le Traité; que par la même facilité nous remettions à la fin d'icelui de convenir des termes de ladite déclaration; mais que cela s'entendoit, pourvû qu'il ne fût rien changé ni ajouté en la substance de l'écrit, qui n'a été demandé à d'autre fin que pour témoigner, qu'encore que le Portugal ne soit pas nommé dans l'Article, l'intention des parties est néanmoins de l'y comprendre, & que sous cette prétention, que nous leur avons plusieurs fois repetée, & de laquelle nous les avons prié & conjuré de se souvenir, nous rentrerions en Traité & non autrement.

C'est l'état où l'on est aujourd'hui, si les parties y aportent la même sincerité que nous, on pourra en peu de tems faire de grands progrès : Nous n'y perdrons pas un moment, comme nous savons être de l'intention de leurs Majestez, & dès aujourd'hui, quoique la Dépéche nous occupe d'ailleurs, nous entrerons en Conférence avec Messieurs les Médiateurs sur notre Projet.

Nous sommes obligés de dire, que nous voyons une très-belle disposition auxdits Sieurs Médiateurs, qui étant persuadés que la France veut serieusement la Paix, s'y apliquent avec grand soin, & témoignent en toutes choses leur bonne volonté, jusques là que Monsieur Contarini a déclaré nettement aux Hollandois, à ce qu'il nous a dit, qu'ils ruineroient toutes les affaires publiques, s'ils se portoient à un Traité particulier, & qu'il n'y auroit aucun Prince en la Chrétienté qui leur en sçût gré.

Pour les Ambassadeurs de Messieurs les Etats, nous n'avons encore rien fait avec eux, que les visites de ceremonie, dont nous n'avons pas sû nous dispenser envers les Ministres d'une République Alliée; mais quant à leur Médiation entre la France & l'Espagne, nous nous conduirons selon la confiance, que nous pourrons prendre en leur affection, de laquelle toutefois nous remarquons bien déja, que nous ne pourrons pas recevoir les preuves, que nous en devrions raisonnablement attendre. Monsieur Contarini nous a dit, que les Espagnols esperoient, de sauver par notre moyen beaucoup de choses au fait de la Religion, sur lesquelles les Hollandois leur veulent faire des demandes importantes, mais comme nous estimons, que ledit Sieur Ambassadeur fait cette avance avec un bon dessein, aussi avons nous pour

suspect

suspeҫt tout ce qui vient de nos parties. Il seroit à souhaiter, que l'on pût faire ensorte, que la Religion ne souffrît aucun préjudice, & s'il y a lieu de s'y employer, nous ne nous épargnerons pas, sachant que c'est le désir le plus ardent de leurs Majeﬅez; mais nous aurons l'œil ouvert, pour ne pas tomber dans le piége que l'on nous pourroit dresser par une ouverture si spécieuse.

Koningsmarck arrête au service de Suéde quelques Troupes & sous quelles conditions.

Le Gentilhomme, qui étoit allé vers Monﬁeur Koningsmarck a vû les Reiﬅres débandés, auxquels il lui a été permis de parler, pour essayer de leur persuader de reprendre le service de la France; mais il les a trouvez merveilleusement obﬅinés au contraire, & du tout irreconciliables avec leurs Officiers. Ledit Sieur Koningsmarck les a arrêtés au service de la Couronne de Suéde, moyennant une montre, & quelques quartiers qu'il leur a donnés, pour se reposer un peu de tems, avec déclaration, que toutes les fois qu'ils voudront retourner servir la France, ils le pourront faire en toute liberté. La copie de la Lettre que ledit Sieur de Koningsmarck a écrite à moi Duc de Longueville, par le retour du Gentilhomme, sera jointe au présent Mémoire.

Les Suédois sont en peine pour leur armée.

Celui de nous qui a été la semaine passée à Osnabrug a trouvé les Ambassadeurs de Suéde en fort grande peine de leur armée, qu'ils croyent engagée trop avant, & en très-grand peril: l'aprehension où ils sont a été cause qu'on les a trouvés un peu plus faciles & plus traitables qu'à l'ordinaire en certaines choses : mais elle a ôté le moyen de presser la jonction de Koningsmarck avec Monﬁeur de Turenne, vû qu'il a ordre d'aller trouver en diligence Monﬁeur Wrangel. Et quand on a voulu parler de cette proposition aux termes portez par la Dépêche du Roi du vingt-troisiéme de ce mois; ils ont répondu que les affaires n'étoient pas en état de penser à un pareil dessein; qu'ils auroient bientôt plus de sujet de demander que l'armée du Roi revînt agir au deçà du Rhin, suivant l'Alliance, vû qu'ils sont seuls à soutenir tout le fais de la Guerre d'Allemagne, & qu'il ne leur sauroit arriver d'accident, dont le contré coup ne tombât sur la France.

Leurs discours avec Monﬁeur d'Avaux.

On n'a pas manqué de leur représenter pour notre juﬅification les malheurs qui nous sont arrivés cette année, qu'aucune prudence ne pouvoit prévoir; qu'il y avoit bien eû sujet de croire; que Messieurs les Etats ne feroient pas les mêmes efforts que les années précedentes, & ne mettroient point d'armée en Campagne; mais non pas qu'ils dussent passer à une telle défection entiere, ni donner moyen à l'Ennemi de dégarnir les Places voisines de leur Païs, pour composer des Garnisons qu'ils ont tirées, une armée qui a été employée contre la France; que cette surprise avoit obligé le Roi d'appeller pour quelque tems son armée d'Allemagne, tant pour soutenir les affaires du Païs-Bas, qui ont une étroite connexion avec celle de l'Empire: que pour défendre Monﬁeur l'Archevêque de Tréves, & Madame la Landgrave, dont les Etats étoient alors menacés par les Troupes du Duc Charles; que si Monﬁeur de Turenne eût pû executer à tems les ordres qui lui avoient été envoyés, on eût pû fournir à tout. Qu'après avoir poussé, & peut être battu les Espagnols en Flandres, il eût pu être de retour au deçà du Rhin, avant que Monﬁeur Wrangel eût été pressé par les Impériaux, l'intention de Sa Majeﬅé n'ayant jamais été d'abandonner les affaires d'Allemagne, ni d'en retirer son armée pour toûjours, mais seulement de donner le loisir

aux nouvelles levées, qu'elle faisoit faire dans son Royaume, d'arriver pour renforcer son armée de Flandres. Qu'à la verité la mutinerie d'une partie de la Cavalerie Allemande ayant tenu longtems celle de Monﬁeur le Maréchal de Turenne en état de ne pouvoir agir, avoit rompu toutes les mesures de Sa Majeﬅé, & causé un préjudice extrême à ses affaires; mais que cet accident merite plutôt que les Alliez compatissent au déplaisir que Sa Majeﬅé en a reҫu, qu'il ne leur donne sujet de s'en plaindre. On a été obligé de leur faire ce discours, & de l'accompagner de plusieurs autres raisons, qui seroient trop longues à mettre sur le papier, pour effacer l'opinion qu'ils avoient conҫue, que la retraite de l'armée du Roi, aussi bien que le refus du subside, n'avoient été resolus, que pour les desobliger, & les laisser exposés à toutes les forces des Ennemis, afin de les faire consentir comme par force aux choses qu'on désire d'eux. Monﬁeur Oxenﬅiern a renouvellé cette plainte à diverses reprises; à quoi il lui a toujours été répondu en termes, dont lui & son Collegue ont sujet de demeurer satisfaits, ou du moins convaincus.

La raison la plus persuaﬁve, dont on s'eﬅ pû servir, pour les remettre en bonne humeur, a été tirée des Lettres de change, qui leur ont été montrées & envoyées à Hambourg au Sieur de Meulles, pour le payement du subﬁde. Ils attendent ces Lettres avec tant d'impatience, & pour ne rien déguiser avec tant de nécessité qu'ils avoient peine à croire en les lisant quelles devoient être acquitées sitôt.

On n'a pas manqué de leur faire valoir les soins extraordinaires, qui ont été pris, & les intérêts excessifs qu'il a fallu payer, pour donner au contentement à la Reine leur Maîtresse, & correspondre de la part de leurs Majeﬅez à l'affection qu'elle leur témoigne.

Ils se juﬅifient d'avoir donné retraite aux Mutinés François.

Lorsqu'on leur a fait plainte de la retraite, que Monﬁeur Koningsmarck a donnée aux Mutinés du Roi, & de la Capitulation qu'il a faite avec eux, ils ont pris beaucoup de soin de s'en juﬅifier, & ont témoigné de craindre que ces Troupes ne repandent parmi les leurs l'esprit de revolte, & de desobeïssance, dont elles ont été agitées, ayants proteﬅé diverses fois, qu'elles fussent de bon cœur, qu'elles fussent hors de leur armée, & qu'on leur pût faire connoître leur manquement, pour les faire retourner dans celle de Sa Majeﬅé. Mais comme par le raport du Gentilhomme, qui avoit été envoyé à Monﬁeur Koningsmarck, on avoit appris le peu d'esperance qu'il y a présentement de les ramener dans leur devoir, on s'eﬅ contenté d'en parler en termes qui puissent conserver le droit qu'on aura de les redemander dans quelque tems, ou bien un pareil nombre de Cavalerie, ou du moins de retenir sur le payement du subﬁde, la somme qui sera nécessaire pour en lever autant.

Les Suédois aprehendent le Duc de Baviére.

On se prévaut de leur aprehension.

Lesdits Ambassadeurs ayant fait connoître, que l'inquietude où ils sont de leur armée, procede principalement du peu de confiance qu'ils ont en la fermeté de Monﬁeur le Duc de Baviére, par le refus qu'il a fait de donner sa ratification, lorsqu'on lui a présenté celle de la Reine de Suéde, & la resolution que Monﬁeur son frere a prise de rompre la neutralité ; on a pris cette occasion pour leur faire avouër, que les soupçons qu'ils prennent quelquefois trop legérement, les animositès particulieres qu'ils conservent contre les Princes, dont il seroit utile de gagner l'amitié, & la trop grande hauteur

teur qu'ils tiennent lorfque leurs affaires font en profperité, font faillir de très-belles occafions, & perdre de grands avantages, qu'on pourroit acquerir pour le parti: que dès qu'on vit arriver en France les Ambaffadeurs de Monfieur le Duc de Baviére, on publia dans l'Allemagne, que le Roi vouloit abandonner fes anciens Alliez, pour s'en faire de nouveaux, afin de s'unir avec les Princes Catholiques, pour la ruine des Proteftans. Que ces bruits avoient empêché Sa Majefté d'entendre à des propofitions avantageufes, faites depuis longtems par lefdits Ambaffadeurs, qui pouvoient attacher ce Prince à la France, & par ce moyen à la Couronne de Suéde, n'étant pas poffible, que la France puiffe aujourd'hui acquerir des amis en Allemagne, qu'ils ne le foient auffi de la Suéde. Qu'il ne faut pas s'étonner, qu'un fage perfonnage comme Monfieur le Duc de Baviére, qui voit fes recherches reçuës en France avec froideur pendant que les Efpagnols font éclater une haine mortelle contre lui, & que les Impériaux effayent de le dépouiller de fes forces, tâche de s'affurer par tous les moyens poffibles, & en rompant le Traité d'Ulm, de fe remettre bien avec ceux qu'il a offenfés, en leur faifant enfin digerer fes raifons, pour leur faire connoître le manquement qu'ils nous avoient obligé de faire. Ils ont été contraints de répondre, qu'ils n'avoient jamais empêché que le Roi traitât avec le Duc de Baviére, qui eft ce qu'on defire favoir d'eux : mais qu'ils avoient toujours crû, & croyent encore qu'il tromperoit la France, & ceux qui prendroient confiance en lui; que c'étoit un Prince ingrat, & fans paroles, duquel on ne tirera jamais rien de bon que par force, que fon procedé eft maintenant femblable à celui qu'il tint envers le feu Roi de Suéde, avec lequel ayant fait un Traité, lorfqu'il vit fon Païs occupé, il ne fit pas fcrupule de le rompre auffirôt que les armées Suédoifes eurent de l'occupation ailleurs. On leur a démandé s'ils jugeoient donc à propos de rejetter les propofitions de Monfieur le Duc de Baviére; ils ont répondu qu'ils n'en avoient pas affez de connoiffance pour en dire leurs fentimens : il leur a été dit que le principal but dudit Duc eft de faire une plus étroite union avec la France, pour s'affurer d'un bon fecours, en cas qu'il foit pouffé par ceux qu'il a offenfés, en traitant contre leur gré avec les deux Couronnes.

Pour cet effet il demande préfentement de n'être pas obligé de rendre les Places qu'il tient dans le Wirtemberg, qui établiffent la ligne de Communication avec lui, ni de retirer la Garnifon de la Ville d'Augsbourg, qui eft comme la Clef de fon Païs, & capable d'en donner l'entrée à fes Ennemis, ni d'entretenir plus longtems fon armée dans fes Etats, n'étant pas poffible qu'un fi petit Païs lui fourniffe davantage la fubfiftance, n'étant pas auffi utile aux deux Couronnes qu'il les licentie, non feulement pour les fujets qu'il a de craindre le mécontentement des Impériaux, puiffans aujourd'hui dans fon voifinage, mais pour l'apparence qu'il y a que les Troupes, dont il fe déferoit, pafferoient à l'heure même au fervice de l'Empereur. Ils ont été un peu furpris de ces trois demandes, & Monfieur Oxenftiern y a d'abord formé de grandes difficultés, mais on lui a fait toucher au doigt, que la prudence humaine ne permettoit pas d'y héfiter, dans la conjonture préfente, puifque fi Monfieur le Duc de Baviére jugeoit néceffaire pour fa fûreté, ou pour fon avantage d'étendre fes quarties & de conferver Augsbourg, & les Places du Wirtem-

berg jufques à la Paix, il n'auroit qu'à rompre la neutralité pour obtenir ce qu'il défire, vû que les Places font entre fes mains, & que nous n'avons point les forces préfentement pour l'empêcher de loger fes Troupes où il voudra; ce que faifant par une efpece de rupture, & en offenfant les Couronnes, dans un tems, où elles ne font pas bien en état de s'en reffentir, elles en pourroient recevoir un grand préjudice, & la Suéde encore plus que la France, attendu l'état où fon armée fe trouve. Qu'il vaut donc bien mieux, fans contredit, confentir de bonne grace aux chofes que Monfieur le Duc de Baviére demande, & qu'il prendra fans notre confentement, afin de l'obliger par cette faveur à demeurer dans la neutralité, qu'il rompra certainement fi on les lui refufe, & qu'en tout cas s'il arrivoit quelque accident, faute d'avoir pris cette refolution, leurs Majeftez feroient bien aifes, qu'on ne leur pût rien imputer, & que la Reine de Suéde fût avertie qu'elles avoient propofé à tems un remede contre ce mal.

Ils témoignerent d'être convaincus de ce raifonnement; mais Monfieur Oxenftiern ne voulant pas pour cela fe rendre, Monfieur Salvius demanda du tems pour en délibérer entr'eux, à deffein comme il a paru depuis, de ramener fon Collegue dans fon fentiment, qu'il faifoit connoître être conforme au nôtre.

En effet le lendemain ils vinrent tous deux enfemble déclarer, qu'ils étoient bien marris de ne pouvoir donner une réponfe plus décifive, qu'ils trouvoient la propofition fondée en grande raifon, & utile aux deux Couronnes : mais que s'agiffant de quartiers, & de Places, & de l'exécution du Traité fait par le Général de leur armée, c'étoit néceffairement à lui à qui il falloit s'en adreffer; qu'ils ne manqueroient pas de lui en écrire aux termes que nous pouvions fouhaiter, & que cependant on en pouvoit concerter à la Cour de France avec le Député de Monfieur de Baviére, auffi bien que des autres moyens, qu'on jugeroit à propos, pour détacher ce Prince des Impériaux, & l'attacher au Parti des deux Couronnes : qu'on feroit bien de s'affurer de lui autant qu'il feroit poffible pour l'obfervation de la neutralité, & pour être affifté de fon fuffrage dans les intérêts particuliers des deux Couronnes; qu'ils ne laiffoient pas pourtant de croire toujours, que ce Prince avoit l'intention de tromper. Il a paru dans leurs difcours plus d'averfion contre la perfonne de Monfieur de Baviére, que contre la chofe, & un peu de jaloufie de ce qu'il ne s'étoit point adreffé à eux. Ils ont dit qu'au lieu de rechercher l'amitié de la Suéde, il ne perd point d'occafion de la desobliger, & même de l'offenfer, que cette mauvaife humeur a paru dans une Lettre écrite par lui contre une prétention de préféance, que la Suéde n'a jamais eüe, & qui en tout cas pouvoit être contestée avec plus de modeftie & de douceur.

Les autres Conférences, qui ont été faites avec eux, ont été employées à difcourir des affaires générales : ils n'ont point parus échauffés fur le renouvellement d'aucun Traité entre la France & la Suéde, au contraire Monfieur Oxenftiern a affecté fouvent de parler avec ardeur de l'avancement de la Paix, à quoi on les a affurés que leurs Majeftez ont plus de difpofition que perfonne, comme on leur a dit confidemment, que la demande qu'ils ont faite pour leur milice eft exceffive & deraifonnable, ils fe font laiffés entendre qu'ils fe s'éloigneront pas d'une honnête compofition fur ce point, non plus que fur les autres qui reftent indécis.

De

Oxenftiern parle avec ardeur pour la Paix.

1647. Desorte que s'ils n'ont extrémement déguisé leurs sentimens, ils paroissent tout à fait disposés à la conclusion du Traité, & leurs discours donnent sujet de croire, que s'il arrive quelque notable changement en Bohéme, l'on en pourra bientôt voir la fin : nous ne sommes pas néanmoins fâchés, que dans l'Assemblée on les croye éloignés de la Paix, afin que les Impériaux s'adressent à nous, & se départent plus facilement des chicanneries, qu'ils font encore sur quelques Articles de la satisfaction du Roi &c.

MESSIEURS

les

PLENIPOTENTIAIRES,

à Monsieur le Comte de

BRIENNE.

A Munster le 16. Septembre 1647.

Monsieur de Saint Romain est envoyé vers l'Electeur de Cologne. Affaire sur la restitution de Frankendal.

MONSIEUR,

NOus vous rendons de très-humbles graces de ce qu'il vous a plû de faire savoir à la Reine ce que nous avons mandé touchant les dépenses extraordinaires de l'Ambassade. Il est certain que dans les occasions qui se présentent tous les jours, le service du Roi peut manquer, s'il n'y est pourvû promptement.

Vous avez très-bien jugé qu'il ne feroit, peut être, pas tems d'envoyer à l'Electeur de Cologne les Lettres de Sa Majesté, avant que d'avoir sû ce qu'il auroit dit sur ce que nous lui voulions faire représenter. Nous nous sommes servis desdites Lettres pour former l'instruction dudit Sieur de Saint Romain, que nous avons envoyé vers ledit Sieur Electeur, ayant jugé à propos de lui faire plutôt parler de notre part, que d'employer le nom & l'autorité du Roi. Après le retour dudit Sieur de Saint Romain nous donnerons avis de ce qu'on aura connu de la disposition de ce Prince, suivant laquelle on pourra régler la réponse de Sa Majesté, si ce n'est que l'on juge plus prompt & plus commode de nous envoyer cependant des blancs signés pour la dresser ici, & la faire tenir au même tems.

Monsieur de Saint Romain est envoyé vers l'Electeur de Cologne.

Quant à la restitution de Frankendal, dont l'Agent de Messieurs les Princes Palatins vous a parlé, cette affaire doit être plutôt resoluë sur l'avis de Monsieur de Turenne, qui en a une entiere connoissance, que sur le notre. Quand on a ci-devant fait les mêmes ouvertures, notre sentiment avoit été, que l'on n'y devoit pas entendre; mais l'instance étant faite aujourd'hui par les Princes mêmes interessés, qui se disent être assurés du consentement des Espagnols, il semble que l'on ne peut honnêtement s'y opposer, & peut être que les Espagnols ne consentent que pour obliger leurs Majestez au refus, & attirer la haine sur la France, en obligeant la Maison Palatine, par un offre qu'ils seront, peut-être, bien aises, que l'on n'accepte pas: mais il nous semble, que l'on peut demander à ceux qui proposent cette affaire jusques où les Troupes, qui sortiront de la Place veulent être conduites, & observer la neutralité, quelles assurances on donnera pour cela & sur ces points & autres semblables ; que l'on doit gagner le tems, jusques à ce que la Campagne soit passée, lesdites Troupes ne pouvant alors apporter beaucoup de préjudice aux affaires du Roi, ni donner de l'avantage à ses Ennemis.

Affaire sur la restitution de Frankendal. 1647.

C'est, Monsieur, ce que nous avons crû devoir répondre à votre Lettre du sixiéme de ce mois. Le Mémoire vous aprendra les nouvelles de deça, & il ne reste qu'à vous supplier de croire que nous sommes.

MEMOIRE

de Messieurs les

PLENIPOTENTIAIRES,

ENVOYE' EN COUR

Le seiziéme Septembre 1647.

Leur incertitude de la conduite des Espagnols & des Hollandois. Prétensions des Hollandois. Leur joye de ce qu'on veut fortifier l'armée d'Allemagne. La Suéde est portée à la Paix, sur l'état des armées. On envoye vers l'Electeur de Cologne. Mouvement des Troupes de Lamboi dans l'Oostfrise. Plainte des Impériaux contre le Duc de Baviére. On envoye vers l'Electeur de Brandenbourg. Sujet de ce procédé. On travaillera pour la liberté du Prince Edouard.

NOus ne saurions encore faire un jugement certain, ni sur la conduite des Espagnols, *Leur incertitude de la*

ni

Conduite des Espagnols & des Hollandois.

ni des Ambassadeurs de Messieurs les Etats, se trouvant aux uns & aux autres dequoi juger bien mal de leurs intentions. Le Comte de Peñaranda assure qu'il est toujours prêt de conclure les affaires, mais au lieu de venir ici pour les avancer, il se tient en sa maison des Champs; les Hollandois l'y ont visité, & ils ont déja commencé de negocier ensemble; toutefois leur visite, à ce que nous avons apris, a été peu agréable, parce qu'ils ont fait de nouvelles demandes, auxquelles les Ministres d'Espagne ont répondu, que comme le Roi leur Maître a ratifié les Articles ci-devant accordées sans y changer aucune chose, ils avoient crû que Messieurs les Etats feroient la même chose de leur part, mais qu'eux mettant aujourd'hui de nouvelles prétentions sur le tapis, il seroit besoin d'avoir de nouveaux ordres d'Espagne; ce qui ne se pouvant faire qu'avec beaucoup de tems, la Paix se trouveroit bien éloignée; les Hollandois mirent sur cela un écrit ès mains de Peñaranda, qui contient lesdites demandes; & quand ils nous ont vû dépuis, pour nous communiquer ce que dessus, ils en ont fait la lecture devant nous; voici sommairement ce qui, nous en est démeuré en la Mémoire.

Prétensions des Hollandois.

Ils prétendent la Souveraineté entiere & absoluë, tant au spirituel qu'au temporel sur la Mairie de Bois le Duc, & sur toutes les autres Places qui leur restent, en donnant seulement pension aux gens d'Eglise, leur vie durant.

Ils demandent le *haut Palatinat* avec toutes les Villes & forts, & tout le reste.

Que le quartier de Falkemont, Daleim, & Roleduc, seront réglés selon qu'il seront trouvés du tems de la Conclusion du Traité.

Que la Ville de l'Ecluse aura la Jurisdiction sur les Eaux, comme elle a eû ci-devant & que les Forts voisins, qui sont au Roi d'Espagne seront rasés, & ceux desdits Etats aussi.

Il y a encore quelques autres points de moindre importance, & un Article qui porte, que tout ce qui se trouvera avoir été ci-devant accordé à la France, & ce qui raisonnablement lui devra être accordé, sera pareillement vuidé & conclu; sur quoi nous n'avons pas crû devoir dire autre chose, sinon que ces termes n'étans pas entierement conformes à ce à quoi l'Alliance les oblige, nous esperions que les effets s'y conformeroient davantage, & qu'ils correspondroient à la fidelité, que nous avions toujours observée envers eux. Ils assurérent tous d'une voix que l'intention de leur Etat, & la leur étoit de ne rien faire séparement d'avec la France, & le Sieur Paw entre autres ajouta qu'ils feroient plus qu'ils n'avoient dit: l'on n'ose pas toutefois prendre confiance en ses paroles, pouvant être qu'ils font paroître de la bonne volonté, pour mieux parvenir à leurs fins. Et que quand ils auront mis à couvert leurs intérêts, ils se conduiront après envers nous, comme ils ont fait ci-devant.

D'un autre côté quelques uns nous veulent faire croire, que les Espagnols pourront prendre un meilleur chemin, que celui qu'ils ont tenu jusques ici, & qu'ils essayeront de conclure avec nous, pour n'être pas obligés à subir la Loi des Hollandois, contre lesquels ils sont piqués, à cause de ces dernieres demandes; & parce qu'ils voyent que toutes leurs bassesses & flatteries n'ont pas produit envers eux l'effet qu'ils avoient esperé, mais ne pouvant pas nous persuader aisement un changement si subit, & tout ce qui vient de nos parties étant suspect, nous ne donnerons à ce discours qu'autant de créance, qu'il en faut pour ne laisser pas perdre

l'occasion si elle se presentoit, & cependant nous aurons l'œil ouvert, pour éviter les piéges que l'on peut dresser & couvrir sur une si belle apparence. Joint à cela que nous ne voyons pas, que la procedure du Comte de Peñaranda y corresponde: il y a huit jours, que les Médiateurs ont en leurs mains les vingt & un prémiers Articles, ainsi que nous les avons reformés en dernier lieu, & que l'on désire qu'ils soient couchés dans le Traité, sans que les Espagnols y ayent encore daigné faire réponse, quoique lesdits Articles recoivent peu ou point de difficulté, étans tous des points où les deux Couronnes sont intéressées, & dont on est déja ci-devant tombé d'accord; mais de cette longueur nous tirons pour le moins cet avantage, que l'on connoit que la France va nettement aux moyens qui peuvent produire la Paix, & que les Médiateurs en sont tout à fait persuadés, ont dû dégoût de nos parties, & sont mieux affectionnés à notre égard qu'ils n'avoient paru jusques à présent.

Leur joye de ce qu'on veut fortifier l'armée d'Allemagne.

La resolution, qui a été prise de fortifier l'armée d'Allemagne, nous a causé une très-grande joye; rien ne peut plus avancer notre Négociation, ni être plus utile, soit pour continuer la Guerre, où pour faire la Paix. Et pour dire le vrai, il ne se voit aucune disposition présente à conclure le Traité de l'Empire: Monsieur Contarini a même dit à l'un de nous qu'il savoit que le Comte de Trautmansdorff travailloit auprès de l'Empereur pour dissuader la Paix, à laquelle il est aujourd'hui autant contraire, comme ci-devant il y avoit paru échauffé.

La Suéde est portée à la Paix.

Nous estimons que ce que le Sieur Chanut a écrit, que l'intention de la Reine de Suéde est toute portée à la Paix, est veritable, mais on a été un peu surpris des termes pressants dont elle nous a fait écrire sur le dernier Traité fait à la Haye.

Ce qui fait craindre, que ceux de ses Ministres, qui ne sont pas bien intentionnés pour la France, ne lui représentent cette affaire là d'une autre maniere qu'elle n'est en effet, pour diminuer l'affection qu'elle témoigne aux intérêts de leurs Majestez, & l'y rendre moins favorable.

Sur l'état des armées.

Le bon état des armées qui sont en Flandres, l'armée de Monsieur le Maréchal de Turenne dans le Luxembourg, & ce que Monseigneur le Prince a executé sur la Garnison de Lerida, & Monsieur de Gassion auprès du Chateau d'Estrées, & sur tout l'état présent des affaires d'Italie, nous font concevoir de grandes esperances que les Espagnols pourront enfin changer leur conduite, & nous ne saurions assez souvent repeter que sans une derniere nécessité, & la crainte d'une nouvelle perte, ils ne se porteront jamais à un accommodement. Ce qui nous met en peine de juger s'ils sont plus dignes de blâme ou de loüanges, de témoigner une si grande fermeté parmi tant de fâcheux accidents; si la Nation Françoise étoit capable de tenir une semblable conduite celles des Ennemis seroit beaucoup moins à craindre.

On envoye vers l'Electeur de Cologne.

Nous envoyons Monsieur de Saint Romain vers Monsieur l'Electeur de Cologne, ayant jugé à propos de differer jusques ici à le faire partir, d'autant que s'il y a lieu de ramener ce Prince dans le bon chemin, on le doit esperer plutôt à cette heure, que si on lui eût fait parler plus promptement.

Mouvement des Troupes de Lamboi.

Les succès de la nouvelle armée de Lamboi ne sont pas tels que l'on se l'étoit promis. Il s'est avancé dans l'Oostfrise pour en chasser les

Gar-

1647.
dans l'Oost-
frise.

Garnisons, & occuper les forts que Madame la Landgrave y tient, & cette entreprise s'est faite en un tems que l'on a crû Koningsmarck obligé d'aller en Boheme au secours du Maréchal Wrangel, mais ledit Koningsmarck s'est contenté d'y envoyer trois mil chevaux, & a pris sa marche en même tems vers l'Oostfrise avec quatre mil Reisters. Ceux qui connoissent le Païs jugent que si Lamboi s'y engage, il aura de la peine d'y subsister, & que faisant retraite il est mal aisé qu'il évite le combat, lequel apparemment ne lui peut être avantageux, n'ayant quasi que de nouvelles Troupes ramassées contre de vieux Soldats, dont les Weismariens joints depuis peu avec les Suédois, font une bonne partie, ainsi nous avons cru, que dans cette disposition l'Electeur sera plus capable d'écouter ce qu'on lui representera, d'ailleurs il aura sans doute reçu des nouvelles de Monsieur le Duc de Baviére, depuis le changement arrivé, & il semble que l'on pourra par les réponses de Monsieur l'Electeur de Cologne, & sa conduite ici faire un jugement de l'intention de l'un & de l'autre; d'autant que si Monsieur le Duc de Baviére improuve ce que son frere à fait, celui-ci aura plus d'égard à nos remontrances, & y deferera davantage; mais s'il persiste en sa premiere resolution, l'on pourra delà tenir une conjecture qu'il y est fortifié par le Conseil dudit Duc.

Plainte des
Impériaux
contre le Duc
de Baviére.

Nous ne devons pas omettre en parlant de Monsieur le Duc de Baviere, que les Impériaux se plaignent fort ici, qu'il a laissé passer dans son Païs un grand convoi que l'on conduisoit à l'armée Suédoise, que sans cela elle eût beaucoup souffert, & eût été obligée à ce que l'on dit de déloger devant l'Impériale : ce qui justifie jusques à present la bonne foi de ce Prince. Il est vrai que le bruit court aussi en même tems, que quelques unes de ses Places se sont déclarées pour l'Empereur.

On envoyé
vers l'Elec-
teur de Bran-
debourg. Su-
jet de ce pro-
cedé.

Nous dépêchons aussi vers l'Electeur de Brandebourg, pour reconnoître mieux ce qui si passe auprès de lui, encore que nous ayons parlé ici à ses Ministres des bruits qui couroient, qu'il vouloit donner ses Troupes aux Espagnols, & qu'il avoit eû longtems près de lui le Baron de Ribaucourt pour en traiter, ils nous ont assuré, que leur Maître ne perdra jamais le souvenir des obligations, qu'il a à leurs Majestez, & ne fera rien contre leur service, bien qu'a la verité il eût quelque sujet de se plaindre de ce qu'on lui avoit refusé en France ce qu'on accorde à des Princes, qui ne tiennent pas le rang des Electeurs, après avoir franchement & sans contradiction rendu au Roi les respects qu'on a désiré de lui.

On travail-
lera pour la
liberté du
Prince E-
douard.

Nous ferons toutes choses possibles pour obtenir l'entiere liberté du Prince Edouard, à laquelle nous avons toujours insisté jusques à present.

MESSIEURS

les

PLENIPOTENTIAIRES,

A Monsieur le Comte de

BRIENNE.

A Munster le 23. Septembre 1647.

Ils reçoivent des remises. Préten-
sion de la Landgrave. en faveur
de son fils. Causes pour lesquelles
on arrête le voyage de Monsieur
de Saint Romain vers l'Electeur
de Cologne.

MONSIEUR,

Ils reçoivent des remises.

NOus avons eû avis du Sieur Hoeuft d'Amsterdam, qu'on a remplacé les cinquante mil Livres, qui furent employées l'année derniere à d'autres dépenses que celle de l'Ambassade : nous vous sommes bien obligez du soin que vous avez pris à ce sujet ; mais nous repeterons ce que nous avons déja écrit plusieurs fois que cette partie étoit duë & déja dépensée, & que nous avons grand besoin d'une autre pour le service du Roi. La derniere somme qui a été ici remise pour l'extraordinaire de l'Ambassade étoit de cent mil Livres par la Lettre de change du troisiéme Janvier 1646. depuis lequel tems vingt & un mois se sont écoulés. Il a fallu payer sur ce fonds ceux qui travaillent ici, & à Osnabrug sous nos ordres, ainsi que vous, Monsieur, nous l'avez ci-devant écrit. Il y avoit près de dix huit mois, que le Sieur de Saint Romain, ni le Secretaire de l'Ambassade n'avoient rien touché de leurs apointements, ainsi vous voyez que cette partie n'a servi que pour acquiter le passé : nous vous supplions de faire entendre à Monsieur le Sur-Intendant, lequel nous remercions bien humblement du bon ordre qu'il à mis en ce qui regarde le payement de ceux qui sont en Allemagne, esperans qu'il jugera nécessaire avec nous de pourvoir promptement à un autre fonds, qui soit considerable, d'autant qu'il importe beaucoup, specialement en cette crise d'affaires que nous ayons en main de quoi faire quelques gratifications, au nom de leurs Majestez. Si l'on a fait fonds d'ailleurs pour lesdits appointements, comme nous l'estimons trèsraisonnable, les sommes que l'on aura destinées pour cela, pourront servir de remplacement à celles que nous venons d'employer, sauf à y ajoûter ce qu'il plaira à leurs Majestez d'ordonner pour le bien de leurs affaires en ces quartiers.

Nous

Nous ſommes encore obligés de vous donner avis que Madame la Landgrave, ayant ſçû
que l'on avoit logé dans le Louvre Monſieur
le Duc de Parme, eſperoit que Monſieur ſon
fils auroit le même traitement. Nous avons dit
à ceux, qui nous en ont parlé, que la Reine
d'Angleterre y étant logée, l'on n'y a pû mettre ce Prince : nous ſommes avertis que l'on a
remarqué cette différence, & que même on
a trouvé un peu à dire, qu'il ſoit logé dans
l'hôtel deſtiné pour les Ambaſſadeurs, peut
être que s'il va Fontainebleau prendre congé de
leurs Majeſtez, on pourra lui donner le contentement, qu'il n'a pû avoir à Paris, touchant
le logement.

Le Sieur de Saint Romain n'eſt pas encore
parti, pour aller vers l'Electeur de Cologne,
d'autant que nous attendons de ſavoir au vrai
ce que Monſieur le Duc de Baviére aura fait,
étant bien aſſuré que s'il s'eſt déclaré pour
l'Empereur, il ſeroit inutile, & hors de propos de faire parler à cette heure audit Sieur E-
lecteur, ni de la part du Roi, ni de la nôtre.
C'eſt ce que nous avons crû devoir ajoûter au
Mémoire, & nous vous ſupplions de croire
que nous ſommes.

MEMOIRE

De Meſſieurs les

PLENIPOTENTIAIRES,

ENVOYE' EN COUR

Le vingt-troiſiéme Septembre 1647.

Au ſujet des Ligues qu'on peut
former en Allemagne. Artifice
des Eſpagnols. Leur jugement
touchant la lenteur de Peñaran-
da. Bonnes diſpoſitions des Al-
liez. Touchant la ſatisfaction
des Troupes Suédoiſes. Il ne
paroit aucune diſpoſition du cô-
té des Impériaux pour avancer
le Traité. Ils envoyent en Cour
leurs avis. On rejette ſur les
Eſpagnols le retardement de la
Paix de l'Empire. On envoye
vers le Duc de Baviére. Di-
verſes reflexions ſur la conduite
de ce Prince. Affaire de Lor-
raine. On ſonde les Suédois &
les Heſſiens pour le ſecours des
Troupes. Contarini s'oppoſe au
Traité particulier des Eſpagnols
avec les Hollandois. Conduite

Том. IV.

de Penaranda & ſa lenteur
pour le Traité. Réflexions ſur
celle des Hollandois.

TOutes les réflexions qui ſont faites dans le
Mémoire du Roi du troiſiéme de ce mois,
ſur les diverſes ligues, qui ſe peuvent former en
Allemagne, ſont extrémement judicieuſes, &
ce n'eſt pas une crainte mal fondée d'aprehender que les Proteſtants mêmes, ne ſe portent
un jour contre les Couronnes, s'ils croyent ſe
pouvoir aſſurer ſans elles, que ce qui leur a été
accordé ſera accompli.

Il eſt vrai auſſi que la conduite de nos Alliez
a bien aidé à faire croire qu'ils ne vouloient
point la Paix, & les Eſpagnols n'ont pas manqué d'imprimer bien avant cette opinion dans
l'eſprit des Allemands. Ils ont auſſi eſſayé de
leur perſuader que nous étions portés à la
Guerre, tant par l'inclination propre, qu'à cauſe de notre union avec la Suéde, & que le
deſſein de la France étoit en ruinant la Maiſon d'Autriche, de profiter du débris de l'Empire.

Nous ne doutons pas auſſi de l'avis qu'on a
eû à la Cour, que les Miniſtres d'Eſpagne ne
ſe flattent, & ſe promettent qu'il ne ſe paſſera
guéres de tems, qu'on ne voye tous les Princes
Catholiques ligués enſemble, & que les Proteſtans adhereront même au parti de l'Empereur, & peut être que cette penſée eſt une des
principales raiſons qui rend aujourd'hui le
Comte de Peñaranda ſi lent dans la Négociation, & ſi peu ſoigneux de l'avancer ou de
conclure.

Le veritable remede pour rendre le deſſein de
nos parties ſans effet, comme il eſt très-prudemment marqué audit Mémoire, & pour détruire le fondement ſur lequel on veut bâtir, eſt
de faire connoître à un chacun, que les Couronnes veulent ſincerement la Paix.

Auſſi aura-t-on pû voir par nos dernieres Dépêches qu'une partie deſdites conſiderations
nous étoit paſſée dans l'Eſprit, & que nous a-
vons toujours eſſayé de detromper ici le monde
de ſauſſetez publiées par les Impériaux, & par
les Eſpagnols.

Quant à nos Alliez, celui de nous qui a
été le dernier à Oſnabrug leur a ſi vivement
repréſente le peril qu'il y a que leur conduite
n'oblige les Catholiques à une nouvelle union
qu'ils ont reconnu cette verité, & déclaré vouloir vivre ci après d'une autre maniere, & notamment avec le Duc de Baviére : au ſurplus
leur diſpoſition à la Paix nous a paru être ſi
grande, que nous n'avions pas ſouhaité, quelle fut connuë des Impériaux, de crainte que,
comme nous l'avons ſouvent remarqué, ceux-
ci ne leur accordent tout ce qui les regarde en
particulier, pour n'avoir plus à combattre que
la France, contre laquelle ils ſont principalement animés.

Pour la ſatisfaction de la milice, quand on
a fait voir à Monſieur Oxenſtiern, & à Monſieur Salvius, que leur prétenſion étonnoit, &
pout ainſi dire ſcandaliſoit tout l'Empire, ils ont
répondu que c'étoit une demande, & non pas
une derniere reſolution ; qu'ils s'accommode-
roient toujours aux choſes poſſibles & raiſonnables : encore qu'à dire la verité nous jugerions fort perilleux, en l'état où les affaires
ſont reduites, & vû même l'exemple des Wei-
mariens, de mecontenter les gens de guerre ;
& il ſemble que ce point doit être le dernier

X 2
de

1647.

Il ne paroit aucune difposition du côté des Impériaux pour avancer le Traité.

de tous, fur lequel on fe doit déclarer.

Mais de la part des Impériaux il ne fe voit aucune difpofition préfente à traiter. Ils difent eux mêmes qu'ils attendent leurs ordres, & ces ordres ne viennent point : l'on tient que le Comte de Trautmanfdorff, qui avoit paru fort pacifique dans l'affemblée, eft celui qui confeille aujourd'hui la guerre, foit qu'il efpere la conjonction des forces du Duc de Baviére avec celles de l'Empereur, foit que le Confeil d'Efpagne aye prévalu fur toutes les refolutions precédentes.

Ils envoyent leur avis en Cour.

Tout ce que deffus nous fait juger, qu'il feroit non feulement inutile, mais de grand prejudice à leurs Majeftez de fe relâcher hors le tems fur ce qui nous eft débattu; que fi l'occafion fe préfente de le faire avec efpérance de porter les chofes à la conclufion nous ne manquerons pas ainfi que nous l'avons déja écrit de mettre en pratique le pouvoir qu'il a plû à leurs Majeftés de nous donner, & de faire voir à tout le monde la fincerité de leurs intentions.

On relette le retardement de la Paix de l'Empire fur les Efpagnols.

Déja nous avons agi, deforte que la plus grande partie des Députés de cette affemblée n'en doutent plus, ceux qui font les moins partiaux, reconnoiffent que le retardement du Traité de l'Empire, eft caufé par les Efpagnols; ils jugent qu'il fera malaifé que l'Allemagne puiffe jamais être paifible tant qu'il y aura guerre entre la France & l'Efpagne. Mais pour dire la veritable caufe du mal le fuccès de la Campagne, & les forces de l'un & de l'autre parti, reglent les Négociations, & les font avancer plus ou moins, felon les efperances que l'on en conçoit, & il fera très difficile de faire fubir à nos parties les conditions dont on eft convenu, fi l'on n'eft en état de leur en faire apréhender de pires.

On envoye vers le Duc de Baviére.

L'inftruction du Sieur d'Erbigni, que nous avons envoyé vers le Duc de Baviére, tend principalement à lui repréfenter que les Impériaux ne font rien aujourd'hui que ce qui plaît aux Miniftres d'Efpagne, que s'il ne s'employe avec vigueur, pour faire refoudre l'Empereur à la Paix, on ne la doit point attendre.

Diverfes reflexions fur la conduite de ce Prince.

Auffi eft ce de la conduite dudit Duc que dépendent à cette heure les affaires de l'Empire lui feul y pouvant donner coup, & emporter la balance du côté qu'il panchera; les Impériaux publient ici, qu'il s'eft déclare pour eux ayant, difent ils, des Lettres de Pilfen du treiziéme de ce mois, qui l'affurent ainfi : les dernieres qu'on a eûës du Marechal Wrangel difoient tout le contraire. Il fe loûoit aux Plénipotentiaires de Suéde de ce que ledit Duc avoit fait pour l'armée Suédoife, il reconnoiffoit lui avoir obligation, & les prioit de fe rendre favorables à fes intérêts. Ils s'y font portés à la verité, mais ç'a-été bien tard, & de mauvaife grace, s'étans pû empêcher même en bien faifant de tenir une procedure défobligeante, jufques là que nous n'avons jamais pû gagner fur l'efprit de Monfieur Oxenftiern, quand il a été à Münfter, qu'il ait fait favoir fa venuë au Baron d'Azenlang, comme on a accoutumé de faire aux Plénipotentiaires des Electeurs, deforte qu'ils fe font feparés fans le vifiter.

D'ailleurs nous voyons que ce Prince eft fi fort engagé par fes intérêts à obferver la neutralité, & qu'il en a fi fouvent affuré leurs Majeftés, que cela nous fait croire qu'il ne fera rien contre fon devoir, étant certain qu'il pourroit bien préfentement caufer un préjudice notable aux Couronnes, s'il fe portoit à quelque manquement, mais qu'il expoferoit fes Etats & fa Maifon à une ruine évidente pour l'avenir.

1647.

Affaire de Lorraine.

Pour les affaires de Lorraine, quoique le Sieur Krebs ait dit que les Etats de l'Empire ne donneront pas leurs voix à continuer la guerre pour cet intérêt là, on ne laiffe pas ici & à Ofnabrug d'y former des doutes, & quand il tournera à profit à l'Empereur, il ne deférera rien au fentiment defdits Etats. On peut dire au dit Sieur Krebs que c'eft à Monfieur le Duc de Baviére à faire ceffer aupès de l'Empereur cette difficulté & les autres qui font fufcitées à la France, & qui empêchent la Paix.

On fonde les Suédois & les Heffiens pour le fecours des Troupes.

L'on n'a pas manqué de fonder auprès des Suédois s'il y avoit moyen d'avoir quelque fecours des Troupes commandées par Monfieur Koningfmarck, & l'on a fait la même chofe envers les Heffiens : les uns & les autres fe font excufés à caufe des entreprifes du Général Lamboi, & cette excufe là s'eft trouvée d'autant plus recevable, qu'il eft vrai, que les Heffiens ont été obligés de lever le fiége de Paderborn, & qu'ils font préfentement joints avec Koningfmarck, pour s'oppofer audit Lamboi, les deux armées étans fort proches, & fur le point peut-être de venir au combat général. Quoique ce foit Koningfmarek n'a pû marcher avec fes Troupes au fecours du Marechal Wrangel ce qu'il eût fait, fans cette diverfion, & il a fallu fe contenter, d'envoyer trois mil chevaux, dequoi il a deja été donné avis.

Nous ne pourions affurer que notre procedé avec les Miniftres d'Efpagne ait perfuadé entierement les Médiateurs des bonnes intentions de leurs Majeftez pour la Paix.

Contarini s'oppofe te Traité particulier des Efpagnols avec les Hollandois.

Monfieur Contarini eft toujours porté à s'oppofer au Traité particulier d'Efpagne avec Meffieurs les Etats. Il parle ouvertement aux Hollandois fur ce point, & leur fait voir le blâme, & le préjudice qu'ils attireroient fur eux & leur Etat en ce faifant.

Il n'a pas oublié de faire valoir aux Députés des Etats les moyens que leurs Majeftez ont de continuer la guerre par les grands fonds que leur donne la continuation de la Paulette, & les Edits verifiés en dernier lieu, non plus de leur faire connoitre le bon état où font les armées de France, felon l'information bien particuliere, qu'il a plu à leurs Majeftez de nous en faire donner, dont nous leur rendons de très humbles graces.

Conduite de Peñaranda & fa lenteur pour le Traité.

Le Comté de Peñaranda continuë dans fes longueurs. Il n'eft retourné à Munfter que le dix neuviéme fur le foir; de vingt & un Articles mis entre les mains des Médiateurs, il y en a vingt accordés, & on en a laiffé indécis le dix huit qui concerne le rétabliffement des refugiés; fur lequel les Plénipotentiaires d'Efpagne difent qu'ils attendent quelques Lettres de Bruxelles. Comme les Médiateurs vouloient faire figner de part & d'autre ce qui eft arrêté, on leur vint dire de la part des Efpagnols, qu'on faifoit traduire lefdits Articles en leur langue; ce qui paroit un dilayement recherché, s'étant pû faire plutôt.

L'opinion commune eft, que Peñaranda attend des ordres de fon Maître. Les Ambaffadeurs de Meffieurs les Etats, avec lefquels il n'a rien avancé jufques ici le croyent auffi bien que nous. On n'en a rien fçu même, que lorfqu'on lui a remontré qu'il devoit ufer de diligence, & fe hâter de conclure, étant le moyen le plus affuré d'appaifer les mouvemens qui font en Italie. Il repondit avec fa froideur accoutumée, que Naples fe perde; que Sicile fe perde, je ne me perdrai point.

Reflexions fur celle des Hollandois.

Quant aux Hollandois, ils paroiffent affés bien difpofés, vû leur conduite paffée, & nous

fommes

1647.

sommes avertis par nos amis, que le Sieur Paw témoigne à préfent affés de bonne voionté pour les intérêts de la France : mais que Knuyt eft plus échauffé à vouloir avancer les affaires particulieres, affurant toujours néanmoins qu'il ne fe concluera rien fans nous ; mais on ne fait fi les chofes étoient en cet état là, jufques ou on fe pourroit fier à de belles paroles, fi ce n'eft que la dépendance de Monfeigueur le Prince d'Orange, & la crainte de l'offenfer, tinffent en devoir ledit Knuyt.

du Canon tiré de part & d'autre, & quantité de bombes jettées la Ville de Raine, qui l'ont brulée quafi toute.

1647.

Nous n'avons pas manqué d'inftruire le Sieur Chanut des raifons qui peuvent être dites à la Reine de Suéde, fur les plaintes qu'elle a faites de l'Article couché dans le Traité de garantie avec Meffieurs les Etats, où elle a crû être intéreffée, & nous efperons qu'elle en fera fatisfaite. Sur ce après nos humbles recommrndations à l'honneur de vos bonnes graces, nous demeurons.

On cherche à donner quelques fatisfaction aux plaintes de la Reine de Suéde.

MESSIEURS

Les

PLÉNIPOTENTIAIRES,

à Monfieur le Comte de

BRIENNE.

A Munfter le 30. Septembre 1647.

Il femble que les affaires donnent qulque efperance. On diffère d'envoyer vers l'Electeur de Cologne. L'Armée de Lamboi eft proche de celle des Suédois & des Heffiens. On cherche à donner quelques fatisfaction aux plaintes de la Reine de Suéde.

MONSIEUR,

Il femble que les affaires donnent quelques efperances.

SI nos parties agiffoient de bonne foi l'on auroit fujet de fe rejouïr, & de croire qu'y ayant déja vingt Articles d'arrêtés entre nous, & le refte ayant été fi fort agité, l'on pourroit conclure en peu de tems : mais nous ne voyons pas affés de fincerité aux Efpagnols pour efperer que les chofes s'accordent facilement.

On diffère d'envoyer vers l'Electeur de Cologne & la raifon.

Nous avons toujours differé d'envoyer le Sieur de St. Romain vers Monfieur l'Electeur de Cologne, & avons enfin refolu de ne l'y point envoyer du tout, fi ce n'eft que nous euffions été trompez dans la créance, qui eft ici commune, que Monfieur le Duc de Baviére a rompu la neutralité, parce qu'il nous fembloit mal à propos de rechercher ce Prince d'une chofe, étant affurés qu'il n'y aura point a'égard. Le Général Lamboi eft toujours campé auprès de la Raine à fix lieuës de Munfter, & Koningsmarck, & les Heffiens logés proche de lui, ceux ci étant plus forts en Cavallerie efperent d'obliger Lamboi, par la néceffité des vivres à quiter l'avantage de fon pofte, & fe promettent après de le mal mener : jufques ici il n'y a eu que du

L'armée de Lamboi eft proche de celle des Suédois & des Heffiens.

MESSIEURS

les

PLÉNIPOTENTIAIRES,

à Monfieur le Comte de

BRIENNE.

A Munfter le 7. Octobre 1647.

La crainte peut reduire les Efpagnols à la raifon.

MONSIEUR,

EN vous remerciant très humblement des nouvelles, dont il vous à plû nous donner part, nous vous fupplions de nous continuer la même faveur, étant certain que de ce qui fe paffera fur la fin de cette femaine dépend ici en partie notre Négociation, & que rien ne peut tant obliger les Plénipotentiaires d'Efpagne à fe mettre à la raifon que la crainte de perdre dans l'Italie de beaux Etats que leur Maître y poffede.

La crainte peut reduire les Efpagnols à la raifon.

Il court ici des nouvelles de Lens, qui ne font pas bonnes ; mais comme cela vient de la part des Efpagnols, nous attendons avec impatience l'ordinaire prochain, pour en favoir la verité.

Vous verrez par le Memoire du Roi en quel état font ici les affaires, & après vous avoir fupplié de nous conferver l'honneur de votre bienveillance nous demeurons.

MEMOIRE

De Messieurs les

PLENIPOTENTIAIRES,

ENVOYE' EN COUR

Le Septiéme Octobre 1647.

Touchant la conduite des Espagnols & des Hollandois. Affaire de Lorraine. Et du Portugal. Le Traité des Hollandois avec les Espagnol est fort avancé. Les François se plaignent aux Hollandois de la conduite des Espagnols. On cultivera la bonne correspondance avec les Médiateurs. Touchant le Duc de Baviére. L'échange pour l'Artois & St. Omer, & autres Places. Et donnant la Trêve en Catalogne.

Touchant la conduite des Espagnols & des Hollandois,

SI nos Dépêches précedentes ont laissé en doute leurs Majestez du jugement qu'il se peut faire sur la conduite des Plénipotentiaires d'Espagne, & des Ambassadeurs de Messieurs les Etats, celle ci ne leur donnera gueres plus d'éclaircissement.

Les Médiateurs nous ayant fait raport de l'intention des premiers sur les Articles du Traité nous voyons assés de facilité dans les points qui sont de peu de consequence, & des difficultés sur tous ceux qui sont importans.

Il nous paroit néanmoins, que ce qui est en différend se peut accorder, si nos parties agissent de bonne foi : mais il y a lieu de douter & de craindre, que leur dessein ne soit d'entretenir le tapis, & de donner seulement des apparences de vouloir la Paix plutôt que de conclure en effet, parce qu'ils se reservent toujours à se déclarer dans des choses capables de rompre, quand on seroit d'accord sur tout le reste.

Affaire de Lorraine.

Dans une conference, que nous eûmes ces jours passés avec les Médiateurs, quand on vint à parler sur le sujet de la Lorraine, ils dirent que le Comte de Peñaranda la remettoit à la fin du Traité, & ajouterent que jamais les Espagnols ne passeroient ce point là, comme nous le prétendions; qu'ils ne pouvoient abandonner un Prince, qui sert actuellement avec eux, & dont les Troupes faisoient une partie de leurs forces: desorte qu'ils craignoient, si la France ne faisoit pas plus, que ce qu'elle avoit offert, que cette difficulté n'arrêtât la Négociation.

Nous répondimes, que lorsque nous traitions par l'interposition des Hollandois, l'on nous fit entendre, que l'affaire de la Lorraine n'empêcheroit point la Paix, que la même chose nous ayant été dite par les Médiateurs de la part des Impériaux, leurs Majestez croyants que ce point là étoit entierement arrêté, par un excès de bonté avoient fait une offre à l'avantage du Duc Charles, qui étoit au delà de ce que ses déportemens passés lui avoient dû faire esperer, & que l'on prétendoit en vain d'obliger leurs Majestés à augmenter ce à quoi elles ne s'étoient portées, que par pure generosité.

Et du Portugal.

Nous suppliames ensuite Messieurs les Médiateurs de faire réflexion sur la procedure captieuse de nos parties, & de considérer, que lorsqu'il s'agissoit du Portugal, il nous avoit été dit souvent, que ce point là une fois ajusté, tout le reste seroit facile; que nous y avions admis un temperament si équitable, que le Comte de Penaranda n'y ayant pû contredire, auroit néanmoins différé de convenir de la forme des termes du certificat, qui doit être donné par les Médiateurs; qu'il vouloit faire aujourd'hui la même chose à l'égard de la Lorraine; que de remettre toûjours à la fin du Traité la décision des choses importantes, étoit le moyen de n'y parvenir jamais; qu'il paroissoit assés que son dessein étoit en convenant de quantité d'Articles de nulle consequence, de donner de la jalousie à nos Alliez, pour les porter à une plus prompte conclusion de leurs affaires, & laisser les notres en arriere; que pour le bien de la Paix, & pour ne rejetter aucun des moyens qui donnent esperance d'y contredire, nous avions dissimulé jusques ici une telle procedure; mais qu'il n'étoit pas possible de nous y accommoder, voyant qu'elle produiroit un effet contraire; & que nous prions Messieurs les Médiateurs de savoir au vrai l'intention des Ministres d'Espagne. Que l'on travailleroit en vain sur les autres Articles, si les Espagnols ne promettent de n'assister pas le Duc Charles qui est une condition absoluë, sans laquelle la France ne peut traiter; que nous désirions avant de passer outre d'en être éclaircis, non pas que nous voulussions obliger les Espagnols à mettre présentement cette déclaration par écrit; que nous demandions seulement la parole des Médiateurs de laquelle nous ne voulions point nous prévaloir, & consentions que si le Traité ne réüssissoit, ils pussent dire ne nous l'avoir pas donné.

Les Médiateurs essayerent, en nous faisant passer ce point, sans y prendre de resolution, d'achever avec nous ce qui restoit à traiter sur les autres; mais il fut jugé à propos de témoigner un peu de fermeté, parce qu'autrement les Plénipotentiaires d'Espagne n'auroient pas manqué de nous faire à tous moments de pareilles remises, pour essayer de connoitre si nous étions capables de relâchement. Ainsi nous dîmes, avant que d'être assurés sur le fait de la Lorraine, que nous ne passerions point outre, & nous nous séparâmes assés promptement d'avec lesdits Sieurs Médiateurs, témoignants plus de colére que nous n'en avions en effet, tant pour ôter aux Espagnols l'opinion que nous voulussions ceder, que pour mieux reconnoitre dans un point de cette nature s'ils avoient un veritable dessein de faire la Paix, ou non.

Cela nous a assés bien réüssi, les Médiateurs ont été trois jours sans nous voir, pendant lesquels ils ont conferé avec les Ministres d'Espagne, & nous ont depuis raporté, que ceux ci témoi-

témoignent vouloir & défirer de conclure; que fi l'on fe pouvoit défaire des foupçons que nous avons & les uns & les autres, ils croyoient que dans peu l'on pourroit voir la fin du Traité; que l'affaire de la Lorraine ne pouvoit être terminée que la derniere de toutes, pour les raifons auxquelles nous avons nous mêmes ci-devant acquiefcé; que Peñaranda étoit tout prêt de convenir de bonne foi fur les autres; mais que fi la France perfiftoit à demander une déclaration préfente fur le fait du Duc Charles, on ne pouvoit inférer de là autre chofe, finon qu'elle ne vouloit pas la Paix: a quoi les Médiateurs ajouterent, que nous devions fur tout arrêter nos conquêtes; que la Lorraine jointe aux autres difficultés étoit une grande affaire; mais qu'étant feule, elle n'étoit pas de même confideration, & qu'à leurs avis, on en fortiroit alors plus aifément.

Nous jugeâmes, après nous être retirés à part, que nous pouvions entrer en difcution des autres points, & dîmes aux Médiateurs, que pour faire voir toujours de plus en plus le défir que leurs Majeftez ont d'avancer les affaires, l'on fe contenteroit que les Efpagnols déclaraffent à la fin du Traité qu'ils n'affifteroient en aucune maniere le Duc Charles: mais que c'étoit une proteftation très expreffe, & de laquelle nous fupplions Meffieurs les Médiateurs de tenir regiftre. Que la France ne traite que fur le fondement, qu'elle ne fera jamais rien plus pour ledit Duc, que ce qui eft porté dans l'offre faite fur cela par leurs Majeftés, & que l'Efpagne s'obligera de ne lui donner aucune affiftance directe ni indirecte contre la France. Que fi les Plénipotentiaires d'Efpagne avoient un autre deffein ce feroit ufer avec nous de mauvaife foi & fe moquer des Médiateurs & & de toute l'Affemblée, & enfin perdre inutilement fon tems. C'eft ce qui s'eft paffé entre nous, & ce que nous avons pû ici connoître, à l'égard des Plénipotentiaires d'Efpagne.

Le Traité des Hollandois avec les Efpagnols eft fort avancé.

Quant à ceux des Provinces-Unies leur Traité eft fort avancé, ne reftant que le feul point de la Mairie de Bois le Duc, qui foit indécis, encore ne voyons nous pas que la difficulté foit telle, que les uns & les autres ne puiffent céder aifément: mais foit que les ordres précis de Meffieurs les Etats empêchent leurs Ambaffadeurs de conclure, ou qu'il y ait entre eux divers avis, ils envoyent à la Haye faire raport à leurs Superieurs de ce qui a été négocié. L'on dit que Knuit fera l'un de ceux qui aura cette commiffion, & que Paw l'ayant défirée n'a pû difpofer fes Collegues, qui le jugent néceffaire à Munfter.

Les François fe plaignent aux Hollandois de la conduite des Efpagnols.

Nous les avons tous vûs, pour nous plaindre de la façon dont les Efpagnols traitent avec nous; on leur a repréfenté qu'encore qu'il y ait plufieurs Articles, fur lefquels il ne fe trouve quafi point de difficulté, tout ce qui eft important eft revoqué en doute, ou remis à la fin. Que les Efpagnols leur voudroient peut être perfuader, que les affaires font fort avancées avec nous; mais que jufques ici c'eft une pure illufion, nos parties fe tirans toujours en arriere fur les principaux Articles. Que les Médiateurs nous avoient dit, que lorfqu'ils vouloient tirer une réfolution fur quelques points contentieux, les Miniftres d'Efpagne foutenoient, qu'ils l'avoient remife au jugement de nos Alliez; qu'eux ne nous en ayant rien dit, nous leur demandions ce qui en étoit, & les prions de prendre garde à l'artifice des Efpagnols, pour nous brouiller enfemble, que nous ne refuferions jamais leur arbitrage aux chofes

que nous aurions pouvoir de mettre en compromis, mais qu'il n'en écheoit aucun fur les points conteftés, pour lefquels obtenir nous prétendions nous fervir de l'affiftance & de l'union de Meffieurs les Etats, & les rendre parties avec nous, & non juges. Nous leur donnâmes fur cela une information des chofes en détail, & notamment de ce qui nous avoit été dit touchant la Lorraine.

La conclufion du difcours fut de leur demander confeil du chemin que nous devons tenir, pour avancer la Paix, & pour faire agir nos parties avec plus de fincerité. Ils confulterent enfemble & répondirent qu'au premier jour ils doivent voir les Efpagnols; qu'ils les presferoient de fortir d'affaires avec nous, & qu'étants informés de leurs intentions, ils nous verroient enfuite, & nous donneroient avec plus de fondement l'avis que nous défirons d'eux.

On cultive-ra la bonne correfpon-dance les Médiateurs.

Nous obeïrons aux commandemens que leurs Majeftez nous ont fait de cultiver foigneufement la bonne volonté de Meffieurs les Médiateurs; jufques ici nous pouvons dire qu'ils approuvent notre conduite, car encor qu'il y ait eû un peu de chaleur en la premiere conférence, dont nous avons fait le raport ci-deffus, elle regardoit nos parties, & non pas eux & tendoit à leur perfuader, que nous étions incapables d'admettre jamais aucun temperament fur le point, dont il étoit alors queftion.

Touchant les Ducs de Bavière.

La plus grande connoiffance que nous ayons du deffein de Monfieur le Duc de Bavière, eft par la Lettre ci-jointe du Sieur d'Erbigni, lequel s'eft acquité fagement de la commiffion qui lui avoit été donnée, ayant même prevenu l'ordre que nous lui avons envoyé, de ne s'arrêter pas là plus longtems.

L'échange pour l'Artois St. Omer & autres Places.

Si l'on trouve à propos de faire quelque échange en traitant, & pour avoir la Comté d'Artois entiere, & joindre St. Omer & Aire aux conquêtes du Roi, il eft jugé utile de laiffer quelque chofe de plus éloigné, comme Courtrai & autres Places, leurs Majeftez nous ordonneront, s'il leur plaît, ce qui fera en ce cas de leurs intentions.

Ce n'eft pas qu'il en ait été parlé jufques ici; mais c'eft afin de n'en perdre pas l'occafion, fi elle fe préfente, vû même que le changement des Places peut aider à faciliter le reglement qu'on doit faire de ce que chacun des Rois retiendra, & que nous prévoyons que Courtrai étant de grande étenduë, & y ayant plufieurs membres qui en dépendent, & qui font enclavés dans le Païs ennemi, il fera facile aux Efpagnols de mettre garnifon dans les lieux principaux, & de s'y maintenir jufques après l'échange des ratifications, afin qu'ils leur demeurent.

Pendant la Trêve en Catalogne pourra-t-on fortifier par tout.

Nous défirerions bien auffi de favoir, fi ne pouvans obtenir, qu'il foit permis de fortifier par tout en ce que l'on occupera dans la Catalogne pendant la Trêve, il fuffiroit de convenir que les Fortifications commencées fe pourront achever, fans que l'on en pût faire de nouvelles: furquoi nous fupplions très humblement Sa Majefté de nous prefcrire ce qui eft de fa volonté, après qu'elle aura été bien informée, fi les lieux où l'on a commencé de travailler, font les feuls, que l'on a intention de fortifier. Nous ne laifferons pas cependant de faire effort pour avoir la liberté entiere s'il eft poffible.

MES.

1647.

MESSIEURS

Les

PLENIPOTENTIAIRES,

à Monſieur le Comte de

BRIENNE.

A Munſter le 14. Octobre 1647.

Ils le remercient de ſes ſoins, pour leur faire tenir de l'argent. Affaire de Cazal. Les armées de Koningſmarck & de Lamboi ſont tout proches.

MONSIEUR;

Ils le remercient de ſes ſoins pour leur faire tenir de l'argent.

L E Mémoire eſt aſſés long pour ne vous ennuyer pas de redites par une Lettre particuliere. Nous nous contenterons de vous remercier bien humblement de vos ſoins , & Monſieur le Surintendant auſſi de ce qu'il veut faire remplacer ce que nous ſerons obligés de prendre ici pour les affaires extraordinaires : nous faiſons préſentement remettre à Nuremberg la ſomme de douſe mil livres, ſur les apointement de Monſieur d'Avaugour , auquel il eſt dû deux années, & qui étant demeuré à Egger, étoit en état de vendre ſon Equipage, ſans ſecours, & de tomber en de grandes néceſſités, comme ce Gentilhomme, qui ſert dignement le Roi, nous a fait ſavoir par un exprès qu'il nous a envoyé. C'eſt pourquoi , Monſieur, il vous plaira tenir la main à ce qu'on ne laiſſe gueres écouler de tems ſans faire un fonds pour leſdites parties extraordinaires, qui eſt tellement néceſſaire ici, que ſans cela les affaires du Roi ne s'y peuvent bien faire.

Affaire de Cazal.

Depuis le Mémoire achevé, le Comte de St. Nazaire nous eſt venu dire, qu'ayant témoigné au Comte de Peñaranda, que l'Article de Cazal pourra être mis en la forme, que l'on trouvera ci-jointe, celui-ci a répondu, que cet Article ayant été ci-devant concerté avec Monſieur le Comte de Nerly, Ambaſſadeur de Mantoüe en la maniere qu'il a été mis dans le projet des Ambaſſadeurs d'Eſpagne, ſi ledit Sieur de St. Nazaire conſent que l'on y aporte quelque changement, il eſt à propos qu'il faſſe voir le pouvoir qu'il en a de Madame la Ducheſſe de Mantoüe. Ledit Sieur de St. Nazaire a été un peu ſurpris de cette réponſe, & nous l'avons trouvé plus reſervé dans le conſentement qu'il avoit promis de donner à cette affaire : deſorte que ſi l'on peut

obtenir du Comte de Nerly, qu'il en écrive à ſon Collegue, & que la Lettre puiſſe être montrée , cela l'authoriſeroit davantage. Nous en écrirons à Madame la Ducheſſe de Mantoüe afin qu'elle envoye ordre au dit Sieur de St. Nazaire de paſſer l'Article comme il eſt , parce qu'il fait difficulté d'y conſentir en quelques endroits.

Les armées de Koningſmarck & de Lamboi ſont tout proches.

Koningſmarck & Lamboi ſont toujours à ſix heures d'ici campés l'un auprès de l'autre ſans qu'il ſe ſoit paſſé rien de déciſif entr'eux, & il eſt vrai que Koningſmarck tient l'autre ſerré, & qu'il eſt libre, étant plus fort en Cavallerie, de déloger quand il lui plaira ; mais on tient que Lamboi ayant un poſte de difficile accès ne manque point de vivres pour y ſubſiſter. Le bruit court ici que Lindau & Worms ont été pris par Ekenfort. Nous eſperons que l'armée de Monſieur de Turenne deça le Rhin y changera bientôt la face des affaires : & ſur cela nous vous ſupplions de croire que nous ſommes.

1647.

MEMOIRE

de Meſſieurs les

PLENIPOTENTIAIRES,

ENVOYE' EN COUR

Le quatorſiéme Octobre 1647.

Leur avis touchant la conduite du Duc de Baviére. Difficultés de parvenir à une concluſion générale pour la Paix. Le Duc de Baviére doit s'intéreſſer pour la Paix. Il demande un Mémoire des conditions & des prétenſions des deux Couronnes. Dernieres intentions des Suédois. On doute s'ils conſentiront à celles de la France. Affaire du Duc de Lorraine. Bonnes intentions des Médiateurs ils donnent une propoſition aux Médiateurs. On attendra la réponſe des Eſpagnols. Affaires entre les Hollandois & les Portugais. Et des évenements de la Campagne. Le Duc de Mantoüe veut proteſter contre le Traité de Quieraſque. Leurs entretiens avec Salvius Miniſtre de Suéde. Les Suédois veulent la Paix. Touchant

chant les Fiefs des trois Evêchés. Les Impériaux veulent s'accorder avec la Suéde.

C'Est avec beaucoup de raison, que par le Mémoire du Roi du quatriéme de ce mois, l'on témoigne de trouver étrange, que Monsieur le Duc de Baviére, qui a tant d'intérêt à la prompte conclusion de la Paix, qui pouvoit si facilement aider à la faire, s'il eût pris une autre conduite que celle qu'il a tenuë, & qui d'ailleurs tant de prudence, aît choisi un chemin si hazardeux, qui peut plutôt causer la ruine de sa Maison, que produire l'effet auquel il doit vraisemblablement tendre. Ces mêmes considerations nous ont tenu longtems en suspends, & empêché de croire qu'il fût capable de la resolution, à laquelle il s'est enfin laissé aller : mais la chose étant aujourd'hui trop assurée, il faut essayer d'en détourner le préjudice, & la diriger, s'il se peut, à la fin que leurs Majestez se sont toujours proposée, de donner du repos à l'Allemagne, & ensuite à la Chrétienté, à quoi l'on peut parvenir par diverses voyes.

L'on a si prudemment examiné toutes choses à la Cour touchant ce qui doit se faire, soit avec ledit Duc, soit avec nos Alliés, & l'on a si bien remarqué tous les divers égards, que l'on doit avoir en cette conjoncture, qu'il ne se peut rien désirer après ce qui est dans ledit Mémoire. Nous l'avons exactement consideré, & nous nous y conformerons en toutes choses ; mais comme l'execution des ordres, qui nous y sont donnés, dépend principalement de la maniere dont cette action sera reçuë par les Suédois, & de ce qui sera concerté avec eux, nous ne saurions rien écrire de certain, que nous n'ayons connu leurs sentiments. Monsieur Salvius vient d'arriver fort à propos en cette Ville. Nous le verrons aujourd'hui, & si avec les compliments il se passe quelque chose entre nous, qui mérite qu'il en soit fait raport, nous l'ajoûterons au au bas de ce Mémoire.

Nous répeterons encore ici ce que nous avons déja touché dans quelque autre Dépêche, que l'on connoit tous les jours de plus en plus combien la Négociation de Munster est difficile.

Nous avons deux Traités à faire avec deux grands Princes dont l'union est indissoluble. Ils ont de l'animosité contre la France, & pour diminuer ses avantages, & pour mettre ses Alliez en jalousie, ou en division d'intérêt, il n'y a rien qu'ils n'abandonnent, & qu'ils ne prostituent jusques aux choses que l'honneur & la conscience les obligent de conserver : d'un autre côté la conduite desdits Alliez ne nous donne pas moins de peine, étant vrai que lorsque les affaires des Suédois prosperent, nous ne pouvons moderer leurs desseins, vastes, ambitieux, & tendans en effet à la ruïne de la Religion. Quand il arrive aussi quelque accident contraire, il y a peu d'assurance à leur union, & la prudence ne permet pas de croire, que si dans le mauvais état de leurs affaires, ils étoient tentés par des conditions avantageuses à traiter sans nous, ils ne franchîssent le saut, & ne suivissent dans le Traité de l'Empire l'exemple, que les Hollandois leur ont donné en celui d'Espagne.

Le Sieur Krebs partant de la Cour bien instruit des intentions que l'on y a pour la Paix, peut servir beaucoup à détruire la croyance,

que l'on a donnée à son Maître du contraire, & l'on a très bien jugé, qu'il sera plus utile à Munick, que s'il avoit été arrêté en France.

L'on void facilement ce qu'il a assuré que Monsieur le Duc de Baviére songera, la Paix se faisant, à la manutention de ce qui a été promis anx Couronnes ; le profit qui lui revient de l'execution de ce dont on est convenu, lui doit faire souhaiter qu'il aît lieu.

Et quant à ce que ledit Sieur Krebs a dit, qu'il ne distinguoit pas en cela la Suéde d'avec la France, qu'il a demandé un Mémoire des conditions auxquelles les Couronnes veulent la Paix, & qu'il a assuré sur sa vie, que si son Maître n'avoit une ferme opinion que les Suédois veulent continuer la guerre, & ruiner la Religion Catholique, la Paix se pourroit conclure dans vingt quatre heures ; ce sont tous des points considerables, & que nous ne manquerons pas de faire savoir aux Plénipotentiaires de Suéde ; pour essayer de les porter ciaprès à plus de moderation, en cas que les Impériaux viennent à reprendre avec eux & avec nous les derniers errements du Traité, & qu'ils ne s'éloignent pas comme ils le font à cette heure de tout accommodement.

Quant à gagner sur les Suédois, qu'ils se déclareront ouvertement de leurs dernieres intentions, quoique l'état présent des affaires les y dût convier, c'est une chose néanmoins, que leur humeur, & la maniere dont ils ont toujours vecu nous fait juger bien difficile ; Monsieur Contarini y a fait ses efforts au dernier voyage, que Messieurs Oxenstiern & Salvius ont fait ensemble en cette Ville, & nous nous y sommes aussi employez souvent ; mais inutilement.

Nous doutons de plus si ces Messieurs se refoudront de concerter avec nous quelque écrit ou déclaration, par laquelle on pût faire voir à tout le monde, que l'on public contre la verité que les Couronnes ne veulent pas la Paix. Nous y travaillerons néanmoins, ce moyen nous paroissant fort propre pour desabuser ceux qui ont conçu une autre opinion, & si on en vient là, on essayera en témoignant toute bonne volonté de pacifier les choses, de faire voir en même tems, que l'on peut porter les armes des Couronnes encore plus avant, que l'on n'a fait jusques ici, en somme autant que le concert que l'on doit obtenir avec les Alliez, le pourra permettre : on suivra en tout & par tout ce qui nous est prescrit par le Mémoire, où l'intention de leurs Majestez est si nettement expliquée, qu'il est mal aisé, étant si éclairé, que l'on s'égare du droit chemin.

Nous rendons de très humbles graces à la Reine de l'avis dont elle a eû agréable qu'il nous fût donné de sa part, de ce que le Duc Charles a fait dire par un Religieux Minime à Sa Majesté ; elle nous a commandé de lui faire savoir nos sentimens sur cela : il est mal aisé de rien ajouter à ce qui est dans le Mémoire, où des inconveniens qui peuvent arriver de se rendre trop credules aux offices de ce Prince, sont judicieusement remarqués. Si l'on avoit à faire quelque chose avec lui, il semble que pour arres de sa fidelité on le doit engager à rendre un service réel & effectif, sans lequel on ne peut se confier en ses paroles, & il ne doit pas douter en ce cas de recevoir un favorable traitement de leurs Majestez.

D'ailleurs dans la mediation que nous avons faite sur cette ouverture du Pere Minime, nous avons imaginé, que si la guerre duroit, ledit

Duc

Duc seroit un sujet tout propre à être embarqué dans les mouvements de Naples & de Sicile, vû même qu'il a des prétentions sur ces Royaumes là, quoi qu'en France l'on n'en tombe pas d'accord: on lui pourroit faire esperer, & donner en effet pour ce dessein une grande assistance du Roi, & ce seroit un bonheur qui ne se peut estimer assez, d'éloigner un Prince, sur l'amitié duquel la France ne peut jamais faire de fondement assuré, de l'engager à une entreprise contre nos parties, ou soit qu'il y réussît, ou qu'il y succombât, l'on y auroit toujours un grand avantage.

Bonnes Intentions des Médiateurs.

Les Médiateurs continuent dans leurs bonnes volontés envers nous, & Monsieur Contarini ses offices, pour empêcher le Traité particulier de l'Espagne avec Messieurs les Etats; mais les Ministres de cette Couronne continuent aussi dans leur lenteur, & dans le dessein de traiter séparément, s'ils peuvent avec nos Alliés.

Ils donnent une nouvelle proposition aux Médiateurs.

Nous avons mis depuis peu ès mains des Médiateurs vingt quatre Articles, & n'avons pas oublié de dire en les leur delivrant, que nous connoissions bien, que les Espagnols s'accommodans sur ceux qui sont de nulle consequence, & remettans les autres, ou persistans sur les premieres difficultés, leur dessein étoit de porter nos Alliés à conclure leur Traité séparément, en leur faisant croire que nos affaires sont fort avancées, quoiqu'en effet il n'y ait rien d'important, qui soit achevé : le même discours a été tenu aux Ambassadeurs de Messieurs les Etats, & nous leur avons dit en détail en quoi consistent les choses, qui nous sont débattues, afin de leur faire voir qu'il n'y a nulle sincerité, en la procedure des Plénipotentiaires d'Espagne. Nous avons aussi donné avis de tout à Monsieur de la Thuillerie, pour faire à la Haye en même tems que nous ici les offices convenables.

On attendra la réponse des Espagnols.

Nous attendons quelle sera la réponse des Espagnols, & aurons toujours l'œil ouvert à nous garantir du mal, ou à pousser les affaires autant qu'ils nous en donneront le moyen.

Affaires entre les Hollandois & les Portugais.

Et des évenements de la Campagne.

Nous avons vû avec beaucoup de ressentiment de l'honneur que leurs Majestez nous ont fait, toutes les nouvelles contenues audit Mémoire; soit de ce qui se passe à la Haye entre Messieurs les Etats, & les Ministres du Roi de Portugal; soit de l'accident arrivé en la personne de Monsieur de Gassion, duquel nous avons été extrémement affligés, ou du dessein que Monsieur de Rantzaw avoit de secourir Dixmude, ou d'entreprendre sur quelque autre Place plus considerable. Les Espagnols ont publié ces jours passés des nouvelles à leur avantage; ils ont celui là d'avoir des nouvelles & des Lettres de Flandres deux fois la semaine, & comme les notres ne viennent que fort longtems après, nous sommes toujours dans l'impatience de savoir la vérité de ce qui se fait au Païs-Bas.

Maladie de Monsieur.

La maladie de Monsieur nous donneroit beaucoup d'inquietude, si nous ne voyions en même tems, que tous le medecins assurent qu'il est hors de danger.

Le Duc de Mantouë veut protester contre le Traité de Quierasque.

Le Comte de Saint Nazaire, qui est ici, en qualité de Député de Monsieur le Duc de Mantouë, nous vint hier dire, qu'il ne pouvoit manquer à protester contre le Traité de Quierasque, en ce qui regarde les droits de la Maison de Mantouë sur celle de Savoye; mais il nous propose en même tems, que si l'on vouloit laisser quelque chose pour suplement de la

lezion que son Maître a soufferte dans ledit Traité, on y pourroit entendre: il mit en avant qu'on lui donne le Comté de Charolois, ou bien Poligny, & Lons le Saunier, qui sont dans la Franche Comté, & que nous pretendons retenir avec toutes leurs dépendances, à quoi néanmoins il y aura grande difficulté, d'autant que ces lieux là ont été abandonnés, & le Chateau de Poligny rasé, que ceux du Païs soutiennent avoir racheté pour une somme d'argent.

Et pour l'affaire de Cazal, ledit Député a retranché quelque chose de l'Article, que nous avons ci-devant présenté, qui n'étant pas de la substance, & la sureté de la Place se pouvant trouver sans cela, nous croyons que l'on s'y peut accommoder; mais d'autant que si ce temperament étoit proposé par nous, les parties pourroient faire plus de difficulté de le recevoir, le susdit Sieur de Saint Nazaire nous a promis d'en faire l'ouverture à Messieurs les Médiateurs, & aux Espagnols mêmes, en leur déclarant que son Maître sera content, si l'Article est dressé en la même forme qu'il l'a reformé.

Leurs entretiens avec Salvius Ministre de Suéde.

Il s'est parlé de toutes les affaires dans la visite de Monsieur Salvius, d'où nous venons. Il a commencé par se plaindre de Monsieur le Duc de Baviére, disant qu'il avoit toujours bien crû, qu'il manqueroit à ses promesses; mais non pas qu'il en rejetteroit la cause sur les Plénipotentiaires de Suéde, comme on voit qu'il fait par son Manifeste. Il s'est mis ensuite à nous représenter le mauvais état de l'armée Suédoise, que l'Infantérie est fort diminuée, & que parmi leur Cavallerie il y a plus de trois mil Reistres démontés. Il a dit, qu'il étoit tout à fait nécessaire, que Monsieur le Maréchal de Turenne repassât le Rhin, avec une armée capable d'occuper au moins celle du Duc de Baviére; que le retardement que l'on avoit aporté à payer le subside, les avoit fort incommodé; qu'il prioit que l'on y eût égard, & que l'on voulût avancer le payement du terme qui court à présent. Il nous a fait même instance à ce que ledit subside fût augmenté; on lui a témoigné, que l'on n'avoit pas été moins surpris ni moins en colere qu'eux, de ce que ledit Duc de Baviére a fait; qu'avant sa déclaration nous avions envoyé vers lui le Sieur d'Erbigny, pour essayer de le maintenir dans la neutralité; mais qu'ayant déclaré de vouloir rompre avec les Suédois, ledit Sieur d'Erbigny lui avoit dit nettement, que la France ne le pouvoit avoir pour ami, s'il entroit en guerre avec la Suéde; que nous avions dit ici la même chose à son Député, que par les dernieres Lettres que nous avions reçues de la Cour l'on nous mandoit qu'aussitôt que la nouvelle de ce changement y étoit arrivé, la Reine avoit dépêché à Monsieur le Maréchal de Turenne, qu'il eût à se disposer à repasser promptement le Rhin; que l'on travailloit en diligence aux levées pour fortifier son armée, & qu'on lui avoit envoyé une grande somme pour faire montre, & pour remettre ses Troupes en bon état. Nous avons promis audit Sieur Salvius d'écrire pour diligenter le payement du subside; on lui a seulement ôté l'esperance de l'augmenter, attendu les dépenses infinies auxquelles leurs Majestez sont obligées; & sur tout le reste on lui a donné les meilleures paroles que l'on a pû, & puis on s'est entretenu sur les remedes que l'on peut aporter au mal qui est arrivé, & on lui a demandé quelle il croyoit que devoit être la conduite des Couronnes en cette occasion. Il

1647.

Il a dit sans hésiter, que puisque le Duc de Bavière prenoit le prétexte de sa défection, sur ce qu'il publie, que les Couronnes ne veulent pas la Paix, il falloit faire voir le contraire; que l'on devoit se préparer puissamment à la Guerre, mais donner en même tems la croyance à un chacun, que l'on se porteroit à la Paix.

Il croit que les Impériaux n'ont pas seulement gagné des Princes Catholiques de l'Empire, mais qu'ils ont aussi ébranlé des Princes Protestants. Que Saxe, Brandebourg, & Brunswick sont fort arrêtés par l'Empereur, que l'on offre des conditions & avantages à Madame la Landgrave, pour l'induire à quiter les Couronnes, & qu'il se parle d'une Paix interne entre les Princes & Etats de l'Empire.

Il s'est remis après sur la nécessité de faire agir Monsieur de Turenne dans la haute Allemagne; que l'on y devoit occuper les forces de Monsieur le Duc de Bavière, que les Places que nous y tenons se devoient déclarer ouvertement contre lui, afin qu'il fût obligé de ne pas dégarnir son Païs, & qu'il ne pût envoyer ses Troupes dans l'armée de l'Empereur.

Le discours où il a paru plus échauffé a été sur l'augmentation, ou du moins sur l'avance du subside; il a dit que cent mil Risdales données à tems faisoient plus de profit quelquefois, qu'un million hors de saison. Il s'est enquis de nous, si nous ne pourrions pas faire remettre présentement cette partie du subside à Francfort, & comme nous lui avons dit que nous ne le pouvions pas faire, lui remontrants les grandes sommes que leurs Majestez étoient obligées de perdre de sa remise, il a proposé de faire des Ducats en France, comme il s'en fait à Amsterdam, en quoi il y auroit un notable profit, le Ducat, où il n'y a pas plus d'or que dans un écu au soleil, valant dans les armées deux Risdales. On lui a promis de donner cet avis à la Cour, d'écrire pour diligenter toutes choses, & à n'en point mentir si les affaires du Roi le peuvent permettre, il nous sembleroit bien à propos de faire quelque effort en cette occasion & leur témoigner par quelque prompt secours, la bonne volonté de leurs Majestez à rétablir leurs affaires.

Parmi ce discours il en a avancé un, sur lequel nous avons un peu appuyé : il a dit que Monsieur Wrangel avoit écrit, qu'on pourroit remettre ès mains de la France, les Places que la Suéde tient en la haute Allemagne, comme Nordlingen, Herdlingen & les autres, ce qui donneroit moyen à l'armée d'en retirer son Infanterie, dont elle a besoin. Nous nous sommes chargés d'en donner avis, & lui avons remontré, qu'il faudroit en ce cas que Monsieur de Turenne eût beaucoup d'Infanterie pour garnir suffisamment lesdites Places; c'étoit afin de lui faire au moins valoir, qu'elles seroient plutôt à charge, qu'à profit pour préparer aussi une excuse, au cas que Monsieur de Turenne ne puisse paroître sitôt au deça du Rhin, mais en effet il nous sembleroit fort avantageux d'occuper ces Places là, si la Guerre doit continuer, & que la dépense qu'on y feroit ne seroit pas mal employée.

Après avoir parlé longtems des moyens de continuer la Guerre, le propos est tombé sur ceux d'avancer la Paix, & de conclure le Traité, il nous a dit sur cela, que les Plénipotentiaires de l'Empereur, qui sont à Osnabrug, disoient avoir la même volonté de traiter avec la Couronne de Suéde, qu'ils avoient toujours eue, & qu'ils ne vouloient rien changer de

ce qui a été accordé pour sa satisfaction.

1647.

Il a ajoûté que si la France admettoit du temperament sur les points qui restent indécis à son égard, la Suéde en mettroit sur ceux, qui la touchent : & ayant été par nous interrogé ce qu'ils feroient sur le point de la milice, & sur les autres aussi, il a répondu que les Etats de l'Empire reconnoissent que leur milice devoit être contentée; qu'il ne s'agissoit que du plus ou du moins; qu'ils ne refuseroient pas ce qui seroit jugé raisonnable, & comme il a été pressé de dire à peu près quelle somme pourroit suffire, il a dit, la moitié de ce qui a été demandé, & que quelques Députez avoient déja fait le compte, que l'on pourroit fournir sept à huit millions de Risdales. Pour le reste de leurs differents : il a dit qu'ils le remettoient à l'arbitrage & décision des Etats de l'Empire, tant Catholiques, que Protestans ; & sur ce point il n'a pas manqué de nous demander aussi ce que nous ferions de notre côté; la réponse a été, que nous n'y avions point encore pris de résolution, parce que l'on ne nous disoit rien, & que la Négociation étoit tout à fait interrompuë à notre égard, qu'il y avoit grande difference entr'eux & nous, parce que rien n'étoit débattu sur la satisfaction particuliere de la Suéde, & que l'on revoquoit en doute ce qui nous a été promis pour celle de la France. Qu'il y avoit des points, sur lesquels on ne pouvoit jamais admettre aucun expedient, comme celui de s'obliger de n'assister directement ni indirectement le Duc Charles. Que nous avions déclaré dès l'ouverture de l'Assemblée, que nous étions prêts de traiter avec l'Empereur & le Roi d'Espagne, en même tems s'il se pouvoit, ou séparément avec celui qui conviendroit le premier avec nous des conditions raisonnables ; mais que les deux Traitez n'auroient aucune connexion, & que celui avec lequel nous tomberions d'accord, devoit en ce cas s'abstenir de nous continuer la Guerre. Et après avoir fait voir en peu de mots le droit que leurs Majestez ont sur les autres points contentieux, la conclusion a été que l'on rechercheroit tous les moyens possibles de contenter le public, & que nous lui pouvions bien dire par avance, que la Paix ne seroit point retardée pour les intérêts de la France, pourvû que les Impériaux veuillent rester de bonne foi dans l'observation des choses, qui ont été ci-devant accordées. Nous avons quelque intention de nous servir du même expedient, que les Suédois, & de remettre le differend de l'assistance que l'Empereur pourra donner comme Archiduc au Roi d'Espagne, au jugement des Electeurs & des Princes de l'Assemblée, dont il sera respectivement convenu, ou bien à celui de Monsieur le Duc de Bavière seul, si toutefois le bon concert avec nos Alliez n'y est point, & nous sommes resolus de ne nous point ouvrir de cet expedient qu'à l'extrémité.

Pour les Fiefs des trois Evêchés, l'on pourra se tenir à l'écrit du troisiéme Septembre de l'année derniere, à ce que l'on retranchera des conditions que les Impériaux ont voulu faire, ce qui donnera moyen de conserver notre prétention, & de la faire valoir après la Paix, selon que la conjecture le pourra permettre.

C'est où notre Conférence a fini, qui nous a fait voir que les Suédois sont disposés à la Paix; que les Impériaux veulent s'accorder avec eux, & qu'ils ne nous tiennent pas un même langage. Nous en parlerons dès demain à Messieurs les Médiateurs, & si nous pouvons con-

concerter avec Monsieur Salvius l'écrit dont il est parlé au Mémoire du Roi, nous n'oublierons rien pour faire connoître à tout le monde la justice des prétensions de leurs Majestez, & la sincerité & netteté de toute leur procedure, & de ce qui en reüssira, nous en donnerons amplement avis par nos Dépêches suivantes.

MESSIEURS

Les

PLENIPOTENTIAIRES

à Monsieur le Comte de

BRIENNE,

A Munster le 21. Octobre 1647.

Ils envoyent vers l'Electeur de Trêves, & l'Evêque de Wurtzbourg pour l'affaire de la vacance de l'Electorat de Mayence. Les Suédois proposent de rendre à la France les Places de la haute Allemagne.

MONSIEUR,

Ils envoyent vers l'Electeur de Trêves & vers l'Evêque de Wurtzbourg pour l'affaire de la vacance de l'Electorat de Mayence. VOus verrez toutes les nouvelles par notre Mémoire, qui est assez ample, & comme nous avons été obligés d'envoyer vers Monsieur l'Electeur de Trêves, & vers Monsieur l'Evêque de Wurtzbourg, à cause de la vacance de l'Electorat de Mayence. Nous avons aussi donné pouvoir à Monsieur de Vautorte, & au Vicomte de Courval de nous obliger en nos propres & privés noms jusques à la somme de cent mil livres, dont nous vous supplions, Monsieur, de nous faire donner la décharge, quand les ordres seront renvoyés à ces Messieurs, selon l'intention de leurs Majestez.

Les Suédois proposent de rendre à la France les Places de la haute Allemagne. Nous avons donné avis par la Dépêche precédente, que Messieurs les Suédois proposent de remettre ès mains de la France, les Places qu'ils tiennent dans la haute Allemagne; ce qui, à notre avis, ne doit pas être negligé : nous vous supplions, Monsieur, d'en faire promptement envoyer les ordres, & de croire au surplus que nous sommes.

MEMOIRE

de Messieurs les

PLENIPOTENTIAIRES,

ENVOYE' EN COUR

Le 21. Octobre 1647.

Etat de la Négociation avec l'Espagne. Il n'y a à Munster que trois Ambassadeurs Hollandois. On doute de la sincerité des Hollandois. Monsieur Salvius retourne à Osnabrug. Il insiste pour l'augmentation du subside. Et sur les préparatifs Militaires. On lui demande son avis par raport à la Négociation avec Baviére. Ils communiquent le tout au Député de Baviere. Réponse du Député. Et sa bonne conduite. Monsieur Salvius quite Munster. Monsieur Krebs est satisfait de la Cour. On est persuadé que les Espagnols n'observeront la Paix que quelque peu de tems. Ils cherchent à persuader que la France ne veut point de Paix. Ils lui disputent quelques Places. Les François remettent aux Médiateurs une partie de leur Projet. Articles contestés par les Espagnols. Soins des François pour l'élection de l'Electeur de Mayence.

Etat de la Négociation avec l'Espagne. LOrsque les vingt premiers Articles ont été arrêtés, il ne fut pas jugé à propos d'y inserer aucune Déclaration à l'égard de Messieurs les Etats, d'autant que leurs Ambassadeurs n'ayants pas seulement répondu à l'offre, que nous leur en avions faite, & leurs affaires étant quasi toutes resoluës, il eût été mal séant de les nommer dans des Articles de peu de consequence, & c'eût été en quelque façon nous exposer au mépris de nos Alliez, & de nos Ennemis; mais avant que nous eussions reçu la Dépêche de l'onsiéme de ce mois, il s'est presenté une occasion fort propre de reïterer la même offre, car lesdits Ambassadeurs ayant resolu de députer trois d'entr'eux pour rendre

compte

compte à leurs superieurs de leur Négociation, sont venus nous communiquer cette resolution, & prendre en même tems congé de nous. Entr'autres discours que nous leur tinmes, leurs Députez furent priés d'assurer de notre part Messieurs les Etats que la France observeroit exactement toutes les obligations de son Alliance, & ne conclueroit point son Traité que conjointement avec le leur; ce qui fut fait, desorte qu'ils parurent fort contents, & nous en remercierent. Et afin de rendre la chose publique, & que personne dans les Provinces ne la pût ignorer, nous avons écrit à Monsieur de la Thuillerie, de faire dans l'Assemblée de Messieurs les Etats la même déclaration que nous avons faite ici, & de demander qu'elle fût mise & inserée dans leurs Regîtres, afin que tout l'Etat connût combien religieusement la France s'acquite de ce à quoi elle est obligée.

Ceux d'entre les susdits Ambassadeurs, qui ont pris cette commission, sont les Sieurs Paw, Knuyt, & Klant, outre lesquels, les Sieurs de Meynerswich & de Riperda sont allés en leurs Maisons pour leurs affaires particulieres, & il ne reste à Munster que les Sieurs de Mathenes, de Niderhorst, & Donia. Il ont dit en partant qu'ils seroient bientôt de retour, & quoique nous sachions bien que ce voyage se fait contre l'ordre de leurs instructions, nous n'avons pas crû pourtant nous y devoir opposer, parce qu'en effet il eût été inutile, & qu'en témoignant de la crainte, & de la méfiance de ceux qui sont Députez, nous les eussions rendus encore plus contraires.

Nous les priâmes de faire un veritable raport à leurs superieurs de l'état de notre Négociation avec les Espagnols; on leur fit voir que ce qui se fait n'est qu'une pure illusion du côté de nos parties; qu'ils avoient signé vingt-quatre Articles, & qu'ils témoignent être disposés d'en arrêter encore un plus grand nombre; mais que tous étoient de nulle consequence, & qu'ils les signoient seulement pour faire croire au monde, qu'ils vouloient la Paix, quoiqu'ils eussent une autre intention; qu'ils remettoient à la fin les Articles les plus importans, & qui pouvoient leur donner le prétexte & la facilité de rompre; aux autres ils persistoient dans les prémieres difficultés, ou disoient qu'ils avoient écrit à Bruxelles, & en attendoient réponse. Et sur cela nous leur fimes voir en détail quels étoient ces points principaux, comme la certification pour le Portugal, l'affaire de Lorraine; celle des Conquêtes, qu'ils ont toujours accordée, & sur lesquelles on n'a jamais pû jusques ici les faire expliquer, savoir le point de Cazal, auquel ils ont si peu d'intérêt, celui des Fortifications en Catalogne, & sur chacun en particulier nous leur fimes comprendre nos raisons, lesquelles il n'est pas besoin de repeter ici, puisque c'est de la Cour qu'elles nous ont été envoyées.

On nous assura pour conclusion, que la France vouloit sincerement la Paix, qu'elle ne cherche rien davantage en traitant que de la rendre sure & durable. Que nous avons ordre de nous porter à tout ce qui peut maintenir les choses en l'état où elles se trouveront quand le Traité sera executé. Et en un mot que nous ne demandions leur assistance que sur le fondement, que nous avions un veritable désir de faire la Paix, & que nous nous portions aux choses raisonnables.

 Il nous parut que toutes ces remontrances faisoient alors quelque impression sur leur esprit; mais si elle sera de durée, & s'ils reduiront en

acte les assurances qu'ils nous donnerent de leur union; c'est ce dont nous ne pouvons juger avec certitude, & que la seule experience peut verifier.

 Il a été rendu compte par notre derniere Dépêche de la premiere Conférence que nous avons eûë ici avec Monsieur Salvius. Il est déja retourné à Osnabrug; ce que nous avons dit depuis avec lui n'a été quasi qu'une confirmation de nos premiers discours. Il a fort insisté sur l'augmentation du subside; nous avons estimé ne lui en devoir laisser aucune esperance, de crainte qu'elle ne fût après interpretée pour une promesse, & que n'étant pas suivie de l'effet, cela pût causer de la plainte & du dégoût.

Il a demandé, qu'au moins il fût fait avance du terme qui est échû à la fin de l'année; nous avons répondu que nous en avions écrit favorablement à la Cour, & il nous a pressés de lui faire toucher dès à présent une partie dudit terme sur notre credit; nous nous en sommes défendus, & avons dit que cela n'étoit pas en notre pouvoir. Enfin il a désiré, pour traiter plus facilement avec les Marchands de Hambourg, sur les avances qui lui sont nécessaires, que nous l'assurions par écrit du payement dudit subside, parce, dit il, que les Marchands croyent, que la Paix se faisant, le subside ne sera pas payé, & qu'ils ne veulent pas s'engager à fournir leur argent pour la Couronne de Suéde, s'ils ne voyent quelque chose du côté de la France, qui les assure du remboucement. Il a été jugé qu'après lui avoir refusé tout ce que dessus, il lui falloit donner ce contentement là, & pour cet effet, nous lui avons dressé une Lettre de la teneur que l'on verra par la copie ci-jointe, afin que la faisant voir aux Marchands ils traitent plus facilement avec lui. Nous suplions très-humblement Sa Majesté d'agréer ce que nous avons fait en cela, & qu'il lui plaise nous commander qu'il soit pourvû en son tems au payement du terme qui échet à la fin de cette année, & même s'il se peut, d'en faire avancer une partie, dont nous connoissons, que Messieurs les Suédois se tiennent fort obligés. Ce moyen étant sans doute le plus efficace de toûs pour les tenir dans le devoir, & leur union n'est pas seulement utile, mais nécessaire dans la conjoncture présente.

 Le reste de notre entretien avec ledit Sieur Salvius a été qu'il se faut préparer puissamment à la Guerre, & chercher en même tems tous les moyens, qui peuvent produire la Paix; mais quand nous lui avons proposé de concerter ensemble par un écrit, par lequel les Couronnes fissent connoître à tout le monde leur bonne disposition, & se déclarassent du dernier mot de ce à quoi elles se peuvent resoudre, il n'y a pas eû moyen de l'y faire consentir, ayant dit qu'il falloit au moins, qu'avant on leur eût fait une offre sur le fait de leur milice. Et pour les autres differends, qu'ils ne devoient faire aucun relâchement, puisque regardant les Etats de l'Empire, ils se remettoient à eux de s'en accommoder ensemble. Et quelques raisons dont on se soit servi pour lui persuader de dresser avec nous cet écrit, l'on n'a pû tirer autre chose de lui, sinon qu'il en parleroit avec son Collegue.

 On lui a demandé de quelle maniere il croyoit que nous devions ici nous conduire avec le Député de Baviére, & s'il ne jugeoit pas à propos que nous lui fissions savoir les bonnes intentions des Couronnes, afin qu'il pût en assurer son Maître; ce que ledit Sieur Salvius

a té-

1647.

a temoigné approuver fort & même le défirer.

Ils communiquerent le tout au Député de Baviere.

Pour cet effet nous avons envoyé prier ledit Député de nous venir voir, ayant choifi le même jour que l'ordinaire part de cette Ville pour Munick, afin qu'ayant la mémoire fraiche de ce que nous avions à lui dire il en fit fa réponfe plus exacte, & qu'il n'eût pas le tems en conférant avec d'autres d'y rien alterer, & de fe laiffer prévenir par quelque mauvais office; ce qui n'arrive que trop fouvent dans un lieu où il y a tant de perfonnes toutes portées de differens intérêts.

Nous dimes-donc au Sieur Erneft, (c'eft le nom dudit Député) que quoique Monfieur Salvius fût venu à Munfter avec beaucoup de feu & de colere, & qu'il ne parlât au commencement que de guerre & de vangeance, nous avions fait enforte néanmoins, que fi l'intention de Monfieur le Duc de Baviere étoit telle qu'il l'avoit mandé à la Cour, & que lui même nous l'avoit ci-devant reprefenté, il y avoit encore efperance de pouvoir faire bientôt la Paix de l'Empire, puifque nous y avions entierement difpofé nos Alliez, pourvû que l'on ne change rien en ce qui a été accordé aux Couronnes : que l'on effayeroit en vain de vouloir diminuer leur fatisfaction; qu'elles ont affés de de forces pour fe conferver les chofes promifes; mêmes pour en acquerir encore d'autres, leurs Majeftez avoient envoyé ordre à Monfieur le Marechal de Turenne de repaffer le Rhin & qu'on alloit fortifier l'armée qu'il commande, plus qu'elle n'a jamais été; qu'on ne pouvoit abandonner les Alliez, ni fouffrir que rien de ce qui a été accordé, fût revoqué en doute; que nous ne pouvions affés nous étonner de la refolution prife par ledit Sieur Electeur; que la Paix établiffoit fa dignité, lui donnant de nouveaux Etats, & affuroit de tout point fa grandeur & fa Maifon; la guerre au contraire mettoit toutes ces chofes en péril évident; fi la Maifon d'Autriche recevoit de l'avantage, que perfonne ne favoit mieux que ledit Electeur ce qu'il en devoit efperer. Que fi la bonne fortune perfiftoit dans le parti qui jufques ici a été victorieux, que ne doit il attendre d'un ennemi offenfé; qu'en tout évenement le feul profit de la guerre feroit pour les Efpagnols, parce que la France fera en ce cas des efforts extraordinaires en Allemagne, & fe tiendra plutôt ailleurs fur la défenfive; s'il ne voyoit point que la Cour de Madrid faifoit agir l'Empereur felon fa paffion & fon intérêt, & que le deffein étoit d'y perpetuer la guerre, afin qu'à la morr dudit Sieur Electeur que l'on fouhaite & qu'on fe figure être prochaine la Maifon d'Autriche fe pût rendre maîtreffe des Etats, & difpofer de fes enfans & de fon armée; qu'il pouvoit obvier à tant d'inconviens en faifant la Paix, & que la Paix étoit facile, puifque les Couronnes y étoient très bien difpofées; fi l'Empereur y étoit auffi difpofé de fon côté; à quoi nous croyons que rien ne le pouvoit porter, que les offices preffans dudit Sieur Electeur. Qu'à la verité le plus court chemin, & le plus fûr moyen eût été de refter dans l'obfervation du Traité d'Ulm: mais qu'après avoir fait cette faute, ledit Sieur Electeur devoit travailler à y porter promptement du remede.

Réponfe dudit Député.

Ledit Député répondit, que fon Maître ne fouhaitoit rien tant, qu'une prompte conclufion du Traité; qu'il ne prétendoit pas qu'il fût rien changé ni diminué en ce qui avoit été promis aux Couronnes; qu'il avoit un refpect particulier pour celle de France, qu'il regardoit

1647.

comme fon principal appui, & qu'il employeroit tout ce que Dieu lui avoit donné de forces pour maintenir & obferver ce qui a été arrêté à fon égard.

Et fa bonne conduite.

Nous favons, que ledit Sieur Erneft n'a pas feulement témoigné de la bonne volonté, par les réponfes qu'il a faites, mais que dans l'affemblée des Etats de l'Empire; lorfqu'on y a fait des propofitions, qui alloient à détruire, ou à changer ce qui a ci-devant été accordé, il a dit hautement qu'il avoit des ordres de fon Maître tout contraires aux deliberations qu'on y introduifoit. Et fur ce que nous lui fimes plainte, que l'Evêque d'Ofnabrug, qui eft de la Maifon dudit Electeur, eft le plus échauffé à mettre ces points là, en queftion parmi lefdits Etats; il répondit fans héfiter, que fon Maître improuvoit la conduite dudit Sieur Evêque, & qu'il le lui avoit dit de fa part, jufques à lui déclarer qu'il joindra fes forces, comme feroient auffi plufieurs Princes d'Allemagne, contre ceux qui ne voudroient pas la Paix aux conditions, qui ont été arrêtées.

Il nous promit de rendre un compte bien exact de tout ce que deffus, & nous ajoutâmes, comme par confiance, & le prians de ne le faire favoir qu'audit Sieur Electeur, que ne fe changeant rien en ce qui a été ci-devant arrêté pour la fatisfaction de la France, & le point de la Lorraine exclus, fur lequel on ne peut jamais admettre aucun temperament, leurs Majeftez recevront bien volontiers le confeil de Monfieur l'Electeur fur ce qui refte en différent, & fe porteront à ce qui fera jugé raifonnable.

Quand nous avons fait raport à Monfieur Salvius de ce qui avoit été négocié avec ledit Député, & de fes réponfes, il en a paru fort content. Il a dit auffi avec fatisfaction avoir avis de l'ordre qui a été envoyé de la Cour à Monfieur de Turenne, & qu'en cela & en toutes autres chofes qu'il avoit défiré de nous, il ne pouvoit que fe louër beaucoup des refolutions qu'on a prifes.

Le Sieur Salvius quite Munfter.

Il eft enfuite parti de Munfter, en témoignant de vouloir bien finir les affaires, & l'on tient que le Docteur Wolmar, & la plûpart des Députés Catholiques de l'Empire doivent aller bientôt à Ofnabrug, pour conclure avec les Suédois. Nous avons bien dit au Député qu'il feroit plus utile à la Religion Catholique & à la prompte conclufion de toutes chofes, fi l'on achevoit promptement avec nous; nous fommes auffi bien réfolus de tenter, par l'entremife des Médiateurs s'il y auroit lieu de le faire : mais pour dire le vrai, nous en avons peu d'efperance, & n'oferions quafi agir en cela que par des offices fecrets, de crainte que les Impériaux ne s'en fervent pour nous brouiller avec nos Alliez, & les mettre en jaloufie & méfiance avec nous dont ils ne font que trop fufceptibles.

Le Sieur Krebs eft fatisfait de la Cour.

L'on ne pouvoit mieux engager le Sieur Krebs à fervir leurs Majeftez, que par ce qui eft porté dans le Mémoire puifque ce qui lui a été promis aura effet, felon le fervice qu'il rendra : mais nous avons ici divers avis, que le Comte de Groensfeld n'eft point parti de la Cour avec fatisfaction, & qu'il a témoigné depuis fon retour, qu'il eft tout à fait partifan de l'Empereur, foit qu'il foit tel en verité, ou qu'il foit obligé de le témoigner en l'état préfent des affaires.

On eft perfuadé que les Efpagnols n'obferveront la Paix que peu de tems.

L'avis donné à Sa Majefté, que les Efpagnols fongent à rompre la Paix, le jour même qu'on la fignera n'eft que trop averé ici

par

1647.

par la conduite des Plénipotentiaires de cette Couronne; mais nous ne jugeons pas qu'il puiffe être utile de le dire aux Médiateurs, étant certain, que pourvû qu'ils puiffent mener le Traité à fa perfection, & qu'il fubfifte autant de tems qu'il faudra pour en faire un entre le Turc, & la République de Venife, nous ne croyons pas que d'ailleurs ils doivent fe beaucoup foucier de ce qui en arrivera.

L'on n'a pas perdu une feule occafion de dire que la lenteur des Miniftres d'Efpagne lui pourroit caufer du préjudice, & qu'en quelque lieu que les armes de Sa Majefté remportaffent de l'avantage on ne le quiteroit jamais; cela néanmoins n'a pas fervi à les rendre plus foigneux & plus diligens; ils s'éforcent toujours de perfuader que nous ne voulons pas la Paix, & difent que pour l'empêcher l'on fait de nouvelles entreprifes. Nous commençons à connoître que les Médiateurs prennent quelque intérêt à ce qui fe paffe en Italie, & témoignent en être fâchés: mais cette confidération ne doit pas prévaloir fur celle que l'on a d'affoiblir d'autant plus l'ennemi, & de le porter à une prompte conclufion de la Paix.

Nous tenons la prife de Lens avantageufe, quoiqu'il ait ici couru quelque bruit qu'on vouloit rafer cette place; mais étant le fiége d'un des Baillages de l'Artois, la confervation en fera fort utile, puifqu'il y aura de la peine à fe maintenir dans les lieux abandonnés, & plus encore dans leurs dépendances, vû que l'on nous difpute opiniâtrement Arlec & l'Eclufe comme nous l'avons déja fait favoir, & encore Poligny & Lons le faunier dans la Franche Comté, & que les Médiateurs & autres ne nous donnent pas de raifon en cela.

Ce que nous avons fait avec les Efpagnols pendant cette femaine ne merite pas quafi que nous en donnions avis. Nous avons mis és mains des Médiateurs jufques au quarante huitiéme Article du projet inclufivement. Les Efpagnols en ont fait la traduction en leur langue, qui nous a été communiquée, tout eft d'accord aux chofes refpectives, tout eft en difficulté aux importantes. Ils omettent des claufes entieres, & même des Articles. Ils ne veulent pas qu'il foit permis de fortifier en Catalogne pendant la Trêve. Ils ont ôté fur le point de Querafque la claufe, qui permet à l'un des deux Rois de fecourir le Prince, qui fera troublé, fans qu'il foit permis à l'autre, de s'engager au parti contraire: pour le fait de Cazal, ils perfiftent à leur premier mot, & nous pour y donner de la facilité, avons reformé l'Article en un endroit, dont l'on verra ici joint le changement qui y a été fait, ayant écrit en même tems à Madame la Ducheffe de Mantouë pour la fupplier d'envoyer ordre à fon Député conformément à l'intention de leurs Majeftez.

Il refte à rendre compte de ce que nous avons fait après la nouvelle arrivée de la mort de Monfieur l'Electeur de Mayence: les Sieurs de Vautorte & le Vicomte de Courval ont envoyé vers nous des hommes exprès, pour avoir nos fentimens fur la conduite qu'ils ont à tenir. Ils ont fait en cette occafion tout ce qui étoit à défirer, & s'y font conduits avec grande prudence; mais comme ils auront fans doute donné l'avis à leurs Majeftez, il n'eft pas befoin de faire ici mention de ce qui s'eft paffé au commencement. Il nous femble qu'il eft très important que l'Election fe faffe à Mayence, & que l'on ne doit obmettre aucun foin pour empêcher que l'on y procede ailleurs: & quant au futur Electeur, nous euffions bien

1647.

fouhaité, que l'on eût pû faire tomber les voix fur le Baron de Reyffemberg, vû ce qui a été ci-devant écrit de la Cour en fa faveur; mais lefdits Sieurs de Vautorte & Courval nous mandent qu'il n'a pas affés de credit pour efperer cette dignité, & qu'il eft à craindre que, fi l'on s'employe pour lui, ou s'il fe divife de ceux que la France doit défirer de voir dans ledit Electorat, le Comte de Krats qui eft à la devotion des Impériaux, & dont la brigue eft déja forte, n'aye plus grand nombre de fuffrages. Cela nous a obligé d'écrire à ces Meffieurs, que s'ils ne peuvent porter ledit Baron de Reyffemberg où il afpire, l'on doit effayer de lui procurer quelque contentement d'ailleurs, & s'employer avec vigueur pour Monfieur l'Evêque de Wurtzbourg, qui eft un Prince fage & bien avifé, qui témoigne grand refpect pour leurs Majeftez, & qui n'a pas grand attachement pour la Maifon d'Autriche. Nous croyons que leurs Majeftez auront bien agréable de le favorifer, & comme cette affaire eft une des plus importantes qui fe puiffent préfenter & qu'elle peut même beaucoup aider ou nuire à la perfection du Traité de l'Empire, puifque l'Electeur de Mayence a la direction dans les Etats, & peut beaucoup pour conduire à fon but les deliberations qui fe prennent; nous avons donné pouvoir aux dits Sieurs de Vautorte & de Courval en attendant les ordres de leurs Majeftez, d'employer en cette affaire jufques à la fomme de cent mil livres, & de nous y obliger en nos propres & privés noms.

Nous avons de plus dépêché un gentilhomme vers Monfieur l'Electeur de Trêves, pour le fuplier de fe rendre favorable audit Sieur Evêque de Wurtzbourg, & s'oppofer par fon autorité aux brigues & menées des Impériaux.

Nous envoyons en même tems audit Sieur Evêque de Wurtzbourg, pour lui faire favoir ce que nous avons fait, & lui offrir en cela ce qui dépend de leurs Majeftez, lefquelles nous fupplions très humblement d'agréer ce que nous avons crû devoir faire avec diligence, pour ne perdre pas dans cette urgente affaire l'occafion d'avancer fon fervice.

MESSIEURS

les

PLENIPOTENTIAIRES,

à Monsieur le Comte de

BRIENNE.

A Munster le 28. Octobre 1647.

On satisfait aux plaintes de Savoye.
Ils accordent un passeport pour le
Marquis de Caracene.

MONSIEUR,

On satisfait aux plaintes de Savoye.

NOus avons reçu les Mémoires, que l'Ambaffadeur de Savoye nous a mis en main, & nous ne comprenons pas où il trouve le sujet de se plaindre de ce qui a été mis par écrit foit dans le projet du Traité de l'Empire, foit en celui d'Espagne : il aura peut être du contentement, quand il saura, que l'Article du Traité de Querasque est tout à fait d'accord avec les Espagnols, & que ledit Traité est confirmé absolument sans aucune reserve ou exception, comme il vous plaira de voir par la copie ci-jointe. Pour les reserves que nous avons inferées dans l'Article dudit projet qui fait mention de la restitution des Places, il ne se pouvoit faire autrement, sans aporter du préjudice aux droits de Sa Majesté : l'on verra néanmoins, par l'extrait de cette clause, que la Maison de Savoye n'est point blessée, puisque ses droits font auffi reservés; mais on pourra remarquer cette difference que l'on met à couvert par ladite clause les droits & les prétensions du Roi fur la Savoye; & quand on parle de celle-ci, il eft dit seulement les droits & raisons de la Maison de Savoye; à quoi il eft ajouté, selon qu'il eft porté par les Traités de Paix précedents, pour exclure par ce raport tout ce qui se pourroit un jour mettre en contestation à l'égard de Pignerol; en quoi nous estimons, qu'en contestant avec les Princes de cette Maison, les intérêts du Roi auront été utilement ménagés.

Ils accordent un passeport pour le Marquis de Caracene.

Les Médiateurs nous ont demandé un passeport de la part du Comte de Peñaranda pour le Marquis de Caracene, qu'il dit être son cousin, & qui doit aller de Flandres à Vienne; on tient que delà il passera au Milanez; mais nous n'avons pas cru pourtant devoir refuser cette demande qui nous a été faite avec beaucoup de civilité, parce que quand nous ne l'euffions pas accordée, il eût été facile audit

Sieur de Caracene de faire ce chemin là, & passer quasi toujours fur Terres neutres, ou qui reconnoiffent l'Empereur; d'ailleurs nous avons confideré que tous les jours ils nous accordent des passeports, qu'ils pourroient refuser avec quelque raison, & que nous avons plus souvent befoin de leur faveur en cette matiere, qu'eux de la notre étant en leur Païs : comme encore présentement ils ont accordé un passeport au Sieur de St. Romain, qui eft allé de notre part vers l'Electeur de Tréves, au Secretaire de Monfieur de la Court, qui va trouver l'Eveque de Wurtzbourg; quoiqu'ils n'ignorent pas le sujet de tous lesdits voyages qui se font contre leurs interêts. Le Mémoire vous informera du surplus, & nous vous supplions de nous conserver l'honneur de votre bienveillance, & de croire que nous sommes.

MEMOIRE

de Messieurs les

PLENIPOTENTIAIRES,

ENVOYE' EN COUR

Le 28. Octobre 1647.

Affurances qu'ils donnent aux Ministres Hollandois. Il seroit très important à la France de retenir l'Artois. Leur jugement touchant le Duc de Baviere. Etat dés armées en Weftphalie. Touchant la jonction des armées Françoise & Suédoise. Touchant les sieges de Cremone & d'Ager. Affaires fur la Catalogne. Etat de Négociation avec les Espagnols. Articles en controverse. Article touchant la ligue d'Italie.

Affurances qu'ils donnent aux Ministres Hollandois.

TOutes les fois que nous parlons avec ceux qui reftent ici des Ambaffadeurs de Messieurs les Etats, nous effayons de leur faire connoître que l'intention de leurs Majeftez n'eft que de faire un Traité sûr & de durée, & celle des Espagnols de s'en éloigner, ou de le rendre imparfait, afin de conferver un moyen de rentrer en guerre, quand ils croiront le pouvoir faire avec avantage. Ce difcours a été si souvent rebattu, tant avec lefdits Ambaffadeurs qu'avec les Médiateurs, & les principaux Députés de l'affemblée, que nous pouvons affurer que l'on n'ajoute pas croyance aux Espagnols, lorsqu'ils publient, que la France ne
veut

1647.

veut pas sincérement la Paix, & chacun à cette heure est persuadé du contraire.

Nous avons considéré ce qui est dans le Mémoire touchant Courtrai, les Ennemis se vantent ici de l'attaquer bientôt, ou pour le moins de le bloquer, pendant l'hiver, nous estimons que cette vanité leur tournera en confusion, comme beaucoup d'autres; mais nous sommes obligés de représenter, qu'il seroit d'une très grande utilité si l'on pouvoit avoir la Comté d'Artois toute entière, sans cela il y aura bien de la peine à regler & à établir les limites & les jurisdictions: & ce qui est de plus important pour l'acquisition d'Aire & de St. Omer, l'on assure quantité de Places dans la Picardie, & l'on met à couvert une bonne partie de la Frontiere, ce qui déchargeroit le Roi de la nécessité d'y entretenir de grosses garnisons. Courtrai au contraire est une place mal aisée à conserver, qui à la verité peut incommoder extrêmement les Ennemis en tems de guerre, mais en laquelle on sera toujours obligé de tenir de grandes forces, même en tems de Paix, outre qu'il ne sera pas facile d'en retirer les dépendances dont les Espagnols soit par un blocus ou autrement se peuvent aisément emparer, reduisans par ce moyen le droit du Roi à la seule Ville de Courtrai, & à son Territoire. Que si l'on vient à un échange nous croyons impossible de faire valoir cette place seule aux Espagnols, autant que celles de St. Omer & Aire, sans parler d'Avennes qui est encore de la Comté d'Artois, ainsi nous estimerions, que l'on devroit penser en ce cas de laisser quelques autres Places; ce que nous ne disons pas pour avoir ouï jusques ici aucune proposition d'échange, mais pour y être preparés s'il s'en fait, & pour savoir quelles sont sur cela les intentions de leurs Majestez.

Quand le Sieur d'Erbigny a été envoyé vers Monsieur le Duc de Baviére, l'on étoit incertain de la resolution que ce Prince prendroit, & l'on avoit estimé à propos de lui faire parler fermement, pour le détourner, s'il se pouvoit, de suivre les conseils auxquels il s'est enfin arrêté; l'on avoit grand sujet de lui demander, pour la satisfaction de la France, les mêmes offices qu'on venoit de lui rendre pour la sienne & dont on lui portoit l'assurance par écrit. Il est vrai que les raisons sur lesquelles l'on fonde les inconvenients, qui peuvent arriver de la déclaration qui lui a été faite, sont très solides & judicieuses, s'il a l'intention aussi pacifique comme il veut qu'on le croye, & comme en effet son intérêt l'y convie; ce que nous avons dit à son Député, dont nous avons informé la Cour par la Dépêche précedente, nous fait esperer qu'il ne se portera point aux extrêmités, quoi qu'à dire le vrai, rien ne peut tant le maintenir dans le respect qu'il doit à leurs Majestez, que si elles se mettent en état de lui pouvoir faire le bien ou le mal, selon qu'elles s'y trouveront obligées.

Quelques uns croyent, que Koningsmarck ne s'est pas tant arrêté en Westphalie par l'esperance de défaire les Troupes de Lamboi, comme pour avoir prétexte de ne pas joindre le Marechal Wrangel, avec lequel il n'est pas en bonne intelligence. Il est vrai néanmoins, que la Cavalerie dudit Lamboi est fort diminuée, & qu'elle diminue de jour à autre; pour son infanterie, elle subsiste toujours.

Rien ne peut satisfaire & obliger davantage les Alliez, que le dessein que l'on a à la Cour, que Monsieur le Marechal de Turenne étant fortifié d'une partie des Troupes dudit Konings-

Tom. IV.

1647.

marck, & de celles de Madame la Landgrave, on se joigne à l'armée Suédoise, ou qu'on fasse quelque puissante diversion pour attirer une partie des forces des Ennemis.

Nous donnons avis de cette résolution à Monsieur de la Court, pour le faire savoir aux Plénipotentiaires de Suéde à Osnabrug, & le Sieur de Beauregard, qui retourne à Cassel, sera chargé de tenir le même discours à Madame la Landgrave; ce qui servira, ou pour acheminer les choses au point qui a été projetté, ou en attendant que cela se puisse faire, les Alliez verront au moins, que l'on se met en toutes sortes de devoirs pour coöperer au bien de la cause commune.

Nous craignions bien, que les grandes pluyes n'ayent empêché le siège de Cremone & on a déja divers avis ici, que le Duc de Modéne a mené ses Troupes vers Sabionnette. Nous attendons aussi avec impatience de savoir le succès du siége d'Ager.

La faculté que nous voulons stipuler de fortifier en Catalogne, est ici tout à fait rejettée, les Espagnols s'en défendent, comme s'il s'agissoit parlà de perdre toute l'Espagne, & nous ne voyons pas, que ni les Médiateurs, ni les Hollandois jugent que nous ayons raison; il y a aussi grande difficulté pour le réglement des limites audit Païs. Quand nous avons proposé de nommer les lieux, qui doivent rester à chacun, selon le Mémoire du Sieur Marca, qui nous fut envoyé il y a un an, les Plénipotentiaires d'Espagne ont dit qu'ils n'avoient aucune connoissance desdits lieux. Ils ont en même tems proposé, que celui qui aura le lieu principal retienne les dépendances. Nous avons de la peine à combattre cette maxime, puisque c'est le fondement de nos prétensions dans l'Artois & dans la Flandre. Nous ne pouvons pas dire, que cette régle doive être suivie, quand on fait une Paix & non pas une Tréve, parce qu'en la Tréve du Païs-Bas faite en 1609 elle a été observée, quoique ladite Tréve ne fût que pour douse ans: de laisser les choses indécises, & au jugement des Commissaires, qui doivent être nommés de part & d'autre, il n'y auroit jamais rien de terminé, & ce seroit un sujet de nouveaux troubles, que leurs Majestez veulent éviter; cela nous feroit bien souhaiter d'avoir quelque éclaircissement plus ample de l'état veritable de la Catalogne, & de ce qui se peut ménager.

Quant aux fortifications, quoique le meilleur & le plus avantageux parti, que nous puissions esperer, soit celui auquel on donne pouvoir de nous relâcher, & qu'il y ait grand sujet de douter qu'on en puisse venir à bout, nous ne laissons pas d'insister fortement sur l'entiere liberté de fortifier par tout ce qui doit rester à la France, parce qu'il seroit de grand préjudice de se relâcher, à présent que les Espagnols ne font que temporiser, attendant, comme il est vrai semblable, ou le retour des Ambassadeurs de Messieurs les Etats, pour se déclarer de leurs intentions, ou celui du fils du Marquis de Castel Rodrigo, que l'on dit avoir été envoyé en Espagne, pour raporter les derniers ordres de la Cour de Madrid.

Nous ne laissons pas de travailler toujours sur divers Articles du Traité: l'on en signera dans peu de jours encore une vingtaine ou plus, & nous croyons, qu'avant le retour des Députés de Hollande, tout ce qui n'est pas bien important sera ajusté; il a été jugé à propos de tenir cette conduite, tant pour faire voir au monde, que la France s'accommode à tout ce qui peut

Z

pro-

1647.

produire la Paix, que pour gagner au moins ce point, que lorsque les Hollandois seront tous ici, il ne reste rien à terminer que les choses de conséquence, & que les Espagnols soient obligés de traiter avec nous serieusement, ou de faire connoître leur mauvaise intention, qu'ils ont jusques ici cachée & déguisée.

Articles en Controverse.

Ces points de conséquence, qui restent indécis, sont les termes de la certification touchant le Portugal, l'affaire de Lorraine, celle des Conquêtes de Cazal, la liberté de Dom Edouart, le retablissement des refugiés, l'affaire de Monaco, & les fortifications en Catalogne, que Monsieur contarini dit être un point plus mal aisé à surmonter que tous les autres.

Article touchant la ligue d'Italie.

Nous ne devons pas obmettre de rendre compte, que dans l'Article quarantiéme du projet il avoit été mis, qu'attendant la conclusion de la ligue, qui se doit faire entre les Princes d'Italie, les deux Rois retiendroient les Places qu'ils devoient restituer dans le Piémont, & dans le Montferat. Surquoi les Ministres d'Espagne ont fait une réponse malicieuse, ayant fort exageré l'injustice qu'il y auroit de priver les Ducs de Savoye & de Mantouë de la possession des Places qui leur appartiennent, pouvant arriver, que sans qu'il y eût de leur faute, la ligue seroit retardée, ou ne se conclueroit point.

Nous avons fait voir par écrit aux Médiateurs & aux Hollandois, que ces Messieurs avoient grand tort de nous imputer une proposition, qui vient d'eux mêmes, & laquelle nous avons dès longtems rejettée; ayant sollicité ici & ailleurs les Princes d'Italie de conclure ladite ligue dès à présent, & n'ayant été fait aucune diligence à cette fin de la part des Espagnols; mais pour faire voir toujours de plus en plus les bonnes intentions de leurs Majestez, nous avons déclaré, que nous consentions, que la ligue ne s'achevant pas dans un an après la conclusion du Traité, les Places fussent néanmoins renduës à qui elles apartiennent, & qu'il fût convenu entre les Ambassadeurs des deux Rois, qui seront à Rome, du jour & des conditions de la délivrance desdites Places, par l'entremise des Ministres de sa Sainteté, & de la République de Venise ès mains desquels on mettoit, deux mois avant que l'année expirât, des otages pour la sûreté de l'accomplissement de ce dont il sera convenu à ce sujet.

Cette ouverture, que les Ministres d'Espagne n'ont pû refuser, leur a fermé la bouche, & a fort plû aux Médiateurs, & à toute l'assemblée. Nous esperons aussi, qu'elle ne déplaira pas à leurs Majestez, puisque ce n'est pas un petit avantage pour assurer les conditions du Traité, que de pouvoir tenir tant de bonnes Places un an après qu'il sera conclû; ce qui nous donnera moyen de voir avec quelle sincerité les Espagnols se conduiront dans l'execution de la Paix.

░░░░░░░░░░░░░░░░░░░

MESSIEURS

les

PLENIPOTENTIAIRES,

à Monsieur le Comte de

BRIENNE.

A Munster le 4. Novembre 1647.

Ils se méfient de la bonne foi des Espagnols. Koningsmarck quite la Westphalie. Ils demandent des remises.

MONSIEUR,

LEs fréquentes visites que nous sommes obligés de faire & de recevoir, & le peu de tems qu'il y a que nous avons reçu le Mémoire du Roi du vingt sixiéme du mois passé, nous empêchent d'y faire réponse par cet ordinaire, ayant estimé qu'il vaut mieux agir & negocier, qu'écrire.

Si nous avions à faire à des parties, sur la bonne foi desquelles on pût faire fondement, l'on auroit sujet d'esperer bientôt la conclusion de l'un & de l'autre Traité : mais on ne sait quel jugement faire avec des Esprits cauteleux, pleins de passion & d'animosité, & dont la principale étude est de causer quelque préjudice à la France. Nous dépêchons en divers endroits pour empêcher que leurs artifices ne prévalent sur la verité, & nous gagnerons au moins ce point, que si la Paix est retardée, ou qu'elle ne se concluë pas le blâme leur en sera imputé.

Koningsmarck est enfin délogé, & est allé joindre le Maréchal Wrangel, ayant laissé Lamboi en liberté.

Nous vous rendons graces, Monsieur, du soin, que vous voulez prendre de nous faire envoyer du fonds pour les affaires extraordinaires. Nous avons emprunté depuis peu dix mil Risdales pour subvenir aux plus pressantes, & en avons fait remettre quatre mil huit cens à Hambourg pour le Sieur d'Avaugour, dont nous vous avons déja ci-devant donné avis. Sur cela, après nos humbles recommandations à l'honneur de vos bonnes graces nous demeurons.

Ils se fient de la bonne foi des Espagnols.

Koningsmarck quite la Westphalie.

Ils le remercient du fonds qu'ils ont reçu. Ils lui donnent avis qu'ils ont emprunté.

MEſ

MEMOIRE

De Messieurs les

PLENIPOTENTIAIRES,

ENVOYE' EN COUR

Le 4. Novembre 1647.

Les Ministres Impériaux reçoivent de nouveaux ordres. Les François en donnent part aux Médiateurs. Réponse des Impériaux. Déclaration des François. Elle arrête le voyage de Monsieur Wolmar à Osnabrug. Les François tiennent conference avec les Médiateurs. Touchant l'assistance au Roi d'Espagne & au Duc de Lorraine. Les François souhaitent une réponse des Impériaux sur ce point. Fruits que produit leur déclaration. Etat de la Négociation avec l'Espagne. On envoyera vers l'Electeur de Cologne ; sujet de ce voyage. Bon état des affaires à Munster. Proposition du Commandeur Lawingen.

LE Sieur de Prefontaine arriva hier en cette Ville. Nous avons été le même jour en conférence avec les Médiateurs, jusques à neuf heures du soir; il a fallu du tems pour déchiffrer le Mémoire du Roi, qui est fort long, & tout ce que nous avons pû faire a été de le lire une fois seulement. Comme il contient plusieurs points de très grande importance il mérite d'être consideré à loisir, nous differons d'y répondre jusques à l'ordinaire suivant, & rendrons compte succinctement de ce qui s'est passé dans la Négociation pendant la derniere semaine.

Nous fûmes avertis, il y a trois jours, que les Plénipotentiaires de l'Empereur avoient enfin reçu quelques ordres, & que le Docteur Wolmar, sans nous en faire rien savoir, préparoit un voyage à Osnabrug.

Nous en donnâmes avis à Messieurs les Médiateurs, & leur fîmes connoître, que si on nous laissoit en arriere, ce n'étoit pas le moyen d'avancer la conclusion des affaires ; mais de prolonger ou de rompre, & que nous avons intérêt de savoir au vrai les intentions que les

Impériaux avoient pour nous, afin de regler notre conduite dans la Négociation qu'ils vouloient introduire avec les Suédois & les Etats Protestans, selon les sujets qu'ils nous en donneroient.

Lesdits Sieurs Médiateurs ne manquerent pas de voir incontinent les Impériaux, & ayant raporté que ceux-ci vouloient bien achever avec nous, si nous ne proposions rien de nouveau, nous répondimes que nous étions si éloignés de faire de nouvelles demandes; que l'on se tiendroit dans les termes de l'écrit arrêté le treisiéme Septembre 1646. qui fut déposé ès mains des Médiateurs; mais que comme nous ne prétendions pas y faire aucun changement, que nous ne souffririons pas aussi que l'on y ajoute la moindre chose, présupposant que si la Paix se fait avec l'Empereur, il promettroit de n'assister ni le Duc Charles, ni le Roi d'Espagne, si la guerre continuë avec eux. Il fut jugé à propos de faire cette déclaration ; estimans qu'elle auroit deux effets, l'un est que nos parties s'engageants de traiter par un offre si raisonnable, la Paix s'en ensuivroit, & que ne se faisant pas, il seroit connu de tout le monde, que la France la veut sincerement, & que la seule haine & aversion de la Maison d'Autriche contr'elle s'oppose à ce bien tant desiré, & nécessaire à la Chrétienté.

Nous jugeâmes, que n'ayant pû concerter avec les Suédois l'écrit dont il est fait mention dans les dernieres Dépêches de la Cour, la susdite déclaration tiendroit lieu d'un manifeste, & rendroit visibles à chacun les bonnes intentions de leurs Majestez.

Ce qui a reussi jusques ici de cette ouverture, est, que Wolmar qui devoit partir aujourd'hui pour Osnabrug, restera encore ici quelques jours; & parce qu'il a dit qu'il étoit à propos de confirmer par quelque nouvel écrit celui du dousiéme Septembre, nous avons proposé aux Médiateurs de dresser & mettre en articles ce qui a été ci-devant resolu, pour les signer & les déposer entre leurs mains.

Pour cet effet nous repassâmes hier avec eux non seulement ce qui regarde la satisfaction de la France, mais encore les cessations & renonciations qui doivent être faites, tant par l'Empereur que par les Princes de la Maison d'Autriche, des trois Evêchés, de l'Alsace & du Süntgau, afin d'essayer d'ôter toutes les difficultés qui se peuvent rencontrer dans les termes & dans la maniere d'expliquer les choses ; si les Impériaux l'agréent, nous travaillerons dès aujourd'hui auxdits Articles pour les rediger en la même sorte, qu'ils devoient être inserés dans les Traités de Paix, & les signer en même tems.

L'obligation de n'assister point le Roi d'Espagne & le Duc Charles, nous cause toujours beaucoup de peine, & nos parties ont en ces points là un merveilleux avantage sur nous; car outre qu'en l'un & en l'autre, ils ne manquent pas de prétexte specieux ; tout le monde est de leur côté, quand ils ne se veulent pas déclarer sur le fait du Duc Charles, jusques à une finale conclusion. Ils ont dit au Médiateur que l'Empereur ne feroit point la Paix, que celle d'Espagne ne se fît aussi, & pour l'affaire de Lorraine, qu'il se remet à ce que féront les Espagnols sur cela.

Nous avons repliqué les mêmes choses, qui ont si souvent été écrites, que si le Roi d'Espagne veut traiter en même tems, nous y consentirons très volontiers, & même qu'on s'accommodera avec lui avant que le Traité de l'Em-

pereur

1647.

l'Empereur s'acheve, si on n'est plutôt d'accord des conditions ; mais que l'un des Traités ne dépend point de l'autre, & qu'il n'y a ni raport ni connexion entr'eux.

Quant au Duc Charles, nous avons prié les Médiateurs de considerer que l'Empereur nous envoye à l'Espagne & que les Espagnols, quand ils parlent de cette affaire aux Hollandois nous remettent à l'Empereur; mais que nous protestions que c'étoit une condition absoluë, & que l'on ne traiteroit jamais avec les uns ni les autres, s'ils ne promettoient de ne donner aucune assistance audit Duc. Qu'il ne s'étoit jamais rien fait de notre part, que sur ce fondement, & que si l'on ne vouloit s'y accorder, l'on perdoit inutilement le tems, & l'on travailloit en vain sur tous les autres points.

Il seroit superflu & ennuyeux de raporter ici tout ce qui a été dit sur des affaires tant de fois agitées; mais parce que les Impériaux parlent avec plus de fermeté que jamais, nous avons prié les Médiateurs de prendre d'eux une réponse précise & par écrit s'il se peut, sur ces deux points : notre but est d'avoir en main dequoi faire voir parmi les Etats de l'Empire, que les intérêts d'Espagne retardent la Paix, ce qui obligeroit sans doute l'Empereur à trouver quelque expedient ou contraindroit le Roi d'Espagne, s'il juge que le Traité de l'Empereur ne lui soit pas utile, de se rendre plus traitable dans celui qu'il doit faire avec nous : nous aprenons déja que la déclaration, que nous avons

faite de vouloir demeurer sincerement à l'écrit du treisiéme Septembre a produit un bon effet dans toute l'assemblée, où l'on commence à blâmer les Impériaux de ce qu'ils veulent faire dépendre les affaires de l'Empire si absolument de la volonté des Espagnols, ensorte qu'en ayant hier donné part à un des Ambassadeurs de Brandebourg, il nous parut à son discours, & à sa contenance, que son Maître ni les autres Princes de l'Empire, sur tout les Protestans, n'aprouveroient pas une semblable résolution.

L'on avoit cru, que les Articles par nous délivrés aux Plénipotentiaires d'Espagne, depuis le vingt troisiéme jusques au quarante troisiéme seroient signés cette semaine, mais cela n'a pas pû être fait, tant ils sont lents, & peu échauffés; ils disputent toujours sur le point de Cazal, & se rendent tout à fait opiniâtres sur celui des fortifications en Catalogne : ils se sont déclarés sur le dixhuitiéme, où il y aura peu de difficulté, mais quand tout cela seroit d'accord ce ne seroit pas grande chose : il est vrai aussi que ce qui reste est facile à accommoder, si l'on veut agir de bonne foi.

Nous n'obmettrons aucune diligence pour faire connoître par tout, que la France recherche avec soin les moyens qui peuvent produire la Paix, la relation ci-jointe du Sieur de St. Romain, qui est de retour d'auprès de Mon-

sieur de l'Electeur de Brandebourg en fera foi, & nous envoyons le Sieur de Monbas vers l'Electeur de Cologne, non pas qu'il y ait lieu qu'il change de resolution, mais afin que si l'on ne peut le ramener dans le Traité d'Ulm, on le rendre au moins favorable à l'avancement de la Paix, aux conditions que nous y prétendons pour la France, en lui faisant toucher au doigt, qu'elle n'a été differée jusques ici que par la seule resolution, que Monsieur le Duc de Bavière & lui ont prise de se joindre à l'Empereur.

Ledit Sieur de Monbas est aussi chargé de faire voir clairement qu'il ne tient pas à leurs Majestez que le Traité ne soit déja conclû, &

1647.

tous nos discours dans les visites continuelles que nous faisons aux Députés de l'assemblée, ne tendent qu'à leur faire comprendre cette verité que la plûpart commencent à très bien connoître.

Les affaires sont ici en un point, que pour peu que l'on ait de bonne volonté, elles se peuvent aisément conclure : il y a toutes fois grand sujet de douter quel en sera l'evenement, puisque toute l'étude des Espagnols est, ou de l'éloigner, ou de la rendre peu sure, & que lesdits Espagnols sont Maîtres en quelque façon des deux Traités, disposant entierement de l'autorité de l'Empereur; mais de quelque artifice dont ils se puissent servir, nous oserions assurer d'une chose leurs Majestez, ou que la Paix se fera si nos parties en sont capables, ou que chacun connoitra avec évidence qu'elles se sont mises en tout devoir raisonnable pour la procurer, & que la seule passion des Ennemis l'aura empêché.

Dans le Mémoire que le Sieur d'Erbigni fit il y a huit jours, par notre ordre de ce qu'il a vû en Bavière, qui mérite d'être consideré, il fut obmis de donner avis, que le Commandeur de Lawingen lui a dit, que si on lui donnoit deux mil hommes de pied, & quatre cens chevaux, il pourroit les entretenir des contributions, sans que le Roi fût obligé à aucune dépense.

MESSIEURS

les

PLENIPOTENTIAIRES,

A Monsieur le Comte de

BRIENNE.

A Munster le 11. Novembre 1647.

Ils travaillent pour assurer les Alliez. Ils les maintiennent par des liberalités.

MONSIEUR.

VOus verrez comme nous travaillons ici pour assurer nos Alliez, & pour leur témoigner la fermeté avec laquelle la France embrasse leurs intérêts; ayant envoyé pour cette fin le Sieur Porquier Tresorier de moi Duc de Longueville à Amsterdam, lequel vous écrira dudit lieu ce qu'il aura apris touchant le convertissement des ecus d'or en Ducats.

Nous avons déja quasi distribué ce que nous avions emprunté ces jours passés, & si notre bourse commune étoit mieux garnie, nous serions plus liberaux, étant ici le tems, ou jamais,

1647.

mais, de gagner beaucoup en donnant peu :
ce que vous reconnoitrez bien par notre Mémoire, qui est assés ample sans vous donner la
peine de voir autre chose dans nos Lettres, que
les assurances entieres du desir que nous avons
de vous rendre service bien humble; & de vous
témoigner que nous sommes,

MEMOIRE

de Messieurs les

PLENIPOTENTIAIRES,

ENVOYE' EN COUR

Le 11. Novembre 1647.

*Les Suédois ne doivent pas obliger
la France à se déclarer immédiatement contre le Duc de Baviére. Instruction envoyée à
Monsieur de la Court pour traiter
avec les Alliez. Touchant les
subsides. Entrée de Monsieur de
Turenne en Allemagne. Touchant
la façon d'agir envers le Duc
de Baviére. Les Impériaux re-
nouënt la Négociation. Fermeté
des François sur les affaires de
Lorraine. Sur l'Article de n'assister point l'Espagne. Jalousie
des Alliez & leur animosité contre le Duc de Baviére. Les
François prennent leurs précautions pour conserver leurs Alliez,
ils en sont persuadez. Autre instruction à Monsieur de la Court.
Proposition des Suédois par raport aux Places qu'ils occupent
en Allemagne. Touchant l'election de Mayence. On remettra
au Prince d'Orange la décision
des Articles contestés par les
Espagnols. Le Roi Catholique
pourvoit aux frais de la guerre.
Ce qui est cause de la lenteur
des Ministres d'Espagne. Les
François donnent leur avis touchant les mesures qu'il y aura à
prendre. Etat de la Négociation pour l'Empire. Mesures
qu'on prendra par raport à l'Espagne. Et sur l'affaire de la
Lorraine ils ne se fient pas trop
aux Hollandois. Ils obtiennent
des Espagnols tout ce qu'ils leur
demandent. Les Suédois prient
de faire agir le Duc de Baviére, pour avancer la Paix de
l'Empire. On cherchera à inspirer de la crainte au Duc de
Baviere. Les Impériaux traiteront avec les Francois, avant
que d'aller à Osnabrug. Bonne
conduite des Médiateurs. On
observera les ordres de la Cour
par raport aux Places. Les
Médiateurs ont à cœur les affaires d'Italie. Et le Nonce celles de la Religion. Affaires du
Duc de Lorraine & du Portugal. Déclaration du Duc de
Baviére. Conduite des Ministres
Francois avec ce Prince. Touchant les deserteurs Francois pris
par les Suédois.*

1647.

Nous avons vû les Lettres de la Cour du
vingt sixieme du mois passé, & du premier du courant, où sont toutes les raisons, pour
lesquelles il est à souhaiter, que les Suédois n'o-
bligent point la France à se déclarer si promptement contre le Duc de Baviére; & comme elles nous semblent justes & fort pressantes & que
l'on se remet néanmoins à nous de les employer,
& faire valoir auprès des Plénipotentiaires
de Suéde, en la sorte que nous estimerons plus
à propos, nous avons envoyé l'extrait de tout
ce qui par nous a été écrit sur ce sujet au Sieur
de la Court, & lui avons mandé.

Les Sué-
dois ne doi-
vent pas obli-
ger la France
à se déclarer
si prompte-
ment contre
le Duc de
Baviére.

Qu'il doit en premier lieu assurer les Plénipotentiaires de la volonté de leurs Majestez
d'assister puissamment leurs Alliez dans la conjoncture présente, & leur dire que toutes les
choses qui avoient été concertées ici entre Mr.
Salvius, & nous, avoient été approuvées de
leurs Majestez; lesquelles ont déja donné ordre pour faire avancer le payement du subside:
& sur ce propos ledit Sieur de la Court leur
demandera s'ils désirent avoir des écus d'or au
soleil, pour les faire convertir en Ducats; leur
donnant parole qu'on en pourra faire remettre
jusques à cent mil dans Amsterdam; encore
qu'il y ait en cela beaucoup de préjudice, &
qu'il soit défendu par les Loix du Royaume d'en
transporter dans les Païs étrangers; qu'il n'y a
rien néanmoins que l'on ne veuille faire pour
subvenir aux nécessitez que Monsieur Salvius a
représentées.

Instruction
envoyée à
Monsieur de
la Court pour
traiter avec
les Alliez.

Et pour témoigner toujours de plus en plus
cette bonne disposition, on leur dira, que nous
envoyerons un homme exprès à Amsterdam,
pour avoir sur notre credit une somme de cent.
mil Risdales; en laquelle nous nous obligerons
en nos propres & privés noms, afin qu'elle puisse être plus promptement délivrée; savoir soixante dix mil Risdales aux Suédois, & trente
mil à Madame la Landgrave de Hesse, pour

Touchant
les subsides.

Z 3

don-

1647.

donner moyen aux uns & aux autres de remettre leurs Troupes sans perdre de tems, en attendant qu'on ait remis les sommes entieres des subsides. Nous avons été obligés de prendre cette resolution si promptement sur ce que nous avons apris, que faute d'argent ; il y a quelque espece de mutinerie dans l'armée de Suéde, & de très-grandes necessités dans celle de Madame la Landgrave.

Entrée de Monsieur de Turenne en Allemagne.

Après les avoir rendus favorables par cet exorde, qui ne leur déplaira point, ledit Sieur de la Court leur dira, que Monsieur de Turenne est retourné en si grande diligence, qu'il n'a pas eû le tems d'attendre les recruës que l'on fait en Allemagne, & en France : il leur demandera de quelle façon ils estiment que ledit Sieur Maréchal puisse agir plus utilement pour la cause commune, & leur parlera d'abord d'une jonction avec l'armée Suédoise.

Cette proposition sera dans le dessein de faire voir aux Sieurs Oxenstiern & Salvius la promptitude avec laquelle on se porte à leur assistance, & pour se conformer à ce que nous avons fait, il y a cinq ou six jours, sur une de leurs Lettres, par laquelle ils nous prioient d'écrire notament à Monsieur de Turenne, de faire ladite jonction, ce que nous fimes aussitôt envoyans avec notre Dépêche la copie de la Lettre que les Plénipoténtiaires de Suéde nous avoient écrit ; mais nous avons sçû du depuis, quo ledit Sieur de Turenne n'est pas en état de se pouvoir joindre sitôt, ni que les Suédois n'en ont pas besoin, & que l'armée est présentement en un lieu où elle a peu à craindre celle des Ennemis, desorte que nous ne doutons nullement, que ce parti là ne soit par eux refusé, sachans, qu'ils n'y ont pas d'ailleurs de grande inclination, & qu'il n'y a que la seule necessité qui puisse le leur faire souhaiter.

Notre opinion est, qu'ils proposeront, que Monsieur de Turenne s'employe à faire une diversion, & nous leur faisons bien dire, que c'est bien notre avis aussi, pourvû qu'elle se puisse faire utilement, mais que pour cet effet, il a besoin de plus grandes forces, & que si on lui veut joindre une partie des Troupes de Monsieur de Koningsmarck, & de celles de Madame la Landgrave, il pourra faire un Corps considerable, & avec cela entreprendre une diversion.

Leur replique, sans doute, sera de faire voir, qu'ils ne peuvent pas éloigner de leur armée les Troupes dudit Sieur Koningsmarck, dont ledit Sieur de la Court prendra occasion de leur représenter le peu d'apparence qu'il y a que Monsieur de Turenne s'engage tout seul avec si peu de forces dans de grandes entreprises, & leur faire connoître la necessité presque inévitable de différer son action jusques à ce que ses Troupes soient en meilleur état, en cas qu'il soit reduit à agir seul. Il leur fera voir combien il peut être avantageux à la cause commune, si l'armée du Roi demeure quelque tems dans ses quartiers, pour se rendre plus forte qu'elle n'est.

Et touchant la maniere d'agir envers le Duc de Baviére.

Et delà il fera tomber le propos sur la maniere dont on doit cependant vivre avec Monsieur le Duc de Baviére, comme en leur demandant avis, il essayera de leur faire connoître qu'il y aura beaucoup d'imprudence à faire de l'éclat, & user de menaces, lorsque l'on n'est pas en état d'offenser, & s'il ne seroit point plus à propos en dissimulant quelque tems, de se ranger après avec effet, que non pas en se déclarant trop tôt, donner occasion à ce Prince de faire pis, & de nous enlever d'abord

1647.

les Places que nous occupons près de ses Etats, pour nous ôter les moyens de lui faire du mal. En somme il leur représentera tous les inconveniens, qui sont si prudemment remarqués dans le Mémoire, & tirera d'eux, s'il se peut, le consentement, que l'on puisse encore surseoir pour quelque tems la déclaration que Sa Majesté est bien resoluë de faire contre ledit Duc, offrant néanmoins de sa part de la faire toutefois & quantes que la Suéde le jugera absolument necessaire.

Que s'ils insistent à ce que Monsieur Salvius nous a déja mandé de la part de Monsieur Wrangel, que nos Places se doivent déclarer & faire la Guerre à celles de Baviére, on leur remontrera que cela est bien peu d'importance, & ne servira qu'à donner sujet audit Duc de s'emparer desdites Places, lesquelles ne sont pas en l'état qu'il seroit bien à désirer, & particulierement celle de Lawingen, qui lui est une grande épine dans le pied, & qui peut donner de la facilité aux Couronnes, la Guerre continuant, de la porter encore une fois dans le cœur de la Baviére, & faire repentir ce Prince du manquement qu'il a fait contre le Traité d'Ulm.

C'est ainsi que nous avons mandé au Sieur de la Court d'agir par dégrés, & de ne proposer pas d'un premier coup ce qui regarde Monsieur le Duc de Baviére, de crainte de donner de nouvelles méfiances à nos Alliez. Quand nous saurons la réponse des Suédois ; nous ferons aussitôt une Dépêche à Monsieur de Turenne, pour lui faire savoir nos sentimens sur la conduite qu'il aura à tenir avec ledit Sieur Duc.

Nous avons heureusement reparé le défaut de l'écrit, que l'on avoit jugé utile de concerter avec nos Alliez, & auquel on n'a pû les faire consentir. Car ayant sû que le Docteur Wolmar preparoit un voyage à Osnabrug, nous avons fait ensorte, par le moyen des Médiateurs, comme nous avons déja donné avis, qu'il a renoüé la Négociation avec nous ; & pour faire voir à tout le monde, que les difficultés qui s'étoient rencontrées à notre égard, provenoient du fait des Impériaux, nous avons examiné avec les Médiateurs le dernier écrit qui nous avoit été donné pour la satisfaction de la France, leur ayant fait voir les changemens, additions & nouveautés, que lesdits Impériaux y avoient apportées, que nous avons fait côtter en marge dudit Ecrit par les Médiateurs ; & demandé, qu'elles fussent rayées, & les choses laissées aux mêmes termes de la convention déposée ès mains desdits Sieurs Médiateurs, & arrêtée dès le treisiéme Septembre 1646. en quoi nous croyons avoir cet avantage, que nous conservons au Roi ses droits & prétensions sur les Fiefs, que les Impériaux contestoient, pour s'en servir, & les faire valoir en tems & lieu : nous avons ensuite redigé en Articles, en la forme qu'ils doivent être inserés dans le Traité, tout ce qui regarde la France en particulier, selon les termes dudit Ecrit du treisiéme Septembre, y ayant seulement ajoûté les clauses necessaires à la sûreté, & qui doivent être mises dans les cessions & renonciations de l'Empereur & des Princes de la Maison d'Autriche, tant à l'égard des trois Evêchés, que de l'Alsace, & du Suntgau ; nous avons en même tems donné les actes desdites cessions en la forme que nous les demandons.

Les Impériaux renoüént la Négociation.

Et, d'autant que les Impériaux avoient dit, que l'Empereur ne traiteroit point avec la France, que le Traité d'Espagne ne se fît en même tems, & que l'on ne s'accommodât aussi avec

le

1647.

le Duc de Lorraine, nous avons donné un écrit dont la copie sera ci-jointe, pour faire voir succinctement les intentions de leurs Majestez sur l'un & sur l'autre point.

Fermeté des François sur les affaires de la Lorraine.

Pour la Lorraine, nous y persistons avec une fermeté entiere, & déclarons par tout hautement, que si on veut la Paix avec la France, il se faut départir de donner aucune assistance audit Duc de Lorraine.

Pour celle que l'Empereur veut se reserver en qualité d'Archiduc d'Autriche, de pouvoir donner au Roi d'Espagne, nous avons estimé à propos, suivant ce qui nous a été mandé ci-devant, de remettre le temperament, qui s'y peut prendre, à l'arbitrage des Princes & Electeurs de l'Empire, dont il sera convenu. Ce qui ne peut être que très bien reçu par tout & fera un meilleur effet dans l'Empire qu'aucun autre écrit, que nous eussions pû mettre au jour; aussi commençons nous à en sentir le fruit, puisque toute l'Assemblée reconnoît, que la France se met en toutes sortes de raisons, & qu'elle facilite les moyens de faire la Paix : quelque artifice que les Espagnols employent pour persuader le contraire, il sera mal aisé qu'ils puissent être crûs après, vû l'offre ci-dessus, laquelle nous publions en tant de lieux, que personne ne la pourra ignorer.

Jalousie des Alliez, & leur animosité contre le Duc de Baviére.

Cependant il y auroit du peril de renvoyer si promptement vers Monsieur le Duc de Baviére : nos Alliez, dont la méfiance & la jalousie ne dort point étant capables de se former sur cela mile soupçons; ainsi nous n'envoyerons point à présent, ni le Sieur d'Erbigny, ni aucun autre vers ce Prince, & nous nous contenterons de faire savoir ce qui se passe entre les Impériaux & nous, à son Député, qui ne manquera pas de lui en donner les avis en même tems.

Les François prennent leurs précautions pour conserver leurs Alliez. Ils en sont persuadez.

Nous ne doutons pas que les Impériaux étant aujourd'hui poussés du même esprit qui anime l'Espagne, ne se servent des mêmes moyens pour desunir, s'ils peuvent, les Suédois d'avec la France, que les Espagnols ont pratiqués envers les Hollandois; mais nous croyons leur avoir fermé toutes les avenues par la déclaration susdite : & c'est encore ce qui nous oblige dans cette rencontre d'envoyer un homme exprès à Amsterdam pour trouver moyen de faire trouver de l'argent comptant auxdits Suédois, afin de leur témoigner de plus en plus la bonne volonté de leurs Majestez.

Autre Instruction à Monsieur de la Court.

Le Sieur de la Court leur dira la raison pourquoi il ne se peut faire des Ducats en France, & fera la proposition de leur fournir audit lieu d'Amsterdam cent mil écus d'or au Soleil. Nous n'estimons pas qu'ils l'acceptent mais eux-mêmes ayant donné lieu à cette ouverture, ils ne pourront pas l'avoir pour agréable, & reconnoître par là le soin qu'on prend de les contenter. Nous avons donné charge au Sieur le Porquier, qui est celui que nous envoyons, de s'informer étant à Amsterdam si l'on y pourroit faire le convertissement des Ecus d'or en Ducats, & de savoir au vrai ce qui s'y pourroit ménager, dont il rendra compte sûr le lieu, afin qu'il ne se perde point de tems.

Pour l'augmentation du subside, nous en avons d'abord ôté toute esperance aux Suédois, desorte que depuis ils n'en ont point parlé.

Proposition des Suédois par raport aux Places qu'ils occupent en Allemagne.

L'on donnera avis à Monsieur de Turenne de la proposition qui nous a été faite par Monsieur Salvius touchant les Places de la haute Allemagne, où il y a Garnison Suédoise, & comme l'on a très-prudemment remarqué que cette offre si précieuse en apparence peut être suivie de quelque inconvenient, nous ne nous engagerons à rien que nous n'ayons eû la réponse dudit Maréchal de Turenne.

Ce nous est un très-grand bonheur d'avoir eû les mêmes sentimens sur l'affaire de Mayence, que l'on a eûs à la Cour dans le Conseil du Roi, Les Sieurs de Vautorte, & le Vicomte de Courval se conduisent avec beaucoup d'affection & de prudence, & ont fait en cette occasion tout ce qui étoit à désirer. L'on nous mande déja, que le Baron de Reyffemberg à quité ses prétentions, & quant à Monsieur l'Evêque de Wurtzbourg, il nous a témoigné par une Lettre le ressentiment qu'il a de tant de bonnes volontés, que leurs Majestez ont pour lui; que celui, que nous lui avons envoyé, écrit qu'il faisoit état de se rendre bientôt à Mayence, & d'y agir selon les intentions de leurs Majestez, de favoriser même le dessein du Baron de Reyffemberg, au cas que l'election ne tombât pas sur ledit Evêque.

On remettra au Prince d'Orange la décision des Articles contestés par les Espagnols.

Nous avons fort considéré tous les ordres, qui nous sont très-judicieusement donnés sur la conduite qu'on doit tenir avec les Ambassadeurs de Messieurs les Etats, tant pour les engager à parler aux Espagnols sur les points qui sont en différent, que touchant l'avis de Monsieur de la Thuillerie, qui est de remettre, au jugement de Monsieur le Prince d'Orange, & de quelques autres ce qui ne se pourra accorder. Nous n'avons pas ici une plus grande peine, que de faire comprendre à ces Messieurs l'artifice des Ministres d'Espagne; nous y travaillons tous les jours en conférant avec eux en public, & en particulier, & puis leur envoyant par écrit ce que nous leur avons dit de bouche, de crainte que le raport qu'ils font à leurs Superieurs ne soit alteré, soit en leur faisant parler par d'autres personnes, quand nous les avons longtems entretenus; & témoignant être persuadés de nos raisons : mais un moment après, soit par légereté, ou plutôt, comme nous l'estimons par passion & prévention d'esprit, ils retombent dans leurs premieres erreurs, & pour dire ce qui en est, il n'y a parmi eux, que le Sieur de Niderhorst tout seul auquel nous puissions nous confier : nous jugeons même qu'il est avantageux de juger ici toutes les difficultés, ou la plus grande partie, & qu'en ce qui sera mis en leur jugement la France n'y trouvera pas son compte; on ne laissera pas pourtant de veiller à toutes choses, & d'essayer de profiter de l'avis de Monsieur de la Thuillerie, selon le sujet que nous en aurons par la conduite de nos parties, & de nos Alliez aussi, quand ils seront tous de retour.

Le Roi Catholique pourvoit aux frais de la Guerre.

Il est certain que l'avis reçu de Madrid, que le Roi d'Espagne en retenant les fonds assignés à ses Créanciers, croit avoir pourvû aux frais de la Guerre pour longtems, mérite qu'il y soit fait beaucoup de reflexion, la conduite de ses Ministres à Munster le rend fort vraisemblable.

Ce qui est cause de la lenteur des Ministres d'Espagne.

Nous n'avons pû encore jusques ici ajuster les Articles, dont nous avons écrit, & qui vont jusques au quarante huit du Projet, quoique l'on ait mis à part quasi tous ceux qui sont de quelque importance. Ils varient leurs Ecrits, essayent de nous surprendre, apportent des longueurs affectées, & font paroître en somme par toutes leurs actions peu de conduite.

Les François donnent leur avis touchant les mesures qu'il y aura à prendre.

Cette procedure des Ministres d'Espagne a donné lieu à la pensée, sur laquelle il plaît à leurs Majestez d'avoir notre avis; il seroit bon d'assembler les principales personnes de l'Etat pour prendre les dernieres resolutions sur cha-

que

que point qui restera indécis dans le Traité, & d'assigner un tems, dans lequel, si l'on n'en tombe d'accord l'on se retirera de l'Assemblée.

Il nous semble que le tems le plus propre pour le faire utilement sera après le retour des Ambassadeurs de Messieurs les Etats à Munster, l'on verra alors quelle sera leur conduite, & celle de nos parties, si elles auront le credit de faire un dernier manquement aux Hollandois, ou si ceux-ci conserveront encore quelque chose du respect, & de la fidelité qu'ils doivent à la France.

Etat de la Négociation pour l'Empire.

L'on connoîtra aussi dans ce tems là ce qui se doit esperer dans ce tems du Traité de l'Empire, lequel se conclura bientôt, ou les Suédois avec lesquels nous croyons, que cette proposition doit être concertée, l'aprouveront, & en feront, peut être, autant de leur côté.

Mesures qu'on prendra par raport à l'Espagne.

Que s'il ne reste que les affaires d'Espagne à terminer, & que les Hollandois, nonobstant leurs obligations, veuillent achever leur Traité particulier, notre avis sera en ce cas, que nous devrions demander aux Ambassadeurs de Messieurs les Etats autant de surséance, qu'il en faut pour avertir leurs Majestez de leur resolution, & pour en recevoir les ordres.

Nous ferions en même tems un Mémoire concerté, qui contiendroit sommairement tous les devoirs, où l'on s'est mis de la part de la France, pour avoir la Paix, & tout ce qui s'est passé en la Négociation. L'on tiendroit sur ledit Mémoire le Conseil marqué dans la Dépêche de la Cour, qui à notre avis ne pourra produire que de fort bons effets, d'autant que les Ennemis voyants un consentement public de tout ce qu'il y a de personnes de condition dans le Royaume, auront sujet d'aprehender que l'on ne fasse contr'eux un effort extraordinaire, qui pourroit leur causer de nouvelles pertes, ou une ruine totale, & que peut être cette crainte les fera resoudre à la Paix, qui est le but auquel on aspire.

Ou si leur opiniâtreté est si grande, qu'ils persistent à ne la vouloir pas, ils seront blâmés de tout le monde, & il n'y aura plus aucun artifice, qui puisse cacher & rendre inconnuë leur mauvaise volonté.

La France au contraire sera justifiée devant Dieu & les hommes, & s'il faut continuer la Guerre, il n'y a pas de doute, qu'elle ne se fera avec beaucoup plus de vigueur, étant d'ailleurs à esperer, que Dieu benira les saintes intentions de leurs Majestez, & humiliera ceux que les misères de la Chrétienté n'auront pû émouvoir.

A quoi l'on peut ajoûter le mécontentement universel, que cela causera parmi tous les Peuples qui obeissent à l'Espagne, spécialement en leurs Etats d'Italie, lesquels étans déja très-mal satisfaits du gouvernement présent quand ils verront qu'on a refusé ce qui leur pouvoit donner du repos, on doit croire qu'ils ne mettront guéres à secouër le joug qu'ils suportent sans cela avec tant d'impatience. Nous avons été avertis, que l'Archevêque de Cambrai a fait en mourant une exhortation à ses Collegues en ce même sens.

Et sur l'affaire de la Lorraine.

La fermeté avec laquelle son Eminence a parlé à l'Ambassadeur de Venise, sur le fait du Duc Charles peut ici beaucoup servir, comme aussi ce qu'elle a dit touchant les dépendances des Conquêtes, & les fortifications en Catalogne; ce qui nous donnera moyen de ménager avec plus d'avantage le bien du service du Roi. Nous avons fait la même plainte à Monsieur Contarini, qui a été faite à son Collegue de ce

qu'il a laissé perdre une si belle occasion, de faire connoître aux Hollandois, le peu de sincerité des Plénipotentiaires d'Espagne, & le dessein qu'ils ont en traitant sur des points de nulle consequence, de persuader à nos Alliez qu'ils sont en termes d'achever leurs affaires avec nous.

Ils ne se fient pas aux Hollandois.

Les Ambassadeurs de Messieurs les Etats disent toujours que quand ils auront arrêté tous leurs Articles, ils obligeront le Comte de Peñaranda à conclure avec nous; mais ayant vû leur foiblesse & leur conduite passée nous ne saurions nous assurer de celle qui est à venir; ni nous confier en leurs discours. Quant au différend qui reste dans leur Traité, il faudroit, que les Hollandois ne voulussent point absolument de Paix, s'ils ne s'accommodoient à ce que le Roi d'Espagne leur offre, puisqu'en effet dans la Marie de Boisleduc il ne refuse autre chose, que d'exprimer le mot de spirituel, sur lequel il n'a aucun pouvoir. Ce n'est pas en cette occasion seulement, mais en plusieurs autres, que les Ministres d'Espagne ont abandonné sans beaucoup de scrupule les intérêts de la Religion, pour esperer seulement de mettre du mauvais ménage entre la France & ses Alliez.

Ils obtiennent des Espagnols tout ce qu'ils demandent.

Il a été mandé par nos Dépêches precedentes, que Monsieur Salvius nous a prié d'agir auprès de Monsieur le Duc de Baviére, pour le rendre favorable à l'avancement de la Paix; mais il n'a pas consenti pour cela, que de la part de la France l'on pût vivre en neutralité avec ce Prince; au contraire au même moment, qu'il nous tenoit ce propos, il pressoit d'un autre côté, que l'on fît déclarer les Places, que le Roi occupe dans la haute Allemagne contre les Garnisons dudit Duc, & ce fut avec grande peine, qu'on lui fit avouer, qu'il n'étoit pas tems d'agir de la sorte.

Les Suédois prient de faire agir le Duc de Baviére pour avancer la Paix de l'Empire.

C'a été une adresse bien utile que d'avoir mis le Sieur Krebs en soupçon du côté de l'Angleterre; rien ne pouvoit être fait plus à propos dans l'état présent des affaires, étant certain que nous avons toujours connû que le Duc de Baviére est en crainte de ce côté là, jusques là, que le Baron d'Azenlang nous a parlé quelquefois avec inquietude de ce que l'on donnoit en France de l'emploi au Prince Robert. Nous essayerons de nous prévaloir de deça de la même crainte, & de l'insinuer dans l'esprit de son Député, sans qu'il paroisse que ce soit avec dessein.

On cherchera à inspirer de la crainte au Duc de Baviére.

L'on a surmonté la difficulté, qu'on avoit prudemment prévuë à la Cour, d'engager les Impériaux à traiter avec nous, avant que d'aller à Osnabrug, sans que nos Alliez ayent aucun sujet de plainte, l'affaire s'est passée de la sorte, qu'il n'a point paru, que nous l'avons recherché; nous avons fait voir aux Médiateurs & notamment à Monsieur le Nonce, que tout le fruit qui provenoit de cette union des Catholiques dans l'Empire, étoit que nos parties alloient conclure leur Traité avec les Suédois & les Protestans d'Allemagne, & laissoient la France en arriere. Lesdits Sieurs Médiateurs ont agi sur ce fondement comme d'eux mêmes, & ont vû le Comte de Nassau & le Docteur Wolmar. Il faut avouer, qu'en cette rencontre, ils nous ont utilement servi; Monsieur le Nonce que nous avions intéressé par notre reproche en ayant fait son affaire propre & s'y étant porté avec vigueur, desorte qu'ayant obligé les Impériaux à dire qu'ils étoient prêts de traiter aussi avec nous, delà s'est ensuivi la confiance, dont nous avons ci-devant rendu compte.

Les Impériaux s'intéressent avec les François avant que d'aller à Osnabrug.

Bonne conduite des Médiateurs.

On

On se servira selon qu'il est porté & amplement préscrit dans le Mémoire du premier de
ce mois, du relâchement que Sa Majesté nous
donne pouvoir de faire des Places, que les armes du Roi ont occupées, & qui ont été depuis abandonnées ; nous aprenons ici qu'Arleu
& l'Eclufe ont été de si simples forts, qu'ils
n'ont ni dépendances ni Territoire.

Pour le fait de Cazal ; il n'y a pas moyen de
changer l'Article qui est encore disputé par les
Espagnols, quelque temperament que l'on y ait
pris, il me semble qu'il sera assez facile de donner ordre à l'inconvenient contenu dans le Mémoire, d'autant que si Monsieur le Duc de
Mantouë divertit une fois l'argent du Roi à autre chose qu'au payement de la Garnison, cela
ne peut être inconnu & il sera facile de remedier au payement suivant, ou en tout cas de
faire porter l'argent par un homme du Roi, qui
le voye distribuer, sans qu'il soit stipulé dans le
Traité, étant connu que les moindres intelligences que nous avons voulu conserver dans la
Place, ont donné de grandes méfiances aux Espagnols.

Il est certain, que les Médiateurs ont à cœur
les affaires d'Italie, & Monsieur Contarini encore plus que le Nonce, peut être à cause du
voisinage des Etats de la République du lieu où
l'armée se trouve : on a parlé à Monsieur le
Nonce le premier, comme celui qui témoignoit
le moins de passion, & puis audit Sieur Contarini, auquel on a été obligé de dire qu'il parloit avec beaucoup de liberté de la Guerre du
Milanés, & qu'il alloit en cela hors des termes
d'un Médiateur. On dit ici qu'on a battu le
Tambour, & fait des levées dans l'Etat de Venise proche l'armée du Roi, pour en retirer les
Soldats ; dont nous ne doutons point que l'on
n'ait eû un avis plus certain à la Cour, que
nous ici ; l'on se seroit peu soucié du sentiment
de ces Messieurs, si le mauvais tems n'avoit
point empêché ies progrès que l'on avoit sujet
d'esperer d'y faire & pour achever ce qui regarde lesdits Médiateurs. Nous avons aussi touché
quelque chose à Monsieur le Nonce des offices
qu'il avoit rendus vers Monsieur le Duc de Baviére, pour l'inciter à la resolution qu'il a
prise ; mais pour dire la verité, nous n'avons
pas esperé de lui faire changer pour cela de sentiments, qui sont de se roidir en tout ce qu'il
croit que la Religion peut recevoir du préjudice, nous n'avons pas sujet dans les autres choses de nous plaindre de sa conduite.

Il ne faut pas esperer, que Monsieur le Duc
de Baviére, ni aucun Prince d'Allemagne parle
ici ouvertement contre le Duc Charles, ni
presse l'Empereur de l'abandonner ; chacun au
contraire veut paroître lui avoir rendu quelque
bon office ; mais il n'y en a pas un qui voulût
que la Guerre continuât pour son intérêt, & la
seule fermeté que l'on a témoignée sur ce point
est capable de l'emporter.

Nous ne manquons pas en toutes les occasions qui se présentent de faire voir la difference
qui est entre l'affaire du Portugal, & celle de
la Lorraine, & que jamais dans aucun Traité il
n'a été permis à l'une des parties d'assister un
Prince, qui veut attaquer & faire la Guerre à
l'autre, mais que l'on a vû souvent, que l'on
s'est reservé la liberté d'assister ceux avec lesquels on ne veut faire ni Trêve ni Paix.

L'Electeur de Baviére nous fait assurer ici par
son Député, qu'il n'a jamais eû d'autre intention en se joignant à l'Empereur, que d'avancer
la Paix, qu'il est dans le même désir, & qu'il
n'obmettra aucune diligence pour y disposer tou-

tes choses. Il dit qu'ayant rompu avec les Suédois, il veut conserver la neutralité avec la
France, & nous fait prier de lui continuer dans
le Traité les mêmes offices pour ce qui regarde ses intérêts, que nous lui avons ci-devant
rendus.

Nous loüons l'intention dudit Duc, & témoignons de ne pas aprouver sa conduite, disant qu'au lieu de hâter la conclusion des affaires, elle les retarde : nous le prions d'être
constant dans la bonne volonté qu'il fait paroître, afin que la Paix étant faite nous puissions
les uns & les autres sortir de l'embaras où nous
sommes : nous assurons que leurs Majestez estiment beaucoup l'amitié, & désirent le bien dudit Sieur Electeur : mais qu'elles ont aussi une
grande fidelité pour leurs Alliances, & qu'elles
ne voudroient pour rien du monde y manquer :
nous croyons dangereux de lui déclarer expressément que l'on observera la neutralité avec lui.
Et d'ailleurs l'on est obligé, comme l'on a très
bien remarqué dans le Mémoire, de ménager
l'esprit de ce Prince, vû même que nous aprenons, que quelques uns de ceux qui ont du
credit auprès de lui, ne sont pas bien disposés
envers la France, & qu'il importe à leurs desseins, & à l'établissement de leurs fortunes, que
Lawingen, qui est proche de Baviére, ne demeure pas longtems en la possession des François.

On ne voit pas, que dans l'état des affaires,
il soit à propos de presser le remplacement des
mutins que Koningsmarck a retirés, parce que
quoique la conduite dudit Koningsmarck ne
soit pas entierement aprouvée à Stockholm, il
seroit dangereux de pousser à présent une affaire
de cette nature. Il nous paroit bien fort utile
de conserver toujours cette prétension, & de
la renouveller souvent. Cela nous sert même
d'une puissante raison vers les Suédois, pour
excuser & donner du prétexte à la neutralité
que l'on est obligé d'observer pour quelque
tems avec la Baviére : ainsi nous ne pouvons
que loüer la prudente & adroite conduite du
Sieur Chanut, ayant vû par sa derniere Dépêche, que lorsque l'on lui a fait instance de
joindre l'armée de France à celle de Suéde, &
de se déclarer contre le Duc de Baviére, il a
remis fort à propos sur le tapis la demande
qu'on eût à remplacer les Troupes débandées,
& a obligé la Reine de Suéde de prendre du
tems, pour lui faire réponse.

  M E S-

MESSIEURS

Les

PLENIPOTENTIAIRES,

à Monsieur le Comte de

BRIENNE.

A Munster le 18. Novembre 1647.

Ils cherchent par tout de l'argent. Affaires d'Angleterre.

MONSIEUR;

Ils cherchent par tout de l'argent.

LE Mémoire & les piéces qui y font jointes vous feront voir que la derniere femaine ne s'eft pas écoulée fans rien faire : il en faudroit bien peu de femblables pour avancer du chemin. Au défaut de la bourfe du Roi, il a fallu chercher du fecours dans celle de nos vos voifins; nous ne faurions affez vous repréfenter l'importance d'avoir promptement le moyen d'avancer le fervice de leurs Majeftez.

Affaires d'Angleterre.

Depuis que Monfieur Sabran eft parti de Londres, le Sieur Cheylieu, fon Secretaire nous a donné fort foigneufement des nouvelles de ces quartiers là, dont ayant défiré notre témoignage nous ne le lui avons pas dû refufer : nous vous fupplions, Monfieur, de vouloir commander l'expédition d'une Sauvegarde, pour la Maifon d'un des Chanoines de Munfter, appellée *Schoonflicht*, & qu'il y aît, s'il vous plaît, le mot de neutralité, pour le contefter, comme il a été mis en celle qui a été ci-devant obtenuë de la Couronne de Suéde, & de Madame la Landgrave de Heffe, comme il fe voit par les copies qu'il nous a mifes en main, & fur cela nous demeurons.

MEMOIRE

De Meffieurs les

PLENIPOTENTIAIRES

ENVOYE' EN COUR,

Le dix-huitiéme Novembre 1647.

Etat de la Négociation avec les Imperiaux. Monfieur Wolmar part pour Ofnabrug. Deplaifir des Efpagnols. Conduite de Peñaranda. Satisfaction de toute l'Affemblée. Articles qui reftent à décider pour finir le Traité avec l'Empire. Etat du Traité avec l'Efpagne. Sur les affaires avec le Duc de Baviére. De la Catalogne. Et de la reftitution des Places occupées par les Efpagnols en Allemagne & en Italie. Le foin d'augmenter les armées avancera la Négociation. On ne doit pas fe remettre à l'arbitrage des Hollandois pour le Traité avec l'Efpagne. Bonnes aparences pour la Paix.

SI leurs Majeftez ont eû pour agreable l'affurance, que nous leur avons ci-devant donnée, que la Paix ne fe faifant point, il fera connu de tout le monde, que la feule opiniâtreté des Ennemis l'aura empêchée : elles auront plus de fatisfaction, ayant vû cette Dépêche.

Etat de la Négociation avec les Imperiaux.

Il leur a été rendu compte, par la précedente, de l'état où fe trouvoient ici les affaires avec les Impériaux; nous les avons depuis tellement preffés, que la fatisfaction de la France a été arrêtée pour une feconde fois. On eft convenu de la forme des ceffions & renonciations, qui doivent être faites par l'Empereur & les Princes de fa Maifon, tant à l'égard des trois Evêchés de Merz, Toul & Verdun, que des deux Alfaces de Suntgau, & de la Place de Brifack; ce que l'on verra par la copie ci-jointe de tous les actes qui ont été fignés par les Sécretaires des deux Ambaffades, & dépofés ès mains de Meffieurs les Médiateurs.

Quand nous avons voulu obliger l'Empereur à quiter le Titre de Landgrave d'Alface, les Plénipotentiaires ont dit, qu'ils n'en avoient pas le pouvoir ni les ordres. Il eut été fâcheux de perdre par cet incident l'occafion d'une fi grande affaire, & de paffer outre fans y pourvoir;

voir; c'eût été laisser un moyen aux Princes de la Maison d'Autriche de renouveller un jour leur prétenfion fur cette Province : pour fortir de ces embarras , il eft arrivé heureufement que l'on a demandé explication fur la fomme qui doit être payée aux Archiducs du Tirol. Le Docteur Wolmar , qui eft particulierement attaché au fervice de cette Maifon a défiré qu'il fût dit expreffement , que deux Livres & demie vaudroient un Rifdale ; c'eft le prix ordinaire que l'on donne aux Rifdales par toute l'Allemagne , & le Roi étant obligé de faire le payement dans Bâle ou Francfort, l'on ne pouvoit difputer avec juftice fur cette prétenfion : nous l'avons néanmoins fait valoir, comme fi Sa Majefté eût perdu en cela , & nous nous fommes fervis de cette demande pour lever cette difficulté qui étoit fur le Titre de Landgrave d'Alface, ayant fait de part & d'autre des Écrits féparés, dont la copie fera avec ce Mémoire : ils font en Italien , parce qu'ils font dreffés par les Médiateurs , qui les gardent , comme ils font le refte de ce dont on eft demeuré d'accord

Monfieur Wolmar part pour Ofnabrug.

Il a fallu perdre fi peu de tems en cette Négociation, qu'elle n'a pas été fitôt concluë, que le Docteur Wolmar eft parti de Munfter pour aller traiter avec les Suédois. Ce n'a pas été fans jaloufie, que Meffieurs Oxenftiern & Salvius ont fçû que l'on achevoit ici avec nous; ils n'ont pas ceffé de preffer les Impériaux d'aller vers eux, en leur faifant dire fous main, qu'ils étoient très-bien difpofés à conclure; mais il s'eft rencontré que l'Empereur n'a pas à Ofnabrug une perfonne propre à conduire une affaire de telle importance, & qu'il a fallu que le Comte de Lamberg foit venu exprès en cette Ville pour amener avec lui Wolmar à Ofnabrug, où l'on traite préfentement.

Déplaifir des Efpagnols.

D'un autre côté les Efpagnols ne voyent pas volontiers, que l'on travaille fi avant avec nous , & n'ont pas manqué d'y aporter de la traverfe autant qu'ils ont pû. Le Comte de

Conduite de Peñaranda.

Peñaranda néanmoins, pour rendre fon procédé en quelque façon excufable , & couvrir fa mauvaife intention, a voulu faire croire qu'il n'étoit pas fâché que le Traité de l'Empereur s'avançât, mais ou qu'il falloit faire les deux Traitez enfemble, ou du moins laiffer nos intérêts dans l'Empire les derniers à refoudre, afin que cela nous rendît plus faciles , tant dans les difficultés qui reftent de ce côté là, que dans celles que nous avons encor à démêler avec eux. Il n'a pû fi bien feindre, que l'on n'aît vifiblement reconnu que notre ajuftement avec les Impériaux lui déplaifoit; ce qui a donné lieu à un Député Allemand, que l'on a toujours tenu affectionné aux Efpagnols, de dire qu'il fe voyoit à cette heure clairement , qu'ils retardent la Paix de l'Empire ; mais les obftacles qu'ils y ont formé ont été furmontés par la fermeté des Médiateurs, qui ont agi fi vigoureufement , qu'il eft vrai que les Impériaux ayant été conviés de fe trouver avec nous chez Monfieur le Nonce pour figner notre convention, s'en font excufés & n'ont ofé le faire pour ne pas defobliger entierement les Plénipotentiaires d'Efpagne.

Satisfaction de toute l'Affemblée.

Toute l'Affemblée a eû une grande joye de ce qui s'eft fait, & le veritable & fincere défir, que leurs Majeftez ont d'avancer la Paix, fe connoit toujours de plus en plus.

Articles qui reftent à décider pour finir le Traité avec l'Empire.

Il ne refte donc rien à décider à l'égard de la France dans les affaires de l'Empire, que la déclaration touchant le Duc Charles, & celle qui fe doit faire fur l'affiftance que l'Empereur

Tom. IV.

prétend pouvoir donner comme Archiduc au Roi d'Efpagne ; nous efperons que ces deux points fe termineront foit que le Traité d'Efpagne fe concluë, ou non, chacun reconnoiffant que la France fe met entierement à la raifon, & nos amis nous faifants efperer que la Paix de l'Empire ne fera pas retardée pour des intérêts étrangers.

Et du Traité avec l'Efpagne.

Nous avons encore fait figner cette femaine vingt trois Articles du Traité d'Efpagne , le dix-huiriéme qui avoit été remis jufques ici eft accordé ; le vingt-cinquiéme auffi , tout eft d'accord jufques au quarante huitiéme , qui regarde les Conquêtes, fur la dépendance desquelles les Plénipotentiaires d'Efpagne ne fe font pas encore expliqués. Le vingt-fixiéme touchant les fortifications en Catalogne, où ils témoignent beaucoup de fermeté ; le trente cinquiéme qui regarde quelques affaires d'Italie, que nous fommes refolus de quiter fuivant l'ordre qui nous en a été donné, mais nous avons remis à la fin, auffi bien que le fait des Places de Liége, pour avoir quelque chofe fur quoi nous relâcher ; le trente fixiéme qui regardé Cazal, fur quoi on ne difpute plus que le terme de trente années ; & le quarante & uniéme doit régler l'affaire de la Lorraine.

Notre deffein de travailler dès demain à l'ajuftement des autres Articles, & d'en arrêter le plus que nous pourrons, avant le retour des Ambaffadeurs de Meffieurs les Etats en cette Ville , eftimants qu'ils auront moins de fujet de fe précipiter dans la conclufion de leurs affaires, quand ils verront qu'il y aura fi peu de points en différant entre les Efpagnols & nous, & qu'il fera plus facile d'y prendre de l'expédient , foit en remettant une partie desdits points à l'arbitrage de Monfeigneur le Prince d'Orange , ou trouvant quelque autre moyen pour en fortir.

Il eft bien vrai, que Courtrai eft une Place de très-grande importance aux Efpagnols, & qui étant munie & fortifiée, comme leurs Majeftez le veulent faire, peut beaucoup incommoder l'Ennemi ; il eft vrai auffi, que ce qui en dépend, eft comme un petit Etat, que plufieurs Princes Souverains n'ont pas plus d'étenduë ; mais perfonne n'en connoit mieux la valeur que nos parties , & peut être que c'eft une des raifons pour lefquelles ils fe logent à Thielt, Harlebeck & autres lieux, qui en dépendent, & qui en font les Membres principaux, outre Menin qu'ils occupent : & comme il eft malaifé de les chaffer de ces poftes là, il reftera peu de chofe au Roi avec les murailles de ladite Ville s'il faut faire un échange, dont il ne nous a point encore été parlé, finon par les Hollandois qui en font affez fouvent mention, & ils femblent regarder avec quelque jaloufie l'établiffement que l'on prend fi avant dans la Flandres. On ne pourra pas en tirer l'avantage, qu'on auprit eû, fi l'on étoit en poffeffion de toute la Chaftellenie ; nous avons ici des avis que les Flamands n'efperans plus d'avoir cette Place par la Guerre, dont l'Archiduc les avoit longtems entretenus pour tirer de l'argent, penfent à l'autre dans la Paix ; & comme le Peuple donne avec liberté fon jugement fur toutes chofes, ils difent que l'on pourra laiffer Airé & Saint Omer au Roi, en rendant Courtrai & la Baffée, de laquelle en ce cas on pourroit démolir les fortifications. Nous ferons la Guerre à l'œil, & attendrons ce qui nous fera propofé lorfque l'on traitera des Articles des Conquêtes. Quant à Avennes, ayant vû dans un petit livret imprimé tout ce en quoi confifte la Comté

A a 2

d'Ard'Artois, & Avennes y étant marqué comme le lieu principal, & l'un des neufs Baillages qui la composent, nous avons eû quelque opinion, que c'étoit la Ville que l'on dit être dans le Hainaut.

Monsieur de la Court s'est heureusement servi, & avec grande adresse de l'extrait de la Dépêche du premier de ce mois, que nous lui avons envoyé, ayant si bien fait voir aux Pléni-potentiaires de Suéde les raisons, que la France a de ne se pas déclarer si promptement contre le Duc de Baviére, qu'enfin ils y ont acquiescé, & Monsieur Salvius a dit lui-même, qu'il étoit de notre sentiment en cela, dont ledit Sieur de la Court rendra compte plus au long, & nous assurons seulement, que le soin que nous avons pris de faire toucher à ces Messieurs soixante dix mil Risdales, & d'envoyer pour cet effet un homme exprès à Amsterdam, a beau-coup servi à disposer leurs esprits. Madame la Landgrave presse Monsieur de Turenne d'a-gir par diversion, & en fait une instance bien plus grande que les Suédois, aussi est elle ex-posée aux Ennemis, qui gatent son Païs; elle demande encore le payement du subside, ce n'est pas à la verité sans qu'elle en ait besoin, & s'il plait à la Reine de commander qu'on fasse quelque effort pour elle en cette occasion, elle viendra très à propos.

Sur les affai-res avec le Duc de Ba-viére.

De la Cata-logne.

Puisqu'il est juste d'établir en Catalogne pour les limites de ce qui doit demeurer au Roi, la même régle que l'on suivra en Flandres, en la retention des Conquêtes, c'est à dire celui qui aura le principal lieu, possede aussi les dépen-dances, il sera mal aisé d'obtenir, que le lieu fortifié borne les confins, & on ne peut éviter que nos parties n'ayent en cela un grand avan-tage, d'autant que les lieux qu'ils occupent dans le Flandres, quoique dépendants d'autres sont établis de longue main, & sont Membres principaux, qui ont plus de dépendances sous eux; mais les postes, qu'on a fortifiés dans la Catalogne, ne sont, peut être, que des lieux propres à l'effet pour lequel on s'en est servi, qui est pour empêcher les Courses des Places voi-sines, étant croyable que rien ne dépend de ces Forts là, que ce qui est comme l'on dit à la portée de la Coulevrine. Ainsi il ne sera pas possible d'ajuster deux regles de cette nature, que l'on ne reçoive du préjudice; mais il nous semble, que comme il faudra prendre parti, & se resoudre de perdre quelque chose en l'une ou en l'autre Province, l'on doit avoir encore plus d'égard à se bien établir dans la Catalogne, que dans les Païs-Bas, quoique ce qu'on retiendra dans ce dernier, soit à perpetuité, & que le Titre de la possession en Catalogne ne soit pas si avantageux.

Et la resti-tution des Places occu-pées par les Espagnols en Allemagne & en Italie.

On a très-bien jugé dans le Conseil, que les otages, qu'on sera obligé de donner, par l'Ar-ticle quarantiéme de ce Traité, serviront pour assurer les Alliez de la France de la restitution des Places occupées par les Espagnols, qui sans cela eussent pû s'y rendre difficiles; mais que quoiqu'on ait fait pour la consideration desdits Alliez, ils ont peine à se contenter de ce que les Garnisons du Roi doivent demeurer encore pendant un an dans leurs Places. Nous croyons que ce n'est pas un petit avantage à Sa Majesté, qui tient par ce moyen le gage en main, pour assurer au moins, durant ce tems l'observation du Traité.

Les Ministres de Savoye nous ont ici fort pressés, & en général, & en particulier pour avancer ladite restitution; mais nous leur en avons ôté toute l'esperance, comme d'une chose arrêtée à laquelle on ne peut plus tou-cher.

1647.

Le soin que leurs Majestez prennent de faire travailler aux recruës, & se mettre de bonne heure en état de faire craindre leurs Ennemis, nous donne un grand cœur & beaucoup d'espe-rance d'avancer la Négociation, n'y ayant rien, comme nous l'avons souvent écrit, qui soit plus utile à la Paix, que d'être bien preparé à la Guerre.

Le soin d'augmenter les armées avancera la Négociation.

Sur l'avis, que leurs Majestez ont agréable de nous donner touchant l'expedient, qui a été proposé à Monsieur de la Thuillerie, & la con-duite qui se doit tenir avec Messieurs les Etats, il nous semble que l'on ne doit mettre à l'arbi-trage d'autrui que ce qui ne se pourra ajuster, & lorsqu'on ne verra pas le moyen d'en sortir par une autre voye; cependant nous croyons à pro-pos de pousser toujours les affaires le plus qu'il se pourra, puis qu'on verra par cette Dépêche qu'on marche, quoique lentement, & qu'en-fin il y a esperance, que l'on tombera d'accord quasi sur tous les points; une partie de ceux qui demeureront indécis ne se peut juger par un tiers, comme l'affaire de la Lorraine, & le certificat touchant le Portugal, le jugement desquels les Espagnols ne veulent point sou-mettre à un arbitrage. Pour les autres, il sera assez à tems de convenir de cet expédient, quant tous les Députez de Messieurs les Etats seront de retour: & quant à la maniere de vi-vre avec lesdits Députez nous leur témoigne-rons ici que leurs Majestez souhaitent fort la Paix, mais que c'est leur bonté, géhérosité, & mouvement particulier, qui les y porte, & mille autres considerations. On leur représente sou-vent le devoir des Alliances, & à quoi l'hon-neur les oblige, sans user d'aucunes menaces, ni aussi d'aucune recherche, qui tienne de la bassesse, leur laissant seulement à penser, & à former leurs conjectures, de ce que la France pourroit faire, s'ils venoient à un entier man-quement; on leur fait connoître, que comme l'on souhaite de vivre en union & bonne cor-respondance avec eux, la France, quand elle seroit privée de leurs secours, a des forces & des moyens assez, pour subsister par elle-mê-me, & tirer raison de ses Ennemis. Ce que nous disons avec des termes doux & modérés, ne laissant pas néanmoins de nous bien faire en-tendre; nous croyons avoir bien rencontré par cette conduite, un milieu entre les deux opi-nions, ou de s'en remettre à eux de tous les différends, ou de leur parler avec hauteur, & sans témoigner être en peine des resolutions qu'ils peuvent prendre; si cette conduite que nous avons crû la plus utile, agrée à leurs Ma-jestez, nous la continuérons; si elles jugent, que nous en devions prendre une autre, nous obeïrons ponctuellement à ce qui nous sera or-donné.

On ne doit pas se re-mettre à l'ar-bitrage des Hollandois pour le Trai-té avec l'Es-pagne.

Nous rendons de très-humbles graces à leurs Majestez des nouvelles de Naples; la conduite des Ministres d'Espagne a été telle depuis trois mois, que nous avons sujet d'en faire ce juge-ment; que s'ils se resoüent enfin à traiter avec nous, deux choses principalement les y auront portés; ou la connoissance qu'ils ont de ne pouvoir induire Messieurs les Etats à faire un manquement entier à la France, ou la crainte, que la continuation de la Guerre ne fasse per-dre à leur Maître ses Etats d'Italie.

Les choses peuvent recevoir ici en un mo-ment une face bien différente, puisqu'on y peut conclure le Traité, mais il pourroit aussi arriver tel changement, que les Impériaux ne vou-droient

Bonnes ap-parences pour la Paix.

1647.

droient point de Paix, & feroient violentez par les Efpagnols à ne la pas faire; c'eft pour quoi nous croirions à propos, en attendant qu'il y ait plus de fûretés, qu'on mît l'armée de Monfieur de Turenne en état de tenir en crainte les Ennemis, & de donner du cœur aux Alliez.

MESSIEURS

Les

PLENIPOTENTIAIRES

à Monfieur le Comte de

BRIENNE.

A Munfter le 22. Novembre 1647.

Leur foin pour donner des fubfides à leurs Alliez. On envoye la relation de ce qui s'eft paffé a- vec l'Electeur de Cologne. L'E- vêque de Wurtzbourg eft élu E- lecteur de Mayence. Satisfac- tion de l'Ambaffadeur de Savoye. Remife d'argent à Amfterdam.

MONSIEUR,

Leur foin pour donner les fubfides aux Alliez.

CElui que nous avions envoyé à la Haye, pour y emprunter cent mil Rifdales fur notre crédit, afin de les diftribuer à nos Alliez, vient de retourner, fans avoir pu trouver cette fomme. Il eft toutefois d'une grande impor- tance dans l'état préfent des affaires, de fecou- rir lefdits Alliez, & de leur témoigner par quelque preuve effective la bonne volonté de leurs Majeftez. Nous eftimons, que l'on ne peut ufer de trop grande diligence à leur faire tenir le fubfide, l'avance qu'on fera les pouvant beaucoup contenter, & le retardement avoir de très-mauvaifes fuites : ce que nous vous fupplions, Monfieur, de bien repréfenter, & faire entendre & confidérer, que pour affifter comme il faut en cette occafion Madame la Landgrave, il lui faut une fomme notable, & plus grande qui celle que nous lui avons defti- née.

On envoye la relation de ce qui s'eft paffé avec l'Electeur de Cologne.

Le Sieur de Monbas eft de retour d'auprès de Monfieur l'Electeur de Cologne, où il s'eft conduit avec beaucoup d'adreffe, & a dé- trompé ce Prince de plufieurs fauffes impref- fions, qu'on lui avoit données; ce qui vous pa- roitra par la relation qu'il en a faite, & qui fera ci-jointe.

L'Evêque de Wurtzbourg eft élu Elec.

Vous aurez fçû, avant que de recevoir cette Lettre, comment Monfieur l'Evêque de Wurtz- bourg a été elu Electeur de Mayence par le

confentement & le commun fuffrage de ceux qui ont droit à l'Election. Il eft glorieux à leurs Majeftez, que dans un lieu où leurs ar- mes commandent, leur juftice ait auffi fi fort éclatté, & c'eft un bonheur, que fans aucune violence le fort foit tombé fur celui que l'on fouhaitoit, qui fera deformais un Prince fort confiderable dans l'Empire, & duquel la Fran- ce a fujet de fe prométtre toutes fortes de bons offices dans les occafions qui fe pourront pré- fenter.

Satisfaction de l'Ambaf- fadeur de Savoye.

Il ne fe pouvoit rien dire plus à propos fur les plaintes de l'Ambaffadeur de Savoye, que ce qu'il vous plaît nous mander que vous lui avez répondu; nous avons dit ici les mêmes chofes à fon Collegue, qui n'a pû diffimuler le deplai- fir qu'il a de ce que les Places de fon Maître ne feront rendues qu'un an après la conclufion du Traité : mais c'eft un point, dont on eft d'accord, & auquel il n'eft pas poffible de rien changer, & qui eft d'ailleurs fi utile pour la fureté de tout ce qui fera contenu, que nous croyons, quand on le pourroit faire, qu'on ne s'en doit départir en aucune maniere.

Remifes d'argent à Amfterdam.

Nous avons eû avis, que l'on a remis à Ams- terdam, non pas quatre vingt dix mil livres, mais foixante dix mil livres feulement. Nous vous rendons graces des foins qu'il vous a plû prendre pour ce fujet, nous nous en fervirons le plus utilement qu'il fe pourra, pour les af- faires du Roi, au moins de ce qui refte, puis- qu'il y en a déja une bonne partie, ou em- ployée, ou dûë : fur cela nous demeurons.

MEMOIRE

de Meffieurs les

PLENIPOTENTIAIRES,

ENVOYE' EN COUR

Le 22. Novembre 1647.

Affaires du Duc de Baviére. Si- tuation de fon armée. Places que les Suédois promettent de mettre entre les mains des Fran- çois. On en donne connoiffance à Monfieur de Turenne. On fouhaite la conclufion de la Paix pour l'Allemagne. On examinera le Traité de l'Electeur de Bran- debourg. Opiniâtreté des Mi- niftres d'Efpagne. Voyage de Monfieur le Brun à Ofnabrug. Leurs réflexions là-deffus. Les Hollandois font refolus de con- clure leur Traité avec l'Efpa-

Aa 3 *gne.*

gne. Etat de la Négociation entre la France & l'Espagne. Les Médiateurs semblent blâmer la conduite des Espagnols. Il est nécessaire d'attendre le retour des Ambassadeurs Hollandois, & de Monsieur le Brun. Article du Prince Dom Edouart. Le Roi très-Chrétien a la petite verole.

SA Majesté ayant vû par un Mémoire du Sieur de la Court, ce que les Plénipotentiaires de Suéde ont répondu, quand on leur a parlé de différer la Déclaration contre Monsieur le Duc de Baviére.

Affaire du Duc de Baviére.

Situation de son armée. Les Troupes dudit Duc sont encore jointes à celles de l'Empereur, & elles sont toutes dans le Païs de Madame la Landgrave, qui nous a fait de grandes instances d'écrire à Monsieur le Maréchal de Turenne, pour le faire agir en diversion, nous voyons bien qu'elle a besoin de secours, & qu'il seroit fort utile au bien de la cause commune d'obliger Monsieur le Duc de Baviére à retirer ses Troupes. N'étans pas informés du veritable état de celles de Monsieur de Turenne, nous lui avons donné un second avis des nécessités, qui nous paroissent ici, remettant à lui qui sçait comme nous les intentions de Sa Majesté, & qui connoit mieux que nous les forces de l'armée qu'il commande, de prendre sa resolution; étant certain que de faire un effort en vain ne seroit pas seulement contre la reputation, mais contre le bien des affaires, parce que tant que les Troupes du Roi resteront sans action, elles donneront sujet aux Ennemis de craindre que cette nuée qui se forme près d'eux, ne leur fasse du mal: que si elle avoit éclatté sans effet, & qu'on en reconnût la foiblesse, elles seroient moins considerées. Cette raison cessant, il nous semble que tout est à entreprendre, pour donner du contentement à nos Alliez : mais l'armée Suédoise étant de beaucoup inferieure à l'Impériale, & celle-ci étant présentement dans la Hesse, il ne faut pas esperer, que pour cet effet, ni les Troupes de Madame la Landgrave, ni une partie du corps commandé par le Sieur de Koningsmarck, se joignent audit Sieur Maréchal, qui doit prendre ses mesures d'ailleurs.

Places que les Suédois promettent de mettre entre les mains des François.

On en donne connoissance à Mr. de Turenne. Monsieur de la Court nous à écrit depuis peu que Monsieur Salvius lui avoit offert de faire remettre Memmingen, Uberlingen, & Nordlingen ès mains de Monsieur de Turenne; leur dessein étant, en assurant ces Places là, de sauver aussi l'Infanterie qui y est. Nous en donnons avis audit Sieur Maréchal, qui jugera mieux que personne, ce qu'il peut & doit entreprendre, n'ayant pas crû lui devoir écrire autre chose que ce que nos Alliez désirent, & les réponses que nous leur avons faites, laissant au surplus à sa prudence & bonne conduite d'agir plus ou moins, selon les moyens qu'il en a, & que la saison, le nombre & la qualité des Troupes, & les autres circonstances qui sont à désirer lui peuvent permettre.

On souhaite la conclusion de la Paix pour l'Allemagne. Les raisons contenues au Mémoire du quinziéme de ce mois, pour lesquelles on doit désirer que la Paix se fasse promptement dans l'Allemagne, sont très fortes & bien concluantes; aussi aura t'on vû par nos précedentes Dé-

pêches que nous travaillons à cela, & que nous croyons même y avoir beaucoup avancé. Nous codtinuerons encore avec plus de soin, & agirons tant auprès du Député de Monsieur le Duc de Baviére, qu'envers tous autres que nous estimerons y pouvoir contribuer en la maniere qu'il plaît à Sa Majesté de nous l'ordonner.

On examinera le Traité de l'Electeur de Brandebourg. Quand le Sieur de Vignefort sera arrivé ici, & que nous aurons vû le projet du Traité que l'Electeur de Brandebourg désire de faire avec leurs Majestez, nous satisferons ponctuellement à leurs ordres.

Opiniâté des Ministres d'Espagne. Nous avions crû, que les nouvelles qu'on a eûes ces jours passés de Naples rendroient les Plénipotentiaires d'Espagne plus traitables; mais ils n'ont rien changé pour cela dans leur lenteur. Il est même arrivé depuis que le Sieur le Brun est allé à Osnabrug, au lieu d'avancer avec nous ce qui est commencé : nous avons de la peine à comprendre le dessein de ce voyage, qui ne peut être que mauvais.

Voyage le Brun à Osnabrug. Peut être, que les Espagnols veulent faire un dernier effort pour empêcher la Paix d'Allemagne, croyans qu'il leur est utile que la guerre y dure, & ayant esperance que le parti de l'Empereur s'y rende enfin le plus puissant : de fait on assure que le Comte de Peñaranda a vû de très mauvais gré le dernier accommodement des Impériaux avec nous, & le voyage ensuite du Docteur Wolmar à Osnabrug, jusques là que l'on dit, que celui-ci n'a pas vû les Ministres d'Espagne en partant, & qu'ils se sont séparés en mauvaise intelligence. Si le but du voyage de Monsieur le Brun est de retarder le Traité de l'Empire, il aura contre lui quasi tous les Princes & Etats, qui ne souhaitent rien tant qu'une prompte conclusion.

Leurs reflexions là-dessus. Mais il peut avoir un autre dessein plus pernicieux, qui seroit de porter les Impériaux à tout accorder aux Suédois & aux Protestans, à condition d'achever le Traité sans la France; tout est à craindre de l'artifice de nos Ennemis, & la haine qu'ils ont contre le nom François est capable de toutes extrêmités: d'ailleurs un tel offre que celui là dans la présente foiblesse des Suédois seroit fort dangereux. Nous avons dépêché en même tems au Sieur de la Court, afin qu'il observe très soigneusement tout ce que ledit Sieur le Brun fera dans Osnabrug, & avec qui il aura frequentation, & nous n'obmettrons aucun soin pour empêcher l'effet des mauvais volontez, & du desespoir de nos parties, puisque apparemment ils ne peuvent fonder la resource de leurs affaires, que sur la défection des Hollandois, qu'ils tiennent toute assûrée, ou sur les avantages que l'Empereur peut remporter en continuant la guerre en Allemagne.

Les Hollandois sont resolus de conclure leur Traité avec l'Espagne. Monsieur de la Thuillerie écrit de la Haye, que les Députés retournent à Munster resolus d'achever leur Traité, après avoir fait instance aux Plénipotentiaires d'Espagne de conclure en même tems avec nous : il mande qu'on doit avancer, le plus que l'on pourra, les affaires, & ne lpas esperer beaucoup de faveur de l'arbitrage de ces Messieurs : il est enfin tombé dans notre sentiment, auquel nous persistons, resolus, s'il faut soumettre quelque chose au jugement d'autrui, de ne le faire que tard & avec le moins de matiere, que nous y pourrons laisser.

Etat de la Négociation entre l'Espagne & la France. Les douze derniers Articles du projet du Traité avec l'Espagne ont été mis par nous ès mains de Messieurs les Médiateurs : cela fut fait la veille du jour que la nouvelle est venuë ici, que le Peuple de Naples s'est mis sous la protection du Roi; cette nouvelle donne beaucoup

1647.

coup à parler aux curieux : mais quoique les Miniftres d'Espagne en ayent été fort furpris, ils n'ont rien changé en leur conduite, & le Sieur le Brun eft parti incontinent après pour faire le voyage ci-deffus mentionné. Les Médiateurs nous ont enfuite raporté la réponfe des Efpagnols auxdits Articles, dont les plus importans étant ceux qui concernent les intérêts de la Savoye, nous avons fait favoir à cet Ambaffadeur ce qui a été répondu ; & le furplus étant quafi des chofes reciproques & ordinaires dans tous les Traités, fur lefquelles il ne peut écheoir de contestation, nous avons demandé fi le Comte de Peñaranda, ne vouloit pas fe déclarer fur les points, qu'il a remis à la fin du Traité.

Lefdits Sieurs Médiateurs ont dit, qu'on accorderoit les conquêtes avec leurs dépendances, & que l'on établiroit une maxime, fur laquelle on pourroit régler les confins, que les Plénipotentiaires d'Efpagne foutiennent, que le Roi ne doit retenir que les lieux dont fes armes font en poffeffion actuelle, & non ceux qui ont été abandonnés. Qu'ils dénient avoir offert la Comté de Charolois, & que l'écrit de Philippe Roi qui a été imprimé n'en fait aucune mention; que ladite Comté releve du Roi, & n'a point été occupée par fes armies; mais feulement par confifcation, & que chacun rentrant dans fon bien fuivant les Articles qui font arrêtés; le Roi ne doit pas être exclù du benefice qui eft accordé aux particuliers, & à fes propres fujets.

On n'a pas manqué de replique à tout cela, mais parce que les Médiateurs ne parloient que comme d'eux mêmes, l'on a principalement infifté à demander une réponfe précife & cathegorique fur l'Article des Conquêtes.

Les Efpagnols difputent encore celui de Cazal, & difent, qu'ayant dans cette place une groffe garnifon, qu'ils fuppofent devoir être à la dévotion du Roi, ils feront obligés de tenir pour leur fûreté une armée entiere dans le Duché de Milan. Ils fe plaignent fort auffi du terme de trente années. On a fait voir le peu d'aparence qu'il y a en leur crainte, puifque le Roi ne fe reserve aucune autorité fur laditegarnifon, qui rendra ferment à Monfieur le Duc de Mantouë, & qui fera compofée d'étrangers, fur lefquelles Sa Majefté n'a point de pouvoir.

Les deux points, où les Efpagnols parlent avec plus de fermeté, eft celui des fortifications en Catalogne, & fur le fait du Duc Charles. Ils font du premier une affaire de grande importance, difants, que le Roi tenant de fortes Places en un lieu fi jaloux, & dans l'Efpagne même, pouffer en un moment la guerre jufques aux Portes de Madrid ; que nous avons affés de lieux forts dans la Catalogne pour ne rien craindre, & que la faculté qu'on veut fe reserver d'y fortifier, n'eft que pour entreprendre un jour la conquête entiere de l'Efpagne.

Quant au Duc Charles, ils difent qu'ils ne peuvent mettre hors de leur Païs un Prince,qui y tient de fortes & confiderables Places, qu'on lui a engagées,& qui a dix mil hommes de guerre qui lui obeiffent, qu'il eft du tout néceffaire de contenter ce Prince là, & de lui donner un lieu de retraite, la Paix ne fe pouvant établir autrement : enfin Penaranda affure,qu'il n'a point eû ordre fur cela, & fait de grands ferments, qu'il a épuifé tous fes pouvoirs & fes inftructions.

Il a été repliqué que la liberté de fortifier en Catalogne, ne tend qu'à s'affurer contre les entreprifes de l'Efpagne, que fi l'on vouloit pouffer les conquêtes de ce côté là, il feroit plus avantageux d'y entretenir des Troupes que d'y conftruire des Forts.

Et pour le Duc Charles, nous avons conftamment déclaré depuis quatre ans, que la Paix ne fe feroit jamais, fi on ne quitoit l'affiftance de ce Prince contre la France. Que lorfque le Comte de Peñaranda a traité par l'entremife des Hollandois, il a tenu un autre langage, & n'a pas fait difficulté de les affurer que cette affaire n'empêcheroit pas la Paix ; qu'il eft tems deformais de s'ouvrir des dernieres intentions que fi l'on vient à revoquer en doute des chofes déja arrêtées, c'eft faire voir à tout le monde qu'on ne veut point la Paix. Que la France qui témoigne bien le fincere défir qu'elle en a fe promet du ciel en ce cas les mêmes benedictions qu'elle en a reçuës jufques ici.

Les Médiateurs femblent blâmer la conduite des Efpagnols.

La Conférence a fini par de femblables difcours où il nous femble avoir remarqué, que les Médiateurs condamnoient en eux mêmes la procedure des Plénipotentiaires d'Espagne, plutôt qu'ils ne le témoignent par leurs paroles; mais pour faire un jugement certain, fi les Efpagnols fe portent à la Paix ou non, il femble que l'on doit attendre le tems, que les Ambaffadeurs de Meffieurs les Etats feront à Munster, & que le Sieur le Brun fera auffi retourné d'Ofnabrug ; fi tous les efforts qu'on fera n'aboutiffent qu'à faire marcher le Traité de l'Empire, & celui d'Efpagne d'un pas égal ; cela ne fe trouvera pas fort éloigné du but, & du défir de leurs Majeftez.

Il eft néceffaire d'attendre le retour des Ambaffadeurs Hollandois & de Mr. le Brun.

Il a auffi été parlé de la liberté de Dom Edouard, les Efpagnols confentent de la lui donner, quand la Paix fera faite pourvû qu'il promette & jure entre les mains du gouverneur de Milan, qu'il n'ira pas en Portugal. Nous donnerons avis de cette réponfe aux Miniftres de Portugal & faurons d'eux, s'ils défirent, que nous infiftions plus avant; ou s'ils ne jugeront pas qu'on feroit mieux de fe contenter de cet offre, de crainte que preffant trop ce fujet,l'on ne cherche un autre moyen de fe défaire de ce Prince.

Article du Prince Edouard.

Quoique l'on mande, que la petite verole qu'a le Roi n'eft accompagnée d'aucun fâcheux accident, nous ferons néanmoins toujours en inquietude, jufques à l'entiere affûrance de fa guerifon.

Le Roi T. C. a la petite verole.

Le travail de la Reine auprès d'une perfonne fi précieufe redouble nos apprehenfions, qui ne cefferont pas que nous n'ayons des nouvelles de la parfaite fanté de leurs Majeftez.

MESSIEURS

les

PLENIPOTENTIAIRES,

à Monfieur le Comte de

BRIENNE.

A Munfter le 2. Decembre 1647.

Il faudroit envoyer vers l'Electeur de Mayence: fujet de ce voyage. Le même Envoyé feroit chargé d'aller vers l'Electeur de Trêves. On efpere que le Roi T. C. fera bientôt rétabli.

MONSIEUR,

Il faudroit envoyer vers l'Electeur de Mayence.

Sujet de ce voyage.

VOus verrez par le Mémoire, que notre avis eft, qu'il feroit bien à propos, que l'on envoyât une perfonne qualifiée à Monfieur l'Electeur de Mayence : le fujet apparent de fon voyage feroit de fe rejouir avec lui de fon élection ; mais il y a plufieurs autres chofes qui fe pourront négocier en même tems. On le rendroit toujours plus affectionné à la France, par l'honneur qu'il plairoit à leurs Majeftez de lui faire. On pourroit lui demander, que les ordres qu'il donneroit ici à fes Députés tendiffent à l'avancement de la Paix dans l'Empire, fe joignant à ceux qui témoignent y avoir de la difpofition. On lui remontreroit, que pour affurer cette Paix, & la rendre de durée, il eft néceffaire que l'Empereur defarme, ne s'étant jamais fait aucun Traité de Paix qu'à cette condition, fans laquelle au lieu de terminer une guerre, l'on donneroit lieu au commencement d'une autre. Celui qui feroit envoyé auroit auffi charge de lui repréfenter de quelle dangereufe conféquence feroit l'affiftance, que l'Empereur fe veut referver de pouvoir donner au Roi d'Efpagne, en qualité d'Archiduc d'Auttriche, lui faifant voir, que la guerre étant introduite dans l'Allemagne par des intérêts étrangers, tant que l'Empereur s'y engagera, il n'y a pas lieu d'efperer de voir éteindre le feu qui la confume, étant croyable, que ce qui a donné origine au premier mal caufera une rechute encore pire à quoi ledit Sieur Electeur fe doit oppofer, comme tenant la prémiere dignité dans l'Empire, & comme bien affectionné à fa Patrie. Il pourroit encore être prié de s'interpofer envers Monfieur l'Electeur de Trêves pour la reconciliation de fon Chapitre avec lui, laquelle feroit honnorable à la France, & pourroit donner lieu à l'Election d'un Coadjuteur bien intentionné.

Le même Envoyé feroit chargé d'aller vers l'Electeur de Trêves.

Le même, qui feroit envoyé à Monfieur l'Electeur de Mayence, iroit auffi vers ledit Electeur de Trêves avec de pareilles inftructions, & cela ne pourroit produire que de très bons effets, dont n'ayant touché qu'un mot dans le Mémoire, nous avons crû vous en devoir écrire un peu plus au long.

On efpere que le Roi T. C. fera bientôt rétabli.

Nous vous remercions très humblement de ce qu'il vous a plû nous avertir fi exactement du vrai état de la maladie du Roi ; quoiqu'il y ait beaucoup à efpérer de la convalefcence de Sa Majefté, nous n'aurons point de repos, que l'ordinaire prochain ne nous en ait affurés, en attendant cette bonne nouvelle nous demeurons.

MEMOIRE

de Meffieurs les

PLENIPOTENTIAIRES,

ENVOYE' EN COUR

Le 2. Decembre 1647.

Touchant le change des monnoyes. Ils donnent aux alliez une partie de leurs fubfides. Les Suédois infiftent que la France fe déclare contre Baviére. Leurs fentimens là-deffus. Affaire touchant le Duc de Lorraine. Et fur l'election de l'Electeur de Mayence. On juge d'envoyer vers lui. Et vers l'Electeur de Trêves. Ils fe méfient des Hollandois. Leurs Députés arrivent à Munfter. Leurs précautions envers les Bavarois. Etat de la Négociation avec l'Efpagne. Et des Troubles de Naples. Mr. le Brun retourne d'Ofnabrug, & il y laiffe un Emiffaire. Il eft vifité par les Suédois, & leur promet beaucoup pour leur avantage. En fe témoignant fort animé contre Baviére. Il les anime contre l'Electeur de Mayence. Et il cherche à empêcher ou à retarder la Paix dans l'Empire. Les François en donnent connoiffance

1647.

noissance à leur Ministre à Osnabrug. Ils sont en peine pour la maladie du Roi T. C.

L'On aura vû par le Mémoire que le Sr. Portier a fait étant à Amsterdam, & qu'il a adressé à Monsieur le Comte de Brienne, comme il ne peut moins couter au Roi que dix pour cent, quelque couvertissement que l'on fasse d'Ecus d'or en Ducats, à quoi même il y auroit de la difficulté. Nous estimons que le profit n'étant pas tel en cela qu'on l'avoit crû, l'on aura donné ordre pour la remise des subsides par les voyes ordinaires, & qu'il n'est pas besoin, que nous mettions ici de nouveau ce que nous avons déja écrit par nos précedentes, qu'il importe extrêmement d'user de diligence.

Touchant le change des monnoyes.

Pour donner toujours quelque marque à nos Alliez du désir que l'on a de, les assister, nous avons fait délivrer comptant dix mil Risdales à Madame la Landgrave ayant sû qu'elle en avoit nécessité, & que sans ce secours une partie de ses Troupes étoit sur le point de quiter son service.

Ils donnent aux Alliez une partie de leurs subsides.

Quoique Monsieur de la Court eût avec beaucoup d'industrie obtenu des Plénipotentiaires de Suéde, que l'on pourroit encore différer pour quelque tems les hostilités contre le Duc de Baviére, Monsieur Oxenstiern n'a pas persisté dans ce sentiment. Il a eû diverses conferences avec le Sieur Brun, pendant son séjour, à Osnabrug; après lesquelles il a changé de discours, & fait de nouvelles instances, que la France eût à se déclarer contre ledit Duc; ce que ledit Sieur de la Court nous ayant fait savoir & voyant d'ailleurs les ordres qui nous sont donnés par le Mémoire du vingt deuxiéme du mois passé, nous avons aussitôt écrit à Monsieur de Turenne que nous étions prêts de faire ladite déclaration, se souvenant, comme il a été mandé ci-devant, d'envoyer un Trompette au Duc, pour la lui notifier.

Les Suédois insistent que la France se déclare contre Baviere.

Cette légéreté dudit Sieur Oxenstiern, qui n'est pas la prémiere dont nous ayons à nous plaindre, nous oblige de remarquer ici, que lorsque leurs Majestez désireront qu'il soit négocié quelque chose avec la Couronne de Suéde, si c'est une affaire de guerre, il nous semble qu'elle se pourroit mieux & plus commodément traiter entre Monsieur le Maréchal de Turenne, & Monsieur Wrangel, qu'avec les Plénipotentiaires de Suéde, & si la chose est d'une autre nature, qu'il est meilleur de s'addresser droit à Stockholm, d'autant que nous avons vû, de diverses occasions qu'il n'y a rien d'assuré en ce qui se fait avec Messieurs Oxenstiern & Salvius, soit qu'ils manquent de pouvoir, ou qu'ils soient aussi changeans dans leurs resolutions; car comme nous ne désirons d'eux que des choses justes & fondées en raison, quand elles leur sont proposées, ils ne peuvent les contredire, mais aussi bientôt après ils ne se souviennent plus du consentement qu'ils y ont donné, & s'il s'y trouve la moindre opposition dans le Conseil de Stockholm, ils n'osent reconnoitre qu'ils ayent eû un sentiment contraire, ni en dire les raisons de crainte d'être blâmés, ce qui s'est vû clairement en diverses rencontres, comme quand l'un de nous traitant dernierement avec eux, ils aprouverent & jugerent utile, que leurs Majestez fissent un Traité avec le Duc de Baviére; & quand cela fut dit à Stockholm par le Sieur Chanut,

Leurs sentimens là-dessus.

Tom. IV.

Monsieur le Chancelier ne manqua pas de répondre, que les Plénipotentiaires n'avoient pas le pouvoir d'y consentir. Nous pourrions cotter plusieurs semblables exemples s'il étoit nécessaire. Il faut au surplus avoir tant de circonspection pour traiter avec ces Messieurs, que nous avons jugé à propos de leur faire cette derniere instance tant par le Sieur de la Court que par un de nous, de crainte que témoignant de l'empressement, cela ne leur donnât plus de méfiance, & moins de facilité à condescendre à ce que l'on désiroit d'eux.

Quand on a mis dans l'Ecrit, donné sur le fait du Duc Charles, que les Députés que ce Prince envoyera vers leurs Majestez sur l'execution des Traités faits avec lui, seront favorablement écoutés en consideration de l'Empereur, on a suivi ce qui avoit été dit des le commencement de cette affaire, & qui a même été inséré dans la convention du 13. Septembre 1645. au Traité fait à Paris, il y a clause expresse, que ledit Duc venant à manquer à ses promesses perdra ses Etats, sans esperance de les pouvoir jamais recouvrer. C'est sur l'execution de ladite clause, que nous avons entendu qu'il pourra être ouï, suivant en cela ce qui s'est toujours pratiqué en de pareilles rencontres; comme quand le Roi Louïs XI. reprit la Bourgogne à faute d'hoirs mâles, & quand Ferdinand d'Arragon usurpa la Navarre sur les Predecesseurs de Sa Majesté, l'un & l'autre quoiqu'avec un bon droit bien différent, userent de semblables remises, & de clauses encore plus avantageuses, qui ne tendoient qu'à gagner du tems, & à conclure les prétentions du Prince, qui étoit dépossédé. Toutesfois, quand on dressera l'Article qui concerne le fait dudit Duc, nous essayerons de profiter de l'avertissement très judicieux qui nous a été donné, & d'user de termes qui ne puissent ci après servir aux desseins cachés que les Ennemis peuvent avoir.

Affaires touchant le Duc de Lorraine.

Nous ne repeterons pas ici ce que nous avons mis dans le dernier Mémoire, que leurs Majestez ont acquis une grande gloire, dans l'élection qui s'est faite, à Mayence; mais nous prendrons la liberté de dire, que pour confirmer le Prince élu dans les bons sentimens qu'il a jusques ici témoignés, & pour obliger de plus en plus une personne, qui sera desormais très considérable dans l'Empire nous estimerions à propos qu'il lui fût envoyé promptement, de la part de leurs Majestez, quelqu'un qui fût de condition, & qui pourroit avoir même titre d'Ambassadeur, s'il est jugé à propos, pour se réjouïr de l'Election, & négocier avec lui plusieurs choses qui sont à desirer. Le même pourroit avoir ordre de voir Monsieur l'Electeur de Trêves, qui s'est très bien comporté en cette action pour lui en témoigner gré & reconnoissance, & pour le reconcilier avec son Chapitre, le conviant en même tems de consentir à la nomination d'un Coadjuteur qui fut bien intentionné pour la France. Il ne peut être que fort utile à Sa Majesté d'avoir pour amis ces deux Electeurs, qui joints aux autres Princes, que l'on peut acquerir d'ailleurs, rendront son autorité plus grande dans l'Empire, & la conservation des Conquêtes plus facile.

Et sur l'Election de l'Electeur de Mayence.

On juge d'envoyer vers lui.

Et vers l'Electeur de Trêves.

Encore que Monsieur de la Thuillerie eût quelque bonne opinion de Mr. le Prince d'Orange, & des resolutions auxquelles la Zelande sembloit incliner, l'on aura vû par ses dernieres Lettres, qu'il y a peu d'esperance de tous côtés.

Les

Les Députez de Messieurs les Etats, qui étoient absens, arriverent tous avant hier en cette Ville, à la première visite que nous leur avons faite, ils nous ont assuré de vouloir vivre en union avec nous. On leur a dit que l'on ne désiroit d'eux que l'observation des Traitez; que la France souhaitoit la Paix, & que si les Espagnols y avoient de la disposition, on le verroit aisément: nous ne faisons pas grand fondement sur ce qu'ils nous ont dit, quelques belles apparences qu'ils nous ayent données: mais nous sommes bien resolus de traiter avec nos parties dans la même fermeté, que si nous avions une assurance entiere des Hollandois, & sans user envers ceux-ci d'aucun discours qui leur puisse donner sujet de plainte, leur témoignant au reste, plutôt par nos actions que par nos paroles, que la France se peut passer d'eux.

Nous avons été si éloignés de dire au Député de Monsieur le Duc de Baviére, que nous observerions la neutralité avec son Maître, que nous avons plutôt excédé de l'autre côté, en lui témoignant toujours que nous ne pouvions en aucune façon avoir des amis ou des Ennemis dans l'Empire, autres que ceux qui le sont de nos Alliez.

Il est vrai que les Espagnols ont cet avantage en traitant avec nous, qu'ils ont remis à la fin du Traité de se déclarer sur les points principaux d'icelui: mais il a été du tout nécessaire d'en user ainsi, pour faire connoître aux Hollandois, que la France vouloit sincerement la Paix, & pour les desabuser des impressions contraires qu'on leur avoit données.

D'ailleurs l'Article du Duc Charles est de telle nature, que nos parties ont quelque raison de refuser à s'en expliquer entierement, sinon au moment même que l'on signera le Traité. Dans cette nécessité néanmoins nous y trouvons cet avantage, que comme il dépend des Ministres d'Espagne de faire la Paix promptement, ou de la rompre, aussi est il connu, que pour l'avoir, ils sont obligés de passer quasi à notre mot, joint que l'Article déja arrêté de conserver tout ce dont on sera en possession avant la ratification des Traitez, leur causera tout le préjudice, que leurs Majestez pourroient désirer.

Non seulement les Lettres de Monsieur le Marquis de Fontenai, dont il a plu à la Reine que l'extrait nous fût envoyé, témoignent la continuation des mouvemens de Naples, mais encore celles que nous avons reçües de lui cette semaine, & qui sont de plus fraiche datte, le confirment; les Espagnols néanmoins font courir le bruit que le Vice Roi est en Traité avec le Peuple, & que l'on est en termes d'accommodement. Il y a grande raison de souhaiter que ce soulevement dure, sans lequel personne ne croit plus que les Ministres d'Espagne ayent aucune volonté de faire la Paix, d'autant que si la Guerre doit continüer, ce leur sera un merveilleux affoiblissement, & c'est d'ailleurs le moyen le plus efficace, & peut être le seul qu'il y ait de les porter aujourd'hui à la conclusion du Traité.

On n'a rien avancé ces derniers jours avec eux, ils ont seulement répondu aux Articles que nous avions mis ès mains des Médiateurs: les difficultés qu'ils y font, ne concernent quasi que les intérêts de Savoye. On en a donné les notes au Marquis de Saint Maurice, avec lequel nous avons été chez Monsieur le Nonce, pour y chercher un expedient. Cela tire un peu en longueur, d'autant que ledit Sieur Ambassadeur

n'ose pas se départir sans ordre de ses premieres demandes; l'on espére néanmoins d'en sortir bientôt, ou de remettre à la fin ce qui ne se pourra accommoder, après quoi il faudra que le Comte de Peñaranda s'explique sur les points qu'il a reservés jusques ici, ou qu'il soit connu de tout le monde, que l'Espagne ne veut point de Paix; & il y a apparence que les délais, dont il a usé, n'ont été que pour attendre le retour des Plénipotentiaires de Messieurs les Etats, afin de leur faire croire, que s'il se relâche dans les points qu'il a contestés jusques à présent, c'est pour déférer, ou à leur entremise, ou à leur instance.

Le Brun est de retour d'Osnabrug, y ayant laissé un emissaire appellé Friquet, duquel les Espagnols se servent pour insinuer dans l'Assemblée les bruits qu'ils y veulent repandre. Ce que nous avons pû aprendre du dessein de ce voyage est, que le Brun a fait instance tant aux Suédois qu'aux Princes & Etats de l'Empire, de comprendre le Roi d'Espagne dans le Traité qui se fera, à cause de la Bourgogne: il a même donné à entendre, que sans cela il ne se desaisiroit point de Franckendal.

Il a été visité une fois par les Plénipotentiaires de Suéde, & Monsieur Oxenstiern l'a vu une seconde fois tout seul; il les a aussi visité; on tient que ce n'a pas été sans beaucoup de caresses & de flatteries: il leur a proposé l'établissement d'un commerce entre l'Espagne & la Suéde, & leur a demandé, que la Paix se faisant en Allemagne, la Suéde ne donnât point ses Troupes à la France, pour s'en servir contre le Roi son Maître; ce qu'ils lui ont fait esperer à ce qu'on dit.

Mais le plus puissant motif pour se les rendre favorables, a été en disant beaucoup de mal du Duc de Baviére, & essayant de leur persuader qu'il y a une grande intelligence secréte entre la France & lui. On dit même qu'il a promis au Député des Palatins l'assistance de son Maître pour le recouvrement de leurs Etats, des mains dudit Duc.

Nous avons sçu de plus qu'il a animé les Suédois contre le nouvel Electeur de Mayence, qui commence à déplaire à Monsieur Oxenstiern, depuis qu'il voit qu'il a sujet d'aimer les François, quoique ce Prince se soit conduit, de sorte qu'il n'a pas été desagréable aux Protestans mêmes.

L'on dit aussi que le Brun travaille pour rendre l'accommodement de l'Empire plus difficile, ou s'il ne se peut empêcher, pour obtenir au moins que l'entiere liberté soit laissée à l'Empereur, d'assister le Roi d'Espagne comme Roi de Hongrie & de Boheme, & comme Archiduc d'Autriche.

Quelques uns disent aussi qu'il a fait instance de ne point achever le Traité de l'Empire, que celui d'Espagne ne se concluë en même tems.

Si ce dernier avis étoit véritable, nos parties ne s'éloigneroient pas de l'intention de leurs Majestez: mais cependant pour nous opposer à tous les autres desseins qu'ils peuvent avoir nous avons amplement écrit à Monsieur de la Court, & lui avons envoyé l'extrait du Mémoire du vingt deux du mois passé, afin qu'il puisse faire voir aux Plénipotentiaires de Suéde, avec quel soin leurs Majestez embrassent les intérêts de leurs Alliez, & qu'il leur fasse savoir, que nous avons écrit à Monsieur de Turenne pour agir, sans délai contre Monsieur le Duc de Baviére, puisqu'ils le désirent ainsi. Nous mandons les mêmes choses au Sieur Chanut, & nous n'obmettrons aucun soin pour essayer de lever les

1647.

1647.

Ils font en peine pour la maladie du Roi T. C.

semences de desunion que les Espagnols s'éforcent de jetter entre nos Alliez & nous.

L'état de la maladie du Roi nous tient dans une inquiétude qui ne se peut expliquer , & nous fait attendre avec une extréme impatience les nouvelles de l'Ordinaire prochain. Dieu veuille exaucer , par sa bonté , les priéres que nous faisons pour sa santé , & donner de la force , & de la consolation à la Reine , dans ses plus justes apréhensions.

MESSIEURS

les

PLENIPOTENTIAIRES,

à Monsieur le Comte de

BRIENNE.

A Munster le 9. Decembre 1647.

On attend des nouvelles de la Cour. Ils en reçoivent du rétablissement de la santé du Roi. Voyage de Monsieur Servien à Osnabrug.

MONSIEUR,

On attend des nouvelles de la Cour.

MOnsieur de la Court devoit être ici le cinquiéme de ce mois. Quand on fut chercher la dépêche à la Poste, le Courier dit, que quand il étoit parti, celui de Paris n'étoit point encore arrivé; & en effet, ni nous, ni aucun particulier ne reçut des Lettres ce jour-là. Vous pouvez delà vous imaginer la peine que nous avons eüe , & la juste aprehension que la maladie du Roi ne fût cause de ce retardement; il a fallu avoir patience jusques au huitiéme, que le Mémoire de Sa Majesté & votre Lettre du 24. du passé nous ayans été rendus, nous avons apris avec joye la guerison parfaite du Roi dont nous loüons Dieu, & le prions de vouloir fortifier Sa Majesté, & la combler de ses benedictions.

Ils en reçoivent du rétablissement de la santé du Roi.

Monsieur de Servien est allé fait un voyage à Osnabrug, où il ne sera pas longtems. Le Mémoire vous fera savoir ce qui se passe à Munster. Nous avons renvoyé une seconde fois à Amsterdam, pour diligenter le payement du subside, non pas tant pour l'avoir jugé nécessaire, que pour faire voir à nos Alliez le soin que nous avons de les contenter. Nous vous supplions de commander l'expedition d'une Sauvegarde , dont le Mémoire est ci-joint; c'est pour une personne qui a pouvoir auprès de Monsieur l'Electeur de Treves : & sur cela, après nos humbles recommandations à l'honneur de vos bonnes graces nous demeurons.

Voyage de Monsieur Servien à Osnabrug.

TOM. IV.

MEMOIRE

de Messieurs les

PLENIPOTENTIAIRES,

ENVOYE' EN COUR

Le 9. Decembre 1647.

Etat de la Négociation avec l'Espagne. Les Députez Hollandois prennent à cœur la prétension des François sur les Conquêtes aux Pais-Bas. Les Espagnols cherchent à animer les Suédois contre la France. Voyage de Monsieur Servien à Osnabrug pour gagner Monsieur Oxenstiern, & pour radoucir son esprit. Leur inquietude pour la santé du Roi T. C.

Etat de la Négociation avec l'Espagne.

L'On n'a point signé les douse derniers Articles du Projet du Traité entre la France & l'Espagne ; d'autant que ceux qui concernent les intérêts de Savoye , ne sont pas encore ajustés. Ainsi ne s'étant rien avancé cette semaine , nous n'avons à rendre compte que de deux Conférences avec les Ambassadeurs de Messieurs les Etats.

Ils nous vinrent trouver le cinquiéme de ce mois , & nous dirent qu'ils avoient vû les Ministres d'Espagne, qu'étans quasi d'accord entre eux sur le fait de la Mairie de Boisleduc, ils n'y avoient pas voulu mettre la derniere main; mais avoient exhorté le Comte de Peñaranda à sortir aussi d'affaires avec nous , afin que les deux Traitez se pussent conclure en même tems. Que ledit Comte leur avoit fait entendre ses raisons sur les difficultés qui restent à terminer , pour lesquelles ils s'offroient de s'interposer comme ils avoient fait ci-devant , & de travailler à l'accommodement, si nous le désirions , & si nous leur faisions savoir les dernieres intentions de leurs Majestez.

Il fut répondu que leur entremise nous étoit très-agréable , & que nous les remercions de ce qu'ils s'y offroient de si bonne grace , présupposant , qu'elle ne préjudicieroit en rien à ce qu'ils doivent à la France comme Alliez , & aux obligations qu'ils y ont par les Traitez; d'appuyer ses avantages comme nous avons appuyé les leurs en toutes occasions , & sommes encore disposés à le faire , quand ils en auront besoin.

Après ce préambule, l'on vint à examiner les six points qui sont encore en débat; l'ordre qu'ils tinrent à les spécifier fut tel; le certificat

tou-

Bb 2

1647. touchant le Portugal, l'affaire de Lorraine, les fortifications en Catalogne, le point de Cazal, les dépendances des Conquêtes ou établissement des Limites en Flandres, & aussi la Franche Comté, & la liberté de Dom Edouart.

La premiere Conférence, qui fut fort longue se passa toute à parler du Portugal, & de la Lorraine, que ces Messieurs avoient mis l'un après l'autre; quoique l'ordre du Projet les sépare, comme faire une comparaison d'intérêts, & essayer de nous porter à donner au Roi d'Espagne la même faculté pour le Duc Charles, que nous voulions reserver à leurs Majestez, à l'égard du Portugal.

Ils commencerent donc à exagérer la juste crainte, de la liberté que nous aurons d'assister ce Royaume là contre les Espagnols, qui aprehendent que le dessein de la France soit de transporter par ce moyen la Guerre dans le cœur du Païs, & d'entreprendre un jour la conquête de l'Espagne entiére, & delà ils sembloient inférer, que le Comte de Peñaranda avoit raison de soutenir que si France veut un certificat comme il lui sera permis d'assister le Portugal, les Ministres d'Espagne en doivent avoir un aussi, comme ils n'ont jamais entendu que cette assistance fût autre que défensive.

Nous connumes par ce discours que les Plénipotentiaires d'Espagne ne sont pas satisfaits de la maniere dont l'Article troisiéme est couché, & qu'ils recherchent à remedier au préjudice qu'ils croyent y avoir reçu.

Ce qui nous obligea de répondre, que la forme de l'assistance, que les deux Rois peuvent donner à leurs amis & Alliez, ayant été de si longtems débattue, & l'Article en ayant été dressé & signé de part & d'autre, renouveller sur cela une contestation seroit à proprement parler, se moquer de l'Assemblée, & faire voir avec evidence, que l'on ne veut point la Paix. Que dans ledit Article nous avions insisté, qu'il y eût cette clause, (que le Portugal y dévoit être compris) mais que les Plénipotentiaires d'Espagne n'ayant pas désiré que le mot de Portugal y fût exprimé, la France pour le bien de la Paix s'étoit contentée que cela parût par quelque écrit séparé du Traité; sur quoi Messieurs les Médiateurs auroient eux-mêmes dressé un certificat si clair & si succint qu'il ne pouvoit être en aucune façon rejetté, ne contenant que la simple intention des parties, sans que l'un ou l'autre en pût tirer avantage. Qu'il étoit vrai néanmoins que le Comte de Peñaranda seroit seulement demeuré d'accord qu'il nous devoit être donné un certificat, & avoit mis à la fin du Traité de convenir des termes auxquels il seroit conçu.

Mais si la France, repliquerent ces Messieurs, prend tant de soin pour assister ceux que le Roi d'Espagne prétend être ses rebelles, combien a-t-il plus de raison de n'abandonner point le Duc Charles, qui est un Prince Souverain sans crédit, & son allié?

La réponse a été, que l'Article 3. étant commun & reciproque aux deux Rois, la même assistance, que l'on peut donner au Portugal sera aussi permise à l'égard du Duc Charles, au cas qu'il soit attaqué dans ce qu'il possedera après la certification des Traitez, mais non pas dans la Guerre offensive, qu'il pourroit faire contre la France, & les Etats dont elle sera alors en possession. A quoi l'on a ajouté que l'assistance que l'on se reserve de pouvoir donner au Portugal, est un parti de nécessité, & non pas d'élection, auquel l'on est réduit, puis-

que le Roi Catholique ne veut entendre parler d'aucun accommodement avec celui de Portugal, qu'au surplus ce Roi là se trouve aujourd'hui en possession d'un Etat grand & considérable, qu'il n'a pas usurpé par la force, mais par le consentement unanime de tous ses sujets, & par un titre dont la justice n'est pas inconnuë, ni la prétension nouvelle; qu'au sujet du Duc Charles, il ne se trouve rien de semblable. C'est un Prince sans Etats, qui ayant fait plusieurs Traitez, les a tous violez, ayant même renoué l'Alliance d'Espagne, & de toute la Maison d'Autriche; en somme que chacun sait que le Roi a toujours déclaré que ceux qui veulent la Paix avec Sa Majesté, doivent abandonner le secours dudit Duc contre elle; que c'est sur ce fondement que l'on traite, & c'est une condition si absoluë, que sans y consentir, on s'arrête en vain à Munster, & toute la Négociation est inutile.

Ç'a été la fin de ce propos, & les derniers mots que lesdits Sieurs Ambassadeurs ayent eû de nous sur ce sujet, quoiqu'ils ayent employé beaucoup de tems & de paroles pour gagner quelque chose, & que leur entretien ait été si long, qu'étans demeurés jusques à neuf heures du soir, ils n'ont pas eû assez de tems pour conférer sur les autres points.

Ils demanderent une deuxiéme audience le 7. disans qu'avant, que de voir les Espagnols ils désireroient s'éclaircir sur tout ce qui reste indécis, & commencerent par l'affaire de Cazal.

Le Roi d'Espagne, disoient ils, craint avec raison, que demeurant au Roi le pouvoir & l'autorité sur une place si importante & si voisine du Duché de Milan, l'on ait dessein d'y entreprendre: & s'il reste longtems Garnison dans Cazal, qui soit à la dévotion de la France, les Espagnols seront obligés de tenir toujours une armée dans le Milanez, & de se consommer en dépenses.

Il fut aisé de répondre que c'étoit une crainte sans fondement, que le Roi ne se reservoit aucun pouvoir sur la Place, que nous avions même consentis que le payement de la Garnison se fît par les Officiers de Monsieur le Duc de Mantoüe, que ce fût par lesdits Officiers que la Place fût gardée, duquel seul tous les Officiers & Soldats prendroient le serment. La Garnison composée de Suisses est Nation, dont la fidelité est si connuë, que l'on n'en peut prendre aucun sujet de jalousie; qu'ainsi tout ce qui pouvoit donner le moindre soupçon aux Espagnols avoit été levé, & qu'ils n'avoient aucun intérêt aux conditions qui restent dans cet Article, sinon peut être la douleur qui leur tient au cœur de se voir hors d'espérance de s'emparer un jour de ce poste, par le moyen duquel ils se promettoient de s'assujetir toute l'Italie; que si l'on demeuroit de bonne foi dans les conventions du Traité, le Roi n'auroit aucune autorité sur ladite Place, & ne pretendroit rien, qu'aucas que le Traité fût rompu par les Espagnols; que c'étoit une assurance du repos public, que chacun devoit souhaiter, & Messieurs les Etats plus que tous les autres, puisqu'ils étoient tant amateurs de la Paix.

Quelqu'un desdits Ambassadeurs repartit que le terme de trente années étoit trop long, & que nous étions assez assurés de la durée de la Paix, par la garantie stipulée entre la France & Messieurs les Etats. Il fut reparti que la Catalogne étant le lieu où les Espagnols peuvent susciter du trouble avec plus de facilité, & ne faisant qu'une Trève de trente années pour cette Provinvince, l'on a eu dessein d'assurer ladite Trêve, mettant en sûreté pour autant de tems la Place de Cazal, à quoi Messieurs les Etats, qui sont garans de la Trêve ont un intérêt notable, puisque les Espagnols sont assez paroître leur mauvaise volonté; qui est de ne tenir les conditions de l'accord, que jusques à ce qu'ils croiront avoir de l'avantage à les rompre.

Cette affaire de Cazal ayant été fort agitée, il nous sembla que lesdits Sieurs Ambassadeurs demeurerent bien persuadés, sinon qu'ils trouvoient toûjours à redire au terme de trente années, & disoient qu'on les devoit accourcir, les uns proposans la majorité de Monsieur le Duc de Mantoüe, qu'ils supposoient devoir être à vingt cinq ans, & les autres marquans un tems limité, mais moindre que celui que nous demandons.

Dèlà passant aux fortifications de Cataloghe, ils dirent que la faculté de fortifier étoit contre la nature de la Trêve; que l'Espagne au delà des Monts Pyrenées, étoit un Païs ouvert, & dans lequel on pouvoit entrer aisément, que nous avions le passage des rivieres, & plus de Places qu'eux; qu'ils n'en avoient en tout que trois qui fussent de défense, comme Taragone, Tortose & Lerida; que si l'on désiroit sincerement la Paix, l'on se devoit un peu modérér & se restraindre.

Nous répondîmes que fortifier est un acte de défense, & non pas d'attaquer; que l'intention de leurs Majestez n'étoit en tout ce Traité que d'en assurer la durée, que l'on le témoignoit assez par les instances que l'on a faites, & auxquelles on s'oblige de solliciter les PP. d'Italie d'entrer en ligue contre celui qui sera infracteur.

Un de ces Messieurs voyant qu'il ne pouvoit rien gagner sur nous, s'avança de dire, que l'on pourroit tirer une ligne de Taragone à Balaguer, pour marquer dans cet intervalle jusques à quel lieu l'un & l'autre Roi pourroit fortifier : mais disant qu'il proposoit cela de lui-même, & sans savoir si les Espagnols y consentiroient, nous témoignâmes n'y faire aucune reflexion, persistant que la liberté devoit demeurer pleine & entiere aux deux Rois, de fortifier chacun dans le Païs qu'il retiendra par la Trêve.

L'affaire à laquelle les Députez des Provinces-Unies parurent avoir plus d'intérêt, fut le réglement des limites & dépendances des Conquêtes. Ils disent que c'est une difficulté de néant, qu'elle doit être remise aux Commissaires, & à leur défaut aux arbitres qui seront choisis & agréez de part & d'autre.

Les Députez Hollandois prennent à cœur la prétension des François sur les Conquêtes au Païs-Bas.

Nous fîmes voir qu'il étoit étrange que depuis tant de tems, que les Plénipotentiaires d'Espagne ont nos Articles entre leurs mains, ils ne se fussent pas encore expliqué sur le point qui est le fondement du Traité, & le premier accordé de tous, que nous demandions une réponse nette & formelle sur cet Article. Et quand ils auroient accordé que la France demeureroit en possession de tous les lieux conquis, & de ce qui en dépend avec les clauses, cessations & renonciations en tel cas accoutumées, que l'on établiroit alors des maximes, sur les quelles on pourroit régler les limites; à quoi s'il se trouvoit quelque difficulté les Commissaires en prendroient connoissance, & s'ils ne s'accordoient entre eux, l'on auroit recours aux arbitres.

Peut être, que ces Messieurs voudroient, en reserrant les Conquêtes de la France, faire gagner aux Espagnols ce qu'ils ont, ou espèrent avoir d'eux. & comme ils sont attachés à leurs intérêts, qu'il leur fâcheroit de perdre une si belle occasion, sans en profiter.

Quoique cette affection de gain leur soit assez naturelle, ils y sont encore échauffés par les promesses des Espagnols, qui leur préparent de grands présens à la conclusion de ce Traité : outre ce qu'ils ont déja fait pour gagner les principaux d'entreux, ayant fait ériger la Comté de Meurs, apartenante à Monsieur le Prince d'Orange en Principauté, & ayant fait le Sieur de Brederode Comte de l'Empire.

Nous avons au surplus remarqué qu'on ne parle point du tout d'échange; non pas même les Hollandois, qui en avoient jetté ci-devant quelque propos; si l'on n'en fait point d'ouverture, nous ne commencerons pas les premiers.

Pour le fait de Dom Edoüart lesdits Sieurs Ambassadeurs se contenterent de dire qu'ils tenoient ce point là arrêté, & nous de répondre que nous l'estimions ainsi, ne croyant pas que les Ministres d'Espagne voulussent manquer à la parole qu'ils avoient donnée il y a longtems aux Médiateurs, ni mettre aucune condition à la liberté de ce Prince.

La conclusion du discours fut, que tout ce qu'ils nous avoient dit n'étoit que comme d'eux-mêmes; qu'étans informés de nos intentions ils verroient les Ministres d'Espagne, & nous rendroient tous les bons offices auprès d'eux pour les porter à ce que nous désirons; la conduite ils tiennent est plus de Médiateurs que d'Alliez, mais il faut tirer d'une mauvaise paye ce qu'on peut de comptant. Nous ne saurions juger si ce qu'ils font est pour se disculper en quelque façon, au càs que notre Traité ne se concluë pas; ou si tout de bon ils veulent s'y employer : quoique ce soit nous avons resolu de leur témoigner comme il a été ci-devant écrit que nous désirions de conserver l'union avec Messieurs les Etats, la France pouvant sans eux tirer raison de l'Espagne.

Les Espagnols cherchent à animer les Suédois contre la France.

Il a enfin été découvert qu'un des desseins du voyage de le Brun à Osnabrug a été pour animer contre nous les Plénipotentiaires de Suéde, & particulierement Monsieur Oxenstiern, auquel il a fait voir & laissé la copie d'une dépêche du 25. Janvier, dans laquelle il y a plusieurs choses qui regardent Monsieur le Chancelier Oxenstiern & son fils : ils ont aussi copie de la réponse à ladite dépêche, qui est du quatriéme Fevrier. Monsieur de Servien est allé à Osnabrug pour adoucir l'esprit aigri de Monsieur Oxenstiern, & lui faire voir que les Ennemis ont beaucoup ajouté à la verité, car de denier entierement la chose nous avons jugé qu'il seroit plus dangereux. Nous travaillons ici pour découvrir comme quoi les Espagnols ont pû avoir communication de ladite dépêche; dequoi Monsieur le Cardinal Mazarin ayant été fort bien averti, peut être aura-t-il moyen de pénétrer quelque chose de plus, & de savoir quelle est la source de ce mal qui nous donne grande peine, ne sachant pas s'il y a d'autres Lettres qui ayent été vües.

Voyage de Monsieur Servien à Osnabrug pour gagner Monsieur Oxenstiern, & pour radoucir son esprit.

Le Sieur de Servien écrira d'Osnabrug au Sieur Chanut de la façon dont il aura parlé de cette affaire aux Plénipotentiaires; afin qu'il s'y conforme par delà.

Il fera voir aussi à Messieurs Oxenstiern & Salvius, comme nous préférons le contentement de leur Reine à toute autre consideration, puisque sans nous arrêter aux raisons que nous avions de surseoir la déclaration contre Baviére, auxquelles eux-mêmes avoient acquiescé, nous

1647.

avons néanmoins sur une nouvelle inftance écrit à Monfieur de Turenne d'agir, s'il fe peut, & de fe déclarer.

Il leur dira de plus, que pour hâter le payement du fubfide, nous avons renvoyé une feconde fois le Sieur Porquier à Amfterdam, & que nous avons fait donner ici dix mil Rifdalles à Madame la Landgrave. Nous fupplions très-humblement la Reine de commander que ledit fubfide foit remis en toute diligence, parce qu'outre la néceffité que nous avons déja reprefentée, ce fera le remede le plus propre à refermer la playe que les Ennemis nous ont voulu faire envers nos Alliez, & à renouër la bonne intelligence.

Leur inquiétude pour la fanté du Roi T. C. qui eft Dieu merci retablie.

Le Mémoire du 29. du mois paffé, qui devoit être ici le 5. du prefent n'y a été qu'hier 8. feulement, la crainte que la maladie du Roi ne fût caufe de ce retardement, nous a donné d'étranges inquietudes. Dieu foit loué de ce qu'il a remis Sa Majefté en meilleur état, nous le prions qu'il lui plaife continuer fur elle fes benedictions & l'accroitre en vertus, grandeur, & toute profperité, à mefure qu'il croitra en âge.

des chofes nouvelles, ne fe ferviffent de cela pour venir à leurs fins, & ayant eftimé qu'il fera affez téms de faire mention de ce Prince, à la fin du Traité, nous avons crû néanmoins vous en devoir rafraichir la mémoire, & vous fupplier, Monfieur, de nous faire avoir fur ce point les ordres de Sa Majefté, en repréfentant, s'il vous plait, s'il y a quelque chofe d'important à propofer, qui regarde Monfieur de Modene, il ne paroiffe pas que ce foit de la nouveauté, mais une confequence, de ce qui eft déja accordé, d'autant que fi l'on avoit à répondre, comme les chofes font fort incertaines, il feroit à propos, que ce fût fur ce qui a été propofé ci-devant, & non fur des points nouveaux qui quoique juftes & très-bien fondés, pourroient être mal interprêtés par l'artifice des Ennemis, ou la foibleffe ou le peu de bonne volonté des amis. C'eft ce que nous avons crû devoir ajouter au Mémoire, avec les affurances de notre affection à demeurer.

MESSIEURS

les

PLENIPOTENTIAIRES,

A Monfieur le Comte de

BRIENNE.

A Munfter le 16. Decembre 1647.

Opiniâtreté des Efpagnols. On affiftera l'Envoyé de Modene.

MONSIEUR,

Opiniâtreté des Efpagnols.

L'Obftination des Efpagnols eft telle que nous ne faurions avoir bonne efperance du fuccès du Traité, fi ce n'eft comme il arrive fouvent qu'ils faffent leurs derniers efforts, avant que de fe foumettre à la raifon, & prendre de meilleurs Confeils, ce que notre Mémoire vous fera voir plus particulierement : mais comme il ne faut pas laiffer de penfer à toutes chofes, il nous fouvient qu'on a mandé ci-devant que

On affiftera l'envoyé de Modene.

Monfieur le Duc de Modene devoit envoyer ici un Député, pour prendre foin de fes intérêts. Nous avons attendu, ledit Député avec bonne refolution de l'affifter en toutes chofes ainfi qu'il nous étoit ordonné : mais nous n'avons pas crû cependant jufques ici devoir parler dudit Sieur de Modene, de crainte que les Efpagnols qui ne cherchent qu'à donner opinion aux Hollandois, que nous propofons toujours

MÉMOIRE

De Meffieurs les

PLENIPOTENTIAIRES,

ENVOYE' EN COUR

Le 16. Decembre 1647.

Leur joye pour la fanté de la Reine & du Roi. Ils attendent le nombre des Conquêtes dans les Pais-Bas & dans la Catalogne. Les Suédois ne témoignent pas d'être contens de leur fubfide. Ils ne diront rien à Contarini de ce que la Cour eft peu fatisfaite de fa République. Nouvelles prétenfions des Heffiens. Affaires de Baviére. Etat de la Négociation avec l'Efpagne. Nouvelle Déclaration des Impériaux en faveur du Duc de Lorraine. Jugemens fur la conduite des Efpagnols. Ils cherchent à apaifer les plaintes d'Oxenftiern. Les Suédois font inexorables contre le Duc de Baviére.

La joye pour la fanté de la Reine & du Roi.

LA nouvelle du bon état où la Reine fe trouve préfentement, nous a d'autant plus apporté de joye, qu'après les peines qu'elle avoit prifes prises en la maladie du Roi, nous avions crû comme infaillible qu'elle en auroit sa part. Il y a lieu d'espérer, que leurs Majestez & Monsieur étans quites du mal qu'ils ont eû tous trois quasi en même tems, jouïront après d'une santé vigoureuse & forte; ce que nous demandons à Dieu avec ardeur, reconnoissans que c'est la sûreté du repos public, & la bonheur du Royaume.

Les deux derniers Mémoires du Roi répondans aux notres du 18. & 23. du mois passé, nous en toucherons seulement quelques points & puis nous rendrons compte de ce qui s'est fait à cette heure dans la Négociation, ou plutôt de ce qui ne se fait pas, & du peu de progrès que l'on y voit par la dureté des parties, qui ne fournit pas matiére à une relation bien ample.

Nous attendrons la description qu'on nous promet tant des Conquêtes du Roi dans la Flandres, que dans la Catalogne, afin qu'étans entierement instruits, nous puissions mieux ménager en l'un & en l'autre lieu les avantages de Sa Majesté. Si l'on y pouvoit ajouter une carte bien exacte des lieux, cela nous aideroit beaucoup, & cependant si les Ministres d'Espagne en donnent lieu & moyen, nous nous servirons pour la Catalogne du Mémoire du Docteur Matry, qui est très-bien fait, duquel nous pouvons tirer beaucoup de lumieres.

Monsieur Salvius n'a fait aucune réponse sur la proposition de lui donner des écus d'or pour des Ducats, d'où l'on peut inférer qu'il n'y trouve pas son compte. Son intention n'est pas aussi qu'on fasse les remises du subside à Amsterdam, sinon pour la somme que nous avions promis de lui faire tenir promtement, & pour le reste il prétend, qu'on ne change rien au lieu ordinaire auquel on est obligé; qui est Hambourg. C'est pourquoi, si les ordres ne peuvent être changés promptement à la Cour, nous serons obligés; pour ne donner aucun sujet de plainte à nos Alliez, de payer ici les frais de la remise, depuis Amsterdam jusques à Hambourg.

Nous avons crû ne devoir pas sitôt donner connoissance à Monsieur Contarini, du peu de satisfaction que leurs Majestez ont de la Republique de Venise; de crainte de lui donner quelque dégout à cette heure qu'il nous peut bien aider, en parlant comme il fait aux Hollandois, & leur remontrans le préjudice qu'un Traité particulier peut aporter à la Paix générale: Ce qui nous fait juger que leurs Majestez n'auront pas pour desagréable, que cet office soit surcis, y ayans assez d'autres moyens de faire connoître aux Venitiens les sujets que l'on a de se plaindre d'eux.

Les Hessiens témoignent être bien obligez de ce que l'on a fait à la Cour à leur égard; mais ils demandent en même tems quelque chose de plus. Les soins que l'on prend de contenter les Suédois & eux sont très-utiles, & nous pouvons dire avec vérité, que le besoin en est grand, & que l'état présent des choses mérite un effort extraordinaire.

Messieurs Oxenstiern & Salvius ayant pressé la déclaration contre Monsieur le Duc de Baviére, nous avons écrit de nouveau à Monsieur de Turenne pour lui faire savoir la vive instance que nos Alliez font sur cela.

Les douse derniers Articles du Projet du Traité ne sont pas encore ajustés avec les Plénipotentiaires d'Espagne; ce n'est pas ce qui nous donne le plus de peine, mais ayant eû diverses conférences avec les Hollandois sur les

autres Articles principaux & indécis, ainsi que nous en avons donné avis par notre précédente dépêche, & ceux ci-ayans vû depuis les Espagnols, ils ne nous ont rien raporté qui nous contente.

Sur le point de la certification pour le Portugal, le Comte de Peñaranda remet la premiere difficulté sur le tapis, il refuse de consentir qu'il soit déclaré, que le Portugal est compris en l'Article 3. s'il n'est certifié en même tems, que les Espagnols n'ont jamais entendu, que l'assistance qui se donnera à ce Royaume, soit autre que defensive, c'est à dire que les Troupes Auxiliaires ne puissent sortir de Portugal, sous quelque autre prétexte que ce soit.

Pour les Conquêtes & les dépendances, au lieu de répondre sur l'Article 22. qu'ils ont en main depuis tant de tems, ils ont fait une écriture captieuse, & tout à fait injuste, laquelle Monsieur Contarini ayant reçu d'eux il y a bien trois semaines avoit differé de nous faire voir, croyant les porter à s'expliquer plus avant. L'on verra de quelle façon ils ont parlé sur ce sujet par la copie de leur écrit ci-jointe. Quand on leur a dit qu'ils ne touchent qu'une partie de l'Article, & laissent le reste sans réponse, qu'ils s'éloignent & retractent ce qu'ils ont dit ci-devant, qu'il est tems desormais de parler clairement, & de faire connoître les dernieres intentions, ils n'ont autre chose à repliquer, sinon qu'ils s'en remettent à l'arbitrage de Messieurs les Etats, ou d'autres si l'on veut, comme si la premiere chose dont on est convenu & sur laquelle toute la Négociation est fondée, n'étoit pas l'entiere cession & délaissement de ce qui se trouve occupé par les armes du Roi, & qu'il fallût mettre en compromis ce qui étoit arrêté, & sur quoi l'on a traité jusques ici, outre qu'ils n'offrent de remettre en arbitrage qu'une partie de ce qui est en débat, & sur une presupposition laquelle étant admise, leur donneroit gain de cause, ce qui se connoîtra aisément en voyant ledit Ecrit.

Ils persistent aussi dans les difficultés sur le point de Cazal, & celui des fortifications & limites de Catalogne.

Mais il n'y a rien présentement où ils témoignent plus d'opiniâtreté que sur le fait de la Lorraine; ils disent que la France voulant assister le Portugal, ils ne peuvent aussi abandonner un Prince leur aillé, que c'est un point duquel ils ne se départiront jamais, & où il y va de l'honneur, & de la reputation du Roi leur Maître.

Nous avons fait voir aux Ambassadeurs de Messieurs les Etats, par les propres écrits qu'ils nous ont ci-devant donnés, & par ceux, sur lesquels ils ont traité de notre part, que nous avons toujours dit que la promesse de n'assister pas le Duc Charles contre la France, étoit une condition absoluë, sans laquelle il n'y pouvoit avoir de Paix, & que les Espagnols n'avoient répondu autre chose, sinon que cette affaire devoit être remise à la fin du Traité, ainsi que l'on verra dans le recueil ci-joint, que nous avons fait donner aux Médiateurs, & aux Députez de Messieurs les Etats. Nous avons aussi fait souvenir ces Messieurs qu'ils avoient souvent dit eux-mêmes qu'elle n'empêcheroit pas la conclusion, & sur cela nous les avons priés de rendre témoignage à la verité, & de parler aux Ministres d'Espagne; non seulement comme étans nos amis, mais de plus comme ayant été entremetteurs, & sachans quelle a toujours été sur ce point là l'intention des Parties.

1647.

ties. Ils ont promis de le faire. Et le Sieur Paw a dit qu'il soutiendroit aux Ministres d'Espagne, qu'il leur avoit toujours dit de notre part, que nous ne traitions que sur le fondement qu'ils promettoient de n'assister point le Duc Charles contre la France.

Quelques uns croyent que la fermeté des Espagnols vient de la connoissance que ledit Duc a donnée, qu'il est sollicité de la part de la France de s'engager avec elle, & de fait le Comte de Peñaranda a dit aux Médiateurs que l'on vouloit débaucher ce Prince, & que l'on faisoit des menées, qui alloient à la subversion des Royaumes entiers.

Il est même à remarquer, que le Comte de Nassau a fait depuis peu une déclaration aux Médiateurs, que ce qui étoit accordé de la part de l'Empereur avec la France ne devoit avoir lieu que sans cette condition, que l'on traiteroit, avec le Duc de Lorraine, & que la liberté demeureroit à l'Empereur, d'assister le Roi d'Espagne, ce qu'il leur a donné par écrit.

Enfin les Espagnols font à cette heure un capital de cette affaire, qui ne paroissoit pas ci-devant leur être si fort à cœur ; surquoi nous avons fait remarquer aux Députés de Messieurs les Etats, ou que les Plénipotentiaires d'Espagne aportent du changement en ce qui a été negocié par leur entremise, ou que ce qu'ils leur ont laissé à entendre ci-devant n'est qu'une tromperie, pour leur persuader qu'ils vouloient la Paix, quoiqu'ils eussent en effet une intention contraire : en un mot de tout ce qui se passe ici présentement l'on ne peut conjecturer autre chose, sinon que les Espagnols n'ont aucun désir de conclure le Traité. C'est le jugement des plus sensés de l'assemblée & des Médiateurs aussi, quoiqu'ils n'osent pas le dire ouvertement : il n'y a que les seuls Hollandois qui n'avouënt pas d'en être persuadés, aussi est il vrai que les Plénipotentiaires d'Espagne leur tiennent un autre langage qu'aux Médiateurs, & qu'ils leur donnent toujours quelque apparence de se vouloir accommoder, pour ne leur pas donner un sujet de changer les resolutions prises par la Republique, sur l'esperance que les differents de la France & de l'Espagne étoient fort fort proches d'être terminés.

Mais ce qui fait de la peine est de juger, quelle est la véritable cause de cette disposition présente des Ministres d'Espagne, vû la nécesité où l'on fait que les affaires de leur Maître sont reduites.

Quelques uns croyent qu'il n'y a point d'autre cause que la conduite des Hollandois, & le seul dessein de les détacher d'avec la France.

D'autres pensent que les affaires d'Allemagne leur ont fait concevoir de grandes esperances, s'étans imaginés, que le parti de l'Empereur prendra de grands avantages sur l'autre, & que la mort du Duc de Baviére, qu'ils se figurent être prochaine, lui donnera pouvoir sur toutes ses Troupes, ses Etats, & son argent.

Plusieurs estiment, que le Comte de Peñaranda, par un intérêt particulier, n'a d'autre but, ni d'autre pensée que d'achever le Traité avec les Hollandois seuls, croyant acquerir une grande gloire, si une fois il en pouvoit venir à bout, après quoi il fait état de quiter l'assemblée, & de ne soucier pas de ce qui en pourra arriver ensuite.

L'on fait encore un autre jugement, que tout ce qui se trouvera au pouvoir des deux Rois lors de la ratification des Traités, leur devant demeurer, les Ministres d'Espagne aprehendent que le Royaume de Naples, ou tout,

ou en partie, ne soit par ce moyen acquis au Roi ; qu'ils n'ont pas aussi le pouvoir de laisser ce que l'on tient déja dans le Duché de Milan, & qu'ils craignent que l'on n'en occupe encore d'avantage : que c'est principalement ce qui leur donné de la peine à se resoudre, & les met comme au desespoir, ne sachans de quelle façon obvier au préjudice irréparable, que le Roi leur Maître en peut recevoir. Monsieur Contarini, qui est de cette opinion, & qui peut-être y prend quelque intérêt, nous a déja fait plus d'une fois cette ouverture, comme pour sonder & connoître nos sentimens sur cela.

Nous avons répondu, qu'il étoit au pouvoir des Ministres d'Espagne d'éviter tous ces inconvenients, en faisant la Paix, qu'ils n'auroient pas differée comme ils ont fait visiblement s'ils avoient cette crainte, puisque le seul moyen de couper racine à ce mal est de conclure promptement. Mais ce qui est de plus fâcheux en cette rencontre, est que quand on auroit pris quelque temperament sur les affaires d'Italie, on ne croit pas pour cela que les Espagnols se départissent de leur prétension touchant la Lorraine. C'est ce qui se passe à présent dans l'assemblée, dequoi nous avons crû à propos de donner avis à leurs Majestez, afin qu'avec les lumieres qu'elles ont d'ailleurs, elles puissent prendre les resolutions convenables à l'etat de leurs affaires, & en prenant les choses au pis, commencer de se resoudre à ce qu'il faudra faire, en cas que Messieurs les Etats achevent leur Traité, & que les Espagnols rompent le leur avec nous, afin qu'on ne soit pas surpris de ces évenements, qui sont à la veille d'arriver, & qu'il leur plaise nous ordonner ce qu'elles jugeront utile que nous essayerons d'executer avec tout le soin, le zele, & l'affection que nous devons à leur service.

La principale charge de celui de nous, qui a été la semaine passée à Osnabrug, étoit d'appaiser autant qu'il seroit possible l'esprit de Monsieur Oxenstiern, ayant aprehendé, que les grandes plaintes qu'il faisoit de nous fondées sur quelques unes de nos Dépêches, qu'il disoit avoir entre ses mains, où il paroissoit que la France désiroit la ruine de sa Maison, ne le portassent à quelque résolution préjudiciable aux intérêts de leurs Majestez.

Il est vrai qu'on l'a trouvé fort aigri & qu'il y a beaucoup de peine à lui ôter les mauvaises impressions qu'il avoit prises; il a représenté la Dépêche du Roi, & de Monsieur de Brienne du 25. Janvier dernier avec les réponses qu'on y a faites d'ici, le quatriéme du mois suivant, où il prétend qu'il y a plusieurs choses contre la réputation de son Pere & de lui, & qui témoignent que la France a beaucoup d'animosité & d'aversion contre eux.

On n'a rien oublié pour lui ôter cette mauvaise opinion, & lui faire connoître qu'il n'étoit pas juste de la prendre sur des pieces fabriquées & produites par nos Ennemis; on lui a représenté plusieurs autres raisons en diverses conférences, après lesquelles il a paru satisfait, & a tant de fois protesté que son Pere & lui n'étoient point vindicatifs, & qu'ils avoient toujours été les plus soigneux de cultiver l'amitié de la France, & de la faire considérer comme très utile à la Suéde; que s'il étoit capable de dissimuler, il y auroit eû sujet d'aprehender, que ses sentimens interieurs ne fussent pas tout à fait conformes à ceux qu'il témoignoit par ses discours.

A la verité, dans les intérêts du Duc de Bavié-

*Les Sué-
dois font
inexorables
contre le Duc
de Baviére.*

Baviére ils ont paru, son Collegue & lui, si inexorables, si animés contre ce Prince, si pressans pour notre déclaration ouverte contre lui & ont réiteré si souvent leurs plaintes du délai que nous y avons aporté jusques à présent, qu'ayans crû perilleux d'user de nouvelles persuasions pour les faire persister dans les consentemens, qu'ils avoient ci-devant donnés, on s'est contenté de justifier notre procedé, & de les faire souvenir que nous avions toujours remis la chose entiere à leur discretion. Ce qu'on a trouvé de plus fâcheux est, qu'ils n'ont pas voulu avoüer d'avoir donné aucun consentement, quoiqu'il soit très-véritable qu'ils nous avoient fait dire par Monsieur de la Court que nous n'avions que faire de nous presser pour cette déclaration, sur l'assurance néanmoins que nous la ferions toutes les fois qu'ils nous en requerreroient. Ils avoüent bien pourtant que sur les impossibilités qui leur avoient été représentées de notre part, ils avoient cessé de nous presser, pour ne point faire d'éclat, mais que cela ne doit point être pris pour un consentement, & qu'ils ont reçu depuis ordre de leur Reine de nous demander que nous observions l'alliance à laquelle ils ont dit plusieurs fois, comme par reproche, qu'ils n'ont jamais manqué de leur côté.

Cela nous a obligé de faire savoir en diligence à Monsieur de Turenne les instances de nos Alliez, afin qu'en étant informé, il ne differe point d'executer les ordres qu'il a reçus de leurs Majestez sur ce sujet.

MESSIEURS

Les

PLENIPOTENTIAIRES

à Monsieur le Comte de

BRIENNE.

A Munster le 23. Decembre 1647.

*On croit que la Landgrave sera
contente du payement. Arrivée
de Mr. de Wicquefort.*

MONSIEUR,

*On croit
que la Land-
grave sera
contente du
payement.*

Nous avons estimé, que Madame la Landgrave de Hesse ayant reçu à Paris ce qui lui étoit dû du reste du subside, ne nous demanderoit plus ici l'avance de cinquante mille Risdales, que nous lui avions fait espérer: mais elle nous a fait dire par ses Députés, qu'elle avoit donné plusieurs assignations sur cette partie, & que si elle ne lui étoit fournie, elle en recevroit un très-grand préjudice en ses affaires. Nous n'avons pû nous exempter d'achever ce qui

étoit comme compris, & déja commencé à executer, & avons envoyé pour cet effet notre Lettre au Sieur Kalendrin à Amsterdam; c'est pourquoi, Monsieur, nous vous supplions de faire acquiter ladite partie, qui sera imputée sur ce qui se doit payer à cette Princesse au mois de Mars prochain, ou autrement, selon qu'on le jugera à propos.

Le Sieur de Wicquefort a passé en cette Ville & nous a aporté votre Lettre avec deux Mémoires du 6 du mois passé, il n'a pas séjourné, & a dit qu'il avoit ordre de son Maitre de voir le Sieur de Burstorff son principal Ministre, qui est presentement à Hanovre, & qu'au retour il traiteroit avec nous sur les affaires dont il est parlé dans la Dépêche qu'il nous a renduë, nous assurant que Mr. l'Electeur de Brandebourg a désir de conclure un Traité avec la France, qui lui avoit été encore augmenté depuis l'entrevuë, qu'il a faite avec Melander Général de l'Armée Impériale. Nous venions d'examiner un peu cette affaire quand ledit Sieur de Wicquefort s'en est retourné, & cependant nous dirons, que nous avons avis ici, que ledit Sieur Electeur doit voir demain une seconde fois ledit Sieur Melander, & qu'il pourroit bien avoir quelque dessein; quoique ceux qui font les affaires de ce Prince nous assurent, qu'il se veut entierement attacher à la France. C'a été un grand malheur, que les Ennemis ayent vû quelques Dépêches du Roi; nous avons mis peine de découvrir d'où vient le mal sans que jusques ici nous ayons pû en avoir connoissance; on prendra tout le soin possible, que cela n'arrive plus, comme vous faites aussi de votre côté; & sur cela, après nos humbles recommandations à l'honneur de vos bonnes graces, nous demeurons &c.

*Arrivée de
Mr. de Wic-
quefort.*

MEMOIRE

de Messieurs les

PLENIPOTENTIAIRES,

ENVOYE' EN COUR

Le 23. Decembre 1647.

*La conduite des Espagnols est
fort suspecte. Ils se méfient
de leurs Alliez, sur tout des
Hollandois. Les Espagnols ne
se soucient pas de la Religion.
Leurs remarques aux Députés
Hollandois. Peñaranda en est
averti. Sa conduite avec
la France. Les Députés Hollandois témoignent de la fermeté. Les Espagnols ne témoignent aucune bonne disposition*

pour

1647.

pour la Paix. Dispute entre Peñaranda & Contarini. Les Médiateurs ne donneront aucune déclaration de ce qui s'est passé dans la Négociation avec l'Espagne. Les Espagnols veulent les troubles. Il faut tenir ferme sur les affaires de la Lorraine. Les Espagnols cherchent à brouiller la France avec ses Alliez. Nouvelles instances des Suédois contre le Duc de Baviére. Et pour le subside. Et de l'Electeur de Mayence.

Nous reçûmes hier seulement bien tard le Mémoire du Roi du treiziéme de ce mois, ce qui sera cause que n'ayant pas eû le tems de le considérer, nous prendrons sujet de faire celui-ci sur une Lettre de l'onziéme de Mr. le Cardinal Mazarin à moi Duc de Longueville.

La conduite des Espagnols fait voir la verité des avis donnés à son Eminence, qu'ils ont de l'aversion pour la Paix, & que ce qu'ils ont fait jusques ici n'a été que pour induire les Hollandois à traiter séparément: aujourd'hui qu'ils croyent en être assurés, & qu'ils savent les résolutions prises dans les Provinces, ils ont levé le masque & tiennent tout un autre langage, qu'ils n'avoient fait par le passé. Ce n'est pas sur le point de Portugal seulement où ils se rétractent, & remettent en question ce qui avoit été décidé, mais sur tout ce qui reste ils forment de nouvelles difficultés, ainsi que nous en avons déja rendu compte.

Si nos Alliez étoient tels qu'ils devroient être, nous nous en mettrions moins en peine : mais nous ne voyons rien qui ne nous doive faire juger que Messieurs les Etats passeront outre à leur Traité, & s'accommoderont enfin sans la France; & de fait dans la derniere visite, que nous avons reçuë de leurs Ambassadeurs, ils ne nous ont point celé qu'ils sont comme d'accord avec les Ministres d'Espagne, & que l'ordre de leurs Superieurs étoit de presser & diligenter leur Traité. Ils nous firent la lecture d'un Ecrit qu'ils ont tous signé, & mis ès mains du Comte de Peñaranda. Nous remarquâmes sur le fait de la Mairie de Boisleduc, qu'ils prétendent y avoir toutes les parties de Souveraineté, & de supériorité, (ce sont leurs termes,) sans en rien excepter, en la même sorte que Messieurs les Etats l'exercent, & en jouissent dans le reste des Provinces Unies. C'est ainsi que les Espagnols souffrent que la Religion Catholique y soit abolie, & qu'ils abandonnent ce qu'ils devroient préférer à tout autre intérêt, s'ils étoient aussi zélés, comme ils le veulent paroître. Cependant ils ont eû l'effronterie de faire dire au Pape qu'ils avoient tenu ferme sur cet Article, ce qui avoit obligé sa Sainteté d'écrire à son Nonce, si cela étoit vrai, de leur donner sa bénédiction : mais nous avons apris, que le Nonce a fait réponse qu'il seroit obligé de garder la bénédiction de sa Sainteté pour une autre occasion, où la Religion auroit été traitée plus favorablement.

A la fin du même Ecrit il y a ces mots, esperans & désirans les Ambassadeurs desdits Sieurs les Etats, que le Traité de la France se fasse conjointement avec le leur, & que les difficultés qui y restent soient vuidées.

On ne manqua pas de représenter, que ces termes-là n'étoient pas conformes à ceux des Alliances, & que tant par les paroles, que les actions, la France avoir porté bien plus avant leurs intérêts : mais à tout cela nulle repartie qui puisse satisfaire, & ce seroit se tromper soimême d'attendre de la fermeté des gens, qui visiblement courent au précipice.

Ce n'est pas que nous ne fassions toutes les choses à nous possibles, pour empêcher qu'ils n'en viennent là, nous les voyons souvent en particulier : & en général rien n'est oublié de ce qu'on juge pouvoir servir à leur donner plus de vigueur. Quelques-uns parmi eux se laissent entendre qu'ils ne signeront pas, s'ils n'en ont un nouvel ordre de leurs Superieurs; mais hors le Sieur de Nederhorst, nous ne pouvons prendre aucune assurance aux autres. Nous avons fait savoir à Monsieur de la Thuillerie tout ce qui se passe ici, afin qu'il agisse à la Haye, & auprès de Monsieur le Prince d'Orange, mais à dire le vrai, il n'y a pas sujet d'en bien espérer.

Le Comte de Peñaranda ne l'ignore pas, il a de bons avis qui l'en informent; c'est ce qui fait qu'il ne veut entrer en aucun parti raisonnable avec nous, & qu'il ne répond à nos justes prétentions que par des termes captieux, qui peuvent recevoir double interpretation; l'on a envoyé copie de l'Ecrit sur l'Article 22. touchant les Conquêtes. Il y persiste, & on ne peut le faire expliquer plus avant.

Il soutient qu'il ne doit demeurer au Roi que les lieux seulement que ses armes occupent, & ce qui dépend de l'Echevinage des Villes : que si dans lesdites Villes, il y a un Bailliage, une Châtellenie ou Jurisdiction Royale, dont elles soient le siége; la Jurisdiction doit demeurer au Roi d'Espagne, avec tous les Bourgs, Villages & plat Païs qui en ressortissent.

Nous avons beau dire aux Députés de Messieurs les Etats, que cette proposition est de mauvaise foi, que ce n'est pas ce qui a été arrêté par leur entremise, lorsqu'ils ont offert de la part des Espagnols de céder au Roi toutes les Conquêtes, & qu'il n'en a pas ainsi été usé avec Messieurs les Etats qui ont toutes les suites & dépendances des lieux dont ils se sont saisis par les armes.

Il s'en est trouvé parmi qui ont bien osé dire, que les Espagnols n'ont promis autre chose que ce qu'ils offrent présentement, & que tant qu'ils conserveront la moindre Place dans leur Païs, ils en conservent la Souveraineté, qui s'étend par toute la Campagne. Ils disent même que Messieurs les Etats n'ayans pas eû par ce Traité le Païs de Waas, ils ont donné l'exemple qu'on ne doit retenir que ce que l'on possède actuellement. Il est vrai qu'ils n'ont pas eu le Païs de Waas, parce qu'ils n'y tenoient que deux Forts, qui n'avoient aucune dépendance, mais quand on leur dit qu'ils retiennent tout le Marquisat de Bergopzoom, toute la Baronie de Breda, & la Mairie de Boisleduc, quoique ladite Mairie ne dépende pas de la Ville, & que la Ville au contraire fasse partie de la Mairie, ils n'ont rien à repliquer, que ce que leur mauvaise volonté leur peut suggerer, & la passion dont ils se sont laissé prévenir, de favoriser plutôt l'Espagne que la France; à cause s'ils condamnoient l'Espagne, ils seroient obligés par honneur de ne passer pas outre dans

leur

leur Traité avec elle, au lieu que nous donnant le tort ils se preparent un prétexte de nous abandonner.

Pour faire voir avec combien d'injustice l'on traite présentement avec nous, Messieurs les Médiateurs avoient dit, dans une de leurs Conférences, que les Plénipotentiaires d'Espagne soutenoient, que la régle par eux proposée de ne pas retenir les Villes avec leurs Echevinages, alloit contre eux-mêmes, puisque ne tenans dans l'Artois que les Villes d'Aire & de Saint Omer, il faudroit qu'ils se contentassent de l'enceinte & de la banlieuë desdites Villes, & que par ce moyen tout le reste de l'Artois nous demeureroit. Ayant jugé par ce discours, que l'on pourroit sortir de l'une des principales difficultés, nous priâmes les Médiateurs de se bien éclaircir sur ce point-là, parce que si l'on eût été assuré que tout le Païs d'Artois fût demeuré au Roi, à la reserve desdites Villes & de leurs Echevinages seulement, cela eût facilité le reste, & il y eût eu moins de choses en débat. Quand lesdits Sieurs Médiateurs en ont parlé aux Espagnols, ceux-ci n'ont pas été honteux de dire que comme par la possession où ils étoient desdites Villes d'Aire & de Saint Omer, ils ne prétendoient que l'Echevinage, nous ne devions avoir rien davantage en toutes celles qui nous demeureroient mêmes dans l'Artois, & que le reste du Plat Païs doit demeurer au Roi d'Espagne, comme en étant le Souverain.

Les Espagnols ne témoignent aucune bonne disposition pour la Paix.

En somme les Plénipotentiaires d'Espagne rejettent tout ce qui peut donner lieu à un accommodement, & afin qu'on le connoisse encore mieux, il est à noter qu'après avoir agité longtems le point des Conquêtes, & la maniere de régler les limites entre les deux Couronnes, le Sieur Knuyt ayant dit de soi-même, que pour éviter les difficultés, il faudroit faire les échanges; que les Espagnols devoient donner à la France Aire & Saint Omer, moyennant quoi on leur rendroit ce que l'on tient dans l'Italie avec Courtrai, & ce qui est au deça du rouge fossé, qui serviroit de limites du côté de la Flandre. Nous n'apuyames point sur cette ouverture; disant seulement que Portolongone & Piombino ne tomboient point sous ce commerce-là, si ce n'étoit pour les échanger avec les Places que le Roi d'Espagne tient en Catalogne, & que nous n'avious d'ailleurs aucun ordre de traiter des choses d'Italie : qu'au surplus nous ne refuserions pas les propositions raisonnables qui pourroient être faites, pour rendre l'accommodement plus facile.

Dispute entre Peñaranda & Contarini.

Nous avons sû depuis que Monsieur Contarini ayant eû avis d'un desdits Députez, qu'on avoit proposé quelque échange, en avoit parlé au Comte de Peñaranda, qui l'avoit rebuté; desorte que ledit Sieur Contarini s'échauffa contre lui, & que Peñaranda étant sorti brusquement de la Conférence, l'Ambassadeur de Venise ne se pût empêcher de dire assez haut, pour être ouï dudit Peñaranda, qui étoit levé, qu'il plaignoit le Roi d'Espagne d'avoir des Ministres si peu soigneux de le tirer du mauvais état où ses affaires sont réduites. Car lorsque Monsieur Contarini nomma Cazal-major, pour le faire entrer dans l'échange, Peñaranda le regarda d'un œil plein de colére, & après avoir repeté le mot de Cazal-major avec étonnement, il lui dit *Besso las manos de V. E.* c'est à dire je baise les mains de votre Excellence, & sortit de la chambre.

Nous avons crû ne devoir pas omettre ces particularités, qui peuvent aider au jugement

qui se doit faire de ce qu'on a à esperer de cette Négociation.

Par la même Lettre Monsieur le Cardinal désire de savoir de nous, si en se relâchant de quelque chose on pourroit faire la Paix, ou du moins obtenir des Médiateurs une Déclaration par écrit, ce que les Espagnols n'ont pas voulu.

Les Médiateurs ne donneront pas une déclaration de ce qui s'est passé dans la Négociation avec l'Espagne.

Nous estimons qu'il est tout à fait impossible d'avoir le témoignage susdit, non pas que nous n'ayons sujet de nous loüer de la conduite des Médiateurs, & qu'il n'y aît lieu d'espérer qu'ils feront un raport favorable à leurs Majestez, parce qu'ils savent bien en conscience, que les Espagnols fuyent les moyens d'achever les affaires; mais ils ne viendront jamais à faire une déclaration publique, qui condamne une des Parties, s'en étant exculés toutes les fois que nous en avons fait instance.

Les Espagnols veulent les troubles.

Pour le relâchement nous jugerions digne de la bonté de leurs Majestez de s'y porter, si cela étoit capable de produire la Paix : mais il se voit avec évidence, que les Espagnols veulent le trouble & la continuation de la Guerre, du moins l'on peut assurer, que si ce n'est le sentiment commun du Conseil d'Espagne, c'est celui de Peñaranda, qui se connoit par toute sa conduite, soit qu'il le juge ainsi utile au bien des affaires du Roi son Maître, ou que la vanité qu'il prend d'achever un Traité avec les Hollandois sans la France, lui fasse négliger ce qui pourra arriver ensuite.

Il faut tenir ferme sur l'affaire de la Lorraine.

Quant à ce qu'on juge à propos que nous déclarions souvent sur l'affaire de la Lorraine, que leurs Majestez ne peuvent jamais changer la résolution qu'elles ont prise, nous l'avons fait de bouche & par écrit, & tout fraichement il a été réïteré aux Médiateurs. Les Espagnols l'ont interprété à leur mode, & pris delà occasion de publier tant à Munster qu'à Osnabrug, que nous ne voulions pas la Paix, puisque nous ne voulions pas passer outre, que le point de la Lorraine ne fût ajusté. Ce qui n'est pas véritable, & qui ne se trouvera pas dans l'Ecrit que nous avons délivré aux Médiateurs, duquel nous avons été obligés de les prier de donner copie aux Plénipotentiaires d'Espagne, pour justifier le contraire de ce qu'ils veulent faire croire au monde. Et parce que les Espagnols avoient aussi répondu par écrit auxdits Sieurs Médiateurs, nous leur en avons demandé copie, ensemble de la derniere déclaration faite par les Impériaux, tant à l'égard dudit Duc de Lorraine, que du Roi d'Espagne; tous lesquels Ecrits seront joints, & feront voir que les Espagnols, pour parvenir à leurs fins, supposent hardiment, & contre la vérité ce à quoi l'on n'a pas pensé.

Au surplus ils parlent avec une fermeté extraordinaire sur ce point de la Lorraine. Ils nous ont fait demander, tant de la part de l'Empereur, que du Roi d'Espagne un Passeport pour un Député du Duc Charles en cette Assemblée, ajoutans qu'il ne faut pas attendre qu'ils l'abandonnent, ni dans un mois ni dans trois, ni dans une ou plusieurs années, & que la Guerre seroit plutôt immortelle que de se départir jamais de l'assistance de ce Prince : qui est un discours bien contraire à celui qu'ils nous avoient fait faire ci-devant, lorsqu'ils n'étoient pas si assurés de leur Traité avec Messieurs les Etats, ni si proches de le conclure. Ce que nous avons fait remarquer aux Médiateurs & aux Hollandois, & nous nous en sommes plaints comme d'un changement qui fait voir clairement comment les Espagnols

gnols veulent rompre la Négociation. Ils se servent d'un artifice pour nous brouiller auprès de nos Alliez, car ils remettent nos différents à leur jugement, outre que les Plénipotentiaires d'Espagne n'ont pas le pouvoir de compromettre, & que la chose est quasi comme impraticable, ce qu'ils laissent en compromis est tel que quand on en prononceroit contre eux, ils auroient toujours ce qu'ils demandent : ils cédent, disent-ils, les Villes occupées avec leurs Echevinages, & ce qui en dépend, & s'il est jugé qu'il y ait des Bailliages ou Châtellenies dépendantes desdites Villes, ils consentent qu'elles apartiennent à la France. Sur cette proposition-là leur cause est toujours gagnée, d'autant qu'il n'y eût jamais Bailliages ni Châtellenies, qui dependent de l'Echevinage des Villes, & les Villes au contraire sont du ressort de leurs Châtellenies, mais en étant le siege & le lieu principal, il suffit à celui qui en est le Maître pour établir sa prétension sur tout le ressort. Il ne faut pas espérer plus d'avantage sur les autres points, quand ils seront remis à l'arbitrage de Messieurs les Etats, la retention de toute la Lorraine, s'ils en étoient les juges, pourroit passer pour une chose injuste, la certification touchant le Portugal pour superfluë, le nombre de trente années touchant Cazal trop grand, & il n'y a que le point des fortifications en Catalogne où ils pourroient entrer un peu dans nos intérêts, & y chercher un accommodement: encore ne savons-nous pas s'ils trouveront bon que nous puissions fortifier des Places si proches de Tarragone & de Lerida, comme nous avons commencé de faire. Desorte que nous sommes en peine de tous côtés, & nous supplions très-humblement leurs Majestez de nous ordonner ce qu'elles ont agréable qu'il se fasse dans une telle crise d'affaires où il est nécessaire de se resoudre au plutôt.

Les Plénipotentiaires de Suéde n'ont pas manqué de faire de nouvelles instances pour la déclaration contre le Duc de Baviére; nous leur avons envoyé copie de la Lettre fort prudente que Monsieur de Turenne a écrite audit Duc par un Trompette, afin de leur mettre l'esprit en repos. Dequoi nous avons aussi donné avis au Sieur Chanut avec ordre de faire valoir à Stokholm la generosité de leurs Majestez, qui ont mieux aimé incommoder leurs affaires propres, que de manquer pour un peu de tems au contentement de leurs Alliez.

Monsieur Salvius a demandé le payement du subside à Hambourg, & nous en a fait une Lettre expresse, à quoi il a été répondu, que nous en écririons promptement, & qu'il y seroit satisfait, quoiqu'il en dût coûter une double rémise; c'est ainsi que nous lui en avons écrit, afin de lui faire considerer qu'on n'épargne rien pour lui satisfaire; mais au fonds l'Alliance obligeant de payer à Hambourg, l'on ne peut pas s'en dispenser.

Nous avons sû que le nouvel Electeur de Mayence veut demander au Roi, qu'il retire sa Garnison de la Ville & Citadelle de Mayence, & encore des autres lieux qui dépendent de son Electorat. Le Député, qu'il doit envoyer ici, aura charge de solliciter pour cet effet nos recommandations; mais nous estimons que Sa Majesté en recevroit un très-grand préjudice, & il nous semble, que vû l'importance de ce poste-là, il meriteroit bien d'être gardé avec plus de forces, qui ôtassent toute esperance aux Impériaux, qui nous l'envient, de s'en pouvoir saisir.

MESSIEURS

Les

PLENIPOTENTIAIRES,

à Monsieur le Comte de

BRIENNE.

À Munster le 30. Decembre 1647.

Ils le renvoyent aux Dépêches par raport au Duc de Baviére. On envoye en Pologne Monsieur d'Arpajou, & il est chargé de passer par Mayence. Les Impériaux leur demandent une explication touchant la valeur des monnoyes. Ils observeront les ordres sur le Traité d'Espagne. Les affaires de Naples. & de Sicile obligeront les Espagnols à devenir raisonnables.

MONSIEUR,

NOus n'avons reçu aucune Dépêche de la Cour cette semaine : mais le Sieur Berthemet a écrit qu'il devoit bientôt partir un exprès qui n'est point arrivé. Nous donnons avis de l'état où est à présent réduite la Négociation, sans répondre au Mémoire du Roi du 13. de ce mois, d'autant que comme il est quasi tout sur les affaires de Baviére, & que la Déclaration contre ce Prince a été depuis faite par Monsieur de Turenne, il n'y a plus rien à dire sur ce sujet. Nous nous souviendrons d'executer tout ce qui est prudemment prescrit par ledit Mémoire : & parce que le Sieur Ernest, Député de Monsieur de Baviére, est à Hambourg, nous écrirons à Monsieur de la Court de lui parler, ainsi qu'il nous étoit mandé de faire.

Nous avons été en volonté d'envoyer d'ici un Gentilhomme à Monsieur l'Electeur de Mayence, mais puisque l'on donnera à Monsieur d'Arpajou allant en Pologne, pouvoir de passer vers ce Prince, l'on ne pouvoit prendre une meilleure resolution, ni qui l'obligeât davantage. C'est par le moyen dudit Electeur qu'on peut insinuer au Duc de Baviére ce qu'on désire, d'autant qu'ils ont toujours vécu en amitié & bonne correspondance, & que tous deux, comme nous estimons, souhaitent la Paix, & ont intérêt qu'elle se fasse.

Au surplus, Monsieur, quand la convention pour ce qui regarde le particulier de la France fut

1647.

1647.

mandent une explication touchant la valeur des monnoyes.

fut arrêtée avec les Impériaux au mois de Septembre de l'année 1646. le Roi fut obligé à payer trois millions de Livres, & non pas un million de Risdales. On nous pardonnera si nous ne comprenons pas comment il se peut faire, que cette somme ait été augmentée de 200000. Ecus par ce qui a été arrêté depuis peu. Car la première obligation étant de trois millions de Livres payables à Bâle, il ne se trouvera pas qu'en ce lieu-là, ni en aucun autre de l'Empire, la Risdale ait jamais été employée à plus haut prix qu'à raison de cinquante sols, qui valent deux Livres & demie. & si l'on veut prendre garde au payement qu'on fait aux Suédois pour le subside, & à Madame la Landgrave, & à tout ce qui se paye dans l'Allemagne, il ne s'en use point autrement, si ce n'est au payement de l'armée, où par une clause expresse il est dit, que la Pistole vaudra quatre Risdales; mais c'est une condition qui fut stipulée, quand on traita avec les Troupes dudit feu Sieur de Weimar, & qui ne se trouve en aucun Traité de ceux qui ont été faits en Allemagne. Nous n'avons jamais crû, que le Roi dût payer moins de trois millions de livres, & notre opinion a toujours été, qu'il en coûteroit au Roi douze cens mille Risdales à Bâle, qui font bien douze cens mille écus à Paris, mais qui ne font que trois millions de livres en Allemagne. Mais ayant vû que les Plénipotentiaires de l'Empereur désiroient une plus grande explication, nous en tombâmes d'accord facilement, comme d'une chose qui ne leur donneroit rien plus que ce qu'ils avoient eû par le premier Ecrit, & cependant nous profitâmes de cette occasion, pour lever une difficulté qui étoit sur le Titre de Landgrave d'Alsace que l'Empereur vouloit retenir, & pour terminer une affaire qui sans cela seroit peut-être encore aujourd'hui indécise.

Ils observeront les ordres sur le Traité d'Espagne.

Nous vous supplions de vous assurer, que si ce qui est présentement sur le Tapis touchant le Traité d'Espagne ne réussit pas, nous ne manquerons pas de nous servir de la proposition dont il a été ci-devant écrit, de faire la Paix dans le Païs-Bas seulement, & qu'il ne sera rien oublié de tout ce qui nous sera ordonné autant que les affaires présentes, & la conduite des Alliez le pourront permettre; nous ne jugeons pourtant pas possible de faire comprendre la Lorraine dans ladite Paix; puisque c'est aujourd'hui, comme vous verrez, le point le plus difficile à terminer.

Les affaires de Naples & de Sicile obligeront les Espagnols à devenir raisonnables.

Nous avons vû avec joye la nouvelle de Naples, & ce qui est aussi mandé de la Sicile. Nous espérons que cela contraindra nos Parties de se ranger à la raison, ou si leur opiniâtreté dure, qu'elle leur causera de nouvelles pertes, & de nouvelles gloires à leurs Majestez, de qui la modération a été connuë d'un chacun. Sur cela après nos recommandations à l'honneur de vos bonnes graces, nous demeurons &c.

MEMOIRE

De Messieurs les

PLÉNIPOTENTIAIRES

ENVOYE' EN COUR,

Le 30. Decembre 1647.

On se plaint des Hollandois, comme de ceux qui s'intéressent pour l'Espagne. Leur entretien avec les Députez Hollandois touchant leur Traité séparé avec l'Espagne. Proposition de Monsieur Knuyt touchant le Traité de France & d'Espagne. Les Plénipotentiaires François proposent à la Cour leur sentiment. Leur résolution par raport au Traité avec l'Espagne. Touchant le Traité particulier entre l'Espagne & la Hollande, & les mesures à prendre pour l'arrêter. Raisons pour apuyer leur sentiment. La France ne doit pas faire grand fondement sur les Alliez.

On se plaint des Hollandois comme de ceux qui s'intéressent pour l'Espagne.

LA conduite des Hollandois nous fait ici toujours beaucoup de peine, & donne aux Espagnols un merveilleux avantage sur nous dans la Négociation; car comme le Comte de Peñaranda sçait la résolution des Provinces, & le désir qu'elles ont de faire la Paix, qu'il connoit aussi l'inclination de la plûpart de leurs Députez, toute portée à favoriser l'Espagne; il presse tant qu'il peut l'accommodement particulier, & tient avec nous une hauteur & fermeté qui n'est pas concevable, disant pour toutes raisons qu'il a épuisé ses pouvoirs, accordé tout ce dont il est convenu par l'entremise des Députez de Messieurs les Etats, & que s'il reste quelque différend, il les en fait juges.

Le Sieur de Nederhorst, dont la probité & sincére affection envers la France, ne se peut assez estimer, est travaillé d'une maladie lente, qui depuis un tems le tient au lit ou dans la chambre : il ne cesse de nous faire avertir, que ses Collegues veulent finir leur Traité, & nous conseiller même de nous relâcher en tout ce que nous pourrons, comme étant le seul moyen d'arrêter ce torrent. D'ailleurs nous sa-

vons

1647.

vons que la Province de Hollande a envoyé à ses Députez de nouveaux ordres & bien exprès de conclure, & qu'il a été mis plusieurs fois en déliberation parmi eux tous, s'ils ne devoient pas signer & achever leurs affaires, au cas que celles de la France aillent davantage en longueur.

Leur entretien avec les Députez Hollandois touchant leur Traité separé avec l'Espagne.

Mais ils ont passé plus avant, & nous ont vû depuis deux jours pour nous dire tout de nouveau, qu'ils étoient entiérement d'accord avec les Espagnols, & que rien n'empêchoit la signature de leur Traité, que le désir de le faire conjointement avec la France; qu'ils avoient vû les Plénipotentiaires d'Espagne, & avoient essayé de tirer d'eux ce que nous en prétendions sur les points où il y avoit de la difficulté, & qu'ils n'y avoient rien pû gagner : qu'ils nous prioient & conjuroient de leur donner moyen d'agir plus efficacement envers les Espagnols, & considérer, qu'ils ne pouvoient pas différer davantage la conclusion de leur Traité, puisque les ordres de leurs Superieurs, lesquels ils nous avoient communiqués, les y obligent.

Notre réponse fut, que nous avions sujet de nous plaindre de la presse & de l'instance qu'ils nous faisoient, puisqu'ayans une entiere connoissance de nos intentions, & de celles des Ministres d'Espagne, ils voyoient bien qui sont ceux qui cherchent de terminer les affaires, ou qui s'en éloignent; qu'ils étoient obligés de prendre part à nos intérêts, & de procurer nos avantages comme Alliez; mais quand ils ne seroient que simples entremetteurs, toujours devoient-ils avoir un esprit d'égalité, & pour le moins affectionner autant nos affaires, que celles de nos Parties : que l'instruction de leurs Superieurs, quoique non conforme en tout à l'Alliance, portoit que si la France tergiverseroit (c'est le mot dont ils ont usé) l'on pourroit passer outre au Traité, & partant qu'en vertu même dudit ordre, quand ils ne regarderoient point l'obligation des Traitez, ils n'ont pas le pouvoir de conclure, puisqu'il est constant, que la faute & le retardement vient du côté de l'Espagne; qu'au lieu de nous presser à nous départir de nos justes prétensions, ils devroient témoigner aux Espagnols, que s'ils n'y donnent leur consentement, ils seroient obligés de satisfaire à l'Alliance, & de leur continuer la Guerre : que nous attendons d'eux, non seulement des paroles favorables, mais des effets, & que les Ennemis ne voyans de leur part que de simples offices, n'avoient garde de s'aprocher & de se rendre plus traitables, qu'au contraire ils se tiendroient fermes & obstinez, quand ils croiroient même nous devoir après accorder les mêmes conditions, estimans gagner assez, s'ils peuvent jetter de la division parmi nous, qui est le but auquel ils tendent : que nous ne pouvons nous persuader qu'ils voulussent faire un Traité séparé, puisque leur Etat n'a pas moins d'intérêt que nous à maintenir l'union, mais qu'en tout cas la France avoit, graces à Dieu, le moyen de soutenir ses affaires elle-même, & de se rendre considerable à ses Amis & à ses Ennemis.

Ces discours furent suivis d'une énumeration particuliere des changemens que les Espagnols aportent dans la plûpart des points contentieux: on leur fit voir que l'affaire de Portugal avoit été arrêtée par l'Article 3. qu'il avoit été accordé qu'il nous seroit donné une certification comment ce Royaume-là y devoit être compris; qu'à la vérité l'on avoit remis à la fin du Traité de convenir des termes & de la forme de

ladite certification; mais que cette forme & ces termes ne devoient pas détruire la substance de l'Article qui a été débattu si longtems, & qui enfin a été résolu & signé du consentement des Parties.

On leur representa aussi pour le fait de la Lorraine, que les Espagnols sur les Déclarations expresses, & reïterées que nous avions toujours faites, de ne traiter que sur le fondement, que ce Prince ne recevroit aucune assistance du Roi d'Espagne, n'avoient repliqué autre chose sinon qu'ils avoient remis l'affaire à la fin du Traité; que si ces Messieurs vouloient rapeller leur mémoire, ils savent en conscience, que plusieurs d'entre eux se sont souvent laissés entendre, que cette affaire-là n'empêcheroit point la Paix; qu'ils peuvent se souvenir même, que si la raison pour laquelle ils disoient, que les Espagnols remettoient à la fin de s'en expliquer, étoit que le Duc Charles étant actuellement dans leur parti, & y servant avec ses Troupes, il n'étoit pas juste d'exiger d'eux, pendant la Guerre, une déclaration contre lui, d'où nous inférions que l'intention des Espagnols n'étoit donc pas en ce tems-là de déclarer, comme ils font à présent, que si le Duc Charles n'est content, ils ne feront jamais la Paix, puisque tant s'en faut, qu'une Déclaration dût être remise à la fin, qu'au contraire elle eût été alors très-obligeante, pour donner toujours audit Duc plus d'affection à les suivre.

Nous leur montrions qu'on leur avoit parlé avec le même artifice sur le fait des Conquêtes, que les Espagnols avoient fait sonner si haut qu'ils accordoient au Roi, tout ce qui avoit été conquis sur eux, & qu'aujourd'hui ils en veulent retrancher une plus grande partie & renverser ce qui a été tant de fois confirmé de leur part : qu'après avoir établi une régle, qui ne fut jamais pratiquée en telle rencontre, ils disent pour se moquer de Messieurs les Etats & de l'Assemblée, qu'ils les font juges, s'il y a des Châtellenies ou Bailliages qui dépendent des Villes, & qu'ils les accorderont en ce cas. En somme, que tout leur fait n'est qu'illusion, ce que nous fimes voir encore sur les autres points qu'il n'est pas besoin de repeter, ces choses ayans déja été mises plusieurs fois sur le tapis.

Ces Messieurs, après avoir consulté ensemble, nous firent bien quelque excuse du discours qu'ils avoient tenu, disans en général, que leur intention étoit de faire tous les bons offices de vrais Alliez; qu'ils ne condamnoient pas nos prétentions, mais remontroient seulement l'impossibilité de porter les Espagnols à y consentir, nous faisans voir aussi d'ailleurs ce à quoi ils étoient obligés par l'ordre de leurs Superieurs. Mais tout cela nous parut plutôt une signification du dessein qu'ils ont de conclure, & achever leurs affaires, qu'un véritable désir d'avancer les nôtres, & comme nous l'avons déja mandé, nous ne voyons rien qui ne nous doive faire juger que Messieurs les Etats acheveront bientôt leur Traité : nous savons même qu'il est déja tout dressé, & mis au net de part & d'autre, ne restant plus qu'à prendre le jour pour le signer. L'affaire étant reduite à ce point-là, il nous a paru un petit rayon d'esperance du côté d'où nous l'attendions moins. Le Sieur Knuyt m'est venu voir en particulier moi d'Avaux, de concert avec le Sieur de Nederhorst, qui est venu à la même heure faire ouverture à moi Servien des mêmes choses en substance. Il dit d'abord qu'il venoit pour affaires, pour m'ouvrir son cœur & me dire avec liberté ses

pen-

penfées; il affura que les Sieurs de Meyners-wich, de Matheneffe & Paw étoient refolus de paffer outre à leur Traité, même fans la France, que les Sieurs Donia, de Riperda & Klant é-toient demi ébranlés, & qu'ils fe laifferoient aifément entrainer par les autres, qu'il n'y avoit que le Sieur de Nederhorft & lui qui fuffent pour s'oppofer à cette refolution; que pour lui s'il vouloit fervir la France, mais qu'il falloit qu'on lui en donnât le moyen, & qu'on fe portât à quelque moderation; qui pût faire con-noître que l'éloignement de la Paix provenoit de la faute des Efpagnols; qu'il fupplioit qu'on trouvât bon qu'il dit fur chaque point quel étoit fon fentiment, & ce à quoi il eftimoit que la France fe pouvoit & devoit relâcher: que fi nous nous y portions il efperoit en ce cas, en quelque difpofition que fuffent fes Collegues, d'empêcher la conclufion de leur Traité fans le nôtre; qu'outre le Sieur de Nederhorft, il pourroit être fuivi d'autres, & que les Hollan-dois quand ils voudroient franchir le faut, n'au-roient pas affez de crédit pour y porter toutes les Provinces.

Delà entrant dans le détail il dit qu'il ne fai-foit point cas de la difficulté qui refte fur l'élar-giffement du Prince Edouard, comme n'étant pas un point capable de rompre un Traité de fi grande importance. Il jugeoit fur celui de Ca-zal que l'on devoit fe contenter à moins de tems, & que douze ou quinze ans tout au plus pouvoient fuffire. Pour les fortifications en Catalogne, qu'il feroit permis d'achever celles qui font commencées, mais qu'on ne pourroit en faire aucunes de part ni d'autre, qu'au deça d'une ligne qui feroit tirée entre Tarragone & Balaguer. Il dit à l'égard des Conquêtes, que toutes les Places occupées par la France lui de-meureroient; & ce qui eft du Territoire def-dites Places, foit Villes ou Châteaux. Que pour régler ce qui doit demeurer aux uns & aux autres dans le plat Païs, il feroit remis à l'arbi-trage de Meffieurs les Etats, ou de Monfieur le Prince d'Orange, avec un Député qui fera nommé de chaque Province ou des Députez qui font à l'Affemblée, ou de quelques-uns d'eux feulement avec Meffieurs les Médiateurs, felon qu'il feroit convenu entre les Parties, lef-quels arbitres auroient, pour former leur juge-ment, cette maxime, que l'on devoit laiffer du Païs à chacun felon les Places qu'il tient, & qui doivent demeurer par le Traité. Que fi vous remettez cela à notre jugement, ajoûta le-dit Sieur Knuyt, nous agirons comme amis, & vous ferons favoir, avant que de prononcer, quel fera notre fentiment & notre intention, qui fera, comme elle a toujours été, de favorifer plu-tôt la France que l'Efpagne.

Sur la certification touchant le Portugal il propofa, ou de l'omettre tout à fait comme fu-perflue, ou que dans icelle il fût expliqué que la France ne donneroit point de fecours au Por-tugal que défenfivement. On repliqua que c'é-toit toucher audit Article duquel on étoit con-venu, que pour rien du monde l'on n'admet-troit le mot de *défenfivement*, qui pouvoit caufer de l'ambiguité, & être à l'avenir un fujet de rupture; puifque la moindre action de Guerre, qui feroit faite par les Troupes auxi-liaires de la France, pourroit recevoir une mau-vaife interpretation. Il repartit que quand les Troupes Françoifes auroient été dans quelque expedition qui fe feroit fur le Païs du Roi Ca-tholique, il ne lui feroit pas permis pour cela de rompre avec la France: mais feulement de s'en plaindre par fes Ambaffadeurs.

Touchant la Lorraine, le Sieur Knuyt mit en avant deux moyens d'accommodement, l'un de remettre l'affaire en France, pour être termi-née à l'amiable, & au bon plaifir de leurs Ma-jeftez avec le Duc Charles dans un an, à la char-ge que fi dans ce tems le Traité n'étoit conclu ou que le delai ne fût pris du confentement des deux Rois, il feroit libre au Roi d'Efpagne de l'affifter.

L'autre moyen étoit que l'offre qui a été faite de la part de leurs Majeftez, de remettre ce Prince dans l'ancien Duché de Lorraine au bout de dix années, s'executât dès à préfent, à condition que fi le Duc venoit à violer ledit Traité, il ne pourroit être affifté en aucune fa-çon par le Roi d'Efpagne; & que tous fes E-tats feroient acquis & dévolus à la France, fans aucun contredit, & avec promeffe de Mef-fieurs les Etats de garantir l'obfervation de ce qui feroit arrêté à cet égard.

Tout ce que deffus étoit propofé par le Sieur Knuyt, non pas comme ayant charge des Efpa-gnols, ni fachant fi de leur part ils y confenti-roient, mais comme ayant fouvent parlé avec fes Collegues fur ces affaires-là, & connoiffant que c'étoit à peu près leur fentiment, auquel fi la France s'accommodoit, il feroit beaucoup plus facile de différer la conclufion du Traité particulier de Meffieurs les Etats; ou fi non-obftant tout cela quelques-uns de fes Collegues perfiftoient à le vouloir figner, qu'il s'y oppo-feroit plus hardiment, & auroit plus d'autorité pour retenir les autres, témoignant au furplus d'avoir grand défir de fervir la France, & que c'étoit auffi la volonté & l'inclination de Ma-dame la Princeffe d'Orange, de Monfieur le Prince fon fils, & de toute la Province de Ze-lande, & de la fienne en particulier.

On ne manqua pas de témoigner le reffenti-ment que leurs Majeftez auroient des bonnes volontez des perfonnes fufdites, & de l'affurer que fes fervices particuliers ne feroient pas fans reconnoiffance: & fur cela moi d'Avaux, après m'être fervi de toutes nos raifons, & de la déduction de tout ce qui s'eft paffé au fait du Portugal & de la Lorraine, je me chargeai de faire rapott de ce qu'il m'avoit dit, & de lui rendre réponfe.

Quand nous eûmes confidéré tous trois en-femble le difcours du Sieur Knuyt, & que le troifiéme de nous fit raport en même tems de la Conférence qu'il avoit euë avec le Sieur de Nederhorft, fur les mêmes chofes, lequel il avoit trouvé plus facile & mieux difpofé fur la plûpart defdits points, mais dans la même apré-henfion de la difpofition de fes Collegues, à conclure promptement leur Traité fans le nô-tre: il nous fembla que c'étoit comme une préparation d'excufe au cas que de notre part l'on ne vînt à quelque expedient, & un moyen qu'il cherchoit pour fe difculper, s'il étoit obligé d'adhérer au fentiment des autres. Nous con-noiffions bien que ce qu'il nous repréfentoit du deffein de fes Collegues n'étoit que très-verita-ble, mais nous doutions s'il y avoit affez de fondement en ce qu'il propofoit; & quand mê-me nous aurions accepté les partis dont il faifoit l'ouverture, fi nous pourrions par-là empêcher Meffieurs les Etats de conclure feuls, & obli-ger auffi les Efpagnols à traiter en même tems avec nous.

Nous étions bien d'accord, que plutôt que de courir le hazard de voir nos Alliez, faire un Traité féparé, nous devions fuivre fur quatre Articles, dont il eft ci-deffus fait mention les expedients propofés: mais celui de la certifi-

catioñ

cation du Portugal nous faifoit de la peine, & encore davantage celui de la Lorraine pour les raifons que nous repréfenterons ci-après.

La liberté de Dom Edouard, les Fortifications en Catalogne, & le point de Cazal, ne nous obligent pas à rendre ici raifon de notre fentiment.

Pour les Conquêtes qui femblent recevoir plus de difficulté, nous jugeons, que les Efpagnols fe remettans à l'arbitrage de Meffieurs les Etats, il feroit dangereux & mal interprêté, fi l'on pouvoit dire, que nous euffions refufé le jugement de nos propres Alliez. D'ailleurs nous voyons que la régle d'avoir abfolument toutes les dépendances & annexes des lieux principaux que l'on occupe, eft directement contraire à ce que nous prétendons en Catalogne, où nous avons ordre de leurs Majeftez d'agrandir autant qu'il fe pourra leur Domaine, & plutôt au préjudice de ce qui leur doit demeurer en Flandre : deforte qu'il fut réfolu entre nous, que l'on pourroit remettre à l'arbitrage de Meffieurs les Etats ce que chacun devroit retenir dans le plat Païs, à proportion des Places que l'on occupe. Il fut arrêté que moi d'Avaux irois parler dans ce fens-là au Sieur Knuyt, & que moi Servien ferois la même chofe envers le Sieur de Nederhorft, pour ne le pas tirer hors de cette Négociation fécrette, étant bien difpofé au point qu'il eft ; ce qui fut dit à l'un & à l'autre fut à peu près ce qui s'enfuit :

Qu'ayans fait raport de leurs fentimens, nous avions crû qu'ils fe devoient éclaircir de l'intention des Plénipotentiaires d'Efpagne, lefquels, fi on trouvoit difpofés de paffer au jugement de Meffieurs les Etats, fous la condition fufdite, dont ils avoient fait l'ouverture, ils pouvoient leur faire efperer que nous y pafferions auffi de notre côté.

Pour les points du Portugal & de la Lorraine, il fut dit qu'on n'y pouvoit rien changer, finon que pour témoigner toujours de plus en plus à Meffieurs les Etats le défir que nous avions de nous accommoder au même tems qu'eux, l'on feroit marcher l'affaire de la Lorraine d'un pas égal à celle de Naples ; c'eft à dire que le Roi d'Efpagne promettant de n'affifter pas le Duc Charles, & de ne fe mêler jamais directement ni indirectement de l'affaire de la Lorraine, nous pourrions auffi ne nous point mêler des affaires de Naples. Qu'ils devoient en cela connoître le fincére défir qu'on avoit de faire la Paix, puifqu'on fe privoit volontairement d'un moyen fi avantageux de continuer la Guerre, & de ruiner le Roi d'Efpagne dans l'Italie. Il fut de plus jugé entra nous, que pour obtenir l'abandonnement entier du Duc Charles, l'on pourroit fe relâcher de demander aucune certification fur le Portugal, attendu que l'Article 3. y pourvoit fuffifamment, ou bien qu'on pourroit admettre, que dans ladite certification fur le Portugal, il feroit dit, que les Troupes auxiliaires de France ne feroient employées que pour la défenfe du Portugal.

C'eft ainfi qu'il a été parlé fur tous lefdits points auxdits Sieurs Knuyt & Nederhorft ; on pria de plus ce dernier à venir rendre conjointement avec lui une vifite à moi Duc de Longueville, ce qu'ils firent le lendemain enfemble, où ledit Knuyt confirma tout ce qu'il avoit dit auparavant dans leurs deux Conférences précédentes. Il dit auffi qu'il verroit les Miniftres d'Efpagne au premier jour, & nous fera raport de ce qu'il pourra connoître de leurs intentions, & promit de nouveau d'agir tant avec eux,

Leur réfolution par raport au Traité avec l'Espagne.

qu'auprès de fes Collegues, felon le défir de la France. Nous en attendrons le fuccès, & prenons d'autant plus de confiance audit Knuyt, qu'il agit de concert avec le Sieur de Nederhorft, qui affure qu'il reconnoit en lui préfentement beaucoup de bonne difpofition, & qu'en même tems nous aprenons par les Lettres de Monfieur de la Thuillerie, que Madame la Princeffe d'Orange paroit mieux difpofée pour les interêts de la France.

Il refte maintenant à repréfenter le doute où nous fommes, & les raifons fur lefquelles il eft fondé, au cas que pour arrêter la conclufion du Traité particulier de Meffieurs les Etats, il nous fallût, avant que de pouvoir recevoir les ordres de la Cour, prömettre en traitant d'accomplir dès à préfent l'offre faite par leurs Majeftez en faveur du Duc Charles, & de ceux de fa Maifon. Pour faire mieux connoître le tout l'on nous permettra de coucher ici par écrit les confidérations, qui ont été fort balancées & pefées entre nous.

D'un côté il femble, qu'on doit éviter de fe déclarer fi avant fur le point de la Lorraine, d'autant que c'eft fe priver du moyen de retenir cette Province, qui eft tant à la bienféance de la France, & qui eft la plus utile, & la plus confidérable de toutes les Conquêtes que le Roi a faites dans ces dernieres Guerres, qui fe peut d'ailleurs aifément défendre contre les forces étrangéres. Qu'outre que les déclarations fi expreffes, qu'on a toujours faites de ne fe pouvoir relâcher en aucune façon fur ce point : il y a encore un beau moyen d'oppofer les affaires de Naples, au cas qu'elles aillent bien, à celles de la Lorraine ; que Meffieurs les Etats ne peuvent improuver cette prétention, puifqu'ils font fpecialement obligés envers le Roi pour la confervation de la Lorraine, qu'en tout cas leur Alliance ne doit pas être fi fort confidérée, ni ne doit pas obliger la France à fe faire un préjudice fi notable. Que la diminution du Royaume de Naples, eft bien autant confidérable au Roi d'Efpagne que le dommage qu'il pouvoit recevoir par la Guerre de Meffieurs les Etats. Qu'au furplus l'on n'a pas le pouvoir de rien quiter au delà de ce qui a été mis par écrit, & qu'il faudroit en donner avis, & attendre l'ordre de leurs Majeftez.

Nous avons confidéré d'autre part, que puifque dans le Confeil, il a été réfolu d'offrir dans un tems préfix la reftitution de l'ancien Duché de Lorraine, ou de chofe équivalente, les fortifications des Places démolies, il ne falloit mettre en queftion l'Article du total, mais feulement fi dans la conjoncture préfente, & dans le peril preffant où l'on eft, que les Hollandois ne faffent un manquement entier à la France, on pourroit fe difpenfer, au cas d'une néceffité abfoluë d'accorder prefentement la reftitution de ce que les ordres de la Cour ne donnent pouvoir de confentir que d'ici à dix ans.

Nous convenons tous qu'il eft très à propos d'oppofer s'il fe peut les affaires de Naples à celles de la Lorraine, en difant que le Roi fe confervera le même pouvoir d'affifter le peuple de Naples, que le Roi d'Efpagne fe confervera à l'égard du Duc Charles, ou qu'on s'en départira de part & d'autre ; qu'il faut preffer & infifter fur cette propofition, fans qu'il paroiffa pourtant qu'elle vient de notre part ; mais fi elle n'eft acceptée, comme le Sieur Knuyt ne croit pas qu'elle le puiffe être, & qu'après avoir tenté tous les autres moyens, l'on voye qu'il n'y en a aucun d'empêcher le Traité particulier de Meffieurs les Etats, que de confentir dès à préfent,

Touchant Traité particulier entre l'Efpagne & la Hollande & mefure prendre pour l'arrêter.

1647.

fent, fous les conditions ci-deſſus marquées, à l'execution de l'offre faite par leurs Majeſtez ; c'eſt à quoi nous avons de la peine à nous reſoudre.

Il eſt auſſi conſtant par nous qu'il faut eſſayer de gagner le tems néceſſaire pour donner cet avis à leurs Majeſtez, & recevoir leurs ordres : mais comme les Eſpagnols ne ſe déclareront jamais ſur un parti conditionné, & remis à la volonté du Roi, il ſemble en ce cas-là à la plûpart de nous, & ſuppoſé cette derniére néceſſité, qu'il vaut mieux dès à préſent accorder la propoſition, comme elle a été faite par le Sieur Knuyt, que de manquer à achever le Traité.

Les raiſons ſur leſquelles cette opinion eſt appuyée, ſont que par toutes les Dépêches de leurs Majeſtez, rien ne nous eſt tant commandé que de procurer tous les moyens d'avancer la Paix, ou du moins de faire voir à tout le monde, que ſi la Guerre continue, la faute n'en peut pas être imputée à la France, ce qui réüſſira ſans doute, ſi l'on ſe porte à ce qui eſt propoſé par les Hollandois mêmes, leſquels ſeront retenus par là de faire leur Traité, ou s'il arrivoit autrement, la France ſeroit pleinement juſtifiée devant Dieu & les hommes, & il y a grande apparence qu'au moins les Provinces de Zelande, Utrecht, & quelques autres prendront delà un ſujet légitime de ne pas concourir à la concluſion d'une Paix ſéparée.

D'ailleurs ce qui a été réſolu dans le Conſeil du Roi eſt un relâchement pareil, ou même plus grand que celui qui nous eſt aujourd'hui propoſé, d'autant que la ſeule différence, qui eſt en l'un & en l'autre parti, eſt que l'on accorde à l'heure même ce dont l'execution étoit, différée pendant dix années, mais on gagne de l'autre côté deux points à l'avantage de la France. Le premier, qu'il y aura une clauſe expreſſe, conſentie par le Roi d'Eſpagne & par l'Empereür, par conſéquent dans le Traité qui ſe fera avec lui, par laquelle, au cas que le Duc Charles vienne à enfraindre les conditions de l'Article, tous ſes Etats demeureront irrévocablement acquis à la France, ſans eſperance d'y pouvoir rentrer ci-après ; l'autre, que Meſſieurs les Etats entreront en garantie des à préſent, & s'obligeront de la faire valoir. Lorſque leurs Majeſtez ont appoſé à l'offre qu'il leur a plû de faire au Duc Charles, la condition & le terme des dix années, leur motif a été, ainſi que les Dépêches faites ſur cela le font voir, & qu'on ne pouvoit s'aſſurer dudit Duc, attendu ſon inconſtance & ſa légéreté ſi ſouvent témoignées, d'où l'on infére que la caution de Meſſieurs les Etats, & l'avantage d'avoir ſtipulé ces conditions dans un Traité ſi public & ſi ſolemnel, eſt une ſûreté beaucoup plus grande que le terme de Traité, auquel cas leurs Majeſtez poſſederont en Paix tout ce qui eſt du mouvant de la Couronne de France, & de tout ce qui dépend des trois Evêchés ; ou s'il vient à manquer à ce qu'il aura promis, il ne trouvera plus aucun ſecours, & la juſtice qu'on aura de le priver de ſa grace, qui lui eſt aujourd'hui accordée ſera notoire à un chacun ; à quoi l'on peut ajoûter, qu'il n'y aura pas moins de facilité de le remettre à la raiſon, puiſqu'on ne remet en ſes mains aucune Place forte, & que la France retient une partie de celles qui étoient dans ſon Païs, & que les autres ſeront démolies.

Que ſi l'on manque cette occaſion d'arrêter le Traité particulier de Meſſieurs les Etats, il y a grand ſujet de croire, qu'ils ne demeurent pas aux ſimples termes de ne nous plus aſſiſter, & que les Eſpagnols ayans gagné ſur eux le premier point, ne les induiſent après aiſément à s'unir & s'allier avec eux, ce qui arriveroit ſans doute, ſi dans la continuation de la Guerre la France venoit à avoir quelque avantage conſidérable.

Nous faiſons encore réflexion ſur le peu d'aſſurance qu'il y a en tous nos Alliez, les Hollandois faiſans aſſez voir combien peu ils eſtiment l'obſervation des Traitez, les Heſſiens n'ayans rien aujourd'hui de plus fréquent en la bouche que leur miſére & la néceſſité où Madame la Landgrave pourra être réduite par les Etats de Heſſe, & les Suédois témoignans, comme ils font, une jalouſie très-grande de l'établiſſement de la France en Allemagne. Ce qui doit faire apréhender qu'ils ne faſſent pourſuivre l'exemple des premiers, & à faire un Traité à part, s'il arrivoit le moindre deſordre dans les affaires, dont ils ſont inceſſamment ſollicités par les Impériaux, & voyant d'ailleurs qu'ils ne ſauroient ſouffrir que la France ſoit conſidérée dans l'Empire ; qu'ils deviennent ennemis de ceux qui connoiſſent avoir deſſein de s'attacher à elle, qu'ils ne ſouhaitent pas, que nous y ayons une armée forte & conſidérable, mais qu'ils nous veulent ſeulement voir en état d'exiger de nous de grandes ſommes d'argent, pour fortifier leur armée, & regner ſeuls, ſi leur proſperité dure, ou bien s'accommoder ſans nous au premier changement.

Une autre raiſon qui nous paroit très-forte eſt que l'accommodement du point de la Lorraine aſſure entiérement la France, & affermit toutes ſes Conquêtes ; d'autant que non ſeulement elle ſe délivre de la crainte, que le Duc Charles profitant du débris des armées, ne puiſſe amaſſer contre elle de grandes forces ; mais encore que les deux points ſeuls, qui nous reſtent à ajuſter dans le Traité de l'Empire tombent en accordant celui-ci, & que la France ſe pourra dire alors véritablement l'arbitre & la Maîtreſſe du Traité.

DIFFERENTES PIECES

AU SUJET DE LA

NEGOCIATION

POUR LA PAIX DE

WESTPHALIE

Ecrites par différens Ministres en 1647. 1648.
& 1649.

DISCOURS

de Monsieur

SERVIEN

Fait à Messieurs les Etats sur la Conclusion de leur Paix particuliere avec le Roi d'Espagne. A la Haye, le 14. Janvier 1647.

Les Plénipotentiaires des Etats font espérer à ceux d'Espagne de traiter sans la France. Commissaires d'Espagne envoyez en Hollande. Obligation mutuelle par les Traitez entre la France & les Etats.

MESSIEURS,

IL y a trois années que nous passames par ici Monsieur d'Avaux & moi, par ordre du Roi & de la Reine Régente Sa Mere, pour concerter avec vos Seigneuries avant que nous rendre à Munster, la conduite que nous aurions à tenir avec Messieurs vos Plénipotentiaires dans cette importante Négociation, qui tient depuis si long temps les yeux & les espérances de toute l'Europe, attachées sur le succès qu'elle doit avoir. Maintenant leurs Majestez m'ont fait l'honneur de me renvoyer en ce lieu pour achever ce qui ne fut alors que commencé, & pour resoudre par vos prudens avis les moyens de mettre une derniére fin à ce grand ouvrage, en bien affermissant le repos que toute la Chrétienté en attend.

L'on jugea prudemment en ce tems-là que pour ménager avantageusement dans le Traité de Paix les intérêts de la France & de votre Etat, il n'y avoit rien de si utile que de conserver une étroite union entre les Ministres du Roi & les vôtres, que de s'entr'aider par offices mutuels & sincéres, à obtenir ce que chacun doit justement prétendre, & de faire connoître aux Ennemis communs plutôt par des effets que par des paroles, que les vaines prétentions qu'ils ont toujours euës, de jetter de la division entre

tre nous, pour en profiter à nos dépens, ne leur réuffiront jamais. Mais fi alors il fut trouvé à propos de convenir enfemble des précautions dont il falloit ufer pour n'être point furpris pendant le cours de la Négociation; combien eft-il plus néceffaire, aujourd'hui, que nous fommes à la veille de conclure le Traité, d'ouvrir les yeux plus que jamais pour fe garantir de tous les préjudices qu'on pourroit recevoir par trop de confiance ou de facilité; ayant affaire avec une Nation qui eft en poffeffion de n'obferver les Traitez qu'elle fait, qu'autant qu'ils font avantageux pour fes deffeins, & qui a témoigné jufques ici par toutes fes actions plus d'envie de fortir de la Guerre préfente, pour en recommencer une autre dans quelque tems, qui lui foit plus heureufe, que de faire une Paix durable & fincere.

Certes, Meffieurs, c'eft une fatalité glorieufe pour votre Païs, qu'après avoir été fi longtemps le théâtre de la Guerre, & l'École où toutes les autres Nations en font venues apprendre le métier, il foit devenu le lieu où fe tiennent les principaux Confeils de Paix, & que le même climat qui a été la fource de toutes les hoftilitez qu'on exerce à préfent contre l'Efpagne, produife auffi les remédes dont on fe doit fervir pour les faire ceffer; comme fi la conftance incomparable de vos généreux ancêtres & la grandeur de courage, qu'ils ont fait paroître en fondant parmi tant de peines & de dangers ce floriffant Etat, lui avoit acquis le privilége de donner en cette rencontre, le branle aux plus importantes réfolutions qu'on doit prendre dans les affaires publiques.

Voici déja la feconde fois depuis qu'il a été réfolu d'entrer en Traité avec l'Ennemi, que les Ambaffadeurs d'un grand Roi, le plus puiffant ami de votre République, font venus confulter avec vous par quelles voyes honnêtes & fures on le doit faire. Perfonne ne peut révoquer en doute que Sa Majefté tenant le premier rang dans votre Alliance, pourroit prétendre avec raifon, que fes avis & fes intérêts y fuffent confidérez par préférence; vû même qu'il s'agit de finir une Guerre où elle a fi libéralement employé les richeffes de fon Royaume & le fang de fes Sujets pour la défenfe de fes Alliez. Mais comme elle cherche fa principale fatisfaction dans celle de fes amis, & qu'elle a toujours préféré leurs avantages aux fiens propres, tandis qu'on a eu les armes à la main, elle veut bien encore faire le même aujourd'hui, qu'on eft fur le point de les quitter; elle veut de bon cœur remettre au jugement d'autrui ce que l'ordre & la bienféance devroit faire prendre du fien & vous faire propofer des chofes dont elle dévroit être recherchée.

Au premier voyage que nous fîmes ici, pour en délibérer avec vos Seigneuries, notre venue excita des plaintes publiques, & on fit des déclamations contre nous, comme fi en propofant feulement les moyens d'acquérir un durable repos à ces Provinces, nous euffions travaillé à détruire les fondemens de cet Etat, à caufe qu'il s'eft formé & agrandi par la Guerre. Maintenant les maximes de ce temps-là font tellement changées, que pour rendre les Miniftres du Roi odieux, il fuffit que les Efpagnols faffent publier que nous venons en ce Païs pour différer ou interrompre la Paix; de cette forte ayant à fouffrir deux accufations toutes contraires, & qui fe détruifent, je puis dire avec vérité que nos accufateurs n'ont pas été mieux fondez en l'une qu'en l'autre.

Je veux bien croire qu'ils ne peuvent abreu-

Tom. IV.

ver de ces folles opinions que la populace, & que les fages connoiffans le lieu d'où elles viennent, favent fort bien le jugement qu'on en doit faire; mais dans un Païs, où la Commune a part aux délibérations les plus importantes, toutes les impreffions qu'on lui donne, quoi que fauffement, ne font pas à méprifer : & c'eft toujours une marque de préoccupation d'efprit un peu dangereufe, de recevoir favorablement tout ce qui vient de la part des Ennemis & de rendre fi légérement les amis auteurs de toutes les chofes qui ne plaifent pas.

Ce font les premiers effets de la communication que l'on convient d'avoir avec les Efpagnols, qui favent merveilleufement bien l'art de féduire les peuples par de femblables artifices.

Vos Seigneuries s'en appercevront encore mieux quand ils auront acquis plus de familiarité parmi vous; leurs partifans ont déja l'autorité de partager les efprits dans vos Provinces, d'y faire agiter des queftions, & gliffer des opinions nouvelles, qui ne font avantageufes que pour eux, qui font préjudiciables à nos meilleurs amis, & que l'expérience fera bientôt connoître de dangereufe conféquence pour cet Etat. Quelles pratiques & quelles divifions parmi vous n'aurez-vous point à craindre, lors qu'ils auront l'entrée en vos maifons, fi votre prudence n'y remédie de bonne heure ? Je veux efpérer que les fages Conducteurs de l'Etat, confervant l'autorité qui leur eft duè, fauront bien contenir toutes chofes dans le devoir, & qu'ils apprendront à tous les autres, autant par leurs exemples que par leurs remontrances, que pour acquérir un repos affuré par la Paix, il faut demeurer dans les maximes auciennes qui ont élevé votre République au dégré de profpérité où elle eft, il faut conferver foigneufement les vieilles amitiez, quand elles ont été utiles, & affurées, garder les foupçons & les défiances pour les Ennemis, & n'employer pour les amis que la franchife & la confiance, pour prévenir les mauvais effets qui pourroient naître d'une affection mal reconnue. Vos Seigneuries fe peuvent encore reffouvenir des bruits qui furent répandus dans ce Païs il y a quelque temps, que les Traitez entre la France & l'Efpagne étoient conclus fans votre intervention. On favoit fort bien que les avis en étoient venus d'Anvers & de Bruxelles; on y mettoit des circonftances qui ne pouvoient être véritables : on ne laiffa pas d'y ajouter foi & de faire par tout des plaintes de la France, avec autant de licence que fi on lui eût pu véritablement reprocher une femblable infidélité. Les Efpagnols furent bientôt contraints de détruire eux-mêmes l'impofture, dont ils avoient été les auteurs, par l'offre qu'ils nous firent de quatre méchantes Places, qui étoit une condition de Paix bien difproportionnée à celle qu'ils avoient auparavant fait croire à tous les Païs-Bas, qu'on vouloit donner au Roi par ce Traité clandeftin. Mais ils n'ont pas démeuré longtems à recommencer une batterie toute contraire, en faifant publier par leurs adhérans que nous ne voulions point de Paix, nous qui, à leur compte, la voulions acheter auparavant par une action honteufe & par l'abandonnement de nos Alliez. Leur faifans aujourd'hui refus de quelques favorables conditions qu'on nous préfente, nous faifons, difent-ils, naître tous les obftacles qui la retardent, & empêchons même que vos Seigneuries n'acceptent celles qu'on leur offre; fi bien que nous voilà déclarez Ennemis du repos public, par le jugement d'une Nation qui s'ima-

gine

1647. gine que sa vaine prétention à la Monarchie Universelle lui a déja acquis le droit de rejetter sur autrui, les fautes dont elle seule est capable.

Je sai bien, Messieurs, que ceux qui ont quelque connoissance des affaires, n'ont pas cette croyance de nous. Les soins que la Reine a pris, depuis le commencement de sa Régence, de faire cesser en divers lieux les troubles qui pouvoient retarder le Traité général; la Guerre qui a été terminée en Italie par son autorité; celle qui a été appaisée en Dannemarck par son entremise, où votre Etat a trouvé son compte; les conditions modérées dont nous nous sommes contentez dans le Traité de l'Empire; les diligences continuelles que nous avons faites pour surmonter les autres difficultez, qui concernent le Public & nos Alliez; depuis l'ajustement & la satisfaction du Roi & la déclaration ingénuë que nous avons faite il y a longtemps de la part de Sa Majesté, qu'elle est prête de rétablir la Paix entre les deux Couronnes, en laissant les choses en l'état où il a plu à Dieu de les mettre, pour ne tomber pas dans les longueurs, qu'une trop exacte discussion des anciens differends eussent pu causer; vous sont des marques bien évidentes des saintes intentions de sadite Majesté, & du desir extrême qu'elle a d'avancer de tout son pouvoir le repos de la Chrétienté.

Mais quand vos Seigneuries n'en auroient pas reçu tous ces témoignages, quand Messieurs vos Députez de Munster ne nous auroient pas représenté notre Traité avec l'Espagne sur le point d'être conclu, par la facilité que nous y avons apportée; le sujet de mon envoi vous en donneroit une preuve bien convaincante, puis que j'ai ordre de prendre, sans perte de temps, avec vos Seigneuries, les dernières résolutions pour la conclusion de la Paix générale, & de convenir avec elles de ce que chacun devra faire en exécution des Traitez, pour rendre durable, après qu'elle aura été concluë. Voilà, Messieurs, en substance tout ce que contient ma Commission, & ce que j'ai à traiter maintenant avec vos Seigneuries, qui est bien contraire à l'opinion que plusieurs personnes mal informées en avoient prise.

Je n'estime pas que vos Seigneuries croyent la bonne foi des Espagnols si grande, qu'on y doive avoir une entière confiance, & mépriser toutes les précautions que la prudence oblige de prendre contre les manquemens qu'ils ont accoutumé de faire. Il n'y a personne d'entre nous, qui ne cherche tous les secrets possibles d'assurer son argent dans l'acquisition d'une terre: je ne saurois croire que pour faire un Contrat où il s'agit de toute la fortune d'une longue Guerre, de l'honneur & de la sureté de deux puissans Etats, il se trouve quelqu'un qui aime mieux se fier en la seule promesse d'un mauvais payeur, que de prendre de bonnes cautions pour s'assurer. Ce n'est pas ce que l'on écrit dans un Traité, ni la diligence dont on use pour le faire aujourd'hui plutôt que demain, ni les seings ou les sceaux qu'on y ajoute, qui en assurent l'exécution, c'est l'état où l'on demeure après qu'il est fait, tant par ses propres forces comme par le nombre des amis, pour se faire tenir parole, si l'Ennemi veut manquer de foi, ou pour se défendre si l'on est attaqué.

Un des grands Personnages de l'antiquité a été de cet avis quand il a dit, *Pacem non esse in positis armis, sed in objecto Armorum, & servitutis metu deposito.* En effet que nous ser-

viroit-il maintenant de finir une Guerre, où nous ne pouvons que gagner & où les Ennemis ne sauroient que perdre, si nous laissons quelque sujet de crainte qu'elle recommence, en un temps, qui ne nous sera peut-être pas si favorable? Leur procédé nous donne de très-justes causes de defiance, puis qu'ils ont fait paroître jusques ici plus de dessein de nous desunir que d'intention de se réunir sincérement avec vous; & qu'encore à présent nous voyons clairement qu'ils travaillent plus à rompre notre Alliance, qu'à satisfaire les Alliez dans leurs intérêts légitimes.

Si Messieurs vos Députez ont rendu compte à vos Seigneuries de toutes les propositions, qu'on leur a faites, en traitant avec eux; je suis assuré que de tous les Articles d'importance qui ont été agitez, les Espagnols n'en ont point accordé où ils n'ayent ajouté pour condition, qu'on traiteroit sans la France: à quoi si on se fût contenté de répondre par le silence, sans repaitre les Ennemis d'espérance, nous aurions eu un peu moins d'occasion de nous plaindre. Nous avons cet avantage qu'on ne nous a point fait de semblables recherches depuis que nous les avons rejettées avec un mépris semblable à celui des femmes vertueuses, qui s'offensent des discours de cajolerie, qu'on leur veut faire. Si Messieurs vos Députez en avoient fait autant, suivant les ordres réiterez qu'il a plu à vos Seigneuries de leur envoyer, il y a longtemps que nous aurions obtenu la Paix avec une entière satisfaction de la France & de votre Etat.

Mais certes, je ne le puis taire; l'espérance que quelques-uns ont donné aux Espagnols de traiter avec eux à notre préjudice, & les conseils qu'on leur a donnez à l'oreille de tenir ferme contre nous, c'est le seul obstacle qui les a empêchez jusques à présent de venir à la raison.

Voulons-nous donc, Messieurs, avoir une bonne Paix en peu de temps? Le moyen en est facile & honorable: il ne faut que demeurer constamment en l'observation des Traitez d'Alliance; guérir une fois pour toutes, les Espagnols des prétentions qu'ils pourroient avoir de nous diviser; tenir pour suspect & dangereux tout ce qu'ils nous offriront sous cette condition; & que Messieurs vos Plénipotentiaires agissent à Munster en vrais Alliez pour nos intérêts, comme nous avons toujours fait pour les vôtres. Voulons-nous rendre cette même Paix ferme & durable? Nous n'avons qu'à faire connoître aux Ennemis, par notre union, qu'ils ne peuvent jamais contrevenir au Traité qui sera fait, sans avoir à combattre la France & les Provinces-Unies en même temps, dont ils ont éprouvé les forces avec les succès que chacun a vû; & qu'ils auront toujours sujet de craindre. Si nous nous conduisons avec cette prudente fermeté, nous en verrons bientôt de très-bons effets: la Paix sera conclue en peu de temps avec réputation & avantage; nous cueillerons ensemble les plus agréables fruits qu'elle a accoutumé de produire, à l'ombre d'une sureté inviolable, sous laquelle nous pourrons sans crainte nous décharger des dépenses qu'il faudroit suporter, si nous demeurions dans un état incertain; & nous aurions cette satisfaction de n'en avoir pas acheté les conditions par aucune sorte de manquement.

Si nous prenions une autre conduite, nous pourrions bien faire chacun en particulier un Traité avec l'Espagne, mais nous en perdrions l'effet en le signant. L'Ennemi qui ne s'y porte qu'à regret, & qui le croit desavantageux, for-

formeroit en même temps le deffein de rompre à la première occafion favorable qui s'en préfenteroit; les doutes & les méfiances s'augmenteroient de tous côtez, au lieu de ceffer; chacun feroit obligé de chercher de nouveaux amis, pour fe garantir du péril; il ne faudroit pas moins de dépenfe & de gens de Guerre, pour vivre dans une femblable Paix qu'au milieu des hoftilitez; & je ne fai comment nous nous pourrions mieux juftifier envers la poftérité d'avoir troublé de gayeté de cœur & par une précipitation non néceffaire l'heureux état de nos affaires.

Il importe grandement de prévoir tous ces inconvéniens; & pour cet effet de favoir au vrai comme nous aurons à paffer dans un nouveau genre de vivre, en fortant de celui que nous allons quitter. Il importe de bien éclaircir comme nous aurons à vivre enfemble, lorfque nous y ferons arrivez; en expliquant l'ambiguité de ce que nous aurons à faire les uns pour les autres, en cas que nous recevions quelque nouveau trouble par notre Ennemi commun. Vous me permettrez de vous dire, Meffieurs, que vous y avez encore plus d'intérêt que nous; le Corps de votre Etat, après un pénible exercice de Guerre continué l'efpace de quatre-vingts ans, doit vivre deformais dans un profond repos, qu'il n'a point encore éprouvé; il a bien befoin d'ufer de bons remédes pour fe garantir des maux qui viennent ordinairement après de femblables changemens, & qui pourroient devenir mortels, fi on ne fe fervoit de puiffantes précautions pour les prévenir.

Quant à nous, Meffieurs, ce ne fera pas une chofe nouvelle pour la France d'être en Paix avec l'Efpagne; nous favons défa jufques à quel point on s'y doit fier, & comment on fe peut défendre des pratiques & entreprifes qu'elle a coutume de faire, fous la couverture de l'amitié. Nous avons de bonnes Loix qui réglent jufques où fe doit étendre la communication qu'on peut avoir avec des Ennemis dangereux, qui ne fe réconcilient jamais que pour mieux parvenir à leurs fins. Nos Magiftrats favent comme il faut punir ceux qui y contreviennent. L'expérience du paffé nous rendra encore plus fages à l'avenir; mais je ne fai fi la forme de votre Etat vous permettra fitôt de tenir en bride comme il faut l'humeur entreprenante de cette Nation, qui a toujours plus avancé fes affaires par des menées fecrètes que par les armes; puifque même avant la conclufion de la Paix, elle a l'audace d'envoyer ici les Commiffaires, fous des emplois fuppofez, pour attaquer & diffamer vos amis en votre préfence.

Si les Efpagnols font tellement aveuglez de leurs paffions, qu'ils ofent bien travailler ouvertement auprès de vous, efpérans féparer & mécontenter vos Alliez, qui eft toujours le premier démembrement qu'on tâche de faire dans un Etat, qu'on veut affoiblir; pouvez-vous douter qu'ils ne paffent bientôt plus avant, & qu'après avoir defarmé votre Lion de fon épée, ils ne tâchent auffi de lui arracher cette poignée de fléches, qui eft le fymbole non feulement de l'union, qui doit demeurer entre vous, mais de celle qui attache vos Alliez dans les intérêts de votre Etat?

Je fupplie vos Seigneuries de faire un jugement auffi favorable de ce que j'ai l'honneur de leur dire, que les intentions de leurs Majeftez, que j'explique, font droites & fincéres; elles n'ont aucunes penfées de retarder la Paix; les

précautions que nous avons à prendre enfemble, ne foit ni longues ni difficiles; il n'eft queftion que de pourvoir folidement à la fureté du Traité, qui doit être fait : & cette fureté ne confifte qu'à exécuter de bonne foi les précédens, à réparer les contraventions qui y ont été faites, & à donner ordre qu'ils foient obfervez religieufement à l'avenir, fans qu'une des Parties y puiffe apporter des interprétations préjudiciables à l'autre. Car, pour en parler franchement; quand on donne un Contrat aux Docteurs à confulter, c'eft plutôt en intention de plaider que de fatisfaire à ce qu'il contient; ce qui dans les Alliances ne doit jamais être interprété que felon l'équité & la bonne foi; toutes les fubtilitez doivent être tournées contre les Ennemis, & non pas contre ceux qui ont employé toute leur puiffance & leur propre fang pour votre grandeur. Tout cela étant auffi jufte que néceffaire, & pouvant être réfolu en deux jours; on ne peut pas dire que ce foit des retardemens recherchez : & ceux qui auroient cette opinion, feroient trop évidemment connoître que pour les contenter, il faut que toutes chofes paffent felon le défir des Efpagnols.

La France demeurera toujours conftamment attachée d'affection avec les Provinces-Unies; & comme il n'y a encore jamais eu de manquement de fon côté, vous devez être affurez, Meffieurs, qu'il n'y en aura point auffi à l'avenir : fon amitié eft affez précieufe, & vous l'avez éprouvée affez utile & avantageufe à cet Etat, pour ne la vouloir pas prétendre toute entiére, en ne lui donnant qu'une partie de la vôtre. La juftice veut bien pour le moins que les conditions de notre Société foient égales dans l'affiftance que la France s'obligera de donner à cet Etat. En cas que les Ennemis rompent le Traité, nous ne ferons aucune diftinction des intérêts que vous avez à démêler avec eux, ni des lieux, par où ils peuvent vous attaquer. Nous eftimons que le même doit être fait de votre part, autrement ce feroit montrer à l'Ennemi l'endroit par où il nous pourroit faire du mal plus facilement; fans que vous vous y intéreffiez. Nous croirions lui apprendre qu'il peut un jour, fans crainte, recommencer les hoftilitez par vos Provinces, qui font voifines de l'Allemagne, fi nous lui avions déclaré que nous ne reprendrions point les armes pour vous fecourir; qu'en cas qu'il vous attaque par la Flandre, cette Province faifant feulement une partie de vos Frontiéres, & à votre égard, ce que les Païs-Bas font à l'égard de la France; parce qu'ils ne font auffi qu'une partie de la Frontiére. Il n'y a perfonne de vous qui ne crût être mal accompagné d'un ami qui nous tiendroit par la main droite, s'il ne fe remuoit point quand il nous verroit affaffiner par le côté gauche. Lorfque la Paix fera faite, il ne vous reftera qu'un intérêt feul & indivifible à la France, qui eft que le Traité foit obfervé : il ne fauroit être rompu en un lieu, que la rupture ne demeure générale; & un des Articles ne peut être violé, que tous les autres ne foient ébranlez. Le Corps de la Monarchie étant compofé de plufieurs Membres différents ne peut être bleffé en un, que tous les autres ne s'en reffentent par communication. Il feroit bien mal aifé qu'on ne pût faire voir de quelle forte les Ennemis pourroient recommencer la Guerre contre nous, du côté d'Italie ou d'Efpagne, fans qu'elle fe fît auffi en même temps dans le Païs-Bas, & par tout ailleurs, où nous fommes voifins. Je ne puis encore comprendre fur quoi fondent leur appré-

henfion

hension ceux qui font semblant de craindre que l'obligation réciproque illimitée, qui doit être accordée entre nous, n'apporte plus de contrainte que de sureté à votre Etat, &c. ne soit plus propre à l'engager à de nouvelles Guerres, qu'à la faire jouir sûrement de l'état de la Paix. S'ils prennent la peine de considérer que cette obligation n'est pas nouvelle, & qu'elle est déja contenuë dans le Traité, ils avoueront qu'il n'y a autre délibération à faire sur ce sujet, que pour savoir si on veut observer l'Alliance, ou la rompre.

Obligation mutuelle par les Traitez entre la France & les Etats.

Le malheur qu'a l'Espagne dans cette Guerre, & les pertes qu'elle a faites, lui serviront d'un puissant avertissement pour n'en recommencer jamais de semblables contre la France & votre Etat, tant qu'ils demeureront Alliez. Le contraire arriveroit assurément, si elle nous voyoit divisez par quelque distinction de lieux ou d'intérêts, ou par quelqu'autre mèsintelligence.

Le favorable succès, qu'elle se promettroit encore, en nous attaquant séparément, lui donneroit l'envie de l'entreprendre. Alors, quand l'un des deux Etats seroit contraint de rentrer en Guerre, je ne sai pas avec quelle sureté, ni avec quel ménage, l'autre prétendroit de jouir de la Paix, ayant deux si grandes puissances en armes dans son voisinage. Vous voyez donc, Messieurs, clairement, que notre union au lieu d'être le sujet de nos appréhensions, en doit être l'unique remède; & que nous n'assurerons jamais si bien le repos de la France & de ces Provinces, qu'en demeurant inséparablement unis.

J'en pourrois donner d'autres preuves très-concluantes à vos Seigneuries, si je ne craignois de les ennuyer. Si elles ont agréable de députer des Commissaires avec lesquels je puisse conférer plus amplement sur tout ce que je viens de vous representer, qui ayent pouvoir suffisant pour en traiter avec moi, je leur découvrirai avec beaucoup de sincérité les sentimens de leurs Majestez: & je m'assure que vos Seigneuries les connoîtront portées au bien & à la grandeur de cet Etat, autant qu'à l'avantage de la France, & qu'ils donneront un nouveau témoignage de la constante affection du Roi & de la Reine Régente envers vos Seigneuries, dont cependant leurs Majestez m'ont commandé de les assurer. Fait à la Haye le quatorziéme Janvier 1647.

Après la réponse de Monsieur le Président, (c'est celui qui préside en l'Assemblée des Etats-Généraux) qui a témoigné la constante résolution de Messieurs les Etats de demeurer toujours exactement unis d'affection & d'intérêts avec la France, & de conserver chérement le souvenir des grandes faveurs & assistances qu'ils en ont reçues en divers temps; il a été répliqué ce qui suit.

AUTRE DISCOURS

de Monsieur

SERVIEN.

La France a été bien assistée en cette Guerre par les Etats-Généraux. Manifeste envoyé par le Marquis de Castel Rodrigo Gouverneur des Païs-Bas pour le Roi Catholique. Espion du Marquis de Castel Rodrigo. Neutralité des Etats-Généraux avec l'Empire. Le Traité des Etats se concluera quant & quant le nôtre avec l'Espagne. Commerce de la basse Allemagne. Princes & Etats Protestans recommandez à la France par les Etats-Généraux. Intérêts de la Landgrave de Hesse-Cassel. Intérêts du Palatin Electeur de l'Empire. Intérêts de Brandebourg pour la Poméranie. La précipitation des Etats-Généraux à traiter avec l'Espagne mauvaise.

MESSIEURS,

J'Apprends avec beaucoup de joye la bonne disposition où sont vos Seigneuries de demeurer toujours dans l'étroite union, qui a été jusques à présent entre la France & les Etats, dont nous nous sommes si bien trouvez qu'après l'assistance du Ciel c'est la seule cause des prospéritez qui nous sont arrivées. Je ne manquerai pas de faire savoir au Roi & à la Reine Régente la bonne volonté que vos Seigneuries témoignent envers leurs Majestez, qui l'auront toujours très-agréable & vous donneront en toute rencontre des preuves de leur affection tant pour le bien & avantage du Corps de l'Etat que pour celui de chacune des Provinces qui le composent.

La France a été bien assistée en cette Guerre par les Etats Généraux.

Je suis aussi obligé de remercier vos Seigneuries de la communication qu'il leur a plu me donner d'un Ecrit qui leur a été présenté par l'Envoyé du Marquis de Castel Rodrigo. A la vérité c'est un procédé bien étrange que vos Parties, au lieu de travailler de bonne foi de leur côté à surmonter les difficultez qui regardent la conclusion du Traité, s'occupent en cette conjoncture à faire des Manifestes qui tendent plutôt à division & rupture qu'à sincére réconciliation. Vos Seigneuries en connoissent mieux l'artifice que je ne saurois l'exprimer, encore qu'à mon égard je le tienne plus digne de mépris que de réflexion, néanmoins je laisse à juger à la prudence de vos Seigneuries s'il est du bien de leur service qu'un Espion des Ennemis soit ici présent, pendant que j'ai des affaires de conséquence à traiter avec vos Seigneuries; & s'il est de la dignité de votre Etat qu'ils prennent déja l'autorité d'envoyer des Controlleurs pour combattre par des voyes secrétes ce qui se doit traiter confidemment entre des Amis & des Alliez.

Manifeste envoyé par le Marquis de Castel Rodrigo Gouverneur des Païs-Bas pour le Roi Catholique.

Espion du Marquis de Castel Rodrigo.

Vos Seigneuries peuvent mettre encore en délibération si, le Traité de l'Empire étant sur le point d'être conclu, elles desirent que nous ménagions quelque chose avec les Impériaux au nom du Roi, touchant votre neutralité, pour la faire rétablir & observer après que votre Traité avec l'Espagne aura été conclu conjointement avec le nôtre: enquoi nous employerons de bon cœur l'autorité du Roi & nos offices selon le désir de vos Seigneuries.

Neutralité des Etats Généraux avec l'Empire.

Le Traité des Etats se concluera quant & quant le nôtre avec l'Espagne.

Nous

1647.

Commerce de la basse Allemagne.

Nous ferons le même pour ce qui concerne le Commerce des Provinces & Villes maritimes de l'Allemagne, afin qu'il soit conservé dans l'étendue de l'Empire en la même liberté qu'il étoit avant les présens mouvemens, & qu'on n'y puisse apporter aucun trouble ni nouveauté. Messieurs les Plénipotentiaires de Suéde nous ont toujours assuré que c'est l'intention de leur Reine, & que les anciennes Loix & Coutumes de l'Empire seront religieusement observées dans les Païs qui leur demeureront par le Traité de Paix, tant pour l'intérêt du Public, que pour conserver une bonne correspondance avec votre Etat.

Princes & Etats Protestant recommandez à la France par les Etats-Généraux.

Quant aux recommandations qui nous ont été faites de votre part en faveur de Monsieur l'Electeur de Brandebourg, de la Maison Palatine, & de Madame la Landgrave de Hesse, & des Etats Protestans d'Allemagne, j'ose croire que les uns & les autres ont une entiére satisfaction de notre conduite & des soins que nous avons pris de leurs intérêts; ayant déja obtenu des Impériaux tout ce que peuvent désirer les Etats Protestans pour ce qui regarde le temporel, il ne restoit plus, quand je suis parti de Munster, que quelques différends touchant les Griefs qu'on appelle Ecclésiastiques, qui étoient sur le point d'être terminez par un bon accommodement.

Nous avons employé soigneusement notre entremise quand il a été nécessaire pour porter les deux Parties aux choses qu'ils ont pu faire raisonnablement & en conscience : leur accommodement étoit presque résolu, dans lequel nous espérons que les uns & les autres trouveront à l'avenir leur satisfaction.

Intérêts de la Landgrave de Hesse-Cassel.

Pour les intérêts de Madame la Landgrave, je puis bien assurer vos Seigneuries qu'ils ont toujours été considerez par les Ministres du Roi comme méritent les grandes actions de cette Princesse & la constance incomparable qu'elle a témoignée pour avancer le bien public. Nous avons ordre de leurs Majestez de continuer jusques à ce qu'elle ait obtenu satisfaction, sans laquelle nous avons toujours nettement déclaré que nous ne pouvons faire aucun Traité avec les Impériaux.

Intérêts du Palatin Electeur de l'Empire.

Si les Plénipotentiaires de l'Empereur nous tiennent parole, comme je le crois, les affaires de la Maison Palatine sont déja en bon chemin : nous sommes assurez de la restitution du bas Palatinat & de la Dignité Electorale; nous sommes encore à combattre pour le haut Palatinat, ou pour ménager quelque récompense, en cas qu'on soit obligé de le laisser. Leurs Majestez attendent avec impatience l'issue du Traité, pour pouvoir rendre tout ce que leurs armes occupent dans le bas Palatinat; & rétablir par ce moyen dans ses biens & ses honneurs une Maison dont les intérêts leur ont toujours été en grande recommandation.

Intérêts de Brandebourg pour la Poméranie.

L'affaire de la Pomeranie est celle qui nous a donné plus de peine & de déplaisir, à cause de la résistance que Monsieur l'Electeur de Brandebourg a témoignée jusques ici à traiter de cette Province; Messieurs les Suédois l'ayant demandée pour leur satisfaction & ayant fait connoître qu'ils ne la peuvent recevoir ailleurs commodément. Nous avons fait ouverture de divers moyens qui n'ont pas été agréez, & avons très-grand regret que notre entremise n'ait produit jusques ici plus d'effet. Messieurs vos Députez agissant en votre nom comme amis communs, y peuvent beaucoup contribuer; mais il y a sujet de craindre que si vos affaires avec l'Espagne sont terminées avec précipitation, il ne soit très-mal aisé de pourvoir comme il faut à celles de vos amis dans l'Allemagne; lesquelles, ayant la connexité qu'elles ont avec les vôtres, seront sans doute entrainées par les résolutions que vos Seigneuries auront prises, & peut-être leur donneront un jour du déplaisir de n'avoir pas profité, comme on pouvoit faire avec un peu de patience & de fermeté, d'une si favorable conjoncture, que celle qui se présente pour acquérir à tous vos Amis & Alliez un repos avantageux & durable.

La précipitation des Etats-Généraux à traiter avec l'Espagne mauvaise.

Signé

SERVIEN.

꙰꙰꙰꙰꙰꙰꙰꙰꙰꙰꙰꙰꙰꙰꙰꙰꙰꙰꙰꙰꙰꙰꙰꙰꙰꙰꙰꙰꙰꙰꙰꙰

<table>
<tr><td>

EXTRACTUM

Ex Resolutione Hollandorum super Articulis per Dominum de Servien præsentatis die Jovis decimo tertio Januarii 1647. Lectum 31. Januarii 1647.

</td><td>

EXTRAIT

De la Résolution des Etats de Hollande sur les Articles proposez par Monsieur de Servien le treize Janvier 1647. Lû le 31. Janvier 1647.

</td></tr>
</table>

Le Pouvoir des Plénipotentiaires des Provinces-Unies ne se changera pas. Il ne sera fait avec la France de plus particuliéres Confédérations que ci-devant. Il ne sera rien changé au Traité de Paix de l'an 1647. au mois de Janvier. Il ne sera insisté à ce que les Espagnols sortent des Païs-Bas. Et que les Etats des Païs-Bas confirment les Traitez de Paix que le Roi d'Espagne leur Seigneur fera avec la France & les Provinces-Unies des Païs-Bas. Est approuvée la signature du Traité de Paix par les Plénipotentiaires des Provinces-Unies, entant que ce Traité n'est que provisionnel jusques à ce que l'Espagne ait conclu la Paix avec la France. La cessation d'armes commencera le jour de la conclusion des Traitez de Paix de la France & des Provinces-Unies. Sauf à délibérer selon les circonstances. Si elle ne commencera que du jour que la Ratification sera publiée. Que les Etats-Généraux des Provinces-Unies des Païs-Bas déclarent précisément aux Espagnols qu'ils ne feront point la Paix avec eux sans la Couronne de France. Que les Plénipotentiaires des Provinces-Unies des Païs-Bas ne reçoi-

reçoivent la ratification des Espagnols du Traité de Paix avec lesdites Provinces jusques à ce que le Traité de Paix soit conclu avec la France. La Ratification du Traité avec l'Espagne ne sera acceptée, sinon que le Roi d'Espagne ait conclu la Paix avec la France. Si le Roi d'Espagne & l'Empereur contreviennent au Traité de Paix. Les Propositions des Plénipotentiaires de France contre le Traité de ceux des Provinces-Unies des Païs-Bas. Refus des Etats de Hollande d'être garants à la France & de recommencer la Guerre contre le Roi d'Espagne, s'il n'accomplit ce dont il conviendra avec la France touchant la Principauté de Catalogne. De la déclaration à faire aux Plénipotentiaires d'Espagne, si le Roi d'Espagne contrevient au Traité.

*S*Uper Deductione per Dominum Servien Commissariis Dominorum Statuum habitâ sæpius collatione tradita quæ in effectu consistit in duobus Præliminaribus & aliis decem principalibus punctis, resolutum est & pro consulto visum.

Primò ut caveatur ne nova puncta producantur ob quæ Instructio Plenipotentiariorum est & pro consulto visum.

Secundò ne Status ulterioribus Confœderationibus cum Galliâ implicentur, quam quas aliàs initi Tractatus contineant.

Tertiò ut nihil immutetur circa septuaginta octo Articulos conventos, sed omni curâ allaboretur ut quantocius Tractatus Pacis ad finem perducantur.

Et quantùm in specie ad puncta in prædictâ Deductione comprehensa, nimirum bina Præliminaria, hoc est quòd in Tractatibus Pacis necesse sit stipulari ut Hispani e Belgio excedant; & quòd ex alterâ parte more Helveticorum Cantonum, ineundos Tractatus debeant confirmare; tanquam de præsenti inopportuna, in Tractatu non attingentur, & quidem eò magis quia ex parte Galliæ dicitur iis non fore insistendum.

Quoad 1. & 2. de sequentibus Articulis ad unum finem tendentes, nempe ut nullius valoris sint ea quæ inter Plenipotentiarios horum Statuum & Ministros Regis Hispaniæ acta & signata sunt, donec Ministri Galliæ & horum Statuum conjunctim cum Legatis Hispanicis convenerint, & quod in defectum hujus expresse non debeat approbari subscriptio dictorum Articulorum inter horum Statuum Plenipotentiarios & Ministros Hispanicos facta: Judicatum est ut pro responso Domino Servien demonstretur quod horum Statuum sincera sit intentio observandi Tractatùs cum Galliâ initos, quibus illibatis, intelligatur quòd Plenipotentiarii Statuum bene fecerint dicta puncta cum Ministris Hispanicis provisionaliter concordando & signando, ob rationes quòd nullus Tractatus ad conclusionem absolutam perduci queat, nisi conjunctim cum Dominis Plenipotentiariis Coronæ Gallicæ.

Super tertio puncto ubi fit instantia ut hostilitates contra Hispanos pari vigore uti antehac continuentur, donec Tractatus Pacis plenarie sit conclusus, dante Coronâ Galliâ hisce Statibus optionem an cessatio armorum initium sumere debeat a conclusione Tractatuum vel postquam Ratificatio eorumdem exhibita sit: Resolutum est ut nulla cessatio armorum ante absolutam Tractatuum conclusionem fieri debeat; illâ autem factâ pro rerum circumstantiâ deliberabitur & declarabitur utrùm cessatio armorum ab illo tempore locum habere debeat vel hostilitas continuari, donec Ratificatio præsentata & publicata fuerit.

Quarto Articulo ad tollendam Hispanis omnem

IL a été résolu & arrêté sur la Conférence tenue entre Monsieur Servien & les Députez de l'Etat, qui consiste en deux points Préliminaires & en dix autres points principaux.

Premiérement il a été trouvé bon qu'on se donnera de garde de produire aucun autre Article que ceux sur lesquels roulent les Instructions des Plénipotentiaires.

Secondement que les Etats n'entreront avec la France dans aucune Alliance plus étroite que celle qui est contenue dans les Traitez précédens.

Troisiémement. On ne changera rien aux septante-huit Articles arrêtez, & l'on tâchera que les Traitez soient conclus au plutôt.

Et quant en particulier aux points compris dans la susdite Déduction, savoir les deux Préliminaires, c'est-à-dire, qu'on stipulera dans le Traité de Paix que les Espagnols sortent des Païs-Bas; & d'autre part que, suivant ce qui est en usage parmi les Cantons Suisses, ils devront confirmer les Traitez que l'on fera; dès à présent on n'insistera plus sur ces deux points, d'autant plus que la France convient qu'il ne faut pas y insister.

Quant au 1. & 2. des Articles suivans qui tendent à la même fin, savoir que ce qui aura été fait & signé entre les Plénipotentiaires de l'Etat & ceux de l'Espagne, ne sera d'aucune valeur jusqu'à ce que les Ministres de France & de l'Etat ayent convenu conjointement avec les Ambassadeurs d'Espagne, & qu'au défaut de ce on ne doit pas aprouver la signature desdits Articles faite entre les Ministres des Etats & ceux de l'Espagne. Il a été trouvé à propos que l'on répondra à Monsieur Servien, que la sincére intention des Etats est d'observer fidélement les Traitez faits avec la France, & que sans y préjudicier on trouve que les Plénipotentiaires de l'Etat ont bien fait de convenir & de signer lesdits points par provision avec les Ministres d'Espagne, pour les raisons souvent alléguées ci-devant; d'autant plus que leur intention est qu'on ne peut conclure absolument les Traitez que conjointement avec les Plénipotentiaires de la Couronne de France.

Sur le troisiéme point qui contient des instances de continuer les hostilitez contre l'Espagne avec la même vigueur que ci-devant, jusqu'à ce que le Traité de Paix soit entiérement conclu, la Couronne de France donnant aux Etats le choix si la suspension d'armes commencera à la signature des Traitez, ou lors de l'échange des Ratifications : Il a été résolu qu'il ne devoit point y avoir de suspension d'armes avant l'entiére conclusion des Traitez, & que les Traitez étant conclus on délibérera, suivant les conjonctures, si la suspension commencera de ce tems-là, ou si l'on continuera les hostilitez jusqu'à l'échange des Ratifications.

Par raport au quatriéme Article, que pour ôter aux Espagnols toute esperance de mettre la

[Notes marginales :] Le point des Plénipotentiaires des Provinces-Unies ne changera pas. Il ne sera fait avec la France de plus particuliéres Considérations que ci-devant. Il ne sera rien changé au Traité de Paix de l'an 1647. au mois de Janvier. Il ne sera insisté à ce que les Espagnols sortent des Païs-bas, Et que les Etats des Païs-Bas confirment les Traitez de Paix que le Roi d'Espagne leur Seigneur fera avec la France & les Provinces-Unies des Païs-Bas. Est approuvée la signature du Traité de Paix par les plénipotentiaires des Provinces-Unies, encore que ce Traité n'est approuvé, si ce que l'Espagne conclu la Paix avec la France.

[Note marginale :] La cessation d'armes commencera le jour de la conclusion des Traitez de Paix de la France & des Provinces-Unies. Sauf à délibérer selon les circonstances. Si elle ne commencera que du jour que la Ratification sera publiée.

1647.

nem spem cujuscumque discordiæ inter Coronam Galliæ & hosce Status, expresse declarationes fiant tam ex parte Coronæ Galliæ quàm horum Statuum per quas Hispanicis Ministris concepta spes divisionis inter hos Status & Galliam præscindatur, conveniens esse dicitur ut petitæ declarationes fiant conformes Tractatibus cum Galliâ initis illarum mentionem facientibus.

Quoad quintum Punctum, ne Plenipotentiarii horum Statuum ab Hispanis ullam Ratificationem super iis quæ signata sunt accipiant, sed quòd illa resutari debeat donec Tractatus tam ex parte Galliæ quàm horum Statuum ad finalem conclusionem fuerint deducti; Resolutum est quòd in hoc Puncto sicut in cæteris id observabitur, quod præsentes Tractatus exigunt, & quòd non acceptabitur ratificatio ab Hispanis ante conclusionem respective Tractatuum.

Super sexto & septimo quòd scilicet casu quòd post conclusionem & ratificationem Tractatuum, Cæsar, Rex Hispaniæ, vel alius quivis Princeps Austriacus vel quicumque fuerit, iisdem Tractatibus contravenerit, opprimendo, vel per vim invadendo loca in quorum possessione erunt Status vel Corona Galliæ, tam ex parte Galliæ quàm horum Statuum, arma denuò accipienda & absque ullâ distinctione locorum gerenda, nec ab inchoatâ hostilitate desistendum, antequam pro omnibus contraventiones realiter sint reparatæ, intelligendo tamen quòd si ruptura Tractatuum fit a parte Coronæ Galliæ, hi Status ad id non tenebuntur & vice versâ.

Variis habitis disceptationibus conclusum est ut Domino Servien sequens responsum detur, scilicet quod Domini Status declarent juxta Tractatum anno 1644. in præsentiâ Domini Servien hic Hagæ Comitis factum; quòd Rex & prædicti Status Unitarum Provinciarum Belgii, Monasterii Pacem inire possint; & si Rex vel Status postmodum directè vel indirectè invaderentur, sub quocumque prætextu contingat, per Regem Hispaniæ, Imperatorem vel alium Principem Austriacum, ex utraque parte, accuratè exequi debeant Articulos 6. 9. & 10. Tractatus anni 1635. quos Articulos hi Status acceptant, religiose eosdem observari curaturi, si casus vel occasio in Tractatibus respective expressa occurrat.

Ulterius pro consulto visum est ut Dominus Servien ore tenus requiratur ad facilitandum totum Negotium & tollendum suspiciones quascumque, quòd propositiones quæ recenter super præscripto Tractatu Monasteriensi vel antehac habitæ sunt, non nisi pro privatis & nullius momenti disceptationibus & laboribus accipiantur: quia ex parte horum Statuum nulla alia resolutio unquam super notâ garantiâ est acceptata, quàm cujus sit mentio in præscriptis Tractatibus.

Ad octavum Punctum quòd ex parte horum Statuum procuretur ut Principatus Cataloniæ cum suis dependentiis comprehendatur in Tractatibus Pacis, vel Induciis triginta annorum, respectu ejusdem Principatûs, finitis, allaboretur ut prædictæ Induciæ cum prædictis conditionibus prorogentur, aut propter ejusdem defectum ex parte horum Statuum cum Galliâ contra Hispanos arma suscipiantur; declaratum est super primo membro hujus Puncti, scilicet ut ex parte Statuum comprehensio Principatûs Cataloniæ in Tractatu Pacis procuretur, faciendam esse instantiam, sed non eidem pertinaciter esse inhærendum si ex parte Ministrorum Hispaniæ difficultas oborietur: super secundo membro ubi dicitur quòd casu quo con-

TOM. IV.　　　　　　　　　　　　　　con-

---

la discorde entre la Couronne de France & les Etats, on fera de part & d'autre des déclarations qui ôteront aux Ministres d'Espagne, toute espérance de mettre la division entre les Etats & la France; on déclare qu'il est convenable que l'on fasse les déclarations demandées conformément aux Traitez faits avec la France qui en font mention.

Par raport à l'Article cinquième qui porte que les Plénipotentiaires de l'Etat ne recevront point la Ratification de l'Espagne sur ce qu'ils ont signé à moins que le Traité ne soit achevé de la part de la France, comme de celle des Etats; Il a été resolu qu'on observera à cet égard comme aux autres ce que les Traitez présens exigent, & que l'on ne recevra point la Ratification de l'Espagne avant la conclusion des Traitez respectifs.

Touchant le sixième & septième, à savoir qu'après la conclusion & la ratification des Traitez, si l'Empereur, le Roi d'Espagne, ou quelqu'autre Prince d'Autriche, contrevenoit auxdits Traitez en s'emparant ou faisant quelqu'invasion avec violence dans les lieux dont les Etats ou la Couronne de France seront en possession, on reprendra d'abord les armes tant de la part des Etats que de celle de la France, & sans aucune distinction de lieux, & l'on ne cessera point les hostilitez avant que les contraventions ayent été duement réparées; bien entendu néanmoins que si la rupture venoit de la part de la France, ou des Etats, ces deux Puissances ne seroient pas obligées de prendre les armes, en faveur de son Alliée qui contreviendra.

Après de mures délibérations, il a été resolu qu'on repondreit à Monsieur Servien que Messieurs les Etats declarent conformément au Traité de 1644. conclu ici à la Haye en présence de Monsieur Servien, que le Roi & les Etats des Provinces-Unies peuvent faire la Paix à Munster; & que si le Roi ou les Etats étoient ensuite attaquez directement ou indirectement, sous quelque prétexte que ce soit, par le Roi d'Espagne, l'Empereur ou quelqu'autre Prince de la Maison d'Autriche, on devra exécuter fidélement de part & d'autre les Articles 6. 9. & 10. du Traité de 1635. lesquels les Etats promettent d'observer religieusement si les circonstances exprimées dans les Traitez, s'offroient respectivement.

De plus il a été trouvé bon que l'on priera de bouche Monsieur Servien, de faciliter toute cette affaire & de détruire les soupçons qu'ont fait naître avec raison les propositions faites nouvellement ou ci-devant sur le Traité de Munster, enforte qu'on ne les regarde que comme des discussions ou l'ouvrage de quelque particulier: d'autant que les Etats n'ont pris aucune résolution touchant la garantie, que celle dont il est parlé dans lesdits Traitez.

Quant au huitième Article où il est dit que les Etats feront en sorte que la Principauté de Catalogne soit comprise avec ses dépendances dans le Traité de Paix, ou que l'on obtienne par raport à cette Principauté que la Trêve de trente ans étant finie soit prolongée aux mêmes conditions, à faute de quoi les Etats prendront les armes avec la France contre l'Espagne, il a été déclaré touchant la première partie de cet Article, à savoir que l'on fasse enforte que la Principauté de Catalogne soit comprise dans le Traité de Paix, que l'on fera toutes les instances possibles, mais qu'il ne faut pourtant pas s'y aheurter opiniâtrément, si les Ministres d'Espagne y paroissoient oposez: quant au second

E e　　　　　　　　　　　　membre

1647.

Que les Etats Generaux des Provinces-Unies des Païs-Bas déclarent précisément aux Espagnols qu'ils ne feront point la Paix avec eux sans la Couronne de France.

Que les Plénipotentiaires des Provinces-Unies des Païs-Bas ne reçoivent la Ratification des Espagnols du Traité de Paix avec lesdites Provinces jusques à ce que le Traité de Paix soit conclu avec la France.

La Ratification du Traité avec l'Espagne ne sera acceptée, sinon que le Roi d'Espagne ait conclu la Paix avec la France.

Si le Roi d'Espagne & l'Empereur contreviennent au Traité de Paix.

Les Propositions des Plénipotentiaires de France contre le Traité de ceux des Provinces-Unies des Païs-Bas.

Refus des Etats de Hollande d'être garants à la France & de recommencer la Guerre contre le Roi d'Espagne, s'il n'accomplit ce dont il conviendra avec la France touchant la Principauté de Catalogne.

1647.

continuatio Induciarum post triginta annos respectu Cataloniæ ab Hispanis obtineri non possit, hi Status arma debeant arripere; idem respondebitur & iisdem motivis Status utentur quibus Gallia erga hos Status usa fuit, quando pro consecutione noni Articuli Tractatûs anno 1644. incassum laborabatur.

Ad nonum Punctum quod post conclusionem Tractatuum Hispaniæ Ministris declarari debet ne contraveniant, excepturi ultricia arma Coronæ Galliæ & horum Statuum ubicumque locorum vel quocumque prætextu contraventio fuerit facta; dicitur quòd petita declaratio fiet, quâ exigunt ratione Tractatûs cum Galliâ initi.

Demum quòd ad decimum & ultimum Punctum attinet, quòd præsentes Tractatus faciendi absque præjudicio & innovatione quorumcumque præcedentium Tractatuum, resolutum est ut iidem Tractatus inviolate observentur, exceptis iis quibus in præsenti Tractatu derogabitur.

1647.

membre du même Article, où il est dit qu'au cas qu'on ne puisse obtenir de l'Espagne, en faveur des Catalans une prolongation de la Trève de trente ans, les Etats prendroient les armes, on répondra de même & que les Etats se conduiront alors de même que la France s'est conduite à l'égard desdits Etats, lorsqu'on fit de vains efforts pour obtenir l'Article 9. du Traité de 1644.

Par raport à l'Article neuviéme, savoir qu'après la conclusion des Traitez on devra déclarer aux Ministres d'Espagne que s'ils y contreviennent, ils se verront d'abord exposés aux armes vangeresses de la Couronne de France & des Etats, en quelque lieu & sous quelque prétexte qu'ils auront contrevenu; il a été résolu que l'on fera cette déclaration de la maniére que le demandent les Traitez faits avec la France.

Enfin sûr le dixiéme & dernier Article où il est dit que l'on conclura les presens Traitez sans préjudicier ou innover rien aux précédens, il a été résolu que l'on observeroit religieusement lesdits Traitez, excepté ce en quoi il y sera dérogé par le present Traité.

De la déclaration à faire aux Plénipotentiaires d'Espagne, si le Roi d'Espagne contrevient au Traité.

TRACTATUS

Inter

REGINAM SUECIÆ

Et

ELECTOREM

BRANDEBURGICUM

Ratione

POMERANIÆ,

septimo Februarii anno 1647.

ACCORD

Entre la

REINE DE SUEDE

Et

L'ELECTEUR

de

BRANDEBOURG

Touchant la

POMERANIE,

Le septiéme Fevrier l'an 1647.

La Couronne de Suéde retiendra toute la Pomeranie citérieure avec l'Isle de Rugen & encore une partie de la Poméranie ulterieure où est la Ville de Stetin, c'est-à-dire la Poméranie antérieure ou haute Poméranie, la Poméranie ultérieure, toute la Riviére d'Oder tant du côté d'Orient que de l'Occident. La Couronne de Suéde jouira de tous les droits dont jouissoient les Ducs de la Poméranie citérieure; & encore en ce qui lui est délaissé de la Poméranie ultérieure. Le droit de collation des Canonicats de l'Evêché de Camin entant qu'il apartient à la Poméranie citérieure. L'Evêché de Camin en ce qui est du temporel, demeurera à l'Electeur de Brandebourg avec tout ce qui en appartenoit jadis à la Poméranie ultérieure. Les Sujets de la Poméranie

exemptez

exemptez du serment de fidélité qu'ils doivent à la Maison Electora-
le de Brandebourg. La Suéde restituë à Brandebourg le reste de la
Poméranie Ultérieure & de l'Evêché de Camin. Les Commanderies
de Malthe. Et les titres & Documens nécessaires pour cela. Les
droits & priviléges des Peuples. La Confession d'Augsbourg. Liber-
té de changer de demeure de l'une en l'autre Poméranie. Titre de
Duc de Poméranie tant au Marquis de Brandebourg qu'au Roi de
Suéde. Au défaut des Princes de la Maison Electorale de Brande-
bourg le reste de la Poméranie ultérieure & l'Evêché de Camin de-
meureront à perpétuité à la Couronne de Suéde. La séance & le
rang d'opiner comme Duc de Poméranie, entre Suéde & Brandebourg,
dans les Diétes de l'Empire & du Cercle de Saxe. La liberté du
commerce & de la navigation entre Suéde & Brandebourg. L'exac-
te définition des limites de l'une & de l'autre Poméranie remise à
une autre fois. Les présens Articles ne seront exécutez que lors de
l'exécution de la Paix générale.

INter Regiæ Majestatis Regnique Sueciæ Plenipotentiarios ex unâ, & Electorales Bran-
deburgicos ex alterâ parte de Pomeraniâ & Episcopatu Caminensi insequentes Articulos, ita tamen
ut substantialia per omnia salva & integra maneant Instrumento Pacis generalis inserendos, conventum est:

LEs Plénipotentiaires de la Reine & du Royaume de Suéde d'une part, & ceux de
l'Electeur de Brandebourg d'autre part, sont
convenus par raport à la Poméranie & à l'E-
vêché de Camin, des Articles suivans, ensorte que sans rien changer à leur substance ils
soient inférez dans le Traité de la Paix générale.

I.

Serenissimus Elector, suo & totius Brandeburgicæ Domûs nomine, consentit ut Regiæ Majestati Sueciæ & futuris ejus hæredibus ac Successoribus Regibus Regnoque Sueciæ in perpetuum &
immediatum Imperii feudum cedat tota Pomerania citerior, vulgò voor Pommeren dicta, cum
Insulâ Rugiâ, iis limitibus contentâ quibus sub
novissimè defuncto Duce descriptâ fuit, ex Pomeraniâ ulteriori Gartz, Stettinum, Damm,
Golnaw, & Insula Wollin unà cum interlabente
Oderâ & mari vulgò das frische haff vocato,
suisque tribus Ostiis Peine, Schwine, & Dievenow cum adjacente utrimque tèrra ab init o terri-
torii Regii usque ad mare Balthicum, eâ littoris orientalis latitudine de quâ inter Regios &
Electorales Commissarios circa exactiorem limitum
& cæterorum minutiorum definitionem, amicabiliter convenietur.

Le Sérénissime Electeur consent, en son nom
& au nom de toute la Maison de Brandebourg,
que toute la Poméranie citérieure, dite vulgairement voor Pommeren, reste fief perpétuel & immédiat de l'Empire à Sa Majesté Suédoise &
à ses héritiers & Successeurs les Rois de Suéde,
avec l'Isle de Rugen, renfermée dans les mêmes limites qu'elle avoit sous le dernier Duc,
savoir dans la Poméranie ultérieure Gartz, Stettin, Damme, Golnaw, & l'Isle Wollin, avec
l'Oder & le Golfe nommé Das frische haff, &
ses trois Embouchures la Peine, la Schwine &
le Dievenow, & le territoire de part & d'autre depuis le commencement du territoire Royal jusqu'à la mer Baltique, avec l'étendue des
côtes de la mer vers l'Orient, dont conviendront les Commissaires de la Reine & de l'E-
lecteur en réglant exactement lesdites limites.

[Note marginale :] La Couronne de Suéde retiendra toute la Poméranie citérieure avec l'Isle de Rugen & encore une partie de la Poméranie Ultérieure où est la Ville de Stetin, c'est-à-dire la Poméranie antérieure ou haute Poméranie, la Poméranie ultérieure, toute la Riviére d'Oder tant du côté d'Orient que de l'Occident.

II.

Consentit etiam ut Regia Majestas Regnumque Sueciæ Pomeraniam citeriorem cum omnibus
& singulis ecclesiasticis & sæcularibus ad eam pertinentibus territoriis & bonis iisque adhærentibus
juribus & Privilegiis nullo eorum excepto quibus
priores Pomeraniæ Duces gavisi sunt, & insuper
Urbes Gartz, Stettinum, Damm, Golnaw &
Insulam Wollin unà cum suis proprietatibus ab
hoc die in perpetuum pro hæreditario feudo habeat,
iisque utatur & inviolabiliter fruatur.

Il consent aussi que Sa Majesté & le Royaume de Suéde jouïssent dès à présent & à
perpétuité & héréditairement de la Poméranie
citérieure avec tous les territoires & biens ecclésiastiques & séculiers qui en dépendent, avec
leurs droits & priviléges sans en excepter un
seul, tels qu'en ont joui les anciens Ducs de
Poméranie, avec les Villes de Gartz, Stettin,
Damme, Golnaw, & l'Isle Wollin.

[Note marginale :] La Couronne de Suéde jouïra de tous les droits dont jouïssoient les Ducs de la Poméranie citérieure; & encore en ce qui lui est délaissé de la Poméranie ultérieure.

III.

Consentit ut quicquid juris antebac habueruàt
Duces Pomeraniæ citerioris collatione Prælaturarum & Præbendarum Capituli Caminensis, idem
in perpetuum competat Regiæ Majestati Regnoque
Sueciæ; ita tamen ut Episcopatus unà cum reliquâ
Capituli parte quæ ad Ulteriorem Pomeraniam a-
lias pertinet serenissimo Electori integer maneat.

Il consent que Sa Majesté & le Royaume de
Suéde jouïssent des droits qu'ont eus les anciens
Ducs de la Poméranie citérieure par raport à la
collation des Prélatures & des Prebendes du
Chapitre de Camin, de maniere néanmoins que
l'Evêché & la partie du Chapitre qui se trou-
ve dans la Poméranie Ultérieure restent à son
Altesse Electorale.

[Note marginale :] Le droit de Collation des Canonicats de l'Evêché de Camin en-tant qu'il appartient à la Poméranie citérieure.

Colonne latine

IV.

Exsolvit Ordines, Officiales & Subditos omnium & singulorum supra dictorum locorum vinculis & sacramentis quibus hucusque sibi suæque Domui obstricti fuerant, eosque ad homagium & obsequia Regiæ Majestati Regnoque Sueciæ præstandâ juxta morem antehac observatum remittit; atque ita Sueciam in justâ plenâque eorum possessione constituit, renuntians omnibus in eam prætentionibus ex nunc & in perpetuum; idque tam sua Serenitas Electoralis quàm tota domus Brandeburgica pro se suisque posteris peculiari Diplomate statim concipiendo confirmabunt.

V.

Vicissim Regia Majestas Sueciæ restituit Serenitati suæ Electorali primò reliquam Pomeraniam Ulteriorem cum omnibus territoriis, juribus, ac dignitatibus, & reliquam partem Capituli, quæ Regiæ Majestati ac Coronæ Sueciæ in Articulo tertio non est concessa. Item omnia loca quæ præsidiis Suecitis tenentur per Marchiam Brandeburgensem & Ulteriorem Pomeraniam. Denique omnes Commendas & bona ad Ordinem equestrem Divi Joannis spectantia, quæ extra territoria Regiæ Majestati Regnoque Sueciæ cessa continentur. Ac tandem ea Acta, Registra & cætera Documenta litteraria quæ hæc loca & jura restituenda concernunt, ex Archivo & Chartophylaciis Aulæ Stettinensis Serenitati suæ Electorali bona fide extradi faciet.

VI.

Ordinibus & Subditis dictarum Ditionum, locorumque hinc inde cessorum competentem eorum libertatem cum possessionibus, juribus, & privilegiis ab antecessoribus legitimè acquisitis, unà cum securo liberoque Evangelicæ Religionis exercitio, juxta invariatam Confessionem perpetim fruendo, tam Regia Majestas Sueciæ quàm Serenitas sua Electoralis, utriusque Successores respectivè circa homagii renovationem & receptionem omni meliori modo confirmabunt & conservabunt. Sitque liberum Subditis utriusque Ditionis pro conditione suâ domicilia mutare ex unâ in alteram se se conferre, discedentibusque bonorum suorum distractio, salvo jure Ducali & privilegiis Subditorum antiquis neutiquam impediatur.

VII.

Titulis & insignibus Pomeraniæ & Regia Majestas Sueciæ & tota Domus Electoralis Brandeburgica promiscue utantur prout hoc inter priores Pomeraniæ Duces usitatum fuit. Quod tamen cum hoc moderamine intelligendum est ut Serenissimus Elector cum totâ suâ Domo à titulo Principatûs Rugiæ omnique aliâ prætentione in loca cessa abstineat: Serenissima verò Regina Regesque Sueciæ cum investiturâ simultaneâ & spe Successionis etiam in reliquam ulterioris Pomeraniæ ac Episcopatum & reliquam partem Capituli Caminensis casu deficientis lineæ musculinæ prædictæ Electoralis Domûs Brandeburgicæ; cujus casûs eventu tam Pomerania Ulterior tota quàm Episcopatus & Capitulum Caminense unà cum titulis & insignibus ad solos Reges Regnumque Sueciæ perpetuò pertinebunt; ita tamen ut interim Ordinibus & Subditis Pomeraniæ in Ulteriori Pomeraniâ circa homagii receptionem vel renovationem in casum recep-

Colonne française

IV.

Il remet aux Etats, Officiers, & Sujets de tous & chacun desdits lieux les sermens de fidélité en vertu desquels ils lui ont été soumis, jusqu'à présent & à sa Maison, & leur laisse la liberté de faire hommage, suivant la coutume, à Sa Majesté & au Royaume de Suéde; & il met ainsi la Suéde dans l'entiére & pleiné possession desdits Pais, renonçant dès à présent & à perpétuité à toutes prétentions sur iceux; ce que son Altesse Electorale confirmera d'abord par un Diplome exprès tant pour elle que pour toute la Maison de Brandebourg & ses Successeurs.

V.

D'autre part Sa Majesté de Suéde restitue au Sérénissime Electeur, tout le reste de la Poméranie ultérieure avec tous ses Territoires, droits, & dignitez, & la partie du Chapitre qui n'est pas cedée à Sa Majesté dans l'Article III. Ensemble tous les lieux qui sont occupez par des Garnisons Suédoises dans la Marche de Brandebourg & dans la Poméranie ultérieure. Toutes les Commanderies & tous les biens appartenans à l'Ordre militaire de St. Jean, qui sont hors des territoires cédez à la Reine & au Royaume de Suéde. Enfin les Actes, Registres, & autres Documens & Chartres qui concernent les lieux & les droits restituez, qui seront tirez des Archives & du Greffe de la Cour de Stettin pour être rémis de bonne foi à son Altesse Electorale.

VI.

Sa Majesté & son Altesse Electorale & leurs Successeurs confirmeront & conserveront aux Etats & Sujets desdits lieux cédez de part & d'autre, en renouvelant & recevant leur hommage, leurs libertez avec les possessions, droits & priviléges qu'ils ont légitimement obtenus des précédens Ducs, avec le libre & sûr exercice de la Religion Evangélique conformément à la Confession de foi. Il sera aussi permis aux Sujets desdits Pais de part & d'autre de changer de domicile & de passer de l'un dans l'autre; & l'on n'empêchera pas ceux qui voudroient se retirer de vendre leurs biens, sauf le droit du Duc & suivant les anciens priviléges des Sujets.

VII.

Il sera libre à Sa' Majesté, à son Altesse Electorale & à toute la Maison de Brandebourg de prendre les titres & de porter les armes de la Poméranie ainsi qu'il étoit pratiqué entre les anciens Ducs de Poméranie. Bien entendu néanmoins que le Sérénissime Electeur & toute sa Maison ne prendra pas le titre de Rugen & renoncera à toutes les pretentions sur les lieux cédez: la Sérénissime Reine & les Rois de Suéde conserveront le droit de succéder au reste de la Poméranie ultérieure, à l'Evêché & au reste du Chapitre de Camin, en cas que la ligne masculine de Brandebourg vint à manquer; lequel cas échéant, la Poméranie ultérieure, l'Evêché & le Chapitre de Camin & les titres & armoiries de la Poméranie apartiendront à la seule Couronne de Suéde, de manière cependant qu'en recevant ou renouvellant l'hommage, on veillera, ainsi que de coutume, aux inté-

1647. *receptionis homagii more antehac solito caveatur.*

intérêts des Etats & des Sujets de la Poméranie. **1647.**

VIII.

Sessio & Votum ratione Pomeraniæ competat tam Regiæ Majestati Regnoque Sueciæ quàm Suæ Serenitati Electorali in Conventibus Imperii & Circuli superioris Saxoniæ, observato tamen ordine alternationis in Comitiis Imperii, in Conventibus verò Circuli Regina semper priori loco sedeat.

Sa Majesté & son Altesse Electorale auront droit de Séance & de Sufrage dans les Dietes de l'Empire & du Cercle de la haute Saxe par raport à la Poméranie, de maniére que dans les Diétes de l'Empire ils auront alternativement la préséance, mais dans celles du Cercle la Reine la conservera toujours.

La séance & le rang d'opiner comme Duc de Poméranie, entre Suéde & Brandebourg dans les Diétes de l'Empire & du Cercle de Saxe.

IX.

Bona vicinitas & amicitia inter Regiam & Electoralem Domum nec non utriúsque Status & Subditos. Item Commerciorum terra marique ut & navigationis cum navibus non bellicis tam in itu quàm reditu, stationeque non modò per Oderam & reliqua flumina, sed etiam ad littora Portúsque Pomeraniæ & mare Balthicum, atque inter Marchiam Brandeburgensem, Pomeraniam, & Prussiam, juxta quod exportatio & distractio mercium in Urbes & Oras adjacentes liberæ & eædem maneant, quæ fuerunt ante Bellum, salvo jure legeque cujúsque loci.

On entretiendra une bonne amitié & correspondance entre la Maison Royale & la Maison Electorale & entre les Etats & Sujets de part & d'autre. Il y aura une entiére liberté de commerce & de navigation, tant par mer que par terre, par raport aux vaisseaux qui ne sont pas armez en guerre, tant en allant, qu'en revenant, ou en s'arrêtant non seulement dans l'Oder & les autres Riviéres, mais même sur les côtes & dans les ports de la Poméranie, de la mer Baltique, dans la Marche de Brandebourg & en Prusse; comme aussi le transport & la vente des marchandises dans les Villes & terres voisines, en la maniére qu'il étoit pratiqué avant la Guerre, sauf le droit & les loix de chaque lieu.

La liberté du commerce & de la Navigation entre Suéde & Brandebourg.

X.

Cætera quæ de exactâ limitum definitione ut & aliis quibusdam Articulis determinationem ulteriorem requirunt, sicut minoris momenti sunt, quàm ut Instrumentis Pacis generalis inseri debere videantur, ita ad ulteriores Tractatus inter Regiam & Electoralem Domum proximè instituendos, meritò remittuntur.

Comme les autres points, tels que le réglement des limites & les autres qui doivent être réglez ci-après & qui ne sont pas assez importans pour entrer dans un Traité de Paix générale, sont renvoyez à un Traité ultérieur qui sera fait entre la Reine & la Maison Electorale.

L'exacte définition des limites de l'une & de l'autre Poméranie remis à une autre fois.

XI.

Suprà dictâ omnia & singula non sortiantur effectum nisi cùm Pace generali.

Hæc inter Regiæ Majestatis Regnique Sueciæ & Serenissimi Electoris Brandeburgici Legatos ita esse acta, & die 28. Januarii & 7. Februarii anno 1647 in manus Legati Christianissimæ Regiæ Majestatis illustrissimi Domini Comitis d'Avaux deposita ad mandatum illustrissimæ Legationis Suecicæ attestor.

Tout ce qui est arrêté & conclu ci-dessus n'aura son effet qu'avec la Paix générale.

Ces Articles ont été stipulez ainsi & arrêtez entre les Ambassadeurs de Suéde & ceux de Brandebourg, & remis le 28. Janvier & le 7. Février 1647. entre les mains de son Excellence Mr. le Comte d'Avaux; ce que j'atteste par ordonnance de l'Ambassade de Suéde.

Les présens Articles ne feront executez que lors de l'exécution de la Paix générale.

L E T T R E

de Monſieur

B R U N

PLENIPOTENTIAIRE

D'ESPAGNE

à Meſſieurs les

ETATS GENERAUX.

A la Haye le onziéme Fevrier 1647.

MESSIEURS,

JE craindrois de tomber en quelque incivilité ſi avant que de ſortir des Etats de vos Seigneuries je manquois à les ſaluer par ces lignes; puiſque je n'ai pu avoir le bonheur d'y ſatisfaire d'autre ſorte & d'une façon plus propre à vous exprimer mes ſentimens : ce que j'attribue à la diſgrace qu'ont euë mes Lettres précédentes dattées à Gorcum du 31. Janvier de ne tomber point en vos mains, ne pouvant m'imaginer que ſi vos Seigneuries euſſent été aſſez informées de mon deſſein, elles n'y euſſent concouru pour le bien qui en pouvoit réſulter à leurs Etats & au repos de toute la Chrétienté, auquel nous avons déja réciproquement & conſtamment travaillé. A la ſuite de tant de preuves que nous avons données de notre ſincére & véritable affection pour la Paix, ſe pourra bien ajouter celle très-évidente de la peine & du ſoin que j'avois pris de vous aller remettre, comme à la Juſtice même, la balance & le poids pour reconnoître combien en cette matiére de la réunion des Princes Chrétiens le balancier tomboit de notre côté; ou au contraire l'effort qu'on a fait de la part de la France pour détourner cet eſſai public & ſolemnel, eſt une marque évidente de la crainte qu'elle a euë que l'on reconnût le peu de réalité qu'il y avoit aux promeſſes & proteſtations qu'elle a ſi ſouvent faites de vouloir conclure des Traitez ; leſquels ſe trouvans de toutes parts contraires aux actes, il n'eſt pas poſſible d'en excuſer ou déguiſer plus longtems la nullité. Car enfin vous ne pouvez douter, Meſſieurs, que l'on ne vous ait propoſé pour des conditions infaillibles de la Paix, la conceſſion de tout ce que la France occupoit ſur nous ès Païs-Bas, & en Bourgogne, avec le Comté de Rouſſillon & une Trêve de trente ans en Catalogne ; à quoi ayant conſenti ſur les inſtances de Meſſieurs vos Ambaſſadeurs, & ſur les aſſurances qu'ils nous ont données de la part de la France que, moyennant l'accompliſſement de ſemblables conditions, la Paix ſe concluroit entre les deux Couronnes en 24. heures, on n'en a vu néanmoins aucun effet juſques à maintenant ; mais au contraire des obſtacles nouveaux recherchez de tous côtez & en des ſujets qui n'avoient aucun rapport ni avec les intérêts de la France ni avec la matiére dont ſe devoient compoſer leſdits Traitez. De quoi leſdits Sieurs Ambaſſadeurs de vos Sei-

gneuries ayant voulu rendre quelque témoignage, & tant ſoit peu avancer du côté de la Pacification, auſſitôt on s'eſt attaqué à leurs perſonnes, les chargeant de reproches, dont le contrecoup retombe droitement ſur leurs Superieurs; n'étant pas croyable que des Miniſtres ſi qualifiez & en ſi grand nombre, choiſis en chacune des Provinces, qui compoſent le corps de votre Etat pourvus de procurations ſi abſoluës & authentiques, après avoir travaillé avec tant de loiſir & d'attention, & ſi ſouvent communiqué tant par Lettres que par Députez de leurs Corps avec vos Seigneuries, ayent excédé le pouvoir qu'elles leur avoient donné & ſe ſoient éloignez de leurs intentions : autrement ils ſe ſeroient jouez de notre travail & auroient abuſé de notre patience, enſemble de notre candeur, en des ſujets de telle importance qui ne peuvent ni ne doivent être rendus illuſoires. Auſſi peu ſauriez-vous nier que la France n'ait approuvé l'entremiſe & direction deſdits Sieurs vos Ambaſſadeurs, pour ledit accommodement des deux Couronnes ; & toutefois, après nous avoir mis en ce chemin où nous ſommes entrez tant par la confiance de notre propre cauſe que par celle de votre équité, ne reniant point d'admettre nos Parties & les Alliez de la France pour Arbitres ou Compoſiteurs : à préſent comme nous voulons ſuivre le même chemin, on nous en veut ſerrer le pas, & empêcher que nous ne fourniſſions les matériaux néceſſaires pour continuer ladite entremiſe & direction. Auquel effet ayant deſiré de me rendre auprès de vos Seigneuries pour, ſur les déclarations que j'avois à leur faire, toucher au doigt & enſuite confeſſer qu'il ne tient pas à nous de traiter avec la France, elle s'y eſt oppoſée avec tant de chaleur, qu'elle a bien montré ne chercher ni prétendre aucune ſatisfaction que dans la continuation de la guerre ; & qui pis eſt, au lieu de ſeconder les témoignages de notre propenſion à la Paix & un prompt accord, changeant le nom & l'eſſence des choſes, elle les veut faire paſſer ſous le titre de l'invention captieuſe à ſéparer vos Seigneuries d'avec elle : comme ſi nous n'avions pas facilité tous les moyens imaginables pour faire marcher les deux Traitez d'un pas égal, & n'avions pas acquieſcé à tout ce que Meſſieurs vos Ambaſſadeurs ont eſtimé devoir être fait de notre part pour parvenir à une heureuſe concluſion.

Nous ſommes auſſi prêts qu'auparavant pour en venir à l'effet; mais ſi du côté de la France on veut toujours chercher de nouveaux éloignemens & reculer à meſure que nous avançons, il ſera enfin raiſonnable d'aſſigner quelques limites à ce procédé, afin que chacun puiſſe prendre des meſures juſtes & aſſurées. En ce qui touche notre but, il n'a jamais été ni l'eſt encore, de travailler à cette diviſion que la France fait ſonner ſi haut, & prend pour couverture de ſes entrepriſes contre la Paix, mais ſi nous trouvons nous obligez de répéter franchement & nettement ce que nous avons ſi ſouvent dit à Meſſieurs vos Ambaſſadeurs que nous n'avions point entendu ni n'entendions pas de dépendre, en ce que nous traitons avec elle, de l'autorité ſuprême & des arrêts ſouverains de la Couronne de France. Et bien que ce ſoit à vos Seigneuries d'interpréter les Traitez qu'elles ont faits avec le Roi très-Chrétien, ſi ne puis-je m'empêcher de dire ce que les perſonnes les plus deſintéreſſées & aidées ſeulement du ſens commun, diroient, ſavoir que ce parti devant être égal entre la France & vos

Sei-

Seigneuries, elles ne traitent que les choses qui les touche immédiatement : la France en devroit user de même, sans se mêler des intérêts de Savoye, Mantouë, des Grisons, & Valtelius, de Dom Edouard de Bragance, du prétendu Duc d'Atri, de la Princesse de Bozzolo, de l'Evêque & Chapitre de Liége & autres semblables, qui ne font aucunement compris en cette société, en laquelle vous êtes entrez avec la France, qui vous tiendroit attachez par cent liens, lorsque vous ne la tiendriez que par un seul. Et ce que l'on doit trouver plus étrange, est que les intérêts étrangers recherchez sont imaginaires, sans aveu ni solicitations de ceux, à qui on les fait appartenir; dont se voit évidemment que c'est un labirinthe artificieusement composé enforte que ceux qui s'y laisseront conduire n'en puissent retrouver l'issuë.

Il est certain d'ailleurs qu'à même temps la France maintient que vous ne pouvez traiter avec Sa Majesté Impériale & l'Empire, d'autrefois aussi avec son Altesse Electorale de Bavière, taillant & coupant dans les intérêts de vos Alliez selon son usage seul; comme au regard de la Maison Palatine, de son Altesse Electorale de Brandebourg, & des Villes Anséatiques. Usant de tout ce qui lui est conjoint comme d'un échelon & marchepied pour marcher au sommet de ses vastes desseins, à l'établissement desquels vous avez si puissamment contribué par la voye des armes & par celle des présens Traitez, que la France a surabondamment de quoi être satisfaite, & ne peut sans ingratitude exiger davantage de vos Seigneuries ni contraindre leurs Sujets à répandre plus de sang ou à en tirer de leurs voisins & anciens compatriotes : lorsque les uns & les autres inspirez du Ciel réclament par vœux & souhaits uniformes leur mutuelle tranquilité, dont ils ont conçu de si fortes & si prochaines espérances, ainsi que je l'ai remarqué en ce mien voyage, que de leur arracher au temps qu'ils en pensoient cueillir le fruit, c'est les rejetter dès le port au milieu de la tempête ; laissant à la prudence de vos Seigneuries à considérer si ce bien universel de la Paix & universellement desiré doit être plus longtems suspendu, tandis que toute l'Europe est en feu, que l'Ennemi commun passe outre à la destruction de la Chrétienté; pendant que la Sérénissime République de Venise nous tend les bras; & que les cris de tant de victimes immolées à la fureur Ottomane percent les cieux, sans percer nos cœurs, nous reprochant notre lenteur & nous accusent devant le trône de Dieu de peu de charité. Il faudroit se crever les yeux de ses propres mains, pour ne pas voir que la proposition faite depuis environ un mois touchant l'interprétation de la Ligue en garentie convenuë entre la France & vos Seigneuries l'an 1644. n'est qu'un prétexte pour gagner temps & pour perdre l'ouvrage principal; tandis qu'on travaille à faire devancer ce qui le devroit suivre : comme si les paroles du Traité n'étoient pas assez expresses & significatives; comme si ceux qui l'ont composé n'assistoient pas à présent aux Traitez généraux de Pacification & n'étoient pas souvenans du sens desdites paroles, ou qu'ils voulussent se charger de la honte d'y avoir omis quelque chose de substantiel soit par inadvertance soit studieusement; comme encore s'il n'y avoit pas eu assez de temps pour demander cette explication, si elle eût été nécessaire pendant toute l'Assemblée de Munster, sans attendre cette extrémité & sans réserver cette

piéce jusques après que Messieurs vos Ambassadeurs ont signé avec nous les Articles de notre accommodement : & finalement comme si on ne pouvoit après les Traitez faits convenir de cette même interprétation & joindre ce point à plusieurs autres de même nature qui seront dépendans de l'exécution desdits Traitez, ainsi qu'il est arrivé à tous les autres précédens. Aussi voit-on deja que sous la couverture de cette proposition intempestive, l'on en glisse d'autres du tout répugnantes à notre accomodement avec vos Seigneuries & à celui entre les deux Couronnes : comme, par exemple, de mettre les Espagnols hors des Païs-Bas, de changer la Trêve de Catalogne en une Paix, de concerter les moyens de la Campagne future & autres qui tendent évidemment à sapper & miner les fondemens de l'édifice qu'on a eu tant de peine d'élever. Que si vos Seigneuries sont resolues de postposer les avantages qu'elles rencontrent dans la Paix, à ceux que la France se promet dans la guerre, & que le desir de lui complaire soit si fort en vous, qu'elle n'ait qu'à prescrire ce qu'elle veut pour vous y faire soumettre au préjudice de ce que nous venons de traiter avec Messieurs vos Ambassadeurs; vous aurez moins de blâme & nous moins de sujet de plaintes, si vous nous le déclarez tôt & sans déguisement. Que si vous nous teniez plus longtems en incertitude ; les ordres de Sa Majesté, ne nous permettant pas de demeurer en cet état douteux, qui ne convient ni à sa dignité ni à sa réputation, qui étoit un des sujets que j'avois à traiter de bouche avec vos Seigneuries, & de les prier avec toutes les instances possibles comme je fais encore de ne différer pas davantage : priant Dieu qu'elle soit telle, que l'on la doit attendre de votre sage & généreuse conduite; telle que vos Sujets & ceux du Roi mon Maître la desirent & telle encore que vos prédécesseurs l'auroient prise, si on leur eût octroyé une partie de ce que nous vous accordons; qui est telle qu'après cela il ne vous reste aucun titre à justifier vos armes contre nous. Que si toutefois contre notre attente & celle de tous ceux qui aiment véritablement votre repos, cette résolution venoit à renverser ce qui a été solemnellement stipulé de votre part sur Pouvoirs authentiques & Instructions suffisantes ; nous nous contenterons en ce cas de protester devant Dieu & les hommes de n'avoir rien omis pour arrêter le cours des calamitez publiques : & après avoir mis au jour le récit ou histoire journalière de tout ce qui se sera passé en notre Négociation, nous nous retirerons de l'Assemblée de Munster, pour aller servir Sa Majesté plus utilement ailleurs & pour concourir avec le reste de ses Ministres & Sujets aux efforts extraordinaires qui seront requis pour correspondre à la violence qui nous sera faite. Ce me seroit une grande consolation en mon particulier de voir vos Seigneuries tourner du bon côté; puisque, outre ce bonheur général des Peuples, j'y pourrois rencontrer celui de vous pouvoir témoigner quelque jour que je suis.

Votre très humble Serviteur

Signé BRUN.

De Deventer ce 11. *Fevrier* 1647.

SUPERSCRIPTION.

A Hauts & Puissans Seigneurs les Sieurs Etats Généraux des Provinces-Unies de Païs-Bas.

INSTRU-

INSTRUMENTO	LE PROJET
O modelo del Tratado de Paz entre las dos Coronas de España y Francia propuesto por los Plenipotentiarios de su Majestad Catolica a 24. Hebrero 1647.	Pour le Traité de Paix entre les deux Couronnes de France & d'Espagne, délivré de la part des Plénipotentiaires d'Espagne à Munster le 24. Fevrier 1647.

Les raisons qui persuadent le Roi d'Espagne à entendre à la Paix. Les Médiateurs pour la Paix. Oubli du passé. Les Sujets qui ont été du parti contraire, seront restituez en leurs biens. Les Bénéfices Ecclésiastiques. La prescription n'aura lieu depuis l'an 1635. Lettres de represailles. Les Prisonniers de Guerre. Le Comte d'Egmont, le Duc de Bournonville, & le Prince d'Espinoi seront restituez en leurs biens : & les autres qui ne sont nommez se pourront nommer jusques au jour de la ratification du Traité. Ne pourront rentrer dans les Païs du Roi d'Espagne sans Lettres patentes. Toutes Places conquises ès Païs-Bas & Bourgogne demeurent à la France. Etats Généraux arbitres entre France & Espagne. Le Comté Roussillon demeure à la France. Trêve pour 30. ans en Catalogne. Roses & Cadaques ; voyez le dernier Article. Verceil & Cenchio restituez au Duc de Savoye. Aqui & Ponconne au Duc de Mantouë. Le Roi de France restituera tout en Italie, hors Pignerol, qui lui demeure, suivant le projet de Paix avec l'Empire. Cazal aura Garnison moitié de Suisses payez par le Roi de France ; & ne pourra jamais appartenir en propre ni à lui ni au Roi d'Espagne. Grisons & Valtelins seront accommodez. Passage par la Valteline libre. Traité de Querasque demeure exécuté fors pour Pignerol qui reste à la France. Les Ducs de Savoye & de Mantouë peuvent poursuivre leurs droits amiablement. Droits de Mantouë & de Savoye seront vuidez. Ligue se fera des deux Rois avec les Princes d'Italie pour conserver Cazal & Mantouë. Le Roi d'Espagne quitte au Roi de France toutes ses prétentions en Alsace & Brisgaw. Droits des Seigneurs d'Anglure & Château-Vilain au Royaume de Naples. Et ainsi se devoit l'an 1487. Droist réservez aux deux Rois. Le Traité de Vervins sera entretenu. Le Traité d'Espagne ne s'effectuera que quant & quant celui de l'Empire avec la France. Le Duc de Lorraine sera compris au Traité de Paix & lui sera entiérement satisfait. Les infracteurs du Traité seront punis & les infractions réparées sur le champ. Ce Traité sera vérifié ès Cours Souveraines de part & d'autre. Les deux Rois ratifieront le Traité dans deux mois. Feront serment de l'entretenir. Le Duc de Bragance frére du Roi de Portugal sera mis hors du Château de Milan. Roses & Cadaques ; voyez le 11. Article.

POr quanto desde el rompimiento del Tratado de Vervins y principio de la Guerra el año 1635. se ha continuado sin intermission el curso de las hostilidades y calamidades publicas con gran sentimiento y dolor de Su Majestad Catolica, laqual desseando ver las acabadas, para el alinio y descanso de los pueblos y vassallos de uno y otro Partido, y para poder quanto antes empler sus armas contra el Enimigo comun y ala defensa de la Serenissima Republica de Venetia y consecutivamente de toda la Christiandad, y tanbien para renouar y restaurar la amistad y buena intelligentia que conviene con sus Majestades Christianissimas segun las obligaciones reciprocas de sangue y parentesco y por las paternales exhortaciones de nuestro santo Padre el Papa Innocentio X. y las grandes instancias de la Serenissima Republica de Venetia a quienes se ha justamente confiado la me-	D'Autant que depuis la rupture du Traité de Vervins & le commencement de la Guerre en l'an 1635. on a continué sans interruption, le cours des hostilitez, & des calamitez publiques au grand régret de Sa Majesté Catholique, laquelle désirant en voir la fin, pour le soulagement des Peuples & Vassaux de l'une & de l'autre partie & pour pouvoir comme auparavant employer ses armes contre l'Ennemi commun & à la défense de la Sérénissime République de Venise, & par conséquent de toute la Chrétienté ; comme aussi pour renouveller l'amitié & la bonne intelligence, qui doit être entre lui & leurs Majestez très-Chrétiennes, tant à cause des obligations réciproques du sang & de l'Alliance, qu'en conséquence des exhortations paternelles de notre Saint Pére le Pape Innocent X. aussi bien que des instances réitérées de la Sérénissime République de Venise.

Les raisons qui persuadent le Roi d'Espagne à entendre à la Paix.

1647.

mediacion entre los *Principes Christianos en el Negocio de la Paz Universal, la qual mediacion a sido digna, sincera y cuidadosamente administrada por los Señores Fabio Chigy, Obispo de Nardo, Nuncio Apostolico, y Luys Contarini Embaxador de la dicha Serenissima Republica y tambien con la interposicion y direccion de otros Potentados, y specialmente de los Señores Estados Generales de las Provincias Unidas de los Payses Baxos, su dicha Majestad Catolica el Rey Don Phelippe IV. de las Españas &c. postponiendo sus Intereses a los de nuestra santa Religion la qual no puede dexar de padecer mucho por la desorden y confusion de una Guerra tan larga y sangrienta, ha tratado, capitulado y concertado con su Majestad Christiana Luys XIV. Rey de Francia su muy caro y muy amado Hermano y Sobrino, y la Serenissima Reyna su muy cara y muy amada Hermana, Madre del dicho Señor Rey Christianissimo para si y los Señores Reyes sus Successores, Reynos, Estados y Vassallos, una buena, sincera, perpetua Paz con las condiciones seguientes.*

I.

Que entre los dichos Señores Reyes, como buenos Hermanos parientes y aliados haura una firme & constante amistad, sin qu'el uno pueda jamas hazer o intentar cosa ninguna en perjuizio del otro, directamente o indirettamente, y desde agora, para siempre se quittaran y borraran todos los pretextos y occasiones de mala intelligencia, sin que quede sentimiento ninguno o especie de enemistad entre los dichos Señores Reyes y sus Coronas, en consequencia de loqual cessaran todos los actos de hostilidad y podran los Vassallos y Subditos de ambas Partes libremente ire y venir, platicar, negociar, y commerciar en los Reynos, Estados, y Payses de los dichos Señores Reyes tanto por Tierra como por Mar, y otras Aguas, y seran recebidos y tratados, como se fuessen naturales do los mismos lugares a donde frequentaren y contractaren; observando de su parte las leyes y costumbres de las Provincias a donde se hallaren y pagando los derechos y imposiciones en los lugares a costumbrados, y otros que se pudieren establecer por los dichos Señores Reyes y sus Successores.

II.

Los dichos Vassallos y Subditos de una y otra parte bolueran y entraran de nuevo en la possession de sus bienes moebles y rayces, rentas, de rechos y acciones, Successiones Testamentarias y ab intestato, nonobstante todas las confiscaciones, anotaciones, donaciones y otras qualesquieras alienaciones que se pueden haver hecho de los dichos bienes, excepto de lo que toca los frutos y rentas passadas y caidas lasquales no se podran repetir por los Duenos; y començara la dicha restitucion y possession solo desde la Publicacion deste presente Tratado.

III.

En quanto a los que huvieren sido proveidos en algunos Beneficios Ecclesiasticos dependientes de la nominacion, presentacion, collacion y otra disposicion de los dichos Señores Reyes ò de otras personas seglares, quedaran en la possession de los dichos

 Be-

nise, à qui l'on a justement confié la médiation entre les Princes Chrétiens ; dans l'affaire de la Paix Universelle, de laquelle médiation les Seigneurs Fabio Chigi, Evêque de Nardo, Nonce Apostolique & Louis Contarini Ambassadeur de ladite Sérénissime République se sont dignement, sincérement, & soigneusement acquitez, avec l'entremise & les bons offices des autres Potentats, particuliérement des Seigneurs Etats Généraux des Provinces-Unies des Pais-Bas; sadite Majesté Catholique Don Philippe IV. Roi des Espagnes &c. souhaitant, dis-je, le repos public & postposant ses intérêts à ceux de notre Sainte Religion, laquelle ne peut que souffrir beaucoup dans le desordre & la confusion d'une Guerre si longue & si sanglante, a traité, concerté & conclu une Paix bonne, sincere & perpetuelle aux conditions suivantes avec Sa Majesté très-Chrétienne Louis XIV. Roi de France, son très-cher & très-aimé Frere & Cousin, & la Sérénissime Reine sa très-chere & très-aimée Sœur, Mére dudit Seigneur Roi très-Chrétien, pour eux, les Seigneurs Rois leurs Successeurs, leurs Royaumes, Etats & Vassaux.

I.

Qu'entre lesdits Seigneurs Rois, comme bons fréres, parens & Alliez, il y aura desormais une amitié ferme & constante sans que l'un des deux puisse jamais faire ou tenter, directement ou indirectement, aucune chose au préjudice de l'autre & dès à présent pour toujours ils mettront bas tous prétextes, ou occasions de mauvaise intelligence sans qu'il demeure aucun sentiment ou espéce d'inimitié entre lesdits Seigneurs Rois & leurs Couronnes, en conséquence de quoi tous Actes d'hostilité cesseront entre elles: & les Vassaux & Sujets des deux Parties pourront librement aller & venir, frequenter, négocier, & commercer, dans les Royaumes, Etats & Païs desdits Seigneurs Rois tant par terre que par mer & autres eaux, & seront lesdits Vassaux reçus & traitez comme s'ils étoient naturels des lieux où ils frequenteront & contracteront; pourvû qu'ils observent de leur côté, les loix & coutumes des Provinces où ils se trouveront & qu'ils payent les droits & impositions dans les lieux accoutumez ou autres qui pourront être établis par lesdits Seigneurs Rois & leurs Successeurs.

II.

Lesdits Vassaux & Sujets de l'une & de l'autre Couronne retourneront & rentreront dans la possession de leurs biens meubles & immeubles, rentes, droits & actions, Successions Testamentaires & ab intestat, nonobstant toutes confiscations, donations & autres alienations quelconques qui peuvent avoir été faites desdits biens, excepté de ce qui regarde les revenus & rentes passées & perçues, lesquelles ne pourront être repétées par leurs propriétaires & ladite restitution & possession commencera seulement de la publication du present Traité.

III.

Quant à ceux qui auront été promus à quelque Bénéfice Ecclésiastique dependant de la nomination, presentation, collation & autre disposition desdits Seigneurs Rois, ou d'autres personnes seculieres, ils demeureront en pos-

F f

session

 Beneficios como bien proveidos con titulo bueno y valido.

IV.

El curso del tiempo cuido desde el año 1635. en que començo la Guerra no podra servir a dar algun pretexto o fundamento de prescripcion; de manera que los dichos años seran contados por nullos y en ninguno modo impediran a los Vassallos de una y otra Corona de seguir los derechos que los pueden competer y exercer sus acciones reales, personales o mixtas en las Provincias a donde no abran tenido libre entrada durante la Guerra, y se en aquel tiempo se huvieren dado algunas sentencias preparatorias, provisionales o definitivas entre personas de differente partido, las quales no abran sido oydas ni defendidas, quedaran los dichos juizios y sentencias sin effetto ninguno y sin poder ser puestos en execution n'y prejudicar al derecho de las Partes como si tal cosa no huviera succedido.

V.

Seran suspendidas totas las Lettras y patentes de marcas y represallas, las quales pudieren ser concedidas, y no se concederan de aqui adelante por el uno de los dichos Señores Reyes contra los Vassallos del otro, sino en caso de manifesta denegacion de justicia, despues de haverla pedido con muchas y publicas interpellaciones que se administrasse y tambien con solemne y devido conoscimiento de la causa.

VI.

Luego despues la Ratificacion del presente Tratado seran puestos en libertad todos los Presioneros de Guerra de una parte y otra sin rescate n'y exacion ninguna, pero con obligacion de pagar con presto y tassa moderada los gastos que se abran hecho por su comida y sustentacion durante su detencion.

VII.

Los que huvieren dexado el servicio de uno de los dichos Señores Reyes, y retiradose de sus Estados y Exercitos y passado al Partido contrario seran restituidos y entraran en la libre possession y propriedad de sus bienes en el stado en que se hallaren en el tiempo de la publicacion de este Tratado sin poder ser perseguidos ny quatignados por esta dicha cosa y occasion, en que seran particularmente comprehendidos el Conde d'Egmont, el Principe d'Espinoy, el Duque de Bornonville, y otros que se podran nombrar de una parte y otra antes de la Ratificacion del presente Tratado, y no podran bolver a entrar en los Estados de los dichos Señores Reyes, antes de haver alcançado para ellos licentia y patentes selladas con el gran sello de sus Majestades, pero no seran obligados n'y necessitados a verificarlas en las Cortes y Cancellarias de sus dichas Majestades.

VIII.

En consideracion del bien y utilidad que resultara a toda la Christiandad por medio de la Paz, y para que mejor y mas presto se puedan attajar los progressos del Turco adelantando la conclusion del presente Tratado el dicho Señor Rey Catholico cedera por si y por los Señores Reyes sus Succesores, realmente y effectivamente al dicho

Señor

IV.

La longueur du tems qui s'est écoulé depuis l'an 1635. auquel commença la Guerre ne pourra servir de prétexte ou fondement de prescription, de sorte que lesdites années seront comptées pour nulles, & n'empêcheront en aucune maniere les Vassaux de l'une & de l'autre Couronne, de poursuivre les droits qu'ils peuvent avoir, ou de faire valoir leurs actions réelles, personnelles, ou mixtes dans les Provinces où ils n'auront point eu l'entrée libre pendant la Guerre; & si pendant ledit tems il s'est rendu quelque sentence preparatoire, provisionelle ou definitive entre personnes de diférens partis, lesquelles n'auront été ouïes ni défenduës, lesdits jugemens & sentences demeureront sans nul effet & ne pourront être mis à execution, ni préjudicier au droit des Parties, comme choses non advenuës.

> La prescription n'aura lieu depuis l'an 1635.

V.

Toutes les Lettres de marques & de Représailles qui auront été accordées ne seront plus d'aucune force, & d'ici en avant lesdits Seigneurs Rois n'en accorderont aucune contre les Vassaux de l'autre, sinon en cas de manifeste deni de justice demandée publiquement & à plusieurs reprises & avec entiere connoissance de cause.

> Lettres de represailles.

VI.

Aussitôt après l'échange des Ratifications du présent Traité, on mettra en liberté tous les prisonniers de part & d'autre sans en exiger aucune rançon, bien entendu qu'ils payeront à un prix raisonnable & selon qu'il sera taxé les dépenses qu'ils auront faites pour leur nourriture & entretien pendant leur prison.

> Les Prisonniers de Guerre.

VII.

Ceux qui étant au service de l'un desdits Seigneurs Rois l'auront quitté & auront abandonné ses Etats & armées pour entrer à celui de l'autre, seront rétablis & rentreront dans la libre & pleine possession & propriété de leurs biens dans l'état où ils se trouveront au tems de la publication du présent Traité, sans qu'ils puissent être inquietez en aucune maniere à ce sujet; ce qui s'entendra particulierement du Comte d'Egmont, du Prince d'Epinoi, du Duc de Bournonville, & autres qui seront nommez de part & d'autre avant la Ratification du présent Traité, & ils ne pourront rentrer dans les Etats desdits Seigneurs Rois, avant d'en avoir obtenu permission & Lettres scellées du grand sceau de leurs Majestez, mais ils ne seront pas obligez de les faire vérifier aux Cours & Chancelleries de leursdites Majestez.

> Le Comte d'Egmont, le Duc de Bournonville, & le Prince d'Espinoi seront restituez en leurs biens; & les autres qui ne sont nommez se pourront nommer jusques au jour de la ratification du Traité. Ne pourront rentrer dans les Païs du Roi d'Espagne sans Lettres patentes.

VIII.

En considération du bien & des avantages qui reviendront à la Chrétienté par le moyen de cette Paix & pour arrêter d'autant mieux & d'autant plutôt les progrès du Turc en pressant la conclusion du présent Traité, Sa Majesté Catholique céde pour elle & pour les Seigneurs Rois ses Successeurs réellement & de fait audit

Sei-

Señor Rey de Francia y a los Señores Reyes sus Succeffores la propriedad y poffeffion de todos los derechos que le pueden pertenecer y competer en las Plaças, Villas, Castillos y Lugares que el dicho Señor Rey Christianiffimo ha occupado y tiene agora en los Payses Baxos, y Contado de Borgoña y que ha conquistado sobre el dicho Señor Rey Catholico, durante la presente Guerra commenzado an el año 1635. y para manifestar con mas claridad la finceridad con què procede el dicho Señor Rey Catholico, declara que en cafo que fucceda alguna difficultad ò dudas sobre el effetto o execucion deste presente Capitulo, fe conformara con el parefcer y arbitrio de los dichos Señores Estados Generales de los Payses Baxos fin apartarfe dello por ninguna via n'y pretexto.

Seigneur Roi de France & à ses Succeffeurs, la proprieté & poffeffion de tous les droits qu'il pourroit avoir ou prétendre fur les Places, Villes, Châteaux & lieux que Sa Majesté très-Chrétienne a pris & tient encore dans les Païs-Bas & le Comté de Bourgogne, & qu'il a conquis fur ledit Seigneur Roi Catholique, pendant la présente Guerre à compter depuis l'an 1635. & afin de faire encore mieux connoître avec quelle finçérité agit fadite Majesté Catholique, elle déclare qu'au cas qu'il furvienne quelque difficulté ou doute dans l'execution du présent Article, elle s'en raportera à l'arbitrage des Seigneurs Etats Généraux des Païs-Bas, & ne s'en departira point fous quelque prétexte que ce puiffe être.

IX.

Por el mifmo respecto y confideracion de la Paz tan deffeada y neceffaria para la confervacion de Italia el dicho Señor Rey Catholico, cedera y transferira al dicho Señor Rey Christianiffimo, à perpetuidad y con alienacion irrevocable el condado de Rouffellon con todas fus dependencias y confentira que quede unido y incorporado a la Corona de Francia.

Par la même confidération de la Paix fi defirée & fi néceffaire pour la confervation de l'Italie, le fusdit Roi Catholique céde & transporte audit Seigneur Roi très-Chrétien à perpetuité & avec alienation irrevocable, le Comté de Rouffillon avec fes dépendances, & confent qu'il foit mis & incorporé à la Couronne de France.

X.

Admitera tambien una Tregua de treynta años en el Principado de Catalana, y durante a quel tiempo que daran las cofas en el ftado en que fe hallaren quando fe publique el presente Tratado, fin que puedan mudar n'y alterar y ceffaran por el mifmo tiempo todos actos de hoftilidad de una parte y otra, y gozaran los Pueblos y moderadores de la dicha Provincia tanto del uno Partido como del otro del beneficio de la Tregua, como fe ha ufado y platicado con las demas Nationes en cafo femejante.

Il confentira à une Trêve de trente ans dans la Principauté de Catalogne, pendant lequel tems les chofes y refteront dans l'état où elles fe trouveront lorfqu'on publiera le préfent Traité, fans qu'on y puiffe rien changer ou alterer, & pendant tout ledit tems toutes hoftilitez cefferont de part & d'autre, & les Peuples & Gouverneurs de ladite Province tant d'un parti que de l'autre jouïront du benefice de la Trêve, ainfi qu'il a été ufité & pratiqué en pareil cas avec la même Nation.

XI.

Y por quanto de parte del dicho Señor Rey Christianiffimo fe ha hecho inftancia, mediante la interposicion de los Señores Embaxadores Plenipotentiarios de los Señores Estados de las Provincias unidas en que los Puertos y Villas de Rofes y Cadaques fean incluydos en la enagenacion que fe haze del Condado de Roffellon a favor de la Corona de Francia quanto quiere que dichas Villas y Puertos de Rofes y Cadaques no fean comprehendidos n'y pertenefcan al dicho Condado de Roffellon por fer como fon pertenecientes al diftritto del Principado de Cataluña to-la via por mejor finceridad del animo qu'el dicho Señor Rey tiene a promover efte Tratado de la Paz, fe ha conformado en admitir el temperamento que los dichos Señores interpofitores han hecho en efta parte fobre que fe ha formado un Articulo especial que fe entregua juntamente con este instrumento en papel a parte declarando que en cafo de feguir la Paz que fe efpera y fe deffea el dicho Articulo fe infirira en este Instrumento entre los demas en el contenidos.

Et d'autant que le Roi très-Chrétien a fait plufieurs inftances par le canal des Seigneurs Ambaffadeurs Plénipotentiaires des Seigneurs Etats des Provinces-Unies, à ce que les Ports & Villes de Rofes & de Cadaques foient comprifes dans la ceffion faite du Comté de Rouffillon en faveur de la Couronne de France; d'autant que lesdites Villes & Ports de Rofes & Cadaques ne font pas compris & n'apartiennent pas audit Comté de Rouffillon, étant des dependances de la Principauté de Catalogne; pour preuve de la fincerité & de l'ardeur avec laquelle fadite Majesté défire la conclufion du préfent Traité, elle a confenti d'accepter le temperament que lefdits Seigneurs Médiateurs ont propofé fur ce fujet & dont il a été fait un Article particulier qui fera compris dans le préfent Traité, & il a été déclaré qu'au cas que la Paix tant defirée s'enfuive, ledit Article fera inferé dans le préfent Inftrument.

XII.

Restituira Su Majeftad Cathòlica todo lo que fus armas han occupado en el Piamonte y Montferrato; y fpecialmente la Villa y Ciudad de Verceli con fus dependencias, y la Villa y Castillo de Cenchio al Señor Duque de Savoya, las Villas y Plaças de Aqui y Ponconne al Señor Duque de Mantua, fin derivar parte alguna de la
TOM. IV.   Ver-

Sa Majefté Catholique reftituera tout ce que fes armes ont conquis dans le Piemont & dans le Montferrat, particulierement la Ville & Cité de Verceil avec fes dépendances, & la Ville & le Château de Cenchio au Seigneur Duc de Savoye, les Villes & Places de Aqui & Ponconne au Seigneur Duc de Mantouë fans de-
Ff 2   molir

1647. *Fortificacion ſacar Artilleria o municiones ni elevar o quitar nada de lo que ſe hallo en ellas quando fueron occupadas de parte de ſu dicha Majeſtad Catholica. Aſſimiſmo y en la miſma forma y con ſemejantes condiciones reſtituira Su Majeſtad Chriſtianiſſima todo lo que occupa y que tiene en las Provincias del Piemonte y Montferrato ſin oltra reſerva mas que de la Villa y Caſtillo de Pinnarol que le quedara en poſſeſſion, propriedad, en conformidad del conſentimiento y conceſſion de Su Majeſtad Imperial y del Sacro Romano Imperio de cuyo feudo depende.*

Y por lo que toca a la Villa, Caſtillo y Ciudad de Caſal, las ha de reſtituir Su Majeſtad Chriſtianiſſima aſſi como las demas otras Villas y Plaças al dicho Señor Duque de Mantua; pero ſe conſiente de parte del Señor Rey Catholico que en la dicha Villa, Caſtillo y Ciudad de Caſal ſe punga un Preſidio mitad de Eſquizaros eſcogidos por Su Majeſtad Chriſtianiſſima, y que la otra mitad ſer de Vaſſallos del dicho Señor Duque de Mantua y a ſu eleccion, el qual Preſidio tanto de Eſquizaros como naturales hara juramento de fidelidad al dicho Señor Duque de conſervar la Plaça en ſu nombre contra todos, y eſto haſta que elegue a la edad de veynte y cinco años, en el qual tiempo podra mudar los dichos Eſquizaros ſi lo juſgare conveniente y haſta en tonces, ſera pagado el dicho Preſidio del dinero de Su Majeſtad Chriſtianiſſima que ſe dara por forma y ayuda de coſta al dicho Señor Duque para repartirlo entre los Officiales y Soldados y en todo eſte tiempo tendro el dicho Señor Duque el poder y derecho de nombrar y eſcoger los principales Officiales como Governadores, Tenientes, Sargentes Mayores y Capitanes de Artilleria y municiones en la dicha Villa, Caſtillo y Ciudad de Caſal y para que queden a perpetuidad en el Poder y Dominio de la Caſa de Mantua, los dichos Señores Reyes conſentiran qu' el dicho Señor Duque y la Señora Duqueſſa ſu madre en qualidad de Tutora, Curadora y Regente de ſus Eſtados haga una declaracion ſolemne y authentica aprovada por ſus Conſejos y Cortes de los dichos Eſtados, en que diga y proteſte que la dicha Villa, Caſtillo y Ciudad nunca podran ſer enagenados ny paſſar a la una o otra de las dos Coronas ny a manos de otros Principes, ſino los de la dicha Caſa de Auſtria en qualquiera manera que ſea; ny tan poco por via y Capitulacion de Caſamiento, y para mayor ſeguridad de lo contenido en eſte Articulo ſe pondra una clauſula eſpecifica en el Tratado de la Legua entre los Principes de la Italia de laqual ſe hara mention a baxo.

XIII.

Los Griſones y Valtelinos quedaran en el miſmo eſtado en que al preſente ſe hallan; pero les ſera licito declarar dentro de quatro meſes, deſpues de la publicacion deſte Tratado, la forma de Govierno que les pareſciere mas con-

---

1647. molir rien des Fortifications, & rien detourner de l'Artillerie ou des munitions ni ſans enlever ou prendre rien de ce qui s'y eſt trouvé lorſqu'elles ont été priſes par Sa Majeſté Catholique. Sa Majeſté très-Chrétienne reſtituera de même, de la même maniere & aux mêmes conditions tout ce qu'elle a pris & tient dans les Provinces de Savoye & de Montferrat, ſans ſe réſerver autre choſe que la Ville & Citadelle de Pignerol, qui lui reſtera en pleine poſſeſſion & proprieté, conformément au conſentement, & à la conceſſion de Sa Majeſté Impériale & du Saint Empire Romain dont cette Place relève comme fief.

Le Roi de France reſtituera tout en Italie, hors Pignerol, qui lui demeure, ſuivant le Projet de Paix avec l'Empire.

Quant à ce qui eſt de la Ville, Citadelle & Cité de Cazal Sa Majeſté très-Chrétienne la reſtituera comme les autres Villes & Places audit Seigneur Duc de Mantouë, mais Sa Majeſté Catholique conſent qu'il y ait dans ladite Ville, Citadelle & Cité de Cazal une Garniſon, moitié Suiſſes payez par le Roi de France, moitié Vaſſaux du ſuſdit Seigneur Duc de Mantouë à ſon choix; laquelle Garniſon tant Suiſſes que naturels feront ſerment audit Seigneur Duc de garder ladite Place en ſon nom contre tous; & cela juſqu'à ce qu'il ait atteint l'age de 25. ans, auquel tems il pourra changer ladite Garniſon, s'il le juge à propos, & juſqu'alors elle ſera payée de l'argent de S. M. T. C. lequel ſera donné par forme de ſubſide audit Seigneur Duc pour être par lui reparti entre les Officiers & Soldats, & durant tout ce tems, ledit Seigneur Duc aura pouvoir & droit de nommer & de choiſir les principaux Officiers comme Gouverneur, Lieutenant, Sergent Major & Capitaine d'Artillerie & Munition, en ladite Ville, Château & Cité de Cazal; & afin qu'ils demeurent à perpetuité au pouvoir & Domaine de la Maiſon de Mantouë, leſdits Seigneurs Rois conſentiront que ledit Seigneur Duc & Madame la Ducheſſe Sa Mere, en qualité de Tutrice, Curatrice, & Regente de ſes Etats faſſent une déclaration ſolemnelle & authentique aprouvée par leurs Conſeils, & par les Cours deſdits Etats, par laquelle ils diſent & proteſtent que ladite Ville, Citadelle & Cité ne pourront jamais être alienées ni paſſer à l'une ou à l'autre des deux Courónnes, ni entre les mains d'autres Princes, pas même de ceux de ladite Maiſon d'Autriche en quelque maniere que ce ſoit; non pas même par voye & contract de Mariage, & pour plus grande ſureté du contenu en cet Article, on inſerera une clauſe ſpeciale dans le Traité de la Ligue entre les Princes d'Italie, de laquelle mention ſera faite ci-deſſous.

Cazal avec Garniſon moitié de Suiſſes payez par le Roi de France, & ne pourra jamais appartenir en propre ni à lui ni au Roi d'Eſpagne.

XIII.

Les Griſons & les habitans de la Valteline demeureront au même état où ils ſe trouvent à préſent, mais il leur ſera permis de déclarer en l'eſpace de quatre mois, à compter de la publication du préſent Traité, la forme de gouvernement qui leur paroîtra la plus convenable.

Griſons & Valtelins ſeront accommodés.

1647. conveniente, paraque de parte de los dichos Señores Reyes y de comun acuerdo sea tomada alguna resolucion amigablemente para el mayor bien y reposo de a quellos Pueblos, y para evitar todo genero de comestacion entre las dichas Coronas en lo que toca a los Grisones y Valtelinos no se inovera nada en lo pertinesciente a las Alidanças y Tratados que pueden tenerse con ellos, y en particular por la libertad del passo.

ble, afin que lesdits Seigneurs Rois d'un commun accord prennent amiablement quelque résolution pour procurer le plus grand bien & repos de ces Peuples; & pour éviter toute contestation entre lesdites Couronnes, en ce qui concerne les Grisons & les habitans de la Valteline, on ne changera rien en ce qui apartient aux Alliances & Traitez qui peuvent avoir été faits avec eux particulierement pour la liberté du passage.

1647.

Passage par la Valteline libre.

XIV.

Para evitar tambien todas las occasiones y pretextos que pudieran turbar la buena intelligencia que han de renovar los dichos Señores Reyes, quedara en su vigor el Tratado de Queyrasco hecho en el año de 1631. y sera executado en todos sus puntos, excepto en lo que toca a la Restitucion de Pinarol, laqual quedara a la Corona de Francia, como es dicho arriba, sin que adelante se pueda interprender cosa ninguna contraria al dicho Tratado, y en caso que se haga, no podra ny el uno ny el otro de los dichos Señores Reyes dar assistencia ninguna al que huviere faltado al cumplimiento de las cosas ajustadas; pero podran darla al que fuere turbado o inquietado. Toda via, no se quita el derecho y libertad tanto a la Casa de Savoya, como a la de Mantua de proponer el daño y lesion que pueden jusgar aver recebido en el dicho Tratado, y pretender que sea remediado, pero solo por via amigable y de justicia, y no por via de hecho o de Guerra.

XIV.

De même pour éviter toute occasion & prétexte qui pourroient troubler la bonne intelligence que lesdits Seigneurs Rois veulent renouveller entr'eux, le Traité de Quierasque fait en 1631. demeurera en toute sa vigueur & sera exécuté en tous ses points, excepté en ce qui regarde la restitution de Pignerol, qui demeurera à la Couronne de France, comme il est dit ci-dessous, sans que doresnavant on puisse entreprendre aucune chose contraire audit Traité : & au cas que cela arrive, ni l'un ni l'autre desdits Seigneurs Rois ne pourront donner aucune assistance à celui qui aura manqué à l'execution dudit Traité, mais ils pourront la donner à celui qui aura été troublé ou inquieté. Il ne sera pas prejudicié au droit & à la liberté qu'ont le Duc de Savoye, & celui de Mantouë de déclarer le tort qu'ils pourroient croire recevoir par le présent Traité, & de prétendre qu'il y soit remedié toutefois par voyes amiables & en justice mais non par la voye des armes.

Traité de Quierasque demeure exécuté excepté pour Pignerol qui reste à la France.

Ducs de Savoye & de Mantouë peuvent poursuivre leurs droits amiablement.

XV.

Se dara satisfaccion y paga a la Princessa Marguariita de Savoya y a la Princessa su Hija con reservacion de las acciones y derechos que tienen contra el Duque de Savoya; y de otra parte sera administrada buena y breve justicia a los herederos de la Serenissima Infante Catalina muger del Duca de Savoya Carlos Emanuel en la pretension de su dote y se remittira el juizio de la causa al Colegio de la Rotta Romana, prometiendo Su Majestad Catholica de observar y executar punctualmente todo lo que por el dicho Colegio sera declarado y sentenciado, tanto en lo principal como en los incidentes y accessorios, y no menos en la instruccion que en la decision de lacosa, y tambien dara fiança por mayor seguridad, segun y en la forma mas ampla y conveniente que conforme al estilo del dicho Consejo de la Rotta en semejantes casos se huviere platicado.

XV.

Il sera donné satisfaction & payement à la Princesse Marguerite de Savoye & à la Princesse sa fille, outre la conservation de tous leurs droits & actions qu'elles ont contre le Duc de Savoye, & d'autre côté on rendra bonne & prompte justice aux héritiers de la Serenissime Infante Caterine épouse du Duc de Savoye Charles Emanuel touchant les prétentions de sa dot, & l'on s'en raportera pour le jugement de ladite cause à la décision de la Rotte de Rome, Sa Majesté Catholique promettant d'observer & d'executer ponctuellement tout ce qui sera ordonné par ladite Rotte tant au principal que sur les incidens & accessoires, comme aussi en l'instruction & décision de la chose : & pour plus grande sûreté donnera caution selon & en la forme la plus ample & ainsi qu'il conviendra conformément au stile de ladite Rotte ainsi qu'il se pratique en semblable occasion.

Droits de Mantouë & de Savoye seront vuidez.

XVI.

Los dichos Señores Reyes para mejor fundar el presente Tratado y mostrar el verdadero desseo que tienen de observarlo declaran ser su animo y intencion que para mejor seguridad y firmeza de todo lo que se ha capitulad sobre los interesses de Italia y de sus Principes se haga una Liga y Confederacion entre todos los dichos Principes, Estados y
R-

XVI.

Lesdits Seigneurs Rois, pour plus grand affermissement du présent Traité, & pour faire d'autant plus connoître le sincere désir qu'ils ont de l'executer, déclarent que leur intention est que pour plus grande sûreté de tout ce qui a été arrêté & stipulé sur les interêts de l'Italie & de ses Princes, il y aura une Ligue & Confédération entre lesdits Princes, Etats &
R-

1647. Republicas de Italia, obligando se todos y cada uno dellos a tomar las armas contra el que faltare al complimento y especialmente para que se mantenga y execute lo arriba dicho y capitulado, en lo que toca a la conservacion de la Villa, Castillo y Ciudadela de Casal en la Casa de Mantua sin que puedan jamas passar a poder de ninguna de las dos Coronas por qualquier causa, pretexto, Tratado y occasion que sea, y para que se pueda con mayor promptitud y efficacia adelantar y establecer la dicha Liga y Confederacion entre los dichos Principes, Estados y Republicas de Italia prometen los dichos Señores Reyes de excivir a todos y a cada uno dellos a este fin y desde agora en nombre de los dichos Señores Reyes se hara instancia con los Ministros de los dichos Principes de Italia que se hallan a Munster, de manera que la dicha Liga pueda ser capitulada, tratada y concluida dentro de seis Meses despues de la publicacion d'este Tratado de Paz sin retardar la execution d'ella.

Républiques d'Italie, s'obligeant tous & chacun d'eux à prendre les armes contre quiconque manquera à l'execution, & specialement à maintenir l'execution de l'Article qui concerne la conservation de la Ville, Citadelle, & Cité de Cazal à la Maison de Mantouë, ensorte que jamais elle ne puisse passer ni à l'une ni à l'autre desdites Couronnes sous quelque prétexte, cause, Traité ou occasion que ce soit : & afin de former & établir d'autant plutôt ladite Ligue & Confédération entre lesdits Princes, Etats & Républiques d'Italie, lesdits Seigneurs Rois s'engagent d'écrire à tous & chacun d'eux à cette fin, & dès à présent au nom desdits Seigneurs Rois on fera instance auprès des Ministres desdits Princes d'Italie qui se trouvent à Munster, ensorte que ladite Ligue puisse être reglée, traitée & concluë en l'espace de six mois à compter de la publication du présent Traité de Paix sans en retarder l'execution.

1647. Ligue se fera des deux Rois avec les Princes d'Italie pour conserver Cazal & Mantouë.

XVII.

Su Majestad Catholica para contribuir mas de su parte a que se consigne el bien inestimable de la Paz, renunciara, cedera y transferira para siempre y a perpetuidad en favor del dicho Rey Christianissimo y de los Reyes sus Successores todos los derechos tanto de propriedad como de otras acciones y pretenciones que tiene y puede tener sobre las Provincias de Alsacia y Suntgau, y en particular la Villa, Castillo y territoria de Brisac en caso que se concluya la Paz no solo entre los dichos Señores Reyes, pero tambien entre su Majestad Imperial y el Romano Imperio de una parte, y el dicho Señor Rey Christianissimo y la Corona de Francia de otra, conforme a lo que es y a offrecido al dicho Señor Rey Christianissimo en nombre del Señor Emperador por medio de sus Ministros en el Tratado pendiente entre los dichos Señores Emperador y Rey Christianissimo.

Sa Majesté Catholique pour contribuer davantage de son côté à l'acquisition du bien inestimable de la Paix, renoncera, cédera & transportera pour toujours & à perpetuité en faveur dudit Roi T. C. & des Rois ses Successeurs, tous les droits tant de proprieté, qu'autres actions & prétensions qu'elle a, ou peut avoir sur les Provinces d'Alsace & Sundtgau & en particulier la Ville, Château & Territoire de Brisac, en cas que la Paix soit conclue, non seulement entre lesdits Seigneurs Rois, mais aussi entre Sa Majesté Impériale & l'Empire Romain d'une part & ledit Seigneur Roi très-Chrétien & la Couronne de France de l'autre, conformément à ce qui a déja été offert audit Seigneur Roi très-Chrétien au nom de l'Empereur, par la voye de ses Ministres, dans le Traité pendant entre lesdits Seigneurs Empereur & Roi très-Chrétien.

Le Roi d'Espagne quitte au Roi de France toutes ses prétentions en Alsace & Suntgau.

XVIII.

Como de parte de su Majestad Christianissima se han hecho grandes instancias para que su Majestad Catholica vinga a dar y conceder alguna cosa al Señor d'Anglure casado con la hija del defunto Conde de Chateau-Villain de la Casa de Diazeto, teniendo consideracion a que la aguela de la muger del dicho Señor d'Anglurre era de la Casa de Aquaviva, de cuyo patrimonio muchos bienes y Señorias han passado a su dicha Majestad Catholica en el Reyno de Napoles por via de confiscacion declarada ciento y sessenta años hay, su dicha Majestad Catholica promete de usar de alguna liberalidad con el dicho Señor d'Anglure, o en dinero de contado por una vez, o en una pension que se la pagara cada año durante su vida, para loqual se le dara una consignacion

Comme on a fait de grandes instances de la part de Sa Majesté très-Chrétienne pour que Sa Majesté Catholique donne & accorde quelque chose au Seigneur d'Anglure marié avec la fille du feu Comte de Château-Vilain de la Maison d'Adjaceto, ayant égard à ce que l'ayeule de la femme dudit Seigneur d'Anglure étoit de la Maison d'Aquaviva, du patrimoine de laquelle plusieurs biens & Seigneuries ont passé au pouvoir de sadite Majesté Catholique dans le Royaume de Naples par voye de confiscation déclarée il y a 160. ans : sadite Majesté Catholique promet d'user de liberalité envers ledit Seigneur d'Anglure soit en lui donnant une somme d'argent pour une fois, soit en lui accordant une pension viagere, laquelle lui sera

Droits des Seigneurs d'Anglure & Château Vilain au Royaume de Naples. Et ainsi ce seroit l'an 1487.

1647. gnacion a donde su Majestad Catholica jus-
gara convenir.

XIX.

En quanto a las reservas y derechos que
los dichos Señores Reyes pretenden perte-
necerles en los Dominios y Estados posseydos
reciprocamente se guarde y compla la forma
platicada en la Paz de Vervins en el Articulo 21. & 22. que tratan este punto.

XX.

Se declara que el dicho Tratado de Vervins quede en su fuerza y vigor y se observe y guarde todo lo en el contenido, salvo
en a quella parte que por el presente Tratado fuere derogado.

XXI.

Como la Paz no puede ser entera, segura
ny honesta si no se haze tambien y al mismo
tiempo con su Majestad Cesarea y il Sacro
Romano Imperio, y por estar el dicho Señor
Rey Catholico por tantos vinculos de sangre,
parentesco y Confederacion unido con el Señor
Emperador y por la obligacion que tiene al
dicho Emperador como Principe del cabeza de
uno de los Circulos que le componen, declara
de ser su Real intention que esta Paz se ef-
fectue juntamente con la que se trata con el
dicho Señor Emperador y el Sacro Romano
Imperio de una parte y del Señor Rey Christianissimo de la otra.

XXII.

Assi mismo seran comprehendidos en esta
Paz los intereses del Señor Duque de Lorrena
con entera satisfacion de su Alteza.

XXIII.

Entraran tambien en este Tratado como
amigos y adherentes de su dicha Majestad
Catholica, si assi le pareciere, los que su Majestad nombrara d'entro de quatro meses despues de la Ratificacion deste Tratado.

XXIV.

Si algunos Vassallos, Subditos, & moradores
de los Reynos, Payses y Estados de los dichos
Señores Reyes encorrieren en la contravencion
de qualquier Capitulo o Punto contenido en el
presente Tratado, seran rigorosamente castigados
segun la calidad y exigencia del hecho, y se
repararan los attentados con la mayor promptitud que se pudiere por los medios ordinarios
y en tel caso: acostumbrados de loqual quedaran encargados los Governadores, Parlamentos, Consejos, y Officiales, tanto de Justicia como de Guerra de los lugares en que se
haura cometido el atentado, y obligados de
procurar la reparacion con toda diligencia, y
evitar

---

sera assignée sur tel fonds que Sa Majesté Catholique jugéra convenable. **1647.**

XIX.

Quant aux reserves & droits que lesdits
Seigneurs Rois prétendent leur apartenir dans
les Domaines & Etats qu'ils possedent, on gardera & accomplira la forme pratiquée dans la
Paix de Vervins aux Articles XXI. & XXII.
qui traitent de ce point.

Droits réser-
vez aux deux
Rois.

XX.

On déclare que ledit Traité de Vervins demeurera en sa force & vigueur & que tout le
contenu en sera observé, excepté les endroits
auquel il aura été derogé par le présent Traité.

Le Traité de
Vervins sera
entretenu.

XXI.

Comme la Paix ne peut être entiere, assurée
ni honorable si on ne la fait aussi & en même
tems avec Sa Majesté Impériale & le Saint
Empire Romain, d'ailleurs ledit Seigneur
Roi Catholique étant uni par tant de liens de
sang, de parentage & de confédération avec
ledit Seigneur Empereur, enfin étant engagé
par ce qu'il doit audit Empire comme Prince
du chef d'un des Cercles qui le composent, il
déclare que son intention Royale est, que cette
Paix se fasse conjointement avec celle que l'on
traite avec ledit Seigneur Empereur & le
Saint Empire d'une part, & le Seigneur Roi
T. C. de l'autre.

Le Traité
d'Espagne ne
s'effectuera
que quand
& celui de
l'Empire a-
vec la Fran-
ce.

XXII.

De même, on comprendra dans cette Paix
les intérêts du Seigneur Duc de Lorraine à
l'entiere satisfaction de son Altesse.

Le Duc de
Lorraine sera
compris au
Traité de
Paix & lui
sera entiére-
ment satis-
fait.

XXIII.

On admettra aussi dans ce Traité comme
amis & Alliez de sadite Majesté Catholique, si
elle le juge à propos, ceux qu'elle nommera
dans l'espace de quatre mois après la Ratification de ce Traité.

XXIV.

Si quelques Vassaux, Sujets & manans des
Royaumes, Païs & Etats desdits Seigneurs Rois,
viennent à contrevenir à quelque Article ou
point contenu dans le présent Traité, ils seront
rigoureusement châtiez selon la qualité & exigence du cas, & on reparera leurs attentats
avec la plus grande promptitude possible par
les moyens ordinaires & accoutumez en tel
cas, & seront chargez de ce soin les Gouverneurs, Parlemens, Conseils, & Officiers tant
de Justice que de Guerre des lieux où l'atten-
tat aura été commis, & seront obligez d'en
procurer la reparation en toute diligence &
d'éviter

Les infrac-
teurs du Trai-
té seront pu-
nis & les in-
fractions ré-
parées sur le
champ.

1647. *evitar todas las occasiones y pretextos de rompimiento en infraccion publica deste Tratado.*

XXV.

El qual para mejor seguridad sera verificado, publicado, approbado y registrado en los Consejos, Parlamentos, y Cameras de Cuentas de los dichos Señores Reyes, especialmente en el Parlamento y Camera de Cuentas de Paris con intervencion y consentimiento de los Procuradores Generales y en termino de tres meses despues de la publicacion d'este Tratado, se daran y presentaran de una y otra parte certificaciones auténticas de las tales aprovaciones, verificaciones y publicaciones.

XXVI.

Todos los quales Puntos y Articulos arriba referidos han sido capitulados, stipulados, concertados y approvados entre los Ambaxadores y Plenipotentiarios de los dichos Señores Reyes que han firmado este Tratado en virtud de los Poderes y Plenipotencias sufficientes y validas acceptadas y aprovadas de una y otra parte per intervencion de los Señores Mediatores, cuia Copia sera inserida al pied deste Tratado, los quales Plenipotenciarios de mas de las Ratificaciones tanto en el tiempo presente como en lo por venir y desde aora entonnes conteindas en los dichos Poderes y Plenipotencias han prometido y prometen que sacaran otras nuevas para mayor seguridad y firmeza dentro de dos mezes desde el dia de la fecha del presente Tratado y obligan en virtud de los mismos Poderes a los dichos Señores Reyes al complimiento y observancia punctual y exacta de toto lo contenido en este Tratado, y de jurar solemnemente sobre la Cruz, santos Evangelios, y Canon de la Missa, y sobre su consciencia y honra en presencia de los que de una y otra parte seran deputados de complir y effectuar real candida y religiosamente todes los dichos Punctos y Capitulos sin faltar jamas en elle ny suffrir que sus Vassallos y Subditos hagan alguna cosa en contrario con renonciacion expressa a todo genero de restitutiones y beneficios especialmente al de minoridad de parte de su Majestad Christianissima y con autorizacion o approvacion y consentimiento de la dicha renonciacion de parte de la Señora Reyna Regente su Madre y de los Parlamentos y Cortes Generales del Reyno. Hecho en Munster Villa Episcopal y Metropoli de Westphalia a 24. de Hebrero del 1647.

I.

Si esta de acuerdo entre las Partes que Dom Duarte de Braganza que se halla detenido prisoniero en el Castillo de Millan sera suelto de su prison y entregado al Señor Emperador o al Señor Rey Christianissimo a eleccion de su Majestad Catholica luego despues de la publicacion del Tratado de Paz entre las dos Coro-
nas

1647. d'éviter toute occasion & prétexte de rupture & infraction publique de ce Traité.

XXV.

Ledit Traité, pour plus grande sureté, sera verifié, publié & enregistré dans les Conseils, Parlemens & Chambres des Comptes desdits Seigneurs Rois, particulierement dans le Parlement & Chambre des Comptes de Paris avec l'intervention & le consentement des Procureurs Généraux; & dans le terme de trois mois à compter de la publication de ce Traité on donnera & delivrera d'une & d'autre part des Certificats authentiques desdites aprobations, verifications & publications.

XXVI.

Tous les Points & Articles raportez ci-dessus ont été reglez, stipulez, concertez & aprouvez entre les Ambassadeurs & Plénipotentiaires desdits Seigneurs Rois, qui ont signé ce Traité en vertu des Pleinpouvoirs & Pouvoirs sufisans & valides acceptez, & aprouvez d'une & d'autre part par l'intervention des Seigneurs Médiateurs, dont Copie sera inserée à la fin dudit Traité; lesquels Plénipotentiaires, outre les ratifications tant presentes que futures & doresnavant contenues dans leursdits Pouvoirs & Pleinspouvoirs, ont promis & promettent qu'ils en obtiendront de nouvelles pour plus grande sureté, & assurance en l'espace de deux mois à compter du jour de la conclusion du présent Traité, & s'obligent en vertu des mêmes Pouvoirs lesdits Seigneurs Rois à l'accomplissement & observation ponctuelle & exacte de tout le contenu en ce présent Traité, & à jurer solemnellement sur la Croix, les Saints Evangiles, le Canon de la Messe & sur leur conscience & honneur en présence de ceux qui d'une & d'autre part seront deputez, d'accomplir & effectuer réellement, sincerement & religieusement tous lesdits Points & Articles sans en excepter un, ni souffrir que leurs Vassaux & Sujets fassent aucune chose au contraire, avec renonciation expresse à toute espéce de restitution & benefice, specialement à celui de la minorité du côté de Sa Majesté très-Chrétienne & avec aprobation, autorisation & consentement à ladite renonciation de la part de Madame la Reine Regente sa Mere & des Parlemens & Cours Générales du Royaume. Fait à Munster Ville Episcopale, & Métropole de Westphalie ce 24. Fevrier 1647.

I.

Il a été arrêté & convenu entre les Parties que Don Edouard de Bragance, detenu prisonnier dans le Château de Milan sera delivré de sa prison & livré au Seigneur Empereur ou au Seigneur Roi très-Chrétien au choix de Sa Majesté Catholique, aussitôt après la publication du Traité de Paix entre les deux Couronnes

1647.

nas de España y Francia con promessa de que no ha de assistir directa ni indirectamente al Duque de Braganza su hermano ni a los Portugueses contra su dicha Majestad Catholica, para cuya seguridad saldra porsiador aquel de los dichos Señores Emperador o Rey Christianissimo a quien se entregare la dicha persona de Don Duarte de Braganza.

En caso que todas las demas condiciones de la Paz entre las dichas Coronas seran acceptadas y que no reste para concluirla sino la concession a favor de la Corona de Francia de las Villas y puertos de Roses y Cadaques seda arbitrio a los Señores Embaxadores Plenipotenciarios de los Señores Estados Generales de las Provincias Unidas del Pays Baxo para que se puedan declarar y consequentemente se pondra sobre este punto un Articulo expresso y en forma conveniente en el Tratado.

1647.

nes de France & d'Espagne, sous promesse qu'il n'assistera directement ni indirectement le Duc de Bragance son frere, ni les Portugais contre sadite Majesté Catholique: pour sureté de quoi sera caution celui desdits Seigneurs Empereur ou Roi très-Chrétien, entre les mains duquel on remettra ledit Dom Edouard de Bragance.

Au cas que toutes les autres conditions de la Paix entre lesdites Couronnes soient acceptées, & qu'il ne reste pour la conclure que de céder en faveur de la Couronne de France les Villes & Ports de Roses & Cadaques, on s'en raporte à la décision des Seigneurs Ambassadeurs Plénipotentiaires des Seigneurs Etats Généraux des Provinces-Unies du Païs-Bas, afin qu'ils puissent déclarer leur sentiment, & en conséquence de ce on fera sur ce point dans le Traité un Article exprès & en la forme convenable.

Roses & Cadaques : voyez le 11. Art.

DE L'UNION

A la Couronne de France des Duchez de Lorraine & de Bar & autres Seigneuries tenuës ci-devant par les Ducs de Lorraine.

I.

RAISONS POUR L'UNION.

Cette Union se doit faire pour beaucoup de considérations.

I.

A ce que les Sujets du Roi ne regrettent pas ce qu'ils ont contribué à sa Conquête lorsqu'ils considéreront qu'ils en demeurent d'oresnavant en plus grande sureté du côté de la Champagne & des Villes de Metz, Toul, & Verdun.

II.

Et que le Roi s'accroîtra de quarante lieues de Païs où il y a plus de trois mille Paroisses.

III.

C'est un passage en Allemagne pour en tirer le secours de gens de Guerre qui sera nécessaire.

IV.

Et aussi pour assister les Princes & Etats de l'Empire à ce qu'ils ne soient entiérement réduits sons le joug de la Maison d'Autriche ou molestez en leurs franchises & libertez : car par leur ruïne les Empereurs & les Rois d'Espagne de cette Maison deviendroient trop puissants pour porter dommage à la France.

V.

Ce sera persuader à tous les Peuples de Lorraine de demeurer à l'avenir constamment du parti de France, n'étant plus en crainte qu'on les abandonne en changeant de Seigneur, ains assurez qu'on les protégera à toujours contre qui que ce soit.

VI.

Les Provinces des Païs-Bas qui sont restées au Roi d'Espagne, demeureront d'autant plus détachées du Comté de Bourgogne, sans se pouvoir secourir si facilement les unes les autres, comme il arrivoit par la connivence des derniers Ducs de Lorraine.

VII.

Et nos Rois auront plus facile entrée dans le Luxembourg, l'Alsace & autres Païs dépendans de la Maison d'Autriche.

VIII.

Outre que les Ducs de Lorraine se sont depuis cent ans le plus souvent alliez avec les Rois d'Espagne contre la France, à raison de leurs prétentions imaginaires sur plusieurs Provinces & Seigneuries, & en général sur tout le Royaume comme se disans issus en ligne masculine de l'Empereur Charlemagne & devoir être préférez aux descendans du Roi Hugues Capet, n'y ayant apparence qu'ils quittent jamais ces opinions & la mauvaise volonté qu'ils ont de pére en fils.

IX.

Joint qu'il est à craindre que si le Roi rend ce qu'il tient ès Etats de Lorraine, les Garnisons Espagnoles entreront avec le temps dans les Places fortes, sous prétexte d'assister le Duc d'àprésent, & après son décès, son frére ou quelqu'autre prochain héritier ; ainsi que les

Rois

Rois d'Espagne en ont usé ès Païs de Juliers & en quelques Seigneuries d'Italie; de peur, ainsi qu'ils ont mis en avant, que l'Electeur de Brandebourg, les Hollandois, ou les François, n'en devinssent les Maîtres.

Et l'on n'ignore pas comme Charles dernier Duc de Bourgogne & Philippe second Roi d'Espagne, se sont efforcez, par les armes ou par contract d'échange, d'avoir les Etats de Lorraine à quelque prix que ce fût; pour, par ce moyen, enfermer le Royaume de France de ce côté-là, & unir les Seigneuries les unes avec les autres.

II.

RAISONS CONTRE L'UNION.

I.

D'Autre part il faut considérer avec quelle passion tous les Princes de la Maison d'Autriche s'opposent à ce que le Roi ne demeure Maître de ce Païs. Cela se voit clairement au Traité de Prague de l'Empereur Ferdinand II. avec l'Electeur de Saxe; en l'an mil six cens trente-cinq, & aussi ès réponses dudit Empereur & de son fils Ferdinand troisiéme ès années mil six cens trente-six, mil six cens trente-sept, & mil six cens quarante-un, pour la pacification des troubles de l'Allemagne, par l'offre qu'ils ont faite de laisser aux Protestans le libre exercice de leur Religion, telle qu'elle soit, leur souffrir encore pour quarante ans la possession des biens Ecclésiastiques qu'ils ont usurpez contre le Traité de Passaw, en l'an mil cinq cens cinquante-deux; voir de leur accorder de nouveau l'Archevêché de Magdebourg & autres Bénéfices Ecclésiastiques en propre, ou en usufruit; & de les rétablir en toutes leurs Seigneuries, moyennant qu'ils aident & contribuent à chasser les François de Lorraine.

II.

Ils ne manquent aussi en même temps de solliciter sous main les Suédois de Paix ou de Trêve, tâchans par autres voyes de les débaucher d'avec nous, en leur quittant la Poméranie, à celle fin que n'étant plus empêchez en Allemagne, ils tournent plus puissamment contre le Roi; ainsi que l'Empereur Charles V. en l'an mil cinq cens quarante-quatre pour envahir la France du côté de la Champagne & de la Picardie, conjointement avec Henri huitiéme Roi d'Angleterre; regagnant à lui les Protestans & le Roi de Dannemarck qui s'étoient alliez avec le Roi François premier : en pratiquant depuis la même chose en l'an mil cinq cens cinquante-deux avec Maurice Electeur de Saxe & ses Confédérez, pour s'en servir contre le Roi Henri II. au recouvrement de Metz.

III.

A quoi l'on peut ajouter qu'ils persuaderont tant qu'ils pourront aux Allemans, qu'il y va de l'honneur & de l'intérêt de l'Empire que les François n'occupent la Lorraine, qui est sous sa garde & protection spéciale & sous sa Souveraineté & jurisdiction, & les Ducs faisant la foi & hommage pour le Marquisat de Pont-à-Mousson, Blamont, & autres Seigneuries, & Droits, comme il est porté par la Transaction du Duc Antoine avec l'Empereur Charles V. les Electeurs & autres Princes & Etats, passée à Nuremberg l'an mil cinq cens quarante-deux, & pareillement par plusieurs investitures des Empereurs : tous les Sujets de l'Empire, étant obligez d'assister l'Empereur pour la conservation des Droits Impériaux.

IV.

Et quand même le Roi n'y seroit à présent troublé, ce sera à l'avenir une perpétuelle semence de Guerre & division; Sa Majesté ne pouvant qu'avec peine s'exempter desdits Droits de Souveraineté & autres qui sont dus à l'Empereur.

Qui seroit une diminution à la Dignité Royale tant à cause des soumissions auxquelles sont obligez les Vassaux, lors qu'ils rendent la foi & hommage, que pour raison du droit de confiscation & autres peines dont les Souverains usent contre leurs Sujets : ainsi qu'il est avenu aux Rois d'Angleterre Sujets & Vassaux des Rois de France pour les Duchez de Normandie, de Guïenne, & autres Seigneuries.

Et aux Rois Louis XII. & François premier qui étoient Vassaux non seulement des Empereurs Maximilian & Charles V. pour le Duché de Milan, mais encore des Papes pour le regard du Royaume de Naples : les uns & les autres Seigneurs Souverains n'ayant pu souffrir des Vassaux trop puissans.

III.

En quelle maniére l'Union se peut faire pour le mieux.

Il faudroit, ce semble, à ce que cette Union se fasse avec moins de difficulté & plus de sureté, que le Roi par droit de confiscation & pour la rébellion & felonnie du Duc Charles, réunît derechef à la Couronne, en une forme plus ample & particuliére que ci-devant ce qui en releve; & par ainsi non seulement les Bailliages de Barleduc, la Marche, Chatillon-sur-Saone, Conflans en Bassigni, & Gondrecourt, mais aussi la Motte, Neufchâtel-sur-Meuze, Chastenoi, Montfort, Froüart, Passavant-en-Vosge, Châtel-sur-Mozelle, & autres terres & Seigneuries que l'on ne sauroit nier être de la Souveraineté du Royaume.

Cette Union se peut faire justement sans qu'aucun Prince étranger ait lieu d'y trouver à redire, & selon même que les Empereurs d'Allemagne & les Rois d'Espagne en usent contre leurs Sujets rebelles d'Autriche & de Bohême, de Hongrie, d'Espagne, d'Italie, & des Païs-Bas pour crime de Leze Majesté.

II.

Et quant à ce qui dépend de l'Empire, que le Roi déclare le vouloir retenir seulement jusques à ce qu'il soit récompensé des frais de la Guerre & des dommages qu'il a reçus du Duc Charles : sauf les droits dudit Empire qui demeureront cependant en leur entier; avec offre pour le regard dudit dédommagement de s'en soumettre à l'arbitrage de ceux qui seront choisis pour cet effet, & dont les Parties conviendront; pour éviter par cet expédient la jalousie des Princes, qui envient la grandeur de nos Rois & détourner les Allemans de contribuer bier contre la France pour le recouvrement des Etats de Lorraine.

III.

Ce qui néanmoins n'empêchera pas Sa Majesté selon que les occasions s'en présenteront, après avoir eu ceffion & tranfport des Droits de la Ducheffe de Lorraine (qui eft la vraye héritiére) & au cas que le bas Palatinat & autres Païs & Places fortes ne foient rendues par le Roi d'Efpagne, d'ordonner par teftament & en autre maniére que les Etats de Lorraine foient auffi unis au Domaine de la Couronne de France, pour n'en pouvoir plus être féparez en quelque maniére que ce foit.

A l'exemple de l'Empereur Charles V. & de Philippe II. Roi d'Efpagne, le premier desquels s'étant faifi comme Empereur & Seigneur Souverain & féodal du Duché de Milan, après la mort du dernier Duc, l'an mil cinq cens trente-cinq, en inveftit l'an mil cinq cens quarante-fix, ledit Roi Philippe qui lui en fit la foi & hommage; & depuis par fon teftament, en l'an mille cinq cens nonante-quatre a uni pour toujours ce Duché, au Royaume d'Efpagne; le Pére & le Fils ayans de la forte infenfiblement, par dégrez & non tout d'un coup accru leur Monarchie d'une Seigneurie de fi grande conféquence, qu'ils ont démembrée de l'Allemagne, auffi bien que celle de Sienne, fur laquelle ils procéderent avec pareille cautele.

Il y a les Villes & Places fortes d'Arras, Hesdin, Bapaume & autres du Païs d'Artois (ce qui n'a jamais été de l'Empire d'Allemagne, ains du Roi de France) que le Roi peut dès à préfent unir à la Couronne pour lui demeurer par forme d'engagement, jufques à ce qu'il lui foit fait raifon du Royaume de Navarre.

Que le Roi fe peut récompenfer fur tous les Etats du Duc de Lorraine des dommages qu'il a reçus de lui ; encore que ce Duc reconnoiffe l'Empereur pour Seigneur Souverain & féodal.

LEs Princes voifins des uns & des autres doivent fouffrir que quand l'un d'eux ou fes Sujets ont reçu quelque dommage des Sujets de l'autre, ils en ayent la raifon par droit de repréfailles, ou bien qu'on leur livre les perfonnes & fatisfaffe de leurs biens la perte & le mal qu'ils ont fouffert.

Ce qui doit avoir lieu pour le regard du Duc Charles de Lorraine, encore que Vaffal & Sujet de l'Empereur; d'autant plus qu'il eft par trop puiffant & privilégié dans les pays pour pouvoir être contraint par l'Empereur de fatisfaire le Roi des torts qu'il lui a faits, comme feroit un fimple Vaffal & Sujet, duquel il eft plus facile de faifir la perfonne & les biens.

Joint que les Ducs de Lorraine doivent être confidérez comme Princes Souverains, & non comme Sujets pour le droit qu'ils ont de toute ancienneté de faire de leur propre autorité des levées de gens de Guerre dans leurs Etats, d'y faire conftruire de nouvelles Fortereffes & de fe confédérer & allier avec les Rois & Princes étrangers; felon qu'il appert de leurs Confédérations & Alliances avec les Rois d'Efpagne contre la France, du nombre des gens de guerre

qui s'y font levez par leur commandement dès le temps de la Ligue, & pareillement des fortifications de la Ville de Nanci & autres lieux; fans qu'ils ayent cru qu'il fût néceffaire d'en demander l'avis & confentement de l'Empereur.

Etant plus que raifonnable que, fi le Duc Charles a eu affez de pouvoir de nuire au Roi en diverfes maniéres, Sa Majefté s'en puiffe reprendre pour fes dommages, jufques à pleine fatisfaction, fur les Seigneuries & Places qu'il a conquifes fur lui.

LES VILLES DE METZ TOUL, ET VERDUN.

Raifons defquelles nos Rois fe font fervis pour ne point rendre lefdites Villes.

APrès que le Roi Henri II. fe fut faifi des Villes Impériales de Metz, Toul & Verdun, les Empereurs Charles V. Ferdinand premier, Maximilian deux & les Electeurs & autres Princes de l'Empire ont fait inftance par plufieurs fois qu'elles fuffent reftituées.

Mais nos Rois ont été confeillez de leur répondre pour n'entrer en guerre ouverte avec les Allemans,

I.

Qu'ils ne permettoient qu'il y fût aucune chofe dénié ou diminué des droits qui en étoient dus à l'Empire.

Que les Evêques avoient continué de prêter les hommages & fermens de fidélité qu'ils étoient tenus de faire à l'Empereur.

Et lefdites Villes ordinairement fatisfait à tous droits, devoirs & contributions, comme Villes Impériales & Membres de l'Empire; tout ainfi qu'elles faifoient auparavant.

II.

Qu'il étoit raifonnable que les Empereurs & Rois d'Efpagne retinffent eux-mêmes les premiers ce qu'ils avoient dès auparavant ufurpé fur l'Empire.

III.

Que pour bien traiter de la reftitution de ces Villes, il falloit au préalable appeller lefdits Princes de l'Empire, lefdites Villes, & leurs Evêques qui en étoient Seigneurs, & y avoient le principal intérêt ; parce que comme l'affaire concernoit tous les Etats de cet Empire, il étoit loifible à nos Rois de repréfenter là-deffus leurs droits & prétentions aux Dietes Impériales & Affemblées des Etats Généraux d'Allemagne.

IV.

Finalement que lefdites Villes ne devoient être rendues que les frais de Guerre ne fuffent reftituez à la France qui avoit été invitée à la requête d'une bonne partie des Princes de l'Empire de faire des levées & dépenfes extraordinaires, pour les remettre & maintenir en leur ancienne liberté.

Et aujourd'hui les Suédois par la même raifon

son soutiennent devoir retenir le Duché de Poméranie, jusques à ce qu'ils soient récompensez des frais qu'ils ont faits pour le secours des Princes Protestans leurs Alliez.

Comme après la mort de Charles dernier Duc de Bourgogne, le Roi Louis XI. s'étant saisi de plusieurs Païs & Seigneuries que tenoit ledit Charles, il ne voulut retenir la Ville de Cambrai ni Quesnoi-le-Comte & Bouchain en Hainault, d'ancienneté de la Souveraineté de l'Empire d'Allemagne ; encore que du tems du déclin de la Maison de Charlêmagne, le Royaume de Lorraine & par conséquent le Comté de Hainault, & le Cambresis ayent été usurpez sur la Couronne de France par les Empereurs d'Allemagne de la Maison de Saxe.

PHILIPPE DE COMMINES *au cinquiéme livre de ses Mémoires Chapitre XIII.*

MAis par avanture que notre Seigneur ne lui voulût point de tous points accomplir son desir pour des raisons que j'ai dites, ou qu'il ne vouloit point qu'il usurpât sur ce Païs de Hainault qui est tenu de l'Empire, tant pource qu'il n'y avoit aucun titre, qu'aussi pour les anciennes Alliances & sermens qui sont entre les Empereurs & les Rois de France ; & montra bien depuis ledit Seigneur en avoir connoissance : car il tenoit Cambrai, le Quesnoi, & Bouchain en Hainault, il rendit ce Bouchain en Haynault & remit Cambrai en neutralité, laquelle est Ville Impériale.

Et au livre VI. Chap. 3.

En Hainault le Roi tenoit la Ville de Quesnoi-le-Comte & celle de Bouchain, lesquelles il rendit, dont aucuns s'esbahirent, veu qu'il ne cherchoit nul appointement & qu'il monstroit vouloir prendre le tout sans rien laisser à cette Maison ; & croi bien que s'il eût peu tout départir & donner à son aise & de tous points la détruire, qu'il l'eût fait ; mais ce qui le meut à rendre ces Places en Hainault furent deux choses qu'il me dit depuis.

La prémiere qu'il disoit qu'il lui sembloit qu'un Roi a plus de force & de vertu en son Royaume, où il est oint & sacré, qu'il n'en a hors de son Royaume.

L'autre raison étoit qu'entre les Rois de France & Empereurs y a grands sermens & confédérations de n'entreprendre rien l'un sur l'autre ; & ces places dont j'ai parlé étoient situées en l'Empire & furent restituées l'an mil quatre cens soixante-dix-sept.

Pour cause semblable rendit Cambrai, ou la mit en main neutre, content de la perdre.

Savoir si les Droits de Féodalité qu'a l'Empereur sur le Palatinat, le Duché de Wirtemberg, l'Electorat de Trèves & autres, selon la Bulle d'Or sont semblables à ceux qu'a le Roi sur le Duché de Bar ou bien s'ils sont différens & en quoi.

IL y a grande différence entre les Droits de Souveraineté & de Féodalité qu'a le Roi sur le Duché de Bar & ceux que l'Empereur veut prétendre sur les Princes relevans immédiatement de l'Empire, & qui ne sont des Terres & Seigneuries Patrimoniales de la Maison d'Autriche.

Car les Princes de France, comme aussi ceux d'Angleterre & d'Espagne, ne se peuvent confédérer entr'eux ni les Princes étrangers, sans le consentement de leurs Rois qui sont héréditaires & pleinement Souverains : au contraire les Princes de l'Empire qui élisent l'Empereur sous des conditions de les conserver en leurs anciens droits, privilèges, & coutumes, sont de toute ancienneté en possession de s'allier entr'eux & avec les Rois & Princes étrangers pour la conservation de leurs franchises & libertez.

Ce qui se peut prouver par plusieurs Traitez de Paix & de Trêves des Rois de France avec les Empereurs & les Rois d'Allemagne ésquels les Rois de France ont d'ordinaire compris au nombre de leurs Alliez les Princes & autres Etats de l'Empire.

Ce qui se reconnoît aussi par les Traitez des Rois d'Angleterre avec les Rois d'Espagne, des Rois de Dannemarck avec les Rois d'Espagne, des Rois de Dannemarck avec les Empereurs & les Rois de Suéde, & des Rois de Suéde avec les Rois de Pologne, où ils ont réservé chacun de leur part les Princes & Républiques de l'Empire leurs Alliez.

Et par ainsi de vouloir contraindre le Roi de traiter sans lesdits Alliez, ce seroit lui faire avouer qu'injustement il s'est allié avec eux, & les a pris en sa protection, & lui faire perdre quant & quant l'un des plus avantageux droits qu'il a des Rois ses prédécesseurs de ne permettre que ses Alliez soient ruinez ; la perte desquels sans doute soit en Allemagne ou en Italie mettroit la France en danger d'être envahie par la Maison d'Autriche à toutes occasions.

Et pour le regard des confiscations des Terres & Seigneuries pour crime de Leze-Majesté, il est certain qu'en France le Roi peut procéder en cas dudit crime contre ses Sujets, sans qu'il soit nécessaire d'avoir égard au privilége de Pairie, qu'un Pair ne puisse être jugé que par les Pairs: que la confiscation s'exerce contre les enfans & tous ceux de la famille ores que les biens soient substituez : & peut le Roi appliquer les Fiefs & Seigneuries à soi ou les réunir à la Couronne.

Au lieu qu'en Allemagne les Electeurs soutiennent que pour crime contr'eux prétendu de rébellion & felonnie, les Electeurs leurs Collégues doivent assister au jugement ; & que l'Empereur par la Capitulation Impériale & promesse faite aux Electeurs après son élection, s'est obligé de ne rien conclure ès affaires de conséquence sans le conseil & avis desdits Electeurs.

Joint que la confiscation n'a aucun effet au préjudice des plus proches ès Electorats & Duchez, qui ont été inféodez à tous ceux de la famille.

Et ne vaut la cession & transport aux plus éloignez ou à des étrangers, ainsi que l'on en a usé pour le Palatinat & la Dignité Electorale contre les enfans de l'Electeur Palatin & les autres Comtes Palatins de Neubourg, des Deux-Ponts, & autres de la famille même, qui sont plus proches que non pas le Duc de Baviére qui vient d'un puisné.

Et comme encore il s'est pratiqué à l'endroit du Duc de Wirtemberg en haine de ce qu'il s'est allié avec le Roi ; les Etats duquel la Maison d'Autriche entend transférer pour la plûpart à d'autres, comme audit Duc de Baviére, à des Comtes de Trautmansdorff & de

Schlic

Schilc, ou bien de les faire rendre aux Eccléfiaftiques, fous prétexte que depuis le Traité de
Paffaw ils ont été ufurpez fur l'Eglife. Jaçoit
qu'il ne foit ufé d'une telle rigueur à l'endroit des Electeurs de Saxe & de Brandebourg
& autres Princes Alliez depuis le Traité de
Prague avec l'Empereur, & que les prédéces-
feurs defdits Electeurs & Princes Alliez ayent
ufurpé quantité d'Evêchez, Abbayes, & autres
Bénéfices Eccléfiaftiques.

Et quand même la confifcation auroit lieu,
fi eft-ce que l'Empereur ne peut approprier à
fa Maifon tels biens confifquez, ains il doit
conférer les Electorats à des Princes & Comtez
d'autre famille, ne permettre qu'ils foient aucunement démembrez : & quant aux autres
Principautez la Capitulation Impériale l'oblige
de les réunir au domaine de l'Empire ; à quoi
néanmoins le feu Empereur a contrevenu, vû
qu'il a fait don de la plûpart du bas Palatinat au
Roi d'Efpagne fon proche parent, & de même
famille. Et ont intention de plus ceux de cette Maifon de s'approprier la Fortereffe de Ho-
hentwueil & plufieurs Bailliages & Prévôtez du
Duché de Wirtemberg.

L'on peut ajouter à ce que deffus que les
Princes de l'Empire fe peuvent allier par mariages avec des Princes étrangers, conftruire en
leurs Païs de nouvelles Fortereffes, mettre des
tailles ou impôts fur leurs Sujets à leur volonté,
faire des Loix & Statuts jufques à y changer la
Religion Catholique & y établir la leur, & ufer
d'autres Droits Royaux de Souveraineté, fans
que pour cela il leur foit néceffaire d'être auto-
rifez par l'Empereur.

***

De la prétendue Origine de Lorraine, que l'on veut tirer en ligne mafculine des Rois de France de la premiére & feconde Race.

Extrait d'un Difcours de deux feuilles intitulé : *Prælibatio a vindiciis Lotharingicis libri
II. cap. VIII. Ducatus Lotharingiæ fuperioris
eft terra Salica ac proinde ex Lege Saliorum a virili ftirpe in fexum muliebrem non delabitur.* Par
un Médecin du Roi d'Efpagne ès Païs-Bas. A
Bruxelles 1643.

I.

QUe les Ducs de la haute Lorraine font de
la très-illuftre fouche & famille d'où venoit
Clodion Roi de France de la premiére Race, &
non les Rois de la Maifon de Hugues Capet qui
regnent aujourd'hui.

II.

Que les Rois de cette Maifon ne viennent
non plus en ligne directe & mafculine du fang
de l'Empereur Charlemagne.

III.

Et que les Rois Eude & Robert & ledit
Hugues fils dudit Robert (qui font les premiers
de leur race qui ont regné en France) n'étoient
François d'extraction, mais du tout étrangers.
De forte qu'ils ne font point parvenus à la Couronne de France par le moyen de la Loi Salique.

*Adeo repetito principio certiffimi juris effe con-
cludo Lotharingiæ Superioris Ducatum effe Terram
Salicam ; atque idcirco ex Lege Saliorum ad fo-
los Mafculos pertinere jus Succeffionis ad illum
Principatum, cujus Duces vere Salici a Clodionis
Comati Francorum Orientalium Regis præclariffimâ
ftirpe profapiam ducunt ; non item occidentalis
Franciæ Reges hodierni, quorum Majores in O-
rientali Francia Principatum nunquam obtinue-
runt. Neque Odo, Robertus, & Hugo Capetus
(qui primi ex illa ftirpe authoritate Regia domi-
nati funt) genere Franci fuere, fed extranei prorfus a Caroli Magni Sanguine directo & Mafcu-
lino ftipite non exorti, atque adeo per Legis Sa-
licæ valvas Franciæ occidentalis Regiam haud in-
greffi.*

Probatum lib. II. cap. I.

REPONSE.

I.

LEs Ducs de la Haute Lorraine ne font de
même famille que le Roi Clodion, &
ainfi de la Race des Merovingiens, ni encore
de celle de Charlemagne, & ne fe trouveront
aucunes preuves authentiques de l'un ou de l'autre.

II.

Le Roi Hugues Capet ne venoit point de
Maifon étrangére, mais de par fon trifayeul du
Païs de Saxe qui étoit lors de la Seigneurie des
Rois de France, tout de même que l'eft au-
jourd'hui la Normandie & la Bretagne.

III.

Et Hugues-le-Grand & Robert Comtes de
Paris, pere & ayeul paternels dudit Roi Hugues,
étoient nez en la France Occidentale deça les
Rivieres du Rhin & de la Meufe ; ce qui fut caufe, que comme François naturels, ils y eurent
fans aucun contredit les Gouvernemens de plufieurs Provinces & commandement ès armées.

IV.

A quoi l'on peut ajouter que cette Origine
de Lorraine des Rois de France de la premiére
& feconde Race, tourne au préjudice des prétentions de la Maifon d'Autriche, que plufieurs
Hiftoriens & autres Auteurs depuis fix vingts ans
& davantage font venir en ligne mafculine des
Rois Merovingiens ; & partant que la Couronne de France appartient au Roi d'Efpagne comme à l'ainé de la Maifon d'Autriche.

La même Origine eft auffi préjudiciable à
la Maifon de Baviére, d'autant que le Confeiller Genvold foutient en la Généalogie des Ducs
de Baviére imprimée ès années mil fix cens cinq
& mil fix cens vingt, qu'ils defcendent de
mâle en mâle de Pepin Roi d'Italie frére ainé
de l'Empereur Louis le debonnaire.

 GE.

GENEALOGIE

de la Maison de

LORRAINE.

JEan Roi de France eut quatre fils & quatre filles.

Charles V. Roi.

Louis premier Duc d'Anjou, Comte du Maine, Roi de Sicile & de Jérusalem.

Jean Duc de Berri & d'Auvergne qui époufa la fille du Comte d'Artois.

Philippe le hardi Duc de Bourgogne qui époufa la Comteffe de Flandre.

Ifabelle Femme de Jean Galeas Duc de Milan, de laquelle le droit du Duché de Milan appartenant à la Maifon de France.

Jeanne Femme de Charles premier Roi de Navarre.

Marie Femme du Duc de Bar.

Et Marguerite, Religieufe.

Louis II. Duc d'Anjou fils de Louis premier époufa Yoland fille du Roi d'Arragon & en eut quatre enfans.

Louis III. qui époufa Marguerite de Savoye & mourut à Cufanne en Calabré fans enfans.

Yoland d'Anjou qui époufa le Comte de Montfort.

René qui époufa Ifabeau de Lorraine héritiére de Lorraine.

Charles d'Anjou lequel eut une fille nommée Jeanne, qui fut mariée au Duc de Nemours.

René eut un fils & deux filles.

Jean Duc de Calabre qui époufa une fille de la Maifon de Bourbon.

Yoland d'Anjou époufa Meffire Frédéric Comte de Vaudemont.

Marguerite d'Anjou époufa Henri V. Roi d'Angleterre.

Jean eut un fils nommé Nicolas & fut Marquis du Pont; & fiança Anne de France fille du Roi Louis XI. & mourut fans hoirs de fon corps.

Yoland d'Anjou Femme du Comte de Vaudemont eut un fils appellé René Duc de Lorraine, Roi de Sicile.

René eut Antoine Duc de Lorraine & de Bar.

REPRESENTATIONS

de Meffieurs les

AMBASSADEURS

EXTRAORDINAIRES

Et

PLENIPOTENTIAIRES

D'ESPAGNE,

A LL. HH. PP. les Seigneurs

ETATS GENERAUX,

ECRITES ET ENVOYÉES DE MUNSTER.

LEs Ambaffadeurs & Plénipotentiaires d'Efpagne confiderant l'état préfent des affaires, & les ordres qui leur font envoyez de jour en jour par des Couriers ordinaires & extraordinaires, fe trouvent dans l'obligation de prefenter cet Ecrit à S. E. Monfieur Paw, Seigneur de Heemftede, Ambaffadeur & Plénipotentiaire defdirs Seigneurs Etats Géneraux des Provinces-Unies afin qu'il le leur envoye & en procure au plutôt une prompte & pofitive réfolution telle qu'elle puiffe être.

I. Cela fuppofé ils difent qu'ils ont déja reçû la Ratification de ce qui a été traité & figné avec lefdits Sieurs Ambaffadeurs de leurs Hautes Puiffances avec lefquels ils ont conferé affez longtems fur des Pleinspouvoirs authentiques légitimes & fuffifans & après bien des mefures prifes tant de bouche que par écrit, le tout préalablement envoyé aux Seigneurs Etats Généraux par leurs Ambaffadeurs.

II. Qu'avant que tout fût conclu & figné, on a declaré de bonne foi & avec fincerité, *que l'intention de Sa Majefté Catholique étoit que le tout fût enfuite exécuté fans aucun délai,* la parole en a été portée en fon nom dans la réfolution où il eft de rompre plutôt toutes Négociations, que de laiffer les affaires dans un état d'incertitude, afin que de part & d'autre, chacun pour fon intérêt pût prendre fes mefures & fes fûretés avant que d'entrer dans la Campagne prochaine.

III. Que ni dans la matiere, ni dans la forme, ni au principal, ni dans l'acceffoire, ni dans les Préliminaires ni dans la conclufion des Traités, ni dans toutes les Négociations des Ambaffadeurs d'Efpagne, on n'a jamais vû le moindre changement, mais une perpétuelle & conftante uniformité, pour chercher & obtenir
une

une ferme Paix & fincere amitié des Seigneurs Etats Généraux, en leur accordant toute la fatisfaction qu'ils peuvent fouhaiter & prétendre, deforte que par les Conventions déja fignées, ils confervent tout ce que leurs Prédeceffeurs ont pû fouhaiter pour affermir la grandeur, l'autorité & le repos defdites Provinces-Unies : jusques là même qu'en vertu defdites Conventions il ne leur refte plus à préfent aucun prétexte pour continuer la Guerre contre l'Efpagne, ayant plus de fujets de remercier Dieu pour de fi grandes graces, que de reveiller fon courroux en verfant le fang Chrétien, & en troublant un repos fi honorable & fi néceffaire aux Peuples qui font fous la protection defdits Seigneurs Etats Généraux.

IV. Qu'outre les demandes faites par les Plénipotentiaires des Etats Généraux, & accordées comme dit eft, ils ont propofé leur Médiation fur le Traité de Paix entre les deux Couronnes, ce qui de la part de l'Efpagne a été accepté avec tant de promptitude & de confiance, qu'elles ne doivent pas refter infructueufes, mais au contraire être une preuve indubitable & convaincante, pour lefdits Seigneurs Etats Généraux, *que l'Efpagne veut auffi bien la Paix avec eux qu'avec la France & que l'Efpagne ne cherche nullement à les féparer de leurs Alliez*, mais encore à conferver la même union en accordant non feulement tous les points demandez en faveur de la France par lefdits Etats Généraux; mais encore d'autres plus grands avantages.

V. Que conformément à cela, lorfque par la Médiation defdits Etats Généraux, il fut demandé de fa part de la France, que l'Efpagne lui cedât le Comté de Rouffillon, ce qu'elle occupoit dans les Païs-Bas & la Bourgogne, & une Trêve de trente ans en Catalogne auxquelles conditions on s'engageoit de conclure infailliblement la Paix en 24. heures, on ajouta enfuite la demande des Villes & Ports de Rofes & Cadaques, la reftitution de tout ce que le Roi Catholique avoit conquis dans l'Italie, une renonciation de fes Droits en Alface & fur la Ville & territoire de Brifach, l'acceptation du Traité de Queirafque (quoique Sa Majefté Catholique l'eût toujours refufé) la fatisfaction de plufieurs perfonnes attachées, parents ou Alliez de la France, comme lefdits Sieurs Médiateurs ont jugé à propos de le demander.

VI. Que pour ôter tout prétexte de retardement, l'Efpagne a bien voulu en paffer par la décifion defdits Seigneurs Etats Généraux par raport aux difficultés qui pourroient naître touchant des limites & territoires des Places occupées par la France dans les Païs-Bas & la Bourgogne.

VII. Que malgré tout cela & dans l'efpace de 23. jours, la France a préfenté un Projet de Paix rempli de plufieurs *demandes nouvelles*, & non feulement ajoutées à ce dont on étoit déja convenu à la faveur des Sieurs Médiateurs, mais encore elle y a inféré quelques Articles tout à fait contraires, & par lefquels, elle renverfe le fondement fur lequel les Conventions étoient bâties.

VIII. Que reciproquement, l'Efpagne trois jours après fit préfenter un autre Projet de Paix dans lequel on confirmoit tout ce qui avoit été negocié & accordé de part & d'autre par l'entremife defdits Seigneurs Médiateurs à la fidelité & confcience defquels on en appelle comme temoins, afin qu'ils déclarent la vérité, le tout étant paffé par leur direction, ce à quoi ils font obligés, à moins qu'ils ne vouluffent

étouffer cette même vérité, ce qui feroit méfufer de la confiance avec laquelle l'Efpagne s'en eft remife à eux, & l'obliger à refufer leur médiation, à laquelle néanmoins ils ne pouvoient l'obliger de s'aftreindre, comme elle l'a volontairement fait.

IX. Que quoique le Projet de Paix donné de la part de la France, ne fût en aucune maniere admiffible; l'Efpagne cependant y fit diftinctement fes Repliques autant qu'elle l'a pû, afin de combler en quelque façon la France de fatisfaction, comme toute la terre en jugera, quand ces Repliques feront divulguées & imprimées. Si les copies de ces Projets & Repliques n'ont pas été envoyées aux Seigneurs Etats Généraux, comme les Plénipotentiaires d'Efpagne s'y font attendus, & quelles raifons on auroit eu de les retenir, c'eft ce dont on ne peut fe difpenfer de fe plaindre fortement, puifqu'il eft de la derniere importance que les Seigneurs Médiateurs foient informés de tout ce qui fe paffe ici, afin qu'ils fachent de quel côté eft la faute, & à qui on doit attribuer *la guerre qui met toute la Chrétienneté en feu & en flame*. Par de pareilles connoiffances & informations, ils pourront alors réfoudre entierement ce qui les regarde conjointement avec l'Efpagne, mais cette réfolution ne peut être differée fans un préjudice notable pour l'un & pour l'autre, ainfi que cela a déja été remontré par des Lettres en original de Sa Majefté Catholique, & par d'autres Mémoires prefentés à leurs Excellences Meffieurs Paw & Donia, & depuis le départ de Monfieur de Donia à Monfieur de Paw & au Secretaire de leur Ambaffade conjointement, auxquels par des Ecrits authentiques on a fait entendre les dernieres réfolutions de Sa Majefté Catholique fur l'acceptation qu'elle faifoit de la Médiation des Seigneurs Etats Généraux des Provinces-Unies touchant la Paix entre les deux Couronnes, & à telles conditions, que fans leur exécution Sadite Majefté entend que l'on rompe abfolument toute Négociation.

X. Que conformément à cette déclaration & aux ordres que Sa Majefté Catholique a envoyez à fes Plénipotentiaires, ils gardent chez eux un exprès pour rendre compte au Roi de ce qui fe fera paffé depuis fa finale & derniere réfolution, parce que cela ne fe peut faire par Lettres, mais de bouche & en perfonne : c'eft pourquoi les fufdits Plénipotentiaires d'Efpagne demandent qu'on leur accorde inceffamment un Pafferport pour un d'eux, afin de fe rendre à la Haye, & d'y porter avec foi tous les Papiers & Mémoires néceffaires fur une matiere fi délicate & fi importante, ce qui ne fe peut refufer dans le tems d'une Guerre ouverte & à plus forte raifon pendant un Traité de Paix, fur tout encore après les Articles fignez & que les Seigneurs Etats Généraux fe font déclarez Médiateurs. Par ce moyen on s'éclaircira d'abord fur tous les points qui fouffrent quelque difficulté, ou bien l'on rompra toute conference, d'autant plus que l'ouverture de la Campagne approche, & que la voye de la Médiation n'y doit apporter aucun préjudice, ayant été acceptée de bonne foi; ce qui arriveroit néanmoins fi l'on fermoit la bouche aux Plénipotentiaires d'Efpagne fur des matieres qui ne peuvent fouffrir aucun retardement, ni être bien expliquées qu'en prefence des Seigneurs Etats Généraux, qui ont feuls le pouvoir de refoudre avec toute la fermeté & l'application que la nature des affaires le demande. On ajoute encore qu'il ne manque ici à Munfter, que S. E. Mr. Paw qui par fon abfence a tenu les Con-

1647.

Conférences en suspens, & que l'on attend même l'arrivée du Secretaire d'Ambassade d'Osnabrug, sans que l'on ait cependant requis la presence des deux Parties sur la même matiere, où que l'on eût temoigné desirer d'en parler en présence du susdit Secretaire.

XI. En tout cas si une demande aussi juste & aussi légitime que celle qui a été faite par les susdits Plénipotentiaires d'Espagne, n'a pas un effet aussi prompt que la nécessité le requiert, ils protestent dès à present, afin qu'on ne puisse leur imputer le domage qui pourroit en résulter à toute la Chrétienneté par le defaut de communication, sans laquelle le Traité ne peut être conclu avec la France, qu'il ne soit préalablement ratifié entre Sa Majesté Catholique, & les Seigneurs Etats Géneraux; de sorte qu'en cas de refus ou plus long délai lesdits Plénipotentiaires d'Espagne seront obligez de se séparer de l'Assemblée dans laquelle on ne fait & conclud rien, mais où l'on donne au contraire occasion à des maux qui deviendront par la suite incurables.

Wt. Munster le 3. Mars 1647.

Signé

Le Comte de PENARANDA,

Frere JOSEPH Evêque de Camerick,

BRUN.

Dessus l'Enveloppe où ladite Representation étoit enfermée & cachetée des respectifs cachets des trois Seigneurs Plénipotentiaires d'Espagne étoit écrit

Renduë à Monsieur de Heemstede & au Secretaire de l'Ambassade d'Espagne, Don Pedro Fernandes del Compo le 13. Mars 1647. le soir à dix heures ou environ en présence de moi

J. VANDER BURGH.

HAUTS ET PUISSANTS SEIGNEURS.

AVec mon Paquet du 9. de ce mois, lequel j'ai fait partir le 10. & avant que j'eusse reçû les Lettres de vos Hautes Puissances du 4. du Courant avec le Mémoire de Mr. Servien, j'avois encore préparé une deuxieme missive pour vos Hautes Puissances & je l'avois communiquée au Secretaire vander Burgh, ainsi que la précedente au sujet de l'affaire de la médiation. Je jugeai donc à propos alors de garder cette deuxieme Lettre, jusqu'à ce que j'eus lû le susdit Mémoire, de sorte que je laissai partir la Poste avec les autres Lettres. Je fus fort surpris, en lisant ce Mémoire, d'y remarquer que non seulement les droites intentions & Négociations des Plénipotentiaires de V. H. P. ainsi que les miennes y étoient mal interpretées, mais qu'on cherchoit encore à les rendre absolument suspectes, comme si eux & moi nous étions écartés du droit chemin, ce qui m'oblige, en mon particulier, de protester contre le tort considérable qu'on me fait dans cette occasion, jusques là même que j'avois résolu de ne plus entrer dans une affaire où l'on me taxe en quelque façon de manquer de droiture. Cependant le service de V. H. P. que

1647.

j'ai fort à cœur, me fait passer par dessus toutes autres considerations, & préferer de continuer à m'acquitter de ma commission comme un fidéle Ministre de l'Etat le doit faire: V. H. P. verront par ma Lettre suivante que j'ai fidelement traité cette affaire, dans laquelle je n'ai rien fait par l'entremise ou confidence de quelqu'un, mais de mon seul & propre mouvement, & pour m'acquiter de mon service envers ma Patrie, comme j'ai crû très-nécessaire de le faire connoître à V. H. P. J'espere m'en être acquité avec tant précaution & d'exactitude, que je me flatte que V. H. P. le reconnoîtront aisément; car ce n'est pas un mediocre chagrin pour moi de me trouver au milieu de mes plus rudes emplois, & dans le tems que je m'en acquitte avec toute la fidelité possible, attaqué & traversé par la France. Je souhaitte avec ardeur que mes Collegues & moi puissions faire voir tous ensemble & chacun en particulier, que le respect du à la Couronne de France à part, nous sommes plus obligez de servir V. H. P. & qu'en mon particulier il n'est point venu à ma connoissance qu'il se soit rien fait de conforme à ce qui est déduit dans le Mémoire dont il s'agit. C'est pourquoi je supplie très respectueusement V. H. P. d'avoir en recommendation l'honneur & la réputation de leurs Ministres, jusqu'à ce que le tems fasse connoître la verité, & que tous ensemble comme chacun à part, puissent avoir leur justification entiere à la satisfaction de V. H. P. C'est une chose que je desire autant pour leur service que pour mon propre repos, & j'attendrai avec soumission que V. H. P. m'en procurent les moyens, priant le Tout Puissant, &c.

A Munster le 12. Mars 1647.

Signé

AD. PAW.

LETTRES

de Messieurs les

AMBASSADEURS

De

FRANCE.

A Munster les 1. 8. 15. 22. & 29. Mars 1647.

Projet pour la Paix de la part des Plénipotentiaires de France. Projet par ceux d'Espagne le 24. Fevrier.

De Munster le premier Jour de Mars 1647.

LEs Espagnols ont fait de grandes instances pour nous obliger à délivrer nos Articles, pu-

Projet pour la Paix de la part des Plenipotentiaires de France.

Projet par ceux d'Espagne le 24. Fevrier.

publians dans l'Assemblée que quand nous aurions une fois donné toutes nos demandes, ils feroient voir à tout le monde le grand desir qu'ils avoient de la Paix, qu'ils se déclareroient promptement & que l'on pouvoit aussitôt après conclure ou prendre les derniéres résolutions. A cette heure que nous avons satisfait & mis nos Articles ès mains des Médiateurs & des Hollandois, dont ils ont choisi l'entremise, au lieu d'y répondre ils ont fait un autre projet de leur côté qu'ils ont conçu avec tant d'obscurité, expliqué les choses les plus importantes en si peu de mots, & avec des termes généraux & sujets à interprétation, que si véritablement l'on avoit dressé un acte en cette sorte, ce ne seroit pas un Traité de Paix, mais une semence de nouveaux troubles & une source de contestations & de débats. Leur dessein est celui qu'ils ont toujours eu jusqu'ici de donner seulement quelques apparences au Public de propension à la Paix & de chercher en effet la desunion des Alliez; s'imaginans que, s'ils peuvent y parvenir, il leur sera utile de continuer la guerre. Il ne sera pas difficile de faire voir aux personnes desintéressées la différence qu'il y a entre nos Articles & les leurs; nous avons recherché en toutes choses de nous exprimer nettement & clairement & de prendre toutes les suretez possibles, pour empêcher qu'on ne puisse rentrer en de nouveaux troubles; les Espagnols au contraire ont affecté la briéveté pour se rendre obscurs, laissant des doutes par tout & des prétextes pour renouveller la guerre & rebrouiller la Chrétienté, quand ils croiront le pouvoir faire avec avantage.

Mais ce qui se passe présentement à Munster, dépend en quelque façon des résolutions qui se doivent prendre tant à Osnabrug qu'à la Haye.

On espére que les affaires de l'Empire se termineront bientôt, nonobstant les traverses que les Espagnols & leurs partisans y apportent; & l'on croit aussi que Monsieur de Servien aura bientôt réponse de Messieurs les Etats sur ce qu'il leur a proposé. Ces deux affaires étant réglées, on ne peut être longtems sans voir clair en celles d'Espagne, & sans y avoir une fin, ou par un Traité de Paix, ou par une séparation de l'Assemblée.

De Munster le 8. Mars 1647.

MONSIEUR,

LA mauvaise intention des Espagnols & le peu de bonne volonté qu'ils ont de faire la Paix, paroît de plus en plus; la délivrance de nos Articles leur ayant ôté le prétexte dont ils se servoient par tout pour publier que la France vouloit continuer la guerre, ils cherchent à cette heure d'autres moyens de remettre les affaires dans la première confusion, non seulement en leur Traité particulier, mais encore en celui de l'Empire.

Au premier ils ne se sont pas contentez d'avoir dressé un projet tel que celui dont je vous ai donné avis il y a huit jours, court, obscur, captieux, & tout à fait embrouillé; mais encore le Sieur Brun un de leurs Plénipotentiaires n'ayant pas été admis à la Haye, où il s'est efforcé de passer à son retour de Bruxelles, a fait une Lettre à Messieurs les Etats qui paroît plutôt un Manifeste & une semence de discorde entre nos Alliez & nous, qu'un moyen de sortir d'affaire.

Tom. IV.

D'un autre côté depuis que le mariage du Roi d'Espagne avec la fille de l'Empereur a été arrêté, & celui du fils de l'Empereur avec l'Infante, les Espagnols veulent assujettir ce Prince à toutes leurs passions, & l'obliger malgré lui à continuer la guerre dans l'Empire. Cela s'est vu évidemment, en ce qu'ayant été jugé par toute l'Assemblée que le plus court chemin de pacifier l'Allemagne étoit d'y faire une suspension d'armes, & les Couronnes ayant envoyé pour cet effet leurs Députez à Ulm; les Espagnols, qui se sont rendus maîtres du Conseil de Vienne, ont fait ensorte que l'Empereur a envoyé ses Députez sans Pouvoir, & avec des Instructions nullement recevables & tout à fait éloignées de l'état présent de ses affaires. Ainsi il se voit clairement que si leur dessein a lieu, ils perpétueront plutôt les maux en la Chrétienté, que de souffrir que la France puisse recouvrer dans un Traité de Paix une partie des usurpations qu'ils ont ci-devant faites sur elle; mais peut-être que l'Allemagne ne voulant pas se laisser tomber en ruine pour sauver leurs intérêts, & que nos Alliez reconnoissans que toutes les bassesses qu'ils pratiquent envers eux, ne sont que pour les surprendre; les Plénipotentiaires d'Espagne seront enfin contraints de reprendre de meilleurs conseils & de quitter ceux qui jusques ici leur ont si peu réussi.

De Munster le 15. Mars 1647.

MONSIEUR,

QUand j'ai fait dire aux Espagnols qu'ils ne tenoient pas un bon chemin pour conclure bientôt la Paix, puis qu'au lieu de répondre à nos Articles, comme ils avoient promis de faire, ils délivroient un projet sur lequel il est impossible de traiter, & qui étant suivi, ne seroit pas pour terminer les différends entre les deux Couronnes, mais pour en faire naître une infinité d'autres; ils ont dit pour excuse que ledit projet étoit dressé avant qu'ils eussent vu nos Articles. Mais la vérité est que nos Articles étoient délivrez longtems auparavant, & que s'ils eussent voulu s'appliquer tout de bon à la Paix, ils y eussent répondu; vû que nous ne les avions faits qu'à leur instance, & que nous avions mis peine de les éclaircir, autant qu'il s'est pu; notre vue étant en toutes choses d'assurer le repos de la Chrétienté, & la rendre durable, en pourvoyant à tout ce qui peut renouveller la guerre: & les Espagnols au contraire veulent laisser des semences de divisions, & font paroître clairement que, s'ils sont obligez à conclure un Traité, leur dessein est de le concevoir de sorte qu'ils le puissent rompre aisément toutes les fois qu'ils croiront le pouvoir faire avec utilité.

Nous avons si souvent représenté ces choses dans l'Assemblée, où chacun connoît que nos plaintes sont bien fondées, que les Ministres d'Espagne ont fait une réponse sur nos Articles qui nous doit être bientôt délivrée; & nous marquerons aussi sur leur projet ce que nous y trouverons à redire, encore que, pour dire le vrai, tout y est défectueux: mais il est certain que cette procédure n'est pas pour avancer les affaires, & que la Saison où nous sommes, devroit obliger à user de plus de diligence. Nous l'avons fait remontrer souvent aux Espagnols, & protesté que nous étions prêts de conclure;

Hh

1647.

clure ; mais que si leurs longueurs affectées nous rejettoient dans une nouvelle campagne, nous voudrions retirer le fruit des grandes dépenses ausquelles on s'engage, & que nous augmenterions nos demandes.

Le Traité de l'Empire ne s'avancera tant que l'on aura estimé qu'il dût se faire, après que la satisfaction de la Suéde seroit ajoutée; s'y formant tous les jours de nouvelles difficultez par les Protestans. Monsieur d'Avaux travaille à Osnabrug pour les surmonter, comme fait de son côté Monsieur de Servien à la Haye, où il essaye les conditions du Traité pour la garentie mutuelle de la France & de Messieurs les Etats; afin que les Espagnols ne puissent si facilement rebrouiller les affaires, quand elles seront une fois terminées.

De Munster le 22. Mars 1647.

MONSIEUR,

NOus attendons ici le succès de la Négociation de Monsieur Servien, que nous craignons qui ne soit retardée par le decès arrivé de Monsieur le Prince d'Orange ; ce qui pourroit encore être cause de la prolongation du Traité avec les Espagnols qui ne se porteront point de bonne façon à la Paix, qu'ils ne soient tout à fait détrompez des espérances qu'ils ont conçues de pouvoir séparer nos Alliez. Cependant la saison avance de sorte qu'il est à craindre que, la Campagne étant une fois ouverte, les difficultez ne croissent à proportion que l'un ou l'autre parti prendra quelque avantage : nous faisons tous efforts possibles pour prévenir ce temps-là; mais nos Parties ne peuvent se résoudre à conclure, & s'arrêtent à des formalitez & des pointilles, comme s'il n'y avoit que trois jours que l'on fût à Munster. Ils disent bien qu'ils ont volonté de finir; mais leur dessein est, s'ils y sont obligez, de faire un Traité ambigu, qui puisse donner sujet à rebrouiller toutes les fois qu'ils croiront le pouvoir faire utilement : nous travaillons au contraire pour éclaircir & assurer tellement les choses, que, sans un manquement visible, on ne puisse tomber en de nouveaux troubles.

Le Traité de l'Empire est aussi tiré en longueur; & quoique les satisfactions particulières des Couronnes soient ajustées, il y a d'autres points sur lesquels on s'arrête, qui ne sont pas faciles à terminer; notamment les Griefs d'entre les Catholiques & Protestans, ou ceux-ci demeurent quasi dans leurs premiéres propositions, & ne veulent rien relâcher à ce qu'ils ont une fois espéré de pouvoir obtenir.

De Munster le 29. Mars 1647.

MONSIEUR,

CE ne sont pas seulement les Griefs d'entre les Catholiques & Protestans qui retardent les affaires de l'Empire, ni la restitution des Princes Palatins dans tous leurs Etats ; encore depuis peu Messieurs les Plénipotentiaires de Suéde ont fait savoir au Comte de Trautmansdorff qu'il y avoit cinq autres points, lesquels il étoit nécessaire de terminer avant que l'on passât plus outre dans la discussion des-

dits Griefs : le premier est la satisfaction de la milice de Suéde; ce qu'ils ont toujours demandé quoique la France à son égard s'en soit départie, & ait déclaré que le Roi se charge de contenter ceux qui ont été dans son service aussi bien les étrangers comme les François : le second point est la satisfaction particuliére de Madame la Landgrave de Hesse, sans laquelle nous avons toujours fait savoir que nous ne pouvions conclure le Traité : le troisiéme est la récompense que les Suédois veulent faire donner de l'Archevêché de Bremen qu'ils retiennent pour eux : le quatriéme celle du port de Wismar qui appartenoit aux Ducs de Meckelbourg, qui demeure aussi à la Couronne de Suéde : & le cinquiéme est une certaine prétention que les Ducs de Brunswick ont sur l'Evêché de Minden.

Toutes lesdites récompenses sont quasi demandées en biens d'Eglise & Evêchez Catholiques; l'aliénation desquels la France ne peut appuyer. L'on dit que le Comte de Trautmansdorff, ne pouvant convenir sur tant de nouveaux points, doit bientôt retourner à Munster.

Quelque zéle que les Espagnols témoignent pour la Religion Catholique, il est certain qu'ils fomentent sous main les troubles de l'Empire; ne craignant rien si fort que d'y voir faire la Paix. Et quoi que l'Empereur en ait un besoin extrême, & que la suspension d'armes générale ait été jugée le moyen le plus propre pour y parvenir, le Conseil d'Espagne néanmoins s'y est opposé, & a fait ensorte que l'Empereur envoyant ses Députez à Ulm pour ladite suspension, ne leur a donné aucun pouvoir de la conclure, & a été forcé de hazarder toutes choses pour s'accommoder aux intérêts des Espagnols qui le gênent & lui ôtent toute liberté, depuis les Mariages accordez du Roi Catholique avec la fille de l'Empereur, & de l'Infante avec son fils. Ce que voyant le Duc de Baviére il a fait un Traité particulier de suspension avec la France & la Suéde, ne voulant pas exposer ses Etats à une ruine entiére, pour contenter le desir de l'Espagne.

OBSERVATIONS

Sur la liaison qui se trouve entre les Intérêts de la France & ceux des Provinces-Unies.

IL est difficile de comprendre sur quoi se fondent ceux qui prétendent, que les Provinces-Unies ne sont Alliées avec la France que par raport aux Païs-Bas, sans relation à aucun autre intérêt que cette Couronne pourroit avoir à demêler avec l'Espagne. Cette seule raison doit faire connoître que c'est une réflexion qui vient des Espagnols, lesquels se sont donné des peines & des mouvemens incroyables dans plusieurs Conferences pour la persuader aux Députez des Etats Généraux à Munster; cela seul suffit pour la faire rejetter, parce qu'elle ne peut en effet rien produire, que pour l'avantage de l'Espagne, & le desavantage de la France, ce qui est directement contraire aux

véri-

véritables intérêts des Provinces-Unies, & doit être confidéré comme une Pomme de difcorde & de défunion que l'on jette pour renverfer l'Alliance qui a fubfifté tant d'années entre la France & les Etats Généraux, & qui fe trouve encore aujourd'hui plus néceffaire que jamais fi l'on veut fortir avec fuccès d'une Guerre dans laquelle tout eft uni contre la France.

Si cette opinion étoit appuyée fur quelque raifon, comme elle ne l'eft pas, elle ne feroit pas encore admiffible, & ceux qui en font les Auteurs feroient affez embarraffez pour faire voir comment la France pouvoit faire la Paix avec l'Efpagne, touchant les Païs-Bas, & refter en même tems en guerre de tous côtez. Il faudroit d'abord recommencer la guerre dans les Païs-Bas à la requifition des Etats Généraux mêmes, comme je le ferai voir ci-après, deforte qu'il ne fe peut faire ni Paix ni Trêve fans leur confentement, & l'Efpagne doit être perfuadée qu'ils n'accorderont jamais aucune Négociation qu'ils ne foient affurez d'être en repos de toutes parts.

Quand même cette réflexion feroit praticable entre les deux Couronnes, elle ne feroit d'aucun profit pour les Etats Généraux, il leur feroit aifé de le prouver à tous leurs voifins, dont ils refuferoient plutôt l'amitié que de la rechercher à ce prix, parce qu'il leur feroit facile de démontrer les liaifons qu'ils ont avec d'autres Puiffances, fans convenir avec elles fur ce point; en cas qu'ils cruffent trouver leur compte pour ce qui les touche en particulier, en négociant avec l'ennemi commun, & en laiffant à part les principaux intérêts de leurs Confédérez, ou forcer enfin leurs amis à accepter de pareilles conditions, comme l'ennemi le prétend.

Ceux qui prétendent par ce détour femer la défunion entre la France & les Provinces-Unies, ne font pas fi hardis que de le reprefenter ouvertement, ils favent bien dans leur intérieur que tout le monde condamneroit une pareille propofition. Le fouvenir de ce que la France a fait pour aider les Provinces-Unies à monter jufqu'au degré de grandeur & de profperité où elles font aujourd'hui eft encore trop récent, pour ne pas reveiller l'attention des Etats Généraux contre ceux qui voudroient par un pareil confeil les faire tomber dans l'infidélité & l'ingratitude.

La maniere de traiter des Efpagnols eft d'autant plus dangereufe, qu'elle eft plus fine & plus diffimulée. Il femble qu'ils ne recherchent que l'avantage de leur Païs, & couvrent en effet le deffein de fervir l'ennemi, auquel ils veulent faire accroire qu'il aura beaucoup gagné, & qu'il fe fera ôté du pié une facheufe épine fi on le peut perfuader fur ce qui regarde les affaires des Païs-Bas; ils ajoûtent que fans cela la Guerre n'aura jamais de fin, ni les Provinces-Unies du repos, s'il leur refte quelque chofe à demêler avec l'Efpagne; mais c'eft une fauffe impreffion que l'on veut donner aux peuples, cela eft tout à fait contraire à la vérité, puifque, malgré les vieilles & vaftes prétenfions qui font entre la France & l'Efpagne, ces deux Couronnes n'ont pas laiffé de vivre longtems en Paix, & ils pourront encore facilement y revenir. La France eft réfolue à un bon accommodement, elle a affez fait connoître qu'elle ne le fouhaitte pas moins que les Provinces-Unies, fuivant les propofitions faites par les Plénipotentiaires.

Les chofes font à un tel point, par raport à l'Alliance entre la France & les Provinces-Unies, que cela feul diffère & recule leur repos & leur

Tom. IV.

tranquilité commune, qui eft le feul expédient pour conclure avec promptitude & fûreté. On ne croira jamais que l'Ennemi agit de bonne foi & avec droiture, tant qu'on fera perfuadé qu'il aime mieux travailler à rompre l'Alliance, qu'à fatisfaire tous les Alliez en même tems, & rien ne le peut mieux forcer à fe faire voir tel qu'il eft, que quand il trouvera que ceux qui font contre lui, reftent fermes dans leur Alliance, & pourfuivent avec vigueur leurs intérêts jufqu'à ce qu'ils ayent obtenu une entiere fatisfaction. La caufe commune veut qu'on affoibliffe l'Ennemi le plus qu'il eft poffible, afin de lui ôter l'envie de recommencer la Guerre dès que l'occafion lui en paroîtra favorable. Les demandes que la France fait ne font pas déraifonnables, elle ne prétend pas retirer tout ce que l'Efpagne lui retient injuftement, comme tout le monde le fait, au contraire, elle offre de mettre les armes bas, & faire la Paix en vingt-quatre heures, à condition que tout reftera dans l'état où il a plû à Dieu de le mettre depuis le commencement de cette Guerre, & que chacun gardera ce qu'il poffede actuellement. Meffieurs les Etats Généraux ont aprouvé cette condition, ils l'ont obtenue de l'Ennemi commun, il n'y a pas lieu de croire qu'ils la defaprouvent pour leurs Alliez, fur tout après que l'Efpagne a ufurpé du leur, comme elle l'a fait à l'égard de la France, dont elle occupe encore de grands Etats & même des Royaumes. S'il fe rencontre à préfent des inconveniens qui empêchent l'exécution des Traités parce qu'on voudroit trouver des prétextes pour les rompre, quand ils feront faits, les Alliez doivent s'unir tous enfemble pour les furmonter & les détruire.

On doit, dans toutes les réfolutions que l'on prend, confidérer néceffairement fi l'on veut refter inviolablement attachez au point d'honneur & de fidelité. Si l'on prend ce parti tous les Alliez ne peuvent manquer d'être exactement fatisfaits fur leurs intérêts, & c'eft ce dont on ne peut fe difpenfer dans les Alliances. Quand Meffieurs les Etats ont engagé la France à rompre avec l'Efpagne, quand, à cette fin, ils fe font plus étroitement unis avec elle, ils ont fans doute examiné fi ce parti leur étoit favorable ou non. Ils ont crû dans ce tems-là que c'étoit pour eux l'avantage le plus confidérable qu'ils puffent trouver; il n'y a donc pas d'apparence à préfent, que fous l'efpérance que les Efpagnols leur donnent, & à l'apas de quelques libéralitez qu'ils auront répanduës en fecret dans leur Païs, ils puiffent changer fi facilement d'opinion, & faire croire au peuple que l'Alliance de la France leur eft à charge, & qu'elle empêche qu'ils ne goûtent le repos & la tranquilité qu'on leur offre. Toutes les perfonnes de bon fens reconnoiffent que l'amitié de la France, aux conditions qu'elle a été accordée aux Etats, leur a été également profitable & honorable, qui de leur côté n'ont rien fait que de foutenir une Guerre qu'ils ont eu fur les bras pendant plus de quatre-vingts ans, & par laquelle ils ont affermi leur grandeur & leur liberté, rempli leur Païs d'abondance & de profperité, ce que les plus zélés & les plus habiles de leurs Miniftres ont toujours confidéré comme la chofe qui pouvoit le plus contribuer à leur affurance & à leur repos.

La France a beaucoup gagné en rompant la Paix, pour reprendre leurs vieilles querelles contre un Ennemi puiffant. Il n'y a perfonne qui ne voye, que c'eft à préfent ce qui le force à chercher un accommodement avec les Pro-

vinces,

vinces-Unies. On n'a pas besoin de chercher une preuve plus éloignée que la foible amitié qui subsistoit avant cette rupture, & le coup malin dont il s'est servi pour annuler le Traité qui avoit été commencé à la Haye l'an 1632. en refusant de continuer la premiere Trêve, quand elle seroit finie, & voulant avoir des Etats Généraux une reconnoissance tout à fait contraire à leur liberté & à leur Souveraineté. Mais passons tout cela. Si quand les Espagnols ont presenté à la France dans une Négociation particuliere, tous les avantages qu'elle pouvoit souhaitter, si elle y avoit voulu prêter l'oreille, & terminer avec cette Couronne toutes les difficultez qu'elle a avec elle à l'insu & sans le consentement de Messieurs les Etats, auroient-ils manqué de s'en plaindre & de protester contre? Si ceux qui sont auteurs de ces nouveautez avoient véritablement dessein de procurer le bonheur & le repos de leur Patrie, ils s'en serviroient avec des moyens plus solides & plus honnêtes pour parvenir à leur but. Car l'experience a fait voir jusqu'à present que ceux qui ont voulu s'en servir, sous les vaines esperances qu'ils ont pû donner à l'Ennemi, n'en ont tiré d'autre utilité, que de manquer de parole sur leurs Traitez, au lieu de les pousser à leur perfection : ils auroient dû considerer au contraire que la plus prompte & la plus sûre voye, pour arriver à une conclusion avantageuse, est de rester attaché à une Alliance nouvelle sans vouloir entrer dans des explications subtiles, contraires par leurs subtilitez au véritable sens & à la bonne foi. Les Espagnols par le mauvais état de leurs affaires étoient déja forcez depuis longtems à accepter les tolérables conditions d'accommodement qu'on leur offrit de la part de la France & de la part de Messieurs les Etats, & ils n'auroient pas acquiescé à des choses dont ils se serviront encore pour tâcher d'ébranler l'Alliance qui est faite entre la France & lesdits Etats Généraux des Provinces-Unies.

Si l'on veut, abstraction faite de tout cela, examiner avec sincerité les Traitez faits dans les années 1634. 1635. & 1644. & les expliquer suivant la raison & la bonne foi, il n'y a personne, un peu doué de jugement & de franchise, qui n'avouë, qu'une telle explication ne peut avoir lieu, sans les annuler; d'où il s'ensuit que ceux qui cherchent ces subtilitez n'ont pas en effet d'autres vuës que de pousser les affaires d'Espagne au préjudice des intérêts de la France & de l'honneur des Provinces-Unies.

La France est premierement entrée en Alliance avec les Provinces-Unies pour le terme & espace de sept années consécutives, pendant lesquelles elle s'est engagée à fournir deux millions de florins par an, à garentir l'Alliance ou Trêve à laquelle Messieurs les Etats ont consenti, & à rompre ouvertement avec l'Espagne par Mer & par Terre en cas qu'elle voulût traverser la Paix ou la Trêve. Sa Majesté promet en même tems d'employer son credit à la Cour de Suéde pour l'engager à ne faire aucun commerce pendant huit mois. Cette dernière clause fait voir qu'il n'étoit pas mention des affaires des Païs-Bas, & qu'il s'agissoit d'intérêts bien éloignez les uns des autres qui cependant étoient enchainez les uns dans les autres. Messieurs les Etats de leur côté s'engagent à ne rien faire sans la participation de Sa Majesté, & s'obligent, quand le cas y écherra, de déclarer aux Espagnols qu'ils rompent absolument avec le Roi d'Espagne malgré le Traité fait avec lui,

en cas qu'il vînt à attaquer la France, dans les Païs ou Places qu'il possedoit dans le tems du Traité. Cela ne se peut appliquer aux Païs-Bas, puisque Sa Majesté alors n'y occupoit aucune Place.

Avant que Sa Majesté eût rompu avec les Espagnols Messieurs les Etats avoient été obligez de rompre avec eux, comme quand on eut fait la Trêve ainsi qu'il étoit stipulé dans le Mémoire presenté par Monsieur de Charnacé qu'en cas que Sa Majesté fût inquiétée ou molestée en particulier par raport à ce qui concernoit ses intérêts à l'égard des Grisons, de la Valteline, de Casal, de Mantouë, Pignerol, & la Lorraine, comme aussi en cas que ses Etats en général fussent attaquez, tout cela, dis-je, est separé des Païs-Bas où Sa Majesté n'avoit encore rien. L'on ne peut nier avec raison, que Pignerol, Casal, la Valteline ou quelques Places dans la Lorraine ayant été attaquées par l'Empereur, ou le Roi d'Espagne, même après la conclusion de la Paix ou Trêves avec Messieurs les Etats, qu'ils n'ayent pas été obligez de rompre généralement avec ces infracteurs, sans pouvoir ensuite faire Paix ou Trêve que conjointement avec Sa Majesté. Il n'y a donc pas d'apparence qu'ils puissent à present faire une Paix ou une Trêve, sans y faire entrer les intérêts du Roi, puisqu'ils y sont obligez par les Traitez des années 1634. & 1635: ils sont obligez de prendre les armes & rompre malgré la Paix ou Trêve déja concluë.

Quelques-uns prétendent que les propositions stipulées dans le Mémoire, sont passées, & qu'à cet égard l'engagement de Messieurs les Etats Généraux vient à cesser; mais cette opinion tombe d'elle-même, si on considére qu'il n'y a rien de terminé au sujet de l'affaire de Pignerol & de Montferrat, que ce qui a été fait avec l'Empereur l'an 1631. C'est ce qui a engagé Messieurs les Etats à s'y interesser l'an 1634. & l'on ne peut pas dire que depuis cette obligation, il y ait eu aucun accord. Il est vrai que l'Empereur, forcé par les armes du Roi de Suéde, a consenti au Traité de l'année 1631. mais les Espagnols s'y sont toujours opposés secrettement, en attendant l'occasion favorable d'en empêcher l'exécution par la force des armes.

Pour ce qui regarde la Valteline on peut croire que l'affaire est accommodée, parce que les Espagnols l'ont tout à fait usurpée, qu'ils en sont encore en possession, & que jusqu'à present, sans en avoir été châtiez, ils ont impunément violé le Traité de Monçon, & tous ceux qu'on a faits avec eux sur cette affaire. Ils ont encore forcé les Grisons, aussi bien du côté du Tyrol, que du côté de l'Etat de Milan, à abandonner l'Alliance avec la France. Il ne faut pas s'imaginer qu'un différend soit absolument terminé, tant que les Espagnols n'ont pas fait tout ce qu'ils veulent. Peut-on aussi à l'égard de la Lorraine dire que c'est une affaire concluë, puis que le Duc Charles est en armes dans le Païs-Bas, & qu'il exerce toutes sortes d'hostilitez contre le Roi, & que ses Ministres mettent par tout en œuvre de mauvaises pratiques contre la France? Il est en verité à present l'ennemi le plus violent de la Couronne. De plus si le Roi d'Espagne n'attaque pas les Etats de Sa Majesté, ce qui est le dernier intérêt porté dans le susdit Mémoire, on voit clairement que c'est plutôt parcequ'il manque de force que de volonté: ses troupes causent tous les ans des incommoditez terribles, & la France deviendroit le Théatre de la Guerre si par une vigoureuse résistance, elle ne s'opposoit pas à leurs efforts, en donnant ailleurs de l'occupation à l'Espagne dans son propre Païs, en attaquant plusieurs de ses Places. Tout cela prouve évidemment, que l'on est encore bien éloigné de s'accorder sur les Articles insérez dans le Mémoire dont il est question. Dans le dixiéme Article, les Traitez des années 1630. & 1634. doivent durer l'un autant que l'autre, & sont compris l'un dans l'autre pour être renouvellez après l'expiration de sept ans; mais dans le Traité de 1635. ce terme déterminé de sept ans est devenu indéterminé, en ce qu'il doit subsister jusqu'à la conclusion de la Paix, ou jusqu'à ce que les Espagnols soient entierement chassez des Païs-Bas.

Dans l'Article 11. & 12. il est dit que si Sa Majesté aime mieux rompre avec l'Espagne elle doit être déchargée des deux millions; que l'on doit faire un partage des Conquêtes, & qu'il n'est pas permis de traiter l'un sans l'autre &c. Il faut considérer que pour l'exécution de ces deux derniers Articles portés dans le Traité de 1635. Sa Majesté a trouvé qu'il étoit à propos de rompre, & qu'elle a promis que cette rupture seroit générale, à savoir dans toutes les Places, où elle a quelques Terres voisines de celles de l'Espagne, qu'elle a fait un partage de la Conquête de ces Places où les armes de tous doivent mutuellement aider les autres, & on convient derechef qu'on ne pourra traiter séparément, & que l'on rompra de même si le Traité fait, il doit être violé.

On doit encore remarquer qu'il y a bien de la différence entre rompre ouvertement avec un voisin puissant, ou lui faire la Guerre: Messieurs les Etats ont bien senti cette différence puisqu'ils n'étoient pas contents dans l'année 1635. que l'armée du Roi entrât dans les Païs-Bas pour faire la Guerre au Roi d'Espagne, à cause qu'on ne pouvoit pas dire précisément que c'étoit une armée qui venoit à leur secours, & que la rupture n'étoit pas ouvertement faite avec le Roi d'Espagne. Leurs Ambassadeurs demandérent avec beaucoup d'instances qu'on déclarât la Guerre à l'Espagne, & ne furent contents que lorsqu'elle fut publiée. Il y en a qui prétendent que cette déclaration de Guerre ne fut faite qu'au Cardinal Infant, & inférent delà qu'on ne la vouloit pas porter ailleurs que dans les Païs-Bas, mais ce raisonnement n'est pas justé. Premiérement parcequ'on dit que le Cardinal n'étoit qu'un Lieutenant Général du Roi d'Espagne dans les Païs-Bas, mais quoiqu'on ne s'addressât qu'à lui, on ne laissoit pas en même tems de parler au Roi en la personne de son Lieutenant. On prit cette route, comme la plus courte & la plus facile, puisque c'étoit dans les Païs-Bas où l'on étoit résolu d'attirer le fort de la Guerre, afin que l'ennemi ne pût pas dire qu'on l'avoit surpris, ce qui seroit arrivé si on la lui avoit déclarée à la Cour, & qu'on l'eût attaqué dans des Places où il n'auroit pas été en état de se défendre. Secondement le lieu où se fait la déclaration de Guerre n'invalide pas la rupture, & n'empêche pas que ce ne soit une Guerre ouverte contre le Prince qu'on a dessein d'attaquer. On n'a jamais ouï dire, quand on veut entrer dans une nouvelle Guerre qu'on soit astreint à une Place déterminée plutôt qu'à une autre pour la déclarer, & comme il ne dépend pas de celui qui fait la rupture, de la faire & de certaines conditions ni de prescrire des regles à son Ennemi, de même ne peut-il pas prétendre de lui, qu'il ne lui fasse la Guerre que dans certaines Places; celui qui rompt est toujours maître d'attaquer

où il veut celui qu'il a envie de ruiner s'il le peut: il est permis de faire ce qu'on trouve le plus avantageux, dans tel lieu que ce puisse être. Si le Roi d'Espagne avoit été en personne dans les Païs-Bas, on se seroit adressé à lui & non pas à son Lieutenant, & supposé qu'on eût fait cette Cérémonie en Espagne; cela n'auroit pas empêché que l'on n'eût encore entrepris des hostilitez dans les Païs-Bas, puisque quoiqu'on l'ait faite dans les Païs-Bas, cela n'a pas empêché que l'on n'ait porté la Guerre en Espagne. Si cela ne suffit pas pour fermer la bouche à ceux qui ne croyent pas devoir se soumettre à des raisons si pertinentes, ils doivent observer qu'après la déclaration de Guerre faite en Flandre, & sur laquelle les Ambassadeurs des Etats Généraux ne furent pas pleinement satisfaits, on en fit encore une générale à leur réquisition contre le Roi d'Espagne; elle fut publiée par toute la France, on y défendit aux Sujets du Roi d'avoir aucun commerce avec ceux d'Espagne, on leur ordonna d'exercer contre eux toutes sortes d'hostilitez, & on accompagna cette déclaration de tous les points qu'on a accoutumé d'insérer dans de pareilles déclarations. Peut-il après cela se trouver quelqu'un qui puisse soutenir l'objection avec fondement?

Il y a deux principaux engagemens dans le Traité de l'année 1635. & differents l'un de l'autre; le premier est pour rompre avec l'Espagne, le second pour faire la Guerre dans les Païs-Bas. Messieurs les Etats ont voulu être assurez de l'un comme de l'autre, & n'auroient pas été contens de l'un sans l'autre, c'est pourquoi dans la conclusion où l'on renferme le fonds entier de la Négociation, il est expressément dit *que Sa Majesté entrera ouvertement en Guerre avec le Roi d'Espagne, sitôt que ce Traité sera signé & ratifié, & que toutes sortes d'hostilitez commenceront dans les Païs-Bas.* Le reste du Traité ne renferme que les conditions auxquelles cette résolution doit être executée, & dans tous les autres Articles, il n'est presque parlé que de la différence de ces deux engagemens. Le sixiéme principalement, commence par ces mots: *L'Armée du Roi étant arrivée dans les Païs-Bas, & la rupture faite entre les deux Couronnes.* Le septiéme est conçu ainsi: Il a été de même conclu, *qu'après la premiére rupture dont on est convenu, les premieres attaques que l'on fera avec les deux armées du Roi & de Messieurs les Etats &c.* Dans le dixiéme on lit: *En cas qu'après la signature & ratification du Traité de rupture, on vint à faire la Paix &c.* & dans le douziéme est aussi marqué; *qu'à un tel jour lorsque la rupture sera faite entre les deux Couronnes de France & d'Espagne &c.* Tout cela fait voir clairement qu'il y a deux engagemens; une rupture ouverte avec les Espagnols dans laquelle Sa Majesté entre, une rupture qui ne peut être que générale sans restriction, par Mer & par Terre, & sur toutes les Places où l'on peut faire du dommage à l'Ennemi, soit que ces Places soient voisines, ou qu'on aille l'attaquer dans celles qui sont éloignées; & quand même on ne seroit pas convenu que cette rupture seroit générale, elle est néanmoins d'une conséquence si nécessaire, qu'en cas qu'on ne l'eût pas faite, & qu'on n'eût précisément attaqué qu'une Place, on auroit été considéré comme les attaquant toutes, & pour continuer cette rupture générale comme pour la faire cesser, on s'en doit toujours raporter aux moyens dont on est convenu pour entrer conjointement dans quel-

ques

1647. ques Négociations avec l'ennemi commun.

Les deux Traitez dont les Articles sont stipulez dans celui de l'année 1635. sont pour faire la Guerre dans les Païs-Bas, on s'engage à y attirer le fort, on s'engage à y mettre ses troupes, on convient de la maniere de partager les Conquêtes &c. On étoit ainsi convenu d'abord avec Messieurs les Etats afin de n'être point à charge l'un à l'autre & de se pouvoir aider mutuellement avec plus de facilité, attendu que c'est l'endroit où ils ont leurs principales forces, & où ils les devoient employer.

Quoiqu'ils n'ayent pas employé leurs forces ailleurs que dans leur propre voisinage, ils n'ont cependant pas laissé de faire la Guerre par tout au Roi d'Espagne, même jusqu'aux Indes, & d'avoir plusieurs fois resolu entr'eux de rompre avec l'Espagne & de donner de l'ouvrage à l'Ennemi, & en cas que l'on eût été heureux & que l'on eût fait quelques Conquêtes considérables, ils auroient prétendu, avec raison, que la France étoit obligée à les garder pour eux par un Traité de Paix, peuvent-ils après cela se degager du même Traité?

On doit aussi considérer que les intérêts compris dans le Mémoire de Monsieur de Charnacé, presenté aux Seigneurs Etats dans le tems de la Négociation de l'année 1634. a pour principal objet la Déclaration de la Guerre contre le Roi d'Espagne dans l'année 1635. & que la premiere raison qu'on a euë de l'attaquer dans les Païs-Bas, a été pour avoir sur lui des intérêts dans la même vuë. Les Conquêtes que l'on a faites depuis, soit dans les Païs-Bas, soit ailleurs, n'ont presque été qu'un accident au principal, & comme une indemnité des dépenses faites. Le premier but de la Guerre a été d'affermir par les armes ce que l'on a fait en Lorraine, dans la Valteline, dans le Montferat, en Piemont & autre part dans le commencement de la même Guerre; c'est contre cela que les Espagnols veulent revenir. Messieurs les Etats peuvent-ils après cela pretendre qu'ils ne sont tenus de rien?

Ce n'est que par une subtilité trop grande qu'on veut que le Traité de l'année 1634. où l'on parle des intérêts suivant le susdit Mémoire, ne puisse durer que sept années lesquelles sont expirées, que c'est sur cela qu'on doit se regler, & que celui de l'an 1635. ne fait pas la moindre mention desdits intérêts. Mais sans qu'il soit nécessaire que ce même Traité confirme l'autre sans se dédire ou l'annuler, il y a pourtant celui de l'année 1635. lequel n'est fait que pour l'exécution du précedent, laissant au Roi la liberté de déclarer *si Sa Majesté aimoit mieux rompre avec l'Espagne ou payer les deux Millions*, cela, dis-je, change le terme de sept années qui se trouve dans le Traité de l'année 1634. en celui d'une obligation de poursuivre sans cesse les Espagnols, obligation qu'il faudra exécuter par les armes jusqu'à un nouveau Traité: c'est ce qui fait que les mêmes intérêts ont encore leur force, & Messieurs les Etats sont également obligez d'avoir part à cela, comme quand on étoit dans les sept premieres années du Traité de 1634.

Il y a des personnes qui tirent une mauvaise conséquence de l'Article secret de l'an 1635. pour l'explication de l'Article 9. du Traité où il semble que l'on insinuë que l'on n'est obligé à faire la Guerre que dans les Païs-Bas. Il est bien vrai que les opérations de ces deux armées devoient se faire principalement dans les Païs-Bas, avec un certain nombre de Troupes, leur

jonction; l'Alliance pour s'assister mutuellement, le Partage des Conquêtes &c. tout cela étoit nécessaire & l'on n'a pas resté en défaut, ni contrevenu au Traité où il étoit résolu que le fort de la Guerre seroit dans les Païs-Bas où Messieurs les Etats de leur côté ont été obligez de faire tout leur possible. Mais cela n'a pas empêché que la France, sans être obligée par ce Traité, n'ait fait une action générale qui est devenuë une rupture ouverte avec le Roi d'Espagne, & qu'après cette rupture Sa Majesté n'ait été dans la nécessité de souffrir des hostilitez de tous côtez, & de faire des dépenses incroyables; de sorte que les entreprises qu'elle a faites sur d'autres Places étoient aussi bien à sa volonté qu'à celle de Messieurs les Etats, mais elles étoient pour Sa Majesté d'une suite nécessaire, parce que l'Etat que possede l'Ennemi commun est dans son voisinage en Italie ou en Espagne. Quand Messieurs les Etats se pourroient excuser par de pareilles raisons d'y avoir part, ce qui ne se peut, ils ne le feroient pas par honnêteté, parce que le principal profit de toutes ces diversions, dont la France seule a supporté les dangers & les dépenses, est tombé à leur profit même, en ce qu'on a occupé loin d'eux des troupes disciplinées, & accoutumées auparavant à dépouiller leur Païs & enlever leurs Places.

Il n'est donc pas vrai que l'Article susdit favorise l'intention de ceux qui ne veulent pas avoir part aux intérêts de la France hors les Païs-Bas. On peut même de cet Article tirer contre eux une conclusion démonstrative qu'en cas que l'on ait les Places, où l'on n'étoit pas obligé de faire la Guerre par le Traité de l'an 1635. on ne peut faire la Paix que conjointement avec les Etats Généraux. Delà suit nécessairement qu'ils sont interessez dans la Paix qui se doit faire *parce que sans eux on ne peut rien conclure*, & ensuite de cela ne peuvent-ils pas commencer un Traité avec l'Espagne, soit que les disputes que la France a avec elle pour d'autres Places soient reglées, ou qu'elles se terminent en même tems que les affaires des Païs-Bas.

Il y a encore une autre raison, où il n'y a pas beaucoup à repliquer. Messieurs les Etats Généraux prétendent que la France soit intéressée avec eux dans le differend qu'ils ont avec l'Espagne au sujet des Indes. Leurs Plénipotentiaires ont soutenu chez ceux de France, que ce point n'étant pas reglé, est plus que suffisant pour arrêter la Négociation & même la rompre, présupposant que tous les autres, sur lesquels on pouvoit être d'accord avec l'Espagne, n'étoient rien, si l'on venoit à toucher celui-ci, & qu'on ne devoit par conséquent pas s'imaginer d'être fort avancé dans les Négociations avec l'Espagne, d'où ils jugent que l'Article des Indes est un de ceux qui touchent seul les Païs-Bas plus que les autres. On ne peut pas comprendre par quelle raison la France seroit intéressée dans tout ce qu'ils ont à démêler avec l'Ennemi, même hors de l'Europe, & qu'ils ne seroient pas dans les disputes qu'ils ont dans leur voisinage avec le même Ennemi. Pourquoi, si le Roi d'Espagne demande la restitution de ce que les Etats ont à lui dans les deux Indes, où l'on ne combattoit pas pour la liberté de leurs Provinces, la France a-t-elle donc pris les armes, & que sans cela le Roi ne vouloit pas entrer en Traité avec eux? La France auroit pû répondre, les Indes ne sont pas les Païs-Bas, & par cette raison je n'ai aucun intérêt qui puisse m'engager à continuer

la

1647. la Guerre par raport aux Indes. Il n'y a qui que ce soit qui ne trouve cette réponse déraisonnable, ce qui prouve, que si Messieurs les Etats en faisoient une pareille à l'égard de l'Espagne & de l'Italie, elle seroit encore trouvée plus injuste.

Si l'on vouloit épiloguer, de la part du Roi, par raport aux engagemens du Traité d'Alliance de l'un & l'autre côté, & que la distance des Places fût capable de les affoiblir, on pourroit dire avec la même raison sur la Garentie du Traité de 1635. que la France ne seroit pas dans l'obligation de reprendre les armes si l'ennemi venoit à le rompre, parce que cette rupture ne se feroit pas sur les Frontieres de la France, & qu'en cas qu'il vînt effectivement à la faire, ce seroit loin delà, du côté de l'Allemagne ou quelque part ailleurs, auquel cas la France ne seroit pas obligée d'y prendre le moindre intérêt, ce qui cependant seroit absurde & contre la bonne foi. De plus si au lieu de faire des Conquêtes sur l'ennemi au fond du Languedoc, de la Guyenne & de la Provence, on perdoit quelques Places d'importance, & que les Espagnols restassent encore en possession des Isles de Sainte Marguerite & du Port de Soccoa, Messieurs les Etats pourroient-ils dire qu'ils ne sont pas obligez de les faire rendre au Roi, & qu'il leur est permis, sans cela, de faire la Paix dans les Païs-Bas?

Il n'y a qui que ce soit, pourvû qu'il ait un peu de jugement & de bonne foi, qui veuille être de ce sentiment, & si Messieurs les Plénipotentiaires des Etats l'avoient ainsi accordé, on ne pourroit s'empêcher de rire, en y pensant. Mais ils ne peuvent pas dire à présent que dans une même Guerre, faite pour leur avantage en différentes frontieres de la France, les progrès que l'on fait dans un endroit, les mettent plutôt hors d'intérêt que les pertes que l'on a pu faire dans un autre, parce qu'ils se sont obligez pour avoir part dans la Guerre que l'on faisoit & dans le Traité qui la dévoit finir, à supporter également le bon & le mauvais succès de cette même Guerre, ce qui fait que leur Alliance ne peut ni varier ni changer. On demande encore sur ce sujet, si en cas que la France se fût tenuë en repos & simplement sur la deffensive du côté des Païs-Bas, uniquement pour favoriser les desseins de Messieurs les Etats, ou que les forces qu'on a employées dans ces Places n'eussent eu aucun succès, tandis que les Etats y auroient fait d'un côté des Conquêtes considérables, & la France les siennes du côté de l'Espagne & de l'Italie, sans avoir fait aucun profit dans les Païs-Bas, on demande, dis-je, s'il seroit raisonnable à Messieurs les Etats d'avoir assuré ces Conquêtes par un Traité & de dire après, *nous n'avons aucun intérêt avec la France, nous ne voulons pas continuer la Guerre, pour lui conserver ces Places.* Ce seroit se ranger indirectement du côté de l'Ennemi, & à moins que de commettre sur son Allié des hostilitez ouvertes, on ne peut lui rien faire de plus préjudiciable que de le menacer de se separer de lui, s'il ne fait pas ce que l'Ennemi commun exige & prétend.

Le Traité de l'année 1644. semble décider absolument sur cet Article, parce que l'un s'y oblige à aider réciproquement l'autre pour conserver les Conquêtes, & non pas pour les rendre aux Espagnols. On s'en éloigne même si fort, que l'on a porté cette obligation jusqu'aux Conquêtes que l'on pourroit faire dans les Païs-Bas, ce qui dans le cours de cette Guerre est le plus petit intérêt de la France, cependant on

s'y oblige en termes formels, à conserver les Conquêtes & non pas à les rendre aux Espagnols. On a jugé qu'il étoit absolument nécessaire d'inférer cette resolution dans le Traité, afin d'exprimer les raisons qu'on a de s'y astreindre. Si le plus fort de la Guerre a été dans les Païs-Bas, c'est ou parceque la France l'a trouvé plus facile, ou que cela convenoit mieux à Messieurs les Etats, ou enfin que l'on s'y étoit engagé après le Traité de l'année 1635. mais il n'est pas extraordinaire d'ailleurs que l'on force l'ennemi dans une Place pour avoir occasion de se vanger des injustices qu'on a reçûes de lui dans d'autres. Quand la France n'auroit dans cette Guerre commis des hostilitez que sur les Païs-Bas, & qu'elle n'auroit pas eu assez de forces pour en commettre du côté de l'Espagne & de l'Italie, cela n'auroit pas empêché qu'elle n'eût rompu, & même entré en Guerre avec l'Espagne, comme on l'a déja remarqué; cela est si vrai, & il y a une si grande différence entre *être en Guerre* & *faire la Guerre*, que l'on a vû pendant quelque tems la Maison de Savoye & la République de Gênes en Guerre, sans que l'une commit des hostilitez contre l'autre. Dans le commencement de cette Guerre on a vû que la France exerçoit beaucoup d'hostilitez contre l'Espagne, sans avoir rompu ou être en Guerre avec elle. Enfin on ne trouvera point d'exemples dans les histoires du tems passé ni dans celles de ce siecle qui fassent voir qu'un Prince ou une République ait persuadé à un formidable Allié de rompre ouvertement avec un Ennemi commun, à condition qu'il ne pourra faire de Traité que d'un consentement général. C'est la conséquence qu'on peut tirer d'une rupture qu'on suppose suffisante pour être quitte de ses obligations, en faisant cette rupture par l'attaque d'une seule Place, quoique celui avec lequel on est allié reste en Guerre dans toutes les autres Places avec l'Ennemi commun.

Si l'on entend que la France est en même tems obligée de faire la Paix avec le Roi Catholique, aussi bien du côté de l'Espagne & de l'Italie, que du côté des Païs-Bas, comme la raison le demande, & comme les Députez de Messieurs les Etats l'ont demandé en assûrant que c'étoit l'intention de leurs Maîtres, il s'ensuit nécessairement que les intérêts que la France a à démêler avec l'Espagne de ce côté-là, seront réglez par le même Traité & de son consentement, sans cela il ne fera jamais la Paix; & Messieurs les Etats seront obligez de veiller aux Négociations qui se feront sur ce sujet, comme à celles qui se feront pour terminer les differends qui concernent les Païs-Bas.

S'il se rencontre dans les Traitez à faire entre la France & les Provinces-Unies, quelques points difficiles, & sur lesquels il y ait du doute, ce que l'on ne croit pas, il faudra en conférer l'un avec l'autre, & celui qui formeroit quelque nouvelle condition ou quelque nouvelle prétention, sera tenu de les proposer aux autres & de leur déclarer franchement les raisons qu'il a à alleguer pour appuyer son sentiment; car pour avoir quelques éclaircissemens sur ce que l'on pretend, on doit toujours faire avec fidelité & droiture ce que nous montre le chemin de la prudence qui convient à de bons & de fideles Alliez; c'est une très-pernicieuse maniere, lorsqu'on traite d'affaires avec des amis, de leur cacher ce qu'on a véritablement dans le cœur, & de le découvrir aux Ennemis. Quand Messieurs les Plénipotentiaires des Etats Généraux furent contraints de dire leur sentiment, & qu'on leur fit voir, que dans une affaire si claire, il n'y avoit aucune difficulté, ils répondirent qu'il étoit permis à leurs Maîtres d'expliquer les Traitez, mais non pas à eux.

On a cependant été bien informé que devant & après cette réponse, ils n'ont fait aucun scrupule de traiter avec l'ennemi, & de décider ce qu'ils n'avoient pas voulu examiner avec leurs Alliez, en disant ouvertement, contre toute raison, que leurs Provinces n'entroient dans aucun intérêt avec la France, hors les Païs-Bas.

Mais pour flatter encore davantage l'ennemi, & faire d'autant plus de tort à leurs anciens amis ils ont fait entendre au premier & l'ont assuré que leur sentiment particulier étoit celui de l'Etat. On se persuade cependant que les choses ne sont pas telles, & qu'une République si sage, & qui a tant de soin de sa réputation, n'a jamais aprouvé & n'approuvera jamais une opinion si mal fondée, ni une maniere d'agir si desobligeante. Elle doit néanmoins prendre garde que cela porte un grand préjudice dans les affaires communes, que l'Ennemi en profite & qu'il se flatte que cela entraînera ou une division dans les Provinces, ou une séparation entre la France & elles, ce qui fait, que ce qu'on lui propose, quelque raisonnable qu'il puisse être, n'est point écouté, d'où naît un retardement considerable dans la Négociation, au lieu de l'accélérer, comme on l'a vû par expérience, lorsqu'on leur a donné lieu de le présumer.

On fait encore trois objections contre le Traité de l'année 1635. où l'on s'engage à continuer la Guerre jusqu'à ce que les Espagnols soient entierement chassez des Païs-Bas. La premiere est, que personne ne se peut engager à une chose impossible, l'impossibilité étant une excuse légitime. La seconde, que la France a persuadé elle-même Messieurs les Etats d'en venir à un accommodement, Sa Majesté ayant fait passer ses Plénipotentiaires à la Haye pour les y disposer. La troisiéme, parceque le Roi Henri IV. accommoda ses affaires par la Paix de Vervins, sans faire beaucoup d'attention à celles des Alliez, & que les Provinces-Unies, qui, vû les offres de l'Espagne, peuvent avoir aujourd'hui ce qui leur convient, pourroient bien faire de même.

Il est aisé de répondre à la premiere objection, que personne ne croira qu'une République à laquelle la continuation de la Guerre a été si favorable, se mette aujourd'hui dans la nécessité de la discontinuer. Si ceux qui ont jetté les premiers fondemens de sa Liberté, avoient eu de pareilles opinions, il auroit été plus avantageux, de ne pas entrer dans une Guerre si dangereuse contre une puissante Monarchie, lorsqu'ils n'étoient encore Maîtres que de cinq ou six Villes. Les dangers continuels qu'ils ont essuyés, les peines & les pertes qu'ils ont souffertes, & la ruine entiere dont ils étoient à tout moment menacés, devoient abattre leur courage, plutôt que celui de leurs Successeurs; mais leur grande constance, & leur fermeté inébranlable, ont été cause que leurs desseins ont eu d'heureux succès, & quoique leur Ennemi fût cruel & terrible, ils lui ont cependant arraché, pour ainsi dire, les moyens de les faire succomber, en tenant toujours leurs mesures & leurs résolutions d'un secret impénétrable. Si ces mêmes Fondateurs de la République voyoient aujourd'hui leur Postérité trembler de peur, lorsqu'elle a tant de forces sur pied, sans s'incommoder, s'excuser sur sa

crainte quand le superflu qu'elle a chez elle, procure à ses voisins tout le nécessaire, & que les grandes richesses que leurs confreres possedent chacun en particulier, ne donnent pas moins de jalousie que d'étonnement, avouer cependant sa foiblesse & son incapacité au milieu de ses progrès & de ses victoires, & d'entrer dans les intérêts de son ancien Ennemi, au préjudice de ses intimes amis, ne seroient-ils pas en droit de conclure, que l'Etat va retomber dans ses premieres peines, & perdre les avantages qu'il a aquis, & que la Fortune semble avoir pris plaisir de réunir ? Si les Etats trouvent à present quelque chose qui leur paroît absolument impossible, il est d'une grande conséquence de ne le pas dissimuler, quand on est sur le point de traiter. Les Souverains dans de pareilles occasions, ne sont pas accoutumez, supposé même que l'impossibilité que l'on allégue fût véritable, de s'arrêter court, cela donneroit occasion à l'Ennemi de se tenir trop ferme dans les termes d'accommodement, ou de lui faire prendre la résolution de rentrer facilement en Guerre. On ne doit pas croire que ceux qui raisonnent de cette maniere, ayent effectivement dessein de cacher par-là, le desir de conclure tout d'un coup un accord particulier, puisqu'il seroit absolument plus profitable, en cas qu'il y ait quelque obstacle de la part des Provinces-Unies, de le tenir secret, que de s'en servir pour forcer les Alliez à accepter des conditions préjudiciables. Comment sera-t-on assuré qu'elles reprendront les armes suivant l'engagement du Traité, en cas que le Roi d'Espagne, après que la Paix sera faite, vînt à attaquer la France ? Elles pourroient alors avec plus de fondement alléguer des raisons d'impossibilité, parce qu'il est effectivement bien plus difficile de sortir de son repos pour rentrer en Guerre, que de la continuer quand elle est commencée, & qu'il est plus onereux de mettre sur les peuples de nouveaux impôts, que de recevoir ceux qu'ils sont déja accoutumez à payer.

La deuxiéme objection n'est pas mieux fondée; le Roi pour témoigner son affection & sa confiance aux Seigneurs Etats Généraux a ordonné à ses Plénipotentiaires de passer par la Haye avant de se rendre à Munster, afin de conférer sur les moyens d'entrer de concert dans la Négociation d'une affaire également de conséquence aux deux Etats; cela ne veut pas dire que Sa Majesté les a sollicitez ou persuadez de s'accommoder avec l'Ennemi commun. Les plus éclairez de leurs Provinces jugeront sans doute plus avantageusement, & auront un sentiment tout different de l'honneur que Sa Majesté leur a voulu faire en cette occasion. On avoit pris depuis longtems la résolution d'entrer en Négociation, & on étoit déja d'accord sur le lieu & le tems; les Passeports étoient expédiez à tous ceux qui se devoient trouver là, & si l'on veut chercher un peu plus loin, on trouvera peut-être, que l'Ambassadeur de Messieurs les Etats a sollicité la Reine Régente à faire partir ses Plénipotentiaires. Mais supposons au contraire que la France eût prié les Etats d'entrer en Négociation avec le Roi d'Espagne, ce qui n'est pas, peut-on dire pour cela que la France ait voulu séparer ses intérêts & faire des propositions telles que l'ennemi les desire ? Il y a une Alliance réciproque pour continuer la Guerre, jusqu'à ce que les Espagnols soient chassez des Païs-Bas. Personne n'ignore qu'il y a beaucoup de moyens pour en venir à bout, soit en prenant par la

force

1647.
force tout ce qu'ils y poffedent, foit par un Traité, dont les conditions foient les mêmes que de celui de Gand de l'an 1576. On ne peut nier que l'evacuation des Efpagnols hors des Païs-Bas n'ait été repréfentée dans différentes Conférences, & principalement dans celles des années 1632 & 1633. où l'on foutint, que c'étoit là la bafe la plus afsûrée d'un Traité ferme & ftable avec les Efpagnols. La France a encore plus d'intérêt de l'obtenir, que les Provinces-Unies, & elle a toujours jugé que fans cela il feroit peut-être plus avantageux de refter en guerre, que d'avoir après la Paix des voifins fi dangereux, puifque l'on fait par expérience que tout ce qui a allarmé la France, eft venu des Païs-Bas.

Quelqu'un peut-il nier que cette réfolution ne foit auffi favorable à la Province même qui eft fous l'obeiffance du Roi d'Efpagne, que néceffaire pour la fûreté de ceux qui lui font préfentement la Guerre ? Mais en cas que cela ne puiffe réuffir, peut-on trouver mauvais que pendant que les Efpagnols veulent refter dans les Païs-Bas, pour donner de continuélles jaloufies à la France, la France conferve de fon côté les moyens que Dieu lui a donnés, par l'union avec la Catalogne, pour faire la Guerre jufques dans le cœur de l'Efpagne, fi elle y eft forcée ? Quand on examine cette affaire fans paffion, on jugera que c'eft le point le plus afsûré du Traité qu'on doit faire prefentement, tant avec la France qu'avec les Provinces-Unies, fans cela l'un ou l'autre ne peut fe promettre un repos qui foit durable.

On fuprime beaucoup d'autres raifons qui ne permettent pas à la France de rendre aux Efpagnols la moindre chofe, tant qu'ils garderont la Navarre, & les autres Royaumes qui lui appartiennent; on fe contente d'avoir touché les confidérations fur lefquelles Meffieurs les Etats ont leurs intérêts auffi bien que la France.

A l'égard de la troifieme objection, on n'a pas befoin de beaucoup de réponfes, il fuffit de lire les deux Traités faits dans les années 1596. & 1635. pour voir la différence. Dans le premier on propofe une alliance, fous l'efperance d'y attirer quelques Princes & Monarques, ce qui n'a pu fe faire. Il falloit l'année fuivante tenir une Conférence pour avancer cette entreprife, on ne l'a pas tenüe; ce qui prouve que cette affaire en eft reftée à la fimple propofition. Cependant on étoit convenu fur les moyens de faire conjointement la Guerre l'année fuivante. Meffieurs les Etats promirent au Roi affiftance de Troupes & d'argent, cette promeffe ne fe fit que l'an 1597 ce qui la rend plus femblable aux Traités de Campagne qu'on renouvelle tous les ans avec les Etats qu'à celui de l'an 1635. on ne s'y oblige ni de l'un ni de l'autre côté à une nouvelle Guerre. Le Roi & les Provinces-Unies étoient déja entrés dans de certaines raifons. C'eft donc plutôt une convention de s'affifter de part & d'autre pour faire tort à l'ennemi commun, tant que la guerre durera; qu'une obligation formelle de la continuer pendant un certain tems. De plus on ne remarque pas là une Alliance dans laquelle il foit ftipulé que l'un ne pourra pas entrer en Négociation fans l'autre, ce qui feroit cependant la différence la plus effentielle. Il eft à préfumer que cette condition, fi ordinaire dans les Traités, n'étoit pas en ufage dans ce tems-là, ou qu'on avoit des raifons particulieres alors pour ne s'en pas fervir. Les claufes du Traité de l'année 1635. font bien differentes, on y

fait une convention formelle, par laquelle la France promet de rompre avec l'Efpagne, l'on s'y oblige de part & d'autre à continuer la Guerre jufqu'à ce qu'on ait réduit les Efpagnols, & on s'y engage à ne traiter que d'un commun confentement. On doit en outre, fi le Traité de Paix eft violé après qu'il fera fait & conclud, reprendre conjointement les armes; la principale vuë eft de chaffer les Efpagnols hors des Païs-Bas. Pour en venir à bout la France continuë la Guerre, avec des Forces & des depenfes incroyables, puifqu'il n'y a pas encore un an, que fans y être obligée elle a donné liberalement des fommes confiderables, & même fourni des Troupes à Meffieurs les Etats. Trouve-t-on là le moindre fondement pour comparer l'un avec l'autre, d'autant plus que Henri IV. étoit en pleine liberté de faire un Traité avec l'Efpagne, fans la participation de Meffieurs les Etats, puifqu'il n'y avoit aucune claufe dans le Traité de l'an 1596 qui le lui put empêcher, cependant il ne laiffa pas de refufer les Conférences de l'année 1597. Ceux qui favent les particularités de la Négociation de Vervins, qui commença feulement dans l'année 1598. peuvent fort bien penfer que ce grand Prince, pour ne pas négliger ce qui pouvoit être avantageux à fes amis, ne voulut jamais que les Deputez entraffent avec eux dans l'affaire d'Efpagne, bien qu'ils puffent avoir des Pleins-pouvoirs pour négocier en même tems avec les Provinces-Unies.

Quand les Pleins-pouvoirs furent venus, on follicita les Provinces-Unies d'envoyer leurs Députez à l'Affemblée, mais ceux qui dans ce tems-là tenoient les rênes du Gouvernement, jugérent que la continuation de la Guerre étoit plus avantageufe qu'un accommodement avec l'Ennemi. Ils ne pouvoient dans cette conduite, trouver autant de fûreté qu'ils en ont préfentement, cependant ils avoient plus d'horreur de ces coups diffimulez dans le tems de la Paix, qu'ils n'avoient de confiance en la force des armes pendant la Guerre : ils reconnurent eux-mêmes, qu'en cas que la France eût un peu de repos, pour reprendre haleine après des troubles qui l'avoient prefque tout à fait ruinée, il y auroit plus de facilité à l'affifter, comme l'experience l'a enfuite fait voir, que de continuer. une Guerre qui dans ce tems-là ne pouvoit être que foiblement entretenuë avec le fecours qu'elle recevoit de Meffieurs les Etats ; & parce qu'ils fe déterminerent enfuite, pour leur propre bonheur à continuer la Guerre, peut-on fe plaindre de ce grand Roi, & dire qu'il les a fait agir felon fa volonté, & conformément à ce qui convenoit le plus à fon Etat? Comme il n'y a jamais eu de Monarque plus jaloux de fon honneur, & plus exact à tenir fa parole, on devroit, au lieu de chercher à développer fes penfées & à faire fur elles des réflexions qui ne peuvent que ternir fa Gloire, ne s'occuper que des differents témoignages d'affection qu'il a donnés aux Provinces Unies, & bannir du Païs ceux qui ignorent avec quel foin il s'eft intereffé pour leur confervation & leur bonheur auffi bien pendant la Paix que pendant la Guerre, afin que la mémoire de ce qu'il a fait pour leur Patrie, fans y être obligé, les force préfentement à fatisfaire ponctuellement fes Succeffeurs dans des Alliances qui né regardent pas moins l'honneur que l'afsûrance de leur Etat.

ME-

1647.

MEMOIRE

Touchant la

POMERANIE.

Extrait d'une Lettre de Monsieur le Comte de HENNIN.

De Ham sur la Lippe le 7. Mars 1647.

POur ce que vous desirez de la Poméranie, je vous dirai que l'antérieure ou inférieure, *sicut in Tractatibus nominatur citerior, vulgò Voor-Pomeren,* est une même chose; *superior verò vel posterior,* c'est l'autre moitié, qui demeure au Marquis de Brandebourg, & qui se rencontre la plus voisine de son pais. Comme la basse & antérieure est la plus voisine de la Mer, les Villes de l'Oder, Stetin, Gartz, & autres devroient être de la Supérieure; mais les Suédois les obtiennent avec l'inférieure.

LA POMERANIE

par Monsieur

GODEFROI.

Le 26. Fevrier 1647.

Les Ducs de la basse Poméranie s'appelloient Ducs de Wolgast, & avoient là leur résidence, comme ceux de la haute à Stetin. Poméranie Polonoise. Evêché de Camin. Demandes de la Suéde sur la Poméranie. Accord entre Suéde & Brandebourg pour la Poméranie. Religion de Brandebourg. Demande de Suéde. Wismar au Duché de Meckelbourg. Résidence du Duc de Meckelbourg. L'Archevêché de Brémen, & Evêché de Verden &c. sécularisez.

LE Duché de Poméranie (qui est de grande étendue, & un pais fertile situé le long de la Mer Baltique, autrement *Ostzee*) est divisée en deux parts qui est la haute, c'est plutôt la basse qui est antérieure à la Suéde, au Dannemarck, & à toute la basse Allemagne.

Poméranie antérieure & citérieure Poméranie est appellée par les uns la Poméranie antérieure, en Allemand, *ober Pomeren*; mais le plus communément la Poméranie citérieure, comme étant située sur la Riviére d'Oder du côté du Duché de Meckelbourg.

Et l'autre (qui est la basse, c'est plutôt la haute Poméranie) est appellée Poméranie Ultérieure, d'autant qu'elle est pour la plûpart de là la Riviére d'Oder devers la Prusse.

De la haute Poméranie (c'est la basse &c.) dépendent les Villes de Wolgast, Gripswalt, Stralsund, Damgarten, Anklam, Demmin, Treptow, Torgelow, & autres, & les Isles de Rugen & de Usedom.

Et de la basse Poméranie les Villes de Stetin, & Gartz deça la Riviére d'Oder avec l'Isle de Wollin, & de la même Riviére les Villes de Colberg, Rugenwald, Stolp, Coslin, Belgarde, Freienwald, Polnow, Golnow, Colbatz, Piritz, Dam, Griffenhagen & autres.

Quant aux Villes & Seigneuries de Lewenbourg, & Buttow, elles sont revenuës à la Couronne de Pologne, après le décès du dernier Duc de Poméranie sans descendans mâles en l'an 1637. ou 1638.

Et pour le régard de l'Evêché de Camin (qui est entre Colberg & Empire) il reléye immédiatement de l'Empire; & néanmoins est dépendant de l'une & l'autre Poméranie, pour ce qui est du droit de protection & de patronage.

La Reine de Suéde par ses demandes à Osnabrug l'an 1647. au mois de Janvier a déclaré vouloir que par le Traité de Paix qu'elle feroit avec l'Empereur, qu'il consente avec tous les Electeurs & Etats de l'Empire que la Couronne de Suéde retienne à toujours à foi & hommage de l'Empire, non seulement toute ladite haute Poméranie, mais encore en la basse Poméranie les Villes de Stetin & Gartz, l'Isle de Wollin & les Villes de Colnow, Colbatz, & Piritz, à celle fin d'avoir sans aucun empêchement l'entiére domination sur la Riviére d'Oder tant d'une part que d'autre.

Item qu'en défaut de l'Electeur de Brandebourg sans descendans mâles, la même Couronne de Suéde succédât au reste de la basse Poméranie par préférence sur les Marquis de Brandebourg des Branches de Culembach & d'Anspach.

Et de plus qu'elle auroit seule le droit de protection & patronage sur l'Evêché & le Chapitre de Camin.

Par les propositions faites de la part de la Reine de Suéde, de l'Electeur de Brandebourg, & de l'Empereur au présent mois de Fevrier 1647. il est dit derechef que la Reine & le Royaume de Suéde retiendront à perpétuité à foi & hommage de l'Empire toute la Poméranie citérieure, dans la Poméranie Ultérieure Stetin, Gartz, Dam, Colnow, & l'Isle de Wollin, & toute la Riviére d'Oder avec ses rivages tant du côté de l'Orient que du côté de l'Occident. Et que le reste de la Poméranie Ultérieure sera rendu à l'Electeur de Brandebourg & lui demeurera & à ses descendans mâles; & en défaut d'iceux les Marquis de Culembach & d'Anspach de la même Maison Electorale, & leurs descendans mâles qui sont substituez y succéderont, & iceux défaillans que la Reine de Suéde & les Rois de Suéde ses Successeurs jouïront à toujours de ce reste de la Poméranie Ultérieure.

Que le droit de protection de patronage sur l'Evêché de Camin dépendra en partie de la Po-

mo-

1647.

méranie citérieure & en partie de la Poméranie ulterieure, ainsi que ci-devant.

Que l'Electeur de Brandebourg aura en récompense de ce qu'il céde à la Couronne de Suéde, les Evêchez d'Alberstadt & Camin, pour lui & ceux de sa famille à perpétuité; & encore l'Archevêché de Magdebourg après le décès de l'Administrateur qui est à présent & est second fils de l'Electeur de Saxe, excepté quatre Baillages qui demeureront audit Electeur, suivant le Traité de Prague en l'an 1635. Et aussi que la Reine de Suéde aura douze cens mille Reichsdalders (qui sont trois millions de livres de France) pour le reste de la basse Poméranie qu'elle quitte à l'Electeur de Brandebourg.

Religion de Brandebourg.

Que la Religion selon la Confession d'Augsbourg telle qu'elle fut présentée à l'Empereur Charles V. y sera conservée, & ainsi n'y sera admis l'exercice de la Religion, qu'on appelle Réformée Calviniste ou de Suisse, dont l'Electeur de Brandebourg fait profession.

Il est de plus demandé de la part de la Reine de Suéde qu'elle retiendra pour elle & les Rois de Suéde ses Successeurs, au Duché de Meckelbourg la Ville & Havre de Wismar avec la Forteresse de Walfisckh & les Baillages de Polkec & Nieuckoster; & que l'ainé Duc de Meckelbourg qui fait sa demeure à Swerin aura en récompense les Evêchez de Swerin & Minden.

1647. Demandé de Suéde.

Wismar au Duché de Meckelbourg.

Résidence du Duc de Meckelbourg.

Et davantage que la même Reine de Suéde aura pareillement l'Archevêché de Bremen, l'Evêché de Verden & Wildshusen (qui est un Baillage de l'Evêché de Munster) qui seront sécularisez; de sorte qu'il n'y aura plus de Chanoines & Religieux, ains sortiront du païs, sauf à aviser à leur entretenement leur vie durant; & les droits de Patronage & collation de Bénéfices & de Jurisdiction Ecclésiastique seront abolis. Ensuite de quoi il s'est depuis peu signé un Accord sur le tout de la part de l'Empereur, de la Reine de Suéde, & de l'Electeur de Brandebourg.

L'Archevêché de Bremen, & Evêché de Verden &c. sécularisez.

<table>
<tr><td>

TRACTATUS

INDUCIARUM

Inter

REGEM GALLIÆ,

REGINAM SUECIÆ,

Et

LANDGRAVIAM

HASSIÆ-CASSELLENSIS,

Ex unâ parte;

ET ELECTORES

BAVARUM

Et

COLONIENSEM,

Ex alterâ.

Ulmæ 14. Martii 1647.

</td><td>

TRAITÉ

DE TREVE

Entre le

ROI DE FRANCE

La

REINE DE SUEDE

Et la

LANDGRAVE

De

HESSE-CASSEL,

D'une part:

ET LES ELECTEURS

DE BAVIERE

Et de

COLOGNE,

De l'autre.

A Ulm le 14. Mars 1647.

</td></tr>
</table>

La France & la Suéde. L'Electeur de Baviére. Les Députez du Roi de France & de l'Electeur de Baviére. La Trêve entre le Roi de France, la Reine de Suéde, & la Landgrave de Hesse d'une part; & les Electeurs de Baviére & de Cologne d'autre. La Trêve durera non seulement jusqu'à la Paix universelle d'Allemagne, mais de toute la Chrétienté. Le Roi de France pourra continuer le siége de Tubingue. Toutes hostilitez cesseront. L'Electeur de Baviére pourra avoir des gens de guerre dans tout le Cercle & Province de Baviére, & auſſi dans le haut & bas Palatinat deça le Rhin & en tirer des Contributions. Les quartiers pour l'Electeur de Baviére. L'Electeur de Baviére pourra avoir des Garniſons à Kaufburen. L'Electeur de Baviére ne pourra demander aucunes contributions au bas Palatinat de là le Rhin. Les gens de guerre de France & de Suéde n'auront aucun paſſage dans la haute & baſſe Baviére. Les gens de guerre de France & de Suéde pourront avoir leur libre paſſage au haut & bas Palatinat deça le Rhin. Les Sauvegardes ſeront entretenues. Ce que la France retiendra ès Seigneuries du Palatin de Neubourg. Les Electeurs de Baviére & de Cologne n'aſſiſteront de gens de guerre l'Empereur, le Roi d'Eſpagne, le Duc Charles de Lorraine, le Landgrave de Heſſe-de-Darmſtat. Les Electeurs de Baviére & de Cologne n'uſeront d'aucune hoſtilité contre les Confédérez & Adhérans des Couronnes de France & de Suéde. Les gens de guerre des Electeurs de Baviére & de Cologne ſe pourront mettre au ſervice du Roi de France ou de la Reine de Suéde. Les Electeurs de Baviére & de Cologne empêcheront de tout leur pouvoir à ce que leurs gens de guerre ne ſe mettent au ſervice de l'Empereur, du Roi d'Eſpagne, & du Duc de Lorraine, ni du Landgrave de Heſſe-de-Darmſtadt. La République de Veniſe pourra retenir une partie de ces gens de guerre, pour s'en ſervir contre le Turc. Les Electeurs de Baviére & de Cologne ne permettront pas que les Ennemis des deux Couronnes lévent des gens de guerre dans leurs païs ou qu'ils y logent. Il ſera loiſible aux deux Couronnes & à la Landgrave de Heſſe-Caſſel d'aſſiéger & prendre les Villes & Châteaux de l'Archevêché de Cologne & des Evêchez de Munſter, Hildesheim, & Paderborne ; où il y a Garniſon de la part de l'Empereur & de ſes adhérans. Et d'y mettre des Garniſons ſi la néceſſité de la guerre le requiert, ſauf à l'Electeur de Cologne ſes droits & revenus. L'Electeur de Cologne fera une déclaration des lieux où il a Garniſon, & du nombre des gens de guerre. Les contributions miſes de la part de la Reine de Suéde & de la Landgrave de Heſſe en l'Archevêché de Cologne & ès Evêchez de Munſter, Paderborne, & Hildesheim ſeront modérées. Et ne s'en fera davantage à l'avenir. Waſſebourg ſera rendu à l'Electeur de Baviére. La Ville d'Augsbourg demeurera neutre & le Duc de Baviére en retirera ſa Garniſon. Le Duc de Wirtemberg ſera rétabli en ſes Villes & Châteaux que l'Electeur de Baviére occupe. Sont exceptez de cette reſtitution Heidenheim, & trois Monaſtéres de la Seigneurie du Duc de Wirtemberg qui demeureront à l'Electeur de Baviére. L'Electeur de Baviére pourra lever des contributions pour l'entretenement de ſes Garniſons au Duché de Wirtemberg & les Villes de Rotweil, Fribourg, & Wildeſtein. Les priſonniers de Guerre ſeront mis en liberté. S'il eſt contrevenu au Traité par des particuliers. Les Fugitifs. Le Commerce ſera libre de part & d'autre de toute ſorte de Marchandiſes. Excepté pour le regard des munitions de guerre, qui ne ſeront délivrées aux Ennemis des Couronnes de France & de Suéde. Qu'il ſoit fait ſatisfaction à la Couronne de Suéde & à la Landgrave de Heſſe-Caſſel. Ce Traité ſera ratifié par le Roi de France dans ſix ſemaines. Hailbron. Heidenheim. Otages pour la Paix. Du temps que la ratification ſera délivrée.

<table>
<tr><td>

NOtum ſit omnibus ſequentia capita lecturis aut legi audituris, quòd inter ſacram Regiam Majeſtatem Chriſtianiſſimam Regem Galliæ & Navarræ, & Sereniſſimam Reginam & Coronam Sueciæ, pro ſuarum Majeſtatum Hæredibus, Succeſſoribus, regnis, & regionibus, atque exer-

</td><td>

SOit notoire à tous ceux qui liront ou entendront lire ces préſentes, qu'entre ſa ſacrée & très-Chrétienne Majeſté le Roi de France & de Navarre, & la Séréniſſime Reine & Couronne de Suéde, tant pour eux que pour leurs Héritiers, Succeſſeurs, Royau-

</td></tr>
</table>

1647.

*exercitibus omnibus; ficuti etiam pro harum dua-
rum fœdere conjunctarum Coronarum Confœderatis & Adhærentibus in Germaniâ, præfertim e-
tiam pro celfiffimâ Principe Æmiliâ-Elifabethâ inferioris Haffiæ Regente, ex unâ parte : & inter Sereniffimum Electorem Maximilianum Ducem Bavariæ, tum pro fuis Hæredibus, Succef-
foribus, totâ Electorali Domo, & Regionibus omnibus & Exercitibus & militibus, tum pro Domino fratre reverendiffimo & fereniffimo Electore
Colonienfi, ejufdem Archiepifcopatibus, Epifcopati-
bus, Regionibus, & Ditionibus omnibus, atque
etiam cum reverendiffimo & fereniffimo Coadjutore Principe Maximiliano Henrico : Interftitium
bellicum conclufum eft; poftquam priùs pro Rege
Chriftianiffimo in hunc finem a Celfiffimo Principe Longuevillano & Legatione Gallicâ Monafte-
rienfi & a Principe Turenio, Alexander de Broville-de-Traci Tribunus militum, Confiliarius Regis, & Commiffarius generalis; & Antonius de
Marcilli-de-Croiffi in fupremo Parlamento Sena-
tor, in hanc Civitatem Imperialem Ulmenfem cum
poteftate plenariâ ablegati funt; qui cum Sereniffimi Ducis Electoris Bavariæ ad hos Tractatus cum plenitudine poteftatis ablegatis Miniftris
Domino Generali tormentorum & Colonello Baro-
ne de Baufchemberg, Domino Kytner-de-Knitz
Confiliario bellico, & Domino Schaffer Confiliario
bellico, & Bavarici exercitus generali Commiffa-
rio, poft diverfos Congreffus & invicem habitos
difcurfus & colloquia ad ineundam cum Rege
Chriftianiffimo amicitiam, & ab actionibus
hoftilibus ceffationem; in fequentia convenerunt
& concluferunt.*

*I. Inter Sacram Regiam Majeftatem Chriftia-
niffimam & Majeftatem Suam Reginam Suetiæ
& utrique Coronæ Fœderatam celfiffimam Principem Landgraviam Æmiliam-Elifabetham inferioris Haffiæ Regentem, ipforum omnium Hæredes
& Succeffores ab unâ parte; Sereniffimos Electores Bavariæ & Colonienfem, ipforunque Succeffores, & hæredes; item Maximilianum-Henricum
ex eadem ftirpe & fanguine Principem jam defig-
natum Sereniffimi Electoris Colonienfis Coadjuto-
rem, ab altera parte : a die hodierno quo hæc
fequentia conclufimus ufque ad Pacem univerfalem
in Germaniâ & in Orbe Chriftiano futuram, Induciæ plenariæ funto & nullius arma ulli ex his
invicem quidquam noceant, fed fequentia utrimque ftrictè obferventur. Regi tamen Chriftianiffimo
obfidionem Tubingenfem ad finem perducere liceat.*

*II. In pofterum Regis Chriftianiffimi, Reginæ
Suetiæ, celfiffimæ Principis Landgraviæ & Sereniffi-
morum Electorum Bavariæ & Coloniæ exercitus, præfidia, copiæ, atque milites, ab omnibus
hoftilitatibus invicem ceffabunt; neque conflictu,
obfidionibus, exactionibus, aut ullâ moleftiâ
bellicâ quicquam contra regiones, fubditos, mi-
litiam, tentabunt. Item ne præfidiarii milites
excurrant, nec aliquid mali moliantur, pari ratione conventum eft.*

*III. Totus Circulus Bavaricus, & in hoc
Circulo tenore Matriculæ Imperialis comprehenfi
Status, cum fuperiore & inferiore Palatinatu,
quatenus cis Rhenum eft, pro alendis militibus
Bavaricis & eorum quartiriis libere ufque dum
Pax Generalis in Imperio Romano fequatur,
atque impofitionibus & exactionibus militaribus
& hibernis quartiriis relinquantur & permaneant penes Sereniffimum Electorem Bavariæ; &
cum hæ regiones bello majori ex parte fint exhauf-
tæ, & ad maximam paupertatem redactæ, idcirco tradentur jam exercitui Bavarico pro ufu
& quartiriis ftatus & quartiria omnia inter fluvios Mindel & Licum, ficut etiam loci, exceptis
ad*

1647.

yaumes, Terres, & armées, comme auffi pour
les Adhérans & Confédérez en Allemagne de
ces deux Couronnes Alliées, nommément pour
la très haute Princeffe Emilie-Elizabet Régente de la Heffe inférieure d'une part : & entre
le Séréniffime Electeur Maximilien Duc de
Bavière tant pour lui que pour fes Hoirs, Succeffeurs, toute la Maifon Electorale, & fes
Païs & armées, principalement pour le Révérendiffime & Séréniffime Electeur de Cologne
fon frère, fes Archevêchez, Evêchez, Païs
& Terres de fon obéiffance, & auffi pour fon
Révérendiffime & Séréniffime Coadjuteur le
Prince Maximilien-Henri, d'autre part : il a
été conclu un Traité de Trêve par les Srs. A-
lexandre de Broville-de-Traci Maréchal de
Camp & Commiffaire Général, & Antoine de
Marcilli-de-Croiffi, Confeiller en la Cour de
Parlement, Députez au nom de Sa Majefté
très-Chrétienne par le très-haut Prince le Duc
de Longueville & fes Adjoints Plénipotentiaires de France au Congrès de Munfter & par le
Prince de Turenne; & le Sr. Baron de Baufchemberg Général d'Artillerie & Colonel, le Sr.
Kitner de Knitz Confeiller de guerre, & le Sr.
Schaffer Confeiller de guerre & Commiffaire
Général, au fervice du Duc de Bavière; tous
affemblés en cette Ville Impériale d'Ulm avec
Pleins-pouvoirs: après diverfes Conférences pour
rétablir l'amitié entre leurs Maîtres & faire ceffer les hoftilitez, ils font convenûs de ce qui
fuit.

(marginal note) L'Electeur de Bavière.

(marginal note) Les Députez du Roi de France & de l'Electeur de Bavière.

I. Eft faite fufpenfion générale & ceffation
d'armes entre les Parties fufdites dans l'Allemagne & l'Empire Chrétien, à compter du jour
de la conclufion des préfentes jufques à la Paix
Générale. Il fera cependant loifible au Roi
très-Chrétien de conduire le fiége de Tubingue
à fa fin.

(marginal note) La Trêve entre le Roi de France, la Reine de Suéde, & la Landgrave de Heffe d'une part; & les Electeurs de Bavière & de Cologne d'autre. La Trêve durera non feulement jufqu'à la Paix univerfelle d'Allemagne, mais de toute à Chrétienté. Le Roi de France pourra continuer le fiége de Tubingen.

II. Les armées, troupes, garnifons & Soldats du Roi très-Chrétien, de la Reine de Suéde
& de la Landgrave de Heffe; & des Sérénif-
fimes Electeurs de Bavière & de Cologne, feront ceffer à l'avenir entr'eux toutes hoftilitez, combats, fieges, invafions, exactions,
courfes, pillages, & en général toutes éxécutions militaires.

(marginal note) Toutes hoftilitez cefferont.

III. Tout le Cercle de Bavière & les Etats
y compris par la Matricule Impériale, entre
cette partie du Lech & du Danube, & même
les Terres dépendantes du haut & bas Palatinat qui font au deça du Rhin demeureront
audit Duc jufques à la Paix Générale, pour y
prendre fes quartiers & tirer les contributions
pour les fubfiftances de fes troupes: & d'autant
que tous lefdits quartiers font déja ruinez, il
eft accordé qu'elles prendront pour leurs quartiers préfens les lieux fituez entre les riviéres
de Mindel & du Lech jufques à Schengau;
y

(marginal note) L'Electeur de Bavière pourra avoir des gens de guerre dans tout le Cercle & Province de Bavière, & auffi dans le haut & bas Palatinat deça le Rhin & en tirer des contributions.

1647.

ad Danubium hoc capite infra nominandis locis; tamen hi Status & loca quæ non proprie Dominii Electoris Bavariæ sunt inter Licum & fluvium Mindel usque ad Schengaviam, & nominatim comprehenso Kaufbeuren inclusive tantum usque ad futuram ratihabitionem duarum Coronarum Galliæ & Sueciæ, Bavaricis militibus permanebunt. Nominatim tamen conventum est ut in eodem inferiori Palatinatu ultra Rhenum nihil plane contributionis Bavarici prætendant.

IV. Per Bavariam superiorem & inferiorem numquam fœderatarum Coronarum exercituum vel earundem copiarum fiat transitus: quod si autem contingeret, & belli ratio exigeret, per reliqua quartiria extra Bavariam vel etiam inferiorem & superiorem Palatinatum cum exercitibus & copiis dictarum Coronarum & earum adhærentium transire; hoc tempestive præmissis Litteris præsignificetur serenissimo Electori Bavariæ, a supremo horum exercituum & copiarum Duce, ut possit mittere Commissarios qui quartiria pro militibus disponant, quibus Commissariis libera quartiriorum dispositio remanebit, in quibus etiam milites nequicquam auferendo sive exigendo subditis sint molesti; Quartiria etiam numquam in Civitatibus, arcibus, & locis muris cinctis fiant: Salvæ-guardiæ Serenissimorum Electorum & eorum Officialium generalium a nullis violabuntur, sed intactæ sine molestiâ relinquantur. Liceat quoque Officialibus & Militibus Salvæ-guardiæ vel præsidii in quovis loco positis & constitutis, etiam ope illorum Subditorum omnem vim illatam vi repellere: & si tales aggressores locorum Salvisguardiis vel præsidiis munitorum resistendo vulnerentur aut omnino occidantur, juste hoc factum sine contradictione aut violatione nostri conclusi censeatur. Liberum tamen sit ad talia evitanda Ducibus qui transeuntes exercitus vel copias ducunt, ejusmodi locis scriptas & vivas Salvasguardias permittere imponere, atque Bavaricis adjungere solummodo donec exercitus vel copiæ transierint. Manebunt etiam Regi Christianissimo ex Circulo Bavarico Launinga, Gundelsinga, Hochstedium, & loca inter Ulmam & Donawertam sita, quæ Ducatûs Neoburgici sunt. Quamvis etiam superiori capite conventum sit ut Serenissimus Elector Bavariæ usque ad conclusionem Pacis generalis superiorem & inferiorem Palatinatum quatenus cis Rhenum est, possideat, ita tamen & in tantum ut milites Regis Christianissimi & ipsius Fœderatorum etiam ex inferiori Palatinatu quatenus cis Rhenum est, eò usque, nihil exigant amplius; nihilominus tamen iis conditionibus fiet ut Serenissimæ familiæ Palatinæ juri nihil derogetur, nec quicquam de novo Serenissimo Duci Bavariæ hac Transactione acquiratur; sed causa integra quæ non est hujus loci, ad Comitia Monasterii & Osnabrugæ deferatur.

V. Serenissimi Electores Bavariæ & Coloniæ a Ferdinando tertio Romanorum Imperatore, Rege Hispaniæ, Domo Austriaca, ipsius confœderatis aut adhærentibus, nominatim verò Duce Carolo, Lantgravio Darmstadino, arma statim revocabunt, & iis imposterum opem nullam ferent, aut militaribus auxiliis & consiliis, aut aliâ ratione directè sive indirectè juvabunt. Promittunt quoque se nihil hostile contra Confœderatos Regis Christianissimi aut Adhærentes, sive in Imperio sive extra Imperium sint, neque jam nec imposterum facturos. Liberum sit Serenissimis Electoribus Bavariæ & Coloniensi ante ratihabitionem Regis Christianissimi, & Reginæ Sueciæ copias quasdam dimittere; dum tamen quo & quando eos exauctorabunt, Imperatoriæ Regiæ Majestatis Christianissimæ & Reginæ

Sueciæ

---

y compris nommément Kaufbeuren jusqu'à la ratification des deux Couronnes : excepté ceux qui sont dénommez ci-après, & entr'autres le bas Palatinat, au delà du Rhin, dans lequel l'armée Bavaroise ne levera aucune contribution.

IV. Il ne se fera aucun passage d'armées ou des troupes des Confédérez par la haute & basse Bavière : & au cas que par raison de guerre il soit requis de passer par le haut & bas Palatinat, les Chefs des armées le feront savoir par Lettres à sadite Altesse Electorale, afin qu'il envoye ses Commissaires pour disposer des quartiers & distribuer les Sauvegardes, de part & d'autre, lesquels Commissaires tiendront la main à ce que les Soldats ne prennent & n'exigent rien des Sujets des Parties ; qu'il y ait des quartiers bien réglez & des Sauvegardes entretenuës dans les Villes, Citadelles & lieux ceints de murailles, dont la sureté sera inviolablement observée. Il sera aussi permis aux Officiers & Soldats postez dans quelque lieu que ce soit à titre de Sauvegardes ou de Garnisons, de repousser les ataques de ceux qui violeront le repos public ; & les infracteurs qui auront été tuez dans ces occasions seront censez justement punis, sans qu'on puisse regarder leur mort comme une infraction, du présent Traité : cependant pour éviter de pareils malheurs les Généraux qui passeront par ces lieux avec leurs armées, y feront poser leurs Sauvegardes jusqu'à ce que les troupes soient defilées : Demeureront néanmoins au Roi très-Chrétien dans le Cercle de Bavière les Villes de Launigen & Gundelsingen, Hochstedt, & les lieux qui sont entre Ulm, & Donawert dépendans du Duché de Neubourg. Encore que par les Articles précédens, il soit dit que ledit Electeur de Bavière retiendra le haut & le bas Palatinat jusques au tems de la Paix générale ; cela se doit entendre que par la Transaction présente ledit Electeur n'acquiert aucune chose, & ne sera en aucune façon dérogé aux droits de la famille Palatine : la décision de laquelle cause est renvoyée à l'Assemblée de Munster & d'Osnabrug.

V. Les Sérénissimes Electeurs de Bavière & de Cologne retireront leurs armées de Ferdinand III. Empereur, du Roi d'Espagne, des Adhérans & Confédérez de la Maison d'Autriche, nommément du Landgrave de Darmstat, & ne leur donneront ci-après aucun secours, soit par armées ou conseils, directement ou indirectement. Promettent aussi de ne rien attenter hostilement, ni au dedans ni au dehors de l'Empire ni présentement ni à l'avenir, contre les Confédérez & Adhérans du Roi très-Chrétien. Sera libre auxdits Electeurs de congédier leurs troupes avant la ratification des deux Couronnes ; à condition qu'ils indiqueront aux Chefs des armées leurs Majestez le lieu & le jour de leur licen-

1647.
Les quartiers pour l'Electeur de Bavière.

L'Electeur de Bavière pourra avoir ses garnisons à Kaufbeuren.

L'Electeur de Bavière ne pourra demander aucunes contributions au bas Palatinat de là le Rhin.

Les gens de guerre de France & de Suède n'auront aucun passage dans la haute & basse Bavière.

Les gens de guerre de France & de Suède pourront avoir leur libre passage au haut & bas Palatinat deçà le Rhin.

Les Sauvegardes seront entretenues.

Ce que la France retiendra és Seigneuries du Palatin és Neubourg.

Les Electeurs de Bavière & de Cologne n'assisteront de gens de guerre, l'Empereur, le Roi d'Espagne, le Duc Charles de Lorraine, le Landgrave de Hesse de Darmstat.

Les Electeurs de Bavière & de Cologne n'useront d'aucune hostilité.

1647.

Sueciæ exercituum significabunt, ut si velint suos illuc ablegent & subælegent, qui ex his militibus tot quot poterunt conscribant, partibusque suis adducant. Exhibita verò a Rege Christianissimo & Regina Sueciæ Ratihabitione, detentis tantùm, quantùm sat erit, copiis ad Urbiumque omniumque ditionum quas possident necessariam securitatem, alias dimittent : & ne dicti milites Bavarici & Colonienses quocumque tandem prætextu aut ratione ad Cæsaris, Regis Hispaniæ, Ducis Caroli, Landgravii Darmstadii, aut fæderatarum Coronarum hostium, castra transeant aut transfugiant, pro viribus juvabunt. Maneat quoque in potestate Serenissimorum Electorum ante vel post futuras ratihabitiones, quasdam Legiones integras Serenissimæ Reipublicæ Venetæ tradere, ut iis contra Orbis Christiani hostem Turcam uti possint : caveant tamen Commissarii Serenissimæ Reipublicæ Venetæ non in finem alium adduci, neque contra Regem Christianissimum, Confæderatos & Adhærentes sive in Imperio sive extra Imperium sint, inservituras. Contra Coronas fædere junctas & earum Confæderatos aut Adhærentes supra nominati Domini Electores in suis regionibus & quartiriis nihil omnino hostile admittent, neque concedent ut in suis regionibus contra Suas Majestates & iis junctos fædere, milites conscribantur ; multò minùs hostium illorum exercitus vel milites in suis regionibus recipiant aut eos nullâ ratione juvent.

VI. Ut Cæsareani aut eorum Adhærentes arces, propugnacula, urbes, omnia denique loca derelinquant, quæ vel Archiepiscopatûs vel Episcopatuum & ditionum Serenissimi Electoris Coloniensis sunt, sua Serenitas pro viribus efficere conabitur. Si verò obtinere hoc nequeat Confæderatis licebit eas obsidere, expugnare, & imposita præsidia extra dimittere ; ne: hoc casu sua Serenitas aut designatus Coadjutor Dux Maximilianus-Henricus unquam abscessit opem feret, aut ullâ ratione juvabit & si necessitas non exigat, hujusmodi locis bello iterum captis præsidia Coronarum fœderatarum imponere hoc in bonum suæ Serenitatis intermittetur, & cum omni jure suæ Serenitati restituentur : quòd si verò belli ratio requirat ejusmodi locis vi captis nova præsidia imponere, tamen omnia jura, reditus eorum locorum, officia & jurisdictiones in civilibus & ecclesiasticis maneant penes arbitrium Serenissimi Electoris Coloniensis. Declarabit autem bonâ fide Serenissimus Elector cum ratihabitiones hujus Tractatûs exhibebit, omnia loca in quibus propria præsidia habet ; simul etiam nomina Legionum & numerum militum tradet, ut hi omnes his pactis includantur & fruantur. De diminutione impositionum & contributionum convenient proximè Deputati Regiæ Majestatis & Coronæ Sueciæ atque celsissimæ Principis Landgraviæ cum Electoris Coloniensis Deputatis. Intra omnes executiones extraordinariæ & ulteriores impositiones omnino intermittentur.

VII. Quandoquidem Regis Christianissimi Deputati urserunt ut Heilbronâ præsidium educeretur, & Gallicum imponeretur, promiserunt Deputati Bavarici Serenissimi Electoris Bavariæ milites ex hac urbe dimittere, & Regis immittere, quamprimum super hoc capite Serenissimi Electoris ratihabitio sequetur, pro quâ citius obtinendâ & adferendâ unus ex Deputatis Bavaricis ad suam Serenitatem discedet. Restituetur etiam simul Wasseburgum Serenissimo Electori Bavarico, tormenta verò mortaria, arma quoque alia, pulveres tormentarii, annonæ, globi, & similia bellica, quæ in illâ urbe Serenissimi Electoris sunt, suæ Serenitati pro libitu inde avellere liceat, ut hæc eidem a Regiâ Majestate Christianissimâ aut

Com-

1647.

cencement, pour déléguer des personnes qui leur persuadent de se mettre à leur service : & ladite ratification étant venue après avoir mis suffisante garnison dans les Villes & Forteresses pour leur sûreté, ils congédieront tout le reste de leurs armées, & empêcheront de tout leur possible, qu'elles ne prennent le parti de l'Empereur, du Roi d'Espagne, du Landgrave de Darmstat ou autres Ennemis des Couronnes confédérées. Sera libre néanmoins auxdits Electeurs de donner avant ou après ladite ratification quelques régimens à la République de Venise, pour s'en servir contre le Turc à condition que les Commissaires de ladite République pourvoiront à ce qu'elles ne soient plus employées contre le Roi très-Chrétien & ses Confédérez, contre lesquels aussi lesdits Electeurs ne permettront qu'il soit fait aucune levée de Gens de guerre, soit en leurs propres terres ou és quartiers qui leur seront assignez ; & moins encore qu'ils les reçoivent & logent esdits lieux, ou leur prêtent aucune aide & faveur.

VI. Sadite Altesse Electorale tiendra la main à ce que les Impériaux & leurs Adhérans, quittent les Villes, Forteresses, & Châteaux qui dépendent des Evêchez & Etats de Cologne. Que si elle ne peut en venir à bout, il sera permis auxdits Confédérez d'assiéger & prendre lesdites Places, & mettre hors lesdites Garnisons : auquel cas lesdits Electeurs ni le Duc Maximilien Henri, Coadjuteur, ne leur prêteront aucun secours. Lesdits lieux seront rendus à son Altesse Electorale, en cas que l'intérêt des Couronnes ne les force pas d'y mettre Garnison : mais si elles sont contraintes de les garder, les droits & revenus desdites Places tant Ecclésiastiques que Civils demeureront à sadite Altesse Electorale de Cologne, laquelle au jour qu'elle ratifiera le présent Traité, donnera par écrit la déclaration des lieux où elle voudra tenir ses Garnisons, & le nombre de ses Regimens pour y être compris. Les Députez de leurs Majestez le Roi de France & la Reine de Suéde & de la Landgrave, conviendront avec ceux de l'Electeur de Cologne de la diminution des contributions ; & dans cet intervalle on surseoira celles qui ont été extraordinairement imposées.

VII. Les Députez du Roi très-Chrétien ayant requis que la Garnison Bavaroise sortît de Hailbron, pour y en mettre une de sadite Majesté ; les Députez de sadite Altesse Electorale de Bavière ont promis de ce faire, dès aussitôt que la ratification sera arrivée de sa part ; pour laquelle hâter sera promptement envoyé un desdits Députez à sadite Altesse, à condition toutefois que le lieu dit Weissembourg lui sera pareillement rendu, comme aussi tous les canons, mortiers, boulets, poudres & armes, qui se trouveront lui apartenir en propre dans ladite Ville de Heilbron : & quant aux autres choses elles demeureront dans ladite Place. Ledit Sérénissime Electeur de Bavière retirera aussi-

tôt

contre les Confédérez & Adhérans des Couronnes de France & de Suéde.

Les gens de guerre des Electeurs de Baviére & de Cologne se pourront mettre au service du Roi de France ou de la Reine de Suéde.

Les Electeurs de Baviére & de Cologne empêcheront de tout leur pouvoir à ce que leurs gens de guerre ne se mettent au service de l'Empereur du Roi d'Espagne, & du Duc de Lorraine, ni du Landgrave de Hesse-Darmstat.

La République de Venise pourra retenir une partie de ces gens de guerre, pour s'en servir contre le Turc.

Les Electeurs de Baviére & de Cologne ne permettront que les Ennemis des deux Couronnes lévent des gens de guerre dans leurs pais ou qu'ils y logent.

Il sera loisible aux deux Couronnes & à la Landgrave de Hesse-Cassel d'assiéger & prendre les Villes & Châteaux de l'Archevêché de Cologne & des Evêchez de Munster, Hildesheim & Paderborne ; où il y a Garnison de la part de l'Empereur & de ses Adhérans.

Et d'y mettre des Garnisons si la nécessité de la guerre le requiert ; sauf à l'Electeur de Cologne ses droits & revenus.

L'Electeur de Cologne fera une déclaration des lieux, où il a Garnison & du nombre des gens de guerre.

1647.

Commissariis persolvantur; si quæ verò sint urbis tormenta, globi, annonæ, & alii bellici apparatus, ibidem remaneant. Idem Serenissimus Elector Bavariæ post hujus Transactionis a Rege Christianissimo & Reginâ Sueciæ ratihabitiones acceptas, omnes & singulos suos milites statim Augustâ Vindelicorum tum emittat; atque curabit ut Magistratus & Cives ibidem imposterum ad neutras partes accedant, & scripto caveant se nullum aliud præsidium Regi Christianissimo & Confæderatis adhærentibus infensum admissuros, nec contra Suam Majestatem Christianissimam ejusque Confæderatos quicquam facturos sed in statu neutralitatis fideliter permansuros: quibus vicissim Coronæ confæderatæ promittunt se nihil hostile contra hanc Civitatem tentaturos, sed, ut neutralitate fruantur Augustani & ab omnibus oneribus liberi sint, effecturos.

VIII. Arces quoque, munimenta, & urbes quæ Serenissimus Elector Bavariæ ab Illustrissimo Principe Wirtembergico suis jam præsidiis occupat, & jam in potestate habet, post omnium horum præcedentium & subsequentium ratihabitionem a Coronis Confæderatis, eidem Principi restituet: liberum autem erit suæ Serenitati Electorali ante hanc restitutionem tormenta, arma, pulveres tormentarios, globos, & alia ad bellum pertinentia & annonam quam ad hæc præsidia Serenissimus Elector Bavariæ adferri curavit, inde pro suo arbitrio avellere & reducere. Ab hac tamen restitutione excipitur Heidenheimium cum tribu in hoc Dominio sitis Monasteriis Koningsbronam, Anhausen, & Herprechsen cum suis appartinentiis locis, quia hoc Dominium Serenissimus Elector titulo alio possidet, & decisio hujus negotii Monasterio expectatur. Pro sustentandis Præsidiis quæ in Ducatu Wirtembergensi Serenissimus Elector occupat, necessaria alimenta usque ad traditionem, quæ post ratihabitionem Coronarum fieri debet, ex iisdem exigantur, in illis locis unde hactenus fuerunt adducta. Item pro præsidiis Rotweilii, Friburgi, & Wildestein liberum erit Serenissimo Electori Bavariæ ex locis circumjacentibus eadem quæ hactenus alimenta necessaria, donec Regis Christianissimi ratihabitio tradatur, exigere; tradita verò de numero præsidiorum militum in his locis prænominatis eorumdemque sustentatione inter Ministros Regis Christianissimi & Serenissimi Electoris Bavariæ conveniet; idem fiat cum Electoris Coloniensis præsidiis. Cautum tamen est, ne ulla præsidia imposita in Wildestein, Rotweil, & Friburgum Coronarum fæderatarum hostes unquam immittant, nec eos ullâ ratione juvent sed neutrarum partium sint.

IX. Tribunus militum, item Præfectus vigiliarum Domini Schomberg & Rosa, & si qui sint bello capti, absque ullo lytro post ratihabitionem Serenissimi Electoris, ab utraque Parte liberabuntur.

X. Si militibus Officialibusque contigerit his Induciarum conditionibus aliquid contrarium admittere aut committere; præpositi eorum Generales aut Officiales seu præsidiorum Commendantes, auctores participesque facinorum vel malorum ita punient, ut severitate pænæ a similibus patrandis alii deterreantur. Si verò in flagranti deprehendantur, multabuntur aut carceribus injicientur, donec a suis superioribus pro qualitate delicti puniantur. Et si unus aut alter vel plures propter spolia, aut alia facinora commissa in flagranti deprehensi ab aliis ex justâ causa punirentur, ideo tamen armistitium hoc nullo modo violatum vel ruptum esse censebitur; & si qui Officiales, milites aut famuli ab exercitibus vel suis dominis aufugiant, sive aliquid mali perpetrent, ad petitionem Partis læsæ tradantur.   *XI. Re-*

...tôt que la ratification des Couronnes confédérées sera arrivée, tous les Soldats qu'il tient dans la Ville d'Augsbourg, & procurera que le Magistrat & Bourgeois de ladite Ville ne reçoivent aucune Garnison ennemie & demeurent en bonne & fidelle neutralité: promettant lesdites Couronnes confédérées qu'elles ne commettront aucunes hostilitez contre ladite Ville, & qu'au contraire elles la feront jouïr des avantages de la neutralité & empêcheront qu'elle ne soit molestée par qui que ce soit.

VIII. Les Châteaux, Forteresses, & Villes, qui apartiennent à l'illustre Prince de Wirtemberg, & qui sont occupez par les Garnisons du Sérénissime Electeur de Bavière, lui seront rendus, en retirant l'artillerie, les armes, poudres, boulets, grains & autres dépendances de guerre qu'il y a mis. Est néanmoins exceptée de cet Article la Ville de Heidenheim & les trois Monastéres qui y sont situez, Koningsbron, Anhausen, & Herprechsen, avec leurs dependances; parce que le Sérénissime Electeur possède ces lieux par un titre diférent, dont la connoissance & décition est remise à l'Assemblée de Munster. Et toutefois permis audit Electeur de Bavière de tirer les subsistances nécessaires pour les garnisons de Rotweil, Fribourg, & Wildestein, des lieux circonvoisins; jusques au jour de la ratification du Traité, laquelle étant venue les Députez de l'un & de l'autre parti conviendront du nombre des Soldats & dés moyens de les entretenir: comme aussi à ce que lesdites Garnisons de Rotweil, Wildestein, & Fribourg ne reçoivent dans leurs enclos & n'aident les ennemis des Couronnes confédérées; mais observent la neutralité.

IX. Le Maréchal de Camp de Schomberg & le Général Major Rose, ensemble tous les autres prisonniers seront relâchez de part & d'autre, incontinent après la ratification faite par son Altesse Electorale de Bavière.

X. S'il arrivoit que quelques Officiers ou Soldats contrevinssent en quelque chose à ce Traité, leurs Généraux ou les Commandans des Garnisons les feront punir si sévérement, que les autres en soient intimidez. Ceux que l'on surprendra en flagrant délit seront mis en prison, pour y atendre le châtiment qui sera ordonné par leurs Supérieurs. Si un ou plusieurs étoient pris chargez de dépouilles ou par raport à d'autres crimes par ceux de l'autre parti, & punis pour ces raisons; ces éxécutions ne passeront pas pour des infractions. Les Transfuges & Déserteurs seront rendus à leurs Maîtres, lorsqu'ils les requéreront.

   XI. Le

Marginal notes:

1647. Les contributions mises de part de la Reine de Suède & de la Landgrave de Hesse & l'Archevêque de Cologne & és Evêchés de Munster, Paderborn & Hildesheim seront modérées.

Et ne s'en fera davantage à l'avenir. Wassembourg sera rendu à l'Electeur de Bavière.

La Ville d'Augbourg demeurera neutre & le Duc de Bavière en retirera la garnison.

Le Duc de Wirtemberg sera rétabli en ses Villes & Châteaux que l'Electeur de Bavière occupe.

Sont exceptez de cette restitution Heidenheim & trois Monastéres de la Seigneurie du Duc de Wirtemberg qui demeurent à l'Electeur de Bavière.

L'Electeur de Bavière pourra lever des contributions pour l'entretenement de ses Garnisons du Duché de Wirtemberg & les Villes de Rotweil, Fribourg, & Wildestein.

Les prisonniers de part & d'autre seront mis en liberté.

S'il est contrevenu au Traité par des Particuliers.

Les Fugitifs.

XI. *Regis Christianissimi, Serenissimæ Reginæ Coronæque Sueciæ, celsissimæ Principis Landgraviæ, & Serenissimi Electoris Bavariæ Coloniensisque Subjectis Salvo-conductu scripto ab Officialibus illorum munitis, frumenta, vina, sal, & omnis generis merces terra & aqua in omnibus suis Regnis, Ditionibus, Regionibus, Archiepiscopatibus, Episcopatibus, & quartiriis, tute & libere exercere liceat; neque ab illis quicquam præter solita cujusque Provinciæ vectigalia exigatur: ne tamen sal nitratum, pulverem, arma, bellicos apparatus, aliasque prohibiti commercii merces, Regis Christianissimi aut fœderatarum Coronarum hostibus præbeant, conventum est. Qui autem, ut huc vel illuc cum suis mercibus tutiùs proficiscantur, unum aut alterum vel plures milites sibi adjungi petierint, his non denegetur.*

XII. Si verò Monasterii & Osnabrugæ modo aut ante ratihabitionem Coronarum Armistitium generale vel Pax generalis in Imperio Romano concluderetur, quibus his pactis aliquid contrarium inde statueretur, nominatim & expresse declarant infrasubscripti Delegati plane & omnimode his quæ Legatorum ibidem præsentium consensu sancita erunt, standum esse. Hæc autem non aliter conventa intelligi debent, quàm si Suecis Dominis Ablegatis, & Deputato celsissimæ Principis Landgraviæ Hassiæ satisfiat, & suscepta cum Suecicis iisdem transactio ad finem usque perducatur: ita ut eadem hora utriusque Tractatus Instrumentum subsignetur.

XIII. Cum autem (quod Deus secundùm suam magnam misericordiam avertat,) Pax generalis non sequeretur, quam tamen Rex Christianissimus & Serenissimi Electores pro viribus promovere pollicentur, nihilominus hæc in præcedentibus Capitulis conclusa usque ad finem hujus Belli ab omnibus strictè observentur. Conventum est quoque ut ratihabitio a Serenissimo Electore cum confirmatione celsissimi Principis Turenii statim hic permutetur, atque invicem promittant se omnia hæc suprascripta capita religiose observaturos, & nihil contrarii ulla ratione directè admissuros & facturos.

XIV. Promittunt quoque infrascripti Deputati præter confirmationem a Domino Turenne se post sex a die ratihabitionis Serenissimi Electoris Bavariæ septimanas solemnem a Rege Christianissimo ratihabitionem tradituros: si verò hæc non fierent, Serenissimo Electori Heilbronam, vicissim ipse Wassemburgum Regi Christianissimo restituet.

Et quia Bavarici a suo Domino Electore se non habere potestatem ullam Heilbronam tradendi dicunt, sed tantùm præsidium educendi; ideo se hic non obstringunt per hoc punctum, donec restitutio Wassemburgi in manus Electoris sequatur. Sperant tamen suam Serenitatem consensuram quæ si contra opinionem non fierent, liberos se esse & nulla obligatione obstrictos iidem Deputati Gallici declarant, neque alia ratione Heidenheimium velle tradere quàm priùs cum Domino Turenio colloquantur.

XV. Pro tradendarum Civitatum & locorum assecuratione, mutui obsides quorum electio penes Deputatos maneat, dabuntur: traditi verò libere dimittantur & ad suos tute deducantur. In quorum omnium majorem securitatem & confirmationem, ut dictum est, a Principe Turenio post octo dies, ratihabitiones a Rege intra sex septimanas, a celsissima Principe Landgravia Regente intra octo, a Serenissimo Bavariæ Electore statim ubi redierit ad eum Ablegatus, a Serenissimo Electore Coloniensi, & prædicto Domino Coadjutore Maximiliano Henrico intra octo septimanas tradi-

TOM. IV.

XI. Le Commerce & Trafic sera libre entre les Sujets des Puissances contractantes, & l'on n'imposera point de nouveaux impôts. On excepte cependant du commerce le salpêtre, la poudre, les armes, ou autres munitions de guerre, que l'on ne pourra vendre aux Ennemis du Roi très-Chrétien & des Couronnes confédérées. On est convenu encore que l'on ne refusera point d'escortes aux Marchands qui croiront en avoir besoin pour conduire surement leurs effets.

XII. Si la Paix générale venoit à se conclure à Munster & à Osnabrug, avant la ratification des Couronnes, en laquelle il y eût quelque Article contraire à ces présentes; les Députez soussignez déclarent expressément qu'il faudra s'en tenir à ce qui aura été arrêté en ladite Assemblée générale. Bien entendu néanmoins qu'il sera satisfait aux demandes des Plénipotentiaires de la Couronne de Suède & aux Députez de Madame la Landgrave de Hesse.

XIII. Mais en cas (ce que Dieu par sa grande miséricorde veuille détourner) que la Paix générale ne s'ensuive pas; à laquelle cependant le Roi très-Chrétien & lesdits Electeurs promettent de travailler de tout leur pouvoir; nonobstant cet inconvenient, les Articles conclus & arrêtez ci-dessus seront exactement observez jusqu'à la fin de la Guerre. On est encore convenu que l'échange des ratifications du Sérénissime Electeur & du très-haut Prince de Turenne sera faite incessamment, avec promesse de part & d'autre d'observer religieusement le contenu des présentes.

XIV. Les Députez soussignez promettent de donner dans six semaines la ratification du Roi très-Chrétien, outre celle de Monsieur de Turenne, à compter du jour de la signature de l'Electeur de Bavière: & en cas qu'ils ne le fissent point ils rendront Hailbron audit Electeur, en retenant Weissembourg.

Et d'autant que les Députez de Bavière disent n'avoir aucun pouvoir de rendre Hailbron, mais seulement d'en faire sortir la garnison; ils ne s'obligent point à cet Article, à moins qu'on ne remette en même tems Weissembourg à l'Electeur. Ils croyent cependant que son Altesse y consentira: si cela n'arrivoit pas les Députez de France déclarent qu'ils ne sont obligez en rien sur ce point, & refusent de rendre Heidenheim, ayant que d'en conférer avec Mr. de Turenne.

XV. On donnera des Otages de part & d'autre. Et pour plus grande assurance lesdits Députez ont promis & promettent de faire ratifier à Monsieur de Turenne le contenu au présent Traité dans huit jours, & à Sa Majesté très-Chrétienne dans six semaines, & dans huit à Madame la Landgrave, & au Sérénissime Electeur de Bavière aussitôt après le retour de la personne qui lui est envoyée; & au Sérénissime Electeur de Cologne & à son Coadjuteur le Prince Maximilien-Henri dans huit semai-

K k

tradituros, invicem pollicentur. Ad quorum fidem præsentibus capitulis subscripserunt & tractationem hanc propriis sigillis munierunt. Dabantur Ulmæ Suevorum decima quarta Martii anno millesimo sexcentesimo quadragesimo septimo.

nes. En foi de quoi ils ont soussigné ledit Traité & scellé de leurs armes & cachets. Fait à Ulm en Souabe le 14. de Mars 1647.

LETTRE

du Sieur

BRUN,

PLENIPOTENTIAIRE

D'ESPAGNE

à Messieurs les

TATS GENERAUX

des

PROVINCES-UNIES

du

PAYS-BAS.

De Gorcum le 31. Janvier 1647.

MESSIEURS,

AVant que sortir de Munster, pour passer à Bruxelles, je fis savoir à Messieurs vos Ambassadeurs le desir & dessein, avec lequel j'y allois, qui étoit de conferer avec Monsieur le Marquis de Castel Rodrigo sur les ulterieures dispositions, qui se pourroient rencontrer, pour achever heureusement nos Traitez de Paix avec la France, & accommoder avec vos Seigneuries le seul point, qui reste indecis, touchant la Mairie de Bois-le-Duc. A cette heure, Messieurs, que je m'en retourne avec toutes les lumieres requises pour la perfection d'un si bon œuvre, j'ai crû, que pour y arriver par le plus court & le plus assûré chemin, je devois prendre le mien pres de vos Seigneuries, me fondant sur le Passeport général, qu'elles m'ont donné en l'an 1643. & sur le particulier desdits Seigneurs leurs Ambassadeurs, en date du 8. de ces mois & an, qui permettent tant à moi qu'à mes domestiques, ou envoyez de ma part d'aller & venir dans vos Etats, soit en passant aux Païs-Bas, soit en retournant, & beaucoup plus encore, quand c'est pour des affaires dependantes de la négociation de la Paix universelle, comme il se rencontre en l'occasion présente. Considerant de plus, qu'outre la concession & liberté de mondit passage, établie sur la foi & autorité publique desdits Passeports, qui parlent en termes indefinis, sans aucune restriction, ni limitation de lieux ou de tems; j'avois les exemples journaliers en cas semblables & fort recents, comme en la personne de Madame de Servien, qui prit dernierement son chemin par Bruxelles & Anvers, à son retour en France, bien qu'elle eût pu le beaucoup accourcir par d'autres endroits; tellement que quand je ne serois guidé en ce mien passage, que de la curiosité de voir le siége d'un Conseil tant estimé par tout le monde, comme celui que vos Seigneuries composent, il semble qu'elle ne pourroit être contredite ou traversée, ni par raison, ni par usage. A quoi, Messieurs, l'on peut ajoûter pour un garand irreprochable de la candeur de notre procedé, & de la droiture de nos intentions en tout ce qui regarde nos Traitez avec la France; l'acte solemnel de la plus haute confiance, dont nous pouvions user, en les remettant, ainsi que nous avons fait, à la direction & arbitrage de vos Seigneuries, ce que nous confirmons encore, étant prêts de suivre leurs sentimens, & de venir aux effets de ce que déja plusieurs fois nous leur avons remis, & deferé sur ce sujet; le renouvellement desquels offres doit fermer la bouche à quiconque voudroit chercher quelque prétexte de censure ou de soupçon en la consolation que je prétends me donner de voir vos Seigneuries d'autant même que je suis informé dès Munster, qu'une partie desdits Sieurs les Ambassadeurs repassoit auprès d'elles, en sorte que je pourrai puiser tout d'un tems, & tout d'un coup, dans les ruisseaux, & dans la source, l'eau nécessaire à éteindre ce grand feu, qui embrase presque toutes les parties de la Chrétienté. Ce seroit une chose fort étrange, & peu advenante aux fermes volontez que nous avons reciproquement témoignées jusques ici, à rechercher tous les moyens possibles, & propres pour arrêter le cours des calamitez publiques, si à présent que je heurte à la porte par où je dois entrer au parachevement de cette louable entreprise, elle m'étoit serrée par les mêmes mains qui y doivent cooperer, & que nous avons choisies pour les instrumens de ce saint ouvrage. Ne croyez pas, Messieurs, que je vous veuille importuner par un long séjour, ou par de longs discours. Je vais à vous, la verité toute nuë en la bouche, & la sincerité au cœur, sans ornemens, parures, ni affectations; à l'abord vous les connoîtrez par l'experience & profession, que vous avez coûtume d'en faire, & pourrez les éprouver incontinent, n'étant plus besoin que de deux ou trois jours pour les reduire en pratique, & en faire un essai legitime. Aussi peu prétens-je d'embarasser vos Seigneuries par des ceremonies regulieres en cette saison déreglée, où il convient plutôt tirer à l'essence, & aux réalitez, qu'aux vaines apparences & superfluitez; croyant que toute la préference & prerogative en ces Traitez du repos public écherra à ceux, qui les auront

ront les plus avancez ; & dans cette pieuse
creance mes Collegues & moi accourrons librement en tous les lieux, où nous eftimerons plutôt pouvoir terminer ce combat d'honneur;
mais principalement en ceux où la préfence de
vos Seigneuries pourra empêcher les furprifes,
& decider de la franchife des combatans ; dont
la premiere regle doit être de ne fe point ferrer
la lice l'un à l'autre, & ne point éviter les ap-
proches. Que fi néanmoins vous en jugez autrement pour quelques confiderations fecretes,
& à moi impenetrables, je me contenterai de
prendre, comme quelque autre particulier que
ce puiffe être, le repos dont j'aurai befoin, & de
voir les raretez d'un fi beau & renommé fejour, prenant temps & occafion de vous afsûrer, autant que vous l'aurez pour agréable; des
bonnes volontez du Roi mon Maître envers
le général, & les particuliers de votre Etat, &
du defir que j'ai de me témoigner &c.

SECONDE LETTRE

du Sieur

BRUN,

PLENIPOTENTIAIRE

D'ESPAGNE

à Meffieurs les

ETATS GENERAUX

des

PROVINCES-UNIES

du

PAYS-BAS.

De Deventer le 11. Fevrier 1647.

MESSIEURS,

JE craindrois de tomber en quelque incivilité fi, avant que fortir des Etats de vos
Seigneuries, je manquois à les faluër par ces
lignes, puifque je n'ai pu avoir le bonheur d'y
fatisfaire d'autre forte, & d'une façon plus propre à vous expliquer mes fentimens ; ce que
j'attribue à la difgrace, qu'ont euë mes Lettres
precédentes datées à Gorcum du 31. Janvier,
de ne tomber point en vos mains ; ne pouvant me perfuader que fi vos Seigneuries eus-

fent été affez informez de mon deffein, elles
n'y euffent concouru pour le bien qui en pouvoit refulter à leurs Etats, & au repos de toute
la Chrétienté, auquel nous avons déja reciproquement & conftamment travaillé. A la fuite de tant d'autres preuves que nous avons données de notre fincere & véritable inclination
à la Paix, fe pourra bien encore ajoûter celle
très-evidente de la peine & du foin que j'avois
pris de vous aller remettre, comme à la Juftice
même, la balance & les poids; pour reconnoître, combien en cette matiere de la réunion
des Princes Chrétiens, le balancier tomboit de
notre côté, ou au contraire l'effort que l'on a
fait de la part de la France, pour détourner,
cet effai public & folemnel, eft une marque
évidente de la crainte qu'elle a euë, que l'on
reconnût le peu de réalité qu'il y avoit aux promeffes & proteftations, qu'elle a fi fouvent faites de vouloir conclure les Traitez; lefquelles fe
trouvant de toutes parts contraires aux actes, il
n'eft pas poffible d'en excufer, ou deguifer
plus long tems la nullité : car enfin vous ne
pouvez douter, Meffieurs, que l'on ne nous
aît propofé, pour des conditions infaillibles de
la Paix, la conceffion de tout ce que la France
occupoit fur nous aux Païs-Bas, & en Bourgogne, avec le Comté de Rouffillon, & une
Trêve de 30. ans en Catalogne; à quoi ayant
confenti fur les inftances de Meffieurs vos Ambaffadeurs, & fur les afsûrances qu'ils nous ont
données de la part de la France, que moyennant
l'accompliffement de femblables conditions, la
Paix entre les deux Couronnes fe concluroit en
24. heures; on n'en a vû néanmoins aucun
effet jufqu'à maintenant; mais au contraire des
obftacles nouveaux recherchez de tous côtez,
& en des fujets qui n'avoient aucun raport, ni
avec les intérêts de la France, ni avec la matiere, dont fe devoient compofer lefdits Traitez;
dequoi lefdits Sieurs Ambaffadeurs de vos Seigneuries, ayant voulu rendre quelque témoignage, & tant foit peu avancer du côté de
la Pacification, auffitôt on s'eft attaqué à leurs
perfonnes, les chargeant de reproches, dont le
contrecoup retombe droitement fur les Superieurs; n'étant pas croyable, que des Miniftres
fi qualifiez, en fi grand nombre, choifis en chacune des Provinces, qui compofent le corps
de votre Etat, munis de procurations fi abfo-
luës & authentiques, après avoir travaillé avec
tant de loifir & d'attention, & fi fouvent communiqué, tant par Lettres que par Deputez de
leur Ambaffade avec vos Seigneuries ayent excedé le pouvoir qu'elles leur avoient donné; &
fe foient éloignez de leurs intentions, autrement
ils fe feroient joué de notre travail, & auroient abufé de notre patience, enfemble de
notre candeur en des fujets de telle importan-
tance & conféquence, qu'ils ne peuvent ni
doivent être rendus illuforires, auffi peu fauriez-
vous nier, que la France aît approuvé l'entremife & direction defdits Sieurs vos Ambaffadeurs, pour ledit accommodement des deux
Couronnes, & toutefois après nous avoir mis
en ce chemin, où nous fommes entrez tant
par la confiance de notre propre caufe, que par
celle de votre équité, ne refufant pas d'admettre nos Parties & les Alliez de la France pour
Arbitres ou Compofiteurs; à préfent comme
nous voulons fuivre le même chemin, on
nous en veut ferrer le pas, & empêcher que
nous fourniffions les materiaux néceffaires pour
continuer ladite entremife & direction, auquel
effet ayant defiré de me rendre auprès de vos
Seigneuries pour, fur les déclarations que j'avois

à

à leur faire, & l'éclaircissement que j'avois à leur donner, leur faire toucher au doit, & en suite confesser, qu'il ne tient pas à nous, de traiter avec la France, elle s'y est opposée avec tant de chaleur, qu'elle a bien montré ne chercher ni prétendre aucune satisfaction, que dans la continuation de la guerre : & qui pis est, au lieu de seconder ces témoignages de notre propension à un prompt accord, changeant le nom & l'essence des choses, elle veut les faire passer sous le titre d'une invention captieuse, à separer vos Seigneuries d'avec elle; comme si nous n'avions pas facilité tous les moyens imaginables pour faire marcher les deux Traitez d'un pas égal, & n'avions pas acquiescé à tout ce que Messieurs vos Ambassadeurs ont estimé devoir être fait de notre part, pour parvenir à une heureuse conclusion: nous sommes aussi prêts qu'auparavant pour en venir à l'effet. Mais si du côté de la France on veut toujours chercher de nouveaux éloignemens, & reculer à même que nous avançons, il sera enfin raisonnable d'assigner quelques limites à ce procedé, afin que chacun puisse prendre des mesures justes & assûrées en ce qui le touche; notre but n'a jamais été, ni n'est pas encore, de travailler à cette division, que la France fait sonner si haut & prend pour couverture de toutes ses entreprises contre la Paix; mais si nous trouvons-nous obligez de repeter franchement & nettement, ce que nous avons souvent dit à Messieurs vos Ambassadeurs, que nous n'avons pas entendu, ni n'entendons pas de dependre en ce que nous traitons avec elles de l'autorité supreme, & des arrêts souverains de la Couronne de France : & bien que ce soit à vos Seigneuries d'interpreter les Traitez qu'elles ont faits avec le Roi très-Chrétien; si ne puis-je m'empêcher de dire ce que les personnes les plus desinteressées & aidées seulement du sens commun diroient; sçavoir, que le parti devant être égal entre la France & vos Seigneuries, elles ne traitant que les choses qui les touchent immédiatement, la France en devoit user de même, sans mêler les intérêts de Savoye, de Mantouë, des Grisons & Valtelins, de Don Duarte de Bragance, du prétendu Duc d'Atrie, Prince de Bossolo, Evêque & Chapitre de Liége, & autres semblables qui ne sont aucunement compris en cette société, en laquelle vous êtes entrez avec la France; qui vous tiendroit attachez par cent liens, lorsque vous ne la tiendriez que par un seul; & ce que l'on doit trouver plus étrange, est, que plusieurs de ces intérêts étrangers & recherchez sont imaginaires; sans aveu ni sollicitation de ceux à qui on les fait apartenir, d'où se voit évidemment, que c'est un labyrinthe artificieusement composé, en sorte que ceux qui s'y laissent conduire n'en puissent retrouver la sortie. Il est certain d'ailleurs, qu'à même tems que la France maintient, que vous ne pouvez traiter sans elle, elle ne laisse pas de traiter sans vous, tantôt avec Sa Majesté Impériale & l'Empire; & d'autrefois aussi avec son Altesse Electorale de Baviére, taillant & coupant dans les intérêts de vos Alliez selon son usage seul, comme au regard de la Maison Palatine, de son Altesse Electorale de Brandebourg, & des Villes Hanseatiques, usant de tout ce qui lui est conjoint comme d'un échelon & marchepied, pour monter au sommet de ses vastes desseins, à l'établissement desquels vous avez déja si puissamment contribué par la voye des armes, & par celle des présens Traitez, que la France a surabondamment dequoi être satisfaite, & ne peut sans ingratitude

exiger davantage de vos Seigneuries, ni contraindre leurs Sujets à répandre plus de sang, ou à en tirer de leurs voisins & anciens compatriotes, lorsque les uns & les autres inspirez du Ciel réclament par vœux, & souhaits uniformes, leur mutuelle tranquilité; dont ils ont conçû de si fortes & si prochaines esperances (ainsi que je l'ai remarqué en ce mien voyage) que de leur arracher au tems, qu'ils en pensent cueillir le fruit, c'est les rejetter dès le port au milieu de la tempête; laissant à la prudence de vos Seigneuries de considerer, si ce bien universellement desiré, doit être plus longtems suspendu, tandis que toute l'Europe est en feu, que l'Ennemi commun passe outre à la destruction de la Chrétienté, pendant que la Serenissime Republique de Venise nous tend les bras, & que les cris de tant de victimes immolées à la fureur Ottomane percent les Cieux, sans percer nos cœurs, nous reprochant notre lenteur, & nous accusant devant le Thrône de Dieu de peu de charité; il faudroit se crever les yeux avec ses propres mains, pour ne pas voir, que la proposition faite depuis environ un mois, touchant l'interpretation de la Ligue garantie convenuë entre la France & vos Seigneuries l'an 1644 n'est qu'un prétexte pour gagner tems, & pour perdre l'ouvrage principal, tandis que l'on travaille à le faire preceder par cet accessoire, qui le devroit suivre; comme si les paroles du Traité n'étoient pas assez expresses & significatives; comme si ceux qui l'ont composé n'assistoient pas encore à présent aux Traitez généraux de Pacification, & n'étoient pas souvenans du sens desdites paroles, ou qu'ils voulussent se charger de la honte d'y avoir omis quelque chose de substantiel, soit par inadvertence, soit studieusement; comme encore, s'il n'y avoit pas eu assez de tems pour demander cette explication, si elle eût été nécessaire; pendant toute l'Assemblée de Munster, sans attendre cette extremité, & sans reserver cette piéce, jusques après que Messieurs vos Ambassadeurs ont eu signé avec nous les Articles de notre accommodement. Et finalement comme si on ne pouvoit pas après les Traitez faits, convenir de cette même interpretation, & joindre ce point à plusieurs autres de même nature, qui seront dependans de l'execution desdits Traitez, ainsi qu'il est arrivé en tous les autres precedens; aussi voit-on déja que sous la couverture de cette proposition intempestive l'on en glisse d'autres du tout repugnantes à notre accommodement avec vos Seigneuries, & à celui entre les deux Couronnes, comme par exemple de mettre les Espagnols hors des Païs-Bas, de changer la Tréve de Catalogne en une Paix, de concerter les moyens de la Campagne future, & autres semblables, qui tendent évidemment à saper & miner les fondemens de l'édifice qu'on a eu tant de peine d'élever; que si vos Seigneuries sont resoluës de postposer les avantages qu'elles rencontrent dans la Paix, à ceux que la France se promet dedans la Guerre, & que le desir de lui complaire soit si fort en vous, qu'elle n'ait qu'à prescrire ce qu'elle veut, pour vous y faire soumettre, au préjudice de ce que nous venons de traiter avec Messieurs vos Ambassadeurs, vous aurez moins de blâme, & nous moins de sujet de plaintes, si vous le déclarez tôt, & sans deguisement, que si vous nous teniez plus longtems en incertitude; les ordres de Sa Majesté ne nous permettant pas de demeurer en cet état douteux, qui ne convient ni à sa dignité ni à votre reputation, qui étoit
l'un

l'un des sujets que j'avois à traiter de bouche avec vos Seigneuries & de les prier avec toutes les instances possibles, comme je fais encore, de ne differer pas davantage à prendre une derniere & immuable resolution; priant Dieu qu'elle soit telle que l'on la doit attendre de votre sage & genereuse conduite, telle que vos Sujets & ceux du Roi mon Maître la desirent, & telle encore que vos Predecesseurs l'auroient prise, si on leur eût octroyé une partie de ce que nous vous accordons, qui est tel; qu'après cela il ne vous reste aucun titre à justifier vos armes contre nous. Que si toutefois, contre notre attente & celle de tous ceux qui aiment véritablement votre repos, cette résolution venoit à renverser, ce qui a été solemnellement stipulé de votre part sur Pouvoirs authentiques, & Instructions suffisantes, nous nous contenterons en ce cas de protester devant Dieu & les hommes, de n'avoir rien omis, pour parvenir à la Paix, & après avoir mis au jour le recit ou Histoire journaliere de tout ce qui se sera passé en notre Négociation, nous nous retirerons de l'Assemblée de Munster, pour aller servir Sa Majesté plus utilement ailleurs, & pour concourir avec le reste de ses Ministres & Sujets aux efforts extraordinaires, qui seront requis pour correspondre à la violence qui nous sera faite. Ce me seroit une grande consolation en mon particulier, de voir vos Seigneuries tourner du bon côté, puisque outre le bonheur public, je pourrois y rencontrer celui de vous pouvoir témoigner quelque jour, que je suis, &c.

REPONSE

Faite à la Haye le 2. Mars 1647.

par le Sieur

SERVIEN

PLENIPOTENTIAIRE

De

FRANCE,

à la

LETTRE

Ecrite de Deventer le 11. de Fevrier de la même année

Par le Sieur

BRUN

PLENIPOTENTIAIRE

D'ESPAGNE,

Aux Seigneurs

ETATS GENERAUX

des

PROVINCES-UNIES

du

PAYS-BAS.

I.

L'Ambassadeur de France après avoir remercié très-affectionnement Messieurs les Etats de la sincere communication, qu'ils lui ont donnée d'une Lettre, écrite par le Sieur Brun un des Plénipotentiaires d'Espagne, supplie leurs Seigneuries d'examiner par leur prudence, à quelle fin les Ministres du parti contraire emploient tant de divers artifices, & de recherches en leur endroit.

II.

L'envoi de Philippe le Roi, le passage par ce Païs dudit Sieur Brun, ses cajoleries pour avoir la permission de venir ici, les diverses Lettres qu'il a écrites, les discours qu'il a faits à Bruxelles, & aux autres Villes de son Maître, où il a passé, les harangues seditieuses faites par les siens dans les Villes de ce païs, où il a sejourné; la publication qu'on a faite dans toutes les Provinces obeissantes au Roi d'Espagne d'un Traité particulier avec cet Etat, les conseils

Kk 3   clan-

clandeftins tenus à Munfter pour toutes les menées, qu'il devoit faire ici, dont les Plénipotentiaires de France ont été avertis, & en ont informé ceux de cet Etat, découvrent clairement le mauvais deffein des Ennemis, & font voir à tous ceux qui ne veullent fermer les yeux, qu'ils n'abandonnent la Négociation du Traité général, que pour voir, fi l'éfperance que quelques mauvais Patriots leur ont donné, de feparer enfin cet Etat de la France, leur reüffira heureufement.

III.

On a bien accoûtumé de publier des Manifeftes à l'entrée d'une Guerre, ou après la rupture entiere d'une Négociation, quand une Affemblée eft feparée; que toute efperance de s'accorder eft perduë, & qu'on a refolu de part & d'autre de ne plus employer, que les armes pour decider les differents. Mais il ne s'eft jamais vû, qu'au temps qu'il faudroit travailler à la reconciliation des efprits, & à furmonter les difficultez, qui retardent l'accommodement, on ait recouru aux artifices, aux declamations, & aux invectives, qu'on ait offenfé ceux avec lefquels on fait femblant de fe vouloir reünir, & qu'en même temps que l'on protefte de ne vouloir pas attaquer l'union qui eft entre la France & cet Etat, on faffe paroître vifiblement, qu'on n'a autre intention, que de la détruire.

IV.

Lorfque ledit Ambaffadeur de France partit de Munfter pour fe rendre ici, on fut averti que les Miniftres d'Efpagne avoient pris grande alarme de fon voyage, & qu'après avoir confulté entre eux, ce qu'ils dévoient faire, ils avoient fait une feconde confultation avec Meffieurs Paw & Knuyt, & les avoient prié de fe rendre ici pour traverfer le deffein dudit Ambaffadeur, ayant été jugé, que le depart de ces deux Plénipotentiaires qui étoient déja fort fufpects à ceux de France, feroit trop d'éclat, & qu'ils ne pouvoient pas avec bienfeance s'embarquer en ce voyage, fans permiffion de leurs Superieurs, ledit Sieur Brun propofa de s'y rendre en diligence; mais cette ouverture ayant encore été rejettée, comme fufette à divers inconveniens, & capable de donner de nouveaux foupçons; il fut trouvé plus à propos que ledit Sieur Brun fit un voyage à Bruxelles, & que de là chemin faifant il s'effayât de venir en ce lieu. Les Lettres écrites de Munfter à des particuliers de ce Païs par des principaux Miniftres de l'Affemblée, ont donné avis de la réfolution qui en fut prife dès ce temps-là, cependant il fut concerté entre eux d'envoyer quelque autre en diligence, Philippe le Roi fut deftiné pour cet emploi, parce qu'étant faifi d'un vieil Paffeport pour des affaires particulieres, il a eu la facilité d'en abufer, pour préfenter à Meffieurs les Etats un Manifefte contre la France, & afin que cette pratique pût produire un meilleur effet, étant moins prevuë; lefdits Sieurs Paw & Knuyt confeillerent audit Sieur Brun de retirer un Ecrit, qu'il leur avoit donné, contenant en fubftance les mêmes chofes, que celui de Philippe le Roi, de crainte que les Plénipotentiaires de France en étant informez, n'euffent le temps d'y répondre, & d'en faire voir la fauffeté.

V.

Toutes les inftances qu'ils firent pour avoir Copie de cette Piéce, ne fervirent de rien, en quoi qu'ils fuffent les feuls de l'Affemblée, qui ne la purent voir entre les mains de leurs amis, par où Meffieurs les Etats verront, fi on a bien obfervé leurs ordres, qui obligeoient leurs Plénipotentiaires de garder une étroite correfpondance avec ceux de France.

VI.

La Lettre dudit Sieur Brun paroit écrite de Deventer le 11. du mois paffé; mais puifque le jour qu'elle a été portée à Meffieurs les Etats, il y avoit ici des Lettres de Munfter du 21. & 22. du même mois, il y a grande apparence, que celle-là en vient auffi, & qu'elle a été compofée par les bons avis de ceux qui ont jufques ici confeillé fecretement audit Sieur Brun, comme il fe devoit conduire par deça pour nuire à la France, & pour obtenir ce qu'il defiroit de cet Etat.

VII.

La même Lettre eft remplie de beaucoup d'éloges en faveur des Plénipotentiaires de leurs Seigneuries, & voyant qu'en d'autres occafions les Efpagnols fe font fort loüez de la bonne correfpondance qu'ils ont entretenuë avec eux, on a peine de croire, que les louanges qui viennent de cette part à leur avantage, & que ceux, qui viendront après nous, ne foient fcandalifez quand ils verront dans les Regiftres de l'Etat, qu'en une occafion fi importante que celle-ci, les Ennemis ont tant témoigné de fatisfaction de fes Miniftres, & que les amis & les Alliez ont eu tant de fujet de s'en plaindre.

VIII.

Ledit Ambaffadeur reconnoit pourtant, que parmi lefdits Plénipotentiaires la plûpart ont fait paroître dans toute leur conduite beaucoup de bonne intention, & font remplis de beaucoup de veritez; mais il ne fe fauroit celer fans une efpece de prevarication, que lefdits Sieurs Paw & Knuyt ont témoigné pendant tout le cours de la Négociation, grande partialité pour l'Efpagne, quoi qu'ennemie, & grande animofité contre la France, quoi qu'étroitement alliée, ayant fouvent traité feuls avec les Miniftres d'Efpagne, fous prétexte de ménager quelques intérêts particuliers, on a été averti de temps en temps, qu'ils ont tenu des Confeils avec eux, & mis des queftions fur le tapis très-préjudiciables à la France, & qui ne le font peut-être pas moins à cet Etat. Meffieurs leurs Collegues fe fouviendront fort bien, qu'un jour les Plénipotentiaires de France étant affemblez avec ceux de leurs Seigneuries, lefdits Sieurs Paw & Knuyt difputerent avec tant de chaleur pour les intérêts de l'Efpagne, que Monfieur de Mattenes fut contraint de leur impofer filence, en leur difant hautement, que la bienfeance ne permettoit pas de prendre le parti des Ennemis contre des Alliez.

IX.

Une autre fois fur la plainte qui fut faite avec toute douceur audit Sieur Knuyt, que ledit Sieur Paw & lui étoient fouvent en des conferences fecresecretes avec les Espagnols sans rien dire à leurs Alliez de ce qui s'y passoit, & que ce n'étoit pas suivre l'ordre & les intentions de leurs Superieurs, il répondit si rudement, qu'il n'étoit obligé de rendre compte à personne de ses actions, que Monsieur de Ripperda fut obligé de l'avertir en sa langue, qu'il ne falloit pas répondre en ces termes aux Ambassadeurs d'un grand Roi, ami, & allié de cette Republique.

X.

Lesdits Sieurs Plénipotentiaires ne desavoueront pas, qu'ayant été avertis confidemment par ceux de France, de quelques menées fort importantes que faisoient les Espagnols, le lendemain un desdits Sieurs Plénipotentiaires leur donna avis de prendre garde à eux; & que les François étoient informez de tout ce qui se faisoit en leurs maisons, ce qui causoit de grandes perquisitions, & beaucoup de trouble dans toute la famille des Ministres d'Espagne.

XI.

Deux des Ambassadeurs de France étant allé voir en particulier ledit Sieur Paw, pour lui dire en toute douceur & confiance, que les Espagnols se vantoient, qu'il leur avoit fait de grandes promesses de les servir contre la France, tant pour ménager, qu'on ne fit plus rien avec les armes, que pour empêcher la garantie, & porter les affaires à une separation, & qu'on y mêloit des discours très-desavantageux pour sa reputation, lui ayant fait connoître en suite, qu'on étoit fort bien averti de quelque rendevous, & de quelques Collations, où il s'étoit trouvé à la Campagne à l'insçu de ses Collegues, dont on faisoit de mauvais jugemens; ledit Sieur Paw se contenta de répondre, que veritablement il s'étoit quelquefois rencontré aux champs en la Maison de l'Archevêque de Cambrai; où étoit aussi le Sieur Brun, mais qu'ils ne pouvoient pas se vanter, qu'il eût mangé de leur lait, & bu de leur vin; ce sont les propres termes de sa réponse, desquels il crut satisfaire Monsieur le Duc de Longueville, & l'Ambassadeur soussigné.

XII.

S'il plaît à Messieurs les Etats de se ressouvenir de toutes les Lettres, qui ont été écrites à leurs Seigneuries, touchant la Médiation des affaires de France & d'Espagne, dont ledit Sieur Paw a été le principal directeur, n'étant alors accompagné que de Messieurs Donia & Clant, qui lui en laissoient le plus grand soin, leurs Seigneuries trouveront qu'elles ont toujours été remplies de justifications du procedé des ennemis, & d'accusations, ou de déguisemens en tout ce qui a été fait par les Ministres de France. Si on a agreable de revoir lesdites Lettres, elles montreront clairement que la seule intention dudit Sieur Paw en prenant soin de cette interposition, a été de hâter le retour de ses Collegues pour conclure separement avec l'Espagne, comme il a fait depuis, & que pour y parvenir, il a toujours industrieusement représenté les affaires entre les deux Couronnes, sur le point d'être conclues pour presser Messieurs les Etats de prendre leur derniere resolution, quoi qu'en effet il n'y ait pas encore un seul Article, dont les Espagnols ayent voulu convenir par écrit; & qu'ils n'ayent pas même

daigné de répondre sur dix ou douze des plus importants qui leur ont été representez de la part de la France; en quoi on ne peut comprendre, comment ledit Sieur Paw est si contraire à lui-même, qu'après avoir representé pendant quelque temps le Traité de la France & de l'Espagne, comme conclu, pour donner apprehension à ses Superieurs, qu'ils seroient devancez s'ils ne se hâtoient, il veuille faire croire aujourd'hui que c'est la France, qui cherche des prétextes pour alonger, & faire répandre en ce Païs, par ses correspondances, qu'elle n'a pas une véritable disposition à la Paix; on doit bien avec plus de justice rejetter la cause de ce changement sur les nouvelles esperances, que les Espagnols ont conçuës depuis que leur Traité a été fait avec Messieurs les Etats, que sur les Ministres de France, à qui il n'est rien arrivé de nouveau pour leur faire changer les bonnes dispositions, qu'ils avoient ci-devant par la propre confession de ceux qui n'ont jamais eu de bonnes volontez pour eux.

XIII.

Les Espagnols ont souvent avoué à leurs Confidents, qu'ils s'étoient voulu relâcher de quelques points en faveur de la France, sur lesquels les Hollandois leur avoient dit, de ne le faire pas, ce qui s'accorde fort bien avec ce qu'a écrit quelquefois par deçà ledit Sieur Paw, qu'une des Parties lui avoit fait des ouvertures, que pour diverses considerations, il n'avoit pas jugé à propos de faire savoir à l'autre.

XIV.

Cette mauvaise volonté dudit Sieur Paw contre la France, a encore mieux paru en l'affaire de Catalogne, & en l'affaire de Casal; en la premiere les Espagnols lui avoient donné pouvoir d'accorder une Trêve de 30. ou 40. ans, & étoient disposez de la faire encore plus longue, comme on l'a su depuis par leur propre discours, cependant ledit Sieur Paw n'a pas laissé d'en faire une finesse aux Ambassadeurs de France, & de contester avec eux dix ou douze jours sur le terme de cette Trêve pour la reduire à vingt-cinq ans, ne s'étant laissé vaincre qu'à l'extremité pour aller jusques à trente.

XV.

Les Espagnols ont declaré à divers Ministres de l'Assemblée d'avoir donné tout pouvoir aux Plénipotentiaires de leurs Seigneuries pour conclure le point de Casal, comme ils le jugeroient à propos, ce qui ne se peut entendre que comme youdroient les Ministres de France. Puis que raisonnablement on devoit considerer en cette occasion les uns & les autres, comme une même chose, & que ledit Sieur Brun même par sa Lettre, reconnoit qu'ayant remis les affaires de son Maître aux Ministres de cet Etat, ils les avoient mises entre les mains de ses propres Parties, au lieu de se servir de cette autorité pour terminer un different si important, au contentement de leurs amis, qui ont toujours declaré d'avoir des instructions fort precises, & limitées sur ce sujet, ledit Sieur Paw ayant fait ouverture de quelques moyens d'accommodemens, qui ne purent être acceptez par les Ministres de France, comme contraires à leurs ordres, envoya les mêmes moyens aux Espagnols, sans en parler à ses Collegues, quoi qu'ils fussent beaucoup moins favorables que

les

1647.

les propositions faites par les Espagnols mêmes, ce qui ne fut fait que pour donner moyen aux ennemis de publier comme ils ont fait depuis qu'ils ont deferé à l'opinion de leurs interpositions, ce qui leur étoit bien facile, puis que l'un desdits interpositeurs non seulement contre le devoir de l'Alliance, mais de la Médiation, avoient proposé des moyens beaucoup plus reculez & moins recevables que ceux que les Espagnols avoient accordez: pour preuve de cette verité leurs Seigneuries sont suppliez de faire comparaison de la proposition faite par les Espagnols avec celle dudit Sieur Paw, en cas toutefois que cette Piece n'ait pas été supprimée & rendue à la Partie aussi bien que le Manifeste semblable à celui de Philippe le Roi.

XVI.

Monsieur de Meynderswick est trop homme d'honneur pour desavouer, qu'un des Ambassadeurs de France ne lui ait dit en confidence, que si on vouloit tenir un peu ferme, on emporteroit le haut quartier de Gueldres, & que la France y contribueroit tout son pouvoir: à quoi il répondit, qu'il n'étoit plus temps, & que les Espagnols avoient été avertis du pouvoir que les Plénipotentiaires de Messieurs les Etats avoient par leurs Instructions de s'en relâcher, dont lesdits Espagnols ont fait grand triomphe, ayant declaré à leurs confidents qu'ils ne croyoient d'en être quittes à si bon marché, & qu'ils étoient bien obligez à ceux qui les avoient conseillé de faire les mauvais, puis que cela leur avoit réussi dès la première Conference: en effet on a ouï dire, qu'ayant menacé de rompre la Négociation sur cet Article, qui est un artifice puerile, & dont il n'y a que des enfans qui puissent être émus, ledit Sieur Paw pour les appaiser déclara d'abord qu'on faisoit bien souvent des demandes dont on avoit intention de se relâcher.

XVII.

Les Espagnols se servirent d'une autre ruse, & prirent cette occasion pour interrompre tout à fait la France, par une Lettre que ledit Sieur Brun écrivoit audit Sieur Paw: ce qui parut plus étrange en ce procedé, fut qu'on en fit un secret aux Ambassadeurs de France, qui n'apprirent la déclaration faite de ne plus traiter avec eux que par les Espagnols mêmes: de cette sorte ledit Sieur Paw n'étoit pas content de s'être saisi de la médiation, pour avancer plus facilement ses desseins particuliers; mais il se voulut servir de l'autorité qu'on lui avoit donnée, pour arrêter tout à fait le Traité de la France, & prendre ce temps pour conclure séparement, & contre les termes du Traité d'Alliance celui des Messieurs les Etats, afin de pouvoir par un acte public une chose, dont ils avoient souvent assuré les ennemis en secret, qu'on ne consideroit pas beaucoup les intérêts de la France, quand il faudroit venir à la conclusion de la Paix.

XVIII.

On a pu savoir les instances que lui & ledit Sieur Knuyt firent pour obliger Messieurs leurs Collegues, à signer les Articles concertez avec les Ministres du parti contraire, sans y ajoûter la clause qui fait mention de la France.

1647.

XIX.

On peut s'informer aussi, si ce n'est pas ledit Sieur Paw & ledit Sieur Knuyt, qui sans pouvoir de leurs Superieurs, & contre leurs intentions ont toujours assuré hardiment les Espagnols, que cet Etat ne prendroit jamais part aux affaires de la France.

XX.

Hors ce qui concerne le Païs-Bas, qui est ce qui a formé les principales difficultez qui ont jusqu'à present retardé la conclusion de la Paix, les Ministres d'Espagne ayant fait grand trophée de cette déclaration, & s'en étant servi auprès de Messieurs les Mediateurs, pour combattre les intérêts de la France.

XXI.

On a même averti de fort bon lieu, qu'après le premier delai de dix jours qui fut accordé avec grande peine, & contre l'avis desdits Sieurs Paw & Knuyt aux Ambassadeurs de France, pour surseoir la signature desdits Articles, ledit Sieur Knuyt écrivit en diligence à un de ses parents à la Haye, pour le prier d'empêcher par toutes sortes de voyes, que sa Province ne lui défendît pas de faire cette signature, après le delai expiré, & cette Lettre a été communiquée par ledit parent à Philippe le Roi, pour lui faire voir que ledit Sieur Knuyt avoit fait les diligences par lui promises, pour faire réüssir les desseins de l'Espagne contre ceux de la France.

XXII.

S'il plaît aussi à leurs Seigneuries de faire réflexion sur le rapport fait par leurs Plénipotentiaires, qu'on fait avoir été dressé avant leur depart de Munster par lesdits Sieurs Paw & Knuyt, on y verra clairement leur partialité pour les ennemis, & leur animosité contre les plus fideles Alliez de cet Etat, ce ne sont encore que justifications du procedé des Espagnols, & pour autoriser les contraventions qu'ils avoient faites aux Traitez d'Alliance, qui portent en termes exprès, qu'on ne fera rien que d'un commun consentement, qu'on n'avancera plus un Traité que l'autre, qu'on s'arrêtera quand on en sera requis; ils ont allegué pour principale raison, que s'ils ne se fussent hâtez de devancer les François, les Espagnols les avoient menacé de traiter avec la France sans eux, & les avoient avertis que le mariage dont il a été parlé se traitoit encore par des moyens & des émissaires, comme si toutes choses dépendoient purement de la volonté des Espagnols, & que leurs Majestez n'eussent pas suffisamment fait connoître depuis le commencement de la Négociation, qu'elles ne veulent jamais entendre à rien qui soit contraire aux Alliances, n'ayant pas voulu écouter la moindre proposition d'accommodement pendant près de deux ans, jusqu'à ce que les Plénipotentiaires de leurs Seigneuries ayent été arrivez à Munster, & ayant rejetté toutes les offres qui leur ont été faites de quelques avantages qu'elles ayent été accompagnées, pour convier les Principaux Ministres de leurs Majestez de traiter à Paris, quoi que pour leur persuader d'y entendre, & leur montrer qu'ils le pouvoient faire avec raison,

on

on ait offert de leur remettre entre leurs mains un Traité particulier, signé par ledit Sieur Knuyt avec les Ministres d'Espagne, sans aucune participation de ceux de France, & de prouver par pieces authentiques les autres promesses que ledit Sieur Knuyt avoit faites directement contraires aux Traitez d'Alliance.

XXIII.

Personne ne sauroit apprendre sans étonnement, que des Ministres si sages ayent autant de foi à des suppositions venans de l'ennemi, qu'ils auroient pu faire à des veritez bien prouvées, & qu'ils les ayent fait passer pour un sujet legitime de desobliger leurs amis, & de contrevenir aux Traitez d'Alliance, & aux ordres de leurs Superieurs.

XXIV.

L'on ne s'est pas mis en peine d'effacer cette fausse impression, parce qu'on a voulu attendre que les nouvelles & de Vienne & de Madrid en decouvrissent la fausseté, & qu'elles obligeassent leurs Seigneuries de considerer meurement de quels perils & inconveniens pour leurs Etats peut être accompagnée la nouvelle Alliance qui est resoluë entre l'Empereur & le Roi Catholique, & par combien de raisons il est necessaire d'affermir plus que jamais l'union qui a été jusqu'ici entre la France & cet Etat: lors que les Espagnols voulurent malicieusement leur donner apprehension de la prétenduë Alliance avec la France, ils savoient fort bien que l'autre étoit déja concluë ; ce qui leur a fourni une juste cause de tourner en risée la credulité de ceux qu'ils ont obligez par cette imposture, de faire tout ce qu'ils desiroient.

XXV.

Dans la même Relation l'on a voulu industrieusement interesser leurs Seigneuries dans les plaintes & les protestations qui ont été faites contre lesdits Sieurs Plénipotentiaires, lors qu'ils ont signé leur Traité au préjudice des oppositions, & des remontrances qui leur ont été faites par ceux de France ; quoi qu'on ait toujours declaré formellement qu'on avoit entiere satisfaction des ordres donnés par leurs Seigneuries, & qu'on se plaignoit seulement de ce que lesdits Plénipotentiaires ne les observoient pas, il s'est bien vu souvent des Ministres qui ont dissimulé par prudence les choses qui pouvoient aigrir & engager leurs maîtres à des ressentimens dont les suites pouvoient être fâcheuses, mais il ne s'en est guéres vu, s'ils n'ont eu quelque animosité dans l'ame, qui ayent tâché de faire passer une plainte contre des particuliers pour une offense publique, & qui ayent voulu ôter la liberté de se plaindre à ceux qu'ils ont maltraitez.

XXVI.

Les Ambassadeurs de France n'ont rien oublié de leur part pour conserver la bonne correspondance qui étoit si necessaire entre les Ministres de deux Souverains, engagez dans une même Guerre contre un même ennemi par un Traité de Ligüe offensive & défensive. Quand ils ont vu que les Plénipotentiaires de leurs Seigneuries n'y répondoient pas de leur côté, ils s'en sont plaints à eux-mêmes avec la plus

grande moderation qui leur a été possible, ils leur ont fait recit des discours qu'on faisoit dans le public, voyans tous les jours un Friquet, un Noirmont, tantôt à la table desdits Plénipotentiaires, tantôt en conferences particulieres avec eux dans leurs Chambres, en même temps que lesdits Sieurs Paw & Knuyt vouloient faire passer pour un crime parmi Messieurs leurs Collegues de voir les Ambassadeurs de France, mais tout cela n'a servi qu'à rendre plus grande la retenuë qu'ils ont eu avec leurs amis, & à rendre plus ordinaire la frequentation qu'ils ont entretenuë avec les Emissaires des ennemis, dont il ne faut autre preuve que l'empressement avec lequel ledit Sieur Knuyt alla conferer hors de la Ville avec ledit Sieur Brun lors qu'il partit de Munster, & le grand desir que celui-ci a fait paroître de rencontrer ledit Sieur Knuyt avant que de s'en retourner en la même Ville.

XXVII.

Comme on avoit dissimulé pariemment jusqu'ici tous les sujets des soupçons & des plaintes ausquels on en pourroit ajouter beaucoup d'autres que l'on veut taire par discretion, ledit Ambassadeur n'en auroit pas voulu faire le recit, s'il n'avoit cru très-necessaire autant pour le bien de cet Etat que pour celui de la France, d'informer leurs Seigneuries de toutes ces particularitez, afin que par leur autorité & leur prudence elles remettent dans le droit chemin ceux qui s'en sont détournez. Il est très-certain que les Espagnols ne se rendent difficiles dans les intérêts de la France, ne pressent leurs Seigneuries de passer outre dans un Traité particulier, & ne font toutes leurs autres menées dans cet Etat, que sur les addresses & avis qui leur sont donnez par quelques-uns du Païs, qui pour quelques intérêts particuliers & pour plaire à l'Espagne travaillent incessamment à jetter la division entre la France & cet Etat. D'ailleurs il est impossible de bien assurer le repos public, si on n'y travaille de tous côtez par moyens honnêtes & raisonnables.

XXVIII.

Ledit Sieur Brun représente par sa Lettre avec beaucoup d'éloquence les malheurs de la Chrétienté, mais qui est-ce qui en a été moins touché jusqu'à present que les Ministres d'Espagne? Il y a trois ans que la France a offert la Paix aux conditions qu'elle l'offre encore aujourd'hui, qui est de laisser toutes choses en l'état qu'il a plu à Dieu de les mettre. Si les ennemis n'eussent point prétendu des conditions nouvelles, & s'ils n'eussent point voulu exiger des restitutions pendant qu'ils veulent obstinément retenir divers Royaumes & Etats qu'ils ont autrefois usurpez sur la Couronne de France, on auroit épargné beaucoup de dépenses & de sang, & on auroit facilement pu arrêter les progrès de l'ennemi commun. La France a aussi offert il y a deux ans une suspension d'armes sur la mer Mediterranée, les succès qui sont arrivez depuis ont fait paroître, que ce n'étoit ni par crainte ni par necessité, le Roi Catholique avoit beaucoup plus de sujet d'accepter cette proposition, que la France de la faire, elle est éloignée du peril, les Etats du Roi Catholique en sont proches, elle est en Paix avec le Grand Seigneur, les Espagnols y sont en Guerre, est-ce considerer comme on doit les malheurs de la Chrétienté, que d'avoir rejetté une ouverture si propre pour s'en garentir? On laisse encor à juger si c'est vouloir sincerement la réunion des Princes Chrétiens, que de conserver selon le desir de l'Espagne la Guerre en Portugal, qui ne les tiendroit pas moins occupez en ce Païs-là, que si on la continuoit ailleurs.

XXIX.

Ledit Sieur Brun veut faire croire en un autre endroit de sa Lettre, que s'il eût passé à la Haye sa presence eût beaucoup contribué à l'avancement du Traité; mais s'il a cette bonne intention, pourquoi est-ce qu'il ne la fait point paroître à Munster, qui est le veritable lieu de la Négociation de la Paix? Par ce mot de Traité il ne peut pas entendre celui de leurs Seigneuries, puis que par toute sa Lettre il tâche de prouver qu'il n'y a plus rien à faire, & qu'il ne faut qu'executer ce qui a été concerté: il s'est bien gardé d'offrir satisfaction sur les points qui restent indécis, comme il sembloit en avoir donné esperance par une de ses precedentes Lettres, ce qui fait voir qu'en venant ici il n'avoit ni la volonté ni le pouvoir de donner contentement à cet Etat sur ce sujet. Quand il en eût eu le desir, on ne comprend pas par quelle voye il l'eût pu faire, chacun sait qu'il est un des Plénipotentiaires qui n'a pas le titre d'Ambassadeur, & que par le Pouvoir du Roi Catholique il faut necessairement qu'un de ses Ambassadeurs soit present dans toute la Négociation qui sera faite pour la rendre valable; quand il eût été suffisamment autorisé pour terminer ce qui reste de different avec cet Etat, (ce qui n'a pu être, si on ne lui a envoyé depuis peu d'Espagne un autre Pouvoir que celui qui a été communiqué) la voye la plus courte pour y travailler étoit d'aller droit à Munster, où les Députez de leurs Seigneuries sont avec pouvoir absolu de conclure le Traité: il eût fallu ici necessairement passer par toutes les longueurs & formalitez de l'Etat, donner de nouveaux Commissaires audit Sieur Brun, pour traiter avec lui, deliberer sur sa proposition dans l'Assemblée de Messieurs les Etats, & après cela renvoyer le tout aux Provinces; s'il avoit seulement envie en passant par ici, comme il veut faire croire, d'ajuster les differens qui restent avec la France, il ne falloit pas s'éloigner du lieu destiné pour le Traité, où il y a deux Plénipotentiaires qui peuvent conclure & qui sont prêts de le faire en fort peu de temps, pour venir chercher un d'entre eux, qui ne peut rien resoudre seul dans les affaires d'Espagne. Pourquoi supposer contre la verité que la France ne veut point la Paix, puis qu'on offre de faire voir, s'il plaît à leurs Seigneuries d'autoriser Messieurs leurs Commissaires pour en traiter, que les Ministres du Roi se sont relâchez sur tous les points contestez, & se sont portez à tous les temperamens qu'on pouvoit desirer avec raison? D'ailleurs (comme il a été déja dit) il y a plus de deux mois que les Ambassadeurs de France ont presenté dix ou douze Articles touchant les principaux differents qu'on a avec l'Espagne, où l'on n'a pas daigné faire réponse; & il y a plus d'un mois passé, que pour fermer la bouche à leurs Calomniateurs ils ont donné un projet de tout le Traité, en quoi ils croient avoir rendu une grande déference à leurs Seigneuries, mettant pour leur respect toutes les affaires du Roi entre les mains d'une personne si suspecte que ledit Sieur Paw. Si l'intention des Espagnols étoit si droite, qu'ils veulent

qu'on les croye, au lieu de venir faire ici des plaintes, & des accusations mal fondées, ils devoient agir dans le lieu destiné pour la Négociation, pour avoir la Paix qu'ils supposent que la France ne veut pas, il ne falloit qu'accepter & signer les Articles qui leur ont été presentez, ils sont assez importans pour meriter qu'on prît au moins la peine de les examiner : on pouvoit convenir de ceux où il ne se rencontre point de difficulté, representer ses raisons sur les autres, & les donner en la forme qu'on les desire, comme l'on a accoûtumé de faire en toutes les Négociations; encore que les Ministres de France n'estiment pas qu'il y ait rien à changer en tout ce qu'ils ont proposé, ceux d'Espagne auroient fait voir par cette diligence que leur intention n'est pas si mauvaise, comme ils donnent sujet de croire qu'elle est quand ils laissent les affaires à Munster, & qu'ils y fomentent des difficultez pour avoir prétexte de venir ici faire des plaintes, dans l'esperance qu'on leur a donnée que leurs Seigneuries lassées des longueurs qui retardent l'execution de leur Traité, qui est déja tout fait, prendroient enfin resolution de l'executer & d'abandonner leurs amis, ce que toutefois ledit Ambassadeur n'apprehendera jamais de la prudence, de la generosité, & de la justice de leurs Seigneuries.

XXX.

Par quelle raison peut-on trouver mauvais que leurs Majestez veuillent terminer par le Traité général les differents de la Maison de Savoye avec l'Espagne? puis que cette Maison est alliée de la France; qu'elle est engagée dans une même Guerre; & qu'elle a tant merité du public par les efforts généreux qu'elle a faits contre l'ennemi commun, dont Messieurs les Etats mêmes ont reçu beaucoup d'avantage; il n'est principalement question que de payer la dote d'une des Infantes d'Espagne mariée dans ladite Maison, non seulement le refus de ce payement ne peut être accompagné d'aucune justice, mais les Ministres d'Espagne y apportans tant de longueurs & de subtilitez, ne prennent pas garde qu'ils agissent en quelque sorte contre la reputation du Roi leur maître, Monsieur l'Ambassadeur de Savoye a offert d'en demeurer au jugement des arbitres qu'on voudra choisir dans l'Assemblée. De dire qu'on n'a pas les papiers à Munster pour répondre à une demande qui a été faite il y a plus de huit mois, c'est un defaut qui feroit faire audit Sieur Brun de grandes déclamations, si les Ministres de France s'étoient servis d'un semblable. Cela fait voir clairement que l'Espagne ne veut point terminer les affaires par tout, qu'elle a seulement intention de changer l'Etat de la Guerre presente, & qu'elle veut laisser une queuë à chaque different, pour avoir prétexte de reprendre les armes dans un temps plus favorable. Quant au Duc d'Atrie c'est un different bien aisé à terminer, il ne faut que le remettre en possession des biens dont ses predecesseurs ont été injustement dépouillez, pour avoir suivi le parti de France; on sait bien que les Traitez ne se font jamais, sans que chacun rentre dans ce qui lui appartient, & si cet interêt retarde la Paix, c'est parce que les Ministres du parti contraire refusent de faire ce qui est juste, & ce qu'ils ont desiré que l'on fît à leur instance dans les Traitez precedents. La dureté des Ministres d'Espagne est d'autant plus blâmable en cette occasion, que ceux de France ont toujours
offert

offert de confentir à une compofition raifonnable.

XXXI.

Pour le Prince Edouard de Portugal, chacun fait avec quelle injuftice il eft detenu prifonnier; lors qu'on s'eft faifi de fa perfonne, il étoit au fervice de l'Empereur, & ne pouvoit avoir connoiffance des deffeins du Roi fon frere, tous les Etats de l'Empereur font fcandalifez de fa détention, & en ont fait de grandes plaintes, fa liberté avoit été promife en termes exprès par l'entremife des Médiateurs, qui en ont donné la promeffe par écrit aux Ambaffadeurs de France, à condition feulement qu'elle ne feroit executée qu'à la fignature du Traité; les Miniftres d'Efpagne ne fe font avifez de chercher des longueurs & des fubtilitez à l'execution de cette promeffe, que depuis que quelques-uns des Plénipotentiaires de leurs Seigneuries leur ont fait favoir qu'on ne fe foucieroit point beaucoup en ce Pais de ce qui feroit fait fur cet Article. Il eft bien malaifé de comprendre pourquoi les Miniftres d'Efpagne veulent aujourd'hui apporter du changement dans un point de cette importance fi folemnellement accordé, ce n'eft pas avoir tant d'envie de fortir d'affaires qu'ils en font de femblant.

XXXII.

On pourroit faire voir, fi on ne vouloit éviter la longueur, que la conduite des Miniftres de France a été fondée fur de femblables raifons dans tous les autres points qu'ils ont eu à traiter, dont ledit Sieur Brun fait tant de plaintes, il voudroit bien qu'on ne prît garde à rien, qu'on abandonnât les amis, les Alliez, pour les obliger par un jufte depit à fe ranger après la Paix dans le parti d'Efpagne; & qu'on ne fît qu'une Paix fourrée qui ne durât qu'autant qu'il plaira à fon Alteffe. La France au contraire ne defire finon que toutes chofes foient terminées honorablement, que ceux qui ont été intereffez dans la Guerre foient fatisfaits raifonnablement par le Traité, & que la Paix qui fera faite foit bien affurée: on laiffe à juger à toutes les perfonnes defintereffées, qui a plus de juftice en fa pretention.

XXXIII.

Ce n'eft pas une mauvaife rufe audit Sieur Brun, d'exagerer avec tant d'apparat la déference qu'il fait femblant de rendre à leurs Seigneuries ayant eu deffein, à ce qu'il dit, de remettre à leur jugement ce qui refte de differents entre la France & l'Efpagne. Cet artifice a déja fi bien réuffi à fes Collegues & à lui dans Munfter, qu'il le voudroit bien pratiquer à la Haye, s'il lui étoit permis, & fi la prudence & l'integrité de leurs Seigneuries n'étoient à l'épreuve de femblables fubtilitez. Leurs Majeftez remettroient de bon cœur tous leurs plus fenfibles intérêts à la décifion de Meffieurs les Etats, ayant autant d'affurance en leur bonne juftice, qu'en leur affection inviolable envers la France, fi les Efpagnols n'avoient déja fait connoître qu'il y a toujours quelque ferpent couvert fous les fleurs qu'ils prefentent, & fi on n'avoit appris d'eux-mêmes qu'il y a une mauvaife intention cachée fous cette foumiffion. Lors qu'ils recherchoient la médiation des Plénipotentiaires de leurs Seigneuries, ils en firent de grandes excufes à Meffieurs les

Médiateurs, & alleguerent pour principale raifon de la refolution qu'ils en avoient prife, qu'ils efperoient par ce moyen de detâcher Meffieurs les Etats ou leurs Miniftres des intérêts de la France, ce qui ne leur a pas mal réuffi en la perfonne de quélques-uns defdits Plénipotentiaires, qui dès lors commencerent de prêcher à leurs Collegues, qu'il falloit deformais marcher avec grande circonfpection entre les Miniftres de France & ceux d'Efpagne, qu'on étoit obligé par le devoir de la Médiation de demeurer neutres, & de n'incliner pas plus d'un côté que d'autre; ce qui s'accordoit bien mal avec l'obligation portée par le Traité de 1644. que l'office d'entremetteur n'avoit pas pu détruire; & comme s'y mettre en parallele les François amis & les Efpagnols ennemis, n'étoit pas avoir fait la moitié du chemin dans la defection; d'ailleurs ledit Sieur Brun par la Lettre qu'il écrivit audit Sieur Paw, dont il a été parlé, prend pretexte de faire ceffer la Négociation avec les Miniftres de France, fur ce qu'il n'étoit pas jufte (à fon avis) que ceux qui avoient encore des differents avec l'Efpagne fuffent les entremetteurs de ceux d'autrui. On voit bien clairement par ces deux déclarations, qu'ils ne veulent rendre leurs Juges ceux qu'ils favent devoir être leurs Parties, que pour les obliger à ne faire plus la fonction, dès lors qu'ils auront accepté celle de Juges. Cette injufte prétention eft fi contraire aux loix de l'Alliance, qui obligent de pourfuivre les intérêts de l'Allié comme les fiens propres, qu'on ne croit pas que leurs Seigneuries s'en vouluffent éloigner pour un vain compliment, qui ne leur eft rendu qu'à mauvaife fin. Comme la France a été d'avis de tout ce qui leur a été avantageux, & n'a pas mal contribué par fes armes à le leur faire obtenir; elle a fujet de prétendre, que leurs Seigneuries feront le même, & qu'après avoir employé leur credit plutôt pour porter les ennemis à la raifon, que pour faire relâcher leurs Alliez dans des pretentions raifonnables, elles y employeront auffi leurs forces, & continueront vigoureufement leurs efforts, pour faire accepter à l'ennemi commun les conditions raifonnables qu'on lui offre.

XXXIV.

Ledit Ambaffadeur de France a bien offert dès fon arrivée en ce lieu & l'offre encore à prefent, que s'il plait à leurs Seigneuries d'autorifer fuffifamment le nombre des Commiffaires qu'elles jugeront agréables de deputer, il leur fera voir fincerement tout ce que leurs Majeftez peuvent faire avec l'Efpagne, & s'oblige de leur faire avouer, qu'elles fe mettent autant à la raifon qu'on le peut fouhaiter, pourvu qu'après cela il plaife à leurs Seigneuries d'envoyer déclarer nettement aux ennemis, que s'ils n'acceptent le Traité en la forme qu'il aura été ici concerté, ils ne doivent point efperer de Paix, ni avec la France, ni avec cet Etat; mais certes il eft obligé de dire qu'on ne parviendra jamais à une Paix générale, tandis qu'on laiffe aux Efpagnols les efperances que des particuliers mal intentionnez leur ont données, qu'on fortira d'affaires avec eux, fans attendre la France.

XXXV.

Ledit Ambaffadeur de France ne defavouë pas que Meffieurs fes Collegues & lui ayans crû que l'on procedoit fincerement de tous

côtez,

côtez, n'ayent estimé que l'accommodement pouvoit être fait en huit jours, & il proteste devant Dieu qu'il n'a pas tenu à eux, lors que ledit Sieur Paw avec deux de ses Collegues prirent la peine de les venir trouver à Osnabrug, quoi qu'ils n'eussent pas leurs papiers en ce lieu-là, où ils ne s'étoient plus attendus que l'on dût parler des affaires d'Espagne; ils ne laisserent pas, pour ne perdre point de temps, de dresser sur le champ un Mémoire contenant les principaux points, dont avant toutes choses il falloit convenir entre la France & l'Espagne : ils n'avoient garde alors de donner un Projet de tout le Traité, n'ayant point là leurs Instructions, ni les ordres de leurs Maîtres; mais pour ne retarder pas d'un moment une Négociation qui leur étoit si agreable, ils ne firent pas scrupule de donner ce qui leur vint à la mémoire.

XXXVI.

Encor que ce soit une liberté ordinaire qu'on reserve toujours jusqu'à la signature du Traité, de pouvoir ajoûter ou diminuer, & que les Plénipotentiaires de leurs Seigneuries en ayent fait de même en traitant avec les Espagnols, ledit Ambassadeur s'oblige de faire voir à leurs Seigneuries, qu'il n'a été du tout rien ajoûté à ce que contient en substance le premier Ecrit qui fut donné, & qu'au contraire on s'est relâché de la part de la France presque sur tous les points, quoi que ledit Sieur Paw dans la Relation qu'il a dressée ait voulu insinuer le contraire, & que pour favoriser les Espagnols, il y ait mis par écrit, que la France a ajoûté à ses demandes sur plusieurs Articles, où l'on offre de prouver clairement qu'elle s'est relâchée de ses premieres propositions.

XXXVII.

Les armes n'ayant été prises que pour des intérêts publics, & non point seulement pour chercher dans la Guerre un profit particulier; on a toujours déclaré aux Ministres de l'Assemblée qui se sont entremis de cette Négociation, que la France avoit trois principaux intérêts à insinuer dans la Paix, sans lesquels la raison ni l'honneur ne lui permettoient pas de mettre les armes bas, & on ne croit pas que Messieurs les Etats la voulussent dissuader de cette resolution.

XXXVIII.

Le premier, que toutes choses soient laissées par le Traité en l'état où il a plu à Dieu de les mettre pendant la Guerre, si ce n'est que l'Espagne veuille entrer en compte de ce qu'elle a autrefois usurpé sur la Couronne de France, & lui en faire raison; autrement ce seroit une pretention pour elle trop orgueilleuse & insupportable à toutes les Nations de vouloir profiter de ce qu'elle a gagné, quand le sort des armes lui a été favorable, & de ne vouloir pas céder au temps, ni souffrir la même loi, qu'elle a établie, quand la justice du Ciel a recompensé les ennemis d'une partie des pertes qu'ils avoient faites.

XXXIX.

Le second, que les Alliez soient satisfaits selon la raison & l'équité, sans quoi on ne pourroit faire qu'une Paix honteuse, si on ne prenoit pas le soin qu'on doit avoir pour faire que ceux qu'on a engagez dans les perils & les incommoditez de la Guerre, se ressentent aussi des douceurs de la Paix, & qu'à mesure qu'on trouve son compte, on ne se soûciât point de celui d'autrui, ce seroit abandonner sa propre reputation, & se rendre digne de pareil traitement à la premiere occasion où l'on auroit besoin de ses amis.

XL.

La troisiéme, que la Paix soit bien assurée, autrement si on laissoit quelques points indecis, comme il semble que ce soit l'intention des ennemis, & quelque sujet de reprendre ci-après les armes, il seroit inutile de les quitter maintenant.

XLI.

On a étendu ces trois intérêts en divers Articles, & c'est contre raison que ledit Sieur Brun veut persuader, qu'on y a fait beaucoup de nouvelles additions, déclarant qu'on est encor prêt de la part du Roi de faire la Paix, en retenant de part & d'autre ce que chacun tient, sans faire pour ce regard aucune demande nouvelle, pourvû toutefois que les ennemis se déclarent sur les offres qui ont déja été faites, avant que les armes soient en action.

XLII.

Ledit Sieur Brun fait sonner bien haut le soin que le Roi prend de ses Alliez, mais on ne comprend pas comment il peut trouver mauvais la juste satisfaction des Liegeois, du Prince de Bosolo, & des autres qui sont dans l'Alliance ou l'amitié de Sa Majesté, vu que de la part d'Espagne on parle avec tant d'ardeur des intérêts du Duc de Mantouë, qui n'est pas son Allié, & dont elle a entrepris la ruine par trois fois, si la France ne l'en eût garenti; c'est se rendre coupable de la faute qu'on veut imputer aux autres de trouver pour soi ce que l'on veut faire souffrir à autrui.

XLIII.

Si l'intention des Ministres d'Espagne étoit aussi droite qu'ils le veulent faire croire, & qu'au lieu de travailler incessamment à rompre l'Alliance de cet Etat avec la France, ils eussent tâché sincerement d'avancer les deux Traitez ensemble, il y a long temps que la Paix seroit faite; mais l'experience a fait voir que jamais ils n'ont recherché la France, que lors que leurs Seigneuries n'ont pas été en état de traiter, & que leurs Plénipotentiaires ont été absens, aussitôt qu'ils ont été de retour, on n'a plus parlé qu'à eux, & ont cessé tous commerces avec ceux de France même par une déclaration donnée par écrit: & on seroit bien en peine de faire voir que de la part d'Espagne il ait été fait depuis trois mois aucune ouverture d'accommodement sur tous les points qui sont indécis, quoi que les Ambassadeurs de France n'ayent cessé de s'en plaindre, & de faire tout ce qui a été en leur pouvoir, tantôt en representant les principaux Articles, tantôt en donnant le Projet de tout le Traité, & qui n'a pu produire aucun effet.

XLIV.

Ledit Sieur Brun reconnoît par sa Lettre que l'union entre la France & cet Etat est legitime, & que la dissolution en seroit si honteuse, qu'il ne veut pas qu'on croye qu'il ait eu la moindre pensée de la rompre. A quoi tendent donc tant de persuasions d'executer ce qui a été concerté à Munster, sans avoir égard à la condition qui y a été mise, que la France seroit satisfaite en même temps? il tâche de faire croire qu'on veut donner la loi, mais il eût été bien en peine de montrer en quelle occasion; c'est bien la vouloir donner plus audacieusement de donner des conseils à un Etat qui n'est ni en amitié, ni en Alliance avec son Maître, de s'interesser déja dans les resolutions qu'il doit prendre pour sa sureté, & le solliciter par divers moyens à manquer de foi, le voulant engager à une action que lui-même reconnoît en quelque façon honteuse.

XLV.

Leurs Seigneuries savent mieux que personne pour quelles raisons la France traite sans leur intervention avec l'Empereur, elle se souvient assez des vives instances qui leur ont été faites de prendre part en cette Négociation, & du refus qu'elles en ont toujours fait pour n'être pas touchées des cajoleries d'un Conseiller qui fait déja bien le familier, & qui entre bien avant dans les secrets de leurs Etats: s'il trouve que la France n'a pas bien défendu les intérêts de la Maison Palatine, que son Maître a voulu depouiller, en se mettant en possession de ses Etats, ni ceux de Monsieur l'Electeur de Brandebourg, qu'il eût bien voulu engager à la Guerre contre la Suéde, par l'esperance d'une assistance imaginaire, il ne manqueroit pas de blâmer la France avec plus de raison, si elle abandonnoit d'autres Princes avec lesquelles elle est attachée d'une plus étroite Alliance.

XLVI.

On espere pourtant de la probité des Ministres de Brandebourg, qu'ils rendront témoignage des bons offices qu'ils ont reçu de ceux de France, en l'accommodement des differens qu'ils avoient avec ceux de Suéde, & que Monsieur le Prince Palatin avouera quelque jour, qu'après avoir été chassé de son Pais par les armes d'Espagne, il a été rétabli par celles de France.

XLVII.

Il est très-nécessaire qu'il plaise à leurs Seigneuries de faire une serieuse réflexion (s'ils desirent l'avancement d'une Paix honorable, comme il n'en faut pas douter) sur les choses suivantes.

XLVIII.

Que depuis que les Espagnols ont cru être d'accord avec leurs Seigneuries, & d'être favorisez par quelques-uns de leurs Ministres, ils se sont rendus sans comparaison plus difficiles dans toutes les conditions du Traité, qu'ils ont à faire avec la France.

XLIX.

Que mêmes ils ont apporté des difficultez sur des points, qu'ils avoient accordez auparavant, comme on est prêt de le faire voir.

L.

Que leur artifice est de former des contestations sur toutes choses à Munster, pour prendre ce prétexte en même temps, de venir faire des plaintes à la Haye, & de dire que la France ne veut point la Paix, quoi que ce soit eux, qui fassent naître les obstacles & les retardemens, comme on offre de le prouver.

LI.

Que par concert que quelques-uns des Plénipotentiaires de cet Etat, qui ont pris sans sujet de la mauvaise volonté pour la France, lesdits Espagnols s'addressent à leurs Seigneuries pour se plaindre, & pour presenter des Remontrances & des Manifestes, & qu'en même temps lesdits Plénipotentiaires écrivent des Lettres en termes généraux & ambigus à leurs Seigneuries, pour les faire servir de preuve à ce qui a été presenté par les ennemis, les uns & les autres se promettans enfin, que si cela n'est pas suffisant de faire prendre à leurs Seigneuries des resolutions contre la France, il sera au moins capable de donner des impressions contre elle à tous les peuples.

LII.

Que tandis qu'on s'amusera à produire des écritures, & des inventions à la Haye, ce sera autant de temps perdu, qui devroit être employé à Munster à travailler plus utilement, pour terminer les differents qui retardent la Paix.

LIII.

Que s'il ne plait à leurs Seigneuries de retrancher une fois pour toutes aux Espagnols l'esperance de réüssir par toutes ces mauvaises voyes, & de causer par ce moyen de la division entre la France & cet Etat, jamais on ne pourra arriver à la conclusion du Traité.

LIV.

Que si leurs Seigneuries ont agréable de faire de leur côté, comme il a été fait de la part de la France, tant envers cet Etat, qu'envers la Couronne de Suéde, & de déclarer nettement aux Espagnols, qu'ils lui doivent donner entiere satisfaction, à faute dequoi cet Etat continuera de faire ce qu'il doit par les armes, suivant les termes exprès du Traité de 1644. qui obligent de soûtenir les intérêts de son Allié, comme les siens propres, elles en verront bientôt un bon effet par la conclusion de la Paix tant desirée, qui n'a été retardée jusqu'à present, que par une injuste prétension de separer les Alliez.

LV.

Que s'il plait encore à leurs Seigneuries de considerer, que l'artifice de l'Espagne tourne en quelque façon à leur prejudice, en ce qu'elle prétend, par les recherches qu'elle leur fait,

1647.

d'employer leur autorité pour forcer leurs amis à accorder des chofes déraifonnables, changeant ainfi les Loix, & les devoirs de l'Alliance, leur grande prudence leur fera fans doute juger, qu'elles doivent couper le chemin plutôt que plus tard à de femblables pratiques.

LVI.

Et qu'enfin fi la France avoit fait fon Traité avec l'Efpagne, fans avoir voulu attendre que celui de Meffieurs les Etats fut en même état, après cela, on vit près de leurs Majeftez des Emiffaires des Ennemis, qu'on reçut chaque jour de leur part des inventions & des Manifeftes contre cet Etat, que l'on vit les principaux Miniftres du Roi favorifer ouvertement les prétentions, & les intérêts de l'ennemi, lui donner des addreffes, & des confeils pour fa conduite, qu'au lieu d'appuyer les intérêts de leurs Seigneuries contre leurs communes Parties, on les preffât de fe rélâcher & de céder contre la raifon dans tous les points conteftez, leurs Seigneuries jugeroient fans doute, que ce ne feroit pas fatisfaire aux Alliances, & ne manqueroient pas d'en faire de grandes plaintes: c'eft pourquoi elles font fuppliées de prendre fur toutes ces chofes les refolutions qu'elles fouhaitteroient qu'on prît, & d'y apporter les remedes qu'elles voudroient qu'on y apportât.

LVII.

Ledit Ambaffadeur fe rendroit trop importun, s'il vouloit répondre à toutes les particularitez contenuës dans la Lettre dudit Sieur Brun, qui eft compofée avec très-grand artifice; on fe contente de faire remarquer, qu'il reconnoit lui-même que Meffieurs les Etats doivent être Parties dans les intérêts de la France, qu'il reconnoît encor les deffeins de jetter de la divifion entre les Alliez fi deraifonnables, qu'il protefte lui-même de ne l'avoir pas, quoi que fa Lettre ne foit écrite à autre fin, & que les confeils qu'il donne pour fe hâter, pour ne recevoir pas la loi, que perfonne ne prétend de donner, pour reftraindre les engagemens qui font entre la France & cet Etat, pour differer le Traité de Garantie en une autre faifon, font des confeils d'un ennemi, qui doivent obliger de fages Miniftres à faire le contraire.

LVIII.

Ledit Ambaffadeur reprefente encor, que s'il a été forcé d'informer leurs Seigneuries de plufieurs circonftances très-veritables, qui fe font paffées pendant le cours de la Négociation, & de faire voir combien lesdits Sieurs Paw & Knuyt ont toujours favorifé les deffeins de l'Efpagne contre les intérêts de la France, ç'a été fans intention de defobliger perfonne, mais feulement pour découvrir à leurs Seigneuries des veritez, qui jufqu'à prefent leur ont été deguifées, afin qu'elles y faffent des réflexions dignes de leur grande prudence, & qu'elles reconnoiffent combien il eft neceffaire, qu'il leur plaife d'ouvrir les yeux, pour le bien & feurté de leur Etat dans une conjoncture fi importante, puis qu'on a fu tant par des Lettres interceptées, que par d'autres avis, qui viennent de bons lieux, que les ennemis pour venir au bout de leurs mauvais deffeins tant contre la France, que contre cet Etat, ont deftiné cinq cens mille écus pour la Négociation de Munfter, & qu'au milieu de leurs

néceffitez ils croyent avantageux d'employer plutôt cette grande fomme aux pratiques qu'ils ont faites, qu'aux dépenfes de la Guerre.

Fait à la Haye le 2. jour de Mars 1647.

Signé

Servien.

1647.

ADDITION
De VIII. Articles,
A la
RÉPONSE
Sur la
LETTRE
Du
SIEUR BRUN.

Article I.

DAns un autre endroit de fa Lettre ledit Sieur Brun entreprend fort chaudement la défenfe des Plénipotentiaires de cet Etat, & foûtient par de belles paroles, que ce qui a été fait à Munfter le 8. de Janvier eft trèslegitime; mais il témoigne en cela plus de gratitude que de bonne conduite, & ne prend pas garde que ce n'eft pas faire bon office à des Miniftres d'un parti contraire, de faire paroître tant de fatisfaction de ce qu'ils ont fait en fa faveur, contre l'intérêt de leurs Alliez, & l'intention de leurs Superieurs. Il ne pouvoit jamais les defobliger davantage, qu'en plaidant leur caufe comme il a fait. L'Apologie d'un Efpagnol n'eft pas bien propre en ce Païs, pour faire eftimer les actions d'un Hollandois, ou d'un Zelandois, il y en a plufieurs dans cette Ambaffade très-gens d'honneur, qui aimeroient mieux la haine & les reproches d'un ennemi, que fes civilitez, ni fes louanges. Tous les fages Directeurs de l'Etat ne croyent pas qu'on doive le favorifer au prejudice d'un fidele ami, leurs genereux fentimens font bien éloignez d'une maxime fi deraifonnable.

Article II.

Quant au raifonnement qu'il fait fur la difference qui eft entre les Alliances de la France & celles de cet Etat, il tient plus du Sophifte ou du Rhetoricien, que d'un grand Politique. Son opinion s'accorde avec celle d'un Machiavel Septentrional, qui date fes libelles de Middelbourg, quoi qu'ils viennent plutôt d'Anvers ou de Bruxelles, il paroît à leurs Ecrits qu'ils font d'une même fecte: car ils veulent tous deux introduire dans les Confederations, une auffi auftere contrainte que dans les Mariages, & rendre la pluralité des Alliez auffi criminelle parmi les Souverains, que la Polygamie parmi
les

les Chrétiens. Si, comme il dit, les diverses Alliances sont autant de liens & de chaînes, Messieurs les Etats, à son compte, sont les plus heureux de n'en être pas si chargez que la France. Quand un Prince, outre ses forces & son assistance, entraîne encor après soi un grand nombre d'amis qu'il fait entrer dans les mêmes intérêts où il entre, & qui concourent tous aux desseins d'incommoder l'ennemi qu'on a resolu d'attaquer, peut-on dire sans combattre le sens commun, qu'il fait tort à ses Alliez, ni qu'il peche contre les loix de la société qu'il a contractée? Dans les mariages mêmes encor qu'un mari ne donne sa foi qu'à celle qu'il épouse, il ne laisse pas de s'unir d'intérêt & d'amitié avec tous les parens & amis de la famille où il s'allie, & si dans une occasion où il s'agiroit de leur honneur & de leur sureté, la femme ne vouloit pas consentir qu'on les exposât à la discretion de leurs plus cruels ennemis, elle feroit une action digne de louange, & on ne pourroit pas l'accuser de rien faire contre ce qu'elle doit à son mari, quand même il seroit d'avis contraire. On sait bien aussi qu'en entrant dans l'Alliance d'un grand Monarque, on n'a pas consideré seulement sa puissance particuliere, mais celle de tous ses Alliez, adherens, & dependans, lesquels il n'a pas abandonné, en faisant une nouvelle Confederation. Par celle de 1635. en l'Article 11. il est porté que l'on conviera le Roi d'Angleterre d'y entrer; & en cas qu'il le veuille faire, qu'on prendra soin de ses intérêts & de sa Maison dans le Traité. Ce qui montre que l'objet de ladite Confederation ayant été tout public, à savoir, d'abbaisser la trop grande puissance de la Maison d'Autriche, d'affermir le repos de la Chrétienté &c. on a eu intention & intérêt (pour venir plus facilement à bout d'une si grande entreprise) d'y engager plusieurs Potentats, lesquels il seroit très-injuste d'abandonner après les avoir mis en peine, & s'être prevalu de leur assistance; l'honneur ni la bonne foi ne pourroient pas permettre (les ayant exposez au peril,) de s'en retirer sans eux, quand même on n'y seroit pas formellement obligé.

Article III.

Si les Traitez d'entre la France & cet Etat portoient qu'on ne pourroit avoir amitié ni Alliance avec personne autre, ledit Sieur Brun auroit quelque raison; mais il ne manqueroit pas aussitôt d'appeller cette obligation une Tyrannie, & un esclavage, & de faire les mêmes exclamations qu'il a fait autrefois contre de moindres engagemens que celui-là, qu'il a nommé imperieux, cruels, & contraires à la liberté: comme si les promesses reciproques que deux Alliez se sont faites, de ne traiter point avec l'Ennemi l'un sans l'autre, étoient contre les bonnes mœurs, parce qu'elles ont été faites contre les vastes & injustes desseins de la Monarchie d'Espagne. De même que Messieurs les Etats en qualité de Souverains & independans, ont contracté amitié avec divers Potentats par des Confederations qui ne sont point incompatibles avec celle qui est entre la France & eux, elle en peut avoir aussi de son côté avec ses voisins, pourvû qu'elles ne soient point contraires au dessein qu'on a entrepris par un Traité de Ligue offensive & defensive, qui doit bien être preferé aux autres, mais non pas les exclure entierement. Les Provinces-Unies, pour être alliées entre elles,

ne se sont pas ôté la liberté de faire d'autres Alliances, & néanmoins selon la maxime que * ledit Sieur Brun & ses suppôts veulent établir, quand elles ont fait une nouvelle union avec la France, depuis celle d'Utrecht, il leur voudroit reprocher qu'elles ont commis un adultere d'Etat; ce qui est ridicule.

Article IV.

On ne sauroit donner une preuve plus manifeste de la mauvaise intention des Espagnols, que les grandes oppositions qu'ils apportent à la garantie du Traité, qui doit être fait avec eux, & l'envie qu'ils ont de laisser la plûpart des affaires indécises. Ils savent fort bien qu'il y a une Ligue offensive & defensive faite contre eux entre la France & les Provinces-Unies, & qu'en faisant cesser l'effet de la premiere par la Paix, l'autre doit toujours subsister, pour empêcher qu'on n'y contrevienne. Que leur importe que l'on soit obligé de reprendre conjointement les armes contre eux, en cas qu'ils rompent le Traité, s'ils sont resolus de l'observer de bonne foi? La France qui ne conserve point d'arriere-pensée comme eux, a proposé elle-même une Ligue en Italie, où elle consent que tous les Princes se déclarent contre elle, en cas qu'elle contrevienne au Traité. Mais, disent-ils, cette Garantie peut être resoluë après la Paix, & n'est proposée en cette saison que pour allonger les affaires. Ceux qui ont vu comme tout s'est passé à Munster, savent bien les discours & les artifices, que les Espagnols y ont employez, pour combattre cette Garantie, parce qu'elle choque directement le dessein qu'ils ont de ne tenir pas ce que la necessité les contraint maintenant d'accorder.

Article V.

La veritable intention qu'on a eu de part & d'autre, en faisant les Traitez precedens, a été de bien assurer celui qu'on doit faire presentement par l'assistance mutuelle qu'on sera obligé de se donner, en cas qu'il soit violé par l'Ennemi commun. L'Article 8. de celui de 1644. obligeant de s'en expliquer plus clairement à la conclusion de la Paix, les Ambassadeurs de France en ont fait instance de temps en temps: au lieu de recevoir la réponse, qu'ils avoient sujet d'attendre, on ne les a payez que de défaites & de paroles ambigues; & au lieu de s'expliquer nettement des choses qui restoient à faire, on a formé des doutes sur celles qui étoient faites, où il n'y avoit point de sujet de doute. Cependant lesdits Sieurs Paw & Knuyt ont assuré positivement les Espagnols, que cette Garantie ne s'accorderoit jamais, & que ce n'étoit pas l'intention de leurs Superieurs, comme s'ils étoient la bouche & l'ame de l'Etat, quoi que ce soit par leur ministere, qu'il est autrefois entré dans l'obligation qu'ils veulent détruire. Et qu'on ne doute point, que si leur Instruction & leurs Dépêches de ce temps-là étoient revûes, on ne trouvât que l'Etat & eux ont été d'avis contraire, & qu'ils ont cru que le plus grand avantage qu'ils pouvoient acquerir à leur Patrie, étoit d'engager la France pour toujours dans ses intérêts. Quand on a vu après une attente de 4. ou 5. mois, qu'on ne pouvoit recevoir une declaration précise des Plénipotentiaires de leurs Seigneuries, on a été contraint de la venir chercher à la source, où l'on avoit sujet de se promettre en moins de 8,

jours

jours une explication favorable sur une affaire si juste, si claire & si utile aux deux Parties, tant s'en faut que par ce moyen on ait eu la pensée de tirer les affaires en longueur, que ç'a été l'unique voye pour les abreger. Lors que l'Ambassadeur qui a été chargé de cette Commission est parti de Munster, non seulement les Articles qui ont été signez depuis, ne l'étoient pas encore ; mais on n'eût pu croire que les Plénipotentiaires de cet Etat, ayant donné un delai pour consulter leurs Seigneuries, & les informer des instances faites de la part de la France, eussent voulu passer outre avec tant de mépris, avant qu'on eût eu loisir d'en representer ici les dangereuses conséquences, & eussent voulu se porter à une action, dont toute l'Europe auroit été scandalisée, si la grande prudence & la sage conduite de leurs Seigneuries n'avoient fait connoître depuis ce temps-là, qu'elles ne l'ont pas approuvée.

Article VI.

Il ne faut pas s'étonner si les Espagnols souhaitent que ladite Garantie & la plûpart des autres difficultez qui restent, soient renvoyées en un autre temps, leur dessein n'est pas de faire une Paix durable, où tous ceux qui ont les intentions droites, sont bien aises de ne laisser rien en arriere ; ils tâchent seulement d'arrêter le cours des armes, & de se garantir des préjudices inévitables qu'ils recevront toujours de celles de France, & de cet Etat, quand elles seront jointes ensemble. Si aujourd'hui qu'ils ont tant d'intérêt de sortir du mauvais état où ils sont, on ne peut pas vaincre leur opiniâtreté, si les cris de leurs peuples qui n'en peuvent plus, les nouvelles pertes qu'ils ont sujet de craindre, ni toutes les autres considerations qui les devoient obliger de hâter la Paix, n'ont pas pu encore les ramener à la raison, que pourroit-on esperer lors qu'ils seront exempts des perils & des incommoditez de la Guerre ? Ce seroit alors qu'avec des armes dont ils se servent mieux qu'aucune autre Nation, ils lasseroient un chacun par leur obstination & leur patience, & il seroit inutile, les hostilitez étans une fois cessées, de prétendre d'eux par la seule Négociation, ce qu'on n'auroit pas su obtenir l'épée à la main : Chacun sait combien ils sont difficiles, & il seroit bien malaisé de donner un seul exemple qu'ils ayent jamais appaisé un different à l'amiable. On se peut encore souvenir que la premiere Trêve qu'ils firent avec cet Etat, n'a jamais été ratifiée en bonne forme, quoi qu'elle eût été accordée à leur instance, & par l'entremise de deux puissants Monarques : on voit encore avec quelle dureté ils refusent une Paix raisonnable qu'on leur offre, voulans que les vainqueurs l'achetent par des restitutions, que les vaincus ne veulent point faire, des choses qu'ils détiennent injustement, lors même qu'ils ne sont pas en état d'obtenir par la force les conditions qu'ils veulent imposer. Que serviroit donc maintenant de mettre les armes bas, si on laissoit des differens indécis, qui seroient capables de les faire reprendre ? Les Espagnols ne deviendront pas plus traitables, quand ils auront moins de crainte, ou plus d'esperance, de reüssir dans leurs pratiques secretes.

Article VII.

On ne sauroit voir une preuve plus évidente de leurs mauvais desseins, que l'artifice dont ils ont usé pour éluder la proposition faite par les Ministres du Roi d'une Ligue entre la France, l'Espagne, & tous les Princes d'Italie, pour assurer le Traité de Paix. Ils n'ont pas osé la refuser ouvertement, parce qu'ils eussent fait voir trop à découvert l'intention secrete qu'ils ont de troubler un jour le repos qu'on veut aujourd'hui établir : La plûpart des Princes d'Italie ayant leurs Députez à Munster, on les a conviez diverses fois de la part de la France, de convenir de cette Ligue; ils ont tous avoué que c'est une ouverture sainte, qui est entierement à leur avantage; mais qu'ils n'avoient pas pouvoir d'en traiter, & que leurs Maîtres ne les envoyeroient point, s'ils n'en étoient requis par les deux Couronnes, de crainte que s'ils se déclaroient sur l'instance de l'une des deux, on ne l'imputât à quelque partialité. Les Ministres de France ont fait presser plusieurs fois par Messieurs les Médiateurs ceux d'Espagne, de se joindre à eux pour faire cette instance, jamais on ne l'a su obtenir, & depuis huit mois l'affaire ne se trouve pas plus avancée de leur part que le premier jour; si après un point d. cette conséquence, duquel dépend la sureté de tout le Traité, & en retarde la conclusion, ils ne veulent pas avouer que c'est eux qui en sont cause, & ont bien l'audace d'en rejetter le blâme sur la France, qui fait de son côté toutes les diligences possibles pour l'avancer.

Article VIII.

Les Guerres qu'elle a euës contre eux pour le different des Grisons, ont encore bien fait paroître leur humeur inflexible : l'on a repris les armes diverses fois pour cette querelle, où plusieurs Potentats se sont interessez, divers Traitez ont été faits pour les terminer, qui n'ont jamais été executez de leur part : On avoit cru que celui de Monçon, qui a été le dernier, seroit plus fidelement observé que les autres, à cause qu'il est plus à leur avantage; ils ont bien l'audace maintenant d'en disputer l'execution, & de vouloir que certain Accord qu'ils ont fait faire par force dans Milan pendant la Guerre, soit preferé à un Traité solemnel fait entre les deux Couronnes, que Messieurs les Etats sont obligez par le Traité de 1634. de faire subsister. Si la France au milieu des prosperitez qui l'accompagnent, & de la protection visible que le Ciel lui donne, demandoit une chose semblable, on diroit qu'elle veut donner la loi, & qu'elle ne veut point de Paix.

ECRIT

ECRIT

D'un

GENTIL-HOMME

FRANCOIS,

A un de ses amis à Paris.

A la Haye le 10. Mars 1647.

MONSIEUR,

JE vous envoye la copie d'un Ecrit, qui fut presenté Lundi dernier à Messieurs les Etats Généraux, par Monsieur l'Ambassadeur de France : C'est une espece de réponse à une Lettre de Monsieur Brun, qu'ils avoient fait communiquer deux jours auparavant audit Sieur Ambassadeur, par Monsieur le Baron de Gent, Député de Gueldres, & Monsieur Cats Pensionnaire d'Hollande; j'ai recouvré cette Piéce avec beaucoup de peine, parce que Monsieur l'Ambassadeur n'ayant eu intention en la donnant, que d'informer confidemment ceux qui gouvernent, de plusieurs particularitez qui se sont passées à Munster, au préjudice de la France & de cet Etat, a pris très-grand soin d'empêcher qu'elle ne fût divulguée par les siens; néanmoins ayant trouvé moyen d'en avoir une copie d'un de mes amis, qui a une étroite familiarité avec des Principaux de l'Etat, j'ai demandé la liberté chez Monsieur l'Ambassadeur de la collationner avec la minute, ce qu'on ne m'a pû refuser: cela a donné lieu de remarquer une méprise bien grande, qui a été faite ou par ceux qui ont mis l'Ecrit au net, lorsqu'il a été presenté à Messieurs les Etats, ou par celui qui m'en a donné la copie. La communication de la Lettre de Monsieur Brun a été faite à Monsieur l'Ambassadeur le jeudi dernier jour de Fevrier. L'envie qu'il a euë d'y faire promptement réponse, a été cause que l'ayant fait transcrire avec un peu de precipitation, on a oublié par mégarde un Cahier de deux feuilles, qui s'est trouvé dans la minute, & qui n'est point dans la copie. Vous serez donc le premier qui verrez la Piéce entiere; & afin que vous sachiez ce qui a été omis, vous le trouverez barré à la marge. Monsieur l'Ambassadeur ayant été obligé d'éclaircir plusieurs suppositions, que nos ennemis ont répandu en ce Pais depuis quelque temps, contre les intérêts de la France, & le service du Roi notre Maître, dit qu'il eût bien eu besoin d'un peu plus de loisir, pour pouvoir mieux détromper les esprits, qu'on tâche chaque jour de preoccuper par diverses impostures:

mais la Lettre dudit Sieur Brun ayant été envoyée aux Provinces aussitôt que la lecture en a été faite dans l'Assemblée de Messieurs les Etats Généraux, il a fallu promptement faire suivre l'antidote, pour empêcher que le venin, dont elle est remplie, ne fît son effet; on ne s'est pas dû étonner quand on n'a vu travailler contre nous que les Espagnols. Mais quand ensuite de la venue de Philippe le Roi, & dudit Sieur Brun, & de plusieurs Ecrits & Lettres qu'ils ont presentez, Monsieur l'Ambassadeur a su que quelques uns des Plénipotentiaires de cet Etat, dans une Relation qu'ils ont donnée à leurs Superieurs, ont passé jusques à vouloir rendre suspecte la foi de leurs Majestez, qui ont donné tant de nouvelles preuves de leur constante affection envers cette République, même pendant le cours de la Négociation, & que pour excuser en quelque sorte le manquement qu'ils ont fait à Munster, en signant les Articles de leur Traité avec l'Espagne, avant que la France ait été en état d'en faire autant, ils ont voulu faire croire sur un avis supposé par les Espagnols, que leurs Majestez faisoient traiter secretement une nouvelle Alliance avec l'ennemi; le devoir d'un Ministre affectionné au service de son Maître, ne lui a pas permis de demeurer plus longtemps dans le silence, de crainte qu'on ne le fît passer pour un tacite consentement à une calomnie si fausse, dans un Païs où plusieurs personnes sont en possession de tirer assez souvent des consequences aussi mal fondées, qu'eût été celle-là. D'ailleurs la même Relation tendant à interesser l'Etat dans le ressentiment des plaintes qu'on a été obligé de faire à ses Plénipotentiaires, quand ils n'ont pas voulu déferer aux remontrances & oppositions des Ministres de France, & faisant paroître un dessein formé de jetter des semences de division entre la France & Messieurs les Etats, il a fallu montrer nécessairement, qu'on ne s'est jamais plaint que des personnes des Plénipotentiaires, & qu'on est toujours demeuré dans un très-grand respect pour le Corps de l'Etat. Vous aurez déja su de divers endroits, que cet Ecrit a été reçu dans l'Assemblée, selon les diverses inclinations de ceux qui en ont ouï la lecture. Comme il n'est pas possible que les actions des hommes donnent une égale satisfaction à un chacun, puis que le Ciel même ne peut rien envoyer ici bas qui soit également agreable à tout le monde : ceux qui n'ont autre intérêt devant les yeux que le bien de leur Etat, ont été très-satisfaits des lumieres qui leur ont été données, pour prendre garde aux actions de quelques particuliers, qui voudroient faire leurs affaires aux dépens du public. Il s'en est trouvé qui ont voulu blâmer la forme qu'on a prise, à cause qu'elle fait trop d'éclat. Ils disent que les choses contenues dans le discours de Monsieur l'Ambassadeur, étoient meilleures à faire savoir par des voyes secretes, & à dire à l'oreille, qu'à donner par écrit dans une Assemblée générale; mais à qui voudroient-ils qu'on se fût adressé? Ils ne se souviennent pas de la forme de ce Gouvernement. Jamais Monsieur l'Ambassadeur n'a rien dit dans les Conférences particulieres, qu'on ne lui ait demandé de le mettre par écrit, dont je lui ai vu plusieurs fois faire des plaintes. On a même su que Monsieur l'Ambassadeur ayant dit en substance les mêmes choses qui sont dans son Ecrit aux Députez qui lui furent envoyez, Monsieur le Baron de Gent en fit son raport fort succinctement le lendemain, en disant qu'il ne s'étendoit pas, parce qu'on étoit obligé de mettre sur

le

le papier ce qui avoit été dit de bouche. D'autres (quoi qu'en peu de nombre) qui favorisent ceux dont on se plaint, tâchent de censurer la matiere de l'Ecrit, & soûtiennent qu'on n'est pas obligé d'ouïr les plaintes des Ministres étrangers contre ceux de l'Etat : outre que l'Ambassadeur d'un Roi si étroitement uni d'intérêt & d'amitié avec cette République, ne doit pas être consideré comme étranger. J'ai ouï dire à Monsieur l'Ambassadeur, que son intention n'a point été d'intenter une accusation ; mais seulement d'informer l'Etat de ce qui se passe, pour y prendre telle resolution qu'il lui plaira. A la verité je ne sai pas, comment en des occasions si importantes on peut faire savoir à ceux qui le gouvernent, les choses qui lui sont préjudiciables, ou à ses Alliez, si la voye, dont on s'est servi, n'étoit pas approuvée. Je suis assuré qu'on n'a rien mis sur le papier, dont les Plénipotentiaires de France n'ayent parlé, & fait plaintes diverses fois à ceux de cet Etat à Munster. Leur Legation est composée de plusieurs personnes, qui peuvent separement, ou en Corps rendre témoignage de la verité, qui a été representée sans déguisement ni exageration. Plusieurs d'entre eux qui sont très-gens d'honneur se souviendront encore qu'ils ont répondu souvent en presence de leurs autres Collegues (quand on leur a fait reproche de leurs intelligences secretes avec les Ministres d'Espagne) que ceux qui étoient coupables de semblables choses en devoient répondre de leur tête, & qu'ils agissoient directement contre les ordres de leurs Superieurs. Messieurs de Nederhorst, Donia, Ripperda & Klant n'auront pas oublié les avis qu'on leur a donnez en particulier, des menées qui se faisoient à leur insu avec les Ministres d'Espagne, qu'ils ont souvent témoigné de n'approuver pas. Si les choses, qu'on a enfin dites, sont fâcheuses à entendre, on doit juger combien elles ont dû être plus fâcheuses à souffrir par ceux qui ont très-bien reconnu l'intention que deux particuliers ont euë, de causer par ces artifices de la mes-intelligence entre la France & cet Etat, afin de gagner les sommes d'argent que les Espagnols leur ont données ou promises, s'ils en peuvent venir à bout. Il dépend purement aujourd'hui de la prudence de Messieurs les Etats, d'y faire la réflexion que la justice & le bien de leur Païs leur conseilleront. Si leurs Députez avoient suivi ponctuellement leurs ordres (ce qui n'est pas) ils meriteroient remerciement : si quelques-uns y ont contrevenu, ils sont dignes de censure, & on est obligé de faire quelque raison aux Alliez, des plaintes qu'ils ont sujet de faire contre eux. C'est une quéstion de fait qu'il faut examiner : mais serieusement, & sans autre passion, que celle qu'on doit avoir, pour le bien public, & pour découvrir la verité.

Les Plénipotentiaires de cet Etat ont eu trois diverses fonctions à Munster : la premiere pour traiter avec les Ministres d'Espagne des points contenus en leurs Instructions, dont ceux de France ne se sont point mêlez, que pour leur offrir selon le devoir de l'Alliance toute assistance & service. Quand en cela ils n'auroient pas fait tout ce qu'ils doivent, on avoue que les Ministres de France n'ont pas droit de les blâmer, encore que l'amitié qui est entre leur Maître & cette République, les obligeât en quelque façon de donner avis des desseins qui pourroient tourner à son préjudice; comme celui de la mettre mal avec le plus puissant, & le plus fidelle de ses amis.

La seconde fonction a obligé lesdits Plénipotentiaires de garder une étroite correspondance avec ceux de France, de faire marcher les affaires d'un pas égal, de ne conclure point le Traité sans eux, &c. Si en cela ils ont contrevenu par tout aux ordres de leurs Superieurs, & aux Alliances, il doit être permis de s'en plaindre : il seroit malaisé de prendre une autre voye pour le faire, que celle qu'on a prise, ni s'adresser à d'autres qu'à ceux qui ont la puissance Souveraine entre les mains, & qui peuvent par leur àutorité prévenir les maux qu'on a sujet d'apprehender. Si les Ambassadeurs de France n'avoient pas satisfait aux ordres du Roi, touchant la bonne correspondance qu'ils ont été obligez d'entretenir avec les Ministres de cet Etat, il y auroit lieu d'en faire plainte à Sa Majesté, & au lieu de le trouver mauvais dans la Cour de France, j'oserois répondre qu'on ne manqueroit pas de leur en faire raison.

La troisiéme a été la Médiation qu'ils ont euë pendant quelque temps, & qu'on m'a assuré qu'ils ont entreprise sans ordre ni permission de leurs Superieurs. Si dans une occurrence si chatouilleuse quelques-uns d'entre eux ne se sont pas conduits en vrais Alliez, quoi que les Espagnols ayent fait grande parade, d'avoir mis leurs intérêts entre les mains de leurs propres Parties (appellans ainsi eux-mêmes les Ministres de cet Etat) si même au lieu de tenir la balance égale entre leurs amis & leurs ennemis, (ce qu'ils ne pouvoient faire avec raison) ils, l'ont toujours fait pancher du côté des derniers, est-on obligé de souffrir sans en faire plainte? A qui la peut-on faire qu'aux Superieurs, puis même qu'on a été forcé de les desabuser des mauvaises impressions, qu'on leur a voulu donner, sous prétexte de leur rendre compte de cette médiation ? Il est bien permis aux Parties de proposer des recusations contre les Juges qui leur sont suspects, avec quelle justice pourroit-on ôter à des Ministres qui ne sont point supplians, la liberté de representer le mauvais traitement qu'ils ont reçu de leurs entremetteurs, afin qu'on y remedie, puis que contre l'intention de leurs Maîtres, ils semblent ne s'être voulu mêler de nos affaires, que pour nous nuire & favoriser le parti contraire ? On m'a dit, que la plûpart des plaintes qu'on a faites contre eux, sur ce point, se peuvent justifier par écrit, comme les autres peuvent être éclaircies par le témoignage de leurs Collegues. Certes on seroit venu à une dangereuse extrémité, si on ne pouvoit supporter ni les maux ni les rémedes. Ce qui me console parmi ces desordres, est que j'apprens de tous côtez que ceux qui conduisent l'Etat, sont remplis de très-bonnes intentions, leur prudence saura sans doute bien redresser tout ce qui n'a pas été bien fait; & il paroit que tous leurs desseins sont tellement portez au bien, qu'il leur fâche seulement qu'on puisse taxer quelqu'un d'entre eux : mais on ne peut pas éviter que les Corps politiques aussi bien que les naturels, n'ayent quelques parties honteuses : quand ils en ont de corrompuës, il n'y a point de sujet de craindre, lors que celles qui conservent la vie, & qui donnent le mouvement demeurent en bon état. Aujourd'hui le désir du bien est devenu si puissant sur l'esprit de la plûpart des hommes, qu'on ne doit pas s'étonner que les pistoles des Espagnols leur ayent acquis quelques partisans dans cette République, quoi qu'ils en ayent poursuivi la ruine l'espace de quatre-vingts ans. Il me souvient de ce que dit Jugurtha, après s'être fait absoudre à force d'argent par le Senat de l'assassinat de ses parens, *Pauvre Ville* (dit-il, en sortant de Rome) *tu ne subsisteras que jusques à ce qu'il se trouve des gens qui te puissent acheter.* Si on laissoit prendre l'autorité à quelques-uns que Monsieur l'Ambassadeur connoit fort bien, on pourroit craindre avec raison la même chose de ce Païs. Il ne tiendroit pas à eux si on leur faisoit bien leur compte, que les Espagnols qu'ils caressent tant, ne s'en rendissent les Maîtres. Ce qui est de plus fâcheux, est que la foi qu'on a ajoûtée depuis quelque temps à ce qui est venu de leur part, a retardé la conclusion de la Paix; car étant contraints, pour bien servir ceux qui les ont gagnez, de desobliger la France, & d'alterer s'ils peuvent la sincere amitié qui a toujours été entre elle & cet Etat; ils déguisent toutes choses à leurs Superieurs, afin de les porter à quelque resolution précipitée, & afin que les affaires se terminent plutôt par de mauvaises voyes qui leur soient utiles, que par de bonnes & honorables, qui ne leur apporteroient point de profit, ne faisans pas scrupule de sacrifier honteusement leur patrie & leurs amis à leur avarice. Je vous supplie de m'envoier vos sentimens sur cet Ecrit, après que vous l'aurez lu, & de me croire autant que je suis

MONSIEUR,

N. N.

REFUTATION

De la

LETTRE

Ecrite par le Sieur

SERVIEN

AMBASSADEUR

De

FRANCE,

Sous le nom d'un

GENTIL-HOMME

FRANÇOIS,

Traduite de Flamand en François.

A Delft ce 15. Mars 1647.

MOnsieur l'Ambassadeur n'ayant point de meilleur ami que soi-même, a bien fait de prendre cette qualité, & de se chercher à

TOM. IV.

Paris, où il montre bien, qu'il pense être, lors qu'il tranche du Souverain à la Haye : il dit, *qu'il a eu beaucoup de peine de recouvrer son propre Ouvrage*, pource que par effet c'étoit besongne perduë, & par cette peine il entend celle qu'il a eue à le composer, & qu'il a depuis soufferte, en le voyant condamner des plus sensez.; mais en tout cas la peine auroit été mieux employée à étouffer cette mauvaise production en sa naissance; il ajoûte, *qu'il a pris très-grand soin d'empêcher qu'il fut divulgué par les siens*, c'est à dire, pour un Ecrit scandaleux aux Etats des Provinces-Unies, & dommageable à la France, comme il a été reconnu, car autrement il y auroit de la contradiction de l'avoir presenté à une Compagnie de deux cens Députez, puis fait imprimer en divers endroits, & à en empêcher toutefois la publication. *Ceux qui ont mis l'Ecrit au net, ont oublié par mégarde un cayer de deux feuilles, qui étoit en la minute.* Personne n'a pû mettre au net un Ecrit souillé par tout de noires calomnies, qui n'admet aucune netteté, & personne aussi par conséquent n'a oublié d'y joindre le cayer de deux feuilles, qui est une excroissance accidentelle, & une tumeur survenuë depuis, comme un gouêtre, ou loupe en un Corps mal sain. *Il l'a fait transcrire avec un peu de précipitation*; en ôtant le mot de transcrire, le sens en seroit meilleur, & plus conforme à la verité; ou en tout cas on ne contredira pas, que tout y ait été précipité, du moins il paroit ainsi, nonobstant la peine que l'Auteur y a prise, qui n'est pas incompatible avec la précipitation; celui-là n'en recevant pas moins, qui roule dans un précipice, que celui qui marche à pas comptez par un bon chemin. *Vous trouverez la piéce barrée à la marge*, pour désigner un ouvrage illegitime, c'est bien fait d'y mettre une barre; *Monsieur l'Ambassadeur eût bien eu besoin d'un peu de loisir.* Il en aura assez desormais pour se repentir d'en avoir si peu pris alors, & de n'avoir pas plus attentivement consideré le mauvais pas, où il s'alloit engager, escrimant d'estoc & de taille à droite & à gauche contre des personnes d'honneur, qui ne lui en avoient jamais donné aucun sujet. Il assure ensuite que ce sien Ecrit *est un antidote*, peut-être pensoit-il dire antidate, à cause que les 8. Articles supernumeraires (quoi que minutez seulement en Avril) se trouvent néanmoins datez en Mars; *la Lettre du Sieur Brun étoit pleine de venin*; de même que tout paroit jaune aux Ictériques, que tout semble tourner aux vertigineux, aussi tout est venin auprès des venimeux : on ne trouvera pas en cette Lettre du Sieur Brun (qu'on peut voir ci-dessus) la moindre parole, qui soit d'offense ou de mépris, & à peine en rencontrera-t-on une seule en tous les Ecrits de l'Antidotiste, qui ne soit aigre, piquante, & outrageuse; en cela consiste la merveille de son antidote, d'appliquer le fer & le feu aux parties les plus belles, & les plus saines. *Les Plénipotentiaires de Messieurs les Etats ont voulu faire croire sur un avis supposé par les Espagnols, que leurs Majestez faisoient traiter secretement une nouvelle Alliance avec l'ennemi*; après quoi il demeure court, attirant comme le Soleil de cette saison, des humeurs qu'il ne peut resoudre. Il ne falloit pas toucher cette corde, ou la faire sonner plus haut; & auroit beaucoup mieux valu se taire, que de parler si mystiquement & sobrement en un sujet de cette nature : car on en découvre plus à demi-mots, qu'en s'expliquant davantage. Nous n'avons jamais rien apris là-dessus des Espagnols, qui sont en garde autant de fois qu'on leur en parle. Les premiers avis que nous eumes, venoient (comme ſavent nos Superieurs) de perſonnes bien affectionnées, & intereſſées à nôtre conſervation, & bien informées auſſi de ce qui avoit été reſolu dans le Cabinet de la Reine ſur ce ſujet ; *mais (dit le Sieur Ambaſſadeur,) on ne ſauroit paſſer ſous ſilence une calomnie ſi forte dans un Païs, où pluſieurs perſonnes ſont en poſſeſſion de tirer aſſez ſouvent des conſequences auſſi mal fondées, qu'eût été celle-là* ; voilà une étrange maniere de gagner l'amitié de notre Nation, que d'en porter un jugement ſi deſavantageux : il croit poſſible qu'elle eſt comme les femmes de Moſcovie, qui n'eſtiment leurs maris, que ſur la meſure des coups qu'elles en reçoivent. *Il a fallu montrer néceſſairement qu'on ne s'eſt jamais plaint, que des perſonnes des Plénipotentiaires, reſpectant le Corps de l'Etat* ; comme ſi on pouvoit mutiler les Membres Principaux, ſans offenſer le Corps, & offuſquer les rayons du Soleil, ſans toucher à ſa lumiere, & que l'on n'eût pas vu des déclarations de Guerre faites par la France même, fondées ſeulement ſur les mauvais traitemens de ſes Ambaſſadeurs, qui ſans doute ſont ſacrez par tout, lors qu'ils n'abuſent point de ce grand Miniſtere. Quinze jours avant cette Lettre on ne s'attachoit qu'aux Sieurs Paw & Knuyt ; à preſent l'audace prenant force par l'impunité, paſſe à tous les Plénipotentiaires, & ne les accuſe de rien moins, que d'avoir voulu ſemer la diviſion entre la France & les Etats, & d'avoir inſeré des fauſſetez dans leurs Relations. *Ceux qui n'ont autre intérêt devant les yeux, que le bien de leur Etat, ont été très-ſatisfaits des lumieres, qui leur ont été données, pour prendre garde aux actions de quelques particuliers, qui voudroient faire leurs affaires aux dépens du public* ; tellement, que ſelon la regle de droit, qui veut que l'incluſion de l'un ſoit l'exception de l'autre, tous ceux qui ont eu un ſentiment different, & dont le nombre excéde de beaucoup celui des autres, n'ont pas pour objet le bien de l'Etat. O Dieu juſques où monte la vanité de certains eſprits, qui enflez d'un peu de proſperité paſſagere, tiennent pour crime tout ce qui n'eſt pas de leur goût particulier, & ne veuillent rien voir, qu'au deſſous d'eux ! Qui eût jamais crû, qu'après nous être maintenus quatre-vingts ans les armes à la main en une autorité ſupreme, nous la viſſions ainſi fouler aux pieds au milieu de ſon thrône par un homme ſeul, qui veut que nous ſoyons auſſi immobiles, lors qu'il nous arrache la barbe, que la ſtatue d'Eſculape, lors que Denis le Tyran lui faiſoit abbatre la ſienne. *Il s'en eſt trouvé, qui ont voulu blâmer la forme qu'on a priſe de ſe plaindre, à cauſe qu'elle fait trop d'éclat* : cette cauſe n'eſt pas la ſeule, pour laquelle on condamne l'Ecrit injurieux, elle ne comprend que le défaut politique, de mal dreſſer ſes parties, d'éventer une mine à même temps qu'on lui veut donner le feu ; mais il y a bien d'autres choſes à blâmer, non ſeulement en la forme, mais en la matiere: comme de vouloir faire paſſer au préjudice de la reputation d'autrui, des imaginations creuſes, pour des veritez ſolides ; d'alleguer des crimes ſans preuves, des faits ſans circonſtances, des conjectures ſans vrai-ſemblances, des ſoupçons ſans adminicules, contre les anciens Miniſtres de l'Etat, & auprès de ceux qui ſavent tout le contraire de ce que l'on poſe, & que l'on s'opiniâtre à maintenir ſur des ſujets qui ſont déja tellement éclaircis par les Superieurs,

qu'on ne ſauroit plus les obſcurcir ni déguiſer. *Jamais Monſieur l'Ambaſſadeur n'a rien dit dans les Conférences particulieres, qu'on ne lui ait demandé de le mettre par écrit, dont on lui a vu pluſieurs fois faire des plaintes.* Monſieur l'Ambaſſadeur ſe plaint toujours, & de tout, rien ne lui plait en notre Païs, où il choque & improuve notre ſtyle, & nos coûtumes, pource qu'elles ne s'accordent pas à la liberté qu'il ſe veut donner de dire aujourd'hui une choſe, & la revoquer demain, trouvant mauvais le remede que l'on oppoſe à ſemblables inconvenients, en l'obligeant de confirmer par écrit, ce qu'il aſſure de bouche, & encore n'eſt-ce pas peu, qu'on ne lui mene Notaires, ni témoins pour uſer de toutes les précautions requiſes à ceux qui traitent avec lui : *on a ouï dire à Monſieur l'Ambaſſadeur, que ſon intention n'a point été d'intenter une accuſation,* avec quoi il penſe en échaper, ne ſe ſouvenant pas du texte de la Loi 2. au *Code. tit. qui accuſare non poſſunt. quòd nemo à verâ calumniâ excuſetur.* *A la verité on ne ſait pas (continue de dire le même Sieur Ambaſſadeur) comment en des occaſions ſi importantes on peut faire ſavoir à ceux qui gouvernent l'Etat, les choſes qui lui ſont préjudiciables, & à ſes Alliez, ſi la voye dont on s'eſt ſervi n'eſt approuvée.* Le vrai moyen étoit de ne dire, que ce que l'on pourroit prouver, de s'inſcrire contre les perſonnes accuſées, qui ſont de même condition que le Delateur, de coarcter ſes poſitions, indiquer les témoins, déſigner les jours & les lieux, & faire enfin tout ce que preſcrit le Droit en cas ſemblable, ſelon le texte de la Loi 3. *ff. de accuſat. ne alioquin voces ad libidinem effuſæ, & privati potiùs odii, quàm utilitatis publicæ intuitu jactatæ videantur,* comme diſent les DD. ſur la Loi, *ſi non convitii C. de injur.* Meſſieurs de Nederhorſt, Donia, Ripperda, & Clant, n'auront pas oublié les avis qu'on leur a donnez en particulier *des menées qui ſe faiſoient à leur inſu avec les Miniſtres d'Eſpagne, qu'ils ont ſouvent témoigné de n'approuver pas.* Ici Monſieur Servien s'oublie du perſonnage qu'il jouë, & leve le maſque, revelant des myſteres reſervez à lui ſeul. Ces Meſſieurs qu'il cite avouent bien, qu'il leur a parlé de quelques viſites qu'on faiſoit ſans eux, mais ils nient, qu'ils les ayent deſaprouvées, ni tant ſoit peu douté de la probité de leurs Collegues, étant aſſez informez du ſujet deſdites viſites particulieres ; auſſi leſdits Sieurs Donia, Ripperda, & Clant, ont ſigné le Traité fait avec les Eſpagnols, à même temps que les Sieurs de Gent, de Matheneſſe, Paw, & Knuyt, & ont donné ſemblablement la Relation à Meſſieurs les Etats, dont ledit Sieur Servien ne ceſſe de ſe plaindre. *On a bien reconnu l'intention que deux particuliers ont eu de cauſer par ces artifices de la meſintelligence entre la France & cet Etat, afin de gagner les ſommes d'argent, que les Eſpagnols leur ont données, ou promiſes, s'ils en peuvent venir à bout.* Quiconque paſſe à de ſemblables termes, ſans avoir les preuves à la main, merite la peine, dont les accuſez ſeroient dignes, ainſi l'a déclaré franchement & nettement notre Ambaſſadeur en Cour de France à Monſieur le Cardinal Mazarin ; & que ſemblables reproches ne pouvoient paſſer pour galanteries, ni celui qui les fait ſe prevaloir du privilege de ſa charge, qui ne lui peut être utile, quand il s'abbaiſſe à de ſemblables fonctions, *non ſunt enim digni Legum auxilio, & beneficiis, qui ipſi in Leges ipſas delinquunt. L. Alterius ff. de R. I.* outre que les perſonnes, qu'il accuſe, ſont auſſi bien que lui Ambaſſadeurs

&

& Plénipotentiaires, ainsi doit avoir lieu la regle de Droit, *Privilegiatus contra Privilegiatum non utitur privilegio suo.* *Si leurs Députez (s'entend de Messieurs les Etats) avoient suivi ponctuellement leurs ordres, ce qui n'est pas, ils meriteroient remerciement.* Qui fait mieux, que Messieurs les Etats, si leurs Deputez ont suivi leurs ordres, ou non; les minutes de leurs Instructions ne sont-elles pas encore existentes pour les conferer avec les Articles qu'ils ont signez à Munster? Qu'est il besoin, qu'ils reçoivent la loi & l'information d'un étranger sur un fait si notoire, & tellement dependant de leur autorité, aussi bien que de leur connoissance? ne se pouvant nier, qu'en cela le Sieur Servien met sa faucille en la moisson d'autrui, & juge des choses qu'il n'entend pas, ni ne doit entendre, & que l'Etat ne voudroit pas aussi qu'il entendît. *Les Ministres de France ne se sont point mêlez des Traitez de Messieurs les Etats avec l'Espagne.* Et cependant au commencement de l'Article 17. & à la fin du 33. de sa réponse, à la Lettre du Sieur Brun, il dit tout le contraire, & fait valoir les offices qu'il y a rendus avec Messieurs ses Collegues, reprochant à Messieurs les Etats, qu'ils n'en ont pas usé de même en leur endroit. *Si les Ambassadeurs de France n'a-voient pas satisfait aux ordres du Roi touchant la bonne correspondance, qu'ils ont été obligez d'entretenir avec les Ministres de cet Etat, il y auroit lieu d'en faire plainte à Sa Majesté, & au lieu de le trouver mauvais dans la Cour de France, j'oserois bien répondre, qu'on ne manqueroit pas de leur en faire raison.* Comment pourroit-on plus mal garder la correspondance avec les Ministres de notre Etat, que de les injurier si atrocement, comme l'on fait, & déchirer leur honneur & reputation publiquement, sans leur en faire après aucune sorte de reparation, nonobstant les plaintes adressées sur ce sujet au nom de Messieurs les Etats par leur dit Ambassadeur, Resident auprès de Sa Majesté très-Chrétienne, que l'on n'a payé que de paroles ambigues, & à deux sens, qui n'est pas une monnoye de mise parmi nous en matieres de si longue & dangereuse suite. *Que les mêmes Ambassadeurs de Messieurs les Etats ont entrepris la Médiation entre les deux Couronnes, sans ordre ni permission de leurs Superieurs.* Objection à la verité bien étrange en la plume de celui qui les a invitez & excitez à ladite Médiation ou interposition, & qui depuis les a cent fois louez de l'avoir entreprise, qui sait aussi que lesdits Ambassadeurs pendant six mois qu'elle a duré n'ont cessé de rendre compte exact à leurs Superieurs de tout ce qui s'y passoit, & en ont reçu en toutes les occurrences des réponses & approbations specifiques. *Il est bien permis aux Parties de proposer des recusations contre les Juges, qui leur sont suspects.* Oui sans doute, mais par les formes etablies de droit, & par les Loix qui sont très-severes contre ceux qui en prennent des prétextes mal à propos, & n'ont pour but que la diffamation des Juges, contre qui on les propose, dont les Decisionaires de France apportent tant d'exemples, & de divers Arrêts des Parlemens, qu'on a sujet de s'étonner, qu'un personnage tant versé aux affaires de Justice, aussi bien qu'aux Politiques, se soit écarté d'un chemin si battu & si droit. On a été forcé de desabuser Messieurs les Etats des mauvaises impressions qu'on leur avoit voulu donner sous prétexte de leur rendre compte de cette Médiation. Mais si au lieu de les desabuser, on les abuse, si on nomme les impressions mauvaises, qui

de soi sont fort bonnes, fort veritables, fort importantes, & qui ne tendent qu'à une bonne fin. Si les Superieurs, à qui elles sont adressées, les connoissent pour telles, & estiment les allegations, que l'on fait au contraire, très-pernicieuses, & mal fondées, que peut-on juger de celui qui les met en avant, & vient troubler les justes constitutions d'un Etat bien policé? *On ne peut pas éviter, que les Corps politiques, aussi bien que les naturels, n'ayent quelques parties honteuses.* Cette sale comparaison ne tient rien de la gravité d'un Ambassadeur, & semble être plutôt d'un Operateur, qui affile déja ses rasoirs pour retrancher la male vigueur du corps de cet Etat. Elle est d'ailleurs si repugnante aux sujets, auxquels on la veut apliquer, que de soi seule elle convainc la passion demesurée de celui qui s'en sert, & qui par le caractere d'une telle indignité pense flétrir des personnes qui n'ont rien de honteux, ni en leur naissance, ni en leur conduite, aimez, & estimez de tous les bons Patriots, dont la patience commence à s'user dans le cours d'une si longue & violente persecution, dont ledit Sieur Ambassadeur se devroit bien appercevoir, puisqu'il voit que la Republique défend, soutient, & eleve lesdits personnages à mesure qu'il les veut attaquer, pousser, & abbaisser, qui sont autant d'approbations de leur procedé, & de condamnations de celui de Monsieur l'Ambassadeur, qui se fait tort à soi-même, & au Roi son Maître, de continuer si longtems en un si mauvais jeu, où il n'y a rien du tout à gagner, & beaucoup à perdre de son côté, ainsi que l'experience lui a déja fait connoître. Les Espagnols, qui ont pris le contrepied de sa marche, en rendant toute sorte d'honneur au Sieur de Nederhorst, n'auront garde de lui déconseiller la poursuite de son dessein, & le piqueront plutôt sous main, & par tierces personnes à la continuation de cette boutade; mais moi, qui parle en vrai & franc Hollandois, je ne puis, sinon à regret, le voir dans ce fâcheux chemin, & n'y a sorte d'efforts, que je ne fisse pour l'en détourner. Le priant de considerer que c'est une chose impossible, & contre nature, de vouloir donner la loi en la Maison d'autrui, & forcer seul tous les Etats à la recevoir, & que c'est mal connoître le genie de notre Nation, que de la penser contraindre à l'oppression de ses principaux Ministres, qui depuis tant d'années se sont entierement devouez au salut public, & ne semblent encore souffrir maintenant que pour cette seule consideration; ainsi le plutôt que Monsieur l'Ambassadeur se retirera de cette entreprise, ce sera son mieux, n'étant pas possible que tout au moins il ne perde quelque chose de son repos, en nous pensant ôter le nôtre. *Aujourd'hui le desir du bien est devenu si puissant sur l'esprit de la plûpart des hommes, qu'on ne doit pas s'étonner que les pistoles des Espagnols leur ayent aquis quelques partisans dans cette République.* Il a dit & repeté souvent ailleurs, que les Espagnols sont reduits à la derniere maille, & qu'ils n'en peuvent plus; à cette heure il les debite tout à coup pour fort riches & opulens, afin seulement d'autoriser le blâme, dont il nous charge, qui sont des effets en verité prodigieux de la colere, que Petrarque avoit bien sujet de nommer une parenthese de la Mémoire & de la Raison, puisque ledit Sieur Ambassadeur (qui s'est servi si adroitement de l'une & de l'autre en tant d'autres emplois) semble en perdre l'usage en cette rencontre; mais quand les Espagnols voudroient & pourroient répandre à pleines mains l'argent par-

1647.

mi nous, dont ils ont aſſez beſoin autre part, il ne s'enſuit pas, qu'ils trouvaſſent à qui le fier : notre Etat n'auroit pas duré ſi longtems, ni ſubſiſté quatre-vingts ans ſur de ſi foibles principes de ſon premier établiſſement, s'il eût été ſujet à corruption. Et perſonne ne ſait mieux que Monſieur l'Ambaſſadeur, que la probité de nos Miniſtres eſt à toutes épreuves, non moins inflexibles à ſes promeſſes, qu'à ſes menaces; & pour cela demeurent inutiles en ſes mains les grandes ſommes d'argent, dont il s'etoit fourni, bien que ce ſoit une graine auſſi bonne que celle d'Eſpagne, & auſſi capable de produire parmi nous, ſi le terroir en étoit ſuſceptible. *Il me ſouvient de ce que dit Jugurtha, après s'être fait abſoudre à force d'argent à Rome par le Senat, Pauvre Ville, tu ne ſubſiſteras que juſques à ce qu'il ſe trouve des gens qui te puiſſent acheter.* Après cette ballafre hideuſe, qu'il penſe laiſſer ſur le viſage de l'Etat en la concluſion de ſa Lettre, il nous eſt bien difficile de contenir nos ſentimens. Il ſait combien nous avons juſques à maintenant reſpecté ſa dignité, & encore ſa perſonne en particulier; le premier voyage qu'il ſit près de nous lui en a pu laiſſer de ſuffiſantes preuves dans les demonſtrations d'affabilité & bienveillance, que nous avons tâché de lui rendre, qui devoient ſervir de barrieres à la violence, à laquelle il ſe laiſſe emporter, qui paſſe juſques à des termes inſuportables; comme ſont encore les ſuivants, ſavoir, que noſdits Miniſtres *ſont contents pour bien ſervir ceux qui les ont gagnez, de deſobliger la France, de déguiſer toutes choſes à leurs Superieurs, ne faiſant point de ſcrupule de ſacrifier honteuſement leur patrie, & leurs amis à leur avarice.* Ces tranſports & agitations ſont en quelque façon pardonnables à celui qui veut bien ſe comparer à Jugurtha, en s'apropriant le langage, qu'il tenoit d'une Republique qu'il avoit offenſée, & à qui il avoit été obligé de demander abſolution de ſes fautes; auſſi voit-on bien qu'il parle en cet endroit avec confuſion, preſupoſant des déguiſemens aux choſes qui par leur nature propre n'en peuvent recevoir, puiſqu'elles ſont toutes publiques, & non moins connuës de Meſſieurs les Etats, que de leurs Plénipotentiaires, repreſentant dans les inductions qu'il tire, ceux-là plus ignorants & ſtupides, que ceux-ci malicieux & corrompus, après quoi n'a-t-il pas bonne grace de prier que l'on lui mande *les ſentimens que l'on aura ſur ſon Ecrit, après que l'on l'aura lu.* Comme s'ils pouvoient être autres que de le tenir caché; au lieu dequoi à meſure qu'il conſulte là-deſſus, ſans attendre la réponſe, il le publie par tout, & joué en un même temps ſeul tous les perſonnages de la Comedie, s'écrivant, ſe répondant, conſultant, & deliberant, ſans changer ſon ſtyle, ni ſon action, qui n'eſt pas une petite adreſſe, ni peu avantageuſe; pourvû qu'elle lui réüſſiſſe, comme à ce brave Soldat, qui faiſant ſa compoſition dans le Château qu'il défendoit, en ſortit pour Capitaine, pour Enſeigne, Caporal, Fifre, & Tambour, ayant fait toutes ces fonctions ſeul, pendant le temps de ſa défenſe.

OBSERVATIONS

ſur la

REPONSE

faite par le Sieur

SERVIEN

PLENIPOTENTIAIRE

De

FRANCE,

A la Haye le 2. Mars 1647.

à la

LETTRE

Ecrite par le Sieur

BRUN

PLENIPOTENTIAIRE

D'ESPAGNE,

De Deventer le 11. de Fevrier

à Meſſieurs les

ETATS GENERAUX

des

PROVINCES-UNIES

du

PAYS-BAS.

LA Lettre ne contient que cinq Articles, & la Réponſe 58. Celle-là néanmoins vient d'une perſonne éloignée deſdits Sieurs Etats, & celle-ci d'une qui eſt à leur porte, & qui ayant la liberté de leur parler, ſoit en général, ſoit en particulier, autant que bon lui ſemble, s'en ſert à tous momens. La Lettre eſt accompagnée par tout de civilitez & reſpects, quoi que ſur un ſujet de plaintes; & la Réponſe toute remplie d'attaques & invectives, quoi que ſur un ſujet de remerciemens; la Lettre ne s'attache qu'aux choſes, & point aux perſonnes; la Réponſe toujours aux perſonnes & jamais aux choſes; celle-là eſt toute dans les réalitez; celle-ci toute dans les fictions. La Lettre ne ſort point hors de ſa theſe, & va de droit fil au but qu'elle s'eſt propoſé; & la Réponſe ne s'apuye à rien moins qu'au fond, ſur lequel elle doit ſubſiſter. Celle-là parle de ſept

Am-

Ambassadeurs desdits Etats, qui ont signé les Articles entre Sa Majesté Catholique, & eux; celle-ci n'attribue cette signature & convention qu'à deux seulement, contre qui elle répand beaucoup d'encre, & encore plus de venin. La Lettre objecte, que la France obligeant les Etats à garantir les intérêts de tous ses Alliez, qui sont en grand nombre, & les Etats n'obligeans la France qu'à la garantie de ceux qui les touchent immédiatement, le parti seroit fort inégal; la Réponse ne détruit cette objection, que par l'exaltation des grandeurs de la Maison de Savoye, qui n'a rien de commun avec lesdits Etats, & ne leur donna jamais aucune assistance. La Lettre parle des Traitez, que la France fait sans participation de Messieurs les Etats, & les specifie; la Réponse se défend seulement sur celui de l'Empire, en termes généraux, & si obscurs, qu'on n'en sauroit penetrer le sens, passant sous silence ceux avec S. A. Electorale de Baviere. Et quant aux points plus essentiels, & importans exprimez en la Lettre, touchant la validité des Pouvoirs sur lesquels on a traité, le longtems qu'on a employé à examiner les Articles avant que de les signer, les informations données à Messieurs les États par écrit & de bouche, l'attente & depuis l'envoi de leurs ordres specifiques, la Réponse n'en dit rien du tout, & demeure aussi sans repartie sur les principales objections; savoir, *Que si les Ambassadeurs de Messieurs les Etats avoient excedé leur Pouvoir, ils se seroient joué du travail, & abusé de la candeur & patience des Ministres d'Espagne, en un sujet qui ne doit pas être rendu illusoire; qu'après avoir mis les Espagnols dans le chemin de la direction, qui a été confiée à Messieurs les Etats, il n'est pas raisonnable de leur en serrer le pas, & les empêcher de fournir les éclaircissemens necessaires pour la continuation de cette même entremise: que la plus grande part des intérêts proposez par la France, lui sont étrangers, & non seulement affectez, mais imaginaires, sans aveu de ceux à qui on les fait appartenir: qu'il faudroit se crever les yeux avec ses propres mains, pour ne voir pas que l'interpellation, que la France fait à Messieurs les Etats d'interpreter la Ligue garantie, accordée entre eux l'an 1644. n'est qu'un prétexte pour gagner temps, & ruiner cependant l'ouvrage principal; laquelle assertion est fondée en la même Lettre sur de si solides raisons, qu'elles ne souffrent aucune replique.* En sorte que la Réponse, quoique si feconde en inventions & déguisemens, y est demeurée courte, cedant à la force de la verité, tant en cet endroit, qu'aux autres precédemment rapportez: comme encore sur l'expresse déclaration faite en la même Lettre, que la proposition touchant cette garantie est intempestive, & ne sert que de couverture à d'autres repugnantes aux Traitez; comme *de mettre les Espagnols hors des Païs-Bas, changer la Trêve de Catalogne en une Paix*, & autres semblables, contraires à tout ce qui a été concerté avec Messieurs les Etats, & avec la France par leur interposition. La Réponse au lieu de refuter des objections si pressantes, se divertit à des sujets, qui n'ont aucune connexité avec ceux dont il s'agit; & la Lettre donnée en communication, s'en retourne à Messieurs les Etats avec une glose, qui ne se peut apliquer au texte, ni même convenir au sens détourné, à quoi on prétend de la faire servir: ainsi qu'il sera très-aisé de reconnoître, pour peu d'attention qu'on aporte à la considerer, & à se souvenir de ce qui s'est passé en toute la Négociation, & qui de-

meure verifié par des Actes & Documens irreprochables.

REPLIQUE

Sur le premier Article

De la

REPONSE

Du Sieur

SERVIEN.

LE premier Article de cette Réponse veut, que la fin de la Lettre n'ait été qu'une tissure d'artifices employez par les Ministres d'Espagne à l'endroit de Messieurs les Etats: & toutefois on ne vit jamais en aucun autre Ecrit une conclusion plus franche, & plus naïve, par laquelle on les invite de ne plus tenir les choses en un état douteux, les assûrant, qu'en cas ils ne veuillent pas avouer ce que leurs Ambassadeurs ont traité, & signé à Munster, l'Espagne aura bien moins de sujet de se plaindre, si on le lui déclare à bonne heure, que si on le lui cache plus longtems. De cette même forte ont parlé plusieurs fois les Ministres d'Espagne à ceux de Messieurs les Etats, les priant & pressant de rompre plutôt la Négociation, avant que de la conclure, que de chanceler par après sur l'execution de ce qui auroit été une fois resolu, & signé réciproquement; pour être semblables changemens contraires à la reputation, & dignité des uns & des autres.

Sur le Second.

Au second, comme dans un canal étroit se choquent & se brisent les flots d'un torrent débordé, qui ne fait que passer avec beaucoup de bruit, sans laisser après soi aucunes traces de son impetuosité: car ainsi peut-on bien représenter ces amas confus de reproches & d'atteintes, sous ces termes de *cajoleries, harangues seditieuses, conseils clandestins, publications de Traitez supposez, discours tenus à Bruxelles, à Munster, & dans les Villes des Provinces-Unies, suggestions de mauvais Patriots*, dont on charge à tort, & à travers le premier qui se rencontre, non seulement sans preuves, mais sans conjectures mêmes, ni apparences, sans designation de temps, de lieux, & de témoins, sans specification de faits, & sans la moindre de toutes les circonstances requises, pour donner tant soit peu de couleur à une allegation de cette nature, principalement venant d'une personne publique, & s'adressant à une compagnie si relevée, comme est celle de Messieurs les Etats, qu'il ne convient pas distraire de ses occupations serieuses, pour l'entretenir de choses si peu solides, si mal fondées, & de si mauvaise odeur.

Sur

Sur le Troisiéme.

Par le troisiéme, on enseigne la definition des Manifestes, pour faire voir, que les Espagnols ou ne l'ont pas sû entendre, ou ne l'ont pas voulu observer en l'envoi de cette Lettre, à laquelle le Sieur Servien répond, quoi qu'elle ne puisse passer sous ce titre, ni par sa forme, ni par sa substance, ni par l'intention de celui qui l'a écrite, ni par celle non plus, comme l'on croit, de ceux qui l'ont reçuë; aussi n'est-ce point une publication de Guerre, mais une invitation de Paix; ce n'est pas une piéce de Rhétorique abondante en déclamations, ni une Satire composée d'invectives, comme la présente ledit Sieur Servien, à qui on pourroit repartir avec le Poëte de son Païs.

REGNIER POETE FRANÇOIS.

Triste & facheuse humeur de la plûpart des hommes,
Qui selon ce qu'ils sont, jugent ce que nous sommes.
Et sucrant d'un souris un discours ruineux,
Accusent en autrui les maux qui sont en eux.

N'y ayant personne qui ne rencontre effectivement en la réponse les figures, & les qualitez qu'elle attribue imaginairement à la Lettre; qui par tout garde la bienseance, & modestie sans offenser aucun Ministre, soit de la Couronne de France, soit de Messieurs les Etats; professant par tout un extrême desir de pacification avec les uns & les autres.

Sur le Quatriéme,

Chacun sait, qu'avant que le Sieur Servien vînt à la Haye, le Sieur Philippe le Roi y étoit déja, & qu'il y passa de Bruxelles, & non pas de Munster, où le voyage dudit Sieur Servien ne fut sû, que deux jours avant qu'il l'entreprît; ce qui renverse par le fondement toutes les suppositions du quatriéme Article, & les consequences que l'on en tire par un discours très-inutilement étudié & travaillé, où chacun s'étonnera de voir, que d'une part un Ministre de France se témoigne si savant des consultations, que font entr'eux les Ministres d'Espagne, & les représente fort alarmez de son voyage; comme si c'étoit une nouveauté pour eux, d'attendre quelque revers de sa main en leurs Traitez avec Messieurs les Etats; & d'autre part l'étonnement ne sera pas moindre de lire dans le même Article, & aux autres suivans, les soupçons que la France témoigne d'avoir pris dès longtems contre les Sieurs Paw & Knuyt, après les avoir tant de fois louëz en d'autres rencontres, & concerté avec eux les principaux Traitez, qui se sont passez entre elles, & Messieurs les Etats, auprès desquels ils tiennent des premiers rangs, & y sont considerez entre les principales Colonnes de deux Provinces très-puissantes; avec une telle experience, & approbation de leur vertu, que quand les hommes se tairoient, les pierres devroient parler, & s'élever contre de si temeraires & injustes accusations. Quant à l'Ecrit présenté par le Sieur Brun mentionné à la fin de cet Article quatriéme & du cinquiéme suivant, il fut donné publiquement & consigné aux huit Ambassadeurs de Messieurs les Etats, comme Inter-

positeurs entre l'Espagne & la France, sans que jamais on ait eu la pensée de l'en retirer; & ce n'est pas merveille qu'il ne fut point communiqué aux Ministres de France, pour ce qu'il n'avoit été offert ni accepté que sous cette condition seulement, étant bien véritable que le Sieur Philippe le Roi en a depuis présenté un, de même substance, à Messieurs les Etats, non par forme de Manifeste, comme dit la Réponse, qui se sert de ce terme par tout abusivement, & s'il contenoit quelque fausseté, il y a eu du temps pour la refuter, puisqu'il a été depuis rendu public, & passé aux mains du Sieur Servien, qui seroit bien empêché d'y rencontrer le moindre défaut; aussi nonobstant le passedroit, qu'il pense avoir, de dire tout ce que bon lui semble, il n'a pas osé impugner des veritez si connues, comme sont celles que contient ledit Ecrit, qui n'étoit qu'une information particuliere aux Interpositeurs, & une requisition de rompre, ou d'achever les Traitez avec l'Espagne; en cas que la France ne voulût point desister des nouvelles demandes, qu'elle avoit faites depuis deux jours, contraires à tout ce qu'elle avoit promis auparavant.

Sur les 5. 8. 9. 11. & 12.

Si on confere le cinquiéme avec le huitiéme, on y trouvera des repugnances & contradictions si évidentes, qu'on pourra bien dire, que l'un des feuillets efface l'autre; & qu'en ce corps disloqué les pieds y font la guerre aux mains. On voit par le cinquiéme, que sans exception ni reserve les huit Ambassadeurs de Messieurs les Etats, à qui cet Ecrit (dont a été parlé en l'Article précedent) avoit été remis, sont condamnez par la France, pour ne lui avoir pas communiqué; & déclarez mauvais observateurs des ordres de leurs Superieurs. Et par le huitiéme on reconnoit la plûpart d'entre eux, pour bien intentionnez, remplis de verité & d'une louable conduite; le surplus dudit Article huitiéme n'est qu'un mélange impur d'injures toutes cruës & toutes nuës contre les Sieurs Paw & Knuyt, aussi bien que le contenu aux 9. 10. 11. 12. 13. 14. & 15. qui ne meritent aucune replique, pour n'être accompagnées d'aucunes des formalitez en tel cas requises, & prescrites par les Loix, & pour être appuyées sur de si foibles fondemens, qu'elles tombent d'elles-mêmes, sans que personne les touche, ni manie.

Sur le Sixiéme.

Quant à ce qui est dit précedemment au sixiéme, que puis que la Lettre du Sieur Brun est datée de Deventer de l'onziéme Fevrier, & que lorsqu'elle a été portée à Messieurs les Etats, on en recevoit à la Haye de Munster du 21. & 22. du même mois, il y a pour cela grande apparence, qu'elle ait été composée par l'avis de quelques Ministres desdits Etats: c'est une consequence mal prise, & bien équivoque; étant certain qu'une infinité d'inciden ou de considerations ont pû retarder la présentation de ladite Lettre, & que le plus grossier du monde auroit bien pû remedier à ce manquement, que l'on objecte, ou par une date differente, ou par cent autres moyens.

Sur le Septiéme.

On ne trouve point en cette Lettre ces grands éloges en faveur des Plénipotentiaires
de

1647.

de Meffieurs les Etats, que le feptiéme Article fupofe; bien y rencontre-t-on en trois lignes les preuves indubitables de l'autorité & pouvoir avec quoi ils ont traité, tel qu'il n'eft fujet à revocation, ni defaveu, finon par une infraction du Droit public, & par une furprife, qui ne doit être pratiquée envers des Parties, qui ont procedé de bonne foi; mais quand ainfi feroit que la vertu defdits Plénipotentiaires auroit obtenu des loüanges de leurs ennemis mêmes, elle n'en feroit que plus éclatante, & mieux verifiée ; tout le scandale dont menace Monfieur Servien, ne pouvant provenir que de la voir foulée, & méprifée par ceux, qui ont le plus d'obligation à la cherir & eftimer.

Sur les 10. 13. 14. & 15.

Tout ce qui eft raporté aufdits Articles 10. 13. 14. & 15. des troubles furvenus dans les familles des Efpagnols, des menées qu'ils ont faites, & des difcours qu'ils ont tenus à d'autres Miniftres de l'Affemblée de Munfter, & à leurs Confidents, n'eft qu'un foible nuage, qui s'écarte au moindre rayon du Soleil, & une ombre qui difparoit à proportion que l'on en aproche le corps, fur lequel elle fe veut mefurer ; les Efpagnols n'ayant jamais pû dire, qu'ils auroient relâché le haut quartier de Gueldres, puifqu'ils ont toûjours eu des inftructions toutes contraires, voire même de fe retirer de la Négociation,en cas qu'on perfiftât de le demander, ni la moindre place qui fe trouveroit au pouvoir de Sa Majefté Catholique. Les Ambaffadeurs de Meffieurs les Etats favent affez à combien de fois & de reprifes, avec quelle ardeur & conftance ils ont tâché de réüffir de ce point, contre ce que leur impofe la réponfe en l'Article 16. fans avoir jamais pû amener les Miniftres d'Efpagne à aucun parti fur une demande fi oppofée à leurs ordres, & à la pratique (comme ils difoient) de tous les anciens Traitez. Dire que les Efpagnols ayent avoué (comme porte le 13.) qu'ils s'étoient relâchéde quelques points en faveur de la France, dont les Hollandois les avoient empêchez, c'eft vouloir perfuader, que le feu eft froid; puifqu'il eft conftant, que les Efpagnols n'avoient pas cedé la troifiéme partie de ce qu'ils ont depuis accordé à la France fur les inftances defdits Etats : & au contraire on s'eft toujours plaint de la part d'Efpagne, de la rigueur que la France lui tenoit en ces Traitez, hors de tout exemple entre Princes Chrétiens : & fi les Efpagnols en avoient parlé d'autre forte, ils auroient trahi leurs propres fentimens ; ce qui repugne à la liberté de leur naturel, & qui feroit dementi par la chofe même ; puifqu'effectivement le defir qu'a eu Sa Majefté Catholique, d'épargner le fang de fes peuples, & de toute la Chrétienté, l'a fait paffer par des conditions exceffivement rudes pour parvenir à la Paix, ainfi qu'il fe voit tant par les minutes des Articles, qu'en ont riere eux les Interpofiteurs, que par l'Inftrument public, que les Miniftres d'Efpagne en ont dernierement configné en 26. Articles, &, par les Répliques qu'ils ont faites fur celui de France, qui en contient 77. fur lequel ils ont convenu d'une bonne partie, & répondu distinctement fur chacun des autres; de quoi non feulement lefdits Interpofiteurs, mais auffi les Médiateurs peuvent rendre un témoignage afsûré contre ce que le Sieur Servien expofe en l'Article 12. de fa Réponfe.

Toм. IV.

Sur le Seiziéme.

Quoi qu'à l'entrée du 16. on dore la pilule toute pleine de fiel, que l'on veut faire avaller au Sieur de Meynerfwyck, il a le goût trop delicat pour n'en pas fentir l'amertume. On ne doute point, qu'il n'aît la qualité que l'on lui donne d'abord d'homme d'honneur, mais on nie ce qui eft dit à la fin, qu'il fe foit laiffé émouvoir, comme un enfant, fur des menaces auffi puériles.

Sur le Dixfeptiéme.

On ne veut pas defavouër, que le Sieur Brun n'écrivit au Sieur Paw, qui lors étoit Chef des Interpofiteurs, ce qu'il avoit dit le jour précedent en préfence de tous, que l'intention d'Efpagne n'étoit pas, qu'ils paffaffent plus outre en l'interpofition & direction entre les deux Couronnes, jufques à ce que l'on vit, fi la France voudroit fe remettre aux termes convenus, & rejetter des nouveautez, qu'elle y avoit depuis peu ajoûtées, de laquelle déclaration ledit Sieur Paw fit fi peu le fin, & le fecret (à ce que l'on a entendu) qu'il l'auroit montrée à l'inftant à fes Collegues, fans aucune requifition de leur part.

Sur les 18. 19. 20. & 21.

Les 18. 19. 20. & 21. n'ont befoin d'aucune réponfe, fauf à Meffieurs les Médiateurs, & à Meffieurs Paw & Knuyt, d'y repliquer fur ce qui les concerne, en temps & lieu, ainfi qu'ils trouveront convenir.

Sur le vingt & deuxiéme.

Pour le 22. comme il repete ce que la France a déja fi fouvent reproché à Meffieurs les Etats, que de traiter de leur intérêt particulier avec l'Efpagne fans fon confentement, ce feroit contrevenir aux Traitez d'Alliance, qui portent en termes exprès : *Qu'on ne fera rien, que d'un confentement; qu'on n'avancera pas plus un Traité que l'autre; qu'on s'arrêtera, quand on fera requis;* il convient une bonne fois lever entierement le mafque de femblables fophifmes, & faire voir à nud la veritable intention des contractants, l'équité & égalité (qui eft l'ame de toutes juftes, & droites affociations) & la caufe, pour laquelle Meffieurs les Etats ont convenu avec la Couronne de France en l'an 1644. de cette union entre eux, dans les Traitez de Paix. Ce qui ne peut mieux être éclairci, que par les paroles formelles dudit Traité, qui tout à l'entrée expriment ladite caufe finale en ces mots : *Afin que l'ennemi commun fe porte plutôt à confentir à un accommodement fûr & raifonnable, qui puiffe établir un double repos en la Chrétienté, & particulierement dans la France, & dans les Provinces-Unies.* Si donc cet ennemi commun (qui eft l'Efpagnol) a confenti à cet accommodement fûr & raifonnable pour la France, pour les Provinces-Unies, & pour le repos de la Chrétienté, comme il a fait furabondamment, & au delà de tout ce que l'on pouvoit legitimement efperer, il s'enfuit que la caufe de l'affociation ceffant, l'effet doit ceffer pareillement, & qu'après que la France non feulement conferve le fien, qui feroit affez pour fa fureté, mais qu'elle acquiert pour le moins la moitié autant, que ce qu'elle poffedoit avant la guerre; elle ne peut pas di-

N n   re,

re, que l'on ne soit arrivé au but, & unique objet du Traité en tout ce qui regarde ses avantages & satisfactions. Après la cause finale dudit Traité ainsi connue, il faut passer aux conditions; la premiere, *que les Plénipotentiaires de France & des Etats s'entr'aideront respectivement, & soutiendront également les intérêts de la France, & des Provinces-Unies.* En quoi rien n'a été oublié de la part de Messieurs les Etats, de sorte que par leur interposition la France peut retenir aussi bien qu'eux, tout ce qu'elle se trouve occuper presentement aux Païs-Bas, & de plus au Comté de Bourgogne, sans la concession du droit appartenant au Roi Catholique sur les deux Alsaces, & le transport de tout le Comté de Roussillon, des Villes & Ports de Roças & de Cadaquez, avec une Trêve de 30. ans en Catalogne, qui sont toutes pieces de surcroît en faveur de la France; à quoi Messieurs les Etats n'étoient point obligez d'insister par ce mot *également*, qui ne se peut approprier à un partage si disproportionné. La seconde condition dit, *que l'on ne pourra conclure aucun Traité que conjointement*, à savoir de ceux qui seront reglez par ladite cause finale d'un sûr & raisonnable accommodement: mais laissant cette limitation à part, & supposant que ladite condition soit indefinie, il faut voir qui l'a violée le premier; si c'est la France, comme on n'en peut douter, & qu'on l'a vû en ses Traitez avec Suéde, Portugal, le Transilvain, le Duc de Baviere, & l'Empereur; elle ne peut exiger de ses Associez, l'observation de ce qu'elle a enfraint, ainsi qu'il est arrivé en cet endroit, où les mots sont généraux: *Ne pourra conclure aucun Traité.* Car on ne dit pas le Traité avec l'Espagne, & l'on ne met aucune reserve ni exception, se servant du mot *aucun*, qui est général, & n'exclud rien. La troisiéme condition porte, que *les Alliez respectivement seront obligez de déclarer, qu'il y a obligation mutuelle, de ne conclure que conjointement.* Cette condition a été purifiée plus de vingt fois de la part de Messieurs les Etats, non seulement par déclaration faite en cette conformité aux Ministres d'Espagne, mais par la suspension de leurs Traitez particuliers pendant une année entiere, pour donner lieu à ceux de France, & pour ne pas avancer plus l'un que l'autre, voire même ont-ils abandonné les leurs un long-tems, pour travailler sans discontinuation à ceux de leurs Associez; à quoi les Espagnols ont tellement correspondu, qu'ils leur en ont laissé la direction, & se sont soûmis à leur arbitrage & decision; afin qu'ils fussent témoins, & juges tout ensemble, qu'il ne restoit qu'à la France d'y trouver son compte, & demeurer pleinement satisfaite; & en cette sorte ont été ponctuellement accomplies toutes les obligations & conventions de ladite troisiéme clause. La quatriéme dit en l'Article cinquiéme: *Que le Roi très-Chrétien, & lesdits Sieurs Etats agiront de concert, & avec la fermeté nécessaire, pour conserver les avantages, que Dieu leur a donnez en cette Guerre.* Il convient savoir quelle est *cette Guerre*; car le mot de *cette*, est relatif, taxatif, & limitatif (comme disent les Jurisconsultes) qui doit être regi par d'autres clauses précedentes & subsecutives, qui toutes aboutissent à exprimer la Guerre faite aux Païs-Bas par l'une & l'autre des Parties; ainsi le porte l'Article sixiéme immédiatement suivant, quand il déclare, *que l'on executera en cas de rupture, les Articles 6. 9. & 10. du Traité de l'an 1635.* qui ne parle d'autre agression, que celle desdits Païs-Bas: le même dit le premier Article du

même Traité, que l'on examine presentement de l'an 1644. lequel Article est dispositif de tous les autres, & est conçû en ces termes; *Que les Traitez auparavant faits entre la France & les Provinces-Unies du Païs-Bas, demeureront en leur force & vigueur.* Or est il, que tous lesdits Traitez anterieurs ne parlent ni de près, ni de loin, de Guerres d'Italie, de Portugal, ni de Catalogne. Cela donc ainsi arrêté, il est manifeste que Messieurs les Etats ont agi avec la fermeté nécessaire, pour conserver les avantages que la France a eu en cette Guerre des Païs-Bas; puisque tout ce qu'elle y a conquis lui demeure: en quoi se suit le texte du Traité bien expressement, & se fait la condition des Alliez de Messieurs les Etats aussi bonne, que la leur propre, qui est tout ce que ledit Traité requiert, & qui pouvoit aussi être demandé & acordé en quelque societé que ce peut être. Quant au concert commun, & ce pas égal avec quoi on doit marcher dans les Traitez, il ne tient point à Messieurs les Etats qu'il ne soit gardé precisement: mais la France ne voulant faire aucune demarche, sinon en arriere, & autre pas que celui d'écrevisse; il est impossible d'aller en cadence avec elle, & en cette carriere le defaut d'égalité ne peut être attribué à celui qui tire au but proposé, & fait ce qu'il peut pour y amener son compagnon, quant & soi, par un chemin plain, beau, facile, & assuré; mais bien à l'autre, qui s'écartant de la même carriere, tourne le dos incessamment au lieu où il a promis d'arriver: car enfin ce Traité de l'an 1644. n'a été fait que pour la Paix, c'est l'unique sujet & objet de toutes les Conventions dont il est composé; en vain auroit-on travaillé pendant cinq mois, pour le bien assurer & expliquer, si la France à toutes les propositions de Paix, & à toutes les concessions que l'Espagne lui fait, veut toujours dire, qu'elle n'est pas contente. Si après avoir accordé & compromis entre les mains des Interpositeurs, (comme elle a fait) de conclure les Traitez 24. heures après que l'on lui auroit accordé le Comté de Roussillon, ce qu'elle occupe aux Païs-Bas, & en Bourgogne, & une Trêve de 30. ans en Catalogne, depuis le consentement d'Espagne sur chacune de ces demandes, elle y en ajoute de nouvelles de temps en temps, non seulement pour soi, mais pour infinité de prétendants étrangers, dont quelques-uns ne savent pas être du nombre, & ignorent les prétensions que l'on derive de leur Chef, lesquelles d'ailleurs n'ont aucune connexité ni raport avec les Traitez des deux Couronnes, & beaucoup moins avec les intérêts & obligations de Messieurs les Etats. La derniere clause du même Traité de l'an 1644. conclut, que les Ambassadeurs de France & desdits Sieurs Etats, *aviseront ensemble aux moyens d'assurer la tranquilité publique.* Laquelle conclusion enchaine & vincule (comme disent les Docteurs) toute la masse du Traité, & de tant plus au fait de question, qu'elle est du tout conforme à l'expression du premier Article, se déclarant au commencement & à la fin des motifs, fondemens, & causes tant efficientes que finales du Traité, desquelles toutes les autres doivent recevoir interpretation. Venant donc aux moyens d'assurer la tranquilité publique, qui peut douter que ce soient ceux-là mêmes & seuls qui conduisent à une Paix utile & assurée? Telle que la France l'a en ses mains par l'intervention & sollicitation de Messieurs les Etats, & par le refus de laquelle les moyens de la tranquilité publique seroient renversez, & ensemble les fondemens &

1647.

& conclusions dudit Traité de l'an 1644.
Toute autre union & société, qui ne seroit
que pour une Guerre perpetuelle, étant opposée
aux Loix divines & humaines, & ne pourroit
subsister, & seroit nulle dès son principe ; la
France ne pouvant obliger Messieurs les Etats à
vivre continuellement dans les funerailles de leurs
Compatriots, qui est une vie pire que la mort,
& ne se pouvant obliger soi-même, comme
une mere impitoyable & dénaturée au massacre
continuel de ses enfans, à la desolation de ses
peuples ; & au sacrifice de tant de noblesse,
qu'elle immole chacune année à une ambition
par trop inhumaine & détestable ; que les soupirs de tant de millions d'ames innocentes ne
peuvent émouvoir, & les larmes de tant de
veuves, & orphelins, à qui cette sanglante manie ôte les maris, & les peres, ne peuvent a-
molir, dont les cris & lamentations ne se font
pas moins ouïr en France, qu'en toutes les autres parties de la Chrétienté ; & quand même
cette paction cruelle d'une Guerre sans fin, &
cette société que l'on supose, plutôt de sauva-
ges que d'hommes, seroit fortifiée par la prestation d'un serment solemnel, elle ne pourroit
néanmoins tenir ; puisqu'en ce cas le serment
ne seroit qu'un lien d'iniquité, & une profana-
tion du nom de Dieu, en une acte contraire à
toutes les Loix du Christianisme. Il n'y a
personne qui ne voye que les armes de France
& de Messieurs les Etats n'ont concouru qu'aux
Païs-Bas, la France néanmoins a porté la guerre en Allemagne, en Italie, & en Espagne,
sans que l'on y ait vû arborer les drapeaux des
Provinces-Unies, & de même les Provinces-
Unies l'ont portée aux Indes & au Brasil,
sans qu'un seul vaisseau de France s'y soit rencontré pour leurs assistances : d'où il est bien
aisé d'inferer par une parité, que les mutuelles
aides pour la Paix ne devront pas être differentes de celles qui étoient établies pour la Guerre;
ainsi seront resserrées dans les limites des Païs-
Bas, autrement le parti seroit trop inégal, &
la lesion de Messieurs les Etats énormissime,
s'ils avoient à garentir toutes les conditions, que
la France veut être inserées en son Traité avec
l'Espagne, qui sont d'une étenduë quatre fois
plus grande, que celle dont lesdits Etats ont
convenu. Et après tout personne n'est obligé
de demeurer en une société perpetuelle, quand
même elle ne seroit pas pour un si mauvais
sujet, comme est celui d'une Guerre sanglante
entre Chrétiens & voisins, en un temps qu'ils
ont tous obligation de se reünir, & accourir
contre le Turc, qui est un cas non prevû, &
qui de soi seul est capable de dissoudre ladite
société, & de permettre à chacun des Associez de n'y point demeurer malgré soi au préjudice du salut universel, & des obligations plus
anciennes & principales, esquelles toutes les autres doivent ceder ; & si l'un & l'autre des Associez depuis le Traité d'association fait, a bien
voulu s'accommoder avec l'Espagne separement,
voire la même année 1635. qu'il fut conclu,
ainsi que Messieurs les Etats s'en pourront souvenir, il sera bien plus loisible maintenant, &
plus nécessaire pour toute sorte de considerations. Ce qui reste audit Article 22. de la
Réponse du Sieur Servien, s'attache encore
aux Sieurs Paw & Knuyt, leur attribuant les
marques d'une grande partialité pour l'Espagne,
& animosité contre la France, au raport fait à
la Haye par leurs Collegues, en l'Ambassade de
Munster, qui sont bien plus offensez par cette
forme d'attaque, quoi que sous un nom collec-
tif, que les deux autres sous un singulier : car

Tom. IV.

puis que l'on doit croire, que leurs dits Collegues n'ont pas fait ce raport, sans qu'ils l'ayent
lu, examiné, & aprouvé, l'autorisant par leur
présence, & confirmant de leur bouche au
conspect de leurs Superieurs, on à grand sujet
de s'étonner, que le Sieur Servien les ose ici
représenter, comme des Perroquets enseignez à
reciter ce qu'ils n'entendent pas ; ce qui est
incompatible avec la vivacité d'esprit, la solidité du jugement, & la force de l'experience,
que chacun reconnoit en eux.

Sur les 23. & 24.

Les 23. & 24. de la même Réponse touchent delicatement une piéce bien délicate, savoir celle du mariage de l'Infante d'Espagne ;
que lesdits Articles suposent être déja accordé
entre les deux branches de la Maison d'Austriche, bien qu'à la Cour de l'Empereur on se
plaigne du contraire, & qu'on s'étonne que celui du Roi Catholique avec l'Archiduchesse
Marie Anne soit determiné ; sans parler de celui du Roi de Boheme ; il suffit de dire là-dessus, que puisque, selon l'opinion commune,
semblables ouvrages se font au Ciel, il lui en
convient laisser la disposition ; & si Messieurs
les Etats ont eu quelques avis là-dessus, ils
pourront bien en connoître la source, &
examiner d'où & comment ils procedent.

Sur le vingt & cinquiéme.

Par le 25. on les veut empêcher de prendre
part aux outrages faits à leurs Ambassadeurs, &
sur un sujet, qui est leur vrai ouvrage, & la
pure essence de leurs deliberations, ainsi veut-
on bien nommer le contenu aux Articles signez
à Munster sur leurs Ordres & Instructions; & si
autrement étoit, en conferant seulement lesdits
Articles avec lesdites Instructions, ou rescrip-
tions faites ausdits Ambassadeurs, on connoîtroit en un instant s'ils les ont suivies ou exce-
dées, sans qu'il fût besoin de la Rhétorique du Sieur
Servien, ni de ses Mémoires, qui en la forme
qu'ils se trouvent couchez ne peuvent tenir lieu
que d'un libelle diffamatoire, selon le prescrit de
Droit, & la description qu'en font les Empereurs Valens & Valentinian.

Sur le vingt & sixiéme.

Que les Ambassadeurs de France n'ayant
rien oublié (comme dit le 26.) pour conserver
la bonne correspondance avec ceux de Messieurs les Etats ; il est difficile à croire, puis
qu'en lisant seulement cette Réponse, on peut
faire voir tout le contraire par les soupçons,
censures, plaintes, & sinistres interpretations
des paroles, écrits, actions, & procedures desdits Ambassadeurs de Messieurs les Etats, dont
presque chacun Article de ladite réponse porte
quelque caractere. On met en suite sur le tapis le Sieur Friquet, comme fort familier desdits Ambassadeurs, ausquels il n'a jamais parlé,
étant occupé en un autre emploi, & deputé en
la Diéte Imperiale. Quant au Sieur de Noirmont, que l'on introduit après, il ne s'est point
caché de les aller visiter, quand le service du
Roi Catholique l'a requis, & qu'il a été chargé de quelque commission, comme assistant
de l'Ambassade d'Espagne, qui ne sauroit toujours agir immédiatement, & peut, comme
toutes les autres qui se trouvent au même lieu
de Munster, user de divers entremetteurs en
une semblable Négociation. Touchant la ren-

con-

contre du Sieur Knuyt avec le Sieur Brun, lors de sa sortie pour Bruxelles, elle fut inopinée & fortuite : ainsi que virent assez tous les Assistans, l'un retournant à la Ville à même temps que l'autre en partoit; autrement s'ils eussent eu dessein de se parler en particulier, ils eussent choisi un lieu écarté, & non public, ni à la vuë de tous allants & venants; & d'ailleurs Messieurs les Etats savent assez, qu'il a été permis audit Sieur Knuyt de parler à part audit Sieur Brun, & autres Ministres d'Espagne, sur le fait des prétensions du Seigneur Prince d'Orange, selon la disposition de l'Article du Traité entre le Roi Catholique & lesdits Sieurs Etats. Etant chose peu souffrable, & par trop demonstrative de la jurisdiction, que la Couronne de France usurpe déja sur la liberté des Provinces-Unies, que cette façon de contredire, sindiquer, & condamner les deportemens de leurs principaux Ministres, & des Assesseurs de Messieurs les Etats, qui sauroient bien selon leur prudence ordinaire, & selon le soin & l'amour qu'ils ont pour ladite liberté, y prendre garde à bonne heure.

Sur le Vingt & septiéme.

La dissimulation, dont le 27. parle, est mal prouvée par les Articles précedents, specialement par le 9. qui exprime le reproche fait par les Ministres de France aux Sieurs Paw & Knuyt en pleine assemblée, qu'ils faisoient souvent des conferences secretes avec les Espagnols, & ne suivoient pas les ordres & intentions de leurs Superieurs, témoignant lesdits Ministres de France un grand étonnement de ce que le Sieur Knuyt répondit, qu'il n'étoit pas obligé de leur rendre compte de ses actions, comme si c'étoit leur faire tort, que de ne se pas soûmettre à leurs reprehensions, & que la France eut la même autorité sur ses Alliez, que sur ses Sujets. Cette dissimulation néanmoins eût été bien aisée à faire en choses qui n'ont aucune réalité ni vraisemblance, & desquelles le Sieur Servien n'a pas dû s'imaginer, qu'il seroit crû sur sa parole, au préjudice de l'honneur & reputation de deux Ministres si recommandables, qui outre les témoignages publics en leur faveur, ont de plus en cette occasion ceux particuliers de leurs Collegues, toujours participants de leur conduite. Tant s'en faut, que les Espagnols depuis l'interposition des Plénipotentiaires de Messieurs les Etats, & même dès leur arrivée à Munster, se soient rendus plus difficiles dans les intérêts de la France, qu'au contraire dès lors ils lui ont accordé plus que le double de ce qu'ils faisoient auparavant : ainsi qu'en font foi les propositions & repliques données de temps en temps de part & d'autre. Et tant s'en faut, que lesdits Espagnols ayent voulu jetter de la division entre la France & Messieurs les Etats, qu'ils ont incessamment offert de traiter conjointement avec les deux, ont confié l'interposition à Messieurs les Etats, & remis à leur arbitrage les points principaux de leurs Traitez avec la France, pour parvenir plus facilement à la conclusion; mais bien à meilleur titre peut être attribué à la France ce desir de diviser les Provinces-Unies, & rompre leur trousseau de fleches, en les separant, puisque sous ce grand manteau de l'Alliance, qui lui donne entrée par tout, elle porte ses coups où bon lui semble, & travaille couvertement à détacher une partie du tout, ayant procuré, qu'un particulier fit bande à part de la pluralité, de quoi toutefois les Espagnols ne se sont jamais plaint,

laissant à chacun la liberté de ses sentimens, & presumant toujours plutôt le bien que le mal, principalement aux actions de ceux qui n'ont pas à leur en donner justification, en quoi se fait bien voir la differente maniere de proceder de ces deux Nations auprès des étrangers.

Sur le Vingt & huitiéme.

Il n'a pas été besoin d'éloquence pour représenter les malheurs de la Chrétienté, qui ne se représentent que trop d'eux-mêmes, & l'endroit de la Lettre du Sieur Brun, qui touche en passant cet objet funeste, n'a ni fard, ni couleurs empruntées; mais si à bien l'assertion du Sieur Servien au 28. en ce qu'il dit, que la France a toujours offert, & offre encore à present de laisser toutes choses au point, où il a plû à Dieu de les mettre, ou pour mieux dire permettre, qu'elles soient mises; car encore que le Roi d'Espagne possede Verceil, Samzio, Ponzone, & Aqui dans le Piémont, & Montferrat, la France ne les lui veut pas laisser; jaçoit que les Grisons & Valtelins se rencontrent en un état paisible, conformément au Traité de Milan de l'an 1639. la France ne les y veut pas souffrir; bien que l'Espagne tienne depuis plus de cent ans Philippeville, Charlemont, & Marienbourg; la France entend, qu'on les restitue à ceux à qui ils n'appartiennent pas, & qui ne les demandent pas non plus, bien veut-elle de son côté retenir tout ce qu'elle a usurpé, mais ne pas permettre que les autres se gardent ce qu'ils ont acquis legitimement. Ces vastes prétensions de la France sur des Etats & Royaumes entiers, dont fait mention ce même Article 28. sont des fruits de son avidité, semblables aux pommes d'Alcinoüs, & aux jardins de Semiramis, qui étoient en l'air sans fonds, appuis, ni racines. Et si en cette rencontre des Traitez de Paix, elle se joue de la foi de tant d'autres qui les ont précedez, où toutes ces prétensions, dont elle entend parler, ont été cedées & éteintes; quelle assurance pourrat-on prendre de ses promesses au Traité d'à present? Que si l'Espagne en vouloit user de même, & redemander ce qu'elle a transferé par semblables cessions, ou reveiller les droits qu'elle a laissé dormir si longtemps, à quels termes seroit reduite la France, qui s'imagine, que toutes les autres parties du Monde lui soient tributaires? à peine pourroit-elle conserver en ce cas la superficie de tout ce qu'elle occupe aujourd'hui. La Trêve de quatre mois, dont on fait aussi parade en cet Article, & que l'on limitoit à la Mer Mediterranée, ne fut entrejettée que pour éluder la générale, que l'Espagne offroit pour quelques années, comme savent les Médiateurs, & pour empêcher au même temps le secours d'Orbitello, qui aussi bien que celui de Lerida ne permettent pas à la France de se glorifier si avant, comme elle fait des bons succès, qui lui sont arrivez en ces quartiers-là, & l'offre de cette Trêve estropiée & mutilée, que l'on fait sonner si haut en cet Article, semble être representé peu à propos à Messieurs les Etats, qui delà connoîtront assez, que la France ne faisoit pas de difficulté de traiter sans eux, & que le repos de leurs peuples lui étoit le moins en considération, ne voulant retirer ses forces d'une part, que pour les redoubler ailleurs, en faisant tomber le plus grand poids de la Guerre sur les Païs-Bas. Il n'étoit déja besoin, que le Sieur Servien assurât en ce même Article, que la France est en Paix
avec

avec le Turc, (qu'il nomme le Grand Seigneur) on le favoit affez, & qu'elle y étoit non feulement en Paix, mais en bonne correfpondance & intelligence; les ménaces qu'il fait couvertement de ce côté-là n'étant que trop fondées, & dont toutefois on efpere le remede de celui qui a autrefois envoyé des Anges deftructeurs contre les armées des Infideles, le jufte vengeur des opprimez, de qui le bras n'eft point accourci, & qui eft le même qu'il a toujours été.

Sur le Vingt & neuviéme.

En l'Article 29. le Sieur Servien témoigne, ou de n'avoir pas fu, ou d'avoir oublié le contenu en la pleine puiffance des Miniftres d'Efpagne, pour traiter avec Meffieurs les Etats, où le Sieur Brun a la qualité d'Ambaffadeur & Plénipotentiaire, comme les autres, & peut feul en cas d'abfence, ou maladie de fes Collegues, traiter & conclure, ou Trêve, ou Paix avec lesdits Etats; & fi en une chofe fi publique, & d'une connoiffance fi facile, principalement à Meffieurs les Etats, qui ont en mains le double authentique de ladite pleine-puiffance, on prend la hardieffe de la deguifer & de vouloir faire paffer le noir pour le blanc, que ferace en d'autres fujets moins éclaircis, & où il faut du temps pour s'en démêler ? Ledit Sieur Brun n'a jamais douté, que Munfter fût le lieu deftiné pour la fignature des Traitez, mais il a cru que de huit Interpofiteurs, n'en y reftant que deux, & les autres fix ayant repaffé à la Haye, & fe retrouvant près de ceux dont ils empruntent toute leur autorité, il ne feroit que très-utile, de les informer à fon retour de ce qui pouvoit encore être fait dans les Traitez des deux Couronnes, & de leur mettre en main la verité & les réalitez palpables, pour couper chemin aux artifices & propofitions furprenantes, qui en pourroient détourner le fuccès, & s'oppofer à la ratification de ce qui avoit été convenu entre l'Efpagne & Meffieurs les Etats. Il défiroit auffi leur faire voir, & lire, ce qui ne leur pouvoit pas être communiqué d'ailleurs. Il s'attendoit d'y folliciter leur derniere refolution, fur les points qui s'y confultent. Sa feconde Lettre datée à Deventer de l'onziéme Fevrier, ne change & ne revoque rien de tout ce que portoit la precedente, datée à Gorcum du 31. Janvier, comme on le peut voir par la Conférence de l'une & de l'autre, mifes à cet effet à l'entrée de ce Difcours : en un mot, il vouloit plaider la caufe de fon Maître par devant les Juges choifis, & deftinez à ouïr les deux Parties, & non une feule, comme les y veut obliger le Sieur Servien, qui par tout fon Difcours témoigne affez, que la France n'a remis l'interpofition & direction entre les deux Couronnes, à Meffieurs les Etats, finon afin qu'ils fiffent tout ce qu'elle défireroit, & qu'ils fe portaffent avec une paffion aveugle, à embraffer tous fes intérêts, qui eft une opinion bien defavantageufe à leur integrité, que la France témoigne avoir conçuë, & l'Efpagne au contraire une très-honorable de leur justice, en leur confiant l'inftruction, & décifion des differents, qu'elle avoit avec la France. Pour decrediter la fuppofition, que de fa part on ne cherchoit point la Paix, il ne fe falloit pas contenter de la contredire, comme on fait, & la nier fimplement en la fuite de ce même Article 29. mais il convenoit de combattre les argumens & raifons, qui accompagnoient ladite fuppofition : il eft vrai, que la

Lettre pofe formellement & affirmativement, que les Miniftres de France avoient engagé leur parole à ceux de Meffieurs les Etats, & eux aux Efpagnols, que la Paix fe feroit entre les deux Couronnes, & fe figneroit en 24. heures, au cas que l'Efpagne accordât le Comté de Rouffillon, une Trêve de 30. ans en Catalogne, & tout ce que la France occupe aux Païs-Bas & en Bourgogne, on ne défifte point de cette affirmation, qui ne peut être contredite, ni avec raifon, ni avec verité, pour ufer des termes dont fe fert ledit Sieur Servien audit Article avec moins de fondement; tant s'en faut que cette promeffe ait été accomplie; que dès lors les pretenfions de la France ont toujours monté de degré en degré, fans que jamais ni les conceffions ulterieures d'Efpagne, ni les remontrances des Interpofiteurs, ni les exhortations des Médiateurs, en ayent pu arrêter le cours, & leur faire trouver quelques limites : qu'ainfi ne foit, on prie Meffieurs les Etats de fe ramentevoir, qu'après que l'on eut octroyé tout ce qui vient d'être dit, & lors qu'on tenoit la Paix pour infaillible, la France demanda de plus la Ville & le Port de Roças; & l'ayant obtenu, elle infifta pour celui de Cadaquez, qui ayant encore été accordé aux preffantes requifitions des Interpofiteurs, qui affuroient devoir être la derniere demande, elle prétendit la renonciation, de la part du Roi Catholique, à fes droits & prétenfions fur les deux Alfaces, & en étant venu à bout, après avoir affuré que les deux Couronnes reftitueroient ce qu'elles avoient occupé, ou qu'elles tenoient depuis les dernieres Guerres en Italie, à la referve de Pignerol pour la France, elle voulut néanmoins fe retenir encore Cafal, avec des conditions & déclarations qui montrent bien qu'elle n'a jamais eu intention de le rendre. Sur quoi, & fur une vingtaine d'autres Articles nouveaux, & mêmes étrangers au regard des deux Couronnes, les Interpofiteurs ayant donné par écrit leurs fentimens, l'Efpagne s'y foûmit, fans en contredire un feul, & la France les rejetta de bout en bout, fans acquiefcer à aucun; ne fe contentant pas encore de ce témoignage de fon averfion à la Paix, elle donna un autre Memoire de tout ce qu'elle prétendoit devoir être fpecifié dans les Traitez, où, par deffus ce qu'elle occupe aux Païs-Bas & en Bourgogne, elle mit les Villes & Places de Maubeuge, Caffel, l'Inclufe, Poligni, Lion-le-Saulnier, Joux, & autres qu'elle ne poffede point : elle ajouta à Roças & Cadaquez toute la côte, tirant dès là, contre le Rouffillon, avec les Villes, Places, & Ports qui s'y rencontreroient; elle infifta à la reftitution de Philippeville, Charlemont, & Marienbourg, à l'Evêque de Liege, qui déclara par fes Plénipotentiaires de n'avoir donné aucun confentement à cette prétenfion : depuis au retour dudit Sieur Brun la France donna un grand Ecrit, intitulé, Inftrument de Paix, contenant 76. Articles, au lieu de dix ou douze, dont parle ici le Sieur Servien, lequel Inftrument par deffus toutes les nouveautez avant-dites, en met d'autres invincibles, & contraires à ce qui avoit été promis, accordé, & convenu, comme eft le fait du Portugal, dont on ne devoit jamais parler, ainfi que favent lesdits Interpofiteurs, & que fur ce fondement (qu'ils affuroient devoir être inébranlable) on avoit paffé outre aux déclarations & conventions precedemment rapportées. Ce même Inftrument de la Paix donné par la France tend à une Ligue entre les Princes d'Italie, pour garantir tout le Traité, & une obligation de prendre les armes, en cas de rupture, en quelque part du monde que ce fût, au lieu que l'on n'avoit demandé auparavant cette Ligue, qu'au regard des intérêts d'Italie, ainfi que les Interpofiteurs pourront attefter; & chacun fait que cet obftacle ne peut jamais être levé par le Roi d'Efpagne, les Princes d'Italie ne voulant pas confentir à cette garantie; ainfi quand tous autres fujets de rupture manqueroient, celui-ci feul feroit plus que fuffifant, felon que les Partifans mêmes de la France ne fauroient nier; elle n'avoit demandé qu'une Trêve en Catalogne, & s'expliquant à prefent fur la forme de cette Trêve, elle en renverfe la nature & l'effence, voulant que tandis qu'elle durera elle puiffe fortifier les poftes qu'elle y tient, & que les peuples des deux partis n'ayent aucune communication enfemble. Auffitôt après que la France a eu donné cet Inftrument pour la Paix, (ainfi qu'elle le nomme) l'Efpagne en a auffi prefenté un contenant 26. Articles, qui a été univerfellement aprouvé, comme conforme à tout ce qui avoit été convenu par la direction des Interpofiteurs, & à ce qui avoit été obfervé aux autres Traitez precedents, entre les deux Couronnes, en fait de commerce, de referves, renonciations, & claufes obligatoires, tant pour la fûreté du Traité, que des Sujets reciproquement; & de plus, trois jours après la communication faite dudit Inftrument de la France aux Miniftres d'Efpagne, ils y ont répondu categoriquement fur chacun Article en accordant plufieurs de ceux nouvellement inferez; ce qui eft bien repugnant aux grandes exagerations, que fait le Sieur Servien fur la fin du même Article 29. touchant la negligence des Efpagnols, & le peu de volonté, dont il les accufe à procurer la Paix à Munfter. D'autre part la France a repliqué aux 26. Articles contenus audit Inftrument pour la Paix donné par lefdits Miniftres d'Efpagne; fe trouvant la replique encore plus rude, que tous les autres Ecrits precedents, & accompagnée d'une déclaration de vouloir rompre les Traitez abfolument, en cas qu'on penfât retrancher la moindre chofe de ce qu'elle contenoit : à quoi fe conformant le Sieur Servien, il dit, qu'il ne falloit qu'accepter, & figner les Articles de ces derniers Ecrits, pour avoir la Paix, qui eft tout le même, que s'il difoit à un malade, qu'il n'a qu'à fe laiffer mourir, pour fe rendre quitte de la maladie, & condamner encore cinq ou fix autres de fes voifins auffi à la mort; pour aider à cette forte de guerifon : car parmi lefdits Articles il y en a plufieurs, qui obligent le Roi d'Efpagne à difpofer du bien d'autrui, & à depouiller les poffeffeurs legitimes, pour revêtir ceux qui n'ont aucun droit, & enfin à enfevelir dans fa ruine fes amis, parens, Alliez, & Vaffaux, pour faire un facrifice du tout à la France, qui ne fe peut appaifer, comme l'ombre d'Achille, que par des victimes couronnées.

Sur les 30. & 31.

Les Articles 30. & 31. ne font mention que du Duc de Savoye, du Sieur d'Anglure, fous le nom de Duc d'Atrie, & de Don Duarte de Bragance, laiffant en arriere beaucoup d'autres fpecifiez dans lefdits Ecrits de Paix, pour y fervir d'embaras, & pour laffer l'induftrie & le zéle des Interpofiteurs. On ne fait comme le Sieur Servien peut dire au regard du Duc de Savoye, qu'il n'eft queftion que du payement de la dot de l'Infante Catherine, puis que les Articles dudit Inftrument de Paix pour la Fran-

ce, parlent de plus, de beaucoup de fiefs, des prétenfions fur l'Univerfité de Louvain, & des rembourfemens, ou fatisfactions de deniers aux Ducs Charles Emanuel & Victor Amedée; & n'y a pas moins de fujet d'étonnement, d'entendre difcourir ledit Sieur Servien fur le fait de ladite dot; comme fi c'étoit chofe liquide, & non conteftée, comme fi l'Efpagne n'alleguoit pas des exceptions relevantes, fondées fur le Teftament du Prince Philibert, & fur la fatisfaction de fes Creanciers, Domeftiques, & Legataires; comme fi elle n'avoit pas confenti, que le procès intenté fur ce fujet au Royaume de Naples; (où la chofe contentieufe eft affife, favoir l'hypotheque & affignal de la dot) en fut tiré, & remis à des Juges étrangers; comme fi le choix fait par la France du Confeil de la Rote pour décider ce different, n'avoit pas été agréé par les Efpagnols, & même l'inftance, quoi que peu civile, de donner caution pour la chofe adjugée, confentant que le même Confeil terminât fommairement & préliminairement ladite demande de caution, au préjudice defquelles conventions & refolutions affez connues defdits Interpofiteurs; à cette heure la France veut que ce payement non dû, ou pour le moins litigieux, precede le Traité général, qui eft une nouvelle Barriere, fabriquée tout à neuf, pour traverfer le chemin de la pacification. L'autre façonnée fur la prétenfion du Sieur d'Anglure denommé Duc d'Atrie, n'eft pas moins exorbitante : car ce Cavalier n'eft ni du nom, ni du fang, ni des armes des Duc d'Atrie, qui font de la Maifon d'Aquaviva, dont les defcendants de mâle en mâle font encore exiftents, à l'exclufion defquels il demande pour fa Femme (qui n'eft non plus ni du nom, ni des armes d'Aquaviva) des terres confifquées au Royaume de Naples il y a cent foixante ans par le Roi Ferdinand d'Arragon, dequoi en huit Traitez tant de Paix que de Trêves, qui ont fuivi dès lors, il n'a été fait aucune mention, & n'y a eu auffi aucunes plaintes contre lefdites confifcations, de la part de ceux qui feuls y pouvoient avoir intérêt, qui ont reçu en grace & pur don tout ce que Sa Majefté Catholique leur a voulu laiffer des biens du Comte de Converfano, condamné à mort pour crime de felonie & leze Majefté. Quant à Don Duarte, il n'y eut jamais un expofé plus obreptif & fubreptif, que celui qui le concerne en cet Article 30. car fa liberté n'ayant été promife aux Médiateurs, qu'à condition, que le Royaume de Portugal rentreroit en l'obeïffance du Roi Catholique, on fe veut prevaloir maintenant d'une telle promeffe, en retranchant la condition; ce qui a déja donné, tant aux Médiateurs qu'Interpofiteurs, affez de matiere de rifée, fans l'étendre à Meffieurs les Etats. Jamais aucun Monarque n'a donné un plus illuftre exemple de clemence que le Roi d'Efpagne, en la perfonne de Don Duarte, ainfi que l'on l'a fait voir auxdits Sieurs Médiateurs, & Interpofiteurs, par les informations, d'un côté, de fon procedé criminel, & de l'autre du favorable traitement, dont on ufe néanmoins en fon endroit. Les Etats de l'Empire ne font point fcandalifez de fa détention, ni le peuvent être, puis qu'elle eft fondée en toutes raifons, & même pour le maintenir en fon devoir, en l'empêchant de fe joindre au Duc de Bragance fon frere, ainfi qu'il étoit prêt de faire lors qu'il fut arrêté; auffi lefdits Etats de l'Empire ont conftamment refufé l'admiffion des Envoyez de Portugal à l'Affemblée de Munfter, non obftant les ardentes follicitations que la France a

faites

faites au contraire, sur un sujet qui doit être fort odieux à toutes les Puissances legitimes & Souveraines; le Roi très-Chrétien n'ayant non plus de droit à se mêler de la liberté de Don Duarte, que le Roi d'Espagne de celle du Duc de Beaufort; & toutefois les Interpositeurs savent jusques à quel point s'est portée la benignité de Sa Majesté Catholique à ce regard, tant pour le bien de Paix, que pour le désir de complaire à Messieurs les Etats.

Sur le Trente & deuxiéme.

Le 32. se refute assez par la simple lecture de la Lettre du Sieur Brun, à laquelle il répond, & ne contient que quelques petites paroles fleuries, sans substance ni fruit, qui ne sement que du vent, & ne peuvent aussi recueillir que de la fumée.

Sur le Trente & troisiéme.

Même réponse peut être donnée sur le 33. sauf en ce qu'il dit, que les Espagnols (entre autres excusés auprès des Médiateurs d'avoir remis la direction de leurs Traitez avec la France aux Ministres desdits Etats) dirent qu'ils esperoient de les détacher par ce moyen des intérêts de la France; chose qui ne passa jamais, ni par leur bouche, ni par leur imagination; ainsi qu'ils l'assurent constamment, en prenant à témoins lesdits Médiateurs, mais bien avouent-ils avoir dit, qu'ils consentoient à ladite interposition de Messieurs les Etats, afin qu'ils pussent d'autant mieux connoître la sincerité de leur procedé, & le veritable désir du Roi leur Maître à la Paix, & juger au tort, & par la faute de qui elle seroit retardée entre les deux Couronnes; ce que les mêmes Espagnols disent, & publient encore fort hautement, interpellant la foi desdits Interpositeurs pour se déclarer là-dessus, & rendre sur leurs honneurs & consciences les témoignages qu'ils doivent à la verité.

Sur le Trente & quatriéme.

Il n'y a aucune sorte de Commissaires, que les Espagnols ne se disent bien contents d'accepter de la part de Messieurs les Etats, mais ils n'entendent pas, qu'ils jugent sur les seules pièces, & informations du Sieur Servien. Les Lettres du Sieur Brun insinuoient assez, que son dessein de passer à la Haye étoit pour parvenir à cette concertation du Traité à faire entre les deux Couronnes, après qu'on auroit oui les deux Parties; comme il se pratique en toutes médiations, ou directions, arbitrages, ou interpositions; & en cette conformité l'Espagne, à ce que l'on apprend, demeurera d'accord du contenu au 34. sur le fait desdits Commissaires, & projet du Traité entre l'un & l'autre des Rois.

Sur le Trente & cinquiéme.

Quiconque lira avec attention le 35. ne pourra manquer d'y voir, comme à travers d'un crêpe delié la naïve figure de ce que represente la Lettre du Sieur Brun, touchant la revocation des promesses faites par les Ministres de France, sur la prochaine & infaillible conclusion de Paix, sauf qu'au lieu de 24. heures, on en prolonge le terme à huit jours, qui ne laisse d'être écoulé depuis six mois, car les excuses de n'avoir pu se souvenir de ce qui étoit

dans leurs Instructions, ne conviennent pas à des personnes de tant de mémoire, & si versées en une chose qu'elles ont toujours à la main, qui peut être comprise en douze lignes, & qui de plus avoit déja été dite, & assurée aux Interpositeurs, avant qu'ils passassent à Osnabrug, où ils en eurent la confirmation.

Sur le Trente & sixiéme.

Après ce que l'on ose dire au 36. que l'on est prêt de faire voir, que la France n'a rien du tout ajoûté, à ce que contient sa première déclaration, & qu'au contraire, elle s'est relâchée presque sur tous les points, il faudroit cesser la dispute, puis que par ce moyen l'on nie les principes, l'on se contredit soi-même, l'on decredite ses propres Ecrits, on dement les Juges, & on impugne le texte de la sentence, car telle peut-on bien nommer la relation des Interpositeurs, que cet Article 36. attribue seulement au Sieur Paw, quoi qu'elle soit autant de ses Collegues que de lui, & encore plus, puis qu'outre qu'ils ont concouru à la dresser, ils l'ont encore representée & deduite en son absence à Messieurs les Etats.

Sur les 37. 38. 39. & 40.

Les 37. 38. 39. & 40. étalent trois sortes d'intérêts généraux, que la France dit avoir toujours entendu de faire entrer en la Paix, les subdivisants en plusieurs autres moindres, de pas un desquels toutefois elle n'a fait mention en son Traité pour ladite Paix, de l'an 1644. avec Messieurs les Etats, qu'elle veut nonobstant obliger à lui maintenir, & garantir tous, pource qu'elle s'en est avisée depuis, & qu'elle les a insinuez en l'Assemblée de Munster, jaçoit que lesdits Etats ne prétendent rien de semblable de la France à leur endroit, mais seulement de convenir de leurs intérêts immediats, & conserver ce qu'ils ont acquis pendant la Guerre aux Païs-Bas, si l'Espagne entroit en compte avec la France sur les restitutions à faire des deux parts, sans s'arrêter aux anciens Traitez, selon le contenu au 38. toute la perte tomberoit du côté de la France, qui n'auroit pas aujourd'hui Calais, Blavet, Montulin, la Capelle, le Catelet, Dourlans, ni toutes les Villes sur la riviere de Somme, ni les Comtez de Ponthieu, de Macon, d'Auxerre, ni le Duché de Bourgogne, & Vicomté d'Auxonne, si les Traitez de Vervins, Cambrai, Cambresis, Crespi, & Conflans, n'avoient lieu. Quant aux acquisitions d'Espagne, & de la Maison d'Autriche, chacun sait, qu'elles viennent par la voye tranquille des successions & mariages, comme ses Ennemis mêmes l'ont publié par ce dire commun:

Bella gerant alii, tu felix Austria nube.

Sur le Quarante & uniéme.

On a répondu sur le 41. en la replique sur le 34. n'y ayant point de difference, sinon aux paroles en ce que l'un & l'autre contiennent.

Sur le Quarante & deuxiéme.

La disparité que le Sieur Servien dit ne pas comprendre en l'Article 42. entre ce que la France demande pour les Liegeois, & pour le Prince de Bossolo, & ce que l'Espagne pretend sur la restitution de Casal, consiste en ce que Charlemont, Philippeville, & Marienbourg, ne

1647.

ne font pas aux Liegeois, mais au Roi d'Efpa-gne, qui les poffede depuis plus de cent ans à bon & jufte titre, ainfi que l'on le peut même colliger de l'Article 9. du Traité de Cambrefis; & que Cafal au contraire appartient fans controverfe au Duc de Mantouë, & n'eft poffedé par la France, que depuis environ douze ans, par emprunt, precairement, & à titre feulement d'affiftance, qui par confequent doit être d'autant plutôt reftitué par la France, comme amie dudit Duc, que Mantouë lui a bien été rendue par l'Empereur, qui étoit en Guerre avec lui, & que le Roi d'Efpagne offre auffi de lui remettre Ponzone, & Acqui prefentement. Et à cette heure la France fait bien voir, qu'en la défenfe de Cafal (dont elle fe vante fi fort) elle n'a combatu, que pour fes propres intérêts, puis qu'elle fe veut conferver par une forme de protection bien nouvelle & fcandaleufe. Et fi la regle d'aprouver en foi ce qu'on veut faire fouffrir à autrui, étoit admife felon la conclufion dudit Article 42. la France ne devroit retenir, ni Cafal, ni Pignerol, ni Portolongone, ni Piombino, puis qu'elle veut, que le Roi d'Efpagne ne retienne ni Verceil, ni Sanchio, ni Acqui, ni Ponzone; qui font toutes Places occupées en Italie par les deux Rois pendant ces dernieres Guerres. Et quant au Prince de Bofolo le Roi Catholique n'a jamais rien eu à demêler avec lui, il ne lui a jamais fait la Guerre, ni occupé un pouce de terre; que fi ledit Prince a perdu un procès au Confeil Aulique de l'Empereur, à la pourfuite duquel lui-même a toujours affifté, reconnoiffant les Juges pour competents, & s'il y a fouffert diverfes condamnations toujours uniformes, tant en premieres inftances qu'en revifions, c'eft à lui de fe pourvoir par la voye de juftice, comme il a commencé, (s'il y a encore lieu de le faire) & en tout cas s'addreffer à ceux qui l'ont condamné, ou de qui depend la chofe adjugée, qui n'eft ni de la Souveraineté, ni du fief de la Couronne d'Efpagne.

Sur le Quarante & troifiéme.

Cet Article 43. n'eft qu'une repetition d'autres précedents, & une fuperfluité de certaines chofes en général, que l'on a déja fait voir être toutes differentes en effet, de ce qu'elles font en paroles, dans lefdits Articles, car l'Efpagne a répondu de point en point à cette déclaration donnée par écrit, dont cet Article parle. Elle a non feulement fait ouverture de Paix depuis trois mois, mais depuis trois ans, & a dès le 4. Septembre de l'an paffé 1646. accordé de jour en jour quelque chofe de plus, que ce qui avoit été lors convenu, promis, & arrêté auprès des Interpofiteurs, & encore à prefent par deffus tant de conceffions qu'elle a déja faites, elle remet tous les points principaux, fur lefquels la France contefte à l'arbitrage & décifion de Meffieurs les Etats; après quoi, fi l'on peut dire, que l'Efpagne empêche que les deux Traitez ne fe concluent en même temps, on pourra dire auffi que la lumiere du Soleil empêche que le jour ne paroiffe.

Sur le Quarante & quatriéme.

Si la Lettre du Sieur Brun étoit égarée, on pourroit avec moins de danger d'être refuté fur le rang lui faire dire ce que l'on voudroit; mais fe trouvant tout à la main, on peut y voir en un inftant la condamnation de cet Article 44. où l'on lui impofe, d'avoir déclaré que la diffo-

1647.

lution de la focieté établie entre la France & les Etats, feroit honteufe : la Lettre exprime bien, que l'intention des Efpagnols n'a point été, ni n'eft pas encore de les defunir, offrant de fe pacifier avec l'une & l'autre conjointement; mais fi la France n'y veut pas entendre à quelques prix & conditions que ce puiffe être, non feulement il ne fera pas honteux aux Provinces-Unies de la laiffer en fon obftination, & de l'abandonner en un deffein fi contraire au leur; mais il leur fera honorable, utile, & néceffaire; voire même en ce cas, qui ne fe confirme que trop, ce ne feront pas Meffieurs les Etats qui abandonneront, mais bien eux, qui feront abandonnez par ceux qui ne les voudront pas fuivre jufques au bout de la carriere, où ils fe font engagez de compagnie, pour aller cueillir le rameau d'olive, qui fe prefente à eux. Les paroles ne fervent de rien, où les effets fe rencontrent; les proteftations font abfurdes, qui fe trouvent contraires aux actes; & en cette forte les termes injurieux avec quoi l'on tâche de depeindre la verité, qui fe rencontre toute fimple en la Lettre pour une audacieufe; & de fuppliante qu'elle eft, la faire paffer pour imperieufe, n'en changent pas pourtant la nature, mais l'habit feulement. Tous ces traits piquants, & ces paroles attaquantes, dont on fe fert audit Article 44. font comme autant de flêches, qui retournent de pointe contre le mauvais Archer, qui les décoche; & ces difcours de mépris font comme le miroir, qui ne reprefentoit jamais autre figure, que de celui qui l'avoit compofé.

Sur le Quarante & cinquiéme.

Puis que Meffieurs les Etats favent mieux que perfonne, comme dit le 45. pour quelles raifons la France a traité fans leur participation avec l'Empereur, on leur en laiffe le jugement; comme auffi de ce qu'en cet Article on ne répond point aux objections de même efpece, contenues en la Lettre, la réponfe s'égarant en d'autres fujets, dont il n'a jamais été queftion, comme eft celui d'avoir voulu l'Efpagne engager l'Electeur de Brandebourg à la Guerre contre la Couronne de Suéde, en quoi les Miniftres de l'un & de l'autre parti auront fujet de s'étonner, puis que jamais rien de femblable n'a paffé par leur connoiffance, mais fi ont bien les Traitez de la France avec le Prince Adminiftrateur de l'Archevêché de Bremen contre les prétenfions de ladite Couronne de Suéde, que l'on a depuis interpreté, felon le fuccès des affaires.

Sur le Quarante & fixiéme.

Ceux dudit Seigneur Electeur pourront dire ce que bon leur femblera, en l'accommodement du different de leur Maître; mais en cas d'approbation il conviendra, que ceux de Suéde parlent en un autre langage, avec qui la France eft attachée d'une plus étroite Alliance, comme portent les derniers mots de l'Article precedent : & fi le Sieur de Saint Romain au voyage qu'il fit à la Haye avec le Sieur de Plettenberg, n'a pas déclaré à fon Alteffe Electorale, felon ce qui avoit été convenu à Munfter: qu'en cas qu'il ne cédât aux Suédois la part qu'ils prétendoient en la Pomeranie, on leur ottroyeroit le tout, avec obligation de les y maintenir; il n'aura pas d'autre forte executé fa commiffion, ou elle ne lui aura pas été donnée, conforme à ce qui avoit été promis à ladite Cou-

Couronne de Suéde. Pour ce qui touche le Prince Palatin au même Article 46. au regard de son rétablissement par la France, on le renvoye par communication à S. A. Electorale de Baviere pour y répondre, quand, & comment elle trouvera convenir, & l'on se contente de dire, que jamais l'Espagne n'a arrêté prisonnier aucun Prince de cette Maison Palatine.

Sur les 47. jusques au 52.

Dès le 47. jusques au 52. il n'y a que redites, & positions frivoles de faits, dont les preuves sont offertes pour l'avenir par la France, & celles contraires déja fournies par l'Espagne, & mises hors de contestations par des réalitez immuables.

Sur le Cinquante & deuxiéme.

S'il est vrai, ce que porte le 52. que tandis qu'on s'amusera à produire des écritures & inventions à la Haye, ce sera autant de temps perdu, & autant de retardement à la Paix; le Sieur Servien montre bien, qu'il ne cherche pas de l'avancer, puis qu'il s'y détient si longtemps, & n'y est à autre effet, qu'à fournir chacun jour de nouvelles inventions & écritures, comme l'experience le fait voir.

Sur le Cinquante & troisiéme.

Ce sera bien fait de retrancher aux Espagnols tout espoir de réussir par de mauvaises voyes, selon le conseil du 53. & au revers de leur faire esperer un bon succès par de bonnes voyes, comme sont celles, qu'ils ont suivies jusques à cette heure, cherchant la Paix avec tant de sincerité & de constance, que les variations continuelles de la France, en ses propositions, ne les ont jamais fait tant soit peu changer, ni revoquer aucunes des conditions par eux une fois accordées, ni enfin alterer la moindre circonstance de tout ce qu'ils ont promis auxdits Interpositeurs.

Sur les 54 & 55.

En cas que Messieurs les Etats suivissent les exemples, que la France leur peut avoir donnez, tant par sa maniere de proceder envers la Couronne de Suéde, qu'envers eux, il se trouveroit, que le Sieur Servien auroit détruit par les premices de l'Article 54. les conclusions qu'il y tire, puis que chacun sait, que la France a promis à l'Empereur d'amener ladite Couronne de Suéde jusques à un certain point, & de lui garantir quelques conditions, moyennant lesquelles l'accord entre ledit Empereur & la France est demeuré resolu; & pour ce qui regarde cette vigueur, avec quoi elle se glorifie d'avoir soûtenu dans les Traitez de Paix les intérêts de Messieurs les Etats, comme elle leur a déja reproché en l'Article 33. aussi bien que l'assistence de ses armes; on ne sait, sur quoi elle peut la fonder, puis que jamais les Ministres de France n'ont lâché une parole pendant toute la Négociation à la recommandation de Messieurs les Etats, soit auprès des Médiateurs, soit auprès des Parties; & de la même façon que le Roi de France Henri IV. fit le Traité de Vervins sans les y comprendre, bien qu'il fût aussi étroitement lié avec eux, que le Roi très-Chrétien d'à present. Il est non seulement croyable, mais assuré, que la France auroit suivi le même exemple en ce temps ici, si

T*OM*. IV.

ceux qui la gouvernent n'avoient eu autant d'aversion pour la Paix que le Roi Henri IV. y avoit d'inclination, quoi que l'un des plus belliqueux Princes, qui ait jamais été.

Sur les 56. 57. & 58.

Sur le 56. on dit en peu de mots, que si la France eût eu tant soit peu de volonté de faire la Paix, on n'auroit pas vu sans doute aucuns Agents, ni Ecrits Espagnols à la Haye : car sans disputes, agitations, ni ceremonies, l'affaire auroit été concluë & achevée en peu de jours entre les deux Couronnes, & ensuite executée, nonobstant toutes les reclamations des Alliez, que la France auroit payez d'excuses à sa mode, & d'interpretations sur les Traitez qu'elle viendroit de faire telles qu'il lui auroit plu d'y donner.

Après une réponse de 58. Articles, on s'excuse aux deux derniers, si on ne répond pas à toutes les particularitez de la Lettre du Sieur Brun, qui n'en contient que cinq, & l'on témoigne de craindre d'être importun, si l'on l'étendoit à y repartir plus distinctement. De cette même sorte sont gardées toutes les autres proportions dans cette réponse, ainsi que Messieurs les Etats sauront bien remarquer & reconnoître par leur prudence, si ce qui leur étoit representé par ladite Lettre du Sieur Brun doit être rejetté, comme venant d'un ennemi; ainsi que leur conseille le Sieur Servien, de qui le procedé étant mis en balance avec celui du Sieur Brun envers lesdits Etats, n'est pas pour autoriser beaucoup les conseils, ni pour éblouïr aussi la prudence & la prevoyance d'une si sage Compagnie.

REFUTATION

Des huit Articles,

Ajoûtez depuis peu par le Sieur

SERVIEN,

A la Réponse, qu'il a faite à la

LETTRE

Du Sieur

BRUN,

Ci-devant imprimée.

A Delft le 15. Mars 1647.

C*E* grand Colosse appuyé sur ces huit Articles, comme sur autant de pieds, ne les a

1647.

pas plus forts, que celui de Nabuchodonofor, & fe peut de même abbattre avec une petite pierre, & ces groffes ampoulles, qui s'élevent dans le difcours de cette Addition, fe font & défont avec le fouffle feulement, & font tout au plus, comme ces balons enflez avec beaucoup de peine, que l'on applattit en un inftant d'un coup d'épingle.

Sur le Premier Article.

Le premier Article n'eft qu'une extenfion, ou exageration de ce qui avoit déja été dit par les premieres réponfes, à quoi il a été fuffifamment fatisfait en la Replique; ajoûtant ici feulement, que le Sieur Brun ne pouvoit (lors qu'il écrivit à Meffieurs les Etats) entreprendre la défenfe de leurs Ambaffadeurs, puis que perfonne alors ne les avoit encore attaquez, & tout ce qu'il a dit en fa Lettre à leur regard ne concerne point leurs perfonnes, mais feulement la validité des Ordres, des Pouvoirs, & Inftructions, fur quoi ils avoient traité; demontrant par le nombre de ceux qui ont figné, par le longtemps qu'ont duré les Conférences, par la communication qu'ils ont eu de bouche, & par écrit avec leurs Superieurs, par la diverfité des Provinces qu'ils reprefentoient, par la forme de leur députation, qui avoit été avec le concours général de tout l'Etat, & enfin par leurs façons de traiter avec les Efpagnols, qu'ils n'avoient pu faire rien contre l'intention de leurs Superieurs, & qu'autrement ils auroient abufé de la candeur & fincerité de ceux avec qui ils traitoient : en tout cela ne fe trouve ni Eloge, ni Apologie, ni Défenfe, ni Plaidoirie à la faveur defdits Plénipotentiaires, comme veut le Sieur Servien, qui font tous mots de haut appareil, & titres de longue fuite, auffi peu avenants. aux trois ou quatre lignes, que ledit Sieur Brun a inferées en fa Lettre fur cette matiere, que les armes d'Hercule à un Pygmée.

Sur le 2. & 3.

Le 2. & 3. ne lâchent que des coups en l'air, qui ne touchent à rien de tout ce qui eft en queftion : car le Sieur Brun n'a point blâmé les Alliances de France, ni trouvé à dire qu'elle en fit autant qu'elle voudroit; mais il a feulement objecté ce qui eft vrai, & à quoi jufques à maintenant on n'a pas répondu un mot; favoir, que la France voulant obliger les Etats à maintenir tous fes Alliez, & les Etats ne prétendant pas que la France maintienne autres intérêts, que ceux qui les touchent immediatement, il y auroit une grande inégalité en ce parti, & que par ce moyen la France tiendroit les Etats attachez par cent liens, au lieu que les Etats ne la retiendroient que par un feul; tous les difcours qu'on prend, delà, prétexte de faire, tant fur la difference des Alliances, dont le Sieur Brun n'a point parlé, que fur la comparaifon des mariages, font pièces hors d'œuvre, & emplâtres à la mode fans onguent, que Monfieur l'Ambaffadeur applique, comme les Dames pour embellir le vifage, & non comme les Chirurgiens pour refferrer les playes; & pas un des Particuliers pour la confideration defquels la France recule les Traitez, comme font les Portugais, l'Evêque & l'Etat de Liege, les Princes de Boffolo, & de Monaco, le Sieur d'Anglure, & autres femblables, ne fe font jamais expofez à aucun danger pour Meffieurs les Etats, & n'ayant eu aucune affociation avec eux dans la Guerre, n'en doivent non plus a-

voir dans la Paix, principalement pour des prétenfions mal fondées & imaginaires.

Sur le Quatriéme.

Meffieurs les Etats & les Sieurs leurs Plénipotentiaires n'ont jamais ouï parler de ces oppofitions de la part d'Efpagne touchant la Garantie pretendue par la France, dont parle le 4. Article defdites nouvelles Additions, feulement le Sieur Brun en fa Lettre de Deventer, en a dit quelque chofe par incident, pour faire voir que l'explication que l'on en demandoit, n'étoit qu'un artifice pour éloigner la conclufion des Traitez, puis que cette explication les pourroit auffi bien fuivre que préceder, & les argumens, qu'il en allegue, en bien peu de paroles, font fi forts, & fi manifeftes, qu'on ne fe hazarde pas de les contredire, ce que nous ne difons pas à la recommandation des Efpagnols, mais de la chofe même qui n'avoit pas befoin de commentaire pour être entenduë, n'y ayant grand ni petit, homme ni femme en notre Païs, qui après avoir lû le Traité de l'an 1644. ne die, qu'il eft affez intelligible, & n'a befoin d'interpretation; étant vrai auffi, que les mêmes qui la demandent, font ceux qui l'ont compofé, & ont dit alors, qu'il n'y avoit plus rien à faire; en forte que s'il y reftoit quelque chofe de douteux, la faute leur en devroit être imputée, & auroit pu fe reparer il y a longtemps, fans attendre les extremitez, & juftement le point de le pouvoir mettre entre les Articles fignez par nos Plénipotentiaires, & la ratification de nos Superieurs; & fi on ne cherchoit que cette explication de Garantie, il ne falloit pas en accompagner la propofition de beaucoup d'autres, qui ne tendent évidemment qu'à la continuation de la Guerre, dont le Sieur Brun, ayant fait mention en fa Lettre, on y demeure fans repartie, bien que ce fut un coup auquel il falloit parer, ou rendre les armes; car d'appeller ledit Sieur Brun Sophifte, Rhetoricien, Declamateur, Machiavellifte, cela n'affoiblit en rien la force de fes argumens.

Sur le Cinquiéme.

Que l'Article huitiéme du Traité de l'an 1644. oblige (comme dit le cinquiéme de ces Additions) de s'expliquer plus clairement fur la forme de la Garantie à la conclufion de la Paix, ç'a pu être une referve mentale faite par Monfieur l'Ambaffadeur, lors qu'il figna le Traité, que les Parties n'auront fû penetrer, puis que ledit Article 8. ne parle de la Garantie, ni de près, ni de loin. Auffi peu fauroit-on avouer, qu'avant ce dernier voyage du Sieur Servien par deçà, la France ait fait aucune inftance fur l'explication de ladite Garantie, ni qu'on l'ait payée de défaites & paroles ambigues, foit en ce fujet, foit en aucun autre; comme il veut faire croire maintenant, au préjudice de la fincerité & franchife, que nous gardons en toute forte d'affaires, & avec toute forte de Nations, à peine entendons-nous feulement ce terme de *défaites*, non plus que celui *du droit de bienféance*, qui font deux piéces à la mode, marquées au coin de France, & declarées billon en cet Etat. Il n'auroit de rien fervi aux Sieurs Paw, & de Knuyt, ni aux Efpagnols de déclarer, *que cette Garantie ne s'accorderoit jamais*, pource que cela ne faifoit ni bien, ni mal aux Traitez, dont il s'agiffoit à Munfter; auffi n'y a-t-il pas un Article contraire, à ce que la France pretend à ce regard; & par la Lettre du Sieur Brun

Brun on voit qu'il ne combat l'explication de la Garantie, qu'entant qu'elle retarde la ratification des Traitez, & il infinuë, qu'on en pourra convenir par après, sans alteration de ce qui aura été accordé à Munster. La conclusion de cet Article 5. contient en cinq lignes tout le revers de ce que favent, comme leur fait propre, ceux à qui ledit Article est addressé : car Messieurs les Etats n'ont point desaprouvé ce que leurs Plénipotentiaires ont signé; lesdits Plénipotentiaires n'ont point passé outre, sur la communication donnée à leurs Superieurs, sans en attendre les réponses, ni n'ont rien promis aux Ministres de France; qu'ils ne leur ayent tenu; étant personnages de parole & de foi, qui ne fachant que c'est de tromper, ne peuvent souffrir aussi d'être trompez. Ni toute l'Europe n'est point scandalisée de l'action faite par nos Plénipotentiaires, en fignant la Paix avec l'Espagne; au contraire, (à la reserve des François, Suédois, & Portugais) il n'y a aucune Nation Chrétienne, qui ne nous en ait donné la bonne heure, & témoigné de s'en réjouïr, comme d'un bien universel. Toute l'Europe au contraire demande à Dieu, qu'il lui plaise d'amollir la dureté de la France, qui seule arrête dès si longtemps la réunion de tous ceux qui devroient combattre sous l'étendart de Jesus-Christ, contre l'ennemi commun, qui profite trop avant de notre commune division.

Sur les 6. 7. & 8.

On peut bien comprendre en un seul Article les trois autres qui restent de l'Addition, parce qu'avec quelque diversité de paroles ils ne contiennent que la même substance; & toute cette substance se corrompt d'elle-même; car en voulant prouver que les Espagnols ne veulent faire qu'une Paix fourrée, & non durable, pour se garantir du danger present, & après l'avoir échapé, rentrer plus furieusement en Guerre qu'auparavant, on ne prend pas garde qu'on se contredit, en les representant à huit lignes plus bas, pour obstinez, & trop tenans dans les conditions de la Paix, car l'une des suppositions détruit l'autre, étant certain, que s'ils ne vouloient pas observer les Traitez, & ne songeassent qu'à échaper du peril present, ils passeroient sur lesdites conditions, à quelque prix que ce fut; mais pour mieux dire, ni l'une, ni l'autre desdites suppositions ne semble fondée à ceux qui ont eu le maniement de ce grand negoce, puis que de fait ils savent que l'Espagne accorde à la France, ce que l'on n'auroit jamais crû que la France eût voulu exiger d'elle, aussi a-t-elle eu honte de le demander tout à coup, y étant montée par dégrez, en sorte qu'autant de fois qu'on pensoit avoir achevé, elle a demandé quelque chose de nouveau, & l'a obtenu par la crainte que les Espagnols ont euë de rompre avec cet Etat, s'ils rompoient avec la France; mais à la fin voyant que rien n'achevoit de combler sa mesure, ils nous ont déclaré fermement, que le sac étoit serré, & nous ont mis vingt fois le marché à la main d'une rupture des deux côtez, avant que d'admettre d'autres propositions en faveur de la France; & pour dire ingenuement la vérité, ni par raison d'Etat, ni par regle de justice, ni par sentiment d'honneur, nous ne pouvons plus presser l'Espagne à se dépouiller encore à l'avantage de ceux, à qui notre interposition avoit déja tant profité, sans qu'ils nous en sussent gré, convertissant tous nos bienfaits en injures, & les expliquant à contre-sens, pour se laisser une

porte ouverte à les tourner un jour à notre dommage. Dire, comme l'on fait en ces derniers Articles, *que les Espagnols n'ont jamais apaisé un different à l'amiable*, c'est démentir l'Histoire de tous les Traitez de Trêves & de Paix; dont nous ne sommes pas ignorans, c'est encore imposer à nos propres sens, n'y ayant personne qui ne se souvienne que de nos jours l'Espagne a restitué Aste & Verceil, au Duc de Savoye, & au Duc de Parme presque tous ses Etats, bien que l'un & l'autre l'eussent attaqué, que la suspension d'armés avec la Landgrave de Hesse n'a point été rompuë, & que les Trêves de douze ans avec nous ont été fidellement observées, & que la ratification du Sérénissime Archiduc Albert & de la Sérénissime Infante Isabelle, qui étoient proprietaires des autres Etats des Païs-Bas, a été faite & solemnellement publiée. Ce qui suit de la Ligue entre les Princes d'Italie proposée par la France, n'est non plus fondé que le défaut mis en avant de ladite ratification; car la France vouloit qu'ils s'obligeassent de prendre les armes contre celui qui romproit le Traité, en quelque part du monde que se fît la rupture, & lesdits Princes ne vouloient entrer en cette obligation, que pour ce qui regardoit l'Italie seulement, qui n'étoit pas peu, à quoi les Espagnols avoient consenti aussitôt, ainsi que nos Plénipotentisires nous l'ont fait voir par leurs écrits & signatures. L'allegation sur le different des Grifons n'est pas une piéce de meilleur aloi, car on les fait parler à leur insçu, & sous prétexte de les proteger, on veut les assujettir, & leur prescrire des formes de gouvernement, contre leur goût & leur repos. Le Traité de Mousson pourroit bien subsister en ce qui concerne les deux Rois seulement, jaçoit que depuis la rupture de la Paix de Vervins, il ait perdu sa force, mais toujours n'a-t-il pu ôter la liberté à des Républiques independantes de France, de disposer à leur volonté de la conduite de leur Etat, de la sûreté du commerce, de l'exercice de la Religion, & de leur accommodement avec les Valtolins, comme elles ont fait par le Traité de Milan de l'an 1639. dont les uns & les autres sont demeurez contents, & l'ont volontairement recherché, vivant depuis en bonne intelligence & amitié, que la France veut maintenant troubler, pour avoir sujet de retarder les Traitez de Paix avec l'Espagne, dequoi nous ne pouvons douter, voyant le consentement des Espagnols, à ce que le fait des Alliances, & passages pour la France, soit remis à la déclaration desdits Grifons & Valtolins, qui est plus, que ce à quoi nous oblige le Traité de l'an 1634. & autrement nous donnerions un mauvais prejugé contre nous-mêmes, si nous voulions aider à établir la jurisdiction, que la France veut usurper contre la liberté de ces peuples-là, & que nous lui tinssions la main, pour leur donner la loi: Dieu nous garde de cet aveuglement, & nous veuille bien ouvrir les yeux, non seulement de ce côté-là, mais d'autres, qui nous avoisinent de plus près, voyant déja les Villes de Dorsten, Meppen, Paderborne, Varendorf, Rheinen, & autres à nos portes, ouvrir les leurs aux François & Suédois, & presque tous les Electeurs faire leurs Traitez à part avec ces Conquerants, sans limites, & insatiables, qui achevent chacun jour d'occuper les passages de l'Elbe, de l'Oder, du Veser, du Zund, du Danube, du Rhin, du Meyn, de la Life, Meuse, & Moselle, après quoi si on les laisse aller selon le cours qu'ils prennent, sauve qui peut. Cela parle bien plus haut, que tous les Ecrits de

Monsieur Servien, quoi qu'il les anime, & fasse resonner tant qu'il peut, mais nonobstant toute sa souplesse & dexterité, nonobstant toutes ses pointes d'esprit, qu'il feroit bien mieux d'appliquer à d'autres sujets, si ne nous persuadera-t-il pas, que la France cherche la Paix, que l'Espagne la fuye, & que nous ne la devions pas desirer, lors qu'elle nous est honorable, utile, & nécessaire.

E C R I T

Dònné par

L'AMBASSADEUR

De

F R A N C E,

à Messieurs les

ETATS-GENERAUX

Des

PROVINCES-UNIES

Des

P A I S - B A S,

Sur la Garantie.

Fait à la Haye le 11. jour d'Avril 1647.

L'Ambassadeur de France croyoit d'avoir donné entiere satisfaction à Messieurs les Commissaires qui ont traité avec lui de la part de Messieurs les Etats Généraux sur tous les doutes & objections qu'ils lui ont presentées, & croioit de leur avoir clairement montré que sans détruire le véritable sens du Traité de 1635. & sans alterer les termes, auxquels il est conçu, on ne peut pas desavouër que par ledit Traité le Roi & Messieurs les Etats ne soient obligez de rompre conjointement contre les ennemis en cas qu'ils viennent ci-après à enfraindre ou violer aucune des conditions de la Paix ou de la Trêve qui sera faite avec eux ou bien à attaquer Sa Majesté ou Messieurs les Etats en ce qu'ils possedoient au temps dudit Traité, ou qu'ils possederont lors que la Paix ou la Trêve seront conclues par les Conquêtes qui auront été faites sans aucune limitation ni distinction de lieux, ni de personnes.

Mais voyant que depuis dix jours leurs Seigneuries n'ont pris aucune resolution décisive sur une question qui a été si fort éclaircie, il est obligé pour sa décharge, & pour éviter une plus longue perte de temps de representer à L. S. par écrit une partie des choses qu'il a dites de bouche auxdits Sieurs Commissaires afin qu'il leur plaise de les considerer mûrement & d'y prendre bientôt une finale resolution, telle que l'Alliance & l'équité peuvent requerir, ou qu'au moins tout le monde voye, s'il y a lieu pour ce sujet de demeurer plus longtemps en dispute avec un Roi ami, & si étroitement allié de cet Etat, & que L. S. aussi puissent juger de nouveau, comme chacun peut faire, si Sa Majesté n'a pas accompagné de raisons & de justice, toutes les propositions qui ont été faites de sa part, il ne faut qu'examiner ce qui s'ensuit:

Après le préambule du Traité de 1635, où diverses raisons sont exprimées qui pour l'intérêt du public & pour les offenses particulieres, qui ont été reçues obligent le Roi de rompre contre l'Espagne, & Messieurs les Etats de continuer la Guerre où ils étoient déja engagez, il y a ces mots qui contiennent en substance le but & le dessein de tout le Traité; *pour ces causes & autres sadite Majesté rompra à Guerre ouverte contre le Roi d'Espagne, dès que ce Traité sera signé & ratifié, & lors commencera toute sorte d'hostilitez aux Païs-Bas; comme aussi lesdits Sieurs les Etats Généraux continueront la Guerre avec toutes leurs forces, &c.*

Il y a en peu de mots quatre grandes obligations. Par la premiere, la France doit faire une rupture générale contre l'Espagne : par la seconde, ladite rupture doit être faite dès que le Traité sera signé & ratifié; par la 3. les hostilitez doivent commencer dans les Païs-Bas; & par la 4. Messieurs les Etats doivent continuer la Guerre avec toutes leurs forces; le reste du Traité ne fait qu'expliquer les conditions de ces differentes obligations, & les moyens de faire la Paix conjointement ou de la bien assurer quand elle sera faite.

Par le 1. Article il est porté que les deux Armées du Roi & de Messieurs les Etats entreront dans les Païs-Bas, au plus tard au mois de Mars prochainement venant, si ce n'est qu'on convienne de quelque entreprise laquelle on puisse executer par commun consentement entre-ci & là.

Il faut remarquer qu'encore que le délai fût fort court entre le 8. de Fevrier que le Traité a été signé, & le mois de Mars prochainement venant, on n'a pas voulu pour cela differer de faire la rupture, jusques audit temps, mais seulement l'entrée des armes dans ledit Païs, l'obligation de rompre immédiatement après que le Traité sera signé & ratifié subsistant toujours, & les Ambassadeurs de Messieurs les Etats n'ayants jamais voulu consentir qu'elle fût differée d'un seul moment après la signature & ratification du Traité.

Le 6. Article est conçu en ces termes: "l'Armée du Roi étant entrée dans ledit Païs & la
» rupture faite entre les deux Couronnes, com-
» me il est dit ci-dessus, elle durera jusques à
» l'entiere expulsion des Espagnols des Païs-
» Bas, sans que cependant Sa Majesté ni les-
» dits Sieurs les Etats puissent traiter Paix, Trê-
» ve ou suspension d'armes que conjointement
» & d'un commun consentement, & si ladite
» Paix venoit à être faite en la façon susdite,
» & que puis après le Roi d'Espagne, l'Empe-
» reur,

,, reur, ou quelque autre Prince de sa Maison
,, dependant d'icelle directement ou indirecte-
,, ment attaquât le Roi ou lesdits Sieurs les E-
,, tats, en ce qu'ils possedent dès cette heure
,, ou possederont lors par les Conquêtes qu'ils
,, auront faites, Sa Majesté & lesdits Sieurs
,, les Etats rompront conjointement, & d'un
,, commun consentement, ce qu'ils feront pa-
,, reillement en quelque temps que les Espagnols
,, attaquent ci-après directement ou indirecte-
,, ment les Etats & possessions de Sa Majesté
,, ou desdits Sieurs les Etats; soit qu'il inter-
,, vienne un Traité de Paix auparavant, soit
,, qu'il n'en intervienne pas.

,, L'Article 9. est aussi conçu en ces termes:
,, Au cas qu'après ce Traité de rupture signé &
,, ratifié on vienne à faire la Paix, Trêve, ou
,, suspension d'armes, elle ne se pourra conclure
,, n'y entendre que conjointement & d'un com-
,, mun consentement du Roi & desdits Sieurs:
,, Etats avec obligation de rompre aussi con-
,, jointement & entrer en Guerre avec les Es-
,, pagnols & leurs adherens; toutes les fois qu'ils
,, viendront à violer ou enfraindre aucune des
,, conditions accordées par le Traité de Paix
,, ou Trêve qui en sera fait, sans que par après
,, on puisse aussi jamais faire aucun nouveau
,, Traité de Paix ou Trêve que conjointement
,, & d'un commun consentement à condition
,, que s'il vient encore à être violé, Sa Majesté
,, & lesdits Sieurs les Etats entreront conjoin-
,, tement en Guerre avec ceux qui en seront
,, infracteurs.

,, Article secret. ,, Encores que par le 9. Arti-
,, cle du Traité fait entre le Roi & lesdits Sieurs
,, les Etats signé ce jourd'hui il soit dit qu'au cas
,, qu'après ledit Traité de rupture signé & rati-
,, fié on vienne à faire la Paix, Trêve ou fus-
,, pension d'armes, elle ne se pourra conclure
,, ni entendre que conjointement & d'un
,, commun consentement du Roi & desdits
,, Sieurs les Etats; néanmoins Sa Majesté &
,, lesdits Sieurs les Etats sont convenus qu'en
,, tous les lieux où l'on pourroit faire la Guerre,
,, sans y être obligé par le present Traité, le
,, Roi & lesdits Sieurs les Etats y pourront puis
,, après faire la Trêve ou suspension d'armes
,, seulement, ainsi que bon leur semblera; mais
,, non pas la Paix qui ne pourra jamais être
,, faite que conjointement & d'un commun con-
,, sentement.

Lesdits Sieurs Commissaires ont tâché de
prouver par des consequences & inductions
qu'ils ont tirées de l'explication desdits Articles:

Primò. Que pour la Garantie du Traité qui
doit être faite avec l'Espagne (laquelle n'est autre chose en effet que l'obligation mutuelle de
rompre contre l'ennemi, dont il est parlé dans
ledit Traité en cas qu'il contrevienne à ce qui
aura été accordé) on se doit seulement regler
par ce que contient le 6. Article.

2. Que moyennant ce, ladite Garantie doit
être restrainte à ce que le Roi possedoit lors du
Traité de 1635. & aux Conquêtes qui ont été
faites depuis, dans les Païs-Bas, parce, disent-
ils, que ledit Article 6. parlant encores de la
Guerre qui doit être continuée dans les Païs-
Bas, & étant inseré à la suite & avant d'autres
qui en parlent encores, il faut conclure qu'encore qu'on ait fait mention dans ledit Article
des Conquêtes qui seroient faites en général on
a seulement entendu celles des Païs-Bas.

3. Que l'Article 9. commençant: *Au
cas qu'après ce Traité de rupture signé & ratifié on vienne à faire la Paix, Trêve, ou fus-*

pension d'armes, &c. Il faut conclure que
ledit Article ne sert plus de rien, n'aiant été
accordé que pour un cas, qui n'est point arrivé; à savoir en cas qu'on eût fait un Traité
après la signature & ratification de celui de
1635. avant que la France fût entrée en rupture avec l'Espagne; mais que n'ayant point été
fait de Traité pendant ce temps-là; ledit Article est à présent inutile, & on ne se doit pas regler par ce qu'il contient.

4. Que le même jugement doit être fait, &
les mêmes conséquences tirées pour l'Article
10. qui n'a été fait qu'en suite; & pour les
mêmes cas; & pour le même temps que le
9.

5. Que l'Article secret montre que Messieurs les Etats n'ont point été obligez, que de
garentir les conquêtes faites dans les Païs-Bas;
puis que la France s'est reservé par ledit Article secret de faire la Trêve ou suspension d'armes, par tout ailleurs sans leur consentement.

L'Ambassadeur de France a répondu à toutes ces objections comme il s'ensuit:

A la premiere, qu'il n'y a point de raison
qui oblige de croire qu'on se doit regler pour
la Garantie, plutôt par ledit Article 6. que par
le 9. & 10. & qu'au contraire ledit Article 6.
n'a point été le lieu où l'on a entendu convenir
de ladite Garantie.

Primò, parce que c'est un endroit où il est
encores parlé de la continuation de la Guerre qui
doit durer jusques à l'expulsion des Espagnols.

2. Qu'il n'y est parlé de Négociation ni de
Traité qu'en termes negatifs, à savoir: sans
que Sa Majesté ni lesdits Seigneurs Etats puissent traiter Paix, Trêve, ou suspension d'armes.

3. Que dans les paroles qui suivent immédiatement, il n'est fait mention de la Paix;
qu'en termes douteux & incertains, à savoir;
& si ladite Paix venoit à être faite en la façon
susdire; & que puis après le Roi d'Espagne,
l'Empereur,&c. qui montrent clairement qu'on
n'a parlé de la Garantie qu'en passant, *tanquam
in loco peregrino*, pour éviter le préjudice qu'on
se fut fait de n'en parler point, ayant fait mention de la Paix, & comme en devant être
traité & convenu plus expressement & amplement dans un autre lieu.

4. Que l'on doit avouer des deux choses l'u-
ne, ou que l'Article 6. parlant encores de la
Guerre des Païs-Bas, de l'expulsion des Espagnols, & de la prohibition de ne traiter point
avec eux, on n'a pas entendu d'y convenir d'u-
ne Garantie générale de tout le Traité comme
dans son lieu propre, ou que si l'on a eu cette
intention, la Garantie devant être generale pour
toutes les conditions du Traité, qui doit aussi
bien faire cesser la rupture générale que les
hostilitez des Païs-Bas; ladite Garantie doit a-
voir raport à l'un & à l'autre, & par conséquent ne peut être restrainte à ce qui a été conquis dans les Païs-Bas; autrement toutes les autres conditions du Traité & tout ce qui regarde
la rupture générale demeureroit sans Garantie,&
sans aucune assûrance que celle qu'on peut
prendre en la promesse des Espagnols, ce qui
n'est pas raisonnable & qu'on ne peut pas présumer de l'intention de ceux qui ont fait le Traité
de 1635.

5. Quand tout ce que dessus ne seroit pas
concluant, comme il l'est, & quand on voudroit, qu'il eût été convenu dans ledit Article 6. d'une Garantie comme dans un lieu
propre, il faudroit toujours avouer que la Fran-

ce s'étant obligée par le Traité de 1635. à deux choses principales; la premiere, à une rupture ouverte avec l'Espagne : la 2. à faire le principal effort de la Guerre dans les Païs-Bas; & ces deux obligations étant distinguées & repetées presque dans tous les Articles du Traité de 1635. la Garantie dont il est parlé dans le 6. Article n'auroit été accordée que pour ce qui regarde les conquêtes, & qu'on se seroit reservé de convenir d'une autre Garantie plus générale (comme on a fait après par les Articles 9. & 10.) qui comprend toutes les conditions du Traité, lesquelles n'ayant pas directement pour objet la conservation des anciens Etats, & des nouvelles conquêtes ne laissoient pas d'être aussi importantes que celles qui en parlent, & d'avoir autant de besoin qu'on en assûrât bien l'execution, comme il sera montré ci après.

À la seconde Objection.

Ce qui vient d'être dit, pourroit servir de suffisante réponse à la seconde objection, mais on peut encores dire, que Messieurs les Commissaires pour trouver leur intention dans le 6. Article, sont obligez d'y ajoûter ou presuposer des mots, qui n'y sont point, ce qui ne peut être fait en des matieres de cette importance par l'une des Parties au préjudice de l'autre. Car étant convenu par ledit Article que l'on garantira ce qui étoit possedé lors du Traité de 1635. ou ce que le Roi & Messieurs les Etats possederont (lorsque le Traité sera fait) par les conquêtes qu'ils auront faites. Ce mot de conquêtes est illimité & indefini, & se doit nécessairement entendre de celles qui auront été faites par tout ailleurs, aussi bien qu'au Païs-Bas. Car pour pouvoir faire la restriction desdites conquêtes selon l'intention desdits Sieurs Commissaires il eût fallu que dans l'Article on eût ajoûté, *par les conquêtes qu'ils auront faites dans les Païs-Bas*; mais cette limitation n'ayant pas été inserée, il faut conclure nécessairement, que mêmes par ledit Article 6. on a entendu de garantir toutes les conquêtes.

À la troisiéme Objection.

Il est impossible qu'on ait entendu le cas mentionné en la 3. objection, quand l'on a convenu du 9. Article au contraire : ledit Article est le véritable lieu où les Parties ont eu intention d'accorder la Garantie generale de tout le Traité pour les raisons suivantes.

Primò. L'on ne parle pas dans ledit Art. 9. de la negotiation ni de la Paix en termes douteux ou conditionnez; comme il est fait dans le 6. il n'est pas dit en passant & en traitant d'autres choses, comme dans ledit Art. 6. si on venoit à faire la Paix ou Trêve; mais ledit Art. 9. contient *ex professo* ce que chacun devra faire, au cas qu'on vienne à faire la Paix, Trêve, ou suspension d'armes, &c. c'est-à-dire, lorsqu'on viendra à faire la Paix, Trêve, ou suspension d'armes, &c. on n'use pas simplement du mot de Traité, comme dans l'Art. 6. mais on dit qu'elle ne se pourra conclurre, ni entendre que conjointement, &c. on y ajoûte que ce sera avec obligation de rompre aussi conjointement & entrer en guerre contre les Espagnols & leurs adherans, toutes les fois qu'ils viendront à violer ou enfraindre aucune des conditions accordées par le Traité de Paix ou Trêve qui sera fait. Le reste d'Article prescrit la forme de rentrer en negotiation après cette seconde rupture, & ce que l'on devra faire encores de part & d'autre, en cas que le second Traité soit violé par les ennemis & par une gradation pleine de prevoyance, on remedie à tous les cas qui peuvent arriver, qui montre clairement que ç'a été le veritable lieu, où les Parties ont entendu de convenir de toutes ces

choses, qu'il n'en a été parlé ailleurs qu'énonciativement & en passant, & que par consequent on se doit regler par les Articles 9. & 10. pour la forme d'entrer en Négociation avec l'ennemi & de garentir le Traité qui sera fait avec lui.

Secundò. Il n'est pas croyable que les Parties qui se sont obligées dès l'entrée du Traité à faire une rupture ouverte, dès qu'il aura été signé & ratifié se soient pû imaginer un temps entre la Négociation & la rupture, pour entrer en Traité avec l'ennemi, & encore moins qu'elles ayent convenu de deux Articles publiez & d'un secret pour un cas qu'elles avoient prohibé, & qui ne pouvoit arriver.

Tertiò. Ce qui fait voir plus clairement, que cela ne pouvoit être; & qu'on étoit encores dans les 12. mois (pendant lesquels il avoit été convenu par le Traité de 1634. de ne conclure point avec les ennemis) lesquels ne devoient expirer qu'au 15. Avril de l'année 1635. & avant ce temps-là, le Roi étoit obligé non seulement de faire entrer son armée dans les Païs-Bas, ce qui devoit être fait au mois de Mars précedent, mais de faire une rupture générale par mer & par terre contre le Roi d'Espagne.

Quartò. Quand on se fût pu imaginer quelque peu de temps entre la ratification & la rupture, ce qui ne pouvoit être, il n'eût pas été suffisant pour établir une Assemblée, & y envoyer des Ambassadeurs avec des Pouvoirs & Instructions pour une affaire de si grande importance, ce qui fait voir clairement, qu'on n'a jamais eu cette pensée.

Quintò. L'Article 9. auquel le 10. & l'Article secret se rapportent commence; *Au cas qu'après ce Traité de rupture signé & ratifié*; &c. & par consequent montre qu'on a eu intention de mêler & confondre le temps de la rupture avec celui de la signature ou de la ratification. Il y a même apparence que les Ambassadeurs de Messieurs les Etats voulurent engager Sa Majesté à faire ladite rupture avant qu'avoir fait ratifier le Traité par eux signé à leurs Superieurs.

Sextò. Ledit Article 9. ne parlant que de faire la Paix, Trêve ou suspension d'armes, presupose nécessairement une rupture precedente, n'étant pas possible de faire une Paix; une Trêve ou suspension d'armes avec un Prince, contre lequel on n'a point rompu la Paix, si on a quelque differend avec lui, on peut bien les accommoder par un Traité, mais on ne sauroit l'apeller ni Paix ni Trêve ni suspension d'armes. La France a bien fait divers Traités avec l'Espagne depuis celui de Vervins, mais on n'y a point parlé de rétablir la Paix entre les 2. Couronnes, parce qu'elle n'avoit point été rompue.

Septimò. Les Articles 9. & 10. ayant été renouvellez & confirmez par le Traité de 1644. aussi bien que l'Article 6. il faut conclure nécessairement que Messieurs les Etats mêmes n'ont pas crû en ce temps-là que lesdits Articles 9. & 10. dussent être entendus pour le cas, qu'on met aujourd'hui en avant, qui n'étoit point arrivé, & qui ne pouvoit être, puisque la rupture avoit été faite. Si lesdits Articles avoient été inutiles comme on veut dire à présent, il n'eût pas été besoin de s'obliger de nouveau à l'execution de ce qu'ils contiennent, comme on a fait par le Traité de 1644.

La 4. objection tend à détruire l'Article 10. mais ce qui a été dit ci-dessus pour conserver l'Article 9. en sa force & vertu, & pour prouver qu'il doit être religieusement observé, comme

étant

étant propre & décifif tant pour regler la forme
d'entrer en Négociation avec l'ennemi, que
pour la Garantie du Traité qui doit être fait avec
lui, fert auffi pour la defense de l'Article 10.
qui n'eft fait qu'en confequence du précedent;
n'étant pas croyable, comme il a été dit, que
deux Articles fi importants, l'un defquels regle
ce qui doit être fait avec l'Empereur, contenant
toutes les précautions qu'on doit prendre contre eux, tant en traitant que pour afsûrer le
Traité, fe doivent entendre d'un cas que les
Parties en faifant le Traité de 1635. ont voulu formellement exclure.

Il femble qu'on peut tirer une confequence
demonftrative, qui détruit la 5. objection. Car
s'il n'a pas été permis au Roi de faire la Paix,
fans le confentement de Meffieurs les Etats mêmes hors des Païs-Bas; il faut conclure qu'ils
font intereffez & obligez de garentir une Paix,
qui ne peut être faite fans leur confentement: la
liberté qu'on a euë de faire une Trêve ou fufpenfion d'armes aux autres endroits ne fe peut
entendre que d'une courte Trêve ou fufpenfion, en attendant le Traité de la Paix, & cela
fe juftifie clairement par les diverfes propofitions & inftances, qui ont été faites de part &
d'autre en ce temps-là, dont les minutes peuvent être réprefentées, comme la France ne
pouvoit & ne devoit pas s'obliger à faire les mêmes efforts de la guerre ailleurs qu'au Païs-
Bas, & que Meffieurs les Etats, qui vouloient
toujours être apuyez des forces du Roi dans leur
voifinage, ne le defiroient pas auffi, on s'eft
refervé la liberté de pouvoir prendre haleine &
relâché aux autres endroits, afin de continuer
les efforts dans les Païs-Bas avec la même
vigueur, qu'on les avoit commencez; Sa Majefté y étant obligée par honneur, puifqu'elle
l'avoit promis par un Traité. Lefdits Sieurs
Commiffaires ont produit à la derniere Conference deux projets d'Articles; qu'ils ont dit avoir
été préfentez par feu Monfieur le Cardinal de
Richelieu, avant la conclufion du Traité de
1635. par lefquels il appert que de la part de la
France on a voulu prendre un delai avant que
faire la rupture; & que par le premier defdits
Articles on a demandé un an; & par le 2. on
s'eft reduit à fix mois. Lefdits Sieurs Commiffaires ont tâché de prouver par l'exhibition defdits Articles qu'on n'avoit pas eu intention de
la part du Roi de faire fitôt la rupture contre
l'Efpagne, & que par confequent on fe pouvoit juftement imaginer un temps en ladite rupture & la ratification dudit Traité de 1635.
Mais ledit Ambaffadeur de France a tiré de l'exhibition defdits Articles trois confiderations
fort preffantes contre lefdits Sieurs Commiffaires.

La 1. que la France ayant eû tant de peine
à fe difpofer à la rupture au temps même
qu'elle avoit reçû diverfes offenfes de l'Efpagne
par l'attaque de Mr. de Mantouë, qu'on vouloit dépouiller de fes Etats parce qu'il étoit né
François, par l'ufurpation de la Valteline, qu'on
avoit prife fur les Grifons, à caufe qu'ils étoient
Alliez de la France, par les diverfes agreffions
& hoftilitez, que le Duc de Lorraine avoit faites contre le feu Roi à l'inftigation des Efpagnols,
& par plufieurs autres injures encore plus fenfibles que celles-là. Il faut avoüer qu'elle n'eft
pas fi promte à recommencer de nouvelles
Guerres que quelques-uns qui les connoiffent
mal, voudroient faire croire en ce Païs.

La 2. que la France ne s'eft refolue à la rupture que fur l'inftance de Meffieurs les Etats
& pour fe conformer à leur defir, ayant propo-

fé divers Articles pour pouvoir terminer les
differens qu'elle avoit avec l'Efpagne, avant
ladite rupture, qui ont été rejettez par les Ambaffadeurs de Meffieurs les Etats.

La 3. que puifqu'on n'a pu obtenir les delais
portez par lefdits Articles, & que les Ambas-
fadeurs de Meffieurs les Etats n'ont jamais voulu confentir au Traité de 1635. qu'à condition que le Roi romproit immédiatement après
la fignature & ratification dudit Traité, il faut
conclure néceffairement qu'on ne s'eft jamais
pu ni dû imaginer un temps entre ladite ratification & la rupture, & qu'on ne le peut faire
aujourd'hui fans contrevenir directement à l'intention de ceux, qui ont fait le Traité de
1635. auffi bien que de ceux qui ont fait celui
de 1644. Car comme lorfqu'on demandoit un
delai avant que rompre, l'on prétendoit d'inferer ledit delai dans l'Article qui en feroit dreffé,
il faut croire, que fi l'on eût eu la moindre penfée d'entrer en Traité avec l'ennemi depuis ladite ratification jufques à la rupture, on n'eût
pas manqué de l'expliquer clairement, la chofe étant d'affez grande importance, & ayant
été longuement contestée; c'eft pourquoi n'en
étant point parlé, il faut confeffer que de la
part de la France on a été contraint de s'en departir, & que de la part de cet Etat on n'a jamais eu intention d'y confentir, fi bien que
les Articles 9. & 10. fubfiftant néceffairement
comme les véritables lieux, où il a été convenu de la Garantie, & ayant été confirmez par
le Traité de 1644. on ne peut pas maintenant
refufer avec raifon d'executer ponctuellement
ce qu'ils contiennent, & ce faifant s'obliger
reciproquement à rompre ouvertement de part
& d'autre contre les ennemis, en cas qu'ils
viennent ci après à violer ou enfraindre aucunes
des conditions qui feront accordées par le Traité de Paix ou de Trêve, qui fera préfentement
fait.

Après toutes ces raifons, Meffieurs les Etats
font fupliez de confiderer fi les propofitions
des Miniftres de France qui ne demandent rien,
finon que les Traitez foient obfervez de bonne foi & fans y ajoûter aucune nouvelle condition ou limitation peuvent être appellées nouvelles & injuftes : fi le refus qu'on en a fait
qui ne peut être avantageux qu'à l'ennemi merite de retarder un bien fi grand & fi généralement defiré, que celui de la Paix; fi ce retardement peut être imputé à la France qui
ne defire que la raifon, qui ne propofe qu'une
chofe auffi avantageufe pour Meffieurs les Etats
que pour elle & qui depuis huit mois a inceffamment fait connoître la neceffité, qu'il y a
d'en convenir; fi L. S. faifoient un jugement
favorable d'un particulier, qui apporteroit de
femblables difficultez pour n'executer pas un
contract qu'il auroit paffé, & fi en effet ce
n'eft pas ce que l'on appelle plaider contre
fa promeffe.

Il a auffi été reprefenté à Meffieurs les Commiffaires pour en informer L. S. que leurs
Majeftez ont très-grand déplaifir de cette diverfité d'opinions, & que pour la faire ceffer,
elles ont plufieurs fois fait agiter cette queftion
en leur prefence dans le Confeil du Roi, non
pas avec intention que les réfolutions qui y feroient prifes duffent fervir de Loi ni de jugement (femblables differens quand ils fe rencontrent parmi des Alliez ne pouvant être terminez qu'en fe foumettant d'un commun confentement à la raifon & l'équité.) mais avec
deffein d'y chercher tous les temperamens poffibles, & de complaire au defir de L. S. autant
qu'on

qu'on l'auroit pû faire, sans en recevoir un préjudice notable, mais en toutes les déliberations qui ont été faites on a trouvé la distinction des lieux, où l'on pourroit être attaqué après la Paix si contraire à la sûreté de ladite Paix ; & si peu propre à remedier aux apprehensions que leurs Majestez & Messieurs les Etats doivent avoir de rentrer en guerre, à quoi on ne peut mieux pourvoir que par la connoissance qu'aura l'ennemi de ne pouvoir contrevenir au Traité, qui sera fait, sans avoir les forces de la France & des Provinces-Unies à combattre à même temps. Qu'on n'a pas trouvé pouvoir apporter aucune restriction aux obligations contenuës dans le Traité de 1635. sans contrevenir aussi en quelque façon aux Loix du Royaume, qui rendent les nouvelles & les vieilles conquêtes d'une même nature & parties d'un même corps, aussitôt qu'elles ont été unies à la Monarchie en suite d'un Traité public, & l'observation de cette Loi est d'autant plus nécessaire à l'égard de la Catalogne, que cette Principauté s'étant réunie volontairement à la Couronne; à laquelle elle avoit été autrefois incorporée, le Roi pour cette consideration & pour les grands témoignages d'affection & de fidelité que Sa Majesté a reçû de cette Province la tient une des plus cheres de son Royaume.

Quelques-uns prennent sujet de dire, qu'elle ne peut pas être comprise sous le nom de Conquête, puisqu'elles s'est donnée volontairement; mais cette difference d'incommoder l'ennemi commun en occupant ses Etats par force, par intelligence ou de gré de ses propres Sujets, est si peu considerable que mêmes par le Traité de 1635. on s'étoit promis de reduire volontairement une partie des Pais-Bas sous l'obeissance du Roi & de Messieurs les Etats, & si la chose eût succedé selon le projet on n'auroit pas crû pour cela être moins obligé à la Garantie de ce qui auroit été aquis par cette voye que de ce qu'on auroit pris par la force des armes.

Aussi Messieurs les Commissaires reconnoissant qu'il ne seroit pas raisonnable de faire une semblable distinction n'ont point proposé cette objection en toutes les Conferences, & il ne faut pas douter que les Ambassadeurs de L. S. eussent manqué de faire inserer une clause dans le Traité de 1635. pour la sûre conservation des choses aquises de cette sorte, s'ils n'eussent reconnu qu'elles étoient comprises sous le nom général des Conquêtes.

Ledit Ambassadeur suplie encores L. S. d'examiner par leur prudence si elles n'ont pas un particulier intérêt de faire subsister lesdits Articles 9. & 10. il n'y a point d'apparence que si le Roi d'Espagne veut contrevenir ci-après au Traité à leur égard, il commence d'abord par une attaque ouverte de leurs Places, qui seroit la seule contravention qui obligeroit la France de reprendre les armes pour l'assistence de Messieurs les Etats en cas qu'on ne fût obligé que d'executer l'Article 6. du Traité de 1635. Ce sera bien plutôt en revoquant ou violant les conditions très-avantageuses que la necessité du temps contraint maintenant ledit Roi de leur accorder. Ainsi quand il viendroit à revoquer la déclaration, qu'il a faite en faveur de L. S. touchant leur Souveraineté à reprendre la qualité de Maître de leurs Provinces, à les qualifier aussi injurieusement, comme il a fait pendant la Guerre, à contrevenir aux promesses qu'il leur a faites par le Traité, de permettre l'introduction de sel blanc dans les Provinces de son obeissance, de tenir l'entrée des rivieres bouchée, d'égaler les impositions des ports & ha-

vres de Flandres, à celles de la riviere de l'Escaut, sans les augmenter ou diminuer plus d'un côté que d'autre & violer plusieurs autres promesses & conditions de pareille nature accordées par les Articles, signez le 8. de Janvier dernier, le Roi ne seroit point obligé de reprendre les armes pour épouser leur querelle & faire tenir audit Roi d'Espagne la parole qu'il leur a donnée; cela merite une grande reflexion & fait croire audit Ambassadeur que quand il aura plû à Messieurs les Etats d'y penser serieusement, L. S. trouveront qu'une obligation generale de rompre de part & d'autre pour faire subsister les conditions du Traité, leur est beaucoup plus avantageuse qu'à la France, & qu'ils feroient très-grand préjudice à leur Etat & à leurs Sujets, s'ils les privoient par la contestation qui a été formée depuis quelque temps, de la sûreté, que leur peut donner la caution d'un puissant Royaume pour la jouissance perpetuelle de tous ces avantages, qu'ils ont glorieusement aquis par les armes, & qu'ils peuvent conserver fort sûrement par l'assistance de leurs amis.

Cependant ledit Ambassadeur voyant que depuis 4. mois qu'il est parti de Munster on ne lui a donné aucune resolution sur une proposition si juste, si claire, & non moins avantageuse pour cet Etat que pour la France, & que d'ailleurs le temps de la Campagne est si proche, il a ordre de leurs Majestez de savoir à quoi elles auront à destiner l'argent qu'elles ont ci-devant donné à cet Etat par forme de subside afin de prendre leurs mesures & avoir loisir si Messieurs les Etats n'en ont que faire de l'employer en de plus grandes levées que celles où l'on travaille présentement. Leursdites Majestez s'attendent néanmoins, quelque resolution que prennent Messieurs les Etats touchant ledit subside, qu'ils ne lairront pas de satisfaire de leur part à l'obligation portée par le Traité de 1635. jusques à ce que la Paix soit faite, qui ne peut être concluë que conjointement & d'un commun consentement. A quoi leurs Majestez sont resoluës de satisfaire ponctuellement de leur côté.

DISCOURS

D'un

PERSONNAGE

DESINTERESSE'

Sur la Paix qui se traite entre le ROI D'ESPAGNE *& les* ETATS GENERAUX *des* PROVINCES-UNIES.

LEs sentimens sont fort partagez sur le sujet de la Paix qui se traite entre l'Espagne & les Etats des Provinces-Unies. Les uns en jugent par l'intérêt public & général de l'un ou de l'autre parti, les autres par celui de quelques particuliers Membres du corps de ces Etats, d'autres par le leur propre, ou par passion & selon qu'ils se représentent l'état des affaires. Mais comme il n'y peut avoir d'avis droitement conçû là où l'action du jugement n'est pas libre & pure ; pour dire ce qui en est comme il apartient, il ne faut pas qu'aucune passion ou aucun prejugé prédomine, & est besoin pour découvrir au fonds l'intention des interessez & les consequences de leur dessein, de considerer exactement l'état & disposition des uns & des autres.

Le but de l'un & de l'autre de ces partis est fort different en la conduite perpetuelle de leurs affaires, d'où on préjugera quel peut être celui qu'ils se proposent en cette occurrence. Le Roi d'Espagne tend à dominer absolument dedans & dehors le district de son autorité presente, & à étendre conjointement la Papale par tout, soit par une vraye & serieuse resolution, soit par un prétexte plausible & qui favorise à sa principale intention. A quoi les Jesuites ne semblent être faits que pour prêter leur ministere, en exécution de ces maximes autant simulées que mal assorties, *un Dieu, un Roi, une Foi, une Loi, un Soleil & une Lune seulement pour le monde spirituel comme pour le temporel.* Comme si un seul Dieu étoit incompatible avec les diverses sortes de Gouvernement auxquelles toutesfois & Dieu en sa Parole & la Raison, qui est divine, ont donné leur aveu. De cette sienne domination rigide & absoluë chez soi les déroutes de tant de peuples qui n'ont pû durer sous son joug & le traitement fait à son propre Fils en font foi : & au dehors, ses usurpations continuelles montrent ce qu'il prétend. Ainsi ce Monarque tend-il apparemment à une tyrannie générale & sur les corps & sur les ames.

Le but des Provinces-Unies en l'établissement de leur ordre a été l'affranchissement de leurs consciences, de leurs corps & fortunes oppressez durement par celui qui autrement avoit titre légitime de les dominer. Et depuis

qu'ils ont ainsi pourvû à leur subsistence, quoi qu'ils l'ayent autant qu'ils ont pû choqué & soustrait du Païs à celui qui par là étoit devenu leur ennemi capital ; ç'a été plutôt pour rompre son heurt & pour prévenir son envahissement, que pour le dépouiller davantage & pour prétendre proprement autre chose que leur conservation.

Comme ainsi soit donc qu'en nature c'est une maxime que les Corps se nourrissent & sont entretenus de ce dont ils sont engendrez & faits, le même se peut dire à peu près en l'ordre des choses civiles. La necessité & la justice ont donné naissance à l'ordre des Etats des Provinces-Unies. La seule cupidité d'envahir & de posseder à tors ou à droit a formé & grossi au Roi d'Espagne cette masse d'Etats & de peuples auxquels il commande ; car ôtez ce qu'il a usurpé sur les Chrétiens & sur les Barbares, le principe de ses Etats & de sa domination étoit mince & étroit. Or il se trouve aussi qu'il a tâché de retenir ce qu'il a ainsi usurpé par les mêmes moyens qu'il se l'est aquis. Les traitemens violens & cruels au delà de tout exemple que les temps passez ou presens puissent fournir, les asservissemens, les exactions dures & intolerables, les suplices exquis & redoublez effroyablement, le fer, le feu, la corde, les chaînes, ont été les infames instrumens dont il s'est attaché les peuples qui n'ont pû échapper à sa domination : qui a porté ses effets sanglans & horribles jusques en l'autre monde parmi des gens autrement aisez à dompter & ranger sous un joug tolerable, qu'on a cependant exterminez comme de gayeté de cœur. Mais, ce qui est particulierement à considerer, ces gens-ci mêmes ont encore la mémoire fraîche de la part qu'ils ont euë à ces barbaries presque du tout inusitées au précedent. Et c'est tout ce qu'ils ont pû faire en beaucoup d'années par leurs soins & leurs travaux unanimes que de se garentir de ces cruautez & de la superbe & de l'orgueil indicibles de cette Nation-là, dont ils ont eû une si triste & funeste experience.

Là où le Gouvernement & les moyens de subsister des Etats Generaux consiste en une étroite union entr'eux, en un entretien religieux de la liberté, des droits & prerogatives publiques & privées ; & en une moderation à dispenser la Justice aux étrangers & aux naturels du Païs, telle, qu'on peut dire que l'on ne vit en ces Païs-là que d'ordre, qui en effet y est observé d'un commun consentement d'une façon exacte : d'où réussit par tout une tranquilité & une sûreté & une accoûtumance à la bonne foi, telles qu'il ne se voit rien de pareil ailleurs, je veux dire tant de liberté avec moins de confusion & de trouble : d'où chacun aussi a là le moyen d'établir des fortunes considerables. Ce qui, joint à la commodité de la navigation qui se trouve en la situation du Païs, & à l'habitude que chacun y a prise au trafic à la faveur de ces commoditez ; c'est ce qui a donné occasion d'y étendre des conquêtes jusques aux plus éloignez Païs, là où ces gens se voyent mêmes en état de disputer la possession au Roi d'Espagne & de l'exclure. C'est, dis-je, ce qui a rendu cette République-là si puissante & si magnifique qu'elle a de la préeminence mêmes entre beaucoup de Royaumes.

A cette heure, appliquons ici une autre maxime que tiennent les Naturalistes, que *tout changement subit est dangereux.* Si cela se dit du changement d'une habitude à une autre, à plus forte raison se doit-il dire du changement de ce qui est comme naturel en son contrai-

re.

re. Les Etats Généraux sont nez & nourris dans la guerre contre l'Espagnol. Leur Ordre est un édifice bâti sur ce fondement : de là toutes leurs maximes de subsister & de se conduire. Ils se sont ainsi entretenus & se sont accrûs fort heureusement : Et cette Guerre leur a été si duisible & si favorable que toute sorte de prosperité a suivi leurs armes. Enfin ils savent faire la guerre à l'Espagnol & s'y sont rendus Maîtres. Maintenant ils veulent vivre en Paix avec lui : faut donc changer d'escrime. Mais savent-ils bien comme on vit en Paix avec l'Espagnol? C'est en se tenant toujours sur ses gardes & en pratiquant indirectement une guerre d'intrigues couverte. Pour cet effet faut jouer au plus fin & user de souplesses & de subtiles menées, ou s'en donner garde. Et je vous laisse à penser qui des uns ou des autres y sont Maîtres. Car de dire que les Espagnols aillent faire la Paix à cœur ouvert & qu'ils apportent quelque sincere intention & la moindre bonne volonté pour ceux avec qui ils traitent, & que ce soit là un Traité qu'ils ayent dessein de garder aux termes d'une vraye confederation; c'est ne se connoître pas aux affaires d'Espagne & des Provinces-Unies, & ne savoir les maximes & l'humeur de cette Nation-là, ni beaucoup l'ordre des choses du monde. Se rejoindre donc avec telles gens, c'est proprement recevoir son ennemi en son sein. Et ne sai si cette Paix fourrée seroit moins pleine d'inconvenient & de desavantage que celle que vouloit faire Naas Ammonite avec les Israëlites en leur crevant à chacun un œil. Tant y a que Naas ne vouloit crever que l'œil du corps aux Israëlites. Mais ici une chose est certaine. C'est que l'Espagnol fera son possible pour l'aveuglement spirituel de ses pretendus Confederez, abolissant tant qu'il pourra entr'eux la vraye Religion. Et ne faut point douter que le Pape avec qui le Roi d'Espagne fait profession d'être lié étroitement d'intérêts spirituels ait autrement trouvé bon ce Traité que sous quelque sourde promesse de lui en faire tirer avantage. Voilà seulement quand Henri le Grand d'heureuse mémoire & très-louable d'ailleurs, permit la Conference de Fontaine-bleau où la Messe sembloit devoir être mise en compromis, il lui falut auparavant appaiser les crieries du Nonce du Pape, lui disant en l'oreille que tout ce qu'il en faisoit étoit pour son contentement (porté à cela par des considerations du temps.) Et sur ce que je représentois à cette heure combien telles gens & tous leurs adberans & conforts sont invincibles & inimitables en leurs artifices, il me souvient de ce que je lisois qui est arrivé dans ce siecle, en un Auteur qualifié, dont l'Histoire est bonne à ce propos & connuë. Un certain Baronio parent du Cardinal de même nom venant à être installé à Rome entre ceux de la Propagation de la Foi, qui est une Compagnie composée moitié de Laics moitié d'Ecclesiastiques, tous Cardinaux, instituée pour soliciter l'extirpation des hérétiques (comme ils parlent) par tout en Europe, & quelque ami étant venu complimenter ce Baronio sur sa nouvelle charge ; cettui-ci qui avoit imbû quelque teinture secrete de la vraye Religion s'étant échappé à dire là-dessus, *fusse bono se non fusse contra Christo*, il lui falut gagner le haut aussitôt parce que ses paroles vinrent à la connoissance du Pape. Or s'étant réfugié en France avec ses papiers & tous les Mémoires qui lui avoient été déja distribuez pour l'exercice de sa charge, & ces Mémoires étans examinez, on n'y trouva pas grand' finesse

pour les ordres militaires qui y étoient contenus. Mais pour ce qui étoit de se prévaloir des occasions de la Paix pour l'avancement du Siége de Rome, les inventions en étoient incomparables & inouïes, & les malices raffinées sans nombre, & le dessein qu'ils contenoient de la rüine des Reformez (dont les projets s'étendoient jusques aux temps éloignez & dont l'exécution a parû depuis en ce qui arriva en la Valteline, en France & en Allemagne) marquoit une haine jurée & implacable.

Il n'en est pas de nous (diront les Hollandois) comme de ces autres peuples fraichement soustraits au Roi d'Espagne, contre qui son indignation est encore fumante, & pour lesquels son approche & sa communication seroient dangereuses. Le longtems qu'il y a que nous nous sommes mis en liberté est un suffisant titre à notre possession, justifiée par le consentement des autres Etats & Rois de la Chrétienté; par ce longtems le Roi d'Espagne s'est accoûtumé & comme resolu à rélâcher la Souveraineté qu'il avoit sur nous : il en a avallé son courroux en la Trêve que déja nous avons contractée avec lui comme indépendans : seulement sera-t-il bien aise d'être en repos à ce prix de ce côté-là & de tourner ailleurs ses frais & ses travaux en affaires non moins importantes, sans que les soins qu'il a à employer ailleurs, il les divertisse & les bande à nous perdre insidieusement. Pauvres gens ! pensez vous qu'il y ait prescription pour un Souverain qui prétend qu'on a secoué felonnement son autorité ? Sur tout en cettui-ci dont le maltalent semble inextinguible ? Savez-vous pas qu'une effrenée ambition comme la sienne ne se borne ni par les siécles ni par la distance des lieux ni par les autres difficultez qui semblent insurmontables ? Et s'il va bien jusques aux bouts de la Terre asservir ceux qu'il n'avoit jamais connus & qui moins ont jamais relevé de lui, & s'il engloutit avec son *plus ultra* tout le monde qui ne lui doit pour la plus grand' partie rien, comment jugez-vous qu'il vous épargnât, vous qui l'avez si sensiblement écorné? *Manet alta mente repostum.* Jugez-vous pas que sa haine s'exaspere & se concentre tant plus il va en avant par les difficultez qu'il rencontre à la satisfaire ? A-t-on pas dit à l'occasion de Rois moins tyranniques & oppresseurs que lui, que *jamais les Rois ne pardonnent* ? Est-il pas accoûtumé à usurper & à gourmander les Nations à la vuë de toute la Terre, sans que le jugement que les autres Etats & Rois de la Chrétienté y peuvent aporter le retienne & lui fasse honte? Quant à la Trêve qu'il traita avec vous, ce fut par contrainte, & Dieu sait quelle peine il eut à digerer la formalité de vous reconnoître pour indépendans, & quel fruit vous en pensates recueillir. Ne sert de dire qu'il sera bien aise d'avoir du repos de ce côté-là, car ce relâche ne servira qu'à faire reverdir son attention à vous subjuguer par des expediens plus duisibles. Et il a assez d'émissaires qui soigneront imperceptiblement parmi vous à cet ouvrage pour lui.

Ains sachez qu'il vous attribuë deux qualitez en consideration desquelles il vous est en effet irreconciliable, & tiendra non seulement licite mais meritoire à un haut degré de vous haïr & perdre & de se moquer en votre endroit de tenir sa foi lorsqu'il en verra l'occasion. Il vous tient pour rebelles, felons & pour heretiques tout jugez. Vous savez sur cela l'Article du Concile de Constance. Il semble qu'il n'est fait que pour lui par la bonne pratique qu'il en a
mise

mise en avant, & qu'il a fait passer en maxime comme par contagion jusques à ses voisins. Disons de lui d'une façon bien differente (s'il m'est permis de me licentier jusques là) ce que l'on dit de Dieu au regard de son Fils livré à la mort. S'il n'a point épargné son propre Fils, mais l'a livré à cause de vous à la mort, comment épargneroit il toutes autres choses avec lui? Qu'avoit-il fait ce jeune enfant d'Espagne pour finir sa vie par un cordeau par l'ordonnance de son propre pere, sinon qu'on l'accusoit d'avoir reçû de vos Lettres trop facilement? Jugez après cela ce que vous en auriez à attendre si vous tombiez une fois sous sa main & en quel prédicament il vous peut tenir.

Cela presuposé, il demeure constant que les Espagnols ne peuvent avoir de bonne intention pour ce peuple. Il les faudra doncques compter toujours pour autant d'ennemis par inclination & par intérêt. Reste de voir si on peut sans ruine & sans préjudice avoir avec eux un commerce de Confederez étant en cette disposition. Déja on tient universellement qu'un ennemi ouvert est moins dangereux qu'un couvert & dissimulé. Je demande donc l'expedient par lequel on s'attend de vivre avec ces gens en ami & en ennemi; savoir & en cueillant les utilitez que l'hostilité & les armes empêchent de percevoir & tout ensemble se donnant garde des secretes surprises. Nous y apporterons, direz-vous, une prevoyance si générale & si penetrante & une conduite tellement absoluë & fixe que rien ne nous pourra surprendre parce que rien ne nous sera caché, & en demeurerons toujours les Maîtres, & empêcherons bien qu'on ne nous empiete. Certainement, si vous pouvez empêcher des Alliez l'entrée & communication en votre Païs, j'avouë que vous vous pourrez donner garde qu'ils ne pipent & qu'ils n'alterent les esprits par les leurres dont cette Nation a accoûtumé de se servir & par les prétentions honoraires & lucratives dont peut donner sujet un Monarque plein d'éclat & de splendeur comme est le leur. Comment connoîtrez-vous quand il vous remplira tout de ses Ministres & Agens secrets, lesquels sous un nom & un habit déguisez monopoleront au milieu de vous la ruine de votre liberté & de votre Religion? Ce qui n'est pas à craindre des autres Catholiques que vous y tolerez, d'autant que ce sont là ou François ou gens nez entre vous, qui quoi qu'ils respireroient volontiers l'air du midi, si est ce que pour être apprivoisez avec vous par la naissance & la longue demeure & pour n'être pas halenez & instruits de vos ennemis ni dressez ou appuyez expressément de ce côté-là à aucun mauvais dessein; il n'est pas pour cette heure à craindre qu'ils vous soient autrement nuisibles que par les souhaits & l'inclination. Non plus que les François pour le respect de leurs Alliances (que l'on m'avouëra avoir toujours eû quelque chose de sincere & de franc quant au fonds, quoi qu'on die passionnément au contraire sur quelques accessoires) n'étoient pas gens à machiner rien indirectement & de mauvaise foi contre cet Etat.

Je dis indirectement : parce que quand bien le projet du mariage & le dessein de s'aproprier ces Païs à cette condition seroit aussi vrai que les protestations que l'Ambassadeur de France fait au contraire sont expresses & asseverantes; cependant le coup auroit toujours éclaté & été donné en dehors & à découvert, qui est y venir le masque levé & faire prix de la peau de l'ours avant que de l'aller enlever, auquel cas

TOM. IV.

il y a plus de moyen de prevoir & de prévenir.

Les François peuvent n'être pas exempts de cette convoitise d'avoir & d'étendre les bornes de leur possession, dont les hommes sont portez naturellement. Mais leur procedé & celui de ces esprits meridionaux sont bien differens. Si le François entreprend, il violente, il attaque brusquement & jette d'abord, s'il faut ainsi dire, tout le feu de son insolence : après quoi il y a moyen de l'adoucir & de se le rendre accommodable. L'Espagnol ne paroit pas petulant ni si épouvantant d'abord : cettui-là est un Lion, cettui-ci un serpent bien plus pernicieux qui porte son venin à la queuë. C'est une Nation souple & ingenieuse à s'insinuer sur tout entre des gens qui ayans une particuliere candeur & preud'hommie, comme la plûpart des septentrionaux, pensent qu'on agira en pareille disposition avec eux. Quand avec une feinte modestie & à petit bruit ils se feront fourrez parmi vous & qu'une fois ils se feront familiarisez & fait connoître faussement pour ce qu'ils ne sont pas à votre Nation, & que chacun ira disant entre le vulgaire, ils ne sont pas si diables qu'on les a fait noirs; sur cette impression ils trameront leurs pratiques : feront industrieusement goûter le nom & le respect de leur Roi là où il étoit auparavant inconnû : amorceront, comme j'ai dit, les esprits ambitieux des splendeurs Monarchiques, qui sera proprement navrer votre Etat par la tête. Vous avez des Politiques & de la Noblesse de bonne Maison encore entre vous, qui se sentiront avoir assez de merite pour parvenir aux grandeurs & aux charges importantes que pourroit dispenser le Roi étant une fois en possession du Païs. Là-dessus le mot à l'oreille : est-ce à une populace à vous faire la Loi (dira-t-on à ceux-ci :) & combien plus dignement & avantageusement tiendriez-vous votre rang auprès de votre Roi? Et qu'on ne me die point que la défection seroit abhorrée généralement en ceux qui auroient la conduite des choses s'ils venoient ainsi à prévariquer. Il faut que la vraye consideration du devoir & l'esprit de Dieu agissent bien puissamment pour retenir en de telles tentations une ame tant soit peu genereuse que l'avarice & l'ambition élancent à de hautes prétentions.

S'il faut être méchant, sois-le pour être Roi.
Mais au reste sois juste, & vi selon la Loi.

Sur tout en ce temps que la fidelité & la bonne foi au préjudice de son profit particulier sont devenus des maximes de simples, & que les Grands & ceux qu'on dit être en leurs dignitez souveraines les images de Dieu qui est l'amen, le fidelle & le veritable, sont cependant vertu d'être doubles & de n'être obligez qu'autant qu'ils veulent de leur parole envers leurs inferieurs, comme s'ils n'étoient pas également hommes, entre lesquels la foi & la parole ont une nécessaire & commune rélation. Puis, vous m'avouërez que vous ne manquez point aujourd'hui d'esprits de vent entre vos corps massifs, lesquels soient susceptibles de présomptions. Cette vanité se fomentera & se soufflera de tant plus entre vous par une Nation qui ne respire autre chose. Des mœurs étrangeres sont bientôt imbuës. Le siecle est trop plein de malice & de perfidie pour s'y promettre des évenemens plus sûrs. De leur Roi ils diront comme on parloit à Henri le Grand de l'Eglise Romaine pour l'induire à y rentrer, *tant y a*
qu'el-

qu'elle est Eglise & l'Eglise Chrétienne, en laquelle vous êtes né. Ainsi dira-t-on aux moins resolus : *au fonds le Roi d'Espagne étoit votre Roi,* & à quoi tient-il qu'il ne le soit encore ? Croyez-vous toutes ces chimeres qu'on vous représente, qui sont épouvantails imaginaires ? Votre République devenuë opulente & splendide diminuëroit-elle pour avoir du commerce avec des Etats considerables, comme sont ceux du Roi d'Espagne, & étant apuyée & relevée par sa Royale autorité ? Puis dans un *quinquennium* de Neron, ayans fait goûter quelque moderation pour un temps ; & à quoi tient-il (rechargera-t-on) qu'on ne se jette tout à fait entre les bras de ceux dont on se trouve si bien ? un si bon mouvement donneroit bien plus de courage à Sa Majesté Catholique d'apporter d'autres soins pour vous. Et que cette imaginaire apprehension qu'on vous fait avoir pour votre Religion ne vous touche point. Quand des Gouverneurs altiers & que le Roi d'Espagne a trouvé depuis s'être émancipez en autre chose, vous ont mal-traitez sur ce sujet, c'étoit alors un mal général que la haine qu'on portoit à votre Religion : alors les Rois de France qui font tant à cette heure les retenus & les débonnaires executoient la S. Barthelemi. A présent le temps a changé : l'aversion n'y est pas telle : on a pris d'autres maximes : l'Inquisition n'a plus presque de vigueur en Espagne que contre les Juifs & Mahumetans. Si l'Etat du Roi d'Espagne étoit de même constitution en cet égard que celui de France, pensez-vous que le Roi Catholique n'eût aussi bon cœur pour y retenir les Huguenots, que lui ? Ce langage n'a pas un vrai fondement. Il ne laissera pourtant de se debiter : & il n'en faut pas d'autre pour piper la credulité populaire. Cependant c'est le peuple qui donne le branle & les secousses à tout un Etat quand il se vient à remuër impetueusement, sur tout en cettui-ci tout populaire & de membres presques indépendans l'un de l'autre. Ne faut pas penser que là-dessus les pistoles soient épargnées où besoin sera. Et le peuple voyant cette Nation-là n'incommoder pas leur trafic, ains l'augmenter des traites d'Espagne & d'autres Païs dépendans, cette commodité les rendra en tout & par tout tant plus admissibles sur tout entre un peuple qui a particulierement à cœur son profit, & servira de quelque confirmation à ce que dessus : & ne les tiendra-t-on pas pour cela moins utiles & que pourtant ils doivent être moins avantagez que les mécreans que vous souffrez pour ce regard entre vous. Jusques là qu'aux plus habiles de vos Théologiens susceptibles de la tentation & qu'on trouvera par l'épreuve n'être pas d'entre nous, on viendra à ramentevoir ce langage du Cardinal du Perron consultant quand il eut à prendre parti. *C'est* (disoit il) *grand cas que quelque capacité que vous ayez, faites-vous Ministre, jamais vous ne pouvez monter plus haut,* per omnes casus *vous êtes Ministre :* Là où en l'Eglise Romaine il y a lieu de se promouvoir honorablement de grade en grade jusques à des dignitez qui s'égalent à celles des Rois.

Sur tant de mauvais effets, la difficulté sera à en extirper les causes. Cela sera presque impossible quand on se sera emparé de quelques principales têtes & d'une partie du peuple. On trouvera étrange qu'à châque bout de champ on ait les procedures d'un grand Roi fraîchement allié suspectes : là-dessus entrera-t-on en des divisions. Le respect de l'Alliance empêchera qu'on ne poursuive si severement ces gens

qu'on surprendra en leurs secretes pratiques comme on feroit des naturels du Païs. Surviendront des sollicitations & des interventions de dehors, auxquelles on ne sera pas toujours en pareils termes de resister comme l'on fait aujourd'hui à celle de France. Toujours à la faveur de quelque intrigue les prévenus trouveront moyen d'esquiver : & sera-t-on comme honteux de venir sitôt à de telles défiances d'un grand Roi sur qui on auroit assis quelque confidence d'abord sans autre caution. S'en trouveront qui diront qu'avec une tête si éminente il en faudroit aussi avoir le cœur & la bonne affection : que pourtant au lieu d'avoir si étroitement capitulé avec lui, faudroit le mettre à discretion. Et quand on voudra vigoureusement pourvoir à tels attentats, on ne le pourra pas, parce que le Roi aura un trop bon pied dedans le Païs. Le mal se trouvera sans remede. Vos voisins se moqueront de votre crédulité, de vos des-unions, de votre inconstance. Le François vangé du rebut que vous aurez fait de lui vous insultera & fournira de moyens à vos adversaires pour vous extenuer plutôt qu'il n'aidera à vous relever. Et vous perdrez en un moment votre reputation, vos prerogatives, peut-être votre Etat & vous-mêmes. Si vous avez des expediens suffisans pour obvier à tous ces inconveniens, j'accorde que vous avez raison de faire la Paix.

Mais sur tout là où la division sourdement jettée & fomentée entre vous sera plus à craindre comme plus efficacieuse, c'est au fait de la Religion. Ces politiques qui mêmes en leur cœur n'en ont point, sachans pourtant combien elle a de pouvoir à interesser l'affection des hommes ne trouvent point un plus puissant instrument pour remuër & pour diviser les peuples aussi bien que pour les affermir & les allier. Je m'étonne comme ceux-ci ayans éprouvé depuis peu comme on leur a touché cette corde ne sont retenus par l'apprehension de pareil ou pire accident en cette occasion. Car on tient pour certain que les nouveaux dogmes d'Arminius furent forgez du côté d'où ils attendent leur Paix : & dit-on mêmes qu'il venoit de Rome lorsqu'il se mit à les debiter. Tant y a que vous avez vû comme aisément ils firent impression : comme par là on s'empara de beaucoup d'esprits : comme par là on a reüssi à les aliener l'un de l'autre, & comme il s'en est ensuivi une division qui dure & un mal talent entre ceux de contraire opinion plus grand qu'ils n'en ont contre les ennemis formels de l'Etat, jusques à en venir à l'hostilité, tellement que ni par les Conseils ni par les Conciles ni par l'opposition des armes on n'a pû faire en sorte qu'il ne s'en soit formé une Secte qui pullule, & qui difforme, s'il faut ainsi parler, l'Eglise & la République, & qui au premier vent favorable levera les cornes plus que jamais. Or a-ce été à la faveur de la Trêve que cet ouvrage s'est avancé. Auparavant on marchoit tout d'un pied aux Articles de foi. D'où ce changement & ces sujets d'altercation qui ont ainsi fait pericliter l'Etat & la Religion, sinon de la mauvaise haleine de ceux dont on s'étoit rapproché ? Que si on a bien conçû tels desseins & si on les a tant avancez dedans une Trêve ; que ne fera-t-on point & que ne projettera-t-on point en l'étenduë illimitée d'une Paix ? J'ai ouï quelquefois des plus entendus de ces Arminiens soûtenir les Jesuites : cela n'est pas sans mystere. Mais prenez un peu garde comme alors avecques la Religion l'Etat se trouva aussi en branle & comme ils font conséquence l'un à l'autre. Car on se trouva en même temps en peine d'obvier aux complots de Barnevelt & de ses complices : & falut en venir aux armes & à la force ouverte pour reprimer les efforts des conspirateurs.

La raison pour laquelle vous n'admettez point les Catholiques Romains entre vous avec la même liberté que vous concédez aux autres Sectes, est-ce pas en consideration de ce qu'ils se lient au Pape par maxime de Religion, mêmes leurs Prêtres par serment : lequel ne les peut qu'induire à l'installation & avancement de son autorité, ce qui ruine & extenuë la vôtre d'autant. Et néanmoins il se trouve, qu'ouvrant la porte, comme vous voulez faire, aux plus subtils & mal-veillans de cette croyance; vous allez fortifier ce parti entre vous, accroissans leur nombre & le rendans bien plus vigoureux & plus animé.

Vous m'opposerez qu'ils ont bien Alliance avec les Anglois qui sont de même Religion que vous, sans qu'on y voye rien arriver de ce qu'on vous veut faire craindre. Je réponds que l'état des Gouvernemens, la conduite & l'humeur du peuple & la constitution des affaires & du Pais sont bien autres. Ils n'y ont pas tant de prise ni les pretensions qu'ils pensent avoir chez vous. Et savez-vous tous leurs desseins de ce côté-là & la bonne part qu'ils peuvent avoir euë aux brouilleries qu'on a suscitées entre ces gens pour les perdre?

Si les exemples meuvent plus que les raisons, nous en avons une infinité qui montrent le peu de foi qu'il y a aux Traitez de l'Espagnol : un seul suffira pour tous. Après la Paix de Vervins ratifiée avec un grand Roi capable d'en reprimer les infractions, laissa-t-on de tramer chez lui-même la perte de sa personne & de son Etat en la débauche du Maréchal de Biron, un des plus utiles & confidens de ses serviteurs? Témoin ce qui apparut en son procès des menées par lesquelles il avoit été induit à fausser sa fidelité, & cela peu après la conclusion solemnelle de la Paix & nonobstant toutes les cautions & les assurances données par ceux qui l'induisirent à forfaire de la sorte à son honneur? Combien subtiles & raffinées furent les pratiques dont on usa à cette fin, & combien difficiles furent à supprimer les semences de discorde & de subversion qui en cette occasion furent jettées dans cet état-là? Mais quoi? Ce ne fut encore qu'une suite continuelle de ces instigations qui se découvrit ez pernicieux desseins d'un l'Hoste, d'un Mairargues, pratiqué mêmes par l'Ambassadeur d'Espagne que sa charge obligeoit plutôt à nourrir l'union recente & le commun bien de ces deux Couronnes, au point qu'on venoit fraîchement de se rejoindre les cœurs & les mains : & comme il a parû trop évidemment en tant d'autres attentats sur la personne de ce Monarque, dont la sincerité & la bonne foi ne pouvoit adoucir & corriger l'envenimée animosité, dont son ennemi avoit tant infecté son peuple tout durant la Ligue, qu'il avoit suscitée & entretenuë par des artifices qui vous doivent bien faire penser à vous de près, & esquels vous avez un particulier échantillon de ses pernicieuses brigues parmi une commune. Et Dieu sait si la fin déplorable de ce Roi-là ne fut point enfin un effet de tous ces complots, & un coup qui porta entre tant d'autres tirez en vain, & le couronnement de tout ce mauvais œuvre.

Sont-ce pas les mêmes maximes par lesquelles un Duc de Savoye inspiré de ce côté-là entreprit en ce même temps de saccager proditoi-

rement Geneve au milieu de toute la securité qu'une Paix établie avec tant de solemnité & étayée de si bons garands pouvoit faire naître? Et encore lors qu'elle ne faisoit que se conclure & qu'elle devoit avoir quelque sorte de vigueur, & qu'il n'y avoit par toute raison apparente lieu de concevoir de la défiance? Et cela à la barbe de ce grand Roi-là qui étoit interessé & vivement offensé en cette entreprise, & qui pouvoit s'en ressentant, engloutir (comme il l'a bien montré) par le moindre effort cet entrepreneur? Et encore avec tant de circonstances de déloyauté, que cet acte violant tout droit des gens a été pris généralement pour un effort de voleur : *fœlix quem faciunt aliena pericula cautum.*

Mais n'aurons-nous donques jamais la Paix, direz-vous? Dieu n'est pas un Dieu de sang, il s'appelle le Dieu de Paix : & *beati pacifici:* cette maxime de Christ est générale pour tous les hommes. Oui, vous devez avoir la Paix, s'il se peut, avec tous les hommes : mais une Paix honorable & sure, non une Paix qui n'en ait que le nom & qui s'échange en une pire Guerre parce qu'elle se démenera dedans vos entrailles, comme j'ai dit, & par une autre sorte d'escrime où vous n'entendrez rien, & qui vous rejettera dans l'asservissement d'où vos peres vous ont si glorieusement tirez. Cela seroit plutôt tendre le sein au poignard de son ennemi. Et autrement vaut-il bien mieux vous contenter de la Paix & de l'union entre vous dont la benediction d'enhaut vous a jusques ici fait jouir, & la concentrer tant plus fortement par l'ordinaire antiperistase que votre ennemi que vous êtes accoûtumez tout ensemble de combattre & de vaincre, entretient autour vos frontieres. Il faut avoir la Paix avec Dieu (disent les divins Oracles) avec nous-mêmes, avec les gens de bien : il n'y en a point avec le Diable, ni avec ni pour les méchans, avec ceux qui jamais ne déposent leurs mauvais desseins. Et *præstat malorum odium quàm consortium,* dit Tacite.

Ici a lieu l'exemple de Carthage. Carthage avoit donné sujet de plusieurs longues Guerres aux anciens Romains. Et parce que là ils avoient à faire à partie, cela les avoit obligez de se rendre diligens & aguerris, & c'est dans les exploits dont ils s'y signalerent qu'ils parurent & se rendirent singulierement belliqueux, tellement qu'ils en furent redoutables à tout l'Univers. Quand après l'avoir subjuguée & reduite au petit pied par tant de travaux & de sang épandu, il fut proposé au Senat de la raser toute afin d'en tarir les ressources & de jouir du repos qu'on pouvoit obtenir cette Nation étant surmontée; quelqu'un s'y opposa & dit que Carthage étoit nécessaire pour exercer la vertu des Romains, qui dans un tel relâche viendroit à s'aneantir par la nonchalance, & que plutôt s'il n'y avoit plus personne dans Carthage faudroit-il la repeupler & la rebâtir que de se priver de ce sujet d'exercer & d'entretenir sa valeur. Mais en ce fait ici, outre la raison de ne se point deshabituer des travaux militaires qu'alleguoit cettui-là, vous en avez une bien plus urgente en ce qu'il est besoin de pourvoir continuellement à votre sureté & conservation.

Mais encore quelle grande necessité vous est imposée de faire la Paix? Vous êtes beaucoup en arriere en vos fonds. Chacun en son privé s'en ressent. Faut encore défalquer de ses facultez pour nourrir la Guerre qui ne s'entretient qu'à grands frais & en consumant des sommes immenses. Notre trafic a été ébranlé par de

mau-

1647.

mauvaises traverses. La Compagnie des West-Indes qui est un des seconds bras de l'Etat a été vivement interessée par tant de mauvais rencontres, par l'échec fraîchement reçû à Fernambouc, direz-vous. Mais vous n'êtes pas si materiels de vous imaginer que le bonheur soit perpetuel en la Guerre & dans le Commerce : & vous n'ignorez pas que les armes sont journalieres, & qu'il n'est pas Marchand qui ne perde & gagne. Et encore le dommage dont vous faites plainte n'est-il pas tel que la force & la splendeur de votre Etat en paroisse attenuée ni ternie. Il se peut faire que par les avantages & les déprédations que vous pourrez encore obtenir sur votre ennemi comme ci-devant, vous recouvrerez aisément votre perte. La France & l'Allemagne & tous ces Païs qui avec une bien autre profusion d'argent soûtiennent depuis si longtemps la Guerre auroient beau faire d'autres plaintes : & encore faut-il bien qu'ils subsistent. Et au fonds, vaut-il pas mieux perdre une partie de son bien que d'avoir recours à des moyens qui vous font courir le hazard de perdre tout sans ressource ? Pensez-vous que les offres & les conditions avantageuses que vous propose l'ennemi soient à autre fin que pour vous tromper ? *Quicquid id est, timeo Danaos & dona ferentes.* Voyez-vous pas comme quoi ils sont gens de parole, & qu'il leur suffit quoi qu'il leur en coûte de parvenir à leur but qui est d'être introduits au milieu de vous ?

Considerez encore que par une telle Alliance sujette à caution vous faites littiere de celles de tant d'autres Puissances de la Chrétienté que la Maison d'Autriche a pour ennemies : qui au lieu des bons offices & de l'assistance qu'ils étoient en disposition de vous prêter, ne vous regarderont plus que d'un œil ennemi si une Paix générale n'assoupit bientôt tous les differens de la Chrétienté. Car comme la Chrétienté est toute balancée par ces deux grandes Puissances de France & d'Autriche dont tous les autres partis dépendent, regardez qu'en vous attachant à celle d'Espagne vous épousez ses intérêts & ses dépendances & rejettez celle de France qui rallie à soi tous les Protestans dont la confédération & l'amitié appuyées entr'autres bonnes considerations par celle d'une même Religion, vous est bien plus assurée & solide que toute autre. Si vous faites état de la proximité de ce qui reste des Païs-Bas au Roi d'Espagne avec les vôtres pour en être assistez au besoin & pour mettre barre entre vous & la France qui menaçoit, direz-vous, de vous empieter. Quant à l'assistance par la proximité ; elle est trop plus commode & en main de la part de France. Et pour la défiance d'être empietez de ce côté-là ; quelle assurance avez-vous que vous ne le serez pas plutôt du côté d'Espagne, vu les grandes apparences qui vous en sont representées ? Que si vous alleguez que vous y apporterez le correctif, & que, quelque confederation qu'il y ait vous userez bien toujours de précaution suffisante ; qui vous empêchoit d'en user ainsi avec les François sans les exciter à rompre avec vous en vous joignant à leurs ennemis ? Au reste vous irritez une Nation voisine & puissante & de grand ressentiment par vos reparties injurieuses & pleines de discours éloignez du respect dû aux Rois, & sans nécessité n'étant pas le droit du jeu de se justifier par des invectives. Et semble que vous deviez toujours reverer la posterité de Henri le Grand qui a eû tant à cœur votre subsistence : que vous avez eû pour ascendant en votre affermissement : & qui, avec son Successeur a prêté l'épaule à vos plus glorieux

progrès, vous assistans continuellement d'hommes de commandement & de service par le moyen desquels vous avez si magnifiquement exploité.

Et combien eût-il mieux valu vous décharger de tout reproche & de tout blâme en attendant avec un peu de patience le resultat de Munster, au moins vous accommodant quelque temps encore aux délais des François, faisans la Guerre à l'œil avec de bonnes précautions sur le soupçon que vous avez conçû d'eux, sans précipiter votre accord particulier par une rupture & des procedez, qui tandis que vous tâchez à vous mettre en repos d'un côté vous pourroient rejetter dans le trouble & dans la Guerre d'un autre, & vous priveront de la Garantie que vous auriez pû avoir d'une Paix si douteuse ?

Vous faites bien là-dessus de vous humilier devant Dieu à ce qu'il ne vous abandonne pas à votre sens en une si importante occasion, & qu'il ne s'en serve point pour punir les iniquitez qui se font multipliées entre vous comme par tout ailleurs par l'extrême dépravation du siécle. Comme jadis en certaines courses, avant que d'entrer en lice on alloit allumer son flambeau en un lieu sacré & auguste, ainsi puissiez-vous remporter de votre dévotion une trempe & une lumiere qui vous r'addresse & qui vous affermisse en la piste de vos ayeuls, lesquels vrais Argonautes vous ont conquis malgré tous les perils & obstacles cette precieuse toison d'or de la liberté, qui vous a fait avoir en respect & en consideration à toute l'Europe, *& comme pour signe & pour miracle en Israel.* Qui eût dit à vos peres que vous défendriez la cause des Espagnols contre les François, ils auroient pris cela pour prodige. Et faudroit planter des potences sur leurs tombeaux (comme a dit quelqu'un) s'ils s'étoient obstinez à épandre du sang sans nécessité. Reprenez courageusement vos premieres erres. Que la genereuse resolution d'un de vos Compatriotes vous meuve. C'étoit un Bourgmestre de Leyden, qui du temps que vos ennemis la tenoient étroitement assiegée, se voyant pressé par les Citoyens crians à la faim & alleguans leurs nécessitez pour capituler ; coupez-moi, ce dit-il, les bras auparavant, & me mettez le reste du corps en piéces & vous en rassasiez, si vous n'avez autre chose à manger, plutôt que je consente que vous vous mettiez à la discretion d'un ennemi inexorable.

La Garentie & à ce que les Provinces-Unies des Païs-Bas conjointement avec la France reprennent les armes contre le Roi d'Espagne, s'il contrevient au Traité de Paix avec la France, non seulement ès Païs-Bas, mais en Catalogne & autre part.

LES DEMANDES

Faites aux

ETATS-GENERAUX

Des

PROVINCES-UNIES

Des

PAYS-BAS

Par Monsieur de

SERVIEN

AMBASSADEUR

De

FRANCE.

Le 17. Avril 1647.

La Garantie & à ce que les Provinces-Unies des Païs-Bas conjointement avec la France reprennent les armes contre le Roi d'Espagne, s'il contrevient au Traité de Paix avec la France, non seulement ès Païs-Bas, mais en Catalogne & autre part. Qu'il soit convenu des moyens de continuer les hostilitez contre l'Ennemi. Qu'il soit donné l'ordre nécessaire pour la Campagne. Navires de Guerre. Les subsides.

L'Ambassadeur de France après le long séjour qu'il a fait ici, ne pouvant pas le continuer plus longtemps sans en recevoir quelque sorte de préjudice, étant destiné comme il est à servir leurs Majestez ailleurs, est obligé de suplier Messieurs les Etats Généraux des Provinces-Unies de vouloir considérer par leur grande prudence, combien il est nécessaire en la saison où l'on est déja arrivé, de prendre promptement résolution sur les points suivans & la faire savoir audit Ambassadeur pour en informer leurs Majestez selon que la continuation des affaires le requiert.

I.

Premierement que pour pouvoir avancer la Négociation de la Paix à Munster sur quelque fondement certain, il plaise à leurs Seigneuries de déclarer leur intention sur l'exécution du 8. Article du Traité de 1644. touchant la sureté de celui qui doit être fait avec l'Ennemi, & l'obligation générale de reprendre les armes conjointement contre lui, au cas qu'il contrevienne aux conditions de la Paix ou de la Trève qui sera accordée : ledit Ambassadeur ayant montré clairement qu'on ne peut aporter aucune limitation à ladite obligation sans contrevenir directement aux Traitez sur ce fait, & ayant proposé tous les tempéramens qui peuvent être aportez pour l'entiére satisfaction de leurs Seigneuries. Sur quoi il ne cherche point de nouvelle délibération à faire puis qu'il y a déja si longtemps qu'on en fait présenter à leurs Seigneuries les points sur lesquels on demande maintenant leur résolution.

II.

Qu'en attendant la conclusion du Traité général qui doit être fait conjointement avec l'Ennemi, qu'il soit promptement convenu des moyens de continuer les hostilitez de part & d'autre suivant l'obligation portée par le Traité de 1636. pour réduire l'Ennemi à venir plutôt aux conditions de Paix qui lui ont été proposées.

Qu'il soit convenu des moyens de continuer les Hostilitez contre l'Ennemi.

III.

Qu'en exécution de l'Article précédent il plaise à leurs Seigneuries donner l'ordre nécessaire pour la Campagne prochaine, la saison étant déja si avancée, comme elle est; & concerter promptement les moyens d'attaquer l'Ennemi pour n'en être pas prévenu : & pour en donner plus de facilité à leurs Seigneuries, leurs Majestez consentiront que l'armée de cet Etat puisse attaquer une des Places qui se trouveront dans le partage du Roi & que leurs Seigneuries demeurent en possession de ladite Place, si elle tombe à leur pouvoir; à la charge que la même chose sera permise aux armes de Sa Majesté, & que si la raison de Guerre la convie d'attaquer une des Places du partage de leurs Seigneuries, elle demeurera aussi à Sa Majesté, sauf de convenir ensemble après l'exécution du Traité, de ce qui sera trouvé raisonnable de part & d'autre.

Qu'il soit donné l'ordre nécessaire pour la Campagne.

IV.

Que sur l'avis qu'on reçoit de toutes parts des grands préparatifs par Mer que fait l'Ennemi, il plaise aussi à leurs Seigneuries ordonner le nombre des Vaisseaux qu'elles sont obligées de tenir à la Mer par les Articles 8. & 12. du Traité de 1635. le Roi ayant toujours non seulement satisfait de sa part à ce qui est porté par ledit Traité, mais entretenu une puissante Flotte qui a occupé & diverti toutes les forces de l'Ennemi & l'a souvent attaqué dans ses havres & côtes; en

Navires de Guerre.

sorte

1647. forte que les meilleurs Vaiffeaux de Guerre qu'ils entretenoient dans les ports de Flandre, & qui faifoient tant d'hoftilitez & pirateries contre les Sujets de leurs Seigneuries, ont toujours été employez ailleurs contre les forces navales de Sa Majefté, au grand foulagement de leur Etat. Offrant néanmoins Sa Majefté pour la décharge des finances de leurs Seigneuries, de contribuer quelque portion de la dépenfe de quinze Vaiffeaux qui doivent être joints à ceux de Sa Majefté par ledit Article 12. pour leur entretenement & par forme de gratification pendant qu'ils feront dans le fervice.

V.

Les Subfi- Ledit Ambaffadeur attend auffi la réfolution
des. qu'il aura plu à leurs Seigneuries de prendre touchant les fubfides, afin qu'il puiffe informer leurs Majeftez fi leurs Seigneuries ne le défirent point, ou fi elles ont intention de recevoir encore cette année cette preuve de la bonne volonté de leurs Majeftez à l'endroit de leurs Seigneuries.

Signé

SERVIEN.

L'AVIS

Des Commiffaires des Etats de HOLLANDE *de traiter de Paix avec le Roi* D'ESPAGNE *à part & féparément d'avec la France; fi la France de fon côté ne veut conclure un Traité de Paix, & que la Garantie desdits Etats pour la France n'eft que pour les Païs-Bas.*

Le 19. Avril 1647.

AYans ouï les confidérations des Seigneurs de Matheneffe & Paw Plénipotentiaires de cet Etat à Munfter, les Commiffaires ont trouvé bon d'en donner l'Avis aux Nobles, Grands, & Puiffans Seigneurs tel qu'il fuit.

Puifque cet Etat n'eft pas davantage obligé pour les intérêts de la France que pour les Païs-Bas, que la France eft obligée d'entendre que fur ces mêmes intérêts ait été donnée fatisfaction.

Que touchant la divifion des Lignes & les environs l'Efpagne préfente de rendre foumiffion à cet Etat, afin que par arbitrage cela foit terminé.

Que pour ce qui concerne les intérêts du dehors, la Couronne de France doit pareillement être fatisfaite.

Que touchant la Garantie on a fait fuffifante préfentation à la France qui furpaffe vrayement ce que les Traitez apportent quant à foi.

Que d'Efpagne on a impétré des bonnes

---

conditions pour cet Etat avec lefquelles il doit prendre raifonnable contentement.

Que pourtant on eft réfolu du côté de cet Etat de fortir de la Guerre, & qu'il convient que la France foit requife de vouloir auffi confentir à la conclufion du Traité de Paix.

Que fi par avanture cela eft refufé de la France, que du côté de cet Etat il foit fait une déclaration d'avoir droit de conclure à part & féparément d'avec la France & que l'on trouve bon de mettre ceci effectivement en œuvre pour plufieurs preffantes raifons, la conftitution de l'Etat, & autrement.

E X T R A I T

De

L'EXHIBITUM

Fait de la part de Meffieurs les

ETATS-GENERAUX

Le 19. Avril 1647.

SUr les confiderations données par Meffieurs de Matheneffe & Paw que la France a reçu plus de fatisfaction de cet Etat qu'il n'en devoit.

Que la France n'a autre intérêt avec la Hollande que dans le Païs-Bas pour contraindre l'Efpagne à des conditions convenables & agréables.

Que les offres que Meffieurs les Etats ont reçues de l'Efpagne font accompagnées de très-bonnes conditions.

Que la France ne peut recevoir de l'Efpagne plus que l'Inftruction des Ambaffadeurs de France ne porte.

A caufe de quoi on a de la part desdits Etats réfolu de quitter la Guerre, étant convenable que la France auffi foit requife de confentir à la conclufion de la Paix.

Et en cas que la France en faffe refus, que de la part de cet Etat l'on a fait déclaration qu'il peut avec raifon conclure la Paix fans la France, & qu'il eft trouvé bon de mettre ladite réfolution en œuvre pour diverfes & urgentes raifons & intérêts de l'Etat.

DU

DU DROIT
Du Duc de la
TRIMOUILLE
Au
ROYAUME
De
NAPLES.

Les Rois d'Espagne investis du Royaume de Naples. Droit des Rois de France au Royaume de Naples. Le consentement du Roi à ce que le Duc de la Trimouille puisse représenter à l'Assemblée de Munster son droit au Royaume de Naples. Le Roi se réserve ses droits au Royaume de Naples. Qu'au Traité de Paix entre la France & l'Espagne il soit stipulé que le droit du Duc de la Trimouille au Royaume de Naples lui sera réservé contre le Roi d'Espagne. Que le Pape juge du différent pour le Royaume de Naples entre le Roi d'Espagne & le Duc de la Trimouille. Ou bien que ce différend se remette à l'arbitrage de quelques Princes. Le Duché de Gueldres. Le Royaume de Navarre. Qu'il soit fait récompense au Duc de la Trimouille pour la cession de son droit au Royaume de Naples à la Couronne de France. Qu'il est à propos que le Roi ait cession & transport du droit du Duc de la Trimouille au Royaume de Naples.

L E droit que prétend Monseigneur le Duc de la Trimouille au Royaume de Naples, provient de ce qu'il est issu de Charlotte d'Ar-

ragon mariée à Gui XVI. du nom Comte de Laval, dont vint Anne de Laval Femme de François de la Trimouille Pére de Talmond Vicomte de Thouars &c. dont vint Louis Duc de Thouars Pére de Claude, Pére de Henri, à présent vivant, marié à Marie de la Tour sœur de Monsieur de Bouillon-Sedan, fille de Frédéric d'Arragon, fils de Ferdinand d'Arragón Roi de Naples, qui fut investi dudit Royaume de Naples par le Pape Alexandre VI. ensuite couronné l'an 1496. il étoit fils du Roi Ferdinand aussi investi du même Royaume par le Pape Pie II.

Les Rois d'Espagne investis du Royaume de Naples.

Et les investitures des Papes aux Rois d'Espagne depuis Ferdinand II Roi d'Arragon sont postérieures & ne se sont pu faire au préjudice dudit Frédéric & de ses descendans.

Droit des Rois de France au Royaume de Naples.

Les Rois de France au contraire soutiennent que ce Royaume leur appartient comme y ayant droit à cause de Charles premier Comte d'Anjou Frére du Roi Saint Louïs & de ses Successeurs Rois de Naples de la premiére & seconde Branche d'Anjou.

Le consentement du Roi à ce que le Duc de la Trimouille puisse représenter à l'Assemblée de Munster son droit au Royaume de Naples.

De sorte que si Monseigneur le Duc de la Trimouille veut représenter son droit au Royaume de Naples contre le Roi Philippe IV. à présent regnant, à l'Assemblée pour la Paix à Munster & y faire sa protestation, il est nécessaire qu'il ait le consentement du Roi de ce faire, comme il l'a obtenu par les Lettres de Sa Majesté à ses Plénipotentiaires à Munster, données à Paris l'an 1643. le 26. d'Octobre qui ne se peuvent entendre que contre le Roi d'Espagne & nullement contre Sa Majesté, puis qu'il est dit en termes exprès que ce soit sans préjudice de ses droits.

Le Roi se réserve ses droits au Royaume de Naples.

Et conséquemment il peut être stipulé au Traité de Paix qui se doit faire entre les Couronnes de France & d'Espagne que le droit apartenant au Royaume de Naples à Monseigneur le Duc de la Trimouille contre le Roi d'Espagne lui sera réservé & lui en sera fait justice par le Pape & le Collége des Cardinaux qui en jugeront dedans un ou deux ans; le jugement lui appartenant d'autant que ce Royaume est de la Souveraineté & tenu à foi & hommage du Pape: de même qu'à l'Empereur & aux Electeurs de l'Empire il appartient de juger de la propriété du Duché de Milan & au Roi de France & aux Pairs du Royaume de juger de la propriété du Duché de Bourgogne.

Qu'au Traité de Paix entre la France & l'Espagne il soit stipulé que le droit du Duc de la Trimouille au Royaume de Naples lui sera réservé contre le Roi d'Espagne.

Sinon il se peut ajoûter à l'entremise du Pape celle de la République de Venise, du Grand-Duc de Toscane, & de quelqu'autre Prince qui en jugent par forme d'arbitrage.

Que le Pape juge du différend pour le Royaume de Naples entre le Roi d'Espagne & le Duc de la Trimouille. Ou bien que ce différend se remette à l'arbitrage de quelques Princes.

Ainsi que par le Traité de Paix à Cambrai en l'an 1508. entre l'Empereur Maximilian I. & son petit-fils Charles Prince d'Espagne depuis cinquiéme du nom Empereur d'une part, & le Roi Louïs XII. d'autre, il fut convenu que le différend entre ledit Prince d'Espagne & Charles de Gueldres, autrement surnommé d'Egmond, pour raison de la propriété du Duché de Gueldres fief de l'Empire, seroit jugé, si faire se pouvoit, dedans un an par l'Empereur & les Rois de France, d'Angleterre, & d'Ecosse, comme Arbitres.

Le Duché de Gueldres.

Et comme pareillement par l'Acte concerté à Paris l'an 1514. le 31. Mars entre les Ambassadeurs du Roi François premier & ceux dudit Prince Charles pour le recouvrement du Royaume de Navarre occupé par Ferdinand II. Roi d'Arragon (ayeul maternel dudit Prince Charles) il fut convenu que ledit Roi François & ledit Prince Charles envoyeroient leurs Députez par devers ledit Roi Ferdinand pour le persua-

Le Royaume de Navarre.

der

der de vouloir entretenir ce que par ces Députez seroit avisé pour vuider un tel différend; &, si ledit Roi Ferdinand & ledit Roi de Navarre ne s'y vouloient accorder, moyenner de les faire condescendre à élire des Arbitres.

Le différend tel que dessus pour raison du Royaume de Naples étant vuidé par jugement du Pape ou par des Arbitres, Monseigneur le Duc de la Trimouille peut ensuite faire cession & transport à la Couronne de France de son droit audit Royaume, moyennant quelque récompense, comme il s'est fait pour le Duché de Bretagne à ceux de la Maison de Pentievre & pour les Comtez de Champagne & de Brie aux Rois de Navarre de la Maison d'Evreux; qui sera accumuler droits sur droits à nos Rois sur ce Royaume, auquel le Roi François premier a été forcé par l'Empereur Charles V. de renoncer contre toute justice par les Traitez de Madrid, Cambrai, & de Crespi.

HARANGUE

De Monsieur

SERVIEN

à Messieurs les

ETATS-GENERAUX

Des

PROVINCES-UNIES

Des

PAIS-BAS.

Du 25. Avril 1647.

MESSIEURS.

JE ne doute point que Messieurs vos Députez n'ayent fait de temps en temps un fidele raport à vos Seigneuries de toutes les ouvertures que j'ai faites à Messieurs les Etats Généraux ou à Messieurs leurs Commissaires qui ont traité avec moi, pour avancer la conclusion d'une Paix sure & honorable tant pour cet Etat que pour la France.

Cette créance m'empêchera de vous en faire une redite qui ne pourroit être qu'importune; & je me contenterai de vous représenter, Messieurs, qu'après m'être accommodé, autant qu'il m'a été possible, à la Constitution de cette République, qui ne résout d'ordinaire les affaires qu'avec un peu de longueur, j'ai eu toute la

patience imaginable depuis près de quatre mois que je suis ici pour attendre une résolution telle que je la dois espérer. Je n'ai jamais pu douter qu'elle ne fût très-favorable, n'ayant rien proposé qu'en suite de l'Alliance & des intérêts communs qui obligent la France & cet Etat de finir conjointement une Guerre qu'ils ont si heureusement faite ensemble contre un Ennemi, afin de lui ôter l'espérance des avantages qu'il a cherchez dans les divisions & jalousies qu'il tâche de jetter entre nous.

Mais, Messieurs, je me trouve extrêmement surpris après tant de démonstrations de confiance dont Sa Majesté a usé envers Messieurs les Etats Généraux, tant de protestations réitérées que je leur ai faites de sa part d'une parfaite & très-sincére amitié, & tant de preuves qu'ils ont reçues d'une fidelle correspondance entièrement conforme à ce qui est prescrit par les Traitez, de voir qu'on n'ait pas encore pris la peine de répondre à divers Mémoires que j'ai présentez, encore qu'ils soient remplis de plusieurs propositions importantes au bien & avantage de cet Etat.

Je vois au lieu de cela que les bonnes intentions de Sa Majesté peu considérées, mais mal interprétées de quelques esprits passionnez, qui par un procédé qui eût été en horreur à vos devanciers prêchent hardiment parmi vous l'affection & la sincérité de votre Ennemi, & travaillent ouvertement à rendre suspecte la conduite & la foi inviolable de vos plus assurez amis: afin de rompre par des conseils violents & précipitez une Confédération si saintement cultivée de la part de la France & qui a été la principale cause des prospéritez qui accompagnent aujourd'hui vos affaires & les nôtres.

Je me promets, Messieurs, que considérant les dangereux progrès que l'Ennemi a déja faits par cet artifice pour vous séparer de la France & causer de la desunion parmi vous, & faisant réflexion sur le nombre des partisans qu'il a déja acquis dans votre Païs avant même que la Guerre soit finie, vous ferez revivre cette ancienne prudence de vos péres qui ont toujours trouvé la plus grande sureté de cet Etat dans un juste ressentiment des injures qu'il a reçues des Espagnols, & dans une sage défiance de toutes leurs actions & de tous leurs desseins.

L'on ne peut pas apprendre sans étonnement que ceux qui pour favoriser les intentions de l'Ennemi voudroient rompre la constante union qui a duré si longtemps entre votre Nation & la nôtre, ayent déja oublié qu'il n'y a presque point de lieu dans ces Provinces où les Espagnols n'ayent fait sentir leur cruauté, qui n'ait aussi été rougi du sang que les François y ont répandu pour votre service. S'ils croyent qu'il vous reste encore quelque souvenir des choses passées, je ne sai comme ils osent se rendre auteurs d'une nouveauté si étrange & si périlleuse; & comme ils n'appréhendent point que les inconvéniens qui peuvent naître d'un si notable changement qu'ils proposent, n'obligent quelque jour la postérité de leur demander raison d'une conduite si mal fondée qui tend à faire cesser l'aversion héréditaire contre les Espagnols que vos prédécesseurs ont laissée comme en partage à leurs enfans, & à vous rendre suspecte une amitié qu'ils ont cru le plus sûr appui de cet Etat.

Ce qui paroît de plus extraordinaire dans le dessein de vos Ennemis, est que pour rendre les impostures qu'ils ont forgées de concert avec les Ministres du Roi d'Espagne, plus efficaces & pour donner moyen de faire plus d'impression fion dans les esprits, ils ont exigé par serment qu'elles demeureroient secrotes; afin qu'on n'en puisse faire voir la faussseté, & que le venin ait fait son effet avant qu'on ait loisir d'y apporter du remede : comme si l'accusation d'un Ennemi rapportée par un de ses partisans étoit suffisante pour faire condamner ou soupçonner un ancien Allié; & comme si la justice, autant que la prudence, n'obligeoit pas d'examiner soigneusement des choses de cette importance & d'ouïr les raisons des intéressez avant que d'y ajoûter foi, pour ne tomber pas dans les maux qui naissent ordinairement d'une résolution prise avec précipitation & sur de fausses présuppositions.

Mon devoir m'oblige, Messieurs, d'avertir vos Seigneuries de bien ouvrir les yeux en cette rencontre qui peut avoir beaucoup de suites dangereuses, & de vous prier très-instamment de ne prendre point de conclusions sur ce qu'on pourroit vous donner à entendre : jusques à ce que j'aye eu communication de la part de l'Etat, selon la raison & la coutume, de tout ce qui a été avancé, où le service de Sa Majesté peut être intéressé, & des considérations qui y ont été faites.

J'ose bien promettre qu'après cela je donnerai un entier éclaircissement sur tous les doutes qu'on peut avoir pris, & que je ferai paroître à découvert la fausseté des calomnies que nos Ennemis ont eu l'audace de débiter en présence de vos Seigneuries.

Quand je vois qu'on essaye de persuader que les Ministres du Roi s'opposent aux avantages des Etats Protestants dans l'Allemagne, que Sa Majesté empêche la Paix & ne souhaite que la continuation de la Guerre, qu'elle fait des Traitez secrets avec l'Espagne à l'insu de ses Alliez, & que pour aigrir les Peuples de ce Païs, on suppose que ceux de leur Religion sont traitez rigoureusement en France & aux autres endroits de la domination du Roi, je ne m'étonne pas que ceux qui fuyent la lumière de la Vérité, tombent dans de si grands aveuglemens.

Il me semble que la France ayant entrepris une périlleuse Guerre dans l'Allemagne pour rétablir les Princes Protestans anciens Alliez de la Couronne, lorsque leurs affaires étoient entiérement ruinées, & l'ayant si constamment soûtenuë, mérite une autre reconnoissance que des reproches; après avoir obtenu par les armes conjointement avec la Couronne de Suéde le rétablissement de tous les opprimez. Si elle conseille aux Protestans pour faciliter la conclusion de la Paix de ne porter pas les choses dans l'extrémité, & d'être sages aux dépens de l'Ennemi qui a ruiné ci-devant ses affaires pour n'avoir pas usé modérément de la victoire; si elle témoigne franchement qu'on n'a jamais entendu de faire une Guerre de Religion dans l'Allemagne, & qu'ayant pris les armes pour la défense de tous les Princes de l'Empire également, ce seroit travailler contre la fin qu'on s'est proposée, si ceux qui sont restituez dans leurs biens & dignitez n'en étans pas contents, vouloient opprimer les autres, & que ce seroit éterniser la Guerre au lieu de la finir, chacun avouera que c'est un conseil qui est plus digne de louange que de blâme, & qu'au moins il ne devroit pas être censuré par ceux qui souhaitent si ardemment le repos.

Ils ne prennent pas garde aux contradictions où ils tombent, puisque si l'on tient ferme pour l'intérêt de quelque Allié, ils inférent delà qu'on ne veut point de Paix; & que si on persuade de prendre quelque tempérament en faveur de

la Paix, ils se plaignent sans raison qu'on abandonne les Alliez.

Il en arrive presque de même dans la Négociation avec l'Espagne; l'on soutient aveuglément que la France veut la continuation de la Guerre, & en même temps on dit qu'elle fait la Paix secrétement avec l'Ennemi.

Il y a quatre mois que j'offre de faire voir à tous ceux qui voudront entrer en Conférence avec moi qu'en tous les autres Articles du Traité, nous nous sommes portez dans tous les tempéramens qu'on peut désirer avec raison, supposé que les Ennemis exécutent de bonne foi quatre ou cinq des principaux points dont nous croyons être d'accord avec eux, à savoir celui de ne rien rendre de part ni d'autre entre la France & l'Espagne, & que chacun demeure en possession de ce qu'il tient avec les dépendances & annexes, si ce n'est qu'on entre en restitution des anciennes Conquêtes aussi bien que des nouvelles.

Celui qui concerne la sureté de Cazal pour empêcher qu'il ne puisse jamais tomber entre les mains des Ennemis, lors qu'il aura été rendu à Monsieur de Mantouë, étant la moindre récompense qu'on puisse prétendre de trois batailles & de dix millions d'or qui ont été dépensez pour lui conserver cette importante Place : celui de Catalogne pour prévenir les pratiques qui pourroient être faites d'un côté ou d'autre, capables d'interrompre la Paix & dont les Espagnols ont promis de convenir par l'entremise de vos Plénipotentiaires : & celui de la sureté du Traité par le moyen des Ligues & Garenties réciproques, qui doivent être accordées : supposé, dis-je, que les Ennemis exécutent de bonne foi tout ce qui a été concerté sur lesdits points; le Roi a tant de confiance en l'affection & bonne justice de Messieurs les Etats Généraux, que Sa Majesté ne refusera pas de se conformer pour le reste des différends qui sont encore indécis, à ce qu'ils jugeront raisonnable. Au lieu de travailler sur une proposition si juste qui auroit pu produire la Paix il y a deux mois, ceux qui pour des intérêts particuliers que chacun peut reconnoître & que le temps découvrira plus clairement, veulent causer des divisions entre la France & cet Etat, aiment mieux persister dans une fausse opinion que de consentir qu'on fasse la moindre diligence pour s'éclaircir d'une vérité de si grande conséquence.

Cependant comme si on vouloit fermer la porte d'un lieu où on a envie d'entrer, on fait des déclarations tantôt de ne pouvoir point mettre en campagne, tantôt d'avoir droit de traiter séparément, sans vouloir prendre garde que ce sont autant d'obstacles qui empêchent l'Ennemi de venir à la raison; pour voir si les inclinations ou considérations seront changées en résolutions & si les ménaces seront suivies des effets.

Quant aux prétendus Traitez de Mariage ou d'échange, c'est une fourbe si grossière, qu'il n'y a point de personne intelligente dans les affaires qui ne connoisse qu'il y auroit autant d'imprudence que d'infidélité d'entendre présentement à de semblables propositions. Aussi n'a-t-on osé produire d'autre preuve de cette supposition que des Lettres qu'on dit avoir été écrites par le Roi d'Espagne & par ses Ministres; & celui qui les a présentées a été contraint de confesser publiquement qu'il n'avoit rien vu qui ne vînt du côté de la France. Encore qu'il n'y ait pas de lieu de douter pour cela des assurances qui ont été ci-devant don-

nées

nées par les Ministres de Sa Majesté, je proteste de nouveau à vos Seigneuries sur ma vie & sur mon honneur que ce sont des faussetez malicieusement inventées par les Ennemis & que je me soumets à perdre l'un & l'autre, si on peut montrer que de la part de la France on ait jamais le moins du monde prêté l'oreille ni qu'on soit entré en aucune Négociation sur ce sujet.

Mais certes il seroit bien juste que l'imposture étant découverte, on fît punir exemplairement ceux qui en sont auteurs & qui ont l'audace d'attaquer par ces calomnies la foi & la réputation d'un Grand Roi ami de cette République.

Je ne répondrai rien sur le mauvais traitement qu'on dit que reçoivent ceux de votre Religion dans les Païs de l'obéïssance de Sa Majesté, il y en a qui agissent si glorieusement à votre vue dans le commandement des armées, & tous ceux du Royaume jouïssent aujourd'hui de l'exercice de leur Religion dans une si heureuse tranquilité, que je m'étonne comme on ose dire le contraire en déguisant une vérité si publique.

Il paroît bien que les auteurs de ces fausses nouvelles ont dessein de rendre le Gouvernement de la France odieux à vos Peuples, qui commencent à leur rendre agréable celui d'Espagne, quoi qu'elle persécute en tous lieux ceux de votre créance par les rigoureuses poursuites de l'Inquisition, & par des cruautez dont il y a peu de familles parmi vous qui se soient exemptées avant que vos armes & l'assistance de vos amis vous eussent affranchis de la tyrannie.

Toutes ces choses & beaucoup d'autres que j'y pourrois ajoûter, seroient mieux éclaircies dans des Conférences que dans une Lettre, si l'on avoit de toutes parts autant de dessein de bien connoître la vérité par la bouche des amis qu'on est facile à écoûter le mensonge de celle des Ennemis. En attendant qu'il plaise à Messieurs les Etats Généraux de prendre sur ce sujet la résolution que l'on doit attendre de leur grande prudence, je supplie vos Seigneuries de faire une sérieuse réflexion sur ce que la brièveté du temps me permet de leur représenter à la hâte, qui ne tend qu'à prévenir les mauvais offices de ceux qui ne craignent pas de faire du mal à leur Patrie, pourvû qu'ils nous en fassent, & à détourner les fâcheuses délibérations qu'on voudroit vous faire prendre sur des présuppositions très-fausses.

Ma pensée est bien éloignée du dessein d'exciter ou de fomenter aucune sorte de division dans cet Etat : le Roi en a toujours desiré la grandeur & la prospérité que Sa Majesté connoît très-bien dépendre principalement de l'étroite union des Provinces & de la bonne intelligence qu'elles entretiendront avec leurs anciens amis. J'employerai de bon cœur suivant les ordres de Sa Majesté, tous mes soins pour conserver & affermir celle qui doit être entre la France & cet Etat, afin de faire connoître par mes actions mieux que par mes paroles, que je suis véritablement,

Votre &c.

INSTRUMENTUM

PACIFICATORIUM

PLENIPOTENTIARIIS

SUECICIS

Exhibitum ab

IMPERATORIIS

LEGATIS.

I.

Fiat Pax Universalis, perpetua, constans, Christiana, fidaque servetur vicinitas, inter Imperatorem, Electores, Principes Statusque Imperii, Regem Hispaniæ, Domum Austriacam, eorumque Confœderatos atque adhærentes, & Serenissimam Reginam Sueciæ, ejusque Majestati addictos.

II. Per-

PROJET

Du

TRAITE' DE PAIX

Délivré à Messieurs les

PLENIPOTENTIAIRES

De

SUEDE

Par ceux de

L'EMPEREUR.

I.

QU'il y ait une Paix générale, une amitié constante & Chrétienne entre l'Empereur, les Electeurs, Princes & Etats de l'Empire, le Roi d'Espagne, la Maison d'Autriche, leurs Confédérez & Adhérans; & la Sérénissime Reine de Suéde & ses Alliez.

II. Il

II.

Perpetua sanciatur oblivio & amnistia ab anno 1630. tam quoad personas, Statum, securitatem, nonobstantibus Pactis ullis in contrarium.

III.

Juxta amnistiam Ratisbonensem universi Status Mediati atque Immediati restituantur integre in ditiones, bona, dignitates, jura, &c. illumque Statum quo ante hoc bellum fuerunt; hoc tamen cum moderamine ut ratione Ecclesiasticorum terminus a quo desumatur ab anno 1627. politicorum verò 1630. Ita vicissim Imperator, Domus Austriaca, & reliqui Ordines interessati restituantur juxta Pacem Pragensem, annullatis quibuscumque proscriptionibus, confiscationibus, rebus judicatis, transactionibus, &c. præterquam de quibus proximo Imperii Recessu de anno 1645. aliter statutum fuit: reservatis Domui Austriacæ suis in Ducatu Wirtembergico, hactenus possesso Feudo Blaubeuren & utraque Dynastiâ, Hohenstauffen & Achalm.

IV.

Omnes Ministri Ecclesiastici, civiles, quique sago & togâ militarunt, absque ullo discrimine cum uxoribus, liberis, hæredibus, famulitio &c. in pristinum statum restituti sunto.

V.

Si novæ ferendæ Leges aut bellum decernendum, Pax sancienda, tributa imponenda erunt, fiat id comitiali cum suffragio, salvis tamen iis quæ ad Imperatorem & Collegium Electorale solum pertinent.

VI.

Regalia & immunitates Statibus illibata maneant: item jus sanciendi Fœdera liberum, salvo tamen juramento quo Imperatori atque Imperio obstricti sunt & non aliter quàm præeunte aliquali causæ cognitione in Comitiis.

VII.

Justitiæ ineatur ratio absque causarum & personarum respectu.

VIII.

Negotium Palatinum hoc modo componatur: post debitam submissionem absolvatur a Bano Palatinus, eique Palatinatus inferior restituatur; exercitium Catholicæ Religionis cum juribus, dignitatibus Ecclesiasticis ibidem intemeratum servetur. Verùm Dignitas Electoralis cum Regalibus, præcedentiis, juribus quibuscumque, manebit penes Electorem Bavarum totamque lineam Wilhelminam in perpetuum: admittatur tamen Comes Palatinus ad eandem Dignitatem Electoralem, sed octavo & ultimo loco; & ita ut nihil juris sibi ad ea quæ Bavaro attributa sunt, arrogare possit.

IX. Præ-

II.

Il y aura un oubli perpétuel & amnistie de tout ce qui s'est passé depuis l'an 1630. contre les personnes & leurs Etats; & ce nonobstant tout Traité contraire.

III.

Que conformément à l'amnistie de Ratisbonne tous les Etats Médiats & Immédiats soient entiérement retablis dans leurs terres, biens, dignitez, droits &c. au même état & de la même maniére qu'ils en jouïssoient avant cette Guerre: avec cette restriction que le terme sera par raport aux affaires Ecclesiastiques depuis l'année 1627. & pour les Politiques à l'an 1630. Pareillement l'Empereur, la Maison d'Autriche, & les autres Puissances intéressées seront rétablies selon la teneur de la Paix de Prague. A cette fin on annullera les proscriptions, confiscations, jugemens, transactions, &c. & les réglemens faits dans la derniere Diete de 1645. qui sont contraires à ces restitutions: en reservant cependant à la Maison d'Autriche dans le Duché de Wirtemberg, le Fief de Blaubeuren, & les Comtez d'Hohenstauffen & d'Achalm.

IV.

On remettra dans leur premier état les Ministres Ecclésiastiques & Laïcs, de robe & d'épée des deux parties sans distinction, y compris leurs femmes, leurs enfans, leurs Domestiques &c.

V.

L'on ne pourra établir des Loix, résoudre la Guerre, conclure la Paix, que par les suffrages des Etats: sauf pourtant les prérogatives de l'Empereur & du Collége Electoral.

VI.

Les Régales & immunitez seront conservées aux Etats, de même que le droit, qui leur apartient, de faire des Traitez, sauf toutefois la fidélité qu'ils doivent à l'Empereur & à l'Empire, & non autrement qu'après en avoir donné connoissance aux Assemblées.

VII.

L'on rendra une justice exacte, sans avoir égard aux choses & aux personnes.

VIII.

L'affaire Palatine sera ainsi terminée. Le Palatin fera les soumissions nécessaires, au moyen desquelles on levera son ban, on lui rendra le bas Palatinat, où il sera obligé de permettre l'exercice de la Religion Catholique, avec tous les droits & dignitez qui lui apartiennent. La Dignité Electorale avec tous ses droits, priviléges, prééminences, sera conservée à l'Electeur de Baviére & dans la Branche Guillelmine: & le Palatin aura une nouvelle & la huitiéme place d'Electeur; sans qu'il puisse s'attribuer aucun des droits attachez à celle de Baviére.

 IX. L'Em-

IX.

Præterea Cæsar liberabitur effective onere e-victionis, dictoque Electori Bavariæ manebit in solutionem pro debito 13. millionum totus Palatinatus superior in perpetuum irrevocabiliter.

X.

Stratada Montana Moguntino Archiepiscopo, & donationes in Palatinatu a Cæsare factæ, immotæ maneant.

XI.

Lis circa bona Ecclesiastica & gravamina religiosa & politica eo modo composita maneat, sicuti contra contravertentes Evangelicos & Catholicos Status amicabiliter convenerit : quæ Transactio singulari quidem Instrumento comprehensa, tamen ex hoc Pacis Tractatu atque tabulis robur accipiat.

XII.

Plena libertas commerciorum tam in Germaniâ quàm Sueciæ regnis, terrâ, marique, in Civitatibus, fluminibusque, abolitis noviter inductis teloniis, vectigalibus, impositionibus, stabiliatur.

XIII.

Et cùm Sueci præter opinionem inmoti steterint ratione puncti satisfactionis in cessione integri Ducatûs Pomeraniæ, Civitatis Wismariensis, Archiepiscopatûs Bremensis, & Episcopatûs Verdensis, Cæsareani quidem quantùm Imperatori licet, salvâ ratificatione Statuum præsertim interessatorum, amore Pacis consentiunt ; hac tamen lege ut deficiente masculâ prole ex modernâ Sueciæ Reginâ rursum ad Imperatorem atque Imperium devolvantur : interim Reginæ Sueciæ in feudum Imperii cum omnibus oneribus concedantur.

XIV.

Simultanee investiantur Elector Brandeburgicus rationeque pactorum Gentilitiorum cæteri interessati Principes, gestentque interea insignia ; & in defectu masculorum supradictorum succedant sine ullâ contradictione.

XV.

Teneantur Regina Sueciæ ejusque Successores in libertate conservare Status atque Civitates Pomeraniæ, præsertim Stralsundiam ; deductis exinde quamprimum præsidiis omnibus & singulis.

XVI.

Cum vicinis servabit Corona Sueciæ fidam amicitiam & concordiam, ne Imperium novo implicetur bello.

XVII.

IX.

L'Empereur demeurera dechargé de la dette de treize millions, pour le payement de laquelle l'Electeur de Baviére reçoit tout le haut Palatinat, sans que cette disposition puisse jamais être revoquée.

X.

Le Bergstrat demeurera à l'Electeur de Mayence. Et les donations faites dans le Palatinat par l'Empereur à différens Seigneurs demeureront dans leur force.

XI.

Le procès au sujet des biens d'Eglise, & les Griefs Ecclésiastiques & Politiques sera accommodé à l'amiable entre les Catholiques & ceux de la Confession d'Augsbourg. Et la transaction qui sera passée à ce sujet, est approuvée dès à present par le present Traité.

XII.

Il y aura pleine liberté de Commerce dans l'Allemagne & dans la Suéde tant par mer que par terre & sur les fleuves, en abolissant néanmoins les droits nouvellement imposez.

XIII.

Et d'autant que les Suédois sont demeurez fermes, contre toute attente, à demander pour leur satisfaction tout le Duché de Poméranie, la Ville de Wismar, l'Archevêché de Brême & l'Evêché de Verde : les Plénipotentiaires de l'Empereur y consentent, autant qu'il dépend de l'Empereur de le faire, à condition que les Etats de l'Empire ratifieront cette donation; & sous la réserve que ces Etats cédez retourneront à l'Empereur & à l'Empire au défaut d'héritiers mâles de la Reine de Suéde, qui en prendra possession les tenant en fief de l'Empire, & payant toutes leurs charges.

XIV.

L'Electeur de Brandebourg recevra l'investiture simultanée des Etats cédez ausquels il a droit suivant les Traitez; & ce Prince & les autres qui peuvent prétendre à ceux spécifiez cidessus en prendront possession sans empêchement, si la Reine de Suéde ne laisse pas d'héritiers mâles.

XV.

La Reine de Suéde & ses Successeurs seront obligez de maintenir dans leur liberté les Etats & les Villes de la Poméranie, principalement Stralsund dont ils retireront au plutôt leurs Garnisons.

XVI.

La Couronne de Suéde ne troublera point la Paix de ses voisins & de l'Empire.

XVII.

XVII.

Delectus Militum inftituantur fecundùm Conf- tituiónes & Leges Imperii, & Ordinationes Cir- culorum.

XVIII.

Amiori Pacis datum ut Regina Sueciæ Archie- pifcopatum & Epifcopatum fupra dictos quoad temporalia poffideat, quamdiu hæredes mafculi ex ipfâ fuperftites fuerint; quibus deficientibus fimul cum Ducatu Pomerania ad Imperium redeant.

XIX.

Interea nulla in fupradictis Archiepifcopatu & Epifcopatu fiat immutatio tam in Ecclefiafticis quàm Politicis, fufpenfoque jure Archiepifcopali & Epifcopali, agnofcat Regina Sueciæ & pofteri ratione harum ditionum Cæfarem atque Cameram Spirenfem, oneraque Imperialia fuftinere teneant- tur.

XX.

Capitula Cathedralia & Monafteria relin- quantur in fuo ftatu privilegiato, Sedes Apofto- lica in poffeffione menfium Papalium, Imperator precum primariarum; Religionis caufâ non gra- ventur Catholici.

XXI.

Civitas Bremenfis cum territorio ab hac con- ceffione immunis maneat, & in poffeffione liber- tatis & jure Civitatis liberæ Imperii.

XXII.

Frederico Holfatiæ Duci locus pro refidentiâ relinquatur, & annuatìm folvantur N. N. op- pignorenturque ei loco affecurationis certa bona.

XXIII.

Marchioni Brandeburgico Chriftiano Wilhelmo pendantur quotannis in Pacificatione Pragenfi pacti mille duodecim thaleri cum oppiguratione certorum bonorum affecurationis loco.

XXIV.

Reginæ Sueciæ intuitu Ducatus Pomeraniæ fu- pradictorumque Archiepifcopatûs & Epifcopatûs unicum tantummodo competat votum in Comitiis Imperialibus.

XXV.

Pro ftabiliendâ hac Pace renuntiat Regina Sueciæ omnibus Fœderibus contra Imperatorem, Imperium, Domum Auftriacam, Statusque Im- perii initis.

XXVI.

Electori Brandeburgico, fatisfactionis loco ce- dat Epifcopatus Halberftadenfis, quamdiu cari- turus eft Ducatu Pomeraniæ.

XXVII.

XVII.

On ne levera des Troupes que conformé- ment aux Conftitutions & aux Loix de l'Empire & aux délibérations des Cercles.

XVIII.

En faveur de la Paix on céde à la Reine de Suéde en toute propriété les Etats ci-deffus mentionnez, qui refteront à cette Couronne tant qu'il y aura des héritiers mâles, au défaut defquels ils retourneront à l'Empire.

XIX.

Il ne fera cependant fait aucun changement dans lesdits Archevêché & Evêché aux affaires Eccléfiaftiques & politiques, & en réfervant les droits des Evêque & Archevêque, la Reine de Suéde & fes Succeffeurs reconnoîtront pour ces Etats l'Empereur & la Chambre de Spire, & feront obligez de payer les Charges de l'Em- pire.

XX.

Les Chapitres & les Monaftéres feront main- tenus dans leurs priviléges, le Saint Siége dans les collations des bénéfices vacans dans les mois qui lui font attribuez, l'Empereur dans fon droit des premiéres priéres; & l'on n'inquiétera point les Catholiques pour la Religion.

XXI.

La Ville de Brême & fon territoire ne fera point comprife dans cette ceffion, & fera maintenuë dans fa qualité de Ville libre & Im- periale.

XXII.

On affurera un lieu de réfidence au Duc d'Holftein, à qui l'on fera une penfion annuelle, qu'on lui affignera fur certains biens.

XXIII.

On payera au Marquis de Brandebourg Chriftian - Guillaume tous les ans douze mille Rifdales conformément à la Pacification de Prague : pour fureté de quoi on lui hypothé- quera certains biens.

XXIV.

La Reine de Suéde n'aura qu'une voix dans les Affemblées de l'Empire pour raifon des Ar- chevêché & Evêché ci-deffus.

XXV.

Pour affermir cette Paix la Reine de Suéde renoncera à tous les Traitez qu'elle a faits con- tre l'Empereur, la Maifon d'Autriche & les Etats de l'Empire.

XXVI.

L'Electeur de Brandebourg aura l'Evêché d'Halberftat pour le dédommager du Duché de Poméranie.

XXVII.

XXVII.

Satisfactio militum cuique Partium belligerantium absque damno atque noxâ alterius incumbat; deducaturque in Terris Imperii absque detrimento.

XXVIII.

Si contingat ut super hac Pace lites oriantur, componantur istæ spatio trium annorum aut amicabiliter aut juris terminatione : si id fieri non possit omnes Status simul cum Coronis, sumptis armis, gravatæ Parti auxilium ferant, gravantemque in ordinem cogant.

XXIX.

Cæteræ lites minoris momenti secundùm patrias Leges decidantur.

XXX.

Captivi omnes sagati atque togati intra mensem a factâ Pace absque litro solutis tantummodò custodiæ sumptibus, dimittantur.

XXXI.

Occupata loca cum tormentis atque mobilibus omnibus, pristinis suis Dominis intra duos menses reddantur; omniaque loca præsidiis libera sunto.

XXXII.

Belligerantium copiæ publicatâ Pace dimittantur, retentis iis quas quilibet finibus ac locis suis servandis necessarias esse arbitrabitur.

XXXIII.

Comprehendantur hac Pace Imperii, Electores, Principes, Civitates Imperii, liberæ atque Anseaticæ, item Rex Hispaniæ, Angliæ, Principes ac Respublicæ Italiæ.

XXXIV.

Ut omnia hæc majorem firmitudinem accipiant, Articuli hi Pacis subscribantur a Cæsare, Reginâ Sueciæ, Imperii, atque Regni Sueciæ Statibus.

XXXV.

Stipulatâ manu Plenipotentiarii utrinque promittant hæc pacta rata fore, donec Diplomata intrà certum tempus exhibeantur, omnia bonâ fide & absque fraude, salvo jure minuendi, addendi, & non ratum habendi, nisi factâ Pace.

XXVII.

On satisfera les milices des deux partis, & on les licenciera, sans apporter aucun dommage à personne.

XXVIII.

S'il arrive qu'il survienne quelques contestations au sujet du présent Traité, elles seront terminées en trois ans à l'amiable ou par voye de justice. Si cela ne se peut faire, toutes les Puissances donneront secours à la Partie lézée contre l'agresseur.

XXIX.

Les autres procès de moindre conséquence seront décidez suivant les Loix du Païs.

XXX.

Tous les prisonniers de robe ou d'épée seront renvoyez sans rançon un mois après la Paix faite, hors les frais de leur prison qu'ils seront obligez de payer.

XXXI.

La restitution des Places se fera dans deux mois avec les Canons & autres munitions, & on en tirera toutes les Garnisons.

XXXII.

On licenciera les Troupes aussitôt après la publication de la Paix : & l'on ne conservera que le nombre de Soldats nécessaire pour la sureté des Etats.

XXXIII.

Seront compris dans cette Paix les Electeurs, Princes, & Etats de l'Empire, les Villes libres & Hanséatiques, les Rois d'Espagne, & d'Angleterre, les Princes & Républiques d'Italie.

XXXIV.

Et pour plus grande solidité ces Articles seront signez par l'Empereur, & les Etats de l'Empire, la Reine & Couronne de Suéde.

XXXV.

Les Plénipotentiaires de part & d'autre promettront de faire ratifier ce Traité, par leurs Maîtres dans un certain tems, & exécuter ces Articles de bonne foi, sauf le droit de diminuer, d'ajoûter, avant la conclusion de la Paix.

RENOUVELLEMENT
De
L'ALLIANCE
Pour trois ans entre les
COURONNES
De
FRANCE
Et de
SUEDE
Pour faire la guerre tout de nouveau en
ALLEMAGNE

Avec les Demandes de Hesse-Cassel delivrées.

A Munster le 25. Avril 1647.

IL y aura Alliance entre la Reine & la Couronne de Suéde d'une part, & le Roi & le Royaume de France d'autre part. On employera toutes ses forces de part & d'autre pour faire la guerre à la Maison d'Autriche sur tout à l'Empereur & à ses adherans pour la defense des deux Royaumes, pour secourir les Alliez communs, assurer la liberté de la Navigation dans la Mer Baltique & dans l'Ocean & obtenir une Paix juste & honorable aux deux Royaumes.

II. La Reine & la Couronne de Suéde sera la Guerre dans la haute & la basse Saxe & en Westphalie, & penetrera dans les Pais Héréditaires de l'Empereur. Le Roi de France penetrera par le Rhin où s'étant ouvert un passage il occupera les forces de l'Empereur en Allemagne & entrera dans les Pais Héréditaires.

III. On renouvellera le Traité d'Heilbron avec les Etats qui sera religieusement observé; les Etats Alliez seront rétablis conformément audit Traité, & l'on contraindra par la force ceux qui ne le voudront pas. Le Directoire subsistera si les Etats le jugent à propos, afin que l'Empire puisse s'assurer de sa liberté & les Rois conserver leur honneur & leur sureté.

IV. L'Etat de l'Allemagne sera rétabli sur le même pied où il étoit avant la Guerre & sur tout en 1618. avant les troubles présens tant par raport à la Religion qu'à la liberté publique & l'on prendra sur les conquêtes de quoi indemniser les personnes Ecclesiastiques des deux Religions de leurs anciens revenus.

V. Les Couronnes retiendront les Provinces & Pais dont elles s'emparèront pendant la Guerre & ne les rendront que d'un commun consentement.

VI. On ne traitera ni avec l'Empereur ni avec ses Alliez, ouvertement ou indirectement, publiquement ou secretement sinon d'un commun avis & consentement: on ne négociera aucun Traité que pour la Paix générale, & l'on ne traitera ni avec les Médiateurs, ni avec l'Ennemi que conjointement & de l'avis de l'Allié.

VII. La Reine de Suéde aura en Allemagne une armée de 30. mille hommes d'Infanterie & 6. mille Cuirassiers: l'Armée du Roi de France consistera dans le même nombre de 30. mille Fantassins & 6. mille Cavaliers.

VIII. La Reine & la Couronne de Suéde accordera aux Troupes du Roi de France le passage libre toutes les fois qu'il sera nécessaire, mais aussi cela se fera sans delai & sans préjudice pour les troupes de la Reine & de la Couronne de Suéde.

IX. Ce Traité subsistera pendant trois années. Au bout desquelles il sera libre à la Reine & à la Couronne de Suéde & au Roi de France de le renouveller ou non.

X. Le Roi de France payera le premier Août N. St. 500. mille livres tournois qui font 200. mille Risdales, qui devoient avoir été payées dès 1633. & tant que durera le Traité il payera tous les ans un million Tournois ou 400 milles Risdales, & si la Paix se fait on rendra de part & d'autre la moitié, il payera 500 mille livres Tournois le 1. Oct. N. St. de cette année & le reste de même tous les ans.

XI. Les deux Couronnes prendront mutuellement les intérêts l'une de l'autre, & le Roi de France ne cessera point de faire la Guerre jusqu'à ce que la Couronne de Suéde ait eu une pleine satisfaction: de même la Reine & la Couronne de Suéde ne cesseront pas de faire la Guerre jusqu'à ce que le Roi de France ait obtenu satisfaction.

XII. Lorsqu'il s'agira de traiter on ménagera en même tems les intérêts des deux Etats.

XIII. Rien de tout ce que dessus n'obligera les deux Couronnes qu'après qu'elles l'auront ratifié.

XIV. Si l'on trouve bon de ratifier ce présent Traité on en fera l'Echange le 10. d'Août N. St. l'Echange des ratifications étant faite la Reine & la Couronne de Suéde, le Roi & le Royaume de France & leurs Successeurs seront obligés de l'executer religieusement.

XV. L'Ambassadeur de la Couronne de Suéde en Allemagne & à Paris donnera sincerement part de tout ce qui se passera: on prendra l'avis de part & d'autre en toutes les choses qui concerneront l'Alliance & on pourvoira à la sureté des Exprès.

XVI. On choisira un endroit commode pour le Congrès, tel que paroit être Cologne.

XVII. Si l'on faisoit la guerre à la Reine & à la Couronne de Suéde à cause du présent Traité, & *vice versa* au Roi de France, les deux Couronnes en vertu du présent Traité s'assisteront mutuellement pendant dix années.

Demandes de Hesse-Cassel &c.

I. On demande les quatre Villes appartenantes à l'Electeur de Mayence situées dans le Pais de Hesse.

II. Les Bailliages de Rogenstoel & de Fursteneg avec les Communautez dépendantes de Cassel.

III. La partie de l'Evêché de Paderborn entre la Dimule & la Meppen avec les Villes de Beverungen, Wolkmarsen, Cogelberg qui resteront héréditairement à la Maison de Hesse-Cassel à laquelle elles ont appartenu ci devant.

IV. La moitié du Comté d'Arnsberg engagé pour la somme de deux cens mille Risdales, à condition de la rendre lorsque l'on payera ladite somme.

V. On promet de payer argent comptant aussitôt la conclusion de la Paix quatre cens milles Risdales.

VI. Pour la cession des droits de Domaine direct sur les quatre Bailliages de Schaumburg, savoir Schaumburg, Buckenburg, Saphnom, Stadthagen.

VII. On payera les Troupes en commun avec la Suéde, & les conditions susdites étant accomplies, on promet de restituer les Places conquises, mais en retenant toutes les munitions de guerre & après en avoir demoli les fortifications; les conventions faites ci-devant par raport au droit de Reforme subsisteront; les habitans desdits lieux jouiront du libre exercice de la Religion Calviniste.

L E T T R E

De Monsieur

S E R V I E N,

PLENIPOTENTIAIRE

De

F R A N C E,

Adressée à chacune des

PROVINCES-UNIES

Du

P A Y S - B A S

Separement, excepté celle de

H O L L A N D E

A la Haye le 24. Avril 1647.

MESSIEURS,

JE ne doute pas que Messieurs vos Deputez n'ayent fait de temps en temps un fidele raport à vos Seigneuries, de toutes les ouvertures que j'ai faites à Messieurs les Etats Généraux, ou à Messieurs leurs Commissaires, qui

ont traité avec moi, pour avancer la conclusion d'une Paix sûre & honorable, tant pour cet Etat, que pour la France. Cette croyance m'empêchera de vous en faire une redite, qui ne pourroit être qu'importune : & je me contenterai de vous representer, Messieurs, qu'après m'être accommodé autant qu'il m'a été possible à la constitution de cette République, qui ne resout d'ordinaire les affaires qu'avec un peu de longueur, j'ai eu toute la patience imaginable, depuis près de quatre mois que je suis ici, pour attendre une resolution telle que je la dois esperer ; je n'ai jamais pû douter qu'elle ne fut très-favorable, n'ayant rien proposé qu'en suite de l'Alliance, & des intérêts communs, qui obligent la France & cet Etat de finir conjointement une guerre, qu'ils ont si heureusement faite ensemble contre un même Ennemi, afin de lui ôter l'esperance des avantages qu'il cherche dans les divisions & jalousies qu'il tâche de jetter entre nous. Mais, Messieurs, je me trouve extremement surpris, après tant de demonstrations de confiance, dont Sa Majesté a usé envers Messieurs les Etats-Généraux, tant de protestations reïterées que je leur ai faites de sa part d'une parfaite & très-sincere amitié, & tant de preuves qu'ils ont reçuës d'une fidelle correspondence entierement conforme à ce qui est prescrit par les Traitez, de voir qu'on n'ait pas encore pris la peine de répondre à divers Mémoires que j'ai présentez, encore qu'ils soient remplis de plusieurs propositions importantes au bien & avantage de cet Etat. Je vois au lieu de cela que les bonnes intentions de Sa Majesté sont non seulement peu considerées, mais mal interpretées de quelques esprits passionnez, qui par un procedé qui eût été en horreur à vos Devanciers, prêchent hardiment parmi vous l'affection & la sincerité de votre Ennemi, & travaillent ouvertement à rendre suspecte la conduite & la foi inviolable de vos plus assurez amis : afin de rompre par des conseils violens & précipitez une confederation si saintement cultivée de la part de la France, & qui a été la principale cause des prosperitez qui accompagnent aujourd'hui vos affaires & les nôtres. Je me promets, Messieurs, que considerans les dangereux progrès que l'Ennemi a déja fait par cet artifice, pour vous separer de la France, & causer de la desunion parmi vous, & faisans reflexion sur le nombre des partisans qu'il a déja aquis dans votre Païs, avant même que la Guerre soit finie, vous ferez revivre cette ancienne prudence de vos Peres, qui ont toujours trouvé la plus grande sureté de cet Etat, dans un juste ressentiment des injures qu'il a reçuës des Espagnols, & dans une sage defiance de toutes leurs actions, & de tous leurs desseins. L'on ne peut pas aprendre sans étonnement, que ceux qui pour favoriser les intentions de l'ennemi, voudroient rompre la constante union, qui a duré si longtems entre votre Nation & la nôtre, ayent déja oublié qu'il n'y a presque point de lieu dans ces Provinces, où les Espagnols ayent fait sentir leur cruauté, qui n'ait aussi été rougi du sang que les François y ont répandu pour votre service ; s'ils croyent qu'il vous reste encore quelque souvenir des choses passées, je ne sai comme ils osent se rendre auteurs d'une nouveauté si étrange & si perilleuse, & comme ils n'aprehendent point, que les inconveniens qui peuvent naître d'un si notable changement, qu'ils proposent, n'obligent quelque jour la posterité de leur demander raison d'une conduite si mal fondée, qui tend à faire cesser l'aversion hé-
....rédi-

réditaire contre les Espagnols, que vos Prédecesseurs ont laissée comme en partage à leurs enfans; & à vous rendre suspecte une amitié, qu'ils ont crû le plus sûr appui de cet Etat. Ce qui paroît de plus extraordinaire dans le dessein de nos Ennemis, est que pour rendre les impostures (qu'ils ont forgées de concert avec les Ministres d'Espagne) plus eficaces, & pour leur donner moyen de faire plus d'impression dans les esprits, ils ont exigé par serment qu'elles demeureroient secretes, afin qu'on n'en puisse pas faire voir la fausseté, & que le venin ait son effet, avant qu'on ait loisir d'y apporter du remede : comme si l'accusation d'un Ennemi raportée par un de ses partisans, étoit sufisante pour faire condamner ou soupçonner un ancien Allié, & comme si la justice, autant que la prudence, n'obligeoit pas d'examiner soigneusement des choses de cette importance, & d'ouïr les raisons des interessez avant que d'y ajoûter foi, pour ne tomber pas dans les maux qui naissent ordinairement d'une resolution prise avec précipitation , & sur de fausses presupositions. Mon devoir m'oblige, Messieurs, d'avertir vos Seigneuries de bien ouvrir les yeux en cette rencontre, qui peut avoir beaucoup de suites dangereuses, & de vous prier très-instamment, de ne prendre point de conclusion sur ce qu'on pourroit vous donner à entendre, jusqu'à ce que j'aye eu communication de la part de l'Etat, selon la raison & la coûtume, de tout ce qui a été avancé, où le service de Sa Majesté peut être interessé, & des considerations qui y ont été faites. J'ose bien promettre qu'après cela je donnerai un entier éclaircissement sur tous les doutes qu'on peut avoir pris, & que je ferai paroître à découvert la fausseté des calomnies que nos Ennemis ont eu l'audace de debiter en présence de vos Seigneuriés.

Quand je voi qu'on essaie de persuader que les Ministres du Roi s'opposent aux avantages des Etats Protestans dans l'Allemagne, que Sa Majesté empêche la Paix, & ne souhaite que la continuation de la Guerre, qu'elle fait des Traitez secrets avec l'Espagne, à l'insçu de ses Alliez, & que pour aigrir les peuples de ce Païs, on supose que ceux de leur Religion sont traitez rigoureusement en France, & aux autres endroits de la domination du Roi, je ne m'étonne pas que ceux qui fuyent la lumiere de la Verité tombent dans de si grands aveuglemens. Il me semble que la France ayant entrepris une perilleuse Guerre dans l'Allemagne, pour rétablir les Princes Protestans , anciens Alliez de la Couronne, lorsque leurs affaires étoient entierement ruinées ; & l'ayant si constamment soûtenuë, avec une perte d'hommes, & une dépense incroyable, merite une autre reconnoissance que des reproches. Après avoir obtenu par les armes, conjointement avec la Couronne de Suéde, le rétablissement de tous les oprimez; si elle conseille aux Protestans, pour faciliter la conclusion de la Paix, de ne porter pas les choses dans l'extremité, & d'être sages aux dépens de l'Ennemi, qui a ruiné ci-devant ses affaires, pour n'avoir pas usé moderement de la Victoire : si elle témoigne franchement, qu'on n'a jamais entendu de faire une guerre de Religion dans l'Allemagne, & qu'ayant pris les armes pour la défense de tous les Princes de l'Empire également, ce seroit travailler contre la fin qu'on s'est proposée, si ceux qui sont restituez dans leurs biens & dignitez n'en étant pas contents, vouloient opprimer les autres, & que ce seroit éterniser la guerre au lieu de la finir: chacun avoüera que c'est un conseil plus

Tom. IV.

digne de loüange que de blâme; & qu'au moins il ne devroit pas être censuré par ceux qui souhaitent si ardemment le repos. Ils ne prennent pas garde aux contradictions où ils tombent, puisque si on tient ferme pour l'interêt de quelque Allié, ils inferent delà qu'on ne veut point de Paix , & que si on persuade de prendre quelque temperament en faveur de la Paix, ils se plaignent sans raison qu'on abandonne les Alliez. Il en arrive presque de même dans la Négociation avec l'Espagne: l'on soûtient aveuglément que la France veut la continuation de la Guerre, & en même temps on dit qu'elle fait la Paix secretement avec l'Ennemi. Il y a quatre mois que j'offre de faire voir à tous ceux qui voudront entrer en conference avec moi, qu'en tous les Articles du Traité nous nous sommes portez dans tous les temperamens qu'on peut desirer avec raison ; suposé que les Ennemis executent de bonne foi quatre ou cinq des principaux points, dont nous croyons être d'accord avec eux; à savoir, celui de ne rien rendre de part ni d'autre entre la France & l'Espagne, & que chacun demeure en possession de ce qu'il tient, avec les dependances, & annexes, si ce n'est qu'on entre en restitution des anciennes conquêtes, aussi bien que des nouvelles. Celui qui concerne la sureté de Cazal, pour empêcher qu'il ne puisse jamais tomber entre les mains des ennemis, lorsqu'il aura été rendu à Monsieur de Mantouë : étant la moindre recompense qu'on puisse prétendre de trois batailles, & de dix millions d'or, qui ont été dépensez pour lui conserver cette importante Place. Celui de la Catalogne, pour prevenir les pratiques qui pourroient être faites d'un côté ou d'autre capables d'interrompre la Paix, & dont les Espagnols ont promis de convenir par l'entremise de vos Plénipotentiaires. Et celui de la sureté du Traité par le moyen des Ligues & Garanties reciproques qui doivent être accordées; suposé, dis-je, que les Ennemis executent de bonne foi tout ce qui a déja été concerté sur lesdits points. Le Roi a tant de confiance en l'affection & bonne justice de Messieurs les Etats Généraux, que Sa Majesté ne refusera pas de se conformer, pour le reste des differens qui sont encore indecis, à ce qu'ils jugeront raisonnable au lieu de travailler sur une proposition si juste, qui auroit pû produire la Paix il y a deux mois, ceux qui pour des intérêts particuliers que chacun peut connoître, & que le temps découvrira plus clairement, veulent causer des divisions entre la France & cet Etat, aiment mieux persister dans une fausse opinion, que de consentir qu'on fasse la moindre diligence pour s'éclaircir d'une verité de si grande consequence ; cependant comme si on vouloit fermer la porte d'un lieu où l'on a envie d'entrer, on fait des déclarations tantôt de ne pouvoir point mettre en Campagne, tantôt d'avoir droit de traiter separement sans vouloir prendre garde que ce sont autant d'obstacles, qui empêchent l'Ennemi de venir à la raison, pour voir si les inclinations ou considerations seront changées en resolutions, & si les menaces seront suivies des effets. Quant aux prétendus Traitez de Mariage ou d'échanges, c'est une fourbe si grossiere, qu'il n'y a point de personne intelligente dans les affaires, qui ne connoisse qu'il y auroit autant d'imprudence que d'infidelité, d'entendre présentement à de semblables propositions. Aussi n'a-on osé produire autre preuve de cette supposition, que des Lettres qu'on dit de avoir été écrites par le Roi d'Espagne, & par ses Ministres, & celui qui les a présentées a été contraint de confesser

publi-

1647.

publiquement qu'il n'avoit rien vû qui vînt du côté de la France. Encore qu'il n'y ait pas lieu de douter pour cela des assurances qui ont été ci-devant données par les Ministres de Sa Majesté; je proteste de nouveau à vos Seigneuries sur ma vie, & sur mon honneur, que ce sont des faussetez malicieusement inventées par les Ennemis : & que je me soûmets à perdre l'un & l'autre, si on peut montrer que de la part de la France on y ait jamais le moins du monde prêté l'oreille, ni qu'on soit entré en aucune Négociation sur ce sujet. Mais certes il seroit bien juste que l'imposture étant découverte, on fit punir exemplairement ceux qui en font Auteurs, & qui ont l'audace d'attaquer par ces calomnies la foi & la reputation d'un grand Roi ami de cette Republique. Je ne répondrai rien sur le mauvais traitement, qu'on dit que reçoivent ceux de votre Religion dans les Païs de l'obeïssance de Sa Majesté. Il y en a qui agissent si glorieusement à votre vuë dans le commandement des armées : & tous ceux du Royaume jouïssent aujourd'hui de l'exercice de leur Religion dans une si heureuse tranquilité, que je m'étonne comme on ose dire le contraire, en déguisant une verité si publique. Il paroit bien que les Auteurs de ces fausses nouvelles ont dessein de rendre le gouvernement de la France odieux à vos peuples, pour commencer à leur rendre agreable celui d'Espagne; quoi qu'elle persecute en tous lieux ceux de votre creance par les rigoureuses poursuites de l'Inquisition, & par des cruautez dont il y a peu de familles parmi vous qui se soient exemptées, avant que vos armes & l'assistence de vos amis vous eussent affranchis de la Tyrannie. Toutes ces choses & beaucoup d'autres que j'y pourrois ajoûter, seroient beaucoup mieux éclaircies dans des Conferences, que dans une Lettre, si l'on avoit de toutes parts autant de dessein de bien connoître la Verité par la bouche des amis, qu'on est facile à écouter le mensonge de celle des Ennemis. En attendant qu'il plaise à Messieurs les Etats Généraux de prendre sur ce sujet la resolution que l'on doit attendre de leur grande prudence, je suplie vos Seigneuries de faire une serieuse reflexion sur ce que la brieveté du temps me permet de leur représenter à la hâte, qui ne tend qu'à prevenir les mauvais offices de ceux qui ne craignent pas de faire du mal à leur patrie, pourvû qu'ils nous en fassent, & à détourner les fâcheuses deliberations qu'on voudroit vous faire prendre sur des presupositions très-fausses. Ma pensée est bien éloignée du dessein d'exciter, ou de fomenter aucune sorte de division dans cet Etat; le Roi en a toujours desiré la grandeur & la prosperité, que Sa Majesté connoit très-bien dépendre principalement de l'étroite union des Provinces, & de la bonne intelligence qu'elles entretiendront avec leurs anciens amis. J'employerai de bon cœur, suivant les ordres de Sa Majesté, tous mes soins pour conserver & affermir celle qui doit être entre la France & cet Etat, afin de faire connoitre par mes actions mieux que par mes paroles, que je suis veritablement,

Votre très-affectionné Serviteur;

SERVIEN.

REPONSE
à la
LETTRE
Ecrite par Monsieur
SERVIEN,
A chacune des sept
PROVINCES-UNIES,
Excepté celle de
HOLLANDE;
Ladite
REPONSE
Faite par un Ami, & Confident dudit Sieur
SERVIEN,
Par forme d'Avis.

A Zutphen le 4. Mai 1647.

MONSIEUR,

JE rends très-humbles graces à V. E. de la communication, qu'il lui a plû me donner de la Lettre, qu'elle envoyoit à chacune des Provinces, pour effacer les impressions, que les Deputez de Hollande y auroient pu faire contre les desseins de V. E. & le succès de sa Négociation : mais à ne rien dissimuler en un sujet si important, il faut que je confesse, que cette communication eût été de plus de confiance pour moi, & de plus d'utilité pour V. E. si elle eut precedé l'envoi de sa Lettre auxdites Provinces, me donnant le temps, & le moyen de penetrer & de prevenir les sentimens des principaux Conseillers de l'Etat, & d'en reservir après V. E. afin qu'elle eût marché à pas plus assurez en un chemin si difficile par ma guide, la sortie de ce labyrinthe, (où vous vous êtes engagé un peu trop à la hâte, & avant que d'en reconnoitre les détours) ne se pouvant rencontrer qu'avec un nouveau filet d'Ariane; car en verité, Monsieur, il y a une grande difference entre ces Païs, & ceux où V. E. a ci-devant porté fort haut les intérêts de son parti, comme l'on l'a vû aux Traitez de Querasco, où elle a donné souverainement la Loi aux Ducs de Savoye, & de Mantouë, jusques à les faire dépouiller reciproquement, & par leurs propres mains, de ce qu'ils avoient de plus précieux pour en revêtir la France, les contraignant de signer l'arrêt de leur condamnation sous le titre d'un accommodement. Ce jeu-là, ni aucun autre, où il y entre quelque mélange de violence & d'autorité, n'est pas celui

lui fur lequel on puisse parler parmi nous. V.
E. sait, & même elle représente avec beaucoup de vehemence en cette sienne Lettre le
tort qu'eurent les Espagnols, de nous traiter, il
y a plus de 80. ans, avec rudesse, & d'attenter sur les constitutions & privileges de notre
Nation, & toutefois elle n'évite pas l'écueil qu'elle découvre, mais y tire tant qu'elle peut à
voiles & à rames; étant le premier de tous les
Ambassadeurs que nous ayons jamais vû, qui
ait osé s'adresser à une Province en particulier,
& qui pis est s'y plaindre du procedé des Etats
Généraux, auprès desquels seuls, les Ministres
des Princes étrangers ont leur residence, & peuvent exercer les fonctions de leurs Ministeres:
autrement on rendroit monstrueux le corps de
cet Etat, lui formant sept têtes au lieu d'une,
& en confondant l'usage de tous ses membres.
Je suis obligé d'en parler ainsi franchement à
V. E. afin qu'elle prenne garde ci-après en d'autres rencontres à ne tomber pas en de semblables accidens, qui seront pris pour des attentats, fait contre les Loix fondamentales de cette
République. Avec cette même consideration
d'éloigner V. E. des précipices à venir, je vai
lui marquer ceux où l'on croit qu'elle soit tombée en cette Lettre, & qu'elle s'est creusez elle-même.

Encore que l'on admire le bien dire de V.
E. & la cadence nombreuse de ses periodes,
on trouve néanmoins qu'avec une grande diversité de beaux termes, elle dit de laides choses,
& repete incessamment ce que ses precedens
Ecrits ont déja tant de fois rechanté, savoir:
*Que la France veut la Paix: qu'elle desire d'en
avancer une conclusion sure & honorable, tant
pour elle que cet Etat: qu'ils sont obligez de
finir conjointement une Guerre qu'ils ont heureusement faite ensemble, contre un même ennemi: qu'il
lui faut ôter l'esperance des avantages qu'il cherche dans les divisions & jalousies, qu'il tâche de
jetter entre nous: que l'amitié de la France est
très-parfaite & sincere en notre endroit; que V.
E. en a deja fait des protestations reïterées: que
Sa Majesté a usé envers Messieurs les Etats Généraux de toutes sortes de demonstrations de con-
fiances: qu'il ne tient qu'à l'Espagne d'achever,
en se conservant l'une & l'autre des Couronnes,
ce qu'elles possedent présentement.* Sur quoi non
seulement nos Ministres, mais encore nos peuples reprenans chacun de ces points l'un après
l'autre, disent brievement & naivement. *Si la
France veut la Paix,* que ne la fait-elle? puis
que chacun sait qu'elle, n'est arrêtée que par les
interêts des Portugais, qui ne sont pas les nôtres, ni ceux de la France non plus: *Si elle
desire d'en avancer la conclusion,* que tardent
ses Plénipotentiaires d'en signer les Traitez?
puisque ceux de cet Etat leur ont offert vingt
fois en qualité d'Interpositeurs, & de la part
des Espagnols, qu'ils suivroient entierement les
propositions qu'ils leur avoient faites de la part
de la France, desquelles le Portugal étoit exclus
par promesses, & conventions solemnelles.
Pour rendre ladite Paix sure & honorable, que
faut-il davantage, que d'acquerir par son moyen
plus que jamais aucun Prince Chrétien n'a a-
quis par aucune sorte de Traitez, ni par aucune
sorte de conquêtes? *Si la France & cet Etat
sont obligez de finir cette guerre conjointement,*
pourquoi donc la France n'imite-t-elle pas cet
Etat, qui en a déja signé les Articles & Capitulations? Pourquoi se déjoint-elle de lui en une
œuvre si juste, si pieuse, & desirée de toutes
les autres Nations Chrétiennes? *S'il faut ôter
à l'Espagnol les esperances de divisions & jalou-*

sies, *qu'il tâche de jetter entre nous;* Quel meilleur moyen y en a-t-il, que de nous accorder à
faire la Paix, comme nous nous sommes accordez à faire la Guerre, & d'achever d'un même jour les Traitez, dont nous n'avons dès si
longtems suspendu la ratification, qu'afin que
la France y concourût avec nous? Et si l'Espagnol nous vouloit diviser d'avec la France,
quelle simplicité seroit-ce à lui d'avoir remis à
notre arbitrage toutes les plus grandes dificultez
qui se rencontrent entre les deux Couronnes?
*Si l'amitié de la France est très-parfaite & since-
re en notre endroit,* d'où peut provenir cette a-
version, qu'elle a de notre repos, & cette opposition, qu'elle apporte aux avantages, que
nous devons recueillir de nos Traitez avec l'Espagne? *Si Sa Majesté très-Chrétienne a tant de
confiance en nous,* à quel sujet se deffie-t-elle de
notre conduite aux choses mêmes, qui nous
touchent immediatement? nous prend-elle pour
des pupilles rangez sous sa tutele, lors qu'elle
même est sous la direction d'autrui, & gouvernée par des personnes, qui ne peuvent pas
être ni plus soigneuses, ni plus intelligentes du
bien de son Royaume, que nous le sommes de
celui de notre commune Patrie? *Quant aux
protestations reïterées, que V. E. dit avoir faites
des bonnes intentions du Roi son Maitre,* ils se
trouvent toutes semblables à celles qu'elle faisoit de ne vouloir jamais parler directement
des Portugais; & quoi qu'elle assure au même
endroit de n'avoir rien oublié, pour rétablir les
Protestans en Allemagne, ils ne font compte
néanmoins de ses Protestations; assurant qu'elles repugnent à tous les actes & effets, dont ils
alleguent trente exemples d'une suite, en ce que
V. E. en mêmes sujets, & presque en même
temps, a promis, & revoqué; assuré, & nié;
dit, & dédit; fait, & défait; tant à Munster,
qu'en ce Païs. Pour la derniere assertion, *qu'il
ne tient qu'aux Espagnols, d'achever, demeurant
aux deux Couronnes, ce qu'elles possedent à présent,*
on répond, que la France ne possede pas le
Portugal, & si elle veut, qu'il demeure comme
il est; que l'Espagne possede une partie du Piémont, & du Montferat, & toutefois la France
ne lui veut point laisser; & de cette sorte sont
couchez les Articles de votre Instrument de
Paix, qu'il faut desavouër, ou le contenu en
cette Lettre de V. E. & il y a cent personnes
solvables parmi nous, qui veulent cautionner
les Espagnols en ce qu'ils seront contents de
vous prendre au mot, & de se tenir precisement à ce que vous exposez à ce regard. Voyez
donc, Monsieur, si cette proposition, que
vous avancez, est à bon escient, & bien autorisée: car en cas, qu'oui, vous pouvez épargner votre colere, & appaiser ces fureurs, &
agitations, dont vous vous laissez transporter
contre l'Espagne, pource que nous tenons la
Paix pour faite; & en cas que non, V. E. ne
devra pas trouver étrange, si elle acheve de
perdre toute creance parmi ce monde ici, qui
sans subtiliser s'attache à ce qu'il voit, & à
ce qu'il touche, faisant plus d'état d'une verité
massive & grossiere, que du plus delié & delicat mensonge, qu'on pourroit controuver: il
n'y a que naiveté en ses actions, & en ses discours, ainsi qu'on peut bien le connoitre par
ses reparties si naturelles, & si soudaines, qu'on
lui voit sortir à même temps du cœur & de
la bouche, sur les assertions dont je viens de
parler, contenues en la Lettre de V. E. que
j'ai voulu lui remettre au devant, afin qu'elle
balance les unes & les autres à loisir, & juge en
suite, à sens reposé, & à sang froid, si elle

feroit

1647.

feroit pas mieux de s'abſtenir deformais de tant de proteſtations , que de les debagouler en foule , ſans en pouvoir maintenir une ſeule ; ſupliant très-inſtamment V. E. qu'elle veuille perdre l'opinion , dont elle s'eſt peut-être flatée juſques à cette heure , qu'elle puiſſe à force de mots choiſis , & de phraſes relevées impoſer au moindre Batelier de toutes ces Provinces , en aucune choſe qui concernera leur ſalut & profit. Ils louëront la diction , & condamneront la penſée , & au fond , ſi par le charme des paroles , ils ſe trouvent aſſoupis pour quelque tems ; retournant après de cette illuſion , & ne trouvant en leurs mains que des feuilles , pour des piſtoles , ils auront la tromperie d'autant plus en horreur , que plus artificieuſement elle aura été déguiſée : mais pour vous montrer , Monſieur , que votre éloquence toute merveilleuſe qu'elle ſoit , ne les a pas ſurpris , il faut que je vous raporte encore quelques gloſes , & remarques , qu'ils ont faites ſur cette Lettre. Bien que ce ne ſoit qu'une repetition (diſoit l'un) de ſes autres Ecrits : il aſſure néanmoins à l'entrée , qu'il ne veut point uſer de redite ; encore qu'il proteſte de ne vouloir que la Paix , il ne preſche néanmoins que la guerre , en tâchant de nous inſpirer une inimitié immortelle , & une haine implacable contre les Eſpagnols ; il aſſure que *c'eſt le meilleur partage , que nos Predeceſſeurs nous ayent laiſſé* , bien contraire à celui que Dieu laiſſa à ſes Diſciples , ne ſe conformant pas en venant chez nous au texte de l'Evangile : *In quamcumque domum intraveritis , dicite primùm , Pax huic domui* ; mais nous nous conformerons au Pſalme , en lui diſant : *Viri ſanguinum declinate à nobis.* Il maintient , que *la plus grande ſureté de cet Etat conſiſte au reſſentiment des injures , qu'il a reçuës des Eſpagnols* ; qui eſt le même , que s'il diſoit , qu'il ne nous faut jamais accommoder avec eux : en quoi il montre aſſez le vrai but de ſa Négociation , & de toutes ſes pratiques parmi nous , ſouſcrivant par là à tout ce , que les Eſpagnols ont pû dire , & diront ci après du deſir qu'a la France de nous tenir en guerre perpetuelle avec eux : & outre que cette doctrine n'eſt pas Chrétienne , de tranſmettre des reſſentimens de vengeance de generation en generation , comme par un fideicommis réel , graduel , & perpetuel ; elle n'eſt pas politique non plus , ni charitable pour cet Etat , qui ne ſauroit plus ſe venger , que contre ſoi-même , en aidant davantage la France à s'agrandir , au préjudice de l'Eſpagne ; principalement dans les parties qui nous ſont les plus voiſines. Et ſi nos Predeceſſeurs euſſent eu quelque repugnance à cette reconciliation , ils n'auroient pas fait les Trêves de l'an 1609. ils n'en auroient pas demandé la continuation , ils n'auroient pas deſiré de les changer en une Paix perpetuelle ; ſi la France eût été auſſi de la même opinion que ſon Ambaſſadeur d'à préſent , elle ne nous auroit pas perſuadé un tel accommodement. Il ajoûte (diſoit un autre) *qu'il nous faut avoir une défiance de toutes les actions , & deſſeins des Eſpagnols* ; qui eſt une autre ligne , qui tire & aboutit droitement à l'excluſion de la Paix ; car comment la peut-on traiter , concerter , & conclure avec ceux dont nous devons nous défier en tout , & par tout ? Si leur foi nous eſt ſuſpecte à l'avenir , ſur quoi pourra repoſer la ſureté & ſubſiſtence des Traitez ? Et ſi elle l'a dû être auparavant , pourquoi la France nous a-t-elle ſollicitez d'envoyer nos Plénipotentiaires à Munſter , qui nous ont raporté uniformement n'avoir jamais vû aucune alteration , ni le moin-

dre changement , en tout ce que les Eſpagnols ont une fois promis ou déclaré ? *Quant aux pretendus Traitez de mariage , ou d'échanges* , il s'en demêle en gros , au lieu que les objections eſquelles il devoit répondre , ſont en détail ; il préſupoſe que les lumieres nous en viennent d'Eſpagne , au lieu que c'eſt là qu'on les a le plus cachées , & que les plus verſez aux intrigues de la France ſont ceux qui nous en ont le plus découvert ; n'étant pas beſoin d'étaler ici les fondemens de nos ſoupçons ſur ce ſujet , pour ne nuire pas à nos Amis & Confidens , attachez avec nous par les intérêts de la Religion & autres particuliers. Feu S. A. le Prince d'Orange a bien ſû la premiere ſource de ces ombrages , & ne nous l'a point celée ; Mais quand nos craintes ne ſeroient fondées que ſur la convenance même de la choſe en ſoi , & ſur la maxime de la France , de s'agrandir à quelque prix , & par quelque voye que ce puiſſe être , en preferant l'avancement de ces hauts deſſeins , à toutes autres conſiderations , n'y auroit-il pas bien de quoi être en peine ? Si le Roi Henri IV. autant religieux en ſa parole & en ſes Alliances , que ceux qui gouvernent la France aujourd'hui , nous abandonna pour le recouvrement de quelques Places en Picardie , que ne feroient ceux-ci pour des avantages bien plus grands ? Si toutes les promeſſes tant de fois renouvellées à la Maiſon Palatine , viennent de ſe convertir à ſon dommage , en faveur de celle de Baviere , par cette même maxime de l'agrandiſſement de la France , pouvons-nous encore douter , qu'il ne reſtera jamais par elle de pouſſer plus outre , même en nous ruinant , s'il eſt beſoin , de fond en comble ? Or que la France ne pretende à la domination univerſelle , & de continuer pour cet effet la Guerre , juſques à la fin de ſon deſſein , il n'en faut autre témoignage , que la paraphraſe nouvelle ſur les paroles de l'Ecriture ſainte : *Reſpicite lilia agri , quomodo creſcant* ; & le Sonnet que le grand Directeur de la Monarchie Françoiſe fit preſenter il y a quelque temps à la Reine :

Anne , deſires-tu qu'à l'ombre des lauriers
Nous ſoyons pour jamais à couvert des tempêtes,
Demeure encor armée , & pouſſe tes Guerriers,
A faire tous les jours de nouvelles conquétes.

Le retour de la Paix doit être differé ,
Tant que nos Ennemis auront de l'eſperance ,
Et pour donner au monde un repos aſſuré ,
Il faut ranger l'Eſpagne au giron de la France.

Quelques lâches prudens , qui tremblent dans le
*   port ,*
Diſent ſecretement , que tes armes ont tort ,
D'affliger le Païs , où le Ciel te fit naitre ,

Sans penſer que l'Amour peut être fils de Mars,
Et que pour éviter la ſuite des hazards ,
L'Eſpagnol & François peuvent n'avoir qu'un
*   Maitre.*

Le reſte de la Lettre ne contenoit au jugement de quelques Critiques , rien que des injures contre les Etats Généraux , ou contre ceux de Hollande , que V. E. traité par tout cet Ecrit , d'Ennemis de la France , & des ſiens particuliers ; ces épithetes ne ſe pouvant attribuer à d'autres , puiſque ce ſont eux qui ont envoyé

voyé des Députez à chacune Province : je crains, que n'étant pas accoûtumez à fe voir ainfi mal mener, ils tournent tête ; auquel cas V. E. n'auroit pas du meilleur, & fi Dieu permet par fa mifericorde qu'elle échape encore cette rechûte de fievre, qu'elle s'eft caufée par excès, je la fuplie très-inftamment d'être plus moderée d'ici en avant ; car je fai bien ce que j'entends dire, & que ni mes Amis, ni moi ne ferons pas affez forts pour détourner l'orage, V. E. détruifant plus en un jour, que nous ne faurions bâtir en un an ; elle fe plaint du fecret que les Etats Généraux ont juré, à ce qu'elle dit, de garder fur les chofes, qu'elle combat par fa Lettre, en demandant communication pour en pouvoir découvrir la fauffeté ; & en même temps elle raporte par ordre tous les points de ce fecret myftere, elle les divulgue, & met au jour, fe contredifant fi fouvent & fi ouvertement en bien peu de lignes, qu'elle femble parler le langage d'un homme qui fonge, & ne penfer à rien moins, qu'à ce qu'elle écrit. Je ne prendrois pas la hardieffe d'en avertir V. E. fi je ne voyois les mauvaifes confequences qu'on en tire, en fe formalifant des efforts & cabales qu'elle fait, pour penetrer les fecrets de l'Etat, ce qu'ils croyent ne pouvoir arriver, que par des moyens illicites, & jugent de là, que leur liberté & autorité, dont ils font fi jaloux, n'ont rien de refervé ni d'affuré contre les entreprifes de V. E. en laquelle ils condamnent encore l'omiffion d'un point principal, & tout public, qu'elle laiffe en arriere, lorfqu'elle s'étend avec tant de fuperfluitez (à leur dire) fur d'autres moins importans, & qui ne lui ont pas été communiquez. Ce point, Monfieur, eft celui des cruautez exercées tout nouvellement dans la Ville de Nantes fur nos pauvres Compatriotes, déchirez, affommez, & noyez, par la fureur d'un peuple effrené, & écumant de haine & de rage contre notre Nation, qui a reçû cette indignité en France, en même temps que V. E. lui prêchoit de fa part les droits facrez de l'Alliance, lorfqu'elle ne favoit pas garder ceux de l'hofpitalité feulement ; c'eft à cela (s'écrient-ils) que Monfieur l'Ambaffadeur devroit répondre, & non pas rechercher hors de propos & à contretemps d'autres exemples d'inhumanité dans le fiecle paffé, & en nos Ennemis, qui après tout ne pafferent jamais jufques à l'extremité d'un maffacre général de leurs Sujets de notre Religion ; comme il fe fit en France à la S. Barthelemi, où l'on ne s'eft pas contenté d'aller avec le feu contre l'établiffement de notre Religion, mais après qu'elle y a été reçuë, affermie, & affûrée par les Edits Royaux, par les Traitez publics, & par les Arrêts des Parlemens, tout à coup, & lorfqu'on y penfoit le moins, elle y a été perfecutée de même qu'en fa naiffance ; le carnage a recommencé, comme à fon avenement, & duré plufieurs années, jufques après l'avoir reduite au non plus, non feulement en lui ôtant toutes les Places de fureté, qu'on lui avoit promifes & confignées, mais en reduifant en cendre plufieurs autres, & faifant mourir, ou par les flammes, ou par la faim, infinité de perfonnes de tout âge, & de tout fexe, & à prefent ceux qui reftent font en état (lorfqu'il en prendra envie à quelque Favori) de fervir de curée & de proye à une bande de feditieux, fatellites, & coupe-jarets, à quoi les Maréchaux de Turenne, & de Gaffion, dont Monfieur l'Ambaffadeur entend parler, fous la figure de ceux *qui agiffent glorieufement à notre vuë dans les commandemens des armées,* n'y aporteront pas plus de remede que les Ma-

réchaux de Lefdiguieres, & de la Force, les Ducs de Bouillon, de Sulli, de Rohan, & de Soubife, y en ont aporté fous le regne du Roi Louïs XIII. & les Roi de Navarre, Prince de Condé, Admiral de Chaftillon, Ducs de la Trimouille, & d'Albret Marquis de Montbrun, Montgomeri, & autres de cette condition, fous les Rois Henri II. Charles IX. François II. & Henri III. & beaucoup moins, lorfque la France aura étendu fa puiffance & fes limites jufques au point qu'elle s'eft propofé, nous aura ôté tous les moyens d'affifter nos Freres de creance, & nos anciens amis en leur oppreffion, pour l'avancement de laquelle, la France, non contente de fes forces, a fouvent imploré & attiré celles d'Efpagne ; à qui toutefois Monfieur l'Ambaffadeur reproche des perfecutions de même nature, & nous veut faire croire ; *qu'il n'y a coin ni pied de terre en toutes nos Provinces, qui n'ait été rougi du fang, que les François yont répandu pour notre defenfe ;* Qui eft une hyperbole exorbitante, puifque chacun fait, qu'à peine l'Efpagnol y a attaqué une feule Place, finon au commencement des troubles, lorfque la France étoit affez occupée chez foi, & non moins animée que l'Efpagne, à y renverfer les fondemens, & perdre les Auteurs de notredite Religion.

Ce font là, Monfieur, les difcours que votre Lettre a produits, & les jugemens qu'elle a caufez parmi ceux du plus haut, & du plus bas rang de cet Etat, qui s'accordent tous (à mon grand regret) à la condamner, & detefter d'une voix commune, ce que V. E. pouvoit bien penetrer d'elle-même, voyant *qu'on n'a pas pris feulement la peine de répondre à divers Mémoires qu'elle a préfentez, quoi que fort importans* (comme elle dit au commencement de la feconde page de fadite Lettre) par où l'on declare en fe taifant, que la perfonne de V. E. eft odieufe, & que l'on ne veut pas la legitimer aux fonctions qu'elle veut exercer : & on dit même, que Meffieurs fes Collegues improuvent fa procedure ; furquoi que puis-je lui confeiller autre chofe, finon que pour bien faire ci-après, elle faffe tout le contraire de ce qu'elle a fait jufques à maintenant ? Sauf en ce qui eft de me conferver l'affection qu'elle m'a témoignée, comme je ferai auffi la qualité de,

Votre très-humble Serviteur.

I. D. P.

ME.

MEMOIRE

Exhibé par le Sieur

SERVIEN

AMBASSADEUR

De

FRANCE,

A Messieurs les

ETATS-GENERAUX

Des

PROVINCES-UNIES

A la Haye le 15. Mai 1647.

L'Ambassadeur de France, ensuite du discours qu'il a fait à Monsieur de Meerman, du depuis à Monsieur le Baron de Gent, & à lui : avoit attendu, que Messieurs les Commissaires lui donneroient moyen d'entrer en conference avec eux, de laquelle il avoit sujet d'esperer un grand acheminement à la conclusion de la Paix.

Depuis ledit Ambassadeur ayant apris que Monsieur de Meynerswyck a donné quelques avis à leurs Seigneuries, qui sont directement contraires à la verité, & à ce que Messieurs les Plénipotentiaires de France ont écrit audit Ambassadeur ; il suplie L. S. de trouver bon qu'on entre aujourd'hui en conference avec lesdits Sieurs Commissaires, pour leur donner part de tout ce qui s'est passé à Munster, & justifier par Piéces authentiques, que les avis contraires ne viennent que de l'artifice des Espagnols, & des autres ennemis de la France.

Signé

SERVIEN.

REPONSE

Aux deux Articles du Memoire precedent.

MOnsieur de Meynerswyck, qui en l'Article 16. de la Réponse faite par le Sieur Servien, à la Lettre du Sieur Brun écrite de Deventer ; *étoit tant homme d'honneur*, & qui dans le huitiéme *avoit fait paroitre en toute sa conduite beaucoup de bonne intention, & étoit rempli de beaucoup de verité* : à present *donne des avis à ses Superieurs, qui y sont directement contraires*, si l'on en veut croire aux termes de gladiateur, dont se sert le Sieur Servien, qui l'accuse de plus, *de prêter la main aux artifices des Espagnols, & d'être au nombre des autres Ennemis de la France.* Etrange changement en bien peu de temps ! & que l'on aura peine de se figurer en un Cavalier si généreux, & si égal en toutes ses actions, comme est ledit Sieur de Meynerswyck : lequel s'étant servi si honorablement de son épée depuis plus de vingt ans, a été mal choisi pour recevoir une si rude estocade, qui de sa personne passe à toute la Legation de Messieurs les Etats, dont il est Chef, & de la Legation à la Médiation ; puis que l'avis que le Sieur de Meynerswyck a envoyé, est du tout conforme à ce que les Sieurs Médiateurs en l'Assemblée de Munster ont déclaré de bouche, & par écrit ; ainsi rien n'échape à la fureur dudit Sieur Servien, *& nemo est, qui se abscondat à calore ejus* ; Madame la Princesse d'Orange n'en a pas été exempte ces jours passez, se trouvant aux prises aussi bien que le Sieur de Meynerswyck, pour le soûtien de la verité ; & pour ne pouvoir s'accommoder à tant de changemens, de revocations, dédites, & déguisemens, incompatibles avec sa candeur, sincerité, fermeté, & grandeur de courage ; en sorte que ne pouvant prendre aucunes justes mesures, sur tant de Piéces si mouvantes & inégales ; elle a été contrainte de laisser l'entremise où l'on vouloit l'engager ; comme l'a fait pareillement le Sieur de Meynerswyck à Munster, ou à present, à même temps que la France veut, contre ses promesses tant de fois réiterées, soûtenir la cause de Portugal ; elle trouve mauvais que l'Espagne conformément à ce qu'elle a toujours maintenu dès le commencement des Traitez, défende celle du Duc de Lorraine, Prince legitime, & injustement dépouillé de ses Etats. Le Sieur Servien ne nous prêche rien tant par deçà, que la défense des Alliez & Amis, & après que la France en a produit sur le theatre des Troupes entieres, de toutes especes, de toutes couleurs, & de toutes tailles ; elle n'en veut pas recevoir un seul de la part de l'Espagne ; & si qualifié, comme est S. A. de Lorraine, à qui la plûpart des Princes Chrétiens sont joints de sang, & de parentage, & toutes les Puissances Souveraines interessées par raisons d'honneur, & d'Etat en sa satisfaction. Mais la France s'en moque, & veut faire rouler son char de triomphe sur tous les Sceptres & Diademes de la terre, qu'elle pretend pouvoir briser, comme roseaux. Le Cocher, qui le
guide,

guide, fait sonner son fouet d'un bout de l'Europe à l'autre, & ne nous en ménace pas moins, que les chevaux qui le tirent, pretendant de nous accoupler au timon, & pour peu que nous fassions les retifs, il nous sanglera (dit-il) si près du derriere, qu'il ne nous faudra point de croupieres; son Postillon n'a-t-il déja pas voulu étriller quelques-uns d'entre nous, & presenter de l'herbe aux autres? Croyant que les charmes de son éloquence sont aussi puissants que ceux de Circé, & nous ont déja transformez, comme les Compagnons d'Ulisse; à moins que cela, ne pouvoit-il entreprendre de nous traiter, comme il fait, & de nous imposer perpetuellement, tout ce qui bon lui semble; mais cette imagination pourroit bien à la fin le metamorphoser lui-même, se devant souvenir du genie de notre Nation, que Barclai dépeint en peu de mots : *Ingenium Belgici populi, ne capax, neque patiens fraudum; eâ fide, quâ sunt digni Belgæ facilè alios æstimant; sed decepta simplicitas intractabili odio perfidiam lædentium fugit.*

REPONSE

à la

LETTRE

Du 25. & 26. Avril.

MOnsieur Servien a trouvé à propos d'envoyer aux Provinces une Lettre qu'il avoit fait traduire, & imprimer, en date du 25. & 26. Avril. Il y maltraite au dernier point toute la Province & la Regence de Hollande qu'il traite *d'esprits passionnez, dont le procédé,* ajoûte-t-il, *auroit fait fremir nos ancêtres:* puis attaquant la Députation que les Etats de Hollande ont envoyée aux autres Provinces, il dit, *qu'ils ont la hardiesse de vanter dans les autres Provinces les sincéres & bonnes intentions de nos Ennemis, & travaillent publiquement à rendre suspecte une Alliance que la France observe si religieusement.* Il les nomme ensuite, *partisans que l'Ennemi s'est fait dans le Païs, & auteurs d'une étrange & dangereuse nouveauté:* ensuite il accuse leurs N. & G. P. *des fourberies & des intelligences avec l'Espagne.* N'en voila-t-il pas assez? Est-ce là l'Ambassadeur d'un Allié & d'un ami? Mais pourquoi cet homme s'emporte-t-il à ce point? Parce que le raport ci-dessous No. 1. ayant été fait à leurs N. & G. P. elles ont resolu unanimement d'envoyer quelques Députez aux autres Provinces & les informer de l'avis de Hollande, afin de procéder ensuite avec leur avis & leur communication dans l'affaire en question. Cette conduite a fait fermenter le sang François & martial de Monsieur Servien qui s'est mis dans une colere qui a produit cette bilieuse Lettre, remplie d'invectives contre ces Députez, & par conséquent contre tous les Etats de Hollande. Car les Députez n'agissent pas d'eux-mêmes, ils ne font que les agens de leurs Commettans. *Que charmans sont les piez de ceux qui*

annoncent la Paix ! Les Etats de Hollande & leurs Députez meritent toute sorte d'éloges d'avoir pris tant de peine pour mettre fin à une si longue & si ruineuse Guerre, d'autant plus qu'eux seuls contribuent plus que tous les autres ensemble aux fraix qu'il faut faire pour la pousser avec vigueur. Voilà ce que ce Ministre ose nommer l'ouvrage d'esprits passionnez, de fauteurs de l'Ennemi, d'impatiens & brûlants Conseillers de l'infraction de l'Alliance; de partisans vendus à l'Ennemi, de fauteurs des vuës de l'Ennemi; enfin de gens qui agissent de concert avec lui &c.

Ci-devant il n'a attaqué que les deux Plénipotentiaires; si on ne l'avoit pas souffert avec tant de patience, il n'auroit pas été jusqu'à l'excès d'insulter hardiment une aussi puissante Province sans exception de qui que ce soit, *parvam ferendo injuriam invitas magnam.*

Il ne faut pas croire que ce soit ici une action particuliere de Monsieur Servien comme particulier; c'est un dessein formé par la France.

Pour s'en convaincre on n'a qu'à jetter les yeux sur ce qui s'est passé à Nantes le 13. Avril, ainsi qu'il est raporté ci-dessous No. 2.

L'intention de la France est de nous tenir à son service comme étant à ses gages & de se servir de nous pour parvenir à la Monarchie à laquelle elle aspire & pour faire la Conquête des Païs-Bas.

Toutes les Provinces, mais sur tout la Hollande & la Zélande, comme les plus interessées dans le Commerce voyent où cela tend, & sont resolues à faire la Paix avec l'Espagnol. La France elle-même nous l'a conseillée, en un mot la base & la cause finale de notre Alliance avec la France est la Paix.

Veut-on penser à la Paix, il faut commencer par se defaire des termes d'*Ennemi* & d'*Inimitié*, & de cette haine héréditaire des Espagnols que Monsieur Servien a soin de dépeindre comme si odieuse.

L'artifice dont Monsieur Servien se sert est de traiter toute Négociation qui tend à la Paix, de crime & même de crime de trahison; car c'est là le but de sa Lettre aux Provinces. Mais irriter les autres Provinces contre celle de Hollande & contre sa Députation est un acte de sedition; & rien n'est moins suportable que la conduite de ce Ministre & de tous les François depuis qu'ils travaillent à executer leur Projet. Comme la Regence de Hollande est composée de tant de Nobles & de tant de Conseils des Villes, il n'a pas été possible à la France de les gagner par voye de corruption, moins encore par celle de la persuasion : ainsi il ne lui reste que celle de la violence.

Car elle supose, comme Monsieur Servien le fait entendre par sa premiere Harangue imprimée, que *la Commune* est ici la Maîtresse, & il lui aplique cette maxime de Machiavel *nihil vulgo modicum, terrere ni pavant, ubi pertimuerit impunè contemni.* C'est-à-dire, que *le peuple ne connoît pas de milieu, qu'il fait peur quand on ne l'épouvante pas, mais que quand une fois on l'a effrayé on peut impunément le mépriser.*

Il paroit assez par la Harangue dont j'ai déja parlé, combien ils ont toujours meprisé la forme de notre gouvernement; nous en avons une autre preuve dans la mauvaise maniere dont ils agissent à notre égard par raport au rang, aux titres, & au pas.

Et même leurs Ministres n'ont-ils pas traité notre Regence de *Canaille,* il n'y a que fort peu de tems, & ce n'est que dans cette suposition qu'ils entreprenent de nous intimider

pour

1647.

pour nous contraindre ensuite à faire ce qu'ils veulent.

Ils maltraitent nos Vaisseaux dans la Méditerranée, ils maltraitent nos Sujets à Bourdeaux, à Rouen, à Nantes, & dans toutes les Villes de Commerce, les accablant d'impôts insuportables. Les Officiers & Soldats François, à notre solde & qui nous ont fait serment de fidelité, nous trompent autant qu'ils peuvent par des revuës frauduleuses, & commencent à commettre toute sorte de violences, soit en attentant à l'honneur des femmes de diferentes manieres, soit en parlant avec mépris de notre Etat, soit en faisant même des menaces, en sorte que dans peu de tems nous pourrons compter autant d'Ennemis que nous aurons de ces sortes de Soldats.

Ce n'est donc pas l'action d'un particulier, tout le monde y prend part, les Gouverneurs de Provinces, la Meilleraye par exemple, & ceux-même qui représentent le Roi. Tout tend à nous intimider & à nous effraïer, & de cette maniere nous contraindre à remettre les Négociations de la Paix entre les mains de *Servien* & de *Mazarin*.

On le défie de prouver jamais que nous ayons promis de faire une nouvelle Ligue de Garantie, ou de donner un éclaircissement de celui de 1644. Cependant il veut que nous le fassions. On a employé quatre mois entiers à lui faire entendre & voir cela, & il ne veut ni l'entendre ni le voir.

Nos Plénipotentiaires l'ont dit & l'ont repeté à Munster, ils ont exhorté les François à la Paix, qui est le but de notre Alliance; & lorsque Monsieur Servien est revenu ici on n'a cessé de le presser sur le même sujet, mais c'étoit heurter à la porte d'un sourd; il chante toujours la même chanson, il ne parle que de la Ligue de Garantie, & de faire obtenir satisfaction à la France & à ses Alliez. Depuis quatre mois on ne lui donne d'autre réponse sinon, *nous ne sommes pas obligez de faire une nouvelle Ligue de Garantie,* au moins au gré de la France, *nous ne sommes pas obligez de faire avoir satisfaction à la France qu'autant qu'elles sont raisonnables.*

La Hollande voyant que Monsieur Servien est intraitable, & qu'il cherche par ses mauvaises menées à gagner du tems, qu'il donne par ses adherens de mauvaises impressions aux autres Provinces, elle a jugé qu'il étoit nécessaire qu'elle fit cette Députation pour mettre les autres Provinces au fait de tout ce qui se passe, & les informer du procedé insuportable de la France, particulierement qu'elle ne veut admettre aucunes conditions raisonnables, qu'elle refuse la Paix jusqu'à ce qu'elle nous ait tous jetté dans ses filets, qu'elle ne fait pas scrupule de faire plusieurs Négociations particulieres sans nous avec la Baviére, avec Cologne, avec Mayence, avec Trêves, en un mot avec tout le parti Catholique d'Allemagne qu'elle prend sous sa protection; qu'elle a une dangereuse correspondance avec le Pape, & qu'elle ne s'est reconcilié avec les Barberins, qu'à condition de rétablir le Roi & la Reine d'Angleterre & la Religion Catholique; qu'elle tâchera ensuite de la rétablir dans les Provinces-Unies, (deux choses qui lui seront aisées dès qu'elle sera maîtresse des côtes) qu'elle pousse ardemment ses Négociations à Madrid avec l'Espagne, qu'à la verité celle-ci est si irritée contre la France que ces Négociations ne font pas de grands progrès, mais que si nous serrons l'Espagnol un peu de près, il sera obligé d'y prêter l'oreil-

le, en devenant le Beau-frere du Roi de France ou de son frere, ce que le Conseil d'Espagne paroit aprouver; que ce sont là les motifs qui engagent les François à nous presser si fort d'entrer en Campagne, ne cherchant autre chose qu'à nous épuiser & nos habitans, & ruiner notre Commerce & nos intérêts, par toutes ces manœuvres, & en réunissant dans cette vuë tout ce qui est capable d'éloigner la Paix.

Monsieur Servien a eu la hardiesse d'attaquer dans son Ecrit seditieux cette conduite si Chrétienne & si louable des Etats de Hollande qui tend au bien de notre Etat; on ne trouvera pas que le Roi même ait entrepris *in alienâ republicâ Dictaturam agere.*

Que la Meilleraye ou d'autres Gouverneurs des Provinces de France maltraitent nos Hollandois dans leurs Provinces, je n'en parle pas; mais maltraiter, diffamer, contrecarrer un Etat Souverain jusque dans son sein, y semer la division & la revolte par des Ecrits répandus dans les Provinces, ainsi qu'on a fait en publiant cette Lettre, c'est une chose absolument intolerable.

A la fin de la Lettre il traite d'insigne tromperie le Traité de Mariage ou l'Echange des Païs-Bas contre la Catalogne, & il paroit fort irrité de ce que nous en avons été avertis.

Il ose bien avancer que cet avis nous a été donné par l'Espagne. A-t-on jamais rien inventé avec plus d'impudence? Toute l'Assemblée n'est-elle pas témoin que le Colonel d'*Estrades* envoyé exprès par le Roi de France, l'a notifié le premier très-positivement, non comme une chose incertaine, mais comme concluë : d'Estrade étoit-il donc un Ministre de l'Espagne? Est-ce l'Espagne qui nous l'avoit envoyé? Que devient ici le Mémoire de Monsieur *Servien?*

Depuis que notre Etat a signé avec l'Espagne & que nous sommes en terme d'accommodement, nous en recevons des avis si certains, si clairs, si circonstanciez qu'on peut les regarder comme indubitables. On ne peut les prendre comme venant d'un Ennemi, mais seulement d'un ami indiférent; mais suposons que l'Espagnol soit encore notre Ennemi, encore moins est-il *ab amore & gratiâ suspectus, C. Quoties, extr. de testib* ; d'autant plus qu'il est *consanguineus & affinis* de la France, ensorte que la France n'a pas lieu de le recuser; mais nous l'aurions *L. magis puto. de Reb. eor.* est-il ennemi de la France? il est aussi le nôtre, *Auth. si testis , C. de Testibus.*

Monsieur Servien parle *des Assurances que le Roi son Maitre a données par ses Ministres contre ce Mariage.* Quelles Assurances? Monsieur Servien il y a quelques jours a promis à nos Députez de nous faire avoir une déclaration par écrit, signée & scelée, que ni le Mariage ni l'échange n'auront pas lieu.

Je réponds à cela, premierement que cette déclaration est encore à venir.

Secondement quelle déclaration le Roi peut-il faire, lui qui n'est qu'un enfant & qui a aussi peu de connoissance des affaires de son Etat que ses ancêtres qui sont à Saint Denys. 3. Mazarin ou la Reine Mere oseroient-ils lier les mains au Roi par raport à un Mariage si avantageux pour lui ou pour le Duc d'Anjou? S'ils le faisoient ils n'auroient qu'à penser à partir l'une pour Cologne & l'autre pour Montfaucon.

Quand le Roi de France donneroit mille déclarations pareilles, ne sait-on pas bien que le Pape a le pouvoir de dispenser *in matrimonialibus,*

bus, dans des cas beaucoup plus graves; ma foi je ne crois pas que le Roi voulût pour cela aller à Rome.

Supofons que le Roi fût majeur, & qu'il déclarât que tout ce dont il s'agit eft faux, & que le Roi d'Efpagne déclarât le contraire, l'un eft aufli bien que l'autre Roi & *in dignitate* (L. 1. §. fin. de teft.) la Nation de l'un n'eft pas plus croyable que l'autre : l'un donne un avis *in damno vitando*, l'autre *in lucro captando*. L'un a afpiré à la Monarchie, l'autre y afpire encore. L'un a dominé fur nous, l'autre afpire à le faire : l'un fe défifte, l'autre perfifte, l'un a agi comme Ennemi, l'autre veut agir fous le mafque d'ami; *Arcades ambo*, je ne donnerois pas un harang pourri pour avoir le choix.

Que faire? Laquelle croire de ces deux déclarations opofées? Voyez *L. 3. §. 1. de teft.* il y eft dit clairement qu'il faut examiner *Uter verifimilia dixerit. & L. 21. §. fin. Eod. credendum eft quod naturæ negotii convenit.*

Or il eft non feulement plus vraifemblable, mais même plus convenable à la nature de la chofe que le Roi d'Efpagne, ne pouvant défendre les Païs-Bas contre le Roi de France, & contre, nous (comme la France l'avouë) aimera mieux les échanger contre un équivalent en les donnant en Mariage, que de les perdre.

Il eft vraifemblable aufli que l'Efpagnol le feroit ne fut-ce que pour fe vanger de nous, qui avons meprifé & foulé au pied une Paix d'or, l'aveu de la juftice de nos armes, notre fûr établiffement & fon foible voifinage, & lui preferant celui d'un Potentat qui a la puiffance & la volonté de nous fouéter avec des Scorpions.

Il eft vraifemblable que l'Efpagnol, comme bon Catholique Romain, voudra rendre ce dernier fervice aux Catholiques Romains tant du dedans que du dehors de notre Etat, de nous donner, pour voifin un Prince qui a plus d'accès que lui dans nos Confeils & qui a plus de forces pour apuyer au dehors les Catholiques & affoiblir notre Religion.

Pour ne pas dire d'un autre côté que le Roi de France comme mineur, ne peut faire de déclaration ni rendre témoignage *L. 3. §. pen. de Teftib.*

Monfieur Servien a bien prevû ce défaut, il a voulu y fupléer par fon propre témoignage, *je protefte & je déclare tout de nouveau à vos Nobles Puiffances* (dit-il avec action & tout échauffé en fon harnois) *fur ma vie & fur mon honneur que ces fauffetez font de malicieufes inventions des Ennemis*, (d'Eftrades favori de Mazarin eft donc un Ennemi?) *Et je confens à perdre l'un & l'autre fi on peut le prouver.*

Voilà ce qui s'appelle une affurance, une Garantie honorable! Il doute de celle de fon Maître, mais on peut faire fond fur la fienne. La parole d'un Roi ne fuffit pas : mais celle d'un Ambaffadeur ne peut tromper : l'honneur d'un Roi très-Chrétien eft à la verité quelque chofe, mais celui de Monfieur Servien eft bien autre chofe. Provinces-Unies, ne vous inquietez plus, vous avez la parole d'honneur de Servien, dormez en repos.

Exclamare libet Populus, quod clamat Ofyri Invento!

Servien engage non feulement fon honneur, mais encore fa vie! Quelle confolation pour nous fi la chofe étant prouvée, Monfieur Servien perdoit la tête? Quelle belle reparation pour nous, quel avantage pour nos affaires!

Il nous étale l'Inquifition des Efpagnols contre ceux de la Religion, & leur inhumanité : donc nous ne devons pas faire la Paix avec eux. Si cette confequence eft bien tirée ceux de la Religion en France ont bien mal fait de faire la Paix en plufieurs occafions après qu'on les a cruellement maffacrez, brûlez, pendus, jettez dans les rivières & perfécutez : lifez l'Hiftoire des Martyrs.

Nous avons bien mal fait d'avoir fait non feulement la Paix, mais même Alliance avec la France; après qu'elle avoit exercé une fi cruelle tyrannie dans Anvers & dans tous les Païs-Bas.

Donc nous ferons encore bien mal à préfent que nos concitoyens font fi maltraitez en France, & que les François agiffent au milieu de nous d'une maniere fi fiere & fi féditieufe, de nous fier aux promeffes de la France, & de tarder un moment à affurer notre confervation par une prompte Paix.

N. 1.

Ouï les confidérations de Meffieurs Mathenelfe & Paw Plénipotentiaires de l'Etat à Munfter, les Membres Députez ont trouvé bon de donner à leurs N. & G. P. l'avis fuivant.

QUe la République n'eft pas obligée de prendre les intérêts de la France que dans les Païs-Bas.

Que l'on doit obtenir fatisfaction pour la France fur fes intérêts.

Que par raport au réglement des limites & ce qui en dépend, l'Efpagne offre de le terminer par l'arbitrage de l'Etat.

Que par raport aux intérêts du dehors, la Couronne de France doit ne pas fe rendre difficile.

Que par raport à la Garantie pour la France, on lui en accorde une plus confidérable que les Traitez ne l'exigent.

Que l'on a ftipulé avec l'Efpagne de bonnes conditions pour cet Etat, dont il doit être content.

Que par confequent on eft refolu de notre côté de fortir de la Guerre, & que l'on doit prier la France de prêter l'oreille à la Paix.

Que fi la France le refufe, l'Etat doit déclarer qu'il fe croit en droit de faire fa Paix à part & feparement de la France; & que l'on trouve effectivement à propos d'y travailler pour plufieurs raifons très-fortes tirées de la Conftitution de notre Etat &c.

N. 2.

COPIE

D'une Lettre d'un Marchand Hollandois à Nantes le 14. Avril 1647.

Ecrite à Monsieur l'Ambassadeur des Provinces-Unies à Paris.

MONSIEUR,

NOus avons déja souvent importuné votre Excellence de nos plaintes sur les menaces que nous fait non seulement Monsieur de la Meilleraye, mais même les Bourgeois, *de nous tuer & de nous jetter dans la Rivière*; nous avons cru que ces menaces n'auroient pas de suites, mais hier quelques-uns de nous furent apellez chez Monsieur de la Meilleraye, où s'étant rendus ils trouverent les Bourgeois nos antagonistes. Monsieur de la Meilleraye nous pressa fort de renoncer à la liberté de nôtre commerce, & de faire ce que les Bourgeois vouloient; nous le refusames honêtement en disant que c'étoit une affaire d'Etat dont Messieurs les Etats s'étoient chargez & qui ne dependoit plus de nous. Sur quoi Monsieur de la Meilleraye, adressant la parole aux Bourgeois presens, dit qu'*ils étoient fous de souffrir chez eux les Hollandois*; renouvellant ses anciennes menaces *qu'ils pouvoient nous jetter dans la Rivière & nous faire les plus mauvais traitemens qu'ils pourroient, qu'il leur prêteroit la main.* C'est ce qu'ils firent dès l'après-diner même, en ayant très-maltraité cinq d'entre nous à coups de pieds, les trainant par les ruës; de sorte que quatre se sont sauvez avec peine & le cinquiéme *a été jetté dans la Rivière*, d'où on l'a retiré ensuite & porté à sa Maison: mais jusqu'à present *il est sans parler & sans esperance d'en revenir*, si Dieu n'y met la main. C'est pourquoi nous avons dépêché le present Courrier pour donner avis de ce *meurtre* à votre Excellence, & la prier de prevenir que dans cette affaire où la justice est pour nous, tout ce que nous craignons, ne nous arrive pas, & que nous ayons au moins sureté pour nos vies, & que l'on punisse ceux qui nous ont ainsi maltraitez, car *la justice nous est fermée ici, où il n'y a pas un juge qui osât écouter nos plaintes*, tant chacun redoute l'autorité de Monsieur de la Meilleraye. Ainsi nous ne sommes pas en sureté ici, *nous n'oserions aller sur la ruë* pour nos affaires, & nous sommes obligez de nous enfermer quelque tems dans nos Maisons. C'est pourquoi nous prions instamment votre Excellence de nous secourir, car il nous est impossible de rester ici en cet état, & nous sommes tous resolus de partir à moins que nous ne recevions par votre moyen une sureté particuliere du Roi; nous envoyons nos plaintes à nos Seigneurs les Etats Généraux, la nécessité nous y contraint.

MEMORIALE

Loco Instructionis, was unsere Deputirten / der Herr Thum-Probst Johann Werner von Lenraht / und Herr Hermann von Nehem / Thum-Scholaster / neben unserem adjungirten Syndico Johann Itel Schorlemmer / der Rechten Licentiato bey Jhro Hochfürstliche Gn. in gebühr zu beobachten haben.

NAchdem Jhro Hochfürstliche Gn. in sorgen seynd / auch von denen Kayserlichen Gesanten fast versichert / daß dieses Stiffts wegen einige Resolution / daran uns so wohl als Jro Hochfürstliche Gn. nit wenig gelegen / zu Münster vorgehen mögte / zum theil auch schon geschehen seyn solte; dahero für eine nothdurfft erachten / daß ungesäumt einige unsers Mittels nacher Münster deputiret werden mögten; so haben bey Jhro Hochfürstliche Gnaden unsere Deputirte nebst Ablegung gewöhnlicher Curialien und Offerirung unserer jeder-

MEMOIRE

Pour servir d'instruction à nos Députez le Sieur Jean Werner de Lenradt Grand-Prevôt, le Sieur Herman de Nehem, Chanoine, & le Syndic que nous leur avons joint, Jean Itel Schorlemmer Licentié es Droits, sur ce qu'ils doivent observer auprès de son Altesse Reverendissime.

SOn Altesse Reverendissime, craignant sur des avis certains qu'elle a reçû des Plénipotentiaires Impériaux, qu'on ne prenne ou qu'on n'aye déja pris à Munster quelque resolution à l'égard de ce Chapitre, aussi interessante pour nous que pour son Altesse Reverendissime, & ayant trouvé nécessaire, que nous députions incessamment quelques uns des nôtres à Munster; nos Députez doivent se présenter pour cet effet devant son Altesse Reverendissime avec les cérémonies accoûtumées & l'offre de nos services, afin de demander s'il lui plairoit de leur

1647.

jederzeit unterbereitwilligen Diensten sich zu dem Ende gebührsam anzumelden / umb zuvernehmen / ob Jhro Hochfürstl. Gn. beliebig / genädige part zu geben / in quibus terminis es mit dero hiesigen Stifft bestünde / wie dan auch / was für Mittel zu abwendung der besorgenden Alternativ, und anderer unannehmlicher Posten / fürgeschlagen werden mögten / und selbige ad referendum aufzunehmen / jedoch da sie uns unpräjudicirlich und künfftig unschädlich und ohne gefahr seyn solten / dazu zu cooperiren und sonsten in allen nach fürfällenheiten einräthig zu seyn / was zu Conservirung dieses Stiffts und dessen Recht-und Gerechtigkeiten / bevorab zu abkehrung der bemeldten Alternation und anderer widrigen zumuthungen diensam und ersprießlich seyn möchte : sonderlich können sie de nostro dissensu in dictam Alternationem bey Jhro Hochfürstl. Gn. und anderen glimpflich contestiren. Sign. Osnabrück unter unseren gewöhnlichen Capituls Jnsiegel den 27. Mai Anno 1647. alt. Calend.

(L. S.)
(ad causas)

Senior und Capitul der Cathedral-Kirche daselbst.

Neben-und geheime Instruction für Herrn Thun-Probsten Johann Wernern von Lenrath und Herrn Hermann von Nehem Thun-Scholastern / nebst unsern adjungirten Syndico Johann Itel Schorlemmer / Licentiato.

I. Dafern Jhro Hochfürstl. Gn. unseren Deputirten einige zumuthung thun solten wider einen und andern wegen der Alternativ, oder andern unannehmlichen Posten öffentlich zu protestiren / haben sie darauf zu antworten / daß sie dazu keine Commission hätten.

II. Dafern Jhro Hochfürstl. Gn. starck andringen solten / ob wir dan nichts dagegen thun wolten / hätten unsere Deputirte in Beyseyn anderer zu antworten / daß wir schon unsere Nothdurfft dagegen fürgenommen hätten: solten aber Jhro Hochfürstl. Gn. in hoc puncto ferner zusetzen / hätten sie Deroselben in secreto zu offenbaren / daß wir dagegen Capitulariter coram Notario & Testibus insgeheim protestiret hätten / damit wir durch öffentliche Protestation, sonderlich bey Ruptur der Tractaten uns keine ungelegenheit zuziehen mögten.

III. Da Jhro Hochfürstl. Gn. gegen einige Abgesandten in unserm Nahmen öffentlich in beysein unserer Deputirten protestiren solten / hätten unsere Deputirte bescheiden-und fuglich anzufugen / daß sie davon keine Commission hätten / jedoch auch solches also zu verstehen geben / daß kein consensus in die contraire zumuthungen gefasset werden könne.

IV. Haben unsere Deputirte an allen dienstlichen Orten zu bitten und zu sollicitiren / daß wir bey unsern Privilegien / Recht-und gerechtigkeiten / in specie bey dem Exercitio libero Re-

leur faire part de la veritable situation des affaires de ce Chapitre, & des moyens qu'on croyoit les plus propres *pour en empêcher l'alternative* & plusieurs autres points desagreables, ils doivent faire rapport de la réponse qui leur sera donnée. En cas pourtant que ces moyens ne nous portassent aucun préjudice actuel, & qu'ils fussent sans dommage & sans risque pour l'avenir, ils y doivent cooperer, & conseiller en toutes choses suivant les differentes occurrences, ce qui pourroit servir à conserver, les droits & privileges de ce Chapitre, & principalement à *empêcher ladite alternative*, & autres prétentions desavantageuses; en particulier ils peuvent déclarer modestement à son Altesse Reverendissime & à d'autres *notre répugnance pour ladite alternative.* Signé à Osnabrug sous le sceau ordinaire de notre Chapitre le 27. de Mai 1647. vieux St.

(L. S.)
(ad causas)

Le Doyen & Chapitre de l'Eglise Cathedrale d'Osnabrug.

Instruction secrete pour le Sieur Jean Werner de Lenradt Grand Prevôt, le Sieur Herman de Nehem Chanoine, & le Syndic que nous leur avons joint, Jean Itel Schorlemmer, Licentié es Droits.

I. PRemiérement en cas que son Altesse Reverendissime prétendit de nos Députez de *protester* publiquement *contre l'Alternative* ou autres points desagréables, ils ont à répondre qu'ils n'avoient point d'ordre pour cela.

II. En second lieu, en cas que son Altesse Reverendissime *demandât fortement*, si nous ne ferions rien pour nous y opposer, & qu'il y ait *d'autres personnes présentes*, nos Députez ont à répondre, que nous avions déja pris nos précautions pour cet effet; mais si son Altesse Reverendissime *persiste à les pousser* sur ce point, ils ont à lui *déclarer en secret, que nous avons protesté secretement en Chapitre devant Notaire & témoins contre ce Projet*, afin que par une protestation publique, sur tout si les Traitez venoient à se rompre, nous ne nous attirions pas de facheuses affaires.

III. En troisiéme lieu, en cas que son Altesse Reverendissime protestât publiquement envers quelques Plénipotentiaires, en notre nom, & en présence de nos Députez, lesdits nos Députez doivent y ajoûter en de termes doux & convenables, qu'ils n'avoient point d'ordre pour cela; ce qu'ils feront pourtant d'une telle maniere qu'on n'en puisse pas conclure un consentement aux propositions contraires.

IV. En quatriéme lieu nos Députez ont à insister & à solliciter par tout où il conviendra que nos privileges & droits nous soient conservez, en particulier le libre exercice de la Re-

1647.

Religionis, völliger Einnehmung unserer Intraden und der Archi-Diaconalischen Jurisdiction verbleiben mögen.

V. Haben unsere Deputirte wegen besorgendem Alternativ, anlaß zu nehmen / bey einem und andern per indirectum, sine consensu in Alternativam, zu negotiiren / daß von einem zeitlichen Landes-Herrn die hergebrachte Capitulation gehalten werden möge; zu dem Ende ihnen des Philippi Sigismundi Capitulation mit gegeben werden soll / sich dero wider die widrige zu gebrauchen.

VI. Daferne Ihro Hochfürstl. Gn. unseren Deputirten an die hand geben solten / einen oder andern Gesandten anzusprechen / bey denen petendo und sollicitando, wie allhier geschehen / durchaus aber nicht protestando, die Nothdurfft in obacht zu nehmen.

Is übrigen haben unsere Deputirten alle dasjenige / so zu Conservirung unserer Privilegien / Recht-und Gerechtigkeiten / auch obigen specificirten Posten dienlich seyn mögte: (jedoch von dem präjudicirlichen allezeit zu referiren) pro re nata in obacht zu nehmen / bevorab daß die versiegelte stiffts-schulden von des Stiffts unterthanen / altem gebrauch und herkommen gemäß / ohne ein-und widerrede des zeitlichen / jetz-und künfftigen Landes-fürsten mögten bezahlt werden. Welches alles wir genehm und unsere Deputirte deßwegen schadloß halten wollen. Urkundlich unsers hierunter gedrukten Capitul-Insiegels / den 27. May An. 1647.

(L. S.)
(ad causas)

Senior und Capitul der Cathedral-Kirche zu Osnabruck.

Religion, l'entiére récette de nos révenus, & la jurisdiction Archidiaconale.

V. En cinquiéme lieu nos Députez doivent prendre occasion de la juste apprehension de cette alternative à negocier auprès de quelques-uns indirectement, & sans consentir à ladite Alternative, qu'un Seigneur temporel soit tenu à la Capitulation accoûtumée; pour cet effet on leur donnera la Capitulation de Philippe Sigismond, afin de s'en servir contre la partie contraire.

VI. En sixiéme lieu, en cas que son Altesse Reverendissime conseillât à nos Députez de parler sur ce sujet avec tel ou tel Plénipotentiaire, ils doivent bien se garder de ne le faire jamais par maniere de protestation, mais toujours par maniere d'instance & de sollicitation, comme on a fait ici:

Au reste nos Députez doivent observer suivant les differentes occurrences tout ce qui peut servir à conserver nos droits & privileges: (faisant pourtant rapport de tout ce qui y pourroit être préjudiciable:) en particulier à l'égard des points ci-devant specifiez, & principalement que les dettes contractées sous le sceau du Chapitre, soient payées suivant l'ancienne coûtume, des Sujets du Chapitre, sans que le Seigneur Temporel present ou futur puisse s'y mêler ou opposer. Ce que nous promettons d'approuver, & de maintenir & proteger nos Deputez. En foi de quoi nous y avons apposé le sceau ordinaire de notre Chapitre le 27. Mai 1647.

(L. S.)
(ad causas)

Le Doyen & Chapitre de l'Eglise Cathedrale d'Osnabrug.

A R R E T

Du Conseil du Roi pour la décharge des Taxes faites sur les Hollandois comme Etrangers.

SUr ce qui a été remontré au Roi étant en son Conseil, la Reine Regente sa Mere presente, par le Seigneur Ambassadeur des Etats des Provinces-Unies qu'encore que par les Traitez faits entre Sa Majesté & Messieurs des Etats desdites Provinces il ait été particulierement convenu que tous les Hollandois & Sujets desdites Provinces seroient traitez en toutes occurrences, comme les naturels Sujets de sadite Majesté, soit qu'ils fussent naturalisez ou autrement residens en ce Royaume, néanmoins l'on auroit compris lesdits Hollandois & Sujets desdites Provinces en certaine taxe, qui auroit été faite sur les étrangers, en sorte, que plusieurs auroient été contraints d'abandonner ce Royaume, pour éviter les rigou-reuses contraintes & poursuites qui auroient été faites contre eux, & particulierement nommé Harman Hem, Marchand Hollandois residant en la Ville de Bourdeaux, lequel pour s'être voulu sauver des mains des Huissiers & Sergeants qui le vouloient arrêter prisonnier, pour ledit taxé, après avoir été par eux excedé il auroit été encore procedé contre lui extraordinairement & condamné par jugement dudit Seigneur Intendant de Justice en Guyenne du 28. Decembre dernier par défaut & contumace en de grandes amandes envers le Traitant desdits taxes, & en des peines infameuses à l'effort seulement d'obliger les autres de payer leurdit taxé plus facilement: requeroit ledit Seigneur Ambassadeur qu'il plût à Sa Majesté décharger tous les Hollandois & Sujets desdites Provinces résidens & naturalisez ou de quelque autre condition qu'ils puissent être de ladite taxe faite sur eux comme étrangers & toutes autres qui pourroient avoir été faites à l'avenir, ensemble de tous decrets, procedures, sentences, jugements ou Arrêts qui pourroient avoir été donnez contre eux pour raison de ladite taxe, & particulierement ledit Herman Hem, du jugement contre lui donné par le Seigneur Intendant de la Justice en Guyenne du 28. Decembre dernier, & de tout ce qui s'est en-

1647.

ensuivi & sans avoir égard à icelui faire défenses à tous Huissiers ou Sergeans & Archers,
& autres de mettre aucune contrainte, decrets,
jugement & arrêts à execution contre eux pour
raison de ladite taxe, à peine d'interdiction de
leurs charges, & de tous dépens, dommages &
intérêts, veu l'extrait desdits Traitez faits entre
le Roi & Messieurs desdits Etats, jugement du
Seigneur de Lanzon Intendant de la Justice en
Guyenne du 28. Decembre dernier donné contre ledit Herman Hem, & autres procedures,
Arrêts du Conseil d'Etat du 25. Fevrier 1635.
& Lettres patentes de Sa Majesté du 7. Decembre 1643. confirmatif dudit Arrêt, portant
que les Sujets desdits Seigneurs Etats seront traitez comme les François naturels, ouï le raport
du Seigneur d'Hemeri Controlleur général des
finances.

Le Roi étant en son Conseil, la Reine Regente sa Mere présente a déchargé & décharge tous
les Hollandois & Sujets desdits Etats & Provinces
Unies de la taxe faite sur eux comme étrangers,
ensemble du jugement du Seigneur de Lanzon
du 28. Decembre dernier donné contre, Harman Hem Marchand Hollandois demeurant à
Bordeaux, & de tous autres decrets, jugemens
& arrêts qui pourroient avoir été donnés contre
eux, pour raison de ladite taxe, fait Sa Majesté défense à tous Archers, Huissiers, & Sergeans & autres de mettre aucunes contraintes à
execution contre eux pour raison d'icelles, peine d'interdiction de leurs charges, & de tous
dépens, dommages & intérêts, fait au Conseil
d'Etat du Roi, Sa Majesté y étant, la Reine
Regente sa mere présente, tenu à Paris le 8.
Mai 1647.

Signé

De Lomenie.

Le 22. de Mai de l'An présent.
1647. fut communiqué à Messieurs les Etats Généraux des
Provinces-Unies des Païs-Bas,
par Monsieur de Servien, le
Mémoire & écrit contenant 19.
Articles raporté ci après : sur
lequel ont été faites le premier
de Juin de la même Année les
Remarques suivantes mises après
chaque Article dudit Ecrit &
Mémorial, pour en faciliter l'intelligence.

Ecrit de Monsieur de Servien,

Article Premier.

*ON peut voir les differens qui restent entre la
France & l'Espagne, dans le Projet remis
depuis quatre mois à Messeigneurs les Plénipotentiaires de cet Etat par Monsieur le Duc de Longueville. On ne peut pas désavouër, que tous
les Articles que contient ledit Projet ne soient très-
raisonnables ; si les Espagnols en étoient demeurez
d'accord, la Paix seroit faite il y a longtems;*

*il y a apparence que l'état de leurs affaires
ne leur permetroit pas de s'arrêter aux difficultez
qu'ils font à Munster ; si les déliberations qui se
font ici & les Libels qu'on publie impunement contre la France, accompagnez des promesses qui leur
font faites secretement par leurs partisans contre
l'intention de l'Etat, ne leur donnoient esperance d'une prochaine division entre la France &
cet Etat.*

REMARQUES.

Sur le prémier on dit que le projet du Traité
présenté par Monsieur le Duc de Longueville, fut par lui consigné à Monsieur de Paw;
l'entremise duquel la France veut en un même
sujet accepter & rejetter tout ensemble. Tant
s'en faut que tous les Articles, contenus audit
Projet, soient très raisonnables, que plusieurs se
trouvent, ou contraires, ou ajoûtez à ce qui
avoit été promis & convenu par l'interposition des Ambassadeurs de Messeigneurs les
Etats. Et la Paix n'auroit pu être faite il y
a longtems sur lesdits Articles, puisqu'ils sont
remplis de nouveautez non ouïes auparavant.
Et au revers de la part d'Espagne on a donné
un autre Projet du tout conforme aux Actes de
la Négociation & interposition de Messieurs les
Etats, qui a été généralement approuvé de tous
ceux qui en ont eu connoissance, & part en
l'accommodement des deux Couronnes. Le
surplus dudit prémier Article, est une continuation de plaintes mal fondées & peu seantes,
qu'on a déja formées diverses fois, sans preuves, conjectures ni vraisemblances. Sur lesquelles on auroit assez d'occasion & de matiere pour recriminer, n'étoit l'attention que l'on
apporte à éviter toute sorte d'aigreur ; trouvant
plus à propos de combattre par raisons, que par
injures.

II.

*Les principaux & plus importans differend
qui se rencontrent dans ledit Projet, semblent
déja être terminez, si les Espagnols demeurent
de bonne foi dans l'execution de ce qu'ils ont ci-
devant eux-mêmes accordé, par l'entremise de
Messieurs les Plénipotentiaires de cet Etat.*

REMARQUES.

Sur le 2. on ne doit point douter que les
Espagnols executeront de bonne foi ce qu'ils
ont ci-devant accordé, soit par Messieurs les
Médiateurs, soit par Messieurs les Interpositeurs,
les uns & les autres étans obligez de rendre
ce témoignage à la verité, qu'ils n'ont jamais
vû aucune revocation ni alteration en ce qui
a été une fois promis de la part d'Espagne. Ainsi
pourroient bien dès maintenant être terminez
tous les differens, si du côté de la France on
vouloit s'obliger à la même observation, & remettre à la foi, & conscience desdits Interpositeurs, de regler semblables differens, en conformité des promesses & assurances données
par l'une & l'autre des Parties, sur tous les
points qui se sont agitez par devant eux.

III.

*Le point fondamental de tout le Traité, &
sans lequel on a toujours déclaré que la France
ne peut faire la Paix avecque l'Espagne est que
chacun demeure en possession de ce qu'il tiendra,*
lorsque

1647.

lorsque les Ratifications seront delivrées de part & d'autre, en quelque lieu que se trouvent situez les Etats ou places conquises sur les Espagnols. Si ce n'est qu'ils rendent à la Couronne de France, tout ce qu'ils ont conquis sur elle aux Guerres précedentes. Auquel cas on entrera de bon cœur en restitution de ce qui a été présentement repris sur eux.

REMARQUES.

Sur le 3. Messieurs les Etats sont priés de se souvenir que c'est bien la sixième fois, que par divers Ecrits que Monsieur de Servien leur a donnés; il a fait la même offre & assertion, que la Paix se feroit, en demeurant les deux Couronnes, en possession de ce qu'elles tiendront, lors de la Ratification du Traité, sans y avoir jusques à présent apporté aucune reserve. Mais comme il a vu que l'on inferoit de sa position, que Verceil, Sanlio, Ponzone, & Aqui, demeureroient doncque à l'Espagne, il s'avise maintenant d'y apporter une distinction, au regard de ce qu'on possede sur les Alliez dont il sera parlé en l'Article suivant. La fin dudit Article 3. qui parle des conquêtes faites autrefois par l'Espagne sur la France, a déja été suffisamment refuté ailleurs, & demontré évidemment que si les deux Couronnes entroient en juste compte là-dessus, en renonçant aux Traitez qu'elles ont faits; il ne resteroit pas à la France la moitié de ce qu'elle possede présentement.

IV.

Cette Déclaration ayant été faite par les Ministres de France dès l'ouverture de la Négociation on soutient que les Espagnols y ont consenti, & qu'ils ne peuvent chicaner sur les places qui ont été prises, par eux en Italie ou ailleurs, sans agir contre la bonne foi, puisqu'on n'est entré en Traité que sur ce fondement de retenir tout de part & d'autre, avecque les dépendances & annexes de ce qui sera possedé. Ce qui toutefois s'entend seulement des Places & Païs qui ont ci-devant appartenus à la France ou à l'Espagne, ou qui ont été occupez par les Armes de l'une ou l'autre Couronne, sans y comprendre les Etats, ou Places des Maisons de Savoye, & de Mantouë, qui seront restituées comme il a été convenu. Messieurs les Plénipotentiaires de cet Etat se souviendront que non seulement les Espagnols sont demeurez d'accord de tout cela, mais qu'ils ont promis par leur entremise, d'en fournir toutes les cessions & renonciations, en la meilleure forme qu'on desirera, comme il a été fait par la France dans les Traitez précedens.

REMARQUES.

Sur le 4. puisqu'il plaît à Monsieur de Servien de se servir de ce mauvais terme de chicaner, mal avenant au sujet & aux personnes dont il parle, on répond que s'il y a eu de la chicane, elle est toute de son côté, passant d'une proposition générale, & souvent réiterée à une particuliere, & apportant des restrictions & distinctions, en ce qu'il avoit simplement & uniformement declaré; Et qui pis est, se coupant & contredisant soi-même en semblables distinctions & restrictions. Car si dans les possessions que retiendront les deux Couronnes, on ne doit pas comprendre les Maisons de Savoye, & de Mantouë, comme est-ce que la

France retiendra Pignerol & Casal? S'il n'est pas permis à l'Espagne de conserver Verceil, Sanlio, Ponzone & Aqui, pource qu'ils n'appartenoient pas à la France, pourquoi lui sera-t-il loisible à elle de retenir tous les Etats du Duc de Lorraine, Piombino & Monaco, qui n'appartenoient pas à l'Espagne? Les Plénipotentiaires de Messieurs les Etats ne se souviendront jamais d'autre chose, sinon que sur la presuposition tenue pour inviolable de ne faire jamais mention directement ou indirectement du Portugal dans les Traitez, les Espagnols promirent de ceder tout ce que la France occupe aux Païs-Bas & Comté de Bourgogne avecque le Roussillon & d'admettre une trève de 30 ans en Catalogne, à quoi l'on a dès lors ajoûté la cession des Ports & Villes de Roses & Cadaques, voila ce qui a été promis & accordé par leur entremise, & sur la parole à eux donnée par la France de, moyenant ce que dessus, & avant même que d'y comprendre Roses, & Cadaquez, conclure la Paix en 24. heures, ainsi fut-il accordé, & stipulé le 17. Septembre de l'an passé 1646. en la Maison de Mr. le Comte de Peñaranda entre les Plénipotentiaires d'Espagne d'une part, & ceux de Messieurs les Etats de l'autre, comme ayant charge & pouvoir des Plénipotentiaires de France, surquoi on laisse à juger à Messieurs les Etats, qui sont ceux qui dès lors ont agi contre la bonne foi pour se servir des mêmes paroles de Monsieur de Servien audit Article 4.

V.

Le second point important sans lequel on a aussi toujours declaré ne pouvoir traiter, est la sureté de Casal aux conditions proposées il y a longtemps par les Plénipotentiaires de France, qui ne tendent qu'à empêcher que cette importante place de laquelle dépend le repos de toute l'Italie pour laquelle la France a consumé des thrésors immenses, & donné trois Batailles & de laquelle on a trouvé dans les papiers du Marquis de Leganes, qui furent pris à la levée du dernier siege que Madame de Mantouë avoit traité avec le Roi d'Espagne, puisse jamais tomber entre les mains d'aucuns Princes de la Maison d'Austriche ainsi qu'il est plus au long expliqué dans l'Article qui en a été dressé.

REMARQUES.

Sur le 5. si le repos de toute l'Italie dépend de Casal comme le porte cet Article, d'autant plus de raison y a-t-il de le tirer des mains de la France, & le restituer à un Prince Italien, tel qu'est le Duc de Mantouë, & auquel il appartient legitimement; que la France ait donné trois Batailles, & consumé des thresors immenses encore qu'ainsi seroit, dont on doute fort néanmoins puisque le principal but auroit été de nuire à l'Espagne, & se tenir les Portes de l'Italie ouvertes, il ne seroit pas raisonnable de se le garder, principalement, après avoir publié par tout, que l'on assistoit le Duc de Mantouë gratuitement, & que les Armes & secours de France, n'étoient pas mercenaites, qui d'ailleurs ont été entretenus aux dépens du Monferrat, & la France s'est assez recompensée d'elle-même à ce regard, par les Traitez de Querasco, & l'Espagne, qui n'a pas moins consumé de gens & d'argent pour Verceil, est bien prête à le restituer au Duc de Savoye, ainsi qu'elle a déja fait autrefois au Duc Char-

les

les Emanuel son Ayeul, avec d'autres membres principaux du Piémont, & au feu Duc de Parme, la meilleure partie de ses Etats sans prétendre le remboursement de ce qu'il avoit depensé en l'acquisition, bien que sur des Ennemis déclarez, & en repoussant leurs attaques & leurs attentats, au contraire de ce qui est exprimé à l'entrée dudit Article 5. que la France ait toûjours declaré de ne pouvoir traiter sans les conditions, qu'elle propose à cette heure touchant Casal, Messieurs les Interpositeurs savent qu'elle n'allegua les susdites conditions que le 5. de Novembre de l'an 1646. par un Ecrit à part, contenant trois feuillets, qui fut trouvé fort étrange, puisque jusques alors de toutes les restitutions à faire dans l'Italie elle ne s'étoit reservé que Piguerol, comme il en conste par dix ou douze Actes, dont les minutes sont aux mains desdits Seigneurs Interpositeurs, à qui par consequent on ne persuadera pas autre chose, que ce qu'ils savent, & peuvent verifier à tous momens & finalement l'Espagne ayant offert & offrant encore de se remettre sur le fait de Casal à l'arbitrage de Messieurs les Etats il n'y a pas de quoi contester davantage sur ce sujet.

VI.

On a sû de bon lieu que les Plénipotentiaires d'Espagne ont declaré à ceux de cet Etat, qu'ils feroient tout ce qu'on voudroit sur cet Article: ils ont fait la même déclaration aux Ministres de Mantouë, on ne peut pas comprendre pourquoi ils font à présent difficulté d'en convenir en la forme qui leur a été proposée, & c'est une marque évidente qu'ils cherchent des prétextes pour tirer en longueur les affaires afin de voir si leurs desseins reussiront par deça.

REMARQUES.

Sur le 6. on ne croit pas que les Ministres de Mantouë veuillent ni puissent rien dire de semblable à ce dont on se raporte à eux par cet Article ni les Interpositeurs, si ce n'est au sens qui vient d'être expliqué, savoir que les Plénipotentiaires d'Espagne feront ce que voudront Messieurs les Etats en aquiesçant à leur jugement, que la France ne peut refuir ni réfuter sans se mettre en tort évident.

VII.

Le 3. point important est celui de Catalogne: la France ne pouvoit pas donner une preuve plus claire de sa bonne disposition à la Paix que de se contenter d'une Trêve de 30 ans. Comme elle n'avoit pris cette resolution que pour s'accommoder à celle de Messieurs les Etats qui ne vouloient alors faire aussi qu'une Trêve elle auroit eu droit & intérêt de la changer lorsque Messieurs les Etats l'ont tourné en Paix, néanmoins elle a persisté à se contenter d'une Trêve de 30. ans pourvu qu'on convienne des précautions qui feront jugées nécessaires tant pour l'entiere sureté de ladite Trêve que pour empêcher qu'on ne puisse faire de la part d'Espagne, tandis qu'elle durera, aucunes Pratiques dans le Païs; cette Clause comme très-innocente & raisonnable, & a été accordée par les Espagnols, comme il se justifie par les Ecrits donnez par les Plénipotentiaires de cet Etat. Et néanmoins lorsqu'on a voulu inserer dans le Traité lesdites précautions, qu'on a voulu differer pour quelque temps le commerce & frequenta-

TOM. IV.

tion entre les Castillans, & les autres Peuples voisins, à cause de la grande animosité qui est encore entre eux, qu'on a voulu defendre l'entrée & séjour du Païs, aux personnes suspectes & passionnées, qui pourroient y exciter quelque trouble; qu'on a voulu stipuler que chacun pouvoit fortifier comme bon lui semblera les Postes qui lui demeureront: les Espagnols au préjudice de leur consentement, ont fait difficulté sur tout. Ce qui est d'autant plus à remarquer & à craindre, qu'ils font paroitre évidemment par cette difficulté un dessein secret de brouiller, & de n'observer pas de bonne foi le Traité qui doit être fait.

REMARQUES.

Sur le 7. touchant la Catalogne, on dit que ce n'est pas la France, mais bien l'Espagne qui s'est contentée d'une Trêve de 30 ans au lieu de 4. que Messieurs les Interpositeurs avoient proposée au mois de Juillet de l'an 1646. & la France n'auroit pu se mouler en ce qui touche la Catalogne sur l'Exemple de Messieurs les Etats au fait de leurs Provinces sans les offenser: la comparaison étant trop inegale, pour ne pas dire, odieuse. Il est vrai qu'en termes genéraux on avoit insinué que l'on pourroit convenir des formes de maintenir ladite Trêve, à quoi l'Espagne n'a jamais repugné; mais elle nie, que lesdites formes que la France a depuis specifiées soient pour maintenir la Trêve, au contraire elle croit qu'elles sont pour la détruire; car de vouloir fortifier des Places pendant qu'elle dure, c'est contrevenir à sa nature, & vouloir pourvoir à des moyens d'entreprises & de guerre, ou de conservation perpetuelle des Places comprises en ladite Trêve; chose non jamais vuë ni pratiquée, comme aussi de vouloir ôter le commerce, & la conversation entre ceux d'un même Païs, & en défendre l'entrée aux Personnes qui ont obligation & besoin d'y aller; qui est plutôt un concert d'hostilité que de tranquilité. Messieurs les Etats qui en l'an 1609. en ont fait une de 12. ans avecque l'Espagne, n'y ont point apporté de semblables précautions & ne s'en sont pas mal trouvez. Si on devoit soupçonner quelque secret dessein de brouiller & de ne pas observer de bonne foi les Traitez, ainsi que la conclusion de cet Article 7. le donne à entendre, à qui pourroit-on l'appliquer justement, sinon à la Partie qui cherche des nouveautez, & veut sortir des Regles prescrites & pratiquées par toutes les Nations du monde, en quelques Trêves, qui se soient jamais faites entre les plus cruels ennemis. Mais pour retrancher tous prétextes de contentions & retardement, l'Espagne a declaré qu'elle remettoit encore ce point à l'Arbitrage de Messieurs les Etats, & se conformeroit à leurs sentimens au regard de la forme & établissement desdites Trêves.

VIII.

Le 4. point important, que les Espagnols ont aussi accordé ci-devant, est que l'on pourvoyera suffisamment à la sureté du Traité, sans quoi il seroit inutile de quiter présentement les Armes si on laissoit des Sujets capables de les faire reprendre dans peu de temps.

T t

RE-

REMARQUES.

Sur le 8. pour pourvoir à la sureté du Traité, les moyens en sont affez faciles par les formulaires des autres précedens, aucun defquels n'a jamais été rompu par l'Efpagne. Et fi fous cette claufe générale la France a des referves particulieres, elle devroit les avoir alleguées dès que fes Plénipotentiaires à Munfter font entrés en la Négociation de la Paix avecque ceux d'Efpagne.

IX.

Cette fureté confifte en trois principales conditions : la prémiere eft la Ligue garantie & générale qui fera faite entre la France & Meffieurs les Etats.

REMARQUES.

Sur le 9. en tous les Projets de Paix & Ecrits donnez de la part de la France aux Ministres d'Efpagne, jamais il n'y a été parlé de cette Ligue garantie mentionnée au préfent Article. Et fi Meffieurs les Etats ont fait quelque convention à ce fujet, ils fauront bien obferver avecque la fincerité & bonne foi qu'ils profeffent, fans qu'il fôit befoin de retarder la Paix par aucune défiance contraire.

X.

La feconde en la Ligue des Princes d'Italie qui feront obligez de fe déclarer & prendre les Armes contre celui des deux Rois qui rompra le prémier ce Traité, qui fera prefentement fait, en quelque lieu qu'arrive ladite rupture, parce qu'elle ne peut arriver en un lieu qu'elle ne devienne générale en tous les autres endroits.

REMARQUES.

Sur le 10. cet Article feul fuffit pour ne laiffer plus de doute que la France ne veut point de Paix, puifqu'elle fait affez, que non feulement la Ligue des Princes d'Italie ne depend pas des Parties qui contractent, mais que de plus aucun Prince d'Italie ne veut entrer en des obligations d'une Garantie univerfelle, dont il n'eft chargé ni par Traitez, ni par intérêts, ni par convenances. Et la France auffi fe depart de ce qu'elle en avoit propofé précedemment, étendant à préfent la dite Garantie hors des limites de l'Italie où elle la refferroit auparavant.

XI.

La 3. eft la liberté claire & bien expliquée par écrit, de pouvoir affifter le Portugal en la forme que les troupes auxiliaires ont accoûtumé d'agir, fans que pour cela le Traité de Paix s'entende rompu entre la France & l'Efpagne.

REMARQUES.

Sur les 11. 12. & 13. on ne fait, comme Monfieur Servien ofe faire entrer en jeu les intérêts de Portugal après avoir tant de fois declaré à Meffieurs leurs Ambaffadeurs, qu'il ne s'en parleroit jamais & avoir même porté aux Portugais, qui font à Munfter, la réfolution de la France en cette conformité. Depuis quoi

les Efpagnols n'ont propofé aucun expedient contraire aux promeffes, qui leur ont été folennellement faites fur ce fujet, fur lefquelles ils ont paffé aux conceffions avant dites.

XII.

Ce 4. point étant clairement accordé en la forme qu'on a intérêt de le defirer, on pourra convenir de l'expedient qui a été ci-devant propofé, & dont les Efpagnols étoient demeurés d'accord en cas qu'on ne puiffe pas prefentement arrêter la Ligue d'Italie, afin de ne retarder pas la conclufion de la Paix.

REMARQUES.

Et comme ç'a été la bafe & le fondement de la Négociation, & une condition, fans laquelle on n'eût pas procedé ulterieurement, on ne la peut retirer contre la foi donnée fans violer le Droit public, bleffer l'honneur des Interpofiteurs, & renverfer tout l'Edifice qui a été élevé fur un tel fondement. D'autant plus que lefdites premieres promeffes, ont été encore renouvellées & fortifiées fur la remife que les Efpagnols ont fait à Meffieurs les Etats du different de Portolongone & Piombino, pour y arbitrer & apporter quelque temperament raifonnable : n'y ayant pas un des Ambaffadeurs de Meffieurs les Etats qui n'ait affuré qu'en ce cas la France viendroit indubitablement à la conclufion du Traité.

XIII.

En fecond lieu touchant la courte Trève demandée en Portugal pour un An ou deux; on fe remettra à ce que Meffieurs les Etats jugeront raifonnable, eu égard au befoin de la Chrétienté.

REMARQUES.

Et le même a été dit par Meffieurs les Ambaffadeurs de France à Meffieurs les Médiateurs, qui l'ayant raporté en conference publique à ceux d'Efpagne; ont enfuite ajufté avecque eux les 20. premiers Articles du Traité; concernant le commerce, au gré & fatisfaction de la France. Après quoi & au préjudice de l'engagement de tant de perfonnes d'honneur & d'autorité, il eft infuportable de voir tout à coup produire lefdits intérêts de Portugal, & encore en une forme qui ne tend à rien moins, qu'à transporter le fiege & fardeau de la Guerre dans les entrailles de la Caftille par un Traité même de Pacification : la France ne fe contentant pas d'affifter défenfivement le Portugal, mais voulant encore l'aider à faire des entreprifes, attaques & conquêtes par toute l'étendue de l'Efpagne, fans limitation de troupes ni de lieux.

XIV.

On fe rapportera auffi au jugement de Meffieurs les Etats, pour tout le refte de ce qui eft encore indécis dans le projet de ce qui a été ci-devant deliberé du different qui concerne les Grifons; de la reftitution de Sabionnette, de celle de Marienbourg, Philippeville, Charlemont, & de tous les autres points defquels on n'eft pu tomber d'accord. Sous l'affurance qu'on a, que la qualité d'Arbitres ne leur fera pas quiter celle de vrais Amis & fidelles Alliez; de lui procurer une jufte fatisfac-
tion

tion dans la Paix ; & de soûtenir ses intérêts, comme les leurs propres. N'étant pas possible que les Espagnols les ayent considerez en autre qualité, quand ils ont offert d'en passer par leur jugement.

REMARQUES.

Sur le 14. il n'y a rien à arbitrer sur Marienbourg, Philippeville & Charlemont, non plus que sur Madrid ou Paris. Et cette position est contraire à celle du troisiéme Article, contenant que l'une & l'autre des Couronnes gardera ce qu'elle possede, comme fait l'Espagne lesdites trois Villes à bon & juste titre, & depuis plus de cent ans. Le même est dit au regard de Sabionnete qui ne depend du Roi d'Espagne en aucune façon ; & à parler ingenuement, c'est se moquer de Messieurs les Etats, que de leur remettre le seul arbitrage de prétentions imaginaires, & qui ne touche de près ni de loin à la Partie qui les intente, à même temps qu'on leur denie celui de ce qui est réel, existant & litigieux. C'est aussi peu honorablement présumer de leur probité & vertu, que de leur voulöir faire soûtenir le personnage de Juges & Parties, en un même temps, selon que la conclusion de cet Article 14. leur ordonne plûtôt, qu'elle ne leur persuade, ou pour le moins le leur prescrit pour une condition inseparable dudit arbitrage. Au lieu, que les Espagnols s'y sont confiez sans reserve, ni limitation, croyant bien, que Messieurs les Etats auroient plus d'inclination aux avantages de la France, qu'aux leurs, mais que l'équité, & la raison ne leur permettroit pas, d'en user avec excès, au préjudice de ceux, qui nonobstant cette consideration se mettoient en leurs mains, tant ils s'assuroient de la justice de leur cause, & de la prud'hommie de leurs Juges.

XV.

Bien entendu aussi que les Espagnols ne pourront pas remettre de nouveau sur le tapis, ni revoquer en doute les autres points qui ont déja été accordez, par l'entremise, des Plénipotentiaires de cet Etat: Comme celui de ne pouvoir assister directement ni indirectement le Duc Charles ; Et celui de l'entiere liberté du Prince Edouard. Autrement la Négociation ne pourroit jamais avoir de fin, puisque ce seroit une ruse plus malicieuse que propre à sortir d'affaires, s'il étoit permis de faire examiner de nouveau par les Arbitres, les questions qui ont déja été décidées.

REMARQUES.

Sur le 15. on revoque ce que porte le précédent, par lequel ayant laissé au jugement de Messieurs les Etats, tout le reste de ce qui étoit indecis dans le Projet de Paix, on en retranche maintenant les Points, concernans S. A. de Lorraine, & la liberté de Don Duarte de Bragance, avecque une supofition très erronnée & abusive ; savoir que l'on eût déja accordé par l'entremise des Plénipotentiaires de Messieurs les Etats de ne pouvoir assister directement ni indirectement sadite Altesse. Et que l'on remettroit en entiere liberté Don Duarte ; chose qui ne passa jamais ni par la bouche, ni par la plume, ni par l'imagination des Ministres d'Espagne. Et au contraire on peut voir par les moyens d'accommodement entre

Tom. IV.

les deux Couronnes, proposez par les Plénipotentiaires de Messieurs les Etats, le 9. Decembre 1646. & par les Actes des Conferences du 26. & 27. Septembre, 15. 18. 27. Octobre, 5. 7. 17. Novembre, & 3. Decembre, que la France avoit proposé de laisser des terres & domaines riere son Royaume, ou de donner des pensions à sadite Altesse de Lorraine, à quoi l'Espagne n'avoit pas voulu entendre & se seroit remise à l'attente des volontés du Duc, & la France repliqué, qu'elle en attendoit la resolution avant la conclusion du Traité, & pour Don Duarte Messieurs les Interpositeurs avoient declaré par lesdits moyens d'accommodement du 9. Decembre qu'il seroit remis aux mains de l'Empereur sous promesse de n'assister directement ni indirectement son Frére ni les Portugais, à quoi les Plénipotentiaires de France consentirent par leur Replique, à condition que la remise entre les mains de l'Empereur se feroit avant la Paix.

XVI.

En ce cas il semble que trois choses sont absolument necessaires tant pour éviter les longueurs dans cette Négociation que pour y conserver le secret. L'une, que le jugement soit donné par l'Assemblée de Messieurs les Etats Généraux, sans renvoyer l'affaire aux Provinces, puisqu'il ne s'agit pas de l'interêt de cet Etat, mais seulement des differens qui se rencontrent entre la France & l'Espagne.

XVII.

La seconde, que ladite Assemblée soit composée du moindre nombre de personnes que faire se pourra, & principalement de celles qui ont toujours fait paroître plus d'affection tant pour le bien public, que pour l'entretenement de l'union & bonne intelligence de cet Etat avec la France.

REMARQUES.

Sur les 16. & 17. touchant la forme que Messieurs les Etats auroient à observer, pour decider les difficultés, que les deux Couronnes remettroient à leur arbitrage, on ne leur veut rien prescrire ni regler de la part d'Espagne, ne doutant pas qu'ils y procederont de bonne sorte & équitablement. Les formes secretes que Monsieur de Servien leur établit en ces deux Articles ne correspondent pas à celle que Messieurs les Etats gardent ordinairement qui seront toujours les plus droites & legitimes.

XVIII.

La 3. que Messieurs Paw & Knuyt ne puissent avoir aucune connoissance de tout ce qui sera traité entre la France & l'Espagne, Sa Majesté ne pouvant consentir qu'ils se mêlent directement de ses affaires.

REMARQUES.

Sur le 18. comme de la part d'Espagne on ne recuse aucun Ministre desdits Messieurs les Etats, les estimant tous dignes du rang qu'ils tiennent, & du choix que la République a fait de leurs personnes, aussi croit-on que le même doit être de la part de la France, & qu'il n'appartient ni à l'une ni à l'autre des Couronnes de faire dependre l'établissement d'un tel con-

Tt 2

seil.

1647.

seil de son consentement, ou dissentiment, les deux Rois n'usant pas même vers leur domination de cette autorité absoluë & supreme, mais laissant proceder leurs Conseils ou Parlemens selon les Constitutions publiques, & regler les Juges à leur façon, voire mêmes aux causes Fiscales & du Domaine Royal,

XIX.

Mais d'autant que cette voye peut être longue tant à cause des difficultez, qui se peuvent rencontrer sur la validité des Pouvoirs pour convenir d'Arbitres, qu'à cause des obstacles qui peuvent naitre sur le choix, nombre & qualité desdits Arbitres, il semble qu'il seroit plus prompt & plus sûr de regler ici par un bon concert tous les Articles dudit Projet, ainsi qu'on le jugera raisonnable, & après qu'ils auront été ajustez d'un commun consentement que les Plénipotentiaires de France & ceux de cet Etat s'en aillent à Munster présenter la Paix aux Espagnols comme le Traité en aura été dressé sans qu'ils y puissent ajoûter, ni diminuer, & en cas qu'ils refusent de la signer, tant pour la France, que pour cet Etat comme elle aura été ici résolue : donner ordre aux Plénipotentiaires de leur declarer que la France & cet Etat leur continueront conjointement la guerre & qu'après leur refus on ne sera pas obligé à se contenter de mêmes Articles qui auront été ici accordez.

REMARQUES.

Sur le 19. il y a bien de quoi s'étonner que Monsieur de Servien se repente déja de la petite offre, jaçoit étroitement limitée & conditionnée, qu'il sort de faire à Messieurs les Etats, par l'Article immédiatement anterieur, disant à l'entrée de celui-ci, qu'il y aura de trop grandes difficultés sur la validité des Pouvoirs pour convenir d'Arbitres, comme si on ne devoit pas laisser l'autorité à Messieurs les Etats toute entiere tant pour les accessoires, que pour le principal, & parce encore, dit-il, que plusieurs obstacles pourroient naître sur le choix, nombre, & qualité des Arbitres, comme s'il pouvoit s'y en rencontrer quelqu'un incapable de la fonction, qui lui seroit commise & confiée par ses Superieurs, & comme si le Conseil ordinaire représentant le Corps de l'Etat n'étoit pas déja tout formé & suffisant pour y rendre son jugement ? Mais, ajoûte Monsieur de Servien, il vaudroit bien mieux regler tous les Articles dudit Projet (il entend celui donné par Monsieur le Duc de Longueville) & après aller à Munster le présenter aux Espagnols comme il auroit été dressé sans qu'ils y puissent ajoûter ni diminuer & en cas qu'ils refusent de le signer, leur declarer que la France, & les Etats leur vont continuer la guerre conjointement. Il n'y a pas un plus court moyen sans doute ni plus extraordinaire ni plus assuré pour achever les Traités, mais en les rompant, & en même temps toute l'harmonie & concert de la Justice, & encore de la civilité qui se doit garder en telles occurrences, ne s'étant jamais vû instruire le moindre procès sans le concours des Parties, ni rendre un jugement, sans les ouir : que seroit-ce donc de laisser dresser toute la procedure par l'Acteur, & ne sentencier que sur les piéces, serrant la porte au Défendeur, & lui ôtant tous les moyens de fournir les preuves & de faire connoître son droit, ce qui seroit encore plus étrange & sauvage au cas présent, puisque les Ministres d'Espagne, à qui on vou-

droit ôter tout accès auprès de leurs Juges, sont ceux qui les ont non seulement reconnu mais établis pour tels avec tant de deference qu'ils ne se sont jusques à présent dedit en aucune chose. On ne croira jamais que Messieurs les Etats passent ni pensent à une action si difforme comme celle qui leur est suggerée & conseillée par ledit Article 19. que s'ils veuillent accepter l'Arbitrage que l'Espagne leur a offert & offre encore de nouveau, sur tous les points compris aux Actes des Conferences tenues à Munster entre Messieurs leurs Plénipotentiaires & ceux du Roi Catholique, où rien n'est entré qui touche le Portugal, ni aussi la cession de Philippeville, Charlemont & Marienbourg. On demeure d'accord qu'il soit promptement procedé au jugement, & qu'à cet effet il soit permis à quelque Ministre de Sa Majesté Catholique de se rendre auprès de Messieurs les Etats, avecque tous les Papiers, Documens & Instructions nécessaires pour les informer. Espérant que par ce moyen la verité sera connuë, la Justice administrée, & la Paix qui est sa sœur établie ensuite, à la consolation de toute la Chrétienté, & grande reputation de Messieurs les Etats.

***

RETABLISSEMENT

De la

PAIX

Ou Cessation des Hostilitez de la part de l'Espagne.

En 1647.

LEOPOLD GUILLAUME, *par la grace de Dieu Archiduc d'Autriche, Duc de Bourgogne, Styrie, Carinthie, Carniole, & Wirtemberg, Administrateur général de l'Ordre de Jérusalem, de l'Ordre Teutonique de N. D. en Prusse, & Grand Maitre du même Ordre en Allemagne, en Italie & outre mer, Evêque de Strasbourg, Halberstadt, Passau & Olmutz, Administrateur des Abbayes, Principautez de Herschfeld, Murburg, & Lude, Comte de Tirol, & de Goritz &c. Lieutenant Gouverneur & Capitaine Général des Païs-Bas & de Bourgogne.*

Puisque par la bonté divine le Traité de Paix est si avancé que selon toûtes les aparences la Chrétienté est sur le point d'être delivrée de cette longue & sanglante Guerre, à la cessation de laquelle le Roi mon Seigneur a contribué & contribuë encore à présent de tout son pouvoir, comme nous desirons d'y contribuer de notre côté tant de la part de Sa Majesté que de la nôtre, & dans la vuë de parvenir d'autant plus aisément à ce but, pour les raisons à ce nous mouvans, nous avons jugé à propos de déclarer par ces présentes, que nous ne voulons commettre ni soufrir qu'il soit commis aucune hosti-

hostilité premiérement contre les Sujets des Provinces-Unies; & nous avons aussi defendu & interdit, comme nous défendons & interdisons expressément par ces presentes à tous Amiraux, Capitaines, & autres Officiers & militaires par mer de quelque condition qu'ils soient, de commettre aucune hostilité, ou causer aucun dommage ou empêchement aux habitans des Provinces-Unies.

Fait à l'armée à Armentiers le 5. Juin 1647.

Etoit signé

LEOPOLD GUILLAUME.

Et plus bas

par ordonnance de son Altesse

signé   VEREYCKEN

Et scellé du Sceau du Roi.

Encore plus bas

par copie

PH. LE ROI.

AU LECTEUR.

C'Est une maxime aussi ancienne que veritable que *les effets sont les preuves certaines de la verité.* Il n'y a pas longtems que les Ministres de France ont publié deux Brochures en François & pour se rendre agreables ils y ont tourné la Religion reformée en ridicule.

Leur but est de persuader que *l'on doit rompre toutes Négociations de Paix, ou les trainer en longueur.*

Il faut que le Cardinal *Mazarin* leur ait promis de grosses recompenses pour leur faire jouer contre leur conscience un Role qui les expose an hazard de perdre leur honneur & leur crédit auprès de ceux de leur Religion. S'ils sont si infidéles à leur propre Religion, que seront-ils à notre égard? Cela paroit sur tout extraordinaire par raport à Monsieur *Servien* qui depuis l'an 1620. persécute en France avec tant d'animosité ceux de la Religion reformée, qu'il a fait brûler & décapiter; ce qu'il tache à présent de couvrir du Manteau à la Huguenote. Le bon Luther pourroit bien dire à présent *ô Dieu combien de crimes couvre souvent le Manteau de la Religion!*

A quoi bon les François nous rapellent-ils toutes les horreurs des Nôces de Paris & des autres massacres dont est rempli notre Calendrier qui est à la tête de nos Pseaumes, au lieu des noms des fêtes des Catholiques Romains, tels qu'est la fureur des François à Anvers, & dans tous les Païs-Bas, & le massacre de tant de milliers d'hommes qui ont été pendus, décapitez, étranglez, brûlez & noyez en France pour la Religion? A quoi bon rapeller les sanglans & cruels Edits & executions des Païs-Bas, dont les Provinces-Unies se sont assez vangées? Pendant que ceux de la Religion sont comme le bœuf devant la hache, gemissant sous le joug de la Religion contraire, ne jouissant que d'une liberté précaire, & ne tenant que de la courtoisie du Prince & par provision seulement, la surseance d'une execution qu'ils subiront quelque jour, & qu'ils n'éviteront point dès qu'il plaira aux Catholiques Romains de l'ordonner.

A quoi bon, dis-je, réveiller ce chat qui dort, puisque la France a été la premiere à exhorter les Provinces-Unies à faire la Paix.

Pourquoi cela, dit-je? Sinon parceque Monsieur *Servien* verroit volontiers nos affaires sur le même pied où sont celles des Religionaires en France: il est au desespoir de ce que nous jouissons ici d'une telle liberté que nous n'avons à craindre ni fureur Françoise, ni massacres, ni nôces de Paris.

N'est-il pas ridicule de nous dépeindre la Nation Espagnole avec des couleurs si horribles qu'on diroit qu'on ne devroit avoir aucune communication avec elle, comme si toute la France n'étoit pas gouvernée par une Espagnole née en Espagne? Et comme si son Roi n'étoit pas né d'une Mére Espagnole?

Tous les François tâchent d'excuser le massacre de la Saint Barthelemi, en soutenant qu'il n'a été commis que par l'avis & à la persuasion de l'Espagne, quoique de Thou, Villeroi & les autres Historiens disent le contraire. Quoi donc! Les François sont-ils fols? Et cependant ils veulent nous regenter; nous tâcherons de ne point participer à la maladie des François ni à celle des Espagnols.

Puisqu'il n'est question que du *present*, à quoi bon nous arrêter au passé? ce seroit entrer dans un Labyrinthe d'où nous ne pourrions sortir. Voyons qui sont nos amis, qui sont ceux qui nous veulent du bien. La verité se prouve souvent par les contraires, ainsi faisons une antithese, qui puisse nous servir à découvrir cette verité.

Les François veulent nous obliger d'une maniere. . . . . . . à continuer la Guerre après nous avoir eux-mêmes conseillé la Paix.

Les Espagnols poussent autant qu'ils peuvent les Négociations & tâchent de les mener au point de la conclusion, jusque là même qu'*ils font cesser d'eux-mêmes les hostilitez par mer.*

Les François n'ont aucune compassion de tant de pauvres Pêcheurs qui pendant la Guerre sont pris, pillez & réduits à la mendicité.

Les Espagnols, sans stipuler aucunes conditions réciproques, mettent fin aux hostilitez & laissent ces pauvres gens faire leur Commerce tranquillement.

Les François portent envie à nos Marchans, à nos gens de mer & ils les troublent & les passagers dans la liberté de la Navigation & du Commerce par mer.

Les Espagnols nous accordent d'eux-mêmes & de bon cœur ces avantages, & nous ouvrent la mer libre.

Nous avons rendu aux François des services inestimables, nous les avons aidez à faire des Conquêtes qu'ils ont reçuës de nos mains, sans que jamais nous leur ayons causé le même préjudice. Au lieu de nous en témoigner leur reconnoissance en nous procurant le repos, la Paix & la bonne intelligence ils cherchent à nous embarasser par leurs ménaces & leurs mauvaises manœuvres dans une Guerre éternelle au dehors & dans le trouble & la discorde au dedans.

Au contraire nous sommes certains que les Espagnols ont perdu des Provinces très-considérables & nous leur avons fait tout le tort que nous avons pû, cependant ils cessent leurs hostilitez contre nous par mer, quoique nous ne cessions pas les notres contre eux.

Les François sont assez éloignez de nous & ne peuvent nous faire du mal tant que la Flandre & le Brabant sont entr'eux & nous, cependant ils nous en menacent.

Les

1647.

Les Espagnols nous sont limitrophes & peuvent nous faire du mal, comme il y paroit assez à nos Pêcheurs, à nos gens de mer, à nos passagers; cependant ils ne veulent pas s'en prévaloir, enforte qu'on pourroit apliquer ici cette pensée

Quid sapientis opus? cum possit, nolle nocere:
Quid stulti proprium? Non posse & velle nocere.

Notre unique but, volonté & souhait est de sortir de cette Guerre; c'est pour cela que nous avons envoyé nos Plénipotentiaires, c'est le contenu de leurs Instructions, dressées sur des déliberations de plusieurs années & d'un consentement unanime de toutes nos Provinces sans qu'une seule s'y soit oposée.

Nous jugeons unanimement que cette Guerre ruineuse a porté des coups si mortels à notre Etat qu'il a besoin de l'huile de repos & de Paix. L'Espagne nous souhaite & nous verse même cette huile autánt qu'il est en elle; non seulement la France ne nous rend pas ce bon office, mais même elle cherche à entretenir nos playes, & s'il étoit possible à nous étoufer dans notre sang.

Qu'on juge après cela, qui est le Pharisien ou le Samaritain, qui des deux feint ou agit sincerement.

Pourroit-on croire qu'il se trouve des partisans de la France qui blâment une si bonne œuvre?

Pour les confondre il n'y a qu'à leur mettre devant les yeux nos pauvres gens de mer, leurs femmes, leurs Enfans, leurs amis, qui sont tous les jours aux portes des Seigneurs de la Régence pour demander qu'on les retire de leur prison. Les maledictions de ces gens au desespoir leur aprendroient bientôt la vérité.

On envie aux Espagnols la gloire de faire le bien & de laisser le mal, suivant le precepte divin, pour nous nous ne devons pas envier à nos pêcheurs, à nos gens de mer & aux autres le bien qu'on leur fait & les maux qu'on leur épargne.

On dit à tout cela *time Danaos & dona ferentes;* tout ce qui vient des Espagnols doit être suspect, quelque bon qu'il paroisse; en un mot qu'il n'y a point de fond à faire sur cette neutralité & que c'est toute tromperie.

Ces gens-là ont le goût si depravé que rien ne les pique. Il n'y a pas si longtems lorsque les hostilitez par mer duroient encore qu'on n'entendoit autre chose que leurs plaintes. Les Espagnols, disoient-ils, ne savent pas vivre, peut-on leur faire goûter une conduite modérée du moins à l'égard des Vaisseaux qui ne quittent pas la côte? Ne devroient-ils pas, ajoûtoit-on, s'abstenir des hostilitez par mer? Puisqu'ils ne pouvoient y faire d'autre Conquête que la prise de quelques pauvres gens. Leurs plaintes ont eu un heureux succès, elles sont parvenuës avec celles de tant d'honnêtes gens aux oreilles du Roi Philippe, & l'ont porté à faire ce qui dependoit de lui pour faire cesser ces maux.

Il est vraisemblable que c'est-là le raport qui lui en a été fait, puisqu'il s'en est suivi une pleine tranquilité non seulement pour nos pêcheurs, mais même pour tous les habitans de nos Provinces qui voudront se mettre en mer.

Quoiqu'il en soit, il est certain que les Espagnols ont fait voir leur bonne volonté à être, s'il le faut, les premiers à effectuer les bons desseins autant que nous le permet l'Alliance que nous avons avec la France, sans rien faire qui altére notre bonne intelligence.

Si l'on fait, outre cela, réflexion que la France elle-même a offert à l'Espagne de convenir de part & d'autre d'une pareille cessation de toutes hostilitez dans la Méditerranée, on trouvera moins étrange ce que l'Espagne vient de faire d'elle-même sans avoir rien concerté avec nous.

Cependant Monsieur *Servien* déclame aussitôt & de bouche & par écrit, comme s'il vouloit défendre à notre Etat de faire dans nos mers, ce que la France avoit offert d'elle-même à l'Espagne dans la Méditerranée. Néanmoins de la part de la France c'étoit une infraction à notre Alliance, puis qu'elle concertoit avec l'Ennemi commun; au lieu que de notre part, elle n'a pas lieu de l'offenser puisque c'est *sine pacto reciproco.*

L'Espagne après cela n'auroit-elle pas eu raison de profiter d'une telle conduite qui auroit justifié la continuation de ses hostilitez par mer? Cependant le Roi Philippe a passé sur tout, dans la confiance sans doute que nous ne voudrons pas du mal à ceux qui nous veulent du bien.

Quelle tromperie une pareille conduite peut-elle cacher? Les Espagnols tâchent en toutes occasions de nous faire connoître par des effets & par des marques réelles d'amitié ce qu'ils nous ont si souvent fait dire de bouche & par écrit; bien persuadés que les tromperies ne serviroient qu'à nous irriter & à nous unir plus étroitement contre eux avec la France.

O tempora! Les Espagnols sont nos Ennemis & cependant bien loin de prendre nos gens par mer & de leur causer tout le dommage qu'ils pourroient ils les laissent tranquiles, & l'on apelle cela tromperies.

Quel nom donnera-t-on donc à la conduite des François qui sont nos amis & qui foulent aux pieds nos citoyens dans leur Païs & au milieu de leurs Villes où ils les trainent par les ruës, les jettent dans les Riviéres & les contraignent à se racheter à force d'argent, comme cela est arrivé depuis peu à Nantes & ailleurs en France.

Cass.

Unus inter procellas humanas constitutus est portus, quem si hómines semel, pérditâ voluntate præternavigent, necessum est in undosis ruinis semper errare.

ORDRE

Que l'on a tenu à l'enterrement de feu son Altesse Monsieur le Prince d'Orange l'amenant au sépulcre à Delft.

LA Bourgeoisie étant en armes fut mise en ordre des deux côtez tout au long des rues par où l'on passoit jusques à la Maison des Lazarets.

Au milieu d'eux passérent

Premiérement la Compagnie de la Garde de son Altesse,

Les

1647.

Les Officiers étant habillez de deuil.

Puis après tous les Domestiques de feuë son Altesse qui étoient en grand nombre.

Ensuite d'eux marchérent

Deux timbales couvertes de velours noir.

Douze trompettes avec chacun une Casaque de velours noir.

Un Herault d'armes.

La Cornette des couleurs.

Le Guidon des couleurs.

Le heaume de jouste porté sur un petit bâton.

La tarjette portée sur un petit bâton.

Après marchérent vingt-quatre chevaux menez chacun par deux Gentilhommes & la banderole portée par un Gentilhomme.

1. Le premier Cheval de Jouste fort magnifiquement accommodé.

Le grand Etendart des couleurs.

Le Hérault d'armes.

2. Cheval portant les armes de Warneton.

La Banderole avec les mêmes armes.

3. Portant les armes de Herstal.

La Banderole avec les mêmes armes.

4. Portant les armes de Grimbergue.

La Banderole avec les mêmes armes.

5. Portant les armes de Gravindocq.

La Banderole avec les mêmes armes.

6. Cheval portant les armes de Gertruidemberg.

La Banderole avec les mêmes armes.

7. Cheval portant les armes de Diest.

La Banderole avec les mêmes armes.

8. Portant les armes de la Ville de Grave & Païs de Cuyck.

La Banderole avec les mêmes armes.

9. Portant les armes d'Yselstein.

La Banderole avec les mêmes armes.

10. Portant les armes de Breda & de Polaw

La Banderole avec les mêmes armes.

11. Portant les armes de Flessingue & Terveer.

La Banderole avec les mêmes armes.

12. Portant les armes de Teerdan.

La Banderole avec les mêmes armes.

13. Portant le armes de Buren.

La Banderole avec les mêmes armes.

14. Portant les armes de Mœurs.

La Banderole avec les mêmes armes.

15. Portant les armes de Linghen.

La Banderole avec les mêmes armes.

16. Portant les armes de Chalon.

La Banderole avec les mêmes armes.

17. Portant les armes de Catzenellenboghen.

La Banderole avec les mêmes armes.

18. Portant les armes de Vianen.

La Banderole avec les mêmes armes.

19. Portant les armes de Dietz.

La Banderole avec les mêmes armes.

20. Portant les armes de Nassaw.

La Banderole avec les mêmes armes.

21. Portant les armes d'Orange.

La Banderole avec les mêmes armes.

Un Hérault d'armes.

Le Penon des armes.

Le Guidon des armes.

22. Etoit le Cheval de bataille fort beau, accommodé avec les armes de son Altesse.

Le grand Etendart aux pleines armes.

23. Etoit le Cheval d'honneur aussi bravement accommodé avec les armes de son Altesse pendantes jusques à terre.

La grande Banniere.

Les quatre quartiers, Laval, Stolbergen, Colligni, Nassaw; tous portez avec ordre.

Le Heaulme de parure porté sur un petit bâton.

L'Ecu aux pleines armes.

La cotte d'armes

L'Estoc d'armes.

24. Etoit le Cheval de deuil couvert de velours noir avec les armes de son Altesse.

Le collier & jartiere d'Angleterre porté sur un Coussin.

L'épée de Souveraineté portée nue avec la pointe en haut.

Le premier Maître d'hôtel, Herault.

Le cercueil étant mis sur un chariot expressément accommodé, tiré par huit chevaux tous couverts de velours noir & menez par huit Officiers de Cavalerie.   *Le Corps.*

Autour du Chariot étoient tous les Colonels tant de Cavalerie que d'Infanterie qui étoient présens.

Huit Lieutenans Colonels portoient un daiz de velours par dessus le cercueil.

Dont les quatre coings furent portez par Monsieur de Brederode, Monsieur le Comte Maurice de Nassaw, Monsieur le Comte de Solms & Monsieur.

Ensuite dudit Chariot marchérent son Altesse, Monsieur le Prince d'Orange d'à présent, ayant à sa droite Monsieur le Prince de Portugal & à sa gauche le fils dudit Prince.   *Parenté.*

Monsieur l'Electeur de Brandebourg ayant à sa droite Monsieur le Prince de Radziwil & à sa gauche un jeune Prince d'Anhalt.

Monsieur le Prince Maurice Comte Palatin.

Monsieur le Comte Henri de Nassaw.

Monsieur le Comte Frédéric de Nassaw.

Messieurs les Ambassadeurs de France & de Portugal.   *Les Ambassadeurs,*

Messieurs les Etats Généraux, les Députez des Provinces en ordre.   *Les Etats Généraux.*

La Conseil d'Etat

Les Etats de Hollande,

Le Conseil Provincial.

La Cour de Hollande,

Messieurs de la Chambre des Comptes de Hollande.

Le Magistrat de la Haye.

Les Ministres de la Haye.

ARTICLES

Concernant

LE ROI DE PORTUGAL, &c.

Qu'il y ait suspension d'armes pour quelques années avec le Roi d'Espagne pour raison du Royaume de Portugal. Charles Duc de Lorraine. Droits réservez au Roi de France aux Royaumes & Seigneuries ausquels il n'a été expressément renoncé par les Rois ses prédécesseurs. Que le Roi de France puisse assister le Roi de Portugal, s'il est attaqué du Roi d'Espagne. Que le Roi de France puisse assister le Roi de

Por-

Portugal, s'il veut entrer ou exécuter quelque entreprise dans les Païs du Roi d'Espagne.

I.

QUe les Plénipotentiaires d'Espagne blâment à tort ceux de France, de ce que par leur proposition au mois de Mai de la présente année 1647. ils demandent que le Roi de France puisse assister le Roi de Portugal contre le Roi d'Espagne, s'il continue de l'attaquer & de lui faire la Guerre; & que pour cela la Paix ne soit tenue pour enfrainte entre les deux Couronnes : comme si cette demande étoit nouvelle, & qu'ils n'en eussent jamais ouï parler.

II.

Qu'aucontraire par le Projet du Traité entre les Rois de France & d'Espagne delivré de la part des Plénipotentiaires de France au commencement du mois de Fevrier & ainsi trois mois auparavant Article 41. il est demandé qu'il y ait suspension d'armes & cessation de tous actes d'hostilitez pour quelques années entre le Royaume de Portugal & le Roi d'Espagne, & que si ladite suspension est expirée & le Roi d'Espagne refuse de la continuer que le Roi de France sera en liberté d'assister ledit Royaume de Portugal sans contrevenir au Traité de Paix.

III.

Ce qui est dissimulé par la replique de ceux d'Espagne délivrée le 16. Mars; car feignant de répondre audit 41. Article qui parle du Royaume de Portugal & du Duc de Lorraine & encore de l'Art. 42. où il est parlé de la réserve des droits de part & d'autre sur plusieurs Royaumes & Seigneuries, ils ne font mention que de cette réserve & ne disent rien du tout du Royaume de Portugal non plus que du Duc de Lorraine, ayant finement différé jusques à présent de se déclarer sur ces deux points, qu'ils croyent avoir plus d'avantage que ci-devant.

Le Projet du Traité de Paix entre les Rois de France & d'Espagne délivré de la part des Plénipotentiaires de France l'an 1647. au mois de Fevrier.

Article 41.

Et d'autant que les différends touchant le Portugal n'ont pu être présentement accordez, & que l'extrême besoin que la Chrétienté a de la Paix n'a pu permettre qu'elle eût été plus longtems différée, il a été convenu & accordé entre lesdits Seigneurs Rois très-Chrétien & Catholique, que pour travailler aux moyens de terminer amiablement lesdits différends, s'il est possible, il y aura suspension d'armes & cessation de tous actes d'hostilitez pendant. . . . . années entre les Habitans, Sujets, & gens de Guerre des Royaumes de Portugal & des Algarves & des Isles & Païs y annexées ou qui en dépendent situées tant dans la Terre ferme que dans la mer Océane, qui sont présentement en Guerre avec ledit Seigneur Roi Catholique; sans qu'il puisse être fait de part ni d'autre aucune nouveauté ni voye de fait par mer ni par terre dans toutes les frontières desdits Royaumes ni ailleurs, à condition que s'il est contrevenu de part ou d'autre la contravention sera réparée sans délai, & en cas que pendant ledit tems les différends touchant lesdits Royaumes de Portugal & des Algarves ne puissent être terminez & qu'après lesdites. . . . . . . années expirées ledit Seigneur Roi Catholique refuse ladite suspension & veuille commencer la Guerre, ledit Seigneur Roi très-Chrétien sera en liberté d'assister lesdits Royaumes sans contrevenir au présent Traité de Paix, à la charge néanmoins que si le refus de continuer ladite suspension vient de la part desdits Portugais, ledit Seigneur Roi très-Chrétien ne pourra leur donner aucune assistance.

Pareillement si le Duc Charles de Lorraine n'ayant pas été compris dans le présent Traité vouloit troubler la Paix établie par icelui & attaquoit ci après ou inquiettoit ledit Seigneur Roi très-Chrétien dans la possession & jouissance d'aucuns des Etats, Païs, & Seigneuries que Sa Majesté possédera au jour du présent Traité, il a été convenu & accordé qu'en cas que ledit Duc eût une telle intention au préjudice du repos public & qu'il se voulût mettre en devoir de l'exécuter, ledit Seigneur Roi Catholique ne pourra lui donner directement ni indirectement aucune sorte d'assistance d'hommes, d'argent, de vivres, munitions, de conseil ni d'autre chose quelconque ni aucune retraite ou subsistance à ses troupes; à la charge néanmoins que si l'agression vient de la part dudit Seigneur Roi très-Chrétien, & que Sa Majesté attaque les Places dont ledit Duc Charles se trouvera en paisible possession au jour du présent Traité, ledit Seigneur Roi Catholique sera en liberté de l'assister sans contrevenir à la Paix.

Article 42.

Il a été expressément convenu & arrêté entre lesdits Plénipotentiaires que les réservations contenuës aux Articles 21. & 22. du Traité de Vervins. auront leur plein & entier effet sans qu'on y puisse apporter aucune explication contraire à leur véritable sens & en conséquence d'icelles ledit Seigneur Roi très-Chrétien de France & de Navarre, ses Successeurs & ayans cause, se sont réservé tous les droits, actions; & prétentions qu'il entend lui appartenir à cause de sesdits Royaumes, Païs & Seigneuries, ou autrement ailleurs pour quelque cause que ce soit, ausquels n'a été par lui ou par ses prédécesseurs Rois expressément renoncé, pour en faire poursuite par voye amiable & de justice & non par les armes.

La Replique des Plénipotentiaires d'Espagne delivrée l'an 1646. le 16. Mars.

Sur les Articles 41. & 42. qui parlent de la réserve des droits & prétentions desdits Seigneurs Rois, nous nous remettons à ce qui est porté en l'Article 19. de notre instrument pour la Paix.

Déclaration de Messieurs les Ambassadeurs de France touchant les intérêts de Portugal, l'an 1647. au mois de Mai.

Si Messieurs les Plénipotentiaires d'Espagne ne veulent pas consentir qu'il soit fait mention du Portugal dans le Traité, est présupposé toujours que le deuxiéme Article d'icelui peut suffire à l'intention de la France, en ce qu'il donne faculté aux deux Rois d'assister & secourir leurs amis & Alliez lors qu'ils seront attaquez; les Plénipotentiaires de France persistent à ce qu'au moins pour la sureté de la Paix & ne point laisser d'ambiguité qui puisse un jour donner

1647.

ner lieu à venir à une rupture entre les deux Couronnes, Messieurs les Médiateurs déclarent par un Ecrit à part que ledit Article deuxiéme s'entend aussi du Portugal; le Roi très-Chrétien ne pourra directement ni indirectement entreprendre sur aucuns des Etats ou Places du Roi Catholique; mais s'il arrive que les Portugais se servent des Troupes auxiliaires de France pour entrer ou exécuter quelque entreprise dans les Païs dudit Seigneur Roi Catholique, ou

Que le Roi de France puisse assister le Roi de Portugal, s'il

qu'en la conduite du secours en Portugal il se fasse quelque combat entre les Vaisseaux de France & d'Espagne, l'on est demeuré d'accord que cela ne pourra être pris pour une contravention au présent Traité de Paix.

La même déclaration se demande de Messieurs les Ambassadeurs des Provinces-Unies des Païs-Bas, comme aussi de Messieurs les Ambassadeurs de Sa Majesté Imperiale.

veut entrer ou exécuter quelque entreprise dans les Païs du Roi d'Espagne.

INSTRUMENTUM

PACIFICATORIUM

Exhibitum à Plenipotentiariis Suecicis, Cæsarianis Legatis Osnabrugis anno 1647. mense Majo, ad liberum Confessionis Augustanæ exercitium in Austriâ & aliis Domûs Austriacæ terris hæreditariis, nec non & in Bohemiâ, Moraviâ, & Silesiâ.

LA PROPOSITION

Des Plénipotentiaires de la Reine de Suéde délivrée à ceux de l'Empereur à Osnabrug l'an 1647. au mois de Mai pour la liberté de l'exercice de la Religion selon la Confession d'Ausbourg, en Autriche & autres Païs héréditaires de la Maison d'Autriche; comme aussi au Royaume de Bohéme, en Moravie & en Silesie.

L'exercice de la Religion selon la Confession d'Ausbourg ès Païs héréditaires de la Maison d'Autriche. La Bohéme. La Silesie. Les Jésuites de la Ville de Wratislavie autrement dite Breslaw en Silésie.

IN Provinciis & Ditionibus Domûs Austriacæ, puta Austria superiori, inferiori, & interiori, restituantur Augustanæ Confessioni addictis incolis cujuscumque conditionis, in singulis quaternionibus certa pro magnitudine & populositate cujusque, Templa, Scholæ, Hospitalia & orphanotrophia tum reditibus & pertinentiis, ita ut cum suis libere & absque omni impedimento aut turbatione ea frequentare, inhabitare, inque iis sacris & devotioni suæ publice & privatim tutò vacare queant.

Idem quoque in Regno Bohemiæ, Marchionatu Moraviæ, iisque annexis Augustanam Confessionem profitentibus Statibus & Subditis in singulis item Circulis concessum esto.

Silesii autem Principes, ut & reliqui Cameræ Regiæ applicati Principatus, Statusque Evangelici & eorum Subditi ut & Civitas Wratislaviensis gaudeant exercitio Augustanæ Confessionis publico juxta tenorem Litterarum Majestaticarum anni 1621. per Transactionem & Pacta cum Electore Saxoniæ vi commissionis Imperatoriæ confirmatarum (quo beneficio Circulus & Civitas quoque Egrana fruatur) tam & feudalibus quàm allodialibus suis Ditionibus & bonis amotis gravaminibus quæ pristinum Religionis cultum violarunt & remoto Wratislaviâ ordine Jesuitico post annum 1624. in eam traducto.

De cætero omnes dicti Regni & Provinciarum Status & Subditi sive etiamnum præsentes ibi sint sive inde emigraverint, fruantur inviolabiliter libertate conscientiæ, cæterisque Beneficiis Subditorum præcedenti Articulo expositis.

Том. IV.

DAns les Provinces & Païs apartenans à la Maison d'Autriche, savoir dans la Haute & Basse Autriche, on rendra à ceux de la Confession d'Augsbourg sans distinction leurs Temples, Ecoles, Hôpitaux, avec les revenus & dépendances, pour y exercer en public & en particulier leur Religion en toute liberté & sans aucun empêchement.

L'exercice de la Religion selon la Confession d'Augsbourg ès Païs héréditaires de la Maison d'Autriche.

On fera la même restitution dans le Royaume de Bohéme, le Marquisat de Moravie & les Païs en dépendans.

La Bohéme.

Tous les Princes en Silesie, les Principautez annexées à la Chambre Royale, les Etats Evangéliques, leurs Sujets, & la Ville de Breslaw auront la même liberté, conformément à la Transaction de 1621. passée avec l'Electeur de Saxe & confirmée par les Etats de l'Empire (le Cercle & la Ville d'Egra compris dans cet accord) dans tous leurs biens féodaux & allodiaux : & l'on fera raison sur les griefs qui ont interrompu l'exercice de cette Religion : les Jésuites seront chassez de la Ville de Breslaw, où on les avoit introduits en 1624.

La Silesie.

Au reste tous les Etats & Sujets des susdits Royaume & Provinces auront liberté de conscience & jouiront des avantages énoncez dans les Articles précédens; & pourront se retirer où bon leur semblera.

Les Jésuites de la Ville de Wratislavie autrement dite Breslaw en Silesie.

V v   AR-

ARTICLES

De

PAIX,

Proposez de la part de la Couronne de Suéde à Messieurs les Ambassadeurs de l'Empereur & presentez à Osnabrug. Ainsi que le Projet de Paix proposé par Sa Majesté Impériale, les Electeurs & Etats du Saint Empire Romain presenté aux Plénipotentiaires de Suéde avec ce qui a été négocié & signé des deux côtez.

Jean Axel d'Oxenstiern Comte de Suyder-Moren, Baron de Kimito, Seigneur de Fiholen, Horningholm, & Trillegurn, Conseiller d'Etat du Royaume de Suéde & de la Chancelerie; comme aussi Jean Salvius Seigneur Héréditaire d'Aldersburg & de Tenlingen Conseiller privé de Sa Majesté & Chancelier de la Cour, Plénipotentiaires nommez pour le Traité de la Paix générale, par très-haute & très-puissante Princesse, Madame Christine par la grace de Dieu Reine de Suéde, des Goths & des Vandales, Grand Princesse de Finlande, Duchesse d'Echsten Dame de Carelie & d'Ingrie, notre très-gracieuse Souveraine, Declarons à tous ceux à qui il apartient.

Après que depuis beaucoup d'années les Disputes & Guerres sont montées jusqu'à un point, que non seulement toute l'Allemagne, mais encore les Royaumes voisins, & principalement la Suéde & la France s'y sont trouvées considerablement enveloppées, sous le Puissant Prince & Seigneur Gustave Adolphe Roi de Suéde, des Goths & des Vandales, Grand Prince de Finlande, Duc de Echsten, Seigneur de Carelie & Ingrie, notre très-gracieux Roi de très-glorieuse memoire d'un côté.

Et le Serenissime & très-puissant Prince & Seigneur le Seigneur Ferdinand II. Elu Empereur des Romains, toujours Auguste, Roi d'Allemagne, de Hongrie, de Bohême, de Dalmatie, de Croatie, de Sclavonie, &c. Archiduc d'Autriche, Duc de Bourgogne, Brabant, Stirie, Carinthie & Carniole, Marquis de Moravie, Duc de Luxembourg, de la haute & basse Silesie, Wirtemberg, & Teck, Prince de Suabe, Comte de Habsbourg, Tyrol, Kybourg & Gorice, Landgrave d'Alsace, Marquis du Saint Empire, de Burgau, de la haute & basse Lusace, Seigneur de la Marche Esclavone, de Port Naons, & de Salins, de glorieuse memoire, ses Confederez & adherans d'une part.

D'où s'en est suivi après la mort du susdit Puissant Prince & Seigneur Ferdinand III. Elu Empereur des Romains en Germanie & Hongrie avec les Alliez & Confédérez de l'autre part une longue & forte dispute, en conséquence de laquelle il y a eu une grande effusion du sang Chrétien, & une ruine totale de plusieurs Païs.

Qu'enfin par une extraordinaire grace de Dieu plein de Misericorde, on est venu à songer de tous côtés aux moyens de faire une Paix générale & sur cela on est convenu, il y a déja trois ans & demi passés d'envoyer pour ce sujet des Plénipotentiaires à Osnabrug & à Munster en Westphalie le $\frac{1}{11}$. Juillet.

C'est pourquoi nous par l'autorité & en vertu de notre Plein-pouvoir de la Couronne de Suéde, avec les Plénipotentiaires de la part de Sa Majesté Impériale envoyez pour cette affaire, les Illustrissimes & Excellentissimes Seigneurs Maximilien Comte de Trauttmansdorff, & de Weinsberg, Baron de Geichenberg, de Neustat sur le Kocker, de Negau, de Turgau, de Totzenbach, Seigneur de Teitnitz, Chevalier de la Toison d'Or, Conseiller secret, & Chambellan de sa Sacrée & Impériale Majesté, & Grand Maître de sa Cour, & Maximilien Comte de Lamberg Chambellan de l'Empereur, & le Sieur Jean Kran Licentié en l'un & l'autre Droit, tous Conseillers de la Cour de l'Empereur, étant à un lieu & tems déterminé assemblez & après avoir invoqué l'assistance de Dieu, & vû des deux côtés copie de leurs Pleinpouvoirs, écrits & Projets ici inserez de mot à mot, comme aussi l'uniforme consentement des Electeurs, Princes & Etats du Saint Empire, afin de s'accommoder & convenir sur certains points de la Paix à l'honneur de Dieu & au bonheur de toute la Chrétienté, ils ont convenu entre eux de conclure en la manière suivante.

Premierement il y aura entre le susdit Roi & Royaume de Suéde, la France & tous leurs Alliez & Confédérez, & principalement leurs respectifs Héritiers & postérité d'une part;

Et le Serenissime Empereur Romain & toute la Maison d'Autriche avec ses Alliez & Confédérez, le Roi d'Espagne, les Electeurs Princes, & Etats de l'Empire & leurs respectifs Héritiers & postérité d'autre part;

Une Paix générale, Chrétienne, & à toujours durable avec une sincere & constante amitié, qui sera telle & fidellement & sincerement entretenuë & augmentée des deux côtez, aussi bien entre ces deux Royaumes & l'Empire Romain, qu'entre l'Empire & lesdits Royaumes de Suéde & de France pour y entretenir un fidele voisinage, une Paix & amitié mutuelle telle qu'on la pourra procurer, l'étendre & la faire fleurir de tous côtez. De même il sera des deux côtez accordé une éternelle amnistie, c'est à dire un oubli absolu de tout ce qui s'est passé depuis le commencement de la Guerre jusqu'à present, en telle sorte & manière, que sous quelque prétexte que ce puisse être, & de quelque façon que les choses se soient passées, ni sous quelque prétexte ou raison que ce puisse être, personne ne pourra de part & d'autre faire quelque offense ni donner incommodité ou empêchement aux Sujets, Etats, biens, &c. contre la sureté donnée, ni par soi-même ni par d'autres secretement, ouvertement, directement ou indirectement sous prétexte de quelque droit par voyes de fait ni dans l'Empire ni dehors, quand bien même on se fonderoit sur d'autres accommodemens anterieurs

rieurs & contraires à celui-ci, mais que tout ce qui s'est fait pendant cette Guerre soit par paroles, écrits, effets, scandales, injures, offenses, pertes & dommages, tout cela sans distinction de personnes & biens, sera si pleinement aboli, que qui que ce soit n'aura rien à prétendre de l'un à la charge de l'autre & que tout sera entierement & pour toujours oublié.

En vertu de cette amnistie générale stipulée & bien fondée, tous, & un chacun du Saint Empire Romain, Electeurs, Princes & Etats dans lesquels on comprend également la Noblesse immediate, leurs Vassaux, Sujets, Bourgeois & habitans, lesquels par l'invasion des Bohemes & Allemands ont reçu quelque préjudice ou quelque perte, de quelque maniere que cela se soit fait, aussi bien pour ce qui concerne leur domination & proprieté, que ce qui regarde leur autorité, liberté, jurisdictions & priviléges, soit pour le spirituel ou pour le temporel, le tout sera remis & rétabli dans son premier état & tel qu'ils en étoient en possession, avant qu'ils fussent cassés ou changez par la force, lesquels changemens n'auront plus aucune force ni vigueur, mais seront entierement abolis & anéantis.

Les Possesseurs & détenteurs de tels biens les devront restituer, & quoi qu'ils s'imaginent avoir contre cette restitution des exceptions, justes & bien fondées, la restitution néanmoins s'en fera absolument & sans aucun délai, mais on examinera les contracts par la voye du Juge competant qui en décidera, mais ce qui se sera passé en vertu de la huitiéme déclaration faite pendant les troubles, de cette Guerre, soit qu'elle soit connue ou inconnue, elle ne sera pas publiée, & la restitution n'en restera pas pour cela en arriere quoique prescription fût ordonnée & publiée.

Mais afin que chacun sache particulierement ce qui appartenoit à un chacun avant la Guerre & ce qui lui appartiendra également dans la suite au temporel comme au spirituel, on est convenu, que ceux qui par l'incommodité des tems ont été dépouillez & privez de leurs droits & biens, pourront en former leurs plaintes particulieres & ils leur seront restituez particulierement & specialement. Ce qui s'executera principalement pour le Royaume de Bohéme, la Silesie, la Moravie, & les Païs héréditaires d'Autriche, Etats & habitans dans le Temporel, Patrimonial, biens *fidei-commis* & autres affaires, qui rentreront dans leur état precedent & mêmes ils seront rétablis dans les biens & Droits, tels qu'ils les ont possedez avant l'Invasion & la Guerre.

A l'égard de l'affaire du Palatinat, les Plénipotentiaires assemblés pour ce Traité, sont convenus qu'il étoit à propos que le present Electeur de Baviére aura la preseance avant tous les autres Electeurs Séculiers, mais le Comte Palatin Charles Louïs, jusqu'à ce qu'un d'entre eux vienne à mourir, sera le huitiéme Electeur, & en cas que l'Electeur Maximilien vienne à déceder, son Successeur aura la huitiéme Place entre les Electeurs, & le Comte Palatin sera le premier.

Derechef quand le Comte Palatin viendra à mourir le Duc de Baviére lui succedera dans la premiere Place & ensuite ceux des Comtes Palatins. Celui auquel l'ordre de la Bulle d'Or tombera, reprendra la Place, & changeront ainsi continuellement. De plus toute la Maison de l'Electeur Palatin, & ceux qui l'ont fidellement servi en tems de Paix & pendant le cours de la Guerre, jouïront de l'amnistie ainsi

que toutes leurs familles dans le haut & bas Palatinat & le Bergstrat, lesquelles seront remises en leurs Droits comme ils étoient avant là Guerre.

En outre la Seigneurie de Cham jusqu'au Regenflus sera laissée à l'Electeur de Baviére, en sorte qu'elle puisse être retirée moyennant une somme d'argent raisonnable.

De plus on est convenu pour le Seigneur Charles Louïs & ses freres, afin de mieux témoigner leur fidelité & obéïssance à l'Empereur, que ceux de la Confession d'Augsbourg, & parmi eux ceux des Bourgeois & habitans d'Oppenheim qui sont entrez en 1624. dans l'Etat Ecclésiastique, ainsi que tous les autres qui le pretendent seront maintenus dans un libre exercice de Religion aussi bien en public à l'heure ordinaire dans les Eglises, qu'en particulier dans leurs propres Maisons assistez des Ministres du voisinage, sans qu'on leur puisse donner aucun empêchement; & qu'enfin les libres & nobles Commanderies des Chevaliers du St. l'Empire seront maintenues dans leur immuable état & priviléges.

Le Prince Louïs Philippe Comte Palatin du Rhyn, doit rentrer absolument dans tous les Païs, Dignitez & jurisdictions à lui échuës par succession de parenté ou partages d'héritages, avant la Guerre.

Mais ce qui est conclu ci-dessus touchant la Maison Palatine doit ainsi s'entendre, qu'afin de ne porter aucun prejudice aux droits & pretentions concernant les patrimoines & fiefs des lignes de Neubourg & de Lautereck est reservé à chacun son droit qu'il pourra poursuivre en justice, sur tout ceux qui s'ensuivent des engagemens du Comte Palatin George Hans & dont les héritiers de l'Electeur Otto Henri ont entiérement jouï depuis la décision de ces differens de famille.

Le Prince Frederic Comte Palatin du Rhyn reprendra à lui, comme son Pere la possedé, un quart des Peages de Erlsbach, le Couvent d'Horembacht, & tout ce dont son dit pere jouïssoit.

Les Comtes Palatins de Sultzbach seront réinstallez dans l'état où ils ont été depuis l'année 1615. jusqu'à l'année 1627. & les dégradations qui seront trouvées avoir été faites, reparées, avec cette reserve qu'on ne retranchera rien des prétentions qu'ils ont suivant les testamens de leur famille contre le Duc de Neubourg.

Le différent qui est entre l'Evêque de Wurtzbourg & le Marquis de Brandebourg-Culembach & Melsbach au sujet du château & de la Ville, ainsi que du Bailliage & Monastere de Kitzingen en Françonie, sera terminé dans deux ans par un accommodement à l'amiable ou par les voyes sommaires de Droit, & celui qui s'y voudra opposer perdra tous ses Droits & prétensions: mais en attendant, on rendra au susdit Marquis la Forteresse de Wiltzbourg dans l'état où elle étoit avant l'évacuation, suivant ce qui a été reglé là-dessus; comme aussi tous les droits Presbytériaux dans le Comté de Swartenburg & les Seigneuriaux dans le haut Landtsberg.

On rendra à la Maison de Wurtemberg, la Ville de Blaubrune, le fort Château de Ruk, comme aussi les Seigneuries de Hogenstauffelen & Ahalm, avec toutes les dependances & Païs voisins dependans du Comté de Aurach & autres Seigneuries voisines; principalement la Ville & Territoire de Gopping; de même que les revenus attribuez à l'Université de Tubinge: Il rentrera aussi en possession des Seigneuries de Heidenheim & Uberkirken, des Villes de

Balingen, Durlingen, Ebingen & Rosenfeld avec leurs dépendances, Hohenwiel, Hohen-Asperg, Hohen-Aurach, Hohen-Tubingen, Albach, Hornbugh, Schiltach avec la Ville de Schorembourg, comme aussi le rétablissement dans les Eglises Collegiales de Stutgard, Tubingen, Herrenbergh, Goppingen, Bacharach, & dans les Abayes & Convents de Bebenhuysen, Malbrun, Anhuysen, Lorch, Adelbergh, Denckendorff, Hirsau, Blaubeveren, Herbrechtingen, Murhart, Albrisbach, Koninxbrun, Herenalb, Saint Gregoire, Reichenbach, Pfullingen, & Lichtensteren, ou Marichkroon avec tous les titres & écrits qui se pourront trouver. Les Princes de Wirtemberg de la Ligne de Montbelliard doivent de même être rétablis de part & d'autre comme avant la Guerre dans tous leurs Païs & Seigneuries en quelqu'endroit qu'elles soient situées sur tout dans les deux fiefs de Bourgogne, Clerval & Passavant.

Frédéric Marquis de Bade & Hooghburgh doit avoir dans le temporel & spirituel tout ce que Monsieur son Pere George Frédéric avoit avant la Guerre, & l'on terminera à l'amiable, le différent pour le Bas-Marquisat de Baden. Le susdit Prince Frédéric rentrera aussi en possession de la Seigneurie de Stauffen, & du Domaine de Bitzgau avec les Domaines & Justices de Fribourg lesquels ont autrefois été séquestrés par la Maison d'Autriche, mais ensuite sont échus au Marquis de Bade comme véritable Héritier, nonobstant quoi les Ducs d'Autriche pour eux & leurs Héritiers seront obligez de se désister de toutes procédures déja intentées à la Chambre contre ledit Marquis pour leurs prétentions sur la Seigneurie de Ritleyn & autres Païs, comme aussi donner à son Altesse bonne & suffisante satisfaction par raport au Château de Hohenbergh, qui a été ruiné & détruit. La Princesse de Baden sera rétablie dans les Domaines de Hohengerolfteck avec tous les revenus déja reçus & à recevoir dans la suite, & que le susdit Prince Frédéric & les siens, mâles, & véritables Héritiers, seront indemnisés avec elle. De même l'Electeur de Brandebourg & sa Maison, doit en vertu de la susdite Amnistie avoir tout le Duché de Carnau, ou Jagerendorff en Silesie, avec toutes les jurisdictions, privileges & dépendances & le rétablissement entier de la Confession d'Augsbourg.

Le Duc de Croy jouira également de l'effet de l'Amnistie générale, & la protection du Roi de France ne lui portera aucun préjudice, & ce sans aucune diminution de priviléges, Justices & biens qu'il aura toutes entieres: il aura encore & possédera la part de la Seigneurie de Vinstingen laquelle ses Prédécesseurs ont euë, & qui à présent est possédée par Madame sa Mere à titre de Douaire. Mais ladite Seigneurie de Vinstingen relevera immédiatement de l'Empire comme auparavant, & par cette raison suivant l'état des affaires elles seront portées en première instance dans la plus haute Chambre de Justice de l'Empire.

Les Comtes de Nassau Sarbruck seront rétablis dans tous leurs Comtés, Jurisdictions, biens Ecclésiastiques & Temporels, biens feodaux & allodiaux avec leurs Justices, libertés & privileges, principalement ceux que les Ducs de Lorraine, François & Charles, leur ont enlevés à main armée dans le Comté de Sarwerdam & Sarbruck en l'année 1629, que le tout leur sera rendu en bon état, & entr'autres la Forteresse de Hombourg avec les pieces d'Artillerie & Munitions de Guerre, & les dommages que le Duc de Lorraine a fait à la famille de Nassau Sarbruck seront reparés en argent comptant ou par la cession de quelques biens immeubles, selon qu'ils pourront convenir ensemble sur ce sujet.

Jean Maurice Comte de Nassau & son frere resteront paisibles à l'avenir dans la possession des biens de Patrimoine à eux échus peu de tems auparavant, lesquels leur défunt frere a possedés contre le Testament de leur Pere de l'an 1621.

La Maison de leurs Altesses de Hanau sera rétablie dans les Bailliages de Bovenhuyssen, Bisschofsheim-Amstegh & Wilderstal.

De même Jean d'Albrecht Comte de Solms aura pour lui le quart de la Ville de Butsbach & les quatre villages qui sont autour de cette Ville.

Les Maisons de Solms, Hohen-Solms & Isembourg doivent, sans avoir aucun égard à l'accommodement ou à la renonciation faite par necessité en faveur du Landgrave George, être rétablies, principalement la Maison d'Isenbourg, dans les villages de Geresheim, Hocheim & Wessenau occupés par droit de retention.

De même les Rhingraves rentreront dans leurs Bailliages de Franckel, Wildenbourg, ainsi que dans la Seigneurie de Morchingen, avec ses dépendances, & dans tous les Droits usités dans les environs.

De même la Maison de Sain, & Wittenstein rentrera dans le Château, la Ville & le Bailliage de Hattenbourg, comme aussi, conformément à la Sentence renduë par la Chambre, dans le village de Teindorp sur le Rhyn, la moitié de la Seigneurie de Wallender, le Château & autant dans le Bailliage & Château de Frusbergh avec toutes les dépendances. La Maison de Valckenstein aura même le Château ou Fief Impérial qui apartient aux Comtes de Ratsenburg & Valckenstein surnommés Lovenhaupt, dans le Comté de Valckenstein situé dans l'Archevêché de Cologne, & dans la Baronie de Reipolskirch & Hondsruck, avec tous les droits & autres dépendances.

La Maison de Waldeck sera pareillement remise dans la possession de toutes les Jurisdictions de la Seigneurie Didenhuisen, des villages de Norderau, Lichtenscheit, Dedels, & Niderschelten en la même maniere qu'elle les a possedez en 1624. comme aussi dans le Comté de Pirmont, & dans la jouïssance de quelques autres revenus dont ils ont jouï hors de leurs Etats. Les Comtes de Swartzenburgh & Stolburgh seront remis dans le Comté de Hohenstein.

Philippe Comte de la Lippe dans ce qui lui appartenoit de droit dans le Comté de Schauwburgh.

Les Seigneurs de Rappolstein dans tous leurs Droits de l'Empire.

Jean Ernest Comte d'Oettingen, en tout ce que son Pere Louïs Evrard a possedé depuis l'année 1618. jusqu'à 1627. & qui lui a été ôté par l'Edit.

Jean Frédéric Comte de Eberstein, & la Maison de Hohenloo rentreront dans tout ce qui leur a été pris, & principalement dans la Seigneurie de Weichersheim, comme dans le Couvent de Schaffersheim, sans la moindre exception & principalement sans avoir égard au *Droit de retenuë*. Doivent de même rentrer dans tous leurs Comtés & Seigneuries Frédéric Louïs Comte de Lestein & Wertheim, lesquels Comtés & Seigneuries ont apartenu à leurs feus parens George Louïs, & Jean Casimir sur qui elles ont été sequestrées &confisquées. pendant la guerre, & données à d'autres.

De même la Douairiere du Comte Jean Casimir de Loewenstein, sera remise dans ses dotes & droits de sureté.

La Maison d'Erpach, principalement George Albrecht, sera remis dans le château de Bremberg, & dans toutes les jurisdictions qu'il a en commun avec la Maison de Loewenstein tant pour la garnison & le gouvernement que pour toutes autres choses qui y appartiennent.

La Comtesse Douairiere de Brandestin & ses Héritiers seront remis dans tous les biens & jurisdictions qui leur ont été laissés. Les Barons de Knowitz dans leurs Baronies & jurisdictions tant Paternelles que Maternelles: Le Baron Paul Resenhulter avec son Frère & enfans dans tous les biens qu'ils avoient ci-devant; le Baron de Schonck dans les Droits & la Possession de la Baronie de Carlot, Beuten & Milikan; les Barons de Dipenbach, le Baron de Warrenbourg, George Dirichstein; le Chancelier Leffelesewen, Marc Antoine de Roling, doivent être entierement rétablis en tout ce qu'ils ont perdu.

Outre cela les Villes ici déclarées & nommées devront rentrer dans tous leurs biens & jurisdictions.

Principalement on soutiendra la Ville de Strasbourg dans tout ce qui est stipulé à son égard dans le Traité de Hagenau du 12. Novembre 1604. de sorte que cette Ville aura derechef, comme elle l'avoit avant la guerre, tous les Privileges & jurisdictions qu'elle avoit obtenu de l'Empereur & de l'Empire Romain ainsi que ceux qu'elle pourra obtenir dans la suite, & elle sera maintenuë dans ses Statuts, Coutumes, Ordonnances, libertés, usufruits, propres, & autres avantages sans aucuns troubles ni empêchemens.

Les Contracts, *permutations, échanges,* accords, obligations, promesses, lesquelles ont été exigées par force & d'une maniere illicite des Etats & Sujets, comme on a fait à Spire, Weissembourg sur le Rhin, Landau, Reitlingen, & Heilbron, ainsi que tous les achats, cessions, actions, entre lesquelles se trouvent celles du Général de Tilli & de ses Héritiers dans la Principauté de Brunswich & Lunebourg, seront à la perte & préjudice desdits Princes, & les procès survenus en conséquence, ne seront pas poursuivis, mais tellement annulez & cassez que personne ne pourra avoir la hardiesse d'intenter ni faire sur ce sujet la moindre action.

Mais à l'égard des obligations ou autres reconnoissances exigées des débiteurs par force, elles devront être restituées & l'action intentée en vertu d'icelles, par une des Parties belligerantes, tombera à la perte du Creancier & ne pourront être demandées; les Sentences portées sur ce, & les Accords passez avec les conditions mal fondées & injustes seront & demeureront annulez. Sauf néanmoins les sommes qui ont été véritablement données de bonne foi pendant la guerre qui est survenuë tout d'un coup, & qui resteront pour le compte d'un chacun.

Les Fiefs qui, contre les Capitulations de l'Empereur & les Privileges, *de non relevando,* aquis d'autres par maniere d'achat, ce qui est arrivé à Lindau, Weissenbourg, dans le Nordgau, & ailleurs, seront remis dans leur état precedent après la restitution des Capitaux, avec toutes les dépendances & Ecrits.

Toutes les Sentences obtenuës sur les biens Ecclesiastiques pendant la guerre, seront annulées & cassées; mais celles qui ont été renduës sur les affaires seculieres, quand on ne pourra pas y faire voir clairement des défauts, & manquemens, on ne pourra d'abord revenir contre, comme dans l'affaire de Spire à l'égard du demolissement de la Forteresse de Udenheim : car dans de tels cas elles ne seront pas annulées, mais seront suspendues jusqu'à ce que les Piéces, si quelqu'un en demande revision dans six mois à compter de la conclusion de la Paix, soient revuës en justice en la maniere ordinaire, comme cela s'est pratiqué autrefois dans l'Empire sans aucune partialité, afin qu'on puisse déclarer ce qui doit subsister ou être cassé & annulé.

Si quelques Fiefs Royaux depuis l'année 1618. n'ont pas été renouvellez ou que pour cela on n'ait fait aucun devoir, la perte n'en sera imputée à personne, mais le tems pour en demander l'investiture commencera dès le jour que la Paix sera concluë.

Enfin tous & un chacun tant Officiers & Soldats, que Conseillers & ceux qui ont quelque emploi à la Cour soit que l'Emploi soit Ecclesiastique ou Laïc, soit qu'ils soient dés Païs Héréditaires de l'Empereur ou étrangers, de quelque naissance qu'ils puissent être, quelque nom qu'ils puissent porter, Confederez ou Adherans de l'une des Parties, aussi bien pendant la Guerre qu'auparavant, ou dans les Villes ou à la Cour où ils auroient pû se retirer, servir ou rester neutres, depuis la plus haute, jusqu'à la plus basse condition, comme depuis la plus basse jusqu'à la plus haute, sans difference ni exception, avec leurs femmes, enfans, Héritiers, postérité & Domestiques, lesquels ont un nom & reputation, jouïront de la liberté de conscience, des droits & Privileges, comme ils en jouïssoient avant la Guerre de Bohême, ils y seront rétablis dans le tems limité, sans qu'il puisse être rien entrepris à ce contraire, préjudiciable à leurs personnes & biens & qu'ils seront déchargés des plaintes & accusations & sur tout de celles qui emportent punition qui leur seroit dommageable, sous quelque prétexte que ce pût être.

Ne sera point compris dans la susdite restitution, ce qui absolument ne pourra être restitué ou representé; tels sont les fruits perçus, en cas que les possesseurs des pensions, charges & rentes dont on étoit redevable, ayent été payez. Le même s'observera pour ce qui se trouvera détruit par l'autorité des Parties qui sont en guerre, comme aussi ce qui a été employé pour la sureté publique comme les Edifices publics & particuliers, Ecclesiastiques ou Séculiers, de même que les depôts confisquez ou rendus legitimement ou volontairement donnez.

En ce qui concerne les affaires de la Succession de Juliers entre les Maisons Electorales de Saxe, Brandebourg & Palatin de Neubourg, attendu qu'il y pourroit arriver de grands desordres, on tâchera après la Paix que cela soit accommodé à l'amiable, ou par un Procès sommaire sans aucun delai, mais pendant la Négociation de ladite Paix, on ne doit absolument parler d'aucune circonstance qui puisse regarder cette affaire.

Et afin qu'il soit pourvû à tout, & qu'à l'avenir il ne survienne plus de difficultés au sujet des libertés & jurisdictions des Etats, il a été particulierement stipulé qu'en cas que la necessité de l'Empire le demandât, on convoqueroit une Diete générale, & pendant la vie de l'Empereur on élira un Roi des Romains, & les

Electeurs auront la liberté de faire cette Election s'ils le jugent à propos, mais en cas que cette Election ne soit pas nécessaire on ne la fera qu'après la mort de l'Empereur. De plus tous les Etats de l'Empire dresseront unanimement une ferme & constante Capitulation Impériale, qu'ils observeront religieusement, sans y rien changer que du consentement unanime des susdits Etats dans une Assemblée générale de l'Empire. Enfin quand on admettra dans l'Empire de nouvelles Constitutions, ou qu'on interprêtera les anciennes, quand on commencera une Guerre, qu'on établira de nouvelles Contributions, qu'on fera de nouvelles levées de Troupes, de nouvelles Fortifications ou Forteresses dans l'étenduë dudit Empire, qu'il faudra, dans celles qui sont déja bâties, mettre des Garnisons, faire Paix ou Alliance, même quand un Membre de l'Empire se trouvera dans le cas d'être dégradé, dépouillé de ses emplois & privé de ses biens, toutes ces chôses ne se pourront faire que d'un commun accord dans une Assemblée générale.

L'on tiendra une Assemblée générale ou Diete tous les trois ans au moins dans l'Empire, & ne pourra, si le bien public ne le demande, être retardée plus que de trois mois, & la convocation se fera par des Lettres Circulaires sans qu'aucun Membre qui a droit de s'y trouver soit oublié.

Quand on sera en différent dans les Dietes générales & particulières, on donnera copie de l'affaire agitée aux Etats ou Colleges de l'Empire afin qu'ils puissent avoir le tems de déliberer: & dans l'assemblée des Députez d'une classe à l'autre auprès des Colleges, ou Etats séparez de l'Empire sera donné un Directeur afin qu'il ne leur soit fait aucun préjudice: mais les Villes Impériales seront obligées sans aucune contradiction d'aprouver & de passer dans leur Conseil ce qui aura été résolu dans les Dietes générales ou particulières de l'Empire.

Au reste les Electeurs continueront en vertu de la Bulle d'or dans la jouïssance entiere de leurs droits & privileges & tiendront pour le bien de l'Empire telles Assemblées qu'ils voudront pour prendre entr'eux les mesures qu'ils jugeront convenables, sans être obligés d'en donner connoissance aux autres Membres & Etats de l'Empire & sans demander leur consentement pour l'exemtion.

Mais comme, par ce Réglement, les Etats de l'Empire sont rétablis dans la constante jouïssance de leurs Droits & Privileges sans aucune altération ni diminution, il sera aussi permis à chaque Etat de faire Alliance avec des Etrangers, à telle condition néanmoins que ces Alliances ne pourront porter aucun préjudice ni à l'Empereur ni à l'Empire ni au repos commun, & qu'elles ne contreviendront en rien au serment par lequel ils se sont engagez à l'Empereur & à l'Empire. Mais si l'Empereur le premier donnoit sujet à quelqu'un des Etats, il leur sera permis alors pour leur propre défense de faire alliance, comme on la voit à present faite par les Etats: de même les Conventions Héréditaires & les Pactes de famille subsisteront dans leur entier, particulierement ceux des Maisons de Saxe, Brandebourg & Hesse & renouvellez dans les années 1587. & 1614. & enfin toutes les Alliances particulieres faites avec la Suéde. Quant aux Griefs politiques, on est convenu que l'on examinera & reglera au plutôt la Matricule de l'Empire, dans laquelle on inserera Erfort & Eger, qui auront seance & voix dans la Diéte de l'Empire, ainsi que la Ville d'Osnabrug qui en

reconnoissance de ce qu'elle a été si longtems habitée par les Plénipotentiaires sera reconnuë pour Membre immediat de l'Empire.

Les Cercles rompus seront rétablis, & la Matricule de l'Empire à proportion de chaque Etat tellement améliorée & changée, que ceux qui sont trop chargés ne le seront à l'avenir que suivant leurs commodités & revenus, & contre le reglement de cette contribution nul ne pourra revenir pour faire surcharger les autres.

Aucun Etat même ni pour le présent ni pour l'avenir ne pourra se dégager de son contingent pour les dépenses de l'Empire, mais ceux qui par quelque maniere ou raison s'en sont exemptez, doivent d'abord y être remis: les Etats immédiats qui ont été séparez de l'Empire, & qui sont assujettis à d'autres, en seront pleinement dispensez, & on leur donnera sureté contre de tels faits. De même chacun jouïra, sans diminution, du droit qu'il a sur ses Sujets, & ceux qui par force ont été ôtez à leur Seigneur naturel pour être donnez à d'autres, seront rendus à leur véritable Seigneur & renvoyez dans le district qu'ils auront quitté. Quant aux Sujets des Etats ils seront citez devant le Tribunal Impérial.

Nuls Privileges, Libertés, Exemptions, Protections & Jurisdictions ne seront accordées à aucune Ville des Etats, à leurs Bourgeois & sujets, sans le consentement de ceux qui y sont interessés. Encore moins seront tolerées les desobeissances & rebellions ou resistance des Sujets, sans qu'ils soient entendus contre leurs Principaux, ce qui se pourra faire en Justice: mais au contraire on les exhortera à la soumission & à l'obeïssance.

Les Maîtres des Postes doivent dans les Villes suporter les charges tout comme les Bourgeois, & chaque Régence pourra les regler comme elle avisera bon être: mais ces Maîtres des Postes doivent porter à la Cour de l'Empereur les Lettres des Etats sans aucun salaire. Et afin que les affaires de l'Empire ne soient pas retardées, mais qu'elles puissent en peu de tems être expédiées, non seulement on ne devra point appeller de celles qui sont défenduës, mais même les sommes ou amendes imposées pour la défense de ce dont il n'est pas permis d'appeller, seront augmentées au double, sauf les privileges de ne pouvoir apeller & la nullité des apels.

Le Tarif pour les frais de procedures ne doit point être augmenté par la Chambre de Justice sans la permission ou le consentement des Etats: les Etats aussi qui par des accidents imprevûs & des pertes se trouvent endettés ne seront pour telles dettes, sujets au Fiscal, ni surpris par execution à cause qu'ils n'auroient pû payer à la Chambre leur côte-part, mais il faudra chercher un accommodement & un tempérament pour couler jusqu'à ce qu'ils soient dans une meilleure situation.

Les Villes Impériales libres ne doivent pas être considerées comme des biens patrimoniaux de l'Empereur.

Ni les Bailliages compris sous les Etats du Païs, sous prétexte qu'ils seroient sous la protection des Princes.

Toutes les Forteresses bâties l'an 1618. au prejudice des voisins, à la charge des Sujets, contre les Privileges, & contracts, seront démolies, selon que la situation des affaires le permettra, mais les autres Places fortes qui auparavant & pendant la Guerre ont été construites, suivant l'ordonnance & la volonté de chaque Etat seront entretenuës.

Les

Les Passages & entretien des Troupes doivent être réglés suivant l'ordonnance & constitution de l'Empereur, & il sera permis aux Etats de les protéger & défendre contre ceux qui pourroient contrevenir à ladite Ordonnance, mais il ne sera pas permis de se donner aucun titre ou qualité qui jusqu'alors n'auroit point été en usage dans l'Empire.

Un Etranger ou Sujet d'un autre Etat ne sera sujet ni au souverain Tribunal ni à celui des Princes, ni à aucune haute Justice.

Pour venir à présent à quelque moyen provisionel de soulager aussi bien les debiteurs qui par les accidens connus se trouvent sans biens, comme aussi pour indemniser les crediteurs, les Ambassadeurs ou Députez des Etats traiteront d'abord sur ce sujet, & pendant le cours d'un an que peut durer une pareille Négociation tous intérêts viendront à cesser.

On est de même demeuré d'accord que la discipline Chrétienne & l'ordonnance de Police, ou de reforme, ainsi que celle d'Ausbourg de l'an 1530 & 1548. & celle de Francfort de l'année 1577. seront à présent publiées & renouvellées avec le consentement de l'Empereur & de tous les Etats pour être exécutées, & les infracteurs punis sans aucun égard pour qui que ce soit.

Pour le bien de la Paix & principalement afin que le commerce puisse de nouveau fleurir plus que jamais, tous les empêchemens & obstacles survenus dans l'Empire doivent être levez, les Provinces, Ports, & Rivieres, chacune dans son territoire, conservant les droits comme le Rhin, le Danube & l'Elbe qui doivent jouir de leurs précédens Droits & libertés comme ils ont fait avant la Guerre, tels qu'ils seront à présent rétablis & maintenus.

Tous les Impôts & autres charges mis par des Officiers Généraux à cause de la Guerre seulement, seront dès à présent suprimés, mais ceux qui sont faits par l'Empereur & les Electeurs avec Droit, ou qui depuis beaucoup d'années se sont toujours payez, resteront dans leur état, & s'ils ont été augmentez ils seront diminués & remis sur leur ancien pied.

Les habitans de Villes doivent payer l'accise des denrées de consomption & les autres impôts; mais les étrangers n'y seront pas obligez à moins qu'ils ne viennent demeurer dans les Villes, & qu'ils se servent des Droits même de la Ville.

On ne doit pas mésuser des libertés obtenuës par écrit, mais s'en servir dans leur propre sens & suivant les anciens usages & accords. On laissera en état tout ce qu'on a employé avant la Guerre pour bâtir, reparer, & entretenir les Ponts, Chemins & Rivieres, & l'on doit suprimer & casser ce qui n'est pas d'usage.

Toutes les Villes & habitans d'icelles pourront librement exercer & poursuivre leurs métiers, quoique certain métier pût avoir été honoré de quelque privilege.

Toutes les Assemblées tumultueuses seront entierement défendues, mais les honnêtes assemblées seront toûjours en estime comme aussi tout ce qui peut être pour le bien d'un chacun, tant qu'il n'y a rien de contraire au droit & à la raison.

Les Villes Anseatiques maintiendront leurs Alliances, sauf à chacune ses droits dans toute leur vigueur; cependant aucune Ville médiate ne pourra y entrer de nouveau sans le consentement de son superieur.

Où les arrêts & représailles ne sont pas permis de Droit, ils ne le seront en aucune maniere.

Le mauvais usage de la Bulle de Brabant, l'introduction des Certificats d'Espagne, les arrêts & exécutions ainsi que l'excessive charge qui est sur les Postes, tout cela doit cesser en partie, & en partie être diminué pour le profit des Marchands.

Enfin le commerce tel qu'il étoit avant l'année 1618 entre chaque partie de l'Allemagne, la Suéde, la France & l'Espagne, sera rétabli dans la liberté dont il a joui en tems de Paix, & restera sur le même pied sans pouvoir être interrompu, aussi bien par eau que par terre, sauf les droits reservez à un chacun.

Les Traitez de Paix ainsi conclus & signez de tous les Plénipotentiaires, ils en ont promis la Ratification dans trois mois pour en faire les Echanges à Osnabrug, faisant cesser toutes hostilités, & les Troupes seront envoyées dans les Garnisons jusqu'à ce qu'elles soient cassées, ce qui de plus sera ordonné, sera suivi & exécuté.

Les Prisonniers des deux côtés, sans distinction, Soldats & autres Serviteurs devront être mis en liberté de la maniere que le juge à propos, ou qu'il jugera convenir à l'avenir, mais sur tout devra être mis en liberté sous les mêmes conditions, le Prince Conrad de Brygans.

Ensuite la restitution se fera ainsi que l'on en est convenu en général & en particulier dans chaque Cercle, afin qu'avant les échanges de la Ratification on puisse faire voir en représentant le cachet & la signature de ceux qui sont grevez, que leurs biens leur ont été rendus, sans la moindre exception.

Quand on aura donné satisfaction aux Militaires, suivant l'Article N. & que cela sera attesté par les Lettres générales des interessez, alors on délivrera les Ratifications avec les Diplomes d'investitures.

Et quand cela sera rendu & échangé, les Commandans avec leurs Garnisons, & Officiers sortiront de bonne foi des Places qui doivent être renduës & restituées sans faire aucun tort ni préjudice aux Bourgeois & Habitans.

Les munitions & autres effets mobiliaires, y compris l'artillerie qui sera trouvée dans lesdites Places, soit qu'elles y ayent été apportées d'autres Places, soit qu'elles ayent été gagnées dans des Batailles ou dans des sieges, ou apportées pour la défense desdites Places, seront renduës à leurs proprietaires, ainsi que les Officiers Supérieurs le jugeront à propos : mais après la restitution faite, soit par eau sur leurs Frontieres, ou dans le milieu du Païs, elles doivent être délivrées de toutes les Garnisons qu'elles ont été obligées de souffrir à l'occasion de la Guerre.

Un chacun dans l'Empire doit à la fin casser toutes ses Troupes, & n'en pas entretenir plus que la sureté de leur service en demande.

On doit comprendre dans le Traité & conclusion de la Paix tous les Alliez, & Confédérez, principalement le Roi très-Chrétien, les Electeurs, Princes & Etats & leurs Villes, ainsi que les Rois d'Angleterre, de Dannemarck, de Pologne, & de Portugal, le Grand Duc de Moscovie, la Seigneurie de Venise, les Provinces-Unies des Païs-Bas, le Prince de Transilvanie & les Cantons Protestans. Du côté de Sa Majesté Impériale de la même maniere tous les Alliez & Conféderez du St. Empire, Electeurs, Princes, Etats, la libre Noblesse & Villes : le Roi Catholique d'Espagne, le Roi d'Angleterre, celui de Dannemarck, le Roi de Pologne, tous les Princes d'Italie & les Suisses.

Pour rendre encore plus sûre la conclusion de

cette

1647.

cette Négociation, ceci sera un accommodement perpetuel & une loi & un pacte commun de l'Empire il sera inseré dans la Capitulation de l'Empereur & tous les Etats de l'Empire présens ou absens, Ecclesiastiques ou Laïcs, & même les Conseillers assessoriaux de l'Empereur seront obligez & tenus de le considerer comme une loi sur laquelle ils doivent regler leurs jugemens.

Et contre cet accommodement & l'ordonnance des Cercles ou contre quelques-uns des Articles en particulier ne pourront avoir lieu aucun droit ni du Pape ni de l'Empereur, aucun privilege public ou particulier, aucuns Édits, Commissions, Inhibitions, Mandement, Decrets, Rescripts; affaires litigieuses, Sentences données selon l'ordonnance Ecclesiastique, exemptions, Protestations, Contredits, Condamnations, confiscations, usufruits présens & à venir, contracts, toutes sortes d'accords, pas même l'Edit de l'année 1629. ou la conclusion de la Paix de Prague, ni les accords faits avec le Pape; ou ce qui fut reglé, *per interim* en l'année 1548. comme Décrets Ecclesiastiques, dispenses, absolutions ou toutes autres exceptions ne seront fournies, ni reçues, ni employées dans le Pétitoire ou dans le Possessoire.

Tous ceux qui sont compris dans cet accommodement, savoir l'Empereur, les Rois de Suéde & de France, & les Etats de l'Empire maintiendront tous les Articles de cette Paix envers & contre tous; & en cas que quelqu'un vînt à violer ce Traité, celui auquel le dommage se feroit doit en avertir sans delai, afin que l'affaire se puisse accommoder dans un mois à l'amiable: mais si dans ce tems il n'y avoit aucun jour d'accommodement, chaque Allié doit alors prendre les intérêts de la Partie lezée par conseil & en effet; & si malgré toutes ces précautions & informations en justice on ne trouve aucun moyen d'accommodement; lesdits Alliez prendront les armes, avec cette condition & reserve néanmoins qu'une telle affaire ne portera aucun préjudice à l'Empereur à ses Païs Héréditaires ni à Sa Majesté le Roi de Suéde & à la France, soit dans leurs Royaumes, Provinces, Justices ou Jurisdictions.

Quiconque contreviendra au présent Traité soit Ecclesiastique soit Seculier, sera regardé comme un infracteur de la Paix & sera puni.

En foi de la fidele observation de ce Traité nous l'avons signé de nos propres mains & sellé de nos cachets.

A Osnabrug au commencement du mois de Juin 1647.

1647.

EXTRAIT
Du Projet de la
NEGOCIATION
De
PAIX
Et delivré à Messieurs les
PLENIPOTENTIAIRES
De la
COURONNE
De
FRANCE.

A Munster en Westphalie le mois, ... de l'année 1647.

Ce Projet signé & cacheté par les Plénipotentiaires de l'Empereur, Rois, Electeurs, Princes & Etats du St. Empire Romain.

PREMIEREMENT.

IL doit y avoir une générale, Chrétienne, perpetuelle, véritable & sincere Paix & amitié entre Sa Majesté l'Empereur, la Maison d'Autriche, les Electeurs, Princes & Etats de l'Empire, le Roi Catholique d'Espagne & tous ceux qui leur sont Alliez & Confederez, avec tous leurs Héritiers & Successeurs d'un côté & Sa Majesté très-Chrétienne, avec tous ceux qui lui sont Alliez avec tous ses Héritiers & Successeurs & principalement avec la Reine & le Royaume de Suéde, les Electeurs, Princes & Etats de l'Empire d'un autre côté.

II.

Il doit y avoir un éternel oubli de la prémiere rupture sans se souvenir ni où, ni comment elle a été faite, soit par haine, inimitié, ni même sans avoir égard aux Alliances précedentes.

III.

Sur ce fondement d'un général oubli ou amnistie tous en général & chacun en particulier, Electeurs, Princes, Etats du Saint Empire, sous lesquels sont compris tout ce qui de droit dépend de l'Empire, comme Sujets, possesseurs de Fiefs feodaux, leurs hâbitans, lesquels ont souffert quelque perte par la guerre de Boheme & d'Allemagne ou qui d'un côté ou de l'autre

1647.

l'autre ont fait quelque Alliance avec la France, seront rétablis & remis dans l'état où ils étoient avant la guerre de Boheme ou d'Allemagne.

IV.

Cette Restitution doit suivre, à moins que quelques-uns des possesseurs actuels ne crussent avoir une raison valable d'exception au contraire, & ces exceptions devront ensuite être examinées par un Juge compétent.

V.

L'affaire du Palatinat est accommodée à Munster & Osnabrug & on en a applani toutes les difficultez de la maniere qu'on trouve ci après.

VI.

Prémierement pour ce qui touche le Duc de Baviere & sa Dignité d'Electeur, lequel Electorat ont eu les Comtes Palatins par ci-devant avec tous les Droits de Regales, offices, prééminences, Titres & armes, ainsi que tout ce qui appartient à la Dignité d'Electeur, sans en rien excepter, comme aussi le haut Palatinat avec le Comté de Cham qui doit venir à la Principauté de Baviere avec toutes ses dependances, Regales & Droits comme il a été possedé jusqu'à présent pour rester à l'avenir au Seigneur Maximilien Comte Palatin du Rhin Duc de Baviere, à ses enfans & à toute la ligne Guillelmine tant qu'il y aura des mâles de génération en génération.

VII.

Mais le Duc de Baviere doit renoncer & quiter pour lui, ses Héritiers & sa posterité les treize millions & toutes ses prétentions sur la haute Autriche, & aussitôt que la Paix sera publiée rendre à Sa Majesté Impériale, tous les Ecrits & témoignages pour être cassés.

VIII.

A l'egard du Comte Palatin, l'Empereur consent pour le commun repos de l'Empire, qu'il soit, par l'autorité de cette Assemblée, installé comme huitieme Electeur, & ce Comte Palatin est Charles Louïs Comte Palatin du Rhin, ses Héritiers & sa posterité successivement, suivant l'ordonnance de la *Bulle d'or* : cependant il n'aura pas de préference devant l'Electeur de Brandebourg.

IX.

On doit ensuite par autorité de l'Empereur & sans aucune contradiction de la part de qui que ce puisse être, lui restituer tout le bas Palatinat avec tous ses biens Ecclesiastiques & temporels, leurs Droits & dependances, comme ils ont ci-devant appartenu aux Electeurs Palatins : on doit aussi lui remettre tous les Documens, Comptes, Registres &c. sans aucune exception.

X.

Que l'Electeur de Mayence l'an 1463. ayant engagé à l'Electeur Palatin pour une somme, certains Bailliages qui lui appartiennent, avec la faculté de les redimer en tous tems, on est convenu que lesdits Bailliages resteront à l'Ar-
Tom. IV.

chevêché de Mayence, à l'Electeur & ses Successeurs dans ledit Archevêché en payant les sommes pour lesquelles lesdits Bailliages sont engagez.

XI.

Comme l'Electeur de Trêves Evêque de Spire & Worms prétend quelques Droits sur des biens situés dans le Bas Palatinat, cette affaire doit être accommodée à l'amiable entre les Princes, ou juridiquement devant un Juge compétent.

XII.

Mais s'il arrivoit que la Ligne Guillelmine vînt à finir entierement, tellement qu'il n'y auroit plus de mâle, mais qu'il y en eût de la Palatine, ils doivent non seulement rentrer dans le haut Palatinat, mais même dans la Dignité Electorale qu'auroit euë le Duc de Baviere, & le huitieme Electorat doit rester entierement éteint. Cependant les Princes de Baviere retiendront les biens allodiaux qui leur appartiennent dans le haut Palatinat.

XIII.

Les accommodemens entre la Maison Palatine & celle de Neubourg, touchant la succession à l'Electorat, confirmés par les précédens Empereurs, doivent être maintenus, entant qu'ils ne seront pas contraires aux présens Traités.

XIV.

Parce que le Comte Palatin Charles Louïs doit avoir quelques secours pour fournir à l'entretien de ses Freres, Sa Majesté Impériale fera ensorte qu'ils ayent quatre cens mille écus en deux ans avec les intérêts à commencer par l'année 1648. à raison de 5. pour cent; c'est-à-dire deux cens mille écus par chacun an avec leurs intérêts.

XV.

Tous ceux qui ont été en Alliance avec ledit Comte Palatin, sans en excepter aucun, doivent profiter de cette amnistie, ou perpetuel oubli.

XVI.

Le Seigneur Charles Louïs doit témoigner à Sa Majesté Impériale toute obéïssance & fidélité, comme les autres Princes & Electeurs de l'Empire, & renoncer pour lui & ses Fréres au haut Palatinat, tant qu'il y aura quelqu'un de la Ligne Guillelmine.

XVII.

La Mere & Sœurs du même Prince doivent être honnêtement entretenuës par lui, suivant les Contracts de Mariage & leurs Douaires.

XVIII.

La libre Noblesse doit dans toute l'étenduë de l'Empire & dans le district de leur Etat immédiat rester sans aucun trouble ni sans y être molestée.

Xx   XIX. Ceux

XIX.

Ceux qui sont de la Religion Catholique doivent avoir dans le Palatinat libre exercice de leur Religion.

XX.

Ceux qui sont de la Confession d'Ausbourg, & qui ont été en possession d'Eglises, y compris les Bourgeois & habitans d'Oppenheim, y doivent être maintenus dans le même état qu'ils étoient en 1625. & ceux qui veulent professer l'exercice de ladite Religion suivant ladite Confession d'Ausbourg, il leur sera permis de faire le service dans les Eglises, Maisons particulieres ou autres lieux destinez pour cela par leurs Ministres ou ceux de leurs voisins.

XXI.

Le Droit que les Electeurs ont dans l'Election d'un Roi des Romains ou Empereur du Saint Empire doit rester dans son entier sans qu'on y puisse toucher & tout ce qui paroîtroit en cela contraire & préjudiciable aux Electeurs & qui auroit pu se pratiquer autrefois doit être entierement annulé. On est aussi convenu que l'Election faite par l'Electeur de Trêves, & les Capitulations faites avec l'Empereur, comme de l'Empereur avec lui doivent être presentées aux Electeurs dans leurs Assemblées en bonne forme, avec tout ce qui en dépend, excepté le 50. Article.

XXII.

D'autant qu'après que l'arrêt fait sur les biens Meubles de l'Electeur de Trêves annexés au Duché de Luxembourg a été cassé à la requisition de l'Empereur par le Conseil Provincial, & que par quelque nouvelle sollicitation le susd. Arrêt a été renouvellé; on est convenu que ledit Arrêt sera annullé par le Conseil de Luxembourg en Bourgogne & ledit Electeur sera remis *in integrum*, & tout ce qui a été perdu lui sera restitué.

XXIII.

Le Prince Louïs-Philippe, le Prince Fréderic, le Prince Leopold-Louïs, tous trois Comtes Palatins du Rhin doivent être remis dans le même état où étoit leur Pére l'an 1624. chacun dans ce qui lui appartient.

XXIV.

Les différends qu'il y a entre l'Evêque de Bamberg & de Wurtsbourg, & le Marquis de Brandebourg-Culmbach & Anspach, doivent être reglez, accommodés & décidés à l'amiable ou en justice dans le terme de deux ans, & celui qui n'y consentira pas, perdra son action. mais en attendant, on doit restituer au Marquis la Forteresse de Wiltzbourg dans l'état où elle étoit quand elle s'est renduë.

XXV.

La Maison de Wurtemberg doit ravoir tous les biens qu'elle avoit avant la Guerre, principalement les Seigneuries de Blauwbeweren, Achelen & Stauffen avec leurs dependances, comme aussi la Ville & Seigneurie de Goppingen, les Revenus de l'Université de Tubinge, la Seigneurie d'Oberkirch. Item la Ville de Ballingen, Ditlingen, Ebingen & Rosenfeld avec leurs dépendances, comme aussi Hogenwiel, Albeg, Hogen-Asper, Hogen-Aurach, Hogen-Tubingen, Horenberg, Schiltach, avec la Ville de Schorendorf, le Droit de la Maison d'Austriche reservé, ainsi que ses prétentions dans les Seigneuries de Blaubeweren, Achelen, & Stauffen, & comme aussi la Seigneurie de Heidenheim, en payant au Duc de Bavière 500000. florins du Rhin pour laquelle somme elle a été engagée par l'Empereur Ferdinand II.

XXVI.

Le Prince de Wirtemberg de la Ligne de Montbeliart, doit être remis & rétabli dans tous ses biens, quelque part & dans quelque état qu'ils soient situés, dans la même nature où ils étoient avant la Guerre.

XXVII.

Frederic Marquis de Bade doit être remis dans l'état où étoit son Pere avant la Guerre.

XXVIII.

Le Duc de Croy doit être rétabli comme il étoit auparavant.

XXIX.

On restituera aux Comtes de Nassau-Sarbrug tous les Comtés, Seigneuries, Païs, Sujets & biens, savoir le Fort de Hombourg avec toutes les munitions & instrumens de guerre qu'on y a trouvés, excepté ce que la Couronne de France a à prétendre sur cela; les Dommages que le Duc de Lorraine leur a faits à force ouverte doivent être reparez & remboursés suivant la décision de Juges competens.

XXX.

Pour ce qui regarde les difficultez de Nassaw-Siegen, contre Nassaw Siégen, l'affaire ayant été devant l'Empereur l'an 1642 pour y être accommodée à l'amiable, la Commission recommencera & en cas qu'ils ne puissent s'accommoder, cela sera decidé en justice, cependant le Comte Maurice doit rester en possession.

XXXI.

On doit restituer à la Maison de Hanau les Bailliages de Bobenhuisen, Bischofshein, Henstege & Wilstad.

Jean Alberts Comte de Solms sera rétabli dans le quart de la Ville de Bustbach & les quatre villages voisins. On doit aussi restituer à la Maison de Solms, Hohen-Solms & les biens confisqués dans l'année 1637. sans égard à la Transaction faite avec le Landgrave George de Hesse, ayant été faite par après.

XXXII.

La Maison d'Isembourg doit également être remise dans son état précedent, sans égard à la Transaction faite avec le Comte de Darmstad. Item les Rhingraves dans leurs Bailliages de Hogen-Eck & Wildenbourg ainsi que dans

dans tout ce qui lui a été pris par leurs voisins.

XXXIII.

Le Château de Valckenstein doit être remis dans la même Maison avec le fief de l'Empire comme ce qui appartient de Droit aux Comtes de Ratfenbourg, furnommez Louwenholt, dans le Comté de Valckenstein dans le Palatinat & Bailliage de Bruftenheim dans l'Archevêché de Cologne, ainfi que la Baronie de Reipolskirch, fituée fous Hulfdruck avec toutes les dependances.

XXXIV.

La Maifon de Waldeck doit être remife dans la poffeffion de la Seigneurie de Dyninghuifen & des villages de Nordervou, Niederfchlenten, comme ils les ont eus & poffedez l'année 1624.

XXXV.

Jean Erneft Comte de Oettingen fera remis en tout ce que fon Pére Louïs Eberhard poffedoit l'an 1627. & qui lui a été pris par Edit.

XXXVI.

La Maifon de Hohenlo fera remife dans la Seigneurie de Weickersheim & dans tout ce qu'elle a perdu.

XXXVII.

Frédéric Louïs Comte de Loewenftein & Wertheim doit être rétabli dans tous les Comtés & Seigneuries qui lui ont été prifes & confifquées pendant la Guerre, auffi bien à l'egard du Spirituel que du Temporel, Ferdinand Charles Comte de Loewenftein & Wertheim dans tout ce que fon neveu défunt George Louïs, & Jean Cafimir ont pris & confifqué, fi bien dans le temporel que dans le fpirituel, refervant néanmoins les biens qui appartiennent à Mademoifelle Marie Chriftine de la part de fon Héritage Paternel & Maternel, dans lequel elle fera entierement remife, comme auffi la Veuve de Jean Cafimir de Loewenftein dans fes Hypotheques & dans fon Douaire, & fi le Comte Frédéric Louïs a fur cela quelque prétention, on le devra régler en juftice comme ce qui regarde la Maifon de Erbach & principalement le Comte George qui doit rentrer dans le château de Fribourg & dans tous les Droits qu'il a en commun avec la Maifon de Loeveftein, ainfi que pour la Garnifon du Château, la direction & tout ce qui concerne les autres affaires temporelles.

XXXVIII.

En Boheme ou autres Païs Héréditaires de l'Empereur, ceux de la Confeffion d'Ausbourg & leurs Héritiers y peuvent venir, défendre leurs Droits, il leur fera fait juftice fans égard particulier pour qui que ce foit, & l'execution fuivra après.

XXXIX.

Tous les Contracts, Echanges ou Accords exigez par force, dont Wittemberg & autres fe plaignent, doivent être nuls, & toutes les obligations forcées, reftituées & annulées.

XL.

Si quelqu'un, dans un tems de néceffité & pour fe garentir d'un plus grand malheur, a prêté à un autre quelque argent, cet argent doit être payé.

XLI.

Toutes les Sentences politiques renduës pendant la Guerre, ne doivent pas être entierement invalidées & fans force, mais fi les Parties, dans les fix mois après la conclufion de la Paix, demandent la revifion devant des Juges competens, il fera permis de les reformer, confirmer, ou felon la nature de l'affaire les caffer & annuler.

XLII.

En cas que quelques biens Royaux, feodaux, ou particuliers de l'année 1618. ne fuffent pas relevés, & qu'on n'eût pas fait les hommages de tels biens, cela ne portera aucun préjudice à perfonne, mais le tems du relief doit commencer du jour de la Paix, ce qui n'empêchera pas qu'on ne foit obligé d'alleguer les raifons d'empêchement qu'on a euës jusqu'alors.

XLIII.

Tous les Officiers Militaires ou de Magiftrature, Bourgeois ou habitans ne feront inquietez pour les fervices faits & rendus de part & d'autre, & l'on ne pourra faire aucune perquifition ni recherche contre eux, & à cet égard nulle accufation ne fera reçuë.

XLIV.

Les ordres établis par Privileges des Papes, Empereurs, Rois pour le bien commun de la Chrétienté & qui jufqu'à préfent n'ont pas encore été confirmés, & que la Guerre a troublez refteront dans leur force & vigueur, & ne pourront en nulle maniere être chargez ni pour la Guerre ni pour la Paix.

XLV.

La Veuve & les Héritiers du Comte de Brandenftein doivent être rétablis dans les Droits de tous les biens qu'ils ont perdus. Le Chevalier Baron de Kewelhuller, les Héritiers du Chancelier Loflerus, Marc Conradi, & Hierome de Relingen enfans & Héritiers, item Marc Antoine de Relingen doivent tous être reftitués dans ce qui leur a été pris par confifcation.

XLVI.

On excepte des biens qui doivent être reftitués ceux qui ne le peuvent abfolument pas être, comme biens qui fe confument par l'ufage, Grains emportés par les Partis ou donnés aux Partis.

XLVII. Tous

XLVII.

Tous les Benefices qui font venus à vaquer pendant la Guerre, & qui ont été donnés par un côté ou l'autre refteront à ceux qui en font pourvûs pendant leur vie, mais après leur mort l'éléction & nomination, retourneront à celui auquel elles appartiennent, & qui ont droit de difpofer de ces Benefices.

XLVIII.

Comme ce qui regarde la Succeffion de Julliers entre les Maifons Electorales de Saxe, Brandebourg & Palatine, pourroit avoir des fuites fâcheufes, fi l'on n'y pourvoyoit pas, on eft convenu que quand la Paix fera concluë, on terminera cette affaire par la voye d'une Négociation particuliere, ou par un Procès en régle devant Sa Majefté Impériale.

XLIX.

Et pour établir plus folidement le repos par les biens Ecclefiaftiques qui font en difpute & le libre exercice de Religion, les chofes doivent refter, comme elles ont été reglées dans la Négociation faite, entre l'Empereur, les Electeurs, Princes, Etats de l'Empire & la Couronne de Suéde, & être obfervé, comme fi cela étoit ici inféré de mot à mot.

L.

Que dans l'avenir il ne doit furvenir aucune difpute dans le Gouvernement Politique entre les Electeurs, Princes & Etats de l'Empire pour leurs anciens Droits, Prérogatives, Libertés & Privileges; le tout en vertu de ce Traité étant tellement réglé & établi, même confirmé, que perfonne ne doit après fous quelque prétexte que ce foit molefter ou inquiéter quelqu'un.

LI.

Ils doivent avoir auffi le Droit de fufrage dans toutes les affaires de l'Empire, principalement en fait de Loix, déclaration de Guerre, demande de contributions, ordonnances de Garnifons, & nouvelles inftitutions pour le bien commun, rétabliffement des Fortereffes, ou Négociation de Paix ou de Guerre, & autres affaires qui pourroient arriver dans la fuite, lefquelles ne doivent être faites que du confentement & accord des Etats de l'Empire: particulierement il fera permis à chacun pour la même raifon de faire des Alliances, pour la fureté de leurs Etats refpectifs ou avec les Puiffances du dehors; cependant ne pourront être contraires ou préjudiciables à l'Empereur ou Etats de l'Empire; & fur tout ils prêteront chacun le ferment qu'ils doivent à l'Empereur & à l'Empire.

LII.

L'Affemblée des Etats de l'Empire doit être tenuë dans l'efpace de. . . . . Mois & enfuite autant de fois que l'occafion & le befoin de l'Etat le demanderont, mais on corrigera dans la premiere les abus qui fe font gliffés dans les précedentes, comme ce qui concerne l'Election du Roi des Romains, Capitulations de l'Empereur, ainfi que la maniere dont on devra proceder à la dégradation de l'un ou de l'autre dans l'Empire, remettre les Limites du Païs, renouveller la Matricule, recevoir les Etats abfens, la moderation & diminution des contingens dans l'Empire, reformer la Juftice, la Taxe des Procès mal fondés, les Commitez ordinaires, Gages des Directeurs de l'Empire, Colleges & autres pareilles affaires lefquelles ne doivent être faites & établies que d'un commun accord.

LIII.

Dans les Communes, ainfi que dans les Villes Impériales, & dans les autres Etats feront maintenus les fufrages pour la Décifion, & les revenus & Régales refteront fans diminution, ainfi que les Libertés & Privileges pour confifquer, collecter, & tout ce qui dépend de cela, comme les autres Droits de l'Empereur qui depuis longtems ont été gardez & obfervez dans leurs enceintes & fur les Terres dont elles font environnées, avec caffation de tous Arrêts, lefquels dans le tems de la Guerre, fous prétexte de Repréfailles, défenfes de chemins, en un mot fous quelque prétexte que ce foit refteront annullez, pour ôter toutes les confufions caufées par la Guerre.

LIV.

Les Maîtres des Poftes dans les Villes Allemandes doivent être exempts de toutes les actions perfonnelles mais non pas des réelles.

LV.

La Ville de Erfort prétendant être une Ville Immédiate de l'Empire, il lui fera permis de le prouver devant Sa Majefté Impériale.

LVI.

La pourfuite des Debiteurs ruinés par la Guerre, ou par le payement des rentes exceffives doit fe faire avec douceur & tranquilité afin que perfonne ne foit furpris par des exécutions trop fubites.

LVII.

Et comme il eft néceffaire de faire fleurir le Commerce quand la Paix fera faite, on eft convenu que les impôts, mis nouvellement, ou les anciens augmentez pendant la Guerre, l'abus de la Bulle de Brabant, & les Repréfailles & Arrêts, exactions, charges déraifonnables des Poftes contre l'ufage, & tout ce qui peut porter obftacle au Commerce & à la Navigation qui s'en trouve affoiblie, tout cela doit être caffé & interdit fans être permis à l'avenir que par un confentement unanime des Parties intéreffées; les Provinces, Ports & Riviéres doivent être remis dans leur état, comme ils étoient avant la Guerre & y être maintenus.

LVIII.

Le Commerce jouïra d'une entiere liberté, telle qu'avant la Guerre & il doit être maintenu

tenu & protegé dans toutes les Villes contre tout ce qui y pourroit nuire.

LIX.

Afin que la Paix & amitié puisse être sure & durable entre l'Empereur & le Roi très-Chrétien, il est accordé avec le consentement des Electeurs, Princes, & Etats de l'Empire ce qui suit.

Premierement, que la superiorité, les Droits de superiorité & tous les autres dans les Evêchez de Metz, Toul & Verdun & les Villes lesquelles portent le nom de ces Evêchez dans le District & territoire avec tous les Fiefs, Ducs, Princes, Comtes, Barons & Noblesse, avec les Droits des Sujets & autres choses lesquelles jusqu'à présent sont tirées sous l'Empire Romain à cette heure & pour toujours, doivent être incorporées à la Couronne de France, reservant le Droit de Métropolitain à l'Archevêché de Trèves.

LX.

L'Evêché de Verdun sera donné en possession à François Duc de Lorraine, comme legitime Evêque pour le posseder & en jouir en repos de tous les Revenus en prêtant serment de fidelité au Roi & s'engageant à ne rien faire contre le bien commun de Sa Majesté & de son Royaume. Que l'Abbé de Fulde restera en possession des Abbayes que le Pape lui a données à la nomination du Roi très-Chrétien.

LXI.

Secondement l'Empereur, avec le consentement de l'Empire, céde & donne à présent & pour toujours sans retour au Roi très-Chrétien & ses Successeurs à la Couronne tous les Droits de superiorité que lui & le Saint Empire Romain prétendoient sur Piguerol avec toutes les dépendances auxquelles il pourroit avoir quelque chose à prétendre.

LXII.

Les susdites Seigneuries, biens feodaux, Ordres, Offices, & Sujets sont déchargez des obligations & devoirs par lesquels ils étoient engagez à l'Empereur, mais ils tombent dans les obligations & devoirs envers le Roi & le Royaume de France, comme envers leur Maître & superieur, l'Empereur & l'Empire, comme dit est renonçant à tous leurs Droits à leur égard.

LXIII.

Troisiemement, l'Empereur pour lui & toute la Maison d'Autriche céde tous les biens, Revenus, Droits, Proprietés, Dominations & Possessions avec leurs Jurisdictions, qui lui appartiennent; à la Maison d'Autriche ou à l'Empire la Ville de Brisac, haute & basse partie du Païs & Landgraviat d'Alsace & Suntgau, en quoi est compris le Comté de Ferrete & les Bailliages, de même que les dix Villes d'Alsace, savoir Haguenau, Colmar, Selestad, Witemberg, Landau, Oberkierhaim, Rosheim, Munster dans les Vallées, St. Gregoire, Turricheim, Keisersbourg, avec tous les Villages & autres Droits qui dépendent des mêmes Bailliages, lesquels il transfere au Roi très-Chrétien & au

Royaume de France, tellement que la susdite Ville de Brisac, avec les villages de Hochstad, Niderrinsich, Harten & Acharen appartenant à la Communauté de Brisac, dans le même état où le tout étoit autrefois, reservant auxdites Villes les privileges qu'elles ont obtenues des Empereurs & de la Maison d'Autriche, comme aussi au Landgraviat d'Alsace & Suntgau, & au Comté de Ferrete, de même qu'aux Bailliages des Villes susdites & Places dépendantes. Item tous les Sujets de l'Alsace, Villes, Châteaux, Villages & fossez, Bôcages, Mines d'or & d'argent, Rivieres, Bords, Prairies & tous les Droits de Régales & appendances, sans aucune reserve, avec toute la superiorité, & commandement pour dès à présent & à toujours appartenir au Roi très-Chrétien & au Royaume de France, y être annéxé & incorporé, sans aucune contradiction de la part de l'Empereur ou de la Maison d'Autriche, ou quelque autre; tellement que nul Empereur ni aucun de la Ligne de la Maison d'Autriche puisse user de quelques Droits ou pouvoir sur les susdites places de l'autre côté du Rhin ni y avoir la moindre prétention, nonobstant tous dons, Transports, échanges, ventes ou autre alienation de quelque maniere qu'elles pussent être faites, à condition néanmoins que le Roi sera obligé d'y maintenir & conserver la Religion Catholique, comme les Princes d'Autriche l'y ont conservée, & de casser tout ce qui s'y est introduit de nouveau pendant la Guerre.

LXIV.

L'Empereur & la Maison d'Autriche ne pourront à l'avenir prendre & user des Titres des susdites Places, mais le Roi de France seul pourra s'en servir.

LXV.

L'Empereur, l'Empire & le Duc de Deuxponts Ferdinand Charles, quittent & dechargent les Etats, Sujets, & Officiers desdites Villes de leurs devoirs, serment & obligations, par lesquels ils leur ont été jusqu'à ce jour soumis ainsi qu'à la Maison d'Autriche, les mettant sous la superiorité & domination du Royaume de France, renonçant dès à présent & pour toujours pour eux & leurs Héritiers à tous leurs Droits & prétensions; acceptant de procurer une même Renonciation du Roi d'Espagne après la signature du Traité.

LXVI.

Mais en cas que quelqu'un dans la suite vînt à prétendre quelque chose sur l'Alsace, Sundtgau, le Comté de Ferrete & Brisac dans leurs dépendances, l'Empereur & l'Empire doivent garentir & indemniser le Roi de France.

LXVII.

Quatriemement Sa Majesté très-Chrétienne & ses Successeurs à la Couronne, doivent, par le consentement de l'Empereur & de l'Empire, mettre dans le Château de Philisbourg une Garnison sufisante pour sa garde, à leurs dépends: de même il sera accordé à sadite Majesté libre passage dans l'Empire avec des Soldats, par les Campagnes & Rivieres, autant de fois qu'il sera nécessaire, mais aux dépends du Roi, & sans aucun dommage pour l'Empire.

Xx 3 LXVIII. Pour

LXVIII.

Pour plus d'assurance de ladite cession tous les Décrets, Constitutions, Statuts & Coutumes établis par les Empereurs précedens &c. doivent être cassés par l'Empereur & l'Empire.

LXIX.

L'on convient que ce present Ecrit sera ratifié dans les Comtés les plus voisins de l'Empire &c.

LXX.

Incontinent après la restitution de Bensfelt on doit régler les revenus des Villes & Forteresses qui sont sur le Rhin ; celles de l'Alsace, du Château de Hohenbar & Noburg sur le Rhin, mais dans ces Places il ne doit être entretenu aucunes Troupes.

LXXI.

Les Magistrats & habitans de ces Villes doivent garder une exacte neutralité, & les Troupes du Roi pourront en sureté & avec liberté passer, tant que la nécessité & les affaires le demanderont.

LXXII.

Il ne doit être construit aucune Forteresse de l'un & de l'autre côté du Rhin depuis Basle jusqu'à Philisbourg, & personne n'y doit bâtir de Forts pour ôter la liberté du Fleuve.

LXXIII.

A l'égard des dettes dont la Chambre d'Ensisheim est chargée, l'Archiduc Ferdinand Charles en recevant la portion de la Province que Sa Majesté très-Chrétienne lui doit restituer se chargera du tiers de toutes les dettes, sans aucune différence, écrites, & hypothequées quelles qu'elles soient pour autant qu'elles sont authentiques ou qu'elles ont des hypothéques spéciales, soit à l'égard de la reddition ou restitution des Provinces ou qui se trouvent sur les Registres des reçus & débours de ladite Chambre & non connus jusqu'à la fin de l'année 1632 & qui seront incorporées aux debets & credits de ladite Chambre en payant les rentes annuelles, & les payera, indemnisant & déchargeant le Roi d'une telle quotte part.

LXXIV.

Mais les dettes faites par les Etats, Provinces & Princes de la Maison d'Autriche, ou seulement contractées, par les Etats au nom de tous, doivent être partagées entre les Seigneuries qui viennent au Roi & celles qui restent à l'Autriche, tellement que chacun pourra savoir ce qu'il doit payer de ces vieilles dettes.

LXXV.

Le Roi très-Chrétien doit en même tems, comme il sera dit par les Articles suivans, restituer réellement à la Maison d'Autriche, & spécialement à Ferdinand Charles l'ainé des fils de feu Leopold, les quatre Villes de Rhynfeld, Seckingen, Lauffenbourg, & Waldschutten,

avec tous leurs Territoires, Bailliages, Bourgs, Villages, Bocages, Forêts, Vassaux, Sujets & toutes dependances de l'un & l'autre côté du Rhin, le Comté de Hovenstein, la Forêt noire, & les hauts & bàs Bois, les Villes qui y sont situées, & qui appartiennent depuis longtems à la Maison d'Autriche, savoir Neubourg, Fribourg, Endingen, Kensingen, Waltskirch, Villingen, Brenlingen avec tous leurs Territoires, leurs Couvents, Abbayes, Prélatures, Prévôtés, Nobles Ordres, Commanderies, Bailliages, Baronies, Châteaux, Forts, Comtes, Barons, Nobles, Vassaux, Hommes liges, Eaux, Rivieres, Chasses, Bois, & toutes les Regales, Droits, Jurisdictions feodales & de Patronages avec tout ce qui y apartenoit anciennement.

LXXVI.

Item, l'entier Ortnau, avec les Villes Impériales Offenbourg, Gengenbach &c. & la possession d'Ammersbach en ce qu'elles dependent des Bailliages de l'Ortnau, comme aussi toutes les Seigneuries & Baronies, que les Suédois occupent actuellement par les armes, en telle sorte que le Roi de France ne pourra rien prétendre sur les Places ci-dessus de l'un ou l'autre côté du Rhin, nonobstant toutes cessions, donations &c. à ce contraires : & les Princes de la Maison d'Autriche n'acquereront pas plus de Droit sur ces endroits qu'ils n'y en ont eu jusqu'à présent.

LXXVII.

Le Commerce des deux côtez du Rhin doit être libre par tout, & les habitans desdits côtés doivent commercer librement, sur tout par eau, sans que qui que ce soit de part & d'autre puisse empêcher les Vaisseaux de monter & descendre, arrêter ou charger sous quelque prétexte que ce puisse être, excepté seulement les visites des Marchandises, comme on a accoûtumé de le faire, mais il ne sera permis à personne de mettre de nouveaux Impôts ou charges sur le Rhin, & l'on doit s'en tenir à ceux qui y étoient avant la Guerre.

LXXVIII.

Tous les Vassaux, Habitans, Sujets, Bourgeois tels qu'ils soient, Sujets de la Maison d'Autriche de l'un ou l'autre côté du Rhin, ainsi que ceux qui le sont immédiatement de l'Empire, ou autres Etats de l'Empire, auront à les reconnoitre pour leurs Superieurs, sans égard à aucunes confiscations, Transactions, Dons &c. faits par Bernard Prince de Wynincxberg aux Collonels Suédois quand les Provinces ont été conquises, & dès que cela sera ratifié par le Roi très-Chrétien, ils doivent aussitôt après la Publication de la Paix être rétablis dans leurs biens en fonds, mais à l'égard des biens qui se consument par l'usage, comme meubles, Bestiaux, Grains & fruits, il ne sera pas permis d'en demander la restitution.

LXXIX.

Le Roi très-Chrétien doit laisser toutes les susdites Places, Ordres Ecclesiastiques, & temporels dans leurs Droits, & Privileges qu'ils ont eu de la Maison d'Autriche anciennement & avant le présent Traité.

LXXX. Item

LXXX.

Item le Roi très-Chrétien fera compter au fusdit Archiduc Ferdinand Charles, en compenfation de cette ceffion trois millions de livres tournois dans les années fuivantes 1648, 1649, & 1650, & les payemens s'en feront partie à la St. Jean Baptifte en bonne Monnoye, à Bafle à l'Archiduc ou à fes Députez.

LXXXI.

Outre ces fommes le Roi très-Chrétien doit encore prendre fur fon compte les deux tiers des dettes de la Chambre de Enfisheim, fans exception, & en délivrer l'Archiduc, comme il eft dit dans l'Article LXXIII.

LXXXII.

Le Roi très-Chrétien doit faire rendre à l'Archiduc tous les Documens & papiers qui ont été emportés dans quelques Places qu'ils puiffent être, ainfi que délivrer Copie des Documens qui concernent les Places renduës & cedées, quand l'Archiduc demandera lefdites Copies.

LXXXIII.

Enfin pour que cette Paix depuis fi longtems defirée puiffe être longue & durable, s'il arrivoit quelque Guerre étrangere entre la France & quelqu'autre, l'Empereur ne pourra donner aucune affiftance, ni par lui-même ni par d'autres Membres de l'Empire aux Ennemis de la France, non plus qu'au Roi d'Efpagne ou Duc Charles, nonobftant toutes Alliances ou Accords précedens.

LXXXIV.

On convient enfuite qu'il ne fera permis dans leur Païs de faire aucune levée & engagemens de Soldats non plus que de donner paffage pour le Roi d'Efpagne, & afin que tous ces points foient exactement obfervez, tous les Princes, Electeurs, & Etats de l'Empire doivent en prendre fur eux la maintenuë & Garentie.

LXXXV.

A l'égard des démêlez entre les Ducs de Mantouë & de Savoye par raport au Montferrat, terminez par l'Empereur Ferdinand II. & le Roi Louis XIII, il a été ftipulé qu'on s'en tiendroit au Traité de Querafque du 6. Avril 1631. dont la ratification s'en eft enfuivie, excepté Pignerol avec les dépendances, venues au Roi très-Chrétien & au Royaume de France, par des Traités particuliers, lefquelles doivent refter dans leur entier, c'eft pourquoi les deux Majeftez s'engagent à ne permettre qu'il n'y foit fait aucune contravention & s'obligent à les maintenir, afin qu'il n'arrive aucune rupture fous quelque prétexte que ce puiffe être.

LXXXVI.

Sur quoi & pour ôter toute occafion de difpute, Sa Majefté très-Chrétienne doit faire enforte que les quatre cens quatre vingt quatorze

mille francs d'or pour lefquels le Roi Louïs XIII. eft refté caution du Duc de Savoye envers le Duc de Mantouë foient payez, & pour lors le Duc de Mantouë n'aura plus rien à prétendre du Duc de Savoye ni de fes Héritiers & Pofterité.

LXXXVII.

Sa Majefté Impériale laiffera au Duc de Savoye l'inftitution des Fiefs & Statuts que Ferdinand II. de glorieufe mémoire a donné audit Duc de Savoye, lorfqu'il eut vaincu Amedée, & ce avec l'inftallation des Places, Seigneuries, Etats & Droits du Montferrat, & dependances, lefquelles lui font avenuës en vertu dudit Traité de Querafque, comme auffi les Fiefs de Nieuferrat, Sinimongeri & Caftelletti avec leurs annexes fuivant le contenu de l'Accord fait le 13. Octobre 1634. &c.

LXXXVIII.

Eft également convenu que le Duc de Savoye ne pourra molefter ni inquieter Sa Majefté impériale dans la fupériorité qu'elle a, ainfi que fes Héritiers, & Pofterité, fur les biens feodaux de Rechevoren, Olm & Cofol avec leurs dépendances, lefquelles en nulle maniere ne dependent de l'Empire &c.

LXXXIX.

On eft encore convenu que Sa Majefté Impériale fera reftituer au Comte Clement & au fils de Jean, comme auffi aux Coufins du fils Octavio Comte de Charles Cacherani le fief entier de la Roche-Arafi & les dépendances avec les fruits, depuis le tems qu'ils ont été mis hors de poffeffion, fans que cela puiffe fouffrir la moindre difficulté.

XC.

L'Empereur doit encore déclarer, que le Château de Regiolli & Luzare feront compris dans l'inftitution du Duché de Mantouë, & que le Duc de Guaftalla fera obligé d'en remettre la poffeffion au Duc de Mantouë.

XCI.

La Chambre Impériale de Spire ayant rendu contre quelques Cantons des Decrets, Mandats & intenté des Arrêts & executions, ce qui eft contraire à leurs libertez & au Pleinpouvoir dont ils jouïffent, ce qui dans la fuite pourroit produire quelques ruptures dangereufes, on eft convenu, par l'autorité de ce Traité, & pour la fureté de la Paix, que toutes & telles procedures, fentences, & actions doivent être nulles à l'avenir, principalement à l'égard de la Ville de Bafle, & de fes Bourgeois, & fous quelque titre que ce foit il ne leur pourra être fait aucune injuftice.

XCII.

La Maifon de Heffe-Caffel, principalement la Landgrave Æmilie & fon fils Guillaume, fes Héritiers, & tous leurs Sujets Ecclefiaftiques & temporels, quelques noms qu'ils puiffent avoir, ainfi que ceux de la Confeffion d'Ausbourg, doivent jouïr de cette Amniftie, & rentrer dans tous les Droits qu'ils ont eus avant la Guerre de Boheme, fans aucune exception.

XCIII. La

XCIII.

La Maiſon de Heſſe-Caſſel & ſes Succeſſeurs doit avoir, ainſi que l'Empereur l'a promis, l'Abbaye de Hirsfeld avec toutes ſes dépendances, & le Bailliage de Gellingen, à perpétuité aux conditions de les relever de l'Empereur & lui prêter ſerment de fidelité toutes & quantes fois que de Droit.

XCIV.

Les differends entre la Maiſon de Heſſe-Caſſel & Darmſtad ſont, en vertu du preſent Traité, décidez; & il eſt ſtipulé qu'on reſtituera à la Maiſon de Heſſe-Darmſtadt, les Seigneuries, Territoires, & biens Patrimoniaux de Caſſel, n'appartenant pas aux ſuſdits Succeſſeurs, & cela conformément au Teſtament de Louïs ancien Landgrave de Heſſe, dès l'an 1604. cédez & poſſédez par Sentence juridique juſqu'en l'an 1624. avec tous les meubles, & Regiſtres des Villes, &c.

La Maiſon de Heſſe-Caſſel ayant reçu les revenus apartenant à ceux de Darmſtadt, les intérêts & depens, nonobſtant les ſuſdits Teſtament & Sentence, les reſtituera à l'exception du quart de la ſuſdite portion, & après eſtimation le choix reſtera à la Ligne de Caſſel pour voir dans quels Bailliages ce quart ſera aſſigné, & la Ligne de Darmſtad payera les Dettes, faites par elle, avec les rentes & toutes les autres Charges : les Dettes d'héritage ſeront payées *pro rata*, ſans qu'on puiſſe moleſter ou incommoder les Officiers ou les Sujets qui ont prêté, ſerment à ceux de Caſſel, & perſonne ne pourra agir contre ce Traité ni en juſtice ni hors de juſtice, &c.

XCV.

Les unions & pactes de familles faits entre les Maiſons de Saxe, Brandebourg & Heſſe, l'Accord de la Principauté de Heſſe de l'année 1568. & toutes les Conventions pour la Succeſſion du Comté de Hanau, Montſenberg du 26. Juin 1643. doivent par l'autorité de ce Traité de Paix être ſtables & confirmez par Sa Majeſté Impériale.

XCVI.

La Tranſaction de Guillaume Landgrave de Heſſe & des Seigneurs Chriſtian & Wolrath, Comtes de Waldeck, faite le 11. Avril 1635. doit auſſi être confirmée en vertu du preſent Traité.

XCVII.

On eſt convenu qu'en payement & ſatisfaction des Droits de la direction, & avantageuſe domination des 4. Bailliages de Schauwenbourg, Buckenbourg, Saxenhagen & Stadhagen, avec toutes leurs dépendances, leſquels ci-devant étoient annexés à l'Eveché de Minden, appartiendront à l'avenir au Landgrave Guillaume de Heſſe, ſans la moindre contradiction de la part de l'Evêché, reſervant ſur ce la prétention des Ducs de Brunſwich & Lunebourg, & la Tranſaction faite entre Madame la Landgrave & Philippe Comte de Schauwenbourg le. . . . Juillet 1647. qui doit reſter dans toute ſa force.

XCVIII.

On payera à Madame la Landgrave comme Tutrice, à ſon fils Guillaume, & à ſa Poſterité les Princes de Heſſe 800000. Riſdales en cette maniere, ſavoir la moitié argent comptant, & le reſte en Terres & en droits qui ſeront donnez à titre de gages, avec leurs juriſdictions & prééminences juſqu'à ce que les 400000. autres Riſdales reſtantes ſoient payées, alors les ſuſdits Landgraves doivent renoncer d'abord à leur Hypotheque, les Soldats Heſſois & Suédois être payez à proportion, & ceci étant fait, la Landgrave reſtituera toutes les Provinces & Evêchez avec leurs Villes, Bailliages, Forts & Fortereſſes qu'elle a gagnés pendant la Guerre : cependant les Sujets ſeront obligez de lui ramener toutes les munitions de Guerre, Artillerie, Armes, proviſions de balles & de poudre, & autres uſtencilles de Guerre, & les Remparts & Fortifications ſeront razées.

XCIX.

La Paix étant concluë de cette maniere, les Plénipotentiaires de leurs Majeſtez Impériales Royales, Electorales, Princes, & Etats promettent de livrer les ratifications dans l'eſpace de 3. mois ſans faute à Munſter, & faire les échanges de part & d'autre : mais en attendant il doit y avoir une ſuſpenſion d'armes, & ceſſation de toutes hoſtilitez.

C.

De plus les priſonniers de tous côtez ſans aucune diſtinction Eccléſiaſtiques ou Laïcs, entre leſquels ſe trouve auſſi le Prince Edoüard de Portugal, doivent être mis en liberté de la maniere dont les Généraux des armées le trouveront à propos.

CI.

Pour ce qui touche les reſtitutions particulieres & générales, elles doivent être exécutées en vertu de Mandats de l'Empereur publiés dans le tems fixé par tous les Cercles & les Inſtrumens de réhabilitation ſeront délivrez de part & d'autre, enſuite dequoi les troupes de chaque côté doivent être menées hors des Places reſtituées ſans aucune incommodité pour les Bourgeois.

CII.

Toutes les Places, Villes, Châteaux, Citadelles & Fortereſſes & tous les Etats de l'Empire doivent être rétablis dans leurs anciens Droits & Coutumes, ſans égard à aucunes donations, conceſſions &c. excepté en ce qui regarde la France, dont ci-deſſus eſt diſpoſé, & qui ſe doit faire fidellement : bien entendu que celui qui aura bâti des Forterçſſes les peut démolir.

CIII.

A l'égard des Citadelles de Erenbreitenſtein, & Hamerſtein, on en doit faire ſortir les Garniſons ſitôt après la concluſion de la Paix & ces Citadelles doivent être remiſes à l'Evêque de Trêves & au Chapitre, avec pareil pouvoir pour les garder pour l'Empire & l'Electorat. Le Capitaine qui les gardera doit prêter ſerment

 ment à l'Electeur & au Chapitre , &c.

CIV.

La Chancelerie & tous les biens mobiliaires feront reftituez ; mais les Canons & munitions qui ont été amenées dehors pourront être ramenées par celui qui fort , & les Sujets des Places doivent être obligez de donner des Chariots , Chevaux & Vaiffeaux en fuffifante quantité à ceux qui fortent pour tranfporter tout leur Bagage , & ces Chariots , Chevaux & Vaiffeaux doivent enfuite être fidellement rendus & reftituez aux Baillifs.

CV.

Les impôts introduits pour foutenir la Guerre doivent être abolis pour toujours.

CVI.

Finalement tous les Soldats de part & d'autre doivent être reformés , & l'Empereur pour les Villes & Forts ne doit garder que les anciennes & ordinaires Garnifons.

CVII.

Pour affermir d'autant plus la Paix & ôter tout foupçon , les Troupes de part & d'autre doivent fortir de l'Empire , de Bohéme & des environs du Danube & du Rhin.

CVIII.

Pour plus grande verification & fureté , ce Traité doit être compris dans la Capitulation de l'Empereur pour fervir de Loi à toujours , & les Eccléfiaftiques & Séculiers feront tenus de s'y conformer.

CIX.

Contre ceci ne pourront prévaloir aucuns Droits Eccléfiaftiques ou Temporels ni aucuns privileges , Ordres de Couvents , Accords , Edits , principalement ceux de l'année 1629. la Convention de Prague , ni aucune difpenfation telles qu'elles puiffent être &c.

CX.

Tous les Membres qui entrent dans ce Traité , l'Empereur , le Roi très-Chrétien , les Electeurs , Princes & Etats de l'Empire , la Reine & le Royaume de Suéde , feront obligez chacun en particulier aux Loix de cette Paix pour la maintenir foutenir & défendre contre chacun , & s'y obligent de bonne foi , tellement que celui qui viendroit à la rompre , fera regardé comme un Ennemi & infracteur de la Paix , & tous en général feront obligez de l'attaquer jufqu'à ce que la violence finiffe , mais premiérement celui auquel le dommage fera fait doit fe plaindre de celui qui caufe le dommage , afin de pouvoir accommoder l'affaire à l'amiable ou en juftice , & fi par une des deux voyes elle ne peut être terminée dans l'efpace de quatre mois , les Puiffances fufdites font obligées d'aider & foutenir la Partie lezée en confeil & en effet , par les armes même fi la néceffité le requiert , afin de terminer tous enfemble l'affaire dans l'efpace d'un mois.

Mais celui qui viendra à violer ce Traité foit Eccléfiaftique ou Séculier , fera traité comme

TOM. IV.

---

 infracteur de la Paix , & privé de fes honneurs , dignitez , biens , & Droits. Et dans cette Négociation de Paix font compris du côté de Sa Majefté Impériale &c.

Du côté du Roi &c.

En foi de quoi & pour entiere confirmation les Plénipotentiaires de l'Empereur , Rois , Electeurs , Princes & Etats de l'Empire , ont figné cet Inftrument de la Paix de leurs propres mains , & l'ont fcélé du cachet de leurs armes.

❦❦❦❦❦❦❦❦❦❦

REPLIQUE

Au Projet de Paix par Meffieurs les Plénipotentiaires de Sa Majefté Impériale , & prefentée à Munfter à la fin du mois de Juin 1647.

Au nom de la Sainte & indivifible Trinité. Amen.

SOit notoire à tous & un chacun à qui il appartient , ou peut appartenir , qu'après les malheurs de la Guerre , laquelle dure depuis tant d'années dans l'étenduë du Saint Empire Romain , & laquelle a eu des fuites fi facheufes , que non feulement toute l'Allemagne , mais auffi plufieurs Royaumes voifins , & principalement ceux de Suéde & de France y font entrez dès le commencement & y font encore avec le puiffant Prince & Seigneur Ferdinand II. Eleu Empereur Romain Roi en Germanie , Hongrie , Bohême , Dalmatie , Croatie , Sclavonie , Archiduc d'Autriche , Duc de Bourgogne , Brabant , Stirie , Carinthie , Carniole , Marquis en Moravie , Duc de Luxembourg , Haute & Baffe Silefie , Wirtemberg & Teck. Prince de Swabe , Comte de Hasburg , Tirol , Ferrete , Kiburgh & Gorits , Landgrave en Alface , Marquis du Saint Empire Romain en Burgou , Haute & Baffe Luzace , Seigneur de la Windifch - Marck &c. d'heureufe mémoire , avec les Conféderez de Sa Majefté l'Empereur d'un côté. De même le très-puiffant Prince & Seigneur Guftave Adolphe Roi de Suéde , des Gots & des Vandales , puiffant Prince en Finlande , Duc d'Eftonie & de Carelie , Seigneur d'Ingermanland d'honorable mémoire , & le Royaume de Suéde avec les Alliez & Conféderez de Sa Majefté d'autre côté ; après leur mort entre les puiffants Princes & Seigneurs Ferdinand III. Elû Empereur Romain , Roi en Germanie , Hongrie &c. avec les Alliez & Conféderez de Sa Majefté d'une part , & Haute & puiffante Princeffe Madame Chriftine Reine de Suéde , des Gots & des Vandales &c. avec fes Alliez & Conféderez d'autre part , dont s'en eft fuivi une grande perte , deftruction de Païs & effufion de fang ; il a plu enfin à la miféricorde de Dieu qu'on en foit venu au point que de commencer une Négociation de Paix des deux côtez , à Hambourg le ⅛. du mois de Decembre de l'année 1641. qu'enfuite les

Y y

Plé-

1647. Plénipotentiaires sont venus le ¹⁴/₂₄. de Juillet 1643. à Osnabrug & delà à Munster en Westphalie. Les Plénipotentiaires & Envoyez de la part de Sa Majesté Impériale, sont le Seigneur Maximilien Comte de Trautmansdorff &c. & le Seigneur Jean Maximilien Comte de Lamberg &c. ceux de la part de Sa Majesté de Suéde, le Seigneur Jean Axelson Oxenstiern, Comte de Sudermoer &c. Conseiller de la Chancellerie & le Seigneur Jean Alder Salvius Seigneur de Allersberg &c. Chancelier de la Cour de Suéde, étant arrivés au lieu & dans le tems dont on étoit convenu, & après avoir imploré l'aide & l'assistance de Dieu, & presenté des deux côtez leurs Pleinpouvoirs dont le contenu sera ici inseré, & ayant en outre donné à connoître le consentement des Electeurs du Saint Empire Romain & des Etats, le tout pour la plus grande gloire de Dieu, la prospérité de toute la Chrétienté par une Paix purement Chrétienne de la maniere qui suit.

Premiérement.

Il doit y avoir une générale, constante & solide Paix & amitié entre Sa Majesté l'Empereur d'un côté & leurs Majestez de Suéde & de France de l'autre, de même qu'avec tous leurs Confédérez & Alliez avec leurs héritiers & posterité respective, le Roi d'Espagne, la Maison d'Autriche, les Electeurs, Etats de l'Empire & les susdits Royaumes entre lesquels la Paix sera entretenuë de bonne foi & sincerement : ensorte que chaque Partie procure l'utilité, l'honneur & l'avantage l'une de l'autre de la part des deux susdits Royaumes, avec l'Empire Romain & de la part dudit Empire avec les deux susdits Royaumes de Suéde & de France, par l'entretien constant d'un bon & fidèle voisinage qui fasse renaître & fleurir cette Paix & bonne amitié.

Article II.

On est convenu expressément d'un perpétuel oubli & Amnistie générale de toutes les hostilitez qui ont été exercées depuis le commencement de la Guerre, tant d'un côté que de l'autre sur quelque endroit, en quelque Place & de quelque maniere qu'elles se soient passées, de sorte que ni pour aucune de ces choses ni sous aucun autre prétexte ou cause l'on n'exerce ou fasse exercer ni ne soufre plus qu'il soit fait ci après l'un contre l'autre aucun acte d'hostilité ou inimitié, vexation ou empêchement ni quant aux personnes ni quant à la condition, ni quant aux biens ou à la sureté, soit par soi-même ou par d'autres, secretement ou en public, directement ou indirectement, sous aparence de Droit ou par voye de fait, ni dedans ni hors l'Empire qui pourroit en quelque maniere que ce fut être contraire au présent Accord. Mais que toutes les injures, violences, hostilitez, dommages & dépenses, qui ont été faites & causées de part & d'autre tant avant que pendant la Guerre, de fait, de paroles ou par écrit sans aucun égard aux personnes & aux choses soient entierement abolies, ensorte que tout ce que l'on pourroit demander ou prétendre sur l'autre pour ce sujet soit enseveli dans un perpetuel oubli.

Article III.

En vertu de cette Amnistie générale tous &

chacun les Etats du Saint Empire Romain, y compris les Electeurs & la Noblesse qui releve immédiatement de l'Empire, leurs Vassaux, Sujets, Bourgeois & habitans, lesquels, par raport à la Guerre de Bohême & d'Allemagne, ou par l'Alliance de la Suéde avec la France, d'un côté comme de l'autre ont fait & souffert quelques pertes en quelque maniere & sous quelque prétexte que ce soit, tant dans leurs Domaines, biens feodaux, sous-feodaux & allodiaux, que dans leurs libertés, jurisdictions, privileges, seront de part & d'autre pleinement rétablis dans le même état pour le spirituel & le temporel, ainsi qu'ils étoient auparavant ou ont dû être en bonne Justice : ce qui emporte l'abolition de tout obstacle moins considerable & de tous les changemens arrivez. Quant aux droits que le Clergé aura à pretendre sur les biens en litige qui sont ou seront restituez, on en traitera à part dans l'Article qui sera fait exprès touchant les Griefs Ecclésiastiques, & quoique les possesseurs de ces biens ayent quelque exception de conséquence à alleguer contre ladite restitution, cela ne la doit pas empêcher, mais la question sera par après examinée par des Juges compétents.

Article IV.

Afin qu'on puisse savoir ce que chacun avoit de Droits & jurisdictions avant la Guerre, ainsi que ce qu'il doit avoir dans le spirituel comme dans le temporel, on est convenu que ceux qui se sont plaints sur ladite perte des biens & jurisdictions, jusqu'à present, jouiront aussi specialement & particulierement de ladite restitution.

En conséquence de quoi on est convenu soit à l'Assemblée d'Osnabrug soit à Munster, touchant l'affaire du Palatinat qu'en consideration du repos & de la Paix que Sa Majesté Impériale & l'Empire Romain institueront un huitiéme Electorat lequel sera conferé au Seigneur Comte Palatin Charles Louïs ses héritiers, posterité & descendants pour en jouïr aux conditions suivantes.

§. 1. La Dignité Electorale restera comme auparavant & pour l'avenir à son Altesse le Prince & Seigneur Maximilien de Baviére & ses héritiers, comme aussi toute la Ligne Guillelmine avec les Regales, offices, préséances, armes, droits & jurisdictions, ainsi que son Altesse les a euës & en a joui jusqu'à present sans nulle exception.

§. 2. Le même Seigneur Electeur, pour ce qui lui est dû montant à 13. millions, aura & possedera tout le haut Palatinat avec tout ce qui en dépend sans la moindre diminution, pour toujours & irrevocablement pour lui & ses descendans venant de sa souche, ou autrement de la Ligne Guillelmine seulement, nonobstant toute opposition quelconque de la part des Comtes Palatins, & de cette maniere l'engagement de l'Empereur Ferdinand II. passé pour lesdits 13. millions sur le Païs de la haute Autriche, sera & restera cassé & annulé par le présent accommodement & effective déclaration; de maniere que l'Electeur de Baviére ni ses enfans héritiers ou Successeurs n'ont plus rien à y prétendre ou quelques prétentions à former pour ladite dette, mais que ledit Seigneur Electeur, sitôt le Traité de Paix conclu & publié, délivrera à Sa Majesté Impériale tous les Ecrits & engagemens pour les casser & annuler.

§. 3. Dès que le Seigneur Charles Louïs Comte Palatin selon son devoir se sera soumis à

Sa

Sa Majesté Impériale, il sera rétabli dans la dignité d'Electeur, mais dans la huitiéme & derniere Place seulement; & sans qu'il puisse avoir la moindre prétension sur ce qui est cedé ci-dessus à l'Electeur de Baviére spécialement & à toute la Ligne Guillelmine.

§. 4. De plus Sa Majesté Impériale & ceux qui y ont quelques intérêts, consentent que le bas Palatinat entier avec toutes les dépendances, appartenant au susdit Seigneur Charles Louïs, lui soit rendu après qu'il aura fait sa soumission à l'Empereur & que la Paix sera ratifiée & publiée, & cela néanmoins en telle maniere que quant aux Fiefs dont l'Empereur & le Duc de Baviére ont accordé le relief, les Vassaux & Sujets dudit Seigneur Charles Louïs lui feront de nouveau foi & hommage; l'exercice de la Religion Catholique, avec les biens, Droits & revenus qui lui appartiennent, restera sur le pié où il est actuellement sans diminution ni alteration, & que lui Comte Palatin ne pourra de son autorité y apporter aucun changement. Dans cet état doivent être principalement maintenus les Couvents d'Horten dans le Bailliage de Germersheim, où il y a ordinairement des Chanoines réguliers, le Couvent de Diserstahl Ordre des Chartreux dans le même Bailliage. Le Couvent des Capucins sur le Territoire de la susdite Horte à Spiers, tel qu'il est bâti, dans leur usage & possession de l'exercice de la Religion Catholique; laissant de plus les Abbez, Prévôts, Gardiens, Chanoines, Chanoinesses Couvents de Religieux & Religieuses dans l'administration & régie de leurs revenus, comme aussi dans leurs emplois, sans y donner aucune atteinte, ainsi que la libre Noblesse de l'Empire en Suabe, Franconie & sur le Rhin avec leur district & dépendances dans leur état immediat & dans la jouïssance des privileges, rescripts & libertez qu'ils ont pu obtenir jusqu'à present, ou qu'ils obtiendront de la Maison Palatine, sans qu'il y soit fait aucun changement ou empêchement. Or d'autant qu'il y a quelques Bailliages dans le Bergstraet qui du tems passé n'ont pas fait partie du Palatinat & qui incontestablement & en bonne justice apartiennent à Messieurs les Electeurs & Archevêques qui les ont hypothequez en 1463. pour certaine somme, avec condition expresse de les pouvoir retirer, on est convenu que tels Bailliages, restituez par Decret de l'Empereur Ferdinand II. de glorieuse mémoire au Seigneur Jean Swickarten Electeur de Mayence, resteront irrévocablement à son Successeur l'Electeur, & Archevêque de Mayence Anselme Casimir, en remboursant promptement, ainsi qu'il l'a offert, les susdites sommes.

§. 5. Le Seigneur Charles Louïs cedera pour lui, les siens & ses freres tous ses droits du haut Palatinat aux veritables Héritiers Mâles de la Ligne Guillelmine tant qu'il y en aura. Mais le susdit Comte Palatin par rapport à l'entretien de sesdits Freres pourra être soulagé par Sa Majesté Impériale, qui veut bien leur fournir dans l'espace de quatre années quatre cens mille Risdalles, c'est à dire cent mille Risdalles par an, avec une rente chaque année de cinq pour cent, commençant l'année prochaine 1648. mais lui Comte Palatin Charles Louïs sera obligé de fournir à l'entretien annuel de la Princesse Catherine Sophie, & de le lui donner sans aucun delai sur la Chambre de Heidelberg.

Ainsi la susdite Amnistie générale s'étendra aussi sur la Maison Palatine & ses adhérans de la même maniere & aussi pleinement que ceux

dont il est parlé ci-dessus. S'il arrivoit que toute la Ligne de Guillaume vînt à defaillir & qu'il y eût un Héritier mâle de la Ligne Palatine, non seulement la Dignité Electorale dont les Ducs de Baviére sont en possession, mais aussi le haut Palatinat retourneront audit Comte Palatin survivant de plein droit, alors le huitiéme Electorat restant suprimé, il aura le septiéme & dans ce cas que le haut Palatinat retournât aux Comtes Palatins survivans, les actions & les benefices qui de droit apartiennent aux Héritiers allodiaux de l'Electeur de Baviére, tant par benefice d'amelioration qu'autrement, leur resteront en leur entier.

Le Comte Louïs Philippe Palatin sera rétabli par ce même Accord dans toutes les Seigneuries qu'il a euës en partage ou Héritage de ses Prédecesseurs, avant la Guerre; de même le Comte Palatin Frédéric aura le quart du Peage de Fisbach, le Couvent de Horenbach avec ses dépendances, & ce que Monsieur son Pere a possédé, lui sera rendu, en la même maniere qu'il en jouïssoit.

La question qui est respectivement entre l'Evêque de Bamberg & de Wirtzbourg, le Marquis de Culmbach pour la prétention du Château, Ville, Bailliage & Couvent de Kintzingen en Franconie sur le Mein, doit être accordé à l'amiable ou par un procès sommaire qui sera fini dans l'espace de deux années, à peine de perdre sur ce toutes prétentions de la part du refusant. Dans ce même espace de tems ledit Marquis sera tenu de rendre la Forteresse de Wildsburgh dans l'état dont on est convenu & accordé, & tous les Droits Presbyteriaux du Comté de Swartzenburg & le Duché de Lantsbergh seront restitués.

La Maison de Wirtemberg sera rétablie dans les Seigneuries de Blaubeweren, Achallen & Stauffenbedes avec leurs dépendances, & les biens incorporés sous prétexte de dépendances seront restitués & principalement la Ville & Seigneurie de Goppinge.

Les revenus de l'Université de Tubingen, la Seigneurie d'Overkirch, la Ville de Ballingue, Tutlingue, Ebinge, Rossenwelt & leurs dépendances, Hohenwil, Hohen-Acsperg, Hohen-Aurach, Hohen-Tubingen, Aubeck, Horrenbergh, Schittach, avec la Ville Schontorsf, l'Eglise Collégiale de Stutgard, Tubingen, Hornbergh, Goppingen, Bachnach, les Abaïes & Couvents de Bobtuhusen, Malbrun, Anhusen, Lorch, Adelbergh, Deckendorff, Hirschou, Blauvereren, Herbrestingen, Churhard, Alberbach, Conixbrun, Herren-Turgen, Ruhenbach, Pfullingen & Lichtenstern ou Marricheroon avec tous les Documens qui ont été soustraits, sauf toutefois & reservez tous les Droits, actions, exceptions, & les secours & moyens de Droit prétendus par les Maisons d'Autriche & de Wirtemberg sur les Bailliages de Blaubeveren, Archelen, & Stauffingen. Quant à la Seigneurie de Heidenheim, elle restera à l'Electeur de Baviére jusqu'à ce que le Duc de Wirtemberg lui ait remboursé cinq cens mille florins d'Or pour laquelle cette Seigneurie a été engagée à feu Ferdinand II. l'Electeur de Baviére.

Doivent être rétablis les Ducs de Wirtemberg de la Ligne de Montbeliard, dans tous leurs Païs & Seigneuries, selon qu'ils sont situés, ainsi que dans les Fiefs de Bourgogne, Clerenwal, & Passeavant, & cela dans le même état où tout étoit avant la Guerre.

Et quoique le Marquis Frédéric de Bade en vertu de l'Amnistie générale soit restitué & rétabli dans le haut Marquifat de Bade, & attendu qu'il n'eft pas convenable de retracter ce que l'Empereur a precedemment décidé, il eft néanmoins, pour prevenir toutes difputes qui pourroient arriver & pour établir bonne & ferme correfpondance, trouvé à propos que fans égard à la Tranfaction de Vienne & enfuite à Etlinge par raport aux Bailliages de Rimhinge & Steyn, le Marquis de Bade & Hochberg fera tenu de rendre & reftituer ce qu'il pourroit avoir trop reçu des revenus, & d'en faire une jufte compenfation, comme également rendre audit Marquis ce qu'on auroit reçu de trop à fon préjudice, deforte que toute action concernant les fruits perçus fera entierement caffée & éteinte, avec cette condition que Frédéric Marquis de Baden fatisfera entierement Guillaume de Bade, fur les revenus annuels promus d'anciens Héritages Paternels, & pour cette compenfation la Maifon de Ridberg située proche de la Ville d'Etlingen, avec toutes les dépendances lui feront cedées & quittées fauf les Droits de la Maifon d'Autriche acquis fur les Seigneuries de Rottelen, Badeweiller & Zaubentberg, en vertu des Sentences rendues.

Le Duc de Croy pourra jouïr de même de ladite Amniftie générale & de la protection du Roi de France ne lui tournera à aucun préjudice pour fa Dignité, fes privileges, honneurs & biens ni pour aucun autre égard. Il fera rétabli dans la poffeffion de la portion de la Seigneurie de Winftingen, que fes Prédéceffeurs y ont poffedé, & comme Madame fa Mere la poffede encore à préfent à titre de Douaire, continuant ladite Seigneurie de Winftingen d'être Etat immédiat de l'Empire comme elle l'a été jufqu'à préfent, fauf fur la même Seigneurie par raport au Duc de Saxe, le *forum ordinarium prima inftantiæ* & les Droits du Saint Empire Romain.

Les Comtes de Naffau Sarbruck feront rétablis dans tous les Comtés, Païs, Sujets Eccléfiaftiques & Temporels, Fiefs, biens Allodiaux, & toutes leurs appartenances, Droits, immunités & privileges, avec ce qui leur a été pris par force ouverte de Guerre & années fuivantes l'an 1629. par les Ducs de Lorraine, Charles & François, avec tout ce qui appartient auxdits biens, principalement la Forterelle de Hombourg avec les Canons qui s'y trouvent & les meubles, mais pour les autres pertes qu'il a fouffertes, & qu'il peut répéter contre le Duc de Lorraine, cela doit être reftitué fuivant qu'il en fera ordonné par fentence, fauf les Droits & actions du Duc de Lorraine.

L'affaire de Naffau contre Naffau laquelle eft en difpute & portée au Confeil Aulique de l'Empereur fous fa recommendation, fera après la conclufion de la Paix terminée à l'amiable par une Commiffion qu'on dénommera exprès, mais la poffeffion en attendant reftera au Comte Jean Maurice & à fon frere jufqu'à ce que l'affaire foit entierement décidée ou à l'amiable ou en juftice. La Maifon du Comte de Hanau par cette même Amniftie fera remife en poffeffion des Bailliages de Bobenhuifen, Bifchofsheim, Aenfteeg, Wiftat : ainfi que le Comte Jean d'Albrecht de Solms dans le quart de la Ville de Butzbach, & les quatre Villages qui font tout proches : de même la Maifon du Comte de Solms, Hohen-Solms, dans les biens qui lui ont été enlevés l'an 1637. fans aucun égard à la Tranfaction faite avec le Seigneur George Landgrave de Heffe, mais à l'égard du dommage dont le Comte d'Yfenburg fe pourroit plaindre par raport à la Tranfaction avec le même Seigneur le Landgrave George, il doit pour le benefice de la reftitution à venir s'adreffer à Sa Majefté Impériale.

On doit également reftituer aux Rhingraves les Bailliages de Hoheneck & Wildesburg avec la Seigneurie de Marckingen, leurs dépendances & toutes les autres jurisdictions qui leur ont été prifes.

Reftitution fera pareillement faite à la Maifon des Comtes de Sain & Witgenftein, des Château d'Anopt, & Ville de Hogenburg, comme auffi fuivant la décifion de la Chambre Aulique, du Bourg de Bendorff fur le Rhin, la moitié de la Seigneurie de Valendar, item le Château & Bailliage de Presburg avec fes dépendances, & principalement & en particulier le Comte Chriftian de Witgenftein fera protegé, & maintenu dans la poffeffion de fon héritage avec la Mere & la fœur du Comte Erneft.

La Maifon de Valckenftein fera rétablie, ainfi que le Château de ce nom qui fera reftitué comme fief de l'Empire ; on rendra également aux Comtes de Rasburg nommés Lowenhaupt ce qu'ils avoient dans le Comté de Valckenftein dans le Palatinat, ainfi que le Bailliage de Bretfenheim, dans l'Archevêché de Cologne & la Baronie de Reipelftarch, Hunsbrucken avec tous leurs Droits, Jurifdictions & dépendances.

La Maifon de Waldeck fera rétablie & mife en poffeffion de toutes les jurifdictions de la Seigneurie de Dimminghuifen, Dorpen, Mordeneau, Lichtenfcheit, Thevel & Nederfleuten, de la maniere qu'elle en jouïffoit dans l'année 1624.

Le Comte Jean Erneft d'Otingen fera également remis dans les biens que fon Coufin le Comte Louïs Eberhard a poffedés dans les années 1617. & 18. & qui a été caffé par Edit public.

La Maifon du Comte de Hohenlo rentrera dans tout ce qui lui a été pris, & principalement la Seigneurie de Wickersheim & le Couvent de Schaffersheim fans aucune exception, & fans qu'on puiffe, pour y apporter quelqu'empêchement, alléguer l'exception du Droit de retenuë.

Pleine reftitution fera pareillement faite au Comte Frédéric Louïs de Loewenftein & Wertheim, & de tout ce qui lui a été pris pendant la Guerre ainfi qu'à feu fon Neveu George Louïs, & à Jean Cafimir par fiége ou confiscation, foit pour ce qui regarde le temporel, ou fpirituel, comme pour le Comte Jean Cafimir de Loewenftein, les Hypotheques & Douaire de Madame Marie Chriftine fille du fufdit Comte, pour ce qui lui appartient des héritages de Pere & de Mere.

De même pour le Comte Hans Elbach, principalement au Comte George, le Château de Friberg & tout ce qui eft à lui commun avec la Maifon Loewenftein tant pour ce qui concerne la Garnifon du Château, & la direction que pour les autres Droits civils. Comme auffi la veuve & Héritiers du Comte de Brandenftein, rentreront dans les biens & jurifdictions qu'ils ont perdus pendant la Guerre. Item le Baron Paul Kevenhuller & les Héritiers de Loflers Chancelier de Wurtemberg, item les Enfans de Marc Conrard & Hierome de Rheilingen & Marc Antoine de Rheilingen, auront la reftitution de tous leurs biens confifqués. Dans la Bohême & dans tous les autres

1647.

très Païs Héréditaires de l'Empereur où les Sujets de la Confession d'Augsbourg & leurs Héritiers se plaignent, soit au sujet de leurs biens, ou de leur innocence, dont ils sollicitent & poursuivent la reparation, ainsi que pour ce qui leur est dû, la justice doit leur être renduë sans aucune partialité, & les affaires jugées seront executées sans aucun delai. Tous les Contracts, Echanges, Obligations & Transactions que l'on a fait faire à cause de la Guerre, par force & injustement, aux Etats ou Sujets de l'Empire, sans aucune permission préalable, & dont se plaignent les Villes de Spire, Weissenburg sur le Rhin, Lindau, Rontelingen Heilbron & plusieurs autres, seront cassées & annulées de maniere que les actions intentées à ce sujet, n'auront aucune suite & les demandes ne pourront être reçuës en justice. Mais lorsque qu'un débiteur a extorqué de son Créancier par force & crainte une obligation, la restitution doit se faire, reservant l'action à intenter devant le Juge.

En cas que de l'un ou de l'autre côté par la Guerre les dettes pretenduës, les revenus annuels sous quelque nom que ce soit, ayent été contractées par force & inimitié pendant ladite Guerre, nul à l'avenir n'en pourra prétendre la moindre chose, de plus tous les procès sur ce meus & commencés en vertu de Négociation, de promesses ou restitution faite l'un à l'autre d'une maniere violente & forcée n'auront plus de lieu, & ne seront d'aucune valeur. Cependant on distinguera ici les sommes d'argent que l'un aura prêté à l'autre dans l'extrême nécessité, pour subvenir aux dangers presents, lesquelles sommes ont été prêtées de bon cœur, comme cela est arrivé à Weissenburg sur le Rhin, Osnabrug & plusieurs autres Places, ainsi qu'à l'égard des Sentences & décisions justes qui ont été renduës pendant la Guerre au sujet des affaires civiles, on y comprend aussi le défaut ou impossibilité d'avoir pû former juste demande, comme pour l'affaire de Spire dans le point où il s'agissoit de la démolition de la Forteresse de Undenheim, ne seront d'aucune valeur pourvû qu'on puisse le prouver. Néanmoins la vertu des actes de justice, en faveur de la Partie plaignante, subsistera encore six mois après la conclusion de la Paix, si l'on demande révision devant des Juges compétans, & cette revision se fera d'une maniere ou ordinaire ou extraordinaire suivant la coutume de l'Empire, & le tout sera réformé suivant la Sentence qui sera renduë & jusques là tout restera suspendu.

Si quelques Fiefs de l'Empire ou autres particuliers n'ont pas été renouvellez depuis l'an 1618. ni pendant cet intervalle l'hommage prêté & les Droits payés, ils resteront aux Vassaux, sans avoir égard à cela, & le tems du renouvellement & de l'investiture commencera le jour que la Paix sera publiée, cependant les Vassaux diront pourquoi ils n'ont pas relevé les Fiefs dans le tems ordinaire, & ils en allégueront des raisons valables.

Enfin tous & un chacun aussi bien les Officiers que les Soldats, Conseillers, Sujets Ecclésiastiques ou Laïcs, donneront une liste de leurs noms & état par raport à leur Alliance dans la Guerre ou hors du service depuis le plus haut jusqu'au plus bas, & depuis le plus bas jusqu'au plus haut, sans difference ou exception, avec femmes, enfans, Héritiers, Posterité & Domestiques, si bien leurs personnes que biens, vie, honneur, liberté Ecclésiastiques & Temporelles jurisdictions & privileges tels qu'ils les

avoient & qu'ils étoient avant la Guerre, afin que des deux côtez ils y soient restitués & qu'il ne soit fait aucun préjudice ni à leurs Corps ni à leurs biens ni dans le Civil ni dans le Criminel, ni encore moins aucune punition, tort ou dommage sous quelque prétexte que ce soit.

Tous ceux qui ne sont pas Sujets perpétuels de Sa Majesté Impériale & de la Maison d'Autriche jouïront de toute la force & vigueur de cette Amnistie, mais ceux qui sont Sujets & Vassaux Héréditaires de Sa Majesté Impériale jouïront à la verité de cette Amnistie, tant pour leur personne, vie, renommée, & état que pour leur retour en sureté dans leur patrie, mais en payant les impôts du Païs & se conformant aux coutumes du Païs aussi bien les Ecclésiastiques que les Laïcs. Mais pour ce qui regarde leurs biens, s'il y a eu quelque chose de perdu & de confisqué avant qu'ils ayent passé du côté des Suédois ou des François, cela restera ainsi & les possesseurs le garderont, mais les autres biens lesquels ont été pris après la Guerre déclarée entre la Suéde, l'Empire & la France seront restitués dans l'état où ils se trouvent, sans qu'ils puissent exiger dedommagement pour les fruits perçûs & autres depens ou dommages causez.

On exclut de cette restitution générale, les meubles & les choses mobiliaires, les fruits perçûs, ainsi que ce qui a été enlevé par l'ordre & l'autorité des Parties belligerantes, comme aussi les Edifices publics & particuliers sacrez & profanes qui ont été abatus ou convertis en d'autres usages; de même que les depôts publics & particuliers abandonnez, confisquez ou donnez volontairement.

Et d'autant que l'affaire qui concerne la Succession de Juliers entre les deux Electeurs de Saxe & Brandébourg, & la Maison Palatine de Neubourg, pourroit si l'on n'y pourvoyoir, exciter des troubles dans le Saint Empire, on s'engage donc quand la Paix sera heureusement concluë, que cette affaire par un accommodement à l'amiable ou par un Procès devant Sa Majesté Impériale ou autrement sera concluë sans aucun delai.

Article V.

A l'égard des Griefs des deux Religions entre les Electeurs & Etats, qui ont été la principale cause de la Guerre, on a fait l'accommodement suivant.

§. 1. La Transaction faite dans l'année 1552. à Passau ainsi que la Paix qui a été faite à ce sujet l'an 1555. & confirmée dans la Diete de l'Empire à Augsbourg, en 1556. & encore plusieurs autres en tous ses points & Articles accordez & conclus du consentement unanime de l'Empereur, & des Electeurs, Princes & Etats des deux Religions, sera maintenue en sa force & vigueur & observée saintement & inviolablement. Mais les choses qui ont été ordonnées par le present Traité du consentement des Parties touchant quelques Articles de ladite Transaction restez en litige; seront reputées pour être observées en jugement & ailleurs comme une déclaration perpetuelle de ladite Paix jusqu'à ce que par la bonté de Dieu on ait fait un accommodement général sur la Religion, sans avoir aucun égard à toute opposition ou protestation faite par qui que ce soit Ecclésiastique ou Seculier soit au dedans ou au dehors de l'Empire en quelque tems que ce soit: toutes lesquelles oppositions sont déclarées nulles & de nulle valeur en vertu des présentes.

1647. Du reste qu'il y ait une juste égalité entre les Electeurs, & Etats des deux Religions conformément à l'Etat de la République, & au présent Traité, ensorte que ce qui est juste pour une Partie le soit aussi pour l'autre, défendant de tous côtez qu'il soit fait ou exercé aucune violence.

Pour les autres Griefs Ecclésiastiques, & spécialement le tems auquel le redressement s'en fera, tant dans les biens Ecclésiastiques que Civils où il y aura eu quelques changemens, ce terme sera fixé du premier Janvier 1624.

Il sera donc fait une restitution pure & entiere à tous les Electeurs & Etats des deux Religions dans laquelle on comprendra la libre Noblesse du Saint Empire, & les autres Communautez dudit Empire, Villages immédiats, avec une entiere suppression de tous jugemens, Decrets & Sentences rendus, toutes Transactions, Accords ou Capitulations, ensorte que toutes choses à cet égard soient remises dans l'état où elles étoient audit jour.

§. 2. Les Villes d'Augsbourg, Dunckelspiel, Ravensburg & Bibrach retiendront leurs biens, jurisdictions & exercice de Religion qu'elles avoient audit jour & an 1624. Mais pour ce qui concerne l'Election du Magistrat, & autres emplois de la Ville, les deux Religions doivent observer un nombre égal dans les places.

A l'égard de la Ville de Donawert, si dans la prochaine Assemblée des Etats de l'Empire, il est décidé qu'elle doive être rétablie dans son ancienne liberté, qu'elle jouïsse du même droit que les autres Villes de l'Empire en vertu de ce Traité, aussi bien dans les choses Ecclésiastiques que Civiles, mais celles qui en vertu de l'Amnistie, ou par quelques autres Droits particuliers obtiendront restitution, ce sera aux conditions que cela ne portera aucun préjudice à ce qui a été reglé l'an 1624.

§. 3. A l'égard des biens immédiats Ecclésiastiques, soit des Archevêchez, Evêchez, Prélatures, Abbayes, Prévôtés, Commanderies, libres & temporelles fondations ou autres semblables avec les rentes & revenus de quelque nom qu'elles puissent être, dans les Villes ou dans les Campagnes, les Etats de la Religion Catholique ou ceux de la Confession d'Augsbourg qui les possedoient le 1. Janvier 1624. doivent encore les posséder sans aucune exception, & en ayant été effectivement en possession dans ce tems-là, ils le seront encore à l'avenir, sans pouvoir être molestez par l'un ou l'autre parti, & sans que l'on puisse leur causer quelque trouble ou empêchement ni par voye de justice ni autrement.

Si par raport à cela un Catholique ou Protestant Archevêque, Prélat &c. seul ou avec les Capitulaires tous en même tems, & ainsi des autres Ecclésiastiques venoient dans la suite à changer de Religion, ils doivent sans deshonneur perdre leurs Droits, revenus & usufruits sans aucun delai ni contradiction, & le Chapitre ou celui à qui il apartiendra aura droit d'élire ou de postuler une autre personne de la même Religion à laquelle ce Benefice apartient en vertu de la présente Transaction, sans repetitions toutefois des fruits & revenus que l'Archevêque, Evêque, Prélat &c. changeant de Religion aura auparavant perçûs & consommez.

Si quelques Etats Catholiques ou Protestants, ont été juridiquement ou autrement privez de leurs Archevêchez, Evêchez, Benefices ou Prébendes immédiates, ou y ont été en quelque maniere troublez depuis le premier de Janvier 1624. ils seront rétablis en vertu de ce Traité aussi bien dans les affaires temporelles que dans les spirituelles avec abolition de toutes nouveautez, ensorte que tous les biens Ecclésiastiques immédiats lesquels au premier Janvier 1624 étoient administrez par un Prélat Catholique, lui reviennent presentement & de même se doit faire pour ceux de la Confession d'Augsbourg, & que les cens comme les autres les garderont à l'avenir avec renonciation de toutes prétentions, que pourroit avoir une Partie ou l'autre pour les fruits perçus pendant ce tems, depends, dommages & intérêts.

§. 4. Les Droits d'Election & ceux de postuler dans tous les Archevêchez & Evêchez resteront suivant les usages, & statuts dans un état immuable, autant qu'ils sont conformes à la Constitution de l'Empire, à la Transaction de Passau, à la Paix de Religion, & à cette presente Déclaration & Transaction, & ne contiendront rien de contraire aux Droits des Archevêques Evangelistes, mais les Elus ou postulez doivent reconnoître dans leurs Capitulations qu'ils ne tiennent pas héréditairement & qu'ils ne rendront point Héréditaires les Principautés Ecclésiastiques, Honneurs ou Dignités, de maniere que tant l'Election & la Postulation que l'Administration & la Regie des Droits Episcopaux, pendant la vacance du Siége, demeureront en tous lieux libres au Chapitre, & à ceux à qui ils apartiennent suivant l'usage établi de même on aura soin que les nobles Patriciens, les Gradués, & autres personnes capables, n'en soient pas exclus, mais au contraire maintenus tant que cela ne sera pas contraire à la fondation.

§. 5. En toutes Places où Sa Majesté Impériale a eu le droit de *primarum Precum*, il lui doit rester à l'avenir également. Que si un Ecclésiastique Protestant quitte son Evêché, il doit être remplacé par un adhérant de la Confession d'Augsbourg. Mais dans les Evêchez ou autres Prélatures immédiates où toutes les deux Religions sont exercées, personne ne doit avoir le droit de *primarum Precum*, à moins qu'il ne soit de la même Religion dont son Prédecesseur a été.

En cas que sous le nom d'Annates, droits de Pallium, de confirmation de mois du Pape, & pareils Droits ou reservations, il soit pretendu quelque chose sur les biens immédiats des Ecclésiastiques Evangeliques, de qui, en quel tems & en quelle maniere que cela se puisse faire, on ne pourra, pour le regler & terminer, en venir à une exécution où le bras seculier soit employé. Mais dans les Chapitres, de ces biens Ecclésiastiques où les Capitulaires de l'une & de l'autre Religion sont admis en vertu du susdit terme en nombre certain de part & d'autre, & où les mois du Pape étoient alors en usage, ils y auront lieu de même, & auront leur execution quand le cas écherra si les Capitulaires ou Chanoines decédans sont du nombre des Catholiques, pourvu que la provision du Pape soit signifiée & insinuée immédiatement de la part de la Cour de Rome, & dans le tems légitime aux Chapitres.

§. 6. Le Postulant ou Elu Archevêque, Evêque, Prélat de la Confession d'Augsbourg recevra l'investiture de Sa Majesté Impériale pour, dans le terme d'un an, produire des témoignages assurés de la Postulation ou Election, & alors l'investiture sera donnée sans la moindre contradiction, mais outre la Taxe ordinaire d'inféodation, il en sera encore payé une autre moitié.

Les

Les Archevêques, Prélats &c. de la Confession d'Augsbourg, ou le Chapitre, si le Siege est vacant, & ceux qui avec eux ont droit & pretension à l'Administration, seront par Lettres ordinaires apellez aux Diétes générales comme aussi aux Assemblées particulieres de deputations, visitations, revisions, & autres & y jouïront du droit de suffrage, selon que chaque Etat a joüi de ces droits avant les dissensions survenues en matiere de Religion. Et pour ce qui est de la qualité & du nombre des personnes qui seront envoyées à ces Assemblées, il sera libre aux Prélats d'en ordonner avec leurs Chapitres & Communautez.

A l'égard des Titres que l'on doit donner aux Princes Ecclésiastiques de la Confession d'Augsbourg, on est convenu, sans préjudice de celui de leur dignité, qu'ils seront titrez d'Elus Archevêques, Prélats, Abbez &c.

Pour ce qui regarde leur rang, ils doivent avoir un banc à part entre les Ecclésiastiques & les Etats seculiers, tellement que dans l'Assemblée des trois Colleges de l'Empire, ils soient à côté, mais néanmoins leurs Places un peu en arriere. Premierement le Directeur de la Chancelerie de l'Electeur de Mayence, comme exerçant au nom de Monsieur l'Archevêque la direction générale & particuliere des Actes de la Diéte de l'Empire, ensuite les Directeurs du Collège des Princes, & la même chose sera observée dans le Senat des Princes collegialement assemblé par les Directeurs seuls des Actes de ce College.

§. 7. Tant les Capitulaires que Canoniques qui le premier Janvier de l'an 1624. soit Catholiques, soit de la Confession d'Augsbourg, se trouvoient, resteront à l'avenir en même nombre, & quand une Place viendra à vaquer, elle ne pourra être remplie que par une personne de la même Religion que celui qui l'a quittée, & en cas que les Capitulaires de l'une des deux Religions, se trouvent à present en plus grand nombre que l'an 1624. ils resteront pendant leur vie titulaires du Bénéfice, mais après leur décès succederont aux Catholiques morts ceux de la Confession d'Augsbourg, & à ceux-ci les Catholiques jusqu'à ce que le nombre des Capitulaires ou Chanoines des deux Religions soit remis au même état, où il étoit le premier Janvier 1624. L'exercice de Religion dans ces sortes d'Evêchez mixtes restera comme il étoit l'an 1624. le premier Janvier. A tout ce que dessus, on ne pourra apporter aucun empêchement sous prétexte d'élection, presentation ou autrement.

§. 8. Les Archevêchez & autres fondations, biens Ecclésiastiques immédiats ou médiats cédez pour la satisfaction de Sa Majesté le Roi, & la Couronne de Suéde, & pour la compensation & indemnité équivalente de ses Confédérez amis & interessez demeureront en tout, & par tout dans les termes des conventions & clauses particulieres ci-devant & ci après inserées, mais l'équivalent, compensation & promesses faites seront observées fidelement à l'égard du Roi & la Couronne de Suéde.

§. 9. Tous les Couvents, Chapitres, Commanderies, Fondations, Ecoles, Hopitaux & autres biens Ecclésiastiques médiats, avec leurs revenus & jurisdictions, comme ils peuvent ou pourront être nommés, lesquels les Electeurs & Etats de la Confession d'Augsbourg ont possédés le premier Janvier 1624. les possederont encore sans aucun changement, soit qu'en vertu de cette Transaction, il s'en soit fait ou s'en fasse quelque restitution, ils les garderont

jusqu'à ce que par une commune & amiable composition les differents de Religion soient finis; nonobstant toute exception ou allegation que ces biens ont été reformez ou occupez avant ou après la Transaction de Passau, & la Paix de Religion ou qu'ils n'ont pas été soustraits du territoire des Etats de la Confession d'Augsbourg, ou obligez à d'autres Etats *jure Suffraganeatus, Diaconatus*; ou autres raisons quelconques *de excipiendo*, tout se devra conformer à l'avenir, au seul & unique fondement à la restitution stipulée par la présente Transaction, sur le pied de la possession du premier Janvier de l'an 1624. ensorte que par là toutes les exceptions soient annulées & toutes les défenses que l'on pourroit tirer de l'exercice introduit en quelques lieux par interim ou de quelques pactes anterieurs de Transactions générales ou spéciales *Litis pendentis*, de Sentences de droits, Decrets, Mandats, Rescript, Pareatis, reversales & tous autres prétextes géneralement quelconques. Ainsi en quelque lieu que l'on ait attiré ou souftrait quelque chose touchant lesdits biens, leurs apartenances & fruits aux Etats de la Confession d'Augsbourg dans le susdit tems, de quelque maniere que ce soit, juridiquement ou hors des voyes de justice, seront retablis dans leur état sans délai ni difference d'espece, & en particulier Couvents, Fondations, biens Ecclésiastiques que le Duc de Wirtemberg possedoit l'an 1624. avec toutes leurs appartenances & revenus, quelque part où ils puissent être situés, & même les Titres & Documents enlevés seront rendus & restitués dans leur état précédent, & ceux de la Confession d'Augsbourg qui seront rentrés en possession, jouiront à l'avenir sans pouvoir être troublez en aucune maniere, mais au contraire maintenus & protegez.

§. 10. Les Couvents médiats, Fondations & Confrairies Catholiques doivent garder de même la possession de ce dont ils jouïssoient le premier Janvier 1624. bien qu'ils soient situés dans des Territoires ou Seigneuries Protestantes, sans pouvoir passer néanmoins à d'autre Ordre Religieux, mais demeureront à ceux qui ont été premiérement devouez à moins que cet Ordre ne fût totalement éteint; car en ce cas il sera permis au Magistrat Catholique de substituer de nouveaux Religieux, d'un autre Ordre qui ait subsisté en Allemagne avant les troubles de Religion.

Dans toutes les Fondations, Eglises Collégiales, Monasteres, Hopitaux médiats, où les Catholiques & ceux de la Confession d'Augsbourg ont vécu pêle mêle, ils y vivront de même dorenavant au même nombre qui s'y trouva le premier jour de Janvier 1624. Et l'exercice de la Religion demeurera aussi de même qu'il étoit en quelque lieu que ce soit lesdits jour & an, sans trouver ni empêchement de l'une ou de l'autre partie. Dans toutes les Fondations médiates, où Sa Majesté Impériale exerçoit le premier jour de Janvier l'an 1624. le droit des premiéres Priéres, elle l'exercera à l'avenir en la maniere ci-dessus expliquée pour les biens immédiats. Et à l'égard des mois du Pape, il en sera usé de même qu'il en a été disposé ci-dessus au §. 5. Les Archevêques, & ceux à qui semblable droit appartient, confereront aussi les Bénéfices des mois extraordinaires. Que si ceux de la Confession d'Augsbourg avoient audit jour & an, dans ces sortes de biens Ecclésiastiques médiats, possedez réellement, totalement, ou en partie par les Catholiques, les droits de presentation, de visite,

d'ind'infpection, de confirmation , de correction, de proteftation, d'ouverture, d'hofpitation , de fervices & de courvées, & qu'ils y ayent en-tretenu des Curez & autres Officiers, ils auront les mêmes Droits à l'avenir. Et fi les Elections pour les Prebendes vacantes ne fe faifoient dans le temps & en la maniere duë en faveur de perfonnes de la même Religion qu'étoit le mort, la diftribution & la Collation en appartien-dra à ceux de ladite Religion par droit de devolu-tion; pourvû toutefois que pour cela il ne foit fait dans fes biens Ecclefiaftiques mediats aucun pré-judice à la Coutume de la Religion Catholique, & que les Droits appartenans au Magiftrat Ec-clefiaftique des Catholiques par l'inftitution de l'Ordre fur les mêmes Ecclefiaftiques, lui foient confervez en entier & fans aucun chan-gement. Auxquelles pareillement fi les Elec-tions & Collations des Prebendes vacantes n'é-toient pas faites au temps convenable , le droit devolu demeurera fain & entier.

Quant aux engagemens Impériaux, d'autant qu'on trouve qu'il a été arrêté dans la Capi-tulation Impériale que l'Elu Empereur des Ro-mains eft tenu de confirmer ces mêmes enga-gemens aux Electeurs, Princes, & autres Etats immédiats de l'Empire, & de leur en affurer & conferver la poffeffion tranquille & paifible, on eft convenu que cette difpofition fera obfervée jufqu'à ce qu'il en foit autrement ordonné , du confentement des Electeurs, Princes & Etats; & que pour ce fujet on reftituera auffitôt pleine-ment & entierement à la Ville de Lindaw, & à celle de Weiffenbourg en Nordgaw, les en-gagemens Impériaux qui leur ont été enlevez en rendant le fort principal. Toutefois pour les biens que les Etats de l'Empire ont obligé fous titre d'engagemens depuis un temps immemorial les uns aux autres, il ne fera autrement donné lieu pour ce regard au dégagement, à moins que les exceptions des Poffeffeurs, & le merite des caufes ne foient fuffifamment examinez. Que fi de femblables biens ont été occupez pendant cette guerre par quelqu'un ou fans préalable connoiffance de caufe, ou fans payer le fort principal, ils feront auffitôt entierement reftituez avec les titres aux premiers poffeffeurs: & fi la Sentence donnoit lieu au dégagement & avoit paffé pour chofe jugée, enforte que la reftitution s'en feroit enfuivie après le Paye-ment du fort principal, il doit être tout-à-fait libre au Seigneur direct d'introduire publi-quement en ces fortes de terres engagées, qui feront retournées à lui, l'Exercice de fa Reli-gion. Toutefois les habitans & les Sujets ne fe-ront pas contraints d'en fortir, ni de quiter la Religion qu'ils avoient embraffée fous le pré-cedent poffeffeur de femblables terres engagées; mais ils auront le libre exercice de leur Reli-gion dans les Eglifes, où ils l'auront eu ci-devant.

A l'égard de la Nobleffe libre & immedia-te de l'Empire, & de tous & chacuns fes Mem-bres, avec leurs Sujets , & biens feodaux & allodiaux, fi ce n'eft peut-être qu'on trouve qu'ils foient Sujets en quelques lieux à d'autres Etats pour raifon des biens & pour le regard du Territoire ou du domicile, ils auront en vertu de la Paix de Religion & de la préfente Con-vention , dans les droits concernant la Religion & dans les Benefices en provenans , pareil droit que celui qui appartient aux Electeurs, Princes & Etats, & n'y feront non plus qu'eux dans les leurs, empêchez ni troublez fous quel-que préfexte que ce foit; & tous ceux qui au-ront été troublez feront reftituez en leur en-tier.

§ 11. Les Villes libres de l'Empire , felon qu'elles font toutes & chacunes fans contefta-tions contenuës fous le nom d'Etats de l'Em-pire, non feulement en la Paix de Religion & en la préfente Déclaration , mais auffi par tout ailleurs, de même celles d'entre elles où une unique Religion étoit en ufage l'an 1624. au-ront en leurs Territoires à l'égard de leurs ha-bitans & de leurs Sujets, le même droit qu'ont les autres Etats Superieurs de l'Empire , tant à raifon du droit à reformer, que des autres cas concernant la Religion ; enforte que tout ce qui a été généralement reglé & convenu de ceux-là , fera tenu pour dit & entendu de ceux-ci, nonobftant que dans les Villes où le Ma-giftrat & les Bourgeois n'auroient introduit l'an 1624. autre exercice de Religion que celui de la Confeffion d'Ausbourg, felon la coutume & les Statuts de chaque lieu , quelques Bourgeois Catholiques y faffent leur domicile; & même que dans quelques Chapitres, Eglifes Collegia-les, Monafteres, Cloitres y fituez , dépendans médiatement ou immédiatement de l'Empire, l'exercice de la Religion Catholique foit en vi-gueur, & au même état qu'il étoit le premier jour de Janvier 1624. dans lequel entierement tant activement que paffivement ils feront laif-fez à l'avenir avec le Clergé qui n'a point été introduit depuis ledit terme, & avec les Bour-geois Catholiques qui s'y trouvoient alors. A-vant toutes chofes les Villes Impériales atta-chées ou à une feule Religion , ou à toutes les deux, & entre elles principalement la Ville d'Augsbourg, comme auffi Dunckelfpiel, Bibe-rach, Ravensbourg, & Kauffbeur, qui dès l'an 1624. ont été moleftées par la voye ou hors de la voye de la Juftice , en quelque façon que cela fe foit fait à caufe de la Religion , & à caufe des biens Ecclefiaftiques qu'elles avoient occupez & reformez avant ou après la Tranfac-tion de Paffau; & la Paix de la Religion qui fuivit, ne feront pas moins pleinement rétablis au même état qu'elles étoient le premier jour de Janvier de l'an 1624. tant au fpirituel qu'au temporel, que les autres Etats Superieurs de l'Empire : auquel état elles feront confervées fans aucun trouble, comme les autres qui alors poffedoient, ou en ont depuis ce temps-là re-couvré la poffeffion , & ce jufqu'à l'accom-modement à l'amiable des Religions. Il ne fera licite à aucune des parties de fe troubler l'u-ne l'autre dans l'exercice de fa Religion dans les ceremonies & ufages de leurs Eglifes ; mais les Bourgeois demeureront paifiblement enfem-ble , fe conduiront honnêtement les uns envers les autres, & auront en tous lieux l'ufage libre de leur Religion & de leurs biens ; toutes chofes jugées & tranfigées, ou pendantes aux Tribunaux de la Juftice , & autres exceptions énoncées dans l'Article IX: excepté ce qui concerne les affaires civiles des Villes d'Augs-bourg, Dunkelfpiel, Biberach & Ravensbourg & le contenu de l'Article II.

§ 12. Quant à ce qui regarde les Comtes, Barons, Nobles, Vaffaux, Villes, Fondations, Monafteres, Etats immédiats de l'Empire, Ec-clefiaftiques ou Seculiers , comme il appartient à ces Etats immédiats d'avoir avec le droit de Territoire & de fuperiorité, felon la pratique commune qui a été ufitée jufqu'à préfent par tout l'Empire, *jus reformandi*, & qu'ayant au-trefois été accordé dans la Paix de la Reli-gion au fujet de tels Etats qui ne feroient pas de la Religion du Seigneur du Territoire, *Be-neficium emigrandi* , il auroit été de plus or-donné, pour conferver une plus parfaite con-

corde

corde entre les Etats, que personne n'eut à attirer à sa Religion les Sujets des autres, ni
pour cette raison les recevoir en sa sauvegarde
ou protection, ou les soutenir en aucune maniere que ce soit. L'on est aussi tombé d'accord que la même chose sera observée par les
Etats de l'une & de l'autre Religion, & qu'aucun Etat immédiat ne sera traversé dans le droit
qui lui appartient, à raison du Territoire &
de la superiorité sur les affaires de la Religion.
Nonobstant cela toutefois, les Landsasses,
Vassaux, & Sujets des Etats Catholiques de
quelque naissance qu'ils soient, qui ont eu
l'exercice public ou privé de la Confession
d'Augsbourg l'an 1624. en quelque partie de
l'année que ç'ait été, soit par quelqu'accord
ou privilege, soit par un long usage, soit enfin
par la seule observance de ladite année, le retiendront aussi à l'avenir avec les annexes ou
dépendances, selon qu'ils l'ont eu ou qu'ils pourront prouver l'avoir pratiqué dans ladite année.

Par telles Annexes on entend l'institution des
Consistoires & des Ministres, tant des Ecoles que
des Eglises, le droit de patronage, & autres pareils
droits, & ils n'en demeureront pas moins en possession que de tous les Temples, Fondations, Monasteres, Hôpitaux, & de toutes leurs appartenances, revenus & augmentations qui étoient
dans ce tems-là en leur pouvoir ; toutes lesquelles choses seront toujours & en tous lieux
observées, jusqu'à ce qu'on soit autrement convenu sur le fait de la Religion Chrétienne, soit
généralement, ou entre les Etats immédiats,
& leurs Sujets d'un consentement mutuel, afin
que personne ne soit troublé par qui que ce soit,
ni par aucune voïe ou maniere que ce puisse être, mais qu'au contraire ceux qui ont été
troublez, ou en quelque façon destituez, soient
restituez à pur & à plein sans aucune exception
en l'état où ils étoient l'an 1624. La même
chose sera observée à l'égard des Sujets Catholiques qui sont dans les Etats de la Confession
d'Augsbourg, où ils avoient l'an 1624. l'usage
& l'exercice public ou privé de la Religion Catholique.

Les Pactes, Transactions, Conventions ou
Concessions, qui sont ci-devant intervenuës,
ou ont été accordées & passées entre les Etats
immédiats de l'Empire, & leurs Etats Provinciaux & Sujets ci-dessus mentionnez, pour
introduire, permettre, & conserver l'exercice
public ou privé de la Religion, demeureront
en leur force & vigueur, entant qu'elles ne
sont pas contraires à l'observance de l'an 1624.
& il ne sera aucunement permis de s'en éloigner que d'un consentement mutuel, nonobstant toutes Sentences, Reversales, Accords,
& Transactions quelconques contraires à la susdite observance de l'an 1624. lesquelles, attendu qu'elle sert comme de regle, demeureront
nulles; & specialement ce que l'Evêque de Hildesheim, & les Ducs de Brunswick-Lunebourg,
ont transigé & stipulé par certains pactes en
l'an 1643. touchant la Religion des Etats &
des Sujets de l'Evêché de Hildesheim, & son
exercice.

Il a été en outre trouvé bon, que ceux de
la Confession d'Augsbourg qui sont Sujets des
Catholiques & les Catholiques Sujets des Etats
de la Confession d'Augsbourg, qui n'avoient eu
l'an 1624. en aucun tems de l'année l'exercice
public ou privé de leur Religion & qui après
la Paix publiée professeront & embrasseront
une Religion differente de celle du Seigneur Territorial, seront en conséquence de ladite Paix

Tom. IV.

pâtiemment soufferts & tolerez ; sans qu'on
les empêche de vâquer à leur devotion dans
leurs Maisons & en leur particulier en toute
liberté de conscience, & sans inquisition ou
trouble, & même d'assister dans leur voisinage toutes les fois qu'ils voudront à l'exercice public de leur Religion, ou d'envoyer leurs enfans à des Ecoles étrangeres de leur Religion,
ou de les faire instruire dans la Maison par des
Précepteurs particuliers, à la charge toutefois
que tels Landsasses, Vassaux & Sujets seront
en toutes autres choses leur devoir, & se tiendront dans l'obéissance & la sujetion due, ne
donnant occasion à aucun trouble ni remuë-
ment. Pareillement les Sujets, soit qu'ils soient
Catholiques, soit qu'ils soient de la Confession
d'Augsbourg, ne seront en aucun lieu méprisez
à cause de leur Religion ; ni ne seront exclus
de la Communauté des Marchands, des Arti-
sans, & des Tribus, non plus que privez des
Successions, Legs, Hôpitaux, Leproseries,
Aumônes, & autres droits ou commerces, &
moins encore des cimetieres publics, ou de
l'honneur de la sepulture ; & il ne sera exigé aucune autre chose pour les frais de leurs Funerailles que les droits qu'on a accoutumé de
payer pour les Mortuaires aux Eglises Parois-
siales ; ensorte qu'en ces choses & autres semblables, ils soient traitez de même que les Concitoyens, & sûrs d'une justice & protection
égale. S'il arrivoit qu'un Sujet voulût de son
plein gré changer de demeure ou vendre ses
biens, il lui sera libre de le faire, & nonobstant qu'il change de demeure il lui sera libre
de faire administrer par d'autres ses biens qu'il
retiendra, & toutes & quantefois qu'il sera necessaire, il pourra y venir ou les vendre; ensorte qu'on ne pourra empêcher sous aucun
prétexte, même celui de servitude, ces changemens de Domicile, ni en ce cas refuser à
ceux qui se retirent les témoignages & preuves de leur naissance, de leur depart, de leurs
métiers & de leurs bonnes moeurs : enfin on
ne pourra charger leurs biens d'aucuns droits extraordinaires comme reversales, decimations &c.

§ 13. Enfin les Sujets des Etats immédiats,
qui après la publication de cette Paix embrasseront une Religion diferente de celle de leur Souverain, seront obligez, en ayant ordre de leur Souverain, de sortir de ses terres dans le terme de dix
ans; & au cas que dans cet espace de tems ils ne
puissent vendre leurs biens, ni trouver les moyens de les transporter, ou qu'ils ayent negligé
de le faire, on leur accordera encore cinq années. Mais s'ils diferent encore après ce terme
écoulé, le Magistrat ne sera pas obligé de les
soufrir plus longtems, & pourra les contraindre à partir, en les laissant néanmoins jouïr des
Droits qu'on accorde à ceux qui se retirent
d'eux-mêmes.

Les Princes de Silesie qui sont de la Confession d'Augsbourg, savoir les Ducs de Brieg,
Lignits, Munsterberg, & d'Oels, comme
aussi la Ville de Breslaw, seront maintenus
dans leurs Droits & Privileges obtenus avant
la Guerre, aussi bien que dans le libre exercice de leur Religion, lequel leur a été concé-
dé par grace Impériale & Royale ; & pour
ce qui touche les Comtes, Barons, & Nobles & leurs Sujets dans les autres Duchez de
Silesie, qui dépendent immédiatement de la
Chambre Royale, comme aussi les Comtes,
Barons, & Nobles demeurans présentement
dans la Basse Austriche, quoique le droit de
reformer l'exercice de la Religion, n'appartienne
pas moins à Sa Majesté Impériale, qu'aux autres

Zz   Rois

Rois & Princes, elle confent (non toutefois à caufe de l'Accord fait felon la difpofition du precedent Article, *les pactes &c.* mais en confideration de l'entremife de Sa Majefté Royale de Suéde, & en faveur des Etats intercedans de la Confeffion d'Augsbourg) que ces Comtes, Barons, Nobles, & leurs Sujets dans lefdits Duchez de Silefie, ne foient pas obligez de fortir des lieux où ils demeurent, ni de quiter les biens qu'ils y poffedent, pour cette raifon qu'ils profeffent la Confeffion d'Augsbourg, ni même qu'ils foient empêchez de frequenter l'exercice de la fufdite Confeffion dans les lieux voifins hors du Territoire, pourvû que dans les autres chofes ils ne troublent point la tranquillité & la Paix publique, & fe montrent tels qu'ils doivent être à l'égard de leur Prince Souverain. Que fi cependant quelques-uns s'en retiroient volontairement, & qu'ils ne vouluffent pas vendre, ou ne puffent pas commodément donner à ferme leurs biens immeubles, ils auront toute liberté d'aller & de venir pour prendre garde, & avoir infpection fur leurfdits biens : faveur qui ne fera que pour ceux de la Confeffion d'Augsbourg & qui ne s'étendra pas à ceux d'une autre Religion.

§ 14. Le droit de reformer ne dépendra pas de la feule qualité feodale ou fous-feodale, foit qu'elle procede du Royaume de Boheme, où des Electeurs, Princes & Etats de l'Empire, ou d'ailleurs. Mais ces Fiefs & Arriere-fiefs, Vaffaux, Sujets, & les biens Ecclefiaftiques dans les caufes de Religion, & tout ce que le Seigneur du Fief y peut prétendre, ou y auroit introduit & fe feroit arrogé de droit, feront à perpetuité confiderez fuivant l'état du prémier jour de Janvier de l'année 1624. & ce qui aura été innové au contraire, foit par la voye ou hors la voye de la Juftice, fera fupprimé & rétabli en fon prémier état.

Que fi on avoit été en conteftation pour le droit de Territoire, avant ou après le terme de l'an 1624. ce droit demeurera à celui qui en étoit poffeffeur cette année-là, jufqu'à ce que l'on ait connu de l'affaire, & que l'on ait prononcé fur le poffeffoire & le petitoire, ce qui s'entend quant à l'exercice public. Mais on ne pourra à caufe du changement de Religion qui fera cependant arrivé, contraindre les Sujets de fortir du Païs pendant la durée du procès touchant le Territoire. Dans les lieux où les Etats Catholiques & ceux de la Confeffion d'Augsbourg jouiffent également du droit de fupériorité, le même droit demeurera tant à l'égard de l'exercice public que des autres chofes concernant la Religion au même état qu'il étoit le jour de l'an fufdit.

La feule jurifdiction criminelle, & le feul droit de glaive, de retention de caufes, de Patronage, de filialité, ne donneront ni conjointement ni feparement le droit de reformer ; c'eft pourquoi les Reformations qui fe font introduites fous cette couleur, ou par quelques pactes, feront caffées; les lezez feront reftituez, & on s'abftiendra tout à fait à l'avenir d'en faire de femblables.

§ 15. A l'égard de toutes fortes de revenus appartenans aux biens Ecclefiaftiques & à leurs poffeffeurs, on obfervera avant toutes chofes ce qui fe trouve avoir été ordonné dans la Paix de Religion au Paragraphe, *Pareillement les Etats de la Confeffion d'Augsbourg &c.* Et au Paragraphe, *Comme auffi aux Etats qui font de l'ancienne, &c.* Mais les revenus, cens, dixmes, rentes, qui en vertu de ladite Paix de Religion font duës aux Etats de la Confeffion d'Augs-

bourg, à caufe des fondations Ecclefiaftiques immédiates ou médiates, aquifes avant ou après la Paix Religieufe, des Provinces des Catholiques, & defquels ceux de ladite Confeffion ont été en poffeffion ou quafi-poffeffion de percevoir le premier Janvier 1624. leur feront payez fans aucune exception. De même fi les Etats de la Confeffion d'Augsbourg, ont poffedé par ufage ou conceffion legitime quelques Droits de protection, d'advocatie, d'ouverture, d'hofpitation, de corvées, ou autres dans les domaines & biens des Ecclefiaftiques Catholiques, fituez foit au dedans ou au dehors des Territoires, & pareillement s'il appartient aux Etats Catholiques quelque droit femblable au dedans ou au dehors des biens Ecclefiaftiques aquis par les Etats de la Confeffion d'Augsbourg, tous retiendront de bonne foi les Droits dont ils ont joui; en forte toutefois que les revenus des biens Ecclefiaftiques ne foient pas à l'ufage ou la jouïffance de femblables Droits, ni trop chargez ni épuifez.

Les revenus, dixmes, cens, & rentes, qui font dus par d'autres Territoires aux Etats de la Confeffion d'Augsbourg, pour les fondations qui fe trouvent préfentement ruinées & démolies, feront païez auffi à ceux qui le premier Janvier 1624. étoient en poffeffion ou quafi-poffeffion de les percevoir. Et pour les Fondations qui depuis l'année 1624. ont été détruites, ou tomberont à l'avenir en ruine, les revenus en feront payez, même dans les autres Territoires, au Seigneur du Monaftere détruit, ou du lieu où le Monaftere étoit fitué. De même les Fondations qui étoient le premier jour de Janvier 1624. en poffeffion ou quafi-poffeffion du droit de décimer fur les terres novales dans un autre Territoire, le feront auffi à l'avenir; mais qu'il ne foit demandé aucun nouveau droit. Entre les autres Etats & Sujets de l'Empire, le droit touchant les dixmes des terres novales fera tel que le droit commun, ou la coutume, ou l'ufage de chaque lieu en ordonnent, ou ainfi qu'il a été convenu par ftipulations volontaires.

§ 16. Le Droit Diocefain, & toute Jurifdiction Ecclefiaftique, de quelque efpece qu'elle puiffe être, demeurera fufpenduë jufqu'à l'accommodement final du differend de la Religion, contre les Electeurs, Princes & Etats de la Confeffion d'Augsbourg, y compris la Nobleffe libre de l'Empire, & contre leurs Sujets, tant entre les Catholiques & ceux de la Confeffion d'Augsbourg, qu'entre les Etats de la Confeffion d'Augsbourg : & le Droit Diocefain, & la Jurifdiction Ecclefiaftique fe renfermeront dans les bornes de chaque Territoire. Pour obtenir toutefois le payement des revenus, cens, dixmes, & rentes que les Catholiques auront à recevoir dans les Domaines des Etats de la Confeffion d'Augsbourg, où les Catholiques étoient en l'année 1624. notoirement en poffeffion ou quafi-poffeffion de l'exercice de la Jurifdiction Ecclefiaftique, lefdits Catholiques jouiront auffi dorenavant de ladite Jurifdiction; mais ce ne fera feulement qu'en exigeant ces mêmes revenus; & il ne fera procedé à aucune exécution, finon après la troifième fommation. Les Etats Provinciaux & Sujets de la Confeffion d'Augsbourg qui en l'an 1624. reconnoiffoient la Jurifdiction Ecclefiaftique des Catholiques, demeureront pareillement fujets à la fufdite Jurifdiction dans les cas qui ne concernent point la Confeffion d'Augsbourg, & pourvû qu'on ne leur enjoigne, à l'occafion des procès aucune chofe contraire à ladite Confeffion d'Augsbourg, & à la confcience. Les Magiftrats de la Confeffion d'Augsbourg auront auffi le même droit fur les Sujets Catholiques mais dans les Villes de l'Empire, ou eft en ufage l'exercice de la Religion mixte, les Evêques Catholiques n'auront aucune Jurifdiction fpirituelle fur les Bourgeois de la Confeffion d'Augsbourg, mais feúlement fur les Catholiques Romains.

§ 17. Les Magiftrats de l'une & de l'autre Religion, defendront feverement & rigoureufement, que perfonne n'impugne en aucun endroit, en public ou en particulier, en prêchant, enfeignant, difputant, écrivant ou confultant, la Tranfaction de Paffau, la Paix de Religion, & fur tout la préfente Déclaration ou Tranfaction, ni les rendre douteufes, ou tâche d'en tirer des conféquences ou propofitions contraires. Sera auffi nul, tout ce qui a été jufqu'à préfent produit & publié au contraire; mais s'il s'élevoit quelque doute de là ou d'ailleurs, ou qu'il en réfultât quelqu'un des caufes concernant la Paix de la Religion, ou cette préfente Tranfaction, le tout fera reglé par voie amiable dans les Dietes, ou autres affemblées de l'Empire, par les principaux de l'une & de l'autre Religion.

§ 18. Dans les Affemblées ordinaires des Deputez de l'Empire, le nombre des Chefs de l'une & de l'autre Religion fera égal; & pour les perfonnes, ou pour les Etats de l'Empire qui lui devront être adjoints, il en fera ordonné dans la Diete prochaine. Si dans ces Affemblées de Deputez, auffi bien que dans les Dietes générales il y vient des Députez foit d'un, ou de d'eux, ou de trois Colleges de l'Empire, pour quelque occafion ou affaire que ce foit, le nombre des Députez des Chefs de l'une & de l'autre Religion fera égal. Et où il fe rencontrera des Officiers à expedier dans l'Empire par commiffions extraordinaires, fi l'affaire n'eft qu'entre les Etats de la Confeffion d'Augsbourg on ne deputera que de ceux de cette Religion; que fi l'affaire ne regarde que les Catholiques, on ne deputera que des Catholiques; & fi la chofe concerne les Etats Catholiques & ceux de la Confeffion d'Augsbourg, on nommera & ordonnera des Commiffaires en nombre égal de l'une & de l'autre Religion. Il a été trouvé bon auffi, que les Commiffaires faffent leur rapport des affaires par eux faites; & qu'ils y ajoutent leurs fuffrages; mais qu'ils ne finiffent rien par forme de fentence.

§ 19. Dans les caufes de Religion, & en toutes autres affaires où les Etats ne peuvent être confiderez comme un Corps, de même auffi les Etats Catholiques & ceux de la Confeffion d'Augsbourg fe divifans en deux partis, la feule voie à l'amiable decidera les differens, fans s'arrêter à la pluralité des fuffrages. Pour ce qui regarde pourtant la pluralité des voix dans la matiere des impofitions, cette affaire n'ayant pû être decidée en l'Affemblée préfente, elle eft renvoyée à la Diete prochaine.

§ 20. En outre, comme à caufe des changemens arrivés par la préfente Guerre, & autres raifons, il a été allegué plufieurs chofes pour faire transferer le Tribunal de la Chambre Impériale en quelque autre lieu plus commode à tous les Etats de l'Empire, & auffi pour préfenter le Juge, les Préfidens, les Affeffeurs & autres Officiers de Juftice, en nombre égal de l'une & de l'autre Religion, & pour regler pareillement d'autres affaires appartenant à ladite Chambre Impériale, lefquelles ne peuvent pas entierement être expédiées en la préfente Affemblée, à caufe de l'importance du fait, on eft

ToM. IV.

convenu qu'on en traitera dans la Diete prochaine, & que les Déliberations touchant la reformation de la Juftice, agitées en l'Affembléo des Deputez à Francfort, auront leur effet; & que s'il fembloit y manquer quelque chofe, on le fuppléera & corrigera. Et partant les Cercles feront exhortez de préfenter à tems les nouveaux Affeffeurs qui feront à fubfifter en la fufdite Chambre à la place des morts, & Sa Majefté Impériale ordonnera non feulement qu'en cette Juftice de la Chambre les Caufes Ecclefiaftiques & Politiques, debattuës entre les Catholiques & les Etats de la Confeffion d'Augsbourg, ou entre ceux-ci feulement, feront difcutées & jugées par des Affeffeurs choifis en nombre égal de l'une & de l'autre Religion; mais que la même chofe fera auffi obfervée en la Chambre Aulique : & à cette fin Sadite Majefté tirera des Cercles où la Confeffion d'Augsbourg eft feule, ou conjointement avec la Religion Catholique en vigueur, quelques Sujets de la Confeffion d'Augsbourg, doctes & verfez dans les affaires de l'Empire, en tel nombre toutefois que le cas écheant il puiffe y avoir égalité de Juges de l'une & de l'autre Religion.

On a demandé que le choix & l'entretien de ces Affeffeurs de la Confeffion d'Augsbourg foit remis aux Cercles de ladite Religion, mais Sa Majefté Impériale s'eft refervé de fe déclarer lorfqu'on en deliberera dans la première Diete générale de l'Empire.

Quant à la procedure judiciaire, le Reglement de la Chambre Impériale fera pareillement obfervé dans le Confeil Aulique, en tout & par tout. Alors afin que les Parties en plaidant ne foient pas deftituées de tout fecours fufpenfif, au lieu de la revifion ufitée en ladite Chambre, il fera licite à la Partie lezée d'appeller à Sa Majefté Impériale de la Sentence donnée par le Confeil, afin que le procès foit revû de nouveau par d'autres Confeillers en nombre égal de l'une & de l'autre Religion, capables du poids de l'affaire, non alliez des Parties, & qui n'ayent pas affifté à dreffer ou prononcer la prémiere Sentence, ou du moins qui n'ayent pas été Rapporteurs ou Corrapporteurs du procès : & il fera loifible à fa Majefté Impériale dans les caufes de conféquence, & d'où on pourroit craindre qu'il n'arrivât quelque defordre dans l'Empire, de demander fur ce l'avis & les fuffrages de quelques Electeurs & Princes de l'une & de l'autre Religion. La vifite du Confeil Aulique fe fera autant de fois qu'il fera néceffaire par l'Electeur de Mayence, obfervant ce qui dans la prochaine Diete fera, du confentement commun des Etats, jugé à propos d'être obfervé.

Mais s'il fe rencontre quelques doutes touchant l'interpretation des Conftitutions Impériales, & des Recès publics, ou que dans les jugemens des caufes Ecclefiaftiques il naiffe de la parité des Affeffeurs de l'une & de l'autre Religion des opinions contraires, alors qu'ils foient renvoyez à une Diete générale de l'Empire. Au refte tant dans le Confeil Aulique que dans la Chambre Impériale, feront laiffez en leur entier aux Etats de l'Empire, le privilege de premiere inftance, celui des Auftreges, & les Droits & privileges de ne point appeller; & ils n'y feront point troublez, ni par Mandemens, ni par Commiffions ou Evocations, ni par aucune autre voye. Enfin pour ce qui concerne l'abolition des Cours de Rotweil, de Suabe, de Haguenaw, & autres établies en divers endroits de l'Empire, la chofe a été jugée trop

im-

1647.

importante & il n'en fera point parlé avant la premiere Diete générale ; quant aux fufdits Affeffeurs , ils feront préfentez par les Cercles, cinq de chacun, auxquels les Electeurs pourront en ajouter un, mais ils feront des deux Religions, égaux en nombre : & afin que les chofes fe faffent avec plus d'ordre on les préfentera en la maniere fuivante: Evangeliques & Catholiques.

Par les Electeurs	2	3
Par Haute Saxe	5	0
Par Autriche	0	5
Par Bourgogne	0	5
Par Franconie	3	2
Par Baviere	1	4
Par Suabe	3	2
Par Haut-Rhin	3	2
Par Weftphalie	3	2
Par Baffe Saxe	5	0

Mais l'Empereur nommera feul les Prefidens qui doivent toujours remplir la place d'un des Juges; & Sa Majefté Impériale nommera tantôt un Evangelique , tantôt un Catholique.

Article VI.

Il eft ftipulé du confentement de Sa Majefté Impériale & des Etats de l'Empire que les Electeurs & Etats , que l'on nomme Reformez , avec leurs Païs & Sujets doivent également jouïr de la Paix de l'Empire de celle de Religion & de la préfente Convention & qu'il fera rendu Juftice contre les contrevenans, fauf néanmoins dans tout le refte de l'Empire les pactes, privileges , reverfales & autres difpofitions touchant la Religion & fon exercice & tout ce qui en dépend & dont les Sujets ont été favorifés par leurs Souverains, quoique ce foit & en quelque lieu que ce foit où depuis longtems ils en ont l'ufage ou par d'autre raifon. Si à l'avenir un Prince auquel apartient le droit de Territoire, paffoit des Evangeliques aux Réformez ou de ceux-ci aux prémiers , ou s'il acqueroit ou recouvroit par droit de fucceffion ou autrement quelque Principauté, Seigneurie ou Terres où fut établi l'exercice de la Confeffion d'Augsbourg ou de la Religion reformée, il lui fera permis d'avoir fon Miniftre particulier de fa Religion, mais non pas à la charge de fes Sujets. Mais il ne lui fera pas loifible de changer l'exercice de la Religion , ni les Loix ou Conftitutions Ecclefiaftiques qui auront été reçuës ci-devant, non plus que d'ôter aux prémiers , les Temples , Ecoles , Hôpitaux , ou les revenus , penfions , & falaires y appartenans, & les appliquer aux gens de fa Religion, moins encore d'obliger fes Sujets fous prétexte de Droit de Territoire, de Droit Epifcopal, & de Patronage ou autre , de recevoir pour Miniftres ceux d'une autre Religion, ou donner directement ou indirectement à la Religion des autres aucun autre trouble ou empêchement. Et afin que cette Convention foit obfervée plus exactement, il fera permis , en cas de tel changement, aux Communautez même de préfenter, ou fi elles n'ont pas droit de préfenter, de nommer des Miniftres capables tant pour les Ecoles que pour l'Eglife, lefquels feront examinez & ordonnera dans le lieu que les mêmes Communautez auront choifis, lefquels feront enfuite confirmez par le Prince ou par le Seigneur fans aucun refus.

Les vifites ne fe pourront auffi faire que par des perfonnes de la même Religion dont l'exercice fe fait publiquement dans le même endroit , & les Affeffeurs des Confiftoires devront être de la même Religion , ainfi que les Profeffeurs dans les Academies qui ont fleuri pendant la Régence du Prédeceffeur. De forte que de la part de la Religion & des Ecclefiaftiques, Ecoles, Confiftoires &c. fi quelques changemens venoient à arriver, tout doit refter dans l'état où il eft préfentement felon l'ordre & les Conftitutions de l'Empire.

Enfin s'il refte quelques démêlez entre les Etats de l'Empire, ou s'il en furvenoit , ils feront decidez conformément à l'Article qui concerne les Griefs , & ceux qui font en poffeffion cette année y feront maintenus tant pour le poffeffoire que pour le petitoire.

Le Sereniffime &c. Prince d'Anhalt ayant il y a quelques années paffées pris la Regence de fa Principauté à lui-même , il pourra introduire felon fon Droit de Seigneur du Païs, l'exercice de la Religion de la Confeffion d'Ausbourg comme il le lui eft permis , ainfi qu'aux Comtes ou autres aufquels appartient le *Jus reformandi* & qui depuis le tems qu'ils font en poffeffion legitime de leurs Terres & Seigneuries, n'y ont encore fait aucun changement par raport à la Religion, pourront le faire ci-après en vertu de la préfente Tranfaction qui ne leur en ôte pas le droit.

Article VII.

Et afin de pourvoir à ce que dorenavant il ne naiffe plus de differens dans l'Etat Politique; que tous & chacun les Electeurs , Princes & Etats de l'Empire Romain, foient tellement établis & confirmez en leurs anciens droits, prerogatives, libertez, privileges, libre exercice du Droit Territorial tant au fpirituel qu'au temporel, Seigneuries, Droits regaliens, & dans la poffeffion de toutes ces chofes en vertu de la préfente Tranfaction, qu'ils ne puiffent jamais y être troublez par qui que ce foit , fous aucun prétexte que ce puiffe être. Qu'ils jouïffent fans contradiction du droit des fuffrages dans toutes les déliberations touchant les affaires de l'Empire, fur tout où il s'agira de faire ou interpreter des Loix , refoudre une Guerre, impofer un Tribut, ordonner des levées & logemens de Soldats , conftruire au nom du public des Fortereffes nouvelles dans les Terres des Etats, ou renforcer les anciennes de Garnifons, & traiter d'autres femblables affaires, qu'aucune de ces chofes ou de femblables ne foit faite ou reçuë ci après, fans l'avis & le confentement d'une Affemblée libre de tous les Etats de l'Empire; que fur tout chacun des Etats de l'Empire jouïffent librement & à perpetuité, du droit de faire entr'eux, & avec les étrangers des Alliances pour la confervation & fureté d'un chacun, pourvû néanmoins que ces fortes d'Alliances ne foient ni contre l'Empereur & l'Empire, ni contre la Paix publique , ni principalemént contre cette Tranfaction, & qu'elles fe faffent fans préjudice en toutes chofes, du ferment dont chacun eft lié à l'Empereur & à l'Empire.

Que les Etats de l'Empire s'affemblent dans l'efpace de.... mois & de là en avant toutes les fois que l'utilité ou la néceffité publique le requerra ; que dans la prémiere Diete, on corrige fur tout les défauts des précedentes Affemblées; & de plus que l'on y traite & ordonne de l'éléction des Rois des Romains, de la Capitulation Impériale qui doit être redigée en termes qui ne puiffent être changez , de la maniere & de l'ordre qui doit être obfervé pour mettre un ou plufieurs Etats au Ban de l'Empire,

outre

outre celui qui a été autrefois expliqué dans les Conftitutions Impériales; que l'on y traite auffi du rétabliffement des Cercles, du renouvellement de la Matricule, des moyens d'y mettre ceux qui en ont été ôtez, de la moderation & remife des Taxes de l'Empire, de la reformation de la Police & de la Juftice, & de la Taxe des Epices qui fe payent à la Chambre Impériale, de la maniere de bien former & inftruire les Députez ordinaires; felon. le befoin & l'utilité de la République, du vrai devoir des Directeurs dans les Colleges de l'Empire, & d'autres femblables affaires qui n'ont pu être ici vuidées; & qui doivent être traitées d'un commun confentement par les Etats de l'Empire dans les Dietes particulieres & générales. Que les Villes libres de l'Empire ayant voix decifive dans les Dietes générales & particulieres comme les autres Etats de l'Empire; & qu'il ne foit point touché à leurs Droits regaliens, revenus annuels, libertez, Privileges de confifquer & lever des impôts, ni à ce qui en depend, non plus qu'aux autres Droits qu'ils ont legitimement obtenus de l'Empereur & de l'Empire; ou qu'ils ont poffedez & exercez par un long ufage avant ces troubles, avec une entiere Jurifdiction dans l'enclos de leurs murailles & dans leur Territoire; demeurant à cet effet caffées, annullées, & à l'avenir défenduës toutes les chofes qui par reprefailles, arrêts actes, empêchemens de paffage, & autres préjudiciables, ont été faites & attentées au contraire jufques ici par une autorité privée durant la Guerre, fous quelque prétexte que ce puiffe être, ou qui dorenavant pourroient être faites & exécutées fans aucune prétenduë formalité legitime de droit.

Qu'au refte toutes les louables Coutumes, Conftitutions, & Loix fondamentales de l'Empire Romain, foient à l'avenir étroitement gardées, toutes les confufions qui fe font introduites pendant la Guerre étant ôtées.

Les Maîtres des Poftes dans les Villes Allemandes doivent être exempts de toutes les Actions perfonnelles, mais non pas des réelles.

La Ville d'Erffort prétendant être une Ville immédiate de l'Empire, il lui fera permis de le prouver devant Sa Majefté Impériale.

Quant à la recherche d'un moyen équitable & convenable, par lequel la pourfuite des Actions, contre les debiteurs ruinez par les calamitez de la Guerre, ou chargez d'un trop grand amas d'intérêts, puiffe être terminée avec moderation, pour obvier à de plus grands inconveniens qui en pourroient naître, & qui feroient nuifibles à la tranquilité publique; Sa Majefté Impériale aura foin de faire prendre & recueillir les avis & fentimens, tant du Confeil Aulique que de la Chambre Impériale, afin que dans la Diete prochaine, ils puiffent être propofez, & qu'il en foit formé une Conftitution certaine. Que cependant dans les caufes de cette nature, qui feront portées aux Tribunaux Superieurs de l'Empire, ou aux Tribunaux particuliers des Etats, les raifons & les circonftances qui feront alleguées par les Parties foient bien pefées, & que perfonne ne foit lezé par des exécutions immoderées.

Article VIII.

Et d'autant qu'il importe au Public que la Paix étant faite le Commerce refleuriffe de toutes parts, on eft convenu à cette fin que les Tributs & Péages, comme auffi les abus de la Bulle Brabantine, & les reprefailles & arrêts qui s'en feront enfuivis, avec les certifications étrangéres, les exactions, les détentions, & de même les frais exceffifs des poftes, & toute autre charge & empêchemens infinuez du Commerce & de la Navigation, qui ont été nouvellement introduits à fon préjudice & contre l'utilité publique, çà & là dans l'Empire, à l'occafion de la Guerre, par une autorité privée contre tous Droits & privileges, fans le confentement de l'Empereur & des Electeurs de l'Empire, feront tout-à-fait ôtez; enforte que l'ancienne fureté, la Jurifdiction & l'ufage, tels qu'ils ont été longtems avant ces Guerres, y foient rétablis & inviolablement confervez, aux Ports, & aux Rivieres. Sauf les Droits des Seigneurs auxquels on ne prétend donner même atteinte; il y a une entiere liberté de Commerce, & un paffage libre & affuré par toutes fortes de lieux fur Mer & fur Terre, & partant qu'à tous & chacun des Vaffaux, Sujets, Habitans, & Serviteurs des Alliez de part & d'autre, la permiffion d'aller & venir négocier & de s'en retourner, foit donnée & foit entendue leur être concedée en vertu de ces préfentes, ainfi qu'il étoit libre à un chacun d'en ufer de tous côtez avant les troubles d'Allemagne; & que les Magiftrats de part & d'autre foient tenus de les proteger & defendre contre toute forte d'oppreffion & de violences, de même que les propres Sujets des lieux, fans préjudice des autres Articles de cette Convention, & les Loix & Droits particuliers de chaque lieu.

Article IX.

Enfuite la Séreniffime Reine de Suéde ayant demandé qu'on lui donnât fatisfaction pour la reftitution qu'elle eft obligée de faire des Places par elle occupées pendant cette Guerre, & que l'on pourvût par des moyens legitimes au rétabliffement de la Paix publique dans l'Empire, Sa Majefté Impériale pour ce fujet, du confentement des Electeurs, Princes & Etats de l'Empire, & particulierement des intereffez, céde à ladite Sereniffime Reine, fes futurs Héritiers & Succeffeurs, en vertu de la prefente Tranfaction, les Provinces fuivantes, de plein droit en Fief perpetuel & immédiat de l'Empire.

§. 1. Toute la Pomeranie Citerieure, communément dite *Voor Pommern*, enfemble l'Ifle de Rugen, contenuës dans les limites qu'elles avoient fous les premiers Ducs de Pomeranie, de plus dans la Poméranie Ulterieure, les Villes de Stetin, Garts, Dam, Golnau, & l'Ifle de Wolin, avèc la Riviere d'Oder, & le Bras de Mer qu'on apelle communément, le Frifchaff; item, les trois embouchures de Peine, de Swine, de Dievenow, & la terre de l'une & de l'autre côté adjacente, depuis le commencement du Territoire Royal jufques à la Mer Baltique, en telle largeur du Rivage Oriental, dont on conviendra amiablement entre les Commiffaires Royaux & Electoraux, qui feront nommez pour le reglement plus exact des limites & autres particularitez.

Sa Majefté Royale & le Royaume de Suéde tiendra & poffedera dès ce jourd'hui à perpetuité en Fiefs Héréditaires, le Duché de Pomeranie & la Principauté de Rugen, & en jouïra & ufera librement & inviolablement. Enfemble des Domaines & lieux annexez, & de tous les Ter-

Territoires, Bailliages, Villes, Châteaux, Bourgs, Bourgades, Villages, Hommes, Fiefs, Rivieres, Isles, Etangs, Rivages, Ports, Rades, anciens Peages & revenus, & de tous autres biens quelconques Ecclésiastiques & seculiers, comme aussi des Titres, Dignités, Préeminences, immunitez & prerogatives, & de tous & chacuns les autres droits & privileges Ecclésiastiques & seculiers, ainsi que les Predecesseurs Ducs de Pomeranie les avoient, possedoient & gouvernoient.

Sa Majesté Royale & le Royaume de Suéde, aura aussi à l'avenir à perpetuité tous les Droits que les Ducs de Pomeranie Citerieure ont eu en la collation des Dignitez, & des Prebendes du Chapitre de Camin, avec pouvoir de les étreindre, & de les incorporer au Domaine Ducal, après la mort des Chanoines d'apresent : mais pour tout ce qui en avoit appartenu aux Ducs de la Pomeranie Ulterieure, cela demeurera à l'Electeur de Brandebourg, avec l'entier Evêché de Camin, ses Terres, Droits & Dignitez, comme il sera plus amplement expliqué ci-après.

La Maison Royale de Suéde & la Maison Electorale de Brandebourg, se serviront des Titres, qualitez & armes de Pomeranie, sans difference, l'une comme l'autre, de même que les precedens Ducs de Pomeranie en ont usé; la Royale à perpetuité, celle de Brandebourg tandis qu'il y restera des descendans de la branche Masculine, sans toutefois que celle de Brandebourg puisse prétendre aucune chose à la Principauté de Rugen, ni à aucun autre droit sur les lieux cédez à la Couronne de Suéde.

Mais la Ligne Masculine de la Maison de Brandebourg venant à manquer, tout autres hormis la Suéde s'abstiendront de prendre les Titres & armes de Pomeranie; & alors aussi toute la Pomeranie Ulterieure avec la Pomeranie Citerieure, & tout l'Evêché & Chapitre entier de Camin, ensemble tous les droits & expectances des Predecesseurs qui y seront réunis appartiendront à perpetuité aux seuls Rois & Couronne de Suéde, qui cependant jouïront de l'espérance de la Succession, & de l'investiture simultanée, ensorte même qu'ils soient obligez de donner l'assurance accoûtumée aux Etats & Sujets desdits lieux pour la prestation de l'hommage. L'Electeur de Brandebourg, & tous les autres interessez, déchargeront les Etats, Officiers & Sujets de tous lesdits lieux, des biens & sermens par lesquels ils avoient été jusqu'à présent engagez à lui & à ceux de Sa Maison & les renvoyent pour rendre dorenavant en la maniere accoûtumée, leur hommage & leurs services à Sa Majesté & Couronne de Suéde; & ainsi ils constituent pour cet effet la Suéde en pleine & legitime possession des choses susdites, renonçans dès à présent pour toujours à toutes les pretentions qu'ils y ont; ce qu'ils confirmeront ici par eux & leurs descendans par un Acte particulier.

§. 2. L'Empereur, du consentement de tout l'Empire, céde aussi à la Reine Serenissime, & à ses Héritiers & Successeurs Rois, & au Royaume de Suéde, en Fief perpetuel & immédiat de l'Empire, la Ville & le Port de Wismar, avec le Fort de Walfisch; comme aussi le Bailliage de Poel (excepté les Villages Schedorff, Weindendorff, Brandenhuysen, & Wangeren & l'Hospital du Saint Esprit de la Ville de Lubeck) & celui de Newenclooster, avec tous les droits & appartenances, ainsi que les Ducs de Mecklenbourg les ont possedez jusqu'à présent; ensorte que tous lesdits lieux, le Port entier, & les Terres de l'un & de l'autre côté, depuis la Ville jusques à la mer Baltique, demeurent à la libre disposition de Sa Majesté, pour les pouvoir fortifier & munir de Garnisons, selon son bon plaisir & l'exigence des circonstances, toutefois à ses propres frais & dépens, & pouvoir y avoir toujours une rétraite & une demeure sûre pour ses Navires & sa Flotte : & au surplus en joüir & user avec le même droit qui lui appartient sur ses autres Fiefs de l'Empire; sauf pourtant les privileges & le Commerce de la Ville de Wismar, lesquels même seront de plus en plus avantagez par la protection & la faveur Royale des Rois de Suéde.

§. 3. L'Empereur, du consentement de tout l'Empire, céde aussi en vertu de la présente Transaction, à la Serenissime Reine, à ses Héritiers & Successeurs Rois, & à la Couronne de Suéde, en Fief perpetuel & immédiat de l'Empire, l'Archevêché de Bremen, avec la Ville & le Bailliage de Wilshuysen, & tout le droit qui avoit appartenu aux derniers Archevêques de Bremen sur le Chapitre & Diocese de Hambourg, sauf toutefois à la Maison d'Holstein, comme à la Ville & Chapitre de Hambourg, chacun respectivement leurs droits, privileges, libertez, pactes, possessions, & état présent en toutes choses, ensorte que les quatorze Villages du Bailliage de Tritton, demeurent à perpetuité au Duc Frédéric de Holstein-Gottorp, & à sa posterité, pour lui tenir lieu d'un présent revenu annuel, comme aussi l'Evêché & la Ville de Werden avec tous les biens Ecclésiastiques & civils apartenans aux deux Evêchez avec tous leurs droits, quels qu'ils soient, par terre & par eaux, pour en joüir comme d'un Fief immédiat de l'Empire, en en prenant le titre & les armes, mais sous le nom de Duché; les Chapitres & autres Colleges Ecclesiastiques demeurant privez à l'avenir de tous Droits d'élire & de postuler & de tout autre droit.

Bien entendu cependant qu'on laissera sans trouble, & empêchement quelconque à la Ville de Bremen, à son Territoire, & à ses Sujets, leur présent état, liberté, droits, & privileges, ès choses tant Ecclésiastiques que Politiques. Et s'il arrivoit qu'ils eussent quelque contestation avec le Duché, ou avec les Chapitres, elles seront terminées à l'amiable, ou décidées par la voye de la Justice; sauf cependant à chacune des Parties la possession dont elle se trouve revêtuë.

§. 4. L'Empereur avec l'Empire, pour raison de toutes ces Provinces & Fiefs, reçoit pour Etat immédiat de l'Empire, la Reine Serenissime & ses Successeurs au Royaume de Suéde, ensorte que la susdite Reine & lesdits Rois, seront deformais appellez aux Dietes Impériales avec les autres Etats de l'Empire, sous le Titre de Ducs & Duchesse de Bremen, de Werden & de Pomeranie, comme aussi sous celui de Princes de Rugen, & qu'il leur sera assigné une séance dans les Assemblées Impériales au College des Princes, sur le banc des Seculiers où ils auront trois suffrages. De plus dans le Cercle de la haute Saxe, immédiatement avec les Ducs de la Pomeranie Ulterieure; & dans les Cercles de Westphalie & de la basse Saxe, en place & maniere ordinaire; ensorte toutefois que le Directoire du Cercle de la Basse Saxe s'exercera alternativement par les Ducs de Magdebourg & de Bremen. Pour les Assemblées des Députez de l'Empire, Sa Majesté de Suéde & son Altesse Electorale de Brandebourg, y auront

ront en la maniere accoûtumée leurs Députez; mais parce qu'il n'appartient dans ces Assemblées qu'une seule voix aux deux Pomeranies, elle sera toujours portée par Sa Majesté, après en avoir préalablement communiqué avec l'Electeur de Brandebourg. Enfin l'Empereur & l'Empire cedent & accordent à ladite Reine & Couronne de Suéde en tous & chacun lesdits Fiefs, le privilege de ne point appeller, mais à condition qu'elle établira en un lieu commode en Allemagne un Tribunal ou instance d'appellation, où elle mettra des personnes capables pour administrer à un chacun le Droit & la Justice selon les Constitutions de l'Empire & les Statuts de chaque lieu, sans appel ou évocation des causes. Ils transportent aussi à Sa Majesté de Suéde le droit d'ériger Academie ou Université, où & quand il lui sera commode; comme aussi ils lui accordent à droit perpetuel les Péages modernes, vulgairement nommez les Licences, sur les côtes & Port de Pomeranie & de Mecklenbourg, à la charge toutefois qu'ils seront reduits à une taxe si modique que le Commerce n'en soit point interrompu en ces lieux-là.

S. M. I. decharge finalement les Etats, Magistrats, Officiers & Sujets desdites Provinces respectivement, de tous liens & sermens dont ils étoient obligés jusqu'à cette heure aux Seigneurs Possesseurs précedens ou prétendans, les renvoye & oblige sujettion, obéissance, & fidelité à Sa Majesté & à la Couronne de Suéde, comme étant dès ce jour leur Seigneur Héréditaire, & constitue ainsi la Suéde en la pleine & légitime possession de toutes ces choses, promettant en foi & parole Impériale de prêter & donner non seulement à la Reine à présent regnante, mais aussi à tous les Rois futurs & à la Couronne de Suéde, toute sureté pour raison desdites Provinces, biens & droits cédez & accordez, & de les conserver & maintenir inviolablement contre qui que ce puisse être, comme les autres Etats de l'Empire, en la possession paisible de ces Provinces; & de confirmer le tout en la meilleure forme, par Lettres particulieres d'investitures.

Reciproquement la Serenissime Reine, & les Rois futurs & la Couronne de Suéde, reconnoîtront tenir tous & chacuns les susdits Fiefs de Sa Majesté Impériale & de l'Empire; & en ce nom demanderont duement toutes les fois que le cas arrivera, le renouvellement des investitures, en prêtant comme les précedens possesseurs & semblables Vassaux de l'Empire, le serment de fidelité, & tout ce qui y est annexé.

Au reste ils confirmeront en la maniere accoûtumée, lors du renouvellement & de la prestation de l'hommage, aux Etats & Sujets desdites Provinces & lieux, nommément à ceux de Stralsond, leur liberté, biens, droits & privileges communs & particuliers légitimement obtenus ou acquis par un long usage, avec l'exercice libre de la Religion Evangelique, pour en joüir à perpetuité, selon la pure & la véritable Confession d'Augsbourg. Ils conserveront aux Villes Anseatiques, qui sont dans ces Provinces, la même liberté de Navigation & de Commerce qu'elles ont euë jusqu'à la présente Guerre, tant dans les Royaumes, Républiques, & Provinces Etrangeres que dans l'Empire.

Article X.

§. 1. Puisque son Altesse Frédéric Guillaume Electeur de Brandebourg &c. pour contribuer à la Paix céde & laisse tous les droits qu'il a dans la Pomeranie Citerieure & Principauté de Rugen avec leurs dépendances, il sera cédé à sadite Altesse pour elle & sa Posterité Successeurs & Héritiers Males, sitôt que la Paix entre ces deux Royaumes & Etats du Saint Empire sera signée & ratifiée, pour une égalité & reconnoissante compensation de ce qu'il a quitté & abandonné son droit; de la part de Sa Majesté Impériale & avec le consentement des Etats du Saint Empire, l'Evêché de Halberstad sitôt qu'il sera évacué & rendu, avec tous les Droits, privileges, jurisdictions, biens Ecclésiastiques & civils de quelque sorte & nom que ce puisse être, comme un Fief perpetuel & immédiat du Saint Empire, dans laquelle paisible possession, sadite Altesse sera d'abord installée, & aura *Vote* & Place dans les Assemblées de l'Empire, ainsi que dans celles du Cercle de la Basse Saxe, cependant les Religions & biens Ecclésiastiques, resteront dans l'état où ils étoient sous l'Archiduc Leopold Guillaume, ainsi qu'il en a été convenu avec l'autorité du Chapitre de la Cathédrale, sans que son Altesse l'Electeur ni sa posterité à laquelle ledit Evêché doit perpétuellement rester, puisse s'attirer les Droits de l'Evêché ni du Chapitre pour le Gouvernement Episcopal, postulations ou élections : mais doit son Altesse Electorale avoir du reste dans ledit Evêché la même autorité que les autres Princes de l'Empire ont dans leurs Païs & Territoires. Le Comte de Tettenbach sera maintenu par sadite Altesse dans le Comté de Reinstein, & en renouvellera la reconnoissance avec le consentement qui en a été accordé au Chapitre par l'Archiduc.

§. 2. De même le susdit Electeur reçoit l'expectative de l'Evêché de Magdebourg, tellement qu'après la mort du present Administrateur, le Seigneur Auguste Duc de Saxe &c. cette place sera vacante, & doit l'entier Archevêché avec tous les Païs & jurisdictions comme il est dit ci-devant de l'Evêché de Halberstad donné & evacué à son Altesse Electorale, sa posterité, Successeurs & Héritiers & parens mâles sans aucune diminution, sans qu'il soit besoin d'une secrete ou publique Election ou Postulation, comme Fief perpétuel, & sadite Altesse ou postérité doit avoir soin, sitôt la vacance, de se mettre en actuelle & réelle possession de sa propre autorité.

§. 3. Mais en attendant & sitôt que la Paix sera concluë, ce Chapitre, Etats & Sujets dudit Archevêché doivent se soumettre eventuellement à l'Electeur & à toute sa posterité avec fidelité & serment; mais la Ville de Magdebourg rentrera & sera remise dans les premiers privileges, lesquels lui ont été donnez par le feu Empereur Otto I. le septiéme Juin 940. ce qui, à leurs prieres & instances, quoique depuis fort longtems soit sans force & vigueur, est renouvellé par Sa Majesté Impériale, qui de plus accorde le privilege touchant la Fortification de la Ville comme l'avoit accordé l'Empereur Ferdinand II. ainsi que celui de Regale qui à l'avenir s'étendra d'un quart de mille d'Allemagne, avec toute jurisdiction, & autres privileges & Droits dans les affaires Ecclésiastiques & temporelles, dont ils joüiront inviolablement & sans aucune diminution, à condition cependant qu'il ne pourra être bâti de Faubourgs autour de la Ville, mais que les quatre Seigneuries & Bailliages d'Everfart, Gueter-Brock, Dam & Burgh ayant été longtems entre les mains de son Altesse Electorale

de

1647.

de Saxe, elles y doivent rester toujours, & pour augmenter la Manse Archiepiscopale en récompense de ce qui leur est retranché, son Altesse l'Electeur de Brandebourg & sa posterité après la conclusion de la Paix joüira du Bailliage d'Engelen qui a jusqu'à présent appartenu au Chapitre de Halberstad, pour le posseder de plein droit. Mais en vertu de cette autorité après la prise de possession de l'Archevêché il éteindra jusqu'au quart des Chanoines après leur mort & en reünira les revenus à la Chambre Archiepiscopale, pour satisfaire aux dettes contractées par l'Archevêque Auguste Duc de Saxe, en sorte que ladite Chambre n'en puisse être inquiétée, & quand la vacance tombera sur la Maison de Brandebourg il ne sera pas permis à l'Archevêque de contracter de nouvelles dettes & engagemens au préjudice de sadite Altesse de Brandebourg.

§. 4. A son Altesse l'Electeur pour elle & ses Successeurs sera rendu & évacué en fief perpetuel l'Evêché de Minden, avec tous ses droits & dépendances, comme il a été dit de l'Evêché de Halberstad, & sadite Altesse, du consentement des Etats, le tiendra de l'Empereur après la Ratification de la Paix comme un Fief perpetuel de l'Empire, & joüira tranquillement dudit Evêché de Minden, en faveur de quoi lui est donné dans les affaires particulieres de l'Empire ou Assemblées, comme dans le Cercle de Westphalie *Votum* & Cession, sans diminution pour la Ville de ses Droits, privileges, jurisdictions Ecclésiastiques & temporelles, *mero & mixto Imperio*, dans le Civil & le Criminel, principalement le droit de District, & outre cela l'usage d'*executio Jurisdictionis* & autres qu'elle a jusqu'à présent possedés, toutes immunitez, privileges *proprii Præsidii* & tout ce qui est situé dans l'enceinte & district des murailles de leur Ville : mais les villages qui appartiennent à la Chambre du Prince, Bourgs & Maisons ne seront point comprises là dedans, sans leur donner aucune atteinte.

§. 4. L'Evêché de Camin est aussi cédé par l'Empereur & l'Empire à son Altesse Electorale & à ses Successeurs comme Fief perpetuel, & la concession en est faite sur le même pié & avec les mêmes Droits que les Principautés de Halberstad & Minden, avec cette seule différence qu'il sera permis à son Altesse Electorale dans l'Evêché de Camin de suprimer les Canonicats de ceux qui viendront à déceder, (après leur mort,) & d'annexer l'Evêché entier à la Principauté de Pomeranie.

Mais dans les Archevêchez rendus à son Altesse, les Sujets & Etats conserveront leurs Droits & privileges, & principalement l'exercice de la Confession d'Augsbourg comme elle est présentement en usage, & ne sera rien pratiqué dans tous ces endroits, contre ce qui a été reglé touchant les Griefs entre les Etats de l'Empire de l'une & de l'autre Religion, & ces Archevêchez & Evêchez qui doivent rester à S. A. E. & à ses descendans seront traitez comme les autres Etats héréditaires de son Altesse Electorale.

A l'égard des titres on est convenu d'écrire & nommer ceux qui appartiendront audit Electeur & à sa Maison, comme Princes de l'Archevêché de Magdebourg & des autres Evêchés.

Sa Majesté de Suéde veut bien restituer à son Altesse l'Electeur,

1. La Principauté de la Pomeranie Ulterieure avec tous les biens qui y appartiennent, comme Jurisdictions Ecclésiastiques & Temporelles, avec tous ses Domaines, revenus & direction.

2. La Ville de Colberg avec l'Evêché entier de Camin avec tous les droits que les Ducs de la Pomeranie Ulterieure ont eus ci-devant avec le droit de Collation aux Prélatures & Prébendes, mais de maniere que la Couronne de Suéde, conserve ce qui lui a été cedé ci-dessus sans aucune contradiction, & que son Altesse Electorale confirme & conserve en la meilleure forme qu'il se pourra aux Etats & Sujets de ce qui est restitué de la Principauté de Pomeranie & Evêché de Camin, leur liberté, Droits & privileges suivant la Coutume des Reversales du Païs, comme les siens, Sujets & Etats & non autrement que cela est reglé, le tout restera dans le même état, ainsi que l'exercice de la Religion de la Confession d'Augsbourg, sans qu'on y puisse causer ou apporter le moindre changement, ce qui après l'hommage fait sera confirmé, pour y être ensuite maintenu & protegé.

3. Sa Majesté restitue au susdit Electeur dans la Marche de Brandebourg toutes les Places occupées par des Garnisons Suédoises. 4. Toutes Commanderies & biens appartenant à l'Ordre de Saint Jean, situées hors des Païs restitués à Sa Majesté le Roi & Royaume de Suéde, ainsi que tous les Actes, Registres & Titres ou Lettres concernant les Places à restituer, & tout ce qui peut concerner leur jurisdiction & se trouver dans les Archives, & dans la Chancelerie de Stetin & ailleurs.

Article. XI.

Par raport à son Altesse Adolfe Frédéric Duc de Mecklenbourg Swerin &c. à cause de l'alienation du Port & de la Ville de Wismar, & de tout ce qui en dépend, il est stipulé qu'il aura, pour lui, ses Héritiers & Successeurs Mâles, les Evêchez de Swerin & Ratzebourg en perpétuel & immédiat Fief de l'Empire, en échange de ce qui est cedé & rendu, & son Altesse après le decès des Chanoines, appliquera tous leurs revenus à sa Manse, & en conséquence de ce sadite Altesse aura dans les Dietes de l'Empire, & au Cercle de la Basse Saxe rang & double suffrage ; & quoique son neveu Gustave Adolphe Duc de Mecklenbourg de la Ligne de Gustrow ait jusques à présent été designé Administrateur de l'Evêché de Ratzebourg, puisqu'il joüit également du bénéfice de la restitution, il est juste que l'Oncle ayant cedé Wismar le Neveu à son tour lui céde cet Evêché. Mais si la Ligne Mâle de Swerin vient à mourir & s'éteindre avant celle de Gustrow, celle de Gustrow doit lui succeder & pour plus ample satisfaction en faveur de la Maison de Mecklenbourg, le Prince ou sa Posterité doivent être déchargez envers l'Empire jusqu'à la somme de cent mille Risdales. De même comme son Altesse &c. Frédéric Duc de Holstein renoncera, à la requisition de Sa Majesté Impériale, à toutes les pretentions & repetitions qu'il peut avoir sur l'Archevêché de Bremen & Werden, sadite Majesté Impériale aura soin que par le *Conclusum* de la premiere Assemblée & du consentement des Etats, il soit payé à sadite Altesse pour compensation de ladite perte pendant cinq années de suite quinze ou vingt mille Risdales.

Article XII.

La Maison de Brunswick & de Lunebourg, pour accélerer & affermir d'autant plus la Paix, ayant

1647. ayant cedé les Coadjutoreries qu'elle avoit obtenu ci-devant dans les Archevêchez de Magdebourg & Bremen, ainsi que l'Evêché d'Halberstad & Ratsenbourg aux conditions que dans la suite elle jouïroit de la Succession alternative avec les Catholiques dans l'Evêché d'Osnabrug. Sa Majesté Impériale, ne trouvant pas convenable, dans l'état présent des affaires de l'Empire, de retarder plus longtems pour ce sujet la Paix publique, consent & permet que cette Succession alternative ait lieu dorenavant dans l'Evêché d'Osnabrug entre les Evêques Catholiques; & ceux de la Confession d'Augsbourg, mais que de la part des Evangeliques, ils seront tous de la Maison de Brunswick & Lunebourg tant que la Ligne subsistera, ce qui sera maintenu & observé de la maniere suivante.

§. 1. Cet Evêché avec tout ce qui en dépend généralement, soit pour l'Ecclésiastique ou le temporel, sera rendu & restitué au présent Evêque François Guillaume qui le possedera de plein droit, ainsi qu'il sera stipulé par les clauses de la Capitulation invariable & perpetuelle qui sera faite sur ce sujet du consentement commun du susdit Evêque & des Princes de Brunswick & Lunebourg & du Chapitre d'Osnabrug.

2. Pour ce qui est de l'Etat de la Religion, & des Ecclésiastiques, comme aussi de tout le Clergé de l'une & de l'autre Religion, tant en la même Ville d'Osnabrug, que les autres Païs, Villes, Bourgs, Villages, & autres lieux appartenans à cet Evêché, il demeurera & sera retabli au même état qu'il étoit le premier Janvier 1624. Et il sera fait auparavant une désignation particuliere de tout ce qui se trouvera avoir été changé après ladite année 1624. tant à l'égard des Ministres de la Parole de Dieu, que du culte divin, laquelle sera inserée en la susdite Capitulation. Et l'Evêque promettra par Reversales ou autres Lettres à ses Etats & à ses Sujets, après avoir reçu leur hommage selon la forme ancienne, de leur conserver leurs droits & leurs privileges, & en outre toutes les autres choses qui seront trouvées nécessaires pour l'administration future de l'Evêché, & la sureté des Etats & des Sujets de part & d'autre.

3. Ledit Evêque venant à déceder, le Duc Ernest Auguste de Brunswick & de Lunebourg lui succedera en l'Evêché d'Osnabrug, & sera même dès à present designé son Successeur, en vertu de la présente Paix publique; ensorte que le Chapitre Cathedral d'Osnabrug, comme aussi les Etats & Sujets de l'Evêché, soient tenus incontinent après la mort ou la resignation de l'Evêque d'apresent, de recevoir pour Evêque ledit Duc Ernest Auguste, & les susdits Etats & Sujets obligez à cette fin de lui prêter dans trois mois, à compter du jour de la conclusion de la Paix, l'hommage accoutumé, ainsi qu'il a été dit ci-dessus, aux conditions qui seront inserées dans la Capitulation perpetuelle qui est à faire avec le Chapitre; & si le Duc Ernest Auguste ne survivoit pas l'Evêque d'apresent, le Chapitre sera tenu après la mort de l'Evêque apresent vivant, de postuler un autre Prince de la Famille du Duc George de Brunswick & de Lunebourg, aux conditions qui seront convenuës en la Capitulation invariable qui aura été reçuë. Lesquelles seront observées à perpetuité & reciproquement; & ceux-ci manquant aussi, la posterité du Duc Auguste enfin succedera avec l'alternative perpetuelle, comme il a été dit entre cette Famille & les Catholiques.

Tom. IV.

4. Non seulement ledit Duc Ernest Auguste; mais aussi tous & un chacun les Princes de la Famille des Ducs de Brunswick, & de Lunebourg de la Confession d'Augsbourg, qui succederont alternativement en cet Evêché, seront tenus de conserver & défendre, comme il a été disposé ci-dessus, l'Etat de la Religion, & des Ecclésiastiques, ensemble de tout le Clergé, tant en la Ville d'Osnabrug, que dans les autres Païs, Bourgs, Bourgades, Villes, Villages, & tous les autres lieux appartenant à cet Evêché.

5. Et afin que dans l'Administration & regime des Evêques de la Confession d'Augsbourg, il n'arrive aucune difficulté ni confusion au regard de la Censure des Ecclésiastiques, ni au regard de l'usage, & de l'administration des Sacremens selon la maniere de l'Eglise Romaine, comme aussi des autres choses qui sont de l'ordre, la disposition de tout ce que dessus sera reservée à l'Archevêque de Cologne, comme au Metropolitain, à l'exclusion de ceux de la Confession d'Augsbourg toutes les fois que la Succession alternative tombera sur un Prince de cette Confession, mais cela excepté, les autres droits de Souveraineté & de regime, tant au civil qu'au criminel, demeureront inviolables à l'Evêque de la susdite Confession, selon les loix de la future Capitulation; mais quand un Evêque Catholique aura la Régence de l'Evêché il ne doit aucunement se mêler des affaires qui regardent les Evangéliques.

6. Pour ce qui est de la Succession au Couvent de Walckenried, dont le Duc Chrétien Louïs de Brunswick est presentement Administrateur, elle se doit maintenir comme il est marqué ci-dessus à l'égard des familles de semblables Princes, mais ce qu'ils prétendent à l'égard de l'Evêché de Halberstad & le Comté de Hohenstein, doit par ce même Article être rejetté.

7. Que le Monastere de Groningen, ci-devant acquis à l'Evêché de Halberstat, soit aussi restitué auxdits Ducs de Brunswick-Lunebourg, avec la reserve des droits qui appartiennent auxdits Ducs sur le Château de Westerbourg, comme aussi l'infeodation faite par les mêmes Ducs au Comte de Tettembach, & les conventions faites pour ce sujet demeureront en leur entier, aussi bien que les Droits de créance, & d'engagement appartenant sur Westerbourg à Frédéric Schencken de Winterstet Lieutenant du Duc Christian Louïs, & comme les Plénipotentiaires de Sa Majesté Impériale ne veulent entrer aucunement dans ce point, auquel s'oppose l'Electeur de Brandebourg, on resoudra ces dificultez en même tems.

8. Ce qui étoit dû au Roi de Dannemarck par le feu Duc Frédéric Ulrick de Brunswick, & qui après la Négociation de Paix de Lubeck est venu entre les mains de l'Empereur, & a été donné au Marechal de Tilli, & que les presens Duc de Brunswick & Lunebourg ont fait voir par beaucoup de raisons qu'ils n'étoient pas obligez de payer, Messieurs les Plénipotentiaires de la Couronne de Suéde par raport à la Négociation de la Paix ont fait de fortes instances, afin que l'on accordât au susdit Duc, qu'une pareille prétention soit annulée, ce qui a été accordé.

9. A l'égard du Duc de Brunswick-Lunebourg de la Ligne de Zell ayant payé jusqu'à present les intérêts annuels de vingt florins au Chapitre de Ratzebourg, il a été dit que comme l'alternative cesse presentement, lesdits intérêts annuels cesseront aussi avec supression entiere

A a a   de

de la dette & de toute autre obligation pour ce regard.

10. Les Ducs de Brunswick & Lunebourg renoncent en général & abandonnent toutes prétensions & Droits de Coadjuteurs des Archevêchez & Evêchez de Magdebourg, Bremen, Halberstad, & Ratzenbourg, & conviennent de tout ce qui est regié sur ce sujet par le present Traité de Paix tant à leur égard qu'avec les Chapitres, sans que lesdits Ducs y puissent en aucune façon contrevenir.

Article XIII.

On est convenu que son Altesse Chrétien Guillaume Marquis de Brandebourg, ayant stipulé & s'étant engagé par la Paix de Prague, de payer annuellement 12000. Risdales, qui jusqu'à present n'ont pas été payées, le seront sans faute à l'avenir, & qu'une pareille pension annuelle sera prise hors des revenus de l'Archevêché de Magdebourg savoir régulierement mille écus tous les mois, sans aucune discontinuation ni diminution, à compter du jour de la datte de la conclusion de cette Paix; & doivent aussi être payez par mois les arrerages de 250. écus restants depuis la Paix de Prague, & ledit payement continuer régulierement jusqu'à l'entiere satisfaction : mais en cas de faute ou retardement dans l'un ou l'autre payement, son Altesse ou ses Héritiers en vertu de ce Traité de Paix pourront garder pour leur payement, & se mettre en possession de leur propre autorité de tous les biens & jurisdictions de Amterkalbe, Wansleben & Arensleben ainsi que de tout le Holzkretz, lesquels biens de cet Archevêché avec leurs droits ils pourront garder par forme d'Hypotheque.

Article XIV.

La Couronne de Suéde ainsi que celle de France, de la part de Madame la Landgrave de Hesse Amelie Elisabeth, comme Curatrice de son Fils le Landgrave Guillaume de Hesse, ayant fait representer qu'elle souhaittoit qu'on pût dans cette Négociation de Paix accommoder à l'amiable les démêlés touchant une indemnité pour la Succession de Marbourg, on a trouvé bon, conclu & accordé que toutes les Seigneuries & Païs que la Ligne de Hesse-Cassel a possedez auparavant, & qui par Sentence & Transaction sont venuës à la Ligne de Darmstad, seront partagées en trois portions dont deux resteront à la Maison de Darmstad & la troisiéme à la Maison de Cassel, cependant dans les deux tiers qui doivent rester à la Ligne de Darmstad seront compris les Châteaux & Villes avec les Bailliages de Marpourg, le Bas Comté de Catzenellebogen, la Seigneurie de Ebstein & une portion du Bailliage de Umbsad.

2. L'Académie de Marpourg dont on fit un partage l'an 1627. entre les deux Lignes, pour les Bailliages, les revenus & biens, restera à perpetuité sans aucun changement à la Regence de Darmstad, & l'on accomplira réellement & en effet ce que le Landgrave George a promis touchant les privileges de ladite Académie. 3. Il ne sera fait aucun changement par raport à la Religion & aux affaires Ecclésiastiques dans les Places qui doivent être cedées à la Ligne de Cassel. 4. La Sentence de Sa Majesté Impériale sur cette affaire publiée l'année 1627. avec la Transaction confirmée par sadite Majesté & les accords que les deux Parties ont juré en 1628. d'observer ; seront

religieusement executez entre les deux Maisons & Princes descendants, à perpetuité.

Mais pour ce qui touche les indemnitez demandées les Landgraves de la Ligne de Hesse Cassel doivent avoir & conserver,

1. L'Abbaye de Hirsfeld avec toutes les dépendances, Temporelles & Ecclésiastiques à perpetuité, & jusqu'à ce que l'on trouve une générale Union des deux Religions, mais l'investiture pour les Abbez de Hirsfeld se fera, comme elle s'est toujours faite, par Sa Majesté Impériale; toutes & quantes fois que cela arrivera ils se régleront pour leur devoir comme pour le reste, comme il est stipulé & marqué dans le cinquiéme Article à l'égard des biens Ecclésiastiques.

2. Ils doivent à l'avenir avoir le *jus directi Dominii* sur les Bailliages de Schauwenbourg, Buckebourg, Saxen-Hagen & Stadt-Hagen, lesquels l'Evêque de Minden s'est approprié dans le tems passé : mais à present on a levé toutes les disputes & les prétensions qui regardoient cet Evêché, excepté ce que le Duc de Brunswick en vertu du 10. Article pourra prétendre sur ces Bailliages, comme lui appartenant. 3. La susdite Dame la Landgrave de Hesse-Cassel en qualité de Curatrice doit avoir six cens mille Risdales, lesquelles seront levées sur les Places jusqu'à present occupées dans le Cercle de Westphalie. On doit aussi laisser en gage à son Altesse la moitié du Comté d'Arensberg, jusqu'à ce que la somme soit entierement payée. Madame la Landgrave aussitôt que la Paix sera concluë doit ainsi que les Electeurs de Mayence & de Cologne, l'Abbé de Fulde, & autres Etats médiats & immédiats de l'Empire rendre & restituer toutes les Seigneuries, Evêchez avec leurs Villes, Bourgs, Bailliages, Forts & Forteresses qu'ils ont pris pendant la Guerre, sans aucune diminution des provisions, Canons & autres armes, excepté ce qu'ils y auroient pû faire entrer après la reddition des Places. Et sitôt qu'on aura payé les sommes qui se doivent lever par mois hors desdites Places, Madame la Landgrave, ou si alors elle n'a plus la Curatelle, le Landgrave Guillaume lui-même sera obligé de rendre la susdite moitié du Comté d'Arensberg à l'Archevêché de Cologne.

Sa Majesté Impériale voulant qu'il y ait une union fraternelle entre les Maisons de Saxe, Brandebourg & Hesse, telle qu'elle a été sous les Empereurs ses prédecesseurs, elle la confirme par cette Paix ; mais la confirmation des autres accommodemens reste entre les mains de Sa Majesté, attendu qu'avec une humble soumission, ils la doivent rechercher, & Madame la Landgrave en qualité de Curatrice doit témoigner à Sa Majesté Impériale une humble obéissance & parfaite fidelité, afin que toute la Maison de Hesse-Cassel, sans exception de personne, puisse jouir & profiter de la presente Amnistie générale suivant toutes les clauses cidessus du deuxième & troisième Article en général & en particulier.

Article XV.

Quand cette Paix comme ci-dessus convenuë, sera concluë les Plénipotentiaires de leurs Majestés Impériale, & Royale, ceux du Saint Empire, promettront que les Envoyez & Ambassadeurs de l'Empereur, de Sa Majesté de Suéde, du Saint Empire, des Electeurs & Etats tous respectivement dans leurs qualitez, ayant signé, les ratifications solemnelles seront expediées dans l'espace l'espace de trois mois, pour en faire comme il se doit les échanges: jusques-là les deux armées doivent rester en suspension d'armes, les hostilitez doivent cesser, afin que ce qui est heureusement commencé puisse venir à une bonne fin, & avoir son exécution.

On doit en attendant établir des deux côtez des Commissaires qui à proportion des Cercles partagent les Armées dans l'Empire, & où les Soldats soient sous la discipline des Magistrats de chaque Place, sans que cela puisse causer beaucoup d'incommodité jusqu'à ce que par l'entiere conclusion de la Paix, on leur donne ce qui leur a été promis: ensuite de cela tous les prisonniers de part & d'autre, pris dans le service des troupes ou autrement, & selon ce qui aura été reglé par les Généraux sous l'approbation de Sa Majesté Impériale, ou ce qui pourroit être encore réglé, seront mis en liberté.

Quant à la restitution, aussi bien en général qu'en particulier de quelques Etats de l'Empire, il faudra dans ce tems-là par des Mandats de l'Empereur, que l'exécution soit publiée dans chaque Cercle *cum ratihabitionis instrumentis* & autres actes échangez de part & d'autre, afin que les Garnisons qui occupent les Places, soit des Troupes de l'Empereur, des Etats du Saint Empire, de leurs Alliez ou Conféderez, du Roi de Suéde, du Landgrave de Hesse, leurs Alliez ou Conféderez, sous quelque nom & quelque autorité que ce soit, qui seront trouvées dans les Places restituées sans pouvoir causer la moindre perte ou le moindre dommage aux Bourgeois & habitans ayent à se retirer: de même les Places, soit grandes Villes ou Bourgs, Maisons de Campagne, Châteaux, Maisons & Forteresses, prises aussi bien sur Sa Majesté l'Empereur, la Maison d'Autriche & les Païs Héreditaires, comme dans l'Empire, jusqu'à present de l'un ou l'autre côté, doivent être évacuées à leurs anciens Possesseurs & Seigneurs, soit Etats médiats ou immédiats de l'Empire, ou qui jouissent des Droits d'Etats immédiats pour les posseder tant dans le temporel que le spirituel en vertu du present Traité, sans recevoir aucun préjudice ni diminution de pareils titres & noms: ce dont on excepte cependant les Places que Sa Majesté le Roi de Suéde, a rendu en équivalent des Païs qui lui ont été cédez, pour lesquelles on se refere à ce qui est ordonne par les precedens Articles. Et cette restitution des Places occupées de la part de l'Empereur comme de celle du Roi de Suéde, & Conféderez des deux Parties se doit faire fidellement & sans fraude, & dans cette restitution seront compris les titres, Archives, Meubles, Artillerie, & munitions, soit qu'elles y ayent été amenées de quelques autres Places ou gagnées dans les Batailles, ou qui y auront été mises pour la sureté des Places par la Partie qui les avoit conquises, elles y resteront & y seront reservées.

Les Sujets de chaque Place seront obligez de fournir aux Troupes sans payement les chariots, Chevaux & Vaisseaux nécessaires pour transporter les Bagages, mais ce que lesdits Sujets prêteront ainsi, sera fidellement restitué & rendu par les Officiers & Soldats sans en pouvoir retenir la moindre chose.

Les Places ainsi restituées, soit qu'elles soient situées à côté de la mer ou vers la Frontiere, ou même dans le milieu du Païs, ne doivent plus être incommodées par les nouvelles Garnisons que la Guerre y avoit introduites, puisque toutes les Troupes qui sont dans l'Empire doivent être dechargées de leur serment & congediées, sans que personne en puisse tenir sur

pied plus qu'il n'en a besoin pour la conservation de son Etat.

Pour l'entiere sureté des Articles accordés, & chacun en particulier être maintenus dans ce qu'ils renferment, on doit les considerer comme Loix & *Pragmatique Sanction* confirmée par l'Empereur, & par les Etats de l'Empire Ecclésiastiques &, civils & obligatoires pour les absens comme pour les presens; ensorte que cette Convention sera une regle prescrite que devront suivre tous les Conseilliers & Officiers Impériaux, ainsi que les Juges & Assesseurs de toutes les Cours de justice pour les observer à jamais: ensorte qu'on ne puisse jamais alleguer contre cette Transaction ou aucun de ses Articles & clauses, aucun Droit Canonique ou civil ni aucun Decrets communs ou speciaux des Conciles, privileges, Indults, Edits, Commissions, Inhibitions, Mandats, Decrets, Rescrits, Litispendences, Sentences Juridiques en quelque tems qu'elles puissent être données, *res judicata*, Regles des Ordres Religieux ou exemptions, Protestations precedentes ou futures Contradictions, Appellations, Investitures, Transactions, serment & renonciation &c. encore moins Edit de l'Empereur de l'année 1629. de la Paix de Prague, Concordat du Pape accordé *per interim*, en l'année 1548. les Statuts Ecclésiastiques ou temporels, Decrets, dispenses, absolutions ou autres exceptions, sous quelque pretexte ou nom dont l'on voudra se servir, qu'on aura jamais vû ou entendu, allegué ou permis dans le petitoire comme dans le possessoire.

Toutes les Parties interessées à cette Transaction, Sa Majesté Impériale, leurs Majestez de France & de Suéde, les Etats du Saint Empire veulent & entendent soutenir & garantir tous & un chacun point, contre un chacun, & si quelqu'un entreprend quelque chose au contraire, celui à qui le dommage est fait doit se plaindre, afin qu'on puisse terminer l'affaire à l'amiable, ou en justice, mais supposé que cela ne pût être accommodé ou terminé dans l'espace de trois ans par l'une de ces deux voyes, les garands de cette Paix, après en avoir averti le contrevenant qui par amitié ou par justice n'aura pas voulu s'accommoder, l'ayant en effet prié & conseillé, doivent prêter main forte à la Partie lezée pour l'assister à contraindre celui qui le premier a contrevenu sans vouloir s'accommoder. Mais cet Article ne touche point aux Jurisdictions Souveraines de l'Empereur dans l'Empire, dans ses Royaumes & Païs Hereditaires, non plus que leurs Majestez les Rois de Suéde & de France dans leurs Royaumes & Païs, suivant les droits & usages de chaque Place, desquels on ne pretend rien ôter ni diminuer en ce qui en concerne la jurisdiction & l'administration, mais ceux qui en effet soit Ecclésiastiques ou Temporels agiront contre ce Traité, seront accusez de rupture de Paix & seront degradez de leurs honneurs, Dignitez, biens & jurisdictions.

Dans ce present Traité de Paix sont compris du côté de Sa Majesté Impériale tous les Conféderez, Alliez & adherans de sadite Majesté Impériale & les Electeurs du Saint Empire Romain, Etats, libre Noblesse dudit Empire, & Ville; de même Sa Majesté le Roi de Dannemarck, tous les Princes & les Républiques en Italie, les Etats des Provinces-Unies, comme aussi les Suisses & Grisons; & au cas de la part de la Couronne de Suéde, il soit parlé ci-après du Roi de Portugal, les Plénipotentiaires de l'Empereur déclarent qu'ils ne reconnoissent

d'autre

d'autre que Philippe IV. qui étoit Roi d'Espagne encore le 4. de ce mois. Et de la part de Sa Majesté Impériale & du Roi de Suéde, sont reconnus pour leurs Conféderez & Alliez principalement le Roi de France très-Chrétien, les Electeurs, Etats & la libre Noblesse du Saint Empire Romain, & les Villes Anseatiques : de plus leurs Majestez le Roi d'Angleterre, de Dannemarck, de Pologne, Portugal, le Grand Duc de Moscovie, la République de Venise, les Provinces-Unies des Païs-Bas, le Prince de Transilvanie & la Suisse.

En foi & pour confirmation de tout ce que dessus les Plénipotentiaires de Sa Majesté Impériale, ceux des autres Rois, Electeurs, & Etats de l'Empire ont signé de leurs propres mains le present Traité & Instrument de Paix à Osnabrug en Westphalie l'année 1647.

PUNCTA

GUARANTIÆ

Inter Coronam

FRANCIÆ

Et Dominos

STATUS GENERALES

Hagæ Comitis in Consilio lecta & Domino

SERVIEN

COMMUNICATA.

Die 2. Julii anno 1647.

I.

CAsu quo Corona Hispaniarum, Imperator aut alius ullus e Domo Austriaca Princeps publicâ vi invaderet ullum locorum quos Domini Status tempore conclusionis hujus Tractatûs Pacis possident, (1) & ubi sua præsidia habent, aut quos vigore horum Tractatuum adhuc consecuturi sunt, similiter si conditionibus conventis ex parte Hispanorum & una cum ipsis nominatorum contraveniretur, & generalis ruptura (2) inter Hispaniam & Dominos Status, ex eo sequeretur, spondebit Gallia se quoque vigore hujus Tractatûs rupturam cum Hispaniâ & omnibus interessatis aut Confœderatis.

II.

Similiter etiam Domini Status obligati erunt ad rumpendum, si Hispanus aut Imperator aut ullus alius Princeps Domûs Austriacæ publica vi Galliam, Pinarolum, Russilionem, Lotharingiam & quidquid in Belgio acquisitum est, ut & Cataloniam durante triginta annorum Armistitio, primus invaserit : quod tamen ita intelligendum est si supra dicta invasio generalem secum rupturam traheret.

III. *Rex*

ARTICLES

Du

TRAITE' DE GARENTIE

Entre la

FRANCE

Et les

ETATS-GENERAUX

Lu dans l'Assemblée des Etats à la Haye & communiquez à Monsieur

SERVIEN.

Le 2. de Juillet 1647.

I.

EN cas que la Couronne d'Espagne, l'Empereur, ou quelqu'autre Prince de la Maison d'Autriche attaquât à force ouverte aucun des Païs que les Seigneurs Etats possédent au moment de la conclusion du présent Traité, ou qui leur seront cédez par cette Paix ; semblablement s'il étoit contrevenu aux Conventions présentes de la part des Espagnols ou de ceux qui sont compris avec eux, & si l'on étoit contraint d'en venir à une rupture générale entre l'Espagne & les Seigneurs Etats, la France s'engagera en vertu du present Traité à rompre avec les Espagnols, leurs Conféderez & Alliez.

II.

Par même engagement les Seigneurs Etats seront obligez à pareille rupture, si l'Espagne, l'Empereur ou quelqu'autre Prince de la Maison d'Autriche, attaque ouvertement la France, Pignerol, le Roussillon, la Lorraine, & tout ce qu'elle posséde dans les Païs-Bas, & commette le premier des hostilitez contre la Catalogne pendant la Trêve de trente années accordée à cette Province : ce qui doit s'entendre en cas qu'une pareille contravention entrainât avec elle une rupture générale.

III. *La*

---

(1) Les Indes y sont comprises ; car on parle en général.
(2) Notez le mot de *generalis ruptura*, car il n'y en a pas plus pour la France.

III.

Rex Galliarum nemini suorum Confœderatorum contra unitas Belgii Provincias assistet, nec vice versâ Domini Status contra Galliam.

IV.

Casu quo Rex Hispaniarum, Imperator aut ullus alius Princeps Domûs Austriacæ Regem Galliarum aut Dominos Status in iis regionibus locisque Guarantiæ aggrediatur, pars altera quæ invasionem passa non est, inter invadentem & invasum viam concordiæ tentabit per semestre priusquàm, ut dictum, ad rupturam cum invadente faciendam obligetur. Si verò hoc semestri evoluto Concordia aut amicitia iniri nequeat, eadem pars absque ulteriori dilatione ex præscripto Guarantiæ accuratè se geret.

V.

Conventum quoque est ut Tractatus pro mutuâ scilicet guarantiâ hic Hagæ concludendus non vim ullam aut robur habeat, antequam Pax inter Galliam & Hispaniam Monasterii conclusa & subsignata sit.

VI.

Omnibus inter Galliam & Dominos Status antehac initis Tractatibus suus manebit vigor, iidemque sanctè mandabuntur executioni, salvo tamen, si unus alterve expiraverit, adimpletus sit, aut in his Tractatibus aliquid mutatum vel prioribus sit derogatum.

III.

Le Roi de France ne donnera aucun secours à ses Alliez qui feront la Guerre aux Seigneurs Etats, lesquels observeront la même chose à l'égard de la France.

IV.

Si le Roi d'Espagne, l'Empereur, ou quelque Prince de la Maison d'Autriche faisoit irruption sur les Païs, & Places de la domination du Roi de France & des Seigneurs Etats, compris dans le présent Traité de Garentie, celui qui ne sera point attaqué tâchera, avant que de se déclarer, d'accommoder à l'amiable les Parties ennemies, & aura pour cela le terme de six mois; lequel expiré sans avoir pu réussir, il prendra les armes sans délai aux termes du présent Traité.

V.

Bien entendu que ce Traité de mutuelle garentie n'aura lieu qu'après la conclusion de la Paix entre la France & l'Espagne.

VI.

Tous les Traitez faits entre la France & les Seigneurs Etats auront toute leur force & seront ponctuellement exécutez à moins qu'ils ne l'ayent déja été, que leur terme ne soit expiré, ou qu'il n'y soit dérogé par ceux ci.

Paix d'Hollande & d'Espagne avec conditions pour la France. Et pour la Compagnie des Indes Occidentales.

Hagæ Comitis 5. die Julii 1647.   A la Haye le 5. de Juillet 1647.

Quod Deus Omnipotens bene vertat, Hesternâ Vesperâ unanimi Provinciarum omnium consensu, Pax nostra cum Hispaniæ Rege confirmata est eâ conditione ut signatis jam Articulis stetur, & quod Gallo dudum oblatum est, ab Hispanis teneatur & ratum maneat; hoc si Gallo videbitur unà concludetur, si non separatim defendetur etiam Gallus quoad Galliam, Germaniam inferiorem, Catalauniam, & Russilionem. Spero omnes bonos & æquos Orbis Christiani Principes bene, ut par est, hac de re judicaturos.

Societati Indiæ Occidentalis etiam egregie succurretur.

Dieu veuille donner un heureux succès à la Paix qui fut conclue hier au soir avec l'Espagne du consentement unanime de toutes nos Provinces, avec espérance qu'elle sera fidellement observée, & à condition que l'Espagne exécutera les offres qu'elle a faites à la France: & l'on ne fera qu'un Traité entre toutes ces Puissances, si la France veut y être comprise; sinon la Garentie subsistera pour ce Royaume, la Basse Allemagne, la Catalogne, & le Roussillon. Il y a lieu d'espérer que tous les Princes de la Chrétienté jugeront équitablement de ce Traité.

La Compagnie des Indes Occidentales y sera aussi comprise.

Paix d'Hollande & d'Espagne avec conditions pour la France.

Et pour la Compagnie des Indes Occidentales.

ACCORD

LE Roi très-Chrétien, par l'avis de la Reine Regente sa Mere, & les Seigneurs Etats Généraux des Provinces Unies du Païs-Bas, ayant jugé nécessaire, tant pour leur propre sureté, que pour le bien & repos de toute la Chrétienté, de rendre les Traitez qui seront faits tant entre la France & l'Espagne; qu'entre l'Espagne, & les Provinces Unies, fermes & durables, & comme l'intention de Sa Majesté, & desdits Seigneurs Etats d'observer de bonne foi tout ce qui sera promis & accordé de leur part, en vertu desdits Traitez, ayans aussi très-grand intérêt que le même soit fait de la part du Roi d'Espagne: ils ont crû très à propos pour ces considerations, & pour affermir davantage l'Union, bonne intelligence & amitié

qui a été depuis une si longue suite d'années,
entre la France & les Provinces Uniès, de convenir
ensemble, des precautions & conditions
suivantes, qui ont été traitées & accordées par
Messire *Abel Servien*, Comte *de la Roche des
Aubiers* Consr. du Roi en tous ses Conseils,
Ambassadeur Extraordinaire de Sa Majesté en
Allemagne, & ès Provinces Uniès, & Plénipotentiaire
pour le Traité de la Paix Générale : & par Messire *Gaspar Coignet de la Thuillerie*,
Chevalier, Seigneur dudit lieu, Baron *de
Courson, la Chapelle, Villepot*, & autres lieux,
Consr. du Roi en ses Conseils, & aussi son
Ambassadeur Extraordinaire esdites Provinces
Uniès, au Nom du Roi d'une; & les Sieurs,
Jean de Gent, Deputé du membre des Nobles
de la Province de Gueldre en l'Assemblée desdits
Seigneurs Etats Généraux, *Jean de Matenesse*,
Sieur de *Matenesse, Riviere, Opmeer,
Souteveen*, &c. *Guillaume Boreel*, Chevalier,
Sieur de *Duynbeecque*, Conseiller, & Pensionnaire
de la Ville d'Amsterdam, &c. *Jaques
Vet*, Conseiller, & Pensionnaire de la Ville de
Middelbourg en Zelande. *Gysbrecht vander
Hoolck*, vieil Bourguemaître de la Ville d'Utrecht.
Corneille Haubois, Bourguemaître de la
Ville de Sneeck. *Jean de la Becke*, à *Doornick
& Crytend.* Bourguemaître de la Ville de
Deventer. *Hierofme Eyben*, Sieur dans *Nyenhoven*,
Bourguemaître de la Ville de Groningen,
Députez; au nom desdits Seigneurs Etats d'autre
part, en vertu de leurs Pouvoirs qui seront
ici après inserez.

I.

Premierement, il y a été convenu & accordé,
que le Roi très-Chrétien sera obligé de
rompre généralement à guerre ouverte contre le
Roi d'Espagne, ou quelques autres Princes de
la Maison d'*Austriche*, en cas qu'ils viennent
les premiers, conjointement ou separement, à
attaquer à force ouverte aucuns des Païs ou
Places que les Seigneurs Etats possederont, ou
de celles où ils tiendront leurs Garnisons, lors
de la Conclusion du Traité de Paix, ou qu'ils
pourront encore obtenir en vertu d'icelui. Comme
aussi en cas que le Roi d'Espagne vienne ci
après à contrevenir aux conditions dudit Traité,
ou à aucunes d'icelles, en cas néanmoins, que
de ladite attaque, ou attaques, ou contraventions,
s'en ensuive une rupture generale entre
ledit Roi d'Espagne, & lesdites Provinces Unies.

II.

Lesdits Seigneurs Etats promettent pareillement,
& seront obligez de rompre généralement
à guerre ouverte contre le Roi d'Espagne,
ou l'Empereur, ou quelques autres Princes de
la Maison d'*Austriche*, en cas qu'ils viennent les
premiers, conjointement ou separement, à attaquer
à force ouverte aucun des Païs ou Places,
qui appartiennent audit Seigneur Roi très-Chrétien,
ou qui demeureront à Sa Majesté par le
Traité de Paix, ou en consequence d'icelui,
dans tout le Royaume de France, y compris
Pignerol, comme aussi dans le *Roussillon*, dans
la *Lorraine*, & dans toutes les conquêtes du
Païs-Bas : en cas néanmoins que de ladite hostilité
il s'en ensuive une rupture générale entre
les deux Couronnes.

III.

Lesdits Seigneurs Etats promettent aussi, &
seront obligez de faire une rupture générale,
comme il est dit ci-dessus, en cas, que pendant
la Trêve de trente ans qui sera accordée pour
la *Catalogne*, le Roi d'Espagne, ou l'Empereur,
ou quelques autres Princes de la Maison d'*Austriche*,
viennent à attaquer les premiers à force
ouverte, aucune des Places dudit Païs, dont
ledit Seigneur Roi très-Chretien demeurera en
possession par ledit Traité, & que de ladite
attaque la rupture générale s'en ensuive.

IV.

Sa Majesté & lesdits Seigneurs Etats, pour
prévenir tous les manquemens & sujets de plaintes,
qui pourroient arriver sur l'execution du
présent Traité, ont accordé & arrêté, que
celui d'entre eux, qui sera le premier attaqué,
en la maniere, & aux lieux ci-dessus specifiez,
l'ayant fait savoir à l'autre, celui qui ne sera
point attaqué, avant qu'être obligé d'entrer en
rupture ouverte contre l'aggresseur, pourra s'employer
pour faire reparer l'attaque, ou attaques
qui auront été commises, & ménager un accommodement
entre l'attaquant & l'attaqué,
durant l'espace de six mois : mais en cas que ladite
attaque ou attaques ne soient reparez promptement,
& que ledit accommodement n'ait été
fait dans ledit tems, celui qui ne sera point encore
en guerre, sera obligé d'y entrer & de
rompre généralement contre l'ennemi, en faveur
de son Confederé, aussitôt que ledit delai
de six mois sera expiré, sans aucune remise, &
d'agir contre lui hostilement, comme il a été dit
ci-dessus.

V.

Et pour affermir d'autant plus l'Union &
étroite amitié qui doit demeurer à l'avenir entre
la France & les Provinces Uniès, ledit Seigneur
Roi promet de n'assister aucun de ses
Alliez contre l'Etat des Provinces Uniès; &
lesdits Seigneurs Etats promettent aussi de n'assister
aucuns de leurs Alliez contre la Couronne
de France.

VI.

Les Traitez ci-devant conclus entre la France,
& l'Etat des Provinces Uniès, demeureront
en leur force & vertu, pour être de part
& d'autre religieusement executez, excepté pour
les points qui se trouveront finis ou accomplis,
ou ceux auxquels il aura été derogé ou changé
par le présent Traité.

VII.

Il a été encore convenu & accordé que le
présent Traité commencera seulement d'avoir
son effet, lorsque le Traité de Paix entre les
Couronnes de France & d'Espagne sera conclu
& signé à *Munster*.

En foi de quoi nous Ambassadeurs susdits &
Députez en vertu de nos Pouvoirs respectifs,
avons signé ces présentes de nos Seings
ordinaires, & à icelles fait poser les Cachets
de nos Armes, & promettons en fournir les
ratifications de Sa Majesté, & desdits Seigneurs
Etats, en bonne & düe forme, dans
le

le tems de deux mois, ou plutôt si faire se peut, après la conclusion du Traité de Paix susdite, entre les Couronnes de France, & d'Espagne.

A la Haye en Hollande, le 29. de Juillet, mil six cens quarante-sept.

PROPOSITION

Pour l'affaire du Duc

CHARLES

De

LORRAINE

Délivrée aux

MEDIATEURS

Au mois de Juillet 1647.

ENcore que le Duc Charles de Lorraine ait toujours employé sa personne & ses forces pendant cette Guerre dans le parti contraire au Roi très-Chrétien, qu'il ait contrevenu à tous les Traitez qui ont été faits avec lui par le feu Roi Louis XIII. de glorieuse mémoire, qu'en vertu desdits Traitez & notamment de celui fait à Paris le vingt-neuviéme Mars en l'an mil six cens quarante & un ratifié par ledit Sieur Duc à Bar-le-Duc le vingt-deuxiéme jour d'Avril en ladite année, tous les Etats que ledit Sieur Duc a ci-devant possedez soient justement acquis à la Couronne de France, non seulement ceux qui relevent & dépendent de ladite Couronne ou des trois Evêchez de Metz, Toul & Verdun, mais encore de l'ancienne Duché de Lorraine; néanmoins ledit Seigneur Roi très-Chrétien voulant user de modération dans la prospérité dont il a plu à Dieu de bénir ses armes, ayant égard aux services & fidélité de quelques Princes de cette Maison, & désirant de voir la Paix dans la Chrétienté tellement établie qu'elle ne puisse être troublée ci après.

Sa Majesté déclare que pourvû que ledit Duc Charles de Lorraine désarme entièrement, & qu'il établisse son séjour en Italie & autres lieux dont elle pourra convenir, elle lui donnera un entretenement de cent mille écus par an, au Duc François son Frére, & autres quarante mille écus que l'on continuera à payer par chacun an à Madame la Duchesse de Lorraine; & dans dix ans à compter du jour & date de ce présent Traité ledit Seigneur Roi très-Chrétien fera remettre entre les mains des Princes qui ont droit en la Succession ce qui est de l'ancien Duché & Souveraineté de Lorraine, les Places démolies, en quoi ne s'entend pas être compris ce qui est mouvant de la France & ce qui dépend des Evêchez de Metz, Toul & Verdun; lesquelles choses demeureront unies & incorporées à la Couronne de France. Ou bien ledit Seigneur Roi très-Chrétien leur donnera un Etat aussi en Souveraineté d'égale valeur à l'ancien Duché de Lorraine; & le choix de ces deux partis dépendra purement de Sa

Majesté : le tout moyennant que ledit Sieur Duc & ceux qui ont droit en la Succession se conduisent ensorte qu'ils ne se rendent pas indignes de cette grace.

Que si ledit Sieur Duc refuse une offre si avantageuse, l'Empereur & les Etats de l'Empire promettront de ne donner non seulement aucune retraite, secours, ou assistance directe ou indirecte audit Sieur Duc sous quelque prétexte ou occasion que ce soit, mais il sera encore permis audit Seigneur Roi très-Chrétien de poursuivre ledit Sieur Duc par tout où il se retirera, & encore que ce fût sur les Terres de l'Empire, pour contraindre ledit Sieur Duc à mettre les armes bas : à l'effet de quoi Sa Majesté Impériale & les Etats de l'Empire seront obligez de joindre leurs forces, s'il est besoin, & courre sus audit Sieur Duc, jusques à ce qu'il ait entiérement désarmé.

DECLARATION

Des

PLENIPOTENTIAIRES

Et

AMBASSADEURS

De Sa

MAJESTE' CATHOLIQUE

Le

ROI D'ESPAGNE

Sur la Trêve demandée pour le Portugal & le Duc de Bragance à présent Roi.

Fait à Munster ce 14. Août 1647.

LES *Plénipotentiaires d'Espagne*, ayant vu la Copie d'un certain Ecrit contenant 5. Articles presenté à Messieurs les Etats Généraux des Provinces-Unies le 31. Juillet de l'an présent 1647. & signé de Messieurs Servien & de la Thuillerie, Ambassadeurs de France, où après avoir parlé des intérêts du Duc de Bragance, avec offre, en cas que lesdits Seigneurs Etats le fassent comprendre dans une Trêve de plusieurs années dans les Traitez de la Paix générale, qu'il s'obligera de ménager avec la conclusion dudit Traité la restitution des Places occupées au Bresil, sur lesdits Seigneurs Etats.

Il est parlé de plus au dernier Article dudit Ecrit, qu'il est certain que les Ministres d'Espagne ont ci-devant offert à Munster une Trêve d'une année & demie, ou de deux ans pour le Portugal, comme on le peut savoir des Seigneurs Plénipotentiaires desdits Seigneurs Etats.

Surquoi lesdits Plénipotentiaires d'Espagne
voyant

voyant que ledit Ecrit se rendoit public, & étoit transmis de mains en mains, passant à la plus grande part des Ministres assemblés pour la Paix générale, ont estimé être de leur devoir, de déclarer comme ils ont fait auxdits Seigneurs Etats, en la personne de l'un de leurs Ambassadeurs Plénipotentiaires, qui se retrouve maintenant seul en ce lieu, *Que jamais de la part d'Espagne rien de semblable n'a été dit, ni écrit ni pensé, ains tout le contraire constamment & toujours maintenu, voire même concerté & accordé par l'interposition des Seigneurs Ambassadeurs Plénipotentiaires desdits Seigneurs Etats*, de sorte qu'on a grand sujet de s'étonner que les Ministres de France, s'osent alleguer pour témoins en un sujet où ils ne peuvent en leur conscience, sinon les condamner, en avouant & déclarant tout le contraire, de ce que l'on exige deux contre leur propre honneur & probité.

Quant à l'instance & requisition faite par lesdits Seigneurs de Servien & de la Thuillerie, Ambassadeurs du Roi très-Chrétien auprès desdits Seigneurs Etats, *à ce qu'ils veuillent s'employer vivement de faire comprendre le Portugal en une Trêve de plusieurs années* : on espere qu'ils se souviendront de la parole, qu'ils ont donnée auxdits Ministres d'Espagne, de ne jamais parler de chose semblable, sans quoi ils savent assez que lesdits Ministres n'auroient entré en la Négociation, ni accordé aucune proposition.

Pour ce persisteront-ils comme ils sont obligez, aux refus qu'ils ont fait ci-devant, de mettre en avant *chose aucune qui puisse toucher directement ou indirectement les intérêts du Duc de Bragance & du Portugal*, & autrement lesdits Ministres d'Espagne, selon les ordres réiterez qu'ils ont du Roi leur Maitre, & qu'ils ont montrés aux Seigneurs Médiateurs seroient contraints de ne passer pas plus avant auxdits Traités.

Pour le surplus dudit Ecrit, touchant les *promesses de la part du Duc de Bragance de menager après la conclusion de la Paix générale, la restitution & que lesdits Seigneurs Etats lui obtiendront tant pour lui que ledit Portugal une Trêve de plusieurs années* : étant une chose qui ne touche pas les intérêts particuliers desdits Seigneurs Etats, on laisse à leur prudence d'en considerer la difformité tant pour le tems y opposé que la condition & charge, qui va contre la reputation de leur interposition, & toute la chose en soi n'étant évidemment qu'un artifice pour empêcher d'un côté la conclusion des Traités, & retarder de l'autre les preparatifs nécessaires & l'action requise pour le recouvrement desdites Places du Bresil.

L E   P R O J E T

Pour l'accommodement du Palatinat, l'an 1647. le 21. Août. De la part des Plénipotentiaires de Suéde.

ANte omnia verò causam Palatinam Conventus Osnabrugensis & Monasteriensis eò deduxit, ut ea de re jam diu mota. lis dirempta sit modo sequenti.

Et quidem primò, quod attinet Domum Bavaricam, Dignitas Electoralis quam Electores Palatini antehac habuerunt, cum omnibus regaliis, officiis, præcedentiis, insigniis, & juribus quibuscumque ad hanc Dignitatem spectantibus, nullo prorsus excepto, ut & Palatinatus superior totus unà cum Comitatu Cham, cum omnibus eorum appertinentiis, Regaliis, & juribus, sicut hactenus ita & imposterum maneant penes Dominum Maximilianum Comitem Palatinum Rheni, Bavariæ Ducem, ejusque liberos totamque Lineam Guillelmianam, quandiu masculi superstites ex eâ fuerint.

Vicissim dictus Elector Bavariæ prò se hæredibus & Successoribus suis totaliter renuntiat debito tredecim millionum omnique prætentioni in Austriam superiorem & statim a publicata Pace omnia Instrumenta desuper obtenta Cæsareæ Majestati ad cassandum & annullandum extradet.

Quod ad Domum Palatinam attinet, Imperator

L'Affaire de la Maison Palatine a *été réglée* comme il suit dans le Congrès de Munster & d'Osnabrug.

Premiérement. La Dignité Electorale possédée ci-devant par la Maison Palatine sera donnée à Maximilien Comte Palatin du Rhin, Duc de Baviére, pour en jouïr à l'avenir par lui, ses enfans, & toute la branche Guillelmine tant qu'il y aura des mâles, avec tous les Droits, offices, préeminences & prérogatives annexez à l'Electorat sans exception, de même que tout le haut Palatinat & le Comté de Cham, leurs apartenances & dépendances.

De son côté l'Electeur de Baviére renonce tant en son nom que pour ses héritiers & Successeurs à sa dette de treize millions & à toutes ses prétensions sur la haute Autriche : ledit Duc s'engage de plus à remettre à Sa Majesté Impériale aussitôt après la publication de la Paix tous les Actes qui ont été passez à ce sujet pour être cassez & annullez.

L'Empereur pour assurer le repos de l'Empire

pérator cum Imperio publicæ tranquillitatis causâ consentit ut vigore præsentis Conventionis institutus sit Electoratus octavus, quo Dominus Carolus Ludovicus Comes Palatinus Rheni, ejusque Hæredes & agnati totius Lineæ Rudolphinâ juxta ordinem succedendi in aureâ Bullâ expressum deinceps fruantur, nihil tamen juris præter simultaneam investituram ipsi Domino Carolo Ludovico æut ejus Successoribus, ad ea quæ cum Dignitate Electorali Domino Electori Bavariæ totique Lineæ Guillelmianæ attributa sunt, competat.

Deinde ut inferior Palatinatus totus cum omnibus & singulis Ecclesiasticis & Secularibus bonis, juribusque & appertinentiis quibus ante motus Bohemicos Electores Principesque Palatini gavisi sunt, omnibusque Documentis, Registriis, Rationariis, & cæteris Actis huc spectantibus eidem plenarie restituantur, cessatis iis quæ in contrarium acta sunt, idque Cæsaris auctoritate effectum iri ut neque Rex Catholicus, neque ullus alius qui exinde aliquid tenet se huic restitutioni ullo modo opponat.

Cum autem certa quædam Præfectura Stradæ Montanæ antiquitus ad Electorem Moguntinensem pertinentes anno demum millesimo quadringentesimo sexagesimo tertio pro certa pecuniæ summâ Palatinis cum pacto perpetuæ revolutionis impignoratæ fuerint, ideo conventum est ut hæ Præfecturæ penes modernum Dominum Electorem Moguntinum ejusque in Archiepiscopatu Moguntino Successores permaneant; dummodo pretium oppignerationis intra terminum executioni conclusæ Pacis præfixum parata pecunia exsolvat; cæterisque, ad quæ juxta tenorem Litterarum oppignerationis tenetur, satisfaciat.

Electori quoque Trevirensi tanquam Episcopo Spirensi jura quæ prætendit in bona quædam Ecclesiastica intra Palatinatus inferioris territorium sita, coram competenti Judice prosequi liberum esto; nisi de his inter utrumque Principem amice conveniatur.

Quod si verò contigerit lineam Guillelmianam masculinam prorsus deficere, superstite Palatinâ, non modo Palatinatus superior, sed etiam Dignitas Electoralis quæ penes Bavariæ Duces fuit, ad eosdem superstites Palatinos interim simultanea investitura gavisuros redeat, octavo nunc Electoratu prorsus expungendo; Ita tamen Palatinatus Superior hoc casu ad Palatinos superstites redeat, ut hæredibus allodialibus Electoris Bavariæ, actiones & beneficia, quæ ipsis ibidem de jure competunt, reservata maneant.

Pacta quoque Gentilitia inter Domum Electoralem Heildenbergensem & Neoburgicam a prioribus Imperatoribus super-Electorali Successione confirmata; ut & totius lineæ Rudolphinæ jura quatenus huic dispositioni contraria non sunt salva rataque maneant.

Ad hæc si quæ feuda Juliacensia aperta sunt ea Palatinis evacuentur, nisi a Palatino Neoburgico allegata Conventio Hallæ Suevo-

re consentent en vertu du présent Traité à l'érection d'un huitiéme Electorat, en faveur de Charles Louis Comte Palatin du Rhin, de ses héritiers, & de toute la Ligne Rodolphine, suivant l'ordre établi dans leur Succession par la Bulle d'or : à condition qu'ils n'auront d'autre droit qu'une investiture simultanée dans tout ce qui est à présent cédé à l'Electeur de Baviére & à toute la Branche Guillelmine.

Et afin que le bas Palatinat avec tous les biens Ecclésiastiques & Séculiers, & tous les Droits qui en dépendent, les Titres, Régîtres, Documens, Papiers & autres Actes qui les concernent, soient restituez pleinement & dans le même état que les Electeurs & Princes Palatins en ont joui avant les troubles de Bohême; on cassera tout ce qui a été fait au contraire, & l'Empereur interposera son autorité auprès du Roi Catholique & autres pour les engager à restituer à ces Princes les Places qu'ils leur ont prises.

Mais d'autant que quelques Préfectures du côté des montagnes apartenant de tout tems à l'Electeur de Mayence, ont été engagées l'an 1463. aux Palatins pour une certaine somme d'argent, avec faculté de rachat perpétuel, on est convenu que ces Préfectures seront remises à l'Electeur de Mayence & à ses Successeurs dans l'Archevêché en payant en argent comptant les sommes prêtées dans le terme qui sera prescrit dans le Traité de Paix, & en satisfaisant aux engagemens portez par le contrat d'obligation.

Il sera libre à l'Electeur de Trêves en qualité d'Evêque de Spire, de poursuivre en justice tous les Droits qu'il prétend sur certains biens Ecclésiastiques situez dans le Palatinat; à moins que les deux Princes ne s'accommodent à l'amiable.

Si la Branche Guillelmine finit quant aux mâles avant la Palatine, on rendra aux survivans tout le haut Palatinat, la Dignité Electorale, le tout tel qu'en auront joui les Ducs de Baviére, & conformément à l'investiture simultanée qui en sera accordée en attendant aux Palatins; en ce cas le huitiéme Electorat demeurera suprimé. Cependant ce retour arrivant les héritiers allodiaux de l'Electeur de Baviére conserveront leurs Droits, & actions sur la succession de cette Branche.

Les Conventions de famille entre les Maisons d'Heidelberg & de Neubourg sur la succession Electorale, qui ont été confirmez par les précédens Empereurs, de même que tous les Droits de toute la Ligne Rodolphine entant qu'ils ne sont point contraires au présent accord demeureront dans toute leur force.

Les Fiefs ouverts de la succession de Juliers seront remis au Palatin, à moins que le Duc de Neubourg ne prouve que la Conven-

rum anno millesimo sexcentesimo decimo inita obstare probetur.

Præterea ut dictus Dominus Carolus Ludovicus aliquatenus liberetur onere prospiciendi fratribus & appanagio, Cæsarea Majestas ordinabit ut dictis suis fratribus quadringenta talerorum Imperialium millia infra biennium ab initio anni futuri millesimi sexcentesimi quadragesimi octavi numerandum, expendantur, singulisque annis ducenta millia solvantur unà cum annuo censu quinque de centum computatis.

Deinde totâ Domus Palatinæ cum omnibus & singulis qui & quocumque modò addicti sunt aut fuerunt, præcipue verò Ministri qui ei in hoc Conventu aut alias operam suam navarunt, ut & omnes Palatinatus exules fruantur amnistia generali supra descripta, pari cum cæteris in ea comprehensis jure, & hâc Transactione singulariter in puncto gravaminum plenissime utantur.

Vicissim dictus Carolus Ludovicus cum fratribus Cæsareæ Majestati obedientiam & fidelitatem sicut cæteri Electores Principesque Imperii præstet, ac insuper Palatinatu superiori pro se & hæredibus suis tum ipse tum ejus fratres, donec ex linea Guillelmiana hæredes legitimi & masculi superfuerint, renuntient.

Cum autem de ejusdem Principis Viduæ Matri sororibusque præstando victalitio & dote constituenda mentio injiceretur pro benevolo Sacræ Cæsareæ Majestatis in Domum Palatinam affectu, promissum est dictæ Dominæ Viduæ Matri pro prætenso victalitio semel pro semper viginti Talerorum millia, singulis autem sororibus dicti Domini Ludovici quando nuptum evocatæ fuerint dena Talerorum Imperialium millia nomine Suæ Majestatis exsolutum iri, de reliquo verò ipsis idem Princeps Carolus Ludovicus satisfacere teneatur.

Comites in Leinengen-Dagsburg sæpedictus Dominus Carolus Ludovicus ejusque Successores in Palatinatu inferiori nulla in re turbet, sed jure suo a multis retro seculis obtento & a Cæsaribus confirmato, quiete & pacifice uti fruique permittat.

Liberam Imperii Nobilitatem per Franconiam, Sueviam & Tractum Rheni cum districtibus appertinentibus in suo statu immediatis relinquat.

Feuda etiam ab Imperatore in Baronem Gerhardum de Waldenburg dictum Schenckhern, Nicolaum Georgium Reigersberg, & Henricum Bromser de Rudesheim, item ab Electore Bavariæ in Baronem Joannem Adolphum Wolff dictum Metternich collata, rata maneant: teneantur tamen ejusmodi Vassali dicto Carolo Ludovico velut Domino directo ejusque Successoribus juramentum fidelitatis præstare atque ab eodem renovationem feudorum suorum petere.

Augustanæ Confessionis consortibus qui in posses-

tion de Hal en Suabe de l'année 1610 est directement opposée à la présente Convention.

De plus le Palatin Charles Louïs sera déchargé de l'entretien & de l'apanage de ses frères & sœurs; & à cet effet l'Empereur sera compter à chacun de ces Princes quatre cens mille Risdalles en deux ans, à compter du premier jour de la prochaine année 1648. savoir deux cens mille chaque année, en payant les intérêts à cinq pour cent.

Toute la Maison Palatine, tous ceux qui l'ont servie de quelque maniere que ce soit, leurs Amis & Alliez, sur tout les Ministres qu'ils ont employez dans cette Négociation ou ailleurs, les exilez du Palatinat, jouïront de l'amnistie générale, de même que tous ceux qui sont énoncez dans le Traité & seront compris dans les Articles concernans la reparation des griefs.

De leur part le susdit Prince Charles Louïs & ses Fréres promettront d'être fidelles à l'avenir à l'Empereur de même que les autres Electeurs & Princes de l'Empire : & renonceront au haut Palatinat pour eux & leurs héritiers, tant qu'il y aura des héritiers mâles dans la Branche Guillelmine.

L'Empereur ayant été prié de pourvoir à l'entretien de la Princesse Douairiére mére du Palatin & à la dot de ses sœurs, Sa Majesté Impériale par bienveillance pour cette Maison, a bien voulu accorder à la premiére une fois pour toutes vingt mille Risdalles, & à chacune des sœurs dudit Prince dix mille Risdalles lorsqu'il s'agira de les marier : pour le surplus de leurs prétensions le Prince Charles Louïs leur Frére sera tenu de les satisfaire.

Le Prince susnommé ni ses Successeurs ne troubleront en aucune maniére les Comtes de Linange Dagsbourg dans les Terres, Seigneuries, & Droits qui leur appartiennent dans le Palatinat de tout tems & par les confiscations des Empereurs ; au contraire ils leur accorderont leur protection pour les en faire jouïr pleinement & sans trouble.

Ledit Seigneur laissera jouïr la Noblesse libre de l'Empire qui est dans la Franconie, la Souabe, & le long du Rhin, de ses Terres immédiates & leurs dépendances situées dans ses Etats.

Les Fiefs conférez par l'Empereur au Baron Gérard de Waldembourg dit Schenkern, à Nicolas-George Reigersberg, & à Henri Bromser de Rudesheim ; de même ceux que l'Electeur de Baviére a donnez au Baron Jean-Adolphe Wolff, dit Metternik, demeureront à ces donataires ; à condition néanmoins que ces nouveaux Vassaux seront obligez de prêter serment de fidelité au Prince Charles Louïs leur Seigneur direct, & de lui demander le renouvellement de leurs Fiefs.

Ceux de la Confession d'Augsbourg qui étoient en

poſſeſſione Templorum fuerant interque eos civibus & incolis Oppenheimenſibus ſervetur Status Eccleſiaſticus anni milleſimi ſexcenteſimi vigeſimi quarti, cæteriſque id deſideraturis exercitium Auguſtanæ Confeſſionis tam publice in Templis ad ſtatas horas quam privatim in ædibus propriis aut alienis ei rei deſtinatis per ſuos aut vicinos Verbi divini Miniſtros peragere liberum eſt.

Ad mandatum Illuſtriſſimæ Legationis Suecicæ Oſnabrugæ 21 Auguſti 1647.
M A T H I A S B I O R N E N K L O U
R. M. Sueciæ Secretarius.

en poſſeſſion des Egliſes, & particuliérement les Bourgeois & habitans d'Oppenheim, ſeront maintenus dans l'état Eccléſiaſtique de l'année 1624. Et l'on laiſſera une entiére liberté à ceux qui voudront embraſſer cette Religion, de la profeſſer publiquement dans leurs Egliſes aux heures ordinaires, & en particulier dans leurs Maiſons ou autres deſtinées à cet exercice, par le moyen de leurs Miniſtres ou de ceux de leurs Voiſins.

Par ordre des Illuſtriſſimes Ambaſſadeurs de Suéde. A Oſnabrug le 21. Août 1647.
M A T H I A S B I O R N E N K L O U
Secretaire de l'Ambaſſade de Suéde.

Le Projet des Plénipotentiaires de France eſt conforme à celui que deſſus; excepté qu'au lieu de la Religion ſelon la Confeſſion d'Augsbourg, il y a la liberté de l'exercice de la Religion Catholique au Bas-Palatinat.

T R A C T A T U S

C O M M E R C I I

Anno milleſimo ſexcenteſimo quadrageſimo ſeptimo inter Legatos Regiæ Majeſtatis Hiſpaniæ & Deputatos Hanſeaticos factus, & Articulo decimo ſexto Pacis Monaſterienſis præcedentibus Hiſpano - Belgicis confirmandus & coæquandus.

T R A I T E'

DE COMMERCE

Fait l'an 1647. entre les Ambaſſadeurs du Roi d'Eſpagne & les Députez des Villes Hanſéatiques, & qui par l'Article 16. de la Paix de Munſter doit être confirmé par les précedens Traitez conclus entre l'Eſpagne & les Etats Généraux.

*N*Otum ſit omnibus quòd cùm ex parte Nobilium Civitatum Hanſeaticarum per Deputatos expreſſos Regis Hiſpaniarum ad Pacis Generalis Conventus plenâ cum poteſtate Legatis Monaſterii Weſtphallorum degentibus multoties repræſentatum fuerit earumdem Civitatum Commercia per Majeſtatis Catholicæ Regna, Ditiones & Status quæ alias non ſine mutuo utrimque fructu & emolumento floruerant, ab aliquot annis injuriâ vel infelicitate temporum & belli calamitatibus cum maximo tam Hiſpanicorum quàm Hanſeaticorum Populorum diſpendio labefactari, & initos ſuper iiſdem Commerciis Tractatus corrumpi, multorum gravaminum edita exhibitâque ſerie, quibus nomine prædictarum Civitatum remedia quàm primùm & ſeriò inſtanter urgebant, idem quoque totius Imperii nomine Comitiorum generalium tam Monaſterii quam Oſnabrugæ congregatorum ablegati penes eoſdem Hiſpaniæ Regis Plenipotentiarios, voce & ſcripto efflagitabant; quibus auditis & conſideratis cum primarius eorum Plenipotentiariorum Hiſpanicorum Legatus Comes a Peñaranda ad Regiam Majeſtatem Catholicam reſcripſiſſet, & exemplaria prædictorum gravaminum, nec non ea-

Q*U*'il ſoit notoire à tous que ſur les repréſentations faites ſouvent par les Nobles Villes Hanſéatiques par leurs Députez envoyez expreſſement à cet effet aux Ambaſſadeurs du Roi d'Eſpagne qui ſont à préſent au Congrès de Munſter munis de Pleins-pouvoirs, que le Commerce de ces Villes qui avoit ſubſiſté autrefois dans les Royaumes, Païs, & Etats de Sa Majeſté Catholique, à l'avantage des Sujets des uns & des autres, étoit diminué depuis quelques années avec une perte notable des uns & des autres par les malheurs des tems & les fureurs de la guerre, & que les Traitez faits à ce ſujet devenoient ſans exécution; après avoir donné un détail de pluſieurs griefs, auxquels les ſuſdites Villes propoſoient avec inſtance des remédes efficaces, ce qui a été apuyé par les priéres des Etats de l'Empire qui ont auſſi leurs Députez à Munſter & à Oſnabrug : toutes ces choſes entendues & conſidérées, le Comte de Peñaranda, le premier Plénipotentiaire d'Eſpagne à cette Aſſemblée, en avoit écrit à Sa Majeſté Catholique, à qui il avoit envoyé les griefs des Vil-

rum-

rumdem Civitatum Hanseaticarum Litteras circa, commerciorum instaurationem transmisisset, obtentis benignis & favorabilibus responsis, quibus benevolam suam in Hanseaticas Civitates eorumque postulata propensionem Regia Majestas Catholica abunde & luculenter contestatur, necnon potestatem facit prædictis suis Plenipotentiariis in hac Commerciorum restauratione, gravaminum cessatione agendi, & modis omnibus antiquam Navigationem ac amicitiam & mercimoniorum exportationem, venditionem, emptionem inter Hispanicas Hanseaticasque Provincias, Urbes & populos facilitandi ac stabiliendi; initâ iterum cum infrascriptis Deputatis & Ablegatis Civitatum Hanseaticarum super hoc Negotio amicabili & specificâ conferentiâ ac consultatione, inter utrosque provisionaliter & sub futura suæ Majestatis Catholicæ Hanseaticorumque Magistratuum approbatione & ratihabitione conventum est.

I.

Quod antiqua Civitatum Hanseaticarum in Regnis & Provinciis Hispanicis acquisita privilegia & immunitates, imprimis etiam Tractatus anni millesimi sexcentesimi septimi cum annexis scriptis Privilegiis eorumque extentionem Regiam continentibus hoc ipso concessa, confirmata, ex integroque renovata ad amussim ac bona fide utrimque & deinceps observabuntur; iis exceptis quibus per subsequentes Articulos quidpiam derogatur. Imprimis verò ut cessante inter Regiam Majestatem & Provincias Uniti Belgii hostilitate sive per treugam sive per Pacis compositionem id fiat, ea omnia quæ adversùs dictas Provincias earumque Incolas & Subditos in præfato Tractatu anni millesimi sexcentesimi septimi cauta erant, pariter cessent ac sublata sint durante Pace & Treugâ.

Et si quid amplius in illum eventum dictarum Provinciarum unitarum Subditis, ratione mercimonii earum rerum quæ ad ejusdem mercimonii securitatem & libertatem pertinent, concessum sit, quàm olim Hanseaticis competierit vel datum fuerit, id omni & vi hujus Tractatus Hanseaticis concessum intelligatur; cùm præsertim præcipuas istarum Provinciarum Civitates simul Hanseaticæ Societatis Membra esse constet, belli verò tempore ea quæ in sequentibus hujus Conventionis Articulis disposita sunt observabuntur.

II.

Novi certificationum modi ab aliquot annis contra vel extra præcipuum Tractatum anni millesimi sexcentesimi septimi introducti tollantur, stabiturque iis solis inquirendi & certificandi rationibus quæ præcedentibus Tractatibus exprimuntur; ad pristinum statum omnia restituendo, adeo ut Magistri Navium unam dumtaxat certificationem cum specificâ mercium advectarum designatione

juxta

Villes Hanséatiques & leurs propositions pour le rétablissement du Commerce : la réponse du Roi son Maître a été très-favorable & pleine de témoignages d'affection pour les Villes Hanséatiques, & a donné Pleinpouvoir à ses Plénipotentiaires de traiter avec elles pour renouveller le commerce, faire cesser les plaintes, & faciliter & affermir par toutes sortes de moyens la Navigation, l'amitié, le transport, la vente & l'achat des Marchandises dans les Provinces & Villes des deux Parties. C'est pourquoi après une nouvelle Conférence expresse pour ce sujet, on est convenu de ce qui suit provisonnellement & en attendant les ratifications de Sa Majesté Catholique & des Magistrats des Villes Hanséatiques.

I.

On renouvelle & on promet de faire jouïr exactement à l'avenir les Villes Hanséatiques des priviléges & immunitez qui leur ont été accordez anciennement dans les Royaumes & Provinces d'Espagne, principalement en vertu du Traité de 1607. excepté ceux ausquels on déroge dans les Articles suivans. Premièrement que lorsque les Hostilitez cesseront par une Trêve ou une Paix entre Sa Majesté Catholique & les Provinces-Unies, les réserves énoncées contre lesdites Provinces & leurs habitans dans le susdit Traité de 1607. seront suprimées pendant cette Paix ou cette Trêve.

Et l'on accorde par ce Traité aux Villes Hanséatiques, les mêmes priviléges qui ont été accordez aux Sujets des Provinces-Unies pour le commerce & sa sureté, quand même ils se roient d'une plus grande étendue; parceque les uns & les autres sont Membres de la même Societé Hanséatique. Au reste on observera même en tems de guerre ce qui est porté par les Articles suivans.

II.

On suprimera les formes nouvelles de certificats introduites depuis quelques années contre la teneur du Traité de 1607. & l'on s'en tiendra pour ce sujet aux Traitez qui l'ont précédé, en remettant les choses dans leur premier état; ensorte que les Maîtres de Vaisseaux ne seront tenus de représenter selon la teneur du

susd.

1647.

juxta formulam dicti Tractatus anni millesi-
mi sexcentesimi septimi de singulis navibus ex-
hibere teneantur , quo magis & securius inter
Suæ Majestatis Populos amicitiæ & commercio-
rum jura coalescant : cessante autem cum
Belgio unito hostilitate nihil amplius certifican-
dum , quàm quod mercimonia ad nullos eo-
rum pertineant qui vel Hanseatici non sint
vel iisdem cum Hanseaticis Privilegiis & ju-
ribus in Regiæ Majestatis Regnis ac Ditionibus
non gaudeant.

III.

Donec verò Regiæ Majestati cum Ordini-
bus & Provinciis Uniti Belgii vel aliis qui-
buscumque inimicis intercedit hostilitas ,
fruantur Hanseatici neutralitate quæ ipsis à
Suæ Majestatis hostibus non negatur ; ideo-
que superioribus omnibus Hænseatica Societati
concessis salvis, libera sit eidem omni tempo-
re cum Belgis Unitis aliisque quibuscumque
Regiæ Majestatis hostibus commercandi eorum-
que terras adeundi & relinquendi, merces ter-
ra marique inferendi & exportandi facultas ,
exceptis iis quæ bellico usui convenientes ex Di-
tionibus Hispanicis provenerint.

Qua in re ne ullus subsequatur dolus, ea
quæ Art. XI. dicti Tractatus anni millesimi
sexcentesimi septimi de mercibus in dictas Uniti
Belgii Provincias non transvehendis , deque
obligationibus desuper expediendis statuta sunt,
quoad omnia loca hostilia circa modo dictas
merces deinceps observabuntur.

IV.

Omnem ubique Hanseaticæ Civitates bene-
volentiæ testificationem Regi Catholico ejusque
Subditis ac Statibus exhibebunt,& præterea tam
navium quàm omnis nauticæ supellectilis ins-
truendarumque navium apparatus pro cujus-
que loci consuetudine liberum , justumque Suæ
Majestatis Catholicæ Ministris apud ipsas erit
commercium , una cum omnibus aliis commo-
ditatibus quas cuipiam alteri Principi & Statui
neutrali ac amico quovis tempore & loco sunt
concessuræ.

Quas antedictas Pactionum leges Legati His-
panici ex una parte & Deputati Hanseatici ex
aliâ manuum subscriptionibus & sigillis muni-
verunt ; atque pro majori robore Regiæ Catho-
licæ Majestatis & respective suorum Superio-
rum ratihabitiones desuper intra quatuor menses
hinc inde procurare & extradere receperunt.

Actum Monasterii 11. Septembris anno
Christi 1647.

El Conde de PENARANDA.
F. JOSEPH *Archiep. de* CAMBRAI
A. BRUN
DAVID GLOXINIUS *D. &*
Sind. Lubec.
GERHARD. COCHIUS. *D. Se-*
nat. Reip. Brém.
JOANNES CHRISTOPHORUS
MEURERIUS *D. & Synd. Hamb.*

---

sufd. Traité de 1607. qu'un feul certificat dans
lequel feront fpécifiées les marchandifes dont ils
feront chargez, afin de cimenter par cette facilité l'amitié & le commerce entre les Sujets des
uns & des autres. Mais lorfque la guerre avec
les Provinces-Unies ceffera, ils ne feront obligez de certifier autre chofe, finon que les marchandifes n'apartiennent point à d'autres qui ne
font point dans leur Société ou qui ne jouïffent
point dans les Royaumes & Païs de la domination du Roi d'Efpagne des priviléges accordez
aux Villes Hanféatiques.

III.

Lorfque les Etats des Provinces-Unies ou
d'autres Puiffances auront la guerre avec Sa Majefté Catholique , les Villes Hanféatiques jouiront des mêmes avantages de la neutralité que
les Ennemis de Sad. Majefté leur accorderont;
de forte qu'elles auront la liberté de commercer
par terre & par mer avec tous les ennemis du
Roi d'Efpagne à condition qu'elles ne leur porteront point des provifions de guerre.

Et afin que l'on ne puiffe enfraindre ces
Conventions, l'Art. XI. du Traité de 1607. fervira de régle pour la qualité des Marchandifes qu'il
ne fera pas permis de tranfporter dans les Provinces-Unies , & pour les autres engagemens
qui concernent les lieux ennemis.

IV.

Les Villes Hanféatiques donneront dans toutes les occafions des preuves de leur amitié pour
le Roi d'Efpagne & fes Sujets ; & elles leur accorderont un commerce libre & équitable en
fuivant les Loix de chaque lieu, & leur donneront tous les fecours dont ils auront befoin
pour leur navigation, & toutes les commoditez
qu'elles accorderoient dans tous les tems &
dans tous les lieux à tout autre Prince & Etat
neutre & ami.

Les Ambaffadeurs d'Efpagne d'un côté &
les Députez Hanféatiques de l'autre ont figné &
fcellé de leurs Sceaux le préfent Traité, & promettent pour lui donner plus de force de fe délivrer réciproquement dans quatre mois les ratifications de Sa Majefté Catholique & des Magiftrats des Villes Hanféatiques.

Fait à Munster le 11. de Septembre 1647.

Le Comte de PENARANDA.
F. JOSEPH Archevêque de CAMBRAI
A. BRUN.
DAVID GLOXINIUS D. & Sind.
de Lubec.
GERHARD COCHIUS D. Senat. de
la Rep. de Brême.
JEAN CHRISTOPHLE MEURE-
RIUS D. & Synd. de Hambourg.

SOMMAIRE

De l'Instruction de l'Empereur Ferdinand III. à ses Ambassadeurs Plénipotentiaires à Munster & Osnabrug touchant le Traité de Paix avec la Reine de Suéde & le Roi de France ; comme aussi pour l'accommodement entre les Princes & autres Etats Catholiques d'Allemagne & les Protestans de Prague, l'an mil six cens quarante-sept le quatorziéme jour d'Octobre.

I.

QUe les Protestans d'Allemagne & les Suédois se trouvent disposez à la Paix plus qu'auparavant.

II.

Que les Etats Catholiques veulent bailler un Ecrit au contraire du Projet pour la Paix qui a été délivré aux Plénipotentiaires de Suéde devant le départ du Comte de Trautmansdorff.

III.

Les nouvelles demandes des Plénipotentiaires de France touchant le Duc de Lorraine, les Fiefs relevans immédiatement de l'Empire qui sont des Diocèses des Evêchez de Metz, Toul, & Verdun.

Et pour le regard de Haguenau & neuf autres Villes Impériales, l'avis sur ce de tous les Députez des Etats de l'Empire.

IV.

Déclaration de la part de l'Electeur de Baviére qu'il ne veut continuer la guerre plus outre que l'année 1647.

V.

L'Empereur prend à gré ce que les Suédois & Protestans d'Allemagne sont plus portez à la Paix que ci-devant.

Il ne desespére pas tout à fait de la Paix, comme les Suédois & Protestans.

Le Projet du Traité de Paix délivré de la part du Comte de Trautmansdorff aux Plénipotentiaires de Suéde & aux Députez des Protestans.

VI.

L'Empereur prend plaisir que aucuns des Protestans commencent à reconnoitre comme ils ont été circonvenus par les Couronnes de France & de Suéde, & qu'ils ne peuvent se promettre une Paix assurée de cette part.

Et par ainsi tant les Protestans que les Catholiques se doivent joindre avec lui comme à leur Chef.

VII.

Que les Catholiques & Protestans se doivent accorder entre eux de leurs différends sans l'entremise des deux Couronnes.

VIII.

Et ce qui ne se pourra accorder, qu'il soit remis à une Diete Impériale.

IX.

Que nonobstant la réunion des Electeurs de Cologne & de Baviére avec l'Empereur, qu'il desire au plutôt traiter d'un accommodement avec les Protestans, & que ledit Electeur de Baviére s'est déclaré avoir la même intention.

X.

Que les Protestans ne doivent tant étendre leurs demandes contre les Catholiques.

XI.

L'Empereur improuve de ce qu'une partie des Catholiques veulent bailler leurs contredits par écrit à ce qui a été accordé & quitté aux Suédois & aux Protestans par le Comte de Trautmansdorff après en avoir eu l'avis des Ambassadeurs ses Collégues & des principaux d'entre les Catholiques.

XII.

Que l'Empereur n'a les moyens de résister par tout à tant d'Ennemis.

XIII.

Que les Catholiques doivent quitter une partie de leurs prétentions pour mieux conserver le reste & pouvoir d'autant plutôt parvenir à une Paix dans l'Allemagne, sans commettre le tout au hazard incertain des armes.

XIV.

L'affection de l'Empereur au bien de l'Allemagne & comme il s'y est employé au péril de sa personne.

XV.

Que l'Empereur est du tout porté à la Paix faute de moyens de résister à tant d'Ennemis.

Ce qui concerne la Couronne de France.

Que l'on s'en tienne totalement au résultat & conclusion des Députez de tous les Etats de l'Empire.

Pour ce qui regarde la restitution du Duc de Lorraine :

Les Fiefs relevans immédiatement de l'Empire situez seulement quant au spirituel ès Evêchez de Metz, Toul, & Verdun :

Et ce qui regarde la Ville de Haguenau & neuf autres Villes Impériales.

Et l'Evêché de Strasbourg.

XVI. *L'Em-*

XVI.

L'Empereur n'entend transférer à la Couronne de France plus de droits sur la Ville de Haguenau & neuf autres Villes Impériales, que ceux qui appartiennent à la Maison d'Autriche ni en défaut de ce en bailler aucun équipolent ou récompense.

XVII.

Que les Plénipotentiaires de l'Empereur doivent différer de proposer à ceux de France les difficultez, pour la Lorraine & autres points que jusques à ce qu'il aparoisse où tournera le Traité de Paix entre les Espagnols & les François.

XVIII.

L'Empereur approuve les notes & contredits que les Plénipotentiaires ont faits au Projet de ceux de France qui portent entr'autres qu'il ne traitera jamais de Paix avec le Roi de France sans le Roi d'Espagne, & que le Duc Charles ne soit rétabli au Duché de Lorraine & autres Seigneuries.

C O P I E

Des Propositions données de la part de l'Electeur de Baviere à Messieurs les Députez de Suéde pour le Traité de suspension d'armes, à Ulm.

Excellens Seigneurs.

MEssieurs les Médiateurs à Munster ayant proposé aux Ambassadeurs des deux Couronnes en Guerre, & à leurs Alliez de convenir d'une générale suspension d'armes, & cela ayant été agréé de tous côtez, & à cet effet, on a proposé d'envoyer des personnes à l'armée pour en traiter & sur ce Sa Majesté Impériale, en a envoyé de sa part & son Altesse l'Electeur de Baviere nous ayant députez, dans nos noms & qualitez soussignez, pour nous rendre à Munster où on est convenu de s'assembler, pour la Négociation de la Paix générale entre l'Empire & les deux Couronnes, & réfléchissant sur ce qui a été proposé, il paroît que le milieu & la fin correspondront, & que l'un conviendra à l'autre, & pour cela, il seroit à propos que nos armées eussent des quartiers pour y rester jusqu'à la conclusion de la Paix & y avoir leur subsistance, d'autant plus que ce ne peut être pour longtems, étant dans le pouvoir des deux Couronnes Confédérées d'agréer d'aussi raisonnables satisfactions que celles qui sont proposées, par l'Electeur notre très-clement Seigneur & qui font esperer une prompte & prochaine Paix. C'est pourquoi nous estimons que Messieurs les Députez des deux Couronnes ne s'opposeront pas à ce que d'abord toutes hostilitez viennent à cesser, sans

qu'il s'en puisse faire aucune de part & d'autre & que les Troupes des deux côtez, pendant la presente Négociation de la suspension d'armes ayent à les cesser & à les suspendre; & les armées des Parties en Guerre demeurer dans l'état, & dans les Places jusqu'à ce qu'on soit convenu des quartiers d'une suspension d'armes générale, voilà le premier point qu'on demande.

Le second est que l'armée de l'Empereur & de l'Empire auront pour leurs quartiers les Païs Héréditaires, la Baviere, la Suabe & la Franconie, qu'ils ont eu quelques années en possession, eu égard que l'armée des deux Couronnes Confédérées pourra dans le reste des Cercles avoir des quartiers suffisants, aussi bien de ce côté-ci que de l'autre côté du Rhin, & qu'il n'est pas nécessaire que les Troupes des deux armées se retirent dans leurs anciens quartiers d'hyver.

Par le troisiéme, il sera expressément convenu pour le Cercle de Baviere qu'il comprendra non seulement les Etats de Baviere selon le Registre de l'Empire, mais aussi le haut & bas Palatinat, tant ce qui est situé de ce côté du Rhin appartenant à son Altesse l'Electeur de Baviere, que les Villes de Rhein, Donawert, Mundelheim, Wembding, Heidenheim & Wiesensteig avec ce qui en dépend, qui sans aucun équivalent sera rendu à son Altesse l'Electeur & les Garnisons, s'il y en a, renvoyées. Et bien que la présente suspension d'armes mentionnée dans le premier point, comme aussi l'Armistice général à négocier, doive s'entendre de tous les Cercles de l'Empire, des armées de Sa Majesté Impériale & de son Altesse Electorale de Baviere, Païs Héréditaires, Electeurs & Etats; elle doit également s'étendre sur le Cercle de Westphalie, & y comprendre principalement les Archevêché & Païs de son Altesse Electorale de Cologne; qui doivent *in specie* y être compris, être épargnés; & les contributions moderées.

Pour le quatriéme il concerne le tems que cette suspension d'armes doit durer & avoir force. Nous avons en notre particulier pensé que ce tems ne doit pas être limité à deux ou trois mois seulement, mais indéterminément jusqu'à l'entiere conclusion de la Paix, sur tout considérant selon l'aveu que ceux de notre Parti ont fait à Munster que cet Armistice n'est accordé qu'en vüe de la Paix, & que par conséquent il doit durer jusqu'à son entiére conclusion. Ainsi on est convenu de ne s'engager de part & d'autre dans cette Négociation, qu'après la conclusion de l'Armistice: les Parties belligerantes ne travailleront pas pour cela avec moins d'ardeur à la conclusion de la Paix, bien loin de là qu'ils redoubleront leur zéle & leurs peines pour y arriver au plutôt.

Cinquiémement, si pendant cette suspension d'armes un Officier avec ses Soldats, de sa propre autorité & sans aucun ordre de son Superieur, commettroit dans son quartier ou ailleurs quelque action contraire à l'intention de l'Armistice, il ne doit pas pour cela être regardé comme rompu & violé, mais la Partie lezée ou offensée doit se plaindre au Commandant, & punition nécessaire suivant l'exigence du cas doit être faite de l'Officier & de ses Soldats.

Sixiémement aucun ne doit renforcer ou augmenter ses Troupes, mais les laisser dans le même état où elles se trouvent dans le commencement de ladite suspension d'armes, & de

plus

1647.

plus puis qu'il a plû à Dieu que la Paix entre l'Empire Romain, & les deux Couronnes soit venuë à un point à Munster qu'elle doit être incessamment concluë, rien ne seroit plus criant & on ne pourroit se justifier devant Dieu & devant les hommes si en continuant d'augmenter les Troupes, & par les suites qui en pourroient arriver, on empêchoit la conclusion d'une aussi importante affaire; ce qui ne manqueroit pas de causer une perte irréparable à toute la Chrétienté.

Septiémement enfin, Messieurs les Députez de Sa Majesté Impériale attendent encore de plus amples Instructions, & ne savent pas quand ils les recevront, c'est pourquoi jusques à ce tems-là leurs propositions restent suspenduës: pour nous nous verrions volontiers les Troupes dans leurs quartiers, c'est pourquoi nous concourrions volontiers à regler leurs logemens; en-forte que lorsque Messieurs les Députez des deux Couronnes trouveront bon, de traiter avec nous au nom de son Altesse Electorale notre Souverain sur les susdits points, aussi bien pour les Troupes Impériales que pour celles de notre Electeur, & ainsi conclure cette suspension d'armes générale; son Altesse Electorale veut bien se charger d'avoir & procurer la ratification de l'Empereur, & par ce moyen empêcher qu'on ne repande davantage le sang Chrétien. En attendant la réponse par écrit sur tous les points ci-dessus, auxquels cependant nous nous reservons d'ajoûter, changer, ou diminuer, nous restons &c.

Etoit signé

J. V. RUISCHENBERG. J. KUTTNER. H. B. SCHAFFEN, *& à côté se trouve* à Ulm ce 1. Fevrier 1647.

La Suscription, *Pour rendre à Messieurs les Députez, de Sa Majesté & de la Couronne de Suéde pour le Traité de la suspension d'armes.*

REPONSE

Des

PLENIPOTENTIAIRES

DE SUEDE

Aux Propositions présentées par Mrs.

LES DEPUTEZ

DE L'ELECTEUR

De

BAVIERE

Pour le Traité de la Suspension d'armes.

EXCELLENS SEIGNEURS.

VOtre Ecrit du 22. Janvier vieux stile & du premier Fevrier, nouveau stile nous a été rendu le 25. Janvier & 4. Fevrier mêmes stiles.

Et nous en avons bien entendu & compris le contenu. Nous aurions bien souhaité de le trouver composé de maniere que l'on eût eu lieu de se flatter d'une heureuse réussite dans la conclusion des Traités. Cependant nous voyons contre toute attente que non seulement de votre côté on ne souhaite pas fort passionnément la suspension d'armes proposée, mais même que sous prétexte de Négociation, vous ne cherchez qu'à gagner du tems pour votre avantage, & nullement en vûe d'une Paix générale, après laquelle néanmoins des millions d'ames soupirent. Quant à ce qui concerne le 2. & 3. point, à savoir les quartiers pour la subsistance des Troupes qui de part & d'autre font la Guerre, ce qui regarde le principal de cette Négociation, & doit nécessairement & avant tout être accordé, puisque de là dépend tout le reste, nous trouvons que pour les armées de l'Empereur & de l'Empire on demande non seulement le Cercle de Baviere, Suabe, Franconie, Bourgogne & Westphalie, le Royaume de Bohême; la Moravie, haute & basse Silésie, haut & bas Palatinat & tout ce qui est situé de ce côté du Rhin; mais encore la restitution des Villes de Rheih, Donawert, Mundelheim, Wembdingen, Heidenheim & Wisensteig, sans le moindre équivalent. Mais si le Païs de Moravie, la haute & basse Silésie, ainsi que le Royaume de Bohême avec les autres susdits Cercles & Païs, sont cedés & accordés aux armées de l'Empereur & de l'Empire; & que les armées de la Couronne de Suéde ayent seulement les Cercles de la haute & basse Saxe, l'on n'a autre chose à esperer de ce côté-ci sinon que ces Cercles & leurs habitans, ainsi que les armées de Suéde & sur tout les Garnisons d'Olmutz, Iglauw, Nieustad, & Eylenberg en Moravie, Glogauw, Trachenberg, Jagerendorff, Lischwis, Wohlauw, & autres Places que nous occupons en Silésie, Brix, Friedland, Greffenstein en Bohême, Nordlingen, Dunckelspiel en Suabe; la Forteresse de Niewbourg, Fandeberg auprès de Breganz, Langen-Argen sur le Lac de Constance, & encore d'autres Places seroient en peu de tems ruinées de fonds en comble, & ainsi tout ce qui par un pur effet de la misericorde de Dieu & après tant de sang répandu avec des depenses incroyables, a été pendant le cours de cette Guerre acquis & gagné en faveur de la Religion Evangelique & de la liberté de l'Allemagne, pour lesquelles Sa Majesté Suédoise de glorieuse mémoire a pris les armes, se trouveroit perdu en un instant; puisque les quartiers restans aux armées de la Couronne de Suéde, ne pourroient à beaucoup près leur fournir leur entretien, mais même nos Garnisons qui sont en Bohême, Moravie & Silésie, & sur tout l'armée commandée par Monsieur de Wirtemberg Général de l'Artillerie de l'Empire, perdroient les grosses contributions qu'elles tirent des Païs héreditaires. Outre cela nous ne pourrions tirer que peu ou point de secours des Cercles de la haute & basse Saxe, parce qu'on est convenu d'une certaine suspension d'armes avec leurs Altesses Electorales de Saxe & de Brandebourg, en vertu de laquelle nous ne pouvons pas demander davantage que ce qui est stipulé pour y mettre quelques Troupes. Ainsi Messieurs, si vous comprenez bien vos propositions qui semblent exiger sans détour que nous quitions les Places que nous occupons en Moravie, Silésie, Bohême & Suabe, & qu'en même tems les Garnisons, qui en sortiront, passent avec les armées dans les

1647.

les quartiers du Cercle de la haute & baſſe Saxe, cela va également à la ruine des Troupes de la Couronne de Suéde, comme des Cercles mêmes; nous ne ſommes pas moins ſurpris que vous demandiez quelque modération au ſujet des Contributions dans la Weſtphalie, nous avons crû juſqu'ici que nous avions plus de raiſon de le demander de notre côté à l'égard de celles que tirent les Troupes Impériales & celles de l'Electeur de Baviére, non ſeulement des Places que leurs Garniſons occupent, mais même de celles qui ſont réellement occupées de notre part & de celle de Heſſe-Caſſel, ſur tout par les Suédois, l'Evêché de Minden, & d'Oſnabrug, les Comtés de Lippe, Schaumburg, Hoya, Diepholtz & Ravenſpurg ainſi que Pirmont où elles ont beaucoup plus tiré que nous depuis pluſieurs années. L'on auroit peut-être de ce côté-ci plus de raiſon de ſe plaindre des mauvais traitemens que les Etats Evangeliques ont ſouffert en Suabe, & principalement ce que ſouffre encore la Bourgeoiſie Proteſtante d'Augsbourg, qui ſeule a porté toutes les charges de la Guerre; comme on l'entend dire de toutes parts. Enfin vous nous propoſez auſſi de traiter avec vous pour l'armée immédiate de l'Empereur comme pour celle de l'Empire, dans le tems que les Députés Impériaux attendent encore de plus grandes inſtructions & reſolutions de leur Cour. Nous avons de preſſantes & juſtes raiſons de conclure de là & des autres propoſitions trop dures de votre Excellence que c'eſt inutilement que nous nous ſommes rendus ici, que nous devons compter cela pour une corvée, & recommander nos juſtes affaires à Dieu & à ſa providence. Voilà ce que nous avons jugé à propos de vous donner pour réponſe en reſtant Meſſieurs &c.

Etoit Signé

Robert Duglas,
Et Pierre Brants.

Et à côté ſe trouvoit

Datum Ulm le 26. Janvier 1647.

La Suſcription étoit *Pour rendre à Meſſieurs les Députez de ſon Alteſſe Electorale de Baviére, pour le Traité de ſuſpenſion d'armes.*

1647.

REPONSE
De
SA MAJESTE'
La
REINE
De
SUEDE
A ſon
ALTESSE SERENISSIME
L'ELECTEUR
De
BAVIERE.

Sur ſa Rupture de Neutralité mal fondée.

Christine, *par la grace de Dieu déſignée Reine des Suédois, Gots & Wandales, Princeſſe Héréditaire de Finland, Ducheſſe de Carelie, Dame d'Ingermelandt.*

Grand Prince et tres-cher Cousin,

VOtre Lettre écrite de Munich & dattée du 4/14 Septembre de l'année courante avec la copie d'un Ecrit envoyé par votre Alteſſe, au ſujet de la ſuſpenſion d'armes il y a quelques jours à notre Grand Maréchal le Sieur Wrangel, nous ont été rendus par la voye ordinaire de la Poſte, & nous apprenons par là contre notre attente qu'il a plû à votre Alteſſe de renoncer, & ſe déſiſter de la ſuſpenſion d'armes, concluë le 4/14 Mars paſſé, à Ulm, entre nos Plénipotentiaires, les Généraux François & votre Alteſſe, que nous avions ratifiée comme Principal & que votre Alteſſe même avoit approuvée à Weiſſenbourg le 9/19 Mars, & qui en quelque maniere avoit déja été exécutée; alleguant, pour raporter le tout en abregé, Premierement que cette ſuſpenſion d'armes a été recherchée & propoſée à Munſter par nous & nos Alliez, enſuite preſſée par vous-même & acceptée dans l'eſperance particulierement que lorſque la ſuſpenſion d'armes ſeroit reglée, on parviendroit facilement à un Armiſtice général & de là à une bonne Paix: mais que votre Alteſſe voyant qu'un Armiſtice particulier reculoit la Paix au lieu de l'avancer, elle ne l'avoit accepté qu'en reſervant ce qui eſt de ſon devoir envers l'Empire Romain, ce qui obligeoit votredite Alteſſe à prendre une autre reſolution, & à renoncer à cette ſuſpenſion d'armes entant qu'elle pouvoit toucher la Couronne de Suéde. Secondement votre Alteſſe dans la Lettre adreſſée à nous auſſi bien que dans ſon Ecrit de

C c c   Re-

Renonciation accuse nos Commissaires autorisés pour le Traité de Paix, comme aussi le Grand Maréchal & Directeur Général de nos armées en Allemagne, en faisant entendre qu'ils seroient cause que l'on ne conclut pas le Traité de Paix, parce qu'ils font des menaces & commettent plusieurs excès contre votre Altesse, ses Etats & Sujets; & même que nos Généraux avoient commis plusieurs choses tant contre les Préliminaires de la Paix, que contre la suspension d'armes; que les demandes pour les Soldats étoient excessives, que la Ratification de Madame la Landgrave de Hesse nôtre Alliée n'étoit pas encore venuë, & que notre Velt-Maréchal avoit longtems retenu la notre dans la seule espérance qu'il avoit de se rendre maître de ses Ennemis, ce qui l'eût rendu ensuite plus formidable à votre Altesse & à ses Païs. Votre Altesse prône au contraire les peines & les soins qu'elle se donne pour procurer la Paix & nous procurer, à la France & à nos Alliez dans l'Empire, une avantageuse & raisonnable satisfaction. Elle se plaint en même tems que nos Plénipotentiaires ont reconnu tant de peines, & de si bonnes dispositions par des insultes, ayant offert aux Impériaux une suspension d'armes particuliere, à la ruine & perte des Païs de votre Altesse; mais que cet Armistice particulier n'avoit pas été accepté de la part de l'Empereur, & beaucoup d'autres choses dont la Lettre de votre Altesse, & l'Ecrit de renonciation font mention & qu'on ne raporte point ici.

Nous aurions fort souhaité qu'après que de tous côtez on auroit mis bas les armes en vertu de la suspension de Ulm, on eût fait paroître une plus grande confiance, pour opérer avec plus de force & d'aplication au sujet d'un Traité Général de Paix, sitôt que cet Armistice eût été exécuté dans tous ses points: mais nous ne nous étions point imaginée, que votre Altesse, tout d'un coup & sans aucune raison, se seroit ainsi desistée de ses promesses, après avoir confirmé de sa signature & de son cachet l'Armistice, conclu avec nous & nos Alliez, quand même nos Ministres & Officiers auroient donné quelque sujet de plainte de part ou d'autre par paroles ou par actions; puisque quand cela seroit arrivé, on auroit bien pû, après une exacte information, y remédier. Mais votre Altesse a jugé à propos au contraire, sans avoir aucun égard aux assurances, aux paroles & aux Ecrits qu'elle a donné tant à nos Ministres qu'à ceux de nos Alliez pour une Négociation générale de Paix, de renoncer au susdit Armistice d'Ulm & de s'en desister, quoique notre ratification soit venuë & ait été délivrée dans son tems. D'où nous pouvons aisément conclure & comprendre que votre Altesse n'a pas recherché l'Armistice, mais uniquement à gagner du tems, c'est ce que nous laissons au jugement de Dieu & des honnêtes gens & que le tems nous fera voir.

De plus les prétextes que votre Altesse allegue n'ont pas besoin d'autre refutation, que de la renvoyer à l'Accord fait avec elle, puisqu'il prouve évidemment que la suspension d'armes entre nous & nos Alliez, principalement entre la Couronne de France & la Maison de votre Altesse, comme avec l'Electeur de Cologne, dès qu'il le voudroit, a été concluë, & par conséquent ne pouvoit pas être revoquée par une Partie sans avoir averti & entendu l'autre. Les paroles de l'Accord, Article I. & même les autres, comme aussi de la Ratification de votre Altesse, sont très-claires: il y est stipulé que les armes entre nous des deux côtés, doivent dans le même jour être mises bas, sans qu'il fût alors question de condition pour savoir combien cette suspension d'armes dureroit ni quand la Paix générale suivroit, mais simplement qu'on ait conclu un Armistice général ou une Paix universelle.

Que les Médiateurs à Munster ayent dit qu'on pourroit proposer un Armistice général, nous n'entrons pas là dedans, & l'on ne peut leur savoir mauvais gré qu'ils cherchent, comme il leur convient en effet dans leurs qualitez de Médiateurs, les moyens d'adoucir les Puissances en Guerre, & de les amener par leur prudence à une Paix. Mais que cette ouverture ait été faite par nos Députez, c'est ce dont nous ne pouvons croire qu'on puisse mettre sur le compte de nos Ministres, principalement à cause qu'ils savent bien que tels Armistices sont aussi difficiles à obtenir entre tant de Puissances en Guerre que la Paix même, & qu'ils ne conduisent pas tant à la Paix qu'ils donnent occasion à diverses pratiques & à d'autres indispositions: outre que nous ne leur avions donné sur cela aucunes Instructions. Votre Altesse écrit elle-même, & la convention fait voir que les Députez de l'Empereur, & les vôtres ont été assemblez à Ulm: cependant la suspension d'armes générale n'a pas réussi par raport aux Impériaux à cause des dificultez qu'ils y ont aportées. Votre Altesse cependant y étoit entrée, non seulement sauf ses obligations envers l'Empire Romain & son Chef: mais même en stipulant que cette reserve n'apporteroit aucun préjudice à la Négociation de la suspension d'armes. Nous ne voulons pas examiner ce que vous pouviez faire sans violer vos devoirs envers l'Empire, & son Chef. Votre Altesse qui en est un des principaux Membres, a toujours su choisir le parti qui lui étoit le plus avantageux & le plus interessant pour sa sureté, & pour son honneur: mais si le devoir de votre Altesse ne lui permettoit pas d'entrer dans cette Négociation, il lui eût été plus honorable de le refuser & de ne pas consentir à un Armistice particulier, que de s'en dédire après avoir donné votre ratification & accepté la nôtre, sur tout après avoir fait assurer notre Velt-Maréchal de votre bonne volonté, & de vos intentions amiables par vos principaux Conseillers & Ministres dans le tems que l'Empereur tâchoit de surprendre ses Officiers & ses Soldats.

Votre Altesse fait encore un grand tort à nous, aussi bien qu'à nos Plénipotentiaires chargez des Négociations de la Paix générale, & à nos Officiers qui sont à la tête de nos armées: comme si nous étions la cause de la continuation de la Guerre, & que nous y trouvions nos avantages. Ce qui rejaillit aussi bien sur nous que sur nos Ministres: c'est cependant ce qu'il est aisé de faire décider par ceux qui ont connoissance de cette affaire, & principalement par ceux qui y ont été presens, puis qu'il nous est autant permis de nier qu'à vous d'affirmer; mais la chose parle même en notre faveur, nous étant comportez à l'égard de la satisfaction que nous exigions pour nous & pour nos Royaumes avec la plus grande moderation, & néanmoins au contentement des autres interessés, sans aucun préjudice pour l'Empire Romain, nous étant ajustez avec les Plénipotentiaires de l'Empereur. Sur les points & Griefs qui interessoient les Evangeliques, nos Plénipotentiaires suivant nos ordres ont parlé & agi de la même maniere que ceux de l'Empereur,

pereur, & des autres Puissances Catholiques & leurs adherans ont parlé & agi, & cela s'est fait avec tant de discretion qu'on n'en pouvoit pas souhaiter davantage ; tellement que si les Parties contraires avoient poussé le Traité avec le même zéle, & ne l'avoient pas laissé languir dans l'esperance de quelques changemens dans les operations militaires, en un mot s'ils avoient été d'aussi bonne foi que nous, & que votre Altesse même eût marché sur nos pas, la Paix seroit déja concluë & votre Altesse aussi bien que les autres interessez se trouveroit presentement en repos. Mais il est venu d'autres ordres de la Cour de l'Empereur, le Comte de Trautmansdorff s'en est allé, tout cela a tiré les affaires en longueur, les autres n'y ont pas fait beaucoup d'attention, & on s'est arrêté à des discours ; mais cela ne peut nous être reproché ni à nos Ministres par votre Altesse, qui doit avoir encore moins de sujets de reproches à nous faire touchant la satisfaction des Troupes. Car outre que leur satisfaction est bien fondée & qu'en soi-même la chose est très-raisonnable, il n'y a eu rien de plus de conclu ou arrêté, si ce n'est qu'à l'égard des sommes il a été dressé un projet que votre Altesse ne doit pas trouver extraordinaire, puisque de plus grands comptes pour de moindres services ont été payez, & si celui-là eût paru trop grand, comme ce n'étoit qu'un projet il auroit toujours pû être moderé. On ne doit pas non plus s'étonner que dans une Négociation, où il y a tant de personnes interessées, les choses n'aillent pas également & comme on le pourroit souhaiter, desorte qu'on ne peut pas avec raison mettre à notre charge la décision des Griefs des Etats, quand les choses ne réussissent pas comme on souhaiteroit & qu'elles rencontrent des obstacles de côté ou d'autre : votre Altesse sait fort bien que cette affaire a été autrefois mise encore en train sans pouvoir cependant être décidée ; c'est pourquoi les discours de nos Plénipotentiaires ni ceux des autres ne peuvent être allégués comme des raisons pertinentes de la violation d'une suspension d'armes déja accordée, quoique ces discours, comme il arrive dans de pareilles affaires, puissent être durs ; encore moins peut-on considérer comme un affront ou une raillerie, si un Plénipotentiaire ou l'autre a sollicité quelque chose en faveur de la preéminence de son Maître. Ces sujets de plaintes ne nous manqueroient pas aussi, si nous voulions nous donner la peine d'examiner, & d'aprofondir ce qui pourroit nous avoir offensé. Mais comme la conclusion des Traitez fera voir de quel côté sera le profit & l'honneur, on peut dire que tout cela n'est qu'un prétexte cherché de loin pour rompre un Armistice si solemnel & si bien conclu.

Nous ne pouvons pas aussi concevoir sur quel fondement votre Altesse s'appuye, pour tirer des raisons des actions militaires de notre Général Koningsmarck en Westphalie : car quand il auroit agi contre les Préliminaires du Traité ainsi que contre cette suspension d'armes, il ne paroît pas comment vous pouvez en tirer quelque avantage ; puisque l'Electeur de Cologne n'a pas voulu la ratifier, personne des nôtres n'est obligé de la garder à son égard. Ce que notre Général Koningsmarck a fait regarde principalement l'Evêque d'Osnabrug François Guillaume ; il ne l'auroit pas inquieté, si cet Evêque lui-même avoit voulu se tenir en repos & garder le parti de la Neutralité, mais pendant toutes les années passées on a fort incom-

modé de ses Villes & Forts nos Garnisons, les Voyageurs & mêmes ceux qui ont été envoyez pour les Traités, jusques là que ni remontrances ni consideration pour les Préliminaires des Traités n'ont pu l'engager à jouïr des avantages de la Neutralité. Ce qui a forcé notre Général à se tenir en garde pour notre sureté contre une personne qui n'a voulu écouter aucun accord ni remontrance de qui que ce soit.

A l'égard de la Ratification de Madame la Landgrave, & pourquoi elle ne l'a pas encore donnée, c'est ce dont nous ne pouvons donner aucun éclaircissement, car quoiqu'elle soit notre Alliée, c'est une affaire qui touche un Etat Libre de l'Empire Romain, ce qui nous fait présumer, quand elle ne donneroit pas cette ratification, qu'elle auroit des raisons d'excuse valables ; c'est pourquoi nous la laissons répondre pour elle-même.

Nous ne pouvons pas croire non plus que nos Plénipotentiaires ayent plusieurs fois presenté à ceux de l'Empereur une suspension d'armes particuliere, afin de pouvoir mieux attaquer votre Païs & le ruiner, ils n'ont pas eu ordre de faire uné pareille proposition, & nous n'y trouvons ni fondement ni raison qui puisse prouver que d'intelligence avec les Troupes de l'Empire, nous aurions tourné nos armes contre vous seul, principalement après que votre Altesse étoit convenuë d'une suspension d'armes avec nous & nos Alliez. Mais s'il avoit plû au Toutpuissant de mettre fin à cette onereuse Guerre, & de nous reconcilier avec l'Empereur, nous ne voyons pas d'où vous peuvent venir des pensées si desavantageuses à nous & à nos Ministres.

On pourroit bien tirer encore d'autres raisonnemens de la Lettre de votre Altesse & de votre Ecrit au sujet de la renonciation, & nous en servir pour notre justification même : mais nous n'avons touché que les principaux motifs pour ne pas être à charge à votre Altesse, ne doutant pas qu'elle ne puisse juger que cela est suffisant pour prouver que nous n'avons donné aucun lieu à une rupture si inopinée, & si contraire à toutes les assurances de fidelité promise, puisque nos Ministres aussi bien pour la Guerre que pour la Négociation de la Paix, auroient gardé avec votre Altesse comme avec l'Electeur de Cologne tout ce qu'on leur avoit prescrit, & commandé sans permettre qu'on y eût en aucune façon contrevenu, ou entrepris quelque chose qui auroit pu empêcher de terminer une si longue & penible Guerre. Mais votre Altesse au contraire a demandé la premiere l'Armistice pour conserver pendant l'hyver son Païs & ses Sujets, & nous assurant nous & nos Alliez que vous l'observerez fidélement : aujourd'hui néanmoins sans égard à cela votre Altesse se retire contre la bonne foi. C'est ce que nous recommandons à Dieu & au tems, mais nous nous en servirons pour mieux prendre nos précautions à l'avenir. Daté du Palais de Stockolm ce ½¼. Octobre 1647.

De V. A. la bien affectionnée Niéce,

CHRISTINE.

 HA-

HARANGUE

De Monsieur de la

THUILLERIE

AMBASSADEUR EXTRAORDINAIRE

En l'Assemblée des

ETATS GENERAUX

Des

PROVINCES-UNIES.

Faite à la Haye le 23. Octobre 1647.

MESSIEURS,

QUoi qu'il eût été à défirer pour l'avancement des Traitez de Munfter que tous Meffieurs vos Plénipotentiaires y fuffent demeurez, il femble néanmoins que Dieu qui dirige les grandes affaires ait permis, que quelques-uns d'eux foient venus en cette Ville pour rendre compte à V. S. de l'état auquel fe trouve la Négociation de la Paix, afin qu'étant informées, elles y faffent les réflexions convenables & rebattent enfuite les bruits qui courent fi peu vrais & fi contraires les uns aux autres, qu'on ne fait auquel s'arrêter; puis que d'un côté l'on dit que nous ne voulons point de Paix, & rejettons toutes les Propofitions qu'ils conduifent, & de l'autre que celle d'entre les deux Couronnes eft faite, & que fi Meffieurs les Etats ne fe hâtent la leur demeurera en arriere.

Ainfj, Meffieurs, je me fens obligé de venir à vos Seigneuries pour premiérement les affurer que nous voulons la Paix, que nous faifons toutes diligences poffibles pour la conclure, & que nous étant offerte & fûre & équitable il n'y a point de parti propre à mettre fin à ce grand œuvre, que nous n'embraffions de bon cœur; en fecond lieu pour vous faire connoître, que bien loin d'être d'accord avec l'Efpagne nous le fommes auffi peu des points effentiels, que nous l'étions il y a fix mois; & que fi quelcun publie le contraire, c'eft en faveur de nos Ennemis à deffein de nous brouiller enfemble & nous defunir, s'il fe peut, pour fe fauver du peril dont notre union les menace, & s'en étans fauvez, vous tenir ou à nous, (fi nous étions fi peu providez que de nous divifer:) les conditions qu'ils nous auroient promifes, autant que le bien de leurs affaires le pourra permettre; & finalement pour vous raffraichir la mémoire des obligations reciproques de la France & de cet Etat.

Que nous voulons la Paix, la longue durée de la Guerre, tant de fang répandu, & tant de trefors confommez doivent faire comprendre qu'il eft temps de la finir, la prefence & demeure actuelle à Munfter des Miniftres de France montrent affez que c'eft notre penfée, & leurs Majeftés ne voudroient pas y tenir un Prince de la haute qualité de fon Alteffe de Longueville, ni Meffieurs les Comtes d'Avaux & de Servien fi confommez dans les affaires, & fi utiles ailleurs, fi le défir de la Paix ne prevaloit fur tous les autres : ajoûtez à cela les diligences que nous avons faites auprès de Meffieurs les Médiateurs pour les porter à émouvoir l'efprit de nos Parties & leur donner celui de Paix, les peines qu'ont prifes (mais quafi en vain jufques ici) Meffieurs vos Plénipotentiaires aufquels il fembloit, au dire de ceux d'Efpagne, qu'ils ne vouluffent rien refufer; les inftances que Monfieur le Comte & moi vous avons faites, Meffieurs, auffitôt après le Traité de Garentie conclu, de reprendre au plutôt la Négociation de celui de la Paix, qui avoit en quelque façon été interrompue, & de renvoyer Meffieurs vos Plénipotentiaires à Munfter; celles de nos Ennemis au contraire fondées fur la commodité d'une feule perfonne qui ne l'eût pas trouvée moindre à la Ville qu'à la Campagne, s'il n'eût eu deffein de la laiffer couler fans parler d'affaire, pour voir fi elle feroit plus heureufe à fon Maître que les precedentes, & fi elle eût été telle en meliorer fa condition, Et vous ferez contraints d'avouer, Meffieurs, que nous voulons la Paix & que de le nier c'eft injuftement vouloir rejetter fur nous le blâme de la continuation de la Guerre, & de ce que deffus nous ne voulons pour témoins que V. S. & l'Affemblée de Munfter toute entiere.

Quant à l'état auquel eft un Traité avec l'Efpagne Meffieurs Paw & Knuyt le peuvent dire à V. S. pendant que je leur avouerai, que fi c'eft être d'accord de convenir de plufieurs Articles, nous avons tort de dire, que nous ne le fommes pas. Mais quand on faura que c'eft de ceux-là feulement de nulle confequence, qui tout reciproques, & autant & plus à l'avantage de nos Ennemis qu'au notre, aufquels encore les Médiateurs ont eu peine à les faire confentir, & que les importans, qui font ceux qui forment le Traité, ils les refufent ou les retranchent ou les expliquent à leur mode, elles avoueront je croi auffi que nous fommes fort éloignez d'accommodement, & afin, Meffieurs, que je vienne au détail, voici les points fur lefquels nous fommes encore en conteftation.

Celui de Portugal dont Meffieurs les Miniftres d'Efpagne rejettent l'expreffion à la fin du Traité pour fe referver un moyen de rompre.

Celui du Duc Charles dont ils ne veulent point parler fi ce n'eft à fon avantage; quoi qu'il ait été dit plufieurs fois par des perfonnes de qualité, & qui ont grande part aux affaires, que quand il ne refteroit que celui-là il n'empêcheroit pas la Paix. Et il eft de telle nature que de le paffer fous filence, c'eft la faire & ne la faire pas, ou pour mieux dire, c'eft faire la Paix d'un côté pour recommencer la Guerre de l'autre.

On ne parle pas net de Conquêtes que l'on veut reduire au Corps des Places prifes, nonobftant la déclaration que nous avons faite de ne les demander qu'en la même forte que les Efpagnols vous accordent les votres.

Les limites & les Fortifications du Rouffillon
&c

& de Catalogne restent encores à regler, & nos Ennemis n'y resistent qu'afin de nous obliger à y tenir un Corps d'armée.

Ce qui ne se peut faire quelque diligence que l'on y apporte, & quelque dépense que l'on y fasse, sans quelque petit desordre par où ils esperent de changer l'humeur de ces peuples, en leur promettant de les laisser vivre dans une entiere liberté.

Pour Portolongone & Piombino, ils parlent d'un temperament, quoi qu'il n'y en ait point d'autre à prendre que de les nous laisser; puis que ces deux Places font partie des Conquêtes qu'ils offrent.

Ils nous veulent faire sortir de Casal sans considerer les Batailles que nous avons données pour le conserver à son Maître, & les millions que nous a coûté cette charité, & il leur déplaît qu'en le quittant ainsi que nous l'offrons nous prenions les precautions pour empêcher, qu'elle ne tombe en leur puissance, croyans nous beaucoup satisfaire, en disant qu'ils quittent Verseil, comme s'il y avoit de l'égalité entre nous pour ce point-là non plus qu'en beaucoup d'autres.

Il y en a encores 5. à 8. autres moins importans à la verité, mais qui néanmoins ne le sont pas si peu qu'ils ne puissent arrêter un Traité, & faire comprendre à V. S. que cette affaire est bien encores digne de leurs soins & capable de procurer à cet Etat la gloire, (en cas qu'il y travaille & se serve des moyens, qu'il a dans les mains) tous autres que d'un arbitrage tel que les Ennemis nous offrent:) d'avoir contribué au repos des deux plus grands Rois de la Chrétienté, & à celui de la Chrétienté même. Outre cette consideration, qui doit chatouiller les plus belles ames, vous le devez, Messieurs, & y êtes très-expressément obligez par les Traitez que vous avez avec la France par dessus lesquels vous ne sauriez passer sans oublier ce que vous avez promis où je ne croi pas que vous vouliez venir.

Et ici vous me permettrez, Messieurs, de vous en raffraichir la mémoire; je ne vous parlerai point des Traitez ci-devant faits avec la France, & depuis aussi longtemps que votre Etat subsiste, je m'arrêterai à celui de 1644. qui sert de directoire à l'affaire qui est maintenant sur le tapis & est confirmé par celui de 1647. Il nous oblige, Messieurs à faire *marcher d'un pas égal la Négociation de Paix*; *à nous entr'aider*, *à conserver toutes nos Conquêtes*, *à procurer de toutes* les forces la satisfaction l'un de l'autre, & nous défend bien nettement de conclure, que conjointement & d'un commun consentement avec cette clause, qui y est apposée, que si pour avancer ou retarder le Traité l'on a besoin de déclarer à l'Ennemi nos obligations reciproques, on sera tenu de le faire toutes les fois qu'on en sera requis; vous savez, Messieurs, l'état auquel nous sommes par ce que je viens d'avoir le bien de vous representer & jusques à quel point vous êtes avancé.

Ainsi, Messieurs, je vous demande au nom du Roi qu'en executant les susdits Traitez vous ne passiez pas outre jusques à ce que nous nous avancions aussi. Que vous fassiez une déclaration aux Ennemis de ne pouvoir conclure afin de leur ôter l'esperance où ils sont de nous desunir & que vous continuïez, s'il vous plaît, Messieurs, à prêter bonne main à ce qu'ils tiennent les choses, qu'ils nous ont promises & offertes; en revanche de quoi je vous assure de la part du Roi & de la Reine Regente sa Mere, que leurs Majestés ne concluront aucun Traité

avec l'Espagne, que conjointement avec vous, qu'elles sont prêtes de lui faire telles déclarations, que V. S. aviseront bon être.

En un mot qu'elles vous tiendront franchement & loyaument les paroles qu'elles vous ont données, comme la chose du monde, qui doit être la plus chere aux Souverains, & quand par votre interposition, Messieurs, les affaires seront reduites en bons termes, & que vous aurez porté les Espagnols à nous faire voir qu'ils veulent aussi bien que nous sincerement la Paix, nous témoignerons à V. S. la confiance, que nous avons en elles & le désir que nous avons de conserver leur amitié.

Signé,

LA THUILLERIE.

L'ACCORD

Entre le Roi d'Espagne & le Prince d'Orange par lequel il est convenu que le Roi d'Espagne donnera audit Prince plusieurs Seigneuries pour lui & le Comte de Nassau, ses prochains Hoirs & Successeurs; & aussi d'autres Seigneuries à sa Mére la Princesse d'Orange Douairiére, pourvû que le Traité de Paix avec la République des Provinces-Unies des Païs-Bas soit conclu & ratifié. A Munster l'an 1647. le 27. Decembre.

COmme Dom Gaspar de Bracamonte & Gusman Comte de Peñaranda Gentilhomme de Sa Majesté du Conseil de la Chambre & Justice, son Ambassadeur extraordinaire en Allemagne & son premier Plénipotentiaire de la Paix Générale &c. de la part & au nom de sadite Majesté & Messire Jean de Knuyt, Chevalier Seigneur du vieux & nouveau Vosmar, & représentant les Nobles à l'Assemblée des Etats de la Province de Zelande, Ambassadeur extraordinaire & Plénipotentiaire des Etats Généraux des Provinces-Unies pour ledit Traité de la Paix, & premier Conseiller du feu Prince d'Orange de la part & au nom d'icelui Prince, ont fait certain Accord en datte du 8. Janvier 1647. touchant les pretentions que lui Prince prétendoit avoir à la charge de sadite Majesté & que du depuis ledit Sieur Prince est venu à décéder, ont les susdits Contractans, à savoir ledit Sieur Comte de Peñaranda au nom de sadite Majesté, & ledit Sieur de Knuyt au nom du Sieur Prince d'Orange à présent derechef convenu & accordé que le susdit Accord du 8. Janvier 1647. demeurera en son entiere force & vertu pour être ponctuellement observé & exécuté en tous points hormis & excepté ce qui se trouve changé par ce present Accord comme s'ensuit.

A

A savoir que pour éteindre entiérement toutes actions & prétentions que ledit Sieur Prince pourroit avoir envers sadite Majesté, elle donnera & cédera absolument audit Sieur Prince, ou s'il vient à mourir devant la conclusion & ratification du susdit Traité de Paix à ses Hoirs & Successeurs ou ayans cause la Terre & Seigneurie de Montfort, située à l'entour de Ruremonde avec toutes appartenances & dépendances, droits & jurisdiction d'icelle, sans rien réserver; promettant sadite Majesté de faire augmenter les revenus de la susdite Terre & Seigneurie par des piéces ou Terres d'alentour delà situées jusques à trente-deux mille florins par an sans déduction ou réserve : donnera & cédera outre ce encore sadite Majesté au profit de ladite Dame Princesse d'Orange la Ville & Seigneurie de Sevenberg avec tous droits, jurisdiction, & revenus en dépendans sans rien réserver.

Item donnera & cédera encore au profit de ladite Dame Douairiére la Seigneurie de Turnhoult située en Brabant avec le Château Bacq de Schrombructz & toutes autres dépendances, droits, & jurisdiction, sans rien réserver; promettant sadite Majesté de faire suivre avec ladite Terre & Seigneurie de Turnhoult à ladite Princesse Douairiére, les Villages, Hameaux, & autres droits qui d'ancienneté ont dépendu & apartenu à icelle Terre & Seigneurie, compris ceux qui par ci-devant ont été rendus & démembrez par sadite Majesté : s'obligeant sadite Majesté de les faire racheter & d'employer audit rachat jusques à la somme de 20. à 25. mille florins & non plus.

Promettant aussi sadite Majesté de contenter & satisfaire tous ceux qui pourroient avoir quelque droit ou possédent quelques parties sur lesdites trois Terres, Villes, & Seigneuries de Monfort, Sevenberg & Turnhoult; & en outre sadite Majesté s'oblige aussi à décharger lesdites parties de toutes rentes à rachât, deniers à intérêts, engagemens & toutes autres charges, sans rien réserver; afin que ledit Prince & ladite Dame Princesse sa Mére, leurs Hoirs, Successeurs, ou ayans cause, comme dit est, en puissent jouïr librement, purement & pleinement sans aucune controverse ou engagement.

Le tout à la charge & condition de tenir en fief toutes les susdites Terres de Sa Majesté, excepté celles tenuës en fief d'autres; & que la Religion Catholique y soit aussi maintenuë comme elle y est présentement & les Ecclésiastiques en leurs biens, fonctions, libres exercices & immunitez : moyennant lesquels transports ledit Sieur de Knuyt au nom dudit Sieur Prince, & en cas qu'il vienne à mourir devant la ratification du susdit Traité de la Paix, au nom de ses Hoirs, Successeurs, ou ayans cause, promet de céder & quitter toute autre action & prétention qu'icelui Prince pourroit avoir à la charge de Sa Majesté, ou de ses Sujets, au regard des prétentions sur lesquelles on traite ici.

Et encore que par le vingt-quatriéme Article de la Paix sera conditionné que ceux sur lesquels ont été saisis & confisquez les biens à l'occasion de la Guerre ou leurs Héritiers ou ayans cause, jouïront d'iceux biens durant la Paix & en prendront la possession de leur autorité privée & en vertu du présent Traité, sans qu'il soit besoin d'avoir recours à la Justice, nonobstant toutes incorporances au Fisc, engagemens, dons, Traitez, Accords, & Transactions, quelques renonciations qui ayent été

mises esdites Transactions, pour exclure de partie desdits biens ceux à qui ils doivent apartenir. Ce nonobstant est accordé que ledit Sieur Prince, ou en cas qu'il vienne à décéder devant la conclusion & ratification du susdit Traité de Paix, ses Hoirs & Successeurs ou ayans cause demeureront en possession & jouïssance du Marquisat de Berg-op-Zoom pour autant que ledit Sieur le posséde à présent; comme aussi ledit Sieur Prince ou ses Hoirs, comme dit est, seront mis, de la part de Sa Majesté, dans la pleine possession & jouïssance de la part & portion restante dudit Marquisat de Berg, dont icelui Sieur Prince n'est pas en possession; & ce aussitôt que le Traité de Paix sera ratifié : à l'encontre de quoi & pour satisfaire à l'importance dudit Marquisat, Sa Majesté sera mise dans la pleine possession & jouïssance des parties suivantes des biens appartenans en propriété audit Prince, à savoir de la Ville & Baronie de Diest.

Item de la Terre & Ville de Sichem & Montagu.

Item de la franche Seigneurie de Merhoult & de Vorst.

Item de la franche Seigneurie de Herstal.

Item de la Baronie de Gomiberge.

Item de la Ville & Baronie de Warneton avec toutes appendances & dépendances d'icelles.

Item de la Maison dudit Sieur Prince à Bruxelles & ce jusques de la part de Sa Majesté sera procurée l'effective permutation dudit Marquisat avec tout ce qui en dépend, à l'encontre des susdits biens dudit Sieur Prince, & ladite permutation faite demeurera pour toujours ledit Marquisat avec tout ce qui en dépend audit Sieur Prince, ses Hoirs, & Successeurs ou ayans cause; & les autres dits biens à Sa Majesté ou à celui à qui ledit Marquisat devroit compéter : promettant ledit Sieur Comte de Peñaranda que de la part de Sa Majesté ladite effective permutation sera procurée dans le terme de six mois après la ratification du Traité de Paix.

Seront aussi de la part de sadite Majesté faits devoirs effectifs envers Sa Majesté Impériale, afin que la Terre de Meurs appartenante audit Sieur Prince puisse être augmentée de quelque Place de l'Empire à l'entour delà située, qui vaille par an jusques à dix mille florins & que le tout ensemble étant érigé en Duché puisse dorénavant être tenu en fief & relever de l'Empire.

Le tout à condition que jusques à la conclusion & ratification dudit Traité de Paix ce présent Accord ne sera obligatoire; mais ladite conclusion & ratification étant faite sera le présent Accord effectué & observé & de même valeur que le susdit Traité de Paix.

Fait à Munster ce 27. Decembre 1647.

Signé,

EL CONDE DE PENARANDA.

A. BRUN.

J. DE KNUYT.

Cinq semaines après ledit Traité a été écrit au même lieu par les Plénipotentiaires desdites Provinces, le 30. Janvier de l'an 1648.

RE

RELATION SINCERE

De la

NEGOCIATION

De

MUNSTER.

Entre leurs Majeſtés les Rois de France & d'Eſpagne, depuis que les Plénipotentiaires de Meſſieurs les Etats Généraux des Provinces-Unies, s'y ſont employez comme Médiateurs.

REMONTRANCES DE L'ESPAGNE.

TOut ce qu'on a cedé aux François par le canal des Médiateurs, de la part de l'Eſpagne, juſqu'au 3. Septembre dans les differentes Conférences qu'on a tenuës pour la Paix, eſt la Ville d'Arras, avec ce qu'ils poſſedent de plus dans le Comté d'Artois, Landrecies en Haynaut, & Damvilliers dans le Païs du Luxembourg, mais on ne regardera pas à une Place ou deux de plus, outre celles que les François poſſedent dans les Baïs-Bas, & qui conviennent avec celles-là. Nous ajoûtons à cette offre le Comté de Rouſſillon, & nous demandons quatre ans pour les affaires de la Principauté de Catalogne, mais qu'on laiſſera en arriere ce qui regarde le Portugal ſans en faire aucune mention dans la Négociation.

A l'égard des affaires d'Italie, en cas que les François rendent à ceux auxquels elles appartiennent, les Places qu'ils poſſedent dans la Savoye & dans le Mantouan, Sa Majeſté Catholique leur donnera auſſi Vercelli & Verceilles, laiſſant dans tous ſes Droits la Princeſſe Marguérite & ſa Fille laDucheſſe de Mantouë, quoique ce qu'elle poſſede ne lui appartienne pas à titre légitime, comme tout le monde le ſait; & ſi la France perſiſte à garder Pignerol, en quoi le Roi Catholique ſe conformera à l'offre faite de la part de Sa Majeſté Impériale, mais qu'elle voulut démolir les Fortifications de Caſal, en rendant cette Place avec d'autres aux Seigneurs à qui elles appartiennent, alors l'Eſpagne rendra Vercelli & Verceilles, & retirera ce qui lui appartient dans l'Alſace, conſentant à la ceſſion que Sa Majeſté Impériale pourroit faire à la France, aux conditions ordinaires d'une amiable Paix entre les deux Couronnes. La France de ſon côté reſtituera tout ce qu'elle poſſede preſentement dans les Païs-Bas, la Bourgogne, & l'Artois, avec la liberté d'un tranquile négoce & la Paix entre l'Empereur & les autres Princes de la Maiſon d'Autriche, avec les Electeurs, Princes & Etats de l'Empire, le Duc de Lorraine & les autres clauſes dont on a accoûtumé de ſe ſervir dans de pareils Traités pour leur aſſurance.

Réponſe de la France.

Les François perſiſtent juſqu'à la fin, comme ils ont fait juſqu'à preſent, à ſavoir qu'ils prétendent garder tout ce qu'ils ont conquis dans les Païs-Bas & dans la Bourgogne; quant à la Catalogne ils conſentent que les affaires de part & d'autre reſtent ſur le même pied où elles ſont actuellement, ſans diſconvenir néanmoins que   eſt du Royaume d'Arragon, & que les Port & Ville de Roſes ſoient compris ſous l'offre du Rouſſillon, convenant auſſi qu'il ſera fait, pour finir l'affaire de Portugal, un Traité conforme à celui que Meſſieurs les Etats feront avec Sa Majeſté Catholique pour le tems & la durée dont ils conviendront. Que dans l'inſtant la perſonne de Don Edouard de Bragance ſera miſe en liberté, bien entendu que rien ne s'exécutera que la France n'ait tout ce qu'elle pretend avoir du Royaume de Navarre.

A l'égard de l'affaire d'Italie, la France veut que le Roi d'Eſpagne rende Sabionette au Maréchal de Poma, que les Princes d'Italie faſſent une Ligue, & que les deux Couronnes s'engagent, pour plus grande ſureté de la Paix, à prendre les armes pour agir contre celui qui contreviendroit au Traité. Au ſujet de Caſal elle demande qu'on propoſe d'autres moyens, & elle offre de garder Pignerol. Pour ce qui eſt de la Savoye & du Mantouan, elle veut s'en tenir aux Traités précedents de *Queyraſco* & de *Monſon*, & que les Griſons rentrent dans l'Alliance avec elle, comme ils y ont été dans l'année 1617. Pour ce qui eſt du Duc de Lorraine Sa Majeſté Catholique ne peut rien prétendre autre choſe que de s'engager à ne le ſoutenir ni directement ni indirectement.

Entremiſe de Meſſieurs les Etats Généraux des Provinces-Unies.

Trouvant la Négociation dans l'état ci-deſſus, ſans que de part & d'autre l'on ait rien touché des mécontentements qui regardent les François, Meſſieurs les Plénipotentiaires des Etats ſe ſont rendus à l'hôtel de Monſieur le Comte de Peñaranda le 17. de Septembre pour l'engager à donner de plus grandes ouvertures, à l'égard du repos de la Chrétienté & la conſervation des Païs-Bas, mettant en conſideration, le tems, la force & le bonheur des armes de la France; que cette Couronne leur a déclaré par ſes dernieres reſolutions qu'elle vouloit garder tout ce qu'elle poſſedoit dans les Païs-Bas, & ſtipuler pour longtems par raport à la Catalogne d'intelligence avec les Etats, ſans faire mention du Portugal, à quoi elle conſent, ſuivant la demande deſdits Etats, qui lui ont fait connoître qu'ils ne vouloient entrer dans aucune diſcuſſion ſur ce ſujet. Monſieur le Comte a répondu qu'il réfléchiroit ſur cette affaire; & pour montrer ſa ſincérité à Meſſieurs les Etats & la confiance qu'il avoit en eux, ainſi que l'amitié & le zéle avec leſquels il ſouhaittoit de s'employer pour eux, il répondit le lendemain, qu'il leur laiſſoit une pleine liberté d'accommoder les affaires avec les François, ce que Meſſieurs les Plénipotentiaires entreprirent,

prirent, en témoignant qu'ils étoient fort sensibles aux manieres honnêtes & sinceres de Monsieur le Comte, & offrirent en revanche de traiter des Intérêts de Sa Majesté Catholique avec autant d'attention qu'ils pourroient faire pour les leurs propres. Avoüant qu'ils étoient fort obligez à Monsieur le Comte de la confiance qu'il leur témoignoit, sur l'offre qu'ils lui avoient fait de s'employer en qualité de Médiateurs. Que d'un autre côté Messieurs les Etats trouvoient une grande disposition à la Paix, qu'on devoit esperer que tout viendroit à sa perfection, les François ayant assuré qu'on pouvoit conclure en vingt-quatre heures. Que Messieurs les Etats avoient assez donné à entendre qu'ils n'exigeoient nullement que leurs intérêts fussent traités avec les mêmes formalitez, qu'on traiteroit les affaires de la Catologne, tant pour le tems que pour les expressions, & que pour l'éviter, il pourroit bien arriver qu'on feroit avec le Roi une Paix plutôt qu'un simple accommodement.

Messieurs les Plénipotentiaires, sur cela, mirent la main à l'œuvre, & partirent d'abord, sous d'autres prétextes, pour Osnabrug où dans ce tems-là se trouverent tous les Plénipotentiaires de France qui s'y étoient rendus de Munster. Ils firent une ample relation de ce qui s'étoit passé entre les François & eux, ils raporterent de quelle maniere ils s'étoient comportez pour entamer la Négociation & la regler, ils convinrent sur tout que ce qui avoit été allégué par les François pour exclure de la Négociation l'usurpateur du Portugal, leur avoit donné beaucoup de peine, & qu'ils estimoient que ce qui pourroit apporter le plus de retardement à la conclusion, étoit la séparation de Roses d'avec le Roussillon & la liberté de Don Edouard de Bragance, mais qu'ils prioient cependant qu'on ne fît point de difficultez là-dessus, & qu'on terminât au plutôt. Messieurs les Plénipotentiaires enfin, mirent par écrit les Articles dont ils étoient convenus avec les François, qui sont les mêmes qu'on trouvera ci après, & sur lesquels on devoit rompre ou s'accommoder. Après bien de differentes demandes, réponses, & repliques, l'Espagne consentit enfin de céder à la France tout ce qu'elle possedoit actuellement, tant dans les Païs-Bas que Comté de Bourgogne & Charolois: mais la France ne vouloit pas conclure que les Ratifications ne fussent venuës. L'Espagne répondit que suivant les Pleins-pouvoirs des Ministres des deux Couronnes, il n'étoit pas nécessaire d'attendre la Ratification des deux Rois, pour avoir la certitude pleine & entiere de ce qu'on traitoit, parce que leurs Majestés étoient resolués d'approuver tout ce que leurs Plénipotentiaires pourront traiter à Munster, & le tenir pour valable comme cela est exprimé dans leurs Pleins-pouvoirs, & que l'on avoit estimé que cela étoit plus convenable afin d'accélerer la conclusion qu'on souhaitoit pour faire cesser toutes les hostilitez, & abréger le tems qu'on perdroit en attendant les Ratifications. La France repliqua, qu'elle y consentoit, pourvû que la même chose se pratiquât par les Hollandois, & convint qu'avec la signature réciproque des Traités, de part & d'autre, toutes les hostilitez viendroient à cesser, que néanmoins cela n'empêcheroit pas qu'on ne fît venir les Ratifications, & que l'on ne fût tenu d'observer les autres formalités, & même celle du serment, comme cela s'étoit pratiqué dans le Traité de Vervins. L'Espagne convint, sur ce qui regardoit les Ratifications, que l'on devoit attendre ce qui se feroit entre

les Ministres des Etats, & les siens; & sur cela les Parties s'accommodérent.

La France prétendoit que tout le Comté de Roussillon dans lequel se trouve la Ville & Port de Mer de Roses lui restât à perpétuité. Il fut répondu que par le Comté de Roussillon, on entendoit tout ce qui se trouve depuis Pertus jusqu'au territoire de la France, sans que la Ville de Roses ait jamais dépendu dudit Comté, & que par cette raison il n'étoit pas juste de mettre l'affaire hors de son état naturel, & de changer ou confondre les Limites ou Bornes des Provinces, que sur ce fondement la Ville de Roses devoit rester comprise avec le reste de la Principauté de Catalogne. Malgré toutes ces représentations la France persista dans ses demandes, & sur cet Article Monsieur le Comte de Peñaranda remit la chose à l'arbitrage de Messieurs les Etats pour être ajusté avec les autres points de la Paix, & non autrement. La France allegua encore que Roses lui devoir être cédée avec toutes ses dependances dans lesquelles elle vouloit faire entrer la Ville & Port de Cadaque, avec tout ce qui est le long de la côte de Roses jusqu'au Roussillon: surquoi Monsieur le Comte de Peñaranda répondit à Messieurs les Plénipotentiaires des Etats, que le Port de Cadaque étoit aussi excellent que celui de Roses, & même meilleur, que l'un & l'autre dépendoient de la Principauté de Catalogne, sans avoir la moindre communication avec le Roussillon, qu'il n'étoit par conséquent pas raisonnable de demander Cadaque comme une dépendance & annexe, & d'ailleurs un Port si bon & si excellent; qu'après tout la Paix ne resteroit pas pour cela en arriere quand Messieurs les Plénipotentiaires des Etats donneront leur parole que ce point est le seul qui arrête, & sur cela cet Article resta indecis.

La France demanda que pour l'entiere assurance de ce que dessus, l'Espagne fît un Traité de Paix dans lequel seroient compris les Païs & Places dont elle lui feroit cession & rénonciation, en telle forme & maniere qui y donneroit le plus de poids pour rester à toujours à la Couronne de France: l'on s'accorda là-dessus & l'on convint de donner une entiere satisfaction au nom de Sa Majesté Catholique.

La France prétendoit qu'on fît une Trêve pour la Principauté de la Catalogne pour autant d'années que seroit celle que l'Espagne feroit avec la Hollande, sans néanmoins le spécifier dans le Traité, & que cette Trêve fut observée en Catalogne si religieusement qu'on ne puisse pas y commettre la moindre hostilité, de quoi l'on devra donner une parfaite assurance, & prendre sur ce toutes les précautions nécessaires. L'Espagne a répondu qu'elle en passera absolument par le jugement des Etats qui sont plus pleinement informez de bouche sur cette Trêve, c'est-à-dire que cette même Trêve, ni pour le tems ni pour les formalitez ne sera point semblable à celle de la Hollande. Mais à l'égard des suretez & précautions, l'Espagne y veut aller à la bonne foi. La France a répliqué qu'elle prétendoit que cette Trêve pour la Catalogne fut de trente années, sans aucun égard au Traité de Paix avec la Hollande, ce que l'Espagne a aussi laissé à l'arbitrage des Etats, afin qu'on s'accommodât sur ce point, quand on seroit convenu sur tous les autres, & non autrement.

Les Plénipotentiaires de France ont déclaré aux Etats au sujet des affaires d'Italie & des Grisons, que le Roi d'Espagne devoit rendre aux Ducs de Savoye & de Mantouë ce qu'il pos-

1647.

possedoit à eux appartenant, principalement Vercelli & Verceilles, & que le Roi de France rendroit aux mêmes Ducs de Savoye & de Mantouë, tout ce qu'il possede en Piémont & dans le Montferrat, savoir *Suse*, *Abi lano*, le Château de *Churin*, *Crescentin*, *Chivas*, *Verrue*, *Trin* & toutes les autres Places dans le Monferrat, la Ville de *Slot*, & la Citadelle de *Casal*, & tout ce qui appartient au Monferrat, excepté *Pignerol* seule avec ses dependances, comme elles sont spécifiées dans le Traité fait entre la France & la Savoye, & que cette restitution de part & d'autre se fera dans le même tems réciproquement. L'Espagne dit qu'elle avoit déja offert & qu'elle offroit encore de rendre aux légitimes Seigneurs tout ce qu'elle occupe dans la Savoye & le Mantouan, qui peut leur appartenir, & que ce sera là le meilleur moyen pour assurer la Paix & le repos dans l'Italie; mais que la France devoit de son côté accorder une pareille restitution. La France a répondu qu'elle consentoit que cette restitution fût égale des deux côtez & qu'elle se fit en même tems, pourvû que Pignerol & ses dépendances fussent réservez, ainsi que les Droits de la Princesse Marguerite. Les deux Parties se sont ainsi accommodées. La France quelques jours après, prétendit contre l'Article précedent que la Place de Casal seroit occupée par une Garnison de Suisses, au nom du Duc de Mantouë, auquel seul cette Garnison devra prêter serment de fidelité, & le renouveller tous les ans en présence des Deputez de la France & de la République de Venise, sous le payement de la même Couronne & avec le Gouverneur qui est à présent, & que quand ce Gouverneur sera changé le Duc de Mantouë nommera un de ses Sujets du Montferrat avec l'approbation de la France, c'est-à-dire que Casal restera dans l'état où elle est aujourd'hui, assavoir entre les mains de la France, à moins qu'on ne voulût donner un autre tour à cet Article & que la République de Venise n'offrît de payer une portion de la solde des Suisses qui seront dans Casal, & qu'elle prétendroit comme une chose avantageuse pour la sureté de la Paix : enforte qu'en cas que l'Espagne voulût rompre & envahir quelques Places de la France, Casal pût rester en la puissance des François, jusqu'à ce que ce differend soit accommodé : mais si la France venoit à faire quelque invasion dans des Places appartenantes au Roi d'Espagne, alors la Garnison de Casal sera déchargée de ses obligations envers le Roi de France pour ne dependre plus que du Duc de Mantouë, & en ceci les vues de la France sont d'empêcher que cette Place & le Païs de Montferrat ne tombent, par la Maison de Mantouë, sous l'obeissance de quelque Prince de la Maison d'Autriche par mariage ou autrement, ce à quoi le même Duc de Mantouë devra s'obliger ainsi que sa Mere comme Curatrice; & que sur tout le Pape, les Ducs de Savoye, de Florence, de Modene & de Parme, ainsi que les Républiques de Venise, de Gênes & de Lucque doivent être priez d'en être cautions : Les Plénipotentiaires d'Espagne ont répondu que l'on prétendoit au sujet de Casal une nouveauté toute contraire à ce qui avoit été conclu & arrêté dans le commencement, qui est que pour la sureté de la Paix d'Italie, les deux Couronnes devroient restituer à leurs legitimes Seigneurs tout ce qu'elles possedent à présent; Casal y étoit compris sans aucune restriction, de maniere que de la part de l'Espagne il avoit été accordé en faveur de la Paix, que le

Tom. IV.

1647.

Roi de France resteroit Maître de Pignerol, suivant l'offre faite par l'Empereur touchant la même Place, au sujet de laquelle on avoit du declarer que le Roi de France offroit de rendre ce qu'il avoit pris aux Princes qui sont encore ses Confederez comme ils l'ont été depuis le commencement de la Guerre, & que le Roi d'Espagne rendroit au Duc de Savoye, lequel a fait & fait encore effectivement la Guerre contre lui; ce qu'on étoit convenu, afin de faire voir la sincerité de son procedé : & l'on tombera par là dans une de ces trois Conditions, savoir, qu'il restera aux deux Rois ce qu'ils possedent dans le Montferrat & le Piémont, jusqu'à ce que la Ligue soit faite entre les Princes d'Italie, ce qui non seulement servira au maintien de la Paix, mais aussi à la sureté de la France, Casal ne pouvant tomber dans d'autres mains qu'en celle des Princes de la Maison de Mantouë, ou rester en dépôt entre celles du Pape & de la République de Venise, ou enfin qu'on en démolira toutes les fortifications, supposé qu'il ne reste dans cette Place aucun Officier aux fraix d'une des deux Couronnes. La France a repliqué qu'elle persistoit dans ses premieres résolutions, soutenant que cet Article ne souffroit aucun retardement, l'Espagne le remit à l'arbitrage des Etats en leur faisant entendre les raisons qu'on avoit de s'opposer à celles de la France.

La France prétendoit que les Traitez de *Queyrasco* & de *Monson* fussent exécutés, excepté seulement ce qui y seroit changé par le présent Traité. L'Espagne répondit que dans le Traité dont il est actuellement question, on devoit comprendre tous les intérêts des deux Couronnes tels qu'ils pourront être, sans qu'il soit nécessaire de faire mention des deux susdits Traités ou de s'y conformer, parce qu'ils pourroient produire des différences qui empêcheroient la conclusion qu'on se propose; la France a persisté en soutenant qu'on devoit dans les nouveaux Traitez se raporter à ceux de *Queyrasco*, & de *Monson* pour l'avantage de l'Italie, & pour maintenir ce qui est accordé entre les Ducs de Savoye & de Mantouë, ainsi que ce que la France offroit de payer ou d'assigner à la Maison de Mantouë, dont la somme est mentionnée dans le Traité de *Queyrasco*; qu'à l'égard de celui de *Monson* elle souhaitoit qu'on y examinât ce qui y étoit ajouté postérieurement à l'égard du Milanois & des Grisons, afin d'y trouver le tempérament dont on pouvoit se servir dans cette affaire. L'Espagne la satisfit sur tout cela, en répondant que Sa Majesté y consentoit, en ce que le Traité de *Queyrasco* pouvoit regarder ses intérêts; mais que Sadite Majesté ne vouloit pas parler de ce qui ne la touchoit pas *immédiatement*, & qui ne pouvoit être demandé que par des dépenses & des paroles. La France sembloit être contente, pourvû que ni l'une ni l'autre Couronne ne donnât secours ou assistance aux Princes interessés qui entreprendroient quelque chose contre le même Traité de *Queyrasco*, mais qu'au contraire elles prendroient les armes pour les forcer à le maintenir. Qu'à l'égard de celui de *Monson*, les affaires, en ce qui concerne les intérêts de la France & de l'Espagne, devront être reglées comme elles l'ont été dans l'année 1617, savoir que les deux Rois auront un libre Passage chez les Grisons & dans la Valteline & la même Alliance qu'ils ont eu dans ce tems là. Le Ministre d'Espagne a répondu pour son Maître, que de son côté il étoit content d'exécuter le Traité de *Queyrasco*, & qu'il étoit hors de raison d'exiger davantage de lui. Que l'on

Ddd

trou-

1647.

trouvoit bon que ni Sa Majesté ni le Roi de France ne donnassent aucun secours à celui de ces Princes qui voudroit prendre les armes pour faire une contravention. Ceux de France ont répliqué que l'Espagne étoit obligée d'exécuter le Traité de *Queyrasco*, & qu'elle ne pouvoit avec fondement le refuser, parce que qui que ce soit n'y étoit venu avec des Pleinspouvoirs de la part de Sa Majesté Catholique: c'est pourquoi la France persistoit dans ses prémieres demandes, & souhaitoit pour ce qui concerne les Grisons que l'on déclarât que l'un aussi bien que l'autre Roi auroit la liberté de passer chez eux, & que l'on maintiendroit en même tems dans sa vigueur l'ancienne Alliance de la France avec lesdits Grisons & la Valteline: que pour toutes les autres affaires de Négoce, Gouvernement & accommodement entre les Grisons & la Valteline elles auront lieu suivant le Traité de Milan. L'Espagne repliqua à tout cela qu'elle ne vouloit empêcher ni s'opposer au passage que la France demandoit chez les Grisons, non plus qu'à l'observation de leur Alliance, mais cela dépendant des Grisons & de la Valteline, devoit être negocié avec eux. Surquoi la France dit qu'elle se conformoit à l'Espagne suivant le Traité de *Queyrasco*, à condition que les deux Rois promettroient d'employer leur credit & leur autorité pour empêcher ou réparer les inconveniens, & contraventions, si aucunes y a ou survenoient, & qu'en cas qu'elles ne vinssent à cesser, il seroit permis au Roi de France d'assister celui des Princes qui seroit attaqué, sans que le Roi d'Espagne pût donner aucune assistance à l'autre partie; & que ce qui touche les Grisons & la Valteline, pour mieux éclaircir les intentions de part & d'autre, seroit redigé par écrit par les Plénipotentiaires de France. On resta ce jour-là sur ces termes sans passer plus avant.

La France prétend qu'il se devra faire une Ligue entre les Princes d'Italie pour la sureté de tout ce qui doit être conclu par le présent Traité. Touchant l'Italie on est convenu de la part du Roi d'Espagne de tout ce qui concerne son repos.

La France ajouta encore, qu'il seroit à propos de s'accorder sur le champ & de convenir des moyens de perfectionner cette Ligue, & que pour cela il en falloit traiter avec les Ministres des Princes d'Italie qui se trouvoient actuellement à Munster. L'Espagne répondit que son Maître étoit tout prêt de son côté, & qu'il consentoit d'entrer dans une telle Alliance; qu'il ne falloit pas lui en parler davantage, mais à ceux que cette affaire regarde précisément, qu'on devoit traiter où, & comme l'on doit, sans éxiger rien de plus. La France soutint que pour faire une pareille Alliance, il étoit nécessaire qu'on fît de la part d'Espagne, les mêmes instances aux Ministres des Princes d'Italie qui se trouvent à Munster, que la France leur feroit, pour venir à une conclusion.

Les Ministres d'Espagne ont encore répondu, qu'ils agiroient auprès de ceux des Princes d'Italie qui se trouvent à Munster, pour la susdite Alliance, sans que cela pût empêcher la conclusion de la Paix, & que les raisons qui les avoient empêchez jusqu'alors de le faire, étoient pour ne pas découvrir le secret de la Négociation, laquelle passoit par les mains des Etats, ce dont toutes les deux Parties étoient convenuës. La France répondit, qu'elle vouloit bien qu'on sût les instances que feroit l'Espagne auprès des Ministres des Princes d'Italie, qu'elle souhaittoit même que cette Alliance se

1647.

pût faire avant la Ratification de la Paix, & qu'en attendant le Roi devra retenir les Places qu'ils possedent en Italie jusqu'à ce que l'Alliance soit concluë. L'Espagne se reféra à ses réponses precedentes, sans s'expliquer davantage. Mais les Ministres de France pressèrent les momens de cette Alliance, alléguant pour raison, qu'elle seroit la principale sureté des deux Couronnes. Le point en est resté là sans qu'on l'ait poussé plus avant.

La France demandoit que l'on donnât satisfaction à la Maison de Savoye, touchant le payement de la Dote de l'Infante Madame Catherine. L'Espagne répondit que ce point avoit été débatu en plusieurs occasions entre Sa Majesté le Roi d'Espagne & son Altesse Royale de Savoye, & que pour rendre compte de ce qui a été reglé sur ce sujet, il faudroit avoir les Pieces en main, lesquelles on n'avoit pas apportées à Munster, mais qu'on offroit de la part du Roi d'Espagne de donner satisfaction sur les sommes que S. A. R. de Savoye pourroit prétendre. La France, sans avoir égard à cela, persista comme auparavant, & dit que tout rabatu on étoit encore fort redevable à la Princesse Marguerite, que l'Espagne devoit absolument payer. On répondit de la part du Roi d'Espagne, que l'on s'en tenoit à ce que l'on venoit de dire sur ce sujet, mais la France insista encore davantage, & dit que l'on souhaitoit que cela fut promptement payé; surquoi les Plénipotentiaires des Etats réprésentérent à ceux de France que l'on pourroit faire décider ce procès par des Juges neutres, & limiter un tems; l'Espagne y consentit, on fixa le terme à un an, on convint d'exécuter la Sentence qui seroit renduë en cette matiere, afin de donner dans ce terme une pleine satisfaction à la Princesse Marguerite & à sa Fille. Ceux de France prirent quelque tems pour répondre précisément, & après avoir conféré avec les Ambassadeurs de Savoye, dirent qu'ils seroient contens pourvû que l'on mît caution pour la sureté du Payement, & que ce fût la Rote de Rome qui jugeât sur la dote de ladite Infante Catherine. L'Espagne consentit au choix de la Rote de Rome, mais elle ne voulut point s'engager à mettre caution de la part du Roi.

La France proposa qu'il falloit rendre justice aux Sujets des deux Couronnes, les remettre dans leurs biens, & principalement le Duc d'Atri. On répondit pour le Roi d'Espagne, qu'en ce qui le regardoit, il étoit dans la disposition que bonne & suffisante justice fût renduë aux Vassaux de part & d'autre.

La France repliqua & insista fortement sur la restitution des biens du Duc d'Atri dans le Royaume de Naples, ainsi que pour les effets & prééminences appartenans aux Ducs de Bournonville, & de Croi, au Prince d'Epinoi, au Comte d'Egmont & aux autres qui se trouvent dans le même état, & lesquels on nommera avant la conclusion, ou la ratification du Traité. L'Espagne s'en tenoit à la réponse qu'elle avoit faite au sujet du Duc d'Atri, mais elle ajouta que tous les autres étoient des Vassaux de Sa Majesté le Roi d'Espagne, condamnés par justice comme *Criminels de Leze Majesté* avant le commencement de la Guerre entre les deux Couronnes. La France persista & demanda que satisfaction fût préférablement faite, entre tous ceux qui avoient servi les deux Parties, au Duc d'Atri, sinon en tout du moins en partie, soutenant qu'on pourroit donner cette satisfaction sur les biens que le Roi d'Espagne avoit fait paſſer au Grand Ecuyer de cette Maiſon, & qu'à l'égard de la ſureté de ceux des Païs-Bas qui ont ſervi en France, & leſquels devront rentrer dans leurs biens & dignitez, comme cela s'eſt fait avec le Duc de Bourbon au Traité de Madrit, & avec le vieux Prince d'Epinoi dans le Traité fait avec les Etats. L'Eſpagne répondit, que l'on donnoit une équitable ſatisfaction à celui qui portoit le nom de Duc d'Atri, quand même il ne ſeroit ni Italien ni de la Maiſon d'Aquaviva, & que le Roi d'Eſpagne terminera cela. On promit auſſi de ſa part de rendre au Duc de Bournoniville, au Prince d'Epinoi, au Comte d'Egmont, & autres qui ont ſervi la France, les biens qui ſont encore en éxiſtence, ce que Sa Majeſté leur accorde par forme de pardon, & à l'interceſſion du Roi & de la Reine de France; à condition que la France fera la même choſe de ſon côté, à l'égard de ceux qui ſe ſont rangez du parti de l'Eſpagne; que cette reſtitution, en un mot, ſera égale de part & d'autre pour les Sujets & Vaſſaux des deux Couronnes, enſorte qu'ils ſoient dans leurs biens, Droits & actions comme ils y étoient avant la Guerre, excepté les rentes qui ſe trouveront perçuës & qui de l'un & de l'autre côté ne peuvent être reſtituées. Que de la part de l'Eſpagne on nommera principalement le Seigneur Vidame de Poitiers, Madame Iſabelle de Bourgogne Princeſſe de Marvai, & la Ducheſſe de Pordevaux, le Seigneur Vidame de Scey Prince de Varambon, le Comte de Saint Amour, & pluſieurs autres, leſquels ſeront preſentés avant la concluſion du Traité. La France demanda une déclaration plus ample & plus parfaite touchant la ſatisfaction qu'on doit donner au Duc d'Atri, & que l'on fît mention des Vaſſaux de l'Eſpagne qui ſe ſont retirez en France, auxquels, en vertu de ce Traité, & non en qualité de pardon, on faiſoit reſtitution, comme cela avoit été pratiqué dans les Traités précedens, leſquels Vaſſaux auroient la liberté de reſter en France pas tout où ils voudroient en jouïſſant même de leurs biens. L'Eſpagne promit que le Procès du Duc d'Atri ſeroit terminé pour le tems de la concluſion du Traité, & que Sa Majeſté lui donneroit une ſatisfaction proportionnée & telle qu'elle jugera convenir. Qu'à l'égard de ſes Vaſſaux qui ſe ſont retirez ſous la protection de la France, elle leur reſtituera les biens qui ſe trouvent encore en eſſence, & que la même choſe ſera faite à l'égard des Vaſſaux du Roi de France qui ſe ſont retirez ſous la protection de l'Eſpagne. La France répondit à l'Article du Duc d'Atri, que puiſque l'on devoit attendre le jugement de Naples, le Roi d'Eſpagne devoit reſtituer les Domaines de la Maiſon d'Aquaviva réunis à ſa Couronne, & qu'après cela le Duc d'Atri s'obligeroit de céder ſes Actions à Sa Majeſté, lorſqu'il auroit gagné ſon Procès, ſans rien prétendre de plus que la reſtitution de la Principauté de Vitanda. Ce point eſt reſté ſans qu'on ſoit paſſé plus avant.

La France propoſa qu'on devoit regler auſſi les Confiſcations, Repréſailles, & ce qui regardoit le Négoce, de la maniere que cela ſe pratiquoit toujours dans les Traités, & qu'en cas de difficulté ou nouvel incident, on termineroit tout du conſentement réciproque des deux Parties. L'Eſpagne en demeura d'accord, & pour accélerer l'affaire, il fut réſolu de faire un projet des Articles de Répréſailles, Négoce & autres choſes ſemblables.

La France demanda encore que ceux qui devoient être inſerez dans le Traité, fuſſent nom-

més de part & d'autre, avec liberté d'en propoſer encore quelques-uns dans l'eſpace de ſix mois, ſi cela convenoit aux deux Parties. L'Eſpagne en demeura d'accord.

La Lorraine &c.

La France propoſa de reſerver les Droits & prétenſions de part & d'autre, comme on l'avoit pratiqué dans le Traité de Vervins, particulierement celles de la Navarre. L'Eſpagne répondit qu'à cet égard on obſerveroit en tout la même forme qui avoit été obſervée dans le Traité de' Vervins. La France perſiſta à demander qu'on ſpécifiât nommément la Navarre, convenant néanmoins qu'en cas de quelques difficultés ſur les prétentions, on les termineroit par un amiable accord & non par la voye des armes. L'Eſpagne dit que ſi l'on nommoit la Navarre, il faudroit également nommer la Bourgogne, les prétenſions de l'un & de l'autre devant aller de pair & être également traitées des deux côtés avec une entiere & parfaite ſincerité: mais la France perſiſta ſur le point de la Navarre, ſans vouloir entrer dans le reciproque de la Bourgogne comme le Roi d'Eſpagne le demandoit; ſurquoi cette Majeſté dit que l'on feroit de part & d'autre une Renonciation, comme on l'avoit fait dans le Traité de Vervins.

La France s'y oppoſa, perſiſtant toujours ſur la ſpécification ſeule de la Navarre, ſans vouloir conſentir qu'il fût fait de la part du Roi d'Eſpagne aucune mention de la Bourgogne. L'Eſpagne répondit qu'elle s'en tenoit à ce qu'elle avoit deja dit. La France ne prétendoit pas s'opiniâtrer à une reſerve entiere au ſujet de la Navarre, conſentant que l'Eſpagne y conſervât quelque choſe, n'y ayant pas renoncé expreſſement, ſurquoi l'Eſpagne dit qu'elle n'avoit jamais renoncé au Duché de Bourgogne, & que par raport à cela, elle le pouvoit reſerver, ſuivant l'offre que la France en faiſoit elle-même.

La France demanda que tous les Priſonniers de l'un & de l'autre côté ſoient mis en liberté, & ſur tout Don Edouard de Bragance; & que l'on s'engage dès à préſent que juſqu'alors les priſonniers ne ſeront ni moleſtez ni chagrinez. L'Eſpagne a répondu que Don Edouard n'étoit pas un priſonnier de Guerre, mais un Vaſſal du Roi ſur lequel perſonne ne pouvoit prétendre avoir droit de Juſtice que Sa Majeſté, & que ſans avoir égard à cela la Reine de France & le Roi ſon fils, la Paix étant faite, pourront ſolliciter pour lui auprès du Roi d'Eſpagne de la maniere qu'ils jugeront la plus favorable, aux intérêts de Don Edouard. Pour ce qui regarde les autres priſonniers on ſe trouva d'accord. La France inſiſta derechef ſur Don Edouard, ſurquoi les Etats propoſent qu'on le mettroit entre les mains de l'Empereur ou entre celles du Roi de France, à condition qu'on ne le laiſſeroit pas paſſer en Portugal ni donner aſſiſtance à ſon Frere directement ou indirectement, non plus qu'aux Portugais; & que celui qui l'aura entre les mains s'obligera particulierement à cette condition. L'Eſpagne après avoir longtems agité ce point, répondit que dans le deſir de procurer la Paix & à la conſidération des Etats, elle acceptoit l'alternative qui avoit été propoſée, à ſavoir, de remettre Don Edouard entre les mains de l'Empereur ou entre celles du Roi de France, mais que cela ſe devoit faire par un Traité particulier, dans lequel on laiſſeroit à Sa Majeſté

le

le choix d'un des deux moyens proposés, bien entendu qu'on donneroit une pleine assurance qu'il ne pourroit repasser en Portugal, ni y donner la moindre assistance à son Frere ou au Royaume.

La France n'aquiesça point à cette proposition; elle demanda encore l'entiere liberté de Don Edouard, sans aucune condition, consentant néanmoins que cela se feroit par un Ecrit secret. Ce point resta en cet état sans aucune réplique de la part de l'Espagne.

La France proposa que dans l'espace de trois mois on pourroit députer des Commissaires de part & d'autre pour régler les Limites des Places qui seront données à la France, & pour convenir sur tous les autres points à l'égard desquels on ne se trouveroit pas d'accord dans le présent Traité. L'Espagne passa cet Article, & y ajoûta que l'on pourroit après le Traité, faire une échange de ces mêmes Places, selon la convenance des deux Parties par l'interposition des Etats qui en seroient les Arbitres.

La France, dans sa derniere replique mit encore sur le tapis l'affaire de *Sabionetta*, surquoi l'on répondit qu'elle étoit déja envoyée au Conseil de l'Empereur, qui avoit jurisdiction sur les Parties qui l'avoient choisi comme Juge & s'étoient soumis à sa Sentence, que cela ne touchoit en rien au Traité.

Voila l'état où sont aujourd'hui les Négociations, & après toutes les présentations faites par le Roi d'Espagne, on voit clairement que les François ne souhaitent pas la Paix, & qu'ils font fort peu d'estime de la Médiation des Etats, puisqu'on ne peut pas dire qu'ils se soient en rien relâchés de leurs instances & qu'au contraire ils ont rejetté tous les moyens qu'on leur a présentez, quelque raisonnables qu'ils ayent pû être. On doit même remarquer qu'ils ont plusieurs fois rappellé des points auxquels ils avoient déja consenti, & que de tems en tems ils ont accompagné leurs demandes de choses tout à fait étrangeres à la matiere dont il s'agissoit, & nullement intéressantes aux deux Couronnes, portant même empêchement à la Paix, comme par exemple la Ligue ou Alliance d'Italie, laquelle ils prétendent devoir être faite avant le Traité de Paix, la décision de l'affaire des Grisons, de la Valteline, & Mantouë, & qui n'y ont aucun raport d'intervention nécessaire, voulant en outre obliger l'Espagne à stipuler pour les Étrangers, sans avoir sur cela quelques pouvoirs. On voit au contraire que de la part du Roi d'Espagne on n'a manqué dans aucun point à donner des preuves de sa sincerité & de sa bonne foi, c'est pourquoi on a résolu du côté de Sa Majesté le Roi d'Espagne de ne plus traiter sur cette matiere, jusqu'à ce que les Plénipotentiaires qui sont à la Haye soient de retour, étant certain qu'il n'y aura quelque apparence d'amener les François à la Paix pour laquelle ils ont tant de répugnance, que quand les Etats Généraux paroitront vouloir regler leurs intérêts, les François ne craignant rien tant que lesdits Etats n'ayent des relations particulieres de ce qui s'est passé sous l'intervention de leurs Ministres, chez lesquels les François ont sollicité pour empêcher qu'il n'en fût fait aucune relation: ce qui doit cependant absolument être, afin qu'ils puissent juger par là ce qu'ils ont à faire, & que cela les anime & les engage à presser les François de s'accommoder suivant droit & raison, & qu'en cas qu'ils le refusent, les Etats puissent conclure leur Traité avec l'Espagne sans la France. Par toutes ces raisons & beaucoup d'autres encore, Monsieur le Comte de Peñaranda trouve bon & approuve cet Ecrit, lequel contient tout ce qui s'est passé sous l'interposition des Etats, comme il leur étoit permis, pour tout ce qui a été accordé aux François par l'Espagne, de point en point jusques à ce jour, ainsi que les nouveautés, injustes prétentions & retardemens que lesdits François ont inventé & produit de jour en jour. Que sur cela le Marquis de Castel Rodrigo voulut envoyer à la Haye une personne d'esprit & de capacité avec des instructions telles que S. E. jugera à propos, (& cela sans perdre de tems) pour faire connoitre aux Etats, au Prince d'Orange, & à ceux à qui il appartient, par cette déclaration, l'injuste procedé des François, & la droiture & la sincerité avec lesquelles on a agi de la part du Roi d'Espagne. Il semble qu'il est impossible que l'on n'y reconnoisse pas tout d'un coup jusqu'où on est venu, & ce qui a été offert aux François pour leurs intérêts sans aucune reserve, au lieu que les prétentions qu'ils font les affaires des autres & non les leurs, leur ont néanmoins servi à empêcher le succès de la Paix. De sorte qu'il n'est pas vraisemblable qu'il y ait quelqu'un parmi ceux qui composent les Etats, qui soit assez passionné pour les François, pour ne pas reconnoitre que les Provinces Unies ne sauroient persevérer avec cette Couronne dans des prétensions si injustes, mais qu'elles doivent se contenter d'avoir été les instrumens des avantages que les François ont eu sur Sa Majesté le Roi d'Espagne, non seulement dans les Pais-Bas, mais encore par tout le reste du monde. On considerera aussi les conditions accordées par Sa Majesté à la France par l'interposition & à la consideration des mêmes Etats Généraux, ainsi que la déférence générale & absoluë que cette même Majesté a euë pour leur Médiation, ce qui les justifie, sans que qui que ce soit pû, en cas qu'ils vinssent à se séparer, les blâmer de n'avoir pas tenu l'*Alliance de Garentie* & toutes celles auxquelles ils prétendent qu'ils sont encore plus étroitement obligez.

Messieurs les Plénipotentiaires *des Etats* représenterent ensuite à Monsieur le *Comte de* Peñaranda par voye d'arbitrage les moyens suivans d'accommodement entre l'Espagne & la France, demandant audit Comte s'il en étoit content, & que sous cette condition ils en traiteroient avec les Plénipotentiaires de France.

Que le Gouverneur de Casal seroit nommé & mis par le Duc de Mantouë, & pris du nombre de ses Sujets, & que ce Gouverneur seroit serment audit Duc en présence des Commissaires de deux Couronnes & de la Republique de Venise; ce qui seroit également observé par la Garnison.

Que cette Garnison seroit composée moitié de Suisses, & moitié de Sujets du Duc de Mantouë.

Que le Payement de cette Garnison se feroit par un seul Commissaire nommé par ledit Duc ou par la République de Venise, laquelle payera la Garnison au nom du Duc de Mantouë.

Que l'on fera un Traité avec le Duc qui devra durer jusqu'à ce qu'il ait atteint l'âge de 25 ans, que nonobstant cela les engagemens où l'on entrera seront observez, sans que jamais, sous quelque prétexte & moyen que ce puisse être, soit par mariage ou autrement, Casal puisse tomber sous la puissance de l'une ou de l'autre Couronne, ni sous celle de quelqu'autre Prince, mais rester à toujours dans la Maison de Mantouë.

Que

1647.

Que le Roi d'Espagne après ce Traité s'obligera à n'attaquer jamais aucune place du Montferrat, & que dans le même moment on engagera des deux côtez tous les Princes d'Italie à faire entre eux une Ligue proportionnée avec la France tant pour le maintien & la sureté du Traité entre les deux Couronnes, que pour empêcher que Casal ne tombe en d'autres mains que celles du Duc de Mantouë, sans néanmoins que cela puisse retarder le Traité.

Que l'on doit, touchant le Traité de *Queyrasco*, se conformer à l'Article projeté avec la France, à condition cependant qu'il sera permis au Duc de Savoye aussi bien qu'au Duc de Mantouë de représenter les préjudices qu'ils croyent avoir suportez par ledit Traité, mais que cette représentation ne se pourra faire qu'amiablement ou en justice, sans qu'il soit permis d'employer les voyes de fait ni de prendre les armes d'une part ou de l'autre.

Que les *Grisons* & ceux de la *Valteline* devront rester dans l'état où ils se trouvent à présent excepté qu'on leur permet de se déclarer dans le tems de quatre mois après la conclusion du Traité, sur la forme de Gouvernement qu'ils voudront suivre, afin que les deux Couronnes puissent se régler là-dessus.

Que les Grisons & ceux de la Valteline donneront à la France & à l'Espagne également liberté de passage, sans qu'une Couronne puisse s'opposer à l'autre sur ce sujet, ce qui fait qu'on ne veut pas expressément parler des Traitez de Monzon & de Milan.

Que l'Espagne sera obligée d'en passer par tout ce que la Rote ordonnera; quoique son jugement sur ces sortes de matieres soit ordinairement assez dur.

Que l'on se conformera en tout sur les Articles 21. & 22. du Traité de Vervins, ou que l'une & l'autre Couronne pourront reserver en termes généraux tout ce à quoi ils n'ont pas renoncé par les Traitez précedens, ou si la France reserve ses Droits sur la Navarre, l'Espagne pourra de même reserver les siens touchant le Duché de Bourgogne & les autres Païs mentionnés dans les précedens Traitez dans lesquels elle s'est reservée les mêmes Droits.

Que l'Espagne remettra Don Edouard de Bragance entre les mains de l'Empereur, qui l'asurera auparavant que Don Edouard n'asistera ni son Frere ni les Portugais directement ni indirectement.

Que l'arbitrage de la satisfaction qu'on doit donner au Duc d'Atri sera à la volonté du Roi d'Espagne, ou que l'on déclarera par un Article secret ce qui lui sera donné une fois pour toutes, en forme de pension.

Le Comte de Peñaranda ayant vû les susdits Articles répondit à Monsieur Brun qu'il vouloit s'accommoder sur ce plan & conclure la Paix sur chaque Article, comme on étoit convenu chez lui.

Il est arrivé après cela que Messieurs les Plénipotentiaires de France pour répondre sur les moyens d'accord proposés par Messieurs les Ambassadeurs des Provinces Unies de la part de Messieurs les Plénipotentiaires d'Espagne le 9. Decembre 1646 ont donné l'Ecrit suivant.

Premiérement que Casal étant situé dans le Montferrat & les Sujets de ce Païs-là l'étant aussi du Duc de Mantouë, il convenoit qu'un Vassal du Montferrat fût Gouverneur de la Place, à moins que les Sujets du Duc de Mantouë qui se trouvent en France, ne fussent admis à ce Gouvernement aussi bien que ceux de Mantouë.

Qu'il ne doit pas être permis d'admettre un Commissaire de la part du Roi d'Espagne, parceque cette Place n'est pas sous son obéissance, qu'elle en est voisine; & que ce voisinage pourroit donner quelque crainte.

La Garnison ne doit être composée que de Suisses seulement, parceque le serment doit renfermer une obligation qui ne convient pas à des Sujets.

On traitera avec le Duc de Mantouë, & l'on conviendra du tems que ce Traité doit durer.

On ne peut admettre une exécution reciproque des deux côtez entre les deux Couronnes, par les raisons qui ont été proposées de bouché à Messieurs les Médiateurs.

La fin de l'Article dépend des autres suretés & facilités qui seront données de la part de l'Espagne pour la conclusion du Traité.

Les Plénipotentiaires de France veulent aussi que dans le même tems Charlemont, Philippeville & Mariembourg soient rendües à l'Evêché & Etat de Liège, reservant ce qui se pourra procurer à l'Espagne pour ses intérêts, comme elle le prétend pour la France dans les affaires de Casal, parce qu'on ne peut alléguer sur cela aucune raison de différence.

Tout ce que l'on pourroit ajoûter à l'Article susdit du Traité de *Queyrasco* seroit cause d'une brouillerie, laquelle à l'avenir pourroit produire une Guerre, ce que l'on cherche à prévenir & empêcher tant qu'il sera possible.

Que l'Article qui regarde les Grisons & ceux de la Valteline est accepté, mais que s'il se présente encore quelque chose sur cet Article à ajoûter ou à effacer, on le pourra ajoûter au susdit Article, parce qu'il y a une grande difference entre un Traité fait par les deux Rois ayant la guerre commencée, & un autre fait par des Couronnes pendant la durée de la guerre, la raison ne permettant pas que le premier soit consideré comme douteux, & ne souffrant pas que le dernier subsiste.

Pour ce qui regarde la France, on ne trouve pas d'autre expédient que celui qui a été proposé, & en cas qu'il ne convienne pas, on pourra traiter avec l'Ambassadeur de Savoye même, soit par l'entremise de Monsieur le Nonce ou par quelque autre qui sera choisi, ou bien l'on ajustera cette affaire par des Arbitres qui seront pris des deux côtez en nombre égal.

Touchant la Navarre il n'y a qu'à rejetter un Article d'un côté & de l'autre, sans que cette Négociation en soit retardée.

Si l'on accordoit à l'égard de Don Edouard qu'il fût mis dès à présent entre les mains de l'Empereur & qu'il ait sa liberté avant que la Paix fut faite, il n'y auroit plus de raisons d'une nouvelle dissention; mais si l'on entend simplement qu'il sera livré entre les mains de l'Empereur, après que la Paix sera faite & concluë entre les deux Couronnes, on ne doit plus laisser en arriere les offres qui ont été faites sur ce sujet.

On demande pour le Duc d'Atri quelque chose de certain, & de considerable, vû l'importance de plusieurs de ses Seigneuries qui ont été incorporées & annexées à l'état du Roi d'Espagne.

Cet Ecrit a été remis de la part de Messieurs les Plénipotentiaires de France.

Comme les retardemens & les difficultés

qui

qui font furvenuës dans l'information qu'on a faite des Droits & prétentions des deux Couronnes, ont mis en arriere la conclufion de ce Traité, & differé l'avantage que toute la Chrétienté en attend, on a donc accordé & ftipulé d'abord, en confidération de la Paix entre ces deux Rois, que les Païs, Villes, Places & Seigneuries avec leurs appendences & dépendences telles qu'ils les poffedent préfentement en quelqu'endroit que les Païs & Places puiffent être fituées, foit dans les Païs-Bas, dans le Comté de Bourgogne, Rouffillon, Catalogne, Ifle d'Elbe & côtes de la Tofcane, comme il fera ci après plus amplement exprimé.

Enfuite de ce que deffus marqué les Villes, Places & Châtellenies de Furne, Berghe-Saint-Vinox, Caffel, Courtrai, Gravelines, Dunkerque, Bourbourg, Luycken, Mardick, Armentieres, Comines, la Motte au Bois, Waten, Landrechies, Maubeuge, Dampvilliers, Thionville, Serich, Longwi, Ivoix, Deltheran, Saint Amour, Poligni, Joux, Lons le Saunier, & autres Villes, Places, Châteaux & Forts, lefquels font actuellement occupés dans le Comté de Bourgogne, de même que tout le Comté d'Artois, y compris Arleu & l'Eclufe, fans les Villes de Saint Omer, Aire & la Baffée avec leur Diftrict, devront, fans appel & à toujours, refter au Roi de France & à fes Succeffeurs les Rois de France, par le préfent Traité de Paix, avec leur Diftrict, Bailliages, Seigneuries, Prevôtés, Paroiffes & tout ce qui en dépend, fans que Sadite Majefté le Roi de France puiffe à l'avenir être moleftée par le Roi d'Efpagne, fa poftérité ou quelque Prince de Sa Maifon, ou par qui que ce puiffe être, & fous quelque prétexte & raifon qui fe pourroit préfenter, dans la haute propriété & ufance de tous les Païs fufdits, Villes, Châteaux, Seigneuries, Châtellenies, Bailliages, Prevôtés & Paroiffes y annéxées, ou Places en dépendentes, foit parce qu'ils ont autrefois contribué dans les taxes du Païs avec les fufdites Châtellenies, ou parcequ'ils ont été fous la jurifdiction ou fous le commandement des Gouverneurs ou Magiftrats d'icelles; en quoi on entend que feront compris les Vaffaux mâles, Sujets, Places, Villages, Paroiffes, Bois, Rivieres, Campagnes & toutes les autres chofes qui en dependent. Et à cette fin le fufdit Roi d'Efpagne en renouvelle, cede & tranfporte, fi bien pour lui que pour fes Succeffeurs & fa Poftérité, comme les Ambaffadeurs & Plénipotentiaires le font par ce préfent Traité de Paix, en fon nom, en laiffant le tout irrévocablement cedé & tranfporté pour jamais, au profit de Sa Majefté le Roi de France, fes Héritiers & fa Poftérité, & ceux qui y ont droit, tous les Droits, Actions, & Prétentions que le fufdit Roi d'Efpagne ou fes Héritiers & fa Poftérité prétendent ou pourroient avoir à prétendre, en quelque maniere ou raifon que ce puiffe être, fur les fufdits Païs, Villes, Places, Châteaux, Forts, Seigneuries, Châtellenies, Bailliages, Prevôtés, Paroiffes y annéxées & toutes autres Places qui en dépendent, comme il eft dit ci-deffus, de même que tous les Vaffaux Mâles, Sujets, Places, Villages, Paroiffes, Bois, Rivieres, Campagnes & toutes les autres chofes dépendentes, lefquelles le fufdit Roi d'Efpagne, auffi bien pour lui que pour fa Poftérité, confent être réunis dès à préfent pour toujours, & être incorporées à la Couronne de France, fans aucun égard aux Loix, Coutumes, Statuts ou Contracts contraires à ce, auxquels dans la fin de cette rénonciation & ceffion eft expreffement dérogé par le préfent Traité.

De même refteront au Roi & à fa poftérité les Rois de France & pour jamais par le préfent Traité de Paix, le Païs & Comté de Rouffillon entier, fous lequel l'on entend être compris tous les Païs, Places & Seigneuries qui fe trouvent du côté des montagnes des Pyrenées vers la France, avec tous fes Vaffaux Mâles, Sujets, Places, Villages, Paroiffes, Bois, Rivieres, Campagnes & toute autre chofe qui en dépend, ainfi que les Ports & Places de Rofes & Cadaque, leurs dépendences avec toutes les autres Villes, Ports, Places, Villages & Paroiffes fituées tout le long de ces deux Côtes de la Mer des Villes fufdites, depuis Rofes & Cadaques jufqu'au Rouffillon & la France, avec leur Diftrict & dépendences, & fi c'étoit que quelques-unes de ces Villes, Places & Seigneuries, fituées de ce côté des Montagnes des Pyrenées & les autres Villes, Places, Villages & Paroiffes fituées le long de la côte de la Mer du côté de Rofe & Cadaque avec leurs dépendances euffent été autrefois annexées à quelque autre Païs, Comté ou Seigneurie, & n'euffent pas jufqu'ici appartenu au fufdit Païs & Comté de Rouffillon, le tout néanmoins reftera & fera poffedé par le Roi de France pour toujours, comme toutes les autres dépendances du Païs & Comté de Rouffillon fufdit, en cas que quelques uns fuffent fitués à l'autre côté de ces Montagnes des Pyrenées vers l'Efpagne, fans que lui & fes Héritiers ou quelque Prince de fa Maifon, foit molefté par qui que ce puiffe être, ni fous le moindre prétexte ou occafion qui fe pourroit préfenter, dans la propriété, Souveraineté, poffeffion & jouïffance de tout ce que deffus, & pour cette fin le fufdit Roi d'Efpagne a, auffi bien pour lui que pour fes Héritiers & Pofterité, renoncé, laiffé, cedé & tranfporté, comme fes Ambaffadeurs & Plénipotentiaires en fon nom, dans ce Traité de Paix, ont renoncé irrévocablement, laiffé, cedé & tranfporté à toujours & pour jamais au profit du Roi de France fufdit, à fes Héritiers, à fa Pofterité & à ceux qui y auront Droit, tous les Droits, Actions & Prétentions, lefquelles le fufdit Roi d'Efpagne ou fes Héritiers & Pofterité ont, prétendent, ou pourront avoir, ou prétendre par quelque raifon ou maniere que ce puiffe être fur tout le Païs & Comté de Rouffillon, Rofe, Cadaque & autres Païs, Villes, Places, Ports & Seigneuries, ainfi que fur tous les Peuples, Vaffaux, Sujets, Places, Villages, Paroiffes, Bocages & Rivieres, Campagnes & toutes autres chofes dependentes dudit Roi d'Efpagne, tant pour lui que pour fa Pofterité, confentant dès à préfent & pour toujours que cela foit incorporé à la Couronne de France, malgré toutes Loix, Coutumes, Statuts & Contracts faits à ce contraires, auxquels on a expreffement renoncé & dérogé par l'actuelle ceffion & renonciation fufdite du préfent Traité.

De même après ce Traité de Paix les Places de Portolongone & de Piombino avec les Villes, Places, Villages & Campagnes dépendentes fituées dans l'Ifle d'Elbe & fur les côtes de Tofcane devront refter irrévocablement, & à toujours au fufdit Roi de France, pour fe fervir defdites Places, Villes Villages & Terres dépendentes & les poffeder avec le même Droit & de la même maniere comme le Roi d'Efpagne les a poffedez auparavant, lequel à cette fin, auffi bien pour lui que pour fes Héritiers & fa Pofterité, renonce à tout ce que deffus, cede, laiffe & tranfporte, comme les Ambaffadeurs & Plénipotentiaires en fon nom au préfent sent Traité de Paix les ont laissés, renoncés, cedés & transportés pour toujours & à jamais, au, & pour le profit du susdit Roi de France, ses Héritiers & sa Posterité, lesquels auront son Action, tous les Droits, Actions & prétentions, lesquelles le susdit Roi d'Espagne, ses Héritiers & Posterité ont & pretendent, ou pourront avoir & prétendre, par quelque moyen & raison que ce puisse être sur les Places susdites de Portolongone & Piombino, Villes, Places, petites Villes, Villages, & terres dépendentes de ce que dessus mentionné.

Sur les derniers Ecrits qui ont été donnés de la part de la France aux Ambassadeurs & Plénipotentiaires de Messieurs les Etats, & lesquels ils ont presenté à Messieurs les Plénipotentiaires du Roi d'Espagne le 20. Decembre 1646. est dit ce qui suit, pour que Messieurs les Etats en soient informez.

Que les Ecrits susdits sont contre toute raison proposez comme réponse aux moyens d'ajustement presentés par Messieurs les Plénipotentiaires d'Espagne, vû que les mêmes moyens d'ajustement sont immédiatement procedés de Messieurs les Plénipotentiaires des Etats qui les auroient livrés dans un même tems à l'une & à l'autre Partie; ensorte que Messieurs les Plénipotentiaires d'Espagne les ont tous aprouvez & y ont consenti. Mais les Plénipotentiaires de France les ont au contraire contredit, & en particulier celui de la Garnison de Casal, touchant l'élection des Officiers & Soldats qui doivent préter serment ainsi que le Commissaire qui le doit recevoir, & sur l'engagement que le Duc de Mantouë doit contracter en fixant un tems pour l'entiere restitution de Casal à son légitime Seigneur, comme aussi sur le Traité de Queyrasco, *celui de* Monson & Milan, *les Grisons, la Valteline & la Dote de l'Infante Dona Catherine, sur la reserve de la Navarre, la liberté de Don Edouard de Bragance & la satisfaction de Monsieur d'Anglure connu sous le titre de Duc d'Atri. Outre cela les Ecrits susdits de la France contiennent des nouveautés affectées & recherchées, lesquelles ne touchent en rien la Couronne d'Espagne, & sont toutes contraires à l'essence du present Traité, sur lesquelles néanmoins la France dès le 17. de Septembre passé avoit fait entendre qu'elle avoit déclaré toutes ses prétensions à Messieurs les Plénipotentiaires des Etats, lesquels l'ont ainsi dit & assuré le même jour à ceux d'Espagne dans leur propre demeure.*

Les susdites nouveautez consistent dans les deux déclarations par lesquelles la France sur les points reglés de la part de Messieurs les Etats comme Médiateurs, fait entrer dans le même Article, la restitution de Charlemont, Philippeville & Mariembourg pour l'Evêché de Liége, ce dont il n'avoit jamais été fait aucune mention, ni auprès des Arbitres, ni dans aucune des propositions précedentes. La Couronne d'Espagne les a toujours possedés d'un tems immemorial, & entre le nombre des Places que la France occupe sur le Roi d'Espagne dans les Païs-Bas se trouvent celles de Serich & Longwi lesquelles appartiennent au Duc de Lorraine, & dans le Comté de Bourgogne Poligni & Lons le Saunier, lesquelles Places la France occupe avec Joux tenu par un Colonel Allemand qui n'a jamais voulu déclarer qu'il tient cette Place de la Couronne de France, mais qui toujours en son nom a traité avec ceux du Gouvernement de Bourgogne sur la cessation d'armes, & la Neutralité avec la susdite Comté sans la moindre intervention de la Couronne de France.

Dans celui de la France est compris tout le Païs & Comté d'Artois pour rester à ladite Couronne excepté les Villes de Saint Omer, Aire & la Bassée, au lieu de dire que le Comté d'Artois doit rester au Roi d'Espagne, excepté les Villes d'Arras, Hedin, Bapaume & autres Places de ce Comté lesquelles la France y possede, suivant toutes les propositions qui ont été faites sur ce sujet, & qu'entre les Places, que la France occupe dans le susdit Païs d'Artois sont comprises celles d'Aire & l'Ecluse.

Dans celui où expressement ont été nommées & spécifiées les Places occupées par la France tant dans les Païs-Bas que dans le Comté de Bourgogne, sont contenuës beaucoup d'autres que la France n'occupe pas comme il est déclaré, n'étant accompagné que de ces mots *& autres Villes, Places, Châteaux, Forteresses lesquelles sont occupées* &c. au lieu de s'en tenir à la spécification, ou de comprendre tout en termes généraux, comme on a fait jusqu'à present dans des Propositions & Repliques, lesquelles ont été données de part & d'autre.

Dans celui-ci au lieu de se contenter du Comté de Roussillon comme on en étoit convenu, on prétend en outre à present les Ports & Places de Roses & de Cadaque, lesquels ne touchent point le susdit Comté, toutes les autres Villes, Rades, Ports, Villages, Paroisses, petites Villes, Places, Seigneuries avec toutes leurs dépendences, lesquelles sont situées de ce côté des Montagnes des Pyrenées vers la France, ainsi que ce qui est situé sur les côtes de la Mer depuis les Villes de Roses & de Cadaques vers le Roussillon, comme si quelqu'une de ces Places susdites Villes & Seigneuries ne dependoient pas du Comté de Roussillon: mais sans égard à cela la France pretend garder toutes celles qui sont situées de l'autre côté des Pyrenées vers la côte d'Espagne.

Dans un autre, nonobstant les déclarations qui ont été faites plusieurs fois par la France que l'on devra de part & d'autre rendre tout ce qui a été occupé en Italie, excepté Pignerol qui devra rester à la susdite Couronne de France, on demande à present & on veut retenir Portolongone & Piombino avec les Villes, Villages, Paroisses & Terres qui en dépendent situées dans l'Isle d'Elbe & sur les côtes de Toscane.

La France dans le suivant, prétend avoir ce qui dessus est mentionné, par forme de réunion à sa Couronne comme s'il en avoit été séparé, & qu'il ne fût question que de remettre le tout dans les anciens Droits & possession, au lieu que tout ce que dessus n'est que de nouvelles Conquêtes faites par la force des armes: sur quoi afin de ne pas abuser plus longtems des peines & des soins de Messieurs les Médiateurs, on déclare de la part du Roi d'Espagne qu'il y a néanmoins une favorable disposition pour traiter & conclure une bonne & solide Paix avec la France: On lui laisse le Comté de Roussillon dans son entier, tout ce qu'elle possede dans les Païs-Bas, & dans le Comté de Bourgogne; on fera une Trêve de trente années en Catalogne, en rendant de part & d'autre tout ce qui a été occupé dans l'Italie depuis la derniere Guerre, excepté & reservé Pignerol pour la Couronne de France, de même que les Droits de la Princesse Marguerite de Savoye, renonçant en outre en faveur de la Couronne de France à tout ce qui appartient à l'Espagne dans l'Alsace, & rendre du Bas Palatinat ce que l'Empereur & l'Empire jugeront lui appartenir, en cas que la Paix avec l'Empire ne fût pas concluë en même tems que celle

de

1647.

de ces deux Couronnes. Que dans les susdits Articles on comprendra le Duc de Lorraine, ce qui concerne l'échange réciproque des Prisonniers de part & d'autre, le retablissement de ceux qui ont été bannis, & de ceux qui ont suivi le parti de l'une ou de l'autre Couronne ; le payement de la Dote de l'Infante Catherine, la liberté de Don Edouard, l'observation du Traité de Queyrasco, la forme de Gouvernement des Grisons & de ceux de la Valteline, les prétentions de Monsieur d'Anglure nommé le Duc d'Atri, la restitution des biens, & actions faite par les Juges qui les ont confisqués sur les Sujets de l'une ou de l'autre Couronne, la Ligue à faire entre les Princes d'Italie pour la sureté du Traité de Paix, la condition que Casal ne pourra point sortir de la Maison de Mantouë, & enfin la maniere dont cette Place doit être gardée jusqu'à l'entiere & effective restitution qu'on en doit faire audit Duc de Mantouë. On veut suivre & se conformer à ce qui a été traité dans la précedente déclaration, & conformément à ce qui a été déterminé de la part de Messieurs les Etats relativement à leur écrit du 9. Decembre de la presente année 1646. sans que de la part du Roi d'Espagne, il puisse, sans un juste prétexte, y être fait aucun retranchement ou addition, excepté pour ce qui regarde Roses & Cadaque, ce qu'on laisse néanmoins à la disposition des Etats, afin de ne point retarder la Paix en cas qu'il n'y eût plus que cela qui en put arrêter la conclusion. On joint ici une courte relation en forme d'abregé de la Négociation de l'une & de l'autre Couronne pendant ce Traité pour la Paix, au sujet de tout ce qui a passé par la direction de Messieurs les Etats, ce dont ils ont une particuliere connoissance, afin que tout bien consideré & examiné, ils puissent juger selon leur capacité ordinaire, combien la Couronne d'Espagne a eu d'égards à leur Médiation, & combien celle de France lui a ôté de ce qui lui appartenoit, combien l'Espagne a levé de difficultez pour parvenir à la Paix, combien d'obstacles au contraire la France a suscitez. Priant sur cela Messieurs les Etats Généraux de voir comment, après la déclaration faite par la France, & remise auxdits Seigneurs les Etats, comme Médiateurs, lesquels donnerent ladite déclaration aux Plénipotentiaires d'Espagne, afin qu'ils pussent répliquer sur les demandes exhorbitantes qui y étoient faites ; ils ne laisserent pas encore dans leur qualité susdite de Médiateurs de solliciter & de presser tantôt en général & tantôt en particulier ceux d'Espagne de céder encore à la France deux ou trois Places davantage, savoir Gravelines, Bourbourg & Thionville, & d'accorder pour la Catalogne une Trêve de quatre années, en assurant que la Paix se feroit indubitablement sur tout lorsqu'on cederoit Thionville. Cela fut accordé & promis de la part de l'Espagne, les effets dont on s'étoit flatté n'ont cependant pas suivi.

Messieurs les Plénipotentiaires des Etats se rendirent ensuite à l'hôtel de Monsieur le Comte de Peñaranda le 17. de Septembre & en presence de ses Collegues, ils dirent & promirent sur la déclaration que les Plénipotentiaires de France leur avoient faite en forme de derniere résolution, que si on accordoit à cette Couronne tout ce qu'elle possedoit dans les Païs-Bas, la Bourgogne & le Comté de Roussillon avec une Trêve de longues années en Catalogne, on en viendroit à la conclusion du Traité de Paix en 24. heures, ce qui fit resoudre Messieurs les Plénipotentiaires des Etats,

en cas que l'Espagne fût dans l'intention d'accorder tout cela, de partir le lendemain pour Osnabrug où les Plénipotentiaires de France étoient alors, afin de mettre la derniere main à une si bonne œuvre.

L'Espagne ayant accordé tout ce que dessus, les Plénipotentiaires des Etats partirent, & revinrent avec la confirmation de la promesse de la Paix, remettant le Traité jusqu'au retour des Plénipotentiaires de France. Mais lors qu'ils furent arrivés à Munster au lieu de conclure ce Traité en 24. heures, comme ils l'avoient dit & comme on s'y étoit attendu, il s'est écoulé trois mois, parce qu'au lieu de donner une déclaration conforme à celle qu'ils avoient donnée de vive voix aux Plénipotentiaires de Messieurs les Etats, ils y ont de jour en jour ajoûté des prétentions plus étendues que les premieres propositions, & si fort hors de mesure & de raison, qu'il ne s'en est jamais vû de pareilles entre des Princes Chrétiens. *Premierement* outre le Comté de Roussillon, ils veulent avoir Roses, ensuite Cadaque, & après cela les dépendances de Roses & de Cadaque. Ils déclarent ensuite après avoir demandé Pignerol qu'ils veulent aussi retenir Casal, sous pretexte d'empêcher que cette Place ne tombe entre les mains de quelque Prince de la Maison d'Autriche. Ils ont demandé une Ligue entre les Princes d'Italie, ceux d'Espagne y ont consenti à condition que cela ne pourroit apporter aucun retardement à la conclusion du Traité de Paix, mais la France fit entendre ensuite qu'elle souhaittoit que cette Ligue fut faite avant le Traité. Il est donc visible qu'elle ne cherche qu'à prolonger, puisqu'il falloit au moins six mois pour faire une pareille Ligue, attendu que nul Ministre d'Italie, non plus que ceux d'Espagne n'avoient d'instructions pour cela. A cette demande on a fait suivre celle de la liberté de Dom Edouard, & après qu'on eut trouvé l'expédient dont la France fut contente, cela ne fut cependant pas résolu. On fit d'un autre côté mention de la pretention qui regarde la Dote de l'Infante Catherine, & la Couronne d'Espagne ayant consenti que le Procès qui sur ce sujet est pendant à Naples seroit mis entre les mains de Juges impartiaux & qui n'ont nul intérêt dans cette affaire ; attendu que cette Dote est assignée sur le Royaume de Naples, la France voulut choisir des Juges & nomma la Rote de Rome, & après cette nomination à laquelle l'Espagne consentit encore, la France demanda caution pour la sureté de ce qui seroit accordé, l'Espagne l'accorda de même en cas que ladite Rote le jugeât à propos. La France cependant ne s'en est pas tenuë là, malgré la sureté des Traités, sur lesquels reposent de plus importantes affaires qu'une simple Dote. Elle suscita ensuite la pretention imaginaire de Monsieur d'Anglure, lequel ne porte ni le nom ni les armes, & même n'est pas du sang du Duc d'Atri, dont il veut cependant avoir les Droits & actions ainsi que de ceux qui ont porté son nom, ses armes & qui étoient du sang de ce Duc, lesquels droits & actions sont fondées sur des choses passées depuis plus de cent soixante ans, & depuis ce tems-là ont été faits les Traités, aussi bien de Paix que de Trêve, savoir de Madrid, Cambray, Bomi, Nice, Crespi, Valenciennes, & Vervins, sans qu'il y ait été fait mention de cette prétention, l'on y en a pourtant compris plusieurs autres de moindre consequence. Sur cela la France a fait des instances pour que le Prince d'Epinoi, le Duc de Bournon-

1647.

nonville, le Comte d'Egmont, & autres coupables d'entre les Sujets accusez par le Roi d'Espagne, lesquels se sont retirez en France, soient remis dans leurs biens, honneurs & Dignitez; enfin la France fit connoître qu'elle pretendoit qu'on observât le Traité de Queyrasco, bien que ceux d'Espagne n'en soient pas convenus, & que de plus la France rentreroit dans son ancienne Alliance; qu'il lui sera accordé libre passage dans le Païs des Grisons, ce qui a été accordé *de surabondant* de la part de l'Espagne, de la maniere raportée dans l'Ecrit du 9. de ce mois, lequel contient le temperament proposé de la part de Messieurs les Etats. Cependant la France refuse de l'accepter dans la forme où il est conçu, elle vient de le changer dans une autre, dans laquelle elle ôte au Duc de Mantouë son Allié, la seule consolation qui lui restoit de se plaindre sur le tort qu'on lui pourroit faire dans le cours d'une année après la conclusion du Traité, & parce que cela pourroit être adouci par des voyes d'amitié, sans que le Duc fût obligé d'avoir recours aux armes. Pour ce qui regarde les Grisons & ceux de la Valteline, la France en dispose sans leur participation, ni sans en être autorisée ou avoir commission de leur part, procédant en cette occasion, tout comme elle pourroit faire, s'il s'agissoit des intérêts de ses propres Vassaux ou Sujets, ajuste & change ses Traités faits entre les Grisons & ceux de la Valteline pour ce qui touche leur Gouvernement & leur Commerce, comme si ces Peuples n'étoient pas libres & indépendans des deux Couronnes.

Messieurs les Plénipotentiaires des Seigneurs Etats voudront bien se souvenir que dans le commencement qu'ils sont venus ici on leur a presenté de la part du Roi d'Espagne une Trêve générale avec la France dans toutes les Places où il se pourroit rencontrer & trouver les armes de l'une ou de l'autre Couronne, & cela pour le terme d'un, deux, trois, quatre, cinq ou six ans, au choix de la bonne volonté de la France, pour faciliter d'autant plus le secours dont la République de Venise a un extrême besoin pour se défendre contre le Turc: & cet expedient étant resté sans succès, la Couronne d'Espagne offrit à la Reine Regente de France d'être la médiatrice & l'arbitre du Traité, ce que ladite Couronne fit avec toute la complaisance & les marques d'affection, & de bonne foi que l'on pouvoit désirer, ce qui n'a pourtant point été accepté, mais au contraire refusé, sous un pretexte visible de méfiance. Par tout ce procedé de l'Espagne & de la France, si different l'un de l'autre, on conclut qu'il est plus que tems non seulement de faire connoître, mais même de publier à toute la Terre, à qui on doit reprocher l'effusion du sang de tant de Chrétiens, par le retardement & les empêchemens que l'on apporte à la conclusion de la Paix, laquelle tous les Sujets de part & d'autre souhaittent avec ardeur depuis tant d'années, soupirant sous l'esclavage des calamités & de la misere que produit une si longue & si dure Guerre, & cela après l'expérience qu'on a tant de fois faite dans les oppositions de la France à la Paix, non seulement entre l'Espagne, mais même entre les Sujets des Provinces des Païs-Bas, lesquels sont sous la Domination du Roi d'Espagne, & celles de Messieurs les Etats Généraux. Il est donc non seulement juste & raisonnable, mais encore nécessaire d'insister sur l'obligation où sont Messieurs les Etats de donner sur de pa-

TOM. IV.

reilles oppositions sans aucun délai, une absoluë & impartiale résolution, n'étant pas à propos de se fatiguer & se lasser pour une fin incertaine & sur des résolutions qui dépendent de la volonté d'autrui dans une affaire d'une si grande importance, & sur lesquelles la Couronne d'Espagne, après avoir donné toute sorte de satisfaction à Messieurs les Etats, est résolue de laisser aller les choses leur train & de les terminer absolument d'une maniere ou d'autre.

EXTRAIT

Du Registre des

NEGOCIATIONS

DE PAIX

De leurs Hautes Puissances les

ETATS-GENERAUX

Des

PROVINCES-UNIES.

Vendredi 15. Novembre 1647.

APrès déliberation il a été trouvé bon, & entendu d'ordonner par ces presentes & d'autoriser expressement les Ambassadeurs Extraordinaires & Plénipotentiaires de cet Etat, à Munster, de demander & exiger précisément des Ambassadeurs & Plénipotentiaires d'Espagne, que le troisiéme des septante-trois Articles qui ont été faits à Munster soit adouci, redressé & couché dans les termes suivans.

Prémiérement.

Un chacun retiendra & jouïra effectivement des Terres, Villes, Places, Païs, & Seigneuries qu'il a & possede actuellement, sans qu'on puisse s'y troubler ou donner empêchement directement ou indirectement, de quelque maniere que ce puisse être: sous cela on entend comprendre les Bourgs, Villages, Hameaux & plat Païs qui en dependent; & ainsi toute la Mairie de Bois-le-duc avec toutes Seigneuries, Villes, Châteaux, Bourgs, Villages, Hameaux & plat Païs dependant de ladite Ville & Mairie de Bois-le-duc, la Ville & le Marquisat de Bergopsom, la Ville & Baronie de Breda, la Ville de Mastricht & son ressort, comme aussi le Comté de Vroomhoof, la Ville de Grave & le Païs de Cuyck, Hulst & le Bailliage de Hulst, Hulster Ambacht, Axelle-Ambacht, au Midi & au Nord de la Heulen, ensemble les Forts

E e e

que

1647.

que lesdits Seigneurs Etats possedent dans le Brabant, la Flandre, & ailleurs, resteront aux- dits Seigneurs Etats en tout droit de proprieté, & Souveraineté & superiorité sans en rien ex- cepter comme si ces Païs faisoient partie des Provinces-Unies. Bien entendu que tout le reste du Païs de Waes, excepté les Forts susdits, appartiendra au Roi d'Espagne.

A l'égard des trois quartiers d'outre Meuse, savoir Valchenbourg, Dalem & Rolleduc, ils resteront dans le même état où ils sont presen- tement, & en cas de dispute sera renvoyé à la Chambre Mipartie pour y être fait droit. Mon- sieur Eyven Député des Etats du Païs de Gro- ningen a fait enregistrer qu'il n'avoit encore reçû aucun ordre de ses Commettans touchant le contenu du susdit Article, mais considerant que les importantes affaires de la Paix qu'il faut traiter à Munster, ainsi que l'expedition du Brésil qui en dépend, ne doivent pas rester sus- pendues, partant ledit Deputé a declaré qu'il pas- soit le susdit Article, & y donnoit son consen- tement sous l'aprobation des Seigneurs ses Com- mettans.

De plus.

Leurs Hautes Puissances ont trouvé bon, & entendent d'ordonner par celle-ci à leurs susdits Plénipotentiaires nommés de la part des Etats qu'ils ayent à prendre & recevoir de la main des Plénipotentiaires d'Espagne l'Acte du 27. Decembre 1646. qui concerne le tempera- ment proposé, & de déclarer de bouche que leurs hautes Puissances prétendent jouïr de l'entiere Souveraineté, & superiorité dans le temporel & le spirituel avec tout ce qui en de- pend dans la Mairie de Bois-le-duc, ainsi que dans les Païs mentionnez dans le 3. des 73. Articles conclus à Munster; entendant que cela & ce qui est exprimé ci-dessus contient l'exe- cution de la Resolution de leurs HH. PP. du 18. Mai dernier, où il est marqué qu'on s'ac- commodera avec l'ennemi, mais qu'on stipu- leroit la pleine & absoluë Souveraineté tant dans le spirituel que dans le temporel au sujet de la Mairie de Bois-le-duc, & les autres Pla- ces spécifiées dans l'Article ci-dessus.

Item.

Est résolu & arrêté, comme on résout & arrête par celle-ci, que les Placards ci-devant émanez & publiez de la part de leurs Hautes Puissances, contre les Catholiques seront re- nouvellez & publiez de nouveau après la con- clusion & ratification du Traité à faire entre le Roi d'Espagne & les Etats, ensorte que ces Placards seront exécutez suivant leur forme & teneur, dans toute la Mairie de Bois-le-duc & autres Places mentionnées dans le susdit Article III. & en consequence il sera, de la part de leurs Hautes Puissances, & en leur nom, pris possession de tous les biens, & revenus Ecclé- siastiques dans ladite Mairie & autres lieux ci- dessus mentionnez pour en disposer ainsi qu'el- les jugeront à propos, sans admettre à cet égard aucun temperament. Messieurs les Députez de la Provinces de Zélande ont fait enregistrer qu'avant d'aprouver les susdits termes on devoit ajoûter celui de *jamais*.

Item.

A été trouvé bon & résolu que Messieurs les Plénipotentiaires des Etats, qui sont presente-

ment dans le Païs, partiront au plutôt pour Munster, afin que conjointement avec leurs Collegues ils ajustent toutes choses conformé- ment à cette resolution & aux précedentes, savoir premiérement celles du 18. Mai dont on a déja fait mention & pour autant qu'il en est ici parlé, comme aussi celles du 4. Juillet, 7. 10. & 13. Août dernier, & en consequence conclure ledit Traité de Paix entre le Roi d'Es- pagne & les Etats Généraux, en conformité desdites Résolutions, & de même conformément auxdites Resolutions de s'employer pour la Fran- ce autant qu'on le peut faire efficacement pour conclure aussi le Traité entre les deux Cou- ronnes. Messieurs les Députez des Provinces de Zélande ont fait enregistrer qu'ils acquies- coient aux susdites Résolutions du 18. Mai. 4. Juillet, 7. 10. & 13. Août dernier, & qu'ils souhaittoient que Messieurs les Plénipotentiaires de leurs Hautes Puissances à Munster, se ré- glassent là-dessus, & que pour cet effet on tiendroit les susdites Resolutions pour inserées ici de mot à mot; lesdits Députez de Zélande n'ayant aucun ordre d'admettre aucune addi- tion ou changement. Les Députez de la Pro- vince d'Utrecht munis des Pleins-pouvoirs de leurs Principaux, ont fait enregistrer qu'ils pré- tendent que le Traité de Paix avec l'Espagne, né soit pas conclu autrement qu'en confor- mité des Traitez faits avec la Couronne de France, & par consequent à moins que l'Es- pagne ne laisse à la France les Conquêtes qu'elle a faites & dont elle se trouve en possession au tems de la conclusion du Traité de Paix entre la France & l'Espagne, que tout ce qui sera signé par les Plénipotentiaires des Etats, sera sans effet jusqu'à ce que la France & les Etats ayent ensemble & en même tems conclu, & donné leurs ratifications respectives; qu'en mê- me tems sera conclu le Traité de Ligue & Ga- rantie entre la Couronne de France & cet E- tat, & insinué, avant la conclusion du Trai- té de Paix, aux Plénipotentiaires d'Espagne. Messieurs les Députez de Frise à l'Assemblée de leurs HH. PP. ont fait enregistrer sur tout ce qui est ci-devant, qu'ils approuvoient tou- tes les susdites resolutions prises en cas que les Espagnols tinssent tout ce qu'ils ont promis à la France, & qu'ils en donnent des assurances; & que pour cet effet on fera tout ce qui sera possible pour réunir les deux Couronnes, & les porter à terminer leurs differens au plutôt, soit par arbitrage ou par telle autre voye qui sera trouvée raisonnable, conformément à toutes les résolutions prises ci-devant sur ce sujet.

Finalement.

Il a été résolu que la Flote de cet Etat desti- née pour le Bresil, pour le secours de la Compagnie du Oüest & les entrepreneurs de cette expedition mettront promptement en Mer, & pour cette fin tous les preparatifs qui restent à faire & qui sont nécessaires compris dans la Resolution de leurs Hautes Puissances le 9. de ce mois, seront achevez sans perte de tems pour l'usage de ladite Compagnie suivant les Réfolu- tions de leurs Hautes Puissances du 20. & 23. Decembre 1645. & conformément aux Com- missions, & Instructions qui doivent être sur ce formées, & expediées par son Altesse, & par les Députez de leur HH. PP. Les Députez de Frise ont fait enregistrer sur ceci concer- nant la Compagnie du Oüest, qu'ils se raport- ent sur ce sujet à la resolution prise par leurs Commettans & demandent qu'elle soit executée. Mon-

Monsieur Eyven a fait aussi enregistrer que par raport à la Compagnie du Oüest il consentoit sous le bon plaisir de ses Commettans.

Mardi ⅖. de Novembre 1647.

A été mis en délibération & arrêté au sujet du formulaire de la ratification du Traité de Paix faite avec le Roi, après plusieurs délibérations, d'autoriser les Plénipotentiaires de leurs HH. PP. pour la Négociation de la Paix à Munster, de dresser ledit formulaire de ratification du Traité du Paix de concert avec les Ministres du Roi d'Espagne, respectivement pour cet Etat & pour le Roi d'Espagne; ce qui étant fait lesdits Plénipotentiaires de leurs HH. PP. envoyeront ici au plutôt ce projet ou formulaire de ratification, pour être ensuite instruits des intentions de leurs HH. PP.

Il a été representé à l'Assemblée que les Ambassadeurs Extraordinaires de leurs Hautes Puissances pour le Traité général de la Paix à Munster, selon la volonté de leurs Hautes Puissances & les ordres qu'ils en ont, ont stipulé qu'en cas que le Traité de Paix ait lieu, les Forts qui sont sur le Swin aux environs de la Ville de l'Ecluse en Flandre, qui sont occupés presentement par des Garnisons Espagnoles, feront démolis; mais qu'il seroit à propos que l'on démolît aussi quelques-uns de ceux que tiennent les Etats: que sur cela il est nécessaire que leurs Hautes Puissances nomment les Forts qu'elles veulent que l'on démolisse, & qui comme on vient de dire, font occupez par des Garnisons Espagnoles, sur quoi on a déliberé, & trouvé bon, ayant apris que les Plénipotentiaires de leurs Hautes Puissances font sur leur départ pour Munster, qu'ils feront chargez dés noms desdits Forts qui font les suivants, savoir Saint *Job*, Saint *Donas*, Saint *Steerenschau*, *Terese*, le Fort *Frederic*, le Fort *Isabelle*, Saint *Paul* & la Redoute *Papenmuts*, lesquels feront démolis, ainsi qu'ils en conviendront avec leurs autres Collegues & les Espagnols, conformément à ce qui a déja été arrêté à Munster.

REFLEXIONS

Qui ferment la bouche à ceux qui haïssent la Paix.

ON dit ordinairement que quand deux hommes se querellent, ils ont tous deux tort, mais que quand deux personnes se battent elles en ont encore plus.

Suposant que la Guerre que nous avons euë avec l'Espagne, a été jusqu'à present juste & sans excès, qu'il n'y a même eu rien de blâmable de notre côté; il faut avouër que nous pourrions bien avoir tort à present & à l'avenir, car nous commençons à nous moquer de Dieu & de toute la terre, ayant tant de fois déclaré & protesté en presence de l'un & de l'autre que la fin de la Guerre est la Paix. C'étoit aussi le sentiment des sages Payens. Nous pouvons à present avoir la Paix, mais non pas une simple

Paix; c'est une Paix honorable & assurée, oui, si honorable & si assurée, que la Guerre la plus heureuse ne pourroit nous en procurer une plus glorieuse & plus sûre; c'est ainsi qu'en jugent tous ceux qui ont droit d'en juger; sur tout les Etats des Provinces, sans aucune précipitation, mais après bien des années de délibérations, ce qu'ils feroient encore si nous n'y trouvions pas tant d'avantages, & quand même notre ennemi n'auroit pas été à beaucoup près aussi foible qu'il est à present.

La Paix est aujourd'hui la voix de Dieu & la voix du peuple, & il est en verité bien tems après 80. ans ou environ de Guerre.

Il est chagrinant qu'il y ait encore des gens qui ont horreur de cette aimable voix de Dieu, & du peuple & qui tombent en convulsion dès qu'ils apperçoivent la lumiere du jour, c'est-à-dire cette charmante Paix. Quelles gens font-ce là? Des esprits de Guerre, qui ne trouvent de gloire & de profit que dans la Guerre: on peut bien les comparer avec ces Esprits dont parle l'Ecriture, qui étoient furieux, qui habitoient dans des sepulchres & qui devenoient terribles quand quelqu'un passoit auprès d'eux. Ou comme ces autres Esprits, qui voyant arriver le Prince de la Paix crioient, *Seigneur, pourquoi venez-vous nous tourmenter avant le tems?* Ils font la même chose contre la Paix que Dieu nous donne presentement, ils crient pourquoi nous égorgez-vous avant le tems, (avant que la mesure de notre gloire & de notre avarice soit comble) venez-vous mettre ordre contre nous & contre notre fureur, contre nos vols & nos meurtres, nos incendies, enfin contre le desordre & la confusion qui est dans les finances? Il semble que ce soit un de ces Esprits qui a publié depuis peu le *Triomphe d'Espagne*, & qui s'efforce de faire accroire que les Espagnols en traitant presentement de la Paix, gagnent plus sur les Provinces-Unies qu'en 70. années de Guerre.

Pourquoi & en quoi? Parce, dit-on, qu'il a fait rompre aux Etats les liens indissolubles des accords & confidences qu'ils avoient fait avec leurs Conféderez dans l'Allemagne, & l'Angleterre & sur tout avec la France.

Cela signifie que notre resolution de faire la Paix, ne plaît pas à quelques personnes en Allemagne, en Angleterre & en France, & qu'on doit par conséquent rester en Guerre tant qu'il plaira à l'Allemagne, à l'Angleterre, à la Suéde & à la France, mais il est évident que c'est un abus.

A l'égard de l'Allemagne & de l'Angleterre, il n'y a ni Roi, ni Princes, ni Parlement auxquels nous ayons promis ou avec lesquels nous soyons engagez à rester en Guerre contre les Espagnols plus longtems qu'il ne nous plaira.

Les Suédois, ceux de Hesse en Allemagne, les Rois & le Parlement en Angleterre font en Paix avec l'Espagne, toute la Terre le fait, comment donc de bonne foi pourroient-ils être mécontens que nous fissions la Paix avec ceux, avec qui ils sont déja en Paix?

Comment pourroient-ils nous blâmer de faire ce qu'ils ont fait eux-mêmes? En effet la Suéde ne s'est donnée aucune peine ni aucun mouvement pour pouvoir arrêter notre Négociation de Paix quand elle auroit été prête à conclure. Y avoit-il quelque inimitié entre la Suéde & l'Espagne ou entre la Maison de Hesse & l'Espagne? Si cela étoit, on feroit à present quelques Négociations pour eux à Munster & à Osnabrug, il ne s'en fait cependant aucune.

Pour ce qui regarde la France; raportons-

nous

nous-en à tous les bons François, s'ils la fouhaittent plus que personne, s'ils en ont besoin, c'est également la voix de Dieu & du Peuple.

Mais s'il y a quelques-uns de ces Esprits qui trouvent encore leur profit dans la Guerre, il faut qu'ils sachent que Dieu même ne peut rendre tout le monde content.

A quelque point que nous soyons engagez avec la France, il est cependant certain que cela s'est fait par une commune résolution & après des éclaircissemens de plusieurs Conférences avec les Ambassadeurs de France avec qui tout a été réglé, il ne seroit pas juste de rester en Guerre éternellement selon le bon plaisir de l'un ou de l'autre. Cela n'a jamais été le sentiment de la France, elle ne peut pas dire autrement. Elle n'a pas lieu de se plaindre de nous, si ce n'est qu'elle a fait ses Conquêtes par nos armes & par notre interposition : aussi fera-t-on, ensorte qu'elle les conserve & même qu'elle obtienne ses autres demandes. Mais rester pour cela en Guerre plus longtems qu'on ne juge le devoir, ce seroit un engagement préjudiciable à l'Etat, honteux à toute la terre & même odieux.

Oui, plus la France souhaitte la continuation de la Guerre, plus nous devons soupirer après la Paix, & nous le devons faire, afin qu'on ne dise pas de nous, quand vous voyez un voleur vous volez avec lui, & vous avez part avec l'adultere.

Nous ne savons ce que c'est de parler par haine ou par jalousie contre les François, comme parlent ces Esprits Guerriers, il n'est pas même besoin que nos sentimens se rencontrent juste avec les François. Il n'y a qu'à lire l'histoire de notre Gouvernement & les Guerres que nous avons euës dès le commencement, vous y trouverez qu'on n'a pas toujours été d'accord avec eux pour les maximes, les intentions & les intérêts même dans notre plus foible naissance. Leur Religion, leur Monarchie, leur maniere de gouverner, leur façon de vivre, leurs habitudes & leur humeur ne sont pas compatibles avec les nôtres. Pour aller un peu plus avant & parler encore plus clairement, les maximes & les intentions de Monsieur le Cardinal ne s'accordent pas même avec celles de Monsieur le Prince de Condé, & d'autres que l'on appelle pourtant de bons François ; car Monsieur le Cardinal, qui est un homme d'Eglise & un Italien, cherche à agrandir sa Maison & rendre son nom fameux dans sa patrie où il envoye tout l'argent comptant & le plus réel des forces de la France, tandis qu'il néglige non seulement les Païs-Bas, mais encore l'Allemagne & la Catalogne : ce qui a causé tout le tumulte & la ruine de l'armée, la perte d'Armantieres, & de Landrechies & l'affront du glorieux Prince de Condé, *Conveniet nulli, qui secum dissidet ipse*. Comment pourrions-nous donc nous accorder en toutes choses avec un Roi qui ne se peut pas accorder avec lui-même : Croyez donc sûrement que la bonne intelligence entre la France & nous est bonne, & qu'elle restera dans sa force aussi longtems qu'elle nous sera nécessaire à l'un & à l'autre ; mais dès que la France voudra empiéter sur nos Frontieres, nous verrons la défiance & la jalousie passer de notre côté, nos yeux seroient alors ouverts & nous verrions trop tard que les foibles voisins sont les meilleurs.

Ces Esprits guerriers se plaignent de ce qu'on rend ici les François haïssables, & eux-mêmes ne font pas difficulté de rendre suspects toute notre Regence & nos Regens. Car c'est l'uni-

que but de tout l'Ecrit qui a pour titre *le Triomphe des Espagnols*. Peut-on raisonnablement présumer que le Cardinal ou la Reine Mere qui n'ont jamais promis de fidelité soit à nous ou à notre patrie, nous seront plus fideles, que ceux du Païs même qui nous sont engagez par serment, par Alliance, par Religion, par intérêts communs, par honneur & reputation, par leurs biens situez dans le Païs ?

Suposons que Monsieur le Cardinal soit aujourd'hui avec la Reine Mére Regent absolu de la France, le tems peut venir tout d'un coup, ainsi qu'il est arrivé à d'autres Reines Méres, qu'on dira *Migrate* ; de nouveaux Ministres, de nouveaux Favoris auront de nouvelles maximes qui toutes se réunissent d'ordinaire en faveur des intérêts des Favoris ou du Royaume.

Y a-t-il quelque chose de douteux dans les Traitez ? Nous ne sommes pas obligez de recevoir la decision des étrangers qui cherchent leurs intérêts & ceux de leurs Favoris.

Nous avons fait, pour parvenir à une Paix sure & honorable, toutes les Alliances nécessaires, & les Traitez entre la France & nous sont bâtis sur ce fondement. On peut prouver par toutes les Histoires qu'à présent la France peut avoir, par notre moyen une Paix honorable & assurée, oui plus assurée & plus honorable que jamais, toute la terre en juge ainsi, nous l'aurons pareillement ; tout le Gouvernement est dans ce sentiment.

Si les François veulent aller plus avant, alors ce n'est pas nous qui rompons, mais eux qui rompent la bonne foi du Traité & de l'Alliance, puisqu'ils font assez voir (sans parler de la Monarchie universelle) que leur but est de troubler notre union, l'unique fondement de l'amitié, du repos & de la Paix.

Par ces raisons on voit assez pourquoi cet été notre armée n'est pas venuë en Campagne ni nos Vaisseaux sur les côtes de Flandres, c'est ainsi qu'on a gardé la Balance, & le seul moyen par où l'on a empêché l'échange des Païs-Bas Espagnols contre la Catalogne, & telle autre Négociation capable de nous causer de l'inquietude ; c'est ce que notre Gouvernement a le plus sagement fait de notre tems, & la plus grande victoire que nous ayons jamais remportée.

Les équipages des Vaisseaux pour garder les Côtes, comme ceux qui sont destinez pour croiser & au sujet desquels ces Esprits guerriers se plaignent, étoient une dépense inutile dans ce tems ici, où il n'y a plus d'ennemis sur mer. C'est ce qu'ils voudroient bien nier, mais qu'ils demandent à nos Pêcheurs, aux petits & aux grands, si on a pris un seul Vaisseau, qu'ils le demandent aux Vaisseaux Marchands, on ne le peut dire que de quelques-uns qui ont été pris par ci par là pour les contrebandes qu'ils portoient en France, aux Ennemis des Espagnols, ce qui est de droit en tout Païs. Cela est même ordonné par nos Placards, & nous avons coutume de faire ces prises sur les François & les Anglois, même quand ils sont nos Alliez : a-t-on pris autre chose ? cela est arrivé souvent ici aussi que quand on ne trouve pas la prise juste on la rend, c'est ce qui est arrivé en Espagne, même pour les contrebandes : il n'est donc pas vrai que nos armées ne sont pas en Campagne & que nos Vaisseaux ayent resté en repos pour favoriser les Espagnols.

Nos Regens ont fait cela pour diminuer la confusion, pour affermir nos propres Etats, pour faciliter la Paix : cela est-il pour favoriser

en

en quelque maniere les Espagnols? Cela n'est à leur égard qu'accidentel, ainsi qu'il est écrit que *Dieu laisse luire le Soleil pour les bons comme pour les méchants:* tirer delà la conséquence que le Soleil ne luit que pour les méchants, ce seroit une mauvaise conséquence. Quand vous faites faire un habit le Marchand de Drap & le Tailleur y gagnent, cela est accidentel, mais ce seroit une folie de dire que votre habit seroit fait en faveur du Marchand de Drap & du Tailleur. On avouë donc que les Espagnols pourront avoir quelqu'avantage de la Paix (car s'ils n'avoient pas cette esperance, ils ne marqueroient pas tant d'empressement pour la faire,) mais conclure de là, comme fait cet Ecrivain, que nous traitons de la Paix & que nous la faisons en faveur des Espagnols, c'est un abus grossier, qui rejaillit même sur nos Regens & qui leur fait tort.

Comme de sages Princes, qui cherchent la Paix, ils accommodent tout pour être juste & tenir la Balance. L'Electeur de Baviere a souvent gardé la même conduite dans cette Guerre, ensorte que quoique l'Empereur soit son Beaufrere & le Chef de l'Empire, il l'a abandonné quand il a remarqué que l'Empereur prenoit trop l'essort & persistoit à ne vouloir pas de Paix. Notre Etat, (& l'on peut dire toute la Chrétienté) est interessé à ce que la France ou l'Espagne ne deviennent pas trop puissantes. Si ces deux Couronnes venoient sur une seule tête, qui est-ce qui pourroit y resister? Que l'Espagne soit à present trop foible contre la France & nous, c'est ce dont cet Ecrivain du *Triomphe* convient, il le dit lui-même, d'autres le savent bien aussi, & il est sûr que les François disent & pensent que la France seule suffiroit pour jouer la piéce, sans qu'elle eût besoin de nous pour plumer les Espagnols. Ils comptent aussi que les Espagnols ont fait ensorte qu'on a abandonné ici la Compagnie des Indes Occidentales, qu'on retient le secours qu'on devoit envoyer au Bresil & qu'on ne fournit plus les subsides promis, &c.

Il seroit même desavoué sur cela par les François, car la France est elle-même fâchée de notre rupture avec le Portugal: Messieurs les Ambassadeurs de France, le Comte de Servien & Monsieur de la Thuillerie, ont ouvertement tenu des Conférences sur ce sujet & agissent encore actuellement pour que l'affaire de Portugal soit remise. Y a-t-il quelques Provinces qui empêchent le secours destiné pour le Bresil? Ce n'est assurément pas celle de Hollande (c'est elle cependant que cet Ecrivain veut taxer) c'est une autre Province, laquelle en cela n'a pourtant pas dessein de le faire en faveur des Espagnols, elle a d'autres raisons, dont la principale est qu'on ne doit pas s'embarasser dans une nouvelle Guerre avant que l'ancienne soit terminée. C'est pourquoi les autres Provinces desirent que l'on conclue la Paix avec l'Espagne avant le depart du secours: car dans un armement si considerable sur mer & par terre, il ne seroit pas à propos d'ôter ces Vaisseaux à l'Etat, si par hazard on ne finissoit pas avec l'Espagne. Mais comme on a à present tout ce qu'on a ordonné à Messieurs les Plénipotentiaires, ceux-là font mal qui arrêtent la ratification, & empêchent en même tems le depart du secours pour le Bresil.

Car quand on a accordé ce secours pour le Bresil, c'est sous la condition que premierement la Paix de Munster seroit faite, afin de ne pas entrer encore en Guerre avec de nouveaux Ennemis, (Amis & Alliez de la France) dans un

tems qu'on veut conclure la Paix avec l'ancien Ennemi.

Tout est prêt à Munster, on y a obtenu tout ce qu'on souhaitoit, ce seroit se rendre suspectes, si à present quelques Provinces reculoient & arrêtoient l'execution des projets, comme si on vouloit rompre tout l'ouvrage aussitôt que ce secours seroit parti: ceux qui empêchent l'ouvrage de Munster empêchent le depart du secours pour le Bresil; si nous devions juger par soupçon, il tomberoit sur la France, car l'intention de la France est d'arrêter la clôture du Traité à Munster non seulement pour son propre intérêt, mais aussi pour les intérêts du Portugal; car en arrêtant la clôture de notre Traité à Munster, on arrête en même tems le secours pour le Bresil, & ce sont deux choses que la France cherche.

Mais les Provinces-Unies ne donnent pas là dedans, elles veulent serieusement & efficacement le rétablissement de la Compagnie, la Hollande y est plus interessée que qui que ce soit & après elle la Zelande; si à present les Provinces-Unies d'une maniere ou d'autre font paroître leur zéle dans cette affaire, ce ne sera jamais par égard pour la France, le Portugal ou l'Espagne, mais précisément pour l'intérêt particulier des Provinces. On ne doit pas trouver cela étrange, car chaque Province est Souveraine, & chacune est attachée à ses propres intérêts, cependant on tâche d'ajuster tout avec les intérêts de la Généralité autant qu'il est possible.

Le Roi d'Espagne a été obligé de faire de même, & il le fait encore, la Castille a seule l'octroi pour le Commerce des Indes Occidentales, le Portugal l'avoit pour les Indes Orientales & le Bresil. Naples, Milan, & les Païs-Bas en ont été exclus.

Ce n'est pas seulement en Espagne, mais aussi en France & en Angleterre que les Provinces se gouvernent chacune selon leurs Loix, leurs Droits & leurs Privileges. Ce qui fait que bien souvent les intérêts d'une Province se trouvent contraires à l'autre: on ne doit pas dire pour cela dès que cela arrive que c'est à l'avantage de l'ennemi, comme fait cet Auteur du *Triomphe* de l'Espagne; c'est lui qui voudroit mettre le trouble entre ces Provinces & forcer le secours pour le Bresil.

Pour ce qui regarde *Philippe le Roi, qui, comme on s'écrie, est au milieu de nous un Agent de l'Ennemi, un Espion, un Serpent dans notre sein &c.*

Il faut qu'on sache qu'il est venu ici ouvertement, qu'il a été admis avec de bons Passeports de leurs Hautes Puissances & sur des Lettres de credit.

S'il venoit avec intention de mal faire, il ne se tiendroit pas ainsi à découvert, logé chez une personne de la Cour Provinciale, il y seroit couvert & en secret; c'est pour cela que les chemins sont ouverts & la correspondance libre; & on pourroit de cette maniere avoir mille passeports au lieu d'un pour différentes personnes: & même on pourroit venir sans Passeports des Etats, car suivant les Traitez Preliminaires cela n'est pas nécessaire.

Il est à remarquer que le sejour d'un Ministre d'Espagne ici est pour l'honneur & le service des Etats.

C'est par cette raison que les Venitiens ne nous font pas à présent cet honneur de tenir ici un Ministre, parceque nous n'en avons pas à Venise.

Si notre Gouvernement trouve bon à présent

d'envoyer quelqu'un à Bruxelles ou en Espa-gne, il y sera bien reçu.

Il est également nécessaire qu'il y ait ici quelqu'un de la part de l'Espagne, car après tout nos Plénipotentiaires font l'office de Médiateurs : ainsi nous devons être informez aussi bien du côté de l'Espagne que de celui de France.

Il est fort plaisant qu'on trouve étrange qu'un Ministre d'Espagne soit ici à present. Dans l'année 1608. il n'y avoit ici que les plus grands d'Espagne & de Bruxelles, il est vrai que Munster est l'endroit des Négociations, il y en a aussi là & c'est là qu'on doit conclure.

Mais cela n'empêche pas d'envoyer d'autres Ministres de part & d'autre & d'entretenir une bonne correspondance, elle étoit même nécessaire, dans la plus grande chaleur de la Guerre pour le Commerce, qui s'est fait le plus souvent hors de nos Provinces, sur Anvers, Hulst, le Sas, Bruge &c. & pour les Echanges & Rançon des Prisonniers de Mer.

Et certainement Philippe le Roi ne nous a pas deservi : si cela étoit on ne prolongeroit pas si souvent son Passeport. Au contraire il a notablement rendu service au bien commun, & cela paroit évidemment par la suspension des hostilitez sur mer dont on a parlé ci-devant.

Quand on sera en Paix, il sera libre à un chacun d'aller où il voudra sans Passeport.

On peut même dire que nous avons déja la Paix, puisque nous en ressentons les effets; tous sieges, campagnes, & actes d'hostilitez sont arrêtez.

C'est un grand bonheur pour notre Etat qu'il y ait de la haine, du dépit & de la jalousie entre les François & les Espagnols, car cette jalousie est beaucoup plus grande entre eux, qu'elle ne l'est entre l'Espagne & nous. Sans cette considération il seroit impossible que le Roi d'Espagne s'accordât plutôt avec nous qu'avec le Roi de France, fils de sa sœur, la conformité de Religion d'ailleurs les y devroit faire consentir.

C'est un avantage pour toutes ces Villes & Provinces qui sont libres, que l'Espagne & la France puissent toujours être en jalousie aussi longtems que l'égalité entre eux durera. Comines écrit plaisamment au sujet du Comte de Saint Paul qu'il se tenoit entre le Roi de France & le Duc de Bourgogne, & qu'il s'y tenoit parce qu'il tiroit sa part des deux côtez, ne voulant s'unir ni à l'un ni à l'autre de ces deux Princes quoiqu'ils voulussent l'y forcer par les armes, lui qui n'étoit qu'un pauvre petit Seigneur qui n'avoit qu'une seule Ville pour tout Etat.

C'est ici tout le contraire, les Etats que Dieu par sa bénédiction a rendu si puissans, sont pourtant encore foibles en les regardant seuls contre l'Espagne & quoiqu'elle fût plus forte encore alors qu'à présent ils en sont pourtant venus à bout.

Le depit & la jalousie sont à présent entre les deux Couronnes de France & d'Espagne & bien plus qu'ils n'étoient entre la France & la Bourgogne.

Nous pouvons facilement entretenir la même jalousie, nous le devons faire, (& il seroit étonnant que nous fissions le contraire), car nous savons parfaitement que toutes les deux ne nous veulent pas grand bien, quand ce ne seroit qu'à cause de la Religion.

Il y en a qui craignent que les deux Couronnes ne viennent à s'unir pour tomber sur nous à forces communes. Mais ils doivent savoir que cela seroit bien plus à craindre si la France étoit Maîtresse absoluë des Païs-Bas Espagnols,

car alors la force de la France & de l'Espagne seroit telle qu'on ne pourroit plus faire plier, elle seroit formidable pour nous : mais dans l'état où sont les affaires à présent & tant que l'Espagne subsistera, qu'on fasse entre ces deux Couronnes tant de Ligues offensives & défensives que l'on voudra, elles ne seront pas observées : cela seroit contre toute apparence & contre l'experience.

En effet l'Espagne (& la France qui le craint le donne assez à connoitre;) cherchera toutes les occasions de rentrer encore en guerre avec la France & tâchera de recouvrer l'Artois, Dunkerque, Roussillon, Catalogne, Lorraine &c. bien loin d'aider la France à faire de nouvelles conquetes; or sans esperance de conquêtes la France ne recommencera pas la Guerre.

D'un autre côté la France cherche à gagner sur l'Espagne, & en tirer tout ce qu'il lui sera possible, bien loin de jamais procurer à l'Espagne le moindre avantage ni la moindre conquête.

S'il arrivoit cependant qu'il se fît une Alliance entre la France & l'Espagne contre nous, ils auroient compté sans leur hôte, ce seroit *amour de Putain, feu de Paille*.

Si l'on peut s'imaginer que la France & l'Espagne puissent faire une pareille Alliance, il nous seroit encore plus aisé, à nous, d'en faire une contre eux avec l'Angleterre, la Suéde, le Dannemarck & dans l'Allemagne, oui ces Puissances s'allieroient d'elles-mêmes, car la raison naturelle fait voir qu'on doit s'opposer à toute Puissance trop grande & formidable; elles nous aideroient donc, car elles auroient à courir la même fortune après nous; car les conquêtes ne rassasient pas l'ambition, *non si Libyam remotis Gadibus jungas*. Plus on gagne plus on veut gagner. Nous en avons un exemple devant nous.

Nous voyons clairement que la France & la Suéde n'ont jamais eu envie de finir la guerre, tant que nous leur avons fait avoir bonne fortune, car ils n'ont jamais voulu consentir à une suspension d'armes, qui est cependant le veritable chemin pour parvenir à la Paix, & la marque infaillible qu'on veut la Paix.

Nous connoissons que les grands progrès de la France & de la Suéde, les ont animez de plus en plus sans qu'ils ayent jamais paru en avoir assez; mais n'ayant plus nos Troupes & nos équipages il leur a falu mettre de l'eau dans leur vin.

Cela a mis les affaires de la guerre dans une égalité, & on peut en conjecturer, si nous persistons, que la Paix suivra infailliblement : car quelle envie pourroit avoir l'une ou l'autre de rester en guerre, sans l'espoir de faire quelque progrès.

La raison cependant qui les empêche encore de conclure, c'est une opinion & une esperance qui les chatouille & leur fait croire que nous n'ozerons pas en venir à la conclusion sans eux, que nous irons encore l'été prochain en Campagne, ou que si nous n'y venons pas, les Espagnols par jalousie feront & tiendront au moins 8. ou 10. mille hommes contre nous.

Mais si nous concluons absolument, je dis qu'il est évident que la France aura plus d'égard pour nous & que n'ayant plus aucune esperance de conquêtes elle conclura aussi.

Mais suposé encore qu'elle ne concluë pas, du moins nous serons en Paix, nous aurons de grands sujets de remercier Dieu, nous retablirons nos Finances, nous corrigerons les grands
abus

abus qui s'y sont glissez, nous nous rendrons formidables aux deux Couronnes & à tous nos voisins.

Les François, & les Espagnols sur tout, rechercheront avec empressement notre amitié, & la cultiveront, non par inclination mais par besoin, car les Rois & les Princes ne font rien par amitié : plus on les traite mal, plus ils font de caresses, le Roi d'Espagne en est un vif exemple, il ne peut se plaindre de qui que ce soit plus que de nous, qui lui avons desobei & fait du mal, cependant il est celui qui nous courtise le plus.

Que la France seule continuë la guerre contre l'Espagne, elle aura ou plus d'avantage ou plus de desavantage ; dans le dernier cas, c'est alors qu'elle recherchera encore plus notre amitié, & s'il en tire quelques avantages c'est ce qui doit nous engager à établir l'équilibre, & en concluant donner à l'Espagne le tems de respirer.

Il n'y aura aucun avantage ou desavantage si grand ni de l'un ni de l'autre côté qu'il ne nous soit aisé d'établir l'équilibre.

Quelques uns s'emancipent de dire que les Espagnols & les Impériaux font déja bien avancés & que nous devrions continuer la Guerre pour tenir la Balance droite.

Le contraire est vrai, car en Allemagne l'Empereur a encore perdu cet été *Egger, Heilbron, Menningen* &c. plusieurs Places dans le Landgraviat de Darmstadt, Item *Vecht, Vastenaww, Wydenbrugghe* &c. Les Espagnols ont perdu dans la Catalogne *Ager*, dans le Païs-Bas la *Bassée, Lens*, qu'est-ce que les Allemands contre cela ont gagné ? Pas une Ville.

Qu'est-ce que les Espagnols ont gagné ? *Armantieres & Landrethies ?* Qu'on mette tout dans la Balance, & l'on trouvera que l'Espagne & l'Empereur font encore à leur compte venus trop court de beaucoup, bien loin qu'ils ayent tiré quelque avantage.

Ceux qui croyent que les Suédois se retirent avec leur armée, parce qu'ils n'ont pas de bons quartiers d'hyver, se trompent, ils en peuvent avoir à leur choix, mais c'est qu'ils ont eu du desavantage & qu'ils ne se trouvent pas assez puissans; car ils se font tellement fortifiés sur les côtes de la Mer Baltique, sur l'Elbe, sur le Weser, sur l'Ems & sur le Rhin même, qu'il étoit impossible de les en deloger. L'Empereur au contraire n'a pas une seule Place sur les mêmes Rivieres ni sur la Mer Baltique, car tout ce qui est sur ces rivieres n'appartient pas à la Suéde, mais aux Electeurs ou à des Princes particuliers de l'Empire aussi jaloux de ces Places & de la liberté de l'Allemagne contre l'Empereur, que contre la Suéde.

Mettons les choses au pire, & supposons que la Suéde fût batuë, (ce qu'à Dieu ne plaise) l'effet de cette bataille seroit la perte de quelque Forteresse. Mais pour la prendre les Impériaux seroient obligez d'employer autant de monde & d'argent (ils n'en ont pas beaucoup) & même de tems qu'ils auroient gagné par une bataille.

Au hazard de perdre vingt Villes ils peuvent hazarder vingt batailles de cette nature, & soutenir dans le tems le plus mauvais vingt années de Guerre, & conserver encore toutes leurs Villes du côté de la Mer Baltique.

Mais si les affaires alloient mal pour les Suédois, ce qui n'est pas à présumer, tous les Electeurs Protestans, même les Princes Catholiques, (c'est ce qu'on a déja vû autrefois & même cet été à l'égard du Bavarois) se ligueroient pour la Suéde, plutôt que de laisser tomber toute l'Allemagne sous la domination de la Maison d'Au-

triche, parce qu'il n'y a pas d'Etat plus jaloux de ses Libertés que l'Allemagne.

Que l'Empereur alors reste en guerre avec la Suéde, il aura plus d'égard pour nous que s'il étoit en Paix, & nous pourrions facilement maintenir l'équilibre en Allemagne, tant que les hautes Parties seront en guerre.

Pour ce qui regarde l'Espagne, elle s'est tenuë tout l'été sur la défensive. Florence, Parme & Modene sont devenues Françoises, Naples & Sicile ont fait beaucoup de tort à l'Espagne, nous avons en quelque façon empêché le Portugal de l'attaquer; autrement cette Couronne seroit encore tombée sur l'Espagne.

Supposons que l'Espagne eût eu quelque avantage sur la France, elle devra faire long-tems & pendant bien des années la Guerre pour le Roussillon, pour la Catalogne, pour Barcelone & pour les Conquêtes que la France a faites en Italie, dans la Bourgogne, dans le Païs-Bas où la France employe toutes ses forces. L'Espagne au contraire s'affoiblit & depuis plusieurs années elle est occupée contre le Portugal, les Algarves, les Iles, le Bresil & les Indes Orientales : & qui est-ce qui peut assurer que l'Espagne ne succombera pas dans un de ces endroits.

Et quand il arriveroit que l'Espagne auroit du bonheur (ce qui est une affaire de cent ans, car ces deux Couronnes ne se laissent pas volontiers enlever quelque chose; ce qu'on peut juger par Mets, Toul, & Verdun) n'est-il pas vrai que nous serions encore les mêmes, nous serions même plus forts que quand nous avons commencé seuls & soutenu contre l'Espagne.

Nous n'avons qu'à jetter seulement les yeux sur notre devise, *Concordia res parvæ crescunt,* rien ne nous peut nuire : mais si Dieu nous vouloit punir en envoyant la discorde parmi nous, cela peut également arriver en tems de Paix comme en tems de Guerre.

L'Espagne a eu plus de soulevemens & de discordes dans son Royaume (comme en Italie, en Catalogne, en Portugal & dans les Païs-Bas,) pendant la Guerre que pendant la Paix.

Quand il y a dans un Païs une disposition à la revolte & à la discorde, on y songera plutôt, & l'éxécution en sera plus facile dans un tems de Guerre que dans un tems de Paix.

Le Portugal & la Catalogne n'auroient pas osé penser à leur revolte en aucune maniere si le Roi de Castille n'avoit pas eû de Guerre.

On ne peut jamais tuer plus aisément une personne par derriere que quand elle est en même tems bien embarassée par devant.

On peut être trompé aussi bien en tems de Guerre qu'en tems de Paix, & on peut nuire en l'un comme en l'autre.

La Paix en elle-même vaut mieux qu'une Victoire mal assurée. *Pax una triumphis innumeris melior.*

Nous avons sur ce sujet un precepte exprès, non seulement pour la Paix avec Dieu, mais encore avec les hommes, car nous ne pouvons pas avoir la Paix avec Dieu si nous ne l'avons aussi avec les hommes : & même avec tous les hommes sans exception, autrement point de salut. *Heb.* 12. 14.

Quand nous saurions (ce qui n'est cependant pas, car nous devons croire le contraire, la Parole de Dieu ne pouvant tromper) quand nous saurions que nous pourrions avoir plus de biens dans un tems de Guerre que dans un tems de Paix, nous ne devrions pas pour cela faire le

mal;

mal, sous l'opinion qu'il nous en arriveroit du bien.

Ainsi tout bien consideré nous trouverons que nous avons bien sujet de remercier Dieu, de ce qu'il a permis que les Provinces Unies, le 15. de Novembre dernier ayent résolu unanimement de conclure enfin le Traité de Paix entre le Roi d'Espagne & cet Etat, & de faire tout ce que nous pourrons pour achever le Traité entre les Couronnes de France & d'Espagne.

Et comme un homme qui a été longtems sur mer & qui y a essuyé de rudes tempêtes est ravi quand il voit la terre, nous devons de même nous rejouïr, puisqu'après une si longue & si sanglante Guerre, nous sommes enfin proche du Port & tout prêts d'entrer dans un tranquile repos, dans lequel, pour parler comme cet Ecrivain du *Triomphe*, nous triompherons parfaitement:

Premierement, du Roi d'Espagne, qui nous donne entierement gain de cause en ce qui étoit le sujet de notre Guerre.

Secondement, nous triompherons par tout par raport à ceux qui ne nous ont pas donné ou qui ont seulement feint de nous donner le titre de Souveraineté, car ce qu'il y a de certain, c'est que quelques Princes & quelques Rois nous ont ouvertement regardez comme Souverains, & nous ont reconnus pour tels, qui cependant dans le cœur reconnoissoient le Roi d'Espagne pour tel; ce qu'ils ne pourront plus faire.

Troisiemement, nous triompherons de l'ambition de ceux qui par la continuation de notre Guerre, se flattoient de faire encore plus de Conquêtes.

Quatriemement, nous triompherons de la malice & des mauvaises pratiques de quelques-uns de nos voisins qui, pendant que nous étions embarassez dans la Guerre, ont pris plaisir à nous nuire dans notre Liberté, dans notre Négoce, dans notre Navigation & à troubler notre Commerce.

Cinquiemement, nous triompherons d'un nombre innombrable d'abus qui se sont glissez dans les Finances, par la satisfaction que nous aurons de les pouvoir corriger.

Sixiémement, les fraudes commises dans les Revuës des Troupes.

Septiémement, les fautes commises dans le plat Païs.

Huitiemement, des excès & des extorsions des Gouverneurs & Commandants sur les Frontieres.

Neuviemement, de la crainte d'avoir les François pour voisins.

Dixiemement, de l'appréhension du mariage de France avec l'Espagne & du transport des Païs-Bas à la Couronne de France.

Onziemement, nous triompherons des opinions de beaucoup de personnes qui s'imaginent que seuls & sans nous, ils auroient pû faire des Conquêtes, comme les François se sont vantez d'avoir gagné Courtrai sans nous, quoique notre armée fût hors de ses garnisons dans toutes les expéditions des François pour faire diversion à l'Ennemi en leur faveur, & pour les aider plus que si nous avions eu part au siége.

Douziemement, de tous ceux qui portent envie à la gloire, au lustre & à l'éclat de notre Etat.

Treiziemement, de tous ceux qui ont crû pouvoir empieter sur notre Liberté, nos Loix & nos Privileges &c. (en favorisant la continuation de la Guerre.)

Quatorziemement, de ceux qui de gens du commun qu'ils étoient sont devenus riches & grands & qui tâchent encore, pour agrandir leur famille, de nous tenir plus longtems en guerre.

Quinziemement, de tous ces Esprits qui haïssent la Paix.

Seiziemement, nous triompherons aussi de notre propre passion, qui par bonheur a eu un heureux succès, puis qu'autrement nous aurions eu le formidable voisinage de la France, & s'il en fut arrivé du mal nous aurions eu un inutile regret de n'avoir pas conclu comme à présent avec honneur & avantage, c'est pourquoi,

Fortior est, qui se, quam qui fortissima vincit
Mœnia, nec virtus altius ire potest.

Dixseptiemement, de ceux qui (à présent que nous sommes libres & Maîtres absolus de notre ennemi) cherchoient à nous rendre esclaves & dependans de nos amis.

Dixhuitiemement, de ceux qui nous ont voulu persuader de porter aux Espagnols une haine irreconciliable, contre ce qu'ont enseigné les sages du Christianisme, mais même du Paganisme; voici le sentiment de Ciceron, *Nec verò audiendi sunt, qui graviter inimicis irascendum putent; idque magnanimi & fortis viri esse consentiunt: nihil enim laudabilius; nihil magno & præclaro viro dignius placabilitate atque clementia.* „ On ne doit pas croire celui qui s'imagine que nous soyons obligez de haïr nos „ Ennemis, & que cela est une grandeur d'ame, car rien n'est plus louable, rien de „ plus digne d'un cœur noble & bien placé „ *que de pardonner & faire grace.*

Dixneuviemement, de ceux qui ont pensé que la France & la Suéde ne seroient pas tout d'abord disposez à conclure, quand ils verroient que nous serions prêts à le faire.

Loin de cela, sur le seul bruit de notre résolution pour une conclusion, les hautes Parties ont plus avancé dans une semaine qu'elles n'avoient fait en six mois.

Que le Seigneur permette qu'il nous vienne bientôt de bonnes nouvelles de Munster, & que nous ayons la Paix dans nos jours!

L E T T R E

Ecrite de Middelbourg

A UN AMI

En Hollande.

Touchant le Traité entre la Couronne de France & les Provinces-Unies des Païs-Bas pour la Négociation de la Paix avec l'Espagne.

Mon Cher Ami.

J'Ai reçu votre Lettre & l'ai luë avec chagrin & avec plaisir. J'y vois d'un côté la résolution unanime de toutes les Provinces pour une Paix, mais de l'autre j'y remarque que le Cardinal se sert de la patte du chat pour tirer les marons du feu, & brouiller les affaires de Munster, pour attendre jusqu'à ce que les Etats Généraux se soient amplement déclarez sur le Traité de 1644. en ce qui touche les intérêts de la France. On dit des animaux dangereux que leur venin est dans la queuë: on en peut dire autant de la conduite du Cardinal; semblable aux devots calomniateurs qui gardent le coup mortel pour le dernier, il a reservé cet expedient-ci pour en faire usage après tous les autres. Tout le monde soupire après la Paix, enfin ces Provinces s'accordent; on est sur le point de conclure; les François même paroissent contens, & tout d'un coup nous nous trouvons dans l'état d'un Barbet qui a longtems nagé & qui croit qu'on le va reprendre quand il est bien las & tout proche du bord & qu'on le replonge. Le Cardinal fait de même en ce qu'il commande aux Plénipotentiaires de ne point passer outre jusqu'à ce que les Etats Généraux ayent donné des explications & des éclaircissemens à son gré. Qui a jamais entendu parler d'un pareil tour ? On est à présent dans la douzieme année du Traité de *Rupture*; dans celui de *Garentie* de l'année 1644. il n'a été fait aucune mention d'explications ou *Eclaircissemens*; & quand on est sur le point de conclure, on veut des Explications. Si la chose n'est pas claire dans le Texte, pourquoi les François ne l'ont-ils pas mise plus clairement ? & si elle est claire, qu'a-t-on besoin d'explications ? Ce n'est pas tout, voici véritablement le fait, le Cardinal ne veut point de Paix, quoiqu'il fasse semblant de la vouloir; il avoit presque décoché toutes les flèches de sa malice, mais il lui restoit encore celle-ci, sachant bien que les Etats Généraux n'ont pas plus

de pouvoir de donner de pareilles explications (plus dificiles que le Traité même) sans la participation des Provinces, comme s'il falloit faire un nouveau Traité. Or les Etats des Provinces ne peuvent être assemblez qu'il ne se passe au moins trois mois de tems ; *ergo* l'hiver se passera, l'été de retour on nous envoyera encore en Campagne, ou l'on nous fera rêver creux & bâtir des Châteaux en Espagne d'une diable de force : quels chiens de tours ! Voila ce qu'on suppose. Le Cardinal par le Traité de l'année 1635. nous ayant lié à la France, nous a liés ensuite contre notre opinion & contre toute raison aux intérêts de la *Suéde*, du *Portugal*, de la *Savoye*, de *Hesse*, & de *Barbarie*, ainsi qu'à d'autres Alliez de la *France* que nous ne connoissions pas ; car elle s'est engagée avec eux de ne point entrer en Négociation, sans leur participation, & leur consentement, comme elle s'y est engagée avec nous.

Nous demandons que les autres en jugent, il est certain qu'ils jugeront que les Ministres de France sont des fourbes dans toute leur conduite, cela est aussi honteux, que si un homme qui se seroit engagé avec une Femme en lui promettant de ne la jamais quitter, iroit en trouver trois ou quatre autres pour leur faire encore les mêmes promesses sous les mêmes engagemens qu'il a pris avec la prémiere. Nous nous sommes engagez seuls avec la France, nous étions en état d'observer notre engagement & notre foi donnée, & nous l'observons entierement, mais quand la France voudroit, quand même elle seroit prête, & qu'elle seroit tout à fait contente elle ne pourroit conclure avec nous, il faudroit qu'elle attendît que ses autres Alliez le fussent aussi : mais c'est à quoi ils pensent le moins.

Il est naturellement visible que c'est là agir de mauvaise foi; le Cardinal en est honteux, & voit que nous ne voulons pas être menez plus longtems par le nez, ni mettre nos Etats en danger pour agrandir le Cardinal & rendre le Roi un plus puissant Monarque. C'est pourquoi comme il s'apperçoit que nous voulons conclure, il fait voir qu'il y est tout prêt, pourvû que nous promettions de rentrer en guerre aussitôt que les Espagnols rattaqueront la France, non seulement dans les Païs-Bas & dehors, mais même dans tous les autres endroits, comme dans le *Roussillon*, dans la *Catalogne*, le *Piémont*, l'*Italie*, l'*Allemagne*, les *Indes*, en un mot en quelque lieu que ce soit.

Il est vrai que dans le huitieme Article du Traité de l'année 1644. il a été stipulé & promis que *le Roi & les Etats donneroient ordre à leurs Plénipotentiaires à Munster de contribuer à la sureté du Traité autant que la prévoyance le pourroit permettre, & de concerter ensemble ce qui pourroit assurer la tranquilité publique.* Examinons à présent cette condition ; est-il dit que nous sommes tenus d'embrasser tous les intérêts de la France? Il est notoire que le Traité de 1635. n'est fondé que sur la Guerre des Païs-Bas, & c'est sur cela qu'il s'est fait un partage: cela avoit-il raport à d'autres intérêts, il en falloit donc aussi faire le partage.

1. Par le Traité de 1634. Charnacé sacrifie les intérêts que le Roi avoit sur la Lorraine, le Mantouan & les Grisons. Le Roi a fait depuis de nouveaux Traitez qui ne sont point venus à notre connoissance, & il n'en a pas été parlé.

2. Mais cela fait pour nous, car si ce sont là les intérêts du Roi avec lequel nous sommes al-

liez

liez, *Ergo* nous n'avons aucune part aux intérêts du Roi en *Catalogne*, *Portugal*, *Allemagne* & *Suéde*, ce qui est confirmé dans le 2. Article des Intérêts communs, où on ne parle qu'au présent de ce que le Roi *possède* à présent & jamais du futur pour ce qu'il *possedera* à l'avenir.

3. Il est clair que c'étoit l'opinion commune de la France & la nôtre, ainsi que cela paroît par l'Article secret de l'année 1635. où il est dit *que dans les autres Places* (NB. c'est hors des Païs-Bas) *où on devroit faire la Guerre, le Roi & Messieurs les Etats pourront faire une Tréve sans le consentement l'un de l'autre.* Il ne peut être plus clairement demontré que le Roi n'avoit voulu nous engager dans ses intérêts que pour les Païs-Bas.

4. L'Article 8. dans ce qu'il contient est pour nous, on y lit ceci, *Que le Roi & nous donnerons ordre, qu'on prenne garde à la sureté & à la tranquilité commune du Traité.* Il n'est pas dit que nous donnerons ordre au gré du Cardinal, mais comme nous jugerons à propos & raisonnable pour la sureté de la Paix & la tranquilité publique.

Que le Roi donne à ses Ambassadeurs tels ordres & telles instructions qu'il lui plaira (c'est à dire au Cardinal) nous ferons pareillement ce que nous jugerons le meilleur.

Par la sureté de la Paix & la tranquilité commune, nous entendons, avec tous les Chrétiens qui souhaitent la Paix, suivant le texte du prélude du Traité de l'année 1635. *que nous devons nous oposer à ceux qui cherchent toutes sortes de moyens pour supplanter leurs Princes voisins, qui entretiennent entre eux la Guerre & la division pour repandre le sang Chrétien.*

Qui est-ce qui tâche de perpetuer la Guerre dans la Chrétienté? Nous disons hautement avec tous ceux qui aiment la Paix que ce sont les François & les Suédois. Un enfant ou un aveugle pronostiqueroient aisément que si elle continue, l'Espagne coulera à fond & qu'elle sera forcée, *Coûte que coûte*, de faire la Paix (à sa honte cependant & à sa perte) simplement pour pouvoir se sauver comme à la nage.

Il est donc non seulement à propos, mais même nécessaire, de faire tête aux François & aux Suédois & de ne pas apuyer davantage leurs injustes & deraisonnables prétentions, *Crescit indulgens sibi dirus hydrops.* La fortune ne les a que trop secondés, ils voudroient pourtant en avoir davantage. Que pense donc la France, elle veut encore gagner du terrain sur les côtes de Flandre, & aussi les Païs-Bas lui tomberont insensiblement tous entiers entre les mains & alors les Provinces-Unies ne pourront plus subsister. La Navigation & le Commerce sont l'ame de ces Provinces; nous ne voyons que trop combien la France & la Suéde nous portent envie à cet égard : & avec quelle satisfaction elles s'en empareroient si elles pouvoient.

La France nous fait mauvais gré de lui avoir refusé la permission de louer des Vaisseaux de Guerre l'année passée (le Traité nous y obligeoit) elle fait à présent acheter & bâtir des Vaisseaux en Suéde, en Dannemarck, en Flandre, en Bretagne, en Normandie & en Hollande même sous des noms empruntez. Car pour Dunkerque ce n'est encore qu'un commencement, cependant on sait bien quel tort cela fait au Commerce de Zelande & même on s'en ressent très-bien. *Le Ministre de France dit hautement qu'il sera le Maître de la Mer & consequemment du Commerce.*

De quelle maniere d'un autre côté les Suédois se rendent maîtres du Commerce, c'est ce que tout le monde sait. La Suéde dans la derniere guerre du Dannemarck a obtenu par notre aide & notre secours des avantages considérables. Nonobstant les promesses reitérées du feu Roi, nonobstant les secours de l'Electeur de Brandebourg & de la Nation Allemande, auxquels la Suéde doit tout ce qu'elle possede, sur tout Stralsond, Stetin &c. où on a reçu les Suédois de bon gré & avec amitié en les aidant en tout ce qu'on pouvoit, nonobstant que le Roi en debarquant dans Rugen, ait protesté au nom de tous les Suédois que sa principale intention étoit de rétablir la liberté en Allemagne & de faire rendre à chacun ce qui lui apartient; aujourd'hui ils refusent de restituer à l'Electeur de Brandebourg son Duché de Poméranie, dans la vuë d'être maîtres absolus de la Mer Baltique, & à la faveur de ces avantages, libertez & violence depouiller les Hollandois du Commerce du petit Est & s'en emparer seuls.

Nous demandez-vous ce que nous pouvons faire à cela, ou ce que nous ferons? Je réponds que nous n'y pouvons rien faire tant que nous continuerons la guerre contre l'Espagne. On ne peut pas nous conseiller d'offenser la France & la Suéde, & quand même on nous le conseilleroit nous ne le pourrions pas; c'est pourquoi il n'y a pas d'apparence que nous puissions recouvrer nos avantages non plus que le Brandebourg, jusqu'à ce que les François & les Suédois ayent entierement assouvi leur fougue & leur emportement.

Cependant qu'on nous laisse prendre une résolution véritablement Chrétienne & conclure avec l'Espagne, & vous verrez que ce que nous craignons s'accommodera de soi-même, on pourra mettre ordre au Négoce, maintenir le Commerce par la Zelande sur Anvers, Gand & Bruges, malgré Dunkerque. La Suéde sera à l'égard de l'Electeur de Brandebourg ce ce qu'elle doit faire pour la Poméranie & nous donnera sur plusieurs points qui regardent le Négoce une pleine & entiere satisfaction. On est bien à plaindre de voir ce qu'il y a de plus utile & de ne le pas oser faire, *video meliora proboque, deteriora sequor.*

Nous nous attachons à une paille, à un Traité que la France aussi bien que nous a rompu tous les ans dans plusieurs points, les Ministres de France nous l'ont reproché plus d'une fois cet été. Voyons un peu en quoi les François l'ont violé.

Suivant l'Article 12. du Traité de l'année 1635. on s'étoit engagé *d'entretenir tous les ans, tant que la Guerre dureroit, chacun 15. Vaisseaux de Guerre pour croiser dans l'Ocean & dans le Canal, afin de veiller à la sureté du Royaume de France & des Païs appartenans à Messieurs les Etats Généraux.*

Nous n'avons pas seulement entretenu pour cela 15. Vaisseaux, mais 32. au delà pour croiser, sans parler d'un grand nombre d'autres qui servoient à assurer le Commerce; & contre la Flotte de Ocquendo seule nous avons employé plus de cent voiles. Le Roi la première année a donné quelques Vaisseaux mal fournis & mal équipez pour joindre aux nôtres, mais depuis il n'en a plus fourni. Cela est si vrai que les Ambassadeurs ont été obligez de se servir de nos Vaisseaux de Guerre, quand ils sont venus ici. On prétend que nous devons tenir des Vaisseaux pour croiser suivant le 8. Article & outre cela en fournir 15. autres pour agir avec les 15. que les François devoient donner, la Fran-

France veut que nous soyons en faute de ce côté-là ; nous prétendons avec raison que c'est elle ; & il est surprenant qu'elle ne soit pas honteuse de faire des objections si visiblement mal fondées. Selon la fin du 8. Article *nous devons tenir une Flote en mer pour empêcher les secours de ce côté-là pendant que les François assiegeront les côtes de Flandres, c'est à dire* Gravelines, Mardyck, Dunkerque & jusqu'au Zwindt. Ne l'avons-nous pas fait ? n'ont-ils pas Gravelines, Mardyck, & Dunkerque ? car sans nous cela leur auroit été impossible, ils auroient aussitôt pris la lune avec les dents, & par dessus tout cela nous avons encore dû croiser avec un nombre considérable de Vaisseaux de guerre : par conséquent ce n'est pas nous qui sommes en faute, mais les François qui y sont depuis onze ans, car ils devoient toujours faire comme ils avoient fait la premiere année.

Quelqu'un pour sauver les apparences dira peut-être que le Roi nous a donné tous les ans un subside : c'est ce qu'on nie fortement, il n'y a qu'à visiter les Registres des Entrepreneurs, on verra si le Roi a donné quelque chose pour supléer aux 15. Vaisseaux qu'il devoit fournir tous les ans. Ce qu'il a donné a été pour *donner moyen aux Seigneurs Etats Généraux de supporter plus aisément les dépenses qu'ils seront obligez de faire pour une grande entreprise,* c'est-à-dire pour les *indemniser de ce qu'ils font pour aggrandir la France.* Le Roi donne 12. cens mille livres argent de France qui ne font pas au delà de 8. cens mille florins, & nous devons pour cela faire tous les ans plus de deux cens mille florins de fraix de Guerre, sans parler de tant de tonnes d'or d'intérêts que nous devons payer pour les dettes que nous avons fait pour aggrandir la France & dont nous pourrions nous debarasser tout d'un coup par la Paix.

Quelques-uns disent que *sans subside nous sommes obligez de mettre en campagne une armée de trente mille hommes* : je soutiens que cela n'est absolument pas vrai, & que par le premier Article du Traité de l'année 1635. nous n'y étions obligez que pour la prémiere année, c'est ce que nous avons fait. Mais pour les années suivantes nous n'étions obligés qu'aux termes généraux de mettre en Campagne toutes nos forces, autrement il n'auroit pas été nécessaire de faire tous les ans de nouveaux engagemens au sujet des Campagnes.

On a si peu d'égard à ce cher Traité de l'année 1635. que le même été on parla de Trêve (*Frendentibus Gallis*) & la même année (*si mens non lœva fuisset*) les Espagnols l'auroient pû faire eux-mêmes ; voyez donc combien alors on craignoit les François. Les craint-on à présent davantage ? C'est un mauvais fruit en effet de l'engagement qu'on a contracté avec eux, & un fort argument de la necessité qu'il y a de finir au plus vîte avant qu'ils deviennent encore plus redoutables.

Le Cardinal savoit bien lui-même que le Traité étoit nul, c'est pourquoi il le faisoit tous les ans renouveller par un Traité particulier de Campagne, comme pour le confirmer, en distribuant la libéralité de *ses Douceurs.*

Plusieurs ont éprouvé eux-mêmes & éprouvent encore ce qu'ils souffrent pour ces paroles, *la France n'a-t-elle pas observé les Traitez de point en point ? La France y a-t-elle manqué d'un Iota ?* Et moi je dis qu'elle a toujours contrevenu pendant onze années au 12. Article. Item n'est-on pas convenu en 1644. suivant les Articles 2. & 3. de ne traiter que *conjointement & d'un* commun *consentement, & de*

Tom. IV.

ne point *avancer la Négociation de l'un plus que de l'autre* ? C'est-à-dire ensemble & d'un commun consentement que le Traité n'avance pas plus d'un côté que de l'autre.

On sait par toût, dans les Etats, dans toutes les Villes de Hollande, dans l'Assemblée de Messieurs les Etats Généraux, & on a publié dans toutes les Villes & Provinces que l'on avoit notifié le 27. & le 28. Fevrier de la presente année aux susdites Assemblées *la Conclusion du Mariage entre le Roi Louis XIV. & l'Infante d'Espagne, à condition que le Roi d'Espagne cedera à la Couronne de France la Souveraineté des Provinces des Païs-Bas, & que ces Provinces devoient être évacuées à la France dans trois semaines. Ceci fut confirmé par plusieurs personnes qui vinrent de Brabant ; & que les deux Rois laissevoient les Provinces-Unies dans leur Souveraineté. Que le Roi de France céderoit au Roi d'Espagne la Catalogne.* Voila les véritables paroles de cette résolution : tous les Régens du Païs la savent, accordez cela, je vous prie, avec les Traitez auxquels les François veulent nous assujetir après les avoir si hautement foulez aux pieds. Vous me direz que cela n'a eu aucune suite. On a répondu à cette objection en faisant voir pourquoi les Espagnols ont diferé d'éxecuter cette cession & ce Mariage.

Mais on pourroit demander à ces partisans de la France ou à ceux qu'ils corrompent & qui n'ont que ces Traitez dans la bouche, *sommes-nous obligez de tenir parole à ceux qui ne nous la tiennent pas,* c'est-à-dire pour meriter les bonnes graces de la France rester en guerre tant qu'il lui plaira. Mais moi je dis qu'on devroit à de telles personnes demander caution que le Mariage & les transports ne se feront point, car quand cela sera arrivé, il sera alors trop tard.

S'ils ne peuvent pas donner de pareilles cautions il n'y a plus de salut pour la Patrie, & c'est mettre l'Etat dans un danger évident sur des idées mal fondées de quelques partisans de la France qui préferent leurs intérêts particuliers à ceux du Public.

Mais suposons que ce Mariage ne se fasse pas & ce qu'on a vû d'autrefois que les François renoncent à cette Princesse mariée, s'ils trouvent plus d'avantage avec une autre ; il n'en sera pas moins certain que les François ont rompu par ces Négociations clandestines les Traitez faits avec les Etats l'an 1635. & 1644. car ils devoient traiter *conjointement & d'un commun consentement,* comme cela étoit spécifié d'avance.

Quelque tems auparavant qu'on eut pris les armes dans ces Païs pour la Liberté, il y avoit quelques partisans d'Espagne qui disoient que nous étions engagez par serment au Roi Catholique comme à notre Souverain, & que l'on doit tenir les sermens : mais ces gens-là ne faisoient pas attention que le Roi lui-même avoit le premier rompu son serment & qu'il avoit enfraint nos Privileges.

Le peu de partisans de la France qu'il y a ici à présent font le même, *nous sommes liez à la France par le papier* (car on ne fait aucun serment.) *nous lui devons tenir parole,* sans penser qu'elle-même ne nous la tient pas.

Nos Prédecesseurs n'ont point apréhendé pour leurs biens, ni pour leur sang de s'exposer aux plus grands perils pour conserver leur Liberté, & nous craignons aujourd'hui de chercher à nous maintenir & nous conserver, & à fortifier l'Etat sans craindre aucun danger contre un Allié qui a lui-même rompu l'Alliance, & quoiqu'il soit encore bien loin de nos

Fron-

Frontieres s'aprête à nous perſécuter, nous menace & nous veut imputer ce qu'il a fait lui-même, & cependant nous obliger à l'aider de notre bien & de notre ſang pour parvenir à une Monarchie qu'il brigue, ſans nous donner un ſoû pour notre bonne mine : car ce n'eſt que pour faciliter ſes conquêtes & pour ſes propres intérêts qu'il nous fait aller tous les ans en Campagne, afin de ruiner du côté de la Flandre, notre commerce comme il l'a déja ruiné dans la Méditerrannée. Cependant il nous ronge la peau & la chair en France & dans nos tems les plus fâcheux tels que l'an 1629. que finiſſoit la Trêve il ne daignoit pas nous regarder. Mais lorſque nous commencions à reſpirer dans l'année 1630. & qu'il a vû qu'alors nous pouvions lui être utiles, il eſt venu à nous, & nous a engagé par des ſubſides à l'aider à conquerir toute la Lorraine; l'an 1634. il nous engagea encore plus, & enfin l'an 1635. il nous tint tout à fait.

Mais, ce qui fait voir que le Cardinal a agi dans cette Négociation de la maniere du monde la plus frauduleuſe & la plus trompeuſe, c'eſt que malgré nous, il ſait nous attacher à ſes autres Alliez la Suéde, Heſſe, Portugal, Savoye, Parme, Modene, & qu'à préſent il veut auſſi nous allier à la Barbarie contre ces paroles préciſes du Texte *ſocii mei ſocius, ſocius meus non eſt*: *l'Allié de mon Allié n'eſt pas mon Allié*. 2. eſt-on parmi de ſimples particuliers obligé de ſe tenir attaché à une compagnie quand on y remarque de la mauvaiſe foi? *L.* 3. *in fine D. pro Socio*, cet Etat à plus forte raiſon, étant Souverain doit-il ſe tenir attaché à un Contract ſi frauduleux, d'autant plus que c'eſt le Cardinal qui le premier fauſſe ſa parole à notre deſavantage dans l'intention de rendre la Guerre éternelle (cela eſt Diabolique, & l'on n'a jamais rien vû de ſemblable) Une Alliance violée par la France ne nous oblige plus & ne doit pas nous empêcher de penſer à notre conſervation & de faire la Paix, ce qui eſt un acte de Chrétien. 3. une ſocieté eſt nulle quand *res turpis*, quelque infamie, s'y rencontre *L*. 53. *pro ſocio, quia delictorum turpis, atque fœda communio eſt*. Ces paroles ſont remarquables, *quæ facta lædunt pietatem* &c. *& contra bonos mores fiunt, ea nec facere nos poſſe dicendum eſt*.

Y a-t-il quelque choſe de plus ſcandaleux, de plus oppoſé à la crainte de Dieu & de plus contraire au bon ſens que la conduite du Cardinal qui veut étendre juſque dans l'éternité cette clauſe, *ne pas faire de Paix ſans le conſentement de la France*, (c'eſt-à-dire de ne pas faire la Paix ſans lui) puiſqu'il veut qu'on conſente d'y comprendre la Suéde, Portugal, le Païs de Heſſe, & la Barbarie & je ne ſai combien d'autres intérêts. 4. Il eſt dit expreſſément dans le Texte *L*. *nulla pro ſocio*, que *nulla Societas in æternum coitio eſt*. Quand on fait une ſocieté elle ne doit pas toujours durer, & elle finit dès que les affaires pour leſquelles on l'a faite ne ſubſiſtent plus §. 6. *Inſt. Pro ſocio*. On ſait à préſent que l'engagement où on eſt entré avec la France l'an 1635. ne regardoit pas la *Monarchie Françoiſe*, ce n'étoit que pour affermir la tranquilité des Etats de part & d'autre & ſe delivrer des ſoins & de la crainte que donnoit le voiſinage de l'Eſpagne: qu'on liſe tout le préambule du Traité on n'y trouvera pas autre choſe. Je laiſſe juger toute perſonne impartiale ſi le voiſinage de la France n'eſt pas dix fois plus formidable que celui de l'Eſpagne, & ſi le commerce avec elle n'eſt pas infiniment plus préjudiciable qu'avec l'Eſpagne? En un mot ſi notre Etat ne ſera pas dix fois plus en ſureté par le voiſinage des foibles Flamans & Brabançons que par celui des victorieux & inſolens François dont toutes les vuës tendent à la Monarchie univerſelle?

Cela eſt ſi vrai que les partiſans de la France l'avouent eux-mêmes, (auſſi ne le peuvent-ils pas nier) mais diſent-ils, *quand même on feroit à préſent la Paix, les François pourront bien encore ſans nous envahir & gagner toute la Flandre. Le Conſeil de ſéparation auroit eté bon ſi on l'avoit ſuivi avant que Dunkerque ait été pris apreſent que les François en ſont les Maîtres, ils pouſſeront malgré nous leurs conquêtes dans toute la Flandre, l'Artois, le Hainaut* &c. *Ils pourront même attaquer ce qui eſt de notre partage Anvers, Brabant & tout ce qu'ils pourront, nous aurons alors des voiſins irritez & ſans miſericorde; faut-il que cela ſoit ainſi, diſent-ils, faut-il qu'ils ſoient nos voiſins. Il vaudroit mieux que nous conſentions à continuer la Guerre*, que nous nous mettions en poſſeſſion de notre partage & que nous devenions voiſins de bonne intelligence.

Dieu ſeul ſait l'avenir, *la France peut faire comme ci, elle peut faire comme ça, elle peut faire ſans nous ce qu'elle voudra*, c'eſt Dieu qui confond les orgueilleux dans les penſées de leur cœur; qui renverſe les puiſſans de deſſus leurs Trônes, & qui éleve les petits &c. liſez Luc I. & Pſeaume CXIII. qui tire le pauvre de la pouſſiere & l'indigent de la miſere.

La France ſans nous comme avec nous ne peut s'aſſurer de faire une choſe ou l'autre, de prendre le Brabant ou la Flandre &c.

Les Eſpagnols & les Impériaux tenoient autrefois des diſcours ſemblables, Dieu contre l'opinion commune les a fait ſuccomber, & les a abandonnez au pillage.

Il n'y a rien de plus inconſtant que la roue de fortune, *Quem dies vidit fugiens ſuperbum, hunc dies vidit veniens jacentem*. Une bataille, une nouvelle Ligue, la mort d'une ſeule perſonne peut dans une heure cauſer plus de changement que la durée d'un ſiecle entier.

2. Eſt-ce que la force de la France eſt tant augmentée depuis la priſe de Mardyck? C'eſt une bicoque qu'elle n'a pû prendre ſans nous auſſi bien que Dunkerque.

3. Supoſons que le prétendu futur voiſinage de la France nous ſoit redoutable & pernicieux non ſeulement par les forces qu'elle a dehors, mais encore par celles qu'elle peut tirer des Papiſtes qui ſont en grand nombre dans notre Païs, & trouveroient le moyen d'y former un parti des François qui ſeroient nos voiſins. Il vaudroit donc mieux non ſeulement faire une Paix, mais même une Alliance avec les Flamands & les Brabançons pour arrêter les progrès de la France, nous avons quelquefois propoſé une telle Alliance dans les Manifeſtes que nous avons publiez.

4. Si nous craignons déja tant les François, que ferons-nous quand ils ſeront devenus plus puiſſans par la poſſeſſion de la Flandre & des autres Provinces.

5. Tous ceux qui ſavent la Guerre jugeront que les Païs-Bas peuvent par eux-mêmes faire tête à la France.

6. Les François le donnent aſſez à connoitre eux-mêmes, car s'ils pouvoient en venir à bout ſeuls, ils ne prendroient pas tant de peine & ne feroient pas tant de frais pour nous engager à continuer & l'alliance & la guerre.

7. Je voudrois bien parier dix contre un, que les François, ſi nous venions à conclure la Paix, la concluroient auſſitôt que nous, quand ils devroient

vroient manquer de bonne foi aux Suédois & aux autres. Car il est clair comme le jour que nous faisons pancher la balance en faveur de ceux qui sont avec nous.

Il n'est pas aisé de tenir la Balance égale entre deux Princes voisins. Le Roi de France lui-même dans l'Article 12. du Traité de l'année 1645. avec le Dannemarck avoit promis de faire observer *antiquum illud & salutare aequilibrium quò in hoc usque tempore Pax & tranquillitas publica stetit.* Cela est piquant pour le Cardinal qui peste à cause qu'on veut se conformer à la volonté de son Roi.

Mais, disent quelques-uns, on est convenu dans un Article du Traité de continuer la Guerre *jusqu'à l'entiere expulsion des Espagnols.* C'est-là un pauvre argument & comme il se trouve en plusieurs endroits du Traité, ne signifie-t-il pas jusqu'à ce que les Espagnols en viennent à une Paix honorable, (autrement ce seroit se moquer que de laisser les Ambassadeurs de France à Munster) c'est à nous de juger si la Paix est sûre & honorable, & il est évident que si nous la faisons à present nous obtiendrons ces suretez, mais si nous attendons jusqu'à ce que la France nous prenne à partie, nous tomberons dans la plus grande incertitude.

On ne peut pas nier que la Paix ou le repos de quelqu'un depende de la mechanceté ou la bonté de son voisin; c'est un proverbe veritable, *Personne ne peut rester plus longtems en Paix que son voisin ne le veut.* C'est à present la question de savoir qui sera notre meilleur voisin, le François ou l'Espagnol ? En matiere d'Etat les meilleurs voisins sont ceux qui sont les plus foibles. Car tout ce qui est trop puissant cause de la jalousie & de la méfiance, & où se rencontre la jalousie & la méfiance il ne peut y avoir ni bonne amitié ni bonne intelligence. *L'égalité est la mere de la justice, elle fait durer l'amitié*, la difference de Nation n'y fait rien; on en trouve parmi les Turcs & les Barbares des sujets de honte pour les Européans & pour les Chrétiens.

Un Turc, un Barbare, un Espagnol, un Lion rugissant même s'est-il laissé dompter, êtes-vous plus fort que lui, ne le craignez point, il ne peut plus nuire ; mais qu'un François soit votre ami, qu'il vous fasse honnêteté, civilité, c'est parlà qu'il se rend votre Maître, il faut craindre alors, car il peut alors vous faire du mal. Quelques-uns disent à cela, que *ce sont nos vieux amis & nos anciens Alliez*, je réponds qu'en matiere d'Etat, il ne faut pas qu'un Pere se confie à son fils, un frere à son frere, ni une mere à son enfant. Qu'est-ce que le Duc Adolf n'a pas fait à son Pere le Duc Arnould de Gueldre? je n'en parlerai pas, car il y a assez d'exemples pareils parmi d'autres Nations, comme en France le Roi Louïs XI. qui se révolta contre son propre Pere, son Pere s'étoit révolté contre son grand-Pere, & son grand-Pere défit son frere le Duc d'Orleans, & le Pere de Jean de Bourgogne le fit mourir en sa presence. Si l'on veut aller plus loin combien de tems le feu Roi Louïs XIII. & le Duc d'Orleans son frere se sont-ils fait une cruelle & sanglante Guerre, la Reine Mere a dû se séparer de son fils. Tout cela n'est arrivé que pour des affaires d'Etat. Comment, ô Provinces-Unies, pouvez-vous être si simples & si innocentes que de croire que votre amitié durera toujours avec la France? Vous vous laissez amuser.

Jamais l'amitié y avoit-elle été plus grande entre la France & vous, que lorsque vous vous donnates au Duc d'Alençon? Il fit sa joyeuse entrée à Anvers le 17. Fevrier 1582. Mais cette joye ne dura pas un an; puisqu'au mois de Janvier suivant les François sous aparence d'amitié firent couler de ruisseaux de sang à Anvers, à Bruges & dans la plûpart des Villes du Païs-Bas; jusqu'à Dixmude ils ont mis tout en feu & en flames, & ils ont massacré les Bourgeois qui se mettoient en devoir de l'éteindre. Dendermonde, Menin, Alost, Vilvoord, Dunkerque ont vû les mêmes scenes; ailleurs ils manquerent leur coup. Voyez ce qu'en dit van Metteren. D'autres disent que les François nous ont fait beaucoup de bien & que nous ne devons pas être si méfiants à leur égard. Je réponds que la France nous est bien plus redevable ainsi qu'à l'Angleterre, que nous ne lui sommes; Henri IV. l'a souvent avoué, en demeurant d'accord qu'*il nous étoit à l'un & à l'autre redevable de sa Couronne.* Le Roi défunt & celui d'apresent au jugement de toute personne impartiale, sont redevables aux armes des Provinces-Unies des Conquêtes qu'ils ont faites en Lorraine, dans l'Artois, le Hainaut, la Flandre, le Luxembourg, la Catalogne & le Roussillon, ainsi que de celles qu'ils ont faites en Allemagne & en Italie. Sans parler du tort qu'ils ont fait aux Espagnols en détachant le Portugal, les Indes, le Bresil avec d'autres dependences, & il n'y a personne qui soit assez aveugle pour ne pas voir que les François n'auroient pû faire tout cela sans les armes des Etats, puisque même cet été qu'ils étoient plus forts que jamais, ils n'auroient pû se rendre maîtres du Fort de Mardyck, qui n'est qu'une veritable Bicoque, si les Vaisseaux de Hollande n'étoient pas venus à leur secours. Il paroit bien par les Mémoires remplis de menaces & de plaintes améres, que les Ministres de France presentent toutes les fois qu'il leur en prend envie que nous ne ressemblons pas aux chiens, & que nous ne courons pas aussitôt qu'on nous lâche; ils voudroient que nous les aidassions à gagner la Flandre, c'est-à-dire à donner des verges pour nous fouetter.

Je dis pour conclusion que le Traité est en partie nul, & d'un autre côté qu'il est rompu par les François mêmes, c'est pourquoi nous ne devons pas balancer un moment pour travailler à notre sureté, car nous savons parfaitement bien que le Cardinal ne differeroit pas un moment à conclure sans nous attendre s'il y trouvoit son avantage, comme cela peut arriver par un Mariage avec l'Espagne, quand même le Traité auroit été exactement observé dans tout son entier, *sine omni vitio.*

Les François pour avoir l'Angleterre dans leur parti ont fait tant de Contracts & de Traités qu'on a voulu avec l'Angleterre & l'Autriche, le Cardinal sur le même ton s'imagine d'attraper les Païs-Bas.

Henri quatre rompit pour Calais & Blavet: le Roi d'Angleterre à present regnant l'a fait en 1630. celui de Dannemarck en 1629. parce qu'il le jugea à propos, le fit aussi, *ob salutem populi quæ est lex suprema,* laquelle ne peut être annulée par aucun Traité, ni limitée par aucune autre Loi. Les Livres François sont pleins de cette matiere, Pierre Charron Auteur fort estimé dit dans son troisiéme Livre de la Sagesse Chapitre deux : *Il est à savoir que la justice, vertu & probité du Souverain chémine un peu autrement que celle des privés ; elle a ses alleures plus larges & plus libres à cause de la grande, pesante & dangereuse charge qu'il porte & conduit ; dont il lui convient marcher*

d'un

d'un pas qui sembleroit aux autres detraqué & dereglé, mais qui lui est nécessaire, loyal & legitime. Il lui faut quelquefois esquiver & gauchir, mêler la prudence avec la justice & comme l'on dit, coudre à la peau de lion, si elle ne sufit, la peau de renard; & il allegue les maximes de Pline, Tacite & Seneque, *Principi Leges nemo scripsit, licet si libet,* ,, personne ne prescrit de ,, loi aux Princes, il leur est permis de faire ,, tout ce qu'ils jugent à propos ''. *In summa fortuna id æquius quod validius; nihil injustum quod fructuosum.* ,, Dans la plus haute fortu-,, ne la force fait la justice, rien de ce qui est ,, utile n'est injuste ''. *Sanctitas, pietas, fides, privata bona sunt,* le Roi fait ce qu'il lui plait. Voilà quelle est la sagesse des François, heureuses Provinces-Unies, serez-vous à present aveugles quoique vous voyiez, & sourdes quoique vous entendiez? Ne dites pas lorsqu'il sera trop tard, que l'on ne vous a pas averti. Adieu.

A Middelbourg le 20. Decembre 1647.

P. S.

LOrsque j'eus achevé cette Lettre j'ai reçu le *Discours plaintif,* & le *Patriot sans dissimulation,* mais ces deux Piéces, quoique pleines de paroles, ne disent absolument rien, elles veulent toutes deux nous attacher encore plus à la France que nous n'y sommes en effet. L'*Odium Theologicum* regne d'un bout à l'autre dans ces deux Ecrits; & l'Auteur qui n'ignore pas combien il seroit odieux de nous recommander un Roi Papiste, cherche à nous attacher à l'Electeur Palatin, au Landgrave de Hesse & à la Suéde, qui pour la Religion font tout à fait recommandables. Ce Compatriote insinuë qu'il veut être plus sage lui seul que tout le Gouvernement, que toutes les Provinces-Unies, que tous les Nobles, toutes les Villes, leurs Conseils & leurs Membres, qui après plusieurs années de déliberations ont trouvé qu'il étoit bon & même nécessaire de faire la Paix. Ce *Plaintif Compatriote,* ou plutôt quelques partisans de la France qui sont hors du Gouvernement, veulent être plus savans en soutenant que la Guerre est un avantage & la Paix est notre ruine. On prie cependant dans toutes les Prédications & on dit *Seigneur, garde-nous des Guerres &c.* Lui au contraire veut qu'on prie & qu'on dise *Seigneur, garde-nous de la Paix.* Il se plait dans le desordre, il a mal au cœur quand il pense seulement à la Paix, car il dit que nous tomberons dans des troubles & dans des Guerres Civiles dès que nous n'aurons plus d'ennemis au dehors. La Trêve précédente l'a prouvé. Ce *plaintif* crie fort contre les maximes infames de Machiavel, mais y en a-t-il de plus abominable que celles de *faire du mal pour qu'il en arrive du bien;* & que le bien consiste à voler, piller & assommer son prochain (que Dieu nous commande d'aimer comme nous-mêmes) sur tout ceux qui n'aiment que la Paix, le repos & la bonne union. La Paix cause-t-elle des troubles au dedans? J'avouë que cela peut arriver quelquefois, mais ce n'est que par accident. La Religion cause aussi quelquefois la Guerre; faudroit-il à cause de cela n'avoir point de Religion? Ne peut-il pas arriver des Guerres Civiles dans le tems même de la Guerre au dehors & n'a-t-on pas vû l'Empereur dans l'année 1629. porter la Guerre en Italie & presque dans le même tems prendre Man-

touë, n'étoit-ce pas alors que la Guerre Civile commença en Allemagne où elle dure encore à present. Le Roi d'Espagne n'avoit jamais eu de plus cruelles Guerres hors de son Royaume que depuis 1635. cependant il n'y a jamais eu plus de troubles & plus de soulevemens qu'alors dans le dedans de son Royaume, ces troubles & ces soulevemens durent encore actuellement. Mais supposons à present qu'on suive le plan de ce *plaintif* partisan de la France & qu'on reste en Guerre, n'y a-t-il pas toute apparence que dans un an, (mettons-en, si l'on veut, trois ou quatre) tout le Païs-Bas sera conquis suivant le partage?

Il est donc visible que la Paix est nécessaire, ou si ces plaintifs suivent encore leurs maximes, faudra-t-il pour avoir la Paix au dedans faire la Guerre au dehors? Mais contre qui aura-t-on la Guerre? J'espere que ce ne sera pas contre la France, car ces plaintifs mêmes sont bons François: ce ne sera pas non plus contre la Suéde, ils sont également bons Suédois, ce seront pourtant alors nos plus proches voisins, les uns protegeront les Papistes, & les autres ceux qui sont Luthériens. Ils disent que la France ne nous fera pas de mal, je le veux bien: mais selon eux nous nous ferons du mal à nous-mêmes par les Guerres Civiles que la Paix causera. Ils demeurent cependant d'accord que la France pourroit nous devenir ennemie (car le pere & le fils & le frere avec le frere sont bien devenus ennemis) mais ils disent en même tems que les Espagnols viendroient alors à notre secours & attaqueroient les François par derriere. O le pauvre homme! Il est au bout de son discours, car il a dit que les Espagnols étoient irréconciliables sur tout avec nous, & à présent il nous les depeint comme tout prêts à devenir nos amis, & à accourir à notre secours. Certes il faut que ce soit defaut de mémoire: Si les Espagnols attrapent ainsi les François, les Portugais ne manqueront pas d'attraper de même les Espagnols, les François se débarasseront des Espagnols par les Portugais, & la correspondance de la France avec la Suéde sera plus forte que jamais. Qu'est-ce que tout cela veut dire? Je vous le laisse à penser, nous serions bien alors! Car à la place d'un foible Ennemi auquel nous pouvons faire diversion avec les armées de France & que nous pourrions en badinant, tenir en bride, nous nous trouverions avoir à faire avec le plus puissant Monarque de la Chrétienté à qui personne ne pourroit faire diversion, & par dessus tout cela apuyé des Papistes & des François qui sont dans notre Païs.

Tout le Gouvernement voit cela parfaitement bien. Il n'y a que ces *plaintifs* raisonneurs qui ayent les yeux bouchez: ils s'écrient comme si tout le Gouvernement étoit corrompu par l'argent d'Espagne, ces criailleurs ressemblent au Coucou qui s'appelle lui-même par son propre nom; car il vaut mieux croire (& un aveugle y mordroit) que ce peu de Plaintifs sont des créatures de la France, gagnez par l'argent dont elle abonde après tant de Conquêtes & de victoires; que de s'imaginer que tout le Gouvernement, les Provinces, les Nobles, les Villes & leurs Conseils qui consistent en mille & mille personnes, seroient tous achetez par les Espagnols qui sont chargez d'argent en fort petite quantité comme tout le monde le sait; les François même n'ignorent pas qu'ils sont hors d'haleine, que toutes les grandes Villes dans le Brabant, la Flandre, l'Arragon, Valence, Naples &c. sont prêtes à se revolter: le Colonel d'Estrades l'a même déclaré ici &
tous

tous les avis qu'on reçoit ne parlent d'autre chose.

Si les Espagnols avoient de l'argent ils auroient du monde assez pour se défendre pour empêcher ces revoltes, pour tenir leurs Sujets dans le respect.

L'argent est le nerf de la Guerre; parce qu'ils n'ont pas d'argent tout va mal, tout y est en desordre.

Les Espagnols, il y a déja plusieurs années, n'étoient-ils pas riches? Ils n'ont cependant pû nous nuire, ils le peuvent par conséquent bien moins aujourd'hui : ils sont si bas & la France si puissante qu'elle leur a même enlevé le Saint Pere quoiqu'il fût partisan & Creature d'Espagne.

La France étant avec nous dans une publique Alliance & correspondance, & ayant publiquement ses Ministres & ses Creatures dans nos Provinces, il convient & il est permis de parler en sa faveur; ce qu'on ne peut pas faire pour les Espagnols.

Qu'on depeigne les Espagnols si affreux qu'on voudra, je les dépeindrai encore plus horribles, ils sont infideles, ils ne tiennent pas parole aux Hérétiques & même ils n'y sont pas obligez : mais pauvres *plaintifs*, la France n'est-elle pas Papiste, n'a-t-elle pas le même privilege, ne l'a-t-elle pas fait voir dans le Massacre de Paris & dans les cruautés d'Anvers? Les Predicateurs François ont fait imprimer dans l'année 1625. l'*Apologie pour les Eglises reformées*, ils n'y deguisent rien & ils citent cent endroits & cent occasions, où le Roi défunt a violé les Edits jurez, au préjudice des Religionaires.

Mais que les Espagnols soient aussi infideles & aussi tyrans, aussi irreconciliables qu'on le veut, la volonté ne suffit pas, la force leur est ôtée, nous pouvons, (& nous le ferons avec l'aide de Dieu), les tenir dans cet état, & par nos propres Forteresses & avec 30. ou 40. mille hommes.

Mais si les François devenoient tels que l'on nous dépeint les Espagnols, alors ils auroient le vouloir, le moyen & la force; si nos troupes ne sont pas suffisantes pour tenir l'Espagnol en bride, que seroit-ce donc avec la France?

En un mot, homme rempli de plaintes, il faut toujours tenir un certain milieu, *est modus in rebus, sunt certi denique fines. Dum vitant stulti vitia, in contraria currunt.* Les François disent eux-mêmes, *qu'il ne faut pas tomber de fievre en chaud mal.*

Tout le Gouvernement & tous nos amis impartiaux, jugent que notre Etat (ainsi que tout autre) sera plus en sureté, ayant de foibles voisins, que s'il en avoit de trop puissans. Si nous restons en Guerre ces puissants voisins viendront. Nous ne sommes pas engagez avec le Palatinat, avec la Suéde, Hesse & le Portugal, & si nous restons plus longtems en guerre pour l'Electeur, la France se tournera à la fin contre nous; la France a mis la Couronne sur la tête de l'Electeur de Baviere, & aide en même tems à abimer le Palatin.

Comment la France a-t-elle tenu l'Electeur Charles Louis impitoyablement en prison, l'empêchant de se rendre considerable, le seul moyen qui lui restoit pour se rétablir, c'est ce que tout le monde sait, la France & ses plaintifs partisans veulent cependant faire accroire que cette Couronne n'a pris les armes que pour la liberté des Princes d'Allemagne. La France est-elle même si puissante, elle a fait tant de Conquêtes & elle n'a pu souffrir que

ce pauvre Electeur profitât d'une si belle occasion, elle le traita dans cette occasion plus mal que l'Empereur n'a traité le Prince Robert, qui est-ce donc qui ne remarque pas que la France est plus pour la Baviere que pour l'Electeur.

Ferons-nous la Guerre pour tous ceux qui sont de la Religion? Nous pouvons sur ce pié-là nous attendre encore à une sanglante Guerre contre le Roi de France, qui met ceux de la Religion à l'interdit, qui peut quand il voudra leur ôter le libre exercice qu'il leur a accordé & les faire massacrer; ce ne seroit pas la premiere fois qu'il auroit cassé ses Edits, toute la France le peut dire.

Ce Discours plaintif veut égaler le nombre de ceux de la Religion qui sont en France à celui de ceux qui sont dans ces Païs-ci, je ne sai ce qui en est; mais j'ai ouï dire à des François *qu'il n'y a que pour les Chambrieres*, c'est-à-dire, *que nos Servantes pourroient seules venir à bout de ce qu'il y a en France de gens de la Religion.* Cela est assez croyable, car le Roi deffunt leur a pris il y a quelques années tous leurs biens, comment à present pourroient-ils sans armes se défendre.

Ces mêmes plaintifs prétendent-ils que nous ne sommes pas obligez de secourir ceux de la Religion qui sont en France: je réponds que nous ne sommes pas plus obligez de rompre avec l'Empire jusqu'à ce que l'Electeur Palatin soit rétabli.

Nous voyons même que les Suédois & les François gardent tout ce qu'ils peuvent attraper; le rétablissement de la liberté de l'Allemagne n'est considerée que comme un prétexte: aussi ces plaintifs partisans de la France avouent-ils qu'au commencement nous ne devions pas faire d'engagement avec cette Couronne, mais puisqu'on l'a fait, disent-ils, il faut le tenir de point en point.

On peut dire au contraire qu'en se reglant sur les circonstances, dans l'année 1635. l'Alliance avec les François étoit fort nécessaire, parce que les Espagnols étoient encore à craindre, & l'on ne pouvoit pas être sûr que Dieu affoibliroit leurs armées autant qu'il l'a fait, & comme cela a paru depuis.

Mais ayez la bonté de remarquer que nous avons obtenu le but de l'Alliance, car non seulement on n'a plus à craindre les Espagnols, mais même ils nous ont offert satisfaction & à la France; il y auroit donc une horrible imprudence à vouloir rester en Guerre, & sans autre fruit que de nous rendre dependans de la terrible France, après nous être délivrez des Espagnols.

J'avouë volontiers que la Maison Palatine est digne de compassion, mais on n'avancera pas les affaires avec des *compassions*, il nous faudroit rompre avec l'Empire & non seulement avec l'Empereur, mais même avec tous les Electeurs, & tous les Etats d'Allemagne, & avec les Rois de France & de Dannemarck qui reconnoissent le Duc de Baviere pour Electeur.

Ces plaintifs partisans de la Guerre alleguent aussi que l'Electeur Palatin avoit retenu auparavant beaucoup d'argent & de poudre appartenant aux Espagnols: je réponds que notre Etat a recompensé ce service, par les subsides qu'il a payé dans la Guerre, par les Troupes qu'il lui a fourni, par d'autres bienfaits, par d'autres avantages qu'on lui procureroit encore si cela se pouvoit.

Est-ce qu'à present, nous qui avons eu une

Guerre

1647. Guerre qui a duré tant d'années & dans laquelle il y a eu tant de sang répandu, où nous avons épuifé outre cela nos finances, nous devrions encore entrer dans une feconde Guerre, au lieu de faire la Paix? Il n'y a perfonne pour peu qu'il foit raifonnable qui voudroit nous le confeiller, non, l'Electeur même ne le demanderoit pas.

L'Angleterre, l'Ecoffe, le Dannemarck, la Suéde, la France ne rompront pas pour cela avec nous, car on remarque bien que la France & la Suéde n'agiffent que pour leurs intérêts particuliers, & qu'elles partagent entr'elles les Païs conquis: nous, que pouvons-nous ou que devons-nous faire?

Ce font des fecrets que nous ne pouvons pénétrer que ceux par lefquels on prétend que nous devons nous attacher entierement aux intérêts de la France, intérêts qui font infinis, intérêts qui tournent tous à l'avantage de la France, avec laquelle nous n'avons contracté d'autres engagemens que pour le partage des Païs-Bas.

Mais fupofons que nous nous fuffions engagez de faire valoir tous les intérêts de la France en quelque lieu que ce foit, nous avons fait voir ci-deffus que le Traité eft nul, qu'il a été violé des deux côtez dans beaucoup de points, & qu'il eft *contra bonos mores*, enforte qu'on étoit obligé de le renouveller tous les ans par un Traité particulier de Campagne.

On ne peut difconvenir que nous avons la liberté de faire ou de ne pas faire de nouveaux Traitez de Campagne; on nous y fit entrer l'année paffée contre notre intention, *Difcamus cautius mercari*, pourquoi faire encore de nouveaux frais inutiles? Ce Traité étant à prefent fini tout eft tacitement fini.

Ces Plaintifs difent encore, que nous croyons jouïr de la Paix, & que nous tomberons dans une Guerre bien plus terrible contre la France; ils veulent dire parlà que la France viendra par la Guerre nous punir comme des gens qui ont fauffé leurs Traitez, c'eft que quand on veut noyer fon chien on dit qu'il eft enragé, un Roi puiffant ne manque jamais de prétextes pour faire la Guerre à quelqu'un, quand il y voit fon avantage. On a fait voir clairement que le Traité eft nul & de nulle valeur, *contra bonos mores*, qu'il a été violé dans beaucoup d'endroits; *fignum pictum in pariete*. La France veut-elle traiter d'infraction une Paix que Dieu & le falut de notre Etat veulent que nous faffions; veut-il fe heurter à un brin de paille & faire trembler tout l'Edifice; il vaut mieux qu'il le faffe à prefent, pendant que les Païs-Bas nous fervent encore de rempart.

La France eft-elle déja fi puiffante, quoiqu'elle ait encore l'Epine dans le pié & les Païs-Bas contre elle, que feroit-ce donc fi cette Epine étoit hors de fon pié & qu'elle fut Maîtreffe des Païs-Bas?

On parle beaucoup à prefent de Ligues de Garantie contre les Efpagnols (fots difcours) mais qui eft-ce qui nous fera garand contre la France qui gagne tout & qui voudroit tout avoir?

Toute la Garantie que ces Plaintifs donnent eft,

1. *Que la France eft notre amie.* Quelle pauvreté! Comme fi l'on n'avoit pas toujours des occafions de devenir ennemis? *Lo Stato non ha fangue.* L'Etat n'a pas d'égard aux liaifons du fang, comment auroit-il égard à d'autres amitiez? Voyez ce qu'on a dit ci-devant fur ce fujet.

2. *Notre propre puiffance & nos Places fortes avec nos Troupes.* O le foible appui! Il n'eft pas fuffifant contre l'Efpagnol, il nous faut encore l'Alliance des François, que ferions-nous donc contre les forces incomparables de la France?

3. *L'Efpagne attaquera la France par derriere pour nous aider & nous favorifer.* C'eft encore un bien foible appui, car on a déja dit qu'on pourroit nuire à l'Efpagne par le Portugal, mais quand même elle auroit la force, qui eft-ce qui nous affurera de fon voüloir? Ces Plaintifs ne veulent pas qu'on laiffe la vie aux Efpagnols, ils ne voudroient pas même excepter le bout d'un de leurs doigts, ils les appellent Tyrans, gens fans foi & fans parole; & dans le cas dont il s'agit ici ils en ont fi bonne opinion qu'ils s'imaginent qu'ils voudroient nous faire du bien pour le mal qu'ils ont reçu de nous.

4. *La Suéde?* Nous devons craindre le contraire.

5. *Le Dannemarck?* Il ne nous a pas beaucoup d'obligation.

6. *L'Empereur?* Il eft trop éloigné.

7. *L'Angleterre & l'Ecoffe?* N'ont-ils pas affez à faire chez eux?

Il faut donc conclure qu'après Dieu il n'y a pour nous d'autres garands que ces deux ici. Nos propres forces & la foibleffe de nos voifins: fi quelqu'un veut nous perfuader le contraire, *Hic niger eft, hunc caveto*, ce font des François mafquez, dévouez à la France, ils veulent nous amufer. Voulez-vous garantir la France de toute l'Allemagne, contre l'Empereur, la voulez-vous garantir contre les Princes d'Italie par delà les Alpes, contre l'Efpagne par delà les Pirenées. Laiffez-la feulement nous garantir dans les Païs-Bas, & croyez-le comme *Amen*, qu'elle ne vous tiendra pas plus longtems parole que les raifons d'Etat le permettront, & quand nous n'aurions ni écrit ni parole, croyez-le comme *Amen*, elle nous garantira fi les intérêts de fes Etats le lui commandent.

Tout le myftere qu'il y a, c'eft que la Garantie qu'elle nous promet, elle la promettra en même tems à d'autres, & alors nous entrerons infenfiblement en Guerre, non feulement dès qu'il plaira à la France, mais encore à fes Alliez, comme le Portugal, la Suéde, la Savoye, Heffe, Barbarie &c. car ce font fes anciennes manieres: le loup difoit à l'agneau qu'il lui troubloit fon eau, la France fera de même, elle fera attaquer les Efpagnols par d'autres d'une maniere ou de l'autre, & alors on fera encore croire que les Efpagnols font les agreffeurs, un puiffant Roi comme celui de France ne foufire point de contradiction.

On a été jufqu'à prefent en conteftation qui avoit rompu le premier de la France ou de l'Efpagne: les Suédois ont dit que dans la derniere Guerre la France avoit rompu la premiere, les autres difoient le contraire, le plus puiffant fait toujours croire que le plus foible *a mangé le Lard*, le vaincu a toujours tort.

La France a-t-elle encore le Droit de fon côté, pourquoi infifteroit-elle donc fi fort fur la Garantie, car il eft certain qu'elle eft plus puiffante que nous, qu'a-t-elle donc plus à craindre que nous? Nous ne lui demandons pas de nouvelles Garanties. Que refte-t-il donc à faire? Ceci feulement; la France voit bien que la Chrétienté eft laffe de la Guerre, elle ne peut s'oppofer à la Paix, il faut qu'elle renonce aux Conquêtes pour un tems; car elle voudroit tout avoir fi elle le pouvoit, & dès qu'elqu'elle aura avec nous un Traité de Garantie elle fera attaquer les Espagnols par la Savoye, par Parme, ou par ceux de Barbarie dans l'Italie; ou par les Portugais en Espagne. La France Alliée avec ces Princes mettra en Campagne une armée de jaloufie, elle viendra enfuite avec des Troupes Auxiliaires obliger l'Espagne à faire diverfion; l'Espagne fe défendra tant qu'elle pourra & infenfiblement on entrera en Guerre, la France déclarera alors dans fes Manifeftes que l'Espagne a commencé & nous le devrons croire, autrement fi nous ne le croyons pas, ces plaintifs partifans de la France nous feront paffer pour infracteurs des Traitez.

Pour Conclufion.

J'en appelle à toutes les perfonnes de bon fens, & qui font fans aucune partialité, fi ces Propofitions ne font pas véritables.

1. Qu'il ne peut y avoir pour nos Etats une meilleure Garantie que la foibleffe de nos voifins.

2. La France par intérêt & par raifons d'Etat fera plus obligée de nous garentir, que par du papier.

3. Elle fera notre amie tant qu'elle aura befoin de nous pour humilier l'Espagne.

4. Un Roi qui trouve plus d'avantage à rompre qu'à tenir un Traité (j'entends lorfque les avantages font affez confiderables, *nam minimum non curat Prætor*) eft obligé de le rompre fuivant les ferments qu'il a faits à fon Allié. Voyez Charron Livre 3. de la Sageffe Chap. 2. Sect. 9. où il fait voir que les Rois font quelquefois obligez de mentir & même de tromper pour l'avantage de leur Royaume, on appelle cela Politique, Prudence.

5. Dans la Section 10. qu'il eft impoffible qu'un Roi foit entierement droit & fans fraude.

6. Il eft encore néceffaire qu'un Roi jufte faffe quelquefois des Injuftices pour un bien. Ibid.

7. On demande donc comment une République doit fe comporter, faire profeffion de tenir parole dans un Traité avec un Roi. Il faut favoir en quoi cela confifte, & comment on en peut juger.

REPONSE

Du Comte

D'OLDENBOURG

A leurs Hautes Puiffances les

ETATS-GENERAUX

Touchant les Droits injuftes que ledit Comte a établis fur le Wefer.

Avec quelques Remarques fur ce fujet.

[*Pour refuter avec fondement la Réponfe du Comte d'Oldenbourg, il eft néceffaire de mettre ici la Lettre que leurs Hautes Puiffances lui ont écrite fur ce fujet dont il feint d'être fi étonné, que, fi on l'en croit, il ne s'y eft pas reconnu quoiqu'il y foit clairement nommé.*]

A Mr. LE COMTE D'OLDENBOURG.

NOus ne doutons pas que votre Excellence ne fe reffouvienne que nous l'avons plufieurs fois prié amiablement & comme voifin & nommément le 4. Juin dernier de vouloir bien fe defifter des Impôts qu'elle pretend lever fur le Wefer, attendu qu'ils font abfolument contraires & préjudiciables à la liberté du Commerce, & de la Navigation fur ladite Riviere, ce qui eft auffi abfolument contraire & préjudiciable aux intérêts de ces Etats; nous avions efperé que vous vous feriez conformé à nos remontrances, mais nous aprenons encore tout de nouveau que vous continuez à exiger ledit Peage; c'eft pourquoi perfiftant dans les raifons que nous vous avons déja alleguées dans nos précedentes Lettres, nous vous prions très-férieufement & nous vous exhortons en bons voifins à ne plus exiger, & ne plus faire exiger ce prétendu Peage & de vous en défifter effectivement, fur tout en confideration de plufieurs Princes & Potentats en général, & de cet Etat en particulier, qui fouffre par là un tort confiderable. Nous nous perfuadons que V. E. ne voudra pas plus longtems s'opiniâtrer & que vous défererez à nos amiables exhortations fi fouvent réiterées; ce que nous attendons de votre difcretion ordinaire: fi cela arrive vous évirerez les troubles que nous prevoyons devoir être une fuite du contraire;

Ggg   mais

mais vous ne souffrirez pas sans doute que les choses en viennent à cette extremité; nous finissons en vous recommandant encore de prendre à cœur l'abolition de ce Peage & de toutes ses suites, autant que l'importance de la chose le demande, & nous vous recommandons à la sainte protection de Dieu. A la Haye 24. Juillet 1647.

Signé

Jo. ANDRE' Vt.

Et plus bas par ordonnance

CORN. MUSCH.

HAUTS ET PUISSANS SEIGNEURS.

IL est vrai que j'ai reçu en son tems la Lettre de vos HH. PP. du 24. du mois dernier, mais je n'ai pu d'abord *m'y reconnoître*, d'autant plus que j'ai de tout tems reconnu dans vos HH. PP. *d'autres marques d'affection* envers moi, & ni mes ancêtres ni moi depuis plus de 40. ans nous n'avons *jamais donné lieu à vos HH. PP. de nous traiter autrement*. Ce que j'ai exigé & reçu du Peage sur le Weser est conforme aux usages du Saint Empire Romain dont je suis Membre, & ce qui s'est pratiqué par l'Empereur & par les Electeurs. Il ne me convient point de me soûmettre à d'autres Loix, d'autant plus que les Electeurs ont ci-devant murement examiné cette affaire & qu'en dernier lieu leurs Envoyés en ont écrit deux Lettres à Sa Majesté Impériale, & en ont instruit à fond vos HH. PP. Je ne puis concevoir que vos HH. PP. contre leur louable coutume voulussent commencer par moi à faire un exemple d'un pareil traitement dans une affaire qui regarde l'Empire, sur tout après que j'ai plusieurs fois offert à la Haye, que si les Provinces avoient en cela quelqu'*important intérêt*, j'étois prêt à prevenir toutes plaintes. Ainsi je suplie très-instamment vos HH. PP. de continuer à mon égard les favorables dispositions où je les ai vûes jusqu'à present comme bons voisins & dont je suis véritablement reconnoisfant, & de ne point prêter l'oreille à mes envieux dont le temps découvrira la temerité & l'imprudence, & de laisser les choses dans leur cours naturel. Je me flate aussi que vos Hautes Puissances m'accorderont ma derniere priére, & qu'elles voudront me comprendre & mes petits Etats dans la Paix qui est sur le point d'ètre concluë avec l'Espagne, & dont je demande le succès au bon Dieu; je ne passerai aucune occasion le reste de mes jours de mériter les bonnes graces de vos HH. PP. & après vous avoir recommandez très-sincerement à la protection de Dieu, je vous prie de me croire

De vos HH. PP.

Le très-obèissant

ANT. GUNTHER.

A Oldenbourg le 31. d'Août 1647.

L'adresse étoit

Aux Hauts & Puissans Seigneurs les Etats Généraux des Provinces-Unies mes très-honorables & chers Seigneurs & amis &c.

REMARQUES

Sur la

REPONSE.

CElui qui a dressé cette Lettre y parle au nom du Comte comme s'il avoit perdu la memoire, ou s'il étoit un des sept Dormans. Il *ne peut pas s'y reconnoître*, dit-il. Quoi, un homme qui s'est toujours *cherché* avec tant de soin ne se seroit pas trouvé? Que signifie cela, le Renard se trouve jusque dans la boutique du Pelletier. Quoi, l'Auteur de cette Lettre est-il si étonné que leurs HH. PP. ayent encore écrit le 24. Septembre au Comte, *vû leur important intérêt*, d'une maniere un peu seche sur son Peage nommé *Toll-Gesonck*? Etoit-ce là une nouveauté? Leurs HH. PP. ont elles discontinué de faire la même chose depuis l'an 1612? Il ne doit pas être surpris si cette fois-ci on lui a parlé plus rondement, plus categoriquement. L'affaire n'a pas encore été aussi serieuse qu'à présent. Leurs Hautes Puissances n'ont pas encore vû jusqu'à présent qu'effectivement ce Peage du Comte étoit capable de ruiner entierement le Commerce & la Navigation des habitans de leurs Provinces; jusqu'à présent le Comte s'est imaginé que tout ceci n'étoit qu'un jeu, & qu'on ne le pensoit pas comme on le disoit; & les flateurs de sa Cour le lui ont ainsi fait accroire; mais enfin il s'aperçoit que c'est tout de bon. Il ne se reconnoît pas là, plus il s'enfoncera dans ce labyrinthe, moins s'y trouvera-t-il.

Dans toutes les autres affaires du voisinage le Comte a toujours trouvé, ainsi qu'il l'avoue dans cette Lettre, *la bonne affection* de leurs HH. PP. (dont il ne paroît pas fort reconnoisfant dans cette occasion) mais en ce qui regarde ce Peage & les autres Griefs du Négoce & de la Navigation, leurs HH. PP. se sont toujours oposez & à lui & à tout autre quel que ce fut. Si ses *Emissaires*, afin d'être envoyés en commission & faire leur propre profit en partageant entr'eux leurs *Smeralia*, lui ont fait entendre les choses autrement, ils l'ont grossierement trompé.

Si Monsieur l'Auteur de cette Lettre ne peut pas *trouver* que le Comte & ses Ancêtres ont donné plus d'une fois des preuves de leur mauvaise intention pour cet Etat, je le lui montrerai moi.

Dans l'Article IV. de ses Motifs pour établir ce Peage il dit expressement que son ayeul *a contribué de son sang & de ses biens pour la Conquéte de la Frise*. Et lui-même promet *de marcher sur* les traces de ses ancêtres & d'y sacrifier sa vie & toutes ses forces (c'est-à-dire contre les Provinces) sont-ce là des preuves d'une *bonne affection*?

Article XV. il dit que *la plûpart des denrées sujetes à ce Peage viennent des Païs-Bas* (cela ne peut s'entendre que de la Hollande, Zélande, Frise, Overyssel & la Province de Groningen, en un mot des Provinces-Unies.) Et
qui

1647.

qui *apartiennent à des Marchands du même Païs. Où l'on charge*, ajoûte-t-il, *les Sujets de l'Empire de nouveaux Impôts, d'accises, de droits d'entrée & de sortie &c.* quod tamen falsum est, *& que pour avoir sa revanche sur les Provinces-Unies il est juste qu'il établisse ce Péage.* Sont-ce là des marques de bonne affection?

Ce que *le Comte a exigé par raport à ce Peage sur le Weser, est*, dit-il, *conforme aux usages de l'Empire*; cela ne peut être, puisque c'est contre le bien public, ainsi que l'Empereur & le College des Electeurs l'ont declaré fort au long le 1. Novembre 1562. & fondé sur des motifs faux & insoutenables, tendant à la ruine du Commerce, & tout ce qui a été fait ne l'a été que *per diversas sub & obreptiones.* Il y a bien de l'aparence que ce n'est pas là *l'usage* de l'Empire; ce qui ayant été ainsi representé à l'Empereur regnant, S. M. I. a demandé au Comte par decret du 4. Avril 1640. qu'*il prouvât avant toutes choses qu'il a sur le Weser une jurisdiction Souveraine.* Ce qu'il ne pourra jamais faire, c'est pourquoi il n'a encore pu rien obtenir de S. M. I.

Les Electeurs] L'Auteur de la Lettre met les Electeurs en général, il est faux cependant qu'ils soient tous du parti du Comte, comme on l'a fait voir clairement.

Il ne me convient pas de me soumettre à d'autres Loix] Monsieur l'Auteur parle ici avec un peu trop de hauteur, le Comte est-il donc plus gros Seigneur que les Empereurs & les Rois? Et ne voit-on pas tous les jours les plus puissans Potentats se *soumettre* pour donner satisfaction à ceux qui sont lézez, à qui ils sacrifient des Principautez entieres, des Terres, des Villes pour avoir la Paix; il y a donc de la fierté à représenter ici un Comte d'Oldembourg comme s'il étoit au dessus de toutes les Puissances, ce grain de sable qu'il semble que la mer ne pourroit couvrir, comme si sans crainte, sans soin, sans réflexion il lui étoit libre de charger & de ruiner le Commerce de cet Etat, ce qu'on ne souffre & ne peut soufrir de la part d'aucun Roi comme il le fait bien. Il faut remarquer ici qu'on ne pretend point prescrire ici au Comte ni à qui que ce soit, ce qu'il doit mettre d'Impôts sur ce qui se consume dans son Païs ou sur les Vaisseaux qui y déchargent; mais qu'il veuille arrêter, fouler, & charger d'impôts les Vaisseaux, les denrées & les Personnes de cet Etat sur une Riviere libre & à son embouchure dans l'Ocean, c'est ce qu'on ne peut soufrir.

Il est ridicule qu'il veuille apuyer sa conduite sur les Réflexions, Lettres, & Raports exacts de quelques Ministres *secundi ordinis* des Electeurs, qui sont à Osnabrug, encore n'est-ce pas de tous. Monsieur le Comte & ses Emissaires savent de reste ce qui leur en coute pour faire aller cette roue. Ces *Nundinationes* sont aussi capables d'arrêter le libre cours du Commerce de nos Provinces qu'une Pomme pourrie de renverser une muraille d'airain. Il seroit triste que notre Commerce dépendît des *avis* ou consultations de gens à qui il peut faire écrire tout ce que l'on veut; mais après tout quels *avis*, *réflexions*, *raports* peut-on considerer après la Resolution négative de l'Empereur & du College des Electeurs de l'an 1562.

Les mêmes motifs & causes *negati Telonii* subsistent toujours & il n'est pas possible d'y répondre.

Certainement le Comte & ses Emissaires devroient être honteux d'être aussi importuns: chez les uns ils vont faire des bassesses & des

1647.

soumissions, chez d'autres ils employent les ménaces, c'en est une fois trop. Il n'y a personne qui n'aspire après la Paix, l'Empereur & les Rois l'achetent au prix de la perte de quelques Terres & Sujets, le seul Comte d'Oldenbourg qui bien loin d'avoir soufert par cette Guerre y a profité abondamment, entreprend par l'établissement de ce Peage de donner lieu à une nouvelle Guerre; ainsi que l'en avertit particulierement la Lettre de leurs HH. PP. du 24. Septembre : cette conduite ne peut qu'être blâmée de tous les Chrétiens raisonnables, qui cherissent la Paix autant qu'ils détestent la Guerre & la cherté qui provient ordinairement de ces sortes d'impôts.

Contre leur louable coutume] Monsieur l'Auteur fait ici le Charlatan. Ne diroit on pas que leurs HH. PP. ainsi que tous les Souverains font quelque chose d'extraordinaire de veiller sur les intérêts de leurs peuples tant au dehors comme au dedans.

On ne commencera pas par lui] Cet Auteur est-il donc un Enfant & ignore-t-il ce qui s'est passé depuis 50. ans & ce qui se passe encore tous les jours à la porte du Comte? Ignore-t-il qu'actuellement il y a des Députez de leurs HH. PP. en Oostfrise à la priere même du Comte d'Oostfrise? De Licroort à Apen il n'y a pas si loin. Non, on ne commence pas d'aujourd'hui avec le Comte d'Oldenbourg : car depuis plusieurs années Monsieur le Comte s'est assez souvent rendu ici tant pour le fief de Jeverlandt que pour l'affaire de Kniphuysen & pour le changement de Religion dans cet endroit. Il n'y a pas longtems même que craignant quelque trouble par raport à *Javer*, lui Comte d'Oldenbourg a fait prier la Province de Hollande de lui écrire qu'il ait à faire hommage pour ce fief; n'osant à présent le faire *proprio motu*, car ce seroit offenser le Brabant & se rendre coupable. Comment a-t-il raflé. In & Kniphuysen au Comte d'Oostfrise? il faudroit une trop longue digression pour en faire ici l'Histoire. Je n'en parle que pour faire remarquer le tort que cela a fait à cet Etat, pour son intérêt particulier, puisqu'il perd une partie de ce qu'il avoit engagé, & le Comte y perd une Place de l'Oostfrise : pour les Collectes que l'on faisoit pour suporter les dépenses publiques, le Synode même de Noort-Hollande & la Classe d'Emden y perdent, & tous les jours font des plaintes de ce qu'il y change la Religion & qu'il en separe les Eglises de la Classe dont elles dependoient; c'est pour y mettre ordre que leurs HH. PP. ont à présent leurs Commissaires dans l'Oostfrise.

D'un autre côté le Comte sait fort bien que leurs Hautes Puissances se sont engagé depuis l'an 1616. & de nouveau en 1645. à maintenir les Villes de Lubeck, Bremen, Hambourg &c. dans leurs Droits & privileges sur la Trave, le Weser, & l'Elbe; ce qui a été de nouveau déclaré par Resolution du 14. Septembre dernier, & jamais ni l'Empereur ni les Electeurs ne s'en sont offensés; que veut donc dire le sot compositeur de cette Lettre que leurs HH. PP. *ne commenceront point par le Comte à faire un exemple d'un pareil traitement inouï dans une affaire qui regarde l'Empire.*

Après que j'ai plusieurs fois offert &c.] Il entend par là les promesses qu'il a fait à la Haye, d'exiger des Vaisseaux & des denrées de nos Provinces un Impôt beaucoup moindre que des Sujets de l'Empire. Il seroit à souhaiter que ceci vint aux oreilles de l'Empereur & des Electeurs. Soufriroient-ils qu'on ne levât cet Im-

1647.

pôt que sur les Sujets de l'Empire & qu'on en exemptât les Etrangers.

2. Le Comte n'est pas le Maître d'établir cette diférence. Il faudroit qu'il fût autorisé de l'Empereur & des Electeurs.

3. Cela renverseroit d'abord les motifs de son Article XV.

4. On a dit plus d'une fois à ce Comte qu'il n'étoit pas possible d'établir cette diference dans le Commerce.

5. Et qu'autrement il s'ensuivroit toutes sortes de vexations.

6. Que cette moderation arbitraire ne pourroit durer qu'autant que le fermier le jugeroit à propos.

7. L'important intérêt de l'Etat, (auquel le Comte offre de satisfaire) est que la Navigation sur le Weser reste dans l'état où Dieu & la nature l'avoient mise, & qu'on abolisse entiérement le *Toll-gesonck*: de cette maniere le Comte mourra comblé des benedictions du Ciel & des hommes & son Ame ira dans son repos.

Mes envieux] Qui sont ceux qui lui envient ce Peage?

1. Est-ce l'Empereur avec les Electeurs qui vivoient en 1562? Qu'on lise leur Decret negatif.

2. Ce n'est pas aussi l'Empereur régnant, il n'y a qu'à jetter les yeux sur son Décret du 4. Avril 1640. qui ordonne au Comte *de prouver avant toute chose qu'il a jurisdiction sur le Weser,* ce qu'il ne pourra jamais faire, ensorte que ce Decret est comme l'autre un Decret négatif.

3. Ce ne sont pas aussi les Electeurs, Princes ou Etats de l'Empire intéressez, puisqu'ils s'oposent à ce Peage; & qu'il n'y a pas deux mois qu'ils ont exposé leur oposition à Osnabrug.

4. Ce ne sont pas non plus toutes les personnes raisonnables & qui recherchent la Paix, puisqu'ils voyent bien que ce *Toll-gesonck* est capable de causer la Guerre & la cherté, que l'on prie tous les jours Dieu de detourner de nous.

5. Ce ne seront pas aussi les Ennemis de l'Hypocrisie & des cœurs doubles; car comment peut-on autrement nommer ce que le Comte dit, dans ses Motifs, de *sa pauvreté, de son impuissance, de ses angoisses, de sa foiblesse, de ses dangers, de ses afflictions, de sa misere* &c. qui l'oblige, à la faveur de ce Peage, d'implorer les secours de tout le monde. Car chacun sait qu'il n'y a point dans l'Empire ni de Prince ni de Païs plus riche, plus tranquile, plus comblé de benedictions & moins inquiété; & qu'il n'y a ni Empereur ni Roi qui traite ses Sujets avec un pareil Despotisme & qui les accable d'Impôts & de Taxes comme lui; ayant chassé de ses Etats tous les Nobles ou ceux qui pouvoient en quelque maniere lui être contraires.

6. Enfin on lui reproche ce Peage & sur tout il en a été fortement informé de la part des Provinces-Unies.

Voila ce que l'Auteur de la Lettre nomme *Temerité*, ce qui est impertinent; & il est étonnant que le Comte soufre que ses Gens *adeo Limites verecundiæ transire?* Une bonne affaire peut être facilement gâtée, mais celle qui est aussi mauvaise que celle-ci ne peut que devenir détestable par une pareille conduite.

Faveur & disgrace sont des choses presqu'indiférentes, il est permis aux sots paysans du Comte de lui envier certaines choses; si les Etats susdits desaprouvent l'établissement de son *Toll-gesonck* (*idque propter bonum publicum*) il ose dire que cela n'est pas à propos; c'est ce que le tems nous aprendra, mais gare le contre-coup.

Leur juste cours] C'est tout ce que l'on exige; c'est ce que lui dit l'Empereur dans sa Lettre du 21. Avril 1647. mais pourquoi se donne-t-il donc tant de mouvement pour, *contre le juste cours des choses,* se faire comprendre dans le Traité de Paix? Qu'y a-t-il de commun entre ces procès & une Négociation publique pour la Paix? De cette maniere il n'y auroit qu'à faire venir toute la Chambre de Spire à Osnabrug.

La priere qu'il fait à la fin de sa Lettre d'être compris avec ses Etats dans la Paix avec l'Espagne est encore un effet de sa duplicité. Car son dessein dans cette admission est de jetter leurs HH. PP. dans un piége & les engager dans une aprobation tacite de ce Péage. Autrement ce n'est qu'illusion; car quelle part peut-il sincerement prétendre à cette Paix, lui qui par ce Peage cherche à donner lieu à une nouvelle Guerre & à une disette?

EXTRAITS

De Lettres écrites par leurs HH. PP. à l'Empereur, au Roi de Suéde, & aux Electeurs de l'Empire.

TAnt à cause de l'intérêt que nous y avons qu'en consideration de la Ville de Bremen, en vertu du Traité qui est entre cette Ville & notre Etat, nous avons plusieurs fois exhorté amiablement & comme bons voisins ledit Comte par toutes sortes de raisons, de se désister de ses prétensions par raport à ce *Peage,* de se tenir en repos à cet égard, & de tourner ses pensées d'un autre côté.

Item, au cas que l'on voulût executer la levée de ce prétendu Droit, & contre toute attente l'inserer dans le Traité de Paix, nous ne pourrions nous empécher de regarder cela comme un point contraire à la Neutralité.

Ensuite, de crainte que la tranquilité si desirée étant rétablie & la Paix faite, cela n'excitât de nouveaux troubles.

Ensuite, que ledit Comte d'Oldenbourg renonce à la levée de l'Impôt de ce prétendu Droit sur le Weser, sans pouvoir *jamais* l'exiger comme étant très-préjudiciable au Commerce en général & à la Navigation, deux choses si étroitement unies qu'elles sont inseparables.

Il me semble qu'on apelle cela parler bien clairement, après cela le Comte ne peut-il pas *se reconnoître?* Qu'il se serve de ceci comme d'un miroir. Il s'y trouvera sans enchantement & même des choses qui le menacent nécessairement, s'il ne se guerit pas de la maladie qu'il a d'établir cet Impôt. On aprend qu'il commence aussi à mettre les mains dans la boue, je m'explique, il tâche d'engager quelques personnes dans le travail des digues & des levées dans son Païs, mais ceux qui se souviennent du succès des Digues de Holstein, & des pertes qu'elles ont causées, répondront, Poudre, je te connois! Sur tout ceux qui savent que posseder des Terres dans les Etats du Comte d'Oldenbourg ou en Turquie, c'est la même chose. Encore peut-on dire que le Turc ne traite pas ses Sujets avec le même Despotisme, sa domination n'est ni si arbitraire, ni si despotique, ni si barbare.

Outre cela il est tellement de l'intérêt commun non seulement dans l'Empire & dans nos Provinces, mais même ailleurs de s'opposer à ce Peage du *Toll-gesonck*, que les Entrepreneurs de ces Digues n'y gagneroient que de la boue.

EXTRAIT

Du Registre des

RESOLUTIONS

De leurs HH. PP. les

ETATS-GENERAUX

Des

PROVINCES-UNIES.

Samedi 14. Septembre 1647.

LEs mêmes Ambassadeurs employeront leurs bons offices auprès des Ministres de l'Empereur, de Suéde, & des Electeurs, & leur déclareront sans aucun detour que le Peage, dit *Toll-gesonck*, de ce Comté, est absolument préjudiciable au Commerce de leurs HH. PP. en second lieu, que cette affaire est *litispendante* & n'a rien de commun avec le Traité de Paix plus que tout autre procès. Troisiemement, que leurs HH. PP. sont obligées suivant le Traité de 1645. de maintenir le Commerce & la Navigation libres sur le Weser; que pour ces raisons cette affaire ne doit pas entrer dans le Traité de Paix, ou qu'autrement les Ambassadeurs de cet Etat protesteront & se reserveront la liberté *opositionis quovis tempore faciendæ*; surquoi ayant été deliberé, leurs HH. PP. ont approuvé ce que dessus, & il sera écrit pour cet effet en conformité aux susdits Ambassadeurs de leurs HH. PP. à Munster.

J. VAN YSSELMUYDEN. Vt.

Accordé avec le susdit Registre

C. MUSCH.

LA SUITE DU PROJET

Pour la

PAIX

Entre les

ROIS

De

FRANCE

Et

D'ESPAGNE

Le 10. Janvier l'an 1648.

LEs Plénipotentiaires de France en conformité de ce qu'ils ont dit à Messieurs de Hemstede, de Knuyt, & de Ripperda aux deux dernières Conférences qu'ils ont eües avec eux touchant les difficultez qui restent sur six points qui sont indécis entre la France & l'Espagne, déclarent de la part du Roi qu'ils en remettent cinq au jugement d'arbitres : c'est à savoir.

I.

Si Dom Edouard étant mis en liberté, doit être obligé de promettre qu'il n'ira point en Portugal.

II.

Combien de tems doivent durer les conditions accordées touchant Cazal.

III.

Le différend pour les fortifications en Catalogne.

IV.

Les dépendances de toutes les Conquêtes en quelque lieu qu'elles auront été faites au jour de l'échange de ratifications.

V.

En quels termes sera conçuë la certification sur le troisiéme Article touchant le Portugal ; ou si ledit Article, où le Portugal est compris sous le nom des Alliez & amis de la France, sera jugé tel que ladite certification ne soit pas nécessaire.

VI.

Et pour le sixiéme point, qui est celui de la Lorraine, encore que les Plénipotentiaires de France ayent fait une offre à laquelle il n'a été fait jusques à présent aucune réponse de la part de l'Espagne, néanmoins pour témoigner toujours de plus en plus le desir qu'ils ont de faciliter les moyens de conclure la Paix, ils consentiront que le différend soit remis à des Commissaires qui seront nommez de la part de Sa Majesté & de celle du Duc Charles & en cas qu'ils ne se puissent accorder dans un an l'on conviendra d'arbitres à la charge que jamais on ne pourra prendre les armes sur ce sujet, & que si aucun Prince que ce soit contrevient à ladite promesse de ne point prendre les armes, le Roi Catholique ne pourra directement ni indirectement lui donner aucune assistance. Et cependant Sa Majesté fera donner à Monsieur le Duc Charles un Entretenement de cent mille écus par an, quarante mille écus à Madame la Duchesse sa Femme & quarante mille écus à Monsieur le Duc François son Frére.

Ecrit donné par les Plénipotentiaires de France aux Plénipotentiaires de Messieurs les Etats pour remettre en arbitrage cinq points du Traité.

Ainsi qu'il a été réformé en dernier lieu, & donné le 10. de Janvier du matin.

Depuis il y a eu offre de la part des Plénipotentiaires de France de tâcher de persuader au Conseil du Roi que l'ancien Duché de Lorraine soit rendu présentement au Duc Charles; pourvû que les fortifications de Nanci soient démolies, laquelle condition a été rejettée par les Plénipotentiaires d'Espagne.

Et ensuite le trentiéme Janvier les Etats des Provinces-Unies des Païs-Bas ont signé leur Traité de Paix avec le Roi d'Espagne, & le Duc de Longueville premier Plénipotentiaire de France est parti le troisiéme jour de Février pour s'en retourner en France.

HARANGUE

De Monsieur de la

THUILLERIE

AMBASSADEUR EXTRAORDINAIRE

De

FRANCE

Et

PROVINCES-UNIES

Des

PAYS-BAS.

Faite à la Haye le 18. Janvier 1648.

LE Sieur de la Thuillerie Ambassadeur Extraordinaire de France ayant apris que la part qu'il donna Mardi à Monsieur le *Président de Semaine* de ce qui se passoit à Munster, n'a pas été universellement bien reçue de tous ceux de l'Assemblée; & qu'au lieu de prendre la soumission que Messieurs les Plénipotentiaires de France ont faite de remettre nos différends avec l'Espagne au jugement de Messieurs les Etats, pour une marque (comme elle est très-certaine) du desir que la France a de faire la Paix; quelques-uns ont dit que c'étoit des fuites affectées pour en reculer la conclusion, & tenir cet Etat en guerre: il s'est obligé de représenter à vos Seigneuries ce qui est de plus venu à sa connoissance sur le même sujet, s'imaginant, puisqu'on en parle de la sorte, qu'il n'y a point de Lettres publiques qui les informent de ce qui s'y passe. En effet des diligences que nous apportons pour finir nos affaires, & de la rigueur que tiennent nos Parties fondées sur le passionné desir qu'ils voyent en quelques-uns de conclure la Paix avec eux sans beaucoup considérer nos Alliances & les obligations respectives entre la France & cet Etat. Vos Seigneuries sauront donc que Messieurs les Plénipotentiaires de France connoissant le peu de volonté que les Espagnols ont de s'accommoder avec nous, & que ce qu'ils témoignent au contraire est fait à dessein d'engager insensiblement cet Etat de signer son Traité avec eux & laisser en arriére le nôtre, pour faire voir leur foi à tout le monde ont offert de six points qui restent indécis entre nous & l'Espagne d'en remet-

remettre les cinq contenus dans le Papier ci-joint au jugement de Messieurs les Etats, & pour le sixiéme qui touche la Lorraine proposent des moyens si raisonnables, qu'il n'y a personne au monde, vû la constitution présente des affaires, qui ne les juge avantageux pour celui qui a intérêt, au lieu de faire la même soumission purement & simplement & sans aucune réserve ainsi que les François l'ont faite. Enfin les Espagnols après plusieurs allées & venues ont présenté l'Ecrit qui sera ci joint, où il se voit clairement que les offres qu'ils avoient ci-devant faites de se soumettre n'ont pas été de cœur, mais seulement, comme j'ai dit ci-dessus, à dessein de nous désunir : & pour ce qui concerne la Lorraine, ils n'en ont pas seulement voulu entendre parler, quelques instances que Messieurs vos Plénipotentiaires leur en ayent faites. Ce que voyant ceux de France pour d'autant plus témoigner que tout de bon ils cherchent le repos, ont protesté à mesdits Sieurs les Plénipotentiaires qu'ils n'avoient pas pouvoir de passer outre sur ce point; mais qu'ils estimoient si fort la bonne correspondance qui avoit jusques ici été entre la France & les Provinces-Unies, que pour essayer de conclure les deux Traitez ensemble, ils offroient, s'ils vouloient différer quinze jours la signature du leur, d'en écrire au Roi & à la Reine sa Mére, & favorablement sur ledit point de Lorraine, avec espérance de recevoir telle réponse, qu'elle faciliteroit cet accommodement.

A cela ils n'en avoient encore eu aucune de mesdits Sieurs vos Plénipotentiaires le quatorziéme, qui leur dût faire bien espérer; au contraire ils me marquent par leur Lettre de même date, savoir par le bruit de Ville, que leur demande avoit été communiquée aux Espagnols, & qu'ils l'avoient rejettée avec violence, quoiqu'il ne soit pas extraordinaire que les Ministres des Princes ne soient pas quelquefois pleinement informez particuliérement en des affaires de cette conséquence où les Maîtres veulent qu'on recoure à eux auparavant que de fraper le dernier coup : & puis en ce fait présent de Lorraine il n'est pas merveille que Messieurs les Plénipotentiaires de France n'ayent pas recherché tous les Pouvoirs nécessaires, leur ayant toujours été dit que ce point n'arrêteroit pas la Paix, & par quelques-uns que vos Seigneuries connoissent qu'ils avoient en main les moyens de l'accommodement.

De ce que dessus elles peuvent juger de la vérité de ma proposition derniére, & si c'étoit la déguiser, comme il a été avancé de quelques-uns, de dire que les Espagnols reculoient à mesure que nous allions avant ; puisqu'il est évident par la procedure des uns & des autres, que de notre part toutes les diligences s'apportent, & que de celle des Espagnols tout est refusé qui nous peut conduire à la Paix : après quoi il est assez étrange qu'il se trouve encore des personnes dans le Corps de nos Alliez qui nous imputent tous les delais & les blâmes, acceptans pour bon, ou au moins ne disans mot de tous ceux qui viennent de la part de nos Parties, & qu'ils concluent plutôt à signer sans la France contre la teneur des Traitez, que de se donner patience de quinzaine pour en faire un qui y soit conforme, & sans doute plus sûr, plus honête & plus avantageux, & qu'il y en ait d'autres encore qui trouvent à redire que nous ne mettions pas avec les cinq points celui de Lorraine, dont nos Ennemis ne veulent pas seulement entendre parler, & qu'après cela l'on leur donne raison & à nous le tort.

Quoique l'Ambassadeur de France dût être desormais rebutté de bailler des Ecrits à l'Assemblée, n'ayant pas été assez heureux jusqu'ici pour recevoir réponse à pas un de ceux qu'il a ci-devant présentez, il croit toutefois pour sa décharge devoir envoyer celui-ci à vos Seigneuries, qu'il espére qu'elles trouveront conforme aux Dépêches qu'elles recevront de Munster, & qu'ensuite elles donneront de tels ordres à Messieurs leurs Plénipotentiaires qui y sont, qu'il ne sera rien précipité pour la signature, & qu'il sera baillé tems suffisant à ceux de France pour recevoir réponse à ce qu'ils estimeront à propos demander à leurs Majestez, étant une patiente civilité qui se pratique d'ordinaire, & qui ne fut jamais refusée non seulement par des Alliez que les Traitez y obligent, mais quasi par les ennemis, particuliérement quand il s'agit d'une affaire de laquelle dépend le bien & la continuation du mal qui agite toute la Chrétienté que l'on remet au sage jugement de cette République.

Fait à la Haye le 18. *Janvier* 1648.

Signé

DE LA THUILLERIE.

<hr>

COPIE

De la

LETTRE MISSIVE

Ecrite à Messieurs les

ETATS-GENERAUX

Des

PROVINCES-UNIES

Par leurs

PLENIPOTENTIAIRES

A MUNSTER.

Le premier Fevrier 1648.

Touchant la Paix arrêtée entre le Roi d'Espagne & lesdits Etats.

HAUTS ET PUISSANS SEIGNEURS.

DEpuis notre derniére du 18. Janvier envoyée par la poste & chemin de Zutphen, nous avons incessamment travaillé pour les affaires entre les Seigneurs Ambassadeurs &
Plé-

Plénipotentiaires de France & d'Espagne, & avec la correspondance du Seigneur Ambaſſadeur de Veniſe fait tous les devoirs poſſibles pour accorder les différends reſtans deſdits Rois. Et comme à notre regret n'avons ſû obtenir la fin tant deſirée touchant la reſtitution du Duc de Lorraine, & auſſi hors notre attente au regard de l'arbitrage reſtoient encore diverſes difficultez ſur les autres cinq Articles en conteſtation, leſquelles nous & ledit Seigneur Ambaſſadeur de Veniſe jugeons bien de ne pouvoir ſitôt ni facilement être vuidées ni ajuſtées; néanmoins depuis quelques jours ença nous avons continué les plus preſſans efforts tant vers les Seigneurs François que vers les Eſpagnols pour parvenir, s'il étoit poſſible, au but de l'accommodement entre les deux Couronnes; ce que ne pouvant obtenir ſoit par contrariété ou faute de pouvoir néceſſaire & différend ſur l'élection d'Arbitres, nous ſommes contraints, ſuivant nos promeſſes ſolemnelles faites le 16. Janvier aux Seigneurs Eſpagnols pour l'accompliſſement du Traité arrêté, de procéder avec eux; & partant le jour préfix hier incontinent après midi nous avons derechef été trouver leſdits Seigneurs Plénipotentiaires François, & préſenté d'avoir fait nos devoirs touchant la concluſion néceſſaire avec l'Eſpagne, leur ayant offert la continuation de notre interpoſition de tous autres offices précédens pour ultimer & aider à la concluſion du Traité entre les Couronnes déja tant avancé à bien, que leſdits Seigneurs Plénipotentiaires nous exhortoient avec diverſes raiſons perſuaſives y mêlant des conteſtations, afin de ſurſeoir la concluſion & ſignature de notre Traité ou d'en écrire ou mander à vos Hauteſſes l'état préſent des affaires, pour attendre ſur ce votre ordre; leur avons deduit le Service de vos Hauteſſes & le devoir de notre obligation de ne pas permettre & laiſſer interrompre notre Traité, mais au contraire que nous étions obligez de perfectionner icelui le même jour, leur en alléguant diverſes bonnes raiſons & motifs, de quoi leſdits Seigneurs Plénipotentiaires François néanmoins ne ſont pas demeurez ſatisfaits: cependant les Seigneurs Eſpagnols nous avoient demandé audience & enſuite l'après-diner environ les quatre heures ſont comparus en notre logement, & après un récit des affaires paſſées & des délais pris d'un tems à un autre, ils nous ont ſommez, ſuivant les promeſſes à eux faites, de ſigner avec eux le Traité arrêté par enſemble, nous déclarant que par ce refus ou plus long delai ils entendoient de tenir ledit Traité pour rompu, à quoi ils diſoient avoir été prêts il y a long tems, & qu'ils l'étoient à préſent encore pour conclure avec nous deffinitivement & de ſigner; autrement que le pouvoir & charge à eux donnez viendroient à ceſſer, comme ils nous avoient ci-devant avertis pluſieurs fois: & après que nous leur aurions derechef remontré ſur diverſes inſtances d'avoir un très-grand regret & ſentiment de délaiſſer les affaires entre les deux Couronnes, après les avoir réduites & tirées à des points raiſonnables d'accomodation & de les laiſſer incertaines pour notre concluſion particuliére, d'où pourroit réſulter facilement nouvel éloignement entre icelles Couronnes; en quoi les Seigneurs Eſpagnols ont allegué être contens d'admettre la continuation de nos interpoſitions juſques à la Ratification, qui eſt le tems de deux mois, pendant leſquels ils pourront travailler à l'achevement du Traité entre les deux Couronnes, ſans offres d'agréer & entretenir tout ce que par eux ci-devant a été accordé & donné par écrit

ſans y pouvoir changer cependant aucune choſe à cauſe de quelques ſuccès d'armes d'un côté & d'autre: & ſur les iteratives inſtances par nous faites ils ſe ſont élargis juſques à être prêts que les propoſitions qu'on pourroit faire au regard de Lorraine, de bouche ou par écrit, de les envoyer à leur Roi, & ſur ce dans le tems ſuſdit en avoir charge ſuffiſante. Et au cas de la concluſion du Traité entre les deux Couronnes, ils en feront de même & le tiendront comme s'il eût été fait & paſſé enſemble & conjointement avec le Traité entre l'Eſpagne & notre Etat; avec quoi ils diſoient vouloir faire connoître & à nous & à tout le monde, qu'ils cherchoient en toute façon de pourſuivre la Paix avec la France, & de ne vouloir point ſéparer votre Etat de la France. Enſuite de quoi après les remerciemens, ils nous ont encore incitez & recommandé l'avancement du Traité avec la France, avec démonſtration de notre très-grand regret qu'icelui juſques à préſent n'avoit pû être achevé; leur perſuadant très-ſérieuſement que pour le repos de toute la Chrétienté & pour plus grande ſureté de notre Traité & pour éviter plus grands différends reſtant y aportant toute ſorte de facilité & de bons offices, afin que les deux Couronnes ainſi ſe puiſſent réunir. Et finalement avons requis & obtenu que les prétentions faites nous ſeront données par écrit, afin que nous puiſſions continuer nos devoirs avec plus d'aſſurance & apparence de bon ſuccès entre les deux Couronnes. Enſuite nous ſommes entré à l'action principale, & après avoir lu & collationné les quatre principaux Inſtrumens du Traité de Paix entre le Roi d'Eſpagne & leurs Hauteſſes écrits au net en Langue Françoiſe & Flamande, conſiſtant en 19. Articles y inferez, les Procurations des deux côtez & l'Acte de préſentation fait par les Seigneurs Eſpagnols y joints & par eux ſigné, le tout à nous delivré; comme auſſi l'Acte de tempérament touchant la Mairie ſurſis en Décembre 1646. pareillement réſolu: Nous, pour ſatisfaire aux Réſolutions de vos Hauteſſes, avons donné par des Inſtructions & pour ledit Traité, lequel vos Hauteſſes ont jugé être néceſſaire pour la conſervation & ſureté de leur Etat, de ne pas égarer ou laiſſer ôter de nos mains, ſommes été contraints avec les Seigneurs Eſpagnols au nom de Dieu de ſigner & racheter quatre Traitez d'une même tenue, ſavoir les deux en Langue Flamande & les autres deux en la Françoiſe, deſquels nous en avons retiré deux, & les autres deux laiſſé aux Eſpagnols, leſquels après avoir fait des congratulations avec toutes ſortes de civilitez, ſont parti de notre Logement entre les neuf ou dix heures du ſoir: toutefois le Seigneur de Nederhorſt pour le préſent s'eſt encore excuſé & abſenté de la ſignature deſdits Traitez, & abſenté le jour en ſuivant qui étoit hier. Nous avons été viſiter les Seigneurs Plénipotentiaires Eſpagnols & pareillement congratulé & complimenté à cauſe dudit Traité conclu, leſquels derechef nous ont reçus avec toute ſorte de courtoiſie, & aſſuré de la bonne & ſincére intention de leur Roi à l'accompliſſement du Traité fait; & nous avons apris que le même jour fut encore expédié un Courrier par voye de Bruxelles vers Eſpagne, avec lequel on eut envoyé volontiers un formulaire de la Ratification que leſdits Seigneurs avoient translaté & nous la communiquérent étant l'intention d'avoir ſur chaque Traité une Ratification, ſavoir ſur la Françoiſe une en Langage François & ſur la Flamande en Langue,

Ra-

Espagnole; comme du côté de vos Hautesses auffi fur la première en François, & fur la feconde en Langue Flamande, & ainfi propofé d'être fait afin que chacun puiffe voir fon Langage & la Françoife demeure communë entre les deux : outre que comme le Roi d'Efpagne entend la Françoife & non pas toujours la Flamande, il feroit trouvé étrange qu'il fignât une agréation en une Langue à lui entiérement inconnue. Et attendu que vos Hauteffes ne nous ont pas mandé leur opinion fur les Formulaires des agréations, n'avons fu donner aucune réponfe fur ce aux Seigneurs Efpagnols, mais bien dit qu'il faudroit ufer des mots de Provinces libres comme le contient la Procuration; de quoi ils font d'accord & ne font jamais contredit : & par nous avoit été omis pour quelques raifons. Nous avons auffi été avertis qu'au Formulaire Flamand d'agréation envoyé de par delà, qui doit être fait par vos Hauteffes, y manquent quelques mots qui ont été omis par les Ecrivains par erreur, & partant nous vous envoyons un Formulaire confronté ici avec la minutte, en après nous ferons copier les originaux Traitez fignez, & les collationner & authentiquer, & ainfi envoyer à vos Hauteffes par quelque commodité affurée ; requerant cependant de trouver bon que les Formulaires d'agréations ne puiffent être retenus. Le Seigneur Duc de Longueville eft parti le jour d'hier vers la Ville d'Ofnabrug pour y dire adieu, faifant état, felon que fon Alteffe nous a dit, d'après fon retour auffi partir d'ici pour s'en retourner en France, & laiffer ici les deux autres Seigneurs pour y continuer la Négociation : & les Seigneurs Efpagnols nous ont déclaré que fi les Seigneurs François demeurent ici tous enfemble, qu'eux n'en bougeront point, mais au cas de départ dudit Seigneur Duc, nous jugeons que le Seigneur de Brun, fecond Plénipotentiaire d'Efpagne, pourroit bien faire un voyage à Bruxelles, particuliérement pour communiquer avec le Duc Charles l'affaire de Lorraine, & revenir par deçà avec une ample Inftruction fur icelle. Et bien que nous nous confions d'avoir agi en tout & par tout entiérement pour le fervice & avantage de vos Hauteffes, toutefois fi nous croyons qu'au fujet des affaires paffées il leur fût rapporté quelque chofe en autres termes que ce que nous croyons avoir mérité par nos diligences & prompts devoirs, & que cela arrivât en notre abfence fans que nous puiffions juftifier de nos continuels & efficaces devoirs & procédures fincéres, que cela pourroit caufer en l'Etat de vos Hauteffes quelque jugement finiftre au préjudice de nos perfonnes & des Négociations, & qu'après il ne pourroit être remedié fi facilement; partant nous requerons vos Hauteffes en toute révérence, au cas que leur foient faites quelques propofitions ou rapports en quelques façons que ce puiffe être, par Lettres écrites ou de bouche touchant ce que dit eft, qu'ils le retiennent fans qu'ils foient diftribuez jufques à ce que de bouche ou par écrit, felon l'exigence des affaires nous puiffions donner la fatisfaction requife à vos Hauteffes. Avec quoi nous prions Dieu tout puiffant &c.

Fait à Munfter le premier Fevrier 1648.
Signé

BERTHOLD VAN GENT,
JEAN DE MATHENESSE,
ADRIEN PAW,
JEAN DE KNUYT,
F. DE DONIA,
W. RIPPERDA,
ADRIAN CLANT.

TOM. IV.

LETTRE
DU ROI

A Meffieurs les

ETATS-GENERAUX

Des

PROVINCES-UNIES

Des

PAYS-BAS.

Après la Signature de leur Traité avec Efpagne, fait par leurs Plénipotentiaires.

Du 14. Fevrier 1648.

Reçue le 3. Mars.

TRES CHERS, GRANDS AMIS, ALLIEZ ET CONFEDEREZ,

NOus avons apris avec tout étonnement ce qui s'eft paffé à Munfter le 30. Janvier, où la plus grande partie de vos Députez ont figné un Traité particulier avec les Miniftres d'Efpagne, que nous n'avons pu nous perfuader qu'ils ayent agi en cela felon votre intention : & ne doutons nullement qu'auffitôt que vous en aurez eu connoiffance vous n'ayez donné tous les ordres néceffaires pour remedier à ce qui a été entrepris au préjudice de tant de Traitez folemnels que votre Etat a faits en divers tems avec cette Couronne, qui veulent que la Négociation de la Paix marche toujours d'un pas égal, & qu'on ne puiffe conclure que conjointement. Nous nous promettons d'autant plus cette marque de notre autorité & de notre foi que vous aviez été avertis des facilitez que nous avons apportées de notre part pour avancer la Paix, & qu'elles n'ont produit autre effet à nos Ennemis, que de les en faire davantage éloigner; furquoi nous remettant à notre Ambaffadeur Extraordinaire fur diverfes chofes que nous l'avons chargé de vous repréfenter de notre part en une rencontre d'affaires fi importantes, nous vous conjurons de lui donner entiére créance, & prions Dieu cependant qu'il vous tienne, très-chers, grands Amis, Alliez & Confederez en fa fainte garde. Ecrit à Paris le

le 14. jour de Fevrier 1648. *Etoit signé*, votre bon Ami & Confederé.

LOUIS.

Et plus bas

DE LOMENIE.

A la Superscription.

A nos très-chers, grands Amis, Alliez & Confederez les Etats Généraux des Provinces-Unies des Païs-Bas.

HARANGUE

De Monsieur de la

THUILLERIE

A Messieurs les

ETATS,

Lorsqu'il delivra la Lettre du Roi précedente.

MESSIEURS,

DEpuis le tems que j'ai l'honneur d'être employé dans les affaires, je n'en ai rencontré aucune qui m'ait paru si importante que celle qui m'invite à venir devant vous, puisqu'elle m'oblige, Messieurs, à vous faire des plaintes, & à représenter à vos Seigneuries le véritable sentiment que doit avoir le Roi & la Reine sa Mére de la signature de votre Traité avec les Espagnols, & de se voir abandonnez par ceux-là de leurs Alliez sur lesquels avec raison ils avoient mis le plus fort de leurs esperances, & desquels ils attendoient dans une conjoncture pareille à celle en laquelle nous sommes, le réciproque des assistances qu'en vos besoins ils vous avoient données, & les reconnoissances qu'ils estimoient qu'on dût avoir de tant de millions dépensez, de tant de sang répandu pour la cause commune, & tant de pertes & de peines souffertes en une Guerre véritablement entreprise pour reprimer la trop grande ambition d'Espagne, mais aussi, Messieurs, à votre sollicitation & pour vous rendre moins pesant le faix de celle que vous aviez à soutenir contre vos Ennemis que nous fimes dès lors les notres.

Vous savez, Messieurs, l'état auquel nous nous trouvions en mil six cens trente-quatre, la générosité avec laquelle nous déclarames la Guerre à l'Espagne en mil six cens trente cinq, les Conventions particulieres du Traité que nous fimes en cette même année vous sont connues, aussi bien que nos obligations mutuelles de ne quitter jamais les armes que les Espagnols ne fussent mis hors des Païs-Bas, & que nous nous y soyons vigoureusement employez : vos Seigneuries en seront les juges.

Si nous avons bien fait la guerre, nous n'avons pas avec moins de soin travaillé à la Paix. La patience & l'assiduité avec lesquelles nous agimes par les Traitez préliminaires, en sont une preuve, & celui de quarante-quatre une bien authentique de la confiance que leurs Majestez ont toujours prise en leurs prudents conseils, puis qu'aussitôt après être convenus de la Ville de Munster pour le bien de l'Assemblée & du tems auquel l'on s'y devoit trouver, elles ne se contentérent pas de vous donner avis du choix qu'ils avoient fait de leurs Plénipotentiaires & du tems de leur partement pour s'y rendre, mais encore voulurent qu'ils passassent ici pour joindre, s'il se peut dire, aux instructions qu'elles leur avoient données, celles que vous leur voudriez donner, & conclure ledit Traité de quarante-quatre pour nous servir de directoire en une Négociation si importante, & marquer jusques aux pas que vous & nous aurions à faire. Etans arrivez à Munster où Messieurs les Plénipotentiaires de France furent si religieux observateurs des choses promises, qu'ils demeurerent vingt & un mois entiers en attendant les vôtres, sans vouloir entendre à aucune proposition : & de fait quand ils arrivérent à peine avoient-ils échangé leurs Pouvoirs.

De combien d'artifices lors & du depuis se servirent les Ennemis pour faire brêche à notre Alliance? Il est superflu de le représenter, le discours en seroit trop long ; tantôt ils publient un mariage du Roi avec l'Infante d'Espagne qui le doit rendre Maître de tous les Païs-Bas ; une autre fois ils parlent d'une échange du même Païs avec la Catalogne ; enfin sentant que cela ne faisoit pas une impression assez forte, ils vous font peur de notre fortune, ils exagérent la puissance de la France & charitablement vous avertissent du danger qu'il y a de nous avoir pour vos voisins : comme s'il étoit convenable que les prospéritez d'un Allié qui n'a jamais manqué de foi ni de parole pût ou dût donner jalousie à l'autre, à la grandeur duquel il a toujours sincérement contribué.

Quoique ces artifices aisez à découvrir pussent servir contr'eux, nous ne laissons pas d'en souffrir ; témoin la signature de certains Articles dont nous avions tort de parler, bien qu'ils fussent le pronostic indubitable de ce que nous voyons ; & qui donnent lieu à Messieurs les Ministres d'Espagne d'exercer leur Rhetorique, qui enfin s'est trouvée si bonne & si persuadante, que nonobstant notre Traité de Garantie conclu en Juillet l'année derniére, qui confirme les précédents, nonobstant, dis-je, ledit Traité & toutes les avances que nous avons faites pour faire notre Paix ensemble, & nonobstant encore la remise de nos points indécis avec l'Espagne au jugement de vos Seigneuries, à Monsieur le Prince d'Orange conjointement avec ceux qui seront choisis de l'Etat, nous voyons un Traité avec l'Espagne signé le trentiéme Janvier, qui est celui dont je me plains : & il ne s'en faut rien que l'Assemblée de Munster aussi ne le fasse, puisqu'il lui ôte l'espérance qu'elle avoit légitimement conçuë de voir le repos établi dans la Chrétienté.

Leurs

1648.

Leurs Majestez toutefois confidérent le Traité abfolument contraire aux autres dont j'ai fait mention ci-deffus, & fachant que parmi vous-mêmes il n'eft pas dans une approbation univerfelle, & s'il m'eft permis de le dire, qu'une telle action blefferoit la candeur que cette République proffe, elles ne peuvent croire que ce qui a été fait l'ait été de l'ordre de l'Etat, & que tant de gens de bien & de graves perfonnes qui le compofent ayent voulu non feulement contre lefdits Traitez, mais auffi contre les refolutions prifes dans cette Affemblée donner cet avantage à leur ennemi, de les avoir pu porter par fa fineffe jufques fur le bord de rompre une union fi jufte & fi utile que la nôtre. Ainfi elles efpérent & ont telle confiance en votre probité, qu'elles ne doutent point que vos Seigneuries connoiffant ce mal qui peut avoir de fâcheufes fuites n'y appliquent le remède convenable tel que nous le pouvons defirer de bons, fideles, & anciens Alliez.

Je vous demande, Meffieurs, au nom du Roi & de la Reine Régente fa Mére, & n'eftime pas que vous me le puiffiez denier, vous le devez à nos Traitez, Meffieurs, & encore plus à vous-mêmes : tous les grands Princes de l'Europe attendent la fin de, celui-ci pour regler ceux que dorenavant ils auront à faire avec vous. Les chofes font en leur entier, vos Ratifications ne font point échangées, & vous les pouvez refufer aux Miniftres d'Efpagne jufques à ce qu'ils nous ayent donné un légitime confentement. Nous l'attendons, Meffieurs, de votre équité, de votre foi, & de votre reconnoiffance, qui fans cela ne feront point à couvert de blâme, quelques offices que vous ayez pu faire auprès des Efpagnols, puifque vous êtes nos Alliez & par conféquent obligez à plus qu'à des paroles. Je foutiens donc avec le refpect que je dois à votre Affemblée, que vous ne pouvez paffer outre, & que vous & nous avons les mains liées, fi ce que nous faifons touchant la Paix avec l'Efpagne ne fe fait de concert.

Fait à la Haye le 3. Mars 1648. & délivré une Lettre du Roi du 22. Fevrier.

Signé

DE LA THUILLERIE.

EXTRAIT

De l'Ecrit des Sieurs de Mateneffe & Paw Plénipotentiaires pour la Paix à Munfter avec le Roi d'Efpagne, de la part du Comté de Hollande; délivré l'an mil fix cens quarantehuit le treiziéme jour de Mars par le commandement des Etats-Généraux dudit Comté le douziéme du même mois, pour réponfe à l'Ecrit du Sieur de Nederhorft Plénipotentiaire de la

---

Seigneurie d'Utrecht qui a été délivré le troifiéme de Fevrier audit an.   **1648.**

L'Ecrit defdits Plénipotentiaires de Hollande eft imprimé à la Haye en Flamand en une feuille & demie in 4.

Ledit de Nederhorft eft accufé d'avoir vifité fouvent les Plénipotentiaires de France en particulier & de même qu'il a auffi été vifité d'eux en particulier.

Les Plénipotentiaires de France offrent les huit & dixiéme de Janvier de fe foumettre à des Commiffaires & Députez de part & d'autre, pour l'affaire de Lorraine, qui trois mois après la Ratification du Traité de Paix entre la France & l'Efpagne fe trouveront à Chalons en Champagne : & au cas que dans un an ils ne puiffent accorder, que trois mois après il fera convenu d'Arbitres, qui trois mois après termineront le différend.

Ce qui eft refufé par ceux d'Efpagne, mettans en avant que tous les Confederez de France par le Traité de Paix doivent être reftituez en leurs Seigneuries, & que le Duc Charles de Lorraine Allié du Roi d'Efpagne ne le feroit réellement.

Offres des Plénipotentiaires de France de rendre la Lorraine excepté la Duché de Bar, les Seigneuries des Evêchez de Metz, Toul & Verdun, & le Marquifat de Nomeni & pourvû que les fortifications de Nanci & autres Places foient demolies ; ce qui eft du tout contredit par ceux d'Efpagne.

Que l'intention de la France eft d'affifter le Duc de Modéne au Milanois.

Et les Néapolitains d'une armée navale.

Offres envoyées de Paris à Bruxelles au Duc Charles pour l'engager à une Guerre contre les Efpagnols.

Propofition des Plénipotentiaires des Provinces-Unies des Païs-Bas, à ce que la Lorraine foit reftituée & que le point de la démolition des Places fortes foit renvoyé aux Rois de France & d'Efpagne, pour en demeurer d'accord dans le tems de la Ratification du Traité de Paix entre le Roi d'Efpagne & lefdites Provinces : ce qui eft derechef contredit par les Efpagnols.

Le Sieur de Nederhorft met fauffement en avant que les Plénipotentiaires de France fe font foumis à l'arbitrage du Prince d'Orange & d'un des Députez des Etats Généraux touchant le différend de la Lorraine.

Que les François fur les différends des cinq points reftans, entr'autres ce qui concerne le Roi de Portugal & Cafal, n'ont confenti d'accepter pour arbitres les Plénipotentiaires des Provinces-Unies des Païs-Bas ni les Princes d'Orange pour Sur-Arbitres.

Les deux Rois ne fe veulent accorder fur l'Article que le Roi d'Efpagne ne puiffe affifter le Duc de Lorraine.

Que les Plénipotentiaires des Provinces-Unies des Païs-Bas ont fait leur effort un an entier pour induire les deux Rois à un accord entr'eux.

Et que l'on doit finalement confidérer ce qui va à la fureté & repos defdites Provinces.

1648.

PROPOSITION

Faite par Monſieur de la

THUILLERIE

AMBASSADEUR EXTRAORDINAIRE

DU ROI

A la Haye le 18. Mars 1648.

MESSIEURS,

IL me pourroit ſuffire de repréſenter à vos Seigneuries, comme j'ai fait pluſieurs fois, l'obligation de nos Traitez, & laiſſer agir à Munſter (vrai lieu pour traiter la Paix) Meſſieurs les Plénipotentiaires de France, ainſi qu'ils croiroient pour le mieux & par les moyens qu'ils eſtimeroient les plus proches, à mettre fin à ce grand bien & ſi fort deſiré. Le Roi néanmoins, Meſſieurs, & la Reine Régente ſa Mére conſidérant que la plûpart des propoſitions qu'ils y ont faites de leur part, quoique très-nettes & non ſujettes à aucun équivoque, ont été ou mal priſes ou altérées devant que d'arriver juſques à cette Aſſemblée ; pour de plus en plus témoigner à toute ſa terre les ſaintes intentions qu'elles ont pour l'établiſſement du repos de la Chrétienté, & faire connoitre en particulier à Meſſieurs les Etats-Généraux que les diſcours qui ſe tiennent ici de ce qui s'eſt paſſé depuis à Munſter dans la Négociation de ladite Paix, ne ſont pas fort ſincéres, & que c'eſt à tort qu'on a voulu imputer à la France les tergiverſations, les fuites, & les variations dont le parti contraire eſt ſeul coupable : leurs Majeſtez, dis-je, Meſſieurs, m'ont donné charge de déclarer à vos Seigneuries de vive voix & par écrit, que pour faire jouir plus promtement les Provinces-Unies du repos qu'elles ſouhaittent, & ne leur pas donner ſeulement le moyen d'éviter les dangereux pieges où les Eſpagnols ont deſſein de les faire tomber, (en les ſeparant d'une Couronne qui depuis ſi longtems a contribué tout ce qui étoit de ſon pouvoir pour leur bien, leur agrandiſſement & leur ſatisfaction) mais encore leur procurer la gloire d'être comme arbitres de la tranquillité publique dans laquelle elles trouveront la leur particuliére avec plus davantage & de ſureté. Le Roi, Meſſieurs, & la Reine ſa Mére en premier lieu demeurent formellement d'accord de ce dont meſdits Sieurs les Plénipotentiaires de France s'étoient laiſſé entendre à Munſter à ceux de Meſſieurs les Etats ; ſavoir qu'ils rendront l'ancienne Lorraine à Monſeigneur le Duc Charles, les Places en étant démolies : en quoi pour plus grand éclairciſſement (comme chacun ſait) le Comté de Clermont & les Places de Stenai & Jametz ne ſe trouvent pas comprifes, & demeureront à Sa Majeſté avec le Duché de Bar & ce qui dépend des trois Evêchez.

Et pour les cinq points du Traité avec l'Eſpagne qui reſtent indécis, leſquels Meſſieurs les Plénipotentiaires de France avoient offert par l'Ecrit qu'ils donnerent le dixiéme de Janvier à ceux de Meſſieurs les Etats de remettre au jugement d'Arbitres ; leurs dites Majeſtez ſont prêtes & conſentent de les ſoumettre au jugement de Meſſieurs les Etats & de Monſeigneur le Prince d'Orange, entendent néanmoins que les offres ci-deſſus n'auront lieu que juſques à l'échange des Ratifications du Traité de vos Seigneuries avec l'Eſpagne, & ſeront tenues pour non faites en cas qu'au préjudice de l'Alliance qui eſt entre la France & les Provinces-Unies, elles ratifiaſſent ledit Traité. Ce que leurs Majeſtez ne peuvent croire ni apprehender, notamment que par la preſente déclaration & remiſe de la Lorraine dont juſqués ici elles n'avoient pas & avec raiſon voulu entendre parler, & pour laquelle les Ennemis & quelques-uns de Meſſieurs les Plénipotentiaires des Etats mêmes aſſuroient que la Paix ne ſeroit pas retardée un jour, L'on aura pu toucher au doigt le veritable deſir qu'elles en ont & les facilitez par le pur motif de leur paſſion pour le bien public, nonobſtant que ſelon les apparences elles ayent beaucoup plus à eſperer qu'à craindre dans la continuation de la Guerre, ſi ce qu'elles contribuent de leur côté pour la faire ceſſer, ne peut produire l'accompliſſement de ce grand ouvrage.

Fait à la Haye le 18. Mars 1648.

Signé

DE LA THUILLERIE

POUVOIR

A Monſieur

SERVIEN

PLENIPOTENTIAIRE

A MUNSTER.

LOuïs par la grace de Dieu Roi de France & de Navarre, à tous ceux qui ces preſentes Lettres verront, ſalut. Par nos Lettres Patentes du vingtiéme Septembre mil ſix cens quarante-trois, nous avions donné pouvoir à notre très-cher & très-amé Couſin Henri d'Orléans Duc de Longueville & d'Estouteville, Prince & Comte Souverain de Neufchâtel, Comte de Dunois & de Tancarville, Connétable Héréditaire de Normandie, Gouverneur & notre Lieutenant Général audit
Paix

Païs, à notre très-cher & féal le Sieur Claude de Mesmes, Comte d'Avaux Commandeur de nos Ordres, Surintendant de nos Finances; & l'un de nos Ministres d'Etat, & à notre bien amé & féal le Sieur Abel Servien Comte de la Roche des Aubiez, Conseiller en tous nos Conseils, de traiter & conclure la Paix générale à Munster, en qualité de nos Ambassadeurs Extraordinaires & Plénipotentiaires : pour, en cas d'absence, maladie, ou autre empêchement de l'un d'iceux, être par les deux autres promis & accordé tout ce qu'ils jugeront nécessaire pour l'effet de ladite Paix. Et d'autant que notre dit Cousin le Duc de Longueville étant de retour en France & ledit Comte d'Avaux prêt à partir de Munster, il pourroit naître quelque difficulté de la part des autres Plénipotentiaires & Médiateurs de traiter avec ledit Sieur Comte de Servien, sous prétexte qu'il demeurera seul pendant quelque tems à l'Assemblée, s'il ne leur apparoissoit de notre intention ; & desirant faire cesser tout sujet de contestation & avancer la Négociation & la conclusion du Traité, tout autant qu'il nous sera possible. A ces causes & autres bonnes & justes considérations à ce nous mouvans, de l'avis de la Reine Régente notre très-honorée Dame & Mére, & de notre très-cher & très-amé Oncle le Duc d'Orleans, de notre très-cher & très-amé Cousin le Prince de Condé, de notre très-cher & très-amé Cousin le Prince de Conti, de notre très-cher & très-amé Cousin le Cardinal Mazarin & autres Grands & notables Personnages de notre Conseil, nous avons dit & déclaré, disons & déclarons par ces présentes signées de notre main, que nous voulons & entendons que ledit Sieur

Comte de Servien continue d'agir seul en ladite qualité de notre Ambassadeur Extraordinaire & Plénipotentiaire, tout ainsi qu'il auroit fait ou pu faire conjointement avec ledit Sieur Comte d'Avaux, tant en vertu dudit Pouvoir du vingtiéme Septembre que des présentes, lesquelles serviront audit Sieur Comte Servien pendant le tems qu'il demeurera seul audit lieu de Munster, & auquel, entant que besoin est ou seroit, nous avons de nouveau donné & donnons pouvoir spécial de négocier, promettre, accorder, & signer seul tous Traitez & Articles & faire tout ce qu'il jugera nécessaire pour l'effet de ladite Paix universelle, tout ainsi & de la même autorité que nous-mêmes ferions & pourrions faire, si nous y étions présents en personne ; jaçoit que le cas requît mandement plus spécial qu'il n'est contenu en cesdites présentes. Promettons en foi & parole de Roi & sous l'obligation de tous nos biens présents & à venir de tenir ferme & accomplir ce qui aura été par ledit Sieur Comte de Servien seul ainsi stipulé, accordé, & promis. En témoin de quoi nous avons fait mettre notre Scel à ces présentes. Car tel est notre plaisir. Donné à Paris le 20. jour de Mars mil six cens quarante-huit & de notre Regne le cinquiéme.

Signé

LOUIS.

Et sur le repli, par le Roi, la Reine Régente sa Mére présente.

DE LOMENIE.

RATIONES

Proponendæ Domino de la

THUILLERIE

Secundùm mentem

PROVINCIÆ HOLLANDIÆ

Servientes unà pro Responso super ejusdem

PROPOSITIONE.

Die 23. Martii Generalitati exhibitæ.

I.

QUòd Præpotentes Domini nihil aliud exoptaverint nec libentiùs vidissent, quàm quòd unus Tractatus Pacis concludi potuisset inter principales Partes unà cum Tractatu hujus Status cum Hispanis, ob diversas rationes in re ipsâ consistentes.

II.

Quòd propterea quacumque officia possibilia a
Pleni-

REPONSE

De la part de la

PROVINCE DE HOLLANDE

Au Sieur de la

THUILLERIE.

Le 23. Mars 1648.

I.

QUe leurs Hautes Puissances n'ont rien souhaité plus ardemment, que de voir conclure un Traité de Paix, entre les principales Parties interessées, en même tems que celui des Etats Généraux avec l'Espagne, pour des raisons qui concernent le Traité même.

II.

Que dans cette vue les Plénipotentiaires de
cet

1648.

Plenipotentiariis hujus Status fuerint adhibita, ad componendum scilicet prædictas Partes principales : quæ omnia tamen fuerunt frustranea.

1648.

cet Etat n'ont rien négligé, pour y porter les Parties; mais inutilement.

III.

Quòd propterea Monasterii nihil plus potuit agi, cum aliquâ saltem apparentiâ felicis exitûs hac in re ; secundùm judicium ipsorum Dominorum Mediatorum & aliorum qui notitiam rerum habent.

III.

C'est pourquoi, même au jugement de Messieurs les Médiateurs, & d'autres qui ont connoissance des affaires, on n'a pu rien faire de plus à Munster sur ce sujet, avec quelque apparence de bon succès.

IV.

Quòd Dominus Servien cum Hagæ Comitis Guarantia tractaretur, iterato declaraverit quòd in casum quòd illa eligeretur, tempore viginti quatuor horarum postmodum Pax concludi poterit.

IV.

Que dans le tems qu'on négocioit à la Haye le Traité de Garantie, Monsieur Servien déclara expressément, que la Paix seroit signée vingt-quatre heures après la conclusion de la Garantie.

V.

Quòd pro hoc Statu judicetur Tractatibus inter Coronam Galliæ & hosce Status, jam per ea quæ acta sunt fuisse satisfactum.

V.

Que l'on juge que cet Etat a entièrement satisfait aux engagemens qu'il a pris avec la France par les Traitez précedens.

VI.

Quòd Tractatio Pacis inter Hispanos & hunc Statum habeatur pro re confectâ ; & quòd fides publica per Plenipotentiarios Monasterii interposita debeat observari & effectum sortiri die ad id præfixâ.

VI.

Que la Paix entre l'Espagne & cet Etat est arrêtée; & que la signature en doit être faite à Munster par les Plénipotentiaires, pour être pleinement observée.

VII.

Quòd nihilominus regimen supremum hujus Status adhuc sit resolutum ad continuationem omnium possibilium officiorum ut prædictæ principales Partes ad finalem compositionem possint perduci.

VII.

Que néanmoins les Etats sont entierement resolus de faire continuer tous les offices possibles pour tâcher de porter les deux Parties à un accommodement final,

VIII.

Quòd Præpotentes Dominationes suæ judicaverint expedire Plenipotentiarios suos requirere ac eisdem strictè mandare ut quamprimum Monasterium revertantur cum serio Mandato procurandi strenuò Pacificationem prædictarum Partium.

VIII.

Que pour y parvenir ils ont donné ordre à leurs Plénipotentiaires de retourner au plutôt à Munster, & d'y travailler sérieusement.

IX.

Quòd Præpotentes Dominationes suæ non possint approbare submissionem in propositione Domini de la Thuillerie propositam, fieri ipsis ac Principi Auriaco; cùm per similem submissionem, dilationes, ac alia inconvenientia in præjudicium propositæ Compositionis causari possent.

IX.

Qu'ils ne peuvent approuver la soumission faite par Monsieur de la Thuillerie de s'en rapporter au jugement des Etats & du Prince d'Orange : d'autant que pareille soumission ne pourroit que causer des délais & d'autres inconveniens au préjudice de l'Accommodement que l'on a dessein de faire.

X.

Quòd nihilominus ad meliorem promotionem rei prædictæ, Præpotentes Dominationes suæ Plenipotentiariis hujus Status dederint auctoritatem acceptandi talem submissionem, quando ipsis a duabus principalibus Partibus deferetur, quoad reliqua puncta adhuc controversa ; hac conditione ut permutatio respective conditionum super Tractatu Pacis inter Hispanos & hunc Statum conclusæ per prædicta nullatenus debeat retardari.

X.

Que cependant pour avancer l'affaire, leurs Hautes Puissances ont donné pouvoir à leurs Plénipotentiaires de promettre leur médiation, quand les Parties les en prieront, pour les points qui restent indécis; à condition que cette nouvelle affaire ne retardera pas l'échange nécessaire pour l'entière conclusion de la Paix entre l'Espagne & les Etats.

XI.

XI.

XI.

Quòd desuper consultum existimaverint Præpotentes Dominationes suæ Legato suo ordinario nunc hîc degenti mandare quamprimum Parisios proficisci, ut pro promotione prædictorum coram Majestate suâ ac iis quos spectat similia officia interponat, quæ ad effectum prædictum magis videbuntur congruere.

XII.

Quòd tandem Majestas sua omnesque præcipui Ministri Galliæ pro parte hujus Statûs requirantur, ut pro bono Orbis Christiani tantùm conferant quantùm sæpius declararunt se ad universalem Pacem inclinatos ac propensos.

XIII.

Ulteriùs fuit existimatum & consultum ut dictæ rationes per modum responsi Gallicâ Linguâ traditæ Domino de la Thuillerie exhibeantur per Agentem Vanderburg, vel alias prout consuetum est aliorum Principum Legatis scripto respondere, per Præpotentes Dominationes suas curentur tradi; neque per ullam ulteriorem Conferentiam hæc res hîc introducatur, sed Monasterii tractetur, ut id Dominus Thuillerius in suâ propositione fieri debere dicit.

XI.

Que de plus L. H. P. ont résolu d'ordonner à leur Ambassadeur ordinaire en France qui est presentement ici, de se rendre au plutôt à Paris, afin de faire pour cet effet auprès de Sa Majesté, & ailleurs où besoin sera, toutes les instances & tous les offices convenables, & qu'il croira pouvoir servir à la fin que l'on se propose.

XII.

Enfin que les Etats Généraux suplient S. M. & ses Principaux Ministres, de contribuer de tout leur pouvoir, ainsi qu'ils ont souvent déclaré y être entièrement portez, à procurer la Paix à toute la Chrétienté.

XIII.

On a jugé à propos de faire délivrer en Langue Françoise ces raisons en forme de réponse à Monsieur de la Thuillerie par l'Agent Vanderburg; ou, conformément à ce qui est pratiqué de répondre par écrit aux Ambassadeurs des autres Princes, de les faire donner par ordre de L. H. P. Enforte cependant que cette affaire ne sera traitée ailleurs qu'à Munster, comme Monsieur de la Thuillerie a remarqué dans sa proposition que cela devoit se faire.

EXTRACTUM

Ex Registro Resolutionum Provinciæ Hollandiæ, de Ratificatione Pacis cum Rege Hispaniarum.

Die 4. Aprilis Anno 1648.

POstquam Domini Hollandiæ repererunt vacuam sedem Præsidentialem Wimmenum illam occupavit, & consequenter a Provinciâ Hollandiæ conclusum fuit, quòd secundùm sententiam quinque Provinciarum sit ratificatus Tractatus Pacis 30. Januarii initus Monasterii & ulteriùs quòd secundùm consilium suæ Celsitudinis Dominis Zelandiæ dabitur eisdem prout datur terminus octo vel decem dierum, & quòd illo tempore elapso tunc finalis & generalis conclusio absque ulteriori dilatione super ratihabitione fiet; super quibus sua Celsitudo præpotentibus Dominis dedit ad considerandum, utrum non existimarint consultum quòd de hac conclusione quamprimum fieret communicatio Domino Thuillerie, & requireretur utrùm aliud specialius mandatum haberet a suo Rege super Tractatu Pacis inter Coronas: ac ut id aperiret & casu quo non haberet ut tunc officia sua faceret in eum finem in Aulâ Gallicâ. Super quibus a Provinciâ Hollandiâ ut ante conclusum fuit quòd Resolutio prædicta traderetur Dominis Capello Wimmenum & Andreæ ad referendum oretenus Legato prædicto,

LE RESULTAT

Des Etats de la Province de Hollande touchant la Ratification du Traité de Paix avec le Roi d'Espagne.

Le 4. d'Avril l'an 1648.

APrès que Messieurs de Hollande ont trouvé la chaire de Président vuide, Monsieur de Wimmenum l'a occupée, & la Province de Hollande, ayant vu que cinq Provinces avoient ratifié le Traité de Paix commencé à Munster le 30. Janvier; & de plus que suivant le Conseil de son Altesse elles avoient donné aux Etats de Zélande le terme de huit ou dix jours, après lequel on ne devoit plus différer les Ratifications, son Altesse a consulté lesdits Etats, pour savoir s'il ne seroit pas à propos de donner communication de cette conclusion à Monsieur de la Thuillerie, & de lui demander s'il n'a point d'ordre plus précis du Roi son Maître au sujet de la Paix entre les deux Couronnes: & en cas qu'il n'en eût pas, de l'engager à solliciter la Cour de France d'en donner à cette fin. Sur ces considérations la Province de Hollande a conclu que cette Resolution seroit donnée à Messieurs Cappel Wimmenum & André pour la rapporter de bouche audit Sieur de la Thuil-

1648. *dicto, & ad requirendum eundem ut officia prædicta interponat in Aulâ, ut Corona mandatum det suis Plenipotentiariis Monasterii inceptos Tractatus cum Hispanis promovendi ad finalem conclusionem ; quandoquidem tres septimanæ current ad subscribendum ab hac die usque ad permutationem ratihabitionum cum Hispanis, & desuper adhuc aliæ tres septimanæ antequam fiat publicatio.*

Thuillerie, & le prier d'interposer ses bons offices auprès de la Cour de France afin que Sa Majesté ordonne à ses Plénipotentiaires à Munster de conclure les Traitez commencez avec l'Espagne : d'autant que les trois semaines prescrites pour l'échange des Ratifications courent de ce jour, & qu'il y aura encore trois autres semaines avant qu'on en fasse la publication.

E X T R A I T

D'une

L E T T R E

DE LA HAYE.

Du 14. Avril 1648.

LEs Etats Généraux des Provinces Unies ont fait réponse à Monsieur de la Thuillerie sur les propositions qu'il avoit présentées à leur Assemblée le vingt-troisiéme du passé, dont la substance contient que lesdits Etats Généraux n'ont rien plus desiré que de voir le Traité conclu entre la France & l'Espagne & iceux Etats. Monsieur de Servien avoit dit, lorsqu'il étoit en Hollande, qu'après le Traité de Garantie la France pourroit traiter avec l'Espagne en vingt-quatre heures, qu'ensuite dudit Traité les Plénipotentiaires desdits Etats avoient employé toutes sortes de devoirs pour parvenir à une bonne issue qui jusques ici n'avoit pu réussir; que la Négociation entre l'Espagne & lesdits Etats est jugée pour achevée, & que la parole publique étant engagée, l'affaire doit sortir son effet au terme prefix : que nonobstant lesdits Etats sont resolus de continuer tous les offices imaginables pour remettre les Couronnes d'accord ; qu'à cette fin ils ont donné ordre à leurs Plénipotentiaires de retourner à Munster, & qu'ils ont autorisé leursdits Plénipotentiaires d'accepter telle soumission que les Parties trouveront bon, pour terminer les points indécis entre la France & l'Espagne; qu'ils ont trouvé bon de donner ordre au Sieur d'Osterwyck, de s'en aller au plutôt à Paris pour y faire les offres requis pour l'avancement des affaires, & prier les Principaux Ministres de France de contribuer pour le bien de la Paix Universelle de la Chrétienté.

Le vingt-cinquiéme Mars lesdits Etats de Hollande proposérent les points suivans.

Primo, que la résolution ci-devant prise touchant le départ de leurs Plénipotentiaires devoit demeurer en son entier.

Secundo, que l'on devoit signifier au Sieur de Meinderswyk & à ceux qui sont à Munster en quel état est à présent l'affaire de la Ratification.

Tertio, que les Plénipotentiaires continueront l'accommodement des Couronnes touchant les points indécis.

Quarto, que les Provinces sont d'avis que le terme prefix du changement des Ratifications doit être observé, afin de garantir la foi publique engagée par lesdits Plénipotentiaires en vertu de leur Instruction ; sur quoi les Députez des autres Provinces répondirent, savoir ceux de Zélande, que les Etats de leur Province, étans assemblez, depuis peu de jours pour délibérer sur le point de la Ratification, la conclusion susdite ne pouvoit être avouée par eux contre le sentiment des cinq Provinces, mais au contraire se trouvoient obligez de s'y opposer formellement, afin de ne préjudicier point aux considérations de leur Province en une affaire de si grande importance.

Le Député de Frise dit qu'il ne pouvoit pas consentir à la susdite conclusion de deux Provinces contre cinq.

Ceux d'Utrecht protestoient que la conclusion du Président contrarioit aux opinions de cinq autres Provinces.

Ceux d'Overissel opinérent qu'ils étoient scrupuleux de se conformer aux sentimens de deux Provinces seulement.

Le Député de Groningue disoit que la Ratification devoit être faite au terme prefix.

Les Députez Extraordinaires de Zélande comparurent le lendemain à l'Assemblée, où ils ne dirent autre chose, si ce n'est que l'on doit employer tous les offices possibles pour donner contentement à la France : qu'à cette fin on travaillera à l'accommodement des Articles indécis pour émouvoir les Couronnes à une soumission générale.

Ceux de Frise baillerent au même jour la Résolution Provinciale sur la Ratification, qui est conforme à celle de Hollande.

Ceux d'Utrecht firent déclaration qu'il seroit à propos de donner un terme entre la Ratification & la publication du Traité, pour pouvoir travailler cependant à l'accommodement des Couronnes. Il semble que ceux de Hollande ont dessein de passer outre, encore qu'il y ait des Provinces qui fassent difficulté de conclure & de ratifier par la pluralité des voix, en ayant déja quatre de leur côté.

L'on voit que la Province d'Overissel se conformera bientôt, & que celle d'Utrecht n'oseroit pas être la derniére.

Quant à la Zélande elle désire pour la considération du Commerce complaire à la France : tant y a que par Lettres écrites de la Haye du 31. Mars l'on croit voir bientôt tout conclu & parfait.

EX.

EXTRACTUM

Ex Registro Resolutionum Præpotentium Dominorum

STATUUM GENERALIUM.

Veneris 24. Aprilis 1648.

Domini Extraordinarii & Ordinarii Deputati Provinciarum Hollandiæ & Frisiæ Occidentalis heri in Conventu Præpotentium Dominorum Statuum proposuerunt & repræsentarunt.

Si factâ permutatione Ratihabitionum hinc inde Publicatio secundùm captam Resolutionem fieri debeat. Utrùm formula publicationis facienda hic concepta Plenipotentiariis transmitti debeat, vel ab ipsis expectari pro ut ipsi inter se convenient.

Pro ut etiam de tempore & loco ubi publicatio reciproca fieri debeat.

Et cùm etiam Tractatus tam solemnis Pacis reciproco firmari debeat juramento, scire oportet utrùm juramentum Plenipotentiarii Hispanici præstare Præpotentibus Dominis, vel ab his illi recipere; & pariter utrùm Plenipotentiarii hujus Status aut major eorum pars juramentum Archiduci Leopoldo Bruxellis præstare, vel illi a suâ Celsitudine nomine Regis Hispaniæ recipere debeant : & uno vel altero modo expedire debebunt convenientia Procuratoria, vel Plenipotentiarii cum Hispanis super iis convenient & secundùm conventionem hic formabuntur & transmittentur, nisi aliter de iis sit disponendum.

De autorisatione Plenipotentiariorum utrùm acceptare possint submissionem punctorum adhuc controversorum.

Quòd primâ die Mercurii post publicationem Pacis indicenda sit generalis gratiarum actio ad referendum Deo gratias pro immenso Pacis beneficio, eumdemque exorandum ut eam pro bono Status hujus & Ecclesiæ Dei utilitate conservare & benedicere, & Pacem Universalem concedere velit.

Quòd Plenipotentiarii Monasterium redeuntes instruendi sint super demolitione Fortalitiorum.

Quid agendum cum Plenipotentiariis Hispanicis circa 44. & 45. Articulos ut ab iis fiat expressa declaratio ante permutationem Ratihabitionum quòd isti duo Articuli Tractatûs in ipsis comprehensi nullâ ratione superioritati Politicæ nec Administrationi Ecclesiæ præjudicabunt ; sed quòd res Dominis Statibus respectu illorum integritatis relinquetur.

Quòd dicti Plenipotentiarii adhibere debeant operam ut super prædictis obtineant ab Hispanis Actum approbativum; & casu quo negetur, petent Documentum ab Hispanis quòd ista declaratio ab ipsis facta fuerit ante Ratihabitionem & illâ uti possint suo loco.

Status Generales examinatis adjunctis Articulis concluserunt desuper ea quæ ad marginem hic adnotantur.

Tom. IV.   Gra-

LE RESULTAT

Des délibérations de L. H. P. les

ETATS-GENERAUX

Du Vendredi 24. d'Avril 1648.

Les Députez Extraordinaires & Ordinaires des Provinces de Hollande & de West-Frise, proposérent hier dans l'Assemblée des Etats Généraux & représentérent ce qui suit.

Si après l'échange des Ratifications, on procédera à la publication de la Paix conformément à ce qui a été résolu. Si la formule de cette publication doit être communiquée aux Plénipotentiaires telle qu'on l'a determinée; ou si l'on attendra leurs propositions là-dessus.

Au sujet du tems & du lieu où la publication doit se faire des deux côtez.

Et d'autant que l'on doit jurer solemnellement l'observation de la Paix, savoir si les Plénipotentiaires d'Espagne feront serment entre les mains de Leurs Hautes Puissances, & recevront celui des Etats Généraux; ou si les Ambassadeurs des Provinces-Unies ou la plus grande partie d'eux doivent jurer à Brusselles entre les mains de l'Archiduc Léopold, & réciproquement recevoir le serment de cette Altesse pour & au nom du Roi d'Espagne : pour expédier les Pouvoirs convenables, lorsque l'on sera d'accord là dessus avec les Espagnols.

A l'égard des points indécis, savoir si l'on autorisera les Plénipotentiaires à recevoir les soumissions faites sur cela.

D'ordonner des priéres publiques le premier Mercredi après la publication de la Paix pour rendre graces à Dieu de la conclusion de cette Paix, & le prier de la benir & de la perpétuer pour l'avantage de cet Etat & l'utilité de son Eglise, & de procurer une Paix Universelle.

Les Instructions que l'on doit donner aux Plénipotentiaires, qui doivent retourner à Munster sur la démolition des Places.

Ce que ces Plénipotentiaires feront auprès de ceux d'Espagne, pour les engager à déclarer avant l'échange des Ratifications, que ces deux Articles du Traité ne préjudicieront point au Gouvernement civil & Ecclésiastique; mais que l'on en laissera la décision à la probité des Etats Généraux.

Que ces mêmes Plénipotentiaires doivent faire tous leurs efforts pour obtenir des Espagnols la Ratification des Articles ci-dessus; & en cas de refus, ils leur demanderont une déclaration, de la présente Demande faite avant la Ratification, pour s'en servir dans le besoin.

Les Etats Généraux après l'examen des Articles ci joints, ont pris les résolutions suivantes.

1648.

Graphiario Musch hisce imponitur ut concipiat formulam publicationis & a Præpotentibus Dominis revideatur & fiat modo conveniente.

Tempus servabitur secundùm Resolutionem præpotentium Dominorum.
Quoad loca publicatio fiet inter unitas Provincias ac etiam Monasterii ubi Pax est conclusa.
Juramentum pro parte Regis Hispaniæ debebit fieri & recipi ad mensam Præpotentium Dominorum; fiet & recipietur Bruxellis a Commissariis vel aliis qui a Parte adversâ ad id constituentur: & procurabitur ut eodem die fiat.

Hoc mutatum est: nam jurabitur Monasterii. Casu quo Plenipotentiarii Coronarum submissionem deferant Plenipotentiariis. Præpotentium Dominorum, hi eam poterunt acceptare & ad effectum perducere.

Tertiâ die Mercurii post publicationem hisce concluditur indicendam esse generalem gratiarum actionem cum diebus jejunii & orationis ad propositum finem.
Scedula a suâ Celsitudine Præpotentibus Dominis exhibita serviet Plenipotentiariis pro instructione, cum hoc adjuncto quòd ex parte hac demolientur omnia Fortalitia ad Scheldam excepto Lillo.
Ad septimum & octavum punctum Domini Status Generales consenserunt.

1648.

On ordonne au Greffier Musch de réduire la forme de la publication, pour être revue par les Etats, & être ensuite exécutée d'une maniere convenable.
On la fera au tems marqué par Leurs Hautes Puissances:
Et dans les lieux désignez, c'est-à-dire dans les Provinces-Unies & à Munster où on a conclu la Paix.
Les Sermens se feront de la part du Roi d'Espagne entre les mains des Etats Généraux; & de celle des Provinces-Unies à Brusselles par les Commissaires nommez pour cela: & l'on fera enforte de les faire dans les deux endroits le même jour.
Cela a été changé: car on doit faire les sermens à Munster. En cas que les Plénipotentiaires des deux Couronnes remettent leurs différends aux Plénipotentiaires de L.H.P. ceux-ci pourront accepter l'emploi d'arbitres, & agir en conséquence.
Il est arrêté que le troisiéme Mercredi après la publication on fera des prieres publiques avec jeûne dans l'intention qu'on s'est proposée.
Le Mémoire présenté par son Altesse aux Etats Généraux servira d'instruction à leurs Plénipotentiaires, en y ajoutant que l'on démolira tous les Forts qui sont sur l'Escaut excepté Lillo.
Les Etats Généraux ont donné leur consentement au septiéme & au huitiéme Articles.

Le Traité de Paix susmentionné avec le Roi d'Espagne a été ratifié par les Etats Généraux des Provinces-Unies des Païs-Bas à la Haye l'an mil six cens quarante-huit le dix-huitiéme jour d'Avril.

Cette Ratification a été délivrée aux Plénipotentiaires d'Espagne à Munster en l'Hôtel de Ville le quiziéme de Mai, en même tems aussi celle de la part du Roi d'Espagne à ceux desdites Provinces.

Et ensuite le Serment fait par les uns & les autres pour l'observation d'icelui.

Le lendemain seiziéme la lecture en a été faite publiquement sur un échaffaut sur rue devant ledit Hôtel de Ville.

CEREMONIE

A l'achevement de la

PAIX

Des

ETATS-GENERAUX

Avec

L'ESPAGNE.

Les 15. & 16. Mai 1648.

Extrait d'une Lettre de Munster.

Du 19. Mai 1648.

Vendredi dernier quinziéme du courant à huit heures du matin Messieurs les Plénipotentiaires d'Espagne, & ceux de Messieurs les Etats ayant envoyé leurs Secretaires d'Ambassades dans la Maison de Ville, chacun dans son Carosse, accompagnez de quelques Messieurs, ils y furent reçus fort honorablement par les deux Maires; peu après Monsieur de Meinderswyck & un autre Plénipotentiaire Hollandois suivirent les Secretaires, & ensuite vint Monsieur Brun Plénipotentiaire d'Espagne, avec deux Carosses à six chevaux & deux autres à quatre avec un Trompette qui marchoit devant; & s'enfermérent tous ensemble avec les Secretaires dans une Chambre près de la grande Salle où ils conférérent encore une fois secrétement sur les originaux de leur Traité, & demeurérent d'accord de la Ratification. Cette Conférence dura jusques à dix heures, auquel tems les autres Plénipotentiaires des Provinces-Unies y arrivérent.

Le Comte de Peñaranda, premier Plénipotentiaire d'Espagne, y arriva sur les onze heures en grande pompe avec six Carosses à six Chevaux, & une Compagnie de Cavalerie fort leste au devant avec des trompettes; le Carosse dans lequel il étoit fut admiré de tout le monde, étant très-riche & très-magnifique, entouré de quantité de Gardes & de Pages & Laquais richement vêtus, tenans tous cette gravité Espagnole qui leur est naturelle. Le Comte, après avoir été splendidement reçu par les deux Maires

Maires & par les Secretaires dans la Maison de Ville, où furent tirées quantité de Mousquetades par la Bourgeoisie qui étoit en armes, entra dans la grande Salle, où il fut reçu par les autres Plénipotentiaires qui étoient sortis pour cet effet de leur Chambre, dans laquelle ils le menérent pour lui faire voir ce qui s'étoit passé dans leur Conférence, & en sortîrent demie heure après pour retourner dans la grande Salle, au milieu de laquelle il y avoit une grande table couverte d'un tapis de velours vert avec une douzaine de chaises de même étoffe, où les Plénipotentiaires d'Espagne prirent place, les premiers suivis de leurs Secrétaires, qui y mirent deux petits coffres qu'ils portoient couverts de velours rouge & enrichis d'argent dans lesquels étoient les originaux de leur Traité. Le Comte de Peñaranda se mit seul le premier au haut bout de la table & fit mettre les Plénipotentiaires Hollandois à son côté droit, chacun selon le rang de sa Province ; mais Monsieur Knuyt & Monsieur de Niderhorst Plénipotentiaires de Zélande & d'Utrecht ne s'y trouvérent pas, le premier n'étant pas revenu à cause que la Zélande n'a pas voulu consentir à cette Ratification, & le dernier étant ici fort malade : à côté gauche de ce Comte étoit Monsieur Brun auprès duquel tous les Secretaires se tenoient debout. Le dernier commença l'entrée du discours par une petite Harangue congratulatoire, après laquelle les originaux du Traité faits par les Espagnols furent donnez aux Hollandois & ceux des Hollandois aux Espagnols, & les uns & les autres les ayans lus, Monsieur Brun demanda aux Plénipotentiaires Hollandois, à chacun en particulier, s'ils demeuroient d'accord de tout le contenu : à quoi ils répondirent tous unanimement, oui. Cela fait, Monsieur Brun protesta & assura les Hollandois de la bienveillance du Roi d'Espagne, qui vouloit demeurer à jamais leur ami très-affectionné: sur cela Monsieur de Meinderswyck assura les Espagnols que Messieurs les Etats en feroient de même & conserveroient une amitié perpetuelle envers eux ; après quoi les Secretaires ouvrirent les deux petits coffres où ayant pris les originaux ils les lurent encore une fois tout haut, & les ayant lus les remirent dans les coffres. Les Espagnols avoient deux originaux & les Hollandois autant, lesquels furent ensuite tous ratifiez & signez de part de d'autre & scellez des armes d'Espagne sur de l'or tout pur. Il y avoit un Article secret mis à part portant que les Hollandois ne pourront avoir Commerce avec aucun Païs ennemi d'Espagne, ou suspect, ni aucune communication avec la France, sans la ratification duquel Article les Espagnols ne voulurent point conclure. Tout ceci étant proposé, Monsieur Brun dit en François de faire un serment public pour la sureté de la Paix, & dit que Monsieur de Peñaranda comme premier Plénipotentiaire d'Espagne le feroit le premier avec lui, laissant la liberté aux Hollandois de le faire à leur mode, à cause qu'ils sont de différente Religion ; dont étant tous demeurez d'accord, on fit apprêter une Bible sur la table, & l'on y mit dessus une croix d'argent sur laquelle le Comte de Peñaranda & Monsieur Brun ayant mis leurs mains droites, le premier lut tout haut le Serment, lequel étoit ajoûté au bas du Traité dans tous les originaux, & en ayant lu la moitié, ils levérent tous deux en haut leurs mains droites & les remirent sur la Bible jusqu'à la fin de la lecture du Serment : après quoi ils inclinérent la tête & baisérent la croix l'un après l'autre. Cela

Tom. IV.

fait, Monsieur de Meinderswyck qui avoit la premiére place selon le rang des Provinces, fit le Serment avec ses Compagnons selon leur façon en François, & en ayant lu la moitié ils levérent chacun deux doigts de la main droite, & ayant achevé mirent tous les originaux mêlez ensemble dans l'un de ses coffres, & ensuite Monsieur de Peñaranda embrassa & baisa Monsieur de Meinderswyck, & les autres Plénipotentiaires Hollandois qui en firent de même à Monsieur Brun. Il y eut divers concerts de Musique aux fenêtres de toutes les Maisons d'alentour, pendant le tems que dura cette Cérémonie, laquelle ayant fini à une heure après midi, tous ces Ambassadeurs furent conduits solemnellement chacun chez soi par les Bourgeois, qui tirérent leurs armes incessamment avec de continuels cris d'alégresse, & finirent cette fête par des feux de joye.

Le lendemain fut érigé un grand Théatre fort magnifique devant ladite Maison de Ville, proche lequel se mirent cinq Compagnies de Bourgeois en armes, les ruës depuis ce Théatre jusques à la porte du Comte de Peñaranda étoient couvertes de Draps, sur lesquels on avoit parsemé des fleurs & les murailles des Maisons toutes tapissées de belles tapisseries & des branches d'arbres. Midi ayant sonné, Messieurs les Plénipotentiaires firent monter sur ce Théatre leurs Secretaires d'Ambassades, lesquels lurent hautement à tout le monde le contenu de leur Traité, en Allemand, Espagnol, Flamand, & en François ; après quoi l'on fit battre les tambours, sonner les trompettes, & décharger tout le canon, ce qui fut suivi de voix d'alégresse & d'applaudissement universel de toute la Bourgeoisie, & de quantité de feux de joye. Le Comte de Peñaranda y fit couler une fontaine de vin depuis midi jusques à sept heures du soir, & le lendemain une autre, & fait maintenant préparer un banquet magnifique pour le jour de la Publication dans toutes les Provinces des Païs-Bas, qui sera le premier Juin.

LA

LA PUBLICATION

De la

PAIX

De Sa

MAJESTE CATHOLIQUE

Avec Messieurs les

ETATS

Des

PROVINCES-UNIES

Des

PAYS-BAS.

A Bruxelles le 5. Juin 1648.

L'On a fait savoir qu'à l'honneur de Dieu notre Créateur & pour le bien & repos de la Chrétienté, bonne, ferme, fidéle, inviolable, & perpétuelle Paix & amitié, a été convenue & accordée entre le Roi notre Sire d'une part & les Seigneurs Etats des Païs-Bas unis & les Provinces d'iceux respectivement d'autre, pour eux tous & quelconques leurs Royaumes, Païs, Terres & Seigneuries, Vassaux & Sujets; & qu'au moyen d'icelle Paix, Union & Accord, leurs Vassaux & Sujets pourront dorenavant aller, venir, fréquenter, & commercer ès Royaumes, Païs & Seigneuries de l'un & de l'autre, par mer comme par terre, & trafiquant & autrement, surement & franchement comme auparavant la Guerre ils faisoient ou faire pouvoient; & fait un commandement de par Sa Majesté à tous ceux de la sujettion & obéisance que dorenavant ils ayent à garder & observer ladite Paix inviolablement sans aucune contradiction à peine d'être punis comme infracteurs de Paix & Traitez sans aucun pardon ni grace.

De Munster le 12. Juin 1648.

LEs Ambassadeurs Hollandois ont repris ici leur fonction de Médiateurs entre les deux Couronnes; ils ont baillé à Monsieur de Servien un Ecrit contenant des expédients sur les cinq points plus importants qui restent indécis, assurans d'avoir des ordres bien précis de leurs Supérieurs de s'employer à cette réconciliation qu'ils souhaittent avec grande passion. L'Ecrit & le compliment ont été reçus avec grande civilité contre le sentiment de plusieurs, qui croyoient que la France refuseroit leur Médiation, & que son Ambassadeur témoigneroit de grands ressentimens de la publication de leur Paix avec l'Espagne. Ces expédients sont

I.

Que les Médiateurs donneroient une déclaration que l'Article troisiéme du Traité, contenant que les deux Rois pourront assister leurs amis & Alliez en quelque lieu qu'ils soient, s'entend pour le Portugal.

II.

Que les limites des Places conquises se régleront selon les anciennes dépendances, & non pas selon l'étendue des Gouvernemens modernes.

III.

Que l'on se rapportera pour les Fortifications de Catalogne à ce qui a été déja convenu entre les Espagnols & les Hollandois.

IV.

Que la Garnison de Cazal sera mise selon le désir de la France; mais le terme de trente ans pour la restitution sera réduit à douze ou quinze.

V.

Que Dom Edouard sera mis en liberté promettant de ne pas servir son Frére contre le Roi d'Espagne.

L'on doit bientôt répondre à ceci, & si l'on n'avoit été si souvent abusé, il faudroit espérer quelque chose de cette Négociation. Ils ont proposé avec cela de faire une suspension d'armes pour éviter les changemens que la continuation de la Campagne pourroit apporter, afin de traiter cependant le différend de la Lorraine.

On traite toujours à Osnabrug le point de la satisfaction de la milice : les Impériaux & Catholiques en ont déja offert deux Millions de Risdales; les Suédois s'étoient déja relâchez à dix, & sont venus à six : à quoi ils se tiennent fermes; mais on croit que tout cela n'est que pour se divertir. Cependant ceux qui ont offert ces deux Millions ont fait entendre sous main aux Suédois, que s'ils ne s'en contentoient, ils traiteroient avec l'Empereur sans eux : mais les Suédois attendent journellement les huit mille hommes qui viennent de Suéde sous le commandement du Palatin, dont trois mille chevaux sont déja arrivez à Weismar & le reste y est attendu de jour à autre; & après qu'ils seront joints à leur armée, leur droit sera ici d'autant plus fortifié.

BREVIOR ORDO

modusque satisfaciendæ Militiæ Pacisque exequendæ.

Dictat. Monaster. 15. Junii 1648.

1. *INtra paucos dies conveniatur de concludenda Pace & Instrumento subscribendo, eoque ipso sit armistitium cessante hostilitate.*

2. *Ratihabitione statuatur terminus duorum mensium ; detur tamen opera , ut si fieri poterit ante hunc terminum sistatur.*

3. *Interim restitutio Statuum ex capite Amnistiæ effectui mandetur.*

4. *Captivi ad modum antehac propositum liberi dimittantur.*

5. *Pro Militia Suedica certa designatio conficiatur , quantum a singulis septem Circulorum Statibus de summa quinque millionum Imperialium Thalerorum (Articulo satisfactionis Suedicæ exprimendâ) debeat expectare.*

6. *Ea designatio una cum notificatione Pacis statim ad exercitum mittatur . ut Campiductor ex Consilio bellico ejus contenta inter copias militares distribuat.*

7. *Exercitus interim commodis tutisque locis pacate contineatur, dum aliquot Officiales amendentur cum Directoriis & Statibus Circulorum de omnibus satisfactionis faciendæ circumstantiis , præcipue verò ut ea commodo tempore modoque fiat transacturi.*

8. *Ut hæc Transactio eo citius peragatur, Status jam in antecessum moneantur ut singuli suas quotas (in communem Circuli cujusque cassam conferendas) mature paratas habeant.*

9. *Militiâ contentâ , liberatis Captivis , & Statibus restitutis , Ratihabitionum Instrumenta commutentur.*

10. *His commutatis exauctorandi exauctorentur, retinendi vero Sueci in loca Suedica , Cæsareani in interiora Provinciarum Hæreditariarum , Bavarini in Terras Bavaricas , cæteri in sua quilibet loca obducantur.*

11. *Præsidia Locorum restituendorum eodem tempore educantur,*

12. *Loca ipsa cum Archivis & Documentis ibi extantibus singula suis, quibus vigore Pacis competent, Dominis restituantur , salvis tamen quorundam Officialium donationibus, vel saltem probabili meliorationis impensâ refundendâ , salvis item cuique victori tormentis & reliquo locorum apparatu bellico.*

13. *Restituta loca ab ulterioribus Præsidiis libera sunto.*

14. *Militiæ Campestri , ut & Præsidiis locorum sua sustentatio maneat in defalcationem usque*

METHODE PLUS COURTE

Pour satisfaire les Troupes , & pour mettra la Paix en execution.

Dicté à Munster le 15. Juin 1648.

1. ON conviendra en peu de jours de la Conclusion de la Paix, & de la souscription de l'Instrument, & en même tems il y aura cessation d'armes & de toutes hostilitez.

2. On mettra un terme de deux mois pour la Ratification , tâchant pourtant de l'avoir avant ce terme s'il est possible.

3. En attendant on mettra en effet la restitution des Etats en vertu de l'Amnistie.

4. Les prisonniers seront renvoyez sans rançon de la maniere ci-devant proposée.

5. On fera une specification de ce qué les Troupes de Suéde doivent avoir de chaque Etat des 7. Cercles , d'une somme de cinq Millions de Risdales, qu'on exprimera dans l'Article de la satisfaction de la Suéde.

6. Cette specification sera envoyée à l'armée d'abord avec la notification de la Paix , afin que le Général, par un Conseil de Guerre, en communique la teneur aux Troupes.

7. L'armée sera tenuë tranquille en des endroits commodes & sûrs , pendant que quelques Officiers seront députez pour transiger avec les Directeurs & Etats de Cercles sur toutes les circonstances de la satisfaction à donner, & sur tout qu'elle soit faite dans un tems & d'une maniere convenable.

8. Pour venir d'autant plutôt à bout de cette Transaction, on exhortera les Etats par avance à tenir prête leur quote part , qui doit être mise dans la caisse publique de chaque Cercle.

9. Après que les Troupes seront contentes, les prisonniers rélâchez , & les Etats rétablis, on échangera les Instrumens de Ratification.

10. Sitôt que ces Instruments seront échangez on cassera ceux qui doivent être cassez , & l'on retiendra ceux qui doivent être retenus, & les Suédois seront ramenez dans la Suéde, les Impériaux dans le fonds des Provinces Héréditaires, les Bavarois dans la Baviére, & tous les autres chacun dans son Païs.

11. On fera sortir en même tems les Garnisons des endroits qui doivent être restituez.

12. Les endroits mêmes seront restituez, avec les Archives & Documens qui s'y trouveront, chacun à son Maître à qui ils appartiennent en vertu de la Paix, sauf pourtant les donations faites à quelques Officiers, ou les fraix d'une amelioration qu'on prouvera ; sauf aussi à chaque Vainqueur l'Artillerie & autre munition de Guerre qui se trouve auxdits endroits.

13. Les endroits restituez ne seront pas chargez desormais de Garnisons.

14. La sustentation restera aux Troupes tant en Campagne qu'en Garnison , à bon compte

1648.

que ad exauctorationem, iis verò abducendis exterisque necessariis rebus avehendis liber commeatus currus & equi ad loca destinata concedantur, cessantibus tum cæteris omnibus belli oneribus.

15. Si quid tamen huic illive ex justo cum aliquo Statu Contractu restiterit . id ei ex æquo bonoque solvatur.

16. Tam exauctoratio vero militiæ , quam restitutio locorum bonâ fide fiat, ab omnibus Partibus belligerantibus simul eo ordine modoque de quibus inter generales Exercituum Duces convenietur.

Singula hæc Capita Articulo executionis explicatius comprehendentur.

jusqu'à la cassation; cependant on leur accordera des Sauf-conduits pour leur marche & des Chariots, & Chevaux pour le transport de leur Bagage, jusqu'aux endroits dont on sera convenu, & toutes les autres charges de la Guerre cesseront alors.

15. Si pourtant il reste à l'un ou à l'autre quelque prétention, en vertu de quelque Convention légitime, il sera satisfait suivant l'équité & la justice.

16. La cassation des Troupes aussi bien que la restitution des endroits se fera de bonne foi de toutes les Parties impliquées dans la Guerre, & l'on observera le même ordre & la même maniere dont les Généraux conviendront entre eux.

Tous ces points seront compris plus clairement dans l'Article de l'execution.

1648.

MEMORIAL

Des Essenischen Deputirten/ wegen der Hessen-Casselischen Exactionen und Contributionen.

Dictatum Osnabrügg den 26. Juni 1648.

Des Heil. Röm. Reichs Chur-Fürsten und Stände Hoch-Ansehnliche H. H. Abgesandte / Hochwürdig-Hochwohlgebohrne / Hoch-Edle / Gestrenge / Gnädige und Hochgeehrte Herren.

E. E. Gnaden / Wohl-Edlen / Gestrengen und Herrlichkeiten / wird hiemit im Nahmen Seiner Fürstl. Gnaden Frau Aebtissin des Keyserlichen Frey-weltlichen Stiffts Essen / Anna Saloma / gebohrnen Gräfin von Salm und Reifferscheidt etc. Zuerkennen gegeben / Obwohlen Hochgemeldte Jhro Fürstl. Gnaden als ein ungezweifelter unmittelbarer Reichs-Stand billig / wie andere Reichs-Stände / vor Jhre Person und Haupt von allen beschwerden exempt zulassen / solches auch bey währenden Kriegs-zeiten von kriegenden theilen selbst also beobachtet worden / daß da schon Land und Leuthe in contribution angeschlagen / dannoch gegen Fürsten und Ständt der Respect getragen worden / daß dieselbe vor Jhre Person und Haupt verschonet und geübriget / deme aber unterwogen an Seiten Hessen-Cassel von dero angeordneten Commissariis Hochgemeldte Jhro Füstliche Gnaden Vorhaupts neben Jhren Hoch-Gräflichen Capitularen und Geistlichen / so nicht weniger exempt seyn sollen / in besondern anschlag / und zwaren Jhre Fürstl. Gnaden samt dem Hoch-Gräflichen Capitul auf 200. Reichsthaler / die H. H. Canonici absonderlich auf achtzig Reichsthaler / und andere Geistliche durch den gantzen Stifft mit extraordinairer Contribution jüngsthin im Majo, also nach der zeit da man mit Jhrer Fürstl. Gn. Frau Landgräfin zu

Hessen

MEMOIRE

Du Deputé d'Essen touchant l'exaction & contribution de Hesse-Cassel.

Dicté à Osnabrug le 26. Juin 1648.

MESSEIGNEURS ET MESSIEURS

les Plénipotentiaires des Electeurs & Etats de l'Empire.

LE soussigné vous fait connoître par celleci, au nom de son Altesse Madame Anne Salome, née Comtesse de Salms & Reiffencheidt, Abbesse de l'Abbaïe Imperiale & secularisée d'Essen, que quoique sadite Altesse, qui sans contestation tient rang parmi les Etats immediats de l'Empire, doit pour sa personne, être exemte de taille, aussi bien que tous les autres Etats de l'Empire, comme cela a été observé même en tems de guerre par les partis opposez, qui bien qu'ils ayent mis tout le Païs, & habitans sous contribution, ont pourtant eu tant d'égard pour les Princes & Etats, qu'ils les ont menagé quant à leurs personnes. Nonobstant cela on a taxé de la part de Hesse-Cassel, par un Commissaire établi pour cet effet, sadite Altesse personnellement, avec son Chapitre & autres Ecclesiastiques qui ne devroient pas être moins exemts qu'elle; savoir S. A. avec le Chapitre pour 200. écus, les Seigneurs Chanoines separement pour quatre-vingt écus, & ainsi à proportion les autres Ecclesiastiques qui rélevent de cette Abbaye; ce qui s'est fait au mois de Mai dernier, & ainsi depuis qu'on a traité ici au Congrès d'Osnabrug avec S. A. Madame la Landgrave de Hesse, touchant la satisfaction de Hesse. Or comme il est non seulement derogeant à S. A. comme un Etat immediat de l'Empire, d'être

Heſſen alhier beym Oſnabrüggiſchen Convent der Heſſiſchen ſatisfaction halber tractiret, belege und angeſchlagen worden. Wann es aber nicht allein Ihrer Fürſtl. Gn. hoch-ſchimpfflich iſt für Ihre Perſon als ein Reichs-Standt angeſchlagen zu werden / auch dem geringen Stifft unerträglich fället / mit der ſchweren Contributions-Laſt länger zufolgen / geſchweige daß dadurch keine Gräflliche Capitularen in perſonlicher Reſidenz allda ſich aufhalten können / auch die geiſtliche bey ſo ſchweren auflagen verlauffen und den Gottesdienſt ſtehen laſſen müſſen / bevorab hiedurch wohl ein gefährlicher Eingang zu höchſtſchädlicher Conſequenz auf andere Fürſten und Ständt eingeführet werden möchte / als dieſelbe ſamt und ſonders hiebey intereſſirt ſeyn.

Hierum ſo gelanget an E. E. Gnaden / Wohl-Edle / Geſtrenge und Herrlichkeiten in Nahmen obſtehend meine unterthänige und unterdienſtliche Bitt obhochgedachte Ihro Fürſtl. Gn. mit Ihrem hochvermögenden Interceſſional-Schreiben an Ihre Fürſtliche Gn. Frau Landgräfin zu Heſſen zur hand zu gehen / damit geklagte beſchwerniſſe / ſo wohl was Ihro Fürſtliche Gn. Perſohn und dero Hoch-Gräfl. Capitul belanget / wiederumb ſchleunigſt (in erwegunge die durchgehends hochſchädliche Execution darüber bereits angedrohet) abgeſtellet / als auch gemeldtes geringes Stift der überaus groſſen unerträglichen Contribution halben in etwas möge erlindert und der hohe anſchlag auf ein trägliches moderiret werden / indeſſen etc.

Oſnabr. den 20. Junii 1648.

E. E. Gn. Wohl-Edle / Geſtrenge Herrlichkeiten

Unterthänig und unterdienſtl. Fürſtl. Eſſeniſcher

Deputirter.

tre taxée perſonnellement, mais auſſi inſuportable à la petite Abbaye de payer plus long-tems ces groſſes contributions; pour ne pas dire que par là les Comtes Chanoines ſeront empechez d'y faire leur réſidence : que les Eccleſiaſtiques ſeront forcez à s'en aller & à abandonner leurs Egliſes, & ce qui eſt le principal, que ce procedé pourra être d'une dangereuſe conſéquence pour les Princes & Etats qui à cet égard ſe trouvent tous intereſſez dans cette affaire.

Le ſouſſigné vous prie très-humblement Meſſeigneurs & Meſſieurs, au nom de ſa ſuſdite Alteſſe, de vouloir lui accorder votre puiſſante interceſſion auprès de S. A. Madame la Landgrave de Heſſe, afin que ces juſtes raiſons de plaintes ſoient ôtées au plutôt, (vû qu'on a déja menacé d'une execution générale, qui ne laiſſeroit pas d'être très-ruineuſe, non ſeulement quant à la perſonne de S. A. & à ſon Chapitre) mais auſſi afin que la petite Abbaïe ſoit taxée d'une maniere plus ſupportable, & que l'exceſſive contribution ſoit moderée. En attendant &c.

MESSEIGNEURS ET MESSIEURS,

Votre très-humble & très-obeïſſant Serviteur,

LE DEPUTE de S. A. Madame l'Abbeſſe

D'ESSEN.

A Oſnabrug le 20. Juin 1648.

MEMORIAL

Von Bürgermeiſter und Räth der Stadt Minden an die in Oſnabrück wegen des allgemeinen Friedens verſammlete Geſandte der Stände des Reichs ꝛc. die Conſervation ihrer jurium ꝛc. betreffend.

Dictat. Oſnab. den 27. Junii 1648.

Des Heiligen Römiſchen Reichs Chur-Fürſten und Stände Hochanſehnliche / Vortreffliche Herren Abgeſandte; Hoch-und Wohlgebohrner / Gnädiger Graff und Herr / Hoch-Edle / Geſtrenge; Veſt-und Hochgelahrte / inſonders Hochgeehrte Herrn.

Eu. Hoch-Gräfliche Gnaden Excell. Geſtreng-und Herrlichkeiten erinneren ſich gnädig und hochgünſtig / was circa punctum æquivalentiæ Brandenburgi-cæ

MEMOIRE

Du Bourguemaître & Magiſtrat de la Ville de Minden, concernant la conſervation de leurs Droits, préſenté aux Plénipotentiaires des Etats de l'Empire aſſemblez à Oſnabrug pour la Paix générale.

Dicté à Oſnabrug le 27. Juin 1648.

MESSEIGNEURS ET MESSIEURS,

IL plaira à vos Excellences & à vous tous Meſſieurs les Plénipotentiaires Conſeillers & Députez des Electeurs & Etats de l'Empire, de ſe ſouvenir, quelles corrections on a cherché de

cæ wegen der Stadt Minden versicherungs-
Clausul an Churfürstl. Brandenburgischer seiten vor Correcturen gesucht und in absentia der
Stadt Minden Abgeordneten bey theils Reichs-
Ständen eventualiter unterschrieben bekommen.
Wann aber in gedachter Clausul das jus proprii
præsidii, & pristinæ Libertatis possessio durch-
gestrichen / und dafür jura pristina legitime competentia gesetzt werden wollen/worunter die Stadt
Minden mit willführlicher/stehtswehrender neuen
Guarnison ,contra jus proprii præsidii & pristi-
nam libertatem possessam künftig zu graviren
und alle jura in petitorio hiernächst ad Contradictionem cujusvis tertii auß-disputiren zu lassen
intentioniret werden könte/deßzwegen an der Stadt
seiten so wol bey Kayserl. Majest. alß Königli-
cher M. zu Schweden Höchstansehentlichen Herrn
Plenipotentiariis unterthänige ansuchung geschehen und erhalten / daß die Herren Kayserl. in
beyden ihren Projecten instrumenti pacis das jus
proprii præsidi und possessionem vel quasi pristinæ libertatis, der Stadt Minden specifice ver-
wahret /und die H. H. Königl. Schwedische in-
ihren gestriges tages außgegebenen Differentiis circa Art. XI. erseßt/ daß der §. Mindanus appo-
niret werden solle/ wie selbiger im Kayserl. ersten Project enthalten: alß aber selbige differen-
tien den Hochlöbl. Reichs-Collegiis ad consul-
tandum & ulterius concludendum extradirt und
zugestellet seyn ; so ersuchen Eu. Hoch-Gräfl.
Gnad. Excell. Gestrenge und Herrlichk. Burge-
meister und Rath der Stad Minden unterthänig
und dienstlich/ die Clausulam Salutarem Min-
densem , wie selbige in dem ersten Kayss. ge-
druckten Project geseßt/ Gnädig und Groß-gün-
stig mit ihren votis und Reichs Concluso zu ap-
probiren, und zu erhalten / in mehrers betracht
daß hierunter fides regia & publica vertiret und
dieser punct auch mehr Ihro sambtl. Kayf. und
Königl. Schwedl. Mayt. Mayt. auch der
Reichs-Ständ interesse zum theil mit concer-
niret. Sintemahl Ihro Kayserl. Mayt. Ferdinandus secundus Christ-seligster gedächtnis alle
und jede dero Stadt Minden jura und libertæt
nicht allein confirmiret, sondern auch in beykom-
mender salva guardia, Protectorio Cæsareo perpetuo sub Litt. A. & B. unter Kayserlicher
Hand und Siegel versicherung allergnädigst
gethan/ so bald die grosse gefahr der Kriegs-Ein-
pörung umb Minden am Weser-strohm nicht mehr
obhanden/alsdan die Guarnison mit allen ihrem
anhang/ungekkencket der Stadt Minden Veste/
Rechten/ Frey-und gerechtigkeiten / zunebst Ein-
raumung / richtiger wiedereinandtwortung der
Stadt Zeug-Hauß/Artollerey/Geschüß/ munition und schlüssel ; ohne einige exaction, Concussion und Plackerey auß zu gehen befehlet und
commandiret seyn solte ; Ebenmaßen (2) Ihro
Königl. Mayt. zu Schweden nicht allein durch
ihre sambtliche Reichs-Räthe / wie Lit. C.
außwetser/ die Stadt Minden versicheren lassen/
daß selbige bey den künftigen Friedens-Tractaten durch special-neben-Receß, damit sie bey ihrem
freyen Exercitio Religionis auch alten und jeden
ihren Privilegien, Recht-und Gerechtigkeiten / so
vielmehr versichert seyn möchte / expresse einge-
schlossen und aufgenommen / und wan auf solchen
fall die Guarnison abgeführet würde / die ordre
zu stellen/daß ihnen bey dem abzug in Ihrer Jurisdiction nicht præjudiciret, viel weniger die Stadt
oder Burgerey mit schatzung oder wegführung
ihrer zugehörigen güter exactioniret , belegt
oder beschweret werden solten/sondern es hat auch
(3) Ihre Königl. Mayt. zu Schweden selbst

unter

de faire de la part de l'Electeur de Brandebourg
dans la clause d'asûrance de la Ville de Minden,
touchant l'équivalent de Brandebourg , lesquelles aussi ont été signées par une partie des E-
tats de l'Empire en l'absence des Députez de
la Ville de Minden; mais comme on y a effa-
cé les termes, (*jus proprii Præsidii & pristinæ
libertatis possessio,*) le droit de faire garder la
Ville par leur propre garnison & la possession
de l'ancienne liberté,) & qu'on a mis à la place,
jura pristina legitime competentia, (les droits anciens lui competans legitimement) ce qui pourroit faire craindre qu'on n'eût l'intention de
charger à l'avenir la Ville de Minden d'une
Garnison arbitraire & perpetuelle , contre le
Droit qu'a cette Ville d'avoir sa propre Garnison , & la possession de l'ancienne liberté,
laissant après cela disputer tous les Droits dans
le pétitoire à quiconque voudroit; on a fait ,de
la part de la Ville ,de très-humbles représentations là-dessus auprès des Seigneurs Plénipotentiaires tant de Sa Majesté Impériale que de Sa
Majesté le Roi de Suéde, & on a obtenu que
ceux de Sa Majesté Impériale dans leurs deux
Projets de l'Instrument de la Paix ont conservé
tout particulierement à la Ville de Minden,
*jus proprii præsidii & possessionem vel quasi
pristinæ libertatis,* (le droit de la propre Garnison & la quasi-possession de l'ancienne liberté)
& que ceux de Sa Majesté le Roi de Suéde
ont mis de leur côté sur l'Art. XI. que la
periode de Minden sera inseré de la même maniere qu'elle se trouve dans le premier Projet Imperial.

Or parce que ces differents Projets ont été
delivrez aux Colleges de l'Empire pour deliberer & résoudre là-dessus, le Bourguemaître &
Magistrat de la Ville de Minden prient très-
humblement vos Excellences & vous Messieurs
de vouloir approuver & conserver par vos voix
& conclusion de l'Empire la clause salutaire de
Minden , de la même maniere qu'elle a été mise dans le premier Projet-Impérial imprimé, en
consideration qu'il s'agit de la foi Royale & publique, & que ce point concerne les communs
intérêts de Sa Majesté Impériale, de Sa Majesté
le Roi de Suéde, & d'une partie des Etats de
l'Empire, vû que Sa Majesté l'Empereur Ferdinand second de glorieuse memoire a non seulement confirmé en général tous les Droits &
Privileges de sa Ville de Minden, mais aussi
promis très-gracieusement par la Sauve-garde ci-
jointe (A. & B.) signée de sa main & scel-
lée du grand Sceau Impérial, que sitôt que le
danger de la guerre autour de Minden & de la
riviere du Weser cesseroient, elle donneroit ordre aux Garnisons de sortir sans faire le moindre
tort aux Droits, Libertez & Privileges de la Ville de Minden, & de remettre à ladite Ville son
arsenal, artillerie, munition & clefs, sans aucune exaction ou concussion. En second lieu,
S. M. le Roi de Suéde a non seulement fait assurer la Ville de Minden par tous ses Conseillers
suivant la Copie ci-jointe (C.) qu'elle seroit
comprise expressément dans le Traité de Paix
à conclure par une Convention separée, pour
pouvoir être d'autant plus sûre du libre exercice de la Religion, & de tous ses autres privileges & Droits tant pour les affaires Ecclesiastiques que politiques, & que si en ce cas les Garnisons fussent retirées, elle donneroit ordre qu'en
marchant elles ne fassent point de préjudice à
sa jurisdiction , bien loin d'exiger de la Ville ou
de la Bourgeoisie des tributs, ou d'emporter
avec elles des biens qui appartiennent à ladite
Ville & à ses Bourgeois; mais Sa Majesté Sué-
dois-

unter eigener Hand / laut Extract sub Lit. D. an Jhre Plenipotentiarios Herrn Grafen Oxenstiern und Herrn Salvii Excell. allergnädigst geschrieben und specifice befohlen / daß sie bey denen bevorstehenden Friedens=Tractaten sich der Stadt Minden wohlfahrt und bestes eußerst moglich angelegen seyn lassen / und es dahin mit allem fleis befördern helfen / daß die Stadt Minden bey allen ihren habenden Juribus, Privilegiis und Gerechtigkeiten conserviret und erhalten / auch in dero vorigen Stand und Freyheit / wie sie vor diesen Krieg Ao. 1624. gewesen / hinwieder gesetzt / und nach glücklich geendigten Friedens=schluß mit einigem præsidio oder andere beschwerdte nicht gravieret werden solte: welchen Kayl. und Königl. Rescriptis, als welchen firmissima fides billig zugeschrieben / und in summa Imperatoria & Regia Majestate keine inconstantia præsumiret wird / die Stadt Minden sicherlich getrauet und nunmehro fast dreyundzwanzig Jahr lang sub spe futuræ pacis & pristinæ libertatis restitutionis so viel tausend und tausend Reichsdaler bey stetiger übereraußgrosser einquartirung hergegeben und in die höchsten Schulden=lasten / worauß man sich fast nich zu erretten weiß / gerathen.

Den obgedachten Königl. Rescripten zu folge haben (4.) die Königl. Schwedische Herren Plenipotentiarii fort von anfang / wie der Stifft Minden einiger parthey oder theil zum æquivalent zugeeignet werden sollen / dieses pro conditione sine qua non gleichsamb gehalten / daß der Stadt Minden alle und jede Jhre Freyheiten und jura expresse reserviret und salva bleiben solten. Deßhalben (5.) die Churfürsl. Brandenburgische Hoch=ansehnliche H. H. Abgesandte præsentibus Dominis Plenipotentiariis Suedicis der Stadt Minden Clausul halber verschiedentliche Communicationes gepflogen / das formale varie concipiret / aber letzt die Clausul wie sie cum jure proprii præsidii & pristinæ libertatis possessione in dem ersten Kayserlichen Instrumento stehet / selbst abgefasset und beliebet. Worauf (6.) der Stifft Minden in das Churfürsl. Brandenburgische æquivalent weiter gekommen / und diese transigirte Clausul ad similiter approbandum & inferendum denen Herren Kayserlichen Plenipotentiariis von den Königl. Schwedischen zugeschickt worden / deßwegen auch diese Clausul sub istis conceptis verbis dem Instrumento Pacis einverleibt ist / wobey beyderseits Jhro Jhro Kayserl. und Königl. Majest. Majest. Herren Plenipotentiarii nochmahlen (sonsten Jhrer Höchsten Principalen außgestellte eigenhändige versicherungen ohne effect seyn wolten) beständig verbleiben. Und obzwar dem verlaut nach neulichster zeit Jhro Kayserl. Majest. Ferdinandus III. Allergnädigst anhero geschrieben haben mögten / daß der punctus æquivalentis Bandenburgici, wie er letzt bey den Ständen unterschrieben / auch von den Kayserlichen Herren Abgesandten extradiret werden solte; so haben doch Jhro Kayserl. Majest. Zweifels=ohne sich dafür nicht gehütet / daß darunter wider Jhro Majest. Herrn Vatern glorwürdigster gedächtniß unter Kayserlicher Hand außgestellte Versicherung der Stadt Minden / so Jhro Kayserl. Majest. und dem gantzen Röm. Reichs allemahl / sonderlich bey diesem langwierigen Krieg getreu gewesen / einig præjudiz zugezogen / und dero jus proprii præsidii & pristinæ libertatis possessio disputirlich gemacht werden wolte oder könte / und diese Clausula hiebevor anders beliebet / und mehrers dabey ratione status publici zu consideriren seye / deßwegen auch solch Kayserl. Rescriptum salvo jure tertii & si res ita se habeat, verstanden werden muß / seine Churfürsl. Durchl. zu Brandenburg / unser Al-

Tom. IV.   let-

doise a aussi en 3. lieu écrit de sa propre main à ses Plénipotentiaires LL. EE. le Comte Oxenstiern & le Sieur Salvius suivant l'Extrait ci-joint (D.) & leur a ordonné expressément qu'à la prochaine Paix ils eussent une attention particuliere aux intérêts & avantages de la Ville de Minden , & qu'ils fissent tout leur possible pour lui conserver tous ses Droits & Privileges, & pour la faire rétablir dans son premier état & libertez, comme elle avoit été avant la présente Guerre en l'année 1624. & qu'après l'heureuse conclusion de la Paix, elle ne soit plus chargée d'aucune Garnison ou autres choses onereuses. C'est sur ces Rescrits Impériaux & Royaux que la Ville de Minden s'est fiée, parce qu'on les tient avec raison pour les témoignages les plus dignes de foi, & qu'on ne présume aucune inconstance dans la Majesté d'Empereur & de Roi, & cette esperance de la future Paix & de la restitution de l'ancienne liberté l'a porté à donner tant de millions pendant vingt & trois ans qu'un nombre excessif de Troupes y a été mis en quartiers par où la Ville a contracté tant de dettes qu'elle ne voit presque pas comment les aquiter.

En vertu des susdites Lettres Royales les Srs. Plénipotentiaires de S. M. Suédoise ont en 4. lieu, d'abord du commencement, lorsqu'on vouloit donner un équivalent à la Ville de Minden, regardé quasi comme une condition essentielle (*sine quâ non*) que tous les Privileges & Droits de la Ville de Minden seroient expressément réservez sauves. C'est pourquoi en 5. lieu les Sieurs Ambassadeurs de S. A. Electorale de Brandebourg ont eu plusieurs Conferences sur l'Article de Minden en présence des Sieurs Plénipotentiaires de Suéde & en ont tourné la forme en diverses manieres, jusqu'à ce qu'à la fin ils ont dressé & arrêté le dit Article comme il se trouve dans le premier Instrument Impérial; savoir avec le droit de la propre Garnison & la possession de l'ancienne liberté : surquoi en 6. lieu le Chapitre de Minden est toujours plus avancé dans cette affaire de l'équivalent de Brandebourg , & cet Article ainsi transigé a été envoyé par les Sieurs Plénipotentiaires de Sa Majesté Suédoise à ceux de Sa Majesté Impériale afin de l'approuver & inserer pareillement. C'est pourquoi aussi ledit Article a été mis avec les mêmes paroles dans l'Instrument de la Paix, & les Sieurs Plénipotentiaires de part & d'autre persistent encore actuellement dans le même sentiment (sans quoi ils rendroient les assurances signées de la propre main de leurs principaux sans aucun effet): & quoiqu'il coure un bruit que S. M. l'Empereur Ferdinand III. avoit écrit à ses Plénipotentiaires ici qu'ils devoient delivrer le point de l'équivalent de Brandebourg de la même maniere qu'il avoit été signé en dernier lieu par les Etats de l'Empire, Sa Majesté Impériale n'a pas sans doute fait attention qu'elle fait par là préjudice à l'assurance que feu son Pere de glorieuse mémoire avoit donné de sa propre main à la Ville de Minden, qui a toujours été fidelle à S. M. I. & à tout l'Empire & que si cette clause étoit admise, on pourroit disputer à ladite Ville le Droit de la propre Garnison , & la possession de l'ancienne liberté : que ladite clause avoit été arrêtée autrement du commencement & qu'il y avoit bien des considerations à faire par rapport à l'Etat public avant que de l'admettre. C'est pourquoi ce Rescrit Impérial ne peut ni ne doit être interpreté que sauf le droit de chacun, & si les affaires se trouvent ainsi qu'on a rapporté (*salvo jure tertii & si res ita*

Kkk   ses-

lergnädister Churfürst und künfftiger Landes-Herr wird sich auch 7. allergnädigst gefallen lassen und nicht retractiren was dessen ansehnlichen Herren legati einmahl placidiret und eingegangen/ und wollen seine Churfürstl. Durchl. sich gäntzlich versichert halten/ daß bey dieser Mindischen Clausul von Bürgermeister und Rath der Stadt Minden nichts anders gesuchet wird/ als was zu Erhaltung der Stadt Frey-und Gerechtigkeit dienet/ und zwar die deutliche expression darum/ daß künfftig zwischen Jhro Churfürstl. Durchl. und der Stadt Minden keine Processen/ Zwiespalten/ uneinigkeit und misstrauen erwachsen und unter der obscuritæt fomentiret werden mögte: Solte sonst künfftig/ das Gott der Allmächtige verhüte/ im Röm. Reich unruhe wieder entstehen/ oder seiner Churfürstl. Durchl. und Stifft und Stadt Minden eine Vehde zustoßen/ so werden Seine Churfürstl. Durchl. und die Stadt Minden/ wie vor diesem geschehen/ zu gesamter hand consultiren und schliessen was zu conservation so wohl des Stiffts als der Stadt ersprießlich seyn wird/ und seynd seine Churfürstl. Durchl. durch den homagial-Eyd/ welchen die Stadt willig ablegen wird/ genugsam versichert/ daß sie nicht allein allen schuldigsten Gehorsam und beständige Treue erweisen/ sondern auch an sich nichts erwinden lassen werden/ was zu seiner Churfürstl. Durchl. hohem landesobriegkeitlichem Respect und besten gereichen mag/ wozu auch die Bürgerschafft allemahl bestowilliger ist/ wann sie siehet/ daß ihre jura confirmiret/ und sie zur alten freyheit wiedergebracht/ aber nicht alsobald weiter graviret werden oder im bedruk bestecken bleiben. Weilen auch ferner 8. die Stadt Minden bey anfang dieser Friedens-Tractaten von den benachbarten Churfürsten und Herren/ als Seiner Churfürstl. Durchl. zu Sachsen/ de dato Dresden den 30. Decembris Anno 1643. Hertzog Friedrich/ Hertzog Christian Ludwig/ Hertzog Augustus/ allen dreyen Hertzogen zu Braunschweig und Lüneburg in absonderlichen antwort-Schreiben/ auch von Seiner Fürstl. Gnaden Landgraff Georg zu Hessen-Darmstatt unterm 30. Augusti Anno 1643. iugleichen von den ansehnlichen Reichs-und Hansee-Städten als unsern mit-Bund-genossen/ vertröstet und vergewissert worden/ daß deren Abgesandte über der Stadt Minden Recht-und Gerechtigkeiten mit hand zu halten/ und ihnen bey den Friedens-Tractaten zu assistiren specialiter instruiret werden solten/ und dieses bey dem Hochlöblichen Hause Braunschweig/ welches von langen jahren der Stadt Minden Schutz-Herr gewesen/ desstomehr considerabel seyn wird/ so wollen Bürgermeister und Rath der Stadt Minden nicht zweiffeln/ es werden diese und alle andere Reichs-Stände obgedachte Clausul/ wie sie anfangs approbiret und zum Kayserlichen Instrument gebracht/ mit ihrem Reichs-Concluso manuteniren, in mehrer betracht/ daß der Stadt Minden von vielen hundert jahren hero ihr jus proprii præsidii hergebracht/ offt testantibus Historiis seu Annalibus, den benachbarten Fürsten/ Grafen und Städten/ auch jetzigen Herren Bischöffen/ womit sie Uniones aufgerichtet gehabt/ auxilia militaria pro stipendiis vel Recompensa feriret und geleistet/ auch in solcher consideration mit denen Evangelischen Ständen in superiorii sæculo ein Einnigs-Band eingegangen/ und auß ihren Mitteln einen eigenen Consiliarium bellicum bey der Evangelischen Armee gehabt/ und den Religions-Frieden mit ihren waffen besürdern geholffen/ auch niemahls/ solang die Stadt Minden gestanden/ diesem juri proprii præsidii von einigem Bischoff contradiciret worden/ sondern

die

sese habeant) S. A. Electorale de Brandebourg notre très-gracieux Electeur & futur Seigneur agréera aussi en 7. lieu, & ne retractera point ce que les Sieurs ses Deputez ont trouvé bon & arrêté, & il plaira à S. A. E. d'être très-persuadée, que le Bourguemaitre & Magistrat de la Ville de Minden n'ont d'autre but dans cette affaire que la conservation de la liberté & Droits de la Ville, & afin que par des expressions claires, on prévienne tous les procès, differens & mesfiance entre S. A. Electorale & la Ville de Minden, lesquels pourroient être fomentez par l'obscurité des termes. Au reste s'il arrivoit à l'avenir, ce qu'à Dieu ne plaise, de nouveaux troubles dans l'Empire Romain, ou si quelqu'un vouloit faire la guerre à S. A. E. & au Chapitre & Ville de Minden, S. A. E. & la Ville delibereront ensemble, comme ils ont fait ci-devant, & resoudront ce qu'ils jugeront profitable pour la conservation tant du Chapitre que de la Ville. Et S. A. E. sera assez assurée par l'homage que la Ville prêtera de bon cœur, qu'elle est non seulement toute prête à lui rendre toute l'obéissance & fidélité possible, mais aussi qu'elle ne manquera en rien qui peut servir à l'autorité seigneuriale & à l'avantage de S. A. E. à quoi la Bourgeoisie est naturellement d'autant plus prompte quand elle voit, qu'au lieu d'être chargée de nouveau, ou d'être abandonnée dans les maux qui l'accablent, on confirme ses Droits, & on la rétablit dans son premier état. Outre cela & en 8. lieu les Electeurs & Puissances voisines ont assuré la Ville de Minden d'abord du commencement de ces Traitez de Paix, par des Lettres particulieres, que leurs Plénipotentiaires seroient instruits expressément de maintenir entre autres les Droits & Privileges de ladite Ville & de l'assister dans la prochaine Negociation de Paix; ce sont les promesses que lui a fait S. A. Electorale de Saxe en date de Dresde du 30. Decembre 1643. les Ducs Frédéric, Chrétien Louis, & Auguste tous trois Ducs de Brunswick-Lunebourg, comme aussi S. A. le Landgrave George de Hesse Darmstat en date du 3. Août 1643. & les Villes Impériales Hanseatiques, ce qui est d'autant plus rémarquable, que l'illustre Maison de Brunswick a eu depuis longues années le droit de protection sur la Ville de Minden, & pour cette raison le Bourguemaitre & Magistrat de ladite Ville ne peuvent douter que les Puissances ci-devant alleguées, aussi bien que tous les autres Etats de l'Empire, maintiendront par leur Decret de l'Empire ledit Article de la même maniere qu'il a été approuvé du commencement, & inseré dans l'Instrument Impérial, vû que la Ville de Minden a joui de son droit d'une propre Garnison depuis plusieurs siecles, & qu'elle a souvent, suivant le témoignage des Histoires ou des Annales, donné des Troupes auxiliaires aux Princes, Comtes & Villes voisines, même à ses Evêques avec lesquels elle a fait des Ligues; en consideration de quoi elle est aussi entrée dans le siecle passé en Alliance avec les Etats Protestans, & a entretenu à ses depens un Conseiller de guerre auprès de l'Armée Protestante, de sorte qu'elle a contribué à procurer la Paix de Religion par ses armes, & jamais tant que la Ville de Minden subsisté aucun Evêque ne s'est opposé à ce droit de la propre Garnison, mais la Ville en est de-

meurée

1648.

die Stadt dessen in quieta possessione vel quasi, wie solches auch mit Original-schrifften der Herren Bischöffe demonstriret werden kan / geblieben ist. Darum es iezt nicht allein von der Stadt Minden / welche ihre libertæt bißhero viel zu kostbar defendiret, und bey diesem Kriegs-wesen sub spe recuperandæ pristinæ libertatis fast alle das ihrige contribuiret, und noch über das viele Stadt-schulden gemacht / hoch zu beklagen wäre / sondern auch andere Städte gedencken mögten / was ihnen dergleichen künftig wiederfahren könte / wann dieser Stadt Minden / wider alle zusage und so grosse Versicherungen / am jure præsidii & pristinæ libertatis einiges periculum vel magis irreparabile damnum zugezogen werden solte.

E. Hoch-Gräfl. Gnaden Excell. Gestreng- und Herrlichkeiten / als der unmittelbaren Reichs-Städte / so auch Defensores & Protectores ihrer mittelbaren Neben-Städte und Privilegirter Städte. seyn müßen / hoch-Ansehnliche Legati, geruhen der Christlichen billigkeit / Geistl- und Weltlichen Rechten / auch Ihrem eigenen vor Gott allein geltenden gewissen nach / diese Sache in Consilio wohl zubedenken / und die Stadt Minden mit einem recht-und billigmäßigen Conclusio zu erfreuen. Bedingen sich auch nochmals Burgermeister und Rath für Gott und ihrem gewissen hiermit öffentlich / daß sie hierunter zu Ihrer Churfürstl. Durchl. zu Brandenburg ihres Gnädigsten Churfürsten und künfftigen Landes-Herrn und dero hohen Landes-Obriegkeitlichen Rechten und gebührendem Respect præjudiz das geringste nit suchen / sondern wann die Stadt Minden bey Ihren frey-und Gerechtigkeiten / inhalts der anfangs placidirter Clausul conservirt wird / daß alsdann sie und ihre Bürgerschafft Seiner Churfürstl. Durchl. treu und hold seyn wollen / wie sie dazu ihr Huldigungs-Eyd künfftig anweisen wird. Befehlen hieneben E. hoch-Gräfl. Gn. Excell. Gestreng-und Herrlichkeiten in Gottes Regierung / mit hertzlichem wunsch zu gedeyhlichen Friedenschluß. Geben

Osnabrug. den 14/24 Junii 1648.

E. Hochgräfl. Gn. Excell. Gestr. und Herrlichkeiten

Unterthänig und dienstwilligste

Burgermeister und Rath der

Stadt Minden.

---

meurée dans une possession tranquille, comme on peut le faire voir par des Pieces originales des Sieurs Evêques. C'est pourquoi non seulement la Ville de Minden seroit à plaindre si après avoir defendu jusqu'ici précieusement sa liberté & contribué dans cette présente Guerre presque tous ses biens, jusqu'à contracter encore des dettes, dans l'esperance de recouvrer l'ancienne liberté; mais d'autres Villes pourroient aussi songer à ce qu'elles ont à craindre, si contre toutes les promesses & fortes assurances la Ville de Minden vient en danger de faire la perte irreparable de son droit de la propre Garnison & de l'ancienne liberté.

Il vous plaira donc, Messeigneurs & Messieurs, comme Plénipotentiaires des Etats immédiats de l'Empire, qui doivent être aussi des défenseurs & protecteurs des Etats Médiats & Villes Privilegiées, de peser cette affaire meurement, suivant l'équité Chrétienne & les Droits Canon & Civil, & sur tout suivant votre propre conscience, qui seule est valable devant Dieu, & de réjouir la Ville de Minden par une conclusion juste & équitable. En même tems le Bourguemaitre & Magistrat protestent encore publiquement devant Dieu & leurs consciences, qu'ils ne cherchent en aucune maniere de faire préjudice à S. A. E. de Brandebourg, leur futur Seigneur, & à ses Droits & autorité Seigneuriale, mais que, si la Ville de Minden est maintenuë dans ses Libertez & Privileges, suivant la clause arrêtée dans le commencement, elle & sa Bourgeoisie sera fidelle & affectionnée à S. A. Electorale, comme elle y sera obligée par son serment de fidélité. Nous vous recommandons, Messeigneurs & Messieurs, à la sainte garde de Dieu, en souhaitant une salutaire conclusion de la Paix.

MESSEIGNEURS ET MESSIEURS,

Vos très-humbles & très-obeïssans

La Bourguemaitre & Magistrat de la

VILLE DE MINDEN.

Osnabrug le 14/24 Juin 1648.

EXTRAIT

D'une

LETTRE

D'OSNABRUG

Du 29. Juin 1648.

Sur l'état des affaires de la Paix.

LEs Ministres de l'Empereur ayant derechef proposé aux Etats de l'Empire plusieurs

Tom. IV.

raisons pour faire voir qu'ils ne pourroient pas vuider ici les affaires qui concernent la France, Monsieur de Servien voyant leur opiniâtreté, s'en retourna le vingt-troisiéme du courant à Munster après avoir été traité splendidement à souper le jour auparavant chez Monsieur le Comte Oxenstiern.

Le vingt-quatriéme Messieurs de Suéde donnérent à l'Ambassadeur de l'Electeur de Mayence quelques remarques qu'ils ont faites sur l'Instrument ou Projet de Paix des Impériaux, lequel, selon l'avis même des Etats de l'Empire, ne contient rien qui soit juste, mais on n'y a pas encore répondu.

Quant aux moyens de la satisfaction de la milice de Suéde, on a offert de payer deux millions de Richdalles en argent comptant, & on demande trois ans de terme pour le payement des trois autres millions. Mais Messieurs

Kkk 2

de

1648.

de Suéde demandent trois millions comptant, & offrent d'attendre deux ans pour le reste : surquoi les Députés des Etats de l'Empire ont envoyé demander pouvoir de traiter à leurs Maîtres.

Cependant Monsieur le Comte Oxenstiern s'en va en Poméranie pour quelques semaines jusques à ce que les Députés ayent reçu leurs Pleins-pouvoirs.

Monsieur le Comte de Lamberg & Monsieur Wolmar Plénipotentiaires de l'Empereur s'en allérent samedi à Munster, pour dire adieu à Monsieur le Comte de Peñaranda qui part aujourd'hui pour Bruxelles.

EXTRAIT

D'une

LETTRE

De

MUNSTER.

Du 30. Juin 1648.

NOtre Assemblée se desunit insensiblement; Monsieur de Peñaranda partit hier d'ici sur les onze heures, la Bourgeoisie lui fit les mêmes honneurs à son départ qu'elle avoit fait à Monsieur le Comte de Trautmansdorff & à Monsieur le Duc de Longueville, s'étant mise sous les armes & ayant fait tirer neuf volées de Canon. Il n'avoit parlé de son départ que quatre jours auparavant, & le prétexte de son voyage n'a été que pour aller conférer avec l'Archiduc, & de là passer en Hollande pour s'en revenir à l'entrée de l'Hiver. Monsieur Brun demeurera ici seul, mais sans aucun pouvoir; par où l'on voit qu'il n'est que Commis de l'autre. Ce Comte, afin de ne pas faire paroitre ouvertement qu'il eût envie de rompre, a dit à Messieurs les Médiateurs qu'il ne s'éloigneroit pas beaucoup, & qu'au premier avis que Monsieur Brun lui bailleroit, il se rendroit ici peu de jours après, s'il y avoit tant soit peu d'apparence de pouvoir continuer le Traité. L'effet des paroles ne dépendra que du succès de la Campagne, & des brouilleries que vos Magistrats ont suscitées à Paris dont les Partisans espérent beaucoup, & en font ici grand bruit, comme ils ont fait des courses en Picardie dont ils se vantent d'avoir amené dix mille Prisonniers avec un prodigieux nombre de bétail.

L'on parle fort aussi du départ de Messieurs les Hollandois, qui sera, comme on croit, dans huit ou dix jours. Monsieur de Servien attendra ici Madame sa Femme, & après s'en retournera à Osnabrug pour continuer le Traité de l'Empire qui s'y terminera tout à fait, malgré les Ministres de l'Empereur & d'Espagne; parce que les Etats de l'Empire y sont fort portés: Monsieur de Servien l'a ainsi approuvé.

L'on doit donner dans peu de jours un nouveau Projet aux Impériaux peu différent de celui qui fut baillé à Monsieur de Trautmansdorff.

Il y a eu quelque Négociation touchant la Lorraine; mais on n'en est pas demeuré d'accord. Monsieur de Servien relâchoit l'ancienne Lorraine, les Espagnols vouloient tout hormis le Duché de Bar, Stenai, & les dépendances des trois Evêchez.

✿✿✿✿✿✿✿✿✿✿

LES DIFFERENDS

Du Roi avec l'Empereur & le Roi d'Espagne touchant les Duchés de Lorraine & de Bar, & les Seigneuries y annexées.

I.

QU'il est nécessaire d'examiner au Conseil du Roi les raisons pourquoi le Roi doit entiérement retenir ce qu'il posséde des Duchés de Lorraine & de Bar & de leurs appartenances.

II.

S'il est avisé qu'il en soit restitué une partie, qu'il retienne le reste, ce qu'il en doit retenir à l'avantage de la France; & s'il est convenu de ce qui sera restitué, si la restitution s'en fera au Duc Charles ou après son décès à son prochain Hoir & Successeur, dans quel tems, & sous quelles conditions.

III.

Que la distinction des Seigneurs de l'ancien Duché de Lorraine & du temporel des Evêchés de Metz, Toul & Verdun, apportera plusieurs difficultés, & que le Roi ne se doit obliger de rendre entiérement tout ce qui est de l'ancien Duché de Lorraine, ains en retenir une partie & quitter plutôt quelque chose des Seigneuries acquises sur lesdits Evêchez, pour ce qui se trouvera plus éloigné de la France, & davantage approcher de l'Allemagne.

IV.

Que la même distinction, comme aussi de ce qui est mouvant de la France, est imparfaite, & qu'il y a des Seigneuries de Lorraine qui ne sont de l'une & de l'autre sorte; tel est le Marquisat de Pont-à-Mousson, Phaltzbourg, Lixheim, & autres Seigneuries qui ne sont de l'ancien Duché de Lorraine ou du temporel des autres Evêchés ni dépendans de la Souveraineté de France.

V.

Que ce sera toujours le mieux si le Roi fait un Traité particulier avec le Duc Charles pour ce qui concerne les Seigneuries de Lorraine qui demeureront à la Couronne de France ou qui seront restituées, & ne souffrir que l'Empereur

1648.

pereur & le Roi d'Espagne & les Princes &
Etats d'Allemagne interviennent & délibérent
aucunement sur ce Traité : nos Rois s'étant
par plusieurs fois accordés sur leurs différends
avec les Ducs de Lorraine & de Savoye, sans
que d'autres Princes en ayent pris connoissance,
encore que ces Ducs fussent Vassaux & Sujets
de l'Empire & Confederez contre la France
avec les Empereurs & les Rois d'Espagne. Ce
ne seront autrement que des longueurs & éva-
sions d'attendre de conclure sur ce sujet jusques
au Traité de la Paix générale.

VI.

Il faut s'informer quelles seront les charges
& devoirs ausquels le Roi sera obligé, retenant
ce qui est mouvant de la Souveraineté de l'Empire, soit pour les droits de Féodalité & jurisdiction, les Contributions, ou autrement.

VII.

Il faut outre cela considérer ce qui regarde
la démolition & rasement des fortifications de
Nanci & autres Places, & comme l'on y doit
procéder.

VIII.

Et ce qui a été convenu avec le Duc
Charles, pour ce qui est de retenir par les
Rois de France toutes les conquêtes sur la Lorraine, en cas que ledit Duc Charles manquât
d'observer le Traité de Paix.

IX.

Et semblablement sur cela les contredits &
oppositions avec beaucoup de ferveur par l'Empereur Ferdinand II. & son fils Ferdinand III.
comme encore par Philippe Roi d'Espagne depuis l'an mil six cens trente-cinq.

X.

Que les filles des Ducs de Lorraine & les
descendans d'icelles doivent succéder aux Duchez de Lorraine & de Bar par préférence
sur les Mâles plus éloignez.
Et comme la Femme du Duc Charles a été
reconnue Duchesse de Lorraine & de Bar de
son chef, & a été forcée de quitter ses droits à
son Mari.

XI.

Il faut de plus tâcher de recouvrer Copie
de tous les Aveus & Dénombremens pour le
Duché de Bar depuis l'an mil trois cens; il s'en
trouve deux en la Généalogie des Comtes &
Ducs de Bar imprimée in 4.
Pour le regard de l'érection du Comté de
Bar en Duché, je ne l'ai jamais vue.
Mais bien celle du Marquisat de Pont-
à-Mousson par l'Empereur Charles IV. environ l'an mil trois cens cinquante-quatre, que
je crois se trouver parmi mes Mémoires.

XII.

Saint Dié & Remiremont ne sont des appartenances de l'ancien Duché de Lorraine.

1648.

XIII.

Plusieurs Villages & Bourgs de l'ancien Duché de Lorraine ont été délaissez en échange aux Evêchez de Metz, Toul & Verdun;
si le Roi retient ce qui a été ci-devant acquis
par les Ducs de Lorraine sur lesdits Evêchez,
le Duc Charles & ses Héritiers qui retiendront
l'ancien Duché de Lorraine, pourront redemander
plusieurs Bourgs & Villages de ce Duché qui
ont été baillez en échange aux mêmes Evêchez:
ce qui ne monte à peu.

XIV.

Il faut considérer si le Roi retiendra ce qui
a été acquis par les Ducs de Lorraine sur
lesdits Evêchez, non seulement depuis l'an
mil cinq cens cinquante-deux que le Roi Henri
second en a pris la protection, mais encore ce
qui en a été aliéné auparavant.

XV.

Le sommaire du Procès verbal de Mon-
sieur le Bret touchant les Evêchez de Metz,
Toul & Verdun se trouve dans ses Plaidoyers au
Parlement qui sont imprimez.

XVI.

Le Roi d'Espagne prétend droit de garde
& protection sur l'Evêché de Verdun, à cause
du Duché de Luxembourg.

XVII.

Et le droit de Souveraineté sur plusieurs
Villages de l'Evêché de Metz.

XVIII.

L'Empereur n'accorde nettement au Roi le
droit de nomination au lieu de celui d'élection
sur les Evêchez de Metz, Toul & Verdun &
sur les Abbayes & autres Bénéfices Ecclésiastiques qui relévent immédiatement du Saint Siège.
Ni encore ce qui est du serment de fidélité
des Evêques qu'ils ont ci-devant rendu à
l'Empereur,
Et de n'être sujets à la jurisdiction de la
Chambre Impériale de Spire & au Conseil privé de l'Empereur.

XIX.

Et quant à ce qui est des Princes, Comtes, & Grands Seigneurs, dont les Seigneuries relevent d'ancienneté immédiatement de
l'Empire, il veut qu'elles y demeurent, & encore qu'elles soient quant au spirituel de la jurisdiction desdits Evêchez.

XX.

L'Instruction du Pape Urbain huitieme en
l'an mil six cens trente-six au Cardinal Ginetti
Légat à Latere pour le Traité de Paix à Cologne, pour faire instance à ce que le Duché
de Lorraine & toutes autres Seigneuries fussent
restituées à la Maison de Lorraine.

XXI. L'A-

XXI.

L'avis réitéré de la plûpart des Princes & Etats de l'Empire en l'an mil six cens quarante-sept à Munster, à ce que le Duc Charles soit restitué entiérement ès Etats qu'il possédoit ci-devant.

Et qu'il soit compris de la part de l'Empereur & de l'Empire au Traité de Paix qui se fera avec la France.

XXII.

Le Roi retenant ce qui est d'ancienneté des Evêchez de Metz, Toul & Verdun, une partie du Duché de Lorraine, & ce qui autrement y a été annexé, en deviendra Vassal & Sujet de l'Empereur, en devra la foi & hommage d'une bonne partie, & pourra être condamné comme criminel de Leze Majesté par l'Empereur sous prétexte de rébellion.

XXIII.

Comme le Conseil de Suéde est d'avis que les Rois de Suéde relevent de l'Empire quant au Duché de Poméranie, l'Archevêché de Brême, l'Evêché de Verden, & partie du Duché de Meckelbourg.

Le Roi de Dannemarck est Sujet & Vassal de l'Empire pour raison des Duchez de Holsace, Stormarie, & Ditmarsie.

Le Roi d'Espagne est aussi Vassal de l'Empire à cause du Duché de Milan:

De la Seigneurie de Siene & autres Seigneuries:

Du Roi de France à cause du Comté de Charolois:

Et du Pape pour raison du Royaume de Naples.

XXIV.

La Transaction ès années mil cinq cens quarante-deux & mil cinq cens quarante-trois d'Antoine Duc de Lorraine avec l'Empereur Charles V. & les Etats de l'Empire touchant le Duché de Lorraine & plusieurs Seigneuries tenues à foi & hommage de l'Empire.

Il appert de cette Transaction que ledit Duché n'est tenu à foi & hommage de l'Empereur, ains il en est exempt & néanmoins il y est sujet en certains cas pour ce qui concerne la Souveraineté.

XXV.

Exemples de la restitution qui est faite par plusieurs fois des Conquêtes sur les Ennemis soit pour le tout ou en partie.

XXVI.

Qu'en cas de crime de Leze Majesté la confiscation n'a point de lieu en plusieurs Royaumes, Principautez & Républiques au préjudice des substituez; & qu'encore que le contraire ait été introduit en France du Regne du Roi François premier, l'on ne l'a observé à la rigueur soit pour les Sœurs de Charles Duc de Bourbon & leurs descendans ou pour les Sœurs & descendans du Duc de Montmorenci.

Et que les Empereurs d'Allemagne ont consenti aussi en cas pareil que les descendans ayent été restituez en une partie des Seigneuries dont leurs ancêtres ont été déclarez privez pour leur rébellion.

XXVII.

Proposition de la part du Roi pour ce qui est de retenir tout ce que possédoient les derniers Ducs de Lorraine.

XXVIII.

Le Marquisat de Pont-à-Mousson, le Comté de Blamont, & les Seigneuries de Clermont en Argonne & de Hattonchastel ne sont des appartenances de l'ancien Duché de Lorraine.

XXIX.

Comme Charles second Duc de Lorraine a acquis les Salines de Marsal & Moyenvic & ensuite la Seigneurie de Marsal du consentement du Roi Henri le Grand; & cette acquisition a été approuvée par le Pape Clément huitiéme & l'Empereur Rodolphe second.

XXX.

Que la Seigneurie de Stenai est tenue à foi & hommage du Duché de Luxembourg qui ne releve de l'Empire, ains est reconnu pour une Souveraineté : & cette Seigneurie ne peut être aliénée par le Duc de Lorraine sans le consentement du Roi d'Espagne.

XXXI.

Que la Seigneurie de la Motte en Bassigni doit relever & être tenue à foi & hommage des Rois de France à cause du Comté de Champagne.

XXXII.

Les différends des Ducs de Lorraine avec les Comtes de Nassau-Sarbruk & ceux de la Maison de Croui pour les Comtez de Sarwerden & Sarbruk, le Château de Hombourg & la Seigneurie de Fenestrange.

Que les Filles des Ducs de Lorraine & de Bar doivent être préférées à leurs Oncles Paternels Fréres Puinez de leurs Péres, & aux autres Mâles de la Maison plus éloignez en la succession desdits Duchez.

I.

Lettres de Charles Duc de Lorraine l'an mil quatre cens vingt le dixiéme Octobre scellées, par lesquelles il déclare que sa Fille Isabelle, s'il meurt sans hoirs mâles de son Corps nez en loyal mariage, lui doit succéder au Duché de Lorraine & en toutes ses autres Terres & Seigneuries.

Et qu'il fera jurer & promettre par ses Vassaux

1648.

faux & les bonnes Villes qu'audit cas ils tiendront ladite Isabelle pour leur Dame, & lui obéiront comme ils ont fait à lui & à ses prédécesseurs Ducs de Lorraine.

Lors vivoit Antoine Comte de Vaudemont fils de Ferri premier Comte de Vaudemont frére puiné dudit Charles.

II.

Lettres de quatre-vingts-quatre Gentilhommes, Chevaliers, ou Écuyers Vassaux du Duché de Lorraine, l'an mil quatre cens vingt-cinq le treiziéme Decembre, scellées de leurs Seaux, par lesquelles ils promettent, si ledit Duc Charles décéde sans descendans mâles procréez de lui en loyal Mariage, de reconnoître ladite Isabelle pour Dame & Duchesse dudit Duché, & après elle ses hoirs nez & procréez de son Corps en loyal Mariage, & iceux défaillans de tenir pour leur Dame Catherine sa sœur puinée Femme du Marquis de Bade, & aussi après elles ses Hoirs nez & procréez de son Corps en loyal Mariage par préférence sur ledit Antoine Comte de Vaudemont.

III.

Autres Lettres de soixante Gentilhommes dudit Duché de même datte scellées de leurs Seaux qui font pareille promesse.

IV.

Sentence Arbitrale du Roi Charles VII. à Reims l'an mil quatre cens quarante le vingtiéme, par laquelle il est ordonné après longue & mure délibération du Conseil d'Etat de Sa Majesté, que ledit Comte de Vaudemont promettra de renoncer pour lui & ses Hoirs à tout le droit, action, & querelle qu'il devoit ou pretendoit avoir de fait, de droit, ou de coutume en la propriété & Seigneurie dudit Duché de Lorraine & ses appartenances.

Et s'il avient que ladite Isabelle & ses hoirs mâles & femelles aillent de vie à trépas sans hoirs descendans de leurs Corps, que lors que ledit Comte comme légitime & habile à succéder par voye de justice & autrement duëment viendra à tel droit, qu'il y pourra & devra avoir.

V.

Promesse & serment dudit Comte de Vaudemont & de son fils ainé Ferri ès mains du Roi, & en présence des premiers Princes de son sang & de ceux de son Conseil d'entretenir & accomplir inviolablement ladite Sentence: à Reims lesdits an & jour.

VI.

Lettres de René Roi de Sicile en présence dudit Ferri de Lorraine son Gendre, depuis deuxiéme du nom Comte de Vaudemont, Pére de René second Duc de Lorraine, à Angers l'an mil quatre cens cinquante-deux le 26. Mars scellées.

Par lesquelles il déclare que ledit Duché de Lorraine doit appartenir à son Fils Jean Duc de Calabre, par succession de ladite Isabelle Mere dudit Jean laquelle étoit depuis peu décédée.

1648.

VII.

Lettre d'Iolande d'Anjou Duchesse de Lorraine fille de ladite Isabelle & dudit Roi René l'an mil quatre cens septante-trois le deuxiéme Août scellées, par lesquelles elle consent que ledit René second son fils soit reçu & accepté audit Duché pour Duc & Seigneur d'icelui & lui céde & transporte tout le droit qu'elle y avoir.

Reservé que sa vie durant elle demeurera Dame & Maitresse des revenus d'icelui Duché.

Et reservé aussi à ladite Dame que si ledit René alloit de vie à trépas devant elle sans laisser hoirs mâles & légitimes de son Corps, ledit Duché en tout & par tout demeurera à ladite Dame.

Lors vivoit Henri de Lorraine Evêque de Metz, Oncle Paternel dudit René & Fils dudit Antoine Comte de Vaudemont.

VIII.

Lettre dudit Roi René Duc de Bar à Aix en Provence l'an mille quatre cens septante-neuf le quinziéme Novembre, scellées, pour empêcher l'aliénation dudit Duché de Bar.

Par lesquelles il déclare que ce Duché doit revenir après son décès à ladite Iolande sa fille Duchesse de Lorraine, à cause d'elle audit René second fils de ladite Iolande.

Et néanmoins étoit lors vivant Charles Comte du Maine depuis quatriéme du nom Roi de Sicile, fils de Charles premier Comte du Maine frére puiné dudit René substitué à ce René & aux hoirs de son Corps tant audit Duché qu'au Marquisat du Pont-à-Mousson, selon qu'il appert du don qui en fut fait à Saint Michel l'an mil quatre cens dix-neuf par Louis Cardinal Duc de Bar.

IX.

Testament dudit René II. à Nanci l'an mil quatre cens vingt-six le vingt-huit Juillet scellé, par lequel il veut & déclare que l'enfant soit fils ou fille, dont sa Femme Philippe de Gueldres est enceinte, soit & demeure son héritier universel, en toutes ses Terres & Seigneuries, nommément au Duché de Lorraine; nonobstant que ledit Henri Evêque de Metz fût encore en vie.

X.

Transaction entre Charles II. Duc de Lorraine, & Nicolas Comte de Vaudemont Oncle Paternel du Duc Charles & frére puiné du Duc François, Pére du même Duc Charles pour supplément de partage audit Comte de Vaudemont & Blamont, l'an mil cinq cens soixante-deux le vingt-un Novembre, par laquelle ledit Comte de Vaudemont ne se reserve le droit de succéder ès Duchez de Lorraine & de Bar & autres Seigneuries tenues par ledit Duc Charles, sinon en défaut du même Charles & de ses descendans, & pareillement des descendans de Renée & Dorothée Sœurs dudit Charles & de leurs descendans; lesquelles Renée & Dorothée ses Niéces qui furent mariées à des Ducs de Baviére & de Brunswick, il reconnoit par ce moyen comme filles dudit Duc François son frére ainé lui devoir être préférées & par conséquent à tous les autres mâles de la Maison plus éloignez, tels qu'étoient ceux de
la

la Branche de Guise issus de Claude Duc de Guise frére puiné du Duc Antoine pére dudit Duc François & dudit Comté de Vaudemont.

Que les mâles excluent les femelles plus proches en dégré en la succession des Duchez de Lorraine & de Bar.

Réponses assez considérables qui se peuvent faire à un Mémoire dressé contre le Testament de René Duc de Lorraine.

Ce Mémoire est en un volume de Lorraine relié à part auquel on aura recours pour conférer cette réponse.

IL n'y a rien à répondre au premier Article parce qu'il ne contient autre chose que le fait dont est question qui est que René institua Antoine son fils ainé Héritier des Duchez de Lorraine & de Bar, du Marquisat de Pont-à-Mousson, & du Comté de Vaudemont, & Claude son second fils depuis Duc de Guise des Terres qui lui appartenoient en France avec substitution à l'infini en faveur des enfans mâles descendans tant de l'un que de l'autre.

On peut répondre au deuxiéme, premiérement, que l'on ne doute plus de la validité de ce Testament après en avoir trouvé l'Original des copies duement insinuées dans les Bailliages où besoin étoit, & un Acte d'approbation fait par les Etats desdits Duchez assemblez à cet effet après le décès dudit René le treiziéme jour de Fevrier l'an mil cinq cens huit en la présence de Madame Philippe de Gueldres sa veuve.

Secondement, que les substitutions ne sont point défendues dans la Coutume écrite de Bar, desorte qu'il en faut demeurer au Droit commun de France qui les permet.

Tiercement, que les Ordonnances d'Orléans, & de Moulins, qui défendent les substitutions à l'infini, réduisent celles qui étoient déja faites, comme celle-ci, à quatre dégrez, sans y comprendre l'instituant & l'institué, & que le Comte de Vaudemont dernier mort étoit le quatriéme après Antoine qui fut l'institué : car cet Antoine laissa ses Etats à François, & François à Charles, & Charles à Henri Pére de Nicole, après laquelle François Comte de Vaudemont a prétendu les devoir recueillir.

Quatriémement, qu'encore que le Roi soit Seigneur Souverain & féodal du Bartois, néanmoins René en ayant la propriété la peut substituer en faveur des mâles, ainsi que font tous les Sujets du Roi en faveur de leurs enfans mâles, pourvû que les droits du Roi soient conservez, & en telle forme que Sa Majesté n'y soit aucunement intéressée : car la propriété de quelque chose que ce soit donne droit d'en disposer absolument selon les Loix & à la réserve de ce qui peut intéresser le Souverain ou un tiers.

Or outre que les droits du Roi ne sont point détruits en cette substitution, tant s'en faut qu'elle intéresse Sa Majesté, qu'au contraire elle lui donne grand avantage, vû que par ce moyen elle est assurée que le Barrois & les Etats de Lorraine, seront toujours en la possession d'un petit Prince que la seule impuissan-

ce tiendra en devoir s'il est tant soit peu justicieux : au lieu que les filles étant capables de succéder, il arriveroit infailliblement qu'ils tomberoient en la main d'un plus puissant Prince qui pourroit entreprendre contre la France, les Ducs de Lorraine ne manquant pas de prétentions.

On peut répondre au troisiéme que les Princes & grands Seigneurs des Royaumes ont presque tous des substitutions dans leurs Maisons en faveur des mâles, & que les Rois n'ont point ratifiées par acte exprès; & pour ce qui est du consentement tacite, qu'il se pouvoit dire que les Rois l'ont donné au Testament de René puis qu'ils ne s'y sont point opposez.

On répond au quatriéme que le Traité de Guerrande fait l'an mil trois cens soixante quatre entre Jean le Vaillant Comte de Montfort, depuis Duc de Bretagne & Jeanne Duchesse de Bretagne, ne fait rien au propos; l'histoire portant que le Roi Charles cinq y intervint pour favoriser Jeanne de Bretagne, qui se trouva en telle extrêmité après la défaite de Charles de Blois son mari qui fut tué en la bataille d'Auvrai qu'elle ne savoit que devenir, particuliérement à cause qu'Edouard troisiéme Roi d'Angleterre soutenoit le parti de ce Comte Jean de Montfort, comme il se verifie par un Traité du Trésor des Chartes.

On répond au cinquiéme que le Testateur ait dérogé pendant sa vie à un Article de son Testament, ne le rendant pas nul au reste, on ne peut tirer conséquence de la nullité absolue de René que l'on prétend y avoir dérogé à l'égard de ses Terres situées en France, lorsqu'il demanda des Lettres de naturalité pour rendre ses enfans mâles & femelles capables de les posséder; vû qu'il n'a rien changé en la disposition qu'il avoit faite pour la Lorraine & le Barrois. D'ailleurs il se peut dire que ces Lettres de naturalité ne sont nullement contraires à sa premiére disposition, vû qu'elles n'appellent point à la succession les femelles à l'exclusion des mâles d'un dégré plus éloigné, mais les rendent seulement capables de recueillir à faute d'hoirs mâles.

Autres six, sept, & huitiéme où il est dit que les Duchez de Guise & d'Aumale & la Principauté de Joinville ont été érigées tant en faveur des femelles que des mâles. On peut répondre qu'encore que les Princes de la Maison de Lorraine qui ont demeuré en France semblent n'avoir pas eu grand égard au Testament de René, néanmoins qu'ils n'y ont pas contrevenu en l'érection de ces Terres en Duchez & Principauté, qui ne sont pas pour tomber en la main des filles qu'au défaut d'hoirs mâles; & que quand ils y auroient contrevenu, cela ne pourroit préjudicier à la disposition faite pour la Lorraine & le Barrois, non plus qu'un Héritier qui agit contre une Disposition testamentaire ne peut préjudicier aux droits de son coheritier : outre que ces érections ayant été procurées par les Princes de la Maison de Lorraine, il n'est nullement croyable qu'ils ayent eu intention de préjudicier aux avantages que le Testament de René leur donnoit sur les filles de leur Maison, pour la succession des Etats de la Maison de Lorraine & de Bar.

Au neuviéme on peut dire qu'encore que le Duc Charles second ait obtenu du Roi Charles IX. les droits Royaux sur le Barrois, pour tous ses enfans tant mâles que femelles, cela ne préjudicie néanmoins en façon quelconque au Testament, attendu qu'on peut dire comme cidessus

deſſus qu'ils ne peuvent appartenir aux femelles qu'à défaut d'hoirs mâles.

Au dixiéme il eſt parlé des Proteſtations faites par Anne Princeſſe d'Orange & Chriſtine Ducheſſe de Florence. On peut répondre que ces proteſtations ne peuvent annuller le Teſtament; vû que ſi cela étoit, il ſeroit au pouvoir de tous ceux qui prétendent quelque ſucceſſion dont ils ſont exclus par un Teſtament, de rendre ce Teſtament invalide en proteſtant au contraire.

A l'onziéme on peut dire que le Comte de Vaudemont ne conſentit à la déclaration faite par Henri Duc de Lorraine pour déclarer ſes filles Nicole & Claude pour Héritiéres de ſes Etats que pour les aſſurer à ſon fils qui épouſoit l'ainée, & qui ſans cela eût eu à les conteſter par les armes; réſervant après la mort dudit Henri à faire valoir ſes prétentions comme en effet il s'en eſt mis en devoir.

Bref au douziéme on peut répondre que le Duc Charles n'a reconnu au commencement ſa Femme Ducheſſe de Lorraine & de Bar que pour s'en aſſurer davantage la poſſeſſion; vû qu'en effet il s'en eſt déclaré le Maître de ſon chef auſſitôt qu'il en a eu la puiſſance.

Ces raiſons ſemblent aſſez conſidérables pour y pourvoir de réponſes.

Sur le dos de cette Piéce eſt écrit, *Réponſe au Mémoire fait contre le Teſtament de René Duc de Lorraine.*

LA MOTTE.

Que le Roi, comme Comte de Champagne, a droit de féodalité ſur la Seigneurie de la Motte en Lorraine.

SOMMAIRE.

Que ce droit interrompu depuis le regne du Roi Philippe de Valois & de ſes deſcendans juſques au Roi Henri III. pouvoit revenir au feu Roi Henri le Grand iſſu des Comtes de Champagne.

Table Généalogique des Comtes de Champagne iſſus de Henri premier Roi de Navarre juſques à Louis XIII.

Avis de Monſieur l'Avocat Général Seguier depuis Préſident, en la Conférence de Sainte Menehoud de l'an 1551.

L'An mil deux cens ſeptante-deux Thiebaut ſecond Comte de Bar reconnut par ſes Lettres données à Troyes & ſcellées de ſon Seau avoir repris à foi & hommage de Henri premier
TOM. IV.

Roi de Navarre & Comte de Champagne, le Châtel de la Motte en accroiſſement de fief qu'il tenoit en Lorraine du Comté de Champagne.

Voulant pour lui & ſes Succeſſeurs Comtes de Bar tenir à toujours perdurablement ledit Châtel dudit Henri & de ſes hoirs en deſcendàns, ſans que les Comtes de Bar puſſent aliéner ce Châtel.

Enſuite par l'Accord entre Ferri troiſiéme Duc de Lorraine & Edouard premier Comte de Bar-ſur-Aube l'an mil trois cens quatorze, approuvé par Louïs Roi de Navarre & Comte de Champagne, depuis Louïs-Hutin Roi de France fils de la Reine Jeanne, qui étoit fille dudit Henri, & encore par Philippe-le-Bel de ſon autorité royale.

Il eſt convenu que ſi ledit Châtel & la Châtellenie de la Motte & ſes appartenances demeurent audit Duc de Lorraine, ledit Roi Louïs le recevra & ſes hoirs à ſa foi & à ſon hommage, & le garantira de force & de violence comme ſon homme.

Et par l'aveu dudit Comte Edouard en l'an mil trois cens vingt trois, il reconnut tenir ledit Châtel du Roi Charles-le-Bel à cauſe du Comté de Champagne.

Deſorte que Sa Majeſté à préſent régnant étant iſſuë dudit Roi Henri & ſon Héritier, le même droit de féodalité lui appartient à juſte titre.

Si l'on objecte que depuis ladite année mil trois cens vingt-trois, trois cens ans durant & plus il ne ſe trouve aucun acte de foi & hommage rendu par les Comtes & Ducs de Bar, pour raiſon deſdits Châtel & Châtellenie de la Motte & qu'il y a preſcription.

A cela la réponſe eſt, que le Vaſſal ne peut preſcrire contre ſon Seigneur Féodal, les droits & devoirs qu'il eſt tenu lui faire à cauſe du Fief, par quelque tems que le Seigneur ait dormi, ſans faire renouveller ſon hommage, ſelon qu'il ſe lit en la Coutume de Paris, Article 12. & en celle de Lorraine, Tit. 5. Article 11. de Bar, Article 16. de Baſſigni le Lorrain, Article 33. de Saint Mihel, titre des preſcriptions, Article 3. & pluſieurs autres Coutumes & Loix de France, d'Allemagne, d'Italie, & autres Païs.

Joint que le Roi Philippe de Valois & les Rois ſes Succeſſeurs Comtes de Champagne juſques au Roi Henri le Grand, ne deſcendoient dudit Roi Henri ainſi que le feu Roi Henri le Grand, & le Roi ſon fils, qui en ſont venus de par la Reine Jeanne d'Albret mere dudit Roi Henri le Grand.

TABLE GENEALOGIQUE

Des Rois de France, Comtes de Champagne, defcendus de Henri I. Roi de Navarre 1270.

I. CHAMPAGNE.

1. Henri premier Roi de Navarre & Comte de Champagne 1270.

II. FRANCE.

2. Jeanne Reine de Navarre & Comteffe de Champagne l'an 1274. Femme du Roi Philippe-le-Bel.

3. Louïs dixiéme furnommé Hutin, Roi de Navarre & Comte de Champagne, l'an 1305. depuis Roi de France l'an 1314.

3. Philippe-le-Long Roi de France & de Navarre l'an 1315.

3. Charles-le-Bel Roi de France & de Navarre, l'an 1321.

Jean I. Roi de France & de Navarre & Comte de Champagne l'an 1325.

III. EVREUL.

4. Jeanne II. Reine de Nàvarre & Comteffe de Champagne, l'an 1328. (a) Femme de Philippe Comte d'Evreux III. du nom Roi de Navarre.

5. Charles II. Roi de Navarre l'an 1349. Pére de Charles III. Roi de Navarre 1386.

6. Charles III. Roi de Navarre l'an 1386.

IV. ARRAGON.

7. Blanche Reine de Navarre l'an 1425. elle fut mariée en l'an 1420. à Jean d'Arragon II. du nom Roi de Navarre fils de Ferdinand Roi d'Arragon.

V. FOIX.

8. Léonor Reine de Navarre l'an 1479. Son Mari fut Gafton IV. Comte de Foix.
9. Gafton Prince de Viane.

10. François-Phoebus Roi de Navarre 1479.

VI. ALBRET.

10. Catherine Reine de Navarre, l'an 1483. Elle fe maria avec Jean d'Albret III. du nom Roi de Navarre, & de ce Mariage naquit Henri II. Roi de Navarre 1517.
11. Henri II. Roi de Navarre l'an 1517.

VII. BOURBON.

12. Jeanne III. Reine de Navarre l'an 1555. Elle époufa Antoine de Bourbon Duc de Vendôme & Roi de Navarre.
13. Henri le Grand III. du nom Roi de Navarre l'an 1572. & IV. du nom Roi de France l'an 1589.
14. Louïs treize Roi de France & II. du nom Roi de Navarre l'an 1610.
15. Louïs XIV. Roi de France & III. du nom Roi de Navarre.

(a) L'an 1335. Elle quitta par Tranfaction au Roi Philippe de Valois le droit qu'elle avoit au Comté de Champagne, & le Roi Jean II. en l'an 1361. unit ledit Comté à la Couronne de France.

L'AVIS

L'AVIS

De Monsieur Seguier premier A-
vocat Général du Roi en la
Cour de Parlement à Paris &
depuis Président, pour le droit
de Féodalité sur le Châtel & la
Châtellenie de la Motte qui ap-
partient à Sa Majesté à présent
regnant.

LE Procès Verbal de la Conférence à Sainte Menehould l'an mil cinq cens cinquante & un entre les Députés du Roi Henri II. & ceux de Charles II. Duc de Lorraine, mis par écrit par ledit Sieur Seguier l'un des Députez dudit Roi Henri.

Au regard du Châtel de la Motte ils ont dit que la premiere inféodation de la Motte fut conditionnée par les hoirs du Corps du Roi de Navarre Comte de Champagne, à la charge de retour en Franc-alleu, en défaut desdits hoirs; & qu'il n'y a aujourd'hui aucuns hoirs du Comté. Nous avons dit que les hoirs du Comté de Champagne par le moyen de Jeanne qui fut Femme de Philippe-le-Bel sont encore en nature.

Autre Procès Verbal de ladite Conférence par le Sieur de Neuflotte Maître des Requêtes dudit Duc & l'un de ses Députez à ladite Conférence, & a Seguier commencé & dit que ces jours passez il nous avoit fait apparoir que le Châtel de la Motte étoit de la mouvance du Comté de Champagne tenu par le Roi, & encore nous montroit la reconnoissance des Comtes de Bar, reconnoissans tenir la Motte du Roi à cause du Comté de Champagne : & est ledit titre datté de l'an mil trois cens vingt-trois.

Et peu après ledit Seguier a dit que ce savoit-il bien, qu'il avoit vu lesdites Lettres à Paris; mais que le Fief étoit fait au Comte de Champagne, & y avoit hoirs dudit Comté qui empêchoit ladite condition.

STENAI.

Que Stenai (autrement dit Sathenai ou Astenai) n'est pas
Fief de l'Empire, ains relevoit
autrefois à foi & hommage du
Duché de Luxembourg, qui est
tenu en Souveraineté.

SOMMAIRE.

I. *Les Ducs de Lorraine n'ont*

jamais reconnu Stenai à foi & 1648.
hommage de l'Empereur.

II. *Le Duché de Lorraine n'est*
tenu à foi & hommage de l'Em-
pereur.

III. *Stenai prétendu par l'Em-*
pereur Charles Quint être un Fief
du Duché de Luxembourg.

IV. *Cession & Transport audit*
Duc de Lorraine & de Bar pour
les Archiducs Albert & Isabelle-
Claire-Eugenie Princes des Pais-
Bas du droit de féodalité sur Ste-
nai à cause du Duché de Luxem-
bourg.

V. *Le Duché de Luxembourg*
ne releve de l'Empire.

VI. *La Ville & Forteresse de*
Stenai ne se peut aliéner sans le
consentement des Ducs de Luxem-
bourg.

I.

LEs Ducs de Lorraine n'ont jamais rendu la foi & hommage à l'Empereur pour raison de Stenai, & ne l'ont reconnu pour leur Souverain comme il appert des investitures (*a*) ès années mil cinq cens seize, mil cinq cens soixante sept, mil six cens neuf, mil six cens treize, mil six cens vingt-trois, & mil six cens vingt-sept par les Empereurs Maximilian premier, Maximilian II. Rudolphe II. Mathias & Ferdinand II. aux Ducs de Lorraine Antoine, Charles II. Henri & Charles III. où il n'est fait mention que du Marquisat de Pont-à-Mousson, du Comté de Blamond, de Hattonchâtel, & de quelques autres Seigneuries & droits, & nullement de Stenai.

II.

Non plus que du Duché de Lorraine sur lequel l'Empereur n'a droit de féodalité pour être une Principauté franche & libre, & pour telle reconnue par les Electeurs, Princes & Etats Généraux de l'Empire, en la Transaction avec le Duc Antoine en la Diette de Nuremberg l'an mil cinq cens quarante-deux le vingt-sixiéme Août (*b*).

III. IV.

Aussi ladite Seigneurie de Stenai est un Fief mouvant du Duché de Luxembourg, comme il est porté en termes exprès au Traité de Crespi en l'an mil cinq cens quarante-quatre, entre l'Empereur Charles V. & le Roi François premier; ledit Empereur Charles V. n'y ayant lors réclamé aucun droit comme Empereur, mais seulement comme Duc de Luxembourg ; & par les Contrats d'échange ès années mil six cens deux & mil six cens trois entre les Archiducs Albert & Isabelle-Claire-Eugenie Princes des Pais-Bas, comme Ducs de Luxembourg d'une part, & Charles II. Duc de Lorraine comme Duc de Bar, d'autre, il est dit que la même

Sei-

Seigneurie étoit tenue à foi & hommage du Duché de Luxembourg. (c) (d)

Ce qui étant, elle ne peut relever immédiatement ou médiatement de l'Empereur, d'autant que ledit Duché de Luxembourg est tenu en Souveraineté & n'est mouvant à foi & hommage d'aucun Prince; car l'an mil quatre cens soixante quatre à la réponse qui fut faite à l'Isle de la part de Philippe le bon Duc de Bourgogne aux Ambassadeurs du Roi Louïs XI. son Chancelier de Goux dit que le Duché de Luxembourg, de même que le Duché de Brabant, le Comté de Hainaut & autres Seigneuries des Païs-Bas étoient tenus de Dieu tant seulement.

Et à la Transaction de l'Empereur Charles V. avec les Etats de l'Empire à Augsbourg l'an mil cinq cens quarante huit le vingt sixiéme de Juillet pour mettre lesdits Païs sous la garde & protection de l'Empire, il est avoué que le Duché de Gueldres, le Comté de Zutphen, & la Seigneurie d'Utrecht sont tenus à foi & hommage dudit Empire: mais quant audit Duché de Luxembourg & autres Seigneuries des Païs-Bas, il est soutenu qu'elles ont toujours été exemtes de la jurisdiction de cet Empire. (e)

VI.

Et par ainsi le Roi n'est aucunement obligé pour raison dudit Stenai d'en traiter avec l'Empereur, mais seulement avec le Roi d'Espagne, qui peut-être mettra en avant que l'échange en l'an mil six cens trois s'est faite à la charge & condition que le Duc Charles II. & ses Successeurs Ducs de Lorraine ne pourront aliéner la Ville & Forteresse de Stenai, sans le consentement desdits Archiducs & de leurs Successeurs Ducs de Luxembourg (f), dont le Roi se peut accorder avec le Roi d'Espagne en lui faisant récompense selon qu'il sera avisé pour le mieux.

Preuves de ce que dessus.

(a) Les Ducs de Lorraine n'ont point reconnu Stenai à foi & hommage de l'Empereur, comme ils ont fait d'autres Seigneuries.

Les Investitures de plusieurs Seigneuries aux Ducs de Lorraine par les Empereurs, se trouvent au Trésor des Chartes du Roi & en celui de Lorraine à Nanci: j'en ai copie, il n'y est fait mention aucune de Stenai.

(b) L'Empereur n'a droit de féodalité sur le Duché de Lorraine: cela se prouve par la Transaction à Nuremberg l'an mil cinq cens quarante-deux le vingt-sixiéme jour d'Août; elle est au Trésor des Chartes du Roi, & fut confirmée par l'Empereur Charles V. à Spire l'an mil cinq cens quarante-trois le vingt-huitiéme jour de Juillet, insinuée en la Chambre Impériale en ladite Ville de Spire l'an mil cinq cens soixante & un le vingt uniéme d'Août, & derechef elle a été renouvelée à Prague par l'Empereur Rudolphe second l'an mil six cens trois le deuxiéme jour de Janvier.

La même Transaction est insérée dans le livre de Magærus *de Clientelari Patronorum jure* Cap. 5. N. 204. & dans celui de Arumæus *de Comitiis Germanici Imperii* Cap. 5. N. 122. dans le Traité de Carpzovius *de Capitulatione Imperiali*, ès Traitez de Limnæus *de jure publico*, & ès Recueils de Goldast *des Résultats de*

l'Empire, & en un autre Recueil intitulé, *Privilegia*.

(c) L'Empereur Charles-quint maintint au Traité de Crespi l'an mil cinq cens quarante-quatre, qu'il fit avec le Roi François premier, que Stenai est un Fief du Duché de Luxembourg. Ledit Traité.

,, Et pour ce que ledit Seigneur Empereur ,, maintint que la Ville, Châtellenie, & Sei-,, gneurie de Stenai est de son Fief à cause de ,, la Duché de Luxembourg, & n'en a pu le ,, dit feu Duc de Lorraine faire valable Trans-,, port soit par échange ou autrement audit ,, Sieur Roi sans son consentement, a été ac-,, cordé que ledit Stenai se rendra semblable-,, ment au Duc moderne de Lorraine, pour ,, le tenir sous la même charge & fief que son ,, dit feu Pére l'avoit, sans que par ci-après ,, icelui Sieur Roi y puisse rien à jamais pré-,, tendre; demeurant au surplus à sadite Majesté ,, Impériale le droit & action de Commise pour ,, en faire à l'endroit dudit Duc comme bon ,, lui semblera.

(d) L'Archiduc Albert & Isabelle-Claire-Eugenie Princes des Païs-Bas prétendent que Stenai est tenu à foi & hommage du Duché de Luxembourg.

Les Contrats d'échange ès années mil six cens deux & mil six cens trois qui sont au Trésor des Chartes en Lorraine à Nanci, dont j'ai copie.

,, Ne s'étant lesdits Députez retrouvés en ,, aucune difficulté touchant lesdites prétentions ,, que pour le regard des Villes, Prévôté & ,, Châtellenie de Sathenai, que nous préten-,, dions être de nous d'ailleurs tenues en fief ,, par notre dit Cousin le Duc de Lorraine & ,, de Bar, à cause de notre dit Duché de ,, Luxembourg.

(e) L'Evêché de Luxembourg est une Seigneurie tenue en Souveraineté & ne reléve de l'Empire.

Enguerrand de Monstrelet au troisiéme Volume des Croniques l'an mil quatre cens soixante quatre, & Jean de Forestel ès Chroniques d'Angleterre manuscrites qui finissent l'an mil quatre cens septante cinq: " A ces mots s'a-,, variça de parler Maître Pierre de Goux Chan-,, cellier & Maître ès Loix, & dit aux Ambas-,, sadeurs des Rois, Messeigneurs, afin que ,, chacun l'entende, Monseigneur qui ici est, ,, ne tient pas du Roi tout ce qu'il a de Ter-,, res & Seigneuries, il tient voirement du Roi ,, tout le Duché de Bourgogne, les Comtés de ,, Flandre & d'Artois, mais hors le Royaume ,, maintes belles Seigneuries, comme les Du-,, chés de Brabant, de Luxembourg, & Lim-,, bourg, & de Lotrich avec les Comtés de ,, Bourgogne, de Hollande, Zélande, & de ,, Namur, & d'Artois; Païs qu'il tient de Dieu ,, tant seulement.

La Transaction de l'an mil cinq cens quarante-huit à Augsbourg pour la protection par l'Empire des Princes des Païs-Bas, est insérée dans Arumæus *de Comitiis Germanici Imperii* Cap. 4. N. 90. 91. 92. 93. 94. & aussi dans le livre de Magærus *de Clientelari Patronorum jure* Cap. 5. N. 59.

(f) Le droit de Féodalité sur la Ville & Forteresse de Stenai a été transporté aux Ducs de Lorraine, comme Ducs de Bar.

A condition qu'ils ne pourront aliéner lesdites Ville & Forteresse sans le consentement des Ducs de Luxembourg.

Le Contrat d'échange de l'an mil six cens trois.

,, Re-

„ Remettons & quittons à notre dit Cousin
„ le Duc de Lorraine & de Bar & ses Suc-
„ cesseurs Ducs dudit Bar tous droits & obli-
„ gations de Vassalité, Seigneurie directe, &
„ mouvance de fief, que pouvions avoir à pré-
„ tendre & demander contre lui, tant à cause
„ desdites Prévôtés & Châtellenies de Mar-
„ ville & Aranci, Terre de Conflans en Jar-
„ nisy & Ban de Marri, qu'à cause desdites
„ Ville & Châtellenie de Stenai, desquelles
„ charges, droits & obligations de Seigneurie
„ directe, mouvance de fief, & de Vassalité
„ susdite, nous avons par cette déclaré & dé-
„ clarons notre dit Cousin le Duc de Lorraine
„ & de Bar, & ses Successeurs Ducs dudit
„ Bar, quittes, libres, exemts, & du tout
„ francs & déchargés envers nous & nos Suc-
„ cesseurs Ducs de Luxembourg, à l'avenir,
„ pour toujours; mais moyennant la quittance
„ réciproque que notre dit Cousin, nous a faite
„ & dont il nous donnera manuellement Let-
„ tres Patentes de tous droits & fiefs mouvans,
„ & de Vassalité qu'il a & peut avoir & pré-
„ tendre sur nous pour & à raison du Comté
„ de Chini: & autrement desquels droits, pré-
„ tentions & obligations nous & nos Succes-
„ seurs Ducs de Luxembourg & Comtes de
„ Chini, demeurerons pour toujoursmais quit-
„ tés, francs, libres, & entiérement déchargés
„ envers notredit Cousin, & sesdits Succes-
„ seurs Ducs de Bar; à la charge & condition
„ aussi que notredit Cousin le Duc de Lor-
„ raine & de Bar ni ses Successeurs Ducs de
„ Bar ni nous ni nos Successeurs Ducs de
„ Luxembourg & Comtes de Chini, ne pour-
„ rons aliéner ni mettre réciproquement hors
„ de nos mains soit à titre ou couleur de ven-
„ dition, donation, échange, permutation ni
„ autre sorte de Contrat que ce soit ou puisse
„ être, aucune Ville qui à chacun de nous ap-
„ partienne & dont respectivement nous nous
„ sommes cédé, quitté & déchargé des pre-
„ tentions que avions réciproquement l'un con-
„ tre l'autre pour droit de Fief & de Vassa-
„ lité. Et en ce qui est des Forteresses &
„ Fortifications desdites Villes, autrement les-
„ dites Quittances & renonciations par nous
„ respectivement faites l'un à l'autre desdites
„ prétentions de droits de Fief & de Vassalité
„ demeureront comme ladite aliénation nulle
„ & de nul effet, & comme chose non ave-
„ nue; & rentrera chacun de nous en ses pre-
„ miers droits & prétentions, comme paravant:
„ ne fut que ladite aliénation se fit du gré &
„ consentement mutuel l'un de l'autre, de
„ nous, ou nosdits Successeurs; & ce afin de
„ tant plus nous retenir de part & d'autre à la
„ continuation de l'amitié & bonne voisinance
„ qui est & a toujours été entre nous & nos
„ Prédécesseurs tant Ducs de Luxembourg
„ & Comtes de Chini que Ducs de Bar.

La Ville de Stenai qui est de la Riviére de
Meuze entre Verdun & Sedan & proche de
Mouson importe à la France,

I.

Pource qu'elle met à couvert la Campagne
de ce côté là.

II.

Que de cette Place l'on peut secourir au besoin les Villes de Verdun & de Metz.

III.

Que c'est une entrée dans les Etats de Lorraine entre la Meuze & la Mozelle.

IV.

Comme aussi dans le Duché de Luxembourg.

V.

Et le Roi avec les autres Places voisines assure davantage la Principauté de Sedan.

Comme le feu Roi Louïs XIII. a acquis la Seigneurie de Stenai.

L'An 1632. il fit un Traité à Liverdun avec
le Duc Charles, par lequel il fut convenu
que les Villes & Seigneuries de Stenai & Jametz, demeureroient en dépôt à Sa Majesté
pour quatre ans.

Et depuis par le Traité de Paris en l'an mil
six cens quarante-un, il a été stipulé que lesdites Seigneuries, ensemble celle de Clermont
en Argonne & de Dun, demeureront en propre à perpétuité aux Rois de France.

MEMOIRE

Touchant l'offre de la part du Roi de rendre l'ancien Duché de Lorraine, pour distinguer l'ancienne Lorraine d'avec la nouvelle.

L'ANCIEN DUCHÉ DE LORRAINE.

I.

IL faut considérer ce Duché ainsi qu'il s'étendoit il y a six cens ans que Gérard d'Alsace
issu des Comtes d'Alsace, entre les Villes de
Bâle & de Strasbourg proche de celles de
Colmar, & de Schleststadt (& où sont les
Seigneuries de Egesheim & de Saint Hipolite
ou de Saint Pilt) fut investi de ce Duché en
l'an mil quarante-huit par son Cousin l'Empereur Henri III. issu de par Femme des Comtes
d'Alsace.

Du même Gérard (de qui le fils puiné nommé Gérard eut en partage le Comté de Vaudemont) sont issus sans interruption de mâle en
mâle ou de par Femmes les Ducs de Lorraine
qui depuis lui ont tenu le Duché jusques au
dernier Duc Charles à présent vivant.

Ledit Duché a été anciennement appellé le
Duché de la haute Lorraine, pour le distinguer d'avec le Duché de la basse Lorraine ou

des Ripuaires devers la Riviére de Meuze ou du Rhin, qui faifoit une partie du Duché de Brabant, du Duché de Gueldre, & du Comté de Hollande, tel que l'a tenu Godefroi de Bouillon & les derniers Rois d'Efpagne depuis Philippe premier Pére des Empereurs Charles V. & Ferdinand premier fes Succeffeurs, & pour cela s'intitulent Ducs de Lothier ou de Lorraine.

L'on nommoit autrement ce Duché de la haute Lorraine, le Duché de Mozellane, pour ce qu'il eft fitué le long de la Riviére de Mofelle, entre le Comté de Bourgogne, l'Archevêché de Trêves, & le Duché de Luxembourg, & fait la plus grande part des Bailliages de Nanci, de Vofges, & de celui d'Allemagne, où font les Villes de Nanci, Luneville, Mirecourt, Raon, Rambervilliers, Bruyeres, d'Arnai, Vaudrevange, Sirk & autres.

Il a été accru par laps de tems de plus de la moitié du côté de France, ou devers l'Allemagne; & les Ducs ont uni le tout par leurs Teftamens & autres difpofitions à ce que rien n'en foit démembré, & que l'ainé y fuccéde feul : deforte que ce Duché avec fes appartenances contenoit en l'an mil fix cens trente plus de trois mille Villages, fans les Villes & Bourgs dans quarante lieues de Païs en largeur & en longueur en fuppléant ce qu'il y a de plus d'une part à ce qu'il y a de moins de l'autre. Les Ducs ayant acquis entr'autres par Mariages & autrement le Duché de Bar & le Marquifat de Pont-à-Mouffon, les Comtés de Blamont, de Vaudemont, & de Salm, partie de celui de Sarwerden & Pfaltzbourg, outre une grande quantité de Seigneuries des Evêchez de Metz, Toul & Verdun.

LES SEIGNEURIES

Acquifes par les Ducs de Lorraine fur les Evêchez de Metz, Toul & Verdun.

I. L'EVECHE' DE METZ.

Marfal.
Moyenvic.
Nomeni.
Saint Avaud.
Efpinal.
Afpremont.
Condé.
Conflans.
Sarbourg.
Le Ban de Delme de Meure & autres.
A quoi l'on peut ajoûter plufieurs Seigneuries de l'Abbaye Saint Arnoul de Metz & celle de Gorze.

II. L'EVECHE' DE TOUL.

Clermont en Argonne.
Varenne.

Vienne.
Le Marquifat de Hattonchâtel.
L'Eglife Collégiale de Saint Laurent de Dieuleemart.

Ce qui fe peut voir plus amplement pour le regard desdits Evêchés & Abbayes & les droits des Empereurs & des Rois de France fur les Etats de Lorraine ès fix Coffres qui font au Tréfor des Chartes du Roi à la Sainte Chapelle, qui ont été amenez de la Motte & de Nanci, dont j'ai fait l'inventaire; & encore en divers Regiftres & Chartes dudit Tréfor, & de plus en ce qui eft refté au Tréfor des Chartes de Lorraine à Nanci. En ce qui fe trouve ès Hiftoires imprimées & manufcrites des Evêques de Metz, Toul & Verdun, & en plufieurs Hiftoires des Archevêques de Trêves, & des Duchez de Lorraine & de Bar, dans Vafebourg, Rofiéres & Broverus.

III.

LE DENOMBREMENT

Des Bailliages & Prévôtez qui étoient attribuées en l'an 1625. à la Jurifdiction de la Cour Souveraine pour la Juftice de Saint Michel (que l'on nomme communément de Saint Miel) & qui ne font des dépendances de l'ancien Duché de Lorraine.

Stain Prévôté.
Dun Prévôté.
Stenai Prévôté.
Briei & Nouroi le fec Prévôté.
Sanci Prévôté.
Longwi Prévôté.
Cranci Prévôté.
Conflans en Voivre Prévôté.
Le Pont-à-Mouffon Prévôté.
Sampigni & Keures Prévôtez.
Trongnon Prévôté.
Rambercourt aux pots Prévôté.
Saint Michel Bailliage auquel reffortiffent toutes lesdites Prévôtés.
Hattonchâtel Bailliage.
Afpremont Bailliage
Clermont en Argonne, Varenne, & Montignon, Bailliages.
Châtel fur Mofelle Bailliage, qui y reffortit pour ce qui eft du criminel.
Les Faubourgs de Saint Manfuit & de Saint Eure de Toul.
Sorci fur Meuze & autres lieux de la Prévôté de Foug.

IV.

Du titre de Marchis ou de Marquis que prennent les Ducs de Lorraine.

C'Eft à caufe d'un Comté limitrophe & ès confins de l'ancien Royaume de Lorraine &

1648.

& de celui de Germanie, situé devers Deux-Ponts, en Allemand *Zweibruk*, entre les Villes de Strasbourg & de Trêves & où sont Blie-caßel ou Caftre fur Blew à préfent de l'Archevêché de Trêves ; item Bitfch ou Bittes, lefquelles Seigneuries ont été poffédées par le Duc Gérard, de Pére à Fils : de forte que ès anciennes Chattes fon ayeul paternel le Comte Albert ou Adelbert & fon Pére le Comte Gérard font intitulez *Comites Marchiones* ; ce titre étant lors féparé de celui du Duc de Lorraine & n'y étant annexé, encore qu'on nous veuille faire accroire du contraire.

V.

DENOMBREMENT

Des Seigneuries tenuës en fief & arriére-fief & fous la Souveraineté & jurifdiction de l'Empire, qui ne font d'ancienneté des appartenances du Duché de Lorraine ; ains ont été acquifes par les Ducs, foit par fucceffion, donation ou par contrats d'achat ou d'échange & autrement.

LE Marquifat de Pont-à-Mouffon.
Le Comté de Blamont.
La Seigneurie de Clermont en Argonne.
La Seigneurie de Hattonchâtel.
La Seigneurie de Falckenftein devets Bitfch.
Le Comté de Salm.
La Seigneurie de Pfaltzbourg.
La Seigneurie de Lixheim.
Partie du Comté de Sarwerden.
Hombourg.
Saint Avault.
Saralben.
Sarbourg.
Les Salines de Moyenvic & de Matfal, & le Marquifat de Nomeni.

V I.

SEIGNEURIES

Du reffort de la Chambre Impériale de Spire.

LE Marquifat de Nomeni.
Lixheim.
Falckenftein.
Bilftein.
Turqueftein.
Hombourg.
Saint Avault.

1648.

Du droit de Souveraineté qu'ont les Empereurs d'Allemagne au Duché de Lorraine.

I.

LE Duché de Lorraine eft fait part & portion du Royaume de Lorraine, qui comprenoit le Païs entre la Riviére du Rhin, le Comté de Bourgogne, les Riviéres de Meuze & de l'Efcaut, & la Mer Germanique : & à ce Royaume les Rois Charles-le-Simple & Lothaire petit-fils dudit Charles ont renoncé en faveur des Empereurs Henri l'Oifeleur, Otton fecond, & Otton troifiéme ès années neuf cens vingt-trois, neuf cens quatre-vingt-neuf, neuf cens quatre-vingt-cinq, & neuf cens vingt-cinq.

II.

Ledit Duché étant vacant & fans Héritiers a été conféré par les Empereurs en l'an mil trente-quatre à Gothelon Duc de la Baffe Lorraine ; en l'an mil quarante-cinq à Albert Comte de Namur ; en l'an mil quarante-huit à Gérard d'Alface, les defcendans duquel ont toujours joui dudit Duché jufques à préfent.

III.

Et l'ont repris à foi & hommage des Empereurs.

IV.

Qui les appellent leurs féaux en leurs Lettres, ainfi qu'ils font tous les Princes qui font fous leur Souveraineté.

V.

Ils ont affifté lefdits Empereurs à leurs Couronnemens & Cours folemnelles, en leurs Guerres & aux voyages qu'ils ont faits en Italie, pour prendre la Couronne Impériale, ainfi que les autres Princes d'Allemagne, qui font tenus de faire le même fous peine de perdre leurs Fiefs.

VI.

Et quand ils ont convenu avec quelques Princes pour les fervir & aider envers & contre tous, ils ont toujours excepté l'Empereur ou le Roi des Romains comme leurs Souverains.

VII.

Auffi lorfque les Rois de France ont eu quelques prétentions contr'eux, ils ont répondu que le Duché de Lorraine eft fis en l'Empire & non fujet du Royaume de France, felon qu'il eft expofé dans un Arrêt du Parlement de Paris de l'an mil trois cens nonante, pour le fait de Neuchâtel en Lorraine.

VIII. De

VIII.

De fait ils font encore aujourd'hui fujets pour leurdit Duché à toutes taxes & impofitions qui font faites & mifes fus par l'avis des Etats de l'Empire; & font tenus & obligez d'obferver les Ordonnances de l'Empire pour l'entretenement de la Paix publique en l'Empire, & s'ils y contreviennent, ils peuvent être mis au ban de l'Empire, & par même moyen perdre leurdit Duché.

IX.

L'Empereur a de plus cette autorité de donner Lettres d'affurement & de Sauf-conduit audit Duché.

X.

Cas avenant qu'il y ait debat pour la fucceffion dudit Duché, c'eft à lui à qui la connoiffance en appartient & qui en donne l'inveftiture.

XI.

Et quand les Ducs font mineurs, il leur pourvoit de tuteurs & Bailliftres.

XII.

De forte que ce n'eft point fans raifon que par le Traité de l'an mil cinq cens quarante-deux les Etats de l'Empire foutinrent qu'il fe pouvoit prouver par plufieurs bonnes & fortes raifons que ledit Duché doit fubjection à l'Empire, & à l'Infinuation & Omologation dudit Traité en la Chambre Impériale de Spire en l'an mil cinq cens foixante & un; ladite Chambre y mit cette modification, *fauf tous droits de Souveraineté de l'Empire.*

Que le Duc de Lorraine eft fujet pour le Duché de Lorraine aux contributions de l'Empire, & eft tenu d'obferver les Edits & Ordonnances touchant la Paix publique.

PAr le Traité & Accord fait à la Diette & Affemblée des Etats Généraux d'Allemagne à Nuremberg, l'an mil cinq cens quarante-deux le vingt-fixiéme Août, entre l'Empereur Charles Quint, Ferdinand Roi des Romains depuis premier du nom Empereur, les Electeurs, Princes, & Etats de l'Empire d'une part, & Antoine Duc de Lorraine d'autre, ratifié par les Etats dudit Duché affemblez à Nanci audit an le quatorziéme de Septembre, & confirmé par l'Empereur Mathias à Spire l'an mil fix cens dix-fept le premier Mars, qui eft inféré dans le Livre intitulé *De Advocatia five clientelari Patronorum jure*, compofé par Martin Mager Confeiller de l'Archiduc Léopold Frére

de l'Empereur Ferdinand II. Chapitre VI. *de origine Advocatiarum* N. 504.

Il eft convenu que le Duc de Lorraine tant pour fon Duché de Lorraine que pour le Marquifat de Pont-à-Mouffon & le Comté de Blamont y annexez, fera tenu & obligé à toutes taxes & impofitions qui feront faites & mifes fus par l'avis des Etats de l'Empire ; & qu'il baillera pour fa part les deux tiers de ce à quoi chaque Electeur fera cottifé : deforte que fi un Electeur eft cottifé à trois cens florins, l'on le cottifera à deux cens, & pour ce fera fujet à l'Empereur & à la Chambre Impériale pour la délivrance des deniers de fa cotte.

Et davantage qu'il obfervera les Ordonnances & Decrets de l'Empire pour l'entretenement de la Paix publique en l'Empire ; ce qui eft auffi témoigné par Joachin Myfinger Affefleur en la Chambre Impériale de Spire du Regne de l'Empereur Charles V. Centur. 5. Obfervat. 58. N. 1. & 2.

Dux Saxoniæ, Marchio Brandeburgenfis tamquam Principes & Electores Imperii, & Dux Lotharingus qui privilegio Imperatorio ex Judicio Cameræ exempti funt, ipfi eorumve Subditi Pacem publicam violarent, conveniri in Camerâ poffent.

Et l'Auteur du Livre intitulé, *in Ordinationem Judicii Cameræ Imperialis Commentarii*, imprimé à Francfort l'an mil fix cens, Partie II. titre 9.

Dux Lotharingiæ ex privilegio Imperatoris & jurifdictione Cameræ exceptus eft, hoc tamen in fractionem publicæ Pacis locum non habet.

Ce que fignifie le titre de Marchis que les Ducs de Lorraine ajoutent à celui de Duc.

LE mot de *Marchis* n'a point plus de force & énergie que celui de Marquis & eft la même chofe de fait en toutes les Lettres & Chartes des Ducs de Lorraine. Ils s'intitulent en langage François *Ducs de Lorraine & Marchis* ; & en Latin *Duces Lotharingiæ & Marchiones*, felon qu'il fe peut voir en la Généalogie des Ducs de Lorraine imprimée en l'an 1624. & dans plufieurs titres qui font au Tréfor des Chartes en la Layette de Lorraine & ès Chartulaires de Champagne. Ainfi les Ducs de Brabant à caufe du Marquifat d'Anvers, & les Comtes de Luxembourg, pour raifon du Marquifat d'Arlon, fe font intitulez en Langue Françoife *Marchis* & en Latin *Marchiones*. Les titres au Tréfor des Chartes & aux Layettes de Brabant & de Luxembourg ; & l'Hiftoire de la Maifon de Luxembourg de Vignier (où Henri Comte de Luxembourg eft intitulé *Marchis d'Arlon.*) nous le montrent affez évidemment.

Le titre de *Marchis* ou Marquis fe donnoit anciennement à ceux qui tenoient des Comtez Limitrophes & devers les Confins de quelques Royaumes & Seigneuries étrangeres, & avoient intendance en leurs Comtez non feulement de la Juftice, mais de la Guerre ; étant néanmoins ce titre moindre que celui de Duc & plus que celui de Comte, comme il eft facile de reconnoître ès Ordonnances & Edits des Empereurs d'Allemagne, qui nomment toûjours les Ducs
pro-

1648. premier & avant que les Marquis, & les Marquis avant les Comtes. Et pour cette raison non seulement en Allemagne, mais en France, Espagne, ès Païs-Bas, en Angleterre, en Italie, & autre part, ceux que les Rois & Princes veulent gratifier & élever à plus grands honneurs sont créez Marquis au lieu de Comtes, encore que tels Marquisats ne soient pas la plûpart situez ès limites & confins du Païs.

Le titre de *Marchis* a été pris par les Pére & ayeul de Gérard d'Alsace, duquel descendent les Ducs de Lorraine d'aujourd'hui, & de même par ledit Gérard avant qu'il fût investi du Duché de Lorraine en l'an mil quarante-huit, & l'a continué avec celui de Duc de Lorraine, comme nous l'apprenons nommément des Mémoires de la fondation du Monastére de Bosonville proche de Metz. Et depuis ce tems ses Successeurs se sont toujours intitulez Ducs de Lorraine & *Marchis*, à savoir Ducs de Lorraine parce qu'ils tiennent le Duché de la haute Lorraine ou de Mosellane situé sur la Riviére de Mozelle, & *Marchis* à cause du Païs situé entre le Comté de Metz & celui de Trêves, & partant sur les limites & confins de ces deux Comtez, & au milieu du temporel des Archevêques de Trêves & des Evêques de Metz, desquels ils ont relevé d'ancienneté : & dépendent de cedit Marquisat de Lorraine les Villes de Vaudrevange, Sirck, & Sirsperg, & les Abbayes de Tholey, Metloch, Bosonville, Fristorf, & Fraimenlauter, que les Ducs de Lorraine possédent jusques à présent.

Aucuns ont voulu dire que les Ducs de Lorraine se sont intitulez Ducs de Lorraine & *Marchis*, comme étant leur Duché limitrophe de l'Empire & de la France, tout en pleine Souveraincté & ne dépendant de personne; & fut cela mis en avant l'an mil trois cens quatrevingts onze, de la part de Charles premier du nom Duc de Lorraine, ainsi qu'il est récité en un Arrêt du Parlement pour la Seigneurie de Neufchâtel en Lorraine. Mais il appert bien du contraire, vû qu'ils ont été investis de ce Duché par les Empereurs d'Allemagne, & que quand il y a eu débat pour la Succession du même Duché, les Empereurs en ont été les Juges, comme du tems du Concile de Bâle le fut l'Empereur Sigismond : & par l'Accord qui fut fait à Nuremberg en l'an mil cinq cens quarante-deux entre l'Empereur Charles-Quint, Ferdinand Roi des Romains, depuis premier du nom Empereur, les Electeurs & Etats de l'Empire d'une part, & Antoine Duc de Lorraine d'autre; ledit Antoine reconnut être tenu aux contributions de l'Empire pour raison de fondit Duché & de plus d'être sujet & obligé à l'entretenement de la Paix publique en l'Empire, laquelle si elle est violée par aucun Prince de l'Empire & qu'il se rebelle contre l'Empereur ou moleste aucuns des Princes & Etats de l'Empire, l'Empereur le peut mettre au Ban & proscrire & quant & quant confisquer les Seigneuries. Et combien que ledit Duc Antoine voulût dire lors, que pour fondit Duché il n'étoit aucunement sujet de l'Empire, si est-ce que les Electeurs & Etats dudit Empire lui soutinrent le contraire selon que le porte ledit Accord qui se trouve en Allemand au livre de Magerus *de jure clientæ sive protectionis* ; & à la vérification du même Accord par la Chambre Impériale de Spire, cette clause y fut ajoûtée sans préjudice du droit de Souveraineté apartenant à l'Empire, audit Duché.

Au reste l'on ne voit point que les Marquis de Brandebourg, de Misnie, de Bade, de Bur-
Tom. IV.

gaw, de Moravie, de Lusace, en Allemagne & en Bohéme, ou les Marquis d'Autriche, de Mantouë, de Montferrat, & autres, avant que ce fussent Duchez ayent jamais prétendu pour le titre de Marquis d'être Souverains.

Ni le titre de Marquis ne dénote non plus un Office ou Vicariat de l'Empire soit ès propres Seigneuries des Marquis ou en celles de leurs voisins.

Et n'y a aucun vestige en l'Histoire ou autre part, que jamais les Ducs de Lorraine ayent été mis au nombre des Officiers de l'Empire, ainsi que le sont les Electeurs & autres Princes & Seigneurs ; de manière que c'est sans sujet que pour ce titre de Marquis ou *Marchis*, les Ducs de Lorraine veulent prétendre droit de Seigneurie dans la Ville de Toul, ou ès Fauxbourgs, non plus que celui de protecteurs & Gardiens qui n'attribue aucun droit de Jurisdiction ou de Souveraineté.

A V I S

Touchant la Lorraine & Barrois & les Places desdits Païs chacune en particulier.

LEs Ducs de Lorraine possédent de six natures de biens, savoir premiérement de leur ancien Domaine.

Des échanges faites avec leurs voisins & particuliérement avec les Evêques de Metz, Toul & Verdun.

De ceux qu'ils ont usurpez sur lesdits Evêchez.

De ceux qu'ils ont achetez.

De ceux qui sont mouvans du Roi & de ceux que nos Rois leur ont donnez, comme Espinal, dans la vérification duquel don, il y a réversion à la Couronne en cas de felonnie.

Anciennement tout le Barrois étoit de la mouvance de la Couronne de France & les Appellations ressortissoient au Bailliage de Chaumont, & depuis transféré à celui de Sens.

Louïs XI. en l'année mil quatre cens soixante cinq donna partie de la mouvance au Duc de Lorraine, que l'on appelle maintenant Barrois, non mouvant ; & François premier en l'année mil cinq cens trente-neuf confirma ledit don : desorte qu'il n'en reste plus qu'une partie dans la mouvance & ressort. Il est à remarquer que le Roi a droit aux Abbayes qui sont dans l'un & dans l'autre Barrois, & que la Souveraineté étant un Membre de la Couronne, les Rois n'en peuvent disposer.

Nomeni est une Ville des Evêques de Metz; on peut la rayer n'étant pas considérable.

Moyenvic, où il y a une Saline, a été aussi partie acheté & partie échangé par les Ducs de Lorraine desdits Evêques, lesquels se sont reservé la Souveraineté n'ayant cédé que la Saline.

Il est nécessaire de rompre ledit échange d'autant que le Roi ayant la Souveraineté des trois Evêchez & de l'Alsace, il lui faut du Sel pour fournir à ses Sujets; & il en arrivera deux bons effets, le premier que le Roi laissant ce Sel au prix qu'il est, en tirera plus de quatre
Mmm   cens

1648.

cens mille livres de profit, le second qu'il ôtera ce revenu au Duc de Lorraine, & chasfera de l'Alsace le sel de Chavenne.

Marsal a aussi été échangé par les Evêques de Metz, avec les Ducs de Lorraine tant en ce qui regarde la Souveraineté que le revenu.

Si l'on peut conserver cette place la Saline est beaucoup meilleure que celle de Moyenvic : mais en ce cas il faut obliger le Duc de Lorraine de permettre de prendre des bois pour ladite Saline aux lieux où on a accoutumé d'en prendre, en payant ; & ladite Place est plus utile pouvant bien nuire, d'autant qu'elle se trouve sur le passage de l'Alsace, le meilleur chemin étant de Metz à Vic, qui est proche dudit Marsal ; mieux fortifié aussi & plus capable de loger des gens de guerre. Et comme ces deux Places Moyenvic & Marsal sont trop proches l'une de l'autre, n'étant qu'à une petite demie lieue, il suffit d'en conserver une, laquelle pour les raisons ci-dessus doit être Marsal.

Pour les usurpations, elles sont très-grandes sur lesdits Evêchez.

La moitié du Comté d'Aspremont & Prévôté de Dun, consistant en plus de quatre cens Villages appartiennent au Comte d'Aspremont Gentilhomme de Champagne, ses prédécesseurs ayant eu plusieurs Arrêts en la Chambre de Spire en leur faveur ; les Ducs de Lorraine les retiennent par force, le Roi pourra lui donner récompense & prendre son droit,

Dun est une petite Ville sur la Meuze entre Verdun & Stenai, où il y a un passage. Il y avoit un Château, mais il a été rasé depuis quelques années, comme aussi le Pont.

Les deux faubourgs de Toul dans lesquels il y a deux grandes Abbayes, dont les faubourgs portent le nom, l'une appellée Saint Mansui & l'autre Saint Epvre. L'on tient que la première a été usurpée : il seroit bien à propos dans un Traité de la retenir, tant pour la sureté de la Place, que pour faire que lesdites Abbayes fussent à la nomination du Roi.

Clermont est de la mouvance & de l'Evêché de Verdun. Je crois qu'il est à propos de le conserver, servant d'entrepôt entre Sainte Menehould & Verdun, n'y ayant point de Places fortifiées sur la frontiére de Champagne de ce côté-là.

J'en dis de même de Stenai étant la seule Place fortifiée sur la Meuze depuis Verdun jusques à Mouson. Cette Place est bonne & n'est pas de grande garde.

Villefranche que le Roi François avoit fait fortifier pour couvrir la frontiére à demie lieue dudit Stenai a été razée.

Jametz a été pris par les Ducs de Lorraine sur les Ducs de Bouillon, étant situé sur la riviére du Cher, laquelle se passe malaisément étant fort profonde, marecageuse, & les bords fort hauts trois lieues au delà de la Meuze du côté de Luxembourg. Cette Place est bonne & de petite garde, servant de sentinelle, se peut conserver pour la sureté de la frontiére : durant ces dernières guerres la Garnison força partie des Ennemis & donna avis dans le Païs de leur marche.

Le Roi d'Espagne par les Traitez qu'il a faits avec les Ducs de Lorraine, a obligé lesdits Ducs de donner passage à ses troupes qui iront d'Italie en Flandre & de Flandre en Italie & de fournir l'étape en payant suivant le Traité que les Commissaires de l'un & de l'autre feront conjointement : le Roi en peut faire de même pour ses Troupes qui iront en Alsace.

1648.

Thionville n'a été fortifié que depuis que Henri second prit Metz, & Danvilliers depuis la prise de Verdun, pour incommoder lesdites Villes. Le dernier n'est bon qu'à raser n'étant ni sur passage nécessaire ni sur riviere. Pour Thionville, cette Place tient le Luxembourg en bride, & nous rend maîtres de la Mozelle pour aller à Trêves.

Saint Avold a été démembré de l'Evêché de Metz étant sur le chemin de Sarbruc & du bas Palatinat, à cinq lieuës de Metz & trois lieuës dudit Sarbruc.

Sirk étant sur la Mozelle au dessous de Thionville, il est à propos de conserver cette Place ; d'autant que c'est la sureté du passage de Thionville à Trêves, tant par eau que par terre, & par cette même raison il la faudra raser avant que la rendre au Duc Charles.

Longwi ayant, tant durant cette Guerre que celle de la Ligue, incommodé Metz, le Pais Messin, & la frontiere de Champagne, il seroit à propos de ruiner le Château.

Le Duc Charles ne possède maintenant que deux Places fortes, savoir Hombourg & Bitche, qui sont deux Châteaux de même situation, & même fortification, étant situez sur de petites montagnes & bastionnez. Le premier appartient au Comte de Nassau-Sarbruc, & l'autre audit Duc : il n'y a point de Ville.

A Mirecourt il y a un réduit qui a été fait depuis que le Roi en est le Maître : il le faut raser.

Remiremont, qui est la plus belle Maison de Dames qui soit en Lorraine, est de fondation de nos Rois & Souveraine : mais quoique l'Abbesse & les Dames ayent donné partie de leur revenu aux Ducs de Lorraine pour les conserver en leur Souveraineté, ils ont toujours entrepris quelque chose sur leurs Droits & particuliérement le Duc Charles.

Le meilleur chemin pour aller en Alsace c'est par Metz, Vic, Dieuze, Salbourg, & Saverne : il faudroit, s'il se peut, avoir Dieuze ; étant une des principales, il y aura de la difficulté, laquelle se pourroit accommoder, la saline étant séparée de la Ville par un fossé & muraille.

Salbourg étoit une Ville libre, laquelle pourtant dépendoit en quelque façon de Strasbourg, & s'est donnée au Duc de Lorraine pour la conserver ; les habitans jouïssent encore du droit de Bourgeoisie à Strasbourg.

Le Duc de Lorraine autrefois a proposé quelque échange : on pourroit lui donner des Villes qui sont de l'Evêché de Metz, enclavées tout à fait dans la Cour, comme Rambervillers & Baccara, Liverdun entre Toul & Nanci & la Prévôté de Duloir qui est entre Nanci & le Pont-à-Mousson, du Chapitre de Verdun ; le Roi récompenseroit les Evêques.

A Châtel sur Mozelle il y a un Château lequel est inutile, & servoit de prison pour les personnes de qualité de Lorraine. On peut le raser, la Ville n'étant considérable par sa grandeur ni par sa situation.

Espinal ; il y a deux Villes & un Château, lequel n'est guere bon, non plus que les deux Villes, lesquelles n'ont que de simples murailles. Nos Rois en ont fait don aux Ducs de Lorraine, comme il est fait mention ci-devant avec la restriction de réversion à la Couronne. Si l'on ne veut user dudit droit, on peut raser ledit Château & ouvrir les Villes, & en tout cas pour soulager la dépense, on peut conserver seulement le Château avec une Garnison de trente hommes.

On

On doit conserver le réduit du Pont-à-Mousson d'autant que c'est le passage par eau & par terre de Toul à Metz.

Il faut conserver le Château de Bar tant à cause de la Ville que du Passage de tout ce qui va à Nanci.

Le Château de Neufchâteau est tout-à-fait inutile, n'y ayant ni riviére ni passage nécessaire.

Pour les Villes vieille & neuve & Citadelle de Nanci, je crois que l'on doit raser la Ville neuve d'autant qu'il n'est pas en la puissance des Ducs de Lorraine de la garder à leurs dépens; & par conséquent il faut qu'ils la mettent en la protection de quelque puissance plus grande qu'eux. Pendant que les deux Villes subsisteront, elles seront toujours considérées, la place étant capable de grands magazins tant de vivres, armes, que de munitions de guerre pour une armée de quarante mille hommes & de la mettre en sureté; au contraire ladite Ville neuve étant rasée, elles ne seront plus considérées & ne pourront donner aucune jalousie.

La Ville vieille & Citadelle ne sont que cinq bastions, de sorte que ce n'est à bien parler qu'une Citadelle, laquelle du côté de la Ville neuve est assez mauvaise; le fossé étant petit & les flancs sans considération. Entre les mains du Roi elle seroit pourtant très-bonne & ne peut courre fortune.

La Citadelle n'est qu'un bastion retranché desdits cinq du côté de Toul avec deux méchantes tenailles dedans la Ville vieille. Il y a des Magazins suffisamment dedans la Ville vieille & Citadelle pour toutes sortes de munitions.

MEMOIRE

Concernant les droits du Roi sur les Châtellenies, Villes, Bourgs, & Villages qui s'ensuivent.

Dressé par Monsieur Poiresson Procureur du Roi au Bailliage de Chaumont en Bassigni & présenté au Conseil du Roi l'an 1648. pour l'éclaircissement des différends qui se doivent vuider à Munster touchant cette matiére.

Neuchâtel.	Martinville.
Gondrecourt.	Regnieville.
Frouart.	Trignoncourt.
Passavant en Vosge.	Lenoncourt.
La Motte & Bourmont.	Monstreuil.
Colombey lez-Choiseul.	Fontenoi.
Choiseul.	Fresne.
	St. Loup &c.

PRemiérement les Villes de Neufchâtel, Montfort, Châtenoi, & Frouart sont de la Souveraineté du Roi, mouvant de Monteclair, Prévôté d'Andelot & Bailliage de Chau-

mont en Bassigni, ainsi qu'il appert par la Copie collationnée d'un Arrêt rendu au Parlement de Paris, au Greffe duquel est l'Original du dix septiéme Juin 1391. rendu entre le Duc de Lorraine d'une part & Monsieur le Procureur-Général du Roi d'autre : par lequel Arrêt contradictoirement rendu entre lesdites Parties, la Souveraineté dudit Neufchâteau & autres terres est adjugée au Roi.

Et est à noter que depuis ledit Arrêt ladite Terre de Neufchâteau & autres ont toujours été censées de la Souveraineté du Roi, Prévôté d'Andelot & Bailliage de Chaumont, jusques à ce que en l'an mil quatre cens soixante Jean second Duc de Lorraine s'étant joint avec les mécontens contre le Roi Louïs onze en la Guerre qualifiée du Bien public, par le Traité de Conflans, ledit Roi Louïs onziéme renonça à ladite Souveraineté : ce qui fut depuis révoqué & annullé par Déclarations & Arrêts qui sont ès Registres du Parlement. Ensorte que les Officiers du Roi audit Bailliage de Chaumont ont toujours prétendu jurisdiction en ladite Ville de Neufchâteau & Terres qui en dépendent; ce que les Ducs de Lorraine ont toujours empêché.

En l'an mil six cens vingt-sept le Sieur Perret Lieutenant-Général audit Bailliage de Chaumont, & feu Mre. Jean de Poiresson Procureur du Roi audit Bailliage, Pére dudit Poiresson à présent Procureur du Roi, se transportérent par ordre du Roi en ladite Ville de Neufchâteau, où ils firent faire la figure ou Plan des cinq Ponts sur la Meuze qui séparent le Duché de Lorraine avec la France; ainsi qu'il appert par Lettres du Roi du quatorziéme Juillet 1627. scellées de Monsieur Dacquaire, lors Sécretaire d'Etat, du même jour, & le Procès verbal desdits Officiers du 27. Août ensuivant, le tout aux frais & dépens desdits Officiers qui n'en ont jamais eu aucun remboursement.

Et en l'année 1636. les Officiers de son Altesse à Neufchâteau ayant entrepris d'emprisonner un nommé Liégeois qui avoit exploité sur lesdits cinq Ponts de Neufchâteau, Sa Majesté déclara ledit emprisonnement injurieux, ordonna que ledit Liégeois seroit tiré des prisons dudit Neufchâteau par Arrêt rendu en son Conseil le 29. Décembre audit an.

Toutes lesquelles Piéces ci-dessus justifiant la Souveraineté du Roi audit Neufchâteau, savoir ledit Arrêt du Parlement du 17. Juin 1391. lesdits Procès Verbaux, Figure & Plan dudit Neufchâteau, du 14. Juillet 1627. & ledit Arrêt du Conseil du vingt-sept Décembre 1636 sont ci cottées par, A.

Pour la Châtellenie de Gondrecourt & les dix-sept Villages qui en dépendent, il est indubitable que ladite Châtellenie étoit de tout tems de la Souveraineté du Roi, Prévôté d'Andelot & Bailliage de Chaumont jusques à ce que en l'année 1560. le Roi ayant ordonné un impôt de subvention sur toutes les Villes & Bourgs fermez du Bailliage de Chaumont, Maître Jean le Génevois Lieutenant-Général dudit Baillage, ayant pour ce envoyé son Ordonnance en ladite Ville de Gondrecourt, les Officiers du Duc de Lorraine audit lieu emprisonnérent le Sergent porteur de ladite Ordonnance dudit Lieutenant-Général, lequel ayant fait le procès aux Officiers dudit Gondrecourt pour ledit emprisonnement, & Charles Duc de Lorraine ayant avoué & pris le fait & cause pour sesdits Officiers, ledit Génevois Lieutenant-Général le déclara felon & rebelle au Roi son Souverain Seigneur, réunit au domaine de Sa Majesté ladite

 Châ-

Châtellenie de Gondrecourt, de laquelle Sentence ledit Duc de Lorraine s'étant plaint & Madame Claude de France son épouse ayant fait évoquer l'affaire au Conseil du Roi quoique ledit Lieutenant-Général & Officiers de Chaumont eussent bien & féablement servi le Roi en ce rencontre, ladite Dame Claude de France eut tant de pouvoir qu'elle fit révoquer ladite Sentence de réunion, & fit éclipser dudit Bailliage de Chaumont ladite Châtellenie de Gondrecourt, & la fit attribuer au Bailliage de Sens; & depuis peu par le nouvel établissement du Présidial de Chalons en Champagne, elle a été attribuée audit Présidial de Chalons. En quoi les Droits du Roi sont beaucoup diminuez, & comme anéantis; d'autant que lesdits Officiers de Sens étant fort éloignez & n'ayant aucune connoissance des Droits du Roi ès lieux susdits, les Officiers de Lorraine ayant leurs Réformateurs si éloignez ont entrepris toutes choses au préjudice des Droits du Roi: mais quoi qu'il en soit, la Souveraineté du Roi audit Gondrecourt n'est point contestée, & est évidente par la Copie collationnée d'un ancien Acte de foi & hommage rendue par Madame Yolande d'Anjou Duchesse de Lorraine ès mains de Thierri Seigneur de Lenoncort Bailli de Vitri, Commissaire en cette partie en presence des Officiers du Roi au Bailliage de Chaumont, pour ladite Châtellenie de Gondrecourt le sixième de Novembre mil quatre cens quatre vingts quatre: & par une Copie des Lettres de souffrance dont l'original se trouvera à la Chambre des Comptes de Paris; par lesquelles le Roi donne au Duc de Lorraine & de Calabre terme d'un an pour lui rendre les foi & hommage pour ladite Terre de Gondrecourt le vingt-troisième jour du mois d'Octobre mil cinq cens onze. Les deux Pièces ci-dessus sont cottées par B.

Pour la Châtellenie de Void, Ourchés, & autres Terres qui en dépendent, les Doyens, Chanoines & Chapitre de Toul en ont disputé la Souveraineté au Roi; mais il en appert par la copie d'un Plaidoyer de Monsieur de Mohthelon Avocat-Général au Parlement de Paris du 7. Janvier mil cinq cens trente quatre, un Arrêt d'appointé au Conseil dudit Parlement du quatorzième Janvier audit an, par une Sentence du Bailli de Chaumont du dixième Juillet mil cinq cens soixante & quatre, & par une copie d'Arrêt des grands Jours de Troyes du vingt-neuf Octobre mil cinq cens quatre-vingt quinze. Toutes lesdites Pièces ci cottées par C.

Et pour ce qui est de Martinville, Regnieville, la Coste, la Verriére appellée la Rochere, & celle appellée la Patenostriere, le Château de Coublan, Grignoncourt, Lenoncourt, Vougecourt, Fresne, & autres, sur tous lesquels lieux le Roi a Souveraineté qui lui a été contestée par les Ducs de Lorraine.

Apert de ladite Souveraineté, premiérement par un Procès verbal des Officiers en la Prévôté de Passavant, Baillage de Chaumont, soussigné d'eux le dixième Juin mil six cens trois, qui contient les droits du Roi sur lesdites Terres; par autre Procès verbal du Bailliage de Chaumont du onzième mil six cens un, pour Vougecourt & Lenoncourt; par autre Procès verbal du Bailliage dudit Chaumont du troisième Mars audit an, pour ledit Lenoncourt; par les conclusions signées dudit deffunt de Poiresson Procureur du Roi du sixième jour de Novembre audit an; par un autre Procès verbal signé de tous les Officiers dudit Bailliage du vingt-septième Juillet mil six cens deux, pour ledit Martinville; & finalement par plusieurs précédentes

Sentences & Jugemens rendus audit Bailliage de Chaumont pour les lieux de Lenoncourt & Martinville. Toutes lesdites Pièces ci cottées par D.

Pour Montreuil sur Saonne, c'est une Lettre de surséance entre Sa Majesté, le Duc de Lorraine, & le Comte de Bourgogne: mais ledit de Poirresson n'en a autres enseignémens que par des Memoires & Missives du Sieur de Villermin Seigneur dudit Montreuil du vingt cinquième Mai mil six cens trois, qui parlent des entreprises du Duc de Lorraine sur ladite terre de Montreuil au préjudice de ladite Souveraineté du Roi. Lesdites missives & Mémoires ci cottées par E.

Pour Saint Germain apert des prétentions du Roi sur ladite Terre par Procès Verbal du Bailliage de Chaumont du seizième Octobre ci cottées par F.

Pour Colombey lez-Choiseul, cette terre a causé de grands différends entre le Duc de Lorraine & ledit deffunt de Poiresson Procureur du Roi audit Chaumont, lesquels différends du Parlement où ils étoient pendans, ayant été évoquez & tirez au Conseil privé du Roi par le Seigneur Duc de Lorraine, ledit de Poiresson en ladite qualité de Procureur du Roi y contesta & y produisit de si bonnes Piéces pour maintenir la Souveraineté du Roi que par Arrêt du privé Conseil rendu contradictoirement entre lesdites Parties en l'année mil six cens vingt-cinq, ladite Terre fut adjugée au Roi, & le Duc de Lorraine condamné ès dépens dudit de Poiresson, qui fut un an à la suite du Conseil pour cette affaire à ses propres frais, couts & dépens: & néanmoins Sa Majesté remit depuis lesdits dépens audit Duc de Lorraine, au préjudice dudit de Poiresson qui y perdit ce qu'il y avoit mis & ne leva pas ledit Arrêt, qui se trouva ès registres du Conseil de ladite année; il a seulement quantité de Sentences de Chaumont, Memoires, Lettres, & Instructions ci-cottées par G.

Pour la forêt de Passavant qui est très-belle, ledit Procureur du Roi a une copie non signée d'un Procès Verbal de Messieurs Jacques Viole & Michel Quelain Commissaires en cette partie; & une autre copie de partage de ladite forêt de Passavant entre Sa Majesté & le Duc de Lorraine par Messieurs Nicolas le Seur Conseiller du Roi en son Conseil & Président aux Enquêtes & Adrian Petremol Trésorier de France en Champagne, Commissaires, de la part de Sa Majesté; & Claude Bardin Conseiller de son Altesse & Jean Hemizon Conseiller de sadite Altesse à saint Mihiel d'autre; ledit partage en date du quatrième Novembre mil cinq cens quatre-vingts quatre. Lesdites copies ci cottées par H.

Pour ce qui est de la Motte & Bourmont & leurs dépendances, ledit Procureur du Roi n'en a autres instructions, sinon que par un Extrait du Procès verbal de Monsieur de la Nauve Conseiller au Parlement & Commissaire de ladite Cour pour la réunion du Barrois au domaine de la Couronne, il apert que ledit deffunt de Poiresson Procureur du Roi son Père s'étant par ordre de Monsieur Mollé lors Procureur-Général transporté audit la Motte, il soutint entr'autres choses que lesdites Terres de la Motte & Bourmont étoient du Comté de Champagne, & qu'il avoit été ainsi jugé par Arrêt, dont & du surplus de ses demandes ledit Sieur de la Nauve lui bailla acte: ledit de Poiresson n'en ayant aucune autre lumière & dont il se pourra trouver quelques titres au Greffe de la Commission

 mission dudit Sieur de la Nauve ; ledit Extrait dudit Procès verbal, signé dudit Sieur de la Nauve & dudit Bridon son Greffier, ci cotté par I.

Au mois de Mai de l'année mil six cens vingt-quatre, Messire Jean-Baptiste le Goux Sieur de la Berchere Président au Parlement de Dijon, & Messire Paul de Mai Conseiller audit Parlement, eurent commission de Sa Majesté pour régler lesdits différends entre sadite Majesté & le Duc de Lorraine, & depuis eux Messire Cardin le Bret Conseiller d'Etat eut la même Commission, comme apert par Lettres Patentes du Roi des quatriéme Mai & treiziéme Novembre mil six cens vingt-quatre : ce qu'ils ont exécuté & en peuvent avoir de très-amples instructions, ledit de Poirresson n'en ayant autres que celles ci-dessus qu'il a eues dudit feu Sieur de Poirresson Procureur du Roi son Pére, lequel pendant cinquante ans & plus qu'il a exercé ladite Charge de Procureur du Roi au Bailliage de Chaumont a fait une infinité de voyages, & soutenu plusieurs procès au Bailliage de Chaumont, Cour de Parlement, & privé Conseil, pour la conservation des droits du Roi, contre le Duc de Lorraine & ses Officiers, sans en avoir jamais eu aucun remboursement, don, ni récompense pour lesdits frais & dépens; ne lui étant resté pour tout cela que la satisfaction d'avoir bien & fidellement servi Sa Majesté à ses propres dépens & au grand préjudice de ses affaires particuliéres; ainsi que fait à présent ledit de Poirresson son fils, en la même qualité de Procureur du Roi & Maire de ladite Ville de Chaumont depuis douze ans en çà. Fait à Paris ce onze Fevrier mil six cens quarante-huit. De POIRESSON ou de VOIRESSON, *signé par lui-même*.

QUE LE DUCHE

De LORRAINE & le Marquisat de PONT-A-MOUSSON apartiennent au Roi par droit de Conquête sur son Ennemi & le Duché de BAR par Confiscation.

Extrait d'un Discours intitulé, Quel est le plus sûr moyen pour rcunir à la Couronne de France les Duchez de Lorraine & de Bar.

I.

QUe la Conquête de Lorraine est viagére & momentanée, & que les Conquêtes ne sont conformes au Christianisme.

II.

Que le Duc de Lorraine n'est pas Duc de Lorraine de son chef, mais comme Mari & Bail de sa Femme, laquelle y peut revenir ayant été forcée à y renoncer.

III.

Le même que ci-dessus pour la Lorraine, que le Duché de Bar apartient à la Duchesse de Lorraine & non à son Mari.

IV.

Et que par Arrêt du Parlement de l'an mil six cens trente-trois, il a été ordonné qu'il sera procédé par voye de saisie sur le Duché de Bar, faute de foi & hommage non faits par le Duc de Lorraine & de Bar, à cause de Nicole de Lorraine sa femme.

V.

Que le Pont-à-Mousson n'est sujet à confiscation puisqu'il ne reléve de la Couronne de France, mais de l'Empire.

VI.

Que la voye de confiscation est toujours odieuse.

VII.

Que les Rois se sont réservé la puissance de remettre les confiscations, & que le Roi rendra quelque jour au Duc de Lorraine ce qui a été confisqué sur lui après qu'il lui en aura été fait instance par les Princes étrangers.

VIII.

Que pour la confiscation, la nouvelle Loi Salique sera confirmée.

IX.

Que le Duché de Lorraine est mouvant du Comté de Champagne, comme il apert des Actes de l'an mil deux cens dix-huit jusques en l'an mil deux cens septante & un.
Et que l'Acte de l'an mil deux cens dix-huit a été fait en presence de l'Empereur & n'y a aucune réserve des droits prétendus par l'Empereur sur ledit Duché.

X.

Que les Comtes de Champagne se sont fait reconnoitre pour Seigneurs de Fief pour les Terres enclavées entre le Rhin & la Meuze.

XI.

Que par le Traité de Vaucouleur avec l'Empereur Albert, il a été convenu que les limites de la France seront jusques à la riviére du Rhin.

XII.

Que les Empereurs d'Allemagne n'ont pû prescrire la Souveraineté de la Lorraine contre la France.

XIII.

Que le Duché de Bar a été usurpé sur les prédécesseurs du Roi.

 XIV. Que

XIV.

Que le Roi a droit de la moitié par indivis sur les Duchez de Lorraine & de Bar à cause de Marguerite Reine d'Angleterre Héritiére par moitié avec Yolande d'Anjou sa sœur, de René d'Anjou Roi de Sicile & Duc de Bar & Isabelle Duchesse de Lorraine leurs Pére & Mére.

Et que ladite Marguerite auroit cédé ses droits au Roi Louïs XI. & à ses hoirs & ayans cause , ainsi qu'il est porté par ses Lettres de don & cession desdits Duchez & du Marquisat

de Pont-à-Mousson à Angers l'an mil quatre cens nonante-neuf au mois d'Octobre.

XV.

Usurpations sur les Evêchez de Metz, Toul & Verdun.

XVI.

Que la Cour de Parlement prenne connoissance du droit prétendu par le Roi sur la Lorraine.

PUBLICATIO

PACIS

Trigesimo Januarii currentis anni millesimi sexcentesimi quadragesimi octavi solemniter conclusæ Monasterii Westphaliæ inter Serenissimum & potentissimum Principem Dominum Philippum quartum ejus nominis Regem Hispaniæ &c. ab unâ & altos ac potentes Dominos Ordines Generales ab alterâ parte : cujus Ratificatio reciproca debitâ formâ decimo quinto hujus in magno dicti Monasterii atrio apertis januis fuit permutata ; dictusque consequenter Tractatus solemni juramento confirmatus.

UNicuique per hasce notum facimus ad gloriam & honorem Dei Domini Omnipotentis prosperitatem & commodum Reipublicæ harum unitarum Belgii Provinciarum in genere bonumque Incolarum in specie trigesimo Januarii currentis anni millesimi sexcentesimi quadragesimi octavi factam & conclusam esse Monasterii Westphalorum bonam, firmam , fidelem & inviolabilem Pacem inter altissimè memoratum Regem Dominum Philippum IV. &c. ab unâ & altè memoratos Ordines Generales ab alterâ parte ; super quâ reciproca Ratificatio debitâ formâ quinto decimo hujus mensis in magno atrio Monasterii a prædictis apertis januis fuit extradita , præfatusque consequenter Tractatus solemni juramento firmatus; & tam mari aliisque aquis quàm terrâ in utriusque respective Regnis , Ditionibus , Terris , Dominiis & pro omnibus eorum Subditis ac Incolis cujuscumque qualitatis aut conditionis sine exceptione locorum aut personarum , incipiente dictâ Pace a decimo quinto hujus mensis, a quo die omnes actus hostilitatis hinc inde debuerunt cessare ubique tam in Europâ quàm alibi extra limites , antehac persæpius altè memoratos Ordines Generales. indultas

PUBLICATION

DE LA PAIX

Conclue solemnellement à Munster en Westphalie le 30. Janvier de la présente année 1648. entre le Sérénissime & très-Puissant Prince Philippe IV. du nom Roi d'Espagne &c. d'une part ; & les Hauts & Puissans Seigneurs les Etats Généraux , de l'autre part. L'échange des Ratifications a été faite dans la forme accoutumée le 15. du présent mois dans l'hôtel de Ville de Munster à portes ouvertes, & en conséquence les sermens ont été reçus de part & d'autre,

A Tous & un chacun nous faisons savoir par ces présentes , qu'à la gloire & à l'honneur du Dieu tout-puissant , pour la prospérité & l'avantage de la République des Provinces-Unies des Païs-Bas en général , & en particulier de leurs Sujets, on a conclu à Munster en Westphalie le 30. de Janvier de la présente année 1648. la Paix pour être ferme, sincére & perpétuelle entre le Roi Philippe IV. &c. d'une part, & les Etats Généraux de l'autre. Au sujet de laquelle les Ratifications reciproques ont été delivrées en bonne & due forme le quinziéme de ce mois dans l'Hôtel de Ville de Munster, les portes étant ouvertes, & en conséquence les sermens faits de part & d'autre : la présente Paix commençant ledit jour quinziéme de ce mois tant sur mer que sur terre, dans tous les Royaumes, Etats, Terres, Domaines, & entre tous les Sujets des deux partis de quelque qualité & condition qu'ils soient, sans exception de lieux ni de personnes; duquel jour susdit tous les actes d'Hostilitez ont dû cesser par tout tant dans l'Europe qu'ailleurs dans les autres Parties du monde, où les Etats-Généraux

ont

1648.

dultos vigore privilegiorum respective Societatibus Indiarum Orientalis & Occidentalis uniti Belgii concessorum; sed quantùm ad Privilegium Societatis Indiæ Orientalis, ibi non incepturam Pacem nisi quindecimo Novembris anni currentis post sex nempe menses ab extraditâ super Tractatu Pacis ratihabitione : ita tamen ut si nomine publico hinc inde nuntius hujus Pacis intra dictos respectivè menses advenerit, a die adventûs cessaturam Hostilitatem Pacemque incepturam ac effectum nacturam. Quod si autem post dictum anni & medii anni terminum intra dictos limites dictorum respectivè privilegiorum actus aliqui Hostilitatis fuerint facti, damnum sine morâ reparandum fore, ac proinde notificationes dictæ Pacis & cessationis hostilitatis tam ad Indias Orientalem quàm Occidentalem & alia loca sub districtu dictorum Privilegiorum faciendas, quàm fieri possit citissimè. Itaque mandamus & jubemus per hasce disertè, nomine sæpiùs altè memoratorum Dominorum Ordinum Generalium, omnibus & singulis obedientiæ eorum subjectis ut prædictam Pacem intra prædictos respectivè limites in formâ præfatâ inviolabiliter observent, ne quidquam contra fiat sub pœna perturbatæ communis quietis, sine ulla gratia, favore, vel dissimulatione. Ita arrestatum & conclusum in Conventu celsorum & potentium Ordinum Generalium.

Hagæ, die decimo nono Maii anno millesimo sexcentesimo quadragesimo octavo.

Erat paraph.

A. DE BOUCHORST.

Vidit inferiùs ex Mandato eorumdem

Signatum

CORNELIUS MUSCH;

In Spatio impressum erat Sigillum Dominorum Ordinum in cerâ rubrâ.

---

ont aquis des priviléges en faveur de leurs Compagnies des Indes Orientales & Occidentales : mais à l'égard du Privilége de la Compagnie des Indes Orientales, la Paix ne doit commencer dans ces contrées que le quinze de Novembre de la présente année, six mois après l'échange des Ratifications : ensorte néanmoins que si les Puissances peuvent y envoyer avant l'expiration de ce terme des Couriers pour l'annoncer, toutes Hostilitez y cesseront du jour de leur arrivée. Si après ce terme de six mois il se commet dans ces Païs quelques Hostilitez, on réparera le dommage sans aucun délai ; & pour empêcher pareils desordres, on envoyera le plutôt que faire se pourra dans tous les lieux compris dans le Traité pour y notifier la Paix. A cet effet nous ordonnons par ces présentes au nom des Etats-Généraux à tous & un chacun leurs Sujets & Habitans dans les Païs de leur obéissance d'observer inviolablement ladite Paix, & de ne rien faire qui y soit contraire sous peine d'être punis comme perturbateurs du repos public. Car ainsi a été arrêté dans l'Assemblée de L. H. P. les Etats-Généraux.

A la Haye le 19. de Mai 1648.

Signé avec paraphe

A. DE BOUCHORST.

Et plus-bas par Ordonnance des Etats,

Signé

CORNEILLE MUSCH.

Et l'on avoit mis le Sceau des Etats-Généraux en cire rouge.

REFUTATION

De l'Ecrit que Monsieur de

NEDERHORST

A presenté à l'Assemblée de leurs

HAUTES PUISSANCES

Les

ETATS-GENERAUX

Le 3. Fevrier 1648.

IL a plû à LL. HH. PP. les Etats Généraux par leurs Résolutions du 17. Fevrier de faire mettre entre les mains des Plénipotentiaires les raisons que Monsieur de Nederhorst prétend avoir euës pour *ne pas signer le Traité* entre le *Roi d'Espagne & cet Etat*; afin que nous donnassions à LL. HH. PP. les ouvertures necessaires; le depart & l'absence de quelques uns des Plénipotentiaires ayant été cause que la Résolution de LL. HH. PP. n'a pu jusqu'à présent être mise à exécution, les Etats de Hollande & de Westfrise par leur Resolution du 12. Mars ont donné ordre à Messieurs de Mathenesse & de Heemstede, de donner sur ce sujet quelques éclaircissemens à leurs Nobles & Grandes Puissances pendant leur Assemblée. C'est pourquoi ces Seigneurs ne pouvant se dispenser d'exécuter les ordres de leurs N. & G. P. ont répondu provisionnellement ce qui suit, jusqu'à ce qu'ils ayent occasion d'informer plus amplement leurs Hautes Puissances conjointement avec les autres Plénipotentiaires de tout ce qui s'est passé.

Il est premiérement question de *l'indisposition de Monsieur de Nederhorst*, elle a été telle dans le mois de Janvier qu'elle dure encore actuellement, & qu'elle a presque été continuelle pendant tout le tems de la communication faite entre les Plénipotentiaires de la Couronne de France & de celle d'Espagne par l'entremise de ceux de LL. HH. PP. de sorte qu'il n'a pu

faire

faire des visites comme les autres, ni même rendre celles qu'on lui avoit faites. *Cependant S. E. a fait plusieurs visites particulieres aux Plenipotentiaires de la Couronne de France, il en a reçu d'eux, & n'a jamais fait aucun raport à son Collegue, & le jour qui a précédé celui de la conclusion de la signature du Traité S. E. a encore été chez quelques-uns des Plénipotentiaires de France & a reçû leurs visites le jour de la signature. Et sur l'arrivée de Messieurs les Plénipotentiaires d'Espagne le 30. Janvier dernier il s'est trouvé dans la chambre d'audience, & a tenu plusieurs Conferences de part & d'autre, a assisté & aidé à déliberer, mais lorsque tout parut disposé pour la signature il s'est absenté sans que S. E. devant ou après ait apporté les raisons supposées dans le premier Ecrit, encore moins avoit-il fait quelques ouvertures de la proposition de soumission qui est si amplement & si clairement marquée dans ce premier Ecrit*, & qu'on dit avoir été faite chez Messieurs les Plénipotentiaires de France.

Il est bien vrai que dans le tems que les Ambassadeurs d'Espagne entrerent on remit à Monsieur Loenen de la part de Monsieur Nederhorst certain Ecrit Latin sans adresse, & qui ensuite a été traduit en Hollandois & rendu public par l'impression : mais Monsieur Loenen ne put pas en faire alors une plus ample communication ni en faire la lecture parceque les Ambassadeurs d'Espagne avoient été invitez & se trouvoient déja *in loco*; Monsieur de Nederhorst s'y trouvant, qui auroit pû & dû en faire l'ouverture, si cela étoit d'une si grande conséquence, de sorte que si Messieurs les Plénipotentiaires de France ont fait quelque ouverture qui auroit dû interesser la Négociation, *on ne doit imputer qu'à Monsieur de Nederhorst* la faute, que ces propositions n'ont pas été plutôt communiquées, & que cela a été cause de la conclusion du Traité avec l'Espagne séparement de la France.

Pour ce qui regarde les Plénipotentiaires de leurs Hautes Puissances, ils ont avec ordre & non en particulier negocié entre les deux Couronnes, & ce qui est inséré dans les trois premiers Articles du susdit Ecrit n'est pas ainsi qu'il est narré, mais absolument *d'une maniere toute differente*, savoir;

Le 8. & 10. Janvier Messieurs les Plénipotentiaires de France ayant soumis à des Arbitres les cinq premiers Articles qui souffroient difficulté; *sur le 6. qui regarde la Lorraine, il fut proposé que cette matiere fût renvoyée à des Commissaires qui s'assembleroient trois mois après la Ratification du Traité à Chalons en Champagne*, & que si dans moins d'une année on ne pouvoit être d'accord, que trois mois après on conviendroit encore d'autres Arbitres qui auroient encore une année pour terminer le differend. Messieurs les Plénipotentiaires d'Espagne declarerent qu'ils ne pouvoient pas accepter cette proposition, parce que *tous les Alliez de France se trouveroient rétablis & compris dans le Traité, au lieu que le Duc Charles qui étoit le seul Allié de l'Espagne, ne pourroit avoir rien de reel dans ce même Traité*, que ce qui le regarde ne seroit pas fini par cette Négociation, si on en venoit à un accommodement par arbitres, qui (comme ils le supposent) étant renvoyé après le Traité, par consequent il n'y seroit pas compris, mais qu'en effet il s'en trouveroit exclus.

Après beaucoup de conferences de part & d'autres on proposa qu'on rendroit le Duché de Lorraine, excepté le Duché de Bar & les Places des Evêchez de Thoul, Metz & Verdun que les Ducs de Lorraine ont possédées ci-de-

vant, ainsi que le Marquisat de Nomeni, s'il se pouvoit trouver qu'il n'avoit point appartenu à la Lorraine, & qu'ainsi on pouvoit donner satisfaction & contentement de deux côtez. Les Plénipotentiaires de France accepterent premièrement d'en écrire en Cour, & demanderent pour cela un terme de 15. jours; mais peu après & dans la même journée ils firent entendre à Messieurs les Médiateurs qu'ils ne pouvoient consentir à cette restitution, si Nanci & les autres fortes Places de la Lorraine n'étoient pas demolies : cela parut étrange aux Plénipotentiaires d'Espagne, n'en ayant pas été prevenus & que cette condition n'étoit pas acceptable pour les raisons déja alleguées.

Les Plénipotentiaires d'Espagne alléguerent de plus que le delai de 15. jours demandé ne serviroit que pour *retirer le Duc de Lorraine des intérêts de l'Espagne & l'attacher à la France*, & pour pouvoir avec du monde & de l'argent renforcer l'armée qu'elle a dans le Milanois sous les ordres *du Duc de Modene*, ainsi que pour faire avancer sa flotte du côté de Naples, & que leur opinion étoit qu'on ne viendroit pas par là à un prompt dénouement pour la Paix: mais les Plénipotentiaires de France soutinrent le contraire, & ces deux opinions differentes des Hautes Parties souffrirent beaucoup de contestations des deux côtez qui reculoient la Paix au lieu de l'avancer.

De plus Messieurs les Plénipotentiaires de France vouloient que ceux d'Espagne declarassent d'avance qu'ils étoient contents *de la restitution de la Lorraine, & la démolition ci-devant pretenduë*, mais que sur cela les Ambassadeurs Plénipotentiaires de France se consulteroient encore, déclaration qui faisoit assez sentir qu'on ne manqueroit pas de faire quelque nouvelle proposition agravante: c'est pourquoi, les Plénipotentiaires d'Espagne persisterent à soutenir que les offres de la *démolition* n'étoient pas acceptables, ayant des ordres entierement contraires, alleguant certaines Négociations faites de Paris à Bruxelles qui étoient tout autrement *avantageuses* au Duc Charles, quoi qu'on n'eût par là intention que de l'engager plus avant dans la Guerre, & que si la France dans le cas de Paix vouloit faire de telles offres elle seroit bientôt concluë. De cette maniere, il n'y eut pas moyen *d'accommoder* les Hautes Parties ni même apparence de succès.

Enfin les Plénipotentiaires de leurs Hautes Puissances ont proposé de s'en tenir à l'Article seul de la *restitution* de la Lorraine, & que celui de la Démolition seroit renvoyé aux deux Rois, afin que pendant le tems de la Ratification du Traité entre l'Espagne & leurs Hautes Puissances, on pût ou par accord ou par telle autre soumission proposée terminer cette affaire & ainsi finir les deux Traitez en même tems, d'autant que la conclusion de celui de l'Espagne avec LL. HH. PP. après avoir *trainé* si longtems ne pouvoit plus par des raisons très-pressantes être reculé. Les Plénipotentiaires de France n'ont point voulu se relâcher au sujet de la demolition, & se sont excusez d'en faire raport à leur Cour. Les Plénipotentiaires d'Espagne ont accepté la premiere proposition dans les termes plus étendus, déclarant néanmoins qu'ils n'avoient aucun ordre par raport à la *soumission*, que cependant ils ne croyoient pas par raport à la *demolition*, si le tout dependoit de là, que le Roi d'Espagne voulut pour cela seul continuer la Guerre.

Le 29. Janvier, qui étoit la veille de la signature, les Plénipotentiaires de France ôterent à ceux de leurs Hautes Puiſſances toute eſperan-ce en diſant que la premiere propoſition ne pouvoit par eux être acceptée ſans la *demolition expreſſe* & qu'ils ne pouvoient même en écrire en Cour ; & par conſequent qu'il n'y avoit au-cun moyen de conclure quelque Traité : Après qu'on eut conclu celui de l'Eſpagne avec leurs Hautes Puiſſances, (avant la concluſion duquel les mêmes Plénipotentiaires ont ſtipulé que ce-la n'empêcheroit pas qu'en attendant la Ratifi-cation on ne negociât entre les deux Couronnes juſqu'à concluſion : enſorte que l'Eſpagne tien-droit ce qu'elle avoit offert, à condition que la France feroit la même choſe afin d'arriver ainſi plus facilement à une prompte fin) il a été iterativement propoſé auxdits Plénipoten-tiaires de France à l'égard de la Lorraine ce qu'on avoit déja offert auparavant, ils l'ont encore rejetté ; & les Plénipotentiaires d'Eſpagne de leur côté declarérent être contens d'accep-ter encore la même propoſition, & d'en pro-duire les ordres pendant le tems de la Ratifi-cation. Ainſi ces Meſſieurs & les autres Pléni-potentiaires de LL. HH. PP. avec qui ils ont communiqué ſur cela, ont tout lieu de trouver étrange que dans le premier Article de l'Ecrit de Mr. de Nederhorſt, il ſoit fait mention *que les Plénipotentiaires de France propoſérent pure-ment & ſimplement de laiſſer la queſtion de la Lorraine au jugement du Prince d'Orange* aſſiſté de quelques-uns des Etats, ou que ſi les Eſ-pagnols vouloient eux-mêmes choiſir quelques-uns des nôtres comme Médiateurs, ils feroient le même.

C'eſt une affaire du ſû des ſuſdits Seigneurs, & qui *n'eſt jamais venuë à la connoiſſance des Pléni-potentiaires de leurs Hautes Puiſſances ni avant ni depuis*, & ſi Mr. de Nederhorſt ſavoit qu'il y eut de pareilles ouvertures, *il auroit dû à tems les met-tre au jour* ; on auroit levé par là beaucoup de difficultez que S. E. a alleguées & qu'on auroit ſurmontées : ainſi Monſieur de Nederhorſt doit être ſeul *reſponſable* de tout cela.

De plus, les Plénipotentiaires de France dans la derniere ſeance ont propoſé à ceux de leurs HH. PP. qu'à l'égard du different qui concer-ne les 5. Articles, ſa Grandeur Monſeigneur le Prince d'Orange devroit être nommé comme premier Arbitre avec les Plénipotentiaires de Leurs Hautes Puiſſances. *On varia en effet ſur ce qui avoit été propoſé diſant que les autres points ne ſouffroient pas tant de difficultez que celui de la Lorraine :* de ſorte qu'on étoit bien éloigné de croire que les Plénipotentiaires de France euſ-ſent voulu ſur cela choiſir ceux de Leurs Hautes Puiſſances pour Médiateurs, quand bien même ceux d'Eſpagne en auroient été contens.

La poſition & conſequence du troiſieme & quatrieme Article ne peuvent, dans l'état où elles ſont, être acceptées : car la queſtion étoit de ne pas comprendre le Duc de Lorraine dans le Traité pour une partie & l'en exclure pour le reſte ; mais pour finir cette affaire tout d'un coup, & de cette maniere *faire ceſſer toutes ſor-tes d'aſſiſtances & d'Hoſtilitez.* C'eſt pourquoi on jugea que le terme de deux mois fixé pour la Ratification ſeroit ſuffiſant ; & on ſoutint du côté de l'Eſpagne qu'autrement le Duc de Lor-raine ſeroit *détaché de l'Eſpagne*, qu'il auroit par ce moyen un grand deſavantage. Enſorte que par ce qui eſt poſé dans le premier & troiſieme Article (qu'en cas que le Roi ne pût s'ac-commoder, le Roi d'Eſpagne ne pourroit fournir aucun ſecours au Duc de Lorraine) l'af-faire, au ſentiment des Plénipotentiaires d'Eſ-pagne, ne ſeroit pas reſtée dans ſon entier, &

Tom. IV.

ſur cela *Monſieur de Nederhorſt a donné ſon ju-gement mal à propos*, puiſque les Plénipoten-tiaires de Leurs Hautes Puiſſances comme Mé-diateurs ont tâché de s'en abſtenir autant qu'ils ont pû.

Avec quelle peine leſdits Seigneurs Pléni-potentiaires ont-ils conclu le Traité avec l'Eſpagne : *combien de devoirs, d'inſtances, de propoſitions, de demandes même reſpectueuſes* n'ont-ils pas fait aux Plénipotentiaires de France ? Combien ont-ils travaillé d'années, ſans diſcontinuer & ſe don-ner aucun repos pour venir à la concluſion du Traité des deux côtez en même tems, afin de donner ſatisfaction à la France ſur toutes choſes. Ces Meſſieurs mêmes le peuvent témoigner ſe-lon leur conſcience, & les autres Plénipoten-tiaires le doivent également déclarer auſſi, & leurs Protocoles feront voir la même choſe, les Médiateurs ayant jugé avant ce tems-là qu'il y avoit peu d'apparence à un accommodement entre les deux Couronnes.

C'eſt pourquoi leſdits Plénipotentiaires ont trouvé bon de faire prier Monſieur de Neder-horſt pluſieurs fois, même par des Députez, de vouloir bien faire comme ſes autres Collegues, *ſans travailler ainſi en ſon particulier, comme ſon Excellence avoit toujours fait depuis le commence-ment de la Négociation juſqu'alors*, entretenant des correſpondances particulieres ſans la participa-tion des autres Plénipotentiaires, comme il pa-roit que ſon Excellence a fait juſqu'à la fin, & ſurquoi Monſieur de Nederhorſt a declaré qu'il vouloit perſeverer & avoir toujours ſa li-berté juſques à la fin.

Et quand on a parlé d'executer les Réſolutions de Leurs Hautes Puiſſances en ce qui regarde les Traitez de la France & la derniere concluſion avec l'Eſpagne, leſquelles avoient impoſé des Loix aux Plénipotentiaires, ſon Excellence a déclaré qu'elle vouloit s'en tenir à la Réſolution des Etats d'Utrecht.

Son Excellence dans les trois derniers Articles de ſon ſuſdit Ecrit a dit auſſi qu'il devoit faire ſeul ſon raport à ſes Principaux, & interpre-tant à ſon gré le penultieme Article qui regarde l'Alliance entre la France & cet Etat, & enfin ſe reſervant à ſigner lorſque l'on fera l'échange des Ratifications, comme ſi ce Seigneur ſeul é-toit le maître de diſpoſer de toute cette affaire, contre le contenu des Réſolutions & des Inſtruc-tions données à tous les Plénipotentiaires de Leurs HH. PP. en commun.

Ils ſe trouvent extremement choquez à plu-ſieurs égards par la conduite & les Négociations particulieres de Monſieur de Nederhorſt, & tout nouvellement par la publication du ſuſdit Ecrit où ils ſont traduits fort mal à propos : c'eſt pour-quoi ils ſe croyent obligés d'en faire raport ici, & d'y faire réponſe, & outre cela demander aux Etats-Généraux de toutes les Provinces qu'elles ordonnent de la ſatisfaction que doit leur faire Monſieur de Nederhorſt, avant de com-muniquer ſur rien avec lui, pour achever ce qui manque aux Négociations de Munſter, afin de pouvoir agir avec plus de ſureté pour le ſervice de l'Etat.

Fait par les ſouſſignez & delivré par ordre de leurs Nobles & Grandes Puiſſances les Etats de Hollande & Weſtfriſe le 13. Mars 1648.

Signé

Jean de Mathenesse.

Adr. Paw.

RE-

REMONTRANCE

De Monfieur de

NEDERHORST

Contre la Refutation de Meffieurs de

MATHENESSE

Et

HEEMSTEDE

Avec un Certificat des Plénipotentiaires de France delivré en même tems.

REMONTRANCE

Contre un Ecrit intitulé Réponfe & refutation des raifons alleguées par Monfieur de Nederhorft dans l'Affemblée de leurs *Hautes Puiffances les Etats Généraux le 3. Fevrier 1648. par Meffieurs de Matheneffe & de Heemftede, delivrée premierement à l'Affemblée de leurs Grandes Puiffances les Etats de Hollande & enfuite à l'Affemblée des Etats Généraux le 13. Mars 1648.*

NOBLES ET PUISSANS SEIGNEURS.

J'Aurois fouhaité & efperé qu'on ne m'eût pas donné lieu d'interrompre de mes Remontrance vos Nobles Puiffances, dans le tems qu'elles font occupées d'une affaire qui intereffe le repos de notre Patrie & de la Chrétienté: j'avois refolu de me contenter de ce que j'avois dit à Munfter pour ma décharge & fans offenfer perfonne, tant au fujet des Négociations de la Paix que pour les interpofitions qui ont été faites entre les deux Couronnes; je juge, fi j'allois plus loin (ayant fur ce fujet encore affez de matiere) qu'il pourroit en arriver quelques troubles, c'eft pour cela même que je me fuis tenu en repos jufqu'à préfent.

Mais ayant remarqué qu'il a plu à Meffieurs de Matheneffe & de Heemftede de prefenter dans les Etats d'Hollande, certain Ecrit intitulé *Refutation des raifons alleguées par Monfieur de Nederhorft, dans l'Affemblée des Etats Généraux le 3. Fevrier 1648.* je trouve avec furprife que c'eft plutôt une accufation formelle contre moi, & une Critique de toutes mes actions qu'une Refutation de mes raifons

que j'avois d'abord remis entre les mains de mes Collegues à Munfter, & enfuite délivré dans l'Affemblée de LL. HH. PP. Ainfi ayant meurement penfé, & deliberé là-deffus fi je ne devois y faire une réponfe par écrit quoique mes indifpofitions, & l'importance des occupations de vos NN. PP. femblent me le diffuader, cependant après avoir pefé ce que je me dois & à ma Famille, & le tort que lui feroit mon filence; & fur tout confiderant que LL. HH. PP. ne peuvent qu'être encore mieux mifes au fait des chofes par ma juftification, le tout pour le fervice même du Païs, je me trouve obligé par ma propre reputation, & par mon ferment d'informer vos NN. PP. de l'état des chofes autant que mes indifpofitions me le permettront, en juftifiant toutes mes actions contre les accufations de cet Ecrit, d'autant plus encore qu'il a été porté à l'Affemblée des Etats Généraux, & que les Députez des Provinces refpectives en ont pris des copies. Mon intention néanmoins eft de me tenir dans les bornes d'une défenfe négative de la verité, & de la folidité des raifons pour lefquelles j'ai jugé à propos de differer jufqu'à de nouveaux ordres de leurs Hautes Puiffances, à figner avec mes Collegues le 30. Janvier 1648. le Traité conclu avec l'Efpagne; déclarant & proteftant expreffement que je ne veux me fervir de cette legitime défenfe que contre le fufdit Ecrit figné de Meffieurs Matheneffe, & de Heemftede, dans lequel ils m'entreprennent fi injuftetment contre mon honneur, & les fervices que j'ai rendus. Je ne puis pas remarquer que mes autres Collegues ayent eu la moindre part dans la fabrique de cette piéce, c'eft ce qui fait que j'ai meilleure opinion d'eux & que je fuis perfuadé qu'ils n'ont point abfolument voulu fe mêler de cet Ecrit rempli d'invectives.

Pour venir donc à la refutation de cet Ecrit, je fuplie vos Nobles Puiffances de croire fur mon honneur, & mon ferment devant Dieu & vos NN. PP. que je dis la vérité quand j'affure que je me fuis en confcience trouvé obligé d'excufer ma fignature féparée, de la maniere que je l'ai fait dans mes raifons; m'étant referé aux Ordres & Inftructions qui fous notre ferment m'ont été données ainfi qu'à mes Collegues par LL. HH. PP. d'un commun confentement; nous ayant expreffement chargez & recommandé de prendre garde dans cette Négociation aux Traitez, & engagemens qui font entre nous & la Couronne de France, nous enjoignant précifement de nous regler fur ces Inftructions, lefquelles ayant été dreffées d'un commun accord, je n'ai pu croire qu'elles feroient maintenant unanimement revoquées ou alterées; & confiderant la derniere Refolution de leurs HH. PP. du 4. Juillet 1647. qui porte qu'au cas que la France, differât à conclure fon Traité de Paix, ou qu'elle tergiverfât, on concluroit avec l'Efpagne de la part de cet Etat, je n'ai pu concevoir que la France offrant la foumiffion dont j'ai fait mention dans mes raifons alleguées, on pût dire qu'elle differoit la conclufion de fon Traité ou qu'elle tergiverfoit.

Quoique Meffieurs mes Collegues fuffent l'un après l'autre de fentimens contraires fur ce fujet, j'ai cependant été toujours perfuadé qu'il étoit plus fûr pour nous, d'attendre là-deffus l'intention de LL. HH. PP. afin d'éviter parlà les préjudices qui auroient pû arriver dans la fuite à l'Etat par des opinions fi differentes les unes des autres.

De

1648.

Deplus comme la signature du 8. Janvier 1647. faite par mes Collegues étoit encore presente à ma mémoire & qu'il s'en étoit ensuivi que leurs HH. PP. nous ont chargez de retirer l'Ecrit remarquable qui concernoit le tempérament de Religion dans la Mairie de Bois-leduc, & autres Places de cette nature, de faire de nouvelles propositions & de cette maniere proceder tout de nouveau à la conclusion & à la signature, que pour l'avantage & la reputation de notre Etat, aussi bien que celui de la Religion reformée, nous avons obtenu des Articles importans dans la suite de cette Négociation; alors le refus que j'ai fait de signer avec mes Collegues a été approuvée & trouvé bon par toutes les Provinces.

Venant à present au contenu du susdit Ecrit, dans ce qui lui sert d'introduction, on voit qu'il a été dressé par Messieurs Mathenesse & de Heemstede, comme si leurs Excellences avoient été obligées par ordre de LL. HII. PP. de refuter mes raisons par écrit, quoiqu'il soit vrai que ces Seigneurs dans l'Assemblée de leurs Hautes Puissances ont eux-mêmes demandé qu'on voulût bien leur remettre en main les raisons susdites, (qu'ils avoient eu dès Munster) afin de couvrir leurs accusations contre moi de l'autorité de leurs Hautes Puissances.

Et à l'égard de la maniere dont on parle dans ces Ecrits des visites que j'ai faites & que je n'ai pas faites & que j'ai reçues pendant le tems de mon indisposition, vos Nobles Puissances auront la bonté de savoir, que ma maladie ne me permettoit pas de faire les visites solemnelles avec mes Collegues, & que j'en recevois quelquefois seul, ce qui a engagé l'un & l'autre des Plénipotentiaires de France à me faire l'honneur de me venir voir trois ou quatre fois à mon lit & de me parler, mais dans ce tems-là ou environ les mêmes Ambassadeurs faisoient aussi des visites particulieres à quelques autres de mes Collegues, desorte que je n'ai pu me dispenser de rendre quelques contre-visites, & je devois pour cela prendre le tems que mon indisposition me laissoit quelque relâche.

Ce seroit dans ces visites au sentiment de Messieurs de Mathenesse & Heemstede que j'aurois péché, c'est ce que je ne puis comprendre, & selon leur propre opinion les visites particulieres que LL. EE. ont renduës seroient bien plus blâmables, les ayant reçuës & rendües en bonne santé : c'est pourquoi je laisse juger à vos Nobles Puissances avec quel esprit mes Collegues me blâment dans une chose qu'ils ont pratiquée eux-mêmes, & qu'ils ont jugé à propos de faire, & si je n'ai pas eu raison d'en agir ainsi avec Messieurs les Plénipotentiaires de la Couronne de France qui sont amis & Alliez de cet Etat suivant l'Article 114. de notre Instruction jurée par lequel nous sommes obligez de leur donner connoissance, & tenir avec eux une étroite correspondance, sans aucun ordre qui regarde les Ambassadeurs d'Espagne qui sont nos ennemis, auxquels on a fait des visites particulieres & demandé correspondance, ce que je n'impute pourtant pas à Monsieur de Mathenesse.

Je desavoüe encore que dans les visites particulieres que j'ai reçues des Ambassadeurs de France ou que je leur ai rendues, il se soit fait aucun raport, mais simplement, des complimens & des discours familiers ; c'est ce dont j'ai pour temoins plusieurs de mes Collegues, qui pendant mon indisposition m'ont demandé deux ou trois fois dans le tems de la Négociation entre les deux Couronnes de visiter les

1648.

Ambassadeurs de France, pour leur representer tout ce qui auroit pû prévenir un Traité separé en les engageant à se relâcher, & je crois avoir tellement agi là dedans que je puis bien dire que j'ai contribué autant que personne à les disposer à se soumettre sur certains points indécis. Et quoique ces Messieurs étant dans l'opinion qu'on ne signeroit pas sans la France, vû les promesses qui leur en avoient été faites par quelques-uns de mes Collegues, mes raisons ne faisoient pas tout l'effet desiré, ils ont cependant consenti à cette soumission, persuadez que par là ils éloigneroient d'autant plus toute Négociation séparée. J'ai chaque fois fait raport de mes progrès à mes Collegues, & je leur ai toujours fait part des difficultez & des facilitez que je rencontrois sur les points en question, auprès des Ambassadeurs de France.

Desorte que j'ai de grandes raisons de me chagriner & de marquer ma surprise sur ce qu'il plaît à Messieurs de Mathenesse & d'Heemstede de blamer mes visites, & de censurer les devoirs que j'ai rendus au préjudice de ma santé & à l'augmentation de ma foiblesse, quoique ces devoirs ne tendissent qu'au service de ma patrie, à la conservation de l'Alliance avec la France, & autant qu'il étoit en moi pour le bien commun de toute la Chrétienté. Monsieur de Ripperda a aussi travaillé là dedans avec tout l'empressement possible, & je crois qu'il n'auroit pas signé si S. E. n'eût apprehendé que la Négociation eût été rompuë, ce que quelques autres Seigneurs eussent également fait.

Je supose qu'il y avoit d'autant plus d'honneur pour notre Etat à faire la Paix en commun, ce qui dependoit assez de nous, que la Paix générale devoit infailliblement s'ensuivre, & par consequent, selon mon jugement, de grands avantages, le salut de l'Etat & le bien commun, ce qui est resté imparfait par raport seulement à la demolition des Places fortes qui sont dans la Lorraine que l'Espagne demandoit pour un Prince Ennemi de notre Etat, ensorte qu'il est triste que cela soit cause du mécontentement de notre bon & ancien Allié & de la ruïne de beaucoup de gens & de Païs.

Il est vrai que le jour de la signature & à l'arrivée des Plénipotentiaires d'Espagne, sans avoir égard à mon indisposition je me trouvai dans la Chambre d'audience où j'assistai à plusieurs communications de part & d'autre, mais que ni avant ni dans ce tems-là je n'aye point encore fait d'amples ouvertures, (comme il est dit dans l'Ecrit mentionné) & de la proposition plausible d'une soumission de la part des Plénipotentiaires de France, c'est ce qui n'est pas tel en effet ni en vérité.

Dès l'après midi & quelque tems avant l'arrivée des Plénipotentiaires d'Espagne, non seulement j'ai communiqué mes raisons par écrit à Monsieur de Meynderswyck, comme étant celui qui tenoit le premier rang dans notre Commission, & en presence de quelques-uns de mes Collegues qui revenoient de chez les Ambassadeurs de France, à leur descente de Carosse & dans l'antichambre, avant que les Plénipotentiaires d'Espagne se trouvassent *in Loco* (quoiqu'on supose le contraire) & j'ai demandé serieusement qu'on voulût bien examiner cet Ecrit avec mes autres Collegues, & je suis informé de bonne part que la communication en a été faite avant la signature. J'avois pris cette précaution parce que je craignois que mon indisposition ne me permît pas d'être présent; mais même sur les fortes instances d'un de mes Collegues, je fis tous mes efforts pour rester encore quelque tems dans l'Assemblée, tellement que Monsieur Knuyt faisoit encore difficulté de signer, soutenant qu'on devoit encore demander quelques délais pour voir si on pourroit réunir les hautes Parties, & ce fut pour cela que trois autres conjointement avec moi résolurent la même chose, & persistérent jusqu'à trois fois, & à chaque fois j'ai repeté dans mon avis la substance des raisons contenues dans mon Ecrit, savoir que puisque les Ambassadeurs de France remettoient tout à l'Arbitrage, nous devions également y porter les Ambassadeurs d'Espagne, ou avant de signer en informer leurs Hautes Puissances.

Monsieur Knuyt opina alors & secondé d'un autre Collegue il dit qu'il esperoit que la France consentiroit à la restitution de l'ancienne Lorraine, & particulierement qu'elle soumettroit à l'Arbitrage le point de la démolition; qu'ainsi on devroit tâcher de disposer les Ambassadeurs d'Espagne à ladite soumission, ou du moins leur en faire raport; ce qui fut trouvé bon à la pluralité des voix. Cela fut dans l'instant communiqué aux Ambassadeurs d'Espagne qui le refusérent, & déclarerent n'avoir aucun ordre sur ce sujet & qu'au contraire ceux qu'ils avoient étoient prohibitifs; que cependant ils vouloient bien écrire favorablement sur ce sujet, & faire tout leur possible pour cela à Bruxelles. Il est étonnant que le point de la Lorraine (selon que j'ai été informé par plusieurs personnes dignes de foi) ait été representé tel à l'Assemblée de leurs Grandes Puissances les Etats de Hollande, par Monsieur de Heemstede, comme s'il ne pouvoit être la cause du retardement de la Paix, & que cependant à present l'Espagne le regarde comme quelque chose de si difficile & si nécessaire que sans lui, elle pretende que la Paix ne se peut pas conclure avec la France & qu'il est *tanquam causa sine qua non.*

Plusieurs autres Seigneurs ont mis comme moi dans leurs avis, qu'il tenoit à present à la démolition, & que pour cela on ne devoit point abandonner nos Alliez: je dis là-dessus, que puisque les Ambassadeurs d'Espagne trouvoient que ce seroit pour eux un grand deshonneur que d'abandonner le Duc de Lorraine, qui, à ce qu'ils disent, les a fidelement assistés pendant trois ou quatre ans seulement, nous pouvions dire que ce seroit une tache pour notre Etat d'abandonner la Couronne de France, qui est étroitement alliée avec nous & nous a assisté près de 70. années; ceci a été exposé à leurs Excellences, cependant sans effet.

On voit par-là que ce n'est que par une ignorance affectée qu'ils pretendent n'avoir point eu connoissance de mes raisons, & l'on voit en même tems sur quoi étoit fondé mon refus de signer; & je ne crois pas qu'il y ait une personne de bon sens, & de conscience qui me connoisse un peu qui puisse me soupçonner d'avoir persisté dans mon refus par pure opiniâtreté, & sans raison dans une affaire de cette importance.

Je ne crois pas non plus que les Seigneurs mes Collegues puissent persuader à de telles personnes qu'ayant reçu quelque tems avant l'arrivée des Plénipotentiaires d'Espagne, mes raisons par écrit en peu de lignes, avec la priere que je leur faisois de les vouloir lire & les prendre en considération s'il étoit possible, ils ne l'auroient pas fait, ne fut-ce que par curiosité.

Supposé que Messieurs mes Collegues n'eussent pas eu connoissance desdites ouvertures des Plénipotentiaires de France, par mon Ecrit & par ce que je leur en ai dit, les ouvertures leur en ont été faites par lesdits Ambassadeurs de France, avec qui leurs Excellences ont eu plusieurs Conférences conformément à ce qui étoit contenu dans mon Ecrit.

C'est ce que je prouve par un témoignage incontestable signé & scellé de son Altesse Monsieur le Duc de Longueville, du Comte d'Avaux & de Monsieur de Servien & dont je délivre à vos Nobles Puissances une copie *authentique.

L'on ne trouveroit pas étrange que ces Seigneurs voulussent nier par politique le contenu de mon Ecrit, parce qu'autrement quelqu'un pourroit croire que puisque les Ambassadeurs de France avoient offert de tout mettre en Arbitrage, leurs Excellences ne pouvoient signer à part sans contrevenir à leurs Instructions, & à la Resolution du 4. Juillet 1647. puisque la Couronne de France, soumettant à un Arbitrage tous les points qui étoient en differend, on ne peut pas dire qu'elle differoit le Traité de Paix ni qu'elle tergiversoit, ensorte que nous trouvant de sentimens differens, le plus sûr pour nous étoit avant de passer plus avant d'aprendre là-dessus les intentions de leurs Hautes Puissances, afin de ne pas courir les risques de faire rien qui leur fût contraire & qui pût préjudicier aux intérêts de l'Etat.

Après cette déliberation, je me suis absenté de l'Assemblée à cause de mes indispositions qui me forcérent à me retirer, outre que ne pouvant faire agréer mon sentiment, quoique bien fondé, je trouvois qu'en conscience je ne pouvois me conformer avec quelques-uns de mes Collegues qui vouloient passer à la signature. Mon dessein avant de me retirer étoit de déclarer aux Plénipotentiaires d'Espagne, que mon refus de signer ne venoit d'aucune mauvaise intention ni par aucune aversion pour la Paix, mais seulement pour obtenir provisionellement un petit délai; ce que je leur aurois prouvé par des raisons qui auroient été les mêmes qui se trouvoient dans mon Ecrit: c'est pourquoi je les avois aussi mises en Latin. Mais alors Monsieur de Mathenesse m'en dissuada en disant que le Comte de Peñaranda s'en choqueroit & que je ferois mieux, si je n'avois pas envie de signer, de sortir doucement de la Chambre. Prevoyant, suposé que ce Ministre se trouvât choqué, qu'il arriveroit des contestations que ma foiblesse n'auroit pu soutenir, je laissai cela, & me retirai.

Je n'ai pas donné cet Ecrit plutôt parce que les Ambassadeurs d'Espagne, ayant été invitez pour quatre-heures après midi sans ma communication je n'en avois pu avoir connoissance qu'à midi. C'est ainsi aussi que le premier Sceau a été mis chez le Comte de Peñaranda avec la promesse de signer dans 15. jours sans que j'en aye eu aucune connoissance & sans que l'on ait eu aucunes déliberations.

Il est bien vrai que quelques jours avant l'apposition du Sceau & la promesse de signer l'Ambassadeur de Brun fut prié par nous tous, en presence de Monsieur Knuyt, d'accorder un delai de 15. jours, & qu'on assura cette fois à son Excellence, (moi absent) qu'on donneroit un acte pour s'obliger de signer alors sans plus de retardement, cependant cela ne fut pas accepté par son Excellence, qui insista qu'il falloit signer d'abord suivant la promesse qu'il pretendoit lui en avoir été faite.

Ainsi

* On la trouvera à la suite de cette Piéce, pag. 472.

Ainſi il eſt ſurprenant que leurs Excellences dans leur Négociation avec l'Eſpagne ayent ainſi négocié à part, & qu'elles veuillent m'accuſer de l'avoir fait dans l'interpoſition entre les deux hautes Parties: ce n'eſt pas à moi, mais à leurs Excellences qu'on le doit imputer. Elles affectent d'ignorer mes raiſons & il paroit par leurs Ecrits injurieux qu'ils reconnoiſſent qu'elles étoient de poids, & cependant elles ne les ont pas empêché de conclure le Traité avec l'Eſpagne ſans la France.

Il paroit auſſi que ces Meſſieurs veulent faire croire par pluſieurs paſſages, que mes raiſons auroient été renduës publiques par l'impreſſion que j'en aurois fait faire moi-même: c'eſt pourquoi ſans avoir egard à l'original qui eſt le ſeul que j'avoue, ils s'arrêtent à refuter la Traduction imprimée, que je déclare ſur ma conſcience n'avoir été faite ni par mon ordre ni de ma connoiſſance.

C'eſt ainſi qu'on en vient à un recit hiſtorique de tout ce qui eſt ſucceſſivement arrivé dans notre interpoſition entre les deux Couronnes, ſur quoi il faut remarquer que ces Meſſieurs n'en parlent qu'à leur propre avantage en faiſant voir eux-mêmes qu'ils ont bien agi dans leur Négociation, dans le tems qu'ils me veulent imputer tout ce qui a été mal fait, dont cependant ils ne pourront jamais donner aucune preuve, & quoique leurs Excellences avancent malicieuſement que les affaires de cette Négociation, ne ſont jamais parvenuës à la connoiſſance des Plénipotentiaires, en général, de leurs Hautes Puiſſances, ſelon ce qui eſt poſé dans les trois premiers Articles de mon Ecrit, cependant dans la Deduction ſuivante, ils ne nient pas directement ce que j'en ai dit, mais en augmentant, en taiſant ou en changeant les circonſtances ils donnent un autre tour aux choſes enſorte que les moins clairvoyans ſeduits par tout ce qu'il y a d'odieux dans ce qui eſt avancé pourroient croire que mes allegations ne ſont pas ſelon la verité, tandis que les Ecrits de leurs Excellences par pluſieurs expreſſions fauſſes & ambigues cherchent à tenir toujours une échapatoire ouverte pour eux, enſorte qu'en me livrant ils reſtent eux-mêmes innocens.

Vos NN. PP. en ont un échantillon dans les termes qui ſont mis dans le commencement dudit récit hiſtorique, prétendant que les affaires inſerez dans mon Diſcours ne ſont pas connuës (NB) aux Plénipotentiaires en général, & (remarquez encore) de la maniere qu'ils ſont inſerez dans les trois premiers Articles de mon Diſcours, comme ſi toutes les ouvertures & les offres de la France avoient été faites dans l'Aſſemblée des Plénipotentiaires de cet Etat, & préciſement dans les mêmes termes & tels que j'aurois donc dû les mettre (quoique ce ne ſoit pas un Protocole, mais ſeulement un abregé des points les plus conſiderables des offres de la France) dans meſdits argumens, cependant leurs Excellences ſavent très-bien que les Plénipotentiaires de cet Etat n'ont pas toujours travaillé enſemble, mais ont choiſi quelques-uns d'entr'eux qu'ils ont commis pour cela, & que leſdites affaires & ouvertures n'ont pas été faites en même tems, mais ſucceſſivement, tellement que ce qui n'eſt pas venu à la connoiſſance des Plénipotentiaires en Corps a été communiqué à ceux qui étoient commis, deſquels Monſieur de Heemſtede étoit le premier, & ſur ce pié-là ſi ſon Excellence n'a fait aucun raport ni ouverture à ſon Collegue des propoſitions de la France, qui pouvoient

être de quelque importance dans cette Négociation, on devroit imputer à S. E. que ſes Collegues n'ont pas été informez à tems, mais non pas à moi qui n'ai eu aucune part à ces Commiſſions, & qui n'ai eu communication de ce qui ſe paſſoit que par ceux qui étoient commis, ce qui m'a été confirmé par ceux des Plénipotentiaires de France qui me venoient voir pendant ma maladie.

Si après cela vos NN. PP. daignent examiner le Protocole de ce qui s'eſt négocié entre les deux Couronnes, comme il eſt raporté dans ledit Ecrit, elles verront

Que par cette même Deduction les Raiſons de l'Eſpagne ſont fort amples, & qu'elles ſont propoſées avec des termes choiſis, au lieu que celles de la France ſont raportées ſuccintement en diſant que les Plénipotentiaires deduiſirent le contraire ſans qu'il ſoit dit ſeulement quelle étoit la Déduction, & ſur quelles raiſons ils ſe fondoient. Je laiſſe parlà à penſer à vos NN. PP. ſi c'eſt ainſi que doivent ſe conduire des raporteurs exempts de partialitez, & s'ils ne devoient pas alleguer les raiſons des deux Parties qui doivent s'accorder, ſans omettre celles de l'une des deux.

Cette conduite me paroît d'autant moins convenable que les raiſons & les motifs qu'on allegue de la part de la France, me paroiſſent dignes d'attention, puis que les François ſoutiennent que la reſtitution de la Lorraine ſans la demolition des Forts, ſeroit pour eux comme un coup de mort, puiſque le Duc Charles ayant recouvré la Lorraine avec ſes Forts par le moyen de l'Eſpagne, il reſteroit toujours obligé à la même Couronne, & ayant beſoin pour garder ſeulement Nanci de 6000. hommes que ledit Duc ne pourroit pas entretenir, il devroit donc néceſſairement les recevoir de l'Eſpagne, qui alors, (comme les François ſe le perſuadent) ne voulant plus obſerver la Paix, la France parlà ſe trouveroit dans un très-grand danger, la Lorraine ayant d'un côté la Champagne, l'Alſace de l'autre & par derriere le Comté de Bourgogne, qui couvre la Lorraine, c'eſt pour cela qu'ils pretendent avoir raiſon en reſtituant la Lorraine d'en faire razer les Fortereſſes, & remplir certaines Places des Garniſons de leur Etat, pour prévenir toutes entrepriſes, comme font LL. HH. PP. pour aſſurer leurs Etats dans les Villes du Rhyn & de la Meuſe. Que depuis leurs Hautes Puiſſances ont promis par le Traité de l'année 1634. d'obliger l'Eſpagne à ne pouvoir aſſiſter le Duc de Lorraine, & par celui qui a été fait dans l'année 1644. on s'y eſt engagé reſpectivement de ne point rendre de Conquêtes, ſpecialement que le Duc de Lorraine l'an 1641. avoir laiſſé à la Couronne de France la liberté de démolir les Fortifications. Et ils nous ont remis le Traité fait ſur ce ſujet, ajoûtant beaucoup d'autres raiſons que je laiſſe en arriere.

Il eſt bien vrai que depuis les Plénipotentiaires de France ont fait concevoir l'eſperance de la reſtitution de la vieille Lorraine, mais toujours aux conditions ci-deſſus, que les Forts ſeroient démolis, propoſition à laquelle les Plénipotentiaires d'Eſpagne, n'ont jamais voulu conſentir, comme l'a déclaré Monſieur de Brun, diſant que quand même les Ambaſſadeurs de France auroient un ordre precis pour la reſtitution de la vieille Lorraine, avec la démolition des Forts, ils ne pourroient l'accepter, diſant qu'ils avoient des ordres tout contraires.

Je n'ai pas de connoiſſance, que les Plénipotentiaires de France, (comme il eſt mis dans

1648. le susdit Ecrit) auroient prétendu que ceux d'Espagne eussent à déclarer avant tout, qu'ils seroient contents de la Lorraine avec la démolition des Places, après quoi ils se consulteroient là-dessus; mais je sai bien que les Plénipotentiaires de France ont déclaré à ceux des Etats, leur pensée, qui étoit que s'ils pouvoient disposer ceux d'Espagne à la restitution de la vieille Lorraine, par eux prétenduë, sous la condition de démolir les Forts, les Plénipotentiaires de France l'accepteroient & l'executeroient, sans que j'aye jamais apris s'ils y avoient joint d'autres conditions, ni pû les prevoir ou me les imaginer (comme parlent leurs Excellences dans le susdit Ecrit) puisqu'ils n'en ont fait aucune ouverture.

Il est vrai que le point de la démolition a été proposé, & qu'on est demeuré d'accord de s'en referer aux deux Rois; mais il est étrange que leurs Excellences ne disent pas que le Roi de France y a consenti, à condition que si les Rois ne se pouvoient accorder, l'Espagne dans cette occasion ne pourroit assister le Duc Charles: cela est connu à mes Collegues, & on le peut voir par les Certificats que je joins ici.

On voit aussi par ces Certificats que le premier Article de mon Discours est vrai, ainsi que toutes les propositions comprises dans mon Ecrit, lesquelles ont été faites dans differentes Conférences que les Ambassadeurs de France ont euës avec les Plénipotentiaires de cet Etat : de sorte que cela est plutôt venu à leur connoissance qu'à la mienne, qui n'en ai rien sû que par rapport. Il est donc notoire que leurs Excellences elles-mêmes sont responsables des difficultez qu'elles avouent que l'on auroit pu éviter, elles font donc mal de mettre sur mon compte, ce dont elles doivent seules être chargées.

Il est étrange que leurs Excellences se donnent tant de peines pour prouver par ce qui s'est passé dans la penultiéme seance avec les Plénipotentiaires de France, (sans dire si cela est arrivé avant ou après la signature) que les Plénipotentiaires de France n'auroient pas voulu choisir comme seuls Médiateurs les Plénipotentiaires de leurs Hautes Puissances : mais il paroît par la lecture de mon Discours que je n'ai pas avancé cela, mais seulement qu'ils seroient contents, en cas que les Plénipotentiaires d'Espagne voulussent choisir quelqu'un d'entre nous pour Arbitres & qu'ils seroient de même, les Plénipotentiaires de France n'ayant pas en vuë tout le Corps des Plénipotentiaires de leurs Hautes Puissances, mais quelques uns seulement, qui seroient choisis par les deuxdites hautes Parties. C'est pourquoi il ne me paroît pas croyable non plus qu'à leurs Excellences, que les Plénipotentiaires en fussent jamais venus à une soumission envers tout le Corps des Plénipotentiaires, parce qu'il y en avoit quelques uns qu'ils soupçonnoient trop de partialité: ainsi leurs Excellences dans leur Refutation vont contre leur propre sentiment, & s'il leur manque de matiere ils ne doivent pas m'attaquer avec des conséquences fabriquées.

Il n'est pas encore moins surprenant de voir ce que les susdits Messieurs raportent contre les propositions & conséquences, comme disent leurs Excellences, contenues dans le troisiéme & quatriéme Article de mon Discours, puisque LL. EE. avouent d'avance que ces mêmes propositions telles qu'elles étoient, ne pouvoient pas être acceptées, cependant dans la Deduction, on ne raporte pas la moindre chose qui put alterer la verité de ce que j'ai allégué, encore moins la renverser. **1648.**

Il est vrai que leurs Excellences raportent plusieurs raisons que les Ambassadeurs d'Espagne ont alleguées, mais elles ne pensent pas aux réflexions des Ambassadeurs de France, qui prétendoient en concluant la Paix ensemble après avoir renvoyé aux deux Rois ce qui concernoit la démolition, ainsi que la proposition en avoit été faite, ils prétendoient, dis-je, être assurez qu'au cas que les deux Rois ne pussent pas s'accommoder ensemble sur ce point, on ne laisseroit pas l'occasion au Roi d'Espagne en assistant le Duc de Lorraine (au cas qu'il ne fût pas content des offres de la France) de continuer indirectement la Guerre ou la recommencer, autrement ce seroit mettre l'Espagne dans un état de Paix certain, & la France dans un état incertain de Paix ou de Guerre. Que toute personne impartiale juge si c'étoit là une Paix à moitié faite, une Paix raisonnable, une Paix en un mot que la France pût accepter. Supofons que dans une affaire si bien fondée j'eusse mal jugé en donnant mon avis en faveur de notre ancien Allié, ce ne seroit cependant qu'un sentiment particulier qui ne pourroit porter préjudice à aucune des Parties.

Mais que leurs Excellences se fussent dépouillez de tous préjugez comme ils l'assurent dans leur Ecrit, je ne crois pas que cela soit dit par d'autres que par elles, si on considere seulement que parlà elles ont donné un jugement préjudiciable & même irréparable; puisque par leur signature elles condamnent la France en lui imputant un délai ou tergiversation, & des demandes deraisonnables, ce qui n'a cependant pas été resolu avant la signature dans l'Assemblée de mes Collegues, comme on l'a fait connoître à plusieurs Seigneurs dans l'Assemblée même de leurs Hautes Puissances.

Leurs Excellences s'étendent beaucoup sur les mouvemens qu'on s'est donné entre les deux Couronnes au sujet des demandes & des Propositions faites aux Ambassadeurs de France, mais non pas aux Ambassadeurs d'Espagne, comme s'ils avoient contribué de leur côté, à tout ce qu'on leur avoit demandé de raisonnable. Il est bien vrai que toutes les Remontrances qu'on a faites aux François étoient vives & comminatoires, puis qu'on leur a déclaré entr'autres, qu'en cas qu'ils ne pussent pas s'accorder, on seroit obligé de conclure separement avec l'Espagne: mais j'aurois souhaitté qu'on eût tâché avec plus d'instances de porter l'Espagne à un accommodement, notre resistance dans cette occasion auroit pû être efficace. sur tout si on avoit fait entendre à ses Plénipotentiaires que s'ils ne vouloient pas se contenter de la démolition, ils ne devoient pas esperer de conclure avec nous, sans que premiérement le raport en eût été fait à leurs Hautes Puissances.

Comme aussi je n'ai jamais sû que Messieurs les Médiateurs auroient jugé dans le tems de la signature, qu'il n'y avoit point d'apparence à un accommodement entre les deux Couronnes, ou si Messieurs les Médiateurs ont porté un pareil jugement, ce n'auroit pû être qu'en vertu du refus des propositions, qui auroit été fait de la part de la France.

Quant à ce que l'on pretend que pendant le tems des Négociations j'aurois entretenu des correspondances secrétes & particulieres au mécontentement des autres Ambassadeurs, comme on a eu la hardiesse de le mettre dans

le

le fusdit Ecrit, vos Nobles Puiffances auront la bonté de favoir qu'il eft bien vrai que comme mes autres Collegues, j'ai reçû des vifites particulieres, mais on ne peut pas ofer me foutenir que j'aye tenu quelque correfpondance fecrete contre nos Inftructions, & je puis dire que cela eft calomnieufement inventé.

Il n'eft pas vrai non plus que j'aye jamais donné aucun mécontentement à Meffieurs mes Collegues par des vifites particulieres. Si cela étoit arrivé j'aurois pû donner une pleine fatisfaction fur ce fujet à leurs Excellences.

Mais comment pourra-t-on fe difculper de certaines correfpondances particulieres dont quelques-uns de mes Collegues ont été fi mécontents, & defquelles, fi elles euffent continué, on devoit fe plaindre à leurs Hautes Puiffances; c'eft un foin que je laiffe à ceux qui favent combien ils ont entré là dedans.

Il eft vrai qu'après la fignature, quelques-uns de mes Collegues font venus à differentes reprifes me demander de figner avec eux, mais ils ne me donnoient aucune raifon qui pût me fatisfaire, ils ne pouvoient refoudre mes difficultez: ainfi je leur répondis que tant que je ne ferois pas informé fur ce différent des intentions de leurs Hautes Puiffances, je ne pouvois pas mettre là-deffus ma confcience en repos.

Quant à ce que j'ai dit & déclaré que je m'en tenois à la Refolution & Déclaration de Meffieurs les Etats du Païs d'Utrecht, c'eft une pure moquerie. On a pris plaifir à changer mes paroles, puifqu'en effet je n'ai pas dit autre chofe, que je fondois les excufes de mon refus de figner à part fur notre Inftruction, joignant à cela que l'opinion de ma Province d'Utrecht y étoit conforme comme je l'explique d'abord dans mes Difcours.

Je ne me fuis pas auffi chargé dans mon Difcours de faire feul mon rapport à mes Supérieurs, qu'au cas que mes Remontrances ne produififfent aucun effet fur mes Collegues ou que leurs Excellences ne me donnaffent là-deffus aucune fatisfaction raifonnable: de forte qu'alors je me trouverois obligé en confcience de donner avis de tout comme il eft permis à chacun de nous de le faire, pour favoir quel étoit le plus fûr & le meilleur, puifque nos opinions étoient fi différentes, fur les tergiverfations de la France, & fur l'interprétation de l'Alliance avec cette Couronne felon nos Inftructions, & le fens des Refolutions fucceffives de leurs Hautes Puiffances, devant lefquelles notre différent devoit être porté, afin de favoir leurs difpofitions fur ce fujet & nous y conformer tous enfemble: tant il eft faux que dans toute cette Négociation j'aye rien interprêté ou que j'aye fait la moindre chofe à part.

Venons à prefent à la conclufion du fufdit Ecrit, il me paroît que leurs Excellences ne font pas encore contentes de m'avoir beaucoup offenfé & chargé, elles le font encore davantage à la fin, puifqu'elles ofent pofer qu'elles fe font trouvées encore plus choquées la deuxiéme fois par ma conduite & mes Négociations particulieres, & qu'elles fe trouvoient encore plus lezées par la Traduction & la publication de mon Difcours; enforte que je dois leur en donner fatisfaction, & concluent comme fi elles n'auroient pû fans cette même fatisfaction faire tranquillement leurs fonctions pour le fervice de la Patrie.

Sur cela je prie vos Nobles Puiffances de croire abfolument que toutes ces propofitions ne font pas véritables, & afin de répondre à chacune je prie vos NN. PP. de confiderer que

ce n'eft pas moi, qui les ai chargées, puifque je me fuis abftenu de toute perfonalité, mais qu'au contraire Elles m'ont extrémement offenfé, je ne puis m'imaginer comment leurs Excellences fondent leur accufation fur ce que j'ai refufé la premiere & la feconde fois de figner, puifque cette fignature dans tous fes points n'eft pas approuvée univerfellement par leurs Hautes Puiffances, qui en ont abfolument desavoué fur quelques points & fur tout en ce qui regarde la Souveraineté de la Mairie de Bois-le-duc, touchant laquelle leurs Hautes Puiffances avoient ordonné de retirer l'Ecrit figné le 27. Decembre 1646. & en cas de refus de ne point conclure la Paix avec l'Efpagne. Cela feul me fert d'excufe pour le refus de ma fignature, dont elles fe trouvent fi offenfées.

Je fuis fort furpris que leurs Excellences exigent une fatisfaction, parce que mes Difcours font imprimés & rendus publics, comme fi cela avoit été fait par mon ordre, quoique je puiffe affurer vos NN. PP. que je n'en ai en confcience été jamais l'auteur ni directement ni indirectement: cependant leurs Excellences ofent dans les Affemblées publiques tenir de mauvais difcours fur des chofes qu'elles ne fauroient prouver, c'eft pourquoi j'aurois bien plus de raifon de leur demander en qualité de leur Collegue quelle fatisfaction elles ont à me faire, puifqu'elles ont publié contre moi des Ecrits diffamatoires.

Car il feroit ridicule que je fuffe le premier à donner quelque fatisfaction à mes Collegues n'en ayant offenfé aucun, m'étant toujours foumis dans mes excufes & foumiffions au jugement de leurs HH. PP.

Enfin vos Nobles Puiffances auront une fois pour toutes la bonté de remarquer avec quel fondement lefdits Seigneurs de Matheneffe & de Heemftede peuvent prendre le prétexte, que mes excufes ont été caufe qu'ils n'ont pas pu en fureté faire leur devoir pour le fervice de la Patrie, comme fi j'avois forcé leur confcience, & que leurs Excellences ne trouvoient plus de fureté, il auroit falu pour cela que j'euffe agi contre ma propre confcience, mais ne pourroit-on pas dire que leurs Excellences n'ont en vue par leur Ecrit que de m'intimider & d'autres avec moi, afin que nous n'ofaffions pas dire librement nos fentimens & nos avis, & que nous fuffions obligés de leur donner gain de caufe en tout, & qu'ainfi LL. HH. PP. ne foient pas exactement informées de tout, deforte que je ne doute pas qu'elles ne donnent les ordres néceffaires à ce que je ne fois plus attaqué par de pareils Ecrits, afin que je puiffe avec fureté m'employer pour le fervice de la Patrie.

Quoique je puffe déclarer à vos Nobles Puiffances que tout le mal que l'on m'a fait & celui qui me pourroit encore arriver, ne me fera jamais écarter de la fidélité & de la droiture que j'ai toujours eu dans ces Négociations, & avec lefquelles je fuis prêt de continuer tant que Dieu m'en donnera les talens & le pouvoir néceffaire.

Si je pouvois comprendre en quelque maniere que ma bonne intention, (qui confifte à faire la Paix avec nos ennemis & conferver l'amitié avec nos Alliez, ce qui felon mon jugement eft le but de notre Inftruction) fût dans cette Négociation préjudiciable aux Etats de ce Païs, je déclare à vos Nobles Puiffances avec toute la droiture & la fincerité poffibles que pour l'amour de ma Patrie, je confentirois volon-

1648.

lontiers à me demettre de ces Commiſſions, & pendant ce tems-là me conſoler ſur le bon témoignage de ma conſcience, car je me ſouviens de cet axiome *in rebus adverſis maximum ſolatium eſſe Reipublicæ bene conſuluiſſe.*

E X T R A I T

De la Réſolution de leurs Nobles Puiſſances les Etats du Païs d'Utrecht.

Du 24. Mars 1628.

ON a trouvé bon par cette délibération & on a réſolu par celle-ci de faire lire à leurs Hautes Puiſſances les Etats Généraux le diſcours de Monſieur Nederhorſt &c. de la part & au nom de leurs Nobles Puiſſances, par Meſſieurs les Députez de cette Province à l'Aſſemblée desdits Etats Généraux.

Suit le Certificat dont j'ai fait mention dans le Corps de mon diſcours.

Les Ambaſſadeurs & Plénipotentiaires de France, après que ceux d'Eſpagne eurent rejetté l'Arbitrage pour l'Article en diſpute au ſujet de la Lorraine, propoſé ſous condition par les François, ils ont propoſé la queſtion purement & ſimplement & l'ont remiſe à la deciſion de ſon Alteſſe le Prince d'Orange conjointement avec quelques-uns des Etats; mais quand ils ont appris que les Ambaſſadeurs d'Eſpagne le refuſoient auſſi, ils ont dit qu'ils ſeroient contents, pourvû que les Eſpagnols vouluſſent choiſir quelques-uns d'entre nous comme Médiateurs, que ce ſeroit pour eux la même choſe, cela étant encore refuſé par les Ambaſſadeurs d'Eſpagne qui demandoient des offres effectifs. ceux de France ont déclaré par inclination pour la Paix leurs intentions de cette maniere, que nous pouvions être aſſurez que l'ancienne Lorraine ſeroit reſtituée, en cas que les Eſpagnols vouluſſent permettre qu'on en démolît les Forts, mais les Eſpagnols n'étant pas encore contents de ces offres, ils les refuſerent également, diſant qu'ils n'avoient aucun ordre pour cela, c'eſt pourquoi quelqu'un de nous propoſa, ſur ce que les Ambaſſadeurs des deux Couronnes alleguoient, qu'ils n'avoient pas d'ordre touchant les démolitions, qu'on déferât ce point aux deux Rois, & qu'on attendît ſur cela la réponſe en même tems que la Ratification: ce que je ſuis aſſûré que les Ambaſſadeurs de France auroient accepté ſous la condition que ſi les Rois ne pouvoient s'accommoder, le Roi d'Eſpagne ne pourroit donner aucune aſſiſtance au Duc de Lorraine, & de cette maniere ils auroient conſenti à ſigner avec nous; ce que les Eſpagnols n'auroient pu refuſer avec juſtice; cependant ils ont trouvé bon de rejetter cette bonne & juſte propoſition.

Nous ſouſſignez Plénipotentiaires & Ambaſſadeurs de France pour les Négociations de Paix à Munſter, certifions que l'Ecrit ſuſdit de Monſieur de Nederhorſt Plénipotentiaire de la Province d'Utrecht eſt conforme à la vé-

rité, qu'il a été preſenté à ſes Collegues, que les Propoſitions mentionnées dans ſon dit Ecrit ont été faites par nous dans pluſieurs Conférences que nous avons euës avec les Ambaſſadeurs des Etats Généraux des Provinces-Unies, en foi de quoi nous rendons témoignage à la verité & avons ſigné ceci de notre main & cacheté de nos armes, à Munſter le 2. de Fevrier 1648. & étoit ainſi ſouſſigné,

(L. S.) HENRI D'ORLEANS.

(L. S.)   D'AVAUX.

(L. S.)   SERVIEN.

L E T T R E

Du 14. Fevrier 1648.

Ecrite par le

ROI DE FRANCE

à Meſſieurs les

ETATS-GENERAUX

Des

PROVINCES-UNIES

AVEC LEURS PROPOSITIONS

Faites dans l'Aſſemblée desdits Etats Généraux

Par Monſieur de la

THUILLERIE

AMBASSADEUR EXTRAORDINAIRE

Dudit

ROI DE FRANCE.

Le 3. & le 17. Mars 1648.

TRES-CHERS, GRANDS AMIS, ALLIEZ ET CONFEDEREZ.

NOus avons appris avec étonnement ce qui s'eſt paſſé à Munſter le 30. Janvier dernier, où la plûpart de vos Députés ont ſigné à

part

part avec les Ministres d'Espagne ; nous ne pouvons pas croire qu'ils ayent en cela suivi vos intentions ; c'est pourquoi nous ne doutons pas, que dès que vous en aurez eu connoissance vous n'ayez donné tous les ordres nécessaires pour remedier à une entreprise qui peut faire tort à tant de Conventions solemnelles que vos Etats ont faites avec cette Couronne, & qui demandent absolument que les Négociations, qui regardent la Paix aillent de pair, n'étant point permis de conclure sinon ensemble. Nous nous promettons d'autant plus cette preuve de votre droiture & de votre bonne foi, que vous avez été avertis de toutes les facilitez que nous avons apportées à l'avancement de la Paix. Ces mêmes facilitez n'ont servi à nos ennemis que pour les en éloigner, nous nous raporterons sur ce sujet à plusieurs affaires differentes que nous avons doané ordre à notre Ambassadeur Extraordinaire, de vous remontrer de notre part dans une conjoncture si importante; nous vous prions de lui ajoûter foi; cependant nous prions Dieu qu'il vous ait en sa sainte garde, très-chers, Grands Amis, Alliez & Confederez.

Ecrit à Paris le 14. Fevrier.

Signé

Votre bon Ami & Allié

L O U I S.

Et plus bas étoit écrit

L O M E N I E.

L'adresse étoit *A nos très-chers, grands Amis, Alliez & Confederez les Etats Généraux des Provinces-Unies*

MESSIEURS,

DEpuis que j'ai l'honneur d'être employé dans les affaires d'Etat, je n'en ai pas eu entre les mains une plus importante que celle dont il s'agit, & qui m'oblige à paroître devant vous & vous faire des plaintes en vous remontrant le juste mecontentement que le Roi & la Reine sa Mere ont par raport à la signature de votre Négociation avec l'Espagne, & de se voir abandonnez dans cette occasion par des Alliez sur lesquels avec raison ils avoient fondé leurs espérances, & desquels dans l'état présent ils attendoient la recompense des assistances, & secours qu'ils vous ont donnez dans vos besoins, & la reconnoissance qu'ils croyent que vous devez avoir de tant de millions dépensés, de tant de sang répandu pour les affaires communes, & de tant de peines & de pertes souffertes pendant une Guerre qui n'a été véritablement entreprise que pour refrener l'ambition excessive de l'Espagne ; mais qui a été continuée, Messieurs, à votre sollicitation, pour vous soulager d'une partie du fardeau de la Guerre contre vos Ennemis, qui sont ainsi devenus les notres.

Vous savez, Messieurs, dans quel état nous nous sommes trouvez dans l'année 1634. vous savez avec quelle generosité nous avons déclaré la Guerre à l'Espagne en l'année 1635. les Traités particuliers que nous avons conclu dans

ToM. IV.

la même année, & vous savez également que nous nous sommes engagez à ne point quitter les armes que nous n'eussions chassé les Espagnols hors des Païs-Bas, vous êtes vous-mêmes témoins des forces avec lesquelles nous avons fait cette entreprise.

Nous avons également travaillé ensuite pour la Paix comme nous avons fait pour la Guerre, & les peines & la patience que nous avons euës dans la Négociation des Préliminaires en font une preuve évidente ; ceux de l'année 1644. en font une authentique de la confiance que leurs Majestés ont toujours euë dans vos sages conseils, puis qu'aussitôt qu'on fut demeuré d'accord de la Ville de Munster pour le lieu de l'Assemblée, & qu'on fut convenu du tems qu'on s'y rendroit pour y traitter de la Paix, elles ne se contenterent pas de vous informer du choix de leurs Plénipotentiaires & du tems de leur depart pour se rendre là, mais elles voulurent encore qu'ils passassent par ici, pour joindre (si on peut ainsi dire) aux Instructions qu'elles leur avoient données celles que vous leur voudriez donner pour le Traité, sur le pié qu'on en étoit convenu dans l'année 1644. afin de nous servir de regle dans une Négociation si importante, & pour être une preuve de la conduite que vous & nous devions garder lorsqu'on seroit arrivé à Munster où les Plénipotentiaires de France ont si religieusement observé ces promesses, qu'ils y ont resté 21. mois à vous attendre, sans vouloir écouter aucune proposition ; desorte qu'on peut dire avec verité qu'ils avoient à peine fait voir leurs Pleins-pouvoirs quand les vôtres y sont arrivez.

Que n'ont pas fait alors nos Ennemis pour faire une brêche à notre engagement ? Il est inutile de le rapporter, outre que le récit en seroit trop long. Tantôt il se presentoit un Mariage du Roi avec l'Infante d'Espagne, qui le rendroit Maître de tous les Païs-Bas ; tantôt on parloit d'un échange de ces Païs contre la Catalogne, & enfin voyant que cela ne faisoit aucun effet, ils ont tâché de vous faire peur de nos progrès. Ils grossissent la puissance de la France, & par une amitié feinte, ils vous avertissent du péril qu'il y a de nous avoir pour voisins, comme s'il étoit raisonnable que le progrès d'un Allié qui n'a jamais manqué à sa parole & à la fidelité de ses promesses, put ou dut donner de la jalousie à ses Alliez pour l'agrandissement desquels il a toujours & fidèlement fait de son mieux.

Quoique ces finesses assez faciles à découvrir eussent pu retomber sur eux-mêmes, cependant nous en souffrons. Il n'en faut pas d'autres preuves que la signature de certains Articles, dont on ne devoit pas parler, quoiqu'elles fussent un sûr avantcoureur de ce dont nous nous plaignons & qui a donné lieu aux Ministres d'Espagne, d'employer leur éloquence qui a eu tant de force que malgré notre Traité de Garantie conclu au mois de Juillet de l'année passée & qui confirme les precedens, malgré ce Traité, dis-je, & toutes les avances que nous avons faites pour conclure notre Paix ensemble, malgré que nous laissions les points indécis entre nous & l'Espagne à votre jugement, Messieurs, ou à celui de Monsieur le Prince d'Orange joint à ceux qui seroient nommés de la part des Etats, nous voyons cependant un Traité fait avec l'Espagne le 30. Janvier dernier. C'est de cela dont je me plains & il ne s'en faut pas beaucoup que tous ceux qui sont assemblez à Munster ne fassent la

même

même chose parce que cela leur ôte l'espérance qu'ils avoient conçuë de rétablir le repos
dans toute la Chrétienté.

Leurs Majestés prétendent que ce Traité est
absolument contre les précédents, dont j'ai
déja parlé, & sachant en même tems qu'il n'est
pas generalement approuvé par vous-mêmes, il
n'est pas permis de dire que cette action donneroit ateinte à la droiture dont cette Republique
se fait honneur, c'est ce qui fait qu'elles ne peuvent pas croire que la chose soit arrivée par
l'ordre de l'Etat; & que tant de Personnes
d'honneur qui le composent ayent consenti non
seulement contre les susdits Traitez, mais même contre les Resolutions prises dans cette Assemblée, de donner lieu à l'Ennemi de se flater
de les avoir engagez par ses tromperies à rompre une union aussi juste & aussi avantageuse
qu'est la nôtre; c'est pourquoi leurs Majestez
espérent par la confiance qu'elles ont en votre
droiture, & même ne doutent pas que connoissant les maux qui peuvent s'ensuivre vous ne les
repariez de la manière qu'on le peut attendre de
bons, fideles & anciens Alliez.

C'est ce que je demande, Messieurs, au
nom du Roi & de la Reine Régente sa Mére,
je ne crois pas que vous puissiez me le refuser. Vous le devez à notre Negociation, vous
le devez encore plus à vous-mêmes, & à tous
les Princes de l'Europe qui en attendent la fin
pour se régler sur cela en tout ce qu'ils auront à
négocier avec vous à l'avenir. Les affaires
sont encore en état, votre Ratification n'est pas
échangée, vous la pouvez refuser aux Ministres
d'Espagne, jusqu'à ce qu'ils nous ayent donné
une satisfaction raisonnable. Nous attendons cela,
Messieurs, de votre équité, & de votre fidélité, ainsi que de votre reconnoissance, puisqu'en
faisant autrement vous ne pouvez être à couvert
de blâme, vû ce à quoi vous auriez pû engager les Espagnols de consentir en qualité
d'Alliez, puisque vous êtes liez avec nous par des
engagemens qui sont plus forts que de simples
paroles. Je soutiens donc, avec le respect que
je dois à votre Auguste Assemblée, que vous ne
devez pas aller plus avant dans cette Négociation, & que vous avez aussi bien que nous
les mains liées, en cas que nous n'agissions pas
ensemble de concert pour ce qui regarde la Paix
avec l'Espagne.

*Fait à la Haye le 3. Mars 1648. & présenté
une Lettre du Roi datée du 22. Janvier.*

REMARQUES

Sur cette première

PROPOSITION.

LE Cardinal fait entendre ses plaintes sur la
conclusion de notre Paix, il auroit dû plutôt appaiser celle que le Parlement a faites en
France le 15. Janvier *sur la continuation de la
Guerre*) qui lui couronne la tête de Lauriers &
la lui remplit de l'esperance d'une Monarchie,
tandis qu'il ne laisse aux Sujets que l'ame, &
qu'il les nourrit de *son* & *d'aveine*, qu'il

les traite comme des *Esclaves* & des *Galériens*,
& qu'il établit un Gouvernement de Turc.

Nous avons, ce même Parlement & nous,
des raisons pour nous plaindre que le Cardinal
nous abandonne contre les Clauses de l'Alliance,
laquelle dit qu'on conclura en même tems. Toute la France aspire après cela comme un pois-
son après l'eau; mais le Cardinal trouve son plaisir & son compte dans la guerre, desorte que le
Parlement, & nous, nous trouvons trompez
parcequ'on fait manquer de foi à un Roi qui
porte le nom de très-Chrétien en manquant de
toucher au but où devoient nous conduire les
Traités & au lieu de tant de millions de depenses, & tant de sang répandu depuis 80. ans
pour faire conquerir à la France tant de Places
& de Provinces, elle ne nous donne pour recompense & pour remercimens que des plaintes, des reprimandes & des censures.

Nous avons fait la guerre pendant près de 80.
ans pour reprimer l'excessive ambition des Espagnols & nous croyons faire notre ancien devoir.
Si l'ambition est un légitime prétexte pour faire
la guerre à quelqu'un, il faudroit donc a présent la faire au Cardinal qui par l'assistance de
nos armes fait des conquêtes de Provinces & de
Royaumes & rend son Roi si formidable, &
cependant par la continuation de la guerre, il
cherche encore à lui faire gagner Naples & Sicile.

Car personne n'est assez aveugle pour ne pas
voir que les 6. points sur lesquels il fait semblant de le tenir, ne sont que des grimaces &
des bagatelles, mais Naples & Sicile sont la
mariée pour laquelle il danse, sans parler des
soupirs pour les Païs-Bas & alors l'Infante
d'Espagne viendra toute seule dans ses bras.

Les Etats de France protestent eux-mêmes
qu'ils ne peuvent ni ne doivent rester en guerre
pour quelques conquêtes du Roi, & nomment
cela un Gouvernement Scythe & Barbare; &
nous qui ne lui devons aucune obeissance non
plus qu'à son Roi, nous voudrions par raport à
lui rester en guerre à notre ruine, contre la
teneur expresse de l'Alliance qui tend à une Paix
honorable & assurée telle que nous la faisons,
telle que tous les bons Chrétiens & les honnêtes
gens la souhaittent, & que les Commandements
de Dieu l'ordonnent, quand même il se feroit
engagé à une guerre éternelle : il n'est pas surprenant qu'il ose nous accuser de choses dont il
est lui-même coupable, en rompant un engagement il nous en impute le crime.

II.

Dans quel état nous sommes-nous trouvez
l'an 1634 ? Je raconterai la vérité, & tout l'E-
tat témoignera si ce ne fut pas le Cardinal qui
par une pure envie d'avoir la guerre & nullement pour notre avantage nous a sollicitez par
tous les moyens imaginables de ne pas faire la
Paix, dans l'esperance de tirer de grands avantages de nos armes. La Trêve de 1621. é-
tant sur le point de finir nous envoyames un
Ambassadeur en France qui remontra la puissance d'Autriche & d'Espagne qui nous tomberoient sur les bras, nous demandames un renouvellement d'alliance & de subside; qu'est-ce
qu'on nous donna ? Rien du tout; & pourquoi?

Premierement parce que le Cardinal vouloit
avant tout reduire ceux de la Religion en France, auxquels il faisoit la guerre nonobstant les
Edits jurez.

Secondement, parce que la France étoit ir-
ritée

ritée de la conduite que l'on tenoit envers les Remontrans qui étoient favorisez de la France plutôt pour exciter ces troubles que par amitié, & l'on cherchoit par ce moyen d'avoir quelque crédit parmi nous.

Troisiémement, il vouloit seulement nous faire venir l'eau à la bouche, & negocier avec nous tout à son avantage, s'imaginant que nous ne pourrions pas nous passer des subsides de la France. Dans l'année 1625. notre seconde Ambassade obtint la promesse d'un subside, mais avec la terrible condition, au préjudice de ceux de notre Religion, d'aider à ruiner ceux de la Rochelle par la Flotte de Hautyn, au scandale & blâme de toute la Posterité.

Il n'y eut encore rien pour nous dans l'année 1628. on nous vouloit engager contre les Anglois, on prétendit que nous ne pouvions rien entreprendre sur les vaisseaux d'Espagne qui étoient venus au secours de la France contre ceux de la Religion, ni traiter de la Paix sans le consentement de cette Couronne; mais en effet elle nous consideroit fort peu, parce qu'elle s'étoit persuadée que sans elle nous ne pourrions pas subsister: car quand la nouvelle vint en France que nous avions assiegé Grol, le Cardinal dit que cela ne pouvoit pas être, puisque la France ne nous donnoit pas de secours. Mais après que par l'aide de Dieu & sans assistance de personne nous primes en 1629. Wesel, Bois-le-Duc & le reste, il vit que nous nous soutenions bien de nous-mêmes & que nos armes pouvoient rendre assez de services pour agrandir la Monarchie de France par des Conquêtes, de sorte que le Cardinal nous fit instamment demander & prier par l'Ambassadeur Baugy de ne faire ni Paix ni Trêve, (ce qui étoit alors en notre pouvoir) étoit-ce là nous aider alors dans notre besoin, comme le prétend Monsieur de la Thuillerie? Le besoin étoit passé, mais c'étoit pour faciliter ses propres besoins & les conquêtes de la France.

Baugy étant vieux & foible on envoya l'an 1632. Charnacé; il fut si bien nous flater qu'il nous fit rompre les Négociations de Paix & nous engagea à continuer la Guerre: il nous fit encore lever un nouveau Regiment & quelques Compagnies de Chevaux, les fruits du subside furent la Lorraine pour la France & non pas pour nous.

Nous étions dans cet état & nous y avons resté jusqu'à l'année 1635. alors s'est fait le Traité de rupture dont le Cardinal tire des periodes tronquées pour prouver que *nous devions rester en guerre jusqu'à ce que les Espagnols fussent sortis des Païs-Bas*, il passe malicieusement sous silence la condition *à moins qu'avant ce tems-là on ne pût obtenir une Paix honorable & assurée.*

Il parle de chasser les Espagnols hors des Païs-Bas comme si alors il eût été content. Mais non, car nous avons plus fait que cela, puisque nous avons chassé les Espagnols de tout le Roussillon, de la Catalogne, du Portugal, des Algarves, d'Afrique, des Indes Orientales & du Brezil, que nous les avons fait sortir de l'Electorat de Trêves, du Palatinat, de l'Alsace, du meilleur endroit de la Flandre, de l'Artois, du Haynaut, du Brabant &c. & le peu qu'ils possedent dans les Païs-Bas, n'est-il pas pleinement recompensé par tous les Royaumes susdits.

Secondement, ce n'étoit pas tant pour chasser les Espagnols que pour les rendre moins formidables, ou, comme le dit l'Ambassadeur lui-même, pour reprimer leur ambition.

Le Cardinal se devroit contenter de cela & penser qu'autrement il arriveroit dans les Païs-

Bas *mutatio ambitionis, non expulsio*, un changement de Tyrans n'est pas ôter la Tyrannie; & il paroit qu'il s'agissoit d'une expulsion réelle & non personnelle, puisque les François sont venus premiérement à Hambourg & ensuite à Munster pour faire la Paix avant l'expulsion personnelle, ce qui est risible, si on ne vouloit effectivement faire la Paix qu'après l'expulsion.

III.

Il paroit par le passé avec quel soin & quelle application le Cardinal a travaillé pour la Paix, s'il avoit été rassasié, & qu'il eut aimé la Paix, il auroit bien fait conclure une suspension d'armes, comme on a fait autrefois pendant les Négociations. La longueur des Négociations préliminaires, les prolongations, les fauxfuyants, les nouvelles demandes, les instances, les protestations contre la Conclusion sont des preuves authentiques du contraire, & quand il fit passer ici Messieurs Servien & d'Avaux, ce ne fut que pour nous engager encore davantage à continuer la Guerre pour favoriser leurs propres conquêtes & prétendant que nous ne traitassions plus de nous-mêmes sans leur intervention, afin de nous mieux mener par le nez: enfin ils étoient de religieux observateurs de ce dont il n'étoit pas dit un mot dans le Traité, ils savoient bien que cela ne convenoit pas à notre Etat, que cela seroit pris en mauvaise part, pourquoi le faisoient-ils donc?

1. Pour faire leur Cour à Rome, à qui ils font accroire que la France travaille ailleurs à la destruction de ceux de la Religion Protestante pendant qu'ici ils concourent à l'établir.

2. Pour mettre dans leurs intérêts ceux de la Religion Romaine qui est assez considerable ici & de cette maniere jetter les fondemens de la discorde pour avoir ensuite la direction & l'arbitrage entre les deux partis.

Etoit-ce là recevoir des Instructions de notre Regence? Etoit-ce là agir en confidence avec nous?

Qui a donc mieux observé le Traité de 1644? Cette Remontrance & le succès le font voir.

C'étoit pour parvenir à une Paix honorable & assurée. Nous l'avons pû faire en 24. heures, toute l'Assemblée de Munster le témoignera, mais le Cardinal l'a empêché par malice, parce que la France n'étoit pas encore rassasiée.

IV.

On fait encore dans le quatrieme Article la plus grande injustice du monde aux Espagnols, toute l'Assemblée de la Generalité & même toute la Hollande assure que le Colonel d'Estrades l'a communiqué à Son Altesse avec la Lettre de Croyance.

Le Cardinal oseroit-il jamais desavouer des vérités si notoires & si incontestables, il n'est donc pas surprenant qu'il tourne le Traité à son avantage, contre notre intention. Le même d'Estrades a témoigné dans le même tems qu'il savoit de bonne part que tout l'Arragon, Valence, Naples, Milan, & les grandes Villes du Brabant & de la Flandre étoient sur le point de se revolter, si on revenoit encore en campagne: cela étant ainsi, il valoit mieux que le Roi d'Espagne ou son Conseil (à moins qu'il n'eût été fou) transporta plutôt les Païs-Bas par Mariage ou échange, que de les perdre avec honte.

Je sai bien que les François parlent bien &

qu'ils

qu'ils font fort perfuafifs, mais ils ont trop de préfomption d'eux-mêmes quand ils s'imaginent que nous donnons dans le paneau lorfqu'ils nous deguifent des chofes auffi palpables & qu'ils veulent nous faire accroire que le blanc eft noir, la mer feche, le feu froid, & le poiffon de la chair ou de la viande.

Ce ne font point les Efpagnols qui nous ont infpiré de la jaloufie & de la crainte de la fortune des François, toute la terre voit & remarque leurs conquêtes & leur puiffance, & comment ils afpirent à la Monarchie univerfelle. Le Cardinal croit que nous fommes tous ici des aveugles ou des enfans, & que nous apprendrons de ceux-mêmes à qui nous donnons des leçons.

Il dit que la France n'a jamais manqué de fidelité & de parole : je fuis furpris quand je lis cela. Le Roi par une Paix affurée & par des fermens reïterez & de nouveaux engagemens n'avoit-il pas promis qu'il ne feroit fait aucun mal à l'Amiral de France, ni à ceux de la Religion, cependant la même nuit il fut maffacré avec mille & mille autres fans nombre, & le Duc d'Alençon qui étoit engagé par un pareil ferment aux Païs-Bas ne fit-il pas agir les François avec cruauté dans Anvers & dans toutes les Villes des Païs-Bas où il le put ? Eft-ce que le Roi *Henri* n'avoit pas promis de ne point faire la Paix fans l'Angleterre & nous, cependant il la fit. Eft-ce que le Roi Loüis treize n'avoit pas juré l'Edit à ceux de la Religion, cependant il le caffa dans l'année 1621. les pourfuivit, les mit en chemife & les reduifit comme ils font à préfent à la pure mifericorde de ceux de la Religion Romaine.

N'avoit-il pas auffi promis par le Traité de 1635. de traiter de concert avec nous d'une Paix fure & honorable avec l'Efpagne ? Après cela il a été promettre la même chofe à la Suéde, au Portugal & autres, ne pouvant plus conclure que ceux-là ne fuffent prêts à le faire. *Ergo* il ne peut pas nous tenir parole de faire la Paix quand lui & nous ferons prêts, il doit attendre que fes autres Alliez le foient auffi.

Le Roi d'aujourd'hui n'a-t-il pas promis pareillement par le Traité de 1644. de n'en point faire feparement avec l'Efpagne, jufques à marquer même les pas que nous aurions à faire enfemble à Munfter ? Cependant n'a-t-il pas tenu un chemin caché & détourné & traité pour le Mariage avec l'Infante d'Efpagne & l'échange des Païs-Bas contre la Catalogne dans le deffein de faire la Paix, & de ne le faire connoître que par de fimples Extraits particuliers lorfque tout feroit conclu. Il y a même longtems qu'il auroit terminé fi nous n'avions pas été fages & que nous n'euffions pas veillé de près. Eft-ce que les deux Rois, le dernier & celui d'aujourd'hui, n'ont pas protefté devant Dieu & devant les hommes, de n'avoir pas d'autre intention que de parvenir à une Paix honorable & affurée ? Cependant toute l'Affemblée de Munfter, toute la terre même peut témoigner que le Cardinal biaife toujours & ne veut pas la Paix ; il traite le Peuple comme des Efclaves, il le nourrit avec du fon & de l'avoine & ne lui laiffe que l'ame, encore la vendroit-il volontiers, s'il pouvoit trouver marchand, (car il reffemble au Turc, il les a déja dreffez comme des Galeriens, qui favent tourner le dos & le préfenter au bâton du Comite.) il voudroit après cela attendre le denouement de Naples, cela n'eft-il pas directement contre le but du Traité ?

Que la France auroit toujours fincerement contribué à notre agrandiffement, c'eft ce que perfonne ne pourra croire, car depuis l'année 1621. jufqu'à l'année 1630. qui eft le tems que nous en avons eu le plus de befoin, elle ne nous a rien donné du tout, qu'à mefure, fans fincerité & uniquement pour les intérêts du Roi, mais nullement pour notre agrandiffement. Car elle nous a longtems refufé la qualité de *Souverains* duë à notre Etat, & même dans un tems qu'elle augmentoit le titre des autres.

V.

Je laiffe préfentement à juger à toute la terre, même au Parlement de France qui eft-ce qui de la France ou de l'Efpagne a le plus contribué à troubler le repos commun de l'Europe ? Puifqu'on voit que le Cardinal fait fi bien renverfer le but des Traités & chercher à éternifer la Guerre, & que pour cela il exerce dans la France un Gouvernement de Scythes & de Barbares ; nos Plénipotentiaires ont été obligez après une longue patience, d'executer le Traité, & d'accepter une Paix honorable & fûre & de la figner. Le reproche que l'on fait à la Rhétorique des Efpagnols eft impertinent. L'Eloquence des François appuyée fur leur haute fortune, fur leurs conquêtes & leurs trefors (pour le tranfport defquels on fait des Sujets, des efclaves & des Galeriens) leurs Alliances, leurs intelligences & leurs adherans auroient eu en ce cas beaucoup plus de force.

Le Cardinal eft un parfait Italien & des plus adroits, c'eft-ce que nous lui accordons volontiers, en lui laiffant tout fon efprit & fa fubtilité, mais il ne doit pas pour cela être arrogant, & méprifer notre Gouvernement comme fi nous n'étions que des innocens, ou des enfans qui n'ont aucun courage & qui fe laiffent endormir par des contes. Notre Gouvernement a fubfifté fi longtems fans la fageffe du Cardinal, même dans le tems qu'il étoit encore au berceau, on fe fera donc bien encore fans lui, fur la conduite duquel il y a bien à redire, comme depuis peu le Parlement l'a fait favoir par l'Avocat Général au Roi & à la Reine fa mere, fans rien déguifer ; ainfi il peut bien menager fa fageffe & fes leçons, cela lui fervira en tems & lieu, il voit bien à préfent que nous fommes plus fages que les Etats de France aufquels il peut perfuader de préfenter le dos & recevoir les coups.

Il voit auffi qu'il ne peut pas nous obfcurcir le Traité, que nous pouvons decouvrir fes contraventions & qu'il ne lui eft pas poffible de nous duper.

A l'égard de la foumiffion dont parle cet Article on fait que dès le commencement les Efpagnols, quoi qu'ennemis, nous l'ont toujours offerte, mais les François n'ont pas feulement rejetté nos Plénipotentiaires, ils ont auffi rejetté le Gouvernement entier, car Brun un des Efpagnols ayant voulu comparoitre ici *in Loco*, Monfieur Servien en fut fi faché, qu'il menaça de partir fi on l'admettoit. A Munfter devant & après ils ont toujours deferé à nos Plénipotentiaires, mais les François jamais, comme fept Plénipotentiaires le témoignent : ce que cet Article dit de' quelque foumiffion faite à Son Alteffe, ainfi que de choifir quelqu'un parmi les Etats n'eft pas vrai ; ni dans le tems ni dans les termes. Il eft auffi fort incertain qui on auroit choifi, pourquoi pas toute l'Affemblée, pourquoi à préfent après tant de tems perdu ? Le Cardinal favoit bien que les Plénipotentiaires étoient choifis pour cette affaire, & qu'ils a-

voient

voient leurs Pleins-pouvoirs, de sorte que ce qu'il veut leur reprocher peut à plus juste titre être reproché aux François, un enfant le remarqueroit, & verroit bien que ce n'étoit qu'un delai & une tergiversation. Les François ont eu le tems pendant tant d'années, & à tout moment ils ont eu un nouvel apperit pour la guerre & pour faire des conquêtes: si on s'en raportoit à présent à Son Altesse comme on l'a voulu faire il y auroit encore des mois & des années à passer. Les Espagnols & les François auroient également dû venir ici, ainsi que les Plénipotentiaires Médiateurs pour donner les informations; les François n'auroient absolument point voulu se soumettre, mais ils auroient tout pris *ad referendum*, les Provinces en auroient voulu prendre connoissance, & faire tous les jours des assemblées des Etats, & après bien du tems & des années il n'y auroit pas eu de fin ni de décision à cette affaire.

Pendant ce tems-là le Cardinal auroit toujours exercé la Domination Scythique & Barbare, (dont le Parlement se plaint avec tant d'amertume) & auroit brouillé notre Paix aussi bien que celle de France, & traitant en secret avec l'Espagne il se seroit moqué aussi bien de nous que du Parlement.

L'Assemblée de Munster peut bien se plaindre de la mauvaise foi du Cardinal, mais non pas de notre signature.

Nous n'ôtons pas, par notre signature, l'esperance du repos commun, nous l'augmentons, puisque parlà on fait la partie égale, & l'on arrête la cupidité & l'ambition du Cardinal. Le Duc d'Orleans & le Prince de Condé voyent qu'ils ne peuvent plus continuer la Guerre avec avantage (& ne veulent plus aller en Campagne pour tirer leur poudre aux oiseaux.) Le Parlement en France pourra s'en tenir à ses Remontrances du 15. Janvier & lui donner de nouvelles forces, tout dépend de leur fermeté. Qui peut souffrir, qu'un Etranger les force & les traite comme des Esclaves pour les engager dans une Guerre éternelle. Il les a assez longtems bercez de l'esperance de plus grandes conquêtes à la faveur de nos armes, mais aujourd'hui cette chanson est finie, il doit chanter sur un autre ton, ou mettre le Roi mineur en danger & le peuple au desespoir.

Ils voyent devant leurs yeux la Reine d'Angleterre & le Prince de Galles fugitifs, & l'occasion qui parut si belle au Roi dans l'Isle de Wight lui va tourner le dos: ils n'ignorent pas le glorieux triomphe des Provinces-Unies. Naples se met en devoir d'agir en République.

Dans le Dannemarck, la Suéde, la Pologne & même dans toute l'Allemagne les Etats de ces Païs montrent qu'ils font la Loi à leurs Rois, quand ils veulent. En France le Parlement n'ignore pas quelles bornes on peut mettre selon les Loix à la puissance du Roi: il n'y a rien de si méprisable qu'un Roi quand il y a quelqu'un qui ose le mépriser. Le Parlement le fait bien voir dans sa proposition du 15. Janvier.

Le Cardinal comme un homme de tête le comprendra bien, & menagera une prompte retraite à la Guerre & à lui-même. Ne doutez donc pas, Provinces-Unies, que la France ne plante bientôt le Rameau d'olivier pour raccommoder son corps qui n'en peut plus, au lieu de Palmes & de Lauriers qui ôtent la vie au pauvre peuple. La France suivra bientôt notre signature & par conséquent les autres.

VI.

Il est dit dans le commencement que leurs Majestez *regardent la signature comme contraire au Traité précedent*, on sait bien pourtant que le Roi n'est qu'un enfant & qu'il n'a pas encore d'esprit, la Reine Regente craint terriblement Mazarin, & elle apprehende qu'il ne la traite comme la précedente Reine mere l'a été par Richelieu, si elle lui est contraire, c'est le Cardinal qui parle ainsi de notre signature & non pas leurs Majestez.

On a fait voir le contraire ci-devant, la signature est conforme au but du Traité & faite sur son fondement, mais c'est le Cardinal qui y a manqué lui-même d'une maniere anti-Chrétienne.

Le jugement n'en appartient pas au Cardinal, il nous appartient dans les affaires sur tout qui touchent notre Etat. Le Païs de Gueldres, Hollande, Overyssel l'ont déja pleinement approuvé par un *oui*. Utrecht même avouë sur ce sujet qu'on a assez fait pour la satisfaction des François. Mais elle donne en même tems à connoitre qu'elle veut être comprise dans la signature. On l'attend à toute heure des autres Provinces, il n'y en a pas une qui pense que la signature ait été mal faite. Le Parlement en France en fait cas, voyant le pont fait par notre Paix pour faire aussi la sienne, c'est, & ce sera une chose universellement approuvée en France aussi bien qu'ici & en Angleterre, où le Parlement craint les fourberies du Cardinal, en cas que les Espagnols vinssent à perdre toute la Flandre. Ce qu'on dit dans le 6. Article tombe de soi-même après ce qu'on a dit dans les precedents.

Ce n'est pas notre signature, mais la mauvaise foi du Cardinal, qui blesse la candeur dont la France fait profession, & qui fait que le Parlement & le peuple se plaignent d'une maniere si amere, qu'un cœur de pierre en auroit pitié. Tant de braves gens qui composent ce Parlement de France, ainsi qu'ici nos Etats, disent que ce n'est pas nous qui avons renversé le fondement du Traité, mais le Cardinal, qui rompt notre union avec la France, comprenant bien cependant que cela n'aura pas de mauvaises suites & qu'au contraire cela apportera à la France une Paix si necessaire. Le Parlement ne s'embarrasse gueres si Don *Edouard* promet de servir ou non, si Casal restera investi 20. ou 30. ans, si Nanci sera démoli; toutes les Places, Provinces & Royaumes que le Roi gagne ne sont pas assez estimées par le Parlement même, pour qu'on doive à cause de cela reduire ses peuples dans la derniere misere.

VII.

Le dernier Article est *impérieux*. Dans l'année 1627. les Ambassadeurs de cet Etat avoient dressé un Projet de Traité avec la France, dans lequel ils promettoient, contre l'intention & l'ordre des Etats, que nous ne pourrions faire aucune Paix ni Tréve pendant trois années. Le Roi ou le Cardinal vouloient alors imperieusement que les Etats ratifiassent ce Traité, ils veulent à présent le contraire, quoique ces Etats mêmes après de longues & mûres deliberations ayent ordonné la signature, ils veulent nous persuader de ne le pas ratifier; pour qui donc nous prennent-ils, est ce que nous sommes leurs Sujets, le bâton du Cardinal est-il prêt, devons-

nous

1648.

nous entrer dans le cachot pour y manger du son & de l'avoine.

On a si souvent agité qui rompt le Traité qu'on est las de cette question. On pourroit contenter le Cardinal là-dessus, s'il n'étoit pas insatiable, & le Parlement même fait-il autant de cas des Royaumes & des Provinces; que de la misere du peuple? Que deviennent donc les six petits points sur lesquels on lui a donné assez de satisfaction? Mais il ne veut pas; il doit & veut pour Naples & ses autres Alliez rester en guerre, & veut que nous tenions le Traité qu'il ne tient pas lui-même, il cherche à nous endormir encore pendant quelques années, la convenance, la reconnoissance & la fidelité sont de notre côté & contre lui. Tous les Princes & les Républiques auront horreur de traiter avec le Cardinal, parce qu'il fait injustement servir les Traitez à une Guerre éternelle, c'est pourquoi nos Provinces aiment mieux ratifier une Paix douce & aisée & la publier, & abandonner le Cardinal au jugement de toute la Chrétienté, & sur tout du Parlement par raport à la guerre & au sang que ce Cardinal fait repandre par sa domination barbare & son ambition demesurée qui reduisent les Sujets du Roi dans la derniere pauvreté & dans la derniere misere; il voudroit également nous y mettre.

Comme dans ces observations on a parlé des Remontrances du Parlement de France du 15. Janvier de cette année, nous les raporterons ici pour les confronter avec celles de Mr. l'Ambassadeur & voir la différence des intentions du Parlement & du Cardinal.

REMONTRANCE

Faite le 15. Janvier 1648.

Dans le

PARLEMENT DE PARIS

Par Monsieur

TALON

AVOCAT GENERAL.

Sire,

LEs Rois autrefois ne venoient à leur Parlement que pour y faire voir un spectacle de Grandeur, de Majesté & de Cerémonie. Cela a commencé dans l'année 1369. lorsqu'il fut question de faire le Procès à un Edouard Prince de Galles, fils d'Edouard Roi d'Angleterre. Les Rois y étoient alors souhaitez & attendus par les peuples, parce qu'ils n'y venoient que pour délibérer sur des affaires d'Etat, soit pour déclarer la guerre à l'Ennemi de la Couronne, ou conclure la Paix à la satisfaction des peuples; mais à présent votre Majesté y vient avec éclat, avec bruit, avec épouvantement. Autrefois dans ce Parlement on contredisoit le Roi, & on lui disoit *Sire, cela est injuste*, mais à présent, par des maximes relâchées & un abus de Politique on aporte les Edits tout dressez, assuré que l'on est que la verification s'ensuivra. Cette Cour autrefois a resisté à François I. agé de 30. ans par raport à certains impôts qu'il vouloit mettre sur son peuple, & à présent on n'oseroit rien refuser à votre Majesté dans sa minorité. On nous dit qu'il est difficile de faire la Paix avec l'ennemi, mais qu'on peut plus aisément l'y forcer par les armes que par des raisons, que c'est l'avantage de l'Etat de contribuer aux conquêtes & aux Victoires du Roi qui étendent les frontieres par de nouvelles Provinces & des Royaumes entiers; que cette proposition soit feinte ou véritable, il n'en est pas moins vrai que nous pouvons assurer votre Majesté que ses Victoires & ses conquêtes ne diminuent pas la misere de son peuple, & qu'il y a des Provinces entieres où l'on est reduit à ne manger que du pain de son & d'avoine. Les *Palmes & les Lauriers* (pour l'accroissement desquels on foule & écorche le pauvre peuple) ne doivent pas être mis au rang des Plantes, quand ils ne nous raportent pas des Fruits dont on puisse le nourrir. En effet toutes les Provinces sont pauvres & ruinées, on les épuise pour contribuer au luxe de Paris, ou plutôt à celui de quelques Particuliers. On a mis des impôts & des taxes sur tout ce qui se peut imaginer, Sire, & il ne reste à votre peuple que l'ame, & si l'on pouvoit en avoir de l'argent il y a longtems qu'on les auroit mis en vente. Un Gouvernement arbitraire qui ne souffre aucunes bornes & qui n'est pas temperé par la douceur est bon parmi les Scythes & les Barbares ou d'autres peuples du Nord qui n'ont de l'Homme que la figure, mais non pas dans la France qui a toujours été un Païs des plus civilisez, & où le peuple a toujours compté de naître libre & de vivre comme de veritables François; cependant il se trouve traité comme des Esclaves & des Galeriens qui soupirent continuellement & qui courbent incessamment leur dos sous le bâton du Comite dont ils arracheroient volontiers le cœur pour le devorer à belles dents: de sorte qu'au lieu que le Peuple prie Dieu pour qu'il donne sa benédiction à ce Royaume, il y en a beaucoup qui donnent leur malediction à ceux qu'ils sont obligez de respecter malgré eux. C'est votre devoir, Madame, de penser à ces choses & de réfléchir sur toutes les miseres qui regnent à présent, quand vous serez dans votre Cabinet & dans votre Oratoire, songez que la continuation de cette Guerre fait souffrir & gémir une infinité de personnes, faites, Madame, que la misericorde, la douceur & la bonté puissent trouver *dans le Louvre leurs Lettres de Naturalité.*

Cependant eu égard à la necessité de l'Etat qu'on vient de nous remontrer, nous n'empêchons pas pour le Roi de verifier & registrer le nouvel Edit.

L'Imprimeur aux Provinces-Unies.

Provinces Libres & Unies, mirez-vous dans cette Remontrance, elle n'est pas seulement faite

faite de la part de toute la France, mais encore de celle de toute, la Chrétienté par la bouche de l'Avocat Général, il a touché le nœud de la difficulté, savoir qui est cause de la Guerre & pourquoi on la continue, ce sont deux ou trois Italiens, l'un est le Cardinal, & l'autre le Surintendant des finances, chacun a sa clique. Ils pouvoient bien dire il y a environ un an dans l'Assemblée Générale de ces Etats, *nous avons de bonnes Loix, nous savons comment nous devons punir ceux qui contreviennent.* Cela est, selon l'explication des veritables François, tenir les peuples comme des esclaves & Galeriens, les nourrir de pain de son & d'avoine & ne leur laisser que l'ame, pourquoi? Pour, sous le prétexte d'agrandir le Royaume, nourrir l'ambition, le luxe & l'avarice de quelques particuliers.

On nous a prêché ceci il y a déja longtems, mais nous ne l'avons pas voulu croire, & c'est aujourd'hui la France même qui nous le dit, &, ce qui est le plus remarquable, cela arrive le même jour que nos Plénipotentiaires ont pris à Munster la resolution de signer, en disant cependant aux François qu'ils attendroient encore 15. jours pendant lesquels ils pouvoient envoyer un exprès au Cardinal. Mais quelle résolution pouvoit-il venir de sa part au sujet de la Paix, puisqu'il traite le peuple de France de la maniere que nous le lisons ici? Quelle Paix peut-on attendre d'un homme qui doit & veut vivre dans la Guerre, comme la Salemandre dans le feu.

Si la France se doute que le prétexte de la Guerre qu'elle soutient soit faux, pourquoi n'en douterions-nous pas?

Si le Cardinal sert les Sujets du Roi à plats couverts, avec quoi nous servira-t-il?

La France même doute si elle forcera plutôt l'ennemi par les armes que par les raisons; & nous, nous romprions aveuglément un Traité de Paix raisonnable & continuerions la Guerre non pour la France mais pour le Cardinal, & parce qu'il le veut.

La France même est ennuyée d'être sous un Gouvernement Barbare & Scythe, qui veut la continuation de la Guerre, & nous qui sommes libres & qui ne dependons en aucune maniere de la France nous nous laisserions engager comme des sots par un fourbe de Cardinal, qui nous traiteroit de la même maniere pour nous faire enrager: où est donc à présent notre esprit & notre jugement? Qui nous a rendus si bêtes? Nous avons aprehendé cet homme jusqu'à présent, au point de ne pas oser dire la dixieme partie de ce que la France dit elle-même, de sorte que c'est la France qui nous ouvre aujourd'hui les yeux & la bouche, nous voyons clairement que la France se revoltera contre un si miserable Gouvernement, la France étant divisée chez elle-même, les Espagnols arrêteront facilement nos progrès (qui sont encore incertains) qui nous pourra alors assurer d'une Paix si honorable?

On allegue encore notre Alliance, mais lisez cette Harangue, les François en observent-ils une syllabe? Ils ne parlent que de leur propre besoin, du soutien de leur Etat. Le Cardinal n'allegue au Parlement ni raison ni prétexte autre que celui de l'augmentation de la France de Royaumes & de conquêtes de Provinces, mais il ne dit pas un mot en faveur de notre Alliance pour continuer la Guerre. Le Parlement allegue la nécessité, la pauvreté, la misere du Royaume, mais il ne dit pas un mot pour déterminer la Paix ou la Guerre par raport à nous. Il

est donc certain que si le Parlement pouvoit & le Cardinal vouloit faire la Paix, ils n'attendroient pas un moment après nous.

Mais le Parlement ne le peut pas; voyez-le dans cette Harangue, & le Cardinal ne le veut pas; tout ce delai de deux années n'est que dissimulation, lisez-le dans le même Discours, & quand ce ne seroit que par raport à Naples, pour le Portugal, & l'Allemagne, la France devroit absolument rester dans une Guerre auxiliaire qui ne lui couteroit pas moins qu'une Guerre directe.

La seule intention du Cardinal étoit alors de rompre le Traité qui étoit arrangé entre l'Espagne & nous, sachant bien que les Espagnols avoient ordre de signer avec nous ou de rompre, pendant que les nôtres (comme il est ici marqué des Sujets de la France) étoient sous l'obeissance du Cardinal, & qu'il les arrêteroit comme des Esclaves & romproit le Traité avec l'Espagne; & dans l'instant, par nos armes ou par desespoir il obligeroit les Espagnols à transporter les Païs-Bas à la France. Nous aurions bien aisez dû tendre nos dos pour ployer sous le bâton de ce Comite, il l'auroit pu faire alors aisément, mais tant que la Flandre est entre deux, ce bâton est trop court, s'il a eu cette intention: il n'y a donc pas d'apparence qu'il veuille la Paix, s'il ne la veut pas, on s'éloigne de l'Alliance, dont le seul fondement est la Paix, ceux qui ne la veulent pas manquent à l'Alliance, & si quelqu'un la rompt, c'est le Cardinal.

Il est visible que ce Cardinal manque de bonne foi, il a biaisé sur les 6. points que les Espagnols (quoiqu'ennemis) ont voulu soumettre à notre arbitrage: la France donne à connoitre elle-même dans ce Discours qu'on ne doit pas pour toutes les conquêtes de tant de Provinces, même de Royaumes entiers, (dont les Palmes & les Lauriers n'apportent point de fruit au pauvre peuple) tenir les Sujets dans la misere d'une Guerre continuelle, quelle raison & quelle conscience peut donc avoir le Cardinal pour nous tenir en guerre, puisque ce ne pourroit être que pour des choses de fort peu de conséquence, & dans lesquelles cependant il veut une pleine satisfaction; il veut encore cette satisfaction au dessus de toutes les conquêtes que la France possede par notre entremise. Il a paru & il paroitra encore que les François à Munster n'ont pas été droit en besogne à l'égard des offres soumises des Espagnols, & qu'ils ont varié; si l'affaire de la Lorraine avoit été remise entre nos mains, elle auroit été acceptée par les Espagnols.

Mais dans le tems qu'on travaille à Munster sur le point de la Lorraine on négocie sur un autre pié en France avec le Duc Charles, pour l'attirer avec son armée du côté des François, en lui promettant une pleine satisfaction; ensorte que si les Espagnols avoient cedé quelque chose au desavantage du Duc, à Munster, cela auroit été cause qu'il se seroit formalisé, & qu'il seroit passé du côté de la France pour faire la guerre à l'Espagne plus fort qu'auparavant avec les Troupes de France & de Lorraine, étoit-ce là une marque de vouloir signer la Paix?

Le Duc de Longueville, un des plus braves Seigneurs du monde & qui ne depend pas du Cardinal, ennuyé apparemment de toutes ses fourberies, a déclaré dans son voyage à des personnes dignes de foi qui sont encore ici, qu'il étoit résolu de signer sur le pié proposé par les nôtres, si d'Avaux avoit été du même sentiment (car il savoit bien que Servien étoit un

Vé-

1648.

véritable esclave du Cardinal & que par conséquent il n'ofoit pas le faire) fe mettant d'ailleurs fort peu en peine de conclure avec les deux tiers quoique contre l'ordre du Cardinal, avec combien plus de raifon les nôtres n'ont-ils pas eu fujet de figner & conclure avec fept huitiemes *fuivant l'ordre & la réfolution expreffe de leurs principaux.*

Quelle raifon a eu feul le huitieme à l'exemple de Servien, de ne pas figner en fuivant les Loix du Cardinal.

EXTRAIT

De l'Avis de la Province du Païs de Gueldre.

Délivré le 17. Fevrier 1648.

APrès que le Raport a été refumé dans les differents Quartiers ayant murement examiné les formulaires refpectifs d'acceptation, tant de la part de l'Efpagne que de cet Etat, Meffieurs les Etats ont approuvé, ratifié & arrêté ledit Traité de Paix confiftant en 79. Articles comme ci-devant avec le formulaire d'acceptation *pro ut jacent,* comme de fait ils l'approuvent, ratifient & arrêtent par celle-ci, à condition que fuivant la réfolution du 27. Novembre 1647. Leurs Hautes Puiffances foient informées de ce qui a été contracté en faveur de Son Alteffe le Prince d'Orange ainfi qu'il eft dit dans les 44. & 45. Articles dudit Traité avant la conclufion finale, enforte qu'elles en tiennent notice.

EXTRAIT

De l'Avis de la Province d'O- veryffel.

Délivré le 4. Mars 1648.

SUr quoi ayant été deliberé les Etats d'Overyffel entendent & jugent d'une commune voix, que les Plénipotentiaires de ces Etats, ont agi fuivant leur intention, & ont remercié Monfieur de Ripperda pour fes fervices particuliers qu'il a rendus, & leurs Nobles Puiffances ont approuvé le même Traité, comme auffi l'Article fufdit touchant la Navigation & le Commerce, & ce qui en depend, autant qu'il eft en leur pouvoir.

1648.

EXTRAIT

De l'Avis de la Province de Hollande.

Delivré le 7. Mars 1648.

LEurs Nobles & Grandes Puiffances ont loué & remercié le Seigneur du bon fuccès & de l'heureufe iffuë qu'il a accordée par fa divine Providence dans le fusdit Traité de Paix. Outre cela Elles remercient les Plénipotentiaires & Ambaffadeurs Extraordinaires Meffieurs de Mathenefle & Heemftede, comme auffi les autres qui ont figné, de la peine qu'ils ont eu pour cela, ainfi que de leur fageffe, conduite, bons offices & devoirs dans tout ce qui a été fait. En outre leurs N. & G. P. P. ont loué, approuvé & ratifié le Traité de Paix, felon la forme & teneur & l'Acte à part touchant le Commerce avec les Princes & Païs qui font ennemis du Roi d'Efpagne, ainfi que leurs N. & G. PP. le louent, aprouvent & ratifient expreffement par ces préfentes.

SECONDE PROPOSITION

De Monfieur de la

THUILLERIE

AMBASSADEUR EXTRAORDINAIRE

Du

ROI DE FRANCE.

MESSIEURS,

IL me pourroit fuffire de repréfenter à vos Seigneuries, comme j'ai fait plufieurs fois, l'obligation de nos Traitez, & laiffer agir à *Munfter* (vrai lieu pour traiter de la Paix) Meffieurs les Plénipotentiaires de France, ainfi qu'ils croïroient pour le mieux & par les moïens qu'ils eftimeroient les plus propres à mettre fin à ce grand bien & fi fort defiré, le *Roi* néanmoins, Meffieurs, (*& la Reine Regente, fa Mere*) confiderant que la plûpart des propofitions qu'ils y ont faites de leur part, quoique très-nettes & non fujettes à aucune Equivoque, ont été ou mal prifes ou alterées devant que d'arriver jufques à cette Affemblée : Pour de plus en plus témoigner à toute la terre, le

1648. les faintes intentions qu'elles ont pour l'établiffement du repos de la Chrétienté, & faire connoître en particulier à *Meffieurs les Etats-Généraux* que les difcours qui fe tiennent ici, de ce qui s'eft paffé depuis à Munfter dans la Négociation de ladite Paix, ne font pas fort finceres, & que c'eft à tort qu'on a voulu imputer à la France les tergiverfations, les fuittes, & les variations, dont le parti contraire eft feul coupable, leurs *Majeftés* (dis-je) Meffieurs, m'ont donné charge de déclarer à vos Seigneuries de vive voix, & par écrit, que pour faire jouïr plus promptement les Provinces-Unies du repos qu'elles fouhaittent, & ne leur pas donner feulement moyen d'éviter les dangereux pieges, où les *Efpagnols* ont deffein de les faire tomber (en les feparant d'une *Couronne* qui depuis fi longtems a contribué tout ce qui étoit de fon pouvoir pour leur bien, leur agrandiffement, & leur fatisfaction) mais encore leur procurer la gloire d'être comme *Arbitres* de la tranquillité publique, dans laquelle elles trouveront la leur particuliere avec plus d'avantage & de fureté : le Roi, *Meffieurs* & la Reine fa Mere en premier lieu, demeurent formellement d'accord de ce dont mefdits Sieurs les Plénipotentiaires de France s'étoient laiffé entendre à *Munfter*, à ceux de Meffieurs les *Etats* : *favoir* qu'ils rendront l'ancienne *Lorraine*, à Monfeigneur le Duc *Charles*, les Places en étant demolies, en quoi pour plus grand éclairciffement (comme chacun fait) le Comté de *Clermont* & les Places de Stenai & Jamets, ne fe trouvent pas comprifes, & demeureront à Sa Majefté avec le Duché de *Bar*, & ce qui dépend des trois Evêchez.

Et pour les cinq points du Traité avec l'Efpagne, qui reftent indecis, léfquels Meffieurs les Plénipotentiaires de France avoient offert par l'Ecrit qu'ils donnerent le dixieme de Janvier, à ceux de Meffieurs les Etats, de remettre au jugement d'Arbitres; Leurs dites Majeftés font prêts & confentent de les foumettré au jugement de Meffieurs les Etats, & de *Monfeigneur le Prince d'Orange*; entendent néanmoins que les offres ci-deffus n'auront lieu que jufques à l'échange des Ratifications du Traité de vos Seigneuries avec l'Efpagne, & feront tenus pour non faits en cas qu'au préjudice de l'Alliance qui eft entre la France & les Provinces-Unies elles ratifiaffent ledit Traité, ce que leurs Majeftez ne peuvent croire ni apprehender, notamment que par la préfente Déclaration & remife de la *Lorraine*, dont jufques ici elles n'avoient pas (& avec raifon) voulu entendre parler, & pour laquelle les ennemis & quelques-uns de Meffieurs les Plénipotentiaires des Etats mêmes affuroient que la Paix ne feroit pas retardée un jour. L'on aura pu toucher au doigt le véritable defir qu'elles en ont & les facilitez par le pur motif de leur paffion pour le bien public, nonobftant que, felon les apparences, elles ayent beaucoup plus à efperer qu'à craindre, dans la continuation de la Guerre; fi ce qu'elles contribuent de leur côté pour la faire ceffer, ne peut produire l'accompliffement de ce grand ouvrage.

Fait à la Haye le 18. de Mars 1648.

Signé

DE LA THUILLERIE.

Il eſt dit dans cette Propoſition :

1. Que le Raport des Plénipotentiaires n'a pas été fait fincerement fur ce qui s'eft paffé à Munfter.

2. Que Sa Majefté étoit très-difpofée à faire la Paix.

3. Que la France offre la reftitution de l'ancienne Lorraine avec la demolition des Forts.

4. Qu'elle foumet les 5. points indécis à Leurs Hautes PP. & à fon Alteffe.

5. Que cette offre & cette foumiffion fe fait fous condition que la ratification & execution de la Paix fera fufpenduë.

On répond fur le premier Article que nous fommes plus obligez de croire nos Plénipotentiaires qui font gens d'honneur & bons Patriotes, de pére en fils dans le Gouvernement, au bonheur duquel ils font intereffés par de puiffans biens, par leurs Alliances, & par leur amour pour la Patrie, & qui pour ces raifons ont été choifis, que Monfieur l'Ambaffadeur qui n'a aucune de toutes les qualitez fufdites ; c'eft pourquoi dans cette occafion, il ne merite pas qu'on ajoute foi à ce qu'il dit.

Sur le fecond, qu'on ne doute pas des bonnes difpofitions de la Reine (le Roi n'ayant pas encore affez de connoiffance des affaires par raport à fon extreme jeuneffe) mais c'eft le Cardinal qui doit & veut avoir la Guerre pour refter dans la direction des grandes affaires pour l'avantage de fa Maifon, & fe rendre fameux dans l'Hiftoire & puiffant dans le monde ; la bouche ouverte comme celle d'un four, avec la jonction de nos armes, il peut faire ce qu'il veut, agrandir par des Emplois avantageux (il y en a déja un qui dans un Livre imprimé eft comparé au grand Alexandre) & tenir en bride le peuple par un Gouvernement Scythe & Barbare; tout ceci n'ira pas de même quand nous aurons par notre Paix frayé le chemin aux François. L'affection de la Reine pour la Paix fera remplie, auffitôt que nous ferons en paix.

Sur le troifiéme & le quatrieme on a déja dit plufieurs fois que le Duc de Lorraine ne peut pas accepter cette offre, puifqu'il feroit depouillé de toutes fes furetés, qui font la feule fatisfaction; & fans cela il refteroit comme planté comme un oifeau fur une perche pour être à la difcretion des François quand il leur plaira : c'eft pourquoi il y a quelques années que la France lui ayant fait une reftitution telle quelle, il fe fauva fort à propos, car fon logement étoit déja prêt au Bois de Vincennes. On connoit bien quelles étoient les menées du Cardinal de Richelieu, il ne regardoit ni porte ni fenêtre, ni promeffes ni ferment, ni raifon ni bonneur, quand il pouvoit faire fon parti bon ; c'eft ce que le pauvre Electeur Comte Palatin a auffi éprouvé. Quoique le Duc voye fa ruine inévitable, il aime mieux la clef des champs que d'être réduit à une miferable prifon : car que pourroit-il attendre autre chofe, s'il n'avoit pas au moins quelques Places de fureté pour s'y retirer quand le favori de la France viendroit de mauvaife humeur ? Quels font à préfent en France les gemiffemens de ceux de la Religion, depuis qu'ils font depouillez de toutes Places de fureté, ils le favent mieux que perfonne. Si le favori n'avoit pas en vuë d'attraper le Duc, pourquoi lui refuferoit-il quelques Places de fureté dans

Ppp   fon

1648. son propre Païs? quelle crainte peut avoir la France? c'est une Monarchie si puissante: que lui peut faire craindre un Fort? Pourquoi demande-t-elle aussi la démolition de tous ceux des Païs-Bas, d'Espagne, d'Italie, d'Allemagne sur toutes ses frontieres? En agissant en bons voisins la France aura du Duc tout ce qu'elle voudra; mais c'est une marque qu'il ne doit pas attendre cela d'elle: c'est pourquoi il doit se tenir plus ferme afin d'avoir quelque sureté. Il a d'autant plus de soupçon qu'on lui a fait offrir plus de satisfaction par la Duchesse d'Orleans s'il vouloit passer du côté de la France avec ses troupes, à condition de lui donner plusieurs Forts comme l'on a fait autrefois: mais quand on l'auroit une fois on ne manqueroit jamais de prétextes pour attraper l'oiseau & le nid, comme l'on a fait au Duc de Bouillon pour Sedan. Car qu'est-ce qu'il avoit fait? il avoit eu une grande correspondance avec le Duc d'Orleans. Où en sont les preuves, où en est le Traité, quel en est le témoignage, pourquoi le Duc d'Orleans n'a-t-il pas parlé? C'est que Richelieu vouloit être le Maître, ce n'est autre chose que jalousie & faction d'Etat, lui & le Cardinal ont fait & font à tous leurs voisins & aux sujets de la France de si mauvais traitemens que personne ne veut être leur voisin.

Examinons à présent la soumission & voyons si elle est sincere & sans équivoque.

Premiérement on sait que cela n'a pas été communiqué à tous les Plénipotentiaires en général, mais qu'on ne vouloit en choisir que quelques-uns parmi eux, cela est il sincere? 2. Vouloir se soumettre à son Altesse & lui en joindre d'autres ensuite, cela est-il simple? A présent l'Ambassadeur parle de LL. HH. PP. & du Prince, n'est-ce pas là varier? Cependant S. E. ne dit pas si ce seroit absolument & sans appel, cela n'est-il pas équivoque? il parle bien de cinq points, mais il ne dit pas que c'est de la Lorraine; cela est il clair & sincere? On a donné deux mois de tems pour ce sujet (& après tant de tems écoulé) on paroit enfin, quand nous ne pouvons ni ne devons différer plus long-tems.

Le cinquieme concerne les vuës du Cardinal qui n'a pû empêcher la signature & qui veut à présent empêcher la Ratification, cette simple & sincere soumission ne se fait plus si ce n'est à une condition, qui est que quoique nous soyons maintenant devant le Port, il veut encore nous remettre en Mer; il espére qu'alors le Vaisseau de la Paix s'arrêtera quelque part & coulera à fonds ou qu'on le mettra aisément en desordre.

Ce Cardinal devroit penser que la chose n'est plus dans son entier, on a signé & tout est presque ratifié, & qu'il devroit faire ces instances pour la surseance, aussi bien chez les Espagnols que chez nous.

Mais qu'arriveroit-il delà? Toute la Négociation de Munster devroit être transportée ici, ce qui feroit une variation notable (car du passé les François s'y sont opposés de tout leur pouvoir) Les Provinces en particulier voudroient en avoir connoissance, les seules informations demanderoient des années entieres, il surviendroit toutes les fois quelque chose de nouveau, tout seroit illusoire, le Païs viendroit en trouble, ce qui est reglé tomberoit dans un état d'incertitude, & l'on tiendroit toujours en France les peuples sous un Gouvernement de Scythes & de Barbares.

Nous devons être sages pour nous-mêmes, pour l'Etat, pour la Postérité, même pour les peuples de France, & pour tous les Princes qui sont interessez à cette Paix, en un mot pour tous les Princes & Républiques auxquels la Domination de France est suspecte.

Enfin S. E. dit que son Roi a plus à esperer qu'à craindre par la continuation de la Guerre, ceci est un fort témoignage à la confusion du Cardinal; que si l'Espagne gagnoit alors quelque chose, il accepteroit volontiers les offres; car quel plaisir l'Espagne pourroit avoir dans une Guerre dont elle n'attend que des pertes? Mais si la France reçoit une pleine restitution, comment l'Espagne pourroit-elle abandonner un allié qui l'a assistée si fidellement; & si le Duc voyoit la moindre sureté par les offres de la France, comment oseroit-il leur preferer une Guerre incertaine? Mais il aime mieux mourir les armes à la main, sans Païs, ni Sujets que de vivre à la discretion du Cardinal & sans quelques suretés. Le Cardinal ne se fie pas au pauvre Duc ayant une Ville, comment le Duc se pourroit-il fier à une si puissante & si formidable Monarchie?

INGREDIENS

Et

AMPLIATION

De la

RÉPONSE

Qui doit être faite à Monsieur

L'AMBASSADEUR

De

FRANCE

SUR SON DISCOURS.

Du 17. Mars 1648.

Raisons qui doivent être deduites à Monsieur l'Ambassadeur de la Thuillerie, selon l'avis de la Province de Hollande pour servir de réponse à sa Proposition faite dans l'Assemblée des Etats-Généraux, le 17. de ce mois.

I.

LL. HH. PP. n'ont point eu d'affaire plus à cœur que celle de voir un Traité de Paix conclu entre les deux Hautes Parties en même tems que celui qui est de la part des Etats avec l'Espagne par plusieurs raisons qui ont relation avec cette même affaire.

II. Les

II.

Les Plénipotentiaires des Etats ont pour cela entrepris tout ce qui étoit imaginable, & ont travaillé de tout leur pouvoir à accorder les deux susdites Hautes Parties; ce qui a cependant jusqu'à présent été sans fruit, au deplaisir même de ces Etats.

III.

On a pour cela fait à Munster tout ce qu'on a pu, & cette entreprise avoit une fort bonne apparence de succès, même au jugement de Messieurs les Médiateurs & de tous ceux qui en avoient connoissance.

IV.

Que l'Ambassadeur Servien dans le tems qu'on traitoit ici au sujet de la Garantie avoit reïteré la Déclaration que si l'on vouloit traiter de bonne foi sur ce sujet, on pourroit conclure la Paix en 24. heures.

V.

Que de la part de l'Etat on a jugé le Traité entre la Couronne de France & ces Etats suffisamment executé par tout ce qui s'étoit passé.

VI.

Que les affaires de la Négociation de Paix entre l'Espagne & cet Etat sont tenues pour un ouvrage fait & que la foi publique engagée à Munster par les Plénipotentiaires doit être religieusement gardée au jour marqué.

VII.

Que néanmoins le Gouvernement de cet Etat est encore résolu de faire tout son possible pour engager les deux Hautes Parties à un accommodement final.

VIII.

Que leurs Hautes Puissances ont ordonné à leurs Plénipotentiaires de partir sans aucun delai pour Munster & qu'on leur a fortement recommandé de travailler à la reconciliation desdites deux Hautes Parties le plus promptement qu'il leur seroit possible.

IX.

Que leurs Hautes Puissances n'ont pû approuver la soumission proposée par Monsieur de la Thuillerie tant à leur égard qu'à celui de S. A. le Prince d'Orange, parce qu'une pareille soumission demande trop de tems pendant lequel il pourroit survenir beaucoup d'inconveniens.

X.

Que pour accélerer d'autant plus cette affaire LL. HH. PP. ont autorisé leurs Plénipotentiaires à pouvoir accepter telles soumissions que les deux Hautes Parties trouveront convenables touchant les points indécis: bien entendu néanmoins que les ratifications & échanges du

Traité de Paix conclu entre l'Espagne & les Etats-Généraux ne pourront être à cet égard retardées.

XI.

Que de plus leurs Hautes Puissances ont trouvé bon d'ordonner à leurs Ambassadeurs vers la Couronne de France, qui sont présentement dans le Païs, de partir promptement pour Paris afin d'avancer les affaires auprès de Sa Majesté & de faire telles instances qu'ils jugeront raisonnables pour cela.

XII.

Qu'enfin Sa Majesté & tous les principaux Ministres de France, sont priez de la part de cet Etat pour le bien de toute la Chrétienté d'y vouloir contribuer comme eux & Sa Majesté ont plusieurs fois déclaré d'être affectionnez pour la Paix Générale.

XIII.

Est encore trouvé bon que les raisons mentionnées ici-dessus en forme de réponse mise en François soient données à Monsieur de la Thuillerie par l'Agent de Burch ou autrement, comme on est accoutumé de remettre les réponses par écrit de leurs HH. PP. aux Ambassadeurs des autres Princes sans entrer davantage en conference sur cette affaire dont la Négociation doit être renvoyée à Munster, ce dont Monsieur de la Thuillerie est demeuré d'accord dans son susdit Discours.

AMPLIATION

Sur le premier Article.

Leurs Hautes Puissances par une autre Politique auroient pû dans les conjonctures présentes se servir d'autres raisons beaucoup plus fortes, comme qu'il est plus avantageux à cet Etat que les deux Couronnes n'en vinssent pas à un accommodement, mais qu'elles restassent en guerre, puisque, selon toutes les apparences, elles seroient égales, & se donneroient tant d'ouvrage l'une à l'autre qu'elles ne penseroient seulement pas à nous faire du mal; de sorte que ceux d'entre nous qui ne peuvent cesser de se mefier des Espagnols seront du moins en repos; & ceux d'entre nous qui sont affectionnez à la France ne doivent pas être assez charitables pour souhaiter quelque repos aux Espagnols, mais au contraire desirer qu'ils soient continuellement agitez & fatiguez.

La crainte que les François seuls puissent chasser les Espagnols du Païs-Bas, & ensuite nous incommoder pour se vanger de notre Traité particulier, est une crainte frivole: l'Espagne n'auroit pas cherché (comme les partisans de la France disent qu'elle a fait & le fait encore) à traiter en particulier avec nous si elle n'avoit sû qu'elle étoit capable de resister seule. Autrement si nous restions en repos & que nous ne voulussions pas tenir la Balance égale, l'Angleterre ne souffriroit jamais que la France possedât toute la Flandre.

D'un autre côté on pourroit dire aussi que la France n'aprouve pas nos instances pour

    faire

1648.

faire conclure conjointement, d'autant que par la continuation de la Guerre elle a plus d'espérance de gain que de crainte de pertes, comme l'Ambassadeur l'a déclaré lui-même le 17. Mars: à quoi se peut raporter cette maxime, *Invitum qui servat, idem facit occidenti.*

Cependant on est bien assuré que, comme parmi nous il y a un peu plus d'ouverture de cœur, parmi les François on est plus caché au sujet de la Paix & par consequent moins d'accord. On sait cependant bien que la plus grande partie sont affectionnés pour la Conclusion du Traité, même dans le Conseil de France, & que le Duc de Longueville a déclaré à son départ avec beaucoup de civilité que si parmi les nôtres il ne s'en étoit pas trouvé un de sentiment contraire, son Altesse & Monsieur le Comte d'Avaux auroient aussi signé; mais que voyant l'irresolution de Monsieur de Nederhorst, ils sont également restez irrésolus; & l'on verra de plus en plus que ce ne sont pas les pensées seules du Duc, mais aussi que la Reine Mere & tous les autres Princes du sang seront bien aises de notre conclusion & passeront par dessus bien des scrupules comme pour le Portugal, l'Alsace, Naples &c. quoiqu'on remarque bien cependant qu'ils devront assister, s'il n'y a pas de Paix dans le Royaume, le Portugal, l'Alsace, & Naples, qu'ils peuvent plus aisément soulager par notre Guerre ouverte & la leur: mais premierement cela ne nous touche pas, & secondement l'Espagne, étant un peu matée, pourra bien satisfaire cette Partie.

Entre l'Empereur & la Suede la chose est bien avancée depuis notre signature, & il ne reste plus rien que la satisfaction qui regarde les Troupes Suédoises.

Cependant, si cela avoit été possible, on auroit volontiers souhaitté que le tout eût été fait conjointement & en même tems; car les Sujets en France sont opprimez plus que personne par la guerre, & souhaitteroient volontiers la Paix, mais pour cela il faudroit que ceux qui sont à la tête du Gouvernement en France fussent un peu plus affectionnez pour cette même Paix. Il y en a qui disent que parce que nos voisins sont en armes, nous devons aussi rester en armes & sur nos gardes: mais ce n'est pas là une raison, car nous savons que nous, aussi bien que les Espagnols, resterons armés malgré la Paix; si l'Espagne reste en guerre contre la France nous n'avons aucun lieu de la craindre; en effet qu'est-ce que l'Espagne nous pourroit faire? Elle ne surprendroit tout au plus que quelques Places, mais elle le payeroit cherement, il est bon que l'Espagne reste en armes, cela nous tiendra plus éveillez.

2. On sait parfaitement bien que cet Etat a fait tout son possible pour porter les deux Hautes Parties à une union, & s'il y avoit eu quelque chose à faire, les Médiateurs choisis par lesdites deux Hautes Parties l'auroient fait, personne ne peut douter de leur bonne volonté. Ils y avoient beaucoup d'intérêt, les Etats du Pape comme l'Etat de Venise sentent à leur porte la formidable puissance du Turc, & quoiqu'il soit resté si longtems en repos il vient cependant à présent contre la Chrétienté; l'Espagne, Naples & Sicile ont plus à craindre que la France, c'est pourquoi on présume qu'elle voudra plutôt faire la Paix.

L'Autorité du Pape sur les deux Hautes Parties est connue par raport à l'intérêt commun de la Religion: si donc ces Médiateurs n'ont pû réussir, est-il surprenant que nous ayons fait encore moins?

On sait bien que la soumission à notre arbitrage est prémierement venuë de la part des Espagnols, faisant connoitre par-là qu'ils étoient las de la Guerre, quelles faveurs avoient ils à attendre de nous qui étions leurs ennemis & les Alliez de la France; nous avons fait plus de faveur à la France qu'à l'Espagne (quoique les Arbitres doivent être indifferents, selon toutes les Loix; autrement c'est *arbitrium non boni, sed mali viri*).

Quiconque juge autrement peut dire que le feu n'a pas de chaleur; les Médiateurs n'étant pas Alliez de la France, étoient tout à fait indifferents ils n'ont pas tant fait pour la France que nos Plénipotentiaires, cependant comme l'eau déborde toujours où la terre est plus basse, les François ne se sont jamais plaints des Médiateurs, mais contre la civilité ordinaire des François, ils ont vilipendé notre interposition ainsi que nos devoirs, notre peine, notre travail, & si l'on avoit pû on les auroit rendus suspects contre toute apparence & le jugement des Esprits les plus communs.

Au lieu de faire la Paix ensemble, ils s'écrient d'abord qu'il faut faire la Guerre & au lieu de s'accommoder sur les points qui sont en diferent ils crient il faut que les Espagnols soient chassez; enfin au lieu que les nôtres soient les Arbitres ils veulent qu'ils soient Juges & Parties, cela est contre l'ordre de la nature, & c'est faire cesser toutes les raisons humaines.

3. Qu'est-ce que les Médiateurs peuvent faire de plus? Quels autres devoirs nos Plénipotentiaires peuvent-ils rendre à Munster? La raison, la volonté, l'honnêteté, la satisfaction & l'amitié pour la Paix, tout en est chassé.

La France fait elle-même connoitre & veut que leurs Hautes Puissances, c'est-à-dire les sept Provinces & le Prince d'Orange servent d'Arbitres sur les points qui restent, quoique leurs Hautes Puissances pour cela ayent plusieurs fois commis leurs Plénipotentiaires.

Doit-on donc encore tirer quelque chose des Provinces? Qu'y a-t-il à faire de plus à Munster? Chacun n'a qu'à lever l'Ancre & s'en aller.

4. Ce n'est pas seulement dans le tems dont on parle, mais même dès le commencement que les François se sont servis de ce Compliment. Dans l'année 1644. que Messieurs d'Avaux & Servien vinrent à la Haye, Monsieur d'Avaux ne voulut pas se trouver à table, pendant les repas de defrayement, parce qu'on n'avoit pas voulu (contre l'usage) chercher son Excellence avec les Deputez de Rotterdam & avec le Canon. Monsieur Servien ne parloit que de la précision de leurs Instructions qui les engageoit à entreprendre au plutôt le voyage de Munster pour en venir à la conclusion de la Paix dont toute la Chrétienté avoit un si grand besoin. Ses Discours rouloient sur une sincérité d'intention, avec laquelle il assuroit qu'on ne prendroit pas garde à beaucoup de choses & qu'on passeroit par dessus par raport au desir qu'on avoit pour la Catalogne, que ni la Catalogne, ni le Portugal, ni autres affaires de cette nature ne retarderoient pas la conclusion, qu'il y avoit eu assez de sang répandu, qu'on auroit fini en peu de jours: cependant la premiere ouverture qu'ils firent ici ne tendoit qu'à nous engager plus avant dans la Guerre.

Il y a eu un an l'Automne passée qu'il déclara hautement qu'on pourroit signer en 24. heures, si nos Plénipotentiaires vouloient seulement moyenner telle & telle chose. Ils firent ce qu'il souhaitoit; tout d'abord de nouvelles demandes & cela à plusieurs reprises, & quand les nôtres

tres n'ont pas pu porter les Espagnols à ce qu'ils exigeoient, il a commencé à les dénigrer.

Et enfin Monsieur de Servien après nous avoir traîné un demi an, nous a fait entrer en Campagne sous prétexte de Garantie, de sorte que quand au lieu de la Paix nous avons fait la Guerre les 24. heures ont été des années, où trouver après cela de la droiture & de la candeur?

En effet ils font mieux à present, ils parlent d'un Arbitrage qui ne peut pas être executé en 24. mois, par toutes les Provinces. C'est se moquer, on le fait d'avance, on doit donc faire son compte là-dessus, car une chose prevuë ne fait pas tant de peine.

5. Nous avons fait de reste par notre Traité, on le peut laisser juger à toute la Terre, l'Espagne est frustrée de tout le Portugal, des Indes Orientales, de la Guinée, du Bresil, de la Catalogne, du Roussillon, de l'Alsace, de l'Artois, de la meilleure partie de la Flandre &c.

Nous ne nous sommes engagez dans le Traité que de reprimer l'ambition des Espagnols dans le Païs-Bas & les en chasser, nous avons fait notre devoir à l'égard des autres Royaumes, n'en avons-nous pas assez fait?

Etendre l'expulsion sur tout ce qu'il y a d'Espagnols personnellement, c'est une pure fourberie, car la mere du Roi est une Espagnole, le Roi est lui-même un demi Espagnol, & le Cardinal lui-même est né Sujet d'Espagne.

Si les Païs-Bas étoient à present reduits sous la France il arriveroit qu'à la place du Roi d'Espagne, ils seroient gouvernez, par le Roi qui est Demi-Espagnol, par la Reine, & le Cardinal qui sont tout à fait Espagnols.

C'est pourquoi il est visible que nous n'avons pas promis une expulsion personnelle, mais simplement de faire la Guerre, jusqu'à ce que l'ambition de l'Espagne & la crainte que l'on avoit de sa trop grande puissance fussent abbatues: cela est fait non seulement dans les Païs-Bas, mais encore dans le Portugal, la Catalogne, le Roussillon &c. ce à quoi cependant nous ne nous étions pas engagez.

Ainsi l'expulsion personnelle des Espagnols est fort mal alleguée par les François qui nous ont marqué expressement, avant que les nôtres fussent arrivez à Munster, qu'ils eussent à s'y rendre au plutôt, autrement qu'ils traiteroient sans nous, mais il n'est pas dit un mot d'expulsion personnelle.

Si l'on veut prendre de même à la lettre la promesse que l'un sans le consentement de l'autre ou l'un devant l'autre ne feroit ni de Paix ni de Trêve, il s'ensuivroit que la France auroit sur nous & nous sur la France *jus Belli & Pacis*. C'est-à-dire que la France seroit notre Souveraine & nous la sienne, la chose du monde la plus absurde. Que signifient donc ces promesses que l'un ne fera pas de Paix sans le consentement de l'autre? Tous les gens d'esprit & la France même répondra que cela doit être pris, *salvâ Majestate, salvâ conscientia & salvo honore*. Car ces trois choses ne peuvent être blessez par aucun Pacte. *Jus Publicum, privatum, Gentium*, la sainte Ecriture & la Nature même le dictent. Si on consultoit les maximes de l'Eglise Romaine cela iroit encore plus loin à l'égard de cet Etat regardé comme Schismatique, on doit entendre ces promesses de ne point faire de Paix avec cette modification, *pour autant que la Souveraineté, la conscience, & l'honneur le permettent.*

Pourquoi n'a-t-on pas mis cela dedans le

Traité? Parce que cela réside dans la nature de la chose même, *Judicium pro socio bonæ fidei est, & in Societatis Contractibus bona fides exuberare debet.* Expr. Text. in L. 7. 8. D. *pro socio* & L. 3. C. Eod. in L. 58. D. Eod. Cela y est en termes exprès *Rei inhonestæ vel illicitæ Societas nulla est*, un Traité qui engage dans des choses défendues est nul: *Item nulla est Societatis in æternum coïtio.* L. nulla D. Eod. un engagement qui doit durer éternellement devient nul. Si on prend donc à la lettre & sans modification notre Alliance ou la promesse, *que l'un sans le consentement de l'autre ne pourra faire la Paix*, si l'on ne veut pas consulter la bonne foi qui se doit naturellement trouver dans les Sociétés, il s'ensuit évidemment que l'engagement est injuste, & illicite, sur tout puisqu'il abolit la Souveraineté & blesse la conscience, en ce qu'il n'est pas permis de répandre éternellement du sang, de rapiner & voler son prochain, cela est si connu & si évident qu'il seroit ridicule de le stipuler dans un Contract, ce n'est ni le stile ni la maniere, autrement il faudroit dans tous les Contracts y inserer toutes les Loix, les Edits & les reglemens qui traitent de la matiere dont il s'agiroit. Les Notaires à la place d'une feuille de papier auroient besoin d'écrire tout un livre.

Secondement on n'y a pas mis ce temperament pour faire plus de peur à l'Ennemi, outre que les François avoient trop bonne opinion de nous, & nous d'eux, pour croire que ni nous ni eux ferions la moindre chose qui blessât la Souveraineté, l'honneur & la conscience, & je dis qu'il n'y a personne dans le Christianisme, ni même sur toute la terre, qui puisse l'entendre autrement.

Il faut donc l'un des deux, ou traiter suivant la modification & le sens ou selon la lettre qui tuë. Si on prend le premier parti nous avons sufisamment satisfait au Traité; si on prend le second toute notre interposition & nos devoirs sont inutiles, car nous devons sans murmurer attendre jusqu'à ce que la France consente à la Paix, il n'y a pas la de milieu.

6. C'est donc suivant le véritable sens du Traité que nous avons signé le Traité & promis de le ratifier, comme il l'est déja par quatre Provinces; on doit tenir ses promesses, toutes les Loix divines & humaines l'ordonnent, raporter sur cela beaucoup de choses ce seroit porter de l'eau à la mer. Les intérêts Politiques de l'Etat nous y forcent, il y a assez de gens qui par de longues irrésolutions ou des intérêts particuliers & de jalousie s'en éloignent, ils y songeront à deux fois.

Ce ne font pas là des tergiversations contre la Négociation: chacun aspire à la Paix, cela part d'un cœur sincere, d'une candeur Flamande qui donne volontiers la mesure pleine, & puisqu'on est delivré du joug d'une Monarchie, on veut laisser à un chacun la liberté de ses sentimens & aller par la voye de la persuasion & sans contrainte.

7. On peut de cette maniere procurer à la France toute sorte de satisfaction, quoique les Médiateurs soient choisis par les Parties mêmes; & sans que cela doive arrêter le grand ouvrage entre l'Espagne & nous; car si nous voulions trop differer notre Ratification, & Publication, on ne finiroit pas & nous serions aussi avancés que quand nos Plénipotentiaires sont arrivez à Munster: car quelque chose qu'ils puissent faire, l'un ou l'autre dira toujours qu'ils n'ont pas fait assez & s'il faut que la Négociation passe par toutes les Provinces (où tant de

 Mem-

Membres ne font pas informez de tout) quand eſt-ce que toutes ces têtes feront dans un même bonnet ? La France qui voit elle-même qu'un Membre ou deux peuvent arrêter l'affaire, ne preſſera jamais l'execution, ſous l'eſperance que l'Eſpagne ou nous manquerons encore, & qu'on rejettera tout.

Cet Etat étant en Paix par la Publication qui en ſeroit faite & ayant alors les mains libres pourroit faire dix fois davantage pour la médiation, & ſi la France veut ou peut quelque choſe pour ſes autres Alliez, il y aura beaucoup plus d'apparence d'accommodement entre les deux hautes Parties en peu de tems.

8. Ces ordres feront inutiles tant qu'on retient ici la Ratification, car il n'y a plus rien à faire avec les Eſpagnols, & la France ne confie plus l'Arbitrage aux Plénipotentiaires.

9. On a parlé ci-deſſus ſur le neuviéme; la longueur a toujours été recherchée par les François, & ils ont, même ſans nous, plus de Conquêtes à eſperer par la continuation de la Guerre, c'eſt ce qu'ils ont déclaré eux-mêmes, & c'eſt pour cela qu'ils ne cherchent pas de courts procès.

10. Mais s'ils pouvoient avec cela arrêter l'échange de notre Ratification & celle de l'Eſpagne, ils n'en racourciroient pas la longueur, au contraire ils la prolongeroient de plus en plus.

11. Quand l'Ambaſſadeur de cet Etat viendra à Paris, il trouvera chez les Princes du ſang, chez les bons François, & même chez les gens du commun beaucoup d'applaudiſſements & d'acclamations par raport à la Concluſion de notre Paix avec l'Eſpagne, comme étant le chemin de leur propre Paix, dont certainement les Sujets ont mille fois plus beſoin que le Roi qui s'arrête à la ſatisfaction de ſix petits points, nonobſtant tant de Conquêtes, tant de Provinces & même de Royaumes entiers que nous lui avons fait avoir par nos armes : car en cent cinquante années, il n'avoit pas pû gagner un pié de terre ſur l'Eſpagne.

12. & 13. Voila le véritable ſens du douziéme Article, & l'on ne doit pas pour la ſimple formalité d'une ſoumiſſion que les Eſpagnols veulent courte & les François longue, continuer à répandre le ſang Chrétien ; celui du moindre valet eſt auſſi précieux devant Dieu que celui du plus puiſſant Roi de la Terre.

C'eſt pourquoi certain Prince étoit bien impertinent de dire quand on lui apporta la nouvelle qu'il y avoit tant de Soldats de tuez, que *ce n'étoit qu'autant de Riſdales de perduës* (à cauſe qu'on les engage pour ſi peu de choſe) cela eſt excuſable quand cette perte arrive pour une juſte défenſe, mais on ne peut pas ſe juſtifier devant Dieu, quand on ne le fait que pour s'agrandir, *ad robuſtè venandum*, & ſe ſervir des ames innocentes comme l'on fait des chiens à la chaſſe. Les Médecins n'ordonnent jamais la ſaignée que dans le beſoin, & un Prince ne doit faire la Guerre que dans un cas de néceſſité.

Mais quel beſoin en a eu la France ? Après la Bataille de Prague, la décadence des Princes Alliez & Proteſtans, & la grandeur de la Maiſon d'Autriche, c'étoit alors qu'il étoit tems de faire quelque choſe, pour lors la France avoit matiere de jalouſie contre la Maiſon d'Autriche, & des raiſons valables pour la Maiſon Palatine, quand ce n'auroit été que par reconnoiſſance & comme pour la remercier de ce que le Roi ſon Pere avoit reçu de cette Maiſon, contre ceux de la Ligue : mais au lieu qu'Henri IV. (par

une reconnoiſſance heroïque) l'an 1609. avoit envoyé Monſieur de Boyſiſe en Allemagne pour s'engager à maintenir le Palatin & les Proteſtants, le Roi Louis XIII. ſon fils l'an 1620. envoya le Duc d'Angoulême, Bethune, & Preaux pour mettre la Couronne du Palatinat ſur la tête de l'Electeur de Baviére, pour accabler le Roi de Bohême, les Electeurs Palatins & leur poſterité, comme cela eſt arrivé & dure juſqu'à préſent.

Ce même bon Roi de Bohême voulant joindre l'armée de Mansfeld pour rentrer dans le Palatinat, a dû paſſer à travers la France comme un Ecolier, autrement il auroit eu, comme il arriva depuis à ſon fils, une Chambre dans le Bois de Vincennes ou dans la Baſtille. L'an 1625. le Roi de Dannemarck arma dans la Baſſe Saxe en faveur des Proteſtants, la France s'en lava les mains, jamais cependant la Maiſon d'Autriche ne fut plus formidable qu'elle l'étoit alors, c'étoit le tems de dompter ſon ambition & de prendre les armes contre elle, mais les François ſavoient ce qui en étoit, ils avoient tenté la fortune cent cinquante ans contre l'Eſpagne ſans pouvoir y rien gagner, mais elle n'avoit garde d'aider les Proteſtants, elle épia ſeulement l'occaſion de pouvoir conquerir quelque choſe, & ſe tint longtems *poſt principia*; ils nous mirent en jeu, le Roi de Suéde, & nous, depuis l'an 1630. juſqu'en 1635. nous levames l'écorce & ils ſont venus enlever le meilleur bois, *ex profundâ cupidine Imperii*; ils n'avoient pas d'autres raiſons, mais n'importe, on leur ſouhaite toutes leurs Conquêtes & encore plus, ils n'ont qu'à les faire eux-mêmes, car nous avons ſatisfait au Traité. Nous ne nous ſommes pas & nous ne pouvons pas être engagez dans une Guerre éternelle, ni le Cardinal; car pour ne pas parler des autres Alliez de la France, elle veut & doit avoir la Paix.

Pour conclusion de ceci, comme de toute la Négociation des François, on pourroit bien répondre à Monſieur l'Ambaſſadeur, que la ſeule preuve de l'inclination des François pour la Paix conſiſte en ce que la France doit offrir une ceſſation d'armes.

Car il n'eſt plus à préſent queſtion de Conquêtes, mais ſeulement de points indécis, les François veulent que nous croyions qu'ils ſont contents avec ce qu'ils ont : pourquoi donc ne pas convenir d'une ſuſpenſion d'armes ? On l'auroit dû offrir dès le commencement, comme cela ſe fait toujours, l'Eſpagne l'a demandée.

Il eſt plus que ſurprenant que nous ayant conclu & ſigné la Paix, les François ne diſcontinuent pas de tâcher de nous empêcher de ceſſer les actes d'hoſtilité ; eux qui ſe diſent ſi affectionnez pour la Paix, comme l'avance Monſieur l'Ambaſſadeur, pourquoi ne parlent-ils pas un mot de ſuſpenſion d'armes, & ne fixent pas le tems auquel l'Arbitrage doit finir? Tout cela ſont des ſignes de longue durée, car pendant ce tems-là on tâche d'attirer le Duc de Lorraine hors du parti des Eſpagnols, on veut attendre le denouement de Naples, le ſuccès des armées d'Allemagne, debaucher le Duc de Baviere, & empêcher l'Eſpagnol (incertain de la ſignature de notre Paix) & chercher à remporter quelqu'avantage auſſi bien dans les Païs-Bas, qu'ailleurs, ou enfin que par deſeſpoir (voyant qu'il eſt inutile de traiter avec nous puiſque par l'oppoſition d'un Membre ou deux on eſt arrêté) il ſoit forcé de tranſporter les Païs-Bas.

Si ceux qui gouvernent en France avoient
un

1648.

un peu de bonne volonté pour la Paix, ils permettroient la suspension d'armes pendant la Négociation, il est certain qu'ils veulent tromper, que ces points indécis ne font qu'un pretexte pour couvrir leurs desseins; & avoir encore plus de Conquêtes.

En veulent-ils encore effectivement davantage? *Ergò* point de Paix, pourquoi donc une Médiation, c'est jouer de la Gibeciere, & avec ces points, on nous fascine les yeux.

Si quelqu'un dit que par une suspension d'armes l'Espagne se delassera, je repons, ne reprendra-t-elle pas haleine par la Paix? La France ne doit donc pas faire de Paix, c'est donc toute tromperie, quand la France parle de Paix, la suspension d'armes feroit également reprendre haleine à la France comme à l'Espagne, & les Sujets en ont un extrême besoin & le Parlement l'a dit à la Reine sans aucun detour.

Je ne puis pressentir quelles raisons le Cardinal peut avoir pour ne pas permettre une suspension d'armes; si ce n'est qu'au prémier succès de ses armes il aura lieu de varier tout de nouveau.

Il est vrai que dans la Zelande & Utrecht il en a mis quelques-uns de son parti, & ailleurs les Provinces qui ont déja ratifié ne font pas secondées comme elles devroient l'être; les adherans du Cardinal s'en glorifient. Il croit avoir beaucoup gagné en semant cette discorde; mais il se trouvera trompé.

Le Loup voyoit un Ane chargé & las, qui cependant alloit toujours son chemin, il avoit deux poires pendantes qui se heurtoient, il crût que c'étoit du butin pour lui, & que ces deux poires tomberoient bientôt, s'imaginant que cela ne pourroit pas durer longtems, il suivoit donc doucement, afin de les avaler dès qu'elles feroient tombées, mais elles étoient & demeurerent attachées à l'Ane, desorte que le Loup ennuyé d'attendre dût s'en aller de dépit, honteux & confus, chercher fortune ailleurs, & pour s'excuser auprès des autres bêtes qui se moquoient de lui, il leur dit que ces poires étoient si mauvaises & si sales qu'il n'auroit pas pû les manger.

1648.

RAISONS

(Nommées Ingrédiens par l'Ampliateur)

Que l'on doit representer à Monsieur

L'AMBASSADEUR

De la

THUILLERIE

Suivant l'avis Provincial de la

HOLLANDE,

Et qui peuvent servir de

REPONSE

A sa derniere

PROPOSITION

Delivrée à la

GENERALITE,

Le 17. Mars 1648.

CORRECTIFS des Raisons (*alias*) Ingrediens, ci-jointes.

Au lieu de *Raisons* lisez *Resolutions* : car en tous les 13. Articles vous n'en trouverez qu'une ou deux d'alleguées ès Articles 9. & dernier. Si ce n'est que la passion soit la même raison. *Sit prò ratione voluntas.*

Lesquelles Resolutions pourront servir de réponse &c. se doit entendre quand les Etats Généraux des Provinces-Unies (à qui Monsieur l'Ambassadeur s'est adressé) auront épousé les passions d'une Province particuliere contre l'intérêt public & le bien de l'Etat.

I.

QUe L. S. n'ont rien tant souhaité que de voir un Traité de Paix conclu entre les deux Couronnes, ainsi qu'on a été fait entre cet Etat & l'Espagne pour des raisons pressantes & qui se trouvent dans la chose même.

CORRECTIFS.

I.

VOx quidem Jacob, sed manus sunt Esaü. Genes. 27. Vos actions dementent vos complimens, & votre Ampliateur manifeste vos sentimens, donnant assez à connoître que vous ne desirez induire les autres Provinces à conclure avec l'Espagne contre les anciennes Alliances & Traitez que vous avez conjointement
avec

1648.

avec la France; qu'en intention d'engager les deux Couronnes en une plus cruelle Guerre & par conséquent toute la Chrétienté, qui crie vengeance à Dieu (particuliérement les Reformés) de votre précipitation à conclure une Paix particuliere qui ménace la ruine de la générale. Et encore qu'on n'ait intention de répondre formellement à votre Ampliateur, à tant d'*impertinences* qu'il a ajoûté à vos Raisons, qu'il nomme Ingrédients; on lui dira ici toutefois qu'il s'abuse fort, attribuant à ce premier Ingredient la vertu d'avoir mis le Traité de l'Empire en si bon état à Osnabrug; ce qui procede seulement de la vertu de l'oignon du Lis, & *Spiritus Vitrioli* de Suéde. Car toute l'Assemblée de Munster le sait, & toute l'Allemagne l'a senti, que votre Négociation particuliere avec l'Espagne & défection d'avec la France, rendit l'Espagnol si fier qu'il contraignit l'Empereur à revoquer ce qui avoit été traité par le Comte de Trautmansdorff (qui fut même rappellé de Munster d'autant qu'il leur sembloit trop porté à la Paix, & donna occasion au Duc de Baviére de rompre sa foi voyant que vous manquiez à la vôtre. Au contraire les Alliez n'ont pas été sitôt en posture, que le Traité s'est renoué, & va maintenant, Dieu merci, au souhait d'un chacun. Delà peut-on juger qui avance ou recule la Paix de l'Empire.

II.

Que pour cet effet tous les devoirs imaginables & possibles ont été employés par les Plénipotentiaires de cet Etat, pour porter les susdites Parties à quelque accommodement qui néanmoins ont été infructueux au grand regret de cet Etat.

CORRECTIF.
II.

L'on n'ignore pas que le Roi & Messieurs les Etats Généraux des Provinces-Unies, n'ayant ordonné de fort bons remedes & convenables à la Constitution & complexion du Corps de la Chrétienté, particuliérement de la France & de cet Etat par le Traité de l'an 1644. Mais les Apoticaires à qui de votre part vous en avez commis la dispensation, se sont servis de *qui pro quo*, & remedes chimiques & hetérogenes, au lieu des sympathiques & homogenes dont le Roi & Messieurs les Etats Généraux avoient convenu pour la parfaite cure des patients. Messieurs vos Plénipotentiaires, dis-je, les ont negligé, & au lieu des confortatifs y tenus & ordonnés pour la conservation de la France aussi bien que de cet Etat, ils ont presenté ce vomitif au François.

RAIS. *Abandonnez les intérêts de tous vos Alliez, même de Madame de Savoye, votre Tante & restituez la plûpart de vos Conquêtes, particuliérement la Lorraine avec toutes les Fortifications, ou nous ferons la Paix sans vous.*

Corr. Et tous les autres Fortificatifs convenus pour les amis ils les ont dispensés aux ennemis ayant eu avec eux la conversation, familiarité & confidence qu'ils étoient obligés d'entretenir avec les Alliez. De sorte que ce n'est merveille que les remedes de vos Plénipotentiaires ont été infructueux puisqu'ils ont été si corrompus, & de qualité si contraire à ceux que les Protomedecins avoient ordonnés.

1648.

III.

Que l'on ne sût faire davantage à Munster dans cette affaire qui eut pu donner la moindre apparence de bon succès, même selon le jugement de Messieurs les Mediateurs & autres qui en ont connoissance.

CORRECTIF.
III.

Avez-vous donné ordre à vos Plénipotentiaires *de contribuer tout ce qui pourroit servir à la sureté du Traité qui interviendroit à Munster, & d'aviser ensemble avec les Plénipotentiaires de France aux moyens d'assurer la tranquillité publique*: qui est l'obligation de l'Article 8. du Traité de 1644. *Leur avez-vous donné ordre de n'avancer votre Traité plus que celui de France, & ne conclure que conjointement, & de prêter la main avec la fermeté nécessaire pour conserver les avantages & Conquêtes de la France & de votre Etat? Et leur avez-vous ordonné, en cas que l'Espagnol facilitât votre Traité, & reculât celui de France, de déclarer aux Ministres d'Espagne qu'il y avoit obligation mutuelle de ne conclure que conjointement & d'un commun consentement*, & même de n'avancer pas plus un Traité que l'autre? Et vos Plénipotentiaires ont-ils attestation de Messieurs les Médiateurs qu'ils ayent exécuté les ordres susdits, (si vous les avez donné) qui sont formels audit Traité? Si vous pouvez faire voir acte de telles diligences, la France a tort d'exiger davantage de vos devoirs. Mais étant constant du contraire, & qu'au lieu de desavouer la Négociation de vos Députez contre vos obligations audit Traité de 1644. vous les justifiez & pressez *vi, prece, & precio* les autres Provinces de vouloir ratifier un Traité avec l'Ennemi qui n'est pas encore signé par les Provinces-Unies, pour rompre ceux que lesdites Provinces-Unies ont conclu avec la France: c'est ce dont Dieu sera juge, & toute la Chrétienté témoignera, si c'est avoir bien dispensé votre troisiéme ingredient.

IV.

Que Monsieur Servien du temps que l'on traita ici la Garantie a déclaré par réiteration que pourvu qu'on tombât d'accord sur ledit sujet la Paix se pourroit conclure en 24. heures.

CORRECTIF.
IV.

Quand Monsieur Servien l'a promis il a presupposé l'observation des Traités qui sont entre le Roi & les Provinces-Unies, confirmés par le Traité de Garantie; & jugé que Messieurs les Plénipotentiaires du Roi & de cet Etat s'acquitteroient sincerement des obligations esquelles Sa Majesté & Messieurs les Etats les avoient engagés par le Traité de 1644. fait expressement pour leur servir de loi, en les honorant d'un si grand emploi. Ce qu'étant par eux executé il ne faut point douter que l'Espagnol eût été obligé d'accorder à la France des conditions autant tolerables qu'il en a donné à Messieurs les Etats de favorables pour les desunir de la France. Ce qu'étant, son dire eut été il y a longtemps accompli. Mais vu que vos Plénipotentiaires se sont détracqués du sentier qu'on leur avoit prescrit par le Traité de 1644. & donné la main à l'Espagne pour presser la restitution de Lorraine & autres avantages

tages que Dieu a donné à la France, au lieu de
l'y maintenir comme il étoit obligé; sans par-
ticularifer tant d'autres avantages qu'ils ont procuré à l'Efpagne en fon Traité avec la
France; ce n'eſt merveille que la parole de
Monfieur Servien n'a forti fon effet.

V.

*Que l'on tient qu'il a été fatisfait de la part
de cet Etat au Traité entre la France & icelui en ce qui concerne les chofes paffées.*

CORRECTIF.

V.

Auffi bien qu'Alexandre défait le nœud Gor-
dien qu'il tailla en piéces. Qui lira les Traités de
1635. & 1644. & la Refolution des Etats des
Provinces de Zélande & d'Utrecht, vous con-
damnera tout à plat.

VI.

*Que la Négociation de Paix entre l'Efpagne,
& fes Etats eſt fituée pour une affaire faite &
que l'on attend que la parole donnée par Meffieurs les Plénipotentiaires à Munſter doit être
degagée & qu'elle forte fon effet au jour à cela
determiné.*

CORRECTIF.

VI.

Au moins eſt-elle bien avancée fans celle de
France qui la devoit accompagner conformément
au Traité de 1644. & quant au degagement de
la parole donnée par *Meffieurs vos Plénipotentiaires* &c. l'on dit; *non poffe falvo fœdere in
præjudicium veterum novas contrahi amicitias,*
que l'on ne peut au préjudice des anciennes Alliances faire de nouveaux Traités tout contraires. De plus, l'Efpagne a traité avec les
Provinces-Unies & non demembrées; ainfi
leur Traité avec l'Efpagne ne peut encore
avoir aucune obligation formelle audit degagement que toutes les Provinces-Unies n'ayent
figné; ce qui étant l'ame du Traité & y manquant, l'Efpagne aura toujours droit de rompre
quand la fortune le lui permettra. De plus, fi
vous croyez être tant obligés à la Ratification
de fix fignatures precipitées (ou pour mieux
dire 5. car la Province de Zélande defaprou-
ve abfolument le 6. comme appert par fes Refolutions du 31. Mars) en quelle confideration
devront être pris les Traités que les fept Provinces-Unies ont conclus, fignés, ratifiés &
unanimi confenfu approuvés au milieu de leur
Etat avec la France.

VII.

*Que cela nonobſtant, cet Etat eſt encore re-
folu de continuer tous devoirs & offices imaginables & poffibles pour difpofer les Parties à un
accommodement.*

CORRECTIF.

VII.

Ne continuez pas, s'il vous plaît, les offices
que vous avez fait depuis 18. ou 20. mois, car
ce feroit la ruine du Traité de la Paix générale.
Mais fi vous le dites à bonne intention, les
meilleurs devoirs feroient d'accomplir les Traités de 1635. & 1644. pour difpofer l'ennemi
Tom. IV.

à un accommodement, & fi vous vous ima-
ginez que la France Alliée fait des prétenfions
deraifonnables pour retarder fa Paix & de cet
Etat, le plus court expedient feroit de regler
par enfemble à la Haye, fes prétenfions *pro ratum* des avantages que Meffieurs les Etats ont
obtenus de l'ennemi commun, & cela étant refolu, les prefenter décifivement à l'Efpagnol
pour les accepter: ou en cas de refus lui témoigner par l'execution du Traité de 1635.
qu'il peut perdre davantage que ce qu'on lui
demanderoit.'

VIII.

*Que leurs Seigneuries ont trouvé bon pour cet
effet de requerir leurs Plénipotentiaires, & les
charger expreffement de s'en retourner à Munſter
& d'y avoir en très-ferieufe recommandation l'accommodement defdites Parties.*

CORRECTIF.

VIII.

Il plaira à Meffieurs les Etats de recommander à leurs Plénipotentiaires auffi bien que le
Roi aux fiens de fuivre exactement, ce qui
leur eſt prefcrit par le Traité de l'an 1644. &.
qu'ils fe fervent de comminatoires envers les
ennemis & non contre les Alliez comme ils
ont fait. Et qu'ils n'interpretent point les Inftructions de Meffieurs les Etats Généraux *in
præjudicium fociorum.* Et de n'avoir avec
les ennemis la familiarité & confidence qu'ils
font obligés d'ufer avec les Alliez. Et
pour obliger tous les gens de bien d'ajoûter foi
à leurs informations, & ne donner occafion au
Sieur de la Thuillerie de demander audience à
Meffieurs les Etats pour fe plaindre particulierement de leur fauffeté, comme il fit le 23.
du mois d'Octobre 1647. Qu'ils tirent des
Parties acte de leurs ceffions ou prétenfions par
écrit (fi ayant quité le perfonnage de Parties ils
jouent derechef celui-ci de Médiateur ou pour
mieux dire Solliciteur) afin qu'un chacun, particulierement Meffieurs les Etats Généraux,
puiffent voir clairement & juger qui des Parties tergiverfera ou dilayera le Traité.

IX.

*Que L. S. ne peuvent trouver bonne la fou-
miffion projettée par Monfieur de la Thuillerie
dans la derniere Propofition pour la déferer à
Meffieurs les Etats Généraux & à S. A. le
Prince d'Orange, vu qu'une telle foumiffion eſt
fujette à des longueurs & peut produire les inconvenients préjudiciables à la reconciliation prétenduë.*

CORRECTIF.

IX.

Les plus grands Monarques tiennent pour
fouverain point d'honneur d'être Arbitres de
Puiffances plus baffes. Mais Meffieurs les E-
tats de la Province d'Hollande dédaignent de
l'être des plus grands Rois d'Europe. Qui de
la pofterité le croira? La raifon qu'ils alleguent
pour excufer leur peu de cœur, c'eſt pour
être telles foumiffions fujettes à des longueurs.

Quand la France negotia votre Souveraineté
& votre Trêve fe plaignit-elle des longueurs,
& dépenfes exceffives qu'elle y confuma (fans
reproche) pour faire déclarer Souverain l'Etat
des Provinces-Unies. A-t-elle perdu patience,
pour le longtems que ces Plénipotentiaires ont
été

été à Munster sans vouloir entendre à aucune Négociation, jusques à tant que l'ennemi eût delivré des Passeports honorables à ceux de Messieurs les Etats, pour y aller traiter en qualité de Souverain. Quoi! dis-je, Messieurs d'Hollande croyent-ils que les differents de deux Rois doivent être vuidez plus facilement que les procès de personnes communes qui trainent ordinairement (à la Cour de Hollande même) plusieurs années? S'imaginent-ils qu'on puisse moins contester des Royaumes, qu'en leur Barreau des pouces de terre? Mais d'où procede la longueur intervenuë, & qui peut causer la continuation d'icelle que vos Plénipotentiaires? qui contre vôtre foi & leur serment prêté d'en suivre les loix à ceux prescrites par Traité de l'an 1644. ont traité separement avec l'ennemi; à qui ils ont donné la main & le cœur pour prétendre de la France des restitutions que Messieurs les Etats même avoient convenu avec le Roi de ce devoir faire; & l'audace de retracter tout ce dont il étoit convenu avec la France; & de forcer l'Empereur en même temps d'en faire de même de tout ce que Monsieur le Comte de Trautmansdorff avoit traité avec la Suéde & les Protestants, s'imaginant qu'ayant desuni Messieurs les Etats de la France il la devoreroit en un déjeuner.

Or d'autant que, Monsieur l'Ampliateur ne pouvant produire les inconvenients préjudiciables à la reconciliation prétenduë, s'est contenté de dire tout court, que les François ne veulent point de court procès; je demande si les Conquêtes de France ne lui sont pas si bien acquises & à si bon titre pour le moins que celles de Messieurs les Etats, & si la France n'en peut prétendre la conservation aussi bien que lesdits Seigneurs Etats? L'Ampliateur seroit bien injuste de le nier; ce qu'étant supposé, je redemande qui désire plus court procès, qui veut quitter du sien pour avoir la Paix, ou qui veut avoir l'autrui? L'Espagnol veut ravoir les Conquêtes de France, qui les lui peut denier aussi bien que Messieurs les Etats les leurs : cependant elle présente la restitution de la Lorraine la plus capitale de ses Conquêtes (honteusement, sauf respect du vainqueur, si l'amour de la Paix n'effaçoit cette honte) qui lui appartient *duplici jure.* Savoir par droit de Guerre & par devolution en cas que le Duc Charles contrevint (comme il a fait) au Traité qu'il fit avec le Roi défunt l'an 1641. comme se peut voir audit Traité. Qui donc de l'Espagnol ou du François désire plus court procès.

X.

CORRECTIF.

X.

C'est estimer peu d'être Arbitre de deux tels Rois, que de remettre ce jugement à vos serviteurs, qui ont si peu estimé l'amitié de la France en toute la Négociation de Munster,

qu'on pourroit douter qu'en cas de telle soumission, ils recommandassent tel Arbitrage à quelqu'un de leurs serviteurs à votre imitation.

C'est bien peu ressentir l'affront que le Comte de Peñaranda a fait à Messieurs les Etats Généraux les refusant pour Arbitres, & leur préferant leurs Plénipotentiaires, esquels (s'ils se fussent tenus à leur devoir) l'Espagne n'eût jamais eu garde d'y avoir la moindre de telle confiance. Confiance, dis-je, telle, qu'il n'a voulu traiter avec la France que par leur particuliere entremise ne voulant autres Médiateurs que ceux qui de droit ne pouvoient être que Parties. Confiance, dis-je, telle, qu'il a passé même acte de ne traiter que par iceux avec la France, qu'il observe si religieusement que depuis leur depart de Munster, il n'a voulu entendre à aucune Négociation par entremise de Monsieur le Legat & Monsieur l'Ambassadeur de Venise Médiateurs legitimes.

Mais pourquoi l'Espagnol recuse-t-il l'entremise desdits Sieurs Médiateurs, & l'Arbitrage de Messieurs *les Etats & leur prefere leurs Plénipotentiaires?* Devinez-le, & nous taisez si vous en savez le secret. Au moins n'est ce pas pour éviter les longueurs sur lesquelles s'excusent Messieurs les Etats d'Hollande au précedent Article; car il est vrai semblable que Messieurs les Médiateurs legitimes sont si a droits qu'aucun autre de la Chrétienté pour avancer une telle Négociation & doivent être moins suspects aux Parties que ceux qui de Parties se sont rendus Solliciteurs pour l'Espagnol, & il n'est pas vrai-semblable que Messieurs les Plénipotentiaires ayent plus de credit pour induire les partis que Messieurs les Etats Généraux & S. A. Monsieur le Prince d'Orange. Or outre les causes secretes c'est que l'Espagnol n'ayant accordé à Messieurs les Etats la qualité de Souverains que par force, & pour les desunir d'un Allié qui la leur avoit sollicité à la Trêve & maintenu par la Guerre, & ne la leur voulant prêter que *ad tempus*, s'ils perdent la France pour Garant; lui qui à peine se soumit onques à l'Arbitrage de plus grands que soi, il ne veut donner preuve par telle soumission qu'il ait conferé à Messieurs les Etats Généraux les droits de Souverain, sachant bien qu'étant reçu pour Arbitres de si puissants Rois il faut qu'ils les reconnoissent pour Souverain, sans restriction de sorte que la France par sa soumission à l'Arbitrage de Messieurs les Etats Généraux, ne fait pas peu pour eux d'obliger l'Ennemi à rendre à tout le monde ce témoignage qu'il les reconnoît véritablement pour tels & non pour rebelles.

Quant à la modification que nous apôrtez à l'acception par vos Plénipotentiaires de la soumission prétendue, savoir; *qu'il faut cependant que la Ratification passe outre.* La France entend mieux son monde & le point d'honneur pour déferer à des infracteurs de Traités la gloire d'un tel jugement.

XI.

COR

CORRECTIF.

XI.

Quand vous ferez un Royaume à part en-voyez un Ambassadeur en France avec les ordres que vous trouverez plus expediens, mais si vous entendez parler de celui des Pro-vinces-Unies, reformez votre Resolution, re-mettant tel voyage au plaisir de Messieurs les Etats Généraux des Provinces-Unies avec qui la France a Alliance & qu'elle reconnoît pour Souverain & non une Province particu-liere.

XII.

Que finalement Sa Majesté & tous les Grands Ministres de France sont priés très-instamment de la part de cet Etat de vouloir pour le bien de la Chrétienté contribuer des soins proportionnés à l'inclination que Sa Majesté & ses Ministres en son nom diverses fois témoigne pour la Paix géné-rale de la Chrétienté.

CORRECTIF.

XII.

Lisez & relisez la Procuration du Roi appo-sée au Traité de l'an 1644. & vous reconnoî-trez comme les Princes du sang, tout le Con-seil du Roi & les Etats Généraux de France, ont les premiers contribué pour le Traité de la Paix générale en la Chrétienté, le Roi ayant par leur avis honoré cet Etat d'une si célébre Ambassade (ce sont les propres termes de votre compliment au Préliminaire dudit Traité) afin de traiter & conclure ledit Traité avec Mes-sieurs les Etats Généraux, pour avancer plu-tôt cette Paix désirée par tous les gens de bien, & l'assurer pour longues années. Mais comme votre Ampliateur a remarqué sur votre premier *Ingredient*, que le vrai secret de votre politique & l'intérêt de votre Etat est que les deux Cou-ronnes demeurent en Guerre, & par conse-quent toute la Chrétienté qui se trouve parta-gée par les intérêts de ces deux Princes (maxi-me maudite!) Ce n'est merveille que vos Plénipotentiaires ayent rendu vaines les inten-tions, & soins du Roi & de son Conseil par leur Traité particulier, afin de donner com-modité à l'Espagnol pour non seulement dé-fendre son reste contre les François, mais re-gaigner sur eux (s'il peut) ce qu'il a perdu. Si les Ministres du Roi ont contribué à la nais-sance du Traité, ils ne l'ont pas moins fait à la continuation, ayant été les premiers à Muns-ter, & y ayant assiduement residé avec une patience incroyable, & une dépense si pro-digieuse que pour traiter & obtenir la Paix ils depensent autant qu'il faudroit pour continuer la Guerre. C'est pourquoi convertissez ces prieres en des commandemens à vos Plénipo-tentiaires, d'observer précisément les Articles du Traité de l'an 1644. afin de faire foi à toute la Chrétienté combien vous desirez la Paix géné-rale que vous préchez, à ceux qui n'ont aucu-nement enfreint ledit Traité. La France vous a assez sollicité, toute la Chrétienté vous y conjure, les Protestans d'Allemagne protestent contre votre défection aussi bien que ceux du Païs-Bas, & de la France, & vos Ministres de votre Irreligion, se louant des assistances & bienfaits d'un Roi Papiste; étant négligé par ceux de leur profession.

Tom. IV.

Quant à la Maison Palatine, votre Amplia-teur vous taxe en calomniant la France à son sujet. Elle est en votre Maison ; qui en doit avoir plus de soin que ses hôtes, & qui sont de sa Religion ? La vuë d'un affligé doit plus é-mouvoir les Spectateurs de ses miseres que ceux qui en entendent le recit. Quand la France pour-roit avoir cent fois plus de desir qu'elle n'a de la restitution de la Maison Palatine, le moyen de l'executer si par un Traité particulier vous l'y traversez & fortifiez l'ennemi à l'encontre.

Quant à la suspension d'armes que votre Am-pliateur plaide pour ses amis : il est ignorant des affaires de la Guerre & d'Etat s'il croit qu'el-le soit une preuve de desir de la Paix ; car per-sonne ne la souhaite qu'en son besoin, pour reprendre haleine, & se fortifier contre son en-nemi, afin de recommencer de plus beau une plus cruelle guerre. L'Espagnol a plusieurs fois trompé la France par ce moyen. Au reste les armées n'interrompent point leur Négocia-tion à Munster où ils peuvent traiter la Paix aussi amiablement & surement que vuider un Pro-cès en un Cabaret : & les nouvelles que les Partiés reçoivent du succès bon ou mauvais les doivent éguillonner à rechercher ou conclure la Paix. Bref la plus sure Paix est celle qui se fait les armes à la main.

XIII.

L'on a encore trouvé bon que les raisons comprises ci-dessus soient couchées en François en forme de réponse pour être delivrées à Monsieur de la Thuillerie par l'Agent van Burch, ou au-trement, ainsi que l'on a accoutumé d'insinuer aux Ambassadeurs des autres Princes les réponses fai-tes par écrit, sans par aucune ultérieure conferen-ce traiter de cette affaire en ce lieu, ains la faire négocier à Munster, comme le lieu où Monsieur de la Thuillerie même dans sa proposition dit qu'el-le se doit traiter.

CORRECTIF.

XIII.

Je crains que mon correctif ne devint sur cet Article, un Corrosif à cet Etat, si j'éclair-cissois les Provinces-Unies de la presomtion d'u-ne particuliere en répondant & ordonnant de delivrer à un Ambassadeur de France une répon-se si extravagante aux Harangues qu'il leur a faites en pleins Etats. C'est pourquoi je re-tiendrai ma plume pour prier Dieu qu'il les illumine de son esprit de Paix pour resoudre ce qui soit à l'avantage de la Paix générale, & for-tune de toutes les Provinces-Unies, sans avoir égard aux intérêts d'une seule, qui sont enco-re restreints pour une seule Ville, qui se trouve maintenant gouvernée par un Citoyen plus abso-lument qu'elle n'étoit par le Roi d'Espagne.

Seulement dirai-je, qu'on eût mieux fait d'ordonner que leurs volontés fussent manifes-tées à la Généralité, ainsi que les autres Provin-ces ont fait avec plus de respect; afin de déli-berer & digerer unanimement la reponse à tel-les Harangues; afin de ne donner aux Alliés oc-casion de craindre & aux ennemis d'esperer quelque desunion en cet Etat, l'une Province desirant donner la Loi aux autres.

Audite somnium meum quod vidi. Putabam nos ligare manipulos in agro & stare vestrosque ma-nipulos circumstantes adorare manipulum meum; Nunquid Rex noster erit, aut subjicientur ditioni tua? Gen. 37.

RESOLUTION

De la

PROVINCE

De

ZEELANDE

Touchant la signature particuliere du

TRAITÉ DE PAIX

Avec

L'ESPAGNE.

LEs Etats & Païs du Comté de Zélande ayant délibéré sur le Traité de Paix entre le Roi d'Espagne & cet Etat du 30. Janvier passé, signé à Munster & sur tout ce qui en dépend, comme aussi sur la Proposition de Monsieur l'Ambassadeur de la Thuillerie faite le 13. dans l'Assemblée de leurs Hautes Puissances & donnée par écrit; ces mêmes Etats nous ont chargé de déclarer leur avis dans l'Assemblée de leurs HH. PP. qui est qu'avant que de ratifier la Paix, les États de Zélande estiment qu'on devroit par des Députez ou autrement employer tous les moyens possibles pour contenter & satisfaire la Couronne de France, & accommoder les differents qui restent encore entre les deux Hautes Parties : ensorte que la conclusion de la Paix puisse s'ensuivre, pour cet effet employer toute sorte de devoir & de persuasion pour porter les deux parties à un accommodement, ou à une soumission entiere & absoluë, employant à cet effet les offres contenus dans la susdite Proposition de l'Ambassadeur de la Thuillerie.

Les raisons que leurs Nobles Puissances trouvent les plus fortes en ceci sont.

Premierement que cet Etat a reçû beaucoup de bienfaits de la Couronne de France depuis longtems, & sur lesquels nous ne nous étendrons point ici, nous dirons seulement qu'ils sont tels que la Posterité quand elle en lira l'Histoire, aura peine à les croire & c'est peu de chose en compensation, que d'en avoir au moins de la reconnoissance.

Qu'en ne satisfaisant pas à ce devoir & travaillant à la conclusion & ratification d'un Traité particulier de Paix, c'est s'éloigner du but original de l'Assemblée générale de Munster qui n'a été établie que pour procurer un repos général à toute la Chrétienté & par consequent en même tems à la France.

Que les Traités & engagement contractez avec la Couronne de France sont entierement renversés, & cet Etat se trouve alors hors de toute Alliance & bonne intelligence avec ce même Royaume, contre les fondamentales & anciennes maximes de cet Etat, qui s'en est bien trouvé jusqu'à présent.

Ce Traité particulier offensera directement nos Amis & nos Alliez; on fera des réflexions, en tirera des conséquences d'intérêts parce qu'on aura conclu purement & simplement avec la Couronne d'Espagne sans avoir aucun garant ni aucune sureté, ce qu'on a cependant jugé bien nécessaire quand on a fait la Trêve l'an 1609. & même dans les dernieres Conferences du Traité on a usé contre nos Ministres de menaces afin de les disposer à faire un Traité de Paix, en leur déclarant qu'autrement cet Etat s'exposeroit à perdre la Garantie de la France.

Qu'en cas que la Paix ne soit pas concluë entre ces deux Hautes Parties, mais qu'au contraire elles restent en guerre, cet Etat ne goutera pas les fruits de la Paix, & sera obligé de rester en armes selon toutes les apparences, pour prévenir que l'une ou l'autre Province de ces mêmes Etats ne soit surprise d'une maniere ou d'autre.

Il y a à craindre aussi que le Commerce & la Navigation ne soient fort troublez & sur tout qu'ils ne soient entierement ruinez vers l'Occident; ce qui ne manqueroit pas de donner lieu à de nouveaux démêlez.

Par ces pressantes considerations nos Principaux ont jugé extremement nécessaire, avant de signer la Ratification dudit Traité de Paix, d'agir comme on a dit ci-devant.

Et comme nous savons qu'on nous objectera que le Traité ayant été conclu en conformité des Résolutions prises par leurs Hautes Puissances, il faut que la Ratification s'ensuive, nous répondons qu'il est bien vrai que nos Principaux ont été obligez malgré eux à consentir à la Resolution prise le 4. Mai & à celles du 10. & 13. Août, mais dans la confiance & après avoir fait entendre que ce n'étoit que dans la vuë d'acheminer l'accommodement entre les deux Hautes Parties, mais que par là on n'auroit pas dessein de faire frayer le chemin à un Traité separé, auquel nos Principaux n'ont jamais pensé; leurs Nobles Puissances ayant toujours jugé & jugeant encore, qu'on ne pouvoit avec fruit & avantage faire aucune Paix que conjointement avec la France.

Et même on ne trouvera pas que nos Principaux ayent jamais déclaré que le jugement sur les Tergiversations de la France & consequemment la conclusion d'un Traité séparé avec la Couronne d'Espagne, qui renverse tous nos Traitez avec la France & même la Ligue de garantie, ait été laissé aux Plénipotentiaires de cet Etat & qu'ils pourroient en cela agir à la pluralité des voix comme cela vient d'arriver.

Au contraire quand les Députez d'Utrecht ont demandé une explication ou une déclaration sur la maniere de juger de ces tergiversations, les Députez de Zélande ont declaré qu'ils se trouvoient incapables & non qualifiés pour donner leurs avis là-dessus, & que leur intention n'avoit été autre que d'en reserver le jugement à l'Etat, d'où il paroit clairement, que quand au mois de Novembre dernier on travailloit au départ des Plénipotentiaires qui alloient à Munster, il fut expressément délibéré par les Députez de Zélande qu'en cas que le different qui restoit entre la France & l'Espagne ne put

être

1648.

être accommodé, les Plénipotentiaires ne pourroient conclure le Traité, mais feroient obligez de députer quelqu'un d'entre eux pour faire leur raport & recevoir des ordres plus pofitifs.

Quoique cela n'ait pas été admis par les autres Provinces, on ne trouvera point certainement que la Zélande ait défifté de cet avis: c'eft pourquoi lorfque le 15. Novembre on trouva bon que Meffieurs les Plénipotentiaires fur le point de partir pour Munfter, fe conformeroient aux Réfolutions du 18. Mai 4. Juillet 7. & 10. Août paffé, ce qui paffa à la pluralité des voix, & qu'on infera ces paroles, (& de conclure finalement le Traité de Paix entre le Roi d'Efpagne & cet Etat conformément auxdites Refolutions,) les Députez de Zélande fe font oppofez à cela, & ont fait enregiftrer qu'ils n'avoient aucun ordre d'aprouver une telle addition.

On peut inférer auffi que telles auroient été les intentions des Etats de Hollande, puifqu'après la réfolution du 4. Juillet 1647. leurs Nobles PP. (comme nous en fommes informez) ont pris une réfolution déclaratoire pour definir en quoi on pourroit dire que la France auroit tergiverfé.

Et fupofé que le jugement de cette tergiverfation foit refté à l'Etat, Meffieurs les Etats de Zélande ayant fait attention aux Lettres & Raports des Plénipotentiaires, comme auffi aux Propofitions & Ecrits de Meffieurs les Ambaffadeurs de France ont jugé que pour obvier à toute brouillerie & conferver amitié, fidelle Alliance & correfpondance avec la France, on devoit faire tout fon poffible pour porter les deux Hautes Parties à un accommodement, & que pour cette fin on devoit encore furfeoir la Ratification du Traité de Paix.

Du refte Meffieurs les Députez de Zélande ont dit qu'ils avoient ordre de propofer quelques Remarques de leurs Principaux fur le Traité de Paix pour fervir d'éclairciffement à quelques Articles: elles font telles que l'on les trouve ici écrites afin qu'on y ait égard avant d'expedier la Ratification pour en ufer ainfi que l'on trouvera bon être.

Ainfi fait le 31. Mars 1648.

CONSIDERATIONS

De leurs Nobles & Grandes Puiffances les

ETATS DE ZELANDE

Sur les

NEGOCIATIONS

De

MUNSTER

Pour la Cloture de la Paix.

L'an 1648.

Delivrées le 31. Mars, luës le 1. Avril 1648.

COnfiderations propofées par les Députez de Zélande le 30. Mars 1648. dans l'Affemblée de leurs Hautes Puiffances pour l'éclairciffement & l'exécution de quelques Articles du Traité de Paix, & fur l'Article particulier touchant la fureté de la Navigation & du Commerce dans les Païs qui pourroient être en guerre avec le Roi d'Efpagne.

Que dans le Préambule du Traité on mette le mot de *Libre*, favoir, *Libres Provinces-Unies*, ainfi qu'il eft inferé dans le Pouvoir & formulaire de Pacification.

Que par tout dans le Traité où on fe fert du mot de Majefté on mettra le *Seigneur Roi d'Efpagne*, ou bien *Sa Majefté le Roi d'Efpagne*.

Que dans le troifiéme Article le mot *Axel*, eft pour *Axel-Ambacht*.

Que pour faire connoitre l'intention de cet Etat, touchant les trois quartiers d'Outre-Meufe, on déclarera aux Efpagnols que cet Etat eft réfolu de les garder, conferver & retenir, fans attendre la decifion de la Chambre mi-partie.

Que pour mieux entendre & expliquer, ce qui eft dans l'Article XIX. où l'on fait mention de fcandale public au fujet de la Religion, cet Article doit être éclairci ainfi. *Que ce ne fera point un fcandale, fi quelqu'un rencontrant dans les ruës ou à la campagne le Sacremeut, il ne fait pas la réverence ou ne lui rend aucun autre culte religieux.*

Qu'avant la Ratification du Traité de Paix on doit regler ce qui concerne la refidence de la Chambre mi-partie, comme auffi l'Inftruction

Qqq 3 &

& le Serment fur lequel ladite Chambre doit rendre juſtice & faire droit.

Que les Actes & Confirmations de neutralité entre l'Empereur & cet Etat doivent être delivrez, & échangez avant la Ratification du Traité de Paix.

Que le Point des limites en Flandres ou ailleurs doit être reglé avant la Ratification du Traité de Paix, & nommément tout le quartier Oriental du *Franc* ſera mis ſous l'obeiſſance des Etats.

Qu'on doit regler par le Traité la demolition des Forts aux environs de l'Ecluſe & y comprendre la defenſe & l'ouverture du *Sas* ſitué ſur la Contreſcarpe du Fort Iſabelle près du Swyn.

Et pour ce qui regarde une démolition reciproque de quelques Forts de ce côté ici pour ceux de ce côté-là, on en conviendra avec les Eſpagnols avant la Ratification du Traité de Paix, ſans que pour cet effet on ſoit obligé d'avoir aucun égard aux paſſages de l'Ecluſe & aux Forts de l'Iſle de Cadſant, qui ſeront pour cet effet rayez de l'Article 68. du Traité,

Et en cas qu'on démoliſſe de notre côté les Forts à l'Orient de l'Eſcaut, excepté Lillo, on ſera auſſi dans ce cas-là obligé de démanteler Santvliet.

Que la Digue qui eſt aux environs de St. Donaes ſera raſée, & qu'ailleurs & non là, il ſera mis un *Sas* de l'autre côté de la maniere dont on pourra en convenir le mieux.

Que dans le reglement fait par les Seigneurs Plénipotentiaires de cet Etat ſous l'agrément de leurs Hautes Puiſſances, pour la ſureté du Commerce & de la Navigation, on doit expliquer quelles ſortes de Marchandiſes ſeront contrebandes, auſſi bien de la part du Roi d'Eſpagne que de cet Etat. Le Commerce en France doit auſſi être expliqué un peu plus clairement, ſur tout quelles Marchandiſes d'Eſpagne ne pourront pas être portées en France, quand la France & l'Eſpagne ſeront en guerre.

LETTRE

De Monſieur le Comte de

SERVIEN

AMBASSADEUR EXTRAORDINAIRE

De Sa Majeſté en

ALLEMAGNE

Et

PLENIPOTENTIAIRE

Pour le

TRAITE' DE LA PAIX GENERALE,

Ecrite à Meſſieurs les

AMBASSADEURS

Des

PROVINCES-UNIES

Le 14. jour de Mai 1648.

MESSIEURS,

J'Envoye à vos Excellences une Réplique ſuccinte aux Réponſes de Meſſieurs les Eſpagnols. Monſieur de Meinderſwyk ſe peut reſſouvenir que quant à ſa requiſition, & pour ſon information ſeulement, je lui ai donné un Mémoire abregé, & non raiſonné, des points indecis entre la France & l'Eſpagne, ce n'a pas été avec deſſein de former de nouvelles conteſtations; cette voye eſt ſi éloignée du but que l'on doit avoir ſi l'on deſire la Paix, que je n'euſſe point fait cette Replique, ſi je n'euſſe apprehendé qu'on eût mal interpreté mon ſilence, puiſque nous ſommes ici pour traiter, & non pas pour plaider.

Il me ſemble que ceux qui employent leurs offices pour l'accommodement, doivent plutôt chercher des ouvertures, ou des expediens capables de terminer les difficultez qui reſtent, que de ſe laiſſer importuner, & amuſer le monde, par des remontrances inutiles, qui ne tendent qu'à retarder le Traité.

Cependant VV. EE. m'ayant hier fait connoitre qu'elles ſont diſpoſées à faire l'échange de leurs Ratifications, je les ſuplie de trouver bon, que pour ma décharge envers le Roi, & pour éviter qu'on ne puiſſe faire paſſer mon ſilence, pour une eſpece de conſentement, je leur repreſente ce qui s'enſuit, où il ne s'agit pas moins

de

 de l'intérêt de votre Etat, que de celui de la France.

Que cette action est directement contraire aux Traités d'alliance, & (comme je présupose) à l'intention de Messieurs les Etats.

Qu'elle est aussi contraire au desir, & aux protestations d'une (des plus considerables Provinces de votre Etat dont les sentimens meritent de n'être pas méprisez, puisqu'ils sont si raisonnables, & conformes à ceux de plusieurs Villes, & aux principaux particuliers de votre Païs.

Que ce n'est pas le moyen d'assurer le repos de votre Etat, mais plutôt de le tenir en apréhension, de ce qui peut arriver au dehors, & des troubles & divisions qui peuvent naître au dedans.

Que c'est faire durer volontairement la guerre dans la Chrétienté, laquelle VV. EE. peuvent faire cesser facilement, en prenant une resolution contraire, & conforme aux Traitez de confédération.

Que VV. EE. n'ont point encore satisfait aux devoirs qui leur ont été ordonnez par Messieurs leurs Supérieurs, pour obtenir le contentement de la France.

Que les simples demandes qu'elles peuvent avoir faites aux Parties, pour savoir si elles se veulent accommoder, ou relâcher, ne sont pas les véritables devoirs d'un Allié & Confederé, puisque les mêmes offices sont employez même avec plus d'efficace par les Ministres de sa Sainteté & de la République de Venise, qui n'ont pas été engagés avec la France dans la présente Guerre comme Messieurs les Etats.

Que les Instances que VV. EE. m'ont faites, pour me relâcher ou faire quelque ouverture qui contente Messieurs les Espagnols, sont bien encore moins devoirs d'un veritable Allié.

Que VV. EE. depuis leur arrivée, ne m'ont fait aucune ouverture, ni de leur mouvement, ni de la part de l'Espagne, tendante à l'accommodement, mais seulement declaré, que Messieurs les Espagnols ne vouloient rien faire par dessus ce qu'ils avoient ci-devant offert, qui est plutôt une Déclaration de guerre, qu'une proposition de Paix.

Que VV. EE. ont grand intérêt de ne se charger pas des inconveniens qui peuvent naître de la separation qu'elles vont faire, puis qu'en rompant volontairement, & sans aucun sujet, les Traités de Confederation qui ont acquis aux habitans de vos Provinces, de grandes franchises, privileges, & libertés en France, elles peuvent mettre en doute tous ces avantages, au grand préjudice d'une infinité de peuples, qui tirent leur subsistance du Commerce de la France.

Que le Roi, & le feu Roi son pere de glorieuse Mémoire n'avoient pas sujet d'attendre un semblable abandonnement, n'ayant jamais refusé aucune chose, qui ait été en leur pouvoir, pour le bien & conservation de votre Etat.

Que beaucoup de choses qui pourroient être faciles avant ledit échange, deviendront plus difficiles, après qu'il aura été fait.

Et enfin, qu'on aura sujet de croire, que VV. EE. ont eu jusques à présent plus d'intention d'empêcher la Paix des deux Couronnes, que de l'avancer, puisque pendant leur absence Messieurs les Espagnols ont déclaré qu'ils étoient engagez envers VV. EE. de ne rien faire, quel par votre interposition, & que depuis votre arrivée, VV. EE. ne m'ont porté aucune parole de leur part, qui ne tende plus à la rupture, qu'à l'accommodement comme il a été dit.

Je suis obligé de dire outre cela à VV. EE. que la promesse qu'ils ont publié avoir retirée de Messieurs les Ministres d'Espagne comme favorable à la France, n'a produit aucun effet en sa faveur, mais a retardé jusques à présent la Négociation, au lieu de l'avancer, & a empêché qu'on y ait pû travailler, comme on peut voir clairement par ce qui s'ensuit.

Aussitôt que VV. EE. furent parties de cette Ville au commencement du Mois de Fevrier, Messieurs les Médiateurs par le zele qu'ils ont pour le bien public, ayant voulu presser l'accommodement des deux Coûronnes; nous déclarâmes franchement que nous étions prêts d'entrer en matiere, quoique Monsieur le Comte de Peñaranda fût seul en cette Ville, & que par le Pouvoir du Roi d'Espagne, il fût besoin de deux Plénipotentiaires pour traiter valablement.

Ledit Seigneur Comte de Peñaranda répondit d'abord qu'il étoit engagé envers VV. EE. & ne pouvoit traiter sans leur entremise, si ce n'est que nous le dégageassions par une declaration par écrit, qui portât que nous ne voulions point admettre l'Interposition de Messieurs les Etats ni la vôtre.

Nous répondimes que nous avions ordre de ne refuser ni rechercher l'Interposition de personne; que nous étions prêts d'admettre celle de Messieurs les Etats, ou la vôtre, ou de tous ceux qui voudroient travailler à l'avancement de la Paix : & que par conséquent ceux qui avoient écrit à la Haye que nous refusions votre entremise, avoient été mal informez, comme eux-mêmes l'ont reconnu depuis. Qu'à la verité pour l'arbitrage nous n'avions pas eu charge de le deferer à VV. EE. mais à Messieurs vos Supérieurs, n'étant pas la coûtume de soumettre de semblables differents, où il s'agit de l'intérêt de deux si puissans Monarques, à des Ministres subalternes; mais seulement aux Souverains.

Monsieur le Comte de Peñaranda s'étant aperçu que la réponse étoit trouvée bien étrange, & avoit été mal interpretée dans l'Assemblée, parce qu'il n'y a point de difference entre ne vouloir point traiter, & ne le vouloir faire, que par le moyen de ceux qui sont absens du lieu où l'on traite; craignant d'ailleurs que Messieurs les Médiateurs n'eussent sujet d'être offensez du mépris qu'il faisoit de leurs offices, changea de langage; & dit, qu'à la verité il n'étoit pas lié à ne traiter point sans VV. EE. mais qu'il avoit intérêt d'attendre leur retour, parce qu'elles lui avoient donné un Ecrit contenant les moyens d'accommoder les points indécis entre les deux Couronnes, sur lequel il s'étoit fondé, quand il avoit donné celui que VV. EE. avoient exigé de lui, & même lorsqu'il avoit rendu compte de la Négociation à son Maître.

Lorsque j'apris du Discours de Messieurs les Médiateurs cette nouveauté dont il n'avoit jamais été parlé; je leur représentai que ce prétendu Ecrit, donné par VV. EE. devoit être une suposition & un prétexte artificieusement recherché pour n'entrer point en matiere. J'en fis plainte à Monsieur de Meindersfwyk aussitôt après son arrivée; & lui témoignai mon étonnement de ce qu'on avoit proposé des moyens d'accommodement, comme venans de nous, & sur lesquels nos Parties se vouloient fonder, sans que jamais ils nous eussent été communiqués.

S. E. me demanda du temps, pour me pouvoir éclaircir de la verité, & après avoir vu ses papiers, m'assura le lendemain, que ce prétendu Ecrit (lequel toutefois a retardé la Négociation

tion pendant trois mois) n'avoit point été donné par VV. EE. qu'il falloit qu'il y eût de l'équivoque, & qu'il en parleroit à Monſieur le Comte de Peñaranda.

Quelques jours après ledit Sieur Comte tint un autre langage à Meſſieurs les Médiateurs, & leur dit qu'à la verité on ne lui avoit point donné d'Ecrit, mais que VV. EE. avoient fait une Propoſition de bouche qui avoit été dictée à Monſieur Brun, & dont ledit Sieur Brun avoit après donné une Copie à VV. EE. contenans leſdits moyens d'accommodement.

J'ai fait inſtance tant auprès de Meſſieurs les Médiateurs, que VV. EE. pour avoir une copie de cette propoſition, ſans en pouvoir avoir aucune connoiſſance; au lieu de la faire voir, on a commencé une autre baterie, & on a dit que Meſſieurs les Eſpagnols ne vouloient rien faire par delà ce qu'ils avoient ci-devant offert, & qu'ils n'étoient pas reſolus d'y rien ajoûter.

Lorſque j'ai fait voir à VV. EE. que cette déclaration nouvelle eſt directement contraire à l'Ecrit que Meſſieurs les Eſpagnols donnerent le jour de la ſignature, qui porte qu'en attendant le temps des Ratifications, on concertera & arrêtera les points qui reſtent indécis, hors celui de Lorraine, pour lequel on écrira aux deux Rois &c. Et qu'elle eſt auſſi directement contraire à la ſoumiſſion que Meſſieurs les Eſpagnols ont témoigné vouloir faire deſdits points au jugement d'Arbitres, & que par conſequent, c'étoit changer l'état de la Négociation. VV. EE. ſe ſouviendront, s'il leur plaît, qu'elles ne m'ont donné aucune ſolide réponſe de la part de Meſſieurs les Eſpagnols, ſur laquelle on aît pu faire aucun fondement, & même ont fait connoitre, que ſi l'Ecrit donné à VV. EE. n'avoit point de lieu, Meſſieurs les Eſpagnols prétendroient être en liberté de revoquer les choſes accordées.

Je ſuplie VV. EE. de trouver bon, que je leur demande comment on peut traiter ſolidement des affaires de ſi grande conſequence parmi toutes ces variations, contradictions, & ſubtilitez de nos Parties?

Qui pourra jamais croire qu'en une Négociation, où il s'agit de terminer une longue & ſanglante guerre, pour mettre toute l'Europe en repos, on aît accordé les choſes par ſimple caprice, ou par affection particuliere envers ceux qui s'en mêlent, avec liberté de les revoquer ſi d'autres en parlent; eſt-ce un procedé digne de la matiere que l'on traite? Peut-on croire, que ce qui a été promis à des particuliers, puiſſe être refuſé à ſa Sainteté, & à une puiſſante Republique comme celle de Veniſe? Qui ne voit que c'eſt une flaterie peu ſeante, qu'on a voulu faire à VV. EE. aux dépens de Meſſieurs les Médiateurs auxquels on ne manquera pas de deſavoüer la choſe, auſſitôt qu'elle ſera venuë à leur connoiſſance.

Comment eſt-ce qu'on pourroit accorder la promeſſe de concerter & arrêter les points indécis, pendant les deux mois qu'il falloit atten-

dre l'échange des Ratifications, avec le refus que Meſſieurs les Eſpagnols ont fait d'entrer en Traité pendant ce temps là ſous prétexte d'attendre VV. EE. qui ne ſont revenues ici qu'après ce delai expiré, & avec intention à ce qu'elles diſent, de faire ledit échange ſans aucune remiſe.

Comment eſt-ce que cette même promeſſe peut être accordée avec la nouvelle déclaration de ne vouloir rien ajoûter aux offres ci-devant faits? Car cela étant, & moi perſiſtant à celui qui a été fait de la part de la France, il n'y aura rien à concerter ou arrêter, & on n'auroit point beſoin de votre interpoſition, à laquelle Meſſieurs les Eſpagnols font ſemblant de defferer tant, pour accepter les propoſitions qu'ils nous ont fait faire il y a longtems. Ce qui fait voir bien clair ſi l'intention qu'ils ont euë en faiſant ladite promeſſe, a été ſincere, & ſi ç'a été autre choſe qu'un amuſement ſans eſperance d'aucun effet, qu'on a voulu donner à VV. EE. pour exiger leur ſignature, qui par conſequent merite avec raiſon d'être annulée, puiſque la condition ſous laquelle on l'a faite, a été inutile juſqu'à préſent, & eſt aujourd'hui ouvertement revoquée par des déclarations nouvelles.

Je me promets que VV. EE. prendront la peine de faire une ſerieuſe réflexion ſur tout ce que deſſus, afin de choiſir par leur prudence les choſes qui peuvent ſervir à l'avancement de la Paix, & éviter celles qui peuvent nuire. J'ai eſtimé le devoir mettre par écrit, afin que mes Diſcours ne puiſſent point recevoir d'interpretation contraire à mon intention. VV. EE. ne croiront pas s'il leur plaît, que ce que je fais, tende à autre fin, qu'à informer le monde de la verité, & faire voir, qu'il a été fait de la part du Roi, autant de diligence pour avancer la Paix, comme il en a été fait au contraire par nos Parties pour la retarder. Après cela, je dois eſperer du favorable témoignage de VV. EE. qu'on ne pourra point imputer ce retardement aux Miniſtres de ſa Majeſté laquelle a toujours ſincerement ſouhaité la Paix, mais qui n'a jamais apprehendé la guerre.

Il me reſte à ſuplier VV. EE. puiſque ce prétendu Ecrit, qu'on a dit ci-devant avoir été donné ou dicté par VV. EE. a ſervi de prétexte à Meſſieurs les Eſpagnols, pour rendre les ſoins de Meſſieurs les Médiateurs inutiles pendant trois mois, qu'il leur plaiſe me délivrer une copie dudit Ecrit, s'il eſt veritable, étant bien juſte que je le voye, s'il a été communiqué à nos Parties, comme venant de nous; ou bien de me donner une declaration par écrit, qui porte ce qu'elles m'ont dit de bouche que jamais elles n'ont donné ni dicté ledit Ecrit, afin que chacun puiſſe connoître, ſi ceux qui ont fait tant de fondement pendant trois mois ſur cet Ecrit prétendu, ont traité ſincerement avec Meſſieurs les Médiateurs & avec moi. C'eſt &c.

A Munſter le 14. *jour de Mai* 1648.

CIRCA

SATISFACTIONEM

CORONÆ

SUECIÆ,

CAUSAM PALATINAM,

Et

PRÆTENSIONEM HASSIACAM,

Osnabrugi peracta.

Repetitis Conditionibus Præliminaribus Art. de Reformatione Juſtitiæ præfixis, de Satisfactione Regiæ Majeſtatis Sueciæ,
Conventum eſt ut ſequitur.

Porrò quoniam Sereniſſima Regina Sueciæ poſtu-
laverat ut ſibi pro locorum hoc Bello occupatorum
reſtitutione ſatisfieret, Pacique publica in Imperio
reſtaurandæ condigne proſpiceretur ; ideò Cæſarea
Majeſtas de conſenſu Electorum, Principum &
Statuum Imperii, cum primis intereſſatorum, vigo-
reque præſentis Tranſactionis concedit eidem Sere-
niſſimæ Reginæ, futuris ejus Hæredibus ac Suc-
ceſſoribus Regibus Regnoque Sueciæ ſequentes Di-
tiones pleno jure in perpetuum & immediatum Im-
perii Feudum.

1. *Totam Pomeraniam citeriorem, vulgò* vor
Pommeren *dictam, unà cum Inſula Rugia iique*
finibus contentas, quibus ſub ultimis Pomeraniæ
Ducibus deſcriptæ fuerant. Adhæc è Pomera-
nia Ulteriori Stetinum, Gartz, Dam, Goldaw
& Inſulam Wollin, unà cum interlabente Odera
& Mari, vulgò das Friſche Haaff vocato, ſuiſ-
que tribus Oſtiis Pein, Sweine & Dievenaw, at-
que adjacente utrinque Terra, ab initio Territo-
rii Regii, uſque in Mare Balthicum, ea latitu-
dine Littoris Orientalis, de qua inter Regios &
Electorales Commiſſarios circa exactionem limitum
& cæterarum munitionum definitionem amicabili-
ter convenietur.

TOM. IV.   *Hunc*

ACTES PASSEZ

A

OSNABRUG

Au ſujet des Prétentions de la

COURONNE

De

SUEDE,

Des intérêts de la

MAISON PALATINE,

Et des Prétentions de

HESSE.

Après avoir répeté les Conditions
Préliminaires ſtipulées dans
l'Article de la réforme de la
Juſtice, on eſt convenu au ſu-
jet de la ſatisfaction pour Sa
Majeſté Suédoiſe de la maniere
ſuivante.

LA Séréniſſime Reine de Suéde ayant demandé qu'on eût à lui donner ſatisfaction
ſur la reſtitution des Places qui ont été occupées pendant la Guerre, & qu'on cherchât en
même tems à rétablir dans l'Empire une Paix
honorable ; Sa Majeſté Impériale du conſentement des Electeurs, Princes & Etats de l'Empire qui y ſont intereſſés, a, en vertu de la
préſente Tranſaction, cédé à la Séréniſſime Reine, ſes héritiers & Succeſſeurs Rois, & au Royaume de Suéde de plein droit à toujours en fief
perpetuel de l'Empire.

1. Toute la Poméranie citerieure qu'on appelle ordinairement *vor Pommeren*, avec l'Iſle
de Rugen avec les mêmes bornes qu'elle a-
voit ſous les derniers Ducs de Pomeranie, &
de plus dans la Pomeranie ultérieure Stetin,
Gartz, Dam, Goldaw, & l'Iſle Wollin, avec
l'Oder & la Mer qu'on appelle *das Friſche-Haaff,*
& les trois embouchures dites *Pein, Sweine &*
Dievenaw, enſemble tout le Païs adjacent depuis le Territoire Royal juſqu'à la Mer Baltique
avec une étendue ſur le rivage oriental telle qu'en
conviendront à l'amiable les Commiſſaires Royaux & Electoraux nommez pour regler les limites & les fortifications.

Rrr   *La*

1648.

Hunc Ducatum Pomeraniæ Rugiæque Principatum, unà cum Ditionibus locisque annexis, omnibusque & singulis ad ea pertinentibus Territoriis, Præfecturis, Urbibus, Castellis, Vicis, Pagis, Hominibus, Feudis, Fluminibus, Insulis, Lacubus, Littoribus, Portubus, Stationibus, antiquis Vectigalibus & reditibus, & quibuscunque aliis Ecclesiasticis ac Sæcularibus Bonis, nec non Titulis, Dignitatibus, Præeminentiis, Immunitatibus & prærogativis cæterisque omnibus & singulis Ecclesiasticis & Sæcularibus Juribus ac Privilegiis quibus Antecessores Pomeraniæ Duces ea habuerant, incoluerant & rexerant, Reg. Majest. Regnumque Sueciæ ab hoc die in perpetuum pro hæreditario Feudo habeat, possideat iisque liberè utatur & inviolabiliter fruatur.

Quicquid etiam juris Collatione Prælaturarum & Præbendarum Capituli Caminensis antehac habuerunt Duces Pomeraniæ citerioris, habeat imposterum Regia Majestas Regnumque Sueciæ perpetuò, cum potestate eas extinguendi, reditusque Mensæ Ducali post modernorum Canonicorum & Capitularium decessum applicandi. Quicquid autem ulterioris Pomeraniæ Ducibus competierat, competat Domino Electori Brandeburgico unà cum integro Episcopatu Caminensi, ejusque Territoriis, Juribus & Dignitatibus, prout illa pluribus explicatur.

Titulis & insigniis Pomeraniæ tàm Regia Domus quàm Brandenburgica promiscuè utantur more inter priores Pomeraniæ Duces usitato. Regia quidem perpetuò: Brandenburgica verò quamdiu ullus è linea Masculina superfuerit, absque tamen Rugiæ Principatu, omnique alia prætentione ullius juris in loca Regno Sueciæ cessa. Deficiente verò Linea Masculina Domus Brandenburgicæ omnes præter Sueciam aliis titulis & insigniis Pomeranicis abstinebunt, atque tunc quoque ulterior Pomerania tota cum citeriori Pomerania totoque Episcopatu & integro Capitulo Caminensi, adeoque omnibus Antecessorum juribus & expectantiis consolidata ad solos Reges Regnumque Sueciæ perpetuò pertinebunt, spe interim Successionis, & investitura simultanea gavisuros: ita ut etiam Ordinibus Subditisque dictorum locorum pro Homagii præstatione solito more caveant. Dominus Elector Brandeburgicus cæterique omnes interessati exsolvant Ordines Officiales, & subditos singulorum supradictorum locorum vinculis & Sacramentis, quibus hucusque sibi suisque Dominibus obstricti fuerant, eosque ad Homagium & obsequia Regiæ Majestati Regnoque Sueciæ more solito præstandum remittant, atque ita Sueciam in plenâ justaque eorum possessione constituant; renunciantes omnibus in ea prætentionibus ex nunc in perpetuum, idque pro se suisque posteris peculiari Diplomate hic confirmabunt.

Secundò Imperator de consensu totius Imperii concedit etiam Serenissimæ Reginæ ejusque Hæredibus ac Successoribus Regibus Regnoque Sueciæ in perpetuum & immediatum Imperii Feudum Civitatem Portumque Wismariensem unà cum Fortalitio Walfisch, & Præfecturis Poel, (exceptis Pagis Sehedorff, Weitendorff, Brandenhuysen & Bangern, ad Hospitalia S. Spiritus in urbe Lubeca pertinentibus) & Neven-Closter: omnibusque juribus & appertinentiis, quibus ea Duces Megapolitani hucusque habuerant, ita ut dicta loca, totusque Portus cum Terris utriusque

lateris

La Reine & ses Successeurs à la Couronne, ainsi que le Royaume de Suéde possederont dès à présent & à perpetuité librement & paisiblement en fief ce Duché de Poméranie & la Principauté de Rugen avec leurs appendances & dépendances, Préfectures, Villes, Châteaux, Bourgs, Villages, Habitans, Fiefs, Fleuves, Isles, Lacs, Rivages, Ports, Etapes, anciens Droits & revenus, biens Ecclesiastiques & Séculiers, Titres, Dignités, Prééminences, Immunités, Prerogatives, & tous autres Droits généraux & particuliers Ecclesiastiques & Seculiers, comme les ont possedez, eus, joui & gouvernez les anciens Ducs de Pomeranie.

Sa Majesté Suédoise & le Royaume de Suéde auront comme les anciens Ducs de la Poméranie citerieure tout droit de Collation aux Prélatures, Dignités & Canonicats du Chapitre de Camin, & outre cela la faculté après le décès des nouveaux Chanoines & Capitulaires d'annexer leurs revenus à la Mense Ducale. Mais pour ce qui regarde la Poméranie ulterieure qui appartenoit aux Ducs, elle appartiendra à l'Electeur de Brandebourg, avec l'Evêché entier de Camin, son Territoire, ses Droits & Dignitez comme cela sera plus amplement explique.

La Maison Royale ainsi que celle de Brandebourg jouïront également des titres & armes de la Poméranie de la maniere qu'en ont jouï les anciens Ducs de Poméranie, la Maison Royale à perpetuité, & celle de Brandebourg tant qu'il restera quelqu'un de la ligne Masculine; sans que cette derniere néanmoins puisse avoir aucune prétention sur l'Isle de Rugen & sur les endroits cedés au Royaume de Suéde. Et lorsque la ligne Masculine viendra entierement à manquer dans la Maison de Brandebourg, il n'y aura que la Suéde qui pourra jouir des titres & armes de la Poméranie: de sorte qu'alors la Poméranie ulterieure & citerieure, l'Evêché & le Chapitre entier de Camin apartiendront avec tous les anciens Droits de leurs Prédecesseurs, en propre & à perpetuité à la Couronne & Royaume de Suéde qui jusques là jouïra de l'esperance de la Succession & de l'investiture simultanée, recevant même l'hommage ordinaire que les Etats & Sujets des lieux susdits ont accoutumé de rendre. Le Seigneur Electeur de Brandebourg & tous ceux qui y ont intérêt, dispenseront les Etats, Officiers, & Sujets de tous les lieux susdits des sermens qui les attachent à leurs Maisons, & les renverront pour la foi & hommage selon la coutume au Roi & au Royaume de Suéde, qu'ils mettront ainsi dans une juste & pleine possession, renonçant aussi dès à présent à toutes leurs prétentions, & pour toujours pour eux & leurs Successeurs, ce qui sera confirmé par un Diplome particulier.

2. L'Empereur du consentement de l'Empire accorde encore à la Sérénissime Reine de Suéde ses héritiers & Successeurs à la Couronne, ainsi qu'au Royaume de Suéde à perpetuité & pour toujours comme Fief immédiat de l'Empire la Ville & Port de Wismar avec la Forteresse de Walfisch & les Bailliages de Neven-closter & de Poel, (excepté néanmoins les Bourgs de Sehedorff, Weitendorff, Brandenhuysen & Bangern qui apartiennent aux Hôpitaux du Saint Esprit de la Ville de Lubec) avec tous leurs Droits & apartenances tels que les ont eus jusqu'à présent les Ducs de Mecklenbourg, en telle sorte & maniere que les lieux susdits, le Port entier & les Terres de l'un & l'autre côté

de

1648.

lateris ab Urbe in Mare Balthicum liberæ disposi-tioni Suæ Majestatis subsit, possitque ea muni-mentis & præsidiis pro lubitu & exigentia cir-cumstantiarum, suis tamen propriis sumtibus firma-re; ibique semper pro suis Navibus Classeque tu-tum securumque receptum ac Stationem habere, iisque de cætero uti fruique eo jure quod ipsi in cæ-tera sua Imperialia Feuda competit; ita tamen, ut Civitati Wismariensi Privilegia sua sint salva, ejusque Commercia protectione favoreque Regio omni meliori modo promoveantur.

Tertiò. Imperator de consensu totius Imperii concedit etiam vigore presentis Transactionis Sere-nissimæ Reginæ ejusque Hæredibus ac Successori-bus Regibus Regnoque Sueciæ Archi-Episcopatum Bremensem & Episcopatum Verdensem, cum Op-pido & Præfectura Wilshausen, omnique jure quod ultimis Archi-Episcopis Bremensibus compe-tierat in Capitulum & Diœcesin Hamburgensem (salvis tamen Domui Holsatiæ ut & Civitati Ca-pituloque Hamburgensi suis respectivè juribus, Privilegiis, Libertate, Pactis, & Possessione, sta-tuque præsenti per omnia, ita ut quatuordecim illi Pagi in Præfecturis Holsaticis, Trittoviensi & Reinbeccensi pro moderno annuo Canone Domino Friderico Duci Holsatiæ, Gottorpiensi & illius posteris in perpetuum maneant) cum omnibus & singulis ad eos pertinentibus ubicunque sita sunt Ecclesiasticis & Secularibus bonis & juribus, quo-cunque nomine vocatis, terra marique in perpe-tuum & immediatum Imperii Feudum, sub solitis quidem insigniis, sed titulo Ducatus: cessante Ca-pitulorum cæterorumque Collegiorum Ecclesiasticorum eligendi & postulandi omnique alio jure, adminis-tratione & gubernatione Terrarum ad hos Ducatus pertinentium.

Civitati vero Bremensi ejusque Territorio & Subditis præsens suus Status, Libertas, Jura & Pri-vilegia in Ecclesiasticis & Politicis sine impeditione relinquantur. Si quæ autem ipsi cum Episcopatu seu Ducatu aut Capitulis sint, aut imposterum enascantur controversiæ, eæ vel componantur amicabiliter, vel jure terminentur, salva interim cuique Parti sua quàm obtinet possessione.

Quartò. Ratione suprà dictarum omnium Ditio-num Feudorumque, Imperator cum Imperio cooptat Serenissimam Reginam Regnique Sueciæ Successores in immediatum Imperii Statum, ita ut ad Impe-rii Comitia inter alios Imperii Status Regina quo-que Regnique Sueciæ sub titulo Ducis Bremensis, Verdensis & Pomeraniæ, ut & Rugiæ Principis, Dominique Wismariæ citari debeant; assignatâ eis Sessione in Conventibus Imperialibus in Collegio Principum Scamno Sæculari loco quinto : voto qui-dem Bremensi hoc ipso loco & ordine, Verdensi verò & Pomerano ordine antiquitùs prioribus pos-sessoribus competenti explicando. In Circulo autem Superioris Saxoniæ proximè ante Duces Pomera-niæ Ulterioris : in Circulis Westphaliæ & inferio-ris Saxoniæ loco moreque receptis, ita ut inter Magdeburgensem & Bremensem Circuli Directo-rium alternetur.

Ad Conventus etiam Deputatorum Imperii tàm Regia Majestas, quàm Dominus Elector, suos pro more solito mittant : cum autem utrique Pomera-niæ unum tantum votum in iis competat, à Regiâ Majestate communicato prius Consilio cum dicto Electore, id semper feratur.

Deinde concedit eis in omnibus & singulis dictis Feudis Privilegium de non appellando, sed hoc ita, ut summum aliquòd Tribunal seu appellationis ins-

Tom. IV.

tantiam

de la Ville jusqu'à la Mer Balthique soient à la libre & entiere disposition de Sa Majesté Sué-doise, & qu'elle puisse selon sa volonté & l'e-xigence des cas les munir & pourvoir à ses frais & dépens de tout ce qu'elle jugera à propos & y avoir ses Vaisseaux, & Flotte en sureté avec le même droit & autorité qu'elle jouit de tous ses autres Fiefs Impériaux; stipulant néanmoins qu'il ne sera point touché aux Privileges de la Ville de Wismar, & que son Commerce sera protegé & maintenu de la maniere la plus favo-rable.

3. Sa Majesté Impériale, du consentement de l'Empire & en vertu de ce Traité, cede encore à la même Sérénissime Reine, ses Héritiers & Successeurs Rois & au Royau-me de Suéde, l'Archevêché de Brême & l'Evêché de Verden, la Ville & Bailliage de Wildhausen avec tous les Droits que les der-niers Archevêques de Brême avoient dans le Chapitre & Diocese de Hambourg (sauf néan-moins les Droits, Privileges, Libertés & Pac-tes que possedent & dont jouissent actuellement la Maison de Holstein, & la Ville & Chapitre de Hambourg respectivement : de sorte néan-moins que les quatorze Villages situés dans les Bailliages du Holstein, de Trittau & Reinsbeck resteront par un nouveau réglement à Frederic Duc de Holstein-Gottorp & à sa posterité à perpétuité) avec tout ce qui en dépend, biens & Droits Ecclesiastiques & Séculiers, de quel-que nom qu'on leur puisse donner, par terre & par mer en perpétuel & immédiat Fief de l'Em-pire avec les armes ordinaires, mais à titre de Du-ché, cessant tout droit de postuler & élire des Chapitres & Colleges Ecclesiastiques, tout au-tre droit & toute l'administration & Gouverne-ment des Terres qui apartiennent à ces Duchez.

La Ville de Brême, son Territoire, ses Sujets resteront sans aucun empêchement dans l'état où ils sont présentement, sans qu'on puisse tou-cher à leurs Libertez, Droits & Privileges Eccle-siastiques & Politiques. Et s'il y a actuellement ou s'il survient dans la suite quelques contesta-tions entre elle & l'Evêché ou Duché & les Cha-pitres, elles seront terminées à l'amiable ou en justice, chacun de part & d'autre restant jusques là en possession.

4. Par raport aux susdits Fiefs de l'Empire, l'Empereur & l'Empire admettent la Sérénissi-me Reine de Suéde & ses Successeurs dans l'Etat immédiat de l'Empire, ensorte que la Rei-ne & le Royaume de Suéde ayent rang dans les Dietes de l'Empire entre les Princes de l'Empi-re comme Ducs de Brême, Verden & Pomé-ranie & comme Princes de Rugen & Seigneurs de Wismar: leur rang sera dans les Dietes Im-périales dans le College des Princes au cinquié-me rang sur le banc des Seculiers pour y voter dans le lieu & rang ordinaires, aux anciens pos-sesseurs de Bremen, Verden & Poméranie. Dans le Cercle de la Haute Saxe immédiate-ment avant les Ducs de la Poméranie ulterieu-re aux Cercles de Westphalie & de la Basse Saxe on suivra l'usage ordinaire, ensorte que le Directoire du Cercle reste alternativement, en-tre Magdebourg & Brême.

La Reine & l'Electeur dans l'Assemblée des Députez de l'Empire auront leurs Députez selon l'usage ordinaire & comme les deux Poméranies n'y ont qu'un sufrage, ce sera le Deputé de Sa Majesté qui le portera après en avoir com-muniqué avec le susdit Electeur.

Le Privilege *de non appellando* leur est ac-cordé dans & tous & un chacun desdits Fiefs, mais il sera désigné un lieu commode dans l'Al-

Rrr 2

lema-

1648.

tantiam commodo in Germania loco constituat, eique idoneas præficiat personas, quæ unicuique jus & justitiam secundum Imperii Constitutiones, & cujusque loci Statuta absque ulteriori provocatione causarumve avocatione administrent.

E contra verò si contigerit ipsis tanquam Duces Bremenses, Verdenses, aut Pomeraniæ, vel etiam ut Principes Rugiæ, aut Dominos Wismariæ ex causa, dictas Ditiones concernente, ab aliquò legitimè conveniri, Cæsarea Majestas liberum eis relinquit, ut pro sua commoditate forum eligant, vel in Aula Cæsarea vel Camera Imperiali, ubi actionem intentatam excipere velint.

Teneantur tamen intra Menses à die denunciatæ litis sese declarare coram quo Judicio se sistere velint.

Præterea concedit eidem Regiæ Majestati Suæ jus erigendi Academiam & Universitatem, ubi & quando ei commodum visum fuerit. Adhæc concedit eidem moderna Vectigalia vulgò Licenten vocata, ad Litora Portusque Pomeraniæ & Megapoleos, jure perpetuo, sed ad eam taxæ moderationem reducenda, ne commercia in iis locis intercidant.

Exsolvit denique Status, Magistratus, Officiales & Subditos, dictarum respectivè Ditionum, feudorumque omnibus vinculis & Sacramentis, quibus prioribus Dominis & possessoribus aut prætendentibus hujusque obstricti fuerant, eosque ad subjectionem, obedientiam & fidelitatem Regiæ Majestati Regnóque Sueciæ seu ab hoc die hæreditario suo Domino præstandam remittit, obligatque, atque ita Sueciam in plena justaque eorum possessione constituit, verbo Imperiali promittens, se non solùm moderna Regina, sed & omnibus futuris Regibus Regnoque Sueciæ ratione dictarum Ditionum, Bonorum, Juriumque concessorum securitatem præstiturum, eosque sicut cæteros Imperii Status in eorum possessione quietà; contra quemcunque inviolabiliter conservaturum & manutenturum, atque hæc omnia peculiaribus investituram Literis omni meliori modo confirmaturum.

Tandem Cæsarea Majestas de consensu Statuum Imperii promittit, militiæ Suedicæ ante ejus exauctorationem ejusmodi satisfactionem ab Imperio absque onere Regni Sueciæ præstitum iri, prout cum eadem ex æquo & bono peculiariter conveniri poterit.

Vicissim Serenissima Regina futuri & Reges Regnumque Sueciæ, dicta Feuda omnia & singula à Cæsarea Majestate & Imperio recognoscant, eoque nomine quoties casus evenerit, Investiturarum renovationes decenter petant, juramentum fidelitatis eique annexa, sicut Antecessores similesque Imperii Vasalli, præstando.

De cætero Ordinibus & Subditis dictarum Ditionum locorumque, nominatim Stralsundensibus, competentem eorum libertatem, bona, Jura & Privilegia communia & peculiaria legitimè acquisita, vel longo usu obtenta

cum

1648.

letmagne pour y établir un Tribunal suprême des instances par appel, il sera rempli de personnes capables qui rendront justice à un chacun selon les Constitutions de l'Empire, & qui sans qu'on ait besoin de porter les Causes plus loin par appel jugeront selon les reglemens de chaque lieu.

Au contraire s'il arrivoit qu'ils fussent legitimement attaqués au sujet des susdites cessions soit en qualité de Ducs de Breme, Verden & Pomeranie, ou en qualité de Princes de Rugen, & Seigneurs de Wilmar, Sa Majesté Impériale leur laisse la liberté, selon leur commodité, de choisir un Tribunal pour y évoquer l'action intentée, soit au Conseil Aulique soit à la Chambre Impériale.

Mais ils seront obligez dans trois mois à compter du jour de la dénonciation du Procès de déclarer devant quel Juge ils veulent proceder.

De plus il est accordé à sadite Majesté le droit d'établir une Academie & Université, où &, quand elle jugera à propos. Outre cela les nouveaux Droits, appellez *Licenten* qui sont par ancienneté d'usage établis sur les Rivieres & Ports de la Poméranie & du Mecklenbourg, mais ils seront reduits & moderés afin qu'ils ne fassent pas tomber le commerce de ces endroitslà.

Sa Majesté Impériale décharge tous les Etats, Magistrats, Officiers & Sujets desdits Districts, & Fiefs cedez des engagemens & sermens par lesquels ils étoient liez à leurs précedens Seigneurs possesseurs & prétendans, & les met dès à présent sous la domination, l'obeissance & fidelité de Sa Majesté la Reine & le Royaume de Suéde qu'ils doivent lui prêter dès à présent comme à leur Seigneur Héréditaire. Que Sa Majesté Impériale en met ainsi en pleine possession engageant sa parole Impériale de garantir non-seulement à la Reine Regnante, mais à tous les Rois ses Successeurs & au Royaume lesdites Donations, Biens, Droits & Concessions pour en jouir dans une pleine & parfaite tranquilité comme Etats de l'Empire, & les y maintenir & conserver inviolablement contre qui que ce puisse être, ainsi que d'en confirmer l'investiture par des Lettres particulieres dans la meilleure forme qu'il sera possible.

Enfin Sa Majesté Impériale du consentement de l'Empire promet que les Troupes de Suéde avant d'être licentiées auront toute sorte de satisfaction de l'Empire, sans que ce soit à la charge du Royaume de Suéde, comme on en conviendra équitablement, & particulierement avec lesdites Troupes.

La Sérénissime Reine de son côté pour elle, les Rois ses Successeurs & le Royaume de Suéde reconnoissent tous & un chacun desdits Fiefs comme Fiefs de l'Empire, & sous ce titre s'obligent toutes les fois que le cas arrivera, d'en demander le renouvellement d'investiture dans la forme convenable, en prêtant le serment de fidelité comme ont fait les Prédecesseurs & autres Vassaux de l'Empire.

Au reste les Etats & Sujets desdits Districts & Places cedées & nommément ceux de Stralsond resteront dans leurs libertés, biens, Droits & Privileges communs & particuliers légitimement aquis, ou dont ils sont en possession

depuis

1648. *cum libero Evangelicæ Religionis Exercitio juxta invariatam Augustanam Confessionem perpetim fruendo, circa Homagii renovationem & præstationem more solito confirmabunt; interque eas Civitatibus Anseaticis eam Navigationis & Commerciorum libertatem, tàm in exteris Regnis, Rebus publicis & Provinciis, quam in Imperio integram conservabunt, quam ibi ad præsens usque Bellum habuerunt.*

Acta & conventa sunt hæc Osnabrugis die 8. stilo veteri, aut 18. Martii stilo novo 1648.

1648. depuis longtems, avec le libre exercice de la Religion Evangelique suivant l'invariable Confession d'Augsbourg ; ce qui leur sera confirmé en faisant & renouvellant l'hommage, selon la coutume ; le Commerce & la Navigation pour les Villes Anseatiques resteront aussi libres, tant avec les Royaumes étrangers que Républiques, Provinces & l'Empire entier, comme elles l'ont été jusqu'à la Guerre.

Fait & passé à Osnabrug le 8/18 Mars 1648.

JOHAN CRANE.	J. A. SALVIUS.
N. G. REIGERSPER-	W. CONRAD. VON
GER.	THUMBSHIRN.
(*Locus Sigilli.*)	L. S.
EGEN GAIL.	GUSTAV. JANSOM.

JOHAN CRANE.	J. A. SALVIUS.
N. G. REIGERSPER-	WOLFF CONRAD VON
GER.	THUMBSHIRN.
(*Locus Sigilli.*)	(L. S.)
EGEN GAIL.	GUSTAV. JANSOM.

CAUSA PALATINA

Prout inter

CÆSAREÆ MAJESTATIS

Nec non

CORONÆ SUECIÆ

Ut &

ELECTORUM

Et

STATUUM IMPERII

DD.

PLENIPOTENTIARIOS

ET DEPUTATOS

Transacta & à

STATIBUS

9. veteri aut 19. Martii stilo novo 1648. subscripta est.

Repetitis Conditionibus Præliminaribus Art. de Reformatione Justitiæ præfixis.

*A*Nte omnia verò *Palatinam Conventus Monasteriensis & Osnabrugensis eò deduxit*

ACCOMMODEMENT

Fait au sujet des affaires du

PALATINAT

Par les

AMBASSADEURS

PLENIPOTENTIAIRES

Et Députés de

SA MAJESTE' IMPERIALE,

De la

REINE DE SUEDE,

Des

ELECTEURS

Et

ETATS DE L'EMPIRE

ET CEUX DES ETATS.

Le 9/19 Mars 1648.

Après avoir repeté les Conditions Préliminaires dont on est convenu dans l'Article de la reforme de la Justice.

*A*Vant toutes choses, on convient pour l'affaire du Palatinat dont il a déja été question

1648.

duxit, ut eâ de re jam mota lis sit dirempta, modo sequenti. Et 1. quidem quod attinet Domum Bavaricam, Dignitas Electoralis quam Electores Palatini antehac habuerunt, cum omnibus Regaliis, Officiis, Præcedentiis, Insigniis & Juribus quibuscumque ad hanc Dignitatem spectantibus, nullo prorsus excepto, ut & Palatinatus Superior totus, unà cum Comitatu Cham, cum omnibus eorum appertinentiis, Regaliis ac Juribus, sicut hactenus ita & imposterum maneant penes D. Maximilianum Comitem Palatinum Rheni, Bavariæ Ducem ejusque liberos, totamque Lineam Guilhelmianam, quamdiu Masculi ex eâ superstites fuerint.

Vicissim Dominus Elector Bavariæ pro se, Hæredibus ac Successoribus suis totaliter renunciet debito tredecim millionum omnique prætensioni in Austriam Superiorem, & statim à publicata Pace omnia Instrumenta desuper obtenta Cæsareæ Majestati ad cassandum & annullandum extradat.

Quod ad Domum Palatinam attinet, Imperator cum Imperio publicæ tranquillitatis causa consentit, ut vigore præsentis Conventionis institutus sit Electoratus Octavus, quo Dominus Carolus Ludovicus Comes Palatinus Rheni ejusque Hæredes & Agnati totius Lineæ Rudolphinæ juxta ordinem succedendi in Aurea Bulla expressum deinceps fruantur, nihil tamen juris præter simultaneam Investituram ipsi D. Carolo Ludovico aut ejus Successoribus ad ea, quæ cum Dignitate Electorali Bavariæ totique Lineæ Guilhelmianæ attributa sunt, competat.

Deinde ut Inferior Palatinatus totus, cum omnibus & singulis Ecclesiasticis & Secularibus Bonis, Juribusque & appertinentiis, quibus ante motus Bohemicos Electores, Principesque Palatini gavisi sunt, omnibusque Documentis, Regestis, Rationariis, & cæteris Actis huc spectantibus eidem plenariè restituantur, cassatis iis, quæ in contrarium acta sunt, idque auctoritate Cæsareâ effectum iri, ut neque Rex Catholicus, neque ullus alius qui exinde aliquid tenet, se huic restitutioni ullo modo opponat.

Cum autem certa quædam Præfecturæ Stratæ Montanæ antiquitus ad Electorem Moguntinensem pertinentes, An. demum 1463. pro certâ pecuniæ summâ Palatinis cum pacto perpetuæ reluitionis oppignorata fuerint, ideo conventum est, ut hæ Præfecturæ penes modernum D. Electorem Moguntinensem, ejusque in Archi-Episcopatu Moguntinensi Successores permaneant, dummodò pretium pignorationis spontè oblatum intra terminum executioni conclusæ Pacis præfixum, paratâ pecuniâ exsolvat, cæterisque ad quæ, juxta tenorem litterarum oppignorationis tenetur, satisfaciat.

Electori quoque Trevirensi tanquam Episcopo Spirensi, Episcopo item Wormatiensi, Jura quæ prætendit in bona quædam Ecclesiastica intra Palatinatus Inferioris territorium sita

---

dans l'Assemblée de Munster & d'Osnabrug de ce qui suit, 1. en ce qui regarde la Maison de Baviere, la Dignité Electorale, que les Electeurs Palatins ont euë ci-devant avec toutes les Regales, Offices, Preséances, Armoiries & Droits appartenants à cette Dignité, sans en excepter aucune, comme aussi le haut Palatinat, le Comté de Cham avec toutes ses dépendances & appendances sont & resteront à l'avenir à Haut & Puissant Seigneur le Comte Palatin du Rhyn, Duc de Baviere, à ses Enfans, & à toute la Ligne Guillelmine tant qu'il y en aura des mâles.

Le Seigneur Electeur de Baviere de son côté pour lui, ses Héritiers & Successeurs renonce absolument aux 13. millions & à toutes autres prétentions sur la haute Autriche, & d'abord que la Paix sera publiée il sera remettre à Sa Majesté Impériale tous les titres qu'il a obtenus sur ce sujet pour être cassez & annulez.

A l'égard de la Maison Palatine l'Empereur avec l'Empire consent, pour la tranquilité publique, qu'en vertu des réglemens faits par la présente Convention, il y ait un huitieme Electeur, dont la Place sera remplie par Charles Louïs Comte Palatin du Rhyn & ses Héritiers & pârens du côté paternel, dans toute la Ligne Rodolphine suivant l'ordre de Succession prescrit par la Bulle d'Or. Cependant ledit Seigneur Charles Louïs & ses Successeurs n'ont d'autre droit qu'une investiture simulée à tout ce qui avec la Dignité Electorale est attribué au Duc de Baviere & à toute la Ligne Guillelmine.

Ensuite que tout le bas Palatinat lui soit remis avec tous & un chaqu'un des biens Ecclesiastiques & Seculiers, Droits & appartenances, tels que le tout étoit avant les troubles de Boheme, & que les Electeurs & Princes Palatins en ont joui, avec les Documens, Registres, comptes & autres titres qui y appartiennent, ceux qui y sont contraires étant cassés; Sa Majesté Impériale employera son crédit, afin que le Roi Catholique ni aucun qui peut en avoir eu la possession s'oppose à cette restitution.

Et comme certains Bailliages du Bergstraat appartenant autrefois à l'Electeur de Mayence ont été engagez l'an 1463. à la Maison Palatine pour une certaine somme d'argent avec convention de les pouvoir toujours retirer, on est convenu que ces Bailliages seront remis à l'Electeur de Mayence d'aprésent & à ses Successeurs dans l'Archevêché de Mayence, pourvû qu'il offre volontairement la somme pour laquelle ils sont engagez, dans un tems fixé à la conclusion de la Paix, qu'il en présente l'argent comptant & qu'il satisfasse entierement à la teneur des Lettres d'engagement.

Il sera aussi permis à l'Electeur de Trêves, comme Evêque de Spire & Evêque de Wormes de poursuivre devant un Juge competent la prétention qu'il a sur quelques biens Ecclesiastiques situés dans le bas Palatinat, si ce n'est que les Par-

1648. *sita, coràm competenti Judice profequi liberum efto, nifi de his inter utrumque Principem amicè conveniatur.*

Quod fi verò contigerit Lineam Guilhelmianam mafculinam prorfus deficere, fuperftite Palatinà, non modò Palatinatus Superior, fed etiam Dignitas Electoràlis, quæ penes Bavariæ Duces fuit, ad eofdem fuperftites Palatinos, interim fimultaneà Inveftiturà gavifuros redeat, Octàvo tunc Electoratu prorfus expungendo: Ita tamen Palatinatus Superior hoc cafu ad Palatinos fuperftites redeat, ut hæredibus allodialibus Electoris Bavariæ actiones & beneficia, quæ ipfis ibidem jure competunt, refervata maneant.

Pacta quoque Gentilitia inter Domum Electoralem Heidelbergenfem & Neoburgicam à prioribus Imperatoribus fuper Electorali fucceffione confirmata, ut & totius Lineæ Rudolphinæ Jura, quatenus huic difpofitioni contraria non funt, falva rataque maneant.

Adhæc fi quæ Feuda Juliacenfia aperta funt, ea Palatinis evacuentur, nifi à Palatino Neoburgicò allegata Conventio Hallæ Suevorum Anno 1610. inita obftare probetur.

Præterea ut dictus Dominus Carolus Ludovicus aliquatenus liberetur onere profpiciendi Fratribus de appennagio, Cæfarea Majeftas ordinabit dictis fuis Fratribus, quadringenta Thalerorum Imperialium millia infra quadriennium ab initio Anni venturi 1648. numerandum expendantur, fingulifque annis centena millia folvantur unà cum annuo cenfu quinque de centum computatis.

Deinde tota Domus Palatina cùm omnibus & fingulis qui ei quocunque modo addicti funt aut fuerunt, præcipuè verò Miniftri, qui ei in hoc Conventu aut alias operam fuam navàrunt, ut & omnes Palatinatus exules fruantur Amniftià generali fuprà defcriptà pari cum cæteris in ea comprehenfis jure, & hac Transactione fingulariter in puncto Gravaminum pleniffimè.

Viciffim Dominus Carolus Ludovicus cùm Fratribus Cæfareæ Majeftati Obedientiam & Fidelitatem ficut cæteri Electores Principefque Imperii præftet, ac infuper Palatinatui Superiori pro fe & hæredibus fuis, tum ipfe tum ejus Fratres donec ex lineà Guilelmianà Hæredes legitimi & mafculi fuperfuerint, renuncient.

Cùm autem de ejufdem Principis Viduæ Matri, Sororibufque victalitio & dote conftituendà mentio injiceretur, pro benevolo S. Cæf. Majeft. in Domum Palatinam affectu provifum eft, ut dicta Domina Viduæ Matri pro victalitio femel pro femper viginti Thalerorum Imperialium millia, fingulis autem Sororibus dicti Domini Caroli, quando nuptum elocatæ fuerint, Dena Thalerorum Imperialium millia nomine S. Maj. exfolutum iri, de reliquo vero ipfis idem Princeps Carolus Ludovicus fatisfacere teneatur.

Comités

Parties aimaffent mieux s'accommoder à l'amiable.

Si la Ligne mafculine Guillelmine venoit entierement à finir & qu'il ne reftât que la Palatine, alors non feulement le haut Palatinat, mais auffi la Dignité d'Electeur qui auroit appartenu aux Ducs de Baviere reviendroit à la Maifon Palatine qui n'auroit joui que de l'inveftiture fimulée & la place de 8. Electeur feroit fuprimée, enforte que dans ce cas le Haut Palatinat reviendroit aux Palatins qui refteront, les actions & fiefs refervés aux Héritiers allodiaux de l'Electeur de Baviére, à qui ils apartiendroient.

Les Pactes de famille entre la Maifon Electorale de Heidelberg & de Neubourg confirmés par les précedens Empereurs touchant la Succeffion Electorale, comme tous les Droits de la Ligne Rodolphine entant qu'ils ne font point contraires à la préfente Conftitution, refteront dans l'état où ils font.

S'il fe trouve quelques Fiefs de Juliers ouverts, ils feront évacués aux Palatins, fi ce n'eft que le Palatin de Neubourg ne prouvât que la Convention de Halle en Suabe de l'année 1610. y peut mettre empêchement.

De plus, afin que ledit Seigneur Charles Louis foit en quelque maniere déchargé de pourvoir à l'appanage de fes Freres, Sa Majefté leur fera donner en quatre années, à compter du premier jour de l'année 1648. quatre cens mille Rixdales, chaque année 100. mille avec l'intérêt annuel à cinq pour cent.

Toute la Maifon Palatine avec tous & un chacun de ceux qui lui ont appartenu ou qui lui appartiennent encore, & fur tous les Miniftres qui fe font employez dans cette Affemblée ou ailleurs, jouiront de l'Amniftie générale fufmentionnée, comme auffi tous les Palatins bannis avec tous ceux qui de Droit fe trouvent compris par cette Tranfaction dans le point des Griefs.

Le Seigneur Charles Louis de fon côté prêtera avec fes Freres à Sa Majefté Impériale, comme tous les autres Electeurs & Princes de l'Empire, obeiffance & fidelité & renoncera tant pour lui que pour fes Freres au Haut Palatinat, tant qu'il y aura des Héritiers legitimes de la Ligne mâle Guillelmine.

Et comme il eft auffi néceffaire de pourvoir à la fubfiftance de la Princeffe Douairiere Mere du même Prince ainfi qu'aux Dotes de fes Sœurs, Sa Majefté Imperiale, par une bonne volonté particuliere envers la Maifon Palatine y a pourvû, & afin que ladite Dame Mere ait pour toujours fa fubfiftance, Sa Majefté ordonne une fois pour toutes vingt mille Rixdales; & à l'égard des Sœurs dudit Seigneur Charles, il leur fera payé en dot quand elles fe marieront, à chacune dix mille Rixdales de la part de Sa Majefté Impériale; ledit Seigneur Prince Charles fera obligé de fatisfaire au refte.

1648.

Comites in Leiningen & Daxburg sæpè dictus Carolus Ludovicus ejusque Successores in Palatinatu inferiori nulla in re turbet, sed jure suo à multis retrò sæculis obtento & à Cæsaribus confirmato quietè ac pacificè uti, frui permittat.

Liberam Imperii Nobilitatem per Franconiam, Sueviam & Tractum Rheni cum Districtibus ac pertinentibus in suo statu immediato inviolatè relinquat.

Feuda etiam ab Imperatore in Baronem Gerhardum à Waldenburg, dictum Schenck Herrn, *Nicolaum Georgium Reigersperg Cancellarium Moguntinum & Henricum Bremser Baronem de Rudesheim, item ab Electore Bavariæ in Baronem Johannem Adolphum Wolff dictum* Metternich, *collocata rata maneant, teneantur tamen ejusmodi Vasalli Domino Carolo Ludovico velut Domino directo, ejusque Successoribus juramentum fidelitatis præstare, atque ab eodem eorum Feudorum suorum renovationem petere.*

Augustanæ Confessionis consortibus qui in possessione Templorum fuerunt, interque eos Civibus & Incolis Oppenheimensibus servetur Status Ecclesiasticus Anno 1624. cæterisque id desideraturis August. Confess. exercitium tàm publicè in Templis ad status horas, quàm privatim in ædibus propriis aut alienis ei rei destinatis per suos aut vicinos Verbi Divini Ministros peragere liberum esto.

Acta & subscripta sunt hæc Osnabrugis 9. Martii stilo veteri, & 19. Martii stilo novo 1648.

NICOLAS GEORG.   W. CONRAD VON
REIGERSPERGER.   THUMBSHIRN.

1648.

Il ne sera causé aucun trouble aux Comtes de Leiningen & Daxbourg par le susdit Seigneur Charles Loüis ni par ses Successeurs au bas Palatinat, mais ils joüiront paisiblement du Droit obtenu & confirmé depuis longtems par les Empereurs.

La libre Noblesse de l'Empire dans la Franconie, la Suabe & sur le Rhyn avec tout ce qui en depend restera inviolablement dans son état immédiat.

Les Fiefs établis par l'Empereur pour le Baron Gerard de *Waldenbourg* appellé *Schenck Herrn*, Nicolas George Reigersperg Chancelier de Mayence & Henri Bremser Baron de Rudesheim, comme ceux qui le sont par l'Electeur de Baviere en faveur du Baron Jean Adolph Wolff nommé *Metternich*, subsisteront: mais ils seront obligez comme Vassaux de Charles Loüis en qualité de Seigneur Direct, de lui prêter, ainsi qu'à ses Successeurs, serment de fidelité, & de prendre de lui le relief de leurs Fiefs.

Ceux de la Confession d'Augsbourg qui sont en possession des Eglises & sur tout les Citoyens & Habitans d'Oppenheim, conserveront l'état & forme Ecclesiastique comme cela étoit l'an 1624. & il sera libre à tous ceux qui sont de la même Confession de faire leurs Exercices de Religion soit en public dans leurs Temples aux heures ordinaires ou en particulier dans leurs propres maisons ou celles de leurs voisins destinées à cet usage, par leur Ministre, ou ceux du voisinage.

Fait & écrit à Osnabrug le 9/19 Mars 1648.

NICOLAS GEORG.   W. CONRAD VON
REIGERSPERGER.   THUMBSHIRN.

CONVENTIO

Super satisfactione indemnitatis

HASSO-CASSELLANÆ.

Repetitis conditionibus ad Art. de Gravaminibus positis circa causam Hasso-Cassellanam conventum est ut sequitur.

PRimo omnium Domus Hasso-Cassellana, omnesque ejus Principes, maximè D. Amelia Elisabetha Hassiæ Landgravia, ejusque

---

CONVENTION

Touchant l'indemnité de la

MAISON

De

HESSE-CASSEL.

Aprés avoir repeté les conditions de l'Article des Griefs qui regardent l'affaire de Hesse-Cassel, on est convenu ainsi qu'il s'ensuit.

PRemierement la Maison de Hesse-Cassel, tous les Princes de ladite Maison, & sur tout Dame Amélie Elisabeth Landgrave de Hesse,

1648.

que Filius Dominus Wilhelmus , illorumque Hæredes , Ministri , Officiales , Vasalli , Subditi Milites & alii , quocunque modo illis addicti , nullo prorsus excepto , non obstantibus contrariis Pactis , Processibus , Proscriptionibus , Declarationibus , Sententiis , executionibus & Transactionibus , sed illis omnibus , ut & actionibus vel prætensionibus ratione damnorum & injuriarum tam Neutralium , quàm belligerantium , annullatis universalis Amnistia supra sancita & ad initium Belli Bohemici cum plenariâ restitutione reductæ , omniumque beneficiorum ex hac & religiosæ Pacis provenientium pari cum cæteris Statibus jure prout in Articulo incipiente : Unanimi &c. disponitur (exceptis Cæsareæ Majestatis & Domus Austriacæ Vasallis & Subditis hæreditariis , quemadmodum de iis in §. Tandem omnes, &c. disponetur) plenariè participes sunto.

Secundò, Domus Hasso-Cassellana ejusque Successores Abbatiam Hirshfeldensem , cum omnibus appertinentiis Secularibus & Ecclesiasticis , sive intra sive extra territorium (ut Præpositura Gelbingen) sitis , salvis tamen juribus , quæ Domus Saxonica à tempore immemoriali possidet , retineant , & eo nomine investituram à Cæsareâ Majestate , toties quoties casus evenerit , petant , & fidelitatem præstent.

Tertiò, jus directi & utilis Dominii Præfecturas Schaumburg , Buckenburg , Saxenhagen , & Schatthagen , Episcopatui Mindano antehac assertum & adjudicatum , porrò ad Dominum Wilhelmum , modernum Hassiæ Landgravium ejusque Successores plenariè in perpetuum ; citra ulteriorem dicti Episcopatus , aut alterius cujusvis contradictionem aut turbationem pertineat ; salvâ tamen Transactione inter Christianum Ludovicum Ducem Brunsvico-Luneburgensem & Hassiæ Landgraviam ,Philippumque Comitem de Lippe , initâ , firma etiam manente , quæ inter eandem Landtgraviam & Comitem inita est , Conventione , quatenus ea Cæsareæ Majestati & S. Romano Imperio non præjudicat.

Conventum præterea est , ut pro locorum hoc Bello occupatorum restitutione & indemnitatis causâ , Dominæ Landgraviæ Hassiæ Tutrici , ejusque Filio , hujusque Successoribus Hassiæ Principibus , ex Archi-Episcopatibus Moguntinensi & Coloniensi , Episcopatibus item Paderbornensi , Monasteriensi & Abbatia Fuldensi , sexies centena millia Talerorum Imperialium bonitate Imperialibus Constitutionibus modernis correspondentium intra spatium novem mensium à tempore Ratificationis Pacis computandum , Cassellis , solventium periculo & sumptibus pendatur : nec contra promissam solutionem ulla exceptio , ullusve prætextus admittatur , multò minus summa conventa ulla arresto afficiatur.

Ut etiam Domina Landgravia de solutione tantò securior sit , sequentibus conditionibus retineat Neuss, Coesfeld, & Neuhauss,

TOM. IV.   *in-*

---

se son fils Guillaume, leurs Héritiers , Ministres, Officiers , Vassaux ,Sujets, Soldats & autres qui leur appartiennent de quelque maniere & sous quelque titre que ce soit , sans aucune exception , nonobstant tous Pactes contraires, Actions, Proscriptions, Déclarations, Sentences, exécutions, Transactions, comme aussi prétentions qu'il pourroit y avoir à raison des dommages & injures tant des neutres que des Parties en guerre , étant entierement cessez & abolis en vertu de la présente amnistie universelle sont remis & retablis comme ils étoient au commencement de la Guerre de Boheme , en telle sorte qu'ils jouissent de tous les avantages de cette Paix , & de celle de Religion , ainsi que les autres Etats, conformément à l'Article qui commence par ces mots *Unanimi* &c. (excepté néanmoins les Vassaux & Sujets Héreditaires de Sa Majesté Impériale & de la Maison d'Autriche auxquels il est pourvû par le Paragraphe *Tandem* &c.)

Secondement. La Maison de Hesse-Cassel & ses Successeurs retiendront l'Abbaye d'Hirsfeld avec toutes ses appendances & dependances, Seculiéres & Ecclesiastiques , soit qu'elles soient situées dehors ou dedans le territoire (comme la Prevôté de *Gelbingen*) sauf néanmoins les Droits que possede depuis un tems immémorial la Maison de Saxe ; & dans cette qualité les Princes de Hesse-Cassel demanderont à Sa Majesté Impériale l'investiture , & prêteront le serment de fidélité toutes les fois que le cas le requerra.

Troisiemement. Le Droit de Domaine utile & direct ci-devant appliqué & ajugé à l'Evêché de Minden sur les Bailliages de *Schaumbourg*, *Buckenbourg* , *Saxenhagen* & *Schatthagen*, apartiendra au Seigneur Guillaume présent Landgrave de Hesse & à ses Successeurs en pleine & perpétuelle proprieté sans aucune contradiction ni empêchement de la part dudit Evêché ou de quelqu'autre ; sauf néanmoins la Transaction faite entre Christian Louïs Duc de Brunswich-Lunebourg , la Dame Landgrave de Hesse & Philippe Comte de la Lippe , ainsi que la Convention qui a été faite entre ladite Landgrave & ledit Comte , pour autant qu'il n'y ait rien qui puisse porter préjudice à Sa Majesté Imperiale & au Saint Empire Romain.

De plus, on est convenu que pour la restitution des Places qui ont été occupées par la Guerre , & à titre d'indemnité, il sera donné à la Dame Landgrave de Hesse Tutrice & à son Fils ou aux Princes de Hesse ses Successeurs six cens mille Rixdales prises sur les Archevêchez de Mayence & Cologne, sur les Evêchez de Paderborne, Munster & l'Abbaye de Fulde, conformément aux defnieres Constitutions de l'Empire, lesquelles seront payées à Cassel dans l'espace de neuf mois à compter du jour de la Ratification de la Paix , aux fraix & depends de ceux qui doivent payer , & contre l'exécution de cette promesse , il ne sera admis aucune exception , nul prétexte , & encore moins aucun arrêt ou empêchement.

Et afin que ladite Dame Landgrave soit plus assurée du payement , elle retiendra aux conditions suivantes *Neuss, Coesfeld* & *Neuhauss,*

Sij   *dans*

inque iis locis sua sibique solum obligata Præsidia habeat, eâ quidem lege, ut præter Officiales & alias personas in Præsidiis necessarias, dictorum trium locorum Præsidia conjunctim non excedant numerum 1200. peditum & 100. Equitum, Dominæ Landgraviæ dispositioni relicto, quot cujus dictorum locorum Peditum & Equitum imponere, quemve huic vel illi Præsidio præficere velit. Præsidia autem secundum Ordinationem de sustentatione Officialium & Militum Hassiacis hactenus consuetam alant, & quæ ad conservanda Fortalitia necessaria sunt præstent ex Archi-& Episcopatibus, in quibus dicta Arx & Civitates sita, absque summa supra nominata diminutione. Integrum autem sit ipsis Præsidiis contra morosos & tardantes, sed non ultra debitam summam exequi; jura autem superioritatis & Jurisdictio tam Ecclesiastica quàm Secularis & reditus nominatarum Arcis & Civitatum, Domino Archi-Episcopo Coloniensi sint salva.

Quamprimum verò post ratificatam Pacem Dominæ Landgraviæ 300000. Talerorum Imperialium fuerint exsoluta, restituta Novesia retineat Coesfeld solum & Newhauss, ita tamen ut Præsidium Novesianum in Coesfeld & Newhauss non deducat, vel ejus nomine quicquam ulterius exigat, nec præsidia in Coesfeld numerum 600. Peditum & 40. Equitum, in Newhauss autem 100. Peditum excedant. Sin autem intra terminum novem mensium Domina Landgravia integra summa non dependatur, non tantum Coesfeld & Newhauss, donec plenaria subsecuta fuerit solutio, sed etiam pro residuo summa, ejusque singulis centenis; quinque annuatim Imperiales donec residuum summa exsolutum fuerit, pensionis nomine solvantur, & tot Præfecturarum ad supra nominatos Archi-& Episcopatus atque Abbatiam pertinentium, & Hassia Principatui vicinarum quot præstandis & exsolvendis pensionibus sufficiunt. Quæstores & Receptores Dominæ Landgraviæ Juramento obstringantur, ut de reditibus annuas residua summa pensiones solvant, non obstante Dominorum suorum prohibitione. Quod si verò Quæstores & Receptores in solvendo moras nectant, aut reditus aliò conferant, Domina Landgravia exequendi & ad solutionem quovis modo illos adigendi, liberam habeat potestatem, de reliquo jure territoriali Domino proprietatis interea semper salvo.

Simulac verò Domina Landgravia totam summam cum pensionibus à tempore moræ acceperit, restituat illico loca jam denominata cautionis loco interim retenta, pensiones cessent & Quæstores atque Receptores, quorum facta fuit mentio, juramenti nexu sint liberati : Quarum autem Præfecturarum reditus pensionibus, contingente mora, solvendis sint assignandi, ante ratificationem Pacis eventualiter conveniatur, quæ Conventio non minoris sit roboris, quàm ipsum Pacis Instrumentum.

Præter

dans lesquelles elle aura Garnison qui ne dependra que d'elle à condition néanmoins qu'outre les Officiers & personnes nécessaires, le nombre dans ces trois Places ensemble ne pourra être de plus de 1200. Soldats & 100. Cavaliers laissant à la disposition de ladite Dame Landgrave de partager ce nombre dans lesdites Places & d'y faire commander lesdites Garnisons par qui elle voudra; mais à l'égard de leur subsistance elle sera, tant pour les Officiers que les Soldats, sur le même pié que les Troupes de Hesse, & tout ce qui sera nécessaire pour l'entretien & conservation des Forteresses sera fourni par les Archevêques & Evêques dans les Diocèses desquels les Villes ou les Citadelles seront situées; sans que cela puisse être défalqué sur les sommes dont on a parlé. Ces Garnisons auront la liberté d'executer ceux qui difereront à fournir lesdits payemens; mais elles ne pourront rien exiger au delà de ladite somme. & les Droits de superiorité, la Jurisdiction tant séculiere qu'Ecclesiastique, & les revenus desdites Villes & Citadelles resteront entierement au Seigneur Archevêque de Cologne.

Lorsqu'après la ratification de la Paix la Dame Landgrave de Hesse-Cassel aura reçû trois cens mille écus elle rendra *Neuss* & ne retiendra que *Coesfeld* & *Newhauss*, sans y pouvoir introduire la Garnison de Neuss ni éxiger rien de plus, de sorte que la Garnison de Coesfeld ne pourra être que de 600. Hommes de pié & 50. Cavaliers, celle de Newhauss de 100. Hommes de pié. Si dans le terme & espace de 9. mois la somme entiere n'est pas payée à ladite Dame Landgrave, non seulement Coesfeld & Newhauss resteront affectées jusqu'à l'entier payement, mais même l'intérêt du susdit restant lui sera payé à raison de cinq pour cent, restant pour ce hypotequez autant de Bailliages voisins de la Hesse & apartenant aux susdits Archevêques, Evêques & Abbé, qu'il en sera nécessaire pour le payement dudit intérêt. Les Trésoriers & Receveurs s'obligeront par serment à la Dame Landgrave de lui payer cet intérêt annuel du Revenu desdits Bailliages, nonobstant toutes défenses au contraire de la part de leurs Seigneurs, & si ces Trésoriers & Receveurs apportent quelque retardement à ces Payemens, ou qu'ils employent les revenus à d'autres usages, ladite Dame Landgrave les pourra contraindre au payement par telle voye qu'elle jugera convenir, sans pouvoir néanmoins toucher aux Droits du Seigneur Territorial.

Aussitôt que Madame la Landgrave sera entierement payée de toute sa somme & des intérêts qui commenceront à courir du jour du retard, elle remettra toutes les Places ci-dessus nommées qui lui sont données en nantissement, & les Trésoriers & Receveurs en question seront déchargez de l'obligation de leur serment. On conviendra eventuellement avant la ratification de la Paix quels seront les Bailliages dont les revenus seront affectez pour le payement des intérêts en cas de retard, & cette Convention particuliere aura autant de force à cet égard que le Traité de Paix même.

Outre

1648.

Præter loca autem securitatis causa, ut memoratum, Dominæ Landgraviæ relinquenda, & post solutionem demum restituenda, restituat illa nihilominus, Ratificatione Pacis subsecutâ, omnes Provincias & Episcopatus, nec non illorum Urbes, Præfecturas, Oppida, Fortalitia, propugnacula & omnia denique Bona immobilia, nec non jura inter hæc Bella ab ipsâ occupata. Ita tamen ut tam in præfatis tribus locis, cautionis loco retinendis, quàm reliquis, omnibus restituendis, non solùm annonam, & omnia ad bellicum apparatum spectantia quæ inferri vel fieri curavit, per Subditos evehenda Dominæ Landgraviæ & supradictis Successoribus : quæ verò ab ipsâ non illata, sed in locis occupatis tempore occupationis reperta sunt, & adhuc extant, ibi permaneant, sed ut etiam Fortificationes & Valla durante occupatione extructa eatenus destruantur, ne tamen Urbes, Oppida, Arces vel Castra cujusvis invasionibus & deprædationibus pateant.

Actum & conventum hoc est Osnabrugis die 9. Aprilis & 19. Martii stilo novo 1648.

Niclas Georg. Reigersperger.

Wolff Conrad von Thumbshirn.

NEBEN RECESS.

ET quamvis Domina Landgravia præterquam ab Archi-& Episcopatibus Moguntinensi, Coloniensi, Paderbornensi, Monasteriensi & Abbatia Fuldensi à nemine restitutionis & indemnitatis loco aliquid poposcerit, & sibi eo nomine à quoquam alio quicquam solvi omnino noluerit, pro rerum tamen & circumstantiarum æquitate placuit toti Conventui, ut, salva manente dispositione §. præcedentis, inchoantis, Conventum præterea est, &c. Etiam cæteri Status cujuscunque generis cis & ultra Rhenum, qui 1. Martii hujus Anni Hassiacis contributionem dependerunt, secundum proportionem, Contributionis exsolutæ toto hoc tempore observatam, ad conficiendam summam superius positam, & Militum præsidiariorum sustentationem, ratam suam supra nominatis Archi-& Episcopatibus atque Abbatia conferant, & damnum, si quod solventes ob unius moram perpessi fuerint, morosi resarciant, nec executionem contra tergiversantes instituendam Regiæ Majestatis Sueciæ, vel etiam Hassiæ Landgraviæ Officiales aut Milites impediant, neque etiam fas sit Hassiacis, quenquam in præjudicium hujus declarationis eximere ; ii verò, qui suam quotam ritè persolverint, ab omni eatenus onere liberi erunt. Et hic quidem §. inferatur Art. Instrumenti Pacis §. Post verba Actum & conventum hoc est Osnabrugi.

Outre toutes ces places données pour sureté & que ladite Landgrave sera obligée de quitter après le payement entier, elle sera également, après la ratification du Traité de Paix, obligée de restituer toutes les Provinces & Evêchez, leurs Villes & Bailliages, Bourgs, Forts & Forteresses, & tout ce dont elle s'est emparé, sous prétexte des Droits de la Guerre. Elle pourra néanmoins, tant dans les trois Places ci-dessus désignées pour caution que dans toutes les autres qu'elle restituera, y faire reprendre par ses Sujets & enlever tous les instrumens & attirails de Guerre qu'elle y a fait apporter ou y a fait faire, mais elle y laissera tout ce qui y a été trouvé quand elle s'en est emparée, & qui se trouve encore en nature, mais les fortifications & fossez faits pendant qu'elle les a occupez seront détruites & comblées, sans pouvoir néanmoins laisser ces Villes, Bourgs, Châteaux & Forteresses exposés & ouverts aux Invasions & pillages.

Fait & passé à Osnabrug le ⁹⁄₁₉ Mars 1648.

Nicolas Georg. Reigersperge.

Wolff Conrad von Thumbshirn.

RECEZ AJOUTE'.

ET quoique Madame la Landgrave n'ait demandé à qui que ce soit d'autre indemnité & restitution que des Archevêchez & Evêchez de Mayence, Cologne, Paderborn, Munster & l'Abbaye de Fulde, & que nul autre n'a voulu rien payer en cette qualité, cependant selon l'équité & les circonstances, toute l'Assemblée a trouvé bon, l'Article précédent restant dans son entiere disposition commençant par ces mots (*De plus on est convenu &c.*) que tous les Etats en deça & en delà du Rhyn qui le 1. Mars de la présente année ont payé les contributions à ceux de Hesse, contribueront en faveur des Archevêchez, Evêchez & Abbayes ci-dessus nommés, leur portion de la dite somme & de l'entretien des Troupes qui seront en Garnison au prorata des contributions qu'ils ont payées, & si quelqu'un de ceux qui payent souffre du dommage par le retardement de quelqu'autre, celui qui l'aura causé le réparera; & les Troupes de Sa Majesté Suédoise ou les Officiers & Soldats de la Landgrave n'y pourront empêcher l'execution contre ceux qui resteront en arriere, il ne sera pas aussi permis aux derniers de rien exiger ni recevoir au préjudice de cette déclaration, mais ceux qui auront payé leur quote-part seront déchargez de tout. Cet Article sera inseré dans le Traité de Paix §. après ces mots *Fait & passé à Osnabrug.*

Erklä.

Erklärung der Stände zu Osnabrüg wegen der Baselischen Exemtion von der Cammer-Gerichts-Jurisdiction.

Dictatum Münster den 8. Octobris 1648.

Ehrenvest-Vorsichtige und weise Großgünstige Herren.

WAs bey der Röm. Kayserlichen Majestät unsers Allergnädigsten Herrn so wohl als unß, der Churfürsten und Stände des Heyl. Reichs dieß Orts und zu Münster anwesenden Gesandten, Räth und Botschafften die Herrn vor ungefehr einem jahre durch Ihren abgeordneten mit-Raths verwandten und Burgermeistern, Herrn Johann Rudolffen Wettstein, gewisser Exemtion halber Ihrer Stadt suchen lassen, dessen erinnern sich dieselbe guter massen.

Nun ist ausser allen zweifel zusetzen, von ermeldten dero Burgermeister Wettstein werde seithero referirt worden seyn, was bey dieser anfangs zwar allein à Camerali Jurisdictione, bald hernach aber à toto Romano Imperio gesuchten Exemption für Bedencken vorkommen, und welcher gestalt unsere Herren Principales allerseits reifflich erwogenen sachen nach bey sich nit wohl finden können, wie nach gestalt deren von dem Kayserlichen Cammer-Gericht erstatteten mit gutem grund aussgeführten respective Relationen und Informationen in dieselbe so schlechtlich, und zwar mit zurücksetzung der zum theil abgeurtheilten, theils annoch Recht-hängigen Sachen, consequenter zu höchstem præjuditz und nachtheil der justiz und dabey interessirter verschiedner beleidigter Partheyen gewilligt werden könne oder solle.

Wann dann bey Abhandlung des projecti Instrumenti Pacis Suecici unter andern auch diese Baselische Exemptions-Sache vorkommen, und nach gestalt des Heil. Reichs hiebey mit unter lauffenden intérét von den H. H. Kayserlichen sowohl als Königl. Schwedischen Plénipotentiariis uns zu dem Ende übertragen worden, damit wir die Nothdurfft darüber bedenken und ob, auch wie weit den Herren an ihrem Suchen zu gratificiren seye, eines gewissen entschliessen und Ihnen an Hand geben möchten: und aber nach nochmahliger der sachen überlegung unß eben die Difficulteten im wege liegen, welche hiebevor Allerhöchstgedachter Ihro Kayserl. Majestät in Schrifften alleruntertänigst repræsentiret, auch mehr ermeldten dero Burgermeistern mündlich vorgetragen worden, nichts destoweniger gleichwol, und damit die Herren im werk selbsten zu verspühren haben, wie geneigt unsere Gnädigste und Gnädige H. H. Principalen, Oberen und Committenten seyn, Ihnen in diesem ihren Suchen zu gratificiren und alle gute Nachbarschafft zu erhalten; so haben in dero Nahmen wir den von Hoch-und wohlermeldten Kayserl. und Königl. Schwedischen H. H. Plenipotentiarien verfaßten Exemptions-Articulum wohlmeinend, jedoch mit folgenden aussdrücklichen conditionibus und Reservatis sine quibus non, approbirt:

und

Déclaration des Etats de l'Empire à Ofnabrug touchant l'exemption de la Ville de Basle de la jurisdiction de la Chambre Impériale.

Dicté à Munster le 8. d'Octobre 1648.

MESSIEURS,

VOus vous souvenez encore de ce que vous avez fait demander il y a environ un an à Sa Majesté Impériale aussi bien qu'à nous Plénipotentiaires, Conseillers & Députez des Electeurs & Etats de l'Empire assemblez ici & à Munster, par votre Deputé & Bourguemaître le Sieur Jean Rudolph Wetstein, touchant certaine exemption.

Nous ne doutons pas que votre Bourguemaître Wetstein n'ait rendu compte depuis ce tems-là de toutes les difficultez qui se présentent contre cette exemption, qu'on ne demandoit du commencement que de la jurisdiction de la Chambre Impériale, mais qu'on étendoit peu de tems après jusqu'à l'exemption de tout l'Empire Romain; il aura fait raport sans doute que nos Seigneurs & Maîtres, après de mûres délibérations, & suivant les relations & informations de la Chambre Impériale fondées sur des raisons solides, n'ont pû trouver bon d'y consentir si simplement, & sans égard aux affaires en partie decidées, en partie encore pendantes à la Chambre, par conséquent au grand préjudice de la Justice & des Parties interessées.

Or comme en traitant sur le Projet de la Paix avec la Suéde, cette affaire de l'exemption de la Ville de Basle s'est présentée en même tems à laquelle l'Empire ne prend pas peu d'interêt, les Sieurs Plénipotentiaires de S. M. I. & de S. M. le Roi de Suéde nous ont donné entre les mains pour faire nos réflexions là-dessus, & pour convenir & donner notre avis, si, & jusqu'où on puisse, Messieurs, condescendre à votre demande. Il est vrai que nous y trouvons les mêmes obstacles qui ont déja-été représentez ci-devant à S. M. I. par écrit, & qui ont été plusieurs fois proposez de bouche à votre Bourguemaître, néanmoins afin que vous voyiez, Messieurs, en effet combien nos Seigneurs & Maîtres sont portez à vous accorder votre demande, & à se montrer comme de bons voisins, nous avons approuvé en leur nom l'Article de l'exemption dressé par lesdits Sieurs Plénipotentiaires de S. M. I. & de S. M. le Roi de Suéde, cependant sous ces conditions expresses, & (sine quibus non) sans lesquelles cette approbation n'aura point lieu;

savoir

1648.

und zwar 1. daß viel besagte Exemtion à dato ratificatæ Pacis ihren anfang nehmen/ 2. die
Herren/ wie ohne das billig/ und sie von selbsten
geneigt seyn werden/ inskünfftige nächst abschnei-
dung aller unnöthigen weitläufftigkeiten des Heil.
Reichs Ständen und Unterthanen eine unpartey-
ische/ schleunige/ und zwar dergleichen Justiz wiederfahren lassen/ gleichwie die Stände des Reichs
denen Herren und Ihren Angehörigen wiederfahren zu lassen erbietig seynd. 3. daß der Lauff
Rechtens nit gehindert/ sondern die von dem Kayserl. Cammer-gericht wider die Stadt Basel und
deren eingesessene ergangene urtheil zu ihrer würk-
lichkeit und Execution gebracht/ denen durchge-
hend pariret, den interessirten obsiegenden Par-
theyen/ und in specie dem Wachter, billige Satisfaction gegeben/ denjenigen sachen aber/ so an
ermeldtem Kayserl. Cammergericht rechthängig/ der
lauff gelassen/ und nach gestalt der hiernächst
fallenden urtheil pariret; sodann 4. sintemahl die
Stadt Basel nun von vielen Jahren hero in
Beytragung ihres schuldigen Contingentis/ zu
höchstnöthiger unterhaltung des Kayserl. Cam-
mergerichts sich säumig erzeiget/ daß demselben
ein-vor allemahl mit einer gewissen und zwar
solcher erkleklichen summ dem nächsten an hand
gegangen/ und die Schuldigkeit dießfalls in Ent-
richtung der Restanten / zu vergnüglicher Satisfaction derer H. H. Præsidenten und Assesso-
ren abgetragen werde/ der ungezweifelten Hoff-
nung gelebend/ die Herren werden sich diese der
Exemption angehenkte in allewege billige Conditiones nicht zu wider seyn lassen/ sondern dieselbe je ehender je besser zu vollenziehen/ und sich
dadurch bey dieser erlangten Exemption/ jetzt und
künfftig zu stabiliren befleissen. Im wiedrigen
aber/ und da wider verhoffen hierin einiger säum-
fall oder tergiversation verspühret werden solte/
Unsere Gnädigste und Gnädige Churfürsten und
Herren Principalen und Oberen nit zu verden-
ken seyn/ der Exemption nit allein per expressum
zu contradiciren und alles in vorigen alten Stand
setzen zulassen/ sondern auch dem Kayserlichen
Cammergerichte die Hand in so weit zu öffnen/ daß
sie durch gewisse im Reich zuläßige wege die Execution der ergangenen urtheil so gut sie vermögen
befördern und den beleydigten Parteyen zu dem
Jhrigen dermahleins verhelffen/ allermassen dan
ohne das nit allein die Röm. Kayserliche Maje-
stät/ sondern auch beede Cronen Frankreich und
Schweden mit beneben den Ständen des Reichs
diesen Exemptions-Articulum dem Instrumento
Pacis anderer gestalt nicht/ dan mit vorbehalt
und adimplirung obig angeführter Conditionen
einverleibt/ weniger die Guarantie als Execution
dessen versprochen haben. Welches alles denen
Herren nächst Göttlicher Empfehlung wir freund-
licher wohlmeinung unverhalten und sie dabey ersuchen wollen/ daß sie zu unserer Nachricht und ferne-
rn Nothdurfft beobachtung Jhre eigentliche Er-
klärung demnächst hinwieder zu kommen zu lassen.

Osnabrug den 31. Augusti 1648.

    Von den Ständen

        an

    Burgermeister und Rath der

    Stadt Basel.

favoir 1. que la susdite exemtion commence
de la date de la ratification de la Paix: 2. que
vous rendiez, Messieurs, suivant l'équité & l'inclination que vous en avez fait paroître vous-
même, prompte justice à l'avenir aux Etats &
Sujets de l'Empire, sans tirer les affaires en longueur, mais de la même maniere que les Etats
de l'Empire sont prêts à la rendre à vous & à
tous ceux qui vous appartiennent : 3. que le
cours de justice ne soit point interrompu,
mais que les Sentences prononcées par la Chambre Impériale contre la Ville de Basle & ses
habitans soient mises en execution; qu'on donne
une juste satisfaction aux Parties qui gagnent &
en particulier au Sieur Wachter, & qu'on laisse
le cours aux affaires pendantes actuellement à
ladite Chambre Impériale, & qu'on obéisse
aux Sentences qui seront prononcées là-dessus.
Enfin 4. parce que la Ville de Basle a été tar-
dive depuis plusieurs années à fournir son contingent pour l'entretenement de la Chambre
Impériale, qu'elle lui paye une fois pour toutes
une somme suffisante pour aquiter à la satisfaction des Sieurs Président & Assesseurs, les arrerages qu'elle doit encore. Au reste on espere, que vous agréerez, Messieurs, ces conditions
justes & raisonnables attachées à cette exemption, & que vous tâcherez de les accomplir au
plutôt, afin d'affermir par là pour toujours
l'exemption qui vous a été accordée. Mais
si au contraire & contre toute attente on re-
marquoit en cela quelque negligence ou tergiversation, vous ne pourrez pas prendre en
mauvaise part que nos Seigneurs & Maîtres
contredisent non seulement cette exemption, &
fassent tout restituer en son entier, mais aussi
qu'ils prêtent la main à la Chambre Impériale,
pour procurer, autant qu'il leur est possible,
par des voyes permises dans l'Empire l'execution
des Sentences prononcées, & pour conserver
le droit des Parties lezées; vû qu'outre cela non
seulement S. M. I. mais aussi les deux Couronnes de France & de Suède avec les Etats de
l'Empire n'ont inséré cet Article d'exemption
dans l'Instrument de la Paix, qu'en reservant
expressément que les conditions ci-devant alleguées soient remplies, bien loin de promettre la
garantie pour l'execution sans l'exacte observation desdites conditions. Nous n'avons donc
pas voulu manquer de vous faire connoître tout
cela, en vous recommandant, Messieurs, à la
garde de Dieu, & de vous prier en même
tems de nous donner votre déclaration là-
dessus pour notre information, & afin que
nous puissions nous y regler.

Les Deputez des Etats de l'Empire

Au Bourguemaître & Magistrat de Basle.

Osnabrug le 31. d'Août 1648.

PROTESTATION

Du

PAPE INNOCENT X.

Contre la

PACIFICATION

De

WESTPHALIE.

A Rome le vingt-sixieme Novembre 1648.

PAr un zele de la Maison de Dieu qui meut continuellement notre esprit, nous nous sommes principalement appliqués avec soin à conserver par tout l'integrité de la Foi Orthodoxe, & la dignité & l'autorité de l'Eglise Catholique, afin que les Droits Ecclesiastiques dont nous avons été constituez les défenseurs par notre Seigneur, ne souffrent aucun dommage de ceux qui cherchent plutôt leurs intérêts que ceux de Dieu, & que nous ne soyons pas accusez de negligence dans l'administration qui nous a été confiée, quand nous rendrons compte de notre Gouvernement au Souverain Juge. Aussi ce n'a été qu'avec un sentiment très-vif de douleur, que nous avons apris que par plusieurs Articles tant de la Paix respectivement faite à Osnabrug le 6. Août de l'Année 1648. entre notre très-Cher Fils en Christ Ferdinand Roi des Romains, élu Empereur, ses Alliez & adherans d'une part & les Suédois avec aussi leurs Alliez & Adherans d'autre; que de celle qui a été pareillement conclue à Munster en Westphalie le 24. jour d'Octobre de la même année 1648. entre ce même Ferdinand Roi des Romains, élu Empereur, ses Alliez & Adherans d'une part : & notre très-cher Fils en Jesus-Christ Louis, très-Chrétien Roi des François, & pareillement avec ses Alliez & Adherans d'autre, on a apporté de très grands préjudices à la Religion Catholique Romaine, aux Eglises inferieures, & à l'Ordre Ecclesiastique; comme aussi à leurs jurisdictions, autoritez, immunitez, franchises, libertez, exemptions, Privileges, affaires, biens & droits; car par divers Articles d'un de ces Traitez de Paix, l'on abandonne à perpetuité aux Hérétiques & à leurs Successeurs, entre autres les biens Ecclesiastiques qu'ils ont autrefois occupez; on permet aux Hérétiques qu'ils appellent de la Confession d'Augsbourg, le libre exercice de leur Hérésie en plusieurs lieux; on leur promet de leur assigner des lieux, bâtir à cet effet des Temples, & on les admet avec les Ca-

tholiques aux Charges & Offices publics, & à quelques Archevêchez, Evêchez, & autres Dignitez & Benefices Ecclésiastiques, & à la participation des premieres Prieres que le Siege Apostolique a accordées au même Ferdinand Roi des Romains, élu Empereur; on abolit les Annates, les droits de Pallium, les confirmations, les mois du Pape, & semblables droits & reserves dans les biens Ecclesiastiques à ladite Confession d'Augsbourg : on attribuë à la Puissance seculiere les confirmations des Elections ou des postulations des prétendus Archevêques, Evêques, ou Prélats de la même Confession; plusieurs Archevêchez, Evêchez, Monasteres, Prévôtez, Bailliages, Commanderies, Canonicats, & autres Benefices & biens d'Eglise sont donnez aux Princes Hérétiques en Fief perpetuel, sous le titre de Dignités seculieres, avec suppression de la domination Ecclesiastique; l'on ordonne que contre cette Paix ou aucun de ses Articles, on ne doit alleguer, ouïr ou admettre aucuns Droits Canoniques ou civils, communs ou speciaux, Decrets des Conciles, Regles des Ordres Religieux, Sermens, Concordats avec les Pontifes Romains, ou aucuns autres Statuts Ecclesiastiques ou Politiques, Decrets, Dispenses, Absolutions, ou autres exceptions; le nombre de sept Electeurs de l'Empire, autrefois arrêté par l'autorité Apostolique, est augmenté sans notre consentement, & celui dudit Siege; & le huitieme Electorat est érigé en faveur de Charles Louïs Comte Palatin du Rhin, Hérétique; & on ordonne beaucoup d'autres choses qu'il y a honte de rapporter, fort préjudiciables & dommageables à la Religion Orthodoxe, audit Siege Romain, aux Eglises inferieures, & autres ci-dessus nommées. Et quoique le venerable Frere Fabio, Evêque de Nardo, notre Nonce Extraordinaire & dudit Siege, le long du Rhin & dans la basse Allemagne, ait publiquement protesté en notre nom & au nom dudit Siege, en execution de nos ordres, que ces Articles ayant été temerairement arrêtez par gens qui n'en avoient pas le pouvoir, étoient vains, nuls, injustes, & devoient être reputez tels par tout; & qu'il soit de droit notoire, que toute Transaction ou Paction faite pour les choses Ecclesiastiques sans l'autorité dudit Siege est nulle, & d'aucune force & valeur; néanmoins afin qu'il soit plus efficacement remedié à l'indemnité de tout ce que dessus, voulant y pourvoir selon le devoir de l'Office Pastoral à nous commis d'en haut, & tenant pour pleinement & suffisamment exprimées, insérées dans ces présentes les teneurs même les plus vrayes, & les dattes des Traitez de l'une & de l'autre Paix, & de tout ce qui y est contenu; comme aussi des autres choses qui devroient être ici necessairement exprimées & insérées, comme si elles y étoient insérées de mot à mot; Nous de notre propre mouvement, & de notre certaine science & meure déliberation, & de la plenitude de la puissance Ecclesiastique, disons & déclarons par ces mêmes presentes, que lesdits Articles d'un de ces Traitez, ou de l'un & de l'autre, & toutes les autres choses contenuës dans lesdits Traitez, qui en quelque façon que ce soit nuisent ou apportent même le moindre préjudice, ou qu'on pourroit dire, entendre, prétendre, ou estimer pouvoir nuire ou avoir nui en aucune maniere à la Religion Catholique, au Culte Divin, au salut des ames, audit Siege Apostolique Romain, aux Eglises inferieures, à l'Ordre & Etat Ecclesiastique & à leurs personnes, Membres & affaires, biens, jurisdictions, autoritez, immunitez, Libertez,

bertez, Privileges, Prerogatives, & Droits quelconques, avec tout qui s'en eſt enſuivi & s'enſuivra, ont été de droit, ſont & ſeront perpetuellement nuls, vains, invalides, iniques, injuſtes, condamnez, reprouvez, frivoles, ſans force & effet, & que perſonne n'eſt tenu de les obſerver ou aucuns d'iceux, encore qu'ils ſoient fortifiez par un ſerment; & que qui ce ſoit n'en a aquis ou n'en peut ou pourra aquerir ou s'en arroger jamais aucun droit ou action, ou titre coloré, ou cauſe de preſcription, encore bien que la poſſeſſion pendant un très-long & immemorable temps s'en enſuivît, ſans aucune interpellation ou interruption, ou ſans en faire ou en avoir fait aucun état; & ainſi le reputer perpetuellement comme n'étant pas; ou comme n'ayant jamais été fait & arrêté. Et néanmoins pour une plus grande précaution & autant qu'il eſt beſoin, des mêmes mouvemens, ſcience, deliberation, & plénitude de puiſſance, nous condamnons, reprouvons, caſſons, annullons, & privons de toute force & effet leſdits Articles, & toutes les autres choſes préjudiciables à ce que deſſus, ainſi qu'il a été dit, & proteſtons contre & de leur nullité devant Dieu; & autant qu'il eſt auſſi beſoin nous reſtituons, remettons & reintegrons pleinement pour ce qui regarde ce Siege Apoſtolique & Romain, & les Egliſes inferieures, & tous les lieux pieux, & les perſonnes Eccleſiaſtiques dans leur premier & entier état, & en celui où ils étoient avant ladite Tranſaction, & autres toutes Tranſactions, Pactions, ou Conventions quelconques, affirmées ou prétenduës anterieures faites en quelque lieu ou de quelque maniere que ce ſoit à l'égard des choſes ci-deſſus dites. Nous ordonnons auſſi, que ſous prétexte que les ſuſnommez, & tous autres auſſi dignes de ſpeciale mention & expreſſion, ayant quelque intérêt ou quelque prétention auſdites choſes ou à quelqu'une d'icelles, n'auroient nullement conſenti à ces préſentes Lettres, ni été appellez, citez ou ouïs, & moins encore que les cauſes pour leſquelles elles ont été publiées n'auroient point été deduites, verifiées ſuffiſamment, ou autrement juſtifiées, leſdites Lettres avec tout ce qui eſt contenu, ne pourront jamais en aucun temps être combatuës, renduës invalides, retractées, revoquées en juſtice ou en controverſe, reduites aux termes de Droit, ou notées du vice de ſubreption, obreption, nullité ou invalidité; ou du defaut de notre intention, ou de tel autre defaut ſubſtantiel non imaginé quelque grand qu'il ſoit, ou de quelque autre chef reſultant du droit ou du fait, de l'Ordonnance ou de la coutume, ſous telle couleur, prétexte, raiſon & occaſion que ce puiſſe être; mais qu'elles ſont & ſeront toujours valides, fermes, & efficaces, & ſortiront & obtiendront leur plein & entier effet, & ſeront à l'avenir inviolablement obſervées par tous ceux à qui il appartient ou appartiendra en aucune maniere que ce ſoit; & qu'ainſi & non autrement, les Juges ordinaires & les Auditeurs du Palais Apoſtolique deleguez, comme auſſi les Cardinaux de la Sainte Egliſe Romaine, Legats à Latere, & les Nonces du même Siege, & tous autres quelque autorité qu'ils exercent préſentement, & pour le temps, doivent de cette maniere toujours & par tout, juger & decider en toutes les choſes ci-deſſus mentionnées, leur ôtant & à chacun d'eux la faculté & l'autorité de les juger, déclarer & interpreter autrement; déclarant nul & de nul effet tout ce qui pourroit être attenté contre ces préſen-

tes, de propos deliberé ou par ignorance, par qui & de quelque autorité que ce ſoit, nonobſtant tout ce que deſſus & toutes Conſtitutions & Ordonnances Apoſtoliques, tant générales que ſpeciales, même celles qui ont été publiées dans les Conciles Généraux, & nonobſtant auſſi, entant que beſoin eſt, notre Regle, & celle de la Chancellerie Apoſtolique, *de non tollendo jure quæſito*, & la Conſtitution du Pape Pie IV. d'heureuſe mémoire notre Prédeceſſeur, touchant les graces concernant l'intérêt quelconque de la Chambre Apoſtolique qui doivent être préſentées & enregiſtrées en une même Chambre dans un certain temps alors exprimé, enſorte qu'il ne ſoit pas neceſſaire que ces préſentes ſoient en aucun temps préſentées & enregiſtrées dans la même Chambre, nonobſtant auſſi toutes les Loix Impériales & Municipales, & tous Statuts, Uſages & Coutumes, même immemoriales, Privileges, Indults, Conceſſions, & Lettres Apoſtoliques, fortifiées ou par ſerment ou par confirmation Apoſtolique, ou par quelque autre affermiſſement, & accordées à quelques lieux & à quelques perſonnes que ce ſoit revêtuës de la Dignité Impériale ou Royale, & de quelque autre Dignité ſoit Eccleſiaſtique ou Seculiere, & qualifiées de quelque autre maniere que ce ſoit, qui requerroient une ſpeciale expreſſion, comme auſſi tout autres ſemblables accordez de propre mouvement, ſcience, deliberation, & plénitude de puiſſance, même Conſiſtorialement ſous quelques teneurs & formes quelconques, & avec quelques dérogatoires des dérogatoires que ce ſoit, & autres cauſes plus eficaces & inuſitées, & Décrets même irritans, & tous autres accordez, publiez, faits, & pluſieurs fois réiteres, confirmez, approuvez & renouvellez au préjudice de tout ce que deſſus; à tous & à un chacun deſquels nous derogeons, & voulons qu'il ſoit derogé ſpecialement & expreſſement, & à toutes autres choſes quelconques à ce contraires, encore qu'il fût néceſſaire par une ſufiſante derogation d'en faire comme de leurs teneurs une mention ou autre expreſſion ſpeciale, ſpecifique, individuë, & de mot à mot, & non par clauſes générales concernant la même choſe, ou de garder pour cela une autre forme exquiſe, reputant ces teneurs pour pleinement & ſuffiſamment exprimées, comme ſi elles étoient inſerées de mot à mot dans ces préſentes avec la forme qui y eſt obſervée, que nous tenons pour gardée à l'effet des choſes ci-deſſus dites. Aureſte nous voulons qu'aux copies de ces mêmes préſentes transcrites ou imprimées, ſignées de la main d'un Notaire Public & munies du Seau d'une perſonne conſtituée en Dignité Eccleſiaſtique, on ajoûte en tous lieux & Païs, en jugement comme dehors, la même foi qu'on ajouteroit à ces préſentes, ſi elles étoient repreſentées ou montrées en Original. Donné à Rome à Sainte Marie Majeure, ſous l'Anneau du Peſcheur le 26. jour de Novembre de l'an 1648. & de notre Pontificat le cinquieme.

EXTRAIT

Des

LETTRES

De Sa

MAJESTE' IMPERIALE

A ſes

PLENIPOTENTIAIRES

De

NUREMBERG.

Datées d'Eberdorff du 5. Septembre 1649.

NOus avons remarqué dans la Relation que vous nous avez envoyée ſur l'évacuation de quelques Places que nous tenons en partie dans l'Empire, partie la Couronne de Suéde, comme auſſi ſur la reſtitution entiére du Royaume de Bohéme juſques à la Ville d'Eger, que le tout ſe doit vuider & terminer par de nouveaux Traitez, & que toute la difficulté ne conſiſte pas en ceci ſeulement pour ſavoir ſi on paſſera cette clauſule dont on étoit en différend, pour s'aſſurer de l'évacuation de nos Païs Héréditaires, en cas de quelque retardement : ſurquoi vous aviez jugé notre réſolution abſolument néceſſaire.

Et d'autant que depuis quelques ſemaines les Suédois ont déclaré qu'en cas qu'on tombât d'accord pour l'évacuation des Places des termes d'icelle & de la ſatisfaction de la Milice, qu'ils vuideroient quelques Places qu'ils tenoient dans notre Royaume de Bohéme, & cela tout auſſitôt après les Traitez achevez, & mêmes *per anteceſſum* quelques jours avant le premier terme que pour ladite évacuation, nous n'irons pas à l'encontre de ceci, afin que finalement l'on commence une fois tant, dans l'Empire que dans nos Païs Héréditaires à travailler à l'évacuation & à ſoulager les Etats ſurchargez de contributions & Garniſons, & à vuider du moins une Place après l'autre, ſelon la convention du premier & ſecond terme, ſi toutes ne le pouvoient être également, ſans que l'on remette les choſes à d'autres Traitez, ou que nous ſeulement & quelques-uns des Etats reçoivent ce bénéfice, ſans que les autres s'en ſentent. Mais ayant enſuite reconnu que ſelon le contenu du Recès que vous nous avez envoyé, l'état des affaires eſt tout autre, & qu'il ſe trouve quantité de difficultez tant pour le payement que pour d'autres choſes, & qu'il n'y a rien d'ajuſté *nec ratione terminorum ad evacuandum nec evacuandorum*, mais qu'il n'y a quaſi qu'un ou deux Cercles, & encore ceux-ci à demi ſeulement & non entiérement qui s'en trouvent ſoulagez, tous les autres demeurans non ſeulement ſans ſoulagement, mais

même dans l'incertitude entiére, étans remis à de nouveaux Traitez, ſans faire conſidération que tous les Cercles doivent être chargez également dans le payement de la ſatisfaction de la Milice, *tam ratione ſuâ quotâ quàm ratione temporis & modi* ; & partant devroient avec plus de raiſon reſſentir également de l'alegement ou du moins être aſſurez de certains termes de payement : ce qui fait eſpérer que ſans doute Meſſieurs de Suéde ſoulageront en ce point les Etats par un accommodement général, qui tant dans les aſſignations de 1200. mille Riſdales que pour le payement du quatriéme million ont été ſurchargez au delà de ce que le Traité de la Paix les obligeoit, & qu'ils ne prendront point en mauvaiſe part que nous prenions en ceci leur parti & ne le retiendront point par un retardement du Traité. Les Etats de leur côté apporteront tant de ſoin & de diligence pour faciliter l'évacuation, que l'on aura à eſpérer en bref une concluſion finale de la Paix tant deſirée & au plutôt une véritable & réelle réconciliation & amitié avec les Suédois. Quant à nos Royaumes & Païs Héréditaires, nous nous tenons à ce que la Convention du premier, ſecond, & troiſiéme terme porte, en cetté ſorte pourtant que nous aimerions mieux nous paſſer de ce Traité Préliminaire pour l'évacuation de notre Royaume de Bohéme, que de nous en ſervir dans l'incertitude de ce qui ſera convenu pour le premier, ſecond, & troiſiéme terme ; d'autant que ce n'a jamais été notre intention de ſéparer cette évacuation Préliminaire du Traité principal ; étant certain que ni les Etats ni l'Empire ne recevront pas grand allegement par cette évacuation particuliére, étant obligez auſſi bien d'une façon que d'autre pour la ſureté de demeurer armez : ce qui cauſe la ruine totale des pauvres Sujets, & peut-être la notre propre, auparavant que toutes choſes juſques ici inconnues ſoient terminées. Mais d'ailleurs ſi l'on étoit d'accord pour l'évacuation, l'on feroit moins de difficulté pour la clauſule ſuſdite de part & d'autre, d'autant qu'elle ne retarderoit nullement les affaires.

Touchant l'Amniſtie nous obſervons ſur tout dans nos Royaumes & Païs Héréditaires toutes choſes qui ſont portées par l'Inſtrument de la Paix, eſpérans auſſi que l'on ne nous demandera autre choſe que ce que porte le même Inſtrument.

Pour les Electeurs & Princes, je ne crois pas qu'il ſe trouve ni un plus court ni un plus ſûr chemin pour ſortir de ce point, que de ſe tenir au Traité de la Paix, *& arctiori modo*, de vuider & exécuter *realiter* au plutôt *caſus liquidos*, & de ne point retarder *illiquidorum & dificiliorum cauſâ* l'évacuation & l'exauctoration, ni de priver plus longtems la chére patrie du repos tant deſiré & ſi chérement acheté.

Que partant l'on doit devant toutes choſes travailler à l'évacuation & exauctoration & ce qui en dépend pour tâcher de les mettre plutôt en une entiére exécution.

TRACTATUS	TRAITÉ
COMMERCII	De
Inter	COMMERCE
REGEM HISPANIÆ	Conclu à la Haye,
Et	Entre le
ORDINES GENERALES	ROI D'ESPAGNE
	Et les
	ETATS-GENERAUX

Ad explicationem Articuli separati die quarto Februarii 1648. Monasterii facti, resumptus Hagæ & conventus die 17. Decembris 1650.

Le 17. de Decembre 1650. en interprétation de l'Article separé arrêté à Munster le 4. de Fevrier 1648.

CUm a Pace Monasteriensi inter Dominos Regem Hispaniarum & Ordines Generales Unitarum Belgii Provinciarum conclusâ, contentiones & differentiæ nonnullæ supervenerint concernentes verum sensum Articuli separatim anno millesimo sexcentesimo quadragesimo octavo conventi super navigatione, Commercio, securitate, libertate, & facilitate ejusdem; dictique Domini Rex & Ordines commodum putaverint elucidationem & explicationem aliquam prabere præoccupandis cunctis querelarum occasionibus ad stringendam magis ac magis inter eos mutuam eorumque Subditos correspondentiam per sinceram & perfectam dicti Tractatûs Pacis in omnibus & quibuscumque ejus Articulis observantiam, precipuè in puncto tantæ utilitatis & ponderis; ac eo fine dictus Dominus Rex commiserit a sua parte Dominum Anthonium Brun Equitem, Consiliarium in suo Statûs & Supremo circa res Belgicas & Burgundicas prope suam personam Consilio, ad Tractatus Pacis Generalis Plenipotentiarium & Extraordinarium Legatum apud Dominos Ordines Generales: & dicti Domini Ordines Dominum Rutgerum Huygens Equitem; Franciscum Banningium Cock Equitem, Purmerlandia & Ilpendamia Dominum, Consulem Amstelodamensem; Cornelium Ripperse Consulem Hornæ Westfrisiorum; Jacobum Veth, Consiliarium, & Pensionarium Urbis Middelburgensis Zelandorum; Gisbertum de Holchk nuper Consulem

TOM. IV.   *Urbis*

COmme depuis la conclusion de la Paix à Munster, entre les Seigneurs Roi d'Espagne, & Etats-Généraux des Provinces-Unies du Païs-Bas quelques disputes & differens seroient survenus, touchant la vraye intelligence de l'Article conclu séparement le quatrieme du mois de Fevrier de l'an 1648. en ladite Ville, concernant la Navigation, Commerce, sureté, Liberté, & facilité d'icelui; & que, lesdits Seigneurs Roi & Etats Généraux ayant jugé à propos d'en donner quelque éclaircissement & explication, afin de prévenir toutes occasions de plaintes & étreindre de plus en plus la bonne correspondance entre eux, & leurs Sujets, reciproquement par la sincere & parfaite observation dudit Traité de Paix en tout & un chacun de ses Articles, principalement dans ce point de grande utilité & importance & que pour cet effet ledit Seigneur Roi auroit commis de sa part Messire Anthoine Brun, Chevalier, Conseiller de Sa Majesté en son Conseil d'Etat & supreme pour les affaires des Païs-Bas & de Bourgogne, près de sa personne, son Plénipotentiaire aux Traitez de la Paix générale, & son Ambassadeur Extraordinaire auprès desdits Seigneurs Etats Généraux.

Et lesdits Seigneurs les Etats, les Sieurs Rutger Huygens, Chevalier; François Banningh Cock, Chevalier, Sieur de Purmerlant & Ilpendam Bourguemaître & Conseiller de la Ville d'Amsterdam; Corneille Ripperse, Bourguemaître de la Ville de Hoorn en West-Frise; Jacques Veth, Conseiller & Pensionaire de la Ville de Middelbourg en Zélande; Gysbert de Hoolck, ancien Bourguemaître de la Ville d'U-

trecht

Ttt

1650.

Urbis Trajectinæ; Joachium de Andrée nuper primarium Curiæ Frisiæ Consiliarium, Equitem; Joannem a Becke in Doornik & Crytenborchk, Consulem Urbis Dæventriæ; Adrianum Clandt in Stedum Dominum de Nittersum; omnes Congregationis Dominorum Ordinum Membra; dicti Domini Legatus & Deputati post varias Collationes tandem nomine & vice dictorum Dominorum Regis & Ordinum Generalium convenerunt, transegerunt, & concluserunt præsentem Articulis & conditionibus sequentibus Tractatum.

I.

Subditi & inhabitantes Provinciarum Belgii Unitarum omni libertate & securitate navigent & negocientur in omnibus Regnis, Statibus, & Terris quæ gaudent pace, amicitiâ aut neutralitate cum Statu dictarum Provinciarum Unitarum.

II.

Nec turbentur aut inquietentur in eâ libertate per naves aut Subditos Domini Regis Hispaniæ ex causâ Hostilitatis, quæ posthac accidere posset inter dictum Dominum Regem & Subditos, Regna, Terras, & Status, aut aliquos eorum qui erunt in amicitiâ vel neutralitate cum dictis Dominis Ordinibus Belgii.

III.

Quod & extendet se respectu Galliæ ad omnigena Mercium & Commercatuum genera, quæ illuc vehi solebant ante ejus cum Hispaniâ bellum.

IV.

Ita tamen ut Uniti Belgii Subditi abstineant ab subvehendo illuc merces ex Statibus dicti Regis Hispaniæ oriundas, quæ servire possint contra ipsum ejusque Status.

V.

Et quantùm ad alia Regna, Status, & Terras, amicitiâ vel neutralitate cum dictis Provinciis fruentes, licèt in bello cum dicto Domino Rege constitutas, illuc ne portentur Merces contrabandæ vel aliæ vetita, quod ut eò meliùs præcaveatur dicti Domini Ordines id prohiberi curent per Edicta expressa & proclamationes.

VI.

Pro cavendis insuper tantò faciliùs inde orituris differentiis quoad designationem Mercium prohibitarum & contrabanda, declaratum & conventum esto sub eo nomine comprehensa esse omnia arma ignita, & instructus eorum, ut tormenta, bombardas, mortaria, petarda, bombos, granata, saucissas, circulos

los

1650.

trecht; Joachim d'Andrée, ancien premier Conseiller en la Cour Provinciale de Frise, Chevalier; Jean van Becke, à Doornic & Crytenbourg, Bourguemaître de la Ville de Deventer; Adrian Clant à Stedum, Sieur de Nittersum, Deputés du Corps de leur Assemblée.

Lesdits Sieurs Ambassadeur & Deputez ayant tenu plusieurs Conferences, ont enfin au nom & de la part desdits Seigneurs Roi, & Etats Généraux convenu, accordé & conclu le présent Traité aux Articles & conditions, qui s'ensuivent.

I.

Premierement, les Sujets & Habitans des Provinces-Unies du Païs-Bas, pourront en toute sûreté & liberté naviger & trafiquer dans toûs les Royaumes, Etats & Païs, qui sont ou seront en Paix, amitié ou neutralité avec l'Etat desdites Provinces-Unies.

II.

Et ne pourront être troublez ou inquietez dans cette liberté par les navires, ou Sujets du Roi d'Espagne à l'occasion des Hostilités, qui pourroient survenir ci après, entre lesdits Seigneur Roi & les susdits Royaumes, Païs & Etats ou aucun d'iceux, qui seront en amitié ou neutralité avec lesdits Seigneurs Etats des Provinces-Unies.

III.

Ce qui s'étendra au regard de la France à toutes sortes de Marchandises & denrées qui s'y transportoient avant qu'elle fût en Guerre avec l'Espagne.

IV.

Bien entendu toutefois que les Sujets des Provinces-Unies s'abstiendront d'y porter des Marchandises provenantes des Etats dudit Seigneur Roi d'Espagne, telles qu'elles puissent servir contre lui & sesdits Etats.

V.

Et quant aux autres Royaumes, Etats, & Païs, étant en amitié ou neutralité avec lesdites Provinces-Unies, bien qu'elles se trouvent en guerre avec ledit Seigneur Roi, on n'y pourra porter des Marchandises de Contrebande ou aucuns biens défendus, & pour d'autant mieux l'empêcher, lesdits Seigneurs Etats en feront défenses bien expresses par des Placarts & Edits.

VI.

De plus pour d'autant mieux prevenir les differents qui pourroient naître, touchant la designation des Marchandises defendues & de contrebande, il a été declaré & convenu, que sous ledit nom seront comprises toutes armes à feu & assortissement d'icelles, comme Canons, Mousquets, Mortiers, Petards, Bombes, Grenades,

nades,

1650.

caloſ preatos, tormentorum ſuſtentacula, furcas, baltea, pulverem tormentarium, veſtes igniarias, ſal nitrum, globos, &c.

Item ſub nomine prohibitorum & contrabandæ intelligantur alia omnia armorum genera ut haſta, gladii, galea, caſſides, loricæ, haſta ſecurielata, ſpiccila, atque alia ſimilia.

Vetitum item ſit tranſportare milites, equos, armaturas, catapultarum thecas, balteos, & inſtructus omnigenos ad uſum belli factos.

VII.

Ad evitandam pariter omnem litis & contentionis materiam conventum ſit ut ſub nomine mercium interdictarum & contrabandæ non comprehendantur frumentum, triticum vel alia grana & legumina, ſal, vinum, oleam, nec quidquam nutrimento & ſuſtentationi vitæ ſerviens; ſed maneant libera ut & alia omnes merces Articulo præcedente non deſignatæ, quarum tranſlatio ad ipſa quoque inimicorum loca permiſſa ſit, exceptis Urbibus & Locis obſeſſis, circumſeptis, vel inveſtitis.

VIII.

Et ad impediendum ne dictæ merces vetitæ & contrabandæ juxta deſignationem Articulis proxime præcedentibus factam tranſeant ad hoſtes dicti Domini Regis Hiſpaniæ, neve ſub prætextu talis impedimenti Navigationis & Commercii libertas & ſecuritas retardetur, conventum eſt ut naves cum mercibus Subditorum & Incolarum Provinciarum Belgii Unitarum ingreſſa ad aliquem Portum dicti Domini Regis, & inde abeuntes ad locos eidem inimicos, teneantur ſolummodo producere & demonſtrare Officiariis Portûs Hiſpanici aut Statuum dicti Regis unde abibunt, Salvoſconductus ſuos qui contineant ſpecies oneris navium ſuarum certificatas & ſignatas ſigno & ſigillo ordinario & cognito Officiariorum Admiralitatis loci ejus a quo primum diſceſſerunt, cum expreſſione loci ad quem ſunt deſtinatæ; idque omne in formâ ordinariâ & ſolitâ; poſt eam Salviconductûs (modo quo dictum eſt) exhibitionem, ne moleſtentur, viſitentur, detineantur, aut retardentur a ſuo itinere quocumque ſub prætextu.

IX.

Dictæ quoque naves Subditorum & Incolarum Uniti Belgii, cum erunt in pleno mari, aut etiam venientes ad aliquas oras maritimas, non tamen Portus intrare volentes, aut ingreſſa, nolentes exponere aut diſtrahere onera ſuarum navium, non teneantur onerum ſuorum reddere rationem, niſi ſuſpectæ fuerint transferendarum ad hoſtes dicti Domini Regis mercium prohibitarum, ut antea dictum eſt.

X.

Et caſu dicto ſuſpicionis manifeſtæ dicti
Tom. IV.   *Sub-*

1658.

nades, Sauciſſes, Cercles poiſſez., Affuts, Fourchettes, Bandoulieres, poudre, Meches, Salpetre, Bales.

Pareillement ſont entendues ſous le même nom de Marchandiſes defendues & de Contrebande, toutes autres armes, comme Piques, Epées, Morions, Caſques, Cuiraſſes, Halebardes, Javelots, & autres ſemblables.

Eſt encore prohibé ſous ledit nom le tranport des gens de Guerre, de Chevaux, de harnachements, fourreaux de Piſtolets, Baudriers, & aſſortiment façonnés & formés à l'uſage de la Guerre.

VII.

Pour éviter pareillement toute matiere de diſpute & contention, eſt accordé que ſous ledit nom de Marchandiſes de Contrebande & defendues, ne ſeront compris le froment, bleds & autres grains & legumes, ſel, vin, huile, ni généralement tout ce qui appartient à la nourriture & ſuſtentation de la vie, mais demeureront libres, comme toutes autres Marchandiſes non compriſes dans l'Article précedent, & en ſera le tranſport permis, mêmes aux lieux ennemis, ſauf aux Villes & Places aſſiegées bloquées ou inveſties.

VIII.

Et afin d'empêcher leſdites Marchandiſes défendues & de Contrebande ſelon qu'elles viennent d'être deſignées & reglées par les Articles immédiatement précedents ne paſſent aux dits Ennemis du Seigneur Roi d'Eſpagne, & que ſous prétexte auſſi, de tels empéchements, la liberté & ſureté de la Navigation & Commerce ne ſoient retardées, on eſt demeuré d'accord, que les Navires avec les Marchandiſes des Sujets & Habitans deſdites Provinces-Unies étant entrez en quelque Havre dudit Seigneur Roi, & voulant de là paſſer à ceux deſdits Ennemis, ſeront obligés ſeulement de produire & montrer aux Officiers du Havre d'Eſpagne, ou autres Etats dudit Seigneur Roi, d'où ils partiront, leurs Paſſeports contenant la ſpecification de la charge de leurs navires atteſtée & marquée du ſeau & du ſeing ordinaire & reconnu des Officiers de l'Amirauté aux quartiers dont ils ſeront prémierement partis, avec déclaration du lieu où ils ſeront deſtinés, le tout en forme ordinaire & accoutumée; après laquelle exhibition de leurs Paſſeports en la forme ſuſdite ils ne pourront être moleſtés, ni viſitez, detenus ou retardés en leur Voyage, ſous quelque prétexte que ce ſoit.

IX.

Mêmes leſdits Navires des Sujets & Habitans des Provinces-Unies, étant en pleine Mer, ou même venans dans quelques Rades, ſans vouloir entrer dans les Havres, ou y entrans, ſans toutefois y vouloir debarquer & rompre leur charge; ne ſeront obligez de rendre compte de leurs Navires, ſauf en cas qu'ils fuſſent ſoupçonnez de porter aux Ennemis dudit Seigneur Roi des Marchandiſes de Contrebande, comme il a été dit précedemment.

X.

Et audit cas de ſuſpicion apparente leſdits
Ttt 2   Sujets

1650.

Subditi & Incolæ Uniti Belgii obligati fint exhibere in Portubus Salvos conductus fuos modo declarato.

Sujets & Habitans des Provinces-Unies, feront obligés de montrer dans les Havres, leurs Paſſeports en la forte ci-devant fpecifiée.

1650.

XI.

Progreſſæ ad oras maritimas aut obviam factæ in pleno Mari navibus dicti Domini Regis aut armatorum privatorum ejus Subditorum dicta naves ad evitandum malum manentes extra jactum tormenti bellici, mittant fcapham ad navem Subditorum vel Incolarum dictarum Provinciarum Unitarum, & cum duobus vel tribus folummodo hominibus intrent, quibus monftrentur Salviconductus a Magiftro vel Patrono dictæ navis Unitarum Provinciarum, modo uti Articulis præcedentibus expreſſum eſt, ut & Litteræ maritimæ conceptæ juxta formam præſenti Tractatui inferendam, quibus conftet non tantùm de onere, fed & de habitationis in Provinciis Unitis loco & de nomine tam Magiftri vel Patroni quàm navis, ut iis duobus mediis cognofcatur an merces interdicta aliqua fit, & appareat fufficienter qualitas navis & Magiftri vel Patroni ejus, quibus Salvoconductui & Litteris maritimis fides adhibeatur plena, eòque magis quia tam a parte dicti Domini Regis quam Ordinum Generalium dabuntur certificationes contrafignatæ ut melius agnofcatur valor, nec ullatenus falfæ fiant.

XI.

Que s'ils font entrez en Rades ou rencontrez en pleine mer, par quelque Navire dudit Seigneur Roi, ou des Armateurs particuliers, fes Sujets, lefdits Navires, pour éviter tout defordre, demeurans éloignés de la portée du Canon pourront envoyer leur chaloupe à bord du Navire des Sujets & Habitans des Provinces-Unies, & faire entrer en icelui deux ou trois hommes feulement, aufquels feront montrés les Paſſeports par le Maître ou Patron dudit Navire des Provinces-Unies en la forme fpecifiée aux Articles précedens, & auſſi les Lettres de Mer, couchées felon le formulaire qui fera inferé à la fin du préfent Traité, par où devra confter non feulement de la charge, mais auſſi du lieu de fa demeure & refidence aux Provinçes-Unies, & du nom tant du Maître ou Patron, que du Navire, afin que par ces deux moyens on puiſſe reconnoître, s'il y a Marchandife de Contrebande, & qu'il apparoiſſe fuffifamment de la qualité du Navire, comme auſſi du Maître ou Patron d'icelui, aufquels Paſſeports & Lettres de Mer, fera donnée entiere foi & creance, d'autant plus que tant de la part dudit Seigneur Roi, que de celle defdits Seigneurs Etats feront données des contremarques, pour en mieux reconnoitre la validité, & afin qu'elles ne puiſſent être aucunement falfifiées.

XII.

Et cafu quo in dictis navibus Subditorum Unitarum Provinciarum dicto modo reperiantur merces aliquæ juxta præmemoratam defignationem interdicta, eadem exonerabuntur, accufabuntur, & fifco addicentur coram Judice Admiralitatis aut aliò competente, nec propterea navis aut altera bona & merces liberæ & permiſſæ in præfatâ navi reliqua manentes quovis modo occupentur vel fifco addicantur.

XII.

En cas que dans lefdits Vaiſſeaux des Sujets des Provinces-Unies, fe trouvent par le moyen fufdit quelques Marchandifes de celles declarées ci-deſſus de Contrebande & défendues, elles feront déchargées, calangées & confifquées par devant les Juges de l'Amirauté ou autres competens, fans que pour cela le Navire ou autres biens & Marchandifes libres & permifes, retrouvées au même Navire, puiſſent être en aucun façon faifies, ni confifquées.

XIII.

Conventum præterea eſt ut quidquid repertum fuerint oneratum a dictis Subditis & Incolis Unitarum Provinciarum in Navibus Hoftium dicti Domini Regis, quamvis mercimonium non interdictum fifco addicatur cum omnibus cæteris quæ in præfatâ navi invenientur fine ullâ exceptione vel refervatione.

XIII.

A été en outre accordé & convenu, que tout ce qui fe trouvera chargé par lefdits Sujets & Habitans des Provinces-Unies en un Navire des Ennemis dudit Seigneur Roi, quoique ce ne fût Marchandife de Contrebande, fera confifqué avec tout ce qui fe trouvera audit Navire fans exception ni referve.

XIV.

Vice versâ liberum & relaxatum fit quicquid vehetur in navibus dictorum Subditorum præfatorum Dominorum Ordinum, quamvis onus aut pars ejus fit hoftium dicti Domini Regis, exceptis mercibus interdictis quarum intuitu obfervetur id quod in Articulis anterioribus cautum eſt.

XIV.

Mais d'ailleurs auſſi fera libre & affranchi, tout ce qui fera dans les Navires, appartenants aux Sujets defdits Seigneurs Etats, encore que la charge, ou partie d'icelle fût aux Ennemis dudit Seigneur Roi, fauf les Marchandifes de Contrebande, au regard defquelles on fe reglera felon ce qui a été difpofé aux Articles précedents.

XV. *Sub-*

XV. *Les*

XV.

Subditi dicti Regis reciprocè fruantur iisdem juribus & libertate in eorum Navigatione & Commercio, ratione dictorum Dominorum Ordinum Generalium Uniti Belgii, quibus eorum Subditi fruantur ratione dicti Domini Regis : intelligatur autem reciproca æqualitas hæc in omnibus alterutrà parte etiam eo casu quo dictus Dominus Rex habeat postea amicitiam & neutralitatem cum aliquo Rege, Principe, aut Statu qui incidant in bellum cum dictis Provinciis, fruaturque Pars utraque iisdem conditionibus & limitationibus Articulis præcedentibus expressis.

XVI.

Præsens Tractatus serviat ad elucidationem & explicationem Articuli separatim Monasterii die quarto Februarii anno millesimo sexcentesimo quadragesimo octavo conclusi; nisi quatenus ei per præsentem explicationem derogatum invenietur.

XVII.

Præsens Tractatus ejusdem esto vigoris & duret, tanquam si insertus fuisset in Tractatu Originali Pacis inter dictos Dominos Regem & Ordines facto, cum hac limitatione ut si tractu temporis fraudes aliqua aut inconvenientia appareant in Commerciis & Navigatione, quibus satis non provisum sit & cautum, alia præcautiones adhiberi possint quæ rationi consonæ utrinque videbuntur; manente tamen præsente Tractatu in suâ vi & valore.

XVIII.

Præsens Tractatus ratus habeatur & confirmetur a dictis Dominis Rege Hispaniarum & Ordinibus Generalibus Unitarum Belgii Provinciarum intra quatuor menses a dato hujus.

Sequitur Formula Certificationis marinæ Articulo undecimo memoratæ.

Serenissimis, illustrissimis, illustribus, potentissimis, potentibus, nobilissimis, honorabilibus, & prudentibus. Dominis Imperatoribus, Regibus, Rebuspublicis, Principibus, Ducibus, Comitibus, Baronibus; Dominis Consulibus, Scabinis, Consiliariis, Judicibus, Officialibus, Justitiariis, & Regentibus quarumcumque bonarum Civitatum & Locorum tam Ecclesiasticis quàm Secularibus qui patentes hasce videbunt aut legi audient, nos Consules & Regentes vobis, Notum facimus N. N. per solemne juramentum

XV.

Les Sujets dudit Seigneur Roi auront reciproquement mêmes droits & Libertés en leur Navigation & Trafic au regard desdits Seigneurs Etats Généraux des Provinces-Unies, que leurs Sujets au regard dudit Seigneur Roi d'Espagne, s'entendant que la réciprocité & égalité sera en tout de part & d'autre, même au cas que ledit Seigneur Roi eût amitié ou neutralité avec aucuns Rois, Princes ou Etats, qui vinssent à être Ennemis desdites Provinces-Unies, usans reciproquement les deux Parties de mêmes conditions & restrictions exprimées aux Art. ci-dessus.

XVI.

Que le présent Traité servira d'éclaircissement & explication à l'Article particulier conclu à Munster le 4. de Fevrier de l'An 1648. sans y deroger, sauf en ce, où la présente explication se trouvera être au delà du contenu audit Article.

XVII.

Sera le présent Traité de même vigueur & durée que s'il avoit été inseré au Traité Original de la Paix entre lesdits Seigneurs Roi & Etats, avec reserve toutefois, qu'en cas qu'à la suite du temps on découvre quelques fraudes ou inconvenients au fait dudit Commerce & Navigation, ausquels n'aura été suffisamment pourvu, & remedié, d'y pouvoir apporter telles autres précautions, qu'on estimera convenir de l'un & de l'autre côté, demeurant cependant le présent Traité en sa force & vigueur.

XVIII.

Finalement que ledit présent Traité sera agréé & confirmé par lesdits Seigneurs Roi d'Espagne, & Etats Généraux des Provinces-Unies du Pais-Bas, dans quatre mois après la date d'icelui.

S'ensuit le Formulaire de la Lettre de Mer dont il est parlé dans l'Article onziéme.

Aux Sérénissimes, très Illustres, Illustres, très Puissans, Puissans, très Nobles, Nobles, Honorables, & prudents, Seigneurs Empereurs, Rois, Républiques, Princes, Dues, Comtes, Barons, Seigneurs, Bourguemestres, Echevins, Conseillers, Juges, Officiers, Justiciers & Regens de toutes bonnes Villes & Places, tant Ecclesiastiques, que Seculieres, lesquelles ces patentes verront ou lire oirront, nous Bourguemestres & Regens de la Ville.... savoir faisons que N. N.... Maître de Navire.... comparant

mentum declaraffe Magiftrum navis coram nobis comparentem navim vocatam N. capacem N. circiter laftarum cujus ipfe eft Magifter, pertinere ad Incolas Unitarum Belgii Provinciarum; utque ita Deus bene ipfum adjuvaret, & quoniam in fuis juftis negotiis dictum Magiftrum rite accommodatum vellemus, vos omnes in genere & in fpecie ubi dictus Magifter cum navi fuâ appulerit, rogamus ut benignè eum recipiatis ac debitè habeatis permittatifque ut ad & in, per Portus, Dominia, Fluvios veftros naviget, redeat, frequentet, & negotietur, ita & ubi commodum videbitur, id quod benevole agnofcemus : in fidem cujus apponi fecimus Civitatis noftræ figillum.

Sequitur Exemplum Mandati Domini Anthonii Brun Legati Ordinarii Regis Hifpaniæ.

R E X.

Anthoni Brune Confilii mei Flandrici fupremi Confiliarie, Legate a me in Hollandiâ, mififti Litteris Maii proximè elapfi datis copiam Tractatûs cum Provinciis Unitis conventi de Navigatione & Commercio ad quod refcribi mandabas brevi mittendum beneplacitum noftrum fore; nunc vifum fuit declarare quòd confultum duxi, uti duco, ut concludas dictum Tractatum, certus ac paratus eum ratificare, æquum itemque bonum erit, uti & jubeo, & ftatim illud notum facias Ordinibus & quàm libenter & confenfi, & quòd mandatum dedi Domino Joanni filio meo cæterifque Generalibus ut etiam ante Conclufionem & ratihabitionem Tractatûs juxta eum fe gerant, meamque voluntatem effe ut Commercium promoveatur fequanturque omnes convenientiæ & commoda quæ obtineri poffint : & ut reftituantur omnia quæ contra hunc noviffimum Tractatum fuerint a Pace capta, de quo eos quorum intereft certiores facias ut reftitutiones ablatorum petant, afferens infuper, fi hic fciretur quænam illa effent (quamvis nullâ factâ petitione) ultro fatisfactionem ipfis futuram effe, de quorum fequelâ mihi indicabis eâ quâ foles curâ.

Madriti decimo octavo Augufti, anno millefimo fexcentefimo quinquagefimo.

Erat fignatum,

E G O R E X.

Et contrafignatum

H Y E R O N I M U S D E L A T O R R E.

---

parant devant nous a déclaré avec ferment folemnel, que le Navire nommé N. grand environ de... Lafts, fur lequel maintenant il eft le Maître, appartient aux Habitans des Provinces-Unies, ainfi Dieu le vouloit aider. Et comme volontiers, nous voudrions ledit Maître de Navire aider dans fes juftes affaires nous vous requerons tous en général & en particulier, où le fufdit Maître avec fon Navire & denrées arrivera, qu'il leur plaife de recevoir benignement & traiter duement, le foufrant dans, par & auprès vos ports, Rivieres, & Domaines, le laiffant naviger, paffer, frequenter & negotier là, & où il trouvera à propos, ce que volontiers nous reconnoitrons. A témoin de quoi nous y avons fait appofer le Seau de notre Ville.

S'enfuit la Copie du Pouvoir de Meffire Anthoine Brun, Ambaffadeur Ordinaire du Roi d'Espagne.

L E R O I.

Anthoine Brun, de mon Confeil fupreme de Flandre, & mon Ambaffadeur en Hollande, avec votre Lettre du 27. du mois de Mai paffé, vous m'envoyates Copie du Traité, qui fe formoit avec les Provinces-Unies touchant la Navigation & Commerce à quoi je vous fis répondre, que l'on vous donneroit avis en toute brieveté de ma refolution; & maintenant il m'a femblé bon de vous dire que je l'ai prife d'agréer, comme je fais, que vous concluiez ledit Traité, lequel je fuis prêt de ratifier, & il conviendra (comme je vous en charge) que vous le déclariez ainfi auffitôt aux Etats Généraux, & la bonne volonté, avec laquelle j'y ai confenti, & que j'ai donné ordre à Don Jean mon Fils, & à mes autres Généraux (même devant la conclufion & ratification d'icelui) qu'ils fe gouvernent en conformité dudit Traité, & que ma volonté eft que le Commerce s'acroiffe, & qu'on y apporte toutes les facilitez qu'il fe pourra, & que j'ai auffi commandé qu'on reftitue tout ce qui a été pris depuis la Paix, contre ce dernier Traité, dequoi vous ferez avertir les intereffez, afin qu'ils demandent ladite reftitution, leur difant, que fi on favoit ici quels ils font, (encore qu'ils ne follicitaffent point) on leur donneroit fatisfaction, & vous m'avertirez de ce qui fe fera enfuite de ce que deffus, avec le foin que vous avez accoûtumé.

De Madrid le 18. Août 1650.

Etoit Signé,

Y O E L R E Y.

Et contrefigné,

J E R O N I M O D E L A T O R R E.

Sequitur Exemplum Mandati Dominorum Deputatorum Domi-
norum Ordinum Generalium.

ORdines Generales Unitarum Belgii Provincia-
rum omnibus qui hasce præsentes videbunt,
Salutem. Quoniam planè informati & certi de
sufficientiâ, prudentiâ, fidelitate, dignitate, &
diligentiâ Dominorum Rutgeri Huygens Equitis;
Francisci Banningii Cochk Equitis, Domini de
Purmerland & Ilpendam, Consulis & Consiliarii
Amstelodamensis; Cornelii Ripperse Consulis Regen-
tis Urbis Hornæ in Westfrisiâ, Jacobi Veth
Consiliarii & Pensionarii Urbis Mildelburgi in
Zelandiâ; Gisbert de Hoolk Consulis Urbis Tra-
jecti; Joachimi de Andrée nuper primi in Curiâ
Frisiæ Consiliarii, Equitis; Joannis a Becke,
Domini in Doornick & Crytenborgh; Adriani
Clandt a Stedum, Domini in Nittersum; qui
omnes Deputati ex corpore nostræ Congregationis,
Elegimus eorumdem personas ut nostro nomine,
qualitate nostrorum Commissariorum tractent res
quæ Negotium & Commercium maritimum con-
cernunt inter Regis Hispaniæ & nostri Status
Subditos; & eum promovendis & ad scopum pro-
positum conducendis Tractatibus opus habeant
nostrâ Plenipotentiâ, Mandato, Authoritate,
Commissione, & jussu speciali, idcirco ipsis vir-
tute præsentium ad eum finem damus plenam po-
testatem tractandi, conveniendi & concludendi
cum Domino Anthonio Brun, Legato Regis His-
paniarum apud nos Ordinario, Articulos necessa-
rios in nostrâ Congregatione exhibitos, Naviga-
tionem, Mercaturam & Commercia concernentes,
& de iis omnibus facere & transigere Instrumen-
ta Contractuum & Provisionum in bonâ &
debitâ formâ, & insuper agere generaliter in iis
quæ supra dicta sunt, quidquid ipsi ageremus aut
agere possemus, si præsentes & in personâ adesse-
mus, quamvis vel specialius mandatum quàm
hîc est expressum, res exigeret : promittentes
bonâ fide & sincerè nos ratum, gratum, fir-
mum, & stabile in perpetuum habituros quidquid
per dictos Deputatos nostros factum, procuratum,
promissum, conventum, & compositum hac in re
fuerit; idque nos observaturos, completuros, &
secuturos inviolabiliter, nec unquam contra id
venturos vel ituros directè vel indirectè, quo-
cumque modo, sed omne illud approbaturos, si
opus sit, & de eo erigere Instrumenta & Litte-
ras in formâ meliori ad justam & plenam satis-
factionem dictæ Suæ Majestatis.

Actum Hagæ in nostrâ Congregatione die septi-
mâ Decembris anno millesimo sexcentesimo quin-
quagesimo sub magno nostro Sigillo, adscriptione
& subsignatione nostri. Graphiarii Adscriptam erat
B. J. MULART, *Vidit.* Scriptum in plicatura
absente Graphiaro. J. SPRONSEN.

In fidem cujus nos Legatus & Deputati su-
pra nominati virtute nostrarum respectivè Procu-
rationum

S'ensuit la teneur du Pouvoir des
Sieurs Deputés des Seigneurs
les Etats Généraux.

LEs Etats Généraux des Provinces-Unies
du Païs-Bas; à tous ceux qui ces présentes Lettres verront, salut. Comme ainsi soit,
qu'étant informés pleinement de la suffisance, prudence, fidelité, dignité, & diligence des Sieurs Rutger Huygens, Chevalier,
François Banning Cock, Chevalier, Sieur
de Purmerlandt & Ilpendam, Bourguemestre
& Conseiller de la Ville d'Amsterdam; Corneille Ripperse, Bourguemestre Regent de la
Ville de Hoorn, en West-Frise; Jacques Veth,
Conseiller & Pensionnaire de la Ville de Midel-
bourg en Zélande; Gysbert de Hoolck, ancien
Bourguemestre de la Ville d'Utrecht; Joachim
Andrée ancien premier Conseiller en la Cour
Provinciale de Frise, Chevalier; Jean van
Beck, à Dornick & à Crytemburgh, Bourguemestre de la Ville de Deventer; Adrian
Clant à Stedum, Sieur de Nittersum, Deputés
du Corps de notre Assemblée : Avons fait élection de leurs Personnes pour, de notre part en
en qualité de nos Commissaires, traiter affaires
d'importance au regard du Trafic & Commerce de la Marine, entre les Sujets du Roi
d'Espagne, & ceux de cet Etat, & que pour
faciliter leurs Négociations, & les conduire au
dessein pour lequel elles se doivent entreprendre, ils ont besoin, de notre Pleinpouvoir,
puissance, autorité, Commission & Mandement
special, nous à ces causes leur donnons en
vertu de ces présentes Pleinpouvoir de traiter
convenir & conclure avec Messire Anthoine
Brun, Ambassadeur Ordinaire de Sa Majesté
d'Espagne près de nous, les Articles nécessaires,
exhibés en notre Assemblée, au regard de la
Navigation, Trafic & Commerce, & de
tout ce faire & passer des Instruments, & Contracts, & Promesses en bonne & duë forme,
& en outre faire généralement en ce que dessus,
tout ce que nous ferions, ou faire pourrions, si
présens en personnes, y étions, quoi que la
chose requît mandement plus special, qu'il n'est
contenu par ces présentes. Promettans sincere-
rement & de bonne foi avoir agréable, tenir
ferme & stable à toujours tout ce que par nosdits Deputés sera fait, procuré, promis, convenu & accordé en cet endroit, l'observer,
faire observer, l'accomplir, & entretenir inviolablement sans jamais aller ni venir au contraire, directement ou indirectement, en quelque sorte & maniere que ce soit, mais de tout
devoir ratifier s'il est besoin, & en passer Lettres & Instrumens en la meilleure forme que
faire se pourra, au contentement & pleniere
satisfaction de sadite Majesté.

Fait à la Haye en notre Assemblée le 7.
jour de Decembre 1650. sous notre grand Seel,
Paraphe & signature de notre Greffier. E-
toit Paraphé, B. J. MULART, Vt. Ecrit
sur le repli, par ordonnance desdits Seigneurs
Etats-Généraux, signé en l'absence du Greffier,
J. SPRONSEN.

En foi de quoi, nous Ambassadeurs & Deputés, en vertu de nos Pouvoirs respectifs, a-
vons

1650.

rationum hafce præfentes folitis noftris fubfigna-
tionibus & Sigillis communivimus & firmavi-
mus.

Hagæ in Hollandiâ die decimâ feptimâ Decembris anno millefimo fexcentefimo quinquagefimo.

L. S. A. BRUN.
L. S. RUTGERUS HUYGENS.
L. S. F. BANNINK KOCK.
L. S. C. RIPPERSE.
L. S. JACOB VETH.
L. S. GUILLAUME VANDER HOOLCK.
L. S. JO. ANDREE.
L. S. JO. VANDER BEECKE.
L. S. ADRIEN CLANDT.

vons figné ces préfentes de nos feings ordinaires, & à icelles fait pofer les cachets de
nos Armes.

A la Haye en Hollande ce 17. Decembre,
1650.

1650.

L. S. A. BRUN.
L. S. R. HUYGENS.
L. S. F. BANNING COCK.
L. S. CORN. RIPPERSE.
L. S. JACOB VETH.
L. S. G. v. HOOLCK.
L. S. JO. ANDREE.
L. S. J. v. BEECK.
L. S. ADR. CLANT.

TRACTATUS

INDUCIARUM

Et ceffationis omnis hoftilitatis actûs ut &

NAVIGATIONIS,

Ac

COMMERCII

Pariterque

SUCCURSUS,

Factus, initus & conclufus Hagæ Comitis die 12. Junii 1641.
pro tempore decennii inter Dominum Triftao de Mendoça
Furtado, Legatum & Confi-
liarium Sereniffimi & Præpo-
tentis Dom. Joannis IV. ejus
nominis Regis Lufitaniæ, Algar-
viæ, &c. & Dominos Deputatos Celforum & Præpotentum
Dominorum Ordinum Genera-
lium Unitarum Provinciarum
Belgicarum.

*E*Xperientia docuit quod Dom Philippus II.
Caftellæ Rex vi & potentiâ armorum quon-
dam

TRAITE

De

TREVE,

De

NAVIGATION,

De

COMMERCE,

Et

D'ALLIANCE,

Fait & conclu à la Haye le 12.
de Juin 1641. pour dix an-
nées entre le Seigneur Tris-
tao de Mendoça Furtado Am-
baffadeur & Confeiller du
Séréniffime & très puiffant
Prince Jean IV. de ce nom Roi
de Portugal & des Algarves,
& les Députez de L. H. P.
les Etats Généraux des Pro-
vinces-Unies des Païs-Bas.

T'Out le monde fait que Philippe II. Roi
de Caftille s'eft emparé à force ouverte
du

1641.

dam invaserit Coronam Lusitaniæ, & consequenter privaverit Serenissimum præpotentemque Regem Dominum Joannem (olim Ducem de Braganca) indubitabili suo Successionis jure & justitiâ in altè memoratam Coronam Lusitaniæ, tanquam legitimum & proximum hæredem Serenissimæ Donæ Catarinæ; ac continuarunt Successores prædicti Regis Castellæ multis contiguis annis in violentâ occupatione altè memoratæ Coronæ Lusitaniæ, infringentes Fædera & Pacta amicitiæ, confidentiæ, & Commercii, quæ Domini Reges Coronæ Lusitaniæ continuè cum aliis Principibus ac Nationibus in Europâ sanctè coluerant, deorbantes bonos Subditos & Vassallos ejusdem Coronæ eorum Juribus, Legibus, & Consuetudinibus, insaperque eos onerantes injustitiâ, intolerabilibus vexationibus & diversis aliis speciebus tyrannidis, injungentes illis excessiva onera quæ Reges Castellæ simul ac cum patrimonio Regiæ Coronæ Lusitaniæ dilapidarunt & consumpserunt exitialibus bellis. Quibus prædicti boni Subditi & Vassalli ejus Coronæ ita stimulati atque iracundiâ mactati, tandem haud levi habitâ patientiâ, magno cum animo, casu, & circumspectione injustum illud ac intolerabile jugum Regis Castellæ excusserunt, ac semetipsos libertati restituerunt, denumque communi applausu sæpius altè memoratum Joannem quartum Regem elegerunt, proclamarunt, eique homagium ac jusjurandum fidelitatis præstiterunt. Præpotentes Domini Generales quoque passivè pro comperto habentes intolerabilem tyrannidem & perdura onera præfati Castellæ Regis, pariterque ejusdem nefarium institutum ad consequendam Monarchiam multo sæculo jam super universâ Europâ jactatam, in commodum boni publici dijudicarunt expedire laudabili ac honesto jam altè memorati Regis Joannis quarti proposito succurrere, cumque eodem inire & consummare præsens hoc Pactum & Tractatum nec non prætermittere varias & diversas commoditates quas aliàs pro proprio particulari commodo atque utilitate, nacto hoc rerum statu, tam citra quàm ultra lineam possint usucapere & percipere, maluntque eorum loco ut reviviscat vetus illa amicitia, amor reciprocus ac Commercium, quæ inter Dominos Reges Coronæ Lusitaniæ ac Belgas ultro citroque antiquitùs floruerunt.

Primò conclusum est verum, sincerum, firmum, ac inviolabile Induciarum pactum, cessationisque omnis Hostilitatis actus, inter altè memoratum Regem & Ordines Generales tam Mari aliisque Aquis, quàm Terra, intuitu omnium Subditorum ac Incolarum Unitarum Provinciarum, cujuscumque conditionis illi fuerint citra exceptionem Locorum, Personarumve, ut & pariter intuitu omnium Subditorum atque Incolarum Regionum altè memorati Regis, cujuscumque Conditionis fuerint, citra exceptionem Locorum, personarumve, quæ partes Sacræ Majestatis adversùs Castellæ Regem tuentur, aut imposterum tueri reperientur. Idque omnibus in locis & maribus ab utraque parte Lineæ juxta conditiones & restrictiones hic infra respectivè explicatas, tempore decennii. Quod Induciarum pactum cessationisque omnis Hostilitatis actus in Europæ plagis ac aliunde sitis, extra limites respectivè Privilegiorum, Societatibus Indiarum Orientalium & Occidentalium antehac nomine hujus Status respectivè concessorum, statim, factâ subscriptione hujus Tractatus, ordietur.

II.

Ac in India Orientali, omnibusque Locis & Maribus sub Districtu Privilegii a Dominis Ordinibus

TOM. IV.

---

du Royaume de Portugal, & que par là le Sérénissime & très puissant Roi Jean (auparavant Duc de Bragance) a été privé du droit incontestable qu'il avoit sur cette Couronne, comme étant le légitime & plus proche héritier de la Sérénissime Princesse Catherine : on fait encore que les Successeurs du susdit Roi de Castille se sont maintenus pendant tout ce tems dans leur usurpation, en exerçant toute sorte de violences, rompant les Traitez d'amitié, de confédération & de Commerce que les Rois de Portugal avoient jusqu'alors entretenus avec les autres Princes & Nations de l'Europe, dépouillant les fidelles Sujets & Vassaux de cette Couronne de leurs Droits, Loix, & Coutumes, les accablant de charges injustes, excessives, pleines de Tyrannie & intolérables, ravageant par des guerres entreprises mal à propos & pillant les Domaines & le patrimoine de la Couronne : Ces excès ont tellement irrité les peuples, qu'enfin après une longue patience, ils ont secoué le joug tyrannique du Roi de Castille avec un courage, une hardiesse & une prudence remarquables, se sont remis en Liberté, & enfin d'un consentement universel ont élu & proclamé Roi le susmentionné Jean quatriéme, lui ont rendu hommage, & prêté serment de fidelité. L. H. P. les Seigneurs Etats Généraux après avoir fait eux-mêmes la triste expérience de la tyrannie & cruauté du susdit Roi de Castille, & connoissant les voyes injustes par lesquelles il s'est emparé d'une Monarchie reconnue de tout tems souveraine dans l'Europe, ont jugé convenable au bien Public de seconder la juste entreprise dudit Roi Jean quatriéme de s'unir avec lui par le présent Traité, & ne point manquer l'occasion présente de reprendre leurs premiers avantages dans tous les Païs qu'ils possédent deçà & delà la Ligne : Pour cet effet ils ont résolu de faire revivre cette ancienne amitié, correspondance, & Commerce, qui étoient anciennement entre eux & les Rois & Royaume de Portugal.

Premiérement. Le présent Traité de Tréve a été conclu, pour être ferme, sincére, & inviolable, & faire cesser tous actes d'hostilitez entre les susdits Roi & Etats, tant sur mer que sur terre, les Sujets & Habitans des Provinces-Unies, de quelque condition qu'ils soient sans exception de lieux & de personnes, & les Sujets dudit Roi, qui suivent à présent ou suivront dans la suite son parti contre le Roi de Castille. Et cela dans tous lieux & mers deçà & delà la Ligne, suivant les conditions & restrictions ci-dessous specifiées, pendant dix années. Ce Traité de Tréve aura son effet aussitôt après la signature, dans tous les Païs de l'une & l'autre Puissance soit en Europe ou ailleurs, où les Compagnies des Indes Orientales & Occidentales ont aquis des Priviléges.

II.

On accorde une année pour la publication du présent Traité dans les Indes Orientales : si

Vvv

cepen-

1641. *dinibus Generalibus, Societati Indiæ Orientalis harum Provinciarum concessi, uno anno a dato, cùm Ratihabitio hujus Tractatûs nomine Regis Lusitaniæ hic loci fuerit oblata; at verò, si publica manifestatio prædictarum Induciarum cessationisque omnis Hostilitatis actûs alicubi locorum & marium prætactorum citiùs devenerit, antequàm suprædictus annus expiraverit, ut tum quisque ab utraque parte in hujusmodi locis & maribus respectivè a tempore publicæ manifestationis se se contineat ab omni Hostilitatis actu.*

III.

Et comprehendentur sub prædictis Induciis & cessatione omnis Hostilitatis actus omnes hujusmodi generis Reges, Dynastæ, & Gentes Indiæ Orientalis, quibuscum Domini Ordines Generales, aut Societas Indiæ Orientalis harum Provinciarum eorum nomine amicitiam colunt, aut fœdere juncti sunt, si qua sibi expedire arbitrabuntur has Inducias & cessationem Hostilitatis actus complecti.

IV.

Nec fas esto, prætacto decennii tempore durante, sibi invicem, nec terrâ, nec mari, Hostilitatem aut ullam aggressionis vim inferre, ac omnibus Lusitanicis navibus ex Lusitaniâ sub mandato aut commissione altè memorati Regis Joannis quarti, navigantibus ad loca & maria, quæ partes hujus Regis tuentur, sicuti pariter illis navibus isthinc in Lusitaniam revertentibus, permissum esto liberè absque ullâ remorâ navigare, intuitu Societatis Indiæ Orientalis harum Provinciarum.

V.

Similiter nec naves eorumdem Subditorum harum Provinciarum in earum cursu per prædictas Lusitanicas molestiâ afficientur.

VI.

Et utraque Pars esto libera & secura in suis Tractatibus & Contractibus.

VII.

Item liberum esto utrique Parti navigare, pariter loca possidere, suum Commercium sine ullo impedimento exercere, aquè ut tempore & sub manifestatione prædictarum Induciarum cessationisque omnis Hostilitatis actûs, in Indiâ Orientali loca possedit, effectivè commeavit, suumque Commercium exercuit.

VIII.

Sæpiùs dicta Induciæ ac cessatio omnis Hostilitatis actûs effectum sortientur tempore decen-

---

cependant elle peut s'y faire avant ce terme, 1641. on cessera dès lors de part & d'autre tous actes d'Hostilitez.

III.

Seront compris dans ce Traité tous les Rois, Princes, & Nations des Indes Orientales qui sont Alliez & amis des Etats Généraux ou de la Compaguie des Indes, qui voudront y entrer.

IV.

Il ne sera permis à aucune des Parties de se faire tort, pendant les dix années; & tous les Vaisseaux Portugais allant avec commission dudit Roi Jean quatriéme dans les mers & les lieux de son obéissance, ou qui retourneront de là en Portugal, pourront naviger sans empêchement, du moins de la part de la Compagnie des Indes Orientales de ces Provinces.

V.

La même liberté aura lieu pour les Vaisseaux des Provinces-Unies.

VI.

Les uns & les autres auront pleine liberté & sureté.

VII.

Pourront naviger, occuper leurs Places, exercer leur commerce, sans aucun empêchement, de même qu'il se pratiquoit au tems de la publication de ce Traité.

VIII.

On observera cette Trêve pendant les dix années dont on est convenu, dans tous les lieux

1641. *cennii in Locis & Maribus pertinentibus sub Distrittu Privilegii a Dominis Ordinibus Generalibus Societati Indiæ Orientalis harum Provinciarum concessi, a dato, cùm Ratihabitio super hoc Tractatu nomine Regis Lusitaniæ hic loci fuerit oblata, & publica manifestatio predictarum Induciarum cessationisque omnis Hostilitatis actûs porro alicubi prænominatorûm locorum ac marium respectivè pervenèrit. A quo tempore utraque Pars in ejusmodi locis & maribus respectivè se se cohibeat ab omni Hostilitatis actu. Ita tamen, ut intra octo menses, post quam predicta Ratihabitio hic loci fuerit allata, conveniendum sit cum Coronâ Lusitaniæ de Pace in sæpiùs dictis locis & maribus, pertinentibus sub Distrittu Privilegii Societatis Indiæ Orientalis harum Provinciarum; ad quæ Dominus Tristao de Mendoça Furtado, Legatus & Consiliarius Regiæ Majestatis Lusitaniæ hisce pollicetur, ut intra prædictos octo menses post præfatam Ratihabitionem Regiæ Sacræ Majestatis hic loci oblatam, quoque obveniant necessarium Mandatum, ordo, ac instructio, pariterque persona aut personæ authoritate Regiâ munitæ, ad tractandum de prædictâ pace : attamen, si contra omnem expectationem Pacis conditio non iniretur, ut, eo non obstante, sæpiùs dicta Induciæ, cessatioque omnis Hostilitatis actûs tempore decennii, modo præmisso & juxta Articulos infra explicatos, plenum effectum sortiantur.*

lieux & Païs mentionnez, après la Ratification du Roi de Portugal, & la publication. Duquel tems toutes Hostilitez cesseront; de manière cependant que huit mois après que la Ratification dudit Roi aura été reçue ici, on arrêtera les Articles qui concerneront les Païs de la dépendance de ladite Compagnie des Indes Orientales : & pour cet effet le Seigneur Tristao de Mendoça Furtado Ambassadeur & Conseiller de S. M. Portugaise, promet de faire expedier dans ledit terme de huit mois après la Ratification de son Maître, tous les Mandemens, Pouvoirs, & Instructions nécessaires, & de faire venir des personnes revêtues d'un caractere suffisant pour régler les conditions de cette Paix. Si néanmoins, contre toute attente, on ne pouvoit pas en convenir, la présente Trêve aura son entier exécution.

IX.

Societas Indiæ Occidentalis harum Provinciarum, ut & Subditi & Incolæ ejusdem terrarum acquisitarum nec non omnes illi inde dependentes, cujuscumque Nationis, conditionis, aut Religionis sint, gaudeant & fruantur in singulis Terris & Locis Regis Lusitaniæ, & ad eandem Coronam spectantibus, in Europâ sitis, hujusmodi commercio, exemptionibus, Libertatibus, Juribus, quibus reliqui Subditi hujus Statûs, vigore hujus Tractatûs, gaudebunt & fruentur. Hac tamen conditione ne Societas Indiæ Occidentalis harum Provinciarum, ut & Subditi ac Incolæ in ejusdem terris acquisitis, sicut pariter omnes reliqui ab illâ dependentes, conentur ex Brasiliâ transferre ad Regnum Lusitaniæ saccharum, lignum Brasilicum, ac alias merces in Brasiliâ existentes & provenientes; sicut pariter nec Lusitanica Natio, ut & Subditi ac Incolæ in ejusdem terris acquisitis, nec minùs ab eâ dependentes, conabuntur ex Brasiliâ transferre intra has Provincias & regiones saccharum, lignum Brasilicum, aliasque merces in Brasiliâ existentes & provenientes.

IX.

La Compagnie des Indes Occidentales & ses Sujets, & dépendances de quelque Nation, condition ou Religion qu'ils soient, jouïront dans toutes les Terres de l'obéïssance du Roi des Priviléges accordez par ce Traité. A condition toutefois qu'ils ne pourront transporter en Portugal du sucre, du bois de Bresil, & autres Marchandises qui croissent au Bresil; réciproquement les Portugais ne pourront faire pareil Commerce dans les Païs des Indes dépendans de ladite Compagnie.

X.

Natio Belgica ut & Lusitanica durantibus

X.

Les Hollandois & les Portugais se donneront

1641. *bus Induciis ex cessatione omnis Hostilitatis actûs sibi invicem succurrent atque opem ferent pro virili, cùm occasio & status rerum illud postulaverit.*

roñt un secours mutuel dans les occasions pendant le terme de cette Trêve.

XI.

Omnia Fortalitia, Urbes, naves & particulares personæ, sive sint Lusitani aut alii in Brasiliâ, vel aliorsum sita & reperti, qui partes Regis Castellæ fovent, aut postmodum in eorum potestatem redigentur, non aliter respicientur & reputabuntur, quàm communes hostes, quos adoriri, prosequi, ac vincere cuilibet Parti licitum sit, nullo habito respectu limitum. Hoc attento, si quæ alterutra Pars ejusmodi loca aut fortalitia occuparet, illi quoque cedat jurisdictionis & latorum camporum ambitus & reliqua emolumenta antiquitùs his annexa, non obstante talia loca & fortalitia (ut supradictum est) in alterius limitum districtu sortiantur.

XI.

On traitera comme ennemis les Forteresses, Villes, Vaisseaux, & particuliers Portugais ou autres qui dans le Bresil sont ou seront dans le parti du Roi de Castille. Bien entendu que si l'une des deux Parties contractantes s'emparoit de quelqu'un des lieux ennemis, elle aquereroit en même tems tout ce qui faisoit auparavant l'étendue de sa jurisdiction & de son territoire.

XII.

Quilibet utriusque Partis Subditorum relinquetur & remanebit in bonis suis, uti illa tempore manifestationis Induciarum & cessationis omnis Hostilitatis actûs tum deprehendentur & lati campi inter utriusque Partis extrema fortalitia siti (qui necessariò inde intelligendi sunt pro acquisitis & eorum Dominio vindicatis) utrinque divisi extabunt sub his comprehendendo Gentes & Nationes sub iisdem sortientes. Quibus finibus, modo præmisso, positis, & Statutis, Lusitanicæ Nationi ab illâ, & Subditis harum Provinciarum ab hac parte constabit, quæ loca, commoditates & ambitus latorum Camporum quilibet pro suis agnoscat & tueatur.

XII.

Les Sujets des deux Parties demeureront dans la possession de leurs biens, telle qu'ils l'avoient dans le tems de ce Traité, (ce qui s'entend aussi de leurs conquêtes) & des Nations & Païs qui en dépendent. Et pour cela on reglera de part & d'autre les limites des lieux & de leurs dependances.

XIII.

Quod verò attinet particularium proprietates ac possessiones, quæ sub prædictâ divisione ad unam vel alteram Partem pertinebunt, de his forsitan nonnulla loca extabunt derelicta & populata, alia verò culta & gente instructa : at verò quod spectat loca quorum Incolæ & proprietarii se se ad hanc vel alteram Partem recepisse deprehendentur, exinde nulla omnino restitutio fiet, neque ullorum mobilium ibidem relictorum & repertorum, sed quilibet eo contentus vivat oportet, quod derelictis locis secum asportavit ac abstulit.

XIII.

Pour ce qui concerne les biens des particuliers, qui seront compris dans ces limites, il y aura peut-être quelques lieux abandonnez, & d'autres cultivez : mais quant à ceux dont les habitans se seront retirez dans les terres incultes, il n'y aura aucune restitution du fond ni des biens meubles abandonnez, mais chacun sera maintenu dans la possession de ce qu'il aura transporté dans ces lieux délaissez.

XIV.

Attamen in dictis locis & terris, quæ suis proprietariis aut aliis possessoribus eorum nomine & parte remanserunt, illis utrinque cognitâ causâ, jus suum & possessio asservabitur,

XIV.

Cependant on conservera dans ces lieux les Droits des propriétaires qui y seront restez,
après

1641. *vabitur, visis priùs eorum necessariis Documentis & probationibus.*

après qu'ils auront prouvé leur possession. 1641.

XV.

Super quibus utriusque Partis regimen in suo cujusque districtu respectivè disponat, prout videbitur convenire, non concesso ut alius quispiam his sese immisceat.

XV.

Chacun dans son district pourra gouverner son bien à sa fantaisie, sans être en aucune façon inquieté.

XVI.

Commercia ad utriusque Partis Ditiones, Tractus & ambitus locorum in Brasiliâ, quælibet sibi ipsis relinquantur, exclusis omnibus aliis, nec ipsis Lusitanis fas esto hujus Statûs, neve Subditis hujus Statûs, Lusitanorum Ditiones, Tractus & ambitus Locorum frequentare, nisi communi voluntate & consensu postmodum aliter visum fuerit convenire.

XVI.

Les uns & les autres commerceront sans empêchement dans toute l'étendue de leurs Domaines au Bresil à l'exclusion de tous autres: & les Portugais même ne pourront trafiquer dans les Pais des Etats, à moins qu'il n'y ait quelqu'acord à ce sujet.

XVII.

Nec permissum sit Lusitanis in Brasiliam navigare, commercari, aut mercaturam exercere cum navibus alienæ Nationis, aut cum ipsissimis Nationibus extraneis. Sed indigentes aliquibus extraneis navibus ad Navigationem, Mercaturam & Commercium in Brasiliam, tenebuntur illi tales conducere aut emere a Subditis harum Provinciarum. Quo casu emptionis vel conductionis, nulla minores naves in Brasiliam aptentur ac impendantur, quàm centum & triginta onerum, aut ducentorum & sexaginta vasorum, munita ad minimum sexdecim tormentis (alias Gotelingen) vibrantibus singulatim quinque aut sex libras ferri respectivè munitioneque belli provisâ secundùm proportionem. Et quando majores naves a Lusitanis in Brasiliam conducentur atque ementur, ac deinceps applicabuntur, ut supra, tum illæ secundùm proportionem onerum tantò plus muniantur & provideantur. Et hoc omne sub pænâ amissionis & confiscationis prædictarum Navium unà cum earum requisitis, quæ aliàs, ut antea, cedant commodo Societatis India Occidentalis harum Provinciarum, aut verò eorum, qui ab eâ dependent vel appendent, si qua illa ab his fortè deprehenderentur & caperentur.

XVII.

Les Portugais ne pourront aller & commercer au Bresil, avec des Vaisseaux d'une Nation étrangere. Mais lorsqu'ils auront besoin de bâtimens, ils seront obligez de les louer ou acheter des Sujets des Provinces-Unies. Et en ce cas ceux qu'ils prendront ne seront moindres de cent trente ou deux cens soixante tonneaux, montez au moins de seize pièces de canons de cinq à six livres de balles, & des provisions de guerre à proportion. Et ceux qui seront plus grands auront un armement proportionné. Tout cela sous peine de confiscation au profit de la Compagnie des Indes Occidentales des Vaisseaux qui se trouveront contraires au présent réglement.

XVIII.

Neque Lusitanis neque Incolis harum Provinciarum liceat ullam Navium, Nigrorum, Mercium, aliorumve necessariorum vecturam præstare Indiis Castilianorum, aliisque Locis ab eorum parte stantibus sub pænâ amittenda navis & bonorum, pariterque persona, quæ inibi reperientur, ut hostes apprehendentur & tractabuntur.

XVIII.

Les Portugais ni les Hollandois ne pourront transporter dans les Indes de la dépendance ou Alliées des Castillans aucuns Vaisseaux, Négres, Marchandises, & autres provisions nécessaires, sous peine de confiscation, & pour les personnes d'être traitées comme ennemies.

XIX. *Illud,*

XIX. Il

XIX.

Illud, quidquid tam Lusitani quàm Subditi harum Provinciarum in oris Africæ possident, nullâ indiget limitum divisione, cum inter utrumque diversa Gentes & Nationes sortiantur, quæ finium limites statuunt & dividunt.

XX.

Quod verò attinet negociationem & frequentationem earumdem Orarum, Insulæ Sancti Thomæ aliarumque Insularum hisce comprehensarum, ea utrique liberà sit; hac tamen conditione, si eadem Navigatio & Commercium, sive illud sit auri, Nigrorum, aliarumque mercium, quomodolibet illa nuncupanda veniunt, fiat & destinata sit in, vel circa Urbes & Fortalitia, quæ fortè alteruter occupat & possidet, ut inde pendantur eadem vectigalia & jura, quibus consueverunt incolæ Lusitani ac eorumdem locorum liberi homines exsolvere : & vice versâ.

XXI.

Et quia Domini Ordines Generales sua Dominia & Terras in Brasilià aliisque locis propriâ virtute acquisiverint in eo tempore quo eorum Subditi & incolæ adhuc extarent Vassalli & Subjecti Regis Castellæ & hujus Status hostes; cujusmodi naturæ & sortis illi fuerunt, qui modo ibidem ad obsequium Regis Lusitaniæ redierunt, amicosque & fœderatos huic Statui sese dederunt, ex quo in futurum utrinque durabile fœdus & sincera confidentia patet, simul ac alter alteri imposterum justâ præstandâ justitiâ administratione ritè tenebitur.

XXII.

Ita verò comparatum est, ut cum mutatione, quæ in multis aliis proprietatibus & possessionibus mobilium atque immobilium bonorum extitit (solummodo per calamitatem molesti belli) diversimodi Subditi sub & post initium, ad obsequium hujus Status harum Provinciarum devenerint, quorum pars ad incitas redacta, pars diffusa sunt; ac cùm plurimi Belgæ ibidem per emptionem Dominiorum, vulgo nuncupatorum Ingenhos, aliorumque bonorum immobilium sedem fixerint, ratio Status rerum inibi acquisitarum nullo modo ferre potest, ut ulla bona jure postliminii vel quasi, repetantur aut revertantur ; neque ut Subditi Dominorum Ordinum Generalium a Lusitanis neque Lusitani a Subditis harum Provinciarum ulla debita aliave onera exigant, multò minùs,

---

XIX.

Il n'est pas besoin d'établir des limites dans les Païs qu'ils possédent en Afrique, y étant assez séparez par les différentes Nations qui en font voisins.

XX.

Le commerce sur ces côtes, dans l'Ile de Saint Thomas & autres qui y sont comprises, sera libre de part & d'autre ; à condition que l'on ne le fera que dans le District des Villes ou Forts des deux Parties, pour que les uns & les autres perçoivent les Droits accoutumez.

XXI.

Et d'autant que les Domaines des Etats-Généraux dans le Brésil & autres lieux ont été acquis par leur valeur, dans le tems que leurs Sujets étoient sous la domination du Roi de Castille; il y aura une Alliance durable & une amitié sincére entre ces Païs & ceux qui se sont soumis au Roi de Portugal, ou qui sont entrez dans son Alliance ou dans celle des Hollandois,

XXII.

Il est arrivé par les malheurs de la guerre que les biens meubles & immeubles ont changé de Maîtres; & dans ces révolutions une partie des Sujets soumis aux Hollandois, a été réduite à la derniére misére, & l'autre dispersée; les Hollandois ont établi leur demeure fixe dans les endroits où ils avoient aquis des biens ; la raison d'Etat ne veut pas que ces biens soient rendus en cas de retour des anciens propriétaires; & que les Sujets des Portugais & des Hollandois exigent des uns & des autres leurs Droits sur les biens en question, ou se fassent raison par la force ; c'est pourquoi chacun de-

1648. *minùs, ut talia consequantur, conveniet executionis viâ uti, sed quilibet salvus remanebit, uti possidet tempore dictæ manifestationis.*

XXIII.

Subditi atque Incolæ Ditionum alte memorati Regis Joannis quarti, & Dominorum Ordinum respectivè, durantibus decennii induciis & cessatione omnis Hostilitatis actûs, mutuâ confidentiâ amicitiam colent sine ullâ recordatione offensionum & damnorum qua olim perpessi sunt.

XXIV.

Et si forte postmodum unanimi ac mutuo consensu sedes belli in Indiâ Occidentali Castilianorum transferretur, atque incenso bello ibidem quicquam ad detrimentum communis hostis acquireretur, tum illud distribuendo, permutando, & fruendo amice & communi consensu, ut præmissum est, conveniendum erit, sicut pariter durantibus sæpiùs memoratis Induciis & cessatione omnis Hostilitatis actûs permissum esto utriusque Partis communi consensu atque applausu prædictos Articulos, aut partem eorum immutare.

XXV.

Et liberum esto utriusque Partis Subditis cujuscumque Nationis, conditionis, qualitatis, & Religionis, nullis exceptis (sive illi in alterius ditione nati sint, sive inibi habitasse dicantur) frequentare, navigare & commercari qualibet Mercium & Mercaturæ sorte, in regnis, Provinciis, territoriis, & Insulis respectivè in Europâ atque aliorsum ab hac Lineâ parte sitis; nec fas esto neutrius Subditos mercandi gratiâ confluentes in alterius Terris, sitis ut supra, in mercibus asportandis aut verò exportandis magis aggravare gabellis, impositionibus aliisque juribus, quàm ipsissimos Incolas & Subditos earumdem terrarum : sed gaudeant pariter respectivè hujusmodi indultis & privilegiis, quibus antehac illi usi sunt priusquam Lusitania a Castilianis fuerit subacta.

XXVI.

Subditi ac Incolæ harum Provinciarum, qui Christiani sunt, in omnibus locis, Urbibus & Territoriis etiamque Provinciis ac Insulis Regni Lusitaniæ aut ab eo appendentibus & dependentibus, sive illud sit ab utraque parte Lineæ, tam in Europâ, quàm extra, ubi frequentandi locus datur, utentur & fruentur libertate. conscientiâ in domibus suis privatis ac intra naves libero religionis exercitio. Si verò Legatus aut
aliùs

---

domeurera dans l'état où il se trouve au tems de cette publication.   1648.

XXIII.

Il y aura amnistie & oubli général des dommages faits de part & d'autre.

XXIV.

Et si on portoit d'un commun accord la guerre dans les Indes Occidentales de la domination des Castillans, & si l'on faisoit des conquêtes sur eux, on conviendra du partage qui devra s'en faire. Il sera de plus permis aux uns & aux autres de faire pendant cette Trêve d'un commun consentement tels changemens dans ces Articles qu'ils jugeront à propos selon l'exigence des cas.

XXV.

Les Sujets des uns & des autres de quelque Païs, condition, qualité & religion qu'ils soient, sans en excepter aucuns, soit qu'ils soient nez leurs Sujets ou habituez depuis dans leurs domaines, pourront naviger & commercer réciproquement dans leurs Païs & Etats dans quelqu'endroit du monde qu'ils soient situez : il ne sera pas permis d'exiger d'eux de plus gros Droits que ceux qui seront imposez sur les habitans & Sujets de ces Païs : & les uns & les autres jouiront des mêmes prérogatives, dont ils étoient en possession, avant la conquête du Portugal par les Castillans.

XXVI.

Les Sujets de ces Provinces qui font profession de la Religion Chrétienne, auront dans tous les Etats de la dépendance du Royaume de Portugal, liberté de conscience dans leurs Maisons ou sur leurs Vaisseaux. Si lesdits
Etats

alius hujus Status publicus Minister in Lusitaniam forte mitteretur, tum illi respective utantur & fruantur in ædibus suis & domiciliis hujusmodi Libertate ac Religionis exercitio; sicuti in hoc Statu præsenti Domino Legato Lusitaniæ permittitur.

XXVII.

Domini Ordines Generales, non expectata Sacræ Majestatis ratihabitione ad hunc Tractatum, proprio suo sumptu assistent Regi & Coronæ Lusitaniæ sub idoneo Archithalasso aliisque suis necessariis Officiariis, quindecim navibus bellicis, & quinque Scaphis majoribus bene munitis ac instructis, provisis de victu, etiamque tormentis & aliis munitionibus belli.

XXVIII.

Ad hanc Classem altè memoratus Rex comparabit aut conducet Sacræ Majestatis propriis sumptibus & sub ejusdem proprio directorio similem numerum quindecim navium bellicarum & quinque scapharum majorum æquè bene munitarum, instructarum nautis & militibus, etiam provisarum de victu, tormentis & aliis belli munitionibus, ut conjunctim unà cum navibus, & scaphis majoribus harum Provinciarum impendantur ad littora atque oras Lusitaniæ & Hispaniæ respectivè ad detrimentum Regis Castellæ communis hostis.

XXIX.

Rex Lusitaniæ propriis suis expensis instruat decem aut plures Galeones in Lusitaniâ, easque adjungat supradictæ classi, ut conjunctim impendantur adversus Regem Castellæ ejusque Subditos.

XXX.

Naves, quæ ex Lusitaniâ navigarunt, ut & earumdem onera & merces ad prædictam Coronam aut ejusdem Subditos pertinentia, quorum probationis Documenta decenter exhiberi poterunt, non confiscabuntur, etiam si tale foret, ut istiusmodi naves & merces, navigantes sub vexillo Castellæ, per aut extra dictam Classem caperentur, sed tales naves earumque onera & merces restituentur originalibus earumdem proprietariis.

XXXI.

Prædarum aliorumque emolumentorum virtute prædictæ classis & Galeonum acquisitorum, erit partitio & distributio pro rata, juxta numerum corporum navium idque ad præveniendam & evitandam disputandi diversita-

Etats envoyoient en Portugal un Ambassadeur ou autres Ministres, ils auront libre exercice de leur Religion dans leurs Hôtels; de la même maniére qu'on l'accorde dans ces Provinces au présent Ambassadeur de Portugal.

XXVII.

Les Etats-Généraux, sans attendre la ratification du présent Traité, donneront au Roi & à la Couronne de Portugal à leurs frais un secours de quinze Vaisseaux de guerre & cinq grands esquifs, bien armez & pourvus de provisions de guerre & de bouche, commandez par un Amiral & autres Officiers nécessaires.

XXVIII.

Le susdit Roi augmentera cette Flote à ses dépens & sous la direction de ses Officiers, de quinze autres Vaisseaux de guerre & cinq grands esquifs, conditionnez comme les autres, afin d'agir conjointement sur les côtes du Portugal & de l'Espagne contre le Roi de Castille leur ennemi commun.

XXIX.

Outre cela le Roi de Portugal armera à ses dépens dix Gallions & même davantage pour renforcer cette Flotte.

XXX.

L'on ne confisquera point les Vaisseaux ni leurs charges qui viendront de Portugal, apartenans à cette Couronne ou à ses Sujets, pourvû qu'ils montrent leurs Certificats; quand même ils navigeroïent sous le pavillon de Castile, & s'ils étoient pris en ce cas, on en feroit la restitution aux propriétaires.

XXXI.

On partagera les prises au prorata des Vaisseaux qui y auront eu part, & cela pour prévenir

1641. *versitatem, quæ aliàs ex divisione prædarum aliorumque bonorum, aut horum occasione, ob certos respectus resultaret.*

XXXII.

Regi Lusitaniæ licitum sit intra has Provincias conscribere aut conscribi facere tales superioris & inferioris Dignitatis Officiales etiamque Architectos militares, cuniculorum actores, Pyropeos aliosque mechanicos, quos forte desideraturus erit, idque suis propriis sumptibus & stipendiis. Et quò hoc tanto rectiùs procedat, nomine hujus Status illi præbebitur & continuabitur auxiliaris manus.

XXXIII.

Nec fas esto sub ullo prætextu invadere Domos, violare, inspicere, perlustrare epistolas, libros rationum aut ipsas rationes Mercatorum, Subditorum aut Incolarum harum Provinciarum Belgicarum, frequentantium Regnum Lusitaniæ, vel Insulas aliasque Plagas ad idem pertinentes & spectantes, sitas in Europâ, vel personas prædictorum Mercatorum conjicere in carcerem sine prævià judiciali & legali informatione, secundùm constitutionem locorum respectivè, exceptis casibus criminis læsæ Majestatis, proditionis publicæ, ac intelligentiæ cùm Hostibus.

XXXIV.

Liberum & permissum esto Dominis Ordinibus Generalibus Unitarum Provinciarum in omnibus Portubus Regni Lusitaniæ, Insularum aut aliarum Plagarum ad idem pertinentibus & spectantibus, sitis in Europâ, committere & authoritate debitâ munire Procuratores publicos (vulgò Consules nuncupatos) qui curam habebunt suorum Subditorum & Incolarum frequentantium prædictos Portus; & vice versâ idem Regi Lusitanorum permissum esto in Portubus harum Provinciarum.

XXXV.

Hic Tractatus confirmabitur & ratihabebitur per Regem Lusitaniæ & Dominos Ordines Generales respectivè in solitâ atque optimâ formâ, uti par est, infra tres menses, incipientes a dato hujus, & præstabitur idem ab utraque Parte candidè ac sincerè & deinceps, quando Suæ Majestatis ratihabitio hic Hagæ infra prædictum tempus fuerit oblata, tum eadem cum altè memoratorum Dominorum Ordinum Generalium ratihabitione mutabitur & transmetur.

Et nos Legatus ac Commissarii prædicti, hunc Tractatum propriis nostris manibus

TOM. IV.   *subsigna-*

---

venir les disputes qui ne manqueroient pas d'arriver à ce sujet.   1641.

XXXII.

Il sera permis au Roi de Portugal d'engager ou faire engager dans les Provinces des Officiers hauts & bas, & tous les ouvriers nécessaires pour la construction de ses Vaisseaux, & cela à ses frais. A cet effet les Etats lui prêteront main forte.

XXXIII.

Il ne sera pas permis de visiter les Maisons, les livres de comptes, ouvrir les Lettres, des Sujets de ces Provinces qui iront dans tous les Domaines de la Couronne de Portugal, de mettre en prison ces mêmes Sujets, sans avoir fait au préalable les informations en justice conformément aux coutumes des lieux ; excepté dans les cas de crimes de leze-Majesté, de trahison publique, ou d'intelligence avec les Ennemis.

XXXIV.

Il sera permis aux Seigneurs Etats-Généraux des Provinces-Unies d'établir des Consuls, & reciproquement au Roi de Portugal d'envoyer, dans tous les Ports, Iles, & autres lieux de la domination des uns & des autres.

XXXV.

Le Roi & les Etats ratifieront ce Traité dans la meilleure forme accoutumée dans trois mois, à compter de ce jour : & l'on fera dans ce tems les échanges ordinaires.

Nous Ambassadeur & Commissaires ci-dessus

Xxx

1641. *subsignavimus, eundemque nostris Signetis munivimus.*

Actum Hagæ Comitis die duodecimâ Junii anno millesimo sexcentesimo quadragesimo primo : Subsignatum & sigillatum modo & formâ, ut sequitur.

TRISTAO DE MENDOÇA FURTADO.
RUTGER HUYGENS.
(L. S.) J. VAN BROUCHOVEN
J. CATS.
G. VAN VOSBERGEN.
JOAN. VAN REEDER.
J. VAN VELTDRIEL.
S. VAN HAERSOLTE.
WIGBOLT ALDRINGA.

sus nommez avons signé & scellé de nos Cachets les présentes. *1641.*

Fait à la Haye le 12. de Juin de l'an 1641.

TRISTAO DE MENDOÇA FURTADO.
RUTGER HUYGENS.
(L. S.) J. VAN BROUCHOVEN.
J. CATS.
G. VAN VOSBERGEN.
J. VAN REEDER.
J. VAN VELTDRIEL.
S. VAN HAERSOLTE.
WIGBOLT ALDRINGA.

EXTRAIT ET COPIE

De plusieurs

LETTRES ET ECRITS

Concernant la

REBELLION

Des

PORTUGAIS

UNIS DANS LE BRESIL

AVEC LA HOLLANDE.

Par lesquels on fait voir que le Roi de Portugal y a donné lui-même les mains.

EXTRAIT

De plufieurs

LETTRES ET ÉCRITS

Touchant la

REBELLION

Des

PORTUGAIS

UNIS DANS LE BRESIL

AVEC LA HOLLANDE.

Par lesquels on fait voir que la Couronne de Portugal trempe dans cette Rebellion.

 N voit par des Lettres du 12. Fevrier 1645. écrites de *Fernambuco* qu'il y étoit venu de *Bahia* un nommé *André Vidal*, Lieutenant Colonel du Roi de Portugal, avec un Prêtre, ils fe font logez chez des Portugais qui demeurent dans le Païs & ont confulté comment on pourroit faire pour reprendre les conquêtes faites fur le Portugal. Que la Mere de *Jean Fernandes Viera* avoit ouï dire à quelques Portugais qu'on feroit dans peu délivré du joug de la Hollande. Item qu'il y avoit déja beaucoup de farine & de bétail de l'autre côté de *Seregippe del Rey*, qu'on y étoit pourvû de tout & qu'on auroit tout d'abord beaucoup de gens de guerre & tout ce dont on auroit befoin; qu'outre cela il en viendroit de *Bahia* pour feconder les Rebelles, entre lefquels le plus renommé étoit *Jean Fernandes Viera*, Mulatre, qui quelques années auparavant avoit été Garçon de Monfieur *Stachouwer* lequel avoit 4. ou 5. *Ingenios* & devoit à la Compagnie 5. ou 6. tonnes d'or. De plus un nommé *Antonio de Boullkoins*, Homme fort riche qui ne devoit rien à perfonne, & un *Jean d'Abulquerq* & plufieurs autres.

Des Lettres du 17. Juin de *Alagoas* à cinquante lieues du Recif marquent qu'un *Cameren* avoit paffé la Riv. de S. François avec

5. ou 600. Brafiliens & que l'on craint que les Habitans ne prennent leur parti; que l'on en avoit arrêté quelques-uns des Principaux.

Par une Lettre de Récif *datée du* 27. *Juin* 1645. *on écrit ce qui fuit.*

On a bien befoin du feul Vaiffeau nommé *Leyden* qui eft ici avec tous ceux qu'on attend encore; puifqu'on a découvert il y a environ un mois, certaine trahifon que les Portugais de cette habitation ont projetté pour la nuit de St. Jean : ils avoient réfolu de fe rendre Maîtres de nous, ou de nous faire tous mourir, & avoient fait pour cela des engagemens par écrit. Les mefures de cette trahifon étoient prifes ainfi. On devoit la nuit de St. Jean faire une certaine nôce à deux milles ou environ, on y devoit inviter tous les gens de Juftice & toute la Nobleffe de cet Etat, comme cela eft encore arrivé autrefois, & dans le milieu du feftin on auroit fait un maffacre abfolu, excepté un domeftique de Mr. Walbeck, parceque quand les Meffieurs du Grand Confeil feroient reftez dehors après les portes fermées, il auroit eu foin de les faire ouvrir, étant fort connu du Portier; on fe feroit donc fervi de lui à cette fin, parceque les autres fe flatoient de pouvoir rentrer déguifez fous les habits de ceux qu'ils auroient

                                                            maf-

1645.

massacrez, pour nous massacrer ensuite de même. Mais le Seigneur tout puissant ne l'a pas permis ainsi, & il n'a pas voulu souffrir qu'une pareille cruauté arrivât, ceux auxquels ils s'étoient confiés ont decouvert le tout. Voila ce qu'on peut appeller une cruelle entreprise, lorsqu'on vit ensemble sous les liens de la Paix & du Repos.

Pour seconder cette terrible entreprise on avoit envoyé 3. mille Hommes de *Babia* & de *Rio Gaiera*, soit Negres, Mulattes, Brasiliens & Soldats Portugais comme on dit, mais on n'est pas sûr si leur nombre n'auroit pas été plus grand ou moindre.

De plus, de l'aveu de plusieurs prisonniers Portugais, on attendoit encore par mer, pour seconder cette effroyable entreprise, plus de 3. ou 4. mille Hommes, mais quand ils ont vû le coup manqué & quelques Portugais pris par ordre du Grand Conseil tous les autres se sont évadez.

On dit qu'un certain *Jean Fernandes Viera* étoit le principal auteur de cette trahison, il est le facteur des *Ingenios* de Mr. Stachouwer, il se tient dans les Bois avec quelques autres Portugais, & il y a des gens qui de tems en tems se joignent à lui. Ils ont envoyé la Lettre dont ci après se trouve une Copie, au Grand Conseil & par laquelle ils protestent qu'ils ont raison d'en agir ainsi. D'autres de leurs Camarades, comme *Amador da Raovia* & *Taome Teirero* se déclarent publiquement ennemis de cet Etat, ils ont déja beaucoup de gens sur pié, ils en ont même qui sont venus de *Babia* & se sont joints à eux, ils sont si hardis qu'ils ont dans de certains endroits élevé des Potences, pour y punir ceux qui ne voudront pas prendre leur parti, ou qui ne voudront pas (comme ils disent) se batre pour la liberté. A l'égard de ceux qui se rangent de leur côté, ils leur promettent leur liberté, les garentissent de tout malheur, comme vous le pourrez voir par la Lettre qu'ils ont écrite à un qui a été Capitaine dans le Païs-Bas. Il demeuroit dans une forte Maison qui étoit sur le bord de la Mer que les Ennemis ont pris, & ils l'ont amené prisonnier avec la Femme qui étoit dedans, quelques Soldats & sa Famille, & y ont mis de leurs propres gens; on a vû sur cette Maison trois étendarts, ils sont aussi Maîtres de plusieurs Rvieres & Passages d'où nous devons tirer le sucre & par où nous avions toujours accoutumé de passer, nous avons dans le Païs une Guerre ouverte, & elle ne finira pas avant que nous ayons reçu des secours de troupes & d'argent de la Patrie, sans cela il sera fort mauvais ici, & en attendant que le secours puisse venir, je crains qu'il ne se passe encore bien des choses & qu'il n'y ait bien des gens perdus.

Toujours est-il certain que tant que ces troubles dureront, on ne payera rien à tous ceux de notre Nation qui demeurent dans le Païs, & ceux qui correspondoient avec nous se sont enfuis dans les Forteresses & ont laissé tous leurs biens en proye à l'ennemi. Cela est bien chagrinant pour ceux qui en ont dans le Païs. J'aurai encore un peu de patience pour voir comment tout cela tournera, les forces de nos Soldats sont fort petites, parce que la plûpart ont été retirez d'ici, ce qui fait que nous autres Bourgeois devons veiller de deux nuits une, & nous faisons la garde avec deux Compagnies jour & nuit. Ce qui nous fait plus penser à la Guerre qu'à notre Negoce; les Tribunaux sont fermés, les Marchandises ne peuvent plus sortir, ce qui fait qu'on ne peut demander de payement à qui que ce soit. Depuis ici vers le Sud l'Ennemi est par tout le

Païs. Il y avoit à *Porto Calvo* deux barques qu'on devoit charger, elles sont parties à vuide, & dans d'autres Places elles ont été arrêtées.

Notre Lieutenant Colonel *Hans* bat le Païs avec 800. Hommes la plûpart *Brasiliens*, ils ont rencontré une troupe de trois cens Hommes qui se sont enfuis, je crains que cela ne vienne à une Guerre fatale à bien du monde. Dieu veuille donner un meilleur tems & nous envoyer du secours, car nous en avons grand besoin. Je ne puis écrire autre chose, j'ai trop de chagrin, mais je vous écrirai par d'autres Vaisseaux qui sont déja prêts sous le *Root-Lamt*, ces trois ici vont devant pour donner avis, il y en a encore quatre qui restent jusqu'à ce qu'il vienne des Vaisseaux qui doivent arriver bientôt selon toutes les apparences, alors je vous en écrirai davantage.

1645.

L E T T R E

Ecrite à Messieurs du

GRAND CONSEIL

En ces termes.

MESSIEURS DU GRAND ET PRIVE' CONSEIL ETABLI DANS LE BRESIL.

NOus avons apris ici dans la Campagne où nous nous sommes retirez, que V. V. S. S. par des Placars ont limité le tems que nos femmes & celles de ceux qui se sont joints à nous, doivent quitter leurs Maisons & rester par là dans une véritable nécessité. Ce n'est pas là le moyen de finir la Guerre, nous n'entendons pas que nos femmes soient responsables de nous, puisqu'elles n'y trempent pas. Nous ne demandons autre chose que nos Droits, comme nous l'avons assez fait paroitre en donnant quartier à quelques Soldats que *Amador da Rovia* avoit pris prisonniers, ceux que nous avons pris nous mêmes prisonniers dans *Paratiby*, soit Brasiliens soit Hollandois, nous les avons mis en liberté: nous ne faisons ce que nous faisons que pour un bien, & en bons Chrétiens comme nous sommes, c'est ce que nous avons fait voir en traitant toutes les femmes des Hollandois avec toute sorte d'honnêteté, de sorte que si l'on fait quelque chose à nos femmes, nous prendrons la résolution de les vanger & de les défendre comme cela est naturel, & si cela vient jusqu'à ce point-là nous n'y manquerons pas, car nous ne craignons pas pour nos vies. V. V. S. S. n'ignorent pas que nous avons dans notre *Capitanie* au moins vingt mille Blancs, & vingt ou trente mille Negres & Mulatres (c'est-à-dire des Noirs & demi Blancs) nous pourrons avec ces gens-là tout entreprendre. De ceux qui sans aucun ordre avoient fait mourir quelques Hollandois & quelques Brasiliens à St. Laurent, & quelques traitres de notre Nation, les uns ont été pendus & les autres seront severement punis. Nous apprenons aussi que vos Seigneuries ont mis quelque argent sur nos têtes, elles ne doivent

pas

pas s'y prendre de cette maniere, car nous ne sommes pas les premiers qui avons fait les remontrances à notre Roi. Ce que nous faisons est avec Droit, contrains que nous sommes par votre mauvais gouvernement & par votre tyrannie; les Placards que nous avons fait publier ne tendent qu'à s'ôposer à la rigueur avec laquelle VV. SS. nous traitent quoique nous ne faffions point de mal, nous ne cherchons que notre conservation jusqu'à ce qu'elles nous ayent rétabli & remis entierement dans nos biens & nos Maisons. Elles ont jusqu'à présent fait tout le contraire par elles-mêmes & par *Jean Blaw* un Tyran du Public, comme il a déja été déclaré par VV. SS. cependant il continuë encore sa tyrannie, il pille tout le monde, il viole les filles, & rend les Blancs esclaves, il fait encore pis que cela, nous ne nous en sommes pas encore jusqu'à présent vangez, parce que nous espérons toujours que VV. SS. auront la bonté d'y apporter le remede, nous les prions de considerer qu'il y a encore dans le monde des Rois Chrétiens auxquels nous pouvons demander du secours comme à Dieu & à la Justice, ce qui ne nous manquera pas.

Le 8. Juillet 1645.

Signé

JEAN FERNANDES VIERA.

ANTOINE CAVALGANTI.

La Lettre que ces Chefs des Rebelles ont écrit à tous les autres étoit en ces termes.

JEAN FERNANDES VIERA, ET ANTOINE CAVALGANTI GOUVERNEURS DE CETTE GUERRE, AU NOM DE DIEU ET DE LA LIBERTE'.

ON fait à savoir à toutes personnes de quelque Nation ou qualité qu'elles puissent être, soit étrangers, Hollandois, Allemands, François, Anglois, Ecossois & Juifs qui veulent se mettre dans notre parti pour la gloire de Dieu, & la Liberté, pour être Soldats, que nous leur payerons tous les gages que la Compagnie leur doit jusqu'à ce jour, & s'ils veulent servir dans nos Compagnies, on leur donnera double paye & on leur permettra de vivre dans leur Liberté & Religion jusqu'à ce qu'ils veuillent s'en aller, alors ils pourront se retirer où bon leur semblera avec tout leur bien, & nous leur accordons par ces présentes quartiers & passeports pour tous leurs biens. De plus ceux qui ne sont pas Soldats & qui voudront rester sous nos Passeports, quelque sorte de marchandises qu'ils puissent avoir ils les pourront garder, posseder, & vivre en liberté de conscience. Item tous Brasilien, Pituguaren, ou

Tapoyers qui se déclareront pour quelques crimes qu'ils pourroient avoir faits, on les leur pardonnera, & ils pourront vivre en repos comme auparavant; mais ceux qui ne le feront pas nous les tenons pour des traitres & des Ennemis, ils seront punis, & tous les Negres, Mulatres, Mamelukes, Mines & Bergers qui à l'occasion de cette Guerre feront leur devoir fidellement, comme Esclaves, auront leur liberté & l'on payera aux Maîtres auxquels ils appartiennent ce qu'il leur faudra. Toutes les personnes qui auront fait quelques fautes, & qui viendront dans cette Guerre avec nous, toutes lesdites fautes leur seront pardonnées, & ceux qui devront à des Juifs ou à des Hollandois ne seront point obligez de payer, s'ils sont fidellement leur devoir, & pour que de ce que ci-dessus personne ne puisse prétendre cause d'ignorance nous l'avons fait afficher aux Portes des Eglises & Places Publiques. *A Machope le 29. Juin 1645.*

De plus les gens qui demeurent dans le Païs ne préteront aucune aide & ne favoriseront en aucune maniere les Hollandois, sous peine d'être declarez traitres, & de mourir d'une cruelle mort, & tous leurs biens seront confisquez pour soutenir notre Guerre.

Tout ceci étoit signé,

JEAN FERNANDES VIERA,

ET ANTOINE CAVALGANTI.

Par des Lettres du 29. Juin il paroit qu'on avoit travaillé de longue main à cette revolte, qu'on avoit demandé du secours au Gouverneur de Bahia & qu'on en avoit reçu.

Autre Lettre en date du 27. Juin, de Recif.

MONSIEUR ET BON AMI,

JE ne puis, vû cette occasion, m'empêcher de vous faire savoir la nouvelle Guerre qu'on a entreprise ici, & de vous informer de la maniere dont les Portugais pensent d'avoir leur liberté, avec l'aide & le secours de ceux de *Bahia*, ils ont crû tout massacrer dans une nuit, mais Dieu tout puissant ne l'a pas permis, parce que leur entreprise a été decouverte quelques jours auparavant que ces malheureux la pussent exécuter. Ils avoient formé le plan de cette maniere. On devoit, sous le prétexte d'une nôce, inviter la plûpart des personnes qui sont dans le Gouvernement & quelques Officiers de la Milice, ils se devoient trouver le 23. de ce mois chez un certain *Antoine Cavalganti* où la piéce se devoit jouer, pour se rendre maîtres de cette Place & des Forts.

Ces traitres, dont les principaux s'étoient engagez par écrit, voyant leur entreprise découverte, se sont presque tous enfuis, on en a pris quelques-uns, si quelques uns font le saut, nous le saurons avec le tems. Leurs Seigneuries du Grand Conseil ont

1645. ont sur cela donné un Mandement par lequel ils déclarent qu'on pardonnera à ceux qui reviendront dans quinze jours, à condition qu'ils prêteront un nouveau serment de fidelité, excepté ceux qui sont les auteurs de la trahison, mais il n'y en a pas beaucoup qui soient revenus, cependant notre Lieutenant Colonel le jour de la St. Jean au soir fut à leur poursuite avec 7. ou 800. Hommes tous Soldats ou Brasiliens qui rencontrerent un Parti des Ennemis auprès de *Poujouque*, mais quand ces mêmes Ennemis eurent perdu 7. ou 8. Hommes, ils se sont enfuis dans les bois. Demain ou après demain, une autre troupe marchera contre eux : Dieu veuille benir nos armes. Il est bien fâcheux de faire la guerre sans monde, sans vivres, sans Vaisseaux, sans argent, sans munitions de guerre, cependant s'il nous vient quelque secours de la Patrie, ainsi qu'on le souhaite si ardemment, (quoiqu'il ne soit pas venu depuis le 13. d'Avril) on n'aura rien à crainici, ou bien il faudroit qu'ils attaquassent par mer ce que nous ne croyons pas, puisque cela ne pourroit se faire sans le consentement du Roi de Portugal, quoique les Prisonniers déclarent qu'on leur avoit promis du secours par quelques Vaisseaux, cela seroit peut-être arrivé si leur entreprise avoit réussi. Mais ce qu'il y a à présent à craindre est que si les traitres ne peuvent pas venir à bout de leur entreprise, ils ne fassent tort au Païs & n'attrapent les Negres pour les amener à *Bahia*, jusqu'à ce que le tems change ; il y a encore ici sept Vaisseaux prêts à partir pour la Patrie, les trois plus mauvais sont partis, les autres reviendront ici de *Paraiba*, & y resteront jusqu'à ce que nous ayons reçu du secours. On apprend dans ce moment que le Colonel *Hans* a fait pendre un de ces traitres qui avoient fait dresser des Potences pour y pendre ceux qui ne voudront pas entrer dans leur Parti.

Par les Lettres du 2. on écrit ce qui suit.

Vous trouverez ici jointe Copie d'une certaine Lettre que les Rebelles au nombre de six ont signée, & dans laquelle ils se plaignent fort de l'injustice qu'on leur a fait quoiqu'ils ayent bien au contraire reçu plus de faveur qu'aucun Hollandois. Quelques jours après ces mêmes Rebelles ont fait publier un Placart par tout le Païs, dans lequel ils font tout leur possible pour avoir du monde, ils y font des menaces d'un côté, & de l'autre ils promettent beaucoup, j'aurois envoyé copie de ce Placard si j'en avois pu avoir. Messieurs du Grand Conseil, ont opposé un Placart de leur part à celui-là & ont mis sur chaque tête, morte ou vive, deux mille florins, les femmes outre cela doivent se retirer & aller avec leurs enfans joindre leurs Maris, les Messieurs ne voulant pas les avoir sous leur garde. Sur cela ces Rebelles ont encore écrit & envoyé une autre Lettre remplie de menaces terribles, ils doivent venir sur nous avec cinquante mille Hommes.

Monsieur *Balthasar van de Voorde*, qui est du Conseil de Justice, est parti d'ici le 9. de Juillet pour aller à *Bahia* s'informer si nous y étions amis ou ennemis. Il est revenu le 28. avec avis qu'ils ne vouloient pas rompre l'Alliance faite entre Don Jean Roi de Portugal & Messieurs les Etats, & qu'ils ignoroient absolument les entreprises des Rebelles & qu'ils n'y avoient aucune part, mais le contraire paroît bien clairement puisqu'il a été défendu aux Citoyens de parler à nos gens. Mr. de Worde a été deux jours là, il étoit obligé de revenir le soir à son Vaisseau avec tout son monde, au lieu qu'il restoit auparavant à terre. On voit bien aussi qu'ils ont eu connoissance de la revolte, cela paroit assez par les Lettres qui sont venues de *Bahia*, & que nos Soldats ont reçues, vous avez ci-joint aussi la Copie de huit Extraits, leur friponnerie y paroit assez clairement.

On aprit hier de *Serinhem*, que *Cameron*, qui est un Colonel Brasilien qui a ci-devant rendu des services considerables au Roi de Portugal, étoit là aux environs avec une troupe de mille Hommes avec lesquels il est venu dans le Païs de *Bahia*. Nous le croyons à présent avec l'armée des Rebelles. Le tems nous apprendra ce qu'ils feront, jusqu'à présent ils n'ont pas fait beaucoup de tort.

Comme on voit, ceux de *Bahia* s'excusent & on dit que le Roi a congedié *Cameron*, ainsi il n'est plus sous leur Commandement, mais nous croions que c'est une feinte ou un jeu couvert, & qu'ils l'ont effectivement envoyé pour seconder les Rebelles.

On a fait ici aujourd'hui justice de deux Portugais qui ont déclaré des choses abominables à ce qu'on dit &c.

Une autre écrite sous la même date.

Le Conseiller de Politique est revenu de *Bahia*, où il avoit été envoyé pour demander au Gouverneur si on étoit amis ou ennemis, il ignore à ce qu'il dit cette révolte, cependant on a fait garder le Conseiller comme un prisonnier. Il devoit le soir aller dans son Vaisseau, pour ne pas communiquer avec les habitans, auxquels on a défendu de nous parler, à peine d'être rigoureusement punis, comme il est porté dans les Placarts. Il y a là quantité de Vaisseaux dans le Port, on en a retiré les Canons, & les Ecouvettes en sont fermées. Item on attend *André Vidal, Paul d'Acunha, & Pierre Cavalganti* avec leurs Troupes.

Par les Lettres du 4. Septembre on marque :

Depuis que les Portugais se sont soulevez & entrez dans une veritable Rebellion, on l'a fait savoir au Gouverneur de *Bahia*, qui a d'abord fait embarquer tout ce qu'il avoit pû, & pris avec lui deux mille ou deux mille cinq cens de ses plus anciens Soldats, il les a mis à terre à *Barra-Grande* auprès de *Serenhahn*; après s'en être emparé il a fait pendre les Brasiliens & donné quartier aux Soldats *André Vidal* est parti de là, pour le *Cabo St. Augustin*, il a assiegé le Fort de *Punetal* & le 17. Août environ à une de Récif il a surpris l'Ingenio de feu *Tourlon*, est tombé sur les nôtres qui ont été battus & pris prisonniers ; le Colonel *Hans* est du nombre des prisonniers ainsi que presque tous les Officiers qu'ils ont amenés à *Bahia*. Il est venu trente ou trente-deux voiles parmi lesquelles il y en avoit 18. ou 20. de *Rio de Genero*, & de *Bahia* chargés de sucre; ils s'en vont en Portugal, les 12. autres sont restés sur les côtes,

1645.

côtes, où ils ont debarqué du monde ; & de là ils sont allez au delà de *Paryba* dans la *Baye de Trahison*, où ils ont aussi laissé des troupes, pour renfermer *Paryba* qu'ils croyoient surprendre ayant à cet effet envoyé 800. Hommes par terre, mais on y étoit résolu de se défendre.

Les habitans qui y ont pris les armes composent un corps de plusieurs mille, & il n'en étoit venu que trois de *Bahia*, tous Soldats aguerris qui avoient à leur tête un Colonel qui a servi en Hollande.

On écrit encore de Reciff du 15. Septembre 1645. ce qui suit.

Depuis ma derniere, il est venu devant le Port de Reciff une Flotte de Vaisseaux Portugais de 32. voiles, tant grands que petits, avec des Banderoles par derriere, pour se faire connoître comme amis : ils ont mis deux Ambassadeurs à terre avec des Lettres du Gouverneur de *Bahia* à Messieurs du Conseil secret ; & d'autres Lettres pour les principaux Rebelles qui sont dans le Païs. Tout cela n'est inventé que pour nous tromper. Ils avoient d'abord dit qu'ils venoient de *Rio de Genero* avec du sucre & qu'ils partoient pour le Portugal, qu'en passant ils avoient été à *Bahia*, où on les avoit chargez non seulement de nous rendre ces Lettres, mais aussi de nous donner leurs Hommes & leurs Vaisseaux si nous en avions besoin de nous punir les Portugais Rebelles, que le Gouverneur pour ce sujet avoit envoyé 2000 Hommes qu'ils avoient mis à terre à *Serenhain*, qu'ils étoient à notre service pour faire rentrer les Rebelles dans leur devoir, & que nous pouvions joindre les nôtres à ceux là ; que le Roi de Portugal le souhaitoit ainsi afin d'observer son Alliance avec nous, que pour plus d'assurance de tout cela, il y auroit autant de Vaisseaux pour notre service, & que ces Vaisseaux & les 2000. Hommes resteroient ici, si nous le souhaittions, jusqu'à ce que tout fût tranquile. Que l'Amiral de ces mêmes Vaisseaux viendroit à terre & resteroit en ôtage. Mais ils cherchoient par de pareilles fourberies à nous tromper, car ils n'avoient pas d'autre intention que de se rendre Maîtres de *Reciff*, s'ils avoient pû en trouver l'occasion, mais ne l'ayant pas trouvée cela les a determinés à venir avec ces fausses Lettres. Notre Amiral *Lichthart* étoit dans notre Port avec 5. gros Vaisseaux, cela leur fit tant de peur, qu'ils osoient à peine attendre leurs Ambassadeurs, ils s'en allerent même avant les autres qui étoient à terre, qui les suivirent bientôt après : si ce n'avoit été le vent, notre Amiral les auroit poursuivis, il en auroit aisément été le Maître parceque leurs Bâtimens étoient épars çà & là, & l'on voyoit bien par leur fuite quelle étoit leur mauvaise intention, puisqu'ils se sauverent avec tant de précipitation, quand ils ne virent point d'apparence de réussir dans leur entreprise.

Ainsi les Habitans étant à présent fortifiez de 3000. Hommes qui sont venus de *Bahia*, tous bons Soldats, ils ont assiegé une de nos principales Places, nommée *Capo de St. Augustin*, ils se sont emparés de tout ce qui est derriere, ainsi ils sont maîtres de toute la Campagne.

De plus ils ont surpris notre armée qui est en Campagne, ils ont pris tous les Officiers prisonniers, ainsi que tous les Soldats qui n'ont pû

Tom. IV.

fuir, & les ont assommez. Nous n'avons par consequent plus de forces pour envoyer dehors, nous n'osons pas seulement sortir des Forts, ni tirer un coup, sans être en péril d'être faits prisonniers : ainsi dans tout le Païs nos Places sont comme assiegées, jusqu'à ce qu'il nous vienne du secours, que Dieu veuille nous donner au plus vîte.

Tous nos ennemis sont altérez de notre sang & de notre vie, ils feront tous leurs efforts pour nous surprendre ici, parce qu'ils savent que nous ne sommes presque tous que des Bourgeois, ce qui les engagera encore plutôt à se risquer. Nous avons merité tout cela par nos pechez ; nous espérons cependant que ce n'est qu'un avertissement pour nous convertir, & que la colere de Dieu se changera en miséricorde, ensorte que les mauvaises intentions de nos ennemis retomberont sur leurs propres têtes. La Bourgeoisie d'un commun accord est resoluë, Dieu merci, de tenir ferme jusqu'à l'extrémité, & on se battra jusqu'au dernier Homme plutôt que de tomber entre les mains de ces Tyrans, quoiqu'ils ayent donné d'abord quartier à nos Soldats & aux Brasiliens ; mais après en avoir appris ce qu'ils ont souhaitté ils les ont fait mourir, comme on vient de me le conter : ils nous traiteront de même s'ils sont les Maîtres, Dieu nous en garde.

On apprend par une nouvelle du 11. que notre Amiral *Lichthart* avec les 5. Vaisseaux qu'il avoit pour croiser, avoit entouré les ennemis & les avoit fait entrer dans un Port au delà de *Serénhaim* où il tient assiegé 8. Vaisseaux & trois ou quatres Caravelles. Il a depêché une barque pour faire savoir à notre grand Conseil que les Ennemis sont dans ce Port, d'où ils ne peuvent sortir. On y envoye du secours d'ici, les Vaisseaux *Elias* & *Deventer* suivront.

On apprend par une autre nouvelle du 12. que le susdit Amiral s'est rendu maître des Vaisseaux Portugais, qu'il a tué beaucoup de leurs gens, & beaucoup d'autres se sont noyez, croyant pouvoir gagner la terre à la nage, mais on les en a empêchez avec des Chalouppes. L'Amiral des Vaisseaux Ennemis est fort blessé, quoiqu'il ne se soit pas mortellement. Notre Amiral l'a pris prisonnier & l'envoye ici par une Barque, il se nomme *Don Hieronimo Serano de Payra*, & est une de leurs meilleures têtes ; c'est lui que le Gouverneur du Golfe nous vouloit envoyer ici avec les mêmes Vaisseaux pour nous seconder dans tout ce que nous aurions voulu.

Notre Amiral avec quatre Vaisseaux des Ennemis est attendu ici à toute heure, les autres Vaisseaux ont été brûlez ou coulez à fond.

Cette Victoire, dans le tems où nous sommes, nous fait un bien extraordinaire, & ne leur fait pas grand tort, puisqu'ils ont pris le Cap St. Augustin, qui leur a été rendu & livré par nos principaux Officiers qui y étoient. Nous avons perdu environ la moitié du Païs, le Gouverneur du Golphe (si le dessein avoit réussi,) seroit venu ici lui-même. La personne qui a été aperçuë au Fort de *Capo*, se nomme *Hoogstraten* & a correspondance avec le Gouverneur du Golphe & l'Evêque ; il a été fait Colonel parmi eux. Hier l'ennemi a attaqué à notre vuë une redoute proche de cette Ville ; il emmeine du Cap toutes ses forces contre cette Ville. Nôtre Colonel *Houst* avec presque tous ses Soldats ont été battus & pris prisonniers. Il est venu ici un nommé Mr. *George Garsman* pour commander les troupes, il est

Yyy   de

de la *Rio Grande*. Les Forts que nous avons encore font , *Rio de Francifco*, *Rio Recipoel*, *Po-vafon* ou *Porto Calvo* , *Ila Tamarica* , *Paryba*, & les Forts qui font autour de cette Ville; mais nous avons perdu tout le Cap & le Plat Païs. Les Portugais font très-forts dans *Olin-da* qui eft à une demie heure d'ici.

E X T R A I T

De diverfes autres

L E T T R E S

Ecrites de

B A H I A

Par

PAULO DE REGO BORGOS

A

BARTHOLOMEO PERERA NOSDO SEREHIPPE.

En date du 3. Juin 1645.

ANdré *Gonfolvos* m'a rendu votre Lettre avec de bonnes nouvelles de l'état de votre fanté, vous me marquez que vous avez trouvé quelques beftiaux qui m'apartiennent & vous me demandez une Procuration pour pouvoir les racheter de l'Ennemi ; ce qui ne me convient pas , parce que je me fonde fur l'efperance de la miferiçorde de Dieu dont nous pouvons tout attendre , il peut nous fecourir avant que vous ayez reçu celle-ci ; on en verra l'effet, & fi cela arrive , il y aura affez de tems pour difpofer de tout.

Par CHRISTOPHE AL-VES D'ARAIE à THO-MAS d'ARAVIA d'AL-MEDA.

29. Mai 1645.

Salvador Montero dit que dès que *Sergippe* fe rendra il veut y aller. Nous attendons à toute heure qu'il nous arrive des nouvelles de la reftitution, ou de la conquete de *Pernam-buco*. Je ne vous écris pas de quelle maniere

cela arrivera , parceque le Gouverneur ne veut pas qu'on en parle. Dieu veuille en donner un bon fuccès, on l'efpere dans peu , & Dieu le veuille,

Par FRANCOIS GOMES PINTO, à FRANCOIS GONSALVOS MON-TERO, Habitant de Capiba-riba.

Du 30. Mai 1645.

J'efpere , avec la permiffion de Dieu , que j'irai dans peu vous chercher , & que je vous ferai embarquer dans votre Vaiffeau pour venir chez nous.

Par DONNA ISABEL-LA da LIMA de BAR-ROS à GASPAR GON-SALVOS & MARTIN MOORA.

Je trouve cette occafion favorable pour vous écrire & vous informer de mon Mariage, comme auffi pour vous marquer l'impatience que j'ai de vous voir, j'efpere que Dieu permettra que ce foit bientôt : qu'il veuille bien jufques là me conferver la fanté, pour m'aider à me relever des pertes que j'ai fouffertes dans des biens pour lefquels vous avez tant aidé mon Pere! Je me flatte que vous voudrez bien encore à préfent faire quelque chofe pour moi. Comme cela me regarde de près je vous prie de bien pefer mes paroles, car je n'ofe pas en confier davantage au Papier.

Par CHRISTOPHE AL-VES d'ARRAVILE à MELCHIOR TOPES REBERSO PIAGNI.

Du 27. Mai 1645.

Domingos d'Avego a été trois fois dans le Royaume , & eft à préfent ici , il attend la conquête ou la reftitution. Dieu veuille que cela ait fon effet , afin que nous puiffions nous voir.

Par DOMINGES &c. à THOMAS d'ARRAVIA d'ALMEDE , dans Rio S. Francifço.

Le 28. Mai 1645.

Il y a quelques jours que j'ai reçu de vos Lettres & comme on m'apporte encore celle-
ci

ci, je vous réponds & ne vous dis rien de ce qui se passe parce que l'occasion n'est pas bonne, je ne veux rien déclarer, cela est défendu; on seroit puni &c.

Par l'Evêque du Bresil à MAN. REBELLO VIGARIO Prêtre de Sernheym.

Le 28. Mai 1645.

Je n'ai reçû de vous aucune nouvelle depuis longtems. Cependant je suis content des autres qui viennent delà, j'ai apris que vous étiez en bonne santé; que Dieu vous y conserve longtems! je suis aussi en bonne santé, à vôtre service, & j'espere vous voir là bientôt.

Par ANTONIO RODRIGOS d'ALGADE, à ANTONIO PORERA.

Du premier Juin 1645.

L'amitié qu'on a pour Pere, Mere & Frere ne se fait bien sentir que par l'absence, mais sur tout à cause que je ne sai quand Dieu me donnera la liberté de vous voir. Je suis présentement si chagrin, que je n'oserois partir de cette maniere. Je vous ai aussi écrit dans une autre Lettre, que je faisois état de partir pour le Portugal, mais le Gouverneur ne veut pas m'en donner la permission. Sur ces entrefaites Gaspar de Berras arrive qui m'en dissuade, jusqu'à ce qu'on voye quel succès aura la revolte.

EXTRAIT

D'une

LETTRE

De

MADERA

Du 17. Aout 1645.

ON a fort peu de nouvelles ici; on sait seulement qu'il y a très-peu de jours qu'un armement Portugais avoit résolu d'entreprendre le voyage de Pernambuco, il est important qu'il y arrive au plus vîte. Je pourrois vous en dire davantage sur ce sujet, mais je ne le dois pas faire pour mes propres intérêts, crainte de

tomber dans un Labyrinthe. Vous serez là informé plus amplement de leur entreprise &c.

Par les Lettres de Bahia en date du 18. Septembre 1645. & venuës à Lisbone.

Notre armement est parti le 21. Juillet, & le 31. du même mois jour de S. Ignace, il a debarqué mille Hommes dans un Port qu'on nomme Tamandare, il est situé à 7. ou 8. milles du Cap S. Augustin. Il y avoit 120. Hollandois & 70. Brasiliens, qui dans le commencement ont voulu faire quelque resistance, mais le grand nombre les enveloppa d'abord, les Hollandois se rendirent & nos gens les ont laissez aller où ils ont voulu. Les Brasiliens étoient convenus avec les Hollandois de ne se pas laisser prendre, ils s'étoient fortifiés dans quelques Maisons où ils ont été forcés, on a coupé la tête à trente-neuf, l'on a pardonné aux autres, dont quelques-uns se sont retirez du côté de Reciff.

Les notres continuent leurs Courses, ils sont venus jusqu'au Cap S. Augustin où les Hollandois se sont rendus à eux, ils ont accepté leurs conditions, & ont livré trois Forts. *Jean Fernandes Viera* se comporte dans cette occasion contre l'ennemi avec beaucoup d'honneur, il en met beaucoup en fuite & en tuë beaucoup d'autres avec fort peu de monde. Le Corporal *André Vidal* vient dans ce même tems de l'arrêter prisonnier par ordre de Monsieur le Gouverneur Général pour procurer la Paix avec les Hollandois & faire une union.

On a reçû peu après la nouvelle que les Hollandois étoient sortis de Réciff, & qu'ils commettoient de grandes cruautez contre les Portugais. On dit entr'autres qu'ils ont pris quatre femmes de qualité, qu'ils les ont attachées à la queuë de leurs Chevaux & les avoient fait aller au Galop, cela donne de nouveaux sujets d'alteration aux Portugais & les irrite tellement, qu'ils ont dégagé, ou par force ou par finesse, *Jean Fernandes* de sa prison, ils l'ont fait leur Capitaine, & ont tombé si vigoureusement sur l'ennemi qu'ils l'ont mis en fuite. 280. Hommes qui avoient échappé à la mort, se sont retirez dans une certaine Maison entourée de palissades, de fossez & de Galeries, les Portugais les ont attaqués avec tant de hardiesse, que sans le Corporal ci-dessus nommé, ils auroient tous été tuez; mais il vint fort à propos avec un Drapeau blanc pour l'empêcher, traiter de Paix & les arracher à la fureur des Portugais, mais eux, sans y avoir égard, nous saluerent à coups de fusil qui en renverserent quelques-uns des notres, qui étoient auprès de notre Corporal, & il lui seroit arrivé un malheur, si une bale n'avoit perdu sa force contre un Pistolet qui étoit pendu à son côté; son Cheval a été tué sous lui, c'est la recompense du bon quartier qu'il leur vouloit faire, cependant le Colonel, le Sergent Major, un Capitaine & beaucoup d'autres personnes ont resté prisonniers, avec la permission d'aller par terre à Bahia, comme ceux de Nazaret.

Le Corporal a fait offrir de même honnêtement la Paix à ceux de Réciff, par deux Envoyez qu'ils ont refusez; ce qui a obligé les nôtres de les assieger par Cameron & par Andrique Dios qui les tiennent si serrez qu'ils n'o-

sent sortir delà pour chercher de l'eau, ils é-
toient dans cette étroite situation quand cette
Barque est partie pour nous en donner avis.

Dans le même tems que *Jean Fernandes Viera* se revoltoit contre ceux de Réciff, les Habitans de Pariba, Scrinhain, Porto Calvo,
Rio St. Francisco, & d'autres Places de cette
Capitainie, faisoient le même avec un si heureux succès, que ceux de Rio Francisco ont
été obligez de se retirer dans leurs Forts avec
perte de 27. Hollandois. Ils sont à présent assiegez par les Habitans, secondez de deux Capitaines qui demeurent à Rio Real & qui sur notre demande sont venus à notre secours.

Nous avons pareillement assiégé les Habitans
de Porto Calvo qui s'étoient retirez dans leurs
Forts, & nous avons déja avis qu'ils se sont rendus aux Portugais.

Ceux de Pariba sont Maîtres de la Ville &
ont contraint l'Ennemi à se retirer dans le Fort
de Cabevelo qui est sur le Port, le Corporal
a fait entourer le même Fort, ainsi nous sommes Maîtres de la moitié du Païs de Pernambuco, & les Hollandois des Forts de Pariba & de Reciff, dont nous esperons aussi
nous rendre bientôt Maîtres si la fortune ne
change pas.

De Rio Grande, nous n'en aprenons rien
jusqu'à présent, si ce n'est que les Habitans
se sont fortifiez, cela peut avoir un bon succès, car les ennemis n'y ont pas beaucoup d'a-
vantages pour nous resister, n'ayant que le
Fort.

Peu de jours après le départ de notre Armement, le Général de la Flote, Salvador
Correa de Sea, est parti d'ici, bien armé en guerre, il joindra dans peu notre armement, ils sont à l'ancre devant Réciff & on y
a envoyé des Ambassadeurs selon leurs Instructions, pour présenter la Paix aux Hollandois,
qui sont venus avec vingt Drapeaux, & se sont
mêlez parmi nos Vaisseaux en faisant voir qu'ils
étoient bien aises, mais dans le cœur ils sont
ennemis, comme ils l'ont bien fait voir par la
suite, car les nôtres ont dû veiller, & lever
l'ancre par raport à la marée, & entrer en
pleine niet, pour aller vers la Baye de Trayson
& delà vers le Cap où ils sont à présent. Les
Hollandois sont aussi là avec environ dix Vaisseaux. On n'auroit pas pu dissimuler cette inimitié, si le Général de la Flotte s'étoit tenu avec
les autres gros Vaisseaux, & qu'il n'eût pas
pris sa route vers le Portugal, comme on présume qu'il l'a fait. Nous ne doutons pas que
s'il avoit resté encore huit jours devant le Port
de Pernambuco, nous aurions à présent Réciff.

Outre ces avis, on écrit que les ennemis a-
voient attaqué notre Flotte, qu'ils l'avoient prise, brulée & fait échouer & qu'ils ont tué quel-
-ques uns des notres qui n'ont pu se sauver à
terre.

On aprend aussi que les Portugais attaquent
un Fort qui est situé à moitié chemin de Réciff, & qu'ils sont assurez de rester bientôt
Maîtres du tout, les notres sont d'avis de forcer le Fort de Réciff avec le Canon qu'ils ont
pris au Cap St. Augustin. Ceux du Cap ont
déja envoyé 17. Caisses de sucre pour Bahia
qu'ils ont pris là.

E X T R A I T

D'une

L E T T R E

De

L I S B O N E

Ecrite par une personne digne
de foi

En date du 15. Novembre 1645.

J'Examine de quelle maniere on prend là
(c'est-à-dire en Hollande) ce qui s'est passé
au Bresil, il y a lieu de croire qu'on doit en être
fort étonné, mais les Discours de l'un & de
l'autre sont si differents, qu'il y en a beaucoup
qui exagerent, & qui veulent même soutenir
que les Etats ne se remueront pas, mais je soutiens que sans cela le Portugal n'aura pas peu
affaire.

Les deux Ambassadeurs que Salvador Correa
de Sea avoit envoyé à ceux de Réciff dont j'ai
déja parlé, sont à présent à Port à Port, où ils
sont arrivez avec un Yacht de la Flote, mais
il n'apporte aucune nouvelle, si ce n'est des
plaintes de la part des Hollandois qui leur a-
voient envoyé réponse sur notre Ambassade,
mais c'est parce qu'ils n'ont trouvé personne
pour les recevoir. C'est un bonheur qu'ils en
ont agi honnêtement avec les nôtres qu'ils ont
remerciez avec beaucoup de complimens, &
qu'ils ont présenté tous les rafraichissemens dont
la Flotte pouvoit avoir besoin.

On voit aisément qu'il n'est pas arrivé beaucoup de mal aux Hollandois, par la quantité
de monde que nos gens ont embarqué pour
Salvador Correa de Sea, ainsi nous n'apprenons
pas ici les mêmes choses. Dieu veuille que
tout tourne pour le mieux, & que la Paix puisse continuer.

EXTRAIT

D'une

LETTRE

De

LISBONE

Ecrite par le même,

En date du 15. Novembre 1645.

IL est arrivé ici le 9. une Caravelle venant de Bahia, elle en étoit partie le 21. de Septembre; elle est entrée avec une si grande joye que nous avons crû pendant plus de quatre heures que Récif s'étoit rendu; les Lettres luës, nous avons apris le succès de Nazaret & que les trois Forts & tous les autres, excepté le Récif & Capvelo de Paryba étoient investis & assiegez, qu'on y a tué & forcé beaucoup de Hollandois, ils se vantent que dans peu de tems ils seront Maîtres de tout. On dit que Sa Majesté est fort inquiete de ces nouvelles par raport à Pernambuco, & au sujet du grand desordre que le Gouverneur de Bahia a fait, qui ne lui fait pas honneur, car on devroit avant tout faire la Paix avec Messieurs les Etats & la conserver.

On dit qu'une personne de qualité doit partir d'ici pour aller en Nort-Hollande pour donner quelque satisfaction & proposer les moyens d'accommodement.

Par une autre Lettre de Lisbone du 15. Novembre 1645. on mande:

Que Sa Majesté étoit fort fâchée au sujet des nouvelles du Bresil, on dit qu'elle veut réunir tout à sa Couronne, & qu'on fait un gros amas d'argent. On assure outre cela qu'une personne de qualité partira pour la Hollande afin d'offrir de l'argent aux Hollandois pour les Places qu'ils ont encore dans le Brezil, & que par ce moyen le Roi restera maître de tout le Brezil.

EXTRAIT

D'une

LETTRE

Ecrite de

LONDRES

En date du 19. Janvier 1646.

Par une Personne venuë de Lisbone le 10. de Décembre 1645.

IL y avoit à Lisbone un Ambassadeur nommé pour aller en Hollande, dans la Compagnie de quatre Marchands dont quelques-uns ont voulu l'excuser, par raport à leurs grandes occupations, mais on ne savoit pas encore si le Roi voudroit les excuser ou non.

RAPORT SOMMAIRE

De Noble Homme

MAXIMILIEN SCHADE'E

Ecuyer & ci-devant Capitaine au Service de la Compagnie des

INDES OCCIDENTALES

Dans le

BREZIL.

MESSIEURS,

POur satisfaire à votre réponse & à ves ordres sur le raport que j'ai fait verbalement dans l'Assemblée d'hier 19. je dis que moi *Maximilien Schadée*, comme Capitaine d'une Compagnie au service de la Compagnie des Indes Occidentales dans le Brezil, j'ai été envoyé au mois d'Octobre 1641. par son

Yyy 3

Ex-

1645. Excellence & les Messieurs du Conseil secret dudit lieu, sur la Flotte sous l'Amiral *Lichthart*, & le Colonel *Kleun* pour l'expédition de *Makaian*, afin d'aider à faire la conquête de cette même Capitanie, & que 2. ou 3. jours après cette conquête, je fus commandé avec ma troupe de Fuseliers & la moitié des Mousquetaires de la Compagnie du Major *Ernest de Bremen*, ensuite Commandant de *Marianan*, pour aller à *Xapicaruno* où il y avoit six Ingenios Portugais, & où je suis resté en Garnison environ six mois sur un certain Fort bâti de grez, nommé *Montecalvario*. Que par ordre du Conseiller Politique *Bas* & du Major *Ernest de Bremen* il fut commandé à la plûpart de mes gens, & à quelques gens de la Cité St. Louïs, par troupes de 20. d'aller loger chez les Ingenios, & cela, disoit-on, parce qu'on manquoit de vivres, excepté que sur le moulin à eau, il n'y avoit que dix personnes, & cela sous promesse que la Compagnie payeroit par tête & qu'on en tiendroit regître. Qu'après que ces gens-là y ont été trois mois, il est arrivé une Barque avec des Lettres de la Cour, par lesquelles on fit savoir qu'il y avoit un accord entre Don Jean IV. Roi de Portugal & leurs Hautes Puissances les Etats-Généraux & qu'en conséquence on avoit conclu une Trêve; la Trêve fut publiée au son du Tambour dans la susdite Ville de *Saint Louïs de Maranhaon*, on pratiqua la même chose dans ma Capitanie & dans le susdit Fort où on tira le Canon & la Mousqueterie. Que ladite Paix de notre côté a été observée religieusement, sans qu'il y ait eu aucune hostilité commise, ne faisant aucun mal aux Portugais & ne leur causant aucune incommodité, au contraire lorsque quelques Officiers ou Soldats dans leur particulier, ou de quelque maniere que ce puisse être, ont fait quelque tort aux Habitans, ils ont été rigoureusement punis.

Depuis ce tems-là les Portugais se sont laissés séduire, par l'espérance, que par le moyen de leur Roi, ils pourroient recouvrer le Païs, & comme ils voyent que nos gens sont partagez par troupes dans tout le Païs, & même parmi les *Ingenios*, qu'ils sont attaquez pour la plûpart de la maladie du Païs, & que la disette & l'inquietude les a rendus foibles & miserables, ils ont prémierement dans le mois d'Octobre 1642. attiré par complot les Indiens dans leur parti; & ils attaquérent de bon matin le Fort où étoit mon Lieutenant; mon Enseigne étoit dans un moulin, & moi dans une Maison qui n'étoit qu'à une portée de pistolet de mes gens, parceque j'étois incommodé & que dans ce Fort il n'y avoit nulle commodité. Ils tuerent les Sentinelles, prirent ledit Fort d'assaut & tous les Ingénios, massacrerent nos Officiers & nos Soldats, excepté cinquante auxquels ils donnerent quartier, parmi lesquels étoient mon Lieutenant, moi, deux Sergens, un ou deux Caporaux & le reste Soldats: deux jours après, ils massacrerent une partie de ces Soldats, & ensuite ils tuoient de tems en tems un Soldat ou deux pour leur plaisir: on trouva six mois après qu'ils avoient aussi fait mourir par plaisir le second Sergent, de sorte qu'ils n'ont laissé que fort peu d'Officiers & de Soldats en vie. Je déclare de plus que moi Capitaine, & mon Lieutenant, chacun separement, avons été tenus prisonniers dans ce Fort & très-miserablement traités, qu'on vous a fait souffrir beaucoup de disette & de misere, tentant même de nous empoisonner, ensorte que m'ayant adroitement fait prendre du poison, j'ai été à deux doits de la mort, comme cela est connu dans tout le Païs; que ceux de *Grand Paara* environ huit semaines après le soulevement des Portugais dans le *Marianan*, leur ont envoyé un secours de Portugais Indiens, & des munitions de guerre sous le Commandement d'un nommé *Pedro Machiel*. Mais lorsqu'il nous vint du secours de Pernambuco, ils quitterent leur Camp & *Tapicuruw*, ils m'emmenerent avec mon Lieutenant & encore 14. ou 15. Soldats & Matelots, dont quelques-uns avoient été pris entre tems, & ils nous firent remonter pendant 64. milles la Riviere de *Méricou*, avec intention de nous envoyer par terre au *Grand Paara*, d'où lesdits Soldats mis sous le Commandement d'un Deserteur nommé *Cornelis Jansen*, après cela mon Lieutenant & puis moi fumes envoyez plus avant vers la Riviere de *Toury*, où ils laisserent mourir de faim 5. ou 6. Soldats, quoiqu'ils eussent assez de moyens & assez d'esclaves pour les entretenir. Le Lieutenant chasié par la faim & la misere qu'il souffroit vint auprès de moi, croyant y être mieux, mais le Commandant le fit aussitôt mettre aux fers dans ma Cabane où nous mourions presque de faim. Nous avons resté environ 14. semaines au *Grand Paara* où il arriva un Yacht avec des munitions de Guerre, il venoit de Bahia. Cela fit que les Portugais reprirent courage, sous l'espérance de reprendre encore *Maranjan*, où ils retournerent avec eux, mon Lieutenant & moi, & nous conduisirent à *Tapitapera* où étoient les autres Portugais; du reste j'ignore ce qui est arrivé au reste des Soldats.

De *Tapitapera* on nous conduisit avec un Canot au *Grand Paara* moi, mon Lieutenant, un Sergent, un Soldat & un Matelot qui étoit depuis peu avec nous. Nous arrivames le 1. de Septembre 1643. nous avons couru risque en chemin, par le caprice des Portugais, d'être mis dans une Ile deserte. Nous étions dans le *Grand Paara* avec beaucoup d'autres prisonniers & Matelots qu'ils avoient pris, emmenez là, & fort misérablement traitez. Nous avons trouvé là un Vaisseau de Zéelande nommé S. Pierre, sur lequel étoit le Capitaine *Thomas Rogiers*, auquel on avoit permis d'entrer à condition qu'il mettroit sa cargaison à terre, il est parti avec des Lettres pour le Roi de Portugal, parce qu'il y avoit longtems qu'on n'avoit eu aucunes nouvelles de Portugal, il a passeport pour y négocier, & quand il reviendra, il pourra vendre ses Marchandises.

Comme le Vaisseau étoit au port prêt à partir, il est arrivé un nouveau Gouverneur nommé Pedro d'Alburquerque, qui a fait confisquer le Vaisseau, l'a fait publiquement vendre pour sept cens milerez retenant le Capitaine & ses gens prisonniers & les traitant fort mal. Je me suis échappé à la faveur d'un Vaisseau François qui est venu au Port, je me suis rendu aux Iles de Caribes, & delà sur un autre Vaisseau dans ce Païs-ci. Au reste j'ai trouvé au *Grand Paara* plusieurs Hollandois & autres qui y sont detenus prisonniers. Il y en avoit même qui depuis plusieurs années devoient travailler pour leur Paix. J'ai encore vû là & parlé à onze Matelots du Vaisseau nommé le Coq bleu, il venoit chercher du rafraichissement, les Portugais l'ont surpris & emmené là, ils sont fort mal traités. Nous sommes prêts de déclarer tout ce que dessus avec serment.

A Amsterdam le 4. Novembre 1644.

Etoit signé

MAXIMILIEN SCHADEE.

RE-

RELATION

De plusieurs mauvaises actions ou procédez injustes & cruels que les Portugais ont exercés dans plusieurs Quartiers de cette Compagnie contre la Trève qui a été faite.

1. DAns le *Maranhaon* les Portugais après le serment de fidelité fait à la Compagnie, se sont révoltez & rebellez.

2. Ils ont cruellement tué nos Soldats qui étoient dans le Païs, chez les Ingenios, & les ont massacrez en traitres, sur leurs lits.

3. Ils ont invité à manger le Commandeur *Hans Erneft de Bremen* avec le Prédicateur *van de Poelen* & lorsqu'ils ont été à table ils leur ont donné du poison; le premier en est mort, & l'autre en est échappé par les remédes, cela se fit la veille de la Rebellion.

4. Ils ont tenu nos gens prisonniers, les ont traitez inhumainement, & les ont laissez mourir de faim.

5. Ils nous ont assiegé dans le Fort & nous ont attaquez avec tant de fureur, qu'il y en a eu quelque centaine qui sont morts de faim & de misére, les autres ont été forcez d'abandonner le Fort & de se sauver comme ils ont pû.

6. Ceux du *Grand Para* sous l'obeissance du Portugal ont assisté les Rebelles de *Maranhaon* de Munitions & autres choses nécessaires & ceux de *Bahia* y ont aussi envoyé des munitions par une Caravelle.

7. Le Roi de Portugal a envoyé à St. Thomas deux ou trois Vaisseaux avec des Soldats, sous le Commandement de *Laurens Sipero* avec ordre d'unir cette même Ile à la Couronne.

8. Que les mêmes dès qu'ils ont été arrivés ont entouré 20. de nos Soldats, & les ont tués sans en épargner aucun.

9. Ils sont ensuite allez vers la Ville & en ont fait soulever tous les Habitans, ils nous ont chassez comme ennemis, & ont volé les Magazins de cette Compagnie.

10. Ils sont ensuite entrés dans le tombeau de l'Amiral *Joll*, l'ont déterré & l'ont traité indignement.

11. Ils sont ensuite convenus, pour faire mourir tous nos gens dans un même tems, d'empoisonner les eaux qu'ils étoient obligez de venir chercher à la Ville.

12. Les Portugais ont commis une infinité de friponneries & de meurtres dans *Maranhaon* & *St. Thomas*, ils vouloient faire le même à *Angola* & pour mieux réussir dans leur dessein & recevoir du secours ils avoient demandé la permission de s'établir au dessous de *Rio-Benge* où ils se seroient fortifiez en peu de tems, où ils n'en avoient été empêchez, & par là ils nous auroient coupé toute communication & si nous n'avions pas voulu les laisser dans *Loando* ils auroient traité les notres comme dans *Maranhaon* qu'ils ont surpris la nuit & où ils ont tout tué.

13. Beaucoup des notres, jusqu'à ce jour sont dans le Portugal & à *Grand Para* prisonniers, & les Portugais les tiennent dans un cruel esclavage, comme des misérables & des Criminels.

RAPORT

Fait par le Capitaine

HOOGSTRATEN

Aux Messieurs du

GRAND CONSEIL

Dans le

BREZIL

De ce qu'il a fait dans

BAHIA.

ETant arrivez à *Bahia* le 19. Juillet au matin on nous fit descendre à terre dans le Brigantin du Gouverneur; & on nous mena dans la Maison de *Pedro Correa de Gamma*, après avoir été là un peu de tems, le Colonel *André Vidal* est venu avec le Capitaine *Paul da Conha*, & un peu après le Capitaine *Don Jean de Sousa*, qui s'étant assis auprès de moi me demanda tout doucement des nouvelles de son oncle *Philippe Pays Baretto*, & s'il s'étoit soulevé avec les autres Habitans, je lui répondis qu'il tenoit le Gouvernail dans son Enghenho, & dans le moment, sans discourir davantage, on couvrit la table & *Don Jean* fut prié par *Vidal* de rester là, mais il s'excusa sur ce qu'il avoit la Garde, de sorte qu'il s'en alla, mais il revint, lorsque nous étions encore à table. *Don Jean* se mit à côté de moi, & le repas fini il me fit aller derriere avec *Paul da Conha* pour boire & fumer une Pipe de Tabac. *Springh-Appel* Esclave de *Don Jean* vint ensuite à côté de moi vis à vis de la Gallerie, & *Paul da Conha* le prit à part. *Don Jean* me dit alors tout bas qu'il étoit surpris que son oncle *Philippe* ne s'étoit pas soulevé avec les autres, sur quoi je répondis qu'il avoit fort bien fait de se tenir en repos, & qu'il n'en pouvoit retirer que de l'avantage. Vous le croyez, me dit-il, mais attendez le tems, vous avez toujours été bon ami avec les Habitans & Portugais, mais il faut que je vous dise, que ceci signifie beaucoup, & pour cet effet je vous avertis de prendre garde à vous & à votre Epouse, ainsi qu'à vos enfans que vous devez mettre en sureté avec vos biens; mais si vous voulez rendre service au Roi mon Maître & au Gouverneur, vous
serez

1645.

ſerez bien content, vous ne manquerez point d'argent ni de bien, ni d'Enghenhos, ni de Pardidos, & on vous donnera un *Habito de Chriſto* & deux ou trois Commandemens, ainſi il ne vous manquera rien, car vous aurez tout ce que vous ſouhaitterez. Je me trouvai fort ému par ce diſcours, je dis que je voulois bien rendre ſervice au Roi de Portugal & au Gouverneur, mais que je le priois de me dire en quoi, ou de quelle maniere il faudroit me comporter. Surquoi il me dit, vous pouvez rendre un grand ſervice au Roi. Je repondis encore, dites-moi donc en quoi? ou qu'eſt-ce que je dois faire, & il me dit ceci. *Don Jean*, n'êtes vous pas Gouverneur du Cap S. Auguſtin? Je répondis, oui. Hé bien, c'eſt de donner ce Fort au Gouverneur avec tout ce qui en dépend, afin qu'il y mette ſon monde, & ſi vous voulez me promettre cela, je vous aſſure que vous aurez tous les avantages que je vous ai promis, & outre cela un commandement ſur les gens de Guerre. Je répondis que c'étoit là des choſes que je ne pouvois pas faire, que cela étoit contre mon honneur & mon ſerment, & ſur ces propos, un autre entra dans la Gallerie qui nous ſépara; *Don Jouan* & *Paul da Conha* s'étant ainſi en allez & n'ayant pas le tems de parler avec *Springh-Appel* dont je m'approchai tout émû, je dis, que penſent donc ces chiens-là, ils s'imaginent que je ſuis ici un Traitre, je ſaurai... J'allois continuer de parler, mais Don *Jouan* & *Paul da Conha* revinrent & recommencerent leurs promeſſes, & m'aſſurant que j'aurois abſolument tout ce qui m'avoit été offert, & qu'on me donneroit même de l'argent dans l'inſtant ſi je ſouhaitois, qu'on me feroit parler au Gouverneur, & que je verrois parlà que la choſe étoit aſſurée. Je répondis encore que je ne pouvois pas, quand même ce ſeroit des choſes d'une autre nature. Que les Meſſieurs du Grand Conſeil m'avoient promis au retour de mon voyage de me faire Sergent Major, & qu'alors je ne pouvois être là Commandant, mais qu'on m'employeroit dans une autre place. Pendant cette conteſtation, Monſieur de *Woorde* vint derriere avec *André Vidal* ils s'entretenoient, pendant que j'étois avec les deux autres qui ſe promenoient avec moi d'un bout de la galerie à l'autre, cela interrompit la converſation: je dis tout bas à Monſieur *Woorde*, je ſouhaitterois être hors d'ici, & vous parler tête à tête, car je ne ſais ce que ces gens-ci ont en tête, je crains qu'ils ne me tuent, ou qu'ils ne m'arrêtent. Ne pouvant m'expliquer davantage parce qu'ils reſtoient toujours près de nous & que Pedro da Conha de Gamma entendoit le Hollandois, je priai donc Monſieur de *Woorde* de diſſimuler, juſqu'à ce que nous fuſſions dans notre Vaiſſeau, afin qu'ils ne puſſent pas remarquer que nous avions parlé de cette affaire. *Dona Catharina de Mello* étoit Belle-Mere de Philippe Pays, je demandai la permiſſion de lui rendre viſite, ſurquoi *Jean de Souſa* dit qu'il falloit m'adreſſer au Gouverneur & y fut lui même, il m'en apporta la réponſe, qui étoit que je pouvois l'aller voir à condition que je ſerois ſeul avec lui. Je pris congé de la Compagnie, & Monſieur *Woorde* qui, quoi qu'il ne fut pas marié, n'étoit pas amateur du Sexe me dit qu'il ne m'envoit pas cette faveur; *Don Jouan de Souſa* & *Paul da Conha* prirent auſſi congé; je dis doucement à Monſieur de *Woorde*, ils auront une Anguille gliſſante qui leur échapera par la queuë, car j'avois réſolu de ne pas feindre avec eux & tout du long de la ruë ils ne cherchoient qu'à m'animer &

m'engager de plus en plus par leurs promeſſes & par tout ce qu'ils me faiſoient eſpérer de la part du Roi & du Gouverneur, auquel ils devoient faire enſorte que je parlaſſe tout ſeul ſur ce ſujet, & ils me propoſerent que quand je reviendrois de chez *Dona Catharina de Mello*, ils me meneroient à la Maiſon de *Petro da Conha de Gamma* auprès de Monſieur de *Woorde*, pendant ce tems là un d'eux iroit chez le Gouverneur pour ſavoir quand nous viendrions lui parler. Il fit dire que je devois un peu attendre, alors *Don Jouan* me demanda ſi je voulois boire un verre de vin & me mena dans la Chambre du Chapelain où le Gouverneur devoit me venir trouver. *Paul da Conha*, quand nous fumes revenus, s'en fut chez le Gouverneur, & moi je m'en allai ſeul avec *Don Jouan*, qui me dit qu'on ne manqueroit pas de forces, que le Gouverneur attendoit *Salvador de Saa* qui devoit venir de *Rio de Genero* avec trois Galions, qu'il y en avoit un venu de Portugal & deux qu'on préparoit à *Rio Genero* avec quelques autres Vaiſſeaux, & qu'il y avoit encore 2500. Hommes qui de Bahia iroient à Morudores avec ceux qui ſont dans Pernambuco, où le Gouverneur ſouhaitteroit fort de les mettre. Voila ce qu'il demande de vous, me dit-il; nous ſommes venus tout en parlant ainſi à la Maiſon de *Pedro Conha de Gamma*, quand nous y eûmes été un peu de tems, *André Vidal* vint nous dire que nous pouvions aller parler au Gouverneur qui, nous fit prier d'attendre un moment parce qu'il étoit occupé à cacheter une Lettre. Monſieur *Woorde* alors & quelques Portugais ſe mirent à une fenêtre au bout de la ſale, & ſe mirent à diſcourir ſur ce qu'il y avoit à faire; *Don Jouan* vint auprès de moi & me demanda ſi je voulois boire un verre de vin, je voulois emmener *Springh-Appel*, mais il étoit retenu par la converſation de *Paul d'Aconha* & des autres. *Don Jouan* me mena dans la Chambre du Chapelain du Gouverneur, où ſe rendit lui-même un peu de tems après par un autre chemin le Gouverneur *Antonio Feles da Silva*, il fit auſſitôt fermer la Porte, & me traita avec beaucoup de politeſſe, je fis de même de mon côté, *Don Jouan de Souſa* reſta avec nous, le Gouverneur me fit aſſoir à côté de lui, en me diſant, qu'il avoit toujours entendu parler de l'amitié que j'avois euë pour les Portugais, & que cela lui étoit fort agréable, & qu'il ſouhaitoit que je reſtaſſe toujours dans cette même diſpoſition & qu'il eſperoit que je ferois pour le Roi & pour lui ce dont il m'avoit fait parler par le Capitaine *Don Jouan Souſa* que je ne devois pas le refuſer, que ce n'étoit pas là une Guerre, mais un rétabliſſement qu'on procuroit au Roi *Don Jouan IV.* & que ſi le Comte de *Naſſau* n'étoit pas parti ſi promptement, il auroit lui-même contribué à cette affaire. Je répondis ſur cela que je ſouhaitois ſavoir en quoi je pourrois rendre ſervice à ſon Excellence, il me dit que ma Seigneurie l'avoit apris de *Don Jouan de Souſa*, & ajouta, je vous ſuplie ſeulement de vous faire entierement Portugais. Surquoi je répondis encore que cela ne ſe pouvoit pas, ſans deſobliger tout le Grand Conſeil qui m'avoit promis à mon retour une place de Major, & que par conſéquent il ne me laiſſeroit pas dans l'endroit où il ſouhaitoit que je lui rendiſſe ſervice. Le Gouverneur me répondit à cela, que, avancement de Places, biens, *Partidos*, *Ingenios*, *Habitos* & *Commandos* ne me manqueroient pas, il ajouta que le tems n'étoit pas propre pour me retenir davantage, que ma Compagnie pourroit ſoupçonner quelque

quelque chose, mais qu'il nommeroit deux personnes avec *Paulo da Conha* pour traiter avec moi, il me donna sur cela sa main au nom du Roi & en s'adressant à *Paul da Conha*, il me dit de le suivre parce qu'il ne pouvoit rester plus longtems avec moi, afin de ne rien faire connoitre à ma Compagnie, ainsi il me souhaitta le bon soir & s'en retourna dans sa chambre & *Don Jouan* & moi nous revinmes trouver Monsieur de *Voorde* avec lequel nous parlames d'affaires, suivant la Commission des Seigneurs du Grand Conseil. *Don Jouan* en sortant se mit encore de mon côté, & recommença les discours ci-devant pour me representer la nécessité de prendre cet avancement, & de ne pas perdre l'occasion de faire un si bon coup, puisque je ne manquerois pas de postes avantageux dans la guerre, étant un très-bon Soldat. Ces discours, avec tout ce qui m'étoit arrivé, me fâchoient, & j'aurois déja voulu être dans notre Vaisseau, pour pouvoir tout conter à Monsieur *Voorde*. Quand nous y fumes arrivez, je n'y manquai pas, je fis même fermer la porte de la Chambre du Vaisseau où nous étions & entre nous deux je lui déclarai tout. C'est ce que je n'ai pu taire à vos Excellences suivant le serment que j'ai fait, puisque je souhaitte le bien de notre Patrie, le salut de ma vie, de ma famille & la conservation de mon bien. VV. EE. du reste feront tout ce que bon leur semblera pour me dégager de tous ces périls qui menacent ma tête. J'assure & promets que je serai toujours tel que j'ai été, tel que je suis & tel que je serai jusqu'au dernier moment de ma vie.

De vos Excellences

Le très-humble Serviteur,

D. V. HOOGSTRATEN. 1645.

DISCOURS

Adressé à un Fidele Hollandois touchant la Conduite des Portugais dans le Brezil.

FIDELE HOLLANDOIS,

ESt-on jamais plus surpris que quand il arrive en même tems à quelqu'un perte & deshonneur? A-t-on jamais plus de sujet d'impatience, sur tout quand cela arrive dehors & dedans, & que sans mentir on ne l'a pas mérité. De pareils coups doivent chagriner, ceux même qui sont les plus insensibles. Bienheureux sont ceux, qui, quand cela leur arrive, peuvent chasser le poison par un contrepoison.

Les Indes Occidentales ont été longtems le premier Païs de votre meilleure espérance, on

fait tort à la Patrie lorsqu'on n'avance pas les affaires des Indes Occidentales; ce Païs étoit l'Artere des Castillans en la coupant on s'est imaginé mettre fin à la Guerre. C'est encore de même aujourd'hui, où depuis ce tems-là est-il arrivé quelque grand changement, nos cervelles sont elles renversées, & tournées à rebours? J'espére que non, & comme je l'espere, je le veux, je dois en être assuré, nous ne manquons pas à present de résolution pour entreprendre ce que nous jugeons être de l'interêt de la Patrie; un Gouvernement aussi sage & aussi heureux ne peut manquer de réussir dans ses fermes résolutions. Que nous manque-t-il donc, me dira-t-on? je vais vous le dire en un mot, *soyez fidele & ne vous fiez à personne.*

Il y a fort peu d'années que le Portugal s'est souftrait à la Castille; le préjudice qu'en recevoit notre Ennemi nous a charmé & nous avons cru y trouver notre profit, mais tout ce qui reluit est-il or? Quel gain nous est-il venu parlà? Quel tort l'Ennemi en a-t-il reçû? En a-t-il bien fait assez de cas pour croire que cela meritât qu'il fît la moindre demarche? Ah mon ami, c'est ce qui n'a point paru jusqu'à présent. On ne s'embarasse ni du vrai, ni du réel, mais a-t-il seulement fait semblant? Il faut avouer que non, pourquoi ceci? Le Portugal n'est-il pas grand, n'est-il pas puissant? N'est-il pas bien situé? Ou ne regarde-t-on plus comme une entreprise préjudiciable que le valet empiette sur les droits de son Maître, ou qu'un Sujet s'éleve contre son Seigneur, & qu'il foule aux pieds honneur, serment, fidelité, service & devoir? Et voit-on à présent tranquillement en Espagne que l'on donne l'exemple de la revolte, & qu'on aprenne aux autres à aller de mal en pis? Vous & moi, mon cher Hollandois, nous savons mieux. La Maison de Bourgogne a voulu un peu prendre ses coudées franches, vos ancêtres, & les miens ont apris à leurs dépends qu'un Maître irrité ne pardonne pas, mais même que quand il pardonneroit, il n'oublie pas: quelle différence y a-t-il là dedans? Les Seigneurs de la Maison de Bourgogne étoient grands & puissans, ils étoient craints, quoiqu'ils ne fussent que Comtes du Païs, *Rectores Senatus sed regnantes*, parce qu'ils étoient fort estimés, & des Seigneurs pleins d'un merite distingué, qui ne formoient de projets que pour le bien de la Patrie, où ils avoient du credit, mais où ils ne faisoient rien par force; ici c'est tout autre chose; le Prince de Castille est Héritier du Portugal & souverain Héréditaire des Portugais, ainsi s'il veut, le glaive est la regle de ses Droits, ç'a bien été son intention, comme ce l'est encore & comme cela seroit toujours. Rien de ce qui appartient au Portugal, selon le Droit divin & humain, ne peut lui dire, que faites-vous? Vous faites mal? Il peut de plein droit remettre les Portugais sous son obeïssance, & ni plus ni moins que les Romains qui en cas d'ingratitude pouvoient remettre dans l'esclavage les Affranchis à qui ils avoient accordé la liberté. Il n'y a pas si longtems que le Portugal a été réuni à la Couronne de Castille, on peut bien encore s'en souvenir. Quels frais, quelle patience, quelle peine le Roi a pris pour se l'assurer & à ses ayant cause? Je ne veux pas faire làdessus de longs discours, on voit seulement ce que les Catalans ont fait imprimer dans cette occasion, il n'y a qu'à lire les propres Ecrits des *Portugais*, celui qui auroit voulu engloutir toute la Terre il y a longtems s'il l'avoit pû, & qui a plus fait pour avoir le Portugal que pour aucun autre Royaume reste à présent les bras croisez; d'où

 vient

vient cela? Peut-on encore voir de bon œil la perte d'un Royaume, le fonds est une véritable tromperie & nous en sommes certainement l'objet. Quand *Zopyrus* se fut lui-même coupé le nez, les oreilles & déchiqueté tout le Corps, *Darius* feignit de le chasser, les Babyloniens ne pouvoient employer contre *Darius* un plus fidele & plus fort ennemi, cependant ils le payerent bien cher, *Zopyrus* les anima & les livra ensuite entre les mains de leur ennemi. *Tarquin* ne fut sitôt en fuite d'auprès de son Pére, que les Gabiniens crurent que le Ciel le leur avoit envoyé contre les Romains, & sans se défendre, ils tomberent par sa trahison sous la puissance des Romains. Ce qui est arrivé alors, peut bien arriver encore à présent.

Alexandre a marché sur les traces de Cyrus, Cesar est venu ensuite, il a été imité par d'autres Césars, & après eux, il en est venu d'autres qui ont encore fait de même.

Et qui peut dire que cela n'est pas déja arrivé? La revolte du Portugal s'est faite dans un instant & dans le même tems que le Commerce des Indes Occidentales fournissoit des armes & les autres secours, ensorte qu'humainement parlant le Portugal & la Castille devoient compter qu'ils devoient renoncer à la Navigation. Cette revolution a empêché ces Païs-ci de faire du progrès & après tant d'avantages sous aparence de Paix ils ont été exposez aux plus grands dangers. Allons un peu plus avant, & voyons comme nos Officiers & nos Soldats ont été traitez dans le Portugal, comment ils y ont été entretenus & recompensés, voyons avec quelle bonne foi & quelle fidélité ils ont agi avec nous dans l'Ile de *Ceylon*; ils nous y ont traitez d'une maniere à ne s'en pouvoir jamais disculper. Qu'on examine un peu ce qu'ils nous ont voulu faire accroire dans cet endroit comme ailleurs, c'étoit trop loin pour y aller voir. Que n'a-t-on pas fait pour entretenir le trouble & la mesintelligence, afin d'avoir toujours des prétextes de plaintes, afin d'entreprendre ensuite tout ce qui leur viendroit dans l'esprit: on sait que quand une fois les Grands sont prévenus ils n'écoutent rien, & c'est se faire des affaires que de vouloir les desabuser; & si l'on veut qu'ils se justifient on trouve qu'ils sont les Maîtres avant d'avoir pu obtenir qu'ils vous écoutent. Si quelqu'un s'imagine que les Portugais aillent droit, & fidellement dans les affaires; je croi que c'est qu'il ne sait pas ou du moins fort peu, combien il y a de Jesuites dans le Portugal, que les Portugais qui d'eux-mêmes feroient toutes choses au monde sous prétexte du Service de Dieu, sont devouez entierement à ces Satellites du Diable qui les inspirent, & qui leur insinuent mille sortes de choses plus qu'à aucune Nation au monde.

1. Ce qu'ils aprennent de ces Maîtres est de n'avoir jamais aucune parole, de ne tenir aucun serment & de ne garder aucune fidelité aux gens qui nous ressemblent, aux gens qui suivent la véritable Parole de Dieu, car ces gens-là chez eux sont des hérétiques, c'est pourquoi manquer de parole & d'honneur, fausser ses sermens, violer la foi donnée, est chez eux le pain quotidien, ce n'est point un péché contracté par

habitude, ils sont nez avec ces maximes, ce n'est pas un accident pour eux, c'est une sagesse. Je suis Hollandois, voulez-vous que je parle véritablement Hollandois à un Hollandois, je suis tout prêt de mettre pied à boule, & si on demande mon nom je le dirai, & si l'on me demande des preuves j'en donnerai. Je soutiens donc que dans la derniere contestation que nous avons euë dans les Indes Occidentales (Dieu veuille que ce ne soit que contestation & non pas un coup mortel) *les Jesuites* en ont eu leur part & ont été les premiers avec les *Benedictins, les Carmes & les Franciscains*. Qu'est-ce que cette troupe de tondus avoit besoin de se mêler là dedans, c'est que c'est leur naturel, c'est un vieux peché: *Aaron* vouloit volontiers mettre son pied dans le soulié de *Moïse*, mais toutes choses ont leurs bornes, on ne peut ici bander la tête d'un autre, que chacun reste dans ses bornes, qu'il s'y tienne avec droiture & en paix avec les autres, sans mêler dans le Service de Dieu, Tromperies, Meurtres, & Trahisons, cela n'est point de Dieu, & ne convient pas à des Serviteurs de Dieu, cependant les *Jesuites*, les *Benedictins*, les *Carmes* & les *Franciscains* l'ont fait, si vous en voulez des Exemples je vous en donnerai. Le Gouverneur de *Bahia de Todos Los Santos* ne se gouverne que par leurs avis, le Roi de Portugal a-t-il la force de le punir, quoiqu'il le fasse savoir au Roi même, & qu'il lui envoye les avis de ces Prêtres, pouvez-vous en souhaiter davantage? N'étoit-ce pas le Pape *Alexandre* qui disoit qu'il aimeroit mieux avoir pour ennemi le plus puissant Prince Chrétien qu'un Moïne Jacobin, il me semble que cela est vrai, je l'ai lu quand j'étois encore un enfant dans les Sentences de *Guillaume Baudart*, mais si je n'ai pas pu tout retenir, je sai bien cependant que d'honnêtes gens pensoient que le Pape n'avoit pas tort. C'est le choix du Loup, le meilleur n'en vaut rien, j'y vais franchement & avec droiture, j'ai toujours crû & je le crois encore que le Portugal & l'Espagne sont fort d'accord, & que tout ce que les Portugais font aujourd'hui a été projeté par les Jésuites: si j'ai tort, cela se peut, mais il est plus aisé de dire que j'ai tort que de le croire; mais supposons que j'ai tort, les friponeries & la trahison que les Portugais font actuellement, ne permettent pas qu'on parle autrement, qui est-ce, mon cher & bon compatriote, qui n'ait dans le Bresil son bien & son sang? Laissons-là le bien, notre sang, que nous y avons, est en danger; cela ne crie-t-il pas vangeance au Ciel à nous, & par nous à nos Souverains. Raison ou non, je le dis (& je le sai) que vous demeurez d'accord avec moi que personne ne peut nous donner le tort, car une souris ne peut dormir tranquilement dans l'oreille du chat, c'est un vieux proverbe Hollandois, nous avons la liberté de nous tenir sur nos gardes; mais cela a couté bien du sang & des peines à vos ancêtres & aux miens, ils l'ont achetée assez cher, nous ne devrions avoir aucune habitude avec cette maudite race de Portugais ni avec tout ce qui approche de l'Espagne, car leurs Maîtres leur apprennent à nous faire toutes sortes de cruautez, & d'infamies & que sans violer la parole du Roi on a pu se revolter, infidelles Sujets contre nous leurs legitimes Souverains. Ceux qui ont bâti sur ce fondement, sont ceux que je vous ai deja nommé & sur tout les *Jesuites*. Me demandez-vous pourquoi? C'est qu'ils ne font qu'un avec l'*Espagne*.

2. Par la haine qu'ils portent à notre Religion,

gion. Voulez-vous savoir pourquoi ? parce que les Provinces-Unies sont séparées d'avec le Tyran d'Espagne, cela est arrivé avec droit & raison, ce qu'il a gagné il l'a gagné avec droit, n'est-il pas vrai, il le possede avec droit, par toutes sortes de Loix, ce qui est prouvé par la justice de nos armes. Qu'est-ce que le Portugal considéré comme notre ami & notre allié a à dire à ceci, au moins tant qu'il voudra être ennemi de l'Espagne ? L'Espagne ose-t-elle entreprendre quelque chose, nous oposons le droit à la force; il faut donc que le Portugal se taise, toutes personnes qui seront pour cet Etat ne pourront pas parler autrement, ils ne pourront jamais être pour le Portugal. Est-il possible que les Braziliens soient des Traitres & qu'ils puissent être des Creatures de Portugal tant que nous sommes les Maîtres & qu'ils sont sous notre Domination. Je n'examine pas ici jusqu'à quel point un Potentat peut se mêler de ce qui concerne les Sujets d'une autre Puissance. Mais comment le Portugal veut-il être notre ami, puisque nous reconnoissant pour ce que nous sommes, c'est-à-dire pour des gens libres, ils nous traitent cependant autrement qu'on ne doit traiter une Tête Couronnée & des gens libres; pourquoi veut-il prendre nos Sujets pour les siens, car ce ne sont pas ses Sujets que les traitres surprennent & massacrent, cela est arrivé, on ne le peut pas nier, pourquoi les étranglent-ils, pourquoi les massacrent-ils, pourquoi les font-ils Esclaves ? Ils sont venu implorer notre amitié. Quand ils ont secoué le joug ils savoient bien alors les progrès que nos armes avoient faits dans le Bresil; ils n'ignoroient pas non plus ce que nous y possedions; depuis ce tems-là il n'y a point eu de changement dans *Fernambouc.* Si on avoit pu s'imaginer alors que nos propres conquêtes, nos propres gens, nos propres terres & notre propre Pais n'étoit pas à nous, on l'avoit osé faire paroître, & qu'on eût donné à connoitre qu'on avoit envie de nous massacrer, de nous voler, de nous chasser, avec quelque droit, si nous avions cru cela nous n'aurions pas renfermé ce serpent dans notre sein. Vous voyez pourtant, Hollandois, ce qui arrive, & à moins que vous ne soyez aveugle, vous voyez que cela arrive parce que le Portugal s'entend avec l'Espagne. Si cela n'étoit pas, il ne pourroit pas subsister, le Portugal n'est qu'injustice & cruauté, quoiqu'il tienne sa force d'un autre, & qu'il en soit fort peu reconnoissant. Il peut aller de pair avec l'Espagne qui a un œil sur nous & sur ce qui nous appartient parce qu'elle prétend que cela est à elle (ce sont là sur tout ses prétentions sur nous) mais c'est trop feindre, il faut arracher ce masque; le Portugal est l'Espagne & l'Espagne est le Portugal. Avec d'aussi bons Droits comme nous en avons, pour tenir toujours les Espagnols pour des Ennemis mortels, & leur faire la guerre, nous devons faire le même avec le Portugal; il y a cette difference néanmoins, que la Trahison est pire qu'une inimitié déclarée, & l'on punit plus rigoureusement celui qui fait mourir un autre par le poison que celui qui attaque de vive force. Rien n'est plus dangereux qu'un Ennemi qui paroit votre ami, c'est un proverbe, que vous n'ignorez pas. C'est pourquoi je crois vous en dire assez en vous disant que les Jesuites sont les précurseurs d'Espagne, ils feroient plutôt tort à tous les Catholiques Romains que de ne pas aider les Espagnols, je n'ai pas besoin de dire jusqu'où les emporte leur haine pour notre Religion; ils en font un fleuron de leur Couronne; ce qui arrive à présent

Tom. IV.

sont des traits de Jesuite, les gens du commun ne savent pas, & vous, bon Hollandois, il est nécessaire que vous le sachiez quand vous aurez perdu (ce qu'à Dieu ne plaise) toutes les Indes Occidentales; ce sera une fatalité, en prenant les choses du bon côté; car à présent même on dit déja que c'est par la faute de vos propres gens, qui n'ont pas bien vêcu avec les Braziliens, mais alors ce sera une véritable punition, & on embellira tout cela, pour faire accroire que c'est un coup du Ciel, de sorte que personne ne l'aura fait que Dieu seul. S'il y en a quelques uns parmi les nôtres qui se soient trompez, on dira que ce sont des friponneries, si on a puni des traîtres, ce sera tyrannie; qu'il en soit ce qu'il pourra, le Roi de Portugal, comme bon & fidele ami, comme bien intentionné pour le bien commun ne se sera mêlé de rien, il n'y aura seulement point paru, il n'aura pas donné pour cette guerre, ses gens, ses Vaisseaux, ni la moindre chose au monde, & tandis qu'on nous tiendra par les cheveux il nous fera prêcher la patience. On nous dira que c'est notre propre faute, que l'on ne connoit pas toujours le naturel des peuples & qu'alors on ne peut les bien conduire, ce sera de là qu'on fera dependre tout. Les Jesuites ont fait accroire au Roi qu'il pouvoit tout faire, c'est-à-dire qu'il pouvoit assister contre nous ces Traitres qu'ils font injustement passer pour Sujets du Roi sans manquer à notre égard à sa parole. Mais cela n'en reste pas là, ils font acroire au Roi qu'il peut fausser sa parole & violer ses sermens dans une pareille occasion, puisqu'ils ne s'étendent pas jusque là. Ils vont encore plus loin; Dieu veuille, cher Hollandois, que tous ces beaux avis, sur lesquels le Gouverneur de la Baye *de Todos Los Santos*, se fonde, viennent enfin au jour. Vous le verriez vous-même, & les Serviteurs de Dieu auroient bien d'autres matiéres qu'à présent d'avertir le peuple de se donner de garde de ces pieges & de ces embuscades; ce n'est pas assez, on a fait donner le Roi dans le paneau, le dessein est entamé, il s'agit de nous endormir, de nous prendre dans le filet, & de nous massacrer tous. Le Gouverneur de *Bahia* vient à notre aide avec ses forces pour aider à détruire les Rebelles, (remarquez le mot de *Rebelles*) il vous touche & c'est précisément l'aiguillon des Jesuites où git tout leur venin; quand tous nos gens dans le Bresil seront massacrez par les Portugais, alors ce sera eux qui auront soumis les Rebelles. Fidele Hollandois, nous sommes des Rebelles, à ce que disent les Jesuites, les Espagnols & les Portugais; ils savent feindre dès qu'il s'agit de nous casser le coû, & ils nous disent naturellement qu'ils viennent nous aider à domter les Rebelles. Si nous les recevons, c'en est fait, ils sont les Maîtres, si nous les remercions de leur secours, ils ont pour eux l'aparence d'avoir bien fait, nous sommes des ingrats de rejetter si loin de pareilles offres de service. Tout ce qu'il y a, c'est que les nôtres n'auront pas à se plaindre, quand on leur aura coupé la gorge. La verité de ce que je dis à présent se verra par ce qui suit. 1. Les traitres par qui vient la révolte sont ceux mêmes qu'on dit être Sujets du Roi, ce sont donc les naturels du Royaume qu'ils appellent naturels & Vassaux; quand nous les voulons punir selon leur trahison ou autres crimes qu'ils ont commis, alors nous nous soulevons contre le Roi & ses Sujets Vassaux qui employent les forces du Roi pour se défendre contre nous. Vous pouvez comprendre par vous-même que lorsque le Conseil Ecclesiastique, Politique & Militaire a aprouvé une

Zzz 2   cho-

chose sans que personne y pût trouver à redire, comme cela est encore arrivé, que le Roi de Portugal ne peut pas nous donner de satisfaction, à nous qui y sommes interessés, ou il faut qu'il donne le tort au Conseil des Moines, des Politiques & des Militaires, il faudra qu'il les croye coupables, qu'il les punisse, ou qu'il nous les remette pour en faire ce que nous jugerons à propos. 2. Il y a longtems que tout le complot étoit fait entre eux, & les forces avec lesquelles on veut nous couper la gorge sur le *Récif* avoient été preparées contre nous dans un autre Païs, comme je puis le faire voir; car je soutiens que c'étoient des forces destinées à être envoyées à Angola, j'en parle avec connoissance de cause, & je défie les Portugais eux-mêmes de me contredire, je le soutiendrois en face du Gouverneur de *Bahia*, ou bien il donneroit le démenti à son propre raport. Quand le Roi de Portugal nous veut troubler dans Angola avec une si grande quantité de Vaisseaux, peut-il rester notre fidele ami? Ou cela se fait-il sans son ordre : une Flotte qui lui appartient peut-elle aller contre *Angola* & de là au *Récif* sans son agrément? Le pouvoir d'un Gouverneur va-t-il jusque-là, & oseroit-il s'en rendre responsable. Qu'on lise les Chroniques, les Relations & les Histoires de tout ce qui se passe dans le monde, & les droits de tous les Etats, on n'y trouvera pas qu'un simple Gouverneur, auquel on n'a confié qu'une contrée, ait pû faire de pareilles choses sans les ordres de son Souverain; ou bien il se rend lui-même coupable de Leze-Majesté, au suprême dégré, & par conséquent très-punissable; cependant, bon Hollandois, on veut vous faire accroire que *Don Jouan IV.* ne savoit rien de tout cela, passons plus loin. Quand nous avons député *Balthasar de Voorden* & *Theodore de Hoogstraten*, le traitre, à *Bahia* pour savoir si nous étions amis ou ennemis, comment les a-t-on traitez? Comme amis ou comme ennemis? Qu'on examine les Lettres que l'on en a ici, a-t-on jamais traité des Espions plus cruellement? J'en apelle aux Lettres que j'ai lûes, & *Balthasar de Voorde* est lui-même ici dans le Païs, vous pouvez entendre ce qu'il dira là-dessus. Je dirai moi encore plus, dans le tems qu'on les traitoit si mal on avoit retiré le canon qui étoit sur les ponts des Vaisseaux afin qu'ils ne le vissent pas & qu'ils n'en prissent pas quelque soupçon. Tout cela peut être verifié par les Lettres qu'on a ici. Je dis encore davantage, on voit par ces mêmes Lettres qu'il y avoit là une conspiration formée contre nous & que le Gouverneur avoit expressément défendu à tout le monde de parler de ces sortes d'affaires ni en blanc ni en noir à peine d'être rigoureusement puni, afin que nous ne nous missions pas sur nos gardes. Mais je dis encore qu'on peut prouver que le Gouverneur de *Bahia* avoit donné ordre à *Jerôme Serrando de Parayva*, de ne rendre la Lettre, qu'il avoit, que quand il auroit debarqué tout son monde. *Jerome Serrando de Parayva* a été fait prisonnier par l'Amiral *Lichthart*, voila le fil, il faut que le peloton vienne. Pour les Lettres des Portugais à double sens, je n'en veux pas faire mention. Je ne veux rien alleguer de douteux. Que peut on, cher Compatriote, alléguer contre tout cela? 1. Que le Gouverneur de *Bahia*, s'est mis comme Médiateur entre les gens de son Païs & nos Alliez. Pesez cela avec ce que je vous ai raporté, & vous verrez la verité. 2. Que nous lui avons demandé son aide & son secours; c'est ce qu'il ne peut jamais faire voir. 3. Que les

Rebelles ont recherché son assistance, savoit-il qu'ils étoient des Rebelles. Savoit-il que nous étions amis & Alliez de son Maître, de quel droit pouvoit-il recevoir leur Ecrit? Qui le prie de se mêler de notre Gouvernement, à quel titre & pour quel avantage? Qu'il garde ses Places, il n'a rien à dire dans les nôtres. Cela est contre le Droit des gens & par conséquent il ne peut s'excuser. Pourquoi chaque Païs a-t-il ses propres Seigneurs, ses propres Chefs & sa propre Justice, si les voisins sous prétexte d'amitié y pouvoient faire tout ce qu'ils voudroient? Quand est-ce que nous avons dû être gardez ou défendus par le Portugal, comme si nous étions sous sa tutelle? Mais si tout cela n'y fait rien, on a encore deux moyens. Le prémier que le Roi a défendu au Gouverneur de *Bahia* de se servir de ses gens contre nous. Secondement, que si Sa Majesté trouve que le Gouverneur ait mal fait, elle doit le punir : mais ce n'est pas là ce qu'on demande. Que n'a-t-on pas fait même par des amis communs & des Alliez, pour nous faire accroire que tout cet ouvrage n'étoit pas une trahison des Portugais, ou que s'il en étoit quelque chose, le Roi de Portugal n'en savoit rien? Qu'a-t-on besoin d'employer celui-ci ou celui là pour excuser ce qui n'est pas injuste ou pour prevenir la mauvaise impression qu'on prend avec juste raison dans une si méchante affaire. Que l'on compte le tems où cela est arrivé, que l'on suppute depuis le tems de la défense que l'on veut alleguer, on verra que cela ne peut subsister avec la vérité, l'offre même de punir le Gouverneur n'est qu'une feinte, car entre dire & faire il y a une grande différence. L'affaire n'est pas telle que le Roi le voudroit faire croire. Notre *Amiral Lichthart* a ruiné une grande partie de la Flote du Roi, plût à Dieu qu'il l'eût écrasée toute entière, le Roi fait bien cela, il sait fort bien aussi que c'étoit la Flotte Royale qui étoit sortie, qu'elle l'étoit par ses ordres, sous son nom, & qu'elle avoit été envoyée sous les banderoles & avec le Pavillon de Portugal par le Gouverneur de *Bahia*. Nous avons pu la détruire ou nous ne l'avons pas pû : l'avons-nous pû faire, il ne s'agit plus d'examiner si le Gouverneur est en faute ou non. Si le Roi n'en a point eu de connoissance, & que tout se soit fait sans son ordre, il auroit dû nous envoyer son Gouverneur piés & mains liez pour en faire ce que nous aurions voulu. Ne le faisant pas, & offrant d'examiner lui-même en quoi il a manqué & en faire justice, si c'est son intention, ce qu'on ne peut croire, c'est vouloir prendre le lievre au son du tambour; n'est-ce pas ce qu'on peut apeller, se moquer de nous? Si nous n'avons pas été en droit de ruiner sa Flotte, pourquoi ne pas agir en Roi? Pourquoi se disculper & ses gens de cette sorte, pourquoi employer les bons offices des amis communs & des Alliez? (les Portugais doivent savoir eux-mêmes si c'est la vérité, sinon on le leur fera savoir) comment a-t-on parlé & agi dans l'affaire d'*Angola*, de *St. Paul de Loando*, de *St. Thomas-Marignano*, de *Punto de Galvo* & dans toutes les autres occasions? Pourquoi n'avoir pas proposé d'agir de concert avec lui; en un mot, mon véritable Hollandois, la chose put; si quelqu'un ose en parler autrement, on lui fera voir le contraire & on lui fera rentrer les paroles dans le ventre; pour vous, veillez & voyez pour vous-même, sur tout priez le Seigneur qu'il y mette ordre, & demandez au Tout-puissant qu'il vous envoye tout le secours nécessaire pendant qu'il est encore côre tems, & qu'on peut arrêter le cours de tout le mal. De votre côté secondez-le tant que vous pourrez afin de vous defaire de vos traitres & d'écraser la tête de vos ennemis dans une pareille Guerre telle que celle qui est dans ce Païs; vous ne pouvez qu'en être universellement louez. Sur tout, mon fidele Hollandois, que Dieu soit avec vous & qu'il couvre votre Ennemi de honte & de confusion.

REMONTRANCE

Faite à leurs

HAUTES PUISSANCES

Messeigneurs les

ETATS-GENERAUX

Des

PROVINCES-UNIES.

Sur ce qui s'est passé & sur ce qui se passe encore actuellement dans le Brezil & avec les Documens relatifs.

HAUTS ET PUISSANTS SEIGNEURS.

QUand j'examine en moi-même tout ce qu'a fait la Compagnie des Indes Occidentales pour la conservation de ses conquêtes dans le Brezil, ce que VV. HH. PP. font encore aujourd'hui pour en recouvrer une partie & pour punir les rebelles & pour rétablir le crédit de cette Compagnie; je ne puis m'empêcher de conclure de deux choses l'une, ou que la Compagnie des Indes Occidentales n'a jamais bien connu son véritable état, ou que VV. HH. PP. sont bien trompées par ceux en qui elles mettent leur confiance.

Je ne parle point ici de ce qui a été fait pour la conquête du Brezil, cela parle assez de soi-même, elle y a employé non seulement tous ses profits, qui d'ailleurs ont été extraordinaires, mais encore leur Capital en argent comptant, plusieurs tonnes d'or empruntées, je passerai cela, pour n'avoir pas le nom de faire comme les femmes & les enfans qui jugent toujours des chose par leur succès.

La révolution du Portugal fut pour eux comme un coup du Ciel qui leur vint bien à propos, ainsi que la conclusion du Traité entre la même Couronne & cet Etat; car sans cela,

il y a longtems qu'ils auroient été abimez par les depenses de cette fâcheuse guerre; & reduits pour ainsi dire en poudre. Mais cependant qu'y ont-ils gagné? pas beaucoup. Si on me demande pourquoi? J'ose librement répondre qu'ils n'entendent pas le véritable fondement de leurs affaires.

Veut-on savoir ici mes raisons? J'en dirai quelques-unes à vos Hautes Puissances, quoiqu'il n'y ait pas à présent grand profit à en retirer.

I. Dans le tems de la plus grande force de leurs conquêtes, & lorsqu'elles étoient dans leur plus haut degré dans le Bresil ils devoient reconnoître qu'étant en bonne intelligence avec leurs Voisins les Portugais de *Bahia* & de *Rio de Janeiro* ils ne pouvoient pas en tirer plus de quarante mille caisses de sucre; *Item* que sur cela, ni eux ni aucun particulier negociant de ce Païs n'auroit pû profiter d'un sol, pour parler ainsi, tant par raport à notre Nation hors du Païs où nous sommes accoûtumez d'encherir les Marchandises les uns sur les autres, tellement qu'au retour on y trouve rarement du profit, mais souvent une grosse perte comme on l'a vû souvent ici; que par raport aux Habitans de *Bahia* de *Rio Janeiro* qui vendent leur sucre à bas prix pour s'exempter des fraix du transport, & par là ils ont beaucoup d'avantages que je passe sous silence pour raconter la matiere. *Item* cela est cause que le Négoce de ce Païs ne sauroit monter par chacun an plus haut que 14. tonnes d'or de profit quand même ils gaigneroient un Capital entier sur ce qu'ils envoyent dans ce Païs, pour payer les sucres, ce qui est arrivé fort rarement. Car de quarante mille caisses de sucre, un tiers est de *Panelen*, un tiers de *Muscabaden* & un tiers de *Blancos*, tout cela monte au plus à 28. tonnes d'or en l'achetant là, que l'on paye avec 14. tonnes d'or d'effets envoyez d'ici, donc ils n'ont de profit par an de toutes leurs conquêtes que 14. tonnes d'or.

II. Ladite Compagnie auroit dû faire son compte de maniére, vû l'état des fraix qu'elle doit faire, que la moitié du profit qu'elle fait sur le sucre lui fût resté pour en faire un divident tous les ans à ses intéressez. Il est bien vrai, & j'ai connoissance par moi-même qu'ils ont eu sur ce sujet plusieurs disputes & qu'ils n'ont jamais pû s'accorder, quelle bonne resolution a-t-on jamais pris à cet égard? Aucune: ce qui prouve qu'ils n'entendoient pas bien cette affaire & qu'elle étoit au dessus de leur portée les chambres ont été partagées, sur tout dans l'Artiele du commerce pour pouvoir gagner les fraix qu'ils sont obligez de faire, & avoir au delà quelques tonnes d'or pour leurs intéressez, mais jusqu'à présent ils n'ont pas suivi de pareils avis, ce qui fait aussi qu'ils n'ont pas gagné à beaucoup près les fraix qu'ils sont obligez de faire pour la conservation de leurs Etats, cela est si réel & si considérable qu'il n'y a personne qui ait connoissance des choses qui puisse le nier; de là vient la perte de leur credit & la baisse de leurs actions, lors qu'on les met en vente. Cela est bien triste, qu'a-t-on donc fait? Et que pouvoit-on faire? Je répondrai en peu de mots:

Qu'entr'autres folies on a voulu porter d'ici là pour les militaires, toutes les Provisions de bouche pour, sous ce prétexte, se regaler aux dépens de la Compagnie, car on a toujours tourné si bien ces sortes d'affaires que la Compagnie reste elle-même dans le besoin, on les envoye ces pro-

visions.

visions pour son particulier, & on sait si bien s'en defaire dans le Brezil, qu'on y revend quatre fois davantage qu'elles n'ont coûté dans le Païs, on force tous les Marchands de ce Païs qui négocient dans les quartiers du Brezil à envoyer leurs Marchandises de ce côté-là, & à en raporter ici le retour dans leurs Vaisseaux. On a voulu y envoyer des vins d'Espagne, de France, de Canarie & tous les Brandevins, si nécessaires dans ce Païs & dont on ne peut se passer, & en sortant de ce Païs faire payer de chaque pipe 50. flor. tellement qu'on a dû vendre là dans le Païs une Pipe de vin d'Espagne jusqu'à 5. ou 6. cens florins pour y pouvoir gagner fort peu de chose, au lieu qu'avant la conquête de ce Païs & sous la regence des Espagnols on a pu acheter dans ce Païs une pipe de vin de Canarie pour cent quarante ou 150. florins. Ces choses sont si contraires à la nature de commerce en général de celui de ce païs-là & de ses habitans, & même contre le naturel de notre Païs & de nos habitans qu'il a été fort aisé de s'apercevoir que la Compagnie d'Occident n'entendoit pas ses intérêts.

On auroit dû au lieu de se conduire ainsi, ouvrir le Commerce libre dans le Bresil à tous les Habitans de ce Païs, c'est-à-dire qu'il eût fallu permettre à tout Marchand ou Maître de Vaisseau de ce Païs d'aller là & d'en revenir ici avec leur charge: de cette maniere on y auroit porté les denrées avec tant d'abondance, & elles y auroient été à aussi bon marché & même à moindre prix que sous la regence des Espagnols, ce qui auroit fait un double plaisir aux Habitans, & ce qui auroit donné certainement lieu au rabais du sucre qu'on auroit eu là meilleur marché qu'à *Rio de Janeiro*, outre que par ce moyen on auroit atiré là d'ici & d'ailleurs une grande affluence de monde qui à présent auroient rendu notre Nation beaucoup plus nombreuse que les Portugais; & par consequent il n'y auroit pas eu de revolte à craindre.

Peut-être quelqu'un me demandera-t-il comment alors on auroit pu gagner les 14. tonnes d'or, savoir 7. pour les depenses & 7. pour les intéressez, dont j'ai parlé ci-dessus. Je réponds à cette question qu'on les auroit gagné sur les droits d'entrée & de sortie qu'on auroit payez là & ici & par les Accises & Impôts de Consomption dans ce Païs-là. Je ne parle pas de ce qu'on auroit tiré des revenus des biens Ecclesiastiques. Je ne parle pas non plus du bois de Brezil & des autres regales dont je n'ai point fait mention en parlant des 14. tonnes d'or, ce que je compte pour les petites Dépenses. Cette Douane auroit raporté au delà des 14. tonnes d'or comme en conviendront ceux qui entendent ces sortes de choses. De cette maniere les dépenses des Garnisons auroient diminué de tems en tems & d'année en année, & ainsi les profits auroient augmenté d'autant, parce que, s'il eût été nécessaire, on eût pu faire occuper les Villes fermées par les Habitans du Païs sans qu'il en coutât rien à la Compagnie, & de cette maniere defendre le plat Païs.

Il est évident de cette maniere que la Compagnie n'a pas connu encore ses intérêts à cet égard; & qu'elle ne le connoit pas encore.

On demandera peut-être s'il n'eût pas mieux valu que la Compagnie se fût reservé pour elle seule le Commerce du Brezil, comme la Compagnie des Indes Occidentales s'est reservé à elle seule le trafic des Indes Occidentales & de ces quartiers-là sans permettre à personne de

de ce Païs d'y trafiquer. Plusieurs personnes d'esprit ont été de ce sentiment dans le commencement. Je répondrai qu'alors cette proposition étoit raisonnable ; mais en ce cas, il n'auroit fallu faire aucune infraction à cet égard, & ayant bâti dans le Païs certains Comptoirs, les garnir de toutes sortes de choses, acheter le sucre à un certain prix à la satisfaction des Maîtres des *Ingenios*. Mais on n'a observé ni ses conditions ni d'autres semblables ; ce qui fait voir encore que la Compagnie ne connoit pas ses intérêts.

III. La Compagnie a aussi manqué à plusieurs égards dans l'observation de la Police dans ce Païs-là, & y a commis divers excès. 1. elle n'en a pas donné les Emplois à des personnes capables. 2. elle ne leur a pas donné des instructions telles qu'elles en devoient avoir. Qui est-ce qui ne comprendra pas que de ce défaut doivent absolument naître les desordres, les mecontentemens, enfin les cruautez & les rebellions, sur tout parmi les Portugais après que leur patrie eut secoué le joug des Espagnols & choisi un Roi ? Je perdrois trop de tems & de papier si je voulois faire ici une longue relation des excès commis par la Compagnie & par ses Officiers ; il n'y a personne qui les ignore : & j'en conclus encore qu'à cet égard la Compagnie ignoroit ses intérêts.

IV. La pitoyable direction & le mauvais gouvernement en général de toutes leurs finances prouve aussi la même chose abondamment de soi-même, sans qu'il soit besoin de s'étendre beaucoup là-dessus, car a-t-on jamais vû dans ce Païs aucun fonds plus mal administré que le leur, qui a jamais été plus trompé que leurs intéressez, dans quelle affaire a-t-on jamais fait plus de pertes que dans celles de cette Compagnie?

V. Leurs vanteries, le grand bruit qu'ils faisoient du Bresil, & leur decadence dans ce Païs demontre cela. Ils en parlent de maniere, & ils recommandent cette affaire comme si de la reparation de cette perte dépendoit tout le rétablissement de leurs affaires ; ce qui pis est, c'est que la plûpart des Membres de notre Etat sont du même sentiment. Je ne puis assez m'étonner de cette horrible decadence & de ce mal-entendu, car par le calcul fait ci-dessus des profits tirez du Bresil & sur tout de leurs quartiers, on peut y voir jour ; & suposé qu'avec le tems ils en eussent tiré 10. tonnes d'or exemptes de tous fraix ? Est-ce là quelque chose de si important ! est-ce là de quoi rétablir leur Compagnie decreditée ? Ceux qui connoissent le fonds des choses en pensent autrement ; j'en conclus donc de nouveau que la Compagnie ne connoissoit pas ses intérêts.

VI. La mauvaise forme de leur Gouvernement est une nouvelle preuve. Considerez d'un côté combien de Directeurs, & de l'autre le peu de choses qu'ils executent. Si l'on fait cet examen murement & sans partialité, on trouvera que six ou huit personnes, & même moins auroient mieux & plus fait que ce grand nombre de Directeurs. On diroit qu'ils ont à gouverner tout le Bresil & toute l'Amérique, qu'ils font par an un Negoce de deux cens tonnes d'or & qu'ils ont en mer quelques centaines de Vaisseaux. Cette difformité dans leur Gouvernement éclate d'autant plus qu'on ne voit pas qu'ils y corrigent rien, ils ne veulent pas même qu'on leur donne d'avis, & d'abord ils protestent contre.

Voila ce que j'ai jugé à propos de remarquer comme en passant pour donner à penser à vos
HH. PP,

HH. PP. fi la Compagnie des Indes Occidentales, fes Protecteurs & ceux qui follicitent pour elle, ne cherchent pas à tromper vos HH. PP. en demandant avec tant d'inftance à vos HH. PP. qu'elles envoyent au Brefil pour le fervice de la Compagnie une puiffante Flote & quelques milliers de Soldats, non feulement pour reprendre tout ce qu'elle a perdu, mais même pour s'emparer de Bahia en équivalent des pertes que les Rebelles lui ont caufées, en même tems pour punir ceux-ci & les ranger à leur devoir; mais comme l'un ne s'enfuit pas de l'autre & que ce dernier Article n'eft pas une confequence du premier, je vais examiner leur demande & faire voir à vos HH. PP. que cette Compagnie a de cette affaire une connoiffance telle que celle qu'elle a de fes propres intérêts.

On fait ce qu'elle demande, & je l'ai raporté. Mais il me femble qu'elle ne penfe pas affez à ce qu'elle demande & dans quel embarras elle jette l'Etat & elle-même au cas qu'on lui accorde ce qu'elle follicite.

I. Par là l'Etat fe trouve engagé directement dans une nouvelle guerre hors du Païs & au delà de la Mer, qui ne peut qu'être très-onereufe pour l'Etat, & d'où il n'y a à efpérer ni honneur pour l'Etat, ni profit pour la Compagnie ou pour les Habitans de ces Provinces; bien loin de là, il me femble que l'un ne doit en attendre que deshonneur & l'autre depenfes & pertes. Car quel honneur y a-t-il pour l'Etat à envoyer au Brefil une Flote de Vaiffeaux de Guerre pour reprendre quelques Places perduës, punir des Rebelles & les remettre dans leur devoir? Sur tout pendant que l'Ambaffadeur de Portugal offre à vos HH. PP. de la part de fon Roi Don Jean IV. que ce Prince fera rendre au plûtôt à la Compagnie toutes les Places qu'elle a perduës. Que penferont tous les Potentats de la Chrétienté de la conduite de vos HH. PP. car fans doute fi l'on refufe ces offres, le Portugal en inftruira le public par quelque Manifefte. Dira-t-on que ce ne font pas fes affaires, & qu'il ne doit fe mêler ni de nos Places ni des Rebelles? Cela eft vrai, mais ne lui eft-il pas permis de nous faire ces offres? Et que nous importe à nous qui nous fait ces offres, fût-ce le grand Turc pourvû que nous rentrions en poffeffion. L'Ambaffadeur de Portugal déclare que le Roi fon Maître a un intérêt réel que cela foit ainfi, & qu'il fait ces offres par une pure affection pour la Paix, par fon éloignement pour la Guerre, enfin par l'amitié qu'il a pour fa Nation, puifque nos Rebelles font pour la plûpart parens & alliez de fes Sujets pour lefquels il lui eft libre d'interceder auprès de notre République. Il le fait auffi en partie par affection pour l'Etat, pour fon honneur & fon bien, defirant qu'on prévînt avec le moins de dépenfe poffible les malheurs & les calamitez qui pourroient s'enfuivre.

Je fais bien que des gens toujours remplis de foupçons diront qu'on ne doit pas ajoûter foi à ce qu'avance l'Ambaffadeur de Portugal dans cette affaire, qu'il n'a en vûe que d'abufer vos HH. PP. & les détourner de l'Armement qu'elles ont entrepris: mais je demande, fi cela eft bien vraifemblable, ou fi même cela peut être croyable, doit-on faire fi peu de cas des paroles d'un Roi, doit-on en parler avec fi peu d'eftime? On doit au contraire en avoir meilleure opinion & le recevoir avec affurance; & fi nous voulons céder à la raifon, voici des motifs qui doivent faire croire que le Roi de Portugal & fon Ambaffadeur agiffent de bonne foi.

I. Notre amitié lui eft néceffaire & à fon

Royaume, étant en guerre avec l'Efpagne, or il fait bien qu'il ne peut gagner qu'en agiffant de bonne foi.

2. Secondement, non feulement il offre le Roi de France pour caution de fa parole, mais il veut encore donner telle Place qu'on avifera bon être fur le bord de la Mer en Portugal pour fureté jufqu'à ce qu'il ait effectué fes promeffes.

3. Il protefte que fon intention n'eft abfolument pas de s'oppofer à la réfolution où font VV. HH. PP. d'envoyer leur Flote, & que fur cela, il fe conformera à la réfolution de vos Hautes Puiffances.

4. Que l'Ambaffadeur étant établi de la part de Sa Majefté le Roi de Portugal pour Gouverneur & Capitaine général de Bahia & de toutes les autres Places qui font fituées dans le Brezil qui appartiennent à fon Seigneur & Maître, il offre fitôt que l'accord ou contract de la Paix fera fait, d'aller avec notre Flotte à la Baye, ou d'y aller même auparavant pour y accomplir tout, déclarant que ce qu'il en fait eft par un véritable motif de Chriftianifme, dans le defir qu'il a de voir cet Etat & le Portugal s'engager l'un à l'autre par une véritable & fincere Paix.

5. Ce n'eft pas à préfent un tems favorable au Roi de Portugal d'envoyer beaucoup de Vaiffeaux de Guerre dans le Brezil pour y garder les Places en cas qu'on voulût les attaquer & les prendre, ainfi que pour efcorter la Flote de fucre qui vient de ce Païs-là, encore moins la couvrir & affurer contre l'ennemi; puifqu'il a affez affaire à fe défendre lui-même dans le Portugal contre les Caftillans.

6. Les Rebelles dans le Brezil, felon toutes les apparences rendront à fa perfuafion & de bon gré toutes les Places à caufe de l'affection qu'ils ont pour le Roi de Portugal, fur tout quand ils apprendront que c'eft là le fonds de la Paix avec le Roi & le Royaume de Portugal & que la même amitié lui eft néceffaire pour la défenfe de fa perfonne & de fon Etat. Je dis donc que par ces raifons on devroit recevoir avec confiance les promeffes du Roi de Portugal & les croire.

Je fai bien que quelqu'un a dit fur cela, & même des Perfonnes de la Compagnie des Indes Occidentales, toutes ces raifons & apparences mifes à part, que Monfieur l'Ambaffadeur devroit préfenter & livrer le Gouvernement de Bahia en notre main & proprieté pour garentir fa promeffe, & réparer les pertes qu'ils ont fouffertes.

Je leur réponds & leur demande fi cela s'eft encore pratiqué. Avec quelle apparence de raifon pourroit-on en faire la propofition au Roi de Portugal, ne favent ils pas bien qu'un Roi ne peut ainfi engager aucune partie de fon Royaume? Le Roi de France même ne pourroit pas donner une partie du fien à qui il voudroit, fi ce n'étoit avec le confentement de cette même partie, ainfi quand même il le voudroit faire il ne le pourroit pas, & à cet égard il fait parfaitement bien que ceux de Bahia n'y confentiroient pas, & qu'ils aimeroient autant être fous le Gouvernement du Turc que fous celui de la Compagnie des Indes Occidentales, vû particulierement toutes les alterations & les mécontentemens qui en arriveroient en Portugal même & qui rejailliroient fur Sa Majefté le Roi de Portugal, dans ce tems-ci fur tout qu'il eft en guerre avec la Caftille & qu'il a befoin de la faveur de tout fon peuple. Il ne peut donc approuver de pareilles chofes, & quand même

il

il le voudroit on ne le lui permettroit pas. François I. Roi de France n'a-t-il pas fait des conditions avec Charles V. Roi d'Espagne lorsqu'il étoit son prisonnier ? Ces conditions étoient néanmoins telles qu'il voyoit bien qu'il ne pouvoit pas les faire quand il l'auroit dû, ni les exécuter quand il l'auroit pû. *Videbam conditiones esse, quas servare neque poteram si debuissem, neque ut vellem potuissem.*

Ils doivent savoir aussi que ces Places n'appartiennent pas au Roi seul, mais nommément au Seigneur d'Albuquerque un des plus grands & des plus puissans du Portugal, qui n'y consentiroit jamais.

Je demande aussi si la Compagnie est bien assurée, que par le moyen de la Guerre, & par cette expedition elle pourra avoir les deux Places qu'elle a perduës & en même tems *Bahia*, & une pleine satisfaction des pertes qu'elle a souffertes ? Je ferai voir ci-après à VV. HH. PP. qu'en ceci elle pense faux, qu'elle abuse en même tems VV. HH. PP. & si elles ont fait de même autrefois elles ont été abusées. Je conclus donc & je dis qu'on ne peut avec raison rien imputer au Roi de Portugal, que son offre est plus que suffisante, & que quand nous aurons tout ce que nous avons perdu, on n'aura aucun sujet de se plaindre.

Mais ils demandent par où & comment ils pourront recouvrer leurs pertes, & les frais qu'ils ont fait ? Je leur réponds qu'ils en sont eux-mêmes la cause, qu'ils auroient dû faire mieux & prendre garde de plus près à leurs affaires, & empêcher que la Rebellion ne fût arrivée. Que les Rebelles peuvent payer une partie de la perte, qu'on peut ordonner qu'ils ayent à livrer tous les ans une certaine quantité de Sucre, chacun selon son moyen & son Excellence Monsieur l'Ambassadeur fera pour cela tout son possible, & même, pour les engager en même tems, à payer leurs dettes. Ne vous semble-t-il pas que puisque le Roi de Portugal s'engage à faire faire tout cela par son Ambassadeur & reduire les Rebelles sous l'obéissance de l'Etat on doit en être très-satisfait : en verité ces gens-là font comme s'ils tenoient le Roi de Portugal prisonnier. C'est ce que je n'aurois jamais crû d'eux. Mais ils s'imaginent à présent qu'ils ont vos Hautes Puissances à la main, qu'on ne doit rien leur refuser, si deraisonnable qu'il puisse être.

Mais permettez-moi d'aller un peu plus avant & de voir quel avantage & quel profit la Compagnie pourra tirer de cette expedition que l'on doit faire; il est certain, & on ne peut même douter que les Rebelles auront connoissance de l'offre faite par le Roi de Portugal, ils seront informés si VV. HH. PP. l'ont reçu ou refusé, & en cas qu'elles l'ayent refusé ils savent bien qu'ils ne peuvent rien contre les forces de VV. HH. PP. ils pilleront tout notre plat Païs, ils le brûleront & après cela ils se retireront vers Bahia & dans les Bois. Il est bien vrai, comme on le dit, qu'alors nous redeviendrons les Maîtres du plat Païs, sans nous battre, mais quel profit en reviendra-t'il à la Compagnie, c'est ce que je demande à celui qui a le plus d'esprit de tous, pour savoir s'ils n'auront pas besoin de dix années au moins avant que de pouvoir se rétablir dans leur prémier état : il est même à craindre que cela n'arrive que bien des années après : & même que personne ne voudra entreprendre ce rétablissement qu'auparavant on n'ait fait une Paix générale avec le Portugal, puisque de tems en tems les Rebelles, dès qu'ils entendront qu'on recommence à bâtir quelque moulin ou que nous plantons quelques cannes de Sucre, viendront par troupes surprendre les nôtres, ils ruineront encore une fois tout, & par consequent personne n'aura plus envie de rebâtir des moulins à sucre ni de planter des cannes, mais aussi qui seroit dans nos quartiers pour le faire ? Les Portugais n'y seront plus, les autres seront établis ailleurs, la plûpart reviendront ici & n'auront pas le courage de retourner là : voila les Profits que la Compagnie doit attendre de cette expedition.

Cependant il est visible que pendant tout ce tems-là VV. HH. PP. seront obligées de tenir les grandes Places du Brezil, & qu'elles seront forcées d'y mettre des Garnisons suffisantes, & d'y envoyer de tems en tems les provisions nécessaires, vos Hautes Puissances seront encore outre cela dans l'obligation d'entretenir là continuellement une grande quantité de Vaisseaux, de crainte que les Portugais ne fissent encore quelque entreprise sur quelqu'une de ces Places. Joignons à présent ensemble les Garnisons & les Vaisseaux de guerre en nombre qui augmenteront d'années en années, tandis que ceux de notre Nation diminueront ; qu'est ce que tout cela coutera à vos Hautes Puissances ou à l'Etat de ce Païs, c'est ce que je leur laisse à juger.

Quelle perte d'un autre côté fera la Compagnie par-là, elle perdra tous ses effets & tout ce qui lui est dû, outre que la conquête d'Angola lui deviendra un pesant fardeau, car il n'y a si petit fardeau qui ne devienne bien lourd par la longueur du tems. Car qu'est-ce qu'elle fera de ses Negres quand elle n'aura plus de moulin dans le Brezil ni d'habitans qui en ayent besoin ?

Je sai très-bien qu'il y en a une partie qui soutient qu'on préviendra tous ces inconveniens avec la Flote que vos Hautes Puissances équipent, & par les gens de guerre qui seront avec ceux qui sont deja dans le Païs qui iront tout droit vers Bahia, pour voir s'ils la pourront forcer. Mais je leur demande si cela se peut faire sans offenser l'honneur & la réputation de ces Etats, & si même ils en viendront à bout, car n'est-il pas vrai que cette Place appartient prémierement au Roi de Portugal, & ensuite au Seigneur d'Albuquerque ? on a fait ici une Trêve avec le Portugal laquelle dure encore, & à laquelle jusqu'à présent il n'a pas renoncé, il prétend même faire avec nous une Paix & une amitié éternelle, tomberoit-on ainsi sur le Corps de cet ami sans lui dire gare ? L'attaquera-t-on si grossierement ou si brusquement comme un Ennemi, sans lui demander auparavant satisfaction d'une maniere honnête pour les sujets que nous pourrions avoir de nous plaindre de lui, ou la justice que nous croirions être en droit d'en exiger ? Cela seroit contre la bienseance de tous les Gouvernemens. Le Roi le déclareroit à toute la Terre, & nous ne pourrions pas nous justifier par des raisons bonnes & suffisantes, tout le monde blâmeroit notre conduite, & nous donneroit le tort, car quand même on voudroit dire qu'il a soutenu les Rebelles du Brezil, & fourni de tems en tems les armes & les provisions dont ils pouvoient avoir besoin, quelle preuve a-t-on de cela ? Quand on le lui dit, il le nie fortement, & jure foi de Roi qu'il n'a aucune part là dedans, que c'est l'ouvrage particulier de nos Sujets dans le Brezil, qu'il veut bien croire que quelques-uns de ses Ministres, sans son ordre & sans sa participation, ainsi que quelques-uns de ses Sujets, peuvent en avoir eu quelque connoissance & seront même entrés en liaison & en correspondance avec les Rebelles, mais

toujours

toujours fans fon ordre & fans fa participation, qu'il y en a même qui fe peuvent faire encore, fans qu'il le puiffe empêcher puifqu'il ne le fait pas. Que cependant il fera tout fon poffible pour réparer le tout, qu'il nous fera rendre les Places que nous avons perduës, fuivant l'offre qu'il nous en a déja faite, & que pour cela, il nous donnera bonne & fuffifante Caution, en cas que nous le fouhaitions. Quelle raifon aurions-nous donc à préfent de lui tomber fur le corps en lui faifant la guerre? Cela ne convient que lorfqu'on a déja demandé fatisfaction honnêtement & qu'on n'a pas pû l'obtenir. On fe peut alors fervir de la voye des armes avec droit, & fans craindre qu'on en raifonne avec defavantage pour celui qui eft obligé de les prendre. Mais paffons ceci, ces fortes de gens ne font pas affez d'attention à ce que j'ai dit dans mon huitieme Article, ils ne penfent pas que le Portugal felon toutes les apparences fera avant nous avec fa Flote dans le Brezil, & que du Portugal cette Flote ira directement à Bahia, & paffera haut à la main au travers de nos Vaiffeaux qui font là, ils garniront la Place de trois ou quatre mille Hommes de vieux & bons Soldats, & la fourniront outre cela de toutes les munitions, & provifions de guerre néceffaires, ou bien auparavant ils mettront leurs gens à terre proche de Bahia pour les y envoyer enfuite, & alors ils y feront voile fans monde, les Rebelles de nos quartiers iront tout d'un tems dans Bahia, ainfi que tous ceux de la Capitanie avec leurs provifions, de forte que la Garnifon de cette Place fe trouvera forte de 12. ou 15. mille Hommes avant que nous y arrivions. Quand notre Flote avec tout notre monde fera arrivée au Récif, ce qui felon toutes les apparences pourra être vers le prémier de Février, & par conféquent dans le milieu de l'été, il faudra encore un mois de tems pour rafraichir les Troupes, car peut-être que le quart fera malade en arrivant, & quand on apprendra que Bahia aura été occupé & garni comme je viens de dire, je demande s'il y auroit de la prudence d'y aller pour attaquer la Flote des Portugais qui fera fans doute placée à fon avantage; & faire le fiege d'une Place extraordinairement forte & qui de furabondant fera encore fortifiée, quel moyen y auroit-il donc de la gagner, & cela dans un tems de 8. ou 10. femaines tout au plus que nos gens pourroient avoir, car dans le mois de Mai les pluyes & l'hyver recommencent. Je ne fuis pas Prophete, mais j'ofe dire que nous ou les nôtres peuvent faire cette entreprife, mais qu'ils n'y trouveront pas leur compte, c'eft alors qu'on verra qu'il auroit mieux valu accommoder cette affaire. Que vos Hautes Puiffances ayent la bonté de confidérer le peu d'honneur qu'il en reviendroit à l'Etat, & fi l'on veut perfifter comme on a commencé, on doit voir combien les depenfes que cela coutera feront grandes & quelle peine on aura; car on fera obligé d'y envoyer encore plus de monde, & plus de provifions qui y feront abfolument néceffaires, & cela fans être affuré de gagner cette Place. S'il furvient alors quelqu'affaire imprevuë, on aura befoin de cette même Flote & de fon monde pour garder nos quartiers, ce qui fera fans aucun profit, comme on l'a déja fait voir. Enfin qu'on tourne la chofe comme on voudra, je ne puis prévoir autre chofe, finon que l'honneur & la réputation de vos Hautes Puiffances en fouffriront beaucoup, que cela affoiblira leurs finances, & qu'en fuite on ne trouvera pas encore de meilleur moyen

TOM. IV.

que d'en venir à un accord, comme on le peut faire dès à préfent.

La Compagnie des Indes Occidentales fait entendre qu'elle doit néceffairement avoir Bahia pour affurer ce qu'elle poffede dans le Brezil, contre les quartiers des Portugais, je l'avoüë, en cas que l'on refte en guerre avec les mêmes quartiers, mais autrement, c'eft ce que je nie abfolument; je dis plus, car je foutiens que Bahia ne peut être d'aucune utilité à la Compagnie, étant trop éloigné de fes quartiers.

Ils foutiennent cette opinion, parce que leurs affaires étant ruinées & defolées elles ne peuvent être rétablies & réparées que par la poffeffion de *Bahia*. Mais en cela ladite Compagnie s'abufe groffierement, car j'ofe dire librement, que *Bahia* ne merite pas le quart des fraix qu'on feroit obligé de faire, je ne parle pas même de tout le fang qu'on feroit contraint de répandre pour cela, ce qui eft cependant affez digne de confideration. Car il eft bon de remarquer que toute l'habitation de Bahia ne raporte pas par chacun an depuis un fort longtems plus de 5. à 6. mille caiffes de fucre. Et fupofé que la Compagnie ou les Négocians de ce Païs en fuffent les Maîtres & qu'ils en tiraffent 8. ou 10. mille Caiffes de Sucre, ils ne pourroient par chacun an profiter par le Commerce de 4. tonnes d'or tous frais faits. Je demande à préfent fi cela vaut la peine qu'on faffe une fi grande entreprife & un fiege fi éloigné d'ici d'une Place fi bien pourvue & fi bien fortifiée, qui apartient au Roi de Portugal. Combien cela coutera-t-il d'argent & de fang? Pour ce qui eft de moi je déclare franchement que je ne puis voir cela.

Secondement il y a fort à craindre que cette expédition, s'il ne fe fait pas un accommodement, ne donne lieu à une rupture générale entre le Portugal & nous, auffi bien dans l'Europe que dans le Brezil, & même dans les Indes Orientales, & cela par notre propre faute, ainfi nous en ferions les auteurs, & non pas le Portugal, puifque ce ne feroit pas lui qui auroit rompu le premier, car comment cela pourroit-il être autrement? Votre Flote rencontrera en mer celle de Portugal, elle tâchera de la battre, du moins l'attaquera-t-elle en ennemi; fi vos gens affiegent Bahia, cela fera toujours la même chofe. Je fouhaitterois qu'on voulût y penfer un peu plus meurement, & prévoir tous ces defavantages. On peut facilement faire un affront à quelqu'un, on peut facilement entrer en guerre avec quelqu'un, mais on doit voir auparavant fi cela fe peut faire avec honneur; car on entrera en guerre avec le Portugal précifement & uniquement pour la Compagnie des Indes Occidentales, ou fimplement pour avoir Bahia qui ne nous appartient pas, & qui eft fort peu de chofe, comme je l'ai fait voir ci-deffus, & parlà nous perdrons tout notre negoce avec le Portugal, celui de Madera & des Iles de Tercera, qui eft cependant fort important & fort néceffaire comme on l'a toujours eftimé dans le Païs; fur tout nous nous verrons privez de la Navigation de St. Ubes, où nous allons tous les ans chercher quatre cens Vaiffeaux chargez de fel dont nous avons befoin pour notre pêche & pour notre trafic: nous perdrons tout cela, les autres Nations l'auront, & on leur donnera parlà l'occafion favorable de s'emparer d'une bonne partie de notre Navigation, où ils pourront avec le tems devenir auffi puiffants que nous, car il ne faut pas douter qu'elles ne pêchent en eau trouble, & qu'elles ne faffent

 leur

leur profit de notre defordre. Quand on veut bien confiderer cette affaire, il me femble qu'on ne peut pas nous confeiller cette entreprife : eft-ce que nous nous ôterons ce grand Commerce des Grains de Portugal pour le laiffer aller à ceux de Hambourg & autres Places de ces côtez-là : notre Etat cependant devroit bien plus foigneufement le garder pour ce Païs-ci & même l'affurer de plus en plus ; par là nous verrons ceffer notre Commerce de Portugal &c. en ce qui regarde les Manufactures de Harlem, Leyden & Amfterdam & le tranfport des bois, des Sucres, des épiceries, des pierreries, des munitions de guerre & tout ce qui en dépend. Ce Commerce paffera dans d'autres quartiers ; ce qui eft cependant une affaire qui mérite confidération & dont les meilleurs genies font beaucoup de cas : enfin cela ne donneroit-il pas occafion à de grands mécontentemens & de grandes jaloufies entre nous & nos voifins les Anglois, les François, les Ecoffois & ceux du petit Eft qui d'un côté tireroient tout à eux & de l'autre viendroient à être attaqués par nos Corfaires qui courroient pour pirater fur les Côtes de Portugal parce qu'à caufe de cette rupture générale nous ne pourrions y trafiquer. Voila tous les inconveniens dont nous fommes menacez, & je ne vois pas que nous y puiffions faire d'autre profit que la mauvaife efpérance de devenir avec le tems les Maîtres de tout le Brezil, ce en quoi nous pourrions bien encore nous tromper, mais quand même nous le gagnerions, il ne vaut pas la moitié des frais qu'on auroit faits pour l'avoir.

Il eft à préfent queftion de voir ce que ceux de la Compagnie des Indes Occidentales alleguent à VV. HH. PP. pour les détourner de toutes ces apprehenfions & de tous ces inconveniens. C'eft ce que je vais deduire de point en point.

Troifiemement Sa Majefté le Roi de Portugal demande de faire avec nous une Paix & une amitié éternelle. Je demande s'il y a quelqu'un qui ait un peu d'efprit & de difcernement qui puiffe dire qu'on doive refufer ces offres pour entrer avec le Portugal dans une guerre ouverte après une Trêve faite avec le même Royaume laquelle doit bientôt finir. Remarquez le bonheur que nous avons eu pendant fort peu d'années de Paix où nous avons été avec le Portugal ; cela fait voir la néceffité & l'avantage d'une bonne correfpondance avec lui ; c'eft ce que les enfans même de la rue favent. Je demande encore fi la Paix n'eft pas meilleure & plus Chrétienne que la Guerre, car quelles douceurs a-t-on dans la Guerre, c'eft une Pefte, un Monftre, en un mot quelque chofe d'horrible, nous la devons fuir comme une chofe des plus terribles qui fut jamais, au lieu que la Paix eft une chofe agréable & Chrétienne. Quelle folie ne feroit-ce donc pas de choifir plutôt la Guerre que la Paix avec le Portugal ; & cela encore pour une chofe qui n'en vaut pas la peine, & par un pur motif de complaifance pour la Compagnie des Indes Occidentales ? Ne nous fouvenons-nous plus de la joye que nous eûmes, quand nous aprimes que le Portugal s'étoit fouftrait à la Caftille, & qu'il s'étoit mis en liberté ? Avons-nous oublié qu'alors nous fouhaitames de faire avec ce Royaume une Paix perpetuelle & inviolable ; nous voulions même y envoyer quelqu'un avant que de là perfonne fût venu ici afin d'en faire les offres au Roi de notre part, enfuite de quoi lorfque nous avions tenu ici fon Ambaffadeur, ne nous fommes-

nous pas engagez par un Traité de le foutenir lui & fon Royaume. & cet engagement a été réciproque, & Sa Majefté fe repofe encore fur cela : n'a-t-il pas à cette occafion envoyé fes Ambaffadeurs ici, il y a déja longtems, avec tous les Pouvoirs & toutes les Procurations que nous avons fouhaité ? Sa Majefté avec tout fon Royaume ne déclare-t-elle pas qu'elle le defire ? Irons-nous après de pareilles offres entrer en guerre avec le Portugal & affieger *Babia*, & cela à la feule follicitation de la Compagnie des Indes Occidentales, pour faire des actions d'un véritable erinemi, telles que la Guerre les apporte toujours, & nous priver parlà d'un bonheur auffi grand & auffi néceffaire que celui du commerce avec le Portugal &c. Quand je confidere tout cela en moi-même, je ne faurois m'empêcher de conclure que cette Compagnie nous trompe abfolument. Je fai bien qu'elle veut faire acroire à VV. HH. PP. qu'on ne doit pas ici s'embaraffer beaucoup de Commerce avec le Portugal &c. Et elle fait entendre que ce ne feroit pas pour longtems, parce qu'elle croit que la Caftille redeviendra bientôt Maîtreffe du Portugal dès qu'elle fera en Paix avec nous ; que par conféquent nous y pourrons retourner librement ; mais ceux de cette Compagnie ne connoiffent pas encore la puiffance du Portugal, fes avantages & fon zele pour défendre fa Liberté, elle ne connoit pas la foibleffe de la Caftille & elle en juge mal en comparaifon du Portugal. Ils ne fongent pas que le Portugal eft déja puiffant en amis & en Alliez & qu'il en aura encore qui ne pourront avec honneur s'empêcher de l'affifter & de le défendre contre la Caftille fuivant leurs propres ferments & leurs engagemens. Ils ne font aucune réflexion fur l'inconftance & l'incertitude des armes, & ils ne fongent pas que le Portugal peut avoir également du bonheur comme nous, leur guerre étant fondée fur les mêmes raifons & fur les mêmes maximes, & comme toutes les Guerres ne fe font que par la permiffion de Dieu, favent-ils ce que Dieu fera pour eux, & fi fa volonté n'eft pas de faire connoitre à toute la Terre que c'eft lui & non pas d'autres qui met les Rois fur le trône & qui les en ôte, & qui à caufe de l'avarice & de la cruauté d'une Nation, en transporte la gloire à une autre ; ils ne confiderent pas par quel miracle Dieu a en fi peu de tems été ce Royaume à la Caftille & de quelle maniere il l'a fait, fans qu'il y ait eu la moindre goute de fang repanduë ; comme il a confervé ce même Royaume de Portugal jufqu'à préfent contre la Caftille & par quel miracle il a mis Don Juan IV. jufqu'à préfent à couvert de toutes les trahifons & les confpirations : qui eft-ce donc qui ne remarquera pas que Dieu protege effectivement ce Royaume contre la Caftille, & qu'il veut le défendre ? Mais fi l'on veut fe donner la peine d'examiner les moyens humains, on remarquera aifément qu'il eft affez puiffant pour mettre fur pié une armée confidérable & l'entretenir, car grands & petits font ennemis jurez de la Caftille, ils ont toûjours été très-fidelles à leurs Rois & fe foumettroient, pour ainfi dire, plutôt au grand Turc que de rentrer fous la domination de la Caftille, puifqu'ils font réfolus de perdre plutôt la vie que cela leur arrive : bien plus, tout ce qu'il y a de gens d'Eglife font dans le même fentiment, fans en excepter les Jefuites, qui font cependant bons Efpagnols ou Caftillans. On dit auffi que les Portugais des Indes Orientales ont envoyé il
n'y

n'y a pas longtems 400. piéces de Canon de
métal pour défendre le Portugal qui eſt leur
Païs natal, & qu'ils ont promis de fournir quelques millions de Ducats qui feront fans doute
promptement payez. Ce Païs eſt fitué de maniere à pouvoir également incommoder la Caſtille par Terre comme par Mer, il lui peut venir de toutes les Parties de l'Univers tout ce
qu'il a befoin pour fa propre défenfe. Le Roi
de France le feconderoit avec des troupes & de
l'argent, la Reine de Suéde en feroit autant,
l'Angleterre & l'Ecoffe le feroient également
quand ce ne feroit qu'en vuë d'abimer la Caſtille ou l'Efpagne, nous enlever le Commerce
que nous avons là & nous l'ôter de plus en
plus; enfin par les Villes Anféatiques le même
Royaume de Portugal auroit non feulement des
Soldats Allemands, mais encore toutes les chofes néceffaires qu'il en pourroit tirer, auffi facilement que de ces Païs-ci.

Il ne manquera pas de Capres de toutes fortes
de Nations, s'il en veut pour traverfer notre
Navigation & celle des Caſtillans, fans que
cela lui coûte un fou. Ne peut-on pas conclure de tout ceci que ceux de la Compagnie fe
trouveront bien trompez dans leur Calcul, que
le Portugal reſtera toujours Portugal, & que
dans cette occafion VV. HH. PP. ne doivent
avoir aucun égard à leur rapport.

La Compagnie Occidentale dit encore que
quand VV. HH. PP. leur auront fait avoir
pour fon fervice tout le Brezil avec Bahia, &
la Compagnie Orientale toutes les Indes Orientales qui apartiennent au Portugal ce Royaume
fera toujours difpofé à faire fa Paix avec nous-
même en nous laiffant toutes ces Places.

Ils difent en troifieme lieu que fi le Portugal
eſt une fois en guerre avec nous il ne pourra la
continuer longtems ni défendre fes Païs dans
l'Orient & dans le Brezil en même tems, non
plus que continuer la navigation, parce qu'il
aura befoin du double de fes forces pour le défendre dans le Portugal même & dans le Brezil contre la Caſtille, mais ces perfonnes-là
ne favent pas qu'ils comptent fans leur hôte,
& qu'elles abufent en même tems vos Hautes
Puiffances; car je puis bien les affurer que le
Portugal n'eſt pas de cette humeur, il eſtime
davantage des Places pour lefquelles il a travaillé tant d'années, pour lefquelles il a depenfé
tant de millions & dont il a tant de befoin.
Je dis plus : c'eſt que dans une pareille occafion, fi nous rompons avec le Portugal (ce
que je ne fouhaite pas), & que la Caſtille vienne en même tems l'attaquer avec vigueur, il
fera tout fon poffible pour conferver le Païs &
fa Navigation, & à l'égard de la Caſtille, on
brûlera tout le plat Païs des frontieres, & même celui de frontieres de la Caſtille, tellement
qu'une armée ne pourra pas s'y tenir pour lui
pouvoir caufer le moindre obſtacle, il aura en même tems une grande Flote de Vaiffeaux de Guerre pour garder le Port de Lisbonne & pour
aller outre cela à la chaffe de la Flote d'argent
de l'Amerique & troubler la Navigation de cette
route par les Capres; outre cela ils infeſteroient
toutes les côtes d'Andaloufie, de Murcie & de
Grenade, comme nous l'avons fait par raport à
nous. Ils baniront de leurs Païs ceux de notre Nation qui y demeurent ou qui y trafiquent,
ils y défendront nos Manufactures & l'entrée
des Vaiffeaux de notre fabrique qui leur apartiennent & qui auroient dans le Païs leur cargaifon en tout ou en partie; ils defendront
même aux Maîtres des Vaiffeaux d'aborder dans
nos Ports d'y décharger aucune Marchandife de

TOM. IV.

leur Cargaifon en tout ni partie, ni en tranfporter ou y en vendre; même en leur faifant donner caution avant leur départ. Outre cela ils
permettront à toutes les autres Nations, à l'exclufion de la notre, la Navigation du Brezil &
des Indes Orientales, enforte qu'ils pourront avec
toutes fortes de franchifes entrer dans leurs Pòrts
avec leurs Vaiffeaux & leurs Marchandifes, &
de là venir en Portugal pour les vendre en toute
liberté comme autrefois &c. Parlà notre Navigation, nos fabriques de Vaiffeaux, nos Ouvriers & nos Manufactures, recevront un terrible échec & il leur fera facile de nous faire
tout le mal imaginable, car ils auront des Soldats, de la poudre & des munitions à peu de
fraix de tous côtez tant dans leurs Indes Orientales que dans le Brezil où ils auront tout ce
qui leur fera néceffaire. Le plus grand mal que
notre Païs a encore à attendre de tout cela eſt
que notre négoce & notre Navigation pafferont
infenfiblement chez nos voifins, même celui des
Indes Orientales. Je fouhaite qu'on prévienne
tout cela à tems, & que l'on concluë une Paix
& une amitié éternelle entre ce Royaume &
ces Etats à la fatisfaction de l'un & de l'autre
pour 5. raifons que je trouve néceffaires.

1. Pour conferver par ce moyen le Commerce & le Négoce de ces Païs-ci, & prévenir
toutes les diverfions qui pourroient y faire tort.

2. Pour empêcher, autant qu'il fera poffible,
que le Roi de Caſtille, ne redevienne pas encore le Maître du Portugal, & en confequence le tenir fi foible & fi petit qu'il fera poffible,
ce qui affurera d'autant plus notre Etat, c'eſt
ce qui eſt certain, & ce qu'on doit obferver à
fon égard quand même nous aurions fait une
éternelle Paix avec lui, car il fera toujours
notre ennemi, il cherchera par tout les occafions de nous nuire, & fera du moins fecretement ce qu'il n'a pû faire ouvertement depuis
tant d'années.

3. Nous devons encore, autant qu'il nous
fera poffible, donner de l'occupation au Roi
de Caſtille pour lui faire confumer fes finances
& contribuer parlà au repos & à la fureté de
cet Etat, comme cela peut arriver par une
Guerre avec le Portugal quand le Portugal n'en
aura point d'autre ailleurs & qu'il fera en bonne intelligence avec cet Etat & que pour fon
argent il pourra avoir tout ce qui lui eſt néceſ-
faire.

4. Parceque le Portugal eſt caufe que nous
fommes à préfent en Paix avec le Roi de Caſtille, ce que nos Peres ont fi ardemment fouhaité, & ce pourquoi eux & nous avons répandu tant de fang & dépenfé tant de tonnes
d'or de part & d'autre, la revolution du Portugal a été caufe de cette Paix, comme on pou-
roit le prouver s'il étoit néceffaire ; mais je
paffe cela fous filence pour abreger la matiere, il
eſt donc raifonnable que par reconnoiffance nous
racommodions tout & faifions la Paix avec le
Portugal.

5. Pour rompre les menées & les pratiques
d'Efpagne qui par tous ces troubles n'a pas d'autre vuë que de nous faire confumer tout ce
qu'elle pourra, elle a le même deffein à l'égard
du Portugal, & quand elle verra que nous ferons affez foibles l'un & l'autre, elle nous tombera fur le corps pour nous réunir encore à
fa Couronne, ce que nous devons prévenir par
la Paix avec le Portugal.

Après toutes ces confiderations, on demande fi on doit pour l'amour de la Compagnie
des Indes Occidentales affieger Bahia, puifqu'on voit que de toutes manieres on doit faire

la

1647.

la Paix avec le Portugal ? Je réponds que non & qu'il me paroit que les motifs & raisons ci-dessus alleguées, meritent plus de consideration & sont plus fortes que celle que ladite Compagnie peut alleguer pour engager VV. HH. PP. à donner dans leurs mauvais Projets.

Je ne dirai rien quant à présent sur la maniere dont on doit traiter avec le Portugal, si on doit faire une Paix générale avec ce Royaume, ou si l'on doit envoyer au Brezil la nombreuse Flote que VV. HH. PP. ont armée. Je laisse cela à la sagesse de vos Hautes Puissances, priant le Seigneur de benir de plus en plus ce Gouvernement pour l'avantage de tout le Païs.

Ce 20. *Octobre* 1647.

PLEIN POUVOIR

DU ROI

De

PORTUGAL

Pour son

AMBASSADEUR.

DOn Jouan par la grace de Dieu Roi de Portugal, Algarve &c. Je donne par celle ci tout pouvoir nécessaire à François de *Sousa Continho* l'un des Conseillers de mon Conseil, Gouverneur & Capitaine Général des Iles Flamandes, & mon Ambassadeur Ordinaire auprès des Etats-Généraux des Provinces-Unies pour pouvoir pour moi & en mon nom contracter & arrêter avec leurs Hautes Puissances & faire un accord de *Paix* générale ou particuliere ou une Trêve pour certain nombre d'années, aux conditions & obligations qu'il trouvera convenir avec les Ministres des Compagnies des Indes Orientales & Occidentales ou avec chacun d'eux en particulier, entre ce Royaume, les Conquêtes, les Etats susdits & Compagnies, en telle forme & maniere qu'il trouvera convenir, & je tiendrai bon & valable tout ce qu'il aura fait comme si cela eût été fait & accordé par moi, nonobstant toutes Loix, Droits, Chapitres de Cour, ou Coutumes à ce contraires, y ayant derogé dans le présent cas, comme s'il en étoit fait ici mention expresse, le tout de mon propre mouvement, avec connoissance de cause & en vertu de mon absoluë autorité Royale dans la meilleure maniere & forme que la Raison & la Justice le demandent, & pour assurance de cet Ecrit je l'ai soussigné & scellé du grand Sceau de mes armes.

Donné dans ma Ville de Lisbonne le 19. Fevrier, dressé par LUIS TEXEIRA DE CAVALHO l'an de grace de notre Seigneur Jesus-Christ 1647. Pa. Viera de Silva l'a fait écrire.

Signé

LE ROI

MEMOIRE

Présenté à leurs

HAUTES PUISSANCES

Les Seigneurs

ETATS-GENERAUX

Des

PROVINCES-UNIES

A la Haye le 16. d'Août 1647.

Par Monsieur FRANÇOIS DE SOUSA CONTINHO Conseiller de Sa Majesté le Roi de Portugal, Gouverneur & Capitaine Général pour Sa Majesté, des Isles de Flandre &c. & Ambassadeur auprès de leurs Hautes Puissances.

HAUTS ET PUISSANS SEIGNEURS,

LE prémier des trois moyens que j'ai proposez dans la Conference tenue le 23. de Mai entre moi & les Commissaires nommez par leurs HH. PP. ne tendoit qu'à remettre sous votre Regence la place de *Pernambuc* dont vos Sujets revoltez se sont emparé : si ce n'avoit pas été ma pensée j'aurois inutilement offert à vos HH. PP. de faire moi-même à cet effet le Voyage du *Brezil*. Mais, comme il me paroit que je n'ai pas été bien compris de vos HH. PP. je viens dans ce Discours vous expliquer clairement & plus au long mes intentions.

Je vous ai dès lors proposé la restitution defirée, mais à la vérité ce n'étoit pas aux conditions ausquelles je viens vous la proposer de nouveau. Cette restitution se peut faire de deux maniéres, ou *si vos Sujets rentroient volontairement sous votre obeissance*, ou *en les y contraignant les armes à la main*. Voila quelle étoit ma pensée, cependant on ne m'a encore rendu aucune réponse. A présent il s'agit de l'offre que le Roi mon Maître fait de mettre indubitablement la chose en exécution, mais il faut que vos HH. PP. y prêtent la main afin d'en venir plus surement à bout.

Je vous offre donc au nom du Roi mon Maître la restitution de Pernambuc, pourvû que vos HH. PP. acceptent les conditions

-ditions que S. M. a fait proposer au Roi très-Chrétien, & dont ses Ambassadeurs Messieurs le Comte de Servien & la Tuillerie ont donné connoissance à vos HH. PP. Autant il est aisé à vos HH. PP. d'accepter ces conditions, autant il est impossible sans cela à Sa Majesté d'executer ce qu'elle souhaite & ce que le Roi très-Chrétien exige d'elle. Je dis les conditions, cependant il n'y en a qu'une, qui est que leurs HH. PP. les Etats-Généraux des Provinces-Unies fassent ensorte par leurs Plénipotentiaires qu'il se fasse une Paix perpetuelle qu'on ne peut refuser dans cette occasion, ou du moins une Trêve pour quelque tems.

Le Roi, mon Maître, m'a envoyé au Brezil pour tranquiliser les Portugais, vos Sujets, & détruire les faux bruits. Sa Majesté s'étoit persuadée avec raison, que des gens de sa Nation rentreroient plus aisément dans leur devoir & dans l'obeissance lors qu'elle les y feroit exhorter par une personne d'un certain rang & qui est dans les Emplois.

Nous avons tout lieu d'espérer de recouvrer *Pernambuc* par les moyens de douceur; mais on ne peut en avoir aucune certitude. Si le Roi, mon Maître, s'engage avec promesse de vous remettre comme ci-devant dans la paisible possession de Pernambuc (auquel cas peut-être ne pourra-t-on pas reduire ces gens par la douceur, & qu'il faudra avoir recours à la force) leurs HH. PP. ne doivent faire aucune difficulté de rendre à Sa Majesté le bon office, que je leur demande en son nom; car pour s'acquiter de sa promesse, Sa Majesté n'auroit alors qu'à équiper une Flotte pour l'envoyer au Brezil avec une nombreuse armée pour remettre ces gens dans leur devoir par la force, si l'on ne peut le faire par la douceur; je laisse à juger à vos HH. PP. si Sa Majesté pourroit faire une pareille entreprise dans le tems qu'il seroit en guerre sur ses frontieres avec un puissant Ennemi; pendant que toute l'Europe sera en Paix.

J'entends dire, il est vrai que ce sont des bruits publics, que le Brezil entier pourroit facilement être reduit sous votre autorité; soit que la Paix étant conclue entre vous & la Castille, celle-ci reste en guerre avec le Portugal, soit autrement, il est indubitable par raport à Pernambuc que vous le recouvrerez. Mais je voudrois savoir ce qui vous conviendroit le mieux & vous seroit le plus avantageux de recouvrer *Pernambuc*, une si grande & si belle Province, sans faire aucune depense, ou si vous ambitionnez tout le Brezil, vous mettre en danger de perdre tout le Brezil? Car vous devez être persuadez que ces gens oprimez comme ils sont, tomberont enfin dans le desespoir, disperseront leurs effets, y metront le feu & se retireront dans le cœur du Païs, dans les bois & dans des terres inhabitées.

Qu'arivera-t-il si la fortune inconstante de la Guerre ou une Navigation incertaine ne sont pas favorables à vos entreprises? Mais suposons que tout vous soit favorable, que tout réussisse selon vos vœux, pesez dans la balance de votre judicieux bonsens les dépenses où vous jettera cette Guerre d'outremer, les années steriles qui se passeront avant que *Pernambuc* soit remis dans l'état où il étoit; enfin les frais immenses que vous serez obligez de faire; outre cela tout l'argent que vous employerez pour en venir à bout. Après que vous aurez bien fait votre compte, vous trouverez que l'offre du Roi, mon Maître, est inestimable, & qu'au contraire vous êtes menacez, aussi bien que nous, d'une perte irrepara-

-ble, & que notre discorde produira à l'Ennemi commun une riche & abondante moisson.

Je vous suplie d'écouter avec un peu d'attention quatre raisonnemens que j'ai tiré d'un Ecrit Hollandois & dont l'Auteur se sert pour vous convaincre que vous devez conclure la Paix avec la Castille. Je m'en servirai dans l'affaire dont il s'agit comme d'autant d'argumens *ad hominem*. Si c'est un de vos Sujets qui l'a publié ou un étranger, vous pourrez employer contre lui-même ses preuves par un intérêt de conscience qui chez tous les Chrétiens doit aller avant toutes choses. Il commence par prouver combien vous êtes obligez de donner les mains à la Paix que la Castille vous offre.

Puis, dit-il, *que les conditions sont telles qu'elles detruisent entierement les raisons de la Guerre, & tous les pretextes que nous avons eus de prendre les armes, elles nous les font necessairement tomber des mains; par un sentiment Chrétien que Dieu ne peut manquer de couronner de prosperitez temporelles & eternelles. Au contraire, si nous méprisons une œuvre si salutaire, si nous avons une soif excessive du sang de nos voisins, jusqu'à les poursuivre, jusqu'au coin de leur feu, cette Paix que nous chassons au dehors, nous abandonnera au dedans, & nous sentirons sans cesse dans nos consciences un ver rongeur qui ne nous laissera pas en repos, & nous fera exposer à la traitte des justes réproches que notre posterité sera en droit de nous faire de notre inhumanité pour ne leur avoir pas laissé, quand nous le pouvions; un bien aussi précieux que la tranquilité publique, les avantages du Commerce; l'amitié de nos voisins, & la sureté de tout ce qu'ils possedent, leur laissant au lieu de tous ces avantages la continuation & l'augmentation des impôts & des taxes.*

Ce premier raisonnement tiré des devoirs de la Conscience, est fort aplicable à ce dont il s'agit à présent, car si en étant touché vous mettiez bas les armes que vous avez pris contre un ancien Ennemi, parce qu'il ne veut plus vous inquieter desormais, qu'il veut vous laisser en paix & jouir tranquillement des biens que vous possedez. Combien plus les mêmes raisons de Conscience doivent-elles vous dissuader de prendre les armes contre un ami, qui non seulement ne cherche pas à vous inquieter ou à vous chagriner, mais au contraire qui cherche votre avantage, qui bien loin de porter envie à ce que vous possedez, s'offre lui-même & tout ce qui depend de lui pour vous rendre service & vous remettre en possession de ce que vous avez possedé ci-devant & qui s'est soustrait à votre obeissance; dans les Etats duquel vos Sujets trouvent tous les avantages qu'ils peuvent desirer & par raport à leurs consciences & par raport à leur Commerce; qui fait tant de cas de votre amitié qu'il veut en payer la conservation beaucoup plus que vous n'en pouvez payer la perte: enforte qu'il peut vous adresser avec raison ces paroles que Jephté Juge d'Israel adressoit au Roi des enfans d'Ammon, *les Israelites n'ont pris ni le Païs de Moab, ni le Païs des Enfans d'Ammon.* ——— *Ce n'est donc point moi qui vous fais injure; mais c'est vous qui me la faites, en me déclarant une guerre injuste. Que le Seigneur soit notre arbitre, & qu'il décide ce differend entre Israël & les Enfans d'Ammon.*

Jug. XI. 15. & suiv.

L'interêt de l'Honneur est le second qu'il employe pour vous porter à faire la Paix avec la Castille; *non seulement*, dit-il, *nous bazarderions notre honneur, mais même nous le perdrions immanquablement si nous rompions ce que nos Plénipotentiaires munis de bons Pleins-pouvoirs & d'Instructions, out déja conclu à Munster par ra-*

port.

1647.

port à la Paix avec les Ambaſſadeurs d'Eſpagne. J'ajoûterai moi, que votre honneur ne dépend pas moins de la religion ,avec laquelle vous tiendrez les Promeſſes que vous avez faites avec le conſentement de toutes vos Provinces, que vous l'avez fait dependre de la promeſſe que vous aviez faite à la Couronne de Portugal de ratifier le Traité d'amitié & de Paix perpetuelle. Vous n'ignorez pas pourquoi cette Ratification n'a pas eu lieu, les actes d'Hoſtilité que votre Compagnie a commis contre la Nation Portugaiſe & dont je vous ai fait ſouvent des plaintes inutiles , ont retardé cette Ratification.

L'avantage de la ſureté commune eſt ſon troiſiéme motif; *nous ne pouvons*, dit-il, *en aucune maniere l'obtenir plus ſurement que lorſqu'elle vous delivera de nos Ennemis, de nos brouilleries, de nos dépenſes, de nos jalouſies, de nos ſoupçons, de nos impôts, & par conſequent des plaintes, des murmures, des cris &c.* Ce motif eſt ſi viſiblement aplicable à nos affaires qu'il n'eſt pas néceſſaire d'y rien ajouter, ou d'en rien retrancher.

Il continue & paſſe au quatrieme motif, *qu'il tire de la tranquillité publique qu'on doit raiſonnablement ſouhaiter après quatre-vingt-un an de guerre, & dont a bien beſoin une République qui ſans cette tranquillité ne peut gouter les douceurs de la vie, qui ne ſont qu'inſipides pendant les troubles & les agitations de la Guerre, pendant les ſoufrances de nos Concitoyens, pendant que tous les ans il faut completer les troupes & les mettre en campagne pendant qu'on eſt toujours dans l'incertitude du ſuccès de la Guerre qui change ſouvent lorſqu'on s'y attend le moins.* Il continue un peu plus bas, & dit *quand même la guerre réuſſiroit ſelon nos ſouhaits, nous trouverions nos maux dans nos ſuccès mêmes, puiſque les Victoires ne determinent rien quand elles ſont illégitimes, & qu'elles coûtent la proſperité d'un voiſin qui ſeroit plus généreux que celui dont nous triomphons.* Qui ne voit pas à combien d'égards ces raiſons ſont aplicables à notre ſujet ? Car ſi la tranquilité eſt ſi néceſſaire à votre République après une Guerre de près de quatre-vingt & un ans, vous convient-il de vous engager dans une nouvelle Guerre & dans de nouveaux troubles; qui non ſeulement vous jetteront dans de nouveaux embaras, & dangers, mais vous expoſeront tous les jours à aprendre la mort violente de vos meilleurs amis, leurs miſeres & leurs pertes, car vous n'ignorez pas qu'une guerre d'outremer emporte trois fois plus de Soldats & coute trois fois plus que celle que l'on fait ſur les frontieres : mais ce qui eſt le plus remarquable, c'eſt que celui-là en retirera le fruit qui y aportera le moins de part & d'autre, car il eſt certain que nous engraiſſerons le terrain de notre propre ſang & qu'un autre le cultivera.

Peut-être m'objecterez-vous que le Roi mon Maître n'a pas beſoin d'employer les armes pour faire reſtituer Pernambouc & qu'il lui ſuſit de commander ; ſupoſant qu'il a part à la Rebellion de vos Sujets, ſinon directement, du moins indirectement, & que ceux-ci lui obeiront auſſi promptement pour rentrer ſous votre obeïſſance qu'ils lui ont facilement obeï pour ſecouer vos Loix. Si c'étoit là votre croyance, pourquoi n'avez-vous pas conſenti que je partiſſe pour le Brezil comme je vous l'ai offert ? J'y allois au nom du Roi mon Maître, j'y portois de bonnes paroles aux Peuples. Mais vous avez rejetté cette propoſition ; vous vous laiſſates perſuader qu'il falloit autre choſe que

1647.

des paroles pour réuſſir fort bien ; car en accordant ce qu'on ne peut jamais accorder, que le Roi auroit eu part à la Rebellion, vous ſavez l'axiome de Philoſophie *bonum eſt ex integrâ cauſâ, malum ex quocumque defectu*, & qu'il en coute plus pour édifier que pour détruire.

Mais pour vous convaincre que Sa Majeſté n'a eu aucune part à cet évenement & qu'elle en a les mains nettes, ſi ce que je vous promets de ſa part ne ſuſit pas, certainement je ne ſache rien de plus fort que de vous faire reſſouvenir que ſi au commencement des troubles les ſecours du Roi avoient pû être ſi avantageux aux Rebelles, en raſſemblant à préſent ſes forces, il pourra être en état de chaſſer de Fernambouc les Officiers de la Compagnie avant qu'ils puiſſent recevoir d'ici le moindre ſecours; vous le ſavez de reſte, leurs affaires auroient été en très mauvais état ſi ce qu'on ſupoſe gratuitement étoit vrai, mais le Roi n'a pas voulu, & même il a expreſſement défendu à ſon Gouverneur de rien attenter en cette affaire à votre préjudice. Mes paroles vous paroitront ſans doute premeditées, autrement diriez-vous, il nous auroit écrit qu'il ſe déclaroit notre Ennemi, qu'il rompoit la Trêve, & qu'il nous déclaroit la guerre. Je réponds que ſi cela étoit ainſi on auroit encore répandu dans ces Provinces plus de calomnies qu'on n'y en a debitées. La Compagnie auroit conçu plus de haine, auroit commis plus d'hoſtilité qu'ils n'en ont commis contre Sa Majeſté.

Je paſſe ſur ceci, j'ai un autre but, je ne ſuis point venu dans cette Aſſemblée pour faire des plaintes ; mais ſi vous le voulez, pour arrêter le mal arrivé à Fernambouc, ce que Sa Majeſté offre de reparer à ſes dépends, enſorte que l'on vous reſtituera toutes les Places dépendantes de Fernambouc, & que les Rebelles rentreront ſous votre obeiſſance. Si vous voulez reconnoitre ce bienfait, en faiſant ce que Sa Majeſté vous demande, qui conſiſte à engager le Roi de Caſtille à conclure avec elle, ſinon une Paix du moins une Trêve de quelques années. Le Roi très-Chrétien apuiera cette demande par ſes Miniſtres ; mais s'il arrivoit que ce que Sa Majeſté exige de vous ne réuſît pas, elle n'en executera pas moins pour cela ſes promeſſes, & ſans s'en tenir aux paroles elle vous en fera voir les effets. Elle employera d'abord les raiſons pour perſuader les Rebelles de rentrer ſous vos Loix, & s'il ne réuſſit pas par cette voye il y joindra la force de ſes armes pour les épouvanter au cas qu'ils ne vouluſſent pas faire les choſes de bonne grace. Il eſt à propos d'employer la douceur autant que l'on pourra pour gagner ces peuples, & vous-mêmes en viendrez à bout dès que vous ceſſerez d'employer les ſupplices. Il faut employer la clemence dans un grand crime où pluſieurs ſont impliquez. La Clemence gagne les Sujets, & on les perd par trop de ſeverité qui les jette dans le deſeſpoir ; néanmoins Sa Majeſté ne peut executer ce qu'elle vous promet ſans tirer des forces de ſon Royaume pour les envoyer dans le *Brezil*, parce que les Habitans de *Bahia* ſont preſque tous parens ou Alliez de vos Sujets Rebelles de Fernambouc ; enſorte que ſi on les envoyoit contr'eux il ſeroit à craindre qu'ils paſſaſſent de leur côté au lieu de les combatre. Il y a à Bahia 4. ou 5. mille Soldats en Garniſon. Mais ce n'eſt pas aſſez pour domter ce peuple. Je vous laiſſe à juger s'il eſt à propos que l'on dépouille le Royaume, de ſes Troupes pendant que nous ſommes en guerre avec l'Eſpagne.

Peut-

Peut-être quelqu'un avancera-t-il qu'il eſt aiſé de ſoumettre ce peuple, pourvu que nous vouluſſions joindre à vos forces celles que nous avons dans le Brezil, & que dans ce cas il ne ſeroit pas néceſſaire de tirer des troupes du Portugal j'en conviens. Mais que dira-t-on lorſqu'on verra le Roi de Portugal vous prêter la main & ſe liguer avec vous pour couper la gorge aux Portugais. Ce ſeroit le moyen de perdre le Brezil autant pour nous que pour vous ; & même le Portugal ſeroit expoſé aux dangers d'une cruelle Guerre civile, qui pourroit être la cauſe de ſa ruine. Les Rois ont plus d'intérêt à poſſeder les cœurs de leurs Sujets que de paroître formidables ; ce ſeroit le moyen de perdre les premiers ſans avancer de l'autre côté. Les armes entre les mains d'un Roi doivent être comme les verges entre les mains d'un pere qui s'en ſert à effrayer ſes enfans, quand il juge que la peur ſuffit pour les corriger.

Je vous offre en un mot tout ce qui dépend du Roi mon Maître, & je vous l'offre avec la plus grande ſincerité. Il m'a donné tous les Pouvoirs & les Inſtructions ſufiſantes pour conclure avec vous à cet égard. Il eſt encore tems ſi ſeulement vous voulez terminer cette affaire. Si vous continuez à refuſer, ce qu'à Dieu ne plaiſe, & ce que je n'attends pas de votre ſageſſe & de votre prudence, je proteſterai devant Dieu & devant ſa Sainte Egliſe de toutes les ſuites fâcheuſes qui naîtront d'une Guerre auſſi inutile & auſſi injuſte.

Pour concluſion de ce Mémoire je dis que Sa Majeſté m'a donné le Gouvernement du Brezil afin que j'y exécute ce que j'aurai conclu ici avec vous; je ne m'en charge que dans la vuë d'établir la Paix entre deux Nations qui ont un ſi grand intérêt de part & d'autre à entretenir une ſincere amitié. Je vous offre de partir d'ici pour le Brezil dans un de vos Vaiſſeaux; & ſi vous aviez peine à donner les mains à cette bonne œuvre parce que vous douteriez de l'exécution de nos promeſſes, quoique la parole d'un Roi ſoit ſi ſacrée qu'il ne peut y manquer ſans s'expoſer au deshonneur, nous vous offrons toutes les ſuretés que l'on peut humainement donner dans une pareille affaire.

L'Ambaſſadeur après avoir remis ce Mémoire au Préſident de ſemaine, qui lui promit que leurs Hautes Puiſſances l'examineroient & lui feroient réponſe au plutôt, prononça dans l'Aſſemblée le Diſcours ſuivant qu'il donna auſſi par écrit.

<hr>

AUTRE DISCOURS

Du même Ambaſſadeur.

HAUTS ET PUISSANS SEIGNEURS, ETATS-GENERAUX DES PROVINCES-UNIES.

AUſſitôt qu'on a eu avis ici des troubles arrivez dans le Fernambouc, j'ai mis en oeuvre tous les moyens que j'ai cru propres à les apaiſer; tant en écrivant pluſieurs fois ſur ce ſujet à Sa Majeſté, qu'en préſentant depuis deux ans & demi divers Memoires ſur ce

ſujet à vos HH. PP. Je n'ai pu tirer de vous d'autre réponſe ſinon qu'il falloit commencer par rendre Fernambouc, & qu'alors on parleroit de tenir des conferences, comme s'il n'étoit pas néceſſaire de conferer avant tout ſur la forme de cette reſtitution, ainſi que je l'ai ſouvent repréſenté? C'eſt ſurquoi je vous ai ſouvent fait des plaintes ainſi qu'au feu Prince d'Orange. Si nous avions traité cette affaire ſelon la coutume, ſi vous m'aviez donné des Commiſſaires comme j'en ai ſouvent demandé, ce procès ſeroit déja fini & nous aurions été d'accord à ſouhait. Je vous avoue que je ne comprends pas pourquoi vous l'avez toujours refuſé, enfin j'ai obtenu des Commiſſaires, mais on ne m'a encore donné aucune réponſe ſur les moyens que je leur ai propoſé de reſtituer Fernambouc. Si l'on m'avoit dit un mot qui eût pu me faire comprendre que vous n'agreyiez pas les moyens que je propoſois, je vous euſſe dès lors offert la reſtitution telle que je l'offre à préſent; & au cas que la propoſition & la promeſſe de reſtituer que je vous fais ne vous agrée pas, déclarez-vous, car les paroles ſont faites pour s'expliquer, conferons enſemble, Sa Majeſté ne réjettera aucune Propoſition poſſible & même plus, pour conſerver votre amitié dont je fais un cas infini. Ce que nous pouvons terminer ici par un Aaccord amiable, pourquoi y employer les armes, & s'expoſer aux incertitudes de la Fortune. Vous avez pris la réſolution de faire la guerre dans le Brezil, mais vous ne vous y êtes pas encore preparé, il n'y a pas encore de dépenſes faites; tant que la pierre n'eſt pas lancée on eſt maître de ne la pas lâcher, mais quand une fois elle eſt hors de la main on ne ſait où elle tombe; c'eſt pourquoi je viens encore une fois vous conjurer de ne pas agir par paſſion dans une affaire de cette importance, mais de ſuivre la Raiſon & le bon ſens. La Guerre que vous voulez entreprendre dans le Brezil n'eſt pas néceſſaire, car il n'y a aucune raiſon de la commencer; puiſque dans mon Mémoire j'en détruis tous les fondemens; c'eſt une Guerre onereuſe & qui n'eſt pas auſſi facile que quelques-uns vous la dépeignent. Je prévois que le Portugal n'en recevra pas moins de chagrin que de préjudice, mais ſoyez certain que vous aurez votre bonne part de l'un & de l'autre, au lieu que ceux qui en jugeront ſans paſſion, avoueront que de notre Accord naîtroit toute ſorte de biens & d'avantages. Au contraire, notre diſcorde donnera lieu à toutes ſortes de pertes, de peines & de chagrins pour les deux Parties.

Je demande & j'atends réponſe.

PROPOSITIONS

Faites par Monſieur

L'AMBASSADEUR

De

PORTUGAL

Dans l'Aſſemblée

ETATS-GENERAUX

Hauts et Puissants Sei-
gneurs, Etats-Generaux
des Provinces-Unies.

ON m'a demandé dans la Conference que j'ai euë avec Meſſieurs les Commiſſaires le 19. comment nous ferions pour la reſtitution de Pernambuco & quelle caution & aſſurance le Roi mon Maître donneroit pour ſureté. J'ai demandé auxdits Seigneurs ſi VV. HH. PP. vouloient & ſouhaittoient que la reſtitution ſuivît, autrement c'eſt perdre le tems que de commencer une affaire ſans la finir. Ils m'ont répondu que VV. HH. PP. conſentoient que la reſtitution ſe fit, ſurquoi j'ai rémontré, comme je fais encore par celle-ci, que Sa Majeſté s'oblige de reſtituer ou faire reſtituer; ſoit de bon gré, par raiſons, ou autrement par la force des armes, laiſſant à VV. HH. PP. de demander & déſigner quelle aſſurance & caution elles en veulent ou leur eſt convenable. Meſſieurs les Commiſſaires ont demandé pour caution *Bahia*, mais on leur a fait voir que cela ne ſe pouvoit pas, par beaucoup d'inconveniens, puiſque ce ſeroit ſortir d'une défiance pour entrer dans une autre, mais que ſi on vouloit abſolument avoir une Place d'aſſurance il valoit mieux d'en donner une ſituée dans le Royaume, parce qu'il y a moins de difficultez pour les deux Partis. Leurs Seigneuries reçurent bien mes raiſons, & voulurent que je nommaſſe quelque Place dans le Royaume, j'en deſignai 4. ou 5. afin que VV. HH. PP. en puſſent choiſir une & parmi celles-là étoit le Château de St. Ubes, celui de Viana, Aveiro, Porto, Villa de Condé. On pourroit bien encore en nommer une dans les Algarves. Voilà tout le recit de ce qui s'eſt paſſé dans la Conference.

Et comme Monſieur le Préſident me fit l'honneur de me venir voir le lendemain chez moi, il me témoigna ſouhaitter que je miſſe le tout par écrit, ce que je fais par le préſent Mémoire, & lui dis que pour une plus grande ſureté, on pourroit donner la perſonne de l'Infant Frere de Sa Majeſté; ce qu'à la verité je ne lui propoſai que par maniere de conver-

ſation, puiſque je ne doute pas que vos HH. PP. ne perſiſtent à faire le plaiſir à Sa Majeſté de s'intereſſer pour obtenir ſa Liberté & achter ainſi ce qu'elles ont ſi bien commencé.

Donné à la Haye le 13. Septembre 1647.

Par l'Ambaſſadeur de Portugal

Signé,

Francisco de Sousa Continho.

AUTRE PROPOSITION

Faite à Meſſieurs les

ETATS-GENERAUX

Des

PROVINCES-UNIES.

DEpuis ma premiere Propoſition faite le 21. Mai dernier dans la Conference que j'ai tenuë avec Meſſieurs les Commiſſaires de VV. HH. PP. ordonnez pour cela on m'a accuſé de n'avoir d'autre deſſein que de nuire au Traité de Paix de Munſter, d'arrêter tout, & même de faire ceſſer l'armement de la Flotte qu'on prépare pour le Brezil. Cette opinion a groſſi lorſque j'ai crû qu'elle devoit diminuer par la Propoſition que j'ai faite à VV. HH. PP. en pleine Aſſemblée le 16. du mois d'Août dernier, mais cela ne me ſurprend pas, car dans ma premiere Propoſition je ne fis pas mention de reſtitution de la Place de Fernambuco, & quoique j'en aye parlé dans ma ſeconde Propoſition, ce n'a encore été que ſous des conditions, mais à préſent, que j'ai parlé clairement & promis préciſément de faire faire la reſtitution ſans aucune clauſe ni reſerve, & que j'ai ſuprimé toutes les conditions qu'on pourroit encore trouver, capables de faire douter de ma ſincérité & de ma droiture, je ne puis à préſent être aſſez ſurpris, ce qui fait que je trouve bon de ne donner aucun nouveau Mémoire, ni d'attendre après la Conférence, & de venir en perſonne trouver VV. HH. PP. non ſeulement pour confirmer & aſſûrer ce que j'ai promis, mais auſſi pour parler avec la derniere ſincerité: car Meſſieurs les Commiſſaires n'ont peut-être pas rendu un témoignage aſſez efficace de ma franchiſe & de ma droiture, ſur laquelle je n'ai abſolument rien à me reprocher, j'aurai d'ailleurs la ſatisfaction d'avoir fait à l'égard de VV. HH. PP. ce que je devois faire.

1. Je dis que le Roi mon Maître ne ſe ſoucie pas d'entrer dans le Traité de Paix de Munſter & qu'il eſt content d'en faire une avec vous ſeuls & la conclure.

2. Sa Majeſté vous offre une entiere & abſoluë reſtitution de toutes les Places de Fernambuco qui ont été priſes par les Rebelles.

3. Pour ce qui regarde votre Flotte, vous en ferez tout comme il vous plaira; tout ce
que

que je souhaite est que celle de Portugal ne parte pas, & si elle part & qu'elles se rencontrent, qu'elles se traitent reciproquement comme amies, qu'elles se témoignent une amitié tôute opposée au dessein de leur armement.

Pour conclusion je prie vos Hautes Puissances de me permettre de leur dire que les Négociations sont dans un si bon train, que je prie que le tems me soit accordé de conclure dans le moment. Je trouve que c'est la voye la plus courte, & qu'il y a moins de peine que de prendre tous les jours une nouvelle affaire en main pour un Traité déja conclu, & pour faire voir que de mon côté je ne demande aucun délai, je prétends m'embarquer incessamment pour le Brezil, c'est pourquoi je suplie actuellement VV. HH. PP. d'ordonner qu'on me prépare un Vaisseau avec lequel, sous l'assistance de Dieu, je puisse arriver à bon Port à *Bahia*, où je vous ferai livrer tout ce que j'ai promis, je ferai rendre toutes les Places dont j'ai parlé à VV. HH. PP. au nom de Sa Majesté, & si je ne puis réussir par bonté avec les Habitans, j'ai les forces en main, & on m'en enverra encore de Portugal pour les y contraindre. Si cela ne suffit pas encore, je demanderai du secours à VV. HH. PP. Je le répéte, & me tiens ferme sur le même point, qu'il ne dépend plus que de vous que le tout soit promptement exécuté, car si nous differons jusqu'à ce que la satisfaction des cautions & assurances soit donnée des deux côtez, & qu'on attende que l'on soit en possession, tout cela demandera un tems considérable, & qu'on peut mieux employer pour finir cette affaire, & mettre en œuvre tout ce que j'ai dit. Je suis autorisé par Sa Majesté de la maniére la plus forte pour tout ce qui est à faire ici, également comme pour le Brezil, sans que j'aye besoin d'avoir d'autres Pleins-pouvoirs, ainsi je suis en état de finir sans aucun retardement de mon côté & de suivre les ordres de vos HH. PP. de qui tout dépend: je crois que VV. HH. PP. sont dans le même sentiment. C'est bien une preuve que je ne cherche pas à temporiser mais au contraire je cherche à terminer & à conclure, car si je cherchois à gagner du tems, je ne parlerois pas si affirmativement: je ne dis pas qu'on doive ne pas demander les cautions ou qu'on réfuse de les donner, je dis seulement que nous devons employer le tems sans le perdre, que le plutôt sera le meilleur pour finir cette affaire, & pour qu'il ne reste aucun levain sur le cœur. Mon esprit n'est pas assez double pour penser autrement que je ne dis, & si VV. HH. PP. le trouvent bon, nous pouvons, pendant que nous traitons, dépêcher un Vaisseau pour le Brezil avec ordre de faire cesser tout acte d'Hostilité entre nos deux Nations, & que tout y restera dans l'état où on se trouvera alors, jusqu'à mon arrivée: car il est certain qu'il ne convient pas que pendant que nous sommes ici en Traité pour nous accommoder, les nôtres se battent dans ces Païs-là les uns contre les autres. Epargnons le sang & la vie de nos Nations entre lesquelles j'espere voir une ferme & solide amitié pour leur avantage commun, & pour notre gloire commune. J'espére que j'aurai l'honneur de finir une affaire si juste & si sainte.

A la Haye ce 15. *Octobre* 1647.

De la part de l'Ambassadeur de Sa Majesté e Roi de Portugal.

FRANCISCO DE SOUSA CONTINHO.

TOM. IV.

AVIS

Sur les offres faites de la part du

PORTUGAL.

I. PARTIE.

IL n'y a pas longtems que certaine personne portée pour la Paix, a remontré aux Etats-Généraux qu'il valoit mieux tomber d'accord avec le Portugal, accepter ses offres, & convenir à l'amiable sur ce qui regarde le Brézil, que de prêter l'oreille aux injustes Propositions, demandes & avis de la Compagnie des Indes Occidentales. Un autre Auteur ne respirant que la vangeance & créature de la Compagnie y a oposé de fort couttes, mais aussi fort pauvres observations, & se trouvant trop pressé par les argumens de son adversaire, au lieu d'y répondre, il se jette sur son adversaire même & se déchaîne contre lui en injures remplies de mensonges, sans dire un mot qui concerne le sujet, s'imaginant après cela d'avoir fait quelque belle action; c'est la coutume de pareils Ecrivains. Ainsi il ne seroit pas nécessaire de seconder la bonne intention du premier Auteur, mais je vois qu'il y a encore beaucoup de gens qui sont dans la mauvaise opinion qu'on devroit avoir plutôt la Guerre que la Paix avec le Portugal, & qui font même tous leurs efforts pour y contribuer: c'est pourquoi il m'a paru que je devois nécessairement exposer ici distinctement mes motifs & mes raisons: j'en ferai *trois Parties*: je les adresse à tous ceux qui aiment la Paix & aux fidéles compatriotes de cet Etat. Je les ferai rouler sur les offres du Portugal & de S. E. le Seigneur *François de Sousa Continho*, lesquelles à mon avis on doit accepter. Je fonderai les raisons de ce sentiment dans ma premiere Partie, sur la nature de 12. *Considérations d'Etat* que je raporterai en ordre, & sur les *offres mêmes du Portugal* dont j'examinerai la nature. La 2. Partie renfermera 12. *autres raisons* par lesquelles je ferai voir *l'honneur & la réputation de ce Païs intéressé* à accepter ces offres. Item *douze autres raisons* qui intéressent leur *propre service*. Item 12. *autres raisons* pour faire voir que les Habitans même du lieu y sont intéressez. Item 6. *autres raisons* par lesquelles on voit que c'est l'avantage & la conservation de la Compagnie des Indes Orientales. Enfin 12. raisons qui prouvent la même chose par raport à la Compagnie des Indes Occidentales. Et dans *la* 3. *Partie*, je justifierai mon avis par le procédé que gardera le Portugal au cas qu'on n'accepte pas ses offres & qu'on aimât mieux avoir la Guerre que la Paix dans le Brezil. Je répondrai à *douze objections* faites de part & d'autre. Enfin je raporterai *certain Projet fait cidevant pour le service de la Compagnie d'Occident & l'avantage de ce Païs & de ses Habitans qu'on auroit dû mettre déja en pratique*, & j'examinerai s'il seroit encore tems de le faire. On prie tous ceux qui liront cet Ecrit d'en juger sans pré-

Bbbb

1648.

prévention. Alors penfant & jugeant de la chofe comme moi ils prêteront la main à l'exécution; je fuplie aufli que l'on n'ait aucun égard aux gens d'un efprit borné, qui ont plus de paroles que de véritables raifons & qui cependant peuvent m'imputer des menfonges comme ils ont fait au fufdit amateur de la Paix, pour arrêter la force & le cours de mon Ecrit : car je crois qu'on doit regarder ces calomniateurs comme gens qui ne peuvent paffer pour bons Patriotes, & qu'il eft évident qu'ils n'ont à cœur, ni l'honneur ni la reputation de l'Etat, ou le bien de fes Habitans, ni les intérêts & la confervation de la Compagnie d'Orient. De plus je déclare devant Dieu qui connoit tous les cœurs, que je n'ai pas ici d'autre vuë que celle que j'ai déja déclaré : que je n'ai pas la moindre obligation au Portugal, pas feulement pour la valeur d'une épingle, non plus qu'à l'Ambaffadeur, pour m'engager à écrire ceci en leur faveur ; je me donne, fans m'en prévaloir, pour être un des bons citoyens de notre Etat, aufli bon même que qui que ce foit qui vive, comme je l'ai déja dit, j'en ai autrefois donné affez de preuves, j'ai mes raifons pour ne les pas raporter; ainfi venons au fait, & recitons premierement par ordre les 12. *Confidérations d'Etat* qui font voir que naturellement, felon moi, on devroit accepter les offres du Portugal.

I.

On doit favoir que la vie & l'ame de cet Etat gifent fur tout dans le Trafic & le Commerce qu'il y a tant dehors que dans le Païs, avec tous les autres Peuples & Nations non feulement de l'Europe, mais aufli des trois autres parties du Monde, ce qui eft fans aucun doute la raifon & le principe qui rend cet Etat fi puiffant, fi heureux & fi glorieux, qu'il eft eftimé & craint en même tems de toutes les Puiffances, ce qui augmente & donne de l'accroiffement à nos Villes par des bâtimens fomptueux & magnifiques. Par cette même fource le Païs fe trouve rempli de perfonnes riches & opulentes : c'eft par cette même raifon qu'il y en a beaucoup qui font venues s'établir dans cet Etat avec leurs biens pour les y augmenter, & cela arrive encore tous les jours; de manière que l'on trouve chez nous plus de tréfors, en argent, en joyaux & en toutes fortes de Marchandifes qu'on n'en trouve par tout ailleurs. C'eft encore par cette même raifon que le Gouvernement a eu de tems en tems des fommes affez confidérables pour des intérêts fort modiques de ceux qui demeurent dans le Païs, & cela fur fa fimple obligation, & encore aujourd'hui autant qu'il en veut avoir pour foutenir les Guerres, qui avec la grace de Dieu ont mis à la raifon le Roi de Caftille, & terminé heureufement fes differens avec lui. C'eft cela même qui a été caufe de la naiffance des Compagnies des Indes Orientales & Occidentales, dans la vuë de faire tort à la Caftille, honneur à ce Gouvernement, & augmenter les revenus du Païs, & y faire fleurir les Arts, les Métiers, les Manufactures & les Profeffions qu'on y voit exercer. De là vient que tous les biens immeubles font ici fur un fi bon pied & fe vendent fi avantageufement, comme on le peut voir en 20. Confidérations qu'un curieux a raffemblées dans un Traité publié depuis peu fur ce fujet.

1648.

II.

C'eft par cette raifon que les grands & les petits de ce Païs, les Régens & Magiftrats doivent s'attacher à la confervation du Commerce, autant qu'à celle de l'union & de la Religion. Car il eft fans aucune difficulté que fi cet Etat perdoit une fois cela, il perdroit en même tems fa puiffance, fon honneur, le refpect qu'on lui porte, & tomberoit abfolument fous la Domination de quelque Prince : car il lui feroit alors impoffible de fe maintenir, ce qu'il n'a aucun lieu de craindre tant qu'il confervera fon Commerce tel qu'il eft à préfent. C'eft pourquoi il n'y a pas de doute que leurs Hautes Puiffances les Etats-Généraux, Monfeigneur le Prince d'Orange, Meffieurs les Etats doivent dans leur particulier faire férieufement tout leur poffible pour contribuer à l'augmentation de tous ces avantages, & prévenir tout ce qui pourroit y être nuifible, puifque les conféquences en font extrêmement grandes, & que les fautes qui pourroient arriver par quelque négligence, feroient prefque irréparables comme il feroit aifé de le prouver par plufieurs éxemples.

III.

Le Portugal eft abfolument le Païs le mieux fitué de toute la terre pour le Commerce d'Espagne, d'Italie, de Turquie, de Barbarie, de la Gréce, du Brezil, de la Guinée, du Cap verd, d'Angola, des Indes Occidentales & des Indes Orientales, des Canaries, des Iles Flamandes &c. Les Portugais même furpaffent toutes les autres Nations, & même la notre dans toutes les qualitez néceffaires pour le trafic qu'ils favent mieux que perfonne entretenir avec honneur, & avec profit. Ils favent peupler des Colonies de leur Nation les Païs Occidentaux pour l'avantage de leur Patrie, la fureté & le maintien de leur Commerce, ce qui eft caufe que le Portugal abonde en Capitaines expérimentez, en bons Pilotes & autres gens de mer, qui fervent de bonne volonté dans ces voyages de long cours ; de forte qu'on peut dire avec vérité qu'ils font les premiers du monde qui ont fait les plus grandes découvertes. Au refte le Portugal eft un Royaume fort opulent, il y a des perfonnes extrêmement riches par le grand Négoce que l'on y fait depuis 150. ans, en un mot les Habitans peuvent par leur capacité, & font à portée mieux que nous d'étendre leur Commerce par toute la terre du côté d'Oueft ; aufli fe donnent-ils beaucoup de peines & de mouvemens pour cela ; c'eft pourquoi nous devons à cet égard nous tenir fur nos gardes contre eux, car on ne doit pas douter qu'ils ne foient jour & nuit occupez à chercher les moyens de réparer leurs pertes & fur tout celles que nous leur avons caufées dans leur trafic, & de nous reprendre les Colonies que nous leur avons prifes dans le Brezil & Angola, parce qu'ils connoiffent combien cela leur eft important aufli bien qu'à nous, & à notre Etat pour l'étenduë du Commerce.

IV.

On n'a fait qu'une Trêve ou fufpenfion d'armes pour dix ans entre le Royaume de Portugal & cet Etat, dont il y en a déja fix d'expirez ; cependant fi l'Ambaffadeur de Portugal part, fans que l'on ait conclu une Paix géné-

générale, sommes-nous affurez que nous puiffions l'obtenir fans de grands defavantages, fur tout après avoir refufé des conditions auffi favorables qu'on en puiffe jamais faire ; & dans lesquelles même notre Etat eft fort intéreffé, comme on le fera voir très-clairement dans la fuite.

V.

Il eft vrai que depuis cette Trêve conclue on a caufé divers préjudices au Royaume de Portugal & le Portugal en a auffi caufez aux Etats, & l'on s'en caufe encore journellement: ils font même fuffifans pour fe déclarer une Guerre de part & d'autre, tellement qu'il ne dépend que de l'un ou de l'autre de la commencer dès qu'il y trouvera fon avantage, parce que l'un & l'autre peut mettre le droit de fon côté; ainfi on ne doit pas douter qu'il ne s'allume bientôt une longue & fanglante Guerre entre le Portugal & cet Etat fi on ne la prévient à tems par un autre Traité de Paix qui l'arrête.

VI.

Non feulement il y a eu entre le Portugal & ces Païs-ci beaucoup de correfpondance, une grande Amitié & un grand Commerce, mais auffi dans le commencement de notre République fous le Gouvernement du Roi *Don Sebaftien* & depuis jufqu'à ce que Philippe Roi de Caftille s'en empara; les Habitans de notre Païs qui y trafiquoient ont reçu du Portugal de grandes amitiez & y ont fait commerce avec un profit notable pour cet Etat, cependant cet Ecrivain menteur de la Compagnie d'Occident, dans fes pitoyables obfervations qui ont été imprimées il n'y a pas longtems, dit hardiment & fans honte, *qu'il ne peut pas concevoir comment on peut avancer cela, ni quelle preuve on en pourroit donner.* Mais pour mettre fes impertinences dans tout leur jour je me fervirai du témoignage des Etats-Généraux, je raporterai ce qui eft dans le Traité de l'année 1641. qui a été fait avec Mr. *Triftao de Mendofa Furtado* Ambaffadeur & Confeiller d'Etat du grand & puiffant Roi de Portugal Don *Jouan* IV. dans lequel Traité leurs Hautes Puiffances déclarent franchement *qu'elles ont trouvé bon pour l'avantage commun, de renouveller par ce Traité,* (remarquez le terme fuivant) *la vieille amitié & correfpondance qu'il y a eu entre le Roi de Portugal & ces Païs, afin de mettre les chofes dans le même état qu'elles ont été auparavant;* du refte je renvoye cet ignorant Ecrivain, auffi bien que fes femblables, à l'Hiftoire, aux gens d'âge qui ont trafiqué en Efpagne, & aux Livres de Négoce.

VII.

Le Portugal à préfent n'a pas tant befoin de notre Amitié, que nous avons befoin de la fienne & d'entretenir avec lui une bonne correfpondance, d'autant plus que nous ne l'avons pas compris dans notre Traité de Paix avec le Roi de Caftille, & que nous ne voulons pas nous joindre à Sa Majefté le Roi de France à Munfter pour lui obtenir une Trêve de 25. ou 30. années pour laquelle le Portugal a recherché l'amitié de cet Etat, & à faute de cela, pour obtenir de nous de puiffans fecours contre la Caftille, ce que nous ne lui avons pas auffi donné, enforte qu'il n'a pas trop fujet de fouhaiter l'amitié de cet Etat, mais bien plutôt le contraire, comme on le fera voir plus clairement

Том. IV.

ci après; car il a tout ce dont il peut avoir befoin pour le Commerce & Navigation des Indes Orientales & du Brezil, comme blé ou munitions de guerre, & ce qu'il n'a pas il le peut aifément tirer d'Angleterre, de France, d'Italie, de Suéde, de Dannemarck, & autres Païs, & pour cela il n'a pas befoin d'équiper un Vaiffeau, fi ce n'eft pour aller prendre les Négres dont ils font des efclaves, & dont ils ont établi un grand Commerce dans beaucoup de Places & Royaumes; & à l'égard de fes Marchandifes des Indes Orientales, & du Brezil, ainfi que leur fel & autres Marchandifes, toutes ces autres Nations les peuvent auffi bien prendre que nous. Au contraire étant en amitié avec le Portugal nous avons & tirons à nous par la grande quantité de nos Vaiffeaux, & Marchands de la même Nation, nos fels à grand marché que nous ferions obligez d'acheter chez les autres, car il part tous les ans de ces Païs ci quelques centaines de Vaiffeaux pour Portugal qui font pour les Habitans de cet Etat des profits incroyables: cependant il paroit, felon le genie de notre Obfervateur & felon le jugement des perfonnes d'efprit, à ce qu'il fupote, que *ce Païs-ci n'a aucun intérêt dans le Commerce avec le Portugal,* & par conféquent la Compagnie d'Occident juge & prétend; c'eft tout comme fi elle difoit, que cela ne vaut abfolument rien du tout.

VIII.

La Revolution du Portugal, qui s'eft fouftrait de l'obéiffance ou plutôt de la Tyrannie de la Caftille, a été fans contradiction un évenement fort confidérable pour cet Etat, car outre que la Caftille a été par là fort affoiblie, perdant non feulement le Portugal & Algarve, mais encore les Païs & Villés des Indes Orientales, le Brezil, Angola, les Iles de Terceres, de Madere, & quelques Places dans la Barbarie, appartenant au Royaume de Portugal. De cette maniére ce Royaume a été l'Ennemi qui lui a fait le plus de tort: car étant fon voifin de fi près il peut donner à tout Allié une porte ouverte pour le ruiner avec l'affiftance du Portugal, & même donner occafion aux autres Païs de fe foulever contre fon propre Roi, comme le Portugal a fait. On pourroit les aider en cela, & c'eft ce qui a donné beaucoup d'avantage à notre Païs dans fa guerre contre l'Efpagne, tellement qu'on peut dire que cette féparation a été une des principales caufes qui a fait que cet Etat a fini la guerre fi heureufement. De plus ces Païs-ci font par là rentrez dans leur ancien Commerce avec le Portugal d'ici là & de là ici, & enfuite dans d'autres quartiers & autres Païs, recommençant ainfi fur le même fondement, comme on l'a fait voir ci-devant plus au long, ce qui mérite bien d'être confideré, puisque par là la Compagnie des Indes Occidentales a évité la ruine totale dont elle étoit menacée : parceque le Roi de Caftille avec le fecours du Portugal n'auroit pas laiffé refpirer cette Compagnie qui étoit déja hors d'haleine & qui n'auroit pas été en état de fe défendre, car ils auroient fait tomber fur elle de grandes Flottes qu'elle n'auroit pas été en état de foutenir, de forte qu'elle auroit abfolument dû quitter le Brezil, c'eft pourquoi je conclus que cet Etat & fes Habitans ont bien de l'obligation au Portugal, que la Compagnie des Indes Occidentales lui en a encore davantage.

IX. La

IX.

La Révolution du Portugal eſt ſans contredit un ouvrage qui eſt parti de la main de Dieu, comme tout le monde en convient, quand on y veut penſer ſans prévention. Le deſſein en eſt reſté ſecret, il a eu un heureux ſuccès, on n'a répandu que fort peu de ſang, il a été exécuté en fort peu de tems; tous les Portugais l'ont unanimement louée, les grands comme les petits & même les gens d'Egliſe comme les autres, tous les Païs, toutes les Colonies des Indes Orientales, le Brezil, Angola, les Iles de Terceres, de Madére & toutes les autres Places ſe ſont conformées là-deſſus, toutes les Fortéreſſes du Royaume où il y avoit des Soldats & des Gouverneurs Caſtillans ſe ſont rendus ſans reſiſtance; d'abord on s'eſt mis en état de défenſe, l'on a donné ordre à tout de tous côtez, & juſqu'à préſent le Roi de Caſtille n'a pu faire beaucoup de tort au Portugal, quoiqu'il ait employé toutes ſes forces & toutes les embuches imaginables. On voit encore le ſoin avec lequel le Toutpuiſſant a conſervé Don Jouan juſqu'à préſent. On voit enfin comme ce Royaume ſe ſoutient & eſt aidé, ſur tout à préſent par la Revolte de Naples, qui arrive dans le tems que tout le monde jugeoit que ce Royaume alloit être perdu à cauſe que nous faiſions avec la Caſtille une Paix, où le Portugal n'entre pas : on eſt obligé de convenir quand on y veut bien penſer, que le Portugal reſtera toujours Portugal, & que Dieu le conſervera comme il l'a fait juſqu'ici, malgré tous ſes ennemis, je laiſſe en arriére le puiſſant ſecours dont il eſt aſſuré de la France, & autres endroits, quoiqu'il ſoit déja aſſez fort par lui-même.

X.

Quand le Portugal, ou pour mieux dire tous les Principaux du Royaume, ont été réſolus à la Révolte d'un côté, & de l'autre le Roi Don Jouan IV. alors Duc de Bragance réſolut d'accepter la Royauté, & enſuite tout le peuple & même les gens d'Egliſe y ont conſenti & l'ont unanimement approuvé, ils ont tous compté ſur la France, & ſur cet Etat qui étoient alors en guerre avec la Caſtille; ce qui fit croire au Portugal qu'il pouvoit ſans erreur de calcul compter que la France & nous le ſeconderions efficacement, tant qu'on ſeroit en guerre avec la Caſtille, mais même qu'on ne feroit ni Paix ni Trêve ſans lui, autrement les uns & les autres y auroient penſé, plus d'une fois, avant d'entreprendre un pareil deſſein. Cependant il n'y a pas lieu de préſumer à l'égard de la France qu'elle abandonne jamais le Portugal, mais que ſuivant leur Traité elle le comprendra dans ſa Paix avec la Caſtille ſi elle la fait, ou bien elle lui obtiendra une longue Trêve, & ſi l'on recommence la Guerre elle l'aſſiſtera tellement que perſonne ne ſouffrira jamais que la Caſtille redevienne Maîtreſſe du Portugal. Qui eſt-ce à notre égard qui ne jugera, s'il a du bon ſens, que nous devons faire de même.

XI.

Il n'y a perſonne, c'eſt-à-dire point de Nation à qui il convienne moins qu'à nous d'être en guerre avec le Portugal, par raport au grand Commerce que nos Habitans font avec lui, & lui avec nous. C'eſt abſolument le plus grand de tous, comme cela eſt viſible & très-aiſé à remarquer, on n'a pas même beſoin d'en donner d'autre preuve que l'experience. Or non ſeulement notre Nation perdroit par la Guerre ce Commerce ſi important, mais même d'autres en profiteroient, ce qui feroit tort au Commerce, à l'honneur & à la réputation de ce propre Païs: cela cauſera un grand préjudice à la fortune de nos Compatriotes, & attendu que nous avons le même intérêt que cette Nation dans beaucoup de trafics hors du Païs, ſur tout dans les Indes Orientales, le Brezil & Angola dont le Commerce nous eſt commun; il eſt auſſi grand de leur côté que du nôtre, enſorte que nous avons chacun nos Colonies, nos Habitations, nos amis & nos Alliez; enſorte que, comme voiſins, nous devons nous traiter civilement les uns les autres, autrement cela fait tort à tous les deux, & l'un comme l'autre perdra ſon Commerce; cela eſt viſiblement arrivé à préſent dans le Brezil & dans Angola: on le verra encore davantage, en cas que nous ne nous accommodions pas avec le Portugal aſſez à tems & qu'on ne faſſe pas avec lui une Paix perpetuelle, & une nouvelle amitié.

XII.

Quand on examine d'un bout à l'autre la conduite & le Gouvernement de la Compagnie des Indes Occidentales, on trouve que dès le commencement elle a travaillé à ſa propre ruine, puiſqu'on voit qu'elle a conſumé & mal employé ſon Capital quoiqu'il fût conſidérable & de plus de 150. tonnes d'or, tout le Butin & les priſes qu'ils ont faites qui ont encore monté à une fois davantage, outre les ſubſides qu'elle a tiré du Païs & qui montent encore à pluſieurs millions, tellement qu'elle n'a pas actuellement, ſi elle vendoit ce qu'elle poſſéde, dequoi payer les ſommes qu'on lui a prêtées. On peut dire en verité que c'eſt là une miſérable affaire; c'eſt généralement la faute de leurs Directeurs ſoit dehors ou dans le Païs, leſquels n'ont pas été pour la plûpart capables d'une pareille direction, ou bien ils ont fait exprès ce qu'ils ont fait pour leur profit particulier. Ainſi à moins que le Gouvernement ne ſe charge de la Direction de cette Compagnie, on ne doit pas eſperer qu'il y ait jamais aucun redreſſement dans les affaifaires, ni que la Compagnie ſe remette ſur pié : au contraire les affaires iront toujours de plus mal en plus mal, elle viendra même à rien, malgré les grands ſecours qu'elle reçoit & qu'elle recevroit encore de l'Etat, ſur tout ſi l'on ne fait pas une Paix générale avec le Portugal, & qu'on n'empêche pas les troubles du Brezil.

Allons plus avant & voyons ce que le Portugal nous offre, *il veut négotier & par un Traité faire une Paix & une amitié éternelle avec cet Etat, avec promeſſe de faire reſtituer à la Compagnie des Indes Occidentales toutes les Places qu'elle a perduës dans le Brezil, de ramener les Rebelles à l'obeiſſance, moyennant une amitié; que ce Traité de Paix n'aura aucune force ſi la reſtitution ne ſoit faite : que l'Ambaſſadeur enfin partira au plutôt pour le Brezil par ordre du Roi ſon Maître là où eſt notre Flotte.* Je ne puis ſelon moi juger autrement, ſinon qu'il nous offre plus que nous ne pourrions lui demander, ſur tout au ſujet de la reſtitution que le Portugal prétend faire, puiſqu'il n'eſt pas obligé de nous l'offrir ni par le Traité que nous avons fait l'an 1641. ni par aucun autre; c'eſt donc une libre volonté de ſa part, & par conſéquent une preuve évidente d'amitié

1648.

tié pour cet Etat, auquel il voudroit volontiers rendre fervice. Il témoigne encore par là, la répugnance qu'il a pour la Guerre, & combien peu il veut faire répandre le fang de nos Citoyens, fe flattant que dans un tems ou l'autre on lui fera dans l'occafion la pareille amitié, & fi quelqu'un après cela veut foutenir contre ceci que Sa Majefté le Roi de Portugal eft obligée de faire plus, &, que fes offres ne font pas fuffifantes pour que nous puiffions traiter de la Paix avec lui, je ne répondrai rien fur cela quant à préfent, mais je le ferai dans mon *Examen fur les Rebelles du Brezil*, où je démontrerai qu'on s'abufe groffiérement fur ce chapitre.

On peut à préfent demander pourquoi après cette offre faite par l'Ambaffadeur de Portugal à leurs Hautes Puiffances, il femble qu'elles n'y ont pas d'égard, & qu'elles femblent en faire fort peu de cas, fur tout pour ce qui regarde la reftitution, ce qui paroit évidemment par la puiffante Flotte & la quantité de Soldats que ces mêmes Etats envoyent dans le Brezil, & par le moyen defquels on peut efpérer de regagner bientôt les Places perduës & foumettre les Rebelles, fans que le Portugal s'en mêle. Tout ceci bien confidéré, je réponds & je dis, qu'on pourroit auffi demander pourquoi donc eft-ce que l'Ambaffadeur perfifte dans les offres de la reftitution, & pourquoi S. E. ne s'en tient pas à la Paix feulement, fans faire aucune mention de reftitution ni de Rebelles; nous laiffant faire comme nous le jugerons à propos, pour reprendre ces Places perduës. Je réponds à cela que l'Ambaffadeur le fait par differents égards comme nous l'avons déja dit, prémiérement par un pur efprit de Chriftianifme & pour l'amour de mille & mille perfonnes qu'il fait qui feroient certainement tuées ou pillées, brûlées ou chaffées, en cas qu'on n'en vienne pas à un accord les uns avec les autres, ici ou dans le Brezil: fecondement par une véritable inclination qu'il a pour ceux de fa Nation & de fa Religion, pour fes Parens, fes amis, & fes Sujets, enfin par confidération d'Etat, fachant bien que l'un ne fe peut bien traiter ni s'accorder fans l'autre, enforte que l'un ne peut aller fans l'autre. Car il faut tenir pour certain que le Portugal ne fera pas la Paix feul avec les Etats-Généraux fans y comprendre les Rebelles, ou être affuré de leur réconciliation, & les Rebelles de leur côté ne fe mettront jamais fous l'obéiffance de la Compagnie des Indes Occidentales, tant qu'ils verront que la Paix n'eft pas concluë entre le Portugal & cet Etat, même une Paix ferme & folide, une Paix éternelle: quand même on leur offriroit leur Pardon, & cela à caufe de l'efpérance qu'ils auroient de pouvoir encore fe réunir avec le Portugal par une Guerre contre la Compagnie, & fi l'on veut dire qu'on les forceroit bien à rentrer dans l'obeiffance, je réponds qu'il nous eft impoffible de le faire, par raport à la haine qu'ils ont pour nous, & à l'amitié qu'ils ont pour le Roi de Portugal: ils aimeroient mieux mettre tout en feu & en flammes, & fe retirer dans Bahia avec leurs biens, plutôt que d'être forcez: tellement qu'il n'y a pas d'autre parti à prendre que de traiter de la Paix avec le Portugal, & quand ils verront qu'ils font abandonnez ils confentiront fans peine à fe remettre fous l'obéiffance de la Compagnie voyant qu'ils n'ont plus de protection à efperer. D'un autre côté il eft certain que les particuliers de Portugal & ceux de Bahia qui les ont

affifté ne le leur confeilleront jamais que dans l'efpérance de ce que nous avons dit. C'eft pourquoi Mr. l'Ambaffadeur infifte avec tant de fermeté fur la Paix avec nous, dans le tems que la Trêve doit durer encore quatre années & il n'y a pas à douter que fi on ne fait pas un Traité d'une manière ou d'autre il partira d'ici, & le Portugal rompra ouvertement avec cet Etat, dès qu'il apprendra que notre Flotte part pour Bahia, & qu'on en eft venu aux mains: ou parce que nous avons déja rompu la Trêve en prenant l'Ile de Taparica qui lui appartient, comme il le prétend. Il affiftera alors ces Rebelles, les prendra fous fa protection: ainfi ils redeviendront les Maîtres par force ou par adreffe dans le Brezil. On fait apparemment encore fort peu de cas de cela, il peut cependant arriver, & l'on en verroit les fuites. Voila mon fentiment, & c'eft fur ce fondement que je foutiens que Mr. l'Ambaffadeur fe tient à préfent fi ferme, fur l'un & fur l'autre.

Je conclus donc par toutes ces bonnes raifons que le meilleur pour nous feroit d'accepter les offres du Portugal, & fur cela faire avec lui une Paix perpétuelle & une nouvelle amitié.

1648.

EXTRAIT

Abrégé de quelques

PROPOSITIONS

Faites par Monfieur

FRANÇOIS DE SOUSA CONTINHO

AMBASSADEUR

De

DON JOUAN IV.

ROI DE PORTUGAL

A leurs Hautes Puiffances Meffeigneurs les Etats-Généraux & à leurs Commiffaires touchant la reftitution des Places perduës dans le Brezil, & les Rebelles de ces mêmes Etats.

Tirées du Memoire du 16. Août 1647.

HAUTS ET PUISSANTS SEIGNEURS.

J'Offre au nom du Roi mon Maître de faire reftituer Pernambuco, en cas que VV. HH.

PP. ayent la bonté d'avoir soin que par leur crédit il y ait entre le Roi de Portugal & celui de Castille une Paix éternelle ou du moins une bonne Trêve.

Ainsi Sa Majesté offre de faire rendre & restituer *Pernambouc* à ses frais & dépends, ainsi que toutes les Places qui en dépendent & que les Rebelles se remettront sous l'obeïssance de votre Gouvernement.

Que Sa Majesté ne les livrera pas de paroles seulement, mais réellement & en effet.

Il y a encore du tems, si vous le voulez, pour finir cette affaire.

Et s'il vous plait de refuser cette offre, ce que Dieu veuille ne pas permettre, je proteste devant lui & devant les Hommes de tous les maux qui peuvent arriver par une guerre injuste & dont on n'a n'aucun besoin.

Au surplus je dis que Sa Majesté m'a conferé le Gouvernement du Brezil pour y éxécuter tout ce que je conclurai avec vous.

Je me suis chargé de tout ceci uniquement dans la vuë de faire la Paix entre les deux Nations, qui y sont l'une & l'autre fort intéressées, étant nécessaire qu'elles entretiennent amitié l'une ne avec l'autre.

J'entreprendrai le voyage du Brezil dans un Vaisseau de votre Etat, & si ma Proposition au sujet de la restitution ne vous plait pas, je vous prie de me communiquer vos pensées, & tout ce qui sera raisonnable Sa Majesté le trouvera bon.

Pourquoi donc confier au sort des armes & à l'incertitude de la fortune ce que nous pouvons entre nous terminer à l'amiable?

Avez-vous résolu de faire la guerre dans le Brezil quoique vous n'ayez encore rien éxécuté pour cela?

On n'a encore fait aucuns frais pour cela. Tant qu'on a la pierre dans la main, on la peut encore retenir, mais quand elle est jettée, on est incertain de la place où elle tombera.

C'est pourquoi je vous prie encore une fois & c'est pour la troisiéme, de ne pas juger par le passé, sur une affaire de cette importance, mais de ne suivre que la raison.

C'est une guerre inutile que vous entreprendriez dans le Brezil, car il n'y en a aucun sujet, puisque j'ôte par mes Propositions tout ce qui en pourroit être le fondement.

Ce seroit une guerre terrible, & plus difficile que bien des gens ne s'imaginent, & le font entendre.

Je veux bien avouer que par cette Guerre il arrivera des pertes considérables pour le Royaume de Portugal, mais soyez persuadez que vous ne serez pas exempts des mêmes pertes & dommages.

Si nous voulons sans aucune aigreur & avec une connoissance dépouillée de toute prévention entrer dans l'examen de cette affaire, on verra qu'en nous accordant, il en arrivera un bien & un profit infini. Au lieu que si nos disputes durent ce ne seront que pertes & chagrins des deux côtez.

Je demande sur tout ceci la réponse de vos Hautes Puissances.

EXTRAIT

Des

PROPOSITIONS

Faites le 15. Octobre 1647.

HAUTS ET PUISSANTS SEIGNEURS.

JE déclare serieusement que je ne demanderai plus d'être compris dans le Traité général de la Paix de Munster.

1. Le Roi mon Maître est à présent content de faire une Paix sincére & particuliere avec cet Etat seulement.

2. Je vous offre de vous faire faire la restitution totale de toutes les Places du Pernambouc qui ont été prises par les Rebelles.

3. Que vos Hautes Puissances fassent de leur Flotte l'usage qu'elles voudront je ne prétens pas en faire suspendre l'armement. Cette importante afaire tient & suspend, & non pas moi: mais elle pourroit être terminée en moins de quatre mois.

Le chemin que je trouve le plus court c'est que nous puissions entrer d'abord en Négociation ensemble.

Et dès qu'on aura conclu, je m'offre à partir d'abord pour le Brezil, afin de faire voir que je ne veux de mon côté causer aucun retardement.

C'est pourquoi je demande que VV. HH. PP. fassent dès à présent frêter un Vaisseau, avec lequel il plaise à Dieu me donner un bon voyage, & dès que j'aurai pris possession du Gouvernement, on vous livrera toutes les Places que je vous ai offertes au nom du Roi mon Maître.

Sa Majesté pour cela m'a autorisé & mis les Pouvoirs nécessaires en main, je n'ai pas besoin d'autre chose.

VV. HH. PP. peuvent juger par là que celui qui parle ainsi, cherche plutôt à avancer cette affaire qu'à la retarder.

Il faut observer ce qui suit.

Après cela Monsieur l'Ambassadeur a renouvellé ces offres par plusieurs personnes de sa Maison, il a joint à cela les prétentions de la Compagnie des Indes Occidentales pour les soumettre en arbitrage de personnes désintéressées. Il a encore fait le même à Messieurs les Commissaires de LL. HH. PP. le 1. de Novembre dans son Hôtel, & en a donné ensuite plusieurs Mémoires; finalement dans l'Assemblée de leurs Hautes Puissances le 28. de Novembre & ensuite de plus pressantes Propositions, savoir, si LL. HH. PP. vouloient laisser le Traité de Brezil à part jusqu'à ce que leurs gens & leurs forces s'y fussent renduës, ce qu'il accepteroit & dont il seroit content.

Après

Après cela il a fait connoître à Messieurs les Commissaires Bronckhorst, & Bruyninx & leur a offert de traiter avec cet Etat sous les conditions qu'ils trouveront bonnes, que tout restera dans le Brezil, comme il sera porté par le Traité. Item que la Paix sera premierement concluë entre cet Etat & le Portugal avant que lesdites Places soient restituées & pour ce qui regarde les autres différents, qu'il consentoit qu'ils fussent terminés par lui ou par les Ambassadeurs qui viendroient après lui, ou telles autres personnes que Sa Majesté jugera à propos de commettre pour cela, & en cas qu'on ne pût pas s'accorder par cette voye, cela sera décidé par des arbitres qu'on choisira de part & d'autre.

Ledit Ambassadeur a confirmé tout cela par son Mémoire du 6. Mars 1648.

A V I S

Sur les offres du

PORTUGAL

SECONDE PARTIE

Avec une

REMONTRANCE

Faite à Sa Majesté le

ROI DE PORTUGAL

Par les Habitans

PORTUGAIS

Du

PERNAMBOUC.

I.

POur ce qui regarde les offres du Portugal, & de quelle nature elles sont, c'est ce qu'on a vû dans la première Partie, je juge & je crois qu'on doit être content, & qu'en toutes manieres on doit les accepter comme elles sont, puisqu'il s'y trouve tant de conditions favorables pour cet Etat & pour la Compagnie des Indes Occidentales. C'est par cette raison que je juge qu'il est de l'honneur & de la réputation de cet

Etat comme pour le bien du Païs & le soutien de la Compagnie des Indes Orientales & Occidentales de les accepter, & qu'elles y sont fort interessées : c'est pourquoi je le veux faire voir un peu plus au long ; je donnerai à cet effet mes raisons sur chaque Article, afin de contenter toutes les Parties aussi bien de cet Etat que desdites Compagnies.

Pour ce qui regarde l'honneur & la réputation de cet Etat j'en tire encore la conséquence des 12. raisons suivantes : Les Loix Divines & Humaines nous aprennent que l'on doit souhaiter la Paix, quand même on devroit perdre quelque chose pour l'avoir : or le Portugal nous a offert tant de fois cette Paix, & nous l'offre encore : de sorte que j'estime en conscience que nous sommes obligez de l'accepter & de conclure, mais si on la refuse ne doit-on pas conclure qu'on fait tort à l'honneur & à la réputation de cet Etat qui est accoutumé à faire tout ce qu'il fait selon la conscience.

II.

Puisque selon la Loi de Dieu & de Jésus-Christ, on ne peut se servir des armes que dans la necessité, lorsqu'on y est absolument forcé, qu'on ne peut pas trouver d'autres voyes, & qu'on a fait tout son possible pour éviter cette extrêmité, on ne pourra s'excuser sur une Guerre dans le Brezil : on en seroit même responsable, puisque ce seroit nous qui de propos déliberé nous l'attirerions sur les bras, sans aucune nécessité ; car on nous offre la restitution entiére de toutes les Places perduës & l'indemnité des pertes que le Portugal nous a causées, à ce que nous prétendons. Que le Roi est content de s'en raporter à des personnes neutres : ainsi j'ai raison de dire qu'on blesseroit l'honneur & la réputation de cet Etat en refusant les offres du Portugal, & entrant en guerre avec lui.

III.

Il paroît clairement par le Traité de la suspension d'armes fait l'an 1641. avec l'Ambassadeur de Portugal Monsieur *Tristao de Mendoca Furtado*, que de notre côté on a stipulé qu'on feroit une Paix éternelle entre le Portugal & nous ; car ce Traité est ainsi de mot à mot. *Que dans 8. mois après sa Ratification par le Roi de Portugal venuë dans ces Païs, alors on traitera avec le Portugal touchant* (Nota) *une Paix au sujet des Places & Mers nommées appartenantes sous le district de cet Etat & l'octroi de la Compagnie des Indes Occidentales, &* par conséquent pour tout ce qui regarde le Portugal dans le Brezil, *à l'effet de quoi Monsieur Tristao de Mendoca Furtado Conseiller de Sa Majesté le Roi de Portugal, promet par cette, que dans les 8. mois après qu'on aura reçu ici les Ratifications de Sa Majesté, il viendra des ordres nécessaires, des instructions, & des personnes munies de l'autorité du Roi. NB. pour traiter de la susdite Paix.*

Puisqu'à présent Monsieur l'Ambassadeur *François de Sousa Continho* offre de conclure cette Paix au nom & par *ordre de son Maître le Roi de Portugal*, avec nous & la Compagnie des Indes Occidentales, nous ne pouvons, sans blesser l'Honneur & la reputation de cet Etat refuser ces mêmes offres ; encore moins pendant que la suspension faite avec le Portugal pour 10. ans n'est pas tout-à-fait expirée, entrer avec

lui

1648. lui en guerre dans le Brezil. Nous sommes donc obligez d'accepter ces offres & de faire une Paix éternelle avec le Portugal.

IV.

Personne n'ignore, & toute la terre sait que cét Etat a reçû de grands avantages du Portugal non seulement pendant la Guerre, mais encore par sa rebellion contre la Castille; qu'outre cela, il a été le soutien de la Compagnie des Indes Occidentales, comme aussi la cause que nous avons terminé avec honneur la Guerre contre le Roi de Castille, ce qu'on pourroit faire voir aussi clair que le jour, mais que même nos Habitans ont par là retrouvé leur ancien Commerce avec le Portugal, & qu'ils le possédent actuellement depuis plusieurs années, ce que tout bien considéré & en conscience, je dis que cela blesseroit l'honneur & la réputation de cet Etat, s'il n'acceptoit pas la Paix comme on l'offre, ou s'il la refusoit par son silence: car cela produiroit le même effet, si on laissoit partir sans rien résoudre Monsieur l'Ambassadeur *François de Sousa Continho*, en continuant d'aider la Compagnie des Indes Occidentales comme on a déja commencé.

V.

Il est vrai aussi, comme on l'a dit dans la premiere Partie, que le Portugal a jetté l'œil sur cet Etat quand il a secoué le joug de la Castille pour avoir sa liberté, ne doutant pas, comme on a tout lieu de le croire que cet Etat même se seroit lié d'amitié avec lui, & l'auroit aidé contre la Castille: il n'entend pas que nous fassions des pertes dans le Brezil, dans Angola ni dans les Indes Occidentales, puisque par ses promesses, il nous offre les Places perduës dans le Brezil sous des conditions fort raisonnables. Il est plus profitable & moins préjudiciable pour nous de vivre avec lui en Paix & en amitié, & nous ne devons pas en faire si peu de cas que de tomber sur lui par une Guerre inutile: ce seroit une marque, qu'on se soucieroit fort peu de l'honneur de cet Etat.

VI.

Les premiers du Gouvernement & ceux qui sont fideles patriotes ont été si ravis de la revolte du Portugal contre la Castille qu'ils pouvoient à peine contenir leur joye: on ne pouvoit assez en parler ni donner assez de louanges à *Don Jouan IV.* & aux Portugais: on attendoit avec une impatience extrême l'Ambassadeur: on en vouloit envoyer un d'ici avant son arrivée, pour offrir les services & les secours de cet Etat, & leur faire toutes sortes de caresses. Quand Monsieur l'Ambassadeur *Tristao de Mendosa Furtado* est arrivé ici, on lui a fait toutes sortes d'amitiez, & on n'a plus reconnu le Roi d'Espagne pour Roi de Portugal: de sorte que le Roi de Portugal étoit ici cheri comme l'enfant bien aimé. Il n'y a pas si longtems que cela est arrivé & ce seroit donc fort mal à propos qu'on entreroit sitôt en guerre avec lui, qu'on lui tomberoit sur le corps sans l'avertir, & qu'on le traiteroit comme un Ennemi: tout cela ne se peut faire sans blesser l'honneur & la réputation de cet Etat.

VII.

Puisque c'est l'ordinaire chez tous les Rois & les Princes Chrétiens, de n'entrer en guerre avec quelqu'un que premiérement, on n'ait cherché toutes sortes de moyens pour avoir satisfaction, & que ne l'ayant pû avoir on s'avertit réciproquement à tems, ce seroit donc faire tort à l'honneur & à la réputation de cet Etat, si on entreprenoit le Portugal par mer & par terre comme ennemi, que l'on fit la guerre dans le Brezil, à l'induction de la Compagnie des Indes Occidentales, qui dans cette occasion ne doit pas être crue, puisque dans le fonds elle ne le mérite pas. On ne prend pas même le tems d'examiner les raisons des deux côtez ni d'aprofondir la querelle sans partialité & l'on va piller & dépouiller les Habitans de Portugal même avec qui nous sommes en Paix dans leur Royaume, à *Bahia* & à *Rio de Janeiro* ou dans leur retour de ces Places en Portugal.

VIII.

Si l'on éxamine le Traité de Trêve fait avec la Couronne de Portugal, l'an 1641. on y trouve, (Nota) *qu'on a jugé à propos pour le bien commun de seconder les bons desseins du Roi Don Jouan IV. & faire avec lui ledit accord de Trêve, & ainsi laisser passer* (Nota) *beaucoup d'occasions qu'on auroit eu de remporter des avantages selon l'occurrence en deçà & au delà de la Ligne.* Je juge donc que l'honneur & la réputation de cet Etat ne permettent pas à présent que nous allions contre nos bonnes intentions, nos promesses, nos résolutions, & que nous entrions en guerre avec le Portugal, & je ne sai pas pourquoi nous lui tomberions sur le corps.

IX.

Remarquez aussi que nous avons fait la Paix avec le Roi de Castille notre ennemi mortel, après 80. ans de Guerre, sans demander aucune reparation ni dedomagement des pertes, ni même aucune assurance, contre le gré du Roi de France qui cherchoit à nous faire donner toutes sortes de satisfactions pour les torts considérables qui nous avoient été faits, comme aussi d'un autre côté nous avons employé toutes nos forces pour unir le Roi de France & celui de Castille par une bonne Paix: nos Etats s'en sont toujours mêlez, ils souhaitent encore de le faire, pour contribuer à la Paix entre les Rois & les Princes, & savent bien dire eux-mêmes, *qu'on ne doit pas être si fort sur ses intérêts, de sorte qu'ils passent beaucoup de choses pour un avantage comme celui de la Paix. Mais nommement ces Etats, par leur Traité avec la Castille témoignent qu'ils l'ont faite, comme touchez de l'intérêt du Christianisme, & en bons Chrétiens qui doivent faire cesser les miséres communes & arrêter les chagrins qui suivent toujours les pertes & les troubles & qui mettent en danger les Villes, les Païs & les Mers les plus éloignez, & changer tous ces mauvais effets dans une bonne & agréable Paix, pour le repos & la consolation des Sujets des deux Païs, & réparation des pertes souffertes, pour le bien commun non seulement de ces Provinces-Unies mais encore pour toute la Chrétienté* (Nota) *priant les autres Princes de se laisser toucher de compassion par la grace de Dieu pour finir les malheurs & les desordres d'une si longue & si penible guerre, & pour parvenir à une si bonne fin.* Remarquez tout ceci,

il

il me semble (sauf correction) que nous devrions pratiquer la même chose à l'égard du Portugal, ou bien nous ferons tort à l'honneur & à la réputation de cet Etat, & rendrons suspectes toutes nos actions & nos protestations.

X.

Il faut encore considerer que l'entreprise de la Guerre du Brezil est bâtie sur de très mauvais fondemens 1. sur la *Vengeance*, car non seulement on veut se vanger des Rebelles, on refuse encore les offres de reconciliation & on veut pousser la vengeance si loin qu'on n'en voudroit pas laisser un en vie, & cette vengeance tombera jusques sur les Sujets innocens du Portugal qui trafiquent dans leur Brezil, dont on prendra les Vaisseaux & les biens comme à des Ennemis publics. 2. Sur *une injuste convoitise*, car on a envie, si on le peut, de se rendre maîtres absolus de *Bahia* & d'avoir *Rio de Janeiro* qui appartiennent au Roi de Portugal, & cela sous le prétexte d'assister la Compagnie des Indes Occidentales à recouvrer les Places qu'elle a perduës (qui pourtant sans cela lui sont offertes) & de remettre les Rebelles dans leur devoir & de rétablir les affaires de la Compagnie qui sont tombées : c'est l'effet des offres du Roi de Portugal. 3. *Sur un intérêt particulier*, à la suggestion de la Compagnie des Indes Occidentales, comme aussi de quelques Provinces ou personnes particulieres, qui n'envisagent pas le bien commun, mais ne cherchent qu'à faire leur profit dans la guerre. 4. Sur *la plus grande injustice*, puisqu'on refuse les offres honnêtes, & qu'on propose toutes sortes de conditions fort deraisonnables pour ne pas acquiescer à celles que fait le Portugal, car on veut qu'il donne pour sûreté de ce qu'il promet, *Bahia*, en gage à ce qu'on dit, mais dans le fonds pour le garder en proprieté à ce qu'on s'imagine, & outre cela trois ou quatre cens tonnes d'or; qui a jamais entendu parler de demandes si injustes? Tout ceci bien consideré je conclus qu'on ne peut pas refuser les offres du Portugal, sans faire un tort considerable à l'honneur & à la réputation de cet Etat, qui est absolument obligé de les accepter & de faire sur cela une Paix générale.

XI.

Puisque le Roi de Portugal, avant l'arrivée de notre Flote & de nos gens de guerre que nous envoyons dans le Brezil, aura fait fortifier *Bahia* & *Rio de Janeiro* d'une maniere qui les rendra imprenables, & que d'ailleurs on ne peut pas nous conseiller d'attaquer ces Places, si ce n'est qu'on pût envoyer sur nouveaux fraix 8. ou 10. mille Hommes ce qui est d'une trop grosse conséquence, notre Flote d'un autre côté arrivera trop tard dans le Brezil pour y pouvoir faire quelque chose, sur tout quand les mois de pluye commencent, ce qui dure toujours 4. ou 5. mois; outre cela la maladie du Païs attaquera la meilleure partie de nos gens, ainsi on en auroit fort peu de service. Il y a encore à craindre qu'il n'y en ait beaucoup des nôtres qui passent du côté de l'ennemi, parce qu'ils y auront été envoyez contre leur gré, quel effet cela produiroit-il donc contre les Rebelles? Ce sont eux-mêmes des gens desesperez, qui feront, pour ainsi dire, l'impossible dès qu'ils auront perdu toute esperance de réconciliation, sans attendre aucune offre de nous, de sorte qu'ils seront resolus de perdre plutôt leur

Tom. IV.

vie & la vendre bien cherement en se battent jusqu'à la mort plutôt que de se rendre à nous, il sera donc bien difficile de les gagner ou de les reduire, cela ne se poutra faire que par une cruelle effusion de sang avant qu'on ait pû les reduire à l'obeissance, & regagner les Places perduës ainsi que les Forts, c'est ce dont on ne doit pas douter; on doit encore être persuadé que si ces Rebelles ne se trouvent pas assez forts pour nous resister, ils voleront, pilleront, & brûleront tout le plat Païs, & sur tout celui de Parnambuco, ensuite de quoi ils s'en iront avec leurs femmes, leurs enfans, leurs Esclaves, leur or & leur argent dans *Bahia*, ou dans les Bois du Païs, tellement que nous perdrons plus dans la Guerre, que nous ne gagnerions en recouvrant le Païs. Enfin quand nous aurions deux fois plus de forces, il ne seroit pas possible de garder le plat Païs ni de resister contre ceux de Bahia, & même contre les Rebelles qui se sont retirés dans les bois, toutes les personnes d'esprit qui ont demeuré dans le Païs & qui en connoissent la situation en jugeront ainsi. Je conclus donc encore que l'honneur & la reputation de ces Etats s'y trouvent fort engagez, & qu'on doit absolument accepter les offres de Monsieur *Francois de Sousa Continho*, faire la Paix avec le Portugal & arrêter par là les desordres du Brezil.

XII.

Enfin on doit en dernier lieu considérer qu'une Guerre telle que seroit celle-là ne peut avoir une bonne fin, c'est le sort ordinaire de toutes celles qui ne sont pas nécessaires & qui sont faites sur un mauvais fondement; on seroit donc fort à plaindre si on s'y engageoit. J'estime par consequent que pour prevenir le deshonneur de cet Etat qui seroit inévitable, on doit se desister de cette entreprise qui est autant inutile qu'elle seroit préjudiciable : on peut en voir au long des Exemples dans l'Ecriture Sainte *Jud.* II. Le Roi des Ammonites pour une injuste prétention entra en guerre contre les enfans d'Israël, & ne voulut point écouter les offres de Jephté Chef de l'armée des Israëlites, il fut batu. *I. Sam.* II. *Nabas* Chef des Ammonites fit assieger par *Jabes* une Ville qui appartenoit aux Enfans d'Israël, on refusa leurs offres honnêtes, & on leur fit même des conditions fort injustes; de sorte que *Saül* Roi des Enfans d'Israël battit l'armée des Ammonites. 2. *Rois.* 14. Le Roi *Amazias* qui commandoit sur la Tribu de Juda entreprit une Guerre fort injuste contre *Joas* Roi d'Israël; celui-ci chercha à la détourner & à vivre en Paix avec *Amazias*, mais par son obstination *Joas* le batit & le fit prisonnier, *Joas* vint ensuite à Jerusalem, il rompit une partie des murailles de la Ville, prit hors de la Maison de Dieu tout l'or & l'argent avec les Ustencilles les plus précieux, les trésors du Roi, & les emporta avec lui à Samarie. Lisez encore l'Histoire de *Benhadab. I. Rois* 20. vous y verrez que voulant attaquer le Roi d'Israël, sur le refus qu'on lui avoit fait à une demande fort injuste, il fut battu deux fois de suite, & perdit dans la derniere Bataille 127. mille Hommes. Si l'on veut chercher dans l'Histoire Romaine, on y trouvera que ceux de *Carthage* refuserent dans leur seconde Guerre de faire la Paix avec les Romains qui après beaucoup de combats leur offrirent des conditions fort avantageuses. Ceux de Carthage furent enfin obligez d'envoyer à Rome des Ambassadeurs pour y traiter d'une Paix tout à fait

hon-

honteufe, & leur Chef fut obligé de l'accepter. Dans leur troifieme guerre contre les Romains, ils mepriferent encore leurs offres, quoique fort honorables, ils furent affiegez, pris, pillez, diffipez çà & là, brûlez. & vendus comme des Efclaves. *Philippe* Roi des Macedoniens rejetta les offres honorables que lui firent les Romains qui le forcerent enfuite d'envoyer fes Ambaffadeurs à Rome pour fe foumettre & en paffer par tout ce qu'ils voudroient. *Antiochus* méprifa également les Propofitions avantageufes des Romains qui le réduifirent enfuite à accepter une Paix fort honteufe & fort deshonorable pour vivre avec tranquilité. Ceux de l'*Etolie* ayant agi de même avec *Titus Quintius* furent contraints d'envoyer plufieurs fois à Rome où ils eurent bien de la peine à obtenir enfin une Paix très-defavantageufe, après avoir entrepris une Guerre fort inutile. *Nabin* Roi des Lacedemoniens & Tyran ayant auffi méprifé les offres du même *Titus Quintius* Général des Romains quoiqu'elles fuffent très honorables fut après cela obligé de demander la Paix à genoux par fon Ambaffadeur *Pythagoras*. *Perfée* Roi des Macedoniens préferant la guerre à la Paix qu'il auroit pu faire avec les Romains & ne voulant écouter aucunes de leurs Propofitions, ne perdit pas feulement fes meilleures troupes, fes Païs & fon Royaume, mais même il fut pris avec les plus grands de fa Cour, fa Femme, fes enfans & fut conduit prifonnier à Rome, & mené en triomphe, après quoi il y mourut dans les prifons. Tous les Livres font remplis d'Hiftoires qui fourniffent de pareils exemples; on n'a feulement qu'à lire ce qui regarde le Duc *Charles* de Bourgogne contre les Suiffes, il entreprit contr'eux une Guerre inutile & fans fondement il ne voulut écouter aucunes de leurs Propofitions, il fut batu à plate couture.

Quand on fonge avec combien de peines on a amaffé tant de gens de guerre pour monter notre Flote, avec quelle répugnance ils ont marché, combien on a été de tems à tout préparer, combien il a fallu attendre après le vent, & de quelle maniere nos gens font arrivez dans le Brezil, où, quoiqu'ils fuffent plus forts que l'ennemi ont cependant été battus dans le tems que nous nous imaginions qu'un de nos Soldats en valloit quatre des leurs, que nous avons perdu dans la bataille plus de quarante Officiers parmi lefquels il y a eu 22. Capitaines, & d'autres plus élevez encore en charges, qu'il y eft refté plus de 500. Soldats, le Lieutenant Général *Schop* & beaucoup d'autres braves gens, au lieu que l'Ennemi n'a perdu que fort peu de monde. Peut-on difconvenir que cette perte ne foit plus rude que celles que nous avons faites dans aucune Bataille de Flandre? Et la honte dont elle nous couvre, eft plus confiderable que celle que nous avons jamais effuyée contre la Caftille. La Compagnie entiere des Indes Occidentales ne vaut pas cela, la honte eft encore augmentée par 50. Portugais qui en ont fait fuir 400. des nôtres. Je fuis honteux de le dire, car qui eft-ce qui ne concluroit pas de là que cette entreprife finira mal pour nous, ou que la Guerre fera la perte totale de la Compagnie, car on ne peut en attendre que des troubles & du defordre, & il eft certain qu'on eft à préfent chagrin de s'être fi fort preffé pour équiper cette Flotte, parce qu'on s'étoit imaginé non feulement de reprendre par ce moyen tous les quartiers perdus dans le Brezil, mais auffi de conquerir *Bahia*, *Rio de Janeiro*, & ce que les Portugais poffedent de

plus dans le Brezil & Angola, mais les fraix qu'on a faits pour cela ont été infructueux, & tous ceux qu'on feroit dans la fuite n'auront pas un meilleur fuccès, ils feront même plutôt pour la perte que pour le profit, ce qui fera dans la fuite démontré plus clair que le jour en plein midi, tellement qu'on verra bientôt le tems qu'on voudroit n'avoir pas envoyé cette Flotte ni les gens de guerre, & qu'il auroit mieux valu employer l'argent ailleurs & s'accommoder avec le Portugal. Oui (felon moi) ce tems approche, je le vois déja, car tout ce que nous difons nous prouve qu'une Guerre injufte & entreprife fur de mauvais principes n'a jamais eu un bon fuccès. Il eft encore tems d'y remedier, car on dit proverbialement *que celui qui n'eft qu'à l'entrée du Labyrinthe, n'y eft pas encore engagé.*

Voila les 12. Raifons qui confirment ce que j'ai dit, qui eft qu'on devroit accepter les offres du Portugal, parce que l'honneur & la réputation de cet Etat en dépendent. Je répondrai dans la troifieme Partie, pour abréger cette matiere aux objections que l'on pourroit faire là-deffus.

Pour *ce qui regarde l'intérêt de ce Païs*; j'ai dit qu'il importe abfolument qu'on accepte les offres du Roi de Portugal; cela paroit par les 12. Raifons fuivantes.

I.

Parce qu'autrement la République fera obligée d'entrer dans une nouvelle Guerre, de rompre avec le Portugal, dans les Indes Orientales, le Brezil & Angola. En cas que l'on ne veuille pas accepter les offres du Portugal, on confumera inutilement des fommes prodigieufes qu'on fera obligé de lever de tems en tems fur les Sujets & mettre tout en ufage pour foutenir cette guerre, & affifter les Compagnies des Indes Orientales & Occidentales, d'autant que cette Guerre durera plufieurs années, car le Brezil Portugais ne fe rendra pas fi aifément. Je ne parle pas de toutes les fortes Places que le Portugal poffede dans les Indes Orientales. Et fuppofant qu'on put terminer la Guerre dans le Brezil & Angola en peu d'années, qui eft-ce qui peut nier qu'on ne feroit pas encore obligé d'envoyer une Flotte avec 10. mille Hommes au moins & quand avec cela on aura forcé le Brezil Portugais, regagné les Places perduës & foumis ou chaffé les Rebelles, ce qui pourroit auffi ne pas réuffir, peut-on nier que cela ne coutât plus de 10. millions, qu'il faudroit tenir dans nos Places & dans celles du Brezil Portugais plus de 6. mille Hommes continuellement en Garnifon, qu'il faudroit outre cela plus de 20. bons Vaiffeaux de guerre pour garder les côtes, ce qui reviendroit encore par an à plus de 2. millions. Qui peut nier qu'ayant nos Places perdues dans le Brezil, comme nous pouvons les ravoir fans qu'il nous en coûte un feul Homme, nous n'en tirerons pas avec le tems autant de fucre qu'on en peut tirer de tout le Brezil. Qu'on juge donc à préfent fi cette guerre n'eft pas inutile, & fi nous ne confumons pas fort mal à propos tant de Millions.

II.

A l'égard des Soldats nous en perdrons plus par les maladies, par les accidents, & par la mifere que par les armes, les meilleures troupes & les Officiers n'en feront pas éxempts; on devroit bien plutôt les garder dans le Païs pour

1648. pour des occasions plus avantageufes, puis-qu'on voit clairement que c'eſt les expoſer fort mal à propos.

III.

Si on continuë la Guerre avec le Portugal & qu'après pluſieurs années on ait fait la conquê-te de tout le Brezil, il faudra ſacrifier la plû-part de nos Vaiſſeaux pour garder les côtes, où ils deperiront bientôt à cauſe des vers qui rongent les Vaiſſeaux en très-peu de tems; ce-pendant on pourroit les conſerver pour un meil-leur uſage. Tout ceci ſe feroit donc fort mal à propos.

IV.

En refuſant les offres du Portugal on ſe met dans la neceſſité de continuer la Guerre, & par ce moyen on épuiſera abſolument tous les Magazins du Païs de Poudre, de Canons, de Mèches, & autres munitions dont on a beſoin pour le défendre, on ſera obligé de les envo-yer de tems en tems pour ſe maintenir dans le Brezil & ſoutenir la Guerre dans ce Païs-là. On feroit bien mieux d'entretenir ici ces mê-mes Magazins pour les trouver remplis à point nommé quand on en pourra avoir beſoin dans d'autres occaſions.

V.

Pour ce qui concerne les entrées, il eſt cer-tain qu'elles diminueront conſiderablement par la Guerre où l'on s'engagera ſi l'on n'accepte pas les offres du Portugal; le Négoce viendra à ceſſer d'ici ſur le Portugal, & celui du Brezil ici & d'ici au Brezil, enfin celui des Indes Orientales, & par conſequent notre Commer-ce des denrées des Indes & du Brezil dans les autres Païs, & tout cela ſe feroit à notre préjudice volontairement, comme on l'a fait voir ci-deſſus, & comme on le ſera encore voir plus clairement dans cette troiſieme Par-tie.

VI.

Car nous ſerons, par cette nouvelle Guerre avec le Portugal, privez des Villes, Havres, Ports, Rades & Rivieres du Portugal tant pour nos Vaiſſeaux de Guerre que pour nos Vaiſſeaux Marchands, même ceux qui vont en Italie, en Turquie, Barbarie, Gréce, Caſtille, & ceux qui viennent de là & auſquels cet entrepôt eſt ſi avantageux pour ſe rafraichir & ſe radouber ſur tout dans un tems de guerre, comme cela nous peut arriver contre la Caſtille; puiſque de là nous pourrions lui cauſer beaucoup de tort auſſi bien par mer que par terre.

VII.

En refuſant les offres du Portugal & entrant pour lors néceſſairement en guerre avec cette Couronne, nous ſerons obligez d'entretenir un grand nombre de Vaiſſeaux de guerre dans le Port de Cadix, pour garder & conſerver no-tre Navigation & notre Commerce en Italie, en Eſpagne, en Turquie, en Barbarie, & en Gre-ce; puiſque le Portugal chercheroit à nous nuire & à empêcher notre Navigation & notre Com-merce aux Indes Orientales, au Brezil & à

Angola, ce qui n'eſt pas d'une petite confide-ration pour cet Etat & pour tout le Païs.   1648.

VIII.

Nous ne pourrons dans cette occaſion éviter d'avoir des démêlez avec nos voiſins, les Fran-çois, les Anglois, Ecoſſois, ceux du petit Eſt & les Suédois, parce que nous voudrons empêcher qu'ils ne tranſportent en Portugal, ou leurs denrées ou toutes ſortes de munitions de guerre; nous voudrons empêcher auſſi leur Navigation au Brezil, à Angola & aux Indes Orientales dont le Portugal leur accordera infailliblement la liberté, comme on le ſera voir plus au long dans la troiſieme Partie.

IX.

Nous nous attirerons par là la haine de plu-ſieurs grands Princes qui veulent beaucoup de bien au Roi de Portugal & qui ſont Ennemis de celui de Caſtille, ſur tout le Roi de France & le Royaume de Suéde, qui pour rendre ſervi-ce au Roi de Portugal traverſeront notre Com-merce & notre Navigation par tout où ils pour-ront, & lui donneront même ſous main toute ſorte de ſecours & d'aſſiſtance.

X.

Par la Guerre ouverte où nous entrerons a-vec le Portugal nous favoriſerons la Caſtille qui profitera de cette deſunion & pour repren-dre ſi elle peut le Portugal, & réunir à ſes forces celles de ce Royaume; c'eſt cependant ce que nous ne devrions pas faire; nous devons au contraire maintenir le Portugal, lui aider & le ſoutenir toujours, afin d'affoiblir de plus en plus la Caſtille qui eſt notre ancien ennemi mortel, auquel on ne doit pas ſe fier & qui par la Ré-volution du Portugal, eſt plus affoiblie & in-commodée qu'on ne penſe; oui on y doit tenir la main quand ce ne ſeroit que pour empêcher la Tyrannie & les cruautez qu'elle y exerce-roit.

XI.

Cela ſera un tort conſiderable au Commer-ce & à la Navigation de ces Païs, nous en perdrons la plus grande partie qui ſera alors pour les Villes Anſeatiques, la Suéde, l'Angleterre, la France, & autres endroits. Nous perdrons auſſi beaucoup d'Habitans, ce qui ne doit pas être un petit objet pour ces Païs-ci ni pour l'Etat.

XII.

Enfin en entrant dans une Guerre ouverte, par le refus des offres ſuſdites, comme on a déja commencé d'y entrer, pour ainſi dire, il eſt queſtion d'enviſager la choſe de ſon meilleur côté, ſuppoſons qu'on ait conquis tout le Brezil les Peuplades des environs & la culture de toutes ces terres tomberont à la charge de l'Etat, car tout le Païs aura été brûlé & ſacagé par la guerre, il ſera dégarni d'Habitans & d'Eſclaves, il y reſtera fort peu de gens de quelque con-ſideration, perſonne de ce Païs-ci n'y voudra aller pour y bâtir des Moulins à Sucre ou pour rebàtir ce qui aura été brûlé, il ne s'y trouvera pas de gens pour fournir les outils néceſſaires, par la crainte que les Portugais qui ſe ſeront retirez dans les Bois, ne les brûlent encore.

Quel fardeau seroit-ce donc pour l'Etat, car on doit savoir qu'il faut au moins cent mille florins pour rebâtir un moulin à sucre, & le garnir de tout ce qui y est nécessaire, cela iroit donc dans nos quartiers seulement environ à une somme de 8. ou 10. Millions.

On doit encore faire une attention sérieuse sur la suite du refus des offres du Portugal, & sur la nouvelle Guerre où l'on sera obligé d'entrer. Le Portugal achetera à quelque prix que ce soit la protection de la France quand il verra qu'il ne pourra pas soutenir en même tems contre nos forces dans le Brezil, contre la Castille, & l'Espagne. Je demande ce que nous ferons alors, entrerons-nous aussi en guerre contre la France? Ce seroit une véritable fureur, mais il pourroit arriver que le Portugal par un mariage se pourroit accommoder avec la Castille ou par d'autres moyens, avant que nous fussions Maîtres du Brezil & des Indes Orientales; car il est même sans doute que le Portugal mettra tout en œuvre plutôt que de souffrir que nous lui enlevions ses conquêtes du dehors, son Commerce & sa Navigation. Je demande encore ce que nous ferions dans cette conjoncture? Si nous entrions en guerre avec la Castille pour un si pauvre Païs, je croi que personne, pour peu qu'il eût de bon sens, ne le pourroit aprouver.

Je conclus de tout ceci, qu'il est nécessaire pour l'intérêt de la République que l'on accepte les offres de Monsieur l'Ambassadeur de Portugal & qu'on fasse une Paix générale avec ce Royaume.

Je sai ce qu'on me peut alleguer contre tout cela, mais je n'y répondrai pas ici, je le ferai dans la troisieme Partie, pour ne pas rendre celci plus longue, & ennuyer le Lecteur.

J'ai avancé que l'avantage & la prosperité de l'Etat veut qu'on accepte les offres du Portugal je le démontre encore par les douze raisons qui suivent.

I.

Par cette nouvelle Guerre dans laquelle on entrera avec le Portugal, les Habitans de cet Etat perdront leur Négoce d'ici sur le Portugal & du Portugal sur ce Païs-ci, ce qui mérite une attention particuliere, puisqu'il y a quelque centaine de Vaisseaux qui sortent de ce Païs pleins de Marchandises, quoiqu'ils ne reviennent pour la plûpart chargez que de sel.

II.

Les mêmes pour le même sujet perdront tout leur Commerce du petit Est, Terre-neuve, Angleterre, France, Italie, Norwegue & autres Places sur le Portugal & ensuite sur toutes les autres Places qu'on a déja nommées, ce qui est d'une grosse conséquence.

III.

Ils perdront encore par là & seront privez d'une bonne partie des commodités qu'ils ont à présent d'employer leur argent en denrées des Indes Orientales & en Marchandises de Portugal & du Brezil pour le revendre ici dans le Païs à ceux qui les envoyent ou portent dans d'autres Païs, ou le porter eux-mêmes; moyen par lequel beaucoup de personnes s'enrichissent.

IV.

Par la même raison la Navigation de ces Païs-ci s'affoiblira beaucoup, & elle diminuera sur les Indes Orientales, le Brezil, le Portugal, l'Italie, la France, l'Angleterre & beaucoup d'autres endroits, ce qui fait vivre quantité de Mariniers de ces Païs.

V.

Item les metiers, le debit, & toutes sortes de Manufactures de ce Païs seront par là prodigieusement affoiblies, ne subsistant que par le Commerce & le Trafic que procure la Navigation, & cela occupe un nombre presqu'infini de personnes, ce qu'il n'est pas nécessaire de faire voir plus au long.

VI.

On fera encore tort par là à un nombre prodigieux de Manufactures, à ceux qui rafinent les sels & les sucres, à ceux qui construisent les Vaisseaux, ce qui interesse considerablement les gens de ces Païs-ci, & cela est si connu, qu'on n'a pas besoin d'insister davantage là-dessus.

VII.

On portera encore par là un préjudice très-notable à la pêche qui est ici quelque chose de fort important puisqu'on ne pourroit pas fournir le sel à point nommé dans le tems dont ils en ont besoin, il le faudroit tirer de la Mer Baltique, il couteroit beaucoup plus, ce qui seroit une perte considérable.

VIII.

On fera tort par le refus des offres, & l'ouverture de la Guerre à notre Commerce & Navigation en Espagne, en Italie, en Turquie, en Barbarie, en Grèce & autres Païs, comme on l'a déja remarqué, parce que les Armateurs de Portugal ou ceux qui en auront des Lettres de Represailles tomberont sur nos Vaisseaux.

IX.

Nos Habitans par là seront privés des moyens d'entretenir 50. ou 60. mille Hommes hors du Païs, sur tout dans le Brezil à qui l'on fait gagner leur vie honorablement, sur tout depuis que la Paix est faite avec la Castille, cela ne se pourroit pas faire alors, car qui voudroit aller d'ici là tant que la guerre durera avec le Portugal dans le Brezil? Qui est ce qui voudroit y aller pour y planter & s'y établir avec leurs Femmes & leurs enfans? Ce qui est un point si essentiel qu'il devroit seul engager à accepter les offres & les Propositions que l'on fait de la part du Portugal.

X.

Les mêmes personnes seront outre cela privées de leurs correspondances d'ici au Brezil, cela fera un tort considerable à leur Négoce qu'ils faisoient de là en Espagne, en France, en Angleterre, Terre-neuve, Irlande & autres Païs; parce que la Compagnie des Indes Occidentales ayant enfin reflechi sur ses intérêts, leur a
laissé

laissé le Commerce ouvert dans le Brezil, car tant que la Guerre durera entre la Compagnie, le Portugal & les Rebelles, qui est-ce qui partira d'ici pour aller dans quelqu'une des Places ci-dessus nommées, ou qui voudra y trafiquer? Personne. Je laisse donc aux gens d'esprit à juger s'il n'est pas plus à propos de s'accommoder avec le Portugal que de continuer la Guerre. Il faut remarquer qu'on peut tirer tous les ans de ces quartiers-là par nos Habitans. 30. ou 40. mille caisses de sucre, ce qui est empêché par la Guerre, ce qui est d'une aussi grande conséquence que les autres raisons.

XI.

On perdra encore par cette Guerre quantité de bonnes occasions que l'on auroit infailliblement en jouissant de la Paix avec le Portugal, & en possedant tranquilement le Brezil Hollandois. On auroit trouvé de plus en plus ces occasions de rétablir la fortune de personnes ruinées, outre que d'autres y auroient cherché des emplois honorables. Il est inutile de déduire encore ici bien d'autres raisons sur le même sujet.

XII.

Enfin par la Guerre où l'on entrera avec le Portugal en refusant ses offres, beaucoup de personnes perdront l'esperance d'être payez de ce qui leur est dû dans le Brezil de rentrer dans leurs biens en fonds, de recouvrer leur plat Pais, ce dont elles auroient encore quelque espérance si on faisoit promptement la Paix, parce qu'alors on tâcheroit d'empêcher les Rebelles de brûler davantage le Pais. Cet Article seul devroit déterminer à faire la Paix avec le Portugal, je m'en raporte aux gens de bon sens.

Quelqu'un dira peut-être sur tout cela qu'on n'a pas dessein de rompre avec le Portugal, mais de vivre avec lui de toutes manieres en bonne intelligence; mais je demande si quand nous voulons prendre ce que le Portugal a dans le Brezil, quand nous volons ses Sujets, que nous le traiterons comme ennemi, s'il le souffrira longtems, & s'il ne nous déclarera pas la guerre? Pour moi je le crois, & qui croira autrement se trouvera trompé, c'est ce que le tems apprendra bientôt.

Il y en a qui prétendent encore que nous ne voulons pas rompre en façon quelconque avec le Portugal, mais simplement punir nos Rebelles les remettre sous l'obeissance, & reprendre les Places que nous avons perduës, les forces que nous avons envoyées n'étant destinées que pour cela, que c'est par cette même raison que nous occupons les côtes, & que nous prenons tout afin que les Rebelles ne puissent en tirer de quoi se fortifier. Je demande sur cela, pourquoi tous les frais que l'on fait & tous les mouvemens qu'on se donne, puisqu'on nous offre de terminer cette affaire comme nous le souhaittons sans qu'il nous en coûte rien?

Ce qu'on pourroit dire de plus sur tout cela, je le raporterai dans la troisieme Partie & y répondrai en même tems.

Pour ce qui concerne la Compagnie des Indes Orientales, j'ai dit qu'il étoit de son intérêt & de sa conservation qu'on acceptât les offres du Portugal, & qu'on fit avec lui une Paix générale, c'est ce que je prouve par les six raisons suivantes.

I.

La Compagnie sauvera & conservera par la Paix son Capital, & le prix où sont ses actions qui monte bien à quatre fois autant & qui est de plus de trois cens cinquante tonnes d'or, au lieu que par le refus des offres & consequemment par la Guerre qui augmentera de plus en plus entre le Portugal & cet Etat, elle court risque que ces mêmes choses dans peu d'années soient d'une fort petite valeur, ou du moins elle viendra au point où est à présent la Compagnie des Indes Occidentales, ce qu'on fera voir dans la troisieme Partie.

II.

Item afin qu'elle puisse pour ses interessez conserver son Commerce dans les Indes Orientales, & faire tous les ans un dividend de 25. ou 30. & même encore plus par cent, au lieu que par le refus on court tous les risques dont on a déja parlé.

III.

Item le profit de ses interessez augmentera tous les ans, parce que son état sera assuré dans les Indes Orientales, comme on l'experimente tous les jours.

IV.

Item. Leurs profits ou dividens augmenteront chaque année considérablement, parce qu'elle fera un plus gros gain par le Negoce qui sera plus grand, & par les fraix qui seront bien moins considerables, au lieu que tout cela courrera de grands risques par la guerre, comme on le verra dans la troisieme Partie.

V.

Item parce qu'elle conservera son honneur & sa réputation & toutes ses Places, outre l'avantage de son crédit tant ici qu'aux Indes qu'elle court risque de perdre si on refuse les offres du Portugal & qu'on entre en guerre avec lui.

VI.

Item. Elle n'aura pas besoin alors que les intéressés augmentent son Capital, comme la Compagnie des Indes Occidentales a été obligée de faire; ce qui l'exemptera de prendre de l'argent à intérêt, & de tomber dans les embarras qu'on ne pourra éviter si l'on entre dans une guerre générale avec le Portugal.

Voila les six raisons qui touchent la Compagnie des Indes Orientales, & par lesquelles je prouve qu'on doit accepter les offres du Portugal.

Pour ce qui regarde la Compagnie des Indes Occidentales, & qu'il est également de son intérêt d'accepter les offres de Portugal & de faire la Paix avec lui, j'en donne douze raisons.

     I. Elle

I.

Elle aura par ce moyen toutes les Places qu'elle a perduës dans le Brezil, & les y possedera tranquilement. Je dis encore que les Rebelles se soumettront en même tems à leur Gouvernement & à leur obeissance, & resteront bons & fideles Sujets, parce qu'on les traitera avec plus de douceur qu'auparavant, autrement on ne les tiendroit jamais dans leur devoir, c'est ce qu'il est aisé de concevoir. Il faut que ce soit Sa Majesté Portugaise qui leur commande, & qu'ils sachent que l'on est en Paix, sinon, ils aimeront mieux mourir, que d'obeir à la Compagnie, tant ils ont de haine pour elle, & d'amitié pour le Portugal.

II.

Elle aura toutes ses Places par la Paix, sans répandre une seule goute de sang ni faire les moindres fraix elle les aura même en fort peu de tems, & précisément aussitôt que Monsieur l'Ambassadeur *Francois de Sousa Continho* sera arrivé, il est toujours prêt à partir & n'attend que la conclusion de la Paix entre le Royaume de Portugal & cet Etat. On peut voir par là que nous avons bien fait des fraix inutiles pour recouvrer les Places perduës dans le Brezil, & que nous sommes nous-mêmes cause de toute la perte du sang qui a été répandu, quand notre Flote & nos gens sont arrivez là, & que nous serons encore la cause de celui qui se répandra, puisque nous méprisons les offres de l'Ambassadeur qui a protesté devant Dieu & devant les Hommes qu'il étoit innocent de tout cela.

III.

Elle sauvera par l'acceptation de ces mêmes offres la vie à un grand nombre de ses gens, de guerre aussi bien par mer que par terre, elle ne sera plus obligée d'en entretenir un nombre si considérable, qui la ruinera si elle n'en est pas dechargée assez à tems; car pour lors on n'en aura plus besoin, une petite quantité suffira pour garder ses quartiers contre les Voleurs & les meurtriers qui sont dans les Bois, & l'on doit remarquer qu'il y aura certainement tant de gens de ces Païs-ci qui iront là qu'en fort peu de tems, on n'aura pas besoin d'y entretenir des Soldats, parce que le nombre des Hollandois sera plus grand que celui des Portugais.

IV.

Elle gagnera toujours de plus en plus par le Commerce des Negres dans le Brezil & Angola, les revenus augmenteront d'années en années, & il seroit à souhaitter que ce Commerce pût aller sur le même pié dans la suite avec la Castille, & qu'elle voulut consentir qu'on fit le même Négoce avec ses Négres dans *Carthagene*, *Vera Crux*, aux Indes Occidentales & *Rio de la Plata*, car si elle pouvoit avoir ce Commerce il seroit admirable; je ne vois pas même quelles raisons pourroit avoir le Roi de Castille pour le refuser, il devroit au contraire le laisser faire à ces Habitans du Perou & de la nouvelle Espagne pour les travaux des mines où il en a un fort grand besoin.

V.

Elle aura avec le tems ce qui lui est dû, & les Habitans outre cela pourront par la Paix faire de bonnes conquêtes.

VI.

Les Actions de la Compagnie augmenteront tous les jours par là, & monteront au pair avec le Capital. Sur tout si leur Gouvernement fait tout mettre à profit, & si elle envoye de ces côtez-là de bons & fideles Ministres qui ayent soin de faire de bons reglemens.

VII.

Par là elle ne sera pas obligée de payer des intérêts, qui ainsi augmenteront le Capital.

VIII.

Cela lui servira avec le tems à pouvoir payer les arrerages de l'argent qu'elle a pris à intérêt, & qui pour la plus grande partie appartient à de pauvres Veuves ou Orphelins & à d'autres personnes de cette espece qui gémissent tous les jours pour ce sujet, & se plaignent à Dieu même de ce qu'elles ne peuvent pas avoir leur argent ni même les intérêts, la Compagnie devient par là la fable & la risée de ses ennemis comme de ses envieux & cela fait une véritable pitié à ses amis.

IX.

Elle recouvrera par ce moyen l'honneur, la réputation & le crédit qu'elle a perdu.

X.

Elle pourra elle-même faire son Négoce dans le Brezil, ou le ceder aux Négocians particuliers qui demeurent là & dans ce Païs, lesquels transporteront leurs Marchandises d'ici à d'autres Païs & raporteront à peu de fraix leurs sucres, & autres effets du Brezil, ensorte qu'elle sera chargée de peu de depense pour le frêt, ce qui est un grand point, puisque le Négoce de notre Brezil reviendroit par là en bon état, au lieu que celui du Brezil Portugais tomberoit absolument.

XI.

Elle préviendra encore par là la perte de son Capital, elle préviendra sur tout la diminution de ses Actions qui ne viendront pas plus bas, au lieu que cela devroit nécessairement arriver, si on n'acceptoit pas les offres & qu'on recommençât la guerre.

XII.

Elle gardera par là non seulement toutes les Villes, Places fortes & Forteresses qu'elle possede encore à présent, soit dans le Brezil, Angola, Guinée, mais encore le plat Païs de Parnambuco qui ne seroit pas pillé, brûlé & depeuplé. Il y a même lieu de craindre que cela n'arrive au plat Païs si la Guerre continuë, pour en chasser les Rebelles; ce plat Païs lui sera alors à charge, il faudra y entretenir continuellement

tinuellement des Garnisons, y faire venir des munitions & autres Provisions, sans y trouver un profit ni un revenu qui lui en procurât les moyens, attendu que par la fuite des Rebelles il n'y auroit pas assez de Négoce.

Voila les raisons & les motifs qui m'ont obligé de faire voir qu'il est nécessaire d'accepter les offres du Portugal, qui, à ce que je m'imagine, ne passeront pas chez bien des gens pour être suffisants, sur tout ce que j'ai dit pour l'avantage du Païs, & celui de la Compagnie des Indes Orientales, à moins que je ne m'explique encore plus en expliquant ce que le Portugal pourroit faire, si nous refusions absolument ses offres, & que nous aimassions mieux la Guerre que la Paix. Je sai bien encore qu'il y a beaucoup de personnes parmi nous qui sont persuadées que le Portugal n'a ni la force ni le courage de rompre avec cet Etat ou avec les Compagnies des Indes Orientales & Occidentales, ni d'entrer en guerre avec l'un ou avec l'autre, ils sont encore plus persuadés que le Portugal ne pourroit faire tort ni à ces Compagnies ni aux Etats, mais qu'il se feroit un tort considérable à lui-même.

Pour contenter toutes ces personnes je devrois raporter ici tout ce qu'il me paroit que le Portugal pourroit faire dans cette occasion ; mais je le ferai dans ma troisieme Partie, j'espére qu'on m'excusera & qu'on suspendra son jugement jusqu'à ce tems là, ne la voulant mettre au jour que lorsque je verrai quelqu'apparence de Traité avec le Portugal, car à quoi sert la chandelle ou des Lunettes quand on ne veut pas voir ?

REMONTRANCE

Faite à *Sa Majesté* le

ROI DE PORTUGAL

Et présentée par les Habitans

PORTUGAIS

De la Capitainie de

PERNAMBUCO.

SIgismond *van Schop* s'est emparé l'an 1635. de *Pariba* dont il fit la conquête & de là est venuë la perte de *Rial* & *Cabo St. Augustin*, de sorte qu'on a été obligé & forcé de donner tout le plat Païs à la Compagnie des Indes Occidentales & de le mettre sous son obeïssance.

Le Conseil Politique dans ce tems-là étoit composé de *Jacob Stachouver, Guillaume Scot, Ippo Ysens* & *Balthasar Wyntjes*.

Ils conclurent qu'il étoit nécessaire que quel-

qu'un d'eux residât dans le plat Païs pour attirer les Habitans à la faveur d'un Passeport ; afin qu'un chacun pût librement posseder le sien, sans aucune incommodité.

Pour cet effet on envoya *Ippo Ysens, Guillaume Scot*, & *Balthazar Wyntjes*. Ippo avoit ordre du Conseil Politique d'aller à *Frigesi* de *Gojaena* & *Tamarica*.

Lorsqu'il y fut arrivé il fit battre le Tambour & fit publier de vive voix & par des Placarts, que tous les Habitans Portugais qui s'étoient absentez & ceux qui étoient restez eussent à se venir présenter, & prendre un Passeport pour pouvoir rester & posseder leurs biens en toute sureté & avec liberté de conscience, nous promettant que nous ne payerions pas plus d'impôts que sous le Gouvernement d'Espagne, mais que tous ceux qui ne se rendroient pas à cet ordre auroient leurs biens meubles & immeubles confisquez, & seroient punis corporellement.

Les Habitans pressez par ce Commandement vinrent prendre chacun un Passeport pour leur Maison & payerent chacun une piéce d'argent, & crurent que par ce moyen & à la faveur de ce Passeport ils pourroient de tems en tems faire reparoître leurs biens.

Ippo Ysens apprit par ce moyen qu'il y avoit beaucoup d'or & d'argent parmi les Habitans & songea de quelle maniere il pourroit s'en rendre le maître ; il n'en trouva pas de meilleur que de les accuser de crimes, & pour cela il se servit de *Jean Wynans*, *Haus Willemz* & d'un certain *Molart*.

Mais sous main il leur faisoit insinuer de lui donner tout leur or & leur argent, au moyen de quoi on leur donneroit encore un nouveau Passeport & que s'ils ne le faisoient pas on les tourmenteroit jusqu'à ce qu'ils apportassent tout.

Guillaume Scot dans le *Fregesi de St. Antoine, Passucke* & *Serenheim*, avoit fait publier les mêmes Placarts & y agissoit de la même maniere que *Ippo*.

Balthasar Wyntjes, Membre du Conseil Politique, faisoit dans son quartier emprisonner beaucoup d'Habitans sans aucune raison, mais seulement pour avoir leurs biens. Tel fut le sort de *Consalvo de Oliviera* & de beaucoup d'autres.

Cela a été cause que les Habitans du *Pernambuco* n'ont pas voulu revenir, parce que sans aucun sujet on les dépouilloit de leurs biens, ce qui leur faisoit perdre courage.

Après la mort de *Ippo*, il vint à sa place *Henri Schilt*. Celui-ci fut informé qu'il y avoit chez un certain *Tobbo* Prêtre & Chapelain quelque argenterie & quelques piéces de huit, ainsi que de l'argenterie d'Eglise & d'autres bons effets qui y appartenoient, cela étoit caché dans la terre, il se servit de toutes sortes de moyens pour decouvrir l'endroit où cela étoit & ne le put savoir que par le Negre de ce Prêtre. Il fit tout enlever, & il fit ensuite tuer ce Prêtre par son Secretaire au pié de l'autel, afin qu'il ne pût pas se plaindre de cette violence.

Tout le monde sait encore que le Directeur *Pierre Jansen Bas*, qui étoit envoyé dans *Marienon* avec autorité d'y gouverner, a su adroitement & par de bonnes paroles s'instruire quelles richesses les Habitans possedoient, & lorsqu'il en fut bien informé, il fit arrêter les plus riches, qui lorsqu'ils demandoient en justice de quoi ils étoient accusés, on leur répondit qu'on les enverroit dans une Barque au *Recif* pour y subir leur Sentence.

Pour cet effet il fit freter une Barque dans laquelle

quelle il fit mettre tous les prisonniers & en donna le Commandement à son Cousin *Guillaume Negenton* & au Fiscal *Piesen*.

Et ce même *Negenton*, suivant les ordres de son Cousin, jetta à la mer tous ces pauvres malheureux, lorsqu'ils furent assez éloignez de terre, afin que par leur mort on ne pût pas avoir connoissance de cette friponnerie ni savoir combien on avoit pris de leurs biens.

Les Habitans de Marienon en furent outrez & demanderent des Passeports pour aller demeurer ailleurs; on ne les leur accordoit qu'à force d'argent.

Cela les a obligez à prendre les armes, étant au desespoir de travailler pour enrichir les autres.

On sait aussi de quelle maniere le Directeur de *Nieuve-Landt* s'est conduit à *Angola* après le départ du Lieutenant Colonel *Hinderson*; quoique la Paix fût faite & signée avec le Gouverneur des Portugais. Il a tâché de se jetter sur son quartier avec main forte purement & simplement pour avoir son or & son argent, ainsi que celui de ses gens, dont il a tué quelques uns & laissé la vie à d'autres après avoir pris toutes leurs richesses.

A l'égard des Habitans qui étoient encore en vie, ils les ont fait mettre avec leurs Femmes & leurs enfans dans de vieilles Barques, & les ont envoyez hors du Païs, tellement que beaucoup sont morts de faim & de soif sur la mer, d'autres sont péris, & d'autres accablez de misere & de necessité sont venus dans le *Récif*, où on les a un peu assisté.

Après la conquête de *Rial* le Conseil Politique ordonna, contre le contenu des Articles de la Capitulation, que toutes les personnes libres auroient à payer une certaine somme d'argent, & que ceux qui ne le voudroient pas faire seroient arrêtez.

Il est également vrai que lorsque Don *Louis de Rorssie* est venu à *Porto Calvo* le Colonel *Artessoky* l'est venu trouver & les Habitans du *Cumerasy* se cacherent aux environs dans des Joncs, afin de ne pas souffrir des deux côtez.

Le Colonel ayant apris cela y fit mettre le feu, de sorte que tous ces pauvres gens furent brûlez & la plûpart étoient des enfans.

Sur la délation de quelques Esclaves qui ont accusé les Bourgeois de *Serenheim* d'avoir caché l'Ennemi chez eux, on en a arrêté plusieurs.

Trois ont été appliquez à la question, un y est mort, & il a été pendu avec les deux autres, on a confisqué leurs biens, & on n'en a pas donné d'autres raisons.

Quand *Rabellinie* vint de *Porto Calvo* avec une troupe par derriere *Malu*, & ensuite à Pasucke, *Cabo Morebuque* & St. *Laurens* où il se batit avec les Hollandois qui le mirent en fuite; *Sigismond van Schop* avec ses Soldats Brasiliens & Tapoyers qui marchoient par le Païs, fit assommer par ces Tapoyers plusieurs Habitans parmi lesquels il y avoit beaucoup de Femmes & d'enfans qu'ils ont traitez avec la même inhumanité.

On a également vû les cruautez du Baillif *Arnout* de *Libergen* à l'égard des Habitans d'*Allegos*. Il a tué lui-même quatre personnes & tourmenté beaucoup d'autres; mais il laissoit en liberté ceux qui donnoient de l'argent, & de cette maniere, il a gagné trois cens mille piéces de huit. Cela a obligé les Habitans de cet endroit à s'en aller demeurer à *Bahia*, y emportant le reste de leurs effets.

Dans le tems que *Jean Blaer* fut Bailly de *Serenheim* il a tant tiré de la Communauté qu'il a été impossible de le souffrir plus longtems.

Ce qui obligea les Habitans de suplier à genoux leurs Excellences du Grand Conseil de vouloir y pourvoir & assister les Habitans en ce qui étoit juste, afin qu'ils ne fussent pas forcez de se soulever contre l'Etat.

Le Baillif de St. *Antoine Pasucke* & *Maribeke* nommé *Albert Hol*, a jugé plusieurs personnes d'une maniere fort injuste; de plus il a debauché la Femme d'un certain Portugais, il l'a tenuë cachée dans sa Maison contre le gré de son mari, qui s'en plaignit fortement, sans pouvoir obtenir de justice.

Ce même Homme quelques jours après attrapa sa Femme & la tua sur le champ d'un coup de pique qu'il lui donna dans le ventre.

Les Communautez du *Parnambuco* n'ont jamais pu obtenir la réparation des pertes qu'elles ont souffertes injustement, quoique cela ait causé leur ruine.

Car dès qu'on a été Maître du plat Païs, on n'a pas tondu les Brebis, on les a écorchées.

Tellement qu'ils ont été obligez d'acheter des Bœufs pour leur subsistance, & se sont tellement endettez qu'ils ne s'en retireront jamais.

Outre cela les Habitans sont extremement apauvris par la mort de leurs Negres & par la petite verole qui y court extremement.

C'est ce qui est causé que nous ne pouvons rester en sureté sur nos biens, par raport à ceux de *Bahia*, parce que le Roi d'Espagne avoit envoyé de là à Pernambuco ses troupes pour incommoder tout le plat Païs, comme il brûle encore aujourd'hui les cannes de sucre, les moulins, & prend nos Négres, tue nos bœufs, enleve notre argent, nos meubles, sans que nous puissions nous debarasser des Hollandois.

Il ne reste rien ici, car quand ceux du Récif ont entendu tout cela, ils ont aussi envoyé leurs troupes dans le Païs, mais quand ils eurent appris que ceux de Bahia s'étoient rendus maîtres de quelques Places, ils s'en sont allez, ont pris les Portugais prisonniers & les ont encore plus maltraitez que n'avoient fait ceux de *Bahia*.

Pour avoir la liberté des hommes il falloit donner de l'argent ou des meubles.

Et quand il arrivoit une autre troupe, eût-elle été la même, on étoit exposé aux mêmes insultes & aux mêmes avanies.

De sorte qu'on a toujours volé le plat Païs. C'est pourquoi les Marchands du *Récif* qui ont vendu leurs Marchandises & qui ont prêté de l'argent aux Habitans d'ici pour en être payez en sucre, ne pouvant à présent avoir leur payement, les tirent en procès, obtiennent contre eux, font exécuter & vendre leurs Négres, bœufs & autres effets qui sont donnés pour le quart de ce qu'ils valent.

Il est aisé de juger quel tort cela nous fait. Car il y en a un grand nombre qui ont été obligez de quitter leurs terres & de se retirer à Bahia.

Le Grand Conseil voulant remedier à tous ces desordres a envoyé ici quelques Juifs qui étoient Courtiers dans le Païs avec ordre de parler à plusieurs Maîtres d'*Ingenios* pour faire un Traité avec eux au sujet de leurs dettes & les en décharger afin que les Marchands ne pussent plus les exécuter.

On leur fit dire secretement que s'ils vouloient faire un présent un peu fort, on prendroit

leurs

leurs dettes pour le compte de la Compagnie. Mais ce préſent devoit être donné d'avance en argent ou en joyaux.

Après cela on devoit préſenter une requête au Conſeil par laquelle ils ſuplieroient que puiſque les Marchands leur avoient tout rendu, on eût la bonté de les degager du reſte, afin qu'ils puſſent demeurer en ſureté dans ce qu'ils pouvoient encore avoir, que la requête ſeroit donnée *pro forma*.

Afin que le Grand Conſeil put ainſi contenter les Marchands, pluſieurs trouverent à propos d'accorder ainſi avec le Grand Conſeil, & on convint que les dettes particulieres ſeroient payées par Ordonnances, en donnant 18. pour cent à la Compagnie, & pour cela obligeant tous leurs meubles & immeubles à ladite Compagnie. Mais les Marchands ne voulurent pas accepter ces Ordonnances à moins qu'on ne perdît trente pour cent.

Tellement qu'il y en eut à qui il coutoit des ſommes très-conſidérables en préſens au Grand Conſeil, encore outre cela 18. pour cent à la Compagnie & 30. pour cent qu'il falloit perdre ſur les Ordonnances, de ſorte que le tout faiſoit enſemble plus de cinquante pour cent.

Ceux qui livrent à préſent des beſtiaux par ordre du Grand Conſeil aux Garniſons pour les Soldats ont pour cela des Ordonnances ſur la Treſorerie, & ne peuvent avoir leur argent ſans y perdre 25. pour cent.

Les Juifs profiterent de cette occaſion pour faire un nouveau Commerce; ils acheroient toutes ces Ordonnances, ils s'entendoient & s'accommodoient avec le Grand Conſeil, partageant le gain avec lui, ce qui cauſoit beaucoup de perte aux Habitans.

Le Grand Conſeil ſe trouvant trompé par ces Traités, & voyant le Païs ruiné par là, conſidérant auſſi que la Compagnie perdoit beaucoup par les mauvais payemens des contractans, ils commirent des gens dans chaque quartier pour recevoir les dettes de la Compagnie.

Ces Directeurs ont reçu beaucoup de Caiſſes de ſucre, afin d'écrire au Grand Conſeil qu'on les excuſât ſur ce qu'ils n'avoient plus de ſucre.

De ſorte que la Compagnie fut conſidérablement trompée, & le Grand Conſeil trouvoit ſon compte dans les préſens, cependant il s'apperçut que les facteurs n'agiſſoient pas bien; il jugea à propos d'envoyer dans chaque quartier un homme du Conſeil de Juſtice ou un du Conſeil des finances, pour retirer les dettes de la Compagnie d'une autre maniére; ils ſont allez par tout le Païs avec des Soldats & en ont laiſſé dans tous les moulins aux dépens de la Communauté.

Et afin que perſonne ne pût avoir du ſucre, ils marquoient toutes les Caiſſes avec des Cachets de la Compagnie, ſans en excepter même le ſucre de ceux qui ne devoient rien, diſant que la Compagnie en avoit beſoin pour cette fois, tellement que ces perſonnes étoient obligées de courir longtems après la Compagnie avant d'en pouvoir être ſatisfaites.

Ces contracts, au jugement de toute la terre, ont été la perte de la Compagnie, mais ils ont bien profité aux facteurs; car s'ils portoient en écrit ſur leur front les préſens qu'ils ont reçus du Païs on verroit qu'ils ont bien eu le tiers de ce que la Compagnie a retiré du Brezil.

On a longtems murmuré de ce mauvais gouvernement & l'on jugea qu'il en naîtroit des troubles qui feroient devenir le Païs à rien, car il arrivoit tous les jours des deſordres dans le

Récif, le commun peuple ſe ſoulevoit contre le Grand Conſeil, le Conſeil de Juſtice contre les Echevins, de ſorte que les uns & les autres ſe faiſoient des affronts comme Auteurs de la ruine publique; c'eſt pourquoi les Portugais Habitans du plat Païs voyant ce qui ſe paſſoit, cela les encouragea à exécuter ce qu'ils avoient projeté.

Le Penſionnaire de *Mauriſtat* s'eſt plaint ouvertement dans le *Récif* devant tout le monde du gouvernement abominable du Grand Conſeil & du Conſeil de Juſtice; c'eſt pour cela même qu'il s'eſt démis de ſa charge & qu'il eſt repaſſé en Hollande, pour ſe plaindre au Prince d'Orange des injuſtices, & des mauvaiſes maniéres du Gouvernement dont on ne pouvoit attendre que des ſuites facheuſes, dans un Païs nouvellement conquis. Mais quand il a dit la verité on l'a maltraité & le Conſeil de Juſtice le menaçoit, de ſorte que perſonne dans le Brezil n'oſoit dire la vérité: on étoit partout expoſé à toutes ſortes d'affronts & de menaces; cependant trois mois après le départ de ce Penſionnaire, on a vû qu'il avoit parlé juſte.

Les Habitans de la Capitainie de *Parnambuco* voyant les deſordres qu'il y avoit dans le *Récif*, en ont profité pour faire d'autant mieux réuſſir leur entrepriſe. *Jean Fernandes Viera* a pris les armes: il s'eſt mis en campagne, & a fait publier des Placarts pour engager tous les Habitans à prendre les armes, afin de ſe délivrer de la Tyrannie qu'ils avoient juſques là ſuportée avec aſſez de patience.

Le Conſeil pendant ce tems-là a trouvé à propos d'envoyer à *Bahia*, *Balthaſar de Voorde* avec *David Hoogſtraten* du Conſeil Politique pour prier le Gouverneur *Anthoine Tellet de Silva* de donner des ordres pour apaiſer les Habitans de *Parnambuco*.

Pendant que ces Envoyez étoient à Bahia, le Grand Conſeil envoya dans le Païs le Capitaine *Jean Blaer* avec environ deux cens Hommes & quelques Braziliens, car dans ce tems-là il n'y avoit encore que fort peu de Rebelles, cependant ce Capitaine, ſans avoir égard à cela, a tué, volé & pillé tout le monde ſans aucun égard pour les coupables ni pour les innocens & dans le tems qu'on étoit encore en paix, il a été aſſez hardi pour forcer pluſieurs Femmes & Filles & les donner enſuite à des Soldats & Braziliens qui en faiſoient le même uſage.

C'eſt pourquoi les Habitans ont été forcez de ſe révolter, & aiment mieux mourir que de laiſſer forcer leurs Femmes & violer leurs Filles. On a vû ci-devant comme le Grand Conſeil a choqué ceux qui lui remontroient le mauvais gouvernement. *Abraham de Vries* l'a fait, ainſi que le Commiſſaire *Jacob Lintenich* & le Penſionnaire dont on vient de parler; c'eſt de quoi toute la Communauté du *Recif* eut de grands ſujets de mécontentement.

Nous avons dû ſouffrir ce mauvais Gouvernement pendant onze ans, ſans oſer nous plaindre, puiſqu'ils inſultoient ceux même de leur Nation quand ils diſoient la vérité.

Nous avons réſolu pluſieurs fois d'envoyer en Hollande deux perſonnes du *Pernambuco* dignes de foi pour informer les Etats du mauvais Gouvernement, mais cette réſolution a toujours reſté ſans effet, parcequ'on craignoit de ſe mettre dans de plus grands troubles.

Cependant nous autres Habitans Portugais de la Capitainie de *Pernambuco* nous ſommes remis ſous le Gouvernement de la Compagnie des Indes Occidentales, à condition que nous poſſédérions librement nos biens, ſans nous

faire

faire aucune violence, promettant que nous ne ferions pas plus chargez d'impôts que du tems du Roi d'Espagne, mais cela a été tout au contraire & on nous a mis dans un plus grand esclavage. C'est pourquoi nous Habitans de la Capitainie du *Pernambuco* nous faisons cette Remontrance à Sa Majesté le Roi de Portugal pour lui exposer les raisons que nous avons euës de prendre les armes, & nous souhaitons que toutes les Puissances puissent en avoir connoissance, étant assurés que Sa Majesté le Roi de Portugal voudra bien nous rendre justice & nous faire la grace de nous prendre sous sa protection. Nous ne voulons pas être crûs seuls, nous appellons nos Juges pour témoins, & les principaux Hollandois du *Récif* qui connoissent tous ces abus, sur lesquels mêmes ils ont écrit en Hollande, & nous sommes dans cette occasion parfaitement assurez que nous n'avons pris les armes que pour nous défendre contre un si mauvais Gouvernement, & selon la permission de Dieu tout puissant.

Cependant nous ne voulons pas nous faire justice à nous-mêmes, c'est pourquoi nous nous adressons à votre Majesté & à tous les autres Princes, que nous suplions de nous écouter dans notre droit, dans l'esperance qu'on y fera plus d'attention qu'en Hollande, puisque les choses sont à présent venuës à un point que nous ne devons les terminer que le sabre à la main.

Cependant pour ne plus répandre de sang des deux côtez nous offrons à la Compagnie des Indes Occidentales d'entrer en Traité avec elle, & de lui ceder le Pernambuco pour un prix raisonnable.

Mais si elle ne fait aucune attention à cette Proposition, nous sommes résolus de lui résister jusqu'au dernier moment de notre vie, de brûler & réduire tout en cendres, sans laisser une pierre sur l'autre, nous arracherons les racines des Cannes de sucre afin qu'elle ne puisse plus tirer aucun profit du Brezil, & nous mourrons avec nos Femmes & nos enfans les armes à la main.

C'est pour prévenir ce malheur que nous donnons à connoître la chose telle quelle est, en priant tous les Princes Chrétiens de nous vouloir aider & d'être nos Médiateurs, afin que la Compagnie accepte nos offres si elle connoît ses intérêts, priant le Dieu tout puissant de la porter à les accepter, & si elle ne le veut pas faire, nous prenons ce même Dieu tout puissant à témoin qu'elle sera la cause de notre ruine, de la sienne, & de tout le mal qui en arrivera.

Le 12. Octobre 1645.

REFLEXIONS

Sur le

TRAITÉ DE PAIX

Avec le

PORTUGAL.

PUisqu'on délibére, & qu'il est à présent question de savoir si l'on fera avec le Portugal une Paix ferme & stable, si l'on accommodera les affaires du Brezil, ou si l'on continuera la nouvelle Guerre qu'on a commencé, & si on la rendra plus forte, il m'a paru qu'il étoit à propos & même nécessaire de proposer quelques points qui meritent attention, & qui doivent être examinés avant la conclusion, sur tout avant que de se déterminer à continuer la Guerre dans le Brezil avec le Roi & la Couronne de Portugal.

I.

Il faut considérer que les Rebelles dans notre Païs du Brezil sont résolus d'avoir leur liberté aux depens de leur vie contre la puissance de la Compagnie des Indes Occidentales, & contre son mauvais Gouvernement, contre notre Nation & nos Etats, parce que leur Domination paroit insuportable, & que d'ailleurs ils ont par là l'esperance de revenir sous l'obeïssance du Portugal, après laquelle il faut avouër qu'ils aspirent, sachant bien qu'il n'y a entre le Portugal & nous qu'une Tréve qui est prête à expirer.

II.

Ces Rebelles ne veulent entendre parler ni de pardon ni de réconciliation, sous quelque apparence qu'on les leur puisse faire envisager, parce qu'ils ne se fient point du tout à la Compagnie, persuadez, quand ils auront mis bas les armes, qu'elle ne manquera pas de prétextes pour ruiner & faire mourir les plus riches, en particulier ou en général.

III.

Les Vaisseaux & les gens de guerre qu'on a envoyez dans le Brezil ne sont pas assez forts pour battre les Rebelles ou pour les forcer à sortir du Païs, ni pour reprendre les armes à la main les Places que nous avons perduës, à moins qu'on ne pût y envoyer à l'instant trois mille Hommes, & fort peu de tems après encore trois autres mille Hommes, parce qu'ils seront continuellement tort à notre armée, par les Païris qui sont dans les bois & qui de tems

en

en tems viendront fondre fur nos gens fans qu'on puiſſe les en empêcher.

IV.

Ces Rebelles dans notre Brezil, lorſqu'ils ne pourront plus reſiſter contre la Puiſſance de la Compagnie des Indes Occidentales ou contre les forces que cet Etat y a envoyé, ou y enverra encore, ruineront tout le plat Païs de la Capitainie de *Pernambuco*, le pilleront, le rendront defert, le brûleront & brûleront juſqu'aux racines des cannes de ſucre, ainſi que tous les arbres à fruit, & tout ce qui y croît & qui eſt néceſſaire à la vie des Hommes, ils hacheront & mettront tout en piéces, comme ils ont fait dans les autres Capitainies.

V.

Ces mêmes Rebelles enſuite ſortiront de là avec toutes leurs richeſſes, leurs Femmes, leurs enfans, leurs Eſclaves, leurs Beſtiaux & la plus grande partie viendra ſe retirer dans la Capitainie de Bahia & de *Rio de Janeiro* où ils s'établiront, les autres iront dans les bois, qui ſont dans le Païs.

VI.

Ces Places, & ſur tout *Bahia* & *Rio de Janeiro*, ſe trouveront fortes par la fuite de ces Rebelles, qui viendront s'y retirer, & on y pourra alors trouver plus de 12. mille Hommes en état de porter les armes.

VII.

Ces deux Places ſont non ſeulement fortes par leur ſituation, mais on les a bien fortifiées ainſi que quelques autres où on a pourvû à tout ce qui étoit néceſſaire pour leur defenſe.

VIII.

Pour aſſieger Bahia ſeulement, on a beſoin d'une armée de 12. mille hommes au moins, encore faut-il que ce ſoit de bons ſoldats; car il faudra être devant ces Places au moins trois quarts d'année, & que pour les ſervices Militaires faute de chevaux, ou d'autres bêtes néceſſaires & qu'on ne pourroit trouver ſur les lieux, il faudra ſe ſervir des Matelots & des Soldats.

IX.

Les Habitans, Braſiliens & Portugais qui ſont là, ſont de très-bons Soldats, & auſſi capables de ſe défendre contre les nôtres, que les nôtres contre eux.

X.

Ils ont là un grand avantage ſur les nôtres, parce qu'ils ſont accoutumez au climat, & que par conſéquent ils ne craignent pas les maladies, d'ailleurs ils connoiſſent toutes les routes & les paſſages ſecrets du Païs & des bois & peuvent vivre des fruits du Païs.

XI.

Que la haine de la plûpart des Portugais eſt ſi grande contre la Compagnie des Indes Occidentales qu'ils ſe battront plutôt juſqu'à la mort & ſe laiſſeront plutôt mettre en piéces, ou brûleront leurs Villes, Villages, Maiſons, Moulins à ſucre & tout ce qui eſt dans le Païs juſqu'à la racine des cannes de ſucre, gâteront tous les fruits, & ſe retireront dans d'autres Païs & dans les Bois avec leurs Femmes, leurs Enfans, leurs Eſclaves, leurs beſtiaux & tout ce qu'ils pourront emporter, plutôt que de ſe laiſſer ſoumettre par la force des armes au même Gouvernement.

XII.

Les Portugais ſe ſont déja retirez dans les Bois, ils peuvent y ſubſiſter & s'y maintenir pendant quelques années, ſans le ſecours & l'aſſiſtance du Portugal, d'autant plus qu'ils ſont bien certains, que cela ne pourra pas durer longtems, que nous quitterons le Païs de nous-mêmes, afin d'épargner les grands fraix que cela nous couteroit, ou que nous ſerons même bien aiſes de partager avec eux.

XIII.

Les Portugais qui ſont retirés de tout le Païs, peuvent empêcher de faire des ſucres par tout le Brezil, parce qu'ils peuvent de tems en tems brûler & détruire tous les moulins & Maiſons qu'on auroit bâtis pour cet effet dans le plat Païs & brûler toutes les cannes qu'on auroit plantées, & viendront ſurprendre & chaſſer ſans pitié ceux qui ſeront en poſſeſſion.

XIV.

Nous ne pouvons pas nous paſſer des Portugais dans le Brezil pour y faire les ſucres, bâtir les moulins, planter les cannes & gouverner les eſclaves, & beaucoup d'autres choſes néceſſaires pour leſquelles notre Nation n'eſt pas ſi agiſſante que les Portugais, puiſque juſqu'à préſent même on ne s'eſt ſervi d'aucun Hollandois dans les Moulins à ſucre, parce qu'on ne les en a pas trouvés capables.

XV.

Les Rebelles dans le Brezil Hollandois ne peuvent être reduits par d'autres moyens, que par les menaces de Sa Majeſté le Roi de Portugal, par ſes ordres & par la concluſion d'une Paix perpetuelle entre cette Couronne & les Etats, avec ſtipulation expreſſe que le Portugal ne les aſſiſtera en aucune maniére, ni ſouffrira directement ou indirectement qu'ils ſoient aidés ni qu'on mette quelqu'obſtacle à l'éxécution des promeſſes que nous leur ferons touchant leur pardon, leſquelles ſeront tenuës exactement & fidellement. Du reſte les Etats-Généraux, ainſi que Monſeigneur le Prince d'Orange, auront ſoin qu'à l'avenir il y ait de bons Régens & qu'ils ne ſoient pas plus chargez d'impôts que dans le tems qu'ils étoient ſous le gouvernement du Roi de Caſtille ou comme quand le Portugal avoit le Brezil.

 XVI. L'au-

XVI.

L'autorité du Roi de Portugal, Don *Jouan IV.* n'est pas encore si grande que celle de ses ancêtres à cause de son Election à la Couronne, du peu de tems qu'il y a qu'il gouverne, & que ceux qui en ont été la cause sont encore vivans, & dans les plus grandes charges du Païs & qu'ils gouvernent le Royaume avec lui, tellement que Sa Majesté ne peut pas faire tout ce qu'elle voudroit, pour que les choses pussent réussir comme elle souhaitteroit: il y a même des occasions où elle aimeroit mieux se soumettre à leurs sentimens que de les obliger à suivre les siens, & en cela elle fait fort sagement.

XVII.

Les Habitans du Portugal nous haïssent depuis qu'ils ont secoué le joug des Castillans, à cause du procedé de la Compagnie des Indes Occidentales, de sorte qu'on peut dire qu'ils haïssent autant notre Nation que les Castillans & même peut-être plus, parce que ladite Compagnie dans ce tems-là avoit envie de se rendre Maîtresse de toutes les Places qui leur restoient dans le Brezil, dans Angola & l'Isle St. Thomas, & cela contre tout droit & justice, puisqu'ils étoient bien éloignez de croire qu'on pensât à de pareilles entreprises, & qu'ils s'imaginoient au contraire qu'ils auroient de nous toutes sortes de secours & d'assistances.

XVIII.

Si le Roi de Castille vient à attaquer le Roi de Portugal avec une puissante armée, le Royaume de Portugal n'est pas assez puissant pour se défendre, & dans ce cas-là, il sera obligé d'accepter la protection de la France ou de traiter avec le Roi de Castille (à ce que je m'imagine) & mettra dans son marché qu'on lui conservera tout le Brezil & Angola avec ce qu'il y possede présentement, ce qui seroit l'avantage & le bien commun du Royaume, & encore plus celui de la Navigation.

XIX.

On ne peut pas faire comprendre à la Compagnie des Indes Occidentales & à ses interessés, que par la restitution des Places qu'elle a perduës dans le Brezil, & le rétablissement du Negoce, elle augmentera son Capital de plus de vingt-cinq pour cent.

XX.

La même Compagnie, ou ses Chambres respectives s'entendent si mal ensemble qu'ils ne peuvent rien faire de bon, si l'on peut ainsi parler, pour l'avantage & le profit de la Compagnie. Ils ne veulent pas choisir des personnes habiles pour les envoyer dans le Brezil, Angola, dans la Guinée & dans la nouvelle Hollande, comme ils en auroient véritablement besoin, de sorte que quand on considére de tous côtez leur Gouvernement & pour le passé & pour le présent, en dehors & en dedans, on trouve qu'il est si miserable, & dans une telle extrêmité que l'on ne peut presque point y apporter de remede; & il est certain, qu'encore que ladite Compagnie fut entierement libre & quite de toutes ses dettes, & outre cela en possession de tout le Brezil ou du moins des Places qu'elle a perduës dans ce Païs, on la trouveroit encore dans quelques années dans les mêmes embarras où elle est aujourd'hui.

Les bons & fidels Sujets de ces Etats, pour peu qu'ils ayent d'esprit, & ceux qui ont quelque inclination pour la Compagnie des Indes Occidentales, peuvent voir par toutes ces raisons combien il en couteroit à cet Etat pour reprendre le Brezil par la force des armes, ou rentrer seulement dans les Places perduës, les garder ensuite, les conserver, & outre cela rétablir les desordres de l'état où la Compagnie des Indes Occidentales est tombée, & à cet égard il seroit plus à propos de toutes maniéres, avant de prendre aucune resolution violente & de rien entreprendre, de voir si l'on ne pourroit pas se servir de certains moyens qu'on tacheroit de mettre en usage sans faire de fraix; on devroit voir sur tout, si on ne pourroit pas parvenir à cela de bon gré, comme par un Traité de Paix avec la Couronne & le Royaume de Portugal. Cela paroit d'autant plus aisé & naturel, que présentement Monsieur l'Ambassadeur *Don Francisco de Sousa Continho* offre de faire restituer à la Compagnie des Indes Occidentales toutes les Places qu'elle a perduës.

FIN

DU IV. ET DERNIER VOLUME.

TABLE

TABLE GENERALE
DES MATIERES
CONTENUES

DANS LES IV. VOLUMES DES NEGOCIATIONS DE
MUNSTER ET D'OSNABRUG.

Les Lettres *Pr.* marquent la Préface; le Chifre Romain le Volume; & le Chifre Arabe la page.

Tom. IV.   E e e e   dée.

ses

Espa-

France. Les Constitutions de ce Royaume ignorées par ses Ennemis. II. 162. Ne traitera pas sans les Alliez. II. 164. Ne doit point garentir le Traité entre la Suede & le Dannemarck. II. 168. Le refuse. II. 185. Raison du refus qu'elle fait d'assister l'Electeur de Brandebourg. II. 186. Et de son desir pour une suspension d'armes. II. 2. part. 7. Sa tranquilité. II. 2. part. 8. Exclue de l'Alliance des Grisons. II. 2. part. 9. Moyens d'attirer le Duc de Baviere. II. 2. part. 20. Faussement accusée de traiter ailleurs qu'à Munster. II. 2. part. 27. Doit tirer avantage des honneurs qu'on rendra aux Electeurs. II. 2. part. 34. Ses soins pour la gloire des Hollandois. II. 2. part. 40. Ses sollicitations à Rome en faveur de l'Archevêque de Trêves, & des Ministres Portugais. II. 2. part. 59. & 60. Assistera Venise contre le Turc. 60. Ses desseins en protégeant les Protestans. II. 2. part. 65. Préjudice qu'elle reçoit de la part du Pape. II. 2. part. 75. Fait satisfaction aux Suedois sur la harangue de Monsieur d'Estrades aux Etats-Généraux. II. 2. part. 78. Sa sincérité à l'égard des Suedois. II. 2. part. 79. Veut retenir ses Conquêtes sur l'Espagne. II. 2. part. 93. Veut Philipsbourg. II. 2. part. 99. Tous ses droits même sur la Lorraine doivent lui demeurer. II. 2. part. 109. Ses attentions pour Ragotzki. II. 2. part. 109. Ses plaintes contre la Suede. II. 2. part. 110. Sa politique à l'égard des Prétendans à la succession de Julliers. II. 2. part. 121. Espére l'Alliance du Roi de Pologne. II. 2. part. 125. Craint les Suedois. II. 2. part. 147. Les avantages qu'elle retirera en conservant la Dignité Electorale dans la Maison de Baviére. II. 2. part. 152. Ses soins pour faire admettre les Députez de ses Alliez. II. 2. part. 163. Doit se rendre puissante en Allemagne. II. 2. part. 175. Très-satisfaite du Prince d'Orange. II. 2. part. 176. Ses craintes au sujet de Baviére. II. 2. part. 188. Ses soins pour fortifier le parti Catholique. II. 2. part. 192. Sa condéscendance en faveur des Vénitiens. II. 2. part. 200. Ses raisons pour ménager le Turc. ib. Ses loix contre l'autorité des Bulles de Rome. II. 2. part. 201. Pend sous sa protection les Barberins. II. 2. part. 204. Rompt avec la Savoye. III. 8. Détail des avantages qu'elle retirera de l'aquisition des Païs-Bas & de l'Alsace. III. 21. & suiv. Propose de tenir les trois Evêchez & l'Alsace comme Membres de l'Empire. III. 44. Offre aux Etats-Généraux de garentir leur Trêve avec l'Espagne. III. 93. Ses précautions contre le Duc de Lorraine. III. 117. Ses prétensions. III. 120. Rejette l'offre de la basse Alsace. III. 142. Secours qu'elle promet contre le Turc. III. 158. Sa joye de la cession de l'Alsace. III. 161. Ses resolutions sur la satisfaction. III. 162. Ses précautions au sujet du secours contre le Turc. III. 163. Veut que ses différends avec la Cour de Rome fussent partie du Traité de Paix. III. 166. Sa Flote donne l'allarme à l'Italie. III. 178. Ses intérêts à soutenir le Roi de Portugal. III. 186. Raisons de refuser la jonction de ses Troupes aux Suedois. III. 190. Sa grande autorité parmi le Peuple Romain. III. 194. Prefere de relever de l'Empire. III. 195. Est en état de mépriser les infidélitez de ses Alliez. III. 202. & 203. Proteste qu'elle n'abandonnera jamais ses Alliez. III. 206. Sa douleur de l'élévation du parti Protestant. III. 208. Ses mesures pour retenir les Hollandois dans son parti. III. 209. Sa prééminence sur l'Espagne. III. 216. Raisons de la jonction de ses Troupes aux Suedois. III. 227. Sacrifiera ses intérêts à l'établissement du Roi de Portugal. III. 238. Avantages & inconvéniens d'être Membre de l'Empire. III. 244. Ses offres pour faire élire un Bourguemestre à Liège. III. 257. Raisons pour ne point insister sur l'affaire de Portugal. III. 272. Raisons. III. 273. Reçoit un grand crédit à Munster par l'accommodement des Barberins. III. 345. Combien elle est engagée à protéger le Portugal & la Catalogne. III. 349. & 350. Avantages que lui donne la mort du Prince d'Espagne. III. 373. Moyens de conserver ses Conquêtes d'Italie. III. 373. Difficultez qu'el-

le y trouvera. III. 377. Ses demandes en faveur des Liegeois. III. 392. Ses demandes à l'Espagne. III. 461. Son attention à conserver la Savoye à son Duc. III. 488. Ses offices pour l'Electeur de Brandebourg. IV. 13. Déclarée Médiatrice à Osnabrug. IV. 22. Ses avantages dans le Traité de l'Empire avec la Suede. IV. 25. Et dans le départ de Trautmansdorff. IV. 130. Accusée d'en être cause. IV. 134. Raisons de l'union des Duchez de Lorraine & de Bar à la Couronne. IV. 233. Fait une Trêve avec les Electeurs de Baviere & de Cologne. IV. 251. & suiv. Renouvelle l'Alliance avec la Suede. IV. 313. Traite d'une Garantie avec les Etats-Généraux. IV. 372. Ses prétensions contre l'Espagne. IV. 391. & suiv. Eclaircissemens sur son procédé envers les Etats-Généraux. IV. 469. & suiv.

FRANCE (Rois de) Leur préséance au dessus des autres Rois Chrétiens, sur quoi fondée. Jamais débatue. Reconnue par les Rois d'Espagne. Prouvée par des faits anciens. Depuis quand l'Espagne a voulu s'y opposer. Détail de ce qui fut réglé à Vervins à ce sujet : Fauxfuyant des Espagnols. I. 3. Leurs droits aux Comtez de Roussillon & de Cerdagne. I. 24. Sont Souverains Seigneurs de la Catalogne. I. 25. Leur titre sur le Languedoc. I. 27. & suiv. Leurs droits sur le Duché de Milan. I. 32. Ne peuvent disposer des biens de la Couronne. ib. Leurs prétensions légitimes sur le Royaume de Naples. I. 33. & IV. 305. Ancienneté de leurs droits sur la Sicile. I. 34. & suiv. Examen de ces droits. I. 36. & 37. Importance de leurs prétensions sur les Etats du Duc de Savoye. I. 39. Les réservent dans tous les Traitez. ib. & 40. Sont Souverains de la Flandre. I. 45. & 46. Et de l'Artois. ib. De Hesdin. I. 47. Du Comté de Saint Pol. ib. & 48. De Beaurains. I. 48. Leurs droits sur Cambrai. ib. Sur Lille, Douai, & Orchies. I. 49. Sur Dunkerque, Gravelines, & Bourbourg. I. 50. Sur le Duché de Bourgogne. ib. & suiv. Sur le Comté de Maconois. I. 52. Sur le Comté de Bourgogne. I. 53. Sur le Comté de Charolois. I. 54. Peuvent retenir la Lorraine conquise. I. 65. Leurs droits sur les Evêchez de Metz, Toul, & Verdun. I. 67. N'ont pu renoncer à l'ancien Royaume de Lorraine. ib. Sont apellez de droit à la succession des Etrangers non naturalisez & des Bâtards. I. 69. N'ont jamais voulu rendre les trois Evêchez. I. 232. Ont toujours été égalez aux Empereurs. I. 324. Ne sont point obligez de faire ratifier leurs Traitez par les Etats de leur Royaume. I. 425. Preuves de leur droit d'écrire aux Empereurs avec une entiére égalité. III. 213. & 214. Peuvent exiger le titre de Majesté. III. 220. Savoir s'il leur convient d'être Membres de l'Empire. III. 244. & 245. L'Empereur consent de leur donner le Titre de Majesté. III. 345. Leurs raisons pour ne point rendre les trois Evêchez. IV. 235. Différence de leurs droits de Souveraineté & de ceux des Empereurs sur les Princes de l'Empire. IV. 236. Mémoire curieux concernant leurs droits sur différens Domaines en Lorraine. IV. 459. & 460. Preuves de leur propriété sur les Duchez de Lorraine & de Bar & Marquisat de Pont-à-Mousson. IV. 461.

Francfort (la Diète de) Favorable au Roi de Dannemarck. I. 476. Son indignation contre les François. ib. & 477. Contestations sur les demandes de l'Empereur. II. 10. L'Empereur veut la dissoudre. II. 19.

Franche-Comté (la) Proposée au Duc de Baviére en échange du Haut-Palatinat. III. 159. Pourquoi rendue Fief de l'Empire. III. 245. Offerte à la France. III. 305.

Franckendal. La seule Place qui reste à l'Electeur Palatin. Pr. X. Déposée entre les mains de l'Infante Isabelle. ib. XII. Sur la restitution de cette Place. IV. 160.

FRANÇOIS (les) Agissent avec sincérité au Congrès. I. 129. & suiv. N'ont en vue que de rendre la liberté à l'Empire. I. 247. & 248. Leur inconstance ne se dément pas dans leurs Lettres I. 250. Accu'ez de fomenter la Guerre dans l'Europe. I. 253. Leur éloignement

40. En est payé d'ingratitude. *ib.* Le tort qu'il fit en cela à la France. I. 233.

HENRI IV. du nom Roi de France. Soumet la Savoye. I. 40. Son Traité avec le Duc de Savoye. *ib.* Les services qu'il rend aux Hollandois. I. 193. Preuves tirées de ses Lettres en faveur des Empereurs pour le titre de Majesté. III. 252. Pourquoi il permit la Conférence de Fontainebleau. IV. 298. Raison dont on se servit pour le rendre Catholique IV. 299. Périt par les complots des Espagnols. IV. 301.

HENRI. VI. du nom Empereur. Son élection confirmée par le Pape. Sous quelles conditions. I. 35. Epouse Constance. Quelle étoit cette Princesse, *ib.* Entre en Italie. Est contraint de s'en retourner. *ib.* Y revient, & assiége Naples inutilement. *ib.* Attire son Concurrent, & le fait périr. *ib.* Reste Maître de la Sicile. *ib.* Sa mort. *ib.*

Hérétiques. (les) Leur Alliance n'est point contraire à la Religion. I. 9. Sont réputez par l'Eglise Romaine plus abominables que les Infidéles. Les Princes les plus Orthodoxes ont eu amitié avec eux. Exemples. I. 10.

Hermenstein. Forteresse laissée au pouvoir de l'Empereur. I. 344. Son importance. II. 2. part. 131.

HERSENT (le Sieur) Docteur de Sorbonne. Interdit de ses fonctions à Paris. II. 2. part. 178. Se retire à Rome. *ib.* Revient secrétement. *ib.* Ses intrigues. *ib.* Est trahi & mis à la Bastille. *ib.*

Hesdin. Seigneurie indépendante. I. 47. Déclarée du ressort de Montreuil. *ib.* Rendue à la Maison d'Autriche. *ib.* Soumise au Conseil Provincial d'Arras. I. 48. Sa démolition proposée. I. 170. Quel en est l'avantage. I. 171.

HESSE-CASSEL (la Landgrave de) Sa puissance pendant la guerre. I. 157. Préfère la Paix quoique moins avantageuse. *ib.* Elle exigera ses conquêtes, une forte satisfaction, & un nouveau partage. I. 165. Moyen de l'engager à retirer ses garnisons. I. 169. Solicitée de traiter séparément. I. 280. Sa fidelité. *ib.* Les Places dont elle est Maitresse. I. 281. Mére & tutrice de Guillaume VI. Son origine. I. 419. Doit être déclarée rebelle. I. 459. Ses cruelles Hostilitez dans l'Empire. I. 463. Ses grandes qualitez. I. 479. Son zéle pour le Calvinisme. *ib.* Promet de ne point agir contre le Dannemarck. I. 481. Solicitée par la France en faveur des Moines de Capenberg. II. 23. Obtient un subside extraordinaire. II. 24. & 27. Ses instances pour faire écrire aux Princes de l'Empire. II. 58. Ne veut point quiter l'Oost-Frise. II. 99. Ses sentimens à ce sujet. II. 106. Sa résolution. II. 109. Sa fermeté pour le Parti des Couronnes. II. 110. Doit ménager les Hollandois & le Prince d'Orange dans l'affaire d'Oost-Frise. II. 143. Ses intérêts en cette rencontre. II. 147. Fait revenir ses troupes dans ce Païs. II. 150. Pressée de joindre ses troupes aux François. II. 161. Fait une Trêve de six mois. II. 171. Sa fidélité & ses besoins. II. 2. part. 58. Réflexions. *ib.* Son mémoire suspect. II. 2. part. 80. Ses bonnes intentions & ses demandes. II. 2. part. 102. Sommes considérables qu'elle a reçues. II. 2. part. 110. Son ressentiment : & quel en est le sujet. II. 2. part. 124. Sépare ses troupes de celles de France. II. 2. part. 182. Sa Cavalerie batue. III. 298. Justification de sa conduite contre l'Empereur. III. 408. Ses avantages sur les Princes de Darmstadt. III. 487. Sa satisfaction demandée à Osnabrug. IV. 10. Dificultez sur ses intérêts. IV. 27. Ses prétensions sur les honneurs dus en France à son fils. IV. 163. Son Traité de Trêve avec les Electeurs de Baviére & de Cologne. IV. 251. & *suiv.* Ses demandes. IV. 313. Ses intérêts décidez. IV. 370. Son indemnité. IV. 505.

HESSE-CASSEL (le Landgrave de) Renouvelle son Alliance avec la France. *Pr.* XXXV. Secouru par le Général Bannier. *ib.* XXXVI. La naissance & l'âge de Guillaume. VI. du nom. I. 419. Ses Etats patrimoniaux & autres: *ib.* Sa généalogie. *ib.* Dénombre-

Tom. IV.

ment de ses Païs patrimoniaux & de conquête. I. 426. Raisons qui prouvent qu'on ne peut refuser ses Députez à la Conférence. I. 457. & *suiv.* Preuves du contraire. I. 459. & *suiv.* Son indemnité convenue. IV. 504.

Hesse-Darmstadt. Voyez *Darmstadt.*

Hesse (la Maison de) Son origine illustre. I. 419. Généalogie. III. 404. Détail des diférends entre les deux Branches. *ib.* & *suiv.* Sentences à ce sujet. III. 405. Etat de la question. III. 409. Décision par le Traité de Paix. IV. 370.

HEUST. Député de la République de Strasbourg à Munster. I. 379. Sa qualité. *ib.* & 419.

Hirschfeld (l'Abbaye d') Donnée à l'Archiduc Léopold. Mécontentement des Protestans. *Pr.* XXI. Peut être donnée pour accélérer la Paix. I. 169. Adjugée aux Landgraves de Hesse-Cassel. IV. 370. & 505.

Hoechst sur le Mein. Combat livré dans cet endroit. Funeste à Christian de Brunswick. *Pr.* IX.

HOHENLOE (le Comte de) Rentre dans les terres qu'il avoit perdues. IV. 356.

HOLACH (les Comtes de) Seront remis dans leurs biens par la Paix. I. 156.

Hollande (la Province de) Sa mesintelligence avec le Prince d'Orange. II. 2. part. 160. En dissension avec la Zélande. II. 2. part. 217. Son autorité supérieure à celle des autres Provinces. *ib.* Contraire à la France. III. 114. Et au Prince d'Orange. III. 123. Qu'elle rend suspect. III. 128. Veut abattre les autres Provinces. III. 138. Paroit dans la disposition de s'unir étroitement avec la France. III. 323. Sa réponse à Mr. de la Thuillerie. IV. 429.

Hollandois. Voyez *Etats-Généraux.*

Holstein (le) subjugué par le Comte de Tilli. *Pr.* XXI. Attaqué par les Suédois. I. 178. 181. & *suiv.*

Hongrie (le Royaume de) Ses libertez & sa Religion mises sous la protection de la France & de la Suede. I. 197. Vexé par la Maison d'Autriche. I. 198. & 199. Qui est justifiée de ces accusations. I. 200. Rendu héréditaire dans la Maison d'Autriche. I. 220. Maintenu dans l'exercice des deux Religions. I. 391. Les moyens de deposséder la Maison d'Autriche. II. 153. Son état présent. III. 486.

HORN (le Maréchal de) Améne des troupes au Roi de Suéde. *Pr.* XXV. Reste en Alsace avec un Corps de troupes. *ib.* XXXI. Commande & est batu avec le Duc de Weimar, & fait prisonnier. *ib.* XXXV.

Hulst. Pris & privé de l'exercice de la Religion Catholique. II. 2. part. 200. Importance de cette conquête. II. 2. part. 204.

I.

JAMART. Colonel affectionné à la France. III. 257. Sa faction pour être élu Bourguemestre de Liége. *ib.* & 267. Est élu. 274. Suites de cette élection. *ib.*

JAQUES I. Roi d'Angleterre Beau-pére de l'Electeur Palatin. *Pr.* VIII. Persuade à son Gendre de désarmer. Négocie à Bruxelles son accommodement. *ib.* X. Se repent de lui avoir donné ce Conseil. *ib.* XI. Rompt le mariage du Prince de Galles avec l'Infante d'Espagne. *ib.* XII. Donne ordre à son fils de revenir de Madrid. Ses Alliances avec les Ennemis de la Maison d'Autriche. *ib.* XVI. & XVII. Attire le Roi de Dannemarck dans son parti. *ib.* XVII. Abusé sur le mariage de son fils. I. 18. Sa belle réponse au sujet du secours que lui demandoit l'Electeur Palatin. I. 410.

JEAN D'AUTRICHE (Dom) Fils naturel de Philippe. IV. destiné au gouvernement des Païs-Bas. II. 17. Inconvéniens qui en naitront. *ib.* & 18.

JEAN IV. du nom Roi de Portugal. Sa généalogie. I. 30. Discussion de ses droits à cette Couronne. I. 31. Elu par les Portugais. *ib.* Motifs de Justice qui les font agir. *ib.*

JEAN-SIGISMOND Electeur de Brandebourg épouse

Hhhh   Anne

Lg

LON.

M.

ib.

O.

OETTINGEN (le Comte Jean-Erneft) Remis dans les biens de fa Maifon. IV. 356.

OLDEMBOURG (le Comte d') Ses prétenfions fur le Wefer. IV. 417. Y établit de nouveaux impôts. *ib.* Plaintes des Hollandois. *ib.* Sa réponfe aux Etats-Généraux. IV. 418. Sa fierté mal fondée. IV. 419.

Oldembourg (le Comté d') Surpris par les artifices des deux Couronnes. I. 472.

OLDEMBOURG (les Comtes d') Extrêmement intéreffez à la fin de la guerre. I. 156. Quelles demandes ils formeront. I. 165. Recherchent l'amitié de la France. II. 2. part. 36.

OLHAFFEN DE SCHOLLENBACH (Tobias) Député à Ofnabrug pour la République de Nuremberg & le Cercle de Franconie. I. 380. Ses qualitez. *ib.* Député de plufieurs autres Villes & Princes. I. 422. Ses emplois. *ib.*

OLIVARES (le Comte-Duc d') Premier-Miniftre d'Espagne. Ses Mémoires manufcrits fur le mariage de l'Infante avec le Prince de Galles. En arrête le projet & les Articles. Pr. XII. Reçoit avec étonnement la réfolution de l'Infante à ce fujet. Sa réponfe à cette Princeffe. Son projet pour faire manquer cette Alliance. *ib.* XVI. Ses artifices à ce fujet. I. 18.

OLIVIER Chancelier de France. Son Mémoire contre les Traitez de Madrid, de Cambrai & de Crefpi. I. 21. & 23 Sa décifion remarquable fur la reftitution des trois Evêchez. I. 76. & 232.

Ooft-Frife (le Païs d') Excès qu'y commettent les troupes du Comte de Mansfeldt. Pr. XXXI. Les affaires de ce Païs font de grande confidération. II. 90. Et préjudiciables aux Couronnes. II. 99. Sont fur le point d'être terminées. II. 118 Incident. II. 142. *& fuiv.* Empirent. II. 163, & 165.

OOST-FRISE (les Comtes de) Ce qu'ils efpérent de la Paix. I. 156.

ORANGE (le Prince d') Ses vues fur l'Ooft-Frife. II. 90. & 99. Ne veut fe mêler des affaires de ce Païs. II. 110. Ses avantages fur les Efpagnols. II. 115. On lui raporte les honneurs accordez aux Etats-Généraux. II. 2. part. 39. Engage Mr. d'Eftrades à parler contre la guerre du Dannemarck. II. 2. part. 78. Son attachement pour la France. II. 2. part. 155. Brouillé avec la Province de Hollande. II. 2. part. 160. Son autorité balance celle des Provinces. II. 2. part. 170. Son affeétion pour la France. II. 2. part. 176. & 181. Eft pour la liberté de Religion. II. 2. part. 188. Promet inutilement l'exercice de la Catholique à Hulft. II. 2. part. 223. Juftifié par la France. II. 2. part. 243. Solicité pour l'échange des Païs-Bas avec la Catalogne. III. 50. *& fuiv.* Ce qu'on lui promet pour l'y engager. III. 61. N'y confentira pas. III. 71. Paroit y être favorable. III. 112. Change à cet égard. III. 128. Traite de vive voix avec les Efpagnols. III. 211. Affure la France de fa fincérité. III. 230. Négociation touchant fes intérêts particuliers. III. 235. Partialité de la Princeffe d'Orange pour l'Efpagne. III. 282. Mauvaife fanté du Prince. III. 284. Ordre obfervé à fon enterrement. IV. 334. Ceffions qui lui font faites par l'Efpagne. IV. 390.

Orbitello. Séparé de l'Etat de Sienne. I. 233. Affiégé par les François. III. 194. Délivré. III. 262.

Orchies. Traitez qui concernent cette Ville & fa dépendance de la France. I. 49.

ORLEANS (Gafton Duc d') Affiége Gravelines. Son intrépidité. II. 101. Irrité contre le Duc de Lorraine. Et pourquoi. II. 141. Son union avec la Cour. II. 2. part. 178. Va en Languedoc. III. 30. Sujet de ce Voyage. *ib.* Ses fentimens fur le retardement de la Paix. III. 107. Affiege Courtrai. III. 231. Le prend. III. 243. Et Mardik. III. 288.

ORMOND (le Comte d') Offre les Places qu'il tient au Parlement d'Angleterre. III. 354.

OSNABRUG (François Guillaume Evêque d') Député du Collége Eleétoral. I. 317. Son fentiment fur les propofitions faites au fujet de l'Eleéteur de Trèves. *ib.* N'a point le titre d'Alteffe quoique Prince de l'Empire. I. 376. Sa naiffance. I. 378. Ses emplois & fon pouvoir. I. 417. Préfère les intérêts de la France à ceux des Efpagnols. II. 2. part. 23. Ses domaines fous la Sauvegarde de la France. II. 2. part. 40. Sa reconnoiffance. IV. 98.

Ofnabrug. La Ville & l'Evêché foumis par les Suédois. Pr. XXXII. La Ville défignée le lieu de l'Affemblée pour la Paix générale. *ib.* XLII. Agréée par l'Empereur I. 117. Fait partie de l'hypothéque des Suédois. I. 168.

Ofnabrug (l'Evêché de) Prétendu par l'Eleéteur de Brandebourg. IV. 19. Son Mémoire fur fes intérêts. IV. 324. Rendu alternatif entre les Catholiques & les Proteftans. IV. 369.

OSSOLINSKI. Grand Chancelier de Pologne. II. 12. Son affeétion pour la France : & les moyens de le gagner. *ib.* & 33.

OTTO (Marc) Député des Républiques de Strasbourg, de Spire, de Landau, de Weiffembourg, & du Rhingrave à Ofnabrug. I. 380. Sa profeffion. *ib.* & 422.

OTTO (Sébaftien) Député à Ofnabrug de la République d'Ulm. I. 380. Sa qualité. *ib.* & 422.

OXENSTIERN. Grand-Chancelier de Suéde. Y devient le Maître des affaires après la mort de Guftave-Adolphe. Pr. XXXI. Ses plaintes aux Miniftres de l'Empereur fur les longueurs qu'ils aportent à la Paix. I. 148. & 149. Ses remerciemens fur la médiation du Roi de Dannemarck. I. 186. Ses vues. I. 190. Eft Auteur de la guerre d'Allemagne. I. 191. Sa trop grande autorité. *ib.* Sa faétion tend à fuprimer la Royauté. I. 473. Sa Lettre fur la fatisfaétion de la Suéde. II. 118. A beaucoup de part aux mouvemens d'Angleterre. II. 2. part. 46. Ses deffeins dans fon Païs feront apuyez par la France. II. 2. part. 76. Son crédit diminue. II. 2. part. 100. Ses vues d'enrichir la Suéde des dépouilles de l'Empire. II. 2. part. 193. Son habileté confervera l'union entre les deux Couronnes. III. 97. Soutient fon fils dans l'affaire de Mr. de la Barde. III. 144. Soupçonné de ne vouloir pas la Paix. III. 387. Ses projets. IV. 50.

OXENSTIERN (Jean fils du précédent,) Premier Ambaffadeur de Suéde à Ofnabrug. I. 380. Sa naiffance. *ib.* & 420. Son caraétére. II. 22. Veut traiter d'égal avec les François. II. 24. & 29. Ses ordres pour la Négociation. II. 2. part. 18. Son ambition. *ib.* Affuré de la proteétion de France. II. 2. part. 76. Veut que le Royaume de Bohéme foit rendu éleétif. II. 2. part. 129. Protefte de fe tenir uni avec les François. II. 2. part. 243. S'oppofe à recevoir le Réfident de France aux Affemblées. III. 16. Anime les Proteftans contre la France. III. 20. Son difcours fur les moyens de faire promptement & avantageufement la Paix. III. 90. Se plaint du refus des François de fe joindre à l'armée de Suede. III. 253. Confent à l'éreétion d'un huitiéme Eleétorat. *ib.* Propofitions qu'il fait aux Impériaux. III. 319. Rend Mr. d'Avaux Médiateur. IV. 7. Veut rompre l'Affemblée. Ses raifons. IV. 144. Animé contre le nouvel Eleéteur de Mayence. Pourquoi. IV. 194.

P.

*P*Aderborn (la Ville de) prife par Chriftian de Brunswick. Pr. IX.

Paix de Religion. Doit être exécutée dans tous fes points. I. 444. Corrigée à quelques égards. I. 449. Fauffement interprétée par les Catholiques. *ib.* Article préjudiciable aux Proteftans. III. 174. Son exécution arrêtée. IV. 357.

Paix (la) Néceffaire à l'Europe. I. 158. Caufes de la difficulté d'y parvenir. I. 161. & 162. Qualitez requifes dans les Parties intéreffées. I. 166. Ordre qui devroit être obfervé dans le Traité. I. 167. Ne peut être

Kkkk

Reconnu

Reconnu Souverain de Cambrai. I. 48. En laisse la Seigneurie & la justice à l'Evêque. *ib*. Réserves qu'il fait dans la cession de Sienne. I. 233.

PHILIPPE III. du nom Roi d'Espagne. S'empare de Monaco. I. 13.

PHILIPPE IV. du nom Roi d'Espagne. Sa Lettre au Comte Duc d'Olivares sur le mariage de l'Infante avec le Prince de Galles. I. 18. Son Plein-pouvoir à Saavedra. I. 144. Ses Propositions remises aux Médiateurs. I. 309. Sa naissance, & ses enfans. I. 416. Desavoue les Propositions de ses Ambassadeurs. II. 2. part. 103. Conseillé de faire la Paix. III. 250. Ses renonciations dans les Indes en faveur des Hollandois. III. 393. Son but en traitant avec les Etats-Généraux. IV. 297. Sa haine contr'eux irréconciliable. IV. 298. Sa cruauté envers son fils. IV. 299.

Philippeville. Demandée pour les Liégeois. III. 392.

Philipsbourg. L'Electeur de Trèves s'engage de le retirer des mains des François. I. 344. Assiégé par le Duc d'Anguien. II. 131. Pris. II. 137. Redemandé par l'Electeur. II. 2. part. 98. Prétendu par la France. II. 2. part. 99. Qui ne veut pas le rendre à l'Electeur de Trève. III. 73. Ne veut le rendre que démoli. III. 162. Dificulté de le retenir. III. 249. Les Impériaux consentent à le laisser aux François. III. 293.

PIANEZZE (le Marquis de) Principal Ministre à la Cour de Savoye. III. 9. Origine de sa faveur. *ib*. Avis qu'il donne contre la France. 8. & 9. Gouverne Madame de Savoye. III. 146.

PICOLOMINI. Général de l'Empereur. Fait lever le siége de Prague & de Wolffembuttel. Pr. XXXIX. Couvre Ratisbonne. Défait les Suédois. *ib*. XL. Est batu. Fait lever le siége de Fridberg. Quitte le service de l'Empereur. *ib*. LIII.

Piémont (le) Annexé à la Provence. I. 39. Usurpé par les Ducs de Savoye. *ib*. Il leur est cédé. I. 41.

PIERRE D'ARRAGON épouse la fille de Manfred Roi de Sicile. I. 36. Apellé par les Siciliens. *ib*. Arrive, & devient Maître de ce Royaume. *ib*. Meurt d'une blessure. *ib*. Sa postérité. *ib*. Son testament. *ib*.

Pignerol. Conquis par la France à qui il est cédé en toute Souveraineté. I. 41. Comment il est venu au pouvoir des Ducs de Savoye. I. 42. N'a jamais été fief de l'Empire. *ib*. Preuves. *ib*. & *suiv*. Est excepté des restitutions faites aux Ducs de Savoye. I. 45. Est une Place Françoise, & legitimement aquise. I. 222. A pu être aliéné sans le consentement de l'Empereur. I. 225. Cédé par l'Empire en toute Souveraineté. III. 300.

Piombino (la Seigneurie de) Mise sous la protection de l'Empereur. Reçoit garnison Espagnole. I. 12. Donnée au Duc de Toscane. Usurpée sur les héritiers légitimes. I. 13. Promise à la Maison des Ursins. I. 19. Prise par les François. III. 354.

Plénipotentiaires (les) Ce titre seul est défectueux. II. 16. Diférence entre un Plénipotentiaire & un Ambassadeur. II. 37.

Pleins-pouvoirs. de Philippe IV. à Saavedra son Plénipotentiaire à Munster. I. 144. Réflexions à ce sujet. I. 147. Sont rejettez par les François. I. 278. Irrégularité de ceux de l'Empereur. *ib*. Réforme des Pleins-pouvoirs convenue. I. 290. Objections des François contre ceux des Impériaux & des Espagnols. I. 294. & 295. Et de ces derniers contre les autres. *ib*. 295. Ajustement suivi dans la réforme. I. 298. *jusqu'à* 303. Ceux d'Espagne reformez. I. 323. Communication des Pleins-pouvoirs. II. 22. Ceux d'Espagne défectueux *ib*. & 26. Ceux de France reformez. II. 157. Contestations des Ennemis & Réflexions à ce sujet. *ib*. & *suiv*. Nouvelles affaires sur cela. II. 171. & *suiv*. Du Roi d'Espagne pour traiter avec les Etats-Généraux. III. 442. A Mr. Servien pour agir seul. IV. 428.

PLESSIS-BEZANÇON (Mr. du) Envoyé auprès de Madame de Savoye. III. 135.

PLESSIS-PRALIN (Monsieur du) Destiné à l'Ambassade de Rome. II. 175. Envoyé vers Me. de Savoye. II. 2. part. 16.

Pologne (le Roi de) Prie la Reine de France d'être maraine de son Enfant. II. 9. & 11. Réflexions à ce sujet. *ib*. Suspend la guerre contre les Suédois. II. 12. Mort de la Reine de Pologne & de sa fille. II. 36. Doit être sollicité en faveur de Ragotski. II. 46. Son mariage médité avec la Reine de Suéde. II. 64. Motifs de cette union. II. 65. & *suiv*. Sa médiation proposée. II. 103. Réflexions sur cela. *ib*. S'entremet dans les affaires de Hongrie. II. 111. Son changement. II. 124. Sollicité contre la Suéde. II. 181. Réflexions sur son mariage avec la Reine de Suéde. II. 2. part. 12. & 30. & 146. Secours qu'il demande à la France. II. 2. part. 146. Son mariage avec une Princesse qui est à la Cour de France. II. 2. part. 156. Offre ses troupes contre le Turc. II. 2. part. 158. Son diférend avec la Suéde. III. 20. Veut soutenir le Duc de Neubourg contre l'Electeur de Brandebourg. III. 341. Satisfaction des Polonois sur son mariage. III. 486. On a soin de lui au Traité d'Osnabrug. IV. 372.

Poméranie (le Duché de) Sera restitué à la Maison de Brandebourg. I. 168. Traitez qui concernent la succession à ce Duché. I. 203. Ce que les Suédois veulent y être compris. II. 2. part. 120. Ils le demandent à perpétuité. III. 172. & 173. Expédiens à ce sujet. III. 382. & 385. & IV. 2. Cédé à la Suéde. IV. 219. Avec l'exercice de la Confession d'Augsbourg. IV. 220. Son titre laissé aux Rois de Suéde & aux Electeurs de Brandebourg. *ib*. Sa situation & sa division. IV. 250. Ancien titre de ses Ducs. *ib*. Rendu héréditaire aux Rois de Suéde. IV. 365. Cédé à la Suéde. IV. 497. & *suiv*.

Ponthieu (le Comté de) Origine des droits prétendus par la Maison d'Autriche. Cédez à la France. I. 20.

PORTMAN (Jean) Sa profession. Second Député de Brandebourg à Munster. I. 379. Sa qualité. I. 418. Député pour les autres Electeurs. *ib*.

Porto-Hercole. Place reservée au Roi d'Espagne. I. 233.

Portolongone. Assiégé. III. 351. Importance de ce poste. *ib*.

Portugais (les) Servent de prétexte aux François pour empêcher la Paix. I. 253. Manquent de Généraux. II. 2. part. 232. Leur intérêts ne doivent servir aux François que pour obtenir des conditions plus avantageuses. III. 62. Jusqu'à quel point ils seront soutenus par la France. III. 272. Leurs fausses démarches à Munster. III. 372. Leurs intérêts retardent la Paix. IV. 123. Leur rébellion contre les Hollandois dans le Brésil. IV. 533. & *suiv*.

PORTUGAL (le Roi de) Ses intérêts à discuter dans le Traité de Paix. I. 164. Ses Ambassadeurs doivent être reçus à Munster même par l'Espagne. I. 196. Assuré de la protection de la France. I. 280. Allié de la France. I. 281. Etats qu'il occupe. *ib*. Ses Ambassadeurs sont sous la protection de la France. I. 287. En reçoivent les honneurs dus à ceux des Rois. I. 370. Origine du Roi de Portugal. I. 417. Ses domaines. *ib*. Etendue des Royaumes & Pais de son obéissance. I. 427. Dificulté d'admettre ses Ambassadeurs. II. 107. Humeur altiére de l'un d'eux. II. 116. Fait instance à la Cour de France pour l'admission de ses Ambassadeurs à Munster. II. 187. Autres demandes importantes. II. 2. part. 42. Réflexions au sujet de ses Ambassadeurs. II. 2. part. 63. Qui devroient être traitez à Munster comme à la Cour de France. II. 2. part. 76. Envoye un secours aux François. III. 310. Son bonheur peu soutenu par ses qualitez. III. 358. Est afermi sur son trône. III. 488. Ses précautions. *ib*. Rome lui refuse la nomination des Evêques. III. 488. La Suéde lui procure les avantages de la Paix. IV. 372. Soutient la rebellion des Portugais dans le Brésil contre les Hollandois. IV. 533. & *suiv*.

Portugal (le Royaume de) Examen des droits des Prétendans à ce Royaume. I. 30. Usurpé par l'Espagne. *ib*. Rendu à Jean IV. qui en est reconnu le légitime héri-

Religios

Religion Chrétienne (la). Sera détruite si la guerre continue. I. 158. Les préjugez de chaque Secte rendent la guerre plus envenimée. I. 162. Dificulté d'établir dans l'Empire l'exercice des deux Religions. I. 167. Accordé en Hongrie. I. 391. Nécessaire pour rétablir la Paix. I. 451. La Protestante établie à Chiavenne. II. 2. part. 9. Causes de l'afoiblissement de la Religion Catholique en Allemagne. IV. 101. L'égalité des deux Religions établie dans l'Allemagne. IV. 358.

Renaudot (Gazetier.) Défenses qui lui font faites de la part de la Cour de France. III. 108.

Restitutions.. Ridiculement demandées par l'Espagne. I. 224. Prohibées par les Traitez de Confédération. I. 228. Négligées dans un grand nombre de Traitez I. 232. Celles faites au Duc de Savoye préjudiciables à la France. I. 233. Peuvent se faire au moyen d'un mariage. I. 236. Stipulées entre la France & l'Espagne à l'égard des places de Savoye. I. 280. De quelle maniére elles pourroient se faire. I. 285. Demandées à l'égard de l'Espagne, de l'Empereur, & de leurs Alliez. I. 318. En ce cas on détaille celles qui devroient être faites à la France. I. 319. Doivent être reciproques. *ib*. En quel cas on doit les faire. I. 350. Examen du droit de la restitution. I. 353. Consentie par l'Empereur à l'égard des Princes de l'Empire. I. 432. & 437. Le terme de la restitution générale doit être l'année 1618. II. 2. part. 14. Ses inconvéniens. II. 2. part. 17. Réflexions à ce sujet. II. 2. part. 19. & III. 395. Celles qui font comprises dans le Traité de Paix. IV. 354. *& suiv.* Reglement. IV. 371.

Révérendissime. Titre des Evêques d'Allemagne non Princes de naissance. I. 376.

Rheede (Gotard de) Sr. de Nederhorst. Plénipotentiaire à Munster pour la Province d'Utrecht. I. 423. Attaché au Prince d'Orange. III. 13. Refuse seul de signer la Paix avec l'Espagne. IV. 71. Son éloge. *ib*.

Rhingraves (les) Leurs intérêts font partie du Traité de Paix. IV. 356.

Richelieu (le Cardinal de) Ministre absolu de la France. Veut soutenir les Suedois malgré les remontrances du Pape. Renouvelle l'Alliance avec la Reine Christine. Pr. XXXII. Travaille à abaisser la Maison d'Autriche. Renouvelle l'Alliance avec la Suede. Déclare la Guerre à l'Espagne & à la Maison d'Autriche. *ib*. XXXV. Sa mort. Son éloge. Recommande Mazarin à Louïs XIII. *ib*. LV. Sa tyrannie. I. 259. *& suiv.* Sa politique odieuse. I. 265.

Ripperda (Guillaume de) Plénipotentiaire de la Province d'Overissel à Munster. I. 423. Dépend du Prince d'Orange. III. 13.

Riviere (l'Abbé de la) Sollicité par un Emissaire du Pape. II. 2. part. 178. Découvre cette intrigue au Cardinal. *ib*.

Roger II. du nom Roi de Sicile. Dépossédé ses neveux de leur héritage. I. 34. Se fait saluer Roi d'Italie. I. 35. Assiégé par le Pape. *ib*. Délivré par son fils. *ib*. Sa générosité lui procure de nouveaux Etats. *ib*. Reconnoit l'Antipape. *ib*. Perd une partie de son Domaine. *ib*. Y rentre. *ib*. Reçoit la confirmation de sa Royauté. *ib*. Meurt. *ib*. Sa postérité. *ib*.

Roger III. du nom Roi de Sicile. Est couronné. I. 35. Ecoute des propositions de Paix. *ib*. Va trouver l'Empereur pour la conclure. *ib*. Est arrêté. *ib*. On lui fait crever les yeux. *ib*.

Rohan (le Duc de) Général des François en Alsace. Est tué devant Rhinfelt. Pr. XXXVIII.

Roi très-Chrétien. Titre des Rois de France. Formalitez à ce sujet. I. 213. & 214.

Roncalli. Ministre du Roi de Pologne en France. II. 11. Ses Lettres sur les intentions de son Maître. *ib*. & 12. Etendue de sa Commission. III. 341.

Rorte (Claude de Salles, Baron de) Ambassadeur Ordinaire en Suede. I. 328. Envoyé vers le Comte d'Embden. II. 90. & 99. Rapellé, & pourquoi. II. 145. On lui promet ses Dépêches pour Suede. II. 2. part. 32.

Rosenhan (Scherings de) Député de Suede à Munster. I. 328. Sa qualité. I. 378. Ses emplois. I. 417. Ses intelligences avec les Espagnols. II. 2. part. 238.

Rostok. Prise de cette Ville par Walstein. Pr. XXI. Par les Suedois. *ib*. XXVIII.

Roussillon (le Comté de) Engagé à la France. I. 24. Rendu à l'Espagne. I. 25. Qui devroit le remettre aux François. I. 170. Avec équité. I. 171. La France veut le garder. III. 165. Lui est offert par l'Espagne. III. 305.

Roye. Fondement des prétensions de la Maison d'Autriche sur cette Châtellenie. I. 21.

Rugen (l'Ile de) Abandonnée aux Suedois pour sureté de leur satisfaction. I. 168. Annexée à la Couronne de Suede. IV. 365.

Runge (Frédéric) Député à Osnabrug pour les Etats de Poméranie. I. 380. Ses qualitez. I. 421.

S.

Saavedra Faxardo (Diego de) Ministre d'Espagne à Munster. Pr. LVIII. Son Pleinpouvoir. I. 144. Troisiéme Plénipotentiaire. Sa qualité. I. 378. Ses emplois. I. 416. L'estime qu'on en doit faire. II. 14. Ses visites à chacun des Ambassadeurs de France. II. 30. Détail de ses Conférences. *ib*. Son habileté sans expérience. II. 95. Sa hardiesse & son imposture. II. 160. Ses discours sur la Paix. II. 168. Sa réponse au Nonce. II. 180. Son entretien avec Monsieur Servien. II. 2. part. 197. Ignore les Loix de France contre les Papes. II. 2. part. 201.

Sabionette. Sa restitution demandée par la France. III. 379.

Saint Chaumont (le Marquis de) Ambassadeur de France à Rome révoqué. II. 175. Sujet de sa disgrace. II. 179.

Saint Maurice (Claude Chabot ou Chaboud Marquis de) Ambassadeur du Duc de Savoye à Munster. I. 379. Sa qualité & ses emplois. *ib*. & 419. Peut être utile à la France pendant la Négociation. II. 2. part. 75. Agit contre les intérêts de cette Couronne. II. 2. part. 101. S'oppose aux prétensions de l'Ambassadeur de Mantoüe sur le cérémoniel. III. 220. Sa demande au sujet du titre de son Maître. IV. 137.

Saint-Pol (le Comté de) Incertitude de sa mouvance. I. 47. Erigé en Comté. *ib*. Arriére-Fief de Flandre. *ib*. Devient mouvant de l'Artois. *ib*. Et soumis au Conseil Provincial d'Arras. I. 48.

Saint Romain (Monsieur de) Nommé pour résider à Osnabrug de la part de la France. I. 328. Son éloge. II. 115. Sa résidence à Mayence sera inutile. II. 167. Reste au Congrès. II. 185. Averti des plaintes de Monsieur Servien contre lui. II. 2. part. 33. Son zéle loué. II. 2. part. 41. Son voyage à Munster. II. 2. part. 95. Revient de Stokholm : & son raport. III. 241. Utilité de son voyage. III. 321. Envoyé vers l'Electeur de Cologne. IV. 160.

Saint-Siége (le) La Sicile doit lui retourner de droit. I. 35. Lui est enlevée. *ib*. Soumet ce Royaume & celui de Naples à un tribut annuel. I. 36. Déchoit de son pouvoir. III. 487. Refuse de nommer des Evêques en Portugal. III. 488. Sa politique rafinée contre les Protestans. IV. 298. Doit décider de la possession du Royaume de Naples. IV. 305.

Sain et Weitgenstein (Jean Comte de) Premier Député de l'Electeur de Brandebourg à Osnabrug. I. 379. & 420. Son attachement à la France. II. 2. part. 127. Ses protestations au sujet de la Poméranie. II. 2. part. 202. Ses demandes sur le Cérémoniel qui doit être observé à son égard. II. 2. part. 260. Son pouvoir. IV. 5. Souscrit aux demandes des Suedois. *ib*. Dédomagement qu'il prétend pour son Maître. *ib*. & 8. Demande la médiation de Monsieur d'Avaux. IV. 7. Sa Maison rétablie dans tous ses biens. IV. 356.

Salamanca (Dom Miguel) Nommé Plénipotentiaire

Trai-

résolution au sujet des menaces du Duc de Lorraine. II. 2. part. 169. Renvoye le Ministre de l'Empereur. II. 2. part. 195. Ses plaintes contre la France. II. 2. part. 202. Offre à l'Espagne une neutralité. III. 79. Reçoit un présent de la Cour de France. III. 102. Sa légéreté est à craindre. III. 229. On lui envoye un dédommagement en argent. III. 233. Consent que la France garde Philipsbourg. III. 269. Son repos présent. III. 487.

TRIMOUILLE (le Duc de la) Obtient la liberté de poursuivre ses prétensions sur le Royaume de Naples. I. 154. & IV. 305. Justice du Roi en cela. I. 175. Origine de ses droits. I. 242. & IV. 305. Ses droits doivent être réservez dans le Traité de Paix. *ib.*

Turcs (les) Ont occasion de détruire la Religion à la faveur des dissensions entre les Princes Chrétiens. I. 158. Solicitez par l'Empereur d'abandonner Ragotski. II. 45. Leurs desseins. II. 2. part. 59. Leurs grands préparatifs. II. 2. part. 60. Leur marche, & le secret qu'ils gardent. II. 2. part. 100. Leur nouvelle politique. *ib.* Leur descente en Candie. II. 2. part. 105. Leurs progrès. II. 2. part. 111. & 159. Leur mauvaise situation. III. 127. Leurs demandes. III. 311. Leurs conquêtes. III. 316. Animez contre la France qui leur offre sa médiation. *ib.* Sacrifient tout pour faire la guerre aux Chrétiens. III. 486.

TURENNE (le Maréchal de) Ses avantages sur les Ennemis. II. 83. Va au secours de Fribourg. II. 102. Repousse les Ennemis. II. 104. Succès de sa jonction avec le Duc d'Anguien. II. 125. Blâmé de ses violences dans l'Evêché de Spire. II. 2. part. 67. & 69. Reçoit un renfort. II. 2. part. 171. Prend Trêves & fait un Traité avec l'Electeur. II. 2. part. 229. L'état embarassant où il se trouve. III. 169. Persuadé de la nécessité de se joindre aux Suédois. III. 191. Refuse de le faire. III. 226. Réflexions sur cela. III. 232. La Cour le presse de le faire. III. 233. & 243. Passe le Rhin. III. 252. Dificulté de ce passage. III. 287. Ses exploits. III. 301. Ses hostilitez & conquêtes dans les Etats de Cologne. III. 318. Son zéle & la supériorité de son esprit. III. 346. Ses ordres sur la suspension. III. 353. & 365. S'aproche de la Flandre. IV. 122. Désertion dans son armée. IV. 149.

V.

VAHRENBULER. Second Député du Duc de Wirtemberg à Osnabrug. I. 380. Ses qualitez. I. 421.

VAUTORTE (Monsieur de) Envoyé à l'Electeur de Trêves. I. 2. part. 260. Ses mouvemens pour l'élection d'un Electeur de Mayence. IV. 175.

Venise (la République de) Sa médiation acceptée par la Suéde. I. 291. Eloge de cette République. *ib.* Ses Ambassadeurs ne veulent pas céder aux Electeurs. I. 328. Comment ils sont traitez par ceux de France. II. 6. Elle n'a obtenu que par le moyen de la France les honneurs dus aux Têtes couronnées. *ib.* Egalée aux Etats-Généraux. II. 41. Peu contente de l'élection d'Innocent X. II. 163. Ses précautions pour la sureté publique. II. 2. part. 13. Ses précautions contre les Turcs. II. 2. part. 60. Son Baile arrêté à Constantinople. II. 2. part. 91. Examen de ses demandes contre les Turcs. II. 2. part. 159. Ses craintes. II. 2. part. 170. Reçoit un secours de France. III. 262. Veut faire déclarer la Pologne contre le Turc. III. 295. Ses pertes & son courage. III. 488. Son intérêt dans la Trêve. IV. 102. Et au Traité de Paix. IV. 372.

Verden (l'Evêché de) Demandé par les Suédois. III. 172. Leur est laissé. IV. 366. Avec la supression du titre. *ib.* Acte de sa cession aux Suédois. IV. 499.

Verdun (l'Evêché de) Possède Stenai. I. 66. Se soumet à la France. I. 67. Annexé au Royaume de Lorraine. *ib.* A ses Jurisdictions séparées de celles de l'Empire. I.

ToM. IV.

---

68. La France sera maintenue dans sa jouïssance. I. 169. En aquiert la Souveraineté. III. 300.

Vervins (Paix de) Relation de cette Conférence. I. 4. On y adjuge la préséance aux François. I. 5. On y confirme les aliénations faites par les précédens Traitez. I. 20. Et les droits de la France sur la Navarre. I. 30. De même que sur le Royaume de Naples. I. 34. L'Espagne veut la faire observer. I. 319.

VILLEROI (le Marquis de) Nommé Gouverneur de Louïs XIV. III. 113.

Villes Anséatiques. Envoyent leurs Députez. I. 354. Ont audience des Plénipotentiaires François. *ib.* Détail de cette Cérémonie. I. 355. Se rendent chez Mr. Servien qui leur refuse audience. *ib.* Bien reçus à Osnabrug. I. 356.

Villes Impériales. Entrent presque toutes dans l'union Protestante. *Pr.* VI. En quoi consiste leur fortune. I. 156. La guerre ne leur peut être que préjudiciable. *ib.* Elles exigeront la réparation de leurs pertes. I. 165. Ne demandent que la Paix. III. 487. Maintenues dans leurs droits & l'exercice de la Confession d'Ausbourg. IV. 360. Insérées dans le Traité de Paix. IV. 371.

VOLMAR (Isaac) Plénipotentiaire à Munster. I. 145. Ses emplois. I. 378. Plus détaillez. I. 416. Sa pauvreté l'empêche de rendre à Mr. d'Avaux les civilitez usitées. II. 4. N'est point considéré. II. 14. Demande des suretez de la part de la France. II. 148. Traité d'Excellence par ses Collégues. II. 2. part. 189. A la confiance des Espagnols : & pourquoi. II. 2. part. 238. Extrêmement animé contre le Duc de Baviére. III. 12.

ULEFELD Grand-Chancelier de Dannemarck. Gagné par l'Empereur, porte son Maître à la Paix. *Pr.* XXII. Plénipotentiaire au Congrès de Lubec. *ib.* XXIII. Le Colonel de ce nom complice de la conspiration de Walstein. Est arrêté, & a la tête tranchée. *ib.* XXXIV.

URBAIN VIII. du nom Pape. Offre sa médiation pour la Paix. Ses vues contre les Protestans. *Pr.* XLI. Refuse audience au Cardinal de Strigonie, Ministre de l'Empereur. Prétend que la qualité d'Ambassadeur est au dessous de la dignité de Cardinal. I. 7. Défend de reconnoitre pour Ambassadeur le Cardinal ci-dessus. I. 8. Reçoit en dépôt la Valteline. I. 261. Son attachement pour la France alliée des Hérétiques & des Turcs. I. 476.

VULTEJUS (Jean) Député de la Landgrave de Hesse à Munster. I. 279. Sa qualité. *ib.* & 419.

W.

W*Alckenstein* (la Maison de) Son rétablissement ordonné par le Traité de Paix. IV. 356.

Waldeck (la Maison de) Mise en possession de tous ses domaines. IV. 356.

WALSTEIN (Albert Venceslas, Comte de) Joint le Comte de Tilli. Veut empêcher le Comte de Mansfeldt d'entrer en Silésie. Envoye des troupes à sa rencontre. Y marche lui-même. Sa Victoire signalée. Se rend Maître de Zebst. *Pr.* XVIII. Dissipe l'armée du Duc de Weimar. Soumet la Silésie. Chasse les Danois du Holstein. *ib.* XX. S'empare de Wismar & de Rostok. Assiége Stralsond. *ib.* XXI. Oblige les Etats Protestans à exécuter l'Edit de la restitution des biens ecclésiastiques. Cause de la jalousie à l'Empereur. *ib.* XXII. A ordre de se retirer. *ib.* XXV. Rapellé avec une autorité absolue. *ib.* XXVIII. Remet une armée sur pié. Reprend tout le Royaume de Bohéme. Joint les Bavarois. *ib.* XXIX. Harcele les Suédois. Se sépare de l'Electeur de Baviére. Atend le Roi de Suéde. Donne la bataille. Abandonne Leipsic. Se retire à Prague. *ib.* XXX. & XXXI. Fait la guerre en Bohéme & en Silésie. Sa mort tragique. Sa Fortune. Son éloge. Son ambition. *ib.* XXXII. & XXXIII.

WEIMAR (le Duc de) Voyez *Bernard.*

WEIMBS (Pierre de) Député à Munster pour le Cercle

Z.

TABLE GENERALE

DES MATIERES

CONTENUES

Dans les Négociations de Monsieur

DE VAUTORTE.

Qui sont insérées à la fin du III. Volume de cet Ouvrage.

 Capi-

M. *Mayence.*

TOM. IV.   Nnnn

F I N.

www.ingramcontent.com/pod-product-compliance
Lightning Source LLC
Chambersburg PA
CBHW070712100726
47907CB00001B/151